世說新語校釋

增訂本

一

〔南朝宋〕劉義慶 撰
〔南朝梁〕劉孝標 注
龔斌 校釋

上海古籍出版社

圖書在版編目(CIP)數據

世説新語校釋 / (南朝宋) 劉義慶撰; (南朝梁) 劉孝標注;龔斌校釋. —增訂本. —上海: 上海古籍出版社, 2019.10(2025.6 重印)

(中國古典文學叢書)

ISBN 978-7-5325-9353-8

Ⅰ. ①世… Ⅱ. ①劉… ②劉… ③龔… Ⅲ. ①筆記小説—中國—南朝時代②《世説新語》—注釋 Ⅳ. ①I242.1

中國版本圖書館 CIP 數據核字(2019)第 216673 號

中國古典文學叢書

世説新語校釋(增訂本)

(全四册)

〔南朝宋〕劉義慶 撰

〔南朝梁〕劉孝標 注

龔 斌 校釋

上海古籍出版社出版發行

(上海市閔行區號景路 159 弄 1-5 號 A 座 5F 郵政編碼 201101)

(1) 網址: www.guji.com.cn

(2) E-mail: guji1@guji.com.cn

(3) 易文網網址: www.ewen.co

常熟市人民印刷有限公司印刷

開本 850×1168 1/32 印張 78.75 插頁 23 字數 1,323,000

2019 年 10 月第 2 版 2025 年 6 月第 2 次印刷

印數: 1,801—2,300

ISBN 978-7-5325-9353-8

I·3426 平裝定價: 298.00 元

如有質量問題,請與承印公司聯繫

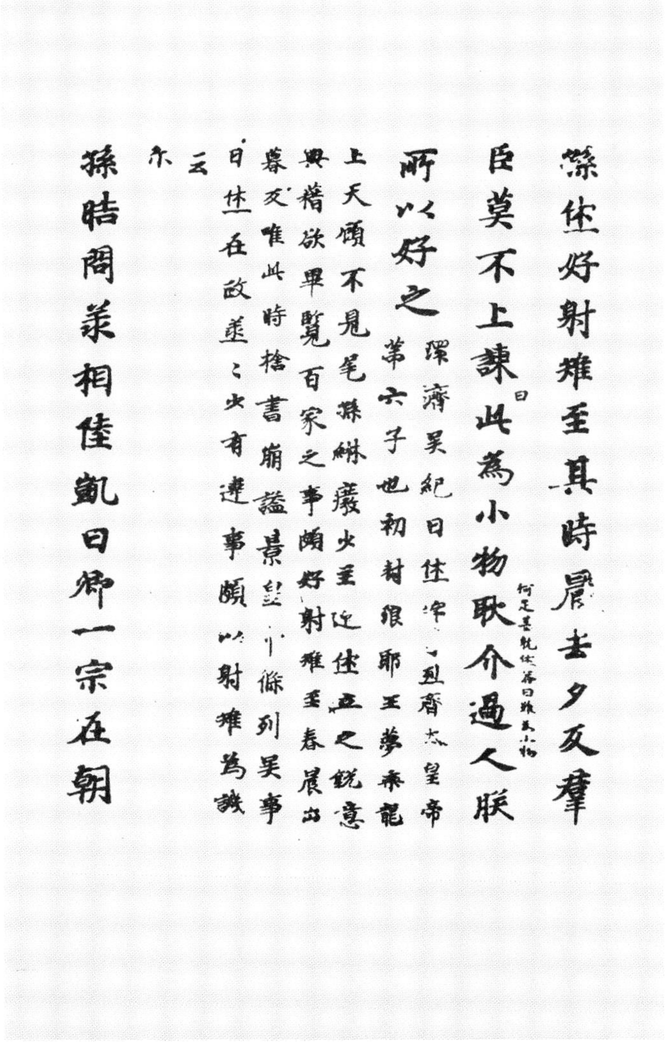
綝休好射雉至其時晨去夕反羣
臣莫不上諫曰此爲小物何足甚耽休答曰雖爲小物耿介過人朕
所以好之 環濟吳紀曰休字子烈吳太皇帝第六子也初封琅耶王夢乘龍上天顧不見尾孫綝廢亮迎休立之銳意典籍欲畢覽百家之事頗好射雉至春晨出莫反唯此時捨書崩謚景皇帝條列吳事曰休在政蓋之少有違事頗以射雉爲譏云
亦
孫晧問丞相陸凱曰卿一宗在朝

唐寫本《世説新書》殘卷書影

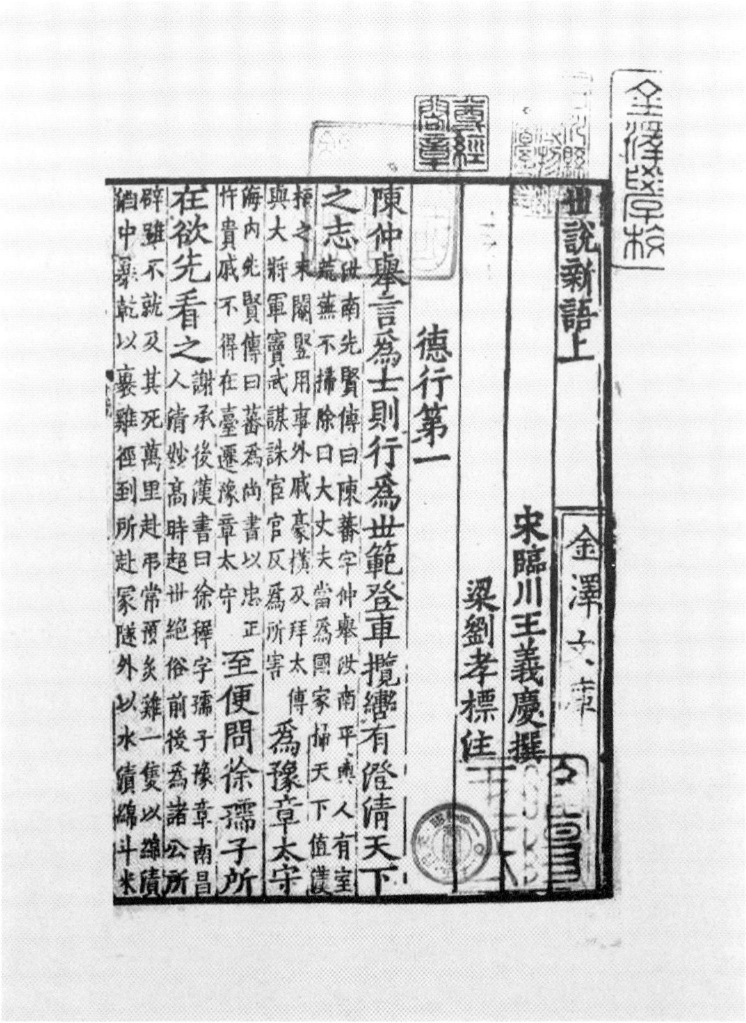
世說新語上

宋臨川王義慶撰

梁劉孝標注

德行第一

陳仲舉言爲士則行爲世範登車攬轡有澄清天下之志汝南先賢傳曰陳蕃字仲舉汝南平輿人有室荒蕪不掃除曰大丈夫當爲國家掃天下值漢桓之末閹豎用事外戚豪横及拜太傅與大將軍竇武謀誅宦官反爲所害爲豫章太守海内先賢傳曰蕃爲尚書以忠正忤貴戚不得在臺遷豫章太守至便問徐孺子所在欲先看之謝承後漢書曰徐穉字孺子豫章南昌人清妙高時超世絕俗前後爲諸公所辟雖不就及其死萬里赴弔常豫炙雞一隻以綿漬酒中暴乾以裹雞徑到所赴冢隧外以水漬綿斗米

日本尊經閣文庫藏宋本《世説新語》書影

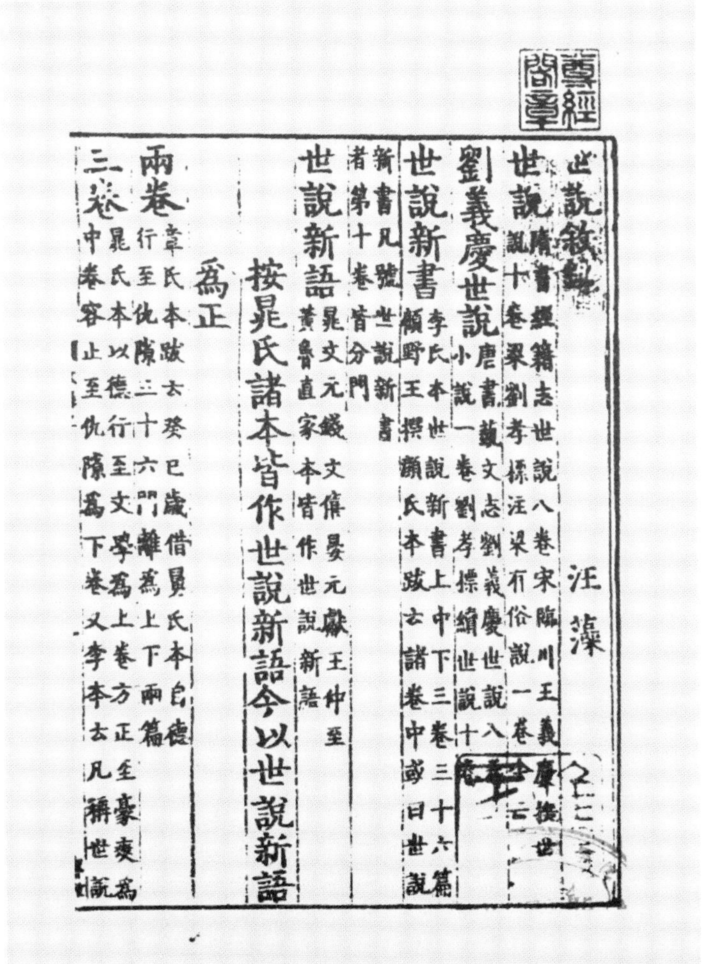
世說敘錄 汪藻

世說 隋書經籍志世說八卷宋臨川王義慶撰世說十卷梁劉孝標注梁有俗說一卷亡

劉義慶世說 唐書藝文志劉義慶世說八卷劉孝標續世說十卷小說一卷

世說新書 李氏本世說新書上中下三卷三十六篇顧野王撰顏氏本跋云諸卷中或曰世說新書凡號世說新書者第十卷皆分門

世說新語 晁文元錢文僖晏元獻王仲至黃魯直家本皆作世說新語

按晁氏諸本皆作世說新語今以世說新語爲正

兩卷 章氏本跋云癸巳歲借晁氏本自德行至仇隙三十六門離爲上下兩篇

三卷 晁氏本以德行至文學爲上卷方正至豪爽爲中卷容止至仇隙爲下卷又李本云凡稱世說

影印宋本汪藻《世説敍録》書影

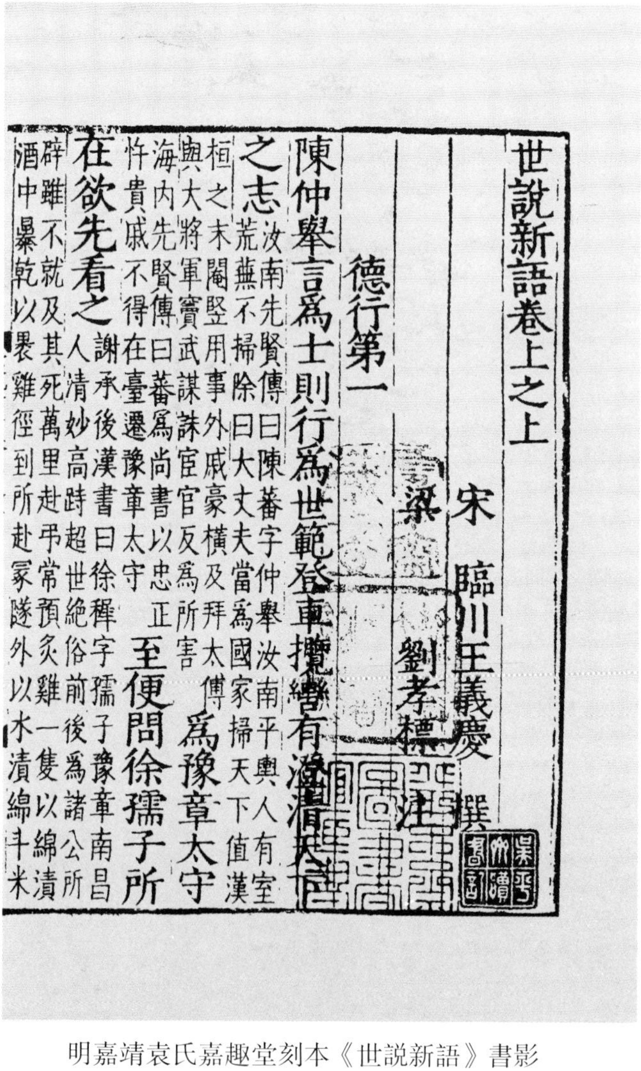
世說新語卷上之上

宋　臨川王義慶　撰

梁　劉孝標　注

德行第一

陳仲舉言爲士則行爲世範登車攬轡有澄清天下之志汝南先賢傳曰陳蕃字仲舉汝南平輿人有室荒蕪不掃除曰大丈夫當爲國家掃天下值漢桓之末閹豎用事外戚豪橫及拜太傅與大將軍竇武謀誅宦官反爲所害爲豫章太守海內先賢傳曰蕃爲尚書以忠正忤貴戚不得在臺遷豫章太守至便問徐孺子所在欲先看之謝承後漢書曰徐稺字孺子豫章南昌人清妙高跱超世絕俗前後爲諸公所辟雖不就及其死萬里赴弔常預炙雞一隻以綿漬酒中暴乾以裹雞徑到所赴冢隧外以水漬綿斗米

明嘉靖袁氏嘉趣堂刻本《世説新語》書影

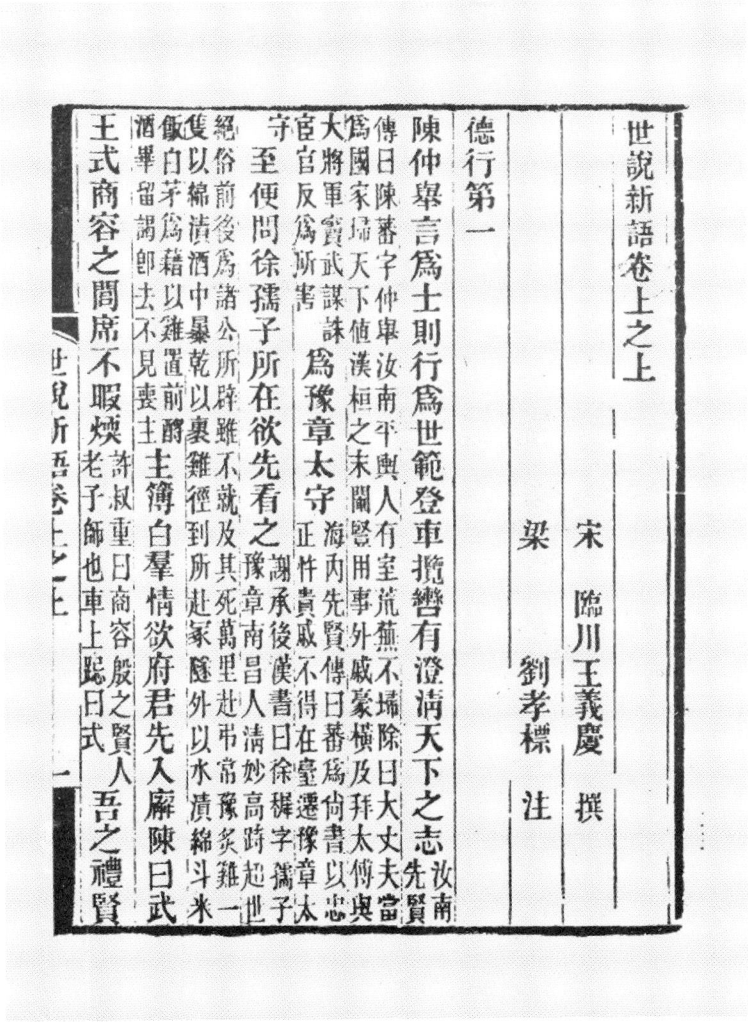

世說新語卷上之上

宋　臨川王義慶　撰

梁　劉孝標　注

德行第一

陳仲舉言爲士則行爲世範登車攬轡有澄清天下之志汝南先賢傳曰陳蕃字仲舉汝南平輿人有室荒蕪不埽除曰大丈夫當爲國家埽天下値漢桓之末閹豎用事外戚豪橫及拜太傅與大將軍竇武謀誅宦官反爲所害爲豫章太守海內先賢傳曰蕃爲尚書以忠正忤貴戚不得在臺遷豫章太守至便問徐孺子所在欲先看之謝承後漢書曰徐穉字孺子豫章南昌人清妙高跱超世絕俗前後爲諸公所辟雖不就及其死萬里赴弔常豫炙雞一隻以綿漬酒中暴乾以裹雞徑到所赴冢隧外以水漬綿斗米飯白茅爲藉以雞置前醊酒畢留謁即去不見喪主主簿白羣情欲府君先入廨陳曰武王式商容之閭席不暇煖許叔重曰商容殷之賢人老子師也車上跽曰式吾之禮賢

清光緒王先謙思賢講舍刻本《世說新語》書影

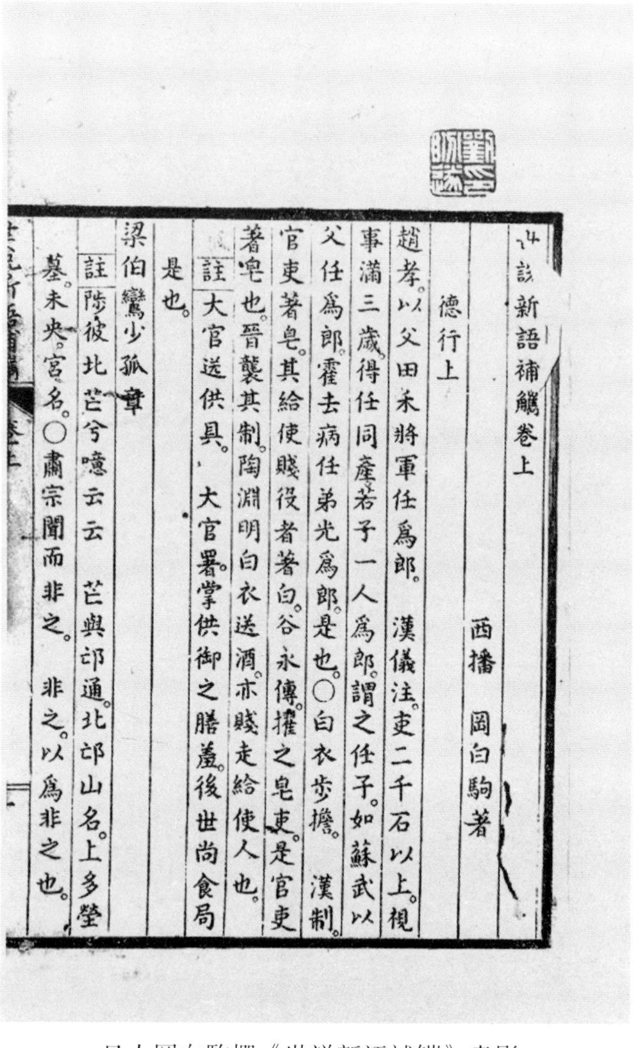

世説新語補觿卷上

西播　岡白駒著

德行上

趙孝。以父田禾將軍任爲郎。漢儀注。吏二千石以上。視事滿三歲。得任同産若子一人爲郎。謂之任子。如蘇武以父任爲郎。霍去病任弟光爲郎是也。○白衣步擔。漢制。官吏著皂。其給使賤役者著白。谷永傳。擔之皂吏。是官吏著皂也。晉襲其制。陶淵明白衣送酒。亦賤走給使人也。

註　大官送供具。　大官署。掌供御之膳羞。後世尚食局是也。

梁伯鸞少孤章

註　陟彼北芒兮噫云云　芒與邙通。北邙山名。上多塋墓。未央。宮名。○肅宗聞而非之。非之。以爲非之也。

日人岡白駒撰《世説新語補觿》書影

世説新語校釋總目

序言：正解與通識如何可能？

迄今關於世說新語的注釋已有不少。我手上就有五六種，如余嘉錫箋疏、徐震堮和楊勇校箋、朱鑄禹集注以及吴金華的考釋等。每一種都有它的優點，或重辭語，或詳史料。但是多年以前，我與學生每周讀書會，一起讀這本大著，就苦於每一種都不能完全滿足需求。或者辭語的解釋，扞格難通；或者深意的解讀，未達一間。倘要一册在手，既能有求必應，全面解決各種閱讀細節問題；又能發皇大義，著力揭櫫世説新語究竟「新」在哪里，融定本之集大成與新著之掘井及泉於一爐，仍有待於來者。

所以，當我的同事、陶學名家龔斌教授告訴我，他花了十年功夫，已經完成了一部世説新語校釋，並要我寫一篇序，我先是驚駭，繼以敬佩：當今學術泡沫時代，誰如此磨劍十年，打曠日持久的攻堅戰、陣地戰？衆人皆醉，誰才是這樣清醒的學術守夜人？又繼而是耽心與懷疑：余季豫嘉錫先生，史學大家也，精考羣籍，鍾愛世説，「一生所著甚多，于此最爲勞瘁」，自一九三七年至一九五三年,「十餘年間,幾乎有一半時日用在這部箋疏上了」(周祖謨語),而吾兄所著新書,是否較余著更加邃密、更加深沉?

爲了解開這個心結,也爲了解答十多年前讀是世説的種種疑團,我從去年讀到今年,斷斷續續,讀了四五個月,終掩卷而歎:噫!思之深、思之力也,其人也,其人也。

這正是我一直所期待的,回答世説新語的重大問題,總結自古迄今的豐碩成果,融集大成之美富、與識大體之新穎爲一爐,確是有份量的大書。這裹,我要根據我的閲讀體會,實實在在寫出我這樣説的理由,以不負作者、不負讀者。

首先,集大成的注釋本,只要有充足的資料、下足夠的功夫,以極大的耐心,在種種細節問題上,斟酌比較,求新求精,不難後來居上,取得較大的成績,這方面,龔著無論辭語的考釋、史料的輯補,還是疑難的解釋、評論的搜集,都無愧爲集大成。然而,集成之作,會不會迷失在細節的森林裹,該不該回避根本問題?我們閲讀時仍要問世説新語之「新」究竟「新」在哪裹?這部書究竟提供了什麼樣的社會歷史嬗變的重大資訊?這種社會嬗變及其思想文化結果,在中國歷史的長河中,有没有增添什麼重要的新價值?這其實是世説新語這部大書的大義。見木又見林,不僅需要有對歷史横截側面的洞見;觀水觀瀾,更有賴於對歷史縱貫整體的通識。

舉個例子來説,能不能暫時放下西方舶來的「小説」概念,從中國的文體發展本身,即世説新語的文體特徵上來通觀前後?因爲「小説」在上古文獻含義中,是與「經史」相對,帶有貶義的一個名稱。世説新語不是這個意義上的「小説」。最近,有一項最新的研究成果發現:「語」,其實是一種非常古老的文類,無論是以「語云」、「古語有之」、「聞之」形式散見於各家著述,還是不少以「語」的名稱(如論語、國語等),或成篇或結集,先秦時期的各種嘉言善語,極爲美富,完全可以肯定地説,這是一種失落已久、十分重要的古代文體或遠古教材。「語」之爲「體」,其宗旨是「明德」,其功能是貴族社會的培訓與教化,其形式特徵,兼有語文的精煉修辭與敍事的感染力。〔一〕直到漢代社會,賈誼的新書(禮容語、修政語的一部分),還用來教育梁王、長沙王,陸賈的新語,還用來「蔓衍雜説」、「博明政事」,我想,「語」之爲體,區別於「六經」,可能正是它比較親切、比較直接、比較有現場感,也比較簡潔精煉,仍然是政治教化功能爲第一的!然而,到了臨川王劉義慶這裏,以講明政治、採取成敗、教化社會爲中心的「明德」之「語」,分明已經轉化而成了忽略政事、棄言成敗、專注於貴族士人思表纖旨、談外曲致、超俗風度、卓異心智的「風流」之「語」,如世説王戎論「德」「言」分立:

> 王戎云:「太保居在正始中,不在能言之流。及與之言,理中清遠,將無以德掩其言!」

標誌着「重言」的時代出現。儘管「語」的文類特徵依然潛存着,即親切、直接、現場感,以及語文的遊戲精神：精煉、雋永、以及「文」「道」互爲體用的自覺與執着。又遊戲小道，又教化大義，這正是「語」的文體張力！如果從「語」這一古老文類的自身嬗變來看，我們似更可以看出，臨川王劉義慶以及他的文學賓客，並不簡單就是羣居終日，消閒風趣，言不及義的，他們有一種新的創造與發明的衝動，或者説，我們由其中可以看出，傳統士人創造語言財富以經營人生新意義，前後相續一種持續的努力，以及這一傳統在新的危機時代與破裂社會起死回生的力量。這樣看這部書，或許比古代叢殘小言的「小説」，或單純用西方注重小説人物形象或敍事中心的理論，或更能探得驪珠，發明世説新語的時代心態與一羣卓異作者精神心智的創意所在？

作者正是著眼于此。龔斌教授以陶學名家，長期研陶的學術薰陶，使他不僅對於古代中國最重要的精神價值，十分珍視；而且對陶淵明所處的時代，以及他立身處世的環境，以及其思想之所以如此之深曲緣由，有深切的同情瞭解。先立乎大，從治學的角度來説，從大家入手，手眼自高，因而作者不會將世説新語單純視爲一部孤篇横絶的「小説」，而是有意識地將世説新語視爲前後相續而富含新資訊的一種大書，視爲擔負六朝時代新知識人重大使命的一部新經典，這就超越了單純的文章遊戲與辭語訓釋飣餖瑣屑之學。其實新經典之所以「新」，卑之無甚高論，即在於彼時整幅之時代精神，羣趨於以創造個性、發明美感爲旨歸。如作者前言所説：「世説真實地記録了由道德範型的人格審美向個性至上的人格審美的轉變。描寫他們的形神之美：容止的漂亮、行爲的縱放、風韻的瀟灑、精神的自由，歷千數百年仍栩栩如生。」作者認爲，世説文化底藴的挖掘還僅在淺層，美學精神與意義的批評才剛剛開始，而此一新著，正是以解讀其中的深層内涵，懸爲高格。我以爲，這一識見，已經決定性地使龔著區别於目前世説新語的所有注釋本了。

然而，這個「美的歷程」，當然不是孤零零、光秃秃或整齊劃一的意識形態，而是與政治、權力、思潮有着複雜糾結的聯繫。我們看關於世説新語所結晶的「魏晉風度」或「晉宋風流」，學術界歷來有兩大解讀範式，一是魯迅魏晉風度與文章與藥及酒之關係，以及余嘉錫箋疏所代表的歷史主義的詮釋路線，旨在考掘名士「風流」背後政治人生的血色底藴與歷史暗處的真實困境，將「美」還原爲政治，尤其是權力鬥争；另一種即以宗白華、馮友蘭、李澤厚爲代表，將風流與美，單獨拈出，作爲這個時代士人精神創造的新鮮成果，並將其從歷史中剥離出來，成爲中國美學史、中國士人精神史中的一個部分。此一分歧，學術界稱爲「美與真二分」難題。至今越來越清楚的是，全然將美從活生生的歷史中孤零零地抽離出來，成爲一種獨立的美學史，其實並不符合中國文化的傳統，不過是二十世紀西方中心主義的某種神話而已；然而，完全無視這個時代的精神創造，將一切精神的價值，都還原爲人事的鬥争或利害的取捨，這當然也不免有簡單化約之弊。比較正確妥當的是，將歷史考掘的正解，與美學建構的通識，有機地結合起來，不僅探求時代新創與思想大義，而且更發皇其中不得不如此之苦心孤詣、複雜而深細的美感心曲；不僅對美的發明有一般意義上的認同，而且更輔之以具體的精細的分析，考察「美的意識」在不同情形中不同的表現。正是在這個意義上，龔著之所以有綜合創造之功，後出轉精，勝意紛呈，正由於作者在正解與通識之間，保持了一種恰當的平衡，這正是他另一個突出的特點。

譬如，有没有對那個時代士人政治心態同情的理解？美的情感，與宏大的時代政治情感，是何種關係？余嘉錫箋釋世説之時，正是抗戰極艱難歲月，深抱家國之憂與身世之感，故與東晉南渡士人心心相印，對其時代大苦境，有真切的體會，説得十分深刻。龔著大力表彰甚多，如云：

> 衛洗馬初欲渡江，形神慘顇，語左右云：「見此芒芒，不覺百端交集。苟未免有情，亦復誰能遣此！」劉應登稱其「微辭逸旨」，直作玄理看；劉辰翁則稱「非丈夫語」，皆未得衛玠北來之情懷。余箋謂衛玠「當將欲渡江之時，以北人初履南土，家國之憂，身世之感，千頭萬緒，紛至還來，故曰不覺百端交集，非復尋常逝水之歎而已」。其説深刻，超二劉遠矣。

這就表明，後世樂道，所謂觀水歎逝的「微辭逸旨」，僅是一種年歲悠久、人事湮滅，多番淘洗而留下來的美感抽象，這種抽象，對歷史中的真實生命，缺少同情。研究中國美學者，往往由此而墜入空疏的魔道。余氏的史識，確有點醒之功。然而余著也同時有一個局限：或許也正是時代繫念太深，投射一己之心緒過甚，往往從「同情」上升到批判，矛頭直指士人對時代的無力、無責任，而忽略了世說中所表彰的士人精神心態，自有其超越性與創造性的一面。對此，龔著一方面觀其新變，識其大旨；如云：

> 關於正始清言之評價，褒貶紛紜，迄千百年無定論。蔑視禮法，任情縱誕，固然爲清言流弊，然演説莊老，辨析義理，會通儒道，實開思想及美學之新境界，在中國思想文化史上佔有重要地位。至於西晉覆滅，主因爲王室内亂所致，全歸咎王、何與林下諸賢，斯非公允之論也。

如果説，這是一個「通識」，倘要回到具體事實的解讀，還需要史實的「正解」，那麽，一方面，聽一聽歷史人物自家的在場發言，爲「正解」的第一要義：

> 王右軍與謝太傅共登冶城，謝悠然遠想，有高世之志。王謂謝曰：「夏禹勤王，手足胼胝；文王旰食，日不暇給。今四郊多壘，宜人人自效；而虛談費務，浮文妨要，恐非當今所宜。」謝答曰：「秦任商鞅，二世而亡，豈清言致患邪？」
>
> 明案：謝安之語，極爲清醒沉痛。言下之意，不僅知識人不負這個責任，而且直指無道的

執政者，才是政權滅亡真正的罪魁禍首。這裏，是中國千年歷史石破天驚的「正解」，而謝的「悠然遠想」之中，亦是隱藏着歷代士人莫名、莫訴的巨大悲傷。

另一方面，「正解」更以余箋的方式超越余箋，即借助於陳寅恪的如炬眼光，考掘歷史人物不得不如此之苦心孤詣，以擺落余著判斷偏於主觀之弊。如對王導的評價，余箋是嚴酷的貶斥，而龔著更有同情的瞭解：

> 王導晚年「略不復省事」，故人言其昏庸耳。然導云「後人當思此憒憒」，甚自信己之治政理念。導卒後，果然殷羨非庾冰而是王導，謝安亦贊之且爲政仿佛茂弘，後人真有「思此憒憒」者，而其中深有原因焉。余箋輕議王導「正封籙諾之」爲「望空署白」，與朱子謂王導「只周旋人過一生」略同，看似正論，其實皆不切實際。宋曹彦約昌谷集二一評王導云：「按導以識量清遠之資，識元帝于潛龍未用之時。在洛陽則勸其歸藩，鎮建業則勸其興復。患難未除，則討陳敏餘黨以振起之；士論未歸，則引名賢騎從以厭服之。勠力王室，不肯作楚囚對泣。去非急之務，行清静之政，置諫鼓、立謗木，使晉氏偏有東南，稱制者十有一帝。導身相三君，每見親任。輔佐中興之功，不可掩也。」陳寅恪述東晉王導之功業云：「導自言『後人當思其憒憒』，實有深意。江左之所以能立國歷五朝之久，内安外攘者，即由於此。故若僅就斯言立論，導自可稱爲民族大功臣，其子孫亦得與東晉南朝

三百年之世局同其廢興，豈偶然哉！」如此議論，方具史識矣。

王導之所以無爲、清淨，其實是一種政治哲學，着眼於民族融合的目標，鬆開權力爭奪的焦慮，放低高壓統治的身段，經營從容寬裕的環境。陳寅恪對王導「憒憒」典掌的解讀，顛撲不破。這似可以引申爲魏晉風度的一個模式，即特定的士人美學，來源於特定的士族政治。另一佳例即龔著對謝安「雅人深致」的考掘：

> 故謝安「雅人深致」之贊許，後人多茫然不解。唯有王夫之稍有體會，其薑齋詩話二云：「謝太傅于毛詩取『吁謨定命，遠猷辰告』，以此八字如一貫珠，將大臣經營國事之心事，寫出次第，故與『昔我往矣，楊柳依依，今我來思，雨雪霏霏』，同一達情之妙。」此解頗給人啓發。謝安稱許「吁謨定命」二句，與先秦借詩喻志相似，乃表其心曲而已。安此時雖身在東山，實已心向魏闕，「吁謨定命」二句，正與其欲經營國事之心曲相合。晉書本傳載，安放情丘壑，再三拒絶朝廷徵召。時簡文作相，曰：「安石既與人同樂，必不得不與人同憂，召之必至。」以爲謝安必會出仕。安妻爲劉惔之妹，見劉家富貴，乃謂安曰：「丈夫不如此也？」婉轉地勸安出仕。安掩鼻曰：「恐不免耳。」可見，安已預感不免要出山。升平三年（三五九）冬十月，安弟謝萬奉命北伐南燕，結果一敗塗地，被廢爲庶人。謝萬黜廢後，謝安始有仕進之志。據上述材料推測，謝安與子弟集聚評毛詩，或在謝萬黜廢前後。

「吁謨」二句正寫出謝安之心事：確定遠謀大略而不改易，到時布政于邦國都鄙以施行之。此殆所謂「雅人深致」也。

儘管有時，政治與美感的關聯，還只是某種隱然的相干性。譬如：

祖約好財，爲時人所譏，此固無須贅言。阮遥集好屐，雖亦爲一累，然所歎「未知一生當著幾量屐」，以閑淡之語，感慨人生不永，語言雋永，意味深長，人物個性全出。時人遂以定勝負，可見晉人人物品鑒以閑暢爲美。錢穆謂晉人估價之標準本於内心及精神態度，其説得之。

明案：蓋好財爲時人所譏，祖約已先輸一着。「士人創造語言財富」的努力，勝過創造物質財富之願力，以及語言財富之創造能力，成爲貴族社會心理羣趨之鵠的，無疑既是自先秦以來士人文教社會的舊傳統，又是魏晉以還時代變化的新自覺。如果説，這背後仍有一種政治，即士族經營其超越一般豪强富貴人生的精神高貴性，以此强化其社會優越性，更憑藉創造語言財富之力，以增進其社會與精神資本，增强其文化權力與地位，因此，政治與美學之間，在這裏仍有一種不「相干」的「相干」，然而可不可以將美感與政治的相干，視爲一種絶對化的模式呢？龔斌發現，其實還有一個相反的模式，即政治與美學兩不相干。余箋的一個特點是處處深掘當事人的利害、由利害尋求是非，而龔著往往點醒利害、是非之外，别有其超利害是非之美感存在。這就足以補充余箋。如云：

王恭與王忱雖有仇隙，然每至興會，猶不免相思，此同本篇一四七謝公與東亭雖不相關，但「正自使人不能已已」相似。此又可證晉人於人格美不能忘懷，甚至能超越利害關係。

魏晉極推重人物之神韻美，諸如神俊、閑曠、容止不凡等一類人物，爲人們普遍崇拜。美自有不可抗拒之魅力，不可摧殘褻玩。容止三八記庾長仁與諸弟入吴，欲住亭中宿。諸弟先上，見羣小滿屋，都無相避意。長仁曰：「我試觀之。」乃策杖將一小兒，始入門，諸客望其神姿，一時退匿。賢媛二一注引妒記：桓温平蜀，以李勢妹爲妾。郡主凶妒，拔刀往李所，欲斫殺之。然見李姿貌端麗，神色閑正，不覺擲刀抱之曰：「我見汝猶憐，何況老奴！」上述事雖不同，但究其實質，皆是重神、尚美風氣之體現也。

這裏「雖有仇隙，然每至興會，猶不免相思」，以及「見汝猶憐，何況老奴」，分明已超越了政治功利、現實利害，凸出了美的獨立價值，這不僅爲魏晉時代最爲看重美之嘉言善語，最爲「新」語之典型，而且也是傳統中國最唯美的古典之一。只要承認，儘管中國歷史與人生，充滿血雨腥風，然華夏民族之所以艱難輾轉，歷劫不敗，除了剛强之生命意志與高度的理性精神，仍有深情、癡想、求美、重神的執著心念，化干戈爲玉帛，轉暴戾爲祥和，其中不能不有美的一份力量，於是，我們不能不承認世説中美的發明與追求，自有一份莊嚴的自覺與高貴的尊嚴。

其實求美與求真，完全是可以並存，相互説明的。譬如對「樹猶如此，人何以堪」的詮釋，龔著説：

柳樹枝葉紛披，婀娜多姿，詩經即有「楊柳依依」之句。古人視爲珍木嘉樹，不乏詠唱。如枚乘作忘憂館柳賦，以後曹丕、陳琳、王粲、應瑒、傅玄、成公綏諸人皆作有柳賦，柳樹幾成美好事物之象徵。視當年依依弱柳，今摇落而變衰，不禁由物及人，而生「人何以堪」之深長喟歎。故桓温金城泣柳，並非僅是英雄遲暮、北伐大業未成之悲傷，更是對萬物變動不居以及個體生命短暫易逝之深沉體驗，遂成魏晉人一往情深之典型形象，淒美獨絶，歷千萬年而魅力永恒。

如果説，「英雄遲暮、北伐大業未成之悲傷」，乃屬歷史真相的正解，那麽，「對萬物變動不居以及個體生命短暫易逝之深沉體驗」，即爲美感經驗的通識。通者，變通、會通、不膠執、不單一、觸類旁通、由此及彼、由小見大，即在正解的基礎上，又能同時兼具更綜合性、普遍性、廣泛性的理解，方以智，不廢圓而神。

因而我認爲，具體情況的具體分析，以及歷史地變化地看問題，是解決自來「魏晉風度」美與真二分難題的最好途徑。譬如，世説新語的時代，創造與企求美的意境，最大的思想資源，即是重新發明莊、老、易思想。但是同爲「莊、老、易」，在不同的人，不同的時期，確有不同的功能與意涵，不可一刀切。以世説爲例，我想至少有三種，一是以莊老爲反抗之武器，二是以莊老爲葆身之煙幕，三是以莊老爲語言之桃花源。前兩者比較好理解，魯迅魏晉風度與文章與藥及酒之關係，已經揭發，嵇、阮，其實並不真的反儒家、反禮法，而是司馬氏集團利用儒家禮法，奪取政權，因爲嵇康的「非湯武而薄周孔」，是一種現實政治批判，矛頭直指假裝信奉儒家的司馬氏。而阮籍的醉酒佯狂與不守禮法，亦不過是在「名士少有全者」的時代，全身保命避禍，所施放的一種煙幕而已。極而論之，施放煙幕成爲一種漂亮的「文飾」。如余嘉錫箋有云：

余箋：「易豐卦彖曰：『日中則昃，月盈則食。天地盈虛，與時消息。而況於人乎！況於鬼神乎！』嘉錫案：山濤之言，義取諸此，以喻人之出處進退，當與時屈信，不可執一也。然紹父康無罪而死于司馬昭之手。禮曰：『父之讎，弗與共戴天。』此而可以消息，忘父之讎，而北面於其子之朝，以邀富貴，是猶禽獸不知有父也。濤乃傅會周易，以爲之勸，真可謂飾六藝以文姦言，此魏晉人老易之學，所以率天下而禍仁義也。」

因而除了利害，没有美醜，没有是非，没有黑白。學術，不過是現實利害的煙幕而已。而什麼叫「語言之桃花源」？「莊老」在這裏，既不是鬥争的武器，也不是保身的煙幕，而是一種

「創意」，是士人生處巨大的痛苦與悲傷的時代，暫時放下危疑苦境的存在感受，而另外發明一種言外之意、韻外之旨，創造語言之美的精神烏托邦，以安頓自由生命的美與尊嚴。從龔著中大大小小的各項掘發，可以看出一幅完整的圖景。譬如下面幾則，皆有關對政治恐怖與無道的調侃：

中朝有小兒，父病，行乞藥。主人問病，曰：「患瘧也。」主人曰：「尊侯明德君子，何以病瘧？」答曰：「來病君子，所以爲瘧耳。」

佛圖澄與諸石游，林公曰：「澄以石虎爲海鷗鳥。」

桓玄既篡位後，御牀微陷，羣臣失色。侍中殷仲文進曰：「當由聖德淵重，厚地所以不能載。」時人善之。

孔文舉有二子，大者六歲，小者五歲。晝日父眠，小者牀頭盜酒飲之，大兒謂曰：「何以不拜？」答曰：「偷，那得行禮！」

王祥事後母朱夫人甚謹。家有一李樹，結子殊好，母恒使守之。時風雨忽至，祥抱樹而泣。祥嘗在别牀眠，母自往闇斫之。值祥私起，空斫得被。既還，知母憾之不已，因跪前請死。母於是感悟，愛之如己子。

或以傳奇、或以嘲戲、或以含蓄、或以機智，化解無道政治的暴力，將埋藏着巨大悲傷的壓力，轉而爲語言遊戲的勝者，得到一種「語」的超越，這正是「清言」崇尚時代的權力轉换遊戲。「清言」有時是透過極爲含蓄而隱秘的「語」藝，激發讀者仔細體味當時士人心中的巨大悲傷，如陳元方談論府君與家君：

潁川太守髡陳仲弓。客有問元方：「府君如何？」元方曰：「高明之君也。」「足下家君如何？」曰：「忠臣孝子也。」客曰：「易稱：『二人同心，其利斷金；同心之言，其臭如蘭。』何有高明之君，而刑忠臣孝子者乎？」元方曰：「足下言何其謬也！」故不相答。客曰：「足下但因傴爲恭而不能答。」元方曰：「昔高宗放孝子孝己，尹吉甫放孝子伯奇，董仲舒放孝子符起。唯此三君，高明之君；唯此三子，忠臣孝子。」客慚而退。

龔著一反羣説，認爲陳仲弓受髡，寧信其有。明案：明明是刑父之痛，陳元方卻出之以莫名的反諷。歷史的悲劇正在於，往往是高明之君，迫害忠臣孝子。最深重的悲劇正是根本不知悲劇的兇手是誰。這不是個人的問題，而是歷史的暗處看不見的兇手的問題。由此説出士人生態的險惡，透出何等巨大的悲哀。我們看向秀在文帝面前不敢再言箕山之志、覆巢之下豈有完卵的小兒語、李喜在司馬氏面前畏法而至，以及鍾會兄弟在文帝面前戰戰惶惶，都没有這裏的悲傷如此驚心動魄，卻出之以不動聲色的人物語言。這應該是「語」的創造的一種奇觀。

世說中當事人的生命世界，亦常常有政治失敗與語言勝利的相互轉换，譬如簡文帝其人，一方面是在桓温的强權暴力之下掙扎：

簡文初即位，桓温奏廢太宰、武陵王晞及子總，又逼新蔡王晃自誣與武陵王晞等謀反，皆收付廷尉。又殺東海王二子及其母。温執意要殺武陵王晞，簡文不許，手詔報曰：「若晉阼靈長，公便宜奉行前詔。若其大運去矣，請避賢路。」面對桓温之肆無忌憚，簡文忍無可忍，强作反抗，才使温「不復敢言」。然簡文終究已成桓温掌中傀儡。

另一方面，又不妨其以妙賞、深情，賞愛園林之美，體察「鳥獸草木，自來親人」的意境，亦不妨其憫鼠、因憫鼠而憫人的儒道兼綜情懷。簡文帝的政治危疑處境，生命憂患意識，不妨其親近自然、悲天憫人，創造出語言美之桃花源境界。又如殷顗雖知桓玄、仲堪欲奪其職，然忘懷得失，意色蕭然，故「時論多之」。世說以令尹子文比擬之。龔著發揮大義：

令尹子文無喜無愠，頗合道家寵辱不驚、心遺得失之至人品格。嵇康答難養生論云：「且子文三顯，色不加悦；柳惠三黜，容不加戚。何者？令尹之尊，不若德義之貴；

三點之賤，不傷沖粹之美。二人嘗得富貴於其身，終不以人爵嬰心也。」郭象注莊子大宗師云：「至人無喜，暢然和適。」又云：「不以物傷己也。」莊子田子方：「肩吾問於孫叔敖曰：『子三爲令尹而不榮華，三去之而無憂色。吾始也疑子，今視子之鼻間栩栩然，子之用心獨奈何？』」張協雜詩：「至人不嬰物。」詠史詩：「達人知止足，遺榮忽如無。」謝靈運山居賦序云：「言心也，黃屋實不殊於汾陽。」歡戚兩忘，通塞一途，恬於榮辱，爲魏晉人格審美之一種。

殷氏身處危疑困境之中，確能暫時放下利害計較，以老莊資源創造生命意境，確是超越，是值得表彰之文化英雄。這裏没有假裝、没有文飾，一切都是生命的真受用。

我之所以别立「語言之桃花源」這一説法，是爲了區别「武器」、「煙幕」這兩種「莊老易」運用，以見出文士依憑其時代新資源，更依憑其賴以立身行世之優勢即「語言創造」，在其苦難命運與巨大悲傷中，另創世界、不虛此生，達成精神開花的生命根本意義。在龔著的豐富材料與細緻深入解讀中，這三種方式，皆有發明，而猶以「語言之桃花源」之考掘最爲大觀，足以標誌「世説時代」最具創意的精神生活與人文價值，因而相當扎實地回答了世説新語「新」在哪裏的問題。

最後要談到，正解與通識相結合，在中國文史研究中，應是具有普遍意義的學術方法。如果我們將求解歷史人物言行做事的超越意義與美學興趣，稱爲求「通識」；而將求解歷史人物言論行事之具體緣由，稱爲求「正解」，而實際的詮釋過程中，往往得到了「正解」，卻不能兼顧「通識」；多半顧到了「通識」，又犧牲了「正解」。如何能做到正解與通識兼顧？二十世紀古典文學研究的學術史中，我們早已從魯迅與朱光潛關於陶淵明「静穆」之美的争論，以及陳寅恪錢鍾書關於詩與史、理論與考證的範式歧出，總結得出二十世紀研究傳統的可貴經驗之一，即是在古典文學研究中，求真與求美，應爲古典文學學術研究傳統不可缺失的兩翼。〔二〕龔著有極多極好的證例，證明了二者是可以融合的。然而近十年來古典文學研究的一個新學術思潮，即漸漸放棄對於思想文化大義、文學藝術價值的表彰與建設，即漸漸放棄「通識」，而更多致力於從社會學、歷史學以及文獻學的層面，解決局部的、材料的、技術的甚至是瑣屑的問題。本來，社會歷史的深入瞭解，文獻材料的廣搜細析，都是中國文史之學的重要手段，但是近年來與西方新歷史主義或後現代的解構思潮相互加强緣助，則手段變而爲目的，漸有趨於解構、不屑建構，只講利害，不論文學，只講權力，不論美感的時風。有時甚至有意無意，將古人的一切優美的文學表達與美好傳統，全化而爲當時人的争權奪利，化而爲後人版本的僞造，或後世別有用心者虛假的塗飾。這就連「正解」都放棄了。因而，當我看到龔斌自覺以陳寅恪先生的學術旨趣懸爲高標，孜孜矻矻，不求速成，不立偏鋒，追求正解與通識兼顧的大路，一方面是深深海底行，一方面是高高山頂立，這就是中國文史詮釋的高境界。我欣喜地看到龔斌兄在攀登高峰的道路上，留下了一步步堅實的足跡，略以一己閱讀思考之淺小心得，撰成數語，樂爲之傳播推薦。至於全書極爲美富的内容，則不能盡言於萬一也。

辛卯年四月二十五日胡曉明序

【注釋】

〔一〕俞志慧：古「語」有之：先秦思想的一種背景與資源，上海：華東師範大學出版社，二〇一一。

〔二〕參見拙著詩與文化心靈中陳寅恪與錢鍾書：一個隱含的詩學範式之争、什麽是詩文考證的正途、真詩的現代性：七十年前朱光潛與魯迅關於「曲終人不見」的争論及其餘響以及是以詩證史，還是借詩造史諸文。北京：中華書局，二〇〇六。

前言

南朝劉宋臨川王劉義慶編撰、後由梁劉孝標注釋的世説新語(後省作世説),是中國古代極負盛名的一部志人小説。此書採集前代遺聞軼事,上至秦末,下至劉宋初年,而尤以魏晉最爲詳備,記録了當時士族名士的言行和精神風貌,内容涉及政治、軍事、經濟、哲學、宗教、文學、美學、風俗,以及士人和貴族婦女的心態,堪稱一部百科全書式的文化名著。研究漢末至魏晉時期的歷史、習俗和文化的變遷,世説是最重要、最真實的歷史資料。它具有永恒的歷史價值和文學價值。

由於世説史料價值極高,加上「記言則玄遠冷峻,記行則高簡瑰奇」(魯迅語),藝術成就也很高,因此歷來爲人們喜愛。宋明以來,不斷有人翻刻、評點此書。劉應登、劉辰翁、王世貞、王世懋、李贄等人爲代表的評點，或文字訓詁，或藝術鑒賞，或奥義索隱，成爲世説研究史上重要的篇章。至清末，李慈銘、王先謙、葉德輝諸人在校勘、考證、輯佚等方面皆有收穫。民國之後，李詳、劉盼遂、程炎震、沈劍知等，通過校勘、釋字、考證、索隱這些傳統的手段，疏解文字，考釋疑難，爲後來者提供了寶貴的學術積累。尤其值得注意的是，陳寅恪、宗白華、馮友蘭等，以現代的哲學、美學理念，揭示世説的思想與美學價值，開啓了世説研究的新局面。

共和國建立之初，世説研究沉寂一時。但王利器對影宋本世説所作的校勘記，根據唐寫本和明清以來的多種異本參校，訂正了宋本的許多訛誤，具有較高的學術價值。

二十世紀八十年代以降，世説的整理和研究呈現前所未有的繁榮。余嘉錫世説新語箋疏、徐震堮世説新語校箋、楊勇世説新語校箋（修訂本）、朱鑄禹世説新語彙校集注先後面世，代表了二十世紀世説整理的最高水準。同時，關於世説記録的魏晉玄談的思想意義，人物鑒賞的美學意義，人物言行的文化意藴，所有這些非常重要的研究課題，都被納入了研究者的視野。語言學家則掀起了世説通俗詞語研究的熱潮，並取得了很大的實績。今天，無論是詞語的解釋，還是文化内涵的探索，都已超越前人。當然，並不是説，我們對世説的研究已臻完美。世説作爲反映魏晉文化的百科全書式的名著，決非我們這一代研究者可以窮盡它的豐富内涵。其實，世説美學價值的研究還剛剛起步，世説文化底藴的挖掘還僅在淺層，微觀抑或宏觀的研究都還談不上精深，離兩者之間的融通還遠。相信那些想要比較深入地瞭解世説的讀者都有體會：讀懂世說的詞語儘管有難度，但尚在其次，最難解者是人物簡約對話和曠簡行爲所顯示的深層次的意義。世說本質上是魏晉玄風影響下的産物。魏晉玄學的核心命題是「得意忘言」，它直接影響到人們的語言、行爲和思維方式。揭示這部書的「言外之意」，「韻外之致」，是閲讀、研究世説的最困難之處。筆者正是有感於此，才撰寫世説的新校釋，力圖探索它在文字背後的深層含義。

二

世説真正是「以人爲本」——人物鑒賞是它的核心内容。全書三十六門中的德行、言語、政事、方正、雅量、識鑒、賞譽、品藻、捷悟、夙惠、豪爽、容止、傷逝、棲逸、任誕、簡傲、假譎等，無不與人物品題及鑒賞有關。它生動記録了魏晉名士的言行，描寫他們的形神之美：容止的漂亮、行爲的縱放、風韻的瀟灑、精神的自由，歷千數百年仍栩栩如生。

中國美學的重要源頭是人學。世説是最好的例證。早在春秋戰國時期，評論人物之美已具端倪。論語學而説：「人不知而不愠，不亦君子乎？」論語里仁説：「君子欲訥于言，而敏於行。」孟子滕文公下説：「富貴不能淫，貧賤不能移，威武不能屈。此之謂大丈夫。」詩衛風淇奥説：「有匪君子，如切如磋，如琢如磨。」「有匪君子，充耳琇瑩，會弁如星。」于此可見道德高尚、操守貞潔、學問日進，是「君子」和「大丈夫」人格美的内涵。這種傳統的評判人物的標準，後世奉行不衰。在經學鼎盛的東漢，選拔人才制度是察舉和徵辟。人物評價特重道德操守和學問高明。漢末開始，隨着經學的衰落、用人制度的變化，人物品題由道德層面逐漸轉變至個人品性、氣質層面。士風的轉變，成爲魏晉美學發生的一大契機。

世説真實地記録了由道德範型的人格審美向個性至上的人格審美的轉變。這種轉變是漸進的、複雜的。此書的前面四篇：德行、言語、政事、文學，體現了孔門的四科是明顯不過的，説明世説的編撰者受到儒家人格美觀念的影響。因此，不能因爲世説是魏晉風度的記録，便以爲摒棄了儒家的理想人格。德行中的不少故事，記漢末人物陳仲舉（蕃）、黄叔度（憲）、李元禮（膺）、陳太丘（寔）、荀朗陵（淑）諸人，皆以道德、節義、操守彪炳於世，仍屬儒家的理想人物。然而，漢末畢竟是思想解放、個性日益獲得尊重的時代，個性獨異之士爲人宗仰，常得大名。徐孺子、黄叔度、郭林宗之徒便是典型人物。

德行一注引謝承後漢書稱徐穉「清妙高跱，超世絶俗。前後爲諸公所辟，皆不就」。徐孺子不與世事，與陳蕃、李膺等堅持儒家治國理想的黨錮之士迥然不同。然陳蕃爲豫章太守，未至府廨，「便問徐孺子所在，欲先看之」。陳蕃如此「禮賢」，透露出漢末「賢人」的新含義。與社會疏離的逸民，如今戴上了「賢人」的冠冕。謝承後漢書又記徐孺子萬里赴吊，「常預炙雞一隻，以綿漬酒中，暴乾以裹雞，徑到所赴塚隧外，以水漬綿，斗米飯，白茅爲藉，以雞置前，酹酒畢，留謁即去，不見喪主。」朱熹解釋説：「以綿漬酒藏之雞中去吊喪，便以水浸綿爲酒以奠之便歸。所以如此者，是要用他自家酒，不用别處底。所以綿漬酒者，蓋路遠難以器皿盛故也。」（朱子語類一三五）徐孺子萬里赴吊，屬儒家之義；以綿漬酒，不煩亦不取於人，爲東漢推崇的「清節」；不見喪主，有違禮儀，但見出性情之真。徐孺子萬里吊喪，既是義風高張，又是突破繁瑣禮儀，真率通脱，其行爲確乎清妙超俗，宜乎傾倒士庶。所以，徐孺子的「德行」之内涵，既有儒家推崇的義、節、清，又有老莊讚美的簡易真率。

黄叔度無有言論功業，但時人讚爲「顔子復生」。周子居常云：「吾時月不見黄叔度，則鄙吝之心已復生矣。」（德行二）戴良見黄叔度，自稱「瞻之在前，忽焉在後，所謂良之師也」（同上注引典略）。郭林宗歎曰：「叔度汪汪如萬頃之陂，澄之不清，擾之不濁，其器深廣，難測量也。」（德行三）何以黄叔度獲此盛名？范曄後漢書五三黄憲傳論曰：「黄憲言論風旨，無所傳聞，然士君子見之者，靡不服深遠，去玼吝。將以道周性全，無德而稱乎？」范曄所説的「道周性全」，實質就是天下將亂之際奉行的遠害全身之道。淡泊明志、高尚清遠，漸爲英偉之士嚮往，人生價值的評判標準發生了變化。魏晉以隱逸爲高，以仕宦爲俗，這種觀念就是從徐孺子、黄叔度之流演變而來。

明白了黄叔度的「無德而稱」，也就大體可以理解，爲什麽隱優於仕的觀念在魏晉大行其道。前賢早已指出：論魏晉風度當溯源至漢末。世說雖主要記錄魏晉名士言行，但漢末人物的數量也很可觀。這樣的編寫體例，說明劉義慶具有明確的史的觀念，認爲魏晉風流起源於漢末。因此讀世說，絶對不能忽略徐孺子、郭林宗、戴良等人，細緻地分析他們的言行，可以具體而準確地理解魏晉美學的源頭所在。

三

世說中品題人物的用語很多，其中重要的、可以成爲審美範疇的諸如：清、遠、識、簡、真、神、韻、朗、達、通、雅等。這些關鍵字又可以同其他的字搭配，組成許多偏正複詞。例如「清」字，能組成「清識」、「清通」、「清議」、「清真」、「清令」、「清遠」、「清秀」、「清稱」、「清虛」、「清朗」、「清恬」、「清約」、「清峙」、「清厲」、「清中」等，「遠」字可以組成「遠志」、「遠意」、「遠神」、「遠操」、「遠暢」等等，「朗」字可以組成「器朗」、「徹朗」、「朗拔」、「通朗」、「卓朗」、「朗越」、「朗詣」、「潛朗」等。這些品藻用語，看似易懂，其實不太容易確定它們的確切意義。比如「清令」和「清秀」，意思相近，很難指出兩者的區別。究其原因，同魏晉品題人物所用的方法有關。同西方人以嚴密的邏輯思維認識事物絶然不同，中國古代往往以類比的方法認識世界，認識人物。世説中最常見的是用自然景物比喻人物，如「世目李元禮『謖謖如勁松下風』」（賞譽二）、公孫度目邴原爲「雲中白鶴」（賞譽四）之類。其次以彼人比此人，如正始中，「以五荀方五陳」，「又以八裴方八王」之類（品藻六）。這兩種方法，正如謝安所言，「此乃九方堙之相馬也，略其玄黄，而取其駿逸」（高僧傳四支遁傳）。不作理性的邏輯表述，而是取人之精神、氣質、風度，忘象得意，深契玄學精神。因此，一定要指出「清」、「遠」、「神」、「朗」之類品藻用語的確切含義，看似科學，其實反而遠離真實。這樣説，並不是「不求甚解」，而是要以微觀的研究爲基礎，再將這些審美範疇放在中國美學史的歷史進程中加以審視，探索其形成原因，從而顯示它們的深刻内涵的具體性和豐富性。

由於篇幅關係，我們僅説一個「簡」字。「簡」是魏晉人格審美的重要範疇之一。世説所見有「簡要」、「簡至」、「簡率」、「簡脱」、「簡素」、「簡傲」等。簡有兩義：一謂簡省，與「煩」相對。書大禹謨：「臨下以簡。」史記樂書：「大樂必易，大禮必簡。」一謂慢忽。孟子離婁下：「是簡驩也。」孫奭疏：「簡略不爲禮也。」世説中鑒賞人物之「簡」，也有以上兩義。或美人之言談，或美人之行爲。突出的例子如賞譽六：「鍾會曰：『裴楷清通，王戎簡要。』」「簡要」的内涵指什麽？晉書四三王戎傳言戎「任率不修威儀，善發談端，賞其要會」。讀此可知鍾會稱「王戎簡要」一語的審美含義：具體所指兩個方面，一是王戎不喜儒家的繁瑣的儀表修飾，簡率任自然。這正是老莊思想薰陶下的名士重自然的風度。二是王戎清言「善發談端」——先敍論題之要旨，簡而有會。魏晉清言大致有兩派：一派口若懸河，郭象之流便是。一派辭約旨達，如樂廣之流。二派相較，終究以簡約爲優。王戎即屬簡言一派。

由於簡之行爲因個性而各異，表現的美感必然呈現差異。超俗而簡易者，以「高簡」稱，如言語三九注引高坐别傳：「性高簡。」通達不拘而簡易者，以「通簡」稱，如賞譽九七注引江左名士傳：謝鯤「通簡有識」。通脱而簡易者，以「簡脱」稱，如豪爽二注引鄧粲晉紀：王敦「性簡脱」。至於簡傲所記，都是指不拘禮儀而行爲傲慢者。

如上所述，「高簡」、「通簡」、「簡要」、「簡脱」等詞語具體的審美内涵，有共同點，也有差異。至於形成魏晉以簡爲美的時代及文化的原因，那就不是一個「簡」字所能道盡了。要言之，首先是經學的衰落。兩漢經學極其繁瑣，至東漢中期，漸起以「己意説經」之新學風，擯棄象數及繁冗的章句訓詁，直探事物本源，以義理取勝。此爲學風之簡，影響所及，清言尚簡要、簡至、簡約。其次是經學衰落，思想解放，束縛人情性的繁文縟節崩壞，個性以呈現自我面目爲佳，於是行爲表現爲簡脱、簡曠、簡素等不同的人格風貌。

其他如「識」、「遠」、「朗」、「韻」等審美範疇，我以爲也應當採用上面標舉的微觀和宏觀相結合的研究方法。微觀是探索並基本確定審美範疇的内涵，説明它的具體性。宏觀是從歷史文化背景上解釋審美範疇的發生和發展，確立它們在中國美學史上的地位和價值，以及對後世文藝的影響。

魏晉是發現美、張揚美的時代。世説以濃筆重彩描寫魏晉名士的人格之美，證明當時的唯美主義已經深入人心。人們愛美的程度甚至超越了人的某些劣根性，超越了家族的偏見和政治上的對立。

魏末名士荀粲對女色的讚歎和崇拜，成了拜倒在石榴裙下的先驅人物。惑溺二注引粲别傳曰：「粲常以婦人才智不足論，自宜以色爲主。驃騎將軍曹洪女有色，粲於是聘焉，容服帷帳甚麗，專房燕婉。歷年後，婦病亡，未殯，傅嘏往喭粲，粲不明而神傷。嘏問曰：『婦人才色並茂爲難，子之聘也，遺才存色，非難遇也，何哀之甚？』粲曰：『佳人難再得，顧逝者不能有傾城之異，然未可易遇也。』痛悼不能已已，歲餘亦亡。」荀粲「婦人以色爲主」之論，與以「婦德」爲首的傳統女誡背道而馳。荀粲回答傅嘏説，「佳人難再得」，以至神傷不已，少時亦亡。荀奉倩，真是一個不折不扣的「好色之徒」。不能不承認荀粲對婦有情，而且「至篤」。但推究起來，至篤之情蓋由好色而來。若奉倩婦姿色平平，奉倩決無至篤之情，也不會婦亡後神傷亦卒。裴楷聽到荀粲的高論後説：「此乃是興到之事，非盛德言，冀後人未昧此語。」裴有意淡化荀粲「婦人以色爲主」的驚人之論，希望後人不要爲此語迷惑。殊不知，荀粲之論爲歷代名士信奉之，仿效之。稱荀粲爲「風流教化主」，絶不爲過。

賢媛二一記桓温平蜀，以李勢妹爲妾。温妻南康長公主得知後，與數十婢拔白刃襲之。正值李妹梳頭，美髮委地，膚色雪白，不爲動容，徐徐説：「國破家亡，無心至此，今日若能見殺，乃是本懷。」主慚而退。劉孝標注引妒記説，南康長公主見李姿貌端麗，神色閑正，辭甚淒惋，於是擲刀前抱之，曰：「阿子！我見汝亦憐，何況老奴。」遂善之。婦人妒忌常有出人意表者。兇狠的郡主見李勢妹楚楚可憐，居然妒意全消，前而抱之，憐而善之。若非唯美主義深入人心，婦人之妒竟爲蛾眉的美色消解，是不可想像的。

王、謝是東晉的兩大望族，經過時間不長的一段合作和親密後，終因婚變而反目成仇。但對方的人格之美，有時超越家族之間的私憾，仍能引起一方的懷念和讚美。賞譽一四七記謝安爲中書監時，王珣有事上省相遇。當時，王、謝已絶婚不來往。但謝安猶斂膝容之。「王神意閑暢。謝公傾目。還謂劉夫人曰：『向見阿瓜，故自未易有，雖不相關，正是使人不能已已。』」晉人以神情閑暢爲美。王珣神意閑暢，謝安欣賞他的風韻之美，傾目對之。回府後，又對夫人説，如王珣這樣的人材，確實不常有，雖然與王家利害不相關，但使人不能不感動。

謝安，人稱「風流宰相」，極具人格之美。簡文帝時，桓温圖謀篡晉幾乎路人皆知。謝安、王坦之連袂阻遏桓温的權力。温大怒，伏甲兵，設肴饌，欲于席間殺謝、王二人。「謝之寬容，愈表於貌，望階趨席，方作洛生詠，諷『浩浩洪流』。桓憚其曠遠，乃趣解兵。」（雅量二九）謝安於生死存亡之際，從容不異平常，神姿曠遠，竟然使桓温退兵。宗白華説：「美之極，即雄强之極。」（論世説新語和晉人的美）謝安的人格之美，便是雄强，便是力，便是百萬雄兵。當然，美須有人懂得並欣賞。桓温是英雄，英雄愛美。若是不知美爲何物的一介武夫，哪怕謝安再作洛生詠，也難免遭刀斧之災。上面的故事，最能説明晉人是多麼愛美，美是多麼深入人心。

四

世説是研究魏晉清談最重要的歷史資料。因此有人稱世説是「清談的全集」，或者稱是「清談的教科書」。確實，再也找不到另外一部古籍，能比世説更多、更具體、更生動地記録清談的程式、内容和場面了。關於魏晉玄談的起源、形式、内容及演變，以及它在中國思想史和文化史上的意義，論者已多。這裏僅就研究者忽略或語焉不詳的某些問題，略陳己見。

關於清談的基本形式，見於文學六：王弼未弱冠往見何晏，晏因條向者勝理，語弼曰：「此理僕以爲極，可得復難不？」弼便作難，一坐人便以爲屈。於是弼自爲客主數番，皆一坐所不及。據此條所記可知，清談的基本形式有兩種：一是主客論辯，即主先述「勝理」，客攻難之。此條記何晏爲主，王弼爲客發難之。二是「自爲客主」，即自難自答，即此條所云「弼自爲客主數番」。又見於文學三八：許詢與王脩論理，王遂大屈。「許復執王理，王執許理，更相覆疏，王復屈。」可見主客決出勝負後，若一方不服，雙方可以交換論旨，再加辯答。主客論辯，在坐者可聽而不參與，也可攻難主或客。文學六記王弼爲客攻難，「一坐人便以爲屈」，説明

「一坐人」亦參與辯論。又文學五六記孫盛論易象，一坐咸不安孫理，而辭不能屈。可見孫盛爲主，一坐爲客，衆起而攻之。文學五三記張憑聽劉尹、王長史諸賢清言，「客主有不通處，張乃遥於末坐判之，言約旨遠，足暢彼我之懷，一坐皆驚」。説明主客雙方均不能自通其旨時，在坐的高明者可以裁斷、解釋之。文學九記傅嘏與荀粲共語，雙方都不能理解對方，裴徽「釋二家之義，通彼我之懷，常使兩情皆得，彼此俱暢」。其情形與張憑遥判相似，也可見在坐的第三者能參與論辯，對主客的論旨提出自己的見解。

清言的形式有一個爲人忽略的地方，名曰「敍致」，意義是主客論辯先陳述論題的旨要。文學四二記王濛往與支道林語，「王敍致作數百語，自謂是名理奇藻」。又文學五五：「支道林先通，作七百許語，敍致精麗。」文學二八記殷浩爲謝尚「標榜諸義，作數百語。既有佳致，兼辭條豐蔚」。以上數條中的「敍致」是指標明宗致或大要。「佳致」謂「敍致」之佳。致，作「指歸」、「宗致」講。清言開始，先標明宗致，然後詳細闡釋之。高僧傳四支遁傳：「每至講肆，善標宗會，而章句或有所遺。」「善標宗會」，意思是善作敍致。同書五釋法和傳：「善能標明論綱，解悟疑滯。」「標明論綱」四字正可作「敍致」一詞的注腳。「敍致」是判斷清言優劣的重要標誌。「敍致」若佳，有時會立時使論敵拱手認輸。文學五六記劉惔與孫盛論易象，「劉便作二百許語，辭難簡切，孫理便屈」。二百許語就是「敍致」。劉敍致簡而切要，故不待詳細闡述，孫盛便認輸了。有些研究者因不明敍致之「致」的確切所指，釋「敍致」是「陳述義理」、「敍述義理」；釋「佳致」是「美好的情趣」等，皆屬誤解。

從正始至東晉之末，清言家輩出，各有擅長，風格亦各異。現在一般將清言家分爲「簡約派」和「豐贍派」，雖大體正確，但實際上把豐富生動的歷史簡單化了。歷史上的清言家，其實異彩紛呈。正始之音的代表人物何晏、王弼，各有所長，風格就很不一樣。文學六注引魏氏春秋說，何晏善談易老；注引弼別傳說，王弼十餘歲便好莊老。其實，王弼還是個最有名的易學家，莊、老、易三者皆精，造詣遠勝何晏。至於何、王的清言，各有特點。文學七注引魏氏春秋說：「弼論道約美不如晏，自然出拔過之。」魏志管輅傳注引輅別傳敍管輅與裴徽二人論何晏，管評曰：「故說老莊，則巧而多華；說易生義，則美而多僞。」又魏志鍾會傳注引何劭弼別傳說：「其論道附會文辭不如何晏，自然有所拔得，多晏。」綜觀以上記載，可知何晏、王弼論道及清言的特點：何詞藻較美，王義理精拔。清言雖然也須講究辭藻，但終究以義理精拔爲勝。

殷浩、劉惔、王濛、支遁是東晉中期最負盛名的清言家，此數人也各有所長。文學四三注引語林說：「浩於佛經有所不了，故遣人迎林公。林乃虛懷欲往，王右軍駐之曰：『淵源思致淵富，既未易爲敵，且己所不解，上人未必能通。』……林公亦以爲然，遂止。」王右軍所說的「淵源思致淵富」，是指殷浩清言義理深厚宏博，並認爲支遁恐非敵手。右軍指出的殷浩清言的特點又可從王胡之所言體會之。賞譽八一載王胡之與殷浩清言，王感歎：「己之府奧，蚤已傾瀉而見；殷陳勢浩汗，衆源未可得測。」王胡之意謂我胸中蘊蓄早已傾瀉而盡，而殷中軍言辭浩蕩，規模恢宏，意旨深遠莫測。再有簡文對殷浩清言的評價，也與王右軍、王胡之的意思相近。簡文説：「淵源語不超詣簡至，然經綸思尋處，故有局陳。」（賞譽一一三）「語不超詣簡至」一語，是説殷浩義理不高妙，言辭不簡切。「經綸思尋」二語，是説論辯的邏輯層次和語言佈局，猶如兵陣之局勢。後者與王胡之「陳勢浩汗」意思正復相同。郗超和謝安曾談論殷浩、支道林的清言特點。郗問：「殷何如支？」謝曰：「正爾有超拔，支乃過殷；然亹亹論辯，恐殷欲制支。」（品藻六七）綜合以上時人的評論，基本上可以看到接近歷史真實的殷浩的清言特點：論義理超拔未臻至境，然佈局有法，規模恢宏，言辭亹亹不絶。

劉惔、王濛的清言，也各有長短。品藻四八記劉尹至王長史許清言，既去，長史之子苟子問父曰：「劉尹語何如尊？」長史曰：「韶音令辭不如我，往輒破的勝我。」王濛意思説，論言辭的和美優雅，劉尹不如我；一往即至精要，劉尹勝我。劉孝標注引劉惔别傳説：「惔有儁才，其談詠虚勝，理會所歸，王濛略同，而敍致過之，其詞當也。」所謂「敍致過之」，是説宗致的精微勝過王濛。王濛真是「知己知彼」，己長己短，由他自己道來，顯得特别真實而親切。王濛、劉惔清言的特點，也見於時人的評論。支遁對王羲之説：「長史作數百語，無非德音，如恨不苦。」（賞譽九二）不苦，是指辯論風格比較温和，不是苦苦逼人。劉惔清言以至精著稱。許詢稱劉：「非至精者，不能與之析理。」（賞譽一一一）可見時人以「至精」目劉惔。上文言及劉惔與孫盛論易象，作二百許語，「辭難簡切，孫理遂屈」。于此對王長史讚歎劉「往輒迫的」一語，應該有真切的體會。其他清言家如謝安、許詢、郗超、韓伯、簡文，都各有擅長和特點。如果再結合他們的思想和個性，就可以更具體生動地再現魏晉清談的歷史場面和人物風神。

五

世説的語言之美在中國古代典籍中罕有其比。不論是記事還是記人，都是簡約傳神，有言外韻味。明人胡應麟讀世説新語讚美説：「讀其語言，晉人面目氣韻，恍然生動，而簡約玄淡，真致不窮，古今絶唱也。」（少室山房集一〇二）世説的語言傳承了前代優秀文學作品的語言藝術，更主要的是魏晉文化思潮影響的産物，是活生生的語言。由於世説的語言深深地打上了時代的烙印，因此成爲不可複製的語言珍品。尤其是言語一篇，内容廣泛，集中反映了魏晉人觀念中的語言美之内涵。現概括幾點略述之：

（一）機警善應對。言語，本來就是孔門四科之一。能言善辯，固然是通常所説的口才，本質卻是思維敏捷的反映。隨着漢末人才學趨向注重才能的變化，文才機辯成了品鑒人物的重要標準之一。漢末文士邊讓「占對閑雅，聲氣如流，坐客皆慕之」（言語一注引文士傳）。繁欽「以文才機辯，少得名於汝、潁間」（魏志王粲傳注引典略）。可見，漢末推崇占對、文才和機辯已成風氣。魏晉名士的機辯應對，與漢末風氣一脈相承。

言語四〇記周顗詣王導，既坐，傲然嘯詠。王公曰：「卿欲希嵇、阮邪？」答曰：「何敢近舍明公，遠希嵇、阮。」周顗傲然嘯詠，有嵇、阮風度，故王導有此問。周顗之答，實在是當面奉承，將王導與嵇、阮相提並論。但倉促之間，答問如響，應聲而出，非才思敏捷，難以達此境地。劉孝標注引鄧粲晉紀説周顗「善於俛仰應答」。讀此可信。再讀言語五〇：張玄之、顧敷，是顧和中外孫，張九歲，顧七歲，皆少而聰惠。顧和「常謂顧勝，親重偏至」，張很不滿。一次，顧和與二孫俱至寺中。見佛般泥洹像，弟子有泣者，有不泣者。和以問二孫。玄謂「被親故泣，不被親故不泣」。敷曰：「不然，當由忘情故不泣，不能忘情故泣。」張玄之答借題發揮，暗指顧敷「被親」，自己「不被親」，曲折流露出對顧和偏親孫子的不滿。而顧敷之答，表面上解釋佛弟子爲什麽有泣、有不泣，其實針鋒相對，譏刺張不能忘情，以致内心不平。二小兒機智敏捷，言在此而意在彼，令人歎爲觀止。

（二）濃郁的抒情意味。所謂好語動人，情感是「好語」的靈魂。胡應麟稱美世説語言「真致不窮」，主要當是指語言所蘊含的真實自然的情感。這類例子極多，如言語三二：衛洗馬初欲渡江，形神慘顇，語左右云：「見此芒芒，不覺百端交集。苟未免有情，亦復誰能遣此！」西晉覆滅，北方士族背井離鄉，渡江南來。先前的鐘鳴鼎食之家，如今國破家亡，面對蒼茫大地，淒淒惶惶。諸如生離死別、前途難卜的感慨，永遠揮之不去。衛玠之語，充滿家國之憂，身世之感，典型地表達出親歷天翻地覆大事變的人們的普遍心聲。後人讀此，其感受確如明人王世懋所言：「至今讀之欲絶，況在當時德音面聆者耶？」

桓温「金城歎柳」的故事，也令人擊節讚賞。言語五五載：「桓公北征經金城見前爲琅邪時種柳，皆已十圍，慨然曰：『木猶如此，人何以堪！』攀枝執條，泫然流淚。」桓温「木猶如此，人何以堪」的深長喟歎，不僅僅是英雄遲暮，北伐大業尚未成功的傷感，更是對萬物變動不居，而個體生命稍縱即逝的深沉體悟和莫名悲哀。桓温「金城歎柳」，成爲晉人一往情深的典型形象，魅力永恒。

世説的人物語言極富抒情色彩，根本説來是魏晉人重於情、深於情的體現。伴隨思想解放而發生的精神自由、個性張揚，必然使人的情感表達趨於縱放。何晏與王弼關於聖人無情還是有情的爭論，在哲學上肯定了情感的合理性。于是，大至天地宇宙，小至兒女私情，皆不能忘懷，所謂「情之所鍾，正在我輩」。世説的人物語言，真實地反映了魏晉人情感的解放和自由。

（三）玄遠簡約。世説人物語言玄遠簡約，顯然是魏晉玄風薰陶的結果。晉人好人倫識鑒，熱衷玄談，對自然山水懷有異樣的熱情，但論人取其神韻，清言求其至理，遊覽悟其自然之道，都不是凝滯於物，而是追求玄思妙想，體悟言外之意。世説語言玄遠簡約，便源于晉人的虚襟、玄思、簡曠。簡文入華林園，顧謂左右曰：「會心處不必在遠，翳然林水，便自有濠、濮閒想也。覺鳥獸禽魚，自來親人。」（言語六一）簡文由華林園中的眼前之境，體悟到莊子所説的道無處不在的境界。只要對自然景物懷有一片深情，那麽天地萬物——不論巨細、遠近，内心深處會生出對外物的相親相近的感覺。簡文之語，極富理趣之美。又庾子嵩作意賦成，從子庾亮見，問曰：「若有意邪，非賦之盡；若無意邪，復何所賦？」答曰：「正在有意無意之間。」（文學七五）庾亮所問，是「言不盡意」之論。庾子嵩「有意無意」之答則更妙。叔侄二人問答的哲學背景，當是魏晉玄學的言意之辯。盡意莫若象，盡象莫若言，此爲有意。然存言者非得象者也，存象者非得意者也，故意通於言象之外，此爲無意。庾子嵩之答，道出了文章的妙處，即在有意無意之間——有意，作品須語言文字的表達，否則，無法見其意；無意，文章不可僅止於語言文字，它還須有言外之意。或者説，有意爲實，無意爲虚。好的文學作品就在即實即虚之間。由庾敱、庾亮之問答，顯見玄學「得意忘言説」對文章之影響。

（四）聲文兩得。聲指語言的音調，文謂語言的藻繪。例如言語八〇記李弘度家貧，揚州刺史殷浩問：「君能屈志百里不？」李答曰：「北門之歎，久已上聞；窮猿奔林，豈暇擇木？」一副急於出仕以救窮的聲口，語言凝練，聲調悦耳，比喻貼切。言語八五：顧長康目江陵城樓曰：「遥望層城，丹樓如霞。」以昆侖山九重之增城喻高聳的江陵城樓，色澤鮮明，很有畫意。言語九一：王子敬云：「從山陰道上行，山川自相映發，使人應接不暇，若秋冬之際，尤難忘懷。」語言暢達優美，傳神地寫出了秋冬之際山陰道上的景色，賞愛自然的深情濃如醇酒，歷來爲人傳誦。言語九三：道壹道人好整飾音辭，從都下還東山，經吴中。已而會雪下，未甚寒。諸道人問在道所經。壹公曰：「風霜固所不論，乃先集其慘澹。郊邑正自飄瞥，林岫便已皓然。」「風霜」四句描繪吴中雪景，音韻鏗鏘，對偶工整，讀來抑揚頓挫，極錘煉之致。駢文要求用典、對偶、聲韻、藻繪，李弘度「北門之歎」四句和道壹描繪吴中雪景四句，豈不是駢文的佳句麽？這裏值得深入探究的是「好整飾音辭」一句。整飾者，錘煉修飾也；音辭者，聲韻與文采也。「整飾音辭」的風氣，從文學内部原因説，當是辭賦的傳統。從外部原因説，很可能受佛經轉讀（詠經）和梵唄（歌讚）的影響。整飾音辭的結果，必然會影響到文學作品的語言華美和音韻調諧。文學八六記孫綽作天台賦成，以示范榮期，云：「卿試擲地，要作金石聲。」范曰：「恐子之金石，非宫商中聲。」作賦追求金石宫商之聲，説明東晉的作家已有意于音韻的研究。所以我歷來認爲，中國詩文的音韻之學，與魏晉人的語言之美直接有關。

六

讀懂世説似易實難。如果不瞭解魏晉的文化背景，不瞭解世説編注者的歷史觀念和審美理念，就難以發現、難以理解此書藴含的深廣的文化内涵，也不可能對書中的人物和事件作出符合歷史真實的評價。再有，用現代的某些理念闡釋世説，這當然無可非議，但須防止尚未正確理解原文，就用西方理論或流行話語評點、解釋，結果謬相比附，不倫不類，恰如周伯仁所説：「無乃刻畫無鹽，唐突西子。」

世説的時代距今已逾千年，我們決不可用今天的觀念來解釋古人的思想行爲。比如方正篇，什麼叫方正？有的研究者認爲方正是爲官耿直，不畏權勢，與歷史所歌頌的「清官」相似。但細讀方正篇，就會發覺這樣的理解至少是偏頗的。宗世林始終不與魏武交（方正二），此以不妄交爲方正。辛毗當軍門立，阻止司馬懿出（方正五），此以個性剛直爲方正。夏侯玄既被囚，鍾會先不與玄交，因便狎之，玄曰：「雖復刑餘之人，未敢聞命！」（方正六）此以剛直不屈爲方正。諸葛靚入晉，以與晉室有仇，常背洛水而坐，不肯見晉武帝（方正一〇），此以志節爲方正。楊俊輕視杜預，不肯坐而去（方正一二），此以豪俊傲慢爲方正。庾子嵩卿王衍不已，王云：「卿自君我，我自卿卿，我自用我法，卿自用卿法。」（方正二〇）此以固執己見爲方正。王修齡在東山甚貧乏，烏程令陶胡奴送王一船米。王卻不肯取，直答云：「王修齡若饑，自當就謝仁祖，不須陶胡奴米。」（方正五二）此以輕視他人，拒絶人之好意爲方正……凡此，都説明劉義慶審美視域中的「方正」人格的内涵非常複雜，與今人稱「爲官耿直，不畏權勢」爲方正，相去實在遥遠得很。

盛行于魏晉的嘲謔調笑，是智力和語言的遊戲，詼諧幽默，表現出思想解放之後士風之通達，意趣之活潑。世説中有不少互以父名嘲戲的故事，讀後令人莞然。但古今自有一些名教中人對此痛心疾首。例如方苞評論司馬昭與僚屬陳騫、陳泰、鍾會、鍾毓互以對方父名嘲戲（見排調一、二），説：「『望卿遥遥不至』，故犯人諱，惡劣極矣，反以爲機警。五胡之禍，豈無自哉！」以爲司馬昭以鍾會父鍾繇之名相嘲，與後來的五胡亂華不無關係。庾爰之造訪孫盛，值孫不在，見其子齊莊。齊莊尚幼，庾試嘲之曰：「孫安國何在？」即答曰：「庾穉恭家。」庾大笑曰：「諸孫大盛，有兒如此。」又答曰：「未若諸庾之翼翼。」還語人曰：「我故勝，得重唤奴父名。」（排調三三）李慈銘以爲魏晉以來以父名嘲戲，「效市井之唇吻，成賓主之嫌讎」，「乃不義之極致，小慧之下流」。方苞、李慈銘以道德、禮儀評論魏晉調笑習氣，甚至把五胡亂華之禍也歸咎于嘲戲，實在不可取。庾爰之遇幼兒齊莊，以其父名相嘲，目的是試小兒才智何如，並不是對他人之父不敬。所以，以道德、禮儀批評嘲戲違禮，等於無的放矢，表明對魏晉嘲戲産生的文化背景及其本質非常懵懂。

再比如世説賢媛中的許允婦、諸葛誕女、山濤妻韓氏、王渾妻鍾氏、賈充前婦李豐女、王凝之夫人謝道韞……一個個才智傑出。特别是許允婦，簡直是一「女諸葛」。神情散朗，頗有「林下之風」的謝道韞，天分、玄思、風度、膽略、文才，在歷代巾幗中足稱一流人物。這是魏晉禮教鬆弛、重視才智之士的文化背景下産生的一代新女性，奇情異彩，在中國歷史上並不多見。然余嘉錫箋疏賢媛篇説：「有晉一代，唯陶母能教子，爲有母儀。餘多以才智著，於婦德鮮可稱者。」這是囿于傳統「婦德」說的陳腐之見，是從世說的倒退。劉義慶稱之爲「賢媛」，表明他理解魏晉思想解放的新風給女性帶來的變化，突破了僅僅以德爲賢的狹隘觀念，將才、智、識、情等品質也納入「賢」的範疇。對此，應該給予充分的肯定。

理解東晉儒玄兼綜的學術風氣對人格美的影響，是讀懂世說的一個更重要的問題。衆所周知，自郭象、向秀調和自然與名教的衝突之後，嵇康、阮籍一類任自然而非名教的激進派失去了生存的基礎，任曠放蕩的元康之徒則遭到普遍的詬病，而樂廣「名教中自有樂地」的看法爲人擊節讚賞。由此演變形成東晉儒玄雙修的學術思潮，一面遵循儒家的忠孝、節義等基本的行爲準則，一面談玄論道，任情而動。王導、温嶠、庾亮、周顗、簡文帝、謝安……無一不是東晉儒玄兼綜的人格典型。例如周顗「正情嶷然」，以「德望稱之」，享有海内盛名。王敦之亂中，臨危不懼，正氣凛然，最終赴國難而死。可是，令常人匪夷所思的是，他在紀瞻家觀伎時，竟然於大庭廣衆之中欲通瞻之愛妾，「露其醜穢，顔無怍色」（任誕二五注引鄧粲晉紀）。同一周顗，既有「國士」之稱，卻又是「穢雜無檢節」，初看深可怪也，王世懋對此大不解：「達人先欲去欲，周顗、謝鯤何乃以色爲達？」方苞的批評就更嚴厲了，說：「如此之人不殺何待？豈但免官而已哉！原之何爲？」李慈銘則不信晚節凛然的周顗，會做出這種「盜賊所不敢，禽獸所不爲」之事，懷疑王敦、王導之徒「衒其詖辭」。以上諸人的評論，皆不明儒玄兼綜的思潮涵養而成的人格典範。周顗、謝鯤深達危難，是非分明、大節凛然，這難道不是儒家讚美的堅毅人格麽？但又喜酒色，任達無檢節，盡情享受生命的歡樂，顯然是信奉道家的人生哲學。周顗自稱：「吾若萬里長江，何能不千里一曲！」多麽有趣的比喻，形象地道出了儒玄兼綜的人格美感。剛直不屈，正氣凜然，如萬里長江奔流到海；任誕放達，酒色是耽，猶若千里一曲。試想：若無千里一曲，何來萬里長江？兩者似相反實相成。周顗的例子證明，魏晉的人格之美豐富多彩，面對審美對象的獨特性，切忌一元的、單向的思維。

學術隨時代的推移而發展。没有疑問，前輩學者爲世説的整理和研究作出了巨大的貢獻，爲後來者奠定了深厚的基礎。隨着世説研究的新視角、新方法、新成果的不斷湧現，對此書作總結性的整理、闡述的條件基本成熟。筆者不揣淺陋，嘗試闡述此書的文化内涵，解釋其中的某些疑難問題。如果尚有可取之處，那是受惠于前輩的遺澤，更是時代的恩賜。謬誤之處，誠盼讀者和同道指正。至於不解之處，付之闕如，以待高明。

在本書的寫作過程中，得到來自各方的幫助。尤其是上海古籍出版社總編輯趙昌平先生，自始至終給予我許多具體、切實的指教，使我銘感在心。還有王興康先生、奚彤雲女士、丁如明先生，都爲拙著的問世做了許多工作，在此一併致以誠摯的謝意！

龔　斌

二〇一〇年十月於守拙齋

凡例

一　本書以四部叢刊影印明刻袁褧嘉趣堂本爲底本（省作袁本），校以影印南宋紹興董弅刻本（省作宋本）、影印王先謙思賢講舍校勘本（省作王刻本）、四部叢刊影印袁褧本後附世説新語沈寶研校語（省作沈校本）、唐寫本世説新書殘卷（省作唐寫本）、汪藻考異，以及晉書、太平御覽、藝文類聚等唐宋類書。爲保持原貌，若無確鑿證據者，一般不改動底本。

二　袁褧本分卷上、卷中、卷下，每卷又分上下。今去其每卷之上下，分作卷上、卷中、卷下三卷。書中各事按篇加以編號。

三　校釋包括世説正文與劉孝標注。一般先校後釋。同一字詞既要校，又要釋者，校記與釋文之間空兩格。校羅列異文，有問題則加以考辨。疑難不明者，付之闕如。前人校文若僅列異文者，一般不録；若作考辨有價值者則録之。王先謙校勘小識及補中有關世説補（指王世貞編世説新語補）之文字，一律删去。

四　世説新語正文及劉孝標注文中之異體字，皆改爲通行字，如「叅」改爲「參」，「棊」改爲「棋」，「荅」改爲「答」之類。

五　參考和引用的校注本有余嘉錫世説新語箋疏（中華書局，一九八三年八月，省作余箋）、徐震堮世説新語校箋（中華書局，一九八四年二月，省作徐箋）、朱鑄禹世説新語彙校集注（上海古籍出版社，二〇〇二年十二月，省作朱注）、楊勇世説新語校箋（臺北正文書局，二〇〇〇年五月，省作楊箋）、趙西陸世説新語校釋（北京圖書館出版社，二〇〇六年影印手批本，省作趙西陸云）。參考其他學人的研究成果較多的有王先謙世説新語校勘小識、校勘小識補（省作王先謙校）、李慈銘世説新語批語（省作李慈銘云）、劉盼遂世説新語校箋（省作劉盼遂云）、程炎震世説新語箋證（省作程炎震云）、李詳（審言）世説新語箋釋（省作李詳云）、沈劍知世説新語校箋（省作沈箋）、王利器世説新語校勘記（省作王利器校）、王叔岷世説新語補正（省作王叔岷補正）、周一良世説新語札記（省作周一良札記）、吴金華世説新語考釋（省作吴金華考釋）、張撝之世説新語譯注（省作張撝之譯注）、張萬起、劉尚慈世説新語譯注（省作張萬起、劉尚慈譯注）、張永言世説新語詞典（省作張永言詞典）、唐鴻學世説新語批註輯要（古籍整理研究學刊，一九九五年第一、第二期，省作唐批）等。

六　日人岡白駒世説新語補觿（省作世説補觿）、田中大壯世説講義（以上兩種迻録自周興陸輯著世説新語彙校彙注彙評，南京鳳凰出版社，二〇一七年六月）、恩田仲任世説音釋、桃源藏世説新語補考（省作世説補考）、竺常世説抄撮、秦士鉉世説箋本，擇其精要録之。

七　參考引用當代學者之專著、論文，皆注明作者與出處。凡是未指明古今姓氏所言者，皆是本書作者之釋文。

八　引述前人材料後，若另有補充者，加一「又」字，以示區别。

九　前人評論世説新語者有劉應登、劉辰翁、王世貞、王世懋諸人，其評語録自朱鑄禹世説新語彙校集注、劉强輯校世説新語會評（南京鳳凰出版社，二〇〇七年十二月），其中部分檢原書核對。

一〇　注重辨析各家注釋異同，並儘量參考有關中古時期歷史、哲學、文學、美學、士風等研究成果，闡發世説蘊含之文化意義。

一一　附録有唐寫本世説新書殘卷、世説舊本敍録題跋、汪藻世説敍録、世説考異、世説人名譜、世説新語人物事蹟編年簡表、世説新語人名索引。其中唐寫本世説新書殘卷、汪藻世説敍録、世説考異止標校，使之大致可讀。世説人名譜則標點、注釋，指繆糾錯，適當補充人物之主要經歷。

門類目録

世説新語卷上

德行第一

一　陳仲舉言爲士則，行爲世範，〔一〕登車攬轡，有澄清天下之志。汝南先賢傳曰：「陳蕃字仲舉，汝南平輿人。有室荒蕪不掃除，曰：『大丈夫當爲國家掃天下。』值漢桓之末，閹豎用事，〔二〕外戚豪横，及拜太傅，與大將軍竇武謀誅宦官，反爲所害。」爲豫章太守，〔三〕海内先賢傳曰：「蕃爲尚書，以忠正忤貴戚，不得在臺，〔四〕遷豫章太守。」至，便問徐孺子所在，欲先看之。謝承後漢書曰：「徐穉字孺子，豫章南昌人。清妙高跱，〔五〕超世絶俗。前後爲諸公所辟，雖不就，〔六〕及其死，萬里赴弔。〔七〕常預炙雞一隻，以綿漬酒中，暴乾以裹雞，徑到所赴冢隧外，以水漬綿，〔八〕斗米飯，白茅爲藉，以雞置前，酹酒畢，留謁即去，不見喪主。」〔九〕主簿曰：「羣情欲府君先入廨。」〔一〇〕陳曰：「武王式商容之閭，〔一一〕席不暇煖。許叔重曰：「商容，殷之賢人，老子師也。車上跽曰式。」吾之禮賢，有何不可？」袁宏漢紀曰：「蕃在豫章，爲穉獨設一榻，〔三〕去則懸之，見禮如此。」

【校釋】

〔一〕「陳仲舉」二句　李詳云：「案蔡邕陳太丘碑文：『文爲德表，範爲士則。』魏志鄧艾傳作：『文爲世範，行爲士則。』」

〔二〕閹豎　豎，王刻本作「竪」。按，「竪」爲「豎」之俗字。閹豎，宦官。

〔三〕爲豫章太守　程炎震云：「陳爲豫章，范書不記其年，以穉傳延熹二年，蕃與胡廣上疏薦穉等推之，知在永壽間。」按，考後漢書本傳，零陵、桂陽山賊爲害，公卿議遣討之。陳蕃上疏駁之，以此忤左右，出爲豫章太守。查後漢書七孝桓帝紀，延熹五年夏四月，長沙賊起，寇桂陽、蒼梧。五月，長沙、零陵賊起，攻桂陽、蒼梧等地，遣御史中丞盛修督州郡討之，不克。由此可知，蕃出爲豫章太守，大概在延熹五年（一六二）五月之後。

〔四〕不得在臺　指陳蕃因上疏忤貴戚，由尚書出爲豫章太守。臺，官署名，此指尚書。應劭漢官儀上：「漢因秦制，故尚書爲中臺，謁者爲外臺，御史爲憲臺。」

〔五〕高跱　跱，宋本作「時」。王利器校：「各本『高時』作『高跱』，是；『高時』與下句『超世絶俗』重複。太平廣記一六九引世説：『郭泰秀立高峙，淡然淵停。』御覽三八八引郭子别傳，『高峙』作『高跱』，是。『高跱』爲世説慣用語。」按，「跱」同「峙」，文選張衡思玄賦：「松喬高跱孰能離。」劉良注：「跱，立也。」文選潘岳射雉賦：「擢身竦峙。」薛綜注：「峙，立也。」世説多用「峙」。如賞譽一注引汝南先賢傳：「高峙嶽立。」賞譽三七：「巖巖清峙。」「高峙」、「竦峙」、「清峙」，其義相近，皆以山之聳立，以喻人物精神之挺拔卓立，屬審美範疇之一，常用來品題人物。

〔六〕「前後爲諸公所辟」二句　袁宏後漢紀二二：「陳蕃嘗爲豫章太守，以禮請署功曹。稺爲之起，既謁而退。蕃饋之粟，受而分諸鄰里。舉有道，起家拜太原太守，皆不就。」御覽四四五引謝承後漢書曰：「桓帝徵徐稺等不至，因問陳蕃曰：『徐稺、袁閎、韋著誰爲先後？』蕃對曰：『閎生公族，聞道漸訓，長於三輔仁義之俗，所謂不扶自直，不鏤自雕。至於稺者，爰自江南卑薄之城，而角立傑出，宜當爲先。』」御覽四五八引東觀漢紀曰：「徐稺嘗爲太尉黄瓊所辟，不就。」以上乃徐稺爲諸公所辟之可考者。

〔七〕「及其死」二句　御覽四〇三引海内先賢傳作「赴喪不遠萬里」。同書五六一引謝承後漢書作「及有喪者，萬里常吊」。意爲徐稺特重風義，聞故舊死喪，赴吊常不遠萬里。孝標注引謝承後漢書疑有誤，易生歧義。

〔八〕「常預炙雞一隻」數句　文選劉峻廣絶交論：「門罕漬酒之彦。」李善注引謝承後漢書，於「以水漬之」句下有「使有酒氣」四字，文意較易理解。劉辰翁云：「此可名酒乾矣。雞酒頗簡，斗米何多，萬里裹糧，此恐不易。」余箋：「朱子語類百三十五曰：『以綿漬酒藏之雞中去吊喪，便以水浸綿爲酒以奠之便歸。所以如此者，是要用他自家酒，不用別處底。所以綿漬酒者，蓋路遠難以器皿盛故也。』」按，朱熹所解是。以綿漬酒之行爲，爲東漢最推崇之「清節」。袁宏後漢紀二二稱徐穉「非其衣不服，非其力不食」；後漢書五三周燮傳言燮「非身所耕漁，則不食也」；後漢書七九儒林傳云：「（孫堪）清白貞正，愛士大夫，然一豪未嘗取於人。」皆爲不煩於人，不取於人之「清節」。

〔九〕不見喪主　余箋：「（徐穉）篤於風義，其所赴吊者不獨黄瓊，凡故舊死喪，莫不奔赴。」按，余箋是。御覽五六一引郭太別傳曰：「林宗有母喪，徐穉往吊，置生芻一束於廬前而去。林宗曰：『此必南州徐孺子也，詩不云乎：「生芻一束，其人如玉。」吾無德以堪之。』」又東觀漢紀曰：「及瓊卒歸葬，穉乃負糧徒步，到江夏赴之，設鷄酒薄祭，哭卒而不告姓名。」徐穉置生芻一束於廬前而去，及哭卒而不告姓名，即「不見喪主」也。禮記祭統曰：「禮有五經，莫重於祭……唯賢者能盡祭之義。」徐穉赴葬吊死，然又不令喪主得知，既義風高張，又突破禮制，真率通脱。

〔一〇〕「羣情」句　劉應登云：「謂陳欲便看孺子，而主簿欲其候入廨後。」府君，爲漢代太守之稱，又稱明府。

〔一一〕商容　殷人，爲紂王所貶。周武王克殷，表其閭。書武成：「（武王）釋箕子囚，封比干墓，式商容閭。」式，車前横木，通「軾」。閭，里門。車至里門，人立車中，俯靠車前横木，以示敬意。李慈銘云：「所引許叔重云云，當出許君淮南子注，今淮南謬稱訓『老子學商容』，高誘注云：『商容，神人也。』與許君異。」

〔一二〕榻　狹長而低之坐卧具。釋名釋牀帳：「人所坐卧曰牀……長狹而卑曰榻。」王觀國學林四：「古人稱牀榻，非特卧具也，多是坐物。王羲之東牀坦腹；庾亮登南樓，據胡牀與佐史談詠；桓伊吹笛，據胡牀三弄；管寧家貧，坐藜牀欲穿；陳蕃爲豫章太守，徐孺子來特設一榻，去則懸之。沈休文詩曰：『賓至下塵榻。』漢沛公踞牀，使兩女子洗足。凡此，皆坐物也。雜書初學記之類於牀榻類中不分坐卧，混而編之，亦誤矣。」趙彦衛雲麓漫鈔八：「陳蕃傳不書此事，卻云蕃爲樂安太守，郡人周璆，高絜之士，前後郡守招命莫肯至，唯蕃能致焉。字而不名，特爲置一榻，去則收之。璆字孟玉，臨濟人，有美名。而司馬温公通鑑亦秪書徐穉事，不及周。故周璆之名益不顯。細考之，蓋陳蕃能尊敬賢士，爲豫章太守則下徐孺之榻，爲樂安太守則下周璆之榻。」按，後人唯知陳蕃爲徐穉下榻，如王勃滕王閣序「徐孺下陳蕃之榻」，許渾詩「賓館盡開徐穉榻，客中空望李膺舟」。「陳蕃榻」遂成熟典，而鮮及周璆。

二　周子居常云：「吾時月不見黄叔度，則鄙吝之心已復生矣。」〔一〕子居别見。〔二〕典略曰：「黄憲字叔度，汝南慎陽人。〔三〕時論者咸云：『顔子復生』。而族出孤鄙，父爲牛醫。潁川荀季和執憲手曰：〔四〕『足下吾師範也。』後見袁奉高曰：〔五〕『卿國有顏子，寧知之乎？』奉高曰：『卿見吾叔度邪？』戴良少所服下，〔六〕見憲則自降薄，悵然若有所失。母問：『汝何不樂乎？復從牛醫兒所來邪？』良曰：『瞻之在前，忽焉在後，〔七〕所謂良之師也。』」

【校釋】

〔一〕「周子居常云」三句　李慈銘云：「案子居名乘，見下賞譽門注引汝南先賢傳云云。後漢書黃憲傳以此二語爲陳蕃、周舉之言。」沈箋：「後漢書黃憲傳作周舉，惟袁宏漢紀亦作周子居。後漢書舉本傳，字宣光，不載交黃憲事。」余箋：「黃叔度嘗與周子居同舉孝廉，見風俗通及聖賢羣輔録。本書賞譽篇注言『子居非陳仲舉、黃叔度之儔則不交』。此宜是子居之言，范書蓋誤也。」按，袁宏後漢紀記爲周子居之言。沈箋、余箋是。廣東通志云：「周乘字子居，安城人。天資聰明，高峙嶽立。非陳蕃、黃憲之徒則不交也。中平初，與憲及封祈等六人以孝廉爲太守李張所舉，拜郎中，遷鄢陵長。建安中被徵，拜侍御史、公車司馬令。不畏强禦，以是見怨於幸臣，出爲交阯刺史。上書云：『南交絶域，習於貪濁，强宗聚奸，長吏肆狡，侵漁萬民，貽毒久矣，今爲本朝掃清一方。』是時屬城解綬者三十餘人，嶺表肅然。陳蕃常歎曰：『若周子居者，真治國之器，譬諸寶劍，則世之干將。』其爲名流推重如此。」記周子居事蹟較詳。

〔二〕子居，别見　謂見賞譽一。

〔三〕慎陽　沈箋：「前漢書地理志：『汝南郡慎陽。』師古曰：『慎字本作滇，音真，後誤爲慎耳。今猶有真丘、真陽縣，字並單字真，知其音不改也。闞駰云永平五年失印更刻，遂誤以水爲心。』」按，漢書地理志上：「汝南郡慎陽。慎，莽曰慎治。」應劭曰：「慎水出東北，入淮。」後漢書本傳注：「在慎水之南，因以名縣。南陽有順陽國，而流俗書此或作『順陽』者，誤。」慎陽之得名，與慎水有關。水之北曰陽。慎陽，乃在慎水之北也。慎陽改爲真陽乃在後魏時。元和郡縣誌一〇：「真陽縣，本漢慎陽縣，屬汝南郡，晉屬汝南國，後魏改爲真陽縣。」「因慎水爲名也。」「慎水出縣西南二十里。」故顔師古所言不足信。

〔四〕荀季和（八三——一四九）　荀淑字季和，東漢潁川潁陰人。事見後漢書六二荀淑傳。後漢書五三黄憲傳載：荀淑至慎陽，遇憲於逆旅，時年十四，淑竦然異之，揖與語，移日不去，謂憲曰云云。

〔五〕袁奉高　見德行三注引汝南先賢傳。

〔六〕戴良　字叔鸞，東漢汝南慎陽人。事見後漢書八三戴良傳。後漢書本傳曰：「良才既高達，而議論尚奇，多駭流俗。同郡謝季高問曰：『子自視天下孰可爲比？』良曰：『我若仲尼長東魯，大禹出西羌，獨步天下，誰與爲偶？』」所謂「少所服下」蓋指此。

〔七〕「瞻之在前」二句　論語子罕：「顔淵喟然歎曰：『仰之彌高，鑽之彌堅，瞻之在前，忽焉在後。』」朱注：「言其不可思議也。」徐箋：「戴借此語以見不可企及。」按，徐箋近是。戴良少所推服，見黄叔度淵乎似道，深淺莫測，不由「悵然若有所失」，以爲可作良之師也。黄憲言論功業皆無聞，然極爲時人推崇，原因正在於天下將亂之際，不作危言危行，遠害全身，此與陳蕃、李膺等以仁義是非爲己任者迥異。范曄後漢書五三黄憲傳論曰：「黄憲言論風旨，無所傳聞，然士君子見之者，靡不服深遠，去玼吝。將以道周性全，無德而稱乎？余曾祖穆侯以爲憲隤然其處順，淵乎其似道，淺深莫臻其分，清濁未議其方。若及門於孔氏，其殆庶乎！故嘗著論云。」宋錢時兩漢筆記云：「……漢末士君子激于時變，發於忠憤，而風節著焉，此爲不得已也。然大抵多激切而少寬平，饒鋒芒而乏藴藉。日胎月醖，竟成黨錮之禍，蓋有由矣。惟黄叔度渾然圭角，即之者不見其涯。」以上所論，可資參考。又清一統志：「黄憲故宅在正陽舊縣治前，爲黄徵君祠，明孫繼皋有碑記。」明一統志六○：「黄憲墓在宜城縣北官路東。」

三　郭林宗至汝南造袁奉高，〔一〕續漢書曰：「郭泰字林宗，太原介休人。泰少孤，年二十，行學至城皐屈伯彦精廬，〔二〕乏食，衣不蓋形，而處約味道，不改其樂。李元禮一見稱之曰：『吾見士多矣，無如林宗者也。』〔三〕及卒，蔡伯喈爲作碑曰：『吾爲人作銘，未嘗不有慚容，唯爲郭有道碑頌無愧耳。』〔四〕初，以有道君子徵。泰曰：『吾觀乾象人事，天之所廢，不可支也。』〔五〕遂辭以疾。」汝南先賢傳曰：「袁宏字奉高，〔六〕慎陽人。友黃叔度於童齒，薦陳仲舉於家巷，辟大尉掾，卒。」車不停軌，鸞不輟軛；〔七〕詣黃叔度，乃彌日信宿。〔八〕人問其故，林宗曰：「叔度汪汪如萬頃之陂，澄之不清，擾之不濁，其器深廣難測量也。」〔九〕泰别傳曰：「薛恭祖問之，〔一〇〕泰曰：『奉高之器，譬諸汎濫，〔一一〕雖清易挹也。』」〔一二〕

【校釋】

〔一〕袁奉高　袁閬字奉高，汝南慎陽人。袁閬或以爲是袁宏，凌濛初、王先謙、李慈銘、李詳、程炎震等皆已辨其非。詳見後。

〔二〕城阜　王刻本作「成皋」。王利器校：「案後漢書郭太傳『城阜』作『成皋』，世説作『城阜』，錯了。」徐箋：「『城阜』乃『成皋』之誤。後漢書郭泰傳：『就成皋屈伯彦學，三年畢業，博通墳籍。』」按，王、徐所説是。據漢書二八地理志上，成皋屬河南郡。精廬，蜀志諸葛亮傳裴注引魏略：「（徐庶）始詣精舍，諸生聞其前作賊，不肯與共止。」後漢書七九下儒林傳：「精廬暫建。」注：「精廬，講讀之舍。」王觀國學林七「精舍」條云：「晉書孝武帝初奉佛法，立舍於殿内，引沙門居之，因此世俗謂佛寺爲精舍。觀國案：古之儒者教授生徒，其所居之舍皆謂之精舍。故後漢包咸傳曰：『咸住東海，立精舍講授。』又劉淑傳曰：『淑少明五經，隱居立精舍講授。』又檀敷傳曰：『敷舉辟不就，立精舍教授。』又姜肱傳曰：

『肱道遇寇，兄弟争死，盜感悔，乃就精廬求見。』章懷太子注曰：『精廬，即精舍也。』以此觀之，則精舍本爲儒士設。」沈自南藝林匯考棟宇篇六：「困學紀聞：精廬見後漢姜肱傳，乃講授之地，即劉淑包咸檀敷傳所謂精舍也。文選任彦昇表用精廬，李善注引王阜事，五臣謂寺觀，謬矣。」

〔三〕無如林宗者也　林，宋本作「休」。王利器校：「各本『休』作『林』，是。」

〔四〕蔡伯喈　喈，宋本作「唱」。王利器校：「各本『唱』作『喈』，是。又太平廣記一六九引世説作『郭泰秀立高峙，淡然淵停，九洲之士，悉懔懔宗仰，以爲覆蓋。蔡伯喈告盧子幹、馬日磾曰：「吾爲天下作碑多矣，未嘗不有慚，唯郭有道先生碑頌無愧色耳。」』太平廣記所引，當即此注，而較今本詳細多了，這當是根據未經齊梁間非敬胤刪節的本子。」蔡邕郭有道碑見文選五八，藝文類聚三七。郭泰曾舉有道科，以疾辭，故稱郭有道。鍾惺云：「當時文士有品如此。」又云：「此語殊難爲人，使得其文者存没索然。」

〔五〕「天之所廢」二句　沈箋：「後漢書章懷注：『左傳晉汝叔寬之詞。』按左傳定元年『廢』作『壞』，而漢紀、抱朴子同作『廢』。『廢』『壞』一音之轉，因而致誤耳。」方一新世説新語詞語校讀札記：「『廢』字本即崩壞、倒塌義。説文：『廢，屋頓也。』『屋頓』謂屋倒塌，是其本義。淮南子覽冥：『往古之時，四極廢，九州裂。』『四極廢』猶言四極崩壞。呂氏春秋壹行：『故不可知之道，王者行之廢。』漢書卷五三臨江閔王榮傳：『榮行，祖於江陵北門，既上車，軸折車廢。』高誘、顏師古並云：『廢，壞也。』『廢』、『壞』既同訓，故得換用。是『天之所廢』即『天之所壞』，字雖異而義實同，不誤。」按，方説是。後漢書六八郭泰傳：「或勸林宗仕進者，對曰：『吾夜觀乾象，晝察人事，天之所廢，不可支也。』遂並不應。」郭泰不願入仕，蓋深察東漢朝廷將傾，絶非人力所可支撑。另一名士姜肱亦復如是，後漢書本傳載，宦官曹節誅陳蕃等後，欲借賢德聲望，以緩和矛盾，乃徵姜肱爲太守。姜私下告其友：「吾以虚獲實，遂藉聲價。明明在上，猶當固其本志，況今政在閹豎，夫何爲哉！」於是隱居海濱。故當時處士郭泰、徐穉、姜肱、黄憲等屢不應徵辟，蓋皆有意疏離朝廷，以免禍害也。

〔六〕袁宏　宏，宋本、沈校本作「閎」。凌濛初云：「按交叔度者袁閬，字奉高耳。獨世説以奉高爲袁宏，後又有袁彦伯亦名宏。」王先謙校：「按後漢書袁安傳：『閎字夏甫。』劉攽校曰：『袁閬字奉高，閎是夏甫，則閎當作閬也。』據安傳及劉校是閬字奉高，而本書屢以閎爲奉高，明是注文之誤。」李慈銘云：「案後漢書：『袁閎字夏甫，汝南汝陽人，司徒安之玄孫，終身未嘗應辟召。』而黄憲傳亦載『奉高之器云云』，章懷注奉高爲閎字。然王龔傳云：『龔遷汝南太守，功曹袁閬字奉高，數辭公府之命。』則奉高乃袁閬，此注引汝南先賢傳云云，似亦閬而非閎。但范書未著閬爲何縣人，亦不言其卒於何官，而此下言語篇有『邊文禮見袁奉高云云』，又有『荀慈明與汝南袁閬相見云云』，宋劉原父謂黄憲傳袁閎乃袁閬之僞，近時洪筠軒説亦同；而孫頤谷謂當時蓋有兩袁閎，一字夏甫，一字奉高；又有一袁閬。然黄憲傳中，先出袁閎，注云：『閎，一作閬。』疑此『閎』字，本是誤文，劉氏、洪氏之説，差爲得之。若據孫説，不容汝南一郡之中，同時名士有兩袁閎，又不容慎陽一縣，並時有兩袁奉高也。」李詳云：「案王龔傳載『功曹袁閬』，又云『閬字奉高』。憲傳章懷注有『閎一作閬』之説，則林宗所造，自是袁閬，與字夏甫之袁宏有別。」程炎震引劉攽校語後云：「案閎是袁安玄孫。安傳云：汝陽人。閬嘗爲汝南功曹，見范書王龔傳。明著其字奉高。劉説是也。奉高、叔度，同是慎陽人，故林宗得並造之耳。文選褚淵碑注引范書，誤作袁宏。胡氏考異訂宏爲閎。足知唐初范書已誤袁閬爲袁閎矣。」

〔七〕鸞不輟軛　沈箋：「周禮孔疏引韓詩傳云：『升車則馬動，馬動則鸞鳴。』此云鸞不輟軛，極言下車之暫，升車之速。鈴聲猶未止，而人已行也。」

〔八〕信宿　詩豳風九罭：「於女信宿。」毛傳：「再宿曰信。宿，猶處也。」

〔九〕「林宗曰」數句　王世懋云：「叔度直是難窺，究竟雅量第一。」按，叔度乃亂世中之和光同塵者，「難窺」與世説所謂之「雅量」當有別也。又，以自然美比喻人物美，此種審美風氣自漢末開其端，而郭林宗爲開風氣者之一也。

〔一〇〕薛恭祖　後漢書五三黄憲傳注引郭泰別傳：「時林宗過薛恭祖，恭祖問曰：『聞足下見袁奉高，車不停軌，鸞不輟軛。』」御覽四四四引汝南先賢傳曰：「薛勤字恭祖，仕郡功曹。陳仲舉時年十五，爲父賫書詣勤，勤見而察之。明日往造焉，仲舉父出見勤，勤曰：『足下有不凡子，吾來候之，不從卿也。』言議盡日，乃歎曰：『陳仲舉有命世才，王佐之具。』又見黄叔度於童幼，云：『當爲世盛德。』其後二賢英名並耀於世。」

〔一二〕汎濫　汎，宋本作「氾」。程炎震云：「汎當依范書黄憲傳作氿。」按，司馬彪後漢書五：「袁奉高之器譬諸軌濫，雖清而易挹也。」趙翼廿二史考異一二：「氿濫，謂氿泉、濫泉也。」爾雅曰：「側出氿泉，正出濫泉。」徐箋：「漢書敍傳：『懷氿濫而測深乎重淵。』是此語所本。『氿』誤爲『汎』，後漢書郭泰傳又誤作『泛』。」其説是。

〔一三〕易挹也　也，宋本、沈校本作「耳」。按，郭泰並造袁奉高與黄叔度一事，亦見於謝承後漢書四：「初，泰始至南州，過袁奉高，不宿而去。從叔度，累日不去。或以問泰，泰曰云云。」一匆匆而過，一流連不去，其中原因郭泰已言之，然尚須闡釋。叔度如萬頃之陂，器識深廣，正如范曄黄憲傳所論，叔度「瞶然其處順，淵乎其似道」，和光同塵，遠害全身。蔡邕郭有道碑稱郭泰曰：「夫其器量弘深，姿度廣大，浩浩焉，汪汪焉，奥乎不可測已。」郭泰作風與黄憲何其相似，故泰惺惺相惜，情契相得，以至「彌日信宿」。袁閬雖亦是名士，但曾作過汝南郡功曹，猶如一泓泉水，雖清而易挹，不如叔度深廣難測也，故造之卻不肯多逗留。由林宗之言行，正顯出奉高、叔度兩人之優劣。

四　李元禮風格秀整，〔一〕高自標持，〔二〕欲以天下名教是非爲己任。〔三〕薛瑩後漢書曰：「李膺字元禮，潁川襄城人，抗志清妙，有文武儁才。〔四〕遷司隸校尉，〔五〕爲黨事自殺。」後進之士有升其堂者，皆以爲登龍門。〔六〕三秦記曰：〔七〕「龍門一名河津，去長安九百里，水懸絶，龜魚之屬莫能上，上則化爲龍矣。」

【校釋】

〔一〕風格　風度，品格。袁宏後漢紀桓帝紀上：「膺風格秀整，高自標持。」北史五五張亮傳：「然少風格，好財利，久在左右，不能廉潔。」

〔二〕高自標持　自，宋本作「目」。王利器校：「各本『目』作『自』，是。」　標持，猶標置，謂標舉品格名目，排定地位身份。後漢書六七李膺傳曰：「膺獨持風裁，以聲名自高。」即爲「高自標持」之意。

〔三〕名教　指以正名定分爲中心之封建禮教。晉書四九阮籍傳附阮瞻傳：「(王)戎問曰：『聖人貴名教，老莊明自然，其旨同異？』」陳寅恪云：「故名教者，依魏晉人解釋，以名爲教，即以官長君臣之義爲教，亦即入世求仕者所宜奉行也。」(陶淵明之思想與清談之關係)後漢書六七黨錮列傳序曰：「逮桓靈之際，主荒政繆，國命委於閹寺，士子羞於爲伍，故匹夫抗憤，處士橫議，遂乃激揚名聲，互相題拂，品覈公卿，裁量執政，婞直之風，於斯行矣。」當此之時，李膺、陳蕃等人，發揚孔子所謂士之「弘毅」精神，高自標置，以名教維護者與道義擔當者自居，欲挽狂瀾於既倒。又，後漢書六二鍾皓傳載：皓兄子瑾，好學慕古，有退讓風，不肯應州府徵辟。李膺謂之曰：「孟子以爲『人無是非之心，非人也』，弟何期不與孟軻同邪？」此所謂以是非爲己任也。

〔四〕儁才　儁，宋本、沈校本并作「雋」。

〔五〕司隸校尉　晉書二四職官志：「司隸校尉，案漢武初置十三州，刺史各一人，又置司隸校尉，察三輔、三河、弘農七郡，歷漢東京及魏晉，其官未替。」

〔六〕登龍門　李膺名高當世，時人以得與交接爲榮。然膺「高自標持」，不輕易賞接。後漢書本傳稱其未入仕前，唯與同郡荀淑、陳寔爲師友。「南陽樊陵求爲門徒，膺謝不受。」袁宏後漢紀三〇曰：「河南李膺有重名，敕門通簡賓客，非當世英賢及通家子孫不見也。」言語三亦云：「時李元禮有盛名，爲司隸校尉。詣門者，皆儁才清稱及中表親戚乃通。」東漢最重名譽，而爲大名士稱譽乃是獲取聲名之絶佳途徑，後進之士因之奔波不絶於道。李膺傳云：「荀爽嘗就謁膺，因爲其御，既還，喜曰：『今日乃得御李君矣！』」荀爽做一回李膺之車夫即喜形於色。郝經續後漢書六九上云：「郭泰游於雒陽，始見河南李膺，膺大奇之，遂相友善，於是名震京師。」此即「登龍門」是也。

〔七〕三秦記　秦，宋本作「泰」。王利器校：「各本『泰』作『秦』，是。」水經注及太平御覽諸書，常引辛氏三秦記，就是此書。」

五　李元禮嘗歎荀淑、鍾皓〔一〕先賢行狀曰：「荀淑字季和，潁川潁陰人也，所拔韋褐芻牧之中，執案刀筆之吏，〔二〕皆爲英彦。舉方正，補朗陵侯相，〔三〕所在流化。鍾皓字季明，潁川長社人，父祖至德著名。〔四〕皓高風承世，除林慮長。〔五〕不之官。人位不足，天爵有餘。」〔六〕曰：「荀君清識難尚，〔七〕鍾君至德可師。」〔八〕海内先賢傳曰：〔九〕「潁川先輩爲海内所師者：定陵陳穉叔、〔一〇〕潁陰荀淑、長社鍾皓。少府李膺宗此三君，〔一一〕常言荀君清識難尚，陳、鍾至德可師。」

【校釋】

〔一〕鍾皓　魏志鍾繇傳裴注引先賢行狀所記鍾皓事，較後漢書本傳稍詳。

〔二〕執案　猶執牘。案，案牘，用於書寫。刀筆之吏，指主辦文案之低級官員。戰國策秦策五：「臣少爲秦刀筆，以官長而守小官。」漢書四八賈誼傳：「俗吏之所爲務在刀筆筐篋，而不知大體。」

〔三〕朗陵　後漢書郡國志二：朗陵，侯國，屬汝南郡。朗陵侯相，見本篇六校釋。

〔四〕至德著名　著，宋本作「者」。王利器校：「各本『者』作『著』，是。」

〔五〕林慮　史記四九外戚世家：「次爲林慮公主。」索隱：「林慮，縣名，屬河内，本名隆慮，避殤帝諱，改名林慮，慮，音廬。」正義：「林慮，相州縣也。」

〔六〕天爵　世説音釋：「孟子曰：『仁義忠信，樂而不倦，此天爵也。』」

〔七〕清識　清明之識鑒，識人所不識、難識之謂。魏志荀彧傳裴注引張璠漢紀云：荀淑「拔李昭於小吏，友黄叔度于幼童」。魏志傅嘏傳裴注引傅子：「嘏友人荀粲，有清識遠心，然猶怪之。」荀淑所拔貧賤之人、刀筆小吏，皆爲英彦，是爲「清識」。葛洪抱朴子外篇清鑒論識鑒之清曰：「且夫所貴，貴乎見俊才于無名之中，料逸足于吴阪之間，掇懷珠之蚌于九淵之底，指含光之珍于積石之中。」按，清識亦爲魏晉人格審美標準之一。例證甚多，如言語二三注引冀州記：「（裴）頠弘濟有清識。」賞譽八注引晉後略：「（劉）漢少以清識爲名。」賞譽九八注引支遁别傳：「遁神心警悟，清識玄遠。」品藻九注引晉諸公贊：「（郝隆）爲人通亮清識。」御覽二〇九引晉中興書曰：「左西屬荀組文義貞素，清識見稱。」同上二二五引謝承後漢書：「皆服其清識高亮。」吴志顧譚傳裴注引陸機爲譚傳曰：「而譚以清識絶倫，獨見推重。」難尚，難於超越之意。論語里仁：「好仁者無以尚之。」注疏：「尚，加也。」

〔八〕至德　論語泰伯：「泰伯其可謂至德也矣。」錢穆云：「至德無名可指，换言之，即是其人無實際功德可言也。然此正是其人内在價值所寄。」東漢末期人争崇顔淵，正因顔淵簞食瓢飲，在陋巷，更無塵世外在之表現，即此便是至德，正猶如桂樹之生泰山之阿也。」（見錢穆略論魏晉南北朝學術文化與當時門第之關係，中國學術思想史論叢，下同。）

〔九〕海内先賢傳　先，宋本作「元」。王利器校：「各本『元』作『先』，是。」隋書經籍志：「海内先賢傳四卷，魏明帝時撰。」

〔一〇〕陳穉叔　穉，宋本、沈校本作「鍾」。王利器校：「案作『穉』是，三國志魏志鍾繇傳注引先賢行狀：『時郡中先輩，爲海内所歸者，蒼梧太守定陵陳穉叔、故黎陽令潁陰荀淑及皓。少府李膺常宗此三人，曰：「荀君清識難尚，陳、鍾至德可師。」』御覽卷三一引謝承後漢書：『陳臨爲蒼梧太守，推誠而理，導人以孝悌。』或者就是此人。」余箋亦云：「宋本作『陳鍾叔』，誤也。」世説音釋：「按，天中記引謝承後漢書曰：『陳臨爲蒼梧太守，推誠而理，導人以孝弟。臨徵去，本郡以五月五日祠臨東門上，令小童潔服舞之。』陳臨，當即陳穉叔也。」

〔一一〕少府　後漢書百官志三：「少府，卿一人，中二千石。」本注：「掌中服御諸物，衣服寶貨珍膳之屬。」

六　陳太丘詣荀朗陵，〔一〕貧儉無僕役。陳寔傳曰：〔二〕「寔字仲弓，潁川許昌人，〔三〕爲聞喜令、〔四〕太丘長，風化宣流。」乃使元方將車，先賢行狀曰：「陳紀字元方，寔長子也，至德絶俗，與寔高名並著，而弟諶又配之。每宰府辟召，羔鴈成羣〔五〕，世號『三君』，百城皆圖晝。」〔六〕季方持杖後從。〔七〕長文尚小，〔八〕載著車中。既至，荀使叔慈應門，慈明行酒，餘六龍下食。〔九〕張璠漢紀曰：「淑有八子：儉、緄、靖、燾、汪、爽、肅、敷。〔一〇〕淑居西豪里，〔一一〕縣令范康曰：〔一二〕『昔高陽氏有才子八人。』〔一三〕遂署其里爲高陽里。時人號曰『八龍』。」〔一四〕文若亦小，坐著膝前。〔一五〕于時太史奏：〔一六〕「真人東行。」檀道鸞續晉陽秋曰：「陳仲弓從諸子侄造荀父子，于時德星聚，太史奏：『五百里賢人聚。』」〔一七〕

【校釋】

〔一〕陳太丘　後漢書六二陳寔傳注：「太丘，縣屬沛國，故城在今亳州永城縣西北。」按，後漢書本傳謂寔于中平四年卒，年八十四。蔡邕陳太丘碑文云春秋八十有三，中平三年八月卒。當以碑文爲準。荀朗陵，指荀淑。後漢書六二荀淑傳：「光禄勳杜喬、少府房植舉淑對策，譏刺貴倖，爲大將軍梁冀所忌，出爲朗陵侯相。」魏志荀彧傳裴注引續漢書曰：「淑有高才，王暢、李膺皆以爲師，爲朗陵侯相，號爲『神君』。」朗陵，縣名，漢置，屬汝南郡，因朗陵山得名。後漢爲侯邑，臧宮封朗陵侯。三國魏封何曾爲朗陵侯，即其地。（見元和郡縣誌九）

〔二〕陳寔傳曰　王刻本無此四字。王先謙校：「『陳寔』上一本有『陳寔傳曰』四字，是。」

〔三〕潁川許昌人　許昌，宋本作「陳昌」。王利器校：「各本『陳』作『許』，是。續漢書郡國志，潁川郡有許昌，無陳昌。」按，據後漢書郡國志二，許屬潁川郡。劉昭注補：「獻帝遷都，改許昌。」中華書局版晉書校勘記：「集解引周壽昌説，謂考獻帝改都許在建安二年八月，改許縣爲許昌縣在魏文帝黄初二年，非獻帝徙都時改名也。注誤。」故「潁川許昌人」當作「潁川許人」。按，周壽昌所考是。通鑑六九魏紀一胡注：「晉志曰：漢獻帝都許，魏受禪徙都洛陽，許宫室武庫存焉，改爲許昌。」則魏受禪前無許昌之名，後漢書六二陳寔傳稱寔爲潁川許人，是。

〔四〕聞喜　聞，宋本誤作「間」。王利器校：「各本『間』作『聞』是，續漢書郡國志，有聞喜，無間喜。」

〔五〕羔鴈　御覽五三九引禮記曲禮下：「凡摯，天子鬯，諸侯圭，卿羔，大夫鴈。」此以喻見面禮聘之物。羔鴈成羣，謂送禮者絡繹而來。

〔六〕百城　世説音釋：「案魏志注引先賢行狀，『百城』上有『豫州』二字。後漢書郡國志：潁川郡屬豫州，豫州城九十九。百城蓋謂刺史所統耳。」

〔七〕季方　見德行七注引海内先賢傳。後從，宋本、沈校本作「從後」。

〔八〕長文　指陳紀之子陳羣。事見魏志陳羣傳。

〔九〕六龍　世説箋本：「凡人才德出衆謂之龍。案此應如原注，蓋以荀之八子比高陽氏八子也。」下食，徐箋：「上菜曰『下食』。」吴金華考釋舉例吕氏春秋報更：「有餓人卧不能起者，宣孟止車，爲之下食。」南史七五隱逸杜京産傳：「子（杜）棲躬自屣履，爲劉瓛生徒下食。」以及佛經資料，以爲「下食」指把已經準備好的食物送上來。其説是。

〔一〇〕鯤　宋本、沈校本作「緄」。後漢書六二荀淑傳正作「緄」。魏志荀彧傳作「緄」。張璠漢紀、聖賢羣輔録同。按，當作「緄」是。敷，後漢書六二荀淑傳作「專」，注：「『專』本或作『敷』。」聖賢羣輔録作「旉」。沈箋：「旉即敷字。隷書或作旉，故後漢書六二荀淑傳作『旉』。章懷注：『專本或作旉。』益知其爲旉之訛也。」

〔一一〕西豪里　後漢書六二荀淑傳注：「今許州城内西南有荀淑故宅，相傳云，即舊西豪里也。」

〔一二〕范康　聖賢羣輔録下作「宛康」。宋本、王刻本、後漢書六二荀淑傳作「苑康」。陶澍注陶靖節集：「宛，苑通，作『范』則非也。」

〔一三〕「昔高陽氏」句　後漢書六二荀淑傳注：「左傳曰：『昔高陽氏有才子八人：蒼舒、隤敳、檮戭、大臨、尨降、庭堅、仲容、叔達。』」

〔一四〕八龍　余箋：「八龍之名，見范書荀淑傳，而其事蹟，則惟爽有傳。靖附見淑傳云：『靖有至行，年五十而終，號曰玄行先生。』悦傳云：『儉之子也。儉早卒。』彧傳云：『父緄爲濟南相。緄畏憚宦官，乃爲彧娶中常侍唐衡女。』如是而已。魏志彧傳亦僅云：『父緄爲濟南相，叔爽司空。』其餘六龍，生平竟不見史傳。孝標注徵引至詳，亦僅慈明見言語篇注，叔慈見品藻篇注。而此條注中並不言八龍始末，惟陶淵明聖賢羣輔録引荀氏譜云：『荀儉字伯慈，漢侍中悦之父。儉弟緄，字仲慈，濟南相，漢光禄大夫彧之父，年六十六。緄弟靖，字叔慈。或問汝南許劭：「靖、爽孰賢？」劭曰：「二人皆玉也。慈明外朗，叔慈内潤。」靖隱身修學，進退以禮。太尉辟不就，年五十五。靖弟燾，字慈光，舉孝廉，年七十。燾弟汪，字孟慈，昆陽令，年六十。汪弟爽，字慈明，董卓征爲平原相，遷光禄勳、司空，出自巖藪，九十三日遂登臺司，年六十三。爽弟肅，字敬慈，守舞陽令，年五十。肅弟旉，字幼慈，司徒掾，年七十。』此可補孝標注之遺。」按，人物品目古來有之，如高陽氏之「八凱」、高辛氏之「八元」、「殷三仁」、「文王四友」之類。至後漢此風尤盛，如袁宏後漢紀曰：「太學生三萬餘人，榜天下士，上稱三君，次八俊，次八顧，次八及，次八廚，猶古之八元、八凱也。」

〔一五〕文若（一六三—二一二） 荀彧字文若，荀淑之孫。事見魏志荀彧傳。程炎震云：「案范書荀淑年六十七，建和三年卒。荀彧以建安十七年卒，年五十，則當生於延熹六年。距荀淑之卒已十四年矣。若非范書有誤，則其事必虚。考袁山松後漢書亦載此事，而云荀數詣陳，蓋荀陳州里故舊，過從時有，而必以文若實之，則反形其矯誣矣。」按，程説是。陳夢槐云：「描兩家德素，風景儼然。」

〔一六〕太史 此指太史令。後漢書百官志二：「太史令一人，六百石。本注曰：掌天時、星曆。凡歲將終，奏新年曆。凡國祭祀、喪、娶之事，掌奏良日及時節禁忌。凡國有瑞應、災異，掌記之。」

〔一七〕德星聚　余箋：「父子同游，人間常事，何至上動天文？此蓋好事者爲之，本無可信之理。」意謂此條所記非信史。按，太史令固掌記星曆，至於是否科學則另當別論。高僧傳二鳩摩羅什傳：「至苻堅建元十三年歲次丁丑正月，太史奏云：『有星見於外國分野，當有大德智人入輔中國。』堅曰：『朕聞西域有鳩摩羅什，襄陽有沙門釋道安，將非此耶？』即遣使求之。」法苑珠林四六：「晉單道開于石虎建武十二年從西平來，「時太史奏虎云：『有仙人星現，當有高士入境。』虎普敕州郡，有異人令啓。開其年冬十一月，秦州刺史上表送開。」以上二事皆與陳寔造荀淑相類。又，近人錢穆抉發此條所記之「內在意義」，以爲這一故事當時人重視，後世傳誦不輟，「當知此中正有魏晉南北朝人內心深處一向藴蓄之一番精神嚮往與人生理想，所以異于范滂、鄭玄，而爲當時亂世人生求出路者。」「今所謂門第中人者，亦只是上有父兄，下有子弟，爲此門第之所賴以維繫而久在者，則必在上有賢父兄，在下有賢子弟。若此二者俱無，政治上之權勢，經濟上之豐盈，豈可支持此門第幾百年而不敝不敗？陳荀相會此一事，所以引起後人嚮往重視而傳述不輟者，正爲此兩家各有賢父兄賢子弟，而使此兩家門第能繼續存在不敝不敗之故。」

七　客有問陳季方：海內先賢傳曰：「陳諶字季方，寔少子也。才識博達，司空掾公車徵，〔一〕不就。」「足下家君太丘，有何功德，而荷天下重名？」〔二〕季方曰：「吾家君譬如桂樹生泰山之阿，上有萬仞之高，下有不測之深；上爲甘露所霑，下爲淵泉所潤。當斯之時，桂樹焉知泰山之高，淵泉之深，不知有功德與無也！」〔三〕

【校釋】

〔一〕公車　漢代官署名。史記一二六附東方朔傳：「朔初入長安，至公車上書，凡用三千奏牘。」後漢書一光武記：「詔賢良方正詣公車。」魏志陳羣傳注：「諶爲司空掾，早卒。」

〔二〕荷　宋本作「何」。按，「何」同「荷」。儋也，負也。詩曹風候人：「何戈與祋。」儀禮鄉飲酒禮：「相者二人，皆左何瑟。」

〔三〕「季方曰」數句　余箋引枚乘七發「龍門之桐，高百尺而無枝」一段，謂季方之言，全出於此。又云：「魏晉諸名士不獨善談名理，即造次之間，發言吐詞，莫不風流藴藉，文采斐然，蓋自後漢已然矣。」按，余箋良是。由此條可見後漢人物品題之新風貌，頗值得注意。後漢人物評論，與鄉里選舉制度直接有關。其先品目人物之品行、學問、道德，語言質直。如聖賢羣輔録上：時人語谷永、樓護：「谷子雲之筆札，樓君卿之唇舌。」聖賢羣輔録下：北海公沙穆五子，並有令名，京師號曰：「公沙五龍，天下無雙。」後漢書六七黨錮列傳：「學中語曰：天下楷模李元禮，不畏强禦陳仲舉，天下俊秀王叔茂。」其後對人之風度、氣質、性情、容貌等層面之賞鑒，語言亦漸趨抽象華美。季方之言即文采斐然。餘如賞譽二：「世目李元禮：『謖謖如勁松下風。』」孝標注引李氏家傳：「膺嶽峙淵清，峻貌貴重，華夏稱曰：『潁川李府君，頵頵如玉山。汝南陳仲舉，軒軒如千里馬。南陽朱公叔，飂飂如行松柏之下。』」賞譽四：「公孫度目邴原：所謂雲中白鶴，非燕雀之網所能羅也。」後漢書六八苻融傳注引謝承後漢書曰：苻融介紹郭泰于李膺，以爲「海之明珠，未耀其光；鳥之鳳凰，羽儀未翔」。語皆曼妙，頗堪賞玩。蓋漢末人物品藻由原先之政治道德取向變爲注重個性情感之審美，才成爲魏晉美學發生之一大契機，影響中國美學極爲深遠。又，季方稱頌其父功德之語究竟何意？諸家注或忽略，或不確。徐箋：「玩文義，諶蓋以桂樹自比，而以泰山比其父，『吾』下疑脱『於』字。」楊箋從徐箋，補「於」字。按，季方意謂家君非有意追求功德，似桂樹生於泰山之阿，不高而自高，自然至此，故曰「不知有功德與無也」。徐箋理解有誤，而疑脱字更屬曲解；楊箋補「於」字亟須删去。按，「吾家君」三字各本皆同，疑有脱字無據，且此三字正應對客所問。季方以泰山之桂樹喻比家君，文義甚明。「甘露所霑」，「淵泉所潤」，喻家君功德源于天地自然之滋養。

八　陳元方子長文有英才，魏書曰：「陳羣字長文，祖寔，嘗謂宗人曰：『此兒必興吾宗。』及長，有識度，其所善皆父黨。」與季方子孝先，陳氏譜曰：〔一〕「諶子忠，字孝先。州辟不就。」各論其父功德，爭之不能決，咨於太丘。太丘曰：「元方難爲兄，季方難爲弟。」〔二〕一作「元方難爲弟，季方難爲兄。」〔三〕

【校釋】

〔一〕陳氏譜　譜，宋本誤作「諳」。

〔二〕「元方難爲兄」二句　徐箋：「嚴復曰：『此記者述太丘語意耳，古無父字其子之事。』」吳金華考釋則以爲嚴復之説「過於籠統」，舉魏志武帝紀注引魏武故事：「孤祖父以至孤身，皆當親重之任，可謂見信者矣；以及子桓兄弟，過於三世矣。」謂此是「父字其子」之例。又舉魏志王淩傳注引魚豢魏略載單固將刑戮，「其母知其慚也，字謂之曰『恭夏，汝本自不欲應州郡也……』」謂此是「母字其子」之例。又舉方正五八王述稱其子王坦之：「惡見文度已復癡，畏桓温面。兵，那可嫁女與之！」按，吳説是。

〔三〕「一作」二句　凌濛初云：「注語更可思。」世説箋本：「元方難爲兄于季方，季方難爲弟于元方也。朱子曰：『兄賢難做他弟，弟賢難做他兄。』」世説音釋：「『難爲』，與孟子『觀於海者難爲水』之『難爲』同。」劉盼遂云：「案一本是也。規箴篇注：王珉聲出兄右，時人語曰：『法護非不佳，僧彌難爲兄。』陸龜蒙小名録卷一：『僧珍（珉小字）難爲兄，法護（珣小字）難爲弟。』可爲極佳之旁證。」周一良世説新語札記云：「北齊書三一王晞傳，邢子良與晞在洛，兩兄書曰：『賢弟彌郎意識深遠，恐足下方難爲兄。』正是弟有才識而爲兄不易之意。三國志魏志九曹爽傳注引魏略桓範條，其妻曰：『君前在東坐（謂東中郎將），欲擅斬徐州刺史，衆人謂君難爲作下。今復羞爲吕屈，是復難爲作上。』蜀志一劉備傳注引山陽公載記：『備還謂左右曰：孫車騎長上短下，其難爲下。』魏書四〇陸俟傳：『無禮之人，難爲其上。』皆足證注文一作爲長，蓋南北朝時習語也。」按，此條當從劉盼遂、周一良之説，以注文一作爲是。「元方難爲弟」二語朱子所釋甚爲通俗明晰，意謂兄弟倆功德難分高下。

九　荀巨伯遠看友人疾，荀氏家傳曰：「巨伯，漢桓帝時人也。亦出潁川，未詳其始末。」值胡賊攻郡，友人語巨伯曰：「吾今死矣，子可去。」巨伯曰：「遠來相視，子令吾去，敗義以求生，豈荀巨伯所行邪？」賊既至，謂巨伯曰：「大軍至，一郡盡空，汝何男子，而敢獨止？」巨伯曰：「友人有疾，不忍委之，寧以我身代友人命。」賊相謂曰：「我輩無義之人，而入有義之國。」遂班軍而還，一郡並獲全。〔一〕

【校釋】

〔一〕劉辰翁云：「巨伯固高，此賊亦入德行之選矣。」王世懋云：「賊語亦佳。」李贄云：「有友如此，可以死。」按，此條可見後漢風俗之淳。荀巨伯云：「敗義以求生，豈荀巨伯所行邪？」即孔、孟所謂「臨難毋苟免」（禮記曲禮上）及「捨生取義」者也。此類「臨難讓生」，大義薄天，以至賊亦感化之事，漢晉間不罕見。後漢書三九劉平傳：「建武初，平狄將軍龐萌反於彭城，攻敗郡守孫萌。平時復爲郡吏，冒白刃伏萌身上，被七創，困頓不知所爲，號泣請曰：『願以身代府君。』賊乃斂兵止，曰：『此義士也，勿殺。』」後漢書八四列女姜詩傳：「赤眉散賊經詩里，弛兵而過，曰：『驚大孝必觸鬼神。』時歲荒，賊乃遺詩米肉，受而理之，比落蒙其安全。」後漢書五三徐穉傳記穉子殷「篤行孝悌，亦隱居不仕」，「漢末寇賊從横，皆敬殷禮行，轉相約勑，不犯其閭」。晉書八九韋忠傳載：忠被迫爲陳楚功曹，逢山羌破郡，楚攜子出走，賊箭創之。「忠冒刃伏楚，以身捍之，泣曰：『韋忠願以身代君，乞諸君哀之。』亦遭五矢。賊相謂曰：『義士也！』舍之。」同上劉敏元傳載：永嘉亂時與同郡管平避亂，爲賊所劫。敏元已免，請以身代管平。羣盜相謂曰：「義士也！害之犯義。」乃俱免之。後漢至西晉，仁義之道深入人心，雖亂世猶不盡墮，以至盜亦有惻隱之心。

一〇　華歆遇子弟甚整，雖閒室之内，嚴若朝典。〔一〕魏志曰：「歆字子魚，平原高唐人。」魏略曰：「靈帝時與北海邴原、管寧俱遊學相善，時號三人爲一龍。謂歆爲龍頭，寧爲龍腹，原爲龍尾。」〔二〕陳元方兄弟恣柔愛之道，〔三〕而二門之裏，兩不失雍熙之軌焉。〔四〕

【校釋】

〔一〕「華歆」三句　嚴若朝典，嚴，宋本、沈校本作「儼」。子弟，趙西陸云：「魏志華歆傳曰：『歆弟緝。』又注引華歆譜敍曰：『歆有三子。長子偉容，仕晉，歷太子少傅、太常。稱疾致仕，拜光禄大夫。中子博，歷三縣内史。少子周，黄門侍郎、常山太守。』」華歆以禮治家，禮分等級，不可僭越，此所謂「嚴若朝典」也。後漢書一五李通傳：「父守爲人嚴毅，居家如官廷。」李賢注：「續漢書曰：『守居家與子孫尤謹，閨門之内如官廷也。』」後漢書六七魏朗傳：「朗性矜嚴，閉門整法度，家人不見墮容。」華歆守禮之家，近于李守、魏朗。

〔二〕「靈帝時」數句　邴原，字根矩，生卒年不詳。事見魏志邴原傳及裴注引原别傳。管寧（約一五八—二四一），事見魏志管寧傳。今本魏志華歆傳裴注引魏略作「歆爲龍頭，原爲龍腹，寧爲龍尾」，與孝標注引魏略不同。關於龍之頭、腹、尾指誰及以何爲定，説甚紛紜。何良俊云：「華子魚輸心異代，大肆戈鋋，邴根矩避難殊方，自露瑰穎，較之幼安韜精戢羽，始終令德者，豈可同年而校其優劣哉！篤而論之，當以管爲龍頭，邴爲龍腹，華爲龍尾。」（何氏語林一八）楊慎云：「三國志云：管寧爲龍頭，邴原爲龍腹，華歆爲龍尾。余謂華歆爲蠆尾。」余箋：「魏志華歆傳曰：『臣松之以爲邴根矩之徽猷懿望，不必有愧華公；管幼安含德高蹈，又恐弗當爲尾。魏略此言，未可以定其先後也。』洪亮吉四史發伏九曰：『案時人號三人爲一龍，其頭腹尾蓋以齒之長幼而定。考歆卒於太和五年。魏書云年七十五。寧卒於正始二年，年八十四，是歆長寧一歲。邴原之年雖無可考，以時人之稱謂及寧傳中三人次序度之，原當幼於歆，長於寧也。時人以三人相善而齊名，不當即分優劣，固以年之前後爲定。松之乃云原不應後歆，寧勿復當爲尾，誤矣。』」王叔岷世説新語補正（以下省稱補正）：「據裴松之之説，則時人以一龍之頭、腹、尾，分號歆、原、寧三人，次序甚明。然則此文劉注引魏略末二句『寧爲龍腹，原爲龍尾』，寧、原二字必互誤矣。」楊箋引王叔岷後云：「今本魏志引魏略即以『歆爲龍頭，原爲龍腹，寧爲龍尾』者，王説有見。余疏引洪亮吉以年定先後者，非是；此當以德行才識爲高下也。」按，孝標注引魏略及今本魏志華歆傳注引魏略，皆以歆爲龍頭，所異者乃在邴原、管寧或先或後也。王叔岷補正謂「寧、原二字必互誤矣」，其説是。定三人次序之依據，裴松之謂龍頭、龍腹、龍尾，乃以名德之高下爲序。何良俊、楊箋與之同。洪亮吉、余箋則謂以年之前後爲定，且三人齊名，不當即分優劣。魏略「三人俱遊學相善」云云，細審文義，似無名德高下之意。而三人時皆年少，名德均未著也。何良俊稱「華子魚輸心異代」，乃據後事定前事耳，未必妥當。洪亮吉考三人之年歲，得出「以年之前後爲定」之結論，雖邴原年歲無考，但其説仍給人啓發。

〔三〕恣柔愛之道　陳元方以親情治家，兄弟互愛乃自然之道，所謂敬愛出於自然。

〔四〕雍熙　和樂貌。文選張衡東京賦：「上下共其雍熙。」按，君臣父子、人倫道德爲名教之本，然名教出於自然。「嚴若朝典」爲名教，是爲禮；「柔愛之道」爲自然，是爲情。情禮二者看若殊道，其實同歸，故「二門之裏，兩不失雍熙之樂」。

一一　管寧、華歆共園中鋤菜，傅子曰：「寧字幼安，北海朱虛人，齊相管仲之後也。」見地有片金，管揮鋤與瓦石不異，華捉而擲去之。〔一〕又嘗同席讀書，有乘軒冕過門者，〔二〕寧讀如故，歆廢書出看。寧割席分坐曰：「子非吾友也。」魏略曰：「寧少恬静，常笑邴原、華子魚有仕宦意。及歆爲司徒，上書讓寧。〔三〕寧聞之笑曰：『子魚本欲作老吏，故榮之耳。』」〔四〕

【校釋】

〔一〕「見地有片金」三句　管寧視金與瓦石無異，故揮鋤如初。華歆雖捉金擲去，然眼中已有金。管寧不以軒冕爲榮，故讀書如故。華歆以軒冕爲榮，故廢書出看。一者心無措乎貴賤，一者情有繫於所欲，由此可判兩人優劣。然亦有不以爲然者：劉辰翁云：「捉擲未害其真，强生優劣，其優劣不在此。」王若虛滹南遺老集二七云：「……世皆優寧而劣歆。余謂以心術觀之，固如世之所論，至其不近人情、不盡物理，則相去亦無幾矣。畢竟金玉與瓦石豈無別者哉？此莊列之徒自以爲達，而好名之士聞風而悦之也。若夫君子之正論則不然，貴賤輕重未嘗不與人同，特取捨之際有義存焉耳。」李贄云：「揮鋤不必，捉擲亦詐，果内志於懷，故無所不可。吾未見其孰優孰劣也。」凌濛初云：「既捉而擲之，便是華歆一生小樣子。」按，傳統之人生價值觀以軒冕爲榮，然至漢末，淡泊明志已漸爲人們敬仰。魏志邴原傳載，原在遼東自以高遠清遠，爲英偉之士所嚮往。魏志管寧傳載，寧清高恬淡，始終不應徵召，然名聲特盛，時人譽爲「海内無偶」。此可見人生價值之評判標準發生變化，魏晉志尚清遠之理想人格便由此演變而來。劉辰翁、王若虛皆以己之觀念評述漢末恬静之士，難得歷史之真。

〔二〕軒冕　沈箋：「左傳閔二年：『鶴有乘軒者。』杜預注：『軒，大夫車也。』冕不當言乘，此乃贅字。蓋因行文每軒冕連用，傳鈔時不覺誤入耳。」王叔岷補正：「案書鈔九七、一三三、御覽六一一引此皆與宋本同，則『冕』字非衍。太平廣記引作『有乘軒冕者過門』，亦有『冕』字。惟軒可言乘，冕不可言乘，『乘』字蓋衍文耳。藝文類聚六九引此正作有『有軒冕過門者』。」徐箋引沈箋後云：「案此處『軒冕』乃偏義復詞，僅取『軒』義。沈説非。」按，王叔岷補正謂「乘」字衍文，可從。徐箋謂軒冕乃偏義復詞，然翻檢羣書，軒冕皆釋爲軒車與冕服，未見偏用其一者，更無有用「乘軒冕」者。疑徐箋不確。

〔三〕「及歆爲司徒」二句　朱注：「三國志魏志管寧傳云：『黄初四年，司徒華歆薦寧。明帝即位，太尉華歆遜位讓寧。』蓋是兩事。」沈箋以爲歆爲司徒，舉獨行君子，爲讓位於寧，則在明帝即位，轉爲太尉時。按，魏志華歆傳：文帝踐祚，改爲司徒。「黄初中，詔公卿舉獨行君子，歆舉管寧，帝以安車徵之。」明帝即位，轉拜太尉，「歆稱病乞退，讓位於寧」。又，魏志管寧傳：「黄初四年，詔公卿舉獨行君子，司徒華歆薦寧。」則歆爲司徒，薦寧在黄初中；歆爲太尉，稱病乞退讓寧在明帝太和初。魏略所記「及歆爲司徒，上書讓寧」，「讓寧」應是「薦寧」。其時應在文帝黄初四年。

〔四〕老吏　世説箋本：「老成之吏。蓋歆平生欲以仕宦顯，故今爲司徒榮之耳。」

一二　王朗每以識度推華歆。〔一〕魏書曰：「朗字景興，東海郯人，魏司徒。」歆蜡日，禮記曰：「天子大蜡八，伊耆氏始爲蜡。蜡，索也。歲十二月，合聚萬物而索饗之。」五經要義曰：「三代名臘，夏曰嘉平，殷曰清祀，周曰大蜡，總謂之臘。」〔二〕晉博士張亮議曰：「蜡者，合聚百物索饗之，歲終休老息民也。臘者，祭宗廟五祀。傳曰：『臘，接也。』祭則新故交接也。秦漢已來，臘之明日爲祝歲，〔三〕古之遺語也。」嘗集子侄燕飲，〔四〕王亦學之。有人向張華説此事，張曰：「王之學華，皆是形骸之外，去之所以更遠。」〔五〕王隱晉書曰：「張華字茂先，范陽人也。累遷司空，而爲趙王倫所害。」

【校釋】

〔一〕「王朗」句　沈箋：「藝文類聚五、太平御覽三三引此條，『王朗』下皆有『中年』二字，無

『每』字。」又云：「按王朗早歲名過華歆。江表傳：虞翻説華歆曰：『君自料名聲之在海内，孰與鄗郡故王府君？』歆曰：『不及也。』胡沖吴曆亦載歆答翻曰：『孤不如王會稽。』後歆名位轉盛，世論遂移，而景興亦必心折矣。則『中年』二字，宜不可少。」按，魏志華歆傳載：「同郡陶丘洪亦知名，自以明見過歆。時王芬與豪傑謀廢靈帝。語在武紀。芬陰呼歆、洪共定計，洪欲行，歆止之曰：『夫廢立大事，伊、霍之所難。芬性疏而不武，此必無成，而禍將及族。子其無往！』洪從歆言而止。後芬果敗，洪乃服。」又裴注引魏書曰：「歆性周密，舉動詳慎。」此殆即王朗推伏之「識度」耳。

〔二〕「三代名臘」數句　臘與蜡皆年終祭名。周時臘與大蜡各爲一祭。臘祭祖先，蜡祭百神。秦漢時總稱爲臘。禮記月令：「(孟冬之月)天子乃祈來年于天宗，大割祠于公社及門閭，臘先祖五祀，勞農以休息之。」孔穎達疏：「臘，獵也。謂獵取禽獸以祭先祖五祀也。」左傳僖公五年：「宫之奇以其族行，曰：『虞不臘矣。』」杜預注：「臘，歲終祭衆神之名。」

〔三〕祝歲　宋本、沈校本作「初歲」。程炎震云：「漢以午祖戌臘，魏以未祖丑臘，並見通典四十四卷，然魏之改制在明帝時。王、華當仍漢臘。全晉文一二七卷據類聚五、御覽三三引作『俗謂臘之明日爲初歲。秦、漢以來有祝歲者，古之遺語也。』於文爲備，此恐爲脱文。宋本『臘之明日爲祝歲』，作『臘之明日爲初歲』。又御覽卷一七歲部引晉書亦作『初』。」按，類聚五、御覽三三所引爲孝標原注，今本此條注乃宋人删改，致使語意不明。史記二七天官書：「臘明日，人衆卒歲，一會飲食，發陽氣，故曰初歲。」也可證「臘之明日爲初歲」爲是。據此，臘日似爲一年之末日也。然晉書九五戴洋傳記顧榮果於十二月十七日卒，十九日臘。則魏晉之臘日與漢不同，非一年之末日矣。考初學記四歲時部臘曰：「漢以戌日爲臘，魏以辰，晉以丑。」注引魏臺訪議曰：「王者各以其行，盛日爲祖，衰日爲臘。漢火德，火衰於戌，故以戌日爲臘。魏土德，王土衰辰，故以辰爲臘。晉金德，金衰於丑，故以丑爲臘。」據此可知，臘日在十二月，各個朝代以五行之終爲臘日，漢以戌日，魏以辰日，晉以丑日，本非一定也。

〔四〕嘗集子侄燕飲　臘日有宴飲之俗，禮記雜記下：「子貢觀於蜡，孔子曰：『賜也樂乎？』對曰：『一國之人皆若狂，賜未知其樂也。』」鄭玄注：「以禮屬民，而飲酒於序，以正齒位。」漢書九八元后傳：「（王）莽更漢家黑貂，著黄貂，又改漢正朔伏臘日。太后令其官屬黑貂，至漢家正臘日，獨與其左右相對飲酒食。」蔡邕獨斷：「臘者，歲終大祭，縱吏民宴飲。」

〔五〕「張曰」數句　莊子德充符：「今子與我遊於形骸之内，而子索我於形骸之外，不亦過乎！」郭注：「形骸外矣，其德内也。」世説講義：「言王之學華，皆是擬形骸之外，而不在其内，故人品拙劣，去華卻所以更遠下也。」按，據晉書本傳、晉書四惠帝紀，華於惠帝永康元年（三〇〇）被趙王倫所害，年六十九。由此上推，華生於魏明帝太和六年（二三二）。而魏志王朗傳載，朗卒於太和二年（二二八），此時張華尚未出生。故王朗學華歆集子侄燕飲，當時有人向張華言之事必無。可能距王朗之死數十年後，有人對張華言及此事，張華評論之。張華之意，殆謂王朗學華歆亦於蜡日燕飲，但未得燕飲之内在意義，而僅爲狂歡之形骸，其他學華者，亦復如是。張固以華勝於王也。吴志虞翻傳裴注亦謂華勝：「歆之名德，實高於朗，而江表傳述翻説華，云『海内名聲，孰與于王』，此言非也。」然在當時人幾以王朗聲名天下第一。蜀志許靖傳裴注引益州耆舊傳曰：「許靖號爲臧否，至蜀，見王商而稱之曰：『設使商生於華夏，雖王景興無以加也。』」許靖與陳紀、華歆、王朗皆友善，而獨推朗爲華夏之最。又葛洪抱朴子外篇自敍曰：「洪嘗謂史雲不食于昆弟，華生治潔於昵客，蓋邀名之僞行，非廊廟之遠量也。」以爲華歆之舉乃「僞行」。李慈銘云：「案華守豫章，兵至即迎，王守會稽，猶知拒戰。華黨曹氏，發壁牽后；王被操徵，積年乃至。此蓋所謂學於形骸之外，去之更遠者也。二人優劣，不問可知。晉人清談如此。」以爲王朗勝於華歆，而諷張華「清談」乃顛倒如此。

一三　華歆王朗俱乘船避難，〔一〕有一人欲依附，歆輒難之。〔二〕朗曰：「幸尚寬，〔三〕何爲不可？」後賊追至，王欲舍所攜人。歆曰：「本所以疑，〔四〕正爲此耳。既已納其自託，寧可以急相棄邪？」遂攜拯如初。世以此定華、王之優劣。〔五〕華嶠譜敍曰：「歆爲下邽令，漢室方亂，乃與同志士鄭太等六七人避世。自武關出，道遇一丈夫獨行，願得與俱。皆哀許之。歆獨曰：『不可。今在危險中，禍福患害，義猶一也。今無故受之，不知其義，若有進退，〔六〕可中棄乎？』衆不忍，卒與俱行。此丈夫中道墮井，皆欲棄之。歆乃曰：『已與俱矣，棄之不義。』卒共還，出之而後別。」

【校釋】

〔一〕「華歆」句　程炎震云：「據華嶠譜敘，是獻帝在長安時事。王朗方從陶謙於徐州，不得同行也。」沈箋：「按此條恐非事實。故孝標舉華嶠譜敘所記歆與鄭泰避亂出武關事，隱糾其謬也。三國志王朗傳：漢帝在長安，朗爲陶謙侍中，與別駕趙昱等説謙勤王。謙乃遣昱奉章至長安，天子嘉其意，拜謙安東將軍，昱廣陵太守，朗會稽太守。朗自徐州拜命，初未詣長安。正孫策略地江東，朗猶在會稽也。而歆傳：何進徵鄭泰、荀攸及歆。歆至，爲尚書郎。董卓遷天子長安，歆求出爲下邽令，病不行，遂從藍田至南陽依袁術，旋拜豫章太守。則董卓之亂，朗、歆未嘗共處，而此云避難，又云賊追至，明在是時。故知不可信也。」按，程説、沈箋是。據魏志華歆傳：「靈帝崩，何進輔政，徵河南鄭泰、潁川荀攸及歆等。歆至，爲尚書郎。董卓遷天子長安，歆求出爲下邽令，病不行，遂從藍田至南陽。」可知從光熹元年（一八九）四月何進輔政，至初平元年（一九〇）二月董卓遷都長安期間，華歆一直任職朝廷。鄭泰與歆同徵，故歆能與之同行避難，華嶠譜敘所記得實。

〔二〕難　拒斥，不允。書舜典：「柔遠能邇，惇德允元，而難任人，蠻夷率服。」孔傳：「難，拒也。」孝標注引華嶠譜敍記歆獨曰「不可」，不可，即「難」也。

〔三〕幸尚寬　世説箋本：「意謂所幸舟中尚寬廣，可以容人。」

〔四〕疑　世説講義：「『疑』字與『難』字應以解其初意。」世説箋本：「疑，遲疑也。言心不從。」

〔五〕世以此定華、王之優劣　劉辰翁云：「閲世而後知其難，賴有此語。管勝華，華勝王，人不可以無辨。」又云：「救人邉計其後，政恨王初意未真至耳，故有終渝。若歆始念實爲殘忍，幸其終不遐棄，勝彼虚德。」李贄云：「閒時買好，急則不顧，蓋自買好時已存此心矣。小人舉事不慮始末率類此。」鍾惺云：「華歆一世虚名，惟此舉差强人意。」章炳麟菿漢微言：「漢、魏廢興之際，陳羣所爲，未若華歆之甚也。及魏受禪，羣與歆皆有戚容，時人議羣者，猶曰：『公慚卿，卿慚長。』獨于歆，魏晉間皆頌美不容口。曹植亦不慊于其兄之篡漢者。然所作輔臣論，稱歆『清素寡欲，聰敏特達，志存太虚，安心玄妙。處平則以和養德，遭變則以義斷事』。（北堂書鈔五一引）然則歆之矯僞干譽，有非恒人所能測者矣。」按，王朗爲德不終，華歆不忍棄義，世人以此定優劣耳。章太炎以日後華歆「矯僞干譽」，欲否定此條所云「華、王之優劣」，未必妥當。

〔六〕進退　吴金華考釋云：「『進退』，指意外的情況。『進退』的本義是忽進忽退，比喻變化無常，語出易經。在魏晉口語中，『進退』常用來喻指處於不利的狀況。例如：『懷憂深，小妹亦故進退。』（全晉文卷二二王羲之雜帖）『疾重，而邇進退，甚令人憂念。』（同上）……華歆所謂『進退』，也指不利情況而言。」

一四　王祥事後母朱夫人甚謹，晉諸公贊曰：「祥字休徵，琅邪臨沂人。」祥世家曰：「祥父融，娶高平薛氏，生祥。繼室以廬江朱氏，生覽。」晉陽秋曰：「後母數譖祥，屢以非理使祥，弟覽輒與祥俱。又虐使祥婦，覽妻亦趨而共之。母患，〔一〕方盛寒冰凍，母欲生魚，祥解衣將剖冰求之，會有處冰小解，魚出。」〔二〕蕭廣濟孝子傳曰：〔三〕「祥後母忽欲黄雀炙，祥念難卒致。須臾，有數十黄雀飛入其幕。母之所須，必自奔走，無不得焉。其誠至如此。」家有一李樹，結子殊好，母恒使守之。時風雨忽至，祥抱樹而泣。蕭廣濟孝子傳曰：「祥後母庭中有李，始結子，使祥晝視鳥雀，〔四〕夜則趍鼠。〔五〕一夜風雨大至，祥抱泣至曉，母見之惻然。」祥嘗在別牀眠，母自往闇斫之。值祥私起，〔六〕空斫得被。〔七〕既還，知母憾之不已，因跪前請死。〔八〕母於是感悟，愛之如己子。虞預晉書曰：「祥以後母故，陵遲不仕，〔九〕年向六十，〔一〇〕刺史呂虔檄爲別駕，〔一一〕時人歌之曰：『海沂之康，〔一二〕寔賴王祥；邦國不空，別駕之功。』累遷太保。」〔一三〕

【校釋】

〔一〕母患　沈箋：「按母患爲句，辭意不足，顯有脱文。晉書採取孫盛此文，作『朱患之乃止』。

則『母患』下應補『之乃止』三字。」

〔二〕「方盛寒冰凍」數句　俗傳王祥卧冰得魚，前人已辨其不足信。如余箋引焦循易餘籥録二〇曰：「晉書王祥傳：『母常欲生魚，時天寒冰凍，祥解衣將剖冰求之。』按解衣者，將用力擊開冰凍，冬月衣厚，不便用力也。非必裸至於赤體，俗傳爲卧冰，無此事也。」又，書鈔一五八引臧榮緒晉書：「一朝忽冰開小穴，有雙鯉俱出，祥取以奉母。」亦不言有卧冰事。然以今人觀之，王祥卧冰得魚事誠不足信，但由此可見當時普遍信從「至孝感應」之文化觀念。如宋躬孝子傳曰：「繆斐，東海蘭陵人。父忽得患，醫藥不給，斐盡夜叩頭，不寢不食，氣息將盡。至三更中，忽有二神引鎖而至，求哀曰：『尊府君昔枉見侵，故有怒報。君至孝所感，昨爲天曹所攝鏁鋃鐺。』斐驚，父已差，云：『吾病，恒見二人見持，向來忽不見。』斐乃具説。父曰：『吾曾過伍子胥廟，引二神像至地，此當是也。』」又御覽七二引蕭廣濟孝子傳曰：「杜孝，巴郡人也，少失父，養母以孝稱。母喜魚，孝曾役在成都，因截一竹筒，盛魚二頭，以草塞之，祝曰：『我母必得此魚。』因投中流。婦因出渚汲，見竹筒横來觸岸，異而取視之，見二魚，曰：『必我婿所寄。』熟，進姑。聞者歎其至感。」同上三七引宋躬孝子傳曰：「宗承字世林，父資，喪葬舊塋，負土作墳，不役童僕。一夕間，土壤高五尺，松生焉。」

〔三〕孝子傳　沈箋：「蕭廣濟孝子傳，隋志十五卷云：晉輔國將軍蕭廣濟撰。」

〔四〕烏雀　雀，宋本、沈校本作「爵」。按，「爵」通「雀」。孟子離婁上：「爲叢驅爵者，鸇也。」

〔五〕趍　宋本、沈校本作「趁」。徐箋：「作『趁』是。廣雅：『趁，逐也。』何承天纂文：『關西以逐物爲趁。』」按，趍同「趨」。陸德明釋文：「趨，本亦作趍。」作趁、趍於義皆通。

〔六〕私起　謂起來小便。劉盼遂云：「左氏襄十五年傳：『師慧過朝，將私焉。』杜注：『私，小便。』」朱注謂私起乃「起而便旋也」，其説非。

〔七〕空　蔡鏡浩魏晉南北朝俗詞語試釋：「空，只也，僅也。齊民要術種紅藍花梔子：『若無石榴者，以好醋和飯漿亦得用。若復無醋者，清飯漿極酸者，亦得空用之。』又：『牛髓少者，用中脂和之；若無髓，空用脂亦得也。』」空斫得被，意即御覽四一三引世説作「刃及被而已」。

〔八〕跪前請死　王祥事後母甚謹，竟至跪前請死，此乃禮經所規定。儀禮喪服：「繼母如母。」傳曰：『繼母何以如母？』『繼母之配父，與因母同，故孝子不敢殊也。』」賈疏：「傳釋曰，傳發問者，以繼母本是路人，今來配父，輒如己母，故發斯問。答云：『繼母配父，即是牉合之義，既與己母無別，故孝子不敢殊異之也。』」史書中不乏事繼母如母之例。如後漢書四四胡廣傳：「繼母在堂，朝夕瞻省，傍無几杖，言不稱老。」後漢書五三徐穉傳：「李曇字雲，少孤，繼母嚴酷，曇事之愈謹，爲鄉里所稱法。養親行道，終身不仕。」注引謝承書曰：「曇少喪父，躬事繼母。（繼母）酷烈，曇性純孝，定省恪勤，妻子恭奉，寒苦執勞，不以爲怨。得四時珍玩，先以進母，與徐孺子等海内列名五處士焉。」後漢書七九伏恭傳：「恭性孝，事所繼母甚謹。」晉書三九王沈傳：「奉繼母寡嫂以孝義稱。」以上李曇之事，與王祥尤相似。

〔九〕陵遲　徐箋：「淹滯之意。晉書卞壼傳『淩遲積年』，與此同義。」按，徐箋是。荀子宥坐：「三尺之岸，而虛車不能登也；百仞之山，任負車登也。何則？陵遲故也。」楊倞注：「遲，慢也。陵遲言丘陵之勢漸慢也。」王肅云：『陵遲，陂池陀之謂。』」原謂坡地漸高，可引申爲「遲緩」之義。

〔一〇〕年向六十　余箋：「晉書王祥傳亦云：『徐州刺史呂虔檄爲別駕，祥年垂耳順，固辭不受，覽勸之。』錢大昕廿二史考異云：『祥以泰始五年薨，年八十五。魏志呂虔爲徐州刺史，在文帝時。計文帝黄初元年，祥才三十有六耳。即使被徵在黄初之末，亦止四十餘，何得云耳順也。王隱晉書云：「祥始出仕，年過五十。」蓋據舉秀才除溫令而言，非指爲別駕之日也。』嘉錫案：魏志呂虔傳云：『文帝即王位，加裨將軍，封益壽亭侯，遷徐州刺史。請琅琊王祥爲別駕，民事一以委之。』似虔之還徐州檄祥爲別駕，尚在延康元年未改元黄初之前。晉書祥傳載祥遺令曰：『吾年八十有五，啓手何恨。』又云：『泰始五年，薨。』故錢氏本此計祥年壽。然裴注引王隱晉書曰：『祥泰始四年年八十九，薨。』與武帝紀書『泰始四年夏四月戊戌，太保睢陵公王祥薨』合。本傳遺令及卒年，疑皆傳寫之誤。若依王隱晉書計之，則祥當生於漢元和三年，年四十有一；即下至黄初七年魏文崩時，亦止四十七。總之，與年垂耳順之語不合。此蓋臧榮緒誤依虞預，而唐史臣因之，未及考之王隱書也。」按，據魏志吕虔傳，王祥始爲别駕，時在魏文帝黄初年間。以王隱晉書推算，始仕别駕至遲年四十七。則王隱謂「祥始出仕，年過五十」亦不確。王祥遺令有「吾年八十有五」之語，余箋因信王隱書，故以爲「疑傳寫之誤」，但缺少依據。總之，王祥「淩遲不仕」可信，而「年向六十」則與祥事蹟不合。祥始仕之年不能確知，大約在四十歲左右。

〔一二〕吕虔　字子恪，漢末任城人。魏文帝曹丕即位，遷徐州刺史。事見魏志吕虔傳。别駕，漢置别駕從事史，爲州刺史之佐屬。刺史以巡行視察爲職，别駕即所以輔佐刺史出巡。御覽二六三引晉中興書曰：「初，魏徐州刺史任城吕虔有佩刀，工相之，以爲必三公，可服此刀。虔語别駕王祥曰：『苟非其人，刀或爲害。卿有公輔之量，故以相與。』祥始辭之，虔强與，乃受。」

〔一三〕海沂　通鑑七七魏紀九胡注：「徐州之地，東際海西，北距泗沂，故曰海沂。」

〔一三〕太保　晉書二四職官志：太宰、太傅、太保，周之三公也。魏初唯置太傅，末年又置太保。據晉書本傳，晉武帝踐阼，祥拜太保，進爵爲公。

一五　晉文王稱阮嗣宗至慎，每與之言，言皆玄遠，未嘗臧否人物。〔一〕魏書曰：

「文王諱昭，字子上，〔二〕宣帝第二子也。」魏氏春秋曰：「阮籍字嗣宗，陳留尉氏人，阮瑀子也。宏達不羈，不拘禮俗。兗州刺史王昶請與相見，〔三〕終日不得與言。昶愧歎之，自以不能測也。口不論事，自然高邁。」李康家誡曰：〔四〕「昔嘗侍坐於先帝，時有三長史俱見，臨辭出，上曰：『爲官長當清、當慎、當勤，修此三者，何患不治乎？』並受詔。上顧謂吾等曰：『必不得已而去，於斯三者何先？』或對曰：『清固爲本。』復問吾。吾對曰：『清慎之道，相須而成，必不得已，慎乃爲大。』上曰：『卿言得之矣，〔五〕可舉近世能慎者誰乎？』吾乃舉故太尉荀景倩、尚書董仲達、僕射王公仲。〔六〕上曰：『此諸人者，温恭朝夕，執事有恪，亦各其慎也。然天下之至慎者，其唯阮嗣宗乎？每與之言，言及玄遠，而未嘗評論時事，臧否人物，可謂至慎乎！』」〔七〕

【校釋】

〔一〕「晉文王」數句　晉書四九阮籍傳：「籍本有濟世志，屬魏晉之際，天下多過，名士少有全者，籍由是不與世事，遂酣飲爲常。」嵇康與山巨源絶交書：「阮嗣宗口不論人過，吾每師之，而未能及，至性過人，與物無傷，唯飲酒過差耳。」文選顔延年五君詠李善注引臧榮緒晉書曰：「阮籍雖放誕，不拘禮教，發言玄遠，口不評論臧否人物。」按，阮籍至慎，發言玄遠，未嘗臧否人物，其因在於不與世事，明哲保身。其實，阮籍志氣宏放，善惡在心，是非分明，「至慎」爲假面具，乃政治高壓下人格扭曲而已。李善注阮籍詠懷詩曰：「嗣宗身仕亂朝，常恐罹謗遇禍，因兹發詠，故每有憂生之嗟。雖志在刺譏，而文多隱蔽，百代之下，難以情測。」阮籍發言玄遠，一同於詩，亦因「常恐罹謗遇禍」也。而司馬昭稱讚阮籍「至慎」，其深意在警告士人發言毋肆無忌憚耳。

〔二〕子上　宋本誤作「于上」。

〔三〕王昶　字文舒，魏太原晉陽人。事見魏志王昶傳。據魏志本傳，文帝時昶遷兖州刺史。則昶與阮籍相見，當在其時。

〔四〕李康　王利器校：「世説言語門『李弘度常歎不被遇』條注引晉中興書：『李充，江夏鄳人，祖康，父矩，皆有美名。』又棲逸門『山公將去選曹』條注引文字志：『厥祖康，秦州刺史，父重，平陽太守，世有名望。』又賢媛門『李平陽秦州子』條注引永嘉流人名：『康字玄胄，江夏人，魏秦州刺史。』這幾處的『康』字，都應當作『秉』。」李慈銘云：「李康當作李秉。三國志李通傳注引王隱晉書作李秉。秉與康字形近也。各本皆誤。秉字玄胄，通之孫也。所云先帝者，司馬昭也。秉官至秦州刺史、都亭定侯。唐修晉書附見其子重傳。改秉作景者，避世祖昞字嫌諱。」

〔五〕卿言　卿，王刻本作「辦」。

〔六〕荀景倩　荀顗字景倩，潁川人，魏太尉彧之第六子。晉武帝即位，以顗爲司徒，尋加侍中，遷太尉。事見晉書三九荀顗傳。董仲達、王公仲不詳。

〔七〕魏志李通傳裴注引王隱晉書載李秉家誡，與孝標注不同。沈作喆寓簡三：「司馬昭稱阮嗣宗言及玄遠，而未嘗評論時事，臧否人物，可謂至慎。世皆以昭爲知嗣宗者，非也。昭方圖魏，惡人之知其微也，故爲此語，以諷在位，使不敢言耳。大率姦臣擅國，皆深畏天下士議論長短，發其機謀，古今一律，可鑒戒也。」

一六　王戎云：「與嵇康居二十年，未嘗見其喜愠之色。」〔一〕康集敘曰：「康字叔夜，譙國銍人。」〔二〕王隱晉書曰：「嵇本姓奚，其先避怨徙上虞，移譙國銍縣。以出自會稽，取國一支，音同本奚焉。」〔三〕虞預晉書曰：「銍有嵇山，家於其側，因氏焉。」康别傳曰：「康性含垢藏瑕，〔四〕愛惡不争於懷，喜怒不寄於顔。所知王濬沖在襄城，面數百，未嘗見其疾聲朱顔。此亦方中之美範，人倫之勝業也。」文章敘録曰：「康以魏長樂亭主婿，〔五〕遷郎中，拜中散大夫。」

【校釋】

〔一〕「王戎云」三句　嵇康與山巨源絶交書自述：「阮嗣宗口不論人過，吾每師之，而未能及。」「以不如嗣宗之賢，而有慢弛之闕……無萬石之慎，而有好盡之累。」「剛腸疾惡，輕肆直言，遇事便發。」云云。可見其個性激切，遠不如嗣宗之慎。王戎説其「未嘗見其喜愠之色」，恐不足信。然不露喜愠之色，原爲嵇康嚮往之理想人格也。因喜怒既發，便見是非，便有公私，便有妄與無妄之分，吉凶亦隨之而來。讀嵇康家誡，可知其對有形無形之道論之詳矣。可惜嵇康個性峻切，終究難以做到「愛惡不爭於懷，喜怒不寄於顔」。故曰非知之難，而行之難也。

〔二〕譙國　漢書二八地理志上：沛郡，屬縣三十七，譙爲其一。銍縣亦屬沛郡，東漢屬沛國。

〔三〕「嵇本姓奚」數句　姓奚，奚，王刻本作「溪」。按，各本及晉書皆作「奚」。魏志王粲傳裴注引虞預晉書：「康家本姓奚，會稽人。先自會稽遷於譙之銍縣，改爲嵇氏，取『稽』字之上，加『山』以爲姓，蓋以志其本也。一曰銍有嵇山，家於其側，遂氏焉。」世説箋本：「支者，支券、分支之支。按魏志『一支付勳人，一支付行台』。蓋就『會稽』二字，取其一字，且『稽』字之上，加『山』以爲姓，以志其本也。此説見本傳注所引虞預晉書……本注家嵇山之側，因氏焉，亦爲一説。又按太平廣記引神仙傳曰：『呂恭字文敬，於太行山中采藥，忽見三人。一人曰：「我姓呂，字文起。」次一人曰：「我姓孫，字文陽。」次一人曰：「我姓王，字文上。」第一人曰：「公既與我同姓，又字得我半支，此公命當應長生。」』云云。半支，猶言半體。一支，猶言一體。取稽字之上體，故曰『一支』。」沈箋：「按『取稽之上以山爲姓』句費解。意當謂取稽字上半，配山字成嵇，遂以爲姓也。山字上必有脱字。」

〔四〕含垢藏瑕　吴金華考釋：「『含垢藏瑕』又可説成『含垢藏疾』，比喻寬宏大量，特指對於一般人所不能容忍的壞人壞事抱著寬容的態度。」按，吴説是。「含垢藏瑕」又作「含垢匿瑕」。晉書六一劉喬傳：「宜釋私嫌，共存公義，含垢匿瑕。」晉書三五陳騫傳：「騫少有度量，含垢匿瑕，所在有績。」

〔五〕長樂亭主　余箋：「魏志二〇『沛穆王林薨，子緯嗣。』注云：『案嵇氏譜：嵇康妻，林子之女也。』據此知長樂亭主乃曹操之曾孫女。文選恨賦注引王隱晉書曰：『嵇康妻，魏武帝孫穆王林女也。』與譜異，當以譜爲正。」

一七　王戎、和嶠同時遭大喪，〔一〕俱以孝稱。王雞骨支牀，〔二〕和哭泣備禮。

晉諸公贊曰：「戎字濬沖，琅邪人，太保祥宗族也。文皇帝輔政，鍾會薦之曰：『裴楷清通，王戎簡要。』〔三〕即俱辟爲掾。晉踐阼，〔四〕累遷荆州刺史，以平吴功封安豐侯。」晉陽秋曰：「戎爲豫州刺史，遭母喪，性至孝，不拘禮制，飲酒食肉，或觀棋奕，而容貌毀悴，杖而後起。〔五〕時汝南和嶠亦名士也，以禮法自持。處大憂，量米而食，然顦顇哀毀，〔六〕不逮戎也。」

武帝謂劉仲雄曰：

王隱晉書曰：「劉毅字仲雄，東萊掖人，〔七〕漢城陽景王後也。亮直清方，見有不善，必評論之。王公大人，望風憚之。僑居陽平，太守杜恕致爲功曹，沙汰郡吏三百餘人。三魏僉曰：〔八〕『但聞劉功曹，不聞杜府君。』累遷尚書、司隸校尉。」

「卿數省王、和不？聞和哀苦過禮，〔九〕使人憂之。」仲雄曰：「和嶠雖備禮，神氣不損；王戎雖不備禮，而哀毀骨立。臣以和嶠生孝，王戎死孝。〔一〇〕陛下不應憂嶠，而應憂戎。」晉陽秋曰：「世祖及時談以此貴戎也。」

【校釋】

〔一〕王戎、和嶠同時遭大喪　程炎震云：「晉書王戎傳云：『時和嶠亦居父喪。』考嶠傳不言父喪去官，而嶠父附見於魏書和嶠傳內，則未嘗入晉矣。戎傳云：『自豫州徵爲侍中，後遷光祿勳、吏部尚書，以母憂去職。』嶠傳亦云：『太康末，爲尚書，以母憂去職。』據戎爲豫州，在咸寧五年，而劉毅卒于太康六年。知戎、嶠遭憂，必在此數年中。而晉書戎傳稱和嶠父喪，嶠傳稱太康末，皆有誤字也。」楊箋：「戎爲豫章，在咸寧五年。推其居喪，則在吏部尚書之時。嶠父死于魏，未嘗入晉，見魏書和嶠傳。謂二人同時居喪，失實。」按，未可據嶠父附見於魏志和嶠傳，便斷定其未嘗入晉。劉毅既卒于太康六年，則王戎、和嶠居大喪必在此前，否則稱「太康末」不妥。據晉書四三王戎傳，戎渡江後，「復遷光祿勳、吏部尚書，以母憂去職」，由此知王戎喪母時正作吏部尚書，非如晉陽秋所説作豫州刺史，楊箋是。惟確切時間不知，大致在太康初年。

〔二〕雞骨支牀　形容哀毀過禮，以至瘦骨嶙峋，無力而纏綿牀席。世説音釋：「謝肇淛文海披沙曰：『言瘦骨如雞，僅堪支持牀上。或據飲酒食肉，遂以爲殺雞甚多，以雞之骨支牀，大誤，可笑。』」按，雞骨細瘦，人瘦骨立，故以「雞骨」形容之，文海披沙所釋是也。文學六九注引竹林七賢論記劉伶與俗人相忤，其人攘袂欲辱之，伶和其色，自嘲「鷄肋豈足以當尊拳」。「鷄骨」義同「鷄肋」，謂形羸如鷄骨之瘦也。

〔三〕「裴楷清通」二句　見賞譽五校釋。

〔四〕踐阼　阼，宋本、王刻本作「祚」。按，當作「阼」。禮文王世子：「成王幼，不能莅阼。」

〔五〕「容貌毁悴」二句　貌，宋本作「皃」。按，「皃」同「貌」。儀禮喪服傳曰：「居倚廬，寢苫，枕塊……歠粥，朝一溢米，夕一溢米。寢不説絰帶。」禮記喪大記曰：「期，終喪不食肉，不飲酒。」晉陽秋云：王戎母喪「飲酒食肉，或觀棋奕」，即所謂「不拘禮制」。此與阮籍喪母同一行徑（見任誕九校釋）。但王「雞骨支立」，「容貌毁悴，杖而後起」，説明其哀苦之深，甚於和嶠。晉朝重孝道，此類孝子極多。如晉書三三王祥傳：「居喪毁悴，杖而後起」，晉書三九荀顗傳：「以母憂去職，毁幾滅性。」

〔六〕「量米而食」二句　和嶠居喪依喪禮，「量米而食」，此即儀禮喪服傳所云：「歠粥，朝一溢米，夕一溢米。」

〔七〕東萊掖人　掖，宋本作「不夜」。王利器校：「蔣校本同，袁本、曹本、王本、凌本、補本，『不夜』作『掖』。晉書劉毅傳亦云『東萊掖人』。按作『掖』是，晉書地理志下東萊國有掖縣，無不夜。『不夜』當是『掖』字誤分爲二，又把『扌』錯成『不』了。」

〔八〕三魏　通鑑九六晉紀一八胡注：「魏郡、廣平、陽平爲三魏。」

〔九〕哀苦過禮　宋本無「禮」字。按，當作「過禮」是，意謂哀苦超過喪禮之規定。

〔一〇〕「臣以和嶠」二句　世説箋本：「生孝者言盡生人之禮，死孝者言盡哀死之情也。」沈箋：

「潛確居類書七〇引典略：『戴伯鸞母卒，居廬啜粥，非禮不行。弟叔鸞食肉，哀至乃哭。二人俱有毁容。世謂伯鸞死孝，叔鸞生孝。』生孝死孝之稱，始見於是。然以備禮爲死孝，越禮爲生孝，與世説爲異。生孝者，以盡生人之禮；死孝者，則盡哀死之情也。」按，生孝死孝之涵義，當以世説爲是。生孝者，指雖備喪禮，然神氣不損；死孝者，指哀毁過禮，幾不勝喪，甚至滅性而死。故死孝之哀痛，過於生孝，因其有真情在。晉陽秋云：「世祖及時談以此貴戎也。」貴戎即貴其真情也。本篇四七載吴坦之母喪，「不免哀制」；言語一五注引嵇紹趙至叙云，趙「自痛棄親遠遊，母亡不見，吐血發病，服未竟而亡」，即爲死孝。

一八　梁王、趙王，〔一〕朱鳳晉書曰：「宣帝張夫人生梁孝王彤，〔二〕字子徽，〔三〕位至太宰。桓夫人生趙王倫，〔四〕字子彝，位至相國。」國之近屬，貴重當時。裴令公晉諸公贊曰：「裴楷字叔則，〔五〕河東聞喜人，司空秀之從弟也。父徽，〔六〕冀州刺史，有俊識。楷特精易義，累遷河南尹、中書令，卒。」歲請二國租錢數百萬，以恤中表之貧者。〔七〕或譏之曰：「何以乞物行惠？」裴曰：「損有餘，補不足，天之道也。」〔八〕名士傳曰：「楷行己取與，〔九〕任心而動，毁譽雖至，處之晏然，皆此類。」

【校釋】

〔一〕梁王　指司馬彤，字子徽，司馬懿之子。晉武帝踐阼，封梁王。事見晉書三八梁王彤傳。

趙王，指司馬倫，字子彝，司馬懿第九子。事見晉書五九趙王倫傳。

〔二〕梁孝王肜　肜，沈校本作「彤」。晉書亦作「彤」。

〔三〕子徽　徽，宋本誤作「徵」。

〔四〕桓夫人　桓，宋本作「柏」。程炎震云：「桓，别一宋本作『柏』是也。晉書宣五王傳及趙王倫傳皆作『柏』。文選關中詩注引亦誤作『桓』。胡氏考異據晉書正之。」王利器校：「『柏』就是『桓』，避宋諱缺末筆形近錯的。」按，程説是。

〔五〕裴楷　事見晉書三五裴楷傳。

〔六〕父徽　裴徽，見文學八校釋。

〔七〕中表　梁章鉅稱謂録母之兄弟之子「中表」條案語：「中表猶言内外也。姑之子爲外兄弟，舅之子爲内兄弟，故有中表之稱。」

〔八〕「損有餘」三句　老子七七章：「天之道猶張弓乎？高者抑之，下者舉之；有餘者損之，不足者與之。天之道，損有餘而補不足。」按，書堯典：「克明俊德，義親九族。」曹植漢二祖優劣論：「敦睦九族，有唐虞之親。」漢書九二游俠樓護傳：「因會宗族故人，各以親疏與束帛，一日散百金之費。」吴志全琮傳注引江表傳：全琮回錢塘舊里，「請會邑人平生知舊，宗族六親，施散惠與，千有餘萬，本土爲榮。」晉書三三王祥傳載祥遺令曰：「宗族欣欣，悌之至也。」晉書三四羊祜傳：「禄奉所資，皆以贍給九族。」晉書六二祖逖傳：「輒稱兄意，散穀帛，以賙貧乏，鄉黨宗族以是重之。」裴楷乞錢以恤中表之貧者，乃合「敦睦九族」之親親之義，爲鄉黨宗族所重，故世説歸於「德行」。孝標注引名士傳，以楷「任心而動」，解釋「恤中表之貧者」之舉動，恐未必切合也。

〔九〕行己　吴金華考釋：「行己，猶言立身也。德行三六注引謝氏譜：『行己以禮。』賞譽一二注引晉陽秋：『咸行己多違禮度。』排調七注引張敏集：『必子行己之累也』同。」按，此處「行己」作「行事」解較勝。葛洪抱朴子外篇吴失：「虚談則口吐冰霜，行己則濁於泥潦。」

一九　王戎云：「太保居在正始中〔一〕，不在能言之流。〔二〕及與之言，理中清遠，〔三〕將無以德掩其言！」〔四〕晉陽秋曰：「祥少有美德行。」

【校釋】

〔一〕居　沈校本作「君」。居在，猶處在。居，處也，位也。書伊訓：「居上克明，爲下克忠。」方正八注引干寶晉紀曰：「文王待之曲室，謂曰：『玄伯，卿何以處我？』」又曰：「（司馬）昭垂涕問陳泰曰：『何以居我？』」可證居、處義同。此句謂太保處於正始中。

〔二〕能言之流　指正始時何晏、王弼等善玄談者。

〔三〕理中　沈校本作「理致」。徐箋：「按『理中』是當時習語。文學三八：『豈是求理中之談哉！』賞譽一三三劉注引王濛别傳亦有『談道貴理中』之語，似不誤。」又云：「六朝人語，凡得其當者，每以中字繫之，不僅『理中』一詞也。得理之中曰『理中』，得事之中曰『事中』，得計之中曰『計中』，並可證明『理中』之義。」按，徐箋甚確。又吴志顧雍傳：「（孫）權嘗歎曰：『顧君不言，言必有中。』」晉書四三樂廣傳：「其居才愛物，動有理中，皆此類也。」釋慧皎高僧傳六釋僧肇傳載：劉遺民致書僧肇，稱譽其波若無知論「旨中沉矣」。「旨中」義同「理中」，理旨得當之意。又出三藏記集七支愍度合首楞嚴經記：「凡所出經，類多深玄，貴尚實中。」同上釋僧叡大品經序：「文雖左右，旨不違中。」凡此皆可見言語、行爲、求理、談理以至譯經，以理旨切實、得當爲勝。

〔四〕將無　世說音釋：「綱目集覽曰：『猶言無乃、得無之類，意以爲是，而不敢斷言也。』」按，世說音釋是，參見文學一八校釋。又余箋：「通鑑七九胡注：『正始所謂能言者，何平叔數人也。魏轉而爲晉，何益於世哉？王祥所以可尚者，孝於後母，與不拜晉王耳。君子猶謂其任人柱石，而傾人棟梁也。理致清遠，言乎，德乎？清談之禍，迄乎永嘉，流及江左，猶未已也。』嘉錫案：胡氏之論王祥是矣，若其以祥之不拜司馬昭爲可尚，則猶未免徇世俗之論而未察也。考其時祥與何曾、荀顗並爲三公，曾、顗皆司馬氏之私黨，而祥特以虚名徇資格得之。祥若同拜，將徒爲昭所輕；長揖不屈，則汲黯所謂『大將軍有揖客，反不重耶』之意也。故昭亦以祥爲見待不薄，不怒而反喜。此正可見祥之爲人，老於世故，亦何足貴！」按，歷來言正始清言者，皆指王弼、何晏、夏侯玄諸人，而不知尚有王祥也。讀此條知王祥亦善談理，且「理中清遠」，唯不知其理旨爲何如耳。胡注抨擊清談之禍，既已偏頗，又牽扯至王祥道德之評價。余箋既贊同胡注，卻又否定王祥不拜晉王事，稱祥「老於世故，亦何足貴」。鄙意以爲余箋亦遠離本條意旨，而横生議論。晉書本傳云：「及高貴鄉公之弑也，朝臣舉哀，祥號哭曰『老臣無狀』，涕淚交流，衆有愧色。」可見祥初尚有留戀故主之意，與何曾、賈充之流畢竟有别也。

二〇　王安豐遭艱，至性過人。裴令往吊之，〔一〕曰：「若使一慟果能傷人，濬沖必不免滅性之譏。」〔二〕曲禮曰：「居喪之禮，毁瘠不形，視聽不衰，不勝喪，乃比於不慈不孝。」〔三〕孝經曰：「毁不滅性，聖人之教也。」〔四〕

【校釋】

〔一〕裴令　余箋：「張文虎螺江日記七曰：『世説新語載王戎遭艱，裴令往吊之曰：「濬沖必不免滅性之譏。」濬沖，戎字。裴令者，裴楷也。楷爲中書令，故稱裴令。二人齊名交好，鍾會嘗稱裴楷清通，王戎簡要者，故其言若是。乃晉書戎傳改裴令爲裴頠。按頠爲戎女夫，未有女夫對婦翁而可直呼其字者，雖晉世不拘禮法，亦不應倨傲如此。』」徐箋：「裴令，本書中率指裴楷，晉書王戎傳載此事，屬之裴頠。」按，張文虪謂裴令爲裴楷，並疑晉書王戎傳改爲裴頠。徐箋則謂裴令在世説中率指裴楷，其説是，但未指明此條所記究竟屬裴楷抑或裴頠。考世説中裴楷多稱「裴令公」。例德行一八：「裴令公歲請二國，租錢數百萬，以恤中表之貧者。」孝標注引晉諸公贊：「裴楷累遷河南尹、中書令。」賞譽八：「裴令公目夏侯太初。」同上二四：「見裴令公精明朗然。」任誕一一：「阮步兵喪母，裴令公吊之。」孝標注：「楷也。」而裴頠謚曰「成」，多稱「裴成公」，偶爾亦稱「裴令」。後者如雅量一二載：王夷甫與裴成公等共集一處，有人謂王曰：「裴令令望何足計？」孝標注：「裴頠，已見。」意謂此「裴令」指裴頠。據晉書三五裴頠傳、晉書四惠帝紀，裴頠於太康二年（二八一）徵爲太子中庶子，遷散騎常侍，永康元年（三〇〇）被害，時年三十四，則初仕時年僅十五歲。而王戎喪母大概在太康初年（見本篇一七校釋），頠此時或許未娶王戎女，往吊戎母喪可能性不大。裴楷與王戎年歲相若，又兼情好，故往吊戎母喪更有可能。至於螺江日記所謂「未有女夫對婦翁而可直呼其字者」云云，乃屬另一問題。

〔二〕「若使」二句　世説抄撮：「按孔融論盛孝章書：『若使憂能傷人，此子不得復永年矣。』語法與此正同。」

〔三〕毀瘠　瘠，原本作「潪」。宋本、沈校本、王刻本皆作「瘠」。按，孝經注疏九喪親章邢昺注疏：「雖即毀瘠。」作「瘠」是，今據改。

〔四〕「毁不滅性」二句　孝經注疏九喪親章邢昺注疏：「不食三日，哀毁過情，滅性而死，皆虧於孝道。故聖人制禮施教，不令至於殞滅。」「聖人設教，無以親死，多日不食，傷及生人。雖即毁瘠，不令至於殞滅性命。」按，晉朝以孝治天下，時有哀毁過禮之孝子，因之持聖人之教以勸慰者亦多。如晉書三八齊王攸傳載，齊王居文帝喪，哀毁太過而不食，司馬嵇喜諫曰：「毁不滅性，聖人之教。且大王地即密親，任惟元輔。匹夫猶惜其命，以爲祖宗，況荷天下之大業，輔帝王之重任，而可盡無極之哀，與顏、閔争孝！不可令賢人笑，愚人幸也。」

二一　王戎父渾有令名，官至涼州刺史。世語曰：「渾字長原，有才望，〔一〕歷尚書、涼州刺史。」渾薨，所歷九郡義故，〔二〕懷其德惠，相率致賻數百萬，戎悉不受。〔三〕虞預晉書曰：「戎由是顯名。」

【校釋】

〔一〕才望　才，沈校本作「士」。吴金華考釋：「『有才望』指既有才幹，又有聲望，是史家常語。例如：『（王）沈以才望顯名當世。』（晉書三九王沈傳）『時中國多難，顧榮、戴若思等咸勸陸機還吴，機負其才望，志匡世難，故不從。』（晉書五四陸機傳）……『才望』二字擴而張之，就是『才能』與『器望』。」按，吴説是。晉書六八顧榮傳：「以顧榮爲主簿，所以甄拔才望，委以事機。」品藻九：「孔愉有公才而無公望，丁潭有公望而無公才。」亦其證。

〔一一〕九郡　程炎震云：「御覽五五〇引作『州郡』，是也。」沈箋：「按晉書地理志：涼州統郡八，曰金城，曰西平，曰武威，曰張掖，曰西郡，曰酒泉，曰敦煌，曰西海。此『九』當作『八』。」按，據晉書地理志，沈箋爲是；然御覽引作「州郡」亦是。義故，徐箋：「義謂義從，故爲故吏。後漢書班超傳：『亦幹（徐幹）爲假司馬，將弛刑及義從千人就超。』通鑑四六漢紀注：『義從，自奮願從行者。』晉州郡得自募部曲，亦曰義從。」

〔一二〕賻　以財貨助喪。春秋隱公三年：「秋，武氏子來求賻。」儀禮一三：「又請若賻。」注：「賻之言補也，助也。貨財曰賻。」王世懋云：「晚節乃握牙籌，鑽李核。」（見儉嗇三、四）陶珙云：「亦是用『千駟勿顧，一介不與』學問。第欲顯名，刻意自苦。」劉盼遂云：「案漢書游俠傳：原涉父南陽太守没，涉讓還賻送千萬以上，由是顯名京師。濬沖蓋規其事也。」按，贈賻不受乃高讓之名，亦見於魏志管寧傳：「喪父，中表愍其孤貧，咸共贈賻，悉辭不受，稱財以送終。」誠如劉盼遂所言，王戎乃規效前人以顯名耳。

二二　劉道真嘗爲徒，〔一〕晉百官名曰：「劉寶字道真，高平人。」徒，罪役作者。〔二〕扶風王駿虞預晉書曰：「駿字子臧，宣帝第十七子，〔三〕好學至孝。」晉諸公贊曰：「駿八歲爲散騎常侍，侍魏齊王講。晉受禪，封扶風王，鎮關中，〔四〕爲政最美。薨，贈武王。西土思之，但見其碑贊者，皆拜之而泣。其遺愛如此。」以五百疋布贖之，既而用爲從事中郎。當時以爲美事。〔五〕

【校釋】

〔一〕劉道真　余箋：「隋書經籍志：『漢書駁議二卷，晉安北將軍劉寶撰。』顏師古漢書敍例曰：『劉寶字道真，高平人，晉中書郎、河内太守、御史中丞、太子中庶子、吏部郎、安北將軍，侍皇太子講漢書，别有駁義。』」

〔二〕徒罪役作者　此五字乃孝標自注，非屬晉百官名。

〔三〕宣帝第十七子　李慈銘云：「案晉書宣帝止九男，蓋當作『七子』。」徐箋：「文選任昉爲范始興作求立太宰碑表李善注引臧榮緒晉書：『扶風王駿，字子臧，宣帝第七子也。』則『十』字乃衍文。」按，晉書三八宣五王傳載：宣帝九男，爲景帝、文帝、平原王榦、汝南文成王亮、琅邪武王伷、清惠亭侯京、扶風武王駿、梁王肜、趙王倫。則扶風王駿爲第七子。

〔四〕「晉受禪」三句　程炎震云：「蜀志五諸葛亮傳注引蜀記：『晉初扶風王駿鎮關中，有司馬高平劉寶。』按駿初封汝陰王，泰始六年鎮關中，咸寧三年改封扶風。」按，程説是。晉書三八扶風王駿傳載：武帝踐阼，進封汝陰王，遷鎮西大將軍，使持節、都督雍、涼等州諸軍事，代汝南王亮鎮關中。此事據晉書三武帝紀，時在泰始六年（二七〇）秋七月。武帝紀又曰：咸寧三年（二七七）八月，徙扶風王亮爲汝南王，汝陰王駿爲扶風王。晉諸公贊云「晉受禪，封扶風王」，敍事較疏略。扶風，郡名，三國魏以右扶風改名，治所在槐里，西晉移治池陽。

〔五〕當時以爲美事　扶風王拔劉道真於徒役之中，有類當年秦繆公聞百里奚賢，以五羖羊皮贖之，授之國政（見史記五秦本紀），故時以爲美事。

二三　王平子、胡毋彦國諸人，〔一〕皆以任放爲達，或有裸體者。晉諸公贊曰：「王澄字平子，有達識，荆州刺史。」永嘉流人名曰：「胡毋輔之字彦國，泰山奉高人，湘州刺史。」王隱晉書曰：「魏末阮籍，嗜酒荒放，露頭散髮，裸袒箕踞。其後貴游子弟阮瞻、王澄、謝鯤、胡毋輔之之徒，皆祖述於籍，謂得大道之本。故去巾幘，脱衣服，露醜惡，同禽獸。甚者名之爲通，次者名之爲達也。」〔二〕樂廣笑曰：「名教中自有樂地，何爲乃爾也！」〔三〕

【校釋】

〔一〕胡毋彦國　胡毋，宋本作「胡母」。按，作「胡母」是。後漢書九孝獻帝紀注引風俗通：「胡母姓，本陳胡公之後也。公子完奔齊，遂有齊國。齊宣王母弟别封母鄉，遠取胡公，近取母邑，故曰胡母氏。」通鑑八二胡注略同。

〔二〕通　原義不泥滯於物；達，通於物理之謂也。自漢末始，通達漸成一種美學範疇。後漢書六八許劭傳載，許劭曰：「仲舉（陳蕃）性峻，峻則少通。」後漢書四九仲長統傳載，仲長統云：「人之性，有山峙淵停者，患在不通。」後漢書八〇下邊讓傳：蔡邕薦邊讓於何進曰：「心通性達，口辯詞長。」皆與人物個性聯繫焉。至魏晉，通達遂成人格美之重要特徵，此於世説中屢見不鮮。然通達之末流，祖述阮籍而變本加厲，遂成放蕩一派。葛洪抱朴子刺驕評曰：「世人聞戴叔鸞、阮嗣宗傲俗自放，見謂大度，而不量其材力，非傲生之匹而慕學之。或亂項科頭，或裸袒蹲夷，或濯腳於稠衆，或溲便於人前，或停客而獨食，或行酒而止所親，此蓋左衽之所爲，非諸夏之快事也。……今世人無戴、阮之自然，而效其倨慢，亦是醜女闇于自量之類也。」以爲世人無戴、阮之才與自然，而效其傲俗自放，不過是東施效顰。葛洪又論「通達」曰：「夫古人所謂通達者，謂通於道德，達於仁義耳。豈謂通於褻黷，而達於淫邪哉！」任誕一三注引戴逵竹林七賢論曰：「……是時竹林諸賢之風雖高，而禮教尚峻，迨元康中，遂至放蕩越禮。樂廣譏之曰：『名教中自有樂地，何至於此？』樂令之言有旨哉！謂彼非玄心，徒利其縱恣而已。」葛、戴二人指出元康時王澄之徒縱恣與阮籍作達有本質區别，極爲有見。竹林之後名士之放達，多非真正傲俗，故每非佳號。

〔三〕「名教中自有樂地」二句　樂廣之意，即名教與自然相同之旨。王平子、胡毋彦國之流以任誕縱酒爲樂，誤以爲越禮即是自然。樂廣笑稱何必如此，意謂名教中亦有快樂。陳寅恪陶淵明之思想與清談之關係云：「至於曹魏、西晉之際此名教與自然相同一問題，實爲當時士大夫出處大節所關。」並舉山濤勸嵇康子紹出仕司馬氏之語加以闡述。樂廣之語以及「三語掾」之美談，皆可説明名教與自然之調和，乃當時之新思潮。

二四　郗公值永嘉喪亂，在鄉里甚窮餒。〔一〕鄉人以公名德，傳共飴之。〔二〕公常攜兄子邁及外生周翼二小兒往食。鄉人曰：「各自饑困，以君之賢，欲共濟君耳，恐不能兼有所存。」公於是獨往食，輒含飯著兩頰邊，還吐與二兒。後並得存，同過江。郗鑒别傳曰：「鑒字道徽，高平金鄉人。漢御史大夫郗慮後也。少有體正，耽思經籍，以儒雅著名。永嘉末，天下大亂，饑饉相望，冠帶以下，皆割己之資供鑒。元皇徵爲領軍，遷司空、太尉。」中興書曰：「鑒兄子邁，字思遠，有幹世才略，累遷少府、中護軍。」郗公亡，翼爲剡縣，〔三〕解職歸，席苫於公靈牀頭，心喪終三年。〔四〕周氏譜曰：「翼字子卿，陳郡人。祖奕，〔五〕上谷太守。父優，車騎咨議。歷剡令、青州刺史、少府卿，六十四而卒。」

【校釋】

〔一〕「郗公」二句　沈箋：「按石勒之攻乞活、陳午，通鑑繫於永嘉五年，正世説所謂永嘉喪亂，郗公在鄉里時也。而既能分恤鄉族，則自贍有餘矣。且兩頰能含飯幾何，烏足全活二小兒？豈非過言哉！」余箋：「別傳言：『冠帶以下，皆割己之資供鑒。』割資尚無所愛，豈復惜飯不肯兼存兩兒？且郗公既受人之資給，那得猶須乞食？別傳當時人所作，理自可信。世說此言，疑非事實。晉書本傳云：『於時所在饑荒，州中之士，素有感其恩義者，相與資贍。鑒復分所得以賉宗族及鄉曲孤老，賴而全濟者甚多。』與別傳之言合。而其後復襲用世說此條，夫鑒之力足以賉宗族鄉里，豈不能全活兩兒？揆之事情，斯爲謬矣。」

〔二〕傳共飴之　劉應登云：「謂傳食於衆人。」按，傳食，謂輾轉受人供養。孟子滕文公下：「後車數十乘，從者數百人，以傳食於諸侯，不以泰乎？」西京雜記二：「婁護、豐辯傳食五侯間，各得其懽心，競致奇膳。」飴，徐箋：「此飴字讀食，去聲，養也，以食食人也。與訓餳字之飴音義並異。晉書王薈傳：『以私米作饘粥，以飴餓者。』南史嚴世期傳：『同縣俞陽妻莊，年九十，莊女蘭，並老病無所依，世期飴之二十年，死，並殯葬。』並同。」

〔三〕剡縣　沈校本作「郯縣」。按，作「剡縣」是。據漢書二八地理志上，郯縣屬東海郡，剡縣屬會稽郡。

〔四〕心喪　禮記檀弓上：「事師無犯無隱，左右就養無方，服勤至死，心喪三年。」鄭玄注：「心喪，戚容如父母而無服也。」

〔五〕祖奕　奕，宋本作「弈」。按，當作「奕」。

二五　顧榮在洛陽，嘗應人請，覺行炙人有欲炙之色，〔一〕因輟己施焉。〔二〕同坐嗤之。榮曰：「豈有終日執之，而不知其味者乎？」後遭亂渡江，每經危急，常有一人左右己。〔三〕問其所以，乃受炙人也。文士傳曰：「榮字彦先，吴郡人。其先越王勾踐之支庶，封於顧邑，子孫遂氏焉。世爲吴著姓，大父雍，吴丞相。父穆，宜都太守。榮少朗俊機警，風穎標徹，歷廷尉正。曾在省與同僚共飲，見行炙者有異於常僕，乃割炙以噉之。〔四〕後趙王倫篡位，其子爲中領軍，逼用榮爲長史。及倫誅，榮亦被執，凡受戮等輩十有餘人。或有救榮者，問其故，曰：『某省中受炙臣也。』榮乃悟而歎曰：『一餐之惠，恩今不忘，古人豈虚言哉！』」〔五〕

【校釋】

〔一〕炙　烤肉。禮曲禮上：「膾炙處外，醯醬處内。」余箋：「晉書顧榮傳：『榮與同僚宴，見執炙者，狀貌不凡，有欲炙之色。榮割炙啗之。』建康實録五略同。本注引文士傳，亦云『榮見行炙者，有異於常僕』，然則榮蓋賞其人物俊偉，故加以異待，不徒因其有欲炙之色而已。此其感激，當過於靈輒，宜乎終食其報也。」

〔二〕輟己　張萬起、劉尚慈世説新語譯注（中華書局，一九九八年八月。以下省作譯注）釋「輟」通「掇」，義爲「拾起」，「因輟己施焉」一句釋作「於是拿起自己那份烤肉送給了他」。董志翹世説新語疑難詞語考索二謂「輟己之『輟』乃『舍出』、『讓出』之義。輟己即舍出、讓出屬於自己的。此類用例甚衆。隋慧遠釋大乘義章：『布施者，以己財事分布於他，名之爲布；輟己惠人目之爲施。……』『輟己惠人』即舍己惠人。」（詳見古漢語研究，二〇〇八年第一期）按，董説是。

〔三〕左右　幫助，保護。易泰：「輔相天地之宜，以左右民。」孔穎達疏：「左右，助也，以助養其人也。」史記五三蕭相國世家：「高祖爲亭長，常左右之。」

〔四〕噉之　噉，宋本、沈校本作「啖」。按，「噉」、「啖」義同。

〔五〕「一餐之惠」三句　餐，宋本作「飧」。詩大雅抑：「無言不讎，無德不報。」史記七九范雎傳：「范雎於是散家財物，盡以報所嘗困戹者。一飯之德必償，睚眦之怨必報。」朱翌猗覺寮雜記下：「晉顧榮宴，見執炙者有欲炙之色，割炙啗之。客問其故，曰：『豈有終日執之，而不知其味。』後榮爲趙王倫長史，將誅，而執炙者爲督率，救之得免。南史陰鏗飲，見行觴者，因回酒炙以授之，坐者笑，鏗曰：『吾儕終日酣飲，而執爵者不知其味，非人情也。』及侯景亂，擒鏗，行觴者救之得免。嗚呼！一觴一臠，心或有吝，人情所在，死生繫焉。以是知桑下之餓夫，淮南之守卒，効力於患難之際，不誣矣！」方苞云：「輟炙施人，卒受其救，所謂一餐之惠不忍忘也。」

二六　祖光禄少孤貧，性至孝，常自爲母炊爨作食。王隱晉書曰：「祖納字士言,〔一〕范陽遒人,九世孝廉。納諸母三兄,最治行操,能清言,歷太子中庶子、廷尉卿。避地江南,温嶠薦爲光禄大夫。」王平北聞其佳名,〔二〕以兩婢餉之,因取爲中郎。王乂别傳曰:「乂字叔元,琅邪臨沂人。時蜀新平,二將作亂,〔三〕文帝西之長安,乃徵爲相國司馬,遷大尚書、出督幽州諸軍事、平北將軍。」有人戲之者曰:「奴價倍婢。」〔四〕祖云:「百里奚亦何必輕於五羖之皮邪?」〔五〕楚國先賢傳曰:「百里奚字井伯,〔六〕楚國人。少仕於虞,爲大夫。晉欲假道於虞以伐虢,諫而不聽,奚乃去之。」説苑曰:「秦穆公使賈人載鹽於虞,諸賈人買百里奚以五羊皮。穆公觀鹽,怪其牛肥,問其故。對曰:『飲食以時,使之不暴,是以肥也。』公令有司沐浴衣冠之。公孫支讓其卿位,號曰『五羖大夫』。」

【校釋】

〔一〕祖納　納,宋本作「訥」。汪藻世説考異敬胤注作「納」,晉書本傳同。

〔二〕王平北　晉書六二祖納傳謂平北將軍王敦。汪藻世説考異敬胤注:「王乂平北。」錢大昕廿二史考異二一:「王敦未嘗爲平北將軍,傳誤也。此事見世説德行篇,但云王平北,不著其名,劉孝標注以爲王乂也。(王衍傳:「父乂,爲平北將軍。」)世説稱王敦,必云王大將軍。晉史好采世説,豈此例尚未知之耶?」李詳云:「按晉書祖納傳作平北將軍王敦聞之,遣其二婢。敦乃乂字之譌。王敦未嘗爲平北將軍。乂督幽州,納范陽人,爲其部民,故得餉云。」按，以上諸家所考是。識鑒五亦云：「王夷甫父乂，爲平北將軍。」

〔三〕二將　徐箋：「謂鄧艾、鍾會。」

〔四〕奴價倍婢　世説講義：「轉言祖人物僅當兩婢。」

〔五〕「百里奚」句　史記三九晉世家：「擄虞公及其大夫井伯、百里奚。」正義曰：「南雍州記云：百里奚、宋井伯，宛人也。」據史記正義，百里奚爲楚宛人，仕於虞，而非虞人。且井伯與百里奚非一人。沈箋云：「井伯與百里奚，皆虞大夫，非一人也。其誤由於史記秦本紀。」其説可參考。史記五秦本紀載：晉獻公滅虞，擄百里奚，以爲秦繆公夫人媵於秦。百里奚亡秦走宛，楚鄙人執之。繆公聞其賢，以五羖羊皮贖之，授之國政，號曰「五羖大夫」。羖，黑色公羊。説文羊部：「夏羊牡曰羖。」朱駿聲説文通訓定聲需部：「夏羊，黑羊，牝牡皆有角。」劉應登云：「謂奴價高，故以婢餉之，戲言也。」王世懋云：「詳時人之戲，以王平北用二婢換得一奴，故光祿戲答如此。始雖稱祖孝行，既乃入於排調。」按王説近是。人之戲言，意謂己價不過二婢，故祖以百里奚之事答之。言外之意謂百里奚身價豈僅值五羊皮，己之身價亦非兩婢。

〔六〕井伯　井，王刻本作「凡」。

二七　周鎮罷臨川郡，還都，未及上，住泊青溪渚。〔一〕永嘉流人名曰：「鎮字康時，陳留尉氏人也。祖父和，故安令。父震，司空長史。」中興書曰：「鎮清約寡欲，〔二〕所在有異績。」王丞相往看之。丞相別傳曰：「王導字茂弘，琅邪人。祖覽，以德行稱。父裁，侍御史。導少知名，家世貧約，恬暢樂道，未嘗以風塵經懷也。」時夏月，暴雨卒至，舫至狹小，而又大漏，殆無復坐處。王曰：「胡威之清，何以過此！」即啓用爲吴興郡。晉陽秋曰：「胡威字伯虎，〔三〕淮南人。父質，〔四〕以忠清顯。質爲荆州，威自京師往省之。及告歸，質賜威絹一匹。威跪曰：『大人清高，於何得此？』質曰：『是吾奉禄之餘，故以爲汝糧耳。』威受而去。每至客舍，自放驢，取樵爨炊。食畢，復隨旅進道。質帳下都督陰齎糧要之，因與爲伴。每事相助經營之，又進少飯，威疑之，密誘問之，乃知都督也。謝而遣之。後以白質，質杖都督一百，除其吏名。父子清慎如此。及威爲徐州，世祖賜見，與論邊事及平生。帝歎其父清，因謂威曰：『卿清孰與父？』對曰：『臣不如也。』帝曰：『何以爲勝汝邪？』對曰：『臣父清畏人知，臣清畏人不知，是以不如遠矣。』」〔五〕

【校釋】

〔一〕「未及上」二句　指不及還都，泊於青溪。上，謂上都。余箋、楊箋於「住」字斷句，徐箋、朱注於「上」字斷句。按，方正三三：「王敦既下，住船石頭。」「住船」義同「住泊」。賞譽一五二記張天錫詣京師，「猶在泊住，司馬著作往詣之。」「渚住」，謂泊舟於渚。任誕四九：「王子猷出都，尚在渚下。」正與「未及上，住泊青溪渚」同。渚，疑亦是青溪渚。據此，當以「上」字斷句，「住」屬下句。徐箋、朱注是也。青溪，景定建康志一八：「吴大帝赤烏四年，鑿東渠，名青溪。通城北塹潮溝，闊五丈，深八尺，以泄玄武湖水。發源鍾山，而南流經京，出今青溪閘口，接于秦淮及楊傳城。」

〔二〕鎮清約　宋本、沈校本無「鎮」字。

〔三〕胡威　字伯虎，一名貔，西晉淮南人。事見魏志胡質傳注引晉陽秋及晉書九〇胡威傳。伯虎，晉書本傳作「伯武」。晉書斠注：「魏書胡質傳注、世說德行注引晉陽秋均作『伯虎』，此唐人避諱改。」

〔四〕父質　胡質字文德，楚國壽春人。事見魏志胡質傳。

〔五〕「臣父清畏人知」三句　南史五二梁宗室下蕭脩傳載：脩兼衛尉卿，「夜必再巡，而不欲人知。或向其故，答曰：『……且胡質之清，尚畏人知，此職司之常，何足自顯。』聞者嘆服。」按，胡質清而畏人知之原因，正由蕭脩道出。劉辰翁云：「政自畏人知耳，善推其父。」鍾惺云：「（清畏人知）四字便不止於清矣。」

一八　鄧攸始避難，於道中棄己子，全弟子。〔一〕晉陽秋曰：「攸字伯道，平陽襄陵人。七歲喪父母及祖父母，〔二〕持重九年。性清慎平簡。」鄧粲晉紀曰：「永嘉中，攸爲石勒所獲，召見，立幕下與語，説之，坐而飯焉。攸車所止，與胡人鄰轂，胡人失火燒車營，勒吏案問胡，胡誣攸。攸度不可與争，乃曰：『向爲老姥作粥，失火延逸，罪應萬死。』勒知遣之。所誣胡厚德攸，遺其驢馬護送，令得逸。」王隱晉書曰：「攸以路遠，斫壞車，以牛馬負妻子以叛，〔三〕賊又掠其牛馬。攸語妻曰：『吾弟早亡，唯有遺民，今當步走，儋兩兒盡死，不如棄己兒，抱遺民，吾後猶當有兒。』婦從之。」中興書曰：「攸棄兒於草中，兒啼呼追之，至莫復及。攸明日繫兒於樹而去，遂渡江。至尚書左僕射，卒。弟子綏，服攸齊衰三年。」既過江，取一妾，甚寵愛。歷年後，訊其所由，妾具説是北人遭亂，憶父母姓名，乃攸之甥也。攸素有德業，言行無玷，聞之哀恨終身，〔四〕遂不復畜妾。

【校釋】

〔一〕「鄧攸始避難」三句　鄧攸喪己子，全弟子，前人有評論。劉應登云：「按鄧攸棄兒全侄，局於勢之不可兩全耳。兒追及之，繫之而去，毋乃無人心天理乎？不復有子，於此見天道之不誣也。」王世懋云：「世難萬不兩全，勢不周全則可，何苦繫之樹，必欲殺之？本欲頌鄧公高誼，乃令成一大忍人，中興書於是爲不情矣。」郎瑛云：「嗚呼！可與同行，而又繫之樹，有人心者可忍之耶？此所以伯道無兒。豈天道無知哉？晉之好名，至此極矣。」宋俞德鄰佩韋齋輯聞卷一曰：「鄧攸亦晉之賢者，世謂天道無知，使鄧伯道無兒。然考之晉史，攸遭賊，欲全兒子，遂棄己子。其子追及，縛於道旁。夫追而不及，尚當憐之，追及矣而縛於道旁，其絕滅天理甚矣。天之不祚伯道，亦豈以是歟？」王鳴盛十七史商榷云：「鄧攸逃難，棄其子而攜其弟之子，『其子朝棄而暮及，攸乃繫之樹而去。』噫，甚矣！攸意以爲不棄其子，無以顯其保全弟子之名，好名如此，不仁可知。其後敬媚權貴，王敦已反，而猶每月『白敦兵數』；納妾，甚寵之，詢其家屬，方知是甥女。小人哉，攸也！斯人也而可以入良吏乎？」按，劉應登、俞德鄰、郎瑛、王鳴盛等皆謂鄧攸爲全兒子，繫己子於樹，未免不合天理人情，其說是也。然於亂世荒年時，棄己子而全兄弟之子者，非僅鄧攸也。後漢書三九劉平傳：「更始時天下亂，平弟仲爲賊所殺，其後賊復忽然而至，平扶侍其母奔走逃難。仲遺腹女始一歲，平抱仲女而棄其子，母欲還取之，平不聽，曰：『力不能兩活，仲不可以絕類。』遂去不顧，與母俱匿野澤中。」魏志夏侯淵傳裴注引魏略：「時兗、豫大亂，淵以饑乏，棄其幼子，而活亡弟孤女。」晉書七八孔愉傳附孔嚴傳：「余杭婦人經年荒，賣其子以活夫之兄子。武康有兄弟二人，妻各有孕，弟遠行未反，遇荒歲，不能兩全，棄其子而活弟子。嚴並褒薦之。」晉書九六列女鄭休妻石氏傳載：「休前妻女既幼，又休父布臨終，有庶子沈生，命棄之，石氏曰：『奈何使舅之胤不存乎！』遂養沈及前妻女。力不兼舉，九年之中，三不舉子。」南史二二王僧虔傳：「孝武初，出爲武陵太守，攜諸子姪。兄子儉中塗得病，僧虔爲廢寢食，同行客慰喻之。僧虔曰：『昔馬援處子姪之間，一情不異，鄧攸於弟子，更逾所生，吾實懷其心，誠未異古。亡兄之胤，不宜忽諸。若此兒不救，便當回舟謝職。』」可知鄧攸棄己子而全弟子之舉，在梁代猶爲人讚美效法。蓋子姪一情不異，而存兄弟之胤，古人視爲高義也。鄧攸遭後人譏評，不在棄己子，全弟子，而在繫兒於樹而去，未免殘忍。

〔二〕「七歲喪父」句　晉書本傳作「七歲喪父，尋喪母及祖母」。按晉書是。父喪、母喪、祖母相繼三喪，故下云「持重九年」。

〔三〕負妻子以叛　叛，沈校本作「逃」。晉書本傳同。王利器、余箋、徐箋、朱注皆以爲沈校本作「逃」是。吴金華考釋：「『叛』作逃離講，是漢魏六朝常語。王隱身當晉世，説『叛』正合時宜。今人改爲『逃』字，反而失其本真。」並舉王充論衡三〇自紀篇「舊故叛去」，三國志四六吴書孫策傳：「兵人好叛」，以證「叛」跟「逃」、「去」同義。按，吴氏所言是。晉書七五王坦之傳：「時卒士韓悵逃亡歸首，云『失牛故叛』。」高僧傳一〇杯度傳：「時庾常婢偷物而叛，四追不擒。」皆爲「叛」「逃」同義之確證。據鄧粲晉紀及王隱晉書可知，鄧攸爲石勒所釋後，正避難逃往江南途中，因路遠，斫壞車，用牛馬負妻子而逃。

〔四〕「既過江」數句　余箋：「曲禮曰：『取妻不取同姓，故買妾不知其姓則卜之。』鄭注曰：『爲其近禽獸也。』嘉錫案：古者姓氏有别，所買之妾若出於微賤，不能知其氏族之所自出，猶必詢之卜筮，以決其疑。自漢以後，姓氏歸一，人非生而無家，未有不知其姓氏者。

此妾既具知其父母姓名，而攸曾不一問，寵之歷年，然後詢其邦族，雖哀恨終身，何嗟及矣！白圭之玷，尚可磨乎？」按，取妻不取同姓，乃禮之明文，鄧攸豈會不知？余箋所言是也。顧炎武日知録六「取妻不取同姓」條亦可參看。

二九　王長豫爲人謹順，事親盡色養之孝。〔一〕中興書曰：「王悦字長豫，丞相導長子也，仕至中書侍郎。」丞相見長豫輒喜，見敬豫輒嗔。〔二〕文字志曰：「王恬字敬豫，導次子也。少卓犖不羈，疾學尚武，不爲導所重。至中軍將軍。多才藝，善隸書，與濟陽江虨以善弈聞。」〔三〕長豫與丞相語，恒以慎密爲端。丞相還臺及行，〔四〕未嘗不送至車後。恒與曹夫人併當箱篋。〔五〕長豫亡後，丞相還臺，登車後，哭至臺門。曹夫人作簏，封而不忍開。〔六〕王氏譜曰：「導娶彭城曹韶女，名淑。」

【校釋】

〔一〕色養　論語爲政：「子夏問孝。子曰：『色難。』」注：「包(咸)曰：『色難者，謂承順父母顏色爲難。』」後因稱承順父母顏色，孝養侍奉父母爲色養。吴志虞翻傳裴注引會稽典録：「(丁)固少喪父，獨與母居，家貧守道，色養致敬。」

〔二〕「丞相見」二句　王導見長豫輒喜，因其謹慎而盡孝。排調一六：「王長豫幼便清和，丞相愛恣甚篤。」見敬豫輒嗔，因其行爲不羈且不好學。此反映出東晉望族看重孝道及好學風氣。思想或可通脱，但門風不容墮失禮法。

〔三〕江彪　王刻本作「江虨」。朱注：「案虨父統，晉書卷五六有傳，爲陳留圉人。與本注濟陽不合，未知袁、王二本何所據而改，宜再考。」按，考方正六三注引晉安帝紀曰：「（江）敳字仲凱，濟陽人。祖正，散騎常侍。父虨，僕射。」晉書五六江虨傳謂虨曾代王彪之爲尚書僕射，與晉安帝紀所記合。晉書八八孫晷傳：「濟陽江惇少有高操。」宋書四二劉穆之傳：「博覽多通，爲濟陽江敳所知。」查晉書無「江彪」，「彪」乃形誤。則文字志作「濟陽江虨」不誤。又，江虨以善奕名。方正四二載：王導呼江僕射與共奕。孝標注引范汪棋品曰：「虨與王恬等，棋爲第一品，導第五品。」故當作「江虨」。又，晉書五六江統傳謂統乃陳留圉人，與文字志作濟陽不合。查晉書地理志，陳留有濟陽無「圉」。考晉書四一高光傳：「陳留圉城人。」晉書八一蔡豹傳：「陳留圉城人。」晉書八三江逌傳：「陳留圉人也。」可知「圉」即「圉城」之省稱。據魏書一〇六中「圉城」條：二漢、晉曰圉，前漢屬淮陽，後漢、晉屬陳留。則圉城屬陳留。因與濟陽相近，故晉書江統傳與文字志似若不同，其實一地也。

〔四〕及行　原作「及未行」，上下文義不通。今據王刻本改。晉書六五王悦傳作：「悦亡後，導還臺，自悦常所送處哭至臺門前。」較世説明晰。程炎震云：「臺謂尚書省也。導時録尚書事，故云還臺。通典：『尚書省總謂尚書臺，亦曰中臺。』」

〔五〕曹夫人　汪藻世説考異敬胤注：「曹夫人，彭城人也。父韶，字道武，鎮東軍司馬。祖説，字祖嗣，征西參軍也。」併當，余箋：「『併當』，雅量篇『祖士少好財』條作『屏當』。慧琳一切經音義三七曰：『摒儅，上並娉反，去聲字也。』廣雅云：『摒，除也。』古今正字：『從手，屏聲，亦作拼，下當浪反。』字鏡云：『儅者，不中儅也，今摒除之。』文字典説：『從人，當聲。』又五八曰：『摒擋，通俗文除物曰拼擋。拼，除也。』宋吴曾能改齋漫録二曰：『拼當二字，俗訓收拾。』」

〔六〕「曹夫人作簏」二句　晉書六五王悦傳：恒爲母曹氏襞斂箱篋中物。悦亡後，其母長封作篋，不忍復開，蓋開篋睹物，而思昔日長豫與己收拾之情景，剜心之痛難忍也。

三〇　桓常侍聞人道深公者，〔一〕輒曰：「此公既有宿名，加先達知稱，又與先人至交，不宜説之。」〔二〕桓彝别傳曰：「彝字茂倫，譙國龍亢人，漢五更桓榮十世孫也。〔三〕父顥，〔四〕有高名。彝少孤，識鑒明朗，避亂渡江，累遷散騎常侍。」〔五〕僧法深不知其俗姓，蓋衣冠之胤也。道徽高扇，譽播山東，爲中州劉公弟子。〔六〕值永嘉亂，投迹揚土，居止京邑，内持法綱，外允具瞻，弘道之法師也。〔七〕以業慈清淨，而不耐風塵，考室剡縣東二百里岬山中，〔八〕同遊十餘人，高棲浩然。〔九〕支道林宗其風範，與高麗道人書，〔一〇〕稱其德行。年七十有九，〔一一〕終於山中也。

【校釋】

〔一〕深公　程炎震云：「高僧傳四云竺道潛字法深，姓王，瑯琊人，晉丞相武昌郡公王敦之弟也，疑出附會。……且王敦亦未嘗爲丞相也。」余箋：「慧皎高僧傳四竺法深傳云：『竺道潛字法深，姓王，琅琊人，晉丞相武昌郡公敦之弟也。年十八出家，事中州劉元真爲師。晉永嘉初，避亂過江。中宗元皇及肅祖明帝、丞相王茂弘、太尉庾元規並欽其風德，友而敬焉。及中宗、肅祖升遐，王、庾又薨，乃隱跡剡山，以避當世。以晉寧康二年卒於山館，春秋八十有九。烈宗孝武詔曰：「潛法師理悟虛遠，風鑒清貞。棄宰相之榮，襲染衣之素。」』云云。本注謂『不知其俗姓』。而高僧傳以爲王敦之弟。考之諸家晉史，並不言王敦有此弟。疑因孝武詔中『棄宰相之榮』語附會之。實則深公本衣冠之胤，所謂宰相，蓋別有所指，不必是王敦也。」徐箋引高僧傳而不下斷語，殆以爲竺法深即王敦之弟。按，高僧傳四竺法崇傳：「時剡東仰山復有釋道寶者，本姓王，琅琊人，晉丞相導之弟，弱年信悟，避世辭榮。」據此，於西晉永嘉時，琅琊王氏子弟已有過江避世爲僧者。竺法深本衣冠之胤，況孝武詔中有「棄宰相之榮」之語，則法深有可能爲王敦之弟，與王導之弟道寶一起考室剡東岬山（岬同仰）。

〔二〕「此公既有宿名」數句　程炎震云：「以兩人之年考之，桓且長於深公十歲，此恐是元子語，非茂倫語。」按，據晉書七四桓彝傳，彝於咸和三年（三二八）戰死，時年五十三。據此推算彝生于晉武帝咸寧二年（二七六）。而據孝標注引桓彝别傳言法深卒年七十九推之，彝長於深公二十歲。若從高僧傳作「八十九」推之，則桓彝亦長于深公十歲。桓彝傳言「彝少孤貧」，可知其父顥早亡，則此條桓常侍云深公「又與先人至交」爲不可信。故程說疑此恐是桓温語。今姑從其說。桓温所云「先達知稱，又與先人至交」，即高僧傳所謂丞相王導、太尉庾元規並欽其風德。桓温爲何「不宜説之」？此尚須索解。劉應登云：「謂父之交，不欲人言其名。」劉辰翁則云：「謂不欲人名其父交，非也，意必有長短之論。」朱注進而猜測：「深公時無定名，故多有長短之論。即本注『不耐風塵』之評，亦似微詞。」然據高僧傳，深公年輕時即「譽滿西朝」，早有定名，桓温先人與之至交，豈是「交非」？後深公不耐風塵，考室山中，風範高標，支遁稱其德行。劉應登、劉辰翁、朱注皆不確。考方正四五：「後來少年，多有道深公者。深公謂曰：『黄吻年少，勿爲評論宿士。昔嘗與元明二帝、王庾二公周旋。』」桓常侍聞人道深公者，或許便是方正四五所載黄吻年少，多道深公，疑一事而異傳耳。

〔三〕十世孫　晉書作「九世孫」。譙國龍亢桓氏譜同，爲榮、雝、鬱、普、衡、典、楷、顥、彝。

〔四〕父穎　穎，宋本、沈校本作「顥」。晉書、譙國龍亢桓氏譜同。按，當作「顥」是。

〔五〕散騎常侍　宋本、沈校本脱「常侍」二字。

〔六〕「道徽高扇」三句　湯用彤云：「元真早有才解之譽。故孫綽贊曰：『索索虛徐，翳翳閑沖。誰能體之，在我劉公。談能雕飾，照足開矇。懷抱之内，豁爾每融。』（僧傳）據此，則劉公者，亦西晉清談之名士。按元魏太武毀法詔書，詆佛法爲劉元真、吕伯彊所僞造（釋老志），則其地位可知。孫興公贊其『談能雕飾，照足開矇』，想能融合佛法玄理之甚有關係人物。」（漢魏兩晉南北朝佛教史第七章兩晉際之名僧與名士）

〔七〕業慈　慈，宋本、沈校本並作「滋」。

〔八〕峁山　沈校本無「峁」字。楊箋：「峁山，在今紹興縣東南。言語篇七六注引支公書云：『峁山，去會稽二百里。』」按，影印清乾隆刊本紹興府志卷五新昌縣有「東山」，引萬曆志云：「在縣東四十里，一名遠望尖。晉僧法深、支遁皆隱居此。」

〔九〕「同遊」二句　趙西陸云：「高僧傳曰：時峁山復有竺法友、竺法藴、竺法濟、康法識，皆潛之神足。」

〔一〇〕道人　徐箋：「十駕齋養新録：六朝人以道人爲沙門之稱，不通於羽士。南齊書顧歡傳：『道士與道人戰儒墨，道人與道士辯是非。』南史陶貞白傳：『道人道士，並在門中，道人左，道士右。』是道人與道士較然有别矣。南史宋宗室傳前稱慧琳道人，後稱沙門慧琳，是道人即沙門。」楊箋同。按，東晉時沙門既可稱道人，亦可稱道士。梁高僧傳一〇史宗傳：「常著麻衣，或重之爲納，故世號『麻衣道士』。」「後有一道人，不知姓名。」同書四竺僧度傳：「卿年德並茂，宜速有所慕，莫以道士經心，而坐失盛年也。」同書五道安傳：「習鑿齒與謝安書曰：『來此見釋道安，故是遠勝，非常道士。』」同書六慧遠傳：「有沙門曇翼，每給以燈燭之費，安公聞而喜曰：『道士誠知人矣。』」凡此皆沙門稱道士之例。

〔一一〕年七十有九　高僧傳作「八十九」。按，據高僧傳四竺法深傳，法深年十八出家，伏膺劉元真，「微言興化，譽滿西朝」，可見其於渡江之前就已成名。若以永嘉元年（三〇七）過江計，至寧康二年（三七四）卒，亦已有六十七年。則高僧傳「春秋八十有九」之說較可信。

三一　庾公乘馬有的盧，〔一〕晉陽秋曰：「庾亮字元規，潁川鄢陵人，〔二〕明穆皇后長兄也，淵雅有德量，時人方之夏侯太初、陳長文之倫。侍從父琛避地會稽，〔三〕端拱嶷然，郡人嚴憚之，〔四〕覩接之者，數人而已。累遷征西大將軍、荆州刺史。」伯樂相馬經曰：「馬白額入口至齒者，名曰榆鴈，一名的盧。奴乘客死，主乘棄市，凶馬也。」〔五〕或語令賣去，語林曰：「殷浩勸公賣馬。」庾云：「賣之必有買者，即復害其生，〔六〕寧可不安己而移於他人哉？昔孫叔敖殺兩頭蛇以爲後人，古之美談，賈誼新書曰：「孫叔敖爲兒時，出道上，見兩頭蛇，殺而埋之。歸見其母，泣。問其故，對曰：『夫見兩頭蛇者必死，今出見之，故爾。』母曰：『蛇今安在？』對曰：『恐後人見，殺而埋之矣。』母曰：『夫有陰德，必有陽報，爾無憂也。』後遂興於楚朝。及長，爲楚令尹。」效之，不亦達乎！」〔七〕

【校釋】

〔一〕的盧　趙西陸云：「晉書庾亮傳『的盧』作『的顱』。蜀志先主傳注引世語曰：『備所乘馬名的盧。』御覽八九七引傅玄乘輿馬賦曰：『太祖下廄有的盧馬，劉備撫而取之。』則當作『的盧』也。」

〔二〕鄢陵　鄢，宋本作「隔」。按，當從晉書、潁川鄢陵庾氏譜作「鄢」。

〔三〕侍從父琛　沈箋：「晉書琛傳、亮傳、何法盛中興書，皆云亮父琛。此云『從父』，誤衍『從』字。若『侍從』連讀，意雖可通，又非慣用於父子之間也。」按，沈箋是。潁川鄢陵庾氏譜：「亮，琛子，字元規。」許嵩建康實録卷七：「（庾亮）父琛，字子美，以建威將軍過江，爲會稽太守。」亦證琛爲亮父，非從父。

〔四〕嚴憚之　憚，宋本作「僤」。王利器校：「各本『僤』作『憚』，是。」按，蜀志先主傳裴注引世語：「劉表禮焉，憚其爲人。」規箴八：「郭氏憚之。」作「憚」是。

〔五〕「伯樂」數句　唐鴻學批注世説新語：「齊民要術十引作：『白從額上入口名曰榆膺，一名的盧。云，大凶馬也。』」（羅國威世説新語唐鴻學批注輯要，古籍整理研究學刊，一九九五年一、二期合刊。以下省作「唐批」。）

〔六〕即復害其生　復，王刻本作「當」。生，宋本作「主」。王刻本同。按，作「主」是。

〔七〕「寧可不安己」數句　余箋：「白氏六帖二九曰：『庾亮有的盧，殷浩以爲不利主，勸賣之。亮曰：「己所不欲，不施於人。」』」按，儒者以爲「勿以惡小而爲之，勿以善小而不爲」，庾亮不賣凶馬，即實踐這一道德要求。依儒家之説，必有福報，故孝標以孫叔敖之事釋之。晉書本傳稱「亮美姿容，好老莊，風格峻整，動由禮節，閨門之内，不肅而成」。可見其儒道兼綜。庾亮欲效孫叔敖，並稱「不亦達乎」，此「達」與王澄、謝鯤等輩之「達」有别。又晉書五○庾峻傳：「牛馬有踶齧者，恐傷人，不貨於市。」則庾氏宗族中先有此種有德人。再溯至於漢世，有公沙穆賣病猪。清姚之駰後漢書補逸三引謝承後漢書：「穆嘗養猪，猪有病，使人賣之於市，與之言：『如售，當告買者言病，賤取其直，不可言無病，欺人取貴價也。』賣猪者到市即售，亦不言病，其值過價。穆怪之，問其故，齎半直，追以還買猪人，告語言：『猪實病，欲賤賣，不圖賣猪人相欺，乃取貴直。』買者言賣買私約，亦復辭錢不取。穆終不受錢而去。」庾亮不賣凶馬，與漢人淳樸之風一脈相承。

三二　阮光禄在剡，〔一〕曾有好車，借者無不皆給。有人葬母，意欲借而不敢言。〔二〕阮後聞之，歎曰：「吾有車而使人不敢借，何以車爲？」遂焚之。〔三〕阮光禄别傳曰：「裕字思曠，陳留尉氏人。祖略，齊國内史。父顗，汝南太守。〔四〕裕淹通有理識，累遷侍中。以疾，築室會稽剡山。徵金紫光禄大夫，不就。年六十一卒。」〔五〕

【校釋】

〔一〕阮光禄　李慈銘云：「世説於阮裕或稱光禄，或稱其字思曠，無舉其名者，臨川避宋武諱也。」

〔二〕「有人葬母」二句　晉書五二郤詵傳曰「詵母病，苦無車，及亡，不欲車載柩，家貧無以市馬，乃於所住堂北壁外假葬，開户，朝夕拜哭。……喪過三年，得馬八匹，輿柩至塚，負土成墳。」據此可知，晉人載柩須車乃習俗也。

〔三〕「阮後聞之」數句　賞譽五五注引中興書曰：「阮裕少有德行。」晉書本傳謂裕「以德業知名」，又嘗謂「人不須廣學，正應以禮讓爲先」。裕有好車，借者無不皆給，正見其「德行」及「德業」耳。言語九注引司馬徽別傳：「徽曰：『人未嘗求己，求之不與，將慚。何有以財物令人慚者！』」阮裕感歎己有車而使人不敢借，與司馬徽「何有以財物令人慚者」正相似，皆見道德境界之高。又晉書九四郭翻傳：「嘗以車獵，去家百餘里，道中逢病人，以車送之，徒步而歸。」德行堪比阮裕。李贄云：「好名多事。」此評非是。宗白華云：「這是何等嚴肅的責己精神！然而不是由於畏人言，畏於禮法的責備，而是由於對自己人格美的重視和偉大同情心的流露。」（論世説新語與晉人的美，載美學散步。以下引宗白華語皆出于該文）其説可參考。

〔四〕齊國内史　晉書四九阮放傳作「齊郡太守」。淮南太守，晉書四九阮放傳作「淮南内史」。世説音釋：「通典曰：『漢初王國有内史，治國民。後漢有内史，如郡丞。晉改國相爲内史。』」徐箋：「案晉書職官志，郡皆置太守，諸王國以内史掌太守之任。武帝紀：『太康十年改諸王國相爲内史。』據此，自當以此注爲正，然本書及晉書於太守、内史，往往不甚分别。錢大昕晉書考異：『晉時郡置太守，王國則置内史，行太守事，然名稱率相亂。如陸雲稱清河内史，亦稱太守。桓彝稱宣城内史，亦稱太守。蘇峻稱歷陽内史，亦稱太守。孫默稱琅琊太守，亦稱内史。邵存稱武邑内史，亦稱太守。周廣稱豫章内史，亦稱太守。王曠稱丹陽太守，亦稱内史。王承稱東海太守，亦稱内史。』」

〔五〕年六十一卒　年，宋本作「季」。王利器校：「案『季』當作『年』，各本都作『年』。」按，季當是季（年）之誤。晉書本傳謂年六十二卒。中華書局本晉書校勘記云：「年六十二卒，『二』，南監本作『三』，局本作『一』。今從宋本、吴本、殿本。」

三三　謝奕作剡令，〔一〕中興書曰：「謝奕字無奕，陳郡陽夏人。祖衡，太子少傅。父裒，吏部尚書。奕少有器鑒，辟太尉掾、剡令，累遷豫州刺史。」有一老翁犯法，謝以醇酒罰之，乃至過醉，〔二〕而猶未已。太傅時年七八歲，著青布絝，在兄膝邊坐，諫曰：「阿兄！老翁可念，〔三〕何可作此。」奕於是改容曰：「阿奴欲放去邪？」〔四〕遂遣之。

【校釋】

〔一〕謝奕　奕，宋本多作「弈」。按，當從晉書作「奕」。下同，不重出校語。謝安卒于晉孝武帝十年乙酉，年六十六，此云「太傅時年七八歲」，則謝奕作剡令當在晉成帝咸和初。

〔二〕乃至過醉　過，御覽五一六無「過」字。

〔三〕可念　徐箋：「『念』者憐憫之意，『可念』猶可憫也，是爾時常語。本書輕詆門九：『卿當念我。』念亦憐也。」按，此以孟子所言惻隱之心爲德行也。

〔四〕阿奴　余箋：「阿奴爲晉人呼其親愛者之詞，故兄以此呼弟。」朱注：「當時子弟幼小者，長輩呼爲『阿奴』，或逕呼爲『奴』，蓋親媢之愛稱也。」楊箋：「阿奴，六朝時人習語，於親昵之第二身稱代名詞。魏書蕭明業傳：『臨死執明業手曰：「阿奴若憶翁，當好作。」明業呼何氏曰：「阿奴暫起去。」』本書雅量篇二一：『阿奴火攻，固下策耳。』容止篇二五：『阿奴恨才不稱。』諸此阿奴皆是代稱詞。……唯方正篇二六：『阿奴好自愛。』注云：『阿奴，謨小字。』識鑒篇一四：『阿奴碌碌，當在阿母目下耳。』注引鄧粲晉紀曰：『阿奴，嵩之弟周謨也。』及品藻篇四三：『阿奴比丞相，但有都長。』注云：『阿奴，濛小字也。』品藻篇四四：『阿奴今日不減向子期。』此四條者，殆因親昵稱代詞，而轉爲某人之私名也。然又自習語演變而出無疑。」按，余箋較勝。楊箋以爲世説中「阿奴」不當一概而論，其説可取；但信孝標注，稱所舉四例之「阿奴」因昵稱轉爲「私名」，恐非是。

三四　謝太傅絶重褚公，常稱：「褚季野雖不言，而四時之氣亦備。」〔一〕文字志曰：「謝安字安石，奕弟也，世有學行。安弘粹通遠，温雅融暢。桓彝見其四歲時，稱之曰：『此兒風神秀徹，當繼蹤王東海。』〔二〕善行書，〔三〕累遷太保、録尚書事，贈太傅。」晉陽秋曰：「褚裒字季野，河南陽翟人。祖䂮，安東將軍。父治，〔四〕武昌太守。裒少有簡貴之風，沖默之稱，累遷江、兗二州刺史，贈侍中、太傅。」

【校釋】

〔一〕「謝太傅」數句　謝安稱譽褚裒之言，典出論語陽貨：「子曰：『予欲無言。』子貢曰：『子如不言，則小子何述焉？』子曰：『天何言哉？四時行焉，百物生焉，天何言哉！』」按，晉陽秋云褚裒有「沖默之稱」。不言即沖默。然褚裒雖不言，卻有鑒裁，有個性，因此桓彝目其爲「皮裏陽秋」（見晉書本傳）。劉應登云：「謂外雖不言，而未嘗中無分别，即陽秋之意。」

〔二〕王東海　指王承，字安期，王湛之子。襲爵藍田縣侯，官東海太守。

〔三〕善行書　張懷瓘書斷卷中：「安石尤善行書。王僧虔云：謝安得入能書品録也。」

〔四〕父治　治，宋本、沈校本作「洽」。晉書九三褚裒傳同。

三五　劉尹在郡，臨終綿惙，〔一〕聞閤下祠神鼓舞。〔二〕正色曰：「莫得淫祀！」

劉尹別傳曰：「惔字真長，沛國蕭人也，漢氏之後。真長有雅裁，〔三〕雖蓽門陋巷，晏如也。歷司徒左長史、侍中、丹陽尹。〔四〕爲政務鎮静信誠，風塵不能移也。」〔五〕外請殺車中牛祭神。真長答曰：「『丘之禱久矣』，勿復爲煩。」〔六〕包氏論語曰：「禱，請也。」孔安國曰：「孔子素行合於神明，故曰丘之禱久矣。」

【校釋】

〔一〕綿惙　余箋：「説文云：『綿聯，微也。惙，憂也。一曰意不定也。』慧琳一切經音義卷一七引聲類云：『短氣貌也。』又六七引考聲云：『惙，弱也。』嘉錫案：綿惙正言其氣綿綿然，短促將絶之像也。」按，余箋是。綿惙，同「綿篤」，病危也。綿，本作「緜」。廣雅釋詁：「緜，弱也。」晉書六六陶侃傳：「不圖所患，漸而綿篤，伏枕感結，情不自勝。」高僧傳五釋慧虔傳：「當時疾雖綿篤，而神色平平，有如恒日。」同書六釋慧永傳：「以晉義熙十年遇疾綿篤。」

〔二〕祠神鼓舞　指禱祀鬼神以延病者生命也。干寶搜神記五記王祐病篤，「祐家擊鼓禱祀，諸鬼聞鼓聲皆應節起舞，振袖颯颯有聲。祐將爲設酒食」云云。

〔三〕雅裁　謂識鑒高明也。裁，鑒别，品裁。賞譽六六：「桓茂倫云：『褚季野皮裏陽秋。』謂其裁中也」。王儉請解僕射表：「臣亦不謂文案之間，都無微解，至於品裁臧否，特所未閑。」按，劉惔喜好品鑒人物，故云「雅裁」。張萬起詞典釋「雅裁」爲「高尚的志趣」，不確。

〔四〕丹陽尹　世説音釋：「通典曰：『後漢都洛陽，置河南尹。凡前代帝王所都皆曰尹。』晉中興書曰：『太興元年改丹陽内史爲丹陽尹。』水經注曰：『尹，正也，所以董正京畿，率先百郡也。』」

〔五〕風塵　徐箋：「風塵，寇驚，變亂。引申爲流言紛擾。下雅量一三亦同。」

〔六〕「丘之禱久矣」二句　真長之答用論語述而：「子疾病，子路請禱。子曰：『有諸？』子路對曰：『有之。誄曰：禱爾於上下神祇。』子曰：『丘之禱久矣。』」邢昺疏曰：「孔子不許子路，故以此言拒之。」按，孔子以死生有命，故不欲子路請禱。劉惔病危，以孔子之語答之，可見亦信奉「樂天知命」，憂懼不入，居常待盡，不許他人殺牛祭神爲之祈禱。劉應登云：「劉惔不信鬼神，故不欲其爲淫祀也。」其説恐尚未中肯綮。又，劉惔卒年晉書本傳不載，僅言年三十六。考傷逝一〇王濛亡，劉惔臨殯云云。法書要録九載張懷瓘書斷曰：「濛以永和三年卒，年三十九。」據此，永和三年時劉惔尚在。排調二四注引語林曰：「宣武征還，劉尹數十里迎之。」征還，指桓温征蜀還。通鑑九八謂永和四年（三四八）朝廷論平蜀之功，以桓温爲征西大將軍、開府儀同三司，封臨賀郡公。又晉書本傳記惔卒後，孫綽嘗詣褚裒，言及劉惔之亡。據晉書八穆帝紀，褚裒卒於永和五年十二月。由上推知，劉惔當卒於永和四五年間。

三六　謝公夫人教兒，〔一〕問太傅：「那得初不見君教兒？」答曰：「我常自教兒。」謝氏譜曰：「安娶沛國劉耽女。」按：太尉劉子真，〔二〕清潔有志操，行己以禮。而二子不才，並瀆貨致罪。子真坐免官。〔三〕客曰：「子奚不訓導之？」〔四〕子真曰：「吾之行事，是其耳目所聞見，而不放效，豈嚴訓所變邪？」安石之旨，同子真之意也。〔五〕

【校釋】

〔一〕謝公夫人　爲劉惔之妹，劉耽之女。

〔二〕劉子真　劉寔字子真，西晉平原高唐人。事見晉書四一劉寔傳。

〔三〕「而二子不才」三句　晉書四一劉寔傳載，劉寔二子躋、夏。劉寔因次子夏受賄兩次免官，與孝標所言不同。

〔四〕訓導　導，宋本作「道」。

〔五〕「安石之旨」二句　劉應登云：「本注是，但安石雅善清言，故其詞微意遠。子真不過直致。」劉辰翁云：「使人想見其度，益歎其真，後人矜飾曠廢，皆當愧死。」按，謝安之言即身教之意。晉書本傳言安「處家常以儀範訓子弟」，此莊子德充符所謂「不言之教」也。

三七　晉簡文爲撫軍時，〔一〕續晉陽秋曰：「帝諱昱，字道萬，中宗少子也。仁聞有智度，〔二〕穆帝幼沖，以撫軍輔政。大司馬桓温廢海西公而立帝，在位三年而崩。」〔三〕所坐牀上塵不聽拂，見鼠行跡，視以爲佳。有參軍見鼠白日行，以手板批殺之。〔四〕撫軍意色不説，〔五〕門下起彈。〔六〕教曰：「鼠被害尚不能忘懷，今復以鼠彈人，無乃不可乎？」〔七〕

【校釋】

〔一〕「晉簡文」句　程炎震云：「咸康六年，簡文爲撫軍將軍。永和元年，進撫軍大將軍。」

〔二〕仁聞　宋本作「仁明」。沈校本同。按，作「仁明」是。抱朴子外篇仁明曰：「乾有明而兼仁，坤有仁而無明。」

〔三〕三年　程炎震云：「晉簡文紀作『二』。」趙西陸云：「簡文以太和六年（三七一）即位，改元咸安，次年卒，在位二年。此注『三』當作『二』。言語篇第五九『初熒惑入太微』則注引續晉陽秋，正作『在位二年而崩』。」

〔四〕手板　一般以木爲之，上書授官之詞。板，同版。晉宋以來稱之爲手板。後漢書六七范滂傳：「滂懷恨，投版棄官而去。」注：「版，笏也。」晉書七五謝安傳：「既見（桓）温，（王）坦之流汗沾衣，倒執手版。」晉書六七温嶠傳：「嶠起行酒，至（錢）鳳前，鳳未及飲，嶠因僞醉，以手版擊鳳幘墜。」據此，官員手版隨身。故參軍見鼠，能當即以手版批殺之。

〔五〕不説　説，沈校本作「悦」。按，「説」同「悦」。

〔六〕彈　糾彈，彈劾。後漢書六四史弼傳：「州司馬不敢彈糾。」晉書四五劉毅傳：「毅將彈河南尹。」言語一〇〇：「謝爲太傅長史，被彈。」昭明文選有「彈事」一體。此因參軍殺鼠，撫軍不悦，故門下起而彈糾。劉辰翁曰：「此復何足與于德行，正應彈鼠，不應彈人。」劉應登曰：「謂恐因彈鼠而誤發傷人也。」按，劉應登誤以「彈」爲「彈射」。

〔七〕教　文體之一。爲上對下之告諭，如蜀志董和傳有諸葛亮與羣下教，文選傅亮爲宋公修張良廟教之類。按，此條見簡文之爲人。晉書九簡文帝紀稱簡文「留心典籍，不以居處爲意，凝塵滿席，湛如也。」簡文「見鼠行跡，視以爲佳」，即所謂「神識恬暢」，不著形跡，以自然爲佳。「鼠被害尚不能忘懷」，即仁及萬物，孟子所謂見牛觳觫而生惻隱之心也。不可以鼠損人，則是澤及黎庶。簡文之言行，體現出儒道兼融之人格特徵。又佛法不殺，慈悲爲心。簡文不忍害生，亦與其信佛有關。

三八　范宣年八歲，後園挑菜，〔一〕誤傷指，大啼。人問：「痛邪？」答曰：「非爲痛，身體髮膚，不敢毁傷，是以啼耳。」〔二〕宣别傳曰：「宣字子宣，〔三〕陳留人，漢萊蕪長范丹後也。年十歲，能誦詩書。兒童時，手傷改容，家人以其年幼，皆異之。徵太學博士、散騎常侍，一無所就。年五十四卒。」宣潔行廉約，韓豫章遺絹百匹，不受。中興書曰：「宣家至貧，罕交人事。豫章太守殷羨見宣茅茨不完，欲爲改室，宣固辭。庾爰之以宣貧，〔四〕加年饑疾疫，厚餉給之，宣又不受。」續晉陽秋曰：「韓伯字康伯，潁川人，好學善言理。歷豫章太守、領軍將軍。」減五十匹，復不受。如是減半，遂至一匹，既終不受。〔五〕韓後與范同載，就車中裂二丈與范，云：「人寧可使婦無褌邪？」范笑而受之。〔六〕

【校釋】

〔一〕挑菜　割菜也。挑，割，非肩挑之挑。晉書本傳記宣「嘗以刀傷手」，即割菜誤傷指。

〔二〕「非爲痛」數句　范宣之答，典出孝經開宗明義章：「身體髮膚，受之父母，不敢毁傷，孝之始也。」

〔三〕子宣　晉書本傳作「宣子」。按，文學六一注引張野遠法師銘：「欲南渡，就范宣子學。」則當作「宣子」。

〔四〕庾爰之　宋本作「羨愛之」爰，原作「愛」。晉書九一范宣傳作「庾爰之」。余箋：「晉書儒林傳，餉給范宣者，乃庾爰之。吴士鑒注謂：『世説注羨愛之三字爲庾爰之之譌。』其説是也。」按，「愛」乃「爰」之形誤，今改。據晉書七三庾翼傳，庾爰之爲翼第二子。庾翼病危時，爰之行輔國將軍、荆州刺史。尋爲桓温所廢，與兄方之並徙於豫章。通鑑九七晉紀一九謂其時在永和元年（三四五）。爰之欲厚餉范宣事，晉書所載較世説詳明。

〔五〕既終　方一新世説新語詞語研究：「終究，到底。既終不受，猶言終究不肯受。」按，禮記曲禮上：「臨財毋苟得。」鄭玄注：「爲傷廉也。」范宣執意不受韓伯贈絹，以及固辭殷羨欲爲之改室，又拒庾爰之厚餉，皆體現出儒家不妄受他人資財之「潔清」美德。孔子家語五：「曾子弊衣而耕於魯，魯君聞之而致邑焉。曾子固辭不受。或曰：『非子之求，君自致之，奚固辭也？』曾子曰：『吾聞受人施者常畏人，與人者常驕人。縱君有賜不我驕也，吾豈能勿畏乎？』孔子聞之曰：『參之言，足以全其節也。』」後漢頗多潔清之士。後漢書五三記閔仲叔「客居安邑，老病家貧，不能得肉，日買豬肝一片，屠者或不肯與。安邑令聞，勑吏常給焉。仲叔怪而問之，知，乃歎曰：『閔仲叔豈以口腹累安邑邪？』遂去，客沛。」范宣亦復如是。東晉真隱士仍堅守潔清遺風。棲逸八曰：「驎之身自供給，贈致無所受。」棲逸九曰：「（翟湯）義讓廉潔，饋贈一無所受。」可與此條並觀。

〔六〕「韓後與范同載」數句　褌，原作「幝」。王刻本亦作「幝」。宋本、沈校本並作「褌」。按，唐寫本夙惠五「尋作複褌」，今據改。劉辰翁云：「情真語快。」李贄云：「韓，趣人也。」按，韓伯之言絶妙，范宣亦可愛。受人二丈絹爲婦作褌並不傷廉，范宣遂笑而受之。

三九　王子敬病篤，道家上章，應首過，〔一〕問子敬：「由來有何異同得失？」子敬云：「不覺有餘事，唯憶與郗家離婚。」〔二〕王氏譜曰：「獻之娶高平郗曇女，名道茂，後離婚。」獻之别傳曰：「祖父曠，淮南太守。父羲之，右將軍。咸寧中，詔尚餘姚公主，〔三〕遷中書令，卒。」

【校釋】

〔一〕「道家上章」二句　余箋：「本書言語篇注引晉安帝紀曰：『凝之事五斗米道。孫恩之攻會稽，凝之謂吏民曰：「不須防備，吾已請大道，許遣鬼兵相助，賊自破矣。」既不設備，遂爲孫恩所害。』晉書王羲之傳亦云：『王氏世事五斗米道，凝之彌篤。』此所謂道家，即五斗米道也。御覽六六六引太平經曰：『王右軍病，請杜恭。恭謂弟子曰：「右軍病不差，何用吾？」十餘日果卒。』杜恭者，即晉書孫恩傳之錢唐杜子恭。恩叔父泰師事之，而恩傳其術，亦五斗米道也。則羲之傳謂『王氏世事五斗米道』不虚矣。以右軍之高明有識，不溺於老、莊之浮虚，而不免爲天師所惑。蓋其家世及婦家郗氏皆信道，右軍又好服食養性，與道士許邁游，爲之作傳，述其靈異之跡甚多。邁亦五斗米道，即真誥所謂許先生者。右軍蓋深信學道可以登仙也。然真誥闡幽微云：『王逸少有事繫禁中，已五年，云事已散。』是右軍奉道，生不爲杜子恭所佑，死乃爲鬼所考。子猷、子敬，疾終不愈，五斗米道符祝無靈，而凝之恃大道鬼兵，反爲孫恩所殺。奉道之無益，昭然可見；而東晉士大夫不慕老、莊，則信五斗米道，雖逸少、子敬猶不免，此儒學之衰，可爲太息！」按，余箋論右軍父子事五斗米道，可謂深切著明矣。上章，世説音釋：「隋書經籍志曰：『道家有消災度厄之法，依陰陽五行術數，推人年命，書之如章表之儀，並具贄幣，燒香陳讀云：「奏上天曹，請爲陳厄。」謂之「上章」』。」首過，世説音釋：「正字通曰：『有過自陳曰首過。』」關於五斗米道及「首過」之法，詳見後漢書七五劉焉傳：「（張）魯字公旗，初，祖父陵順帝時客於蜀，學道鶴鳴山中，造作符書，以惑百姓。受其道者輒出米五斗，故謂之米賊。陵傳子衡，衡傳於魯，魯遂自號師君。其來學者，初名爲鬼卒，後號祭酒。祭酒各領部衆，衆多者名曰理頭，皆校以誠信，不聽欺妄，有病但令首過而已。」李賢注引典略：「初，熹平中，妖賊大起。漢中有張修爲太平道，張角爲五斗米道。太平道師持九節杖，爲符祝，教病人叩頭思過，因以符水飲之。病或自愈者，則云此人通道。其或不愈，則云不通道。修法略與角同，加施净室，使病人處其中思過。又使人爲姦令祭酒，主以老子五千文，使都習，號『姦令』，爲鬼吏，主爲病者請禱之法，書病人姓字，説服罪之意。作三通，其一上之天，著山上，其一埋之地，其一沈之水，謂之『三官手書』，使病者家出米五斗以爲常，故號『五斗米師』也，實無益於療病，小人昏愚，競供事之。」又見後漢紀二四：「中平元年春正月，鉅鹿人張角謀反。初角弟梁，梁弟寶，自稱天醫，善治療疾。病者輒跪拜首過，病者頗愈，轉相誑耀，十餘年間，弟子數十萬人，周偏天下。」

〔一一〕「不覺有餘事」二句　余箋：「淳化閣帖九有王獻之帖云：『雖奉對積年，可以爲盡日之歡，常苦不盡觸額之暢。方欲與姊極當年之匹，以之偕老，豈謂乖别如此。諸懷悵塞實深，當復何由日夕見姊耶？俯仰悲咽，實無已已，惟當絶氣耳。』黄伯思東觀餘論上謂當是與郗家帖，引世説此條爲證，是也。」陳直讀世説新語札記亦引王獻之帖，謂「與本文離婚事完全符合，惟此書則爲離婚後與郗夫人者」（載陳直文史考古論叢，天津古籍出版社，一九八八年，下同）。

〔三〕餘姚公主　即新安公主。程炎震云：「新安公主，簡文帝女也。見晉書孝武文李太后傳，母徐貴人。初學記一〇引王隱晉書曰：『安禧皇后王氏，字神受，王獻之女，新安公主生，即安帝姑也。』御覽一五二引中興書曰：『新安公主道福，簡文第三女，徐淑媛所生，適桓濟，重適王獻之。』獻之以選尚主，必是簡文即位之後，此咸寧當作咸安。郗曇已前卒十餘年，其離婚之故不可知。或者守道不篤，如黄子艾耶？宜其飲恨至死矣。」又云：「『餘姚』，晉書八〇獻之傳、三二后妃傳並作『新安』，蓋追封。王獻之傳云：新安公主。后妃傳謚曰愍。濟，温子也。温病時，與兄熙謀殺沖，俱徙長沙。子敬尚主，濟時尚存，亦離婚者矣。」按，子敬緣何與郗家離婚？病篤時又爲何以此事爲憾？此二點須探索。郗曇爲郗愔弟，郗愔之姊嫁與王羲之，故郗愔乃王子敬母舅，郗曇既是岳父亦是從舅。郗曇之父郗鑒（即王羲之岳父）是東晉前期名臣。晉明帝崩，郗鑒與王導、卞壼、温嶠、庾亮等並受遺詔，進位車騎大將軍、開府儀同三司，加散騎常侍。咸和初，進司空。討滅蘇峻後，拜司空，加侍中，解八郡都督，更封南昌縣公，以先爵封其子曇。雅量一九載：郗鑒與王導書求女婿，導語郗云，往東廂任意選之，而王家諸郎聞來覓婿，咸自矜持云云。此時郗鑒門望雖不敵王家，亦可謂門户相當。後王羲之爲子敬覓婦，向郗曇大表殷勤。王羲之雜帖云：「獻之字子敬，少有清譽，善隸書，咄咄逼人。仰與公宿舊通家，光陰相接。承公賢女淑貞質亮，確懿純美，敢欲使子敬爲門閭之賓，故具書祖宗職諱。可否之言，進退唯命。羲之再拜。」當年對郗家何等款誠，爲何後來與之離婚，前恭而後踞？其原因可能與子敬被迫尚餘姚公主有關。子敬選尚餘姚公主，出於詔命難違。蔣凡以爲「獻之和郗道茂感情雖好，但卻被迫離婚」。並舉宋文帝詔江斆尚臨汝公主，江斆上表讓婚，言及「子敬灸足以違詔」一事，證明獻之再婚並非出於自願（詳見世説新語研究，學林出版社，一九九八年）。蔣凡「被迫離婚」之説，言而有據。然稱子敬與郗道茂「感情幸福」，恐有疑問。子敬篤愛小妾桃葉，作桃葉歌，何等纏綿（見郭茂倩樂府詩集引古今樂録）。不過，子敬與道茂離婚後，覺得咎在己身，悵恨不絶，多次致書道茂。除余箋所引淳化閣帖，子敬又在另一書中爲郗氏擔憂：「兄告説姊故黄瘦，憂馳可言。」亦可證明「惟當絶氣」之説並非表面文章，而臨終懺悔，真誠可信。又，曹道衡、沈玉成中古文學史料叢考「王獻之與郗氏離婚」條略云：「王獻之與郗道茂離婚，郗超之卒與王獻之兄弟輕慢郗愔，蓋僅導火線耳。離婚當在郗超卒後、郗愔卒前，即孝武帝太元初（三七六左右）。其後獻之即續尚新安公主，生女，爲安帝王皇后。」（中古文學史料叢考，中華書局，二〇〇三年七月第一版，下同）此從王、郗兩家結怨探討子敬離婚之故，亦可參考。

四〇　殷仲堪既爲荆州，〔一〕值水儉，〔二〕食常五盌盤，外無餘肴。〔三〕飯粒脱落盤席間，輒拾以噉之。雖欲率物，亦緣其性真素。〔四〕每語子弟云：「勿以我受任方州，〔五〕云我豁平昔時意。〔六〕今吾處之不易，〔七〕貧者士之常，〔八〕焉得登枝而捐其本？」〔九〕爾曹其存之。」〔一〇〕晉安帝紀曰：「仲堪，陳郡人，太常融孫也。〔一一〕車騎將軍謝玄請爲長史。孝武説之，俄爲黄門侍郎。自殺袁悦之後，〔一二〕上深爲晏駕後計，故先出王恭爲北蕃。〔一三〕荆州刺史王忱死，〔一四〕乃中詔用仲堪代焉。」

【校釋】

〔一〕殷仲堪既爲荆州　晉書八四殷仲堪傳：太元十七年（三九二），授殷仲堪都督荆、益、寧三州軍事、振威將軍，荆州刺史。

〔二〕水儉　徐箋：「荒年穀不足曰儉。水儉謂水澇成災，田穀不收也。」朱注：「陶珙曰：『水儉』似當作『歲儉』。後『孔融被收條』注引世語，魏太祖以歲儉禁酒，與此同。又按黄汝琳校刊世説新語補，正作『歲儉』。」按，各本皆作水儉，晉書八四殷仲堪傳云：「仲堪自在荆州，連年水旱。」晉書二七五行志上：太元十九年荆、徐大水傷秋稼。二十年六月荆、徐又大水。安帝隆安三年五月荆州大水平地三丈。水儉即水災之謂，當以徐箋爲是。本條所記之事，或在太元十九年或二十年。

〔三〕「食常五盌盤」二句　盌，宋本作「椀」。盌是飲食器具之一種，也作「椀」、「碗」。方言四：「盂，宋、楚、魏之間，或謂之盌。」抱朴子廣譬：「無當之玉盌不如全用之埏埴。」「食常五盌盤，外無餘肴」二句，余箋作「食常五盌盤，外無餘肴」。徐箋作「食常五盌，盤外無餘肴」。吴金華考釋以余氏讀法爲可取，並云：「宋書卷六一武三王江夏王義恭傳、南齊書卷二八崔思祖傳提到『五盞盤』，晉書卷九八桓温傳有『七奠柈』（説見周一良南齊書札記），都是跟『五碗盤』同一類型的食器。」按，渚宫舊事五：「仲堪每食五椀盤無餘，有飯粒落席，輒拾噉之。」謂殷仲堪食常用五椀盤，盤内食無餘肴，盤外脱落之飯粒，亦輒拾以噉之。可證「盤」字屬上句，徐箋標點有誤。又董志翹世説新語疑難詞語考索二謂「盤」即「菜肴」、「食品」之義，「五碗盤」即五碗菜，「外無餘肴」指「五碗菜」外無他菜肴；肴一般指熟肉，亦泛指魚肉類之葷菜（詳見古漢語研究，二〇〇八年第一期）。

〔四〕率物　世説音釋：「率，先導也。物，人物也。」余箋：「世説盛稱仲堪之儉約，然晉書本傳云：『仲堪少奉天師道，又精心事佛，不吝財賄，而怠行仁義，嗇於周急。』然則仲堪之儉，特鄙吝之天性耳。」

〔五〕方州　余箋：「廣雅釋詁云：『方，大也。』謂大州爲方州，乃晉人常用之語。晉書王敦傳云敦上疏曰：『往段匹磾尚未有勞，便以方州與之』，是也。」吴金華世説新語考釋續稿謂余箋不確，「方州，是方伯與州牧的節縮語」（文教資料，一九九五年二期）。按，吴説較切。通鑑九四晉紀一六：「郭默然殺方州，即用爲方州。」通鑑一三四宋紀一六胡注：「古者八州八伯謂之方伯，後世遂以州刺史爲方州。」「受任方州」，即指爲荆州刺史。

〔六〕豁平昔時意　世説箋本：「豁，平，解釋也。言今受方面之任，身豐家富，於是縱意醉飽，發除昔時抑爵也。」世説抄撮：「平昔，言向來也。豁意言快暢平昔艱苦之意也。」徐箋：「豁，忘棄也。」按，抄撮近是。豁，本義爲開朗貌。文選郭璞江賦：「豁若天開。」庾闡衡山詩：「寂坐意虚恬，運目情四豁。」可引申爲「丟開」、「丟棄」。仲堪意謂，不要以爲我受任方州，便説我平生真素節儉之願豁然散去矣。孟子盡心上：「故士窮不失義，達不離道。」仲堪之語，合孟子「達不離道」之義。

〔七〕不易　不改變。易，變易之易，或釋爲容易之易，非是。

〔八〕貧者士之常　説苑雜言：「孔子見榮啓期，問曰：『先生何樂也？』對曰：『夫貧者，士之常也；死者，民之終也。處常待終，當何憂乎？』」

〔九〕「焉得」句　世説抄撮：「以富貴爲枝，而以貧賤爲本也。」

〔一〇〕存　存想，默念。溺惑五：「恒懷存想，發於吟詠。」嵇康答難養生論：「又常人之情，遠，雖大莫不忽之；近，雖小莫不存之。夫何故哉？誠以交賒相奪，識見異情也。」

〔一一〕太常融　指殷融，字洪遠，陳郡人，曾爲太常卿。參見文學七四及注引中興書。

〔二〕袁悦之　陳郡陽夏人。晉書七五有傳。悦之甚爲會稽王道子所親愛，每勸道子專攬朝政。王恭言其説於孝武帝，乃托以他罪，殺之於市中。見讒險二及注引袁氏譜。

〔三〕王恭　字孝伯，太原晉陽人，光禄大夫王藴之子，孝武帝定皇后之兄。時會稽王道子專權，孝武帝以王恭都督兗、青、幽、并、徐州、晉陵諸軍事，平北將軍、兗、青二州刺史、假節，鎮京口。出爲北蕃，即指此。

〔四〕王忱　字元達，太元中出爲荆州刺史，太元十七年卒官。追贈右將軍，謚曰穆。見晉書七五王忱傳、晉書九孝武帝紀。

四一　初桓南郡、楊廣共説殷荆州，宜奪殷覬南蠻以自樹。〔一〕桓玄别傳曰：「玄字敬道，譙國龍亢人，大司馬温少子也。〔二〕幼童中，温甚愛之，臨終命以爲嗣。年七歲，襲封南郡公，拜太子洗馬、義興太守。不得志，少時去職歸其國。與荆州刺史殷仲堪素舊，情好甚隆。」周祇隆安記曰：「廣字德度，弘農人，楊震後也。」晉安帝紀曰：「覬字伯道，〔三〕陳郡人，由中書郎出爲南蠻校尉。覬亦以率易才悟著稱，〔四〕與從弟仲堪俱知名。」中興書曰：「初，仲堪欲起兵，密邀覬，覬不同。楊廣與弟佺期勸殺覬，仲堪不許。」覬亦即曉其旨。嘗因行散，〔五〕率爾去下舍，〔六〕便不復還。内外無預知者，意色蕭然，遠同鬬生之無愠。時論以此多之。春秋傳曰：「楚令尹子文，鬬氏也。」論語曰：「令尹子文，三仕爲令尹，無喜色；三已之，無

愠色。」〔七〕

【校釋】

〔一〕殷覬　覬，輕詆二七、晉書本傳、通鑑一〇九皆作「顗」。下同。按，殷覬，殷仲堪之從兄，太元中，擢爲南蠻校尉。南蠻，世説音釋：「通鑑胡注：『南蠻校尉，武帝初置於襄陽，後治江陵。』」「南蠻校尉資次，可爲荆州。」程炎震云：「仲堪欲奪殷覬南蠻事，在隆安元年。」

〔二〕温少子　晉書九七桓玄傳謂玄是桓温「孽子」。又謂其母馬氏夜坐，見流星墜盆水中，馬氏得而吞之，若有感，遂有孕。御覽六四五引世説：「桓宣武之誅袁真也，未當其罪，世以爲冤焉。袁真在壽春嘗與宣武一妾妊焉，生玄。及篡，亦覆桓族。識者以爲天理之所至。」陶潛搜神後記三：「袁真在豫州，遣女妓紀陵送阿薛、阿郭、阿馬三妓與桓宣武。既至經時，三人半夜共出庭前月下觀望，有銅甕水在其側，忽見一流星夜從天直墮甕中，驚喜共視，忽如二寸火珠，流於水底，炯然明浄，乃相謂曰：『此吉祥也，當誰應之。』於是薛、郭二人更以瓢杓接取，並不得。阿馬最後取，星正入瓢中，便飲之。既而若有感焉，俄而懷桓玄。」按，晉書及搜神後記所載神乎其事，而世説佚文所説，雖爲傳聞，然並非無可能也。

〔三〕伯道　晉書本傳作「伯通」。汪藻陳郡長平殷氏譜同。

〔四〕著稱　著，宋本誤作「者」。

〔五〕行散　世説箋本：「行散，行藥也。謂服五石散，行步而運氣也。」余箋：「巢氏諸病源候論六寒食散發候篇引皇甫謐云：『服藥後宜煩勞。若羸著牀，不能行者，扶起行之，亦謂之行藥。』文選二二有鮑明遠行藥詩。」

〔六〕下舍　周一良云：「下舍云者，蓋晉代官舍之稱……殷仲堪欲奪殷覬所任南蠻校尉之職，世説此條下舍即南蠻校尉之下舍。殷覬去任不使人知，『便不復還』即不還下舍。如解下舍爲私宅，則還字無所承矣。」（馬譯世説新語商兑之餘，載周一良魏晉南北朝史論集，北京大學出版社，二〇一〇年六月第二版）吴金華考釋：「『下舍』即官府宿舍，專供各級行政機構在職官員及下屬使用。」並舉魏志許褚傳：「褚至下舍心動，即還侍。」等例，謂「下舍」不是客館，也不是私宅。按，周、吴之説是。

〔七〕「令尹子文」數句　令尹子文無喜無愠，頗合道家寵辱不驚，心遺得失之至人品格。嵇康答難養生論云：「且子文三顯，色不加悦；柳惠三黜，容不加戚。何者？令尹之尊，不若德義之貴；三黜之賤，不傷沖粹之美。二人嘗得富貴於其身，終不以人爵嬰心也。」郭象注莊子大宗師云：「至人無喜，暢然和適。」又云：「不以物傷己也。」莊子田子方：「肩吾問於孫叔敖曰：『子三爲令尹而不榮華，三去之而無憂色。吾始也疑子，今視子之鼻間栩栩然，子之用心獨奈何？』」張協雜詩：「至人不嬰物。」詠史詩：「達人知止足，遺榮忽如無。」謝靈運山居賦序云：「言心也，黄屋實不殊於汾陽。」歡戚兩忘，通塞一途，恬於榮辱，爲魏晉人格審美之一種。殷覬雖知桓玄、仲堪欲奪其職，然忘懷得失，意色蕭然，故「時論多之」。

四二　王僕射在江州，爲殷、桓所逐，奔竄豫章，存亡未測。〔一〕徐廣晉紀曰：「王愉字茂和，太原晉陽人，安北將軍坦之次子也。以輔國司馬出爲江州刺史。愉始至鎮，而桓玄、楊佺期舉兵以應王恭，乘流奄至，愉無防，惶遽奔臨川，爲玄所得。玄篡位，遷尚書左僕射。」王綏在都，〔二〕既憂戚在貌，居處飲食，每事有降。時人謂爲「試守孝子」。〔三〕中興書曰：「綏字彦猷，愉子也，少有令譽。自王渾至坦之，六世盛德，〔四〕綏又知名於時，冠冕莫與爲比。位至中書令、荆州刺史。桓玄敗後，與父愉謀反，伏誅。〔五〕」

【校釋】

〔一〕「王僕射在江州」數句　王僕射，指王愉。桓玄篡位，以爲尚書僕射。後爲劉裕所殺。晉書七五有傳。程炎震云：「隆安二年八月，江州刺史王愉奔於臨川。」

〔二〕王綏　晉書七五有傳。

〔三〕試守孝子　劉應登云：「謂未測其父存亡，而先爲喪容，故曰『試守』。」趙西陸云：「禮雜記：『祭稱孝子，喪稱哀子。』劉熙釋名曰：『祭曰卒哭，止孝子無時之哭也。』今概謂居喪者曰孝子，其俗自晉宋來皆然。」周紀彬讀世説新語札記：「據晉書王綏傳説他『厚自矜邁，實鄙而無行』。故此所云『試守孝子』，大抵系嘲諷之辭。」「『試守孝子』一語，是晉人仿效職官稱謂而來。官吏未正式任命之前，先讓他主持其事，以試其才幹，謂之試守。後漢書齊武王縯傳（略）李賢注：『試守者，稱職滿歲爲真。』」按，晉書二〇禮志中：「是時中原喪亂，室家離析，朝廷議二親陷没寇難，應制服不。太常賀循曰：『二親生離，吉凶未分，服喪則凶事未據，從吉則疑於不存，心憂居素，允當人情。』元帝令以循議爲然。」王綏於父存亡未測之際，憂戚在貌，既合乎人情，亦爲當時禮制所肯定。時人稱綏爲「試守孝子」，當贊其孝行耳，故世説歸諸「德行」。周氏以爲「嘲諷之辭」，恐未達當時禮制也。

〔四〕「王渾至坦之」二句　王渾，宋本作「王澤」。李慈銘云：「案王渾當作王澤。澤生昶、昶生湛、湛生承、承生述、述生坦之。正得六世。若渾，乃昶之長子，湛之兄，於坦之爲從曾祖，安得有六世？晉書王綏傳云：『自昶父漢雁門太守澤，已有名稱。忱又秀出，綏亦著稱。八葉繼軌，軒冕莫與爲比焉。』可證渾當作澤。以字形相近而誤，各本皆同。」

〔五〕「與父愉謀反」二句　陶潛搜神後記八：「王綏字彦猷，其家夜中梁上無故有人頭墮於牀而流血滂沱，俄拜荆州刺史，坐父愉之謀，與弟納並被誅。」

四三　桓南郡玄也。既破殷荆州，〔一〕收殷將佐十許人，咨議羅企生亦在焉。〔二〕玄别傳曰：「玄克荆州，殺殷道護及仲堪參軍羅企生、鮑季禮，〔三〕皆仲堪所親仗也。」桓素待企生厚，將有所戮，先遣人語云：「若謝我，當釋罪。」企生答曰：「爲殷荆州吏，今荆州奔亡，存亡未判，我何顏謝桓公？」中興書曰：「企生字宗伯，豫章人。殷仲堪初請爲府功曹，桓玄來攻，轉咨議參軍。仲堪多疑少決，企生深憂之，謂其弟遵生曰：『殷侯仁而無斷，事必無成。成敗，天也，吾當死生以之。』及仲堪走，文武並無送者，唯企生從焉。路經家門，遵生紿之曰：『作如此分別，何可不執手？』企生回馬授手，遵生便牽下之，謂曰：『家有老母，將欲何行？』企生揮泣曰：〔四〕『今日之事，我必死之。汝等奉養，不失子道，一門之内，有忠與孝，亦復何恨！』遵生抱之愈急，仲堪於路待之。企生遥呼曰：『今日死生是同，願少見待。』仲堪見其無脱理，策馬而去。俄而玄至，人士悉詣玄，企生獨不往，而營理仲堪家。或謂曰：『玄性猜急，〔五〕未能取卿誠節，若遂不詣，禍必至矣！』企生正色曰：『我殷侯吏，見遇以國士，不能共殄醜逆，致此奔敗，何面目就桓求生乎？』玄聞，怒而收之。謂曰：『相遇如此，何以見負？』企生曰：『使君口血未乾，〔六〕而生此姦計，自傷力劣，不能剪定凶逆，我死恨晚爾！』玄遂斬之。時年三十有七，衆咸悼之。」既出市，〔七〕桓又遣人問欲何言？答曰：「昔晉文王殺嵇康，而嵇紹爲晉忠臣。王隱晉書曰：「紹字延祖，譙國銍人。父康有奇才儁辯。紹十歲而孤，事母孝謹，累遷散騎常侍。惠帝敗於蕩陰，百官左右皆奔散，唯紹儼然端冕，以身衛帝。兵交御輦，飛箭雨集，遂以見害也。」〔八〕從公乞一弟以養老母。」桓亦如言宥之。桓先曾以一羔裘與企生母胡，胡時在豫章，企生問至，〔九〕即日焚裘。

【校釋】

〔一〕「桓南郡」句　晉書一〇安帝紀：隆安三年（三九九）十二月，桓玄襲江陵，荆州刺史殷仲堪、南蠻校尉楊佺期並遇害。

〔二〕咨議　咨議參軍。通鑑八四晉紀六胡注：「諮議參軍，晉公府皆置之，蓋取諮詢謀議軍事也，其位在諸參軍之上。」

〔三〕殷道護　殷仲堪弟之子。鮑季禮，不詳。禮，宋本、沈校本並作「札」。

〔四〕揮泣　泣，宋本、沈校本並作「涕」。

〔五〕猜急　急，楊箋：「晉書本傳作『忍』是，今據改。」按，楊箋是。御覽四八九引史記：「魯人或惡吴起曰：『起之爲人，猜忍人也。』」

〔六〕口血未乾　晉書一〇安帝紀：隆安二年（三九八）十月，「仲堪等盟於尋陽，推桓玄爲盟主。」晉書八四殷仲堪傳：「仲堪與佺期以弟子交質，遂於尋陽結盟，玄爲盟主。臨壇歃血，並不受詔，申理王恭，求誅劉牢之、譙王尚之等。」所謂「口血未乾」即指此。

〔七〕出市　押赴刑場。市，此指行刑之處。周禮司市：「國君過市，則刑人赦。」注：「市者，人之所交利而行刑之處。」

〔八〕「惠帝敗於蕩陰」數句　晉書四惠帝紀：永興元年（三〇四）秋七月，惠帝率軍討成都王潁，「六軍敗績於蕩陰，矢及乘輿。百官分散，侍中嵇紹死之。」蕩陰，通鑑八五晉紀七胡注：「蕩陰漢屬河内郡，晉屬魏郡。」水經注九：「蕩水出縣西石尚山，泉流逕其縣故城南。縣因水以取名也。」

〔九〕問　音訊。此指羅企生被害之凶訊。晉書六元帝紀：「愍帝崩問至，帝斬縗居廬。」蜀志譙周傳：「（諸葛）亮卒於敵庭，周在家聞問，即便奔赴。」

四四　王恭從會稽還，〔一〕周祗隆安記曰：〔二〕「恭字孝伯，太原晉陽人。祖父濛，司徒左長史，風流標望。〔三〕父藴，鎮軍將軍，亦得世譽。」恭别傳曰：「恭清廉貴峻，志存格正。起家著作郎，〔四〕歷丹陽尹、中書令，出爲五州都督前將軍，青、兖二州刺史。」王大看之。王忱，小字佛大。〔五〕晉安帝紀曰：「忱字元達，平北將軍坦之第四子也，〔六〕甚得名於當世，與族子恭少相善，齊聲見稱。仕至荆州刺史。」見其坐六尺簟，因語恭：「卿東來，故應有此物，可以一領及我。」恭無言。大去後，即舉所坐者送之。既無餘席，便坐薦上。〔七〕後大聞之，甚驚，曰：「吾本謂卿多，故求耳。」對曰：「丈人不悉恭，〔八〕恭作人無長物。」〔九〕

【校釋】

〔一〕王恭從會稽還　此事晉書八四王恭傳謂恭從其父自會稽至都，忱訪之，見恭所坐六尺簟，忱謂其有餘，因求之，云云。程炎震云：「王蘊爲會稽，當在太元四年之後，九年以前。」王恭從會稽還都，亦在此數年中。

〔二〕周祇　祇，宋本誤作「秖」。按，當作「祇」。葉德輝世説新語引用書目云：「周祇隆安記，隋志不著録，唐志入編年，題崇安記二卷，云周祇撰。虞世南北堂書鈔設官部九引作龍安記，均避明皇諱也。」

〔三〕標望　標，宋本作「摽」。按，作「標」是。「標」爲「標格」、「標目」、「標致」之「標」。賞譽五四注引虞預晉書：「有風標鋒穎。」賞譽七〇注引江左名士傳：「又清標令上也。」世説中屬人物品題之「標」字，宋本多誤作「摽」。

〔四〕著作郎　著，宋本誤作「者」。

〔五〕佛大　吴金華考釋云：「以『佛大』爲字，見於佛典：舍衛國人名曰厲，其家大富，年已老耄，絶無繼嗣……置吾常供，奉三尊，經涉一載，婦遇生男，字曰佛大；後復生男，字曰僧大。厲訓二子，示以聖道（梁僧祐、寶唱經律異相卷七一引佛大僧大經）。王忱是王坦之第四子。坦之跟佛學大師交往甚厚，給王忱取字『佛大』，取奉佛崇道之義。時人又稱忱爲『王大』，是『王佛大』的省稱。」

〔六〕平北將軍　王刻本作「北平將軍」。按，德行二六：「王平北聞其佳名」，「平北」乃「平北將軍」。言語六七注引王氏譜曰：王微「祖父乂，平北將軍」。捷悟六注引晉陽秋曰：「表求中勸平北將軍愔及袁真等嚴辦。」據此作「平北將軍」是。第四子，第，宋本作「弟」。

〔七〕薦　草薦。以蒿草或稻草編成，鋪墊于牀、席而坐。

〔八〕丈人　對老者、長輩之尊稱。論語微子：「子路從而後，遇丈人，以杖荷篠。」包氏注：「丈人，老者也。」顏氏家訓文章：「四海之人，結爲兄弟，亦何容易，必有志均義敵，令終如始者方可議之。一爾之後，命子拜伏，呼爲丈人，申父友之敬。」

〔九〕長物，剩餘之物。世説講義：「言已立志，未曾欲留著剩物也。」又曰：「不吝於財。」

四五　吴郡陳遺未詳，〔一〕家至孝，〔二〕母好食鐺底焦飯。〔三〕遺作郡主簿，恒裝一囊，每煮食，輒貯録焦飯，〔四〕歸以遺母。後值孫恩賊出吴郡，晉安帝紀曰：「孫恩一名靈秀，琅邪人。叔父泰，事五斗米道，以謀反誅。恩逸逃於海上，聚衆十萬人，攻没郡縣。後爲臨海太守辛昺斬首送之。」〔五〕袁府君山松別見〔六〕即日便征，遺已聚斂得數斗焦飯，未展歸家，〔七〕遂帶以從軍。戰於滬瀆，〔八〕敗，軍人潰散，逃走山澤，皆多饑死，遺獨以焦飯得活。時人以爲純孝之報也。〔九〕

【校釋】

〔一〕陳遺　余箋：「御覽四一一引宋躬孝子傳曰：『陳遺吴郡人，少爲郡吏。』又曰：『母晝夜涕泣，目爲失明，耳無所聞。遺還入户，再拜號咽，母豁然有聞見。』今按：南史王虛中傳中有齊永明間事，則宋躬書即著于齊代。臨川已不及見。世説此條，必别有所本。孝標注中不言遺母目瞽復明，蓋亦未見其書也。南史稱宋初吴郡人陳遺，則遺之遭難不死雖在晉末，而其人實卒于宋初。」按，陳遺事載南史七三孝義上。

〔二〕家至孝　徐箋：「『家』字似衍文，或『家』上有脱字。」世説講義：「謂自家居，未仕前之至孝。」

〔三〕鐺底焦飯　疑即今謂之「鍋巴」者。

〔四〕録　楊箋：「録，漸積之也。温州常語『積録』是也。政事篇一五：『皆令録後頭。』同。」

〔五〕臨海　宋本作「臨淮」。按，晉書一四地理志下：孫亮分會稽立臨海郡。作「臨海」是。晉書一〇安帝紀：元興元年（四〇二）三月，臨海太守辛景擊孫恩，斬之。余箋：「辛景即辛昺，蓋唐人修史時避諱改之。」「元興元年三月，桓玄總百揆。二年十二月，篡位。辛昺若於三年爲兖州刺史，則必玄所用。御覽三三七有辛昺洛成時與桓郎箋曰：『桓振武令下官將千二百人襲□營。』振武者，桓石民也。則昺乃桓氏舊部，宜其降後復叛矣。」

〔六〕山松　别見排調六〇注引續晉陽秋。

〔七〕展　省視也。禮記檀弓：「展墓而入。」朱注：「未展，猶未及。」徐箋：「疑『未展』與『未及』、『不及』同義。」

〔八〕滬瀆　通鑑一一一晉紀三三胡注：「滬瀆今在平江府吴縣東。陸龜蒙敍矢魚之具云：『列竹於海澨，曰滬是瀆。』以此得名。」「吴都記：『松江東瀉海，名曰滬瀆。』」孫恩傳：「隆安五年（四〇一），孫恩轉寇滬瀆，害袁山松，仍浮海向京口。」

〔九〕純孝之報　御覽四一一引孝經援神契曰：「庶人孝則木澤茂，浮珍舒，恪草秀，水出神魚。」注：「此庶人謂有德不仕，若曾子之孝，千里感母，能使其域致珍也。」同上引謝承後漢書曰：「方儲字聖明，丹陽歙人。幼喪父，事母。母終，自負土成墳，種奇樹千株，白兔遊其下。」又引晉書曰：「吴隱之字處默，年十歲丁父憂，每號哭，行人爲流涕。家貧無人鳴鼓，每至號哭之時，有雙鶴驚叫。及祥練之夕，復有羣鴈俱集，時人咸以孝感所致。」此皆所謂「純孝之報」也。

四六　孔僕射爲孝武侍中，豫蒙眷接。〔一〕烈宗山陵，〔二〕孔時爲太常，形素羸瘦，著重服，竟日涕泗流漣，見者以爲真孝子。續晉陽秋曰：「孔安國字安國，會稽山陰人，車騎愉第六子也。〔三〕少而孤貧，能善樹節，以儒素見稱。歷侍中、太常、尚書，遷左僕射、持進，〔四〕卒。」

【校釋】

〔一〕眷接　愛重款待，接待。晉書九二顧愷之傳：「愷之好諧謔，人多愛狎之。後爲殷仲堪參軍，亦深被眷接。」

〔二〕烈宗　晉孝武帝廟號。烈宗山陵，指太元二十一年十月（三九六）孝武帝入葬隆平陵（見晉書一〇安帝紀）。

〔三〕車騎愉第六子　據晉書七八孔愉傳，愉有四子：誾、汪、安國、祇。會稽山陰孔氏譜同。續晉陽秋稱孔安國爲愉第六子，疑誤。

〔四〕持進　宋本、王刻本並作「特進」。魏志王粲傳注引質別傳：「詔上將軍及特進以下皆會（吴）質所。」按，兩漢魏晉皆以特進爲加官之號，意謂體制待遇之特別隆重，本身必另有職務。故作「特進」是。

四七　吴道助、附子兄弟，居在丹陽郡後，〔一〕遭母童夫人艱，道助，坦之小字。附子，隱之小字也。吴氏譜曰：「坦之字處靖，濮陽人。〔二〕仕至西中郎將功曹。父堅，取東苑童儈女，〔三〕名秦姬。」朝夕哭臨。〔四〕及思至，〔五〕賓客吊省，號踊哀絶，路人爲之落淚。韓康伯時爲丹陽尹，〔六〕母殷在郡，每聞二吴之哭，輒爲悽惻，語康伯曰：「汝若爲選官，〔七〕當好料理此人。〔八〕」康伯亦甚相知。韓後果爲吏部尚書。大吴不免哀制，〔九〕小吴遂大貴達。鄭緝孝子傳曰：「隱之字處默，少有孝行，遭母喪，哀毁過禮，時與太常韓康伯鄰居，康伯母揚州刺史殷浩之妹，〔一〇〕聰明婦人也。隱之每哭，康伯母輒輟事流涕，悲不自勝，〔一一〕終其喪如此。謂康伯曰：『汝後若居銓衡，當用此輩人。』後康伯爲吏部尚書，乃進用之。」晉安帝紀曰：「隱之既有至性，加以廉潔，奉禄頒九族，冬月無被。桓玄欲革嶺南之敝，〔一二〕以爲廣州刺史。〔一三〕去州二十里有貪泉，〔一四〕世傳飲之者其心無厭。隱之乃至水上，酌而飲之，因賦詩曰：『石門有貪泉，一歃重千金。〔一五〕試使夷齊飲，終當不易心。』爲盧循所攻，還京師。〔一六〕歷尚書、領軍將軍。」晉中興書曰：「舊云：往廣州飲貪泉，失廉潔之性。吳隱之爲刺史，自酌貪泉飲之，題石門爲詩云云。」

【校釋】

〔一〕居在丹陽郡後　余箋、朱注皆在「郡」字後斷句。徐箋作「居在丹陽郡後」，並云：「郡後，謂府舍之後，猶今語之『府後』、『縣後』也，故殷夫人得聞其哭聲。」楊箋從徐箋，並云：「羣書治要三〇引晉書：『吴隱之居近韓康伯家。』本條注引鄭緝孝子傳亦云『時與太常韓康伯鄰居。』」按，徐箋是。棲逸一四：「范宣未嘗入公門，韓康伯與同載，遂誘俱入郡，范便於車後趨下。」晉書八八庾衮傳：「太守飾車而迎，衮逡巡辭退，請徒行入郡。」「入郡」，謂入郡府也。高僧傳一二釋道冏傳：「冏欻不自覺，已見身在郡後沈橋。」皆證「郡」指郡府。郡後，指郡府之後。康伯爲丹陽尹，居郡内；吴隱之與之爲鄰，居郡後。

〔二〕濮陽人　程炎震云：「晉書云：『濮陽鄄城人，魏侍中質六世孫。』」

〔三〕東苑　程炎震云：「苑，當是『莞』誤。」朱注：「當作『東莞』。晉書地理志曰：『太康元年分琅琊郡，置東莞縣。』」

〔四〕哭臨　世説音釋：「舉哀也。」

〔五〕思至　李慈銘云：「按『思至』二字有誤，各本皆同。晉書作『每至哭臨之時，恒有雙鶴驚叫。及祥練之夕，復有羣雁俱集。』疑此『思至』二字，當作『周忌』，思、周，形近；至、忌，聲近。」朱注：「案禮記『廬中思至則哭之。』後漢書朱暉傳：『孫穆耽學，或時思至，不自知亡失衣冠。』此兩字連用，意謂思念之至耳，似非喪禮專詞。」方一新世説斠詁：「思至，與念至、哀至同義。」按，朱、方説是。陸雲與陸典書書：「想時時復一省視，思至心破，無所厲情。」孫綽表哀詩序：「哀悼之思至矣，自然之性篤矣。」南史五一蕭勱傳：「母憂去職，殆不勝喪，每一思至，必徒步至墓。」李慈銘所疑非是。

〔六〕丹陽尹　宋本無「尹」字。按，據晉書七五韓伯傳，當作「丹陽尹」。

〔七〕選官　此指吏部尚書，主選拔官員，故稱選官。

〔八〕料理　余箋：「元李治敬齋古今黈十曰：『料理之語，見於世説者三：韓康伯母聞吴隱之兄弟居喪孝，語康伯曰：「汝若爲選官，當好料理此人。」王子猷爲桓温車騎參軍，温謂子猷曰：「卿在府日久，比當料理。」衛展在江州，知舊投之，都不料理。料理者，蓋營護之意，猶今俚俗所謂照顧覷當耳（下略）。』」嘉錫案：李以營護照顧釋料理，似也。然與桓車騎之語不合，且車騎是桓沖非溫也。南史陳本紀論引梁末童謡云：『黄塵汙人衣，皂莢相料理。』以皂莢浣衣，而謂之料理，豈可解爲照顧乎？考釋玄應一切經音義十四曰：『撩理，音力條反。通俗文云：「理亂謂之撩理。」又說文云：「撩，理也。」謂撩捋整理也。今多作料量之料字也。』釋慧琳一切經音義三十七曰：『撩理，上了雕反。顧野王云：「撩謂整理也。」』此兩音義所引，乃料理之本義。蓋撩作料，訓爲整理，故凡營護其人，與整治其事物，皆可謂之料理也。」按，余箋是。此處「料理」當作「營護」、「照顧」解。高僧傳四康法朗傳：「一人誦經，一人患痢，兩人比房不相料理。」高僧傳一〇杯度傳：「時南州陳家頗有衣食，度往其家，甚見料理。」吴隱之兄弟母喪盡其孝道，感動路人及韓康伯母子，韓最終「料理」隱之，使之「大貴達」。此事又說明兩晉雖越禮放蕩，但孝道未嘗缺失。抱朴子外篇二六譏惑曰：「吾聞晉之宣、景、文、武四帝居親喪，皆毁瘠逾制，又不用王氏二十五月之禮，皆行七月服，於時天下之在重哀者，咸以四帝爲法云。」此即李密所謂「聖朝以孝治天下」。晉書八八孝友傳序曰：「晉代始自中朝，逮于江左，雖百六之災遄及，而君子之道未消。孝悌名流，猶爲繼踵。」宣導孝道，乃是晉朝之基本「國策」。

〔九〕不免哀制　即不免喪。後漢書八〇上文苑傳黄香傳：「年九歲，失母，思慕憔悴，殆不免喪。」注：「免喪，終喪。」程炎震云：「哀制，謂中也。不免哀制，似謂不勝喪。然晉書云坦之後爲袁真功曹。」朱注：「依本條所載，似坦之未終喪即死。」程、朱所說是。又余箋：

「類聚二〇引宋躬孝子傳曰：『吴坦之，隱之兄也。母葬，夕設九飯祭，坦之每臨一祭，輒號痛斷絶，至七祭，吐血而死。』嘉錫案，此即世説所謂大吴不免喪制也。」余氏又據晉書哀帝紀、桓温傳、建康實録九，考證韓康伯爲吏部尚書，最早亦不過太元之初，上距袁真之廢免，已有六七年，而坦之已丁憂罷官，哭母以死，故康伯不及用。其説可參考。

〔一〇〕殷浩之妹　妹，晉書九〇吴隱之傳作「姊」。

〔一一〕悲不自勝　自，宋本誤作「目」。

〔一二〕嶺南之敝　敝，王刻本作「弊」。世説箋本：「嶺南多出貨寶，吏其地者多黷貨，故欲以廉吏革舊弊也。本傳：『廣州珍異所出，一筐之寶可資數世，前後刺史多黷貨。』」

〔一三〕以爲廣州刺史　吴隱之爲廣州刺史之時間，晉書本傳謂在隆安中，而晉書一〇安帝紀謂在元興二年二月。考晉書安帝紀，隆安中桓玄尚未執政。元興元年二月，桓玄敗王師于姑孰。三月，桓玄自爲侍中、丞相、録尚書事。「桓玄欲革嶺南之弊」，必在篡晉之後。故吴隱之爲廣州刺史當在元興元年，以晉書安帝紀所載爲是。

〔一四〕貪泉　宋本作「貪水」。晉書九〇吴隱之傳作「貪泉」。

〔一五〕「石門」二句　晉書本傳作「古人云此水，一歃懷千金」。御覽二五六引晉書作「古人云此水，一飲重千金」。按，歃爲歃血，爲古人結盟之形式，「一歃重千金」或「一歃懷千金」皆難解。疑御覽所引晉書爲是，「歃」乃「飲」字之誤。

〔一六〕「爲盧循」二句　吴隱之還京師事見於宋書五二王誕傳：桓玄得志，徙王誕至廣州。盧循據廣州，以誕爲其平南府長史。誕久客思歸，乃説循，稱己本非戎旅，在此無用，若得北歸，必爲劉裕任寄。循甚然之。時廣州刺史吴隱之亦爲盧循所拘留，誕又説循曰：「將軍今留吴公，公私非計」云云。於是誕及隱之並得還京師。

言語第二

一　邊文禮見袁奉高，閡也。〔一〕失次序。〔二〕文士傳曰："邊讓字文禮，陳留人。才儁辯逸，大將軍何進聞其名，〔三〕召署令史，〔四〕以禮見之。讓占對閑雅，聲氣如流，坐客皆慕之。〔五〕讓出就曹，時孔融、王朗等並前爲掾，共書刺從讓，〔六〕讓平衡與交接。〔七〕後爲九江太守，爲魏武帝所殺。"〔八〕奉高曰："昔堯聘許由，面無怍色。皇甫謐曰：〔九〕"由字武仲，陽城槐里人也。堯舜皆師而學事焉，後隱於沛澤之中，堯乃致天下而讓焉。由爲人據義履方，邪席不坐，邪饍不食，聞堯讓而去。其友巢父聞由爲堯所讓，以爲污己，乃臨池洗耳。池主怒曰：『何以汙我水？』由於是遁耕於中嶽潁水之陽，〔一〇〕箕山之下，終身無經天下色。死葬箕山之巔，〔一一〕在陽城之南十里。堯因就其墓，號曰箕山公神，以配食五嶽，世世奉祀，至今不絕也。"〔一二〕先生何爲顛倒衣裳？"〔一三〕文禮答曰："明府初臨，〔一四〕堯德未彰，〔一五〕是以賤民顛倒衣裳耳。"按：袁閡卒於太尉掾，未嘗爲汝南。斯説謬矣。〔一六〕

【校釋】

〔一〕邊文禮　邊讓，事見後漢書八〇下文苑傳。袁奉高，指袁閬。參見德行三校釋。劉注爲"閡"，誤。

〔二〕失次序　余箋：「失次序謂舉止失措，故下文云『顛倒衣裳』。」

〔三〕何進　後漢書八〇下邊讓傳：「大將軍何進聞讓才名，欲辟命之，恐不至，詭以軍事徵召。既到，置令史，進以禮見之。」

〔四〕令史　續漢志曰：「大將軍下有令史及御史屬三十一人。」

〔五〕占對　謂口授對答。後漢書四四徐防傳：「防體貌矜嚴，占對可觀。」後漢書四五袁安傳附袁敞傳：「（張）俊自獄中占獄吏上書自訟。」注：「占謂口授也。」按，自漢末始，甚重口辯，應對敏捷且音韻優雅者，常爲時人仰慕。如後漢書六七劉祐傳：「每有奏議，應對無滯，爲僚類所歸。」後漢書八三逸民列傳井丹傳：「通五經，善談論。」後漢書六八郭泰傳：「善談論，美音制。」同上謝甄傳：「與陳留邊讓共善談論，俱有盛名，每共侯林宗，未嘗不連日達夜。」同上苻融傳：「融幅巾奮袖，談辭如雲，（李）膺每捧手歎息。」後漢書八〇下文苑傳酈炎傳：「言論給捷，多服其能理。」魏志王粲傳注引典論：「粲才既高，辯論應機。」吴志張紘傳載張尚「以言語辯捷見知，擢爲侍中、中書令」。晉書三四羊祜傳：「美鬚眉，善談論。」衆坐客皆慕邊讓「占對閑雅」，即可證當時人格審美以言辭便捷爲美，魏晉清言之風於此開其端，影響後世甚巨。

〔六〕共書刺從讓　後漢書本傳作「並修刺候焉」。刺，古人在竹簡上刺上名字，猶今之名片。釋名釋書契：「書稱刺，書以筆刺紙簡上也。」

〔七〕平衡與交接　此指邊讓與孔融交往時以平常身份相待，有不卑不亢之意。

〔八〕爲魏武帝所殺　後漢書本傳：「恃才氣，不屈曹操，多輕侮之言。建安中，其鄉人有搆讓於操，操告郡就殺之。」

〔九〕皇甫謐　王先謙校：「『謐』下當有『高士傳』三字，見今本高士傳上卷。」按，王説是。

〔一〇〕中嶽　嶽，宋本、沈校本並作「岳」。按，嶽同「岳」。

〔一一〕巔　宋本作「顛」。按，巔、顛通。

〔一二〕至今　今，宋本誤作「令」。

〔一三〕顛倒衣裳　詩齊風東方未明：「東方未明，顛倒衣裳。」此是袁借詩嘲邊讓「失次序」。劉應登云：「奉高見一士，乃以堯聘許由自比，亦非。」劉辰翁云：「奉高如此，不足道。」袁中道云：「奉承語，非辯。」（舌華録八辯語）按，奉高此乃戲言，非狂妄而自比堯。後邊讓以「堯德未彰」答之，亦戲言，非奉承語。

〔一四〕明府　漢人通稱太守爲府君、明府。

〔一五〕未彰　未，各本作「末」。按，作「未」是。

〔一六〕斯説謬矣　王利器校：「案此注駁世説甚當；但邊文禮是陳留人，世説所載明府、賤民這種稱呼，乃是對本郡郡守之詞，注當云『未嘗爲陳留』，由於涉袁奉高是汝南人而錯了。」程炎震云：「案范書袁閎未嘗爲太尉掾，益明此注閎是閬之誤。」

二　徐孺子穉也。年九歲，嘗月下戲。〔一〕人語之曰：「若令月中無物，當極明邪？」五經通議曰：「月中有兔、蟾蜍者何？月，陰也；蟾蜍，亦陰也；〔二〕而與兔並明，陰繫於陽也。」徐曰：「不然，譬如人眼中有瞳子，無此必不明。」〔三〕

【校釋】

〔一〕月下戲　謂月下游戲也。按，楊勇詳考世説中「戲」，以爲徐穉九歲「嘗月下戲」之「戲」乃清談（見世説新語校箋論文集）。其説非。魏志劉廙傳載：「（廙）年十歲，戲於講堂上，潁川司馬德操拊其頭曰：孺子，孺子，『黄中通理』，寧自知不？」「戲於講堂上」，指講堂上游戲，亦非清談。識鑒二二注引車頻秦書：「（苻）堅六歲時，嘗戲于路，（徐）正見而異焉，問曰：『苻郎，此官衢，小兒行戲，不畏縛邪？』」苻堅小時戲于路，亦非清談。世説中之「戲」，所指非一，不可一概釋爲「清談」。如徐穉此類早而辯慧、占對無礙之奇童子，漢末以後爲人津津樂道，苻堅爲其一例，而史書中亦多有記載。後漢書六一黄瓊傳載：建和元年正月日食，太后詔問所食多少，瓊思其對而未知所況。其孫琬年七歲，在旁曰：「何不言日食之餘，如月之初。」瓊大驚，即以其言應詔，而深奇愛之。奇童子之聰慧，後於世説夙惠中得到集中反映。

〔二〕蟾蜍亦陰也　朱注：「太平御覽四月門引五經通議作『蟾蜍陽也』。」楊箋：「蟾蜍，亦作蟾蠩。後漢書天文志注：『羿請無死之藥於西王母，嫦娥竊以奔月，是爲蟾蠩。』後稱蟾蜍本此。陽，宋本作『陰』，非。」按，「陰」，當從御覽所引作「陽」。

〔三〕「不然」三句　劉辰翁云：「此語極未易，正是玄勝。」世説講義：「言其有物所以明也，帶著玄旨。」

三　孔文舉融也。年十歲，〔一〕隨父到洛。時李元禮有盛名，爲司隸校尉，詣門者皆儁才清稱及中表親戚乃通。〔二〕文舉至門，謂吏曰：「我是李府君親。」既通，前坐。元禮問曰：「君與僕有何親？」對曰：「昔先君仲尼與君先人伯陽，有師資之尊，〔三〕是僕與君奕世爲通好也。」〔四〕元禮及賓客莫不奇之。太中大夫陳韙後至，〔五〕人以其語語之。韙曰：「小時了了，〔六〕大未必佳。」文舉曰：「想君小時必當了了。」韙大踧踖。〔七〕續漢書曰：「孔融字文舉，魯國人，孔子二十四世孫也。〔八〕高祖父尚，鉅鹿太守。父宙，泰山都尉。」〔九〕融别傳曰：「融四歲與兄食梨，〔一〇〕輒引小者。〔一一〕人問其故，答曰：『小兒法當取小者。』年十歲隨父詣京師，河南尹李膺有重名，〔一二〕融欲觀其爲人，〔一三〕遂造之。膺問：『高明父祖，〔一四〕嘗與僕周旋乎？』融曰：『然。先君孔子與君先人李老君，同德比義而相師友，〔一五〕則融與君累世通家也。』衆坐莫不歎息。僉曰：『異童子也！』太中大夫陳韙後至，同坐以告。韙曰：『人小時了了者，長大未必能奇。』融應聲曰：『即如所言，君之幼時，豈實慧乎？』膺大笑，顧謂融曰：『長大必爲偉器。』」〔一六〕

【校釋】

〔一〕年十歲　程炎震云：「文舉以建安十三年死，年五十六，則十歲爲延熹六年。通鑑以李膺自河南尹輸作左校繫之延熹八年，蓋元禮尹京歷三年也，其爲司隸校尉則在八年以後矣。……又魏書崔琰傳注引續漢書作十餘歲。」楊箋引陳直讀世説新語札記：「按孔融爲孔宙之子，金石萃編卷十一孔宙碑叙宙至泰山都尉，以延熹六年卒，年六十一。後漢書孔融傳云『年十三喪父』，則爲延熹六年事。融當生於漢質帝本初元年。融在京師見李膺，則當在延熹三年事。」按，孔融建安十三年（二〇八）死，年五十六，由此上推，則生於漢桓帝元嘉三年（一五三），年十歲爲延熹五年（一六二）。陳直所説誤。

〔二〕「詣門者」句　李膺不輕易見賓客，故造訪者須才能清稱之士或中表親戚方得通報，此即袁宏後漢紀三〇所謂「非當世英賢及通家子孫不見也」。後漢書六七李膺傳曰：「士有被其容接者，名爲登龍門。」被其容接之士，即「儁才清稱」。

〔三〕「昔先君」二句　伯陽，老子，姓李，名耳，字伯陽。（見史記正義）後漢書七〇孔融傳注引家語：「孔子謂南宮敬叔曰：『吾聞老聃博古而通今，通禮樂之源，明道德之歸，即吾之師也。今將往矣。』遂至周，問禮於老聃焉。」

〔四〕奕世　奕，宋本作「弈」。按，奕世，累世也。作「奕」是。後漢書五四楊震傳：「臣奕世受恩，得備納言。」注：「奕，猶重也。」

〔五〕陳韙　程炎震云：「陳韙，范書作『陳煒』，魏書崔琰傳注引續漢書亦作『煒』。」

〔六〕了了　聰明伶俐。南史七七戴法興傳：「彭城王義康于尚書中覓了了令史，得法興等五人。」十誦律四一：「佛言：『應遣二知法了了比丘尼受教誡。』即遣二知法了了比丘尼。」

〔七〕踧踖　局促不安貌。後漢書四二東平王蒼傳：「每會見，踧踖無所措置。」晉書九八王敦傳：「惶愧踧踖，情如土灰。」

〔八〕二十四世孫　當作二十世孫。劉盼遂云：「案後漢書融本傳及孔繼汾闕裏文獻考皆謂融孔子二十世孫，注文『四』字乃羨文，宜删。」余箋：「孔宙碑：『君諱宙字季將，孔子十九世之孫也。』嘉錫案：宙爲十九世，則融不得爲二十四世，續漢書誤也。後漢書本傳作二十世孫，不誤。」

〔九〕泰山　原誤作「泰世」。今據各本改。

〔一〇〕與兄食梨　兄，宋本誤作「元」。

〔一一〕輒引小者　引，宋本作「尉」，沈校本作「取」。按，當從沈校本作「取」。

〔一二〕河南尹　尹，宋本誤作「君」。

〔一三〕融欲觀其爲人　鍾惺云：「以膺重名，而有十歲小兒欲觀其爲人，豈不可畏？」

〔一四〕高明　對人之敬詞。後漢書四〇上班固傳：「如蒙徵納，以輔高明。」

〔一五〕「先君孔子」二句　鍾惺云：「此語爲儒道二家説合解紛。」

〔一六〕「長大」句　凌濛初云：「機鋒太迅，大自佳，惟不免禍耳。」按，孔融晚年爲曹操所殺，主要原因是反對操篡漢圖謀，與融少年時機鋒太迅有何相干？凌氏之語未免不著邊際。

四　孔文舉有二子，大者六歲，小者五歲。晝日父眠，小者牀頭盜酒飲之。大兒謂曰：「何以不拜？」〔一〕答曰：「偷，那得行禮！」〔二〕

【校釋】

〔一〕何以不拜　御覽三八五「何以不拜」上，有「酒以行禮」四字。按，據小兒「偷，那得行禮」之答，則大兒所問當有「酒以行禮」四字，如此問答語氣方得前後接續完整。此四字蓋爲宋人删去。

〔二〕行禮　禮下沈校本有「乎」字。劉應登云：「後鍾毓、鍾會事同，疑只一事，訛而二之，後者是。」王世懋云：「此兩段可称『夙惠』，未足当『言語』。」

五　孔融被收，中外惶怖。時融兒大者九歲，小者八歲。〔一〕二兒故琢釘戲，〔二〕了無遽容。融謂使者曰：「冀罪止於身，二兒可得全不？」兒徐進曰：「大人豈見覆巢之下，〔三〕復有完卵乎？」尋亦收至。魏氏春秋曰：「融對孫權使有訕謗之言，坐棄市。〔四〕二子方八歲、九歲，融見收，弈棋端坐不起。左右曰：『而父見執。』二子曰：『安有巢覆而卵不破者哉！』遂俱見殺。」世語曰：「魏太祖以歲儉禁酒，融謂酒以成禮，不宜禁。〔五〕由是惑衆，太祖收寘法焉。〔六〕二子齠齔見收，顧謂二子曰：『何以不辟？』二子曰：『父尚如此，復何所辟？』」裴松之以爲世語云融兒不辟，知必俱死，猶差可安。孫盛之言誠所未譬。八歲小兒，能懸了禍患，聰明特達，卓然既遠，則其憂樂之情，固亦有過成人矣，安有見父被執，而無變容，弈棋不起，若在暇豫者乎？昔申生就命，言不忘父，不以己之將死而廢念父之情也。父安尚猶若兹，而況顛沛哉！盛以此爲美談，無乃賊夫人之子與？蓋由好奇情多，而不知言之傷理也。

【校釋】

〔一〕大者九歲小者八歲　後漢書七〇孔融傳作「女年七歲，男年九歲」。並言曹操盡殺之。然晉書三九羊祜傳曰：「祜前母，孔融女，生兄發。」則後漢書本傳言曹操盡殺之未必可信。

〔二〕琢釘戲　余箋：「周亮工因樹屋書影云：『金陵童子有琢釘戲，畫地爲界，琢釘其中。先以小釘琢地，名曰簽，以簽之所在爲主。出界者負，彼此不中者負，中而觸所主簽亦負。

按孔北海被收時，兩郎方爲琢釘戲，乃知此戲相傳久矣。』」

〔三〕覆巢　覆，宋本作「毀」。沈校本同。

〔四〕「融對孫權使」二句　孔融被殺之因，魏氏春秋謂融對孫權使有訕謗之言，世語則謂融反對曹操禁酒。以上兩説僅道出部分原因。其實孔融被殺之主因，乃是融數次揭出曹操意欲篡漢之心。後漢書本傳云：「既見操雄詐漸著，數不能堪，故發詞偏宕，多致乖忤。又嘗奏宜准古王畿之制，千里寰内，不以封建諸侯。操疑其所論漸廣，益憚之。然以融名重天下，外相容忍，而潛忌正議，慮鯁大業。」所謂「慮鯁大業」，即指孔融之議論，有礙操之篡漢圖謀，故最終對融下毒手。

〔五〕「魏太祖」三句　後漢書本傳載：「時年饑兵興，操表制酒禁，融頻書爭之，多侮慢之詞。」孔融難曹公表制禁酒書曰：「酒之爲德久矣。古先哲王，類帝禋宗，和神定人，以濟萬國，非酒莫以也。……由是觀之，酒何負於政哉？」又嘲曹操禁酒是「疑但惜穀耳，非以亡王爲戒也」。

〔六〕寘法　宋本無「寘」字。沈校本同。

六　潁川太守髡陳仲弓。〔一〕按寔之在鄉里，州郡有疑獄不能決者，皆將詣寔。或到而情首，〔二〕或中途改辭，或託狂悖，〔三〕皆曰：「寧爲刑戮所苦，不爲陳君所非。」〔四〕豈有盛德感人若斯之甚，而不自衛，反招刑辟，殆不然乎？此所謂東野之言耳。〔五〕客有問元方：「府君何如？」元方曰：「高明之君也。」「足下家君何如？」曰：「忠臣孝子也。」客曰：「易稱『二人同心，其利斷金；同心之言，其臭如蘭』。〔六〕王廙注繫辭曰：「金至堅矣，同心者其利無不入；蘭芳物也，無不樂者。言其同心者，物無不樂也。」何有高明之君，而刑忠臣孝子者乎？」〔七〕元方曰：「足下言何其謬也！故不相答。」客曰：「足下但因傴爲恭，而不能答。」〔八〕元方曰：「昔高宗放孝子孝己，帝王世紀曰：「殷高宗武丁有賢子孝己，其母蚤死，高宗惑後妻之言，放之而死，天下哀之。」尹吉甫放孝子伯奇，琴操曰：「尹吉甫，周卿也，有子伯奇，母死更娶。後妻生子曰伯邽，乃譖伯奇於吉甫，於是放伯奇於野。宣王出游，吉甫從，伯奇乃作歌，以言感之。宣王聞之曰：『此孝子之辭也。』吉甫乃求伯奇於野，而射殺後妻。」董仲舒放孝子符起。未詳。唯此三君，高明之君；唯此三子，忠臣孝子。」〔九〕客慚而退。

【校釋】

〔一〕髡　古代剃髮之刑。周禮秋官掌戮：「髡者使守積。」葛洪抱朴子外篇用刑：「且髡其更生之髮，撾其方愈之創，殊不足以懲次死之罪。」後漢書六二陳寔傳：「時有殺人者，同縣楊吏以疑寔，縣遂逮系。考核無實，而後得出。」

〔二〕情首　述情自首。有過自陳曰首。

〔三〕或託狂悖　託，宋本作「記」。王利器校：「各本『記』作『託』，是。」按，王校是。託，假託也。後漢書二五魯恭傳：「託疾不仕。」

〔四〕「寧爲刑戮所苦」二句　後漢書本傳曰：「寔在鄉閭，平心率物。其有爭訟，輒求判正，曉譬曲直，退無怨者。至乃歎曰：『寧爲刑罰所加，不爲陳君所短。』」所載與孝標注異。

〔五〕「此所謂」句　前人於孝標此注多有微詞。王世懋云：「按後漢書寔傳，有殺人者，同縣楊吏以疑寔，縣遂逮系，考掠無實，而後得出。正與此合。豈正史亦東野之言乎？恐非孝標注也。」凌濛初云：「刑辟之招，正不必在盛德。世途足畏，是非何常？」徐箋據陳寔傳，謂「世說所記，未可決其必無。或即此一事，而傳聞異辭耳」。楊箋亦云：「寔爲太守所髡，殆是傳聞而誤。孝標以寔盛德，不至於此，亦有未安。今按史實，寔之晚年，聲名轉盛，而元方之語，似在兒時，正爲寔之中年也。」按，楊箋既謂陳寔爲太守所髡乃誤傳，又稱孝標斥寔受髡之說爲「未安」，游辭不定。據下文客云「何有高明之君，而刑忠臣孝子」及元方以三君放三子事作答判斷，鄙意以爲陳寔受髡當有其事，唯髡寔者爲太守或縣令難定也。

〔六〕「客曰」數句　世說補觿：「此言高明忠孝，本當同心。」

〔七〕「何有高明之君」二句　乃客「以子之矛，刺子之盾」，欲置元方於無言也。

〔八〕足下但因傴爲恭而　王刻本無「而」字。王先謙校：「一本『恭』下有『而』字。是。」　世説箋本：「足下曰我言謬，故不答，是文過而誣人也，譬如傴者因傴爲恭敬也。本不能答而曰我言謬，故不相答，是遁詞也。凡拜人者其形傴，今傴者本非拜人，而因其傴以爲恭人，喻其失言也。」余箋：「此言因己問及君父，元方乃不得不虚詞褒揚，本非誠意，猶之人有病傴者，其容不得不俯，因遂謬爲恭敬，非其心之實然也。」

〔九〕「元方曰」數句　世説講義：「此引明父亦有迷惑而放孝子之例也。而前並言忠臣孝子，今偏言孝子。蓋忠孝同旨，而前專屬忠臣，今專屬孝子，意各有所主指也。」

七　荀慈明與汝南袁閬相見，〔一〕荀爽一名諝。漢南紀曰：「諝文章典籍無不涉，時人諺曰：『荀氏八龍，慈明無雙。』潛處篤志，徵聘無所就。」張璠漢紀曰：「董卓秉政，復徵爽。爽欲遁去，吏持之急。起布衣，九十五日而至三公。」〔二〕問潁川人士，慈明先及諸兄。閬笑曰：「士但可因親舊而已乎？」慈明曰：「足下相難，依據者何經？」〔三〕閬曰：「方問國士而及諸兄，是以尤之耳。」慈明曰：「昔者祁奚内舉不失其子，外舉不失其讎，以爲至公。〔四〕春秋傳曰：「祁奚爲中軍尉，〔五〕請老，晉侯問嗣焉。稱解狐，其讎也，將立之而卒。又問焉。對曰：『午也可。』其子也。君子謂祁奚可謂能舉善矣。稱其讎不爲諂，立其子不爲比。」公旦文王之詩，不論堯舜之德，而頌文武者，親親之義也。〔六〕春秋之義，内

其國而外諸夏。〔七〕且不愛其親而愛他人者，不爲悖德乎？」〔八〕

【校釋】

〔一〕袁閬　李慈銘云：「此處袁閬下無注，可知前所云『袁閎』，皆袁閬之譌。故孝標注例，已見於前者，不復注也。」

〔二〕九十五日而至三公　後漢書荀爽傳曰：「獻帝即位，董卓輔政，復徵之。爽欲遁命，吏持之急，不得去，因復就拜平原相。行至宛陵，復追爲光禄勳。視事三日，進拜司空。爽自徵命及登臺司，九十五日。」所記較詳。

〔三〕何經　經，宋本作「因」。沈校本同。五禮通考一四七：「又云乞養人子而不以爲後，見於何經？」尚書稗疏四下：「且所罰者不知何經。」裴頠崇有論：「觀老子之書，雖博有所經。」當作「經」是。經，經典，經記。

〔四〕「昔者祁奚」三句　左傳襄公二十一年：「祁大夫外舉不棄讎，内舉不失親。」左傳襄公三年：「君子謂祁奚於是能舉善矣。稱其讎，不爲諂；立其子，不爲比；舉其偏，不爲黨。」

〔五〕中軍尉　尉，宋本、沈校本並無「尉」字。王利器校：「他本『軍』下都有『尉』字，是。」余箋：「按應有，兩本蓋偶脱。」朱注：「按，袁本是。左傳成公十八年有『祁奚爲中軍尉』。」按，朱注是。左傳襄公三年載，祁奚致仕，使其子祁午爲中軍尉。

〔六〕「公旦文王之詩」數句　余箋：「毛詩序『文王，文王受命作周也。』其詩只頌文王，不及武王，而云頌文武者，蓋統文王之什言之。陸德明釋文云：『文王至靈臺八篇，是文王之大雅；下武至文王有聲二篇，是武王之大雅。』至慈明以爲公旦所作，則毛詩無文，疑出三家詩遺説。」親親，謂親其親人。禮記中庸：「仁者人也，親親大。」

〔七〕「春秋之義」二句　春秋公羊傳成公十五年：「春秋内其國而外諸侯，内諸侯而外夷狄。」

〔八〕「且不愛其親」二句　孝經聖治章：「不愛其親而愛他人者，謂之悖德。」邢昺注：「言盡愛敬之道，然後施教於人，違此則於德禮爲悖也。」

八　禰衡被魏武謫爲鼓吏，〔一〕正月半試鼓。衡揚枹爲漁陽摻檛，〔二〕淵淵有金石聲，〔三〕四坐爲之改容。典略曰：「衡字正平，平原般人也。」文士傳曰：「衡不知先所出，逸才飄舉。少與孔融作爾汝之交，〔四〕時衡未滿二十，融已五十。〔五〕敬衡才秀，共結殷勤，不能相違。以建安初北游，〔六〕或勸其詣京師貴游者，衡懷一刺〔七〕，遂至漫滅，竟無所詣。融數與武帝牋，稱其才，帝傾心欲見。衡稱疾不肯往，而數有言論。帝甚忿之，以其才名不殺，圖欲辱之，乃令録爲鼓吏。後至八月朝會，〔八〕大閲試鼓節，作三重閣，列坐賓客。以帛絹製衣，作一岑牟，〔九〕一單絞及小幝。〔一〇〕鼓吏度者，皆當脱其故衣，著此新衣。次傳衡，衡擊鼓爲漁陽摻撾，蹋地來前，〔一一〕躡馺腳足，〔一二〕容態不常，鼓聲甚悲，音節殊妙。坐客莫不忼慨，知必衡也。既度，不肯易衣。吏呵之曰：『鼓吏，何獨不易服！』衡便止。當武帝前，先脱幝，次脱餘衣，裸身而立。徐徐乃著岑牟，次著單絞，後乃著幝。畢，復擊鼓摻槌而去，顔色無怍。武帝笑謂四坐曰：『本欲辱衡，衡反辱孤。』〔三〕至今有漁陽摻撾，自衡造也。爲黄祖所殺。」〔四〕孔融曰：「禰衡罪同胥靡，不能發明王之夢。」〔五〕皇甫謐帝王世紀曰：「武丁夢天賜己賢人，使百工寫其像，求諸天下。見築者胥靡衣褐於傅巖之野，是謂傅説。」張晏曰：「胥靡，刑名。胥，相也；靡，從也。謂相從坐輕刑也。」魏武慚而赦之。

【校釋】

〔一〕「禰衡」句　鼓史，後漢書八〇下禰衡傳作「鼓史」。抱朴子外篇彈禰作「鼓史」。按，作「鼓史」是。抱朴子外篇彈禰云：禰衡游許下，放言無忌，目空一切。「曹公嘗切齒欲殺之，然復無正有入法應死之罪，又惜有殺儒生之名，乃謫爲鼓史」。

〔二〕漁陽摻檛　關於漁陽摻檛，前人有異説。後漢書八〇下禰衡傳注：「臣賢案：槌及撾並擊鼓杖也。摻撾是擊鼓之法，而王僧孺詩云：『散度廣陵音，摻寫漁陽曲。』而於其詩自音云：『摻，音七紺反。』後諸文人多同用之。據此詩意，則摻曲奏之名，則撾字入於下句，全不成文。下云『復摻撾而去』，足知『摻撾』二字當相連而讀。摻字音爲去聲，不知何所憑也。摻，七甘反。」王僧孺以摻爲鼓曲之名，而李賢意謂摻檛乃擊鼓之法。能改齋漫録三：「楊文公談苑載徐鍇仕江南爲中書舍人。校秘書時，吳淑爲校理，古樂府中有摻字，淑多改作操。蓋以爲章草之變。鍇曰：『不可，非可以一例。若漁陽摻，音七鑒反，三撾鼓也。禰衡作漁陽摻檛。古歌云：邊城晏開漁陽摻，黄塵蕭條白日暗。』淑歎服之。」對此，余箋云：「鍇謂摻音七鑒反，是用王僧孺之説。而解爲三檛鼓，則又與章懷之意同。音義兩不相應，亦非定論。」黄朝英緗素雜記從徐鍇摻爲三檛鼓之説，並舉李義山聽鼓詩：「欲問漁陽摻，時無禰正平。」及口占詩：「必投潘岳果，誰摻禰衡檛。」謂：「漁陽摻者，正如廣陵散是也。」亦將之解作鼓曲名。顧炎武日知録二一：「摻乃操字……乃曲奏之名，後人添手作摻。後周庾信詩：『玉階風轉急，長城雪應暗。新綬始欲縫，細錦行須纂。聲煩廣陵散，杵急漁陽摻。』隋煬帝詩：『今夜長城下，雲昏月應暗。誰見倡樓前，心悲不成摻。』唐李頎詩：『忽然更作漁陽摻，黄雲蕭蕭白日暗。』正音七紺反。」意同王僧孺之説。按，考前人詩中所詠「漁陽摻」，多指爲鼓曲之名。然鼓曲之不同，當與擊鼓之法直接有關。疑漁陽摻檛，擊鼓之法獨特，鼓聲獨異，或猶今日「安塞大鼓」之類歟？

〔三〕淵淵　鼓聲。詩小雅采芑：「伐鼓淵淵。」

〔四〕爾汝之交　親密之交也。爾汝，互相以此相稱，以示親昵。

〔五〕「時衡未滿二十」二句　後漢書本傳云：「衡始弱冠，而融年四十。」徐箋以爲孔融薦禰衡在建安元年，二人之年相去二十年，自當以後漢書爲準。按，建安二年（一九七），禰衡來游許下，孔融遂與爲交友，並上疏薦之曰：「平原禰衡，年二十四。」考孔融建安十三年（二〇八）死，則建安二年爲四十五歲。後漢書本傳乃舉成數言之。文士傳所記年歲不確。

〔六〕以建安初北游　禰衡北游時間，後漢書本傳云：「建安初來游許下……是時許都新建，賢士大夫四方來集。」魏書荀彧傳注引平原禰衡傳：「建安初，自荆州北游許都。」兩書記載相同。曹道衡、沈玉成中古文學史料叢考「禰衡入許在建安元、二年間」條云：「曹操挾帝遷許，道路播遷，至十月而朝政初定。時衡在荆州，聞訊遊許，當在是年末或次年初。」以爲禰衡北遊，在建安元年末或建安二年初。其説可從。

〔七〕刺　釋名：「書姓名於奏白曰刺。簡以奏事白事，故曰奏白，今刺姓名於簡上。」

〔八〕朝會　周禮：「春見曰朝，夏見曰宗，秋見曰覲，冬見曰遇，時見曰會，殷見曰同。」魏書陳思王傳：「（黄初）四年徙封雍丘王，其年，朝京都。」魏書明帝紀注引魏書：「每朝宴會同，與侍中近臣並列幃幄。」魏有諸侯藩王進京朝會之制度。

〔九〕岑牟　後漢書本傳注引通史志曰：「岑牟，鼓角士胄也。」

〔一〇〕單絞　鄭玄注禮記曰：「絞，蒼黄之色也。」幝，同褌。

〔一一〕蹋地　指以足踏地爲節拍。後漢書八五東夷傳：「常以五月田竟祭鬼神，晝夜酒會，羣聚歌舞，舞輒數十人相隨蹋地爲節。」

〔一二〕躡駁腳足　李慈銘云：「案：後漢書注引文士傳作『躡駁足腳』，駁，説文：『馬行相及也。』玉篇：『先合切，馬行貌。』廣韻：『蘇合切，馬行疾。』集韻：『悉合切』。西京賦：『駁娑駘蕩。』案『躡駛』蓋本作『躡跋』，跋，説文：『進足有所拾取也。』躡跋雙聲字，駛跋通借字，後漢書作『蹀蹈而前』，躡跋、蹀躍，皆雙聲疊韻字，行貌也。『蹀躍』亦作『蹀躞』，皆以馬之行狀人之行，西京賦作『駛娑』，雙聲字也。『駛』是誤字，李本作『鼓』，乃不知而妄改矣。」唐批：「『躡駛腳力』，訛駛。」按，駛爲馬行迅疾貌。楚辭劉向九歎遠游：「駛高舉兮。」洪興祖補注：「駛，素合切。方言：『駛，馬馳也。』注云：『疾貌。』」李氏云：「以馬行狀人之行。」其説是。

〔一三〕「本欲辱衡」二句　曹操本欲殺禰衡而無有應殺之罪，故録爲鼓吏而辱之。鼓吏皆當脱故衣，换新衣，借此辱之。不意衡在操前從容脱褌脱衣，裸身而立，再徐徐换新衣，然後作「漁陽摻撾」。此種蔑視權威，意氣飛揚之容態，操不禁爲之氣餒，故曰：「本欲辱衡，衡反辱孤。」

〔一四〕爲黄祖所殺　後漢書本傳：「後黄祖在蒙沖船上，大會賓客，而衡言不遜順，祖慚，乃訶之，衡更熟視曰：『死公！云等道？』祖大怒，令五百將出，欲加箠，衡方大罵，祖恚，遂令殺之。」御覽八三三引禰衡别傳記載更詳，文多不録。

〔一五〕「禰衡」二句　胥靡，古代服勞役之刑徒。一説刑名。莊子庚桑楚：「胥靡登高而不懼，遺死生也。」吕氏春秋求人：「傅説，殷之胥靡也。」注：「胥靡，刑罪之名也。」明王，聖賢之君。書説命中：「明王奉若天道，建邦設都。」劉辰翁云：「孔語倉卒爲操掩羞，固當有此。」世説講義：「胥靡，輕刑名，此蓋借武丁夢知傅説之事，言禰衡雖令衆改容，獨不能警發魏武之迷心也。」朱注：「孔語以衡比傅説，武丁拔之於版築之中，蓋諷操有賢之不能用，反侮弄之，故操『慚而赦之』。信如劉批，則孔乃一諂媚之徒，豈合北海之爲人耶？」

按，朱説是。

九　南郡龐士元聞司馬德操在潁川，故二千里候之。〔一〕至，遇德操采桑。士元從車中謂曰：「吾聞丈夫處世，當帶金佩紫，焉有屈洪流之量，而執絲婦之事。」蜀志曰：「龐統字士元，襄陽人。少時樸鈍，未有識者。潁川司馬徽有知人之鑒，士元弱冠往見徽，徽采桑樹上，坐士元樹下，共語，自晝至夜。徽異之曰：『生當爲南州士人之冠冕。』由是漸顯。」襄陽記曰：「士元，德公之從子也。年少未有識者，唯德公重之。年十八，使往見德操，與語，歎曰：『德公誠知人，實盛德也。』後劉備訪世事於德操，〔二〕德操曰：『俗士豈識時務，此間自有伏龍、鳳雛。』謂諸葛孔明與士元也。」〔三〕華陽國志曰：「劉備引士元爲軍師中郎將，〔四〕從攻洛，〔五〕爲流矢所中，卒時年三十八。」〔六〕德操曰：司馬徽別傳曰：「徽字德操，潁川陽翟人，有人倫鑒識。居荆州，知劉表性暗，〔七〕必害善人，乃括囊不談議。〔八〕時人有以人物問徽者，〔九〕初不辨其高下，每輒言佳。〔一〇〕其婦諫曰：『人質所疑，君宜辨論，而一皆言佳，豈人所以咨君之意乎？』徽曰：『如君所言亦復佳。』其婉約遜遁如此。嘗有妄認徽豬者，〔一一〕便推與之。後得其豬，叩頭來還。徽又厚辭謝之。〔一二〕劉表子琮，往候徽，遺問在不？會徽自鋤園，琮左右問：『司馬君在邪？』徽曰：『我是也。』琮左右見其醜陋，罵曰：『死庸！〔一三〕將軍諸郎欲求見司馬君，汝何等田奴〔一四〕，而自稱是邪？』徽歸，刈頭著幘出見。〔一五〕琮左右見徽，故是向老翁，恐，向琮道之。琮起，叩頭辭謝。徽乃謂曰：『卿真不可，然吾甚羞之。此自鋤園，唯卿知之耳。』〔一六〕有人臨蠶求簇箔者，〔一七〕徽自棄其蠶而與之。或曰：『凡人損己以贍人者，謂彼急我緩也。今彼此正等，何爲與人？』徽曰：『人未嘗求己，求之不與，將慚。何有以財物令人慚者。』人謂劉表曰：『司馬德操奇士也，但未遇耳。』表後見之曰：『世間人爲妄語，此直小書生耳。』其智而能愚皆此類。荆州破，爲曹操所得，操欲大用，會其病死。」「子且下車，子適知邪徑之速，不慮失道之迷。昔伯成耦耕，不慕諸侯之榮；莊子曰：「堯治天下，伯成子高立爲諸侯；禹爲天子，伯成辭諸侯而耕於野。禹往見之，趨就下風而問焉。子高曰：『昔堯治天下，不賞而民勸，不罰而民畏。今子賞罰，而民且不仁，德自此衰，刑自此立，夫子盍行邪？毋落吾事！』」〔一八〕原憲桑樞，不易有官之宅。家語曰：「原憲字子思，宋人，孔子弟子。居魯，環堵之室，茨以生草。蓬户不完，桑樞而甕牖，上漏下濕，坐而弦歌。子貢軒車不容巷，往見之，曰：『先生何病也？』憲曰：『憲聞無財謂之貧，學而不能行謂之病。今憲貧也，非病也。夫希世而行，比周而友，學以爲人，教以爲己。仁義之慝，〔一九〕輿馬之飾，憲不忍爲也。』」何有坐則華屋，行則肥馬，侍女數十，然後爲奇。此乃許、父許由、巢父所以忼慨，夷、齊所以長歎。孟子曰：「伯夷、叔齊目不視惡色，耳不聽惡聲，與鄉人居，若在塗炭，蓋聖人之清也。」雖有竊秦之爵，千駟之富，古史考曰：「吕不韋爲秦子楚行千金貨於華陽夫人，請立子楚爲嗣。及子楚立，封不韋洛陽十萬户，號文信侯。」以詐獲爵，故曰竊也。論語曰：「齊景公有馬千駟，民無德而稱焉。」孔安國曰：「千駟，四千匹。」不足貴也。」士元曰：「僕生出邊垂，寡見大義。若不一叩洪鍾，伐雷鼓，〔一〇〕則不識其音響也。」

【校釋】

〔一〕龐士元　事見蜀志龐統傳。程炎震云：「龐統之卒，通鑑繫之建安十九年，則弱冠是初平、建安間，司馬德操當已在荆州，不在潁川矣。或是自襄陽往江陵也。」

〔二〕世事　世，宋本作「燕」。按，作「世」是。

〔三〕「德操曰」數句　蜀志本傳注引襄陽記曰：「諸葛孔明爲卧龍，龐士元爲鳳雛，司馬德操爲水鏡，皆龐德公語也。德公，襄陽人。」

〔四〕士元　宋本誤作「士尼」。軍師，師，宋本作「帥」。沈校本云：「帥作師。」按，蜀志龐統傳曰：「（統）遂與亮並爲軍師中郎將。」作「師」是，「帥」爲形誤。

〔五〕從攻洛　洛，李慈銘云：「洛當作雒，續漢志廣漢郡有雒縣，爲刺史治。」按，蜀志本傳本作「雒」。

〔六〕三十八　程炎震云：「蜀志云年三十六。」蜀志先主傳載：建安十七年（二一二），「先主進軍圍雒，時（劉）璋子循守城，被攻且一年。十九年夏，雒城破。」據此，龐統卒當在此數年中。

〔七〕劉表　字景升，東漢山陽高平人，長期爲荆州刺史。事見後漢書七四下劉表傳。

〔八〕括囊　易坤：「六四，括囊，無咎無譽。」疏：「括，結也。囊所以貯物，以譬心藏知也。閉其口而不用，故曰括囊。」此指閉口不談論世事人物。按，漢末隱士如司馬徽者甚多，多以避世逃禍而隱。如胡昭辭袁紹之命，轉居陸渾山中（見魏志胡昭傳）；管寧、邴原、王烈避黄巾亂，舉家至遼東（見魏志管寧傳）。

〔九〕問徽者　問，宋本誤作「門」。

〔一〇〕每輒言佳　輒，宋本作「輒」。王刻本作「輒」。按，作「輒」是。

〔一一〕妄認　妄，余箋：「山谷内集十戲答王定國題門絶句云：『白鷗入羣頗相委。』注云：『委，謂暗識也。世説司馬徽人有委認徽豬者。』則任淵在北宋時所見本是『委』，非『妄』字。」

〔一二〕徽又厚辭謝之　楊箋：「按魏志武帝紀注引司馬彪續漢書曰：『（曹）騰父節，字元偉，素以仁厚稱。鄰人有亡豕者，與節豕相類，詣門認之，節不與争；後所亡豕自還其家，豕主人大慚，並辭謝節，節笑而受之。』與此正同。」按，東漢甚多此類「仁讓」事。後漢書二五卓茂傳：「（茂）嘗出行，有人認其馬。茂問曰：『子亡馬幾何時？』對曰：『月餘日矣。』茂有馬數年，心知其謬，嘿解與之，挽車而去，顧曰：『若非公馬，幸至丞相府歸我。』他日，馬主別得亡者，乃詣府送馬，叩頭謝之。」同上劉寬傳：「寬嘗行，有人失牛者，乃就寬車中認之。寬無所言，下車步歸。有頃，認者得牛而送還，叩頭謝曰：『慚負長者，隨所刑罪。』寬曰：『物有相類，事容脱誤，幸勞見歸，何爲謝之？』」後漢書二七承宮傳：「禾黍將孰，人有認之者，宮不與計，推之而去，由是顯名。」魏晉猶有「仁讓」遺風。如晉書九四朱沖傳：「鄰人失犢，認沖犢以歸，後得犢於林下，大慚，以犢還沖，沖竟不受。」以上數事皆與司馬徽相似，以見儒家所倡仁厚謙恭、與人無爭之道德風範。「仁讓」之事比比皆是，亦與借此顯名有關。

〔一三〕死庸　罵人之言。庸，通「傭」，受雇傭之勞工。漢書五七上司馬相如傳：「相如身自著犢鼻褌，與庸保雜作，滌器於市中。」

〔一四〕田奴　田，宋本沈校本作「用」。

〔一五〕刈頭　當作刷頭。淵鑒類函三八〇引董正別傳曰：「劉表子琮往候司馬徽，遣左右候問。徽自鋤園，左右問曰：『司馬君在耶？』徽曰：『即是也。』左右乃罵曰：『汝何等園奴，而自稱徽乎？』徽於是歸內，更刷頭，著衣出見琮。」御覽三八二引司馬徽別傳亦作「刷頭」。刷頭，謂刷髮也。淵鑒類函又引原釋名曰：「刷者帥也，帥髮長短，皆令上從也。亦言瑟也，刷髮令上瑟然也。說文曰：『荔草似蒲而小，根可作刷。』通俗文曰：『所以理髮謂之刷。』嵇康養生論曰：『勁刷理鬢，醇醴發顏，僅乃得之。』」按，或釋刈頭爲剃頭。然劉琮突然來訪，恐不容有暇豫剃髮也。而刷頭費時不多，切合情理。　著幘　，幘，宋本誤作「補」。幘，後漢書輿服志下：「幘者，賾也，頭首嚴賾也。至教乃高顏題，續之爲耳，崇其巾爲屋，合後施收，上下羣臣貴賤皆服之。」注引獨斷曰：「古者卑賤執事不冠者之所服也。」

〔一六〕「卿真不可」數句　世説箋本：「索解：言向卿詈我，是真不可，然我亦甚羞自鋤園之醜態。幸卿外無見之者，只有卿見，故自此我不咎卿之詈，亦冀卿勿向人道我鋤園之事。蓋慰藉之辭，以申當不向琮言之也。」

〔一七〕簇箔　蠶吐絲時用以承蠶之工具。王利器校：「『簇』當作『蔟』。説文艸部：『蔟，行蠶蓐。』」徐箋同。方一新世説新語校釋札記以爲本條「簇」字並非誤字，並舉齊民要術卷五種桑柘：「凡蠶從小與魯桑者，乃至大人簇。」又：「養蠶法：收取種蠶，比取居簇中者。」又：「設令無雨，蓬蒿簇亦良。其在外者，脱遇天寒，則全不作簇。」唐代詩人王建簇蠶辭：「新婦拜簇願繭綢，女灑桃漿男打鼓。」以證「簇」均同「蔟」。

〔一八〕毋落　毋，宋本作「母」。按，當作「毋」。「毋」，無也。莊子天地篇：「夫子闔行邪！無落吾事。」落，敗也，礙也。毋落吾事，猶無敗吾事。

〔一九〕慝　詩鄘風柏舟：「之死矢靡慝。」鄭注：「慝，邪也。」

〔二〇〕雷鼓　周禮注疏一二地官：「以雷鼓鼓神祀。」鄭注：「雷鼓，八面鼓也。」

一〇　劉公幹以失敬罹罪，典略曰：「劉楨字公幹，東平寧陽人。建安十六年，世子爲五官中郎將，妙選文學，使楨隨侍太子。〔一〕酒酣坐歡，乃使夫人甄氏出拜，〔二〕坐上客多伏，而楨獨平視。〔三〕他日公聞，乃收楨，減死輸作部。」文士傳曰：「楨性辯捷，所問應聲而答。坐平視甄夫人，配輸作部，使磨石。〔四〕武帝至尚方觀作者，〔五〕見楨匡坐正色磨石。武帝問曰：『石何如？』楨因得喻己自理，跪而對曰：『石出荆山懸巖之巔，外有五色之章，内含卞氏之珍，磨之不加瑩，雕之不增文，稟氣堅貞，受之自然。顧其理枉屈紆繞而不得申。』〔六〕帝顧左右大笑，即日赦之。」文帝問曰：「卿何以不謹於文憲？」〔七〕楨答曰：「臣誠庸短，亦由陛下綱目不疏。」〔八〕魏志曰：「帝諱丕，字子桓，受漢禪。」按：諸書或云楨被刑魏武之世，建安二十年病亡，後七年文帝乃即位。而謂楨得罪黄初之時，謬矣。〔九〕

【校釋】

〔一〕太子　宋本作「世子」。沈校本同。按，作「世子」是。

〔二〕甄氏　中山無極人，本爲袁紹中子袁熙之妻。曹操破袁紹，曹丕見甄氏美色，納之，有寵。生明帝及東鄉公主，史稱甄皇后。事見魏志后妃傳。曹丕作風浪漫，常使妻妾出見僚屬，以炫耀金屋藏嬌。如魏志吴質傳注引質别傳：「帝嘗召質及曹休歡會，命郭后出見質等。帝曰：『卿仰諦視之。』」

〔三〕平視　謂正視，直視。凌濛初云：「平視自佳。」

〔四〕「坐平視甄夫人」三句　據魏志王粲傳裴注引質别傳：曹丕命郭后出見吴質等，則「平視甄夫人」本非曹丕所不願，劉楨卻因之獲罪，此乃曹操無名妒火之發作耳（説見下）。輸作部，指送往工場作坊。劉辰翁云：「狂宜有此，曹公不得不問。磨石甚奇，匡坐似晚。」又云：「磨石甚有情致。」

〔五〕尚方　也作「上方」，官名，掌管和供應帝王所用之器物。

〔六〕「楨因得喻己自理」數句　劉楨以石喻己，以石之「稟氣堅貞，受之自然」，喻己之品格，言外之意謂平視甄夫人亦爲自然之舉。語意雙關，巧妙而意達。

〔七〕文憲　謂律令憲章。

〔八〕綱目　綱，王刻本作「網」。楊箋：「宋本作『網』，非，當從王本。」吴金華考釋：「『綱目不疏』或『網目不失』均從老子七十三章『天網恢恢，疏而不失』八字而來，『網』指禁令、法令。例如晉書劉頌傳：『故善爲政者綱舉而網疏，綱舉則所羅者廣，網疏則小罪必漏。』」徐箋：「政事注中亦有『網目不失』語可證。」按，政事六注引晉諸公贊：「蠲除密網。」吴志陸抗傳：「哀矜庶獄，清澄刑網。」晉書一宣帝紀：「賊以密網束下，故下棄之。」高僧傳四竺法潛傳載支遁與高麗道人書：「往在京邑，維持法網。」故作「網」義長。

劉盼遂云：「按正文陛下蓋指魏武，漢晉之間通以陛下爲人臣私言君上之辭。（以下舉例，略）」認爲公幹正謂魏武綱目不疏，自與文帝無與。孝標於陛下之稱未瞭，因匡臨川之謬，失之。朱注：「文帝問一節，當作『武帝問』。又，或是史家之追稱，後漢書之史例也。」「此節末之案語疑是後人所加，不出孝標之手。」按，劉盼遂説是。朱注謂「文帝問」當作「武帝問」。其説非。此當是劉楨獲罪，而楨時爲曹丕僚屬，故問之。武帝已收楨，何必再問？又，關於劉楨「失敬罹罪」之因，或以爲曹操乃遷怒於楨。余箋引杭世駿道古堂集二十一論劉楨云：「楨以平視輸作，顔之推著家訓，而訾以爲屈强（家訓文章篇曰：「劉楨屈强輸作。」）。吾以爲此不足以服楨也。恒人之情，有所忮忌，則必遷之他事以泄其不平之氣。矧魏武爲奸人之雄乎？甄氏之美，其欲之也久矣。『今年破賊正爲奴』（語見惑溺篇），是以父子之間特忍情抑怒，默而已焉。而五官乃命之出拜坐客，非所謂『逢彼之怒』耶？楨亦不幸而遘此也。或曰：子亦有所徵乎？曰：有。一徵之於酈氏之注水經：太祖乘步，牽車乘城，降閲簿作。諸徒咸敬，而楨摳坐而磨石不動。石如何性之對，則真可謂屈强矣。太祖非惟不罪，而且爲復其文學（見水經谷水注引文士傳）。非前刻於楨而後獨寬也。所妒於甄氏者既久，則其氣平也。於楨何尤焉。一徵之於裴氏之注三國志引吴質别傳曰：文帝嘗召質及曹休歡會，命郭后出見等。帝曰：『卿仰諦視之。』夫楨以平視而輸作，則郭后可以不令出見，而帝顧曰『卿仰諦視之』，則楨之平視，固非五官將所不悦也。吾故曰：魏武特借之於泄怒也。」按，杭氏説頗新奇，故余箋不信，稱之「臆測之詞，未必合於當時情事」。鄙意卻以爲杭氏所言，甚切合曹操好色個性。操屠城掠地，若遇美色，常納之爲妻妾。魏志明帝紀注引獻帝傳：「（秦）郎父名宜禄，爲吕布使詣袁術，術妻以漢宗室女，其前妻杜氏留下邳。布之被圍，關羽屢請以太祖，求以杜氏爲妻，太祖疑以有色，及城陷，太祖見之，乃自納之。」魏志張繡傳：「太祖南征，軍淯水，繡等舉衆降。太祖納（張）濟妻，繡恨之。太祖聞其不悦，密有殺繡之計。計漏，繡掩襲太祖。太祖軍敗，二子没。」魏志何晏傳注引魏略：「太祖爲司空時，納晏母並收養晏。」操垂涎甄氏美色，以至説「今年破賊正爲奴」，正見其好色性格。雖作成了兒子，妒忌之情隱忍於心，然一遇機會，借劉楨以泄怒，豈非甚合當時情事耶？

〔九〕或云　李慈銘云：「『或云』當作『咸云』，各本皆誤。」程炎震云：「或當作咸。文選南都賦注：『咸以折盤爲七盤。』胡氏考異以咸當爲或。是咸或相混，可反證也。魏志云二十二年卒，此或别有所據，然云後七年文帝即位，亦不合。蓋傳寫之誤耳。」曹道衡、沈玉成中古文學史料叢考「劉楨籍貫、輸作及年歲」條云：「劉楨得罪之年，諸家據『諸文學』而定于建安十六年正月曹丕爲五官將、置官屬時。説是，然乏的證。據後漢書劉梁傳章懷注引魏志，載楨『爲司空軍謀祭酒，五官將文學』。曹操于建安元年爲司空，十三年罷三公，操又爲丞相，是劉楨爲司空軍謀祭酒在十三年前，爲五官將文學自在十六年正月後。又據魏志王粲傳注引魏略，五官將爲世子，質與劉楨等並在坐席。楨坐譴之際，質出爲朝歌長，後遷元城令，質出爲朝歌長時在十六年，説參『吴質爲朝歌長、元城令』條。是楨、質得罪，得釋必在十六年七月前。」

一一　鍾毓、鍾會少有令譽。〔一〕魏書曰：「毓字稚叔，潁川長社人，相國繇長子也。年十四爲散騎侍郎，機捷談笑有父風。仕至車騎將軍。」年十三，魏文帝聞之，語其父鍾繇魏志曰：「繇字元常，家貧好學，爲周易、老子訓，歷大理、相國，遷太傅。」曰：「可令二子來。」於是敕見。毓面有汗，帝曰：「卿面何以汗？」毓對曰：「戰戰惶惶，汗出如漿。」復問會：「卿何以不汗？」對曰：「戰戰慄慄，汗不敢出。」〔二〕

【校釋】

〔一〕鍾毓鍾會　鍾毓字稚叔，鍾繇長子。事見魏志鍾毓傳。鍾會，字士季，鍾繇少子。事見魏志鍾會傳。

〔二〕「年十三」數句　程炎震云：「此似謂毓、會年並十三也。考毓傳云『年十四爲散騎侍郎，機捷談笑有父風。太和初，蜀相諸葛亮圍祁山。明帝欲親西征，毓上疏』云云。則太和之初，年出十四矣。會爲其母傳，自云黄初六年生會。則十三歲是景初元年，不惟不及文帝，繇亦前卒七年矣。此語誣甚。」按，程氏所考是。然事雖不可信，猶可見出當時推崇機辯之風。魏志王粲傳注引典略云：「粲才既高，辯論應機。」又稱繁欽「以文才機辯，少得名於汝潁間」。皆可證。

一二　鍾毓兄弟小時，值父晝寢，因共偷服藥酒。〔一〕其父時覺，〔二〕且託寐以觀之。〔三〕毓拜而後飲，會飲而不拜。魏志曰：「會字士季，繇少子也，敏惠夙成。中護軍蔣濟著論，謂觀其眸子，足以知人。〔四〕會年五歲，繇遣見濟。濟甚異之，曰：『非常人也！』及壯，有才數，精練名理，累遷黄門侍郎。諸葛誕反，文王征之，〔五〕會謀居多，時人謂之子房。拜鎮西將軍，伐蜀。蜀平，進位司徒。自謂功名蓋世，不可復爲人下，謂所親曰：『我淮南已來，畫無遺策，四海共知，持此欲安歸乎？』〔六〕遂謀反，見誅，時年四十。」既而問毓何以拜，毓曰：「酒以成禮，〔七〕不敢不拜。」又問會何以不拜？〔八〕會曰：「偷本非禮，所以不拜。」

【校釋】

〔一〕藥酒　書鈔八五作「散酒」。按，散酒即服寒食散後借以發散之酒，與藥酒義同。據此條，鍾繇亦服五石散。

〔二〕時覺　徐箋：「後漢書竇武傳『時見理出』。注：『時謂即時也。』晉書五行志中『其後吴興徐馥作亂，殺太守袁琇，馥亦時滅』，義並相同。時覺猶言忽覺。」覺，醒也。

〔三〕託寐　假寐，即裝睡也。徐箋：「託寐，續談助引小説作『假寐』。」吴金華考釋：「『託』應作『詑』。『詑』猶言『僞』，是古來俗語。……『詑』在魏晉口語中經常用作副詞，表示佯裝、假裝的意思。」並舉吴康僧會譯六度集經卷四「戒度無極章」中「菩薩承命，詑寐察之」句爲證。方一新云：「詑寐自是可通，『託寐』也未必誤。託在漢魏、六朝文獻中有假裝、佯裝義。」並舉後漢書李固傳李賢注引袁宏後漢紀、吴書吴主傳、世説紕漏二劉注等爲證，以爲「託寐，猶言裝睡，義本明晰，可不改字」。按，方説是。吴志賀邵傳：「後邵中惡風，口不能言，去職數月，皓疑其託疾，收付酒藏。」託疾，裝病也。亦是一例。

〔四〕「蔣濟著論」三句　蔣濟，字子通，楚國平阿人。事見魏志蔣濟傳。蔣濟著論，指濟之萬機論。隋書三四經籍志「雜家類」有蔣濟萬機論八卷。蔣濟論眸子之文早佚，不得其詳。然「觀其眸子，足以知人」二句，當是蔣濟論眸子之大旨也，乃出於孟子離婁上：「孟子曰：存乎人者，莫良於眸子。眸子不能掩其惡。胸中正，則眸子瞭焉；胸中不正，則眸子眊焉。聽其言也，觀其眸子，人焉廋哉？」湯用彤讀人物志云：「故蔣濟論眸子，而申明言不盡意之旨。蓋謂眸子傳神，其理微妙，可以意得，而不可以言宣也。」（魏晉玄學論稿）

〔五〕「諸葛誕反」二句　諸葛誕，字公休，琅琊陽城人。高貴鄉公甘露二年，懼爲司馬氏殺戮，遂反。大將軍司馬昭率軍征之。事見魏志諸葛誕傳。

〔六〕持此　宋本作「將此」。沈校本同。魏志鍾會傳作「持此」。按，陶淵明飲酒詩其三：「鼎鼎百年内，持此欲何成。」當作「持此」。

〔七〕酒以成禮　祭祀與宴飲皆須酒，此所謂「酒以成禮」也。詩小雅南有嘉魚：「君子有酒，嘉賓式燕以樂。」詩小雅楚茨：「以爲酒食，以饗以祀。」蔡邕酒樽銘：「酒以成禮，弗繼以淫。」孔融難曹公表制禁酒書：「酒之爲德久矣。古先哲王，類帝禋宗，和神定人，以濟萬國，非酒莫以也。」王粲酒賦：「章文德於廟堂，協武義于三軍，致子弟之孝養，糾骨肉之睦親，成朋友之歡好，贊交往之主賓。既無禮而不入，人何事而不因。」

〔八〕何以不拜　御覽三八五引此文，「何以」二字上有「酒以行禮」四字。按，御覽所引語意完足，此四字亦爲宋人所删。

一三　魏明帝爲外祖母築館於甄氏。〔一〕魏末傳曰：〔二〕「帝諱叡，〔三〕字元仲，文帝太子。以其母廢，〔四〕未立爲嗣。文帝與俱獵，見子母鹿，文帝射其母，應弦而倒。復令帝射其子，帝置弓泣曰：『陛下已殺其母，臣不忍復殺其子。』文帝曰：『好語動人心。』遂定爲嗣。是爲明帝。」魏書曰：「文昭甄皇后，明帝母也。父逸，上蔡令。烈宗即位，追封上蔡君。嫡孫象襲爵，〔五〕象薨，子暢嗣，起大第，車駕親自臨之。」既成，自行視，謂左右曰：「館當以何爲名？」侍中繆襲曰：文章敍録曰：〔六〕「襲字熙伯，東海蘭陵人，有才學，累遷侍中、光禄勳。」「陛下聖思齊於哲王，罔極過於曾、閔。〔七〕此館之興，情鍾舅氏，宜以『渭陽』爲名。」秦詩曰：「渭陽，康公念母也。〔八〕康公之母，晉獻公之女。文公遭驪姬之難，未反而秦姬卒。穆公納文公，康公時爲太子，贈送文公於渭之陽，念母之不見也。我見舅氏，如母存焉。」按魏書：帝於後園爲象母起觀，名其里曰渭陽。然則象母即帝之舅母，非外祖母也。且渭陽爲館名，亦乖舊史也。〔九〕

【校釋】

〔一〕築館於甄氏　指魏明帝爲舅母築館於甄氏之家。世説箋本：「帝之外祖母，是甄氏之婦也。其母者，即甄皇后。甄逸妻張氏，是明帝之外祖母。此當爲甄儼妻劉氏起館也。劉氏爲帝舅氏之妻。」孝標注引魏書云：「嫡孫象襲爵，象薨，子暢嗣，起大第，車駕親自臨之。」魏志文昭甄皇后傳：「帝思念舅氏不已。暢尚幼，景初末，以暢爲射聲校尉，加散騎常侍，又特爲起大第，車駕親自臨之。又於其後園爲象母起觀廟，名其里曰渭陽里，以追思母氏也。」據此可知，魏明帝爲舅氏甄儼妻劉氏起館，非爲外祖母張氏，以下孝標所疑是。又館在甄家後園，故明帝「車駕親自臨之」。

〔二〕魏末傳　末，王刻本作「本」。王先謙校：「注魏本傳云云，袁本作魏末傳。」按，魏志明帝紀亦引作『末』，隋書經籍志雜史類有魏末傳二卷，即此書也。此作『本』，非。」

〔三〕帝諱叡 叡，宋本誤作「歡」。

〔四〕以其母廢 其，宋本作「甘」。王利器校：「各本『甘』作『其』，是；此『甘』形就是『其』的壞文。」

〔五〕象 魏志甄皇后傳作「像」。

〔六〕文章敍録 文章，宋本誤作「文帝」。

〔七〕罔極 無窮盡。詩小雅蓼莪：「欲報之德，昊天罔極。」後稱父母之恩爲罔極之恩。曾、閔，指孔子弟子曾參與閔損（子騫），兩人皆以孝行著稱。後漢書二孝明帝紀永平十二年詔曰：「昔曾、閔奉親，竭歡致養。」

〔八〕渭陽 詩秦風渭陽：「我送舅氏，曰至渭陽。」舅氏，指晉公子重耳，即晉文公是也。後以「渭陽」表示甥舅。晉書四九羊曼傳附羊聃傳：「今便原聃生命，以慰太妃渭陽之思。」晉書七九謝朗傳：謝絢「無禮于其舅袁湛，湛甚不堪之，謂曰：『汝父昔已輕舅，汝今復來加我，可謂世無渭陽情也。』」

〔九〕「且渭陽」二句 魏志甄皇后傳曰：「名其里爲渭陽里。」渭陽非館名，故孝標云「亦乖舊史」。

一四　何平叔云：「服五石散，〔一〕非唯治病，亦覺神明開朗。」〔二〕魏略曰：「何晏字平叔，南陽宛人，漢大將軍進孫也。或云何苗孫也。尚主，又好色，〔三〕故黄初時無所事任。〔四〕正始中，曹爽用爲中書，主選舉，宿舊者多得濟拔。爲司馬宣王所誅。」秦丞相寒食散論曰：〔五〕「寒食散之方雖出漢代，而用之者寡，靡有傳焉。魏尚書何晏首獲神效，由是大行於世，服者相尋也。」〔六〕

【校釋】

〔一〕五石散　又名寒食散。唐孫思邈千金翼方有五石更生散之方，原料爲紫石英、白石英、赤石脂、鐘乳、石硫磺等五石。

〔二〕神明開朗　指精神舒暢，意識清明。御覽七二二引何顒别傳曰：「王仲宣年十七，嘗遇仲景。仲景曰：『君有病，宜服五石湯；不治且成，後年三十，當眉落。』仲宣以其貫遠不治也。後至三十，病果成，竟眉落。其精如此。」隋巢元方諸病源候總論六寒食散發候篇：「皇甫謐云：『近世尚書何晏，耽好聲色，始服此藥，心加開朗，體力轉強。』」孫思邈備急千金要方七三：「人不服石，以庶事不佳，惡瘡、疥癬、温疫、瘧疾，年年常患，寢食不安……所以石在身中，萬事休泰，要不可服五石也。」「所以常須服石，令人手足温煖，骨髓充實，能消生冷，舉措輕便，復耐寒暑，不著諸病。是以大須服之。」據上可知，服五石散確有治病及神明開朗之功效，何晏所言不虚。

〔三〕尚主又好色　魏志曹爽傳注引魏末傳：「晏婦金鄉公主，即晏同母妹。公主賢，謂其母沛王太妃曰：『晏爲惡日甚，將何保身？』母笑曰：『汝得無妒晏邪？』」晏好色多嬖幸，故沛王太妃笑公主妒晏。余嘉錫寒食散考：「夫因病服藥，人之常情，士安謂之耽情聲色，何也？蓋晏非有他病，正坐酒色過度耳。故晏所服之五石更生散，醫家以治五勞七傷。勞傷之病，雖不盡關於酒色，而酒色可以致勞傷。」通鑑一一五晉紀三七胡注引蘇軾曰：「世有食鍾乳烏喙而縱以求長年者，蓋始于何晏。晏少而富貴，故服寒食散以濟其欲。」據皇甫謐、蘇軾之言，服五石散有助於性欲。

〔四〕事任　任，沈校本作「仕」。按，魏志夏侯玄傳：「義斷行於鄉黨，豈不堪於事任乎？」晉書四四李胤傳：「帝以司隸事任峻重。」晉書七一陳頵傳：「參佐僚屬多設解故以避事任。」晉書七五范汪傳：「顧以門户事任，憂責莫大。」謝莊與江夏王義恭箋：「若才堪事任，而體氣休健，承寵異之遇，處自效之途，豈苟欲思閑辭事邪？」據此，作「任」是。

〔五〕秦丞相　王利器校：「案『相』當作『祖』，各本都錯了。唐六典醫博士注：『宋元嘉二十年，太醫令秦承祖奏置醫學博士，以廣教授，至三十年省。』御覽卷七二二引宋書：『秦承祖，不知何郡人，性耿介。專好藝術，精於方藥，不問貴賤，皆療治之，多所全獲；當時稱之爲上手。撰方二十卷，大行於世。』元陶宗儀南村輟耕録卷二四『歷代醫師條』，於南宋列有秦承祖。是秦承祖爲劉宋時人。」余箋引文廷式純常子枝語卷四云：「此乃秦承祖之誤。承祖醫書，隋志著録甚多，嚴鐵橋以愍帝曾封爲秦王，爲丞相，因以入之，非也。」按，隋書三四經籍志著録有秦承祖偃側雜針灸經三卷，亡；脈經六卷，亡；本草六卷，亡；藥方四十卷，目三卷。

〔六〕「寒食散之方」數句　王世懋云：「六朝貴族，每病則云『散』，動以爲佳，往往死而不悟，蓋金石之毒也。平叔實始作俑。」賀昌羣魏晉清談思想初論自注：「魏志卷二十九管輅傳注引輅別傳云：輅與趙孔曜至冀州見裴使君（徽），使君曰：『君顔色何以消滅於故邪？』孔曜言：『體中無藥石之疾。』按：裴徽爲冀州刺史，在正始九年以前，晏死於十年，則皇甫謐所言『晏死之後，服者彌繁』，今觀趙孔曜之言，似何晏生前，服藥石者已繁有徒矣。」按，服五石散之風固早于何晏，本篇一一記鍾毓兄弟小時偷飲其父藥酒事可證。皇甫謐云何晏服散獲效後，「京師翕然，轉以相授，歷歲之困，皆不終朝而愈。衆人喜於近利者，不睹後患。晏死之後，服者彌繁，於時不輟」。孔曜不過表白體中無藥石之病，不能由此得出何晏生前服五石散已普遍之結論。秦承祖、皇甫謐言何晏「首獲神效」後，服散之風始大行於世，當爲事實而可信。

一五　嵇中散語趙景真：〔一〕嵇紹趙至敍曰：「至字景真，代郡人。漢末，其祖流宕，客緱氏。〔二〕令新之官，至年十二，與母共道傍看。母曰：『汝先世非微賤家也，汝後能如此不？』至曰：『可爾耳。』歸便就師誦書。〔三〕蚤聞父耕叱牛聲，釋書而泣。師問之，答曰：『自傷不能致榮華，而使老父不免勤苦。』年十四入太學觀，時先君在學，寫石經古文，〔四〕事訖去。遂隨車問先君姓名。先君曰：『年少何以問我？』至曰：『觀君風器非常，故問耳。』先君具告之。至年十五，陽病，〔五〕數數狂走五里三里，〔六〕爲家追得，又灸身體十數處。年十六，遂亡命，徑至洛陽，求索先君不得。至鄴，沛國史仲和，是魏領軍史渙孫也，〔七〕至便依之，遂名翼，字陽和。先君到鄴，至具道太學中事，便逐先君歸山陽經年。至長七尺三寸，潔白黑髮，赤唇明目，鬢鬚不多，〔八〕閑詳安諦，體若不勝衣。先君嘗謂之曰：〔九〕『卿頭小而銳，瞳子白黑分明，視瞻停諦，有白起風。』至論議清辯，有從橫才，然亦不以自長也。孟元基辟爲遼東從事，在郡斷九獄，見稱清當。自痛棄親遠游，母亡不見，吐血發病，服未竟而亡。」「卿瞳子白黑分明，有白起之風。」嚴尤三將敍曰：「白起，平原君勸趙孝成王受馮亭，王曰：『受之，秦兵必至，武安君必將，誰能當之者乎？』對曰：『澠池之會，臣察武安君小頭而面銳，瞳子白黑分明，視瞻不轉。小頭而面銳者，敢斷決也；瞳子白黑分明者，見事明也；視瞻不轉者，執志强也。可與持久，難與爭鋒。廉頗爲人勇鷙而愛士，知難而忍恥，與之野戰則不如，持守足以當之。』王從其計。」恨量小狹。」〔一〇〕趙云：「尺表能審璣衡之度，〔一一〕周髀曰：〔一二〕「夏至，北方二萬六千里。冬至，南方十三萬五千里。日中樹表則無影矣。周髀長八尺，夏至日，晷尺六寸。髀，股也；晷，勾也。〔一三〕正南千里，勾尺五寸。正北千里，勾尺七寸。」周髀之書也。寸管能測往復之氣；呂氏春秋曰：「黃帝使伶倫自大夏之西、崑崙之陰，取竹之嶰谷生，〔一四〕其竅厚薄均者，斷兩節，間而吹之，以爲黃鍾之管。制十二筩，〔一五〕以聽鳳凰之鳴。雄鳴六，雌鳴六，〔一六〕以爲律呂。」續漢書律曆志曰：「十二律之變，至於六十，以律候氣。候氣之法：爲室三重，户閉，塗釁必周，〔一七〕密佈緹幔，以木爲案，加律其上，以葭莩灰抑其内，爲氣所動者，其灰散也。以此候之。」何必在大，但問識如何耳。」〔一八〕

【校釋】

〔一〕嵇中散　嵇康曾作魏中散大夫。通志五七：「中散大夫，王莽所置，後漢因之，置三十人，魏晉無員。」

〔二〕緱氏　縣名。春秋時滑國，爲秦所滅。漢置縣，以地有緱山而名。屬河南郡，治所在今河南偃師東南。

〔三〕就師　王刻本作「求師」。

〔四〕寫石經古文　一說寫爲書寫。朱彝尊經義考二八八曰：「晉書趙至云年十四，詣洛陽，游太學，遇嵇康寫石經。嵇紹亦曰：『先君寫石經古文。』」一說寫爲傳寫之寫。余箋：「此謂嵇康寫石經古文者。魏正始中立石經，爲古文、篆、隸三體。康游太學見之，因傳寫其古文也。」並以爲朱彝尊經義考、全祖望結埼亭集外編二三石經考異序所謂嵇康寫石經之説皆非。余箋又引晉書九二趙至傳：「太康中赴洛，方知母亡，慟哭流血而卒，時年三十七。」後云：「姑以太康元年起算，上數三十七年爲正始五年。其十四歲，則陳留王奂之甘露二年也。三體石經之立久矣，尚待此時始寫之乎？」余箋以爲嵇康寫石經乃是傳寫，非供石工刻石之書寫。其説是。方以智通雅卷首二云：「漢石經靈帝熹平四年所立。」洛陽記曰：「太學在洛陽城南開陽門外，講堂長十丈，廣二丈，堂前石經四部，本碑凡四十六枚，西行尚書、周易、公羊傳，十六碑存，十二碑毀。南行禮記十五碑，悉崩壞。東行論語，三碑毀。禮記碑上有諫議大夫馬日磾、議郎蔡邕名，爲古文科斗小篆八分書。隋志：『三字石經尚書九卷，又五卷。春秋三卷。』唐志：『三字石經尚書古篆三卷，左傳古篆書十二卷。又蔡邕今字石經論語二卷。』水經注曰：『漢光和六年，刻石鏤碑，載五經，立大學講堂東側。』又蔡邕熹平二年自書丹於碑，使工鐫之。豈兩刻邪？智以爲范史之熹平，其經始也；水經之光和，其告成也。魏陳留邯鄲淳特善倉雅、説文，衛恒曰：『正始中又建三字石經於漢碑西，即淳所寫。』」據洛陽記和衛恒所言，熹平石經與正始三字石經皆立于洛陽城南之太學，二種石經嵇康或皆鈔寫。

〔五〕陽病　陽，宋本作「佯」。按，「陽」、「佯」古通用。漢書五一鄒陽傳載陽獄中上書：「是以箕子陽狂，接輿避世。」史記作「佯狂」。陽病，僞作有病也。假譎七：「右軍覺，既聞所論，知無活理，乃陽吐污頭面被褥，詐熟眠。」

〔六〕數數　屢次。漢書五四李廣傳附李陵：「(任)立政等見陵，未得私語，即目視陵，而數數自循其刀環。」五里三里，吴金華考釋：「『五』、『三』連用，表示約數；『五』在前，『三』在後，是六朝的習慣用法。在晉書卷九二文苑傳裹，『五里三里』變成了『三五里』，可見唐人撰修晉書時，『三五』的説法已取代了『五三』。」按，趙至陽狂，及後來灸身體、易姓名，種種奇特行爲，究竟有何目的？唐長孺晉書趙至傳中所見的曹魏士家制度一文(載唐長孺文存，上海古籍出版社，二〇〇六年十二月，下同)以爲趙至乃出身「士家」，其父爲軍屯之兵，而「士息」常被徵發，無進身之階，故陽狂易名，遠投他鄉。其説可參考。

〔七〕史渙　魏志夏侯惇傳注引魏書：「史渙，字公劉，少任俠，有雄氣。太祖初起，以客從，行中軍校尉。從征伐，常監諸將，見親信，轉拜中領軍。十四年薨。子静嗣。」

〔八〕鬢鬚不多　宋本無「鬚」字。

〔九〕嘗謂之　嘗，宋本作「常」。沈校本同。按，嘗、常古通用。

〔一〇〕恨　遺憾。量，度量，氣局。御覽四八九引史記：「魯人或惡吴起曰：『起之爲人，猜忍人也。』」前云卿有白起之風，而白起乃猜忍人，即氣量小狹之人，故云。

〔一一〕璣衡　一種天文儀器。書堯典：「在璿璣玉衡，以齊七政。」孔穎達疏：「以璿爲璣，以玉爲衡者，是爲主者正天文之器也。」

〔一二〕周髀　我國最早之天文算學著作。髀即股，在周地立八尺之表爲股，表影爲勾，故稱周髀。隋書經籍志著録有周髀一卷，漢趙嬰注。

〔一三〕勾　王刻本作「句」。按，刻本中勾常刻作句。

〔一四〕嶰谷　也作「解谷」，昆侖山北谷名。文選左思吴都賦：「梢雲無以逾，嶰谷弗能連。」唐批：「吕覽古樂篇作『取竹之嶰溪之谷，以生空竅厚均者』，『薄』字衍。」

〔一五〕筩　王刻本作「笛」。吕氏春秋古樂作筒。按，筩與筒通，作「笛」非。晉書五四陸機傳：「犬摇尾作聲，機乃爲書以竹筩盛之而繫其頸。」

〔一六〕雌鳴六　鳴，宋本作「亦」。沈校本同。徐箋：「案吕氏春秋古樂：『雄鳴爲六，雌鳴亦爲六。』」

〔一七〕釁　縫隙，裂痕。

〔一八〕「何必」二句　世説講義：「言用之大小，不在器量之大小，其爲用者，智識是也。既謂我爲有明智，又不須恨無用之量小狹也。」按，趙至推崇之「識」，亦爲漢末以降評論人物之新標準。如德行五：「荀君清識難尚。」蜀志諸葛亮傳注引襄陽記：劉備訪世事於司馬德操。德操曰：「儒生豈識事務？識事務者在乎俊傑，此間自有伏龍、鳳雛。」德行一二：「王朗每以識度推華歆。」文學六注引弼別傳：弼早夭，「晉景帝嗟歎之累日，曰：『天喪予！』其爲高識悼情如此。」魏志荀彧傳注引何劭荀粲傳：「（粲）常謂嘏、玄曰：『子等在世塗間，功名必勝我，但識劣我耳！』」文學九五：「不賞者作後出相遺，深識者亦以高奇見貴。」……「清識」、「高識」、「深識」等詞，皆體現出人物品藻尚「識」之審美新觀念。

一六　司馬景王東征魏書曰：「司馬師字子元，相國宣文侯長子也。以道德清粹，重於朝廷，爲大將軍、録尚書事。毋丘儉反，〔一〕師自征之。薨，謚景王。」取上黨李喜，〔二〕以爲從事中郎。因問喜曰：「昔先公辟君不就，今孤召君，何以來？」喜對曰：「先公以禮見待，故得以禮進退；明公以法見繩，喜畏法而至耳。」〔三〕晉諸公贊曰：「喜字季和，上黨銅鞮人也。〔四〕少有高行，研精藝學，宣帝爲相國，辟喜，喜固辭疾。景帝輔政，爲從事中郎，累遷光禄大夫，特進。贈太保。」

【校釋】

〔一〕毋丘儉　字仲恭，河東聞喜人。魏高貴鄉公曹髦正元二年（二五五）正月，起兵反司馬師，兵敗被殺。事見魏志毋丘儉傳。

〔二〕李喜　王先謙校：「李喜，晉書有傳，作『李憙』。」按，水經注一〇「濁漳水」亦作「李憙」。晉書一四地理志上、文選羊祜上開府表及李善注引晉諸公贊均作「喜」。胡克家考異云：「陳云：喜，晉書作『憙』爲是。今案喜、憙古字通。」王叔岷世説新語補正：「戰國策中山策中司馬憙，鮑本『憙』作『喜』，史記高祖本紀『秦人憙』，北宋景祐本『憙』作『喜』，並『喜』、

『憙』古通之證。」（下省作補正，臺灣藝文印書館，一九七五年版）

〔三〕喜畏法而至　魏晉之際，去就進退事關身家性命。司馬氏脅迫士人附己，更甚於曹氏。晉書四五劉毅傳：「文帝辟爲相國掾，辭疾，積年不就，時人謂毅忠於魏氏，而帝以其顧望，將加重辟，毅懼，應命。」魏志常林傳：「子旹嗣，爲太山太守，坐法誅。」裴注引晉書：「諸葛誕反，大將軍東征，旹坐稱疾，爲司馬文王所法。」可見，不附司馬氏，便有忠於魏氏之嫌疑。在此之前，嵇康不願仕司馬氏，亦至被殺。司馬兄弟以峻法對待不合作者，故李喜自稱「畏法而至」。當時士人出處之艱難可想而知。

〔四〕銅鞮　春秋地名，漢置縣，屬上黨郡。今山西沁縣有銅鞮故城。

一七　鄧艾口喫，〔一〕語稱艾艾。魏志曰：「艾字士載，棘陽人，少爲農人養犢。年十二，隨母至潁川，讀故大丘長碑文曰：『言爲世範，行爲士則。』遂名範，字士則。後宗族有同者，故改焉。每見高山大澤，輒規度指畫軍營處所，時人多笑焉。後見司馬宣王，〔二〕三辟爲掾，〔三〕累遷征西將軍。伐蜀，蜀平，進位太尉。爲衛瓘所害。」〔四〕晉文王戲之曰：「卿云艾艾，定是幾艾？」〔五〕對曰：「鳳兮鳳兮，故是一鳳。」朱鳳晉紀曰：「文王諱昭，字子上，宣帝次子也。」列仙傳曰：「陸通者，楚狂接輿也。好養性，游諸名山。嘗遇孔子而歌曰：『鳳兮鳳兮，何德之衰。往者不可諫，來者猶可追。』後入蜀，在峩嵋山中也。」

【校釋】

〔一〕口喫　喫，宋本作吃，沈校本同。李慈銘云：「案喫當作吃。説文：『吃，語蹇難也。』玉篇始有喫字，云：『啖，喫也。』後人遂分别口吃之吃爲吃，啖喫之吃爲喫。其實古祇有吃無喫也。故啖喫字可仍作吃，而口吃字不可作喫。三國魏志鄧艾傳作吃不誤。」

〔二〕司馬宣王　王，宋本作「帝」。按，當作「王」是。

〔三〕三辟爲掾　三，宋本作「王」。程炎震云：「三當作王。各本皆誤。」余箋：「案止當作『司馬景王辟爲掾』，景宋本誤增『帝』字，後人删之，又誤增『三』字。」按，魏志本傳：「宣王奇之，辟之爲掾。」未言「三辟爲掾」，疑「三」爲衍字，余箋謂「誤增」是也。

〔四〕爲衛瓘所害　魏志本傳載：鄧艾平蜀後，深自矜伐，言司馬文王請伐吴。文王使監軍衛瓘喻艾，事當須報，不宜輒行。鄧艾再言「兵法，進不求多，退不避罪」云云，頗自以爲是。鍾會、胡烈等遂皆白艾欲謀逆，詔書檻車召艾。衛瓘遣田續等尋機斬之。

〔五〕定　究竟。輕詆二七：「於是庾（恒）下聲語曰：『定何似？』」陶淵明連雨獨飲詩：「世間有松喬，於今定何間？」

一八　嵇中散既被誅，〔一〕向子期舉郡計入洛，〔二〕文王引進，問曰：「聞君有箕山之志，何以在此？」對曰：「巢、許狷介之士，不足多慕。〔三〕」王大咨嗟。〔四〕向秀別傳曰：「秀字子期，河內人，少爲同郡山濤所知，又與譙國嵇康、東平呂安友善，並有拔俗之韻，其進止無不同，〔五〕而造事、營生業亦不異。常與嵇康偶鍛於洛邑，與呂安灌園於山陽，不慮家之有無，〔六〕外物不足怫其心。弱冠著儒道論，棄而不録，好事者或存之。或云是其族人所作。困於不行，乃告秀，欲假其名。秀笑曰：〔七〕『可復爾耳。』〔八〕後康被誅，秀遂失圖。〔九〕乃應歲舉，到京師詣大將軍司馬文王。文王問曰：『聞君有箕山之志，何能自屈。』秀曰：『常謂彼人不達堯意，本非所慕也。』〔一〇〕一坐皆說。隨次轉至黄門侍郎、散騎常侍。」

【校釋】

〔一〕嵇中散既被誅　嵇康被殺之年，史家有異說。晉書本傳不載嵇康被殺年月，僅云「時年四十」。魏志王粲傳曰：「景元中，坐事誅。」亦不記確切年月。裴松之注：「案本傳云康以景元中坐事誅，而干寶、孫盛、習鑿齒諸書，皆云正元二年，司馬文王反自樂嘉，殺嵇康、呂安。蓋緣世語云康欲舉兵應毌丘儉，故謂破儉便應殺康也。其實不然。山濤爲選官，欲舉康自代，康告書絕，事之明審者也。案濤行狀，濤始以景元二年除吏部郎耳。景元與正元相較七八年，以濤行狀檢之，如本傳爲審。又鍾會傳亦云會作司隸校尉時誅康；會作司隸，景元中也。干寶云呂安兄巽善於鍾會，巽爲相國掾，俱有寵司馬文王，故遂抵安罪。尋文王以景元四年鍾、鄧平蜀後，始授相國位；若巽爲相國掾時陷安，焉得以破毌丘儉年殺嵇、呂？此又干寶之疏謬，自相違伐也。」通鑑七八謂景元三年司馬昭殺嵇康。陸侃如中古文學繫年據裴松之注及晉書忠義嵇紹傳「紹十歲而孤」，定康卒于景元四年（二六三）。今學者多信從之。

〔二〕郡計　指郡中計吏。計，計吏，掌管計簿之小吏。漢書六武帝紀：「徵吏民有明當時之務，習先聖之術者，縣次續食，令與計偕。」師古曰：「計者，上計簿使也。郡國每歲遣詣京師上之。偕者，俱也，令所徵之人與上計者俱來，而縣次給之食。」魏志衛臻傳：「夏侯惇爲陳留太守，舉臻計吏。」晉書四一劉寔傳：「以計吏入洛。」通鑑六九魏紀一：「黄初三年，詔曰：『今之計孝。』」胡注：「計孝，上計吏及孝廉也。」按，向秀入洛，與李喜略同，亦出於畏法。

〔三〕巢許　皇甫謐高士傳：「許由字武仲。堯聞致天下而讓焉，乃退而遁於中嶽潁水之陽，箕山之下隱。堯又召爲九州長，由不欲聞之，洗耳於潁水濱。時有巢父牽犢欲飲之，見由洗耳，問其故。對曰：『堯欲召我爲九州長，聞其聲，是故洗耳。』巢父曰：『子若處高岸深谷，人道不通，誰能見之？子故浮游，欲聞求其名譽，汙吾犢口。』牽犢上流飲之。」劉辰翁云：「向之此語，如負叔夜。」

〔四〕咨嗟　讚歎。文學六二：「殷（仲堪）咨嗟曰：『僕便無以相異。』」

〔五〕進止　進退，舉止。古詩爲焦仲卿妻作：「奉事循公姥，進止敢自專。」此句言向秀與嵇康、吕安等人並無不同。　不同，宋本、沈校本並作「固必」。按：作「固必」於義亦通。論語子罕：「子絶四：毋意、毋必、毋固、毋我。」何晏集解於「毋必」下云：「用之則行，舍之則藏，故無專必也。」於「毋固」下云：「無可無不可，故無固行也。」「無固必」，謂其進止不固執專必，無可無不可。朱注謂固必是「言其進退無堅定之意向，蓋隱括下文見嵇康被誅，遂改易操守，出圖仕宦以保身，其義甚長」，並疑「不同」乃後人妄改。然向秀别傳列舉秀之情韻、進止、造事、營生業皆與嵇康相通，文意極明白。又「固必」御覽四〇九作「無不畢同」，可證向秀行事與嵇康並無不同。朱注似不確。

〔六〕家之　宋本、沈校本並作「家人」。按：當作「家之」。

〔七〕秀笑曰　宋本無「秀」字。

〔八〕可復爾耳　可，宋本作「何」。

〔九〕失圖　失去謀畫。圖，計議，謀畫。此指隱居避世之志。按，好友嵇康被殺，究竟何去何從，向秀一時茫然無措，「失圖」即指此。鍾惺云：「『失圖』二字可憐。」朱注：「意謂喪失所圖，即失去操守，改弦易轍之意，與上文『其進止無固必』相呼應。」其説不確。

〔一〇〕「秀曰」二句　向秀最終仕司馬氏，主因是驚恐司馬氏之屠刀，自我貶損以求免禍。此外尚有哲學思想上之原因。余箋引莊子逍遥游「堯讓天下於許由」一節並郭象注，以及姚範援鶉堂筆記五〇，以爲郭注逍遥游出於向秀，云：「向子期之舉郡計入洛，雖或怵於嵇中散之被誅，而其以巢、許爲不足慕，則正與所注逍遥游之意同。阮籍、王衍之徒所見大抵如此，不獨子期一人籍以遜詞免禍而已。」其説有可取之處。逍遥游讚美許由任道無爲，而堯治天下勞苦不已。郭注卻説「堯以不治治之，非治之而治者也」。「夫治之由乎不治，爲之出乎無爲也，取於堯而足，豈借之許由哉！若謂拱默乎山林之中而後得稱無爲者，此莊老之談所以見棄於當塗。當塗者自必於有爲之域而不反者，斯之由也。」稱堯無爲而治，一反莊生本意。「巢、許狷介之士，不足多慕」之言，確實與郭注同一意旨，調和名教與自然之衝突。然向秀此言，當是嵇康被殺後，格以政治形勢之嚴酷，遂發生思想轉向，或許非出於真心。晉書本傳謂向秀作散騎侍郎，「在朝不仕職，容跡而已」。可見其仕司馬氏不過敷衍罷了。

一九　晉武帝始登阼，〔一〕探策得一。〔二〕晉世譜曰：「世祖諱炎，字安宇，〔三〕咸熙二年受魏禪。」王者世數繫此多少，帝既不説，羣臣失色，〔四〕莫能有言者。侍中裴楷進曰：〔五〕「臣聞天得一以清，地得一以寧，侯王得一以爲天下貞。」〔六〕帝説，羣臣歎服。〔七〕王弼老子注云：「一者，數之始，物之極也，各是一物，〔八〕所以爲主也。各以其一，致此清、寧、貞。」

【校釋】

〔一〕登阼　阼，宋本作「祚」。

〔二〕策　占卜用之蓍草。楚辭屈原卜居：「詹尹乃釋策而謝曰：『……用君之心，行君之意，龜策誠不能知其事。』」

〔三〕安宇　沈校本作「安世」。晉書三武帝紀同。按，晉書二八五行志中：「魏時起安世殿，武帝後居之。安世，武帝字也。」據此，作「安世」是。

〔四〕「帝既不説」二句　晉武帝探策，當占國祚世數。「得一」者，一代也，故「帝既不悦，羣臣失色」。

〔五〕侍中裴楷　程炎震云：「御覽一天部引晉書云：『吏部郎中裴楷。』亦與今晉書不同。據今晉書裴楷傳，楷時已自吏部郎轉中書郎。」

〔六〕「天得一以清」三句，老子三九章：「昔之得一者，天得一以清，地得一以寧，神得一以靈，穀得一以盈，萬物得一以生，侯王得一以爲天下貞。」莊子天地：「通於一而萬事畢。」郭象注：「一，無爲而羣理都舉。」成玄英疏：「一，道也。夫事從理生，理必包事，本能攝末，故知一，萬事畢。」淮南子精神訓：「一生二，二生三，三生萬物。」高誘注：「一，謂道也。」蔣凡世説新語研究云：「裴楷之言，出於急智，雖不免諂媚之嫌，但也有其理論根據。世説孝標注引王弼老子注以説明裴楷新論的淵源所自，云：『一者，數之始，物之極也。各是一物，所以爲主也。各以其一，致此清、寧、貞。』以老釋易，是魏晉玄家清談的新風氣新特點。」「裴楷釋『一』，運用的是當時玄家義理的新觀念，主要來自王弼。」

〔七〕羣臣歎服　蘇軾東坡志林五：「晉武帝探策，豈亦如籤也耶？惠帝不肖，得一蓋神以實告。裴頠諂對，士君子恥之，而史以爲美談。鄙哉！惠、懷、愍皆不終，牛繫馬後，豈及亡乎。」王世貞云：「此雖取絶捷供奉語，不妨雅致。」李贄云：「此佞口甚好，言語之選也。」（初潭集君臣能言之臣）

〔八〕各是一物　王刻本同。宋本、沈校本「物」字下有「之」字。王利器校：「按，老子王弼注，『之』下有『生』字，這裏脱了此字，當據補。」

二〇　滿奮畏風，在晉武帝坐，北窗作琉璃屏，實密似疏，奮有難色。〔一〕帝笑之。荀綽冀州記曰：「奮字武秋，高平人，魏太尉寵之孫也。性清平有識，自吏部郎出爲冀州刺史。」晉諸公贊曰：「奮體量清雅，有曾祖寵之風，〔二〕遷尚書令，爲荀顗所害。」〔三〕奮答曰：「臣猶吴牛，見月而喘。」〔四〕今之水牛唯生江淮間，故謂之吴牛也。南土多暑，而此牛畏熱，見月疑是日，所以見月則喘。

【校釋】

〔一〕「北窗作琉璃屏」三句　琉璃屏，宋本、沈校本並作「琉璃扇屏風」。北窗入風，乃寒涼之處。

陶淵明與子儼等疏：「常言五六月中，北窗下卧，遇涼風暫至，自謂是羲皇上人。」琉璃屏實密似疏，疏則易進風，故畏風之滿奮有難色。

〔二〕有曾祖寵之風　余箋：「曾字誤衍。」按，魏志滿寵傳：滿寵字伯寧，山陽昌邑人，官至太尉。正始三年卒，謚曰景侯。據滿寵傳及裴注引世語，寵子偉，偉弟子奮，晉元康中至尚書令，司隸校尉，則奮乃寵之孫。晉諸公贊云「曾祖寵」，「曾」乃衍文。又御覽二七七引世説：「滿寵，寵子偉，偉子奮，皆長八尺。」然文選沈約奏彈王源李善注引世説曰：「偉弟子奮。」與世語合。王利器云：「御覽所引誤。」（見世説新語佚文按語）其説是也。

〔三〕爲荀顗所害　世説箋本：「『荀顗』當作『苗願』。」程炎震云：「案奮爲上官己所殺，見晉書周馥傳。在惠帝永興元年，荀顗死久矣。此荀顗字必誤。文選沈約奏彈王源文注引干寶晉紀曰：『苗願殺司隸校尉滿奮。』明是苗願字誤爲荀顗也。御覽三七八引異苑曰：『晉司隸校尉高平滿奮，字武秋。豐肥，膚肉潰裂，每至暑夏，輒膏汗流溢。有愛妾，夜取以燃照，炎灼發於屋表。奮大惡之，悉盛以埋之。暨永嘉之亂，爲胡賊所燒，皎若燭光。』案奮之死，不至永嘉。上官之亂，亦非胡賊。異苑殊誤。」王利器校：「案奮元康中（二九一—二九九）至司隸校尉，晉書荀顗傳：『以泰始十年（二七四）薨。』顗死在奮前約二十年，顗不能害奮。」

〔四〕「臣猶吴牛」二句　吴牛畏熱，見月疑是日，故見月而喘。而滿奮畏風，見琉璃屏似密實疏，涼風易進，故面有難色。孝標注義甚明。劉辰翁云：「謂其作勞過多，畏見月疑日，若見月而喘，直常語耳。」意謂牛見月疑日，又當作勞，故喘。其解與孝標不同，然亦可備一說。若王世懋云：「蓋奮厭職事煩劇，故有此言。」其說則無據。

二一　諸葛靚在吴，於朝堂大會。晉諸公贊曰：「靚字仲思，琅邪人，司空誕少子也。雅正有才望。誕以壽陽叛，遣靚入質於吴，〔一〕以靚爲右將軍、大司馬。」孫皓問：〔二〕「卿字仲思，爲何所思？」對曰：「在家思孝，事君思忠，朋友思信，如斯而已。」〔三〕

【校釋】

〔一〕「誕以壽陽叛」二句　吴志三嗣主傳載：魏甘露二年（二五七）五月，諸葛誕反，「遣將軍朱成稱臣上疏，又遣子靚、長史吴綱諸牙門弟子爲質。」魏志諸葛誕傳裴注引干寶晉紀曰：「誕子靚，字仲思，吴平還晉。」

〔二〕孫皓　即吴末帝。皓字元宗，孫權孫，孫和之子，吴永安七年（二六四）立爲吴王，改元元興。事見吴志三嗣主傳。

〔三〕而已　沈校本「已」下有「矣」字。劉辰翁云：「與前『得一』，皆過本色。」按，孫皓爲暴君，諸葛靚是人質。靚之答，不惟言語巧妙，其實亦表白其謹慎守道之心態。

二二一　蔡洪洪集録曰：「洪字叔開，吴郡人，有才辯，初仕吴朝。太康中，本州從事，舉秀才。」王隱晉書曰：「洪仕至松滋令。」〔一〕赴洛，〔二〕洛中人問曰：「幕府初開，羣公辟命，求英奇於仄陋，采賢儁於巖穴。君吴楚之士，亡國之餘，有何異才，而應斯舉？」〔三〕蔡答曰：「夜光之珠，不必出於孟津之河；舊説云：「隨侯出行，有蛇斬而中斷者，侯連而續之，蛇遂得生而去。後銜明月珠以報其德，光明照夜同晝，因曰隋珠。」左思蜀都賦所謂「隨侯鄙其夜光也」。盈握之璧，不必采於崑崙之山。韓氏曰：「和氏之璧，蓋出於井里之中。」大禹生於東夷，文王生於西羌，〔四〕按孟子曰：「舜生於諸馮，東夷人也。文王生於岐周，西戎人也。」則東夷是舜，非禹也。聖賢所出，何必常處。昔武王伐紂，遷頑民於洛邑，尚書曰：「成周既成，遷殷頑民，作多士。」孔安國注曰：「殷大夫心不則德義之經，故徙於王都，邇教誨也。」得無諸君是其苗裔乎？」〔五〕按：華令思舉秀才入洛，與王武子相酬對，皆與此言不異。無容二人同有此辭，疑世説穿鑿也。〔六〕

【校釋】

〔一〕松滋　屬南郡。見晉書一五地理志下。隋書三五經籍志：「梁有松滋令蔡洪集二卷，録一卷，亡。」

〔二〕赴洛　蔡洪赴洛之年，史無記載。按，姜亮夫陸平原年譜「晉武帝太康四年」條引晉書五四陸喜傳：「太康中下詔曰：『僞尚書陸喜等十五人，南士歸稱，並以貞潔不容皓朝，或忠而獲罪，或退而修志，放在草野。主者可隨本位就下拜除，敕所在以禮發遣，須到隨才授用。』」又據陸雲集晉故散騎常侍陸府君誄，序言喜卒於太康五年夏四月，則詔徵陸喜等當在三四年間。孝標注引洪集録云洪太康中舉秀才，王隱晉書云「幕府初開」，則疑蔡洪赴洛與陸喜起用，或爲吴平後南士爲晉朝首批起用者，時間亦在太康三四年間。

〔三〕「洛中人問曰」數句　由洛中人之言，可見吴平之初，南方士人受北方士族輕視而不被任用之情況。陸機薦賀循郭訥表：「誠以庶士殊風，四方異俗，壅隔之害，遠國益甚。至於荆、揚二州，户各數十萬，今揚州無郎，而荆州江南乃無一人爲京城職者，誠非聖朝待四方之本心。」據姜亮夫陸平原年譜，此表作於元康八年（二九八），距吴亡幾近二十年，然南士爲京官者仍竟無一人，則太康中蔡洪赴洛之時，自然爲洛中人肆意嘲弄。

〔四〕「大禹」二句　趙西陸云：「陸賈新語術事篇曰：『文王生於東夷，大禹出於西羌。』鹽鐵論病國篇：『禹出西羌，文王生北夷。』後漢書逸民戴良傳：『良曰：我若仲尼長東魯，大禹出西羌。』章懷注：『帝王紀曰：夏禹生於石紐，長於西羌，西羌之人也。』疑此當作『文王生於西羌、東夷，大禹生於西羌』。」按，「文王生於西羌、東夷」，「西羌」二字衍。

〔五〕「昔武王伐紂」三句　周一良札記：「按，洛陽伽藍記五記洛陽城東北有上高里，殷之頑民所居處也。高祖名聞義里。遷京之始，朝士住其中，迭相譏刺，意在去之。魏書七九成淹傳：王肅與成淹在朝歌亦以殷頑民爲戲笑。是此傳説自西晉歷北朝猶存。」按，尚書多士：「今爾惟時宅爾邑，繼爾居，爾其有幹有年於兹洛。」孔傳：「今汝惟是敬順，居汝邑，繼汝所當居爲，則汝其有安事有豐年於此洛邑。」漢書二八地理志下曰：「河内本殷之舊都，周既滅殷，分其畿内爲三國，詩風邶、庸、衛國是也。邶以封紂子武庚；庸，管叔尹之；衛，蔡叔尹之。以監殷民，謂之三監，故書序曰『武王崩，三監畔』，周公誅之，盡以其地封弟康叔，號曰孟侯，以夾輔周室，遷邶、庸之民於雒邑。」此所謂遷殷頑民於洛邑也。

〔六〕「華令思」數句　李慈銘云：「太平廣記俊辯類引劉氏小説載：『晉蔡洪赴洛，洛中人問曰』云云，與此一字不異。其下載『又問洪吴舊姓何如』。答曰：『吴府君聖朝之盛佐』云云。劉氏小説亦義慶所作。舊唐書經籍志載劉義慶小説十卷，其吴府君以下云云，亦見此書賞譽門，惟首云『有問秀才吴舊姓何如』，不言是問蔡洪。孝標注曰：『秀才，蔡洪也。』其餘語異同，別識彼卷。」余箋則以爲賞譽篇「有問秀才吴舊姓」條，與此條所出不同，本非一事，廣記所引劉氏小説，未必定是劉義慶書。按，此條所記，與晉書五二華譚傳所載王濟嘲華譚之事意全同，故孝標「疑世説爲穿鑿」。然即使此條所載不可信，仍能見西晉初南北士人之間不信任甚至對立。北方士族以勝利者之傲慢，鄙夷南來士人，稱之爲「亡國之餘」。不僅王濟嘲華譚，其父王渾亦嘲吴人。晉書五八周處傳載：「王渾登建鄴宮釃酒，既酣，謂吴人曰：『諸君亡國之餘，得無慼乎？』處對曰：『漢末分崩，三國鼎立，魏滅于前，吴亡於後，亡國之慼，豈惟一人！』渾有慚色。」可見，輕視南方士人之現象絶非個別。而南方士人並不買賬，常反脣相譏。

二三　諸名士共至洛水戲。〔一〕竹林七賢論曰：「王濟諸人嘗至洛水解禊事。〔二〕明日，或問濟曰：『昨游有何語議？』濟云云。」〔三〕還，樂令廣也。問王夷甫曰：「今日戲樂乎？」虞預晉書曰：「王衍字夷甫，琅邪臨沂人，司徒戎從弟。父乂，〔四〕平北將軍。夷甫蚤知名，以清虛通理稱。仕至太尉，爲石勒所害。」王曰：「裴僕射善談名理，混混有雅致；〔五〕晉惠帝起居注曰：「裴頠字逸民，河東聞喜人，司空秀之少子也。」冀州記曰：「頠弘濟有清識，稽古善言名理。履行高整，自少知名。歷侍中、尚書左僕射，爲趙王倫所害。」張茂先論史、漢，靡靡可聽。〔六〕晉陽秋曰：「華博覽洽聞，無不貫綜。世祖嘗問漢事，及建章千門萬户，〔七〕華畫地成圖，應對如流，張安世不能過也。」〔八〕我與王安豐説延陵、子房，〔九〕亦超超玄箸。」〔一〇〕晉諸公贊曰：「夷甫好尚談稱，爲時人物所宗。」〔一一〕

【校釋】

〔一〕洛水戲　指於洛水游覽，即竹林七賢論所云「解禊事」，而談戲亦爲其中一項内容。世説抄撮：「戲，游戲也。古詩：『游戲宛與洛。』」晉書二一禮志下：「晉中朝公卿以下至於庶人，皆禊洛水之側。」張華歸田賦：「時逍遥以洛濱，聊相羊以縱意。」周一良札記：「輕詆篇『王丞相輕蔡公』條亦言共游洛水邊，蓋洛陽以此爲游觀之所，至北魏猶爾。魏書七五尒朱世隆傳：『今旦爲令王借牛車一乘，終日於洛濱游觀。』」

〔二〕解禊　古時於農曆三月上巳，臨水祓除宿垢與不祥，稱之「解禊」或「祓禊」。史記四九外戚世家：「祓霸上」。裴駰集解引徐廣曰：「三月上巳，臨水祓除謂之禊。」晉書六五王導傳：「會三月上巳，帝親觀禊，乘肩轝，具威儀，敦、導及諸名勝皆騎從。」世説箋本：「成公綏洛禊賦：『祓除解禊，司會洛濱。』褚爽禊賦：『伊暮春之令月，將解禊於通川。』」

〔三〕濟云云　此事晉書四三王戎傳亦屬之王濟。王濟、王衍皆善清談，洛水游覽言戲又是常事，故不能確定何人。

〔四〕父乂　「乂」原作「又」。宋本、王刻本作「乂」。按：當作「乂」，「又」爲形誤。今據改。

〔五〕「裴僕射」二句　裴僕射善談名理，類聚作「裴逸民敍前言往行」，與世説不同。名理，湯用彤云：「名理者，名分也，人君臣民各有其職位，此政治之理論也。又爲名目之理，識鑒人物，論人物之性也。晉人善談名理，言玄理也，此非原來之意義。」又云：「一如名理之學爲漢人清議之進一步，玄學亦爲名理之學之更進一步，故名理之學可謂准玄學。」（詳見湯用彤魏晉玄學論四則）徐箋：「名理，謂辯名析理，魏志鍾會傳：『而博學精練名理。』晉書范汪傳：『善談名理。』」（見徐本文學二〇注）牟宗三魏晉名士及其玄學名理云：「名理蓋猶是人物志之系統，以論才性爲主，尚有局限；而『玄遠』則直造象外系表之微，此可稱爲玄理。」（詳見才性與玄理第三章，廣西師範大學出版社，二〇〇六年八月第一版，下同。）按，以上三家之論有同異，以湯氏之説較全面。魏晉名理一詞内涵寬泛，論政治理論、論人物才性、論玄學，皆可稱名理，且隨時代不同，所言名理内容亦有別也。廣而言之，别同異、明是非者皆可稱名理。魏志鍾會傳：「及壯，有才數技藝，而博學精練名理。」文學一九注引鄧粲晉紀：「（裴）遐以辯論爲業，善敍名理。」文學二〇注引玠別傳：「玠少有名理，善易、老。」文學四二：「王（濛）敍致作數百語，自謂是名理奇藻。」上述例子中論才性可稱名理。清談莊老亦可稱名理。晉書三五裴頠傳載：裴頠患時俗放蕩，不尊儒術，作崇有論釋浮虚之蔽。據此，裴頠善談之名理，當非玄遠之學。混混，世説音釋：「古本切，與『滾』同，大水流貌。」李慈銘云：「混混讀如孟子『原泉混混』之混。」徐箋：「晉書王戎傳：『裴頠論前言往行，袞袞可聽。』按孟子：『原泉混混，不舍晝夜。』杜詩：『不盡長江滾滾來。』音義並相近。『混混』、『袞袞』，並狀其詞源不竭。」按，御覽三九〇、類聚四引世説作「袞袞可聽」。御覽四四六引世説作「混有雅具」。亦可證袞、混音義相近。徐箋是。晉書本傳記裴頠與樂廣談，「頠詞論豐博」。「詞論豐博」者，言談必「混混」不竭，與樂廣「言約旨遠」之談風格不同也。

〔六〕「張茂先」二句　論史、漢，杜篤祓禊賦：「譚詩書、詠伊呂、歌唐虞。」（御定歷代賦彙逸句一）可知東漢時洛水祓禊即有「譚詩書」之內容。　靡靡，世説講義：「言其論逐次不斷。」史記三殷本紀：「（紂）使師涓作新聲，北里之舞，靡靡之樂。」此指言辭美妙動聽。

〔七〕建章　指漢武帝所建建章宫。　前漢紀一一：「今陛下崇苑囿，起建章，左鳳闕，右神明，號千門萬户。」

〔八〕張安世　漢書五九張安世傳：安世，字子孺，御史大夫張湯子，武帝時給事尚書，「上行幸河東，嘗亡書三篋，詔問莫能知，唯安世識之，具作其事。後購求得書，以相校無所遺失」。

〔九〕延陵　指延陵季子。季子名札，春秋吴公子，讓國，居延陵（今江蘇常州），因號焉。其事見吴越春秋、越絶書、説苑、孔子家語等書。子房，張良。事見史記五五留侯世家。按，晉初諸名士共至洛水戲，非僅游觀戲笑而已，亦講史論人，校練名理。裴僕射善談名理，雖難知其詳，然據裴頠患時俗放蕩，不尊儒術，乃著崇有論以釋其蔽（詳見晉書本傳）推測，當非玄遠之學。張茂先論史、漢，則爲歷史研究。杜篤祓禊賦曰：「談詩書、咏伊呂、歌唐虞。」可見後漢洛水祓禊，已具文化學術意味。王夷甫、王安豐説延陵、子房，乃是評論歷史人物，與當時政治頗有關係。錢穆魏晉玄學與南渡清談云：「此事尚在渡江前，已見時人以談爲戲。無論所談是名理，是歷史，抑是古今人物，要之是出言玄遠，要之是逃避現實，而仍求有所表現。各標風致，互騁才鋒，實非思想上研核真理探索精微之態度，而僅爲日常生活中一種游戲而已。」錢氏拘泥於樂廣「戲樂」之問，似忽略晉初洛水談論之學術性質。企羨二曰：「王丞相過江，自說昔在洛水邊，數與裴成公、阮千里諸賢共談道。」談道者，談論義理也。由此可證晉初洛水談道之學術旨趣，與西晉末年後出言玄遠，逃避現實之「談戲」有別也。再者，談論伴隨精神愉悦，但不能將此種愉悦等同於一般游戲之快樂，而忽略其研核真理之學術意義。

〔一〇〕玄箸　箸，宋本作「著」。沈校本同。劉辰翁云：「玄箸猶沉箸。」朱注稱箸同著，玄著「蓋謂奥妙彰明耳，作『沉著』解，似未允洽」。

〔一一〕所宗　宗，宋本作「祭」。按，作「宗」是。

二四　王武子、晉諸公贊曰：「王濟字武子，太原晉陽人，司徒渾第二子也。〔一〕有儁才，能清言，起家中書郎，終太僕。」孫子荆文士傳曰：「孫楚字子荆，太原中都人也。」晉陽秋曰：「楚，驃騎將軍資之孫，〔二〕南陽太守宏之子。〔三〕鄉人王濟，豪俊公子，爲本州大中正，〔四〕訪問宏爲鄉里品狀，濟曰：〔五〕『此人非鄉評所能名，〔六〕吾自狀之曰：天才英特，亮拔不羣。』〔七〕仕至馮翊太守。」各言其土地人物之美。〔八〕王云：「其地坦而平，其水淡而清，其人廉且貞。」孫云：「其山嶵巍以嵯峨，〔九〕其水泙渫而揚波，〔一〇〕其人磊砢而英多。〔一一〕」按三

秦記、語林載，蜀人伊籍稱吳土地人物，與此語同。〔二〕

【校釋】

〔一〕司徒渾　王渾，字玄沖，太原晉陽人，父昶，魏司空。晉武帝太熙初，遷司徒。元康七年（二九七）卒，時年七十五，謚曰元。事見晉書四二王渾傳。

〔二〕資　孫資，字彦龍，太原人。曹操爲司空，辟資。黄初初，資爲中書令、關中侯，掌機密。明帝即位，爲散騎常侍。齊王曹芳嘉平二年（二五〇），拜驃騎將軍。嘉平三年（二五一）卒，謚曰貞侯，子宏嗣。事詳見魏志劉放傳附孫資傳及裴注引資别傳。

〔三〕南陽太守宏　宏，王刻本作「弘」。王先謙校：「晉書孫楚傳本作宏，此作弘，非。」按，王説是，當從晉書作「宏」。

〔四〕大中正　杜佑通典一四：「晉依魏氏九品之制，内官吏部尚書、司徒左長史，外官州有大中正，郡國有小中正，皆掌選舉。若吏部選用，必下中正，徵其人居及父祖官名。」同上三二：「晉宣帝加置大中正，故有大小中正，其用人甚重。」魏志陳羣傳：「制九品官人之法，羣所建也。」通鑑六九魏紀一：「尚書陳羣，以天朝選用不盡人才，乃立九品官人之法，州郡皆置中正以定其選，擇州郡之賢有識鑒者，爲之區别人物，定其高下。」

〔五〕「訪問」二句　李慈銘云：「案，『弘』字誤，晉書孫楚傳作『訪問銓邑人品狀，至楚，濟曰，此人非卿所能目，吾自爲之，乃狀楚曰云云』，訪問者，魏、晉制中正以下皆設訪問，晉書劉卞傳：『卞如太學試經，爲台四品吏，訪問令寫黄紙一鹿車，卞曰：劉卞非爲人寫黄紙者也。』訪問怒言於中正，退爲尚書令史。」朱注引晉書五六孫楚傳，云：「據此，『宏』字衍，『濟曰』上當有『至楚』二字，今據以删補。」徐箋：「魏志孫資傳注引晉陽秋作『王濟爲本州大中正，訪問關求楚品狀』。案孫楚傳『訪問銓邑人品狀』，晉陽秋『訪問關求楚品狀』，曰『銓』、曰『關求』，皆動詞，有之語意乃備，則『訪問』下當據孫資傳注補『關求』二字，『爲』字當删。或『爲』字當在『楚』字之上，傳鈔誤倒。」按，以上諸家所説近是。晉書孫楚傳較晉陽秋語意明確，乃敍訪問欲爲孫楚品狀。又，楊箋誤斷晉陽秋文句，將「訪問」二字屬「本州大中正」之下，王濟遂成「本州大中正訪問」。其實，訪問乃大中正下屬，王濟不可能既是大中正，又是訪問。楊箋又改宋本「宏」爲「楚」，遂成「楚爲鄉里品狀」。亦非。晉陽秋雖有衍文，然文意大體可懂，即訪問欲爲鄉里品狀。

〔六〕非鄉評所能名　鄉，魏書孫放傳注引晉陽秋作「卿」。世説箋本：「『卿』舊作『鄉』，誤也。『卿』，指孫宏，父爲子品評，故當難言。」按，尤悔九：「（温嶠）迄於崇貴，鄉品猶不過也。」葛洪抱朴子外篇自敍：「持鄉論者，則賣選舉以取謝。」晉書四三王戎傳：「初，孫秀爲琅琊郡史，求品於鄉議。」鄉評義同鄉論、鄉品。故當作「鄉」，然作「卿」於義亦通。

〔七〕「天才」二句　晉書四二王濟傳曰：「每侍見，未嘗不諮論人物及萬機得失。」濟原本好評論人物，又大中正職責在州内識鑒、區别人物，且與孫楚友善，知之甚深，故不待訪問品藻，王濟便狀孫楚。程炎震云：「天才二語，文選五四辨命論、六〇竟陵王行狀注、兩引郭子作『孫楚狀王濟』，蓋傳聞異詞。御覽二六五引郭子較選注爲詳，仍是王狀孫，非孫狀王也。」

〔八〕各言其土地人物之美　世説講義：「蓋人材德，其土地山水之所以令釀成其美，故並言土地人物也。」按，論土地人物之美乃漢末以後學術風氣，溯其源當起於漢代取士之地方察舉制度。如孔融汝潁優劣論（藝文類聚二二引）、盧毓冀州論（初學記八引）、九州人士論（見隋書三四經籍志）皆論地域與人物氣質之間關係。

〔九〕崋巍　余箋：「文選一一魯靈光殿賦云：『瞻彼靈光之爲狀也，則嵯峨崋嵬，峞巍㠑㟪』，張載注：『皆其形也。』李善注曰：『皆高峻之貌。』古文苑一二董仲舒山川頌：『山則巃嵸㠑嶊，嵬嶊崋巍。』」章樵注曰：「崋，才賄反，巍嵬字平聲，並高峻崇積貌。」

〔一〇〕泙渫　余箋：「泙字説文所無，當作浹渫。」其説是。然余箋釋「泙渫而揚波」一句爲「蓋狀波動之貌，如冰凍之相著」，頗費解。文選郭璞江賦：「長波浹渫，峻湍崔嵬。」李善注引埤蒼曰：「浹渫，水滂溏也。」浹渫，爲水波連續之貌。

〔一一〕磊砢　樹木壯碩多節，喻人卓傑異能。賞譽一五：「庾子嵩目和嶠：『森森如千丈松，雖磊砢有節目，施之大廈有棟梁之用。』」排調六〇：「王敦、桓温磊砢之流。」

〔一二〕「按三秦記」三句　王世懋云：「注是也。吴、蜀當此語是本色。按，王、孫同爲太原人，不當風土之異如此。」按，其説是。　王濟所稱乃吴土地人物，孫楚所稱乃蜀土地人物。漢魏之間，關於地域與人民習性之關係，多所探究與評論。突出者如王朗、朱育、虞翻三人論會稽人物之美。吴志虞翻傳裴注引會稽典録：朱育對太守濮陽興曰：「昔初平末年，王府君以淵妙之才，超遷臨郡，思賢嘉善，樂采名俊，問功曹虞翻曰：『聞玉出崑山，珠生南海，遠方異域，各生珍寶。且曾聞士人歎美貴邦，舊多英俊，徒以遠於京畿，含香未越耳。功曹雅好博古，寧識其人邪？』翻對曰：『夫會稽上應牽牛之宿，下當少陽之位，東漸巨海，西通五湖，南暢無垠，北渚浙江，南山攸居，實爲州鎮，昔禹會羣臣，因以命之。山有金木鳥獸之殷，水有魚鹽珠蚌之饒，海嶽精液，善生俊異，是以忠臣繼踵，孝子連閭，下及賢女，靡不育焉。』王府君笑曰：『地勢然矣，士女之名可悉聞乎？』翻對曰：『不敢及遠，畧言其近者耳……』」以董黯等十餘人對之。　王朗所云「玉出崑山，珠生南海」，虞翻所云「海嶽精液，善生俊異」，皆闡明地域與物産、民性之關係。　又盧毓冀州論曰：「冀州，天下之上國也。尚書何平叔、鄧玄茂謂其土地無珍，人生質樸，上古以來，無應仁賢之例。」何平叔、鄧玄茂論冀州人物，正與王朗、虞翻論會稽人士，王武子、孫子荆言吴蜀土地人物相同。　又晉書一一八載記一八姚興傳下：「興如三原，顧謂羣臣曰：『古人有言：關東出相，關西出將，三秦饒儁異，汝潁多奇士。』」由此可見，地域差異與土地、人物之美有關，在漢末已成共識。

二五　樂令女適大將軍成都王穎。虞預晉書曰：「樂廣字彦輔，南陽人，清夷沖曠，加有理識。累遷侍中、河南尹。在朝廷用心虛淡，時人重其貞貴，代王戎爲尚書令。」八王故事曰：「司馬穎字叔度，〔一〕世祖第十九子，〔二〕封成都王、大將軍。」王兄長沙王執權於洛，晉百官名曰：「司馬乂字士度，封長沙王。」八王故事曰：「世祖第十七子。」〔三〕遂構兵相圖。〔四〕長沙王親近小人，遠外君子，凡在朝者，人懷危懼。樂令既允朝望，〔五〕加有婚親，羣小讒於長沙。〔六〕長沙嘗問樂令，樂令神色自若，徐答曰：「豈以五男易一女？」〔七〕晉陽秋曰：「成都王之起兵，長沙王猜廣，廣曰：『寧以一女而易五男？』又猶疑之，遂以憂卒。」〔八〕由是釋然，無復疑慮。〔九〕

【校釋】

〔一〕叔度　晉書五九成都王穎傳作「章度」。

〔二〕第十九子　晉書本傳作「第十六子」。

〔三〕第十七子　晉書五九長沙王乂傳作「第六子」。

〔四〕構兵相圖　據晉書四惠帝紀、晉書五九齊王冏傳、長沙王乂傳、成都王穎傳，太安元年（三

○二）十二月，河間王顒與成都王穎、新野王歆、范陽王虓同會洛陽，請廢齊王司馬冏。長沙王乂奉乘輿攻冏，殺之。太安二年八月，河間王顒、成都王穎舉兵討長沙王乂，穎遣刺客圖乂，未成。帝以乂爲大都督，帥軍禦之。

〔五〕既允　允，宋本作「處」。沈校本、晉書本傳同。世説講義：「允，當也，與『君子』應。」

〔六〕「加有婚親」三句　晉書四三樂廣傳：「成都王穎，廣之婿也，及與長沙王乂遘難，而廣既處朝望，羣小讒謗之。」

〔七〕豈以五男易一女　通鑑八五晉紀七胡注：「謂附穎，則五男被誅。」劉辰翁云：「一語坦然，敬服敬服。」李贄云：「棄一女，保五男，蓋古有此語，樂用之，非樂實有五男也。」按，「一女五男」之説，出於周易姤彖傳王弼注：「一女而遇五男，爲壯至甚。」樂廣或用此語，故李贄云「古有此語」。晉書樂廣傳謂廣三子：凱、肇、謨。李贄所釋是。

〔八〕遂以憂卒　晉書四惠帝紀：「永興元年春正月丙午，尚書令樂廣卒。」通鑑考異四引晉春秋謂穎太安二年（三〇三）七月起兵，八月樂廣自裁。按惠帝紀：「太安二年十一月，東海王越執長沙王乂，幽於金墉城，尋爲張方所害。」長沙王乂傳：「初，乂執權之始，洛下謠曰：『草木萌芽殺長沙。』乂以正月二十五日廢，二十七日死，如謠言焉。」晉書一三天文志下：「（太安）三年正月，東海王越執長沙王乂，張方又殺之。」與長沙王乂傳合。樂廣憂卒，不當於長沙王被執後，故以晉春秋所記較可信。

〔九〕無復疑慮　余箋：「晉陽秋謂『乂猶疑之』，而世説以爲『無復疑慮』，蓋傳聞異詞。穎以大安二年起兵討乂，而樂廣即卒於次歲永興元年正月。則晉陽秋謂廣以憂卒，信矣。故晉書本傳不從世説。」

二六　陸機詣王武子，〔一〕晉陽秋曰：「機字士衡，吴郡人。祖遜，吴丞相。父抗，大司馬。機與弟雲並有儁才，〔二〕司空張華見而説之，曰：『平吴之利，在獲二儁。』」機別傳曰：「博善屬文，非禮不動。入晉，仕著作郎，至平原内史。」〔三〕武子前置數斛羊酪，指以示陸曰：「卿江東何以敵此？」陸云：「有千里蓴羹，但未下鹽豉耳。」〔四〕

【校釋】

〔一〕陸機詣王武子　此事不知在何年。晉書五四陸機傳及吴志陸遜傳裴注引機雲別傳皆云：太康末，機與弟雲俱入洛，造張華，華薦之諸公；又嘗詣侍中王濟，濟指羊酪謂機云云。臧榮緒晉書陸機傳曰：「年二十而吴滅，退居舊里，與弟雲勤學，積有十年，譽滿京華，聲溢可表。」王鳴盛十七史商榷四九「陸機入洛年」條云：「吴滅在太康元年，時機年二十。太康終於十年，機太康末入洛，則年二十九，雲二十八矣。」姜亮夫陸平原年譜謂太康十年（二八九）陸機兄弟及吴人顧榮同入洛，號爲「三俊」。按，晉書一二王濟傳謂濟入爲侍中，時父渾爲僕射。據晉書三武帝紀，太康六年（二八五）春正月，以征南大將軍王渾爲尚書左僕射；太熙元年（二九〇）正月，以尚書左僕射渾爲司徒。據上證之，陸機詣王濟，當在太康十年（二八九）赴洛不久，蓋張華薦之耳。

〔二〕傿才　傿，宋本作「俊」。沈校本同。按，傿、俊通。

〔三〕平原内史　晉書本傳：「（成都王）穎以機參大將軍軍事，表爲平原内史。」平原，指平原王司馬子良，司馬懿之子，武帝即位，封平原王。事見晉書三八宣五王傳。

〔四〕「有千里蓴羹」二句　陸機「千里蓴羹」之答，説頗紛紜。或説「千里」、「末下」爲地名。或説「千里」爲湖名。或説「千里」是指洛中去吴有千里之遥。或説「末下」當作「末下」。或説「末下」即「秣陵」。異説之多見胡仔苕溪漁隱叢話後集八：「藝苑雌黄云，世説載陸機詣王武子，武子前有羊酪，指示陸曰：『卿吴中何以敵此？』陸曰：『千里蓴羹，但未下鹽豉耳。』蓴羹得鹽豉尤美，故子美詩云：『豉化蓴絲熟。』梅聖俞詩云：『剩持鹽豉煮紫蓴。』又『紫蓴豉煮香味全。』山谷詩云：『鹽豉欲催蓴菜熟。』蓋謂是也。作晉史者取世説之語，而删去兩字，但云『千里蓴羹，未下鹽豉』，故人多疑之。或言『千里』、『末下』皆地名；或言『千里』，言地之廣；或言自洛至吴有千里之遥；或言蓴羹必鹽豉乃得其真味。是皆不然。蓋千里，湖名也。千里湖之蓴菜以之爲羹，其美可敵羊酪，然未可猝至，故云『但未下鹽豉耳』。子美又有别賀蘭銛詩云：『我戀岷下芋，君思千里蓴。』以『岷下』對『千里』，則

『千里』爲湖名可知。酉陽雜俎酒食品亦有千里蓴。」按，「千里」爲湖名，當無疑問。景定建康志一八：「千里湖在溧陽縣東南十五里，至今産美蓴。」謂末下爲地名者，古已有之。王楙野客叢書一〇云：「或者謂千里、末下皆地名，蓴豉所出之地。……杜子美詩曰：『我思岷下芋，君思千里蓴。』張鉅山詩曰：『一出修門道，重嘗末下蓴。』二公所云，又以千里、末下爲地名矣。」余箋則謂末下非地名：「陸機此事，出於郭子。書鈔一四四、御覽八五八及八六一引郭子，均作『千里蓴羹，末下鹽豉』。世説採用郭子，嫌其語意不明，增加數字耳。……徒以唐修晉書採用郭子較世説少二虚字，而宋時刻本又或誤未下爲末下，（今涵芬樓影印宋刻本尚不誤）於是異説紛然，以末下爲地名。余考其實，則古今並無此地，乃在無何有之鄉。建康志從而爲之説曰：『或説千當作芊，末當作秣。千末皆省文也。秣下即秣陵』云云。無論秣陵之稱末下，絶不見於他書，且由未而之末，由末而之秣，一字數變，以伸其説。穿鑿附會，亦已甚矣！」楊箋與余箋正相反，則謂「未下」當作「末下」。「但」字後人臆增。千里、末下，皆地名，並引金陵地志録沈文季「秣，當作末，陸機云末下鹽豉，即秣陵」之語爲證。楊箋又謂「下」有邊側之義。綜觀古今之説，鄙意以爲「末下」不誤。一是各本皆同，並無異文。郭子、御覽、藝文類聚七二引西河舊事，蒙求集注上、事物紀原九引世説，皆作「末下」。二是秣陵之「秣」，無有作「末」者。又，「千里蓴羹，但末下鹽豉」二語中之「末下」，胡仔釋爲「未可猝至」。其説恐非。諸家多以爲此二語謂蓴羹下鹽豉後其味更佳。如黄徹䂬溪詩話九云：「千里蓴羹，未下鹽豉，蓋言未受和耳。子美：『豉化蓴絲紫。』又：『豉添蓴菜紫。』聖俞送人秀州云：『剩持鹽豉煮紫蓴。』魯直：『鹽豉欲催蓴菜熟。』」劉辰翁云：「最得占對之妙，言外謂下鹽豉後，（其味美）尚未止此。第語深約，可以意得，難以俊賞耳。」世説抄撮：「陸言謂羊酪雖美，與未下鹽豉者差可相敵耳。蓋酪、蓴同是凝滑，故以此比。」余箋：「明末人徐樹丕識小録卷三云：『千里，湖名，其地蓴菜最佳。陸機答謂未下鹽豉，尚能敵酪；若下鹽豉，酪不能敵矣。』徐氏此解極妙，與余意合。」又，王武子以數斛羊酪，指以示陸機云云，意不在誇耀北土物産之豐盛，乃是趾高氣揚，目中無南士。陸機性格慷慨，當即以「千里蓴羹」對之，大爲南士吐氣。本篇二二記蔡洪赴洛，洛中人譏以「亡國之餘」，蔡洪則嘲北方勝利者爲殷之苗裔。陸機詣王武子，與蔡洪赴洛之遭遇，正復相同。本篇九四記太元中張天錫南歸晉朝，人有嫉己者，問「北方何物爲貴」，天錫以桑椹、淳酪對之，語含譏諷。可證勝利者與失敗者之間相互譏嘲，自是不變之歷史現象。

二七　中朝有小兒，〔一〕父病，行乞藥。主人問病，曰：「患瘧也。」〔二〕主人曰：「尊侯明德君子，何以病瘧？」俗傳行瘧鬼小，〔三〕多不病巨人。故光武嘗謂景丹曰：〔四〕「嘗聞壯士不病瘧，〔五〕大將軍反病瘧耶？」〔六〕答曰：「來病君子，所以爲

瘧耳。」〔七〕

【校釋】

〔一〕中朝　指西晉。文學一一：「中朝時有懷道之流。」賞譽一三：「衛伯玉爲尚書令，見樂廣與中朝名士談議。」

〔二〕瘧　瘧疾。禮記月令：「（孟秋之月）寒熱不節，民多瘧疾。」鄭玄注：「瘧疾，寒熱所爲也。」

〔三〕瘧鬼　干寶搜神記一六：「昔顓頊氏有三子，死而爲疫鬼。一居江水，爲瘧鬼；一居若水，爲魍魎鬼；一居人宫室，善驚人小兒，爲小鬼。」

〔四〕光武　宋本、沈校本下並有「皇帝」二字。

〔五〕壯士不病瘧　豪爽一〇：桓石虔勇猛無畏，「三軍歎服，河朔後以其名斷瘧」。由此可知漢晉時以爲壯士不病瘧，且能斷瘧也。

〔六〕反病瘧耶　反，宋本作「返」。按，當作「反」。後漢書二二景丹傳注引東觀紀：「丹從上至懷，病瘧，見上在前，瘧發寒栗。上笑曰：『聞壯士不病瘧，今漢大將軍反病瘧邪？』使小黄門扶起，賜醫藥。」

〔七〕「來病君子」二句　世説講義：「言君子固不當病瘧，而瘧冒來以病君子，所以謂爲瘧疾也。」按，小兒所答，初視若謂其父乃君子，其實乃新解瘧病之名。君子固不當病瘧，然瘧反病君子，何也？蓋瘧者虐也，虐者瘧也，君子病瘧苦瘧，豈非世之無道，政治恐怖之故歟？

二八　崔正熊詣都郡，都郡將姓陳，〔一〕問正熊：「君去崔杼幾世？」答曰：「民去崔杼，如明府之去陳恒。」〔二〕晉百官名曰：「崔豹字正熊，燕國人，惠帝時官至太傅丞。」〔三〕

【校釋】

〔一〕都郡將　余箋：「都郡將者，以他郡太守兼都督本郡將事也。」

〔二〕「民去崔杼」二句　崔杼、陳恒，春秋時齊國大夫，皆弒君者。左傳襄公二十五年：「夏五月，乙亥，齊崔杼弒其君光（莊公）。」左傳哀公十四年：「六月甲午，齊陳恒弒其君壬（簡公）于舒州。」按，漢末以後，嘲戲之風盛行，君臣、師生、夫妻、朋友，常嘲戲取樂。以他人姓氏嘲之，乃爲嘲戲之一種。如晉書八六張天錫傳載：天錫遣韓博奉表至晉廷，桓温使司馬刁彝嘲之：「君是韓盧後邪？」博曰：「卿是韓盧後。」温笑曰：「刁以君姓韓，故相問焉。他自姓刁，那得韓盧後邪？」博曰：「明公脱未之思，短尾者則爲刁也。」一坐推歎也。

崔正熊與郡將亦以對方姓氏爲嘲。崔杼、陳恒皆爲弑君之惡人，故此條歸入排調更合適。都郡將陳某先嘲之，崔正熊「以其人之道還治其人之身」，二人互嘲，猶今人「逗樂子」，乃爲語言游戲，且以應對便捷者爲優，非爲占人便宜也。方苞云：「晉人還有此種輕薄語，宜深惡而痛絶之。」方氏未諳魏晉人之活潑，故有此迂腐語。

〔三〕太傅丞　傅，李慈銘云：「案太傅無丞，當是僕字之誤。」

二九　元帝始過江，朱鳳晉書曰：「帝諱叡，字景文。祖伷，封琅邪王。父恭王瑾嗣。〔一〕帝襲爵爲琅邪王，少而明惠，因亂，過江起義，遂即皇帝位。謚法曰：『始建國都曰元。』」謂顧驃騎曰：「寄人國土，心常懷慚。」榮跪對曰：「臣聞王者以天下爲家，是以耿、亳無定處，帝王世紀曰：「殷祖乙徙耿，爲河所毁。」今河東皮氏耿鄉是也。「盤庚五遷，復南居亳」。今景亳是也。九鼎遷洛邑。春秋傳曰：「武王克商，遷九鼎於洛邑。」今之偃師是也。願陛下勿以遷都爲念。」〔二〕

【校釋】

〔一〕瑾　當從晉書六元帝紀、晉書三八宣五王傳作「覲」。

〔二〕勿以遷都爲念　汪藻世説考異引敬胤曰：「按元帝之鎮建業，於時天下雖亂，而朝廷猶存。經年之後，方還本國，葬太妃，方伯述職。何謂爲寄也？」又曰：「元帝永嘉元年，以顧榮爲安東軍司。五年，進號鎮東，榮爲軍司。其年，榮卒。後七歲，元帝方爲天子，豈得此時便爲陛下，已曰遷都邪？」按，敬胤所考是。據晉書六八顧榮傳，榮卒於永嘉六年(三一二)，驃騎將軍之職乃榮卒後所贈。此條稱「驃騎」乃後來追述之語。又，由顧榮之答，見出南方士族從先前排斥北方士族，變爲與之合作。陳寅恪述東晉王導之功業云：「當日北人南來者之心理及江東士族對此種情勢之態度，可於兩人問答數語中窺知，顧榮之答語乃允許北人寄居江左，與之合作之默契。此兩方協定既成，南人與北人戮力同心，共禦外侮，而赤縣神州免於全部陸沉，東晉南朝三百年之世局因是決定矣。」(見陳寅恪金明館叢稿初編)

三〇　庾公造周伯仁。〔一〕虞預晉書曰：「周顗字伯仁，汝南安城人。揚州刺史浚長子也。」晉陽秋曰：「顗有風流才氣，少知名，正體嶷然，〔二〕儕輩不敢媟也。汝南賁秦，淵通清操之士，〔三〕嘗歎曰：『汝、潁固多賢士，自頃陵遲，雅道殆衰，今復見周伯仁。伯仁將祛舊風，〔四〕清我邦族矣。』舉寒素，累遷尚書僕射，爲王敦所害。」伯仁曰：「君何所欣説而忽肥？」庾曰：「君復何所憂慘而忽瘦？」〔五〕伯仁曰：「吾無所憂，直是清虚日來，滓穢日去耳。」〔六〕

【校釋】

〔一〕庾公　指庾亮。

〔二〕嶷然　特立，超絶。正體嶷然，正直、高峻之意。賞譽五六：「世目周侯嶷如斷山。」

〔三〕賁秦　王先謙校：「晉書周顗傳作『賁嵩』。」按，建康實録諸書皆作「賁嵩」。作「賁嵩」是。淵通，宋本無「通」字。沈校本同。

〔四〕將祛舊風　祛，沈校本作「法」。按，當作「祛」，「法」爲形誤。祛，去除也。

〔五〕「伯仁曰」數句　伯仁與庾公互問肥瘦，乃相互嘲戲取樂風氣。考問人肥瘦，始見於韓非子七説林上二二：「子夏見曾子。曾子曰：『何肥也？』對曰：『戰勝故肥也。』曾子曰：『何謂也？』子夏曰：『吾入見先王之義則榮之，出見富貴之樂又榮之，兩者戰於胸中，未知勝負，故臞。今先王之義勝，故肥。』」淮南子精神訓亦載之，文字略有不同。高誘注：「精神内守無思慮，故肥。」韓非子、淮南子中之「問肥瘦」，乃寓言，旨在説明精神内守之影響，猶言「心寬體胖」也。至魏晉則一變爲嘲戲取樂。吴志諸葛恪傳注引恪别傳：「(孫)權嘗問恪：『頃何以自娱，而更肥澤？』恪對曰：『臣聞富潤屋，德潤身，臣非敢自娱，脩己而已。』」魏志王粲傳注引吴質别傳曰：「質黄初五年朝京師，詔上將軍及特進以下皆會質所，大官給供具。酒酣，質欲盡歡。時上將軍曹真性肥，中領軍朱鑠性瘦。質召優，使説肥瘦，真負貴，恥見戲，怒謂質曰：『卿欲以部曲將遇我邪？』驃騎將軍曹洪、輕車將軍王忠言：『將軍必欲使上將軍服肥，即自宜爲瘦。』真愈忿，拔刀瞋目，言：『俳敢輕脱，吾斬爾。』遂罵坐。」可見説肥瘦乃爲取樂，不意曹真不喜歡被人戲笑，幾乎鬧出人命。而庾公、伯仁不比武人曹真，温文爾雅説肥瘦，並以此寄意。然初看似有韓非子「説肥瘦」之遺意，究其本意，恐仍是嘲謔耳。

〔六〕清虚　喻清静虚淡之玄心。漢書一〇〇敍傳七〇上：「若夫嚴子者，絶聖棄智，修生保真，清虚淡泊，歸之自然，獨師友造化，而不爲世俗所役者也。」晉書九簡文帝紀：「履尚清虚，志道無倦。」滓穢，喻世情雜念。周伯仁之言，乃自我誇耀清虚寡欲，亦即諸葛恪所言「脩己」之意。然讀者所見，不過是應對便捷而已。

三一　過江諸人每至美日，〔一〕輒相邀新亭，〔二〕藉卉飲宴。丹陽記曰：「新亭，吳舊立，先基崩淪。隆安中，丹陽尹司馬恢之徙創今地。」周侯顗也。中坐而歎曰：〔三〕「風景不殊，正自有山河之異！」〔四〕皆相視流淚。唯王丞相導也。愀然變色曰：「當共勠力王室，克復神州，何至作楚囚相對？」春秋傳曰：「楚伐鄭，諸侯救之。鄭執鄖公鍾儀獻晉。景公觀軍府，見而問之曰：『南冠而縶者爲誰？』有司對曰：『楚囚也。』使税之，〔五〕問其族，對曰：『伶人也。』『能爲樂乎？』曰：『先父之職，敢有二事。』與之琴，操南音。范文子曰：『楚囚，君子也。樂操土風，不忘舊也。君蓋歸之？〔六〕以合晉、楚之成。』」

【校釋】

〔一〕美日　余箋：「敦煌唐寫本殘類書客游篇引世説，『美日』作『暇日』，與晉書合。」楊箋徑改「美日」爲「暇日」，並云：「類聚二八、三九、御覽一九四、五三九、晉書王導傳、敦煌本殘類書新亭條均作『暇日』，今據改。」吳金華考釋云：「作『暇日』義長。從事理上看，過江諸人只有『暇日』才有可能羣聚於新亭，不可能『每至美日』都有郊游的機會。從版本上看，唐代及北宋的類書、史書都作『暇日』，而『美日』則出現於南宋以下的版本，足見『美日』出自後來傳刻者之手。」按，「美日」「暇日」於義皆通，然從版本考慮，以作「暇日」義長。吳金華所説是。

〔二〕相邀新亭　晉書六五王導傳作「相要出新亭」。余箋：「敦煌唐寫本殘類書客游篇引世説，新亭上有『出』字。」楊箋將此句改作「輒相要出新亭」，並云：「今依類聚二八、御覽三四九、五三九、晉書王導傳改。」按，據晉書和唐宋類書，「新亭」上當有「出」字。又，謝宣城集有徐勉昧旦出新亭渚詩及謝朓和徐都曹出新亭渚詩，亦可證「新亭」上原有「出」字。出，至也，往也。「出新亭」者，至新亭也。邀，同要。新亭，通鑑八七晉紀九胡注：「金陵覽古曰：『新亭在江寧縣十里，近臨江渚。』按，新亭蓋近勞勞亭。」

〔三〕中坐　坐之才半，宴飲中半之意。韓非子一三右經：「中坐，酒酣將出。」曹植正會詩：「清酤盈爵，中坐騰光。」晉書六二祖逖傳：「嘗置酒大會，耆老中坐流涕曰。」

〔四〕正自有山河之異　王利器校：「藝文類聚卷三九引，御覽卷一九四、又卷五三九引，景定建康志卷二二引，都作『舉目有江河之異』，晉書王導傳同；作『江河』義較長。通鑑卷八七晉紀九亦作『舉目有江河之異』。」按，「山河」二字因版本不同，遂致聚訟。胡注：「言洛都游宴多在河濱，而新亭臨江渚也。」余箋：「趙紹祖通鑑注商四曰：按王導傳本作有『江山之異』。此大概言神州陸沉，非復一統之舊，故諸名士聞之傷心，相視流涕。通鑑偶易作江河，注遂爲之傅會，乃使情味索然。」李慈銘卻以爲胡注解通鑑江河二字最明晰，而稱「世説改江河作山河，殊無義，晉書王導傳作江山亦非」。陳垣通鑑胡注表微校讎駁趙紹祖：「江河，世説新語作山河。太平御覽一九四所引同。晉書王導傳、宋本作江河。明監本、汲古閣本、清殿本均作江山。趙紹祖讀誤本晉書，先入爲主，故以江山爲是，以江河爲『情味索然』。不知温公身之所據之晉書，自作江河，何得謂通鑑偶易？又何得謂胡注傅會？」余箋則據敦煌唐殘類書客游篇引世説作「舉目有江山之異」，以爲唐人所見世説固作「江」，並引本篇袁彦伯歎曰：「江山寥落，居然有萬里之勢。」「知『江山』爲晉人常語，不必改作『江河』也。」按，「江山」、「江河」、「山河」實於義皆通，所可注意者，乃在於周侯所歎之情味。李白金陵詩其三：「苑方秦地少，山似洛陽多。」王琦注：「景定建康志：洛陽四山圍，伊、洛、瀍、澗在中。建康亦四山圍，秦淮、直瀆在中。故云『風景不殊，舉目有河山之異』。李白云，『山似洛陽多』，許渾云，『只有青山似洛中』，謂此也。」其説近是。「風景不殊」者，意謂青山緑水，良辰美景，洛陽與建康並無異樣。「正自有山河之異」者，深歎北方山河陷於胡虜之手，深哀巨痛常貫於心，豈是「藉卉飲宴」所能排遣？其景其情，正與辛棄疾水龍吟（登建康賞心亭）「遥岑遠目，獻愁供恨，玉簪螺髻」數句相仿佛。

〔五〕税　宋本作「脱」。沈校本同。

〔六〕蓋　宋本作「盍」。沈校本同。按，當作「盍」。盍，何不。

三二　衛洗馬初欲渡江，〔一〕形神慘顇，語左右云：「見此芒芒，不覺百端交集。苟未免有情，亦復誰能遣此！」〔二〕

晉諸公贊曰：「衛玠字叔寶，河東安邑人。祖父瓘，太尉。父恒，黄門侍郎。」玠别傳曰：「玠穎識通達，天韻標令，〔三〕陳郡謝幼輿敬以亞父之禮。〔四〕論者以爲出王眉子、平子、武子之右。〔五〕世咸謂『諸王三子，不如衛家一兒』。娶樂廣女。裴叔道曰：『妻父有冰清之姿，壻有璧潤之望，所謂秦晉之匹也。』爲太子洗馬，永嘉四年，南至江夏，與兄别於梁里澗，〔六〕語曰：『在三之義，〔七〕人之所重，今日忠臣致身之運，〔八〕可不勉乎？』行至豫章，乃卒。」

【校釋】

〔一〕衛洗馬　指衛玠。玠字叔寶，美姿容，好言玄理。爲太傅西閣祭酒，拜太子洗馬。永嘉之亂，渡江至豫章。永嘉六年（三一二）卒，時年二十七。事見晉書三六衛玠傳。洗馬，李慈銘云：「洗馬之洗，讀爲先去聲，此官始於東漢，續漢志：『太子洗馬，比六百石，員十六人，太子出則當直者前導威儀。』蓋洗馬猶前馬，國語：『越王親爲夫差前馬。』漢書如淳注引作『先馬』，云『先』或作『洗』。韓非子云：『身執戈爲吴王洗馬。』洗者，先之借字也。」晉書二四職官志：「洗馬八人，職如謁者秘書，掌圖籍。釋奠講經則掌其事，出則直者前驅，導威儀。」

〔二〕「語左右云」數句　芒芒，宋本作「茫茫」。沈校本同。朱注：「案茫、芒通，詩商頌云：『洪水芒芒。』陸機歎逝賦：『嗟予今之方殆，何視天之芒芒。』」　莊子德充符：聖人「有人之形，無人之情。有人之形，故羣於人；無人之情，故是非不得於身」。「惠子謂莊子曰：『人故無情乎？』莊子曰：『然。』惠子曰：『人而無情，何以謂之人？』莊子曰：『道與之貌，天與之形，惡得不謂之人？』」莊子認爲聖人行與道俱，不爲情累。此即「聖人無情」説，爲傳統之舊義。「苟未免有情」，意謂常人非聖人，難免有喜怒哀樂之五情。劉應登云：「此匆匆出語耳，而微辭逸旨，超然風埃之表。江左諸公，叔寶真言語之科也。」劉辰翁云：「似癡似懶，似多似少，轉使柔情易斷，非丈夫語。然非我輩，未易能言。」王世懋云：「至今讀之欲絶，況在當時德音面聆者耶？」按，衛玠之言飽含著山河破碎，親人生離死別，以及前途難卜之感慨，誠「百端交集」也。晉書七五王承傳亦載，承渡江，「既至下邳，登山北望，歎曰：『人言愁，我始欲愁矣。』」承所歎一同衛玠，所謂「苟未免有情，亦復誰能遣此」！又沈約宋書一一律曆志序云：「自戎狄内侮，有晉東遷，中土遺氓，播徙江外，幽、并、冀、邕、兖、豫、青、徐之境，幽淪寇逆。自扶莫而裹足奉首，免身於荆、越者，百郡千城，流寓比室。人佇鴻雁之歌，士蓄懷本之念。」可作衛玠感歎之注腳。劉應登稱其「微辭逸旨」，直作玄理看；劉辰翁則稱「非丈夫語」，皆未得衛玠北來之情懷。余箋謂衛玠「當將欲渡江之處，以北人初履南土，家國之憂，身世之感，千頭萬緒，紛至沓來，故曰不覺百端交集，非復尋常逝水之歎而已」。其説深刻，超二劉遠矣。

〔三〕標令　標，宋本作「摽」。王利器校：「各本『摽』作『標』，是。」按，言語三五注引虞預晉書：「少標儁清澈。」高僧傳一帛尸梨蜜傳：「於是桓乃咨嗟絶歎，以爲標題之極。」可證作「標」是。標，標目，標題也。

〔四〕謝幼輿　謝鯤字幼輿，陳國陽夏人，少知名，通簡有高識，好老易。東海王司馬越辟爲掾。西晉末大亂，避地豫章。曾爲王敦大將軍長史，後出爲豫章太守。卒後追贈太常，謚曰康。事見晉書四九謝鯤傳。

〔五〕王眉子　王玄，字眉子，王衍之子。事見晉書四三王衍傳附。王平子，王澄字平子。事見晉書四三王澄傳。武子，王濟字武子，已見。

〔六〕兄　衛玠兄衛璪。璪字仲寶，襲祖瓘爵。永嘉五年，没於劉聰。事見晉書三六衛瓘傳附。

〔七〕在三之義　國語晉語：「民生於三，事之如一。父生之，師教之，君食之。」韋昭注：「三，君、父、師也。如一，服勤至死也。」「食，禄也。」衛玠對兄所言，意在國難當頭之際，爲君服勤至死，即所謂「今日忠臣致身之道」。此亦是其不惜與兄生離死别，渡江南來之原因。

〔八〕運　各本作「道」，是。

三三　顧司空未知名，詣王丞相。〔一〕丞相小極，〔二〕對之疲睡。顧思所以叩會之。〔三〕顧和别傳曰：「和字君孝，吴郡人。〔四〕祖容，〔五〕吴荆州刺史。父相，〔六〕晉臨海太守。和總角知名，族人顧榮雅相器愛，曰：『此吾家之騏驥也，必振衰族。』累遷尚書令。」因謂同坐曰：「昔每聞元公顧榮。道公協贊中宗，〔七〕保全江表，鄧粲晉紀曰：「導與元帝有布衣之好，知中國將亂，勸帝渡江，求爲安東司馬，政皆決之，號『仲父』。晉中興之功，導實居其首。」體小不安，令人喘息。」〔八〕丞相因覺，謂顧曰：〔九〕「此子珪璋特達，〔一〇〕機警有鋒。」〔一一〕

【校釋】

〔一〕「顧司空」二句　晉書八三顧和傳載：顧和卒，追贈侍中、司空，謚曰穆。司空爲和卒後追贈之官號。據晉書本傳，顧和詣王丞相在導爲揚州刺史時。

〔二〕小極　程炎震云：「『小極』字亦見本書文學篇『中朝有懷道之流』條。漢書匈奴傳：『匈奴孕重墜犢，罷極，苦之。』師古曰：『極，困也。』魏志華陀傳：『人體欲得勞動，但不得當使極耳。』」周一良札記云：「極即疲乏之意。……後漢以來佛典如支婁迦讖譯舊雜譬喻經第十一則：『今已老極，疲不中用。』康僧會譯舊雜譬喻經第二一則：『我極不能度汝。』第三三則：『夜極欲卧。』失譯雜譬喻經第四則：『令不睡極。』極字用法皆同。極又有與疲連用者，亦不宜譯爲極度之意。如百喻經第六三則『身體傷破，疲極委頓』是也。」

〔三〕叩會　朱注：「叩，韻會曰：『問也，發也。』論語：『我叩其兩端而竭焉。』疏：『叩，發動也。』『會，理會也。』『叩會』意謂以言發動使其理會也。」

〔四〕吴郡人　吴，宋本作「陳」。沈校本同。王利器校：「各本『陳』作『吴』，是。本書附吴國吴郡顧氏譜，和列在一族第五世。」

〔五〕祖容　晉書本傳作「曾祖容」。

〔六〕父相　晉書本傳作「祖相」。按，吴國吴郡顧氏譜列世系爲容、相、敍、和，則容爲和曾祖，相爲祖，敍爲父。晉書本傳是。

〔七〕元公　顧榮卒後謚曰元，故稱元公。中宗，晉元帝司馬睿之廟號。程炎震云：「王導初爲揚州，以和爲從事，在元帝時，安得稱中宗？宜張南漪譏之也。」按，程説是。

〔八〕喘息　詩小雅四牡：「嘽嘽駱馬。」毛傳：「嘽嘽，喘息之貌。馬勞則喘息。」

〔九〕謂顧　徐箋引嚴復曰：「『謂顧』二字必有誤，不宜對本人而曰『此子』，不然則『謂』字作品目解，非相謂也。」方一新世説新語斠詁云：「『謂顧』當是『顧謂』之誤倒。……本書輕詆一四：『劉尹顧謂：「此是瞋邪？非特是醜言聲、拙視瞻。」』『顧謂』後面用以指代説話物件的賓語都承上省略了，正與本條用法相同，是原文當作『顧謂』之證。蓋因顧和姓顧，淺人遂改『顧謂』爲『謂顧』，導致文意扞格不通。」按，方説是。本篇三孝標注引融別傳：「（李）膺大笑，顧謂融曰：『長大必爲偉器。』」文學五五：「謝（安）顧謂諸人：『今日可謂彦會。』」傷逝二一：「顧謂後車客。」皆其證。

〔一〇〕此子　晉書本傳作「卿」，於義較勝。珪璋特達，劉盼遂云：「按小戴記聘義：『珪璋特達，德也。』鄭注：『惟有德者，無所不達，不有須而成也。』王丞相引禮文以贊顧，蓋用鄭義，謂顧不須紹介，自足通達也。」

〔一一〕機警有鋒　劉辰翁云：「世説長處在寫一時小小節次，如見可想。」按，王丞相小有疲乏而睡，如何使之覺？顧和説昔日王導等協贊元帝以致體小有不安之往事，正與今日之情景相似，關連自然，由此見顧和聰敏機靈，此所以王導贊其「機警有鋒」也。

三四　會稽賀生，體識清遠，〔一〕言行以禮。賀循別見。〔二〕不徒東南之美，爾雅曰：「東南之美者，有會稽之竹箭焉。」〔三〕實爲海内之秀。〔四〕

【校釋】

〔一〕體識　秉性識見。體，秉性，德性。晉書六七郗鑒傳：「彦輔道韻平淡，體識沖粹。」晉書八一毛寶傳附毛璩傳：「益州刺史璩體識弘正。」張萬起、劉尚慈譯注釋「體識」爲「認識，見解」，恐不確。清遠，亦爲魏晉人格審美及文藝審美範疇之一。清爲清明澄澈，遠爲玄遠脱俗。賞譽二九「(嵇)康子紹，清遠雅正。」晉書六五王導傳：「導少有風鑒，識量清遠。」晉書七五劉惔傳：「惔少清遠，有標奇。」詩品：「嵇康詩托喻清遠，良有鑒裁。」晉書七五王坦之傳：「吾子少立德行，體議淹允，加以令地，優游自居，僉曰之談，咸以清遠相許。」

〔二〕别見　宋本作「已見」。按，賀循於此始見，當作「别見」是。循事見規箴一三注引賀循别傳。

〔三〕竹箭　説郛一〇五戴凱之竹譜：「箭竹高者不過一丈，節間三尺，堅勁中矢，江南諸山皆有之，會稽所生最精好。故爾雅云：『東南之美者，有會稽之竹箭也。』」吴志虞翻傳：「(孔)融答書曰：『乃知東南之美者，非徒會稽之竹箭也。』」謝靈運山居賦：「其竹則二箭殊葉，四苦齊味。」自注：「二箭，一者苦箭，大葉；一者笄箭，細葉……東南會稽竹箭，唯此地最富焉。」

〔四〕凌濛初云：「甚似賞譽。」李慈銘云：「『會稽賀生』上疑有脱文，晉書顧和傳以『不徒東南之美』二句，皆是王導目和語。」

三五　劉琨雖隔閡寇戎，〔一〕志存本朝，〔二〕王隱晉書曰：「琨字越石，中山魏昌人。〔三〕祖邁，有經國之才。父璠，〔四〕光禄大夫。琨少稱儁朗，累遷司徒長史、尚書右丞，〔五〕迎大駕於長安，以有殊勳，〔六〕封廣武侯。年三十五，出爲并州刺史，爲段日磾所害。」〔七〕謂温嶠曰：「班彪識劉氏之復興，馬援知漢光之可輔。漢書敘傳曰：「彪字叔皮，扶風人，客於天水。隴西隗囂有窺覦之志，彪作王命論以諷之。」東觀漢記曰：「馬援字文淵，茂陵人，從公孫述、隗囂游，後見光武曰：『天下反覆，盜名字者不可勝數，今見陛下寥廓大度，同符高祖，乃知帝王自有真也。』〔八〕帝甚壯之。」今晉祚雖衰，天命未改，吾欲立功於河北，使卿延譽於江南，子其行乎？」温曰：「嶠雖不敏，才非昔人，明公以桓、文之姿，建匡立之功，豈敢辭命！」虞預晉書曰：「嶠字太真，太原祁人，少標俊清徹，英穎顯名，爲司空劉琨左司馬。〔九〕是時二都傾覆，天下大亂，琨聞元皇受命中興，忼慨幽、朔，志存本朝，使嶠奉使，嶠喟然對曰：『嶠雖乏管、張之才，〔一〇〕而明公有桓、文之志，敢辭不敏，以違高旨？』以左長史奉使勸進，累遷驃騎大將軍。」

【校釋】

〔一〕寇戎　指劉聰、石勒。晉愍帝即位，拜劉琨大將軍、都督并州刺史，孤軍與聰、勒作戰。劉琨上表云：「唯臣孑然與寇爲伍，自守則稽聰之誅，進討則勒襲其後，進退唯谷，首尾狼狽。」此所謂「隔閡寇戎」也。

〔二〕志存本朝　指劉琨效忠於元帝，令温嶠勸進。晉書六二劉琨傳曰：「是時西都不守，元帝稱制江左，琨乃令長史温嶠勸進，於是河朔征鎮夷夏一百八十人連名上表。」

〔三〕魏昌　通鑑九九晉紀二一胡注：「魏昌縣屬中山郡，本苦陘，漢章帝改爲漢昌，魏文帝改爲魏昌。唐爲定州唐昌縣。」

〔四〕父璠　璠，晉書本傳作「蕃」。

〔五〕尚書右丞　宋本作「尚書左右丞」。王利器校：「蔣校本同。餘本無『左』字。晉書劉琨傳作『爲尚書左丞』。宋本衍『右』字。」按，據晉書二四職官志，尚書左丞和右丞所掌之事不同，未有既爲左丞，又爲右丞者。故當從晉書本傳作「左丞」。

〔六〕殊勳　宋本、沈校本并作「異勳」。余箋：「疑宋人刻書避晏殊名改。」

〔七〕段日磾　晉書本傳作「段匹磾」。匹磾爲東部鮮卑人。建武初，匹磾兩次與劉琨結盟討石勒，擁戴晉室。後末波擊敗匹磾，俘獲劉琨之子羣。末波厚禮羣，許以琨爲幽州刺史，共結盟而襲匹磾。其實劉琨不知末波謀。匹磾扣留琨，會王敦密使匹磾殺琨，匹磾又懼衆反己，遂縊殺之。事見晉書六二劉琨傳、晉書六三段匹磾傳。

〔八〕貞　宋本、沈校本并作「真」。按，作「真」是。

〔九〕左司馬　晉書本傳：「琨遷司空，以嶠爲右司馬。」文選劉琨勸進表：「臣琨謹遣兼左長史右司馬臣温嶠。」李善注引王隱晉書曰：「劉琨假左長史、西臺除司空右司馬，五年，琨使詣江南也。」據此，當作「右司馬」。

〔一〇〕管張　世説補觿：「『張』，當作『趙』，管仲、趙衰也。」世説音釋：「『管』、『張』，一本作『管』、『趙』爲是，謂管夷吾、趙衰也。」

三六　温嶠初爲劉琨使來過江。〔一〕于時江左營建始爾，綱紀未舉。温新至，深有諸慮。既詣王丞相，陳主上幽越，社稷焚滅，山陵夷毀之酷，有黍離之痛。温忠慨深烈，言與泗俱，丞相亦與之對泣。敘情既畢，便深自陳結，丞相亦厚相酬納。既出，懽然言曰：「江左自有管夷吾，此復何憂？」〔二〕史記曰：「管仲夷吾者，潁上人，相齊桓公，九合諸侯，一匡天下。」語林曰：「初温奉使勸進，晉王大集賓客見之。温公始入，姿形甚陋，〔三〕合坐盡驚。既坐，陳説九服分崩，〔四〕皇室弛絶，晉王君臣莫不歔欷。及言天下不可以無主，聞者莫不踴躍，植髮穿冠。〔五〕王丞相深相付託。温公既見丞相，便游樂不住，〔六〕曰：『既見管仲，天下事無復憂。』」

【校釋】

〔一〕「温嶠」句　據通鑑九〇晉紀一二，晉元帝建武元年（三一七）六月，劉琨遣兼左長史、右司馬温嶠詣建康勸進，六月過江。

〔二〕「于時江左」數句　錢大昕廿二史考異二二云：「按温嶠傳亦有此云云，一事而傳聞異辭也。」按，晉書六五王導傳曰：「導爲政務在清静，每勸帝克己勵節，匡主寧邦。於是尤見委杖，情好日隆，朝野傾心，號爲『仲父』。」又曰：「桓彝初過江，見朝廷微弱，謂周顗曰：『我以中州多故，來此欲求全活，而寡弱如此，將何以濟？』憂懼不樂。往見導極談世事，還謂顗曰：『向見管夷吾，無復憂矣！』」所記與此條相似。可見晉室南渡之初，北來士族見朝廷微弱，深有諸慮，當不止温嶠或桓彝一人也。王導盡力輔佐元帝，人比之管仲，亦衆人所共言。錢氏以爲一事而傳聞異辭，恐未必妥當。

〔三〕姿形甚陋　晉書六七温嶠傳稱嶠「風儀秀整，美於談論，見者皆愛悦之」，而語林言其「姿形甚陋，合坐盡驚」，二者迥異，未知孰是。

〔四〕九服　周禮夏官司馬下：職方氏「乃辨九服之邦國」。九服，指除王畿之外諸侯治理之疆土，爲侯服、甸服、男服、采服、衛服、蠻服、夷服、鎮服、藩服。鄭玄注：「服，服事天子也。詩云：『侯服於周。』」魏志王粲傳：「外建侯伯，藩屏九服。」晉書六元帝紀：「自京畿隕喪，九服崩離，天下嚣然，無所歸懷。」九服分崩，猶言天下分崩離析。

〔五〕植髮穿冠　植，立也，樹也。嵇康養生論：「壯士之怒，赫然殊觀，植髮衝冠。」植髮，誇飾之詞，形容因激動而髮聳立，即史記「髮盡上指」之狀。

〔六〕游樂不住　猶游樂不止。住，停，止。因有王導而江左不復憂，故云。

三七　王敦兄含爲光禄勳。含別傳曰：「含字處弘，琅邪臨沂人。累遷徐州刺史、光禄勳。與弟敦作逆，伏誅。」敦既逆謀，〔一〕屯據南州，〔二〕含委職奔姑孰。〔三〕鄧粲晉紀曰：「初，王導協贊中興，敦有方面之功。敦以劉隗爲間己，舉兵討之。〔四〕故含南奔武昌，朝廷始警備也。」王丞相詣闕謝。中興書曰：「導從兄敦，舉兵討劉隗，導率子弟二十餘人，旦旦到公車，〔五〕泥首謝罪。」〔六〕司徒丞相、揚州官僚問訊，〔七〕倉卒不知何辭。顧司空時爲揚州別駕，援翰曰：〔八〕「王光禄遠避流言，明公蒙塵路次，〔九〕羣下不寧，不審尊體起居何如？」

【校釋】

〔一〕逆謀　李慈銘云：「案『逆謀』當是『謀逆』誤倒。」

〔二〕南州　程炎震云：「『南州解在本篇『宣武移鎮南州』條下。然敦以太寧二年，下屯于湖，自領揚州牧，故姑孰得蒙州稱。若永昌元年，但進兵蕪湖，未據姑孰。孝標注引鄧粲晉紀，足以正本文之失也。」

〔三〕姑孰　宋本作「姑熟」。按，「孰」同「熟」。

〔四〕「敦以劉隗爲間己」二句　劉隗，字大連，彭城人。父砥，東光令，元帝以爲從事中郎。拜御史中丞，賜爵都鄉侯，爲丹陽尹。後又拜鎮北將軍，都督青、徐、幽、平四州軍事，假節，加散騎常侍，鎮泗口。爲人彈奏不畏强禦，因之與王敦有隙。王敦作亂，王師敗績，劉隗攜妻子及親信二百餘人奔於石勒，勒以爲從事中郎，太子太傅。年六十一卒。事見晉書六九劉隗傳。又晉書本傳云：「初，隗以王敦威權太盛，終不可制，勸帝出腹心以鎮方隅，故以譙王承爲湘州，續用隗及戴若思爲都督。」「及敦作亂，以討隗爲名。」

〔五〕旦旦　天天。莊子外物：「投竿東海，旦旦而釣，期年不得魚。」

〔六〕泥首　以泥塗首，表示自辱服罪。晉書七三庾亮傳：「亮明日又泥首謝罪，乞骸骨，欲閉門投竄山海。」周嬰卮林二「泥首」條云：「陸倕石闕銘曰：『嚴鼓未通，凶渠泥首。』李注引張温表曰：『臨去武昌，庶得泥首闕下。』李善不釋泥首之義，不若劉良注云『泥其頭面以降』，差爲明暢。予友詹修之謂其非是泥者，叩頭蟲也，泥首即叩首耳。予謂范曄公孫述論曰：『述謝臣屬，審廢興之命，與夫泥首銜玉者異日談也。』注引干寶晉紀：『吴王孫皓將其子瑾等，泥首面縛。』泥首不當言泥首面縛、泥首銜玉也。又任彦昇讓表：『泥首在顏，輿棺未毁。』如曰叩首，不得復言在顏矣。按甄鸞笑道論曰：『塗炭齋者，黄土泥面，驢蹍泥中。晉陸脩静猶以黄土泥額，欲反縛懸頭，衆望同笑。』然則泥首是以泥塗首，自示污辱耳。」

〔七〕「司徒丞相」句　程炎震云：「永昌元年王敦叛，時導爲司空，不爲司徒。至成帝咸康四年改司徒爲丞相，以導爲之。去永昌之元十六七年矣。此司徒丞相四字，徒當作空，丞相二字當衍。止是司空、揚州西府官僚耳。」按，晉書六元帝紀載：大興四年（三二一）七月，以驃騎將軍王導爲司空。中興書謂王敦反時，王導「旦旦到公車，泥首謝罪」，證以晉書六五王導傳，其事確在永昌元年（三二二），導正爲司空。至太寧元年（三二三）四月，轉司空王導爲司徒。程炎震謂司徒當作司空，是也。然王導以太寧二年（三二四）六月領揚州刺史（見晉書六明帝紀），此言「揚州官僚問訊」及下文「顧司空時爲揚州別駕」，敍事皆與時不合。

〔八〕援翰　宋本作「授翰」。按，作「援」是，「授」乃形誤。

〔九〕「王光禄遠避流言」二句　王含明是共王敦作逆，奔武昌，顧和稱其「遠避流言」；王導率子弟天天到公車謝罪，顧和謂是「蒙塵路次」。文辭極爲委婉得體，故世説屬之「言語」。晉書六五王導傳曰：「王敦之反也，劉隗勸帝悉誅王氏，論者爲之危心。」衆僚屬問訊及顧司空援翰云云，正見當時論者之何其憂慮不寧。

三八　郗太尉拜司空，〔一〕語同坐曰：〔二〕「平生意不在多，值世故紛紜，遂至台鼎。〔三〕朱博翰音，實愧於懷。」漢書曰：「朱博字子元，杜陵人，爲丞相，臨拜，延登受策，有大聲如鐘鳴。上問揚雄、李尋，對曰：〔四〕『洪範所謂鼓妖者也，人君不聰，空名得進，則有無形之聲。』博後坐事自殺。」故序傳曰：「博之翰音，鼓妖先作。」〔五〕易中孚曰：「上九，翰音登於天，貞凶。」王弼注曰：「翰，高飛也。飛者，〔六〕音飛而實不從也。」

【校釋】

〔一〕「郗太尉」句　程炎震云：「咸和四年，郗鑒爲司空。」

〔二〕同坐　坐，宋本作「座」。沈校本同。

〔三〕「平生意不在多」三句　台鼎，三公爲台鼎，如星有三台，鼎有三足。蔡邕太尉汝南李公碑：「天垂三台，地建五嶽，降生我哲，應鼎之足。」余箋：「鑒志存謙退，故其言如此。御覽二〇七引晉中興書曰：『郗鑒爲太尉，雖在公位，沖心愈約。勞謙日仄，誦玩墳索。自少及長，身無擇行。家本書生，後因喪亂，解巾從戎，非其本願。常懷慨然。』可與此條相印證。」按，郗鑒之言，非僅謙退，亦緣真情。永嘉之亂，北方士族遭兵燹饑饉，死没者不計其數。甚至鍾鳴鼎食之家，亦無復遺種（如何曾子孫）。桓彝初過江，謂周顗曰：「我以中州多故，來此欲求全活。」（晉書六五王導傳）但求苟全性命於亂世。劉琨於永嘉元年上表稱：「臣以頑蔽，志望有限，因緣際會，遂忝過任。」晉書七三庾亮傳：「明帝即位，以爲中書監，亮上書讓曰：『臣凡庸固陋，少無殊操，昔以中州多故，舊邦喪亂，隨侍先臣遠庇有道，爰容逃難，求食而已。不悟徼時之福，遭遇嘉運。』」其情其意皆與郗鑒同。

〔四〕上問揚雄李尋對曰　宋本作「上問揚雄雄對曰」。沈校本同。王利器校：「餘本作『上問揚雄李尋對曰』。案漢書五行志中之下作『上問黄門侍郎揚雄李尋尋對曰』。宋本誤。」

〔五〕「博之翰音」二句　漢書一〇〇下敍傳顏師古注：「『翰音登於天』，中孚卦上九爻辭也。翰音高飛而自鳴，喻居非其位，聲過其實也。」魏志管寧傳：「垂没之命，獲九棘之位，懼有朱博鼓妖之眚。」

〔六〕飛者　宋本作「音者」。王利器校：「各本『音者』作『飛者』。案當作『飛音者』，易中孚九五王弼注作『飛音者，音飛而實不從之謂也。』」

三九　高坐道人不作漢語。〔一〕或問此意，簡文曰：「以簡應對之煩。」〔二〕高坐別傳曰：〔三〕「和尚胡名尸黎密，西域人，傳云：國王子，以國讓弟，遂爲沙門。永嘉中始到此土，止於大市中。〔四〕和尚天姿高朗，風韻遒邁，丞相王公一見奇之，以爲吾之徒也。周僕射領選，撫其背而歎曰：『若選得此賢，令人無恨。』〔五〕俄而周侯遇害，和尚對其靈坐，〔六〕作胡祝數千言，〔七〕音聲高暢，既而揮涕收淚，其哀樂廢興皆此類。〔八〕性高簡，不學晉語，諸公與之言，皆因傳譯。然神領意得，〔九〕頓在言前。」〔一〇〕塔寺記曰〔一一〕：「尸黎密冢曰高坐，〔一二〕在石子岡。〔一三〕常行頭陀，卒於梅岡，即葬焉。晉元帝於冢邊立寺，因名高坐。」〔一四〕

【校釋】

〔一〕高坐　坐，宋本作「座」。沈校本同。朱注：「案十六國春秋曰：『鳩摩羅什講經畢，下高坐。』則高坐是説法高僧之位置，未必爲尸黎密專有之稱號，其曰塚、曰寺，皆相因而名之。」按，孝標注引高坐別傳專敍尸黎密之行事，高僧傳一帛尸黎密傳、僧祐出三藏記集一三皆云：「時人呼爲高坐。」則高坐非泛指高僧説法之位置，乃尸黎密之專稱。

〔二〕「簡文曰」二句　簡文之言，乃清言家推崇之「言約旨遠」，實答非所問，或有「夫子自道」意味。高坐不作漢語，乃不會漢語，非「以簡應對之煩」。孝標注引高坐別傳「性高簡，不學晉語，諸公與之言，皆因傳譯」數語可證。

〔三〕高坐別傳　傳，宋本誤作「慱」。

〔四〕止於大市中　高僧傳本傳、出三藏記集一三皆作「止建初寺」。徐箋：「高僧傳一〇『安慧則止洛陽大市寺。』洛陽有東西大寺，見洛陽伽藍記。則止於大市，是過江前事；王導見而奇之，乃過江以後。注連類而言，殊不別白。」按，景定建康志一六：「按宮苑記：『吴大帝立大市在建初寺前，其寺亦名大市寺。』」據此，建康亦有大市寺，在建初寺前。徐箋未考。尸黎密過江至建康，當先後住於大市寺與建初寺，高僧傳與世説各記一端，故若有異。

〔五〕「和尚」數句　「天姿高朗，風韻遒邁」，乃是當時名士心儀之風度，故王導、周顗見之讚歎，引爲同類。鍾惺云：「王、周二公語各達甚，如此心服，方可對高僧。」

〔六〕靈坐　亦稱靈位。指死者既葬，供奉神主之几筵也。文選潘岳寡婦賦：「奉靈坐兮肅清。」呂延濟注：「靈坐，虛坐也。」御覽二五〇引臧榮緒晉書：「於官舍設靈坐。」吴志三嗣主傳注引葛洪抱朴子載：吴將于廣陵掘諸冢，冢中有銅人數十，「長五尺，皆大冠朱衣，執劍列侍靈坐。」晉書六八顧榮傳：「家人常置琴於靈坐。」

〔七〕胡祝　祝，宋本作「呪」。高僧傳本傳同。按，當作「呪」。高僧傳二佛陀耶舍傳：「耶舍乃取清水一鉢，以藥投中，呪數十言，與弟子洗足。」同上曇無讖傳：「讖明解呪術，所向皆驗，西域號爲大呪師。」呪，同「咒」，梵語陀羅尼，義譯爲咒，又曰真言。

〔八〕廢興　世説抄撮：「廢興，猶言舉措進止也。」後漢紀八：「遭命世之君，傍日月餘光，廢興指授，稟其規略。」法苑珠林一一八：「隨人廢興。」鍾惺云：「高僧偏具一往深情。」

〔九〕神領　世説音釋：「猶言神解領受也。」

〔一〇〕頓在言前　猶「悟在言前」，謂高坐神領意得，言未盡意已悟。高僧傳一曇柯迦羅傳：「今見佛書，頓出情外。」高僧傳三論曰：「時有生、融、影、嚴、恒、肇，皆領悟言前。」「頓在言前」義即「領悟言前」也。

〔一一〕塔寺記　法苑珠林一一九：「京師塔寺記一部二十卷，右梁朝尚書兵部郎中、兼史學士臣劉璆奉敕撰。」

〔二二〕塚曰　塚，宋本作「宋」。沈校本作「家」。余箋：「景宋本作『宋曰』者是。『宋曰』猶云『漢曰』、『晉曰』，謂以中國語譯西域語也。沈本作『家曰』亦非。」徐箋同余箋，並云：「宋王象之輿地紀勝『建康府仙釋帛尸黎密』條亦引塔寺記此文，正作『宋』字。塔寺記或出劉宋人之手，故云。」按，作「宋」是，然徐箋疑此記出於劉宋人之手恐非。

〔二三〕石子岡　景定建康志一七：「石子岡一名石子墩，在城南一十五里，長二十里，高一十八丈。吳志云：『諸葛恪爲孫峻所害，投之於此岡。』……舊經云，俗説此岡多細花石，故名石子岡。」吳志諸葛恪傳：「建業南有長陵，名曰石子岡，葬者依焉。」通鑑七六魏紀八胡注：「案今高坐寺後即石子岡，寺在建康城南門外。」

〔二四〕「晉元帝於塚邊立寺」二句　程炎震云：「高僧傳云：『……成帝懷其風，爲樹剎塚所。』於文爲順，且元帝當作成帝也。」按，高僧傳謂尸黎密於晉咸康（三三五—三四五）中卒，春秋八十餘。咸康爲成帝年號，則立寺者爲成帝，非元帝。程説是。宋張舜民畫墁集七：「高坐所居曰高坐寺。至咸康中葬於石子岡昇元寺，即瓦官寺，在城内西南隅後。踞崇岡，前瞰江西城，最爲古跡。然累朝兵火，略無彷佛。李氏時，昇元閣猶在，乃梁朝故物，高二百四十尺。李白有詩云：『日月隱簷楹』者是也。」可與高僧傳、通鑑胡注相印證。王世懋云：「高坐寺迄今無改。」

四〇　周僕射雍容好儀形，詣王公，初下車，隱數人，〔一〕王公含笑看之。既坐，傲然嘯詠。王公曰：「卿欲希嵇、阮邪？」答曰：「何敢近舍明公，遠希嵇、阮。」〔二〕鄧粲晉紀曰：「伯仁儀容弘偉，善於俛仰應答，精神足以蔭映數人。〔三〕深自持，能致人而未嘗往焉。」

【校釋】

〔一〕隱　有三解，一謂蔭映。如劉應登云：「隱，映也。」劉辰翁云：「隱作映解。」王世懋云：「『隱』字費解，不如注中『蔭映』二字。」二謂隱蔽。王思任云：「數人同在，一時爲周所掩，故曰隱。隱字妙。」世說箋本：「隱，隱蔽也。進於衆人之上，以隱蔽之。」世說音釋略同。三謂扶憑。劉盼遂云：「隱數人，解者多謂隱爲蔭映。按此說非也。隱即㥯之借字。說文𢀖部：『㥯，有所依也，從𢀖工，讀與隱同。』故㥯亦可用隱爲之。孟子『隱几而卧』，趙岐注：『隱，倚也。』本書賢媛篇：『韓康伯母隱古几毁壞。』是隱作依解之證。而隱依亦聲轉也。僕射之隱數人，蓋謂憑依數人而行耳。本書雅量篇：『子敬神色恬然，徐喚左右，扶憑而出，不異平常。』『顧和始作揚州從事』條注引語林曰：『周侯飲酒已醉，著白袷，憑二人來詣丞相。』宋書五行志一：『謝靈運每出入，自扶接者常數人。民間謡曰：四人挈衣裙，三人捉就席。』是南朝人士出入扶依人者，自成習慣。僕射之下車隱數人，亦猶是矣。」

余箋：「莊子齊物論：『南郭子綦，隱几而坐。』釋文云：『隱，憑也。』鄧粲晉紀所謂『伯仁精神蔭映數人』，別是一義，與世說語本不相蒙。若因此釋隱爲蔭映則誤矣。」按，以上三解，作「扶憑」者較勝。

〔二〕「王公曰」數句　由王導、周顗之問答，可知於東晉之初，嵇、阮「傲然嘯詠」之風度，已爲名士希慕並仿效。文學二一云：「王丞相過江，止道聲無哀樂、養生、言盡意三理而已。」此三理中有二理屬嵇康，可見王導希慕嵇康，否則不會如此精研其著作，達到「宛轉關生，無所不入」之高超境地。

〔三〕蔭映　義猶映照掩蓋。賞譽二四：「見裴令公精明朗然，籠蓋人上。」周顗「仪容弘偉」，與裴楷相似，「蔭映數人」義近「籠蓋人上」，形容周顗之精神氣質光彩照人。

四一　庾公嘗入佛圖，見卧佛，涅槃經云：「如來背痛，於雙樹間北首而卧。」〔一〕故後之圖繪者爲此象。曰：「此子疲於津梁。」〔二〕于時以爲名言。

【校釋】

〔一〕雙樹　娑羅雙樹，亦稱雙樹，爲釋迦牟尼入滅之處。大般涅槃經一：「一時佛在拘施那城，力士生地，阿利羅跋提河邊，娑羅雙樹間。……二月十五日大覺世尊將欲涅槃。」言語五一注引大智度論：「佛在陰庵羅雙樹間，入般涅槃，卧北首，大地震動。」

〔二〕津梁　本義爲橋樑。國語晉語二：「津梁之上，無有難急也。」高僧傳五道安傳：「安法師道學之津梁，澄治之爐肆矣。」余箋：「此譬喻之言，謂佛説法接引，普渡衆生，咸登覺岸，如濟水之有津梁也。」楊箋：「以喻接引仕途之意。」按，余箋甚確，楊箋謂「喻接引仕途之意」，非。佛陀以普渡衆生爲念，而東晉佛教流布迅速，信徒漸衆。庾亮「此子疲於津梁」一語，道出佛陀傳法之劬勞，機智幽默，生動傳神，新穎貼切，故當時以爲名言。凌濛初云：「請於此處著一喝。」劉辰翁云：「有味外味。」

四二　摯瞻曾作四郡太守，大將軍户曹參軍，復出作内史，摯氏世本曰：「瞻字景游，京兆長安人，太常虞兄子也。父育，涼州刺史。瞻少善屬文，起家著作郎。中朝亂，依王敦爲户曹參軍，歷安豐、新蔡、西陽太守。〔一〕見敦以故壞裘賜老病外部都督，瞻諫曰：『尊裘雖故，不宜與小吏。』敦曰：『何爲不可？』瞻時因醉，曰：『若上服皆可用賜，貂蟬亦可賜下乎？』〔二〕敦曰：『非喻所引，如此不堪二千石。』瞻曰：『瞻視去西陽，始脱屣耳！』〔三〕敦反，〔四〕乃左遷隨郡内史。」年始二十九。嘗别王敦，敦謂瞻曰：「卿年未三十，已爲萬石，亦太蚤。」瞻曰：「方於將軍，少爲太蚤；比之甘羅，已爲太老。」摯氏世本曰：「瞻高亮有氣節，故以此答敦。〔五〕後知敦有異志，建興四年，與第五琦據荆州以距敦，竟爲所害。」〔六〕史記曰：「甘羅，秦相茂之孫也。年十二，而秦相呂不韋欲使張唐相燕，唐不肯行，甘羅説而行之。又請車五乘以使趙，還報秦，秦封甘羅爲上卿，賜以甘茂田宅。」

【校釋】

〔一〕太守　宋本作「内史」。沈校本同。按，世説正文作「四郡太守」，故作「太守」是。

〔二〕貂蟬　古代王公顯官冠上之飾物。後漢書輿服志下：「侍中、中常侍加黄金璫，附蟬爲文，貂尾爲飾。」

〔三〕始脱屣耳　始，宋本作「如」。按，作「如」是。

〔四〕敦反　李慈銘云：「案反當是怒字之誤。是時敦未反也。其後第五猗拒敦被害，時敦方爲元帝所倚任。晉書周訪傳至稱爲『賊帥杜曾、摯瞻、胡混等』，則其冤甚矣。」余箋：「瞻以大興二年五月被害，王敦至永昌元年正月始舉兵反，在瞻死後一年有餘。方瞻未死之時，敦固元帝之親信大臣也。而此已云敦反者，蓋第五猗奉愍帝命來鎮荆州，而敦自以其從弟廙爲荆州刺史，发兵拒猗。是抗天子之命吏，故書之以反，非謂其反元帝也。」余箋又據晉書元帝紀、晉書周訪傳，謂摯瞻、第五猗距王敦，在建興之末；瞻等被斬在元帝大興二年（三一九），瞻爲王敦參軍，當在建興四年（三一六）之前。按，余氏考證詳密，可從。西晉愍帝時，四方瓦解，天子孤危，而元帝在江左建立政權，事實上有兩個朝廷。第五猗、杜曾、摯瞻等仍尊洛京，王敦、周訪等輔佐元帝，雙方常發生衝突。晉書六一華軼傳載：「軼自以受洛京所遣，而爲壽春所督，時洛京尚存，不能祗承元帝教命，郡縣多諫之，軼不納，曰：『吾欲見詔書耳。』」此即洛京命官不願受元帝節度之例。王敦敗滅後，大約在成帝咸康中，第五猗等「平反」。晉書六九刁協傳載蔡謨與庾冰書曰：「王平子、第五猗等皆元帝所誅，而今日所贈，豈以改前爲嫌乎！」則正如李慈銘所説，元帝時第五猗等被稱爲「賊帥」，確實其冤甚矣。

〔五〕以此答敦　答，宋本作「合」。王利器校：「蔣校本、沈校本同。餘本作『合』作『答』。合也有答意。」

〔六〕「與第五琦」二句　第五琦，琦，當從晉書作「猗」。第五猗爲侍中，晉愍帝任命爲征南大將軍，監荆、梁、益、寧四州。太興二年（三一九），梁州刺史周訪擒第五猗，王敦斬之，摯瞻同時遇害。事見晉書五八周訪傳。

四三　梁國楊氏子，九歲，甚聰惠。孔君平王隱晉書曰：「孔坦字君平，〔一〕會稽山陰人，善春秋，有文辯。〔二〕歷太子舍人，累遷廷尉卿。」詣其父，父不在，乃呼兒出，爲設果。果有楊梅，孔指以示兒曰：「此是君家果。」兒應聲答曰：「未聞孔雀是夫子家禽。」〔三〕

【校釋】

〔一〕孔坦　祖沖，丹楊太守；父侃，大司農。通左氏傳，解屬文。元帝爲晉王，以坦爲世子文學。東宫建，補太子舍人，遷尚書郎。咸和初，遷尚書左丞。蘇峻亂平後，爲吴郡太守，遷侍中。後忤王導，出爲廷尉，以疾去職。卒贈光禄勳，謚曰簡。事見晉書七八孔坦傳。

〔二〕文辯　文爲文筆，晉書本傳稱孔坦「解屬文」；辯爲辯才。有文辯，謂既善屬文，又善口辯。按，漢晉間士人甚尚文辯，遂成爲品鑒人物標準之一。漢書五一鄒陽傳：「皆以文辯著名。」後漢書二四馬援傳：「經學、博覽、政事、文辯，前世無比。」後漢書三一廉范傳：「建初中遷蜀郡太守，其俗尚文辯，好相持短長。」蜀志秦宓傳記吴使張温來蜀，與秦宓應對，宓「答問如響，應聲而出，於是温大敬服」。宓之文辯皆此類也」。皆其例。

〔三〕夫子　一説指孔子，一説指孔坦。按，此處「夫子」是對男子之尊稱，指孔坦。晉人往往以「聖人」、「仲尼」、「尼父」稱孔子。如言語四六：「坐無尼父。」言語五〇：「何不慕仲尼而慕莊周？」對曰：「聖人生知，故難企慕。」世説無有以「夫子」稱孔子者。李慈銘云：「案金樓子捷對篇作楊子州答孔永語。太平廣記詼諧門引啓顔録作晉楊修答孔君平。」余箋：「楊德祖非晉人，晉亦不聞别有楊修，啓顔録誤也。敦煌本殘類書曰：楊德祖少時與孔融對食梅。融戲曰：『此君家果。』祖曰：『孔雀豈夫子家禽？』與諸書又不同。皆一事而傳聞異辭。」

四四　孔廷尉以裘與從弟沈，孔氏譜曰：「沈字德度，會稽山陰人。祖父奕，〔一〕全椒令。父羣，鴻臚卿。沈至琅邪王文學。」沈辭不受。〔二〕廷尉曰：「晏平仲之儉，祠其先人，豚肩不掩豆，猶狐裘數十年，劉向別録曰：「平仲名嬰，東萊夷維人，事齊靈公、莊公，以節儉力行重於齊。」禮記曰：「晏平仲祀其先人，〔三〕豚肩不掩豆，君子以爲儉也。」〔四〕又曰：「晏子一狐裘三十年，晏子焉知禮？」〔五〕注：「豚，俎實也。豆，徑尺。言併豚之兩肩不能掩豆，喻少也。」卿復何辭此？」〔六〕於是受而服之。

【校釋】

〔一〕祖父奕　奕，宋本作「弈」。按，晉書七八孔嚴傳作「奕」。汪藻世説敍録會稽山陰孔氏譜同。作「奕」是。

〔二〕沈辭不受　裘爲貴者所服，無故賜下爲違禮。本篇四二注引摯氏世本，摯瞻見王敦以故壞裘賜下，諫曰：「尊裘雖故，不宜與小吏。」可見，即或以破裘賜下亦屬逾制。故孔沈辭而不受。

〔三〕祀其先人　祀，宋本作「記」。王利器校：「各本正作『祀』」，是。禮記禮器正作『祀』」。

〔四〕儉　吝嗇。儉嗇一：「和嶠性至儉，家有好李，王武子求之，與不過數十。」禮記禮器：「晏平仲祀其先人，豚肩不揜豆，澣衣濯冠以朝，君子以爲隘矣。」鄭注：「隘猶狹陋也。祀不以少牢，與無田者同，不盈禮也。大夫士有田則祭，無田則薦。澣衣濯冠，儉不務新。」正義：「豚肩不揜豆者，晏平仲齊大夫也，大夫祭用少牢，士用特豚，而平仲今用豚，豚又過小，併豚兩肩不揜豆也。必言肩者，周人貴肩也。肩在俎，今云豆，喻其小。……君子以爲隘矣者。隘，狹也。譏禮君子評其大儉褊狹。」

〔五〕「晏子」二句　禮記檀弓下：「有若曰：『晏子一狐裘三十年……晏子焉知禮。』」鄭注：「言其大儉，偪下。」正義：「狐裘貴在輕新，而晏子一狐裘三十年，是儉不知禮也。」晏平仲祭祀先人太小氣，與禮不當，故稱「晏子焉知禮」。

〔六〕卿復何辭此　孔坦謂晏子祭祀先人如此吝嗇，一狐裘卻穿數十年，言外之意是説狐裘與禮無關，你何必不受？

四五　佛圖澄與諸石游，〔一〕澄别傳曰：「道人佛圖澄，不知何許人，出於燉煌，〔二〕好佛道，出家爲沙門。永嘉中至洛陽，〔三〕值京師有難，潛遁草澤，聞石勒雄異好殺害，〔四〕因勒大將軍郭默略見勒。〔五〕以麻油塗掌，占見吉凶。數百里外聽浮圖鈴聲，逆知禍福。勒甚敬信之。虎即位，亦師澄，號大和尚。自知終日，開棺無屍，〔六〕唯袈裟法服在焉。」林公曰：「澄以石虎爲海鷗鳥。」〔七〕趙書曰：「虎字季龍，勒從弟也。〔八〕征伐每斬將搴旗。勒死，誅勒諸兒，襲位。」莊子曰：「海上之人好鷗者，每旦之海上從鷗游，〔九〕鷗之至者數百而不止。其父曰：『吾聞鷗鳥從

汝游，取來玩之。』明日之海上，鷗舞而不下。」〔一〇〕

【校釋】

〔一〕佛圖澄　十六國時西域來華高僧。事見晉書九五藝術佛圖澄傳。諸石，指石勒、石虎。

〔二〕「道人」三句　佛圖澄非出於敦煌。晉書九五佛圖澄傳：「佛圖澄，天竺人也。本姓帛氏。」陶潛搜神後記：「天竺人佛圖澄。」高僧傳九竺佛圖澄傳：「竺佛圖澄者，西域人也，本姓帛氏。」魏書一一四釋老志：「石勒時，有天竺沙門浮圖澄，少於烏萇國就羅漢入道。」御覽一二〇引崔鴻十六國春秋、後趙録皆謂「天竺沙門佛圖澄」。唐封演封氏聞見記八「佛圖澄姓」條：「邢州内丘縣西，古中丘城寺有碑，後趙石勒光初五年所立也。碑云：『太和上佛圖澄願者，天竺大國罽賓小王之元子，本姓濕。所以言濕者，思潤裹（一作理）國，澤被無外，是以號之爲濕。』按高僧傳、名僧傳、晉書九五藝術傳佛圖澄並無此姓。今云姓濕，亦異聞也。」按，《高僧傳》九《佛圖澄傳》：「澄自説生處，去鄴九萬餘里。」魏書一一四釋老志謂佛圖澄少於烏萇國入道。考烏萇國之地理位置，法顯佛國記：「渡河（指辛頭河）便到烏萇國。烏萇國是正北天竺也，盡作中天竺語。」魏書一〇二西域傳：「烏萇國在賒彌南，北有葱嶺，南至天竺。」據此，佛圖澄乃北天竺罽賓人，與烏萇國相鄰。然濕姓僅見於此。方廣錩道安評傳謂佛圖澄「很可能是罽賓人，即迦濕彌羅人，所以自稱姓濕」。

（見方廣錩道安評傳第二四頁，昆侖出版社，二〇〇四年七月第一版）可備一説。

〔三〕永嘉中至洛陽　晉書本傳、高僧傳本傳皆云澄於永嘉四年（三一〇）東適洛陽。

〔四〕聞　原作「間」，屬上句。王刻本同。宋本作「聞」。今據改，屬下句。

〔五〕郭默略　默，晉書、高僧傳並作「黑」。

〔六〕開棺無屍　屍，宋本作「尸」。沈校本同。按，「尸」同「屍」。太平寰宇記五五「鄴縣」：「佛圖澄冢。澄死葬於此，經冉閔開視，了無骸骨。又鄴中記云：『澄死後，有人於隴上見之。石虎令開視，惟有一石。虎曰：石者朕也，葬吾而去。吾其死矣。果然。』」御覽六九七引趙録曰：「佛圖澄卒，葬後，郭門吏報石季龍云：『是師携一履西去。』季龍發其墓，唯見一履與一石。」

〔七〕「澄以」句　此句難解。劉辰翁云：「謂玩石虎於掌中耳。」世説箋本：「索解：以無心待之也。」徐箋：「蓋謂澄以無心應物，故物我相忘也。」張撝之世説新語譯注（上海古籍出版社，一九九六年十二月，下同。以下省作譯注）：「這裏是説佛圖澄清静無機心，物我二忘。」同徐箋。張萬起、劉尚慈譯注：「林公的意思是説佛圖澄好似海上好鷗者，真誠坦蕩、清静無利害之心。而石虎並非海鷗鳥。」張永言世説新語「海鷗鳥」一解（載語文學論集）引用美國學者芮沃壽（Arther F. Wright）Fo-t'u-teng：A Biongraphy（Haruard Journal of Asiatic Studies 11/3 and 4［1948］）一文對林公之語之解釋：「這個故事的要點是海鷗鳥被設想爲能覺察威脅而相應改變行爲，所以支道林的意思是佛圖澄在他與石氏的關係中把他們認作具有野性和警惕性的鳥類——不是很聰明，但善能覺察他（佛圖澄）這一方的任何不忠，如同莊子故事中鷗鳥那樣。」(p. 374, n. 42) 繼引芮氏之文後，張氏評論道：「只有這樣解釋，才能抉發佛圖澄的深心和支道林的睿智。高僧傳卷四義解一晉剡洲山支遁説支『聰明秀徹』，又引郗超的話説他『神理所通，玄拔獨悟』。就從他對佛圖澄與諸石遊一事所作的簡短評語的深刻含義，我們也能約略領會到這一點。芮氏的見解發表於四十年代，遠在當世諸家注釋世説新語之前，而一直没有受到人們的注意。」（轉引自范子燁中古文人生活研究，山東教育出版社，二〇〇一年七月，下同）按，莊子佚文之要旨在「無心應物」。芮沃壽以爲海鷗鳥警覺，此點誠是。然並未解釋佛圖澄是否「無機心之海人」。晉書九五佛圖澄傳記石虎暴虐好殺，佛圖澄常勸解喻譬。若將石虎比作有警覺之鷗鳥尚可，而稱佛圖澄爲「無機心之海人」則不類。澄公爲弘揚佛法，處境險惡，絶非「無心應物」、「物我相忘」。支道林「澄以石虎爲海鷗鳥」一語，很難以當時形勢解釋。鄙意以爲林公之言有夫子自道意味。高僧傳四支遁傳云，支遁平生多與諸名士游處，王洽、劉惔、殷浩、許詢、郗超、孫綽、王羲之、謝安等一代名流，皆著塵外之狎。晚年應朝廷徵請，淹留京師，講經不輟。所謂「塵外之狎」即方外之游，雖身披袈裟，立志弘道，卻又不拘行跡，出入朱門。林公稱「澄以石虎爲海鷗鳥」時，正在京師（見佛圖澄傳），遂由澄公與諸石遊之行事，感觸己與諸名士之游處，言外之意是己著塵外之狎，似海人陶然忘機。故林公此語，當是其心聲曲折表露耳。言其「睿智」尚可，然未可贊其「深刻」也。

〔八〕勒從弟也　晉書一〇六載記六石季龍傳：「石季龍，勒之從子也。名犯太祖廟諱，故稱字焉。祖曰匐邪，父曰寇覓。勒父朱幼而子季龍，故或稱勒弟焉。」據此，從子、從弟二説，不能定。

〔九〕每旦　每日。旦，日也。「每旦」正是晉宋習語。晉書六五王導傳：「導率羣從昆弟子侄二十餘人，每旦詣台待罪。」梁高僧傳一二釋弘明傳：「每旦則水瓶自滿，實諸天童子以爲給使也。」

〔一〇〕「莊子曰」數句　劉盼遂云：「按海鷗鳥今見列子黄帝篇，實張湛摭集莊子佚文而然，非孝標誤引。」程炎震云：「宋書六七謝靈運山居賦注云：『撫鷗鯈而悦豫。』其自注亦云：莊周云：『海人有機心，鷗鳥舞而不下。』疑今本莊子有佚文也。」余箋：「漢書藝文志莊子五十二篇，今郭象注本止三十三篇，逸者多矣。劉注所引，逸篇之文也。」按以上諸家所説是。

四六　謝仁祖年八歲，〔一〕謝豫章鯤子別見。〔二〕將送客，〔三〕爾時語已神悟，自參上流。〔四〕諸人咸共歎之曰：「年少，一坐之顏回。」〔五〕仁祖曰：「坐無尼父，焉別顏回？」〔六〕晉陽秋曰：「謝尚字仁祖，陳郡人，鯤之子也。齠齔喪兄，哀慟過人。及遭父喪，温嶠唁之，〔七〕尚號叫極哀。既而收涕告訴，有異常童。嶠奇之，由是知名。〔八〕仕至鎮西將軍、豫州刺史。」

【校釋】

〔一〕謝仁祖　謝尚字仁祖，豫章太守謝鯤之子。善音樂，博綜衆藝，司徒王導辟之掾。襲父爵咸亭侯。歷仕建武將軍、歷陽太守、江州刺史、豫州刺史、鎮西將軍等職。升平元年（三五七）卒於歷陽，時年五十，謚曰簡。事見晉書七九謝尚傳。程炎震云：「尚生於永嘉二年戊辰，鯤以永昌元年壬午卒，尚時年十五歲。」按，據晉書四九謝鯤傳，王敦將爲逆，出鯤爲豫章太守，又留不遣，藉其才望，逼與俱下。晉書六元帝紀記王敦爲逆在永昌元年（三二二）春正月，通鑑九二晉紀一四同。則世説此條所記，當在謝鯤爲豫章太守之前。

〔二〕鯤子　「子」字疑衍文。

〔三〕將送客　攜謝尚送客。將，攜。本篇四九：「從獵，將其二兒俱行。」文選成公綏嘯賦：「又似鴻雁之將雛。」

〔四〕「爾時語已神悟」二句　語，文學一一：「值王（衍）昨已語多」。文學三八：「君語佳則佳矣，何至相苦邪？」品藻四八：「劉尹語何如尊？」「爾時語」之「語」，同以上數例中之「語」，同「談」、「論」，皆指清言。或釋爲「言語」，不妥。「神悟」、「上流」云云，謂謝尚已及清言高手。晉書本傳：「及長，開率穎秀，辯悟絶倫。」

〔五〕「年少」二句　顔淵乃孔門入室弟子，早死，故後世遂稱茂才異行者爲「顔子」。德行二注引典略記黄憲，時論者咸云「顔子復生」。賞譽九：「羊叔子何必減顔子！」後漢書六順帝紀詔曰：「其有茂才異行，若顔淵、子奇，不拘年齒。」後漢書四三朱穆傳李賢注引謝承書曰：「年二十爲郡督郵，迎新太守，見穆曰：『君年少爲督郵，因族勢，爲有令德？』穆答曰：『郡中瞻望明府謂如仲尼，非顔回不敢以迎孔子。』更問風俗人物。太守甚奇之，曰：『僕非仲尼，督郵可謂顔回也。』」朱穆與新太守之往還，與謝鯤與客人之問答頗相似。又後漢書七〇孔融傳：「既而與（禰）衡更相讚揚。衡謂融曰：『仲尼不死。』融答曰：『顔回復生』。」可見彼時言談，顔回常配以仲尼。

〔六〕「坐無尼父」二句　謝尚之答，意謂坐中無高識者，焉能分別卓異？所謂「辯悟絶倫」即此等語。謝尚年八歲即「語已神悟，自參上流」，故諸人共歎爲「顔回」。若少者贊長者爲仲尼，長者則美少者爲顔回。

〔七〕「及遭父喪」二句　啼，同「啼」。南京曾出土謝鯤墓誌石刻：「鯤泰寧元年（三二三）十一月廿八亡。」（見文學二〇校釋三）證以晉書六明帝紀、晉書四九謝鯤傳、晉書九八王敦傳，鯤卒於泰寧元年爲可信，謝尚年已十六歲矣。

〔八〕「尚號叫極哀」數句　幼童遭喪極哀，宗族及時人稱歎，乃彼時重孝道之風氣。晉書本傳言謝尚「七歲喪兄，哀慟過禮，親戚異之」。晉書四七傅祇傳：「宣字世弘，年六歲喪繼母，哭泣如成人，中表異之。」晉書五一王接傳：「接幼喪父，哀毁過禮，鄉親皆歎曰：『王氏有子哉！』」

四七　陶公疾篤，〔一〕都無獻替之言，〔二〕朝士以爲恨。陶氏敍曰：「侃字士衡，〔三〕其先鄱陽人，後徙尋陽。侃少有遠概綱維宇宙之志。〔四〕察孝廉入洛，司空張華見而謂曰：『後來匡主寧民，君其人也。』劉弘鎮沔南，〔五〕取爲長史，謂侃曰：『昔吾爲羊太傅參佐，〔六〕見語云：「君後當居身處。」今相觀，亦復然矣。』〔七〕累遷湘、廣、荆三州刺史，加羽葆鼓吹，〔八〕封長沙郡公、大將軍，贊拜不名，〔九〕劍履上殿。進太尉，贈大司馬，謚桓公。」按，王隱晉書載侃臨終表曰：「臣少長孤寒，始願有限，過蒙先朝歷世異恩。臣年垂八十，位極人臣，啓手啓足，當復何恨！但以餘寇未誅，山陵未復，所以憤慨兼懷，唯此而已。猶冀犬馬之齒，尚可少延，欲爲陛下北吞石虎，西誅李雄。〔一〇〕勢遂不振，良圖永息。臨書振腕，〔一一〕涕泗横流。伏願遴選代人，使必得良才，足以奉宣王猷，遵成志業，則雖死之日，猶生之年。」有表若此，非無獻替。仁祖聞之曰：「時無豎刁，〔一二〕故不貽陶公話言。」〔一三〕呂氏春秋曰：「管仲病，桓公問曰：『子如不諱，誰代子相者？豎刁何如？』管仲曰：『自宫以事君，〔一四〕非人情，必不可用！』後果亂齊。」時賢以爲德音。〔一五〕

【校釋】

〔一〕「陶公」句　程炎震云：「咸和九年陶侃薨。」

〔二〕獻替　「獻可替否」之略語，即進獻可行者，廢除不可行者。左傳昭公二十年：「君所謂可，而有否焉，臣獻其否，以成其可；君所謂否，而有可焉，臣獻其可，以去其否。是以政平而民不干。」蔡邕幽冀二州刺史久缺疏：「智淺謀漏，無所獻替。」孝標注引王隱晉書載陶侃臨終上表，謂侃「有表若此，非無獻替」。其説是。

〔三〕士衡　晉書六六陶侃傳作「士行」。

〔四〕綱維　綱，宋本作「網」。王利器校：「各本『網』作『綱』，是。」

〔五〕劉弘　字季和，沛國相人。祖馥，魏揚州刺史。父靖，鎮北將軍。曾爲荆州刺史。事見晉書六六劉弘傳。沔南，宋本作「江南」。王利器校：「各本『江南』作『沔南』，是。晉書陶侃傳云：『會劉弘爲荆州刺史，辟侃爲南蠻長史。』晉人常以沔漢稱荆州。」按，荆州治所在襄陽，在沔水之南。作「沔南」是。

〔六〕羊太傅　指羊祜。祜卒，追贈侍中、太傅。見晉書三四羊祜傳。

〔七〕「君後當」三句　身，我也。文學二二：「身今日當與君共談析理。」品藻七六：「謝云：『身意正爾也。』」此三句言君後當居我今日之官位也，今相觀，亦猶昔我爲羊公參佐，君必當繼我爲刺史也。

〔八〕羽葆鼓吹　羽葆，漢書七六韓延壽傳：「植羽葆。」顔師古注：「羽葆聚翟尾爲之，亦今纛之類也。」鼓吹，指賜功臣之樂隊。續漢書百官志：「大將軍官屬有御賜官騎三十人及鼓吹。」

〔九〕贊拜　贊，宋本作「替」。按，作「贊」是。朝儀規定，司贊引百官進退，唱其名，百官跪拜；功德盛大者，但稱官名而不名。魏志武帝紀：「天子命公贊拜不名，入朝不趨，劍履上殿，如蕭何故事。」

〔一〇〕李雄　字仲俊，巴西宕渠人。李特第三子。永興元年稱成都王，建元爲建興。不久，即帝位，改元曰太武。咸和八年死，時年六十一。事見晉書一二一載記二一李雄傳。

〔一一〕振腕　宋本作「扼腕」。是。

〔一二〕豎刁　史記三二齊太公世家作「豎刀」。豎刁爲齊桓公閹臣，管仲死，豎刀、易牙、開方三佞人專權，齊國大亂，桓公死于壽宫。

〔一三〕話言　善言也。詩大雅抑：「其維哲人，告之話言。」毛傳：「話言，古之善言也。」刘辰翁云：「似厚，似譏。」

〔一四〕自宫　謂自去其勢。宫，宫刑，指男子割除生殖器。

〔一五〕德音　對别人言辭之敬稱。文選李陵答蘇武書：「時因北風，復惠德音。」李贄云：「牵强。」（初潭集君臣能言之臣）按，謝尚以「時無豎刁」，解釋爲何陶公疾篤，而無獻替之言。

謝尚口舌儇利皆此類，晉書本傳所謂「辯悟絶倫」是也。然謝尚之言實爲粉飾朝政，時賢卻以爲「德音」，亦謬爲讚譽。

四八　竺法深在簡文坐，〔一〕劉尹問：「道人何以游朱門？」〔二〕答曰：「君自見其朱門，貧道如游蓬户。」〔三〕高逸沙門傳曰：〔四〕「法師居會稽，皇帝重其風德，遣使迎焉。法師暫出應命，司徒會稽王天性虛澹，與法師結殷勤之歡，師雖升履丹墀，出入朱邸，泯然曠達，不異蓬宇也。」或云下令。〔五〕别見。

【校釋】

〔一〕竺法深　見德行三〇校釋。

〔二〕「劉尹問」二句　劉尹，劉惔。高僧傳四竺法潛傳：「潛嘗於簡文處，遇沛國劉惔，惔嘲之云云。」惔，湯用彤校注：「三本、金陵本作『恢』。」余箋：「劉惔與劉恢實即一人。」按，劉惔與劉恢非一人（參見賞譽七三校釋）。佛徒辭榮出家，遁世離俗，寄跡幽棲，何故奔走官府？因之劉尹嘲之。

〔三〕「君自見其朱門」二句　嵇康答難養生論曰：「（聖人）雖居君位，饗萬國，恬若素士接賓客也。雖建龍旗，服華袞，忽若布衣在身也。」郭象注莊子逍遥游「藐姑射之山」曰：「夫聖人雖在廟堂之上，然其心無異于山林之中，世豈識之哉！」竺法深之答，泯滅朱門、蓬户之别，乃合聖人無心，合道自得之義。自至人觀之，無大無小，無貴無賤，朱門亦猶蓬户。又竺法深之語，亦頗合「諸法非實相」、「諸法皆空」之佛理。金剛經曰：「佛告須菩提：『凡所有相，皆是虚妄。若見諸相非相，則見如來。』」「世尊，是實相者即是非相，是故如來説名實相。」「不應住色生心，不應住聲、香、味、觸、法生心，應生無所住心。若心有所住，則爲非住。」（大正藏第八册第〇二三五號金剛般若波羅蜜經）佛經以爲所有相皆是虚妄，所見、所聞、所觸、所受、所念，皆虚妄不實。故不應住色生心，執著於相。如果以此解釋，則劉惔所見朱門，也是非相不實，不過名朱門。在我貧道看來，朱門非相，蓬户亦非相，皆虚妄不實，兩者並無區别。劉惔見朱門便以爲朱門爲實，此乃「住色生心」。我貧道非住於朱門，非住於蓬户，則見如來。持上述莊、佛觀念，東晉出入朱門之高僧不可勝數。

〔四〕高逸沙門傳　葉德輝世説新語引用書目云：「唐釋道安法苑珠林傳記篇題一卷云，晉武帝時剡東仰山沙門釋法濟撰。」

〔五〕或云卞令　徐箋：「案卞壼死于蘇峻之亂，後四十餘年簡文方即位，此語未然。」按，徐説是。卞壼，事見賞譽五四注引卞壼列傳、鄧粲晉紀。又，蕭艾世説探幽謂「或云卞令」四字是「注文誤入正文」之例。據蕭氏考定，此種情況世説全書有近二十處，「而且所謂注文，既非史敬胤或劉孝標之注，極有可能爲作者劉義慶著書時順手注下。」（世説探幽第十六頁，湖南出版社，一九九二年十一月，下同）其説有可取處，但不可一概而論。「或云下令」亦有可能本是正文，義慶不能確定，故謹慎言之。

四九　孫盛爲庾公記室參軍，〔一〕中興書曰：「盛字安國，太原中都人。博學强識，歷著作郎，瀏陽令。庾亮爲荆州，以爲征西主簿，累遷祕書監。」從獵，將其二兒俱行。庾公不知，忽於獵埸見齊莊，時年七八歲。庾謂曰：「君亦復來邪？」應聲答曰：「所謂『無小無大，從公于邁。』」〔二〕

【校釋】

〔一〕「孫盛」句　據晉書七九成帝紀、晉書七三庾亮傳，咸和九年六月，加平西將軍庾亮都督江、荆、豫、益、梁、雍六州諸軍事，進號征西將軍。孫盛爲庾亮記室參軍，當在此後數年中。

〔二〕「無小無大」二句　乃詩魯頌泮水句。王世懋云：「小兒語，乃勝簡文。」按，此二句是孫盛父子隨庾亮打獵場面之絶好速寫。齊莊聰慧自不待言，而據此可見詩經在東晉仍是言語之科之最佳教材。

五〇　孫齊由、齊莊二人小時詣庾公。公問齊由何字，答曰：「字齊由。」公曰：「欲何齊邪？」曰：「齊許由。」晉百官名曰：「孫潛字齊由，太原人。」中興書曰：「潛，盛長子也。豫章太守殷仲堪下討王國寶，潛時在郡，逼爲咨議參軍，固辭不就，遂以憂卒。」齊莊何字，答曰：「字齊莊。」公曰：「欲何齊？」曰：「齊莊周。」公曰：「何不慕仲尼而慕莊周？」對曰：「聖人生知，故難企慕。」〔一〕庾公大喜小兒對。孫放別傳曰：「放字齊莊，監君次子也。〔二〕年八歲，太尉庾公召見之。放清秀，欲觀試，乃授紙筆令書，放便自疏名字。公題後問之曰：『爲欲慕莊周邪？』放書答曰：『意欲慕之。』公曰：『何故不慕仲尼而慕莊周？』放曰：『仲尼生而知之，非希企所及。至於莊周，是其次者，故慕耳。』公謂賓客曰：『王輔嗣應答，恐不能勝之。』卒長沙王相。」

【校釋】

〔一〕「聖人生知」二句　聖人指孔子。生知，生而知之。論語季氏：「生而知之者，上也；學而知之者，次也。」自漢儒以降，神化聖人，以爲聖人生而知之，特稟異氣，不僅卓絕與凡人異，亦與賢人有別，故聖人不可學不可至。如吳志吳主傳載孫權詔責諸葛謹等曰：「夫惟聖人能無過行，明者能自見耳。」郭象注莊子德充符「受命於天，唯舜獨也正」一語曰：「言特受自然之正氣者希也，下首則唯有松柏，上首則唯有聖人。」意謂聖人特稟自然之正氣。

聖人爲盡善盡美、不可企及之理想人格，在東晉猶爲人們通識，以至小兒齊莊亦知之。然表面雖尊孔子爲聖人，實質却以爲孔子不可學；而莊子縱放情性，與自然爲一體，可慕可效。由此可見隨魏晉莊學興盛，學術及人生理想隱然而變也。

〔二〕監君　孫盛爲秘書監，故云。

五一　張玄之、〔一〕顧敷，是顧和中外孫，〔二〕皆少而聰惠，和並知之，而常謂顧勝。親重偏至，張頗不懕。〔三〕敷別見。〔四〕續晉陽秋曰：「張玄之字祖希，吴郡太守澄之孫也。少以學顯，歷吏部尚書，出爲冠軍將軍、吴興太守。會稽内史謝玄同時之郡，論者以爲南北之望。玄之名亞謝玄，時亦稱『南北二玄』。卒於郡。」於時張年九歲，顧年七歲，和與俱至寺中。見佛般泥洹像，〔五〕弟子有泣者，有不泣者。和以問二孫。玄謂「被親故泣，不被親故不泣」。〔六〕敷曰：「不然，當由忘情故不泣，不能忘情故泣。」〔七〕大智度論曰：「佛在陰菴羅雙樹間，〔八〕入般涅槃，卧北首，〔九〕大地震動。諸三學人，〔一〇〕僉然不樂，郁伊交涕。〔一一〕諸無學人，但念諸法，一切無常。」

【校釋】

〔一〕張玄之　丁國鈞晉書校文四：「謝安傳之張玄之，亦即謝道藴傳之張玄，晉人單名多加之字。錢竹汀養新録疑非一人，失之。」

〔二〕中外孫　孫子與外孫。

〔三〕懕　安，滿足，心服。通「厭」。説文：「懕，安也。從心，厭聲。詩曰：『懕懕夜飲。』」按，顧和「親重偏至」，故張玄頗不心服。

〔四〕敷別見　見夙惠四：張玄之、顧敷「年並七歲」。此云張九歲，顧七歲，二者必有一誤。

〔五〕泥洹　即涅槃，義譯爲滅度。後稱僧人死爲涅槃、圓寂。高僧傳六僧肇涅槃無名論：「涅槃，秦言無爲，亦名滅度。無爲者，取乎虛無寂寞，妙絶於有爲；滅度者，言乎大患永滅，超度四流。」

〔六〕被親　宋本作「彼親」。沈校本同。不被，宋本作「彼不」。沈校本同。劉應登云：「被親不被親，作『彼親不彼親』。」按，作「被親」、「不被親」義勝。張玄之之答，實借題發揮。因顧和常謂顧敷勝己，「親重偏至」，故暗指敷「被親」，己「不被親」。內心之不服，曲折傳出。又由此見古人特重父子之義、孫子爲後，蓋合宗族觀念。故賈充立外孫爲後，充死後，博士秦秀議曰：「充舍宗族弗授，而以異姓爲後，悖禮溺情，以亂大倫。……聖人豈不知外孫親耶，但以義推之，則無父子耳。」（見晉書五〇秦秀傳）張玄之借題發揮，亦隱含顧和親孫子之意。

〔七〕「不然」三句　顧敷之言，表面解釋佛弟子泣與不泣之原因在「忘情」和「不能忘情」，實針鋒相對，譏刺張玄之不能忘情，以致内心不服。蓋在晉人觀念中，人固有情但須不累於情，「忘情」終究勝於「不能忘情」也。再者，佛經以爲諸法無常，一切皆空，佛涅槃亦爲空。佛弟子泣者爲不能忘情，執著於有；佛弟子不泣者乃忘情，念諸法無常之故也。二小兒皆言在此而意在彼，韻味深長。尤其是顧敷之答，深契玄學、佛理，令人歎爲觀止。

〔八〕雙樹　翻譯名義集三林木篇第三十一：「西域記云：『其樹類槲，而皮清白。葉甚光潤，四樹特高。』……大經云：『東方雙者，喻常無常；南方雙者，喻樂無樂；西方雙者，喻我無我；北方雙者，喻净不净。四方各雙，故名雙樹。方面皆悉一枯一榮。』後分云：『東方一雙，在於佛後；西方一雙，在於佛前；南方一雙，在於佛足；北方一雙，在於佛首。入涅槃已，東西二雙合爲一樹，南北二雙亦合爲一。二合皆悉垂復如來，其樹慘然皆悉變白。』」

〔九〕卧北首　卧，宋本作「牀」。北，沈校本作「牀」。按，言語四一注引涅槃經云：「如來背痛，於雙樹間北首而卧。」據此，作「卧北首」是。

〔一〇〕諸三　宋本作「諸二」。按，作「諸三」是。徐箋：「佛家謂戒、定、慧爲三學。翻譯名義集有三學篇。」

〔一一〕郁伊　憂悶。郁，同「鬱」。類聚一九孫楚笑賦：「佛鬱唯轉，呻吟郁伊。」文選嵇康琴賦：「含哀懊咿，不能自禁。」懊咿音「郁伊」。李善注：「懊咿，内悲也。」

五二　庾法暢造庾太尉，〔一〕握麈尾至佳，〔二〕公曰：「此至佳，那得在？」〔三〕法暢曰：「廉者不求，貪者不與，故得在耳。」〔四〕法暢氏族所出未詳。法暢著人物論〔五〕，自叙其美云：「悟鋭有神，才辭通辯。」

【校釋】

〔一〕庾法暢　王利器校：「藝文類聚卷六九引『庾』作『康』；御覽卷七〇三引語林載此事，『庾』也作『康』。案『庾法暢』當作『康法暢』，這是涉下文『庾太尉』而錯的。梁慧皎高僧傳卷四：『康僧淵本西域人，生於長安，貌雖梵人，語實中國。容止詳正，志業宏深，誦放光道行二般若，即大小品也。晉成之世，與康法暢、支敏度等俱過江。』下文即載庾元規問麈尾常在事，與世説同；唐釋道世法苑珠林卷六六與高僧傳同，是南北唐人都作『康法暢』，不誤，當據改。」余箋：「考晉代沙門，無以庾爲姓者。康爲西域胡姓，然晉人出家，亦從師爲姓，故孝標以爲疑。後文學篇注於康僧淵亦云：『氏族所出未詳。』足證二人皆姓康矣。」按，王、余所説是。

〔二〕麈尾　釋藏音義指歸云：「名苑曰：『鹿之大者曰麈，羣鹿隨之，皆看麈所往，隨麈尾所轉爲準。今講僧執麈尾拂子，蓋象彼有所指麾故耳。』」關於麈尾形制，余箋引日本正倉院考古記云：「麈尾有四柄，此即魏晉人清談所揮之麈。其形如羽扇，柄之左右傳以麈尾之毫，絶不似今之馬尾拂塵。此種麈尾，恒於魏、齊維摩説法造像中見之。」魏晉清談名士，多手執麈尾，其意在顯示清談家之風度耳。此由衆多麈尾銘可見：王導麈尾銘：「誰謂質卑，御於君子，拂穢静暑，虚心以俟。」許詢黑麈尾銘：「器以通顯，廢興非已。偉質軟蔚，岑條疏理。體隨手運，散飈清起。通被玄詠，申我先子。」又李尤麈尾銘：「撝成德柄，言爲訓辭。鑒彼逸傲，念兹在兹。」據李尤文，談士手執麈尾，最遲東漢已開其風氣。

〔三〕「此至佳」二句　庾亮此乃戲言，意謂手捉麈尾甚佳，然此物爲君子所御，何以在道人手中？

〔四〕「廉者不求」三句　法暢之答，警悟機辯，意謂手中之麈尾非求乞而來，貪婪之人索求亦不與。言外之意己爲廉者，亦非貪者。此即高僧傳本傳所稱「善爲往復」是也。

〔五〕「法暢」二句　王利器校：「高僧傳：『暢亦有才思，善爲往復，著人物始議論等。』法苑珠林卷六十六同。又法苑珠林卷一一九：『人物始議論一卷，右晉成帝時沙門釋法暢撰。』」

五三　庾穉恭爲荆州，庾翼别傳曰：「翼字穉恭，潁川鄢陵人也。少有大度，時論以經畧許之。兄太尉亮薨，朝議推才，乃以翼都督七州。進征南將軍、荆州刺史。」〔一〕以毛扇上武帝。〔二〕武帝疑是故物。〔三〕傅咸羽扇賦序曰：「昔吴人直截鳥翼而摇之，風不減方圓二扇，而功無加，〔四〕然中國莫有生意者。〔五〕滅吴之後，翕然貴之，無人不用。」〔六〕按：庾懌以白羽扇獻武帝，帝嫌其非新，反之，不聞翼也。侍中劉劭曰：〔七〕文字志曰：「劭字彥祖，彭城叢亭人。〔八〕祖訥，司隸校尉。父松，成皋令。劭博識好學，多藝能，善草隸。初仕領軍參軍，太傅出東，〔九〕劭謂京洛必危，乃單馬奔揚州。〔一〇〕歷侍中、豫章太守。」「柏梁雲構，工匠先居其下；管弦繁奏，鍾、夔先聽其音。〔一一〕鍾，鍾期也。夔，舜樂正。〔一二〕稺恭上扇，以好不以新。」庾後聞之曰：「此人宜在帝左右。」〔一三〕

【校釋】

〔一〕「進征南將軍」句　征南將軍，當作「征西將軍」。晉書七三庾翼傳：其兄亮卒，授都督江、荊、司、雍、梁、益六州諸軍事，安西將軍，荊州刺史。康帝即位，翼欲北伐，進駐襄陽，爲征西將軍，南蠻校尉。據晉書七康帝紀，庾翼於建元二年（三四四）八月進爲征西將軍。

〔二〕武帝　李慈銘云：「案武帝當作成帝。晉書庾懌傳言是懌上成帝。成與武字形相似也。各本皆誤。」劉盼遂云：「案晉書庾翼傳，翼以穆帝永和元年卒，年四十一，後此二十八年武帝始即位。翼爲荊州時年方二十四，則距武帝時幾五十年矣。惡得貢獻及之哉？檢庾懌傳，載懌嘗以白羽扇獻成帝。事與世説全同。知此固叔預故實也。孝標注謂懌獻武帝，亦誤以成帝爲武帝。懌之卒更早於稚恭也。晉書爲得。」余箋：「類聚卷六九引語林，正作成帝。」按，以上諸家所説是。然劉誤以武帝爲孝武帝。庾翼以毛扇上成帝，或在咸康六年（三四〇），初爲荊州刺史時。

〔三〕疑　張撝之譯注釋「疑」爲「懷疑」。王東世説新語及劉注商榷三則一文謂「疑」有「嫌，不滿意義」，云：「玉篇子部：『疑，嫌也。』廣韻上平七之韻：『疑，嫌。』」（語言研究二〇〇八年第二八卷，第三期）按，王説是。下孝標按語曰：「帝嫌其非新，反之」，可證。故物，舊物。此句謂成帝嫌毛扇非新而不受。

〔四〕而功無加　趙西陸云：「按『而功無加』，謂不加工飾也。類聚卷六九引晉傅咸羽扇賦曰：『此因資以爲用，不假裁於規矩。雖靡飾於容好，亦差池而有序。』」

〔五〕「然中國」句　世説補觿：「言中國人無意於此制也。」

〔六〕「滅吴之後」三句　余箋：「書鈔一三四引嵇含羽扇賦序曰：『吴楚之士，多執鶴翼以爲扇。雖曰出自南鄙，而可以遏陽隔暑。大晉附吴，遷其羽扇，御於上國。』與傅咸序可以互證。」按，羽扇産自南國，北人無此制，吴地文人始詠歎之。吴尚書閔鴻羽扇賦云：「惟羽扇之攸興，乃鳴鴻之嘉容。産九華之中澤，邁雍喈之天聰。表高義於太易，著詩人之雅章。」（藝文類聚六九）陸機羽扇賦曰：「昔楚襄王會於章臺之上，山西與河右諸侯在焉。大夫宋玉、唐勒侍，皆操白鶴之羽以爲扇，諸侯掩麈尾而笑，襄王不悦。宋玉趨而進曰：『敢問諸侯何笑？昔者武王玄覽，造扇於前；而五明安衆，世繁於後。』」（同上）陸機謂武王造扇，當得之于傳聞。又晉書一〇〇陳敏傳曰：「（顧）榮以白羽扇麾之，敏衆潰之。」此可證嵇含謂「吳楚之士多執羽扇」，所言不虛。

〔七〕侍中　晉書二四職官志：「掌賓贊威儀，大駕出則次直侍中護駕，正直侍中負璽陪乘，不帶劍，餘皆騎從。御登殿，與散騎常侍對扶，侍中居左，常侍居右。備切問近對，拾遺補闕。」

〔八〕叢亭　宋本作「諫亭」。世説音釋：「晉書地理志，彭城國無叢亭縣。按，續漢書郡國志琅琊國臨沂縣有叢亭，當是晉世割入彭城。唐書劉子玄傳曰（下略）據此説，叢亭是里名，非縣名也。」王利器校：「各本『諫亭』作『叢亭』」，是。唐書劉子玄傳：『知幾自負史才，常慨時無知己，乃委國史於著作郎吳兢，別撰劉氏家史十五卷、譜考三卷，推漢氏爲陸終苗裔，非堯之後，彭城叢亭里諸劉，出自宣帝子楚孝王囂，曾孫司徒居巢侯劉愷之後，不承楚元王交。皆按據明白，正前代所誤。』新唐書宰相世系表一一上：『劉紆生居巢侯般，字伯興；般生愷，字伯豫，太尉司空；生茂，字叔盛，司空太中大夫，徙居叢亭里。』本書品藻門注引劉氏譜有劉訥，正作『彭城叢亭人』。」

〔九〕太傅　指東海王司馬越。晉書五九東海王越傳、晉書五孝懷帝紀載：永嘉元年（三〇七），以太傅、東海王越輔政。永嘉四年（三一〇）十一月，越請討石勒，帥衆出許昌，以行臺自隨，宮省無復守衛。所謂「太傅東出」即指此。

〔一〇〕奔揚州　指奔琅琊王司馬睿。時睿都督揚州諸軍事，鎮建鄴。

〔一一〕「柏梁」四句　王世懋云：「劉公幹答魏太子書云：『夏屋方成，而大匠先立其下；嘉禾始熟，而農夫先嘗其粒。』劭語本此。」

〔二〕夔　一説爲堯樂正。韓非子外儲説左下：「堯曰：『夔一足矣。』使爲樂正。」樂正，樂官名。禮記王制：「樂正崇四術，立四教，順先王詩書禮樂以造士。」

〔三〕此人宜在帝左右　侍中本在帝左右。稺恭獻毛扇成帝，帝卻嫌其舊物而不受。而劉劭之言，甚諳庾獻毛扇之心意，彷佛庾之知己，故庾讚歎劉劭宜任侍中之職。

五四　何驃騎亡後，〔一〕何充別見。〔二〕徵褚公入。〔三〕既至石頭，〔四〕王長史、劉尹同詣褚。〔五〕褚曰：「真長何以處我？」〔六〕真長顧王曰：「此子能言。」褚因視王，〔七〕王曰：「國自有周公。」〔八〕晉陽秋曰：「充之卒，議者謂太后父裒宜秉朝政，裒自丹徒入朝。吏部尚書劉遐勸裒曰：『會稽王令德，國之周公也，足下宜以大政付之。』裒長史王胡之亦勸歸藩，於是固辭歸京。」〔九〕

【校釋】

〔一〕「何驃騎」句　晉書七七何充傳：「永和二年卒，時年五十五。贈司空，謚曰穆。」

〔二〕何充　別見政事一七。

〔三〕徵褚公入　晉書九三褚裒傳：「永和初，復徵裒，將以爲揚州、録尚書事。」通鑑九七晉紀一九謂徽裒在永和元年（三四五）。考何充傳，「充以衛將軍褚皇后父，宜綜朝政，上疏薦裒參録尚書，裒以地逼，固求外出。」則徽褚裒入朝時，何充尚未卒。何充所以議徽裒入朝，其因在裒乃康獻褚皇后之父，時穆帝年幼，獻后臨朝稱制。而康帝病危時，庾冰、庾翼意在簡文帝，何充卻建議立穆帝爲皇太子。故何充議以褚裒入朝，存有借裒爲政治靠山之深意。何充亡後，有議者謂太后父裒宜秉朝政，蓋謟悦臨朝之太后耳。

〔四〕石頭　徐箋：「景定建康志一七：石頭山在城西二里。案輿地志，環七里一百步，緣大江，南抵秦淮口，去臺城九里。自六朝以來，皆守石頭以爲固，以王公大臣領戍軍爲鎮，其形勝蓋必争之地云。江乘地記云：……後漢建安十六年，吴孫權乃加修理，改名石頭城，用貯軍糧器械。今清涼寺西是也。」

〔五〕王長史　晉書九三褚裒傳、通鑑九七晉紀一九皆以爲是王胡之。世説箋本則謂王長史乃王濛。按，此説可取。世説中王濛率稱王長史，王胡之率稱王司州。孝標注引王胡之别傳及晉書七六王廙傳，皆不言王胡之作過褚裒長史。晉陽秋所記恐不確。考晉書九三王濛傳，濛與劉惔齊名友善，「簡文帝輔政，益貴幸之，與劉惔號爲入室之賓。轉司徒左長史。」二人既爲會稽王信重，彼此又爲知己，故當褚裒入京，有礙主子權勢之時，俱往見裒，勸其遜於會稽王，歸藩爲善。此甚切合當時情勢也。

〔六〕何以處我　意謂如何安排我之位置。處，位置。

〔七〕褚因視王　宋本無「褚」字。

〔八〕國自有周公　晉書九簡文帝紀載：咸康六年（三四〇），司馬昱進撫軍將軍，領秘書監。建元元年（三四三）五月，康帝詔會稽王領太常。永和元年（三四五）崇德皇后臨朝，進位撫軍大將軍，録尚書六條事。可見會稽王早已居於攝政地位，此王長史所以稱之爲「周公」也。

〔九〕歸京　李慈銘云：「案褚裒先以都督徐、兗二州刺史，假節鎮京口。此處『京』下脱一『口』字。各本皆脱。」徐箋同。趙西陸云：「按『京』，京口省稱也。」方一新世説新語校釋札記云：「褚裒其時在京口任職，確如校箋（指徐箋）所説，然此處『歸京』就是回到京口，與上文及晉書本傳的『歸藩』並不矛盾。……其實，在世説一書中，『京』既可指京都，京城，也可指京口，蓋京口簡稱爲『京』耳。」並舉文學一〇一「王孝伯在京行散」、文學一〇四「羊孚時爲兗州別駕，從京來詣門」證之。（杭州大學學報一九九八年十月）按，方説是。世説中「京」或指京城，或指「京口」。關於「京」、「京口」之牽混難辯，王鳴盛十七史商榷五四「丹徒京口京城北府京江北京」條已言及。如王氏舉例云：「桓玄篡位，（桓）修自京口入朝，後還京。南史則作還京口。南史即采宋書，乃今宋書於此則直云還京，無口字。」

五五　桓公北征經金城，見前爲琅邪時種柳，〔一〕皆已十圍，慨然曰：「木猶如此，人何以堪！」攀枝執條，泫然流淚。〔二〕桓温别傳曰：「温字元子，譙國龍亢人，漢五更桓榮後也。〔三〕父彝，有識鑒。温少有豪邁風氣，爲温嶠所知，累遷琅邪内史，進征西大將軍，鎮西夏。時逆胡未誅，餘燼假息，温親勒郡卒，建旗致討，清蕩伊、洛，展敬園陵。〔四〕薨，謚宣武侯。」

【校釋】

〔一〕金城　關於金城究在何地，前人多有探索。李詳云：「晉書桓温傳作『自江陵北伐』，即采此條。錢少詹大昕云：『宋書州郡志：晉亂，琅琊國人隨元帝過江千餘户。大興三年，立懷德縣。成帝咸康元年，桓温領郡，鎮江乘之蒲洲上，求割丹陽之江乘縣立郡。則温所治之琅琊，在江南之江乘。金城亦在江乘，今上元縣北境也。温自江陵北伐，何容取道江南邪？』又案：郝懿行晉宋書故：『金城是琅琊郡下小地名，控鎮南北，而晉書地理志無之，宋書州郡志亦無此縣。唯南琅琊郡下云，成帝咸康元年，桓温領郡』云云。而世説言語篇『桓公北伐』云云。温北征乃自江陵，何由至琅琊之金城，此世説誤耳。』」劉盼遂據宋書州郡志，以爲「金城即温爲琅琊時駐節之所矣，准其地望當在今江蘇江寧縣東北境」。王利器校：「通鑑卷九九晉紀一九：『以褚裒爲左將軍，都督兖州徐州之琅琊諸軍事、兖州刺史，鎮金城。』胡三省注：『金城在江乘之蒲洲，琅琊僑郡，亦以爲治所。』案江乘乃揚州丹陽郡屬縣，晉書地理志上徐州：『以江乘置南東海、南琅琊、南東平、南蘭陵等郡。』從這些材料看來，益知江陵之説不可從。宋張敦頤六朝事蹟類編卷上：『建康實録：金城，吴築。晉桓温咸康七年，出鎮江乘之金城，後温北伐，經金城，見爲琅琊時所種柳，皆十圍，因歎曰：木猶如此，人何以堪。因攀枝執條，泫然流淚。』……」余箋引建康實録、景定建康志，並云：「然則金城則南琅琊郡治，先有金城，而後有琅琊。」按，由以上諸家所考可知，金城乃吴時就有之古地名，晉元帝於此立南琅琊郡，以爲治所，位於舊江寧縣東北，而非在漢南。又关于桓温此次北伐時間，晉書謂在穆帝永和十二年（三五六），周保緒、劉盼遂則謂在太和四年（三六九）。劉盼遂云：「温於永和十二年之役，北伐姚襄，由江陵赴洛陽，浮漢北上。寧容迂道丹陽？此一不合也。太和四年枋頭之役，温時已成六十之叟，覽此樹之葱蘢，傷大命之未集，故撫今追昔，悲不自勝。若洛陽之役，在兹十年前，正温强武之時，寧肯頽唐若是？此二不合也。緣晉書致誤，由於采攗世説及庾信枯樹賦而未加覈校，故有此失。錢氏考異亦止考其不合，而未能求其合也。」按，據晉書九八桓温傳，温卒於寧康元年（三七三），時年六十二。則太和四年（三六九）温年五十八，距建康實録云温於咸康七年（三四一）出鎮琅琊郡治金城，已將近三十年，彼時所種柳「皆已十圍」，乃爲可信。

〔二〕「慨然曰」數句　劉辰翁云：「寫得沉至，正在後八字耳。若止於桓大口語，安得如此悽愴？」李贄云：「極感，極悲。」袁中道云：「英雄分外多情。」（舌華録九淒語）宗白華云：

「桓温武人，情致如此！庾子山著枯樹賦，末尾引桓大司馬曰：『昔年種柳，依依漢南；今逢摇落，悽愴江潭；樹猶如此，人何以堪？』他深感到桓温這番話的凄美，把它敷演成一首四言的小詩了。」馮友蘭論風流云：「真正風流底人有深情。但因其亦有玄心，能超越自我，所以他雖有情而無我。所以其情都是對於宇宙人生底感情，不是爲自己歎老嗟卑。桓温說：『木猶如此，人何以堪？』他是説『人何以堪』，不是説『我何以堪』。假使他説『木猶如此，我何以堪』，其話的意義風味就大減，而他也就不夠風流。」（馮友蘭選集，第三二七頁，天津人民出版社出版，一九九四年十二月，下同）按，柳樹枝葉紛披，婀娜多姿，詩經即有「楊柳依依」之句。古人視爲珍木嘉樹，不乏詠唱。如枚乘作忘憂館柳賦，以後曹丕、陳琳、王粲、應瑒、傅玄、成公綏諸人皆作有柳賦，柳樹幾成美好事物之象徵。視當年依依弱柳，今摇落而變衰，不禁由物及人，而生「人何以堪」之深長喟歎。故桓温金城泣柳，並非僅是英雄遲暮、北伐大業未成之悲傷，更是對萬物變動不居以及個體生命短暫易逝之深沉體驗，遂成魏晉人一往情深之典型形象，淒美獨絶，歷千萬年而魅力永恆。

〔三〕五更　年老而致仕之人。禮記文王世子：「遂設三老五更，羣老之席位焉。」注：「三老五更各一人也，皆年老更事致事者也，天子以父兄養之，示天下之孝悌也。」一説「更」爲「叟」之誤。魏志高貴鄉公紀甘露三年裴注引蔡邕明堂論：「更應作叟，叟，長老之稱，字與更相似，書者遂誤以爲更。」王叔岷補正：「按注『五更』當作『五叟』，叟字隸書，俗書或作更。」

〔四〕「清蕩伊洛」二句　晉書八穆帝紀載，永和十二年（三五六）八月，桓温大敗姚襄于伊水，攻克洛陽。十一月，修五陵。十二月，有事於五陵，告於太廟。「清蕩伊、洛，展敬園陵」即指此事。

五六　簡文作撫軍時，嘗與桓宣武俱入朝，更相讓在前。〔一〕宣武不得已而先之，因曰：「伯也執殳，爲王前驅。」〔二〕衛詩也。殳，長一丈二尺，無刃。簡文曰：「所謂『無小無大，從公于邁。』」〔三〕

【校釋】

〔一〕「簡文作撫軍時」三句　程炎震云：「簡文以咸康六年爲撫軍將軍，永和元年進位撫軍大將軍。其年八月温亦自徐移荆，功名未立，位望未崇，簡文何爲有此讓耶？」按，古人相逢不争道，乃謙退之美德。如東漢馮異「爲人謙退不伐，行與諸將相逢，輒引車避道」。（見後漢書本傳）

〔二〕「伯也執殳」二句　見詩衛風伯兮。

〔三〕「無小無大」二句　見詩魯頌泮水。劉辰翁云：「兩用各極其致。」孫齊莊以父子從獵，即事甚切；簡文以詩答詩，捷對天然。」

五七　顧悦與簡文同年，〔一〕而髮蚤白。中興書曰：「悦字君叔，晉陵人，初爲殷浩揚州別駕。浩卒，上疏理浩。或諫以浩爲太宗所廢，〔二〕必不依許。悦固争之，浩果得申，物論稱之。〔三〕後至尚書左丞。」〔四〕簡文曰：「卿何以先白？」對曰：「蒲柳之姿，〔五〕望秋而落；松栢之質，經霜彌茂。」〔六〕顧凱之爲父傳曰：「君以直道，陵遲於世。入見王，王髮無二毛，而君已斑白。問君年，乃曰：『卿何偏蚤白？』君曰：『松栢之姿，經霜猶茂；臣蒲柳之質，〔七〕望秋先零。受命之異也。』王稱善久之。」〔八〕

【校釋】

〔一〕顧悦　晉書七七顧悦之傳作「顧悦之」。

〔二〕太宗　簡文帝司馬昱廟號。據晉書八穆帝紀、晉書九八桓温傳，揚州刺史殷浩被廢在永和十年（三五四）。因浩屢戰屢敗，桓温乃奏廢浩，自此内外大權一歸於温。

〔三〕物論　人論。物，人也。

〔四〕尚書左丞　晉書本傳作「尚書右丞」，本篇八八注引丘淵之文章録謂顧悦爲「尚書左丞」。據此，疑作「尚書左丞」是。

〔五〕蒲柳　爾雅疏九：「楊，蒲柳，釋曰：『楊一名蒲柳，生澤中，可爲箭。』」御覽九五七：「崔豹古今注曰：『蒲柳生水邊，葉似青楊，亦曰蒲楊，亦曰移柳，亦曰蒲移焉。水楊即蒲楊也，枝勁韌（音刃），任矢用。』」楊慎丹鉛餘録二：「世説『蒲柳之質，望秋先零』，蒲，水楊也。三齊地記無棣縣有秦王繫馬，蟠蒲堪爲箭。非菖蒲之蒲也。若然，豈堪繫馬又中爲箭乎？爾雅：『楊，蒲柳。』其言可證矣。」

〔六〕經霜彌茂　宋本、沈校本並作「凌霜猶茂」。

〔七〕蒲柳　蒲，宋本、沈校本並作「榆」。

〔八〕王稱善久之　顧悦之言不僅得體，更具雕琢之美。魏晉人語言藻麗，美音制，即指此類。簡文稱善，亦緣於顧之語言音辭俱佳，非欣然自己「松柏之姿」也。

五八　桓公入峽，絶壁天懸，騰波迅急。晉陽秋曰：「温以永和二年，率所領七千餘人伐蜀，拜表輒行。」迺歎曰：「既爲忠臣，不得爲孝子，如何？」〔一〕漢書曰：〔二〕「王陽爲益州刺史，行部至邛棘九折阪，〔三〕歎曰：『奉先人遺體，奈何數乘此險！』〔四〕以病去官。後王尊爲刺史，至其阪，問吏曰：『非王陽所畏之道邪？』吏曰：『是。』叱其馭曰：『驅之！王陽爲孝子，王尊爲忠臣。』」

【校釋】

〔一〕「迺歎曰」數句　忠臣孝子之兩難，古人共歎，而莊子人間世論之詳矣：「仲尼曰：『天下有大戒二：其一，命也；其一，義也。子之愛親，命也，不可解於心；臣之事君，無適而非君也，無所逃於天地之間。是之謂大戒。是以夫事其親者，不擇地而安之，孝之至也；夫事其君者，不擇事而安之，忠之盛也；自事其心者，哀樂不易施乎前，知其不可奈何而安之若命，德之至也。爲人臣子者，固有所不得已。行事之情而忘其身，何暇至於悦生而惡死！夫子其行可矣！』」又自新一：「伏波孫秀欲表（周）處母老，處曰：『忠孝之道，何當得兩全。』」吴志吴主傳載：胡綜曰：「忠節在國，孝道立家，出身爲臣，焉得兼之？故爲忠臣不得爲孝子。」晉書九〇良吏潘京傳：「京舉版答曰：『今爲忠臣，不得復爲孝子。』」方正一〇注引引晉陽秋載：諸葛靚因父誕爲司馬昭所殺，誓不見武帝。「時嵇康亦被法，而康子紹死蕩陰之役，談者咸曰：『觀紹、靚二人，然後知忠孝之道區別矣。』」皆其例。

〔二〕漢書曰　宋本無「曰」字。

〔三〕「王陽」二句　王陽，王，宋本作「三」。王利器校：「各本『三』作『王』，是，這是壞字。」邛僰，漢書七六王尊傳作「邛崍」。應劭曰：「在蜀嚴道縣。」臣瓚曰：「崍，山名也。」按，邛僰爲古代西南夷。史記一一六西南夷列傳：「自滇以北君長以什數，邛都最大。」華陽國志蜀志：「臨邛縣，郡西南二百里，本有邛民。秦始皇徙上郡實之。」「僰道本有僰人，故秦紀言僰童之富，漢民多，漸斥徙之。」

〔四〕「歎曰」三句　禮記曲禮上曰：爲人子者，「不登高，不臨深。」意謂登高臨深近危，于父母爲不孝。王陽、桓温所歎即其意。

五九　初熒惑入太微，〔一〕尋廢海西。晉陽秋曰：「泰和六年閏十月，熒惑入太微端門。十一月，大司馬桓温廢帝爲海西公。」晉安帝紀曰：「桓温於枋頭奔敗，知民望之去也，乃屠袁真於壽陽。〔二〕既而謂郗超曰：〔三〕『足以雪枋頭之恥乎？』〔四〕超曰：『未厭有識之情也。公六十之年，敗於大舉，不建高世之勳，未足以鎮厭民望。』因説温以廢立之事。時温夙有此謀，深納超言，遂廢海西。〔五〕」簡文登阼，復入太微，帝惡之。〔六〕徐廣晉紀曰：「咸安元年十二月，熒惑逆行入太微，至二年七月，猶在焉。帝懲海西之事，〔七〕心甚憂之。」時郗超爲中書在直。中興書曰：「超字景興，高平人，司空愔之子也。少而卓犖不羈，有曠世之度，累遷中書郎、司徒左長史。」引超入曰：「天命脩短，故非所計，政當無復近日事不？」〔八〕超曰：「大司馬方將外固封疆，内鎮社稷，必無若此之慮。臣爲陛下以百口保之。」帝因誦庾仲初詩庾闡從征詩也。曰：「志士痛朝危，忠臣哀主辱。」聲甚悽厲。〔九〕郗受假還東，帝曰：「致意尊公，〔一〇〕家國之事，遂至於此！由是身不能以道匡衛，思患預防，愧歎之深，言何能喻！」因泣下流襟。〔二〕續晉陽秋曰：「帝外壓彊臣，〔三〕憂憤不得志，在位二年而崩。」

【校釋】

〔一〕熒惑　即火星，古人稱「火」。火星運行有時從西向東，有時從東向西，情況比較複雜，令人迷惑，所以古代稱之爲「熒惑」。史記二七天官書司馬貞索隱引馬融注尚書「七政」（指北斗七星）曰：「第三曰命火，謂熒惑也。」太微，同上司馬貞引宋均曰：「太微，天帝南宮也。」又引晉灼曰：「（熒惑）常以十月入太微，受制而出行列宿，司無道，出入無常。」張守節正義引天官占云：「熒惑爲執法之星，其行無常，以其捨命國：爲殘賊，爲疾，爲饑，爲兵。環繞句己，芒角動搖，乍前乍後，其殃逾甚。」蜀志黄權傳裴注引蜀記：「魏明帝問權：『天下鼎立，當以何地爲正？』權對曰：『當以天文爲正。往者熒惑守心而文皇帝崩，吴、蜀二主平安，此其徵也。』」古人以星象解釋人事，熒惑入太微，於帝位不利。

〔二〕屠袁真於壽陽　據晉書九八桓温傳、晉書八海西公紀，太和四年（三六九），桓温北伐，九月至枋頭，軍糧竭盡，焚舟步退。南燕慕容垂追之，戰於襄邑，温軍敗績，死者三萬人。温甚恥之，歸罪於西中郎將袁真，表廢爲庶人。真怒温誣己，據壽陽以自固，潛通苻堅、慕容暐。太和五年（三七〇）二月，袁真病死。晉安帝紀稱温屠袁真，不確。

〔三〕郗超　字景興，一字嘉賓，郗愔之子。少卓犖不羣，有曠世之度。交游士林，每存勝拔，善談論，義理精微，奉佛。桓温辟爲征西大將軍掾，又轉爲參軍，深受温器重。遷中書侍郎，轉司徒左長史，權重一時。年四十二卒。事見晉書六七郗超傳。

〔四〕枋頭之恥乎　乎，宋本作「耳」。

〔五〕「時溫夙有此謀」三句　桓溫枋頭之敗，威望大挫，故廢海西公，以示權柄尚在己也。「時（苻）堅聞桓溫廢海西公也，謂羣臣曰：『溫前敗灞上，後敗枋頭，十五年間，再傾國師。六十歲公舉動如此，不能思愆免退，以謝百姓，方廢君以自悦，將如四海何！諺云「怒其室而作色於父」者，其桓溫之謂乎！』」（晉書一一三載記一三苻堅傳）苻堅謂桓溫「廢君以自悦」，「怒其室而作色於父」，極爲有見。

〔六〕「簡文登阼」三句　史記二七天官書：「熒惑爲孛，外則理兵，内者理政。故曰『雖有明天子，必視熒惑所在』。」晉書一三天文志下：「簡文咸安元年十二月辛卯，熒惑逆行入太微，二年三月猶不退。占曰：『國不安，有憂。』是時，帝有桓溫之逼。」前熒惑入太微，尋廢海西公。今復入太微，是否桓溫又欲廢帝？簡文惡之，多方攘災，甚至求助於沙門。高僧傳五竺法曠傳：「晉簡文皇帝遣堂邑太守曲安遠詔問起居，並咨以妖星，請曠爲力。曠答詔曰：『昔宋景修福，妖星移次。陛下光輔以來，政刑允輯，天下任重，萬機事殷，失之毫釐，差以千里。唯當勤修德政，以塞天譴，貧道必當盡誠上答，正恐有心無力耳。』乃與弟子齋懺，有頃乃滅。」又美國漢學家馬瑞志英譯世説新語援引中國天體圖等現代天文學研究成果，以爲本條所描述「熒惑復入太微」之火星運動，「發生於公元三七一年十一月十五日和公元三七二年五月二十九之間」(見范子燁論馬瑞志的英文譯注本世説新語,載文學遺産編輯部編百年學科沉思録,人民文學出版社,一九九八年)。

〔七〕懲　警戒。

〔八〕政當　徐箋附録世説新語詞語簡釋作「只是」解。周一良世説札記云:「政當,當作故當,猶言莫不。晉紀九簡文本紀作『故當無復近日事邪』。後漢失譯大方便佛報恩經四惡友品:『故當萬有一冀。』與此意同。」王叔岷補正:「政與正同,政猶但也。陶淵明神釋:『甚念傷吾身,正宜委運去。』『正宜』猶『但當』也,與此『政當』同義。」按,陶詩「正宜」有肯定義,而此「政當」表疑問意,「正宜」與「政當」意義有别。王説未安,而周説較勝。

〔九〕「帝因誦庾仲初詩」數句　王應麟困學紀聞一三:「晉簡文詠庾闡詩云:『志士痛朝危,忠臣憂主辱。』東魏孝静詠謝靈運詩曰:『韓亡子房奮,秦帝魯連恥。本自江海人,忠義動君子。』至今使人流涕。」按,簡文誦庾闡詩以寄意,悲哀朝中無有志士忠臣。

〔一〇〕尊公　對他人父親之敬稱。段成式酉陽雜俎一三:「魏文帝與尊公書,稱尊公爲元城令,然否?女曰:家君元城之日,妾生之歲。」通鑑一〇三晉紀二五胡注:「此亦清談,但詞溢於言外耳。」按,簡文請郗超致意其父,因愔忠於王室之故,意在愔能瞭解「家國之事,遂至於此」之危殆處境,望其能「志士痛朝危,忠臣哀主辱」。身爲九五之尊,卻受强臣控制,又無志士、忠臣「以道匡衛」,東晉王室之衰弱可憐,竟至於此!簡文誦庾仲初詩,「聲甚悽厲」，又「泣下流襟」。言辭舉止之間，恐懼、無助、憤激諸情緒無不真實，通鑑胡注稱其清談，恐未達簡文之無助處境與深衷隱曲耳。

〔二〕「家國之事」數句　郗超乃桓温黨羽，海西公之廢，即計出於超。簡文心知郗超爲桓温所寵之智囊人物，且作撫軍時，曾辟超爲掾，故引之入而問之，以觀察對方之反映。前云「正當無復近日事不」，乃簡文疑慮桓温是否重演廢黜故技。據簡文帝紀，簡文初即位，桓温奏廢太宰、武陵王晞及子總，又逼新蔡王晃自誣與武陵王晞等謀反，皆收付廷尉。又殺東海王二子及其母。温執意要殺武陵王晞，簡文不許，手詔報曰：「若晉祚靈長，公便宜奉行前詔。若其大運去矣，請避賢路。」面對桓温之肆無忌憚，簡文忍無可忍，强作反抗，才使温「不復敢言」。然簡文終究已成桓温掌中傀儡。

〔三〕外壓　壓，宋本作「厭」。

六〇　簡文在暗室中坐，召宣武。宣武至，問上何在，簡文曰：「某在斯。」〔一〕時人以爲能。〔二〕論語曰：「師冕見，及階，子曰：『階也。』及席，子曰：『席也。』皆坐，子告之曰：『某在斯，某在斯。』」〔三〕注：「歷告坐中人也。」

【校釋】

〔一〕某在斯　劉辰翁云：「似譏不見也。」

〔二〕能　李慈銘云：「『能』下當有『言』字，各本皆脱。」方一新世説新語斠詁謂李説實誤，舉史記酷吏趙禹傳：「今上時，禹以刀筆吏積勞，稍遷爲御史。上以爲能，至太中大夫。」又王温傳：「天子聞之，以爲能，遷爲中尉。」（餘略）後云：「『能』既可泛指有能力、有才能，如史記各例；也可專指思路敏捷，能言善對，如漢書和世説本例，不必補『言』字。」按，方説是。兹再舉數例證其説：豪爽一注引：王敦「聞行船打鼓，嗟稱其能」。輕詆一五載孫綽作列仙商丘子贊，「時人多以爲能」。晉書八〇王獻之傳：「嘗書壁爲方丈大字，羲之甚以爲能。」魏志鄧艾傳注引荀綽冀州記，言爰俞談理精微，「少有能名」。晉書四九胡毋輔之傳：「始節酒自厲，甚有能名。」可見「能」亦爲評價人物標準之一。古人語簡，不言「能鼓」、「能文」、「能書」、「能酒」，以一「能」字概括之。簡文於倉促中以論語應對，敏捷而妥貼，故時人以爲「能」。

〔三〕某在斯　某，宋本誤作「甚」。

六一　簡文入華林園，〔一〕顧謂左右曰：「會心處不必在遠，翳然林水，便自有濠、濮間想也。」〔二〕濠、濮，二水名也。莊子曰：「莊子與惠子游濠梁水上，莊子曰：『儵魚出游從容，是魚樂也。』惠子曰：『子非魚，安知魚之樂邪？』莊子曰：『子非我，安知我之不知魚之樂也。』」「莊周釣在濮水，〔三〕楚王使二大夫造焉，曰：『願以境内累莊子。』〔四〕莊子持竿不顧，曰：

『吾聞楚有神龜者，死已三千年矣，巾笥而藏於廟。此寧曳尾於塗中，寧留骨而貴乎？』二大夫曰：『寧曳尾於塗中。』〔五〕莊子曰：『往矣！吾亦寧曳尾於塗中。』」覺鳥獸禽魚，自來親人。」〔六〕

【校釋】

〔一〕華林園　通鑑一二〇宋紀二胡注：「魏氏作華林園、天淵池於洛中。晉氏南渡，放其制，作之於建康。華林園在宫城北。」梁陸雲御講般若經序：「華林園者，蓋江左以來後庭游宴之所也。自晉迄齊，年將二百，世屬威夷，主多奢替。舞堂鍾肆，等阿房之舊基；酒池肉林，同朝歌之故所。」（廣弘明集一九）

〔二〕會心處　猶了悟處，會意處。莊子以爲道無所不在，則會心處亦無所不在。若有會心，則眼前林水，亦可致神情超越，有濠、濮間想之境界。

〔三〕釣在　在，沈校本作「於」。

〔四〕願以境内累莊子　願上宋本無「曰」字。沈校本同。

〔五〕尾於　宋本、沈校本並無「於」字。

〔六〕「覺鳥獸」二句　覺，覺上宋本有「不」字。沈校本同。劉辰翁云：「清言徑造。」馮友蘭論風流云：「真正風流底人，有情而無我，他的情與萬物的情有一種共鳴。他對於萬物，都有一種深厚底同情。……照世說新語所說，他們見到客觀底世界，而又有甚深底感觸。在此感觸中，主觀客觀，融成一片。表示這種感觸，是藝術的極峰。」按，「覺鳥獸」二句，最可見出晉人欣賞自然山水由實入虛之審美方式。王羲之蘭亭詩云：「羣籟雖參差，適我無非新。」只要用心體悟，則天地萬物，無論巨細、遠近，皆會産生生命與自然之間相通、相近之親和感。

六二　謝太傅語王右軍曰：「中年傷於哀樂，與親友别，輒作數日惡。」〔一〕王曰：文字志曰：「王羲之字逸少，琅邪臨沂人。父曠，〔二〕淮南太守。羲之少朗拔，爲叔父廙所賞，〔三〕善草隸，累遷江州刺史、右軍將軍、〔四〕會稽内史。」「年在桑榆，自然至此，正賴絲竹陶寫。〔五〕恒恐兒輩覺損欣樂之趣。」〔六〕

【校釋】

〔一〕「中年傷於哀樂」三句　因年在桑榆，來日苦短，與親友相聚之歡，難可再遇，故與親友别後數日心情不佳。

〔二〕曠　王刻本作「礦」。李慈銘云：「案礦當作曠。晉書作曠，各本皆誤。」按，宋本亦作「曠」。李未見宋本，故曰「各本皆誤」。

〔三〕廙　王廙，字世將，丞相王導從弟。少能屬文，工書畫，善音樂、射御、博弈、雜伎。歷任荆州刺史、輔國將軍、散騎常侍等職。卒贈侍中、驃騎將軍，謚曰康。事見晉書七六王廙傳。張彦遠歷代名畫記五載王廙孔子十弟子贊，有「余兄子羲之幼而岐嶷，必將隆於堂構，今年始十六」等語，此所謂爲叔父所賞。

〔四〕右軍將軍　楊箋改作「右將軍」，並云：「宋本作『右軍將軍』，非。惜抱軒筆記：『王羲之是右將軍，而本傳誤作右軍將軍。致王方慶進右軍帖所題銜，亦襲其誤。而樂毅論後僞褚跋之誤，又不足論矣。』勇按：汪藻譜暨本篇七一注一、排調篇五七注二引王氏譜皆作『右將軍』，並證姚説之實。」按，右軍只能是右軍將軍之省稱，右將軍不可省稱右軍。晉書二四職官志：「左右前後軍將軍，案魏明帝時有左軍，則左軍魏官也，至晉不改。武帝初又置前軍、右軍。泰始八年，又置後軍，是爲四軍。」所謂「左右前後軍將軍」，是指左軍將軍、右軍將軍、前軍將軍、後軍將軍，省作左軍、右軍、前軍、後軍。例如品藻八八載：桓玄謂同坐曰：「我家中軍那得及此也！」中軍，是稱中軍將軍桓謙。據此，右軍爲右軍將軍之省稱。又晉書六三郭默傳載：蘇峻死，徵默爲右軍將軍，默樂爲邊將，不願宿衞，及赴召，謂平南將軍劉胤曰：「我能禦胡而不見用。右軍主禁兵，若疆場有虞，被使出征，方始配給，將卒無素，恩信不著，以此臨敵，少有不敗矣。」可證右軍爲右軍將軍之省稱。晉書八一桓伊傳載：桓伊破苻堅於肥水有功，進號右軍將軍。後徵拜護軍將軍，以右軍府千人自隨，配護軍府。卒官，贈右將軍。此又可證右軍乃右軍將軍之省稱，且與右將軍不相混。羲之官既省稱右軍，則必是右軍將軍，晉書不誤。王氏譜作「右將軍」不可信。

〔五〕「年在桑榆」三句　正賴，陶淵明贈羊長史詩：「得知千載上，正賴古人書。」正，僅也，止也，晉宋人常語，亦作「政」。梁高僧傳二鳩摩羅什傳：「若戒不全，無能爲也，正可才明儁義法師而已。」陶寫，排遣憂悶。寫，同「瀉」。晉人多喜音樂，常以絲竹自娱。晉書七九謝安傳曰：「性好音樂，自弟萬喪，十年不聽音樂，及登臺輔，期喪不廢樂。王坦之喻之，不從。衣冠效之，遂以成俗。」余箋：「謝安晚歲，雖期功之慘，不廢妓樂。蓋藉以寄興消愁。王坦之苦相諫阻，而安不從。至謂『安北出户，不復使人思』，正憤其不能相諒耳。惟右軍深解其意，故其言莫逆於心。」依余箋，此條所敍之事，時在謝安晚年。然據謝安和王羲之行事，余箋實誤。考晉書七九謝安傳，安卒於太元十年（三八五），時年六十六。晉書八〇王羲之傳記羲之年五十九卒，不言年月。陶弘景真誥一六闡幽微注曰：「（羲之）至升平五年辛酉歲卒亡，年五十九。」（詳見企羨三校釋）以羲之卒年五十九推算，羲之年長謝安十七八歲。當謝安中年，羲之已「年在桑榆」。謝安登臺輔，羲之早亡。故安與羲之對話必在升平五年（三六一）之前，時羲之爲會稽内史，安年四十左右，尚隱居東山，而謝萬未卒。羲之「年在桑榆」，「輒作數日惡」之感更多更深刻，故説「自然至此」，並以爲生命短促之憂傷，「正賴絲竹陶寫」。絲竹，指琴、簫、笙、瑟等絃樂器，多用於俗樂，屬於清商曲調範圍，聲音清越，淒絶哀婉，動人心魄，與用於宗廟、祭祀等莊嚴場合之金石之聲不同。至遲自西漢始，由於絲竹之樂優美曼妙，於上層社會越來越流行。絲竹之所以令人流蕩忘返，奥秘全在於絲竹幾乎與妓樂同義。倡伎之美豔與絲竹之美妙融而爲一，美色、音樂之雙重享受，誰能抵擋其魅力？而江左妓樂盛行，超越前代。晉書七〇鍾雅傳：明帝崩，國喪還未滿一年，尚書梅陶私奏女妓。鍾雅劾奏梅陶稱：「陶無大臣忠慕之節，家庭侈靡，聲妓紛葩，絲竹之音，流聞衢路。宜加放黜，以整王憲。」晉書九九殷仲文傳：「後房妓妾數十，絲竹不絶。」謝安亦畜妓。晉書七九謝安傳：「安雖放情丘壑，然每遊賞必以妓女從。」謝安性好音樂，又畜妓，晚年登臺輔，朞喪不廢樂。顯然，謝安喜歡之音樂，必是妓樂也。羲之謂「正賴絲竹陶寫」之「絲竹」，竊以爲亦是妓樂也。

〔六〕「恒恐兒輩」句　此句難解。一是斷句問題。蘇軾以「覺」字斷句，作遊東西巖詩（自注：即謝安東山也）云：「謝公含雅量，世運屬艱難。況復情所鍾，感慨萃中年。正賴絲與竹，陶寫有餘歡。常恐兒輩覺，坐令高趣闌。」（見蘇軾集注分類東坡先生詩卷二）此詩可證蘇軾以「覺」字斷句，意謂右軍「絲竹陶寫」，恒恐兒輩發覺，以致減損欣樂之趣。後人亦多以「覺」字斷句，如余箋、徐箋皆「覺損」斷開，分作二句。郭在貽世説新語詞語考釋云：「覺損二字應連讀，覺者，減也，差也；損，也有差、減的意思。覺損是同義並列復合詞。今考上古全晉文卷一九王導書：『改朔情增傷感，濕蒸事何如？頗小覺損不？』所謂『頗小覺損』，即是稍許減輕的意思。」按，郭說是。抱樸子外篇交際：「豈以有之爲益，無之覺損乎？」外臺秘要方一八：「能食起即停，如未覺損，終而復始，以差爲度。」以上二例中「覺損」一詞，亦爲減輕、減少義。右軍「恒恐」一語，因斷句問題，一般多解爲「只怕兒輩發覺，有損欣樂的情趣」，同蘇軾遊東西巖詩。二是因斷句問題，關於此句之意義，遂不得確解。劉辰翁云：「自家潦倒，憂及兒輩，真鍾情語也。此少有喻者。」世說抄撮云：「言老自多憂感，且賴絲竹陶寫其情，祇恐兒輩不覰知斯意。若爲覰知，則又顧損陶寫之樂，益其憂感耳。」世說箋本云：「晚年只賴絲竹陶寫憂愁，得延日耳。夫我爲之，不過爲陶寫憂愁而已，而常恐兒輩認我好之，遂亦仿效以爲欣樂之具。爲慮兒輩沉溺，致損我欣樂之趣。」蔣宗許世說新語校箋臆札則多舉全晉文王羲之雜帖中關於子孫夭折之事，以爲「王則同意謝說，云老來不免如此，勸謝安多聽聽音樂排解。但因爲他時常傷於晚輩的夭亡，於是又言不由衷地說了『恒恐』一語。如果補足語意，則是『常常擔心晚輩出事影響歡樂的情趣』」。（文史一九九九年第四輯，下同）按，蘇軾及後人之解釋，其實不合情理。絲竹陶寫非作鄙事，何以「恒恐兒輩覺」？兒輩覺便覺矣，又何以會「損欣樂之趣」？若明乎右軍所謂「絲竹」即是妓樂，「恒恐兒輩覺損欣樂之趣」一句或可得確解。蓋沉溺妓樂，不免有傷德行，此爲道德正統派之口實。賢媛二三：「謝公夫人帷諸婢，使在前作伎，使太傅暫見便下帷。太傅索更開，夫人云：『恐傷盛德。』」聲色之樂既在聲，亦在色，劉夫人止讓謝安聽聲，不許其觀色，趣味是否減損大半？謝安欲觀劉夫人作伎而遭遇之難堪，正可説明「恒恐兒輩覺損欣樂之趣」一語之内涵。不難想像羲之「陶寫絲竹」之際，若其夫人或兒輩云「恐傷盛德」，頓時便興趣索然矣。

六三　支道林常養數匹馬。〔一〕或言道人畜馬不韻，〔二〕支曰：「貧道重其神駿。」〔三〕高逸沙門傳曰：「支遁字道林，河内林慮人。或曰陳留人，本姓關氏，少而任心獨往，風期高亮，家世奉法。嘗於餘杭山，〔四〕沈思道行，泠然獨暢。〔五〕年二十五始釋形入道。年五十三終於洛陽。」〔六〕

【校釋】

〔一〕支道林　王應麟困學紀聞二〇：「佛學初行，其徒猶未有稱，僧通曰道人，其姓皆從所授學。如支遁本姓關，學於支謙爲支。帛道猷本姓馮，學於帛尸梨密爲帛是也。至道安始言佛氏釋迦，今爲佛子，宜從佛氏，乃請皆姓釋。」白居易沃洲山禪院記：「西北有支遁岑，而養馬坡、放鶴亭次焉。」（白氏長慶集五九）世説音釋：「吴郡疏曰：『支道林好馬，其最愛者曰頻伽。嘗飲頻伽於橋下，馬溲處忽生蓮花。』」余箋：「吴郡志九云：支遁庵在南峰，古號支硎山，晉高僧支遁嘗居此。剜山爲龕，甚寬敞。道林喜養駿馬，今有白馬澗，云飲馬處也。庵旁石上有馬足四，云是道林飛步馬跡也。」

〔二〕道人畜馬不韻　世説音釋：「蜀以作事寡趣曰不韻。」徐復觀云：「『或言道人畜馬不韻』，是認爲畜馬謀利，這便是不清不雅。」（見徐復觀中國藝術精神，廣西師範大學出版社，二○○七年一月第一版，下同）按，馬義爲武事。周禮夏官序官：「夏官司馬。」賈公彦疏：「鄭云：『象夏所立之官。馬者，武也，言爲武者也。』」魏晉視武者爲賤，故稱道人養馬爲不韻。

〔三〕貧道重其神駿　袁中道云：「韻正在此。」馮友蘭論風流云：「他養馬並不一定是要騎。他只是從審美的眼光，愛其神駿。」徐復觀云：「支道林答以『重其神駿』，表示他並非以此謀利，而祇把它當作藝術品來欣賞，這便合於玄的要求而韻了。」按，支遁之言，正體現魏晉時期略形求神之新審美觀。高僧傳四支遁傳曰：「（遁）每至講肆，善標宗會，而章句或有所遺，時爲守文者所陋。謝安聞而善之，曰：『此乃九方堙之相馬也，略其玄黄，而取其駿逸。』」可見，支遁學問主得意忘言。相馬亦復如是，馬形之肥瘦，毛色之玄黄，皆不關神駿。此與當時人物品題重神韻正同，忘象得意，深契玄學精神。

〔四〕餘杭山　杭，宋本誤作「抗」。

〔五〕沈思道行泠然獨暢　宋本作「沈思道術行吟獨暢」。沈校本同。徐箋：「案高僧傳云：沉思道行之品，委曲慧印之經。」按，道行，佛法，佛教教義。首楞嚴三昧經卷下：「菩薩若能通達首楞嚴三昧，則能通達一切道行。」高僧傳四支遁傳：「晉哀帝即位，頻遣兩使徵請出都，止東安寺講道行。」據此，作「道行」是。

〔六〕終於洛陽　程炎震云：「道林安得終於洛陽？下卷傷逝門引支遁傳云：『太和元年終於剡之石城山。』高僧傳則云：『先經餘姚塢山中住，晉太和元年閏四月四日，終於所住，因葬焉。』」

六四　劉尹與桓宣武共聽講禮記。桓云：「時有入心處，便覺咫尺玄門。」〔一〕劉曰：「此未關至極，自是金華殿之語。」〔二〕漢書敍傳曰：〔三〕「班伯少受詩於師丹，大將軍王鳳薦伯於成帝，宜勸學，召見宴暱，〔四〕拜爲中常侍。時上方向學，鄭寬中、張禹朝夕入説尚書、論語於金華殿，〔五〕詔伯受之。」

【校釋】

〔一〕「時有入心處」二句　入心處，猶會心處。玄門，老子一章：「玄之又玄，衆妙之門。」咫尺玄門，意謂離玄門極近。凌濛初云：「宣武慕玄而不及舞詟，略有所聞，時時推附。」

〔二〕「此未關至極」二句　至極，宗歸，終極。玄學家稱之爲「無」，佛學家稱之爲「法性」。高僧傳六慧遠傳：「遠乃歎曰：『佛是至極，至極則無變，無變之理，豈有窮邪？』因著法性論曰：『至極以不變爲性，得性以體極爲宗。』」僧肇注維摩詰經卷七：「佛爲至極之慧。」劉應登云：「蓋言其講說可聽，而未到至處耳。」唐長孺魏晉玄學之形成及其發展云：「桓温聽禮，忽然有咫尺玄門的體會，假使不是講者與聽者先有名教與自然，儒之與道互相貫通的觀點是不會有此想的。由禮以窺玄，即是在名教中顯示自然，這就是樂廣所云『名教内自有樂地』之説。劉惔認爲禮未闗至極，因爲這畢竟不是『本』，不是道，而只是廟堂的設施。然二人説雖不同，却並不衝突，因爲劉惔只是説『未闗至極』，而桓温也認爲禮與玄門還是有咫尺的距離的。」（唐長孺魏晉南北朝史論叢）按，唐氏以爲桓温、劉惔兩人有儒道互通之觀點，此説是。然仍須指出，劉惔以爲禮記乃用以治世，爲廟堂之學，終究「未闗至極」；而「至極」者何？當是玄學無疑。在劉惔看來，玄學爲理之宗歸，更高於儒學。

〔三〕曰　宋本誤作「田」。

〔四〕宴暱　宋本作「宴昵」。漢書敍傳作「宴昵殿」。張晏曰：「親戚宴飲會同之殿。」

〔五〕金華殿　顔師古注：「金華殿在未央宫。」

六五　羊秉爲撫軍參軍，少亡，有令譽。夏侯孝若爲之敍，〔一〕極相讚悼。羊秉敍曰：「秉字長達，太山平陽人，漢南陽太守續曾孫。大父魏郡府君，即車騎掾元子也。府君夫人鄭氏無子，乃養秉。〔二〕韶齔而佳，小心敬慎。十歲而鄭夫人薨，秉思容盡哀，俄而公府掾及夫人並卒，秉羣從父率禮相承，〔三〕人不問其親，雍雍如也。仕參撫軍將軍事，將奮千里之足，揮沖天之翼，惜乎春秋三十有二而卒。昔罕虎死，子産以爲無與爲善，〔四〕自夫子之没，有子産之歎矣。〔五〕亡後有子男，又不育。是何行善而禍繁也？豈非司馬生之所惑與？」〔六〕羊權爲黄門侍郎，〔七〕侍簡文坐。帝問曰：「夏侯湛别見。〔八〕作羊秉敍絶可想，是卿何物？〔九〕有後不？」羊氏譜曰：「權字道輿，〔一〇〕徐州刺史悦之子也。〔一一〕仕至尚書左丞。」權潸然對曰：「亡伯令問夙彰，而無有繼嗣，雖名播天聽，然胤絶聖世。」帝嗟慨久之。〔一二〕

【校釋】

〔一〕夏侯孝若　夏侯湛字孝若，譙國譙人也。祖威，魏兗州刺史。父莊，淮南太守。幼有盛才，文章宏富，善構新詞，美容觀。少爲太尉掾。泰始中，拜郎中。後選補太子舍人，轉尚書郎，出爲野王令。事見晉書五五夏侯湛傳。

〔二〕「羊秉敍曰」數句　羊秉敍所敍羊氏世次錯亂。李慈銘云：「案魏郡府君，羊祉也。車騎掾者，羊繇也。但晉書羊祜傳言魏郡太守祉爲京兆太守秘之子。據此敍稱大父，是祉與秘皆續之子。則祉爲秘弟，疑晉書誤也。」按，晉書三四羊祜傳：「祖續，仕漢南陽太守。父衜，上黨太守。」「伯父秘，官至京兆太守。子祉，魏郡太守。」泰山城南羊氏譜載：一世續，南陽太守。二世秘，續子，京兆太守。三世祉，秘子，魏郡太守；其弟繇，秘子，車騎掾。

四世秉，繇子。又賞譽一一云：羊長和父繇仕至車騎掾。孝標注引羊氏譜：「繇字堪甫，泰山人。祖續，漢太尉，不拜。父秘，京兆太守。繇歷車騎將軍，娶樂國楨女，生五子：秉、洽、式、亮、悦也。」羊氏譜所敍羊氏世次分明。據上則知孝標注引羊秉敍中「大父魏郡府君」一句之「大父」是羊祉，乃秉之伯父，非祖父也。「即車騎掾元子」一句是指羊秉乃車騎掾羊繇之長子。因省略「羊秉」二字，連續上句，以致敍次不明。羊秉敍下云「府君夫人無子，乃養秉」，亦可證秉乃羊祉之侄，寄養於祉。徐箋釋「大父」云：「此云大父，疑即世父之義，古『大』與『世』通。」其説是也。李慈銘云「祉與秘皆續子，則祉爲秘弟」，蓋誤解羊秉敍中「大父」爲祖父也。朱注又從李誤，謂祉、秘「亦似兄弟輩」、「羊祉實爲秉之叔祖」。亦誤。

〔三〕羣從父　徐箋：「『父』字，影宋本及沈校本並無，是，當據删。」

〔四〕罕虎　字子皮。左傳昭公十三年：「子産歸，未至，聞子皮卒，哭且曰：『吾已無爲爲善矣，唯夫子知我。』」杜預注：「言子皮知己之善。」

〔五〕夫子　指羊秉。此二句意謂自秉卒後，我亦有子産之歎。

〔六〕司馬生　徐箋：「案司馬生謂司馬遷。史記伯夷列傳：『或曰天道無親，常與善人。』若至近世，操行不軌，專犯忌諱，而終身逸樂，富厚累世不絶。或擇地而蹈之，時然後出言，行不由徑，非公正不發憤，而遇災禍者，不可勝數也。余甚惑也，儻所謂天道，是邪？非邪？」按，羊秉行善而禍繁，天道何在？故夏侯孝若亦有司馬生之惑。

〔七〕羊權　權爲羊忱子，而忱與秉皆繇子，忱爲秉弟，故後權稱秉爲「亡伯」。

〔八〕别見　見文學七一注引。

〔九〕想　思也。何物，猶言何人。

〔一〇〕道輿　輿，宋本作「興」。王利器校：「各本『輿』作『興』，是，名『權』字『興』，義正相應。」

〔一一〕悦之子　悦，李慈銘云：「案悦當作忱。卷中方正篇兩見，皆作忱。宋書羊欣傳亦言『曾祖忱，晉徐州刺史』。」按，李説是。

〔一二〕「權潸然對曰」數句　羊權所答，甚切合簡文所問。「亡伯」對「是卿何物」，「令問夙彰」、「名播天聽」對「絶可想」，「無有繼嗣」、「胤絶聖世」對「有後不」。且潸然流淚，情深辭佳，故簡文「嗟慨久之」。

六六　王長史與劉真長别後相見，王長史别傳曰：「濛字仲祖，太原晉陽人。其先出自周室，經漢、魏，世爲大族。〔一〕祖父佐，〔二〕北軍中侯。父訥，葉令。濛神氣清韶，年十餘歲，放邁不羣。弱冠檢尚，風流雅正，外絶榮競，内寡私欲。辟司徒掾、中書郎，以后父贈光禄大夫。」〔三〕王謂劉曰：「卿更長進。」〔四〕答曰：「此若天之自高耳。」〔五〕語林曰：「仲祖語真長曰：『卿近大進。』劉曰：『卿仰看邪？』王問何意，劉曰：『不爾，何由測天之高也？』」

【校釋】

〔一〕大族　大，宋本誤作「夫」。

〔二〕祖父佐　余箋：「隋志有晉散騎常侍王佑集二卷，録一卷。兩唐志均作王祐。」「吴士鑒作王濛傳注，謂佐爲佑之訛。又誤作祐。官名則各舉其一，其説是也。」按，晉書九三外戚傳、晉書七五王湛傳、晉書四〇楊駿傳皆作「佑」，皆可證作「佑」是。

〔三〕后父　王濛女爲哀靖皇后。見晉書三二后妃下。

〔四〕長進　此指清言長進，非指道德、事功長進。東晉清言家相見，先問玄談長進，可見談風之盛。

〔五〕此若天之自高耳　程炎震云：「天之自高，用莊子田子方篇語，劉氏失注。」按，莊子田子方：「至人之於德也，不修而物不能離焉，若天之自高，地之自厚，日月之自明，夫何修焉。」劉惔以「天之自高」爲比，謂己之清言超拔，蓋出於自然，非修習又，劉應登解劉惔之言云：「蓋不喜王有長進之言，故謂己爲天之本自高，特看者不測耳，非近日方長進也。皆戲語。」其説得之。惔言近於狂妄，但清談水準確屬第一流。劉惔傳又稱惔「辭甚簡至」，此條爲一證。又劉注語林，乃是惔不喜王濛「卿近大進」之恭唯，令王仰頭看天，于王莫名其妙之際，譏刺王不測己之高深。王世懋云：「語大無當。」袁中道云：「俱狂。」（舌華録二狂語）李慈銘則以儒家道德爲準則，抨擊劉惔云：「人雖妄甚，無敢以天自比者，真長雖有可稱，而有此譫言，至爲愚妄，臨川載之，無識甚矣。」李説甚不可取。劉惔之言思致活潑，詼諧有趣，活現出高自標置之個性及言辭簡至之談風。若以「愚妄」目之，則世説僅有高頭講章，豈有名言雋語乎？

六七　劉尹云：「人想王荆産佳，此想長松下當有清風耳。」〔一〕荆産，王微小字也。〔二〕王氏譜曰：〔三〕「微字幼仁，琅邪人。祖父乂，平北將軍。父澄，荆州刺史。微歷尚書郎、右軍司馬。」

【校釋】

〔一〕「人想」二句　劉應登云：「以其名家，意想其佳耳。」朱注發揮劉説云：「劉之語意，蓋謂人以王出世胄名門，故稱之，亦猶想像長松下定有清風耳。」按，劉説近是。劉惔之語，解釋人何以以爲王荆産佳。劉惔平素評論人物甚刻薄，味其言外之意，似以爲荆産未必佳。荆産究竟佳不佳且不深論，所可注意者是長松之下有清風之喻。以意境美來譬喻人物美，爲魏晉鑒賞人物所常見。賞譽二一：「世目李元禮『謖謖如勁松下風』。」容止二五注引語林曰：「謝公云：『小時在殿廷會見丞相，便覺清風來拂人。』」皆以清風宜人讚賞人之精神。

〔二〕王微　沈校本作「徽」，注文同。王利器校：「案作『徽』是，本書附琅琊臨沂王氏譜及晉書王澄傳，字都作『徽』。」按，王校是。徽小字荆産，疑生於荆州，故名。

〔三〕王氏譜曰　宋本、沈校本並無「曰」字。

六八　王仲祖聞蠻語不解，茫然曰：「若使介葛盧來朝，故當不昧此語。」〔一〕春秋傳曰：「介葛盧來朝魯，聞牛鳴曰：『是生三犧，皆用之矣。其音云。』問之而信。」杜預注曰：「介，東夷國。葛盧，其君名也。」

【校釋】

〔一〕「若使介葛盧」句　列子黄帝篇：「今東方介氏之國，其國人數數解六畜之語者，蓋偏知之所得。」周禮注疏三六：「夷隸掌役牧人養牛馬與鳥言。」鄭司農云：「夷狄之人，或曉鳥獸之言，故春秋傳曰：『介葛盧聞牛鳴曰，是生三犧皆用矣。』是以貉隸職掌與獸言。」劉應登云：「介葛盧能辨牛語，謂蠻語亦然。」按，王意比蠻語如鳥獸之言，非得介葛廬方能懂得。

六九　劉真長爲丹陽尹，〔一〕許玄度出都，就劉宿。〔二〕續晉陽秋曰：「許詢字玄度，高陽人，魏中領軍允玄孫。總角秀惠，衆稱神童。〔三〕長而風情簡素。司徒掾辟，不就，〔四〕蚤卒。」〔五〕牀帷新麗，飲食豐甘。許曰：「若保全此處，殊勝東山。」〔六〕劉曰：「卿若知吉凶由人，吾安得不保此！」〔七〕春秋傳曰：「吉凶無門，唯人所召。」王逸少在坐曰：「令巢、許遇稷、契，當無此言。」〔八〕二人並有愧色。〔九〕

【校釋】

〔一〕「劉真長」句　余箋：「建康實録八云：『永和三年十二月，以侍中劉惔爲丹陽尹。』」

〔二〕許玄度　許詢爲東晉著名隱士，然晉書無傳，殊爲遺憾。今據續晉陽秋、文選江淹擬許徵君自序詩、建康實録諸書，試作許詢傳如次：許詢字玄度，高陽人，魏中領軍允玄孫。祖式，濮陽内史、平原太守。父歸，以琅邪太守隨元帝過江，遷會稽内史，因家於山陰。母華軼女。詢總角秀惠，衆稱神童。年少時，人以比王脩，許大不平。時諸人士及林法師並在會稽西寺清言，王亦在焉。許意甚忿，便往西寺與王論理，共決優劣，苦相折挫，王遂大屈。長而風情簡素，有才藻，善屬文，能清言，時人皆欽慕仰愛之。中宗聞而征爲議郎，辭不受職，遂托迹永興。肅宗連征司徒掾，皆不就。故號徵君。好泉石，樂隱遁，與謝安、王羲之、支遁等遊處，以弋釣嘯詠爲事。詢澡心學佛，早年舍山陰、永興二宅爲寺。家財珍異，悉皆是給。既成，啟奏。孝宗詔曰：「山陰舊宅，爲祇洹寺。永興新居，爲崇化寺。」詢乃於崇化寺造四層塔物産既罄，猶欠露盤相輪。一朝風雨，相輪自備。時所訪問，乃是剡縣飛來。永和初，詢詣建業，見者傾都。丹陽尹劉惔于郡中立齋以處之，九日十一詣之，曰：「卿尚不去，使我成薄德二千石。」詢既反，劉尹嘗至其齋曰：「清風朗月，何嘗不恒思玄度。」嘗詣簡文，爾夜風恬月朗，乃作曲中語。簡文賞其襟懷之詠，達於將旦，既而曰：「玄度才情，故未易多有許。」詢好遊山澤，而體便登陟，時人曰：「許非徒有勝情，亦有濟勝之具。」後托跡隱於永興西山，蕭然自致，每致四方諸侯之遺。或謂許曰：「嘗聞箕山人似不爾耳。」許曰：「筐篚苞苴，故當輕於天下之寶耳。」江夏孟嘉曾赴吊會稽，路由永興，許詢識之。嘉赴義歸，許留之信宿，雅相知得，有若舊交。晚年嘗與支道林共談維摩經，支爲法師，許爲都講。支通一義，四坐莫不厭心；許送一難，衆人莫不忭舞。詢與太原孫綽並爲一時文宗，簡文稱歎曰：「玄度五言詩，妙絶時人。」後因祠祀得疾而終。

〔三〕神童　神，宋本誤作「祖」。

〔四〕不就　不，宋本誤作「大」。

〔五〕蚤卒　約略見於王羲之雜帖：「玄度先乃可耳，嘗爲有理。因祠祀絶多感，其夜便至此。致之生而速之，每尋痛惋，不能已已。省君書增酸。恐大分自不可移，時至不可以智力救如此。」按，據羲之此書，許詢因祠祀感疾而暴亡。剡録謂許詢「入剡山，莫知所止。或以爲升仙」，皆爲妄傳。

〔六〕東山　世説箋本：「東晉人謂棲逸之處爲『東山』。言子若得保全此富貴，則勝於棲逸。」按，東山指會稽東山，非謂棲逸之代名詞，世説箋本不確。許詢曾隱東山，與王羲之、支遁、孫綽等游處。影印清乾隆五十七年刊本紹興府志五謂上虞縣有東山，並引嘉泰會稽志：「在縣西南四十五里，晉太傅謝安所居也。其嶺有謝公調馬路，白雲、明月二堂遺址。」又録宋人王銍東山記寫東山之勝云：「巋然獨立於衆峰間，拱揖蔽虧，如鸞鶴飛舞；山林深蔚，望不可見。逮至山下，於千嶂掩抱間得微徑，循石路而上，今爲國慶禪院，乃太傅故宅。絶頂有謝公調馬路，白雲、明月二堂遺址。至此山川始軒豁呈露，萬峰林立。下視煙海渺然，天水相接，蓋萬里雲景也。」

〔七〕「劉曰」二句　劉惔之言，意謂我知禍福由人，我豈不知保全此榮華耳！

〔八〕「令巢許」二句　令，宋本誤作「今」。按「令」，假若也。巢：巢父。許：許由。皆是傳説中堯時隱士。皇甫謐高士傳巢父：「巢父者，堯時隱人也，山居不營世利，年老以樹爲巢而寢其上，故時人號曰巢父。」史記六一伯夷列傳：「堯讓天下于許由，許由不受，耻之逃隱。」稷：周之先祖。虞舜命爲農官，教民耕稼，稱爲「后稷」。詩大雅生民：「厥初生民，時維姜嫄……載生載育，時維后稷。」契：商之先祖。史記三殷本紀：「契爲帝嚳之子，長而佐禹治水有功，封于商，賜姓子氏。」此二句乃王羲之諷刺許玄度非真隱士如巢、許，居然謂官宦利禄勝於東山之隱；劉真長亦非三代之稷、契，唯知保全榮華而無功於生民。

〔九〕「二人」句　劉辰翁云：「不謂真長、玄度，有此謬談。」王世懋云：「二君故復有此破綻邪？」李贄云：「逸少執古按今，落在二老圈繢中矣。」按，許詢爲著名隱士，劉惔爲一流清談家，平素以清高標榜，然在享受錦衣豐甘時卻露出「大破綻」。東晉隱逸清高之士常講「游心玄虛」，其實有時欣然於富貴，終久未能免俗。

七〇　王右軍與謝太傅共登冶城。〔一〕揚州記曰：「冶城，吴時鼓鑄之所。吴平，猶不廢。王茂弘所治也。」謝悠然遠想，有高世之志。王謂謝曰：「夏禹勤王，手足胼胝；〔二〕帝王世紀曰：「禹治洪水，手足胼胝。」世傳禹病偏枯，足不相過，今稱「禹步」是也。文王旰食，〔三〕日不暇給。尚書曰：「文王自朝至於日昃，〔四〕不遑暇食。」今四郊多壘，禮記曰：「四郊多壘，卿大夫之辱也。」〔五〕宜人人自效，而虚談廢務，浮文妨要，恐非當今所宜。」謝答曰：「秦任商鞅，二世而亡，戰國策曰：「衛商鞅，諸庶孽子，名鞅，姓公孫氏。少好刑名學，爲秦孝公相，封於商。」豈清言致患邪？」〔六〕

【校釋】

〔一〕冶城　冶，正文及注文宋本皆誤作「治」。景定建康志二〇：「金陵有古冶城，本吴冶鑄之地。世説敍録云，丹楊冶城去宫三里，今天慶觀即其地。孝武帝太元十五年，於城中立寺，以冶城爲名。……謝安每與王羲之登之，悠然遠想，有高世志。」明人顧起元客座贅語一〇「兩謝公墩」條云：「金陵志記冶城北有謝公墩。謝靈運撰征賦：『視冶城而北屬，懷文選之悠揚。』李白有登金陵冶城西北謝公墩詩，序云：『此墩即晉太傅謝安與右軍王羲之同登，超然有高世之志。于時營園其上，故作是詩。』」又，關於王、謝登冶城之時間，程炎震云：「王、謝冶城之語，晉書載于安石執政時，誠誤。晉略列傳二七謝安傳，作『咸康中，庾冰强致之。會羲之亦爲庾亮長史，入都，共登冶城』云云。其自注曰：『安執政，羲之已殤。』遞推上年，惟是時二人共在京師。考庾冰爲揚州，傳不記其年，據本紀，當是咸康五年，王導薨後。其明年正月一日，庾亮亦薨。如周說，則王、謝相遇必於是年矣。然是年安石方二十歲，傳云弱冠詣王濛，爲所賞。中經司徒府辟，又除佐著作郎。恐庾冰强致，非當年事。右軍長安石十七歲，方佐劇府，鞅掌不遑。下都游憩，事或有之，無緣對未經事任之少年，而責以自效也。吾意是永和二三年間右軍爲護軍時事。安石雖累避徵辟，而其兄仁祖方鎮歷陽，容有下都之事，且年事已長，不能無意於當世，故右軍有此言耳。過此以往，則右軍入東，不在京師矣。」

〔二〕胼胝　手掌腳底因長期勞作而生之繭。莊子讓王：「曾子居衛，緼袍無表，顏色腫噲，手足胼胝。」

〔三〕旰食　晚食。指事忙而不能按時吃飯。

〔四〕日昃　昃，宋本作「昗」。昗，太陽偏西。易豐：「日中則昗。」

〔五〕「四郊」二句　纂圖互注禮記一注：「辱其謀人之國，不能安也。壘，軍辟也，數見侵伐則多壘。」

〔六〕王右軍與謝太傅關於清談之不同看法，在當時極具代表性。終東晉一朝，如何評價清談、清談與西晉滅亡有無關係此兩大問題，始終存在對立兩派。追溯至西晉將亡前夕，清談領袖王衍爲石勒俘虜，死前幡然醒悟道：「嗚呼！吾曹雖不如古人，向若不祖尚浮虛，戮力以匡天下，猶可不至今日。」（晉書本傳）稍後干寶晉紀總論論西晉之亡，亦歸罪於清談浮虛之害。東晉勤於事功者如陶侃，批評浮虛之士曰：「老莊浮華，非先王之法言，不可行也。君子當正其衣冠，攝其威儀，何有亂頭養望自謂宏達邪？」（晉書本傳）戴邈上疏曰：「世喪道久，人情玩於所習；純風日去，華競日彰，猶火之消膏而莫之覺也。」（晉書六九戴若思傳附邈傳）卞壼勤於吏事，「時貴游子弟多慕王澄、謝鯤爲達，壼厲色於朝曰：『悖禮傷教，罪莫斯甚。中朝傾覆，實由於此。』欲奏推之。」將西晉滅亡歸罪於浮虛。然王導、庾亮不從。（晉書本傳）桓溫北伐，登樓眺望中原，慨然曰：「遂使神州陸沉，百年丘墟，王夷甫諸人不得不任其責！」（晉書本傳）范寧以爲浮虛相扇，儒雅日替，其源始於王弼、何晏，二人之罪深於桀紂，著論稱王、何游辭浮說，導致中原傾覆。（見晉書本傳）凡此皆可見終東晉之世，關於清談是非之爭從未停止。雖有干寶、陶侃諸人嚴斥浮虛之風，但清談始終爲最高統治者偏愛、袒護。方正四五注引高逸沙門傳曰：「晉元、明二帝，游心玄虛，托情道味。」至於簡文帝更是清談之中心。輔宰王導、庾亮、謝安，皆是清言領袖。

反對清言一派，難占上風。右軍、桓温雖指責虚談之害，其實也未免清談。清談於後世仍引發争論。王通文中子周公篇云：「虚玄長而晉室亂，非老、莊之罪也；齋戒修而梁國亡，非釋迦之罪也。」朱熹不同意王通之説，其養生主説云：「所以清談盛而晉俗衰，蓋其勢有所必至。而王通猶以爲非老、莊之罪，則吾不能識其何説也。」（晦庵先生朱文公文集六七）。劉應登云：「右軍之言，真當時藥石。謝傅引秦喻晉，亦不類矣。」此言是王非謝。王世懋云：「此在謝自爲德音，然王是救時急務。」此言是謝非王。李贄云：「東山片言折獄。」（初潭集君臣賢相）讚美謝安一言定論。可見評價清談實非易事。平心而論，清談老莊雖助長玄虚之風，然西晉滅亡主因不在清談。東晉朝廷無大作爲，也非清談所致。至於清談對哲學、藝術、文學、美學貢獻尤巨，更需深入研討，決不能以儒者之見，一筆抹煞。

七一　謝太傅寒雪日内集，與兒女講論文義。俄而雪驟，公欣然曰：「白雪紛紛何所似？」兄子胡兒曰：胡兒，謝朗小字也。續晉陽秋曰：「朗字長度，安次兄據之長子。安蚤知之。文義艷發，名亞於玄。仕至東陽太守。」「撒鹽空中差可擬。」兄女曰：「未若柳絮因風起。」公大笑樂。〔一〕即公大兄無奕女，左將軍王凝之妻也。王氏譜曰：「凝之字叔平，右將軍羲之第二子也。歷江州刺史、左將軍、會稽内史。」晉安帝紀曰：「凝之事五斗米道，孫恩之攻會稽，凝之謂民吏曰：『不須備防，吾已請大道，〔二〕許遣鬼兵相助，賊自破矣。』既不設備，遂爲恩所害。」婦人集曰：「謝夫人名道蘊，〔三〕有文才，所著詩賦誄頌傳於世。」〔四〕

【校釋】

〔一〕「撒鹽空中差可擬」數句　謝太傅常集子侄輩講論文義，謝家文采風流彪炳南朝，實由安開創。劉辰翁云：「有女子風致，愈覺撒鹽之俗。」陳善捫虱新話三：「撒鹽空中，此米雪也。柳絮因風起，此鵝毛雪也。然當時但以道韞之語爲工。予謂詩云：『相彼雨雪，先集維霰。』霰即今之所謂米雪也。乃知謝氏二句，當各有謂，固未可優劣論也。」按，以撒鹽擬霰粒亦未見佳，何況此時已是「白雪紛紛」矣。且胡兒以撒鹽喻驟雪，僅狀雪之色，而未得雪之形與質，語俚俗而殊少趣味。道韞以柳絮喻雪，狀出雪之潔白、輕盈、飄灑，形、色、質俱備，生動、貼切、雅致，難怪謝太傅「大笑樂」。劉盼遂云：「按謝家男婦，皆沉浸詩教，寒雪內集，自仿漢武柏梁體聯句，故每句押韻（似、擬、起三字均在廣韻上聲六止）。唐人修晉書，乃改作『安曰：何所似乎』，違其本旨遠矣。」

〔二〕請　宋本誤作「清」。大道，吴金華世說新語考釋續稿謂大道「當是太上大道玉宸君等之省稱」。

〔三〕道蘊　晉書九六王凝之妻謝氏傳作「道韞」。余箋：「丁國均晉書校文四曰：『道韞名韜元，見唐陳子良辯證論注。』〔三〕余箋以爲陳子良引晉録所説王凝之妻名韜元及見所亡二兒事，「疑是何法盛晉中興書鬼神録也，所敍荒誕不足據」。

〔四〕誄頌　誄，沈校本作「論」。

七二　王中郎令伏玄度、習鑿齒王中郎傳曰：「坦之字文度，太原晉陽人。祖東海太守承，〔一〕清淡平遠。父述，貞貴簡正。坦之器度淳深，孝友天至，譽輯朝野，〔二〕標的當時。累遷侍中、中書令，領北中郎將，徐、兗二州刺史。」中興書曰：「伏滔字玄度，平昌安丘人。少有才學，舉秀才，大司馬桓温參軍，領大著作，掌國史，游擊將軍，卒。習鑿齒字彦威，襄陽人。少以文稱，善尺牘。桓温在荆州，辟爲從事。歷治中别駕，遷滎陽太守。」論青、楚人物。〔三〕滔集載其論，略曰：「滔以春秋時鮑叔、管仲、隰朋、召忽、輪扁、甯戚、麥丘人、逢丑父、晏嬰、涓子；〔四〕戰國時公羊高、孟軻、鄒衍、田單、荀卿、鄒奭、莒大夫、田子方、檀子、魯連、淳于髡、盼子、田光、顔歜、黔子、於陵仲子、王叔、即墨大夫；〔五〕前漢時伏徵君、終軍、東郭先生、叔孫通、萬石君、東方朔、安期先生；〔六〕後漢時大司徒、伏三老、江革、逢萌、禽慶、承幼子、徐防、薛方、鄭康成、周孟玉、劉祖榮、臨孝存、侍其元矩、孫賓碩、劉仲謀、劉公山、王儀伯、郎宗、禰正平、劉成國；〔七〕魏時管幼安、邴根矩、華子魚、徐偉長、任昭先、伏高陽。〔八〕此皆青土有才德者也。」鑿齒以神農生於黔中，邵南詠其美化，春秋稱其多才，漢廣之風，〔九〕不同雞鳴之篇，子文、叔敖，羞與管、晏比德。接輿之歌鳳兮，漁父之詠滄浪，漢陰丈人之折子貢，〔一〇〕市南宜僚、屠羊説之不爲利回，〔一一〕魯仲連不及老萊夫妻，田光遜於屈原，〔一二〕鄧禹、卓茂無敵於天下，管幼安不勝龐公，〔一三〕龐士元不推華子魚，何、鄧二尚書，獨步於魏朝，樂令無對於晉世。昔伏羲葬南郡，少昊葬長沙，舜葬零陵。比其人，則準的如此。論其土，則聖之所葬；考其風，則詩人之所歌；尋其事，則未有赤眉、黄巾之賊。此何如青州邪？」滔與相往反，鑿齒無以對也。臨成，以示韓康伯。康伯都無言，王曰：「何故不言？」韓曰：「無可無不可。」〔一四〕馬融注論語曰：「唯義所在。」

【校釋】

〔一〕太守承　承，宋本、沈校本並作「丞」。王利器校：「案『丞』當作『承』，本書附太原晉陽王氏譜：『承，湛子，字安期，襲爵藍田縣侯，晉鎮東府從事中郎、車騎將軍、東海太守。』晉書王承有傳。」按，王校是。政事九注引名士傳曰：「王承，字安期。」文學二二注引王述别傳：「祖湛，父承。」

〔二〕礜輯　輯，宋本作「緝」。

〔三〕論青楚人物　伏玄度、習鑿齒論青楚人物，乃屬漢末以後品評各地人物優劣之風。曹魏時即有孔融汝潁優劣論、陳羣汝潁人物論，盧毓九州人士論、佚名通古人士論等。晉書六二祖逖傳附兄納傳曰：「時梅陶及鍾雅數説餘事，納輒困之。因曰：『君汝、潁之士利如錐，我幽、冀之士鈍如槌。持我鈍槌，捶君利錐，皆當摧矣。』陶、雅並稱：『有神錐，不可得槌。』納曰：『假有神錐，必有神槌。』雅無以對。」讀此可以想像伏滔、習鑿齒論青、楚人物之情景也。

〔四〕鮑叔管仲　史記六二管晏列傳：「管仲夷吾者，潁上人也。」注引韋昭云：「鮑叔，齊大夫，姒姓之後，鮑叔之子叔牙也。」召忽，春秋經傳集解三：「管夷吾、召忽奉公子糾來奔。」注：「管夷吾、召忽皆子糾傅也。」輪扁，莊子天道篇陸德明釋文：「司馬云：斲輪人也，名扁。」隰朋，春秋經傳集解五：「齊隰朋帥師會秦師，納晉惠公。」注：「隰朋，齊大夫。惠公，夷吾。隰音習。」甯戚，說苑八：「甯戚擊牛角而商歌，桓公聞而舉之。」麥丘人，路史三○：「昔麥丘人年八十三，祝齊桓公。公封之麥丘。漢有麥侯，即此。有麥氏、麥丘氏。」桓譚新論：「齊桓公行見麥丘人，問其年幾何。答曰八十三矣。公曰：『以子壽祝寡人乎？』答曰：『使主君甚壽，金玉是賤，以人爲寶。』即此邑人也。」逢丑父，詩經稗疏一：「公羊傳曰：『逢丑父者，齊侯之車右也。』」齊侯指齊頃公。涓子，漢書一二○藝文志道家有涓子十三篇。注曰：「名淵，楚人，老子弟子。」列仙傳曰：「涓子者，齊人也。釣於荷澤，隱於宕山。」余箋：「此以爲青州人，蓋從列仙傳。」

〔五〕公羊高　漢書藝文志有公羊傳十一卷。班固自注：「公羊子，齊人。」顏師古注曰：「名高。」檀子及以下盼子、黔子，皆爲齊威王時大臣。韓詩外傳一○：「齊王（宣王）曰：『寡人之所以爲寶與王異，吾臣有檀子者，使之守南城，則楚人不敢爲寇，泗水上有十二諸侯皆來朝吾。臣有盼子者，使之守高唐，則趙人不敢東漁於河。吾臣有黔夫者，使之守徐州，則燕人祭北門，趙人祭西門，從而歸之七千餘家。』」黔子，即黔夫。司馬貞史記索隱一三：「檀子，齊臣。檀，姓；子，美稱，大夫皆稱子。盼子，田盼也。黔夫及種首皆臣名。」顔歜，齊宣王時賢士。見戰國策齊策四。於陵仲子，仲子，宋本作「子仲」。沈校本同。王利器校：「案作『仲子』是，陳仲子居於陵，見孟子滕文公下篇。」王叔，亦齊宣王時賢士，戰國策齊策四作「王斗」。王利器校：「案『王叔』當作『王斗』，隸書『斗』字和『叔』形近；戰國策齊策上：『先生王斗造門，而欲見齊宣王。』就是此人。文選齊竟陵文宣王行狀注引戰國策此文，『王斗』也誤作『王叔』，就是一個例證。」按，王校是。

〔六〕伏徵君 伏生。漢書五八儒林傳：「伏生，濟南人，故爲秦博士。孝文時，求能治尚書者，天下亡有，聞伏生能治，欲召。時伏生年九十餘，老不能行，於是召太常，使掌故朝錯往受之。」因爲朝廷徵召，故稱「徵君」。萬石君，石奮。漢書四六石奮傳：「奮長子建、次甲、次乙、次慶，皆以馴行孝謹，官至二千石。於是景帝曰：『石君及四子皆二千石，人臣尊寵，乃舉集其門。』凡號奮爲『萬石君』。」

〔七〕大司徒 伏湛。後漢書二六伏湛傳：「建武三年，遂代鄧禹爲大司徒，封陽都侯。」伏三老，伏恭，後漢書七九下伏恭傳：「建初二年冬，肅宗行饗禮，以恭爲三老。」逢萌，字子慶，

（嵆康聖賢高士傳贊作子康）北海都昌人。王莽時將家屬客於遼東。光武即位，隱於琅琊嶗山。事見後漢書八三逸民列傳逢萌傳。禽慶，字子夏，北海人，去官不仕王莽。事見漢書七二王貢兩龔鮑傳。承幼子，承宮。後漢書二七承宮傳：「承宮字少子，琅琊姑幕人也。」幼子即少子。承幼子當即承宮。薛方，字子容，齊人。王莽以安車迎方，不至，居家以經教授。喜屬文，著詩賦數十篇。見漢書七二鮑宣傳。周孟玉，周璆。後漢書六六陳蕃傳：「璆字孟玉，臨濟人，有美名。」劉祖榮，劉寵。後漢書七六循吏列傳劉寵傳：「劉寵字祖榮，東萊牟平人。」「寵前後歷宰二郡，累登卿相，而清約省素，家無貨積。」臨孝存，北海人。後漢書七〇孔融傳：「郡人甄子然、臨孝存知名早卒，融恨不及之，乃命配食縣社。」後漢書三五鄭玄傳謂玄著答臨孝存周禮難，可見臨孝存乃與鄭玄同時之儒者。叵林一〇：「伏滔青楚人物論曰：『後漢時鄭康成、周孟玉、劉祖融、臨孝存、侍其元矩、孫賓碩、劉公山，皆青土有才德者。』此概以字稱耳。鄭志康成弟子有臨碩者，余嘗疑即其名。覽周禮序云，臨孝存以周官爲末世瀆亂之言，作十論七難以排之。鄭玄偏覽羣經，知周禮乃周公致太平之跡，故能答臨碩之論難，予始曠若發矇。」侍其元矩，叵林三：「漢有侍其元矩，魏有侍其衡。」「伏滔風土人物論稱後漢有侍其元矩，與孫賓碩、劉公山並敍，正當魏武帝時，又爲齊人，則元矩非即衡字耶？」孫賓碩，宋本作「孫賓碩」。後漢書六四趙岐傳載：岐遭宦官迫害逃亡，匿姓名賣餅北海市中，安丘孫嵩年二十餘，察岐非常人，自稱「我北海孫賓石」，載以俱歸，迎入上堂。劉公山，名岱。附見後漢書七六循吏列傳劉寵傳。王儀伯，王，袁本原作「玉」。各本作「王」。從改。後漢書六七黨錮列傳：「王璋字儀伯，東萊曲城人，少府卿。」王利器校：「陶淵明集聖賢羣輔録上引三君八俊録：『少府東萊王商字伯義，海内賢智王伯義。』原注云：後漢書作『王章』。水經汳水注，有國相東萊王璋字伯儀。疑此文『王儀伯』也是『王伯義』錯的。」又陶澍注陶淵明集云：「今范書黨錮傳，八廚有王章。又云：『郎中王璋，字伯儀。』惠棟曰：『蔡邕王子喬碑有相國東萊王章，字伯義。水經注引作王璋。然則章當作璋，儀當作義。義同誼，與儀異。』澍按：古文璋、章通，見管子。至義與智爲韻。作『儀』誤也。」按，以上諸人所説是。王儀伯當作「王伯義」。郎宗，事見後漢書三〇下郎顗傳：「父宗，字仲綏，學京氏易，善風角，星算、六日七分，能望氣占候吉凶，常賣卜自奉。」劉成國，劉熙。蜀志許慈傳謂慈「師事劉熙」。吴書程秉傳謂秉避亂交州，「與劉熙考論大義，遂博通五經」。同上薛綜傳亦云綜避地交州，「從劉熙學」。則劉熙爲漢末北海交州之儒者。直齋書録解題：「釋名八卷，漢徵士劉熙成國撰。」則成國乃劉熙字。

〔八〕任昭先　魏志王昶傳載昶作書戒子云：「樂安任昭先，淳粹履道，内敏外恕，推遜恭讓，處不避汙，怯而義勇，在朝忘身。」伏高陽，不詳。

〔九〕漢廣　宋本作「廣漢」。按，漢廣，詩經國風篇名，作漢廣是。

〔一〇〕管晏　宋本作「管仲」。漢陰丈人，丈人，原作「文人」，宋本、王刻本並作「丈人」，是。據改。皇甫謐高士傳卷中漢陰丈人傳：「漢陰丈人者，楚人也。子貢適楚，過漢陰，見丈人爲圃，入井抱甕而灌，用力甚多，而見功寡。子貢曰：『有機於此，後重前輕，挈水若抽，其名爲槔，用力寡而見功多。』丈人作色而笑曰：『聞之吾師，有機械者必有機事，有機事者必有機心。機心存於胸中，則純白不備。純白不備，則神生不定。神生不定者，道之所不載也。吾非不知羞而不爲也。』子貢憮然，慚俯而不對。」所謂「折子貢」即指此。

〔一一〕市南宜僚　莊子徐無鬼：「市南宜僚弄丸而兩家之離解，孫叔敖甘寢秉羽而郢人投兵。」成玄英疏：「姓熊，字宜僚，楚之賢人，亦是勇士沉默者也。居於市南，因號市南子焉。」屠羊說，韓詩外傳八：「吳人伐楚，昭王去國，國有屠羊説從行。昭王反國，賞從者及説。説辭曰：『君失國，臣所失者屠。君反國，臣亦反其屠。臣之祿既厚，又何賞之？』辭不受命。」

〔一二〕田光遜於屈原　宋本無「遜」字。王刻本「遜」作「之」。王利器校：「各本『於』上有『之』字，文義都不可通。唐余知古渚宫舊事卷五載此事作『田光不及屈原』，義較長。」

〔一三〕龐公　王利器校：「案渚宫舊事『龐公』作『司馬德操』，義較長。」

〔一四〕無可無不可　論語微子：「我則異于是，無可無不可。」凌濛初云：「據此注，則鑿齒爲勝矣，何又言無以對也，豈滔又別有所難耶？」按，康伯先無言，固不作軒輊。王追問之，曰

「無可無不可」，是兩端之辭，仍是不肯優劣也。

七三　劉尹云：「清風朗月，輒思玄度。」〔一〕晉中興士人書曰：〔二〕「許詢能清言，于時士人皆欽慕仰愛之。」

【校釋】

〔一〕「劉尹」三句　李贄云：「但有相思，盡屬知己。」按，劉惔自視甚高，論人刻薄，平生推許者，桓温、許詢、王濛數人而已。由劉惔之贊美，可見晉中興士人書所言「士人皆欽慕仰愛之」真實可信。此以自然美之意境，狀許詢人格之美。見清風朗月，俗情都消，喻玄度精神境界之超凡脱俗。參見本篇六七校釋。

〔二〕晉中興士人書　王利器校：「案『士人』二字，疑涉下文『于時士人』而衍。」

七四　荀中郎在京口，〔一〕晉陽秋曰：「荀羨字令則，〔二〕潁川人，光禄大夫崧之子也。〔三〕清和有識裁，少以主壻爲駙馬都尉。〔四〕是時，殷浩參謀百揆，引羨爲援，頻莅義興、吴郡，超授北中郎將、徐州刺史，以蕃屏焉。」中興書曰：「羨年二十八，出爲徐、兗二州。中興方伯之少，未有若羨者也。」登北固望海云：南徐州記曰：「城西北有别嶺入江，〔五〕三面臨水，高數十丈，

號曰北固。」「雖未覩三山，便自使人有凌雲意。〔六〕若秦漢之君，必當褰裳濡足。」〔七〕

史記封禪書曰：「蓬萊、方丈、瀛洲，〔八〕此三山世傳在海中，去人不遠。嘗有至者，言諸仙人不死藥在焉。黄金白銀爲宫闕，草物禽獸盡白，望之如雲。及至，反居水下。欲到，即風引船而去，終莫能至。秦始皇登會稽，並海上，冀遇三神山之奇藥。漢武帝既封泰山，無風雨變至，方士更言蓬萊諸藥可得，於是上欣然，東至海，冀獲蓬萊者。」

【校釋】

〔一〕荀中郎在京口　晉書七五荀羨傳：「驃騎將軍何充出鎮京口，請爲參軍。」據晉書七康帝紀、通鑑九七晉紀一九，何充出鎮京口在建元元年（三四三）。則荀羨登京口北固亦在此時。

〔二〕令則　宋本作「今則」。王利器校：「蔣校本、沈校本『今』作『令』，餘本都作『全』；案作『令』是，本書附潁川潁陰荀氏譜，御覽二五四引中興書都作『荀羨，字令則』。」按，荀羨兄蕤字令遠。則作「令則」是。

〔三〕崧　崧字景猷，志操清純，雅好學，爲名流所賞。元帝時，徵拜尚書僕射。太寧初，加散騎常侍。後領太子太傅。以平王敦功，封平樂伯。後拜金紫大夫，録尚書事。咸和三年（三二九）卒，時年六十七。贈侍中，謚曰敬。事見晉書七五荀崧傳。

〔四〕「少以主壻」句　晉書七五荀羨傳：「年十五，將尚尋陽公主。羨不欲連婚帝室，仍遠遁去。監司追，不獲已，乃出尚公主，拜駙馬都尉。」考晉書三二簡文宣鄭太后傳，后生琅琊悼王、簡文帝、尋陽公主。則尋陽公主爲簡文同母妹。

〔五〕城西北　北，宋本作「二」。按，作「北」是。

〔六〕凌雲意　即游仙之意。史記一一七司馬相如傳：「相如既奏大人之頌，天子大悦，飄飄有凌雲之氣，似游天地之間意。」

〔七〕秦漢之君　指秦皇、漢武。褰裳，用手撩起衣裳。詩鄭風褰裳：「子惠思我，褰裳涉溱。」濡足，猶濕足。濡，浸濕。此二句謂秦漢之君必會涉海尋蓬萊、方丈、瀛洲三神山。按，文心雕龍神思云：「登山則情滿於山，觀海則意溢於海。」物色云：「情以物遷，辭以情發。……目既往还，心亦吐納。」本篇六一簡文入華林園有「濠、濮間想」，謝安往臨安山中坐石室，臨濬谷，悠然歎曰：「此去伯夷何遠。」（見晉書本傳）凡此，皆由物色而思接千載，由實景而遷想虛境，情辭頗堪玩賞也。

〔八〕瀛洲　瀛，宋本誤作「嬴」。

七五　謝公云：「賢聖去人，其間亦邇。」子侄未之許。〔一〕公歎曰：「若郗超聞此語，必不至河漢。」〔二〕超別傳曰：「超精於理義，沙門支道林以爲一時之俊。」莊子曰：「肩吾問於連叔曰：『吾聞言於接輿，大而無當，往而不反，怪怖其言，〔三〕猶河漢而無極也。』」〔四〕

【校釋】

〔一〕「謝公云」數句　去人，離人，即與常人相去之意。聖人與凡衆同還是不同？此乃漢晉間學術界經常討論之問題。先秦儒家以爲人人皆可爲堯舜，然自漢代以來，普遍認爲聖人卓絶，與凡衆絶殊。王充論衡實知篇曰：「儒者論聖人以爲前知千歲，後知萬世，有獨見之明，獨聽之聰，事來則名，不學自知，不問自曉，故稱聖則神矣。……知聖人卓絶與賢殊也。」儒者以爲聖人卓絶異于賢人。則聖人去凡衆更不止萬里矣。文選楊修答臨緇侯箋曰：「聖賢卓犖，固所以殊絶凡庸也。」仍持漢代儒者之見。至魏末，何晏、王弼等論聖人有情無情，遂重新審視聖人與凡衆同異問題。何晏以爲聖人無情，仍屬傳統舊説。王弼則謂聖人「茂于人者神明也」，「同於人者五情也」，乃突破舊説，肯定聖人與凡人皆有五情。謝安以爲「賢聖去人，其間亦邇」，亦屬魏晉新説。謝安子侄未之許，可見仍襲聖人殊絶凡庸之舊説也。又，劉宋時高僧竺道生宣稱「一闡提皆能成佛」，恐亦受「賢聖去人亦邇」之魏晉新説影響也。

〔二〕「若郗超聞此語」二句　凌濛初曰：「便是孔、孟舊旨，何必嘉賓？」按，凌濛初以爲謝公之説是孔、孟舊旨，其説近是。謝安意謂郗超能理解此語，不會怪怖其言如河漢無極，大而無當，不可驗證。由謝安之歎猜測，郗超當亦持新説。蓋佛經以爲袪練神明，成佛可期，郗超既精於佛理，信奉聖人可學可至之佛經義旨，自然會認同謝安所謂「賢聖去人，其間亦遖」之新説也。

〔三〕怪怖　宋本作「堅梯」。王利器校：「蔣校本、沈校本『堅梯』作『驚怖』；今本莊子逍遥游篇作『驚怖』。宋本誤。」

〔四〕無極也　沈校本無「也」字。

七六　支公好鶴，住剡東峁山。〔一〕支公書曰：「山去會稽二百里。」有人遺其雙鶴，少時翅長欲飛。支意惜之，乃鎩其翮。鶴軒翥不復能飛，〔二〕乃反顧翅，垂頭，視之如有懊喪意。〔三〕林曰：「既有陵霄之姿，〔四〕何肯爲人作耳目近玩？」〔五〕養令翮成，置使飛去。〔六〕

【校釋】

〔一〕余箋：「吴郡志九云：支遁菴在南峰，古號支硎山。晉高僧支遁嘗居此，剜山爲龕，甚寬敞。道林又嘗放鶴於此。今有亭基。」

〔二〕軒翥　飛舉。楚辭屈原遠游：「鸞鳥軒翥而翔飛。」洪興祖補注：「方言：翥，舉也。楚謂之翥。」文選潘岳射雉賦：「郁軒翥以餘怒，思長鳴以效能。」

〔三〕「視之」句　世説補考：「視之，支公視鶴也。懊喪，謂鶴憂惱失意也。」周一良、王伊同馬譯世説新語商兑：「之，謂翅，非謂支遁。」楊箋：「『視之如有懊喪意』，應連讀。視之如有懊喪意者，視其形如有懊喪意也。之，代名『它』，謂鶴，非謂翅。」按，世説補考、楊箋是。

〔四〕陵　宋本同。王刻本作「凌」。王先謙校：「御覽羽屬部三引作『凌』。」

〔五〕近玩　宋本作「進説」。按，各本及御覽皆作「近玩」。宋本誤。

〔六〕雙鶴「翅長欲飛」，此爲鶴之天性。然支公惜之，乃鎩其翮。鶴垂頭喪氣，因天性已殘，徒有凌霄之姿，無奈作「耳目近玩」。支公養令翮成，使之飛去，鶴之天性復得。支公鎩翮及養翮，在認識上是由殘物之性到全物之性之轉變；在哲學上源於對莊子「法天貴真」及「養生」學説之體認。支公放鶴，是魏晉人崇尚自由精神之又一生動體現。

七七

謝中郎經曲阿後湖，〔一〕問左右：「此是何水？」中興書曰：「謝萬字萬石，太傅安弟也。才氣高俊，〔二〕蚤知名，歷吏部、〔三〕西中郎將、豫州刺史、散騎常侍。」〔四〕答曰：「曲阿湖。」太康地記曰：「曲阿本名雲陽，〔五〕秦始皇以有王氣，鑿北阬山以敗其勢，〔六〕截其直道，使其阿曲，故曰曲阿也。吴還爲雲陽，今復名曲阿。」謝曰：「故當淵注渟著，納而不流。」〔七〕

【校釋】

〔一〕後湖　景定建康志一八：「玄武湖亦名蔣陵湖、秣陵湖、後湖，在城北二里，周迴四十里，東西有溝，流入秦淮。深七尺，灌田一百頃。事跡案建康實録：『吴寶鼎二年，開城北渠引後湖水流入新宫，巡遶殿堂。』丹陽記：『吴孫皓寶鼎年間，丹陽縣宣騫之母年八十，浴於後湖化爲黿。』後湖又名練湖。」

〔二〕高俊　宋本作「爲後」。王利器校：「各本『爲後』作『高俊』，是。」

〔三〕吏部　宋本同。王刻本作「吏部郎」。王先謙校：「一本無上『郎』字，非。」

〔四〕常侍　侍，宋本誤作「待」。

〔五〕雲陽　宋本作「雲染」。按，宋書三五州郡志：「曲阿令本名雲陽，秦始皇改曰曲阿。吴嘉禾三年復曰雲陽，晉武帝太康二年復曰曲阿。」據此，作「雲陽」是。

〔六〕鑿北阬山以敗其勢　北，沈校本作「地」。敗，宋本作「毖」。

〔七〕「故當淵注渟著」二句　淵注，水深貌。文選左思吴都賦：「振盪注流。」劉淵林注：「注，流水深貌。」渟，水積聚不流貌。文選王融三月三日曲水詩序：「嶽鎮淵渟。」李善注引孫子兵法：「其鎮如山，其渟如淵。」文選馬融長笛賦李善注引埤蒼：「渟，水止也。」。史記八七李斯傳：「禹鑿龍門，通大夏，疏九河，曲九防，決渟水致之海。」晉書九四董京傳：「静如川之渟。」渟著，義同「渟蓄」，謂水積聚不流。仲長統意林：「人之性，有山峙淵停者，患在不通。」（全後漢文八九）「淵注渟著」，義同「淵停」，指曲阿湖水不流動。世説箋本釋謝萬之語云：「此語不詳其義。索解：此疾曲阿之名，以水戒人，言凡人故當淵注渟著，納而不流，反曲己從人，以阿諛爲事也。」張萬起、劉尚慈譯注云：「此感慨的喻意是：學識上只有兼收並蓄才能淵博而深厚。」按，以上二説恐是曲解。謝萬之言，蓋描述曲阿湖水平静之狀，同時正解釋「曲阿湖」之「曲阿」二字。阿，有「曲」義。詩小雅緜蠻：「緜蠻黄鳥，止于丘阿。」毛傳：「丘阿，曲阿也。」湖水「淵注渟著，納而不流」，正合「曲阿」之義。由彼「曲阿」字義，視此「淵注渟著，納而不流」之水，二者瞬間相通，此即所謂「通感」也。

七八　晉武帝每餉山濤恒少。謝太傅安也。以問子弟，車騎玄也。答曰：「當由欲者不多，而使與者忘少。」〔一〕謝車騎家傳曰：「玄字幼度，鎮西奕第三子也。神理明俊，善微言，叔父太傅嘗與子侄燕集，問：『武帝任山公以三事，〔二〕任以官人，〔三〕至於賜予，不過斤合。當有旨不？』玄答有辭致也。」〔四〕

【校釋】

〔一〕「當由欲者不多」二句　欲者，指山濤。與者，指晉武帝。欲者不求賞賜之多，則與者便不在意所賜爲少。晉武帝授以山濤顯職，至於賞賜，不過斤合。這似乎不合常理。謝玄之答，巧妙解釋看似矛盾之現象。謝車騎家傳謂玄「神理明俊，善微言」，蓋即此類也。

〔二〕三事　詩小雅雨無正：「三事大夫。」鄭玄注謂三事爲三公。

〔三〕官人　書皋陶謨：「知人則哲，不官人。」孔穎達疏：「知人善惡，則爲大智，能官得其人矣。」晉書四三山濤傳載晉武帝詔曰：「吾所共致化者，官人之職是也。方今風俗陵遲，人心進動，宜崇明好惡，鎮以退讓。山太常雖尚居諒闇，情在難奪，方今務殷，何得遂其志邪？其以濤爲吏部尚書。」任以官人即指武帝詔山濤爲吏部尚書。

〔四〕玄答有辭致也　宋本作「至答有辭致山」。王利器校：「蔣校本、袁本、曹本、王本、凌本、補本作『玄答有辭致也』，是；沈校本作『玄答有辭致』。」

七九　謝胡兒語庾道季：〔一〕道季，庾龢小字。徐廣晉紀曰：「龢字道季，太尉亮子也。風情率悟，以文談致稱於時。」〔二〕歷仕至丹陽尹，兼中領軍。」「諸人莫當就卿談，〔三〕可堅城壘。」庾曰：「若文度來，我以偏師待之；康伯來，濟河焚舟。」〔四〕春秋傳曰：「秦伯伐晉，濟河焚舟。」杜預曰：「示必死。」

【校釋】

〔一〕謝胡兒　謝朗小字胡兒。朗爲謝安次兄據之長子。見言語七一注引。

〔二〕文談　文指文才，談指談論，即辯才。文談，義同「文辯」，爲當時人物品題標準之一。如晉書七九謝萬傳「工言論，善屬文」。

〔三〕莫　宋本作「暮」。余箋：「文廷式純常子枝語一四云：『莫字揣摩之詞，意與或近。秦檜言莫須有之莫字，正與此同。俗語約莫，亦揣度之詞。』」楊箋引文學一注「自旦及莫」、文學三一「賓主遂至莫忘食」，謂「莫」實「暮」也。按，莫、暮古通用，楊箋較勝。

〔四〕文度　王坦之，字文度。偏師，非軍隊之主力謂偏師。左傳宣公十二年：「韓獻子謂桓子曰：『彘子以偏師陷，子罪大矣。』」按，王坦之雖亦能言，然不精玄理。韓康伯則善言理，尤精易學。品藻六三：「庾道季云：思理清和，吾愧康伯；志力彊正，吾愧文度。」正可與此條印證。庾道季意謂對文度以偏師應之即可，而於康伯則須濟河焚舟，決一死戰。可見康伯言理，遠勝文度矣。

八〇　李弘度常歎不被遇。中興書曰：「李充字弘度，江夏鄳人也。〔一〕祖康、〔二〕父矩，皆有美名。充初辟丞相掾、記室參軍，以貧求剡縣。遷大著作、中書郎。」殷揚州殷浩，別見。〔三〕知其家貧，問：「君能屈志百里不？」〔四〕李答曰：「北門之歎，久已上聞。衛詩北門，刺仕不得志也。〔五〕窮猿奔林，豈暇擇木。」遂授剡縣。〔六〕

【校釋】

〔一〕鄳人　鄳，宋本作「鄍」。王利器校：「蔣校本、沈校本、袁本、曹本『鄍』作『鄳』，是；王本、凌本、補本又作『郢』。案晉書地理志下，荆州江夏郡有鄳無郢。」按，王校是，當作「鄳」。

〔二〕祖康　康，當作「秉」。見德行一五校釋。

〔三〕殷浩　別見政事二二注引浩別傳。李詳云：「晉書李充傳事屬褚裒，非殷也。」楊箋從晉書九二李充傳，謂殷浩當作「褚裒」，是。余箋：「晉書所據，自與世説不同，未可以彼非此。」曹道衡、沈玉成中古文學史料叢考「李充出爲剡令」條云：「按，王導以成帝咸康五年（三三九）卒，褚裒以外戚之重，康帝時始爲將軍刺史，充入其幕，似不得早於此時（三四三），其間四五年，仕履不明。褚裒以穆帝永和三年（三四七）授征北大將軍，殷浩爲揚州刺史在前此一年。或是褚裒問李充，而復屬殷浩，乃授剡縣。」按，殷浩爲揚州刺史，而剡縣屬揚州會稽郡，故此事屬之殷浩較爲可信。

〔四〕百里　古時一縣轄地約百計，故後以百里代稱縣。漢書一九百官公卿表上：「縣，大率方百里。」後漢書七六仇覽傳：「（王）涣謝遣曰：『枳棘非鸞鳳所棲，百里豈大賢之路。』」李賢注：「時涣爲（考城）縣令，故自稱百里也。」抱朴子外篇百里：「煩劇所出，其唯百里。」按，百里乃小縣之稱，有志局者不屑求之。晉書三三石苞傳載：「（苞）見吏部郎許允，求爲小縣。允謂苞曰：『卿是我輩人，當相引在朝廷，何欲小縣乎？』」可見，小縣人多輕視之。

〔五〕衛詩　王利器校：「『衛詩』當作『邶詩』。」楊箋：「日知録卷三：『邶、鄘、衛者，總名也，不當分某篇爲邶，某篇爲鄘，某篇爲衛。而分爲三者，漢儒之誤，以此詩之簡獨多，故分三名以冠之，而非夫子之舊也。』勇按：世説注屢以邶、鄘、衛三者通名衛詩者，則六朝之時，尚有古之遺制，顧（炎武）説是也。」

〔六〕「窮猿」二句　世説講義：「窮字與貧字應言今吾困急，猶窮猿奔林，靡有所擇，亦不敢辭也。」按，李充之答，表達急於求仕以救窮之願，意思貼切，語言凝練，聲調悦耳，頗堪賞玩，故義慶録之。

八一　王司州至吴興印渚中看。〔一〕王胡之别傳曰：「胡之字脩齡，琅邪臨沂人，〔二〕王廙之子也。〔三〕歷吴興太守，徵侍中、丹陽尹、秘書監，並不就。拜使持節，都督司州諸軍事、西中郎將、司州刺史。」吴興記曰：「於濳縣東七十里，有印渚，渚傍有白石山，峻壁四十丈。印渚蓋衆溪之下流也。印渚已上至縣，悉石瀨惡道，不可行船。印渚已下，水道無險，故行旅集焉。」歎曰：「非唯使人情開滌，亦覺日月清朗。」〔四〕

【校釋】

〔一〕印渚　御覽四六引吴興記與注引文字略異。有「傳云，印渚石文如印，因以爲名」數句。

〔二〕臨沂人　人下宋本有「也」字。

〔三〕王廙　宋本無「王」字。余箋：「法書要録一〇，王羲之致司空高平郗公書：『尊叔廙，平南將軍、荆州刺史、侍中、驃騎將軍、武陵康侯，夫人雍州刺史濟陰郗詵女。誕頤之、胡之、耆之、美之。』」

〔四〕「人情」二句　程炎震云：「御覽四六引吴興記『情』上有『心』字，當據補。」按，程説是。王胡之「使人心情開滌」之歎，顯然已意識到自然山水可使人心情寧静爽朗之愉悦作用。袁嶠之蘭亭詩之二：「豁爾累心散。」王玄之蘭亭詩：「酣暢豁滯憂。」王肅之蘭亭詩：「豁爾暢心神。」王藴之蘭亭詩：「散豁情志暢。」皆堪作「心情開滌」四字注腳。而「亦覺日月清朗」，必緣於「心情開滌」。心情舒暢愉悦，則自會感覺日月清明，萬物寓目無一不美。王羲之蘭亭詩云「羣籟雖參差，適我無非新」，正道出心靈愉悦而愈覺萬物新美之審美體驗，意思與王胡之所歎同。宗白華論世説新語和晉人的美云：「心情的爽朗，使山川影映在光明净體中。」解釋王胡之語，亦頗具詩意。

八二　謝萬作豫州都督，〔一〕新拜，當西之，〔二〕都邑相送累日，謝疲頓。於是高侍中往，〔三〕中興書曰：「高崧字茂琰，廣陵人。父悝，光禄大夫。崧少好學，善史傳，累遷吏部郎、侍中，以公累免官。」徑就謝坐，因問：「卿今仗節方州，當疆理西蕃，〔四〕何以爲政？」謝粗道其意。高便爲謝道形勢，〔五〕作數百語。謝遂起坐。高去後，謝追

曰：「阿酃故麤有才具。」阿酃，崧小字也。謝因此得終坐。〔六〕

【校釋】

〔一〕「謝萬」句　程炎震云：「謝萬爲豫州，在升平二年。」

〔二〕西之　猶之西，至西。雅量三三：「謝太傅赴桓公司馬出西。」西之，義同出西。李慈銘云：「『西之』下當有『鎮』字，各本皆脱。」楊箋：「無『鎮』字亦通。此乃時人之習常簡省。」其説是。又余箋、徐箋皆於「都邑」處斷句，讀成「當西之都邑」。徐箋因之而生疑惑，云：「『當西之都邑』語頗費解，『之』字疑衍，當於『西』字斷句，豫州在西，故曰『當西』。『都邑相送累日』爲句，『都邑』猶下節『都下諸人』也。」徐氏因不明「西之」乃省語，故疑「之」字爲衍。然謂「都邑」猶「都下諸人」，則不誤。

〔三〕於是　王叔岷補正：「案『於是』猶『於時』。爾雅釋詁：『時，是也。』」

〔四〕西蕃　徐箋：「通鑑一〇〇晉紀注：『東晉豫州鎮江西，建康在江東，故豫州爲西藩。』」『蕃』與『藩』同。案西蕃、北藩之類，大略以地域方位爲言，不專指一鎮。

〔五〕形勢　徐箋：「晉書高崧傳作『刑政之要』。據上文『何以爲政』之語，作『刑政之要』於義爲長。」吴金華考釋：「『形勢』一詞，唐人尹知章在管子卷一形式篇中作注云：『自天地以及萬物，關諸人事，莫不有形勢焉。』其説甚爲閎通。程湘清先生世説新語復音詞研究説：『形勢有三義：一是指地理形勢，二是指軍事形勢，三是指政治形勢；高侍中爲謝萬所講的形勢屬於第三義。』竊以爲程說甚確。……本文作『形勢』也好，晉書作『刑政之要』也好，就敘事性文字而論，無所謂孰長孰短。」按，吴説是。

〔六〕終坐 謂坐席之終了。晉書六九周顗傳：「終坐而出，不敢顯其才辯。」按，前云「謝疲頓」，則謝疲倦或未坐。後高崧來爲謝道形勢，「謝遂起坐」，端正身子傾聽。高去後，謝背後稱讚高𪗋有才具；而高所作之「數百語」，或屬高見，能令謝思索，以至疲頓遂消，故居然得以終坐。

八三　袁彦伯爲謝安南司馬，安南，謝奉，別見。〔一〕都下諸人送至瀨鄉。〔二〕將別，既自悽惘，歎曰：「江山遼落，居然有萬里之勢。」〔三〕續晉陽秋曰：「袁宏字彦伯，陳郡人。魏郎中令煥六世孫也。〔四〕祖猷，侍中。父勖，臨汝令。宏起家建威參軍，安南司馬、記室。〔五〕太傅謝安賞宏機捷辯速，自吏部郎出爲東陽郡，乃祖之於冶亭，〔六〕時賢皆集。安欲卒迫試之，執手將別，顧左右取一扇而贈之。宏應聲答曰：『輒當奉揚仁風，慰彼黎庶。』合坐歎其要捷。性直亮，故位不顯也。在郡卒。」〔七〕

【校釋】

〔一〕謝奉 別見雅量三三注引晉百官名及謝氏譜。袁宏爲謝奉記室之年，曹道衡、沈玉成中古文學史料叢考「袁宏仕歷」條云：「穆帝升平元年（三五七），謝尚卒。其後謝奉爲安南將軍、廣州刺史，宏乃爲其司馬，南海太守，時約在哀帝中。」

〔二〕瀨鄉　李白溧陽瀨水貞義碑銘并序王琦注：「景定建康志：溧水，一名瀨水，在溧陽縣西北四十里，東流爲潁陽江，江上有渚，曰瀨渚，伍子胥乞食投金處，故又曰投金瀨。」王安石張明甫至宿明日遂行詩：「憶公營瀨鄉，許我歸作客。」注引世說此條並云：「別本瀨作懶。初疑如康節安樂窩之類，後乃知瀨鄉乃金陵地名，距公所居不遠，故末章復有裹飯冶城之約。」（王荆公詩注一）

〔三〕「江山遼落」二句　居然，猶安然。形容平安、安穩。詩大雅生民：「居然生子。」史記六秦始皇本紀：「秦地被山帶河以爲固，四塞之國也。自繆公以來，至於秦王，二十餘君，常爲諸雄。豈世世賢哉？其勢居然也。」劉辰翁云：「黯然銷魂，直是注情語耳，未在能言。」黄輝云：「別語惟『春草碧色，春水緣波，送君南浦，傷如之何』與此二語，千古作匹。」按，袁宏所歎，並非是欣賞山河綿延之美，乃別時情語。東晉安南將軍所鎮處所不定，或荆州，或江州，然皆距京師不近。袁宏於告別親友之際，已是淒惘；放眼江山遼落，油然而生征途漫漫之感。于此又見晉人深情，而言語常有詩味。

〔四〕焕六世孫也　焕，沈校本作「涣」。王利器校：「案本書附陳郡陽夏袁氏譜、三國魏志袁焕傳都作『涣』。」徐箋：「案袁涣魏志有傳，字曜卿，則字宜從火，注作『焕』，當是。文選王元長永明十一年策秀才文注引袁焕與曹植書，可證。」按，徐説是。

〔五〕記室　程炎震云：「今晉書宏傳云『累遷大司馬桓温府記室』。此有脱文。」按，文選袁宏三國名臣序贊李善注引檀道鸞晉陽秋謂袁宏爲大司馬府記室參軍，與晉書同，可知「記室」上當脱「大司馬府」數字，程説是也。

〔六〕「自吏部郎」二句　晉書八三車胤傳記孝武帝講孝經，僕射謝安侍坐，吏部郎袁宏執經。考晉書九孝武帝紀，寧康元年（三七三），令吏部尚書謝安爲尚書僕射。據此，袁宏始爲吏部郎在寧康元年，當是桓温卒後任朝官。寧康三年（三七五），謝安爲揚州刺史，袁宏自吏部郎出爲東陽太守（見晉書九二袁宏傳）。治亭，景定建康志一六：「按建康有治亭，在治城。又有東治亭，在秦淮上，皆六朝士大夫餞送之所。」同上二二：「治亭在治城。考證：宋義熙十一年劉鍾領石頭戍事，屯治亭。今即治城樓所在之處。東治亭，舊志云在城東八里。續志云在城東二里汝南灣，西臨淮水。今此亭在半山旁，有瑞麥、知稼二亭。考證：晉太元中三吴士大夫于汝南灣東南，置亭爲餞送之所，西臨淮水。即當時治處。」

〔七〕在郡卒　晉書九二袁宏傳：「太元初卒於東陽，年四十九。」

八四　孫綽賦遂初，〔一〕築室畎川，〔二〕自言見止足之分。中興書曰：「綽字興公，太原中都人。少以文稱，歷太學博士、大著作、散騎常侍。」遂初賦敍曰：「余少慕老莊之道，仰其風流久矣。郤感於陵賢妻之言，〔三〕悵然悟之。乃經始東山，〔四〕建五畝之宅，帶長阜，倚茂林，孰與坐華幕、擊鍾鼓者同年而語其樂哉！」齋前種一株松，恒自手壅治之。高世遠時亦鄰居，世遠，高柔字也，別見。〔五〕語孫曰：「松樹子非不楚楚可憐，但永無棟梁用耳。」孫曰：「楓柳雖合抱，亦何所施？」〔六〕

【校釋】

〔一〕孫綽賦遂初　遂初，遂其初願，此指去官隱居。晉書五六孫綽傳：「少與高陽許詢俱有高尚之志。居於會稽，游放山水，十有餘年，乃作遂初賦以致其意。」據此，遂初賦乃孫綽早年之作。

〔二〕畎川　余箋：「輕詆篇注曰『高柔字世遠』，宋本作崇者，非。又案：彼注引孫統爲柔集敍云：『柔營宅於伏川。』『伏川』蓋『畎川』之誤。則柔與綽正是鄰居。統乃綽兄，故爲柔集作敍。」按，孫綽既爲高柔鄰居，所言「伏川」當可信。疑「畎」當爲「伏」之誤。

〔三〕於陵賢妻　漢書二八地理志上：於陵縣屬濟南郡。劉向古列女傳：「楚王聞於陵子終賢，欲以爲相，使使者持金百鎰往聘迎之。於陵子終曰：『僕有箕箒之妾，請入與計之。』即入，謂其妻曰：『楚王欲以我爲相，遣使者持金來，今日爲相，明日結駟連騎，食方丈於前，可乎？』妻曰：『夫子織屨以爲食，非與物無治也。左琴右書，樂亦在其中矣。夫結駟連騎，所安不過容膝，食方丈於前，甘不過一肉。今以容膝之安，一肉之味，而懷楚國之憂，其可乎？亂世多害，妾恐先生之不保命也。』於是子終出，謝使者而不許也。遂相與逃而爲人灌園。君子謂於陵妻爲有德行。詩云：『愔愔良人，秩秩德音。』此之謂也。」

〔四〕經始 開始營建，開始經營。詩大雅靈臺：「經始靈臺，經之營之。」酈道元水經注河水五：「巖側石窟數口，隱跡存焉，而不知誰所經始也。」

〔五〕「高柔字也」二句 柔，宋本、沈校本并作「崇」。按，輕詆一三及注引孫統柔集敍皆作「柔」。作「柔」是。高柔別見輕詆一三。

〔六〕「語孫曰」數句 楚楚，蕃茂貌。詩小雅楚茨：「楚楚者茨，言抽其棘。」朱熹注：「楚楚，盛密貌。」可憐，可愛。世說抄撮：「孫志在止足，故以無棟樑用嘲之。高綢繆閨情，故孫以楓、柳比之。」余箋：「興公爲孫子荆之孫。高柔之言，乃斥其祖之名以戲之。孫答語中當亦還斥高柔祖父之名，但不可考耳。」按，高、孫二人皆爲戲言。高柔言外之意謂孫綽如小松樹，雖楚楚可愛，但永無棟樑之用。此乃嘲謔孫綽隱居無用於世。孫綽則反唇相譏，將高柔比作合抱之楓柳，雖粗大也無可施用。余箋謂二人或互以祖父之名戲之，其解可取；而抄撮之解，亦有趣味。

八五　桓征西治江陵城甚麗，〔一〕盛弘之荆州記曰：「荆州城臨漢江，臨江王所治。王被徵，出城北門而車軸折。〔二〕父老泣曰：『吾王去不還矣！』從此不開北門。」會賓僚出江津望之，云：「若能目此城者有賞。」顧長康時爲客在坐，目曰：「遥望層城，丹樓如霞。」〔三〕桓即賞以二婢。

【校釋】

〔一〕桓征西　一説爲桓豁，一説爲桓温。程炎震云：「案愷之傳：愷之雖嘗入桓府，而始出即爲大司馬參軍，是不及温爲征西時矣。此征西當是桓豁。温既内鎮，豁爲荆州。寧康元年温死，豁進號征西將軍，太元二年卒。桓沖代之，則移鎮上明，不治江陵。」以爲桓征西爲桓豁，愷之不可能在桓温爲征西將軍時入其幕府。余箋則引渚宫舊事、輿地紀勝、輿地廣紀等地理著作中皆稱江陵城爲桓温所築之記載，以爲興寧元年桓温雖爲大司馬，但未去征西之號，程氏之言，似是而非。按，以上二説雖各有依據，然通釋此條，皆有障礙。光緒刊本荆州府志八云：「晉永和元年，桓温督荆州，鎮夏口。八年還江陵，始大營城牆。」參以渚宫舊事等書，則治江陵城之「桓征西」，確是桓温，而非桓豁。但愷之仕於荆州時之府主，則以程氏説爲是。考桓温於興寧元年（三六三）五月爲大司馬，内鎮姑孰，至寧康元年（三七三）死。興寧三年（三六五），桓豁爲荆州刺史。晉書九二顧愷之傳：「桓温引爲大司馬參軍，甚見親昵。」據此，確如程炎震所説，愷之入温府，即爲大司馬參軍，不及温爲征西鎮荆州時。顧愷之行年，亦可作此旁證。顧愷之傳：「義熙初爲散騎常侍。」「年六十二，卒於官。」京師寺記略云：「在興寧中畫瓦棺寺維摩詰像。」能考知顧愷之生平材料僅此三條。近代畫家潘天壽據此考定愷之生於穆帝永和元年（三四五），卒于安帝義熙二年（四〇六）（見潘天壽顧愷之，載中國歷代畫家大觀，兩晉南北朝隋唐五代卷，上海人民美術出版社，一九九八年），若桓温鎮江陵時愷之即入温府，則年不滿二十，不太可能。興寧時，愷之二十左右，始出爲大司馬桓温參軍，並在瓦棺寺畫像，似較爲合理。興寧三年（三六五）後，愷之西至江陵，入桓豁幕府。要之，治江陵城之桓征西乃桓温，賞愷之之婢之桓征西乃桓豁。劉義慶未加審察，所記混而不分，以致誤解。

〔二〕「王被徵」二句　漢書五三景十三王傳：「臨江閔王榮以孝景前四年爲皇太子，四歲廢爲臨江王。三歲，坐侵廟壖地爲宮，上徵榮。榮行，祖於江陵北門。既上車，軸折車廢。」

〔三〕「若能目此城者有賞」數句　目，宋本、沈校本並作「因」。按，當作「目」。目，題目，即品題也，原爲人物品題，這裏移來品題建築藝術。原建築藝術之審美，可以上溯至漢魏。王褒甘泉宮賦、李充德陽殿賦、王延壽魯靈光殿賦、何晏諸人景福殿賦，皆寫樓臺宮殿之美。魏誕景福殿賦云：「周覽升降，流目評觀。」夏侯惠景福殿賦云：「周步堂宇，東西眷眄……爾乃察其奇巧，觀其微形。」正是上下左右，由整體至微細，鑒賞與評價建築美之過程。顧愷之目江陵城，「遥望層城，丹霞如露」，亦是「流目評觀」，與何平叔景福殿賦「遠而望之，若朱霞而曜天文」二句，如出一轍。凌濛初云：「虎頭每有畫意，此遽正本。」李贄云：「亦是虎頭畫筆。」由此可見此時人物美、自然美、藝術美已彼此相通。層城，同「增城」。淮南子地形訓：「昆侖墟有增城九重。」文選張衡思玄賦：「登閬風之層城兮，搆不死而爲牀。」此借喻城闕高聳，義同文選陸機贈尚書顧彦先詩之二「朝游層城」之「層城」。

八六　王子敬語王孝伯曰：「羊叔子自復佳耳，然亦何與人事？」晉諸公贊曰：「羊祜字叔子，太山平陽人也。〔一〕世長吏二千石，至祜九世，以清德稱。爲兒時游汶濱，有行父止而觀焉，歎息曰：『處士大好相，善爲之，未六十，當有重功於天下。即富貴，無相忘。』遂去，莫知所在。累遷都督荆州諸軍事。自在南夏，〔二〕吴人説服，稱曰羊公，莫敢名者。南州人聞公哀，〔三〕號哭罷市。」故不如銅雀臺上妓。〔四〕魏武遺令曰：「以吾妾與妓人皆著銅雀臺上，施六尺牀繐帷，月朝十五日，輒使向帳作伎。」

【校釋】

〔一〕平陽　晉書三四羊祜傳作「南城」。汪藻世説敍録同。徐箋：「南城即晉志之南武城，平陽，即晉志之新泰，並漢縣名。按，本書雅量門注引羊曼别傳曰：『曼，泰山南城人。』曼，祜兄孫，則作南城爲是。」錢大昕廿二史考異一九云：「按：續漢志，泰山郡南城縣故屬東海（漢書本作「南成」，後漢始加土旁），不知何時增入『武』字。考景獻羊皇后、惠羊皇后、羊祜傳、宋書羊欣、羊元保傳並云泰山南城人，武帝分泰山郡置南城郡，『武』字殆因下文有南武陽縣，相涉而誤也。杜預注哀十四年傳云『泰山南城縣西北有輿城』，其注襄十九年經『城武城』，則云『泰山南武城縣』，二文似相抵牾。然劉昭注續漢志引襄十九年注，亦云南城縣，初無『武』字，則杜注此條『武』字，亦後人所增也。南城本春秋武城之地，史記亦有南武城之稱（見仲尼弟子列傳），但晉世祇名南城，不名南武城。」按，錢氏所考是也。晉書一四地理上泰山郡有南城、新泰，注：「故曰平陽。」羊祜傳曰：「其後，詔以泰山之南武陽、牟、南城、梁父、平陽五縣爲南城郡，封祜爲南城侯。」據此，平陽爲泰山郡未分前之地名。晉諸公贊稱祜爲平陽人，蓋據舊地名，晉書羊祜傳則據新地名。徐箋謂「南城即晉志之南武城」，其説誤。

〔二〕南夏　指荆州。羊祜傳載，祜爲都督荆州諸軍事，「率營兵出鎮南夏」。

〔三〕南州　此指荆州，非指姑孰。周禮曰：「正南曰荆州。」故以南州指荆州。袁、沈校本、王刻本作「喪」。按，作「喪」是。

〔四〕「故不如」句　羊祜是晉朝大功臣，操行道德堪稱第一流，然王子敬居然稱其「故不如銅雀臺上妓」。子敬此言究竟何意？歷來説者紛紜。劉應登云：「此亦戲言，謂羊公清德，自佳而已，不如銅雀妓，可以娱人耳目。」劉辰翁云：「此正墮淚之言，人不能識耳。」王世懋云：「羊公盛德，此語殊傷子敬之厚。」劉盼遂云：「按子敬此語，於羊公可謂醜詆極矣。考晉書羊祜傳云：『時人語曰：二王當國，羊公無德。』本書識鑒篇注引晉陽秋及漢晉春秋羊祜事綜合觀之，則知子敬輕詆羊公之故矣。」余箋：「子敬吉人辭寡，亦復有此放誕之言，有愧其父多矣。」楊箋：「王子敬之詆羊公，亦見當時風氣之變。王子敬事道，羊祜事儒，道同伐異，漢代甚然，至晉中葉，益爲劇烈。王之斯言，可見一斑。」以上諸説，劉應登稱是「戲言」，劉辰翁謂有寄託，餘皆謂子敬醜詆羊公；且於「然亦何與人事」一語皆不作解釋。近有范子燁又立新説云：在子敬看來，羊公「雖然足稱佳名，卻遠不如魏武帝銅雀臺上的女孩子們活得瀟灑自在。顯然，子敬對羊祜並無貶意，所謂『故不如銅雀臺上妓』，不過是藝術家一時興之所至而發的高論而已」。（見世説新語研究第六章「世説新語文本直解」，黑龍江教育出版社，一九九八年）鄙意以爲世説箋本所釋較爲可取：「孝武曰：『王敦、桓温磊砢之流，不可復得。小如意，好豫人家事。』曹操曰：『司馬懿非人臣，必豫汝家事。』是自稱則曰人家事，他稱之則曰汝家事。可見人事爲自家事矣。」又釋「不如銅雀臺上妓」一語云：「索解：羊公盛德，死使人墮淚，是自佳耳。然以人世之情觀之，不如魏武使妓歌舞遠甚矣。即『不如生前一杯酒』之意也。按人事者，即羊祜身上事也。……羊叔子亦然，州人追慕墮淚，非不佳，然無益於叔子身後事，卻不如生前歌舞之爲樂也。」按，世説箋本釋「人事」爲「自家事」，其説是也。本篇九二：「謝太傅問子侄：子弟亦何預人事？」「何預人事」即無關我事。豫，義同「預」，謂關涉。然謂「人事」爲「羊祜身上事」，「何與人事」爲「無益於身後事」。其説似未妥也。羊叔子佳，州人追思墮淚，此即生有遺愛，死有令名也，豈是「無益於身後事」？竊以爲王子敬與王孝伯當言及羊祜之佳，孝伯或稱應以叔子懿行勖之，而子敬不以爲然，謂羊叔子固自佳，然與我無涉，我何必效法前賢，不如使銅雀臺上伎歌舞爲樂矣。子敬之語，確有「使我有身後名，不如即時一杯酒」之意。所謂子敬醜詆羊公之説，皆因不明「然亦何與人事」一語所致。

八七　林公見東陽長山曰：「何其坦迤！」〔一〕會稽土地志曰：「山靡迤而長，縣因山得名。」

【校釋】

〔一〕長山　程炎震云：「晉書地理志：揚州東陽郡有長山縣。李申耆曰：『今金華縣。』續漢志會稽郡烏傷縣注：越絶書曰：『有常山，古聖所采藥，高且神。』英雄交争記曰：『初平三年分縣南鄉爲長山縣。』御覽四七引郡國志曰：『長山相連三百餘里，一名金華山。』又引吴録地理志曰：『常山，仙人采藥處，謂之長山。』」坦迤，寬廣而斜延貌。坦，義同言語二四「其地坦而平」之「坦」。迤，同「迆」。文選鮑照蕪城賦：「瀰迆平原。」李善注：「廣雅：『迆，斜也。』」按，林公描述長山之狀，與本篇七七謝萬目曲阿後湖相似。

八八　顧長康從會稽還，〔一〕人問山川之美，〔二〕顧云：「千巖競秀，萬壑爭流，草木蒙籠其上，若雲興霞蔚。」〔三〕丘淵之文章録曰：「顧愷之字長康，晉陵人。父悦，〔四〕尚書左丞。愷之義熙初爲散騎常侍。」

【校釋】

〔一〕「顧長康」句　晉書顧愷之傳載：顧愷之作荆州刺史殷仲堪參軍，請假回故鄉會稽；假滿，還荆州。

〔二〕人問山川之美　會稽佳山水早爲人們熟知，故愷之甫還，人即問其山川之美。東晉人對自然山水之熱愛由此可見。

〔三〕「千巖競秀」數句　王世懋云：「便是虎頭畫稿。」按，愷之狀會稽山水與其目江陵城樓相同，語言精練優美，景物氣韻生動，可見文學才能甚高，且確有畫意。宗白華論世説新語和晉人的美云：「這幾句話不是後來五代北宋荆（浩）、關（仝）、董（源）、巨（然）等山水畫境界的絶妙寫照麽？中國偉大的山水畫的意境，已包具于晉人對自然美的發現中了！」

〔四〕父悦　晉書本傳作「父悦之」。按，晉人單名者或加「之」字，丁國均晉書校文已言之。見本篇五一校釋。

八九　簡文崩，孝武年十餘歲立，〔一〕至暝不臨。〔二〕宋明帝文章志曰：「孝武皇帝諱昌明，簡文第三子也。初，簡文觀讖書曰：『晉氏阼盡昌明。』及帝誕育，東方始明，故因生時以爲諱，而相與忘告。簡文問之，乃以諱對。簡文流涕曰：『不意我家昌明便出。』帝聰惠，推賢任才，年三十五崩。」左右啓「依常應臨」。帝曰：「哀至則哭，何常之有。」〔三〕

【校釋】

〔一〕「簡文崩」二句　程炎震云：「咸安二年孝武年十一，晉紀云年十歲，蓋脱『一』字。」按，太元二十一年（三九六）孝武崩，則咸安二年（三七二）簡文崩時，孝武年十一。程説是。

〔二〕臨　左傳宣公十二年：「卜臨於大宮。」杜預注：「臨，哭也。」儀禮士虞禮：「宗人告有司具，遂請拜賓，如臨，入門，哭，婦人哭。」鄭玄注：「臨，朝夕哭。」晉書五一皇甫謐傳：「臨必昏明，不得以夜。」喪禮規定，父母死，當朝夕哭臨。至暝不臨爲違禮，故下文記左右啓「依常應臨」。

〔三〕哀至　謂哀痛至極。儀禮疏四一：「哭晝夜無時。」鄭玄注：「哀至則哭，非必朝夕也。」後漢書八三戴良傳：「及母卒，兄伯鸞居廬啜粥，非禮不行，良獨食肉飲酒，哀至乃哭，而二人俱有毁容。」宋釋惠通駁顧道士夷夏論：「哀至便哭，乃上古之淳風，良足效也。」（弘明集七）孝武之言，本于儀禮，亦同戴良、釋惠通之意，以爲哀痛至極便哭，此乃自然之事，不必依常禮朝夕哭臨。其實質是喪禮重真情，不必拘於形式也。

九〇　孝武將講孝經，謝公兄弟與諸人私庭講習。〔一〕續晉陽秋曰：「寧康三年九月九日，帝講孝經。僕射謝安侍坐，吏部尚書陸納，〔二〕兼侍中卞耽讀，黄門侍郎謝石、〔三〕吏部袁宏兼執經，中書郎車胤、丹陽尹王混摘句。」〔四〕車武子難苦問謝，車胤別見。〔五〕謂袁羊曰：「不問則德音有遺，多問則重勞二謝。」〔六〕袁羊，喬小字也。袁氏家傳曰：「喬字彦升，〔七〕陳郡人。父瓌，光禄大夫。喬歷尚書郎、江夏相，從桓温平蜀，封湘西伯、益州刺史。」袁曰：「必無此嫌。」車曰：「何以知爾？」袁曰：「何嘗見明鏡疲於屢照，清流憚於惠風？」〔八〕

【校釋】

〔一〕私庭　宋本作「松庭」。王利器校：「蔣校本同，餘本『松庭』作『私庭』；藝文類聚卷五五、御覽六一七引作『私逆』，御覽卷七一七引作『私相』。」按，當作「私庭」。私庭，私家也。此二句謂孝武將講孝經，謝公兄弟與諸人先於家中講論研習也。

〔二〕陸納　納字祖言，少有清操。初辟鎮軍大將軍、武陵王掾，州舉秀才。累遷黄門侍郎、尚書吏部郎，出爲吴興太守。後遷尚書僕射，轉左僕射，加散騎常侍。尋除光禄大夫、開府儀同三司，未拜而卒。事見晉書七七陸納傳。

〔三〕謝石　字石奴，謝安之弟。破苻堅有功，遷中軍將軍、尚書令，更封南康郡公。安死，石遷衛將軍，加散騎常侍。與王恭有隙，石上疏遜位，免官。卒時年六十二。追贈司空，謚曰襄。事見晉書七九謝石傳。

〔四〕王混　混，宋本、沈校本並作「温」。晉書八三車胤傳作「混」。王利器校：「案作『王混』是，本書附琅琊臨沂王氏譜、晉書王悦傳都作『王混』。御覽卷三一引續晉陽秋亦誤作『王温』。」　摘句，劉應登云：「摘句者，摘其疑以問。」

〔五〕車胤　别見識鑒二七。

〔六〕袁羊　程炎震云：「袁喬從桓温平蜀，尋卒。在永和中，安得至孝武寧康時乎？此必袁虎之誤。上注明引袁宏，此注乃指爲袁喬。數行之中，便不契勘，劉注似此，非小失也。」余箋：「晉書喬傳附其父瓌傳，云『喬卒，温甚悼惜之』。考桓温以寧康元年卒，喬卒又在其前。自不得與於寧康三年講經之會，程説是也。」按，據晉書九二袁宏傳，宏此時作吏部郎。又御覽六一七引作「袁彦伯」，可知車武子所問乃袁宏，非袁羊也。

〔七〕彦升　晉書本傳作「彦叔」。汪藻世説敍録陳郡陽夏袁氏譜同。

〔八〕「袁曰」二句　劉應登云：「二謝當對，車言不欲重煩之，似有劣謝意。袁故曰：何曾見明鏡以屢照而疲，水之清者雖惠風揚，亦不能溷也。」袁中道云：「善譬。」（舌華録一慧語）按，劉應登所釋近是。然車胤恐多問致二謝勞累煩重，實無有劣謝意。袁宏答車胤擔憂，以明鏡、清流喻謝安，以屢照、惠風喻問難，意謂謝安不會疲憚於他人之問難也。宏不愧爲當時文士之冠，雖言出於倉促，卻意象新奇，極有趣味。

九一　王子敬云：〔一〕「從山陰道上行〔二〕，會稽土地志曰：「邑在山陰，故以名焉。」山川自相映發，使人應接不暇，若秋冬之際，尤難爲懷。」〔三〕會稽郡記曰：「會稽境特多名山水，峰崿隆峻，吐納雲霧。松栝楓柏，擢幹竦條，〔四〕潭壑鏡徹，清流寫注。王子敬見之曰：〔五〕『山水之美，使人應接不暇。』」

【校釋】

〔一〕王子敬　子，宋本誤作「乎」。

〔二〕山陰，影印清乾隆五十七年刊本紹興府志二：「按輿地志：『縣在山之陰，故名。』太平寰宇記：『山陰，秦始皇移在會稽山北，故有山陰之稱。』」

〔三〕「山川自相映發」數句　袁宏道云：「會稽諸山，遠望實佳，尖秀淡冶，亦自可人。昔王子猷與人但云『山陰道上』，『道上』二字，可謂傳神。」凌濛初云：「合長康、子敬語，一閱便可卧遊山陰道。」鍾惺云：「（應接不暇）四字説山水之妙。」按，《言語》八八及此則皆描述會稽山水之美。前者寫顧長康云「千巖競秀，萬壑争流，草木蒙籠其上，若云興霞蔚」。後者記王子敬從山陰道上行。兩相比較，王子敬更勝顧愷之。顧偏重審美客體之描繪，王偏重審美主體之情感表達。讚美會稽山水之美雖僅「山川自相映發」一句，然山川如有生命，而此生命在流動。「使人應接不暇」呼應「從山陰道上行」，行走之中，美景紛至還來，此景去，彼景來，驚喜不斷，審美主體遂與客體相融交流。「若秋冬之際，尤難忘懷」二句，更是一往情深，不能已已。此則故事表明，晋人於四時之景有深刻之審美體驗焉。宗白華論世説新語與晋人的美云：「晋人向外發現了自然，向内發現了自己的深情。」晋人傳寫山水之神韻，表露賞愛山水之深情，會永遠感動讀者。

〔四〕擢幹竦條　竦，宋本作「疏」。按，作「疏」雖亦通，然作「竦」佳甚。竦，高聳，作動詞，與「擢幹」之「擢」相對。劉向説苑政理：「城峭則必崩，岸竦則必阤。」葛洪抱朴子知止：「嵩、岱不託地，則不能竦峻極、概雲霄。」謝靈運發歸瀨三瀑布望兩溪詩：「積石竦兩溪，飛泉倒三山。」竦條，狀枝條直上之勢。

〔五〕王子敬　王，宋本誤作「正」。

九二　謝太傅問諸子侄：「子弟亦何預人事，〔一〕而正欲使其佳？」〔二〕諸人莫有言者。車騎答曰：謝玄。「譬如芝蘭玉樹，欲使其生於階庭耳。」〔三〕

【校釋】

〔一〕人事　己事也。紕漏八：「（王國寶）即喚主簿數之曰：『卿何以誤人事邪？』」

〔二〕正欲　只是想。儉嗇九：「郗公曰：『汝正當欲得我錢耳。』」正欲，義近「正當欲」。按，此亦是謝安教育子弟。

〔三〕世説音釋：「人事，猶言我事。蓋言子弟之佳不佳，亦與我何事相預？雖然，正欲其佳耳。玄因答云，芝蘭玉樹，是植物中之佳者，雖不與我相預，然人皆欲其生庭階。欲使子弟佳，亦猶是也。」按，音釋通釋此條甚是。謝玄之答，以「芝蘭玉樹」之喻，道出謝安家教之目的，乃使一門多出佳子弟耳。梁時徐勉喪子悱，痛悼甚至，作答客喻曰：「夫植樹階庭，欽柯葉之茂。」（梁書二五徐勉傳）又顧憲之「遷給事黄門侍郎，兼尚書吏部郎中。宋世，其祖覬之嘗爲吏部，於庭植嘉樹，謂人曰：『吾爲憲之種耳。』至是，憲之果爲此職」（梁書五二顧憲之傳）。以上二例説明以階庭玉樹喻佳子弟之風氣，至梁代猶然。錢穆云：「謝安此問，正見欲有佳子弟，乃當時門第中之一般心情。所謂子弟亦何預人事，則有時尚老莊而故作此放達語。若真效老莊，真能放達，更何須有佳子弟？」「正如崇階廣庭，苟無芝蘭玉樹裝點，眼前便覺空闊寂寥，又何況盡長些穢草惡木？車騎之答，所以爲雅有深致。」

九三　道壹道人好整飾音辭，〔一〕王珣游嚴陵瀨詩敍曰：「道壹姓竺氏。」〔二〕名德沙門題目曰：「道壹文鋒富贍，孫綽爲之贊曰：『馳騁游説，言固不虛，〔三〕唯茲壹公，綽然有餘。譬若春圃，載芬載敷，條柯猗蔚，枝幹扶疏。』」從都下還東山，〔四〕經吴中。已而會雪下，未甚寒。〔五〕諸道人問在道所經。壹公曰：「風霜固所不論，乃先集其慘澹。郊邑正自飄瞥，林岫便已皓然。」〔六〕

【校釋】

〔一〕道壹道人　高僧傳五：竺道壹，姓陸，吴人也。晉太和中出都，止瓦官寺，從竺法汰受學，簡文皇帝深相器重。及帝崩汰死，壹乃還東，止虎丘山。以隆安中卒，年七十一。

〔二〕姓竺氏　道壹從竺法汰學，故姓竺氏。

〔三〕馳騁游説言固不虛　高僧傳作「馳詞説言，因緣不虛」。

〔四〕從都下還東山　高僧傳五法汰傳謂法汰以晉太元十二年（三八七）卒，則道壹還東山當在其後。

〔五〕「已而會雪下」二句　詩小雅頍弁：「如彼雨雪，先集維霰。」鄭箋：「將大雨雪，始必微温，雪自上下，遇温氣而摶，謂之霰。久而寒勝，則大雪矣。」按，雪始下先集慘澹之霰粒，其時尚不甚寒。

〔六〕「壹公曰」數句　道壹之言，乃描述吴中雪景。「風霜」四句皆爲六字句，二、四句用韻，文采斐然，音韻調諧，確如孫綽所贊，「譬若春圃，載芬載敷」。由高僧傳五道壹傳所載之道壹書札，也可見其文鋒富贍。道壹止虎丘山，丹陽尹請壹還都，壹答曰：「雖萬物惑其日計，而識者悟其歲功。……且荒服之賓，無關天台；幽藪之人，不書王府。」同樣抑揚爽朗，音辭整飾。道壹好整飾音辭，爲一時風氣使然，而與佛經之轉讀、梵唄不無關係。道壹之師是著名高僧法汰。高僧傳五法汰傳稱汰「含吐藴藉，詞若蘭芳」。可見法汰談吐亦極有文采。道壹音辭之妙，恐與法汰有關焉。佛教爲弘揚大法，吸引信徒，經師之講讀及歌贊，遂極注重聲文之動聽悦耳。對此，高僧傳一三經師記之甚詳，以爲中土之歌，西方之贊，雖歌贊爲殊，「而並以協諧鐘律，符靡宮商，方乃奥妙」。「但轉讀之爲懿，貴在聲文兩得。若唯聲而不文，則道心無以得生；若唯文而不聲，則俗情無以得入。」轉讀（詠經）、梵唄（歌贊），皆須「聲文兩得」，方至奥妙。顯然，道壹整飾音辭，即修飾聲文。此乃經師轉讀、梵唄之要求。復觀道壹描繪吴中雪景四句，堪稱「聲文兩得」。王叔岷補正評「郊邑」二句云：「案陶淵明癸卯歲十二月作與從弟敬遠一首：『傾耳無希聲，在目皓已潔。』狀雪之速積，與此二句相似，絶佳！」所歎甚是。至于道壹好整飾音辭，或許得支曇籥轉讀之法。據高僧傳一三支曇籥傳，支曇籥曾爲吴虎丘山僧，晉孝武初，敕請出都，止建初寺。「特稟妙聲，善於轉讀。嘗夢天神授其聲法，覺，因裁制新聲。梵響清靡，四飛卻轉，反折還喉疊哢。雖復東阿先變，康會後造，始終循環，未有如籥之妙。後進傳寫，莫匪其法。」道壹傳曰：「及帝崩汰死，壹乃還山，止虎丘山。」道壹往虎丘山時，支曇籥可能已應孝武帝之召至都。然虎丘弟子傳其聲法，道壹既止虎丘有相當時日，則熟知支曇籥轉讀之妙亦自在情理之中。

九四　張天錫爲涼州刺史，稱制西隅。既爲苻堅所禽，〔一〕用爲侍中。後於壽陽俱敗，至都，〔二〕張資涼州記曰：「天錫字公純嘏，〔三〕安定烏氏人，張耳後也。曾祖軌，永嘉中爲涼州刺史，值京師大亂，遂據涼土。天錫篡位，自立爲涼州牧。〔四〕苻堅使將姚萇攻没涼州，天錫歸長安，堅以爲侍中、比部尚書、歸義侯。從堅至壽陽，堅軍敗，遂南歸，拜散騎常侍、西平公。」中興書曰：「天錫後以貧，拜廬江太守。薨，贈侍中。」〔五〕爲孝武所器。每入言論，無不竟日。頗有嫉己者，於坐問張：〔六〕「北方何物可貴？」張曰：「桑椹甘香，鴟鴞革響。〔七〕詩魯頌曰：「翩彼飛鴞，集于泮林。食我桑椹，懷我好音。」〔八〕淳酪養性，人無嫉心。」〔九〕西河舊事曰：「河西牛羊肥，酪過精好，但寫酪置革上，都不解散也。〔一〇〕」

【校釋】

〔一〕苻堅　苻，原作「符」，今據晉書改作「苻」。下同。據晉書九孝武帝紀，太元元年（三七六）秋七月，苻堅陷梁州，擄刺史張天錫。

〔二〕至都　晉書本傳：「（苻）堅大敗於淮肥時，天錫爲苻融征南司馬，於陣歸國。」晉書一二二載記吕光傳：「初，苻堅之敗，張天錫南奔。」據晉書九孝武帝紀，苻堅以太元八年（三八三）十月大敗於肥水，則張天錫至都當在此時。

〔三〕字公純嘏　王刻本同。宋本作「字純嘏」。晉書八六張天錫傳：「初字公純嘏，入朝，人笑其三字，因改焉。」書鈔五八引臧榮緒晉書曰：「張天錫字純嘏，爲苻融征南司馬。」據此，「公純嘏」乃天錫未改時字。

〔四〕「天錫篡位」二句　晉書八六張玄靚傳載：玄靚年幼，天錫專掌朝政。興寧元年，天錫害玄靚，自號大將軍、涼州牧。

〔五〕薨　晉書本傳言天錫年六十一卒，追贈金紫光禄大夫。

〔六〕「頗有嫉己者」二句　晉書本傳敍天錫「及歸朝，甚被恩遇。朝士以其國破身虜，多共毁之。會稽王道子問其西土所出」云云。本篇九九記王中郎譏張天錫：「卿知見有餘，何故爲苻堅所制？」亦透露朝士「多共毁之」之消息。

〔七〕「桑椹」二句　劉敬叔異苑二：「北方有白桑椹，食之甘美。」傅玄桑椹賦：「繁實離離，含甘吐液。翠朱三變，或玄或白。嘉味殊滋，食之無斁。」世説箋本：「北方有桑椹之甘香，飛鴞食之，故能變惡聲爲好音。」按，此似譏刺嫉己者如鴟鴞，無有桑椹可食，不懷好音。革響，謂變更聲音。梁簡文帝大法頌：「九韶革響，六樂改張，儀鳳婉婉，擊石鏘鏘。」

〔八〕「翩彼飛鴞」四句　出於詩魯頌泮水。鄭玄箋：「懷，歸也。言鴞恆惡鳴，今來止於泮水之木，上食其桑椹，爲此之故，故改其鳴。」

〔九〕「淳酪養性」二句　劉應登曰：「譏問者之嫉己也。」世説箋本：「又有淳酪之養性，人食之，故都無嫉心。」

〔一〇〕「河西」數句　御覽五〇引涼州記曰：「祁連山在張掖、酒泉二界之上，東西二百里，南北百餘里，山中冬温夏涼，宜牧牛。乳酪濃好，夏日酪不用器物，刈草著其上，不散。」可與西河舊事互參。

九五　顧長康拜桓宣武墓，〔一〕作詩云：「山崩溟海竭，魚鳥將何依？」〔二〕宋明帝文章志曰：「愷之爲桓温參軍，甚被親暱。」〔三〕人問之曰：「卿憑重桓乃爾，〔四〕哭之狀其可見乎？」〔五〕顧曰：「鼻如廣莫長風，眼如懸河決溜。」春秋考異郵曰：「距不周風四十五日，廣莫風至。〔六〕廣莫者，精大備也，蓋北風也。一曰寒風。」或曰：「聲如震雷破山，淚

如傾河注海。」〔七〕

【校釋】

〔一〕桓宣武墓　余箋：「陸游入蜀記云：『太平州正據姑孰溪北，桓溫墓亦在近郊。有石獸石馬，製作精妙。又有碑，悉刻當時車馬衣冠之類，極可觀，恨不一到也。』」

〔二〕「山崩溟海竭」二句　程炎震云：「文選二三謝靈運廬陵王墓下作注引顧愷之拜桓宣王墓詩曰：『遠念羨昔存，撫墳哀今王。』蓋別一首。御覽五五六引謝綽宋拾遺記曰：『桓溫葬姑孰之青山，平墳不爲封域，於墓傍開隧立碑，故謬其處，令後代不知所在。』」

〔三〕暱　宋本作「昵」。

〔四〕憑重　謂依憑桓公之看重。按，桓溫親昵愷之，愷之亦視溫爲知己及仕途之依仗。

〔五〕哭之狀其可見乎　晉書本傳云：「愷之好諧謔，人多愛狎之。」人問「哭之狀其可見乎」，即戲狎也。

〔六〕廣莫風　史記二五律書第三：「廣莫風居北方。廣莫者，言陽氣在下，陰莫陽廣大也，故曰廣莫。」

〔七〕劉辰翁云：「問哭近騃，答故當俳。」陶珙云：「此是大言，可使與阿修羅送葬。」

九六　毛伯成既負其才氣，〔一〕常稱：「寧爲蘭摧玉折，不作蕭敷艾榮。」〔二〕征西寮屬名曰：「毛玄字伯成，潁川人，仕至征西行軍參軍。」〔三〕

【校釋】

〔一〕才氣　才能與志氣也。御覽六一七引郭子：「張憑舉孝廉出京，負其才氣，心渴慕時彦。」

〔二〕蕭敷艾榮　文選六〇顏延年祭屈原文李善注引語林作「蒲芬艾榮」。屈原離騷：「何昔日之芳草兮，今直爲此蕭艾也。」世説抄撮：「蕭艾，比小人。」

〔三〕「征西寮屬名曰」數句　世説音釋：「鍾嶸詩品曰『齊參軍毛伯成文不全佳，亦多惆悵』云云，或是别人。或詩品誤『晉』字爲『齊』字耶？」按，隋書三五經籍志録晉毛伯成集一卷，録毛伯成詩一卷，並注曰「伯成，東晉征西將軍」。「東晉征西將軍」下當脱「參軍」二字，征西將軍乃桓温。可知毛伯成能詩文，詩品中之「齊參軍」當作「晉參軍」，世説箋本所疑是。

九七　范甯作豫章，〔一〕中興書曰：「甯字武子，慎陽縣人。博學通覽，累遷中書郎、豫章太守。」八日請佛有板〔二〕。衆僧疑，或欲作答。有小沙彌在坐末曰：「世尊默然，則爲許可。」衆從其義。〔三〕

【校釋】

〔一〕范甯作豫章　據通鑑一〇七晉紀二九，范甯上疏，指王國寶爲奸人。國寶大懼，與道子共譖范甯，出爲豫章太守。時在太元十四年十一月。程炎震云：「高僧傳六慧持傳曰：『豫章太守范甯，請講法華毗曇。』」余箋：「范武子湛深經術，粹然儒者。嘗深疾浮虚，謂王弼、何晏之罪，深於桀、紂。其識高矣。而亦拜佛講經，皈依彼法。蓋南北朝人，風氣如此。韓昌黎所謂不入於老，則入於佛也。」

〔二〕八日請佛有板　徐箋：「八日，謂佛誕日，長阿含經謂二月八日佛出生。瑞應經謂四月八日生。俗以夏曆四月八日爲佛生日，故此云八日。宋書隱逸沈道虔傳：『累世事佛，推父母舊宅爲寺。至四月八日，每請像。請像之日，舉家感慟焉。』板，簡牘也。請佛有疏，書於板上謂之板。」按，徐箋是。支遁有四月八日讚佛詩、詠八日詩三首（見全晉詩二〇），寫四月八日請佛情形。又浴佛之法見浴佛功德經（釋氏要覽卷中「浴佛」條引）。

〔三〕「有小沙彌在坐末曰」數句　王世懋云：「其義甚佳。」袁中道云：「似戲。」（舌華録一慧語）程炎震云：高僧傳一〇杯度傳云：「時湖溝有朱文殊者，少奉法，度多來其家。文殊謂度曰：『弟子脱捨身没苦，願見救度，脱在好處，願爲法侶。』度不答。文殊喜曰：『佛法默然，已爲許矣。』」按，十誦律八：「白佛言：『世尊，受我等請舍衛國夏安居。』憐愍故，佛默然受之。諸門將知佛默然受請已，頭面禮足，右遶而去。」長阿含經一：「爾時如來聞此天語，默然可之。時首陀會天見佛默然許可，即禮佛足，忽然不現，還至天上。」維摩經入不二法門品曰：「於是文殊師利問維摩詰：『我等各自説已，仁者當説，何等是菩薩入不二法門？』時維摩默然無言。文殊師利歎曰：『善哉善哉！乃至無有言語文字，是真入不二法門。』」注曰：「肇曰：『上諸菩薩措言於法相，文殊有言於無言，浄名無言於無言，此三明宗雖同而亦有深淺。』世謂爲維摩一默。」（見丁福保佛學大辭典）小沙彌固然聰敏可喜，然世尊默然即爲許可，在佛門固是「無有言語」之「不二法門」。袁中道謂小沙彌之語「似戲」，似未達其義。

九八　司馬太傅齋中夜坐，孝文王傳曰：〔一〕「王諱道子，簡文皇帝第五子也。封會稽王，領司徒、揚州刺史，進太傅。爲桓玄所害，贈丞相。」於時天月明浄，都無纖翳。太傅歎以爲佳。謝景重在坐，續晉陽秋曰：〔二〕「謝重字景重，陳郡人。〔三〕父朗，〔四〕東陽太守。重明秀有才會，〔五〕終驃騎長史。」答曰：「意謂乃不如微云點綴。」太傅因戲謝曰：「卿居心不浄，乃復强欲滓穢太清邪？」〔六〕

【校釋】

〔一〕孝文王　晉書簡文三子傳作「文孝王」。言語一〇〇注引丹陽記同。按，作「文孝王」是。

〔二〕續晉陽秋曰　宋本作「櫝賈樹秋曰」。王利器校：「各本作『續晉陽秋曰』，是。」

〔三〕陳郡人　宋本作「陳和人」。王利器校：「各本作『陳郡人』是。」

〔四〕父朗　宋本作「哭朗」。王利器校：「各本作『父朗』是。」

〔五〕才會　會，沈校本作「名」。　徐箋：「會者領會之會，有會，謂多會心處。」張萬起詞典：「才會，猶才悟。」蔣宗許世説新語校箋臆札云：「『才會』之會非動詞。『才會』猶言『才致』，『有會』猶言『有情致』、『有韻味』。在六朝時，常以『有會』來稱道談士的語言機趣蘊藉。如排調三二：『於是有人餉桓公藥草，中有遠志。公取以問謝：「此物又名小草，何一物而有二稱？」謝即未答。時郝隆在坐，應聲答曰：「此甚易解，處則爲遠志，出則爲小草。」謝甚有愧色。桓公目謝而笑曰：「郝參軍此過乃不惡，亦極有會。」』顯然，這是郝隆在借題發揮譏刺謝安出仕，桓温和謝安都明白話中的意思。若解『有會』如徐箋或如漢語大辭典（一卷第三〇四頁）『才思和悟性』均未契其要。」按，會，領會，會解。徐箋是。才會，猶理解之才能，即理解力强，或言悟性高。蔣氏謂「才會」猶言「才致」，恐不確，「會」與「情致」當有别也。

〔六〕道子以月色澄浄爲美，謝重則以爲微雲點綴更美。　卓文君白頭吟：「皎若雲間月。」曹丕芙蓉池作詩：「丹霞夾明月，華星出雲間。上天垂光彩，五色一何鮮。」孫綽殘詩：「迢迢雲端月，的爍霞間星。」陶淵明擬古之七：「皎皎雲間月，灼灼葉中華。」陶淵明閑情賦：

「月媚景於雲端。」可證以雲間月爲美起源甚早且常見於詩文。又曹植洛神賦：「彷佛兮若輕雲之蔽月。」晉書九二顧愷之傳：「(顧)欲圖殷仲堪，仲堪有目病，固辭。愷之曰：『明府正爲眼耳，若明點瞳子，飛白拂上，使如輕雲之蔽月，豈不美乎！』」曹植、顧愷之寫人畫人以「輕雲蔽月」爲美，此與謝重以微雲點綴明月爲美，審美對象雖異，原理則同。微雲點綴皓月，具朦朧之美，較單純之澄浄，色彩更豐富亦更嫵媚。凌濛初云：「謝故有致。」李贄云：「答亦自佳。」其説是也。

九九　王中郎甚愛張天錫，〔一〕問之曰：「卿觀過江諸人，經緯江左，〔二〕軌轍有何偉異？後來之彥，復何如中原？」張曰：「研求幽邃，自王、何以還；〔三〕因時脩制，荀、樂之風。」荀顗、荀勖修定法制，樂則未聞。〔四〕王曰：「卿知見有餘，何故爲苻堅所制？」張資涼州記曰：「天錫明鑒穎發，英聲少著。」答曰：「陽消陰息，故天步屯蹇，否剥成象，〔五〕豈足多譏？」

【校釋】

〔一〕王中郎　程炎震云：「坦之卒于寧康三年，天錫肥水敗降，不及見矣。此中郎蓋别是一人。」徐箋：「王坦之爲北中郎將。」

〔二〕經緯　王叔岷補正：「按莊子寓言篇：『年先矣，而無經緯本末，以期來者，是非先也。』成疏：『上下爲經，傍通爲緯。』此句經緯一詞，蓋本莊子，謂上下傍通之才智也。」

〔三〕王何　朱注：「案此王、何，當指王導、何充，若談理者所稱王、何，則是王弼、何晏，與過江經緯無涉。」楊箋：「王指王弼，何即何晏。」按，所謂「研求幽邃」，正指王、何研求玄理。此句謂王、何以還，江左諸賢繼續「研求幽邃」。朱注謂王指王導，何指何充。王導猶能清言，而何充佞佛不談理。朱注非。

〔四〕「因時脩制」數句　徐箋：「晉書三五裴秀傳：『魏咸熙初，釐革憲司，荀顗定禮儀，賈充制法律，而秀改管制焉。』荀顗傳：『及蜀平，興復五等，命顗定禮樂。顗上請羊祜、任愷、庾峻、應貞、孔顥共刪改舊文，撰定晉禮。』荀勖傳：『與賈充共定律令。』」余箋：「樂指樂廣。廣未嘗制定禮樂，故云『未聞』。」按，據晉書一九禮志上，荀顗因魏代前事，撰爲新禮，成百六十五篇。此二句謂過江諸人「因時脩制」，有荀、樂之風。然「脩制」者爲誰不明，晉書一九禮志上曰：「江左則有荀崧、刁協損益朝儀。」抑荀、刁之流乎？

〔五〕「陽消陰息」三句　否，宋本作「不」。按，作「否」是。易豐：「日中則昃，月盈則食。天地盈虛，與時消息。」屯、蹇、否、剥，皆爲周易卦名，爲艱難困苦之象。

一〇〇　謝景重女適王孝伯兒，二門公甚相愛美。〔一〕謝女譜曰：〔二〕「重女月鏡，適王恭子愔之。」謝爲太傅長史，被彈；王即取作長史，帶晉陵郡。〔三〕太傅已構嫌孝伯，不欲使其得謝，還取作咨議。外示縶維，而實以乖閒之。〔四〕及孝伯敗後，太傅繞東府城行散，丹陽記曰：「東府城西，有簡文爲會稽王時第。東則孝文王道子府。道子領揚州，仍住先舍，故俗稱東府。」〔五〕僚屬悉在南門要望候拜，時謂謝曰：「王甯異謀，阿甯，王恭小字也。云是卿爲其計。」謝曾無懼色，斂笏對曰：「樂彦輔有言：『豈以五男易一女。』」〔六〕太傅善其對，因舉酒勸之曰：「故自佳！故自佳！」

【校釋】

〔一〕二門公　徐箋：「門公猶言家公，謂父也。晉書山濤傳：『簡性温雅有父風，年二十餘，濤不知也。簡歎曰：「我年紀三十，而不爲家公所知。」』古者家稱門，逸周書皇門解：『會羣門。』又曰：『大門宗子。』顏氏家訓風操：『言及先人，理當感慕。若没，言須及者，則斂容肅坐，稱大門中；世父叔父，則稱從兄弟門中；兄弟則稱亡者子某門中。』二門公謂兩家之父。」

〔二〕謝女譜　王利器校：「案謝女譜當作謝氏譜，本書文學門『林道人詣謝公』條注亦引謝氏譜。」

〔三〕「王即取作長史」二句　劉應登云：「謂謝已與道子有嫌，王亦與道子成隙，恐謝去職而還，爲道子所害，故留之依己也。」

〔四〕「太傅已構嫌孝伯」數句　司馬道子構嫌王恭，事見晉書八四王恭傳。先是，袁悦之以輕巧事道子，恭言之於帝，帝誅之。後道子悦女子裴氏，恭抗言曰：「未聞宰相之坐有失行婦人。」道子甚愧之。道子執政，寵昵王國寶，恭正色直言，道子深憚憤之，知恭不可和協。譙王尚之復説道子，以藩伯强盛，宰相權弱，宜多樹置以自衛。道子然之。道子不欲使王恭得謝景重，還取作諮議，亦是削弱王恭之一計也。

〔五〕東府　徐箋：「案晉書桓宣傳：『東府赫然，更遣猛將。』晉書考異：『此在元帝未即位以前，帝以鎮東大將軍領揚州刺史，故稱東府也。其後以京都所在，刺史不加征東、鎮東之號，而東府之名猶存，故揚州治所所稱東府也。』」宋張敦頤六朝事蹟類編上「六朝宮殿」條引吴實録：「有曰臺城，蓋宮省之所寓也。有曰東府，蓋宰相之所居也。有曰西州，蓋諸王之所宅也。」按，吴時東府爲宰相所居，東晉則是揚州治所所在。然丹陽記謂司馬道子進位丞相揚州牧，故此時之東府，乃是丞相兼揚州刺史之府第，與往昔僅爲揚州刺史之治所，或丞相之府第已有不同。

〔六〕「樂彦輔有言」二句　見本篇二五。

一〇一　桓玄義興還後，見司馬太傅。〔一〕太傅已醉，坐上多客，問人云：「桓温來欲作賊，〔二〕如何？」晉安帝紀曰：「温在姑孰，諷朝廷，求九錫。謝安使吏部郎袁宏具其草，以示僕射王彪之。彪之作色曰：『丈夫豈可以此事語人邪？』〔三〕安徐問其計。彪之曰：『聞其疾已篤，且可緩其事。』安從之，故不行。」桓玄伏不得起。謝景重時爲長史，舉板答曰：「故宣武公黜昏暗，登聖明，功超伊、霍。〔四〕紛紜之議，裁之聖鑒。」太傅曰：「我知，我知。」即舉酒云：「桓義興，勸卿酒。」桓出謝過。檀道鸞論之曰：「道子可謂易於由言，謝重能解紛紜矣。」〔五〕

【校釋】

〔一〕「桓玄義興還後」二句　晉書九九桓玄傳謂玄於太元末，出補義興太守，鬱鬱不得志，棄官歸國。通鑑一〇八晉紀三〇記桓玄棄官歸國在太元十七年（三九二）。

〔二〕「桓温」句　李慈銘云：「案桓温下當有一『晚』字，晉書作『桓温晚途欲作賊』可證。各本皆脱。」程炎震云：「晉書道子傳作『桓温晚途欲作賊，云何』，不如此語佳。蓋道子醉中以爲温也。」吴金華考釋：「竊以爲『來』字上未必脱字；『來』字無義，疑是『末』字之訛。從先秦以至南北朝，單音詞『末』一直是『末年』、『末途』、『晚節』、『晚途』的同義詞。例如：禮記卷五二中庸：『武王末受命，周公成文武之德，追王大王、王季，上祀先公以天子之禮。』鄭玄注：『末，猶老也。』換言之，『末』就是晚年。漢書卷九七外戚孝成趙皇后傳：

『孝成皇帝自知繼嗣不以時立，念雖末有皇子，萬歲之後未能持國，權柄之重，制於女主。』顔師古注：『末，晚暮也。』换言之，『末』就是『晚末』、『晚途』……晉書卷七四桓謙傳：『（姚）興問謙，謙曰：「臣門著恩荆楚，從弟（桓）玄末雖篡位，皆是驅逼，人神所明。」』從晉書桓謙傳可以看出，『末』表示『晚節』之義，晉人仍然這麽説；『桓温末欲作賊』正與『桓玄末雖篡位』的説法類似。今本誤作『來』，語不可通。」按，吴説可從。又程氏謂道子醉中以爲是桓温，其説不可信。温卒于寧康元年（三七三），至太元末桓玄棄義興太守已有二十年，道子雖醉，豈會不分温、玄？

〔三〕丈夫豈可以此事語人邪　王刻本同。宋本作「大夫豈以此事語人邪」。

〔四〕「故宣武公」二句　太和六年（三七一）十一月，桓温廢廢帝司馬奕，立簡文帝。帝下詔稱桓温「雖伊尹之寧殷朝，博陸之安漢室，無以尚也。」（見晉書八海西公紀、晉書九簡文帝紀）

〔五〕易於由言　徐箋：「詩小雅小弁：『君子無易由言。』易，輕也；由，用也。」劉應登云：「按此乃道子醉中易言耳，謝乃舉其廢立之事言之。蓋温廢海西而立簡文，道子乃簡文第五子也，可謂善解紛矣。」李慈銘云：「案桓温桀逆，罪不容誅。當日王珣既被偏知，感恩短簿。謝公名德，亦以温府司馬進身，故新亭之迎，九錫之議，當時懔懔，亦以不速斃爲憂。乃至告終，哀榮備盡，蓋王、謝二族，世執晉柄，終懷顧己之私，莫發不臣之跡。據晉書范宏之傳，宏之申雪殷浩，因列桓温移鼎之跡，一疏甫上，遂爲王珣所仇，終身淪謫。蓋君臣既各持門户，孝武亦私感其援立，簡文隱忍相安，終成靈寶之篡。觀此景重之答，動以廢昏立明，藉口歸功，道子即舉酒相勸。其君臣幽隱，已喻之深。道鸞尚稱謝重能解紛紜，何其無識。終晉之世，昌言温罪者，惟宏之上會稽王書、與王珣書，辭氣伉直，不畏强禦，一人而已。」余箋引御覽四九七檀道鸞晉陽秋，並云：「玄之伏地不能起，不徒以道子直斥温名，加以大逆，使之無地自容而已，直恐其醉中暴怒，於座上收縛，或牽出就刑，故懼而流汗耳。」又云：「桓玄飛揚跋扈，包藏禍心，蜷伏爪牙，觀釁而動，能早除之固善。然道子昏庸，見不及此。本無殺之之意，而乘醉肆詈，辱及所生，使之羞憤難堪。是時四坐動容，主賓交窘。景重出而轉圜，實足息一時之糾紛。其言宣武廢昏立明，不過權詞解圍耳。使道子果欲正温不臣之罪，固當奏之孝武，明發詔令，豈容失色於杯酒間乎？道鸞就事立論，未爲大失。蓴客之評，藉端牽涉，竊所不取。」按，李慈銘由謝景重之言，論王、謝二族爲何不發桓温篡逆之心，以及日後桓玄篡晉之原因，亦有可取之處。桓温晚年雖欲作賊，然愛才好士，氣概豪邁，東晉英雄罕有比肩者。此人功過，當詳論之。而余箋分析道子醉語時之情形，以爲檀道鸞就事立論未爲大失，其言中肯。後引晉書儒林傳、晉書桓玄傳、建康實録等史料，論東晉後期政局及桓玄得以篡逆之始終，因與本條内容相去太遠，故不録，讀者自可參看。

一〇二　宣武移鎮南州，〔一〕制街衢平直。人謂王東亭曰：王司徒傳曰：「王珣字元琳，丞相導之孫，領軍洽之子也。少以清秀稱，大司馬桓温辟爲主簿。從討袁真，封交趾望海縣東亭侯，累遷尚書左僕射，領選，進尚書令。」「丞相初營建康，無所因承，而制置紆曲，方此爲劣。」〔二〕晉陽秋曰：「蘇峻既誅，大事克平之後，都邑殘荒。温嶠議徙都豫章，〔三〕以即豐全。朝士及三吴豪傑，謂可遷都會稽。王導獨謂：『不宜遷都。建業往之秣陵，古者既有帝王所治之表，又孫仲謀、劉玄德俱謂是王者之宅。今雖凋殘，宜脩勞來旋定之道，〔四〕鎮静羣情。且百堵皆作，〔五〕何患不克復乎？』終至康寧，導之策也。」東亭曰：「此丞相乃所以爲巧。江左地促，不如中國，若使阡陌條暢，則一覽而盡。故紆餘委曲，若不可測。」〔六〕

【校釋】

〔一〕南州　程炎震云：「文選殷仲文南州桓公九井作一首注引水經注：『淮南郡之于湖縣南，所謂姑孰，即所謂南州矣。』案趙一清曰：『今本水經注沔水篇無此文。』」又云：「晉書哀帝紀：『興寧二年五月，以桓温爲揚州牧，録尚書事。八月，温至赭圻，遂城而居之。』通鑑：『興寧三年，移鎮姑孰。』蓋遥領揚州牧，州府即隨之而移。以姑孰在建康南，故得南州之名，如西州之比矣。」按，程説是。晉書九八桓温傳記太和四年温北伐，「百官皆於南州祖道，都邑盡傾」。姑孰距建康甚近，故百官得以祖道。

〔二〕方此　比此（指南州）。按，人謂王丞相營建建康城「制置迂曲」，比南州「制街衢平直」爲劣。

〔三〕温嶠議徙都豫章　晉書七成帝紀：咸和四年（三二九），「時兵火之後，宫闕灰燼，以建平園爲宫。」「夏四月乙未，驃騎將軍、始安公温嶠卒。」據此，温嶠議徙都豫章當在咸和四年初。

〔四〕勞來旋定　王利器校：「案旋定即還定，詩小雅鴻雁序：『鴻雁，美宣王也。萬民離散，不安其居，而能勞、來、還、定、安集之，於矜寡無不得其所焉。』」

〔五〕百堵皆作　詩小雅鴻雁：「之子於垣，百堵皆作。」毛傳：「一丈爲板，五板爲堵。」鄭箋：「云侯伯卿士又於壞滅之國，徵民起屋舍，築牆壁百堵，同時而起。」

〔六〕「江左地促」數句　李贄云：「至言至言！」（初潭集君臣能言之臣）世説講義：「促，小縮也。地與中國異，故其制置亦不同。」按，秦漢營建城池苑囿，空間尺寸十分巨大。王導初營建康城，變平直條暢爲紆餘委曲，若不可測，此固緣江左地促，然亦因美學觀念轉變所致。在相對狹小之空間中，變化以求豐富，曲折以顯深邃，較之一覽無遺，更顯生動而具美感。東晉之後，「紆餘委曲，若不可測」之空間造型，遂成爲中國園林藝術之圭臬。

一〇三　桓玄詣殷荆州，殷在妾房晝眠，左右辭不之通。〔一〕桓後言及此事，殷云：「初不眠，縱有此，豈不以賢賢易色也。」〔二〕孔安國注論語曰：「言以好色之心好賢人則善。」

【校釋】

〔一〕之　王叔岷補正：「案『之』猶『與』也。」

〔二〕賢賢易色　論語學而：「子夏曰：賢賢易色。」仲堪之語意謂桓玄來時還未眠，然縱然有與妾晝眠事，以好賢易好色即可矣。疑桓玄言及此事時必有戲言，仲堪遂反用論語意與之打趣。凌濛初云：「飾語厚顔。」其説近是。

一〇四　桓玄問羊孚：羊氏譜曰：「孚字子道，泰山人。祖楷，尚書郎。父綏，中書郎。孚歷太學博士、州别駕、太尉參軍。年四十六卒。」〔一〕「何以共重吴聲？」〔二〕羊曰：「當以其妖而浮。」〔三〕

【校釋】

〔一〕年四十六卒　傷逝一八作「年三十一卒」。按，當作「年三十一卒」。詳傷逝一八校釋。

〔二〕吴聲　指吴聲歌曲，是産生於建業及附近地區之民歌。晉書二三樂志：「吴歌雜曲，並出江南。東晉以來，稍有增廣。始皆徒歌，既而被之管弦。蓋自永嘉渡江之後，下及梁陳，咸都建業，吳聲歌曲起於此也。」據此可知，吳聲原爲江南徒歌，永嘉南渡之後，受士人、樂工之喜愛，遂至紛紛仿作，被之管弦。據傳，前溪歌七首爲車騎將軍沈玩（應爲沈充，參考王運熙吳聲西曲雜考）所製（見宋書樂志）；長史變歌三首爲司徒長史王廞臨敗所製（同上）；桃葉歌三首爲王子敬所製（見樂府詩集四五引古今樂録）。魏晉時期畜妓成風，妓妾皆唱吳歌豔曲。吳聲遂氾濫於上層社會，以至會稽王道子於東府宴集朝士，尚書令謝石乘醉唱起「委巷之歌」。由此觀之，當時「共重吳聲」確已形成風氣。

〔三〕妖而浮　妖者，妍也，豔也，美也。浮者，輕也，淺也，豔也。「妖浮」之義，大致可從兩個層面言之：一，内容；二，語言。前者指吳聲幾爲清一色之男女情歌，色澤豔麗，與古樂、雅樂迥異，正合東晉士人追求性愛之生活情趣。如王珉與嫂婢謝芳姿深愛，芳姿作團扇郎歌；王子敬篤愛妾桃葉，作桃葉歌三首之類。後者指南方語音輕清浮淺，與北方語音質重沉濁不同。對此，顔之推顔氏家訓音辭篇言之甚明：「南方水土和柔，其音清舉而切詣，失在浮淺，其辭多鄙俗。北方山川深厚，其音沉濁而鈋鈍，得其質直，其辭多古語。」又陸德明經典釋文序録曰：「方言差別，固自不同。河北江南，最爲鉅異，或失在浮清，或滯於沉濁。」「妖而浮」之「浮」，當即顔氏所言之「浮淺」與陸氏所言之「浮清」。然據陳寅恪從史實論切韻一文（載陳寅恪史學論文集，上海古籍出版社，一九九二年）考證，「洎乎永嘉亂起，人士南流，則東晉之士族階級，無分僑舊，悉用北音」，王導等雖往往用吳語延接士庶，但不過用以籠絡江東人心，「迨東晉司馬氏之政權既固，南士之地位日漸低落，於是吴語乃不復用於士族之間矣。」讀陳先生此文有一疑問：東晉士族之間不用吴語，爲何獨獨喜用吴語唱吴聲？竊以爲解釋這一疑問，除上文言及東晉士族追求性愛之趣外，尚須以音樂之審美觀説明之。兩晉之際海内分崩，伶官樂器，散亡殆盡。至「永和十一年，謝尚鎮壽陽，於是采拾樂人，以備太樂，並製石磬，雅樂始頗具」（參見晉書二三樂志下）。然重建雅樂，不過是朝廷之虚應故事。雅樂重在教化，殊少審美價值。謝尚雖有功于雅樂之備，然真正喜歡者乃在吴聲。尚曾於佛國門樓上彈琵琶，作大道曲（見樂府詩集七五引樂府廣題），便是青睞吴聲之明證。吴歌軟儂纏綿，新鮮生動，自然極容易爲士族接受。故東晉士族之交往仍操北音，而樂舞之欣賞則不妨「南化」。再則，南渡士族僑居江南日久，勢必爲吴語同化。輕詆三〇：「支道林入東，見王子猷兄弟。還，人問：『見諸王何如？』答曰：『見一羣白頸烏，但聞唤啞啞聲。』」余箋：「道林之言，譏王氏兄弟作吴音耳。」東晉士族延接士庶時操北音，日常家居時恐也不會完全排斥吴音。於吴音環境中歷經數世，浸潤日久自會喜歡吴聲，甚而仿作言情豔歌。總之，東晉共重吴聲，原因大致有三：一是東晉士人深於情，追求男女性愛之享受，吴聲與其生活情趣一拍即合。二是吴聲「妖而浮」，情調纏綿，風姿綽約，頗具欣賞價值。三是東晉士族交際雖操北語，然語音環境使然，日久漸不覺南音浮淺，喜歡吴聲亦在情理之中。由桓玄、羊孚之問答，頗能見東晉人對吴聲之愛好及評價。

一〇五　謝混問羊孚：「何以器舉瑚璉？」晉安帝紀曰：「混字叔源，陳郡人，司空琰少子也。文學砥礪立名。累遷中書令、尚書左僕射。坐黨劉毅伏誅。」論語：「子貢問曰：『賜也何如？』子曰：『汝器也。』曰：『何器也？』曰：『瑚璉也。』」〔一〕鄭玄注曰：「黍稷器。夏曰瑚，殷曰璉。」羊曰：「故當以爲接神之器。」〔二〕

【校釋】

〔一〕「子貢問曰」數句　見論語公冶長。

〔二〕接神之器　瑚、璉皆宗廟盛黍稷之器，而飾以玉器之貴重而華美者，因祭祀所用，故羊孚答曰「接神之器」。劉辰翁云：「瑚璉者，不患不貴重，有時不可無耳。」

一〇六　桓玄既篡位，〔一〕後御牀微陷，羣臣失色。侍中殷仲文進曰：續晉陽秋曰：「仲文字仲文，陳郡人。祖融，太常。父康，吴興太守。仲文聞玄平京邑，棄郡投焉。〔二〕玄甚説之，引爲咨議參軍。〔三〕時王謐見禮而不親，卞範之被親而少禮。其寵遇隆重，兼於王、卞矣。及玄篡位，以佐命親貴，厚自封崇，輿馬器服，窮極綺麗，後房妓妾數十，絲竹不絕音。性甚貪吝，多納賄賂，家累千金，常若不足。玄既敗，先投義軍，累遷侍中、尚書，以罪伏誅。」「當由聖德淵重，厚地所以不能載。」時人善之。〔四〕

【校釋】

〔一〕「桓玄」句　據晉書一〇安帝紀、晉書九九桓玄傳，元興二年（四〇三）十二月，桓玄篡位，改元永始，以南康之平固縣奉晉帝爲平固王。

〔二〕「仲文聞玄」二句　宋本無「仲文」二字。程炎震云：「晉書云：『仲文爲新安太守，棄郡投玄。』此處蓋有脱文。」

〔三〕「玄甚説之」二句　余箋：「文選集注六二江文通擬殷東陽興矚詩注引王韶晉紀云：『仲文少有才，美容貌，桓玄姊夫。玄甚悦之，引爲諮議參軍。』」

〔四〕「當由聖德淵重」數句　朱注以「厚」字屬上句，並疑衍「重」字。誤。王世貞云：「縱極淡辭，不能令人不嘔噦。」王世懋云：「羣醜獻諛，讀之令人嘔噦，那得稱佳？」李慈銘云：「案此學裴楷『天得一以清』之言，而取媚無稽，流爲狂悖。晉武帝受禪，至惠而衰，得一之徵，實爲顯著。靈寶篡逆，覆載不容；仲文晉臣，謬稱名士。而既棄朝廷所授之郡，復忘其兄仲堪之仇。蒙面喪心，敢誣厚地。犬彘不食，無忌小人。臨川汙之簡編，誇其言語，無識甚矣。」按，殷仲文誠「取媚無稽」，删之可也。

一〇七　桓玄既篡位，將改置直館，〔一〕問左右：「虎賁中郎省，應在何處？」〔二〕有人答曰：「無省。」當時殊忤旨。〔三〕問：「何以知無？」答曰：「潘岳秋興賦敍曰：『余兼虎賁中郎將，寓直散騎之省。』」岳，別見。〔四〕其賦敍曰：「晉十有四年，〔五〕余年三十二，始見二毛，以太尉掾兼虎賁中郎將，〔六〕寓直散騎之省。高閣連雲，〔七〕陽景罕曜。僕野人也，猥厠朝列，譬猶池魚籠鳥，有江湖山藪之思。於是染翰操紙，慨然而賦。于時秋至，故以秋興命篇。」玄咨嗟稱善。劉謙之晉紀曰：〔八〕「玄欲復虎賁中郎將，疑應直與不，〔九〕訪之僚佐，咸莫能定。參軍劉簡之對曰：〔一〇〕『昔潘岳秋興賦敍云：「余兼虎賁中郎將，寓直於散騎之省。」以此言之，是應直也。』玄懽然從之。」此語微異，又答者未知姓名，故詳載之。

【校釋】

〔一〕直館　世説箋本：「直宿之館。」按，直，通「值」。

〔二〕應在　文選潘岳秋興賦李善注引世説作「合在」。

〔三〕殊忤旨　殊忤，宋本、沈校本並作「絶迕」。

〔四〕潘岳　別見文學七〇。

〔五〕晉十有四年　李善注：「晉武帝太始十四年也。」按，泰始共十年，無十四年。此當指晉武帝咸寧四年（二七八）。

〔六〕太尉　李善注引臧榮緒晉書云：「賈充爲太尉。」又曰：「岳爲賈充掾。」

〔七〕高閣　高，宋本作「羞」。王利器校：「各本『羞』作『高』，秋興賦正作『高』。」

〔八〕劉謙之　宋書五〇劉康祖傳：「簡之弟謙之，好學，撰晉紀二十卷，義熙末爲始興相。」

〔九〕疑　宋本作「宜」。按據下文云「訪諸僚佐」，則作「疑」是。

〔一〇〕劉簡之　唐批：「劉荀之，此訛簡。」程炎震云：「劉簡之，文選一三秋興賦注引作『劉荀之』，御覽二四一引作『劉蘭之』，皆誤也。簡之者，謙之之兄，彭城呂人，見宋書劉康祖傳。」余箋：「姚振宗隋志考證三九以簡之即本書方正篇之劉簡，誤也。簡之弟名謙之、虔之，簡弟名耽，非一人明矣。隋志：梁有晉太尉諮議劉簡之集，亡。」

一〇八　謝靈運好戴曲柄笠，丘淵之新集録曰：「靈運，陳郡陽夏人。祖玄，車騎將軍。父渙，祕書郎。靈運歷祕書監、侍中、臨川内史。以罪伏誅。」〔一〕孔隱士謂曰：「卿欲希心高遠，何不能遺曲蓋之貌？」〔二〕宋書曰：「孔淳之字彥深，魯國人。少以辭榮就約，徵聘無所就。元嘉初，散騎郎徵，不到，隱上虞山。」謝答曰：「將不畏影者，未能忘懷。」〔三〕莊子云：「漁父謂孔子曰：『人有畏影惡跡而去之走者，舉足逾數而跡逾多，走逾疾而影不離，自以尚遲，疾走不休，絶力而死。不知處陰以休影，處静以息跡，愚亦甚矣。子脩心守真，〔四〕還以物與人，則無異矣。〔五〕不脩身而求之人，不亦外事者乎？』」

【校釋】

〔一〕以罪伏誅　宋本、沈校本並無「以罪」二字。

〔二〕曲蓋　崔豹古今注曰：「曲蓋，太公之所作也。武王伐紂，大風折蓋。太公因折蓋之形而制曲蓋焉。」曲蓋乃有軍號者方得賜之，爲軒冕結綬者之象徵。程炎震云：「晉書藝術陳訓傳云：『周亢問訓以官位，訓曰：「西年當有曲蓋。」後亢果爲金紫將軍。』蜀志諸葛亮傳注：『亮南征，賜曲蓋一。』吴志孫峻傳注：『留贊解曲蓋印綬，付子弟以歸。』」

〔三〕將不　劉辰翁云：「將不，猶『將無』也。」世説抄撮：「將不，猶言『豈非』也。」按，孔、謝問答之意義，余箋釋之甚確：「笠者，野人高士之服，而曲柄笠，笠上有柄，曲而後垂，絶似曲蓋之形。靈運好戴之，故淳之譏其雖希心高遠，而不能忘情於軒冕也。靈運以爲唯畏影者乃始惡其跡，心苟漠然不以爲意，何跡之足畏？如淳之言，將無猶有貴賤之形跡存乎胸中，未能盡忘乎？」然靈運答語之哲學意蘊，尚需抉發之：靈運之答，實源於莊子及魏晉玄學。其以莊子漁父中「畏影惡跡」者之寓言，解説心、跡兩者關係。莊子逍遥游謂「至人無己」，即泯滅物我，順乎自然，無往非適。郭象、向秀注釋莊子，大談「喪我」、「自忘」、「忘情」，以爲自忘才能超然自得，無心才能應對萬物。郭象注逍遥游曰：「我苟無心，亦何爲不應世哉。」注齊物論曰：「吾喪我，我自忘矣，天下有何物足識哉！故都忘内外，然後超然俱得。」莊周以爲隱士許由高於聖人堯舜，而郭象等玄學家則調停聖人、隱士兩者之對立，如郭注逍遥游曰：「夫聖人雖在廟堂之上，然其心無異于山林之中，世豈識之哉！徒見其戴黄屋，佩玉璽，便謂足以纓紱其心矣；見其歷山川，同民事，便謂足以憔悴其神矣；豈知至者之不虧哉。」如此，聖人雖居廊廟，無異山林，名教與自然趨於統一。總之，無己無心，便能混同萬物，冥一貴賤，超然自得。而畏影惡跡者，其心尚未忘懷。若自身皆忘，則何有外在之跡？然「無心」、「自忘」、「喪我」云云，只有哲學言説之價值，現實中幾乎無人能臻冥一心跡之境界。孔淳之譏靈運「卿欲希心高遠，何不能遺曲蓋之貌」，雖是戲言，卻一針見血地道出靈運二元之人格特徵。觀靈運齋中讀書詩：「矧乃歸山川，心跡雙寂寞。」述祖德詩其二：「達人貴自我，高情屬雲天。兼抱濟物性，而不纓垢氛。」雖欲以山水清輝，淡忘世情，但始終難於心跡雙寂。「濟物」難期，「高情」亦成虚僞，最終「心跡猶未並」（初去郡）。文心雕龍情采曰：「故有志深軒冕，而泛詠皋壤；心纏機務，而虚述人外。」靈運即爲典型代表也。

〔四〕子脩心　子上沈校本有「君」字。

〔五〕則無異矣　王利器校：「案今本莊子漁父篇『異』作『累』，是。」

政事第三

一　陳仲弓爲太丘長，〔一〕時吏有詐稱母病求假。事覺收之，令吏殺焉。主簿請付獄，考衆姦。〔二〕仲弓曰：「欺君不忠，病母不孝。不忠不孝，其罪莫大。考求衆姦，豈復過此。」〔三〕陳寔，已別見。〔四〕

【校釋】

〔一〕「陳仲弓」句　後漢書六二陳寔傳：「司空黄瓊辟選理劇，補聞喜令。旬月，以期喪去官。復再遷除太丘長。」考後漢書七桓帝紀，黄瓊遷司空在桓帝元嘉元年（一五一）閏月，以元嘉二年（一五二）十一月免。陳寔以期喪去官，則遷除太丘長約在元嘉三四年。

〔二〕考　徐箋：「考，謂考問其狀。」衆姦，吴金華考釋：「『衆姦』指諸多姦邪之事。如：張俶奢淫無厭，取小妻三十餘人，擅殺無辜，衆姦並發，父子俱車裂。（三國志卷四八吴書三嗣主孫皓傳）『姦』指不法之事。『衆姦』，猶言一切罪惡。」按，吴説是。晉書三六衛瓘傳：「害公子孫，實由於（榮）晦。及將人劫盗府庫，皆晦所爲。考晦一人，衆姦皆出。」

〔三〕「欺君不忠」數句　儒家以爲德行以孝爲先。禮記曲禮上：「父母有疾，冠者不櫛，行不翔，言不惰，琴瑟不御，食肉不至變味，飲酒不至變貌，笑不至矧，怒不至詈。」父母有疾，人子既慎既憂，而吏居然詐稱母病，此乃大不孝。宋書九一孝義傳：「史臣曰：漢世士務治身，故忠孝成俗，至乎乘軒服冕，非此莫由。」忠孝成俗之風至晉世依然。晉書五〇庾純傳：「司徒石苞議：『純榮官忘親，惡聞格言，不忠不孝，宜除名削爵土。』」不過吏僅僅因詐稱母病而被殺，陳仲躬執法似乎太過峻刻。故淩濛初云：「恐亦未免矯枉。」

〔四〕陳寔　已別見德行六。趙西陸云：「依本書注例，『別』字衍。注於其人之籍貫、家世、仕履在後文者標『別見』。」楊箋以爲據孝標注例，此處當作「已見」。其説可從。

二　陳仲弓爲太丘長，有劫賊殺財主，〔一〕主者捕之。〔二〕未至發所，〔三〕道聞民有在草不起子者，〔四〕回車往治之。主簿曰：「賊大，〔五〕宜先按討。」仲弓曰：「盜殺財主，〔六〕何如骨肉相殘？」按後漢時賈彪有此事，不聞寔也。〔七〕

【校釋】

〔一〕有劫賊殺財主　徐箋：「劫，今語曰盜。本書自新二陸機謂戴淵曰：『卿才如此，亦復作劫邪？』晉書陶侃傳：『時天下饑荒，山夷多斷江劫掠。侃令諸將詐作商船以誘之，劫果至，生獲數人。』與此並作名詞用。下『賊殺』二字連文。賊殺，即殺害。周禮夏官大司馬：「賊殺其親則正之，放弒其君則殘之。」史記五秦本紀：出子六年，三父等復共令人賊殺出子。財主，物主也。唐律疏議十九：『即得闌遺之物，財主來認。』」按，徐箋是也。

〔二〕主者　世説音釋：「後漢書注曰：『謂主治盜賊之曹也。』」李慈銘云：「案下『主』字疑衍，當云『有劫賊殺財主者』爲一句。」周一良、王伊同馬譯世説新語商兑云：「下『主』字，乃主其事者，非家主也。」按，周、王之説固可通，然繹其文意，此事既屬諸陳寔，則「主者」一詞可省略。李説謂下「主」字疑衍，亦有理。

〔三〕發所　世説箋本：「發所，事所發起處，即殺人處。」

〔四〕在草不起子　李詳云：「淮南子本經訓『剔孕婦』，高誘注：『孕婦，妊身將就草之婦。』高誘去太丘時不遠，在草、就草，皆謂漢季坐蓐俗稱。」劉盼遂云：「按草爲婦人分娩時藉薦之具。晉書惠賈皇后傳：『后詐有身，内蒿物爲産具，遂取妹夫韓壽子養之。』元帝紀：『生於洛陽，所藉蒿如始刈。』蒿亦草也。高僧傳四：『于法開嘗投人家，值婦人在草甚急。開針之，須臾，羊膜裹兒而出。』今沇、沂之間謂小兒始生曰落草。」不起子，謂生子不收養。刑律禁不起子，故陳仲弓回車往治之。此法令東晉猶然，晉書八四殷仲堪傳記仲堪領竟陵太守，「舉郡禁産子不舉」。

〔五〕賊大　謂殺人之事爲大。書舜典：「寇賊奸宄。」孔傳：「殺人曰賊。」春秋左傳注疏四七：「殺人不忌爲賊。」

〔六〕盜殺　即劫殺。劫盜同義連用。晉書五五潘岳傳：「又諸劫盜皆起於迴絶，止乎人衆。」南史四〇黄回傳：「在江西與諸楚子相結，屢爲劫盗。」

〔七〕「按後漢時」二句　余箋：「後漢書黨錮傳云：『賈彪字偉節，補新息長。小民貧困，多不養子。彪嚴爲其制，與殺人同罪。城南有盗劫害人者，北有婦人殺子者。彪出，案發，而掾吏欲引南。彪怒曰：「賊寇害人，此則常理；母子相殘，逆天違道。」遂驅車北行，案驗其罪。城南賊聞之，亦面縛自首。』嘉錫案：仲弓、偉節，同時並有此事，何其相類之甚也。疑爲陳氏子孫剽取舊聞，以爲美談，而臨川誤以爲實。然觀孝標之注，固已疑之矣。」

三　陳元方年十一時，〔一〕陳紀已見。〔二〕候袁公。袁公問曰：「賢家君在太丘，遠近稱之，何所履行？」元方曰：「老父在太丘，〔三〕彊者綏之以德，〔四〕弱者撫之以仁，恣其所安，久而益敬。」袁宏漢紀曰：「寔爲太丘，其政不嚴而治，百姓敬之。」袁公曰：「孤往者嘗爲鄴令，正行此事。不知卿家君法孤？孤法卿父？」檢衆漢書，袁氏諸公，未知誰爲鄴令？故闕其文以待通識者。〔五〕元方曰：「周公、孔子異世而出，周旋動静，萬里如一。周公不師孔子，孔子亦不師周公。」〔六〕

【校釋】

〔一〕陳元方年十一時　趙西陸云：「按鴻臚陳君碑曰：『年七十有一，建安四年卒。』則其年十一時，當順帝永和四年也。」

〔二〕陳紀　已見德行六。

〔三〕老父　老，宋本作「先」。劉應登云：「時元方尚小，仲弓必在，而稱先父，不以爲諱。」劉辰翁云：「必無父在而稱先父之理，不得以元方年少，遂不以爲諱。如此臆解，恐誤來者。」楊箋：「寔，漢靈帝中平四年（一八七），年八十四，卒於家。紀，漢獻帝建安四年（一九九）卒於官。則紀年十一，寔已四十矣。作『老父』是也。」按，陳元方年十一歲候袁公必無此事（詳後注），故宋本作「先父」是。

〔四〕綏　安撫。書盤庚上：「天其永我命于兹新邑，紹復先王之大業，底綏四方。」

〔五〕「檢衆漢書」數句　孝標未知袁公爲誰，余箋考陳紀生卒年及陳寔除太丘長之年，以爲元方十一歲候袁公，「此必魏晉間好事者之所爲，以資談助，非事實也」。范子燁則以爲袁公指袁紹，「袁紹的名字三見於世説，即捷悟四和假譎一、五，故而政事三之『袁公』，非他莫屬。袁紹在漢末聲名顯赫，『袁公』正是彼時世人對他慣用的稱呼」，並舉三國志卷一四郭嘉傳、二五楊阜傳中郭、楊稱袁紹爲「袁公」以證之。范君又謂袁、陳之雅談，很可能發生于建安初期，而所謂「陳元方年十一時，殆爲失實」云云。（詳見范子燁世説新語研究第二四三—二四六頁）按，宋人郭知達注杜甫陪王侍御同登東山最高頂宴姚通泉晚攜酒泛江詩引世説，記陳元方「年十一候袁紹」（見九家集注杜詩九）。王洙、黄鶴注杜甫此詩所引世説同（分别見分門集注杜工部詩一〇、補注杜詩九）。考魏志袁紹傳，紹憂死於建安七年（二〇二）然不知其生年。假譎一云：「魏武少時，嘗與袁本初好爲遊俠。」據魏志武帝紀，曹操卒於建安二十五年（二二〇），年六十六。以此推測，袁紹、曹操兩人年齡大體接近，如此方可一起爲遊俠。而鴻臚陳君碑記陳紀建安四年（一九九）卒，年七十一，年長於袁紹、曹操。且余箋考陳寔爲太丘長，在桓帝元嘉、延熹之際，元方十一歲見袁公時，較元方更年少之袁紹，不可能問陳太丘之政。後漢書七四上袁紹傳載：建安元年（一九六），曹操迎天子都許，乃下詔書於袁，責以專自樹黨云云，紹上書，「於時以紹爲太尉，封鄴侯。時曹操自爲大將軍，紹恥爲之下，僞表辭不受」。可知袁紹終未受鄴侯，而此鄴侯，亦不同於「鄴令」。袁紹先輩自袁安始，皆博愛容衆，爲天下所歸。但「紹外寬雅，有局度，憂喜不形於色，而内多忌害」（魏志袁紹傳），非修德之人。又考袁紹與陳紀之交集，僅見於後漢書六二陳紀傳：「建安初，袁紹爲太尉，讓於紀；紀不受，拜大鴻臚。」若袁、陳於此時雅談陳寔在太丘時美政，距元嘉、延熙間已有四十餘年，似亦不太可能。據上推斷，必無陳元方年十一時候袁紹事；袁公亦非袁紹。孝標稱『袁氏諸公，未知誰是鄴令』。若陳元方果有年十一詣爲鄴令之袁公者，則此袁公，當是袁紹父輩，惜不知其人也。

〔六〕「周公孔子異世而出」數句　孔子曰：「吾道一以貫之。」周公、孔子皆任道而行，故雖異世而出，其揆一也。元方語意本此。

四　賀太傅作吳郡，〔一〕初不出門。吳中諸强族輕之，乃題府門云：「會稽雞，不能啼。」〔二〕環濟吳紀曰：「賀邵字興伯，會稽山陰人。祖齊，〔三〕父景，並歷美官。〔四〕邵歷散騎常侍，出爲吳郡太守。後遷太子太傅。」賀聞，故出行，至門反顧，索筆足之曰：「不可啼，殺吳兒！」〔五〕於是至諸屯邸，〔六〕檢校諸顧、陸役使官兵及藏逋亡，悉以事言上，罪者甚衆。陸抗時爲江陵都督，吳録曰：「抗字幼節，吳郡人，丞相遜子，孫策外孫也。爲江陵都督，累遷大司馬、荆州牧。」故下請孫皓，〔七〕然後得釋。

【校釋】

〔一〕「賀太傅」句　吳志賀邵傳：「孫休即位，從中郎爲散騎中常侍，出爲吳郡太守。」考吳志三嗣主傳，孫休以魏甘露三年（二五八）即位，則賀邵出爲吳郡太守當在此年或稍後。

〔二〕「會稽雞」二句　世説箋本：「賀會稽人，故云『會稽雞』。」雞、啼押韻。不能啼，不能作事也。」按，吳中諸强族部曲衆多，勢力强盛，以至輕侮地方官。魏志鄧艾傳：「吳名宗大族，皆有部曲，阻兵仗勢，足以建命。」晉書五八周處傳附周玘傳曰：「（玘）宗族强盛，人情所歸，元帝疑憚之。」玘子勰欲起宗族家兵廢執政王導，元帝以「周氏奕世豪望，吳人所宗，故不窮治，托之如舊」。晉書七八孔坦傳：「及（蘇）峻平，以坦爲吳郡太守。自陳吳多强族，而坦年少，未宜臨之。」孔坦憚吳中强族，居然以年少爲由，辭吳郡太守。

〔三〕祖齊　據吴志賀齊傳裴注引虞預晉書，賀氏本姓慶氏，避漢安帝孝德皇帝諱，改爲賀氏。賀齊屢破山賊，拜安東將軍，封山陰侯，遷後將軍，假節領徐州牧。

〔四〕並歷美官　美官，宋本作「吴官」。王利器校：「蔣校本、沈校本同，餘本『吴』都作『美』。」

〔五〕「不可啼」二句　世説抄撮：「言不可啼，啼則殺吴兒。」按，規箴五注引吴録：「時吴主暴虐，（陸）凱正直强諫，以其宗族强盛，不敢加誅。」可見吴主也奈何陸氏不得。吴志本傳稱「邵公貞正，親近所憚」，邵不畏强族，直言「殺吴兒」，其貞正與氣魄真不可及。

〔六〕屯邸　余箋：「説文云：『邸，屬國舍。』慧琳一切經音義三九引倉頡篇云：『邸，市中舍也。』漢書文帝紀注云：『郡國朝宿之舍在京師者，率名邸。』屯邸者，於時顧、陸諸子弟多將兵屯戍於外，而其居舍在吴郡，故謂之屯邸，如吴志顧承傳『承爲吴郡西部都尉，屯軍章阬』是也。」徐箋：「演繁露：『爲邸爲閣，貯糧也。通典漕運門，後魏于水運處立邸閣八所，俗名倉也。』此云『屯邸』，亦倉庫之類，豪門富室於此囤聚物質，經營商業，與民争利，至南北朝猶然。宋書沈懷文傳：『子尚諸皇子皆置邸舍，逐什一之利。』南齊書高帝紀下：『詔曰：「自廬井毁制，農桑易業，鹽鐵妨民，貨鬻傷治，歷代成俗，流蠹歲滋。援拯遺弊，革末反本，使公不專利，氓無失業。二宫諸王，悉不得營立屯邸，封略山湖。」』又豫章文獻王傳：『伏見以諸王舉貨，屢降嚴旨。少拙營生，已應上簡。州郡邸舍，非臣私有。今巨細所資，皆是公潤。臣私累不少，未知將來罷州之後，或當不能不試學營覓以自贍。』

可見一斑。」世説音釋：「勒兵而守曰屯。邸官舍也。」唐長孺南朝的屯、邸、别墅及山澤佔領一文引世説此條後云：「屯的意義本來祇是屯聚，屯聚在一起的軍隊就是屯兵，屯聚在一起耕種就是屯田。孫吴的屯即是軍士耕種的組織。」（見唐長孺文存）按，唐説是。下文云「顧、陸役使官兵及藏逋亡」，則「屯」是官兵及逃亡者轉爲私奴之耕種組織形式，非僅屯兵耕種也。邸，唐長孺謂是「邸閣」，「即因其爲儲藏物質之所，而建築的形式爲閣狀。」（同上）其説是。文選王融三月三日曲水詩序：「盈衍儲邸，充仞郊虞。」李善注：「儲邸，猶府藏也。」要之，「屯邸」分釋之爲二義：指屯兵、逃亡者耕種及儲物倉庫。余箋謂「屯邸」之邸乃顧、陸在吴郡之「居舍」，此説不確。試想賀邵「至諸屯邸，檢校顧、陸役使官兵及藏逋亡」，豈可搜檢顧、陸之居舍私宅？此當指至屯田之處搜檢軍吏、藏匿逃亡户數及倉庫貨物。徐箋則以偏概全，僅釋「邸」，然稱「屯邸亦倉庫之類」，含混不清。

〔七〕故下請孫皓　故，徐箋：「故，特地。江陵地居上游，自江陵至建業曰下。」朱注：「江陵在上流，吴郡在下流，謂陸以此事而下適吴也。」按，孫皓移都武昌，陸抗「下請」，謂由江陵下至武昌，非適建業或吴郡也。

五　山公以器重朝望，年踰七十，猶知管時任。〔一〕虞預晉書曰：「山濤字巨源，河内懷人。祖本，郡孝廉。父曜，冤句令。〔二〕濤蚤孤而貧，少有器量，宿士猶不慢之。年十七，宗人謂宣帝曰：『濤當與景、文共綱紀天下者也。〔三〕』帝戲曰：『卿小族，那得此快人邪？』〔四〕好莊、老，與嵇康善。爲河内從事，與石鑒共傳宿，〔五〕濤夜起，蹋鑒曰：『今何等時而眠也！知太傅卧何意？』〔六〕鑒曰：『宰相三日不朝，與尺一令歸第，〔七〕君何慮焉？』濤曰：『咄！石生，無事馬蹄間也。』〔八〕投傳而去，〔九〕果有曹爽事，遂隱身不交世務。累遷吏部尚書、僕射、太子少傅、司徒，年七十九薨，謚康侯。」貴勝年少若和、裴、王之徒，並共宗詠。〔一〇〕有署閣柱曰：「閣東有大牛，和嶠鞅，裴楷鞦，王濟剔嬲不得休。」〔一一〕王隱晉書曰：「初，濤領吏部，潘岳内非之，密爲作謡曰：『閣東有大牛，王濟鞅，裴楷鞦，和嶠刺促不得休。』」竹林七賢論曰：「濤之處選，非望路絶，故貽是言。」或云潘尼作之。〔一二〕文士傳曰：「尼字正叔，滎陽人。祖勖，〔一三〕尚書左丞。父滿，平原太守。並以文學稱。尼少有清才，文詞温雅。初應州辟，終太常卿。」

【校釋】

〔一〕「年踰七十」二句　晉書四三山濤傳謂濤于咸寧初領吏部。濤以太康四年（二八三）卒，年七十九。此云「年逾七十」，則濤「猶知管時任」或在咸寧元年（二七五）之後。

〔二〕冤句　冤，沈校本作「宛」。按，晉書一四地理志上濟陰郡屬縣作「宛句」。該卷校勘記云：「宛句，卞壼傳作『冤句』，漢書地理志、續漢志三、宋書州郡志、魏書地形志、隋書地理志中並作『冤句』。」據此，當作「冤句」是。

〔三〕「宗人謂宣帝曰」三句　李慈銘云：「案宗人下當有脱字。晉書言濤與宣穆后中表親。宣穆后者，司馬懿夫人張氏也。此云晉、文者，指懿子師、昭，乃後人追述之辭。然對父而生稱其子之謚，有以見預書之無法。」綱紀，綱，宋本作「綱」。王利器校：「各本『綱』作『綱』，是。」按，詩大雅棫：「勉勵我王，綱紀四方。」綱紀，治理也。作「綱」是。

〔四〕快人　徐箋：「快，快心，快意之義，快人乃令人快意之人。後漢書蓋勳傳：『欲得快司隸校尉。』」吴金華考釋：「在魏晉口語中，有才幹的人叫『快人』、『可人』。魏詩卷一曹操善哉行：『雖欲竭忠誠，欣公歸其楚。快人由爲歎，抱情不得敍。』三國志卷三明帝紀注引魏略：『詔嘉（郝）昭善守，賜爵列侯。及還，帝引見慰勞之，顧謂中書令孫資曰：「卿鄉里乃有爾曹快人，爲將灼如此，朕復何憂乎？」乃大用之。』」

〔五〕傳宿　徐箋：「傳，傳舍也，古時驛站供過客止宿之所。漢書酈食其傳：『沛公至高陽傳舍。』注：『傳舍者，人所止息，前人已去，後人復來，轉相傳也。』與下『投傳而去』之『傳』異。」

〔六〕知太傅卧何意　魏志曹爽傳敍爽以司馬懿爲太傅，外雖尊以名號，内奪其實權。懿遂稱疾不朝，正始九年稱疾篤，明年遂誅爽。山濤知太傅卧意，乃韜晦之計也。

〔七〕尺一　徐箋：「尺一，詔版之稱。後漢書陳蕃傳：『尺一選舉。』注：『尺一，謂板長尺一以寫詔書也。』」

〔八〕馬蹄間　猶云「塵世間」。

〔九〕投傳而去　後漢書六六陳蕃傳：「投傳而去。」李賢注：「投，棄也；傳，謂符也。」魏志劉廙傳：「望之又以正諫不合，投傳告歸。」晉書四五劉毅傳：「毅曰：『既能攫獸，又能殺鼠，何損於犬！』投傳而去。」

〔一〇〕宗詠　宋本同。王刻本作「言詠」。徐箋：「宗，尊仰；詠，詠歎。」李毓芙世説新語新注：「謂共敬重贊稱山濤。」按，徐箋、李注非是，當從王刻本作「言詠」。言詠，謂言談以抒懷抱也。晉書三四羊祜傳：「祜樂山水，每風景必造峴山，置酒言詠，終日不倦。」文學五五：「今日可謂彦會，時既不可留，此集固亦難常，當共言詠，以寫其懷。」晉書七九謝安傳：「出則漁弋山水，入則言詠屬文。」

〔一一〕「閣東」數句　程炎震云：「晉書潘岳傳云：『閣道東』，此及注文並當有『道』字。晉書五行志：『永興二年七月甲午，尚書諸曹火起，延崇禮闥及閣道。』蓋閣道與尚書省相近。故岳得題其柱耳。」余箋：「惠士奇禮説十四曰：『説文「馬尾鞄，今之般緧。」則般緧在馬尾，故曰緧其後。緧一作鞦。釋名曰：「鞦，遒也。在後遒追，使不得卻縮也。」潘岳疾王濟、裴楷，乃題閣道爲謠曰：「閣道東，有大牛，王濟鞦，裴楷鞧。」夾頸爲鞅，後遒爲鞧。言濟在前，楷在後也。』」嬲，糾纏；煩擾。文選嵇康與山巨源絶交書：「足下若嬲之不置，不過欲爲官得人，以益時用耳。」李善注：「嬲，擿嬈也。音義與嬈同。」黄生義府卷下「蹋嬲」

條：「世説『和嶠踢䠞不得休。』方言：『妯，擾也。』嵇康絶交書：『䠞之不置。』注：『擿嬈也。』踢䠞即妯擾，即擿嬈。」潘岳作「閣道謡」爲何意？劉辰翁云：「謂衆人持之，使不知止，此不當在政事之目。」楊箋：「今按：潘岳之意，以大牛比山濤，王濟絡其首，裴楷革其後，和嶠則常促之。喻山公選舉所以得其正者，實由於此三人左右牽控周到，猶牛馬雖欲任意馳騁，亦不可得也。」按，楊箋近是。然謂潘岳作謡「喻山公選舉得其正者」非是。潘岳作謡「非望路絶」，懷怨而非之，恐不以山公選舉得其正者耳。潘岳作謡與當時朋黨有關。本篇七注引晉諸公贊曰：「山濤爲左僕射領選，濤行業既與充異，自以爲世祖所敬，選用之事，與充咨論，充每不得其所欲。」可見山濤德行操守既與賈充異，在選用之事上自會與充發生矛盾。又晉書四五任愷傳言庾純、張華、温顒、向秀、裴楷與愷善，而楊珧等爲賈充親敬，於是朋黨紛然。潘岳屬賈謐父韓壽黨，而壽乃賈充婿，謐爲賈充孫。山濤、和嶠與賈充行己有異，潘岳又屬賈黨，非望路絶之際，勢必譏謗山濤諸人，泄憤而作謡。

〔二〕或云潘尼作之　程炎震云：「山濤以太康四年卒。此事當在咸寧太康間。濤傳曰：『太康初，自尚書僕射遷右僕射，掌選如故。』時和嶠爲中書令，裴楷、王濟並爲侍中也。潘岳嘗爲尚書郎，蓋在其時。岳傳載于河陽懷令之間，或有别本。潘尼則于太康中始舉秀才，爲太常博士，疑不及濤時矣。」陸侃如中古文學繫年繫此事在太康三年，云：「濤以僕射兼吏部，是在咸寧四年三月至本年十二月間。（潘）岳調外任，當在本年四月賈充卒後，作謡當在初奉命時。尼正家居養父，不像有這麽多牢騷，似以岳作爲是。」

〔三〕祖勖　宋本、晉書五五潘尼傳同。王刻本作「祖最」。

六　賈充初定律令，〔一〕晉諸公贊曰：「充字公閭，襄陵人。父逵，魏豫州刺史。充起家爲尚書，〔二〕遷廷尉，聽訟稱平。晉受禪，封魯郡公。充有才識，明達治體，加善刑法，由此與散騎常侍裴楷共定科令，蠲除密網，以爲晉律。薨，贈太宰。」與羊祜共咨太傅鄭沖。王隱晉書曰：「沖字文和，滎陽開封人。有核練才，清虚寡欲，喜論經史，草衣緼袍，不以爲憂。累遷司徒、太保。晉受禪，進太傅。」沖曰：「皋陶嚴明之旨，非僕闇懦所探。」〔三〕羊曰：「上意欲令小加弘潤。」〔四〕沖乃粗下意。〔五〕續晉陽秋曰：「初，文帝命荀勖、賈充、裴秀等分定禮儀律令，皆先咨鄭沖，然後施行也。」〔六〕

【校釋】

〔一〕「賈充」句　御批歷代通鑑輯覽二九：「晉泰始四年春正月，晉律令成。先是晉主命賈充等正法律，至是充等上所刊修律令。」注：「充等就漢律九章，增十一篇，合二十篇六百二十條。其不入律者，悉以爲令，合二千九百二十六條。」

〔二〕充起家爲尚書　宋本無「充起家爲」四字。沈校本云：「『充』下有『早知名』三字，『尚書』

下有『郎』字。」按，晉書四〇賈充傳曰：「拜尚書郎。」當據補。

〔三〕皋陶　虞舜時掌刑法之官。書舜典：「帝曰：『皋陶，蠻夷猾夏，寇賊姦宄，汝作士。』」論語顏淵：「舜有天下，選於衆，舉皋陶，不仁者遠矣。」鄭沖謂如皋陶賞罰分明，非我淺儒所可探知。此乃謙虛謹慎之語。

〔四〕上意欲令　令，宋本誤作「今」。　弘潤，寬宏温和。嵇康琴賦：「寬明弘潤，優遊躇跱。」品藻三六：「『阮思曠何如？』曰：『弘潤通長。』」劉勰文心雕龍封禪：「秦皇銘岱，文自李斯，法家辭氣，體乏弘潤。」晉書四〇賈充傳載：晉律成，帝下詔云「先帝愍元元之命，陷於密網，親發德音」，「今法律既成，始班天下，刑寬禁簡，足以克當先旨」。「刑寬禁簡」，意即弘潤。或釋爲「補充潤色」，恐不確。

〔五〕下意　提出意見。按，鄭沖先前不輕言，待領會武帝「令小加弘潤」之旨後，方下己意。修訂國家大法，謹慎嚴肅如此。

〔六〕「晉陽秋曰」數句　晉書二文帝紀：咸熙元年，「秋七月，帝奏司空荀顗定禮儀，中護軍賈充正法律，尚書僕射裴秀議官制，太保鄭沖總而裁焉。」

七　山司徒前後選，〔一〕殆周遍百官，舉無失才，凡所題目，〔二〕皆如其言。唯用陸亮，是詔所用，與公意異，爭之不從。亮亦尋爲賄敗。晉諸公贊曰：「亮字長興，河内野王人，太常陸乂兄也。性高明而率至，〔三〕爲賈充所親待。山濤爲左僕射領選，濤行業既與充異，自以爲世祖所敬，選用之事，與充咨論，充每不得其所欲。好事者説充：『宜授心腹人爲吏部尚書，參同選舉。若意不齊，事不得諧，可不召公與選，而實得敍所懷。』充以爲然。乃啓亮公忠無私。〔四〕濤以亮將與己異，又恐其協情不允，累啓亮可爲左丞相，〔五〕非選官才。世祖不許，濤乃辭疾還家。亮在職果不能允，坐事免官。」

【校釋】

〔一〕「山司徒」句　李慈銘云：「案『選』上當脱一『領』字。晉書作『前後選舉，周偏内外，而並得其才』。」楊箋：「晉書山濤傳：『遷吏部尚書郎。』又曰：『濤再居選職十有餘年。』魏志王粲傳注引濤行狀：『濤始以景元二年除吏部郎。』書鈔六〇引晉起居注：『武帝泰始八年詔曰，議郎山濤，至性簡静，凌虚篤素，立身行己，足以勵俗，其以濤爲吏部尚書。』此即前後選事也。李記：『案選上當脱一領字，（下略）勇按：此『領』字可省，時人尚簡略也。」按，山濤領前後選，指武帝泰始末年及咸寧之後爲吏部尚書。濤行狀言濤景元二年爲吏部郎，晉書四九嵇康傳：「山濤將去選官，舉康自代。」吏部郎誠是選官，然爲吏部尚書之屬官，不可稱「領選」。故此文之「領選」，乃指濤爲吏部尚書。晉書本傳武帝下詔以濤爲吏部尚書，濤「辭以喪病」，實未嘗就職。會元皇后崩，「逼迫詔明，自力就職」。元皇后以泰始十年七月崩（見晉書三一武元楊皇后傳），則濤爲吏部尚書即在此時。此所謂領前選也。晉書本傳又載，咸寧初，除尚書僕射，領吏部。濤辭以年老，上表久不攝職；後不得已，乃起視事。此後再居選職十有餘年。此所謂領後選也。要之，山公領前後選，皆指入晉後領吏部，非謂魏末作吏部郎爲「前選」耳。又，據晉書五五潘岳傳「尚書僕射山濤領吏部」，晉書八九嵇紹傳「山濤領選，啓武帝」云云，則「選」上當有「領」字，李説是。

〔二〕題目　袁枚云：「今人稱詩題爲『題目』。按，二字始見於世説：『山司徒前後選百官，舉無失才，凡所題目，皆如其言。』又：『時人欲題目高坐上人而未能，桓公曰：精神淵著。』是『題目』者，品題之意，非今之詩題、文題也。」（隨園詩話一五）

〔三〕性高明而率至　明，宋本、沈校本同作「朗」，且「率」下皆有「烈」字。按，「高朗」爲品藻人物常用語，如豪爽三：「王大將軍自目高朗疏率。」作「朗」是。

〔四〕亮公忠無私　古今事文類聚外集：「晉武帝詔曰：太子家令陸亮有忠心，可補吏部郎。」按，陸亮乃太子（即惠帝）家令，而賈充女南風爲太子妃。充啓亮「公忠無私」，即所謂授心腹人參同選舉。

〔五〕左丞相　相，沈校本作「初」。余箋：「晉無左丞相，且安有不可爲吏部尚書而可爲丞相者？『相』字明是誤字，作『初』是也。」按，余箋是，當改爲「左丞，初」。

八　嵇康被誅後，山公舉康子紹爲秘書丞。〔一〕山公啓事曰：「詔選秘書丞。濤薦曰：『紹平簡温敏，有文思，又曉音，〔二〕當成濟也。猶宜先作秘書郎。』詔曰：『紹如此，便可爲丞，不足復爲郎也。』」晉諸公贊曰：「康遇事後二十年，紹乃爲濤所拔。」王隱晉書曰：「時以紹父康被法，選官不敢舉。年二十八，山濤啓用之，世祖發詔，以爲秘書丞。」紹咨公出處，竹林七賢論曰：「紹懼不自容，〔三〕將解褐，故咨之於濤。」〔四〕公曰：「爲君思之久矣，天地四時猶有消息，而況人乎？」〔五〕王隱晉書曰：「紹字延祖，雅有文才，山濤啓武帝云云。」

【校釋】

〔一〕「山公」句　程炎震云：「紹十歲而孤。康死于魏景元四年，則紹年二十八，是晉武帝太康元年。」陸侃如中古文學繫年謂山濤舉紹在太康二年。按，當以太康元年爲是。

〔二〕又曉音　晉書八九嵇紹傳稱「嵇侍中善於絲竹」。

〔三〕自容　吴金華考釋：「『自』字在『相』的位置，有指代第一身的作用。『自容』猶言『容己』，『自侍』猶言『侍己』。『自』字這種特殊用法，吕叔湘先生讀三國志（見語文雜記）已發其例。」吴氏又舉例，謂「自代」就是「代己」，「自急」就是「急己」，「自輔」指「輔己」，「自助」指「助己」……按，吴説甚是。紹懼不自容，意謂紹擔憂朝廷因其父嵇康之故，不會容己。

〔四〕解褐　謂脱去布衣，擔任官職。褐，説文：「褐，粗衣也。」晉書五一皇甫謐傳：「或叩角以干齊，或解褐以相秦。」晉書九二曹毗傳：「安期解褐於秀林，漁父罷鉤於長川。」晉書四三山濤傳：嵇康「坐事臨誅，謂子紹曰：『巨源在，汝不孤矣。』」幾視山濤爲可以托孤之友。嵇紹臨解褐之際，咨之於濤，亦因濤乃父友之故也。

〔五〕「爲君思之」數句　關於山濤舉嵇紹一事，後人議論不同。顧炎武日知録一三「正始」條云：「昔者嵇紹之父康被殺于晉文王，至武帝革命之時，而山濤薦之入仕。紹時屏居私門，欲辭不就。濤謂之曰：『爲君思之久矣，天地四時猶有消息，而況於人乎。』一時傳誦，以爲名言。而不知其敗義傷教，至於率天下而無父者也。夫紹之于晉，非其君也，忘其父而事其非君，當其未死，三十餘年之間，爲無父之人，亦已久矣！而蕩陰之死，何足以贖其罪乎？且其入仕之初，豈知必有乘輿敗績之事，而可樹其忠名，以蓋於晚也？自正始以來，而大義之不明遍於天下。如山濤者，既爲邪説之魁，遂使嵇紹之賢且犯天下之不韙而不顧。夫邪正之説不容兩立，使謂紹爲忠，則必謂王裒爲不忠而後可也，何怪其相率臣于劉聰、石勒，觀其故主青衣行酒，而不以動其心者乎？」斥山濤舉嵇紹出仕爲敗義傷教，濤爲「邪説之魁」。王鳴盛十七史商榷四八「山濤舉嵇紹」條云：「山濤掌選，舉嵇康自代。康與書絶交，詆斥難堪。其後康被刑，謂其子紹曰：『山巨源在，汝不孤矣。』後濤舉紹爲秘書丞。以康之詭激，而濤能始終之，何友誼之篤也。君子哉！」贊山濤爲篤于友誼之君子。余箋：「易豐卦彖曰：『日中則仄，月盈則食。天地盈虛，與時消息。而況於人乎！況於鬼神乎！』嘉錫案：山濤之言，義取諸此，以喻人之出處進退，當與時屈伸，不可執一也。然紹父康無罪而死于司馬昭之手。禮曰：『父之讎，弗與共戴天。』此而可以消息，忘父之讎，而北面於其子之朝，以邀富貴，是猶禽獸不知有父也。濤乃傅會周易，以爲之勸，真可謂飾六藝以文奸言，此魏晉人老易之學，所以率天下而禍仁義也。」余箋又云：「紹自爲山濤所薦，後遂死於蕩陰之難。夫食焉不避其難，既食其禄，自不得臨難苟免。紹之死無可議，其失在不當出仕耳。御覽四四五引王隱晉書曰：『河南郭象著文，稱嵇紹父死非罪，曾無耿介，貪位死闇主，義不足多。曾以問郗公曰：「王裒之父，亦非罪死，裒猶微辭，紹不辭用，誰爲多少？」郗公曰：「王勝於嵇。」或曰：「魏晉所殺，子皆仕宦，何以無非也？」答曰：「殛鯀與禹，禹不辭者，以鯀犯罪也。若以時君所殺爲當耶，則同于禹；以不當耶，則同於嵇。」又曰：「世皆以嵇見危授命。」答曰：「紀信代漢高之死，可謂見危授命。如嵇偏善其一可也。以備體論之，則未得也。」』郭象之言甚善，不可以人廢言。郗鑒、王隱之論，尤爲詞嚴義正。由斯以談，紹固不免於罪矣。勸之出者豈非陷人於不義乎！所謂『天地四時，猶有消息』，尤辨而無理。大抵清談諸人，多不明出處之義。」按，郭象稱嵇紹「義不足多」，郗鑒謂紹不如王裒，此即晉書八九忠義嵇紹傳「史臣」所謂「或有論紹者以死獲譏」也。禮記曲禮上曰：「父之仇，弗與共戴天。」嵇紹有違古訓，與諸葛靚、王裒誓不仕晉朝之決絶相異，時人所譏，山濤以易隨時之義，勸紹出仕，一以盡亡友托孤之責。嵇康臨刑，對子紹言：「巨源在，汝不孤矣。」濤言：「爲君思之久矣。」可見山濤於嵇紹之人生抱有深切同情與持久關懷，若不勸紹出仕，任其潦倒終生，則嵇氏門户何以得立？二以魏末以降自然與名教漸趨調和之現實政治，此即所謂「天地四時猶有消息」也。陳寅恪解釋山濤之語云：「天地四時即所謂自然也。猶有消息者，即有陰晴寒暑之變易也。出仕司馬氏所以成其名教之分義，即當時何曾之流所謂名教也。自然既有變易，則人亦宜仿效其變易，改節易操，出仕父仇矣。」（見陶淵明之思想與清談之關係）要之，評論山濤之言及嵇紹出仕，既要體察托孤人山濤對亡友嵇康之篤誼，對歷史人物之處境抱有深切同情，亦須理解晉初名教與自然關係變易，由此影響士人之進退出處，如此方合乎情理矣。蓋有由也。

九　王安期爲東海郡，名士傳曰：「王承，字安期，太原晉陽人。父湛，汝南太守。承沖淡寡欲，無所循尚。〔一〕累遷東海内史。爲政清静，吏民懷之。避亂渡江，是時道路寇盜，人懷憂懼，承每遇艱險，處之怡然。元皇爲鎮東，引爲從事中郎。」小吏盜池中魚，綱紀推之。〔二〕王曰：「文王之囿，與衆共之。孟子曰：「齊宣王問：『文王之囿，方七十里，有諸？若是其大乎？』對曰：『民猶以爲小也。』王曰：『寡人之囿方四十里，民猶以爲大，何邪？』孟子曰：『文王之囿，芻蕘者往焉，與民同之，民以爲小，不亦宜乎？今王之囿，殺麋鹿者如殺人罪，是以四十里爲穽於國中也，民以爲大，不亦宜乎？』」池魚復何足惜！」〔三〕

【校釋】

〔一〕循尚　宋本作「脩尚」，晉書七五王承傳作「修尚」。按「脩」同「修」。

〔二〕綱紀　程炎震云：「文選三六傅季友爲宋公修張良廟教注曰：『綱紀，謂主簿也。教主簿宣之，故曰綱紀，猶今詔書稱門下也。』」通鑑九三晉紀一五胡注：「綱紀，綜理府事者也。」晉書五九趙王倫傳：「郡綱紀並爲孝廉，縣綱紀並爲廉吏。」

〔三〕「文王之囿」三句　晉書本傳言承「政尚清静，不爲細察」。民爲大，池魚爲小。池魚不足惜，即爲不細察也。

一〇　王安期作東海郡，吏録一犯夜人來。〔一〕王問：「何處來？」云：「從師家受書還，不覺日晚。」王曰：「鞭撻甯越以立威名，恐非致理之本。」〔二〕呂氏春秋曰：「甯越者，中牟鄙人也。苦耕稼之勞，謂其友曰：『何爲可以免此苦也？』其友曰：『莫如學也。學三十歲，〔三〕則可以達矣。』甯越曰：『請以十五歲。人將休，吾不敢休；人將卧，吾不敢卧。』學十五歲而爲周威公之師也。」〔四〕使吏送令歸家。

【校釋】

〔一〕録　抓獲，逮捕。方正三九：「王公既得録，陶公何爲不可放？」出三藏記集一三：「唤呼吏録送河南獄。」犯夜人，指違反夜行禁令者。世説音釋：「案崔元始正論曰：『永寧詔曰：鐘鳴漏盡，洛陽中不得有行者。』」又，本篇二二：「刺史嚴，不敢夜行。」魏志武帝紀裴注引阿瞞傳：「後數月，靈帝愛幸小黄門蹇碩叔父夜行，即殺之。」可知彼時夜行爲犯禁，處罰甚嚴。

〔二〕致理　余箋：「致理當作致治，唐人避諱改之耳。」按，王承所謂「致理之本」者，蓋亦清静寬恕也。

〔三〕學三十歲　宋本作「學二十歲」。王利器校：「各本『二』作『三』是，今本吕氏春秋摶志篇正作『三』。」

〔四〕周威公　威，宋本作「成」。唐批：「吕氏春秋博志篇作『而周威公師之。』高誘注：『師之者，以甯越爲師也。』此應據訂正。」王利器校：「各本『成』作『威』是。吕氏春秋、説苑建本篇都作『威』；漢書藝文志儒家有甯越一篇，班固注云：『中牟人，爲周威王師。』劉子新論激通章：『甯越激而修文，卒爲周威王之師。』都作『周威王』，不誤。」

一一　成帝在石頭，晉世譜曰：「帝諱衍，字世根，明帝太子。年二十二崩。」任讓在帝前戮侍中鍾雅、〔一〕晉陽秋曰：「讓，樂安人，諸任之後，隨蘇峻作亂。」雅別傳曰：「雅字彦胄，潁川長社人。魏太傅鍾繇弟仲常曾孫也。少有才志，累遷至侍中。」右衛將軍劉超。晉陽秋曰：「超字世踰，〔二〕琅邪人，漢成陽景王六世孫。〔三〕封臨沂慈鄉侯，遂家焉。父徵爲琅邪國上將軍。〔四〕超爲縣小吏，稍遷記室掾、安東舍人。忠清慎密，爲中宗所拔。自以職在中書，絶不與人交關書疏，閉門不通賓客，家無儋石之儲。〔五〕討王敦有功，封零陽伯，〔六〕爲義興太守。而受拜及往還朝，莫有知者，其慎默如此。遷右衛大將軍。」帝泣曰：「還我侍中！」〔七〕讓不奉詔。遂斬超、雅。雅别傳曰：「蘇峻逼主上幸石頭，〔八〕雅與劉超並侍帝側匡衛，與石頭中人密期拔至尊出，事覺被害。」事平之後，陶公與讓有舊，欲宥之。許柳許氏譜曰：「柳字季祖，高陽人。祖允，魏中領軍。父猛，吏部郎。」劉謙之晉紀曰：「柳妻，祖逖子涣女。〔九〕蘇峻招祖約爲逆，約遣柳以衆會峻。既克京師，拜丹陽尹。後以罪誅。」兒思妣者至佳，諸公欲全之。許氏譜曰：「永字思妣。」若全思妣，則不得不爲陶全讓，於是欲并宥之。事奏，帝曰：「讓是殺我侍中者，不可宥！」諸公以少主不可違，并斬二人。

【校釋】

〔一〕戮　宋本作「録」。朱注：「袁本作『戮』，非。案：『録』收也，若作『戮』與下『遂斬』重複。」按，朱注是。

〔二〕世踰　徐箋：「晉書本傳作『世瑜』。案，『踰』『超』義相扶，似當作『踰』。」

〔三〕漢成陽景王六世孫　徐箋：「『成陽』，晉書本傳作『城陽』是。『六世孫』本傳作『七世孫』。

案漢書王子侯年表有慈鄉孝侯弘，爲城陽荒王子，荒王爲景王六世孫，則作『七世』爲是。」按，史記七項羽本紀張守節正義：「括地志云：『濮州雷澤縣本漢城陽，在州東九十一里。地理志云城陽屬濟陰郡，古郕伯國，姬姓之國。史記周武王封季弟載于郕，其後遷於城之陽，故曰城陽。』」晉書一五地理志：「城陽郡，漢置，屬北海。自魏至晉分北海而立焉，郡統縣十户一萬二千。」

〔四〕父徵　徵，宋本作「徵」，晉書七〇劉超傳作「和」。

〔五〕儋石之儲　儋，宋本作「擔」。按，作「儋」是。

〔六〕零陽　晉書七〇劉超傳作「零陵」，未知孰是。

〔七〕還我侍中　程炎震云：「據文侍中下當脱右衛二字。晉書劉超傳亦有，下同。」

〔八〕蘇峻　徐箋：「讀史舉正：『案此事在咸和四年正月，時蘇峻已死，當云蘇逸。』案通鑑九四晉紀成帝咸和四年正月：『右衛將軍劉超、侍中鍾雅與建康令管旆等謀奉帝出赴西軍；事泄，蘇逸使其將平原任讓將兵入宫收超、雅。帝抱持悲泣曰：「還我侍中、右衛！」讓奪而殺之。』」楊箋同。按，檢晉書七成帝紀，鍾雅、劉超被害確在咸和四年（三二九）春正月。蘇峻已於去年九月死，峻弟逸復爲帥。孝標注引雅别傳敍事簡略，致生誤解。

〔九〕「柳妻」二句　徐箋：「據晉紀，則柳爲祖逖孫婿。而通鑑九三云：『約遣兄子沛内史渙、女婿淮南太守許柳以兵會峻。逖妻，柳之姊也。』則柳乃祖約之婿，又爲逖之妻弟，顛倒錯亂，莫可究詰。」

一二　王丞相拜揚州，〔一〕賓客數百人並加霑接，〔二〕人人有説色。唯有臨海一客姓任語林曰：「任名顒，時官在都，預王公坐。」及數胡人爲未洽。公因便還到，過任邊云：〔三〕「君出，臨海便無復人。」〔四〕任大喜説。〔五〕因過胡人前彈指云：「蘭闍，蘭闍。」〔六〕羣胡同笑，四坐並懽。晉陽秋曰：「王導接誘應會，少有牾者。〔七〕雖疏交常賓，一見多輸寫款誠，自謂爲導所遇，同之舊暱。」

【校釋】

〔一〕「王丞相」句　程炎震云：「王導拜揚州，一在建興三年王敦拜江州之後；一在明帝太寧二年六月丁卯，此似是初拜時。」按，通鑑八九晉紀一一：建興三年（三一五）二月，琅琊王睿爲丞相，大都督中外諸軍事。四月，丞相睿承制，進王敦鎮東大將軍，加都督江、揚、荆、湘、交、廣六州諸軍事，江州刺史。考晉書六元帝紀，建武元年（三一七）三月，元帝爲晉王，王敦爲大將軍，右將軍王導都督中外諸軍事、驃騎將軍。晉書六五王導傳：晉國既建，以王導爲丞相軍諮祭酒。俄拜右將軍、揚州刺史，遷驃騎將軍。又通鑑九〇晉紀一二：建武元年三月，以征南大將軍王敦爲大將軍、江州牧，揚州刺史王導爲驃騎將軍，都督中外諸軍事，領中書監，録尚書事。據上，王導初拜揚州刺史，時在建武元年三月，非如程氏所言在建興三年王敦拜江州之後。

〔二〕霑接　世説音釋：「霑，廣韻：漯也，又濡也，漬也。詩小雅：『既霑既足。』疏：『言霑潤。』揚雄長楊賦：『仁霑而恩洽。』蓋取譬于雨露之濡潤。此云『霑接』，亦謂以恩意接待也。」按，雅量二〇：「過江初，拜官，輿飾供饌。」王導拜揚州，「賓客數百人並加霑接」，亦當是過江初拜官「輿飾供饌」之慣例。

〔三〕因便還到　世説抄撮：「還，同旋。便旋，小遺也。」世説箋本：「便，便宜也。一云即也，輒也。一云溲也，謂自小便還，言因起而便溺還到，經過任邊也。此解似允。」

〔四〕臨海便無復人　世説講義：「言任臨海第一人。」

〔五〕任大喜説　陳寅恪述東晉王導之功業云：「臨海任姓自是吴人，故導亦曲意與之周旋。」（金明館叢稿初編，三聯書店，二〇〇一年版，下同）

〔六〕彈指　撚彈手指作聲。原爲印度風俗，用以表示歡喜、許諾、警告等含義。法華經神力品：「一時謦欬，俱共彈指。」智顗文句：「彈指者，隨喜也。」吉藏義疏：「彈指者，表覺悟衆生。」高僧傳三釋智嚴傳：「於是彈指，三人開眼。」蘭闍，前人釋義有異。朱子語類一三六：「『王導爲相，只周旋人過一生，嘗有坐客二十餘人，逐一稱讚，獨不及一胡僧並一臨海人，二人皆不悦，導徐顧臨海人曰：『自公之來，臨海不復有人矣。』又謂胡僧曰：『蘭奢，蘭奢。』乃胡語之褒譽者也。於是二人亦悦。」王應麟困學紀聞二〇引世説此條，下注：「此即蘭若也。」藝林彙考「棟宇篇」六二：「今按世説注云王丞相善周旋，座客皆贊美，時有僧在座上，亦稱之曰『蘭闍』。蘭闍，蓋贊美之詞也。」留青日札：「梵言阿蘭若皆知。曰寺也，或曰無諍也，或曰空静處也。殊不知蘭香草也，若乾草也，即所謂清淨草菴之意。」劉盼遂謂蘭闍乃梵語，此云樂也。陳寅恪述東晉王導之功業云：「觀世説政事篇所載王丞相拜揚州，賓客數百人，並加霑接，人人有説色。因過胡人前彈指曰：『蘭闍，蘭闍』，羣胡同笑。則知導接胡人，尚操胡語。然此不過一時之權略，自不可執以爲三百年執常規明矣。」（同上）余箋：「茂弘之意，蓋讚美諸胡僧於賓客喧嘹之地，而能寂静其心，如處菩提場中。然則已之未加霑接者，正恐擾其禪定耳。羣胡意外得此褒譽，故皆大歡喜也。」按，王導拜揚州，賓客中數百人，如此嘈雜場合恐非「禪定」之地。余箋謂胡僧能於喧噪之處寂静其心，疑非。諸家多謂蘭闍爲梵語，乃讚美之辭，當可從。又，周一良中國的梵文研究一文釋此條云：「六朝時胡的用途很廣，印度也每每被稱爲胡，所以這裏的胡人很可能是指印度人而言。王導爲聯絡感情，行了天竺彈指之禮，還要説一個梵字。」（魏晉南北朝論集，第三三四頁）亦可參考。

〔七〕牾者　牾，宋本、沈校本作「迕」。按，晉書本傳記元帝鎮建康，王導對曰：「願盡優禮，則天下安矣。」導雖處高位，而度量若谷，疏交常賓，並加霑接，欣然自謂爲導所遇。東晉政權得以鞏固，導有功焉。朱熹譏「王導爲相，只周旋人過一生」，實未能體會王導手段之高明。李贄云：「第一美政，只少人解。」斯言是也。

一三　陸太尉詣王丞相咨事，〔一〕過後輒翻異。王公怪其如此，後以問陸。陸曰：「公長民短，〔三〕臨時不知所言，既後覺其不可耳。」

玩別傳曰：「玩字士瑶，吴郡吴人。祖瑁，〔二〕父英，仕郡有譽。玩器量淹雅，累遷侍中、尚書左僕射、尚書令，贈太尉。」

【校釋】

〔一〕「陸太尉」句　程炎震云：「此蓋咸和中玩爲尚書左僕射時，導以司徒録尚書事，故得咨事也。導猶領揚州刺史，故玩自稱民。」

〔二〕祖瑁　宋本無「瑁」字。王利器校：「各本『祖』下有『瑁』字，是。本書附吴郡陸氏譜，瑁第三子英，第四子玩。」

〔三〕公長民短　劉應登云：「『民』乃自稱之辭。」徐箋：「長短指名位言，猶尊卑。玩，吴人，導領揚州刺史，玩乃其部民，故稱民。」按，民，猶我，自稱之辭，劉應登所釋是也。言語二八：「崔正熊詣都郡。都郡將姓陳，問正熊：『君去崔杼幾世？』答曰：『民去崔杼，如明府之去陳恒。』」法書要録二：「子敬常牋與簡文十許紙，題最後云：『民此書甚合，願存之。』」同上一〇王羲之書：「民年以西夕，而衰疾日甚。」徐箋釋民爲「部民」之民，不確。長短，猶優劣，非指名位。魏志孫禮傳：「禮與盧毓同郡時輩，而情好不睦。爲人雖互有長短，然名位略齊云。」陸玩「公長民短」者，乃指對於咨事之見解，謂丞相長而己短也。當時所見如此，而過後輒改異，蓋覺己短不如公長，事不可行耳。余箋：「此答以『公长民短』，謙詞耳。」其説是。若謂陸玩因己名位卑而常常改異，則玩爲何如人也？豈可任事乎？

一四　丞相嘗夏月至石頭看庾公。〔一〕庾公正料事，丞相云：「暑可小簡之。」庾公曰：「公之遺事，天下亦未以爲允。」〔二〕殷羨言行曰：「王公薨後，庾冰代相，網密刑峻。〔三〕羨時行，遇收捕者於途，慨然歎曰：『丙吉問牛喘，似不爾。』〔四〕嘗從容謂冰曰：『卿輩自是網目不失，皆是小道小善耳。至如王公，故能行無理事。』〔五〕謝安石每歎詠此唱。〔六〕庾赤玉曾問羨：『王公治何似？詎是所長？』〔七〕羨曰：『其餘令績，〔八〕不復稱論，然三捉三治，三休三敗。』」〔九〕

【校釋】

〔一〕「丞相」句　程炎震云：「此事當在成帝初，王導、庾亮參輔朝政時。陶侃所謂『君修石頭，以擬老子』者也。蘇峻亂後，亮卒于外任矣。」

〔二〕「暑可小簡之」數句　王導以清静治政，故云「暑可小簡之」。而庾亮所謂「天下亦未以爲允」，即本篇一五王導自歎「人言我憒憒」。由王、庾對話可見二人治政作風不同，王寬恕簡易，庾巨細不漏。

〔三〕「王公薨後」三句　網密刑峻，宋本作「網所刑岐」。王利器校：「蔣校本、沈校本作『網密刑繁』，餘本作『網密刑峻』，宋本誤。」晉書七成帝紀，咸康五年（三三九）秋七月，王導薨。庾冰代相即在其後。晉書七三庾冰傳：「初，（王）導輔政，每從寬惠，冰頗任威刑。」晉書三〇刑法志：「咸康之世，庾冰好爲糾察，近於繁細。」

〔四〕牛喘　喘，宋本作「稱」。按當作「喘」。徐箋：「漢書丙吉傳：出逢羣鬥者死傷横道，吉不問。逢人逐牛，牛喘吐舌，使騎吏問逐牛行幾里矣。或以譏吉，吉曰：『民鬥相殺傷，長安令、京兆尹職所當禁備。方春，少陽用事，未可大熱，恐牛近行，用暑故喘，此時氣失節，恐有所傷害也。三公典調陰陽，職所當憂，是以問之。』」按，殷羡以丙吉問牛喘事，慨歎庾冰網密刑峻，不施寬簡之政。

〔五〕「卿輩自是」數句　庾冰傳記冰頗任威刑，「殷融諫之，冰曰：『前相之賢，猶不堪其弘，況吾者哉！』范汪謂冰曰：『頃天文錯度，足下宜盡消禦之道。』冰曰：『玄象豈吾所測，正當勤盡人事耳。』」由此可見，庾冰變王導寬惠之政爲網密刑峻，持有異議者非殷羡一人。

〔六〕此唱　此，宋本作「折」。徐箋：「晉人以發言爲唱，此唱猶此言。」按，謝安歎詠殷羨之言，乃讚美王導清静治政。晉書七九謝安傳：「安每鎮以和靖，御以長算。德政既行，文武用命，不存小察，弘以大綱，威著内外，人皆比之王導，謂文雅過之。」讀此，可悟謝安何以每歎詠殷羨此唱也。

〔七〕詎是　詎，宋本作「誰」。

〔八〕令績　績，宋本作「責」。王利器校：「『責』即『績』字壞字。」

〔九〕三捉三治　三休三敗，宋本作「一捉三治，一休三敗」。捉，沈校本作「投」。此二句所指未詳。世説箋本：「觽云：『三捉三治，蓋謂執政收賢也。周公一沐三捉髮，導相元、明、成三世，故假三捉以言。三休，未詳。……』捉，用也。謂用王公則治，舍王公則敗。可知其賢。言三者，不必拘數，言屢也。」世説音釋：「蓋謂三捕罪人，則三宥之；三治事，則三敗之也。捉，捕人也。休，宥也。敗，毁也。」楊箋：「王導相元、明、成三世，奠定江東，功業隆盛，及王敦之亂，嘗詣臺請罪，以析當世之疑；而劉隗用事，終於見疏。所謂投、休、治、敗者，殆指此而言。」按，上述諸家多臆説，不如闕疑。

一五　丞相末年，略不復省事，正封籙諾之。〔一〕自歎曰：「人言我憒憒，後人當思此憒憒。」〔二〕徐廣歷紀曰：「導阿衡三世，經綸夷險，政務寬恕，事從簡易，故垂遺愛之譬也。」

【校釋】

〔一〕正　止也，只也，同「政」。文學二四：「正索解人亦不可得。」規箴二三：「殷顗病困，看人政見半面。」封，封緘物，多指信件、文書、奏章等。錄，簿籍。吴志孫策傳：「策陰欲襲許，迎漢帝。」裴注引虞溥江表傳：「今此子已在鬼錄，勿復費紙筆也。」孔稚珪北山移文：「籠張趙於往圖，架卓魯於前錄。」諾，畫諾也。古時批「諾」字於公文之尾，表示許可，相當於後世之畫行。吴志黄蓋傳：「兩掾所署，事入諾出，若有姦欺，終不加以鞭杖。」梁書二〇陳伯之傳：「伯之不識書，及還江州，得文牒辭訟，惟作大『諾』而矣。」

〔二〕憒憒　余箋：「廣雅釋訓曰：『憒憒，亂也。』王念孫疏證曰：『前卷三云：憒，亂也，重言之則曰憒憒。』」朱注亦謂「憒憒」爲「心亂」。楊箋：「莊子大宗師：『彼又惡能憒憒然爲世俗之禮。』釋文：『憒憒，亂也。』」按，王導爲政清静，「事從簡易」，非「亂」或「心亂」亦明矣。故釋「憒憒」爲「亂」不確。憒憒，猶昏庸，糊塗。班固詠史：「百男何憒憒，不如一緹縈！」諸葛忠武書四：「諸君憒憒，曾不知防慮於此。」晉書一三天文志下：「此復是天公憒憒，無皂白之征也。」王導晚年「略不復省事」，故人言其昏庸耳。然導云「後人當思此憒憒」，甚自信己之治政理念。導卒後，果然殷羡非庾冰而是王導，謝安亦贊之且爲政彷佛茂弘，後人真有「思此憒憒」者，而其中深有原因焉。余箋輕議王導「正封籙諾之」爲「望空署白」，與朱子謂王導「只周旋人過一生」略同，看似正論，其實皆不切實際。宋曹彦約昌谷集二一評王導云：「按導以識量清遠之資，識元帝於潛龍未用之時。在洛陽則勸其歸藩，鎮建業則勸其興復。患難未除，則討陳敏餘黨以振起之；士論未歸，則引名賢騎從以厭服之。勠力王室，不肯作楚囚對泣。去非急之務，行清静之政，置諫鼓、立謗木，使晉氏偏有東南，稱制者十有一帝。導身相三君，每見親任。輔佐中興之功，不可掩也。」陳寅恪述東晉王導之功業云：「導自言『後人當思其憒憒』，實有深意。江左之所以能立國歷五朝之久，内安外攘者，即由於此。故若僅就斯言立論，導自可稱爲民族大功臣，其子孫亦得與東晉南朝三百年之世局同其廢興，豈偶然哉！」如此議論，方具史識矣。

一六　陶公性檢，厲勤於事。〔一〕晉陽秋曰：「侃練核庶事，勤務稼穡，雖戎陳武士，皆勸厲之。有奉饋者，皆問其所由。〔二〕若力役所致，懽喜慰賜；若他所得，則呵辱還之。是以軍民勤於農稼，家給人足。性纖密好問，頗類趙廣漢。嘗課營種柳，都尉夏施盜拔武昌郡西門所種，侃後自出，駐車施門，問：『此是武昌西門柳，何以盜之？』施惶怖首伏，三軍稱其明察。〔三〕侃勤而整，自强不息。又好督勸於人，〔四〕常云：『民生在勤，大禹聖人，猶惜寸陰，至於凡俗，當惜分陰。豈可遊逸，生無益於時，死無聞於後，是自棄也。又老莊浮華，非先王之法，言而不敢行。君子當正其衣冠，攝以威儀，何有亂頭養望，〔五〕自謂宏達邪？』」中興書曰：「侃嘗檢校佐吏，若得樗蒲博弈之具，投之曰：『樗蒲，老子入胡所作，外國戲耳。〔六〕圍棋，堯舜以教愚子。博弈，紂所造。諸君國器，〔七〕何以爲此？若王事之暇，患邑邑者，文士何不讀書？武士何不射弓？』談者無以易也。」作荆州時，敕船官悉録鋸木屑，不限多少。咸不解此意。後正會，〔八〕值積雪始晴，聽事前除雪後猶濕，於是悉用木屑覆之，都無所妨。官用竹皆令録厚頭，積之如山。後桓宣武伐蜀，裝船悉以作釘。又云：嘗發所在竹篙，有一官長連根取之，仍當足，〔九〕乃超兩階用之。

【校釋】

〔一〕「陶公性檢」二句　李慈銘云：「案『檢』疑作『儉』。」余箋：「檢厲乃綜覈之意，檢字不誤。」按，檢，當作「儉」。此二句標點各本皆於「厲」下斷句，實不妥。今從董志翹之說，在「儉」下斷句，作「陶公性儉，厲勤於事」（說見下）。世說音釋：「檢，法度也。厲，嚴也。」漢語大辭典釋「檢厲」爲「方正嚴肅」，並引世說此條爲證。然董志翹世說新語疑難詞語考索以爲「陶公性檢厲，勤於事」二句當斷句爲「陶公性檢，厲勤於事」，謂「檢」當從李慈銘說，作「儉」；「厲勤」義同「勤勵」，爲同義反復。（詳見古漢語研究，二〇〇七年第二期）按，董說是。儉，節儉，儉約。說文：「儉，約也。」廣韻三：「儉，少也。」易小過：「君子以行過乎恭，喪過乎哀，用過乎儉。」晉書九八桓温傳：「温性儉，每讌惟下七奠柈茶果而已。」言語四四：「晏平仲之儉。」儉嗇八：「陶性儉吝。」尤可證此條作「儉」是。本條記陶侃「悉録鋸木屑」及「皆令録厚頭」二事，正寫陶侃性儉。「檢厲」一詞不見於魏晉六朝文獻，而「勤厲」則常見。後漢書四一第五倫傳：「（第五）種乃大儲糧稸，勤厲吏士。」宋書六〇王韶之傳：「夙夜勤厲。」法苑珠林四八：「勵勤道業。」厲，同「勵」，勉也。注引晉陽秋曰：「侃勤而整，自强不息。」又好督勸於人」云云，皆可作「厲勤」二字注腳。

〔二〕問其所由　由，宋本作「曰」。王利器校：「各本『曰』作『由』，是；晉書陶侃傳及通鑑九三晉紀一五都作『由』。」按，王校是。由，由來。此指陶侃問奉饋者所奉之饋由何而來。

〔三〕三軍　王利器校：「曹本同，餘本『二』都作『三』。」

〔四〕於人　於，沈校本作「他」。

〔五〕養望　世説箋本：「魏收枕中篇：『不養望於丘壑，不待價於城中。』望，名望也。又小學注：『養望，養其虚望也。』」按，其説是。養望，謂以老莊之清高養其名望，乃當時崇尚玄虚風氣之反映。晉書七一陳頵傳：「加有莊老之俗傾惑朝廷，養望者爲弘雅，政事者爲俗人。」通鑑八八晉紀一〇云：「今僚屬皆承西臺餘弊，養望自高。」按，吴金華世説新語考釋續稿釋「亂頭養望」云：「所謂『亂頭養望』，指故意用怪頭亂髮的形象引人注意，借此獲取瀟灑通達的名聲。」吴釋「亂頭」爲「怪頭亂髮」，過於拘泥。其實，「亂頭」是指放浪形骸，不修邊幅。

〔六〕樗蒱　亦作「樗蒱」，古摶戲名，相傳老子入胡所作。此説最早見於後漢馬融樗蒱賦：「伯陽入戎，以斯消憂。枰則素旃紫罽，出乎西隣。」（藝文類聚七四）旃、罽皆遊牧民族常用之毛織物，則出乎西戎有此可能。又通鑑九三晉紀一五載：陶侃曰：「樗蒱者，牧豬奴戲耳！」「牧豬奴」者，爲遊牧民族之鄙稱也。胡注：「晉人多好樗蒱，以五木擲之，其采有黑犢、有雉、有盧，得盧者勝。」

〔七〕諸君　君，宋本誤作「匿」。

〔八〕正會　元旦朝會羣臣、接受朝賀之禮儀。晉書二一禮志下：「漢儀有正會禮，正旦，夜漏未盡七刻，鐘鳴受賀，公侯以下執贄來庭，二千石以上升殿稱萬歲，然後作樂宴饗。」寵禮一：「元帝正會，引王丞相登御牀。」此爲州府之正會。

〔九〕劉辰翁云：「謂連竹根以爲篙，以代鐵足。」

一七　何驃騎作會稽，〔一〕晉陽秋曰：「何充字次道，廬江人。思韻淹通，有文義才情。累遷會稽内史、侍中、驃騎將軍、揚州刺史。贈司徒。」〔二〕虞存弟謇作郡主簿，孫統存誄敍曰：「存字道長，會稽山陰人也。〔三〕祖陽，散騎常侍。父偉，州西曹。存幼而卓拔，風情高逸。歷衞軍長史、尚書吏部郎。」范汪棋品曰：「謇字道真，〔四〕仕至郡功曹。」以何見客勞損，欲白斷常客，〔五〕使家人節量，〔六〕擇可通者作白事成，〔七〕以見存。存時爲何上佐，〔八〕正與謇共食，語云：「白事甚好，待我食畢作教。」食竟，取筆題白事後云：「若得門庭長如郭林宗者，當如所白。〔九〕泰別傳曰：「泰字林宗，有人倫鑒識。題品海内之士，或在幼童，或在里肆，後皆成英彦六十餘人。自著書一卷，論取士之本，未行，〔一〇〕遭亂亡失。」汝何處得此人？」謇於是止。〔一一〕

【校釋】

〔一〕「何驃騎」句　程炎震云：「通典三三，晉成帝咸康七年，省諸郡丞，惟丹陽丞不省。知充作會稽在咸康七年以前也，證之充傳亦合。」按，晉書本傳謂何充於蘇峻平後出爲東陽太守，仍除建威將軍、會稽内史。後以墓發去郡。王導、庾亮並言於帝曰云云。晉書九一虞喜傳記咸康初，内史何充上疏薦虞喜。蘇峻之亂平定在咸和四年（三二九）。據上可推知，何充始作會稽内史在咸和四年至咸康元年此五六年間。

〔二〕贈司徒　徐箋：「晉書本傳作『贈司空』。」楊箋依晉書七七何充傳改「司徒」爲「司空」，又云：「考異何次道往丞相許條，注引晉陽秋同。寰宇記九一：『吴縣岝㟧山東一里，有晉司空何充墓。』」方一新世説新語斠詁云：「筆者以爲『司徒』本當作『司空』，今世説各本皆誤。法苑珠林卷四二引冥祥記：『晉司空廬江何充，字次道。』梁書何敬容傳：『何氏自晉司空充、宋司空尚之，世奉佛法。』又何胤傳：『何氏過江，自晉司空並葬吴西山。』南史何胤傳、何敬容傳同。並可爲楊書作佐證。冥祥記、梁書成書皆早于晉書，明其自有所本也。而汪藻世説敍録考異所存敬胤注徵引之晉陽秋，顯與孝標注所引相同，而作『司空』，尤爲的證。」按，隋志有晉司空何充集四卷，亦爲一證。

〔三〕山陰人也　沈校本無「也」字。

〔四〕道真　徐箋：「影宋本及沈校本作『道直』，是。」

〔五〕欲白　宋本、沈校本無「白」字。朱注謂「白」字「當是衍文」。按，「欲白斷常客」，意謂欲稟告不接待常客。何人爲常客謇可意定，而斷與不斷則須白之何充家人，由家人裁定之，非謇自可斷也。故此「白」字非衍文。

〔六〕節量　世説音釋：「小學注曰：『猶言裁度。』」

〔七〕白事　猶報告。吴志吴主傳裴注引魚豢魏略：「近得守將周泰、全琮等白事。」通鑑七八魏紀一〇：「（鍾）會善效人書，於劍閣要（鄧）艾章表白事。」胡注：「章表上之魏朝，白事白之晉公。」劉應登云：「擇可通者書之以白，所書成，以示兄。」

〔八〕上佐　余箋：「上佐蓋謂治中也。治中與別駕並爲州府要職，故稱上佐。書鈔三八引語林曰『何公爲揚州，虞存爲治中』，是也。」

〔九〕門庭長　庭，宋本作「亭」。王利器校：「沈校本同，餘本『亭』都作『庭』；案作『亭』是，晉書職官志，州有門亭長；宋書百官志下，刺史官屬有門亭長一人，主州正門。」劉應登云：

「謂司客之人，如林宗之鑒别，則可以擇人而自見之也。」世説講義：「非如林宗之能鑒識人，焉能擇客之可通謁與否乎？」

〔一〇〕末行　末，宋本作「未」。按「未」是，「末」爲形誤。

〔一一〕謇於是止　余箋：「品藻篇曰：『何次道爲宰相，人有譏其信任不得其人。』注引晉陽秋曰：『充所暱庸雜，以此損名。』然則充之爲人，乃不擇交友者。其作會稽時，必已如此。虞謇蓋嫌其賓客繁猥，故欲加以節量，不獨慮其勞損而已。」按，虞謇欲作白事斷常客，虞存則以爲若有門亭長如郭林宗者，方能識得常客異客，而何處能得林宗許人？言外之意無法擇可通與不可通者，汝白事不必作。

一八　王、劉與林公共看何驃騎，〔一〕驃騎看文書不顧之。晉陽秋曰：「何充與王濛、劉惔好尚不同，由此見譏於當世。」〔二〕王謂何曰：「我今故與林公來相看，望卿擺撥常務，應對玄言，〔三〕那得方低頭看此邪？」何曰：「我不看此，卿等何以得存？」諸人以爲佳。〔四〕

【校釋】

〔一〕「王劉」句　程炎震云：「康帝初，充以驃騎輔政，時支遁未嘗至都。此林公字必是深公之誤。高僧傳四云：『竺道潛字法深，司空何次道尊以師資之敬』，是其證也。淺人見林公，罕見深公，故輒改耳。」楊箋從之，改「林公」爲「深公」。蕭艾世説探幽：「此當是咸康五六年間事。于時王導、郗鑒、庾亮先後卒。何充、庾冰方當權。王濛於咸康元年爲王導辟爲司徒掾，數年後，出爲長山令，及永和初，簡文輔政，王劉並爲入室之賓，然濛卒於是年，次年正月，何充亦卒。此條最堪注意者，即王濛卒年三十九，其時支道林年三十二。渠等往看何充時，支出家才兩年，不過二十七歲耳。」（世説探幽第三五三頁）按，世説稱何充爲何驃騎，一如稱謝安爲謝太傅，乃後人追記之辭，非謂此時正作驃騎或已作驃騎，故不能據驃騎之稱，謂充此時正作驃騎，遂定在康帝初。高僧傳四竺道潛傳固云何充遵以師資之敬，然同卷支遁傳亦言支遁與劉惔、何充、殷浩等一代名流著塵外之狎。又王濛曾往與林公清談（見文學四二），亦與劉惔聽林公講；且「濛恒尋遁，遇祇洹寺中講，正在高坐」（見賞譽一一〇及注引高逸沙門傳）。若林公不在京師，王濛豈能同林公談，並恒尋遁？而祇洹寺即在京師。法苑珠林五五：「惠觀沙門欽其風德，要來京師，居於祇洹寺。」同上六〇：「宋京師祇洹寺，有釋僧苞。」此可證支遁初至都，早在康帝前。至於具體時間難於確定。晉書七七何充傳記充以永和二年卒，則王、劉與林公共看何驃騎，至遲當在此年之前。

〔二〕「何充與王濛」二句　晉書七一熊遠傳載遠上書曰：「稱職以違俗見譏，虛資以從容見貴。……今當官者以理事爲俗吏，奉法爲苛刻，盡禮爲諂媚，從容爲高妙，放蕩爲達士，驕蹇爲簡雅。」何充不嫻清言，有實德，勤理事，與王、劉諸人好尚不同，由此見譏。

〔三〕應對玄言　玄，宋本、沈校本並作「共」。王利器校：「蔣校本、沈校本同。餘本『共』作『玄』，義較長。」按，共言，與共言論之意。作「共」是。後漢書九八郭泰傳：「林宗行見之而奇其異，遂與共言。」晉書九八王敦傳：「武帝嘗召時賢，共言伎藝之事。」王濛諸人未嘗以王務嬰心，言語之間有視何充看文書爲違俗之意。

〔四〕諸人以爲佳　應對共言，雖負清高之名，然官吏終須身親吏事，國計民生亦非清言能濟。遺落世務，資待無由，人何以得存？此王、劉諸人所以歎何充之言爲佳也。

一九　桓公在荆州，〔一〕全欲以德被江、漢，〔二〕恥以威刑肅物。温別傳曰：「温以永和元年自徐州遷荆州刺史，在州寬和，百姓安之。」令史受杖，正從朱衣上過。〔三〕桓式年少，從外來，式，桓歆小字也。桓氏譜曰：「歆字叔道，〔四〕温第三子，仕至尚書。」云：「向從閣下過，見令史受杖，上捎雲根，下拂地足。」〔五〕意譏不著。桓公云：「我猶患其重。」〔六〕

【校釋】

〔一〕桓公　余箋：「桓公，渚公舊事五作桓沖。下文桓公云作沖云，與孝標注作桓温者不同。

桓温之自徐州遷荆州，在永和元年。桓沖亦自徐州遷荆州，則在太元二年。温與沖俱有別傳。世説于温例稱桓公，於沖只稱車騎。以此考之，舊事爲誤。然云恥以威刑肅物，在州寬和，殊不類温之爲人。桓式語含譏諷，亦不類以子對父，似此事本屬桓沖，舊事別有所本。世説屬之桓温，乃傳聞異詞，疑不能明，俟更再考。」按，此事御覽六五〇亦屬之桓温。温爲人豪爽有雄略，然深情過人，未必無仁心。黜免二記温入蜀，部伍中有得猿子而不放，猿母哀號腸斷，公聞之怒，命黜其人。以此仁心，正能行寬和之政。晉書九八桓温傳言温六子，温病，長子熙、次子濟欲謀殺桓沖，爲沖俱徙于長沙。三子歆賜爵臨賀公。以此推之，桓温病時，其子除桓玄外，皆已成年。故桓沖作荆州刺史時，不可能「桓式年少」。孝標注作桓温，當爲可信。

〔二〕全　楊箋：「書鈔四五、御覽鮑本六五〇無『全』字。」王叔岷補正：「案宋本御覽（世説誤世祖）亦無『全』字，渚宮舊事五同，蓋不得其義而删之。世説慣用『都』字，凡用『都』字之句，主語往往是單數（楊伯峻列子集釋附録三，列子著作年代考，有説甚詳）。『全』猶『都』也。」

〔三〕正從朱衣上過　正，止也。謂令史受杖，止及朱衣，皮肉無傷。顧炎武日知録二八：「是令史服朱衣而受杖也。」

〔四〕歆　晉書校勘記：「斠記：『韻』當爲『歆』字之誤。按：桓玄傳亦作『歆』，今據改。」徐箋：「『歆』，晉書桓温傳作『韻』，是形近之訛，通鑑作『歆』。」

〔五〕「向從閣下過」數句　程炎震云：「金樓子立言下云：『桓元子在荆州，恥以威刑爲政。舉令史杖，上捎雲根，下拂地足。餘比庶幾焉。』蓋用此文。然雲根云云，乃桓式語，梁元帝認爲實事，毋亦如嚴介所譏吴台之鵲耶？」雲根，楊箋：「喻高也。王筠開善寺碑：『修篁繞乎雲根，和鈴響乎天外。』」

〔六〕我猶患其重　凌濛初云：「每見桓公有仁厚之處，愈覺阿黑之狠。」

二〇　簡文爲相，事動經年，然後得過。〔一〕桓公甚患其遲，常加勸勉。〔二〕太宗曰：「一日萬機，那得速？」〔三〕尚書皋陶謨：「一日萬機。」孔安國曰：「幾，微也。言當戒懼萬事之微。」

【校釋】

〔一〕「簡文爲相」三句　動，往往；常常。吴志周瑜傳：「曹公，豺虎也，然託名漢相，挾天子以征四方，動以朝廷爲辭。」建康實録八：「(桓)温尚南康長公主，主忌，温甚憚之，動經年不入其室。」晉書九簡文帝紀記皇太后詔曰會稽王「英秀玄虛，神棲事外」。簡文雖處相位，實乃清談名士，無濟世大略。晉書七一熊遠傳記遠上疏陳當時風氣之失，「以從容爲高妙」爲其一。簡文辨事遲緩，既是「神棲事外」，亦是以舒緩悠閑爲高妙之風氣。

〔二〕「桓公」二句　晉書九八桓温傳：桓温上疏便宜七事，其三曰：「機務不可停廢，常行文按，宜爲限日。」

〔三〕「一日萬機」二句　世説講義：「用書語，此知人也。夫幾者，機也，微也，萬事榮辱之機，不可不戒慎焉，而僅一日有此萬機矣，則因言其欲速而不可得也。」王世懋云：「簡文能言，謝安石以爲惠帝之流，其當坐此。」按，以簡文比之惠帝，不倫。

二一　山遐去東陽，〔一〕王長史就簡文索東陽云：「承藉猛政，故可以和静致治。」〔二〕東陽記云：「遐字彦林，河内人。祖濤，司徒；父簡，儀同三司。遐歷武陵王友、東陽太守。」江惇傳曰：「山遐爲東陽，〔三〕風政嚴苛，多任刑殺，郡内苦之。惇隱東陽，以仁恕懷物，遐感其德，爲微損威猛。」

【校釋】

〔一〕「山遐」句　程炎震云：「晉書遐傳云『郡境肅然，卒於官』，與此不同。又云『康帝下詔』云云，然簡文於穆帝時始輔政，遐或於永和初年去郡，旋卒耳。」

〔二〕承藉　吴金華考釋以爲此條及雅量三九「既承藉有美譽」、識鑒二〇「承藉累葉」之「承藉」，「應該解作繼承憑藉的意思」。楊箋：「承藉，即蔭藉、門第，時人習語。晉書楊佺期傳：『自云門户承籍，江表莫比。』宋書荀伯子傳：『自矜承藉之美。』是也。藉、籍古通用。唐宰相表：『有爵爲卿大夫，世代不絶，謂之門户。』門户、承籍復詞，承籍即門户也。」按，吴説是。「承藉」若作門地解，則「承藉猛政」爲何語？王長史「承藉猛政」一語，乃評價山遐爲政嚴苛之作風，即遐唯憑藉猛政而治；後「以和静致治」一語，言自己治政之理念，當以和静而變山遐之猛政。惜簡文不許，王長史索東陽未果。事見方正四九。

〔三〕山遐　宋本「遐」字下有「之」字。晉書四三山遐傳：「後爲東陽太守，爲政嚴猛，康帝詔曰：『東陽頃來竟囚，每多入重。豈郡多罪人，將捶楚所求，莫能自固邪！』遐處之自若，郡境肅然。」

二二　殷浩始作揚州，〔一〕浩别傳曰：「浩字淵源，陳郡長平人。祖識，濮陽相。父羨，光禄勳。浩少有重名，仕至揚州刺史、中軍將軍。」中興書曰：「建元初，庾亮兄弟、何充等相尋薨，〔二〕太宗以撫軍輔政，徵浩爲揚州，從民譽也。」〔三〕劉尹行，日小欲晚，便使左右取襆。〔四〕人問其故，答曰：「刺史嚴，不敢夜行。」

【校釋】

〔一〕「殷浩」句　程炎震云：「永和二年三月丙子，浩爲揚州刺史，七月始拜，蓋其時悏未爲尹也。」余箋：「晉書穆帝紀永和二年三月，以殷浩爲揚州刺史。浩傳云：『浩頻陳讓，自三月至七月，乃受拜焉。』據建康實録八，永和三年十二月始以劉惔爲丹陽尹，距浩受拜時已一年有半。而謂之始作者，蓋浩嘗以父憂去職，服闋復爲揚州刺史。以其前後兩任，至永和九年始被廢去職，治揚頗久，故以初任爲始作也。」按，余箋釋「殷浩始作揚州」之「始作」爲「初任」，後以父憂去職，服闋復爲揚州，浩「前後兩任」。疑余箋非是。殷浩傳記浩出爲揚州刺史之前，「屏居墓所，幾將十年」。浩於永和二年爲揚州後，無有父（母）喪及去職之事。如此，余箋釋「始作」實不確。據殷浩傳，浩作揚州之前曾爲庾亮記室參軍等職，作揚州非初仕。故此處之「始作揚州」，意即作揚州之初。又世説中劉惔率稱「劉尹」，然未可據此便斷定所記之事必在劉惔爲丹陽尹之後。故余箋以爲此條所記事在永和三年十二月劉惔爲丹陽尹之後，恐亦拘泥。

〔二〕「建元初」三句　徐箋：「『庾亮』，晉書殷浩傳作『庾冰』。按建元二年九月，穆帝即位，十一月，庾冰卒。明年，改元永和，七月，庾翼卒。二年正月，何充卒。而庾亮先卒於成帝咸康六年。據此，『庾亮』當作『庾冰』，『建元』當作『永和』。」按，徐箋謂「庾亮」當作「庾冰」，是；然謂「建元」當作「永和」則不妥，因庾冰正死於建元二年十一月。要之，中興書、晉書七七殷浩傳「建元初」二句敍事含混，庾冰確死於建元初，而庾翼、何充皆死於永和初，應分別言之。

〔三〕「太宗」三句　晉書七七殷浩傳載，浩屏居墓所幾將十年，王濛、謝尚等伺其出處，以卜江左興亡。庾翼貽浩書，勸其出仕，「抑揚名教，以静亂源」。衛將軍褚裒亦薦浩，徵爲揚州刺史。簡文答浩書，居然云「足下之去就即時之興亡」，望浩「必廢本懷，率羣情」。一時名流，幾視浩爲救世主。此所謂「從民譽也」。

〔四〕襆　劉應登云：「襆如今人包袱之類，欲早宿也。」程炎震云：「爾雅曰：『裳削幅謂之纀。』玉篇：『襆，布木切，裳削幅也。』廣韻一屋：『襆，博木切。同纀。』晉書四一魏舒傳：『襆被而出。』音義曰：『房玉反。』陸納傳：『爲吴興太守，臨發，襆被而已。』」

二三　謝公時，兵厮逋亡，多近竄南塘下諸舫中〔一〕，或欲求一時搜索。謝公不許，云：「若不容置此輩，何以爲京都？」續晉陽秋曰：「自中原喪亂，民離本域，江左造創，豪族并兼，或客寓流離，名籍不立。〔二〕太元中，外禦强氏，蒐簡民實，三吴頗加澄檢，正其里伍。〔三〕其中時有山湖遁逸，往來都邑者。後將軍安方接客，〔四〕時人有於坐言宜糺舍藏之失者。安每以厚德化物，去其煩細。〔五〕又以强寇入境，不宜加動人情，乃答之云：『卿所憂在於客耳。然不爾，何以爲京都？』〔六〕言者有慚色。」

【校釋】

〔一〕南塘　程炎震云：「晉書明帝紀：『太寧二年，破王敦軍於南塘。』通鑑一一五：『劉裕拒盧循，自石頭出，屯南塘。』本書任誕祖逖曰：『昨夜復南塘一出。』」徐箋：「通鑑九三晉紀注曰：『晉都建康，自江口沿秦淮築堤。南塘，秦淮之南塘岸也。』」

〔二〕名籍不立　猶隱瞞户口。自中原喪亂以來，兵民逃亡極爲普遍，以致户口空虚。假譎八注引晉陽秋曰：「而（蘇）峻擁兵近甸，爲逋逃藪。」晉書八〇王羲之傳載羲之遺謝安書，言及兵民逃亡之事及原因曰：「自軍興以來，征役及充運死亡叛散不反者衆，虚耗至此，而補代循常，所在凋困，莫知所出。上命所差，上道多叛，則吏及叛者席卷同去。又有常制，輒令其家及同伍課捕。課捕不擒，家及同伍尋復亡叛。百姓流亡，户口日減，其源在此。」

〔三〕「太元中」數句　因叛散者衆，官府即加搜索，以充都邑與軍實。如晉書七三庾冰傳：「又隱實户口，料出無名萬餘人，以充軍實。」「無名人」即名籍不立者。晉書八一毛寶傳附毛璩傳：「海陵縣界地名青蒲，四面湖澤，皆是菰葑，逃亡所據，威令不能及。璩建議率千人討之。時大旱，璩因放火，菰葑盡然，亡户窘迫，悉出詣自首，近有萬户，皆以補兵，朝廷嘉之。」

〔四〕後將軍安　據晉書七九謝安傳，桓温卒後不久，安爲尚書僕射，領吏部，加後將軍。

〔五〕「安每以厚德化物」二句　謝安傳：「德政既行，文武用命，不存小察，弘以大綱，威懷外著，人皆比之王導，謂文雅過之。」安寬容逃亡之兵廝，所謂「不存小察，弘以大綱」也。

〔六〕何以爲京都　余箋：「『京都』，御覽一五五引作『京師』。按公羊傳桓九年傳云：『京師者何？天子所居也。京者何？大也。師者何？衆也。天子之居，必以衆大之辭言之。』獨斷上云：『天子所居曰京師。京，水也。地下所衆者，莫過於水；地上所衆者，莫過於人。京，大；師，衆也。故曰京師也。』據此二義，京師之所以爲京師，正以其爲衆所聚，故謝公云爾。」

二四　王大爲吏部郎，王忱已見。〔一〕嘗作選草，臨當奏，王僧彌來，聊出示之。僧彌，王珉小字也。珉别傳曰：「珉字季琰，琅邪人，丞相導孫，中領軍洽少子。有才藝，善行書，名出兄珣右，累遷侍中、中書令，贈太常。」僧彌得，便以己意改易所選者近半，王大甚以爲佳，〔二〕更寫即奏。

【校釋】

〔一〕王忱　已見德行四四。

〔二〕王大　王刻本同。宋本、沈校本作「主人」。刘辰翁云：「兩得。」李贄云：「如此選郎，千載一見。」余箋：「此見王珉意在獎拔賢能，不以侵官爲害。而王忱亦能服善，惟以人才爲急，不以侵己權爲嫌。爲王珉易，爲王忱難。」

二五　王東亭與張冠軍善。〔一〕張玄已見。〔二〕王既作吳郡，人問小令曰：續晉陽秋曰：「王獻之爲中書令，王珉代之，時人曰『大小王令』。」「東亭作郡，風政何似？」〔三〕答曰：「不知治化何如，唯與張祖希情好日隆耳。」〔四〕

【校釋】

〔一〕王東亭　王珣，珉之兄，封東亭侯。見晉書六五王珣傳。張冠軍，指張玄，曾爲冠軍將軍。見言語五一注引續晉陽秋。

〔二〕張玄　已見言語五一。

〔三〕風政　風化政教也。後漢書三八滕撫傳：「風政修明，流愛於人。」晉書九一徐邈傳：「豫章太守范甯欲遣十五議曹，下屬城採求風政。」

〔四〕「不知治化」二句　王世懋云：「此似非愛兄之言。」李贄曰：「此是一等治化。」余箋：「本書言語篇注引續晉陽秋，稱玄之少以才學顯，論者以爲與謝玄同爲南北之望，名亞謝玄。可見玄之甚爲時人所推服。小令爲東亭之弟，不便直譽其兄，故舉此以見意耳。」按，王世懋意謂王珉似對兄之風政有微言，其說未當。李贄、余箋近是。

二六　殷仲堪當之荊州，王東亭問曰：〔一〕「德以居全爲稱，仁以不害物爲名。

方今宰牧華夏，處殺戮之職，〔二〕與本操將不乖乎？」殷答曰：「皋陶造刑辟之制，不爲不賢；孔丘居司寇之任，未爲不仁。」〔三〕家語曰：「孔子自魯司空爲大司寇，七日而誅亂法大夫少正卯。」〔四〕古史考曰：「庭堅號曰皋陶，舜謀臣也。舜舉之於堯，堯令作士，主刑。」

【校釋】

〔一〕問曰　問，沈校本作「謂」。

〔二〕處殺戮之職　殷仲堪爲荆州刺史，東亭謂殷處殺戮之職，即處刺史之職。方苞周官集注九：「刺者，探問廉察之意，官主詢察而行赦宥，故以刺名。後世設刺史亦義取詢察。舊説刺殺，非也。」惠士奇禮説一二：「春秋成公十有六年：『刺公子偃。』公羊謂内諱殺大夫，故曰刺。穀梁謂先名後刺，殺有辠；先刺後名，殺無辠。則直以刺爲殺矣。」東亭之言，仍用刺之舊説。

〔三〕「皋陶造刑辟之制」數句　論語顔淵：「舜有天下，選於衆，舉皋陶，不仁者遠矣。」皋陶嚴明刑法，仁者至矣。史記四七孔子世家記定公十四年，孔子「誅魯大夫亂政者少正卯。與聞國政三月，粥羔豚者弗飾賈，男女行者别於塗，塗不拾遺，四方之客至乎邑者不求有司，皆予之以歸」。孔子誅少正卯，天下治矣。殷仲堪以皋陶、孔子之事，説明仁者善用刑法未爲不仁。按，王珣之問，當别有用心。識鑒二八記荆州刺史王忱死，朝貴人人有望。時殷仲堪雖居機要，資名輕小，人情未以方嶽相許。晉孝武以殷爲荆州，事定，詔未出，王珣問殷曰：「陝西何故未有處分？」殷曰：「已有人。」王歷問公卿，咸云非。王自計才地，必應在己。復問：「非我邪？」殷曰：「亦似非。」其夜，詔出用殷。王語所親曰：「豈有黄門郎而受如此任！仲堪此舉，迺是國之亡徵。」王珣大失所望，又輕視仲堪，所問殷「德以居全爲稱」云云，實並不高明，簡直是挑釁而已。

〔四〕七日　王刻本作「三日」。

文學第四

一　鄭玄在馬融門下，融自敘曰：「融字季長，右扶風茂陵人。少而好問，學無常師。大將軍鄧騭召爲舍人，棄，遊武都。〔一〕會羌虜起，自關以西道斷。融以謂古人有言：『左手據天下之圖，而右手刎其喉，愚夫不爲。』何則？生貴於天下也。〔二〕豈以曲俗咫尺爲羞，滅無限之身哉？因往應之，爲校書郎，出爲南郡太守。」三年不得相見，高足弟子傳授而已。〔三〕嘗筭渾天不合，〔四〕諸弟子莫能解。或言玄能者，融召令筭，一轉便決，衆咸駭服。及玄業成辭歸，既而融有「禮樂皆東」之歎。高士傳曰：「玄字康成，北海高密人。八世祖崇，漢尚書。」玄別傳曰：「玄少好學書數，十三誦五經，好天文、占候、風角、隱術。〔五〕年十七，〔六〕見大風起，詣縣曰：『某時當有火災。』至時果然，智者異之。年二十一，博極羣書，精曆數圖緯之言，兼精筭術。遂去吏，師故兗州刺史第五元。先就東郡張恭祖受周禮、禮記、春秋傳。周流博觀，每經歷山川，及接顏一見，皆終身不忘。扶風馬季長以英儒著名，玄往從之，參考同異。季長后戚，〔七〕嫚於待士，玄不得見，住左右，自起精廬，既因紹介得通。時涿郡盧子幹爲門人冠首，〔八〕季長又不解剖裂七事，玄思得五，子幹得三。季長謂子幹曰：『吾與汝皆弗如也。』〔九〕季長臨別，執玄手曰：『大道東矣，子勉之！』後遇黨錮，隱居著述，凡百餘萬言。大將軍何進辟玄，乃縫掖相見。〔一〇〕玄長八尺餘，須眉美秀，姿容甚偉。進待以賓禮，授以几杖。玄多所匡正，不用而退。袁紹辟玄，及去，餞之城東，欲玄必醉。會者三百餘人，皆離席奉觴，自旦及暮，〔一一〕度玄飲三百餘杯，而温克之容，終日無怠。獻帝在許都，徵爲大司農，行至元城卒。」恐玄擅名而心忌焉。玄亦疑有追，乃坐橋下，在水上據屐。融果轉式逐之，〔一二〕告左右曰：「玄在土下水上而據木，此必死矣。」〔一三〕遂罷追。玄竟以得免。馬融海内大儒，被服仁義。鄭玄名列門人，親傳其業，何猜忌而行鴆毒乎？委巷之言，賊夫人之子。〔一四〕

【校釋】

〔一〕「大將軍」數句　後漢書六〇上馬融傳：「永初二年，大將軍鄧騭聞融名，召爲舍人，非其好也，遂不應命，客於涼州武都、漢陽界中。」

〔二〕生貴於天下也　唐批：「墨子貴義：『天下不若身之貴也。』呂覽不侵：『天下輕於身。』淮南子泰族：『身精神。』此應作『身』。」王叔岷補正：「御覽四七四引韓詩外傳（佚文）：『莊子曰：「僕聞之：左手據天下之圖，右手刎其吭，愚者不爲也。」』淮南子精神篇：『使之左手據天下圖，而右手刎其喉，愚夫不爲。由此觀之，生貴於天下也。』（今本左下脱手字，貴誤尊。）泰族篇亦云：『使人左據天下之圖，而右刎其喉，愚者不爲也。身貴於天下也。』融敍云云，蓋直本於淮南子。」按，唐批是。册府元龜七七八、文子卷下皆作「身」。後漢書六

○上馬融傳較孝標注引融自敘多出「殆非老莊所謂也」一句，而章懷注融傳「古人有言」數句曰：「莊子曰：言不以名害其生者。」可知「身貴於天下」之說，乃源于老莊。老子二六章：「奈何萬乘之主而以身輕天下？」老子四四章：「名與身孰親？身與貨孰多？」莊子讓王：「韓魏相與爭侵地。子華子見昭僖侯，昭僖侯有憂色。子華子曰：『今使天下書銘於君之前，書之言曰：「左手攫之則右手廢，右手攫之則左手廢，然而攫之者必有天下。」君能攫之乎？』昭僖侯曰：『寡人不攫也。』子華子曰：『甚善！自是觀之，兩臂重於天下也，身亦重於兩臂。韓之輕於天下亦遠矣，今之所爭者，其輕於韓又遠。君固愁身傷生以憂戚不得也！』」又莊子秋水敍楚王使大夫二人往聘莊子，「莊子持竿不顧曰：『吾聞楚有神龜，死已三千歲矣，王巾笥而藏之廟堂之上。此龜者，寧其死爲留骨而貴乎？寧其生而曳尾於塗中乎？』二大夫曰：『寧生而曳尾塗中。』莊子曰：『往矣！吾將曳尾於塗中。』」此則寓言亦闡發身貴於天下之理。由此觀之，馬融受老莊思想影響頗深，故前人或稱其爲開魏晉風氣人物。王補正謂「直本於淮南子」，恐未得其源。

〔三〕「三年不得相見」二句　漢書五六董仲舒傳：「下帷講誦，弟子傳以久次相授業，或莫見其面。」馬融以高弟子傳授，作風與董仲舒相似。

〔四〕筭　王刻本作「算」。李慈銘云：「案説文『筭長六寸。計數者，算數也。』是筭爲籌筭實字，算爲算數虛字，然古書多不分別。此處李本作算是也。」程炎震云：「『算渾天不合』以下，御覽三九三引作語林。」
〔五〕占候　視天象變化，預言吉凶。後漢書三〇下郎顗傳：「能望氣占候吉凶。」後漢書八二上謝夷吾傳：「少爲郡吏，學風角占候。」風角，古代占卜之法。以五音占四方之風而定吉凶。後漢書三〇下郎顗傳：「父宗，字仲綏，學京氏易，善風角、星筭、六日七分。」李賢注：「風角謂候四方四隅之風，以占吉凶也。」隱術，世説箋本：「蓋謂隱蔽之術。或謂隱形術，恐非。」按，其説是。道家有隱書，陶弘景真誥甄命授：「道有八素真經，太上之隱書也；道有九真中經，老君之祕言也。」藝文類聚六〇引神仙傳曰：「有書生姓張，就李仲文學隱術，久無所得，患之。張懷匕首所之，仲文笑曰：『我寧可殺？』」
〔六〕年十七　余箋引王鳴盛蛾術編五八云：「十三歲爲永和四年己卯，十七歲爲漢安二年癸未。」
〔七〕季長后戚　馬融爲明帝馬皇后之從侄。馬皇后乃馬援之小女，融乃援兄余之孫，嚴之子。
〔八〕盧子幹　後漢書六四盧植傳：「盧植字子幹，涿郡涿人也。身長八尺二寸，音聲如鐘。少與鄭玄俱事馬融，能通古今學，好研精而不守章句。融外戚豪家，多列女倡，歌舞於前，植侍講積年，未嘗轉眄，融以是敬之。」
〔九〕又不解剖裂　徐箋：「『又不解剖裂』，太平廣記一六九作『嘗不解割裂書』。剖裂七事及割裂書事並未詳。」按，「剖裂」疑作「剖裂書」是。關於季長又不解剖裂書七事，太平廣記一六九引世説較注引玄別傳爲詳，文曰：「鄭玄在馬融門下，嘗不解剖裂書七事，而玄思其五，別令盧子幹思其二。融告幹曰：『孔子謂子貢曰：「回也聞一志十，吾與子勿如也。」今我與子，可謂是矣。』」（王利器輯世説新語佚文，見王利器論學雜著，臺灣貫雅文化事業有限公司，一九八六年版，下同）敍事較玄別傳有味。至于「剖裂」或「割裂書」皆無考。世説箋本云：「一説融於經書有不解須剖析者七事。」其説可參考。

〔一〇〕縫掖　徐箋：「縫掖，即逢掖。儒記儒行：『丘少居魯，衣逢掖之衣。』鄭注：『逢，猶大也。大掖之衣，大袂禪衣也，此君子有道藝者所衣也。』」朱注：「『縫掖相見』，蓋謂以儒服相見也。」

〔一一〕及暮　暮，王刻本作「莫」。按，「暮」、「莫」通。

〔一二〕轉式　李慈銘云：「案：史記日者傳：『旋式正棊。』索隱曰：『式即栻也，旋，轉也。栻之形上圓象天，下方法地，用之則轉天綱，加地之辰，故云旋栻。』周禮：『太史抱天時，與太師同車。』鄭司農注云：『抱式以知天時。』漢書藝文志有羨門式法二十卷。王莽傳云：『天文郎按式於前。』師古注：『栻，所以占時日天文，即今之用栻者也。音式。』」按，李零中國方術正考第二章「式與中國古代的宇宙模式」對已出土之古式實物及式法源流、式圖等有詳論，讀者可參看。（中華書局，二〇〇六年五月）

〔一三〕「玄在土下」二句　蔣凡云：「古時橋多土石填砌而成，故稱土下。而木者，則可有棺木之象。玄坐在橋下而據木屐，則爲水上據木之象。據易象顯示，『土下水上而據木』，即棺木沉埋於水土之中的兆象，非死而何？」（世説新語研究第一四四頁，學林出版社，一九九八年四月）

〔一四〕賊夫人之子　論語先進：「子路使子羔爲費宰，子曰：『賊夫人之子！』」苞氏曰：「子羔學未熟習而使爲政，所以賊害人也。」劉應登云：「師友之懿如此，而謂融忌能，使人追殺之，有此理否？玄又先疑其師追之，預坐橋下。融以其在土下水上便以爲死。皆謬亂之詞。此一節當生於『禮樂皆東』之一句。」劉辰翁云：「此皆其門人互相神聖所傳，不足多辯。」王世懋云：「注駁甚正。」余箋：「廣記二一五引異苑，載有兩説。前一説與此同，後一説云：『鄭康成師馬融，三載無聞，融鄙而遣還。玄過樹陰假寐，見一老父，以刀開腹心，謂曰：「子可以學矣。」於是寤而即返，遂精洞典籍。融歎曰：「詩書禮樂皆東矣。」潛欲殺玄，玄知而竊去。融推式以筭玄，玄當在土木上，躬騎而襲之。玄入一橋下，俯伏柱上，融踟躕橋側曰：「土木之間，此則當矣。有水，非也。」從此而歸。玄用免焉。』觀語林、異苑之所載，知此説爲晉宋人所盛傳。然馬融送別，執手殷勤，有禮樂皆東之歎，其愛而贊之如此，何至轉瞬之間，便思殺害！苟非狂易喪心，惡有此事？裴啓既不免矯誣，義慶亦失於輕信。孝標斥爲委巷之言，不亦宜乎？」按，後漢書三五鄭玄傳無「禮樂皆東」以下之事，可見范曄不取裴啓語林，而堅守史家之「實録」。義慶世説本雜采衆書，以求新奇，故信語林。此史書與小説性質不同之故也。

二　鄭玄欲注春秋傳，尚未成，時行與服子慎遇，〔一〕宿客舍。先未相識，服在外車上與人説己注傳意。漢南紀曰：「服虔字子慎，河南滎陽人。少行清苦，爲諸生，尤明春秋左氏傳，爲作訓解。舉孝廉，爲尚書郎、九江太守。」玄聽之良久，多與己同。玄就車與語曰：「吾久欲注，尚未了。聽君向言，多與吾同，今當盡以所注與君。」〔二〕遂爲服氏注。〔三〕

【校釋】

〔一〕服子慎　後漢書七九下服虔傳：「服虔字子慎，初名重，又名祇，後改爲虔，河南滎陽人也。」

〔二〕「吾久欲注」數句　李贄云：「便是大賢心事。」（初潭集師友六經子史）皮錫瑞經學歷史六經學分立時代云：「北學，易、書、詩、禮皆宗鄭氏，左傳則服子慎。鄭君注左傳未成，以與子慎，見於世説新語。是鄭、服之學本是一家；宗服即宗鄭，學出於一也。」按，漢儒宗經，多秉探求真義之精神。鄭玄盡以己注與服虔，成人之美。大儒徐業引諸生張玄與語，大驚曰：「今日相遭，真解矇矣！」（見後漢書七九下張玄傳）服虔將爲春秋作注，匿姓名作崔烈門人（見本篇四）。不論名位身價，唯以真理爲師，雖有固執師門之弊，但終能成就一代之學術也。

〔三〕服氏注　隋書三二經籍志有漢九江太守服虔注春秋左氏傳解誼三十一卷。春秋左氏膏肓釋痾三卷、春秋成長説九卷、春秋説難三卷。晉世服虔注與杜預注皆列於學官。至隋，杜預注盛行，服虔注及公羊、穀梁浸微無師説。

三　鄭玄家奴婢皆讀書。嘗使一婢，不稱旨，將撻之。方自陳説，玄怒，使人曳著泥中。須臾，復有一婢來，問曰：「胡爲乎泥中？」〔一〕衛式微詩也。毛公曰：「泥中，衛邑名也。」答曰：「薄言往愬，逢彼之怒。」〔二〕衛、邶柏舟之詩。

【校釋】

〔一〕凌濛初云：「寧忻哉，婢！『胡爲乎泥中』？康成不韻。」

〔二〕丁晏鄭君年譜：「若夫義慶之説，婢曳泥而知書；樂天之詩，牛觸牆而成字。小説傅會，亦無取焉。」余箋：「康成蓋代大儒，盛名遠播，流傳逸事，遂近街談。不惟婢解讀書，乃至牛亦識字。然白傅之引鄙諺，雖有類于齊諧，而臨川之著新書，實不同于燕説。且子政童奴，皆吟左氏（見論衡案書篇）；劉琰侍婢，悉誦靈光（見蜀志）。斯固古人之常有，安見鄭氏之必無？既不能懸斷其子虛，亦何妨姑留爲佳話。丁氏必斥其傅會，所謂『固哉高叟之爲詩也！』」錢穆云：「此事不知確否。然自鄭玄下迄劉義慶著書，年距兩百載以上，瑣瑣故事，仍自流傳，可見當時人極看重此等事。從世説載陳寔、荀淑兩家父子相會，可以推見當時人之重有佳子弟。從世説載鄭玄家婢，可以推見當時人之賞愛文采，而尤重經籍。」（略論魏晉南北朝學術文化與當時門第之關係）按，余箋謂鄭玄家婢皆讀書一類事乃古人所常有，説甚是。兹再舉二例：品藻二九：「郗司空家有傖奴，知及文章，事事有意。」洛陽伽藍記五：「隴西李元謙樂雙聲語，常經文遠宅前過，見其門閥華美，乃曰：『是誰第宅過佳？』婢春風出曰：『郭冠軍家。』元謙曰：『凡婢雙聲。』春風曰：『儜奴慢罵。』元謙服婢之能，於是京邑翕然傳之。」詩書禮樂之家頗重文化教育，奴婢知書嫻技能乃自然之事，不可一概斥爲小説傅會。

四　服虔既善春秋，將爲注，欲參考同異。聞崔烈集門生講傳，〔一〕摯虞文章志曰：「烈字威考，高陽安平人，〔二〕駰之孫，瑗之兄子也。〔三〕靈帝時，官至司徒、太尉，封陽平亭侯。」〔四〕遂匿姓名，爲烈門人賃作食。每當至講時，輒竊聽户壁間。既知不能踰己，稍共諸生敍其短長。烈聞，不測何人，然素聞虔名，意疑之。明蚤往，及未寤，便呼：「子慎！子慎！」虔不覺驚應，遂相與友善。

【校釋】

〔一〕崔烈　後漢書五二崔烈傳：「烈有文才，所著詩、書、教、頌等凡四篇。」范曄論曰：「崔氏世有美才，兼以沉淪典籍，遂爲儒家文林。」余箋據崔駰傳、孔僖傳、崔瑗傳，以爲「崔氏蓋世傳左氏者也，烈承其家學，故亦以左傳講授，與服子虔共術同方，則其於春秋爲不淺」。其説可信。

〔二〕高陽安平人　徐箋：「『高陽安平人』，後漢書作『涿縣安平人』。按後漢書郡國志，冀州安平國，安平故屬涿，又河間郡高陽故屬涿。是高陽、安平故皆涿郡屬縣，不得云高陽安平也。」按，據晉書一四地理志上，高陽縣屬高陽國，安平縣屬博陵郡。孔彪碑陰：「故吏司徒掾、博陵安平崔烈，字威考。」可證安平屬博陵郡。徐箋云「不得云高陽安平」，其説是。

〔三〕瑗　宋本作「援」。王利器校：「各本『援』作『瑗』是。」

〔四〕陽平亭侯　侯，宋本誤作「候」。

五　鍾會撰四本論始畢，〔一〕甚欲使嵇公一見，置懷中；既定，〔二〕畏其難，懷不敢出，於户外遥擲，便回急走。〔三〕魏志曰：「會論才性同異傳於世。」「四本」者，言才性同、才性異、才性合、才性離也。尚書傅嘏論同，中書令李豐論異，侍郎鍾會論合，屯騎校尉王廣論離。文多不載。〔四〕

【校釋】

〔一〕鍾會撰四本論　魏志傅嘏傳：「嘏常論才性同異，鍾會集而論之。」魏志鍾會傳：「會嘗論易無互體、才性同異。及會死後，於會家得書二十篇，名曰道論，而實形名家也，其文似會。」楊箋據此云：「才性四本，殆亦名家道論也。」牟宗三魏晉名理正名一文則以爲魏初「才性名理」與先秦名家所談之「形名」、「名實」絶不相同，「不得列入名家，亦不得稱爲形名學」。（詳見才性與玄理第七章，廣西師範大學出版社，二〇〇六年八月第一版，下同）按，魏初論才性旨在辨别才能與德性二者同異、離合問題，仍屬討論形名關係。牟氏所言雖新異，然未必正確。

〔二〕既定　定，宋本、王刻本同。沈校本作「見」。朱注據沈校本改作「見」。徐箋：「續談助四引小説作『詣宅』。注云『出世説』。案『定』字無義。作『見』亦非，下云：『於户外遥擲』，則未見嵇也。疑此文本作『既詣宅』，脱去『詣』字，又誤『宅』爲『定』耳。」楊箋改作「既詣宅」，並云：「御覽三九四引世説作『既詣定』，續談助四作『既詣宅』。」王叔岷補正：「案『既定』，當從續談助作『既詣宅』。『定』乃『宅』之誤，上文又脱『詣』字也。御覽三九四引此作『既詣定』（非作「既詣」）。『詣』字未脱，『定』亦宅之誤。又『畏其難，懷不敢出』，御覽引作『畏其有難，不敢相示』。」按，以上諸家謂「既定」當從續談助作「既詣宅」，可從。

〔三〕便回　回，王刻本同。宋本、沈校本并作「面」。程炎震云：「『便回』，御覽三六五面門，又三九四走門均引作『面』字，是也。」楊箋：「便面急走者，猶云蔽面急走也。」王叔岷補正同。方一新世説新語詞語校讀札記云：「此『面』字當讀爲偭，背也。史記卷七項羽本紀：『馬童面之，指王翳曰：此項王也。』集解引張晏曰：『以故人故，難視斫之，故背之。』漢書卷四六張歐傳：『上具獄事，有可卻，卻之；不可者，不得已，爲涕泣，面而封之。』顔師古注：『面謂偝之也，言不忍視之，與呂馬童面之同義。』並面通偭之例，是其證。便面急走，謂隨即轉身而跑。」按，方説是。

〔四〕「尚書傅嘏論同」數句　傅嘏論才性見魏志傅嘏傳裴注引傅子：「嘏既達治好正，而有清理識要，好論才性，原本精微，鮮能及之。」魏志盧毓傳：「暨毓於人及選舉，先舉性行，而後言才。黄門李豐嘗以問毓，毓曰：『才所以爲善也，故大才成大善，小才成小善。今稱之有才而不能爲善，是才不中器也。』豐等服其言。」據此可見盧毓持才性同，李豐持才性異。據魏志夏侯玄傳及裴注引世語、魏氏春秋、魏略，李豐爲中書令，子韜以選尚公主，與曹氏聯姻。豐私心在夏侯玄，遂結皇后父張緝，謀欲以玄輔政。嘉平六年（二五四），欲誅司馬師，謀泄，被殺。李豐爲曹黨，故論才性異。王廣事見賢媛九注引魏氏春秋：「王廣字公淵，王陵子也。有風量才學，名重當世。與傅嘏等論才性同異，行於世。」王廣爲王淩之子，且是諸葛誕之婿，亦屬曹黨中人，故主才性離。魏志傅嘏傳敍嘏難劉劭考課法曰：「昔先王之擇才，必本行於州閭，講道於庠序，行具而謂之賢，道脩則謂之能。鄉老獻賢能于王，王拜受之，舉其賢者，出使長之，科其能者，入使治之，此先王收才之議也。方今九州之民，爰及京城，未有六鄉之舉，其選才之職，專任吏部。案品狀則實才未必當，任薄伐則德行未爲敍，如此則殿最之課，未盡人才。」盧毓論才性同，于此略可知。陳寅恪書世説新語文學類鍾會撰四本論始畢條後一文據魏志武帝紀、魏志傅嘏傳、鍾會傳、王淩傳等史料，以爲仁孝道德所謂性，治國用兵之術所謂才，從四人所立之同異合離之旨，能考其孰是曹魏之黨，孰是司馬晉之黨；傅、鍾皆司馬氏之死黨，其持論與東漢士大夫理想相合；王、何乃司馬氏之政敵，其持論與孟德求才三令之主旨符合，宜其忠於曹氏，而死于司馬氏之手也。又云此條所記「未必僅爲實録，即令真有其事，亦非僅由嵇公之理窟詞鋒，使士季震懾避走，不敢面談。恐亦因士季此時别有企圖，尚不欲以面争過激，遂致絶交之故歟」？蕭艾世説探幽發揮寅恪先生之説，云：「鄙意認爲此條可能爲實録。但鍾會不是畏嵇公之難而遥擲疾走，安知非欲窺測嵇的意向如何？」意謂鍾會一再欲接近嵇康，乃偵察其政治傾向（詳見蕭艾世説探幽第二六三頁）。按，寅恪先生由四本論揭示當時政治集團之分野，識見洵爲高明。蕭艾謂鍾會接近嵇康，乃欲偵察之，亦言之成理。

六　何晏爲吏部尚書，〔一〕有位望，時談客盈坐，〔二〕文章敍録曰：「晏能清言，而當時權勢，天下談士多宗尚之。」魏氏春秋曰：「晏少有異才，善談易、老。」王弼未弱冠，往見之。

晏聞弼名，〔三〕弼別傳曰：「弼字輔嗣，山陽高平人。少而察惠，十餘歲便好莊、老，通辯能言，爲傅嘏所知。吏部尚書何晏甚奇之，題之曰：『後生可畏，若斯人者，可與言天人之際矣。』以弼補臺郎。弼事功雅非所長，益不留意，頗以所長笑人，故爲時士所嫉。又爲人淺而不識物情，〔四〕初與王黎、荀融善，〔五〕黎奪其黄門郎，於是恨黎，與融亦不終好。正始中以公事免，其秋遇癘疾，〔六〕亡時年二十四。弼之卒也，晉景帝嗟歎之累日，曰：『天喪予！』其爲高識悼惜如此。」因條向者勝理，語弼曰：「此理僕以爲極，〔七〕可得復難不？」弼便作難，一坐人便以爲屈。於是弼自爲客主數番，皆一坐所不及。〔八〕

【校釋】

〔一〕「何晏」句　魏志曹爽傳載，曹爽秉政，任用何晏、鄧颺等。通鑑七四魏紀六載，魏明帝景初三年(二三九)二月，曹爽徙吏部尚書盧毓爲僕射，而以何晏代之。

〔二〕「有位望」二句　何晏爲清談領袖。北堂書鈔九八引何晏別傳云：「曹爽常大集名儒，長幼莫不預會。晏清談雅論，紛紛不竭，曹羲歎曰：『妙哉！何平叔之論道盡其理矣。』」

〔三〕晏聞弼名　唐批：「晏聞弼來，到履出户迎之。御覽六一七、書鈔九八引，亦有『到履迎之』四字。」楊箋據御覽、書鈔引世説，改作「晏聞弼來，乃倒屣迎之」。

〔四〕物情　人情。蜀志先主傳注引習鑿齒論劉備曰：「觀其所以結物情者，豈徒投醪撫寒含蓼問疾而已哉！」

〔五〕王黎荀融　程炎震云：「御覽二二一引傅子曰：『王黎爲黄門郎，軒軒然得志，煦煦然自樂。』」余箋：「魏志鍾會傳注引弼傳曰：『弼注易，潁川人荀融難弼大衍義。』」「魏志荀彧傳注引荀氏家傳曰：『衍，彧第三兄。衍子紹。紹子融，字伯雅，與王弼、鍾會俱知名，爲洛陽令，參大將軍軍事，與弼、會論易、老義，傳於世。』」

〔六〕「正始中」二句　程炎震云：「魏書鍾會傳注引作『正始十年，曹爽廢，以事免』，于文爲備。此注蓋經删節，故『其秋』無着落。且正始止於十年，不得云中也。」按，王弼與王黎争黄門郎事始終見通志一一七：「正始中黄門侍郎累缺，（何）晏既用賈充、裴秀、朱整，又議用弼。時丁謐與晏争衡，致高邑王黎於曹爽。爽用黎，於是以弼補臺郎。初，除覲爽，請間，爽爲屏左右，而弼與論道移時，無所他及。爽以此嗤之。時爽專朝政，黨與共相進用，弼通儁不治名高，尋黎無幾時病亡。爽用王沈代黎，弼遂不得在門下，晏爲之歎恨。弼在臺既淺，事功亦雅非所長，益不留意焉。」

〔七〕僕以爲極　爲下宋本有「理」字。

〔八〕「弼便作難」數句　世説補觿：「爲客，起問難也。爲主，答所問難也。」徐箋：「客主，猶言辯難，東方朔答客難、揚雄解嘲、長楊賦，班固答賓戲、兩都賦皆設爲客主之辭以申其意，其他如司馬相如之子虚賦、上林賦，張衡之兩京賦，王褒之四子講德論，雖不立客主之名，意亦猶是。自爲客主，謂自難自答。」按，客主，謂設雙方之辭以展開辯論。據此條可推知，蓋清談形式有二：一爲客主，即一人先述「勝理」，衆人發難；一爲「自爲客主」，即徐箋所謂「自難自答」。又，世説補引語林，以爲此次所談之理即何晏、王弼論聖人有無喜怒哀樂（見魏志鍾會傳裴注引何劭王弼傳），朱注、楊箋從之。此乃臆説，實無依據。

七　何平叔注老子始成，詣王輔嗣，見王注精奇，迺神伏曰：「若斯人，可與論天人之際矣！」因以所注爲道德二論。〔一〕魏氏春秋曰：「弼論道約美不如晏，自然出拔過之。」〔二〕

【校釋】

〔一〕「道德二論」句　余箋：「河上公及王弼老子注，皆以上卷爲道經，下卷爲德經。蓋漢、魏舊本如此。平叔此論亦上篇言道，下篇言德，故爲『二論』。隋志云：『梁有老子道德經二卷，何晏撰，亡。』舊唐志仍著録。新唐志於道家老子下有何晏講疏四卷，又道德問二卷。疑道德問即道德論也。其書今亡。」按，魏晉承漢代老學興盛之勢，注老子者不少。隋書三四經籍志三著録：「梁有老子道德論二卷，何晏撰。亡。」「老子雜論一卷，何、王等注。亡。」與何晏同時注老子者除王弼外，尚有鍾會、羊祜、孫登等，而王弼注精妙絶倫，罕有其比。

〔一一〕「弼論道」二句　約美，簡約不美。約，省，減，簡約。美，指藻飾。禮記坊記：「故君子約言，小人先言。」孔穎達疏：「君子約言者，省約其言，則小人多言也。」劉勰文心雕龍宗經：「辭約而旨豐，事近而喻遠。」王弼論道約美，指辭約而無藻飾之美，義同「辭約而旨豐」。本篇一六謂樂廣「辭約而旨達」，約美即「辭約」也。　自然，自上宋本、沈校本有「然」字。　出拔，指見解新穎出衆。文學三六：「支道林拔新領異。」高僧傳一竺曇摩羅刹傳：「領拔玄旨。」高僧傳四支遁傳：「卓焉獨拔。」文學六二：「歎爲新拔者久之。」假譎一一注引孫綽愍度贊：「支度彬彬，好是拔新。」出三藏記集卷八釋慧觀法華宗要序：鳩摩羅什「超爽俊邁，奇悟天拔」。「自然出拔」義同「天拔」，謂解悟出衆出於天才。王弼論道雖不「約美」，然「自然出拔」，遠過何晏，此亦見魏志管輅傳裴注引輅別傳所記裴使君（徽）與管輅論何晏。徽言于管輅曰：「何尚書神明精微，言皆巧妙，巧妙之志，殆破秋毫，君當慎之。」管輅卻不以爲然，曰：「何若巧妙，以攻難之才，遊形之表，未入於神。」裴徽問：「何平叔一代才名，其實如何？」管輅答：「……故説老莊則巧而多華，説易生義則美而多僞；華則道浮，僞則神虛。」並稱何爲「少功之才」。裴徽贊同管輅曰：「誠如來論。吾數與平叔共説老莊及易，常覺其辭妙於理，不能折之。又時人吸習，皆歸服之焉，益令不了。相見得清言，然後灼灼耳。」又魏志鍾會傳裴注引何劭弼別傳曰：「其論道附會文辭不如何晏，自然有所拔得，多晏也。」合以上記載可知何晏、王弼論道之特徵：晏文辭約美，弼自然精拔。

八　王輔嗣弱冠詣裴徽。永嘉流人名曰：「徽字文季，河東聞喜人，太常潛少弟也。仕至冀州刺史。」徽問曰：「夫無者，誠萬物之所資，聖人莫肯致言，而老子申之無已，何邪？」〔一〕弼別傳曰：「弼父爲尚書郎，〔二〕裴徽爲吏部郎，徽見異之，故問。」弼曰：「聖人體無，無又不可以訓，故言必及有。老莊未免於有，恒訓其所不足。」〔三〕

【校釋】

〔一〕「徽問曰」數句　裴徽學尚玄虚，爲當時易學專家，且于老、莊造詣頗深。魏志管輅傳裴注引輅別傳曰：「冀州裴使君，才理清明，能釋玄虚。每論易及老、莊之道，未嘗不注精于嚴、瞿之徒也。」又記裴徽與管輅論何晏，輅以爲何「乃少功之才」。徽則曰：「吾數與平叔共説老莊及易，常覺其辭妙於理，不能折之。」由此可見，裴徽説「三玄」與何晏不同。然徽「能釋玄虚」，以爲無誠萬物之所資，持論實與王弼、何晏略同。何晏道論曰：「有之爲有，持無以生，事而爲事，由無以成。夫道之而無語，名之而無名，視之而無形，聽之而無聲，則道之全焉。」（列子天瑞篇張湛注引）王弼老子注曰：「凡有皆生於無，故未形無名之時，則長之，育之，亭之，毒之，爲其母也。」王弼周易注、老子注，闡發以無爲本之説較何晏更精微。晉書四三王衍傳曰：「何晏、王弼立論，天地萬物皆以無爲本。」而衍甚重之。何、王「以無爲本」之新說，頗爲王衍一類名士推重。蓋裴徽「能釋玄虚」，故亦持「以無爲本」之説。雖然，裴徽仍不解「聖人莫肯致言，而老子申之無已」。徽所稱之「聖人」，乃孔子也，非莊子逍遥游「聖人無名」之「聖人」。聖人高於老子，乃是當時公認之傳統觀念。孔子恒言社會人生，而性與天道不可得而聞，此即下文王弼所謂「言必及有」。老子卻不斷申説「無」。「無」又名「道」，而言及「道」及道生萬物者更多。裴徽之問表明：王弼之前，玄學家雖已普遍認爲萬物以無爲本，然尚不能會通儒道二家。故魏晉玄學之確立，須待天才王弼也。

〔二〕弼父爲尚書郎　魏志鍾會傳裴注引何劭作弼别傳：「父業，爲尚書郎。」又引博物記：「初，王粲與族兄凱俱避地荆州，劉表欲以女妻粲，而嫌其形陋而用率。以凱有風貌，乃以妻凱。凱生業，業即劉表外孫也。蔡邕有書近萬卷，末年載數車與粲。粲亡後，相國掾魏諷謀反，粲子與焉。既被誅，邕所與書悉入業。業字長緒，位至謁者僕射。子宏字正宗，司隸校尉。宏，弼之兄也。」此記王弼之家世甚明。

〔三〕「聖人體無」數句　王弼所説「聖人體無」云云，乃解釋裴徽「聖人莫肯致言」之疑問。所謂「聖人體無」，實質是將儒家聖人道家化。陳澧東塾讀書記一六云：「輔嗣談老莊，而以聖人加于老、莊之上。然其所言聖人體無，則仍是老莊之學也。」其説良是。「無又不可以訓」者，蓋「無」難於致詰，難於言說，故聖人罕言之也。「老莊未免於有」二句，乃回答「老子申之無已」之疑問。如前所述，「聖人體無」乃移花接木，而老莊體無才是真。然「無」爲非可道、非可名之形而上之抽象本體，要闡明其性質，非得用可道可名之「有」，亦即以具象描述之。周易繫辭上韓康伯注引王弼曰：「夫無不可以無明，必因於有，故常以有物之極，而必明其所由之宗也。」意謂「無」不可以不闡明，然必須憑藉「有」來明「無」。此數語正可作「聖人體無，無又不可以訓，故言必及有」數句之注腳。王弼倡得意忘言，然離開言與象，終究無法明其意，所謂非無不能生有，非有不能顯無。老莊實質上體無，而王弼卻說「老莊未免於有」，此乃抬高聖人耳。牟宗三王弼玄理之易學云：「聖人體無而不說，老子在有而恒言，此亦『知者不言，言者不知』，『善易者不論易』之意也。是以『聖人體無』即言聖人真能達到『無』的境界（即做到無）。」（詳見才性與玄理第四章）又，魏志鍾會傳裴注引何劭作王弼傳，與世說此條稍異，末二句作：「老子是有者也，故恒言無所不足。」雖語意不如世說佳，但所指更明確。正因有生於無，「無又不可以訓」，以致「聖人莫肯致言」，而老子卻「未免於有」，故常講無之不足。凌濛初云：「皮膚語耳，未是妙理。」李贄云：「王弼胡說。」二人似未明王弼會通儒、道之用意。

九　傅嘏善言虛勝，〔一〕魏志曰：「嘏字蘭碩，〔二〕北地泥陽人，傅介子之後也。累遷河南尹、尚書。嘏嘗論才性同異，鍾會集而論之。」傅子曰：「嘏既達治好正，而有清理識要，如論才性，原本精微，鮮能及之。司隸鍾會年甚少，嘏以明知交會。」〔三〕荀粲談尚玄遠。〔四〕粲別傳曰：「粲字奉倩，潁州潁陰人，太尉彧少子也。粲諸兄儒術論議各知名，粲能言玄遠，常以子貢稱『夫子之言性與天道，不可得而聞也』，然則六籍雖存，固聖人之糠秕。能言者不能屈。」〔五〕每至共語，有爭而不相喻。〔六〕裴冀州釋二家之義，通彼我之懷，常使兩情皆得，彼此俱暢。〔七〕粲別傳曰：「粲太和初到京邑，與傅嘏談，善名理，〔八〕而粲尚玄遠，宗致雖同，倉卒時或格而不相得意。裴徽通彼我之懷，爲二家釋。頃之，粲與嘏善。」管輅傳曰：「裴使君有高才逸度，善言玄妙也。」

【校釋】

〔一〕虛勝　世説箋本：「虛無勝理也。」按，無實像謂虛。虛勝是當時常用語。品藻四八注引劉惔別傳：「惔有儁才，其談詠虛勝。」孫盛老聃非大賢論：「昔裴逸民作崇有、貴無二論，時談者或以爲不達虛勝之道者，或以爲矯時流遁者。」（弘明集五）金樓子四：「懷祖地不賤乎逸少，頗有儒術，逸少直虛勝耳。」

〔二〕蘭碩　碩，魏志本傳作「石」。王叔岷補正：「案碩、石古通。莊子外物篇：『嬰兒生而石師而能言。』唐寫本石作碩，即其比。」

〔三〕明知　明，宋本誤作「朋」。

〔四〕玄遠　謂深遠難測。老子一章：「玄之又玄，衆妙之門。」王弼注：「玄者，冥也，默然無有也，始、母所出也。」王弼老子微旨例略：「玄，謂之深者也；道，謂之大者也。」「玄也者，取乎幽冥之所出也。深也者，取乎探賾而不可究也。……遠也者，取乎綿邈而不可及也。」湯用彤讀人物志：「合觀上文（傅）嘏所善談者名理，而才性即名理也。虚勝者，謂不關具體實事，而注重抽象原理。注故稱其所談『原本精微』也。至若玄遠，乃爲老莊之學，更不近於政治之實際，則正始之後，談者主要之學問也。」牟宗三魏晉名士及其玄學名理云：「自人格言之，談名理者，大抵不屬名士，唯到談玄遠，始徹底解放，始真爲名士。」（詳見才性與玄理第三章）又其魏晉名理正名云：「談名理者又皆較爲精煉或校練，而談玄學者則比較『玄遠』而有『高致』，故傅嘏與荀粲對言，則曰：『嘏善名理，而粲尚玄遠。』」（詳見才性與玄理第七章）按，虚勝、玄遠所談之理或有不同，但注重抽象原理則相近，故粲别傳言傅嘏、荀粲「宗致既同，倉卒時或格而不相得意」。牟宗三謂談名理者「大抵不屬名士」，其説可商。魏志夏侯玄傳裴注引魏略載：明帝得吴降人問：「江東聞中國名士爲誰？」降人云：「聞有李安國者是。」李豐論才性異，可證談名理者無妨爲大名士。文學二〇注引玠别傳：「（衛）玠少有名理，善易、老。」文學四二王濛與支遁清言，「王敍致作數百語，自謂是名理奇藻。」文學四三注引高逸沙門傳：「殷浩能言名理。」以上所言之「名理」，皆是玄遠之理，而衛玠、王濛、殷浩，爲風流名士所宗。可見，東晉談名理者多爲名士。又，荀粲在魏晉玄學史上地位甚重要。唐翼明魏晉玄學與清談之先驅人物荀粲考論一文以爲「魏晉玄學與清談發軔于荀粲而大成于王弼，荀粲乃是王弼的理論先驅」（見唐翼明魏晉文學與玄學，長江文藝出版社，二〇〇四年九月）。其説可參考。

〔五〕粲別傳曰　魏志荀彧傳注引何劭所作荀粲傳：「粲諸兄並以儒術議論，而粲獨好言道，常以爲子貢稱夫子之言性與天道，不可得而聞，然則六籍雖存，固聖人之糠秕。粲兄俁難曰：『易亦云聖人立象以盡意，繫辭焉以盡言，則微言胡爲不可得而聞見哉？』粲答曰：『蓋理之微者，非物象之所舉也。今稱立象以盡意，此非通於意外者也；繫辭焉以盡言，此非言乎繫表者也；斯則象外之意，繫表之言，固蘊而不出矣。』及當時能言者不能屈也。」按，孝標注引粲別傳，即何劭所作荀粲傳而刪節焉。經此刪節，遂難見荀粲「能言玄遠」之所指，乃在闡説周易繫辭言、象、意三者之關係，爲稍後王弼「得意忘言」之説導夫先路。故荀粲堪稱魏晉玄學之先驅人物。

〔六〕「每至共語」二句　文心雕龍論説：「魏之初霸，術兼名法，傅嘏、王粲，校練名理。」傅嘏好論才性，循名責實，長於形用，屬於名家。荀粲談尚玄遠，出於道家。兩人學風不同，故「每至共語，有争而不相喻」。

〔七〕「裴冀州釋二家之義」數句　裴徽既精名理，又尚玄遠。魏書管輅傳注引輅別傳：「冀州裴使君才理清明，能識玄虛，無論易及老、莊之道，未嘗不注精於巖、瞿之徒也。」孝標注引粲别傳謂傅嘏善名理，荀粲尚玄遠，「宗致雖同」，即皆探究抽象之精神本體，只是倉卒時或有衝突而已。裴徽既「善言玄妙」，又精於評論人物，宜乎能折中傅嘏、荀粲，「通彼我之懷，常使兩情相得，彼此俱暢」也。

〔八〕善名理　宋本、沈本同。王刻本「善」上有「嘏」字，是。

一〇　何晏注老子未畢，見王弼自説注老子旨。何意多所短，不復得作聲，但應諾諾，〔一〕遂不復注，因作道德論。文章敍録曰：「自儒者論以老子非聖人，絶禮棄學，晏説與聖人同，著論行於世也。」〔二〕

【校釋】

〔一〕但應諾諾　宋本、沈校本并作「但應之」。　按，何晏論老子之言論，今僅存列子天瑞篇張湛注引道論、列子仲尼篇注引無名論，以及晉書四三王衍傳中之無爲論。道論乃片斷，論有無關係與道之特徵：「有之爲有，恃無以生；事而爲事，由無以成。夫道之而無語，名之而無名，視之而無形，聽之而無聲，則道之全焉。故能昭音響而出氣物，包形神而章光影。玄以之黑，素以之白，矩以之方，規以之圓。圜方得形，而此無形；白黑得名，而此無名也。」反復闡述老子「有生於無」之觀點，再無新意。而王弼老子注之精妙，殊勝何晏道論。如老子注一章：「可道之道，可名之名，指事造形，非其常也。故不可道，不可名也。」「凡有者始於無，故未形無名之時則爲萬物之始。及其有形有名之時，則長之育之亭之毒之，爲其母也。言道以無形無名，始成萬物，以始以成而不知其所以，元之又元也。」王弼將「有生於無」之過程，分爲「未形無名之時」、「有形有名之時」兩階段，進而揭示無生萬物爲「不知其所以」，即自然而然也。于老子其餘各章注中，王弼提出「本末」、「太極」、「一二」、「體用」、「動静」等一系列新概念，以論證「以無爲本」此基本命題。並標榜「崇本息末」之新見，稱「老子之書，其幾乎可一言以蔽之，噫！崇本息末而已矣」（老子指略）見解精闢，遠勝何晏「有生於無」之空泛議論，難怪何晏見王弼自說注老子之旨，便唯有「諾諾」矣。

〔二〕凌濛初云：「此與前一條同，不足復出。」余箋：「此與上文『何平叔注老子』條，一事兩見。而一云始成，一云未畢，餘亦小異。蓋本出兩書，臨川不能定其是非，故並存之也。」

一一　中朝時有懷道之流，〔一〕有詣王夷甫咨疑者。值王昨已語多，小極，〔二〕不復相酬答，乃謂客曰：「身今少惡，〔三〕裴逸民亦近在此，君可往問。」晉諸公贊曰：「裴頠談理，與王夷甫不相推下。」〔四〕

【校釋】

〔一〕懷道　後漢書八一范式傳：「而子懷道隱身，處於卒伍，不亦惜乎！」同上李充傳：「充乃爲陳海內隱居懷道之士。」晉書五一摯虞傳：「河濱山巖，豈或有懷道釣築而未感於夢兆者乎？」世說箋本：「道，指老莊之道。」

〔二〕小極　王叔岷補正：「案下言『身今小惡』，『小極』猶言『少困』也。」

〔三〕身今少惡　徐箋：「身，通鑑八五晉紀注：『晉人多自謂爲身。』惡，謂體中不適也。梁書昭明太子傳：『及稍篤，左右欲啓聞，猶不許，曰：「云何令至尊知我如此惡！」』因便嗚咽。」

〔四〕觀下條可見裴、王談理不相上下。

一二　裴成公作崇有論，〔一〕時人攻難之，莫能折。唯王夷甫來，如小屈。〔二〕時人即以王理難裴，理還復申。〔三〕晉諸公贊曰：「自魏太常夏侯玄、步兵校尉阮籍等，皆著道德論。于時侍中樂廣、吏部郎劉漢亦體道而言約，〔四〕尚書令王夷甫講理而才虛，〔五〕散騎常侍戴奧以學道爲業，〔六〕後進庾敳之徒，皆希慕簡曠。〔七〕頠疾世俗尚虛無之理，故著崇有二論以折之。〔八〕才博喻廣，學者不能究。〔九〕後樂廣與頠清閒欲說理，〔一〇〕而頠辭喻豐博，廣自以體虛無，笑而不復言。」惠帝起居注曰：「頠著二論以規虛誕之弊，文詞精富，爲世名論。」〔一一〕

【校釋】

〔一〕崇有論　見晉書三五裴頠傳。程炎震云：「魏志裴潛傳注引陸機惠帝起居注：『頠理具淵博，贍於論難，著崇有、貴無二論，以矯虚誕之弊，文辭精當，爲世名論。』則此文亦當有『貴無』二字。注同。」

〔二〕如　李詳云：「如，似也。爲句中助詞。漢書袁盎傳：『丞相如有驕主色。』顔師古注：『如，似也。』」

〔三〕理還復申　猶理仍復申也。此指時人以王理難裴之際，而裴理猶能復申也。裴、王二人談理不相上下於此可見。

〔四〕劉漢　程炎震云：「劉漢當作劉漠，辨見賞譽第二十二條。」徐箋：「又賞譽『林下諸賢各有儁才子』條注引虞預晉書曰：『簡字季倫，平雅有父風，與嵇紹、劉漠齊名。』『漢』乃『漠』形近之訛。」樂廣「體道而言約」，義即本篇一六言廣「辭約而旨達」。劉漢能清言不詳。

〔五〕講理而才虚　言語二三注引虞預晉書曰：「夷甫蚤知名，以清虚通理稱。」才虚，指尚清虚也。規箴九：「王夷甫雅尚玄遠。」晉書四三王衍傳：「於是口不論世事，唯雅詠玄虚而已。」

〔六〕戴奥　其人不詳。學道，蓋指學莊老之道。

〔七〕「後進庾敳之徒」二句　賞譽四四注引名士傳曰：「敳雖居職任，未嘗以事自嬰，從容博暢寄通而已。」

〔八〕故著崇有二論　余箋：「頠貴無論即附崇有論後。此引無『貴無』二字，蓋宋人不考晉書，以爲頠既『崇有』不應復『貴無』，遂妄行删去。不知崇有祇一篇，安得謂之二論乎？」

〔九〕「才博喻廣」二句　賞譽一八：裴僕射，時人謂爲「言談之林藪」。孝標注引惠帝起居注曰：「頠理甚淵博，贍於論難。」此皆頠「辭喻豐博」之證。

〔一〇〕清閒　徐箋：「清閒，晉書裴頠傳作『清言』。案南史齊始安王遥光傳：『每與明帝久清閒。』『清閒』二字常見，當爲爾時常語。」按，徐箋是。然此「清閒」非作「閒暇」解，當與「清言」義同。

〔一一〕名論　宋本作「名諭」。沈校本作「名檢」。王利器校：「三國魏志裴潛傳注引陸機惠帝起居注作『論』。」

一三　諸葛厷年少不肯學問，始與王夷甫談，便已超詣。〔一〕王歎曰：「卿天才卓出，若復小加研尋，一無所愧。」厷後看莊、老，〔二〕更與王語，便足相抗衡。王隱晉書曰：「厷字茂遠，〔三〕琅邪人，魏雍州刺史緒之子。〔四〕有逸才，仕至司空主簿。」

【校釋】

〔一〕「諸葛厷」二句　諸葛厷不肯學問，意指不肯讀書。其實，厷以「得意忘言」看待學問，否則豈能「始與王夷甫談,便已超詣」?文學一五記「庾子嵩讀莊子,開卷一尺許便放去,曰:『了不異人意。』」又賞譽一五五曰:「王恭有清辭簡旨,能敍説而讀書少,頗有重出。」魏晉學問尚簡約,談士中自有不肯多讀書,作風與諸葛厷相似者。

〔二〕莊老 王叔岷補正:「案不言老、莊,而置莊於老之上,蓋魏晉風尚,好莊尤甚於好老也。」王弼別傳、續晉陽秋、賞譽篇注引名士傳、衛玠別傳以及嵇康酒會詩、文選干寶晉紀總論等例可證。按,王氏論魏晉好莊學風,甚是。

〔三〕厷字茂遠 王利器校:「案據王隱晉書,則世説正文及注文『厷』字,都當作『宏』,名宏字茂遠,義正相應;若『厷』則是『肱』的本字,與茂遠的意思無關。本書黜免門『諸葛厷』,倭名類抄卷一引作『諸葛宏』,不誤。」

〔四〕緒之子 余箋:「緒仕魏,初爲泰山太守,見魏志鄧艾傳。受詔與鄧艾、鍾會同伐蜀,見陳留王紀及艾傳。入晉爲太常、崇禮衛尉,見鍾會傳注引百官名,注又引荀綽兖州記,但言緒子沖、沖子銓、玫,殊不及厷。蓋綽著書時厷尚未知名耳。緒系出琅琊諸葛氏,當是龍、虎、狗三君之同族,但不知其親屬如何也。」

一四 衛玠總角時問樂令「夢」,樂云「是想」。衛曰:「形神所不接而夢,豈是想邪?」樂云:「因也。未嘗夢乘車入鼠穴,擣韲噉鐵杵,〔一〕皆無想無因故也。」〔二〕周禮有六夢：一曰正夢，謂無所感動，平安而夢也。二曰噩夢，謂驚愕而夢也。三曰思夢，謂覺時所思念也。四曰寤夢，謂覺時道之而夢也。五曰喜夢，謂喜說而夢也。六曰懼夢，謂恐懼而夢也。按樂所言「想」者，蓋思夢也。因者，蓋正夢也。衛思「因」，經日不得，遂成病。

樂聞，故命駕爲剖析之。衛即小差。〔三〕樂歎曰：「此兒胸中當必無膏肓之疾。」〔四〕

春秋傳曰：「晉景公有疾，求醫於秦，秦伯使醫緩爲之。未至，公夢疾爲二豎子。曰：『彼良醫也，懼傷我焉。』其一曰：『居肓之上，膏之下，若我何？』醫至曰：『疾不可爲也，在肓之上，膏之下，攻之不可達，刺之不可及，藥不至焉。』公曰：『良醫也。』」注：「肓，鬲也，心下爲膏。」

【校釋】

〔一〕韲　說文從齊作「齏」。切成細末之醃菜或醬菜。屈原九章惜誦：「懲於羹者而吹韲兮，何不變此志也。」鐵杵，用於擣韲。此句意謂用於擣韲之鐵杵，必不會與韲共食之。

〔二〕「皆無想」句　占夢之事甚古。周禮春官占夢有「六夢」之說，即此條孝標所注。王符潛夫論夢列篇曰：「凡夢有直，有象，有精，有想，有人，有感，有時，有反，有病，有性。昔武王邑姜方震太叔，夢帝謂己：『命爾子虞而與之唐。』及生，手掌曰『虞』，因以爲名。成王滅唐，因以封之。此謂直應之夢也。……人有所思，即夢其到。有憂，即夢其事。此謂記想之夢也。」列子周穆王篇曰：「子列子曰：『神遇爲夢，形接爲事。故晝想夜夢，神形相遇。

故神凝者想夢自消。』」段成式酉陽雜俎八曰：「夫瞽者無夢，則知夢者習也。愚者少夢，不獨至人。問之騶卑，百夕無一夢也。」明人葉子奇草木子二承樂廣之說云：「夢之大端二：想也，因也。想以目見，因以類感。……諺云：『南人不夢駝，北人不夢象。』缺於所不見也。蓋寤則神舍於目，寐則神棲於心。蓋目之所見，則爲心之所想，所以形於夢也。因馬而念車，因車而念蓋，因類而感也。」按，夢爲想較易理解，列子所謂「晝想夜夢」。不思、不想，則「想夢自消」。夢爲「因」則難解。故衛玠問：「形神所不接而夢，豈是想邪？」無想無思無見之事物，爲何有時亦會入夢？樂廣又解釋「形神所不接而夢」爲「因」。然何爲「因」，樂未嘗申說，以至衛玠思之不得竟成疾。孝標解釋「因」者蓋正夢也，仍不能使人明白。葉子奇釋「因」爲「因類而感」，實源于張湛列子注「以物類致感」、「或因事致感」等語。然稱夢或出於「想」，或出於「因」，終究難曉難解。唐順之「論夢出於想」一文，引世說此條後云：「呂氏曰：形神相接而夢者出，歸之『想』；形神不接而夢者出，歸之『因』。『因』之說曰：因羊而念馬，因馬而念車，因車而念蓋，固有牧羊而夢鼓吹曲蓋者矣。是雖非今日之想，實因於前日之想，固因與想一說也。信如是說，無想則無因，無因則無夢，舉天下之夢不出於想而已矣，然叔孫穆豎牛之貌，於牛未來之前；曹人夢公强之名，於强未生之前。果出於想乎？果出於因乎？雖然，起樂廣於九原，吾知其未必能判是議也。」（唐順之荆州稗編卷一）錢鍾書管錐編第二册「列子張湛注周穆王」條云：「『六夢』古説，初未了當；王符潛夫論夢列篇又繁稱寡要，世說文學載樂廣語則頗提綱挈領。」「『形神不接』之夢，或出於『想』，姑且勿論；樂於『因』初未申說。列子此篇『想夢自消』句，張注：『此想謂覺時有情慮之事，非如世間常語晝日想有此事，而後隨而夢也。』蓋心中之情欲、憶念，概得曰『想』；則體中之感覺受觸，可名曰『因』。當世治心理者所謂『願望滿足』及『白晝遺留之心印』，想之屬也；所謂『睡眠時之五官刺激』，因之屬也。」錢氏以現代心理學解釋「想」和「因」，頗有新意。又遍舉古代詩文中有關夢之例子，進而解釋之。如舉黄庭堅六月十七日晝寢詩：「紅塵席帽烏韡裏，想見滄州白鳥雙。馬齧枯萁喧午枕，夢成風雨浪翻江。」後云：「滄州結想，馬齧造因，想因合而幻爲風雨清涼之境，稍解煩熱而償願欲。二十八字中曲盡夢理。」

〔三〕差　病除。方言第三：「差，愈也。南楚病癒者謂之差。」王羲之十七帖：「冀病患差，末秋初冬，必思與諸君一佳集。」小差，謂病稍愈。

〔四〕「此兒」句　劉應登云：「言其有疑必求剖釋而後已，不留以成痼。」宗白華論世說新語和晉人的美云：「衛玠姿容極美，風度翩翩，而因思索玄理不得，竟至成病，這不是柏拉圖所說的富有『愛智的熱情』麽？」世說補觿：「疑慮不釋，則爲痼；有疑必求剖釋，故當必無痼疾。」

一五　庾子嵩讀莊子，開卷一尺許便放去，曰：「了不異人意。」〔一〕晉陽秋曰：「庾敳字子嵩，潁川人，〔二〕侍中峻第三子。〔三〕恢廓有度量，自謂是老莊之徒。曰：『昔未讀此書，意嘗謂至理如此，今見之正與人意暗同。』〔四〕仕至豫州長史。」

【校釋】

〔一〕了　全。人意，猶我意。人，我也。魏志鍾會傳：「惟鍾會與人意同，今遣會伐蜀，必可滅蜀。」

〔二〕潁川　川，宋本作「州」。王利器校：「各本『州』作『川』是。」

〔三〕第三子　晉書五〇庾峻傳云峻有二子：珉、敳。按，晉書失載峻三子琮（子躬）。參見賞譽三〇。

〔四〕「昔未讀此書」三句　劉辰翁云：「自是讀莊子法。」王世懋云：「此本無所曉而漫爲大言者，使曉人得之，便當沉湎濡首。」王思任云：「此或有矯時尚之意。」按，庾子嵩語亦得意忘言之旨。漢代經學家解經煩瑣，否極泰來，後漸興「己意説經」之新風。徐防五經宜爲章句疏云：「伏見太學博士弟子，皆以意説，不修家法。」（全後漢文三一）荀淑「博學而不好章句」（後漢書本傳），韓韶「少能辨理，而不爲章句學」（後漢書本傳），皆其例也。讀書觀其大略，以至清言舉其旨要，亦成一時風氣。究其源，乃得意忘言原則之應用。吳志吳主傳言孫權「博覽書傳歷史，藉采奇異，不效諸生尋章摘句而已」。賞譽二九注引名士傳：阮瞻「讀書不甚研求而識其要」。其例甚多。

一六　客問樂令「旨不至」者，樂亦不復剖析文句，直以麈尾柄确几曰：〔一〕「至不？」客曰：「至。」樂因又舉麈尾曰：「若至者，那得去？」夫藏舟潛往，交臂恒謝，一息不留，忽焉生滅。故飛鳥之影，莫見其移；馳車之輪，曾不掩地。是以去不去矣，庸有至乎？至不至矣，庸有去乎？然則前至不異後至，至名所以生；前去不異後去，去名所以立。今天下無去矣，而去者非假哉？既爲假矣，而至者豈實哉？於是客乃悟服。〔二〕樂辭約而旨達，皆此類。〔三〕

【校釋】

〔一〕确几　世説箋本：「确，一作『閣』，又作『確』，皆堅物相觸聲。」徐箋：「『确』，御覽七〇三作『敲』。説文：『推，敲擊也。』疑借『确』爲『推』。」

〔二〕「至不」數句　莊子天下篇載惠施曉辨者二十一事，其中一事爲「指不至，指不絶」。關於此二句之解釋，古今莫衷一是。陸德明釋文引司馬彪云：「夫指之取物，不能自至，要假物故至也。然假物由指不絶也。一云指之取火以鉗，刺鼠以錐，故假於物，指是不至也。」

成玄英疏：「夫以指指物而非指，故指不至也。而自指得物，故至不絕也。」意謂用手指指物其實不是指物，所以手指不及於物；而靠手指得到物，所以手指達到物是不絕的。此說真不知所云。胡適釋「指」爲「物體的表德」（中國哲學史大綱），陳鼓應及汪奠基則以爲「指」是「指事」的「指」。（詳見陳鼓應莊子今注今譯）又余箋謂客問樂令「指不至」，乃指公孫龍子指物論，然汪奠基云：「舊注認此題爲公孫龍指物論的説法，我們不贊成這樣看。」按，汪氏之説是。公孫龍子指物論曰：「物莫非指，而指非指。」是説物皆人之所指，但人所指者，不同於彼存在之物。指物論與「白馬非馬」一樣，皆誇大名實二者之區别，認爲由事物之名，無法得事物之實。惠施「指不至，指不絕」之命題，與公孫龍子不同，旨在説明動静關係。樂廣以麈尾柄抵几，是「至」；又舉麈尾，是「去」。「至」爲静，「去」爲動。至者非至，去者非去。孝標注「故飛鳥之影，莫見其移」云云，詳細闡發樂廣對莊子天下篇中「指不至」之理解。鍾泰莊子發微云：世説此條所記，「此自是樂之玄談，與『指不至』原意全不相涉」。此説恐怕是將公孫龍子指物論與莊子天下篇中惠施之言混爲一談。惠施所説「日方中方睨，物方生方死」、「輪不蹍地。目不見」、「飛鳥之影，未嘗動也」之類，與「指不至，至不絕」一樣，皆旨在説明運動及静止之關係，即運動之連續性與間斷性。樂廣以麈尾柄抵几，又舉麈尾，正以具象解釋「指不至，至不絕」之關係，與莊子原意相符，故「客乃悟服」。

〔三〕辭約而旨達　樂廣清談簡約，爾時即爲談士推服。賞譽二五：「王夷甫自歎：『我與樂令談，未嘗不覺我言爲煩。』」注引晉陽秋曰：「太尉王夷甫、光禄大夫裴叔則能清言，常曰：『與樂君言，覺其簡至，吾等皆煩。』」世説此條，乃樂廣清言簡至之典型例子。劉辰翁云：「此時諸道人乃未知此。此我輩禪也，在達摩前。」王世懋云：「此乃禪機轉語，注名理甚精。」余箋：「樂令未聞學佛，又晉時禪學未興，然此與禪家機鋒，抑何神似？蓋老、佛同源，其頓悟固有相類者也。」錢鍾書云：「竊怪舉麈無言，機鋒應接，乃唐以後禪宗伎倆，是時達摩尚未東來，何得有是。後見宋劉辰翁批本世説，評樂令舉麈條云：『此時諸道人卻未知。此我輩禪也，在達摩前。』參觀文海披沙卷一論『旨』字當作『指』。鬱岡齋筆麈卷一駁禪機之説，歎爲妙解。未有禪宗，已有禪機，道人如支郎，即不能當下承當，而有待於擬議。」（錢鍾書談藝録下册「隨園非薄滄浪」篇，生活讀書新知三聯書店，二〇〇一年版，第六〇二頁）按，以上諸家皆謂樂廣舉麈尾與禪宗機鋒相似。禪宗重悟，玄理則以得意忘言之法直探理源，是亦以妙悟爲上，故與禪機相通也。

一七　初，注莊子者數十家，莫能究其旨要。向秀於舊注外爲解義，妙析奇致，大暢玄風。秀别傳曰：「秀與嵇康、吕安爲友，趣舍不同。嵇康傲世不羈，安放逸邁俗，而秀雅好讀書。二子頗以此嗤之。後秀將注莊子，先以告康、安，康、安咸曰：『此書詎復須注？徒棄人作樂事耳。』〔一〕及成，以示二子。康曰：『爾故復勝不？』安乃驚曰：『莊周不死矣！』〔二〕後注周易，大義可觀，而與漢世諸儒互有彼此，未若隱莊之絶倫也。」秀本傳或言：秀遊託數賢，蕭屑卒歲，都無注述。唯好莊子，聊應崔譔所注，〔三〕以備遺忘云。竹林七賢論云：「秀爲此義，讀之者無不超然，若已出塵埃而窺絶冥，始了視聽之表。有神德玄哲，能遺天下，外萬物，雖復使動競之人顧觀所徇，皆悵然自有振拔之情矣。」唯秋水、至樂二篇未竟而秀卒。秀子幼，義遂零落，然猶有別本。郭象者，爲人薄行，有儁才，文士傳曰：「象字子玄，河南人。少有才理，慕道好學，託志老莊，時人咸以爲王弼之亞。辟司空掾、太傅主簿。」〔四〕見秀義不傳於世，遂竊以爲己注。乃自注秋水、至樂二篇，又易馬蹄一篇，其餘衆篇，或定點文句而已。〔五〕文士傳曰：「象作莊子注，最有清辭遒旨。」後秀義別本出，故今有向、郭二莊，其義一也。

【校釋】

〔一〕「此書詎復須注」二句　此書，宋本、沈校本無「此」字。王利器校：「餘本『書』上有『此』字，是。」徒棄人作樂事耳，晉書四九向秀傳作「正是妨人作樂耳」。　按，向秀別傳稱嵇康「傲世不羈」，故服膺莊周宣揚之絶對自由精神。嵇康、吕安又頗嗤向秀雅好讀書，原其意非不好讀書，而是康師心遺論，鄙夷漢人章句之學。　莊子之文充滿奇思妙想，與嵇康之藝術精神自會相通。故嵇康以爲莊子不須注，注則妨人作樂耳。

〔二〕「康曰」三句　牟宗三云：「此句乃秀之問語，『康』字衍，當屬下句。」又云：「『安』上奪『康』字。是則康、安有答辭，且甚驚訝，贊之曰：『莊周不死。』」（見才性與玄理第九章）楊箋從牟宗三説，改秀別傳「及成」之後數句爲：「及成，以示二子，曰：『爾故復勝不？』康、安乃驚曰：『莊周不死矣！』」按，晉書四九向秀傳敍秀注莊事，與孝標注引秀別傳文字頗不同，且無吕安。晉書雖簡略明瞭，然遠不如秀別傳委曲有味。秀別傳記向秀將注莊子，先以告嵇康、吕安，二子卻以爲此書不須注。及成，以示二子，其意欲二子評賞，以顯己注莊之勝義耳。康曰：「爾故復勝不？」康本以爲莊子不須注，故或不及細看，便問爾所注莊能更勝莊？而吕安則以爲秀之注莊，發莊之奇趣，乃莊生之知己。前云「以示二子」，後康、安各有答辭，前後相應，敍事清楚，委曲有致。牟宗三據晉書，謂秀別傳有衍文與訛奪，而楊箋從牟氏以改字，皆不可信從。

〔三〕聊應崔譔所注　應，宋本作「隱」。王利器校：「蔣校本同，餘本『隱』作『應』。」

〔四〕太傅主簿　宋本、沈校本並作「太學博士」。按，晉書五〇郭象傳：「東海王越引爲太傅主簿。」作「太傅主簿」是。

〔五〕定點　王利器校：「蔣校本『定點』乙作『點定』。」世説音釋：「爾雅曰：『滅謂之點。』注曰：『以筆滅字曰點。』」按，郭象傳作「點定」，是。　關於向、郭注莊之異同，前人評論已多，兹不贅述。要之，晉書四九向秀傳謂秀爲莊子隱解，發明奇趣，至郭象又述而廣之，其説大體符合事實。

一八　阮宣子有令聞，太尉王夷甫見而問曰：「老、莊與聖教同異？」〔一〕對曰：「將無同。」〔二〕太尉善其言，辟之爲掾，世謂「三語掾」。衛玠嘲之曰：「一言可辟，何假於三？」宣子曰：「苟是天下人望，亦可無言而辟，復何假一？」遂相與爲友。名士傳曰：「阮脩字宣子，陳留尉氏人。好老、易，能言理，不喜見俗人，時誤相逢，〔三〕即舍去。傲然無營，家無擔石之儲，晏如也。琅邪王處仲爲鴻臚卿，謂曰：『鴻臚丞差有禄，卿常無食，〔四〕能作不？』脩曰：『爲復可耳。』遂爲鴻臚丞、太子洗馬。」

【校釋】

〔一〕「阮宣子」數句　阮宣子，一説是阮瞻，非阮脩。程炎震云：「御覽二〇九太尉掾門及三九〇言語門引此事作衛玠别傳，又阮宣子作陳留阮千里。則是瞻，非脩也。」余箋：「今晉書阮瞻傳亦作『瞻見司徒王戎，戎問曰：「聖人貴名教，老、莊明自然，其旨同異？」瞻曰：「將無同。」』唐修晉書喜用世説，此獨與世説不同，知其必有所考矣。御覽二〇九所引，先見類聚一九。」按，晉書四九阮脩傳言王敦爲鴻臚卿，薦脩爲鴻臚丞。後脩轉太傅行參軍，避亂南行，爲賊所害，時年四十二。晉書九八王敦傳敍惠帝反正（時在光熙元年），敦遷大鴻臚。又晉書四惠帝紀載，永嘉元年（三〇七）司馬越爲太傅。永嘉三年（三〇九），司徒王衍爲太尉，司馬越領司徒。阮脩既於作太傅行參軍時被害，則大概在永嘉二年（三〇八）前後，而其時王衍尚未爲太尉。此可證此條記太尉王衍問阮宣子事，與史實不合。而據晉書四三王戎傳、惠帝紀，戎爲司徒在太康七年（二九七），阮瞻卒於永嘉中，年三十。瞻舉灼然，時年二十不到，戎問瞻「老莊與聖教同異」，當有此可能。故「三語掾」乃瞻，非脩也，當從晉書。

〔二〕將無同　李詳云：「資治通鑑八二胡注：程大昌曰：『不直曰同，而云將無同者，晉人語，度自謂也。庾亮辟孟嘉爲從事，正旦大會，褚裒問嘉何在？亮曰：「但自覓之」。裒指嘉曰：「將無是乎？」將無者，猶言殆是此人也。意以爲是而不敢自主。阮瞻指孔老爲同，亦此意。』」黄生義府下云：「將無者，然而未遽然之辭。謝太傅云『將無歸』，晉人語度舒緩，類如此。後人妄意生解，總由不悉當時口語耳。」徐箋：「將無與得無同，即今語之『莫非』，乃商榷之辭。」按，程大昌、黄生所說是。「將無」者，肯定而口氣舒緩之辭也。徐箋謂與「得無」同，亦是；但謂「商榷之辭」，不甚確切。或謂表示「反詰」，則不確。晉書四九阮瞻傳謂瞻「讀書不甚研求，而默識其要，遇理而辯，辭不足而旨有餘。」「將無同」三語，即「辭不足而旨有餘」也。又，由王戎、阮瞻之問答，可見當時思想界調和儒道二家之努力。

研討老莊與聖人同異，乃是魏末玄學家之熱門話題，如本篇八記裴徽、王弼討論聖人與老子對於「無」何以不同，本篇一〇注引文章敍録曰：「自儒者論以老子非聖人，絶禮棄學，晏説與聖人同，著論行於世也。」則何晏亦是老莊與聖教「將無同」論者。又嵇康與山濤書雖「非湯武而薄周孔」，然又曰：「所謂達能兼善而不渝，窮則自得而無悶。以此觀之，故堯舜之君世，許由之岩棲，子房之佐漢，接輿之行歌，其揆一也。」顯有調和仕隱之意。至於郭象莊子注調和儒道，世所熟知。至東晉，儒道兼綜遂成思想界之主流。

〔三〕誤相逢　方一新世説新語詞語拾詁云：「『誤相逢』即偶然的意思。」按，「誤」亦有「無意」義。吴志韋曜傳：「（曜）時有愆過，或誤犯晧諱，輒見收縛。」晉書三〇刑法志：「不意誤犯謂之過失。」

〔四〕鴻臚丞差有禄卿常無食　沈校本作「卿常無食鴻臚丞差有禄」。晉書四九阮脩傳同。

一九　裴散騎娶王太尉女。婚後三日，諸壻大會，晉諸公贊曰：「裴遐字叔道，河東人。父綽，〔一〕長水校尉。遐少有理稱，辟司空掾、散騎郎。」永嘉流人名：「衍字夷甫，第四女適遐也。」當時名士，王、裴子弟悉集。〔二〕郭子玄在坐，挑與裴談。子玄才甚豐贍，始數交未快，〔三〕郭陳張甚盛，裴徐理前語，理致甚微，〔四〕四坐咨嗟稱快。鄧粲晉紀曰：

「遐以辯論爲業，〔五〕善敘名理，辭氣清暢，泠然若琴瑟，〔六〕聞其言者，知與不知，無不歎服。」王亦以爲奇，謂諸人曰：「君輩勿爲爾，將受困寡人女壻！」〔七〕

【校釋】

〔一〕父綽　王利器校：「案『綽』當作『綽』，本書附河東聞喜裴氏譜：『綽，徽子，字季舒，黄門侍郎，蚤卒，追贈長水校尉。』晉書裴綽傳：『楷弟綽，字季舒，器宇宏曠，官至黄門侍郎，長水校尉。』」程炎震云：「『綽』當作『綽』。見品藻篇六條及晉書附裴楷傳，又見后妃傳下。」

〔二〕悉集　宋本、沈校本「悉」上有「皆」字。朱注：「袁本無此字，是，從删。」王叔岷補正：「案：『皆悉』，復語。各本無皆字，恐非其舊。」按，王説是。「皆悉」爲常語，當從宋本及沈校本。後漢書三八張宗傳：「琅邪北海盜賊復起，宗督二郡兵討之，乃設方略，明購賞，皆悉破散。」後漢書五四楊賜傳：「昔先王造囿，裁足以修三驅之禮，薪萊芻牧，皆悉往焉。」魏志陳羣傳：「聞車駕欲幸摩陂，實到許昌，二宮上下，皆悉俱東，舉朝大小，莫不驚怪。」皆其證。

〔三〕未快　快，快意也。稱心浹意謂快。葛洪抱朴子外篇自敘：「他人文成，便呼快意。」高僧傳七釋慧觀傳載：慧觀著法華宗要序呈其師鳩摩羅什，什曰：「善男子所論甚快。」「始數文未快」，意謂未臻理極，衆人未浹其心也。

〔四〕理致　張萬起詞典釋爲「思想情趣」，王東世説新語及劉注詞語釋義商榷三則一文以爲「『理致』當爲同義連文，作『義理、名理講』。」（載語言研究二〇〇八年七月，第二八卷第三期）按，理致，義理之宗旨、指歸。致，宗旨（參見本篇四二校釋）。

〔五〕遐以辯論爲業　業，學業。裴遐以辯論爲業，可見晉初有以清談玄理爲專門學業者。此種現象當亦起於漢末。據後漢書七〇鄭太傳：「孔公緒清談高論，噓枯吹生，並無軍旅之才，執鋭之幹。」後漢書六八符融傳敍李膺「每見融輒絶它賓客，聽其言論，融幅巾奮袖，談辭如雲，膺每捧手歎息。」（按，融未仕宦，實爲李膺門客）以此觀之，疑漢末已有專以清談辯論爲業者。

〔六〕琴瑟　宋本無「瑟」字。　余箋：「晉、宋人清談，不惟善言名理，其音響輕重疾徐，皆自有一種風韻。宋書張敷傳云：『善持音儀，盡詳緩之致。與人别，執手曰：「念相聞。」餘響久之不絶。』」按，余箋極是。由世説亦可考見清談于義理之外，尚須講究言辭之音韻美妙。例言語九三曰「道壹道人好整飾音辭」，本篇四〇記支道林、許詢清談，衆人「但共嗟詠二家之美，不辨其理所在」。既言不辨其理，則嗟詠之美，必在音辭美妙。賞譽一四四記許詢詣簡文，月夜共作曲室中語，「襟情所詠，偏是許之所長，辭寄清婉，有逾平日」。所謂「辭寄清婉」，當與裴遐「辭氣清暢，泠然若琴瑟」同一風韻。凡此之類，皆可見魏晉清談以義理、音辭兼勝爲最佳。

〔七〕寡人　王利器校：「案通鑑卷一二六宋紀八：臧質復書曰：『寡人受命相滅，期之白登。』胡三省注：『古者諸侯自稱曰寡人，質自以當藩方之任，自稱寡人。』衍爲太尉，自以當古時的公侯，所以自稱寡人。臧質自稱寡人，與衍正復相同。」李詳云：「晉世寡人上下通稱，不以爲僭。孫過庭書譜述王羲之語：『假令寡人耽之若此，未必謝之。』可謂此條碻證。張彦遠法書要録引作：『若吾耽之若此，未必謝之。』（朱長文墨池篇同）彦遠與虞禮並爲唐人，虞禮審晉世語言，故仍其舊，彦遠改同俗稱，便覺其陋。」按，李説是。

二〇　衛玠始度江，見王大將軍。〔一〕敦別傳曰：「敦字處仲，琅邪臨沂人。少有名理，累遷青州刺史，避地江左，歷侍中、丞相、大將軍、揚州牧。以罪伏誅。」因夜坐，大將軍命謝幼輿。晉陽秋曰：「謝鯤字幼輿，陳郡人。父衡，晉碩儒。鯤性通簡，好老、易，善音樂，以琴書爲業。避亂江東，爲豫章太守，王敦引爲長史。」〔二〕鯤別傳曰：「鯤四十三卒，〔三〕贈太常。」玠見謝，甚説之，都不復顧王，〔四〕遂達旦微言，王永夕不得豫。玠體素羸，恒爲母所禁。爾夕忽極，於此病篤，遂不起。〔五〕玠別傳曰：「玠少有名理，善易、老，自抱羸疾，初不於外擅相酬對，時友歎曰：『衛君不言，言必入真。』〔六〕武昌見大將軍王敦，敦與談論，咨嗟不能自已。」〔七〕

【校釋】

〔一〕「衛玠」二句　度，沈校本作「渡」。按，「度」通「渡」。　晉書三六衛玠傳載，衛玠進豫章，「是時大將軍王敦鎮豫章」。據晉書九八王敦傳，杜弢作亂，敦遣武昌太守陶侃、豫章太守周訪等討之，而敦進住豫章。通鑑八八晉紀一〇繫此事在晉懷帝永嘉六年（三一二），而衛玠亦死於其年。容止一九注引玠別傳曰：「玠以永嘉六年五月六日至豫章，其年六月二十日卒。」則衛玠見敦，當在此時。玠平素體弱，加之微言達旦，遂至病篤不起。

〔二〕王敦引爲長史　徐箋：「案晉書謝鯤傳：『避地于豫章，左將軍王敦引爲長史。敦將除劉隗，鯤諫，敦怒，出爲豫章太守，又留不遣，藉其才望，逼與俱下。鯤時進正言，敦不能用，内亦不悦。軍還，使之郡，尋卒官。』」按，晉書四九謝鯤傳曰：「左將軍王敦引爲長史，以討杜弢功封咸亭侯。母憂去職，服闋，遷敦大將軍長史。」據此，謝鯤初作王敦長史，時在杜弢未滅之前，而其時衛玠自武昌至豫章見敦，故衛、謝得以相識並清言也。

〔三〕鯤四十三卒　趙西陸云：「南京出土謝鯤墓誌石刻：鯤泰寧元年（三二三）十一月廿八亡。」

〔四〕「玠見謝」三句　晉書三六衛玠傳云，王敦長史謝鯤見玠欣然，言論彌日。謝鯤風流自得，而衛玠人稱「璧人」，談道又令人絶倒，故兩人相見恨晚。至於王敦粗鄙，了無風味，風流名士如何看得上眼？此所以衛玠不復顧王也。

〔五〕「爾夕忽極」三句　劉辰翁云：「卻不是『看殺』，是論極。」

〔六〕真　宋本、沈校本並作「冥」。程炎震云：「真，宋本作冥。疑本是玄字，與言爲韻，宋人避諱作真，或作冥耳。本篇『司馬太傅問謝車騎』條，亦有入玄字。」徐箋疑作「冥」，並云：「案『冥』者，窮深極遠之意，與『玄』字義相近，李德林霸府雜集序：『運籌建策，通幽達冥。』『入冥』，猶『入玄』也。」按，合于自然之道曰冥。當作「冥」。文學五四：「道情冥倒。」晉書七五韓伯傳：「苟理有未盡，情有未夷，存我之理，未冥於內。」莊子人間世郭象注：「故將任性直道，無往不冥。」莊子天地郭象注：「此乃不識不知而冥于自然。」莊子德充符郭象注：「欲以直理冥之，冀其無跡。」「今仲尼非不冥也。」「冥」乃晉時常用語。

〔七〕「武昌見大將軍王敦」三句　賞譽五一注引玠別傳：「玠至武昌見王敦，敦與之談論，彌日信宿。」

二一　舊云王丞相過江左，止道聲無哀樂、嵇康聲無哀樂論略曰：「夫殊方異俗，〔一〕歌笑不同。〔二〕使錯而用之，或聞哭而懽，或聽歌而戚，然哀樂之情均也。今用均同之情，發萬殊之聲，斯非音聲之無常乎？」養生、嵇叔夜養生論曰：「夫蝨著頭而黑，麝食柏而香，〔三〕頸處險而癭，齒居晉而黃。〔四〕豈唯蒸之使重無使輕，〔五〕芬之使香勿使延哉？〔六〕誠能蒸以靈芝，潤以醴泉，無爲自得，體妙心玄，庶與羨門比壽，王喬爭年，何爲不可養生哉？」言盡意歐陽堅石言盡意論略曰：〔七〕「夫理得於心，非言不暢；物定於彼，非名不辨。名逐物而遷，言因理而變，不得相與爲二矣。苟無其二，言無不盡矣。」三理而已。〔八〕然宛轉關生，〔九〕無所不入。

【校釋】

〔一〕殊方　殊，宋本作「他」。

〔二〕笑　王利器校：「『笑』，當依嵇康集作『哭』。」徐箋：「案下文云：『或聞哭而懽，或聽歌而戚。』亦以『歌哭』對舉，則作『哭』是也。」

〔三〕食柏　食，宋本、沈校本並作「得」。

〔四〕「頸處險」二句　世説箋本：「淮南子：『險阻之氣多癭。』爾雅翼：『晉人尤好食棗，蓋安邑千株棗比千户侯，其人置之懷袖，食無時，久之齒皆黄。』五雜俎亦載之。」

〔五〕蒸　沈校本作「烝」。輕，王刻本作「輊」。按，文云：「使重無使輕，」輕重對舉，作「輕」是，「輊」乃形誤。

〔六〕勿使　勿，王刻本作「無」。王先謙校：「按文選養生論作『無』，袁本作『勿』，非。」世説箋本：「『延』，散也，猶袢延之延。重與輕反，香與延反。蓋養生家有蒸芬之法，言蒸有使重之功，芬有使香之能。凡養生者不惟此而已也，居心于玄遠則自然可延年，譬如蝨著頭而黑，言衆理皆由此關通而生。」

〔七〕歐陽建言盡意論　全文見藝文類聚一九。汪藻考異作「言不盡意」，注作：「聲無哀樂、養生二論並嵇康作。」按，當作「言盡意」。

〔八〕三理　湯一介讀世説新語札記以爲當作聲無哀樂、養生、言不盡意，且此「三理」之論或均爲嵇康所作。其依據一是王應麟玉海三六「晉易象論」條載「嵇康作言不盡意論」，二是嵇康聲無哀樂論「知之之道，可不待言」云云，證明嵇亦屬言不盡意（詳見北京圖書館出版社文獻，一九八四年第二〇期）。按，隋書經籍志、新舊唐書藝文志皆不著録所謂嵇康言不盡意論，玉海謂嵇康作言不盡意論不知何據。汪藻考異雖作言不盡意，然不言此論爲嵇康作。若嵇康固作此論，敬胤、劉孝標不會不注明。若據嵇康聲無哀樂論中有言不盡意言論，便斷定言不盡意論爲叔夜所作，亦不合邏輯。

〔九〕宛轉　宛，汪藻考異作「婉」。莊子天下：「椎拍輐斷，與物宛轉，舍是與非，苟可以免。」成玄英疏：「宛轉，變化也。復能打拍刑戮，而隨順時代，故能與物變化而不固執之者也。」關生，世説補觿：「關，通也。關生，猶云相生也。」關下汪藻考異注：「一作開。」世説音釋：「言衆理皆有此而生。」張萬起詞典：「關聯推衍。」

二二　殷中軍爲庾公長史，〔一〕按庾亮僚屬名及中興書，浩爲亮司馬，〔二〕非爲長史也。下都，王丞相爲之集，桓公、王長史、王藍田、王述别傳曰：「述字懷祖，太原晉陽人。祖湛，父承，並有高名。述蚤孤，事親孝謹，簞瓢陋巷，宴安永日。由是爲有識所知，襲爵藍田侯。」謝鎮西並在。丞相自起解帳帶麈尾，〔三〕語殷曰：「身今日當與君共談析理。」〔四〕既共清言，遂達三更。丞相與殷共相往反，其餘諸賢，略無所關。既彼我相盡，丞相乃歎曰：「向來語，乃竟未知理源所歸，至於辭喻不相負。正始之音，正當爾耳。」〔五〕明旦桓宣武語人曰：〔六〕「昨夜聽殷、王清言甚佳，仁祖亦不寂寞，我亦時復造心，顧看兩王掾，王濛、王述，並爲王導所辟。輒翣如生母狗馨。」〔七〕

【校釋】

〔一〕「殷中軍」句　據晉書七成帝紀、晉書七三庾亮傳，咸和九年（三三四）六月陶侃薨，遷平西將軍庾亮都督江、荆、豫、益、梁、雍六州諸軍事，進號征西將軍，鎮武昌。晉書七七殷浩傳曰：「征西將軍庾亮引爲記室參軍，累遷司徒左長史。」考晉書六六陶侃傳，「時武昌號爲多士，殷浩、庾翼等皆爲佐吏。」據此，殷浩初爲陶侃佐吏，晉書本傳爲失載也。侃薨，庾亮鎮武昌，引殷浩爲記室參軍。另據晉書本傳，浩爲庾公記室參軍，非爲長史。又，關於殷浩下都與王導清談之時間，唐翼明魏晉清談考證最可能是咸康三年（三三七）一月至六月殷浩奔喪之時。（詳見唐翼明魏晉清談，人民文學出版社，二〇〇二年十一月。下同）按，晉書本傳敘殷浩仕歷後曰：「遂屏居墓所，幾將十年。」殷浩以永和二年（三四六）爲揚州刺史。若咸康三年奔喪墓居，至永和二年，正滿十年。據此，唐翼明所考可信也。

〔二〕浩爲亮司馬　晉書本傳言安西庾翼復請爲司馬，不言爲庾亮司馬。

〔三〕「丞相」句　余箋：「麈尾懸於帳帶，故自起解之。御覽七〇三引世説曰：『王丞相常懸一麈尾，著帳中。及殷中軍來，乃取之曰：「今日遺汝。」』今本無之，當是此處注文。惟不知所引何書耳。」

〔四〕身　王利器校：「案通鑑卷八五晉紀七胡三省注：『晉人多自謂爲身。』」按，王校是。

〔五〕「正始之音」二句　由王導語可見，正始之音是東晉清談家嚮往之典範。

〔六〕桓宣武　沈校本無「桓」字。

〔七〕輒翣如生母狗馨　此句頗難解。翣，世説音釋：「翣，音澀。梁元帝評羊欣書如大家婢爲夫人，雖加位遇，而舉止羞澀，終不近似。」意謂「翣」義爲羞澀。輒翣，方一新謂是「『胝臑』之借，肉動貌」。（詳見方一新世説新語詞語釋義，語言研究，一九九〇年第二期，下同）馨，宋本作「聲」。王利器校：「各本『聲』作『馨』，是。」劉盼遂云：「按，桓宣武語人曰：『顧看兩王掾，輒翣如生母狗馨。』劉尹曰：『田舍兒强學人作爾馨語。』方正篇：『劉尹曰：「使君如馨地，寧可鬥戰取勝？」』品藻篇：『王丞相舉手指地曰：「正自爾馨。」』忿狷篇：『王螭曰：「冷如鬼手馨，强來捉人臂。」』容止篇注引語林云：『王仲祖每覽鏡自照曰：「王文開那生如馨兒。」』晉書王衍傳：『山濤目而送之曰：「何物老嫗，生寧馨兒。」』

南史宋本紀：『前廢太后曰：「取刀來剖我腹，那得生寧馨兒。」』綜上數則視之，是馨字自是晉人間習語，而由來説者多不能抉其真諦。」世説箋本：「生，猶生人之生，即生熟之生也。謂牝狗初來未馴而畏人也。」劉辰翁云：「豈有所不可，故爾形容，不服善之態常有此。」王世懋云：「此言太粗。且仲祖何肯談出桓下？」世説抄撮：「此言兩王在側，不能開口，徒爲手容，猶母狗順弱搖尾之狀也。」方一新云：「猶言（兩王掾）肌肉抖動得像活母狗一樣。形容二人插不上嘴，陷於尷尬困窘之境地，極其狼狽樣子。」（同上）按，以上諸説，以世説抄撮及方説較圓通。

二三　殷中軍見佛經云：「理亦應阿堵上。」〔一〕佛經之行中國尚矣，莫詳其始。牟子曰：〔二〕「漢明帝夜夢神人，身有日光。明日，博問羣臣。通人傅毅對曰：『臣聞天竺有道者號曰佛，輕舉能飛，身有日光，殆將其神也。』於是遣羽林將軍秦景、博士弟子王遵等十二人之大月氏國，寫取佛經四十二部，在蘭臺石室。」劉子政列仙傳曰：「歷觀百家之中，以相檢驗，得仙者百四十六人，其七十四人已在佛經，故撰得七十，〔三〕可以多聞博識者遐觀焉。」如此，即漢成、哀之間，已有經矣，與牟子傳記便爲不同。魏略西戎傳曰：「天竺城中有臨兒國。浮屠經云：〔四〕『其國王生浮圖。浮圖者，太子也。父曰屑頭邪，母曰莫邪。浮屠者，身服色黄，髮如青絲，爪如銅。其母夢白象而孕。及生，從右脅出，而有髻，墜地能行七步。』天竺又有神人曰沙律，昔漢哀帝元壽元年，博士弟子景盧，〔五〕受大月氏王使伊存口傳浮屠經。曰復豆者，其人也。」漢武故事曰：「昆邪王殺休屠王，以其衆來降，得其金人之神，置之甘泉宫。金人皆長丈餘，其祭不用牛羊，唯燒香禮拜。上使依其國俗祀之。」此神全類於佛，豈當漢武之時，其經未行於中土，而但神明事之邪？〔六〕故驗劉向、魚豢之説，佛至自哀、成之世明矣。然則牟傳所言四十二者，其文今存非妄。蓋明帝遣使廣求異聞，非是時無經也。

【校釋】

〔一〕理亦應阿堵上　意謂「名理亦應在這上面」。殷浩之語乃東晉名士比較儒道佛三家義理後得出之共識。高僧傳一曇柯迦羅傳載迦羅歎曰：「吾積學多年，浪志墳典，遊刃經籍，義不再思，文無重覽。今見佛書，頓出情外，必當理致鈎深，別有精要。」於是齎卷入房，請一比丘略爲解釋，遂深悟因果，妙達三世，始知佛教宏曠，俗書所不能及。同上五釋曇戒傳：「居貧務學，遊心墳典。後聞于法道講放光經，乃借衣一聽，遂深悟佛理，廢俗從道，伏事安公爲師。」同上六慧遠傳云：遠初聞道安講波若經，豁然而悟，乃歎曰：「儒道九流，皆糠粃耳。」從此「投簪落彩，委命從業」。慧遠致劉遺民書曾言及己之學問階段：「疇昔遊心世典，以爲當年之華苑也。及見老、莊，悟名教是應變之虚談耳。以今觀之，則知沉冥之趣，豈得不以佛理爲先。」（廣弘明集二七）慧遠初涉儒學，次讀老、莊，後研佛經，以爲義理深奧，當以佛理爲先。鳩摩羅什高足僧肇，亦與慧遠持同樣看法。僧肇傳云肇「愛好玄微，每以莊、老爲心要。嘗讀老子德章，乃歎曰：『美則美矣，然期神冥累之方，猶未盡善也。』後見舊維摩經，歡喜頂受，披尋玩味，乃言始知所歸矣」。僧肇最後以佛經爲所歸，原因是它「期神冥累」，至於盡善。稍後范泰、謝靈運常説：「六經典文本在濟俗爲治耳，必求性靈真奥，豈得不以佛經爲指南耶！」（弘明集一一何尚之答宋文帝讚揚佛教事）宗炳明佛論云：「彼佛經也，包五典之德，深加遠大之實；含老、莊之虚，而重增皆空之盡。高言實理，肅焉感神。其映如日，其清如風，非聖誰説乎？」（同上卷二）以上數人皆以爲佛經奥理勝過儒道。東晉中期後，玄談家大多精老、莊，並心折於佛理之深奥，由此反映出佛經自魏晉開始，漸漸征服中國士人這一重大文化現象。

〔二〕牟子　隋書三四經籍志：「牟子二卷，漢太尉牟融撰。」佛祖歷代通載五略曰：牟子未詳名字，世稱牟子。既修經傳諸子，書無大小，靡不好之。會靈帝崩後，天下擾亂，獨交州差安，牟子將母，避世彼地。年二十六，歸蒼梧娶妻。太守聞其守學，謁請署吏。時年方盛志精於學，又見世亂，無仕宦意，竟不就……久之歎曰：「老子絶聖棄智，修身保真，萬物不干其志，天下不易其樂，天子不得臣，諸侯不得友，故可貴也。」於是鋭志於佛道，兼研老子五千文。舍玄妙爲酒漿，翫五經爲琴簧。遂以筆墨之間，略引聖賢之言證解之，名曰牟子理惑云。（大正藏第四九册第二〇三六號）

〔三〕故撰得七十　宋本無「故」字。

〔四〕浮屠經　屠，宋本、沈校本并作「圖」。

〔五〕景慮　魏書一一四釋老志作「秦景憲」，通典作「秦景」，通志作「景匿」，三國志注引魚豢魏略西戎傳作「景盧」。

〔六〕神明事之邪　邪，宋本作「耳」。

二四　謝安年少時，〔一〕請阮光禄道白馬論。〔二〕孔叢子曰：「趙人公孫龍云：『白馬非馬。馬者所以命形，白者所以命色。夫命色者非命形，故曰白馬非馬也。』」〔三〕爲論以示謝，于時謝不即解阮語，重相咨盡。阮乃歎曰：「非但能言人不可得，正索解人亦不可得。」〔四〕中興書曰：「裕甚精論難。」

【校釋】

〔一〕「謝安」句　晉書四九阮裕傳敍裕于咸和初「去職還家，居會稽剡縣」。司徒王導、司空郗鑒先後薦以朝廷，皆固辭不就。又據晉書七九謝奕傳記奕初爲剡令，謝安隨兄在剡，年七八歲。安請阮光禄道白馬論，亦當在謝奕爲剡令時，年齡可能不止七八歲。

〔二〕白馬論　魏志鄧艾傳裴注引荀綽冀州記：「（爰俞）辯於論議，采公孫龍之辭以談微理。」抱朴子外篇重言譏「淺近之徒」曰：「論廣修、堅白無用之説。」可見先秦名家之形名之學，於魏晉間仍爲清談家口實。

〔三〕白馬非馬　公孫龍「白馬非馬論」，若以現代邏輯學解之，則是「白馬」與「馬」是内涵不同之兩個概念。「白馬」既是反映物件之行狀屬性，亦是顔色屬性，而「馬」僅是反映物件之形狀屬性。故曰「白馬非馬」。

〔四〕解人　謂解悟之人。吴志孫霸傳：「（孫）亮曰：『解人不當爾邪？』」王世貞云：「謝安石見阮光禄白馬論，不即解，重相咨盡。阮歎曰：『非唯能言人不可得，正索解人亦不可得。』杜公有云：『文章千古事，得失寸心知。』亦謂此耳。」（弇州四部稿一五一）

二五　褚季野語孫安國褚裒、孫盛並已見。〔一〕云：「北人學問，淵綜廣博。」孫答曰：「南人學問，清通簡要。」〔二〕支道林聞之曰：「聖賢固所忘言。自中人以還，北人看書，如顯處視月；南人學問，如牖中窺日。」〔三〕支所言，但譬成孫、褚之理也。然則學廣則難周，難周則識闇，故如顯處視月；學寡則易覈，易覈則智明，故如牖中窺日也。

【校釋】

〔一〕褚裒　已見德行三四。孫盛，已見言語四九。

〔二〕「北人學問」數句　「淵綜廣博」者，乃承漢代經學之傳統；「清通簡要」者，爲魏晉玄學之特徵。西漢經學精且質樸，東漢經學則漸趨繁瑣，至有一經説至百萬言者。支離破碎，失其本義（詳見漢書三〇藝文志）。隨之，魏晉玄學興起而成學術主流。晉室南渡，大批文化精英將洛下學風帶至江左，而北方仍是儒學傳統，宗尚漢代經學大師。北史八一儒林傳序曰：「江左，周易則王輔嗣，尚書則孔安國，左傳則杜元凱。河洛，左傳則服子慎，尚書、周易則鄭康成。詩則並主毛公，禮則同遵于鄭氏。」又曰：「南人約簡，得其精華；北學深蕪，窮其枝葉。」江左多以老莊之旨解釋六經，而河洛猶宗漢學。當江左「莫不崇飾華競，祖述虛玄，擯闕里之典經，習正始之餘論，指禮法爲流俗，目縱誕以清高」（晉書九一儒林傳）之時，北方卻猶以儒學經世治國。如羯酋石勒曾親臨大小學，考諸生經義，常令儒生讀史書聽之（晉書載記石勒傳）。石勒之子石弘，「其所親昵，莫非儒素」（同上）。慕容廆覽政之暇，親臨庠序聽儒臣劉贊講經，於是路有頌聲，禮讓興矣。（晉書載記慕容廆傳）此與王導、簡文帝等與玄學家、高僧日夜清言迥異。

〔三〕「支道林聞之曰」數句　劉應登云：「褚北人，孫南人。」劉辰翁云：「如牖中窺日外面光，顯處視月鏬隙透。」袁枚云：「支公云：『北人學問，如顯處視月。』言其博而寡要，今之考據家也。『南人學問，如牖中窺日』，約而能明，今之著作家也。」余箋：「此言北人博而不精，南人精而不博。」按，支道林之言，實以得意忘言之旨，標榜南人學問勝於北人。孝標注曰：「支所言，但譬成孫、褚之理也。然則學廣則難周，難周則識暗，故如顯處視月；學寡則易覈，易覈則智明，故如牖中窺日也。」雖解釋支道林「顯處視月」與「牖中窺日」之譬喻，然似未揭示支道林之學問特徵。支道林之言尤可注意者，乃在「聖賢固所忘言」一語。忘言者乃得意者也，故得意忘言，乃魏晉名士解釋經籍之新方法，與漢代經學重訓詁和言象數不同（可參看湯用彤魏晉玄學論稿言意之辨）。高僧傳四支遁傳曰：「善標宗會，而章句或有所遺，時爲守文者所陋。謝安聞而善之，曰：『此乃九方堙之相馬也，略其玄黃，而取其駿逸。』」支遁所云「聖賢固所忘言」，猶「善標宗會」，遺其章句，本「得意忘言」之旨也。「顯處視月」，暗而不見，喻北人學問淵綜廣博，難見精義。「牖中窺日」，喻南人學問，清通簡要，得其英華，一目瞭然。王弼周易注、老子注，韓康伯周易注，皆以得意忘言之原則，擯落象數，直尋本源，勝義迭見。支道林之言形象有味，揭示當時南北學問之不同及根本特徵。又，北人、南人亦須辨析。南北界限究竟是大河，還是長江？唐長孺以爲「南北應指河南北」，「孫、楚二人的對話只是河南北僑民彼此推重，與隋書儒林傳序所云『南人約簡，得其精華；北學深蕪，窮其枝葉』，雖同是南北，而界限是不一致的。」唐氏又云：「褚裒所謂『北人學問淵綜廣博』，乃指大河以北流行的漢儒經說傳注；孫盛所謂『南人學問清通簡要』，乃指大河以南流行的玄學。」（詳見讀抱朴子推論南北學問的異同，載唐長孺魏晉南北朝史論叢，生活讀書新知三聯書店出版，一九五五年）按，唐氏之說值得商榷。考魏晉以至南朝，所謂南人北人，皆以大江爲界，即江南人稱南人，中原人稱北人。排調五：晉武帝問孫皓：「南人好作汝南歌，頗能爲不？」晉武帝所稱之「南人」，指江南吳人，非指以洛陽爲中心之中原人。晉書五七吾彥傳載：陸機、陸雲詆毀吾彥，長沙孝廉尹虞謂機等曰「……卿以士則答詔小有不善，毀之無已，吾恐南人皆將去卿，卿便獨坐也。」吾彥（字士則）爲吳郡吳人，尹虞所謂「南人」也。賞譽一九注引褚氏家傳曰：「司空張華與（褚）陶書曰：『二陸龍躍于江漢，彥先鳳鳴於朝陽，自此以來，常恐南金已盡，而復得之於吾子！』」陸機、陸雲、顧彥先、褚陶皆爲江南英才，張華稱爲「南金」。「南金」不包括河南人。御覽四六四人事部載：華譚舉秀才入洛，「座有下者嘲南人」云云。凡此皆可證，西晉時南人北人之概念以長江爲界，東晉時仍然如此。晉書七七陸曄傳：「時帝以侍中皆北士，宜兼用南人，曄以清貞著稱，遂拜侍中，徙尚書，領大中正。」陸曄爲吳人，即南人，與北士相對。晉書三八顧榮傳：「（馮）熊謂冏長史葛旟曰：『以顧榮爲主簿，所以甄拔才望，委以事機，不復計南北親疏，欲平海內之心也。』」「時南土之士未盡才用。」「凡此諸人，皆南金也。」顧榮爲吳人，故稱「南金」，而南北之「北」，顯指北來僑人。此外，晉人常以江左與中原對舉，其例甚多不備舉。凡此皆可證明，自魏晉以來所謂南人，特指江南人，不包括河南人；北人指大江以北人士，並非特指河北人。西晉覆滅，士人南渡，盛行於洛下之玄學南移，江左學術遂以玄學爲主流。大河南北淪爲胡人之手，儒學卻流行不絕。對此，皮錫瑞經學歷史論之已詳，不必贅述。故唐長孺以爲「孫盛所謂『南人學問清通簡要』，乃指大河以南流行的玄學」，顯然不妥。

二六　劉真長與殷淵源談，劉理如小屈，殷曰：「惡！卿不欲作將善雲梯仰攻。」〔一〕墨子曰：「公輸般爲高雲梯，〔二〕欲以攻宋。墨子聞之，自魯往。裂裳裹足，日夜不休，十日十夜而至於郢，見楚王曰：『聞大王將攻宋，有之乎？』王曰：『然。』墨子曰：『請令公輸般設攻宋之具，臣請試守之。』於是公輸般設攻宋之計，墨子縈帶守之。輸九攻之，而墨子九卻之。不能入，遂輟兵。」

【校釋】

〔一〕「殷曰」句　此句甚難解。李慈銘云：「案，惡卿句有誤。」王世懋云：「此言戲劉雖善攻，不能當己之墨守。」世説箋本云：「作將，作起持來也。善猶良，惡猶恨。恨其不竭智力而攻也。」蔣宗許世説新語校箋臆札云：「……『不欲作』即『不作』；將，魏晉六朝常用於動詞後，祇起音節作用而無實義。（中略）合而言之，『不欲作將善雲梯仰攻』即不作善雲梯仰攻。全句不能讀斷，『惡』後均爲賓語部分。蓋劉真長與殷淵源都是當時一流清談家，棋逢對手，應是興味無窮。殊知往復幾番，劉便敗下陣去。殷戰意猶酣，而劉已無力反擊，於是殷深感遺憾，表現出一種沒有對手的惆悵，其勢有如無質的運斤匠石，故不無怨憤地説：『討厭你不架設好雲梯仰攻。』」范子燁世説新語劉真長與殷淵源談條辨釋謂「惡」爲歎詞，殷浩用墨子中的典故，實以墨子自況，而以公輸般比劉惔，「言外之意，即使你劉惔機心百變，智謀過人，亦不足與我殷浩爭短量長」。並謂殷浩嘲諷劉惔，將全句釋爲：「唉！你不想作將領，善於（利用）仰攻。」（載古籍整理研究，一九九五年第四期）按，蔣説整體有可取處，范説謂「惡」爲歎詞，是。然釋「作將」爲「作將領」，「善」爲「善於」，恐不確。鄙意以爲「惡」誠作歎詞。孟子公孫丑上：「然則夫子既聖矣乎？曰：『惡！是何言也？』」趙岐注：「惡者，不安事之歎辭也。」荀子法行：「孔子曰：『惡！賜！是何言也！夫君子豈多而賤之少而貴之哉！』」作將，起而扶持。世説箋本所釋可從。作，起也。將，扶助，扶持。詩周南樛木：「樂只君子，福履將之。」鄭玄箋：「將，猶扶助也。」不欲作將，謂不想起來扶持。善，修治；治理。孟子盡心上：「窮則獨善其身，達則兼善天下。」孫奭疏：「不得志則脩治其身以立於世間。」柳宗元羆説：「今夫不善内而恃外者，未有不爲羆之食也。」張撝之譯注釋「善」爲「修繕」，是。「善雲梯仰攻」者，謂修治雲梯仰攻也。劉尹已小屈，似公輸般之攻宋，雲梯塌毁，然不欲重起而扶持，繕戰具而再戰，故殷浩歎之以表遺憾。世説箋本謂「恨其不竭智力而攻也」，蔣宗許云「討厭你不架設好雲梯仰攻」，大意近是。又賞譽八一：「王仲祖稱殷淵源非以長勝人，處長亦勝人。」注引晉陽秋曰：「浩善以通和接物也。」劉理小屈，殷浩遺憾對手放棄進攻，由此見其「非以處長勝人」及

「善以通和接物」之厚道個性，並非如范説乃「嘲諷」劉惔。

〔二〕高雲梯　沈校本無「雲」字。按，注引墨子曰「公輸般爲高雲梯」，則有「雲」字是。

二七　殷中軍云：「康伯未得我牙後慧。」〔一〕浩别傳曰：「浩善老、易，能清言。」康伯，浩甥也，甚愛之。

【校釋】

〔一〕牙後慧　慧，宋本作「惠」。　牙後慧何義？歷來解者紛紜。世説補觿：「慧，曉解也，言康伯天性俊拔，才開口便曉解，非得我齒牙論而後曉解也。」世説箋本引索解云：「康伯未得我已言之意。」劉盼遂云：「按牙後慧所謂齒牙餘論（南齊書謝朓傳），美韓能含其菁華，吐其渣滓也。從來引者多未識此語。」徐箋：「牙後慧以喻緒言餘論，猶言唾餘。」朱注：「案：『未』，疑當作末，末與莫通。言莫非得我餘惠，即似我之意。」楊箋：「牙後慧，不惜以言語奬惠於人也。南史謝朓傳：『朓好奬人才，會稽孔顗粗有才華，未爲時知，孔珪嘗令草讓表以示朓，朓嗟吟良久，手自折簡寫之，謂曰：「士子聲名未立，應共奬成，無惜齒牙餘論。」其好善如此。』此言康伯未得我奬惠也。」張撝之譯注釋「牙後慧」爲「指言語之外的理趣」。按，朱注疑「未」作「末」無據。且既言末與莫通，則「莫得」義爲「不得」，然朱注釋爲「莫非得」，混亂不可從。以上諸解，以劉盼遂、楊箋較勝。殷浩之語謂康伯尚未得我口頭之獎惠，實是褒獎語。賞譽九〇：「殷中軍道韓太常曰：『康伯少自標置，居然是出羣器；及其發言遣辭，往往有情致。』」據此，康伯其實已得殷浩之「牙後慧」。孝標注引浩別傳，即將殷浩之言看作褒獎語。浩以清言自視甚高，少所推服，然愛甥玄談，所言「康伯未得我牙後慧」，意在標榜不輕易許人以「牙後慧」，言外之意是康伯可得我「牙後慧」而尚未得。正話反説，讀者當體味之。

二八　謝鎮西少時，聞殷浩能清言，故往造之。殷未過有所通，〔一〕爲謝標榜諸義，作數百語。〔二〕既有佳致，兼辭條豐蔚，〔三〕甚足以動心駭聽。謝注神傾意，不覺流汗交面。殷徐語左右：「取手巾與謝郎拭面。」〔四〕按殷浩大謝尚三歲，便是時流。或當貴其勝致，故爲之揮汗。

【校釋】

〔一〕通　徐箋：「通，闡發也。」朱注：「案『過』猶『甚』也，『通』指主客禮辭。此語蓋謂客主未及寒暄也。」按，朱注釋「過」爲「甚」，可從。然謂「通」乃「主客禮辭」則誤。前云「造之」，可見主客已通。豈有賓主未及寒暄，主即爲客「標榜諸義」乎？「未過有所通」，猶言「尚未過多闡發」。「通」者，闡發也。徐箋是。本篇中「通」作闡發、疏解義者甚多。如三七：「諸人在下坐聽，皆云可通。」四〇：「支通一義，四坐莫不厭心。」四六：「一時歎絶，以爲名通。」五五：「謝看題，便各使四坐通。支道林先通，作七百許語。」六二：「乃使四番後一通。」

〔二〕標榜　通鑑五六漢紀四八：「共相標榜，爲之稱號。」胡注：「賢曰：『標榜，猶相稱揚也。』余謂立表以示人曰標，揭書以示人曰榜。標榜，猶言表揭也。」按，此處「標榜」不作「稱揚」解，胡注是。高僧傳四支遁傳：「標揭新理。」標榜，義同標揭。本篇五五記支道林、謝安等清言，「支道林先通，作七百許語，敍致精麗，才藻奇拔」，本篇五六：「真長既至，先令孫（盛）自敍本理。」「七百許語」、「自敍本理」，皆是先標揭綱要，此所謂「敍致」也。此處殷浩「作數百語」，即後文之「佳致」。可知晉時清言，談客先作「敍致」，以標揭要旨，爾後互相攻難也。

〔三〕「既有佳致」二語　謂殷浩清言特點，義理與言辭俱佳。佳致，指敍致之佳，義同孝標注中之「勝致」。張撝之譯注、張萬起、劉尚慈譯注、李毓芙世説新語新注釋「佳致」皆爲「美好的情趣」，誤。本篇四二：「王（濛）敍致作數百語，自謂是名理奇藻。」本篇五五：「支道林先通，作七百許語，敍致精麗。」佳致之致，即敍致之致，蓋指義理也。辭條，以樹木枝條喻言辭之有條理，文選陸機文賦：「理扶質以立幹，文垂條而結繁。」吕延濟注：「質猶本根也。爲文之理，必先扶其本根，乃立其幹。謂先樹理，次擇詞也。故如垂條而結葉繁茂也。」文賦：「普辭條與文律。」呂延濟注：「普見文章之條流與音律。」按，呂延濟所謂「條流」，當指言辭之條理也。「辭條豐蔚」，猶陸機文賦「文垂條而結繁」，謂言辭豐茂有條理似結繁葉之枝條也。「既有佳致」言其名理；「辭條豐蔚」，言其辭藻。賞譽八二記王胡之歎曰：「殷陳勢浩汗，衆源未可得測。」賞譽一一三：「簡文云：淵源語不超詣簡至，然經綸思尋處，故有局陳。」殷浩清言「陳勢浩瀚」，「經綸思尋處，故有局陳」，乃謂其清言辭繁理富，格局宏大，且有條理，此正所謂「辭條豐蔚」矣。

〔四〕王世懋云：「此等政不必解，注似癡人前説夢，寧是孝標手段？」王氏疑此注非孝標作。世説箋本：「此説不足取，削之宜矣。或云可取巾與之使其拭面，是以其年少輕而戲之也。」朱注：「案：客人流汗，主人供巾以拭，未爲不可，乃謂此舉爲輕謝年少而戲弄，頗不可解。」按，殷浩與謝尚拭面，亦爲名士風度，並無「戲弄」之意。朱注近是。

二九　宣武集諸名勝講易，〔一〕易乾鑿度曰：「孔子曰：『易者，易也，變易也，不易也。三成德，爲道包籥者，〔二〕易也。其德也，光明四通，日月星辰布，八卦序，四時和也。變也者，天地不變，不能成朝；夫婦不變，不能成家。不易者，其位也。天在上，地在下；君南面，臣北面；父坐，子伏。此其不易也。故易者，天地人道也。』」鄭玄序易曰：「易之爲名也，一言而函三義：

簡易一也，變易二也，不易三也。繫辭曰：『乾、坤，易之藴也，易之門户也。』又曰：『乾確然示人易矣，坤隤然示人簡矣。易則易知，簡則易從。』此言其簡易法則也。又曰：『其爲道也屢遷，變動不居，周流六虚，上下無常，剛柔相易，不可以爲典要，唯變所適。』此則言其從時出入移動也。又曰：『天尊地卑，乾坤定矣；卑高以陳，貴賤位矣；動静有爲，〔三〕剛柔斷矣。』此則言其張設布列不易也。據此三義而説，易之道廣矣，大矣。」曰説一卦。簡文欲聽，聞此便還，曰：「義自當有難易，其以一卦爲限邪？」〔四〕

【校釋】

〔一〕名勝　王利器校：「案通鑑卷一一二晉紀三四胡三省注：『江東人士，其名位通顯于時者，率謂之佳勝、名勝。』」又文學三六注引支法師傳：「當時名勝，咸味其音旨。」周紀彬讀世説新語札記云：「北魏元熙將死，與知故書：『今欲對秋月，臨春風，藉芳草，蔭花樹，廣召名勝，賦詩洛濱，其可得乎！』是知江北人士亦稱名流爲『名勝』。曾見有人釋此『名勝』爲『有名之勝地』，誤。」按，據晉書九簡文帝紀，興寧元年（三六三）三月會稽王司馬昱總内外衆務。五月，加征西大將軍桓温侍中、大司馬、都督中外諸軍事、録尚書、假黄鉞。桓温集諸名勝講易當在其時。

〔二〕「三成德」句　爲道包籥者，宋本作「三德爲道，苟爲者」。王利器校：「案御覽卷六〇九引易乾鑿度曰：『易者，易也，變易也，不易也。管三成德，爲道苞籥。』鄭玄注曰：『管猶兼也，一言而兼此三事，以成其德。道苞籥，齊魯之間，名門户及藏器之管爲管籥。』世説此文，各本都有訛誤，當從御覽作『管三成德，爲道苞籥。』」

〔三〕有爲　爲，宋本、沈校本、王刻本並作「常」。王先謙校：「按易正義序八論亦作『常』，此作『常』，是。」

〔四〕「義自當」二句　李贄云：「簡文言是。」按，簡文意謂義有難易，難者少説，易者多説，此理之必然也，豈能以日説一卦爲限邪？李毓芙世説新語新注謂「日説一卦，簡文嫌其少」，顯爲誤解簡文之語。

三〇　有北來道人好才理，〔一〕與林公相遇於瓦官寺，講小品。〔二〕于時竺法深、孫興公悉共聽。此道人語屢設疑難。林公辯答清析，辭氣俱爽。此道人每輒摧屈。孫問深公：「上人當是逆風家，〔三〕向來何以都不言？」庾法暢人物論曰：〔四〕「法深學義淵博，名聲蚤著，〔五〕弘道法師也。」深公笑而不答。林公曰：「白旃檀非不馥，焉能逆風？」〔六〕成實論曰：「波利質多天樹，其香則逆風而聞。」深公得此義，夷然不屑。

【校釋】

〔一〕才理　指言理之才能也。簡傲三：「鍾士季精有才理。」晉書五〇郭象傳：「少有才理，好老莊，能清言。」晉書五四陸雲傳：「能屬文，性清正，有才理，少與兄機齊名，雖文章不及機，而持論過之。」南史七五顧歡傳：「而（朱）廣之才理尤精詣也。」

〔二〕小品　世説音釋：「摩訶般若波羅蜜經，亦名大品，二十七卷，九十品，羅什共僧睿譯，以其卷帙多，故是名大品。若小品般若波羅蜜經十卷，二十九品，羅什譯，以其卷帙少，故是名小品。」按，世説音釋是。本篇四三孝標注：「釋氏辨空經，有詳者焉，有略者焉。詳者爲大品，略者爲小品。」

〔三〕當是　當，宋本作「常」。　逆風家，余箋：「言法深學義不在道林之下，當不至從風而靡，故謂之逆風家。」楊箋：「逆風家，下風家也；下風家，猶劣勢之人。」按，逆風家謂不從風而靡者。逆風之人雖處下風，然能逆風而上，亦即不順人旨意。余箋是，楊箋誤。孫興公謂深公當是逆風家，剛才何以全不發言，語微含譏諷。

〔四〕庾法暢　王利器校：「『庾』當作『康』。」按，作「康」是，「庾」乃形誤。法苑珠林六六記晉康僧淵於晉成帝之世「與康法暢、支敏度等俱過江。暢亦有才思，善爲往復，著人物始義論等」。康法暢乃西域康國人。

〔五〕蚤著　著，宋本誤作「者」。

〔六〕「白旃檀」二句　翻譯名義集三衆香篇三四：「阿難白佛：世有三種香，一曰根香，二曰枝香，三曰華香。此三品香，唯能隨風，不能逆風。」「慈恩傳云：『樹類白楊，其質涼冷，蛇多附之。』華嚴云：『摩羅耶山，出旃檀香，名曰牛頭。』」「正法念經云：……以此山峰狀如牛頭，於此峰中生旃檀樹，故名牛頭。大論云：『除摩梨山，無出旃檀，白檀治熱病，赤檀去風腫。』」劉應登云：「波里質多天樹，其香逆風而聞。今反之云『白旃檀非不香，豈能逆風』，言深公非不能難之，正不必難之也。」王世懋云：「林公意謂波利質多天樹才能逆風而聞，旃檀雖香，非天樹比，焉能逆風？林公以天樹自比，而以白旃檀比深公，故深公不屑。如劉解『不必難』，深公當喜而印可也。」按，王氏所言是。林公既已使北來道人屈居下風，亦令深公唯有傾聽之份，而不能發一言，於是林公趾高氣揚，睥睨一切之態畢現矣。

三一　孫安國往殷中軍許共論，往反精苦，〔一〕客主無間。左右進食，冷而復煗者數四。彼我奮擲麈尾，悉脱落滿餐飯中，賓主遂至莫忘食。殷乃語孫曰：「卿莫作强口馬，我當穿卿鼻。」孫曰：「卿不見決鼻牛，人當穿卿頰。」〔二〕續晉陽秋曰：「孫盛善理義。時中軍將軍殷浩擅名一時，能與劇談相抗者，唯盛而已。」

【校釋】

〔一〕精苦　極苦，甚苦。精，甚，極。吕氏春秋至忠：「夫惡聞忠言，乃自伐之精者也。」高誘

注：「精，猶甚。」按，宋書九七夷蠻列傳：「自非戒行精苦，並使還俗。」渚宮舊事五：「長沙寺翼法師者，操行精苦。」十六國春秋九七道進傳：「幼而精苦。」「往返精苦」，指辯論雙方設難解疑，運思甚苦。

〔一二〕「卿不見決鼻牛」二句　余箋：「牛鼻乃爲人所穿，馬不穿鼻也。然穿鼻者常決鼻逃去，穿頰則莫能遁矣。此出郭子，見御覽三八〇。」蔣宗許云：「決鼻牛，指拉豁了鼻子的牛。牛拉豁了鼻子則無法控制，只好在面頰上套上夾子以繫繩索以便駕馭。孫盛的意思是説你殷浩縱然拉豁了鼻子逃走，我也要在你的面頰上穿上繩子控制你。」（詳見中華書局譯注讀後，中國語文，二〇〇三年第四期）按，余箋、蔣説是。又，「人當穿卿頰」之「人」，謂「我」也。郭子正作「我當穿卿頰」。此條描寫極生動，千載之下猶見彼時清言往返精苦、必決勝負之情形，而「衛玠談死」之傳聞益可信矣。

三二　莊子逍遥篇舊是難處，諸名賢所可鑽味，〔一〕而不能拔理於郭、向之外。支道林在白馬寺中，〔二〕將馮太常共語，〔三〕馮氏譜曰：「馮懷字祖思，長樂人。歷太常、護國將軍。」〔四〕因及逍遥。支卓然標新理於二家之表，立異義於衆賢之外，皆是諸名賢尋味之所不得。後遂用支理。〔五〕向子期、郭子玄逍遥義曰：「夫大鵬之上九萬，尺鷃之起榆枋，〔六〕小大雖差，各任其性。苟當其分，逍遥一也。然物之芸芸，同資有待，得其所待，然後逍遥耳。唯聖人與物冥而循大變，爲能無待而常通，豈獨自通而已。又從有待者不失其所待，不失則同於大通矣。」〔七〕支氏逍遥論曰：「夫逍遥者，明至人之心也。莊生建言大道，而寄指鵬、鷃。鵬以營生之路曠，故失適於體外；鷃以在近而笑遠，有矜伐於心内。至人乘天正而高興，〔八〕遊無窮於放浪，物物而不物於物，則遥然不我得。玄感不爲，不疾而速，則逍然靡不適。此所以爲逍遥也。若夫有欲當其所足，足於所足，快然有似天真，猶饑者一飽，渴者一盈，豈忘烝嘗於糗糧，〔九〕絶觴爵於醪醴哉？苟非至足，豈所以逍遥乎？」此向、郭之注所未盡。〔一〇〕

【校釋】

〔一〕所可　李慈銘云：「案可字誤，通行删節本作共。」

〔二〕白馬寺　程炎震云：「據高僧傳遁傳敍次，則此白馬寺在餘杭。」荷蘭漢學家許里和則以爲支遁與馮懷討論逍遥遊是在建康白馬寺，時間可能在西元三四〇——三四三年，支遁初次居京師時。（詳見許里和佛教征服中國，李四龍等譯，江蘇人民出版社，一九九八年三月第一版。下同）

〔三〕將　王叔岷補正：「案，『將』猶『與』也。史通二體篇：『遂使漢之賈誼將楚屈原同列，魯之曹沫與燕荆軻並編。』『將』、『與』互文，其義一也。」

〔四〕護國　國，宋本、沈校本并作「軍」。李慈銘云：「案護國當是護軍，或是輔國。晉有護軍將軍、輔國將軍，無護國將軍。」按，作「護軍」是，晉書三一武悼楊皇后傳正作「護軍將軍馮懷」。馮懷晉書無傳，弘明集一二載尚書令何充奏沙門不應盡敬一文，記成帝咸康六年（三四〇），庾冰輔政，謂沙門應盡敬王者，何充及散騎常侍左僕射褚翜、右僕射建安伯諸葛恢、尚書關中侯馮懷、尚書昌安子謝廣等奏沙門不應盡敬。又晉書一九禮志上：「咸康中，太常馮懷。」晉書七七陸曄傳：咸和中，「黄門侍郎馮懷。」據此，馮懷曾官護軍、太常、黄門侍郎、關中侯。

〔五〕「支卓然標新理」數句　高僧傳四支遁傳：「遁嘗在白馬寺與劉系之等談莊子逍遥遊，云：『各適性以爲逍遥。』遁曰：『不然，夫桀、蹠以殘害爲性，若適性爲得者，彼亦逍遥矣。』於是退而注逍遥篇。羣儒舊學，莫不歎服。」

〔六〕尺鷃　尺，王利器校：「蔣校本、沈校本『尺』作『斥』，古通用，莊子逍遥遊釋文：『斥』如字，本亦作『尺』。」榆枋，枋，宋本作「祊」。王利器校：「各本『祊』作『枋』，是，莊子正作『枋』。」

〔七〕大通　通，宋本、沈校本并作「道」。按，向、郭逍遥義要點大致有三：一是「各適性以爲逍遥」，亦即萬物「小大雖差，各任其性，苟當其分，逍遥一也。」二是萬物皆有所待，得其所待，然後逍遥耳。三是聖人與道同體，故能逍遥。

〔八〕天正　正，宋本誤作「三」。

〔九〕蒸嘗　皆祭祀名，冬祭曰蒸，秋祭曰嘗。詩小雅天保：「禴祠蒸嘗。」

〔一〇〕「此向郭」句　向、郭逍遥義爲「各以適性爲逍遥」，而支遁逍遥論新義則否定向、郭，以爲「至人」玄感無爲，無往而不逍遥。湯用彤漢魏兩晉南北朝佛教史第九章「釋道安時代之般若學」，言及支遁之即色義云：「支公之理想人格，常曰『至人』。而至人也者，在乎能凝守精神，其神逍遥自足。」又引支遁要抄序及世説注引支氏逍遥論後云：「蓋心神本不動，自得其得，自適其適。而苟能至足，則可自得其適，應變無窮。至足者自人方面言之，則謂之聖。自理方面言之，則名曰道。道乃無名無始，聖曰『無可無不可』。無可不可，亦逍遥論自適至足也，亦要抄序所謂之『忘玄故無心也』也。」陳寅恪逍遥遊向郭義與支遁義探源一文以爲「支遁逍遥遊新義之爲佛教般若學格義」。陳氏又引高僧傳中僧光傳、慧遠傳爲證，云：「則知先舊格義中實有佛説解釋逍遥遊者矣。」「綜錯推論之，則借用道行般若之意旨，以解釋莊子之逍遥遊，實是當時河外先有之格義，但在江東，則爲新理耳。」按，湯、陳皆以爲支遁逍遥遊新義與佛教般若學有關，確爲新見。尚須補充者，是支遁之新義，亦來自易。周易繫辭上曰：「無思也，無爲也，寂然不動，感而遂通，天下之故，非天下之至神，其孰能與於此？……唯神也，故不疾而速，不行而至。」韓康伯注：「至神者，寂然而無不應。」孝標注引支遁逍遥論以爲至人「玄感不爲，不疾而速，則逍然靡不適」，顯然全襲易義，僅將「神」换成「至人」而已。不唯支遁，廬山高僧慧遠亦如此，高僧傳五法汰傳記慧遠破道恒「心無義」，遠曰：「不寂而速，杼軸何爲？」使「心無義」頓息。此皆可見東晉高僧精於易學。

三三　殷中軍浩也。〔一〕嘗至劉尹所清言。良久，殷理小屈，遊辭不已。劉亦不復答。殷去後乃云：「田舍兒，强學人作爾馨語。」〔二〕劉惔已見。〔三〕

【校釋】

〔一〕浩也　宋本無此二字，有一「注」字。沈校本作「浩」，歸正文，無「也」字。楊箋從沈校本改作「浩」，並云：「此分明爲讀者注入。蓋殷中軍已於前二三條注之，不當又在此再加『浩也』二字。」按，楊箋以爲「浩也」二字爲讀者注入，其説可取。然本篇二三、二七、三一、三四諸條「殷中軍」下皆無「浩」字，故不當於此條特加一「浩」字。楊箋從沈校本亦未安。

〔二〕「田舍兒」二句　田舍兒，鄙陋淺薄之人。爾馨，唐批：「『寧馨兒』即『這樣兒』也，『爾馨』即『寧馨』，『如爾馨』即『即這樣』，『如馨地』即『這樣地』，以此推之。」按，唐批是。本篇二六記劉惔與殷浩共談，劉理如小屈，殷感歎劉何不修治雲梯再攻，尚有仁厚之風。此番殷浩小屈，劉不復答，待人家走後，稱其爲「田舍兒」，鄙夷不屑，言語刻薄可知。凌濛初云：

「真長前豈可露此破綻伎倆？」其意是指於真長前不可露破綻，否則，必遭其惡評。凌説甚是。

〔三〕劉惔 已見德行三五。

三四 殷中軍雖思慮通長，然於才性偏精。〔一〕忽言及四本，便苦湯池鐵城，〔二〕無可攻之勢。神農書曰：「夫有石城七仞，〔三〕湯池百步，帶甲百萬而無粟者，不能自固也。」

【校釋】

〔一〕「殷中軍」二句 殷浩偏精才性，又見本篇五一。魏末鍾會、嵇康等談才性四本，與現實密切相關，東晉則純爲玄談，此時代不同之故也。考江左善談四本論者，除殷浩外，尚有阮裕、謝萬（見晉書四九阮裕傳）、支遁（見本篇五一）、殷仲堪（見本篇六〇）諸人。

〔二〕苦 宋本、沈校本、晉書七七殷浩傳並作「若」。按，當作「若」是。湯池，謂護城河如沸，難以逾越。形容城池防守嚴固。漢書二四上食貨志上：「神農之教曰：『有城十仞，湯池百步，帶甲百萬，而亡粟，弗能守也。』」葛洪抱朴子漢過：「金城屠於庶寇，湯池杭於一葦。」鐵城，原指地獄。佛教傳説中謂阿鼻地獄之城由鐵鑄成。蕭子良淨住子淨行法門沉冥地獄門：「此洲地下八大地獄，最下阿鼻，四萬由旬。鐵城四周，表裏火徹。」此比喻殷浩四本論如鐵城，堅不可摧。

〔三〕七　宋本作「十」。按漢書二四上食貨志上：「神農之教曰，有石城十仞。」據此，作「十」是。

三五　支道林造即色論，〔一〕支道林集妙觀章云：「夫色之性也，不自有色。色不自有，雖色而空。故曰色即爲空，色復異空。」〔二〕論成，示王中郎。中郎都無言。支曰：「默而識之乎？」〔四〕論語曰：「默而識之，誨人不倦，何有於我哉？」王曰：「既無文殊，誰能見賞？」〔五〕維摩詰經曰：「文殊師利問維摩詰云：『何者是菩薩入不二法門？』時維摩詰默然無言。文殊師利歎曰：『是真入不二法門也。』」〔六〕

【校釋】

〔一〕即色論　高僧傳四支遁傳：「乃注安般四禪諸經，及即色游玄論、聖不辯知論、道行旨歸、學道誡等。」即色論即即色游玄論。

〔二〕「夫色之性也」數句　湯用彤漢魏兩晉南北朝佛教史第九章「釋道安時代之般若學」釋支遁即色論云：「所謂色不自色者，即明一切諸法無有自性（慧達語）。因其無有自性，故肇公繼述支公語意（此據元康疏，參看安澄疏記）云：『夫言色者，但當色即色，豈待色色而後爲色哉！』此所謂色不『待色色而後爲色』，即是説『色無自性』，亦即是言『色不自色』。蓋『色不自色』即謂色不待色色之自性而後爲色也。色本因緣假有，本性空無。」又云：「支法師即色空理，蓋爲『般若』『本無』下一注解，以即色證明其本無之旨。」按，色乃事物之現象。色不自有者，言色非自成，乃因緣合成，故曰「雖色而空」。色雖爲空有，然色爲人所目見所感受，故曰「色復異空」。又支遁善思菩薩贊：「能仁暢玄句，即色自然空。空有交映跡，冥知無照功。」亦述色空義。

〔三〕王坦之　已見言語七二。

〔四〕默　宋本作「嘿」。注文中「默」字亦同。　支道林與王坦之於義理上不相得，譏嘲坦之「逐鄭康成車後」（見輕詆二一）。支遁「默而識之乎」一語，既以即色論自負，又隱含輕視坦之不識之意。

〔五〕「既無文殊」二句　劉辰翁云：「殆未是維摩詰也。」世説箋本：「此以維摩自比，言既無文殊，則誰能賞我耶？王每輕支，故云爾。」按，世説箋本是。坦之意謂我默然無言，既無文殊，誰人見賞耶？兩人對話，切合當下場景，含蓄巧妙，然皆有相輕意。李毓芙世説新語新注謂「坦之默示贊譽」，其説誤。

〔六〕法門　宋本於「門」下有「者」字。此句維摩詰所説經作：「善哉！善哉！乃至無有文字、語言，是真入不二法門。」文殊師利所嘆「真入不二法門」，即指「維摩詰默然無言」。

三六　王逸少作會稽，初至，支道林在焉。〔一〕孫興公謂王曰：「支道林拔新領異，〔二〕胸懷所及，乃自佳，卿欲見不？」〔三〕王本自有一往雋氣，殊自輕之。後孫與支共載往王許，王都領域，〔四〕不與交言。須臾支退。後正值王當行，車已在門。支語王曰：「君未可去，貧道與君小語。」因論莊子逍遥遊。支作數千言，才藻新奇，花爛映發。王遂披襟解帶，留連不能已。〔五〕支法師傳曰：「法師研十地，〔六〕則知頓悟於七住；尋莊周，則辯聖人之逍遥。當時名勝，咸味其音旨。」道賢論以七沙門比竹林七賢。〔七〕遁比向秀，〔八〕雅尚莊、老，二子異時，風尚玄同也。

【校釋】

〔一〕「王逸少」三句　羲之作會稽内史之年史書不載。蕭艾世説探幽以爲是永和七八年間事（見世説探幽第三五五頁），然無論證。考晉書八〇王羲之傳敍羲之爲右軍將軍、會稽内史，時殷浩與桓温不協，因與浩書而誡之；及浩北伐，羲之致書止之云云。殷浩北伐在永和八年（三五二）九月（見晉書穆帝紀），則羲之作會稽更在其前。羲之傳又謂王述先爲會稽，以母喪居郡境，羲之代之。又穆帝紀載永和十年（三五四），殷浩北伐敗歸，廢爲庶人，以會稽内史王述爲揚州刺史。若以述守喪三年計，則羲之代述爲會稽内史，當在永和七年（三五一）。程炎震云：「高僧傳云：『王羲之時在會稽，素聞遁名，未之信，謂人曰：「一往之氣，何足可言？」後遁既還剡，經由於郡，王故詣遁，觀其風力。既至，王謂遁曰：「逍遥遊可得聞乎？」遁乃作數千字，標揭新理，才藻驚絶。王遂披襟解帶，流連不能已。仍請住靈嘉寺，意存相近。』按，此自吴還剡。」

〔二〕拔新領異　謂拔得與領悟新穎、非凡之義理。高僧傳四支遁傳：「深思道行之品，委曲慧印之經。卓焉獨拔，得自天心。」高僧傳七竺道生傳：「生乃更發深旨，顯暢新異。」高僧傳一三釋曇智傳：「雖依擬前宗，而獨拔新異。」文學三二：「支卓然標新理於二家之表，立異義於衆賢之外。」此二句可作「拔新領異」四字注腳。

〔三〕欲　宋本、沈校本並作「欣」。

〔四〕領域　劉辰翁云：「領域未喻。」徐箋：「似是深閉固拒之意，待考。」朱注：「六書正譌：山之高者曰領，俗作嶺，非。『領域』即守險之義。本書有『今日與談，可堅其城壘』之語，可證此意。一作自高崖岸解，似亦可通。」楊箋：「領域，故自矜持不與交往自設域限也。孟子公孫丑：『域民不以封疆之固。』」蔣宗許世説新語校箋臆札云：「……『領』『域』是並列復合詞。領，本義是頸項，由此引申指重要的、關鍵的東西。如，『竟不得月氏要領。』（漢書張騫傳）世説中，除上例還有『領略』一詞，文學四七：『粗與寒温，遂及義理。語言辭旨，曾無愧色。領略粗舉，一往參詣。』也是這個意思。域，疆域、範圍，與今義同。併合『都領略』之義，猶言鞏固防區、完善城防。這是説王右軍閉關卻敵，不讓支道林有『文言』的機會。如上所説，世説喜以攻戰喻論辯，『都領域』與文學三四『諸人莫當就卿談，可堅城壘』和『堅城壘』意思完全一樣。」按，「領域」、「領略」恐非同一意思。領略粗舉，猶要領粗舉。而王都領域，不與支言，則未嘗與支言及義理。從上下文意推斷，以徐箋、楊箋較明晰。

〔五〕留連　留，宋本作「流」。

〔六〕十地　攝論三：「如是已説彼入因果。彼修差別，云何可也？由菩薩十地。何等爲十？一、歡喜地。二、離垢地。三、發光地。四、焰慧地。五、極難勝地。六、現前地。七、遠行地。八、不動地。九、善慧地。十、法雲地。」（朱芾煌法相辭典）謝靈運辨宗論附答問：「一合於道場，非十地之所階，釋家之唱也。」高僧傳一三釋曇遷傳：「善談莊老，並注十地。」七住，菩薩修行有漸進之十個境界，七住即第七階。

〔七〕七沙門比竹林七賢　徐箋：「案道賢論孫綽著。七沙門者，以法祖匹嵇康，以道潛匹劉伶，以法護匹山濤，以法乘匹王戎，以支遁匹向秀，以法蘭匹阮籍，以于道邃匹阮咸也。見高僧傳。」

〔八〕遁　宋本作「一」。王利器校：「各本『一』作『遁』，是；高僧傳卷四支遁傳作『孫綽道賢論，以遁方向子期』。」

三七　三乘佛家滯義，支道林分判，使三乘炳然。〔一〕諸人在下坐聽，皆云可通。支下坐，自共説。正當得兩，入三便亂。〔二〕今義弟子雖傳，猶不盡得。法華經曰：「三乘者，一曰聲聞乘，二曰緣覺乘，三曰菩薩乘。〔三〕聲聞者，悟四諦而得道也。〔四〕緣覺者，悟因緣而得道也。菩薩者，行六度而得道也。〔五〕然則羅漢得道，全由佛教，故以聲聞爲名也。辟支佛得道，〔六〕或聞因緣而解，或聽環珮而得悟。神能獨達，故以緣覺爲名也。菩薩者，大道之人也。方便則止行六度，〔七〕真教則通脩萬善，功不爲己，志存廣濟，〔八〕故以大道爲名也。」

【校釋】

〔一〕「三乘佛家滯義」三句　余箋：「釋僧祐出三藏記集一二，宋明帝敕中書侍郎陸澄撰法論目録及釋道宣大唐内録三、釋道世法苑珠林一〇〇傳記篇並有支道林辯三乘論。然則道林之分判三乘，不惟升座宣講，且已撰述成書矣。」

〔二〕「支下坐」數句　下坐，與「升座」相對而言，謂從高坐下來。自共説，凌濛初云：「自共説者，諸人共説也。」凌説是。高僧傳四支遁傳：「晚出山陰，講維摩經。遁爲法師，許詢爲都講。遁通一義，衆人咸謂詢無以厝難。詢每設一難，以謂遁不能復通。如此至竟，兩家不竭。凡在聽者，咸謂審得遁旨。回令自説，得兩，三反便亂。」此即敍「諸人在下坐聽」數句情事。「正當得兩」二句前人所釋不一。王世懋云：「意謂大乘與最上乘，總是一乘，故云正當得兩，注似未喻。」凌濛初云：「意惟支能三乘炳然，諸人輒渾矣。敬美之解未是。」世説箋本：「言諸人聽支演三乘，判出分明，皆謂三乘之義可通。及支公下坐，諸人共相覆説，乃覆爲兩，不爲三，亂支之義也。故雖支弟子，不盡得支之義。又云聲聞、緣覺俱是小乘，菩薩是大乘。大小易分，而聲、緣難分，故諸人但得兩之義，而混入三乘也。」

〔三〕「三乘者」數句　三乘，乘人而使各到其果地之教法，名爲乘。有一乘乃至五乘之別。孝標注引法華經，此乃大乘之三乘。大乘之三乘一曰聲聞乘，又云小乘。速則三生，遲則六十劫間修空法，終於現世聞如來之聲教。而悟四諦之理，以證阿羅漢者。二曰緣覺乘，又云中乘，辟支佛乘。速則四生，遲則百劫間修空法，於其最後之生不依如來之聲教，感飛花落葉之外緣，而自覺十二因緣之理，以證辟支佛果者。三曰大乘，又云菩薩乘，三無數劫間修六度之行，更於百劫間植三十二相福因，以證無上菩提者。或以羊鹿牛三車譬之，或以象馬兔三獸比之。是爲大乘之三乘，法華經譬喻品曰：「若有衆生，内有智性，從佛世尊聞法信受，殷勤精進，欲速出三界，自求涅槃，是名聲聞乘。（中略）若有衆生，從佛世尊聞法信受，殷勤精進，求自然慧，獨樂善寂，深知諸法因緣，是名辟支佛乘。（中略）若有衆生，從佛世尊，聞法信受，勤修精進，求一切智、佛智、自然智、無師智、如來知見、力、無所畏，

愍念安樂，無量衆生，利益天人，度脱一切，是名大乘。」（詳見丁福保佛教大辭典）

〔四〕四諦　又曰四聖諦、四真諦。聖者所見之真理也。一苦諦，二集諦，三滅諦，四道諦。涅槃經一二曰：「苦集滅道，是名四聖諦。」涅槃經一五曰：「我昔與汝等不見四真諦，是故久流轉生死大苦海。若能見四諦，則得斷生死。」（同上）

〔五〕六度　六波羅蜜也。舊稱波羅蜜，譯言度。新稱波羅蜜多，譯言到彼岸。度爲度生死海之義，到彼岸爲到涅槃岸之義，其意一也。其波羅蜜之行法有六種：一佈施，二持戒，三忍辱，四精進，五禪定，六智慧也。仁王經上曰：「六度四攝一切行。」（同上）

〔六〕辟支佛　略曰辟支，辟支迦佛，辟支佛，又作鉢羅翳迦佛陀。舊譯緣覺，新譯獨覺。智度論一八曰：「辟支佛有二種：一名獨覺，二名因緣覺。」同七五曰：「辟支佛地者，先世種辟支佛道因緣，今世得少因緣出家，亦觀深因緣法成道，名辟支佛。辟支迦秦言因緣。」大乘義章一四曰：「辟支胡語，此方翻譯名因緣覺。藉現事緣而得覺悟，不假他教，名因緣覺。又於十二因緣法中而得覺悟，亦名緣覺。」（同上）

〔七〕止行　止，沈校本作「上」。

〔八〕志存　宋本、沈校本并作「悉皆」。按，作「悉皆」義長。

三八　許掾詢也。〔一〕年少時，人以比王苟子，〔二〕苟子，王脩小字也。〔三〕文字志曰：

「脩字敬仁，太原晉陽人。父濛，司徒左長史。脩明秀有美稱，善隸、行書，號曰流奕清舉。起家著作佐郎，琅邪王文學，轉中軍司馬，未拜而卒，時年二十四。昔王弼之没與脩同年，故脩弟熙乃歎曰：〔四〕『無愧於古人，而年與之齊也。』」〔五〕許大不平。時諸人士及於法師並在會稽西寺講，〔六〕王亦在焉。許意甚忿，便往西寺與王論理，共決優劣，苦相折挫，王遂大屈。許復執王理，王執許理，更相覆疏，王復屈。許謂支法師曰：「弟子向語何似？」支從容曰：「君語佳則佳矣，何至相苦邪？豈是求理中之談哉！」〔七〕

【校釋】

〔一〕詢也　詢，宋本、沈校本並作大字，歸正文，無「也」字。

〔二〕王苟子　程炎震云：「法書要録載張懷瓘書斷云：『王脩以升平元年卒，年二十四。』則生於咸和九年甲午，許詢或年相若耶？王脩小字，諸書皆作苟。惟顔氏家訓風操篇作狗，且以與長卿犬子並舉。黄門博雅，必有所據，蓋亦如張敬兒之比。後乃恥其鄙俚，文飾之耳。」徐箋同程説。

〔三〕王脩小字也　脩，宋本作「循」。又宋本、沈校本「脩」字下有「之」字。王叔岷補正：「按脩字是。古書脩、循相亂之例至多。脩之字敬仁，小字苟子，苟與敬義相應。苟，己力反，非苟且之苟。説文：『敬，肅也。從攴、苟。苟，自急敕也。』」

〔四〕乃歎曰　宋本、沈校本並無「乃」字。　脩弟熙，劉盼遂云：「按，本書雅量篇注引中興書云：『熙爲脩弟藴之子。』晉書九三外戚王濛傳亦言曰：『濛有脩、藴二子。』此注脩弟下顯敚『子』字。」余箋：「雅量篇注引中興書，但云『熙，恭次弟』，不云脩弟藴之子。盼遂殊誤。然考德行篇注引隆安記曰：『恭祖父濛，父藴。』晉書外戚傳云：『藴子華，次恭。』恭傳亦云：『光禄大夫藴子。』熙既爲恭弟，則自是脩之弟子矣。此注脱誤，無可疑者。」按，余箋謂盼遂引雅量篇四二注引中興書殊誤，其説是。據晉書九三外戚王濛傳、中興書、汪藻太原晉陽王氏譜，脩爲藴兄，無子，藴生子三：華、恭、熙。文字志誤，當作「脩弟子熙」，即脩弟藴子熙也。楊箋因文字志之誤，並據晉書九三王脩傳「歎曰」上有「臨終」二字，改「故脩弟熙乃歎曰」一語爲「故脩弟子熙乃臨終歎曰」。此改殊誤。據文字志上下文意，脩年二十四卒，與王弼之歿同年，故藴子熙對伯父有「無愧於古人」之歎。若依楊箋所改，則熙臨終歎曰，是歎脩歿抑歎己死？且豈有脩、熙皆年二十四歿之理耶？晉書九三王脩傳言脩臨終歎曰，楊箋屬之王熙，誤矣。

〔五〕「無愧」二句　李慈銘云：「今晉書王脩傳但云：『年二十四，臨終歎曰：無愧古人，年與之齊矣。』先既不載王弼之没與脩同年，則『古人』二字無着，又以其弟語爲脩語，皆非矣。」劉盼遂云：「『無愧古人』二句，乃用曹子建與吴質書中語。晉書作『脩臨終自歎』，較世説爲勝。」余箋：「劉箋言較世説爲勝，當作較文字志爲勝。然吾謂從文字志作熙追贊之語自得，晉書不知所本，未見其所以勝也。」按，余箋謂文字志乃熙追贊脩之語，甚是。

〔六〕及於法師　於，宋本、沈校本並作「林」。李慈銘云：「『於』當作『林』，李本亦誤。劉辰翁評本及坊間所行王世貞刪節本皆作『林』，不誤。」又案：西寺即今光相寺，在西郭西光坊下岸光相橋西北，去予家僅數十武。光相寺者，傳是晉義熙中寺發瑞光，安帝因賜此額。西光坊本名西光相坊，其東曰東光相坊，坊與橋皆以寺得名。」徐箋：「影宋本及沈校本並作『支法師』，是也，與下文支法師並指道林。」按，此處宋本及沈校本並作「林法師」，不作「支法師」，徐箋誤校，然以爲「支法師」指道林，其説是。又御覽三〇：「晉李充正月七日登剡西寺詩曰：『命駕升西山，寓目眺原疇。』」疑剡西寺即會稽西寺。

〔七〕「何至相苦邪」二句　相苦，指辯論雙方逼對方理竭辭窮。賞譽九二孝標注：「苦，謂窮人以辭。」支道林「何至相苦」之語，似乎不爭言辯優劣，其實清言須決勝負，必至相苦。本篇三九即言林公與謝朗講論，「遂至相苦」。高僧傳二鳩摩羅什傳：「往復苦至，經一月餘日，方可信服。」理中，徐箋：「賞譽一三三注引王濛別傳云：『能清言，談道貴理中，簡而有會。』『理中』二字似是當時常語，得理之中，故曰理中，中者折衷至當。」其説是。

三九　林道人詣謝公，〔一〕東陽時始總角，新病起，體未堪勞。與林公講論，遂至相苦。東陽，謝朗也，已見。〔二〕中興書曰：「朗博涉有逸才，善言玄理。」母王夫人在壁後聽之，再遣信令還，而太傅留之。〔三〕王夫人因自出云：「新婦少遭家難，〔四〕一生所寄，唯在此兒。」因流涕抱兒以歸。〔五〕謝公語同坐曰：「家嫂辭情忼慨，致可傳述，〔六〕恨不使朝士見。」謝氏譜曰：「朗父據，取太康王韜女，名綏。」

【校釋】

〔一〕「林道人」句　謝安時隱居東山，支遁在會稽，故得以詣謝公。

〔二〕謝朗　已見言語七一。晉書七九謝朗謂「朗善言玄理」，故能與林公講論。

〔三〕「再遣信」二句　信，信使也。楊慎丹鉛餘録續録三：「凡言信者，皆謂使者也。今之流俗遂以遺書饋物爲信，故謂之書信，而謂前人之語亦然，謬矣。王右軍十七帖有云：『往得其書，信遂不取答。』謂昔嘗得其來書，而信人竟不取回書耳。而世俗遂誤讀，往得其書信爲一句，遂不取答爲一句，誤矣。古樂府云：『有信數寄書，無信心相憶。莫作瓶墜井，一去無消息。』包信詩：『去札頻逢信，迴帆早掛空。』此二詩尤可證。」按，楊説是。世説一書中信作使者解者屢見。如本篇六七：「司空鄭沖馳遣信就阮籍求文。」方正六二：「王有不平色，語信云。」雅量一：「外启信至，而無兒書。」雅量一九：「丞相語郗信。」留之，謝朗傳「留之」下有「使竟論」三字，文意較顯。謝朗病初愈，母王夫人再三喚人令還，謝公卻留之使竟論，其清談之熱情亦可見矣。謝氏一門善玄談者多，與謝安極有關係。

〔四〕新婦　世説箋本：「王夫人自稱『新婦』，未詳。或云賈充妻李氏，充既離婚，充母仍稱李氏曰新婦，蓋當時語。」按，新婦有二義，一爲新嫁娘；一爲已婚婦女對公婆、丈夫及親屬之自稱，有謙卑意味。此爲第二義。規箴一〇：王衍妻郭氏大怒，「謂平子曰：『昔夫人臨終，以小郎囑新婦，不以新婦囑小郎。』」排調八記王渾妻鍾氏曰：「若使新婦得配參軍，生兒當不啻如此！」劉令嫻祭夫徐敬業文：「新婦謹薦少牢於徐府君之靈。」楊箋釋爲新婚後女子，恐不當。謝朗年已總角，可見王夫人已非新嫁娘。

〔五〕流涕抱兒以歸　蓋謝朗體不堪清言之勞，恐致不測也。按，清言極爲傷神，本篇一一謂王夷甫昨夜已語多，小極，不復相酬答。本篇二〇：「玠體素羸，恒爲母所禁。爾夕忽極，於此病篤，遂不起。」故有「衛玠談死」之傳聞。可見體羸不宜清言之苦。

〔六〕致可　盡可，極可。致，通「至」。論語子張：「喪致乎哀而止。」皇侃義疏：「致，猶至也……使各至極哀而止也。」荀子榮辱：「志意致修，德行致厚，智慮致明，是天子之所以取天下也。」楊倞注：「致，極也。」傳述，轉述，即轉相講述。後漢書八八西域傳論：「張騫但著地多暑溼，乘象而戰，班勇雖列其奉浮圖，不殺伐，而精文善法導達之功靡所傳述。」顔之推顔氏家訓音辭：「江南學士讀左傳，口相傳述，自爲凡例。」世説講義：「言夫人節操如此，恨不使朝士見爲楷式也。」按，謝公之語意謂家嫂辭情慷慨之意態，爾等盡可轉相講述，遺憾不能使朝士親見耳。

四〇　支道林、許掾諸人共在會稽王齋頭。〔一〕簡文。支爲法師，許爲都講。〔二〕高逸沙門傳曰：「道林時講維摩詰經。」支通一義，四坐莫不厭心。〔三〕許送一難，衆人莫不抃舞。〔四〕但共嗟詠二家之美，不辯其理之所在。〔五〕

【校釋】

〔一〕共在會稽王齋頭　程炎震云：「高僧傳四云：『遁晚出山陰，講維摩經，遁爲法師，許詢爲都講。』則非在會稽王齋頭也。」按，許詢早卒。規箴二〇記王敬仁、許詢亡後，王羲之爲議論更克。羲之卒於升平五年（三六一），則許詢之卒更在其前。考寵禮四：「許玄度停都一月，劉尹無日不往。」據建康實録八云：「永和三年十二月，以侍中劉惔爲丹陽尹。」明年，劉惔卒。則許詢必卒於永和四年（三四八）至升平五年（三六一）之間。又據晉書九簡文帝紀，咸和二年（三二七）由琅琊王徙封會稽王。九年，遷右將軍，加侍中。咸康六年（三四〇），進撫軍將軍，領秘書監。則至遲於咸和九年後，會稽王已在京師。此言「共在會稽王齋頭」，仍在京師也，時在永和四年之前。齋頭，余箋：「吴承仕曰：『按齋字又見本書豪爽篇云：「桓石虔嘗在宣武齋頭。」紕漏篇云：「胡兒懊熱，一月日閉齋不出。」仇隙篇云：「劉璵兄弟就王愷宿，在後齋中眠。」並此四見。疑静室可以齋心，故因名齋，當與精舍同意。周語：「王即齋宫。」韋昭解曰：「所齋之宫也。」齋之名其昉於此乎？』」楊箋舉世説一書中「齋」凡九見，謂「此等『齋』字，非指精舍、講讀之所不可，猶今言別墅、書舍是。但又可爲言政之廳事也」。按，齋用途甚廣，未可一概作精舍或别墅講。頭，語助詞，猶裏頭、外頭、前頭、後頭之屬。

〔二〕法師　稱能精通佛法爲人之師者，又謂行法之師也。法華經序品曰：「常修梵行，皆爲法師。」嘉祥法華經疏九曰：「以人能上弘大法，下爲物師，故云法師。如世藥師以藥治人病，名爲藥師。」三德指歸一曰：「精通經論曰法師。」因明大疏上曰：「言法師者行法之師也。」又道士之善符籙祈禳諸法術者，亦稱法師。（丁福保佛學大辭典）都講，湯用彤云：「漢代儒家講經立都講（後漢書侯霸傳與楊震傳），晉時佛家講經，亦聞有都講（世説文學篇許詢爲支道林都講），似係采漢人經師講經成法。但此制自亦有釋典之根據，未必是因襲儒家法度。按康僧會安般守意經序曰：『世尊初欲説斯經時，大千震動，人天易色，三日安般，無能質者。於是世尊化爲兩身，一白（亦作曰）何等，一尊主演，于斯義出矣。大士上人六雙十二輩，靡不執行。』世尊所化之一身，就安般事數分條問曰：『何等？』另一尊身答之，而敷演其義。前者當中國佛家講經之都講，後者乃所謂法師。」「又吴支謙譯大明度無極經第一品有曰：『善業爲法都講』，又曰：『諸佛弟子所問應答。』其文下原有注曰：『善業（謂須菩提）于此清静法中爲都講。秋露子（謂舍利佛）於無比法中爲都講。』據此則都講之制，出於佛書之問答，至爲明晰。」（湯用彤漢魏兩晉南北朝佛教史第五章「漢晉講經與注經〉）唐翼明魏晉清談舉後漢書三七丁鴻傳，以爲「都講很可能負有『掌難問』之責」，此條中「許詢爲『都講』而專掌『責難』」，顯然是全部繼承兩漢講經的辦法，而非得自域外佛家的傳統，也不是魏晉清談之新創了。」説與湯用彤不同。

〔三〕厭心　心服。國語周語下：「帥象禹之功，度之於軌儀，莫非嘉績，克厭帝心。」韋昭注：「厭，合也。」文學五五：「謝（安）後粗難，因自敍其意，作萬餘言，才峯秀逸，既自難干，加意氣擬託，蕭然自得，四坐莫不厭心。」

〔四〕抃舞　高興得手舞足蹈。太平廣記二〇四引張華博物志：「娥（韓娥）復曼聲長歌，一里老幼，喜歡抃舞，弗能自禁。」

〔五〕「但共」二句　此所謂「二家之美」，指才藻新奇，音辭動聽及運思敏捷而已。然衆人「不辨義理之所在」，僅欣賞音辭之曼妙，實非一流聽衆也。

四一　謝車騎在安西艱中，〔一〕安西，謝奕已見。〔二〕林道人往就語，將夕乃退。有人道上見者，問云：「公何處來？」答云：「今日與謝孝劇談一出來。」〔三〕玄別傳曰：「玄能清言，善名理。」

【校釋】

〔一〕安西艱中　晉書八穆帝紀：升平二年秋八月，安西將軍謝奕卒。

〔二〕謝奕　已見德行三三。

〔三〕謝孝　世説音釋：「在艱中故稱謝孝。禮記曰：『祭稱孝子、孝孫。喪稱哀子哀孫。』陳澔曰：『祭，吉祭也，卒哭以後爲吉祭。故祝辭云孝子或孝孫。自虞以前爲凶祭，故稱哀。』」劇談，王充論衡三本性篇：「談諧劇談。」漢書八七上揚雄傳：「口吃不能劇談。」顔師古注：「鄭氏曰：『劇，甚也。』晉灼曰：『或作遽。遽，疾也。』師古曰：『劇亦疾也。無煩作遽也。』」楊箋：「窮之以理，苦相詰難，輕薄其詞也。本篇三八：『君語，佳則佳矣，何至相苦邪？』三九：『與林公講論，遂至相苦。』與此意同。劉淇謂爲快語，非是。（下略）本篇三一注引續晉陽秋曰：『孫盛善理義，時中軍將軍殷浩，擅名一時。能與劇談相抗者，唯盛而已。』又七四：『江左殷太常父子，並能言理，亦有辯訥之異。揚州口談至劇。』意皆輕薄尖刻之屬也。」按，揚雄口吃不能劇談，殷太常能言理而口訥，可證劇談之「劇」，當從顔師古，訓作「疾」。劉淇釋劇談爲「快語」亦是。楊箋謂劇談爲「苦相詰難，輕薄其詞」，不妥。本篇三八、三九之「相苦」，謂談者雙方「窮人以辭」（見本篇三八校釋），與劇談無必然關係，更非「輕薄其詞」。本篇三一注引續晉陽秋謂孫盛、殷浩劇談相抗，又本篇七四殷浩口談至劇，此劇談皆非「輕薄其詞」。揚雄因口吃不能劇談，指口吃不能快語，非謂口吃不能輕薄嘲謔。雖然，嘲戲可至劇談，但劇談未必皆嘲戲也。北齊書四三許惇傳曰：「諸人或談説經史，或吟詠詩賦，更相嘲戲，欣笑滿堂。惇不解劇談，又無學術，或竟坐杜口，或隱几而睡深，爲勝流所輕。」由此例可見，談説經史、吟詠詩賦，互相嘲戲，皆可至劇談，然未可稱劇談即是輕薄嘲戲也。一出，王利器校：「案一出就是一番的意思，景德傳燈録卷一四，潭州云岩曇晟禪師：藥山乃又問：『聞汝能弄師子，是否？』曰：『是。』曰：『弄得幾出？』師曰：『弄得六出。』曰：『我亦弄得。』師曰：『和尚弄得幾出？』曰：『我弄得一出。』這裏的出字，和世説義正相同。」

四二　支道林初從東出，住東安寺中。高逸沙門傳曰：〔一〕「遁居會稽，晉哀帝欽其風味，遣中使至東迎之。遁遂辭丘壑，高步天邑。」王長史宿構精理，并撰其才藻，往與支語，不大當對。〔二〕王敍致作數百語，〔三〕自謂是名理奇藻。支徐徐謂曰：「身與君別多年，君義言了不長進。〔四〕」王大慚而退。

【校釋】

〔一〕高逸沙門傳　沙，宋本作「少」。按，「少」乃「沙」之壞字。

〔二〕「王長史」數句　程炎震云：「王濛卒於永和三年，支道林以哀帝時至都，濛死久矣。高僧傳亦同，並是傳聞之誤。下文有『道林、許、謝共集王家』之語，蓋王濛爲長山令，嘗至東耳。」蕭艾世説探幽：「按，劉孝標注此條大誤。渠但見『支道林初從東出』一語，便以爲支離開會稽乃應哀帝詔入京。殊不知哀帝即位，王濛去世已十有七年矣。支道林雖住會稽，亦不時從東出，即如與王濛、劉惔共往看何充，亦在出家之後在建康時也。此當指王濛出補長山令後還京爲司徒長史時，值支道林居東安寺。」（世説探幽第三五四頁）按，程炎震、蕭艾皆謂此條所記非在晉哀帝時，當在王濛爲長山令之後，其説是。然程氏謂王濛至東，而蕭艾謂濛還京。據此云「支道林初從東出」，則當是由會稽至京也。又東安寺在京師（宋書九七：「京師爲之語曰：『鬭場禪師窟，東安談義林。』」可證。），則蕭艾説是。考晉書九三王濛傳敍濛之歷官曰：出補長山令，復爲司徒左西屬。濛以此職有譴則受杖，固辭。徙中書郎。及簡文帝輔政，轉司徒左長史。據此，王濛由長山還京當是徙中書郎，其時在永和二年（三四六）簡文輔政前不久。唯確切時間難定。

〔三〕敍致　謂標明宗致或標明大要也。致，作「義理」講，指「宗致」、「旨要」、「綱要」。（參見本篇二八釋「佳致」）本篇五五：「支道林先通，作七百許語，敍致精麗。」識鑒五：「夷甫時總角，姿才秀異，敍致既快，事加有理。」品藻四八注引劉惔別傳：「而敍致過之，其詞當也。」按，數人清言，各先標明宗致，再詳解之。高僧傳九佛圖澄傳：「講説之日，止標宗致，使詩末文言，昭然可了。」高僧傳四支遁傳：「每至講肆，善標宗會，而章句或有所遺。」同書五釋法和傳：「善能標明論綱，解悟疑滯。」「止標宗致」、「善標宗會」、「標明論綱」，即「敍致」也。鄧子琴中國風俗史舉文學中數例後云：「所謂敍致者，僅其談話綱要也，但此種筆録，大抵起於第四時期，殆清談之末流也。」（詳見中國風俗史第二章，巴蜀書社，一九八七年）鄧氏謂「敍致」是「談話綱要」，其説近是。然稱「敍致」爲「筆録」，非是。張撝之譯注則釋「敍致」爲「陳述事理」，張萬起、劉尚慈譯注釋爲「敍述義理」，皆未明「致」字之確解。

〔四〕義　指王宿構之「精理」。言，指王所撰之「才藻」。

四三　殷中軍讀小品，釋氏辨空經有詳者焉，有略者焉。詳者爲大品，略者爲小品。〔一〕下二百籤，皆是精微，世之幽滯。嘗欲與支道林辯之，竟不得。今小品猶存。高逸沙門傳曰：「殷浩能言名理，自以有所不達，欲訪之於遁。遂邂逅不遇，深以爲恨。其爲名識賞重，〔二〕如此之至焉。」語林曰：「浩於佛經有所不了，故遣人迎林公。林乃虛懷欲往，王右軍駐之曰：『淵源思致淵富，既未易爲敵，且己所不解，上人未必能通。縱復服從，亦名不益高。若佻脱不合，〔三〕便喪十年所保。可不須往。』林公亦以爲然，遂止。」〔四〕

【校釋】

〔一〕小品　支道林大小品對比要抄序：「嘗聞先學共傳云：佛去世後，從大品之中抄出小品。」（出三藏記集八）高僧傳四朱士行傳：「昔漢靈之時，竺法朔譯出道行經，即小品之舊本也，文句簡略，意義未周。」高僧傳四康僧淵傳：「誦放光、道行二波若，即大小品也。」據此，小品即道行經也，因篇幅較短，故名。

〔二〕名識　指識鑒有名者，猶「名勝」、「名達」、「名知人」。

〔三〕佻脱　輕薄、疏略。佻、脱兩字義相近。佻，不穩重；不莊重。韓非子詭使：「損仁逐利謂之疾險，躁佻反覆謂之智先。」陳琳爲袁紹檄豫州：「謂其鷹犬之才，爪牙可任，至乃愚佻短略，輕進易退。」通鑑五九漢紀五一：「帝以辯輕佻無威儀，欲立協，猶豫未決。」胡注：「佻，輕薄也。」脱，簡易，疏略。左傳僖公三十三年：「輕則寡謀，無禮則脱。」杜預注：「脱，易也。」史記三三禮書：「凡禮始乎脱，成乎文，終乎稅。」司馬貞索隱：「脱，猶疏略也。」徐箋：「『脱』有『偶』義。（下略）『佻脱』雙聲，疑是『脱』之重言，猶言『偶或』設或』。」按，「脱」有「偶」義，然「佻」無偶義。徐箋不確。

〔四〕劉辰翁云：「逸少護林公如此，足稱沙門，然傳之貽笑。」凌濛初云：「惜哉逸少一阻，遂令妙義永絕。」又云：「猶是救饑術工，噉名念重。」鍾惺云：「只是愛名，然説得透。」又云：「撥動和尚名根。」按，高僧傳四支遁傳載謝安語：「亹亹論辯，恐殷制支；超拔直上淵源，浩實有慚德。」可證殷浩、支遁之清言各有短長。王右軍駐林公往見殷浩，誠是噉名之故。東晉清談名士愛名、惜名、争名，於此可見一斑矣。

四四　佛經以爲祛練神明，則聖人可致。〔一〕釋氏經曰：「一切衆生皆有佛性，但能脩

智慧，斷煩惱，萬行具足，便成佛也。」簡文云：「不知便可登峰造極不？然陶練之功，尚不可誣。」〔一〕

【校釋】

〔一〕「佛經」二句　祛，義爲去除，祛其疑滯與虛妄。練，使熟練、詳熟。漢書八三薛宣傳：「（翟方進）薦宣明習文法，練國制度。」注：「練猶熟也，言其詳熟。」高僧傳五法汰傳：「汰弟子曇一、曇二，並博練經義。」同書六僧叡傳：「日夜修習，遂精煉五門，善入六浄。」聖人，此謂佛也。高僧傳四康法朗傳：「嘗讀經，見雙樹鹿苑之處，郁而歎曰：『吾已不及聖人，寧可不覩聖處？』」以晉人觀之，佛即聖人，聖人即佛，名號雖殊，其實無異。佛經謂衆人皆有佛性，只要堅持脩煉，便能成佛。所謂「聖人可至」，亦即成佛可達。後漢迦葉摩騰、竺法蘭譯四十二章經曰：沙門常行二百五十戒，爲「四真道」，能得阿羅漢。「有沙門問佛，以何緣得道？奈何知宿命？」佛言：「道無形，知之無益，要當守志行。譬如磨鏡，垢去明存，即自見形。斷欲守空，即見道真。知祖輩命矣。」佛陀以磨鏡之喻，説明唯有不斷祛練神明，最後「即見道真」，能得阿羅漢。能得阿羅漢，便是「聖人可至」。魏書一一四釋老志云：「漸積勝業陶冶麤鄙，經無數形，藻練神明，乃致無生而得佛道。」謝靈運辨宗論曰：「釋氏之論，聖道雖遠，積學可至。」

〔一一〕「簡文云」數句　登峰造極，指成佛之境界。陶練，陶冶習練。釋慧叡喻疑：「所以陶練既精，真性乃發。」（出三藏記集五）沈約六道相續作佛義：「若今生陶練之功漸積，則來果所識之理轉精。」高僧傳八釋智順傳：「陶練衆經，而獨步於涅槃、成實。」高僧傳四支遁傳：僧衆或有惰者，遁乃著座右銘以勖之曰：「勤之勤之，至道非遐。奚爲淹滯，弱喪神奇。」意謂勤之又勤，則至道不遠。此即「袪練神明，則聖人可致」及「陶練之功，尚不可誣」之意。高僧傳五竺道壹傳載壹答移書曰：「雖萬物惑其日計，而識者悟其歲功。」後一句謂有識者悟其陶練之功。按，此條諸家皆不注，其實簡文之言文化意蘊甚深，亟需抉發之。其言有二層意思：一，對佛經袪練神明能致成佛説表示懷疑；二，對脩煉之功給以肯定。關於前者，湯用彤謝靈運辨宗論書後一文（載魏晉玄學論稿）已有精闢分析，認爲「聖人不可學不可至，此乃中國傳統」。「聖人可學可至，此乃印度傳統」。並引用此條，證明當時「學術界二説並立相違似無法調和，常使人徘徊歧路，墮入迷惘」。誠如湯氏所言，簡文「不知便可登峰造極不」之疑問，乃據中國傳統而立説。漢以後之儒者，認爲聖人生而知之，無錯無過，無所不能；且聖人特稟異氣，不僅卓絶與凡人異，亦與賢人有别，故聖人不可學不可至。故鍾繇、王粲論云：「非聖人不能致太平。」（見魏志王朗傳）孫權詔責諸葛謹等曰：「夫惟聖人能無過行，明者能自見耳。」（見吴志吴主傳）郭象注莊子德充符「受命於天，唯舜獨也正」一語曰：「言特受自然之正氣者希也，下首則唯有松柏，上首則唯有聖人。」意謂聖人特稟自然之正氣。聖人不可至之舊説，至東晉依然。言語五〇：庾亮問齊莊：「欲何齊？」曰：「齊莊周。」公曰：「何不慕仲尼而慕莊周？」對曰：「聖人生知，故難企慕。」齊莊時爲小兒，亦知聖人生而知之，可見聖人不可學不可至，確是自來通識。由此自會得出成佛不可至之結論。排調二二：「何次道往瓦官寺禮拜甚勤。阮思曠語之曰：『卿志大宇宙，勇邁終古。』何曰：『卿今日何故忽見推？』阮曰：『我圖數千户郡，尚不能得，卿乃圖作佛，不亦大乎？』」何充禮佛甚勤，目標乃在脩持成佛，而阮裕以爲成佛不可至，故譏嘲何充。簡文雖懷疑聖道可至，但以爲「陶練之功，尚不可誣」，肯定積學之功。這種看法亦淵源有自。嵇康養生論雖以爲神仙稟之自然，非積學所能致，但又云「至於導養得理，以盡性命，上獲千餘歲，下可數百年，可有之耳」。「導養得理」，意同簡文之「陶練之功」。葛洪以爲仙人無種（其説與嵇康所謂「神仙稟之自然」説不同），而長生積學可至。故抱朴子内篇對俗曰：「人有明哲，能脩彭老之道，則可與之同功矣。」抱朴子内篇勤求曰：「仙人可學致，如黍稷之可播種得，甚炳然也。」再三申述積學可致長生。簡文所言，誠如湯用彤所説，乃見出中國學術傳統與印度學術傳統之間明顯衝突，此不贅述。尚須指出者，爲簡文雖對成佛説生疑，但平生與高僧交往，當受「漸悟説」之影響。考簡文所交遊之名僧，有高座道人、竺法深、支道林、竺法汰、竺法曠、竺道壹、竺法潛等。支道林雖研習十地，首創「頓悟」之説，但仍不廢漸脩（可參見湯用彤漢魏兩晉南北朝佛教史第十六章

「竺道生」)。況且支道林之「頓悟」，尚有許多解釋不通之處。故在竺道生創立「大頓悟」，謂「一闡提人皆得成佛」之前，學術主流皆以漸脩爲成佛之途徑。簡文云，「陶練之功，尚不可誣」，即不廢漸脩，顯屬漸悟之義也。

四五　于法開始與支公争名，〔一〕後情漸歸支，意甚不分，〔二〕遂遁跡剡下。遣弟子出都，〔三〕語使過會稽。于時支公正講小品。開戒弟子：「道林講，比汝至，當在某品中。」因示語攻難數十番，云：「舊此中不可復通。」弟子如言詣支公。正值講，因謹述開意。往反多時，林公遂屈。厲聲曰：「君何足復受人寄載來！」〔四〕名德沙門題目曰：「于法開才辯從横，以數術弘教。」高逸沙門傳曰：「法開初以義學著名，後與支遁有競，故遁居剡縣，更學醫術。」〔五〕

【校釋】

〔一〕于法開　于法開事蹟詳見高僧傳四于法開傳。據高僧傳本傳，法開「每與支道林争即色空義，廬江何默申明開難，高平郗超宣述林解，並傳於世」。又釋氏要覽卷中：「高僧法開以義解知名天下，與謝安、王文度爲文學之友，孫綽曰：『深通内外，才華贍逸，其在開公乎？』」

〔二〕「後情漸歸支」二句　情漸，情，王刻本作「精」。不分，分，王刻本作「忿」。李慈銘云：「案『精』當是『稱』之誤。『忿』當是『伏』或是『平』之誤，然各本皆同，萬曆紹興志引世説亦如是。」按，作「情」是。情，物情也。晉書七七何充傳：「于時論者並以諸庾四世在西藩，人情所歸。」情漸歸支，謂人情漸歸支遁，即以支遁爲優。不分，徐箋：「不分，不平不服之意。白居易元和十三年淮寇未平詔停歲仗憤然有感詩：『不分氣從歌裏發，無明心向酒中生。』不分氣，猶言不服氣也。」程炎震云：「文選責躬應詔詩表李善注曰：『分，謂甘慊也。』『不分』猶云『不甘』，俗作『忿』，誤。」按程説、徐箋是。

〔三〕弟子　指法開弟子法威也。高僧傳四于法開傳謂開有弟子法威，清悟有樞辯，嘗受法開之遣過山陰。

〔四〕寄載來　王刻本無「來」字。　寄載，寄乘之義，寄，寄身；載，乘載。任誕二三：「張（季鷹）曰：『吾亦有事北京。』因路寄載，便與賀同發。」高僧傳九耆域傳：「既達襄陽，欲寄載過江。」搜神後記六：「行數里，有人求索寄載云：『我家在韓塚，腳痛不能行，寄君船去。』」林公所云「寄載」爲虚義，意謂法開之義托你帶過來。按，前云于法開與支公争名，此名乃清談優劣之名。本篇三八記許詢、王脩共決優劣，亦緣争名也。時支道林謂許詢曰：「君語佳則佳矣，何至相苦邪？豈是求理中之談哉！」似乎支是求理不求名者。其實林公絶非不好名之人。本篇四三注引高逸沙門傳記殷浩遣人迎林公，王右軍駐之及林公終於不往，純出於保名而已。此條記林公與法開争名，理屈後厲聲呵斥法開弟子，其情其態，不亞于許詢争名。王右軍曾戲稱孫綽爲「噉名客」（見排調五四），而支遁、右軍諸勝流，其實無一不是噉名客。王世懋云：「此亦豈是求理之談？」以支遁之語責支遁，支當亦無言以對矣。

〔五〕更學醫術　余箋：「法開醫術之妙，見本書術解篇『郗愔通道』條及注。隋志醫方類有議論備豫方一卷，于法開撰。」按，高僧傳四于法開傳：「或問法師高明剛簡，何以醫術經懷？答曰：『明六度以除四魔之病，調九候以療風寒之疾，自利利人，不亦可乎？』」孫綽爲之目曰：『才辯縱橫，以術數弘教，其在開公乎？』」高僧多學各種異術，醫術爲其一。西域僧人所學總稱「五明」，其二謂「醫方明」。康僧會譯六度集經四：「昔者菩薩，時爲凡夫，博學佛經，深解罪福。衆道醫術，禽獸鳴啼，靡不具照。」高僧傳一安世高傳謂世高擅各種異術，兼洞曉醫術，妙善鍼脈，覩色知病，投藥必濟。緇門警訓四：「然往古高僧亦多異術，或精草隸，或善篇章，或醫術馳名，或陰陽顯譽。皆謂精窮，傍涉餘宗。無非志在護持，助通佛化。」可知僧人學醫術，乃西域佛教以術數弘教之遺風也。

四六　殷中軍問：「自然無心於稟受，何以正善人少，惡人多？」〔一〕諸人莫有言者。劉尹答曰：「譬如寫水著地，正自縱横流漫，略無正方圓者。」〔二〕一時絶歎，以爲名通。〔三〕莊子曰：「天籟者，吹萬不同，而使其自已也。」郭子玄注曰：「無既無矣，則不能生有。有之未生，又不能爲生。然則生生者誰哉？塊然而自生耳，非我生也。我不生物，物不生我，則自然而已然，謂之天然。天然非爲也，故以天言之，所以明其自然故也。」

【校釋】

〔一〕「自然無心於稟受」三句　稟受，指自然稟賦。正，止也，只也。王叔岷補正：「案莊子馬蹄篇：『天下之善人少，而不善人多。』晉王坦之廢莊論亦云：『天下之善人少，不善人多。』」按，蜀志龐統傳：「統答曰：『當今天下大亂，雅道陵遲，善人少而惡人多。』」此二語恐是彼時共識。「善人少，惡人多」，似出於性惡論。「自然無心於秉受」之談，則源於道家學説。孝標注以莊子齊物論及郭象注，甚確。齊物論以天籟之音，明萬物皆自得之理，然尚未明確指出萬物生於無。至郭象注莊子，以爲物皆自生而無所出，自然而已然，謂之天然；天然者非有爲也。而「天之無心」之説早見於王弼。王弼老子注二九章曰：「萬物以自然爲性，故可因而不可爲也，可通而不可執也。」老子注三八章曰：「是以天地雖廣，以無爲心；聖王雖大，以虚爲主。」周易復卦彖辭曰：「復，其見天地之心乎？」王弼注：「復者，反本之謂也。天地之本爲心者也。……然則天地雖大，富有萬物，雷動風行，運行變化，寂然至無是其本矣。」天地以無爲心，亦即自然無心。人之秉賦，巧、拙、賢、愚，各有不同，究其所由，皆生來即具，非自然有爲之産物，莫辨其所以然，故曰「自然無心於秉受」。

〔二〕「劉尹答曰」數句　劉尹如水瀉地之喻，王充論衡三本性篇已見之：「告子與孟子同時，其論性無善惡之分，譬之湍水，決之東則東，決之西則西。夫水無分於東西，猶人無分於善惡也。夫告子之言，謂人之性與水同也。使性若水，可以水喻性，猶金之爲金，木之爲木也。人善因善，惡亦因惡，初稟天然之姿，受純壹之質，故生而兆見，善惡可察。」李贄云：「劉語極妙。」

〔三〕名通　余箋：「『通』謂解釋其義理，使之通暢也。晉宋人于講經談理了無滯義者，並謂之通。（下略）『名通』之爲言，猶之『名言』、『名論』云爾。後人用此，誤以爲名貴通達，失其義矣。」楊箋：「釋名釋言語：『名，明也。』名通，猶明通。荀子哀公篇：『思慮明通，而辭不爭。』賈子新論數寧篇：『以陛下之明通。』皆是也。此則當作明言解。」王叔岷補正同。按，「名」訓爲「明」，固無不可，然此「名通」之名爲著名、有名之名，而明通之明乃明白、明晰之明。名通、明通義有異，而名通解作明言，似更不切。名通者，謂著名之通解也，非謂明白之言，故以余箋較勝。又，既然萬物皆出於自然，而自然無心，則何以善人少惡人多？此誠一時難解，以致莫有言者。劉惔卻以「寫水著地」之妙喻，解釋「自然無心於稟受」之玄理，以及「何以正善人少，惡人多」之疑問，故衆人絶歎，以爲名通。

四七　康僧淵初過江，〔一〕未有知者，恒周旋市肆，乞索以自營。〔二〕忽往殷淵源許，值盛有賓客，殷使坐，粗與寒温，〔三〕遂及義理。語言辭旨，曾無愧色，領略粗舉，〔四〕一往參詣，〔五〕由是知之。〔六〕僧淵氏族，所出未詳，疑是胡人。尚書令沈約撰晉書，亦稱其有義學。

【校釋】

〔一〕康僧淵初過江　李詳云：「案高僧傳：康僧淵本西域人，生於長安。又有康僧會傳，在淵之前，云：『其先康居人，世居天竺。』僧淵蓋亦僧會之族，義已見上，故但云西域人。世説所引僧淵三條，皆見傳内。」高僧傳四康僧淵傳：「康僧淵本西域人，生於長安，貌雖胡人，語實中國。容止詳正，志業弘深。誦放光、道行二般若，即大、小品也。晉成之世，與康法暢、支敏度等俱過江。暢亦有才思，善爲往復，著人物始義論等。暢常執麈尾行，每值名賓，輒清談盡日。」

〔二〕乞索　乞食也。自營，自活。

〔三〕寒温　猶寒暄也。晉書四九阮瞻傳：「忽有一客通名詣瞻，寒温畢，聊談名理。」晉書八〇王獻之傳：「嘗與兄徽之、操之俱詣謝安，二兄多言俗事，獻之寒温而已。」

〔四〕領略　猶要領大略，作名詞用。領，要領。略，大略。賞譽一一〇注引高逸沙門傳：「（支遁）每舉麈尾，常領數百言，而精理俱爽，預坐百餘人，皆結舌注耳。」高僧傳一曇摩羅刹傳：「領拔玄致。」領略粗舉，猶言要領略陳，意同「敍致」（參見本篇四二校釋）。或釋「領略」爲「理解」、「領悟」，未是。

〔五〕一往　本義爲「一去」，指一種不停歇且單向之運動形態，義同「直往」。如曹植贈白馬王彪詩：「奈何念同生，一往形不歸。」後漢書一〇四袁紹傳：「（曹）操今東擊劉備，兵連未可卒解。今舉軍而襲其後，可一往而定。」參詣，蔣宗許世説新語疑難詞語雜説云：「參，進入、達到。此義不勞分釋。詣，品藻六二劉孝標注云：『凡徹、詣者，皆深覈之名也。』所謂深覈，即準確地把握了問題的精要、實質，合『參詣』而言之，即説進入了問題的核心，抓住了關鍵。」（古漢語研究，一九九八年第一期）按蔣説可取。參詣，謂參悟理境。參，同參悟、參透之「參」。詣，合乎理之謂也。吉藏百論序疏：「刪其煩文爲簡，狹文必稱理爲詣。」本篇一三云諸葛厷始與王夷甫談，便已超詣。參詣之詣，即超詣之詣。本篇五五：「支（遁）謂謝（安）曰：『君一往奔詣，故復自佳耳。』」一往參詣，義近一往奔詣。李毓芙世説新語新注釋「參詣」爲「拜見」，誤。

〔六〕由是知之　高僧傳四康僧淵傳記康僧淵於晉成之世與康法暢、支敏度俱過江，「常乞丐自資，人未之識。後因分衞之次，遇陳郡殷浩，浩始問佛經深遠之理，却辯俗書性情之義。自晝至曛，浩不能屈，由是改觀」。所記即本條事。遇江高僧，既精佛經，又諳俗書，方能立足于江南。此由康僧淵可見也。

四八　殷、謝諸人共集。殷浩、謝安。謝因問殷：「眼往屬萬形，萬形來入眼不？」〔一〕成實論曰：「眼識不待到而知虛塵，假空與明，故得見色。若眼到色到，色間則無空明。〔二〕如眼觸目，則不能見彼。〔三〕當知眼識不到而知。」依如此説，則眼不往，形不入，遥屬而見也。謝有問，殷無答，〔四〕疑闕文。

【校釋】

〔一〕萬形來　宋本無「來」字。

〔二〕色間　間，宋本作「聞」。沈校本「色」下有「聞」字。

〔三〕彼　宋本、沈校本並作「色」。按，孝標注引者乃成實論四「根塵合離品」四九：「眼識不待到故知塵，所以者何？月等遠物，亦可得見。月色不應離月而來，又假空與明，故得見色。若眼到色，則間無空明，如眼篦觸眼，則不得見。當知眼識不到而知。」據此，「到色」二字衍，「間則」當作「則間」。宋本「聞」乃「間」誤。眼觸目，「眼」下當有「篦」字。「根塵合離品」下文云：「如眼著藥篦則不能見」，可證。謝安所問「眼往屬萬形」，即成實論所云「若眼到色」。色即指萬形也。「萬形來入眼」之問，是説萬形究竟可見不可見，而其實質乃色是否空有。眼往屬萬形而見色，如見遠物月，正假空與明。若無空明，則眼不得見萬形。色爲空有，則眼屬萬物亦爲空。高僧傳二鳩摩羅什傳曰：「答曰：眼等諸法非真實有。」

成實論四「根無知品」四八曰：「又佛説眼所説是色，識能識色，眼實不識。」故眼所見非真實有。

〔四〕殷無答　殷上宋本、沈校本有「而」字。王世懋云：「楞嚴經中，具明問答，但以鏡答自明，殊勝此論。」按，殷精通佛理，或許以爲眼見萬形皆爲空，此理非深奥，故不屑答耳。

四九　人有問殷中軍：「何以將得位而夢棺器，〔一〕將得財而夢矢穢？」〔二〕殷曰：「官本是臭腐，所以將得而夢棺屍；〔三〕財本是糞土，所以將得而夢穢汙。〔四〕」時人以爲名通。〔五〕

【校釋】

〔一〕「何以」句　余箋：「晉書藝術傳索紞傳：『索充初夢天上有二棺落充前。紞曰：「棺者，職也。當有京師貴人舉君，二官者，頻再遷。」俄而司徒王戎書屬太守，使舉充。太守先署充功曹，而舉孝廉。』此將得位而夢棺器之證。」又，南齊書二八垣榮祖傳記榮祖於「永明二年爲冠軍將軍、尋陽相、南新蔡太守，作大形棺材盛仗，使鄉人田天生、王道期載渡江北」。亦是棺材爲職官之象徵。

〔二〕矢　宋本作「屎」。按，矢通「屎」。世説抄撮：「官、棺通，貲、屎通。」

〔三〕屍　宋本作「尸」。按，屍通「尸」。

〔四〕「財本是糞土」二句　劉敬叔異苑六記婢女採菊路逢一鬼，問：「何以恒擲穢污？」鬼答曰：「糞污者，錢財之象也。」此將得財而夢糞穢之證。

〔五〕王世懋云：「名言，名言。」袁中道云：「微有腐意，終是慧語。」（舌華録一慧語）李贄云：「既是臭腐之物，何以終日書空？」（初潭集師友清言）按，殷中軍解夢，雖與術數之神秘觀念有關，但頗具文化内涵。殷浩稱官是腐臭，財是糞土，實與道佛儒三家觀念有關焉。道家省欲去奢，視名位爲桎梏。佛家稱愛欲爲污穢之極。四十二章經云：「佛言：吾視諸侯之位如過客，視金玉珠寶如礫石，視氎素之好如弊絮。」行道者須屏除財色愛欲。又與「以財爲末」之職官文化有關。大學章句曰：「德者本也，財者末也。」顧炎武日知録六「財者末也」條：「古人以財爲末，故舜命九官，未有理財之職。周官財賦之事，一皆領之於天官冢宰，而六卿無專任焉。漢之九卿，一太常，二光禄勳，三衛尉，四太僕，五廷尉，六鴻臚，七宗正，八大農，九少府。大農掌財在後，少府掌天子之財又最後。唐之九卿，一太常，二光禄，三衛尉，四宗正，五太僕，六大理，七鴻臚，八司農，九大府，大略與漢不殊。」故殷中軍解夢，表現名士鄙薄名利之意趣，灑脱通達之作風，並非一般占夢術士伎倆，因之時人以爲「名通」。然清儒郝懿行稱殷中軍之「名通」實「謬戾不通」，云：「審如所言，稷、契、皐、夔，當辭爵位而慕巢、由，舜不當富有四海。大學何言有土有財？無財是無養生之具，無官何有治事之人？晉人清談廢事，正坐此弊。就其所談，亦絶無名理而苟取悦人。何以明之？官真臭腐，則屍位不爲忝；財果糞土，則食貨不足訂。而豈理也哉！」（見曬書堂集外集卷下「夢屍得官糞得財解」條）郝氏聲稱無財無以養生，無官誰人治民？意謂官不是臭腐，財不是糞土。此真所謂「癡人前不能説夢也」。殷中軍解夢，不過是當時名士言談巧妙之佳話，雖有鄙薄官位、錢財之意，然殷豈真主張無官無財耶？

五〇　殷中軍被廢東陽，浩黜廢事，別見。〔一〕始看佛經。初視維摩詰，僧肇注維摩經曰：「維摩詰者，秦言浄名，蓋法身之大士，〔二〕見居此土，以弘道也。」疑般若波羅密太多，後見小品，恨此語少。〔三〕波羅密，此言到彼岸也。經云：「到者有六焉：一曰檀；檀者，施也。二曰毗黎；毗黎者，持戒也。三曰羼提；羼提者，忍辱也。四曰尸羅；尸羅者，精進也。五曰禅；禅者，定也。六曰般若；般若者，智慧也。然則五者爲舟，般若爲導。導則俱絶有相之流，〔四〕升無相之彼岸也。故曰波羅密也。」淵源未暢其致，少而疑其多；已而究其宗，多而患其少也。

【校釋】

〔一〕浩黜廢事　別見黜免三及注引晉陽秋。

〔二〕法身　世説音釋：「維摩經曰：『佛身者，法身也。』僧肇注曰：『法身者，虚空身也。無生而無不生，無形而無不形。超三界之表，絶有心之境。入所不攝，稱讚所不及。寒暑不能爲其患，生死無以化其體。』大士，天台四教儀注曰：『建大事故曰大士。』」

〔三〕「疑般若」三句　疑，嫌也（參見言語五三校釋）。小品，即小品般若波羅蜜經。僧叡小品經序：「斯經正文凡有四種，是佛異時適化廣略之説也。其多者云有十萬偈，少者六百偈。」（僧祐出三藏記集八）支道林大小品對比要抄序：「嘗聞先學共傳云，佛去世後，從大品之中抄出小品。」（同上）小品、大品爲般若波羅蜜經之廣本與略本。此二句意思即孝標所注：「淵源未暢其致，少而疑其多；已而究其宗，多而患其少也。」殷浩初視維摩詰，因未精其旨，故嫌般若波羅密多；既而究其宗旨，則憾般若波羅密少。學問由粗至精，常經此兩階段也。

〔四〕俱絶　俱，宋本、沈校本並作「爲」。

五一　支道林、殷淵源俱在相王許。〔一〕簡文。相王謂二人：〔二〕「可試一交言。而才性殆是淵源崤、函之固，〔三〕崤，謂二陵之地。函，函谷關也。並秦之險塞，王者之居。左思魏都賦曰：「崤、函帝王之宅。」君其慎焉！」支初作，改轍遠之，〔四〕數四交，〔五〕不覺入其玄中。相王撫肩笑曰：「此自是其勝場，安可争鋒！」

【校釋】

〔一〕相王　世説箋本：「索解引周亮工書影云：『前代拜相必封公，故稱相公。若封王，則稱相王。晉簡文帝稱相王，魏武在漢時亦稱相王。』」徐箋：「時簡文帝以會稽王居相位，故以相王稱之。」

〔二〕相王謂二人　徐箋：「下文有『君其慎焉』之語，『二人』疑是『支』字之誤，此言蓋專對支遁言之。」按，後文「可試一交言」正是語二人口吻，「二人」不誤。古人語簡，於「而才性」前乃省略「相王謂支」數字，實不礙文義之理解。

〔三〕才性　世説箋本：「即指四本論。」崤函，左傳僖公三十二年：「晉人禦師必於殽，殽有二陵焉，其南陵，夏后皋之墓也；其北陵，文王之所避風雨也。」杜預注：「殽在弘農澠池縣西。」殽爲二山，下臨深谷，山道狹窄委屈，爲絶險之地。函，函谷關。賈誼過秦論：「據殽、函之固。」李慈銘云：「此謂殷之言才性，無人可攻，如殽、函之固。即前所云『殷中軍於才性偏精』也。」

〔四〕「支初作」二句　世説音釋：「謂初交言，改易常途以避四本論。」

〔五〕數四　猶言再三再四，多次。本篇三一：「冷而復煗者數四。」東觀漢記張純傳：「時舊典多闕，每有疑義，輒爲訪純，自郊廟婚冠喪紀禮儀，多所正定，一日或數四引見。」魏志田疇傳：「疇上疏陳誠，以死自誓。太祖不聽，欲引拜之，至於數四，終不受。」

五二　謝公因弟子集聚，〔一〕問毛詩何句最佳？遏稱曰：謝玄小字，已見。〔二〕

「昔我往矣，楊柳依依。今我來思，雨雪霏霏。」〔三〕公曰：「訏謨定命，遠猷辰告。」〔四〕大雅詩也。毛萇注曰：「訏，大也。謨，謀也。辰，時也。」鄭玄注曰：「猷，圖也。大謀定命，謂正月始和，布政于邦國都鄙。」謂此句偏有雅人深致。〔五〕

【校釋】

〔一〕「謝公」句　謝安出仕前與子侄輩談文論藝，多半於東山隱居時。後期則在京師。晉書謝安傳謂安「及登臺輔」，於土山營墅，樓館林竹甚盛，每攜中外子侄往來游集。

〔二〕謝玄　已見言語七八。

〔三〕「昔我往矣」四句　見詩小雅采薇。

〔四〕「訏謨定命」二句　見詩大雅抑。

〔五〕「謂此句」句　劉辰翁云：「各性情所近，非謝公識量，此語還掩，誰省？」余箋：「宋祁宋景文筆記卷中云：『詩云「蕭蕭馬鳴，悠悠旆旌」，見整而静也，顔之推愛之。「楊柳依依，雨雪霏霏」，寫物態，慰人情也，謝玄愛之。「遠猷辰告」，謝安以爲佳語。』王士禛古夫于亭雜録卷二云：『愚按玄與之推所云是矣。太傅所謂「雅人深致」終不能喻其指。』」按，「昔我往矣」四句情景相生，誠爲毛詩中佳句。謝遏以爲此四句最佳，審美水平甚高。然謝安稱「訏謨定命」二句「偏有雅人深致」，其故何在，尚需探索。據毛傳，抑是「衛武公刺厲王亦以自警也」，而鄭玄釋「訏謨定命」二句曰：「謂正月始和，布政于邦國都鄙也，爲天下遠圖庶事，而以歲時告施之。」抑在詩經中不算佳作，而「訏謨定命」二句僅爲平淡敍述，既無描寫亦無抒情，審美價值遠不如「昔我往矣」四句。故謝安「雅人深致」之贊許，後人多茫然不解。唯有王夫之稍有體會，其薑齋詩話二云：「謝太傅於毛詩取『訏謨定命，遠猷辰告』，以此八字如一貫珠，將大臣經營國事之心事，寫出次第，故與『昔我往矣，楊柳依依，今我來思，雨雪霏霏』，同一達情之妙。」此解頗給人啓發。謝安稱許「訏謨定命」二句，與先秦借詩喻志相似，乃表其心曲而已。安此時雖身在東山，實已心向魏闕，「訏謨定命」二句，正與其欲經營國事之心曲相合。晉書本傳載，安放情丘壑，再三拒絶朝廷徵召。時簡文作相，曰：「安石既與人同樂，必不得不與人同憂，召之必至。」以爲謝安必會出仕。安妻爲劉惔之妹，羡劉家富貴，乃謂安曰：「丈夫不如此也？」婉勸安出仕。安掩鼻曰：「恐不免耳。」可見，安已預感不免要出山。升平三年（三五九）冬十月，安弟謝萬奉命北伐南燕，結果一敗塗地，廢爲庶人。謝萬黜廢後，謝安始有仕進之志。據上述材料推測，謝安與子弟集聚評毛詩，或在謝萬黜廢前後。「訏謨」二句正寫出謝安之心事：確定遠謀大略而不改易，到時布政于邦國都鄙以施行之。此殆所謂「雅人深致」也。又謝安文采風流爲一時之冠，謝氏家族文學傳統深厚，作家輩出，非他族可比。此與謝安爲謝氏文學世家之開創者有莫大關係。

五三　張憑舉孝廉，出都，〔一〕負其才氣，謂必參時彦。欲詣劉尹，鄉里及同舉者共笑之。〔二〕張遂詣劉，劉洗濯料事，〔三〕處之下坐，唯通寒暑，〔四〕神意不接。張欲自發無端。頃之，長史諸賢來清言。客主有不通處，張乃遥於末坐判之，言約旨遠，足暢彼我之懷，一坐皆驚。真長延之上坐，清言彌日，因留宿至曉。張退，劉曰："卿且去，正當取卿共詣撫軍。"〔五〕張還船，同侣問何處宿？張笑而不答。須臾，真長遣傳教覓張孝廉船，〔六〕同侣惋愕。即同載詣撫軍。至門，劉前進謂撫軍曰："下官今日爲公得一太常博士妙選。"既前，撫軍與之話言，咨嗟稱善曰："張憑勃窣爲理窟。"〔七〕即用爲太常博士。〔八〕宋明帝文章志曰："憑字長宗，吴郡人。有意氣，爲鄉閭所稱。學尚所得，敏而有文。太守以才選舉孝廉，試策高第，爲惔所舉，補太常博士。累遷吏部郎、御史中丞。"〔九〕

【校釋】

〔一〕出都　吴金華考釋："考查有關文例，『出都』特指從外地進京，是六朝習語。因爲『出』是一種由隱而顯的行爲，京城在全國處於最顯要的地位，所以進京就可以説成『出都』。同理，一切由内而外的行爲都可以叫『出』。"（例略）按，吴説是。出都，猶至都。本篇四五："遣弟子出都，語使過會稽。"賞譽九五："許玄度送母始出都。"任誕四九："王子猷出都，尚在渚下。」

〔二〕共笑之　沈校本無「共」字。

〔三〕劉洗濯　宋本無「劉」字。按，當有「劉」字。

〔四〕寒暑　猶寒温，謂寒暄也。

〔五〕取　王叔岷補正：「取，讀爲聚，莊子天運篇：『取弟子游居寢卧其下。』覆宋本取作聚，即取、聚通用之證。」按，取，此謂迎接之意。袁康越絶書越絶吴内傳：「於是鮑叔牙還師之莒，取小白，立爲齊君。」韓愈祭十二郎文：「又二年，吾佐董丞相于汴州，汝來省吾。止一歲，請歸取其孥。」劉惔叫張且去，後遣人尋得張，同詣撫軍。可證「取」義即「迎接」也。撫軍，簡文也。

〔六〕傳教　通鑑八九晉紀一一：「莚叱郡傳教，吴曾格殺之。」胡注：「傳教，郡吏也，宣傳教令者也。」

〔七〕勃窣　世説補觿：「説文：『窣，穴中卒出也。』蓋謂義理勃興而出也，與子虚賦『勃窣』殊。窟，如月窟之窟，理所生。」程炎震云：「漢書司馬相如傳：『媻姍勃窣。』師古注：『謂行于叢薄之間也。』文選子虚賦作『教窣』。注引韋昭曰：『媻姍教窣，匍匐上也。』史記索隱引作『匍匐上下』。沈欽韓曰：『楚辭：「蓌母勃屑而日侍。」注：窣屑，猶媻姍，膝行貌。世説「張憑勃窣爲理窟」，則勃窣亦蹩躠之狀也。』王先謙曰：『勃，教同字。』」楊箋：「太倉州志：『吴語：體短步澀曰勃窣。』理窟，藏理之窟也。此謂張憑雖體短步澀，而理致富贍也。」辭海引世説此條後加按語云：「張憑有才氣，長言語。勃窣，形容才華的由内而外迸發而出。」又按廣韻十一没：「窣，勃窣，穴中出也。」張萬起詞典從楊箋所引太倉志，釋「勃窣」爲「體貌短小，步履蹣跚的樣子」。後張萬起、劉尚慈譯注釋爲「詞彩豐富繽紛的樣子」。闞緒良世説新語詞語札記以爲「勃窣」義當是張、劉二氏所釋，而其餘諸家皆難以講通；又謂「勃窣」義爲「言語多」，唐宋時寫作「勃素」、「勃訴」云云（詳見安徽電視大學學報二〇〇二年第四期）按，以上諸説，以世説補觿、辭海爲近。

〔八〕太常博士　晉書二四職官志：「太常博士，魏官也，魏文帝初置，晉因之，掌引導乘輿，王公已下應追謚者，則博士議定之。」按，張憑以清言爲劉惔、簡文賞識，用爲太常博士，此與阮宣子以「將無同」三字爲王衍辟爲掾（見本篇一八）略同，皆反映晉時崇尚清言，以至影響人才之選用。

〔九〕隋書三五經籍志有晉司徒長史張憑集五卷。

五四　汰法師云：「『六通』、『三明』同歸，正異名耳。」〔一〕

安法師傳曰：「竺法汰者，體器弘簡，道情冥到，法師友而善焉。」一説法汰即安公弟子也。〔二〕經云：「六通者，三乘之功德也。一曰天眼通，見遠方之色。二曰天耳通，聞障外之聲。三曰身通，飛行隱顯。四曰它心通，水鏡萬慮。五曰宿命通，神知已往。六曰漏盡通，慧解累世。三明者，解脱在心，朗照三世者也。」然則天眼、天耳、身通、它心、漏盡此五者，皆見在心之明也。宿命則過去心之明也。因天眼發未來之智，則未來心之明也。同歸異名，義在斯矣。

【校釋】

〔一〕正　止也，僅也。德行一三：「（華）歆曰：『本所以疑，正爲此耳。』」言語六二：「年在桑榆，自然至此，正賴絲竹陶寫。」

〔二〕「竺法汰者」數句　高僧傳五竺法汰傳：「竺法汰，東莞人，少與安公同學，雖才辯不逮，而姿貌過之。……或有言曰汰是安公弟子，非也。」

五五　支道林、許、謝盛德，〔一〕共集王家。許詢、謝安、王濛。謝顧謂諸人：〔二〕「今日可謂彦會，時既不可留，此集固亦難常，當共言詠，〔三〕以寫其懷。」許便問主人有莊子不，正得漁父一篇。莊子曰：「孔子遊乎緇帷之林，〔四〕休坐乎杏壇之上。孔子弦歌鼓琴，奏曲未半，有漁者下船而來，鬚眉交白，被髮揄袂，行原以上，〔五〕距陸而止，〔六〕左手據膝，右手持頤以聽。曲終而招子貢、子路語曰：〔七〕『彼何爲者也？』曰：『孔氏。』曰：『孔氏何治？』子貢曰：『服忠信，行仁義，飾禮樂，選人倫，孔氏之所治也。』曰：『有土之君歟？』曰：

『非也。』漁父曰：『仁則仁矣，恐不免其身。』孔子聞而求問之。遂言八疵、四病，以誡孔子。」〔八〕謝看題，便各使四坐通。支道林先通，作七百許語，敍致精麗，〔九〕才藻奇拔，衆咸稱善。於是四坐各言懷畢。謝問曰：「卿等盡不？」皆曰：「今日之言，少不自竭。」謝後粗難，因自敍其意，作萬餘語，才峰秀逸。文字志曰：「安神情秀悟，善談玄遠。」〔一〇〕既自難干，加意氣擬託，蕭然自得，〔一一〕四坐莫不厭心。支謂謝曰：「君一往奔詣，〔一二〕故復自佳耳。」

【校釋】

〔一〕盛德　指賢人君子。本篇五六云「殷中軍、孫安國、王、謝能言諸賢」，「盛德」，即指「諸賢」也。吳志張温傳：「若忍威烈以赦盛德，宥賢才以敦大業，固明朝之休光、四方之麗觀也。」晉書一宣帝紀：「帝曰：年老意荒，不解君言，今還爲本州，盛德壯烈，好建功勳。」晉書六四司馬道子傳：「盛德之流，法護王甯。」范子燁釋此條，以爲「以『盛德』稱支、謝等名士，顯然是佛家的口氣，這可能與世説新語的編纂者劉義慶篤信沙門有關」（見中古文人生活研究第四章）。其説恐不確。

〔二〕謝顧　宋本、沈校本無「謝」字。

〔三〕言詠　此指清言。此外尚有「談詠」、「理詠」、「詠言」、「詠語」，皆指清談。晉書七九謝安傳：「寓居會稽，與王羲之及高陽許詢、桑門支遁遊處，出則漁弋山水，入則言詠屬文，無處世意。」晉書三四羊祜傳：「祜樂山水，每風景，必造峴山，置酒言詠，終日不倦。」晉書六四司馬道子傳：「仲堪仙民，特有言詠。」按，謝安之言，與王羲之蘭亭集序何等相似，洋溢着珍惜生命之深情，及時行樂之雅趣。所謂「高談娛心」，自漢末以來已然，至東晉支遁、謝安等名士遂臻其極。

〔四〕孔子遊乎緇帷之林　成玄英疏：「緇，黑也。尼父遊行天下，讀講詩書，時於江濱，休息林籟。其林鬱茂，蔽日蔭沉，布葉垂條，又如帷幕，故謂之緇帷之林也。」

〔五〕行原以上　宋本無「上」字。按，莊子漁父有「上」字是。

〔六〕距　至也，抵也。距陸，至於高陸。

〔七〕曲終　宋本、沈校本無「終」字。按，有「終」字是。

〔八〕四病　莊子漁父作「四患」。漁父誡孔子曰：「且人有八疵，事有四患，不可不察也。非其事而事之，謂之總；莫之顧而進之，謂之佞；希意道言，謂之諂；不擇是非而言，謂之諛；好言人之惡，謂之讒；析交離親，謂之賊；稱譽詐僞以敗惡人，謂之慝；不擇善否，兩容頰適，偷拔其所欲，謂之險。此八疵者，外以亂人，内以傷身，君子不友，明君不臣。所謂四患者：好經大事，變更易常，以掛功名，謂之叨；專知擅事，侵人自用，謂之貪；見過不更，聞諫愈甚，謂之狠；人同於己則可，不同於己，雖善不善，謂之矜。」

〔九〕敍致　參見本篇二八、四二校釋。

〔一〇〕玄遠　遠，原作「速」，宋本、沈校本並作「遠」。按，「速」爲形誤，作「遠」是，今據改。

〔一一〕「既自難干」數句　世説箋本：「才峰既自有難干之勢，加之意氣所高，擬託所在，蕭散安閒。擬託，擬託物以論之也。」

〔一二〕一往奔詣　世説箋本引觿云：「一往而直詣玄境。一往，直往而不顧也。」奔詣，張萬起詞典：「迅進無礙，指語意暢達。」按，一往奔詣，義同本篇四七「一往參詣」。觿釋「詣」爲「直詣」，小誤。「詣」爲名詞，指某種境界。詞典具體指語意暢達，近是。

五六　殷中軍、孫安國、王、謝能言諸賢，悉在會稽王許。〔一〕殷與孫共論易象妙於見形。其論略曰：「聖人知觀器不足以達變，故表圓應於蓍龜。圓應不可爲典要，故寄妙迹於六爻。六爻周流，唯化所適，故雖一畫，而吉凶並彰，微一則失之矣。擬器託象，而慶咎交著，繫器則失之矣。故設八卦者，蓋緣化之影迹也。天下者，寄見之一形也。圓影備未備之象，一形兼未形之形。故盡二儀之道，不與乾、坤齊妙。風雨之變，不與巽、坎同體矣。」〔二〕孫語道合，意氣干雲。一坐咸不安孫理，而辭不能屈。會稽王慨然歎曰：「使真長來，故應有以制彼。」即迎真長，〔三〕孫意己不如。真長既至，先令孫自敍本理。孫粗説己語，

亦覺殊不及向。〔四〕劉便作二百許語，辭難簡切，孫理遂屈。一坐同時拊掌而笑，稱美良久。〔五〕

【校釋】

〔一〕「殷中軍」二句　程炎震云：「此王、謝是王濛、謝尚，非逸少、安石也。知者以此稱會稽，不稱撫軍與相王，知是成帝咸康六年事。當深源屏居墓所之時，濛、尚同爲會稽王談客。安國雖歷佐陶侃、庾翼，容亦奉使下都。若安石、逸少，永和中始會於都下，安國方從桓温征伐蜀、洛矣。注不斥言王、謝何人，殆闕疑之意。晉書惔傳取此，並没王、謝不言。」

〔二〕「其論略曰」數句　六爻周流，六爻，宋本、沈校本無此二字。王利器校：「『周流』上重『六爻』字，是。」　孝標所注論文，是殷浩之論，還是孫盛之論？前人理解不一。晉書七五劉惔傳曰：時孫盛作易象妙於見形論，殷浩等人難之，不能屈。簡文帝命劉真長來，辭甚簡至，盛理遂屈。晉書采自世說，而以易象妙於見形論歸於孫盛作。又晉書八二孫盛傳曰：「及長，博學，善言名理。于時殷浩擅名一時，與之抗論者，惟盛而已。」「盛又著易象妙於見形論，浩等竟無以難之，由是遂知名。」與劉惔傳同。清嚴可均將此段文字題爲易象論（見全晉文一二九），以爲乃殷浩作。按，嚴氏之理解可從。因孝標注引此段文字置於「殷與孫共論易象妙於見形論」句下，未置於「孫語道合，意氣干雲」句下。對此，朱伯昆易學哲學史辨析在理，讀者可參看。

〔三〕即迎　即，王刻本作「既」。王先謙校引晉書劉惔傳云：「作既，非。」

〔四〕殊不　殊，宋本、沈校本並作「絶」。按，作「殊」較勝。

〔五〕由此條所記，可知東晉易學不同派别之争論及勢力之消長。晉書稱孫盛作易象妙於見形論，惜其詳不得而知。所謂易象妙於見形，乃謂觀爻象之形而知易之精妙。故孫盛易學，宜歸諸魏晉易學中之象數一派，其見解可從魏志鍾會傳裴注引孙盛之言推知。孫盛曰：「易之爲書，窮神知化，非天下之至精，其孰能與於此？世之注解，殆皆妄也。況弼以傅會之辨，而欲籠統玄旨者乎？故其敍浮義則麗辭溢目，造陰陽則妙賾無間，至於六爻變化，羣象所效，日時歲月，五氣相推，弼皆擯落，多所不關。雖有可觀者焉，恐將泥夫大道。」所謂「六爻變化，羣象所效，日時歲月，五氣相推」者，乃指漢代易學傳統之象數之學，以八卦卦象與陰陽二氣結合，筮卜吉凶。至王弼則一掃象數舊説，以老、莊解易，即以玄學義理解釋卦爻辭，創立義理派，何晏、鍾會、荀粲等亦屬此派，其影響遠較象數學派爲巨。此條稱「一坐咸不安孫理」，可見孫盛易象妙於見形之説不爲多數人贊同。殷浩之論則與王弼易學一脈相承，以爲觀器不足以知變，蓍龜、六爻是「器」是「象」，如果執着於「器」「象」，則不能得易之本體，此即「繫器則失之矣」之意。千變萬化之象，千差萬别之跡，皆由「一」生成。「一」與「道」、「本體」、「太極」同義。殷浩易學詳細内容不得而知，可能與韓康伯易學相去不遠。康伯爲殷浩外甥，且爲浩所賞識，故康伯易學，很有可能直接源于舅父殷浩。而康伯與王弼，同爲魏晉易學義理派之傑出代表，注易始終以義理貫之。如注周易繫辭上：「故神無方而易無體」句曰：「方、體者，皆係於形器者也；神則陰陽不測，易則唯變所適，不可以一方、一體明。」注繫辭上「非天下之至神，其孰能與於此」二句曰：「夫非忘象者，則無以制象；非遺數者，無以極數。至精者，無籌策而不可亂；至變者，體一而無不周；至神者，寂然而無不應。」以爲器、象不足以盡意，與殷浩「觀器不足以達變」、「圓應不可爲典要」之見解完全一致。又殷浩之叔殷融亦善易學，著象不盡意、大賢須易論，理義精微，談者稱焉。（見文學七四注引中興書）殷融既主「象不盡意」，亦可推知與孫盛易學相左。至於劉惔難孫盛易象妙於見形論，當亦屬義理派。劉惔傳曰：「及惔年德轉升，論者遂比之荀粲。」又曰：「尤好老莊，任自然趣。」荀粲曾與兄論易中象、言、意三者關係，以爲：「蓋理之微者，非物象之所舉也。今稱立象以盡意，此非通於意外者也；繫辭焉以盡言，此非言乎繫表者也；斯則象外之意，繫表之言，固蘊而不出矣。」（見魏書荀彧傳注引何劭所作荀粲傳）粲以爲易理精微，非言、象所能包舉。論者將劉惔比作荀粲，且惔尤好老莊，則據此亦可推斷其易學觀點爲象不盡意。由此條可知東晉易學義理派與象數派之對峙，而義理派勢力之盛，已遠超象數派。

五七　僧意在瓦官寺中，未詳僧意氏族所出。王苟子來，苟子，王脩小字。〔一〕與共語，便使其唱理。〔二〕意謂王曰：〔三〕「聖人有情不？」王曰：「無。」〔四〕重問曰：「聖人如柱邪？」王曰：「如籌筭，雖無情，運之者有情。」僧意云：「誰運聖人邪？」苟子不得答而去。〔五〕諸本無僧意最後一句，意疑其闕，慶校衆本皆然。〔六〕唯一書有之，故取以成其義。然王脩善言理，如此論特不近人情，猶疑斯文爲謬也。

【校釋】

〔一〕脩　宋本作「循」。按，「循」乃形誤。

〔二〕唱理　謂先發論題。唱，説文：「導也。」史記四八陳涉世家：「項燕爲天下唱，宜多應者。」司馬貞索隱：「漢書作倡，倡謂先也。」唱理即清談之發端。凡有談論，必有首唱者，而後展開辯論，此爲清談形式。范子燁以爲「『唱理』這種説法正源於内典，」並舉高僧傳一三唱導論曰證之（見范子燁中古文人生活研究第四章）。按，高僧傳一三「論曰」：「唱導者，蓋以宣唱法理，開導衆心也。」試讀高僧傳一三釋曇宗傳：「嘗爲孝武唱導行菩薩五法，禮竟，帝乃笑謂宗曰：『朕有何罪而爲懺悔？』宗曰：『昔虞舜至聖，猶云予違爾弼。湯武亦云：萬姓有罪，在予一人。聖王引咎，蓋以軌世。陛下德邁往代，齊聖虞、殷，履道思沖，寧得獨異？』帝大悦。」由此可知，所謂唱導，非是一人唱理，他人與之辯論也。故

「唱理」一詞，源於中土語義，與佛教之「唱導」無關。

〔三〕意謂　意，宋本、沈校本並作「便」。按，作「意」是。

〔四〕「聖人有情」二句　莊子德充符：「惠子謂莊子曰：『人故無情乎？』莊子曰：『然。』惠子曰：『人而無情，何以謂之人？』莊子曰：『道與之貌，天與之形，惡得不謂之人？』惠子曰：『既謂之人，惡得無情？』莊子曰：『是非吾所謂情也。吾所謂無情者，言人之不以好惡内傷其身，常因自然而不益生也。』」莊子謂人無情，蓋體任自然之故，而未言聖人無情。經漢人主聖人法天道之説，至魏晉遂推演成聖人無情之結論。然同時之王弼主張體用合一，以爲聖人有情。其論見於魏志鍾會傳注引何劭王弼傳：「何晏以爲聖人無喜怒哀樂，其論甚精，鍾會等述之。弼與不同，以爲聖人茂于人者神明也，同於人者五情也。神明茂故能體沖和以通無，五情同故不能無哀樂以應物。然則聖人之情，應物而無累於物者也。今以其無累，便謂不復應物，失之多矣。」關於何晏聖人無情説及王弼聖人有情説，湯用彤王弼聖人有情義釋（載魏晉玄學論稿）一文已有精闢分析，讀者可參看。僧意與王脩亦討論聖人無情有情問題，可見至東晉中期，清言家仍對此題目感興趣。

〔五〕「重問曰」數句　從上下文意判斷，王脩主聖人無情説，僧意則主聖人有情説。當王脩否認聖人有情後，僧意以「聖人如柱邪」質疑之，意謂聖人若無情，則無喜怒哀樂，便不復應物如柱矣。面對僧意之難，王脩以「籌算」作喻。「籌算」固然純依數理，一是一，二是二，未嘗有情。然又稱「運之者有情」，徘徊於有情無情兩端，自露破綻。王脩既失「籌算」之喻，故當僧意追問「誰運聖人」時，只好辭窮而去。考王脩其人，頗善玄談。本篇八三：「王敬仁年十三，作賢人論，長史送示真長，真長答云：『見敬仁所作論，便足參微言。』」賞譽一二三：「林公云：『王敬仁是超悟人。』」品藻四八：「劉尹至王長史許清言，時苟子年十三，倚牀邊聽。既去，問父曰：『劉尹語何如尊？』長史曰：『韶音令辭，不如我，往輒破的，勝我。』」以上數條皆證王脩受父清言影響，研探微言，有所悟得。但王脩清言水平實乃平平爾。苟子此番辭窮，蓋未參透王弼論聖人有情之精解耳。

〔六〕慶校　慶，宋本作「廣」。王世懋云：「此『慶』非臨川，即孝標矣。」李慈銘云：「『慶』字當作『峻』，劉孝標本名峻，梁書、南史皆同，傳寫者因此書止題劉孝標注，不知其本名峻，遂妄改爲『慶』，以爲臨川自注語耳。史言孝標以字行，據此，則其自稱固仍本名也，各本皆誤。」唐批同李慈銘説。劉盼遂云：「慶爲康王之名，知此注語爲康王原文也。」（見劉氏總論校箋凡例）余箋：「作『慶』固非，作『峻』亦未安。惟宋本作『廣』，妙合語氣。慶與廣字形相近，因而致誤耳。又案：卷下賢媛篇注曰：『臣謂王廣名士，豈以妻父爲戲。』汰侈篇注曰：『臣按其相經』云云，然則孝標此注爲奉敕而作，故自稱臣。以此例之，則此條必不自名峻亦明矣。蓴客先生未之思耳。」徐箋：「按臨川之書，本由衆書輯録而成，其一事分見於數書而互有出入者不一，唐宋諸類書所收，猶可覆按。注云諸本，猶言各書，故下云

『惟一書有之』，義慶當時參校衆書而附以此注，亦絶非不可能之事，李氏以爲傳寫者不知孝標本名峻，因而妄改，傳寫者似不應如此之陋。故著此存疑。」按，以上諸説以余箋爲近。據現存資料，義慶未嘗校注過世説；義慶自稱「慶」，亦無有此理。宋本作「廣」，不誤。

五八　司馬太傅問謝車騎：「惠子其書五車，何以無一言入玄？」〔一〕謝曰：「故當是其妙處不傳。」〔二〕莊子曰：「惠施多方，其書五車，其道舛駁，其言不中，謂卵有毛，雞三足，馬有卵，犬可爲羊，火不熱，目不見，龜長於蛇，丁子有尾，白狗黑，連環可解。能勝人之口，不能服人之心，蓋辯者之囿也。」〔三〕

【校釋】

〔一〕「惠子」二句　老子一章：「故常無，欲以觀其妙；常有，欲以觀其徼。此兩者，同出而異名，同謂之玄。玄之又玄，衆妙之門。」王弼注：「妙者，微之極也。」按，衆妙皆由玄出，惠子雖其書五車，但莊子天下篇譏其「其道舛駁，其言不中」，放蕩口辯，充數尚可，離道則遠。司馬道子「何以無一言入玄」之疑問，即據莊子天下篇。

〔二〕「故當」句　張萬起詞典：「言精微奥妙之處，非言語所能表達。」按，此解可商。司馬道子前問：「惠子其書五車，何以無一言入玄？」可知道子不以爲惠子精微奥妙。謝玄之答，乃以老子語解釋道子之疑問。蓋妙由玄出，玄由妙顯，妙處不傳，豈能入玄？亦即惠子無有妙處，故無一言入玄。孝標注引莊子稱惠施「其道舛駁，其言不中」，「能勝人之口，不能服人之心」，以解釋謝玄「其妙處不傳」之答，甚是。蓋惠子之學，不過以善辯爲名，然不合大道，不適人情，故不能「入玄」，與莊生之「獨與天地精神往來」相去遠矣。司馬道子、謝玄議論惠子，與莊子天下篇一脈相承。

〔三〕孝標所引莊子見天下篇，是節録，非原文。

五九　殷中軍被廢徙東陽，大讀佛經，皆精解，唯至「事數」處不解。「事數」：謂若五陰、〔一〕十二入、〔二〕四諦、十二因緣、〔三〕五根、〔四〕五力、〔五〕七覺之聲。〔六〕遇見一道人，問所籤，便釋然。

【校釋】

〔一〕五陰　即五藴，梵語之塞犍陀Skandha，舊譯爲陰，又譯爲衆，新譯爲藴。陰者積集之義。衆者衆多和聚之義，亦藴之義也。大别之五法：一、色藴，總該五根五境等有形之物質。二、受藴，對境而承受事物之心之作用也。三、想藴，對境而想像事物之心之作用也。

四、行蘊，其他對境關於嗔貪等善惡一切之心之作用也。五、識蘊，對境而了別識知事物之心之本體也。（詳見丁福保佛學大辭典）

〔二〕十二入　入即涉入之義。謂六根、六塵互相涉入，故名十二入也。六根者，眼根、耳根、鼻根、舌根、身根、意根也。六塵者，色塵、聲塵、香塵、味塵、觸塵、法塵也。（同上）

〔三〕十二因緣　新作十二緣起，舊作十二因緣，又單名因緣觀，支佛觀。是爲辟支佛之觀門。説衆生涉三世而輪回六道之次第緣起也。一、無明，過去世無始之煩惱也。二、行，依過去世煩惱而作之善惡行業也。三、識，依過去世之業而受現世受胎之一念也。四、名色，在胎中心身漸發育之位也。五、六處，六處即六根，爲六根具足將出胎之位也。六、觸二三歲間對於事物未識別苦樂，但欲觸物之位也。七、受，六七歲以後漸對事物識別苦樂而感受之之位也。八、愛，十四五歲以後，生種種强盛愛欲之位也。九、取，成人已後愛欲愈盛馳驅諸境取求所欲之位也。十、有，依愛取之煩惱，作種種之業，定當來之果之位也。有者業也，業能有當來之果，故名爲有。十一、生，即依現在之業于未來受生之位也。十二、老死，于來世老死之位也。（同上）

〔四〕五根　有兩種：一曰眼等之五根：一、眼根，生眼識者。二、耳根，生耳識者。三、鼻根，生鼻識者。四、舌根，生舌識者。五、身根，生身識者。俱舍論一曰：「五根者，所謂眼耳鼻舌身根。」二曰信等之五根：一、信根，信三寶四諦者。二、精進根，又名勤根。勇猛修善法者。三、念根，憶念正法者。四、定根，使心止於一境而不散失者。五、慧根，思惟真理者。此五法爲能生他一切善法之本，故名爲五根。（同上）

〔五〕五力　力，王刻本作「九」。按，作「力」是。五力，五種魔力也，即五塵是。一、信力，信根增長，破諸邪信者。二、精進力，精進根增長，能破身之懈怠者。三、念力，念根增長，能破諸邪念者。四、定力，定根增長，能破諸亂想者。五、慧力，慧根增長，能破三界諸惑者。見法界次第中之下。（同上）

〔六〕七覺之聲　聲，宋本、沈校本並作「屬」。　七覺，覺有覺了、覺察之義。覺法分七種，故曰支，或曰分。一、擇法覺支，以智慧簡擇法之真僞。二、精進覺支，以勇猛之心離邪行行真法。三、喜覺支，心得善法即生歡喜。四、輕安覺支，止觀及法界次第名爲除覺分，斷除身心粗重，使身心輕利安適。五、念覺支，常明記定慧而不忘，使之均等。六、定覺支，使心往於一境而不散亂。七、行舍覺支，舍諸妄謬，舍一切法，平心坦懷，更不追憶。（同上）

六〇　殷仲堪精覈玄論，人謂莫不研究。〔一〕殷乃歎曰：「使我解四本，談不翅爾。」〔二〕

〔一〕周祇隆安記曰：「仲堪好學而有理思也。」

【校釋】

〔一〕「殷仲堪」二句　殷仲堪出於玄學世家。祖父殷融，精通易學；從父殷浩，爲東晉中期一流清言家，玄學、佛經皆精解。浩「於才性偏精，忽言及四本，便若湯池鐵城，無可攻之勢」（見本篇三四）。殷浩外甥韓伯，乃易學名家，仲堪與之齊名。仲堪精通老、莊、易，擅四本論，所謂「莫不研究」，蓋家學所致，唯不知於佛經爲何如耳。

〔二〕不翅　王叔岷補正：「案莊子大宗師篇：『陰陽與人，不翅于父母。』成玄英疏：『翅作啻。啻、翅正假字。』」徐箋：「同『不啻』，與『不止』同義，乃爾時常語，書中屢見。」

六一　殷荆州曾問遠公：張野遠法師銘曰：「沙門釋惠遠，鴈門樓煩人。本姓賈氏，世爲冠族，年十二，隨舅令狐氏遊學許、洛。年二十一，欲南渡就范宣子學，道阻不通，遇釋道安以爲師。抽簪落髮，研求法藏。釋曇翼每資以燈燭之費，誦鑒淹遠，〔一〕高悟冥賾。安常歎曰：『道流東國，其在遠乎？』襄陽既没，振錫南遊，結宇靈嶽。〔二〕自年六十，不復出山。名被流沙，彼國僧衆，皆稱漢地有大乘沙門。每至燃香禮拜，輒東向致敬。年八十三而終。」〔三〕「易以何爲體？」答曰：「易以感爲體。」〔四〕殷曰：「銅山西崩，靈鍾東應，便是易耶？」〔五〕東方朔傳曰：「孝武皇帝時，未央宫前殿鐘無故自鳴，三日三夜不止。詔問太史待詔王朔，朔言恐有兵氣。更問東方朔，朔曰：『臣聞銅者山之子，山者銅之母，以陰陽氣類言之，子母相感，山恐有崩弛者，故鐘先鳴。易曰：「鳴鶴在陰，其子和之。」精之至也。其應在後五日内。』居三日，南郡太守上書言山崩，延袤二十餘里。」樊英别傳曰：「漢順帝時，殿下鐘鳴，問英。對曰：『蜀岷山崩。山於銅爲母，母崩子鳴，非聖朝災。』後蜀果上山崩，日月相應。」二説微異，故並載之。遠公笑而不答。〔六〕

【校釋】

〔一〕誦鑒　誦，宋本、沈校本並作「識」。按，晉書四三王戎傳：「超然玄著，其爲識鑒者所賞如此。」晉書四五任愷傳：「愷素有識鑒。」作「識」是。

〔二〕結宇靈嶽　宇，原作「字」。宋本亦作「字」，王刻本作「宇」。按，晉書八三江逌傳：「絶棄人事，翦茅結宇。」古詩紀三九張協雜詩：「結宇窮岡曲，耦耕幽藪陰。」作「宇」是，今據改。靈嶽，指廬山。

〔三〕年八十三而終　高僧傳六慧遠傳、出三藏記集一五慧遠法師傳皆謂年八十三，與張野遠法師銘同。謝靈運廬山慧遠法師誄並序則稱「春秋八十有四，義熙十三年秋八月六日薨」。按，張野尋陽人，且爲慧遠門徒，日夕游處，所言可信度高。靈運雖與慧遠有交往，但時間不長，且年齡小於慧遠甚遠，未必熟悉遠公生平行事，稱遠公春秋八十有四，或有誤也。

〔四〕易以感爲體　彖解釋周易咸卦曰：「咸，感也。柔上而剛下，二氣感應以相與。」「天地感而萬物化生，聖人感人心而天下和平。觀其所感，而天地萬物之情可見矣。」魏志管輅傳裴注引輅别傳，記輅與清河令徐季龍論易，借具體之象闡明易之根本乃陰陽感應之變。王弼注易曰：「天地萬物之情，見於所感也。」咸卦所謂「感」者，乃感應也，即天地萬物之感應與排斥。故朱熹周易咸卦九四傳曰：「凡在天地之間，無非感應之理，造化與人事皆是。」（朱熹近思録卷一江永集注）「體」者，體徵，形跡也，爲形而下之具象。周易繫辭上曰：「故神無方而易無體。」韓康伯注：「方、體者，皆係於形器者也；神則陰陽不測，易則唯變所適，不可以一方一體明。」「神無方」者，言神之變無固定之方位與處所；「易無體」者，言爻象之變無固定之體徵。慧遠稱「易以感爲體」，表明其準確把握易之萬物感應，而變動不居之本質。

〔五〕「銅山西崩」三句　靈鍾，鍾，王刻本作「鐘」。沈校本云：「案鐘鼓字，周禮並作鍾。」殷仲堪「銅山西崩，靈鍾東應，便是易耶？」之反問，乃是戲言，不過逞口齒伶俐，並非與遠公有歧見。仲堪精于易學，晉書本傳稱其「談理與韓康伯齊名，士咸愛慕之」。仲堪曾致書桓玄曰：「道無所屈而天下以之獲寧，仁者之心未能無感。」此二句即源於彖釋易咸卦：「聖人感人心而天下和平」之語。高僧傳六慧遠傳云：「（仲堪）與共遠臨北澗論易體，移景不倦，既而歎曰：『識信深明，實難爲庶。』」若不認同並敬佩遠公易學之精深，何能由衷讚美之？

〔六〕遠公笑而不答　劉辰翁云：「不答最是。」王世懋云：「按易理精微廣大，謂此非易不可，執此言易又不可，遠公所以笑而不答。」世説箋本：「抄撮：『夫寂然而不動，易之體；感而遂通，易之用也。然自吾道觀之，則八識以下矣。故遠公言如是，而殷蓋不及此也。』案，感固爲易體，故下經以咸爲首，然及上經，俄而下經，以余觀之，則遠公之言三十卦以下矣。故王評爲是。」又高僧傳六慧遠傳：「殷仲堪之荆州，過山展敬，與慧遠共臨北澗論易體，移景不倦。見而歎曰：『識信深明，實難爲庶。』」殷仲堪爲荆州刺史在太元十七年（三九二）十一月（見晉書九孝武帝紀），則仲堪與慧遠論易亦在其時。

六二　羊孚弟娶王永言女。〔一〕孚弟，輔也。羊氏譜曰：「輔字幼仁，泰山人。祖楷，尚書郎。父綏，中書郎。輔仕至衛軍功曹，娶琅邪王訥之女，字僧首。」及王家見壻，孚送弟俱往。時永言父東陽尚在，王氏譜曰：「訥之字永言，琅邪人。祖彪之，光禄大夫。父臨之，東陽太守。訥之歷尚書左丞、御史中丞。」殷仲堪是東陽女壻，亦在坐。殷氏譜曰：「仲堪娶琅邪王臨之女，字英彦。」〔二〕孚雅善理義，乃與仲堪道齊物，莊子篇也。殷難之，羊云：「君四番後當得見同。」殷笑曰：「乃可得盡，何必相同？」〔三〕乃至四番後一通。〔四〕

殷咨嗟曰：「僕便無以相異。」歎爲新拔者久之。〔五〕

【校釋】

〔一〕羊孚　已見言語一〇四及羊氏譜。

〔二〕英彦　沈校本作「彦英」。

〔三〕乃可　縱然可以。任誕二〇：「卿乃可縱適一時，獨不爲身後名耶？」

〔四〕乃　王叔岷補正：「案乃猶及也。史記儒林列傳：『孝文帝時，欲求能治尚書者，天下無有。乃聞伏生能治，欲召之。』吴昌瑩云：『乃聞，謂及聞也。』（經詞衍釋六）與此乃字同義。」

〔五〕新拔　義同「拔新」，謂新意出拔。參見本篇三六校釋。

六三　殷仲堪云：〔一〕「三日不讀道德經，〔二〕便覺舌本間强。」〔三〕晉安帝紀曰：「仲堪有思理，能清言。」

【校釋】

〔一〕殷仲堪　仲，宋本誤作「中」。

〔二〕道德經　徐箋：「晉書本傳作道德論。案道德二論何晏所撰，見文學七。御覽三六七引郭子與此同，然『經』作『論』。」楊箋同。按，文學七、九記何晏注老子，見王弼注精奇，而己注多所不如，遂不復注，因作道德論。仲堪既「精核玄論，人謂莫不研究」，豈不辨何晏道德論之庸淺，反而稱「三日不讀道德論，便覺舌本閒强」？其有此理乎？故仲堪所讀，必是老子道德經，晉書、郭子斷不可從。

〔三〕舌本閒强　王世懋云：「强，作去聲，如今俗語。」郭在貽魏晉南北朝史書詞語瑣記云：「閒强，蓋即聯綿詞『扞格』之聲轉」，「所謂『舌本閒强』，意謂舌根僵硬，以此來形容三日不讀道德經，便不復能作清言之狀。」吴金華考釋：「『强』是醫療保健方面的俗語，指身體某一部位重滯不靈。例如：後漢張仲景金匱要略：師曰：『病人脈浮者在前，其病在表；脈浮者在後，其病在裏，腰痛背强不能行，必短氣而極也。』（下略）本文『舌本閒强』，指舌根之處僵滯不靈。」

六四　提婆初至，爲東亭第講阿毗曇。〔一〕出經敍曰：「僧伽提婆，罽賓人，姓瞿曇氏。儁朗有深鑒，符堅至長安，〔二〕出諸經。後渡江，遠法師請譯阿毗曇。」遠法師阿毗曇敍曰：「阿毗曇心者，三藏之要領，〔三〕詠歌之微言。源流廣大，管綜衆經，領其宗會，故作者以心爲名焉。有出家開士字法勝，以阿毗曇源流廣大，卒難尋究，別撰斯部，凡二百五十偈，以爲要解，號之曰『心』。」罽賓沙門僧伽提婆，少玩斯文，因請令譯焉。」阿毗曇者，晉言大法也。道標法師曰：「阿毗曇者，秦言無比法也。」始發講，坐裁半，僧彌便云：「都已曉。」即於坐分數四有意道人，〔四〕更就餘屋自講。提婆講竟，東亭問法岡道人曰：〔五〕法岡，未詳氏族。「弟子都未解，阿彌那得已解，〔六〕所得云何？」曰：「大略全是，故當小未精覈耳。」〔七〕出經敍曰：「提婆以隆安初遊京師，東亭侯王珣迎至舍講阿毗曇。提婆宗致既明，振發義奥，王僧彌一聽便自講，其明義易啓人心如此。未詳年卒。」〔八〕

【校釋】

〔一〕「提婆初至」二句　東亭第，第，沈校本作「弟」。王利器校：「蔣校本、沈校本『第』作『弟』，是。」　程炎震云：「高僧傳一僧伽提婆傳曰：『隆安元年來遊京師，時衛軍東亭侯王珣建立精舍，廣招學衆。提婆既至，珣即延請，仍於其舍講阿毗曇。』」余箋：「吴地記云：『虎丘山本晉司徒王珣之別墅。咸和二年，舍山宅爲東西二寺。』吴郡圖經續記中略同，惟別墅作『宅』。按注引出經敍云：『提婆以隆安初至京師，王珣迎至舍。』則此所云東亭第，當在建康，非虎丘之宅也。景定建康志四十二第宅類無王珣宅，疑當仍在烏衣巷耳。」徐箋：「晉書王珉傳：『時有外國沙門名提婆，妙解法理，爲珣兄弟講毗曇經。』則『第』當據改爲『兄弟』。」按，提婆初至指隆安元年（三九七）初遊京師。第爲舍第之第，不須改爲「弟」或「兄弟」。余箋謂王珣宅在京師，是也。「爲東亭第講阿毗曇」，即提婆傳所謂「珣即延請，仍於其舍講阿毗曇」，惟「爲」字易生誤解耳。

〔二〕符堅　符，沈校本作「苻」。按，作「苻」是。程炎震云：「苻堅下當有脱文。高僧傳一云：『苻氏建元中，來入長安。』苻堅下疑脱『時』字。」按，程説是。入長安、出諸經者乃提婆，非苻堅也。

〔三〕要領　領，宋本誤作「頌」。

〔四〕有意道人　有解悟之道人。有意，謂有意趣，有悟解，亦謂有志向。品藻二九：「知及文章，事事有意。」宋書四六王懿傳：「仲德少沈審有意。」

〔五〕法岡　徐箋：「高僧傳及晉書王珉傳作『法綱』。」

〔六〕阿彌　程炎震云：「僧彌，王珉小字也。晉書珉傳亦取此事。然珉卒於太元十三年。至隆安之元，首尾十年矣。高僧傳作王僧珍，蓋別是一人。因珍（珎）彌（弥）二字，草書相亂，故誤認爲王珉耳。法岡，高僧傳作『法綱』。」按，程説是。考出三藏記集一〇釋道安阿毗曇序，提婆以建元十九年（三八三），即太元八年始來長安，而慧遠阿毗曇心序謂提婆於太元十六年（三九一）於廬山譯出此經，則提婆過江不會早於太元十六年。其時王珉已卒，無緣見提婆。晉書六五王珉傳謂珉幼時聽提婆講阿毗曇，與史實不符。

〔七〕「大略」二句　晉書六五王珉傳作「大義皆是，但小未精耳」。按，此條所記王珉听提婆講佛經事雖年代不合，然珉能解佛經恐是事實。高僧傳一帛尸梨蜜傳言王珉師事於蜜。珉明解佛經，異乎常人，蓋有由也。

〔八〕未詳年卒　指未詳提婆卒年。高僧傳一僧伽提婆傳言提婆「後不知所終」。

六五　桓南郡與殷荆州共談，每相攻難。年餘後，但一兩番。桓自歎才思轉退。殷云：「此乃是君轉解。」〔一〕周祗隆安記曰：「玄善言理，棄郡還國，常與殷荆州仲堪終日談論不輟。」〔二〕

【校釋】

〔一〕「年餘後」數句　劉辰翁云：「兩語得反復之妙。」世説補觿云：「意謂先是攻難，君之思有所未詣，今與我談，不爲攻難，自念才思退，乃是君才思轉入於解處。」余箋：「言彼此共談既久，玄於己所言轉能瞭解，故攻難漸少，非才退也。」按，世説補觿、余箋意同。因轉解遂攻難少，非才退，乃進步也。

〔二〕「玄善言理」三句　排調六三記桓玄與道曜講老子，尤悔一七記桓玄講論語，又隋書三二經籍志著録桓玄注周易繫辭二卷，此皆證玄善言理，亦爲清談名士。晉書九九桓玄傳：「太元末，出補義興太守，鬱鬱不得志。嘗登高望雷澤，歎曰：『父爲九州伯，兒爲五湖長！』棄官歸國。」王世懋云：「以上以玄理論文學，文章另出一條，從魏始，蓋一目中復方二目也。」

六六　文帝嘗令東阿王七步中作詩，不成者行大法。〔一〕應聲便爲詩曰：「煮豆持作羹，漉菽以爲汁。〔二〕萁在釜下燃，〔三〕豆在釜中泣。本自同根生，相煎何太急？」帝深有慚色。〔四〕魏志曰：「陳思王植，字子建，文帝同母弟也。年十餘歲，誦詩論及辭賦數萬言。善屬文，太祖嘗視其文曰：『汝倩人邪？』植跪曰：『出言爲論，下筆成章，顧當面試，奈何倩人？』時鄴銅雀臺新成，太祖悉將諸子登之，使各爲賦，植援筆立成可觀。〔五〕性簡易，不治威儀，輿馬服飾，不尚華麗。每見難問，應聲而答，太祖寵愛之，幾爲太子者數矣。文帝即位，封鄄城侯，後徙雍丘，復封東阿。植每求試不得，而國亟遷易，汲汲無懽，〔六〕年四十一薨。」

【校釋】

〔一〕「文帝」二句　者，王叔岷補正：「案：者猶則也。初學記一〇引者作將。將亦猶則也。」太平廣記一七三「俊辯」類「曹植」條引世説：「魏文帝嘗與陳思王植同輦出遊，逢見兩牛在牆間鬭，一牛不如，墜井而死。詔令賦死牛詩，不得道是牛，亦不得云是井，不得言其鬭，不得言其死。走馬百步，令成四十言，步盡不成，加斬刑。子建策馬而馳，既攬筆賦曰：『兩肉齊道行，頭上戴横骨。行至凶土頭，峍起相唐突。二敵不俱剛，一肉卧土窟。

非是力不如，盛意不得洩。』賦成，步猶未竟。重作三十言自愍詩云：『煮豆持作羹，漉豉取作汁，萁在釜下然，豆向釜中泣。本自同根生，相煎何太急。』」注云「出世説」。今本世説無死牛詩，所謂「出世説」，當就自愍詩而言。據魏志陳思王植傳：「六年，帝東征還，過雍丘，幸植宫，增户五百。」郝經續後漢書二九中：「六年，丕東征還，過雍丘，寓植宫，令植作詩。丕憐之，增户五百。」則自愍詩當作於黄初六年（二二五），時曹植封雍丘王。觀子建死牛詩、自愍詩，曹丕於手足太過兇殘，亦見「八斗之才」固然不虚。

〔二〕漉菽　菽，宋本作「豉」。王利器校：「蔣校本、沈校本『豉』作『豉』；袁本、曹本作『菽』，王本作『枚』，凌本作『枝』，都是『菽』字錯了的。」　漉，壓榨使之流出液汁。史記一一七司馬相如列傳：「滋液滲漉，何生不育。」葛洪抱朴子内篇金丹：「不肯求問養生之法，自欲割削之，煎熬之，憔悴之，漉汔之。」菽，豆類。「煮豆」二句寫煮豆爲熟，再漉之爲液汁；而豉即可食用，不須漉汁。故作「菽」是。劉辰翁云：「『萁在釜下燃，豆在釜中泣』十字自然，不待下句。妙！妙！」

〔三〕萁在　萁，宋本作「箕」。王利器校：「各本『箕』作『萁』，是，説文艸部：『萁，豆莖也。』」

〔四〕帝深有慚色　李贄云：「覽此詩，雖鐵爲肝，鐵索爲腸，亦軟矣。」（初潭集兄弟下）方苞云：「七步求章，煮豆燃萁，千古笑柄。魏文在九泉，得不愧死乎？」李慈銘云：「案臨川之意分此以上爲學，此以下爲文。然其所謂學者，清言、釋、老而已。」

〔五〕「時鄴銅雀臺新成」數句　據魏志武帝紀，建安十五年（二一〇）冬，作銅雀臺。曹植所作登臺賦見魏志陳思王植傳裴注引陰澹魏紀。

〔六〕無懽　懽，原作「權」，各本作「懽」，是，今據改。

六七

魏朝封晉文王爲公，備禮九錫，文王固讓不受。公卿將校當詣府敦喻。司空鄭沖 沖已見。〔一〕馳遣信就阮籍求文。〔二〕籍時在袁孝尼家，袁氏世紀曰：「準字孝尼，陳郡陽夏人。〔三〕父渙，〔四〕魏郎中令。準忠信居正，不恥下問，唯恐人不勝己也。世事多險，故恬退不敢求進。〔五〕著書十萬餘言。」荀綽兖州記曰：〔六〕「準有儁才，大始中位給事中。」宿醉扶起，書札爲之，無所點定，〔七〕乃寫付使。時人以爲神筆。〔八〕顧愷之晉文章記曰：「阮籍勸進，落落有宏致，至轉説徐而攝之也。」一本注阮籍勸進文略曰：「竊聞明公固讓，沖等眷眷，實懷愚心，以爲聖王作制，百代同風，褒德賞功，其來久矣。周公藉已成之業，據既安之勢，光宅曲阜，奄有龜、蒙。明公宜奉聖旨，受兹介福也。」

【校釋】

〔一〕鄭沖　已見政事六。

〔二〕信　使者曰信。釋已見前。

〔三〕陳郡陽夏　宋本無「陽」字。王利器校：「各本『夏』上有『陽』字，是。晉書袁瓌傳正作『陳郡陽夏人』，本書附陳郡陽夏袁氏譜同。」

〔四〕涣　袁涣，三國志魏志一一考證：「袁涣字曜卿。何焯曰：『涣當作焕，今太康縣猶有魏袁焕碑。』按蜀志許靖傳亦作焕。」王鳴盛十七史商榷一四「袁涣」條：「蜀志許靖傳云靖與陳郡袁焕親善，且其字曰曜卿，則又似從火爲合。且其父名滂，不應涣亦從水，未知何審。」

〔五〕恬退　原作「治退」。宋本、王刻本同。沈校本作「恬退」。按，恬退，謂淡于名利，安於退讓。文學一〇〇「羊孚作雪讚」注引何法盛中興書：「胤少有清操，以恬退見稱。」梁書孝行何炯傳：「炯常慕恬退，不樂進仕。」故作「恬退」是。今據改。

〔六〕兖州記　宋本誤作「兖准州記」。

〔七〕點定　點，晉書五〇郭象傳：「乃自注秋水、至樂二篇，又易馬蹄一篇。其餘衆篇，或點定文句而已。」

〔八〕時人以爲神筆　阮籍作勸進之年，一説在甘露三年（二五八），一説在景元四年（二六三）。程炎震云：「晉書阮籍傳取此，但云醉後，不言袁孝尼家，亦不云鄭沖求文。文帝紀載阮文于魏景元四年，而云帝乃受命。文選注引臧榮緒曰：『魏帝封太祖爲晉公，太原等十郡爲都邑。太祖讓不受命，公卿將校皆詣府勸進。阮籍爲之詞。』又曰：『魏帝，高貴鄉公也。太祖，晉文帝也。』則李善之意不以爲景元時。以魏志、晉書考之，是甘露三年五月，以太原等八郡封晉公。時昭始終讓不受也。詳阮文云『西征靈州，東誅叛逆』，李注引王隱晉書，以姜維寇隴右及斬諸葛誕事證之，以甘露三年情事爲得。若景元四年之十月，則已大舉伐蜀，獻捷交至。魏帝策文且云『巴、漢震疊，江、漢云徹』，而勸進之箋，不一及之，寧得稱爲神筆乎？故知李氏親見臧書，乃下確證。惟所引『十郡』字，或傳寫之誤，當爲『八郡』耳。張熷讀史舉證三曰：文帝紀：司空鄭沖勸進。案魏志沖時已爲司徒，今考魏志，齊王嘉平三年，鄭沖爲司空。高貴鄉公甘露元年十月，遷司徒，盧毓代之。二年三月，毓薨。四月，諸葛誕爲司空，不就徵。自是司空不除人。三年二月誕平，至八月，乃以王昶爲司空。則三年五月時，司空虛位，沖或以故官兼之。而其時太尉高柔已篤老，故三司中惟沖遣信求阮文也。若景元四年之策文，明有兼司徒武陔，必別有故，而史闕不具矣。晉書云『帝乃受命』，蓋欲盛誇阮文，故移其繫年以遷就之。文選但云鄭沖，不具其官，或本阮集，或昭明删之，斯其慎矣。然選云『晉王』，則又誤『公』爲『王』也。」陸侃如中古文學繫年定于景元四年。楊箋從甘露三年説，然又引阮廷焯阮籍爲鄭沖勸晉王牋考云：「綜覈此牋情實，終覺昔人所説，時多窒礙，不能釋人之疑。今案相國九錫之命，始于高貴鄉公甘露三年五月，五年四月復申前命。陳留王新立，乃于景元元年六月增封二郡，其後二年八月、十月，皆屢申前命，故此牋之作，頗難定于何年。今以十郡之封，既在景元元年，其時距西征、東誅將逾二載，巴、蜀、吴郡猶待蕩平。且高貴鄉公被殺，陳留王新立，增二郡之封，再申請前命。或鄭沖等遂有勸進之事，則此牋之作，殆於其時乎？文帝于景元四年十月始受命，而十一月即以司徒鄭沖爲太保，固所以酬之也。」按，阮氏所考符合史實，可從。文選阮籍爲鄭沖勸晉王牋李善注引臧榮緒晉書曰：「魏帝封晉太祖爲晉公，太原等十郡爲邑，進位相國，備禮九錫，太祖讓不受」云云。魏志高貴鄉公紀載：景元三年夏五月，命大將軍司馬文王爲相國，封晉公，食邑八郡。景元元年，增封二郡，並前滿十。則臧榮緒晉書所記事當在景元年間。程氏前稱李善注曰「魏帝，高貴鄉公也」，然查李善實無此注；後又謂李善引臧榮緒晉書之「十郡字，或傳寫之誤，當爲八郡」，此乃無根之臆説。臧榮緒既云「十郡」，則可知此乃景元年間情事。故知阮籍勸進之牋，當以晉元四年爲是。又，阮籍因作勸進，頗受後人詬病。如葉夢得云：「阮籍既爲司馬昭大將軍從事，聞步兵廚酒美，復求爲校尉。史言雖去職，常遊府内，朝宴必預，以能遺落世事爲美談。以吾觀之，此正其詭譎，佯欲遠昭而陰實附之，故示戀戀之意，以重相諧結，小人情僞，有千載不可掩者。不然，籍與嵇康當時一流人物也，何禮法疾籍如仇，昭則每爲保護，康乃遂至於是。籍何以獨得於昭如是耶？至勸進之文，真情乃見。籍著大人論，比禮法士爲羣蝨之處褌中。吾謂籍附昭，乃褌中之蝨，但偶不遭火焚耳。使王濬、毌丘儉等一得志，籍尚有噍類哉！」（避暑録話卷上）劉應登云：「此即以居攝之事啓之，嗣宗此筆爲大節之玷矣。」劉辰翁云：「筆平順適不少多，謂爲慚筆固非。爲神語亦謬，直不當作耳。」

六八　左太沖作三都賦初成，〔一〕思别傳曰：「思字太沖，齊國臨淄人。父雍，〔二〕起於筆札，多所掌練，爲殿中御史。思蚤喪母，雍憐之，不甚教其書學。〔三〕及長，博覽名文，遍閱百家。司空張華辟爲祭酒，賈謐舉爲秘書郎。〔四〕謐誅，歸鄉里，專思著述。齊王冏請爲記室參軍，不起。時爲三都賦未成也。後數年疾終。其三都賦改定，至終乃上。〔五〕初，作蜀都賦云：『金馬電發於高岡，碧雞振翼而云披，鬼彈飛丸以礌礉，〔六〕火井騰光以赫曦。』今無『鬼彈』，故其賦往往不同。思爲人無吏幹而有文才，又頗以椒房自矜，故齊人不重也。」時人互有譏訾，思意不愜。後示張公，張華，已見。〔七〕張曰：「此二京可三，〔八〕然君文未重於世，宜以經高名之士。」思乃詢求於皇甫謐。王隱晉書曰：「謐字士安，安定朝那人，漢太尉嵩曾孫也。祖叔獻，灞陵令。父叔侯，舉孝廉。謐族從皆累世富貴，獨守寒素。所養叔母歎曰：『昔孟母以三徙成子，曾父以烹豕存教，〔九〕豈我居不卜鄰，〔一〇〕何爾魯之甚乎？〔一一〕脩身篤學，自汝得之，於我何有？』因對之流涕，謐乃感激。年二十餘，就鄉里席坦受書，遭人而問，少有寧日。武帝借其書二車，〔一二〕遂博覽。太子中庶子、議郎徵，並不就，終于家。」謐見之嗟歎，遂爲作敍，於是先相非貳者，莫不歛衽讚述焉。〔一三〕思别傳曰：「思造張載，問岷、蜀事，交接亦疏。皇甫謐西州高士，摯仲治宿儒知名，非思倫匹。劉淵林、衛伯輿並蚤終，皆不爲思賦序注也。凡諸注解，皆思自爲，欲重其文，故假時人名姓也。」〔一四〕

【校釋】

〔一〕「左太沖」句　關於左思三都賦作年，學者有異説。文選左思三都賦序李善注：「思作賦時，吴蜀已平。見前賢文之是非，故作斯賦，以辨衆惑。」嚴可均曰：「案別傳失實，晉書所棄，其可節取者僅耳。思先造齊都賦成，復欲賦三都。泰始八年，妹芬爲脩儀，因移家京師，求爲秘書郎。歷咸寧至太康初賦成，晉書所謂構思十年者也。皇甫謐卒于太康三年，而爲賦序，是賦成必在太康初。此後但可云賦未定，不得云賦未成也。其賦屢經删改，歷三十餘年，至死方休。太康三年，張載爲著作佐郎，思訪岷、蜀事，遂删鬼彈飛丸之語。又交摯虞，或嘗以賦就正，此可因別傳而意會得知之者。」（全晉文一四六注）姜亮夫陸平原年譜「惠帝元康元年」條繫以陸機與弟陸雲書論左思三都賦事，云：「按左思妹芬以泰始八年入宫，至咸寧時拜脩儀（晉書作「八年拜脩儀」。按御覽引晉起居注，拜脩儀在咸寧三年，蓋芬以泰始八年以采擇入宫，至是拜脩儀，晉書略言之也）。思因妹貴，移家洛陽，乃詣著作郎張載，訪岷、邛之事，自以所見不博，求爲秘書郎中（今晉書無中字，據孫詒讓籀廎述林補），十年乃成。度機入洛時，正思得句便疏之時，十年鑄辭，當成于武、宣之間，史無成言，可據事以推之也。與弟雲書論之，當是在東宮與弟別之年，思賦亦即成於此時，則次之於此或稍後，當不甚相遠矣。」以爲思之三都賦作于惠帝元康元年（二九一）前後。陸侃如中古文學繫年「太康二年」條謂三都賦成在皇甫謐卒後，而謐序爲假託。傅璇琮左思三都賦寫作年代質疑、曹道衡、沈玉成等則定此賦作于平吴前，即太康元年（二八〇）前。傅文提出四證：一，御覽引晉起居注，書「拜美人左嬪爲脩儀」，是芬之入宫尚在泰始八年（二七二）前，三都賦構思十年，殺青當在太康元年前。二，張載入蜀，作劍閣銘，據載敍行賦「歲大荒之孟夏，余將往乎蜀都」，推得入蜀在泰始九年（二七三），晉書謂太康初，不確。左思訪張載以岷、邛之事當在滅吴前。三，皇甫謐序非出僞託，而謐卒于太康三年（二八二）。四，據三都賦内證，可知其時蜀亡而吴尚存。曹道衡、沈玉成中古文學史史料叢考「三都賦作年」條引傅文四證後云：「陸雲集録雲與兄書，言及『雲謂兄作二京，必得無疑；又思三都，世人已作是語。』雲書凡三十五首，有作於鄴城者，亦有作於浚儀者，書中舛訛頗多，益以晉人口語，極難盡解。然據此可證陸機入洛，欲作此賦之説非盡向壁虚構。陸雲書言『世人已作是語』，是明謂左思賦已成，稱『世人』而不名，輕之也。陸雲此書，疑作於浚儀令任，其時爲入洛後二三年。」按，以上諸説，以嚴可均所説最得其實。左思魏都賦曰：「成都迄已傾覆，建業則亦顛沛。」則李善謂左思作三都賦時東吴已平，其説可信。或據陸機兄弟太康末入洛，聞思爲此賦，機與弟書云云，便謂三都賦其時尚未成，而皇甫謐序是假托，説亦不可從也。

〔二〕父雍　余箋：「御覽二二六引曹氏傳曰：『左擁起於碎吏，武帝以爲能，擢爲殿中侍御史。』嘉錫案：書鈔一〇二引王隱晉書作『父雍起卑吏』。御覽作擁者，傳寫誤耳。」陳直世説新語札記云：「洛陽出土左棻墓石云：『父熹字彦雍，太原相，弋陽太守。』又云：『兄思字泰沖。』本文作『父雍』，知爲彦雍之誤文。」（中華文史論叢第五輯，一九六四年，北京，下同）

〔三〕「思蚤喪母」三句　余箋：「宋本作『思少孤』。據晉書文苑傳云：『思少學鍾、胡書及鼓琴並不成。雍謂友人曰：「思所曉解，不及我少時。」思遂感激勤學。』則思未嘗少孤也。且既云少孤，又云不甚教其書學，文義殆不相屬。其誤明甚。嘉錫又案：文館詞林一五二有左思悼離贈妹詩二首略云：『惟我惟妹，寔惟同生。早喪先妣，恩百常情。女子有行，實遠父兄。』又云：『永去骨肉，内充紫庭。至情至念，惟父惟兄。悲其生離，泣下交頸。』然則思實蚤喪母，至左貴嬪選入内庭時，其父尚在也。」

〔四〕秘書郎　文選四左思三都賦序注引臧榮緒晉書作「秘書」。高步瀛文選李注義疏第八六六頁謂左思仕至秘書郎中。余箋：「唐六典一〇引晉書云：『左太沖爲三都賦，自以所見不博，求爲秘書郎中。』與今晉書不同，蓋臧榮緒書。」

〔五〕至終乃上　上，宋本作「止」。徐箋、楊箋據宋本改作「止」。按，當作「止」，作「上」于辭不文。蜀中廣記一〇一引左思別傳云：「思作三都賦，疾中猶改蜀都賦云。」據此，左思修改三都賦，至疾終乃止。故當作「止」。

〔六〕鬼彈　蜀中廣記一〇一：「左思別傳云：思作三都賦，疾中猶改蜀都賦云：『金馬電發于高岡，碧山振翼而云披。鬼彈飛丸以礌礉，火井騰光而赫曦。』今本無鬼丸句。水經注：『瀘水傍瘴氣特惡，氣中有物，不見其形。其作有聲，中木則折，中人則害，名曰鬼彈。』天中記九引搜神記：「漢時永昌郡不韋縣有禁水，水有毒氣，唯十一月十二月差可渡。自正月至十月逕之，無不害人。其氣中有惡物，不見其形，其作有聲，如有所以投擊內。中木則折，中人則害，土俗號爲鬼彈。故郡有罪人，徙之禁防，不過十日皆死也。」

〔七〕張華　已見德行一二。

〔八〕此二京可三　世説箋本：「班固作兩都賦，張衡作兩京賦，是爲二京都，今並左思三都賦，可名爲三京都。古世説：『庾仲初作揚都賦，庾亮曰：可三二京，四三都。』」

〔九〕烹冢　王刻本作「亨家」。王先謙校：「亨古烹字。家者冢之誤。晉書皇甫謐傳正作亨冢。韓非外儲説左上云：『曾父烹彘。』即此事也。」

〔一〇〕卜鄰　卜，宋本誤作「十」。

〔一一〕爾魯　魯，宋本作「曹」。按，魯，遲鈍，笨拙。論語先進：「參也魯。」作「魯」是。

〔一二〕武帝借其書二車　其，沈校本作「與」，「二」作「一」。

〔一三〕非貳　春秋左傳注疏八：「而謀召君者，庸非貳乎？」世説音釋：「非，誹也；貳，疑也。」程炎震云：「御覽五八七引世説曰：『左思字太沖，齊國臨沂人也。作三都賦，十年乃成。門庭户席，皆置筆硯，得一句便疏之。賦成，時人皆有譏訾』云云，與今本不同。蓋雜有注語。又『歛衽讚述焉』以下有『陸機入洛，欲爲此賦，聞思作之，拊掌而笑。與弟雲書：「此聞有傖父，欲作三都賦，須其成，當以覆酒甕耳。」及思賦出，機絶歎服，以爲不能加也』五十三字。」讚述，稱讚，讚美。

〔一四〕故假時人名姓也　思别傳謂左思「欲重其名，故假時人名姓也」，對此前人多有質疑。王世懋云：「思三賦不朽，士安非此文序或不傳，時人薄思，故肆譏彈耳。士安一序，何足重思，而時人乃傳爾，孝標於是爲無識矣。」王士禎云：「按太沖三都賦，自足接跡揚、馬，乃云假諸人爲重，何其陋耶！且西晉詩氣體高妙，自劉越石外，豈復有太沖之比？别傳不知何人所作？定出怨謗之口，不足信也。」（古夫于亭雜録）嚴可均云：「……又謂『摯仲治宿儒知名，非思倫匹。劉淵林、衛伯輿並蚤終，皆不爲思賦序注也。凡諸注解，皆思自爲』，則别傳殊爲失實矣。」「皇甫高名，一經品題，身價十倍。摯虞雖宿儒，與思同在賈謐二十四友之中，要是倫匹。劉逵，元康中尚書郎，累遷至侍中。衛權，衛貴妃兄子，元康初尚書郎。兩人雖早終，何不可爲思賦序注？況劉、衛後進，名出皇甫下遠甚，何必假其名姓？今皇甫序、劉注在文選，劉序、衛序在晉書，皆非苟作。魏志衛臻傳注云：『權作左思吳都賦序及注，序粗有文辭，至於爲注，了無發明，直爲塵穢紙墨，不合傳寫。』如裴此説，權貴遊好名，序不嫌空疏，而躓於爲注。使思自爲，何至塵穢紙墨？別傳道聽塗説，無足爲憑。晉書匯十八家舊書，兼取小説，獨棄別傳，斯史識也。」（全晉文一四六注）曹道衡、沈玉成中古文學史料叢考則稱思別傳乃「厚誣古人」，云：「即以常情言，左思若以椒房自重，安得有詠史之不平憤激？若自爲序注而假名時人，直所謂授人以柄，下愚不爲，左思以『言論準宣尼』自許，焉得出此？」徐箋則贊同思別傳云：「陸機入洛，欲爲此賦，聞思作之，拊掌而笑，與弟雲書曰：『此間有傖父，欲作三都賦，須其成，當以覆酒甕耳。』二陸入洛，當在太康之末，齊王冏誅趙王倫入洛，更在其後，其時賦尚未成，皇甫士安卒于太康三年，安能爲之作序？孝標之言，蓋得其實。」按，如前諸家所論，頗爲紛紜。要之，左思三都賦成于太康初，之後陸續修改。蓋左思無吏幹，有文才，而以椒房自重，因之時人不重之。且揚、馬、班、張，名如日月，三都規模前人，貴古賤今，向爲文章一大厄。若説三都不朽，此乃後來之事。當時輕三都者甚衆，陸機兄弟不過爲代表人物耳。左思人微言輕，故借皇甫謐作序以重之。本篇七九：「庾仲初作揚都賦成，以呈庾亮，亮以親屬之懷，大爲其名價」云，即可知作文求名士品題乃自古不變之習氣。至於思別傳，確是「厚誣古人」，前嚴可均所駁是也。

六九　劉伶著酒德頌，意氣所寄。〔一〕名士傳曰：「伶字伯倫，沛郡人。〔二〕肆意放蕩，以宇宙爲狹。〔三〕常乘鹿車，攜一壺酒，使人荷鍤隨之，云：『死便掘地以埋。』土木形骸，遨遊一世。」竹林七賢論曰：〔四〕「伶處天地間，悠悠蕩蕩，無所用心。嘗與俗士相牾，〔五〕其人攘袂而起，欲必辱之。〔六〕伶和其色曰：『雞肋豈足以當尊拳。』其人不覺廢然而返。未嘗措意文章，終其世，凡著酒德頌一篇而已。〔七〕其辭曰：『有大人先生者，以天地爲一朝，萬朞爲須臾，日月爲扃牖，八荒爲庭衢。行無轍迹，〔八〕居無室廬，幕天席地，縱意所如。行則操卮執瓢，〔九〕動則挈榼提壺，唯酒是務，焉知其餘。有貴介公子，縉紳處士，聞吾風聲，議其所以。乃奮袂攘襟，怒目切齒，陳説禮法，是非鋒起。先生於是方捧罌承槽，〔一〇〕銜杯漱醪，奮髯箕踞，〔一一〕枕麴藉糟，無思無慮，其樂陶陶。兀然而醉，慌爾而醒，〔一二〕静聽不聞雷霆之聲，熟視不見太山之形，〔一三〕不覺寒暑之切肌，利欲之感情。俯觀萬物之擾擾，〔一四〕如江漢之載浮萍。二豪侍側焉，如蜾蠃之與螟蛉。』」〔一五〕

【校釋】

〔一〕「劉伶著酒德頌」二句　余箋：「伶當作靈。沈濤交翠軒筆記四云：『濤案：文選酒德頌五臣注引臧榮緒晉書：「劉靈字伯倫。」文苑英華卷一三皇甫湜醉賦：「昔劉靈作酒德頌。」彭叔夏辯證云：「顏延之五君詠：『劉靈善閉關。』」文中子：「劉靈古之閉關人也。」語林：「天生劉靈，以酒爲名。」並作靈。而唐太宗晉書本傳作伶，故他書通用伶云云。又陸龜蒙中酒賦有「鹹卓擒靈之伍，我願先登。」卓謂畢卓，靈謂劉靈。李商隱暇日詩「誰向劉靈天幕内」，亦作靈，不作伶。蓋伶從令聲，令、靈古字通用。荀子强國篇：「其在趙者，剡然有苓，而據松柏之塞。」注：「苓與靈通。」説文雨部引詩「靈雨其濛」，今詩作「零」。蟲部引詩「螟𧕋有子」，今詩作「蛉」。漢吴仲山碑：「神零有知。」隸釋云：「以零爲靈。」劉字伯倫，本取伶倫之義，而字假借作靈。後人習見今本晉書作伶，遂以作靈爲誤，是以不狂爲狂耳。御覽飲食部引世説：「劉靈縱酒放達。」今本世説作伶。蓋淺人據晉書所改。』」陳直世説新語札記云：「按劉伶，文選向秀思舊賦，李善注引臧榮緒晉書作劉靈。近年南京西善橋南朝墓葬中發現磚刻竹林七賢圖，亦題作劉靈。又絳帖卷八，摹有劉伶書，末作『劉靈白』。是伶字自己亦寫作靈。蓋伶字伯倫，命名取義于黄帝時伶倫作樂，則作伶者爲正字，作靈者爲通用字。」李慈銘云：「案『意氣所寄』語不完，下有脱文。」

〔二〕沛鄴　鄴，各本皆作「郡」。王先謙校：「按沛郡見漢書地理志，後漢郡國志作沛國。晉因治之。晉書地理志及郡國志，劉昭注補引王隱晉書地理志可證。故晉書本傳亦云沛國人。此本改爲沛郡，是蒙漢稱矣。然鄴在晉隸魏郡，在漢亦隸魏郡，姑存以俟考。」

〔三〕狹　沈校本作「細」。

〔四〕竹林七賢論　七，宋本誤作「士」。

〔五〕牾　宋本、沈校本並作「迕」。

〔六〕辱之　辱，各本皆作「築」。王利器注：「御覽卷七三一引竹林七賢論作『必欲毆之』。案通鑑七六魏紀八：『師怒，以刀鐶築殺之。』胡三省注：『刀把上有鐶。築，擣也。』又卷一〇〇晉紀二三：『僕，刀鐶上人耳。』胡注云：『魏晉之間，率以刀鐶築殺人，言將爲生所殺也。』則築自是魏晉人慣用字。」徐箋：「案左傳宣十一年『稱畚築』疏：『築者築土之杵。』杵曰築，以杵擣土亦曰築，故築有擣義。魏志夏侯玄傳注引魏氏春秋曰：『大將軍責豐，豐知禍及，遂正色曰：「卿父子懷奸，將傾社稷，惜我力劣，不能相禽滅耳。」大將軍怒，使力士以刀鐶築腰殺之。』築字與此同義。」按，胡注、徐箋是。

〔七〕酒德頌一篇而已　余箋：「宋朱弁風月堂詩話上曰：『東坡云「詩文豈在多，一頌了伯倫」，是伯倫他文字不見於世矣。予嘗閱唐史藝文志劉伶有文集三卷，則伯倫非無他文章也。但酒德頌幸而傳耳。坡之論豈偶然得于落筆之時乎？抑别有所聞乎？』嘉錫案：東坡即本之世説注耳。考新唐志並無劉伶集，隋志、舊唐志亦未著録，朱氏之説蓋誤。然藝文類聚七引有劉伶北邙客舍詩，則伶之文章不止一篇。蓋伶平生不措意于文，故無文集行世。而酒德頌則盛傳，談者因以爲祇此一篇，實不然也。」

〔八〕轍迹　轍，宋本、沈校本並作「軌」。

〔九〕行則操卮執瓢　行，沈校本作「止」；瓢，宋本、沈校本並作「觚」。文選同。

〔一〇〕承槽　槽，王刻本作「糟」。文選同。按，下文寫伶「枕麴藉糟」而卧，則此處作「糟」是。

糟，古指未漉清之酒。

〔一〕箕踞　箕，宋本、沈校本並作「踑」。文選同。按，莊子至樂：「莊子妻死，惠子吊之，莊子則方箕踞鼓盆而歌。」王充論衡率性：「背叛王制，椎髻箕坐。」古人席地而坐。箕踞爲傲慢不敬之狀，兩足前伸，手據膝，形若箕狀。故作「箕」是。

〔二〕慌爾　文選作「豁爾」。按，文選郭璞江賦：「豁若天開。」李善注：「豁，開貌。」袁嶠之蘭亭詩：「豁爾累心散。」陶潛桃花源記：「豁然開朗。」「豁爾而醒」，寫劉伶酒醒之狀。

〔三〕「静聽」二句　鍾惺云：「二語是老僧不見不聞學問，全身之術，亦不出此。」

〔四〕萬物之擾擾　文選無「之」字，「擾擾」下有「焉」字。

〔五〕「二豪」二句　文選李善注：「二豪，公子、處士也。隨己而化，類蜾蠃之變螟蛉也。」按，劉伶酒德頌中之大人先生乃是逍遥無爲之得道者，源于老莊哲學。劉伶沉湎於酒，實有托而逃焉。顔延之五君詠劉參軍詩云：「劉靈善閉關，懷情滅見聞。鼓鍾不足歡，榮色豈能眩。韜精日沉飲，誰知非荒宴。頌酒雖短章，深衷自此見。」能洞見劉伶作酒德頌之深衷隱曲，足資參考。

七〇　樂令善於清言，而不長於手筆。〔一〕將讓河南尹，請潘岳爲表。晉陽秋曰：「岳字安仁，滎陽人。〔二〕夙以才穎發名，善屬文，〔三〕清綺絶世，蔡邕未能過也。仕至黄門侍郎。爲孫秀所害。」潘云：「可作耳，要當得君意。」樂爲述己所以爲讓，標位二百許語。〔四〕潘直取錯綜，〔五〕便成名筆。時人咸云：「若樂不假潘之文，潘不取樂之旨，則無以成斯矣。」〔六〕

【校釋】

〔一〕手筆　劉盼遂云：「按，六朝以前通以有韻者爲文，無韻者爲筆。阮伯元文筆對言之綦詳。筆亦稱手筆。范曄書云：『手筆差易，文不拘韻故也。』」又，文心雕龍總術：「今之常言，以爲無韻者筆也，有韻者文也。」梁元帝蕭繹金樓子立言篇：「至如不便爲詩如閻纂，善爲章奏如伯松，若此之流，泛謂之筆。吟詠風謡，流連哀思者，謂之文。」吴志諸葛瑾傳裴注引江表傳載孫權曰：「孤前得安語文疏，即封示子瑜，並手筆與子瑜。」吴志張紘傳裴注引吴書：「（孔）融遺紘書曰：『前勞手筆，多篆書。』」

〔二〕滎陽　滎，宋本作「榮」。王利器注：「各本『榮』作『滎』，是。」

〔三〕屬文　文，宋本作「又」。按，作「文」是。

〔四〕標位　世説講義：「標位，謂立綱别旨也。」世説箋本：「標立位置，即謂條例也。」余箋：「標位二百許語，『位』景宋本作『仜』，仜蓋作之誤，後人不識，因妄改爲位。」方一新漢魏六朝俗語詞雜釋不贊同余箋，以爲作「標位」是（詳見中國語文，一九九二年一期）。張萬起詞典釋爲「揭示，闡述」。蔣宗許世説新語校箋臆札同余箋，以爲原文當作「標作」，並舉三例「標位」：「論至日，即與遠法師詳省之。法師亦好相領得，意但標位，似各有本，或當不必理盡同矣。」（全晉文卷一四二劉程之致書釋僧肇請爲般若無知論釋）「有天竺沙門鳩摩羅什，器量淵弘，俊神超邈……先雖親譯，而方言未融，致令思尋者躊躇於謬文，標位者乖忤於歸致。」（同上卷一六五釋僧肇百論序）「以玄始十年，歲次大梁十月二十三日，河西王勸請令譯。（曇摩）讖手執梵文，口宣秦言。……余以庸淺，預遭斯運，夙夜感戢，欣遇良深，聊試標位，敍其宗格，豈謂必然窺其宏要者哉。」（全宋文卷六二釋道朗大涅槃經序）蔣氏云：「標者，標明、確定；位者，地位、位置，引申之，標明地位也就是對某一事物的正確領會、理解。所以，『標位』當以『領會、理解』釋之，它與『揭示、闡述』還是有距離的。」（中華書局文史一九九九年第四輯，總第四九輯。）據吉藏百論序疏云：「標位謂總標綱領作起盡也。」則標位乃動賓結構，標爲標明，位爲位置，即文章段落之始末。按，蔣氏舉三例之「標位」，第一例「標位似各有所本」，意謂劃分段落似各有依據之宗旨。第二例「標位者乖忤於歸致」，意謂劃分段落，與經義之歸致相抵牾。第三例「聊試標位，敍其宗格」，「標位二百許語」，指標明段落大意二百許語。考魏晉六朝文獻，不見有「標作」一詞，此又可證「標位」不誤。指先劃分段落之起盡，再明其宗致。

〔五〕錯綜　世説箋本：「錯綜見周易。綜，理絲也。蓋借機喻人事也。」

〔六〕則無以成斯矣　徐箋：「晉書樂廣傳作『則無以成斯美矣』。此處『矣』字疑是『美』字之誤，或『矣』上脱『美』字。」劉師培中國中古文學史云：「王衍、樂廣之流，文藻鮮傳於世，用是言語、文章分爲二途。」按，劉説甚是。魏晉名士有善談論而不嫻屬文者，有善屬文而口舌木訥者。然爲人仰慕傾倒者，終究如王弼、支遁、韓伯、殷仲堪之流，既能清言又善文藻，供人欣賞玩味也。

七一　夏侯湛作周詩成，文士傳曰：「湛字孝若，譙國人，魏征西將軍夏侯淵曾孫也。有盛才，文章巧思，善補雅詞，名亞潘岳。歷中書侍郎。」湛集載其敍曰：「周詩者，南陔、白華、〔一〕華黍、由庚、崇丘、由儀六篇，有其義而亡其辭。〔二〕湛續其亡，故云周詩也。」示潘安仁，安仁曰：「此非徒温雅，乃别見孝悌之性。」〔三〕其詩曰：「既殷斯虔，仰説洪恩。夕定辰省，奉朝侍昏。宵中告退，雞鳴在門。孳孳恭誨，夙夜是敦。」潘因此遂作家風詩。〔四〕岳家風詩載其宗祖之德，及自戒也。

【校釋】

〔一〕白華　白，宋本誤作「曰」。

〔二〕南陔等六篇有聲無辭，稱作「笙詩」。梁寅詩演義九云：「無辭者，非本有而亡之，蓋但有其聲如禮記投壺所傳魯鼓薛鼓，及今人笛譜之類，故無詩歌之辭也，其名篇之義未詳。」按，當時補詩者，束皙比夏侯湛更有名。

〔三〕乃別見孝悌之性　毛詩序：「南陔，孝子相戒以養也。白華，孝子之潔白也。華黍，時和歲豐，宜黍稷也。」此即潘岳所言「別見孝悌之性」所本也。又王叔岷補正：「案鍾嶸詩品卷下評夏侯湛詩：『孝若雖曰後進，見重安仁。』蓋謂此也。」

〔四〕家風詩　潘岳家風詩（殘篇）見古詩紀三八：「綰髮綰髮，髮亦鬒止。日祇日祇，敬亦慎止。靡專靡有，受之父母。鳴鶴匪和，析薪弗荷。隱憂孔疚，我堂靡構。義方既訓，家道穎穎。豈敢荒寧，一日三省。」

七二　孫子荊除婦服，〔一〕作詩以示王武子。孫楚集云：「婦胡毋氏也。」其詩曰：「時邁不停，日月電流，神爽登遐，〔二〕忽已一周。〔三〕禮制有敍，告除靈丘，〔四〕臨祠感痛，中心若抽。〔五〕」王曰：「未知文生於情，情生於文？〔六〕一作「文於情生，情於文生」。覽之悽然，增伉儷之重。」

【校釋】

〔一〕除婦服　指除亡妻之喪服。

〔二〕神爽　謂神魂，心神。顔之推顔氏家訓歸心：「夫有子孫，自是天地間一蒼生耳，何預身事，而乃愛護，遺其基址，況於己之神爽，頓欲棄之哉！」盧文弨補注：「昭七年左氏傳子産曰：『用物精多，則魂魄强，是以有精爽至於神明。』此神爽即精爽也。」晉無名氏晉成帝哀策文：「天傾其儀，地覆其載。大業未究，神爽遷背。」登遐，墨子節葬下：「秦之西有儀渠之國者，其親戚死，聚柴薪而焚之，燻上，謂之登遐。」謂死者升天而去。後因以「登遐」爲對人死諱稱。詩大雅下武「三后在天」。鄭玄箋：「此三后既没，登遐，精氣在天矣。」魏志文昭甄皇后傳：「有司奏請追謚。」裴注引王沈魏書：「雖夙年登遐，萬載之後，永播融烈。」後特指帝王之死。

〔三〕一周　謂一周年。妻死，當服一年喪服。

〔四〕靈丘　墳墓也。曹植感節賦：「豈吾鄉之足顧，戀祖宗之靈丘。」陸機挽歌詩之三：「振策指靈丘，駕言從此逝。」陸雲答兄平原詩：「世業之頹，自予小子。仰愧靈丘，銜憂没齒。」

〔五〕中心若抽　藝文類聚一五左芬元皇后誄：「寒往暑過，今亦孟秋。自我銜卹，倏忽一周。衣服將變，痛心若抽。逼彼禮制，惟以增憂。去此素衣，結戀靈丘。」云云，與孫楚詩如出一轍，惟不知孰先孰後耳。

〔六〕「未知文生於情」二句　王世貞云：「此語極有致。文生於情，世所恒曉。情生於文，則未易論。蓋有出之者偶然，覽之者實際也。吾平生時遇此境，亦見同調中有此。」李贄云：

「孫子荆文生於情，王武子情生於文。」余箋：「文心雕龍情采篇曰：『夫情者文之經，辭者理之緯。經正而後緯成，理定而後辭暢，辭立文之本源也。昔詩人什篇，爲情而造文；辭人賦頌，爲文而造情。何以明其然？蓋風雅之興，志思蓄積，而吟詠情性，以諷其上，此爲情而造文也。諸子之徒，心非鬱陶，苟馳誇飾，鬻聲釣世，此爲文而造情也。故爲情者要約而寫真，爲文者淫麗而煩濫。（中略）』嘉錫案：彦和此論，似即從武子之言悟出。」錢鍾書云：「作者之『文生於情』，王濟『讀之淒然』，讀者之『情生於文』也。」（管錐編第三册，中華書局，一九八六年）按，作者「文生於情」，爲作文之佳境；讀者「情生於文」，乃閲讀之佳境。兩種佳境相通，作者讀者相契，蓋用情耳。

七二　太叔廣甚辯給，〔一〕而摯仲治長於翰墨，〔二〕俱爲列卿。每至公坐，廣談，仲治不能對；退，〔三〕著筆難廣，〔四〕廣又不能答。王隱晉書曰：「廣字季思，東平人。拜成都王爲太弟，〔五〕欲使詣洛。廣子孫多在洛，慮害，乃自殺。摯虞字仲治，京兆長安人。祖茂，秀才。父模，太僕卿。虞少好學，師事皇甫謐，善校練文義，多所著述。歷秘書監、太常卿，從惠帝至長安，遂流離鄠、杜間。性好博古，而文籍蕩盡。永嘉五年，洛中大饑，遂餓而死。虞與廣名位略同，廣長口才，虞長筆才，〔六〕俱少政事。衆坐，廣談，虞不能對廣；退筆難廣，廣不能答。〔七〕於是更相嗤笑，紛然於世。〔八〕廣無可記，虞多所録，於斯爲勝也。」

【校釋】

〔一〕太叔廣　世説箋本：「太叔，復姓。劉云：『廣，晉室宗屬。』按，此説非也。」

〔二〕仲治　徐箋：「晉書本傳作『仲洽』。」

〔三〕退　宋本、王刻本「退」上有「虞」字。

〔四〕筆：徐箋：「陔餘叢考：陸游筆記，六朝人謂文爲筆，顧寧人亦引其説。不知六朝人之稱文與筆，又自有别。文心雕龍曰：『今俗常言，無韻者筆也，有韻者文也。』是六朝人以韻語爲文，散行爲筆耳。北史邢昕傳，雜筆三十餘篇。此專言筆也。而邢臧傳文筆九百餘篇，劉邈傳文筆三十餘篇，則又文與筆並言，可見文與筆自是二種。」

〔五〕拜成都王爲太弟　王利器校：「案此句上疑有脱文，文選晉紀總論注引王隱晉書：『倫死後，河間王顒廢太子覃，立穎爲皇太弟。』穎時爲成都王，即此事。」

〔六〕「廣長」二句　善清言者或不長於文筆，有筆才者或不善清言，此爲偏才，故「更相嗤笑」。惟言論辯捷，又善文章者，方爲人稱賞備至。如晉書四二王濟傳言濟「善易及莊老，文詞俊茂，伎藝過人，有名當世」。「濟善於清言，修飾辭令，諷議將順，朝臣莫能尚焉，帝益親貴之。仕進雖速，論者不以主婿之故，咸謂才能致之。」晉書八四殷仲堪傳：「能清言，善屬文，士咸愛慕之。」

〔七〕答　宋本作「合」。王利器注：「左傳宣二年：『既合而來奔。』杜預注：『合，答也。』世説的合字，當作如是解。」沈作喆寓簡三：「樂廣善清言，能命意，而文筆非所優。潘岳能爲文，而不工於立意。太叔廣詞令辨給，摯虞不能抗。而仲治著書，又非季思所及也。安仁取彥輔之意，爲作讓河南尹表，遂成妙製，可謂善用所短。摯與太叔爭名，更相鄙誚，可謂不善用所長。」

〔八〕紛然於世　世，宋本作「士」。王利器注：「各本『士』作『世』，是。」

七四　江左殷太常父子並能言理，〔一〕亦有辯訥之異。〔二〕揚州口談至劇，〔三〕太常輒云汝更思吾論。中興書曰：「殷融字洪遠，陳郡人。桓彝有人倫鑒，見融甚歎美之。著象不盡意、大賢須易論，理義精微，談者稱焉。兄子浩亦能清言，每與浩談，有時而屈。退而著論，融更居長。爲司徒左西屬，飲酒善舞，終日嘯詠，未嘗以世務自嬰。累遷吏部尚書、太常卿，卒。」

【校釋】

〔一〕殷太常父子　王利器校：「案此係叔侄而稱父子，漢書疏廣傳：『父子俱稱病。』亦其例。通鑑卷一二三宋紀五：『球徐曰：阿父在，汝亦何憂。』胡三省注：『江南人士，呼叔父伯父爲阿父，亦爲伯父叔父者以自呼。』」按，王校是。晉書七九謝安傳：「物論以（謝）玄勳望，宜以授之。安以父子皆著大勳，恐爲朝廷所疑」云云。玄爲安侄，亦以叔侄稱父子。

〔二〕辯訥之異　謂殷浩長於辯，殷融訥於言。論語里仁：「君子欲訥於言而敏於行。」包咸注：「訥，遲鈍也。」

〔三〕揚州　殷浩爲揚州刺史。宋本誤作「湯州」。

七五　庾子嵩作意賦成，〔一〕晉陽秋曰：「敳永嘉中爲石勒所害。先是，敳見王室多難，知終嬰其禍，乃作意賦以寄懷。」從子文康見問曰：〔二〕「若有意邪，非賦之所盡；〔三〕若無意邪，復何所賦？」答曰：「正在有意無意之間。」〔四〕

【校釋】

〔一〕「庾子嵩」句　意賦載嚴可均全晉文三六。隋書三五經籍志四著録庾敳集一卷，梁五卷，録一卷，亡。

〔二〕從子文康　庾亮也，謚曰文康。

〔三〕「若有意邪」二句　即言不盡意也。

〔四〕正在有意無意之間　王世貞云：「此是遁辭，料子嵩文必不能佳，然有意無意之間，卻是文章妙用。」王世懋云：「此從莊子得來。」按，盡意莫若象，盡象莫若言，此爲有意。然存言者非得象者也，存象者非得意者也，故意通於言象之外，此爲無意。庾子嵩之答，頗爲自得，而文章之妙處，亦確乎在有意無意之間。由庾敳、庾亮之問答，顯見玄學「得意忘言說」對文章之影響。王世貞謂子嵩「遁詞」，恐未中肯綮。

七六　郭景純詩云：「林無靜樹，川無停流。」〔一〕王隱晉書曰：「郭璞字景純，河東聞喜人。父瑗，建平太守。」璞別傳曰：「璞奇博多通，文藻粲麗，〔二〕才學賞豫，足參上流。其詩賦誄頌，並傳於世，而訥於言。造次詠語，常人無異。又不持儀檢，形質穨索，縱情嫚惰，時有醉飽之失。友人干令升戒之曰：『此伐性之斧也。』〔三〕璞曰：『吾所受有分，恒恐用之不盡，豈酒色之能害。』〔四〕王敦取爲參軍。敦縱兵都輦，乃咨以大事。璞極言成敗，不爲回屈。敦忌而害之。」詩，璞幽思篇者。阮孚云：阮孚別見。〔五〕「泓崢蕭瑟，實不可言。每讀此文，輒覺神超形越。」〔六〕

【校釋】

〔一〕「林無靜樹」二句　表達一切變動不居，萬物遷流之意。郭象注莊子大宗師曰：「故不暫停，忽已涉新。則天地萬物無時而不移也。世皆新矣，而自以爲故；舟日易矣，而視之若舊；山日更矣，而視之若前。今交一臂而失之，皆在冥中去矣。」

〔二〕文藻粲麗　即文采絢麗。鍾嶸詩品謂郭璞詩「憲章潘岳，文體相暉，彪炳可玩」。「彪炳」

一語可與「文采粲麗」句相參。

〔三〕「友人干令升戒之」二句　王叔岷補正：「呂氏春秋本生篇：『肥肉厚酒，務以自彊，命之曰爛腸之食；靡曼皓齒，鄭、衛之音，務以自樂，命之曰伐性之斧。』（枚乘七發亦有類此之文）。」按，嵇康養生論曰：「……而世人不察，惟五穀是見，聲色是耽。目惑玄黄，耳務淫哇。滋味煎其府藏，醴醪鬻其腸胃，香芳腐其骨髓。」干寶亦以爲酒色有害養生，故以此誡之。

〔四〕「吾所受有分」三句　郭璞以爲生死由命，不關酒色，及時行樂乃爲適性。列子楊朱篇曰：「……則人之生也奚爲哉？奚樂哉？爲美厚爾，爲聲色爾。而美厚復不可常猒足，聲色不可常翫聞。」又曰：「爲欲盡一生之觀，窮當年之樂，唯患腹溢而不得恣口之飲，力憊而不得肆情於色，不遑憂名聲之醜，性命之危也。」干寶與郭璞之問答，直列子楊朱篇之縮寫耳。

〔五〕阮孚　别見雅量一五及注引晉陽秋。

〔六〕「泓峥蕭瑟」四句　世説音釋：「泓，水下深貌，一曰清也。峥，山之切雲者。蕭瑟，寒冷貌。」世説箋本：「索解：山之峥峥，水之泓泓，俱是蕭瑟，實所難言也。」按，蕭瑟，風聲。曹操步出夏門行詩：「秋風蕭瑟，洪波湧起。」蓋山高而風勁，故林無静樹耳。釋爲「寒冷貌」恐不切。阮孚之語，乃賞味郭璞詩之意境美，並由此領悟萬物變動不居之玄理。劉辰翁云：「泓峥蕭瑟，乃不成語。」竟然説如此佳句「不成語」，似不懂詩矣。

七七　庾闡始作揚都賦，〔一〕道温、庾云：〔二〕「温挺義之標，庾作民之望。方響則金聲，比德則玉亮。」〔三〕庾公聞賦成，求看，兼贈貺之。闡更改「望」爲「儁」，以「亮」爲「潤」云。〔四〕中興書曰：「闡字仲初，潁川人，太尉亮之族也。少孤，九歲便能屬文。遷散騎侍郎，領大著作。爲揚都賦，邈絶當時。〔五〕五十四卒。」

【校釋】

〔一〕揚都賦　余箋：「揚都賦見藝文類聚六一，删節非全篇。嚴可均據世説、詩鈔、初學記、文選注、水經注、御覽諸書，搜集其佚文，載入全晉文三八。但真誥握真輔第一引有兩節二百餘字，竟漏未輯入，以此知博聞强記之難也。類林雜説七文章篇曰：『庾闡作揚都賦未成，出妻。後更娶謝氏，使於午夜以燃燈於甕中。仲初思至，速火來，即爲出燈。因此賦成，流於後世。』亦見敦煌寫本殘類書出妻篇，均不言出於何書。」

〔二〕温庾　温指温嶠，庾指庾亮。温庾並稱，見於文心雕龍才略：「庾元規之表奏，靡密以閑暢；温太真之筆記，循理而清通。亦筆端之良工也。」又時序：「庾以筆才逾親，温以文思益厚。」或疑温爲桓温，非是。又揚都賦作年，亦有考證之必要。晉書九二庾闡傳歷敍闡之生平曰：「蘇峻之難，闡出奔郗鑒，爲司空參軍。峻平，以功賜爵吉陽縣男，拜彭城内史。鑒復請爲從事中郎。尋召爲散騎侍郎，領大著作。頃之，出補零陵太守，入湘川，吊賈誼。」吊賈誼文云：「中興二十三載，余忝守衡陽。」所謂「中興」，指晉元帝於建武元年（三一七）即帝位於建康。經二十三載，則爲咸康六年（三四〇），其年，庾亮卒。此條孝標注引中興書曰：「遷散騎侍郎，領大著作。爲揚都賦，邈絶當時。」據此並參晉書九二庾闡傳推斷，揚都賦很有可能作於闡爲散騎侍郎，領大著作之時。庾亮既然求看，則賦必作於庾亮生前，即三四〇年之前。又賦云：「靈運啓于中宗。」中宗是明帝廟號。明帝死於永昌元年（三二二），揚都賦既稱「中宗」，則可確定作於永昌元年後。至此，大致可定此賦作於永昌元年至咸康六年之間（三二二—三四〇）。關於庾闡揚都賦，又見文學七九。世説常以「謝太傅」稱謝安，其實，謝安爲太傅在晚年。當庾亮大爲揚都賦名價時，謝安即不以爲然，故此事決非在安爲太傅時。考晉書七九謝安傳，謝安弱冠在京師，王導深器之，由是少有重名。「初辟司徒府，除佐著作郎，並以疾辭」。司徒府，即王導之府。因王導賞識謝安，故欲辟之。後寓居會稽，與王羲之、許詢、支遁等漁弋山水，言詠屬文。「揚州刺史庾冰以安有重名，必欲致之，累下郡縣敦逼，不得已赴召，月餘告歸」。據此，謝安曾不得已應庾冰徵召，在京都月餘。庾冰任揚州刺史在咸康五年（三三九）。通鑑九六載：王導卒，庾亮弟會稽内史庾冰爲中書監、揚州刺史、參録尚書事。庾冰作會稽内史有年，當知曉謝安有「重名」，故作揚州刺史後必欲致之。據以上所考，大致可以論定：庾闡寫成揚都賦在咸康五年（三三九），其時庾亮尚在，而謝安剛二十出頭，因應庾冰之召在京。如此，才有亮大爲其名價，而安卻唱反調之可能。

〔三〕金聲　金石之聲。韓詩外傳一：「在内者皆玉色，在外者皆金聲。」漢書五八兒寬傳：「金聲而玉振之。」顔師古注：「言振揚德音如金玉之聲也。」

〔四〕以亮爲潤　劉辰翁云：「欲避庾公名，故並更旁韻也。」

〔五〕邈　超越；勝過。文選潘岳射雉賦：「何調翰之喬桀，邈疇類而殊才。」徐爰注：「言邈絶疇類，殊異才氣也。」魏書常景傳：「其讚揚子云曰：『含光絶後彦，覃思邈前脩。』」

七八　孫興公作庾公誄，袁羊曰：「見此張緩。」〔一〕于時以爲名賞。〔二〕袁氏家傳曰：「喬有文才。」

【校釋】

〔一〕張緩　其義難曉。劉辰翁云：「似謂此張紙耳。」王世懋云：「此未詳。恐有誤。」朱注：「似謂鋪敍開張，音節闡緩。」劉兆雲釋世説文學孫興公作庾公誄條云：「張緩，即後漢書卷六五之張奂，其人有才無德，誤誅竇武、陳蕃後，又上疏爲之平反，向死人獻諛。孫綽亦有才無德，其庾公誄，亦獻諛死人，故『見此張緩』爲名賞。改『奂』爲『緩』，是因袁羊（喬）高祖名涣，爲避諱耳。奂、緩音近，時人易知，故稱名賞。」（詳見新疆大學學報，一九九〇年三期）楊箋以爲「劉説不爲無理」。張撝之譯注：「張緩，謂張馳得體。禮記雜記下：『文武之道，一張一弛。』袁語本此。」馬瑞志英譯世説新語以爲「張緩」一詞暗指方正四八劉注所引孫綽集庾公誄中「雖曰不敏，敬佩韋弦」二句，「見此張緩」四字意爲「讀這篇誄文使人的鬆弛緊張起來」。（見范子燁論馬瑞志的英文譯注本世説新語）按，張奂不知宦官曹節之謀，率兵圍竇武、陳蕃，致使武、蕃被害。奂得知受騙，封還印綬，並上疏理武、蕃之冤。後奂薦王暢、李膺可參三公之選，不畏宦官。檢張奂一生行事，實乃志節之士，非是「有才無德」之人。劉氏比之孫綽，其實不類。衡之衆説，以張撝之之解稍可。「張緩」即「張馳」之意，讚嘆庾公誄得文章張馳之道。

〔二〕名賞　有名之鑒賞。按，賞爲魏晉審美之常用語。本篇八八：「大相賞得。」賞譽六二：「丞相甚相歎賞。」晉書四三王戎傳：「善發談端，賞其要會。」宋書六七謝靈運傳論：「徒以賞好異情，故意製相詭。」

七九　庾仲初作揚都賦成，以呈庾亮。亮以親族之懷，大爲其名價云：「可三二京，四三都。」〔一〕於此人人競寫，都下紙爲之貴。謝太傅云：「不得爾，此是屋下架屋耳，事事擬學，而不免儉狹。」〔二〕王隱論揚雄太玄經曰：「玄經雖妙非益也。是以古人謂其屋下架屋。」

【校釋】

〔一〕「可三二京」二句　朱注：「意謂可以並二京而三，齊三都而四。」

〔二〕「謝太傅云」數句　辭賦屋下架屋之弊，始於西漢揚雄。漢書八七揚雄傳曰：「先是時，蜀有司馬相如作賦甚弘麗溫雅，雄心壯之，每作賦常擬之爲式。」至東漢模擬之風漸盛。張衡作二京賦，變本而加厲。西晉左思作三都賦，遂臻極致。庾亮以親屬之懷，謂揚都賦可與二京、三都媲美，然謝安譏評爲「屋下架屋」，正切中辭賦創作之積弊，識見甚高。凌濛初云：「太傅陽秋，紙當減價。」

八〇　習鑿齒史才不常，〔一〕宣武甚器之，未三十便用爲荆州治中。鑿齒謝牋亦云：「不遇明公，荆州老從事耳。」〔二〕後至都見簡文，返命，宣武問：「見相王何如？」答云：「一生不曾見此人。」從此忤旨，出爲衡陽郡，〔三〕性理遂錯，〔四〕於病中猶作漢晉春秋，品評卓逸。續晉陽秋曰：「鑿齒少而博學，才情秀逸，溫甚奇之，自州從事，歲中三轉至治中。後以忤旨，左遷户曹參軍、衡陽太守。在郡著晉漢春秋，斥溫覬覦之心也。」鑿齒集載其論，略曰：「静漢末累世之交争，廓九域之蒙晦，大定千載之盛功者，皆司馬氏也。若以魏有代王之德，則不足；有静亂之功，則孫、劉鼎立。共王、〔五〕秦政，猶不見敍於帝王，況暫制數州之衆哉！且漢有係周之業，則晉無所承魏之迹矣。〔六〕春秋之時，吴、楚稱王，若推有德，彼必自係於周，不推吴、楚也。〔七〕況長轡廟堂，吴、蜀兩定，天下之功也。」

【校釋】

〔一〕不常　劉辰翁云：「不常即非常。」

〔二〕荊州老從事　世説箋本云：「言老死於下吏矣。」

〔三〕衡陽　宋本作「滎陽」。沈校本作「滎陽」。程炎震云：「晉書習鑿齒傳亦作滎，與宋本同。然滎陽屬司州，自穆帝末已陷没，至太元間始復，温時不得置守，亦別無僑郡，當作衡陽爲是。」王利器注：「案作『衡』是，本注正作『衡』。」按，言語七二注引中興書云：「習鑿齒歷治中別駕，遷滎陽太守」。隋書三五經籍志：「晉滎陽太守習鑿齒集五卷。」許嵩建康實録九載：太元九年（三八四）冬十月，「前滎陽太守習鑿齒卒」。又敍習鑿齒官職升遷：「桓温爲荊州刺史，辟爲從事，尋轉西曹主簿，累位遷滎陽太守。」晉書八二習鑿齒傳亦作「滎陽」。唯獨續晉陽秋作「衡陽」。王利器謂作「衡陽」，乃據檀道鸞續晉陽秋。隋書經籍志、建康實録、晉書作「滎陽」，當從何法盛中興書。檀、何皆爲劉宋時人，可見早在宋時已有「滎陽」、「衡陽」之異。而程炎震謂當作「衡陽」，依據是屬司州之滎陽自穆帝末陷落，至太元間始復，桓温不得置郡守。程氏之説是否成立，仍須以史實驗證之。考晉書八穆帝紀，永和元年（三四五）八月，桓温爲荆州刺史。永和五年（三四九），桓温屯安陸，遣諸將討河北。永和七年（三五一）十二月，桓温率衆北伐。永和十年（三五四）二月，桓温伐關中。秋九月，桓温糧盡，引退。永和十二年（三五六）八月，桓温收復洛陽。升平三年（三五九）七月，平北將軍高昌爲慕容儁所逼，自白馬奔于滎陽。十月，慕容儁寇東阿，王師敗績，司、青、豫、兗等地失守。據上，可知自穆帝永和十二年至升平三年前後四年中，司州滎陽爲東晉所有。晉書八二習鑿齒傳載：「累遷别駕，温出征伐，鑿齒或從或守。」自永和五年至永和十二年，桓温數次北伐，此時鑿齒爲别駕，或從或守。鑿齒爲别駕時，因至都還後稱讚相王司馬昱，「大忤温旨，左遷户曹參軍」。習鑿齒傳又云：「初，鑿齒與其二舅羅崇、羅友俱爲州從事。及遷别駕，以坐越舅右，屢經陳請。温後激怒既盛，乃超拔其二舅，相繼爲襄陽都督，出鑿齒爲滎陽太守。」據此，習鑿齒是繼户曹參軍之後出爲滎陽太守，時間當在永和十二年桓温收復洛陽之後。又習鑿齒傳云：「温弟祕亦有才氣，素與鑿齒相親善。鑿齒既罷郡歸，與祕書曰：『吾以去五月三日來達襄陽』」云云。所謂「罷郡歸」，當指罷滎陽郡歸故鄉，蓋習鑿齒爲襄陽人也。若鑿齒左遷衡陽郡，則爲何且何時「罷郡歸」？習鑿齒傳又載沙門釋道安至荆州，與鑿齒相見，道安曰：「彌天釋道安。」鑿齒曰：

四海習鑿齒。時人以爲佳對。此事習鑿齒傳記在鑿齒左遷户曹參軍時。其實不然。出三藏記集八道安摩訶鉢羅若波羅蜜經抄序有「昔在漢陰十有五載」，「及至京師，漸四年矣」，「會建元十八年」等語。可知道安在「漢陰」（襄陽）前後十五年，後離襄陽至長安，又將涉四載，爲前秦苻堅建元十八年（三八二）。由此文推算，道安始至襄陽，在晉哀帝興寧二三年間（三六四或三六五）。弘明集一二有習鑿齒與釋道安書曰：「興寧三年四月，鑿齒稽首和南。」據此判斷，道安或于興寧三年四月至襄陽，與鑿齒相見，遂有「彌天釋道安，四海習鑿齒」之佳對。而此年正月，桓温離開荆州，移鎮姑孰。故習鑿齒見釋道安，必不在荆州作户曹參軍時。再者，若鑿齒爲衡陽郡，不在襄陽，豈能與釋道安相見？由以上所考，知中興書、隋志等謂習鑿齒爲滎陽太守爲可信也。習鑿齒甚爲桓温器重，僅因稱讚司馬昱，便從此忤旨，出爲衡陽郡，可見桓温心胸狹隘。温以雄豪自處，不肯讓人。晉書九八桓温傳載：「初，温自以雄姿風氣是宣帝、劉琨之儔，有以其比王敦者，意甚不平。」劉琨、王敦皆已作古，温尚且耻與之相比，何況司馬昱爲當今總攬朝政者。習鑿齒讚歎簡文云「一生不曾見此人」，則將自己置於何地？習鑿齒忤旨之更深層原因，是桓温覬覦晉室之野心。自永和元年至咸安元年，司馬昱一直掌控朝廷。晉廢帝廢，皇太后下詔稱司馬昱「以具瞻允塞，故阿衡三世。道化宣流，人望攸歸，爲日久矣」。桓温以雄武專朝，軍權在握，漸存不臣之心。簡文早有覺察，故用殷浩對抗之。雖然桓温未必認爲司馬昱真有治國才能，然畢竟是朝廷親賢，「國之周公」，又是「人望攸歸」，故無論如何爲桓温覬覦晉室之障礙也。習鑿齒不諳府主心思，貿貿然盛讚簡文，宜乎被逐至滎陽郡。

〔四〕性理遂錯　世説箋本：「心氣錯亂成病也。」劉辰翁云：「與奸雄語，正自難，然亦何至狂疾？」

〔五〕共王　王利器校：「案晉書習鑿齒傳載其晉承漢統論，當作『共工』。」按，史記集解一：「堯又曰：『誰可者？』讙兜曰：『共工，旁聚布功可用。』」鄭玄曰：「共工，水官名。」作「共工」是，「王」乃「工」之形誤。

〔六〕「且漢有係周之業」二句　程炎震云：「『且漢有係周之業，則晉無所承魏之跡矣』二句當有誤字。晉書無此語，蓋隱括其文，故無可校。」余箋：「鑿齒上疏謂晉宜越魏繼漢，故比之于越秦繼周。其論有云：『夫成業者，係於所爲，不係所藉。立功者，言其所濟，不言所起。是故漢高稟命于懷王，劉氏乘斃于亡秦。超二僞以遠嗣，不論近而計功。季無承楚之號，漢有繼周之業。取之既美，而己德亦重故也。』又曰：『以晉承漢，功實顯然。正名當事，情體亦厭。又何爲虚尊不正之魏，而虧我道於大通哉？』鑿齒之意謂躬爲篡逆，晉之代魏，本非禪讓，實滅其國，猶漢之滅秦。司馬氏雖世爲魏臣，不過如漢高之稟命懷王。秦政、楚懷，皆是僭僞，漢高遂繼周爲王。例之有晉，自當越魏而承漢矣。故曰漢有係周之業，則晉無承魏之跡。文義甚明，並無誤字。」按，余箋是。

〔七〕不推吴楚也　也上宋本、沈校本有「者」字。　世説箋本：「抄撮云：『漢不係秦而係周，則晉亦不承魏而承漢也。周之末，吴、楚亦稱王，漢之既不係秦，又不係吴、楚而獨係於周，以推有德故也。吴、楚以況吴、蜀也。按，『彼』，指漢。』『長轡』，喻自遠而制也。坐廟堂，御天下，是司馬氏統一之功也。」

八一　孫興公云：「三都、二京，五經鼓吹。」〔一〕言此五賦是經典之羽翼。

【校釋】

〔一〕鼓吹　演奏樂曲。東觀漢記段熲傳：「熲乘輕車，介士鼓吹。」亦謂樂隊。後漢書五安帝紀：「詔太僕少府減黄門鼓吹，以補羽林士。」注引漢官儀曰：「黄門鼓吹百四十五人，羽林左監主羽林八百人，右監主九百人。」後漢書五四楊震傳：「及葬，又使侍御史持節送喪，蘭臺令史十人，發羽林騎輕車介士，前後部鼓吹，又勑驃騎將軍官屬司空法駕，送至舊塋。」孫興公所謂「五經鼓吹」，此「鼓吹」用演奏之義，喻三都、二京弘揚五經。太沖三都、平子二京，皆模仿班固兩都賦，而兩都賦序述漢興起之歷史，稱司馬相如以降之賦家，「或以抒下情而通諷喻，或以宣上德而盡忠孝，雍容揄揚，著於後嗣，抑亦雅頌之流也。」孝標稱「經典之羽翼」，良是。王世懋云：「鼓吹二字殊妙，此正不得以羽翼解。」否定孝標注，明是不解三都、二京頌美德政之功用。

八二　謝太傅問主簿陸退：陸氏譜曰：「退字黎民，吴郡人。高祖凱，吴丞相。祖仰，吏部郎。父伊，州主簿。退仕至光禄大夫。」「張憑何以作母誄，〔一〕而不作父誄？」退答曰：「故當是丈夫之德，表於事行；婦人之美，非誄不顯。」〔二〕陸氏譜曰：「退，憑壻也。」

【校釋】

〔一〕張憑　見本篇五三及注引宋明帝文章志。

〔二〕「婦人之美」二句　婦人於閨門之内，其美不外見，故非誄不顯。

八三　王敬仁年十三，作賢人論。〔一〕長史送示真長，真長答云：「見敬仁所作論，便足參微言。」脩集載其論曰：「或問：『易稱賢人，黄裳元吉。〔二〕苟未能闇與理會，何得不求通？〔三〕求通則有損，有損則元吉之稱將虚設乎？』答曰：『賢人誠未能闇與理會，當居然人從，〔四〕比之理盡，〔五〕猶一豪之領一梁。一豪之領一梁，雖於理有損，不足以撓梁。賢有情之至寡，豪有形之至小，豪不至撓梁，於賢人何有損之者哉？』」〔六〕

【校釋】

〔一〕「王敬仁」二句　晉書九三王脩傳謂脩「年十二，作賢全論」。按，「全」當爲「人」之誤。書斷卷下載，王脩「升平元年卒，年二十四」。則知敬仁年十三作賢人論，時在永和二年（三四六）。余箋：「隋志云：梁有驃騎司馬王脩集二卷。録一卷，亡。」

〔二〕黄裳　周易注一：「六五：黄裳元吉。」王弼曰：「黄，中之色也；裳，下之飾也。」

〔三〕「苟未能」二句　世説箋本：「按此以賢人、聖人比論也。闇會，聖人也；求通，賢人也。莊子云：『求通非聖。』然賢人、聖人在古書無大差别，可久則賢人之德，可大則聖人之業，可以觀已。宋蘇子瞻曰：『見其謂之聖人則隆之，見其謂之賢人則降之，此近世之俗學。』可以參看。」

〔四〕然人從　人，宋本作「體」。

〔五〕理盡　盡，宋本作「肅」。

〔六〕王世懋云：「此等論在今世未免撫掌，當時所謂名理乃爾，文章一大厄也。」余箋：「此論所言，淺薄無取。『一豪之領一梁』云云，尤晦澀難通。晉人之所謂微言，如此而已。」按，劉惔性峭，常譏評人。賢人論淺薄如此，而惔竟然有「足參微言」之譽，恐與王濛交厚，礙於情面耳。

八四　孫興公云：「潘文爛若披錦，無處不善；〔一〕續文章志曰：「岳爲文選言簡章，清綺絶倫。」陸文若排沙簡金，往往見寶。」〔二〕文章傳曰：〔三〕「機善屬文，司空張華見其文章，篇篇稱善，猶譏其作文大冶，〔四〕謂曰：『人之作文，患於不才；至子爲文，乃患太多也。』」〔五〕

【校釋】

〔一〕「潘文」二句　李充翰林論曰：「潘安仁之爲文也，猶翔禽之羽毛，衣被之綃縠。」亦即「爛若披錦」之意。

〔二〕「陸文」二句　李詳云：「詳案：鍾嶸詩品，謝混云：『潘詩爛若舒錦。陸文如披沙簡金，往往見寶。』如鍾所引潘、陸，各就詩文言之。柳子厚披沙揀金賦前有小引，云出劉義慶世説『陸士衡文如披沙揀金』，亦作『披』字。今世説諸本皆作『排』，非也。」

〔三〕文章傳　王利器校：「文章傳當作文士傳。」

〔四〕大冶　冶，宋本、王刻本並作「治」。李詳云：「案大治謂推闡盡致。顔氏家訓名實篇：『治點文章，以爲身價。』可證治字之義。晉書機傳無此句，别本世説或改『治』爲『冶』，亦非。」楊箋據顔氏家訓作「治」，謂沈校本作「冶」非。朱注：「沈校本作『冶』，疑是。」按，當作「冶」。冶，豔麗，妖媚也。荀子非相：「今世俗之亂君，鄉曲之儇子，莫不美麗姚冶。」楊倞注：「冶，妖。」後漢書八二崔駰傳：「犯孔戒之冶容。」李賢注：「易繫辭曰：『冶容誨淫。』鄭玄云：『謂飾其容而見於外曰冶。』」陸機文賦曰：「暨音聲之迭代，若五色之相宣。」「彼榛楛之勿翦，亦蒙榮於集翠。綴下里于白雪，吾亦濟夫所偉。」以聲律諧和，文辭繁多爲美。文心雕龍才略曰：「陸機才欲窺深，辭務索廣，故思能入巧而不制繁。」文心雕龍熔裁又曰：「士衡才優，而綴辭尤繁。」張華譏陸機「大冶」，蓋指機文辭繁且豔麗也。而「冶」爲整治之義，機文「太多」，乃不治所致。若作「冶」，與張華之意相乖，故作「治」是。

〔五〕多　多有二義，一謂詩文卷帙之多，一謂文辭之多。張華評陸機爲文太多之「多」，亦兼有二義。此可參看陸雲與兄平原書第九通：「文賦甚有辭，綺語頗多，文適多體，便欲不清，不審兄呼爾不？」第十一通：「兄文章之高遠絶異，不可復稱言。然猶皆欲微多。」第十八通：「兄文方當日多，但文實無貴於多。」第二十二通：「兄丞相箴小多，不如女史清約耳。」陸雲謂兄文多，與張華同意。王世貞云：「然則陸之文病在多而蕪也。」余不以爲然，陸病不在多，而在摹擬，寡自然之致。」

八五　簡文稱許掾云：「玄度五言詩，可謂妙絶時人。」〔一〕續晉陽秋曰：「詢有才藻，善屬文。自司馬相如、王褒、揚雄諸賢，世尚賦頌，皆體則詩、騷，〔二〕傍綜百家之言。及至建安而詩章大盛，〔三〕逮乎西朝之末，潘、陸之徒，雖時有質文，而宗歸不異也。〔四〕正始中，王弼、何晏好莊老玄勝之談，而世遂貴焉。〔五〕至過江，佛理尤盛，〔六〕故郭璞五言，始會合道家之言而韻之，詢及太原孫綽轉相祖尚，又加以三世之辭，〔七〕而詩、騷之體盡矣。詢、綽並爲一時文宗，自此作者悉體之。〔八〕至義熙中，謝混始改。」〔九〕

【校釋】

〔一〕「玄度五言詩」二句　劉盼遂云：「案魏文帝與吴質書：『公幹其五言詩之善者，妙絶時人。』簡文此用其語也。」余箋引鍾嶸詩品自序後云：「觀嶸之言，知在晉末玄風大暢之時，玄度與興公之詩故一時之眉目也。……簡文之所以盛稱之者，蓋簡文雅尚清談，詢與劉惔、王濛輩並蒙歎賞，以詢詩與真長之徒較，固當高出一頭，遂爾咨嗟，以爲妙絶也。尋鍾嶸之所品評，可以知其故矣。」王叔岷補正云：「案鍾嶸詩品序，謂許詢詩『平典似道德論』。詩品下品，稱許『善恬淡之詞』。與簡文之説異。胡應麟詩藪外編卷二云：『詢詩有「青松凝素髓，秋菊落芳英」，儼是唐律。晉人稱玄度五言妙絶，則許當亦文士，非止清談者。』所稱許詩二句，見初學記二八（凝誤疑）。藝文類聚六九引許詢竹扇詩曰：『良工眇芳林，妙思觸物騁。篾疑秋蟬翼，團取望舒景。』（丁福保輯入全晉詩）許詩可考者僅此而已。此固非平典恬淡之詞，亦非妙絶之作也。」按，許詩「善恬淡之詞」，而簡文好玄談，審美好尚相同，故稱賞之。許詩「青松凝素髓」等寫景句，似非平典恬淡之詞，然寫景爲證玄旨，詩旨必近玄言也。東晉玄言詩人並不排斥寫景，但寫景往往作柱下、漆園之疏解。余箋謂簡文雅尚清談，故稱賞許詩，其言良是。

〔二〕皆體則詩、騷　班固兩都賦序曰：「賦者，古詩之流也。」漢書三〇藝文志曰：「不歌而誦謂之賦。」文心雕龍詮賦曰：「然賦也者，受命于詩人，拓宇于楚辭也。」此所謂賦頌「皆體則詩、騷」。

〔三〕「及至建安」句　關於建安詩歌之盛，鍾嶸詩品序曰：「降及建安，曹公父子，篤好斯文；平原兄弟，鬱爲文棟；劉楨、王粲爲其羽翼。次有攀龍托鳳，自致於屬車者，蓋將百計。彬彬之盛，大備於時矣！」文心雕龍明詩曰：「建安之初，五言騰踴。文帝陳思，縱轡以騁節；王徐應劉，望路而争驅。並憐風月，狎池苑，述恩榮，敍酣宴……」

〔四〕宗歸不異　指體則詩、騷之傳統不異。

〔五〕「正始中」數句　文心雕龍明詩曰：「正始明道，詩雜仙心，何晏之徒，率多浮淺。」正始時王弼、何晏振起玄風，影響遂及文學。王弼詩文不見留存，何晏能詩，鍾嶸詩品列入中品，存有鴻鵠篇（見規箴六注引名士傳，詩紀題作擬古，藝文類聚九〇作何晏詩，逯欽立全魏詩作言志詩），尚有殘篇「轉蓬去其根」（見初學記二七），殘句「浮云翳白日，微風輕塵起」（見書鈔一五〇）。何晏鴻鵠篇旨在避禍逃世，與老、莊思想相合。文心明詩稱「正始明道，詩雜仙心」，道即老、莊之道，仙心謂出世也。續晉陽秋謂正始之後世貴玄勝之談，表現於詩，則隱逸、出世之作遂多。然詠懷遺辭，與東晉平淡不同。

〔六〕至過江佛理尤盛　唐批：「『玄』訛『佛』，『玄理尤盛』。」余箋：「各本『至過江，佛理尤盛』。文選集注六二公孫羅引檀氏論文章作『至江左李充尤盛』。又案：宋書謝靈運傳論曰：『在晉中興，玄風獨扇。』文心雕龍明詩篇曰：『江左篇制，溺乎玄風。』詩品序曰：『永嘉貴黃、老，尚虛談，爰及江左，微波尚傳。』三家之言皆源于檀氏。重規疊矩，並爲一談。不聞有佛理之説。檢尋廣弘明集，支遁始有贊佛詠懷諸詩，慧遠遂撰念佛三昧之集。雖在典午之世，卻非過江之初。且係釋家之外篇，無與詩人之比興。檀氏安得援此一端，概之當世乎？況下文云郭璞始合道家之言而韻之，若必如今本，是謂景純合佛理於道家也。郭氏之詩以遊仙爲最著，今存者十餘首，道家之言固有之，未嘗一字及於佛理也。檀氏安得發此虛言，無的放矢乎？此必原本殘缺，宋人肆臆妄填，乖謬不通，所宜亟爲改正者矣。李充者，元帝時人，正當渡江之始。晉書本傳言其詩賦表頌等雜文二百四十首，隋志有集二十二卷，是其著作甚富。傳又言有釋莊論上下二篇。御覽五九七引充起居誡，自言家奉道法，知其好道家之言。其存詩者，玉臺新詠三有嘲友人一首，敍其夫婦離别之情，頗類陸士衡代顧彦先贈婦。文選注二一及五九各引武功歌二句，皆頌揚功德之泛語。類聚四及書鈔一五五俱引七月七日詩，亦不過牛女之常談，皆不足以見其風致。惟初學記一八引充送許從詩曰：『來若迅風歎，逝若歸雲征。離合理之常，聚散安足驚。』頗得老、莊之旨。文選注二八引李充九曲歌曰：『肥骨銷滅隨塵去』，亦似有芻狗萬物之意。然存詩過少，此特一鱗片甲耳。至其所以祖述王、何，較西晉諸家爲尤甚者，吾不得而見之矣。」按，李充尚有正月七日登剡西寺詩「命駕升西山，寓目眺原疇。」二句（見御覽三〇），逯欽立全晉詩漏輯。「至過江，佛理尤盛」，據余箋，文選集注六二公孫羅引檀氏論文章作「至江左李充尤盛」。然作「李充尤盛」仍有疑問。一，如余箋所云，由李充存詩及殘句，无有得見祖述王、何較西晉諸家尤甚者。二，晉書本傳謂充撰著「詩賦表頌等雜文二百四十首」，可知充能詩。但詩品不列李充，文心雕龍亦不見其名。宋書六七謝靈運傳論、南齊書五二文學傳論皆不論李充。若李充有詩名，且祖述王、何尤甚，則鍾嶸、劉勰等不會不置一詞。三，若作「李充尤盛」，則郭璞「始會合道家之言而韻之」一句與上語意不切合。若作「至過江玄理尤盛」，則與郭璞一句語意密合。南齊書五二文學傳論曰：「江左風味，盛道家之言。郭璞舉其靈變，許詢極其名理。」此文源于檀氏「江左風味，盛道家之言」二句，即「至過江玄理尤盛」。「郭璞舉其靈變」一句，意同郭璞「始會合道家之言而韻之」，二者語意若合符契。此最能證明「李充尤盛」亦屬訛誤。唐批謂「『玄』訛『佛』」，玄理尤盛」，其説得其真。

〔七〕又加以三世之辭　加，宋本作「如」。王利器校：「各本『如』作『加』」，是；文選江文通雜體詩集注及注亦作『加』。又文選集注『三世』上有『釋氏』二字。」余箋：「『三世』之辭，蓋用佛家輪回之説，以明報應因果也。詩體至此，風斯下矣。若上文果作『佛理尤盛』，則自過江以來，談此者已多矣，何必待之孫、許哉？」按，東晉詩摻入佛理，大概始于穆帝時。現存張翼（君祖）贈沙門竺法頵三首、答康僧淵詩，康僧淵代答張君祖、又答張君祖，皆大談佛理。其中最著名者支遁，四月八日贊佛詩、五月長齋詩、八關齋詩三首，描寫佛事情景，闡發佛理。其他詠懷詩五首、述懷詩三首，兼述老莊及佛理，所謂「又加以三世之詞」也。

〔八〕「詢綽並爲一時文宗」二句　孫綽、許詢齊名。品藻五四支道林問孫興公：「君何如許掾？」孫曰：「高情遠致，弟子蚤已服膺，一吟一詠，許將北面。」可見孫、許之才在伯仲之間，並爲一時文宗。然孫之答大體符合事實，未可視之自我標榜。品藻六一曰：「或重許高情，則鄙孫穢行；或愛孫才藻，而無取於許。」可見時人以爲孫之才藻勝於許。孫綽著述甚富，今僅留存表哀詩並序、贈温嶠詩五章、與庾冰詩十三章、答許詢詩九章、贈謝安、秋日詩、情人碧玉歌二首等（見逯欽立輯全晉詩）。其詩多述玄理，如答許詢詩三章曰：「散以玄風，滌以清川。或步崇基，或恬蒙園。道足胸懷，神棲浩然。」真所謂「彌善恬淡之詞」。其中秋日詩較佳，始寫景，末談玄，章法風致已與謝靈運詩相近。又詩品卷下曰：「爰洎江表，玄風尚備。真長、仲祖、桓、庾諸公猶相襲。世稱孫、許，彌善恬淡之詞。」可知除孫、許之外，劉惔、王濛、桓温、庾亮皆有玄言之作。而永和九年，王羲之等名流於會稽蘭亭大寫玄言詩，此所謂「作者悉體之」也。

〔九〕至義熙中謝混始改　余箋：「宋書謝靈運傳論曰：『自建武暨於義熙，歷載將百……遒麗之辭，無聞焉耳。仲文始革孫、許之風，叔源大變太元之氣。爰逮宋氏，顏、謝騰聲……並方規前秀，垂範後昆。』詩品序曰：『永嘉時貴黄、老，江表微波尚傳，孫綽、許詢平典如道德論。先是郭景純用俊上之才，變創其體；劉越石仗清剛之氣，贊成厥美。然彼衆我寡，未能動俗。逮義熙中，謝益壽（混小字）斐然繼作。元嘉中有謝靈運，才高詞盛，富豔難縱』云云。二家之言，並導源于檀氏。然沈約以仲文、叔源並舉，而鍾嶸論詩之正變，殊不及殷氏，與道鸞之論若合符契。固知晉宋之際，於詩道起衰救弊，上摧孫、許，下開顏、謝，叔源爲首功，但明而未融。及風雅中興，玄談漸替，昭明文選一舉而廓清之，玄度、興公之詩，遂皆不入録。其間源流因革，檀氏此論實首發其蘊矣。（下略）由是觀之，益壽之在南朝，率然高蹈，邈焉寡儔。革歷朝之積弊，開數百年之先河，其猶唐初之陳子昂乎？謝瞻乃其族子，袁淑等年輩在後，並非其倫也。學者誠欲揚榷千古，尚論六朝，試取道鸞此篇，與休文、彦和、仲偉（嶸字）之書合而觀之，則於魏晉以下詩歌一門，瞭若指掌矣。」按，南齊書五二文學傳論曰：「仲文玄氣，猶不盡除；謝混清新，得名未盛。」文心雕龍才略曰：「殷仲文之孤興，謝叔源之閑情，並解散辭體，縹緲浮音，雖滔滔風流，而大澆文意。」殷仲文、謝混雖以寫景遊覽之作及清新文辭改變玄言詩風，然終因變革之先驅，詩中玄氣猶重。逮謝靈運光耀詩壇，山水詩終取代玄言詩之主流地位。檀道鸞續晉陽秋論兩漢辭賦至東晉詩，尤詳玄言詩之興起、發展至轉變，明晰而具文學史之觀念，極有價值。而余箋取鍾嶸詩品、劉勰文心雕龍、沈約宋書六七謝靈運傳論等書，抉發此條義藴，頗有助于讀者理解中古詩歌史。

八六　孫興公作天台賦成，〔一〕以示范榮期，中興書曰：「范啓字榮期，慎陽人，父堅，護軍。啓以才義顯於世，仕至黄門郎。」云：「卿試擲地，要作金石聲。」〔二〕范曰：「恐子之金石，非宫商中聲。」〔三〕然每至佳句，「赤城霞起而建標，瀑布飛流而界道」，〔四〕此賦之佳處。輒云：「應是我輩語。」

【校釋】

〔一〕天台賦　即游天台山賦，載文選一一。

〔二〕金石聲　指演奏鐘、磬一類樂器之聲音。國語楚語上：「而以金石匏竹之昌大、囂庶爲樂。」韋昭注：「金，鍾也；石，磬也。」韓詩外傳一：「原憲乃徐步曳杖，歌商頌而反，聲淪於天地，如出金石。」按，金石聲清越響亮，孫綽以之喻所作天台賦良可諷詠，自得之狀如見。

〔三〕宮商　五音中之宮音與商音。毛詩序「聲成文」鄭玄箋：「聲成文者，宮商上下相應。」晉書五六孫綽傳：「榮期曰：『恐此金石，非中宮商。』」「非中宮商」，意即不合宮商。范榮期意謂孫所説之金石聲，恐怕尚不合音韻之美。按，文學作品追求宮商相應，音韻調諧，大概始於漢末。文心雕龍章句曰：「昔魏武論賦，嫌於積韻，而善於資代。陸雲亦稱四言轉句，以四句爲佳。觀彼制韻，志同枚、賈。」「積韻」謂不轉韻，「資代」（資，當作貿），即遷代，指轉韻。由此可知，曹操以爲作賦須善於轉韻。陸機文賦曰：「暨音聲之迭代，若五色之相宣。」要求文章聲律配合和諧。文心雕龍聲律曰：「及張華論韻，謂士衡多楚。」楚謂楚聲，不合雅音。本篇九二記袁宏作北征賦，王珣云：「恨少一句，得『寫』字足韻，當佳。」袁宏攬筆益二句而足韻。而清談於義理之外講究音韻曼妙，勢必會影響詩賦之宮商相應。再者，佛經之誦讀及梵唄之贊唱，必以合乎宮商爲佳。晉書九五鳩摩羅什傳：「羅什每爲慧叡論西方辭體，商略同異，云天竺國俗，甚重文制，其宮商體韻，以入管弦爲善，凡覲國王，必有贊德，經中偈頌，皆其式也。」西方文體亦會影響文學作品音韻之美。范榮期以爲孫綽之賦與宮商不切合，正透露中古聲律説漸漸萌芽之消息。

〔四〕「赤城霞起而建標」二句　世説箋本：「文選李善注曰：『赤城，山名，色皆赤，狀似雲霞，天台之南門也。瀑布山，天台之西南峰，水從南巖懸注，望之如曳布。建標立物，以爲之表識也。界道爲道疆界也。』法華經曰：『黄金爲繩，以界八道。』」劉壎隱居通議五「三賦」

條：「後漢王文考作魯靈光殿賦，晉孫興公作天台山賦，宋鮑明遠作蕪城賦，皆見推當時，至謂孫賦擲地作金聲，貴重可知。由今觀三賦，雖不脱當時組織之習，然孫賦則總之以老氏清淨之説，鮑賦則惟感慨興廢，王賦則惟頌美本朝，各極其趣者也。」

八七　桓公見謝安石作簡文謚議，看竟，擲於坐上諸客曰：「此是安石碎金。」〔一〕劉謙之晉紀載安議曰：「謹按謚法：『一德不懈曰簡，道德博聞曰文。』易簡而天下之理得，觀乎人文，化成天下，儀之景行，猶有彷彿。宜尊號曰太宗，謚曰簡文。」

【校釋】

〔一〕碎金　此語頗難解。劉辰翁云：「此語無識，列之文學亦然。」何謂「無識」？劉語焉不詳。凌濛初曰：「何以便是碎金？」可見凌亦不解。張撝之譯注釋「碎金」是「比喻零篇佳作」。按，韋莊和薛先輩見寄初秋寓懷即事之作二十韻：「魯殿鏗寒玉，苔山激碎金。」黄庭堅宋懋宗寄夔州五十詩之一：「五十清詩是碎金，試教擲地有餘音。」後人用桓温「碎金」典故，喻詩文之精美簡短者。然桓温所言「碎金」，疑非讚美。簡文無治國才略，桓温素來視之蔑如也。當年習鑿齒回答桓温云「一生不曾見此人」，由此忤温旨，出爲滎陽郡（見本篇八〇）。謝安謚議稱簡文「一德不懈曰簡，道德博聞曰文」，桓温看之必大不以爲然。先是擲於坐上諸客，後又稱之「安石碎金」，舉動言語之間，一副夷然不屑之態。「碎金」之評，恐爲反語耳。

八八　袁虎少貧，虎，袁宏小字也。嘗爲人傭載運租。謝鎮西經船行，〔一〕其夜清風朗月，聞江渚間估客船上有詠詩聲，甚有情致。所誦五言，又其所未嘗聞，歎美不能已。即遣委曲訊問，乃是袁自詠其所作詠史詩。〔二〕因此相要，大相賞得。續晉陽秋曰：「虎少有逸才，文章艷麗，曾爲詠史詩，是其風情所寄。少孤而貧，以運租爲業。鎮西謝尚，時鎮牛渚，乘秋佳風月，〔三〕率爾與左右微服泛江。會虎在運租船中諷詠，聲既清會，辭文藻拔，〔四〕非尚所曾聞，遂住聽之，乃遣問訊。答曰：『是袁臨汝郎誦詩〔五〕，即其詠史之作也。』尚佳其率有勝致，即遣要迎，談話申旦。自此名譽日茂。」〔六〕

【校釋】

〔一〕經船行　意謂以船經行，即乘船來往於一定之地。「經行」乃佛教常用語，謂旋繞往返或徑直來回於一定之地。晉法顯佛國記：「佛在世時，有翦髮爪作塔，及過去三佛並釋迦文佛坐處、經行處及作諸佛形像處，盡有塔。」法華經序品：「又見佛子，未嘗睡眠，經行林中，勤求佛道。」唐義淨南海寄歸内法傳三：「五天之地，道俗多作經行，直去直來，唯遵一路，隨時適性，勿居鬧處，一則痊痾，二能銷食。」按，世説講義釋「經船行」，謂「經過袁船所在而行也」。張撝之譯注釋爲「坐船經過」，張萬起、劉尚慈譯注則釋爲「曾乘船出行」，皆不確。

〔二〕詠史詩　袁宏詠史詩見藝文類聚五五、古詩紀四二。詠史詩二首爲袁宏代表作，鍾嶸詩品卷中評曰：「鮮明勁健，去凡俗遠矣。」

〔三〕秋　原作「狄」，各本作「秋」。按，「狄」乃形誤，作「秋」是，今據改。

〔四〕辭文　文，宋本、沈校本、晉書本傳並作「又」。王先謙校：「按晉書袁宏傳作『辭又藻拔』，是也。『詞又藻拔』與『聲既清會』語正一偶。」按，王説是。

〔五〕袁臨汝郎　晉書九二袁宏傳：「父勖，臨汝令。」故稱宏爲袁臨汝郎。

〔六〕「尚佳其率有勝致」數句　方苞云：「清風朗月，乘興吟詩，甚有情致。而精捨棄不易得，況運租船乎？非鎮西亦當入賞。」

八九　孫興公云：「潘文淺而淨，陸文深而蕪。」〔一〕

【校釋】

〔一〕「潘文」二句　鍾嶸詩品卷上「晉黄門郎潘岳」條：「其源出於仲宣，翰林歎其翩翩然如翔禽之有羽毛，衣服之有綃縠，猶淺于陸機。謝混云：『潘詩爛若舒錦，無處不佳；陸文如披沙簡金，往往見寶。』嶸謂益壽輕華，故以潘爲勝；翰林篤論，故歎陸爲深。余常言：陸才如海，潘才如江。」文心雕龍體性：「安仁輕敏，故鋒發而韻流；士衡矜重，故情繁而辭隱。」劉應登云：「此二語又自作『披錦』、『排沙』注腳。」何義門讀書記：「安仁氣質，高於士衡數倍，陸蕪潘浄，故是定論。」

九〇　裴郎作語林，始出，大爲遠近所傳，時流年少，無不傳寫，各有一通。載王東亭作經王公酒壚下賦，〔一〕甚有才情。裴氏家傳曰：「裴榮字榮期，河東人。父穉，豐城令。榮期少有風姿才氣，好論古今人物，撰語林數卷，號曰裴子。」檀道鸞謂裴松之以爲啓作語林，榮儻別名啓乎？〔二〕

【校釋】

〔一〕王公酒壚　劉盼遂云：「王公疑作黄公，聲之誤也。黄公酒壚或即爲王濬沖所過處也（見傷逝篇）。本書輕詆篇注引續晉陽秋正作黄公酒壚。」余箋：「以傷逝、輕詆二條互證，東亭所賦即王戎事，無可疑也。又案：『王公』當作『黄公』，本書輕詆篇注引續晉陽秋曰：『河東裴啓撰語林，有人於謝坐敍其黄公酒壚，司徒王珣爲之賦。』是其證。又傷逝篇曰：

『王濬沖爲尚書令，經黄公酒壚下過，顧謂車後客：吾昔與嵇叔夜、阮嗣宗共酣飲於此壚，今日視之，邈若山河。』是也。東亭正賦此事耳。晉書王戎傳亦作『黄』，其賦今不傳。」按，劉、余所言是。

〔二〕榮儻别名啓乎　關於裴啓之名字，凌濛初云：「范啓字榮期，裴郎或亦名啓，字榮期耳，以爲名榮者因字而誤也。」曹道衡、沈玉成中古文學史料叢考「裴啓語林」條辯證云：「一，裴啓，字榮期。蓋據列子所記古隱士榮啓期而取名、字。世説文學『孫興公作天台賦成，以示范榮期』，范榮期名啓，與裴啓名、字俱同。孝標所見裴氏家傳『啓』作『榮』，當是抄録者涉下『榮期』而誤。二，裴啓之年當少於謝安、王坦之。哀帝隆和間（三六二—三六三）撰成語林，其時謝安四十餘歲，王坦之三十餘歲，稱『裴郎』，啓或僅二十餘歲。三，文學『王公酒壚』，此又後人傳抄之誤。劉孝標明言檀道鸞謂裴松之以爲啓作語林，輕詆注引續晉陽秋正作『黄公酒壚』，若孝標所見時亦誤作『王』，當出注。」

九一　謝萬作八賢論，〔一〕與孫興公往反，小有利鈍。〔二〕中興書曰：「萬善屬文，能談論。」萬集載其敍四隱四顯，爲八賢之論，謂漁父、屈原、季主、〔三〕賈誼、楚老、龔勝、孫登、嵇康也。其旨以處者爲優，出者爲劣。孫綽難之，以謂體玄識遠者，出處同歸。〔四〕文多不載。謝後出以示顧君齊，顧氏譜曰：「夷字君齊，吴郡人。祖歆，孝廉。父霸，少府卿。夷辟州主簿，不

就。」顧曰：「我亦作，知卿當無所名。」〔五〕

【校釋】

〔一〕謝萬作八賢論　余箋：「初學記一七引有謝萬八賢楚老頌。東晉謝萬七賢嵇中散贊又引謝萬八賢頌『皎皎屈原』云云。當是論後，繼之以頌。然嵇中散贊獨稱七賢，所未喻也。」按，嚴可均全晉文八三載有謝萬八賢頌、七賢嵇中散贊、八賢論。嚴於八賢論下引世説此條孝標注引萬集後加案語曰：「此蓋八賢頌，即繫於論後也。其論今亡。」嚴説是。初學記一七：「楚老含真，李尤九賢。」二句下注曰：「謝萬八賢楚老頌曰：『楚老潛一，寂翫無爲。含真内外，載戢羽儀。』」同卷又載有孫子荆八賢讚曰：「季子聰哲，思心精微。玄覽幽寤，觸類應機。」據此可知，謝萬、孫楚所作八賢相同。余箋謂謝萬七賢嵇中散贊又引謝萬八賢頌，並不解嵇中散贊獨稱七賢。余箋之語，令人費解。查初學記一七，東晉謝萬七賢嵇中散讚「邈矣先生，英標秀巢」云云，乃贊嵇康，亦非「當是論後，繼之以頌」。鄙意以爲七賢嵇中散贊之「七賢」，指阮籍、嵇康等竹林七賢，而八賢楚老頌之「八賢」，指漁父、屈原、季主等八人。雖七賢、八賢中皆有嵇康，但二文實不相混。余箋混爲一談，故不解既稱「八賢」，何以又稱「七賢」。

〔二〕利鈍　吴金華考釋：「從顧君齊『知卿當無所名』這句話可以看出，謝萬在跟孫興公辯論時略處下風，『小有利鈍』就是小有不利。『利鈍』在這裏是偏義復詞，表示不利（即「鈍」）

之義。」按，孫綽作有八賢讚，興公是孫楚之子，宜乎亦精研八賢也。

〔三〕季主　司馬季主，楚人，漢文帝時卜於長安。事見史記一二七日者列傳、太平御覽五一〇嵇康高士傳。

〔四〕謝萬八賢論殘文見初學記一七，中興書謂「其旨以處者爲優，出者爲劣」。孫綽難謝萬八賢論亦早佚，大旨「以謂體玄識遠者，出處同歸」。兩人對出處問題看法不同，故往反辯論。按，魏晉之前一般以「與時舒卷」對待仕隱問題。孔子曰：「天下有道則仕，天下無道則卷而懷之。」東方朔誡子書曰：「聖人之道，一龍一蛇，形見神藏，與物變化，隨時之宜，無有常家。」皆以爲聖人之道，貴在「與物變化」。漢末之後隱逸之風盛行，處遂勝於出，隱士大受推重。魏晉易代之際，時世險惡莫測，亦以處者爲優。王弼注易遯上九爻辭「肥遯無不利」曰：「最處外極，無應于内，超然絶志，心無疑顧，憂患不能累，矰繳不能及，是以肥遯無不利也。」肥遯爲何無不利？即在於禍患不能累及。然亦有人持别種看法，如嵇喜答嵇康詩之三曰：「達人與物化，無俗不可安。都邑可優遊，何必棲山原。孔父策良駟，不云世路難。出處因時資，潛躍無常端。」認爲或出或處因時而異，或潛或躍無有常態。至東晉，隱逸之風極盛。謝萬八賢論「處者爲優，出者爲劣」之説，乃是當時主流意識。晉書七九謝安傳謂「安雖處衡門，其名猶出萬之右」，即爲「處者爲優」之明證。再如官府連辟，殷浩並稱疾不起，時人竟然「擬之管、葛」，亦證以隱者爲高。而孫綽難謝萬八賢論「體玄識遠者，出處同歸」之論，實質是自然與名教統一之老調，於東晉儒道兼修文化背景下之新彈。蓋以稱情自得，統一出處兩者之矛盾，而宗歸郭象注莊子逍遥遊「適性爲逍遥」之義。孫綽桓玄城碑説尤明白：「俯仰顯默之際，優遊可否之間。」（文選傅亮爲宋公脩張良廟教李善注）出處同歸之見解，盛行於東晉。晉書八二鄧粲傳記鄧粲先前與劉驎之、劉尚公同隱，後作荆州刺史桓沖別駕。驎之即面對鄧粲曰：「卿道廣學深，衆所推懷，忽然改節，誠失所望。」粲答道：「足下可謂有志於隱而未知隱。夫隱爲道，朝亦可隱，市亦可隱。隱初在我，不在於物。」尚公等無以難之，然粲亦於此名譽減半矣。所謂「隱初在我，不在於物」，與孫綽「體玄識遠者，出處同歸」之意相通，皆謂隱在於心，不在於跡。

〔五〕「我亦作」二句　諸家標點不同。余箋、徐箋、楊箋於「作」下斷句，朱注於「卿」下斷句。王世懋云：「此語難解，似謂我亦算作相知者，然不能爲卿名也。」世説箋本：「按此解從王説，則『當無』上添『然此論』三字看。」味王氏、世説箋本所釋，亦於「卿」下斷句。按，此二句當於「作」下斷句。「我亦作」，猶我亦持處優出劣之論。前既云謝萬與孫綽辯論已處下風，故顧君齊謂謝萬，意謂汝之八賢論亦無由得名。世説抄撮：「此蓋言我亦試作斯論，因知卿當無所名稱也。謂難定優劣之論也。王解未明。」其解近是。

九二　桓宣武命袁彦伯作北征賦，續晉陽秋曰：「宏從温征鮮卑，〔一〕故作北征賦，宏文之高者。」既成，公與時賢共看，咸嗟歎之。時王珣在坐云：「恨少一句，得『寫』字足韻，當佳。」袁即於坐攬筆益云：「感不絶於余心，泝流風而獨寫。」〔二〕公謂王曰：「當今不得不以此事推袁。」〔三〕宏集載其賦云：「聞所聞於相傳，云獲麟於此野。誕靈物以瑞德，奚授體於虞者。悲尼父之慟泣，似實慟而非假。豈一物之足傷，實致傷於天下。感不絶於余心，遡流風而獨寫。」晉陽秋曰：「宏嘗與王珣、伏滔同侍温坐，温令滔讀其賦，至『致傷於天下』，於此改韻。云：『此韻所詠，慨深千載，今於「天下」之後便移韻，〔四〕於寫送之致，如爲未盡。』滔乃云：『得益「寫」一句，或當小勝。』桓公語宏：『卿試思益之。』宏應聲而益。王、伏稱善。」

【校釋】

〔一〕温征鮮卑　程炎震云：「慕容恪死，温乃伐燕，在太和四年。」按，程説是。文學九六注引温别傳正作太和四年征鮮卑。

〔二〕「時王珣在坐云」數句　劉辰翁云：「談文有法，補句自佳。」按，學者皆知齊永明年間沈約、謝朓諸人研究音韻後，追求詩賦音律調諧漸成風氣。其實由此條可見，東晉作賦已講究音韻之美，且能討論之、欣賞之。溯源此種現象，當由清談言語重音韻之美，而漸影響詩文創作也。

〔三〕「公謂王曰」二句　桓温讚語晉書九二袁宏傳屬王珣：「珣誦味久之，謂（伏）滔曰：『當今文章之美，故當共推此生。』」與孝標注引晉陽秋合。

〔四〕移韻　李詳云：「案晉書九二袁宏傳『移韻』下有『徙事』二字，此言最佳。蓋移韻便別詠古人一事，故云徙事。班彪北征賦、潘岳西征賦，皆如此。」按，桓温幕府中文士濟濟，堪稱東晉中期文學創作之重鎮。時以袁宏爲首，其餘如郗超、王珣、習鑿齒、羅含、羅友、孟嘉、袁喬、車胤、張望、毛伯成、孫盛、顧愷之等數十人。由本條及本篇九五、九六、九七、排調三五，約略可見桓温幕府中文士活動情形，治文學史者當注意之。

九三　孫興公道：「曹輔佐才如白地明光錦，〔一〕中興書曰：「曹毗字輔佐，譙國人，魏大司馬休曾孫也。好文籍，能屬詞，累遷太學博士、尚書郎、光禄勳。」〔二〕裁爲負版絝，論語曰：「孔子式負版者。」鄭氏注曰：「版，謂邦國籍也。負之者，賤隸人也。」非無文采，酷無裁製。」〔三〕

【校釋】

〔一〕白地明光錦　李詳云：「案：錦皆有地，即俗所謂底子也。魏志倭國傳，載魏賜倭有絳地交龍錦，紺地勾文錦。陸翽鄴中記有黄地博山文錦。御覽引異物志有丹地錦。與此俱以色名。裴松之魏志注謂地當作綈，謂此字不體，非魏朝之失，則傳寫之誤。此自是裴誤，非魏失也。」余箋：「爾雅釋天云『素錦綢杠』，注云：『以白地錦，韜旗之竿。』御覽八一五引鄴中記載石虎時織錦署諸錦名，有大明光、小明光，均可爲世説此句作證。又考御覽引鄴中記，『黄地博山文錦』句，秘府略殘卷八六八引作『或用清綈大明光錦，或用緋綈登高文錦，或用黄綈博山文錦』。其引織錦署一條，於諸錦名下，較御覽多『或青綈，或白綈，或黄綈，或綠綈，或紫綈，或蜀綈』等句，然則綈即地也。地本俗稱，故或借用綈字爲之。裴松之必謂當作綈，蓋失之拘。沈濤銅熨斗齋隨筆五云：『地猶言質，今人猶以錦繡之本質爲地。其語蓋古，裴世期以爲地應作綈者，非也。』」

〔二〕光禄勳　光，原形誤作「尢」，今改。

〔三〕「裁爲負版絝」三句　絝，同「袴（褲）」。世説講義：「夫版固貴物，而負之者賤。今以明光錦之貴，不爲版裝，反爲賤者絝，是失其用者大矣。彼曹猶此，文采特可觀，其無裁制之才，亦甚也。」按，孫興公意謂曹毗固有文才，然爲文不善剪裁耳。

九四　袁彦伯作名士傳成，〔一〕宏以夏侯太初、何平叔、王輔嗣爲正始名士。阮嗣宗、嵇叔夜、山巨源、向子期、劉伯倫、阮仲容、王濬仲爲竹林名士。裴叔則、樂彦輔、王夷甫、庾子嵩、王安期、阮千里、衛叔寶、謝幼輿爲中朝名士。〔二〕見謝公。公笑曰：「我嘗與諸人道江北事，特作狡獪耳。〔三〕彦伯遂以著書。」

【校釋】

〔一〕袁彦伯　彦伯，宋本、王刻本並作「伯彦」。劉盼遂云：「按，伯彦二字誤倒。袁宏字彦伯。」晉書九二袁宏傳謂宏作竹林名士傳三卷。

〔二〕「宏以夏侯太初」數句　阮仲容，容，宋本誤作「客」。按，袁宏名士傳將魏末以後名士按時代分爲「正始名士」「竹林名士」、「中朝名士」，實質上劃分出東晉之前魏晉玄學發展之三階段，爲歷來學者所認同。

〔三〕狡獪　趙西陸云：「史記高祖本紀集解：『江湖之間謂小兒多作狡獪爲無賴，猶言遊戲也。』陸游示子遹曰：『詩爲六藝一，豈用資狡獪？』原注：『晉人謂戲爲狡獪，今閩語尚爾。』」周一良札記：「狡獪，猶今言頑皮搗亂開玩笑之類，爲六代習語。宋書四一明恭皇后傳：『若行此事，官便應作孝子，豈復得出入狡獪。』南齊書四二蕭坦之傳：『少帝于宮中及出後堂，雜戲狡獪。』劉敬叔異苑五：『以爲狡獪。』皆不宜釋爲狡黠之意。」又，學者或據謝安「特作狡獪」之語，以爲袁宏分名士爲正始、竹林、中朝三期及「竹林」皆屬無事實之傳聞。鄙意以爲此種意見可商（參見任誕一校釋）。

九五　王東亭到桓公吏，既伏閣下，〔一〕桓令人竊取其白事。〔二〕東亭即於閣下更作，無復向一字。〔三〕續晉陽秋曰：「珣學涉通敏，文高當世。」

【校釋】

〔一〕伏閣下　程炎震云：「宋書五一宗室傳：劉襲在郢州，暑月露褌上廳事，綱紀正伏閣，怪之，訪問乃知。」吴金華考釋：「這裏的『伏』，似指官吏在任職機構坐以待事。東漢許慎説文解字人部：『伏，司也。』段玉裁注云：『司者，臣司事於外者也。司，今之伺也。凡有所司者，必專守之。伏伺即服事也。』本文的『伏閣下』，宜理解爲服事於閣中。」按，伏閣下，即伏閣，史書所常見。

〔二〕白事　見政事一七校釋。

〔三〕無復向一字　向，余箋：「北堂書鈔六九引作『同』。」按，作「向」是。向，前也。劉應登云：「謂一字不犯前本。」又，桓温令人竊取白事，意在測試王珣文才也。

九六　桓宣武北征，温别傳曰：「温以太和四年上疏自征鮮卑。」袁虎時從，被責免官。〔一〕會須露布文，〔二〕喚袁倚馬前令作。手不輟筆，俄得七紙，殊可觀。〔三〕東亭在側，極歎其才。袁虎云：「當令齒舌間得利。」〔四〕

【校釋】

〔一〕「袁虎時從」二句　余箋：「宏蓋以對王衍事失温意，遂致被責。詳見輕詆篇。」

〔二〕露布文　王叔岷補正：「案御覽五九七引文心雕龍云：『露布者，蓋露板不封，布諸視聽也。』」

〔三〕殊可觀　殊，宋本、沈校本並作「絶」。

〔四〕當令齒舌間得利　此語費解。劉應登云：「謂文須利口也。」劉辰翁云：「謂露布流傳，須剪裁瀏亮可稱誦。」王世懋云：「按此語最深難解。言袁有此才，而官不利，徒得東亭歎賞，齒舌間得利而已，何益於事？自古文人同恨。」世説抄撮：「言使我需官禄，則才益得展也。」如王解則『當』字不通。」張撝之譯注釋此語爲：「大概想讓我在言語辭令之間得點好處。」亦謂「利」是利益之利。按，以上數解，以劉應登較勝。細味袁虎之言，似與爲官不利不相涉。利爲流利之利，非爲利益之利。誦讀流利，乃是魏晉以還文學批評標準之一。陸雲與兄平原書曰：「丞相贊云『披結散紛』，辭中原不清利。」主張文辭清越且流利。沈約以爲文章當從「三易」，其一爲「易誦讀」（顔氏家訓文章篇）。文心雕龍銘箴篇曰：「魏文九寶，器利辭鈍。」詬病魏文辭鈍不利。袁宏謂「當令齒舌間得利」，亦主張文章誦讀之際應齒舌間感覺流利。

九七　袁宏始作東征賦，〔一〕都不道陶公。胡奴誘之狹室中，臨以白刃，胡奴，陶範。別見。〔二〕曰：「先公勳業如是，君作東征賦，云何相忽略？」宏窘蹙無計，便答：「我大道公，何以云無？」因誦曰：「精金百鍊，〔三〕在割能斷。功則治人，職思靖亂。長沙之勳，爲史所讚。」續晉陽秋曰：「宏爲大司馬記室參軍，後爲東征賦，〔四〕悉稱過江諸名望。時桓温在南州，宏語衆云：『我決不及桓宣城。』〔五〕時伏滔在温府，與宏善，苦諫之。宏笑而不答。滔密以啓温，温甚忿，以宏一時文宗，又聞此賦有聲，不欲令人顯問之。後遊青山，飲酌既歸，公命宏同載，衆爲危懼。行數里，問宏曰：『聞君作東征賦，多稱先賢，何故不及家君？』宏答曰：『尊公稱謂，自非下官所敢專，故未呈啓，不敢顯之耳。』温乃云：『君欲爲何辭？』宏即答云：『風鑒散朗，或搜或引。身雖可亡，道不可隕。則宣城之節，信爲允也。』〔六〕温泫然而止。」二説不同，故詳載焉。〔七〕

【校釋】

〔一〕東征賦　袁宏東征賦殘文見嚴可均全晉文五七。

〔二〕胡奴　别見方正五二及注引陶侃别傳。

〔三〕百鍊　鍊，晉書九二袁宏傳作「湅」。

〔四〕後爲東征賦　後，宋本作「復」。王利器校：「各本『復』作『後』，是；晉書文苑袁宏傳亦作『後』。」

〔五〕桓宣城　城，宋本作「武」。按，桓温父彝爲宣城内史。下文記桓温問「何故不及家君」，袁宏答云「宣城之節」，則作「城」是。

〔六〕「則宣城之節」二句　李詳云：「案晉書宏傳作『信義爲允也』。考宏此效左思魏都賦『軍容弗犯』以下四段句法。左賦每段末語『自解紛，若蘭芬，有令聞』句，皆三字，與上合韻。加也字爲助詞。唐修晉書不知其模擬所出，誤添義字，非是。」劉盼遂云：「按允與上文引隕爲韻，當爲一四字句。晉書袁宏傳作『宣城之節，信義爲允』是也。當據以訂正。」按，此條正文「精金百煉」六句爲一韻，以此推之，注引續晉陽秋「風鑒散朗」六句亦當爲一韻。則當從晉書袁宏傳作「宣城之節，信義爲允」。劉説較勝。而李説謂袁宏效左思魏都賦之句法，似嫌證據不足。

〔七〕「二説」二句　余箋：「孝標之意，蓋疑不道陶公與不及桓彝爲即一事，而傳聞異辭。今晉書文苑傳則兩事並載。嘉錫以爲二者宜並有之。陶侃爲庾亮所忌，於其身後奏廢其子夏，又殺其子稱，由是陶氏不顯於晉。當宏作賦時，陶氏式微已甚。其孫雖嗣爵，而名宦不達。陶範雖存，復不爲名氏所與。觀方正篇載王脩齡卻陶胡奴送米，厭惡之情可見。非必胡奴之爲人果得罪于清議也，直以其家出於寒門，擯之不以爲氣類，以示流品之嚴而已。宏之不道陶公，亦猶是耳。至於桓温，固是老兵，然生殺在手，宏安敢違忤取禍？其初所以宣言不及桓宣城者，蓋腹稿已成，欲激温發問，因而獻諛，以感動之耳。」按，孝標注引續晉陽秋云東征賦「悉稱過江諸名望」，陶侃、桓彝既皆爲江左名流，則袁宏前倨後恭，最終讚頌陶侃與桓彝均有可能。余箋以爲「二者宜並有之」，其言近理。又文士以文思敏捷爲難得，「宏笑而不答」，可見胸有成竹，只待桓温發問以博衆人喝彩也。

九八　或問顧長康：「君箏賦何如嵇康琴賦？」顧曰：「不賞者，作後出相遺；深識者，亦以高奇見貴。」〔一〕中興書曰：「愷之博學有才氣，〔二〕爲人遲鈍而自矜尚，爲時所笑。」宋明帝文章志曰：「桓温云：『顧長康體中癡黠各半，合而論之，正平平耳。』世云有三絶，畫絶、文絶、癡絶。」續晉陽秋曰：「愷之矜伐過實，諸年少因相稱譽，以爲戲弄。爲散騎常侍，與謝瞻連省，夜於月下長詠，自云得先賢風制，瞻每遥贊之。愷之得此，彌自力忘倦。瞻將眠，語搥腳人令代。愷之不覺有異，遂幾申旦而後止。」〔三〕

【校釋】

〔一〕「不賞者」數句　「後出相遺」者，乃貴古賤今之傳統。葛洪抱朴子外篇鈞世批判當時文學欣賞之貴遠賤近風氣曰：「其於古人所作爲神，今世所著爲淺。貴遠賤近，有自來矣。」又江淹擬雜體詩三十首序：「又貴遠賤近，人之常情。」歐陽修亦云：「凡人之情，忽近而貴遠。」（蘇氏文集序）凌濛初云：「『後出相遺』，人人然，古亦然，今亦然。」「後出」者，謂今人所作也；賤近而不賞，是謂「相遺」。然「深識」者，不以先出、後出定價，惟以高奇而貴賞之。愷之語既批評今人貴古賤今風氣，又對己作箏賦頗爲自信。

〔二〕愷之　愷，宋本作「凱」。王利器校：「各本『凱』作『愷』，是；晉書文苑傳亦作『愷』。」王叔岷補正：「凱、愷古通，宋曾集本陶淵明詩四時一首，注云：『此顧凱之神情詩。』作凱之，與此宋本同。」

〔三〕申旦　旦，宋本作「之」。王利器校：「各本『之』作『旦』，是。」按，王校是。本篇八八注引續晉陽秋：「即遣要迎，談話申旦。」世説箋本引索解云：「使搥腳人代己與愷之語，愷之不知語音之異，以爲瞻語，至申旦。」按，謝瞻戲弄而愷之不知，此所謂「癡絶」也。晉書本傳記愷之「癡絶」之事數則，其一謂「尤信小術」：「桓玄嘗以一柳葉紿之曰：『此蟬所翳葉也，取以自蔽，人不見己。』愷之喜，引葉自蔽，玄就溺焉，愷之信其不見己也，甚以珍之。」謝瞻戲弄愷之，正與桓玄同。如此可愛之人，自然人多愛狎之。

九九　殷仲文天才宏贍，〔一〕續晉陽秋曰：「仲文雅有才藻，著文數十篇。」而讀書不甚廣。博亮歎曰：〔二〕亮別見。〔三〕「若使殷仲文讀書半袁豹，丘淵之文章敍曰：「豹字士蔚，陳郡人。祖耽，歷陽太守。父質，琅邪内史。豹隆安中著作佐郎，累遷太尉長史、丹陽尹。義熙九年卒。」才不減班固。」〔四〕續漢書曰：「固字孟堅，右扶風人，幼有儁才，學無常師。善屬文，經傳無不究覽。」

【校釋】

〔一〕宏贍　贍，宋本作「瞻」。按，贍，多也，足也。作「贍」是。

〔二〕博亮　王世懋云：「按『傅』字訛爲『博』，以就上文，今改正爲『傅』。」李慈銘云：「案晉書殷仲文傳作謝靈運語。此稱亮者，不知何人。據注『亮別見』之文，疑上文博字當作傅字。謂傅亮也。此上當以廣字讀句。傅亮見卷中識鑒篇注，各本皆誤。」

〔三〕亮　傅亮，別見識鑒二五及注。

〔四〕「若使殷仲文」二句　余箋：「晉書仲文傳作謝靈運語，且云：『言其文多而見書少也』，與此不同。又案文選集注六二江文通擬殷東陽興矚詩注引雜說云：『謝靈運謂仲文曰：若讀書半袁豹，則文史不減班固。』考隋志雜家有雜説二卷，沈約撰。則本傳自有所本，故與世說不同。」楊箋從晉書，改傅亮爲謝靈運。按，此二語出於傅亮、謝靈運皆有可能。然從殷、傅、謝三人行事及年歲考之，出於傅亮或許更接近真實。據晉書九九殷仲文傳，仲文死於義熙三年（四〇七）。宋書四三傅亮傳謂亮以元嘉三年（四二六）被誅，年五十三，則生於晉孝武帝寧康二年（三七四）。謝靈運生於晉孝武帝太元十年（三八五），輩份少於殷仲文，亦少傅亮十餘歲。仲文與桓玄爲姻親，玄平京師，即棄郡投之。仲文善屬文，玄九錫之文，即仲文所撰。宋書四三傅亮傳言「亮博涉經史，尤善文詞」，桓玄篡位，聞其博學有文采，選爲秘書郎。故仲文、傅亮，以文才同仕桓玄，而此時靈運尚未入仕。傅亮「博涉經史，尤善文詞」，自以爲勝於惟善屬文之殷仲文，故發此歎耳。又，讀書博學以滋養天賦，乃爲古人所重。曹操訓勖其子曹彰曰：「汝不念讀書慕聖道，而好乘汗馬擊劍，此一夫之用，何足貴也？」並課彰讀詩書。（見魏志任城威王彰傳）吴將吕蒙以軍務繁忙爲由不讀書，孫權以自己讀書之心得及前人勤學之例，勸吕蒙急讀孫子、六韜等書，蒙從此博覽羣書，後魯肅贊其「學識英博，非復吴下阿蒙」。（見吴志吕蒙傳裴注引江表傳）

一〇〇　羊孚作雪贊云：「資清以化，乘氣以霏，遇象能鮮，即潔成輝。」〔一〕桓胤遂以書扇。中興書曰：「胤字茂祖，〔二〕譙國人。祖沖，太尉。父嗣，江州刺史。胤少有清操，以恬退見稱。仕至中書令。玄敗，徙安成郡，後見誅。」〔三〕

【校釋】

〔一〕「資清以化」數句　世説箋本：「謝惠連雪賦：『值物賦象。』此言物之象、物之潔。象即物也，抄撮得之。」按，雪贊四句寫出雪之清冷、飄飛、潔白、光明之特質，桓胤喜之而書扇。

〔二〕茂祖　晉書本傳作「茂遠」，桓氏譜同。按，桓胤父嗣字恭祖，則胤字不當作「茂祖」。

書扇風氣不知始於何時，但東晉已常見。法書要録二記一老嫗有十許六角竹扇出市，王右軍取筆書之。又晉書八〇王獻之傳記桓温命獻之書扇。

〔三〕後見誅　晉書九九桓玄傳：「（義熙）三年，東陽太守殷仲文與永嘉太守駱球謀反，欲建桓胤爲嗣，曹靖之、桓石松、卞承之、劉延祖等潛相交結，劉裕以次收斬之，並誅其家屬。」

一〇一　王孝伯在京行散，〔一〕至其弟王睹户前，〔二〕睹，王爽小字也。中興書曰：「爽字季明，恭第四弟也。仕至侍中，恭事敗，〔三〕贈太常。」問古詩中何句爲最。睹思未答。孝伯詠「所遇無故物，焉得不速老」，此句爲佳。〔四〕

【校釋】

〔一〕京　趙西陸云：「京謂京口。太元十五年（三九〇）二月，王恭爲前將軍，青、兗二州刺史，鎮京口。」行散，參見德行四一校釋。

〔二〕王睹　睹，宋本、沈校本並作「睹」。太原晉陽王氏譜作「睹」。

〔三〕恭事敗　李慈銘云：「案事敗下當有被誅二字。」程炎震云：「晉書爽傳云：『恭敗，被誅。』王恭傳云：『及玄執政，爽贈太常。』此注有脱文。」

〔四〕「所遇無故物」二句　見文選古詩十九首「驅車駕言邁」。此二句表達人生無常，生命短促之普遍感受，而晉人對生命之易逝最具不能自已之深情，故孝伯以爲佳。此猶桓温感歎「木猶如此，人何以堪」，皆令人動情不已。

一〇二　桓玄嘗登江陵城南樓云：「我今欲爲王孝伯作誄。」因吟嘯良久，隨而下筆，一坐之間，誄以之成。〔一〕晉安帝紀曰：「玄文翰之美，高於一世。」玄集載其誄敘曰：「隆安二年九月十七日，前將軍青、兖二州刺史，太原王孝伯薨。川岳降神，〔二〕哲人是育。既爽其靈，不貽其福。天道茫昧，孰測倚伏。〔三〕犬馬反噬，〔四〕豺狼翹陸。〔五〕嶺摧高梧，林殘故竹。〔六〕人之云亡，邦國喪牧。于以誄之，爰旌芳郁。」文多不盡載。〔七〕

【校釋】

〔一〕「我今欲爲」數句　桓玄與王恭爲盟友，交情不淺，故爲其作誄。晉書八四王恭傳載：晉孝武帝崩，會稽王道子執政，寵昵王國寶。王恭入京赴山陵，深爲憂慮時政，謂「榱棟雖新，便有黍離之歎」。有人勸恭誅國寶，恭便遣使與殷仲堪、桓玄結盟。恭抗表京師，起兵誅國寶。後兵敗被殺。恭拘捕時，央求故吏戴耆之，將庶兒送寄桓玄。玄撫養之，爲立喪庭吊祭焉。及玄執政，上表理恭，詔贈侍中、太保，謚曰忠簡。

〔二〕川岳降神　世説箋本：「詩經：『維嶽降神，生甫及申。』」

〔三〕「天道茫昧」二句　世説箋本：「老子：『禍兮福所倚，福兮禍所伏。』」

〔四〕反噬　猶反咬，比喻背叛。晉書八六張軌傳：「祚（張祚）既震懼，又慮擢（王擢）反噬。」南齊書三一江謐傳：「犯上之跡既彰，反噬之情已著。」此句指王恭初信任劉牢之，後牢之反，襲恭，恭敗死。

〔五〕翹陸　舉足跳躍。語本莊子馬蹄：「齕草飲水，翹足而陸，此馬之真性也。」晉書一二三慕容垂傳：「失籠之鳥，非羅所羈，脱網之鯨，豈罟所制！翹陸任懷，何須聞也。」此句指司馬道子。王恭傳記恭被拘送京師，道子先欲面折之，而未之殺也。時桓玄等已至石頭，懼其有變，即於建康之倪塘斬恭。

〔六〕故竹　宋本作「松竹」。

〔七〕盡載　宋本作「載書」。

一〇三　桓玄初并西夏，〔一〕領荆、江二州，二府一國。〔二〕玄别傳曰：「玄既克殷仲堪，後楊佺期，〔三〕遣使諷朝廷，朝廷以玄都督八州，領江州、荆州二刺史。」于時始雪，五處俱賀，〔四〕五版並入。〔五〕玄在聽事上，版至即答。版後皆粲然成章，不相揉雜。〔六〕

【校釋】

〔一〕西夏　王利器校：「案通鑑卷一二四宋紀六胡三省注：『江左六朝以荆楚爲西夏。』」

〔二〕領　宋本作「嶺」。王利器校：「各本『嶺』作『領』，是。二府指後將軍和都督，一國指襲封南郡公。」

〔三〕後楊佺期　後，李慈銘云：「案後字誤。當作破，或作獲。」程炎震云：「後字誤，或是殺字。」王利器校：「『後』當移在『期』字下。」朱注：「案：據晉書桓玄傳，『後』當作『殺』。」按，王校是。

〔四〕五處　世説箋本：「二州府官屬，及南郡公官屬，謂之五處。州官理民，府官理戎。」程炎震云：「隆安三年十二月，桓玄襲江陵，荆州刺史殷仲堪、南蠻校尉楊佺期並遇害。蓋玄以南郡公爲廣州，並殷得荆州，並楊得雍州，又爭得桓修之江州，故有五處俱賀之事。此注未晰。」按，程説是。

〔五〕五版　世説箋本：「五版，五處。版，賀章也。」

〔六〕「版後」二句　本篇一〇二注引晉安帝紀曰：「玄文翰之美，高於一世。」玄文思敏捷，且皆粲然成章，可證晉安帝紀所言不虚。隋書三五經籍志著録晉桓玄集二十卷，著述之多，於晉人中亦不多見。

一〇四　桓玄下都，〔一〕羊孚時爲兗州別駕，從京來詣門。〔二〕牋云：「自頃世故睽離，心事淪藴。〔三〕明公啓晨光於積晦，澄百流以一源。」桓見牋，馳唤前，云：「子道，子道，〔四〕來何遲？」即用爲記室參軍。〔五〕孟昶别見。〔六〕爲劉牢之主簿，續晉陽秋曰：「牢之字道堅，彭城人，世以將顯。父遁，〔七〕征虜將軍。牢之沈毅多計數，爲謝玄參軍。

符堅之役，以驍猛成功。及平王恭，轉徐州刺史。桓玄下都，以牢之爲前鋒，行征西將軍。玄至歸降，用爲會稽内史。欲解其兵，奔而縊死。」詣門謝，見云：「羊侯，羊侯，百口賴卿！」〔八〕

【校釋】

〔一〕桓玄下都　晉書一〇安帝紀載：元興元年（四〇二）二月，桓玄敗王師於姑孰。三月，又敗王師於新亭，玄自爲侍中、丞相、録尚書事。俄又自稱太尉、揚州牧。

〔二〕京　謂京口。

〔三〕淪薀　淪，宋本作「綸」。王叔岷補正：「案淪、綸古通。史記司馬相如傳：『紛綸葳蕤。』索隱引胡廣曰：『綸，没也。』即以淪爲綸。（説文：「淪，一曰没也。」）此當從宋本作綸，易繫辭：『故能彌綸天地之道。』釋文引王肅注：『綸，纏裹也。』纏裹與薀積義近。説文：『薀，積也。』春秋傳曰：『薀利生孽。』今本左傳昭公十年薀作藴，薀、藴正俗字。」蕭艾世説探幽云：「淪，混也。薀與藴通。淪薀謂沉混積結於内，無從表白。蓋剖明爲形勢所限，是以遲來，希望得到鑒諒。劉義慶豈不以其措辭得當，是以收入文學歟？」按，蕭説是。以下「明公」二句喻淪薀許久之心事，見明公得以豁然而解。蓋桓玄文辭妙絶一時，自會欣賞羊孚書翰之美，故急召之，用爲記室參軍。

〔四〕子道　羊孚字子道。見言語一〇四注引羊氏譜。

〔五〕記室參軍　程炎震云：「玄自稱太尉，此是太尉記室參軍。」

〔六〕孟昶　別見企羨六。

〔七〕父遁　李慈銘云：「案『遁』當作『建』，晉書作『建』。」

〔八〕「羊侯」三句　羊孚與桓玄親善。傷逝一八記羊孚卒，桓玄與羊欣書云：「祝予之歎，如何可言！」極表哀痛。同篇一九桓玄稱羊孚爲「腹心」。孟昶爲何特詣羊孚，求孚保其九族？此事須以當時情勢説明之。晉書八四劉牢之傳載：安帝隆安五年（四〇一），楊佺期、桓玄將兵逼京師，上表理王恭，求誅牢之。元興元年（四〇二）春正月，以後將軍元顯爲驃騎大將軍、征討大都督，鎮北將軍劉牢之爲元顯前鋒，前將軍譙王尚之爲後部，以討桓玄（見安帝紀）。二月，桓玄敗王師于姑孰，遣人説牢之叛晉。牢之畏玄勢盛，或以爲即使平玄，亦不爲元顯所容，遂降于玄。然玄並不真心待牢之，不久，欲陰謀殺牢之子敬宣。孟昶詣羊孚，必在牢之叛降桓玄之後。昶深知玄與牢之同牀異夢，故央求桓玄心腹羊孚保全九族。

〔南朝宋〕劉義慶 撰
〔南朝梁〕劉孝標 注
龔 斌 校釋

世説新語校釋

增訂本

二

上海古籍出版社

世説新語卷中

方正第五

一　陳太丘與友期行，期日中。過中不至，太丘舍去。去後乃至。元方時年七歲，〔一〕門外戲。陳寔及紀並已見〔二〕客問元方：「尊君在不？」〔三〕答曰：「待君久不至，已去。」友人便怒曰：「非人哉！與人期行，相委而去。」元方曰：「君與家君期日中，日中不至，則是無信；〔四〕對子罵父，則是無禮。」友人慚，下車引之。〔五〕元方入門不顧。

【校釋】

〔一〕元方時年七歲　程炎震云：「古文苑邯鄲淳撰陳紀碑云：『年七十一，建安四年卒。』則七歲是順帝陽嘉四年乙亥，太丘年三十四。」余箋：「據後漢書陳寔傳：寔爲司空，黄瓊所辟。始補聞喜長，當在桓帝元嘉以後（詳見政事篇「陳元方年十一」條下），寔年已四十餘矣。除太丘長，又在其後。元方七歲時，寔尚未出仕，此稱太丘，蓋追敍之辭。」按，余箋謂此稱太丘爲追敍之辭，其説是。

〔二〕陳寔及紀　並已見德行六。

〔三〕尊君　徐箋：「稱父曰君，稱人之父曰尊君，自稱其父曰家君。通鑑一〇二晉紀注：『晉人於人子之前，稱其父爲尊君、尊公。』」

〔四〕無信　論語學而：「與朋友交，言而不信乎？」論語爲政：「子曰：『人而無信，不知其可也。大車無輗，小車無軏，其何以行之哉？』」論語顏淵：「自古皆有死，民無信不立。」

〔五〕引　挽，拉。淮南子脩務訓：「引之不來，推之不往。」「下車引之」，乃客人表示親切之舉。

二　南陽宗世林，〔一〕魏武同時，而甚薄其爲人，不與之交。〔二〕及魏武作司空，〔三〕總朝政，從容問宗曰：「可以交未？」答曰：「松栢之志猶存。」世林既以忤旨見疏，位不配德。文帝兄弟每造其門，皆獨拜牀下，其見禮如此。〔四〕楚國先賢傳曰：「宗承字世林，南陽安衆人。父資，有美譽。〔五〕承少而脩德雅正，确然不羣，徵聘不就，聞德而至者如林。魏武弱冠，屢造其門，值賓客猥積，不能得言。乃伺承起，往要之，捉手請交，承拒而不納。帝後爲司空，輔漢朝，乃謂承曰：『卿昔不顧吾，今可爲交未？』承曰：『松栢之志猶存。』帝不説。以其名賢，猶敬禮之。勑文帝脩子弟禮，就家拜漢中太守。武帝平冀州，從至鄴，陳羣等皆爲之拜。帝猶以舊情介意，薄其位而優其禮，就家訪以朝政，居賓客之右。〔六〕文帝徵爲直諫大夫。明帝欲引以爲相，以老固辭。」

【校釋】

〔一〕宗世林　程炎震云：「御覽三七引宋躬孝子傳曰：『宗承字世林，父資喪，葬舊塋，負土作墳，不役童僕，一夕間土壤高五尺，松竹生焉。』魏志一〇荀攸傳裴注引漢末名士録曰：『袁術與南陽宗承會於闕下，術發怒曰：「何伯求凶德也，吾當殺之！」承曰：「何生英俊之士，足下善遇之，使延令名於天下。」術乃止。』」又，晉書七五王述傳：「臣曾祖父魏司空昶白牋於文皇帝曰：『昔與南陽宗世林共爲東宮官屬，世林少得好名，州里瞻敬，及其年老，汲汲自勵，恐見廢棄，時人咸共笑之。若天假其壽，致仕之年，不爲此公婆娑之事。』」

〔二〕「而甚薄其爲人」二句　曹操祖父曹騰乃宦官，本人任俠放蕩，聲名不佳，故不獨宗世林不與之交，即使後日總攬朝政，世人亦多不願歸附。魏志武帝紀：「太祖少機警，有權數，而任俠放蕩，不治產業，故世人未之奇。」後漢書六八許劭傳：「曹操微時，常卑詞厚禮，求爲己目。劭鄙其爲人而不肯對。」文選四四陳琳爲袁紹檄豫州歷數曹騰罪孽後，稱「操贅閹遺醜，本無懿德」。後漢書八〇下邊讓傳：「（讓）恃才氣，不屈曹操，多輕侮之言。」吴志虞翻傳謂翻不就曹公辟。晉書一宣帝紀：「建安六年，曹操辟司馬懿，「帝知漢運方微，不欲屈節曹氏，辭以風痹，不能起居。」皆其證。

〔三〕魏武作司空　魏志武帝紀：建安元年（一九六），曹操拜司空，行車騎將軍。

〔四〕「文帝兄弟」三句　李贄云：「此曹公意也。」

〔五〕「父資」二句　余箋：「後漢書黨錮傳序云：『汝南太守宗資任功曹范滂，郡爲謡曰：「汝南太守范孟博，南陽宗資主畫諾。」』注引謝承書曰：『宗資字叔都，南陽安衆人也。御史中丞、汝南太守，署范滂爲功曹，委任政事，推功於滂，不伐其美。任善之名，聞於海內也。』」

〔六〕「帝猶以」數句　鍾惺云：「此處人所難。」又云：「處高士正宜如此。」

三　魏文帝受禪，陳羣有慽容。帝問曰：「朕應天受命，卿何以不樂？」羣曰：「臣與華歆服膺先朝，今雖欣聖化，猶義形於色。」〔一〕華嶠譜敘曰：「魏受禪，朝臣三公以下，並受爵位。華歆以形色忤時，徙爲司空，〔二〕不進爵。文帝久不懌，以問尚書令陳羣曰：『我應天受命，百辟莫不説喜，形於聲色，而相國及公獨有不怡者，何邪？』羣起離席長跪曰：『臣與相國曾事漢朝，心雖説喜，義干其色，〔三〕亦懼陛下，實應見憎。』〔四〕帝大説，歎息良久，遂重異之。」〔五〕

【校釋】

〔一〕「臣與華歆」三句　劉辰翁云：「『欣聖化』是何等語，『義形於色』不當自言。」王世懋云：

「華歆以虚名據首揆，陳羣以心膂當新寵，猶爲此大言，寧不爲荀彧地下所笑？」覽注稍知所以，臨川以入『方正』，不亦幸乎？」凌濛初云：「所言正佞之尤。」鍾惺云：「老奸欺世，正在此四字見出。」李慈銘云：「案陳羣自比孔父，義形於色，可謂不識羞恥，顔孔厚矣！疑羣爾時尚未能爲此語。與其子泰對司馬昭『但見其上』之言，皆出其子弟門生妄相附會。如華嶠譜敍稱其祖『歆以形色忤時』，狗面人言，何足取信！」余箋：「歆、羣累表勸進，安得復有戚容？尊客以爲出於其子孫所傅會，當矣。」

〔二〕司空　程炎震云：「魏志一三華歆傳注司空作司徒。」方一新世説新語斠詁：「『司空』當作『司徒』，各本皆誤，莫能是正。三國志魏志華歆傳：『魏國既建，爲御史大夫。文帝即王位，拜相國，封安樂鄉侯。及踐阼，改爲司徒。』裴注引華嶠譜敍曰：『文帝受禪，朝臣三公已下並受爵位，歆以形色忤時，徙爲司徒，而不進爵。』……三國志的這些材料都説明曹丕稱帝後，華歆由相國徙爲司徒，而不是司空。」

〔三〕義干其色　王利器校：「蔣校本作『義形於色』；案蒙求注亦作『義形於色』，公羊桓二年傳：『孔父可謂義形於色矣。』何休注：『内有其義，而外形見於顔色。』此世説所本，作『義形於色』是。」按，魏志華歆傳裴注引華嶠譜敍正作「義形於色」。

〔四〕實應見憎　吴金華考釋：「其中『見』字，必爲『且』字之誤，應據三國志卷一三魏書華歆傳注引華嶠譜敍校正。『實應且憎』是古代成語。國語卷二周語『襄王拒晉文公請隧』：『……其叔父實應且憎。』三國吴・韋昭注云：『應，猶受；憎，惡也。』（中略）『應且憎』在先秦文獻中接二連三地出現，顯然是當時常語，表示表面尚接受而内心憎惡的意思。其中『且』是連詞，表示並列關係。」按，吴説是。陳羣此二語意謂吾與華歆若悦喜形於色，其實憂懼陛下表面上接受我等欣喜，内心實憎惡之。

〔五〕洪邁容齋隨筆一〇「楊彪陳羣」條云：「夫曹氏篡漢，忠臣義士之所宜痛心疾首，縱力不能討，忍復仕其朝爲公卿乎？歆、羣爲一世之賢，所立不過如是。彪遜辭以免禍，亦不敢一言及曹氏之所以得。蓋自黨錮禍起，天下賢士大夫如李膺、范滂之徒，屠戮殆盡，故所存者如是而已。士風不競，悲夫！」按，曹魏篡漢，陳羣甘作魏朝新寵，卻假惺惺留戀漢朝，以示己之不忘「義」。此種伎倆，在朝代更替之際總有人表演，並百試不爽。如東吴滅，孫秀先在晉，初聞孫皓降，羣臣畢賀，秀稱疾不朝，南向流涕曰：「昔討逆弱冠以一校尉創業，今後主舉江南而棄之，宗廟社稷，於此爲墟。悠悠蒼天，此何人哉！」朝廷居然「美之」（見吴志孫匡傳注引干寶晉紀）。魏篡漢，晉奪魏，忠君觀念實已淡薄，陳羣、華歆等卻裝出「戚容」，真可謂「老奸欺世」也。

四　郭淮作關中都督，甚得民情，亦屢有戰庸。〔一〕魏志曰：「淮字伯濟，太原陽曲人。建安中，除平原府丞。黄初元年，奉使賀文帝踐阼，〔二〕而稽留不及。羣臣歡會，帝正色責之曰：『昔禹會諸侯於塗山，防風氏後至，便行大戮，〔三〕今溥天同慶，而卿最留遲，何也？』淮曰：『臣聞五帝先教，導民以德。夏后政衰，始用刑辟。今臣遭唐虞之世，是以知免防風氏之誅。』帝説之，擢爲雍州刺史，遷征西將軍。淮在關中三十餘年，〔四〕功績顯著，遷儀同三司，贈大將軍。」

淮妻，太尉王凌之妹，坐凌事當并誅。魏略曰：「凌字彦云，太原祁人，歷司空、太尉、征東將軍。密欲立楚王彪，司馬宣王自討之。〔五〕凌自縛歸罪，遥謂太傅曰：『卿直以折簡召我，我當不至邪？』太傅曰：『以卿非肯逐折簡者也。』〔六〕遂使人送至西。凌自知罪重，試索棺釘，〔七〕以觀太傅意。太傅給之，凌行至項城，夜呼掾屬與決曰：『行年八十，身名俱滅。命邪！』遂自殺。」〔八〕使者徵攝甚急，淮使戒裝，克日當發。州府文武及百姓勸淮舉兵，淮不許。至期，遣妻，百姓號泣追呼者數萬人。行數十里，淮乃命左右追夫人還，於是文武奔馳，如徇身首之急。既至，淮與宣帝書曰：「五子哀戀，思念其母，其母既亡，則無五子。五子若殞，亦復無淮。」宣帝乃表，特原淮妻。世語曰：「淮妻當從坐，侍御史往收，督將及羌胡渠帥數千人，叩頭請淮上表留妻。淮不從，妻上道，莫不流涕，人人扼腕欲劫留之。淮五子叩頭流血請淮，淮不忍視，乃命追之，於是數千騎往追還。淮以書白司馬宣王曰：『五子哀母，不惜其身。若無其母，是無五子；五子若亡，亦無淮也。今輒追還，若於法未通，當受罪於主者。』書至，宣王乃表原之。」〔九〕

【校釋】

〔一〕戰庸　戰功。庸，功勳。左傳昭公四年：「告之以文辭，董之以武師，雖齊不許，君庸多矣。」杜預注：「庸，功也。」

〔二〕奉使　世説箋本：「淮時從張郃在關中奉賀。『奉使』者，奉張郃之使也。」

〔三〕「昔禹會」三句　史記四七孔子世家：「禹致羣神於會稽山，防風氏後至，禹殺而戮之。」集解：「韋昭曰：『防風氏違命後至，故禹殺之，陳屍爲戮。』」

〔四〕三十餘年　三十，宋本、沈校本並作「二十」。楊箋：「今案：郭淮在關中，始自黄初元年，至嘉平二年，凡三十一年。袁本是，今據改。」按，楊箋近是。據魏志武帝紀、魏志夏侯淵傳、魏志郭淮傳，建安二十年（二一五），郭淮從曹操征漢中。十二月操還，留夏侯淵屯漢中拒劉備，郭淮亦留之。夏侯淵戰死，又從張郃拒蜀。建安二十五年，操死，曹丕即魏王位，賜郭淮關内侯，轉爲征西長史。據此，郭淮在關中長達三十五年左右。嘉平二年（二五〇）下詔稱郭淮「在關右三十餘年」，可證作「三十」是。

〔五〕「密欲立楚王彪」二句　晉書一宣帝紀載：嘉平二年（二五〇），兗州刺史令狐愚、太尉王凌貳于司馬懿，謀立楚王彪。三年四月，司馬懿率軍討之。

〔六〕以卿非肯　肯，宋本作「皆」。王利器校：「各本『皆』作『肯』，是。通鑑卷七五魏紀七載此事也作『肯』，胡三省注云：『古者簡長二尺四寸，短者半之。漢制，簡長二尺，短者半之。

蓋單執一札謂之簡；折簡者，折半之簡，言其禮輕也。又按南史：孔闓爲孔璋草表，珪以示謝朓，嗟吟良久，手自折簡寫之。』」

〔七〕棺釘　世説音釋：「南史曰：『送葬之禮，殯以朞日，潤屋豪家，乃或半暑，屬纊纔畢，灰釘已具。』又曰：『祆酋震慴，遽請灰釘。』」世説箋本：「棺釘，闔棺所須也。」

〔八〕「凌行至項城」數句　魏志王凌傳：「凌至項，飲藥死。」裴注引干寶晉紀曰：「凌到項，見賈逵祠在水側。凌呼曰：『賈梁道！王凌固忠於魏之社稷者，惟爾有神，知之！』其年八月，太傅有疾，夢凌、逵爲厲，甚惡之，遂薨。」異苑六：「晉宣帝誅王凌，後寢疾，日見凌來逼。帝呼曰：『彦雲緩我！』身上便有打處。賈逵亦爲祟，少日遂薨。初凌既被執，過賈逵廟呼曰：『賈梁道！王凌魏之忠臣，唯爾有神，知之。』故逵助焉。」蘇軾戲作賈梁道詩并序：「王凌謂賈充曰：『汝非賈梁道之子耶？乃欲以國與人。』由是觀之，梁道之忠於魏也久矣。司馬景王既執凌，歸，過梁道廟，凌大呼曰：『我亦大魏之忠臣也！』及司馬病，見凌與梁道守而殺之。二人者可謂忠義之至，精貫於神明矣。然梁道之靈，獨不能已其子充之姦，至使首發成濟之事，此又理之不可曉者也。故余戲作小詩云：『嵇紹似康爲有子，郗超叛鑒似無孫。如今更恨賈梁道，不殺公閭殺子元。』」（東坡詩集注五）按，殺王凌者乃司馬宣王，非司馬景王，蘇軾誤記。司馬父子篡魏，先後殺曹爽、夏侯玄、王凌、毌丘儉、諸葛誕等魏之忠臣，寫成一部血腥歷史。

〔九〕王世懋云：「世語簡而近，前後相應，敘事工拙見矣。」

五　諸葛亮之次渭濱，〔一〕關中震動。蜀志曰：「亮字孔明，琅邪陽都人，客於荆州，躬耕隴畝，〔二〕好爲梁甫吟。長八尺，每自比管仲、樂毅，時人莫之許也，唯博陵崔州平、潁川徐元直謂爲信然。先主屯新野，徐庶見先主曰：『諸葛孔明卧龍也，將軍豈願見之乎？』先主曰：『君與俱來。』庶曰：『此人可就見，不可屈致也。』先主遂詣亮，謂關羽、張飛曰：『孤之有孔明，猶魚之有水也。』累遷丞相、益州牧，率衆北征，卒於渭南。」魏明帝深懼晉宣王戰，乃遣辛毗爲軍司馬。〔三〕魏志曰：「毗字佐治，潁川陽翟人。累遷衛尉。」宣王既與亮對渭而陳，亮設誘譎萬方。宣王果大忿，將欲應之以重兵。亮遣間諜覘之。還曰：「有一老夫，毅然仗黄鉞，當軍門立，軍不得出。」亮曰：「此必辛佐治也。」晉陽秋曰：「諸葛亮寇于郿，據渭水南原，詔使高祖拒之。亮善撫御，又戎政嚴明，且僑軍遠征，糧運艱澀，利在野戰。朝廷每聞其出，欲以不戰屈之，高祖亦以爲然。而擁大軍禦侮於外，不宜遠露怯弱之形以虧大勢，故秣馬坐甲，每見吞併之威。亮雖挑戰，或遺高祖巾幗。巾幗，婦女之飾，欲以激怒，冀獲曹咎之利。〔四〕朝廷慮高祖不勝忿憤，而衛尉辛毗骨鯁之臣，帝乃使毗仗節爲高祖軍司馬。亮果復挑戰，高祖乃奮怒，將出應之。毗仗節，中門而立。高祖乃止。將士聞見者益加勇鋭。識者以人臣雖擁衆千萬而屈於

王人。〔五〕大略深長，皆如此之類也。」〔六〕

【校釋】

〔一〕「諸葛亮」句　蜀志諸葛亮傳：後主劉禪建興十二年（二三四）春，亮悉大衆由斜谷出，以流馬運，據武功五丈原，與司馬懿對於渭南。

〔二〕隴畝　隴，宋本作「壠」。按，「隴」通「壠」。

〔三〕軍司馬　程炎震云：「魏志辛毗傳：『青龍二年，諸葛亮率衆出渭南。先是，大將軍司馬宣王數請與亮戰，明帝終不聽。是歲，恐不能禁，乃以毗爲大將軍軍師，使持節。』晉書宣帝紀亦云：『辛毗仗節爲軍司。』通典二一九曰：『初，隗囂軍中嘗置軍師，至魏武帝又置師官四人。晉避景帝諱，改爲軍司，凡諸軍皆置之。』炎震案：此及注文軍司並衍馬字。蓋毗在魏世，自是軍師。臨川或沿襲晉人慣用語，以爲司，淺人不知，妄添馬字。魏晉以後，雖以司馬爲軍府之官，然不名軍司馬也。」按，通典、程說是。三國時有前、後、左、右、中軍師。晉世則避司馬師諱，改爲軍司。

〔四〕冀獲曹咎之利　徐箋：「史記項羽本紀：『是時，彭越數反梁地，絶楚糧。項王乃謂海春侯大司馬曹咎等曰：「謹守成皋，則漢欲挑戰，慎勿與戰，毋令得東而已。」漢果數挑楚軍戰，楚軍不出。使人辱之，五六日，大司馬怒，渡兵汜水。士卒半渡，漢擊之，大破楚軍，盡得楚國貨賂。大司馬咎、長史翳、塞王欣皆自剄氾水上。』此以曹咎比司馬懿，欲激使出戰，因而敗之也。」

〔五〕王人　原作主人，據宋本改。徐箋：「王人，謂天子之使，左傳僖公八年：『冬，王人來告喪。』此處指辛毗。」

〔六〕「大略深長」二句　余箋：「蜀志亮傳注引漢晉春秋曰：『亮自至，數挑戰，宣王亦表固請戰，使衛尉辛毗持節以制之。姜維謂亮曰：「辛佐治仗節而到，賊不復出矣。」亮曰：「彼本無戰情，所以固請戰者，以示武於其衆耳。將在軍，君命有所不受，苟能制吾，豈千里而請戰耶？」』亮之言，深得老賊之情。故唐修晉書亦載之宣紀。朱子語類一三六曰：『司馬懿甚畏孔明，便使得辛毗來，遏令不出兵，其實是不敢出也。』斯言當矣。蓋懿自審戰則必敗，畏蜀如虎，故惟深溝高壘以自保。然以坐擁大軍而顯露怯弱之形，羣情憤激，怨謗紛然，乃不得不累表請戰以弭謗。叡心知其然，遂使辛毗至軍，假君命以威衆。君臣上下，相與爲僞，設爲此謀，以老蜀師。佐治之仗節當門，裝模作樣，不過傀儡登場，聽人提掇耳。」按，余箋極是。蜀志諸葛亮傳裴注引漢晉春秋又曰：「諸葛亮圍祁山，遇司馬懿於鹵城，張郃以爲不戰，以長計制之。司馬懿不從。「既至，又登山掘營，不肯戰。賈栩、魏平數請戰。因曰：『公畏蜀如虎，奈天下笑何！』宣王病之。諸將咸請戰。五月辛巳，乃使張郃攻無當監何平於南圍，自案中道向亮。亮使魏延、高翔、吴班赴拒，大破之，獲甲首三千級，衣鎧五千領，角弩三千一百張，宣王還保營。」張郃欲用拖延之計，而司馬懿不從，似不顯怯弱。但既與蜀軍對壘，又不肯戰。可見懿不從張郃「長計制之」爲假，畏諸葛亮是真。諸將謂司馬懿「畏蜀如虎」，道出懿怯弱之實情。而與亮一戰即敗，難怪受辱亦不敢出戰也。世語謂司馬懿爲辛毗所制，不復出戰，乃是「大略深長」，實未得其真。

六　夏侯玄既被桎梏，魏氏春秋曰：「玄字太初，譙國人，夏侯尚之子，大將軍前妻兄也。〔一〕風格高朗，弘辯博暢。正始中，護軍曹爽誅，〔二〕徵爲太常。内知不免，不交人事，不畜筆研。及太傅薨，許允謂玄曰：『子無復憂矣。』玄歎曰：『士宗，卿何不見事乎？〔三〕此人尤能以通家年少遇我，子元、子上不吾容也。』〔四〕後中書令李豐惡大將軍執政，遂謀以玄代之。大將軍聞其謀，誅豐，收玄送廷尉。」〔五〕干寶晉紀曰：「初，豐之謀也，使告玄。玄答曰：『宜詳之爾。』不以聞也，故及於難。」時鍾毓爲廷尉，鍾會先不與玄相知，因便狎之。玄曰：「雖復刑餘之人，未敢聞命。」〔六〕世語曰：「玄至廷尉，不肯下辭。〔七〕廷尉鍾毓自臨履玄。〔八〕玄正色曰：『吾當何辭？爲令史責人邪？〔九〕卿便爲吾作。』毓以玄名士，節高不可屈，而獄當竟，夜爲作辭，令與事相附，流涕以示玄。玄視之曰：『不當若是邪？』」〔一〇〕鍾會年少於玄，玄不與交，是日於毓坐狎玄，玄正色曰：『鍾君何得如是！』」名士傳曰：「初，玄以鍾毓志趣不同，不與之交。玄被收時，毓爲廷尉，執玄手曰：『太初何至於此？』玄正色曰：『雖復刑餘之人，不可得交。』」〔一一〕按，郭頌西晉人，時世相近，爲晉魏世語，事多詳覈。孫盛之徒，皆采以著書，〔二二〕並云玄距鍾會，而袁宏名士傳最後出，不依前史，以爲鍾毓，可謂謬矣。考掠初無一言，臨刑東市，顔色不異。〔二三〕魏志曰：「玄格量弘濟，臨斬，顔色不異，舉止自若。」

【校釋】

〔一〕大將軍　指司馬師。前妻，指景懷夏侯皇后，夏侯尚之女，字媛容，爲司馬氏所忌，青龍二年（二三四），遂以鴆崩，時年二十四。（見晉書三一后妃上）

〔二〕護軍　李慈銘云：「魏志夏侯玄傳：『玄正始中爲護軍，出爲征西將軍，都督雍、涼州諸軍事。曹爽誅，徵爲大鴻臚，數年，徙太常。』此處護軍上有脱字，曹爽以大將軍輔政，玄爲爽之姑子也。」

〔三〕不見事　世説箋本：「通鑑注：『不見事，猶今言不曉事也。』」

〔四〕此人尤能　尤，宋本、沈校本並作「猶」。按，作「猶」是。按，夏侯玄乃曹爽之姑子，忠於曹氏。即使後來無李豐謀以玄輔政此事，司馬兄弟亦必不容玄。玄答許允之言，表明其對己之險惡處境十分清醒。

〔五〕「後中書令」數句　魏志夏侯玄傳裴注引魏氏春秋：「大將軍責豐，豐知禍及，遂正色曰：『卿父子懷奸，將傾社稷，惜吾力劣，不能相禽滅耳。』大將軍怒，使勇士以刀鐶築豐腰斬之。」

〔六〕「雖復刑餘之人」二句　論語公治長：「子曰：『吾未見其剛者。』」禮記儒行：「儒有可親而不可劫也，可近而不可迫也，可殺而不可辱也。」孟子滕文公下：「富貴不能淫，貧賤不能移，威武不能屈，此之謂大丈夫。」夏侯玄囹圄之中直斥鍾會之狎，節高不可屈，表現出士可殺不可辱之剛毅品格。

〔七〕下辭　世説箋本：「下辭，屈服之辭。」

〔八〕自臨履玄　李慈銘云：「案玄傳注引世語作『鍾毓自臨治玄，玄正色責毓曰：「吾當何辭？卿爲令史責人也，卿便爲吾作。」』此處治作履，爲令史上脱卿字，皆誤。」王利器校：「三國志魏志夏侯玄傳注引世語，『臨履』作『臨治』；案『臨履』就是『臨治』的意思，晉書宣帝紀：『帝於是勤於吏職，夜以忘寢，至於芻牧之間，悉皆臨履。』」按，臨履謂親至實地察覈。通鑑六七漢紀五九：「初，操承涼州從事及武都降人之辭，説『張魯易攻，陽平城下南北山相遠，不可守也』，信以爲然。及往臨履，不如所聞。」通鑑七七魏紀九：「初議者云云，求移者甚衆，時未臨履，亦謂宜然。」胡注：「臨履，謂親臨其地而履行營壘處所也。」

〔九〕「吾當何辭」二句　世説箋本：「『何辭』，通鑑作『何罪』。『爲令』上有『卿』字。言我今當有何辭哉，卿身爲九卿，如之何其下爲令史而責人邪？卿宜爲我作辭，我不能自作也。」程炎震云：「通鑑七六胡注：『自漢以來，公府有令史，廷尉則有獄史耳。』玄蓋責毓以身爲九卿，乃承公府指，自臨治我，是爲公府令史而責人也。」

〔一〇〕不當若是邪　世説箋本引索解云：「意謂『誣我以罪，不得不若是也』。」

〔一一〕「雖復」二句　鍾毓、鍾會兄弟爲司馬氏集團中之核心人物，鍾會尤長於謀略，乃司馬氏智囊。夏侯玄個性自厚自重，且忠於曹氏，故不與鍾氏兄弟交。雖被拘，仍堅持操守。

〔一二〕著書　著，宋本誤作「者」。

〔一三〕杭世駿三國志補注二引異苑曰：「夏侯玄爲司馬景王所誅，宗人爲之設祭，見玄來靈座上脱頭於膝，取食物酒𦵔之屬，以内頭中。畢，還自安頭而言曰：『吾得請於帝矣，子元無嗣也。』」魏志九陳壽評夏侯玄曰：「玄以規格局度，世稱其名，然與曹爽中外繾綣，榮位如斯，曾未聞匡弼其非，援致良才。舉兹以論，焉能免之乎！」按，夏侯、曹氏既世爲婚姻，曹爽輔政，重用玄，固無可非議。魏志夏侯玄傳裴注引世語曰：「玄世名知人，爲中護軍，拔用武官，參戟牙門，無非俊傑，多牧州典郡。立法垂教，於今皆爲後式。」陳壽稱未聞玄「援致良才」云云，屬不實之詞。司馬懿問以時事，玄之對答，切中明帝以來之時弊，頗有見地。陳壽不言司馬氏之陰謀，以成敗論夏侯玄，不可信從也。

七　夏侯泰初與廣陵陳本善。本與玄在本母前宴飲，世語曰：「本字休元，臨淮東陽人。」魏志曰：「本，廣陵東陽人。〔一〕父矯，司徒。本歷郡守、廷尉，所在操綱領，舉大體，能使羣下自盡，〔二〕有率御之才。不親小事，不讀法律，而得廷尉之稱。遷鎮北將軍。」本弟騫，晉陽秋曰：「騫字休淵，司徒第二子，無謇諤風，〔三〕滑稽而多智謀。仕至大司馬。」行還，〔四〕徑入至堂户。泰初因起曰：「可得同，不可得而雜。」〔五〕名士傳曰：「玄以鄉黨貴齒，本不論德位，年長者必爲拜。〔六〕與陳本母前飲，騫來而出，其可得同，不可得而雜者也。」

【校釋】

〔一〕「世語」數句　徐箋：「案世語與魏志所載異。據後漢書郡國志：廣陵郡東陽，故屬臨淮。晉志：太康元年，復分下邳屬縣在淮南者置臨淮郡，東陽復屬臨淮。魏志據漢末疆域言之，世語及晉書從晉制也。」

〔二〕自盡　自盡其才。盡，謂盡其才用也。識鑒二二郗超評謝玄「使才皆盡」。賞譽一七注引王隱晉書：「吾之不足盡卿，如此射矣。」「使羣下自盡」即「使才皆盡」之意。

〔三〕謇諤　亦作「謇鄂」、「謇愕」，正直敢言。後漢書六六陳蕃傳：「忠孝之美，德冠本朝；謇愕之操，華首彌固。」陸機辯亡論：「左丞相陸凱以謇諤盡規。」

〔四〕行還　楊箋：「行還，行散還也。」按，後漢書四四張禹傳：「及行還，禹特蒙賞賜。」晉書八八王談傳：「談伺（竇）度行還，伏草中。」行還謂出行而還也，楊箋非。

〔五〕「可得同」二句　世説箋本：「長幼不可得而混雜。按玄與騫志向不同，故云。可得與我同堂相見，不可與我雜坐燕語，是遇騫以非類也。注與本文不同。」按，世説箋本謂夏侯玄視騫以非類，其説是。然釋「可得同」爲「可得與我同堂相見」，似不確。「可得同」之同，實指與陳本志向同。孝標注引名士傳言「騫來而出」，顯然玄不願見騫，即所謂「不可得而雜」也。又張撝之譯注釋此二句謂：「可以與年輩相同的交遊，不能與年輩不相當的人混雜。」亦不確。夏侯玄既與陳本年齒相當，則與本弟騫年歲必亦相當也，何以不可與騫「同」？可見，交友可得同與不可得而雜，與年齒無關。御覽四九八引習鑿齒漢晉陽秋曰：「陳蹇兄丕，有名於世，與夏侯元親交，元拜其母。蹇時爲中領軍，聞元會於其家，悦而歸，既入户，元曰：『相與未致於此。』蹇當户立良久，曰：『如君言。』乃趨而出，意氣自若。元大以此知之。」所載與世説不同。余箋辯證云：「蹇者騫之誤，丕者本之誤也。以騫之爲人，太初視之，蓋不啻糞土，而習氏翻謂大爲太初所知，其言附會，不足信。」余箋是也。又，夏侯玄之作風，尚有可言者。夫東漢交遊濫雜，此朱穆絶交論、徐幹中論譴交、蔡邕正交論等言之詳矣。漢末名士則以儒家操守矯之，交友必重好尚及志趣。承此風氣，魏晉名士不妄交遊，並視此爲名節之一。玄門第高華，在魏初爲名士之首，擇友甚嚴。前條注引名士傳曰：「玄以鍾毓志趣不同，不與之交。」玄被收，又正色曰：「雖復刑餘之人，不可得交！」玄雖死於非命，然風格高朗，千載之下猶有生氣。

〔六〕「玄以鄉黨貴齒」三句　鄉黨貴齒，語本孟子公孫丑下：「天下有達尊三：爵一，齒一，德一。朝廷莫如爵，鄉黨莫如齒，輔世長民莫如德。」漢書六，武帝本紀：「詔曰：古之立教，鄉里以齒，朝廷以爵，扶世導民，莫善於德，然則於鄉里先耆艾，奉高年，古之道也。」夏侯玄拜陳本母，即所謂「鄉黨貴齒」也，非謂己齒長於陳騫。李毓芙世説新語新注以爲陳騫來，而太初起而去，是「表示不和蹇年齒相當」，「交友重視年輩」云云，其誤與張撝之同。

八　高貴鄉公薨，〔一〕內外諠譁。魏志曰：「高貴鄉公諱髦，字彦士，文帝孫，東海定王霖之子也。初封郯縣。〔二〕高貴鄉公好學夙成，齊王廢，羣臣迎之，即皇帝位。」漢晉春秋曰：「自曹芳事後，魏人省徹宿衛，無復鎧甲，諸門戎兵老弱而已。曹髦見威權日去，不勝其忿，召侍中王沈、尚書王經、散騎常侍王業謂曰：『司馬昭之心，路人所知也，吾不能坐受廢辱。今日當與卿自出討之。』王經諫不聽，〔三〕乃出懷中板令投地曰：『行之決矣！正使死，何所恨！況不必死邪。』於是入白太后。沈、業奔走告昭，昭爲之備。髦遂率僮僕數百，鼓譟而出。昭弟屯騎校尉伷入，遇髦於東止車門，左右訶之，伷衆奔走。中護軍賈充又逆髦，戰於南闕下。髦自用劍，衆欲退。太子舍人成濟問充曰：『事急矣！當云何？』充曰：『公畜汝等，〔四〕正爲今日。今日之事，無所問也。』濟即前刺髦，刃出於背。」魏氏春秋曰：「帝將誅大將軍，詔有司復進位相國，加九錫。帝夜自將冗從僕射李昭、黄門從官焦伯等下陵云臺，鎧仗授兵，欲因際會，遣使自出致討，會雨而卻。明日，遂見王經等，出黄素詔於懷曰：『是可忍也，孰不可忍！今當決行此事。』帝遂拔劍升輦，率殿中宿衛倉頭官僮，擊戰鼓，出雲龍門。賈充自外而入，帝師潰散。帝猶稱天子，手劍奮擊，衆莫敢逼。充率厲將士，騎督成倅、弟濟以矛進，〔五〕帝崩于師。時暴雨，雷電晦冥。」司馬文王問侍中陳泰曰：魏志曰：「泰字玄伯，司空羣之子也。」「何以靜之？」泰云：「唯殺賈充，以謝天下。」文王曰：「可復下此不？」對曰：「但見其上，未見其下。」干寶晉紀曰：「高貴鄉公之殺，司馬文王召朝臣謀其故，太常陳泰不至。使其舅荀顗召之，〔六〕告以可不。泰曰：『世之論者以泰方於舅，今舅不如泰也。』子弟內外咸共逼之，垂涕而入。文王待之曲室，〔七〕謂曰：『玄伯，卿何以處我？』對曰：『可誅賈充以謝天下。』文王曰：『爲吾更思其次。』泰曰：『唯有進於此，不知其次。』文王乃止。」漢晉春秋曰：「曹髦之薨，司馬昭聞之，自投於地曰：『天下謂我何？』於是召百官議其事。昭垂涕問陳泰曰：『何以居我？』泰曰：『公光輔數世，功蓋天下，謂當並迹古人，垂美於後，一旦有殺君之事，不亦惜乎？速斬賈充猶可以自明也。』昭曰：『公閭不可得殺也，卿更思餘計。』泰厲聲曰：『意唯有進於此耳，〔八〕餘無足委者也。』〔九〕歸而自殺。」魏氏春秋曰：「泰勸大將軍誅賈充，大將軍曰：『卿更思其他。』泰曰：『豈可使泰復發後言。』遂嘔血死。」〔一〇〕

【校釋】

〔一〕高貴鄉公薨　甘露五年（二六〇）五月，高貴鄉公被弒。

〔二〕初封郯縣　魏志三少帝紀：「正始五年（二四四），封郯縣高貴鄉公。」

〔三〕王經諫　魏志三少帝紀裴注引漢晉春秋曰：「王經曰：『昔魯昭公不忍季氏，敗走失國，爲天下笑。今權在其門，爲日久矣，朝廷四方皆爲之致死，不顧逆順之理，非一日也。且宿衛空闕，兵甲寡弱，陛下何所資用，而一旦如此，無奈欲除疾而更深之邪！禍殆不測，宜見重詳。』」

〔四〕公畜汝等　晉書二景帝紀：「初，帝陰養死士三千，散在人間，至是一朝而集，衆莫知所出也。」成倅、成濟兄弟，即爲司馬氏陰養之死士。

〔五〕以矛進　矛，宋本誤作「牙」。　魏志三少帝紀裴注引魏末傳：「賈充呼帳下督成濟謂曰：『司馬家事若敗，汝等豈復有種乎？何不出擊！』倅兄弟二人乃帥帳下人出，顧曰：『當殺邪？執邪？』充曰：『殺之。』兵交，帝曰：『放仗！』大將軍士皆放仗。濟兄弟因前刺帝，帝倒車下。」

〔六〕荀顗　荀彧曾孫，字景倩，佐命晉室，位至太尉，封臨淮康公。見晉書三九荀顗傳。

〔七〕文王　文，宋本誤作「天」。

〔八〕「意唯」句　通鑑七七魏紀九胡注：「言當以弑君之罪罪昭。」

〔九〕餘無　餘，宋本作「飲」。　王利器校：「各本『飲』作『餘』，是。」

〔一〇〕劉辰翁云：「真『方正』之目也，神志凜然。」王世懋云：「千載凜凜，陳羣有愧色矣。」又云：「注合數說，以實玄伯之正。」凌濛初曰：「如此兒乃與父並列，薰蕕同器。」

九　和嶠爲武帝所親重，語嶠曰：「東宮頃似更成進，卿試往看。」〔一〕還，問「何如」？答云：「皇太子聖質如初。」〔二〕晉諸公贊曰：「嶠字長輿，汝南西平人。父逌，太常，知名。嶠少以雅量稱，深爲賈充所知，每向世祖稱之。歷尚書、太子少傅。」干寶晉紀曰：「皇太子有醇古之風，美於信受。〔三〕侍中和嶠數言於上曰：『季世多僞，而太子尚信，非四海之主，憂太子不了陛下家事，願追思文、武之阼。』〔四〕上既重長適，又懷齊王，朋黨之論弗入也。後上謂嶠曰：『太子近入朝，吾謂差進，卿可與荀侍中共往言。』及顗奉詔還，對上曰：『太子明識弘新，有如明詔。』問嶠，嶠對曰：『聖質如初。』上默然。」晉陽秋曰：「世祖疑惠帝不可承繼大業，〔五〕遣和嶠、荀勖往觀察之。既見，勖稱歎曰：『太子德更進茂，不同於故。』嶠曰：『皇太子聖質如初。此陛下家事，非臣所盡。』天下聞之，莫不稱嶠爲忠，而欲灰滅勖也。」按，荀顗清雅，性不阿諛，校之二說。則孫盛爲得也。〔六〕

【校釋】

〔一〕「語嶠曰」三句　語嶠曰，宋本無「曰」字。武帝欲立惠帝，故曰「東宮頃似更成進」。然又疑惠帝難繼大業，故命和嶠往看之。

〔二〕聖質如初　和嶠答曰「聖質如初」，意謂太子並無長進。實事求是，此所以爲「方正」。

〔三〕信受　相信並接受也。梁書五〇文學下任孝恭傳：「孝恭少從蕭寺雲法師讀經論，明佛理，至是蔬食持戒，信受甚篤。」後漢書七四下劉表傳：「表寵躭後妻，每信受焉。」世説箋本：「信受，言其信奸人之言，爲其所紿，無智也。」

〔四〕文武之阼　阼，宋本、沈校本並作「祚」。徐箋：「對武帝言，不應稱文、武，『武』疑『景』之誤，指司馬師。」按，徐箋是。

〔五〕「世祖」句　晉書三一后妃上武元楊皇后傳：「帝以皇太子不堪大統，密以語后。后曰：『立嫡以長不以賢，豈可動乎？』」

〔六〕「荀顗清雅」數句　程炎震云：「與和嶠同往觀太子者，干寶以爲荀顗，孫盛以爲荀勖，王隱亦以爲荀勖。晉書勖傳與王隱、孫盛同。蓋取劉氏此注也。嶠傳則並舉勖、顗二人，殊罕裁斷。惟裴松之注三國志荀彧傳云：『和嶠爲侍中，荀顗亡没久矣。荀勖位亞台司，不與嶠同班，無緣方稱侍中。二書所云皆非也。考其時位，愷實當之，愷位至征西大將軍。』其辯確矣。劉氏於孔融二兒事引世期説，以惑孫盛之傷理。而此未及引，或亦偶有不照歟？王隱説見御覽一四八太子門。」余箋：「愷，荀彧之曾孫，魏志附見彧傳。裴注先引荀氏家傳曰：『愷，晉武帝時爲侍中』，然後引干寶、孫盛之説，而辯其不然。蓋以據荀氏家傳，惟愷與和嶠同時爲侍中也。程氏不引家傳，則『考其時位，愷實當之』二語，不知所謂，今爲補出。」楊箋：「荀顗實是荀勖之誤。顗薨於泰始十年（二七四），而武帝詢太子事，則在太康間（二八一——二八九），前後相距約十餘年；故魏志荀彧傳裴注謂顗亡之久矣，是也。晉書齊王攸傳：『中書監荀勖、侍中馮紞諂諛自進搆攸。』此語與劉注爲近。」按，與和嶠同往觀太子者，或謂荀顗，或謂荀勖，或謂荀愷。荀顗早亡，已如裴松之所云。荀愷官職，魏志、晉書曰護軍、尚書、司隸、尚書左僕射，不言爲侍中。又通志一二三荀愷傳曰：「泰始初，鄭沖、王祥、何曾、荀愷、裴秀等各以老疾歸第。」據此，荀愷無由太康年間奉詔往看太子。考其三人行事，當以荀勖爲是。據晉書三一后妃上惠賈皇后傳，武帝疑太子不慧，盡召東宮太子官屬，使太子決疑。賈妃大懼，請外人作答，僥倖蒙混過關。同傳又記賈妃性妒酷虐，武帝怒而欲廢之，「荀勖深救之，故得不廢」。勖奸佞，本篇一四注引王隱晉書曰：「勖性佞媚，譽太子，出齊王。當時私議：損國害民，孫、劉之匹也，後世若有良史，當著佞悻傳。」勖乃賈妃同黨，惠帝不慧而能保持儲君地位，勖甚有功焉。孝標稱孫盛晉陽秋爲得，甚是。

一〇　諸葛靚後入晉，〔一〕除大司馬，召不起。〔二〕以與晉室有讎，常背洛水而坐。〔三〕與武帝有舊，帝欲見之而無由，乃請諸葛妃呼靚。既来，帝就太妃間相見。〔四〕禮畢，酒酣，帝曰：「卿故復憶竹馬之好不？」〔五〕靚曰：「臣不能吞炭漆身，今日復覩聖顏。」〔六〕因涕泗百行。帝於是慚悔而出。晉諸公贊曰：「吴亡，靚入洛，以父誕爲太祖所殺，〔七〕誓不見世祖。世祖叔母琅邪王妃，靚之姊也。帝後因靚在姊間，往就見焉，靚逃於廁中，於是以至孝發名。〔八〕時嵇康亦被法，而康子紹死蕩陰之役，談者咸曰：『觀紹、靚二人，然後知忠孝之道區以別矣。』」

【校釋】

〔一〕「諸葛靚」句　晉書三八琅琊王傳載：平吳之役，孫皓詣伷請降，「諸葛靚、孫奕等皆歸命請死。」

〔二〕「除大司馬」二句　程炎震云：「晉書諸葛恢傳云：『父靚奔吳，爲大司馬。吳平，逃竄不出。武帝與靚有舊云云。詔以爲侍中，固辭不拜。』此『除大司馬，召不起』七字有誤。」

〔三〕常背洛水而坐　晉書八八王裒傳載，裒父儀爲司馬昭所殺，裒「痛父非命，未嘗西向而坐，示不臣朝廷也」。諸葛靚背洛水而坐，晉書四七諸葛恢傳記爲「終身不向朝廷而坐」。西晉宮室在洛水之北，背洛水者，亦示「不臣朝廷」之意。

〔四〕太妃　程炎震云：「平吳之役，琅琊王伷出塗中，靚命於伷。見晉書伷傳。靚姊即伷妃。此云太妃，或於太康四年伷薨後，始與武帝相見耳。」按，諸葛妃，乃諸葛誕之女、琅琊王司馬伷之妃、諸葛靚之姊、晉武帝叔母。

〔五〕竹馬　兒童玩具。後漢書三一郭伋傳：「有童兒數百，各騎竹馬，於道次迎拜。」郝經續後漢書一〇陶謙傳：「乘竹馬而戲邑中，羣童皆隨之。」紺珠集一三「竹馬鳩車」條曰：「王元長曰：小兒五歲曰鳩車之戲，七歲曰竹馬之戲。」

〔六〕吞炭漆身　史記八六刺客列傳載：豫讓事智伯，智伯甚尊寵之。及智伯爲趙襄子所滅，豫讓懷感遇之恩，必欲爲智伯報仇，遂漆身爲厲，吞炭爲啞，使形狀不可知，行乞於市，其妻不識也。諸葛靚意謂不能如豫讓感遇智伯那樣，爲父報仇，而不得不與仇家相見，愧恨交加，故涕泗百行。

〔七〕太祖　宋本作「世祖」。按，當作「太祖」，太祖，司馬昭也。世祖，即晉武帝。

〔八〕以至孝發名　禮記曲禮上：「父之仇，勿與共戴天。」鄭玄注：「父者，子之天。殺己之天與共戴天，非孝子也。行求殺之乃止。」檀弓上：「子夏問於孔子曰：『居父母之仇，如之何？』夫子曰：『寢苫枕塊，不仕，勿與共天下也。遇諸市朝，不反兵而鬥。』」周禮疏云：「義，宜也。父母、兄弟、師長三者嘗辱焉，子弟及弟子則得殺之，是得其宜。古者質，故三者被辱，即得殺之也。」爲父報仇，與父仇不共戴天，乃爲孝子，合乎儒家宣揚之古義。晉書六九刁協傳附刁彝傳：「王敦誅後，彝斬仇人黨，以首祭父墓，詣廷尉請罪，朝廷特宥之，由是知名。」晉書八八王談傳記談年十歲，父爲鄰人竇度所殺。談陰有復讎志，至年十八，乃以利鍤殺度於橋上。太守孔巖義其孝勇，列上宥之。晉書九八桓温傳敍温父「彝爲韓晃所害，涇令江播豫焉。温時年十五，枕戈泣血，志在復讎。至年十八，會播已終，子彪兄弟三人居喪，置刃杖中以爲温備。温詭稱吊賓得進，刃彪於廬中，並追二弟殺之，時人稱焉」。可見，殺父仇或與父仇不共戴天者爲孝子，朝廷往往宥之。故諸葛靚拒見武帝，不僅不獲罪，而帝慚悔而出，靚卻以至孝發名也。

一一　武帝語和嶠曰：「我欲先痛罵王武子，然後爵之。」嶠曰：「武子儁爽，恐不可屈。」帝遂召武子苦責之，因曰：「知愧不？」晉諸公贊曰：「齊王當出藩，〔一〕而王濟諫請無數，又累遣常山王與婦長廣公主共入稽顙，陳乞留之。〔二〕世祖甚恚，謂王戎曰：『我兄弟至親，今出齊王，自朕家計，而甄德、王濟連遣婦入，來生哭人邪？〔三〕濟等尚爾，況餘者乎？』濟自此被責，左遷國子祭酒。」武子曰：「『尺布斗粟』之謠，常爲陛下耻之。漢書曰：「淮南厲王長，高祖少子也，有罪。文帝徙之於蜀，不食而死。民作歌曰：『一尺布，尚可縫；一斗粟，尚可舂，〔四〕兄弟二人不能相容。』瓚注曰：『言一尺布帛，可縫而共衣；一斗米粟，可舂而共食，況以天下之廣而不相容也。』」〔五〕它人能令疏親，臣不能使親疏，〔六〕以此愧陛下。」

【校釋】

〔一〕齊王當出藩　晉書三八齊王攸傳載：武帝晚年，太子不慧，朝臣内外皆屬意於攸。佞臣荀勖、馮紞等爲攸所疾，恐其爲嗣，禍必及己，便在武帝前進讒言云：「陛下試詔齊王之國，必舉朝以爲不可。」帝聽信荀勖，以太康三年（二八二）下詔命齊王歸國。明年，齊王知勖、紈構己，憤怨發病，乞守先后陵，不許。病重，猶催促上道。攸辭出信宿，嘔血而死，時年三十六。齊王出藩事件，實質是晉初王室内部爲皇位傳承而起之政治鬥争。武帝不慈、朝臣孰正孰奸，皆因之而見焉。

〔二〕又累遣常山王與婦長廣公主共入稽顙陳乞留之　王利器校：「沈校本『王』作『主』。王本『留』下有『之』字。案晉書王濟傳：『齊王攸當之藩，濟既陳請，又累使公主（濟尚常山公主）與甄德妻長廣公主俱入稽顙泣請帝留攸。』這裏『常山王』當作『常山公主』，『婦』上當有『甄德』二字。」錢大昕二十二史考異：「案：晉諸公贊云：『甄德字彦孫，司馬景王以女妻德，早亡。文王復以女繼室，即京兆長公主也。』（見魏志后妃傳注）此云長廣公主，封號互異。」徐箋與錢大昕略同，然稱「『長廣公主』之『廣』字疑亦衍文，晉書又以世説而誤」。楊箋：「王濟婦常山公主，文選褚淵碑文注引王隱晉書，云爲武帝姊。甄德婦廣德公主，爲文明王皇后出。晉書后妃傳：『文明王皇后生武帝、遼東悼王定國、齊獻王攸、廣德公主。』則常山、廣德二主，實武帝之姊妹。」按，此條孝標注引晉諸公贊言「甄德、王濟連遣婦入來」，王校是。又甄德原爲明帝元郭皇后從弟，叔父立之子，出養甄氏。司馬父子欲攀援郭后，是以與甄德爲婚。楊箋謂甄德婦廣德公主，然檢晉書三一后妃上文明王皇后傳，廣德乃廣漢殤王，非公主，楊箋誤。据魏志甄皇后傳注引晉諸公贊，謂甄德後婦即「京兆長公主」，錢大昕以爲即「長廣公主」，封號互異，徐箋則疑「廣」字衍文。因均無論證，不妨兩存之。

〔三〕來生哭人　徐箋：「爾時慣用語，通鑑八八晉紀：太后張氏以聰刑罰過差，三日不食，太弟乂、單于粲輿櫬切諫。聰怒曰：『吾豈桀紂，而汝輩生來哭人！』又八九晉紀：大將軍敷數涕泣切諫，聰怒曰：『汝欲乃公速死耶，何以朝夕生來哭人！』並用此語。」按，徐箋是。來生哭人，猶言「來哭煞活人」。

〔四〕尚可春　春，宋本誤作「舂」。

〔五〕以天下之廣　宋本、沈校本作「以天子之屬」。

〔六〕「它人能令疏親」二句　世説抄撮：「苟、馮輩構齊王使疏兄弟之親，臣不能使親已疏之齊王也。按，本文似誤。當改作『令親疏』、『使親疏』，言他人令兄弟疏之，臣不能使已疏之人親之也。按，晉書王濟傳作『他人能親疏，臣不能使親親。』」劉盼遂云：「按晉書王濟傳、通鑑晉紀皆作『他人能令親疏，臣不能令親親』，揆之情，實較世説爲長。」徐箋亦同此説，又云：「案齊王攸爲武帝同母弟，亦猶漢文之于淮南王，故濟引尺布斗粟之謡以譏之。」按，晉書四二王濟傳謂濟「風姿英爽，氣蓋一時」。「然外雖弘雅，而内多忌刻，好以言語傷物，儕類以此少之」。和嶠乃濟姊夫，深知其性。當武帝召武子苦責之時，濟以漢時民謡諷之，果見其性「儁爽不可屈」也。

一二　杜預之荆州，頓七里橋，〔一〕朝士悉祖。王隱晉書曰：「預字元凱，京兆杜陵人，漢御史大夫延年十一世孫。祖畿，魏太保。〔二〕父恕，幽州、荆州刺史。預智謀淵博，明於治亂，常稱立德者非所企及，立功立言所庶幾也。累遷河南尹，爲鎮南將軍，都督荆州諸軍事，鎮襄陽。以平吴勳封當陽侯。預無伎藝之能。身不跨馬，射不穿札，而每有大事，輒在將帥之限。贈征南將軍、儀同三司。」預少賤，好豪俠，不爲物所許。〔三〕楊濟既名氏雄俊，不堪，〔四〕不坐而去。八王故事曰：「濟字文通，弘農人，楊駿弟也。有才識，累遷太子太保，與駿同誅。」須臾，和長輿來，問：「楊右衛何在？」〔五〕客曰：「向來，不坐而去。」長輿曰：「必大夏門下盤馬。」〔六〕往大夏門，果大閱騎。長輿抱内車，〔七〕共載歸，坐如初。〔八〕

【校釋】

〔一〕「杜預」二句　頓，住宿，駐屯。御覽三引淮南子：「（日）經於隅泉，是謂高春；頓于連爛石，是謂下春。」文選陸機於承明作與士龍詩：「南歸憩永安，北邁頓承明。」李善注：「頓，止舍也。」程炎震云：「晉書預傳：『預以羊祜薦，以本官領征南軍師。』武紀：『咸寧四年十一月，杜預都督荆州諸軍事。』武紀：『泰始十年十一月，立城東七里澗石橋。』」徐箋：「洛陽伽藍記卷二『城東』：崇義里東有七里橋，以石爲之，中朝杜預之荆州，出頓之所也。七里橋東一里，郭門開三道，時人號爲三門。離別者多云：『相送三門外。』京師士子，送去迎歸，常在此處。」

〔二〕魏太保　魏志杜畿傳謂畿卒，追贈太僕，不載爲太保。徐箋：「晉職官志，魏初唯置太傅，以鍾繇爲之，末年又置太保，以鄭沖爲之，畿卒文帝時，時未有太保官，太保疑是太僕之誤。」其説是。

〔三〕「預少賤」三句　余箋：「預爲杜延年十一世孫，系出名家。祖、父仕魏，亦皆顯貴。而謂之少賤者，據晉書預傳言其父與宣帝不相能，遂以幽死。預久不得調，故少長貧賤。……預於司馬昭嗣立後，得尚昭妹高陸公主，始起家拜尚書郎，遂以功名自奮。」按，司馬遷史記特立游俠列傳，稱遊俠「其行雖不軌於正義，然其言必信，其行必果，已諾必誠」。至東漢，專制政體大備，而游俠「以武犯禁」（韓非語），常與禁令、禮教發生衝突，故不爲人所許，甚而視之爲凶奸之徒。班固漢書二三刑法志第三頌美光武之世清政，其一即是「邑無豪傑之俠」。同上二八地理志第八則曰：「豪傑則游俠通姦。」又後漢書四一第五倫傳曰：「游俠踰侈犯義侵禮。」于此可見東漢以降，游俠不爲物所許矣。

〔四〕「楊濟」二句　李慈銘云：「案『雄俊不堪』四字有誤。」按，李氏以「雄俊不堪」連讀，故稱此四字有誤。楊濟與兄駿、珧以外戚貴盛。又晉書四〇楊濟傳言濟有才藝，而武帝重兵官，濟以武藝號爲稱職。此所謂「雄俊」也。杜預本不爲物情所許，而朝士悉祖餞之，楊濟自負名氏與才望，嫉妒不能忍受，所謂「不堪」蓋指此種心理也。

〔五〕楊右衛　程炎震云：「濟爲右衛將軍，本傳不載，蓋略之。」

〔六〕大夏門　大事記續編二二：「按水經注：穀水東歷大夏門，故夏門也。陸機與弟書云：『門有三層，高百尺，魏明帝造。』」楊濟馬術射術皆高明，本傳言其從武帝校獵，「騎馬執角弓在輦前」，受詔射殺猛獸，六軍大叫稱快。和嶠猜濟必大夏門下盤馬，蓋有由也。

〔七〕内　同「納」。

〔八〕王世懋云：「杜元凱千載名士，楊濟倚外戚爲豪，此何足爲方正？」朱注：「案臨川此節，似以和嶠爲方正。」按，以上二説皆不確。楊濟豪俊，不坐而去，此當時人以爲「方正」。時過境遷，後世評判標準不同，乃另當别論。此條主角爲楊濟，「方正」自屬諸楊。和嶠和事佬，與「方正」無涉。

一三　杜預拜鎮南將軍，朝士悉至，皆在連榻坐。〔一〕語林曰：「中朝方鎮還，不與元凱共坐。預征吴還，獨榻，不與賓客共也。」〔二〕時亦有裴叔則。羊稺舒後至，曰：「杜元凱乃復連榻坐客。」不坐便去。晉諸公贊曰：「羊琇字稺舒，泰山人。通濟有才幹，與世祖同年相善，謂世祖曰：『後富貴時，見用作領、護軍各十年。』世祖即位，累遷左將軍、特進。」杜請裴追之，羊去數里住馬，既而俱還杜許。〔三〕

【校釋】

〔一〕「杜預」三句　程炎震云：「按預傳，拜鎮南在赴荆之後，則朝士無緣悉至也。注引語林云征吴還，是。晉書羊琇傳悉取此文，自與預傳違伐矣。」按，晉書三四杜預傳：「及（羊）祜卒，拜鎮南大將軍，都督荆州諸軍事。」以下敍預至鎮後各項軍事舉措。羊祜傳謂「祜卒二歲而吴平」，吴平在太康元年（二八〇），則祜以咸寧四年（二七八）卒，杜預拜鎮南將軍亦在此年。時杜預尚未至鎮，故朝士得以悉至。程氏之説不確。連榻，謂多人共坐之榻。梁書二二始興忠武王憺傳：「憺性勞謙，降意接士，常與賓客連榻而坐，時論稱之。」渚宫舊事四：「衆賓客各言其能，乃連榻促席。」

〔二〕「中朝方鎮還」數句　語林數語，殆指杜預名位尚未貴盛，方鎮輕視之，不堪與連榻共坐。至杜預征吴後，以功晉爵當陽縣侯，功名蓋世，故「獨榻，不與賓客共也」。由此見杜預立功前後，炎涼世态，不可同日而語。此條所記，在杜預拜鎮南將軍時，尚未征吴也。

〔三〕王世懋云：「羊琇何物，與王愷爲戚里争富者，乃亦以慢鎮南爲方正耶？叔則名士，渠何獨不去？」余箋：「晉書琇爲司馬師妻景獻皇后之從父弟，楊濟亦司馬炎妻武悼皇后之叔父，與杜預並晉室懿親。預功名遠出其上，而二人皆鄙預如此者，蓋以預爲罪人之子，出身貧賤，故不屑與之同坐也。此爲挾貴而驕，不當列於方正之篇。」按，余箋是。此條與前條内容相似，可見杜預初爲鎮南將軍時，雖「朝野歎美，號曰『杜武庫』」（見晉書本傳），然以

「少賤」之故，又朝議多不贊同其滅吴之計，故仍不爲少數貴要所重。「預在鎮，素餉遺洛中貴要。或問其故，預曰：『吾但恐爲害，不求益也。』」（晉書本傳）於此亦透露貴要輕視杜預之消息。

一四　晉武帝時，荀勖爲中書監。虞預晉書曰：「勖字公曾，潁川潁陰人，漢司空爽曾孫也。十餘歲能屬文。外祖鍾繇曰：〔一〕『此兒當及其曾祖。』爲安陽令，民生爲立祠。累遷侍中、中書監。」和嶠爲令。故事：監、令由來共車。嶠性雅正，常疾勖諂諛。王隱晉書曰：「勖性佞媚，譽太子，出齊王，當時私議，損國害民，孫、劉之匹也。〔二〕後世若有良史，當著佞倖傳。」後公車來，嶠便登，正向前坐，不復容勖。勖方更覓車，〔三〕然得去。〔四〕監、令各給車自此始。曹嘉之晉紀曰：「中書監、令常同車入朝。至和嶠爲令，而荀勖爲監，嶠意强抗，〔五〕專車而坐，乃使監、令異車，自此始也。」

【校釋】

〔一〕外祖　徐箋：「外祖，晉書本傳作從外祖。」按，晉書三九荀勖傳：「主簿郭奕、參軍王深以勖是（鍾）會從甥，少長舅氏，勸帝斥出之。」則作「從外祖」是。

〔二〕孫劉　魏志劉放傳：魏國既建，與太原孫資俱爲秘書郎。文帝即位，放、資轉爲左右丞。

黄初初，改秘書監爲中書，以放爲監，資爲令，各加給事中，遂掌機密。明帝即位，尤見寵任。放、資既善承順主上，又未嘗顯言得失，抑辛毗而助王思，以是獲譏於世。

〔三〕方更　方一新魏晉南北朝小説詞語校釋札記云：「方更，猶言重新，重又。」（杭州師範學院學報，二〇〇〇年一期）

〔四〕然得去　「然」下各本皆有「後」字。劉盼遂云：「按，『然』以雙聲借爲乃。『然得去』者，乃得去也。莊子天地篇：『今然君子也。』晉語：『文公曰：豈不知女言，然是吾噁心也。』『然』並解作乃字。世説宋本『然』下有『後』字，是不知古義者治也。」楊箋：「『然』下，宋本有『後』字，非。袁本無，是。」按，劉説、楊箋是。漢書七四丙吉傳：「君侯爲漢相，姦吏成其私，然無所懲艾。」亦其證。王念孫讀書雜誌漢書一二：「然，猶乃也。」

〔五〕嶠意强抗　王世懋云：「此故是長輿方正，嘉之晉紀不得云『强抗』。」

一五　山公大兒著短帢，〔一〕車中倚。武帝欲見之，山公不敢辭，問兒，兒不肯行。時論乃云勝山公。〔二〕晉諸公贊曰：「山該字伯倫，司徒濤長子也。〔三〕雅有器識，〔四〕仕至左衛將軍。」

【校釋】

〔一〕山公大兒著短帢　宋本作「山公大兒短著帢」。楊箋、朱注從宋本，並於「短」字下斷句。

按，宋本是。　短，謂身材短小。李慈銘云：「案晉書山濤傳以爲『濤第三子允，少尫病，形甚短小。武帝欲見之，濤不敢辭，以問允，允自以尫病不肯行，濤以爲勝己。』以此互異。」然山濤兒爲誰？何以不肯行？諸書有異説。御覽三七八引臧榮緒晉書曰：「山濤子淳、元（元蓋允之誤）尫疾不仕，世祖聞其短小而聰敏，欲見之。濤面答：『淳、元自謂形容宜絶人事，不肯受詔。』論者奇之。」據此，不肯行者非山公大兒該，而是二子三子淳、允，蓋因尫疾而不肯行。此與世説異。劉辰翁云：「直自愧其矮耳，不足言勝。」世説箋本引索解云：「山公朝，時大兒著褻帢陪乘，在車中倚坐。武帝知之欲見，山公不得辭，問兒，兒以著褻帢不肯行也。」余箋：「此稱山公大兒，自是該事。詳其文義，該所以不肯行者，即因著帢之故，别無餘事。」余箋又引程炎震云：「晉書輿服志：『成帝咸和九年制：聽尚書八坐丞郎門下三省侍官乘車，白帢低幃，出入掖門。又二宫直官著烏沙帢。』則前此者，王人雖宴居著帢，不得以見天子。故山該不肯行耳。」按，世説此條未言武帝欲見之故。臧榮緒晉書謂「世祖聞其短小而聰敏，欲見之」，可知山該短小卻聰敏，異于常童，武帝遂生欲見之念。此又證宋本作「山公大兒短」是。山該不肯行，正自愧短小耳。劉辰翁所言是。程炎震引晉書輿服志，不過説明成帝九年時羣臣出入宫廷須著白帢或烏沙帢，而無法得出「則前此者，王人雖宴居著帢，不得以見天子」之結論。考帢乃便帽，御覽六八八：「服虔通俗文曰：『帛幘曰帢。』」或謂曹操創制。魏志武帝紀裴注引傅子：「漢末王公，多委王服，以幅巾爲雅，……魏太祖以天下兇荒，資財乏匱，擬古皮弁，裁縑帛以爲帢，合乎簡易隨時之義，以色別貴賤，於今施行。可謂軍容，非國容也。」又注引曹瞞傳曰：「（曹操）時或冠帢帽以見賓客。」由此可知，曹操創制帢帽，本出於「合乎簡易隨時之義」，並非「國容」，則著帢帽並非不雅；山該著帢，亦無礙見天子，何況此時該尚未出仕。總之，山該不肯行，非因著帢有礙禮儀，而是身材短小而已。

〔二〕時論乃云勝山公　山該自愧形容不肯行，而山濤不敢不奉詔，故時論云勝。

〔三〕濤長子也　濤，宋本誤作「燾」。

〔四〕雅　王刻本作「雄」。按，作「雅」是。

一六　向雄爲河内主簿，有公事不及雄，而太守劉淮橫怒，〔一〕遂與杖遣之。雄後爲黄門郎，劉爲侍中，初不交言。武帝聞之，敕雄復君臣之好，〔二〕雄不得已，詣劉再拜曰：「向受詔而來，而君臣之義絶，〔三〕何如？」於是即去。武帝聞尚不和，乃怒問雄曰：「我令卿復君臣之好，何以猶絶？」漢晉春秋曰：「雄字茂伯，河内人。」世語曰：「雄有節概，仕至黄門郎、護軍將軍。」按：王隱、孫盛不與故君相聞議曰：「昔在晉初，河内温縣領校向雄，〔四〕送御犧牛，不充呈郡，〔五〕輒隨比送洛，〔六〕值天大熱，郡送牛多暍死。臺法甚重，〔七〕太守吴奮召雄與杖，〔八〕雄不受杖，曰：『郡牛者亦死也，呈牛者亦死也。』〔九〕奮大怒，下雄獄，將大治之。會司隸辟雄都官從事，數年爲黄門侍郎。奮爲侍中，同省，相避不相見。武帝聞之，給雄酒禮，使詣奮解。〔一〇〕雄乃奉詔。」此則非劉淮也。晉諸公贊曰：「淮字君平，沛國杼秋人。少以清正稱。累遷河内太守、侍中、尚書僕射、司徒。」雄曰：「古之君子，進人以禮，退人以禮；今之君子，進人若將加諸膝，〔一一〕退人若將墜諸淵。臣於劉河内不爲戎首，〔一二〕亦已幸甚，安復爲君臣之好？」武帝從之。禮記曰：「穆公問於子思曰：『爲舊君反服，古邪？』子思曰：『古之君子，進人以禮，退人以禮，故有舊君反服之禮。今之君子，進人若將加諸膝，退人若將墜諸淵。無爲戎首，不亦善乎，又何反服之有？』」〔一三〕鄭玄曰：「爲兵主求攻伐，〔一四〕故曰戎首也。」

【校釋】

〔一〕劉淮　程炎震云：「淮字君平，則淮當作準，因準省作淮，故誤爲淮耳。」王利器校：「案晉書向雄傳，『劉淮』作『劉毅』，疑誤。世説及注作『劉淮』，『淮』當是『準』字錯的，名準字君平，義正相應。」晉書四八向雄傳謂太守爲劉毅，李慈銘云：「考劉毅傳，未嘗爲河内太守。蓋唐人修晉書，雜采諸説，既並兩事一之，又誤淮爲毅，前云吴奮、劉毅兩人同爲侍中，後止云詣毅再拜，皆不合也。」劉盼遂同。按，晉書無劉淮傳，劉淮乃劉淮（準）之誤。晉書六一劉喬傳謂劉準爲征東大將軍。此條及孝標注引晉諸公贊，皆謂準爲河内太守，當可信。

〔二〕君臣　此指上下、尊卑關係。易序卦：「有父子，然後有君臣；有君臣，然後有上下。」

〔三〕君臣之義絶　君臣之交合於義，劉準無故杖向雄，於義已虧，故雄云云。

〔四〕領校　校，宋本作「牧」。王利器校：「各本『領牧』作『領校』，案唐杜祐通典卷九九與舊君不通服議載此事作『領校』。」

〔五〕不充呈郡　充，王刻本作「先」。朱注：「周本作『先』是，從改。」按，朱注是，充乃形誤。

〔六〕輒隨比送洛　比，宋本作「此」。按，當作「比」，比，近也。隨比，猶照近，就近。楊箋釋「比」爲「同」，非是。

〔七〕臺法　世説音釋：「胡三省曰：『江南謂禁中爲臺。』容齋隨筆曰：『晉宋間謂朝廷禁省爲臺。』」

〔八〕太守吴奮召雄與杖　吴，宋本誤作「是」，杖，誤作「仗」。

〔九〕「郡牛者亦死也」二句　世説箋本：「按，送牛者有二焉：呈太守者，謂之呈牛；不呈太守，自郡送者，謂之郡牛。……蓋雄所送者，郡牛也，故曰郡牛亦死，呈牛亦死，不獨我有罪也。」按，孝標注引世語云向雄送御犧牛，按規定應先送郡，後再送至京都洛陽。先呈郡之牛，謂呈牛；郡送京師之牛，謂之郡牛。世説箋本所説是也。西晉河内郡治在野王，而温縣位於野王、洛陽之間。若牛先送郡，再送洛陽，則路遠渴死更多，故向雄不先呈郡，而就近送至洛。

〔一〇〕使詣奮解　宋本無「使」字。王利器校：「各本『詣』上有『使』字，義較明。」

〔一一〕加諸膝　抱在膝上，爲親昵之舉。猶若本篇五八記「藍田愛念文度，雖長大猶抱著膝上」。

〔一二〕戎首　發動戰争之禍首，此謂挑起事端者。

〔一三〕又何反服之有　唐批：「今本禮記作『又何反服之禮之有』。學案：『之禮』二字乃衍文。」

〔一四〕爲兵主求攻伐　求，宋本、沈校本並作「來」。按，今本禮記檀弓下正作「來」，作「來」是。

一七　齊王冏爲大司馬，輔政，〔一〕虞預晉書曰：「冏字景治，齊王攸子也。少聰惠，及長，謙約好施。趙王倫篡位，冏起義兵誅倫，拜大司馬，加九錫，政皆決之。而恣用羣小，不復朝覲，遂爲長沙王所誅。」嵇紹爲侍中，詣冏咨事。冏設宰會，〔二〕召葛旟齊王官屬名曰：「旟字虚旟，齊王從事中郎。」晉陽秋曰：「齊王起義，轉長史。既克趙王倫，與董艾等專執威權，冏敗，見誅。」董艾等，〔三〕八王故事曰：「艾字叔智，弘農人。祖遇，魏侍中。父綏，〔四〕祕書監。艾少好功名，不脩士檢。齊王起義，艾爲新汲令，赴軍，用艾領右將軍。王敗，見誅。」共論時宜。旟等白冏：「嵇侍中善於絲竹，公可令操之。」遂送樂器，紹推却不受。冏曰：「今日共爲歡，卿何卻邪？」紹曰：「公協輔皇室，令作事可法。紹雖官卑，職備常伯。操絲比竹，蓋樂官之事，不可以先王法服，爲伶人之業。〔五〕今逼高命，不敢苟辭，當釋冠冕，襲私服，此紹之心也。」旗等不自得而退。

【校釋】

〔一〕「齊王」二句　據晉書四惠帝紀、晉書五九齊王冏傳，永寧元年（三〇一）六月，以齊王冏爲大司馬、都督中外諸軍事。太安元年（三〇二）五月，冏爲太師。

〔二〕宰會　程炎震云：「宰會字恐誤，晉書紹傳作燕會。」世說音釋：「『宰』，屠也，烹也，調和膳羞之名。『宰會』謂設膳羞而宴會也。」世說箋本：「似謂宰輔之會。」張撝之譯注：「宰，官員通稱。」按，其說是。公羊傳隱公元年：「宰者何？官也。」又齊王冏傳載，冏輔政後，大築第館，「鑿千秋門墻以通西閤，後房施鐘懸，前庭舞八佾，沉於酒色，不入朝見。坐拜百官，符勑三台，選舉不均，惟寵親昵。」此條即記齊王冏寵昵羣小，沉於酒色之事。

〔三〕召葛旟董艾　葛，宋本作「若」。王利器校：「各本作『召葛旟』，是。」余箋：「晉書齊王冏傳云：『封葛旟爲牟平公。』嘉錫案：冏傳稱龍驤將軍董艾。又載河間王顒表曰：『董艾放縱，無所畏忌。中丞按奏，而取退免。葛旟小豎，維持國命，操弄王爵，貨賂公行，羣奸聚黨，擅斷殺生，密署腹心，實爲貨謀，斥罪忠良，伺窺神器。』」按，董艾擅權事又見晉書三一劉喬傳：「冏腹心董艾勢傾朝廷，百僚莫敢忤旨。喬二旬之中，奏劾艾罪釁者六。」

〔四〕父綏　綏，宋本作「緌」。

〔五〕「操絲比竹」數句　比，漢書二四上食貨志上：「比其音律。」顔師古注：「比，謂次之也。」史記八一廉頗藺相如列傳載，趙王與秦王會澠池，秦王逼趙王鼓瑟，秦御史前書曰：「某年月日，秦王與趙王會飲，令趙王鼓瑟。」藺相如亦逼秦王擊缻。相如顧召趙御史書曰：「某年月日，秦王爲趙王擊缻。」晉書九四戴逵傳：太宰武陵王晞聞戴善鼓琴，使人召之。逵對使者破琴曰：「戴安道不爲王門伶人！」晉書八四王恭傳載：司馬道子嘗集朝士置酒於東府，尚書令謝石因醉爲委巷之歌，恭正色曰：「居端右之重，集藩王之第，而肆淫聲，欲令羣下何所取則？」凡此，皆見伶人之業素來被視爲鄙賤。然嵇紹不肯操絲比竹，非僅職責有別，亦有不滿齊王冏專執威權，恣用羣小之意。

一八　盧志於衆坐世語曰：「志字子通，范陽人，尚書珽少子。少知名，起家鄴令，歷成都王長史、衛尉卿、尚書郎。」問陸士衡：「陸遜、陸抗，是君何物？」〔一〕抗已見。〔二〕吴書曰：「遜字伯言，吴郡人，世爲冠族。初領海昌令，號『神君』，累遷丞相。」答曰：「如卿於盧毓、盧珽。」魏志曰：「毓字子家，涿人。父植有名於世，累遷吏部郎、尚書。選舉先性行而後言才，進司空。珽，咸熙中爲泰山太守，字子笏，位至尚書。」士龍失色。〔三〕雲別見。〔四〕既出户，謂兄曰：「何至如此，彼容不相知也？」士衡正色曰：「我父祖名播海内，寧有不知？鬼子敢爾！」孔氏志怪曰：「盧充者，范陽人。家西三十里有崔少府墓。充先冬至一日，出家西獵，見一麞，〔五〕舉弓而射，即中之。麞倒而復起，充逐之不覺遠。忽見一里門如府舍，門中一鈴下，有唱家前。〔六〕充問：『此何府也？』答曰：『少府府也。』充曰：『我衣惡，那得見貴人？』即有人提襆新衣迎之。充著盡可體，便進見少府，展姓名。酒炙數行，崔曰：『近得尊府君書，爲君索小女婚，故相延耳。』即舉書示充。充父亡時雖小，然已見父手迹，便歔欷無辭。〔七〕崔即敕内，令女郎莊嚴，使充就東廊。充至，婦已下車，立席頭共拜。爲三日畢，〔八〕還見崔。崔曰：『君可歸矣，女有娠相，生男，當以相還；生女，當留自養。』〔九〕敕外嚴車送客。崔送至門，執手零涕，離別之感，無異生人。復致衣一襲，被褥一副，充便上車，去如電逝，須臾至家。家人相見悲喜，推問知崔是亡人，而入其墓，追以懊惋。居四年，三月三日臨水戲，忽見一犢車，〔一〇〕乍浮乍没。既上岸，充往開車後户，見崔氏女與三歲男兒共載。充見之，忻然欲捉其手。女舉手指後車曰：『府君見人。』〔一一〕即見少府。充往問訊。女抱兒還充，又與金盌，別，〔一二〕并贈詩曰：『煌煌靈芝質，光麗何猗猗。華豔當時顯，〔一三〕嘉異表神奇。含英未及秀，中夏罹霜萎。榮曜長幽滅，世路永無施。不悟陰陽運，哲人忽來儀。會淺離別速，皆由靈與祇。何以贈余親，金盌可頤兒。愛恩從此別，斷絶傷肝脾。』充取兒、盌及詩，忽不見二車處。將兒還，四坐謂是鬼魅，〔一四〕僉遥唾之，〔一五〕形如故。問兒：『誰是汝父？』兒逕就充懷。衆初怪惡，傳省其詩，慨然歎死生之玄通也。充詣市賣盌，高舉其價，不欲速售，冀有識者。欻有一老婢，問充得盌之由。還報其大家，〔一六〕即女姨也。遣視之，果是。謂充曰：『我姨姊，崔少府女，未嫁而亡，家親痛之，贈一金盌著棺中，今視卿盌甚似，得盌本末，可得聞不？』充以事對。即詣充家迎兒，兒有崔氏狀，又似充貌。姨曰：『我舅甥三月末間產。〔一七〕父曰：「春煖，温也，願休强也。」即字温休。温休蓋幽婚也，〔一八〕其兆先彰矣。』兒遂成爲令器，歷數郡二千石，〔一九〕皆著績。其後生植，爲漢尚書。植子毓，爲魏司空。冠蓋相承至今也。」〔二〇〕議者疑二陸優劣，謝公以此定之。〔二一〕

【校釋】

〔一〕「盧志於衆坐」數句　姜亮夫陸平原年譜「晉武帝太康十年」條：「御覽三八八引郭子，盧問語無陸遜，陸答語無盧珽，容有不相知也作或有不知，又無鬼子敢爾議者六字。按志言雖非有意調弄，而輕吴士之情，則見乎情矣。士衡性俊厲，所答正如其人，非必小説，故録之。又此事在何時不敢必，然機隨即辟太尉府掾，聲名溢揚公卿間，志即有輕吴士之心，亦當略爲顧忌，則此一問對必當爲初入洛時事，故次此。」

〔二〕抗已見　已見政事四及注引吴録。

〔三〕士龍失色　世説箋本：「盧直斥陸祖父名諱，士衡乃舉其祖父諱以報之，而士龍以如此針鋒相對，慮失禮，故失色。」

〔四〕雲別見　別見賞譽二〇及注引陸雲別傳。

〔五〕麞　宋本作「獐」。

〔六〕「門中一鈴下」二句　王利器校：「太平廣記卷三一六引搜神記作『門中一鈴下，唱客前』。案通鑑卷七九晉紀一：『鈴閣之下，侍衛不過十數人。』胡三省注：『鈴下卒及閣下威儀也。鈴下者，有使令則掣鈴以呼之，因以爲名。』宋程大昌演繁露續集卷六：『晉書：「楊方爲郡鈴下威儀，諸葛恢待以門人之禮。」（御覽卷四四三）案鈴下威儀，殆今典客之吏耶？』此文『有』疑當在『中』下，『家』係『客』字錯的。」鈴下，徐箋：「漢官儀：『太常駕四馬，主簿前車八乘，有鈴下、侍閣、辟車、騎吏、五百等員。』後漢書周紆傳注：『鈴下、侍閣、辟車，此皆以名自定者也。』按『鈴閣』乃將帥治事之所，官府亦稱之，因稱其侍衛役使之人爲『鈴下』。」有唱家前，李慈銘云：「案：『有唱家前』四字有誤。太平廣記卷三一六引搜神記作『唱客前』。此處『家』字蓋『客』字之誤。」周一良魏晉南北朝史札記「前」條亦謂當作「唱客前」，此即「高聲贊客進謁之意」。

〔七〕使歔歎無辭　使，宋本、王刻本作「便」。按，作「便」是。歎，沈校本、王刻本作「欷」。

〔八〕爲三日畢　宋本、沈校本無「爲」字。

〔九〕當留　留，宋本作「歸」。

〔一〇〕忽見一犢車　王利器校：「琱玉集感應篇、蒙求卷上李翰注『一』都作『二』。」徐箋：「太平廣記引作『忽見傍有犢車』，無『一』字。他書引此，有作『二犢車』者，或據下文『女舉手指後車』及『忽不見二車處』之語，以爲『一』當作『二』。案作『一』似不誤。初見但見一車，乍沉乍没，初不注意其後尚有一車，及女舉手指示方知。鬼神之事，倏忽隱現，情事逼真。若先已見二車，則充往開車後户，爲前車耶，後車耶，不能無所説明，似無如此鶻突文字。不得據後之『二』字疑前之『一』字也。他書作『二』者，疑出後人臆改。」按，徐箋分析在理，可備一説。

〔一一〕府君見人　人，沈校本作「之」。王利器校：「蔣校本、沈校本『人』作『之』，較是。」徐箋、楊箋同。吴金華考釋：「『府君見人』换成今語猶言『府君會看見我們的！』」「『人』在口語中，相當於『我』或『我們』，往往用在激憤、不滿或感慨、讚歎的場合。例如：『母也天只，不諒人只。』（詩經卷三鄘風柏舟）錢鍾書先生管錐編指出：『人』是女子自稱；類似的例子還有公羊傳昭公三十一年夏父曰：『以來！人未足！』解詁：『以物來置我前。』『人』，夏父自謂也。」按，吴説是。

〔一二〕金盌　盌，宋本、沈校本並作「椀」。

〔一三〕當時顯　宋本作「當顯時」。

〔一四〕鬼魅　魅，宋本、沈校本並作「媚」。

〔一五〕僉遥唾之　太平廣記三載：南陽宋定伯夜行逢鬼，問鬼不知有何所惡忌，鬼答言唯不喜人唾。於是共行至宛市，鬼著地化爲一羊，便賣之，恐其變化，唾之，得錢千五百乃去。

〔一六〕大家　徐箋：「對婦女之尊稱。家音姑。後漢書曹世叔妻傳：『帝數召入宫，今皇后諸貴人師事焉，號曰大家。』此指其主婦。」

〔一七〕我舅甥三月末間産　甥，宋本作「生」。王利器校：「蔣校本、沈校本同，餘本『生』作『甥』。琱玉集作『我甥三月末産』；太平廣記作『我外甥也』。案此文『舅生』二字，即『甥』字誤分爲二字，又把『男』誤作『舅』了；這是女姨説她的外甥女崔氏是三月末間生人的意思。」徐箋同王校。按，王校、徐箋説較迂曲，李慈銘謂舅字乃衍文，可從。

〔一八〕温休　世説箋本：「『温休』反『幽』，『休温』反『婚』，是幽婚之兆也。」李慈銘云：「案搜神記作『姨曰：我外甥也，即字温休』。案温休，幽婚爲反語。尋此注『姨曰：我舅甥』云云，蓋漢以後俗稱從母曰姨，沿其父之稱也。此姨是崔少府妻之妹，爲女之姨，故呼女爲甥。三月末間産者，即謂女也。父即指崔少府也。温休即女小字，故以爲幽婚之先兆。上姨姊當是姊婿之誤。我舅甥，舅字亦衍文。今本搜神記以温休爲兒之字，蓋由後人誤改。」劉盼遂云：「按，温休切幽，休温切婚，是二語反復讀之得幽婚也。反切之法，實具於此。」按，幽婚或識前世，可能受佛教輪回之説影響。高僧傳一安清傳載，清自識緣業，自稱先身出家，與同學辭決云云。

〔一九〕歷數郡　郡，宋本作「邪」。王利器校：「琱玉集作『歷數郡守』。太平廣記作『歷郡守』。」

〔二〇〕余箋：「此事亦見搜神記卷一六，與此注所引志怪互有詳略。雖今本搜神記出於後人綴輯，然盧充事廣記三一六已引之，知實出自干寶書矣。夫同一事而寶與孔氏先後互載，可見當時已盛傳。余謂此乃齊東野人之語，非實録也。無論其事怪誕不經，且范陽盧氏皆只以植爲祖，不聞有所謂盧充者。後漢書盧植傳、魏志盧毓傳、晉書盧欽傳均不載植祖父名字。唐書宰相世系表亦只云盧氏秦有博士敖，裔孫植，字子幹。元和姓纂十一模云：秦有博士盧敖，後漢尚書植（誤作慎），皆不詳植之先代世系。今孔氏志怪獨云植爲盧充之孫，而崔氏所生之子即植之父，竟不能舉其名。所謂温休者，乃崔氏女之小字，非植父也。六朝人最重譜學，若植父果爲時令器，仕歷數郡二千石，烏有不知其名字者乎？蓋盧氏在漢本自寒微，至植始大。故其子孫雖冠蓋相承，爲時著姓，亦不能退數先代之典矣。流俗相傳，乃有幽婚之説，並爲植祖杜撰名字，疑是魏晉之間有不快于盧氏者之所爲。干寶、孔約喜其新異，從而筆之於書。孝標因世説有『鬼子敢爾』之語，遂引志怪之説以實之。不知世説此條，采自郭澄之所撰郭子。御覽三八八引郭子並無『鬼子敢爾』句。唐修晉書陸機傳亦無此語，可以爲證。此殆劉義慶著書時之所加。義慶嘗作宣驗記、幽明録，固篤信鬼神之事者。其於干寶輩之書，必讀之甚熟，故於世説特著此語，以形容士衡之怒駡，而不悟其言之失實也。」

〔二一〕優劣　優，宋本誤作「憂」。葉夢得避暑録話卷上評二陸優劣云：「以吾觀之，機不逮雲遠矣。人斥其祖父名固非是，吾能少忍，未必爲不孝。而亦從而斥之，是一言之間，志在報復，而自忘其過，尚能置大恩怨乎？若河橋之敗，使機所怨者當之，亦必殺矣。雲愛士不競，真有過機者，不但此一事。方潁欲殺雲，遲之三日不決。以趙王倫殺趙浚赦其子驤而復擊倫事勸潁殺雲者，乃盧志也。兄弟之禍，志應有力，哀哉！人惟不争於勝負强弱，而後不役於恩怨愛憎。雲累於機，爲可痛也！」王世貞弇州四部稿云：「議者以此定二陸優劣，竊恐未爾。武帝嘗問吾彦：『陸喜、陸抗二人誰多也？』彦曰：『道德名望，抗不及喜；立功立事，喜不及抗。』後彦爲交州，餉士衡兄弟。士衡將受之，士龍曰：『彦本微賤，爲先公所拔，而答詔不善，安可受之？』乃止。此段事絶同，乃大相反何也？要之，致嚴取與，覺士龍爲勝。」按，賞譽三九：「士衡長七尺餘，聲作鐘聲，言多忼慨。」孝標注引文士傳云：「（陸）雲性弘静」，「機清厲有風格，爲鄉黨所憚」。面對盧志挑釁，機清厲而直斥之，而雲則弘静而忍，雖由兄弟殊性，亦與陸機尤以才地自負有關。晉書三六張華傳曰：「初，陸機兄弟志氣高爽，自以吴之名家，初入洛，不推中國人士。」如上姜亮夫所言，盧志輕吴士之情見乎詞，而機父祖名播海内，本不推中國人士，則機立即斥之完全合乎情理。葉夢得以「忍」爲上，謂「機不逮雲遠矣」，所論不合魏晉人格審美標準。試看方正此條之前所記陳元方、夏侯玄、和嶠、諸葛靚、王武子諸人，遇事皆善惡分明，發言忼慨，有凌然不可侵犯之狀，無縮頭縮腦、息事寧人者。

一九　羊忱性甚貞烈。趙王倫爲相國，忱爲太傅長史，乃版以參相國軍事。〔一〕使者卒至，忱深懼豫禍，不暇被馬，〔二〕於是帖騎而避。使者追之，忱善射，矢左右發，〔三〕使者不敢進，遂得免。文字志曰：「忱字長和，一名陶，〔四〕泰山平陽人。〔五〕世爲冠族，父繇，〔六〕車騎掾。忱歷太傅長史、揚州刺史、〔七〕遷侍中。永嘉五年，遭亂被害，年五十餘。」

【校釋】

〔一〕「羊忱」數句　晉書四惠帝紀載，永康元年（三〇〇）四月，趙王倫矯詔廢賈后爲庶人，司空張華、尚書僕射裴頠皆遇害，侍中賈謐及黨與數十人皆伏誅。趙王倫自爲相國，都督中外諸軍事。羊忱版以參相國軍事當在其時。太傅，楊箋謂司馬越。按，據惠帝紀、晉書五九東海王越傳，永康初，越爲中書令，徙侍中，遷司空，領中書監。永興元年（三〇四）十二月，以司空司馬越爲太傅。則羊忱爲太傅參軍當在趙王倫被誅後。世説此處言忱爲太傅長史，版以參相國軍事云云，乃序次失當。版，同板，本義爲朝笏，即手板。後漢書六七范滂傳李賢注：「版，笏也。」此用爲動詞，指王授職、任命。所任命之官稱爲「版官」。通鑑一〇九晉紀三一：「王恭之討王國寶也，版廞行吴國内史，使起兵於東方。」胡注：「以白版授官，非朝命也。」陶潛晉故征西大將軍長史孟府君傳：「旬有餘日，更版爲勸學從事。」

〔二〕不暇被馬　徐箋：「謂不暇施鞍勒。説文有『犕』字，平祕切，引易『犕牛乘馬』。玉篇云：『犕，服也，以鞍裝馬也。』被馬即犕馬，漢書韓王信傳注引李奇曰：『音如被馬之被。』則漢人已有此語。」帖騎，徐箋：「謂跨不施鞍勒之馬。南史齊武帝諸子傳：『帝于園池中帖騎走竹樹下，身無虧傷。』當是爾時習語。」按，據惠帝紀、晉書五九趙王倫傳，趙王倫執政後，復受制于孫秀，秀恣其奸謀，多殺忠良，以至京邑君子不樂其生。羊忱深懼被禍，故避之猶恐不及。

〔三〕矢左右發　宋本無「矢」字。

〔四〕一名陶　李慈銘云：「案忱，晉書羊祜傳作陶，與注引文字志一名陶合。惟卷中賞譽篇注引羊氏譜作悅，而此下『諸葛恢女』一條注引羊氏譜仍作忱，蓋賞譽篇注誤。」按，李説是，泰山南城羊氏譜謂忱「一作陶」。

〔五〕泰山平陽人　王利器校：「案晉書地理志上，兗州泰山郡無平陽，『平陽』當作『南城』。」徐箋：「案忱爲羊祜族子，晉書羊祜傳：『泰山南城人。』晉志泰山郡下有南武城，無平陽。南武城東漢曰南城，傳從其舊稱也。此平陽亦當作南城。」按，晉書三四羊祜傳言祜「遺令不得以南城侯印入柩」，尤可證作「南城」爲是。

〔六〕父繇　繇，宋本、沈校本並作「疏」。王利器校：「案作『繇』是。本書賞譽門『羊長和父繇』條，正文及注引羊氏譜，又本書附泰山南城羊氏譜，都作『繇』。」

〔七〕揚州刺史　泰山南城羊氏譜謂忱爲「晉徐州刺史、太傅長史、蒙陰侯、侍中」。方正二五敍諸葛恢次女適徐州刺史羊忱兒。羊祜傳亦云忱爲徐州刺史。

二〇　王太尉不與庾子嵩交。王夷甫、庾敳。〔一〕庾卿之不置。〔二〕王曰：「君不得爲爾。」庾曰：「卿自君我，我自卿卿。我自用我法，卿自用卿法。」〔三〕

【校釋】

〔一〕王夷甫、庾敳　分別見言語二三、文學一五。

〔二〕庾卿之　庾字下宋本、沈校本並有「曰」字。按，他本無，當删。

〔三〕「庾曰」數句　「卿」乃不恭之稱。晉書一一二載記皇甫真傳：「王猛入鄴，真望馬首拜之。明日更見，語乃卿猛。猛曰：『昨拜今卿，何恭慢之相違也？』」晉書六七郗鑒傳：「邑人張寔先求交於鑒，鑒不許。至是，寔於(陳)午營來省鑒疾，既而卿鑒。鑒謂寔曰：『相與邦壤，義不及通，何可怙亂至此邪！』寔大慚而退。」南齊書四六陸慧曉傳：「未嘗卿士大夫，或問其故，慧曉曰：『貴人不可卿，而賤者可卿。人生何容立輕重於懷抱！』」王衍本來不與庾子嵩交，庾卻卿王衍不停，王以爲不必如此，故曰「君不得爲爾」。庾則依然故我，故曰「卿自君我，我自卿卿」。又曹道衡、沈玉成中古文學史料叢考「庾敳卿王衍」條疑此條所記云：「然敳傳云『太尉王衍雅重之』，王澄傳亦云衍尤重（王）澄及王敦、庾敳，嘗爲天下人士目曰：『阿平（王澄）第一，子嵩（庾敳）第二，處仲（王敦）第三。』澄傳所記與世説賞譽『王大將軍下』條所記及注引八王故事謂王澄、庾敳、王敦、王夷甫（衍）爲『四友』正可相合。既云王衍、庾敳爲友，又言不與交，不令呼卿，二書皆以矛攻盾……疑所記王衍或是另一王姓大官名士，附會誤作王衍。」按，言王衍不與庾敳交，固爲矛盾，然疑王衍或是另一人，則無據。既稱「王太尉」，必是王衍無疑。

二一　阮宣子伐社樹，阮修，已見。〔一〕春秋傳曰：「共工氏有子曰勾龍，爲后土，后土爲社。」〔二〕風俗通曰：「孝經稱社者土也，〔三〕廣博不可備敬，故封土以爲社而祀之報功也。」〔四〕然則社自祀勾龍，非土之祭也。有人止之。宣子曰：「社而爲樹，伐樹則社亡；樹而爲社，伐樹則社移矣。」〔五〕

【校釋】

〔一〕阮修　已見文學一八。

〔二〕后土爲社　欽定周官義疏九：「正義：鄭氏康成曰：『社稷后土及田正之神。』賈疏：『社者五土之總神，勾龍生時爲后土官，有功於土，死配社而食。』『左傳：共工氏有子曰勾龍，爲后土，后土爲社。』」五禮通考四三：「白虎通云：『社稷所以有樹何也，尊而識之也，使民望見即敬之。又所以表功也。』」論語八佾：「哀公問社於宰我，宰我對曰：『夏后氏以松，殷人以柏，周人以栗，曰，使民戰栗也。』」唐蘇鶚蘇氏演義卷上：「周禮文：二十五家爲社，各樹其土所宜木。今村墅間，多以大樹爲社樹，蓋此始也。」按，據宰我所對，各代社樹不同，遂以木名社，如松者松社，櫟者櫟社，水經注記長葛社樹暴長，故曰「長社」。後阮宣子云「社而爲樹」、「樹而爲社」，亦社、樹合一之謂。

〔三〕孝經稱社者土也　徐箋：「風俗通作『孝經説，社者土地之主也。』當據改。下文云：『社自祀勾龍，非土之祭也。』足證『社者土地之主也』句『土』下三字原不缺。」

〔四〕封土　原作「風土」。宋本、王刻本並作「封土」。按，「風土」不文。風俗通義八引春秋左氏傳曰：「共工有子曰勾龍，佐顓頊平九土爲后土，故封爲上公，祀以爲社，非地祇。」據此可證作「封土」是。今據改。

〔五〕「社而爲樹」四句　晉書四九阮修傳作「社而爲樹，伐樹則社移；樹而爲社，伐樹則社亡矣」。王世懋謂阮宣子之言「可稱辯，未是方正」。鄙意以爲王氏之評似未達阮旨。阮宣子緣何伐社樹？其因在社樹或淫祀，或占候，或遊宴，已非莊嚴肅穆之地。排調一五：「謝幼輿謂周侯曰：『卿類社樹，遠望之峨峨拂青天，就而視之，其根則羣狐所託，下聚溷而已。』」又廣弘明集一〇敍王明廣請與佛法事：「鬼非如敬謂之爲諂，拜求社樹何惑良多。若言社樹爲鬼所依資奉而非咎，亦可毆塔爲佛住持修營必應如法。若言佛在虛空，不處泥木，亦應鬼神冥寂，豈在樹中。」謝鯤喻社樹下爲「聚溷」之所，僧王明廣謂「拜求社樹何惑良多」，皆見社樹早已「異化」。阮宣子不信鬼神，乃伐社樹。

二二　阮宣子論鬼神有無者，或以人死有鬼，〔一〕宣子獨以爲無，曰：「今見鬼者，云著生時衣服，〔二〕若人死有鬼，衣服復有鬼邪？」〔三〕論衡曰：「世謂人死爲鬼，非也。人死不爲鬼，無知，不能害人。如審鬼者死人精神，〔四〕人見之宜從裸袒之形，〔五〕無爲見衣帶被服也。何則？衣無精神也。由此言之，見衣服象人，則形體亦象人。象人，知非死人之精神也。凡天地之間有鬼，非人死之精神也。」

【校釋】

〔一〕「阮宣子」三句　程炎震云：「晉書作『嘗有論鬼神有無者，皆以人死者有鬼』，于文爲合。句首阮宣子三字當衍。」按，禮記祭義：「衆生必死，死必歸土，此之謂鬼。」王充論衡死僞：「二者，死人爲鬼之驗，鬼之有知，能害人之效也。無之，奈何？」漢末以來，鬼道盛行，故鬼神有無之論，常爲魏晉人士研討。晉書四九阮瞻傳：「瞻素執無鬼論，物莫能難，每自謂此理足可以辯正幽明。忽有一客通名詣瞻，寒温畢，聊談名理。客甚有才辯，瞻與之言，良久及鬼神之事，反覆甚苦。客遂屈，乃作色曰：『鬼神古今聖賢所共傳，君何得獨言無！即僕便是鬼。』於是變爲異形，須臾消滅。瞻默然，意色大惡。後歲餘，病卒於倉垣，時年三十。」與此傳聞相似者又有御覽八八四引續搜神記：「施續爲尋陽督，能言論。有門生亦有理意，常秉無鬼論。忽有黑衣白袷客來，言及鬼。客詞屈曰：『僕便即鬼，何以言無？使來取君。』門生酸苦求之。客問：『有似君者不？』門生云：『施續帳下都督與僕相似。』鬼許之。俄而督亡。」

〔二〕「今見鬼者」二句　御覽八八四引異苑曰：「廣州治下有廣文鬼，出則爲祟，所著衣袷皆黄。」

〔三〕劉應登云：「此兩則皆言阮不信鬼神，前謂若因社而樹之，則其社亡；今因社而社之，則此樹不在社又移而他之矣。後謂若言所見之鬼者，死人之精神，則鬼所著衣服，亦死人衣服之精神耶？」劉辰翁云：「振古絶俗，得意之名言。」

〔四〕「如審鬼者」句　古人以爲精氣聚者爲人，散者爲鬼。易繫辭上：「精氣爲物，遊魂爲變，是故知鬼神之情狀。」韓康伯注：「盡聚散之理，則能知變化之道。」孔穎達疏：「物既以聚而生，以散而死，皆是鬼神所爲，但極聚散之理，則知鬼神之情狀也。」王充論衡論死：「鬼神，陰陽之名也。陰氣逆物而歸，故謂之鬼；陽氣導物而生，故謂之神。」

〔五〕裸袒　袒，宋本誤作「祖」。

二三　元皇帝既登阼，〔一〕以鄭后之寵，欲舍明帝而立簡文。時議者咸謂舍長立少，既於理非倫，且明帝以聰亮英斷，益宜爲儲副。周、王諸公，並苦爭懇切。中興書曰：「鄭太后字阿春，滎陽人。〔二〕少孤，先嫁田氏，夫亡，依舅吳氏。〔三〕時中宗敬后虞氏先崩，〔四〕將納吳氏。〔五〕后與吳氏女遊後園，有言之於中宗者，納爲夫人，甚寵，生簡文。帝即位，尊之曰文宣太后。」〔六〕唯刁玄亮獨欲奉少主，以阿帝旨。〔七〕元帝便欲施行，慮諸公不奉詔。於是先喚周侯、丞相入，然後欲出詔付刁。刁協。周、王既入，始至階頭，帝逆遣傳詔，遏使就東廂。周侯未悟，即卻略下階。〔八〕丞相披撥傳詔，〔九〕徑至御牀前，曰：「不審陛下何以見臣？」帝默然無言，乃探懷中黄紙詔裂擲之。由此皇儲始定。周侯方慨然愧歎曰：「我常自言勝茂弘，今始知不如也。」中興書曰：「元皇以明帝及琅邪王裒並非敬后所生，〔一〇〕而謂裒有大成之度，勝於明帝，因從容問王導曰：『立子以德不以年，今二子孰賢？』導曰：『世子、宣城俱有爽明之德，〔一一〕莫能優劣，如此故當以年。』於是更封裒爲琅邪王。」而此與世説互異，然法盛采摭典故，以何爲實。且從容諷諫，〔一二〕理或可安。豈有登階一言，曾無奇説，便爲之改計乎？〔一三〕

【校釋】

〔一〕登阼　阼，宋本、沈校本作「祚」。

〔二〕滎陽　滎，宋本誤作「榮」。

〔三〕依舅吴氏　宋本無「吴」字。

〔四〕虞氏先崩　晉書三二后妃下元敬虞皇后傳：「元敬虞皇后諱孟母，濟陽外黄人。父豫，見外戚傳。帝爲琅琊王，納后爲妃，無子。永嘉六年薨，時年三十五。」

〔五〕吴氏　吴氏下晉書三二后妃下簡文宣鄭太后傳有「女」字。按，晉書是。

〔六〕「帝即位」二句　徐箋：「案晉書孝武帝紀：『太元十九年夏六月壬子，追尊會稽王太妃爲簡文宣太后。』事在孝武帝時，與中興書不同。」

〔七〕帝旨　沈校本無「帝」字。

〔八〕卻略　陶珙云：「卻略是當時方言，意猶趑趄不前。杜詩『卻略羅峻屏』，用此意。」徐箋：「卻行也。樂府隴西行：『卻略再拜跪，然後持一杯。』」按，徐箋是。卻略，即回頭走。

〔九〕披撥　推開。披，分開，撥，撥開。漢武故事：「上令開其手，數百人擘，莫能開，上自披，手即申。」

〔一〇〕「元皇以明帝」句　元敬虞皇后傳：「豫章君荀氏，元帝宫人也。初有寵，生明帝及琅琊王裒。」晉書六四元四王傳：「琅琊孝王裒字道成，母荀氏，以微賤入宫，元帝命虞妃養之。」

〔一一〕世子　指明帝。宣城，指琅琊孝王裒，曾封宣城郡公。

〔一二〕諷諫　諷，王刻本作「調」。

〔一三〕敬胤先於孝標，即謂此條所記非事實。敬胤按：「晉書：中宗始議立太子，以琅邪王裒賢於肅祖，欲建立。王導説以立子以長，且諱又賢，不宜改革舊制。中宗猶疑。導日夕諫，故肅祖得立。王丞相德音記曰：『明帝字立奴，宣城公字玄奴，並□許家。安東欲立美奴，公以明帝長，經月不定。上以美奴先妃所養。公固執之，明帝乃立。』今云立簡文，謬矣。」（見汪藻世説考異）李慈銘云：「案簡文崩時年五十三，計當元帝之崩，才三歲耳。是年三月顗即遇害。果有此言，又當在前。兒甫墮地，便欲廢立，揆之理勢，斷爲虚誣。」按，據晉書六元帝紀：大興元年（三一八）三月，立王太子紹爲皇太子。永昌元年（三二二）閏月元帝崩，太子即皇帝位。晉書九簡文帝紀：「咸和元年（三二六），所生鄭夫人薨，帝時年七歲。」則簡文生於大興三年（三二〇）。大興元年（三一八）元帝登阼，簡文尚未出生，元帝崩時亦僅三歲。晉書六明帝紀謂明帝以太寧三年（三二五）崩，時年二十七。則明帝生於惠帝元康九年（二九九），永昌元年元帝崩時，已二十餘歲。琅琊王裒雖不知生年，然晉書六四元四王傳言「帝以裒有成人之量，過於明帝」云云，則裒年齡不會與明帝相差過遠。據此，世説此條誠如李慈銘所云「斷爲虚誣」。故晉書不采世説而從中興書。

二四　王丞相初在江左，欲結援吴人，請婚陸太尉。〔一〕對曰：「培塿無松柏，薰蕕不同器。〔二〕杜預左傳注曰：「培塿，〔三〕小阜；松柏，大木也。薰，香草；蕕，〔四〕臭草。」

玩雖不才，義不爲亂倫之始。」〔五〕玩已見。〔六〕

【校釋】

〔一〕「王丞相」三句　晉書六五王導傳：「及徙鎮建康，吴人不附，士庶莫有至者，導患之。」可見晉室南渡之初，政權衰弱，吴人不附，基礎不穩。欲結援吴人，必先籠絡吴地大族，而陸氏爲望族之最，故王導請婚陸玩。

〔二〕薰蕕不同器　程炎震云：「文選沈約彈王源注引家語：顔回曰：『薰蕕不同器而藏。』」

〔三〕培塿　塿，宋本作「樓」。王利器校：「各本『樓』作『塿』，是；左傳襄二十四年傳注亦作『塿』。」

〔四〕蕕　宋本誤作「猶」。

〔五〕「玩雖不才」二句　劉辰翁云：「亂倫，似謂不類耳。」世說箋本：「觿云：『凡人情趨於時，而陸拒之，所以爲方正。一說，陸以王爲非類，拒而不許，所以爲方正也。』按，如前說，謙遜也。如後說，傲慢也。王、陸名族，秦晉之匹也，而陸之言如此，是余所未解也。」余箋：「……過江之初，王導勳名未著，南人方以北人爲傖父，故玩托詞以拒之。其言雖謙，而意實不屑也。嘉錫又案：排調篇云：『陸太尉詣王丞相，食酪病，與王牋云：「民雖吴人，幾爲傖鬼。」』可見其于王導輕侮不遜，宜其不與之通婚矣。導屢見侮於玩而不怒，亦以其族大宗强，爲吴人之望故也。若蔡謨九錫之戲，導即憤然形於詞色矣。」按，余箋近是。江左望族最著者顧、陸、朱、張，陸氏一族尤爲顯赫。籠絡陸玩，對於安撫吴人至爲關鍵。陸玩拒婚，確有輕侮中原士族之因素。晉武帝平吴，中原士人視南人爲亡國之餘。陸機兄弟乃江南第一流才俊，卻遭北人輕視。不意數十年後，北方士族家喪國滅，懷亡國之痛而南來。吴地大族本怨恨中原士族亡其國，如今自然輕侮之。又北方士族渡江後，雖寄人國土，卻仍以不公正待吴人。晉書五八周勰傳曰：「時中國亡官失守之士避亂來者，多據顯位，駕御吴人，吴人頗怨。」勰因之起兵，以討王導、刁協爲名。兵敗後，「元帝以周氏奕世豪族，吴人所宗，故不窮治，撫之如舊」。由此可見東晉之初南北士族矛盾之深，以及中原士族安撫吴人之政策。王導結援吴人，於穩固東晉政權所起作用甚巨。此可參看陳寅恪述王導之功業一文。

〔六〕玩已見　陸玩已見政事一三及注引陸玩别傳。

二五　諸葛恢大女適太尉庾亮兒，恢别傳曰：「恢字道明，琅邪陽都人。祖誕，司空。父靚，亦知名。恢少有令問，稱爲明賢，〔一〕避難江左，中宗召補主簿，累遷尚書令。」庾氏譜曰：「庾亮子會，娶恢女，名文彪。」庾會别見。〔二〕次女適徐州刺史羊忱兒。羊氏譜曰：「羊楷字道茂。祖繇，車騎掾。父忱，侍中。楷仕至尚書郎。娶諸葛恢次女。」亮子被蘇峻害，改適江彪。〔三〕彪別見。〔四〕恢兒娶鄧攸女。諸葛氏譜曰：「恢子衡，字峻文，仕至滎陽太守。娶河南鄧攸女。」〔五〕于時謝尚書求其小女婚，恢乃云：「羊、鄧是世婚，江家我顧伊，庾家伊顧我，〔六〕不能復與謝裒兒婚。」永嘉流人名曰：「裒字幼儒，陳郡人。父衡，博士。裒歷侍中、吏部尚書、吳國内史。」及恢亡，遂婚。〔七〕謝氏譜曰：「裒子石，娶恢小女，名文熊。」中興書曰：「石字石奴，歷尚書令，聚斂無厭，取譏當世。」於是王右軍往謝家看新婦，〔八〕猶有恢之遺法，〔九〕威儀端詳，容服光整。王歎曰：「我在遺女，裁得爾耳！」〔一〇〕

【校釋】

〔一〕「恢少有令問」二句　晉書七七蔡謨傳：「孔愉、諸葛恢並以清節令才，少著名望。」

〔二〕庾會　別見雅量一七。

〔三〕改適江彪　諸葛恢女改適江彪事詳見假譎一〇。

〔四〕彪　別見方正四二。

〔五〕河南鄧攸　程炎震云：「此云河南鄧攸，則非平陽之鄧伯道也。」按，程説初看是，然鄙意頗疑諸葛氏譜「河南」二字有誤，並以爲此鄧攸即平陽鄧伯道。據晉書七七諸葛恢傳、九〇鄧攸傳，諸葛恢於過江之初爲會稽太守，蒞官三年，大興初以政績爲第一。後遷丹陽尹。鄧攸渡江初爲吳郡太守，刑政清明，爲中興良守。太寧（三二四）二年，王敦反，乃遷攸爲會稽太守。諸葛恢與鄧攸地位相當，且皆爲良吏，會稽、吴郡又毗鄰。諸葛恢既與王導戲争族姓之先後，連謝裒求婚亦不允，豈會與名不見經傳之「河南鄧攸」聯姻？

〔六〕「江家我顧伊」二句　劉辰翁云：「『我顧伊，伊顧我』，是纏綿語。委曲細碎，可觀。」

〔七〕「及恢亡」二句　程炎震云：「晉書穆帝紀：『永和元年五月，諸葛恢卒。』」余箋：「諸葛三君，功名鼎盛，彪炳人寰，繼以瞻、恪、覲，皆有重名。故渡江之初，猶以王、葛並稱。至於謝氏，雖爲江左高門，而實自萬、安兄弟其名始盛。謝裒（安父）父衡雖以儒素稱，而官止國子祭酒（見謝鯤傳），功業無聞，非諸葛氏之比。故恢不肯與爲婚。恢死後，謝氏興，而葛氏微，其女卒歸謝氏。後來太傅名德，冠絶當時，封、胡、羯、末，争榮競秀。由是王、謝齊名，無復知有王、葛矣。」

〔八〕看新婦　余箋：「俞正燮癸巳存稿卷一一曰：看新婦，古禮也，後亦有之。世説云：『王右軍往謝家看新婦。』南史河東王傳：『武帝爲納柳世隆女，帝與羣臣看新婦。』顧協傳：『晉宋以來，初婚三日，婦見舅姑，衆賓皆列觀。』」

〔九〕遺法　遺，宋本誤作「遣」。

〔一〇〕「我在遺女」二句　劉應登云：「謂恢亡，遺女能如此，我雖在，亦僅能如此也。」余箋：「全晉文二六載王羲之雜帖云：『二族舊對，故欲結援諸葛。若以家窮，自當供助昏事。』疑即指諸葛恢女嫁謝石事。二族爲婚，右軍嘗與聞，故往謝家看新婦。於情事亦合。右軍雖有供助之意，而云『我在遺女裁得爾耳』，則諸葛氏固不受其助也。」

二六　周叔治作晉陵太守，周侯、仲智往別。叔治以將別，涕泗不止。仲智恚之曰：「斯人乃婦女，與人別唯啼泣。」〔一〕便舍去。鄧粲晉紀曰：「周謨字叔治，顗次弟也，仕至中護軍。嵩字仲智，謨兄也。性狡直果俠，〔二〕每以才氣陵物。〔三〕顗被害，王敦使人吊焉。嵩曰：『亡兄天下有義人，爲天下無義人所殺，復何所吊？』敦甚銜之。猶取爲從事中郎，因事誅嵩。」晉陽秋曰：「嵩事佛，臨刑猶誦經。」〔四〕周侯獨留，與飲酒言話，臨別流涕，撫其背曰：「奴好自愛。」〔五〕阿奴，謨小字。〔六〕

【校釋】

〔一〕「斯人」二句　史記卷三八宋微子世家：「箕子傷之，欲哭則不可，欲泣爲近婦人。」顔師古注：「婦人之性多涕泣。」

〔二〕狡直　狡，王刻本作「絞」。王利器校：「『狡』字疑誤，晉書周嵩傳作『狷直果俠』，義較長。」楊箋作「狷」，並云：「宋本作『狡』，非。今依各本及晉書周嵩傳改。」徐箋：「案作『狡直』是也。詩鄭風狡童：『彼狡童兮，不與我言兮。』毛傳：『昭公有壯狡之志。』陳奐傳疏：『壯狡謂剛愎。』此『狡直』亦剛愎之義。狡與絞通。論語泰伯：『直而無禮則絞。』鄭

注：『絞，急也。』又陽貨：『好直不好學，其蔽也絞。』義並相通。後漢書杜根傳：『好絞直。』絞直，即狡直也。晉書作『狷』，狷，偏急也，義亦相近。」按，徐箋是。當作「絞直」，周嵩恚兄涕泗，不解離情，是爲「絞直」也。

〔三〕陵物　左傳襄公十年：「篳門閨竇之人而皆陵其上，其難爲上矣！」史記一二二酷吏列傳：「（寧成）好氣，爲人小吏，必陵其長吏。」晉書三三何劭傳附何羨傳：「既驕且吝，陵駕人物。」按，觀下條及雅量二一，仲智「狡直果俠，每以才氣陵物」之個性更是鮮明如見。然仲智自稱「嵩性狼抗，亦不容於世」（見識鑒一四），極有自知之明。

〔四〕「嵩事佛」二句　高僧傳一〇安慧則傳載：則寫大品經凡十餘本，「以一本與汝南周仲智妻胡母氏供養」云云，可證嵩勤於事佛誦經。

〔五〕奴好自愛　奴上宋本、沈校本有「阿」字。余箋：「此出郭子，見御覽四八九，『阿奴』作『阿拏』。」按，據孝標注，當以「阿奴」爲是。　劉辰翁云：「一樣兄弟，厚薄如此。少年凌物，大有以此爲方正。奇矯取名，取害心術，亦不得不辨。」王世懋云：「仲智傲狠，伯仁友愛，正都無關『方正』。」王思任云：「仲智戾氣，何處著好兄好弟？」按，晉書本傳謂「顗性寬裕，而友愛過人」，讀此條可信之。友于之愛出自天性，而仲智少情，誠如以上王氏所云，皆無關「方正」耳。

〔六〕「阿奴」二句　汪師韓云：「夫嵩謂謨爲阿奴。顗謂嵩亦云阿奴，然則阿奴豈是謨之小字哉？蓋兄于弟親愛之詞也。」（談書録）徐箋：「案雅量二一，伯仁亦呼仲智爲阿奴，不應兄弟二人同以阿奴爲小字，足證此注之非。德行三三，謝奕亦呼謝安爲『阿奴』，二字似是爾時長兄對幼弟親昵之稱。有時亦施之于夫婦之間，南史郁林王何妃傳：『帝謂皇后曰：阿奴暫去。』」按，汪説、徐箋是，參見德行三三校釋。

二七　周伯仁爲吏部尚書，在省内夜疾危急。時刁玄亮爲尚書令，營救備親好之至。〔一〕良久小損。〔二〕虞預晉書曰：「刁協字玄亮，勃海饒安人。〔三〕少好學，雖不研精，而多所博涉。中興制度，皆稟於協。累遷尚書令。中宗信重之，爲王敦所忌，舉兵討之，奔至江南，〔四〕敗死。」〔五〕明旦，報仲智。仲智狼狽來。始入户，刁下牀對之大泣，説伯仁昨危急之狀。仲智手批之，刁爲辟易於户側。既前，都不問病，直云：「君在中朝，與和長輿齊名，那與佞人刁協有情？」〔六〕逕便出。

【校釋】

〔一〕「周伯仁」數句　晉書六九周顗傳：「中興建，補吏部尚書。」「大興初，更拜太子少傅，尚書如故。」晉書六九刁協傳：「大興初，遷尚書令。」晉書六元帝紀載：大興元年六月，以尚書左僕射刁協爲尚書令。據上可知，周伯仁在省内夜疾，刁協盡力營救，此事在晉元帝大興一二年間。

〔二〕小損　謂病情稍減。

〔三〕勃海　宋本、沈校本作「渤海」。

〔四〕奔至　奔，沈校本作「敗」。

〔五〕敗死　宋本作「爲人所殺」。晉書六九周顗傳同。沈校本作「爲人殺死」。

〔六〕「君在中朝」三句　劉應登云：「仲智如恚弟之泣別，責兄之容佞，其言似正，亦太不近人情矣。」劉辰翁云：「斯人於倫好如此，尚足論名品邪？」王世懋云：「此稍近方正，然得無過邪？」按，嵩不問情由，即手批刁協，並責問兄何以與佞人刁協有情，陵物之性太過。劉應登謂仲智「太不近人情」，誠然。晉書六九刁協傳：「協性剛悍，與物多忤，每崇上抑下，故爲王氏所疾。又使酒放肆，侵毁公卿，見者莫不側目。」又本篇二三記元帝欲舍明帝而立簡文，「周、王諸公並苦争懇切。唯刁玄亮獨欲奉少主，以阿帝旨」。此所謂「崇上」也。周嵩稱刁爲佞人殆指此乎？

二八　王含作廬江郡，貪濁狼籍。〔一〕王敦護其兄，故於衆坐稱：「家兄在郡定佳，廬江人士咸稱之。」時何充爲敦主簿，在坐，正色曰：「充即廬江人，所聞異於此。」敦默然。旁人爲之反側，〔二〕充晏然，神意自若。中興書曰：「王敦以震主之威，收羅賢儁，辟充爲主簿。充知敦有異志，逡巡疏外。〔三〕及敦稱含有惠政，一坐畏敦，擊節而已，〔四〕充獨抗之。其時，衆人爲之失色。由是忤意，〔五〕出爲東海王文學。」

【校釋】

〔一〕狼籍　亦作「狼藉」，本爲縱横散亂貌，引申爲濫行無節制。後漢書四五張酺傳：「鄭據小人，爲所侵冤。聞其兒爲吏，放縱狼藉。」魏志武帝紀：「長吏多阿附貴戚，贓污狼籍。」

〔二〕反側　不安貌。詩周南關雎：「悠哉悠哉，輾轉反側。」後漢書一光武帝紀：「令反側，子自安。」李賢注：「反側，不安也。」

〔三〕逡巡　退避；退讓。蜀志龐統傳：「於是統逡巡引退。」蜀志董允傳：「（董）恢年少官微，見允停出，逡巡求去。」按，王敦於永昌元年（三二二）作逆下都，中興書云「充知敦有異志」，據此，時王敦尚未下都，辟充爲主簿當在大興末。

〔四〕擊節　形容十分讚賞。蜀志馬良傳：「良留荆州，與亮書曰：『……此乃管絃之至，牙、曠之調也。雖非鍾期，敢不擊節。』」

〔五〕忤意　意，宋本作「敦」。

二九　顧孟著嘗以酒勸周伯仁，伯仁不受。顧因移勸柱，而語柱曰：「詎可便作棟梁自遇？」〔一〕周得之欣然，〔二〕遂爲衿契。〔三〕徐廣晉紀曰：「顧顯字孟著，〔四〕吴郡人，驃騎榮兄子。少有重名，泰興中爲騎郎。蚤卒，時爲悼惜之。」

【校釋】

〔一〕「顧因移勸柱」三句　劉辰翁云：「言伯仁以棟梁自居而絶人也。」劉辰翁云：「勸柱、語柱自佳，語又佳。」袁中道云：「勸柱，妙甚。」（舌華録七譏語）世説箋本：「自遇，自處也。」按，規箴一七：陸玩拜司空，有人索酒瀉著梁柱間地，祝曰：「當今乏才，以爾爲柱石之用，莫傾人棟梁。」其情事與此類似，由此可知晉人之邏輯思維常用柱石類比人才。顧孟著意謂你伯仁豈可以棟梁自處？顯然有嘲諷伯仁自大之意。

〔二〕周得之欣然　世説箋本：「逢遇此嘲也。『深公得此義，夷然不屑』，『和嶠既得，惟笑而已』，皆同。」按，伯仁大度，故得之欣然。

〔三〕衿契　世説講義：「以爲得有益之言，故欣然遂爲同衿之契也，更是布衣之交。」世説箋本：「『衿』，謂『冰衿』之『衿』，謂心胸也。衿契，心友也。」

〔四〕顧顯字孟著　徐箋：「案吴志顧雍傳注：『榮兄子禺，字孟著，少有名望，爲散騎侍郎，早卒。』孟著之名，兩書不同，未知孰是。」按，吴國吴郡顧氏譜作「顯，榮兄子，魏志作『禺』」，亦未定是顯是禺。

三〇　明帝在西堂，〔一〕會諸公飲酒，未大醉，帝問：「今名臣共集，何如堯、舜？」時周伯仁爲僕射，因厲聲曰：「今雖同人主，復那得等於聖治！」帝大怒，還内，作手詔滿一黄紙，遂付廷尉令收，因欲殺之。〔二〕按明帝未即位，顗已爲王敦所殺。此說非也。〔三〕後數日，詔出周，羣臣往省之。周曰：「近知當不死，罪不足至此。」

【校釋】

〔一〕西堂　程炎震云：「晉書帝紀：成帝、哀帝皆崩於西堂。洪北江曰：即太極殿之東西堂。」

〔二〕因欲殺之　因，沈校本作「伺」。

〔三〕「按明帝未即位」三句　程炎震云：「晉書顗傳敍此事於元帝太興初，知唐人所見世説本作元帝，此注或後人所爲，非孝標原文。」徐箋、楊箋皆同。按，周顗於永昌元年（三二二）四月遇害，時明帝尚未即位。孝標注是。據晉書六元帝紀，大興三年（三二〇）閏月，尚書周顗爲尚書僕射，則此條所記事或在其時。時人或將周顗與中朝名士和嶠相提並論（見品藻一六），讀此條信然。周顗不阿人主，與當年和嶠答武帝「皇太子聖質如初」（見本篇九）何等相似。

三一　王大將軍當下，時咸謂無緣爾。〔一〕伯仁曰：「今主非堯、舜，何能無過？且人臣安得稱兵以向朝廷？處仲狼抗剛愎，〔二〕王平子何在？」〔三〕顗别傳曰：「王敦討劉隗，〔四〕時温太真爲東宫庶子，在承華門外，與顗相見，曰：『大將軍此舉有在，義無有濫。』〔五〕顗曰：『君年少希更事，未有人臣若此而不作亂，共相推戴數年而爲此者乎？處仲狼抗而强忌，平子何在？』」晉陽秋曰：「王澄爲荆州，羣賊並起，乃奔豫章。而恃其宿名，猶陵侮敦，敦仗勇士路戎等搤而殺之。」〔六〕裴子曰：「平子從荆州下，大將軍因欲殺之。〔七〕而平子左右有二十人，甚健，皆持鐵楯馬鞭，平子恒持玉枕。大將軍乃犒荆州文武，〔八〕二十人積飲食，皆不能動。乃借平子玉枕，便持下牀。平子手引大將軍帶絶，與力士鬬甚苦，乃得上屋上，久許而死。」

【校釋】

〔一〕「王大將軍當下」二句　劉辰翁云：「『咸』，恐是人名。」朱注：「案劉辰翁疑『咸』爲人名，非。當如劉應登所釋：蓋『當下』意似如今言『刻下』、『眼前』，即謂眼前之情況，指其叛逆而言。其時大衆皆(咸)以爲無緣由於如此。惟周伯仁指出王爲兇狠，殺王平子即可見。一説『當下』猶言『將下』，亦可通。」按，咸，全也，都也，皆也，非人名。當下，猶將下也。當，將也。儀禮特牲饋食禮：「佐食當事，則户外南面。」鄭玄注：「當事，將有事而未至。」張華博物志八：「時西王母遣使乘白鹿，告帝當來，乃供帳九華殿以待之。」下，沿江東下謂之「下」，世説中常見。朱注釋「當下」爲「刻下」、「眼前」，不妥。無緣，没來由，無從。後漢書四五袁安傳：「今朔漠既定，宜令南單于反其北庭，並領降衆，無緣復更立阿佟，以增國費。」桓玄重答遠法師書：「理本無重，則無緣有致孝之情；事非資通，不應復有致恭之義。」此二語謂王敦以永昌元年（三二二）正月，率衆將向建康，以討劉隗爲名，而時人皆以爲没來由。

〔二〕狼抗　劉盼遂云：「狼抗，疊韻連綿字，形容貪殘之貌。亦作啟歆，廣韻十一唐：『啟歆，貪貌。』本書品藻篇：『嵩性狼抗，亦不容於世。』尤爲明據。胡三省注通鑑晉紀云：『狼似犬，鋭頭白頰，高前廣後，貪而敢抗，人故以爲喻。』是未達狀字之例也。夫雙聲疊韻之字，因聲以見義，固不拘絞於形體也。」余箋：「盼遂以狼抗爲疊韻字及駁胡注，皆是也。即廣韻之啟歆，釋爲貪殘，則尚可商。所引周嵩語，實見本書識鑒篇，乃嵩對其母自敍之詞。人即能知其過，亦必不肯直認爲貪殘。且以嵩生平觀之，過於婞直則有之，未嘗有貪殘之事。嵩何苦無故自誣？此其必不然者也。晉書列女傳敍嵩語作『嵩性抗直，亦不容於世』。唐人最明於雙聲疊韻，必不望文生義。然則狼抗者，抗直貌也。……晉書周顗傳作『處仲剛愎彊忍，狼抗無上』，狼抗即狀其無上之貌。蓋抗直之極，其弊必至於無上也。」徐箋：「翟灝通俗編：『今以狼抗爲難容之貌，而出處乃是言性（晉書周顗傳、世説）。玉篇有云：躴𨈭，身長貌，讀若郎康。或今語别本於彼，亦未可知。』按此説近之。狼抗一詞本有聲無字，晉書、世説作『狼抗』，玉篇作『躴躿』，後世如今古奇觀倒運漢巧遇洞庭紅之『若不是海船大，也著不得這樣狼抗東西』。西遊記孫悟空每斥豬八戒爲『囊糠貨』，皆同此一詞也。躴躿，訓身長貌，是其本義，故字從身。從而凡物之長大者，皆可謂之躴躿，今古奇觀之例是也，物大則難容，故通俗編以難容之貌訓之。又大則轉動不易，不靈便，西遊記之『囊糠貨』，猶言笨貨也。以之言性，則此處狼糠，乃狂妄自大之意，即從初義引申而得。而識鑒一四周嵩自言『嵩性狼抗，亦不容於世』，則從第二義引申出來，言性不圓融，不善處世，動輒得罪於人。晉紀稱其『絞直果俠』，狼抗與絞直義近，本篇二十七面斥刁協一事即其證。」按，上述諸説以余箋較勝。劉盼遂釋「狼抗」爲貪殘固非，徐箋言由躴躿引申出狂妄自大之意，亦甚牽强。

〔三〕王平子何在　劉應登云：「王澄常抗王敦，爲所害。此謂咸言，敦未必至此。伯仁言其爲人如此，必有此事，如殺王平子可見。」按，劉説是。周顗老成清醒，深知王敦其性，以敦殺王平子事爲證，要温嶠認清敦之作亂意圖。

〔四〕討劉隗　討，宋本誤作「計」。

〔五〕義無有濫　意謂王敦聲討劉隗之外，應該不會有他圖。通鑑九二晉紀一四載：王敦約梁州刺史甘卓與之俱下，卓許之，後食言。敦驚曰：「甘侯前與吾語云何，而更有異，正當慮吾危朝廷耳。吾今但除姦凶。」温嶠言敦「義無有濫」亦即敦「但除奸凶」之意。敦欲蓋彌彰，而太真天真，未悉敦之狼子野心，故發此言。

〔六〕敦仗　仗，宋本、沈校本作「伏」，王刻本作「使」。

〔七〕因欲　因，宋本、沈校本作「伺」。

〔八〕犒　宋本誤作「搞」。

三二　王敦既下，住船石頭，欲有廢明帝意。〔一〕賓客盈坐，敦知帝聰明，欲以不孝廢之。每言帝不孝之狀，而皆云「温太真所説。温嘗爲東宫率，後爲吾司馬，甚悉之」。須臾，温來。敦便奮其威容，問温曰：「皇太子作人何似？」温曰：「小人無以測君子。」敦聲色並厲，欲以威力使從己，乃重問温：「太子何以稱佳？」温曰：「鈎深致遠，蓋非淺識所測。〔二〕然以禮侍親，可稱爲孝。」〔三〕劉謙之晉紀曰：「敦欲廢明帝，言於衆曰：『太子子道有虧，温司馬昔在東宫，悉其事。』嶠既正言，敦忿而愧焉。」

【校釋】

〔一〕欲有廢明帝意　關於王敦欲廢明帝之時間，余箋引御覽四一八引晉中興書曰：「王敦欲謗帝以不孝，於衆坐明帝罪云：『温太真在東宫久，最所知悉。』因厲聲問嶠，謂懼威必與己同。嶠正色對曰：『鈎深致遠，小人無以測君子。當今諒闇之際，唯有至性可稱。』敦嘿然不悦。然憚其居正，不敢害之。」並云：「觀其稱當今諒闇之際，則此事當在永昌元年閏十一月元帝崩之後，明帝太寧元年四月王敦下屯于湖之前。敦方謀篡逆，故有廢帝之意。注引劉謙之晉紀，雖不言何時，然觀其稱太真爲温司馬，知亦在明帝即位未久，故仍呼以舊號。即其答王含語所謂『尚未南郊，何得稱天子也』也。世説不知本之何書，以爲敦下住石頭時之事，已不免有誤。通鑑因之，敍入永昌元年三月敦入據石頭之後，則與晉紀及中興書所記皆不合。尚不如晉書載於明帝紀之前，不著年月之爲得也。」按，余箋似甚辯，然考之事實，仍有疑問。據通鑑九二晉紀一四，永昌元年（三二二）三月王敦入石頭，元帝「令公卿百官詣石頭見敦」。夏四月，王敦還武昌，至次年夏四月，諷朝廷征己，隨即移鎮姑孰，屯于湖。又明帝紀敍此事在元帝崩之前，敦於「大會百官」之時問温嶠，此與通鑑所記元帝「令公卿百官詣石頭見敦」正合。温嶠傳記嶠爲王敦左司馬，乃在敦移鎮姑孰之後，此時不可能再有欲廢太子事。世説此條謂「吾司馬」，劉謙之晉紀謂「温司馬」，皆以後之官號稱前之温嶠。綜上所述，王敦欲廢明帝之事，當以明帝紀及通鑑所記較近事實，在永昌元年（三二二）三四月，公卿百官詣石頭見敦之時。

〔一二〕「鈎深致遠」二句　余箋：「此言皇太子是否有鈎深致遠之才，誠非己之淺識所能測度。但觀其以禮事親，固不失爲孝子也。通鑑九二注以爲言太子既有鈎深致遠之才，而又盡事親之禮，非也。」

〔三〕王世懋云：「敍事如畫。」李贄云：「太真真可。」（初潭集君臣正臣）

三三　王大將軍既反，至石頭，周伯仁往見之。〔一〕謂周曰：「卿何以相負？」〔二〕對曰：「公戎車犯正，下官忝率六軍，而王師不振，以此負公。」〔三〕晉陽秋曰：「王敦既下，六軍敗績，顗長史郝嘏及左右文武勸顗避難。〔四〕顗曰：『吾備位大臣，朝廷傾撓，豈可草間求活，投身胡虜邪？』〔五〕乃與朝士詣敦。敦曰：『近日戰有餘力不？』對曰：『恨力不足，豈有餘邪？』」〔六〕

【校釋】

〔一〕「王大將軍既反」三句　據通鑑九二晉紀一四，王敦于永昌元年（三二二）三月至石頭，周伯仁不聽羣僚勸阻，往見敦。

〔二〕卿何以相負　余箋：「通鑑九二胡注曰：『愍帝建興元年，顗爲杜弢所困，投敦于豫章，故敦以爲德。』」

〔三〕「公戎車犯正」數句　王思任云：「反覺損顔破口者未盡。」世説箋本：「言我不能效忠奮武以保國家，是以負公知己之心也。反言答之。」

〔四〕郝嘏　世説箋本：「按周顗代戴淵爲護軍將軍，以郝嘏爲長史。」

〔五〕投身胡虜　東晉内亂，窘迫無路之際，往往北投胡虜。如王敦之亂，劉隗攜妻子及親信二百餘人奔于石勒（見晉書六九劉隗傳）；咸和四年，祖約敗于歷陽，奔于石勒（見晉書七成帝紀）。

〔六〕「恨力不足」二句　晉書六九戴若思傳、通鑑九二晉紀一四謂是戴淵語。

三四　蘇峻既至石頭，百僚奔散。〔一〕王隱晉書曰：「峻字子高，長廣掖人。〔二〕少有才學，仕郡主簿，〔三〕舉孝廉。值中原亂，招合流舊三千餘家，〔四〕結壘本縣，宣示王化，收葬枯骨，遠近感其恩義，〔五〕咸共宗焉。討王敦有功，封公，遷歷陽太守。〔六〕峻外營將表曰：『鼓自鳴。』峻自斫鼓曰：『我鄉里時有，此則空城。』有頃，詔書徵峻。峻曰：『臺下云我反，〔七〕反豈得活邪？我寧山頭望廷尉，不能廷尉望山頭。』乃作亂。」晉陽秋曰：「峻率衆二萬，濟自横江，〔八〕至於蔣山，〔九〕王師敗績。」唯侍中鍾雅獨在帝側。或謂鍾曰：「見可而進，知難而退，〔一〇〕古之道也。君性亮直，必不容於寇讎，何不用隨時之宜，而坐待其斃邪？」〔一一〕鍾曰：「國亂不能匡，君危不能濟，而各遜遁以求免，吾懼董狐將執簡而進矣！」〔一二〕

【校釋】

〔一〕百僚奔散　晉書七成帝紀：咸和三年（三二八）二月，庾亮敗于宣陽門内，遂攜諸弟與郭默、趙胤奔潯陽。吴郡太守庾冰奔會稽。九月，王導奔白石。晉書七七何充傳：蘇峻作亂，充東奔義軍。

〔二〕掖人　掖，宋本誤作「棭」。晉書一〇〇蘇峻傳校勘記：「地理志下掖屬東萊國，長廣縣有挺縣，疑『掖』乃『挺』之誤。」（見中華書局排印本）

〔三〕仕郡主簿　仕，宋本作「仁」。王利器校：「各本『仁』作『仕』，是。」

〔四〕三千　三，宋本、沈校本作「六」。

〔五〕感其恩義　感，宋本作「咸」。王利器校：「各本『咸』作『感』，是。」按，蘇峻傳正作「感」。

〔六〕「討王敦有功」三句　李慈銘云：「案晉書，峻由淮陵内史以南塘破王敦功，進使持節冠軍將軍、歷陽内史，加散騎常侍，封邵陵公。」

〔七〕臺下　指朝廷。

〔八〕横江　通鑑六一漢紀五三胡注：「横江渡在今和州，正對江南之採石，即今之楊林渡口當利浦，在今和州東十二里。」

〔九〕蔣山　通鑑九四晉紀一六胡注：「蔣山即鍾山，在今上元縣東北十八里。輿地志曰：『古曰金陵山，縣名因此。又名蔣山，漢末秣陵尉蔣子文討賊戰死於此，吴太帝爲立廟。子文祖諱鍾，因改曰蔣山。』予謂孫權祖亦諱鍾，當因是改也。」

〔一〇〕「見可而進」二句　語出左傳宣公十二年。

〔一一〕隨時之宜　即見機行事。前云「蘇峻既至石頭，百僚奔散」，人皆「知難而退」，汝何不亦奔逃避難，以保全性命耳。

〔一二〕董狐　徐箋：「春秋晉史官。左傳宣公二年：『趙穿攻靈公於桃園，宣子未出山而復。太史書曰：「趙盾弒其君。」以示於朝。孔子曰：「董狐，古之良史也，書法不隱。」』」李贄云：「可惜戴頭巾。」（初潭集君臣忠臣）

三五　庾公臨去，〔一〕顧語鍾後事，〔二〕深以相委。鍾曰：「棟折榱崩，誰之責邪？」〔三〕庾曰：「今日之事，不容復言，卿當期克復之效耳。」鍾曰：「想足下不愧荀林父耳。」〔四〕春秋傳曰：「楚莊王圍鄭，晉使荀林父率師救鄭，與楚戰於邲，晉師敗績。桓子歸，〔五〕請死。晉平公將許之，士貞子諫而止。後林父敗赤狄于曲梁，賞桓子、狄臣子室，〔六〕亦賞士伯以瓜衍之田，〔七〕曰：『吾獲狄田，〔八〕子之功也。微子，〔九〕吾喪伯氏矣。』」〔一〇〕

【校釋】

〔一〕庾公臨去　庾亮傳記蘇峻至京師，王師敗績，庾亮攜其弟懌、條、翼，南奔溫嶠。

〔二〕鍾　凌濛初云：「按此『鍾』因承上文，遂不言名字。世說原有斷而不斷之意，不得擅攙改。」

〔三〕棟折榱崩　語出左傳襄公三十一年。棟，屋梁。榱，屋椽。棟毁折、椽崩壞，比喻國家傾覆。鍾意謂朝廷傾覆，乃庾亮之責也。

〔四〕想足下不愧荀林父　劉應登云：「謂林父終以功贖敗罪也。」按，鍾雅希望庾亮如荀林父，終能以功贖罪，光復京師。

〔五〕桓子　桓，宋本誤作「佰」。下同。

〔六〕子室　子，各本作「千」。

〔七〕瓜衍之田　田，宋本作「佰」，沈校本作「縣」。王利器校：「蔣校本、沈校本『佰』作『縣』，餘本作『田』；案作『縣』是，左傳正作『縣』。」

〔八〕狄田　田，沈校本作「土」。王利器校：「左傳正是『土』字。」

〔九〕微　同「無」。

〔一〇〕伯氏　氏，宋本作「戉」。王利器校：「各本『戉』作『氏』，是；左傳正作『氏』。」

三六　蘇峻時，孔羣在横塘，爲匡術所逼。〔一〕王丞相保存術，會稽後賢記曰：「羣字敬休，〔二〕會稽山陰人。祖竺，吴豫章太守。父弈，全椒令。羣有智局，仕至御史中丞。」晉陽秋曰：「匡術爲阜陵令，逃亡無行。庾亮徵蘇峻，術勸峻誅亮。〔三〕遂與峻同反。後以宛城降。」〔四〕因衆坐戲語，令術勸羣酒，以釋横塘之憾。〔五〕羣答曰：「德非孔子，厄同匡人。〔六〕

家語曰：「孔子之宋，匡簡子以甲士圍之。子路怒，奮戟將戰。孔子止之曰：『夫詩書之不講，禮樂之不習，是丘之過也；若述先王之道而爲咎者，非丘罪也。命也夫！歌，予和汝。』子路彈劍，孔子和之。曲三終，匡人解甲罷。」雖陽和布氣，鷹化爲鳩，至於識者，猶憎其眼。」〔七〕禮記月令曰：「仲春之月，鷹化爲鳩。」鄭玄曰：「鳩，播穀也。」夏小正曰：「鷹則爲鳩。鷹也者，其殺之時也；鳩也者，非殺之時也。善變而之仁，故具之。」

【校釋】

〔一〕横塘　景定建康志一九：「横塘，案實録注，在淮水南，近陶家渚，緣江築長堤，謂之横塘。……宫苑記：『吴大帝時，自江口沿淮築堤，謂之横塘。北接柵塘，在今秦淮逕口。』」孔羣爲匡術所逼事，見本篇三八。

〔二〕敬休　徐箋：「晉書本傳作『敬林』。案『休』與『羣』義不相蒙，疑以作『林』是。」按，會稽山陰孔氏譜亦作「敬林」。

〔三〕術勸峻誅亮　徐箋：「按晉書蘇峻傳，勸峻抗命者爲任讓，非匡術。」

〔四〕宛城　王利器校：「案『宛』當作『苑』，晉書郗鑒傳：『既而錢鳳攻逼京都……議者以王含、錢鳳衆力百倍，苑城小而不固，宜及軍勢未成，大駕自出距戰。』通鑑卷九三晉紀一五載錢鳳事，注云：『苑城，蓋孫氏都秣陵所築。晉置建康于秣陵水北，南渡建都，依苑城以爲守。』字正作『苑』，不誤。若宛城，據晉書地理志下，是荆州南陽國統縣，與此地望不合。」徐箋：「景定建康志：『台城一名苑城，晉成帝咸和中，新宫成，名建康宫，即今所謂台城也。在上元縣東北五里，周八里，濠闊五丈，深七尺。』又引建康實録注：『苑城即建康宫城，吴之後苑地。』又引宫苑記云：『古台城即建康宫城，本吴後苑城，晉咸和中修繕爲宫。』」程炎震云：「晉書蘇峻傳：『峻遷天子于石頭，逼迫居人，盡聚之後苑，使懷德令匡術守苑城。』成紀：『咸和四年春正月，術以苑城歸順。』」

〔五〕勸羣酒　王刻本無「羣」字。王先謙校：「袁本作『令術勸羣酒』，此本脱。」按，據所敍情事，當作「勸羣酒」是。　王世懋云：「丞相末年，大不滿人意，在保存諸叛賊耳，渠於節義二字不大分曉。」

〔六〕「德非孔子」二句　前句指己，後句指匡術。此二句借孔子厄匡之典故，譏刺匡術在横塘逼己之事，妙語出於倉促，真可入言語之科。

〔七〕猶憎其眼　眼，晉書七八孔羣傳作「目」。且此四字下有「導有愧色」一句。　王世懋云：「正氣語，乃作爾許巧妙。」袁中道云：「妙甚。」（舌華録六俊語）世説箋本：「王制：『秋時鳩化爲鷹。』憎眼，以其鷹眼猶存也。」按，禮記月令謂「鷹化爲鳩」，王制謂「鳩化爲鷹」，蓋鷹、鳩原本一物，善變而已。孔羣以「鷹化爲鳩」爲喻，謂匡術雖善變，然有識者仍憎其鷹眼猶存。言外之意，乃微諷王導「無識」。晉書六七温嶠傳載，蘇峻平後，「峻黨路永、匡術、賈寧中塗悉以衆歸順，王導將褒顯之。嶠曰：『術輩首亂，罪莫大焉，晚雖改悟，未足以補前失。全其首領，爲幸已過，何可復寵授哉？』」孔羣「猶憎其眼」云云，實與温嶠看法相似。由此可見，對於如何處置蘇峻黨羽，王導與温嶠、孔羣顯有分歧。

三七　蘇子高事平，靈鬼志謡徵曰：「明帝初有謡曰：『高山崩，石自破。』高山，峻也。碩，峻弟也。後諸公誅峻，碩猶據石頭，潰散而逃，追斬之。」〔一〕王、庾諸公欲用孔廷尉爲丹陽。〔二〕孔坦。亂離之後，百姓彫弊。孔慨然曰：「昔肅祖臨崩，諸君親升御牀，並蒙眷識，共奉遺詔。〔三〕孔坦疏賤，不在顧命之列。既有艱難，則以微臣爲先。今猶俎上腐肉，任人膾截耳！」於是拂衣而去，諸公亦止。〔四〕按王隱晉書：「蘇峻事平，陶侃欲將坦上，用爲豫章太守。坦辭母老不行。臺以爲吴郡。吴郡多名族，而坦年少，乃授吴興内史。」不聞尹京。

【校釋】

〔一〕「明帝初有謡曰」數句　李慈銘云：「案晉書蘇峻傳，以碩爲峻子。而五行志亦載此謡，又以爲峻弟石。其謡曰：『惻惻力力，放馬山側。大馬死，小馬餓。高山崩，石自破。』大馬死者，謂明帝崩也。小馬餓者，謂成帝幼，謂峻逼遷於石頭，御膳不足也。」按，晉書六七温嶠傳、晉書一〇〇蘇峻傳均謂蘇峻弟逸，子碩。碩，通「石」。文選四二阮瑀爲曹公作書與孫權："而忍絶王命，明棄碩交。"李善注："碩與石古字通。"晉書二八五行志中所載民謡"高山崩"者，謂"蘇峻死。石自破"之"石"，即蘇峻子碩也。

〔二〕用孔廷尉爲丹陽　余箋："書鈔七六引語林曰：『蘇峻新平，温、庾諸公以朝廷初復，京尹宜得望實，唯孔君平可以處之也。』"按，晉書七成帝紀載：咸和四年（三二九）三月，蘇峻之亂初平，封陶侃、郗鑒、温嶠等功臣。王、庾諸公欲用孔坦爲丹陽尹亦當在此時。

〔三〕"昔肅祖臨崩"數句　肅祖，指晉明帝。晉書六明帝紀：太寧三年（三二五）閏月，"帝不豫，召太宰西陽王羕、司徒王導、尚書令卞壼、車騎將軍郗鑒、護軍將軍庾亮、領軍將軍陸曄、丹陽尹温嶠，並受遺詔輔太子。"

〔四〕劉辰翁云："小人語，豈識國家大體，見辱方正。"李贄云："太狠了，亦説得是也。"王世懋云："避難且懷夙憾，那得爲方正耶！注得之矣。"按，孔坦少方直，有雅望，兼長謀略，破蘇峻有功。在職以國事爲己憂，甚至臨終亦以國事爲念（見晉書本傳）。劉辰翁稱坦爲"小人語"，過矣。孔坦怨言，實情有可原。蓋在顧命之列者，歷來爲先王極信任之名臣。孔坦之前有陶侃，蘇峻作亂，温嶠要侃同赴朝廷。侃因當初明帝崩，不在顧命之列，深以爲恨，推託"不敢越居"（見晉書本傳）。坦不在顧命之列，既怀宿憾，又因其時百廢待興，京尹責任重大，故發此怨言，竟拂衣而去。

三八　孔車騎與中丞共行，孔愉別傳曰：「愉字敬康，會稽山陰人。初辟中宗參軍，討華軼有功，封餘不亭侯。〔一〕愉少時嘗得一龜，放於餘不溪中，〔二〕龜中路左顧者數過。〔三〕及後鑄印，而龜左顧，更鑄猶如此。印師以聞，愉悟，取而佩焉。累遷尚書左僕射、贈車騎將軍。」中丞，孔羣也。在御道逢匡術，賓從甚盛，因往與車騎共語。〔四〕中丞初不視，直云：「鷹化爲鳩，衆鳥猶惡其眼。〔五〕」術大怒，便欲刃之。車騎下車，抱術曰：「族弟發狂，卿爲我宥之。」始得全首領。

【校釋】

〔一〕「討華軼」二句　據通鑑八七晉紀九，永嘉五年（三一一），江州刺史華軼自以受朝廷之命，不受琅琊王司馬睿（即元帝）教令，睿遣王敦、甘卓、周訪等合兵擊滅之。事後，甘卓、周訪、陶侃皆封賞。孔愉封餘不亭侯當在同時。

〔二〕餘不溪　太平寰宇記九四：「餘不溪在縣東二十四里。餘不溪者，其水清，與餘杭水不類也，如會稽秦望，其山秀發，餘山無與等也。」大明一統志四〇：「餘不溪在德清縣南，其水清徹，餘溪則不，故名。」

〔三〕中路　王刻本作「於路」。按，作「中路」較勝，太平寰宇記九四作「中流」，更佳。左顧，余箋：「范成大驂鸞録云：『宿德清縣，泊舟左顧亭。左顧亭者，孔愉放龜處。亭前兩大枯木，可千年。孔侯墓廟在焉。廟居墓前，與其夫人像皆盤膝坐，蓋是几席未廢時所作。』」

〔四〕往　徐箋：「『因往與車騎共語』之『往』疑當作『住』，與晉書『止與語』之『止』字同義。」按，徐箋是。

〔五〕「鷹化爲鳩」二句　王世懋云：「此語不當重出。」余箋：「此與上『孔羣在横塘』一條，即一事而傳聞異詞。觀其兩條，皆以鷹化爲鳩爲言，則當同在峻敗術降之後。」余箋又謂晉書不悟世説傳疑之意，乃合二事爲一；又删去「鷹化爲鳩，衆鳥猶惡其眼」二語以泯其跡，不欲有所取捨，爲此彌縫之術云云。按，余箋可商。此條所記之事，當在蘇峻得志而匡術爲峻心腹時。晉書七八孔羣傳曰：「蘇峻入石頭，時匡術有寵於峻，賓從甚盛。」考晉書七成帝紀，咸和三年（三二八）二月，王師敗績，蘇峻入宫，矯詔大赦。匡術乃慫恿峻作亂之謀主，故有「賓從甚盛」之威勢。孔羣兄弟不意與匡術相遇横塘，而羣蔑視之，以致匡欲刃之。本篇三六謂「蘇峻時，孔羣在横塘，爲匡術所逼」數句，正是本條所記情事。本篇三六記王導令匡術勸酒，以釋横塘之憾，其事發生於後。二條所記顯屬二事，並非「一事而傳聞異詞」。孔羣不視匡術，因匡乃亂臣賊子，以見羣之「方正」也。而「鷹化爲鳩，衆鳥猶惡其眼」二語，乃世説不悟而誤記，非如余箋所謂「傳疑」。晉書發現世説所記前後矛盾，删去此條「鷹化」二語，正是「有所取捨」耳。

三九　梅頤嘗有惠於陶公，後爲豫章太守，〔一〕有事，王丞相遣收之。侃曰：「天子富於春秋，萬機自諸侯出，王公既得録，陶公何爲不可放？」乃遣人於江口奪之。晉諸公贊曰：「頤字仲真，汝南西平人。少好學隱退，〔二〕而求實進止。」〔三〕永嘉流人名曰：「頤，領軍司馬。頤弟陶，字叔真。」〔四〕鄧粲晉紀曰：「初，有譖侃於王敦者，〔五〕乃以從弟廙代侃爲荆州，左遷侃廣州。侃文武距廙而求侃，敦聞大怒。及侃將莅廣州，〔六〕過敦，敦陳兵欲害侃。敦咨議參軍梅陶諫敦，乃止，厚禮而遣之。」王隱晉書亦同。按二書所敍，則有惠於陶是梅陶，非頤也。〔七〕頤見陶公，拜，陶公止之。頤曰：「梅仲真膝，明日豈可復屈邪？」〔八〕

【校釋】

〔一〕「梅頤」二句　程炎震云：「梅頤當作梅賾。尚書舜典孔疏云：『東晉之初，豫章内史梅賾上孔氏傳。』阮元校勘記：『梅賾，元王天與尚書纂傳作梅頤』，是其例矣。隋書經籍志亦作梅賾。虞書孔疏又引晉書：晉太保公鄭沖以古文授扶風蘇愉，愉字休預。預授天水梁柳，字洪季，即皇甫謐外弟也。季授城陽臧曹，字彦始。始授郡守子汝南梅賾，字仲真，真爲豫章内史。知賾之父嘗爲城陽太守也。」余箋：「隋書經籍志、尚書虞書孔疏及經典釋文序録均作豫章内史。至其姓名，則孔疏作梅賾，釋文作枚賾。」曹道衡、沈玉成中古文學史料叢考「梅陶行事」條云：「按，孝標之説是也。唐修晉書多本臧榮绪書，上引所記梅陶諫王敦殺陶侃事，同鄧、王一書。世說記作梅頤，當屬傳聞所誤。又梅頤，或謂即獻尚書僞孔傳之梅賾。頤、賾形近，前人考校頗有異說，已難判定。」按，孝標注、通鑑、叢考以及余箋（見下）據鄧粲晉紀、王隱晉書，皆以爲有惠於陶侃者乃梅陶，其說可從。

〔二〕好學　好，宋本作「以」。沈校本無「好」字。

〔三〕求實　求，宋本、沈校本作「才」。按，作「才」較勝。才實，謂才能真實之人。晉書四五劉毅傳：「今之中正，不精才實。」

〔四〕頤弟陶　宋本、沈校本無「陶」字。

〔五〕譖　原作「讚」，王刻本亦作「讚」。宋本作「譖」。王先謙校：「按『讚』當作『譖』，於文義乃合。」按，王說是，「讚」爲形誤，據宋本改。通鑑八九晉紀一一載：建興三年（三一五），荆州刺史陶侃破杜弢，王敦嬖人吴興錢鳳疾陶侃之功，屢毀之。「有譖侃於王敦者」即指錢鳳。

〔六〕及侃　及下宋本有「令」字。

〔七〕「則有惠」二句　余箋：「今晉書陶侃傳曰：『敦將殺侃，諮議參軍梅陶、長史陳頒言於敦曰：「周訪與侃親姻，如左右手。安有斷人左手，而右手不應者乎？」敦意遂解。於是設盛饌而餞之。』與鄧粲、王隱書並合。蓋有惠于陶公者，自是梅叔真。」

〔八〕「梅仲真膝」二句　意謂我之膝，今日乃爲陶公而屈，明日便不可復屈矣。劉辰翁云：「其感激不輕，復自有佳處。」王世懋云：「王、陶二公當亂後欺幼主，擅收擅奪，無所可紀。梅既是陶私人，放免而拜，雖有是言，寧便足稱方正？」按，梅陶曾有惠于陶侃，梅有難，侃報答之。此事列入方正，確爲勉强。味其意，義慶視梅爲方正，或許是梅表白自己不會輕易屈膝之故耳。

四〇　王丞相作女伎，施設牀席。蔡公先在坐，不説而去，王亦不留。〔一〕蔡司徒别傳曰：「謨字道明，濟陽考城人。〔二〕博學有識，避地江左，歷左光禄、録尚書事、揚州刺史。薨，贈司空。」

【校釋】

〔一〕「王丞相作女伎」數句　魏晉上流社會喜好女伎成風，享受歌舞美餐、女色盛宴。王導乃當時重臣，然具大名士本色，清言、圍棋、畜妓、納妾，無一不涉。而蔡謨作風保守古板，晉書七七蔡謨傳言「謨性方雅」，「又篤慎，每事必爲過防」，是一儒雅、方正、慎獨之士，故仍視女伎爲鄭聲，見丞相作伎，不説而去。王導則因蔡謨殊少風流，不解藝術化人生，故亦不留。可見風流名士與嚴肅端方之士，生活情趣終究不相得。寥寥幾句，寫出截然相反之兩種審美趣味。李贄云：「無味。」若謂蔡謨爲「無味」，則謨真無味矣。

〔二〕濟陽考城人　徐箋：「晉書蔡謨傳作『陳留考城人』。輕詆六注引晉諸公贊曰：『充字子尼，陳留雍丘人。』充（晉書作克），謨之父。案晉書地理志，濟陽、陳留均無考城，有雍丘，屬陳留國。晉書考異曰：『惠帝分陳留爲濟陽國，領濟陽、考城諸縣，晉書亦失書。』則作『濟陽考城人』是也。」

四一　何次道、庾季堅二人並爲元輔。〔一〕晉陽秋曰：「庾冰字季堅，太尉亮之弟也。少有檢操，兄亮常器之，曰：『吾家晏平仲。』累遷車騎將軍、江州刺史。」成帝初崩，于時嗣君未定，何欲立嗣子，庾及朝議以外寇方强，嗣子沖幼，乃立康帝。〔二〕中興書曰：「帝諱岳，字世同，成帝同母弟也。成帝崩，即位，年二十二。」康帝登阼，會羣臣，謂何曰：「朕今所以承大業，爲誰之議？」何答曰：「陛下龍飛，此是庾冰之功，非臣之力。于時用微臣之議，今不覩盛明之世。」〔三〕晉陽秋曰：「初，顯宗臨崩，庾冰議立長君，何充謂宜奉皇子。争之不得，充不自安，求處外任。〔四〕及冰出鎮武昌，〔五〕充自京馳還，言於帝曰：『冰不宜出，昔年陛下龍飛，使晉德再隆者，冰之勳也，臣無與焉。』」〔六〕帝有慚色。

【校釋】

〔一〕「何次道」句　晉書七成帝紀：咸康八年（三四二）六月，成帝臨終前下詔，「以武陵王晞、會稽王昱、中書監庾冰、中書令何充、尚書令諸葛恢並受顧命。」

〔二〕乃立康帝　通鑑九七晉紀一九：咸康八年六月，「庾冰自以兄弟秉權日久，恐易世之後，親屬愈疏，爲他人所間，每説帝以國有强敵，宜立長君，請以母弟琅琊王岳爲嗣，帝許之。中書令何充曰：『父子相傳，先王舊典，易之者鮮不致亂。故武王不授聖弟，非不愛也。今琅琊王踐阼，將如孺子何？』冰不聽，下詔以岳爲嗣。」按，庾冰爲明帝明穆庾皇后之兄，成帝、康帝之舅。庾冰堅持立琅琊王岳，乃出於固寵專權考慮。

〔三〕盛明　盛，沈校本作「聖」。

〔四〕「充不自安」二句　通鑑九七晉紀一九：咸康八年七月，以充爲驃騎將軍，都督徐州、揚州之晉陵諸軍事，領徐州刺史，鎮京口，避諸庾也。

〔五〕冰出鎮武昌　通鑑九七晉紀一九：「建元元年七月，以冰都督荆、江、寧、益、梁、交、廣七州，豫州之四郡諸軍事，領江州刺史，假節鎮武昌。」

〔六〕「充自京馳還」數句　晉書七七何充傳：「充居宰相，雖無澄正改革之能，而彊力有器局，臨朝正色，以社稷爲己任，凡所選用，皆以功臣爲先，不以私恩樹親戚，談者以此重之。」按，世説此條所記，即充本傳所謂「臨朝正色」，此乃「方正」内涵之一義。

四二　江僕射年少，王丞相呼與共棋。〔一〕王手嘗不如兩道許，〔二〕而欲敵道戲，〔三〕試以觀之。江不即下，〔四〕王曰：「君何以不行？」江曰：「恐不得爾。」〔五〕徐廣晉紀曰：「江虨字思玄，陳留人。博學知名，兼善弈，爲中興之冠。累遷尚書左僕射、護軍將軍。」傍有客曰：「此年少戲迺不惡。」〔六〕王徐舉首曰：「此年少非唯圍棋見勝。」范汪棋品曰：「虨與王恬等，棋第一品，〔七〕導第五品。」

【校釋】

〔一〕「江僕射」二句　程炎震云：「晉書不載思玄之年。據其弟思悛永和九年卒，年四十九，蓋導年大三十餘歲，然未必是導爲丞相時方共棋也。」

〔二〕「王手嘗」句　手，指技藝。見雅量二三校釋。道，棋枰上線道，以布棋子。文選韋昭博弈論李善注引桓譚新論：「及爲之上者，張置疏遠，多得道而爲勝。」又注引邯鄲淳藝經曰：「棋局從横各十七道，合二百八十九道，白黑棋子各一百五十枚。」按，王手嘗不如兩道許，猶言王棋藝與江之差距大約二目(子)。

〔三〕敵道戲　徐箋：「謂不求饒讓，敵道猶對等也。」

〔四〕江不即下　因江知己之棋藝勝王丞相二子，故不肯行子。

〔五〕恐不得爾　義猶恐不能耳。因江若行子，王必輸，故云。

〔六〕「傍有客曰」二句　江虨棋藝雖高，然能謙讓，給人面子而出於藴藉之語，故客云。

〔七〕汪藻考異注：「（江）虨少博學，善弈，爲江左第一。」德行二九汪藻考異注：「（王恬）善弈，江左第一。」

四三　孔君平疾篤，〔一〕庾司空爲會稽，省之。庾冰。相問訊甚至，爲之流涕。庾既下牀，孔慨然曰：「大丈夫將終，不問安國寧家之術，迺作兒女子相問！」庾聞，回謝之，〔二〕請其話言。〔三〕王隱晉書曰：「坦方直而有雅望。」

【校釋】

〔一〕孔君平疾篤　程炎震云：「晉書坦傳：年五十一，不云卒于何年。蓋在咸康二年以後，六年以前。」按，晉書七三庾冰傳敍司空郗鑒請爲長史，不就。出補振威將軍、會稽内史。據成帝紀，咸康四年五月，司空郗鑒爲太尉，庾亮爲司空。則庾冰不就郗鑒長史，出補會稽内史，必在郗鑒改授太尉之前。此云庾司空爲會稽，省孔坦，則坦疾篤及庾冰省視，最有可能在咸康三四年間。

〔二〕回謝之　回，宋本、沈校本並作「迴」。謝，道歉。戰國策秦策一：「嫂蛇行匍伏，四拜，自跪而謝。」

〔三〕話言　美善之言。詩大雅抑：「其維哲人，告之話言，順德之行。」毛傳：「話言，古之善言也。」或釋「話言」爲「臨終遺言」，不妥。劉辰翁云：「此卻非周嵩比，惜不見話言以下。」

四四　桓大司馬詣劉尹，臥不起。桓彎彈彈劉枕，丸迸碎牀褥間。〔一〕劉作色而起曰：「使君，如馨地，〔二〕寧可鬪戰求勝？」〔三〕中興書曰：「温曾爲徐州刺史，沛國屬徐州，故呼温使君。鬪戰者，以温爲將也。」桓甚有恨容。〔四〕劉尹，真長，〔五〕已見。

【校釋】

〔一〕「桓彎彈」二句　漢晉間貴遊子弟挾彈遨遊，是爲風氣。王符潛夫論三浮侈篇歷數漢末浮侈之風，其一即是挾彈：「懷丸挾彈，攜手遨遊，或取好土作丸賣之。夫彈外不可以禦寇，內不足以禁鼠，晉靈好之以增其惡，未嘗聞志義之士喜操以遊者也。唯無心之人，羣豎小子，接而持之，妄彈鳥雀，百發不得一，而反中面目，此最無用而有害也。」容止七：「潘岳妙有姿容，好神情，少時挾彈出洛陽道。」晉書一〇六石季龍傳：「尤善彈，數彈人，軍中以爲毒患。」藝文類聚四二梁簡文帝洛陽道詩：「遊童時挾彈，蠶妾始提筐。」桓温自少與劉惔友善，故有此出格行爲，未必欲傷害惔也。

〔二〕如馨地　劉辰翁云：「如怒如笑。『如馨』，即『如此』。」按，劉説是。地，殷正林謂作詞尾，作狀語，並舉搜神記爲證：「祐知其爲鬼神曰：『不幸疾篤，死在旦夕，遭卿，以生命相托。』答曰：『吾今見領兵三千，須卿，得度簿相付。如此地難得，不宜辭之。』『地』在句中作狀語的語尾。」（世説新語中所反映的魏晉時期的新詞和新義，語言學論叢第一二輯，商務印書館，一九八四年）

〔三〕寧可鬭戰求勝　世説補考：「言如此地，當以文雅相待也，何可以武暴求勝邪？蓋譏桓温無文雅也。鱗云：『此暗中其不臣之心也。』謬矣。」寧，世説箋本：「『寧，訓『那』』。將，兵將也。」楊箋：「太和四年，桓温與前燕戰，温敗於枋頭，聲譽日下，常懷雪恥無時，而劉惔此語，正觸其怒。」張萬起、劉尚慈譯注同楊箋。按，劉惔卒于穆帝永和四五年間（參見德行三五校釋），距太和四年（三六九）已有二十餘年矣。孝標注引中興書謂温曾爲徐州刺史，故呼温爲使君。考晉書八穆帝紀，建元元年（三四三）以琅邪内史桓温都督青、徐、兗三州諸軍事，徐州刺史。則桓温彎弓彈劉尹事，必在温爲徐州刺史時。楊箋誤。

〔四〕恨容　失悔之容。恨，悔恨也。

〔五〕真長　已見德行三五。

四五　後來年少，多有道深公者。〔一〕深公謂曰：「黄吻年少，勿爲評論宿士。昔嘗與元明二帝、王庾二公周旋。」〔二〕高逸沙門傳曰：「晉元、明二帝游心玄虚，託情道味，以賓友禮待法師。王公、庾公傾心側席，好同臭味也。」

【校釋】

〔一〕深公　德行三〇：「桓常侍聞人道深公者，輒曰：『此公既有宿名，加先達知稱，又與先人至交，不宜說之。』」內容與此條相印證，唯桓常侍易爲深公耳。此「深公」不誤，即竺法深也。至於深公何以遭人評論及評論內容，已不可考矣。

〔二〕王庾二公　指王導、庾亮。高僧傳四竺法深傳謂丞相王導、太尉庾元規並欽其風德。劉辰翁云：「此語可，第深公自道不可。」王思任云：「自道不可，然以道惡少亦自可。」王世懋云：「道人乃借人主名卿拒人，口吻寧是『方正』？」

四六　王中郎年少時，坦之已見。〔一〕江虨爲僕射領選，欲擬之爲尚書郎。〔二〕有語王者，王曰：「自過江來，尚書郎正用第二人，何得擬我？」〔三〕江聞而止。按王彪之別傳曰：「彪之從伯導謂彪之曰：『選曹舉汝爲尚書郎，幸可作諸王佐邪？』」此知郎官，寒素之品也。〔四〕

【校釋】

〔一〕坦之　已見言語七二。

〔二〕「江虨」二句　程炎震云：「晉書虨傳云：代王彪之爲尚書僕射，則在升平三四年間，坦之年出三十，不爲少矣。晉書坦之傳敍此於爲撫軍掾之前，蓋誤。」按，晉書七六王彪之傳謂彪之復轉尚書僕射，時豫州刺史謝奕卒。據晉書八穆帝紀，謝奕卒於升平二年（三五八）秋八月，則江虨代王彪之必當在此年之後。另據晉書七五王坦之傳，坦之卒時年四十六，其時桓温已死。温卒于寧康元年（三七三），而坦之卒年更在其後。以此推之，江虨欲擬坦之爲尚書郎，固年出三十矣。程説是。

〔三〕「自過江來」三句　王世懋云：「王氏有名者，初出多爲秘書郎，故以尚書郎爲第二人。」袁中道云：「坦之自負爲第一流人。」余箋：「晉書王國寶傳：『婦父謝安，惡其傾側，每抑而不用。除尚書郎，國寶以中興膏腴之族，惟作吏郎，不爲餘曹郎，甚怨望，固辭不拜。』正可與此條互證。」正用第二人，徐箋：「謂止用第二流人。晉人重門第，故以第二流目寒素。」

〔四〕「此知郎官」二句　余箋謂過江之後，膏粱子弟薄尚書郎而不爲，「蓋自中朝名士王衍之徒，祖尚浮虛，不以物務自嬰，轉相放效，習成風俗。以遺事爲高，以任職爲俗，江左偏安，此弊未改。尚書諸曹郎，主文書起草（見漢、晉志），無吏部之權勢，而有刀筆之煩，故名士之所不屑。……坦之嘗著廢莊之論，非不欲了公事者，然以世族例不爲此官，亦拂然拒之矣。」按，魏晉之前尚書郎本是清顯之職，例後漢書五八虞詡傳載詡上言曰：「臺郎顯職，仕之通階。」魏晉之後，高門世族不願居臺郎，惟吏部郎尚可爲之，蓋操進退士人之實權也。宋書五九江智淵傳：「時高流官序，不爲臺郎，智淵門孤援寡，獨有此選，意甚不説，固辭不肯拜。」顔氏家訓四涉務篇：「晉朝南渡，優假士族，故江南冠帶有才幹者擢爲令僕已下，尚書郎、中書舍人已上，典掌機要。」此亦可證自東晉之後，甲族或才智傑出之士，恥作尚書郎。

四七　王述轉尚書令，事行便拜。〔一〕文度曰：「故應讓杜許。」〔二〕藍田云：「汝謂我堪此不？」文度曰：「何爲不堪，但克讓自是美事，恐不可闕。」〔三〕藍田慨然曰：「既云堪，何爲復讓？人言汝勝我，定不如我。」〔四〕述別傳曰：「述常以謂人之處世，當先量己而後動，義無虚讓，是以應辭便當固執。〔五〕其貞正不踰皆此類。」

【校釋】

〔一〕「王述」二句　程炎震云：「哀帝興寧二年五月，述自揚州爲尚書令、衛將軍，以桓温牧揚州，徙避之也。」晉書七五王述傳：「述每受職，不爲虚讓。」「事行便拜」即不「虚讓」。

〔二〕應讓杜許　劉盼遂云：「杜許未詳。晉書王述傳作『坦之諫之，以爲故事應讓』。」徐箋：「杜許，孝標無注，不詳何人。晉書王述傳但言坦之諫以爲故事應讓，不言讓何人。」湯亞平世説新語札記二則以爲「杜許不是王文度説的話，而是獨立的一個短句」，「杜是動詞，意爲『關閉』、『堵塞』……杜許就是關閉住所」（湘潭大學學報，一九八八年第三期）。楊箋從湯説，於「應讓」二字下斷句。張萬起、劉尚慈譯注譯此句爲「本來應該謙讓給杜、許」。注云：「杜、許，不詳何人。」以爲杜、許爲二人。董志翹世説新語疑難詞語考索則謂「讓杜」可以連文，是同義復詞，乃「推讓拒絶」之義，「許」爲句末語氣詞，相當於「呵」。董氏又舉樂府詩集懊儂歌中「懊儂奈何許」等例，以證「許」字常用於語尾，表示感歎語氣。（詳見古漢語研究，二〇〇七年第二期）按，董説可從。

〔三〕「但克讓」二句　尚書堯典：「允恭克讓。」孔安國傳：「克，能。」周易彖辭一九：「體謙之道，允恭克讓。」論語里仁：「子曰：『能以禮讓爲國乎，何有？不能以禮讓爲國，如禮何？』」晉書五二阮種傳：「故上有克讓之風，則下有不争之俗。」晉書六一周浚傳：「書貴克讓，易大謙光，斯古文所詠，道家所崇。」晉書三五裴頠傳：「每授一職，未嘗不殷勤固讓。」晉書七五王坦之傳載坦之與殷康子書論公謙之義，以爲「君子所居，而每加損焉」，亦見其服膺先聖謙讓之教。南齊書四七謝朓傳載，沈約曰：「近世小官，不讓遂成恒俗，恐此有乖讓意。王藍田、劉安西並貴重，初不自讓，今豈可慕此不讓邪？」以上皆證授官謙讓乃成故事，故至齊世，王藍田不讓仍遭非議。

〔四〕「既云堪」數句　劉辰翁云：「乃盛德語，亦取其真耳。」按，賞譽七八謝安稱藍田「掇皮皆真」，同篇九一簡文道藍田「直以真率少許，便足對人多多許」。王述個性真率，自以爲能堪吏職，遂不作克讓之虛應故事。

〔五〕「述常以」數句　王述受職之前先考量己能否勝任，若能，便不虚讓；若不堪，便固辭不就。父子作風不同，遂生衝突。

四八　孫興公作庾公誄，〔一〕文多託寄之辭。〔二〕綽集載誄文曰：「咨予與公，風流同歸。擬量託情，視公猶師。君子之交，相與無私。虚中納是，吐誠誨非。〔三〕雖實不敏，敬佩弦韋。〔四〕永戢話言，口誦心悲。」既成，示庾道恩。庾見，慨然送還之，曰：「先君與君，自不至於此。」〔五〕道恩，庾羲小字。徐廣晉紀曰：「羲字叔和，〔六〕太尉亮第三子，〔七〕拔尚率到。位建威將軍、吴國内史。」〔八〕

【校釋】

〔一〕庾公誄　程炎震云：「咸康六年，庾亮卒。」

〔二〕託寄之辭　指依傍誄文美化自己之辭。按，魏晉碑誄作者，孫綽享有盛名。晉書本傳云：「綽少以文才垂稱，於時文士，綽爲其冠。温、王、郗、庾諸公之薨，必須綽爲碑文，然後刊石焉。」文心雕龍誄碑敍蔡邕、孔融後，即論孫綽云：「及孫綽爲文，志在於碑，温、王、郗、庾，辭多枝雜，桓彝一篇，最爲辨裁矣。」

〔三〕誨非　誨，王刻本作「悔」。王先謙校：「誨非，猶云規過，此本作『悔』蓋誤。」

〔四〕敬佩弦韋　韓非子八觀行：「西門豹之性急，故佩韋以緩己；董安于之心緩，故佩弦以自急。」

〔五〕「庾見」數句　劉應登云：「惡其自托讒交。」王敬美云：「孫多穢行，故累受此辱。」按，王説是。輕詆二二記孫綽作王長史誄，亦遭王恭譏嘲。孫綽有才無德，作庾公誄云「咨予與公，風流同歸」，「君子之交，相與無私」，乃借讚美庾亮，美化自己爲風流君子。庾羲一眼覷破此「託寄之辭」，故慨然送還之，並謂誄文不實。

〔六〕叔和　潁川鄢陵庾氏譜作「羲叔」。楊箋：「以兄會字會宗，弟龢字道季推之，則當作羲叔是。」

〔七〕太尉　原作「太和」。宋本、沈校本並作「太尉」，王刻本作「太保」。王先謙校：「按本書注多稱亮爲太尉。晉書庾亮傳亦云追贈太尉，則太和、太保均非。」按，王説是，今據改。

〔八〕内史　史，宋本誤作「中」。

四九　王長史求東陽，〔一〕撫軍不用。簡文。後疾篤，臨終，〔二〕撫軍哀歎曰：「吾將負仲祖。」於此命用之。長史曰：「人言會稽王癡，真癡。」〔三〕王濛已見。〔四〕

【校釋】

〔一〕王長史求東陽　事見政事二一。

〔二〕臨終　程炎震云：「法書要録九載張懷瓘書斷云：『濛以永和三年卒，年三十九。』」

〔三〕「人言」二句　王世懋云：「此何與方正？」陳夢槐云：「『癡』字真哀歎，忽至即死，猶當命之，況及臨終？撫軍真屬情癡。」按，陳夢槐評會稽王爲「情癡」，頗中肯。深情至於執迷，此爲癡；非作愚昧解也。

〔四〕王濛　已見言語六六。

五〇　劉簡作桓宣武别駕，後爲東曹參軍。劉氏譜曰：「簡字仲約，南陽人。祖喬，豫州刺史，父挺，潁川太守。簡仕至大司馬參軍。」〔一〕頗以剛直見疏。嘗聽記，〔二〕簡都無言。宣武問：「劉東曹何以不下意？」答曰：「會不能用。」〔三〕宣武亦無怪色。〔四〕

【校釋】

〔一〕「簡字仲約」數句　余箋：「唐書宰相世系表：南陽劉氏，出自長沙定王，生安衆康侯丹。裔孫廙，字恭嗣，關内侯，無子，以弟子阜嗣。阜字伯陵，陳留太守。生喬，字仲彦，晉太傅軍謀祭酒。生挺，潁川太守，二子簡、耽。嘉錫案：晉書劉喬傳只云子挺，挺子耽，竟不及簡，此可補其闕。」　挺，宋本、沈校本作「挺」，王刻本作「珽」。按，當從晉書六一劉喬傳作「挺」。

〔二〕聽記　記，宋本、沈校本作「訊」。徐箋：「按作『記』似不誤。漢書何武傳：『出記問墾田畝數，五穀美惡。』師古曰：『記謂教命之書。』後漢書法雄傳：『乃移書屬縣曰：凡虎狼之在山林，猶人之居城市。古者至化之世，猛獸不擾，皆由恩義寬澤，仁及飛走。太守雖不德，敢忘斯義。記到，其毀壞檻穽，不得妄捕山林。』」按，徐箋是。記，公牘；札子。聽記，指官員聽讀公牘、文書，作斟酌或修改。

〔三〕會不能用　楊箋：「會，副詞，反正，終將，終究，終歸也。魏書儒林傳：『此輩會是衰頓，何煩勞也。』規箴二五：『會當被縛。』賢媛一五：『會無婚處。』」按，楊箋是。又古詩爲焦仲卿妻作：「吾已失恩義，會不相從許。」杜甫望嶽詩：「會當凌絶頂，一覽衆山小。」會不能用，謂我下意亦終當不用。

〔四〕宣武亦無怪色　劉簡既以剛直見疏，而桓温又剛愎自用，簡即使下意，温亦必不用。簡「會不能用」之答，正道出實情，猶當今所謂「假民主」也。劉簡實話實説，而宣武畢竟能容人，故無怪色也。

五一　劉真長、王仲祖共行，日旰未食，有相識小人貽其餐，肴案甚盛，真長辭焉。仲祖曰：「聊以充虛，何苦辭？」真長曰：「小人都不可與作緣。」〔一〕

〔一〕孔子稱：「唯女子與小人爲難養，近之則不遜，遠之則怨。」劉尹之意，蓋從此言也。

【校釋】

〔一〕小人　徐箋：「小人，晉人每以門第自驕，士族階級對普通百姓，皆目之爲小人，不與交接。……下文『作緣』猶言來往，猶今語之『打交道』。」楊箋略同。按，晉人固以門第自驕，然謂對普通百姓，皆目之或稱之爲小人，實無依據。晉書六六陶侃傳載：侃曰：「昔殷融爲君子，王章爲小人；今王章爲君子，殷融爲小人。」晉書三七譙剛王遜傳附忠王尚之傳：「張法順驅走小人，有何才異，而暴被拔擢。」上文所稱之小人，皆非普通百姓。疑劉惔所稱之小人，亦指人品低下者，與君子相對。既能辨「肴案甚盛」，當非普通百姓。又，由劉惔、王濛之言，可見出二人個性不同。王濛個性寬容，晉書本傳言其「虚己應物，恕而後行」，孫綽稱濛性「和暢」，故以爲不應苦辭他人所貽之餐。劉惔則是當時名士中最喜高自標置者，區分流品之畛域尤嚴，素來出言刻薄不饒人，故稱人家「小人」，斷然拒絶別人善意。

五二　王脩齡嘗在東山，甚貧乏。司州已見。〔一〕陶胡奴爲烏程令。胡奴，陶範小字也。陶侃别傳曰：「範字道則，侃第十子也。侃諸子中最知名，歷尚書、秘書監。」何法盛以爲第九子。送一船米遺之，卻不肯取，直答語：「王脩齡若飢，自當就謝仁祖索食，〔二〕不須陶胡奴米。」〔三〕

【校釋】

〔一〕司州　指王胡之，已見言語八一。

〔二〕謝仁祖　祖，宋本誤作「袓」。

〔三〕劉應登云：「惡其人，卻其物。」沈作喆寓簡六：「彼以善意來，勿受則已矣，而戾氣以詬之，是爲傲物無禮甚矣。……處世接物不當如此。」余箋：「侃別傳及今晉書均言範最知名，不知其人以何事得罪於清議，致脩齡拒之如此之甚。疑因陶氏本出寒門，士行雖立大功，而王、謝家兒不免猶以老兵視之。其子夏、斌復不肖，同室操戈，以取大戮。故脩齡羞與範爲伍。于此可見晉人流品之嚴，而寒士欲立門户爲士大夫，亦至不易矣。賞譽篇曰：『謝太傅語真長：「阿齡於此事，故欲太厲。」劉曰：「亦名士之高操者。」』觀脩齡之拒胡奴，殆所謂風操太厲者歟？」按，脩齡拒胡奴贈米，非是處世接物不當禮義，亦非胡奴得罪于清議，而是胡奴本出寒門，余箋以爲「于此可見晉人流品之嚴」，其言甚是。晉書五一皇甫謐傳：「君子小人，禮不同器。」晉書五七吾彥傳載：彥爲交州刺史，「重餉陸機兄弟，機將受之，雲曰：『彥本微賤，爲先公所拔，而答詔不善，安可受之！』機乃止。因此每毀之。」脩齡拒胡奴，其事正與二陸拒吾彥重餉相似。

五三　阮光禄　阮裕，已見。〔一〕赴山陵，〔二〕至都不往殷、劉許，〔三〕過事便還。

諸人相與追之。既亦知時流必當逐己，〔四〕乃遄疾而去，〔五〕至方山不相及。〔六〕中興書曰：「裕終日頽然，無所錯綜，而物自宗之。」劉尹時爲會稽，〔七〕乃歎曰：「我入當泊安石渚下耳，不敢復近思曠傍，〔八〕伊便能捉杖打人，不易。」〔九〕

【校釋】

〔一〕阮裕　已見德行三二。

〔二〕赴山陵　程炎震云：「晉書裕傳云：『成帝崩，裕赴山陵。』康帝紀：咸康八年七月，葬成帝于興平陵。」

〔三〕殷劉　指殷浩與劉惔。按，據晉書七七殷浩傳，浩應召爲揚州刺史在建元初。通鑑九七晉紀一九載：建元元年，浩累辭徵辟，屏居墓所，幾將十年。謝尚、王濛知浩志確然不移，相謂曰：「深源不起，當如蒼生乎？」此亦可見其時殷浩未就徵召。

〔四〕既亦知　既，沈校本、王刻本並作「阮」。徐箋：「沈校本作『阮』，是，晉書本傳作『裕』。」按，此作「阮」是。

〔五〕遄疾　楊箋：「同義連文，猶遄速也。詩鄘風相鼠：『胡不遄死。』毛傳：『遄，速也。』」按，楊箋是。毛詩注疏一〇鄭玄注：「激揚之水，激流湍疾。」禹貢説斷一：「江漢朝宗於海。」鄭氏曰：「江水，漢水，其流湍疾。」湍疾而去，即隱含乘急流疾速離去之意。阮裕知時流必當逐己，故急欲脱身歸會稽。

〔六〕方山　程炎震云：「文選二〇謝靈運鄰里相送方山詩注引丹陽郡圖經曰：『方山在江寧縣東五十里，下有湖水，舊揚州有四津，方山爲東，石頭爲西。』」

〔七〕時爲　爲，宋本、沈校本作「索」。程炎震云：「『劉尹時爲會稽』，『爲』，宋本作『索』，是也。我入云云，是自揣到官後之詞，若已爲會稽，則不作是語矣。康帝之初，何充當國，與惔好尚不同，或求而不得，故晉書惔傳不言爲會稽也。裕傳亦取此事，而删此句，但言劉惔歎曰云云，語妙全失。」余箋：「晉書阮裕傳云：『家居會稽剡縣。尋徵侍中，不就。還剡山，有肥遁之志。』其下即敍赴山陵之事。又云：『在東山久之，經年敦逼，並無所就。御史中丞周閔奏裕及謝安違詔累載，並應有罪，禁錮終身。詔書貰之。』謝安傳亦云：『寓居會稽，與王羲之及高陽許詢、桑門支遁遊處。出則漁弋山水，入則言詠屬文，無處世意。有司奏安被召歷年不至，禁錮終身。』以此二傳互證，知阮、謝同時隱居會稽，方思曠赴陵還剡之日，亦正安石高卧東山之時。故真長發爲此歎。其所以言惟當泊安石渚下，不敢近思曠者，蓋安石爲真長妹婿，且其平日攜妓遊賞，與人同樂，固自和易近人。而思曠則務遠時流，沈冥獨往故也。後來兩人出處殊途，亦可於此觀之矣。」按，余箋釋真長之歎，能洞見事情原委。劉惔正索會稽，而阮裕急欲逃仕，志尚殊途，故惔「不敢復近思曠傍」。劉辰翁云：「更無倫理。」似譏阮裕舉動不合人情禮儀，實未解裕之肥遁之志也。

〔八〕「我入」二句　徐箋：「『我入』下晉書有『東』字，當據補。東指會稽。時阮裕居剡山，謝安方隱居東山，並在會稽，故云：『我入東，當泊安石渚下耳，不敢復近思曠傍。』『東』字疑傳刻誤脱。」　世説箋本：「時阮居剡縣，故言我入剡縣則泊安石渚下，不與阮相近，以其能打人，不可向近也。」

〔九〕不易　世説音釋：「言不易抵擋也。」世説抄撮：「余謂『易』去聲。不易，言豈不易也，謂勢之將然也。」世説箋本：「此二字衍。」楊箋：「不易，不輕。」按，易，改易之易。不易，不改易，即打人不停。阮裕捉杖打人，蓋有人勸其應詔出仕也。

五四　王、劉與桓公共至覆舟山看。〔一〕酒酣後，劉牽腳加桓公頸。桓公甚不堪，舉手撥去。既還，王長史語劉曰：「伊詎可以形色加人不？」〔二〕温别傳曰：「温有豪邁風氣也。」

【校釋】

〔一〕覆舟山　世説音釋：「水經注曰：『上虞縣之東郭外有斂浦，湖中有大獨、小獨二山，又有覆舟山。』」徐箋：「元和郡縣誌：『覆舟山，鍾山西足也，形如覆舟，故名。』方輿勝覽：『覆舟山東連鍾山，北臨玄武湖，宋元嘉中，嘗改名玄武山。』」按，考桓温行事，似從未至上虞縣。此覆舟山，當在京師，徐箋是。又，王、劉與桓温共至覆舟山之時間，最有可能在温選尚南康公主，拜駙馬都尉時。王濛卒於永和三年（三四七），不久劉惔亦卒。則其事當在永和初或更早。其時桓温尚未有盛名，而劉惔與之友善，故酒酣後以腳加温頸上。

〔二〕「伊詎」句　世說抄撮：「形色與聲色意同。渠寧可以形色加諸人乎？『不』字只作『乎』義看。它亦有之。『不』猶『乎』也。」世說箋本：「按，形色與道理反對。加，凌也。言彼當於道理上取勝，不可以聲色凌轢之。」按，劉惔牽腳加桓温頸，温不堪，舉手撥去，其舉動正當合理。王濛、劉惔不僅不檢討己之無禮，反而責人以形色加人，真所謂豈有此理。然臨川居然取此事爲方正。對此，朱注解釋道：「魏晉重門閥，桓行伍出身，王濛之言，「謂桓卑微不當以聲色凌人也。」臨川取此爲方正，其亦存斯見歟？否則，豈有以足加人之頸之無禮舉動反責人不當以形色加人，而尚得謂爲方正？」其說近理。

五五　桓公問桓子野：「謝安石料萬石必敗，何以不諫？」〔一〕子野，桓伊小字也。續晉陽秋曰：「伊字叔夏，譙國銍人。父景，護軍將軍。伊少有才藝，又善聲律，〔二〕加以標悟省率，爲王濛、劉惔所知。累遷豫州刺史，贈右將軍。」子野答曰：「故當出於難犯耳。」桓作色曰：「萬石撓弱凡才，有何嚴顏難犯？」〔三〕

【校釋】

〔一〕「桓公問」三句　余箋：「本書簡傲篇：『謝公甚器愛萬，而審其必敗，乃俱行。從容謂萬曰：「汝爲元帥，宜數喚諸將宴會，以説衆心。」』推此而言，非不諫也。意者友于義重，務在掩覆，不令彰著，故無聞焉耳。御覽七〇一引俗説曰：『謝萬作吴興郡，其兄安時隨至郡中。萬眠常晏起，安清朝便往牀前，扣屏風呼萬起。』其于萬之寢興尚約束之如此，豈有知其必敗而不諫者乎？」按，余箋是。晉書本傳言萬北征，兄安深憂之，謂萬曰：「豈有傲誕若斯而能濟時也。」桓温謂安石料萬必敗，所言可信；然謂安石不諫，非事實。又晉書八穆帝紀載：升平三年（三五九），豫州刺史謝萬北伐大敗，廢爲庶人。桓公問子野，當在謝萬敗歸、謝安出仕之後。

〔二〕又善聲律　御覽二五六引晉中興書曰：桓伊「又善音律，爲中興第一」。同上五〇〇引晉書曰：「晉孝武帝召伊飲，帝命伊吹笛。伊即吹爲一弄，乃放笛云：『臣於箏分乃不及笛，然自足以韻合歌管，請以箏歌，並請一吹笛人。』帝善其調達，乃勑御妓吹笛。伊又云：『御府人於臣自不合，臣有一奴善相便串。』帝彌賞放率，乃許召之。奴既吹笛，伊便撫箏而歌。」

〔三〕撓弱　軟弱，衰弱。唐開元占經九八：「詩推度災曰：『撓弱不立，邪臣蔽主。』」白孔六帖八六：「傷時撓弱，情不忘君。」嚴顔，謂臉色嚴厲。桓寬鹽鐵論相刺：「犯嚴顔以匡公卿之失者，直士也。」

五六　羅君章曾在人家，〔一〕主人令與坐上客共語。〔二〕答曰：「相識已多，不煩復爾。」〔三〕羅府君別傳曰：「含字君章，桂陽耒陽人。〔四〕蓋楚熊姓之後，啓土羅國，〔五〕遂氏族焉。後寓湘境，故爲桂陽人。含，臨海太守彦曾孫，滎陽太守綏少子也。〔六〕桓宣武辟爲別駕，以官廨諠擾，於城西池小洲上立茅茨，〔七〕伐木爲牀，織葦爲席，布衣蔬食，晏若有餘。桓公嘗謂衆坐曰：『此自江左之清秀，豈唯荊楚而已！』累遷散騎常侍、廷尉、長沙相，致仕中散大夫。〔八〕門施行馬。〔九〕含自在官舍，有一白雀棲集堂宇。〔一〇〕及致仕還家，階庭忽蘭菊挺生。豈非至行之徵邪？」

【校釋】

〔一〕曾在人家　程炎震云：「御覽四九八引語林云：『在宣武坐。』」

〔二〕共語　坐上賓客初見共語，乃漢末以降上流社會風氣，借此可見客人口辯言語之能。本篇六六記張玄、王忱初不相識，范寧令二人共語。蜀志彭羕傳：「彭羕與彭統非故人，見統，適統有賓客；客既罷，羕與統共語。」南齊書四八劉繪傳：「宋末權貴，門多人客，使繪與之共語，應接流暢。」皆其例。

〔三〕「相識已多」二句　李贄云：「是，是。」（初潭集師友酒人）世説箋本：「言相識之人已多，不煩復與新人語。」按，羅此言意謂己之才辯人多已知之，何必相識便共語，徒具繁瑣之形式耳。此以真率爲方正。若如世説箋本所解，傲慢不與新人語，則當入簡傲。

〔四〕柬陽　沈校本作「耒陽」。王利器校：「蔣校本、沈校本『柬』作『耒』，是。晉書羅含傳正作『桂陽耒陽人』，晉書地理志下，桂陽郡有耒陽，無柬陽。」

〔五〕羅國　世説音釋：「水經注曰：『羅縣本羅子國也，本在襄陽宜陽縣西，楚文王移之於此。』杜預左傳注曰：『羅，熊姓之國，在宜陽縣山中。』」又輿地廣記二六：「羅國本在襄州宜城之西，楚文王徙羅子居此。秦爲羅縣，屬長沙郡。二漢晉宋齊因之，梁陳屬岳陽郡。隋平陳，屬岳州。唐武德八年，省入湘陰，故城在今縣東北。」

〔六〕綏　王刻本作「緌」。晉書九二羅含傳作「綏」。

〔七〕小洲　洲，宋本作「州」。按，當作「洲」是，此指水上沙洲。

〔八〕中散大夫　程炎震云：「晉書含傳中散上有加字，當據補。」按，隋書三五經籍志有晉中散大夫羅含集三卷。

〔九〕行馬　余箋：「演繁露一：『魏晉以後，官至貴品，其門得施行馬。行馬者，一木横中，兩木互穿，以成四角，施之於門，以爲約禁。周禮謂之陛枑，今官府前叉子是也。』」

〔一〇〕堂宇　宇，宋本誤作「字」。

五七　韓康伯病，拄杖前庭消搖。〔一〕韓伯，已見。〔二〕見諸謝皆富貴，轟隱交路，〔三〕歎曰：「此復何異王莽時？」〔四〕漢書曰：「王莽宗族，凡十侯、五大司馬。」〔五〕

【校釋】

〔一〕消搖　同逍遥。劉盼遂云：「按禮記檀弓：『負手曳杖，消搖於門。』疏：『消搖，放蕩以自寬縱。』莊子逍遥遊，釋文云：『義取閑放不拘，怡然自得。』按逍遥即消搖之俗字。」

〔二〕韓伯　已見德行三八。

〔三〕轟隱交路　李詳云：「案張衡西京賦：『商旅聯隔，隱隱展展。』薛綜注：『隱隱展展，重車聲。』此言謝車聲屬路也。」

〔四〕此復何異王莽時　王世懋云：「是不平語。」李贄云：「妒甚。」（初潭集師友論人）余箋：「識鑒篇云：『韓康伯與謝玄亦無深好，玄北伐，康伯曰：「此人好名，必能戰。」玄聞之甚忿。』可見康伯與諸謝積有夙嫌。（下略）蓋其心既與謝氏不平，見其兄弟叔侄三人同時受封，忌其太盛，故以王莽之十侯爲比。據建康實録九，康伯即以（太元）五年八月卒。其後苻堅入寇，玄與安子琰大破之於肥水，爲國家建再造之功，則康伯已不及見矣。謝安善處功名之際，玄、琰亦盡瘁國事，有何跋扈，至同王莽！此乃康伯懷挾私憤，肆行讒謗。臨川不察，濫加采摭，甚無謂也。孝標注亦未詳。」按，諸謝爲新興貴族，一時暴貴，康伯不平，故發此歎。

〔五〕「大司馬」　馬下宋本、沈校本有「外戚莫盛焉」五字。

五八　王文度爲桓公長史時，〔一〕桓爲兒求王女，王許咨藍田。王坦之、王述，並已見。〔二〕既還，藍田愛念文度，雖長大猶抱著膝上。〔三〕文度因言桓求己女婚。藍田大怒，排文度下膝曰：「惡見文度已復癡，畏桓温面，〔四〕兵，那可嫁女與之！」文度還報云：「下官家中先得婚處。」桓公曰：「吾知矣，此尊府君不肯耳。」後桓女遂嫁文度兒。王氏譜曰：「坦之子愷，娶桓温第二女，字伯子。」〔五〕中興書曰：「愷字茂仁，歷吴國内史、丹陽尹，贈太常。」

【校釋】

〔一〕長史時　宋本、沈校本無「時」字。

〔二〕王坦之王述並已見　並已見言語七二及文學二二。

〔三〕「藍田愛念文度」二句　晉書七五王述傳云述愛坦之，長大猶抱膝上，與世説同。又東坡全集一九送歐陽季默赴闕詩：「先生豈止一懷祖，郎君不減王文度。膝上幾日今白鬚，令我眼中見此父。」東坡全集二四用過韻冬至與諸生飲酒詩：「膝上王文度，家傳張長公。」可證蘇軾所見世説與今本世説同。

〔四〕惡見文度已復癡畏桓温面　沈校本無此十一字。　李詳云：「案晉書王述傳作『汝竟癡耶？詎可畏温面，而以女妻兵也』！語較世説爲優。本書容止篇『桓温鬢如反蝟皮，眉如紫石棱』，故自可畏。」惡見，容止三一注引語林：「欲聞其言，惡見其面。」世説抄撮：「惡，何也。惡見，言不當見而見也。」吴金華考釋：「『惡見』是魏晉常語，相當於今語『討厭』。例如：『時有比丘，著衣持鉢，造詣其家，從其乞食。……時長者婦慳貪心生，便自念曰：今若與食，後日復來，此諸人等，甚可惡見。』（吴支謙譯撰集百緣經卷五「賢善長者婦慳墮餓鬼緣」）『初産之時，身有惡瘡，濃血横流，甚可惡見。』」（同上，卷一〇「長者身體生瘡緣」）吴説是，抄撮所釋不確。　又，「畏桓温」以下十一字之斷句及釋義歷來有異説。王世懋云：「舊以『面兵』爲句，再不可解。　今始曉所以言文度癡兒，畏桓温面孔。　渠，兵也，那可嫁女於兵？」王世懋以爲當以「面」爲句。　凌濛初云：「按此當以『面兵那』爲句，如『公是韓伯休那，乃不二價。』如『汝欲作沐德信那』，俱是此法。　言文度癡兒，畏桓温兵耶，可嫁女與之乎？若敬美説，亦是。　然費解，又無此等文理。」周紀彬讀世説新語札記以「面兵」爲句，並釋「面兵」云：「此或言桓温主持一面之兵，王藍田不畏其權勢之盛。　面，解如『漢王之將獨韓信可屬大事，當一面』（史記留侯世家）之面。　面兵，義近『當兵』。　揚雄甘泉賦：『伏鈎陳使當兵。』李善注：『鄭玄注曰：當，主也，主謂典領也。』」按，此十一字當從晉書七五王述傳讀，以「面」字爲句，「兵」字爲句，王世懋所云是也。兵，對武夫之鄙稱，此指桓温兒。周紀彬謂「面兵」義近「當兵」，如依其解，「畏桓温當兵」，此成何等語耶？余箋：「謝奕爲桓温司馬，嘗逼温飲。温走入南康主間避之。奕遂引温一兵帥共飲曰：『失一老兵，得一老兵，亦何所在？』（見晉書奕傳）今藍田又呼其爲兵。蓋温雖爲桓榮之後，桓彝之子，而彝之先世名位不昌，不在名門貴族之列。故温雖位極人臣，而當時士大夫猶鄙其地寒，不以士流處之。與此可見門户之嚴。」余箋是。又，蜀志劉巴傳注引零陵先賢傳載：張飛嘗就劉巴宿，巴不與語，飛遂忿恚。諸葛亮勸巴宜少降意，巴曰：「大丈夫處世，當交天下英雄，如何與兵子共語乎？」兵不過一介武夫，非英雄，此乃傳統觀念，由此可見兵之地位之低。

〔五〕「坦之子愷」三句　余箋：「野客叢書一八云：『世説注謂王愷娶桓温第二女，不知乃其弟愉，非愷也。』嘉錫案：晉書王湛傳稱愉爲桓氏婿，又謂愉子綏爲桓氏甥。宋書武帝紀亦云綏，桓氏甥，有自疑之志，高祖誅之。唐修晉書縱不足據，沈約宋書固當可信。然則世説注果誤也。觀注引中興書所謂『歷吴國内史、丹陽尹，贈太常』者，皆愷之官職。是孝標固以娶桓温女者，是王愷而非王愉。非今本傳寫之誤，豈孝標所見王氏譜先已誤耶？抑文度兩兒，皆娶桓氏女耶？夫正史雖屬可信，家譜尤不應有誤，既彼此參互，所當存疑。」按，晉書七五王愉傳言「愉既爲桓氏婿」，晉書七五王綏傳言「綏以桓氏甥甚見寵侍」，宋書一武帝紀亦言綏乃桓氏甥，則娶桓温女者乃以王愉爲是，孝標注引王氏譜誠誤。至於疑文度兩兒皆娶桓氏女，恐不太可能。

五九　王子敬數歲時，嘗看諸門生樗蒱。見有勝負，因曰：「南風不競。」〔一〕春秋傳曰：「楚伐鄭，師曠曰：『不害，吾驟歌南風。南風不競多死聲，楚必無功。』」杜預曰：「歌者吹律，〔二〕以詠八風，南風音微，故曰不競也。」門生輩輕其小兒，迺曰：「此郎亦管中窺豹，〔三〕時見一斑。」子敬瞋目曰：「遠慚荀奉倩，近愧劉真長。」〔四〕遂拂衣而去。荀、劉已見。〔五〕

【校釋】

〔一〕南風不競　意謂某一方將無功而敗。不競，不强勁。任誕二一六：「温太真位未高時，屢與揚州、淮中估客樗蒱，與輒不競。」

〔二〕吹律　吹，宋本、沈校本作「次」。王利器校：「按作『吹』是，左襄十六年傳杜預注：『歌者吹律以歌八風。』正作『吹』。」

〔三〕郎　對他人之子之敬稱。玉台新詠古詩爲焦仲卿妻作：「還家十餘日，縣令遣媒來，云有第三郎，窈窕世無雙。」文學八八注引續晉陽秋：「乃遣問訊，答曰：『是袁臨汝郎。』」傷逝二二：「郗嘉賓喪，左右白郗公：『郎喪。』」「管中窺豹」二句乃門生輕侮之言，意謂子敬僅見一斑而已。

〔四〕「遠慚荀奉倩」二句　王世懋云：「子敬故慕此二人。」世説箋本：「此言我唯慚愧不及二人，何論其餘，況汝輩乎？」李慈銘云：「所舉荀奉倩、劉真長，皆主婿。獻之時方數歲，何由豫知尚主，取以自比？疑此二語是尚主以後，因他事觸怒之言。世説誤合觀樗蒱爲一事。或世説傳寫脱落耳。」（晉書札記四）余箋：「法書要録二梁虞龢論書表云：『羲之嘗詣一門生家，設佳饌，感之，欲以書相報。見有一新棐牀几，至滑浄，乃書之，草正相半。』晉書本傳略同。此羲之家有門生之證也。魏志荀彧傳注及本書惑溺篇並引荀粲别傳曰：『粲簡貴不與常人交接，所交皆一時俊傑。』晉書劉惔傳云：『爲政清整，門無雜賓。』本篇又載真長言『小人不可與作緣。』二人之嚴於擇交如此，必不畜門生。即令有之，亦必不與之款洽。獻之自悔看門生遊戲，且輕易發言，致爲所侮，故以荀、劉爲愧。觀其詞氣如此，可謂幼有成人之度矣。然虞龢表云：『子敬門生以子敬書種蠶後，人於蠶紙中大有所得。』則子敬後來竟不能不自畜門生。其發言如此，特一時之憤耳。荀、劉二人爲風流宗主，其行事播在人口，無不知者。故子敬童而習焉。」寧稼雨則稱余箋未必然，以爲子敬二句當承續上句，「意謂與荀粲、劉惔相比，我或許可稱『管中窺豹』，但與你們這些平庸之輩相比，則不可同日而語。」（傳神阿堵游心太玄——六朝小説的文體與文化研究，百花文藝出版社，二〇〇二年八月第一版。）按，李慈銘由荀、劉二人尚主，而獻之日後亦尚主，疑獻之二語所記有誤。其實，獻之非以荀、劉自比，李氏所疑並無依據。余箋謂荀、劉風流宗主，無人不知，「子敬童而習焉」，説較李氏合理可取。觀宋書八九袁粲傳：「愍孫幼慕荀奉倩之爲人，白世祖，求改名爲粲，不許。至是言于太宗，乃改爲粲，字景倩。」可知荀粲之風流，至南朝仍爲少年所慕。余箋稱荀爲「風流宗主」是也。子敬數歲即慕荀粲，蓋荀有清識遠見，不交非類，又言尚玄遠故也。至於寧氏離原文發揮，然無解子敬所言「慚」、「愧」二字，不如余箋切合，故仍當以余箋爲勝。韋曜博弈論曰：「……至或賭及衣物，徙棋易行，廉恥之意馳，而忿戾之色發。」葛洪抱朴子外篇自敍曰：「每觀戲者，慚恚交集，手足相及，醜詈相加，絶交壞友，往往有焉。」子敬僅旁觀樗蒱發一言，便受門生侮辱，以至拂衣而去，可見樗蒱確實常致忿戾與醜詈也。

〔五〕荀劉已見　荀粲已見文學九，劉惔已見德行三五。

六〇　謝公聞羊綏佳，〔一〕致意令來，終不肯詣。羊氏譜曰：「綏字仲彦，太山人。父楷，尚書郎。綏仕至中書侍郎。」後綏爲太學博士，因事見謝公，公即取以爲主簿。

【校釋】

〔一〕羊綏佳　傷逝一四云「綏清淳簡貴」，綏亡，王子敬痛悼云：「是國家可惜人。」可見羊綏之佳。王世懋云：「謝公欲用人，何必須其一詣。」

六一　王右軍與謝公詣阮公，阮思曠也。至門語謝：「故當共推主人。」〔一〕謝曰：「推人正自難。」〔二〕

【校釋】

〔一〕「至門語謝」二句　王羲之極推重阮裕，有人以裕問之，羲之曰：「此公近不驚寵辱，雖古之沉冥，何以過此。」（見晉書八〇王羲之傳）

〔二〕推人正自難　王世懋云：「意未肯降。」世説箋本：「推人之理，行之不容易。」程炎震云：「王長於謝十七歲。阮以年少呼右軍，亦當長十餘歲，視謝更爲宿齒矣。而謝不相推，豈亦如根矩之于康成耶？」按，王羲之與謝安詣阮裕，當在安隱居東山時。阮裕亦久在東山，與王、謝爲鄰。晉書四九阮裕傳云，裕隱居東山久不出，御史中丞周閔奏裕及謝安違詔累年，並應有罪，禁錮終身。謝安未肯推阮裕，或許是裕雖屢辭徵聘，卻曾宰二郡，隱居之志尚不如己之堅確不移，故不推挹之。

六二　太極殿始成，徐廣晉紀曰：「孝武寧康二年，尚書令王彪之等啓改作新宫。〔一〕

太元三年二月，内外軍六千人始營築，至七月而成。〔二〕太極殿高八丈，長二十七丈，廣十丈。尚書謝萬監視，賜爵關内侯。〔三〕大匠毛安之關中侯。」王子敬時爲謝公長史，謝送版，使王題之。王有不平色，語信云：「可擲著門外。」謝後見王曰：「題之上殿何若？昔魏朝韋誕諸人亦自爲也。」〔四〕王曰：「魏阼所以不長。」〔五〕謝以爲名言。宋明帝文章志曰：「太元中新宮成，議者欲屈王獻之題榜，以爲萬代寶。謝安與王語次，因及魏時起陵雲閣忘題榜，乃使韋仲將縣橙上題之。〔六〕比下，須髮盡白，裁餘氣息。還語子弟云：『宜絶楷法！』安欲以此風動其意。王解其旨，正色曰：『此奇事，韋仲將魏朝大臣，寧可使其若此？有以知魏德之不長。』安知其心。迺不復逼之。」〔七〕

【校釋】

〔一〕王彪之等啓改作新宮　晉書七六王彪之傳載：謝安欲更營宮室，彪之以爲强寇未滅，不可大興功力，勞擾百姓，「安無以奪之，故終彪之之世，不改營也」。建康實録九同，並謂太元三年春正月，尚書僕射謝安石以宮室朽壞，啓作新宮。據此可知，彪之反對改作新宮，且卒于太元二年（晉書本傳正作太元二年卒）。彪之卒後，謝安方得以改作新宮。徐廣晉紀誤。

〔二〕太元　王刻本作「太原」。王先謙校：「按晉書王獻之傳載此事亦作『太元』，此作『原』

非。」徐箋：「『晉書孝武紀：『太元三年二月乙巳，作新宫，帝移居會稽王邸。七月辛巳，帝入新宫。』與晉紀合。」

〔三〕「尚書謝萬監視」二句　據晉書七九謝萬傳，萬卒時年四十二。考謝安以太元十年（三八五）卒，時年六十六。太元三年時，安弟萬已亡多年，且萬亦未曾爲尚書及賜爵關内侯。而謝安曾爲尚書僕射，力主改作新宫，故此「謝萬」必爲「謝安」之誤。

〔四〕韋誕諸人亦自爲　余箋：「水經穀水注曰：『魏明帝上法太極，於洛陽南宫起太極殿於漢崇德之故處。改雉門爲閶闔門。昔在漢世，洛陽宫殿門題，多是大篆，言是蔡邕諸字。自董卓焚宫殿，魏太祖平荆州，漢吏部尚書安定梁孟皇，善師宜官八分體，求以贖死。太祖善其法，常仰繫帳中愛玩，以爲勝宜官。北宫榜題，咸是鵠筆。南宫既建，明帝令侍中京兆韋誕以古篆書之。』嘉錫案：安石言韋誕諸人，蓋兼指梁鵠言之也。」

〔五〕阼　阼，宋本誤作「作」。

〔六〕陵雲閣　即陵雲臺。見巧藝二校釋。縣橙，橙，沈校本、王刻本作「梯」。徐箋：「『橙』作『梯』，非是。案晉書王獻之傳作『橙』。通鑑一一三晉紀注：『橙，都鄧翻，牀屬。』橙即凳字，古人謂榻爲牀，故曰『牀屬』。若梯者不當言縣。」按，巧藝三言仲將登梯題之，然孝標注引衛恒四體書勢曰：「誕善楷書，魏宫觀多誕所題。明帝立陵霄觀，誤先釘榜，乃籠盛誕，轆轤長絙引上，使就題之，去地二十五丈。誕甚危懼，乃戒子孫，絶此楷法，著之家令。」衛恒乃衛覬之孫，覬與韋誕及邯鄲淳並善書，衛、韋二家爲書家通好；又恒言「乃籠盛誕，轆轤長絙引上，使就題之」，極符合力學原理，故衛恒四體書勢所言，最真實可信。

〔七〕子敬爲何將版擲於門外，並言「魏阼所以不長」？劉辰翁云：「謂薄待大臣也。然殿牌比之蹙芻，擲去，似爲不可。」余箋：「李慈銘晉書札記四曰：『宮殿題榜，國之大事。雖在高流，豈宜爲恥。謝以宰相擇人書之，何至難言？王亦何能深拒？據世説言：「謝送版使王題之，王有不平色。後謝見王，言昔韋誕亦爲之。王曰：『魏阼所以不長。』」是則獻之特以謝不先語之，逕使書，故有不平。及謝舉韋事，獻之意猶歉然，故有此對。然世説雖曰謝公以爲名言，亦未云遂不之逼。蓋獻之終亦書之，不能辭也。劉孝標注引宋明帝文章志，乃有「欲屈王獻之題榜爲萬代寶及謝安舉韋仲將懸梯上題」等語，此傳云云，全本彼注，非事實也。』嘉錫案：世説固未云謝安遂不之逼，但亦不言獻之終竟書之。尊客不知據何徵驗，乃能懸斷晉書之不然。考御覽七四八、廣記二〇七並引書斷曰：『晉韋昶字文休，太元中，孝武帝改治宮室及廟諸門，並欲使王獻之隸書題榜，獻之固辭。乃使劉瓌以八分書之，後又使文休以大篆改八分焉（今本書斷脱去太元中以下）。』法書要録二引庾肩吾書品論，有云『文休題柱』，似亦指其書宮殿榜事。然則獻之終已固辭，謝安果不之逼矣。凡考史事，最忌鑿空，尊客臆説，不可從也。」按，李慈銘謂獻之不肯題榜，原因只是謝安不先語之而逕使書；又謂獻之終亦書之。此誠皆鑿空臆説，余箋是也。晉書八〇王獻之傳謂謝安欲使獻之題榜而難言之，遂舉魏時韋仲將事以試探之。可見並非謝安不先語强使獻之書，乃是獻之固不願書。宋明帝文章志所言與晉書稍有不同，稱「議者欲屈王獻之題榜」，此亦説明獻之原本不願書，議者「欲屈」之。因獻之不願，謝安遂舉韋仲將事，「風動其意」。然則獻之云「魏阼所以不長」，進而表明不願題榜之意。謝安以爲獻之此言爲「名言」，蓋在此言道出魏朝「薄待大臣」，懸仲將以高空，備受驚嚇之苦耳。

六三　王恭欲請江盧奴爲長史，〔一〕晨往詣江，江猶在帳中。王坐，不敢即言，良久乃得及，江不應。盧奴，江敳小字也。晉安帝紀曰：「敳字仲凱，濟陽人。祖正，〔二〕散騎常侍。父彪，〔三〕僕射。並以義正器素，知名當世。敳歷位内外，簡退著稱，〔四〕歷黄門侍郎、驃騎咨議。」〔五〕直唤人取酒，自飲一盌，又不與王。王且笑且言：「那得獨飲？」江云：「卿亦復須邪？」更使酌與王，王飲酒畢，因得自解去。未出户，江歎曰：「人自量，固爲難。」〔六〕宋書曰：「敳即湘州江夷之父也，夷字茂遠，湘州刺史。」

【校釋】

〔一〕「王恭」句　程炎震云：「晉書孝武帝紀：太元十五年，王恭爲前將軍，青、兗二州刺史，持節，故得置長史。」江盧奴，余箋：「山谷内集注八引作『江虜奴』，當從之。蓋以虜奴爲小字，取其賤而易長成。猶之陶胡奴及謝家之封、胡、羯、末也。」

〔二〕祖正　程炎震云：「正當作統，即江應元也。」余箋：「晉書江虨傳吴士鑒注云：『世説注晉安帝紀曰：「敳祖正，散騎常侍。」案祖統改爲祖正，蓋梁世避諱，凡統字皆作正。識鑒篇注引車頻秦書徐正，即載記之徐統，此可證也。』嘉錫案：『此避昭明太子之諱，吴説是也。然本書注中統字亦多不避，蓋爲宋人所回改，此二條則改之未盡者耳。』」按，陳留圉江氏譜作統子虨，虨子敳，與晉安帝紀同。

〔三〕虨　宋本、沈校本作「彪」。王利器校：「作『虨』是。」

〔四〕簡退　謂簡樸謙讓。魏晉人格審美範疇之一。南史七六諸葛璩傳：「言璩安貧守道，悦禮敦詩，如其簡退，可揚清厲俗。」册府元龜四〇九：「嘗願竭力奉公，以身格物，宏簡退之化，移躁競之風。」

〔五〕「歷黄門」句　宋書四二劉穆之傳：「敳爲建武將軍、琅邪内史。」

〔六〕「人自量」二句　王世懋云：「此亦僅得『簡傲』耳。」按，江敳輕視王恭，意謂恭請己爲其長史，乃不自量，故發此歎。

六四　孝武問王爽：「卿何如卿兄？」〔一〕王答曰：「風流秀出，〔二〕臣不如恭，忠孝亦何可以假人！」〔三〕中興書曰：「爽忠孝正直。烈宗崩，〔四〕王國寶夜開門入，爲遺詔。

爽爲黃門郎，距之曰：『大行晏駕，太子未立，〔五〕敢有先入者斬！』國寶懼乃止。」

【校釋】

〔一〕卿兄　王爽兄王恭。文學一〇一注引中興書：「爽字季明，恭第四弟也。」

〔二〕風流　魏晉重要人格審美範疇，具體内涵較寬泛。晉書九三王濛傳：「簡文帝之爲會稽王也，嘗與孫綽商略諸風流人。綽言曰：『劉惔清蔚簡令，王濛温潤恬和，桓温高爽邁出，謝尚清易令達，而濛性和暢能言理，辭簡而有會。』」馮友蘭云，形成風流之條件有四：玄心、洞見、妙賞、深情（見馮友蘭論風流）。大致注重人物個性、精神狀態及心智之卓異，與事功無關。「風流」見於世説者如雅量三四注引晉安帝紀：「（戴逵）多與高門風流者遊。」賞譽一五〇「范豫章謂王荆州：『卿風流儁望，真後來之秀。』」傷逝六：「咸和中，丞相王公教曰：『衛洗馬當改葬，此君風流名士，海内所瞻，可脩薄祭，以敦舊好。』」儉嗇八：「（陶侃）於是大歎曰：『庾（亮）非唯風流，兼有治實。』」其例極多。秀出，優秀特出。後漢書八二上謝夷吾傳：「英資挺特，奇偉秀出。」賞譽一三七：「世稱苟子秀出。」

〔三〕忠孝　吴金華考釋：「這裏的『忠孝』是一個雙音節詞，指忠於君主，跟通常忠專指忠君，孝專指孝順父母的意思有所不同。」並舉墨子四兼愛：「臣子之不孝君父，所謂亂也。」後漢書六〇蔡邕傳：「誰敢爲陛下盡忠孝乎？」等例證其説。按，吴説是。晉書一〇七石季龍傳下：「劉氏矯命稱（石）斌忠孝之心，免斌官，以王歸第。」亦其例。假人，讓人。

〔四〕烈宗　晉孝武帝廟號。晉書九孝武帝紀載：太元二十一年（三九六）九月，孝武帝崩。

〔五〕太子未立　徐箋：「晉書王蘊傳作『太子未至』。案安帝紀，太元十二年立爲皇太子，二十一年，孝武崩，不得云『太子未立』，作『至』爲是。」

六五　王爽與司馬太傅飲酒。〔一〕太傅醉，呼王爲「小子」。〔二〕王曰：「亡祖長史，與簡文皇帝爲布衣之交。〔三〕亡姑、亡姊，伉儷二宮。何小子之有？」〔四〕中興書曰：「王濛女諱穆之，爲哀帝皇后。王蘊女諱法惠，爲孝武皇后。」

【校釋】

〔一〕司馬太傅　即會稽王司馬道子，孝武帝之弟。謝安卒後，領徐州刺史、太子太傅。

〔二〕小子　對人之鄙稱。蜀志費詩傳：「孟達小子，昔事振威不忠，後又背叛先主，反覆之人，何足與書邪？」抱朴子内篇論仙：「區區小子之奸僞。」傷逝一二注引續晉陽秋：「小子死恨晚！」按，晉書六四司馬道子傳：「太元以後，爲長夜之飲，蓬首昏目，政事多闕。」此條記道子醉中呼人「小子」，正可見出孝武帝時道子擅權，朝政昏亂之狀。

〔三〕「亡祖長史」二句　晉書九三王濛傳敍會稽王司馬昱常與孫綽商略風流人物，王濛即爲其中之一。「及簡文帝輔政，益貴幸之，與劉惔號爲入室之賓。」

〔四〕劉辰翁云：「捷急語耳，非『方正』。」淩濛初云：「直是賣弄。」按，上條注引中興書謂王爽「忠孝正直」，此爽抗言道子醉中輕蔑，固是方正，未可一概以「賣弄」視之。

六六　張玄與王建武先不相識，張玄，已見。〔一〕建武，王忱也。晉安帝紀曰：「忱初作荆州刺史，〔二〕後爲建武將軍。」後遇於范豫章許，〔三〕范令二人共語。范甯，已見。〔四〕張因正坐斂衽，王孰視良久，〔五〕不對。張大失望，便去。范苦譬留之，遂不肯住。范是王之舅，王氏譜曰：「王坦之娶順陽郡范汪女，名蓋，即甯妹也。生忱。」乃讓王曰：「張玄，吴士之秀，亦見遇於時，而使至於此，深不可解。」王笑曰：「張祖希若欲相識，自應見詣。」范馳報張，張便束帶造之。〔六〕遂舉觴對語，賓主無愧色。

【校釋】

〔一〕張玄　已見言語五一。

〔二〕忱初作荆州刺史　晉書二八五行志中：「桓石民爲荆州，鎮上明，百姓忽歌曰『黄曇子』，曲中又曰：『黄曇英，揚州大佛來上明。』頃之而桓石民死，王忱爲荆州。黄曇子乃是王忱字也，忱小字佛大，是大佛來上明也。」據此，王忱於桓石民死後來荆州，時在太元十四年

（三八九）。此見於南齊書一五州郡志下：「苻堅敗後，復得襄陽，太元十四年王忱還江陵。」通鑑一〇七晉紀二九，亦記此年七月以驃騎將軍王忱爲荆州刺史。

〔三〕後遇於范豫章許　通鑑一〇七晉紀二九謂太元十四年十一月，「（王）國寶大懼，與道子共譖甯，出爲豫章太守」。晉書七五王忱傳謂忱歷位驃騎長史，嘗造其舅范甯，與張玄相遇。據此，其時范甯尚在京師，未爲豫章。

〔四〕范甯　已見言語七九。

〔五〕孰視　孰，宋本、沈校本作「熟」。

〔六〕束帶　整飾衣服，以示端莊。論語公冶長：「赤也，束帶立於朝，可使與賓客言也。」劉寶楠正義：「帶，繫繚於要，所以整束其衣，故曰束帶。」宋書九三陶潛傳：「郡遣督郵至縣，吏白應束帶見之。」

雅量第六

一　豫章太守顧劭，〔一〕環濟吳紀曰：「劭字孝則，吳郡人。年二十七，起家爲豫章太守，舉善以教民，風化大行。」是雍之子。劭在郡卒。雍盛集僚屬自圍棋，江表傳曰：「雍字元歎，曾就蔡伯喈，〔二〕伯喈賞異之，以其名與之。」吳志曰：「雍累遷尚書令，封陽遂鄉侯，拜侯還第，〔三〕家人不知。爲人不飲酒，寡言語。孫權嘗曰：『顧侯在坐，令人不樂。』位至丞相。」外啓信至，而無兒書，雖神氣不變，而心了其故，〔四〕以爪掐掌，〔五〕血流沾褥。賓客既散，方歎曰：「已無延陵之高，豈可有喪明之責。」禮記曰：「延陵季子適齊，及其反也，其長子死，葬於嬴、博之間。孔子曰：『延陵季子，吳之習於禮者也。』往而觀其葬焉。其坎深不至於泉，其斂以時服。既葬而封，廣輪掩坎，〔六〕其高可隱也。既封，左袒，〔七〕右還其封，且號者三，曰：『骨肉歸復于土，命也，若魂氣則無不之也。』而遂行。孔子曰：『延陵季子之於禮也，其合矣乎！』子夏喪其子而喪其明，〔八〕曾子吊之曰：『朋友喪明則哭之。』曾子哭，子夏亦哭，曰：『天乎，予之無罪也。』曾子怒曰：『商，〔九〕汝何無罪也？吾與汝事夫子於洙泗之間，退而老於西河之上。使西河之民疑汝於夫子，〔一〇〕爾罪一也；喪爾親，使民未有聞焉，爾罪二也；喪爾子，喪爾明，爾罪三也。』子夏投其杖而拜曰：『吾過矣，吾過矣！』」於是豁情散哀，顏色自若。〔一一〕

【校釋】

〔一〕顧劭　劭，王刻本作「邵」。下同。

〔二〕蔡伯喈　喈，宋本作「皆」。王利器校：「各本『皆』作『喈』，是。」

〔三〕還第　第，宋本作「弟」。

〔四〕心了其故　了，宋本誤作「子」。

〔五〕掐掌　掐，宋本誤作「搯」。按，掐謂用指甲刻入或切入。北齊書六孝昭帝紀：「太后常心痛不自堪忍，帝立侍帷前，以爪掐手心，血流出袖。」搯謂扣或擊，國語魯語下：「無搯膺。」御覽三六七引晉書：「（王）澄恚遣，搯其鼻、炙其眉。」搯與掐義不同。

〔六〕廣輪　周禮地官大司徒：「周知九州之地域廣輪之數。」賈公彦疏引馬融曰：「東西爲廣，南北爲輪。」

〔七〕左袒　袒，宋本作「祖」。王利器校：「案『袒』當從禮記檀弓下作『祖』，各本都錯了。」

〔八〕喪其子　喪，王刻本作「哭」。方一新世説新語斠詁：「根據下文『喪爾子，喪爾明，爾罪三也』來看，當以『喪』字爲是。今本禮記檀弓上正作『喪其子』。王刻本蓋因下文數『哭』字而誤。」按，方説是。喪明，哭瞎眼睛。

〔九〕商　宋本誤作「同」。

〔一〇〕疑汝於夫子　世説箋本：「既不稱師説，自爲談論，使西河之民疑汝道德與夫子相似。」

〔一二〕豁情　王藴之蘭亭集詩：「散豁情志暢，塵纓忽已捐。」按，喪子爲大哀痛，然能豁情散哀，以理攝情。由此言之，晉人之「雅量」，乃以澄明之理智，主宰易動之情感也。

二　嵇中散臨刑東市，〔一〕神氣不變，索琴彈之，奏廣陵散。曲終，曰：「袁孝尼嘗請學此散，〔二〕吾靳固不與，〔三〕廣陵散於今絶矣！」〔四〕晉陽秋曰：「初，康與東平吕安親善，安嫡兄遜淫安妻徐氏，〔五〕安欲告遜遣妻，以咨於康，康喻而抑之。遜内不自安，陰告安撾母，表求徙邊。安當徙，訴自理，辭引康。」文士傳曰：「吕安罹事，康詣獄以明之。鍾會庭論康曰：『今皇道開明，四海風靡，邊鄙無詭隨之民，街巷無異口之議。〔六〕而康上不臣天子，下不事王侯，輕時傲世，不爲物用，無益於今，有敗於俗。昔太公誅華士，孔子戮少正卯，以其負才亂羣惑衆也。今不誅康，無以清潔王道。』〔七〕於是録康閉獄。臨死，而兄弟親族咸與共别。康顔色不變，問其兄曰：『向以琴來不邪？』兄曰：『以來。』康取調之，爲太平引。曲成，歎曰：『太平引於今絶也！』」太學生三千人上書，請以爲師，不許。文王亦尋悔焉。王隱晉書曰：「康之下獄，太學生數千人請之。于時豪俊皆隨康入獄，悉解喻，一時散遣。康竟與安同誅。」〔八〕

【校釋】

〔一〕「嵇中散」句　嵇康以景元四年被害，詳見言語一八校釋。東市，程炎震云：「水經注穀水篇：『水南即馬市。洛陽有三市，斯其一也。亦嵇叔夜爲司馬昭所害處也。』」余箋：「洛陽伽藍記二曰：『出建春門外一里餘，至東石橋，南北而行。晉太康元年造，南有魏朝時馬市，刑嵇康之所也。』」

〔二〕袁孝尼　余箋：「魏志袁渙傳注云：袁氏世紀云：『準字孝尼，著書數十萬言，論治五經滯義，聖人之微言，以傳於世。』荀綽九州記稱『準有儁才，泰始中爲給事中』。」

〔三〕不與　不，宋本、沈校本並作「未」。

〔四〕「廣陵散」句　絶矣，絶，宋本誤作「紀」。　杭世駿三國志補注三：「靈異志曰：『嵇中散常西南，去洛數十里，有亭名華陽，投宿。一更中操琴，聞空中稱善。中散呼與相見，乃出見形，以手持其頭，共論音聲，授以廣陵散。』語林曰：『嵇中散夜燈下彈琴，忽有一人面甚小，斯須轉大，遂長丈餘，單衣革帶。嵇視之既熟，乃吹燈滅之曰：「恥與魑魅争光。」』又曰：『嵇中散夜彈琴，忽有一鬼著械來，歎其手快，曰：「君一弦不調。」中散與琴調之，聲更清婉。問其名，不對。疑是蔡伯喈。伯喈將亡，亦被桎梏。』大周正樂曰：『嵇康有邁俗之志，常宿王伯通館，忽有八人云：「吾有兄弟爲樂人，不勝羈旅，今授君廣陵散。」甚妙，今代莫測。』廣異志曰：『嵇中散神情高邁，任心遊憩，嘗行西南山，去洛數十里，有亭名華陽，投宿，夜了無人，獨在亭中。此亭由來殺人，宿皆多凶。至一更中，操琴先作諸弄，而聞空中稱善聲。中散撫琴而呼之曰：「君何以不來？」此人便出，云：「身是古人，出没于此，數千年矣。聞君彈琴，音曲清和，故來聽耳，而就終殘毀，不宜以接侍君子。」向夜，髣髴漸見，以手持其頭，遂與中散共論音聲，其辭清辨，謂中散：「君試過琴。」於是中散以琴授之，既彈，悉作衆曲，亦不出常，唯廣陵散絶倫。中散纔從受之，半夕悉得。與中散誓：不得教他人，又不得言其姓也。』」又會稽續志七：「八仙塚在會稽縣五雲門外東四十五里，地名白塔。嵇叔夜過越，宿傳舍，遇古伶官之魄，而得廣陵散。其聲商，絲緩似宫，臣偪君，晉謀魏之象也。其名廣陵散，離散播越，永嘉南遷之兆也。曲終，指其葬處，至今窟穴猶在。」按，關於廣陵散之異聞極多，自不足信。至於或謂廣陵散寓意毋丘儉、諸葛誕兵敗散於廣陵，或謂此曲寓臣奪君之義，對此蘇軾東坡志林、沈括夢溪筆談、俞文豹吹劍録、何薳春渚紀聞、王應麟困學紀聞、方以智通雅等皆有論述。近人戴明揚嵇康集校注有廣陵散考一文，論廣陵散最詳，可參看。王世貞云：「每歎嵇生琴、夏侯色，令千古他人覽之，猶爲不堪，況其身乎？」與陶徵士自祭、預挽，皆超脱人累，默契禪宗，得蘊空解，證無生忍者。」王氏謂夏侯玄、嵇康臨刑自若是「默契禪宗」，恐未解此二人之剛烈人格也。太初「格量弘濟」（方正六注引魏志），叔夜「剛腸疾惡」（與山濤書），其實皆與儒家弘毅人格之影響有關。孔子曰：「吾未見其剛者。」（論語公治長）孟子曰：「我善養吾浩然之氣。其氣也，至大至剛，以直養而無害，塞於天地之間。」（孟子公孫丑上）太初、叔夜之臨刑自若，浩氣經天，即是儒家剛者之典型，浸潤老莊生死觀尚在其次也。

〔五〕遜　楊箋改作「巽」，云：「文選思舊賦注引干寶晉紀、魏志王粲傳注引魏氏春秋、又杜畿傳注引世語均作『巽』，今從之。」

〔六〕巽口之議　議，宋本作「義」。按，作「議」較勝。嵇康非薄湯武周公，是爲「異口之議」。

〔七〕清潔王道　潔，沈校本作「絜」。

〔八〕關於嵇康被殺之因，學者多有探討。魯迅云：「嵇康的見殺，是因爲他的朋友呂安不孝，連及嵇康，罪案和曹操的殺孔融差不多。魏晉是以孝治天下的，不孝，故不能不殺。爲什麼要以孝治天下呢？因爲天位從禪讓，即巧取豪奪而來，若主張以忠治天下，他們的立腳點便不穩，辦事便棘手，立論也難了，所以一定要以孝治天下。但倘只是實行不孝，其實那時倒不很要緊，嵇康的害處是在發議論。阮籍不同，不大說關於倫理上的話，所以結局也不同。」（魏晉風度及文章與藥及酒之關係）余箋：「唐無名氏文選集注八五趙景真與嵇茂齊書注引公孫羅文選鈔曰：『干寶晉紀云：「呂安與康相善，安兄巽。康有隱遁之志，不能披褐懷玉寶，矜才而上人。安妻美，巽使夫人醉而幸之。醜惡發露，巽病之。反告安謗己。巽善鍾會，有寵於太祖，遂徙安邊郡。安還書與康，其中云：『顧影中原，憤氣雲踊。哀物悼世，激情風厲。龍嘯大野，虎睇六合。猛志紛紜，雄心四據。思躡云梯，橫奮八極。披艱掃難，蕩海夷嶽。蹴昆侖使西倒，蹋泰山令東覆。平滌九區，恢維宇宙。斯吾之鄙願也。豈能與吾同大夫之憂樂哉？』太祖惡之，追收下獄。康理之，俱死。」』又嵇紹集云：『此書趙景真與從兄嵇茂齊書，時人誤以爲吕仲悌與先君書，故具列其本末。』尋其至實，則干寶說吕安書爲實。何者？嵇康之死，實爲吕安事相連。吕安不爲此書言太壯，何爲至死？當死之時，人即稱爲此書而死。嵇紹晚始成人，惡其父與吕安爲黨，故作此說以拒之。若說是景真爲書，景真孝子，必不肯爲不忠之言也。又景真爲遼東從事，於理何苦而云『憤氣雲踊，哀物悼世』乎？實是吕安見枉，非理徙邊之言也。但爲此言，於康相知，所以得使鍾會構成其罪。若真爲吕安遺妻，引康爲證，未足以加刑也。干寶見紹之非，故於修史，陳其正義。今文選所撰，以爲親不過子，故從紹言以書之，其實非也。」曹道衡、沈玉成中古文學史料叢考「嵇康被殺原由及年月」條言及嵇康死因，云：「約而言之，歸結數端：一、吕巽淫弟婦而反陷其弟安不孝。康與安友善，此爲被收、被殺之口實。二、文選卷四三所録趙至與嵇茂齊書，李善於嵇紹集、干寶晉紀之異説兩存之，李周翰以爲當從干寶作吕安與嵇康書。李周翰説是。三、康爲曹氏之婿及其與山巨源絶交書『非湯武而薄周孔』，是爲遠因；輕鍾會而致會譖以欲助毌丘儉反，是爲近因；吕安一書，『顧影中原，憤氣雲踊，哀物悼世，激情風烈』云云，是爲物證。」按，嵇康被殺之因，曹、沈歸結三，比較全面。要之，嵇康死於思想言論罪，吕安事不過藉口而已。

三　夏侯太初嘗倚柱作書，時大雨，霹靂破所倚柱，衣服焦然，〔一〕神色無變，書亦如故。賓客左右皆跌蕩不得住。〔二〕見顧愷之書贊。〔三〕語林曰：「太初從魏帝拜陵，陪列於松栢下。〔四〕時暴雨，霹靂正中所立之樹，冠冕焦壞。左右覩之皆伏，太初顔色不改。」〔五〕臧榮緒又以爲諸葛誕也。〔六〕

【校釋】

〔一〕焦然　焦，宋本、沈校本並作「燋」。

〔二〕「神色無變」三句　劉應登云：「言太初無變色，衆人莫不辟易。」王世懋云：「夏侯故雅量，然得無傳之小過。」

〔三〕書贊　疑作「畫贊」。賞譽一〇注引顧愷之畫贊。巧藝九注：「愷之歷畫古賢，皆爲之贊也。」張彦遠歷代名畫記云顧愷之作有魏晉勝流畫贊。

〔四〕松柏　柏下沈校本有「之」字。

〔五〕太初顔色不改　莊子齊物論：「至人神矣！大澤焚而不能熱，河漢沍而不能寒，疾雷破山，飄風振海而不能驚。」莊子田子方曰：「伯昏無人曰：『夫至人者，上闚青天，下潛黄泉，揮斥八極，神氣不變。今汝怵然有恂目之志，爾於中也殆矣夫！』」郭象注：「德充於内，則神滿於外，無遠近幽深，所在皆明，故審安危之幾濇然自得也。」「不能明至分，故有懼，有懼而所喪多矣，豈唯射乎！」嵇康養生論：「是以君子知形恃神以立，神須形以存。

悟生理之易失，知一過之害生。故修性以保神，安心以全身。愛憎不棲於情，憂喜不留於意，泊然無感，而體氣和平。」按，至人德充於内，神明茂於人，故應物而無累於心，與化同體，與道合一，愛憎、喜怒、夷險、生死皆不能慮其思，動其神。此既爲道家至人之人格，亦是魏晉士人之理想人格。雅量多記此類得道者，乃讚美理想人格也。

〔六〕「臧榮緒」句　余箋：「書鈔一五二，御覽一三，事類賦三並引曹嘉之晉紀曰：『諸葛誕以氣邁稱，常倚柱讀書，霹靂震其柱，誕自若。』臧榮緒晉書蓋本於此。」

四　王戎七歲，嘗與諸小兒遊。看道邊李樹多子折枝，〔一〕諸兒競走取之，唯戎不動。人問之，答曰：「樹在道邊而多子，此必苦李。」取之信然。〔二〕名士傳曰：「戎由是幼有神理之稱也。」

【校釋】

〔一〕多子折枝　多子，謂多果實。子，果子也。多子折枝，謂果子甚多，以致枝折也，即御覽三八五引作「子壓枝折」。

〔二〕劉辰翁云：「當入『夙惠』。」王世懋云：「此自是『夙惠』，何關雅量？」

五　魏明帝於宣武場上斷虎爪牙，〔一〕縱百姓觀之。王戎七歲，〔二〕亦往看。虎承間攀欄而吼，其聲震地，觀者無不辟易顛仆，戎湛然不動，了無恐色。竹林七賢論曰：「明帝自閣上望見，使人問戎姓名而異之。」

【校釋】

〔一〕宣武場，在洛陽城北。洛陽伽藍記五：「中朝時，宣武場大夏門東北，今爲光風園，苜蓿生焉。」通鑑八五晉紀七胡注：「水經注：『大夏門東宣武觀，憑城結構，南望天淵池，北矚宣武場。場西故賈充宅。』」

〔二〕王戎七歲　程炎震云：「晉書戎傳云『惠帝永興二年卒，年七十二』，則七歲是齊王芳正始二年。此云明帝，誤矣。」按，王戎生於魏明帝青龍二年（二三四），卒於晉惠帝永興二年（三〇五），戎七歲是齊王芳正始元年（二四〇）。晉書四三王戎傳謂戎「六七歲于宣武場觀戲」。若六歲，則在魏明帝時。

六　王戎爲侍中，〔一〕南郡太守劉肇遺筒中箋布五端，〔二〕戎雖不受，厚報其書。晉陽秋曰：「司隸校尉劉毅奏：南郡太守劉肇以布五十疋、雜物，遺前豫州刺史王戎，請檻車徵付廷尉治罪，除名終身。戎以書未達，不坐。」竹林七賢論曰：「戎報肇書，議者僉以爲譏。世祖患之，乃發口詔曰：〔三〕『以戎之爲士，義豈懷私？』〔四〕議者乃息，戎亦不謝。」

【校釋】

〔一〕王戎爲侍中　據通鑑八一晉紀三胡注，劉毅爲司隸校尉在太康元年至六年。孝標注引晉陽秋記司隸校尉劉毅奏云云，則戎爲侍中至遲當在太康六年之前。又通鑑八一太康三年侍中王濟等請帝留齊王攸，帝怒謂侍中王戎云云，乃出王濟爲國子祭酒。疑王戎爲侍中當在出王濟之後，若是，戎爲侍中在太康三年（二八二）。

〔二〕劉肇遺筒中箋布五端　劉肇晉書無傳，晉書四五劉毅傳記毅子暾奏曰：「右長史、楊丘亭侯劉肇，便辟善柔，苟於阿順。」劉肇遺王戎筒中箋布，即「便辟善柔」之證。筒中箋布五端，晉書四三王戎傳作「筒中細布五十端」。筒中，布名。李詳云：「案文選蜀都賦劉逵注：『黃潤筒中，細布也。』揚雄蜀都賦：『筒中黃潤，一端數金。』左傳昭二十六年杜注：『一丈爲一端。』」

〔三〕口詔　詔，宋本、沈校本並作「言」。

〔四〕「以戎之」二句　晉書本傳作「戎之爲行，豈懷私苟得，正當不欲爲異耳」，文意較竹林七賢論明晰。戎不受劉肇箋布五端，是爲「豈懷私苟得」；「厚報其書」，是爲「正當不欲爲異」。武帝口詔，以釋王戎行爲，遂使「議者乃息」。

七　裴叔則被收，神氣無變，舉止自若。求紙筆作書，書成，救者多，乃得免。〔一〕後位儀同三司。晉諸公贊曰：「楷息瓚，取楊駿女。駿誅，以相婚黨，〔二〕收付廷尉。侍中傅祗證楷素意，由此得免。」名士傳曰：「楚王之難，李肇惡楷名重，〔三〕收將害之。楷神色不變，舉動自若。諸人請救得免。」晉陽秋曰：「楷與王戎俱加儀同三司。」

【校釋】

〔一〕「裴叔則被收」數句　程炎震云：「晉書楷傳：『楚王之難，楷以匿免，不被收。』劉注具二説而不能決，蓋以廣異同。以當日情事推之，瑋舉事一日而敗，恐不得收楷。晉書不從名士傳，得之。」按，裴楷與楊駿、汝南王亮、太保衛瓘皆聯姻。孝標注引晉諸公贊、名士傳而不能決，程氏以爲「蓋以廣異同」。然本條既云「裴叔則被收」，則當以晉諸公贊爲是。據晉書四惠帝紀，永平元年（二九一）三月辛卯，誅太傅楊駿。晉書本傳謂楊駿誅，楷以婚親收付廷尉，將加法，賴侍中傅祗救護得免。顯然，晉書從晉諸公贊，亦即本條所敘情事。名士傳謂楚王之難，裴楷被收，但晉書本傳謂楷聞楚王瑋有變，「單車匿于妻父王渾家」，以此得免，實未被收。故名士傳所敘不實。

〔二〕以相婚黨　相，宋本、沈校本並作「楷」。按，從上下文義，作「楷」較勝。晉書三五裴楷傳正作「楷」，謂「楷以婚親收付廷尉」。

〔三〕李肇　賈后黨。據晉書四〇楊駿傳、通鑑八二晉紀四，李肇爲楊駿不禮，陰搆駿將圖社稷；肇投靠賈后，賈后令肇報大司馬汝南王亮使連兵討駿。

八　王夷甫嘗屬族人事，經時未行。遇於一處飲燕，因語之曰：「近屬尊事，那得不行？」族人大怒，便舉樏擲其面。〔一〕夷甫都無言，盥洗畢，牽王丞相臂，與共載去。在車中照鏡，語丞相曰：「汝看我眼光，迺出牛背上。」〔二〕王夷甫蓋自謂風神英俊，不至與人校。〔三〕

【校釋】

〔一〕樏　李慈銘云：「案玉篇木部：『樏，力詭切。扁榼謂之樏。』廣韻四紙：『樏，力委切。似盤中有隔也。』樏即説文之欙，讀平聲，力追切。引虞書説：『山行乘欙。』康熙字典引唐韻：『音累，似盤中有隔也。』」世説箋本：「抱朴子：『世有使酒之人，以杯樏相擲者。』」

〔二〕「汝看我眼光」二句　此語費解。世説抄撮：「形容精神之英勃也，而其不介細故可見。」世説箋本引鵜云：「人怒則眼光沉著。今眼光出牛背上，不與人校也。」張萬起、劉尚慈譯注：「牛背爲著鞭之處，眼光出牛背上，意指不計較挨打受辱之類的小事。」按，「迺出牛背上」一句，御覽三六六引晉書作「乃在牛背上」，且「與共載去」句後有「然心不能平」五字。

晉書四三王衍傳作「乃在牛背上」。山谷内集詩注一七拜劉凝之畫像詩：「往來澗谷中，神光射牛背。」任淵注：「晉書：王衍引王導共載而去，曰：『目光乃在牛背上矣。』」宋人王之道相山集六和沈次韓王覺民韻詩：「小人老矣病且衰，目光近在牛背上。」亦用王衍語。又宋人董更書録卷中論王荆公書「蕭散簡遠，如高人勝士，弊衣破履，行于大車駟馬之間，而目光已在乎牛背矣」。宋人祝穆古今事文類聚一八「舉樏擲面」條、後集三九「目光在牛背」條，亦作「目光在牛背上」。可證宋人所見世説同晉書，皆作「乃在牛背上」。「乃出牛背上」，當爲宋人所改也。「眼光在牛背上」之義，據山谷、王之道詩意，爲蕭散淡遠，此與孝標注謂「風神英俊」不同。鄙意以爲夷甫之語既非自作蕭散淡遠，亦非自詡風神英俊，而有自解意味。晉書二五輿服志注曰：「牛之爲義，蓋取其負重致遠而安穩也。」夷甫爲族人舉樏擲面，初雖不發一言，「然心不能平」；後車中照鏡，見容貌無損，遂平静其心。眼光落于牛背，即以牛自況。看眼前之牛，負重卻能致遠，得其安穩。人之犯我，我不與之校，沉默負重，亦能致遠且安穩無害也。

〔三〕校　計較也。論語泰伯：「犯而不校。」包咸注：「校，報也。言見侵犯不校。」傅咸叩頭蟲賦：「蓋齒以剛克而盡，舌存以其能柔。强梁者不得其死，執雌者物莫之讎。無咎生於惕厲，悔恡來亦有由。仲尼唯諾於陽虎，所以解紛而免尤。韓信非爲懦兒，出胯下而不羞。何兹蟲之多畏，人纔觸而叩頭。犯而不校，誰與爲讎。」晉書五五潘尼傳：「知争競之遘災也，故犯而不校。」按，王夷甫之雅量，既來自儒家「犯而不校」之義，亦奉老子「以柔克剛」之説。君子度量絶人，不介細故，不强弱勝負，此亦是魏晉風度之内涵。竹林七賢論曰：「（劉）伶嘗與俗士相牾，其人攘袂而起，欲必築之。伶和其色曰：『雞肋豈足以當尊拳。』其人不覺廢然而返。」王夷甫不與人校之風度與劉伶同。

九　裴遐在周馥所，馥設主人。〔一〕鄧粲晉紀曰：「馥字祖宣，汝南人。代劉淮爲鎮東將軍，〔二〕鎮壽陽。〔三〕移檄四方，欲奉迎天子。元皇使甘卓攻之，馥出奔，道卒。〔四〕」遐與人圍棊，馥司馬行酒，〔五〕遐正戲，不時爲飲。〔六〕司馬恚，因曳遐墜地。遐還坐，舉止如常，顔色不變，〔七〕復戲如故。王夷甫問遐：「當時何得顔色不異？」答曰：「直是闇當故耳。」〔八〕一作闇故當耳，一作真是鬬將故耳。

【校釋】

〔一〕設主人　世説箋本：「身爲主人設饗具也。吴志：『孫翊云：「吾欲爲長史作主人。」乃大請賓客。』又魏志注：『李勝出爲荆州，辭宣王，宣王曰：「今當與君别，自顧氣力轉微，後不必更會，因欲自力設薄主人。」』蓋是當時設宴語。」周一良魏晉南北朝史札記「設主人」條略云：「設主人蓋當時習語，猶今言坐東道請客也。設字引申有招待飲食之意。」「設主

人亦謂之作主人，與今語更近。」（中華書局，一九八五年三月第一版，下同）

〔二〕代劉淮　淮，徐箋：「晉書周馥傳作『代劉準爲鎮東將軍。』周家禄云：『諸傳皆言準爲征東將軍。』『鎮東』當作『征東』。『淮』乃『準』之壞字。晉書劉喬、劉輿等傳均作『準』。」按，劉淮乃劉準之誤，詳見方正一六校釋。

〔三〕壽陽　王利器云：「蔣校本、沈校本同，餘本『壽』上有『鎮』字，是。」

〔四〕「元皇」三句　干寶搜神記七：「永嘉中，壽春城内有豕，生人兩頭而不活，周馥取而觀之。識者云：『豕，北方畜，兩頭者，無上也。生而死，不遂也。天戒若曰：易生專利之謀，將自致傾覆也。』俄爲元帝所敗。」

〔五〕馥司馬　程炎震云：「晉書遐傳云：『在平東將軍周馥坐，故得有司馬。』」按，晉書七九謝萬傳敍萬曾與蔡系送客於征虜亭，與系争言。系推萬落牀，萬徐拂衣就席，神意自若。萬與系皆不以介意，時人稱之。謝萬人犯之而不介意，與周遐相似，時人視此爲雅量。

〔六〕「遐正戲」二句　宋本無「遐」字。不時，吴金華考釋：「『不時』，不及時。裴遐没有及時地把酒喝掉，這對行酒（依次給客人斟酒）的司馬是非常失禮的行爲，所以司馬十分惱火。」

〔七〕「司馬恚」數句　程炎震云：「御覽三九三引鄧粲晉紀曰：『同類有試遐者，推墮牀下，遐拂衣還坐，言無異色。』」

〔八〕闇當　此詞難解，孝標注亦未定。王世懋云：「闇當之解，似云默受。」世説箋本：「闇當，闇合也，益謂本無意而漫相當也。」余箋：「『闇當』未詳。陳僅捫燭脞談一二曰：『闇當似云默受，當讀爲抵當之當，去聲。』嘉錫案：陳説亦想當然耳。未便可從。」王叔岷補正：「『闇當』猶云『闇會』、『闇合』。一作『闇故當耳』。『故當』蓋『當故』之誤倒；一作『真是鬬將故耳』，亦通。『舉止如常，顏色不變，復戲如故』，所謂『真是鬬將』也。」楊箋：「闇故，疑作『鬬變』，傳寫之誤耳。」「又『鬬將』，亦作『闇將』。六韜犬韜：『明將之所以遠避，闇將之所以陷敗也。』錢鍾書管錐編則以『闇將』爲『鬬將』之誤，謂挑身獨戰也。」管錐編五「項羽本紀」條曰：「項王謂漢王曰：『天下匈匈數歲者，徒以吾兩人耳，願與漢王挑戰決雌雄，毋徒苦天下之民父子爲也。』漢王笑謝曰：『吾寧鬬智，不能鬬力。』」集解李奇曰：『挑身獨戰，不復須衆也。』」考證：「李説是。」錢鍾書按，杜甫寄張山人彪云：『蕭索論兵地，蒼茫鬬將辰。』「挑身獨戰」即「鬬將」。吴金華考釋：「竊疑『暗當』可能是『暗V而當』的縮略語，指某種思想、言行（V）跟事理而然地巧合。魏晉人常用『暗V而當』的格式表達這種意思。（下略）裴遐雅量過人，『暗當』云云，蓋謂自身久沐於儒家『犯而不校』之道，只不過是暗蹈而當罷了。」寧稼雨亦以爲「闇當」爲默受之意，「正與『舉止如常，顏色不變』相吻合。這種遇事不露聲色的氣量不僅是當時名士崇尚的風度雅量，而且也是圍棋所倡導的『有勝不誅』」、『雖敗不亡』的人生態度的表現」（詳見魏晉士人人格精神——世說新語的士人精神史研究第二四五—二四六頁）。按，鬭將即能鬭之將。吴志吕蒙傳：「蒙輒陳請：『天下未定，鬭將如寧難得，宜容忍之。』」南齊書一高帝紀上：「太祖高皇帝諱道成，字紹伯，姓蕭氏，小諱鬭將。」北史六八賀若敦傳附賀弼傳：「弼曰：『楊素是猛將，非謀將；韓禽是鬭將，非領將；史萬歲是騎將，非大將。』」舊唐書一〇一薛登傳：「鬭將長於摧鋒，謀將審於料事。」十誦律八：「爾時波斯匿王有小國反叛，語諸鬭將：『汝等往彼折伏便還。』」司馬行酒，裴遐不及時飲，若有怠慢，故司馬將遐曳至墮地。遐稱司馬真是鬭將，乃微諷司馬不過是一能鬭之武夫而已，我何必與其較力。裴遐之雅量蓋指此也，與圍棋之勝敗得失無關，寧稼雨之解似不足信。故「闇當」當作「鬭將」。

一〇　劉慶孫在太傅府，于時人士多爲所構，〔一〕唯庾子嵩縱心事外，無迹可間。後以其性儉家富，〔二〕說太傅令换千萬，〔三〕冀其有吝，於此可乘。晉陽秋曰：「劉輿字慶孫，〔四〕中山人，有豪俠才筭，善交結，爲范陽王虓所暱。虓薨，太傅召之，大相委仗，用爲長史。」〔五〕八王故事曰：「司馬越字元超，高密王泰長子。少尚布衣之操，爲中外所歸。累遷司空、太傅。」太傅於衆坐中問庾，庾時頹然已醉，幘墮几上，以頭就穿取。徐答云：「下官家故可有兩娑千萬，〔六〕隨公所取。」於是乃服。後有人向庾道此，庾曰：「可謂以小人之慮，度君子之心。」

【校釋】

〔一〕人士多爲所構　晉書三三何綏傳：「劉輿、潘滔譖之于東海王越，越遂誅綏。」晉書六二劉輿傳：「越誅繆播、王延等，皆輿謀也。」

〔二〕儉　儉吝之儉，吝嗇之意。晉書五〇庾敳傳：「敳有重名，爲縉紳所推，而聚斂積實，談者譏之。」「聚斂積實」即「性儉家富」也。

〔三〕换　借貸。玉篇：「貸也。」南史四六周盤龍傳：「陵轢朝士，就司空王敬則换米二百斛，敬則以百斛與之，不受。」

〔四〕劉輿　輿，余箋：「劉輿乃劉琨之兄，晉書附琨傳。世説此條注及賞譽篇『太傅有三才』條注皆作『輿』。而仇隟篇『劉璵兄弟』正文及注則皆作『璵』，必有一誤。丁國鈞晉書校文三曰：『以弟名琨例之，疑本作璵。』然今晉書無作『璵』者。」按，唐韓偓驛步詩（癸酉年在南安縣）有句云：「物近劉璵招垢膩，風經庾亮污塵埃。」（韓内翰别集）據此，世説原本或作「璵」。

〔五〕「爲范陽王」數句　劉輿相繼爲范陽王虓及太傅司馬越重用，見晉書六二劉輿傳：「虓之敗，輿與之俱奔河北。虓既鎮鄴，以輿爲征虜將軍、魏郡太守。虓薨，東海王越將召之……輿既見越，應機辯畫，越傾膝酬接，即以爲左長史。越既總録，以輿爲上佐。」又見賞譽二八，言「劉慶孫長才」。孝標注引晉陽秋謂劉輿於天下之事「皆默識之」，「事無凝滯，於是太傅遂委仗之」。

〔六〕兩娑千萬　李慈銘云：「案晉書作二千萬，娑字蓋當時方言，如馨字、阿堵之類。」程炎震云：「故可字，娑字，晉書本傳皆無。」劉盼遂云：「兩娑千萬者，兩三千萬也。娑以聲借作三。娑、三雙聲，今北方多讀三如沙，想當典午之世而已然矣。世説多録當時方言，此亦一斑。劉淇助詞辨略云：『兩娑千萬，猶言兩個千萬也。』按淇以娑爲語辭，無征。晉書庾敳傳作『兩千萬』，蓋不知古語而删。」余箋：「北史儒林李業興傳云：『業興上黨長子人，家世農夫，雖學殖而舊音不改。梁武問其宗門多少？答曰：薩四十家。』蓋三轉爲沙，重言之則爲薩。此又兩娑爲兩三之證。今山西人猶讀三爲薩。」楊箋同余箋。徐箋：「『娑』字義未詳，疑約舉其數之詞，猶今言兩三千萬。」

一一　王夷甫與裴景聲志好不同，〔一〕景聲惡欲取之，卒不能回。〔二〕乃故詣王肆言極罵，要王答己，欲以分謗。〔三〕王不爲動色，徐曰：「白眼兒遂作。」〔四〕晉諸公贊曰：「邈字景聲，河東聞喜人，少有通才，從兄頠器賞之，每與清言，終日達曙。自謂理構多如，輒每謝之，然未能出也。〔五〕歷太傅從事中郎、左司馬，監東海王軍事。少爲文士而經事，爲將雖非其才，而以罕重稱也。」

【校釋】

〔一〕「王夷甫」二句　本篇一二謂王夷甫與裴頠不與相知，而裴景聲爲從兄頠器賞，故夷甫與景聲亦志好不同。

〔二〕卒不能回　世說箋本：「使取而從己也。『卒不能回』，回，使彼回向我也。」

〔三〕「要王答己」二句　世說講義：「此裴既不能回王，因出一罵詈策，欲令王亦同有醜聲也。」世說箋本：「言欲王與己相罵語，共受世之謗也。」

〔四〕白眼兒遂作　世說箋本引索解：「言平日與我志好不同，果然今日遂發作。」朱注：「箋云似未諦，此似以比之白起之眼，小而白。史稱起難與争鋒，廉頗持守，足以當之。此夷甫謂己能持守也。『遂作』，謂遂起身，不與晤對也。」楊箋：「白眼，怒貌。即阮籍所能作之『白眼』『青眼』是。白眼兒者，發怒之人也。」按，楊箋較勝。

〔五〕「自謂理構多如」三句　多如，如，宋本、沈校本並作「知」。世說箋本引觿云：「言裴頠與邈清言，頠每謝不如。所謂奇賞之也。然未能出乎頠之上也。」世說抄撮：「自謂，邈自謂也。謝之，頠謝之也。未能出，邈未能出頠之上也。」

一二　王夷甫長裴成公四歲，不與相知。〔一〕時共集一處，皆當時名士，謂王曰：「裴令令望何足計？」〔二〕王便卿裴，裴曰：「自可全君雅志。」〔三〕裴頠已見。〔四〕

【校釋】

〔一〕「王夷甫」二句　程炎震云：「據晉書王、裴二傳，則王長裴五歲。」按，王、裴兩人不相知，當因所宗義理不同所致。據晉書四三王衍傳、晉書三五裴頠傳，王夷甫甚重何晏、王弼以無爲本之論，希心玄遠，不以物務爲嬰，影響甚巨。裴頠以爲非，著崇有論譏之。王衍之徒攻難交至，並莫能屈。

〔二〕「裴令」句　朱注：「本書稱裴頠曰『裴公』，稱裴楷曰『裴令』，此處『令』字疑當作『公』字。」按，裴頠謚曰成，故稱裴成公（見晉書三五裴頠傳），裴楷爲中書令，故稱裴令公。德行一八：「裴令公歲請租錢數百萬，以恤中表之貧者。」注引晉諸公贊曰：裴楷「累遷河南尹，中書令」。朱注是。「裴令」一句乃在坐名士語，意謂裴頠名望何足考慮。裴頠傳言王衍之徒，聲譽太盛，位高勢重。王衍傳言其「世號『口中雌黄』，朝野翕然，謂之『一世龍門』矣。累居顯職，後進之士，莫不景慕仿效。」可見王衍乃當時名士領袖，無論權勢、聲譽皆高於裴頠。名士對王所言，顯有輕視裴頠之意。

〔三〕「王便卿裴」二句　「卿」爲狎暱、不尊重之稱，如方正二〇記王太尉不與庾子嵩交，庾卿之不止。王曰：「君不得爲爾。」王夷甫本與裴頠不相知，卿裴爲狎暱不敬之舉。裴不制止，卻曰「全君雅志」。「雅志」乃反語耳，而裴之雅量見矣。陳夢槐云：「沖懷可挹，語自澹宕。」其說是。

〔四〕裴頠　已見言語二三。

一三　有往來者云：「庾公有東下意。」或謂王公：「可潛稍嚴，以備不虞。」〔一〕王公曰：「我與元規雖俱王臣，本懷布衣之好。若其欲來，〔二〕吾角巾徑還烏衣。〔三〕丹陽記曰：「烏衣之起吴時烏衣營處所也。江左初立，琅邪諸王所居。」何所稍嚴？」中興書曰：「於是風塵自消，内外緝穆。」〔四〕

【校釋】

〔一〕「有往來者云」數句　時庾亮鎮武昌。東下，指由武昌沿江而下建康。晉書六五王導傳曰：「南蠻校尉陶稱間説（庾）亮當舉兵内向，或勸導密爲之防。」晉書八二孫盛傳：「庾亮代（陶）侃，引爲征西主簿，轉參軍。時丞相王導執政，亮以元舅據外。南蠻校尉陶稱讒構其間，導、亮頗懷疑貳。」通鑑九六晉紀一八：成帝咸康四年（三三八）六月，以王導爲丞相，委任諸將趙胤、賈寧等多不奉法。庾亮與郗鑒書，欲共起兵廢王導。郗鑒不聽，南蠻校尉陶稱或勸導密爲之備云云。

〔二〕欲來　來，宋本作「不」。王利器校：「蔣校本『不』作『下』，餘本作『來』，宋本『不』字誤。」按，作「下」更勝於「來」。

〔三〕角巾　程炎震云：「通典五七云：『葛巾，東晉制。以葛爲之，形如帢而横著之，尊卑共服。太元中，國子生見祭酒博士，冠角巾。』晉書導傳作『角巾還第』，似失語妙。羊祜與從弟琇曰：『既定邊事，當角巾東歸故里。』」徐箋：「王導此言，亦謂當棄官歸里居。」按，晉書四二王濬傳：「（范通）曰：『卿旋旆之日，角巾私第，口不言平吴之事。』」南齊書四四徐孝嗣傳：「若不獲命，正當角巾丘園，待罪家巷耳。」據此，角巾乃閒居所服。烏衣，烏衣巷。余箋：「景定建康志一六引舊志云：『烏衣巷在秦淮南。晉南渡，王、謝諸名族居此，時謂其子弟爲烏衣諸郎。今城南長干寺北有小巷曰烏衣，去朱雀橋不遠。』又四二引舊志云：『王導宅在烏衣巷中，南臨驃騎航。』」

〔四〕「於是風塵自消」二句　風塵，徐箋：「晉書桓温傳：『風塵紛紜，妄生疑惑，辭旨危急，憂及社稷。』劉璁載記：『風塵之言，謂大將軍、衛將軍及左右輔皆謀奉太弟，尅季春構變。』皆指道路流言。」内外緝穆，晉書八二孫盛傳記南蠻校尉陶稱讒構王導、庾亮之間，「盛密諫亮曰：『王公神情朗達，常有世外之懷，豈肯爲凡人事邪？此必佞邪之徒欲見内外耳。』亮納之。」以此知「内外緝穆」，孫盛亦有功焉。然王導傳曰：「時亮雖居外鎮，而執朝廷之權，既據上流，擁彊兵，趣向者多歸之。導内不能平，常遇西風塵起，舉扇自蔽，徐曰：『元規塵污人。』」（亦見輕詆四）可見王導内心终究不能平，所謂「我與元規雖俱王臣」云云，爲成熟政治家之風度，矯情以示雅量。然王導之雅量，庾亮之納諫，對於安定東晉政局，畢竟皆有貢獻焉。

一四　王丞相主簿欲檢校帳下，〔一〕公語主簿：「欲與主簿周旋，無爲知人几案間事。」〔二〕

【校釋】

〔一〕檢校　檢查校覈。晉書三六張華傳：「僕射裴頠以爲宜先檢校傳書者，又請比校太子手書，不然恐有詐妄。」晉書五四陸雲傳：「刑誅事大，言（陸）機有反逆之徵，宜令王粹、牽秀檢校其事。」帳下，營帳。史記九五樊酈滕灌列傳：「樊噲在營外，聞事急，乃持鐵盾入到營。營衛止噲，噲直撞入，立帳下。」此借指官府中簿籍文書。

〔二〕「公語主簿」三句　周旋，世説箋本：「猶『奉以周旋』之『周旋』，言吾欲與主簿，竭力奉行職事，然勿以察淵、訐直爲功。」　几案，几，宋本、沈校本並作「机」。按，當作几。几，桌子；案，桌。顔之推顔氏家訓治家：「或有狼籍几案，分散部帙。」魏書八五邢昕傳：「既有才藻，兼長几案。」几案間事指文牘工作。王導言「欲與主簿周旋」，猶「欲與主簿交代」。蓋導以清静治政，不欲考察几案繁雜之事，故囑主簿云。世説箋本稱王導欲與主簿竭力奉行職事，似不確。

一五　祖士少好財，阮遥集好屐，〔一〕並恒自經營。同是一累，而未判其得失。祖約別傳曰：「約字士少，范陽遒人。〔二〕累遷平西將軍、豫州刺史，鎮壽陽。與蘇峻反，峻敗，約投石勒。約本幽州冠族，賓客填門。勒登高望見車騎，大驚。又使占奪鄉里先人田地，地主多恨。勒惡之，遂誅約。」晉陽秋曰：「阮孚字遥集，陳留人，咸第二子也。少有智調，〔三〕而無儁異。累遷侍中、吏部尚書、廣州刺史。」人有詣祖，見料視財物，客至，屏當未盡，〔四〕餘兩小簏，著背後，傾身障之，意未能平。或有詣阮，見自吹火蠟屐，因歎曰：「未知一生當著幾量屐。」〔五〕神色閑暢，於是勝負始分。〔六〕孚別傳曰：「孚風韻疏誕，少有門風。」

【校釋】

〔一〕好屐　藝林匯考八引五雜俎曰：「漢時著屐尚少，至東京末年始盛。應劭風俗通載，延嘉中京師好著木屐。婦人始嫁，作漆畫屐，五色采爲系。後黨事起，以爲不祥。至晉而始通用，阮孚至自蠟之，謝靈運登山陟嶺未嘗須臾離也。想即以此當履耳。」

〔二〕范陽遒人　遒，宋本、沈校本並作「道」。王利器校：「餘本『道』作『遒』，是，晉書地理志，范陽有遒縣無道縣。」

〔三〕智調　猶智算，智數。徐幹中論下考僞：「心疾乎内，形勞於外，然其智調足以將之。」蜀志，孟光傳：「智調藏於胸懷，權略應時而發。」

〔四〕屏當　能改齋漫録：「屏當二字俗訓收拾。」

〔五〕量　通「緉」、「兩」。量詞，猶雙。曹操與太尉楊彪書：「並遺足下貴室錯綵羅縠裘一領，織成韡一量。」南齊書四一張融傳：「並履一量。」宋書一八禮志五：「舄襪各一量。」御覽一四九：「絳地文履一量。」御覽八一六：「高柔婦與柔書曰：『今奉織成袜一量。』」顔師古匡謬正俗七「兩量」條：「或問曰：『今人呼履舄屐屩之屬一具爲一量，於義何耶？』答曰：『字當作兩。詩云「葛屨五兩」者，相偶之名。屨之屬，二乃成具，故謂之兩。兩音轉變，故爲量耳。古者謂車一乘，亦曰一兩。詩云「百兩御之」是也。今俗音訛，往往呼爲車若干量。』」

〔六〕「神色閑暢」二句　劉辰翁云：「勝負本不待此，寫得祖士少慚怍殺人。」王若虚滹南遺老集二八云：「晉史載祖約好財事，其爲人猥鄙可知。阮孚蠟屐之歎，雖若差勝，然何其見之晚耶？是區區者而未能忘懷，不知二子所以得天下之重名者，果何事也？……晉士以虚談相高，自名而誇世者不可勝數。」又云：「『將無同』三語有何難道？或者乃因而辟之。一生幾量屐，婦人所知，而遂以決祖、阮之勝負，其風至此，天下蒼生，安得不誤哉！」費袞梁谿漫志謂晉史書事鄙陋，論阮孚好屐何足汙史筆。余箋：「好財之爲鄙俗，三尺童子知之。即好屐亦屬嗜好之偏，何足令人介意，本可置之不談。而晉人以此品量人物，甚至不能判其得失，無識甚矣。」錢穆云：「此皆足以見晉人之風格也。何以言之？夫好財之與好屐，自今言之，雅俗之判，若甚易辨，得失勝負，謂爲難決。而時人不爾者，正見晉人性好批評，凡是求其真際，不肯以流俗習見爲准，而必一切重新估定其價值也。而晉人估價之標準，則一本於自我之内心。故祖、阮之優劣，即定於其所以爲自我則如何耳。士少見客至，屏當財物，畏爲人見，意未能平，此其所以爲劣耳。遥集見客至，臘屐自若，神色閑暢，此其所以爲優也。凡晉人之立身行己，接物應務，詮衡人物，進退道術者，其精神態度，亦胥視此矣。」（國學概論魏晉清談）按，世説多記瑣事，以此品題人物，表現晉人之生活、思想及審美情趣。劉辰翁諸人皆謂阮孚蠟屐乃區區鄙陋之事，而遂以決人物之勝負，可見晉人「無識」矣。此種論調似乎認爲非軍國大事不足以定人物優劣，其實是既不見世説多以瑣事體現精神之審美趣味，亦不明人物性格常由瑣事及生活細節而見之。看似高論，實不足取。祖約好財，爲時人所譏，此固無須贅言。阮孚好屐，雖亦爲一累，然所歎「未知一生當著幾量屐」，以閑淡之語，感慨人生不永，語言雋永，意味深長，人物個性全出。時人遂以定勝負，可見晉人品鑒人物以閑暢爲美。錢穆謂晉人估價之標準本於内心及精神態度，其説得之。

一六　許侍中、顧司空俱作丞相從事，〔一〕爾時已被遇，遊宴集聚，略無不同。〔二〕

晉百官名曰：「許璪字思文，〔三〕義興陽羨人。」許氏譜曰：「璪祖甝，〔四〕字子良，永興長。父裴，字季顯，烏程令。璪仕至吏部侍郎。」嘗夜至丞相許戲，二人歡極。丞相便命使入己帳眠。顧至曉回轉，〔五〕不得快孰。〔六〕許上牀便咍臺大鼾。〔七〕丞相顧諸客曰：「此中亦難得眠處。」〔八〕顧和字君孝，少知名，族人顧榮曰：「此吾家騏驥也，必興吾宗。」仕至尚書令。五子：治、隗、淳、履之。〔九〕

【校釋】

〔一〕丞相從事　朱注：「案：『從事』上疑脱『揚州』二字，蓋王導爲揚州時也。」按，本篇二二曰：「顧和始爲揚州從事。」又曰：「周侯詣丞相，歷和車邊。」揚州即丞相，王導時爲揚州刺史。則本條「丞相從事」亦即揚州從事，意義等同，「從事」上無須加「揚州」二字。

〔二〕「爾時已被遇」三句　北方士族過江之初，吴人不附。經元帝、王導籠絡與安撫，顧榮等望族終於歸附晉朝。此種轉變見於王導傳：「會三月上巳，帝親觀禊，乘肩轝，具威儀。敦、導及諸名勝皆騎從。吴人紀瞻、顧榮皆江南之望，竊覘之，見其如此，咸驚懼，乃相率拜於道左。導因進計曰：『古之王者，莫不賓禮故老，存問風俗，虚己傾心，以招俊乂。況天下喪亂，九州分裂，大業草創，急於得人者乎？顧榮、賀循，此土之望，未若引之以結人心。二子既至，則無不來矣。』帝乃使導躬造循、榮，二人皆應命而至。由是吴會風靡，百姓歸心焉。自此之後，漸相崇奉，君臣之禮始定。」又見言語二九：元帝始過江，謂顧驃騎曰：

「寄人國土，心常懷慚。」榮跪對曰：「臣聞王者以天下爲家，是以耿、亳無定處，願陛下勿以遷都爲念。」可見顧榮不再抵觸元帝寄居江南，並安慰之。此言「爾時已被遇」，則南北士族基於共同利益，已進入互相協作之階段。

〔三〕許璪　汪藻考異作「許藻」。楊箋：「璪、藻文意相似。然排調篇二〇注一作『琛』者，殆『璪』字形近而誤也。」

〔四〕祖豔　豔，汪藻考異作「豐」。楊箋：「疑是『豔』之壞字。」

〔五〕顧至曉回轉　汪藻考異作「顧至時猶展轉」。

〔六〕快孰　孰，宋本、沈校本並作「熟」。按，熟通孰，熟睡也。

〔七〕咍臺　劉盼遂云：「莊子達生篇：『公反誒詒爲病。』釋文：『誒詒，司馬云解倦貌，李頤云失魂魄也。詒音臺。』誒詒同從㠯聲，咍臺即誒詒也。之部，疊韻連語。」世說箋本：「咍臺，睡時鼻中發聲也。」

〔八〕此中亦難得眠處　劉辰翁云：「茂弘語謬。」凌濛初云：「丞相自謂難得眠，司空安得不至曉回轉。」按，王導之語諸家皆無解，其言外之意實謂我作揚州刺史，百事未易了，難得安穩覺也。

〔九〕五子：治、隗、淳、履之，王利器校：「案據本書附録吴國吴郡顧氏譜，這裏缺了和第五子臺民名。」按，汪藻考異謂顧五子：治、隗、淳、履之、臺民，與顧氏譜相符。

一七　庾太尉風儀偉長，不輕舉止，〔一〕時人皆以爲假。亮有大兒數歲，雅重之質，便自如此，人知是天性。〔二〕温太真嘗隱幔怛之，〔三〕此兒神色恬然，乃徐跪曰：「君侯何以爲此？」論者謂不減亮。蘇峻時遇害。庾氏譜曰：「會字會宗，太尉亮長子，〔四〕年十九，咸和六年遇害。」〔五〕或云：「見阿恭，知元規非假。」阿恭，會小字也。

【校釋】

〔一〕「庾太尉」二句　晉書七三庾亮傳：「亮美姿容，善談論，性好莊老，風格峻整，動由禮節，閨門之内，不肅而成。時人或以爲夏侯太初、陳長文之倫也。」又曰：「隨父在會稽，嶷然自守，時人皆憚其方嚴，莫敢造之。」凡此，皆見庾亮風儀偉長，峻整雅重之風度。

〔二〕「亮有大兒數歲」數句　唐批：「書鈔一三二引云：『年數歲，有威重之質，便自謂如父温太真』云云，可證今本之訛。『自如此』應作『自謂如父』，方與下合。『有』字亦應補，『雅』字誤，應作『威』。書鈔所引文勝今本。」按，此條明云是庾亮兒，何以牽涉「如父温太真」？且查書鈔一三二卷，亦無庾亮兒之事。唐批甚不可解也。

〔三〕怛　驚嚇。莊子大宗師：「俄而子來有病，喘喘然將死，其妻子環而泣之。子犁往問之，曰：『叱！避，無怛化！』」郭象注：「夫死生猶寤寐耳，於理當寐，不願人驚之，將化而死，亦宜無爲怛之也。」列子力命：「北宮子之寐久矣，一言而能寤，易怛也哉！」朱注：「意謂隱藏於帳幔之後以驚恐之也。」

〔四〕太尉亮長子　晉書七三庾亮傳謂亮三子：彬、羲、龢，與世說異。吴士鑒晉書斠注：「案本傳實采世説。而世説誤彬爲會。」徐箋以爲會即彬也。

〔五〕咸和六年　程炎震云：「六年，當作『三年』。」按，晉書七三庾彬傳：「蘇峻之亂，遇害。」據晉書七成帝紀，咸和三年（三二八）二月，蘇峻攻建康，王師敗績，死者數千人，庾亮又敗于宣陽門内，携諸弟奔尋陽。庾會當死于此時。

一八　褚公於章安令遷太尉記室參軍，按庾亮啓參佐名，裒時直爲參軍，不掌記室也。名字已顯而位微，人未多識。公東出，乘估客船，送故吏數人，投錢唐亭住。錢唐縣記曰：「縣近海，爲潮漂没。縣諸豪姓歛錢雇人，輦土爲塘，因以爲名也。」〔一〕爾時吴興沈充爲縣令，〔二〕未詳。當送客過浙江，客出，亭吏驅公移牛屋下。〔三〕潮水至，沈令起彷徨，問：「牛屋下是何物人？」〔四〕吏云：「昨有一傖父來寄亭中，〔五〕晉陽秋曰：「吴人以中州人爲傖。」有尊貴客，權移之。」令有酒色，因遥問：「傖父欲食餅不？姓何等？可共語。」褚因舉手答曰：「河南褚季野。」遠近久承公名，令於是大遽，〔六〕不敢移公，便於牛屋下脩刺詣公，更宰殺爲饌具，於公前鞭撻亭吏，欲以謝慚。公與之酹宴，言色無異，狀如不覺。〔七〕令送公至界。

【校釋】

〔一〕「錢唐縣記曰」數句　余箋：「案此條注爲宋人所刪改，非復本文。演繁露卷一三引世説注錢塘云：『晉人沈姓而令其縣者，將築塘，患土不給用，設詭曰：「有致土一畚者，以錢一畚易之。」土既大集，遂誘曰：「今不復須土矣。」人皆棄土而去。因取此土，以築塘岸，故名錢塘。』嘉錫案：所引與今本大異。原本説郛卷一七有希通録，不知何人所作，其引世説注亦與演繁露略同。蓋所據皆未刪改以前之本。」

〔二〕沈充　宋本、沈校本並無「充」字。王世懋云：「（沈）非王敦客也。」凌濛初云：「劉（應登）本無『充』字，注云『未詳』。沈名若『充』，則字士居，見晉陽秋，而後注復有之，不得云『未詳』。」王利器校：「各本『沈』下有『充』字；案有『充』字是，沈充晉書有傳，是王敦之黨，王敦傳即云充吴興人。劉孝標注以爲未詳，太不負責任了。」徐箋：「或疑即王敦之謀主沈充。充傳不言其何地人，但末言：『兵敗，歸吴興，亡失道，誤入其故將吴儒家，儒遂殺之。』則充故吴興人也。但王敦之死在明帝太寧二年（西元三二四），沈充旋即敗死。而褚裒傳云：『蘇峻之構逆（西元三二七）也，車騎將軍郗鑒以裒爲參軍。』其爲庾亮太尉參軍，不知在何年，似與彼沈充不相及，且充傳亦不言其嘗爲錢塘令，當别是一人，故孝標云未詳也。」楊箋同王校，以爲此沈充即黨王敦之沈充。按，晉書二六食貨志：「吴興沈充又鑄小錢，謂之沈郎錢。」晉書二八五行志：「(錢)鳳敗退，沈充將其黨還吴興。」同上記元帝大興中，吴郡太守張懋爲沈充所害。據此，沈充爲吴興人無疑。沈充傳又謂充「頗以雄豪聞於鄉里」。吴興既有此雄豪名沈充，則不當有彼作吴興縣令之沈充。然作王敦黨羽之沈充，孝標不應不詳。鄙意以爲世説原本當如宋本、沈校本無「充」字，演繁露卷一三引世説注錢塘云「晉人沈姓而令其縣者」，正可印證之。故孝標注曰「未詳」。否則，以孝標之博學，豈會不知王敦之謀主沈充哉？

〔三〕「客出」二句　出，至也。縣令貴客至，亭吏驅褚公由亭舍移牛屋。

〔四〕何物人　王刻本無「人」字。王先謙校：「一本物下有人字，是。」世説補亦有。猶言何等人也。」世説講義：「牛屋，人不可處，而偶見有之，故問及。」

〔五〕傖父　程炎震云：「玉篇人部：『傖，士衡切。』亦引晉陽秋云：『吴人謂中國人爲傖。』此文但『以』作『謂』，『州』作『國』。廣韻十二庚：『傖，楚人别種也。助庚切。』」余箋謂「傖」字有四義，文長不録。

〔六〕遽　急也，窘也。文選宋玉神女賦：「禮不遑迄，辭不及究。願假須臾，神女稱遽。」李善注：「遽，急也。」文選揚雄羽獵賦：「熊羆之挐玃，虎豹之凌遽。」李善注引説文：「遽，窘也。」世説講義：「始知其『何物人』及姓何等，酒色頓變。」

〔七〕「公與之酌宴」三句　此則叙寫曲折宛轉，蓋亭吏及沈令不知褚公爲何人，始輕之。後知褚公，沈令備極禮數。褚公則榮辱不知。雅量遠度，誠非常人可及。

一九　郗太傅在京口，〔一〕遣門生與王丞相書，求女壻。丞相語郗信：「君往東廂，〔二〕任意選之。」門生歸，白郗曰：「王家諸郎亦皆可嘉，聞來覓壻，咸自矜持，唯有一郎在東牀上坦腹卧，〔三〕如不聞。」郗公云：「正此好！」訪之，乃是逸少，因嫁女與焉。王氏譜曰：「逸少，羲之小字。羲之妻太傅郗鑒女，名璿，字子房。」〔四〕

【校釋】

〔一〕郗太傅　王利器校：「御覽卷三七一、又卷四四四引『太傅』作『太尉』；案作『太尉』是，晉書郗鑒傳、本書附高平金鄉郗氏譜，都説郗鑒爲太尉，無太傅之説。此文當據御覽引改正。」按，王校是。程炎震云：「晉書成紀：咸和元年，郗鑒以車騎將軍領徐州刺史。考之鑒傳，初爲兖州刺史，鎮廣陵，至是兼領徐州。至蘇峻平後，乃城京口，故地理志亦云然也。然咸和四年，右軍二十七矣。」

〔二〕東廂　文選張衡東京賦：「下雕輦於東廂。」薛綜注：「殿東西次爲廂。」吴志孫休傳：「休升便殿，謙不即御坐，止東廂。」

〔三〕東牀　王刻本無「東」字。王先謙校：「一本牀上有東字。世説補亦有。案晉書王羲之傳亦作東牀坦腹，即本世説，牀上有東字是。」按，東牀坦腹，晉書本傳作「在東牀坦腹食。」與御覽五一九、七〇六引晉書，御覽三七一引世説，册府元龜八五〇、八五三所記皆同。孔平仲珩璜新論上：「東牀坦腹，人謂之睡，按羲之傳乃食也。」則以「坦腹」下有「食」字是。袁文甕牖閒評八：「王羲之東牀坦腹，所謂東牀者，乃繩牀之牀，非牀榻之牀也。人多以其坦腹，誤認牀榻之牀。豈繩牀之上，獨不容坦腹耶？」余箋：「御覽八六〇引王隱晉書曰：『王羲之幼有風操。郗虞卿聞王氏諸子皆後（當作俊），令使選婿。諸子皆飾容以待客，羲之獨坦腹東牀，齧胡餅，神色自若。使具以告。虞卿曰：「此真吾子婿也！」問是誰？果是逸少。乃妻之。』」按，諸郎聞來覓婿，咸自矜持，此爲僞飾。而羲之東牀坦腹，真率自然，卻大得郗鑒欣賞，以女妻之。此事最能見出晉人尚真之審美趣味，故劉辰翁云：「晉人風致，著此故爲第一。在古人中真不可無。」李贄云：「此婿好肚皮。」（初潭集一夫婦合婚）李氏此乃戲言耳。蓋郗鑒欣賞羲之任真，非肚皮好看也。

〔四〕字子房　宋本、沈校本「房」下並有「也」字。

二〇　過江初，拜官，輿飾供饌。〔一〕羊曼拜丹陽尹，〔二〕客來蚤者，並得佳設，日晏漸罄，不復及精，隨客早晚，不問貴賤。曼別傳曰：「曼字延祖，泰山南城人。父暨，陽平太守。曼頹縱宏任，飲酒誕節，與陳留阮放等號『兗州八達』，〔三〕累遷丹陽尹，爲蘇峻所害。」

羊固拜臨海，竟日皆美供，〔四〕雖晚至亦獲盛饌。時論以固之豐華，不如曼之真率。〔五〕明帝東宮僚屬名曰：「固字道安，太山人。」文字志曰：「固父坦，車騎長史。固善草行，著名一時。避亂渡江，累遷黄門侍郎，褒其清儉，贈大鴻臚。」

【校釋】

〔一〕輿飾　輿，楊箋：「宋本作『輿』，晉書羊曼傳作『相』。輿疑與之誤字，與、相義近，與、供對文。」王叔岷補正：「案輿、與古本通用。（莊子逍遥遊接輿，釋文引一本輿作與，即其例。）此作輿，容是誤字。與，猶皆也。」按，輿，衆，多。左傳昭公八年：「輿嬖袁克，殺馬毁玉以葬。」杜預注：「輿，衆也。」飾，整治。輿飾，猶言多置辦。

〔二〕「羊曼」句　程炎震云：「晉書云：代阮孚爲丹陽尹，蓋在咸和二年。」按，晉書四九阮孚傳云：咸和初，拜丹陽尹，王導等以孚非京尹才，乃領廣州刺史，未至鎮，卒。尋而蘇峻作逆，識者以爲知機。蘇峻作逆在咸和二年（三二七）十二月，則羊曼代阮孚爲丹陽尹，當在咸和二年蘇峻作逆前不久。程説是。

〔三〕兖州八達　王利器校：「案『八達』當作『八伯』，晉書羊曼傳：『時州里稱陳留阮放爲宏伯，……而曼爲䵢伯。凡八人，號兖州八伯，蓋擬古之八儁也。』又羊聃傳：『先是兖州有八伯之號，其後更有四伯。』御覽卷三七八引何法盛晉中興書：『兖州既有八伯之號，其後更置四伯。』字都作『八伯』，不誤。」徐箋略同。疑耀五「晉八伯」條：「晉時兗州八伯，擬古八儁。阮放曰宏伯，郤鑒曰方伯，胡母輔之曰達伯，卞壺曰戕伯，蔡謨曰朗伯，阮孚曰誕伯，余知之矣。至劉綏曰季伯，羊曼曰䵵伯，不得其解。時兗州又有四伯，以擬四凶。張嶷之狡妄曰猾伯，羊蚺之狠戾曰瑣伯，擬之於凶，彼固低首，而以江泉之能食爲穀伯也，史疇之大肥爲笨伯也。亦以凶擬之，能無反唇。」

〔四〕竟日　竟，宋本作「竸」。王利器校：「各本『竸日』作『竟日』，是。」

〔五〕「時論」二句　見晉人以素樸真率爲美。源於老莊，至魏晉成爲道家美學之核心。王弼對此闡發甚多。弼注老子三二章曰：「樸之爲物，以無爲心。以無爲心也，亦無名，故將得道，莫若守樸。」注老子三八章曰：「大美配天而華不作。」注周易履卦曰：「處飾之終，飾終反素，故其質素，惡乎外飾者也。」「素」、「樸」、「真」、「謙」、「誠」、「純」、「淡」、「自然」等，皆成爲審美範疇，影響後世藝文極其深遠。本條羊曼拜官待客，早來者得佳設，晚來者不復及精。此亦純任自然，胸中無貴賤之別。而羊固竟日美供，乃有意爲之。故待客豐華不如真率，因前者矜持做作耳。其他如賞譽九一記簡文評王述云：「直以真率少許，便足對人多多許。」高僧傳六慧永傳載：鎮南將軍何無忌作鎮尋陽，爰集虎溪，慧遠「從者百餘皆端正有風序，及高言華論，舉動可觀。永怗然獨往，率爾後至，納衣草屣，執仗提鉢，而神氣自若，清散無矜。衆咸重其貞素，翻更多之」。衆人咸多慧永清散無矜，蓋其自然也。

二一　周仲智飲酒醉，瞋目還面，謂伯仁曰：「君才不如弟，而横得重名。」須臾，舉蠟燭火擲伯仁，伯仁笑曰：「阿奴火攻，〔一〕固出下策耳。」孫子兵法曰：「火攻有五：一曰火人，二曰火積，三曰火車，四曰火軍，五曰火隊。凡軍必知五火之變，故以火攻者，明也。」

【校釋】

〔一〕阿奴　余箋：「方正篇注云：『阿奴，謨小字。』此條上文云『周仲智飲酒』則是嵩，而非謨，謨字叔治。不當稱阿奴。吴士鑒晉書周顗傳注據御覽四八九引郭子作『阿孥』。今考影宋本御覽作『阿孥』，不作『阿孥』。且郭子所言乃周叔治爲晉陵周侯仲智送别之事，與方正篇同。則『阿孥自愛』仍是呼叔治。奴、孥通用字耳。後識鑒篇亦引鄧粲晉紀曰：『阿奴，嵩之弟周謨也。』能改齋漫録八云：『投燭之事，當云：阿嵩，火攻固出下策耳。其稱阿奴，蓋史誤也。』嘉錫以爲周嵩、周謨皆稱阿奴，可見爲父兄泛稱子弟之辭，非謨小字，説見方正篇『周叔治條』下。」世説箋本云：「魏晉人親暱之稱。」周一良札記云：「阿奴疑當時俗語，猶言爾也，非必爲仲智之小字。容止篇『王敬豫有美形』條：『王公撫其背曰：「阿奴恨才不稱。」』又魏書九八蕭昭業傳：『臨死執昭業手曰：「阿奴若憶翁，當好作！」』又『昭業呼何氏曰：「阿奴暫起去。」』當皆用爲親昵之第二人稱代名詞。」按，周説是。

二二一　顧和始爲揚州從事，月旦當朝，未入頃，〔一〕停車州門外。周侯詣丞相，歷和車邊，語林曰：「周侯飲酒已醉，著白袷憑兩人，〔二〕來詣丞相。」和覓蝨，夷然不動。周既過，反還，指顧心曰：「此中何所有？」顧搏蝨如故，徐應曰：「此中最是難測地。」〔三〕周侯既入，語丞相曰：「卿州吏中有一令僕才。」〔四〕中興書曰：「和有操量，弱冠知名。」

【校釋】

〔一〕未入頃　吴金華考釋：「『未入頃』猶言『未入之際』。其中『頃』是名詞，不是副詞。」

〔二〕憑　倚着，靠着。本篇三七：「徐唤左右，撫憑而出。」書顧命：「王乃洮頮水，相被冕服，憑玉几。」周邦彦浣溪沙詞：「翠枕面涼頻憶睡，玉簫手汗錯成聲。日長無力要人憑。」按，周侯酒醉無力，故須靠着兩人方能行。

〔三〕此中最是難測地　王叔岷補正：「案禮記禮運：『人藏其心，不可測度也。』」

〔四〕令僕　謂尚書令、尚書僕射。後漢書七八孫程傳：「召尚書令、僕射以下從輦。」晉書六九周顗傳：「（王敦）又曰：『若不三司，便應令僕邪？』」晉書七七殷浩傳：「浩有德有言，向使作令僕，足以儀刑百揆。」按，周顗稱顧和爲令僕才，乃在顧覓蝨時夷然不動及答語之意味悠然，由此又可見晉人品鑒人物以神情從容閒暇爲優。

二三　庾太尉與蘇峻戰，敗，率左右十餘人乘小船西奔。晉陽秋曰：「蘇峻作逆，詔亮都督征討，戰于建陽門外，王師敗績。亮於陳攜三弟奔温嶠。」〔一〕亂兵相剥掠，射，誤中柂工，應弦而倒。舉船上咸失色分散，亮不動容，徐曰：「此手那可使著賊！」〔二〕衆迺安。

【校釋】

〔一〕三弟　三，王刻本作「二」。按，晉書七三庾亮傳謂亮攜其三弟懌、條、翼南奔温嶠。則作三弟是。

〔二〕此手那可使著賊　「此手」究竟指誰？說者紛紜。晉書七三庾亮傳及通鑑九四晉紀一六作「此手何可使著賊！」胡注：「言射不能殺賊，而反射殺柂工，自恨之詞也。」劉辰翁云：「謂此箭若著賊，則亦當應弦而倒矣。謬喜其射藝之工，以悦安之。」余箋：「晉書、通鑑均言『亮左右射賊，誤中柂工』。世說先言亮率左右十餘人乘小船西奔，方敘射中柂工事，則射者亦是亮左右，非亮也。假使是亮手自發矢，則左右何爲失色不安，豈畏亮盡殺餘人耶？既非亮所射，亮何用作自恨之辭。胡注望文生義，理不可通。顧炎武日知録二七以注爲非是，而曰：『亮意蓋謂有此善射之手，使著賊身，亦必應弦而倒耳。解嘲之語也。』趙紹祖通鑑胡注商五則曰：『余按柂工在船後，亮船正走，而賊追之。故左右射賊，誤中柂工，船上人不知，疑舟中有變，失色欲散。而亮故示閒暇以安之。言此箭若得著賊，亦必應弦而倒也。解嘲之辭耳。』嘉錫又案：顧氏之解庾亮語雖是，而云解嘲之語，則仍以爲亮所自射，尚沿胡注之誤。趙氏以爲亮左右所射是也。而謂船上人疑舟中有變，則於情事尚未協。蓋亮左右射賊，流矢亂發。及誤中柂工，亦不知此箭是誰所射。既已肇禍，人人自疑，畏亮嗔怒，且悔且懼。故倉皇欲散，亮乃鎮静不驚，從容談笑，言此手所發之箭若使著賊，那可復當？不惟不怒，且反獎其善射。於是衆心遂安也，晉書亦未解此意，改那可爲何可，不合當時語氣矣。」徐箋亦謂胡注非是，以爲「見不能殺賊而中柂工，乃姑爲解嘲之語，言賊不足汙我手也。衆見其危難之際從容談笑，故羣心稍安也。」按，晉書庾亮傳、通鑑皆言亮射賊誤中柂工，則箭乃亮自射，非亮左右所射也。若於亂兵之中，左右所射而誤中柂工，此乃常見事，船上人何至於倉皇欲散？必定是庾亮誤射，才引起衆人慌張。故趙紹祖、余箋所説不確，當以顧炎武所解較合理。又徐箋釋「此手」之手爲手足之手，是爲不確。手，乃「高手」、「好手」、「上手」之手，指技藝。嵇康琴賦：「良質美手，遇今世兮。」後秦鳩摩羅什譯百論卷上：「又如見畫言是好手，因手得畫故名好手。」南齊書三五，武陵昭王曅傳：「曅善射，屢發命中，顧謂四坐曰：『手如何？』」此手，猶謂此「射藝」。劉辰翁謂「射藝之工」是也。

二四　庾小征西嘗出未還，〔一〕婦母阮，是劉萬安妻，劉氏譜曰：「劉綏妻，陳留阮蕃女，字幼娥。」綏，別見。〔二〕與女上安陵城樓上。〔三〕俄頃，翼歸，策良馬，盛輿衛。阮語女：「聞庾郎能騎，我何由得見？」婦告翼，庾氏譜曰：「翼娶高平劉綏女，字靜女。」翼便爲於道開鹵簿盤馬，〔四〕始兩轉，墜馬墮地，意色自若。〔五〕

【校釋】

〔一〕庾小征西　徐箋：「庾翼官征西將軍，其兄亮亦官征西將軍，故加『小』字以別之。」楊箋：「亮兄弟五人，庾翼最小，故云。」按，徐箋是。

〔二〕劉綏　別見賞譽六四。

〔三〕安陵　程炎震云：「安陵當作安陸。晉書地理志：『江夏郡安陸。』翼本傳：『康帝即位，翼上疏移鎮襄陽。』通鑑並繫於建元元年。翼以永和元年卒，年四十一，則是年三十九矣。」

〔四〕鹵簿　古代帝王駕出時扈從之儀仗隊。自漢以後亦用於后妃、太子、王公大臣。蔡邕獨斷卷下：「天子出，車駕次第謂之鹵簿。」葉夢得石林燕語四：「唐人謂鹵，櫓也，甲楯之別名。凡兵衛以甲楯居外爲前導，捍蔽其先後，皆著之簿籍，故曰『鹵簿』。因舉南朝御史中丞、建康令皆有『鹵簿』，爲君臣通稱，二字別無義，此說爲差近。」盤馬，縱馬迴旋。賞譽一七記王湛騎難乘馬，「回策如縈」。孝標注引鄧粲晉紀：「（王）湛曰：『今直行車路，何以別馬勝不，唯當就蟻封耳。』於是就蟻封盤馬，果倒踣。」可見盤馬非直道馳騁，乃策馬盤旋。後文云「始兩轉」，轉，即盤也。

〔五〕意色自若　劉辰翁云：「顏之厚耳，非雅量。」劉夢槐云：「與女上城樓上，見庾郎歸馬，欲觀能騎，極是佳事。有母若此，墮地何慚？故添佳話。」按，庾翼盤馬，本欲使婦母見自己能騎。豈知始兩轉即墮地，其騎術不甚高明。然庾意色自若，不以爲慚，此正雅量也。究晉人雅量，與莊子齊物頗有關涉。齊物則忘情，忘情則無名無譽，無是無非，無貴無賤，無可無不可，行爲便無不超然。

二五　宣武桓温與簡文、太宰武陵王晞。〔一〕共載，密令人在輿前後鳴鼓大叫，鹵簿中驚擾。太宰惶怖求下輿。〔二〕顧看簡文，穆然清恬。宣武語人曰：「朝廷間故復有此賢。」〔三〕續晉陽秋曰：「帝性温深，雅有局鎮。〔四〕嘗與桓温、太宰武陵王晞同乘，至板橋，〔五〕温密勑令無因鳴角鼓譟，部伍並驚馳，温陽駭異，〔六〕晞大震，帝舉止自若，音顏無變。温每以此稱其德量，〔七〕故論者謂温服憚也。」

【校釋】

〔一〕武陵王晞　武陵王晞生平詳見晉書六四武陵威王晞傳。晉書八穆帝紀載：永和八年（三温爲太尉。

五二）七月，以鎮軍大將軍武陵王晞爲太宰，撫軍大將軍會稽王昱爲司徒，征西大將軍桓

〔二〕「密令人」三句　程炎震云：「晉書簡文帝紀亦云：『嘗與桓温及武陵王晞同載遊板橋』云云。御覽九九引晉中興書同。晞有武幹，爲温所忌，何至惶怖乎？據御覽知出於中興書，知是簡文立後，史臣歸美之詞，未足據信。」余箋略同。按，程氏以爲中興書所云乃「史臣歸美之詞」，其説可從。據晉書九穆帝紀，簡文甫即位，桓温便奏廢武陵王晞。若果有此事，當在永和八年之後，立簡文之前。晉書六四武陵威王晞傳曰：「太和初，加羽葆鼓吹，入朝不趨，贊拜不名，劍履上殿，固讓。晞無學術而有武幹，爲桓温所忌。」桓温忌之，故以鹵簿中鼓譟驚嚇之。此種以突襲試探對手器局之手法，並不鮮見。吴志孫破虜討逆傳裴注引吴録，記吴人嚴白虎遣弟輿見孫策與之請和。「輿請獨與策會面約。既會，策引白刃斫席，輿體動，策笑曰：『聞卿能坐躍，勦捷不常，聊戲卿耳！』輿曰：『我見刃乃然。』策知其無能也，乃以手戟投之，立死。」「聊戲」之舉，實居心叵測。桓温驚嚇簡文與武陵王晞，亦然。

〔三〕故復　王叔岷補正：「案『故復』猶『固當』，漢樂府東門行：『君復自愛莫爲非。』復亦與當同義。」

〔四〕局鎮　謂器度穩重、鎮定。

〔五〕板橋　徐箋：「文選謝玄暉之宣城出新林浦向板橋詩李善注：『酈善長水經注曰：江水經三山，又湘浦出焉。水上南北結浮橋渡水，故曰板橋。』」又景定建康志一九：「板橋浦在城西南三十里，闊三丈五尺，深九尺，下入大江。」

〔六〕温陽　陽，宋本作「佯」。按陽、佯通。

〔七〕德量　道德涵養與氣量。晉書三四羊祜傳：「(陸)抗稱祜之德量，雖樂毅、諸葛孔明不能過也。」御覽四九七引世説曰：「周伯仁有德量，深達危亂。」按，此亦以處變不驚爲雅量也。

二六　王劭、王薈共詣宣武，劭薈别傳曰：「劭字敬倫，丞相導第五子，清貴簡素，研味玄賾，大司馬桓温稱爲『鳳鶵』。累遷尚書僕射、吴國内史。薈字敬文，丞相最小子，有清譽，夷泰無競。仕至鎮軍將軍。」正值收庾希家。中興書曰：「希字始彦，司空冰長子。累遷徐、兖二州刺史。希兄弟貴盛，桓温忌之，〔一〕諷免希官，遂奔于暨陽。初，郭璞筮冰子孫必有大禍，唯固三陽可以有後。故希求鎮山陽，弟友爲東陽，希自家暨陽。及温誅希弟柔、倩，聞希難，〔二〕逃於海陵。〔三〕後還京口聚衆，事敗，爲温所誅。」〔四〕薈不自安，逡巡欲去。〔五〕劭堅坐不動，待收信還，得不定迺出。〔六〕論者以劭爲優。

【校釋】

〔一〕「希兄弟貴盛」二句　晉書七三庾冰傳：「(庾)希既后之戚屬，冰女又爲海西公妃，故希兄弟並顯貴。太和中，希爲北中郎將、徐兗二州刺史，藴爲廣州刺史，並假節，友東陽太守，倩太宰長史，邈會稽王參軍，柔散騎常侍。倩最有才器，桓温深忌之。」按，凡桓温以爲有礙其奪權者，無不忌之，必欲置之死地而後快。庾希兄弟貴盛，庾倩並爲太宰武陵王晞之長史，而温本深忌晞，故陷庾倩及柔爲武陵王黨，殺之。

〔二〕聞希難　余箋：「注中引中興書『聞希難』若作『希聞難』，便與晉書無不合矣。傳寫誤倒一字耳。亮傳云：『倩太宰長史，最有才器，桓温深忌之。及海西公廢，温陷倩及柔以武陵王黨，殺之。希聞難便與弟邈及子攸之逃於海陵陂澤中。温遣兵捕希，希聚衆于海濱，略漁人船，夜入京口城。温遣東海太守周少孫討之，城陷被擒。希、邈及子侄五子斬于建康市。』」徐箋略同。方一新讀世説新語雜識云：「本書賢媛二二注引晉中興書『希聞難而逃』，正作『希聞難』，是雅量注引中興書誤倒之本證。」(載杭州大學學報，一九九五年九月)按，以上諸説是。

〔三〕逃於海陵　據晉書八海西公紀，庾希逃於海陵在太和二年(三六七)初。疑所記不確，當在太和六年(三七一)。説見下。

〔四〕「後還京口」數句　程炎震云：「庾希事，據晉書簡文帝紀在咸安二年。庾亮傳謂『温先殺柔、倩，希逃，經年乃於京口聚衆』。與中興書異。」按，晉書記載庾希事誠爲混亂。晉書八海西公紀謂太和二年（三六七）春正月，北中郎將庾希有罪，走入於海。而晉書七三庾冰傳謂太和中，希爲北中郎將。晉書九簡文帝紀謂咸安二年（三七二）六月，庾希舉兵反，自海陵入京口。秋七月，桓温遣東海内史周少孫討希，擒之，斬于建康市。以此二紀觀之，庾希逃於海陵至被擒殺，長達六年。揆之情勢，恐无此可能。原桓温深忌庾氏，乃庾倩兄弟爲武陵王黨。考桓温奏廢太宰武陵王晞，時在咸安元年（三七一）冬十一月（見晉書九簡文帝紀）。太和二年時，武陵王尚未被廢，庾希逃於海陵似不合情理。晉書七三庾希傳載：「及海西公廢，温陷倩及柔以武陵王黨，殺之。希聞難便與弟邈及子攸之逃於海陵陂澤中。」據海西公紀，太和六年（三七一）十一月桓温廢海西公。隨後，立簡文帝，同時誣陷武陵王謀反，殺庾倩、庾柔。庾希聞時難，即逃於海陵，藏身草澤半年有餘。咸安二年（三七二）六月舉兵反，自海陵入京口。時間相隔一年，此即庾亮傳所謂「希逃，經年乃於京口聚衆」之「經年」也。七月，桓温遣周少孫討希，擒之，斬于建康。故庾希以太和六年（三七一）十一月逃於海陵，非太和二年春也。

〔五〕逡巡　猶言頃刻；須臾。吴志吴範傳：「鈴下曰：『諾。』乃排閤入。言未卒，權大怒，欲便投以戟。逡巡走出，範因突入，叩頭流血，言與涕並。」陸游除夜詩：「相看更覺光陰速，笑語逡巡即隔年。」逡巡欲去，猶言急欲離開。

〔六〕得不定　王叔岷補正：「『不』字疑涉上文兩『不』字而衍。」張撝之譯注：「得不定，謂得知事未定。」張萬起、劉尚慈譯注：「知己無牽涉。得，得知、聞知。定猶及，牽及也。」按，王補正疑「不」字衍，無據。定，止也，息也，無「及」義。張、劉所注不確。當以張撝之注是。晉書六五王劭傳謂桓温甚器劭，同上王薈傳謂桓沖表請薈爲江州刺史。可見，桓温兄弟與王氏家族關係甚好。王薈值桓温收庾希家，不自安欲去，乃是鎮局不足，非擔心自己與庾氏有涉。王劭初「堅坐不動」，後「待信還，得不定，乃出」，皆是鎮定個性之表現，收庾希事了或不了，與己有何關涉哉！

二七　宣武與郗超議芟夷朝臣，〔一〕條牒既定，其夜同宿。續晉陽秋曰：「超謂温雄武，當樂推之運，遂深自委結。温亦深相器重，故潛謀密計，莫不預焉。」明晨起，〔二〕呼謝安、王坦之入，擲疏示之，郗猶在帳内。謝都無言，王直擲還，云：「多。」宣武取筆欲除，郗不覺竊從帳中與宣武言。〔三〕謝含笑曰：「郗生可謂入幕賓也。」帳，一作帷。

【校釋】

〔一〕芟夷　王叔岷補正：「左傳隱公六年：『爲國家者，見惡如農夫之務去草焉，芟夷藴崇之。』杜注：『芟，刈也。夷，殺也。』」

〔二〕明晨起　起，宋本作「超」。王利器校：「各本『超』作『起』，是，宋本誤。」按，王校是。下文云「郗猶在帳内」，故超未曾呼謝安、王坦之入，呼者乃桓温也。

〔三〕「謝都無言」數句　世説箋本：「芰夷之數多，故温取筆欲減除其數。超恐有誤，不覺發言也。」程炎震云：「晉書但云王、謝詣温論事，不言芰夷朝臣。蓋以帳中竊言，事近難信也。然敍於太和以前則誤。通鑑從晉書而移於寧康元年，殆近之。」按，晉書、通鑑雖不言桓温、郗超有芰夷朝臣之議，但有芰夷朝臣之實。鄙意以爲桓温、郗超商議芰夷朝臣之事必有，時在咸安元年（三七一）温廢海西公、立簡文之初。通鑑一〇三晉紀二五載：初，殷浩卒，大司馬温使人齎書吊之。浩子涓不答，亦不詣温，而與武陵王晞遊。廣州刺史庾藴，希之弟也，素與温有隙。温惡殷、庾宗彊，欲去之。温使其弟祕，逼新蔡王晃詣西堂，叩頭自列，稱與晞及子綜、著作郎殷涓、太宰長史庾倩、掾曹秀、舍人劉彊、散騎常侍庾柔等謀反。帝對之流涕，温皆收付廷尉。倩、柔皆藴之弟也。温殺東海王三子及其母。御史中丞譙王恬承温旨，請依律誅武陵王晞。桓温、郗超借廢立及芰夷朝臣之殘酷手段，建立威權，鎮壓四海。芰夷之對象，主要是武陵王晞及殷、庾二家。通鑑同卷又載，寧康元年（三七三），孝武帝即位之初，桓温由姑孰來朝，治盧悚入宫事，收尚書陸始付廷尉，免桓祕官，連坐者甚衆。此亦是芰夷朝臣，然規模不如咸安元年。

二八　謝太傅盤桓東山時，與孫興公諸人汎海戲。〔一〕中興書曰：「安元居會稽，與支道林、王羲之、許詢共游處，出則漁弋山水，入則談説屬文，未嘗有處世意也。」風起浪涌，孫、王諸人色並遽，便唱使還。〔二〕太傅神情方王，吟嘯不言。舟人以公貌閑意説，猶去不止。既風轉急，浪猛，諸人皆諠動不坐。公徐云：「如此將無歸？」〔三〕衆人即承響而回。〔四〕於是審其量，足以鎮安朝野。〔五〕

【校釋】

〔一〕戲　楊箋謂指清談。按，世説中「戲」之内涵較寬泛，或指清談，或指遊戲，或指弈棋，或指吟詠，須視具體情況區別之，不可一概謂之清談。此言「泛海戲」，當是海上遊覽，即中興書所謂「出則漁弋山水」。恐非是設談席於萬頃波濤之上。

〔二〕遽　畏懼也。唱，徐箋：「高呼也。」

〔三〕將無　見文學一八校釋。

〔四〕承響而回　世説箋本：「承響，應其言而贊之也。」承響而回，謂贊同謝安之言而歸去也。回，歸也。世説箋本是。朱注：「謂應聲而回坐也。」釋回爲回坐，不確。又，御覽七一引世説：「桓宣武在南州，與會稽王會於溧洲。于時漾舟江側，謝公亦在。狂風忽起，波浪鼓湧，非人力所制。桓有懼色，會稽王亦微異，惟謝公怡然自若。頃間風止，桓問謝曰：

『向那得不懼？』謝笑止，徐答曰：『何有三才同盡理。』」所記與本條相似，抑宋人刪削歟？

〔五〕「於是審其量」二句　宗白華云：「淝水的大捷植根於謝安這美的人格和風度中。謝靈運泛海詩『溟漲無端倪，虛舟有超越』，可以借來體會謝公此時的境界和胸襟。」

二九　桓公伏甲設饌，廣延朝士，因此欲誅謝安、王坦之。晉安帝紀曰：「簡文晏駕，遺詔桓温依諸葛亮、王導故事。温大怒，以爲黜其權，謝安、王坦之所建也。〔一〕入赴山陵，百官拜于道側，〔二〕在位望者，戰慄失色。」或云自此欲殺王、謝。王甚遽，問謝曰：「當作何計？」謝神意不變，謂文度曰：「晉阼存亡，在此一行。」相與俱前。〔三〕王之恐狀，轉見於色。謝之寬容，愈表於貌。望階趨席，方作洛生詠，諷「浩浩洪流」。〔四〕桓憚其曠遠，〔五〕乃趣解兵。按宋明帝文章志曰：〔六〕「安能作洛下書生詠，而少有鼻疾，語音濁。〔七〕後名流多斅其詠，弗能及，〔八〕手掩鼻而吟焉。桓温止新亭，大陳兵衛，呼安及坦之，欲於坐害之。王入失厝，〔九〕倒執手版，汗流霑衣。安神姿舉動，不異於常，舉目徧歷温左右衛士，謂温曰：『安聞諸侯有道，〔一〇〕守在四鄰。明公何有壁間著阿堵輩？』〔一一〕温笑曰：『正自不能不爾。』於是矜莊之心頓盡，〔一二〕命部左右，〔一三〕促燕行觴，笑語移日。」王、謝舊齊名，於此始判

優劣。〔一四〕

【校釋】

〔一〕「温大怒」數句　世説箋本：「桓温望簡文臨終禪讓於己，不然便當居攝，既不副所望，故怒。」按，晉書七五王坦之傳：「簡文帝臨崩，詔大司馬温依周公居攝故事。坦之自持詔入，於帝前毁之。帝曰：『天下，儻來之運，卿何所嫌。』坦之曰：『天下，宣元之天下，陛下何得專之！』帝乃使坦之改詔焉。」謝安、王坦之連袂黜桓温權勢，故温大怒欲誅之。

〔二〕拜于道側　于，宋本誤作「干」。

〔三〕相與俱前　晉書七九謝安傳改作「既見温」。周一良魏晉南北朝史札記「前」條云：「前非僅謂趨前，而有會見之意。世説方正篇周伯仁爲吏部尚書條，『既前，都不問病』，謂周嵩既見周顗而不問其病也。雅量篇謝太傅與王文度共詣郗超條，『日旰未得前』，謂未得見超也。賢媛篇魏武帝崩條，『因不復前』，庾玉台條，『我伯父不聽我前』，皆謂會見。」

〔四〕浩浩洪流　乃嵇康贈秀才入軍詩句。

〔五〕憚其曠遠　憚，宋本作「選」。王叔岷補正：「案選猶善也。漢書武帝紀：『知言之選。』應劭注：『選，善也。』」朱注：「案：『選』與『巽』通。後漢書清河王傳：『選懦之恩知非國典。』又前漢書西南夷傳：『議者選耎，復守和解。』又後漢書西羌傳：『公卿選懦，容頭過身。』選懦、選耎皆畏怯之意，據此，本注原作『選』是，袁本或後人所妄改。」按，章懷太子注

「選懦」爲「仁弱慈悲不決之意」。顔師古注「選耎」爲「怯不前之意」。若依朱注，則「桓選其曠遠」，意謂桓畏怯謝安之曠遠。若依王補正，則解作桓善謝安之曠遠。以上兩解皆可通，但以朱注稍勝。袁本作「憚」，義同「選耎」，亦通。又世説謂桓温憚謝安曠遠而趣解兵，李贄則云：「謝固曠遠，桓亦惜才。」又云：「達者皆言曠遠解兵，癡人盡道清談廢事。」（初潭集君臣能臣）以爲桓温解兵乃「惜才」。鄙意以爲「惜才」固是，但「曠遠」亦是重要原因。魏晉極推重人物之神韻美，諸如神俊、閑曠、容止不凡等一類人物，爲人們普遍崇拜。美自有不可抗拒之魅力，不可摧殘褻玩。容止三八記庾長仁與諸弟入吴，欲住亭中宿。諸弟先上，見羣小滿屋，都無相避意。長仁曰：「我試觀之。」乃策杖將一小兒，始入門，諸客望其神姿，一時退匿。賢媛二一注引妒記：桓温平蜀，以李勢女爲妾。郡主凶妒，拔刀往李所，欲斫殺之。然見李姿貌端麗，神色閑正，不覺擲刀抱之曰：「我見汝猶憐，何況老奴！」上述事雖不同，但究其實質，皆是重神、尚美風氣之體現也。

〔六〕宋明帝　明，宋本作「問」。王利器校：「各本『問』作『明』，是。」

〔七〕洛下書生詠　王利器校：「案洛下書生詠，又叫做洛生詠，是指晉室南遷，中原人物渡江後所操的以洛陽音調爲准的北方話。本書輕詆門：『人問顧長康，何以不作洛生詠？答曰：何至作老婢聲。』注：『洛下書生詠，音重濁，故云老婢聲。』齊書張融傳：『廣越嶂嶮，獠賊執融將殺食之，融神色不動，方作洛生詠，賊異之而不害也。』樂府詩集梁元帝長歌行：

『朝爲洛生詠，夕作擄梧眠。』這些洛生詠，都指洛下書生詠……南渡以後，中原渡江人物，仍操北方語音，與南方以金陵爲代表的吴音，是當時方言的兩大系統。南音輕浮，北音重濁，顔氏家訓音辭篇寫道：『自兹厥後，音韻鋒出，各有土風，遞相非笑，指馬之喻，未知孰是。共以帝王都邑，參校方俗，考核古今，爲之折衷。権而量之，獨金陵與洛下耳。南方水土和柔，其音清舉而切詣，失在浮淺，其辭多鄙陋。北方山川深厚，其音沉濁而鈋鈍，得其質實，其辭多古語。』」

〔八〕名流　流，宋本誤作「淬」。弗能及，弗，宋本作「菩」，沈校本作「莫」。按，作「弗」、「莫」皆通。「菩」乃「莫」之訛。

〔九〕失厝　同失措。

〔一〇〕諸侯　侯，宋本誤作「侍」。

〔一一〕何有　有，宋本、沈校本並作「須」。

〔一二〕頓盡　頓，宋本形誤作「頊」。

〔一三〕命部　部，宋本、沈校本並作「卻」。按，作「卻」是，卻，退也。

〔一四〕孫元晏詠史王坦之：「晉祚安危只此行，坦之何必苦憂驚。謝公合定寰區在，争遣當時事得成。」（全唐詩卷七六七）黄淳耀陶庵全集一八：「古人於生死關頭整暇如此，所謂重内者輕外也。」

三〇　謝太傅與王文度共詣郗超，日旰未得前，〔一〕王便欲去。謝曰：「不能爲性命忍俄頃？」〔二〕超得寵桓温，專殺生之威。〔三〕

【校釋】

〔一〕旰　晚。左傳襄公十四年：「日旰不召，而射鴻於囿。」

〔二〕「謝曰」句　劉辰翁云：「與前泛海，各得自在。」王世懋云：「此意又異雅量。」按，孔子曰：「小不忍則亂大謀。」（論語衛靈公）忍，固爲君子之雅量。本篇二八記謝安泛海戲，遇風浪貌閑意悦，衆人「於是審其量，足以鎮安朝野」，由前條之於險境而曠遠，本條之爲性命忍俄頃，謝公之鎮定與宏量，誠人所罕及。

〔三〕「超得寵桓温」二句　曹道衡、沈玉成中古文學史料叢考「郗超爲中書郎」條云：「按，事在簡文帝初。簡文帝紀載帝即位（三七一）熒惑入太微，帝意惡之。時中書郎郗超在值，帝乃引入，謂曰：『命之修短，本所不計，故當無復前日事邪？』（前日事指廢海西公）超乃力言桓温之忠，『以百口保之』。其前一年，温有壽陽之捷，時郗超尚在温幕。温乃入都行廢立之事，立簡文，授超中書郎，爲其耳目，如司馬氏之于鍾會然。謝安、王坦之其時爲侍中，日旰未得見超，可見其專擅之狀。」按，叢考是。本篇二七謂桓温與郗超芟夷朝臣，此孝標所謂「專生殺之威」也。

三一　支道林還東，高逸沙門傳曰：「遁爲哀帝所迎，游京邑久，心在故山，乃拂衣王都，還就巖穴。」〔一〕時賢並送於征虜亭。丹陽記曰：「太安中，征虜將軍謝安立此亭，〔二〕因以爲名。」蔡子叔前至，坐近林公。中興書曰：「蔡系字子叔，〔三〕濟陽人，司徒謨第二子。有文理，仕至撫軍長史。」謝萬石後來，坐小遠。蔡暫起，謝移就其處。蔡還，見謝在焉，因合褥舉謝擲地，自復坐。謝冠幘傾脱，乃徐起振衣就席，神意甚平，不覺瞋沮。〔四〕坐定，謂蔡曰：「卿奇人，殆壞我面。」〔五〕蔡答曰：「我本不爲卿面作計。」〔六〕其後二人俱不介意。〔七〕

【校釋】

〔一〕「高逸沙門傳曰」數句　高僧傳四支遁傳載：「遁淹留京師，涉將三載，乃還東山，上書告辭曰（略）。詔即許焉。一時名流，並餞離於征虜亭。」佛祖歷代通載六：「太和二年，廢帝海西公在位，遁抗表辭還山。有詔資給，敦遣諸公祖餞於征虜亭。」

〔二〕「太安中」二句　程炎震云：「御覽一九四引丹陽記云：『謝石創征虜亭，太元中。』則太安當作太元。謝安當作謝石。」劉盼遂云：「按慧皎高僧傳作謝安石是。謝氏無萬石其人，蓋太傅之弟名萬，兄名石，因以致誤。」徐箋：「景定建康志：『征虜亭在石頭塢，東晉太元中創。徐鉉集送謝仲宣員外使北蕃序云：征虜亭下，南朝送别之場。』」按，「太安」當作

「太元」。官征虜將軍者乃謝石（見晉書七九謝石傳），非謝安，則創征虜亭者爲謝石，丹陽記是。通鑑一四一齊紀七胡注：「征虜亭在方山南。」又劉盼遂謂「謝氏無萬石其人」，此說非。謝萬，字萬石也。

〔三〕蔡系　徐箋：「隋書經籍志：梁有撫軍長史蔡系集三卷。亡。」朱彝尊經義考二一二：「王應麟曰：皇侃疏列論語十三家：衛瓘、繆播、欒肇、郭象、蔡謨、袁宏、江惇、蔡系、李充、孫綽、周懷、范甯、王珉，此十三人江熙所集。」

〔四〕不覺　不反悟，不覺悟。陳琳檄吳將校部曲文：「泥滯苟且，没而不覺。」瞋，生氣，惱火。沮，敗壞，毀壞。此指「冠幘傾脱」而言。又，前敍蔡子叔與謝萬石爭坐位，蓋欲坐近林公也。高僧傳四支道林傳敍畢此事後云：「其爲時賢所慕如此。」

〔五〕奇人　王先慎集解：「奇，餘也，謂閒人。奇音羈。」謝萬之言猶謂「你真是有閒之人，差一點壞了我面孔。」程炎震云：「據高僧傳支遁傳：『哀帝即位，出都，止東林寺。涉將三載，乃還東山。』考哀帝以升平五年辛酉即位，謝萬召爲散騎常侍（見初學記十二），會卒。則支遁離東時，萬已卒一二年矣。晉書萬傳敍此事，但云送客，不言支遁，殆已覺其誤也。高僧傳作謝安石，亦誤。安石此時當在吳興，不在建康也。謝石有謝白面之稱，以殆壞我面語推之，疑是謝石，後人罕見石奴，故以石字上或著安，或著萬耳。」余箋：「程氏謂支遁還東時，謝萬已死。其言故有明證，謂安石此時不得在建康，已失之拘。至因謝石號謝白面，遂以殆壞我面之語推定爲石，則不免可笑。擲地壞面，豈問其色之白黑耶？」按，以高僧傳四支遁傳謂遁淹留京師「涉將三載」推之，支遁還東，當在興寧三年（三六五），時謝萬先已卒，程氏所言是也，故謝萬不得豫餞離，世説此條所記不可信。高僧傳一本作「謝萬石」，一本作「謝安石」。謝萬既已卒，則必是謝安也。謝安雖在吴興，有事在建康亦有可能。

〔六〕作計　徐箋：「猶今語『打算』。」

〔七〕劉辰翁云：「送一僧何至争近如此？子叔小人，語更深狠。」黄輝云：「校鴻門坐次，寫更生動。」

三二　郗嘉賓欽崇釋道安德問，安和上傳曰：「釋道安者，常山薄柳人，〔一〕本姓衛，年十二作沙門，神性聰敏，而貌至陋，佛圖澄甚重之。值石氏亂，於陸渾山木食修學，〔二〕爲慕容俊所逼，乃住襄陽。〔三〕以佛法東流，經籍錯謬，更爲條章，標序篇目，爲之注解。〔四〕自支道林等皆宗其理。無疾卒。」〔五〕餉米千斛，修書累紙，意寄殷勤。道安答直云：「損米，愈覺有待之爲煩。」〔六〕

【校釋】

〔一〕薄柳　徐箋：「高僧傳作『扶柳』。」案，扶、薄音近。晉志扶柳屬安平，不屬常山。後漢志同。」

〔二〕木食　以山中野樹果實充饑。　山海經西山經：「名曰櫰木，食之多力。」郭璞注：「尸子曰：『木食之人，多爲仁者。』」葛洪抱朴子外篇逸民：「然時移俗異，世務不拘，故木食山棲，外物遺累者，古之清高，今之逋逃也。」

〔三〕乃住襄陽　習鑿齒與釋道安書：「興寧三年四月，鑿齒稽首和南。」（見弘明集一二）考晉書八二習鑿齒傳：「時有桑門釋道安，俊辯有高才，自北至荆州，與習鑿齒相見。道安曰：『彌天釋道安。』鑿齒曰：『四海習鑿齒。』時人以爲佳對。」據上可知，道安自北至襄陽，時在晉哀帝興寧三年（三六五）。此後在襄陽十五年，撰寫經録，爲佛教東傳作出重大貢獻。

〔四〕「以佛法東流」數句　高僧傳五釋道安傳：「安窮覽經典，鈎深致遠，其所注般若、道行、密跡、安般諸經，並尋文比句，爲起盡之義，乃析疑甄解，凡二十二卷。」又謂安爲自漢魏至晉以來佛經「總集名目，表其時人，詮品新舊，撰爲經録」。

〔五〕無疾卒　高僧傳謂道安卒于晉太元十年（三八五），年七十二。

〔六〕「損米」二句　高僧傳五道安傳載：道安答郗超書云：「損米，彌覺有待之爲煩。」一本作「損米千斗」。損，世説箋本：「晉人書牘謂見贈爲損。」徐箋：「損者損己以利人。省己所需以與人亦曰損。」吴金華考釋：「第一，『損』是表敬之辭，跟古來常用的『辱賜』、『惠贈』

語義相同。對方贈我物，我則稱對方『損某物』，例如：『損所致比量衣裁，欲令登法座時著。當如來意，但人不稱物以爲愧耳。』（全晉文卷一六三鳩摩羅什答慧遠書）『損餉六種，深抱情至。』（同上，卷一六一釋慧遠答盧循書）……由此可見，本文的『損米』换成今語就是『承蒙你送米』，其中『損』字是書信的套語。」按，吴説是。「有待」語出莊子，逍遥遊言列子御風，「此雖免乎行，猶有所待者也。」齊物論曰：「景曰：吾有待而然者邪？吾所待又有待而然者邪？」有待，有所資待，有所憑藉之義也。錢鍾書謂道安此書之「有待」，乃指「口體所需，衣食所資」，「如道安此書即謂糧食」，並廣舉例證（詳見管錐編第四册一六一「全晉文卷一五八」條）。錢氏之釋「有待」，準確無誤。道安答曰「愈覺有待之爲煩」，其意謂人生須資衣食，未能無待，故愈覺煩耳。余箋誤解此條曰：「詳審文義，『愈覺有待之爲煩』一句，乃記者敍事之辭，非安公語也。蓋嘉賓之書，填砌故事，言之累牘不能休。而安公答書，乃直陳其事，不作才語。讀之言簡意盡，愈覺必待詞采而後爲文者，無益於事，徒爲煩費耳。由此觀之，駢文之不如散文矣。」按，余氏之誤解有二：一是以爲「愈覺」一句乃世説編者敍事之辭，非道安之語；二是以爲有待之煩，指爲文者必待詞采，徒爲煩費。第一點乃誤讀，爲致誤之根源。試想，郗超餉米千斗，而道安答書「損米」，此成何文義？言固然簡矣，但何來「意盡」？且安公究爲何意耶？恐當年郗超得安公僅有「損米」二字之書，必茫然不解矣。因余箋誤以「愈覺」一句爲「記者敍事之辭」，故勢必要解釋有待爲煩，以爲郗超「修書累幅」，便是「必待詞采而後爲文者，無益於事，徒爲煩費」，再後越扯越遠，稱駢文不如散文云云，由誤讀而致曲解。郗超欽崇道安德問，餉米千斗，修書累幅，意寄殷勤，意多文長，不能一概視爲徒爲煩費。道安不纏綿往復，僅以「損米，愈覺有待之爲煩」一短箋答之，不僅符合此條上下文意，且體現道安之性格。道安極熟悉外書，必知莊子「有待」之義。至人無待之境界，以情而言，悠然遠寄，庶幾可至，然形不得不有待，此爲煩耳。高僧傳五道安傳稱安「理懷簡衷」，道安答郗超書即爲明證，足見一代名僧之高韻也。

三三　謝安南免吏部尚書，還東，晉百官名曰：「謝奉字弘道，會稽山陰人。」謝氏譜曰：「奉祖端，散騎常侍。父鳳，丞相主簿。奉歷安南將軍、廣州刺史、吏部尚書。」謝太傅赴桓公司馬出西，〔一〕相遇破岡。〔二〕既當遠別，遂停三日共語。太傅欲慰其失官，安南輒引以它端。雖信宿中塗，竟不言及此事。太傅深恨在心未盡，謂同舟曰：「謝奉故是奇士。」〔三〕

【校釋】

〔一〕出西　至西，指由會稽至西。程炎震云：「晉書禮志，穆帝崩，哀帝立，議繼統事，有尚書謝奉。則升平五年，奉猶爲尚書。免官還東，更在其後。安石出西赴桓温司馬，則當在升平四年，參差不合，豈弘道前此嘗免官，復再起耶？」

〔二〕破岡　景定建康志一六：「破崗埭，按建康實録，吴大帝赤烏八年，使校尉陳勳作屯田，發兵三萬，鑿句容中道至雲陽，以通吴會船艦，號破崗瀆。上下一十四埭，上七埭入延陵界，下七埭入江寧界，於是東郡船艦不復行京江矣。」

〔三〕謝奉故是奇士　老子一三章：「寵辱若驚，貴大患若身。……得之若驚，失之若驚，是謂寵辱若驚。」魏晉名士宗奉老子，以忘懷得失爲高，嵇康與山濤書所謂「達能兼善而不渝，窮則自得而無悶」。謝奉不以失官爲意，故安石稱之「奇士」。

三四　戴公從東出，謝太傅往看之。謝本輕戴，見，但與論琴書。〔一〕戴既無吝色，〔二〕而談琴書愈妙。謝悠然知其量。晉安帝紀曰：「戴逵字安道，譙國人。少有清操，恬和通任，爲劉真長所知。〔三〕性甚快暢，泰於娱生，〔四〕好鼓琴，善屬文，尤樂遊燕，多與高門風流者遊，談者許其通隱。〔五〕屢辭徵命，遂著高尚之稱。」

【校釋】

〔一〕但與論琴書　琴書爲閑業，不比政事。謝本輕戴，故只談琴書。

〔二〕吝色　羞恥之色。吝，羞恥；以之爲恥。後漢書五四楊震傳：「三后成功，惟殷於民，皐陶不與焉，蓋吝之也。」李賢注：「吝，恥也。」

〔三〕爲劉真長所知　識鑒一七：「戴安道年十餘歲，在瓦棺寺畫。王長史見之曰：『此童非徒能畫，亦終當致名，恨吾老，不見其盛時耳。』」繪事匯考二亦謂王長史，不聞劉真長。

〔四〕娱生　謂得生之樂。鮑照擬青青陵上栢：「娱生信非謬，安用求多賢。」

〔五〕通隱　隱士多隱山林，遠離世事，戴逵卻多與高門風流者游，乃通達之隱，故云。梁書五一何點傳言點「家本甲族，親姻多貴仕。點雖不入城府，而遨遊人世。不簪不帶，或駕柴車，躡草屩，恣心所適，致醉而歸，士大夫多慕從之，時人號爲通隱」。

三五　謝公與人圍棋，俄而謝玄淮上信至，看書竟，默然無言，徐向局。〔一〕客問淮上利害，〔二〕答曰：「小兒輩大破賊。」意色舉止，不異於常。〔三〕續晉陽秋曰：「初，苻堅南寇，〔四〕京師大震。謝安無懼色，〔五〕方命駕出墅，與兄子玄圍棋。夜還乃處分，〔六〕少日皆辦。破賊又無喜容。其高量如此。」謝車騎傳曰：「氐賊苻堅傾國大出，衆號百萬。朝廷遣諸軍距之，凡八萬。堅進屯壽陽，玄爲前鋒都督，與從弟琰等選精鋭決戰，射傷堅，俘獲數萬計，得僞輦及雲母車，寶器山積，錦罽萬端，牛馬驢騾駝十萬頭匹。」〔七〕

【校釋】

〔一〕徐向局　慢慢轉回到棋局。局，棋局。

〔二〕利害　世説音釋：「利害，猶言勝敗。」

〔三〕「意色舉止」二句　余箋：「馮景解春集文鈔卷七題圍棋賭墅圖曰：『嘗觀古之人當大事，危疑倉卒之時，往往托情博弈，以示鎮静。魏公子無忌已開其先，不自謝安始也。費禕督師禦魏，嚴駕將發，來敏就求圍棋，禕留意對戲，色無厭倦。敏起曰：「聊試卿耳！信自可人，必能辨賊。」安之與玄賭墅，亦猶敏之試禕與。抑不惟是，古人當大哀大樂死生呼吸之際，亦以圍棋示度量。如顧雍與僚屬圍棋，外啓信至，而無兒書，雖神色不變，而心了其故。以爪掐掌，血流沾褥，賓客既散，方歎曰：「已無延陵之高，豈可有喪明之責！」夫元歎逆知子凶問，而漠然終弈，與安石既得捷書而漠然終弈，其矯情鎮物同也。然哀之極而掌血流與樂之過而屐齒折，同一鬱極而發。』馮氏此文，頗切於情事，不同空言，故録之於此。」按，晉書七九謝安傳記安得破苻堅捷報，與客棋如故。「既罷還内，過户限，心甚喜，不覺屐齒之折。其矯情鎮物如此」。可見，安先前得捷報後「意色舉止，不異于常」，即所謂「矯情鎮物」也。後「心甚喜，不覺屐齒之折」，方顯本來面目。晉人所謂雅量，乃欲顯示個性之異于他人之前，故於喜怒哀樂之際，以非凡之理性控制易動之感情，遂難免有矯情之嫌。劉辰翁云：「只如此，本分，本分。」

不知「本分」究竟謂何。若指「意色舉止，不異于常」，則「矯情鎮物」，非本分也。

〔四〕苻堅　苻，原作「符」。宋本作「苻」，是，據改。下同。

〔五〕懼色　懼，宋本作「體」。王利器校：「各本『體』作『懼』，是。」

〔六〕處分　世説音釋：「處分，分别處置曰處分。」

〔七〕十萬頭匹　宋本、沈校本並無「匹」字。

三六　王子猷、子敬曾俱坐一室，上忽發火，子猷遽走避，不遑取屐。晉百官名曰：「王徽之字子猷。」中興書曰：「徽之，羲之第五子，卓犖不羈，欲爲傲達，仕至黄門侍郎。」子敬神色恬然，徐喚左右，扶憑而出，不異平常。續晉陽秋曰：「獻之雖不脩賞貫，〔一〕而容止不妄。」世以此定二王神宇。

【校釋】

〔一〕不脩賞貫　御覽二一〇引晉書作「不循常貫」。賞，宋本作「常」。按，作「不循常貫」是。彭大翼山堂肆考二三二：「常貫，即常格也。」

三七　苻堅遊魂近境，〔一〕堅别見。〔二〕謝太傅謂子敬曰：〔三〕「可將當軸，了其

此處。」〔四〕

【校釋】

〔一〕遊魂 原謂人死而精氣遊散。此詈人之言，猶今言「死屍」、「死鬼」。蜀志先主傳：「會承機事不密，令操遊魂得遂長惡，殘泯海内。」晉書五六孫楚傳：「假氣遊魂，迄兹四紀。」晉書六五王導傳：「且北寇遊魂，伺我之隙。」「游魂近境」指太元八年（三八三）八月，苻堅率衆渡淮（見晉書九孝武帝紀）。

〔二〕堅别見 沈校本無此三字。見，宋本作「目」，非。别見，見識鑒二二。

〔三〕謝太傅 傅，宋本誤作「博」。

〔四〕當軸 指掌權之關鍵人物。余箋：「鹽鐵論雜論篇曰：『車丞相即周、魯之列，當軸處中，括囊不言，容身而去。彼哉！彼哉！』漢書車千秋傳贊作『車丞相履伊、周之業』，餘同。文選干寶晉紀總論曰：『秉鈞當軸之士，身兼官以十數。』」劉辰翁云：「謂及我在位時攻之，自任吞虜。」朱注：「如劉所釋，仍不甚晰，似謂可擇有力者（當軸）爲將，於近處消滅之。」按，當軸實即謝安自謂也，劉辰翁所言是。

三八 王僧彌、謝車騎共王小奴許集。王珉、謝玄並已見。〔一〕小奴，王薈小字也。

僧彌舉酒勸謝云：「奉使君一觴。」謝曰：「可爾。」謝玄曾爲徐州，故云使君。〔二〕僧彌勃然起，作色曰：「汝故是吴興溪中釣碣耳，〔三〕何敢譸張！」〔四〕玄叔父安曾爲吴興，玄少時從之遊，故珉云然。謝徐撫掌而笑曰：「衛軍，僧彌殊不肅省，乃侵陵上國也。」〔五〕

【校釋】

〔一〕王珉已見政事二四　謝玄已見言語七二。

〔二〕「謝玄」二句　程炎震云：「玄前爲兗州，不必定作徐州乃云使君也。此注殊泥。」

〔三〕故是　沈校本無「故」字。釣碣，世説箋本：「『碣』疑當作『褐』，褐，賤者所服。」李慈銘云：「案『碣』當作『羯』，玄之小名也。世説作『遏』，以封、胡推之，作『羯』爲是。蓋取胡、羯字爲小名，寓簡賤之意，如犬子、狗子（亦作「苟子」）、佛大之類，古人小名，皆此義也。此舉其小名，故曰釣羯。」余箋：「御覽四四六引語林：『謝碣絶重其姊。』正作『碣』。蓋羯、碣通用。又八三四引謝玄與兄書曰：『居家大都無所爲，正以垂綸爲事，足以永日。北固下大有鱸魚，一出手，釣得四十七枚。』又與書曰：『昨日疏成後，出釣。手所獲魚，以爲二坩鮓，今奉送。』又八六二引謝玄與婦書曰：『昨出釣，獲魚，作一坩鮓。今奉送。』是則謝玄平生性好釣魚，故王珉就其小字生義，詆爲吴興溪中釣碣，言汝不過釣魚之羯奴耳。」王利器校：「案『碣』疑當作『褐』，左哀十三年傳：『余與褐之父睨之。』晉杜預注：『褐，寒賤之人也。』孟子公孫丑章上曰：『視刺萬乘之君，若刺褐夫。』荀子大略篇：『衣則豎褐不完。』唐楊倞注：『豎褐，童僕之褐也。』此處的『鈞褐』，也就是和『豎褐』意同。」楊箋、朱注同王校。按，謝玄出身名族，爲車騎將軍，非寒賤之人。王校不可從。當以李慈銘、余箋爲是。晉書七九謝琰傳曰：「先是，王珣娶萬女，珣弟珉娶安女，並不終。由是與謝氏有隙。珣時爲僕射，猶以前憾緩其事。」疑此事當在王、謝離婚之後。王珉因言語稍不相得便勃然作色，王、謝二族交惡之深可見矣。

〔四〕譸張　徐箋：「書無逸：『民無或胥，譸張爲幻。』疏：『無有相誑欺爲幻惑者。』爾雅釋訓注引書作『侜張』。新方言以爲『侜』即俗語之『謅』。『何敢譸張』猶言『何敢妄語』。」按，徐箋是。徐幹中論考僞：「汩亂乎先王之道，譸張乎戰國之世。」南齊書一高帝紀上：「醜羯侜張。」當僧彌勸酒之際，謝玄語氣倨傲，故致其勃然作色，出言醜詆。

〔五〕「衛軍」三句　肅省，正肅自省。上國，謝玄自喻，表示尊貴。程炎震云：「晉書王薈傳不言爲衛軍，珉爲薈族子，玄長珉八歲，故得于薈許斥珉小字。」余箋：「嘉錫以爲珉先斥玄小字，故玄以此報之，不必更論長幼也。然珉語近於醜詆，想見聲色俱厲，而玄出之以遊戲，固足稱爲雅量。」按，雅量二六注引劭薈別傳言薈仕至鎮軍將軍。晉書六五王薈傳謂薈「卒於官，贈衛將軍」。故朱注云：「則不當于其生時呼爲衛軍，故王世懋以爲不可解。

此或是『鎮軍』之誤，或係後人追稱，謝玄原話不當如此。」

三九　王東亭爲桓宣武主簿，既承藉有美譽，〔一〕公甚欲其人地，〔二〕爲一府之望。初，見謝失儀，〔三〕而神色自若。坐上賓客即相貶笑，公曰：「不然，觀其情貌，必自不凡，吾當試之。」後因月朝閣下伏，〔四〕公於內走馬，直出突之，左右皆宕仆，而王不動。名價於是大重，咸云是公輔器也。〔五〕續晉陽秋曰：「珣初辟大司馬掾，桓溫至重之，常稱王掾必爲黑頭公，未易才也。〔六〕」

【校釋】

〔一〕承藉　世說箋本：「藉、籍通用，家籍也。識鑒篇李勢在蜀既久，承藉累葉是也。」

〔二〕甚欲　欲，沈校本作「敬」。按，當作「敬」。人地，人才門地。晉書八四王恭傳：「謝安常曰：『王恭人地可以爲將來伯舅。』」

〔三〕見謝　謂當面道歉。史記八高祖本紀：「沛公從百餘騎，驅之鴻門，見謝項羽。」史記一〇二張釋之傳：「欲見謝，則未知何如。用王生計，卒見謝，景帝不過也。」

〔四〕閣下伏　見文學九五校釋。

〔五〕「公於內走馬」數句　桓溫之試王珣，與密令人在輿前後鳴鼓試簡文同一伎倆（見本篇二五），蓋鑒賞人物以處變不驚爲優耳。

〔六〕黑頭公　世説箋本：「黑頭公謂年壯至顯位也。未易，猶云不易得也。」晉書七七諸葛恢傳：「（王）導嘗謂曰：『明府當爲黑頭公。』」

四〇　太元末，長星見，〔一〕孝武心甚惡之。徐廣晉紀曰：「泰元二十年九月，有蓬星如粉絮，東南行，歷須女至央星。」〔二〕按太元末，〔三〕唯有此妖，不聞長星也。且漢文八年，有長星出東方。文穎注曰：「長星有光芒，或竟天，或長十丈，或二三丈，無常也。」此星見，多爲兵革事。此後十六年，文帝乃崩。蓋知長星非關天子，世説虚也。夜，華林園中飲酒，〔四〕舉杯屬星云：「長星，勸爾一杯酒，自古何時有萬歲天子。」〔五〕

【校釋】

〔一〕長星　類似彗星，有長形光芒。史記一一景帝本紀：「三年正月乙巳，赦天下。長星出西方。」漢書四文帝紀：「（八年）有長星出於東方。」顏師古注引文穎曰：「孛、彗、長三星，其占略同，然其形象小異……長星光芒有一直指，或竟天，或十丈，或三丈，或二丈，無常也。大法，孛、彗星多爲除舊布新，火災，長星多爲兵革事。」

〔二〕須女　星宿名。二十八宿之一，北方玄武七宿之第三宿。有星四顆，位於織女星之南。淮南子天文訓：「北方曰玄天，其星須女、虛危、營室。」」。須女，又名婺女，務女。禮記月令：「（孟夏之月）日在畢，昏翼中，旦婺女中。」史記二七天官書：「婺女，其北織女。」司馬貞索隱：「務女。廣雅云『須女謂之務女，是也。一作「婺」。』」左思吴都賦：「婺女寄其曜，翼軫寓其精。」央星，王利器校：「蔣校本、沈校本『央』作『哭』，凌本作『央』；案作『哭』者是，開元占經卷八六、御覽卷八七五引晉中興書，載此事作『歷女須危，至哭星』。」徐箋：「央星，沈校本作『哭星』，是，晉書天文志正作『哭星』。案晉志，虛南二星曰哭。」

〔三〕太元末　太元，宋本、沈校本並作「泰元」。按，「太」同「泰」。

〔四〕華林園　文選應貞晉武帝華林園集詩一首李善注：「洛陽圖經曰：『華林園在城内東北隅，魏明帝起，名芳林園。齊王芳改爲華林。』」景定建康志二一：「古華林園在臺城内，本吴舊宫苑也。」按，東晉都建康，乃仿效洛陽華林園，于吴舊宫苑擴建之。

〔五〕「舉杯屬星」數句　晉書一三天文志：「（太元）二十年九月，有蓬星如粉絮東南行，歷女虛，至哭星……二十一年九月，帝崩。」通鑑一〇八晉紀三〇胡注：「楊州分虛三星、危三星，皆主死喪哭泣墳墓。四星屬危之下，主死喪哭泣，爲墳墓也。」蓋哭星主死喪哭泣墳墓，故孝武見之而心甚惡焉。但心知「自古何時有萬歲天子」，遂舉杯勸酒長星，作曠達之態。世説講義：「雖心惡之而勸以酒，即爲雅量。」其説是。

四一　殷荆州有所識作賦，是束皙慢戲之流。文士傳曰：「皙字廣微，陽平元城人，漢太子太傅踈廣後也。王莽末，廣曾孫孟達自東海避難元城，改姓，去『踈』之『足』，以爲束氏。〔一〕皙博學多識，問無不對。元康中，〔二〕有人自嵩高山下得竹簡一枚，上兩行科斗書。司空張華以問皙，皙曰：『此明帝顯節陵中策文也。』檢校果然。曾爲餅賦諸文，文甚俳諢。〔三〕三十九歲卒，元城爲之廢市。」殷甚以爲有才，語王恭：「適見新文，甚可觀。」便於手巾函中出之。王讀，殷笑之不自勝。王看竟，既不笑，亦不言好惡，但以如意帖之而已。〔四〕殷悵然自失。〔五〕

【校釋】

〔一〕「文士傳曰」數句　余箋：「廿二史考異二一曰：『説文：疏，從㐬，從疋，以疋得聲。隸變疏爲踈，與束縛之束本不相涉。疋古胥字，古人胥、疏同聲，故從疋聲也。疏之改束，自取聲相轉，如耿之爲簡，奚之爲嵇耳。唐人不通六書，乃有去足之説。』嘉錫案：此説出自張騭文士傳。騭雖不詳時代，然裴松之、劉孝標皆引其書。則其人當生於晉代，不得歸罪於唐人也。錢氏但就晉書言之耳。」按，關於文士傳之作者有異説。隋書三三經籍志載：文士傳五十卷張隱撰，而舊唐書四六經籍志、新唐書五八藝文志皆謂作者乃張隲。此外御覽著録有張隲文士傳。周勳初張隲文士傳輯本以爲此書「實由張隱、張隲二人先後編成。

張隱爲晉代人，張隲爲齊代人。（載周勳初魏晉南北朝文學論叢，江蘇古籍出版社，一九九九年十一月第一版，下同）

〔二〕元康　朱注：「當作『太康』。晉書卷五一束晳傳繫于晉武帝太康。元康乃惠帝年號。」按，束晳傳敍「時有人於嵩高山下得竹簡」，並未明言在太康中。而張華爲司空在惠帝元康中，作元康不誤。

〔三〕「曾爲餅賦諸文」二句　晉書五一束晳傳：「嘗爲勸農及餅諸賦，文頗鄙俗，時人薄之。」按，餅賦載漢魏六朝百三家集四三：「立冬猛寒，清晨之會，涕凍鼻中，霜凝口外。充盈解戰，湯餅爲最，弱似春緜，白若秋練。氣勃鬱以揚布，香飛散而遠遍。行人失延於下風，童僕空噍而斜眄。擎器者舐脣，立侍者乾咽。」

〔四〕帖　徐箋：「帖借作妥貼熨貼之貼，謂以如意壓之使平。」按，嘲謔諧隱之風起源自昔，至魏晉始大盛。文心雕龍諧隱曰：「至魏文因俳說以著笑書，薛綜憑宴會而發嘲調，雖抃笑衽席，而無益時用矣。然而懿文之士未免枉轡，潘岳醜婦之屬，束晳賣餅之類，尤而效之，蓋以百數。魏晉滑稽，盛相驅扇。遂乃應瑒之鼻，方於盜削卵；張華之形，比乎握舂杵。」魏晉俳諧之作，一時蔚爲大觀。殷仲堪與王恭兩人對俳諧賦之態度迥然不同，自有其因。仲堪賞愛俳諧賦溢於言表，因其實爲文章之士，晉書本傳稱其「善屬文」，而本人亦喜作諧隱文。排調六一記桓玄、殷仲堪作「了語」、「危語」，此即文心雕龍諧隱所言之「諧辭隱語」，既可炫才，又能悦笑。王恭則不然，雖亦能清言，卻讀書少，不善屬文，排斥通俗文學。晉書八四王恭傳曰：「道子嘗集朝士，置酒於東府，尚書令謝石因醉爲委巷之歌，恭正色曰：『居端右之重，集藩王之第，而肆淫聲，欲令羣下何所取則！』」王恭以衛道者自居，斥南朝民歌爲「淫聲」，此與不喜「束皙慢戲之流」之俳諧賦如同一轍。德行四四注引恭别傳曰：「恭清廉貴峻，志存格正。」恭鄙視俳諧賦，亦是「志存格正」之表現。又，范子燁論如意與清談之關係，以爲「王恭以如意帖在文章上，暗示此文『如意』。在這裏，如意起到了一種含蓄的示意作用」（見范子燁中古文人生活研究第四章）。竊以爲此見恐是誤解。王恭看竟，「既不笑，亦不言好惡，但以如意帖之而已」，不過以冷漠之舉，表達對殷仲堪欣賞之「新文」不以爲然。若暗示此文「如意」，仲堪必欣喜王恭與己意同，豈會「悵然自失」？魏晉名士喜執如意，與執麈尾相近，皆是風流之裝飾。偶爾以如意諧心願之如意固有之，例庾翼欲征胡，「殷豫章與書，送一折角如意以調之。」（排調二三）然王敦酒後咏曹操詩，「以如意打唾壺，壺口盡缺」（豪爽四）。可見，名士手中之如意，究竟是裝飾，非借以暗示「如人之意」也。

〔五〕王世懋云：「如見其情狀。」

四二　羊綏第二子孚，少有儁才，與謝益壽相好。〔一〕益壽，謝混小字也。嘗蚤往謝許，未食。俄而王齊、王睹來，王睹已見。〔二〕齊，王熙小字也。中興書曰：「熙字叔和，恭次弟，尚鄱陽公主，太子洗馬，早卒。」既先不相識，王向席有不說色，欲使羊去。羊了不眄，唯腳委几上，詠矚自若。謝與王敍寒温數語畢，還與羊談賞，王方悟其奇，乃合共語。須臾食下，二王都不得餐，唯屬羊不暇。〔三〕羊不大應對之，而盛進食，食畢便退。遂苦相留，羊義不住，〔四〕直云：「向者不得從命，中國尚虛。」〔五〕二王是孝伯兩弟。

【校釋】

〔一〕「羊綏第二子孚」三句　謝安欣賞羊綏，取以爲主簿（見方正六）。安孫謝混與羊孚，乃通家之好。

〔二〕王睹　已見文學一〇一。

〔三〕「須臾食下」三句　余箋：「二王敬其人，故代謝作主人，勸其加餐。」

〔四〕義不住　吴金華考釋：「終究不肯停住。」（舉例略）上述用在否定句詞前面的副詞『義』，由上古表示『義理』的『義』字虛化而成。」「『義不敢當……』、『義不以身許人……』的『義』都表示按照道義（行事）；這類『義』字在口語中逐漸虛化，就成了加强否定語氣的副詞。」

〔五〕「直云」二句　劉辰翁云：「寫得直截可憎，又自如見，人情有此，傳聞之穢，小說不厭。」王世懋云：「此等語亦傷雅。」余箋：「二王先欲羊去，羊已覺之，而置不與較。及二王前倨後恭，苦留共談，羊乃云：『向者，君欲我去。不得從命者，直因腹内尚虚。今食已飽，便當逕去耳。』云中國尚虚者，蓋當時人常語，以腹心比中國，四肢比夷狄也。」按，余箋是。鹽鐵論九：「大夫曰：中國與邊境，猶支體與腹心也夫。」

識鑒第七

一　曹公少時見喬玄，玄謂曰：「天下方亂，羣雄虎争，撥而理之非君乎？然君實是亂世之英雄，治世之姦賊。〔一〕恨吾老矣，不見君富貴，當以子孫相累。」續漢書曰：「玄字公祖，梁國睢陽人。少治禮及嚴氏春秋。累遷尚書令。玄嚴明有才略，〔二〕長於知人。初，魏武帝爲諸生，未知名也，玄甚異之。」魏書曰：「玄見太祖曰：『吾見士多矣，未有若君者。天下將亂，非命世之才不能濟也，能安之者，其在君乎？』」按世語曰：「玄謂太祖：『君未有名，可交許子將。』〔三〕太祖乃造子將，子將納焉。」孫盛雜語曰：「太祖嘗問許子將：『我何如人？』固問，然後子將答曰：『治世之能臣，亂世之姦雄。』太祖大笑。」〔四〕世説所言謬矣。

【校釋】

〔一〕「然君」二句　吴文仲云：「按諸書皆云『治世之能臣，亂世之姦雄』，若云『姦賊』，恐不應太峻如此。」王世懋云：「注是。」按，後漢書五一橋玄傳：「初，曹操微時，人莫知之者。嘗往候玄，玄見而異焉，謂曰：『今天下將亂，安生民者，其在君乎？』」後漢書六七李膺傳：「初，曹操微時，（李）瓚異其才，將没，謂子宣等曰：『時將亂矣，天下英雄無過曹操。張孟卓與吾善，袁本初汝外親，雖爾勿依，必歸曹氏。』諸子從之，並免於亂世。」據此可見稱曹操亂世之英雄，非僅喬玄也。蓋魏志武帝紀注引魏書、世語，皆無玄「亂世之英雄，治世之姦賊」二語，此二語乃許劭之目。故孝標稱「世説所言謬矣」。

〔二〕嚴明有才略　宋本、沈校本無「有」字。王利器校：「蔣本、沈校本同，餘本『才』上有『有』字，是。」

〔三〕「君未有名」二句　湯用彤讀人物志云：「溯自漢代取士大別爲地方察舉，公府徵辟。人物品鑒遂極重要。有名者入青雲，無聞者委溝渠。朝廷以名爲治（顧亭林語），士風亦競以名行爲高。聲名出於鄉里之臧否，故民間清議乃隱操士人進退之權。於是月旦人物，流爲俗尚；講目成名（人物志語），具有定格，乃成社會中不成文之法度。」（見湯用彤魏晉玄學論稿）按，後漢書六八許劭傳曰：「故天下言拔士者，咸稱許、郭（泰）。」許有識鑒，操卻未名，橋玄因之勸其交許子將。

〔四〕「太祖嘗問」數句　後漢書六八許劭傳曰：「曹操微時，常卑辭厚禮求爲己目。劭鄙其人而不肯對，操乃伺隙脅劭，劭不得已，曰：『君清平之姦賊，亂世之英雄。』操大悦而去。」世語記操「固問」，乃劭鄙操之爲人而不肯對之故。太祖大笑，蓋因劭之「英雄」之目。英雄爲人傑，漢末天下大亂，最重英雄。對此，湯用彤讀人物志論之甚確：「英雄者，漢魏間月旦人物所有名目之一也。天下大亂，撥亂反正則需英雄。漢末豪俊並起，羣欲平定天下，均以英雄自許，故王粲著有漢末英雄傳。當時四方鼎沸，亟須定亂，故曹操曰：『方今收英雄時也。』（此引後漢書）而孟德爲之大悦。蓋操素以創業自任也。」（同上）鍾惺云：「魏武命世奸雄，頻爲名士所輕，如宗承、許劭輩，公亦無如之何，所以感激於喬玄之知敬也。」

二　曹公問裴潛曰：「卿昔與劉備共在荆州，卿以備才如何？」潛曰：「使居中國，能亂人，不能爲治；若乘邊守險，足爲一方之主。」〔一〕魏志曰：「潛字文行，河東人，避亂荆州，劉表待之賓客禮。潛私謂王粲、司馬芝曰：『劉牧非霸王之才，而欲以西伯自處，其敗無日矣。』〔二〕遂南渡適長沙。」〔三〕

【校釋】

〔一〕「曹公問裴潛曰」數句　王世懋云：「此語似事後論人，不宜預知至此。」李贄云：「此語無人會得。」余箋據魏志裴潛傳、武帝紀，謂潛與曹操問答之事在建安二十年冬，操已降張魯，與備争漢中之時。「方以備爲勁敵，懼其不克，故發此問。潛知備之才足以定蜀，而地狹兵少，必不能遽復中原。操雖强盛，而所值乃當世人傑，亦決不能并蜀。故推測形勢而爲是言。此特戰國策士揣摩之餘習，不足以言識鑒也。」按，余箋可商。魏志武帝紀載：建安元年，吕布襲劉備，取下邳，備來奔。程昱説操曰：「觀劉備有雄才而甚得人心，終不爲人下，不如早圖之。」操曰：「方今收英雄時也，殺一人而失天下之心，不可。」其意以備爲英雄。建安五年，操曰：「夫劉備，人傑也，今不擊，必爲後患。」建安十三年八月，操得荆州。十二月，操自江陵征劉備，至赤壁，與備戰，大敗。裴松之注引山陽公載記曰：操從華容道敗走，死者甚衆。軍既得出，公大喜。諸將問之，操答曰：「劉備，吾儔也。但得計少晚；向使早放火，吾徒無類矣。」可見，曹操早視劉備爲天下英雄，何必問裴潛而始知之？竊以爲操與裴潛問答之事當在操定荆州之初。魏志武帝紀載操於建安十三年八月定荆州後，引用荆州名士韓嵩、鄧義等。裴潛即爲所用名士之一。魏志裴潛傳敍操以潛爲倉曹屬後，即接以問答事，顯然此事必在建安十三年後不久。裴潛之荅，亦非揣摩阿諛，乃公論也。吳志陸遜傳載吳將陸遜曰：「劉備天下知名，曹操所憚。」魏志劉表傳載傅巽勸劉琮歸降曹操曰：「以劉備而敵曹公，又弗當也。」以爲備雖是人傑，但不及曹操。裴松之注引傅子曰，巽有知人鑒，在荆州，「目龐統爲半英雄，證裴潛終以清行顯」。據此，裴潛爲傅巽所知，其品鑒劉備亦與巽相同。

〔二〕無日矣　宋本無「矣」字。

〔三〕遂南渡適長沙　宋本作「累遷尚書令，贈太常」。

三　何晏、鄧颺、夏侯玄並求傅嘏交，而嘏終不許。魏略曰：「鄧颺字玄茂，南陽宛人，鄧禹之後也，少得士名。明帝時爲中書郎，以與李勝等爲浮華被斥。正始中，遷侍中尚書。爲人好貨，臧艾以父妾與颺，得顯官，京師爲之語曰：『以官易富鄧玄茂。』〔一〕何晏選不得人，頗由颺。以黨曹爽誅。」諸人乃因荀粲説合之，〔二〕謂嘏曰：「夏侯太初一時之傑士，虚心於子，而卿意懷不可交。合則好成，不合則致隙。二賢若穆，則國之休。此藺相如所以下廉頗也。」史記曰：「相如以功大拜上卿，位在廉頗右。頗怒，欲辱之。相如每稱疾，望見，引車避匿。其舍人欲去之，相如曰：『夫以秦王之威，而吾廷叱之，何畏廉將軍哉？顧秦彊趙弱，秦以吾二人，故不敢加兵於趙。今兩虎鬥，勢不俱生。吾以公家急而復私讐也。』〔三〕頗聞謝罪。」傅曰：「夏侯太初志大心勞，能合虚譽，誠所謂利口覆國之人。〔四〕何晏、鄧颺有爲而躁，〔五〕博而寡要，外好利而内無關籥，〔六〕貴同惡異，多言而妬前。〔七〕多言多釁，妬前無親。以吾觀之，此三賢者，皆敗德之人爾，遠之猶恐罹禍，況可親之邪？」後皆如其言。〔八〕傅子曰：「是時何晏以才辯顯於貴戚之間，鄧颺好交通，合徒黨，鬻聲名於閭閻。夏侯玄以貴臣子，少有重名，皆求交於嘏，〔九〕嘏不納也。嘏友人荀粲有清識遠志，〔一〇〕然猶勸嘏結交云。」

【校釋】

〔一〕易富　富，魏志曹爽傳裴注引魏略作「婦」。按，臧艾以父妾與颺，得顯官，故當作「婦」是。

〔二〕「諸人」句　魏志荀彧傳裴注引何劭所作荀粲傳曰：「（荀）粲與傅（嘏）善，夏侯玄亦親。」

因荀粲與傅嘏、夏侯玄皆親，故諸人乃因粲説合之。

〔三〕復私讎　復，當作「後」。史記八一廉頗藺相如列傳：「吾所以爲此者，以先國家之急而後私讎也。」復乃後之形誤。

〔四〕利口覆國　論語陽貨：「惡利口之覆邦家者。」按，魏志毌丘儉傳謂「儉與夏侯玄、李豐等厚善」。魏志諸葛誕傳謂誕「與夏侯玄、鄧颺等相善，收名朝廷，京師翕然。言事者以誕、颺等修浮華，合虚譽，漸不可長。明帝惡之，免誕官」。所謂「人以羣分」，夏侯玄、諸葛誕、鄧颺、李豐等，爲忠於曹魏之朋黨。傅嘏稱夏侯玄「利口覆國」，殆「言事者」所指之「浮華」也。惜明帝忠奸不分，未覩險惡所在。

〔五〕有爲而躁　晉書二七五行志上：「魏尚書鄧颺行步馳縱，筋不束體，坐起傾倚，若無手足，此貌之不恭也。管輅謂之鬼躁者，凶終之徵，後卒誅也。」

〔六〕闗籥　世説音釋：「籥與鑰通，管鍵也，謂内無堅定意志也。」

〔七〕妬前　通鑑七六魏紀八胡注：「妬前者，忌前也。人忌勝己，則無親之者。」

〔八〕關於傅嘏與何晏、夏侯玄、鄧颺不合，前人多有探索。王懋竑白田雜著四「李豐」條曰：「傳嘏論夏侯玄、何晏、鄧颺語，論李豐語，此與杜畿語皆出傅子。傅子傅玄所著。玄、嘏從父兄弟，故多載其語。按嘏本傳：『魏黄門侍郎，以與晏等不合，免官。後起爲滎陽太守，不就。司馬懿請爲從事中郎。遂附從懿父子以傾魏。爽之死，齊王之廢，嘏皆與有力焉。』故爽誅，即以嘏爲河南尹，轉尚書，賜爵關内侯。齊王廢，進爵武鄉亭侯。及毌丘儉、文欽兵起，嘏勸師自行，與之俱東。師卒，中詔嘏還師。嘏輒與昭俱還，以成司馬氏之篡。不名其功。即如與昭俱還，乃嘏之本謀，顧以推之鍾會，故世莫得而議之。其與何晏、鄧颺及玄、豐不平，皆以其爲魏故，而自與鍾毓、鍾會、何曾、陳泰、荀顗善，則皆司馬氏之黨也。所譏議晏等語，大率以愛憎爲之。如晏輩固不足道，若豐、玄，豈不勝於鍾會、何曾、荀顗，而嘏之好惡如此。陳壽論嘏用才達顯，而裴松之謂嘏當時高流。壽所評不足見其美，庸人之論，淺陋可笑。」李慈銘云：「案夏侯重德，平叔名儒，嘏於是名位未顯，何至内交見拒，且煩奉倩爲言？觀晉書列女傳，當何、鄧在位時，嘏之弟玄以見惡于何、鄧，至於求婚不得。豈有太初嶽嶽，反藉嘏輩爲重？此自緣三賢敗後，晉人增飾惡言，國史既以忠爲逆，私家復誣賢爲奸。如魏志嘏傳，皆不可信。傅子即玄所作，出於仇怨之辭，世説轉據舊聞，是非多謬。然太初名德，終著古今，不能相累。平叔論語，永列學官。以視嘏輩，直蜉蝣耳。近儒王氏懋竑白田雜著中言之當矣。」余箋據魏志荀彧傳注引何劭所作荀粲傳、傅嘏傳，以爲夏侯玄欲求交而嘏不許，乃「矯誣之言」。又云：「嘏爲司馬氏之死黨，而玄則司馬師之讎敵也。二人之交，遂始合而終暌。抑或玄敗之後，嘏始諱之，飾爲此言以自解免。傅玄著書，爲其兄門户計，又從而傅會之耳。嘏于叛君負國之事，攘臂恐後，則其忍以誣罔以賣其死友，亦固其所。」按，余箋探究傅嘏、夏侯玄交遊始末及與司馬氏之關係，並據晉書九六列女傳，指出傅子作者傅玄與何晏、鄧颺不相合，宜其載傅嘏之言，力詆何晏等，皆能從政治着眼，探微索隱，頗具史識，讀者可參看。

〔九〕皆求交於嘏　宋本無「交」字。王利器校：「各本『求』字下有『交』字，是。」

〔一〇〕清識　荀粲自稱識見勝人。魏志荀彧傳裴注引何劭所作荀粲傳載：「常謂（傅）嘏、（夏侯）玄曰：『子等在世途間，功名必勝我，但識劣我耳！』嘏難曰：『能盛功名者，識也。天下孰有本不足而有餘者邪？』粲曰：『功名者，志局之所獎也。然則志局自一物耳，固非識之所獨濟也。』」按，傅嘏主才性合，故以功名與識二者不可分。荀粲則以爲志局與識非一物。據此，荀粲似亦主才性異。

四　晉武帝講武於宣武場，〔一〕帝欲偃武修文，親自臨幸，〔二〕悉召羣臣。山公謂不宜爾。因與諸尚書言孫、吴用兵本意，遂究論。舉坐無不咨嗟，皆曰山少傅乃天下名言。史記曰：〔三〕「孫武，齊人；吴起，衛人，並善兵法。」竹林七賢論曰：〔四〕「咸寧中，吴既平，上將爲桃林華山之事，〔五〕息役弭兵，示天下以大安。於是州郡悉去兵，大郡置武吏百人，小郡五十人。時京師猶講武，山濤因論孫、吴用兵本意。濤爲人常簡默，蓋以爲國者不可以忘戰，故及之。」名士傳曰：「濤居魏晉之間，無所標明。〔六〕嘗與尚書盧欽言及用兵本意，武帝聞之曰：『山少傳名言也。』」後諸王驕汰，輕遘禍難。於是寇盜處處蟻合，郡國多以無備不能制服，遂漸熾盛，皆如公言。時人以謂山濤不學孫、吴，而闇與之理會。王夷甫亦歎云：「公闇與道合。」〔七〕竹林七賢論曰：「永寧之後諸王構禍，狡虜欻起，皆如濤言。」名士傳曰：「王夷甫推歎『濤晻晻爲與道合，其深不可測』。皆此類也。」

【校釋】

〔一〕宣武場　見雅量五校釋。

〔二〕「帝欲偃武修文」二句　程炎震云：「武紀：泰始十年、咸寧元年、三年十一月，數臨宣武觀大閱。」余箋：「吴士鑒晉書山濤傳注曰：『案武帝紀，云帝臨宣武觀大閱，事在咸寧三年，尚在平吴之前。七賢論誤爲吴既平也。盧欽卒在咸寧四年，亦不逮平吴之後。世説謂舉坐以爲名言，與本傳及名士傳作武帝之言亦異。』」按，據武帝紀，咸寧中及吴平後，武帝數臨宣武場，論兵恐亦不止一次。晉書四四盧欽傳謂欽卒於咸寧四年（二七八），而孝標注引名士傳云「嘗與尚書盧欽言及用兵本意」，故論者遂謂山濤論用兵事在平吴之前。此不然也。若吴未平，武帝即欲偃武修文，州郡悉去兵，以示天下大安，有此情理乎？故此事必當在平吴後，太康四年（二八三）山濤辭世之前，時武帝召羣臣議，山濤謂兵不當廢。竹林七賢論「咸寧中」一句雖誤，然所敘事可信。

〔三〕史記　史，宋本誤作「中」。

〔四〕竹林七賢論　七，宋本誤作「士」。

〔五〕桃林華山　尚書武成：「乃偃武修文，歸馬于華山之陽，放牛于桃林之野，示天下弗服。」孔安國傳：「山南曰陽。桃林在華山東，皆非長養牛馬之地，欲使自生自死，示天下不復乘用。」

〔六〕標明　宋本作「標名」。按，賞譽一〇注引顧愷之畫贊：「濤無所標明。」正與此同，故作「標明」是。標明，義猶揭示、顯明。竹林七賢論稱山濤「爲人常簡默」，名士傳記王夷甫歎濤「其深不可量」，皆指濤深沉不露，守默少言。此即「無所標明」也。

〔七〕公闇與道合　晉書四三山濤傳：「帝嘗講武于宣武場，濤時有疾，詔乘步輦從，因與盧欽論用兵之本，以爲不宜去州郡武備，其論甚精。於時咸以濤不學孫、吴，而闇與之合。帝稱之曰：『天下名言也。』」賞譽一〇：「見山巨源，如登山臨水，幽然深遠。」注引顧愷之畫贊謂山濤「淳深淵默，人莫見其際，而其器亦入道」。凡此，皆見山濤幽然深遠，而暗與道合之精神風貌。

五　王夷甫父乂爲平北將軍，〔一〕有公事，使行人論，〔二〕不得。時夷甫在京師，命駕見僕射羊祜、尚書山濤。〔三〕夷甫時總角，姿才秀異，敍致既快，〔四〕事加有理，濤甚奇之。既退，看之不輟，乃歎曰：「生兒不當如王夷甫邪？」羊祜曰：「亂天下者，必此子也。」晉陽秋曰：「夷甫父乂有簡書，將免官。夷甫年十七，〔五〕見所繼從舅羊祜，申陳事狀，辭甚俊偉。祜不然之，夷甫拂衣而起。祜顧謂賓客曰：『此人必將以盛名處當世大位，然敗俗傷化者必此人也。』」〔六〕漢晉春秋曰：「初，羊祜以軍法欲斬王戎，夷甫又忿祜言其必敗，不相貴重。〔七〕天下爲之語曰：『二王當朝，世人莫敢稱羊公之有德。』」〔八〕

【校釋】

〔一〕王夷甫　李慈銘云：「案此條諸人皆名，夷甫獨字，孝標爲梁武諱，追改之耳。」

〔二〕行人　使者。論，敍説，陳述。

〔三〕「時夷甫在京師」三句　劉辰翁云：「代父致辭。」世説抄撮：「夷甫代行人往陳事情也。」

〔四〕敍致　見文學四二校釋。

〔五〕夷甫年十七　程炎震云：「王衍以永嘉五年卒，年五十六。則十七歲，乃泰始八年。考羊祜爲尚書左僕射，五年二月督荆，此當是泰始五年事。晉書衍傳作年十四，是也。」余箋：「晉書武帝紀：『泰始四年二月，以中軍將軍羊祜爲尚書左僕射。五年二月，以尚書左僕射羊祜都督荆州諸軍事。』則祜之爲僕射，首尾僅及一年，王衍之見祜，必當在泰始四五年之間。衍傳言：衍年十四，在京師造僕射羊祜。案衍爲石勒所殺，年五十六。本傳不言其死之年月。考之通鑑卷八七，事在永嘉五年。以此推之，則泰始五年，衍年十四。蓋其時祜尚未赴荆州，故衍得往見，情事正合。」

〔六〕「祜顧謂賓客曰」三句　王世懋云：「羊公識更高於巨源。」按，羊祜以德服人，作風謹慎。晉書三四羊祜傳言祜「以道素自居，恂恂若儒者」，「貞慤無私，疾惡邪佞」，自不欣賞王衍言論便捷之狂態。

〔七〕不相貴重　李贄云：「羊公退一步是步步蹈實地人也，夷甫狂者，安得便再輕重。」

〔八〕「二王當朝」二句　晉書三四羊祜傳作「二王當國，羊公無德」。

六　潘陽仲見王敦小時，謂曰：「君蜂目已露，但豺聲未振耳。必能食人，亦當爲人所食。」晉陽秋曰：「潘滔字陽仲，滎陽人，〔一〕太常尼從子也。有文學才識，永嘉末爲河南尹，遇害。」漢晉春秋曰：「初王夷甫言東海王越，轉王敦爲揚州。〔二〕潘滔初爲太傅長史，〔三〕言於太傅曰：『王處仲蜂目已露，豺聲未發，今樹之江外，肆其豪彊之心，是賊之也。』」晉陽秋曰：「敦爲太子舍人，與滔同僚，故有此言。」習、孫二説，便小遷異。〔四〕春秋傳曰：「楚令尹子上謂世子商臣：『蜂目而豺聲，忍人也。』」〔五〕

【校釋】

〔一〕滎陽　宋本作「榮陽」。王利器校：「各本『榮』作『滎』，是。」

〔二〕轉王敦爲揚州　通鑑八七晉紀九載：永嘉三年（三〇九），太傅越以王敦爲揚州刺史。晉書九八王敦傳謂敦永嘉初征爲中書監，越以敦爲揚州刺史。與通鑑同。

〔三〕「潘滔」句　徐箋：「晉書王敦傳作『洗馬潘滔』。太傅，謂東海王越。光熙元年八月，越爲太傅，録尚書事。」

〔四〕「習孫二説」二句　程炎震云：「如習説，則在惠帝末；如孫説，則在惠帝初。皆非王敦小時。孝標此注，蓋隱以規正本文，今晉書則從孫説。」按，王敦死于太寧二年（三二四），年五十九。若依習説，永嘉初敦年過四十；若依孫説，敦年亦近三十。程氏以爲「皆非王敦小時」，是也。

〔五〕楚令尹子上　宋本無「上」字。王利器校：「各本『子曰』作『子上』，是。」春秋左傳注疏一七文公元年：「初，楚子將以商臣爲大子，訪諸令尹子上。子上曰：『君之齒未也，而又多愛，黜乃亂也。楚國之舉，恒在少者。且是人也，蜂目而豺聲，忍人也。不可立也。』」李詳云：「漢書王莽傳：有以方士待詔黄門者，或問以莽形貌，待詔曰：『莽所謂鴟目虎吻，豺狼之聲者也，故能食人，亦當爲人所食。』仲陽之語本此。」忍人，殘忍之人。史記集解：「服虔曰：『言忍爲不義。』」

七　石勒不知書，〔一〕石勒傳曰：「勒字世龍，上黨武鄉人，匈奴之苗裔也。雄勇好騎射，〔二〕晉元康中，流宕山東，與平原茌平人師歡家庸，耳恒聞鼓角鞞鐸之音，勒私異之。初，勒鄉里原上地中生石，日長，類鐵騎之象。國中生人參，〔三〕葩葉甚盛。于時父老相者皆云：『此胡體貌奇異，有不可知。』〔四〕勒邑人厚遇之。人多哂而不信。永嘉初，豪傑並起，〔五〕與胡王陽等十八騎詣汲桑爲左前督。桑敗，共推勒爲主，〔六〕攻下州縣，都於襄國。後僭正號，死，謚明皇帝。」使人讀漢書，聞酈食其勸立六國後，刻印將授之，大驚曰：「此法當失，云何得遂有天下！」至留侯諫，迺曰：「賴有此耳。」〔七〕鄧粲晉紀曰：「勒手不能書，〔八〕目不識字，每於軍中令人誦讀，聽之，皆解其意。」漢書曰：「項羽急圍漢王於滎陽，漢王與酈食其謀撓楚權。食其勸立六國後，王令趣刻印。張良入諫，以爲不可。輟食吐哺，罵酈生曰：『豎儒，幾敗乃公事！』趣令銷印。」

【校釋】

〔一〕石勒　事見晉書一〇五載記石勒傳。

〔二〕雄勇　雄，宋本、沈校本並作「椎」。按，作「雄」是，晉書正作「雄」，「椎」乃形誤。

〔三〕國中　國，石勒傳作「園」。按，作「園」是。

〔四〕「此胡體貌奇異」二句　晉書石勒傳載，勒年十歲，王衍見而異之，顧謂左右曰：「向者胡雛，吾觀其聲視有奇志，恐將爲天下之患。」

〔五〕豪傑　傑，宋本、沈校本並作「桀」。

〔六〕共推　共，宋本作「其」。王利器校：「各本『其』作『共』，是，宋本誤。」

〔七〕「聞酈食其」數句　凌濛初云：「異哉此虜，識乃在漢高上。」

〔八〕勒手不能書　宋本、沈校本並作「勒不知書」。

八　衛玠年五歲，神衿可愛。〔一〕祖太保曰：「此兒有異，顧吾老，不見其大耳。」〔二〕晉諸公贊曰：「瓘字伯玉，河東安邑人。少以明識清允稱，傳嘏極貴重之，〔三〕謂之甯武子。〔四〕仕至太保，爲楚王瑋所害。」〔五〕玠别傳曰：「玠有虚令之秀，清勝之氣，〔六〕在羣伍之中，有異人之望。祖太保見玠五歲，曰：『此兒神爽聰令，與衆大異，恐吾年老，不及見爾。』」

【校釋】

〔一〕「衛玠年五歲」二句　晉書三六衛玠傳謂玠永嘉六年（三一二）卒，時年二十七。則玠年五歲在晉武帝太熙元年（二九〇）。神衿，神情心懷。衿，胸襟，心懷也。藝文類聚二九庾肩吾餞張孝總應令詩：「秋雨蒙重嶂，别念動神衿。」張撝之譯注釋「神衿」爲「儀容風采」，不確。

〔二〕「祖太保曰」數句　程炎震云：「伯玉死于永康元年，玠年六歲。」按，據晉書三武帝紀，太熙元年（二九〇）春正月，司空衛瓘爲太保。則衛瓘歎其孫「此兒有異」，即在爲太保後。衛瓘被賈后所害在惠帝永平元年（二九一）六月，永康元年乃程氏誤記。

〔三〕傅嘏　傅，原誤作「傳」，據他本及晉書改。

〔四〕甯武子　余箋：「論語公冶長：『甯武子，邦有道則知，邦無道則愚。其知可及也，其愚不可及也。』注：孔安國曰：『詳愚似實，故曰不可及也。』（下略）嘉錫案：以甯武子之愚爲詳愚，乃漢、魏間解論語與宋儒異處。晉書衛瓘傳云：『弱冠爲魏尚書郎，轉中書郎。時權臣專政，瓘優遊其間，無所親疏，甚爲傅嘏所重，謂之甯武子。』權臣爲曹爽也。傅嘏乃司馬氏之黨，與爽等異趣，故以爽執政之時爲無道之世，而歎瓘之能韜光潛綵，爲似甯武子也。」

〔五〕爲楚王瑋所害　晉書四惠帝紀載：永平元年（二九一）六月，「賈后矯詔使楚王瑋殺太宰、汝南王亮，太保、菑陽公衛瓘。」又御覽八八五引世説：「衛瓘太康永熙中家人炊飯墮地，盡化爲螺，出足而行，瓘終見誅。」

〔六〕清勝　清雅優美。南齊書四四徐孝嗣傳：「孝嗣愛好文學，賞託清勝。」釋文紀一〇僧肇答劉遺民書：「而慨不得與清勝君子同斯法集耳。」

九　劉越石云：「華彦夏識能不足，〔一〕彊果有餘。」〔二〕虞預晉書曰：「華軼字彦夏，平原人，魏太尉歆曾孫也。累遷江州刺史，傾心下士，甚得士歡心，以不從元皇命見誅。」〔三〕漢晉春秋曰：「劉琨知軼必敗，謂其自取之也。」〔四〕

【校釋】

〔一〕華彦夏　事見晉書六一華軼傳。汪藻考異敬胤注：「曾祖歆，字子魚，太尉。祖表，字偉容，太子少傅，光禄大夫。父瞻，字玄駿，河南尹。」識能，謂識別、識鑒之能力。識，爲魏晉品藻人物用語之一。

〔二〕彊果　楊箋作「彊梁」，並云：「宋本作『果』，非。考異作『梁』，是。本書品藻篇一二：『敦性彊梁。』」按，楊箋是。彊梁，同「强梁」。爾雅注疏二疏：「彊梁者，好凌暴於物。」詩序云：『彊暴之男。』」鹽鐵論六訟賢二二：「大夫曰：剛者折，柔者卷。故季由以强梁死，宰我以柔弱殺。」説苑一〇：「彊梁者不得其死，好勝者必遇其敵。」袁宏後漢紀：「西方之獸，爲禽剛猛，彊梁之物也。」

〔三〕「以不從」句　晉書六一華軼傳載：西晉之末，洛京尚存，軼以爲不能只受元帝教命。既而元帝據有江左，軼又不從命，於是遣左將軍王敦率軍討之。軼遣將距敦，兵敗被殺，傳首建業。華軼不從元帝見誅，此即劉越石所謂「識能不足，彊果有餘」也。

〔四〕「劉琨」二句　敬胤注引鄧粲晉紀：「軼表陶侃領江州義軍，將赴司馬越。侃謂其兄子臻曰：『華侯雖有匡天下之志，而才不足。且鎮東不平，禍亂將作，不可托也。』」據此，知華軼必敗，非僅劉琨也。

一〇　張季鷹辟齊王東曹掾，〔一〕在洛，見秋風起，因思吴中菰菜羹、鱸魚膾，〔二〕曰：「人生貴得適意爾，何能羈宦數千里以要名爵？」遂命駕便歸。俄而齊王敗，時人皆謂爲見機。〔三〕文士傳曰：「張翰字季鷹，父儼，吴大鴻臚。翰有清才美望，博學善屬文，造次立成，辭義清新，大司馬齊王冏辟爲東曹掾。翰謂同郡顧榮曰：『天下紛紛未已，夫有四海之名者，求退良難。吾本山林間人，無望於時久矣。子善以明防前，以智慮後。』榮捉其手，愴然曰：『吾亦與子採南山蕨，飲三江水爾。』」〔四〕翰以疾歸，府以輒去除吏名。〔五〕性至孝，遭母艱，哀毁過禮。自以年宿，不營當世，以疾終于家。」

【校釋】

〔一〕「張季鷹」句　程炎震云：「晉書翰傳：齊王辟爲大司馬東曹掾。」

〔二〕因思吴中菰菜羹鱸魚膾　王利器校：「藝文類聚卷三、御覽卷二五、又卷八六二引『菰』作『蓴』，御覽卷九三七引仍作『菰』。又藝文類聚、御覽卷二五引『膾』作『鱠』。案晉書文苑傳作『乃思吴中菰菜蓴羹鱸魚膾』，通鑑卷八四晉紀六載此事作『思菰菜蓴羹鱸魚鱠』，胡三省注云：『菰一名蔣，本草曰：「菰又謂之茭，歲久中心生白臺，謂之菰米，其臺中有黑者謂之茭，至後結實，乃雕胡黑米也。」蓴生水中，葉似鳧茨，春夏細長肥滑，三月至八月爲絲蓴，九月至十月豬蓴。鱸魚出吴淞江者佳，吴人以爲鱠，甚美。蓴，殊倫翻。』據此，菰與蓴是二物，世説此文，當從晉書作『因思吴中菰菜蓴羹鱸魚膾』，御覽分類引用此文，故一出蓴一出菰，足證宋初的人所見世説，『羹』上是有『蓴』字的。」余箋：「吴郡志二九曰：『菰葉羹，晉張翰所思者。按菰即茭也。菰首，吴謂之茭白，甘美可羹，而葉殊不可啖。疑葉衍或誤。』嘉錫案：晉書張翰傳作『菰菜、蓴羹』，世説作『菰菜羹』，無作菰葉羹者，吴郡志實誤引而誤辯。」按，王校、余箋是。當從晉書作「菰菜、蓴羹」，張翰所思，乃吴中三佳味。

〔三〕「人生貴得適意爾」數句　鍾惺云：「名言。」文廷式云：「季鷹真可謂明智矣。當亂世，唯名爲大忌。既有四海之名而不知退，則雖善於防慮，亦無益也。季鷹、彦先皆吴之大族。彦先知退，僅而獲免。季鷹則鴻飛冥冥，豈世所能測其深淺哉？陸氏兄弟不知此義，而乾没不已，其淪胥以喪非不幸也。」（純常子枝語五）曹道衡、沈玉成中古文學史料叢考「張翰出處」條云：「翰傳又記翰爲齊王冏大司馬東曹掾，時爲永寧元年（三〇一）六月後事。二年十二月，冏被殺。翰見秋風起而思蓴鱸，賦歸當在二年八九月間。翰自入洛返吴，其間不過三年。」按，通鑑八四載張翰歸吴中爲太安元年（三〇二），叢考則稱張翰賦歸在永寧二年。據晉書四惠帝紀，永寧元年四月改元，故當以通鑑載太安元年爲確切。又文士傳載張翰與顧榮之言，道出其歸吴之由是「見機」而逃禍，非僅思故鄉之佳味也。然山家清供曰：「昔張翰臨風必思蓴鱸以下氣。按本草，蓴鱸同羹，可以下氣止嘔。以是知張翰在當世意氣抑鬱，隨事嘔逆，故有此思耳，非蓴魚而何。」（見説郛七四上）將張翰之「見機」，説成思「蓴鱸以下氣」，一何可笑。

〔四〕三江　王鳴盛十七史商榷五一「三江揚都」條：「三江者，松江、婁江、東江也。……今本水經第二十八卷沔水中篇酈道元注引庾仲初揚都賦注云：『今太湖東注爲松江，下七十里有水口，分流東北入海爲婁江，東南入海爲東江，與松江而三。』」

〔五〕府以　府，沈校本作「榮」。楊箋從沈校本作「榮」。朱注：「沈校本作『榮』，非。按晉書本傳作『然府以其輒去，除吏名』，蓋政府以翰逕歸，故有此舉也。若沈校本乃以之屬顧，顧雖同情，而未聞輒去，不當蒙除吏名之懲也。」按，朱注是。

一一　諸葛道明初過江左，自名道明，名亞王、庾之下。中興書曰：「恢避難過江，與潁川荀道明、陳留蔡道明俱有名譽，號曰『中興三明』，時人爲之語曰：『京都三明各有名，蔡氏儒雅荀葛清。』」〔一〕先爲臨沂令，丞相謂曰：「明府當爲黑頭公。」〔二〕語林曰：「丞相拜司空，諸葛道明在公坐，指冠冕曰：『君當復著此。』」〔三〕

【校釋】

〔一〕蔡氏儒雅荀葛清　余箋：「荀闓者，勖之孫。晉書附見勖傳，文選引中興書作荀顗者誤。顗字景倩，彧子，晉書有傳。」按，晉書七七諸葛恢傳曰：「潁川荀闓字道明，陳留蔡謨字道明。」晉書三九荀闓傳：「京都爲之語曰：『洛中英英荀道明。』」可見荀闓在中朝已有名。諸葛恢傳言恢作會稽内史，「政清人和」。晉書七七蔡謨傳載謨上疏稱諸葛恢「清節令才」，此殆「荀葛清」之「清」歟？蔡謨博學，於宗廟制度多所議定，又性方雅。此即「蔡氏儒雅」也。

〔二〕明府　李慈銘云：「王導臨沂人，故稱恢爲明府。漢人稱明府，皆屬太守，晉以後始以稱縣令，蓋尊崇之若太守。然而至今以爲故事，不知本義矣。」黑頭公，謂頭髮未白已作公也。晉書六五王珣傳：「珣字元琳，弱冠與陳郡謝玄爲桓温掾，俱爲温所敬重。嘗謂之曰：『謝掾年四十必擁旄杖節，王掾當作黑頭公，皆未易才也。』」

〔三〕君當復著此　王導此語又見其平易近人之性格，籠絡羣下之手段。晉書七七何充傳記充「嘗詣導，導以麈尾指牀呼充共坐，曰：『此是君座也。』導繕揚州解舍，顧而言曰：『正爲次道耳。』」亦與待諸葛恢相似。

一二　王平子素不知眉子，曰：「志大其量〔一〕，終當死塢壁間。」晉諸公贊曰：

「王玄字眉子，夷甫子也。東海王越辟爲掾，後行陳留太守，大行威罰，爲塢人所害。」〔二〕

【校釋】

〔一〕其量　其，宋本、沈校本並作「無」。王利器校：「餘本『無』作『其』，義較長。」徐箋：「按，魏志傅嘏傳嘏戒鍾會曰：『子志大其量而勳業難爲也。』又注引傅子曰：『泰初志大其量。』則『其』字不誤，謂志大而量不足也。」按，徐箋是。

〔二〕王世懋云：「言敗可耳，何得定知死塢壁間，傅會多如此。」　輕詆一王太尉問眉子：「汝叔名士，何以不相推重？」則知叔侄二人，互不相知。

一三　王大將軍始下，〔一〕楊朗苦諫不從，遂爲王致力。乘中鳴雲露車逕前，〔二〕曰：「聽下官鼓音，一進而捷。」王先把其手曰：「事克，當相用爲荆州。」既而忘之，以爲南郡。晉百官名曰：「朗字世彦，弘農人。」楊氏譜曰：「朗祖囂，典軍校尉。父淮，冀州刺史。」〔三〕王隱晉書曰：「朗有器識才量，善能當世。仕至雍州刺史。」王敗後，明帝收朗，欲殺之。帝尋崩，得免。後兼三公，〔四〕署數十人爲官屬。此諸人當時並無名，後皆被知遇，于時稱其知人。

【校釋】

〔一〕王大將軍始下　據晉書九八王敦傳、通鑑九二晉紀一四，元帝永昌元年（三二二）春正月，王敦以討劉隗爲名，自武昌率衆東下。

〔二〕雲露車　車，宋本作「平」。王利器校：「沈校本同；餘本『平』作『車』，是。」程炎震云：「晉書平原王榦傳：『陰雨則出犢車。』王尼傳：『惟蓄露車，有牛一頭。』」余箋：「此云『中鳴雲露車』，疑與尋常所謂露車不同。俟考。」楊箋：「雲露車，即雲車，亦名樓車，車上有望樓，以窺敵之進退動静也。後漢書光武紀：『雲車十餘丈，瞰臨城中。』章懷注：『雲車即樓車，稱言其高也。升之望敵，猶梯之言雲梯也。』中鳴者，言車中特置鼓金，擊之，指揮我軍進退也。」按，雲車、露車形制用途各不同。楊箋謂雲露車即雲車，説亦牽强。

〔三〕父淮冀州刺史　父下宋本、沈校本並無「淮」字。程炎震云：「魏志陳思王傳注：『楊修子囂，囂子準，皆知名于晉世。準，惠帝末爲冀州刺史。』品藻篇『冀州刺史楊淮』條，宋本亦作準，晉書樂廣傳亦作準。」王利器校：「沈校本同。餘本『父』下有『淮』字，是。」按，淮當作「準」，參見賞譽五八校釋。

〔四〕三公　李慈銘云：「案三公下當有一曹字。三公曹郎主典選。」按，據晉書二四職官志，晉武帝置三十四曹郎，三公爲其一。江左雖有損益，均不省三公曹郎。故此作「三公」不誤，不必增一曹字。

一四　周伯仁母冬至舉酒賜三子曰：〔一〕「吾本謂度江託足無所，爾家有相，〔二〕爾等並羅列吾前，〔三〕復何憂。」周嵩起，長跪而泣曰：「不如阿母言。伯仁爲人志大而才短，名重而識闇，好乘人之弊，此非自全之道。〔四〕嵩性狼抗，〔五〕亦不容於世。唯阿奴碌碌，〔六〕當在阿母目下耳。」鄧粲晉紀曰：「阿奴，嵩之弟周謨也。」三周並已見。〔七〕

【校釋】

〔一〕周伯仁母　伯仁母李氏，字絡秀。事見賢媛一八、晉書九六列女傳。

〔二〕有相　有人相助。相，輔助，佑助。書盤庚下：「予其懋簡相爾，念敬我衆。」孔傳：「簡，大；相，助也。」

〔三〕羅列吾前　宋本無「前」字。

〔四〕「伯仁爲人」數句　晉書六九周顗傳言顗「少有重名」，「以雅望獲海内盛名」，故其弟嵩謂其「名重」也。言語三〇注引晉陽秋，謂顗「正體嶷然，儕輩不敢媟」。言語三三注引晉陽秋言王敦既下，六軍敗績，同僚勸顗避難。顗不肯，乃與朝士詣敦，義正辭嚴以對之，終爲敦所害。顗舉體嶷然，不可媟玩，豈可以「識闇」評之？周嵩之言，實爲耿介之士難容于世之深長喟歎。劉辰翁云：「語甚可悲。」陳夢槐云：「如讀此則，不多其識鑒，而傷其語之悲，須溪看書故別。」誠哉斯言！

〔五〕狼抗　見方正三一校釋。

〔六〕碌碌　平庸無能貌。史記一二二酷吏列傳：「九卿碌碌奉其官，救過不贍，何暇論繩墨之外乎！」荀悦漢紀宣帝紀一：「不肯碌碌，反抱關木。」李贄云：「真自知之明，知兄之明也。」（初潭集兄弟下）方苞云：「絡秀賢女也，也不能知其子，惟嵩能知之，果如所料。」按，周顗、周嵩兄弟先後爲王敦所害，唯謨頻居顯職，得以善終。所謂「當在阿母目下」，爲周嵩言中。

〔七〕顗已見言語三一，嵩、謨已見方正二六。

一五　王大將軍既亡，〔一〕王應欲投世儒，世儒爲江州。王含欲投王舒，舒爲荊州。〔二〕含語應曰：「大將軍平素與江州云何，而汝欲歸之？」〔三〕應曰：「此迺所以宜往也。江州當人彊盛時，能抗同異，〔四〕此非常人所行。及覩衰厄，必興愍惻。〔五〕

晉陽秋曰：「應字安期，含子也。敦無子，養爲嗣，以爲武衛將軍，用爲副貳，伏誅。」王彬別傳曰：「彬字世儒，琅邪人。祖覽，父正，並有名德。彬爽氣出儕類，有雅正之韻，與元帝姨兄弟，佐佑皇業，累遷侍中。從兄敦下石頭，害周伯仁。彬與顗素善，往哭其尸甚慟。既而見敦，敦怪其有慘容而問之，答曰：『向哭周伯仁，情不能已。』敦曰：『伯仁自致刑戮，汝復何爲者哉！』彬曰：

『伯仁清譽之士，有何罪？』因數敦曰：『抗旌犯上，殺戮忠良。』音辭忼慨，與淚俱下。敦怒甚。丞相在坐，代爲之懼，〔六〕命彬曰：『拜謝。』彬曰：『有足疾，比來見天子，尚不能拜，何跪之有？』敦曰：『腳疾何如頸疾。』以親故，不害之。累遷江州刺史、左僕射，〔七〕贈衛將軍。」荆州守文，豈能作意表行事！」〔八〕含不從，遂共投舒。舒果沈含父子于江。王舒傳曰：〔九〕「舒字處明，琅邪人。祖覽，知名。父會，御史。舒器業簡素，有文武幹。中宗用爲北中郎將、〔一〇〕荆州刺史、尚書僕射，出爲會稽太守。以父名會，累表自陳。〔一一〕討蘇峻有功，封彭澤侯，贈車騎大將軍。」彬聞應當來，密具船以待之。竟不得來，深以爲恨。〔一二〕含之投舒，舒遣軍逆之，含父子赴水死。昔酈寄賣友見譏，況販兄弟以求安，舒非人矣。〔一三〕

【校釋】

〔一〕王大將軍既亡　據晉書六明帝紀，太寧二年（三二四）七月，王敦憤惋而死。

〔二〕舒爲荆州　汪藻考異敬胤注：「太寧初，王敦以舒爲荆州刺史。」

〔三〕「大將軍平素」二句　晉書七六王彬傳敍彬先是痛斥王敦殺周顗，後又苦諫敦舉兵向京師。王應欲投奔王彬，王含意謂王敦與王彬不協，不宜歸之，故發此問。

〔四〕能抗同異　抗，晉書七六王彬傳作「立」。通鑑九三胡注：「王應之見，猶能出乎尋常。此敦所以以之爲後歟？能立同異，謂哭周顗數敦罪及諫敦爲逆也。」

〔五〕愍惻　愍，宋本作「慜」。按，「慜」同「愍」。哀憐。宋書九一孝義郭原平傳：「府君嘉君淳行，慜君貧老，故加此贍，豈宜必辭。」

〔六〕懼　王刻本作「解」。

〔七〕左僕射　王彬傳作「右僕射」。

〔八〕「荆州」二句　守文，徐箋：「漢書外戚傳：『繼體守文之君。』注：『守文謂遵守成法。』正與作意表行事相反。」按，徐箋是。王應意謂王舒遵守成法，豈能作出收容國賊之出人意表之事。

〔九〕王舒傳曰　王刻本無「王舒」二字。

〔一〇〕北中郎將　北，宋本誤作「比」。

〔一一〕以父名會　宋本、沈校本並無「以」字。汪藻考異敬胤注：「稍遷尚書僕射、拜撫軍將軍、會稽内史，秩中二千石。舒表父名會，不行。朝議字同音異，於禮無嫌。舒表音雖異而字同，乞换他郡，乃改會爲鄮。」

〔一二〕「彬聞」數句　王彬密具船以待王應，證明先前應欲投世儒有識鑒之明。

〔一三〕酈寄賣友　朱注：「案漢書曰：『酈寄與吕禄善。禄爲將軍，軍於北軍，周勃不得入北軍。勃劫寄令紿禄出遊，勃乃入其軍，天下稱酈寄賣友。』」楊箋：「考異注曰：『含之投舒，舒遣軍逆之，含父子赴水而死。以爲君子不事所非，不非所是。舒若以敦天性豺狼，則不應少長受其友愛；既蒙其力兵之授，委體自親，情過友于，永昌之始，風議雷同，大寧之初，曾無異議。敦死含用，乃遣軍逼迫征虜，使爲汨羅。上違典禮，下傷骨肉。舒若以含父子元惡，欲義以滅親，則拘之司敗，朝有明憲。昔酈寄猶以賣友見譏，況販兄弟以求安乎？若夫王舒，可謂非人乎！敬胤以爲罰不及嗣，賞延於世。大憝既斃，含等從逆，使投身胡虜，自竄三危，于國何傷，骨肉以全。王彬折凶謀於逆始，受三驅於正，可謂剛亦不吐，柔亦不茹矣。』勇按：……此注或由孝標加以剪裁，而取爲己有；或由宋人節略入之，皆不得而知也。」按，孝標謂王舒「非人」，此意敬胤先以發之。

一六　武昌孟嘉作庾太尉州從事，〔一〕已知名。褚太傅有知人鑒，罷豫章還，過武昌，〔二〕問庾曰：「聞孟從事佳，今在此不？」庾云：「試自求之。」褚眄睞良久，指嘉曰：「此君小異，得無是乎？」庾大笑曰：「然。」于時既歎褚之默識，〔三〕又欣嘉之見賞。嘉別傳曰：「嘉字萬年，江夏鄳人。曾祖父宗，吴司空。祖父揖，晉廬陵太守。宗葬武昌陽新縣，子孫家焉。〔四〕嘉少以清操知名，太尉庾亮領江州，辟嘉部廬陵從事。〔五〕下都還，〔六〕亮引問風俗得失，對曰：『待還當問從事吏。』亮舉麈尾掩口而笑，語弟翼曰：『孟嘉故是盛德人。』轉勸學從事。〔七〕太傅褚裒有器識，亮正旦大會，裒問亮：『聞江州有孟嘉，何在？』亮曰：『在坐，卿但自覓。』裒歷觀久之，指嘉曰：『將無是乎？』亮欣然而笑，喜裒得嘉，奇嘉爲裒所得，乃益器之。後爲征西桓温參軍。九月九日，温遊龍山，參僚畢集。時佐史並著戎服，風吹嘉帽墮落，温戒左右勿言，以觀其舉止。嘉初不覺，良久如廁，命取還之，令孫盛作文嘲之，成，著嘉坐。嘉還即答，四坐嗟歎。〔八〕嘉喜酣暢，〔九〕愈多不亂。温問：『酒有何好，而卿嗜之？』嘉曰：『明公未得酒中趣爾。』〔一〇〕又問：『聽伎，絲不如竹，竹不如肉，何也？』〔一一〕答曰：『漸近自然。』轉從事中郎，遷長史，年五十三而卒。」〔一二〕

【校釋】

〔一〕「武昌」句　據晉書七三庾亮傳，「陶侃薨，遷亮都督江、荆、豫、益、梁、雍六州諸軍事，領江、荆、豫三州刺史，進號征西將軍、開府儀同三司，假節。亮固辭開府，乃遷鎮武昌」。陶侃卒於咸和九年（三三四）六月（見晉書七成帝紀），則孟嘉爲庾亮州從事當在此時或稍後。

〔二〕「罷豫章」二句　程炎震云：「晉書褚裒傳云：『康帝爲琅琊王，聘裒女爲妃，由是出爲豫章太守。及康帝即位，征拜侍中。』則裒罷豫章，時亮死一年矣。晉書嘉傳作『褚裒時爲豫章太守，正旦朝亮』，蓋依淵明所爲別傳而節略之。此注引別傳，並删裒爲豫章一語，亦小失也。」按，褚裒時爲豫章太守，以正旦朝亮過武昌，非如臨川所言罷豫章。陶淵明晉故征西大將軍長史孟府君傳云褚裒「時爲豫章太守，出朝宗亮」，是爲得之。

〔三〕默識　暗中記住。語出論語述而：「默而識之。」文選孔融薦禰衡表：「弘羊潛計，安世默識，以衡準之，誠不足怪。」凌濛初云：「既是異人，貞逢善鑒，安得不識？每閲此等，令人愈急知己。」

〔四〕子孫　孫，沈校本作「因」。

〔五〕廬陵　郡名，治所在今江西吉水縣東北。從事，晉書二四職官志：「郡各置部從事一人，小郡亦置一人。」宋書四〇百官志下：「部從事史，每郡各一人，主察非法。」

〔六〕下都還　世説抄撮：「晉書作『還都』，陶潛孟府君傳作『下郡還』。下郡，即廬陵，今此『都』字當改『郡』字。」

〔七〕轉勸學從事　陶淵明孟府君傳作「版爲勸學從事。」世説抄撮：「按，晉書職官志，太守官屬無勸學從事，而有『典學從事』者。勸學從事，官名也。晉職官志不載之者，猶漢官名有不書於百官表而應事乃見者。蜀志尹默傳：『先主定益州，以爲勸學從事。』譙周傳：『建興中，丞相諸葛亮領益州牧，命譙周爲勸學從事。』陶淵明孟府君傳：『……是（庾）亮崇修學校，高選儒官，以君望實，故應尚德之舉。』據此，其爲官名也審矣。」鄧安生讀陶解詁：「宋書百官志不載晉代有勸學從事。本文云『更版爲勸學從事』，當是因庾亮『崇修學校』，在江州臨時設置的職銜。」按，世説抄撮謂勸學從事爲官名，不載職官志，爲「應事乃見者」，即應事而設；鄧氏則稱「臨時設置之職銜」。二説皆是也。

〔八〕「令孫盛作文嘲之」數句　孫盛嘲孟嘉及嘉所答之文早佚，東坡雅謔，作遊戲之文以補之。蘇軾東坡全集一〇〇補龍山文並引：「丙子重九，客有言桓温龍山之會，風吹孟嘉帽落。温遣孫盛嘲之，嘉作解嘲，文辭超卓，四坐歎伏，恨今世不見此文。予乃戲爲補之曰：『征西天府，重九令節。駕言龍山，燕凱羣哲。壺歌雅奏，緩帶輕帢。胡爲中觴，一笑粲發。楩楠競秀，榆柳獨脱。驥騄交騖，駑蹇先蹶。楚狂醉亂，隕帽莫覺。戎服囚首，枯顱茁髮。維明將軍，度量閎達。容此下士，顛倒冠韈。宰夫揚觶，兕觥舉罰。請歌相鼠，以侑此爵。』（右嘲）『吾聞君子，蹈常履素。晦明風雨，不改其度。平生丘壑，散髮箕踞。墜車天全，顛沛何懼。腰適忘帶，足適忘履。不知有我，帽復奚數。流水莫繫，浮雲暫寓。飄然隨風，非去非取。我冠明月，被服寶璐。不纓而結，不簪而附。歌詩寧擇，請歌相鼠。罰此陋人，俾出童羖。（右解嘲）。』」坡公文諧趣滿紙，孫盛、孟嘉再世，亦當嗟歎矣。

〔九〕嘉喜　喜，宋本作「善」。

〔一〇〕酒中趣　任誕三五：「王光禄云：『酒正使人人自遠。』」同篇四九：「酒正自引人著勝地。」同篇五二：「王佛大歎言：『三日不飲酒，覺形神不復相親。』」此數則可作「酒中趣」之注腳。

〔一一〕「聽伎」數句　絲，指絃樂器。竹，指管樂器。肉，指人之歌唱。王若虚云：「嘉之意謂絲聲之假合，不如竹聲之漸近；竹聲之漸近，又不如肉聲之自然也。」（滹南遺老集三二）鍾惺云：「問得唐突。」又云：「妙會。」

〔三〕年五十三　陶淵明晉故征西大將軍長史孟府君傳作「年五十一」。

一七　戴安道年十餘歲，在瓦官寺畫。〔一〕王長史見之曰：〔二〕「此童非徒能畫，續晉陽秋曰：「逵善圖畫，窮巧丹青也。」亦終當致名，恨吾老，不見其盛時耳。」〔三〕

【校釋】

〔一〕瓦官寺　釋慧皎高僧傳五竺法汰傳：「瓦官寺本是河内山玩公墓，爲陶處。晉興寧中，沙門慧力啓乞爲寺，止有堂塔而已。及法汰居之，更拓房宇，修立衆業，又起重門，以可地勢。」建康實録八：興寧二年（三六四），「詔移陶官於淮水北，遂以南岸窑處之地施僧慧力，造瓦官寺。」

〔二〕王長史　宋本、沈校本並無「王」字。

〔三〕「恨吾老」二句　李詳云：「長史卒年僅三十九，猥云年老，亦晉人崇飾虚僞之一端。」曹道衡、沈玉成中古文學史料叢考「戴逵年歲」條云：「王濛約卒於永和四年，年三十九，見逵時不得言老。即或『老』意爲『今後年老』，戴逵時十餘歲，其後『盛時』，王濛亦不過五十餘歲，安得言：『不及見』？」按，老指年老，王濛意謂遺憾我今後老了，（或許）不見其盛耳。

古人年命短促，故有此歎。

一八　王仲祖、謝仁祖、劉真長俱至丹陽墓所省殷揚州，殊有确然之志。〔一〕中興書曰：「浩棲遲積年，〔二〕累聘不至。」〔三〕既反，王、謝相謂曰：「淵源不起，當如蒼生何？」〔四〕深爲憂歎。劉曰：「卿諸人真憂淵源不起邪？」〔五〕

【校釋】

〔一〕殊有　殊，宋本、沈校本並作「絶」。徐箋：「确，影宋本及沈校本作『確』。易乾文言：『遯世無悶，確乎其不可拔者，潛龍也。』謂殷隱遁之志堅確不移，故下文有『淵源不起，如蒼生何』之語。」按，确同「確」，堅也。

〔二〕棲遲　棲，宋本誤作「桓」。

〔三〕累聘不至　晉書七七殷浩傳：「三府辟，皆不就。」「除侍中、安西軍司，並稱疾不起，遂屏居墓所，幾將十年，于時擬之管、葛。」

〔四〕「淵源不起」二句　殷浩傳：「王濛、謝尚猶伺其出處，以卜江左興亡。」同上又載簡文答殷浩書曰：「由此言之，足下之去就即是時之興廢，時之興廢則家國不異。」按，東晉推崇隱逸，以至聲稱隱士之出處，關係天下之興亡。而朝廷累聘不至，名聲轉盛，殷浩如此，王羲之亦復如是。晉書八〇王羲之傳載，朝廷公卿愛慕羲之才器，頻招爲侍中、吏部尚書，皆不就。復授護軍將軍，又推遷不拜。揚州刺史殷浩遺書曰：「悠悠者以足下之出處足觀政之隆替，如吾等亦謂之然。」彷佛天下蒼生皆盼彼等隱士之拯救，何其可笑乃爾。

〔五〕「劉曰」句　王世懋云：「真長能識殷浩，駕馭桓温，豈可王、劉並稱。」凌濛初云：「真長口角無處不可畏。」按，劉惔意謂殷浩必起。建元初，殷浩一番推讓，終於受拜爲建武將軍。王世懋謂真長能識殷浩，真長確有識見。真長發言，往往一針見血，不肯饒人，凌濛初誠能道出真長個性。

一九　小庾臨終，〔一〕自表以子園客爲代。園客，爰之小字也。庾氏譜曰：「爰之字仲真，翼第二子。」〔二〕中興書曰：「爰之有父翼風，桓温徙于豫章，年三十六而卒。」朝廷慮其不從命，未知所遣，乃共議用桓温。〔三〕劉尹曰：「使伊去，必能克定西楚，然恐不可復制。」陶侃別傳曰：「庾翼薨，表其子爰之代爲荊州。何充曰：『陶公重勳也，臨終高讓。〔四〕丞相未薨，敬豫爲四品將軍，于今不改。〔五〕親則道恩，優游散騎，〔六〕未有超卓若此之授。』乃以徐州刺史桓温爲安西將軍、荊州刺史。」宋明帝文章志曰：「翼表其子代任，朝廷畏憚之。議者欲以授桓温，時簡文輔政，然之。劉惔曰：『温去，必能定西楚，然恐不能復制，願大王自鎮上流，惔請爲從

軍司馬。』〔七〕簡文不許。温後果如惔所筭也。」〔八〕

【校釋】

〔一〕小庾　指庾翼。庾氏譜記庾翼永和九年（三五三）卒，年四十一。晉書七三庾翼傳則謂翼永和元年（三四五）卒。晉書八穆帝紀亦謂翼卒于永和元年。庾氏譜誤。

〔二〕第二子　第，原作「弟」。

〔三〕「朝廷慮其不從命」三句　世説箋本云：「蓋慮其不受代。蓋諸庾世襲，似唐之藩鎮。通鑑胡注曰：『是以王敦、蘇峻待爰之也。』」通鑑九七晉紀一九載：「庾翼既卒，朝議皆以諸庾世在西藩，人情所安，宜依翼所請，以庾爰之代其任。何充曰：『荆楚國之西門，户口百萬，北帶彊胡，西鄰勁蜀，地勢險阻，周旋萬里。得人則中原可定，失人則社稷可憂，陸抗所謂存則吴存，亡則吴亡者也，豈可以白面少年當之哉？桓温英略過人，有文武器幹，西夏之任無出温者。』議者又曰：『庾爰之肯避温乎？如令阻兵，恥懼不淺。』充曰：『温足以制之，諸君勿憂。』丹陽尹劉惔每奇温才，然知其有不臣之志，謂會稽王昱曰：『温不可使居形勝之地，其位號常宜抑之。』勸昱自鎮上流，以己爲軍司。昱不聽，又請自行，亦不聽。」按，通鑑記不用爰之而用桓温之事甚明晰。世説此條謂「朝廷慮其不從命」，非如世説箋本釋爲「蓋慮其不受代」。庾翼臨終上表以子爰之爲代，爰之豈會不從乃父遺願，而不樂爲荆州刺史?「朝廷慮其不從命」者，乃懼憚爰之不肯讓出荆州；更甚者，若其出兵阻擾，則朝廷蒙耻。胡三省於議者之言後注曰：「言不能制爰之，將爲國耻。又有可懼者，蓋以王敦、蘇峻待爰之也。」朝廷所畏憚者，倘處置不當，爰之據荆州形勝之地，或成王敦、蘇峻之流。胡注深得當時情勢之癥結所在。世説箋本截取胡注之一段，致使語意不明。

〔四〕臨終高讓　晉書七六陶侃傳記侃臨終上表遜位，「謹遣左長史殷羨奉送所假節麾、幢曲蓋、侍中貂蟬、太尉章、荆、江州刺史印傳棨戟」。

〔五〕「丞相末薨」三句　徐箋：「丞相謂王導；敬豫，導次子恬。晉書王導傳云：『恬字敬豫。帝欲以爲中書令，導固讓，從之。除後將軍、魏郡太守，加給事中，領兵鎮石頭。導薨，去官。俄起爲後將軍，復鎮石頭。』何充之言蓋指此。」

〔六〕「親則道恩」二句　徐箋：「庾亮次子羲，字羲叔，小字道恩。官吴國内史，未大用而卒。亮妹爲明帝皇后，故曰親。」按，晉書七三庾亮傳附庾羲傳、庾氏譜均謂羲爲吴國内史，不聞官散騎。此散騎或是散騎侍郎。漢書一九上顏師古注：「騎而散從，無常職也。」散騎郎爲閒職，故曰「優遊」。

〔七〕「願大王」二句　程炎震云：「晉書作『勸帝自鎮上流，而已爲軍司』，此從字、馬字並誤衍。」按程説是。

〔八〕温後果如惔所筭也　後桓温作荆州刺史二十餘年，凌辱朝廷，簡文竟至憂死。劉惔與桓温友善，故能深知其居荆州後不可復制。

二〇　桓公將伐蜀，在事諸賢，咸以李勢在蜀既久，承藉累葉，〔一〕且形據上流，三峽未易可克。唯劉尹云：「伊必能克蜀，觀其蒱博，不必得則不爲。」〔二〕華陽國志曰：「李勢字子仁，略陽臨渭人，〔三〕本巴西宕渠賨人也。〔四〕其先李特，因晉亂據蜀。特子雄，稱號成都。勢祖驤，特弟也。驤生壽，壽篡位自立，勢即壽子也。晉安西將軍伐蜀，〔五〕勢歸降，遷之揚州。自起至亡，六世三十七年。」〔六〕温别傳曰：「初，朝廷以蜀處險遠，而温衆寡少，縣軍深入，〔七〕甚以憂懼。而温直指成都，李勢面縛。」〔八〕語林曰：「劉尹見桓公，每嬉戲必取勝，謂曰：『卿乃爾好利，何不焦頭？』」〔九〕及伐蜀，故有此言。」

【校釋】

〔一〕承藉累葉　世説箋本：「累代承家藉，保有西蜀也。」楊箋：「識鑒二〇謂李勢承藉累葉，皆指蔭藉，門地也。」

〔二〕不必得則不爲　意即爲則必得。凌濛初云：「如此料法，靡有不中。」按，樗蒱往往能見出人之冒險精神及破釜沉舟之勇猛，故劉尹以桓温樗蒱料其必得蜀。晉書八五何無忌傳：「初，桓玄聞（劉）裕等及無忌之起兵也，甚懼。其黨曰：『劉裕烏合之衆，勢必無成，願不以爲慮。』玄曰：『劉裕勇冠三軍，當今無敵。劉毅家無儋石之儲，樗蒱一擲百萬。何無忌，劉牢之之甥，酷似其舅。共舉大事，何謂無成？』」桓玄亦以樗蒱料劉毅，與劉尹料桓温正同。

〔三〕略陽　原作「洛陽」。宋本、王刻本亦作「洛陽」。王利器校：「『洛陽』當作『略陽』。晉書地理志上：秦州略陽郡有臨渭縣。華陽國志卷九李特雄期壽勢志正作『略陽』。」按，王校是，今據改。

〔四〕巴西　巴，宋本誤作「巳」。

〔五〕安西將軍　程炎震云：「安西將軍下當有脱文，因此所引皆概括志文，故不能悉校。」余箋：「考御覽一二三李勢條引曰：『嘉寧二年，晉遣安西將軍荆州刺史桓温來伐。』此處所脱當是『荆州刺史桓温』六字。」

〔六〕六世三十七年　徐箋：「案晉書載記李特以惠帝太安元年起兵，至此六世四十六年。十六國春秋，李特以永寧元年歲在辛酉起兵，至李勢嘉寧二年，即晉穆帝永和二年歲在丁未，降于晉，首尾四十七年。此作三十七年，誤。」按，桓温克西蜀，事在穆帝永和三年（三四七）正月。見晉書八穆帝紀。

〔七〕縣軍　縣，宋本、沈校本並作「懸」。

〔八〕面縛　雙手反綁於背而面向前，以示投降。左傳襄公十八年：「乃弛弓而自後縛之。其右具丙亦舍兵而縛郭最，皆衿甲面縛，坐於中軍之鼓下。」楊伯峻注：「面縛，即自後縛之。」

〔九〕焦頭　漢書六八霍光傳：「曲突徙薪無恩澤，焦頭爛額爲上客耶？」喻處境惡劣或窘迫難堪之情狀。晉書八三袁耽傳載：「桓温少時游於博徒，資産俱盡，尚有負進思自振之方，莫知所出，欲求濟於耽。」劉惔戲稱温「何不焦頭」，疑即指温「資産俱盡」，窘迫狼狽之狀。

二一　謝公在東山畜妓，〔一〕簡文曰：「安石必出，既與人同樂，亦不得不與人同憂。」〔二〕宋明帝文章志曰：「安縱心事外，疏略常節，每畜女妓，攜持遊肆也。」〔三〕

【校釋】

〔一〕東山畜妓　葛立方韻語陽秋五：「會稽、臨安、金陵三郡皆有東山，俱傳以爲謝安攜妓之所。按謝安本傳，初安石寓居會稽，與王羲之、許詢、支遁遊處，被召不至，遂棲遲東山。唐裴晃與石渭等鑑湖聯句，有『興裏還尋戴，東山更問東。』此會稽之東山也。本傳又云安石常往臨安山中，坐石室，臨濬谷，悠然歎曰：『此與伯夷何遠！』今餘杭縣有東山，東坡有游餘杭東西巖詩註云：即謝安東山，所謂『獨攜縹緲人，來上東西山』者是也。此臨安之東山也。本傳又謂及登臺輔，於土山營墅，樓館林竹甚盛，每攜中外子侄遊集。今土山在建康上元縣崇禮鄉。建康事蹟云，安石於此擬會稽之東山，亦號東山。此金陵之東山也。」通鑑一〇一晉紀二三胡注：「東山在今紹興府上虞縣西南四十五里，安故居今爲國慶禪寺。」按，謝安畜妓及隱居時之東山，乃在會稽。

〔二〕「安石必出」三句　孟子梁惠王下：「今王與民同樂，則王矣。」簡文之意謂謝安既與人同樂，亦不得不與人同憂天下事，安必將出仕也。安弟謝萬敗後，安出爲桓温司馬，果如簡文所料。劉辰翁云：「此語別見發微者也，與真長説殷浩同。」李贄云：「安石真率外見，故簡文見其真；淵源矯情爲高，故真長識其假。」（初潭集師友論人）

〔三〕「每畜女妓」二句　畜妓並攜持遊肆之風，起源自昔。魏志張既傳裴注引魏略：「（張）楚不學問，而性好遨遊音樂。乃畜歌者，琵琶、箏、簫，每行來將以自隨。」至南朝，此風更盛。謝安爲「風流宰相」，畜妓遊肆之舉被後人視爲雅事，津津樂道與仿效者不可勝數。山水、音樂、美人三者，自此成爲文人雅士不可或缺之生活内容。如李白宣城送劉副使入秦：「君攜東山妓，我詠北門詩。」攜妓登梁王棲霞山孟氏桃園中：「謝公自有東山妓，金屏笑坐如花人。」示金陵子：「謝公正要東山妓，攜手林泉處處行。」白居易夜宴醉後留獻裴侍中：「南山賓客東山妓，此會人間曾有無。」「東山妓」遂爲文學中之熟典。

二一　郗超與謝玄不善。〔一〕苻堅將問晉鼎，既已狼噬梁、岐，〔二〕又虎視淮陰矣。車頻秦書曰：「苻堅字永固，武都氐人也。本姓蒲，祖父洪，詐稱讖文，改曰苻。〔三〕言己當王，應符命也。堅初生，有赤光流其室。及誕，背赤色，隱起若篆文。幼有美度。石虎司隸徐正名知人，〔四〕堅六歲時，嘗戲於路，正見而異焉，問曰：『苻郎，此官街，小兒行戲，不畏縛邪？』堅曰：『吏縛有罪，不縛小兒。』正謂左右曰：『此兒有王霸相。』石氏亂，伯父健及父雄西入關，健夢天神使者朱衣冠，拜肩頭爲龍驤將軍。肩頭，堅小字也。健即拜爲龍驤，以應神命。後健僭帝號死，子生立，凶暴，羣臣殺之而立堅。堅立十五年，〔五〕遣長樂公丕攻没襄陽。十九年，大興師伐晉，衆號百萬，水陸俱進，次于項城。自項城至長安，連旗千里，首尾不絶，乃遣告晉曰：〔六〕『已爲晉君於長安城中建廣夏之室，今故大舉渡江相迎，克日入宅也。』」于時朝議遣玄北討，人間頗有異同之論。〔七〕唯超曰：「是必濟事。吾昔嘗與共在桓宣武府，見使才皆盡，雖履屐之間，〔八〕亦得其任。以此推之，容必能立勳。」元功既舉，時人咸歎超之先覺，又重其不以愛憎匿善。〔九〕中興書曰：「于時氐賊彊盛，朝議求文武良將可鎮靖北方者，衛大將軍安曰：〔一〇〕『唯兄子玄可任此事。』中書郎郗超聞而歎曰：『安違衆舉親，明也。〔一一〕玄必不負其舉。』」

【校釋】

〔一〕郗超與謝玄不善　余箋：「晉書超傳：『常謂其父名公之子，位遇應在謝安右，而安入掌機權，惜優遊而已。恒懷憤憤，發言慷慨，由是與謝氏不穆。安亦深恨之。』超之與謝安不善，蓋亦由此。」按，余箋所言，僅是郗超與謝安不善之部分原因。超屬桓温黨羽，即便温死後，超仍爲桓黨。晉孝武帝寧康三年（三七五），桓沖欲以揚州讓謝安，桓氏族黨皆以爲非，郗超亦深止之，不樂見安執掌京畿大權。（見通鑑一〇三晉紀二五）此前桓温病重，欲諷朝廷求九錫，謝安與王坦之故意緩其事，使温含恨而没。更前超爲桓温入幕之賓，謝安、王坦之曾懷忐忑與恐懼之情以詣超。郗超與謝氏不善實由來久矣，非始于安入掌機權時。

〔二〕「苻堅將問晉鼎」二句　梁岐，程炎震云：「梁謂梁州。寧康元年冬，秦取梁、益二州。岐字無着，或益之誤。」

〔三〕「本姓蒲」數句　通鑑八七晉紀九胡注：「載記曰：氏之先蓋有扈氏之苗裔，世爲西戎酋長。洪家池中生蒲，長五丈，五節如竹形，時咸謂之蒲家，因以爲氏。其後洪以讖文有草付應王，又其孫堅背文有艸付字，遂改姓苻氏。」

〔四〕徐正　王利器校：「案晉書載記苻堅傳上，『徐正』作『徐統』，這是劉孝標避昭明太子蕭統諱改的。」

〔五〕堅立十五年　程炎震云：「此十五年、十九年，並是苻堅建元之年，非始立之年也。車頻本書，不應有誤。蓋本是『堅建元十五年』云云，今本出於後人妄改。堅之建元十五年，是爲晉太元四年己卯，其十九年則太元八年癸未也。」按，程説是。晉書九孝武帝紀載：太元四年二月，苻堅使其子丕攻陷襄陽，執南中郎將朱序。太元八年八月，苻堅率衆渡淮；十月，堅弟融陷壽春。

〔六〕乃遣告　乃，宋本作「及」。王利器校：「各本『及』作『乃』，是。」

〔七〕異同　偏義復詞，猶異也。賞譽一五三注引晉安帝紀：「悠悠之論，頗有異同。」

〔八〕履屐之間　指細微平凡之處。

〔九〕「元功既舉」三句　程炎震云：「據通鑑一〇四，謝玄以征西司馬爲兗州刺史，領廣陵相。其年十二月，郗超卒。淝水之役，超固不及見。堅將彭超等攻彭城、淮陰，亦後超卒一年。」余箋：「謝玄以太元二年冬十月爲兗州刺史，已見晉書孝武帝紀。唯郗超之卒，本傳不著年月，獨見於通鑑耳。文選謝玄暉和王著作八公山詩注引中興書曰：『時盜賊强盛，侵寇無已。朝議求文武良將可以鎮北方者，衛將軍謝安曰：「唯兄子玄可堪此任。」於是建武將軍兗州刺史領廣陵相，監江北軍事。』孝標注與選注互有詳略。太平御覽五一二合爲一條。觀其言，則安之舉玄與郗超之歎玄不負所舉，皆在太元二年玄刺兗州之時可知矣。惟謝安之拜爲衛將軍，據孝武紀在太元五年五月。中興書於此時已稱衛將軍安，不免小有差互耳。唐修晉書（玄傳）與何法盛悉合。世説云苻堅將問晉鼎，似是太元八年苻堅傾國入侵時事。然云虎視淮陰，則正是預指後來三四年間秦據彭城，克淮陰，拔盱眙事也。雖遺玄時淮陰尚未失，而堅已有此謀矣。孝標引秦書「堅建元十九年大興師伐晉」以注之，殊爲失考。程氏頗疑其誤，而言之未暢，故復考之如此。」按，余箋所考是。「元功既舉」云云，乃時人憶及當年謝安舉親及郗超對玄之評價，感歎超之先覺，非指超於太元八年讚歎安之違衆舉親之明也。

〔一〇〕衛大將軍　晉書謝安傳、文選謝玄暉和王著作八公山詩李善注引晉中興書皆作「衛將軍」，是。

〔一一〕「安違衆舉親」二句，春秋左傳注疏五二昭公二十八年：「昔武王克商，光有天下，其兄弟之國者，十有五人。姬姓之國者，四十人。皆舉親也。夫舉無他，唯善所在，親疏一也。詩曰：『唯此文王，帝度其心。莫其德音，其德克明。』」按，舉親無他，唯善所在，擇善而舉，其德克明。故郗超歎謝安違衆舉親爲明也。

二三　韓康伯與謝玄亦無深好，玄北征後，〔一〕巷議疑其不振。康伯曰：「此人好名，必能戰。」〔二〕續晉陽秋曰：「玄識局貞正，有經國之才略。」玄聞之甚忿，常於衆中厲色曰：「丈夫提千兵入死地，以事君親故發，不得復云爲名！」〔三〕

【校釋】

〔一〕玄北征　上條謂「郗超與謝玄不善」，此條謂「韓康伯與謝玄亦無深好」，二條語意相連，疑本爲一條。玄北征，亦指太元二年冬十月玄爲兗州刺史、廣陵相，監江北諸軍。建康實録九記太常韓伯卒于太元四年八月，則康伯評謝玄亦當在此一二年間。

〔二〕「此人好名」二句　莊子德充符：「勇士一人，雄入於九軍。將求名而能自要者，而猶若是。」按，勇士入九軍以求名位，乃已有之成説。韓伯將謝玄提兵入死地説成「好名」，忘身爲國被説成貪鄙求名，難怪「玄聞之甚忿」。

〔三〕「玄聞之甚忿」數句　劉辰翁云：「此語自是。」陳夢槐云：「忿語，卻自雄烈。」

二四　褚期生少時，謝公甚知之，恒云：「褚期生若不佳者，僕不復相士。」期生，褚爽小字也。續晉陽秋曰：「爽字茂弘，〔一〕河南人，太傅裒之孫，秘書監韶之子。〔二〕太傅謝安見其少時，歎曰：『若期生不佳，我不復論士。』及長，果俊邁有風氣。好老莊之言，當世榮譽，弗之屑也，唯與殷仲堪善。累遷中書郎、義興太守。女爲恭帝皇后。」〔三〕

【校釋】

〔一〕茂弘　程炎震云：「茂弘，晉書爽傳作弘茂。」

〔二〕韶之子　程炎震云：「韶，爽傳作歆，裒傳亦作歆，云字幼安。則從音從欠爲是。」

〔三〕女爲恭帝皇后　晉書三二恭思褚皇后傳：恭思褚皇后名靈媛，元熙元年（四一九）立爲皇后。宋元嘉十三年（四三六）崩，時年五十三。

二五　郗超與傅瑗周旋。〔一〕瑗見其二子並總髮，〔二〕超觀之良久，謂瑗曰：「小者才名皆勝，〔三〕然保卿家，終當在兄。」即傅亮兄弟也。傅氏譜曰：「瑗字叔玉，北地靈州人。歷護軍長史、安城太守。」宋書曰：「迪字長猷，瑗長子也，位至五兵尚書，贈太常。」丘淵之文章録曰：「亮字季友，迪弟也，歷尚書令，左光禄大夫。〔四〕元嘉三年以罪伏誅。」

【校釋】

〔一〕郗超與傅瑗周旋　宋書四三傅亮傳：「父瑗以學業知名，位至安成太守。瑗與郗超善。」

〔二〕二子並總髮　程炎震云：「亮以宋元嘉三年死，年五十三。則生於晉孝武寧康二年。則當太元二年丁丑郗超卒時，年四歲耳。」

〔三〕小者才名皆勝　據程炎震所考，郗超卒時傅亮甫四歲，何由見其「才名皆勝」？此條所記不可信。

〔四〕左光禄大夫　左，原作「在」，宋本、沈校本並作「左」，王刻本作「仕」。王先謙校：「袁本『仕』作『在』，脱上横畫。按『在』者『左』之誤。宋書傅亮傳正作『左光禄大夫』，可證。此作『仕』，非。」按，王説是，今據改。

二六　王恭隨父在會稽，〔一〕王大自都來拜墓。〔二〕恭父蘊、王忱並已見。〔三〕恭暫往墓下看之。二人素善，〔四〕遂十餘日方還。父問恭：「何故多日？」對曰：「與阿大語，蟬連不得歸。」〔五〕因語之曰：「恐阿大非爾之友，終乖愛好。」果如其言。忱與恭爲王緒所間，終成怨隙。别見。〔六〕

【校釋】

〔一〕「王恭」句　程炎震云：「王蘊爲會稽内史，當在太元四年以後，九年以前。」王恭隨父往會稽，亦在其時。按，王蘊女爲孝武帝定后。考晉書九三王蘊傳，定后立，蘊以后父，遷光禄大夫，領五兵尚書、本州大中正，封建昌縣侯。然蘊終不肯拜，乃授都督京口諸軍事、左將軍、徐州刺史假節，復固讓。經謝安敦勸，乃受命，鎮京口。頃之，征拜尚書左僕射，將軍如故。「蘊以姻戚，不欲在内，苦求外出，復以爲都督浙江東五郡、鎮軍將軍、會稽内史，常侍如故。」又考晉書九孝武帝紀，太元四年（三七九）秋八月，以左將軍王蘊爲尚書左僕射。太元五年（三八〇）秋九月，皇后王氏崩。則王蘊苦求外出，始作會稽内史，其時必在太元五年九月王皇后未崩之前，太元四年八月爲尚書左僕射之後之一年中。程氏所言是。

〔二〕王大　晉書九三王蘊傳謂王悦。世説箋本：「王大，王忱也。抄撮：『王蘊傳：蘊爲會稽内史，時王悦來拜墓，蘊子恭往省之。阿大，悦小字也。忱、悦不知孰是？』按，王悦早卒亡，不及與恭交。」徐箋：「案悦，王導子，史稱其先導而卒。導卒於咸和五年，是年王恭父蘊始生，恭安能與悦爲友？其誤可見。」按，世説箋本、徐箋是。又，拜墓乃古禮，即祭掃墓塋。賞譽一七：「王汝南既除所生服，遂停墓所，兄子濟每來拜墓，略不過叔。」晉書四五劉暾傳：「暾妻前卒，先陪陵葬。子更生初婚，家法：婦當拜墓。攜賓客親屬數十乘載酒食而行。」趙彦衛雲麓漫抄六：「自漢世祖令諸將出征，拜墓以榮其鄉，至唐開元，詔許寒食上墓同拜掃禮，沿襲至今，遂有墓祭。」

〔三〕「恭父蘊」二句　恭、蘊、忱並見德行四四及注引隆安記、晉安帝紀。

〔四〕二人素善　德行四四及注引晉安帝紀：「(忱)與族子恭少相善，齊聲見稱。」又賞譽一五三：「王恭始與王建武甚有情。」

〔五〕蟬連　同「蟬聯」，喻語言囉嗦，文詞繁瑣。陸游新涼書懷詩：「退傅寄聲情縝密，晦翁入夢語蟬聯。」

〔六〕「忱與恭」三句　程炎震云：「恭、忱之隙，别見忿狷篇『王大王恭俱在何僕射』條。據賞譽篇『王恭始與王建武甚有情』條注引晉安帝紀，則間之者乃袁悦，非因王緒也。此注微誤。」余箋：「袁悦即袁悦之，王國寶之黨也。事蹟附見晉書國寶傳。考唐寫本世説規箴篇『王緒、王國寶相爲脣齒』條注引晉安帝紀，緒爲會稽王從事中郎，以佞邪親幸，間王珣、王恭於王。而賞譽篇注引晉安帝紀，謂恭憂孝武及會稽王之不咸，欲忱諫王。忱令袁悦言之，悦乃於王坐責恭妄生同異。此即所謂間恭於王，與離間忱、恭正是一事。然則袁悦之謀，實發蹤指使於緒。孝標之言，自有所本。特於賞譽篇注未及王緒，以致前後不相照，是其偶疏耳。然參互觀之，情事自可見也。程氏未見唐本，故以此注爲誤。」按，余箋是。晉書一二天文志中：太元十二年，「是時琅邪王輔政，王妃從兄王國寶以姻婭受寵，又陳郡人袁悦昧私苟進，交遘主相，扇揚朋黨。」晉書七五王國寶傳載：安帝即位，國寶復事司馬道子，進王緒爲琅琊内史，亦以佞邪見知，道子依爲心腹。王恭惡道子、國寶亂政，屢有憂國之言，後移檄討國寶。緒説國寶，令矯道子命，召王珣、車胤殺恭。可見王緒、袁悦、國寶早屬道子之黨，沆瀣一氣。

二七　車胤父作南平郡功曹，〔一〕太守王胡之避司馬無忌之難，〔二〕置郡于酆陰。〔三〕是時胤十餘歲，胡之每出，嘗於籬中見而異焉。謂胤父曰：「此兒當致高名。」後遊集，恒命之。胤長，又爲桓宣武所知，清通於多士之世，官至選曹尚書。續晉陽秋曰：「胤字武子，南平人。父育，爲郡主簿。太守王胡之有知人識裁，見，謂其父曰：『此兒當成卿門户，宜資令學問。』胤就業恭勤，博覽不倦。家貧，不常得油，夏月則練囊盛數十螢火以繼日焉。〔四〕及長，風姿美劭，機悟敏率。桓温在荆州，取爲從事，一歲至治中。胤既博學多聞，又善於激賞。〔五〕當時每有盛坐，胤必同之，皆云無車公不樂。太傅謝公遊集之日，開筵以待之。累遷丹陽尹、護軍將軍、吏部尚書。」

【校釋】

〔一〕南平郡　晉書一五地理志下：「吴置以爲南郡，太康元年改曰南平。」

〔二〕王胡之避司馬無忌之難　程炎震云：「王敦使胡之父廙殺譙王承，見仇隙篇『王大將軍執司馬愍王』條。無忌嘗爲南郡太守，蓋與胡之同時，故胡之避之。」曹道衡、沈玉成中古文學史料叢考「王胡之爲南平太守」條，謂胡之爲南平太守當在咸康六年以後，又云：「晉書禮志上永和二年（三四六）七月，輔國將軍譙王司馬無忌議禮。宗室傳記無忌以建元初遷散騎常侍，轉御史中丞，出爲輔國將軍，長沙相，又領江夏相，尋轉南郡、河東二太守，將軍如故，隨桓温伐蜀。六年卒。桓温伐蜀在永和二年十一月至三年間，是其守南郡當在此後。如程説，胡之爲南平亦在永和三四年間。然此時胡之以褚裒長史轉官吴興太守。晉書沈勁傳記，勁年三十餘，『郡將王胡之深異之，乃還平北將軍、司州刺史，將鎮洛陽』，喪疏言『且臣今西，文武義故，吴興人最多』云云，是永和五年有司州之命，胡之在吴興無疑。設胡之轉吴興在永和二年，與爲褚裒長史正可相接，則永和間自不得再在南平。程説可商。竊以所謂『避司馬無忌之難』，當是同在建康而欲避之，其時約爲成帝咸康初，司馬無忌已成年，或尚未及冠。母乃告以二家仇隙，致有抽刃相向之事。胡之以是避仇至武昌，入庾亮幕。……其後亮卒，胡之乃出爲南平太守，至咸康末建元初（三四二，三四三）而入褚裒幕，再以永和初而轉官吴興。」按，據晉書三七司馬無忌傳，咸和中，江州刺史褚裒當之鎮，無忌於餞行時將手刃胡之兄耆之，御史中丞車灌奏無忌付廷尉科罪，成帝免其罪，詔曰：「自今已往，有犯必誅。」則胡之避司馬無忌之難當亦在此事之前，其後胡之不必再避無忌之難，故程説確實可商。而曹、沈二君謂庾亮卒後，胡之方出爲南平太守，恐亦太遲。

〔三〕酆陰　酆，宋本作「澧」。按，南平郡有澧水，當作「澧」。楚辭九歌湘君：「捐余玦兮江中，遺餘佩兮澧浦。」

〔四〕「家貧」三句　余箋：「螢火之光極微，又閃爍不定，而復隔練囊以照書，自不能辨點畫，其理固可推而知之。檀道鸞之言，蓋里巷之訛傳，不免浮誇失實耳。」

〔五〕激賞　稱賞，稱揚。

二八　王忱死，〔一〕西鎮未定，朝貴人人有望。〔二〕時殷仲堪在門下，雖居機要，資名輕小，人情未以方嶽相許。晉孝武欲拔親近腹心，遂以殷爲荆州。〔三〕事定，詔未出，王珣問殷曰：〔四〕「陝西何故未有處分？」〔五〕殷曰：「已有人。」王歷問公卿，咸云非。王自計才地，〔六〕必應在己。復問：「非我邪？」殷曰：「亦似非。」其夜，詔出用殷。王語所親曰：「豈有黄門郎而受如此任！仲堪此舉，迺是國之亡徵。」〔七〕晉安帝紀曰：「孝武深爲晏駕後計，擢仲堪代王忱爲荆州。仲堪雖有美譽，議者未以方嶽相許也。既受腹心之任，居上流之重，議者謂其殆矣。終爲桓玄所敗。」

【校釋】

〔一〕王忱死　王忱卒於太元十七年（三九二）十月。見晉書九孝武帝紀。

〔二〕「西鎮未定」二句　紕漏八：「朝論或云（王）國寶應作荆州。」此條敘「王（珣）自計才地，必應在己」，此即所謂「朝貴人人有望也」。

〔三〕「晉孝武」二句　晉書六四司馬道子傳言孝武帝數不平道子，「乃出王恭爲兗州，殷仲堪爲荆州，王珣爲僕射，王雅爲太子少傅，以張王室，而潛制道子也」。晉書八四殷仲堪傳：「第以會稽王非社稷之臣，擢所親幸以爲藩捍，乃授仲堪都督荆益寧三州軍事、振威將軍、荆州刺史、假節，鎮江陵。」

〔四〕王珣　程炎震云：「珣時爲尚書左僕射。」

〔五〕陝西　王利器校：「案南朝稱荆州爲陝西，通鑑一三〇宋紀一二：『舅今出居陝西。』胡注：『蕭子顯曰：江左大鎮，莫過荆揚。弘農郡陝縣，周世二伯主諸侯，周公主陝東，召公主陝西，故稱荆州爲陝西。』南史侯景傳述童謡道：『荆州天子挺應著。』其下文寫道：『今廟樹重青，必彰陝西之瑞。』這些陝西，都指荆州。」徐箋：「賞譽九九注引晉陽秋曰：『桓温有平蜀、洛之勳，擅强西陝。』時温鎮姑孰，弟豁爲荆州刺史，故云。則亦可稱西陝也。顔氏家訓勉學：『上荆州必稱峽西。』錢大昕補正云：『案荆州在巴陵之東，不當云峽西，蓋「陝」字之訛。南齊書州郡志云云（見上引通鑑胡注），俗生耳受，便以陝西代江陵之稱，則昧於地理，故顔氏譏之。』」

〔六〕才地　才能與門第。地，門地。或釋爲「地位」，不確。

〔七〕「王語所親曰」數句　李贄云：「説着了。王珣自宜用。」（初潭集君臣詮選諸臣）余箋：「梁釋寶唱比丘尼傳一曰：『妙音，未詳何許人也。晉孝武帝、太傅會稽王道子並相敬奉。每與帝及太傅中朝學士談論屬文。一時内外才義者，因之以自達。供嚫無窮，富傾都邑，貴賤宗事，門有車馬日百餘乘。荆州刺史王忱死，烈宗意欲以王恭代之。時桓玄在江陵，爲忱所折挫，聞恭應往，素又憚恭。殷仲堪時爲黄門侍郎，玄知仲堪弱才，亦易制御，意欲得之。乃遣使憑妙音爲堪圖州。既而烈宗問妙音尼：「荆州缺，外聞云誰應作者？」答曰：「貧道出家人，豈容及俗中論議。如聞内外談者，並云無過殷仲堪，以其意慮深遠，荆、楚所須。」帝然之，遂以代忱。權傾一朝，威行内外。』嘉錫案：此事奇秘，非唯史册所不載，抑亦學者所未聞。考其記敘曲折，與當時情事悉合。晉書王國寶傳曰：『中書郎范甯，國寶舅也，疾其阿諛，勸孝武帝黜之。國寶乃使陳郡袁悦之因尼支妙音致書與太子母陳淑媛，説國寶忠謹，宜見親信。帝知之，托以他罪殺悦之。國寶大懼。』又會稽王道子傳：『于時孝武帝不親萬機，但與道子酣飲爲務，媒姆尼僧尤爲親昵，並竊弄其權。左衛領營將軍會稽許榮上疏曰：「僧尼乳母，競進親黨，又受貨賂，輒臨官領衆。」』傳中亦及王國寶尼妙音事，與國寶傳同。是妙音之干預朝政，竊弄威權，實有其事。（下略）則王忱死時，王恭已出鎮，而比丘尼傳謂烈宗欲以恭代王忱者，蓋恭雖鎮京口，總北府强兵，號爲雄劇，而所督五州，皆僑置無實地（恭本傳所督尚有徐州及晉陵郡，乃太元以後事，傳未分析言之，詳見二十二史考異二二），荆州地處上游，控制胡虜，爲國藩屏，歷來皆以重臣坐鎮。孝武方爲身後之計，故欲移恭當此鉅任。而又慮無人代恭，乃訪外論於妙音，而桓玄之計得行。玄之爲此，必嘗與仲堪相要約，雖所謀得遂，固已落其度内矣。宜乎爲玄所制，聽人穿鼻，隨之俯仰，不敢少立異同。稱兵作亂，狼狽相依。逮乎玄既得志，争權不協，情好漸乖，馴至舉兵相圖。而玄勢已成，卒身死其手，而國亦亡。王珣之言，不幸而中矣。尤悔篇注引隆安記曰：『仲堪以人情注於玄，疑朝廷欲以玄代己。遣道人竺僧儧齎寶物遺相王寵倖媒尼左右，以罪狀玄。玄知其謀而擊滅之。』所謂媒尼疑即是妙音。既因玄納交以得官，又欲師其故智以傾玄。成敗皆出於一尼，所謂君以此始，必以此終者與？」按，余箋引晉書王國寶傳、會稽王道子傳等，以證比丘尼傳所言不虚，探微索隱，洵爲博學而有見。又，當時反對殷仲堪任荆州刺史者，非僅王珣，王雅亦是。晉書八三王雅傳曰：「雅以(王)恭等無當世之才，不可大任，乃從容曰：『……仲堪雖謹以細行，以文義著稱，亦無弘量，且幹略不長。若委以連率之重，據形勝之地，今四海無事，足能守職，若道不常隆，必爲亂階矣。』」有識與王珣同。王珣、王雅之論，即孝標注引晉陽秋所謂「議者未以方嶽相許也」。

賞譽第八

一　陳仲舉嘗歎曰：〔一〕「若周子居者，真治國之器。汝南先賢傳曰：「周乘字子居，汝南安城人。天資聰朗，〔二〕高峙嶽立，〔三〕非陳仲舉、黄叔度之儔則不交也。仲舉嘗歎曰：『周子居者，真治國之器也。』爲太山太守，甚有惠政。〔四〕」譬諸寶劍，則世之干將。」吴越春秋曰：「吴王闔閭請干將作劍。干將者，吴人，其妻曰莫邪。干將采五山之精，六金之英，候天地，伺陰陽，〔五〕百神臨視，而金鐵之精未流。夫妻乃剪髮及爪而投之壚中，金鐵乃濡，遂成二劍。陽曰『干將』，而作龜文；陰曰『莫邪』，而作漫理。〔六〕干將匿其陽，出其陰以獻闔閭，闔閭甚寶重之。」

【校釋】

〔一〕嘗歎曰　嘗，宋本、沈校本並作「常」，注同。

〔二〕天資聰朗　天資，王刻本作「天姿」。王先謙校：「一本姿作資，世説補同。」朗，宋本作「明」。

〔三〕高峙嶽立　指如山嶽之高聳，以喻人物精神風貌之挺拔。本篇二注引李氏家傳：「（李）膺嶽峙淵清。」本篇三注引海内先賢傳：「（許劭）山峙淵停。」本篇三七：「王公目太尉：巖巖清峙，壁立千仞。」德行一注引謝承後漢書曰：「（徐穉）清妙高峙，超世絶俗。」御覽三八八引郭子別傳曰：「林宗秀立高峙，澹然淵停。」

〔四〕「仲舉嘗歎曰」數句　陶潛羣輔録：「周子居、黄叔度、艾伯堅、郅伯向、封武興、盛孔叔，右汝南六孝廉。太守李倀選此六人以應歲舉。受版未行，倀死。子居等遂駐行喪，倀妻于柩側，下帷見之，厲以宜行。子居歎曰：『不有行者，莫宣公；不有止者，莫恤居。』於是與伯堅即日辭行，封、黄四人留隨柩車。見杜元凱女誡。」姚之駰後漢書補逸一一引謝承後漢書：「周乘爲交趾刺史，舉奏二郡穢濁。太守屬縣解印綬棄官者四十餘城。」風俗通義五曰：「豫章太守汝南封祈武興、泰山太守周乘子居，爲太守張所舉。函封未發，張病物故。夫人于柩側，下帷見六孝廉，曰：『李氏蒙國厚恩，據重任，咨嘉休懿，相授歲貢，上欲報稱聖朝，下欲流惠氓隸。今李氏獲保首領，以天年終，而諸君各懷進退，未肯發引，妾幸有三孤，足統喪紀，正相追隨，蓬户墳柏，何若曜德王室，昭顯亡者？亡者有靈，實寵賴之。殁而不朽，此其然乎？』於是周乘顧謂左右：『諸君欲行，周乘當止者。莫逮郎君，盡其哀惻。』乘與鄭伯堅即日辭行，祈與黄叔度、郅伯向、盛孔叔留隨輴柩。乘拜郎，遷陵長，治無異稱，意亦薄之，乃棄官去。祈後爲侍御史、公車令，享相位焉。謹按孝經：資于事父以事君，君親臨之，厚莫重焉。春秋、國語：民生于三，事之如一。禮：斬衰，公士大夫衆臣爲其君。乘雖見舉拔，函封未發，未離陪隸，不與賓于王爵，諸臨城社民神之主也。義當服勦，闕其祀紀。夫人雖有懇切之教，蓋子不以從令爲孝。而乘囂然要勒同儕，去喪即寵，謂能有功異也。明試無效，亦旋告退。安在其顯君父德美之有？」宋人吳坰撰五總志引汝南傳曰：太守李倀選周子居等六孝廉以應歲舉，未行，倀死，子居等遂駐行喪。倀妻厲以宜行，子居歎曰：「不有行者莫宣公，不有止者莫卹居。」於是與伯堅即日辭行，留封祈、黃叔度四人隨柩，「時人以爲知禮」。可見時人贊周乘爲「知禮」，與應劭所謂「去喪即寵」之惡評不同。余箋引風俗通義後云：「子居之爲人，見褒于陳仲舉，而見貶于應仲遠。仲舉名列三君，有知人之鑒，殆非仲遠所及。」又引續漢書、汝南先賢傳所敍子居政績，謂仲舉賞譽不虛。以爲子居與仲遠先後爲泰山太守，「豈因治郡所見不同，遂並毀其平生乎」？按，余箋謂「仲舉賞譽不虛」，此言是。周乘作泰山太守有惠政，爲交州刺史，不畏强禦，屬縣解印者四十餘城。其堅守儒家正道，崇善去惡，無論政治理念、治政作風，皆與陳仲舉、李膺、范滂、朱穆諸人相同。仲舉之所以譽其「真治國之器」，蓋在於此。

〔五〕伺陰陽　伺，宋本、沈校本並作「司」。

〔六〕漫理　世說箋本：「『漫』與『縵』同，無紋文也。」

二　世目李元禮「謖謖如勁松下風」。〔一〕李氏家傳曰：「膺嶽峙淵清，峻貌貴重，〔二〕華夏稱曰：『潁川李府君，頵頵如玉山。〔三〕汝南陳仲舉，軒軒如千里馬。〔四〕南陽朱公叔，飂飂如行松栢之下。』」〔五〕

【校釋】

〔一〕目　品目，題目，亦猶品題、品藻也。謖，起。儀禮特牲饋食禮：「尸謖，祝前，主人降。」鄭玄注：「謖，起也。」謖謖，勁風聲。通雅一〇：「世說：『謖謖如松下風。』與肅肅通。」陸機感時賦：「冰冽冽而寢興，風謖謖而屢作。」葉夢得玉澗雜書：「晉人好爲人作題目，李元禮曰謖謖如勁松下風。劉真長亦云，人言王荆産佳，此想長松下當有清風耳。荆産，王微小字也。微自非元禮之比，然蕭瑟幽遠，飄拂虚谷之間，自是王微風度。而力排雲雨，撼摩半空，此非元禮誰可比擬。山居常患無勝士，往來每行松間，時作此想，便覺二人相去不遠。」按，後漢書六七李膺傳言膺遷青州刺史，守令畏威明，多望風棄官。膺爲司隸校尉，諸黄門常侍因畏之，休沐不敢復出宫省。勁松下之急風，淩厲摧挫，以喻李膺風格峻嚴，名節矯然。

〔二〕峻貌貴重　徐箋：「『峻』字疑誤。」方一新世説新語詞語校讀札記：「按：『峻』字不誤。『峻』本義爲山高貌，六朝時多用來形容人威嚴剛正，其例甚夥。即以本書爲例：德行四注引恭别傳曰：『恭清廉貴峻，志存格正。』品藻二〇注引晉諸公贊曰：『夷甫性矜峻，少爲同志所推。』（下略）考後漢書卷六七李膺傳：『膺性簡亢，無所交接。……是時朝廷日亂，綱紀頽弛，膺獨持風裁，以聲名自高。』是李膺爲人剛正不阿，注重名譽，擇友甚嚴；故被譽爲『峻貌貴重』。」（杭州大學學報，一九九一年第四期）按，方氏舉例多且切合，今從之。

〔三〕顊　頭大貌。説文頁部：「顊，頭顊。顊，大也。」

〔四〕千里馬　藝文類聚二二引青州先賢傳曰：「京師號曰：陳仲舉昂昂如千里驥，周孟玉瀏瀏如松下風。」喻林七：「京師號曰：陳仲舉昂昂如千里驥。」

〔五〕「南陽朱公叔」二句　朱公叔，徐箋：「朱穆，字公叔，桓帝時爲尚書，惡宦官亂政，勸帝悉皆罷遣。中官惡之，數因事稱詔詆毀之。穆素剛，憤懣發疽卒。後漢書附其祖暉後。」飀飀，莊子齊物論：「而獨不聞之翏翏乎？」釋文：「長風聲也。李本作飀，音同。」阮籍清思賦：「聲飀飀以洋洋，若登昆侖而臨西海。」按，後漢書四三朱穆傳言穆「素剛」，作冀州刺史時，冀部令長聞穆濟河，解印綬去者四十餘人。及到，奏劾諸郡，至有自殺者。後徵拜尚書，深疾宦官，志欲除之。姚之駰後漢書補逸二〇敍朱穆拜侍御史，桓帝臨辟雍，行禮畢，公卿出，虎賁置弓階上。公卿下階皆避之，穆過呵虎賁曰：「執天子器，何故投於地！」虎賁怖，即攝弓。穆劾奏虎賁抵罪。朱穆不畏强豪，與李膺同。「飀飀如行松柏之下」，亦與「謖謖如勁松下風」意同。又「飀飀」之目，青州先賢傳屬之周孟玉。孟玉即陳蕃爲設榻之周璆，樂安郡人，名不顯。此言「京師號曰」，則必指朱穆無疑。

三　謝子微見許子將兄弟，曰：「平輿之淵，有二龍焉。」〔一〕見許子政弱冠之時，歎曰：「若許子政者，有幹國之器。正色忠謇，則陳仲舉之匹；汝南先賢傳曰：「謝甄字子微，汝南邵陵人。明識人倫，雖郭林宗不及甄之鑒也。〔二〕見許子將兄弟弱冠時，則曰：『平輿之淵有二龍。』仕爲豫章從事。許虔字子政，平輿人。體尚高潔，雅正寬亮。謝子微見虔兄弟歎曰：『若許子政者，幹國之器也。』虔弟劭，聲未發時，時人以謂不如虔，虔恒撫髀稱劭，自以爲不及也。釋褐爲郡功曹，黜奸廢惡，一郡肅然。年三十五卒。」海内先賢傳曰：「許劭字子將，虔弟也。山峙淵停，行應規表。邵陵謝子微高才遠識，見劭十歲時，〔三〕歎曰：『此乃希世之偉人也。』〔四〕初，劭拔樊子昭於市肆，〔五〕出虞承賢於客舍，〔六〕召李叔才於無聞，擢郭子瑜於小吏。廣陵徐孟本來臨汝南，〔七〕聞劭高名，召功曹。〔八〕時袁紹以公族爲濮陽長，〔九〕棄官還，副車從騎，將入郡界，乃歎曰：『許子將秉持清格，〔一〇〕豈可以吾輿服見之邪？』遂單馬而歸。辟公府掾，敦辟皆不就。避地江南，卒於豫章也。」〔一一〕伐惡退不肖，〔一二〕范孟博之風。」張璠漢紀曰：「范滂字孟博，汝南伊陽人，〔一三〕爲功曹，辟公府掾。升車攬轡，有澄清天下之志。百城聞滂高名，皆解印綬去。爲黨事見誅。」

【校釋】

〔一〕「謝子微」三句　御覽四四四引汝南先賢傳曰：「謝甄稟氣聰爽，明識達理，見許子將兄弟弱冠之歲，曰：『平輿之淵，有二龍出焉。』察其盼睞，則賞其心；覩其顧步，則知其道。』」

平輿，後漢書六八謝甄傳注：「平輿故城在今豫州汝陽縣東北，有二龍鄉、月旦里。」

〔二〕「明識人倫」二句　余箋：「後漢書郭泰傳曰：『謝甄字子微，汝南召陵人也。與陳留邊讓，並善談論，俱有盛名。每共候林宗，未嘗不連日達夜。林宗謂門人曰：「二子英才有餘，而並不入道，惜乎！」甄後不拘細行，爲時所毁。』汝南先賢傳乃言其知人過於林宗，殆不免阿私鄉曲之言也。」按，後漢書六八謝甄傳誠然不載甄有識鑒之明。

〔三〕十歲時　余箋：「魏志和洽傳注引汝南先賢傳作年『十八時』。」

〔四〕此乃　此，宋本作「比」。王利器校：「各本『比』作『此』，是，『比』即『此』的壞字。」

〔五〕樊子昭　汝南人。蜀志龐統傳注引蔣濟萬機論曰：「許子將褒貶不平，以拔樊子昭而抑許文休。劉曄曰：『子昭拔自賈豎，年至耳順，退能守静，進能不苟。』濟答曰：『子昭誠自長幼完潔，然觀其臿齒牙、樹頰胲、吐脣吻，自非文休敵也。』」諸葛忠武書：「張勃吴録曰：『劭就統宿語，因問：「卿名知人，吾與卿孰愈？」』統曰：「陶冶世俗，甄綜人物，吾不及卿；論帝王之秘策，攬倚伏之最要，吾似有一日之長。」劭安其言而親之。』」

〔六〕承賢　程炎震云：「承賢，魏志和洽傳作『永賢』。」

〔七〕徐孟本　程炎震云：「徐孟本，徐璆也。范書字孟玉。魏志武帝紀注引先賢行狀字孟平。和洽傳注引汝南先賢傳則同此，作字孟本。」徐箋同。按，後漢書四八徐璆傳：徐璆字孟玉，廣陵海西人也。曾遷汝南太守，轉東海相，所在化行。李賢注引袁山松書曰：「璆少履清高，立朝正色。稱揚後進，惟恐不及。」徐璆來臨汝南，聞許劭高名，召功曹，即「稱揚後進」也。

〔八〕召功曹　召，沈校本作「辟」。

〔九〕袁紹　袁，宋本誤作「表」。

〔一〇〕許子將秉持清格　清格，清議以格物。格，指衡量人物。晉書七七蔡謨傳：「（蔡）克素有格量，及居選官，苟進之徒望風畏憚。」余箋引杭世駿道古堂文集二一論許劭、諸葛恪與陸遜書、蜀志許靖傳、典論諸史料，贊同蔣機萬機論「許子將褒貶不平，以拔樊子昭而抑許文休」之説，謂「兄弟尚且如此，於他人之褒貶，豈能得其平乎」？余箋又據抱朴子自敍「汝南人士無復定價，而有月旦之評」之語，以爲許劭不免任意臧否，乃漢末弊俗云云。按，余箋似可商。漢末清議人物，名實不符者固所難免，但許劭識鑒，爲時所共稱，所謂「言天下拔士者，咸稱許、郭」。魏志和洽傳裴注引汝南先賢傳，敍許劭拔樊子昭、虞永賢等六賢，「其餘中流之士，或舉之於淹滯，或顯之乎童齒，莫不賴劭顧歎之榮。凡所拔育，顯成令德者，不可殫記。」吳志太史慈傳記慈渡江到曲阿，見揚州刺史劉繇，「或勸繇可以慈爲大將軍，繇曰：『我若用子義，許子將不當笑我耶？』」龐統亦自歎甄綜人物不如子將（見蜀志龐統傳）。再如曹操未名時，求子將爲之品題，子將目操曰爲「亂世之奸雄，治世之能臣」。此二語之精當，百世不能易。晉書七四桓彝傳謂彝「有人倫識鑒，拔才取士或出於無聞，或得之孩抱，時人方之許、郭」。可見許劭識鑒之明，漢末共推之，至東晉猶爲美談。若許劭任意臧否，豈能欺天下及後世之人？劭與從兄不和，或出於私憾，手足私情不協故也。若以樊子昭日後不及許靖，便稱劭褒貶不平，未免失之公允。

〔一一〕卒於豫章　三國志文類二九「謝子微稱許劭」條言劭「終於豫章，年四十六」。

〔一二〕伐惡退不肖　肖，宋本作「有」。朱注從之，屬之下句，並云：「無『肖』亦通，『不』可讀作『鄙』，荀子賦論：『君子所敬，而小人所不者與。』」按，朱注不確。「有」乃「肖」之形誤。舉賢退不肖，乃經典之常語，如韓詩外傳五：「王者之政，賢能不待次而舉，不肖不待須臾而廢。」同上：「賞有能、招賢才、退不肖。」呂氏春秋集解三：「周公作周禮冢宰之職，固賞善誅惡，進賢而退不肖。」

〔一三〕伊陽　余箋：「續漢書郡國志：汝南無伊陽縣，伊當是細之誤。」徐箋：「後漢書范滂傳云：『汝南征羌人。』李賢注引謝承書曰：『汝南細陽人也。』均與張璠漢紀異。案來歙傳注：『征羌故稱，在今豫州郾城縣東南。』後漢書郡國志汝南郡下有征羌侯國，無伊陽。伊陽始置於唐，此處恐是細陽之誤。」按，余箋、徐箋是。漢書二八地理志上汝南郡細陽縣，顏師古注：「居細水之陽，故曰細陽。細水本出新郪。郪音千私反。」

四　公孫度目邴原：「所謂云中白鶴，非燕雀之網所能羅也。」魏書曰：「度字叔濟，〔一〕襄平人。累遷冀州刺史、遼東太守。」邴原別傳曰：「原字根矩，東管朱虛人。〔二〕少孤，數歲時過書舍而泣。師問曰：『童子何泣也？』原曰：『凡得學者，有親也。一則願其不孤，二則羨其得學，中心感傷，故泣耳。』師惻然曰：『苟欲學，不須資也。』於是就業。長則博覽洽聞，金玉其行。知世將亂，避地遼東。〔三〕公孫度厚禮之。中國既寧，欲還鄉里，爲度禁絶。原密自治嚴，〔四〕謂部落曰：『移北近郡，〔五〕以觀其意。』皆曰：『樂移。』原舊有捕魚大船，請村落，皆令熟醉，因夜去之。數日，度乃覺，吏欲追之。度曰：『邴君所謂云中白鶴，非鶉鷃之網所能羅也。』魏王辟祭酒，〔六〕累遷五官中郎長史。」〔七〕

【校釋】

〔一〕度字叔濟　徐箋：「後漢書王烈傳注引魏志同。案魏志本傳作『字升濟』。注引魏書曰：『度語毅、儀：「讖書云孫登當爲天子。太守姓公孫，字升濟，升即登也。」』可知魏書本作『升』，不作『叔』。『叔』隸書作『村』，與『升』形近，故誤『升』爲『叔』。」

〔二〕東管　程炎震云：「『管』當作『莞』，魏志邴原傳曰：『北海朱虛人。』」徐箋：「後漢書郡國志：朱虛侯國故屬琅琊，永初元年屬北海國。晉志東莞郡統朱虛等八縣，別傳蓋據晉制言之。」

〔三〕避地　地，宋本、沈校本並作「世」。

〔四〕治嚴　謂準備行裝也。葉廷桂海録碎事九下：「漢明帝諱莊，故相襲謂辦裝爲辦嚴、治嚴。」又魏志田疇傳：「疇戒其門下趣治嚴。」

〔五〕移北　北，王刻本作「比」。王先謙校：「一本『比』誤『北』。」徐箋：「北，王校本作『比』，疑是。案魏志本傳注引原别傳：『遂遁還，南行已數里，而度甫覺。』明非北移也。」按，魏志管寧傳：「時避難者多居郡南，而寧居北，示無還志。」邴原或亦居郡南，欲遁還中國，卻故意移北近郡，以示無還志。若作「比」，比，靠近也，與「近郡」意重復。又原别傳作「南行已數日」，徐箋引作「數里」，意思便大異。以情理言之，當作「北」是。

〔六〕辟祭酒　程炎震云：「魏志注引别傳曰：『辟東閤祭酒。』」

〔七〕五官中郎長史　魏志邴原傳裴注引原别傳載：魏太子曹丕爲五官中郎將，轉原五官長史。

五　鍾士季目王安豐：「阿戎了了解人意。」王隱晉書曰：「戎少清明曉悟。」謂裴公之談，經日不竭。裴頠，已見。〔一〕吏部郎闕，文帝問其人於鍾會。會曰：「裴楷清通，王戎簡要，皆其選也。」於是用裴。按諸書皆云鍾會薦裴楷、王戎於晉文王，文王辟以爲掾，不聞爲吏部郎。〔二〕

【校釋】

〔一〕裴頠　已見言語二三。王世懋云：「注謂裴公爲頠，大誤。詳語意即楷也。」朱注：「此注以鍾士季稱裴公云云屬之裴頠，與下文之薦裴楷不合，亦與下條異，且裴楷爲頠之從父，疑此注誤植，或本文有缺漏。」楊箋：「注原作『裴頠已見』，非。當作『裴楷已見』，是。」按，裴頠於永康元年（三〇〇）遇害，年三十四。鍾會死于咸熙元年（二六四），年四十九（見魏志元帝曹奐紀）。會死時，頠尚未出生，則注屬之裴頠誠爲大誤。然此誤顯然，孝標不會不察。故朱注疑「誤植」或「缺漏」，不爲無見。疑「謂裴公之談」云云，非鍾會所言，或傳寫有誤。而孝標注屬之裴頠實不誤。言語二三：「王（夷甫）曰：『裴僕射善談名理，混混有雅致。』」混混，狀其言詞不絶，即「經日不竭」也。賞譽一八：「裴僕射，時人謂爲『言談之林藪』。」裴僕射，裴頠也。

〔二〕「按諸書」四句　程炎震云：「文選五八褚淵碑注引臧榮緒晉書，與世説同。今晉書楷傳則又轉據臧書。孝標此駁，蓋以楷辟掾有年，則爲吏部郎時，無假鍾會再薦，非謂楷不爲吏部郎也。」朱注：「注疑不出孝標手。」按，臧榮緒晉書、晉書三五裴楷傳、王隱晉書皆與世説同。裴楷傳曰：「鍾會薦之于文帝，辟相國掾，遷尚書郎。」文王辟掾及遷吏部尚書郎乃先後事耳，孝標謂不聞爲吏部郎，確有失檢之可能。

六　王濬沖、裴叔則二人總角詣鍾士季，須臾去，後客問鍾曰：「向二童何如？」鍾曰：「裴楷清通，王戎簡要。〔一〕後二十年此二賢當爲吏部尚書，冀爾時天下無滯才。」〔二〕晉陽秋曰：「戎爲兒童，鍾會異之。」

【校釋】

〔一〕「裴楷清通」二句　清通簡要，魏晉時期品題人物之審美範疇。清指才識清明，通指不泥滯於物。文選王儉褚淵碑文張銑注清通一詞曰：「清而能通，簡而能要。」晉書三五裴楷傳謂楷「明悟有識量」，即清通之義也。簡要謂簡約不煩又能得其宗要。用之於行事，任率不修威儀即爲簡；用之於義理，賞其要會即爲要。晉書四三王戎傳言戎「任率不修威儀，善發談端，賞其要會」。即可知「簡要」之具體内涵。賞譽三五注引趙吴郡行狀曰：「貞淑平粹，才識清通。」賞譽三六：「友人王眉子清通簡暢。」藝文類聚八四引王珉別傳曰：「才學廣贍，理識清通。」「簡」僅次於「清」，亦爲魏晉人物審美重要範疇之一。因簡之行爲不同而表現之美感各異，故有「高簡」、「簡貴」、「通簡」、「簡秀」、「簡脱」、「簡暢」之別，如言語三九注引高坐別傳：「性高簡。」賞譽九七注引江左名士傳：「（謝）鯤通簡有識。」賞譽一二九注引宋明帝文章志：「胡之性簡，好達玄言也。」品藻三〇：阮思曠「簡秀不及真長。」豪爽二注引鄧粲晉紀：「（王）敦性簡脱。」之類。清通簡要初爲人物品藻語，後亦用之評論學問或藝文，遂成爲魏晉學風之特徵，影響中國文藝甚爲深遠。文學二五孫盛曰：「南人學問，清通簡要。」即爲著名例子。又徐箋：「嚴復曰：『清通者，中清而外通也；簡要者，知禮法之本而所行者簡。二者皆老莊之道。』」按，嚴復謂清通、簡要皆老莊之道，其説是；然稱簡要者「知禮法之本」，則未必。

〔二〕「後二十年」二句　余箋據魏志高貴鄉公紀、晉書裴楷傳、王戎傳、張華傳，考定裴楷生於魏明帝景初元年，王戎生於明帝青龍二年，長於楷四歲。「當司馬昭輔政之時，楷年十八，戎年二十二，俱因鍾會之薦而被辟爲掾。則清通簡要之評，不獨不發於兩人總角之時，且不在裴楷爲吏部郎之日也。……此條之言，疑即出於孫盛晉陽秋。蓋因鍾會之詞，加之附會，以爲美談，不足信也。」按，余箋近是。鍾會預言裴楷、王戎二十年後當爲吏部尚書，顯屬好事者之附會。然即或此條所記可疑，魏晉人喜品鑒預言後進才俊固爲風氣。如本篇一四注引虞預晉書記武周三子年在總角，劉公榮一一品鑒之，謂武元夏可爲「亞公」云云。晉書三三石苞傳記石苞求人爲御，郭玄信謂石苞及鄧艾曰：「子後並當爲卿相。」趙元儒歎苞遠量，「當至公卿」。晉書三四羊祜傳記羊年十餘歲，遇父老謂之曰：「孺子好相，年未六十，必建大功於天下。」其例甚多。

七　諺曰：「後來領袖有裴秀。」〔一〕虞預晉書曰：「秀字季彥，河東聞喜人。父潛，魏太常。秀有風操，八歲能著文。叔父徽有聲名。秀年十餘歲，有賓客詣徽，出則過秀。時人爲之語曰：『後進領袖有裴秀。』大將軍辟爲掾，〔二〕父終，推財與兄。年二十五，遷黄門侍郎。晉受禪，封鉅鹿公。後累遷左光禄、司空。〔三〕四十八薨，〔四〕謚元公。配食宗廟。」

【校釋】

〔一〕後來　義同虞預晉書時人語之「後進」。後來領袖，猶謂後進中之領袖人物。

〔二〕「大將軍」句　晉書三五裴秀傳載：渡遼將軍毌丘儉薦秀於大將軍曹爽，乃辟爲掾。

〔三〕後累遷左光禄司空　裴秀傳載：及武帝受禪，加左光禄大夫。久之，以秀爲司空。

〔四〕四十八薨　程炎震云：「泰始七年三月，秀薨。」

八　裴令公目夏侯太初：「肅肅如入廊廟中，不修敬而人自敬。」禮記曰：「周豐謂魯哀公曰：『宗廟社稷之中，未施敬而民自敬。』」〔一〕一曰：「如入宗廟，琅琅但見禮樂器。〔二〕見鍾士季如觀武庫，但覩矛戟。〔三〕見傅蘭碩，汪廧靡所不有。〔四〕見山巨源，如登山臨下，幽然深遠。」〔五〕玄、會、嘏、濤，並已見上。〔六〕

【校釋】

〔一〕未施敬　未，宋本誤作「末」。

〔二〕「如入宗廟」二句　德行三一注引晉陽秋言庾亮「淵雅有德量，時人方之夏侯太初」。方正六注引魏氏春秋謂夏侯玄「風格高朗，弘辯博暢」。賞譽一五注引晉諸公贊：「（和）嶠常慕其舅夏侯玄爲人，故於朝士中峨然不羣，時類憚其風節。」據此可見太初風格高朗，淵雅有量，風節卓然，不交匪類，自有一種莊嚴肅穆之氣，令人敬之重之。又，以宗廟禮器喻人，孔子已然。史記六七仲尼弟子列傳：「子貢既已受業，問曰：『賜何人也？』孔子曰：『汝器也。』曰：『何器也？』曰：『瑚璉也。』」集解包氏曰：「瑚璉，黍稷器。夏曰瑚，殷曰璉，周曰簠簋，宗廟之貴器。」裴令公以宗廟禮樂器目夏侯玄，當效孔子瑚璉之喻。

〔三〕「見鍾士季」二句　言語一二注引魏志言司馬昭征諸葛誕，「會謀居多，時人謂之子房」。會伐蜀，蜀平，自稱「我自淮南以來，畫無遺策」。鍾會機警多智，且爲司馬昭親昵，氣焰凌人，故以武庫喻之。不惟鍾會，杜預多智，號曰「杜武庫」（見晉書本傳）；裴頠亦若武庫，五兵縱横（見晉書本傳）。以武庫目人，乃一時風氣耳。

〔四〕汪廧　汪，王刻本作「江」。王世懋云：「據晉史作汪翔，蓋汪字訛而爲江，翔音訛而爲廧也。然汪翔亦甚費解。」李慈銘云：「案江當作汪。晉書裴楷傳作『傅嘏汪翔無所不見』。汪翔即汪洋，言其廣大也。廧、翔同音通假字。」劉盼遂同，並云：「蘭碩，晉書本傳作蘭石，碩、石古同字。」傅嘏有謀略，議者伐吴，詔以訪嘏（見魏志傅嘏傳）。毌丘儉反，嘏勸司馬師親征（見魏志本傳注引漢晉春秋）。司馬師死，嘏秘不發喪，以師命召司馬昭於許昌汪廧之目，蓋指此也。

（同上注引世語）。又好論才性，原本精微（見傅子）。嘏雖依附司馬氏，但才具豐贍博奥，

〔五〕「見山巨源」三句　晉書四三山濤傳言濤「性好莊老，每隱身自晦」。曹爽誅後，遂隱身不交世務。竹林七賢論言「濤爲人常簡默」（識鑒四注引）。顧愷之畫贊稱濤「淳深淵默，人莫見其器」（見賞譽一〇注引）。嵇康與山濤書曰：「足下傍通，多可而少怪。」凡此，皆言濤善自藏，其底細令人看不分明，此即「幽然深遠」之謂。此條尤可注意者是裴令公目人以比興思維，形容以可見之意境，略形而求神，攝取人物精神氣象，極具玄遠之審美意味。

〔六〕並已見上　玄已見方正六，會已見言語一二，嘏已見文學九，濤已見政事五。

九　羊公還洛，郭奕爲野王令。〔一〕晉諸公贊曰：「奕字泰業，太原陽曲人。累世舊族。〔二〕奕有才望，歷雍州刺史、尚書。」羊至界，遣人要之。郭便自往，既見，歎曰：「羊叔子何必減郭太業。」〔三〕復往羊許，小悉還，〔四〕又歎曰：「羊叔子去人遠矣！」〔五〕羊既去，郭送之彌日，一舉數百里，遂以出境免官。〔六〕復歎曰：「羊叔子何必減顔子！」〔七〕

【校釋】

〔一〕「羊公還洛」二句　郭奕，奕，原作「弈」。按，晉書、魏志郭淮傳裴注引晉諸公贊、本篇一二

注引名士傳及各本皆作「奕」。今據改。下同。　羊公還洛及郭奕爲野王令，其時不詳。晉書三四羊祜傳：「陳留王立，賜爵關中侯。」陳留王指曹奂，於景元元年（二六〇）六月立。郭奕初仕野王令，史籍不載其年。晉書四五郭奕傳敍郭奕爲野王令，因送羊祜出境而免官（即本條所記之事），咸熙末爲文帝相國參軍。則羊公還洛及郭奕爲野王令，殆在景元年間。羊公當由關中侯去職還洛也。

〔二〕累世舊族　程炎震云：「魏志郭淮傳注引晉諸公贊曰：『淮弟配，配弟鎮，鎮子奕。』」

〔三〕羊叔子何必減郭太業　賞譽二六：「郭子玄何必減庾子嵩。」棲逸五：「予第五之名何必減庾子嵩。」減，徐箋：「不及，不如。」「何必減」某某，乃當時常用之品藻語。

〔四〕小悉還　世説抄撮：「小悉疑當作『少息』。『少息』出兩都賦。晉書此七字作『少選復往』。」徐箋：「『小悉』，與『少選』同，少頃也。晉書本傳云：『少頃復往。』」楊箋同。余箋：「奕再見羊，稍復熟悉，便自歎弗如也。」按，余箋釋小悉爲「稍復熟悉」，非是。「復往羊許，小悉還」，指奕再見羊，少頃還。

〔五〕人　自稱也。此句意同前「羊叔子何必減郭太業」，而後又嗟歎「羊叔子何必減顔子」，真所謂一篇之中三致意也。

〔六〕以出境免官　刺史、縣令不可出所轄之境。白孔六帖三五：「皇甫規友人喪還，規縞素越界迎喪。客以規擅違營並州，刺史胡方不坐。」晉書九四霍原傳言原有名，「高陽許猛素服其名，會爲幽州刺史，將詣之，主簿當車諫不可出界，猛歎恨而止」。

〔七〕「復歎曰」二句　陳夢槐云：「如此流連歎賞，令我長懷古人。」按，郭奕如此傾服羊叔子，以至全忘出境免官之禁令，晉人折服於人格美之動人情致，於此體現得淋漓盡致。

一〇　王戎目山巨源：「如璞玉渾金，人皆欽其寶，莫知名其器。」〔一〕顧愷之畫贊曰：「濤無所標明，〔二〕淳深淵默，人莫見其際，而其器亦入道。〔三〕故見者莫能稱謂，而服其偉量。」

【校釋】

〔一〕莫知名其器　即顧愷之畫贊所云「故見者莫能稱謂」。然此非孔子稱堯舜「蕩蕩乎民無得而稱焉」之德性廣大，而是城府深藏，幾無形跡可求。王戎稱山濤「莫知名其器」，裴令公稱「見山巨源，如登山臨下，幽然深遠」，顧愷之稱山濤「淳深淵默，人莫見其際」，其意皆同。晉書四三山濤傳稱濤「少有器量，介然不羣。性好莊老，每隱身自晦」。有器量但不露真面，猶老子四一章所云「大象無形」。有形者易見，無形者難狀，此即所謂「莫知名其器」也。李贄云：「可謂善賞。」（初潭集師友推賢）

〔二〕標明　明，宋本作「名」。按，晉書七〇應詹傳：「故優遊諷詠，無所標明。」作「明」是。

〔三〕而其器亦入道　徐箋：「其器，宋本、沈校本並作『囂然』，是。『囂然』即孟子萬章之『囂囂然』。趙岐注：『囂囂然，自得之貌也。』作『其器』者，疑涉正文而誤。」按，徐箋是。爾雅注疏二：「囂然，閒暇貌。」蜀志彭羕傳：「形色囂然，自矜得意。」晉書本傳謂濤「性好莊老」，入道者，入老莊之道也。

一一　羊長和父繇與太傅祜同堂相善，〔一〕仕至車騎掾，蚤卒。長和兄弟五人幼孤。羊氏譜曰：「繇字堪甫，太山人。祖續，漢太尉，不拜。父秘，京兆太守。繇歷車騎掾，娶樂國禎女，生五子：秉、洽、式、亮、悦也。」〔二〕祜來哭，見長和哀容舉止，宛若成人，〔三〕乃歎曰：「從兄不亡矣。」〔四〕

【校釋】

〔一〕同堂　世説箋本：「同祖曰同堂。從父兄弟也，同聚於一堂而拜祖父，故名。」按，羊繇、羊祜皆爲羊續之孫，是爲同堂兄弟。

〔二〕秉　王刻本作「乘」。李慈銘曰：「案當作秉，即卷上言語篇所謂『羊秉爲撫軍參軍』者也。」悦，徐箋：「影宋本及沈校本並作『忱』，是。長和名忱，見方正一九注。」世説箋本：「文字志：『忱字長和，一名陶，泰山平陽人，世爲冠族。忱歷太傅長史，揚州刺史，還侍中。永嘉五年，遭亂被害，年五十餘。』」按，羊氏譜「忱」下注：「一作陶。」與文字志合。

〔三〕宛若成人　若，宋本誤作「苦」。

〔四〕從兄不亡矣　晉人重孝，童子盡孝爲人讚歎，乃古人特重家族傳承之故也。晉書八三齊王攸傳：「及景帝崩，攸年十歲，哀動左右，大見稱歎。」晉書七九謝尚傳：「七歲喪兄，哀慟過禮，親戚異之。」晉書五一王接傳：「接幼喪父，哀毀過禮，鄉親皆歎曰：『王氏有子哉！』」皆其例。

一二　山公舉阮咸爲吏部郎，目曰：「清真寡欲，萬物不能移也。」名士傳曰：「咸字仲容，陳留人，籍兄子也。任達不拘，當世皆怪其所爲。及與之處，少嗜欲，哀樂至到，〔一〕過絶於人，然後皆忘其向議。〔二〕爲散騎侍郎，〔三〕山濤舉爲吏部，武帝不用。〔四〕太原郭奕見之心醉，不覺歎服。解音，好酒以卒。」山濤啓事曰：「吏部郎史曜出，處缺當選。濤薦咸曰：『真素寡欲，深識清濁，萬物不能移也。若在官人之職，必妙絶於時。』〔五〕詔用陸亮。」晉陽秋曰：「咸行己多違禮度，〔六〕濤舉以爲吏部郎，世祖不許。」竹林七賢論曰：「山濤之舉阮咸，固知上不能用，蓋惜曠世之儁，莫識其意故耳。〔七〕夫以咸之所犯方外之意，〔八〕稱其清真寡欲，則跡外之意自見耳。」〔九〕

【校釋】

〔一〕至到　吴金華考釋謂「至到」乃形容感情純真、態度懇切，是南北朝常語，如「袁生暫至都，已還未？此生至到之懷，吾所盡也。」（全晉文卷二二王羲之雜帖）「故賓之慰主，以至到爲言也。」（文心雕龍哀悼）

〔二〕向議　前議，即前所謂「當世皆怪其所爲」。先前不解阮咸任達，及與之處，方知咸之真情過人，遂忘其向議耳。

〔三〕散騎侍郎　宋本、沈校本並無「侍」字，晉書四九阮咸傳有「侍」字。按，晉書二四職官志：「散騎侍郎四人，魏初與散騎常侍同置。自魏至晉，散騎常侍、侍郎與侍中、黄門侍郎共平尚書奏事，江左乃罷。」

〔四〕武帝不用　晉書四九阮咸傳：「武帝以咸耽酒浮虚，遂不用。」

〔五〕「真素寡欲」數句　劉辰翁云：「絶妙舉詞。」

〔六〕行己　己，原作「巳」。宋本、王刻本並作「己」。吴金華考釋：「『行巳』應作『行己』。諸子集成本、余氏箋疏本、徐氏校箋本等都作『行巳』，是訛誤之文。」其説是。今據改。咸行己多違禮度，即所犯方外之意。

〔七〕其意　意，王刻本作「真」。

〔八〕方外　出禮度之外也。

〔九〕鍾惺云：「此一段總是推重巨源，畢竟從深默中來。」

一三　王戎目阮文業：「清倫有鑒識，漢元以來未有此人。」〔一〕杜篤新書曰：「阮武字文業，陳留尉氏人。父諶，侍中。〔二〕武闊達博通，淵雅之士。」陳留志曰：「武，魏末清河太守。〔三〕族子籍，〔四〕年總角未知名。武見而偉之，以爲勝己，知人多此類。著書十八篇，謂之阮子，終於家。」郭泰友人宋子俊稱泰：「自漢元以來，未有林宗之匹。」〔五〕

【校釋】

〔一〕漢元　徐箋：「後漢書律曆志：『太初曆不能下通於今，新曆不能上得漢元，一家曆法，必在三百年之間。』又云：『漢元年，歲在乙亥。』案漢自武帝始立年號，故漢書高帝紀但稱元年。漢元以來，猶云漢初以來。故通鑑四七漢紀注：『漢元，謂漢初也。』」按，漢元年，歲在乙未，非乙亥，徐箋誤記。

〔二〕「父諶」二句　程炎震云：「魏志杜恕傳注引阮氏譜曰：『諶字士信，徵辟無所就。』」

〔三〕清河　原作「河清」，宋本同。沈校本作「清河」。按，作「清河」是。漢書二八地理志上：「清河郡，高帝置，莽曰平河，屬冀州。」魏志夏侯玄傳：「清河王經亦與允俱稱冀州名士。」今據改。

〔四〕族子籍　徐箋：「案晉書阮籍傳云『族兄文業』，則籍乃其族弟。」按，今本陳留尉氏阮氏譜謂籍父阮瑀與武爲同輩兄弟，則籍乃武之族子，與陳留志合。

〔五〕「郭泰友人」三句　余箋引郭林宗別傳、後漢紀，並案語云：「水經注卷六汾水注云：『汾水又西南徑介休縣故城西，城東有徵士郭林宗、宋子浚二碑。宋沖以有道司徒徵。』據此，則宋沖字子浚，今本後漢紀作『宋仲字雋或子俊』者，皆誤。水經注又言：林宗之卒，心喪期年者，韓子助、宋子俊等二十四人。則其傾服林宗，可謂至矣。嘉錫又案：林宗人倫領袖，高名蓋世，故宋子俊稱之如此。王戎取以稱阮武，信如所言，先無以處林宗。此名士標榜之言，不足據也。」

一四　武元夏目裴、王曰：「戎尚約，楷清通。」〔一〕虞預晉書曰：「武陔字元夏，沛國竹邑人。父周，魏光禄大夫。陔及二弟歆、茂皆總角見稱，〔二〕並有器望，〔三〕鄉人諸父未能覺其多少。時同郡劉公榮名知人，〔四〕嘗造周，周見其三子。公榮曰：『君三子皆國士，元夏器量最優，有輔佐之風，力仕宦，〔五〕可爲亞公。〔六〕叔夏、季夏不減常伯、納言也。』」〔七〕陔至左僕射。」

【校釋】

〔一〕「武元夏」數句　元夏，武陔字。晉書四五有傳。程炎震云：「陔在泰始初已爲宿齒，故得目戎、楷。」賞譽五：「（鍾）會曰：『裴楷清通，王戎簡要。』」武陔所目，意同鍾會，故凌濛初云：「『清通』、『簡要』，何以迭見？」

〔二〕歆　徐箋：「歆，晉書武陔傳作『韶』。」楊箋：「晉書武陔傳、魏志武質傳注引虞預晉書均作『韶』，今從之。」按，檢魏志，無武質傳。武質傳當作胡質傳。楊箋誤記。

〔三〕器望　王刻本作「品望」。按，器望爲南北朝時常語。晉書四〇賈謐傳：「韓壽少弟蔚有器望。」晉書六〇賈疋傳：「少有志略，器望甚偉。」時亦用「品望」一詞，然以下劉公榮品三子器量，則作「器望」較勝。

〔四〕名知人　識鑒高明之人。晉書三三石苞傳：「市長沛國趙元儒名知人。」晉書六九戴若思傳：「時同郡人潘京素有理鑒，名知人……」

〔五〕力仕宦　語意不明，有脱文。魏志胡質傳注引虞預晉書作「展力仕宦」，晉書四五武陔傳作「陳力就列」。論語季氏：「陳力就列。」意爲施展才力，接受職位。

〔六〕亞公　三公之亞。

〔七〕常伯　周官名。君主左右管理民事之大臣。以從諸伯中選拔，故名。書立政：「王左右常伯、常任、准人、綴衣、虎賁。」蔡沈集傳：「有牧民之長曰常伯。」後因以稱皇帝近臣，如侍中、散騎常侍等。漢書八五谷永傳：「戴金貂之飾、執常伯之職者，皆使學先王之道，知君臣之義。」顏師古注：「常伯，侍中也。」潘岳藉田賦：「常伯陪乘，太僕秉轡。」納言，史記一五帝本紀：「汝爲納言，夙夜出入，朕命惟信。」正義：「孔安國云：『納言，喉舌之官也，聽下言納於上，受上言宣於下，必信也。』」漢書一九百官公卿表：「龍作納言，出入帝命。」顔師古注：「應劭曰：『龍，臣名也。納言，如今尚書，管王之喉舌也。』」

一五　庾子嵩目和嶠：〔一〕「森森如千丈松，雖磊砢有節目，〔二〕施之大廈，有棟梁之用。」晉諸公贊曰：「嶠常慕其舅夏侯玄爲人，故於朝士中峨然不羣，時類憚其風節。」〔三〕

【校釋】

〔一〕庾子嵩目和嶠　晉書五〇庾敳傳以此事屬之温嶠，遂致學者聚訟。黄朝英靖康緗素雜記一〇「和松」條：「晉庾敳傳云敳有重名，爲縉紳所推，而頗聚斂積實，談者譏之。都官從事温嶠嘗劾奏敳，敳更器嶠曰：『嶠森森如千丈松，雖磊砢多節，施之大廈，有棟梁之用。』而温嶠傳曰：『嶠爲都官從事、散騎常侍，庾敳有重名，而頗聚斂，嶠舉奏之，京都振肅。』蓋是時温嶠爲都官從事，敳爲散騎常侍，二人同在朝廷，是敳之所器者温嶠，非和嶠明矣。及觀和嶠傳又云：『從事中郎庾敳見而歎曰：「和嶠森森如千丈松，雖礧砢多節目，施之大廈，有棟梁之用。」』而世説亦云子嵩目和嶠云云，何其謬歟。良由修史者雜出於諸儒，而非一人之筆，故其謬戾如此。今之學者，至有云和氏之松千丈，益謬矣。」程炎震云：

「王觀國學林卷三曰：『晉書和嶠傳：「嶠遷潁川太守，太傅從事中郎庾敳見而歎曰」云云，又庾敳傳曰：「顗有重名，而聚斂積實，都官從事温嶠奏之，敳更器嶠」云云，兩傳所載，一以爲和嶠，一以爲温嶠，必有一失。今按庾敳參東海王越軍事，自惠、懷以來，敳仕漸顯，正與温嶠同時。而温嶠傳亦曰嶠舉奏庾敳。以此知所舉者乃温嶠，非和嶠也。和嶠早顯，與張華同佐武帝，又在前矣。』程炎震曰：王説是也。敳爲峻之第三子。和嶠於武帝時已與峻及純同官，於敳爲先達。就令爲之題目，亦當如王戎之稱太保，謝安之歎伯道，不得抑揚其詞也。若非晉書兩載，無以證臨川之誤矣。」余箋：「姚範援鶉堂筆記三三曰：『晉書和嶠傳云，「太傅從事中郎庾敳見而歎曰，嶠森森如千丈松」云云。又庾敳傳云「敳有重名，而聚斂積實，談者譏之。都官從事温嶠奏之，敳更器嶠，目嶠森森如千丈松」云云。宋王楙野客叢談云「世説與和嶠傳並云目和嶠，疑庾敳傳作温嶠誤」。按爲都官從事者實温嶠，和嶠未嘗歷是職。且和嶠卒于元康二年，司馬越之爲太傅，則在永興元年。敳爲從事中郎，上去元康二年相縣一紀，况其齒位亦復殊邈，和嶠豈待敳語爲重哉？晉書敳傳作温嶠，自不誤。其和嶠傳乃又采世説妄入之，斯爲誤耳。』梁玉繩瞥記四亦曰：『子嵩所器者乃温太真，非和長輿也。因二嶠名同，遂誤屬於和。世説亦誤。』嘉錫案：庾敳目和嶠語出自王隱晉書，見御覽九五三，而世説采之。類聚八八引袁宏詩曰：『森森千丈松，磊砢非一節。雖無槐桷麗，較爲棟梁傑。』全用庾敳之語。知非始見於世説矣。至温嶠舉奏庾敳，敳更器之事，出孫盛晉陽秋，見汪藻考異敬胤注中。今本晉書雜采諸家，失於契勘耳。」徐箋：「按温嶠死于成帝咸和四年（三二九），年四十二。庾敳，傳言石勒之亂，與王衍俱被害，時年五十。則當在永嘉五年（三一一），二人年輩相去殊遠，似以屬之和嶠爲是。」按，由晉書五〇庾敳傳推知，敳生於魏元帝曹奐景元三年（二六二），而和嶠傳記庾敳目和嶠事在吴平之前，此時庾敳年尚不及二十，和早已顯貴，故必無目和嶠之事。和嶠傳所記不可信。庾敳與温嶠雖年相去將近三十，然據温嶠傳，温作都官從事年當在二十左右，温彈奏庾敳，而敳更器温，完全可能。

〔二〕磊砢　劉盼遂云：「文選上林賦：『水玉磊砢。』郭璞注：『魁礨貌。』」節目，樹木上堅硬而紋理糾結不順部分，俗稱木節。禮記學記：「善問者如攻堅木，先其易者，後其節目，及其久也，相説以解。」孫希旦集解：「節目，木之堅而難攻處。」朱彬訓纂引方性夫曰：「『節則木理之剛者』，説卦所謂『堅多節』是矣；『目則木理之精者』，弓人所謂『斲目必荼』是矣。」呂氏春秋舉難：「尺之木必有節目，寸之玉必有瑕瓋。」

〔三〕憚其　憚，宋本誤作「傳」。

一六　王戎云：「太尉神姿高徹，如瑤林瓊樹，〔一〕自然是風塵外物。」〔二〕名士傳曰：「夷甫天形奇特，〔三〕明秀若神。」八王故事曰：「石勒見夷甫，謂長史孔萇曰：『吾行天下多矣，未嘗見如此人，〔四〕當可活不？』裒曰：『彼晉三公，不爲我用。』勒曰：『雖然，要不可加以鋒刃也。』夜使推牆殺之。」〔五〕

【校釋】

〔一〕瑶林　玉林。泛指仙境。陸雲九愍紆思：「懷瑶林之珍秀，握蘭野之芳香。」晉書九二曹毗傳：「未若澄虚心於玄圃，蔭瑶林於蓬萊。」瓊樹，仙樹名。漢書五七下司馬相如傳「咀噍芝英兮嘰瓊華」顔師古注引張揖曰：「瓊樹生崑崙西流沙濱，大三百圍，高萬仞。」

〔二〕風塵　喻世俗。晉書六九戴若思傳：「安窮樂志，無風塵之慕。」晉書七三庾翼傳：「自不能拔腳於風塵之外。」

〔三〕天形　天生之形態。陸雲逸民賦：「委天形之外心兮，淡浩然其何求。」賞譽三七注引顧愷之夷甫畫贊：「夷甫天形瓌特。」

〔四〕未嘗　嘗，宋本作「宧」。王利器校：「各本『宧』作『嘗』，是。」

〔五〕夜使推牆殺之　晉書五孝懷帝紀載：永嘉五年（三一一）四月，王衍軍敗被害。

一七　王汝南既除所生服〔一〕，遂停墓所。兄子濟每來拜墓，略不過叔，叔亦不候。濟脱時過，〔二〕止寒温而已。後聊試問近事，答對甚有音辭，出濟意外。濟極惋愕，仍與語，轉造精微。〔三〕濟先略無子侄之敬，既聞其言，不覺懍然，心形俱肅，遂留共語，彌日累夜。濟雖儁爽，自視缺然，乃喟然歎曰：「家有名士三十年而不知！」〔四〕濟去，叔送至門。濟從騎有一馬絶難乘，少能騎者。濟聊問叔：「好騎乘不？」曰：「亦好爾。」濟又使騎難乘馬，叔姿形既妙，回策如縈，〔五〕名騎無以過之。濟益歎其難測，非復一事。鄧粲晉紀曰：「王湛字處沖，太原人。隱德，人莫之知，雖兄弟宗族亦以爲癡。〔六〕唯父昶異焉。昶喪，居墓次。〔七〕兄子濟往省湛，見牀頭有周易，謂湛曰：『叔父用此何爲？頗曾看不？』〔八〕湛笑曰：『體中佳時，〔九〕脱復看耳。今日當與汝言。』因共談易，剖析入微，妙言奇趣，濟所未聞，歎不能測。濟性好馬，而所乘馬駿駛，〔一〇〕意湛愛之。〔一一〕湛曰：『此雖小駛，然力薄不堪苦。近見督郵馬，當勝此，但養不至耳。』濟取督郵馬，穀食十數日，與湛試之。湛未嘗乘馬，卒然便馳騁，步驟不異於濟，〔一二〕而馬不相勝。〔一三〕湛曰：『今直行車路，何以别馬勝不，唯當就蟻封耳。』〔一四〕於是就蟻封盤馬，果倒踣。〔一五〕其儁識天才乃爾。」既還，渾問濟：〔一六〕「何以暫行累日？」濟曰：「始得一叔。」渾問其故，濟具歎述如此。渾曰：「何如我？」濟曰：「濟以上人。」〔一七〕武帝每見濟，輒以湛調之曰：「卿家癡叔死未？」濟常無以答。既而得叔，後武帝又問如前，濟曰：「臣叔不癡。」稱其實美。帝曰：「誰比？」濟曰：「山濤以下，魏舒以上。」晉陽秋曰：「濟有人倫鑒識，其雅俗是非，少所優潤。〔一八〕見湛，歎服其德宇。時人謂湛上方山濤不足，下比魏舒有餘。湛聞之曰：『欲以我處季孟之間乎？』〔一九〕王隱晉書曰：「魏舒字陽元，任城人。幼孤，爲外氏甯家所養。甯氏起宅，相者曰：『當出貴甥。』外祖母意以盛氏甥小而惠，謂應相也。舒曰：『當爲外氏成此宅相。』〔二〇〕少名遲鈍，〔二一〕叔父衡使守水碓，每言：『舒堪八百户長，我願畢矣。』舒不以介意。身長八尺二寸，不修常人近事。少工射，著韋衣，入山澤，每獵大獲。爲後將軍鍾毓長史。毓與參佐射戲，舒常爲坐畫籌。〔二二〕後值朋人少，〔二三〕以舒充數。於是發無不中，加博措閒雅〔二四〕，殆盡其妙。毓歎謝之曰：『吾之不足盡卿，如此射矣！』〔二五〕轉相國參軍。晉王每朝罷，目送之曰：『魏舒堂堂，人之領袖。』累遷侍中、司徒。」於是顯名，年二十八始宦。〔二六〕

【校釋】

〔一〕所生　指親生母親。晉書六明帝紀：「尊所生荀氏爲建安郡君。」晉書三二左貴嬪傳：「歔欷不已，若喪所生。」

〔二〕脱　或然之詞，猶言「偶或」、「或許」。後漢書一五李通傳：「不如詣闕自歸。事既未然，脱可免禍。」陶淵明與殷晉安別詩：「脱有經過便，念來存故人。」

〔三〕精微　精，王刻本作「清」。按，當作「精微」。晉書六七郗超傳：「善談論，義理精微。」晉書九二成公綏傳：「悟靈精微，足以窮幽測深。」

〔四〕「家有」句　凌濛初云：「豈有如此名士三十年不知？不信不信。」

〔五〕回策如縈　世説講義：「謂旋轉如意也。」朱注：「言迴旋策馬如帶之縈繞，蓋極言其騎術之精，控縱盤旋自如也。」又大智度論三九釋往生品第四之中：「譬如槃馬迴轉隨意。」

〔六〕癡　魏晉常語，所指不一。此指久不出名爲癡。賞譽六二：「王藍田爲人晚成，時人乃謂之癡。」與此同意。吴冠宏論魏晉之癡與晦智——從世説賞譽「王湛隱德」一則談起一文云：王湛的「癡」不無「晦智」之跡。又云：「王湛閉門守静，沖素簡談，令人難測其德，已可見『晦智』之跡；此外被比擬之山濤，身處魏晉之際，無所標明，與時俯仰，尤顯其『晦智』之用。『晦智』可以説是魏晉人極爲特殊的人格型態，筆者曾從『甯武子』切入魏晉此一風尚，一則從王朗與孫綽的論語注解中，彰顯出他們以『佯愚』、『晦智』釋甯武子之愚，使之成爲去智以成深智的典型（下略）。」（載魏晉南北朝文學與思想學術討論會論文集第五輯，臺北成功大學中文系主編，里仁書局，二〇〇四年十一月初版）

〔七〕「祖喪」二句　程炎震云：「王昶以甘露四年卒，湛年甫十一耳。除服後，停墓所亦不過數年，安得云三十年乎？今晉書同鄧粲，皆誤也。當如世説云『所生服』是，蓋謂所生母也。」按，程説是。

〔八〕「見牀頭有周易」數句　晉書四二王濟傳云濟善易及莊老，並善清言。濟問湛看不，蓋輕湛之言。

〔九〕體中佳時　程炎震云：「『體中』下晉書湛傳有『不』字。」御覽五一二引臧榮緒晉書亦有「不」字。體中不佳，猶體中不適也。

〔一〇〕駿駛　駿，義同駛，疾速也。詩周頌清廟：「對越在天，駿奔走在廟。」馬瑞辰通釋：「爾雅釋詁：駿，速也。速與疾義同。」

〔一一〕意湛愛之　湛，宋本作「甚」。按，當作「甚」。

〔一二〕「湛未嘗」三句　湛，宋本誤作「長」。乘，猶駕御。詩小雅采芑：「方叔率止，乘其四騏。」李慈銘云：「案：『便』下疑有脱字，當作『卒然便騎』，下以『馳騁步驟』爲一句。」按，「馳騁」即「騎」，「卒然」二句語意完整，不誤。此數句言湛騎馬，未嘗駕御而調控馬步，上馬即馳騁，然步驟不異王濟。

〔一三〕不相勝　不分勝負。此謂王湛所取督郵之馬與王濟之馬在直道奔馳，不分勝負。故下文湛曰以蟻封盤馬而别馬之勝負。

〔一四〕蟻封　世説音釋：「蟻壅土成封曰蟻封。藝文類聚曰：『蟻封，蟻垤也。北方謂之蟻樓，如小山子，乃蟻穴其地，墳起如丘，垤中間曲屈如古巷道。』古語云：『乘馬折旋于蟻封之間。』言蟻封之間，巷路屈曲狹小，而能乘馬折旋於其間，不失馳驅之節，所以爲難也。」

〔一五〕果倒踣　徐箋：「晉書本傳作『濟馬果躓，而督郵馬如常。』御覽五一二引臧榮緒晉書同，語意尤明。」

〔一六〕渾問濟　問，宋本誤作「門」。

〔一七〕「渾曰」數句　王世懋云：「不言如父，而言勝己，居然有王子敬意，然濟實有勝父處。」

〔一八〕優潤　潤，宋本、沈校本並作「調」。世説箋本云：「優，饒也；潤，澤也。猶言假借也。」按，世説箋本是。優潤爲假借寬待之意。晉書九二成公綏傳：「清激切於竽笙，優潤和於瑟琴。」

〔一九〕「欲以我」句　論語微子：「齊景公待孔子曰：『若季氏則吾不能，以季孟之閒待之。』」論語集解義疏九注：「孔安國曰：『魯三卿季氏爲上卿，最貴；孟氏爲下卿，不用事。言待之以二者之間也。』」鍾惺云：「此語殊傲然不屑。」

〔二〇〕「外祖母」三句　「盛氏」，晉書四一魏舒傳作「魏氏」。世説箋本：「按晉書『盛氏』作『魏氏』，恐非。蒙求亦『盛氏』，蓋甯氏有魏氏盛氏二甥，俱爲甯氏所養。魏鈍盛慧，故外祖母以盛氏爲應宅相，而魏舒曰己當顯達以應此相。」

〔二一〕遲鈍　宋本作「潺純」。王利器校：「各本『潺純』作『遲鈍』，是。」

〔二二〕畫籌　世説音釋：「通鑑注曰：『射之畫籌，猶投壺之釋算。』」

〔二三〕朋人　世説音釋：「通鑑注曰：『射以兩人爲朋。射之有朋，猶古射儀之有耦也。』」

〔二四〕博措　博，沈校本作「舉」。徐箋、楊箋並從之。按，「博措」不文，作「舉措」是。後漢書二九申屠剛傳：「動順天地，舉措不失。」晉書五七胡奮傳：「觀卿舉措，適所以速禍。」

〔二五〕「吾之不足盡卿」句　楊箋從晉書四一魏舒傳，改作「吾之不足以盡卿才」。王叔岷補正：「案宋本注義自可通，莊子庚桑楚篇：『庚桑楚謂南榮趎曰：「今吾才小不足以化子，子胡不南見老子？」』『吾之不足盡卿』，與『今吾才小不足以化子』，句例相似。」按，「吾之不足盡卿」，乃省略「才」字，意即「吾之不足以盡卿才」，不必改。補正謂宋本注義自可通，其説是。蜀志諸葛亮傳注引袁子：「張子布薦亮於孫權，亮不肯留。人問其故，曰：『孫將軍可謂人主，然觀其度，能賢亮而不能盡亮，吾是以不留。』」「不能盡亮」意即不能盡亮才也。識鑒二二郗超評謝玄曰「吾昔嘗與共在桓宣武府，見使才皆盡」。盡者，盡其才用，猶今語充分發揮其才能也。然補正引莊子庚桑楚殊無謂，「吾之不足以盡卿」，與「吾才小不足以化子」，文義既不相涉，句例也不相似。

〔二六〕年二十八始宦　程炎震云：「晉書：湛年四十九，元康五年卒。則二十八是咸寧二年丙申。」張懋辰云：「寫事疏婉近情，幾三百字，妙無逾此。」鍾惺云：「觀王武子見屈于其叔，可爲今名士孟浪輕物之戒。」

一八　裴僕射，時人謂爲「言談之林藪」。〔一〕惠帝起居注曰：「頠理甚淵博，贍於論難。」

【校釋】

〔一〕「裴僕射」二句　言語二三：「裴僕射善談名理，混混有雅致。」文學一一注引晉諸公贊：「裴頠談理，與王夷甫不相上下。」同篇一二注引晉諸公贊言頠著崇有二論，「才博喻廣，學者不能究」。

一九　張華見褚陶，語陸平原曰：「君兄弟龍躍雲津，顧彥先鳳鳴朝陽，〔一〕謂東南之寶已盡，不意復見褚生。」陸曰：「公未覩不鳴不躍者耳。」〔二〕褚氏家傳曰：「陶字季雅，吳郡錢塘人，褚先生後也。〔三〕陶聰惠絶倫，年十三，作鷗鳥、水碓二賦。〔四〕宛陵嚴仲弼見而奇之，〔五〕曰：『褚先生復出矣！』弱不好弄，清淡閑默，〔六〕以墳典自娱。語所親曰：『聖賢備在黄卷中，捨此何求？』州郡辟，不就。吳歸命，世祖補臺郎，〔七〕建忠校尉。司空張華與陶書曰：『二陸龍躍於江、漢，彥先鳳鳴於朝陽，自此以來，常恐南金已盡，而復得之於吾子，故知延州之德不孤，淵岱之寶不匱。』〔八〕仕至中尉。」

【校釋】

〔一〕鳳鳴朝陽　詩大雅卷阿：「鳳凰鳴矣，於彼高岡。梧桐生矣，於彼朝陽。」

〔二〕「公未覩」句　世説抄撮：「此陸自謂己國人才固未止此也。」按，「不鳴不躍」者當指吳亡後隱居不仕者，如顔仲弼、吴士季、朱永長、張威伯諸人（皆見本篇二〇注引蔡洪集）。

〔三〕褚先生　徐箋：「史記武帝本紀集解：『張晏曰：「武紀，褚先生補作也。褚先生名少孫，漢博士也。」』索隱：『張晏云：「褚先生，潁川人，仕元、成間。」』韋棱云：『褚顗家傳：褚少孫，梁相褚大弟之孫，宣帝待爲博士，寓居於沛，事大儒王式，號爲先生，續太史公書。』阮孝緒亦以爲然也。」

〔四〕「年十三」二句　十三，王刻本作「三十」。王先謙校：「一本作『十三』，是。世説補同。」按，據後文云「弱不好弄」，則作「十三」是。水碓，碓，宋本、沈校本並作「碓」。王刻本作「磑」。按，碓，舂，擣。水碓，以水力舂穀之器具。磑，石磨。揚雄太玄經：「陰陽相磑，物咸雕離。」水磑，以水力磨米之器具。碓，舂米穀之設備，功用同碓。故作碓、碓、磑皆可。

〔五〕宛陵嚴仲弼　顔隱，字仲弼，宛陵令。

〔六〕清淡　淡，王刻本作「談」。王先謙校：「按晉書褚陶傳亦作『淡』，此本非。」按，王説是。

〔七〕世祖　宋本、沈校本並無「世」字。徐箋：「晉書本傳：『吴平，召補尚書郎。』此處『吴』下當有『平』，當作『吴平，歸命世祖。』」楊箋從徐箋，並據改。按，世祖，晉武帝廟號。當作「世祖」是。「吴歸命」，即指吴平，歸命西晉也。晉書三武帝紀：「封孫皓爲歸命侯。」晉書三四杜預傳：「吴之州郡皆望風歸命。」若「吴」下加一「平」字，反而蛇足。

〔八〕「故知」二句　李詳云：「晉書九二褚陶傳采此。『延州』二語，傳作『延門之德不孤，川嶽之寶不匱』。『延門』自係晉書誤本。」楊箋：「延州、延門並通，指延陵季子也。季札，吳人，故云。淵岱，晉書避唐諱改，宋本不誤。」春秋左傳注疏四〇：「延州來季子，果立乎？」服虔云：「延，延陵也。州來，邑名。」同上五二杜預注：「季子本封延陵，後復封州來，故曰延州來。」

二〇　有問秀才：「吳舊姓何如？」答曰：「吳府君，聖王之老成，明時之儁乂。〔一〕朱永長，理物之至德，清選之高望。〔二〕嚴仲弼，九臯之鳴鶴，〔三〕空谷之白駒。〔四〕顧彥先，八音之琴瑟，五色之龍章。〔五〕張威伯，歲寒之茂松，幽夜之逸光。陸士衡、士龍，〔六〕鴻鵠之裴回，懸鼓之待槌。〔七〕秀才，蔡洪也。〔八〕集載洪與刺史周俊書曰：〔九〕「一日侍坐，言及吳士，詢於芻蕘，〔一〇〕遂見下問。造次承顏，載辭不舉，敕令條列名狀，退輒思之。今稱疏所知：吳展字士季，下邳人。忠足矯非，清足厲俗，信可結神，才堪幹世。仕吳爲廣州刺史、吳郡太守。吳平，還下邳，閉門自守，不交賓客。誠聖王之老成，明時之儁乂也。朱誕字永長，吳郡人。體履清和，黃中通理。〔一一〕吳朝舉賢良，累遷議郎。今歸在家，誠理物之至德，清選之高望也。嚴隱字仲弼，吳郡人。稟氣清純，思度淵偉。吳朝舉賢良，宛陵令。吳平去職。九臯之鳴鶴，空谷之白駒也。張暢字威伯，〔一二〕吳郡人。稟性堅明，志行清朗。居磨涅之中，無淄磷之損。〔一三〕歲寒之松栢，幽夜之逸光也。」陸雲別傳曰：「雲字士龍，吳大司馬抗之第五子，機同母之弟也。儒雅有俊才，容貌瓌偉，口敏能談，博聞强記。善著述，六歲便能賦詩，時人以爲項托、楊烏之疇也。〔一四〕年十八，刺史周俊命爲主簿。俊常歎曰：『陸士龍當今之顏淵也。』累遷太子舍人、清河内史。爲成都王所害。」凡此諸君，以洪筆爲鉏耒，以紙札爲良田，以玄默爲稼穡，以義理爲豐年，以談論爲英華，以忠恕爲珍寶，著文章爲錦繡，藴五經爲繒帛，〔一五〕坐謙虛爲席薦，張義讓爲帷幙，〔一六〕行仁義爲室宇，修道德爲廣宅。」〔一七〕按蔡所論士十六人，無陸機兄弟，又無「凡此諸君」以下，疑益之。〔一八〕

【校釋】

〔一〕儁乂　儁，王刻本作「俊」。按，「儁」同「俊」。

〔二〕「朱永長」三句　朱誕，吳郡人，吳志、晉書皆無傳。事蹟見於干寶搜神記一七：「吳孫皓世，淮南内史朱誕，字永長，爲建安太守。」晉書五四陸雲傳記陸雲遇害後，孫惠與淮南内史朱誕書，痛悼陸機、陸雲之喪。晉書六七顧衆傳記衆侍伯母以孝聞，「光禄朱誕器之」。太平寰宇記九一：「朱誕墓在婁門外一里。晉光禄大夫朱誕，字永長，父恩，本國中（闕）正，少有奇名，藏跡吳中。晉陽秋云：『陳敏亂，三吳知名士皆受爵禄，賀循、朱誕不辱其身。』」清選，精選，精選之人才。魏志高柔傳：「然今博士，皆經明行修，一國清選。」

〔三〕九皋之鳴鶴　詩小雅鶴鳴：「鶴鳴於九皋，聲聞於野。」鄭箋：「皋澤中水溢出所爲坎，自外數至九，喻深遠也。鶴在中鳴焉，而野聞其鳴聲。興者，喻賢者雖隱居，人咸知之。」按，嚴仲弼吴平去職，此喻其有隱德而著聲於外。

〔四〕空谷之白駒　詩小雅白駒：「皎皎白駒，在彼空谷。」毛序：「白駒，大夫刺宣王也。」鄭箋：「刺其不能留賢也。」正義曰：「言其乘皎皎然白駒而去之賢人，今在彼大谷之中。」按，此喻嚴仲弼乃隱於野之賢人，微刺有國者不能留賢。

〔五〕五色　青、赤、白、黑、黄五種顔色。古代以此五者爲正色。書益稷：「以五采彰施於五色，作服，汝明。」孫星衍疏：「五色，東方謂之青，南方謂之赤，西方謂之白，北方謂之黑，天謂之玄，地謂之黄，玄出於黑，故六者有黄無玄爲五也。」周禮注疏八鄭玄注：「江淮而南，青質五色，皆備成章。」

〔六〕陸士衡士龍　宋本、沈校本並無「士衡」二字。王利器校：「太平廣記與宋本同。案據注『無陸機兄弟』云云，則當有『士衡』。」

〔七〕懸鼓之待槌　禮書一一七：「禮器曰：廟堂之下，懸鼓在西，應鼓在東。」按，此喻陸士衡兄弟之才能，如懸鼓有擊則鳴。

〔八〕蔡洪　晉書九二王沈傳：「元康初，松滋令吴郡蔡洪，字叔開，有才名，作孤奮論與釋時意同，讀之者莫不歎息焉。」又，舊唐書四七經籍志下有蔡洪集三卷。新唐書六〇藝文志作二卷。

〔九〕周俊　王利器校：「王本、凌本『俊』作『浚』，是；周浚晉書有傳，嘗爲揚州刺史。下文引陸雲别傳，字亦當作『浚』。」

〔一〇〕詢於芻蕘　詩大雅板：「先民有言，詢於芻蕘。」毛傳：「芻蕘，薪采者。」鄭箋：「古之賢者有言，有疑事當與薪采者謀之。匹夫匹婦或知及之，況於我乎。」

〔一一〕黄中通理　黄，中和之色，以喻内德之美。易坤曰：「君子黄中通理，正位居體，美在其中，而暢於四肢，發於事業，美之至也。」朱熹注：「黄中，言中德在内。坤六五曰：『黄裳元吉。』王弼曰：『黄，中之色也。裳，下之飾也。坤爲臣道，美盡於下，夫體無剛健，而能極物之情，通理者也。』」吴志王蕃傳載陸凱疏：「常侍王蕃黄中通理，知天知物，處朝忠蹇。」

〔一二〕張暢　暢，宋本作「鴫」。王利器校：「蔣校本『鴫』作『鴻』，餘本作『暢』。」

〔一三〕「居磨涅之中」二句　論語陽貨：「不曰堅乎，磨而不磷。不曰白乎，涅而不緇。」注：孔安國曰：「磷，薄也。涅可以染皂者。言至堅者磨之而不薄，至白者染之於涅而不黑。喻君子雖在濁亂，濁亂不能汙也。」

〔一四〕項托　史記七一甘茂傳：「甘羅曰：夫項橐生七歲爲孔子師。」索隱：「橐音託，尊其道故云項橐。」按，托、橐音通。揚烏，揚雄之子，名烏。揚子法言問神：「育而不苗者，吾家之童烏乎！九齡而與我玄文。」疇，同儔，類也。

〔一五〕五經　經，宋本作「色」。

〔一六〕義讓　王叔岷補正：「案『義讓』疑作『禮讓』，涉下『仁義』字而誤。禮記儒行篇：『忠信以爲甲胄，禮義以爲幹櫓。』此節句法所本。」楊箋從之據改。按，義讓，謂謙讓合乎義也。左傳莊公二十七年：「夫民，讓事、樂和、愛親、哀喪，而後可用也。」杜預注：「上之使民以義讓哀樂爲本，言不可力强。」後漢書一〇陰皇后紀：「朕嘉其義讓，許封諸弟。」吴志虞翻傳裴注引會稽典録：「（丁覽）推財從弟，以義讓稱。」棲逸九注引晉陽秋：「篤行任素，義讓廉潔。」故義讓不誤。

〔一七〕王思任云：「語爲宋式秀才，雖晉亦腐也。」方苞云：「吴中舊姓，承問便答，品騭精當。」

〔一八〕「按蔡所論」數句　晉書六一周浚傳載：浚于吴平之明年，即太康二年（二八一）移鎮秣陵，時吴初平，浚「賓禮故老，搜求俊乂」。周俊與蔡洪言及吴士，當在此時，與蔡洪書中「吴平」之語合。考陸雲以晉惠帝太安二年（三〇三）遇害，年四十二，則十八歲在吴末帝天紀三年（二七九），其時吴尚未滅，無由作周浚主簿。孝標謂蔡所論無陸機兄弟，其説是。

二一　人問王夷甫：「山巨源義理何如？是誰輩？」王曰：「此人初不肯以談

自居，然不讀老莊，時聞其詠，往往與其旨合。」〔一〕顧愷之畫贊曰：「濤有而不恃，〔二〕皆此類也。」

【校釋】

〔一〕「此人」數句　詠，言詠，此指清談。晉書七九謝安傳：「出則漁弋山水，入則言詠屬文，無處世意。」晉書三四羊祜傳：「祜樂山水，每風景，必造峴山，置酒言詠，終日不倦。」政事五注引虞預晉書謂山濤：「好莊老，與嵇康善。」品藻七一注引魏氏春秋：「於時之談，以阮爲首，王戎次之，山、向之徒，皆其倫也。」可見濤不以談自居，然在能談之列；不讀老莊，然喜好老莊。此與濤不學孫、吴，然論用兵之本而暗與之合（見晉書本傳）正同。

〔二〕有而不恃　出老子一〇章：「生而不有，爲而不恃，長而不宰：是謂元德。」王弼注「爲而不恃」句曰：「不禁其性，則物自濟，何爲之恃。」又釋「元德」曰：「凡言元德，皆有德而不志其主，出乎幽冥。」顧愷之畫贊稱濤「有而不恃」，是指濤之行事出乎幽冥，有德而不顯其德。本篇一〇注引顧愷之畫贊曰：「濤無所標明，淳深淵默，人莫見其際，而其器亦入道。」其意正與王衍品評山濤之語同。

二二　洛中雅雅有三嘏：劉粹字純嘏，宏字終嘏，漠字沖嘏，〔一〕是親兄弟，王安豐甥，並是王安豐女壻。宏，真長祖也。晉諸公贊曰：「粹，沛國人，〔二〕歷侍中、南中郎將。宏，歷秘書監、光禄大夫。」晉後略曰：「漠，少以清識爲名，與王夷甫友善，並好以人倫爲意。故世人許以才智之名。自相國右長史出爲襄州刺史，〔三〕以貴簡稱。」按劉氏譜，劉邠妻武周女，生粹、宏、漠，非王氏甥。〔四〕洛中錚錚馮惠卿，〔五〕名蓀，是播子。〔六〕晉後略曰：「播字友聲，長樂人，位至大宗正。生蓀。」八王故事曰：「蓀少以才悟，識當世之宜，蚤歷清職，仕至侍中，爲長沙王所害。」蓀與邢喬俱司徒李胤外孫，〔七〕及胤子順並知名。時稱「馮才清，李才明，純粹邢」。晉諸公贊曰：「喬字曾伯，河間人。有才學，仕至司隸校尉。順字曼長，仕至太僕卿。」〔八〕

【校釋】

〔一〕漠字沖嘏　程炎震云：「漠，魏志管輅傳作漢。晉書劉惔傳作演，皆形近之誤。以其字沖嘏推之，漠爲是也。」徐箋：「晉書劉惔傳作『潢』。案漠字沖嘏，則作『潢』非也。賞譽二九注引虞預晉書：『簡與嵇紹、劉漠等齊名。』晉書山簡傳作『劉謨』，字雖誤，其『莫』旁尚足證作『潢』之非。」

〔二〕粹　宋本誤作「椊」。

〔三〕襄州　王利器校：「案『襄州』疑當作『湘州』，晉有湘州無襄州。」

〔四〕「按劉氏譜」數句　考晉書四五武陔傳，武周子陔魏時已爲大臣，晉泰始初已爲宿齒。本篇一四記武陔目王戎、裴楷。據此推之，武陔必年長於王戎。劉氏譜謂劉邠妻武周女，生粹等三子。則三子年輩或與王戎相若。故僅以年齡而言，粹、宏、漠亦不可能爲王戎甥。至於世説此條稱三子「並是王安豐女婿」，則更無可能。

〔五〕錚錚　王叔岷補正：「案後漢書劉盆子傳，光武帝謂徐宣等曰：『卿所謂鐵中錚錚。』説文：『錚，金聲也。』段注：『後漢書曰：「鐵中錚錚。」鐵堅則其聲異也。』」

〔六〕「名蓀」二句　余箋：「晉書馮紞傳：『子播，大長秋。』晉書惠帝紀：『大安二年，乂殺馮蓀。』」

〔七〕李胤　余箋：「晉書李胤傳：『胤字宣伯，遼東襄平人。』」

〔八〕「順字曼長」二句　余箋：「魏志邢顒傳注引晉諸公贊曰：『顒曾孫喬，字魯伯，有體量局幹，美於當世。歷清職。元康中與劉渙俱爲尚書吏部郎，稍遷至司隸校尉。』晉書惠帝紀云：『光熙元年五月戊申，驃騎、范陽王虓殺司隸校尉邢喬。』又李胤傳云：『三子：固、真長、修。真長位至太僕卿。』蓋真長即曼長，或有二名。」徐箋：「此云『順字曼長』，殆即真長，傳失載其名耳。」朱注同。

二三　衛伯玉爲尚書令，見樂廣與中朝名士談議，奇之曰：「自昔諸人没已來，常恐微言將絶，今乃復聞斯言於君矣。」〔一〕命子弟造之，曰：「此人，人之水鏡也，〔二〕見之若披雲霧睹青天。」晉陽秋曰：「尚書令衛瓘見廣曰：『何平叔諸人没，常謂清言盡矣，今復聞之於君。』」王隱晉書曰：「衛瓘有名理，及與何晏、鄧颺等數共談講，見廣，奇之曰：〔三〕『每見此人則瑩然，猶廓雲霧而睹青天。』」〔四〕

【校釋】

〔一〕「自昔」三句　正始之音爲清談家嚮往之典範。於此可見西晉之初，王、何風流已爲人所仰慕。晉書三六衛瓘傳載：「咸寧初，徵拜尚書令，加侍中。」「太康初，遷司空，侍中、令如故。」此言衛伯玉爲尚書令，時在咸寧初或稍後，讚歎樂廣亦當在其時。又晉書四三樂廣傳曰：「父方，參魏征西將軍夏侯玄軍事。廣時年八歲，玄常見廣在路，因呼與語，還謂方曰：『向見廣神姿朗徹，當爲名士。卿家雖貧，可令專學，必能興卿門户也。』」考通鑑七四魏紀六，魏正始五年（二四四），征西將軍都督雍涼諸軍事夏侯玄與曹爽共興伐蜀之役。據正始五年樂廣八歲推算，廣生於魏明帝曹叡青龍五年（二三七）。樂廣傳曰：「方早卒，廣孤貧，僑居山陽，寒素爲業，人無知者……尤善談論，每以約言析理，以厭人之心，其所不知，默如也。」如以樂廣二十歲始談論，則時在魏甘露年間。樂廣傳又曰：「裴楷引廣共談，自夕申旦，雅相欽挹，歎曰：『我所不如也。』」裴楷遷河内太守，時在武帝登祚之後不久，泰始元年或二年（二六五或二六六）也。而此時樂廣年近三十，正僑居山陽，山陽河内所轄，裴楷遂得以引廣共談。據以上所考，衛瓘賞歎樂廣，當在武帝咸寧之初，不會遲至太康年間。再者，由衛瓘之言，亦可考察正始至晉初之清言嬗變。魏嘉平元年（二四九）何晏被殺，其年秋，王弼遇癘疾卒。何、王辭世，正始之音式微，此衛瓘「自昔諸人没已來，常恐微言將絶」二語所指也。然正始余風尚在，談者仍多。晉書四三王戎傳載：戎年十五，隨父王渾在郎舍，與阮籍清言。王戎卒于惠帝永興二年（三〇五），年七十二，年十五爲正始九年（二四八）。阮籍與王戎談，當在此時，而何、王尚在世。樂廣早年僑居山陽時談論，其時在魏甘露年間，距何、王之卒亦不足十年。王戎、樂廣、張華、裴楷、裴頠、郭象、王衍之流，皆是繼承何、王清言風氣之重要人物。衛瓘稱「常恐微言將絶」，非謂何、王之後清言斷絶，意謂正始以來之清言，大不如何、王之義理精微。然樂廣清言，識見新拔，言約旨遠，衛瓘見之，「若披雲霧睹青天」，故有正始微言，今復聞於君之歎。

〔二〕水鏡　莊子天道：「水静則明，燭鬚眉，平中准，大匠取法焉。水静猶明，而況精神。聖人之心静乎！天地之鑒也，萬物之鏡也。」諸葛忠武書一〇習鑿齒曰：「夫水至平而邪者取法，鏡至明而醜者亡怒。水鏡之所以能窮而無怨者，以其無私也。」晉書一二六秃髮傉檀傳：「每自恐，有累大人水鏡之明。」

〔三〕奇之曰　宋本無「之」字。

〔四〕青天　宋本、沈校本「天」下有「也」字。　李贄云：「如此人，極宜慨賞。」王楙云：「徐幹中論曰：『文王畋于渭水，遇太公釣，召而與之言，載之而歸。文王之識也，灼然如驅雲，霍然開霧而睹青天。』晉人蓋引此以美樂廣。」（野客叢書）

二四　王太尉曰：「見裴令公精明朗然，籠蓋人上，非凡識也。〔一〕若死而可作，當與之同歸。」或云王戎語。〔二〕禮記曰：「趙文子與叔譽觀于九原，文子曰：『死者如可作也，吾誰與歸？』鄭玄曰：『作，起也。』」

【校釋】

〔一〕「見裴令公」三句　精明，精細明察。　國語楚語下：「夫神以精明臨民者也，故求備物，不求豐大。」劉向説苑説叢：「鏡以精明，美惡自服，衡下無私，輕重自得。」裴楷傳謂楷「尤精老易」，「特精義理」，此「精明」是也。　非凡識，指裴楷有知人之鑒。　裴楷傳謂楷「明悟有識量」，初在河南，見樂廣而奇之。　又目夏侯玄、鍾會、傅嘏、山濤，皆精當入微（見本篇八）。

〔二〕或云王戎語　程炎震云：「楷爲中書令時，衍爲黄門郎，故稱爲令公。　若王戎則爲尚書僕射，名位相當矣。　云衍語爲是。」朱注：「案：此當是戎語，蓋王夷甫乃不喜楷者。」按，裴楷、王戎年歲相若，交情甚篤。據通鑑八二晉紀四，元康元年（二九一），安南將軍裴楷爲中書令，與王戎並管機要。此時楷、戎皆入老境，且相知已深，戎不太可能再發此語。王衍年輩稍晚，發此讚歎較爲合理。又晉書三五裴楷傳曰：「楷疾篤，詔遣黄門郎王衍省疾。楷回眸矚之曰：『竟未相識。』衍深歎其神儁。」據此，王衍之歎，當在楷死後，否則無以解「死而可作」二語。

二五　王夷甫自歎：「我與樂令談，未嘗不覺我言爲煩。」晉陽秋曰：「樂廣善以約言厭人心，其所不知，默如也。太尉王夷甫、光禄大夫裴叔則能清言，常曰：『與樂君言，覺其簡至，吾等皆煩。』」〔一〕

【校釋】

〔一〕皆煩　煩下宋本、沈校本有「也」字。　晉時清談以辭約旨達爲貴，樂廣爲首也。文學一二注引晉諸公贊：「侍中樂廣、吏部郎劉漢亦體道而言約。」同上一六：「樂廣辭約而旨達。」賞譽一三三注引王濛别傳曰：「濛性和暢，能清言，談道貴理中，簡而有會。」品藻九：「王夷甫以王東海比樂令。」注引江左名士傳曰：「承言理辯物，但明其旨要，不爲辭費，有識者伏其約而能通。」又言語三九記高坐道人不作漢語，有人問簡文，答曰：「以簡應對之煩。」晉書四九阮瞻傳謂瞻「遇理而辯，辭不足而旨有餘」。皆見清言推崇簡至，此與魏晉玄學「得意忘言」之説直接有關。

二六　郭子玄有儁才，能言老莊，庾敳嘗稱之，每曰：「郭子玄何必減庾子嵩。」〔一〕名士傳曰：「郭象字子玄，自黄門郎爲太傅主簿，〔二〕任事用勢，傾動一府。敳謂象曰：『卿自是當世大才，我疇昔之意，都已盡矣。』〔三〕其伏理推心，皆此類也。」

【校釋】

〔一〕「郭子玄有儁才」數句　文學一五注引晉陽秋記庾敳「自謂是老莊之徒」，而郭象「善老莊，時人以爲王弼之亞」（晉書五〇郭象傳），故敳欣賞之。

〔二〕自黄門郎　宋本無「自」字。按，郭象先爲黄門侍郎，後爲太傅主簿。當有「自」字，語意方明。

〔三〕「卿自是當世大才」三句　余箋：「晉書郭象傳云：『東海王越引爲太傅主簿，甚見親委，遂任職當權，熏灼内外，由是素論去之。』又荀晞傳：『晞上表曰：「東海王越得以宗臣遂執朝政，委任邪佞，寵樹奸黨，致使前長史潘滔、從事中郎畢邈、主簿郭象等操弄天權，刑賞由己。」』云云，此庾子嵩所以失望也。」按，庾子嵩所謂「疇昔之意」，當指前之「郭子玄何必滅庾子嵩」之讚語。余箋謂郭象當權，以致子嵩失望，然名士傳記庾讚譽郭「當世大才」，並「服理推心」，似無失望之意。

二七　王平子目太尉：「阿兄形似道，而神鋒太儁。」〔一〕太尉答曰：「誠不如卿落落穆穆。」〔二〕王隱晉書曰：「澄通朗好人倫，〔三〕情無所繫。」〔四〕

【校釋】

〔一〕神鋒太儁　品藻三一：簡文云「嵇叔夜儁傷其道」。「形似道」者，意謂看似合道。而道之體平夷沖虚，淵深莫測，無可無不可，「神鋒太儁」，就未免「儁傷其道」。

〔二〕落落　後漢書一九耿弇傳：「常以爲落落難合。」李賢注：「落落，猶疏闊也。」李充吊嵇中散文：「神蕭蕭以宏遠，志落落以遐逸。」文選左思詠史詩：「落落窮巷士，抱影守空廬。」李善注：「落落，疏寂貌。」穆穆，詩大雅文王：「穆穆文王。」傳：「穆穆，美也。」王世懋云：「兄弟間品題略盡。」

〔三〕通朗　魏晉人物審美範疇之一，起於漢末。通者，不泥滯於物。朗者，明亮或清澈之謂。詩大雅既醉：「昭明有融，高朗令終。」毛傳：「朗，明也。」袁宏後漢紀二三：郭林宗「其聰識通朗，高雅密博，今之華夏，鮮見其儔。」晉書七四桓彝傳：「性通朗，早獲盛名。」賞譽六五注引徐江州本事：「通朗有德素。」又，「通朗」之外又有「朗拔」、「朗詣」、「朗徹」、「清朗」、「爽朗」、「卓朗」、「濬朗」等詞，意義稍異。人倫，即人倫識鑒，指品題人物。品藻一一注引晉陽秋：「（澄）兄夷甫有盛名，時人許以人倫識鑒。」晉書四三王澄傳：「有經澄所題目者，衍不復有言，輒云：『已經平子矣。』」此所謂平子好人倫。蜀志龐統傳：「性好人倫，勤於長養。」吳書陸瑁傳：「（瑁）子喜亦涉文籍，好人倫。」晉書四五武陔傳：「陔好人倫，與潁川陳泰友善。」以上「好人倫」皆指喜好品鑒人物。

〔四〕繫　原作「擊」，宋本作「係」。按，「繫」同「係」，作「繫」是，今據改。

二八　太傅府有三才：劉慶孫長才，晉陽秋曰：「太傅將召劉輿，或曰：『輿猶膩也，近將汙人。』〔一〕太傅凝而禦之。〔二〕輿乃密視天下兵簿，諸屯戍及倉庫處所，〔三〕人穀多少，牛馬器械，水陸地形，皆默識之。是時軍國多事，每會議事，自潘滔以下皆不知所對。輿便屈指籌計所發兵仗處所、糧廩運轉，事無凝滯。〔四〕於是太傅遂委仗之。」潘陽仲大才，裴景聲清才。八王故事曰：「劉輿才長綜核，潘滔以博學爲名，〔五〕裴邈强立方正，〔六〕皆爲東海王所昵，俱顯一府。故時人稱曰：『輿長才，滔大才，邈清才也。』」〔七〕

【校釋】

〔一〕汙人　汙，宋本誤作「汗」。

〔二〕凝而禦之　凝，宋本、沈校本、晉書六二劉輿傳並作「疑」。按，作「疑」是。禦，徐箋：「禦，止也。見左傳昭公二十六年杜注。」

〔三〕屯戎　戎，宋本作「戍」。方一新世説新語斠詁：「『屯戍』指派兵駐守邊境，是漢魏六朝習語。如史記平準書：『匈奴數侵盜北邊，屯戍者多，邊粟不足。』漢書文帝紀：『今縱不能罷邊屯戍，又飭兵厚衛，其罷衛將軍軍。』（下略）而『屯戎』則義晦矣。」按，作「屯戍」是。

〔四〕凝滯　徐箋：「『凝』字各本皆同，恐爲『疑』字之誤。」按，事無凝滯，謂辦事流利無礙。周易經傳集解三〇：「人情喜悦，則血氣流通，離散於四體而無所凝滯。」史記八四屈原賈生列傳：「夫聖人不凝滯於物，而能於世推移。」晉陽秋謂「輿屈指籌計所發兵仗處所、糧廩運轉」，正指其才長幹練，辦事麻利。故「凝滯」不誤。

〔五〕潘滔　晉書無傳，爲司馬越長史司馬（見司馬越傳），言聽計從。晉書六一苟晞傳載晞上表稱司馬越「委任邪佞，寵樹奸黨」。潘滔其一也。尚書何綏、中書令繆播、太僕繆允、黄門侍郎應紹，皆爲潘滔妄構，陷以重戮。

〔六〕强立　立，王刻本作「力」。裴邈，晉書無傳，不詳。余箋：「此三人者，劉輿最爲邪鄙。裴邈事蹟不甚詳。惟潘滔能識王敦，可謂智士。要之爲司馬越所昵，輔之爲惡，皆非君子也。」

〔七〕清才也　沈校本無「也」字。

二九　林下諸賢，各有儁才子。籍子渾，器量弘曠。世語曰：「渾字長成，清虚寡欲，〔一〕位至太子中庶子。」康子紹，清遠雅正。〔二〕已見。濤子簡，疏通高素。虞預晉書曰：「簡字季倫，平雅有父風，與嵇紹、劉漠等齊名。〔三〕遷尚書，出爲征南將軍。」咸子瞻，虚夷有遠志。〔四〕瞻弟孚，爽朗多所遺。〔五〕名士傳曰：「瞻字千里，夷任而少嗜欲，不修名行，自得於懷，讀書不甚研求而識其要。仕至太子舍人，年三十卒。」中興書曰：「孚風韻疏誕，〔六〕少有門風。初爲安東參軍，蓬髮飲酒，不以王務嬰心。」秀子純、悌，並令淑有清流。竹林七賢論曰：「純字長悌，位至侍中。悌字叔遜，位至御史中丞。」晉諸公贊曰：「洛陽敗，純、悌出奔，爲賊所害。」戎子萬子，有大成之風，苗而不秀。〔七〕晉諸公贊曰：「王綏字萬子，辟太尉掾，不就，年十九卒。」晉書曰：「戎子萬，有美號而太肥，戎令食糠，而肥愈甚也。」〔八〕唯伶子無聞。凡此諸子，唯瞻爲冠，紹、簡亦見重當世。

【校釋】

〔一〕清虚　魏晉人格審美範疇之一，意指恬静寡欲。魏志管寧傳：「太中大夫管寧，耽懷道德，服膺六藝，清虚足以侔古，廉白可以當世。」晉書九簡文帝紀：「及長，清虚寡欲，尤善玄言。」晉書四九阮瞻傳：「性清虚寡欲，自得於懷。讀書不甚研求，而默識其要。」晉書七五王承傳：「安期清虚寡欲，無所修尚。」

〔二〕清遠　魏晉人格審美範疇之一。參見言語三四。

〔三〕劉漠　漠，沈校本作「謨」。程炎震云：「漠即沖嘏，今晉書簡傳誤作謨。」

〔四〕虚夷　謂恬淡無欲。晉書四九阮瞻傳謂瞻「清虚寡欲，自得於懷」，識者歎其恬淡，而又「夷退無競」。名士傳言瞻「夷任少嗜欲」。此皆虚夷之謂。遠志，玄遠之志趣。李充吊嵇中散：「神肅肅以弘遠，志落落以遐逸。忘尊榮以華堂，括卑静於蓬室。」阮瞻虚夷無競，遺忘世榮，此即「遠志」。張撝之譯注及張萬起、劉尚慈譯注皆釋爲「遠大志向」，恐不確。

〔五〕遺　謂遺落世榮。按，晉人多以遺落世事爲高。嵇康答難養生論：「遺世坐忘，以寶性全真。」晉書五〇庾敳傳：「爲陳留相，未嘗以事嬰心，從容酣暢，寄通而已。」陶淵明飲酒詩其七：「泛此忘憂物，遠我遺世情。」

〔六〕疏誕　義同「疏放」，謂疏略放誕。中興書稱孚「蓬髮飲酒」，即疏誕也。

〔七〕苗而不秀　王叔岷補正：「論語子罕：『子曰：苗而不秀者有矣乎！秀而不實者有矣乎！』邢疏：『此章亦以顔淵早卒，孔子痛惜之，爲之作喻。』後漢書章帝八王傳：「振振子孫，或秀或苗。」李賢注：「苗爲早夭，秀爲成長也。」」

〔八〕「戎子萬」四句　晉人以肥爲醜。晉書四九羊曼傳：「豫章太守史疇，以大肥爲笨伯。」

三〇　庾子躬有廢疾，〔一〕甚知名，家在城西，號曰「城西公府」。〔二〕虞預晉書曰：「琮字子躬，潁川人，太常峻弟二子，〔三〕仕至太尉掾。」

【校釋】

〔一〕廢疾　周禮注疏一一：「以辨其貴賤老幼廢疾。」鄭玄注：「廢疾，謂癃病也。」儀禮注疏一一鄭玄注：「仕焉而已者，謂老若有廢疾而致仕者也。」按，疑庾子躬亦因廢疾致仕，家於城西。

〔二〕城西公府　程炎震云：「棲逸篇注：『李歆常爲二府掾，故號李公府。』此云城西公府，亦以琮嘗爲太尉掾也。」按，後漢書八靈帝紀：「公府駐駕廡自壞。」李賢注：「公府，三公府也。」後漢書百官志：「東西曹掾比四百石，餘掾比三百石，屬比二百石，故曰公府掾。」庾琮城西之家號曰「城西公府」，此公府乃「公府掾」之省稱，非琮位爲三公也。

〔三〕弟二子　弟，通「第」。徐箋：「晉書庾峻傳：『子二：珉、敳。』不言官太常及有子名琮，蓋傳失載。潁川鄢陵庾氏譜敍峻官閥云：晉秘書監、御史中丞、侍中、諫議大夫、常侍。亦不言太常。」按，查庾氏譜，峻三子：珉、琮、敳。又文學一五注引晉陽秋曰：「庾敳字子嵩，潁川人，侍中峻第三子。」亦與虞預晉書合。本篇四〇孝標注亦曰：「子躬，子嵩兄也。」可證琮確爲峻第二子，今本晉書失載。

三一　王夷甫語樂令：「名士無多人，故當容平子知。」〔一〕王澄別傳曰：「澄風韻邁達，志氣不羣。從兄戎、兄夷甫名冠當年，四海人士一爲澄所題目，則二兄不復措意，云已經平子。其見重如此。是以名聞益盛，天下知與不知，莫不傾注。澄後事蹟不逮，朝野失望，及舊遊識見者，猶曰當今名士也。」〔二〕

【校釋】

〔一〕「名士無多人」二句　意謂名士不要任意讚譽人，應讓平子知之。多，稱讚，讚美。莊子秋水：「伯夷辭之以爲名，仲尼語之以爲博，此其自多也，不似爾向之自多於水乎？」史記六二管晏列傳：「天下不多管仲之賢而多鮑叔能知人也。」

〔二〕「澄後」數句　晉書四三王澄傳載：澄既作荆州刺史，日夜飲酒，不親庶事，以至逼益、梁流人反。澄雖損兵折將，猶縱酒如常，於是上下離心，内外怨叛。澄望實俱損，猶傲然自得，最後竟棄州而走。所謂「事蹟不逮」蓋指此。澄「名冠當年」，實荷名士之虚名。鍾惺云：「吠聲捉影，漢末以來自有此一等習氣。」

三二　王太尉云：「郭子玄語議如懸河寫水，注而不竭。」〔一〕名士傳曰：「子玄有儁才，能言莊、老。」

【校釋】

〔一〕「王太尉云」三句　余箋：「書鈔九八引語林云：『王太尉問孫興公曰：「郭象何如人？」答曰：「其辭清雅，奕奕有餘。吐章陳文，如懸河注水，注而不竭。」』以爲孫綽之語，與此不同。」按，此王太尉是王夷甫，不容有問孫興公事。語林所記不確。

三三　司馬太傅府多名士，一時儁異。〔一〕庾文康云：〔二〕「見子嵩在其中，常自神王。」〔三〕晉陽秋曰：「敳爲太傅從事中郎。」

【校釋】

〔一〕「司馬太傅」二句　太傅司馬越府中名士有謝鯤、胡毋輔之、光逸、庾敳、郭象、劉輿、潘滔、裴邈、裴遐、王敦、王承、鄧攸、阮瞻、阮孚、阮修、趙穆、閻鼎諸人，皆一時儁異。晉書五九東海王越傳：「越專擅威權，圖爲霸業，朝賢素望，選爲佐吏，名將勁卒，充於己府，不臣之跡，四海所知。」王敦謂所親曰：「今威權悉在太傅。」（見晉書九八王敦傳）越府中多名士，乃名士於亂世中無處可依，而越獨擅威權，故紛紛攀附，暫以棲身耳。

〔二〕庾文康　庾亮謚文康，庾敳從子。

〔三〕神王　同神旺，指精神旺盛。莊子養生主：「不蘄畜乎藩中，雖神王不善也。」成玄英疏：

「心神長王，志氣盈豫。」晉書七二郭璞傳：「形廢則神王。」按，從父之中，庾亮似最傾心於庾敳。讀本篇四二、四三可知。蓋庾敳最具名士風度，與庾亮性相近故也。

三四　太傅東海王鎮許昌，〔一〕以王安期爲記室參軍，雅相知重。敕世子毗曰：「夫學之所益者淺，體之所安者深。〔二〕閑習禮度，不如式瞻儀形；諷味遺言，不如親承音旨。王參軍人倫之表，汝其師之。」〔三〕或曰：「王、趙、鄧三參軍人倫之表，汝其師之。」謂安期、鄧伯道、趙穆也。〔四〕趙吳郡行狀曰：「穆字季子，汲郡人。貞淑平粹，〔五〕才識清通，歷尚書郎、太傅參軍。代太傅越與穆及王承、〔六〕阮瞻、鄧攸書曰：『禮，八歲出就外傅，十年曰幼學，〔七〕明可以漸先王之教也。然學之所受者淺，體之所安者深，是以閑習禮度，不如式瞻軌儀；諷味遺言，不如親承辭旨。小兒毗既無令淑之資，未聞道德之風，欲屈諸君，時以閑豫，周旋燕誨也。』穆歷晉明帝師、冠軍將軍、吳郡太守，封南鄉侯。」袁宏作名士傳直云王參軍。或云趙家先猶有此本。〔八〕

【校釋】

〔一〕「太傅」句　據晉書五九東海王越傳、晉書五懷帝紀，永嘉元年（三〇七），東海王越出鎮許昌。

〔二〕體　體性，德性。楊修答臨淄侯牋：「非夫體通性達，受之自然，其孰能至於此乎？」賞譽三注引汝南先賢傳：許虔「體尚高潔」。賞譽一四三：「君家藍田，舉體無常人事。」品藻六五：「不知者不負其才，知之者無取其體。」下云「式瞻儀形」、「親承音旨」，猶親承身教之意。司馬越之言，意謂言教所益者淺，身教所安者深。

〔三〕「閑習禮度」數句　劉辰翁云：「甚善，有味。」

〔四〕「或曰」數句　程炎震云：「今晉書阮瞻傳作『瞻與王承、謝鯤、鄧攸俱在越府，越與瞻書。』而王承傳則與此同。蓋兩存之。文選竟陵王行狀注引何法盛晉中興書亦與此同，蓋臨川所取也。」余箋：「此當出於王隱晉書。書鈔六九引王晉書：『王承爲東海王越記室。越與世子毗敕曰：「王參軍人倫之表。」』王晉書即王隱晉書。是記此事者，不始于何法盛。且世説明云袁宏作名士傳『直云王參軍』，則臨川實取之名士傳。據沈約自序，何法盛爲宋世祖時人，年輩當尚在臨川之後，安得取其書乎？」按，余箋謂記此事不始于何法盛，其説是。然稱劉義慶安得取何書，恐不儘然。考南史三三徐廣傳，廣於義熙十二年撰成晉紀，表上之；而廣卒於元嘉二年。時高平郗紹亦作晉中興書，數以示何法盛，法盛乘郗疏忽，竊其稿本爲己有。據上可推知何法盛晉中興書行世當不晚于元嘉初。而義慶編世説在元嘉中後期，完全可能得見何書。又何晉中興書唯稱「王參軍」，不言有謝鯤、鄧攸。世説雖取王隱晉書、袁宏名士傳及何法盛晉中興書，又「或曰」、「或云」，其意蓋兩存之。

〔五〕貞淑　貞，宋本、沈校本並作「真」。

〔六〕代　王刻本作「後」。據上下文意，當作「後」是。

〔七〕十年曰　曰原作「日」，宋本、沈校本並作「曰」。按，當作「曰」是。今據改。

〔八〕或云趙家先猶有此本　程炎震云：「全晉文一三八張湛列子注序『尋從輔嗣女婿趙季子家得六卷』，蓋即趙穆。輔嗣以嘉平元年卒，至永嘉二年已六十年。穆過江初，當暮齒矣。即於三參軍中，亦最爲老宿也。」

三五　庾太尉少爲王眉子所知。〔一〕庾過江，歎王曰：「庇其宇下，使人忘寒暑。」〔二〕晉諸公贊曰：「玄少希慕簡曠。」八王故事曰：「玄爲陳留太守，或勸玄過江投琅邪王，玄曰：『王處仲得志於彼，家叔猶不免害，豈能容我？』謂其器宇不容於敦也。」〔三〕

【校釋】

〔一〕王眉子　見識鑒一二。

〔二〕「使人忘寒暑」　喻温煦宜人。蕭艾世説探幽：「庾亮生於晉武帝太康十年。永嘉初隨父渡江，年已弱冠，其受知王眉子，當在十五六歲時。」（世説探幽第四一四頁）按，庾亮賞譽王玄又見裴啓語林：「庾公曰：『王眉子非唯事事勝於人，佈置鬚眉亦勝人。我輩皆出其轄下。』」（周楞伽輯本，文化藝術出版社，一九八八年）以爲王眉子不僅事事勝人，修飾容貌亦勝人。庾亮盛讚眉子，殆報其知己之遇歟？

〔三〕「家叔猶不免害」三句　徐箋：「家叔謂王澄，澄爲衍之弟，事見方正三一注。眉子不重其叔（見輕詆一），故云：『家叔猶不免害，豈能容我？』」按，王澄被害見方正三一注引晉陽秋。據通鑑八八晉紀一〇，澄以永嘉六年卒，王敦時爲揚州刺史，眉子所謂「得志於彼」。玄簡曠有豪氣（見晉書本傳），故以爲不容於敦。

三六　謝幼輿曰：「友人王眉子清通簡暢，嵇延祖弘雅劭長，董仲道卓犖有致度。」〔一〕王隱晉書曰：「董養字仲道，太始初到洛，不干禄求榮。〔二〕永嘉中，洛城東北角步廣里中地陷，中有二鵝，蒼者飛去，白者不能飛。問之博識者，不能知。養聞，歎曰：『昔周時所盟會秋泉，〔三〕此地也。卒有二鵝，蒼者胡象，後明當入洛。〔四〕白者不能飛，此國諱也。』」〔五〕謝鯤元化論序曰：「陳留董仲道於元康中見惠帝廢楊悼后，〔六〕升太學堂歎曰：『建此堂也，將何爲乎？〔七〕每見國家赦書，謀反逆皆赦，孫殺王父母，子殺父母不赦，以爲王法所不容也。奈何公卿處議文飾禮典，以至此乎？〔八〕天人之理既滅，大亂斯起。』顧謂謝鯤、阮孚曰：『易稱知幾其神乎，君等可深藏矣。』乃與妻荷擔入蜀，莫知其所終。」〔九〕

【校釋】

〔一〕卓犖　超絶出衆。亦作「卓躒」，常用以品藻人物。後漢書四〇班固傳：「卓犖乎方州，羡溢乎要荒。」李賢注：「卓犖，殊絶也。」孔融薦禰衡表：「英才卓躒。」晉書六七郗超傳：「少卓犖不羈，有曠世之度。」致度，理致之涵養。致，謂事理之深奥。陸機文賦：「或文繁理富，而意不指適；極無兩致，盡不可益。」本條注引王隱晉書敍董養識二鵝知「胡當入洛」，以及謝鯤元化論記董見大亂將起，顧謂謝鯤、阮孚曰「君等可深藏」，此即所謂「有致度」，透過事物之表像，而知幾者也。或釋「致度」爲風度，恐不確。

〔二〕不　原作「下」。沈校本作「不」。按，當作「不」，據沈校本改。

〔三〕秋泉　秋，宋本、沈校本並作「狄」。按，當作狄泉，或作「翟泉」。春秋左傳注疏五〇：「天王居於狄泉。」杜注：「狄泉，今洛陽城内大倉西南池水也，時在城外。」

〔四〕後明　明，宋本作「胡」。王先謙校：「明當爲胡，晉書卷五五行志中、董養傳、御覽咎征部七、羽族部六均引，不全。惟唐人琱玉集怪異篇引晉書云：『蒼者，胡象，胡當大盛。』語意正同，則『明』爲『胡』之誤無疑。明陳耀文天中記五八引王隱晉書亦作『後明當入洛』，則其沿誤久矣。」按，劉敬叔異苑四正作「胡」。

〔五〕國諱　世説箋本：「晉，金德，尚白。金克木，木色蒼，故爲制。今蒼者勝，白者負，是國家所諱也。」

〔六〕廢楊悼后　晉書三一武悼楊皇后傳載：楊皇后名芷，字季蘭，楊駿之女。惠帝后賈南風忌駿執權，誣駿爲亂，矯詔殺之，並誣楊皇后同逆。賈后又諷羣公廢楊后爲庶人，遷之金墉城，絕膳而崩，時年三十四。其時爲元康二年（二九二）二月見晉書四惠帝紀。

〔七〕「升太學堂歎曰」三句　程炎震云：「晉書董養傳：『及楊皇后廢，養因遊太學，升堂歎曰云云。因著無化論以非之。』此則元化當作无化。養作論而鯤序之也。」通鑑八二胡注：「言庠序所以申孝弟之義，今滅母子之大倫，則建學果何爲也。」

〔八〕「每見國家赦書」數句　世說抄撮：「言一切皆赦，而獨不赦殺祖父母、父母，其罪不容于王法也。今天子廢其母，公卿從而文飾之，何其悖也。」

〔九〕「顧謂謝鯤」數句　董仲道顧謂謝鯤及入蜀隱居事，據注引王隱晉書及晉書九四董養傳，當在懷帝永嘉中，唯不知確切之年。惠帝元康二年（二九二）謝鯤年僅十三，董仲道即勸其知幾而深藏，恐不合情理。而謝鯤元化論序亦當作於永嘉中。「顧謂謝鯤」數句，疑爲王隱晉書中語，接于「此國諱也」句下，今本爲謝鯤元化論序，恐是誤植。

三七　王公目太尉：〔一〕「巖巖清峙，壁立千仞。」〔二〕顧愷之夷甫畫贊曰：「夷甫天形瓌特，識者以爲巖巖秀峙，壁立千仞。」

【校釋】

〔一〕王公　程炎震云：「此王公當是茂宏，晉書則直用顧語。」

〔二〕清峙　清妙高峙。按，以山峰高峙喻人之精神風貌，乃漢晉品題人物所常見。見本篇一校釋。

三八　庾太尉在洛下，問訊中郎，庾敳。中郎留之云：「諸人當來。」尋溫元甫、晉諸公贊曰：「溫幾字元甫，太原人，才性清婉。歷司徒右長史、湘州刺史，卒官。」劉王喬、〔一〕曹嘉之晉紀曰：「劉疇字王喬，彭城人，父訥，司隸校尉。疇善談名理，曾避亂塢壁，〔二〕有胡數百欲害之。疇無懼色，援笳而吹之，〔三〕爲出塞、入塞之聲，以動其遊客之思。於是羣胡皆泣而去之。〔四〕位至司徒左長史。」裴叔則俱至，酬酢終日。庾公猶憶劉、裴之才儁，元甫之清中。〔五〕中，一作平。〔六〕

【校釋】

〔一〕劉王喬　程炎震云：「晉書劉隗傳云：『隗伯父訥，字令言。子疇，永嘉中位至司徒左長史，尋爲閻鼎所殺。』文選王文憲集序注引晉諸公贊曰：『傅宣定九品未訖，劉疇代之，悉改宣法。於是人人望品，求者奔競。』即此劉王喬也。傅宣以懷帝即位轉吏部郎。疇之代宣，晉書略之。」

〔二〕曾避亂塢壁　晉書六〇閻鼎傳載，司徒左長史劉疇在密爲塢主。通鑑八七晉紀九記此事在懷帝永嘉五年（三一一）。劉疇避亂塢壁而吹笳退敵或在此時。

〔三〕笳　指胡笳。御覽五八一引晉先蠶儀注曰：「胡笳，漢書録有其曲，不記所出本末。笳者，胡人捲蘆葉吹之以作樂也，故謂胡笳。」

〔四〕爲出塞四句　李慈銘云：「案晉書劉琨傳言『琨在晉陽，嘗爲胡騎所圍。琨乃乘月登樓清嘯，賊聞之，皆淒然長歎。中夜奏胡笳，賊又流涕歔欷，有懷土之切。向曉復吹之』。此以爲劉疇事。疇晉書附劉隗傳，亦載此事。兩事相同，又皆劉姓，蓋傳聞各異。」按，胡笳袪敵，並非虚造或誇張。笳聲感人至深，當時文學作品亦多有反映。如藝文類聚四四引杜摯笳賦、孫楚笳賦、夏侯湛夜聽笳賦。兹録孫楚笳賦曰：「銜長葭以泛吹，噭啾啾之哀聲。奏胡馬之悲思，詠北狄之遐征。順谷風以撫節，飄逸響乎天庭。徐疾從宜，音引代起，叩角動商，鳴羽發征。若夫廣陵散吟，三節白紵，太山長曲，哀及梁父。似鴻鴈之將雛，乃羣翔於河渚。」

〔五〕「庾公猶憶」二句　程炎震云：「庾敳死於永嘉五年，亮時年二十三，雖早從父過江，容能憶洛下時事。若裴楷死時，亮才數歲，縱能追爲題目，焉得憶其酬酢耶？」按，晉書三五裴楷傳不記楷卒年。據通鑑八二，元康元年楷爲中書令。裴楷傳言楷不樂處勢，妻父王渾上表，不聽；又加光禄大夫，開府儀同三司。通鑑謂渾卒于元康七年（二九七），則渾上表當在此年之前。楷可能卒於加光禄大夫不久，庾亮才四五歲，憶他人之才儁清平確不可信。

〔六〕中　當作「平」。清平，清廉平允。後漢書二七郭丹傳：丹「再遷并州牧，有清平稱」。晉書四五任愷傳言愷子罕「以淑行致稱，爲清平佳士」。文選補遺一一范甯陳時政疏：「守宰之任，宜得清平之人。」

三九　蔡司徒在洛，〔一〕見陸機兄弟住參佐廨中，三間瓦屋，士龍住東頭，士衡住西頭。士龍爲人文弱可愛，士衡長七尺餘，聲作鍾聲，言多忼慨。〔二〕文士傳曰：「雲性弘静，怡怡然爲士友所宗。機清厲有風格，〔三〕爲鄉黨所憚。」

【校釋】

〔一〕蔡司徒在洛　趙西陸云：「按御覽卷一八一又卷三八八引『在』上有『説』字，是。『洛』下有『陽』字。」程炎震云：「機、雲死于惠帝大安二年癸亥，謨年十九矣。謨父子尼與士衡同仕于成都王穎。士衡之死，子尼救之，其投分爲不淺矣。」按，陸侃如中古文學繫年「晉惠帝永寧元年」條謂是年成都王司馬穎以陸機爲司馬，參大將軍軍事。姜亮夫陸平原年譜同，又謂太安元年（三〇二）司馬潁將討齊王冏，以陸雲爲前鋒都督。此時兄弟倆同在洛，任參佐廨中，故蔡謨得以見之。

〔二〕忼慨　忼，宋本作「慷」。朱注：「案，『忼』同『慷』。」按，盧志於衆坐稱陸機父祖之名而挑釁之，機以牙還牙，雲則委曲求全（見方正一八），由此可見機、雲個性各異。

〔三〕清厲　耿介有骨鯁。亦爲當時人格審美範疇之一。文選馬融長笛賦：「激朗清厲，隨光之介也。」李善注：「激切明朗，清而能厲。厲，烈。」後漢書四五周榮傳：「（周興）孝友之行，著於閭門；清厲之志，聞於州里。」晉書四五崔洪傳：「洪少以清厲顯名，骨鯁不同於物，人之有過輒面折之。」按，陸機風格「清厲」，正類崔洪。

四〇　王長史是庾子躬外孫，〔一〕王氏譜曰：「濛父訥，娶潁州庾琮之女，〔二〕字三壽也。」丞相目子躬云：「入理泓然，我已上人。」〔三〕子躬，子嵩兄也。

【校釋】

〔一〕外孫　世説抄撮曰：「此蓋是丞相向長史言之也。」

〔二〕潁州　州，宋本作「川」。按作「川」是。本篇三〇注引虞預晉書曰：「琮字子躬，潁川人。」

〔三〕入理　猶得理也。御覽六五五引高僧傳：「夫象以盡意，得意則象忘。言以詮理，入理則言息。」泓然，水深邃貌，喻子躬言理深邃。我已上人，謂在我之上人。

四一　庾太尉目庾中郎：「家從談談之許。」〔一〕名士傳曰：「敳不爲辨析之談，而舉其旨要，太尉王夷甫雅重之也。」〔二〕一作「家從談之祖」。「從」，一作「誦」。「許」，一作「辭」。〔三〕

【校釋】

〔一〕「庾太尉」二句　庾中郎，庾敳。中郎，本篇三三注引晉陽秋曰：「敳爲太傅從事中郎。」非指行第爲第二。劉盼遂云：「按傷逝篇：『羊孚卒，桓玄與羊欣書曰：賢從情所信寄，暴疾而殞。』注引羊氏譜曰：『孚即欣從祖。』庾亮與庾敳行輩無可考。據家從之言，知敳爲亮祖父行也。」程炎震云：「敳與亮父琛皆庾道之孫。亮爲敳之族子，敳爲從父矣，故曰家從。」按，程説是。劉盼遂依羊氏譜而推斷敳爲亮祖父行，其實羊氏譜有脱字，羊孚與羊欣爲再從兄弟（詳見傷逝一八）。李詳云：「談談猶沉沉，謂言論深邃也。史記陳涉世家：『涉之爲王沉沉者。』索隱：『應劭以爲沉沉，宮室深邃貌，音長含反。劉伯莊以沉沉猶談談，猶俗云談談漢。』是伯莊唐人，偶舉俗語。是晉人之稱，尚至唐代。要皆指爲深邃，或狀人物，或指言論，皆可通也。」云笈七籤八七：「言深爲語，語深爲談，談深爲論。」談談，乃重言之，謂深深之談也。

〔二〕「敳不爲辨析之談」三句　王衍雅重庾中郎，與稱歎樂廣意同，皆賞其清言簡至。

〔三〕許　王世懋云：「注已不可解。按史記：『涉之爲王沉沉者。』注：『沉沉，猶談談，俗言深也。』談談二字見此，意言深深見許也。」以爲許爲見許之許。朱注：「惟『許』字不可解。」徐箋：「『之許』仍難通，恐有訛奪。」楊箋：「之許，義難明，其於孝標作注時已見混淆。故有『一作』之語。」或謂「許」指地方、處所。然「許」若作處所解，則「家從談談之許」當釋爲「從父是言談深邃之地」，顯然不成語。疑此句或從一作「家從談之祖」。祖，初始；開始。漢書二四上食貨志上：「舜命后稷以黎民祖飢。」顔師古注引孟康曰：「祖，始也。黎民始飢，命棄爲稷官也。」「談之祖」，謂（庾氏）清言之祖也。庾敳父庾峻，「潛心儒典」，「疾世浮華，不修名實，著論以非之」（詳見晉書本傳）。然庾敳一反乃父作風，喜老莊，言談深邃。品藻五八：「劉尹目庾中郎：『雖言不愔愔似道，突兀差可以擬道。』」可證庾敳能清言也。故庾亮目爲庾氏一族中清言始祖。

四二　庾公目中郎：「神氣融散，差如得上。」〔一〕晉陽秋曰：「敳頽然淵放，莫有動其聽者。」〔二〕

【校釋】

〔一〕差如　略如，尚如。

〔二〕聽　耳目。荀子議兵：「且仁人之用十里之國，則將有百里之聽。」楊倞注：「聽，猶耳目也，言遠人自爲其耳目。」莫有動其聽者，指散心神淡定，無有能動其耳目者。劉辰翁云：「此神氣又似矜傲。」

四三　劉琨稱祖車騎爲朗詣，〔一〕曰：「少爲王敦所歎。」〔二〕虞預晉書曰：〔三〕「逖字士稚，〔四〕范陽遒人。豁蕩不修儀檢，輕財好施。」晉陽秋曰：「逖與司空劉琨俱以雄豪著名。年二十四，〔五〕與琨同辟司州主簿，情好綢繆，共被而寢。中夜聞雞鳴，俱起曰：『此非惡聲也。』〔六〕每語世事，則中宵起坐，〔七〕相謂曰：『若四海鼎沸，豪傑共起，吾與足下相避中原耳。』爲汝南太守，值京師傾覆，率流民數百家南度，行達泗口，安東板爲徐州刺史。〔八〕逖既有豪才，常忼慨以中原爲己任，乃説中宗雪復神州之計，〔九〕拜爲豫州刺史，使自招募。逖遂率部曲百餘家北度江，誓曰：『祖逖若不清中原而復濟此者，有如大江！』〔一〇〕攻城略地，招懷義士，屢摧石虎，虎不敢復窺河南。石勒爲逖母墓置守吏。劉琨與親舊書曰：『吾枕戈待旦，志梟逆虜，常恐祖生先吾著鞭耳。』會其病卒。〔一一〕先有妖星見豫州分，逖曰：『此必爲我也！天未欲滅寇故耳！』〔一二〕贈車騎將軍。」

【校釋】

〔一〕朗詣　魏晉人格審美範疇之一，指聰明秀出，徑造至理。朗，明亮；詣，超詣。南史三六羊玄保傳：「府公王弘甚知重之，謂左長史庾登之、吏部尚書王淮之曰：『卿二賢明美朗詣，會悟多通。』」張萬起、劉尚慈譯注釋「朗詣」爲「開朗豪放」，恐不確。

〔二〕「少爲」句　晉陽秋謂「逖與司空劉琨俱以雄豪著名」，王敦豪爽，性與祖逖相近，故稱歎之。

〔三〕虞預晉書　宋本、沈校本並無「晉」字。按，當有「晉」字。

〔四〕逖字士穉　逖上宋本、沈校本並有「祖」字。

〔五〕年二十四　據晉書六元帝紀，大興四年（三二一）九月，豫州刺史祖逖卒。晉書六二祖逖傳謂逖卒時年五十六。由此推知，太康十年（二八九）逖年二十四。

〔六〕「中夜聞雞鳴」三句　余箋：「文選集注六三引續文章志云：『早與祖友善，嘗二大角枕同寐，聞雞夜鳴，憙而相蹋，逖遂墜地。』嘉錫案：開元占經一一五引京房曰：『雞夜半鳴，有軍。』又曰：『雞夜半鳴，流血滂沱。』蓋時人惡中夜雞鳴爲不祥。逖、琨素有大志，以兵起世亂，正英雄立功名之秋，故喜而相蹋，且曰非惡聲也。此與尹緯見祆星喜而再拜（見晉書姚興載記），用心雖異，立意則同。今晉書祖逖傳作『中夜聞荒雞鳴』。周亮工因樹屋書影四曰：『古以三更前雞鳴爲荒雞，又曰兵象。』晉書祖逖傳史臣曰：『祖逖散穀周貧，聞雞暗舞。思中原之燎火，幸天步之多艱。原其素懷，抑爲貪亂。』」

〔七〕則中宵　則，宋本、沈校本並作「或」。

〔八〕「值京師傾覆」數句　晉書五孝懷帝紀載：永嘉五年（三一一）六月，京師傾覆，帝蒙塵於平陽。晉書六二祖逖傳曰：「及京師大亂，逖親率親黨數百家避地淮泗……達泗口，元帝逆用爲徐州刺史。」按，徐箋釋「率流民數百家南度」句引水經淮水注曰：「淮水又東北，與大木水合，水出大木山。山即晉車騎祖逖自陳留將家避難所居也。」其説實誤。晉書本傳記逖屢破石勒，盡有河南，會朝廷將遣戴若思來爲都督，又聞王敦與劉隗等構隙，慮有内亂，乃致妻孥汝南大木山下。本條孝標注引晉陽秋亦云「逖遂率部曲百餘家北度江」。若從晉書及晉陽秋，祖逖乃致妻孥汝南大木山下，時在元帝大興四年（三二一）。而逖率流民南度，如前所考，在永嘉五年。徐箋未細讀祖逖傳，遂誤以祖逖後來北度致妻孥與先前率流民南度爲一事。安東，元帝時以安東將軍都督揚州諸軍事。世説箋本：「安東，文帝也，時爲安東王。」其説非。板，文選陸機謝平原内史表：「今月九日，魏郡太守遣兼丞張含齎板詔書印綬假臣爲平原内史。」李善注：「凡王封拜，謂之板官。時成都攝政，故稱板詔。」此時劉曜陷長安，愍帝蒙塵，朝廷無主，琅琊王睿未即位，故曰板。

〔九〕中宗　晉元帝廟號。

〔一〇〕有如大江　此乃指水發誓。左傳僖公二十四年載：晉公子重耳對狐偃曰：「所不與舅氏同心者，有如白水。」蘇軾遊金山寺詩：「我謝江神豈得已，有田不歸如江水。」

〔一一〕會其病卒　晉書六元帝紀、晉書六二祖逖傳載：大興四年（三二一），元帝以戴淵統豫州刺史祖逖，逖以戴淵吴士，雖有才望，而無洪致遠識。且已翦荆棘，收河南地，而淵雍容，一旦來統之，意甚怏怏。又聞王處仲與劉隗等有隙，將有内亂，知大功不遂。感激發病，九月卒於雍丘，豫州士女若喪父母。

〔三〕「先有妖星」數句　天未欲，宋本、沈校本並無「欲」字。晉書六二祖逖傳：「初有妖星見於豫州之分，歷陽陳訓又謂人曰：『今年西北大將當死。』逖亦見星，曰：『爲我矣！方平河北，而天欲殺我，此乃不祐國也。』」

四四　時人目庾中郎：「善於託大，〔一〕長於自藏。」〔二〕名士傳曰：「敳雖居職任，未嘗以事自嬰，從容博暢，寄通而已。是時天下多故，機事屢起，有爲者拔奇吐異，而禍福繼之。敳常默然，故憂喜不至也。」

【校釋】

〔一〕託大　世説音釋：「謂寄心博大，不拘細故也。」徐箋：「謂襟懷恢廓，不以世事嬰心。注中引名士傳：『未嘗以事自嬰，從容博暢，寄通而已。』即是『託大』二字注腳。」

〔二〕自藏　周易豐：「窺其户，闃其無人，自藏也。」王弼注：「可以出而不出，自藏之謂也。」賈誼弔屈原賦：「貴聖人之神德兮，遠濁世而自藏。」按，注引名士傳謂「敳常漠然，故憂喜不至」，此即自藏也。自藏乃韜晦之計，避禍之道。

四五　王平子邁世有儁才，少所推服，每聞衛玠言，輒歎息絶倒。〔一〕玠别傳曰：「玠少有名理，善通莊、老。琅邪王平子高氣不羣，邁世獨傲，每聞玠之語議，至於理會之間，〔二〕要妙之際，輒絶倒於坐。前後三聞，爲之三倒。時人遂曰：『衛君談道，平子三倒。』」

【校釋】

〔一〕絶倒　徐箋：「趙翼陔餘叢考：『今人遇事之可笑者，每云絶倒，其實此二字不僅形容可笑也。晉書衛玠傳：王澄每聞玠言，輒歎息絶倒，時人爲之語曰：「衛玠談道，平子絶倒。」世説：王敦見衛玠後，謂謝鯤曰：「不意永嘉之後，復聞正始之音，阿平尚在，當復絶倒。」魏書李苗傳：苗覽周瑜傳，未嘗不咨嗟絶倒。此皆言傾倒之意。北史崔瞻傳：瞻使於陳，過彭城，讀道旁碑文，未畢而絶倒，從者遥見，以爲中惡。此碑乃瞻父徐州時所立，故哀戚焉。隋書陳孝意傳：孝意居父喪，朝夕哀臨，每發一聲，未嘗不絶倒。此又極形其悲愴之致也。惟五代史晉家人傳：出帝居喪，納其叔母馮氏爲后，酣飲歌舞，過梓宫前，醊而告曰：「皇太后之命，與先帝不任大慶。」左右皆失笑，帝亦自絶倒。此則與捧腹鼓掌等字意義相近耳。』」余箋：「元俞德鄰佩韋齋輯聞三云：『……要之絶倒者，形體欹傾，不自支持之貌。笑而絶倒，歎而絶倒，哀而絶倒，皆以形體言，不專謂大笑也。』」按，「衛玠談道，平子三倒」之佳話，最能體現魏晉玄談之魅力。

〔二〕理會　曉悟其理曰理會。

四六　王大將軍與元皇表云：「舒風槩簡正，允作雅人，〔一〕自多於邃，〔二〕王舒，已見。〔三〕王邃别傳曰：「邃字處重，琅邪人，舒弟也。意局剛清，以政事稱。累遷中領軍、尚書左僕射。」舒、邃並敦從弟。最是臣少所知拔。中間夷甫、澄見語：〔四〕『卿知處明、茂弘，〔五〕茂弘已有令名，真副卿清論；處明親疏無知之者。吾常以卿言爲意，殊未有得，〔六〕恐已悔之。』臣慨然曰：『君以此試。』頃來始乃有稱之者，言常人正自患知之使過，不知使負實。」〔七〕使，一作便。

【校釋】

〔一〕允作　宋本無「允」字。王利器校：「各本『作』上有『允』字，義較長。」

〔二〕多　勝過，超過。

〔三〕王舒　已見識鑒一五。

〔四〕夷甫　徐箋：「夷甫是王衍字，兄弟二人，一稱名，一稱字者，晉成帝名衍，故晉人于王衍皆字而不名。此上元帝表而稱夷甫者，蓋後人追改。」

〔五〕處明 茂弘 分别爲王舒、王導字。

〔六〕殊未有得 殊，宋本、沈校本並作「絶」。按，識鑒一五記王敦敗後，王應投荆州刺史王舒，舒居然沉含父子于江，以至孝標稱「舒非人矣」。王敦贊譽王舒「風槩雅正」云云，而王衍兄弟則謂「處明親疏無知之者」，以後事觀之，敦之語真謬贊矣。

〔七〕「言常人」二句 劉應登云：「二使字或作『便』，疑訛而爲使。」朱注：「案：意謂知之者，稱譽使過其實；不知者，遂使有負其實。」按，朱注是。

四七 周侯於荆州敗績還，未得用。〔一〕王丞相與人書曰：「雅流弘器，〔二〕何可得遺！」鄧粲晉紀曰：「顗爲荆州，始至，而建平民傅密等叛，逆蜀賊，〔三〕顗狼狽失據，陶侃救之，〔四〕得免。顗至武昌投王敦，〔五〕敦更選侃代顗，顗還建康，未即得用也。」

【校釋】

〔一〕「周侯」二句 晉書本傳言周顗於荆州敗績後奔豫章，王敦留之。「軍司戴邈曰：『顗雖退敗，未有莅衆之咎，德望素重，宜還復之。』敦不從。」據此，顗未得用，乃王敦從中作梗耳。

〔二〕「王丞相」二句 晉書六九周顗傳記顗從弟穆欲陵折顗，顗陶然弗與之校。王導曾枕顗膝而指其腹曰：「此中何所有也？」答曰：「此中空洞無物，然足容卿輩數百人。」（見排調一八）調侃語中微有譏意。但周顗器局宏遠恐亦是事实，故導稱賞之。

〔三〕逆　王刻本作「迎」。晉書亦作「迎」。按，逆猶迎也。書顧命：「虎賁百人，逆子釗于南門之外。」荀悦漢紀景帝紀：「梁王來朝，上使乘輿駟馬逆梁王於闕下。」

〔四〕救之　救，宋本作「求」。王利器校：「各本『求』作『救』」，是。

〔五〕「顗至」句　程炎震云：「周顗爲杜弢所敗，投王敦。通鑑在建興元年。」

四八　時人欲題目高坐而未能，〔一〕桓廷尉以問周侯，〔二〕周侯曰：「可謂卓朗。」桓公曰：「精神淵著。」〔三〕高坐傳曰：「庾亮、周顗、桓彝，一代名士，一見和尚，披衿致契。曾爲和尚作目，久之未得。有云：『尸利密可稱卓朗。』於是相始咨嗟，〔四〕以爲摽之極。〔五〕但宣武嘗云：〔六〕『少見和尚，稱其精神淵著，當年出倫。』其爲名士所歎如此。」

【校釋】

〔一〕高坐　高僧傳一帛尸梨密傳：「時人呼爲高坐。」

〔二〕桓廷尉　桓彝，蘇峻平，追贈廷尉。（見晉書七四桓彝傳）

〔三〕「可謂卓朗」三句　卓朗，品藻人物之語，爲魏晉人格審美範疇之一。卓爲卓出，朗爲高朗。高僧傳一帛尸梨密傳：「密天姿高朗，風神超邁，直而對之，便卓出於物。」據此可知「卓朗」之義也。王瑶云：「『朗』是魏晉人物評論中常用的一個好字樣。王右軍歎林公爲『器朗神俊』，正是由器朗見到神俊。『時人欲題目高坐未能，以問周侯，周侯曰，可謂卓朗。桓公曰：精神淵著。』（並見世説賞譽下）『卓朗』由形説，『淵著』由神説，從形觀察到一個人的神，『朗』是最好意義的説明。『嵇康身長七尺八寸，風姿特秀，見者歎曰：蕭蕭肅肅，爽朗清舉。』（世説容止篇）也是用『朗』字來形容。」（詳見王瑶中古文學史論集第二〇頁，上海古籍出版社，一九八二年十月）按，桓公，指桓温，非指桓彝（説見下）。由此條可見東晉名僧與名士交往密切，蓋風度實同，故一見即「披衿致契」也。

〔四〕相始　相，宋本作「桓」。

〔五〕摽　乃標之形誤。高僧傳作「標」。標，標題，標目。晉書七五劉惔傳：「惔少清遠，有標奇。」同上韓伯傳：「康伯能自標置，居然是出羣之器。」同上七七殷浩傳：「足下少標令名。」

〔六〕但宣武　但，王刻本作「似」。余箋、徐箋、楊箋皆從之，並屬上句，作「以爲標之極似」。按，高僧傳一帛尸梨密傳、開元釋教録三皆作「以爲標題之極」，無「似」字。然「但」於義不通，疑爲「桓」之誤。高僧傳正作「桓宣武」。孝標注引高坐傳記宣武「少見和尚」云云，疑桓温少時隨父曾見高坐。

四九　王大將軍稱其兒云：「其神候似欲可。」〔一〕王應也。〔二〕

【校釋】

〔一〕神候，神情之表徵。候，表徵，徵候。王符潛夫論思賢：「夫生飾秔粱，旨酒甘醪，所以養生也，而病人惡之，以爲不若菽麥糠糟欲清者，此其將死之候也。」真誥七：「體氣就損，神候方落，不可復勞。」似欲，猶今語「像要」、「似乎要」。魏志辛毗傳：「量其意指，似欲相左右。」魏志鍾會傳：「兵來似欲作惡。」可，贊許其人曰可。陶淵明命子詩：「既見其生，實欲其可。」徐復陶淵明集舉正：「晉人贊可其人曰『可』。世説新語賞譽：『王大將軍稱其兒曰：其神候似欲可。』又『王仲祖、劉真長造殷中軍談。劉謂王曰：淵源（殷中軍字）真可。』亦稱『可人』『可兒』，魏晉書中屢見。」此句意謂其兒神情之徵候像要轉佳，猶今語云精神狀態似乎變好起來。

〔二〕王應　見識鑒一五注引晉陽秋。汪藻考異敬胤注：「王敦無子，以兄含子應字安期爲子。」

五〇　卞令目叔向：「朗朗如百間屋。」〔一〕春秋左氏傳曰：「叔向，羊舌肹也，〔二〕晉大夫。」

【校釋】

〔一〕「卞令目叔向」二句　李慈銘云：「明人周方叔嬰巵林曰：『世説品藻，止于魏晉兩朝，若尚論古人，羌無義例。所謂叔向者，蓋卞望之有叔名向，爲之題目，以相標榜，如王大將軍稱其兒類耳。』」程炎震云：「周氏所疑是也。惟壼叔名向，未見其證。」余箋：「凡題目人者，必親見其人，挹其風流，聽其言論，觀其氣宇，察其度量，然後爲之品題。其言多用比興之體，以極其形容。如本篇世目李元禮謖謖如勁松下風，公孫度目邴原爲雲中白鶴，以及裴令公之目夏侯太初等，庾子嵩目和嶠皆是也。卞令目叔向朗朗如百間屋，蓋言其氣度恢宏，此非與之親熱者不能道。若爲春秋時之晉大夫，卞望之與之相去且千年，安得見其人而爲之題目乎？然則叔向之非爲羊舌肸，亦已明矣。稱叔向而不言其姓，周氏以爲卞令之叔，不爲無理也。」按，以上諸家説是。評論古人優劣有其例，如曹丕周成漢昭論、曹植漢二祖優劣論，以及江左人士論竹林名士之類。然品題人物，正如余箋所云，必親見其人。又朱注謂「『叔向』疑當作『叔則』，王夷甫嘗稱裴楷精明洞然」。然考晉書七成帝紀，咸和三年（三二八），卞壼率軍與蘇峻苦戰，兵敗被害，時年四十八。由此上推，壼生於太康二年（二八一）。裴楷卒年不能確知，約死于元康中。此時壼方十餘歲之黄口小兒，決無可能品題早享盛名之老宿。且王夷甫所稱「精明洞然」，亦非「朗朗如百間屋」之氣度恢宏。朱注所疑非是。又，以朗屋或廣宇形容人之氣度，亦爲品題人物之所常見。如本篇三五庾亮歎王眉子：「庇其宇下，使人忘寒暑。」

〔二〕羊舌肹　肹，宋本、沈校本並作「肸」。

五一　王敦爲大將軍，鎮豫章，衛玠避亂，從洛投敦，相見欣然，談話彌日。于時謝鯤爲長史，敦謂鯤曰：「不意永嘉之中，復聞正始之音，阿平若在，當復絶倒。」〔一〕玠別傳曰：「玠至武昌見王敦，敦與之談論，彌日信宿。敦顧謂僚屬曰：『昔王輔嗣吐金聲於中朝，此子今復玉振于江表，微言之緒，絶而復續。不悟永嘉之中，復聞正始之音，阿平若在，當復絶倒。』」〔二〕

【校釋】

〔一〕「阿平若在」二句　阿平指誰？諸家有異説。程炎震云：「玠以永嘉四年六月南行，六年五月至豫章。王澄之死，亦當在六年。則玠、敦相見時，澄未必便死矣。且敦實殺澄，而爲此言，亦殊不近事情。晉書云：『何平叔尚在，當復絶倒。』或唐人所見世説不誤，抑阿平固指何晏言，而後人附會爲王澄耶？」余箋：「以『王平子邁世有俊才』條及此條注合而觀之，知此二事同出於衛玠別傳。先言平子聞玠之語議，輒絶倒於坐；後言平子若在，當復絶倒。則阿平自是指王平子，文義甚明。唐修晉書作何平叔者，後人妄改耳。通鑑書王澄之死、王敦之鎮豫章於永嘉六年者，特因不得其年月，故約略其時，重敘之於此。其實澄未必果死於是年，更無以見澄死定在玠至豫章之後也。」楊箋引程炎震後云：「程説是。上言正始，正屬何平叔時也。余疏以爲王平子，非也。」按，此「阿平」當指王平子，余箋是也。晉書作「何平叔」，蓋不明王澄死年，以爲敦既殺澄，又稱「阿平若在」，不近情理，故改之。若玠、敦相見時王澄未死，則「阿平若在」，猶阿平若在坐。余箋謂王澄未必果死於永嘉六年云云，其説不爲無見。

〔一一〕絶倒　倒下宋本、沈校本並有「矣」字。　顧炎武日知録一三「正始」條：「魏明帝殂，少帝即位，改元正始，凡九年。其十年則太傅司馬懿殺大將軍曹爽，而魏之大權移矣。三國鼎立，至此垂三十年。一時名士風流，盛於雒下。乃其棄經典而尚老莊，蔑禮法而崇放達，視其主之顛危若路人然。即此諸賢爲之倡也。自此以後，競相祖述。如晉書言王敦見衛玠，謂長史謝鯤曰：『不意永嘉之末，復聞正始之音。』沙門支遁以清談著名於時，莫不崇敬，以爲造微之功，足參諸正始。宋書言羊玄保二子，太祖賜名曰咸，曰粲，謂玄保曰：『欲令卿二子有林下正始餘風。』王微與何偃書曰：『卿少陶玄風，淹雅修暢，自是正始中人。』南齊書言袁粲言於帝曰：『臣觀張緒有正始遺風。』南史言何尚之謂王球：『正始之風尚在。』其爲後人企慕如此。然而晉書儒林傳序云：『擯闕里之典經，習正始之餘論，指禮法爲流俗，目縱誕以清高。』此則虚名雖被於時流，篤論未忘乎學者。是以講明六藝，鄭（玄）、王（肅）爲集漢之終；演説老莊，王（弼）、何（晏）爲開晉之始。以至國亡於上，教淪於下，干戈日争，君臣屢易。非林下諸賢之咎而誰咎哉！」按，關於正始清言之評價，褒貶紛紜，迄千百年無定論。蔑視禮法，任情縱誕，固然爲清言流弊，然演説莊老，辨析義理，會通儒道，實開思想及美學之新境界，在中國思想文化史上佔有重要地位。至於西晉覆滅，主因爲王室内亂所致，全歸咎王、何與林下諸賢，斯非公允之論也。

五二　王平子與人書，稱其兒「風氣日上，足散人懷」〔一〕。永嘉流人名曰：「澄弟四子微。」〔二〕澄別傳曰：「微邁上有父風。」

【校釋】

〔一〕「王平子」三句　世説箋本：「風氣，風姿氣韻也。」賢媛三〇：「王夫人神情散朗，故有林下風氣。」御覽七四八引袁昂古今書評曰：「王右軍書如謝家子弟，縱復不端正者，爽爽有一種風氣。」李慈銘云：「案晉宋、六朝膏粱門第，父譽其子，兄誇其弟，以爲聲價。其爲子弟者，則務鄙父兄，以示通率。交相僞扇，不顧人倫。世人無識，沿流波詭，從而稱之。於是未離乳臭，已得華資。甫識一丁，即爲名士。淪胥及溺，凶國害家。平子本是妄人，荆産豈爲佳子？所謂風氣日上者，淫蕩之風、癡頑之氣耳。長松下故當有清風，斯言婉矣。」

按，李氏謂晉宋六朝膏粱門第父子、兄弟互相誇譽以爲聲價，其説是也。王平子稱其兒，與王敦譽其兒「神候似欲可」（見本篇四九）正同，此亦當時風氣如此。

〔二〕澄弟四子微　王利器校：「蔣校本、沈校本『微』作『徽』，凌本的『弟』作『第』，都是；本書附琅琊臨沂王氏譜，澄二子，次子徽；晉書王澄傳亦云：『次子徽。』這裏的『四』字當作『二』。」

五三　胡毋彦國吐佳言如屑，後進領袖。〔一〕言談之流，靡靡如解木出屑也。

【校釋】

〔一〕劉盼遂云：「晉書輔之傳作王澄與人書語。」按，魏晉清談風格爲人欣賞者有二：一是言約旨遠，如樂廣之流；一是言辭不絶，如郭象、殷浩之流。胡毋彦國亦屬郭象之徒。

五四　王丞相云：「刁玄亮之察察，〔一〕戴若思之巖巖，〔二〕虞預書曰：「戴儼字若思，〔三〕廣陵人，才義辯濟，有風標鋒穎，累遷征西將軍，爲王敦所害。贈左光禄大夫、儀同三司。」卞望之之峰距。」〔四〕卞壼別傳曰：「壼字望之，濟陰冤句人。父粹，太常卿。壼少以貴正見稱，累遷御史中丞，權門屏跡。轉領軍、尚書令。蘇峻作亂，率衆距戰，〔五〕父子二人俱死王難。」〔六〕

鄧粲晉紀曰：「初，咸和中貴遊子弟能談嘲者，慕王平子、謝幼輿等爲達。壼厲色於朝曰：『悖禮傷教，〔七〕罪莫斯甚，中朝傾覆，實由於此。』欲奏治之。王導、庾亮不從，乃止。其後皆折節爲名士。」語林曰：「孔坦爲侍中，密啓成帝，不宜往拜曹夫人。〔八〕丞相聞之曰：『王茂弘駑瘺耳，若卞望之之巖巖，刁玄亮之察察，戴若思之峰距，當敢爾不？』」〔九〕此言殊有由緒，故聊載之耳。

【校釋】

〔一〕刁玄亮　刁協字玄亮。性剛悍，與物多忤，爲王氏所疾。及王敦構逆，上疏罪協，帝使協出督六軍。兵敗，爲人所殺。事見晉書六九刁協傳。察察，精審；明辨，又清潔也。老子二〇章：「衆人察察，我獨悶悶。」王弼注：「分別別析也。」楚辭漁父：「吾聞之，新沐者必彈冠，新浴者必振衣。安能以身之察察，受物之汶汶者乎？」王逸注：「察察，己清潔也。」顔之推顔氏家訓後敍：「抑以察察之跡，而浮游世之汶汶，固將有三閭大夫之憤而莫之宣耶！」晉書本傳謂「協久在中朝，諳練舊事，凡所制度，皆稟於協焉，深爲當時所稱許。」此即所謂「察察」也。

〔二〕巖巖　高峻貌。詩小雅節南山：「節彼南山，維石巖巖。」毛傳：「巖巖，積石貌。」

〔三〕戴儼字若思　李慈銘云：「案戴若思本名淵，晉書因避唐高祖諱但稱字。此云名儼，是若思有二名也。」吳士鑒晉書斠注：「晉書校文三：『據陸機薦若思文，亦作戴淵。虞書云名儼。頗疑若思有更名事，而史失載。』」徐箋：「按自新二注引虞預晉書曰：『機薦淵于趙王倫曰：伏見處士戴淵。』同引虞書，而若思之名作儼作淵不同，殊不可解。」按，禮記曲禮上：「儼若思。」疑戴淵後更名儼，以合禮記之義。

〔四〕峰距　距，晉書七〇卞壺傳作「岠」。玉篇山部：「岠，大山。」「岠」通「距」。爾雅釋地：「岠齊州以南，戴日爲丹穴。」郭璞注：「岠，去也。」郝懿行義疏：「『岠』通作『距』。」余箋：「陳僅捫燭脞存十二曰：『峰距，猶嶽峙也。言其高峻，使人不敢近也。』」按，陳説是。峰距，喻卞壺性剛且有鋒芒。晉書本傳謂卞壺「裁斷切直，不畏强禦」，「以褒貶爲己任」，如此之類，當是「峰距」之内涵也。又此句晉書作「戴若思之峰岠」，與語林同。

〔五〕距戰　距，宋本、沈校本並作「拒」。按，「距」通「拒」。

〔六〕父子二人俱死王難　王利器校：「案晉書卞壺傳，當作『父子三人，俱死王難。』」晉書七〇卞壺傳載：卞壺率軍與蘇峻大戰於西陵，爲峻所破。峻進攻清溪，卞壺距擊，又敗。壺有病，力疾苦戰，死之，時年四十八。二子眕、盱同時見害。

〔七〕傷教　傷，宋本誤作「復」。

〔八〕不宜往拜　宋本、沈校本並無「往」字。程炎震云：「通鑑：咸康元年，帝幸司徒府拜導，並拜其妻。孔坦諫。」

〔九〕「丞相聞之曰」數句　駑痾，既劣且病之馬。駑，能力低下之馬。痾，同「屙」，病也。世説箋本：「導謂我駑才，故坦有此表，若卞、刁、戴三子，坦不敢如此也。」李詳云：「詳案：丞相品此三人，語意未罄。據注：孔坦阻成帝不往拜曹夫人，故丞相激爲此語。御覽四四七引郭子，語與此同。下有『並一見我而服也』，如此方合。義慶書多本郭子，即郭頒世語也。」余箋：「隋志史部雜史類：魏晉世語十卷，晉襄陽令郭頒撰。子部小說家類：郭子三卷，東晉中郎將郭澄之撰，畔然二書。本書方正篇『夏侯玄既被桎梏』條注，以郭頒爲西晉人，則自不得記王導之事。審言此言，可稱巨謬。」按，李詳以爲此事出於郭頒世語固非，然謂王導「語意未罄」則是。郭子於王導目三人之下有「並一見我而服也」一句，語意較完整。義慶截取之，以合賞譽，致使事情原由不明，故孝標謂「此言殊有由緒」。王導意謂我雖平庸且病，然若卞望之、刁玄亮、戴若思等明察、高峻者，猶皆一見而服我，而孔坦還敢如此？不滿之中，頗感驚詫。

五五　大將軍語右軍：「汝是我佳子弟，〔一〕按王氏譜，羲之是敦從父兄子。〔二〕當不減阮主簿。」〔三〕中興書曰：「阮裕少有德行，王敦聞其名，召爲主簿。知敦有不臣之心，縱酒昏酣，不綜其事。」

【校釋】

〔一〕汝是我佳子弟　楊箋：「我下當有『家』字。晉書王羲之傳：『深爲從伯敦、導所器重。時陳留阮裕有重名，爲敦主簿。敦嘗謂羲之曰：汝是吾家佳子弟，當不減阮主簿。』今據增。」按，楊箋是。我家，徐箋：「又自稱曰『我家』，稱對方曰『君家』，並於代詞後綴以『家』字。」

〔二〕羲之是敦從父兄子　據汪藻琅琊臨沂王氏譜，王敦與羲之父王曠爲從兄弟，羲之乃敦從兄（或從弟）子。此言「羲之是敦從父兄子」，則羲之與敦爲同輩，顯誤。「父」字乃衍。

〔三〕當不減阮主簿　晉書四九阮裕傳：「裕骨氣不及逸少，簡秀不如真長，韶潤不如仲祖，思致不如殷浩，而兼有諸人之美。」羲之此時雖較阮裕年少，然亦已具名士風采，故敦比之阮裕。

五六　世目周侯「嶷如斷山」。〔一〕晉陽秋曰：「顗正情嶷然，〔二〕雖一時儕類，皆無敢媟近。」

【校釋】

〔一〕嶷如斷山　嶷，高貌。詩大雅生民：「克岐克嶷。」鄭玄箋：「其貌嶷嶷然，有所識別也。」嶷如斷山，喻周顗之人格高峻特立，令人望而生畏。

〔二〕正情　剛正不阿之情。賢媛八注引晉諸公贊：「（許）允有正情，與文帝不平，遂幽殺之。」晉書八二習鑿齒傳：「夫命世之人正情遇物，假之際會，必兼義勇。」晉書九九桓玄傳：

「孝伯居元舅之地，正情爲朝野所重。」嶷然，與「巖巖」、「峰距」義相近，皆指高峻特立貌。

五七　王丞相招祖約夜語，至曉不眠。明旦有客，公頭鬢未理，亦小倦，〔一〕客曰：「公昨如是，似失眠。」公曰：「昨與士少語，遂使人忘疲。」〔二〕

【校釋】

〔一〕亦小倦　亦上沈校本有「體」字。

〔二〕「昨與士少語」二句　王世懋云：「祖約叛臣何足爾，清談真不足貴。」凌濛初云：「丞相每與作逆者傾注。」按，據晉書一〇〇祖約傳，元帝稱制，引約爲掾屬，與陳留阮孚齊名。其兄祖逖有功，約漸見任遇。王導招祖約夜語，當在此時。約尚未作逆，王導與其清言有何不可？且大度寬厚，正爲導之作風也。

五八　王大將軍與丞相書，稱楊朗曰：「世彥識器理致，才隱明斷，〔一〕既爲國器，且是楊侯淮之子，世語曰：「淮字始立，〔二〕弘農華陰人。曾祖彪，祖修，有名前世。父囂，典軍校尉。淮元康末爲冀州刺史。」荀綽冀州記曰：「淮見王綱不振，遂縱酒，不以官事規意，消摇卒歲而已。成都王知淮不治，猶以其名士，惜而不遺，召爲軍諮議祭酒。府散停家，〔三〕關東諸侯欲以淮補三事，〔四〕以示懷賢尚德之事，未施行而卒，時年二十有七。」〔五〕位望殊爲陵遲，〔六〕卿亦足與之處。」

【校釋】

〔一〕「世彦識器理致」二句　本篇六三：「世目楊朗沉審經斷。」識鑒一三注引王隱晉書：「朗有器識才量，善能當世。」可與此二語同看。識器，謂鑒人器局。理致，猶思致，謂理之指歸。文學一九：「裴（遐）徐理前語，理致甚微。」顔氏家訓文章篇：「文章以理致爲心腎。」御覽一四二引崔鴻十六國春秋前趙録曰：「與諸兄弟辨論經義，理致超然。」張萬起、劉尚慈譯注釋「理致」爲「思想情趣」，恐不確。才隱，謂有才而不露。藝文類聚四八引沈約爲褚炫讓吏部尚書表曰：「良由性藏於貌，才隱乎心。」

〔二〕淮　李慈銘云：「案三國志魏志陳思王植傳注引世語作準，以字始立推之，作準爲是。蓋準或省作『淮』，遂誤爲『淮』。如劉宋時王準之亦作准之，今遂誤爲王淮之矣。」程炎震云：「淮當作『準』，見前識鑒篇。御覽四四四引郭子曰：『準字彦清。』」王利器校：「案三國志魏志陳思王傳注引世語『淮』作『準』。本書附弘農華陰楊氏譜亦作『準』，這裏正文及注的『淮』字，都當作『準』。」按，以上諸説是，淮當作「準」。參見識鑒一三校釋。

〔三〕府散停家　朱注：「謂成都王敗，府散。停家，停留在家，猶家居也。」按，成都王穎爲鎮北大將軍，加開府儀同三司。開府，謂置僚屬也。後潁敗，「官屬皆奔散」（見晉書成都王潁傳）。楊準停家當在此時。

〔四〕三事　楊箋：「書立政：『任人、准夫、牧，作三事。』」

〔五〕二十有七　七下宋本、沈校本並有「矣」字。

〔六〕殊　宋本、沈校本並作「絶」。

五九　何次道往丞相許，丞相以麈尾指坐，呼何共坐曰：「來，來，此是君坐。」〔一〕何充，已見。〔二〕

【校釋】

〔一〕此是君坐　意謂揚州刺史之職當屬諸君。坐，官員之坐席，引申爲官職。夙惠七：桓沖「每自目己坐曰：『靈寶成人，當以此坐還之。』」

〔二〕何充　已見政事一七。

六〇　丞相治楊州廨舍，〔一〕按行而言曰：〔二〕「我正爲次道治此爾。」何少爲王公所重，故屢發此歎。〔三〕晉陽秋曰：「充，導妻姊之子，〔四〕明穆皇后之妹夫也。思韻淹

濟，有文義才情，導深器之，由是少有美譽，遂歷顯位。導有副貳已使繼相意，故屢顯此指於上下。」〔五〕

【校釋】

〔一〕丞相治揚州廨舍　明帝太寧二年（三二四）六月，加司徒王導大都督，假節領揚州刺史。（見晉書六明帝紀）揚州廨舍，汪藻考異殷胤注：「今西州也。丹陽記曰：揚州廨王敦所創也。揚州舊治壽春，唯劉繇治曲阿，吴范、諸葛恪則建業。晉自周浚至王敦，仍吴之舊。敦後領州牧，及桓温、桓玄悉治。敦、王茂弘已來，及桓謙則在建康。永嘉元年，顧榮誅陳敏，揚州刺史劉機治建康。王敦代機，元帝渡江，居城府。敦便立州廨於此。及王茂弘爲州，又修舍。守令之制置，多茂弘遺事也。宋大明中分此廨爲二王第，元徽初改創，今無復昔構矣。」按，殷胤此注敍揚州廨舍之沿革甚爲分明。然稱揚州廨舍爲「西州」，而「西州」始於何時？李吉甫元和郡縣志二六云：「東府城在縣東七里，其地西則簡文帝爲會稽王時邸第，東則丞相會稽王道子府。謝安薨，道子代領揚州，仍前府舍，故稱爲東府，而謂揚州廨爲西州。」據李吉甫所言，西州之名，始于司馬道子爲揚州刺史時。通鑑一一三宋紀五胡注：「武帝元封二年改鄣郡爲丹楊郡，置揚州刺史，理秣陵，西州橋、冶城之間是其理處。劉繇爲揚州刺史，始移理曲阿，孫策號此爲西州。」謂西州之名始於孫策。然陳景云通鑑胡注舉正云：「又爲西州之號始於孫策，于史亦無所見。」陳氏所言是。檢晉書七九謝安傳，安卒後，安所知羊曇者，輟樂彌年，行不由西州路。嘗因石頭人醉，扶路唱樂，不覺至州門。左右曰：「此西州門。」曇悲感不已，因慟哭而去。據此，謝安未薨之前已有西州之名，李吉甫謂西州之名始于司馬道子爲揚州刺史時，其説不確。通鑑一二〇宋紀二胡注：「揚州刺史治台城西，故曰西州。」此説較可信。

〔二〕按行　按，宋本誤作「桉」。按行，察看且行也，即巡行。史記一一一衛將軍驃騎列傳：「按榆溪舊塞。」

〔三〕「何少爲王公所重」二句　王世懋云：「殊得丞相傳鉢心事。」

〔四〕姊　原作「姉」，宋本同。按，姉乃「姊」之誤。今據王刻本、晉書七七何充傳改。

〔五〕副貳己　己，原作「巳」，宋本、王刻本同。朱注、楊箋作「已」。吴金華考釋：「徐氏校箋作『副貳己』是對的，意思是『給自己當副手』。」按，吴考釋是，今據改。副貳，指副職，屬僚。後漢書二二景丹傳：「王莽時舉四科，丹以言語爲固德侯相，有幹事稱，遷朔調，連率副貳。」李賢注：「副貳，屬令也。」後漢書七〇荀彧傳：「臣聞古之遺將，上設監督之重，下建副二之任。」王導深器何充，原因在充與導爲姻親，一也；充爲明穆皇后妹夫，二也；充亦爲明帝昵之（見晉書本傳），三也。何充「少有美譽，遂歷顯位」，多半與上述背景有關。

六一　王丞相拜司徒而歎曰：〔一〕「劉王喬若過江，我不獨拜公。」曹嘉之晉紀

曰：「疇有重名，永嘉中爲閻鼎所害。司徒蔡謨每歎曰：『若使劉王喬得南渡，司徒公之美選也。』」〔二〕

【校釋】

〔一〕「王丞相」句　明帝太寧元年（三二三）四月，王敦下屯于湖，轉司空王導爲司徒。（見晉書六明帝紀）

〔二〕若使　使，宋本作「浦」。王利器校：「各本『浦』作『使』，是。」劉王喬，詳見本篇三八注引曹嘉之晉紀。

六二　王藍田爲人晚成，〔一〕時人乃謂之癡。〔二〕晉陽秋曰：「述體道清粹，簡貴靜正，怡然自足，〔三〕不交非類。〔四〕雖羣英紛紛，俊乂交馳，述獨蔑然曾不慕羨，〔五〕由是名譽久藴。」〔六〕王丞相以其東海子，〔七〕辟爲掾。常集聚，王公每發言，衆人競贊之。述於末坐曰：「主非堯舜，〔八〕何得事事皆是！」丞相甚相歎賞。〔九〕言非聖人，不能無過，意譏讚述之徒。〔一〇〕

【校釋】

〔一〕晚成　吴金華考釋：「這裏的『晚成』是『不慧』的同義詞。作爲魏晉俗語，它不再表示老子『大器晚成』的意思。」並舉御覽三七〇引王隱晉書「惠帝晚成」、魏志崔林傳「少時晚成，宗族莫知」等例爲證。按，吴考釋近是。晉書四五王述傳謂述「性沉静，每坐客馳辯，異端競起，而述處之恬如也」。據此，藍田爲人「晚成」，殆指其沉默寡言。不慧、少言、遲鈍不敏，皆可稱「晚成」。

〔二〕癡　晉書本傳言王述「年三十，尚未知名，人或謂之癡」。述正與其祖父王湛脾性相似，湛有隱德，人莫之知，雖兄弟宗族亦以爲癡，晉武帝當王濟面謂之「癡叔」。參見本篇一七校釋。

〔三〕「述體道清粹」三句　政事九注引名士傳言王藍田父王承「沖淡寡欲，無所循尚」，晉書四五王湛傳稱承父湛「沖淡簡素」，而藍田「體道清粹」，頗有父祖之風。

〔四〕不交非類　文選曹冏六代論：「才能之士，恥與非類爲伍。」葛洪抱朴子外篇自敘：「非類，則不妄受其饋致焉。」

〔五〕慕羨　慕，宋本作「莫」。王利器校：「各本『莫』作『慕』，是。」

〔六〕由是名譽久藴　妄交非義，易成朋黨，故以不妄交遊者爲君子，人敬重而獲譽。此亦漢末以降之風氣焉。晉書五八周玘傳言玘「閉門潔己，不妄交遊，士友咸望風敬憚焉，故名重一方」。王述祖王湛「闔門守静，不交當世，沖淡簡素，器量隤然，有公輔之望」（見晉書本傳），亦其例。

〔七〕東海子　述父承，曾仕東海太守。見政事九。

〔八〕主非堯舜　程炎震云：「晉書作『人非堯舜』，是也。」

〔九〕丞相甚相歎賞　人多喜諂媚之言，述直言王導非堯舜，而導甚相歎賞，可見導確有過人之處。余箋：「御覽二一四九引語林曰：王藍田少有癡稱，王丞相以地辟之。既見，無所他問，問：『來時米幾價？』藍田不答，直張目視王公。王公云：『王掾不癡，何以云癡？』」按，語林是云藍田不癡，與王導歎賞其直言之情事不合，余箋於此處引語林似不切。

〔一〇〕讚述　讚，讚美；述，稱述。凌濛初云：「一語令千古佞諛羞死。」朱注：「依文義似當作『贊丞相』，此注疑爲後人所加。」按，朱注錯解「贊述」之「述」爲王述，故疑此注爲後人所加。

六三　世目楊朗沈審經斷，〔一〕蔡司徒云：「若使中朝不亂，楊氏作公方未已。」謝公云：「朗是大才。」〔二〕八王故事曰：「楊淮有六子，〔三〕曰喬、髦、朗、琳、俊、仲，〔四〕皆得美名，論者以謂悉有台輔之望。文康庾公每追歎曰：『中朝不亂，諸楊作公未已也。』」

【校釋】

〔一〕審　深察審度。經斷，籌畫判斷。本篇五八王敦稱楊朗「才隱明斷」，可與此參看。

〔二〕「蔡司徒」數句　余箋：「劉疇典選，改傅宣之成法，致令人人奔競，而王導、蔡謨以爲可作司徒公。楊朗爲王敦致力，稱兵犯順，而謨及庾亮又惜其不作三公。當時所謂公輔之器者，例皆如此。王、庾不足論，道明、安石號稱賢者，不知其鑒裁安在也！」按，楊朗爲王敦致力，乃東晉初年事。蔡謨謂若使中朝不亂，楊氏作公未已。前提是「中朝不亂」，且依據楊朗之器識才能作此鑒裁。余箋以王敦作亂之後事，譏評道明、安石之鑒裁，有欠公允。

〔三〕楊淮　淮，沈校本作「准」。按，當作「準」。參見本篇五八校釋。

〔四〕喬　楊箋：「魏志陳思王傳作『嶠』。琳，汪藻人名譜作『林』。」按，品藻七及注引荀綽冀州記、晉諸公贊，又晉書四三樂廣傳、方正五〇注引劉氏譜皆作「喬」。作「喬」是。仲，宋本、沈校本並作「仲」。

六四　劉萬安即道真從子，〔一〕庾公琮字子躬。所謂「灼然玉舉」。〔二〕又云：「千人亦見，百人亦見。」〔三〕劉氏譜曰：「綏字萬安，高平人。祖奧，太祝令。父斌，〔四〕著作郎。綏歷驃騎長史。」

【校釋】

〔一〕道真　即劉寶也。見德行二二。　從子，御覽四四六引世說作「子」。按，孝標注引劉氏譜謂萬安父斌，則作「從子」是。

〔二〕庾公　楊箋：「時人通稱庾亮爲庾公，今此孝標以爲庾琮，不知何據。」按，雅量二四注引庾氏譜：「（庾）翼娶高平劉綏女。」則劉綏爲庾亮弟庾翼之婦父，高庾亮一輩。而庾琮爲亮之從父，與劉綏同輩。據此推斷，「灼然玉舉」之語屬之庾琮較爲合理。孝標注是。灼然，一説是選舉之名。李詳云：「詳案：郝懿行晉宋書故：『晉書鄧攸傳「舉灼然二品」，不審灼然爲何語。讀阮瞻傳「舉止灼然」，温嶠傳「舉秀才灼然」，爲當時科目之名。』案此灼然玉舉，亦似被舉灼然之後，庾公加以贊辭，故下云『千人亦見，百人亦見』也。」余箋：「孫志祖讀書脞録續編三云：『晉書阮瞻傳「舉止灼然」，案止字疑衍。灼然者，晉世選舉之名，於九品中正中爲第二品也。温嶠傳：「舉秀才灼然二品。」蓋江左初不以第一流評嶠，故但得二品耳。鄧攸傳亦云：「舉灼然二品。」』灼然孫氏之説在郝氏之前。余考書鈔六八引續漢書云：『陳寔字仲躬，舉灼然，爲司徒屬、大丘長。』則灼然之爲科目自後漢已有之，不起于魏之中正也。又晉書苻堅載記云：『堅下書悉發諸州公私馬人，十丁遣一兵。門在灼然者，爲崇文義從。』可見當時名列灼然者甚衆。雖在九品之中，然並不能盡登二品。否則必如紀瞻、温嶠之流，始與此選。其人當稀如星鳳，安能發爲義從乎？孫氏、郝氏所考，皆未爲詳備。」一説是赫然在目，作副詞。劉應登曰：「言表表於衆人之中，即『灼然玉舉』之意。」徐箋：「但此處『灼然』恐僅作副詞用，玉舉，猶玉立也。」按，以上二說，以後說較勝。灼然固爲科目之一，但據文意，此灼然爲赫然在目之意，用同徐幹中論：「文王之識也，灼然若披雲而見日。」晉書六元帝紀：「沈敏有度量，不顯灼然之跡，故時人未之識焉。」之「灼然」。「千人亦見，百人亦見」二語，即謂劉萬安顯灼然之跡於衆人之目。

〔三〕「千人亦見」二句　世說箋本：「言雖在千百人中，其身不自沒，謂超出於衆也。」

〔四〕斌　宋本誤作「賦」。

六五　庾公爲護軍，〔一〕屬桓廷尉覓一佳吏，〔二〕乃經年。桓後遇見徐寧而知之，遂致於庾公曰：「人所應有，其不必有，人所應無，己不必無，真海岱清士。」〔三〕

徐江州本事曰：「徐寧字安期，東海郯人。〔四〕通朗有德素，少知名。初爲輿縣令，〔五〕譙國桓彝有人倫鑒識，嘗去職無事，至廣陵尋親舊，遇風，停浦中累日，在船憂邑，上岸消搖，見一空宇，有似廨署。〔六〕彝訪之，云：『輿縣廨也，令姓徐名寧。』彝既獨行，思逢悟賞，〔七〕聊造之。寧清惠博涉，相遇怡然。遂停宿，因留數夕，與寧結交而別。至都，謂庾亮曰：『吾爲卿得一佳吏部郎。』亮問所在，彝即敍之。累遷吏部郎、左將軍、江州刺史。」

【校釋】

〔一〕庾公爲護軍　程炎震云：「大寧三年十月，庾亮爲護軍將軍。」按，庾亮爲護軍將軍在太寧二年十月（見晉書六明帝紀，通鑑同）。程誤記。

〔二〕桓廷尉　桓，原作「栢」。宋本、王刻本並作「桓」。按，後文敍桓彝覓得徐寧，則作「桓」是，「栢」乃形誤。今據改。

〔三〕「人所應有」數句　世説箋本引觽云：「人所應有，人情所不免也。人所應無，人情多所無也。如人所應有，己亦有，而其所應無，己亦無，則是平平之人耳。不必有，不必無，故爲清士。」李慈銘云：「案『己不必無』，『不』是衍字，當作『己必無』。與下王長史道江道羣語同。若作『不必無』，則庸下人矣，安得謂之清士？」劉盼遂云：「『己不必無』，『不』字係涉上文而衍。本篇『王長史道江道羣：人可應有，乃不必有；人可應無，己必無』，可據正。晉書桓彝傳作『人所應有，而不必有；人所應無，而不必無』，亦誤。文選二一顏延年五君詠注引顧凱之嵇康贊曰『南海太守鮑靚，通靈士也。東海徐寧師之』云云，疑即此徐寧。」趙西陸云：「按宋書江智淵傳曰：沈懷文與智淵友善。每稱之曰：『人所應有盡有，人所應無盡無者，其江智淵乎！』正用此語。」余箋：「盼遂所言雖似有據，然余以爲徐寧、江灌之爲人原不必相同，則桓彝、王濛之品題，亦故當有異。夫所謂人所應無者，謂衡之禮法不當有者也。而晉之名士固不爲禮法所拘，禮所應無而竟有之者多矣。如王平子、謝幼輿之徒所爲皆是也。時流競相慕效，卞望之欲奏治之，而王導、庾亮不從。徐寧行事不知何如？然見用於庾亮，疑亦不羈之流，故桓彝評之如此。若江灌者，本傳稱其以執正積忤謝奕、桓温，視權貴蔑如，則實方正之士。故王濛反用桓彝之語，以爲之目。其所取者既不一致，斯其所言，自不僅同矣。」按，李慈銘、劉盼遂皆謂「已不必無」句之「不」爲衍字，然鄙意以爲「不」字不衍。晉書七四桓彝傳記此四句雖文字稍異，但意則相同。若人所應有，已亦有；人所應無，已亦無，則爲隨波逐流之徒。「人所應有，其不必有；人所應無，已不必無」，方是特立獨行，具有鮮明個性者也。晉人重個性之美，於此可見。前人釋此四句，當以世説箋本引觿最爲可取。余箋以禮法衡之當有當無，似未確。

〔四〕郯人　郯，宋本作「剡」。按，郯縣屬東海郡，剡縣屬會稽郡。當作「郯」。

〔五〕輿縣　李詳云：「焦循邗記：輿縣在廣陵之南，故彝從廣陵還都過此。在大浦之旁，室宇有似廨署，則輿縣似無城郭，浦所以控潮，則瀕於江矣。輿縣與瓜洲近。宋書州郡志注，前漢屬臨淮，後漢省臨淮，屬廣陵。又案宋書符瑞志，文帝元嘉二十五年，廣陵太守范邈上言：『所領輿縣，前有大浦，控引潮流。』此浦即本事『停浦中累日』之浦，蓋浦所以障江流也。」

〔六〕廨署　署，宋本、沈校本並作「舍」。

〔七〕悟　通「晤」。詩陳風東門之池：「彼美淑姬，可與晤歌。」毛傳：「晤，遇也。」鄭玄箋：「晤猶對也。」王符潛夫論明忠：「過耳悟目之交，未恩未德，非賢非貴，而猶若此。」賞，六朝審美範疇之一，於世説一書中常見。如文學七八：「孫興公作庾公誄，袁羊曰：『見此張緩。』于時以爲名賞。」雅量四二：「謝與王敍寒温數語畢，還與羊談賞。」又謝靈運從斤竹澗越嶺溪行詩：「情用賞爲美。」悟賞，指意氣相投、可以晤對之人。宋書六一廬陵王義真傳：「靈運空疏，延之隘薄，魏文帝云『鮮能以名節自立』者，但性情所得，未能忘言於悟賞，故與之遊耳。」

六六　桓茂倫云：「褚季野皮裏陽秋。」〔一〕謂其裁中也。〔二〕晉陽秋曰：「裒簡穆有器識，故爲彝所目也。」

【校釋】

〔一〕皮裏陽秋　程炎震云：「晉書九三裒傳作季野有皮裏陽秋。言外無臧否，而内有褒貶也。」王楙野客叢書九「古人避諱」條：「簡文鄭后諱阿春，以春秋爲陽秋，晉人謂『皮裏陽秋』是也。」

〔二〕裁中　鑒裁得中之意。

六七　何次道嘗送東人，瞻望，見賈寧在後輪中，〔一〕曰：「此人不死，終爲諸侯上客。」〔二〕晉陽秋曰：「寧字建寧，〔三〕長樂人，賈氏孽子也。初自結于王應、諸葛瑶。〔四〕應敗，浮游吴會，吴人咸侮辱之。聞京師亂，馳出，投蘇峻，峻甚昵之，以爲謀主。及峻聞義軍起，自姑孰屯于石頭，是寧之計。〔五〕峻敗，先降，〔六〕仕至新安太守。」

【校釋】

〔一〕後輪　世説箋本：「後車也。」李慈銘云：「案『輪』疑是『綸』或『艙』字之誤。」按，世説箋本是。輪，車輪代指車。

〔二〕「此人不死」二句　前漢紀九：「（枚）乘久爲諸侯上客，不樂爲郡吏。」按，諸侯與朝廷相對，歷來不乏作亂者。何充之評，亦惡賈寧終爲諸侯上客，於朝廷不利。後寧爲蘇峻所昵，果成諸侯上客。世説講義卻稱「言賈精神英揚，必不空死，後當爲上客，立功名也。」何其大謬乃爾。

〔三〕建寧　寧，沈校本作「長」。新安志九亦作「寧」。

〔四〕王應　王含子，王敦養子。見識鑒一五。諸葛瑶，不詳。

〔五〕及峻聞義軍起　晉書一〇〇蘇峻傳：「時温嶠、陶侃已唱義於武昌，峻聞兵起，用參軍賈寧計，還據石頭，更分兵距諸義軍，所過無不殘滅。」

〔六〕先降　晉書六七温嶠傳載：蘇峻敗，「峻黨路永、匡術、賈寧，中塗悉以衆歸順。」

六八　杜弘治墓崩，〔一〕哀容不稱。〔二〕庾公顧謂諸客曰：「弘治至羸，不可以致哀。」〔三〕晉陽秋曰：「杜乂字弘治，京兆人。祖預，父錫，有譽前朝。乂小有令名，仕丹陽丞，〔四〕蚤卒。成帝納乂女爲后。」又曰：「弘治哭不可哀。」

【校釋】

〔一〕杜弘治墓崩　朱注：「此指太寧三年閏八月明帝崩，杜臨墓舉哀也。」按，朱注誤。明帝崩，無有稱「墓崩」之理；且臨墓舉哀，與「墓崩」亦不相涉。墓崩者，墳墓崩壞也。惠士奇禮説七：「（鄭）康成謂墳墓崩壞，將亡失屍柩。」邵泰衡檀弓疑問「防墓崩」條：「注曰：雨甚墓崩，築而後反，孔子自傷不能謹之於封築之時也。夫以孔子而猶有不謹于父母者乎？曰：防墓崩者，防慎之意也。出涕而曰：『吾聞之古不修墓者，蓋懼墓崩而或封築之不謹也。』出涕者，思父母而心悲也。豈防地之防而曰防之墓崩與？」杜弘治墓崩，蓋指其父母之墓崩壞也。

〔二〕哀容不稱　墓崩將亡失父母屍柩，此乃孝子之大痛，而弘治卻哀容不相稱。按，先人墓崩之痛，可觀王羲之喪亂帖：「羲之頓首：喪亂之極，先墓再離荼毒。追惟酷甚，號慕摧絶，痛貫心肺。痛當奈何，奈何！雖即修復，未獲奔馳，哀毒蓋深，奈何，奈何！臨紙感哽，不知何言。羲之頓首頓首。」可見孝子於墓崩，必「號慕摧絶，痛貫心肺」，方爲相稱。

〔三〕「弘治至羸」二句　體羸弱而致哀，恐不勝哀。不勝哀，亦同於不孝。故庾公謂弘治不可以致哀，又曰「弘治哭不可哀」。禮記曲禮上曰：「居喪之禮，……有疾則飲酒食肉，疾止復初。不勝喪，乃比於不慈不孝。」據孔穎達解釋，居喪若有疾不飲酒食肉，則不留身繼世，滅性有違父母生前之意，等同於不慈不孝。庾公之言，實基於對喪禮之正確理解，解釋杜弘治何以墓崩卻哀容不稱。

〔四〕丹陽　陽，沈校本作「楊」。按，當從晉書一五地理志下作「楊」。

六九　世稱庾文康爲豐年玉，穉恭爲荒年穀。〔一〕庾家論云：「是文康稱恭爲荒年穀，〔二〕庾長仁爲豐年玉。」〔三〕謂亮有廊廟之器，翼有匡世之才，〔四〕各有用也。

【校釋】

〔一〕「世稱庾文康」二句　世説抄撮：「豐年玉，愈增其美。荒年穀，動救其急。」按，豐年玉即孝標所謂「廊廟之器」，荒年穀即指「匡世之才」。

〔二〕恭　程炎震云：「諸庾別無名『恭』者，此當脱『穉』字。」

〔三〕長仁　程炎震云：「長仁，庾統。見本篇『簡文目庾赤玉』條。」劉辰翁云：「好語有味。」

〔四〕匡世　匡，王刻本誤作「臣」。王先謙校：「按，『臣』是『匡』之誤。」

七〇　世目杜弘治標鮮，〔一〕季野穆少。〔二〕江左名士傳曰：「乂清標令上也。」〔三〕

【校釋】

〔一〕標鮮　見下條校釋。

〔二〕穆少　世説音釋：「即簡穆之意。」

〔三〕令上　上，沈校本作「止」。按，作「上」是，止爲形誤。本篇八八：「王右軍道謝萬石『在林澤中，爲自遒上』。」本篇一〇四：「（謝）尚自然令上。」皆其證。

七一　有人目杜弘治標鮮清令，〔一〕盛德之風，可樂詠也。語林曰：「有人目杜弘治，標解甚清令，〔二〕初若熙怡，容無韻，盛德之風，〔三〕可樂詠也。〔四〕」

【校釋】

〔一〕標鮮　標，風度，格調。鮮，鮮明，明麗。易説卦：「（震）其究爲健，爲蕃鮮。」孔穎達疏：「鮮，明也，取其春時草木蕃育而鮮明。」輕詆一三注引孫統爲柔集敍云「（柔）才理清鮮」。清令，魏晉人格審美範疇之一。清，清新；令，美好。賞譽一五二：「天錫見其風神清令，言語如流，陳説古今，無不貫悉。」品藻四〇：「簡文云：『謝安南清令不如其弟。』」

〔二〕標解　解，宋本、沈校本並作「鮮」。按，解爲鮮之形誤。作解於義不通，作「鮮」是。

〔三〕「初若熙怡」三句　王利器校：「袁本、曹本、王本、凌本作『初若熙怡容無韻，盛德之風，可樂詠也』；沈校本同袁本等，惟『盛』上有『非』字。」李慈銘云：「案此當以『怡』字爲句。『容』字上下當有脱字。」徐箋：「影宋本『韻』下有『非』字，亦不可解，疑有訛奪。」熙怡，和樂；喜悦。蔡邕太尉喬玄碑陰：「凡見公容貌，聞公聲音，莫不熙怡悦懌。」鮑照擬行路難詩之十：「爲此令人多悲悒，君當縱意自熙怡。」盛德，指賢人君子。見文學五五校釋。

〔四〕樂詠也　宋本誤倒作「樂也詠」。

七二　庾公云：「逸少國舉。」〔一〕故庾倪爲碑文云：〔二〕「拔萃國舉。」倪，庾倩小字也。徐廣晉紀曰：「倩字少彥，司空冰子，皇后兄也。〔三〕有才具，仕至太宰長史。桓温以其宗彊，使下邳王晃誣與謀反而誅之。」〔四〕

【校釋】

〔一〕國舉　謂一國所推舉之人。晉書四五崔洪傳：「崔侯爲國舉才。」舉，推舉，推薦，選用。左傳襄公三年：「祁奚於是能舉善矣。稱其讎，不爲諂；立其子，不爲比；舉其偏，不爲黨。」論語堯曰：「興滅國，繼絶世，舉逸民，天下之民歸心焉。」

〔二〕碑文　文，宋本誤作「丈」。程炎震云：「桓温殺庾倩，在咸安元年。若右軍以太元四年方卒，倩安得爲作碑乎？」按，右軍卒於升平五年（三六一），庾倩可爲之作碑。

〔三〕皇后兄也　徐箋：「廢帝庾皇后，乃庾冰女，倩之妹。」

〔四〕下邳王晃　程炎震云：「下邳，晉書紀傳皆作『新蔡』，是也。西晉初別有下邳王晃，非此人。」徐箋：「黜免七注引司馬晞傳云：『太宗即位，新蔡王晃首辭引與晞及子綜謀逆。有司奏晞等斬刑，詔原之，徙新安。』下邳作新蔡，是也。晉書武陵王傳晞傳：『温又逼新蔡王晃使自誣與晞、綜及著作郎殷涓、太宰長史庾藉（「藉」當作「倩」。庾冰傳：「子倩，太宰長史，桓温陷倩及柔以武陵王黨殺之。」）、掾曹秀、舍人劉强等謀逆，遂收付廷尉，請誅之。簡文帝不許。温於是奏徙新安郡，廢晃，徙衡陽。』與黜免七注合，足證下邳之誤。按晉宗室名晃者有二：一爲新蔡王晃，乃新蔡莊王確之後，即此是也；一爲下邳獻王晃，乃安平獻王孚之子，薨于惠帝元康六年（本傳作咸寧六年，誤，兹從惠紀），晉書三七有傳，先于武陵王晞之廢及庾倩之死七十餘年，世代邈不相涉。」

七三　庾穉恭與桓温書稱：「劉道生日夕在事，大小殊快，義懷通樂既佳，且足作友，正實良器，推此與君，同濟艱不者也。」〔一〕宋明帝文章志曰：「劉恢字道生，沛國人。識局明濟，有文武才。王濛每稱其思理淹通，蕃屏之高選。爲車騎司馬，年三十六卒，贈前將軍。」〔二〕

【校釋】

〔一〕劉辰翁云：「真穉恭懷抱。」

〔二〕劉惔、劉惔是否同一人？有異說。持同一人説者有吳士鑒晉書斠注：「世説德行篇注引劉尹别傳作沛國蕭人。又賞譽篇注引宋明帝文章記曰：『劉惔字道生，沛國人。』案本傳云，遷丹陽尹。隋志亦云：『梁有丹陽尹劉惔集二卷，亡。』本傳云：『年三十六。』世説注引文章志亦云三十六卒。是劉惔皆爲劉惔字訛。惟一字真長，一字道生。或古人亦有兩字歟？」余箋引吴氏之説後云：「劉惔傳云：『尚明帝女廬陵公主。』而本書排調篇『袁羊嘗詣劉惔』條云：『劉尚晉明帝女。』注引晉陽秋曰：『惔尚廬陵長公主，名南弟。』益可證其爲一人。佚存叢書本蒙求『劉惔傾釀』句下李翰自注引世説曰：『劉惔字真長，爲丹陽尹，常云：見何次道飲酒，使人欲傾家釀。』案此事見本篇，作『劉尹見何次道』云云。而蒙求以爲真長名惔，亦可爲古本世説惔、惔互出之證。然孝標注書，於一人仕履，例不重敘。真長始末已見德行篇『劉尹在都』條下，而於此又别引文章志，則亦未悟其爲一人也。本書言語篇云：『竺道潛在簡文座，劉尹問道人何以遊朱門。』高僧傳卷四竺道潛傳作『沛國劉惔嘲之』云云。劉惔傳不云『爲車騎司馬，贈前將軍』。此可以補史闕。」余箋又案：「魏志管輅傳引晉諸公贊曰：『劉邠位至太子僕。子粹，字純嘏，侍中。次宏，字終嘏，太常。次漢，字仲嘏，光禄大夫。宏子耽，晉陵内史。耽子惔，字真長，尹丹陽，爲中興名士也。』

所敍恢祖名字，與本書賞譽上篇『洛中雅雅有三嘏』條及晉書劉惔傳並合。惟仲嘏之名，賞譽上作『漠』，晉書作『潢』，爲異耳。而真長之名，則一作恢，一作惔，其官又同爲丹陽尹。然則恢之與惔，即是一人，無疑也。」持二人説者爲姚振宗。姚振宗隋書經籍志考證云：「案，此似劉惔之誤也。惔字真長，沛國相人。尚明帝女廬陵公主，歷官至丹陽尹。年三十六卒。世説諸篇稱劉尹者是也。晉書有傳。兩唐志有劉恢集二卷，與此卷數相合。又案，本志是處確有劉惔集，亦確有劉恢集。因誤『惔』爲『恢』，遂脱去一條。兩唐志於劉惔集二卷之外，别有劉恢集五卷，是其證也。」此外，曹道衡、沈玉成中古文學史料叢考「劉惔、劉恢爲二人」條，贊同姚振宗説，謂「兩唐志惔、恢皆有集，而卷數不同，必非鑿空虛構。惔、恢形近，仕履行事，或惔冠恢戴，或恢冠惔戴，其誤當更早於劉孝標。而細核載籍，仍可辨知其爲二人。晉書庾翼傳記永和元年：『翼卒，未幾，部將干瓚、戴羲等作亂，殺將軍曹據。翼長史江虨、司馬朱燾、將軍袁真等共誅之。爰之有翼風，尋爲桓温所廢。温既廢爰之，又以征虜將軍劉惔監沔中軍事，領義成太守，代方之。而方之、爰之並遷徙于豫章。』據穆帝紀，庾翼卒在七月，桓温受命在八月，是干瓚作亂被誅，劉惔爲義城太守代庾方之，皆此一月間事。然世説賞譽記庾稚恭（翼）與桓温書，稱『劉道生日夕在事，大小殊快』云云，注引文章志曰：『劉恢字道生，沛國人。識局明濟，有文武才。王濛每稱其思理淹通，蕃屏之高選。爲車騎司馬。年三十六卒。贈前將軍。』庾翼追贈車騎將軍，此劉恢字道生爲其司馬，與庾翼與所敍『日夕在事』合。翼卒，荊州動亂，劉恢以司馬而監沔中軍事，領義城太守，自屬順理。晉書記作『劉惔』，誤，當爲劉恢。宋書劉粹傳記『粹字道沖，沛郡蕭人也。祖恢，監河中軍事，征虜將軍』。是可證晉書之誤，惟『河中』當是『沔中』耳。若爲劉惔，其官銜當記爲丹陽尹。惔爲丹陽尹，名滿當時，沈約斷不至致誤。『征虜』、『車騎』之號皆屬劉恢。劉惔傳記，惔奇桓温之才而知其有不臣之跡，『及温爲荊州，惔言於帝曰：温不可使居形勝地，其位號常宜抑之。勸帝自鎮上流，而己爲軍司，帝不納。又請自行，復不聽。及温伐蜀，時咸以爲未易可制，惟惔以爲必克』。若是一人，焉能一身在荊州爲司馬、監軍，復又在建康進言勸抑桓温，又斷温之必能克蜀？劉義慶、劉孝標記、注皆不誤。讀史舉正謂『永和元年，惔爲上成太守，監河中軍事，傳遺之。』所據即爲庾翼傳而不辨其爲劉恢事，吴士鑒采入晉書斠注，誤同。」又曰：「排調所記廬陵公主事又不能屬之劉恢。惔、恢同屬沛人，且均從『心』而字形極近，頗疑其爲兄弟行，尚公主，卒年三十六等，劉宋前或已誤傳，劉義慶、宋明帝乃承其誤。」按，叢攷辨析晉書七三庾翼傳所記之劉惔，乃劉恢之誤；又考宋書四五劉粹傳所記粹祖恢，即庾翼書稱之「劉道生」。其說可信。劉惔相識桓温甚早，方正四四記桓温彎彈彈劉惔，其時温尚作徐州刺史（參見該條校釋），何須庾翼致書桓温薦之？又真長名士，誰人不曉，斷無稱「劉道生」之理。要之，雖劉惔誤作劉恢由來已久，然晉書庾翼傳、宋書劉粹傳、兩唐志，皆可證與劉惔同時者有劉恢其人。

七四　王藍田拜揚州，〔一〕主簿請諱。〔二〕教云：「亡祖、先君，〔三〕名播海内，遠近所知，内諱不出於外，禮記曰：「婦人之諱不出門。」〔四〕餘無所諱。」〔五〕

【校釋】

〔一〕「王藍田拜揚州」　程炎震云：「永和二年十月，王述爲揚州刺史。」按，據晉書八穆帝紀，永和二年，殷浩爲揚州刺史。永和十年二月，殷浩因北伐失敗，廢爲庶人，以前會稽内史王述爲揚州刺史。通鑑同。程氏誤以王述爲殷浩。

〔二〕主簿請諱　禮記曲禮上：「入竟而問禁，入國而問俗，入門而問諱。」鄭玄注：「皆爲敬主人也。」孔穎達正義：「入門而問諱者，門，主人之門也。諱，主人祖先君名，宜先知之，欲爲避之也。」

〔三〕亡祖　指王述祖湛。先君，指述父承。

〔四〕婦人之諱不出門　鄭玄注：「婦親遠，於宫中言辟之。」孔穎達正義：「婦諱不出門者，門謂婦宫門。婦家之諱，但於婦宫中不言耳，若於宫外則不諱也，故臣對君前不諱也。」

〔五〕李慈銘云：「案此條是六朝人矜其門第之常語耳。所謂專以塚中枯骨驕人者也。臨川列之賞譽，謬矣！」

七五　蕭中郎，孫丞公婦父。〔一〕劉尹在撫軍坐，〔二〕時擬爲太常。劉尹云：「蕭祖周不知便可作三公不？〔三〕自此以還，無所不堪。」晉百官名曰：「蕭輪字祖周，樂安人。」劉謙之晉紀曰：「輪有才學，善三禮，歷常侍、國子博士。」

【校釋】

〔一〕孫丞公　丞，沈校本作「承」。按，當作「承」，孫統字承公，見晉書五六孫統傳。

〔二〕撫軍　徐箋：「簡文帝時爲撫軍大將軍。」

〔三〕三公　晉書二四職官志：「太尉、司徒、司空，並古官也。自漢至魏，置以爲三公。及晉受命，迄江左，其官相承不替。」按，三公爲中央最高官職，晉人視作三公爲人生價值之極致。本篇六一：「王丞相拜司徒而歎曰：『劉王喬若過江，我不獨拜公。』」本篇六三：「蔡司徒云：『若使中朝不亂，楊氏作公方未已。』」晉書三四羊祜傳：「又有善相墓者，言祜祖墓所有帝王氣，若鑿之則無後，祜遂鑿之。相者見曰：『猶出折臂三公。』」劉尹個性刻薄，譏評之語居多，然此對蕭祖周才能評價極高。

七六　謝太傅未冠，始出西，詣王長史，〔一〕清言良久。去後，苟子問曰：「王濛、子脩並已見。〔二〕「向客何如尊？」長史曰：「向客亹亹，爲來逼人。」〔三〕

【校釋】

〔一〕「謝太傅未冠」三句　楊箋：「出西，至西也。時謝安居東山，京都在東山之西，故云。」朱注：「謝出東山時年已四十餘，濛尚未滿四十，安得有行輩之次。『未冠』二字疑誤。」按，出西，此指入京師，而「未冠」二字不誤。晉書七九謝安傳言安弱冠詣王濛，又言揚州刺史庾冰欲强致之，安不得已赴召云云，然不記其年。考晉書七穆帝紀，咸康五年（三三九）七月，丞相、揚州刺史王導薨。晉書一三天文志下載：咸康五年，王導薨，庾冰代輔政。大事記續編二九：「咸康五年七月王導薨，會稽内史庾冰爲中書監、揚州刺史，録尚書事。」則庾冰强致謝安當在此年或稍後。安卒於太元十年（三八五），年六十六，則咸康五年方二十歲，正是「未冠」時。朱注以謝安「始出西」爲四十餘時始出仕，並稱「濛尚未滿四十」云云。考傷逝一〇注引濛别傳：「濛以永和初卒，年三十九。」則謝安四十歲出爲桓温司馬時，濛卒已十餘年矣，豈能詣濛？故謝安始出西詣濛之年，必在弱冠。世説不誤，朱注誤甚。

〔二〕王濛　已見言語六六。王脩，已見文學三八。

〔三〕亹亹　猶娓娓。謂詩文或談論動人，令讀者或聽者不知疲倦。後漢書四〇下班固傳論：「若固之序事，不激詭，不抑抗，贍而不穢，詳而有體，使讀之者亹亹而不猒，信哉其能成名也。」鍾嶸詩品晉黃門郎張協：「詞采葱蒨，音韻鏗鏘，使人味之亹亹不倦。」劉辰翁云：「問向客，答向客可觀。」程炎震云：「安石長王脩十四歲，此言未必然。」按，謝安乃清談高手，年少時即與阮光禄道白馬論（見文學二四）。居東山時，與支道林、許詢、王濛等清言，「謝後粗難，因自敘其意，作萬餘語，才峰秀逸，既自難幹，加意氣擬托，蕭然自得，四坐莫不厭心」（文學五五）。于此可見謝安清言，言辭滔滔，作風如郭象之流。「亹亹」有綿綿不絶之義，正是安石言辭便捷之寫照。

七七　王右軍語劉尹：「故當共推安石。」〔一〕劉尹曰：「若安石東山志立，當與天下共推之。」〔二〕續晉陽秋曰：「初，安家於會稽上虞縣，優遊山林，六七年間，徵召不至。雖彈奏相屬，繼以禁錮，而晏然不屑也。」〔三〕

【校釋】

〔一〕故當共推安石　王右軍意謂謝安優遊山林，不屑仕進，當共推其隱逸之志。

〔二〕「若安石」二句　劉尹意謂謝安若確實堅持隱逸，則與天下共推之。言外之意謂若安石東山之志不終，則不當共推之。世説講義：「言安石立志出仕，則當與天下共推之，不待我輩之推也。」以爲共推安石，乃推其出仕之志。此實誤解也。識鑒一八載：王濛、謝尚、劉惔往看殷浩，「既反，王、謝相謂曰：『淵源不起，當如蒼生何？』深爲憂歎。劉曰：『卿諸人真憂淵源不起邪？』」對王、謝「淵源不起」之憂大不以爲然。合此而觀之，可見劉惔先懷疑殷浩隱遁之志，後疑安石東山之志，其識鑒誠高出於王、謝。王世懋云：「劉尹慣不饒人一著。」凌濛初云：「最毒最毒，狠於小草。」言語毒而不饒人，確是劉惔個性。

〔三〕「雖彈奏相屬」三句　謝安在東山，朝命屢降而不至，事見晉書本傳。安石之所以優遊山林，徵召不至，一是借隱居邀取聲譽，二是從兄謝尚、兄謝奕、弟謝萬相繼爲方伯，謝氏家族地位尚可，故高卧東山也。

七八　謝公稱藍田掇皮皆真。〔一〕徐廣晉紀曰：「述貞審，〔二〕真意不顯。」

【校釋】

〔一〕掇皮皆真　世説音釋：「古世説：范啓與郗嘉賓書曰：『子敬舉體無饒縱，掇皮無餘潤。』答曰：『舉體無餘潤，何如舉體非真者。』范性矜傲多煩，故嘲之。」並云：「據此則『掇皮』猶『舉體』也。」王叔岷補正云：「案此猶言『舉體皆真』也。……『舉體』與『掇皮』互用，明其義相同。」按，掇，通「剟」，削，除去。漢書八六王嘉傳：「上於是定躬、寵告東平本章，掇去宋弘，更言因董賢以聞，欲以其功侯之，皆先賜爵關内侯。」顔師古注：「掇，讀曰『剟』。剟，削也，削去其名也。」樓鑰真率會次適齋韻：「閒暇止應開口笑，詼諧尤稱掇皮真。」（攻媿集一二）蓋皮蔽體者也，去皮見體，是爲「掇皮」。晉書四五王述傳曰：「簡文帝每言述才既不長，直以真率便敵人耳。」時歎美藍田之真，非僅謝安。魏晉人物審美尚真，此又一例也。

〔二〕貞審　端直而審慎。晉書三七司馬休之傳：「前龍驤將軍休之才幹貞審，功業既成。」宋書七八蕭思話傳：「其體業貞審，立朝盡公。」

七九　桓温行經王敦墓邊過，望之云：「可兒！可兒！」〔一〕孫綽與庾亮箋曰：「王敦可人之目，數十年間也。」〔二〕

【校釋】

〔一〕「桓温行經」三句　劉辰翁云：「奸雄自相羨，名德乃不之道。」王世懋云：「英雄相識，故不以成敗論。」李慈銘云：「按此是桓温包藏逆謀，引爲同類，正與『作此寂寂，將令文、景笑人』語同一致。深識之士，當屏弗談。即欲收之，亦當在『假譎』、『尤悔』之列。而歸之

『賞譽』，自爲不倫。」余箋：「老學庵筆記六曰：『晉語：兒人二字通用。世説桓温曰：「可兒！可兒！」蓋謂可人爲可兒也。故晉書及孫綽與庾亮箋，皆以爲可人。又陶淵明「不欲束帶見鄉里小兒」，亦是以小人爲小兒耳，故宋書云：「鄉里小人也。」』」文館詞林六九九東晉庾亮黜故江州刺史王敦像贊教云：『王敦始者以朗素致稱，遂饕可人之名。然其晚節，晉賊也。猶漢公之與王莽耳。』嘉錫案：此與孫綽箋，可以互證。知王敦生時，固有『可人』之目，故桓温從而稱之。然其意則贊敦能爲非常之舉，猶其自命爲司馬宣王一流人物云耳。」「喬松年蘿藦亭札記五：『兒可人，六朝人通用。蓋兒字古讀聲近泥。人字江南人讀近寧。泥、寧雙聲，故人與兒通用。』」按，桓温連呼王敦爲「可兒」，何等惺惺相惜！王敦雖屬叛逆，然當時有「英雄」之目。「英雄」豪爽，常藐視倫理名德，摒斥方遒，氣吞山河，極具人格魅力。桓温自視英雄，自然引王敦爲同類，故以「可兒」贊之。王世懋云：「英雄相識，故不以成敗論。」其説甚是。李慈銘以「逆謀」衡桓温，殊不知名德與「英雄」常無關也。自漢末以來，英雄輩出，有幾個是道德完人？

〔一一〕「王敦可人之目」二句　程炎震云：「據綽與亮箋，是温少時語。晉書敍此於鎮姑孰後，誤。」按，晉書九八王敦傳：「敦少有奇人之目。」品藻一一注引晉陽秋：「（王衍）常爲天下士目曰：『阿平第一，子嵩第二，處仲第三。』」可見王敦於中朝時即有重名。元帝初鎮江東，敦與從弟導等同心翼戴，以隆中興，時人爲之諺曰：「王與馬，共天下。」且敦口不言財利，尤好清談，「可人之目」，當早已播在人口。孫綽所言「數十年間」，意謂數十年前事也。據綽與亮箋，實不能得出是桓温少時語之結論。晉書、建康實録九皆敍此於桓温鎮姑孰後，云「其心跡若是」，較合理而可信。

八〇 殷中軍道王右軍云：「逸少清貴人，〔一〕吾於之甚至，〔二〕一時無所後。」

文章志曰：「羲之高爽有風氣，不類常流也。」

【校釋】

〔一〕清貴　清高顯貴。貴，貴要。葛洪抱朴子廣譬：「欲以收清貴於當世，播德音於將來。」晉書八〇王羲之傳：「（庾亮）臨薨，上疏稱羲之清貴有鑒裁。」裴子野宋略總論：「清貴則王舊。」（全梁文五三）楊慎丹鉛餘録續録三「世説誤字」條：「古書轉刻轉謬，蓋病於淺者妄改耳。如近日吴中刻世説『右軍清真』，謂清致而真率也，李太白用其語爲詩『右軍本清真』，是其證也。近乃妄改作『清貴』。」孫志祖讀書脞録七不同意楊慎説，云：「太白詩乃借用山公目阮咸語爾，正不必泥。世説又云：『殷中軍道右軍清鑒貴要。』則是清貴非清真，刻本不誤也。」按，孫説是。

〔二〕吾於之甚至　李詳云：「詳案：吕氏春秋不侵篇：『豫讓國士也，而猶以人之於己也爲念。』高誘注：『於，猶厚也。』此引申爲親愛，皆古義，或作相於。繁欽、孔融皆有其語。」

八一　王仲祖稱殷淵源非以長勝人，處長亦勝人。〔一〕晉陽秋曰：「浩善以通和接物也。」〔二〕

【校釋】

〔一〕「王仲祖稱」二句　劉辰翁云：「空函故智。」世説抄撮：「不恃己長，而善通和，所以處長也。」孔繁魏晉玄談第一七六頁：「所謂『處長』亦善以己之長取別人之長，這在清談中自然重義理而不重辭令。王濛『不欲苦物』，即不窮人以辭，故對殷浩不以長勝人，十分推重。」張萬起、劉尚慈譯注：「處長，對待自己的長處。指殷浩不傲物凌人。」按，劉辰翁「空函故智」（晉書七七殷浩傳載：桓温將以浩爲尚書令，浩欣然答書，慮有誤，開閉數十，竟答空函）之解未知何意。「處長」之解，當以世説抄撮及張萬起、劉尚慈譯注是。晉陽秋曰：「浩善以通和接物也。」乃謂浩善待人接物耳，「處長」蓋指此。孔繁釋「處長」爲清談「重義理而不重辭令」，恐不確。清談非分勝負不可，殷浩亦如此。文學三一記殷浩於孫盛處共論，往反精苦。末了殷乃語孫曰：「卿莫作强口馬，我當穿卿鼻。」孫曰：「卿不見決鼻牛，人當穿卿頰。」難分勝負之際，竟近於謾駡。可見殷浩清談亦欲「苦物」，「窮人以辭」。下條記王司州贊殷浩清言「陳勢浩汗」，正是浩既重義理亦重辭令之證。

〔二〕通和　此指互相往來和好。王融永明十一年策秀才文：「納款通和，布德修禮。」

八二　王司州與殷中軍語，歎云：「己之府奧，蚤已傾寫而見；〔一〕殷陳勢浩汗，衆源未可得測。」〔二〕徐廣晉紀曰：「浩清言妙辯玄致，當時名流皆爲其美譽。」

【校釋】

〔一〕「己之府奧」二句　府，聚集之處。周禮春官序官：「天府：上士一人，中士二人。」賈公彦疏：「凡物所聚皆曰府，官人所聚曰官府，在人身中飲食所聚謂之六府。」左傳僖公二十七年：「詩書，義之府也。」漢書六二司馬遷傳：「修身者，智之府也。」顔師古注：「府者，所聚之處也。」奧，泛指内室。孔融薦禰衡表：「初涉藝文，升堂覩奧。」府奧，亦作奧府。文心雕龍宗經：「性靈鎔匠，文章奧府。」此喻胸中所蘊蓄。王司州語謂我之胸中蘊蓄，早已傾瀉而盡。寫，同瀉。

〔二〕浩汗　水盛大貌。曹丕濟川賦：「漫浩汗而難測，眇不覩其垠際。」魏書二七穆亮傳：「夫一渡小水，猶尚若斯，況洪河浩汗，有不測之慮。」此二語喻殷中軍言辭浩蕩，規模恢宏，意旨玄遠莫測。由王胡之所歎，可證徐廣「當時名流皆爲其美譽」之言洵爲不虛。

八三　王長史謂林公：「真長可謂金玉滿堂。」〔一〕林公曰：「金玉滿堂，復何爲簡選？」〔二〕王曰：「非爲簡選，直致言處自寡耳。」〔三〕謂吉人之辭寡，非擇言而出也。

【校釋】

〔一〕金玉滿堂　老子九章：「金玉滿堂，莫之能守。」王濛以之喻劉惔無言不善。本篇一一六注引孫綽爲惔誄敍曰：「神猶淵鏡，言必珠玉。」可與王長史之喻同看。

〔二〕簡選，選擇；選用。吕氏春秋簡選：「簡選精良，兵械銛利，令能將將之。」後漢書七一朱儁傳：「故相率厲，簡選精悍，堪能深入，直指咸陽。」宋書三一五行志二：「去年秋冬，采擇卿校諸葛沖等女，是春五十餘人入殿簡選。」朱注：「支意似謂既然金玉滿堂即可隨意發揮，何以劉之言語矜慎似有所選擇檢點而出者。」按，朱注尚欠準確。支遁意謂劉之談辭既如金玉滿堂，無言不善，何必再加選擇？

〔三〕「非爲簡選」二句　劉應登云：「言所藴甚富而言甚寡，非擇言而出。」按，觀此可知劉惔清言屬辭簡切，而又出於自然。文學五六記殷中軍、孫安國等人在會稽王處共論易，一坐咸不安孫理，然又不能令之屈，即迎真長。至，「劉便作二百許語，辭難簡切，孫理遂屈。」「辭難簡切」，亦可見劉「致言處自寡」。本篇一三三：「謝公云：『長史語甚不多，可謂有令音。』」「語甚不多」意即「致言處自寡」；「令音」便是「金玉滿堂」。又晉書四九阮裕傳人云裕「簡秀不及真長」。則「簡秀」自與「辭寡」相通。

八四　王長史道江道羣：「人所應有，乃不必有；人所應無，已必無。」〔一〕中興書曰：「江灌字道羣，〔二〕陳留人，僕射彪從弟也。有才器，與從兄逌名相亞。〔三〕仕尚書中護軍。」

【校釋】

〔一〕「人所應有」四句　人所，所，宋本、王刻本並作「可」。下同。王叔岷補正：「案前『庾公爲護軍』一則，兩可字並作所，可猶所也。」徐箋：「『兩「可」字疑當作「所」』。」楊箋：「按『可』、『所』通用，史記淮陰侯列傳：『非信所與計事者。』漢書『所』作『可』。王念孫謂『可』、『所』古通用。」按，王補正、楊箋是。　世説箋本：「應有，謂美也；應無，謂惡也。」

〔二〕江灌　灌，宋本作「權」。王利器校：「各本『權』作『灌』，是；本書附陳留圉江氏譜及晉書江灌傳正作『灌』；本門下文『劉尹道江道羣』條，注作『灌』，不誤。」

〔三〕從兄逌　逌，宋本作「逈」。王利器校：「蔣校本同，袁本、王本、凌本、補本『逈』作『逌』，曹本作『道』；案作『逌』字的是，本書附陳留圉江氏譜及晉書江逌傳正作『逌』。」按，逈乃逌之形誤。

八五　會稽孔沈、魏顗、虞球、虞存、謝奉，並是四族之儁，于時之傑。〔一〕沈、存、顗、奉，並別見。〔二〕虞氏譜曰：「球字和琳，會稽餘姚人。祖授，吳廣州刺史。父基，右軍司馬。球仕至黄門侍郎。」孫興公目之曰：「沈爲孔家金，顗爲魏家玉，虞爲長、琳宗，謝爲弘道伏。」長、琳即存及球字也。弘道，謝奉字也。言虞氏宗長、琳之才，謝氏伏弘道之美也。

【校釋】

〔一〕傑　王刻本作「桀」。按，當作「傑」。

〔二〕孔沈別見言語四四　虞存別見政事一七，魏顗別見排調四八，謝奉別見雅量三三。

八六　王仲祖、劉真長造殷中軍談，談竟俱載去。劉謂王曰：「淵源真可。」〔一〕王曰：「卿故墮其雲霧中。」〔二〕中興書曰：「浩能言理，談論精微，長於老、易，〔三〕故風流者皆宗歸之。」

【校釋】

〔一〕「劉謂王曰」二句　蕭艾云：「此條疑『劉謂王曰』當作『王謂劉曰』。」（世説探幽第三四一頁）按，蕭艾所疑，或據文學三三記殷與劉清言良久，殷理小屈，遊辭不已，以爲劉惔清言勝於殷浩。然文學二六記劉惔與殷浩談，劉理如小屈。可見二人談藝，原在伯仲之間。

此次王、劉造殷浩談，殷發揮特佳，劉惔不由歎服之，遂稱「淵源真可」。蕭氏所疑證據不足。

〔二〕卿故墮其雲霧中　王叔岷補正：「案史記張儀列傳：『此在其術中而不悟。』」劉辰翁云：「有美有譏。」世説箋本：「此言眩其談論絶塵，瞠若於後，只得贊他耳。然在殷固爲賞譽，在劉已入排調。誠如劉評。」按，劉辰翁所謂「美」，指劉惔稱歎「淵源真可」；所謂「譏」，指王濛調侃惔「墮其雲霧中」。世説箋本謂劉語爲「排調」，似誤解。

〔三〕長於老易　文學二七注引浩別傳曰：「浩善老、易，能清言。」

八七　劉尹每稱王長史云：「性至通而自然有節。」〔一〕濛別傳曰：「濛之交物，虚己納善，恕而後行，希見其喜愠之色，凡與一面，莫不敬而愛之。然少孤，事諸母甚謹，篤義穆族，〔二〕不修小潔，〔三〕以清貧見稱。」〔四〕

【校釋】

〔一〕「性至通」句　「性至通」爲玄學品格，「自然有節」者，謂尚自然且有節制。晉書本傳謂「濛少時放蕩不羈」，此即自然也。孝標注引濛別傳又云濛「虚己納善，恕而後行」，則爲儒家人格之涵養。劉尹稱王長史之語，準確道出王濛儒玄兼綜之人格之美。

〔二〕穆族　族，宋本、沈校本並作「親」。

〔三〕小潔　潔，宋本、沈校本並作「絜」。小潔，指善微小之事。葛洪抱朴子外篇備闕二：「能敷五萬九者，不能全小潔經曲碎也。」

〔四〕清貧　晉書九三王濛傳、通志一六五並作「清約」。按「約」有「貧」義。論語里仁：「不仁者不可以久處約，不可以長處樂。」史記八九張耳陳餘列傳：「然張耳、陳餘始居約時，相然信以死，豈顧問哉。」裴駰集解引漢書音義：「在貧賤時也。」本篇九一注引晉陽秋曰：「（王）述少貧約。」晉書九三王濛傳曰：「（濛）居貧帽敗，自入市買之。嫗悦其貌，遺以新帽，時人以爲達。」「以清貧見稱」殆指此乎？

八八　王右軍道謝萬石「在林澤中爲自遒上」，〔一〕歎林公「器朗神儁」，〔二〕道祖士少「風領毛骨，恐没世不復見如此人」，〔三〕道劉真長「標雲柯而不扶疏」。〔四〕

支遁別傳曰：「遁任心獨往，風期高亮。」劉尹別傳曰：「惔既令望，姻婭帝室，〔五〕故屢居達官。然性不偶俗，心淡榮利，雖身登顯列，而每挹降，閒静自守而已。」

【校釋】

〔一〕「在林澤」句　此句難解，諸家無注。兹試解之：在林澤中者，謂隱居山林中也。遒上，指精神勁健旺盛。王羲之曾與桓温書，稱謝萬「邁往之氣」，此亦言其精神風貌之「遒上」。疑右軍目萬石，後者尚隱居東山時。

〔二〕器朗　器局爽朗。朗爲魏晉人格審美範疇之一，見本篇二七校釋。神儁，指神氣卓異不凡。儁，亦作俊。晉書三五裴楷傳：「詔遣黄門郎王衍省疾，楷回眸矚之曰：『竟未相識。』衍深歎其神儁。」晉書八五魏詠之傳：「既出，（桓）玄鄙其精神不儁。」江淹傷愛子賦序：「生而神俊，必爲美器。」按，魏晉論人最重神味，神儁者爲佳士。言語六三記支道林養馬，或言道人養馬不韻，支曰：「貧道重其神駿。」可知林公喜神俊之美。林公形惡，然其精神特爲俊逸。

〔三〕「道祖士少」二句　祖約，字士少。風領毛骨，汪維輝世説新語詞語考辨：「日譯本注：『風領，未詳。世説新語補考上解爲「風範」，世説音釋解爲「風標」。毛骨，皮毛骨骼，風貌之意。』今按，高僧傳卷一帛尸梨密：『琅琊王師事於密，乃爲之序曰：「……高坐心造峰極，交俊以神，風領朗越，過之遠矣。」』此例的『風領』當與世説同義，爲一並列結構的名詞。日譯本所引兩種日本古代的世説研究著作釋『風領』爲『風範』、『風標』，頗有見地。高僧傳卷六慧遠：『性度弘博，風覽朗拔，雖宿儒英達，莫不服其深致。』『風覽』與『風領』亦相近。（下略）『毛骨』，日譯本所釋亦不誤。晉書元帝紀：『及長，白豪生於日角之左，隆準龍顔，目有精曜，顧眄煒如也。……沈敏有度量，不顯灼然之跡，故時人未之識焉。

惟侍中嵇紹異之，謂人曰：「琅琊王毛骨非常，殆非人臣之相也。」』此例足以説明『毛骨』的詞義。……在本例中，『風領毛骨』則是直接充當謂語，後面省略了『超常』『不凡』一類的話。全句意謂『恐没世不復見如此風領毛骨之人』。」（中國語文二〇〇〇年第二期）按，又世説抄撮釋「風領毛骨」云：「『毛』或作『冰』字。然則『領』當作『翎』，風翎，謂高飛也；冰骨，謂高幹也。」此説無版本依據，説亦牽强。鄙意以爲「風領毛骨」之「毛骨」尚易解，難在「風領」之解。風，風度，風貌。領，領會；領解；悟解。陶潛飲酒詩之十三：「醒醉還相笑，發言各不領。」高僧傳一帛尸梨密多羅傳：「密雖因傳譯，而神領意得，頓盡言前。」高僧傳五道安傳：「不可領解，事過多驗。」本篇一一〇注引高逸沙門傳：「（支遁）每舉麈尾，常領數百言，而精理俱暢，預坐百餘人皆結舌注耳。」上述數例之「領」爲動詞，風領之「領」則轉作名詞。孔稚珪祭外兄張長史文：「惟君之德，高明秀挺，浩汗深度，昂藏風領，學不師古，因心則睿，筌蹄象繇，糠粃莊惠。」（全齊文卷一九，嚴可均全上古三代秦漢三國六朝文）此文「風領」，亦爲名詞，與「風領毛骨」義同。張長史「學不師古，因心則睿，筌蹄象繇，糠粃莊惠」，皆言其風度不凡，悟解超羣也。「風領」，猶語風度與理解力，釋爲「風範」、「風標」或「風韻」似皆未當。「毛骨」誠謂「皮毛骨骼」，即骨相也。而以骨相論人，古已有之。王充論衡骨相篇以骨相、骨法爲人之表侯，察之可知富貴、貧賤及性格，以爲「性命繫於形體，明矣」。嵇紹察琅琊王之毛骨，知其有帝王之相，與相工伎倆無異。

〔四〕標雲柯　世説音釋：「高枝出雲也。」扶疏，枝葉繁茂分披貌。呂氏春秋任地：「樹肥無使扶疏，樹磽不欲專生而族居。肥而扶疏則多秕，磽而專居則多死。」汰侈八：「枝柯扶疏，世罕其比。」時人目真長，或曰「簡秀」，或曰「簡令」。「標雲柯」爲清高，「不扶疏」爲「簡秀」。張萬起、劉尚慈譯注釋「標雲柯」爲「比喻身登高位」，釋「不扶疏」爲「閒靜自守」，恐皆不確。

〔五〕婣婭帝室　劉惔尚明帝女廬陵公主。

八九　簡文目庾赤玉：「省率治除。」〔一〕謝仁祖云：「庾赤玉胸中無宿物。」〔二〕赤玉，庾統小字。中興書曰：「統字長仁，潁川人，衛將軍懌子也。〔三〕少有令名，仕至尋陽太守。」

【校釋】

〔一〕省率　謂簡省率直也。率，直率；坦率。莊子山木：「形莫若緣，情莫若率。緣則不離，率則不勞。」方正五五注引續晉陽秋曰：「(桓)伊少有才藝，又善聲律，加以標悟省率，爲王濛、劉惔所知。」世説音釋：「省率，真率也。治除，即掃除也。」謂「省率」爲「真率」，似未妥。又，隋書三五經籍志四著録庾赤玉集四卷，庾統集八卷。

〔二〕宿物　存留之物。胸中無宿物，即胸中坦蕩之意。

〔三〕懌　原作「擇」，宋本亦作「擇」。李慈銘云：「案『擇』當作『懌』，亮之弟也。」王利器校：「蔣校本、王本、淩本『擇』作『懌』；案作『懌』字的是，本書附潁川鄢陵庾氏譜、晉書庾懌傳，字都作『懌』。」今據改。

九〇　殷中軍道韓太常曰：「康伯少自標置，〔一〕居然是出羣器；及其發言遣辭，往往有情致。」續晉陽秋曰：「康伯清和有思理，〔二〕幼爲舅殷浩所稱。」

【校釋】

〔一〕標置　猶品評。謂標舉品第，評定位置。多指自高位置，有自負、自譽之意。晉書七五劉惔傳：「桓溫嘗問惔：『會稽王談更進邪？』惔曰：『極進，然故第二流耳。』溫曰：『第一復誰？』惔曰：『故在我輩。』其高自標置如此。」建康實録一六：「(王融)其高自標置如此。」

〔二〕清和　清靜和平。多形容人之性情。蔡邕文范先生陳仲弓銘：「君膺皇靈之清和，受明哲之上姿。」言語七四注引晉陽秋曰：「(荀羨)清和有識裁。」

九一　簡文道王懷祖：「才既不長，於榮利又不淡，〔一〕直以真率少許，便足對人多多許。」〔二〕晉陽秋曰：「述少貧約，簞瓢陋巷，不求聞達，由是爲有識所重。」

【校釋】

〔一〕「才既不長」二句　李慈銘云：「案晉書述傳云：初述家貧，求試宛陵令，頗受贈遺而修家俱。爲州司所檢，有一千三百條。王導使謂之曰：『名父之子，不患無禄，屈臨小縣，甚不宜耳。』答曰：『足自當止。』故曰：『於榮利又不淡』也。」

〔二〕「直以真率少許」二句　劉辰翁云：「與『掇皮皆真』同。」又云：「行狀俱盡。」王世懋云：「道盡藍田，簡文妙於言乃爾。」按，由簡文之語可見魏晉人格審美重才、鄙視榮利而甚重真率。

九二　林公謂王右軍云：〔一〕「長史作數百語，無非德音，如恨不苦。」〔二〕苦謂窮人以辭。王曰：「長史自不欲苦物。」〔三〕

【校釋】

〔一〕右軍云　宋本、沈校本並無「云」字。

〔二〕如恨不苦　苦乃辯論風格，亦是必然現象，即孝標所謂「窮人以辭」。清言家欲決優劣，勢必相苦。如許詢與王修「共決優劣，苦相折挫」。（見文學三八）謝公與林公講論，「遂至相苦」。（見文學三九）本篇一三三記謝安語曰：「長史語甚不多，可謂有令音。」注引王濛別傳云：「濛談理貴中，辭旨劭令。」又品藻四八載：劉尹至王長史許清言，劉去，苟子問父曰：「劉尹語何如尊？」長史曰：「韶音令辭不如我，往輒破的勝我。」林公所稱之「德音」，亦即「韶音令辭」也。「如恨不苦」，乃遺憾長史談鋒不咄咄逼人，以至使人辭窮也。按，由此條可知王濛清談風格與林公不同。

〔三〕苦物　猶苦人。孝標注：「苦謂窮人以辭。」甚是。孫興公稱王濛「温潤恬和」（見品藻三六），本篇八七注引濛别傳謂「濛之交物，虚己納善，恕而後行」，如此個性，自然「不欲苦物」。又世説箋本：「長史自不欲苦人，但以其談鋒難當，故人乃自苦之耳。」按，王濛談鋒並非難當，而清言互争勝負，皆是苦論敵，無有自苦者。世説箋本恐未得右軍之旨。

九三　殷中軍與人書，道：「謝萬文理轉遒，成殊不易。」〔一〕中興書曰：「萬才器儁秀，善自衒曜，故致有時譽。兼善屬文，能談論，時人稱之。」〔二〕

【校釋】

〔一〕「謝萬文理轉遒」二句　轉遒，漸趨遒勁。轉，漸進之謂。世説箋本：「不易爲不易得也，與桓溫云『不易才』同。」

〔二〕「兼善屬文」三句　能談論兼善屬文，是爲風流名士之條件，自漢末已來，即爲人稱賞仰慕。如後漢書八〇下邊讓傳：「少辯博，能屬文。」同上酈炎傳：「炎有文才，解音律，言論給捷，多服其能理。」魏志王粲傳注引典略，稱繁欽「以文才機辯，少得名於汝潁間」。晉書四八殷仲堪傳：「能清言，善屬文，士咸愛慕之。」

九四　王長史云：「江思悛思懷所通，不翅儒域。」〔一〕徐廣晉紀曰：「江惇字思悛，陳留人，僕射虨弟也。性篤學，手不釋書，博覽墳典，儒道兼綜。徵聘無所就，年四十九而卒。」

【校釋】

〔一〕不翅儒域　世説箋本：「時好玄理，故云不翅儒域。」劉盼遂云：「翅、啻古通。按衆經音義引蒼頡篇：『不啻，多也。』『不啻儒域』，謂所通不止於儒域，以其並綜玄學也。文學篇殷浩曰：『使我解四本，談不翅耳爾。』謂談議當勝於此也。排調篇婦笑曰：『若使新婦得配參軍，生兒故可不啻如此。』謂生兒當勝於此也。假譎篇『王文度、阿智惡乃不翅。』謂冥頑殊甚也。世儒習知不翅爲無異，因鉏鋙而遏通矣。」余箋：「世説中之『不翅』，皆當作『不但』解。『不翅儒域』者，所通不但儒家之學也。『惡乃不翅』者，謂阿智之爲人，不但是惡而已。」徐箋：「『不翅儒域』，注中『博覽典籍，儒道兼綜』二語即是此句注腳。」按，晉書五六江惇傳言惇「性好學，玄儒並綜。每以爲君子立行應依禮而動，雖隱顯殊途，未有不傍禮教者也。若乃放達不羈，以肆縱爲貴者，非但動違禮法，亦道之所棄也。乃著通道崇簡論，世咸稱之。」江惇又撰毛詩音、公羊音（見册府元龜六〇五），並注論語，皆此好儒之證。至於惇並綜玄學之事，本傳中似未詳。王長史本人亦儒玄兼綜，自然欣賞江惇「不翅儒學」，由此可見當時對「儒道兼綜」學風之體認。

九五　許玄度送母始出都，〔一〕人問劉尹：「玄度定稱所聞不？」〔二〕劉曰：「才情過於所聞。」〔三〕許氏譜曰：「玄度母，華軼女也。」按詢集，〔四〕詢出都迎姊，於路賦詩。〔五〕續晉陽秋亦然。〔六〕而此言送母，疑繆矣。〔七〕

【校釋】

〔一〕許玄度出都事　見言語六九。出都，見文學五三校釋。

〔二〕定　究竟。稱，相稱。此句謂玄度與所聞究竟相稱不相稱？亦即名實是否相符。

〔三〕才情過於所聞　許詢高情逸韻，在當時享有盛名，士人皆愛慕之。劉惔高自標置，平素極少推重人，推重者唯王濛、謝尚、許詢數人而已。言語七三劉尹云：「清風朗月，輒思玄度。」又曾謂玄度曰：「自吾有由，惡言不及於耳。」玄度受而不憾（見品藻五〇）。寵禮四：「許玄度停都一月，劉尹無日不往，乃歎曰：『卿復少時不去，我成輕薄京尹。』」凡此皆見劉惔賞愛玄度非比一般。

〔四〕詢集　余箋：「隋志晉征士許詢集八卷，録一卷。」

〔五〕賦詩　賦，宋本作「武」。王利器校：「各本『武』作『賦』，是，宋本作『武』，就是『賦』的壞文。」

〔六〕續晉陽秋亦然　余箋：「本篇『許掾嘗詣簡文』條注引續晉陽秋曰：『詢能言理，曾出都迎姊』云云，故此注言續晉陽秋亦然。」

〔七〕「而此言送母」二句　朱注：「晉、宋、齊、梁間多有以姊稱母者，南史中數見不鮮。孝標梁人，不應不省，此按語疑後人所增。」按，許詢集自稱迎姊，續晉陽秋亦然，則當以迎姊較合理。孝標所疑是。據方正六五：「太傅醉，呼王（爽）爲『小子。』王曰：『亡祖長史與簡文皇帝爲布衣之交，亡姑亡姊伉儷二宮，何小子之有？』」賢媛三〇：「謝遏絶重其姊，張玄常稱其妹，欲以敵之。」可證世説中姊不爲母，晉書中亦未見有呼母爲姊者。雖劉知幾史通一七「北齊諸史三條」曰：「如今之所謂者，若中州名漢，關右稱羌，易臣以奴，呼母云姊。」北齊書中亦確有呼母或乳母爲姊者，然此或是夷俗，而江左未有也。

九六　阮光禄云：「王家有三年少：右軍、安期、長豫。」〔一〕阮裕、王悦、安期、王應並已見。〔二〕

【校釋】

〔一〕王家有三年少　王先謙校：「按右軍，羲之；安期，王承字；長豫，王悦字。晉書王羲之傳：裕目羲之與王承、王悦爲『王氏三少』，不及王應。此注語應有誤。」劉盼遂曰：「按晉書蓋摭世説而誤，未可據晉書駁世説也。考王承字安期，王應亦字安期。承卒於元帝渡江之初，自不與敬豫、羲之相接。應名德雖不若敬豫、羲之，然應覈荆州之守文（本書識鑒篇文），知回飆於樞鼓（本書豪爽注），敦亦稱其神候似欲可者，則應亦爾時之髦士也。與敬豫、羲之既同德業，又居昆弟，三少同稱，亦固其所。且三少皆出琅琊，承望屬太原，何能與敬豫、逸少並論乎？特以世人知承字安期者多，知應字安期者少，故唐修晉書遂誤王應爲王承，而未計及，於情勢及劉注皆不合也。葵園乃是晉書而非劉注，是可謂倒置矣。」按，劉説是。晉書七五王承傳曰：「渡江名臣王導、衛玠、周顗、庾亮之徒皆出其下，爲中興第一。」王承與王導同輩，確與敬豫、羲之不相接。文學九四孝標注：「裴叔則、樂彦輔、王夷甫、庾子嵩、王安期、阮千里、衛叔寶、謝幼輿爲中朝名士。」亦可證王承與衛玠、謝鯤同輩。又據晉書四九阮裕傳，裕曾爲王敦主簿，甚被知遇。阮裕目王家三年少，很有可能在作王敦主簿時。

〔二〕阮裕已見德行三二　王悦已見德行二九，王應已見識鑒一五及注引晉陽秋。

九七　謝公道豫章：「若遇七賢，必自把臂入林。」〔一〕江左名士傳曰：「鯤通簡有識，不修威儀，好迹逸而心整，〔二〕形濁而言清。居身若穢，動不累高。〔三〕鄰家有女，嘗往挑之，女方織，以梭投折其兩齒。既歸，傲然長嘯，曰：『猶不廢我嘯歌。』其不事形骸如此。」〔四〕

【校釋】

〔一〕「謝公道豫章」三句　程炎震云：「晉書劉伶傳：『與阮籍、嵇康相遇，欣然神解，攜手入林。』」按，品藻一七注引鄧粲晉紀曰：「鯤與王澄之徒，慕竹林諸人，散首披髮，裸袒箕踞，謂之『八達』。」可見謝鯤慕竹林諸人之任達。謝公之言，即謂謝鯤乃竹林七賢之流。

〔二〕迹逸　程炎震云：「晉書謝鯤傳云『好老易』。此注『迹逸』上蓋脱二字。」

〔三〕動不累高　世説箋本云：「言其舉動不累高操也。」吴金華考釋：「『累高』比喻冒險之舉。『詩曰：將欲毁之，必重累之；將欲踣之，必高舉之。其此之謂乎？累矣而不毁，舉矣而不踣，其唯有道者乎！』（吕氏春秋卷二〇恃君覽第八行論）高誘注：『詩，逸詩也；累之重，乃易毁也；舉之高，乃易敗也。』……本文『動不累高』，指一舉一動都不涉及危身之事。」按，「累高」之「累」爲「堆積」義，非謂「傷害」義。吴考釋是。

〔四〕其不事形骸如此　謝鯤不事形骸，然形濁言清，與竹林七賢行徑相似：鯤通簡似王戎，有識如山濤；不修威儀，猶嵇康土木形骸；挑鄰家女，與阮咸居母喪借驢追姑家婢相類；而鯤迹逸而心整，與阮籍達而無檢，卻又任真至情略同。嵇阮流風遺韻，後世仿效者甚衆，謝鯤爲一典型人物。

九八　王長史歎林公：「尋微之功，不減輔嗣。」〔一〕支遁別傳曰：「遁神心警悟，清識玄遠。嘗至京師，王仲祖稱其造微之功，不異王弼。」

【校釋】

〔一〕「尋微」二句　南渡之後，佛理漸入清談領域，兼之名士名僧廣泛交往，共同探玄尋微，故士人以佛教中人擬配玄學中人。據慧皎高僧傳，孫綽作道賢論，以天竺七僧方竹林七賢，即以竺法護方山濤（見曇摩羅刹傳），以帛遠方嵇康（見帛遠傳），以竺法乘方王戎（見竺法乘傳），以竺法潛方劉伶（見竺法潛傳），以于法蘭方阮籍（見于法蘭傳），以于道邃方阮咸（見于道邃傳），以支遁方向秀，並云：「支遁、向秀，雅好莊老，風好玄同矣。」（見支遁傳）支遁玄釋兼綜，義理精微，爲一時清談高手，故王濛擬比王弼。

九九　殷淵源在墓所幾十年，〔一〕於時朝野以擬管、葛，起不起以卜江左興亡。〔二〕續晉陽秋曰：「時穆帝幼沖，母后臨朝，簡文親賢民望，任登宰輔。桓温有平蜀、洛之勳，擅强西陜，〔三〕帝自料文弱，無以抗之。陳郡殷浩素有盛名，時論比之管、葛，故徵浩爲揚州。〔四〕温知意在抗己，甚忿焉。」

【校釋】

〔一〕幾十年　幾，近也。晉書七七殷浩傳作「幾將十年」。據晉書本傳，浩曾作征西將軍庾亮記室參軍，安西將軍庾翼復請爲司馬。据晉書七三庾翼傳，庾亮卒，授翼安西將軍、荊州刺史，代亮鎮武昌。庾亮以成帝咸康六年（三四〇）正月卒，庾翼爲安西將軍及請殷浩爲司馬，當亦在此時。至永和二年（三四六），簡文輔政，征殷浩爲揚州刺史。計浩在墓所前後大概六七年時間。

〔二〕「於時朝野」二句　余箋：「世説但稱朝野云云，不言何人，而晉書謂『王濛、謝尚以卜江左興亡。』識鑒篇云：『王、謝相謂曰：「淵源不起，當如蒼生何？」』晉書之言，即本於此。浩傳又載簡文答浩書曰：『足下去就，即是時之興廢。』則簡文之意，與王、謝等。以殷浩擬管、葛者，必是此輩。蓋簡文以親賢輔政，王、謝風流宗主，此數人之言，即朝野之論所出也。」按，殷浩起與不起，何以朝野以卜江左興亡？此種現象尚需探索。不僅殷浩，朝野對謝安隱居東山不起，亦與殷浩同。晉書七九謝安傳：「征西大將軍桓温請爲司馬，將發，新亭朝士咸送。中丞高崧戲之曰：『卿累違朝命，高卧東山，諸人每相與言：「安石不肯出，將如蒼生何？」蒼生今亦將如卿何？』」高菘雖曰戲言，然諸人相與之言，或有其事。又晉書八〇王羲之傳：「羲之既少有美譽，朝廷公卿皆愛其才器，頻召爲侍中、吏部尚書，皆不就。復授護國將軍，又推遷不拜。揚州刺史殷浩素雅重之，勸使應命，乃遺羲之書曰：『悠悠者以足下出處足觀政之隆替，如吾等亦謂爲然。至如足下出處，正與隆替對，豈可以一世之存亡，必從足下從容之適？幸徐求衆心。卿不時起，復可以求美政不？若豁然開懷，當知萬物之情也。』」殷浩所云「以足下出處足觀政之隆替」，與簡文答浩書云「足下去就，即是時之興廢」意思全同。某一大名士之出處，居然與天下興廢相關，今日視此，豈非荒唐又誇張？然當時確爲流行觀念。此種現象，乃是崇尚隱逸觀念之畸形産物，亦是宗尚風流名士之浮華所致。

〔三〕西陝　同「陝西」，指荆州。見識鑒二八校釋。

〔四〕徵浩爲揚州　據晉書八穆帝紀、晉書九八桓温傳，永和三年桓温平蜀，永和十年克洛陽。穆帝紀謂永和二年，以殷浩爲揚州刺史。通鑑九八晉紀二〇載：永和四年，「温既滅蜀，威名大振，朝廷憚之。會稽王昱以揚州刺史殷浩有盛名，朝野推服，引爲心膂，與參綜朝權，欲以抗温，由是與温寖相疑貳。」而續晉陽秋敍徵浩爲揚州於桓温平蜀、洛之後，顯然失當。

一〇〇　殷中軍道右軍「清鑒貴要」。〔一〕晉安帝紀曰：「羲之風骨清舉也。」〔二〕

【校釋】

〔一〕清鑒　清明之鑒别力，義同「清識」。葛洪抱朴子至理：「識變通於常事之外，運清鑒於玄漠之域。」魏志傅嘏傳：「劉廙以清鑒著。」北史五〇辛雄楊機等傳論：「懷哲體有清鑒，德源雅業無虧。」晉書八〇王羲之傳：「(庾)〔庾〕亮臨薨，上疏稱羲之清貴有鑒裁。」可與本條同看。本篇八八記右軍評謝萬、支遁諸人，即「清鑒」也。貴要，尊貴顯要。亦指尊貴顯要之人。晉書三四杜預傳：「預在鎮，數餉遺洛中貴要。」晉書六四司馬道子傳：「今之貴要腹心，有時流清望者誰乎？」

〔二〕風骨　魏晉人格審美範疇之一，指風度與骨骼所體現之美感。晉書四九阮裕傳云：「裕骨氣不及逸少。」可見右軍確以風骨稱。本篇八八記右軍賞祖士少「風領毛骨」，亦見其對人風骨之美頗具鑒賞力。又，晉書載記赫連勃勃傳論：「然其器識高爽，風骨魁奇，姚興覩之而醉心，宋祖聞之而動色。」宋書一武帝紀載：司徒王謐曰：「昨見劉裕風骨不恒，蓋人傑也。」風骨一詞，由原來品題人之風度、骨相，後來發展爲文學批評、畫論和書論中重要之美學範疇。清舉，清俊超逸。文學三八：「人以比王苟子。」注引文字志：「脩明秀有美稱，善隸行書，號曰流奕清舉。」干寶搜神記五記廣陵人蔣子文「常自謂己骨清，死當爲神」。可見「骨清」者流品極佳。時人以「風骨清舉」目羲之，賞譽至高。

一〇一　謝太傅爲桓公司馬。續晉陽秋曰：「初，安優遊山水，以敷文析理自娱。〔一〕桓温在西蕃，〔二〕欽其盛名，〔三〕諷朝廷請爲司馬。以世道未夷，志存匡濟，年四十，〔四〕起家應務也。」桓詣謝，值謝梳頭〔五〕，遽取衣幘。桓公云：「何煩此。」因下共語至暝。〔六〕既去，謂左右曰：「頗曾見如此人不？」〔七〕

【校釋】

〔一〕「安優遊山水」二句　謝安隱居東山，既有優遊山水之樂，又有作文、談論及女伎之娱，此種作風，對中國士大夫之生活藝術化影響甚巨。

〔二〕西蕃　徐箋：「温時以征西大將軍領荆州刺史，荆州在建康之西，故稱荆州爲『西蕃』，『蕃』同『藩』。」

〔三〕欽　宋本作「之」，沈校本作「知」。王利器校：「『之』『知』音近而誤；餘本作『欽』。」

〔四〕年四十　程炎震云：「謝年四十，是升平三年，謝萬敗廢時也。」按，謝安出爲桓温司馬，在升平四年（參見雅量三三校釋）。

〔五〕梳頭　梳，宋本作「栢」。王利器校：「各本『栢』作『梳』，是。」晉書本傳：「溫後詣安，值其理髮。安性遲緩，久而方罷，使取幘。溫見，留之曰：『令司馬著帽進。』其見重如此。」

〔六〕瞑　宋本誤作「瞑」。

〔七〕「既去」三句　李贄云：「真賞矣。」（初潭集師友推賢）

一〇二　謝公作宣武司馬，屬門生數十人於田曹中郎趙悦子。〔一〕伏滔大司馬僚屬名曰：「悦字悦子，下邳人。歷大司馬參軍、左衛將軍。」悦子以告宣武，宣武云：「且爲用半。」趙俄而悉用之，曰：「昔安石在東山，搢紳敦逼，恐不豫人事。況今自鄉選，反違之邪？」〔二〕

【校釋】

〔一〕於　猶「與」也。

〔二〕「昔安石」數句　今自，自，宋本誤作「目」。鄉選，古有鄉選里舉之法，爲最基層之選拔人才制度。趙悦子之言，意謂謝安隱居東山，雖朝廷累詔，仍恐不起，如今自選人才以送我，我難道違其意而不用嗎？此言頗有調侃意味。劉辰翁云：「悦子自佳。」

一〇三　桓宣武表云：「謝尚神懷挺率，〔一〕少致民譽。」温集載其平洛表曰：〔二〕「今中州既平，〔三〕宜時綏定。鎮西將軍、豫州刺史尚神懷挺率，少致人譽。是以入贊百揆，〔四〕出蕃方司。〔五〕宜進據洛陽，撫寧黎庶，謂可本官都督司州諸軍事。」〔六〕

【校釋】

〔一〕神懷　心神襟懷。挺率，挺秀率易。挺，突出，傑出，義猶「挺出」、「挺秀」之「挺」。率，率易。晉書一宣帝紀論：「宣皇以天挺之姿，應期佐命。」文心雕龍物色：「若夫珪璋挺其惠心，英華秀其清氣，物色相召，人誰獲安？」晉書七九謝尚傳：「及長，開率穎秀，辨悟絶倫，脱略細行，不爲流俗之事。……（王）導以其有勝會，謂曰：『聞君能作鴝鵒舞，一坐傾想，寧有此理不？』尚曰：『佳。』便著衣幘而舞。導令坐者撫掌擊節，尚俯仰在中，傍若無人，其率詣如此。」按，本篇一〇四注引晉陽秋云謝尚「率易挺達」，即「挺率」之意。又本傳「開率穎秀」四字，亦可作「挺率」二字注腳。

〔二〕平洛表　平，王刻本作「下」。王先謙校：「一本『下』作『平』，是。」

〔三〕中州既平　據晉書八穆帝紀，晉書九八桓温傳，永和十二年（三五六）八月，桓温收復洛陽。十一月，修五陵。桓温上疏平洛表當亦在此時。

〔四〕是以　是，楊箋改爲「足」，並云：「各本作『是』，非。」贊，宋本、沈校本並作「論」。按，作

「是」是。據晉書八穆帝紀，永和九年四月，以安西將軍謝尚爲尚書僕射。「入贊百揆」即指此事。此句乃敍尚之經歷，非評價其才堪要職。楊箋改「是」爲「足」，不足取。

〔五〕出蕃方司　謝尚歷任鎮西將軍、江州刺史、豫州刺史、鎮西將軍，此所謂「出蕃方司」也。

〔六〕「宜進據洛陽」三句　晉書七九謝尚傳：「桓温北平洛陽，上疏請尚爲都督司州諸軍事，鎮洛陽。以疾病不行。」

一〇四　世目謝尚爲「令達」。阮遥集云：「清暢似達。」〔一〕或云：「尚自然令上。」晉陽秋曰：「尚率易挺達，超悟令上也。」〔二〕

【校釋】

〔一〕清暢　清通暢達之意。晉書三五裴憲傳：「綽子遐，善言玄理，音辭清暢。」文心雕龍才略：「張華短章，奕奕清暢。」按，謝尚以穆帝升平初卒，時年五十。阮遥集（孚）卒於咸和二年（三二七），則阮品題謝尚時，後者尚未及二十。

〔二〕超悟　超，宋本、沈校本並作「昭」。按，作「超」是。超悟，穎悟，徹悟。本篇一二三：「王敬仁是超悟人。」晉書九五鳩摩羅什傳：「大師聰明超悟，天下無二。」謝尚傳言尚「八岁神悟夙成」，「辯悟絶倫」。「超悟」當指此。

一〇五　桓大司馬病，〔一〕謝公往省病，從東門入。温時在姑孰。〔二〕桓公遥望歎曰：「吾門中久不見如此人！」〔三〕

【校釋】

〔一〕桓大司馬病　程炎震云：「御覽四百五引『病』下有『篤』字。」

〔二〕姑孰　孰，宋本作「熟」。按，晉書皆作「姑孰」。孰通熟。

〔三〕「吾門中」句　本篇一〇一記桓温詣謝安，既去，謂左右曰：「頗曾見如此人否？」此又歎「吾門中久不見如此人」，可見温雖曾有誅安之心，但看重安始終不渝。晉人於茂才異士真可謂一往深情。桓温府中濟濟天下之才，良有以也。凌濛初云：「門中不可少，然勿令小草知。」

一〇六　簡文目敬豫爲「朗豫」。〔一〕王恬已見。〔二〕文字志曰：「恬識理明貴，爲後進冠冕也。」〔三〕

【校釋】

〔一〕朗豫　劉辰翁云：「此一字連其人名，如謔如謚，更自高簡。」張萬起詞典釋「朗豫」爲「明達和悦。」按，劉説是。「朗」爲品藻用語，中古文選中未見「朗豫」一詞，簡文不過以「朗」目敬豫而已。

〔二〕王恬　已見德行二九注引文字志。

〔三〕冠冕也　冕，宋本作「蓋」。王利器校：「各本『蓋』作『冕』，是。凌本無『也』字。」

一〇七　孫興公爲庾公參軍，共游白石山。〔一〕衛君長在坐。衛氏譜曰：「永字君長，〔二〕成陽人，位至左軍長史。」孫曰：〔三〕「此子神情都不關山水，而能作文？」〔四〕庾公曰：「衛風韻雖不及卿，諸人傾倒處亦不近。」〔五〕孫遂沐浴此言。〔六〕

【校釋】

〔一〕白石山　世説音釋：「水經注：『江水又東南逕剡縣，與白石山水會，山上有瀑布，懸水三十丈，下注浦陽江。』又曰：『東有蕈山，南有黄山與白石山，三山爲縣之秀峰。』臨海記曰：『白石之山，望之如雪，山上有湖，傳云金鵝之所集，八桂之所植。』」徐箋：「景定建康志：『白石山在溧水縣北二十里，高一十丈，周回十一里。』」楊箋同。按，世説音釋謂白石山在剡縣，景定建康志則謂在溧水縣。考庾亮未曾鎮會稽，疑此白石山在建康附近。

〔二〕永字君長　永，王刻本作「承」。余箋：「『衛承』當爲『衛永』之誤。世説人名譜衛氏譜云：永字君長，成陽人，左軍長史。」

〔三〕孫曰　宋本無此二字。

〔四〕「此子神情」二句　朱注：「似謂衛之神情並不留意山水，而能文章，蓋言其非風雅之士。故下庾云云。」按，孫綽意謂衛之神情與山水全無關係，豈能作文？嘲笑之意顯然。東晉名士寄情山水，詠唱自然，山水美感遂與文學相伴相生，山水文學由此得到長足發展。孫綽肯定山水與文學二者之關係，後在文心雕龍物色篇中得到充分闡述。

〔五〕「衛風韻」二句　朱注：「舊以『不及卿諸人』爲句，似不妥。蓋此庾專向孫言，下文謂即諸人對衛之傾倒亦不能與卿相比。故孫以爲知己而心服其言。」按，朱注之斷句可取，今從之；然釋句猶未當。傾倒，心折，佩服。陸雲與張光禄書：「加蒙顧遇，重以傾倒。」鮑照答休上人詩：「味貌復何奇，能令君傾倒。」近，鄙薄；平庸。爲「凡近」之「近」，無「相比」義。徐幹中論爵禄：「功小者，其禄薄；德近者，其爵卑。」陸游上辛給事書：「某束髮好文，才短識近。」此二句謂衛風韻雖不及卿，但諸人爲之傾倒之處，亦不凡庸。猶言衛亦有可取之處。

〔六〕沐浴此言　劉辰翁云：「庾言自佳，沐浴何物？」世説箋本：「沐浴，心服也。」朱注：「案似謂愜心舒暢也。」按，世説箋本、朱注不確。沐浴，蒙受，受潤澤，引申爲「受惠」。史記二四樂書：「沐浴膏澤而歌詠勤苦，非大德誰能如斯！」晉書七三庾亮傳：「弱冠濯纓，沐浴芳風。」此句謂孫綽遂受惠於此言。

一〇八　王右軍目陳玄伯：「壘塊有正骨。」〔一〕陳泰，已見。〔二〕

【校釋】

〔一〕壘塊　同「磊塊」，喻心中鬱結不平之氣。任誕五一：「阮籍胸中壘塊，故須酒澆之。」陸游家居自戒詩之三：「世人無奈愁，沃以杯中酒，未能平磊塊，已復生堆阜。」正骨，端直剛正之骨相。參見本篇一〇〇校釋。此喻陳之風貌正直。

〔二〕陳泰　已見方正八。

一〇九　王長史云：「劉尹知我，勝我自知。」〔一〕濛別傳曰：「濛與沛國劉惔齊名，時人以濛比袁曜卿，〔二〕惔比荀奉倩，〔三〕而共交友，甚相知賞也。」〔四〕

【校釋】

〔一〕「王長史云」三句　程炎震云：「御覽四四四引郭子曰：『王仲祖云：「真長知我，勝我自知。」』蓋臨川改之。然仲祖未必稱真長爲劉尹，不如本文爲得。」劉辰翁云：「此亦古人所未道。」李贄云：「真可喜。」（初潭集師友知己）

〔二〕袁曜卿　魏志袁渙傳：袁渙字曜卿，陳郡扶樂人。父滂，爲漢司徒。渙清静，舉動必以禮。初爲郡功曹，遷侍御史，後歸曹操。魏國初建，爲郎中令，行御史大夫事。時人以王濛比袁涣，當是此二人皆舉動以禮，性情恬静之故。

〔三〕荀奉倩　荀粲字奉倩。見文學九注引粲别傳。劉惔善言虚勝，奉倩能言玄遠，且兩人簡貴，不交非類，此即時人並論之故歟？

〔四〕「而共交友」二句　世説中記王、劉交友之事極多，傷逝一〇注引濛别傳曰：「沛國劉惔與濛至交，及卒，惔深悼之，雖友于之愛，不能過也。」可證二人洵「甚相知賞」也。

一一〇　王、劉聽林公講，王語劉曰：「向高坐者，故是凶物。」〔一〕復更聽，〔二〕王又曰：「自是鉢釪後王、何人也。」〔三〕高逸沙門傳曰：「王濛恒尋遁，遇祇洹寺中講，正在高坐上，每舉麈尾，常領數百言，而情理俱暢，預坐百餘人皆結舌注耳。濛云：『聽講衆僧向高坐者，是鉢釪後王、何人也。』」〔四〕

【校釋】

〔一〕凶物　惡物，不祥之物。御覽九二七引晉中興書：「上吾鵂鳥一口，云以避惡。此凶物，豈宜妄進。」世説音釋：「凶物猶言不好人，王長史服林公精理，故云。向高坐而攻難者，皆是不好人也。」按，不解王濛爲何稱支遁爲「凶物」？世説音釋謂「向高坐而攻難者」爲「凶物」，亦不合情理。抑或林公面目可憎耶？

〔二〕復更聽　更，王刻本作「東」。按作「更」是。

〔三〕「王又曰」二句　劉盼遂云：「按慧皎高僧傳四支道林傳：『濛詣遁，遁曰：「君語了不長進。」濛退乃歎曰：「實缽釪之王、何也。」』音釋：『絣，側持反，舊作紂，與緇同。』今世説正文及注皆舛訛不可讀，宜據正。」程炎震、楊箋同。徐箋：「絣字疑是『釪』字形近而誤。此文亦當從彼作『自是缽釪之王、何也』。猶言沙門中之輔嗣、平叔也。僧肇傳亦有『不意方袍，復見平叔』之語。又盂釪爲佛門傳法之器，釪缽後王、何人，作如來傳法後沙門中王、何一流人物解，義亦可通。釋僧弼與沙門寶林書稱佛馱跋陀羅云：『道門禪師甚有天心，便是天竺王、何風流人也。』句法相類。」按，徐箋所解較圓通，可從。本篇九八王濛歎林公：「尋微之功，不減輔嗣。」可與此條參看。

〔四〕「濛云」三句　宋本、沈校本並無「云」字。余箋：「然實有脱文，疑當作『語』或『謂』，不當作『云』也。」并于「僧」字斷句。　按，此三句敍王濛之言，謂聽講衆僧所對之高坐者，乃是佛門中之王弼、何晏一類人。向，面向，面對。然余箋亦通。

一二一　許玄度言：「琴賦所謂『非至精者，不能與之析理』，劉尹其人；『非淵静者，不能與之閑止』，簡文其人。」〔一〕嵇叔夜琴賦也。〔二〕劉惔，真長，丹陽尹。

【校釋】

〔一〕朱注：「此引琴賦以喻劉惔至精，簡文淵静也。」按，朱注是。至精，指義理精微。劉惔是清言高手，故許謂「至精」。淵静，深沉恬静。莊子在宥：「其居也淵而静。」莊子天道：「無欲而天下足，無爲而萬物化，淵静而百姓定。」晉書九簡文帝紀：「（帝）留心典籍，不以居處爲意，凝塵滿席，湛如也」，言語四八注引高逸沙門傳：「司徒會稽王天性虚淡。」皆見其「淵静」、「閑止」之個性。

〔二〕嵇叔夜　嵇，原作「稽」。按，當作「嵇」。今改。

一一二　魏隱兄弟少有學義，〔一〕魏氏譜曰：「隱字安時，會稽上虞人，歷義興太守、〔二〕御史中丞。弟遏，黄門郎。」總角詣謝奉，奉與語，大説之，曰：「大宗雖衰，〔三〕魏氏已復有人。」

【校釋】

〔一〕學義　猶學問，學識。後漢書一〇九上窪丹傳：「丹學義研深，易家宗之，稱爲大儒。」文學三〇注引庾法暢人物論：「法深學義淵博，名聲蚤著。」

〔二〕歷義興太守　程炎震云：「隆安三年十一月，妖賊孫恩陷會稽，義興太守魏隱委官遁。」

〔三〕大宗　宗法社會以嫡系長房爲「大宗」，餘子爲「小宗」。儀禮喪服：「爲人後者孰後？後大宗也。曷爲後大宗？大宗者，尊之統也。」禮記大傳「有百世不遷之宗，有五世則遷之宗。」孔穎達疏：「百世不遷之宗者，謂大宗也，云有五世則遷之宗者，謂小宗也。」據此句，魏隱爲小宗。

一一三　簡文云：「淵源語不超詣簡至，〔一〕然經綸思尋處，〔二〕故有局陳。」〔三〕

【校釋】

〔一〕超詣　高超玄妙之意。文學一三：「諸葛厷年少不肯學問，始與王夷甫談，便已超詣。」張說魏齊西元忠詩：「齊公生人表，迥天聞鶴唳。清論早揣摩，玄心晚超詣。」簡至，簡練精當。按，此是簡文評殷浩清言之不足：一是義理不高妙，二是言辭不簡練。品藻三九載簡文評殷浩清言曰：「不能勝人，差可獻酬羣心。」亦見其對殷浩之談有微言。張端義貴耳集卷上：「東晉清談之士，酷嗜莊老，以曠達超詣爲第一等人物。」在簡文看來，殷浩尚未爲第一流人物。

〔二〕經綸　整理絲縷、理出絲緒和編絲成繩，統稱經綸。易屯：「雲雷屯，君子以經綸。」孔穎達疏：「經謂經緯，綸謂綱綸，言君子法此屯象有爲之時，以經綸天下，約束於物。」此喻殷浩清言講究條理，重視佈局。著名清談家各有特點，由簡文之評，可見殷浩清言之長短。

〔三〕局陳　余箋：「此『陳』字，當讀如『兵陳』字『陳』。言其語佈置有法，如兵陳之局勢也。」按，余箋是。因經綸，故有局陳。王司州曾歎：「殷陳勢浩汗，衆源未可得測。」（見本篇八二）「陳勢」，義即「局陳」也。

一一四　初，法汰北來，〔一〕未知名，車頻秦書曰：「釋道安爲慕容晉所掠，〔二〕欲投襄陽，行至新野，集衆議曰：『今遭凶年，不依國主，則法事難舉。』乃分僧衆，〔三〕使竺法汰詣揚州，曰：『彼多君子，上勝可投。』〔四〕法汰遂渡江至揚土焉。」王領軍供養之。〔五〕中興書曰：「王洽字敬和，丞相導第三子。累遷吴郡内史，爲士民所懷。徵拜中領軍、尋加中書令，不拜，年二十六而卒。」〔六〕每與周旋行來。往名勝許，輒與俱；不得汰，便停車不行。因此名遂重。〔七〕名德沙門題目曰：「法汰高亮開達。」孫綽爲汰贊曰：「凄風拂林，明泉映壑，爽爽法汰，校德無怍。事外蕭灑，神内恢廓。實從前起，名隨後躍。」泰元起居注曰：「法汰以十二年卒，〔八〕烈宗詔曰：『法汰師喪逝，哀痛傷懷，可贈錢十萬。』」

【校釋】

〔一〕法汰　高僧傳五竺法汰傳：竺法汰，東莞人，少與道安爲同學，與之避亂至新野。道安分張徒衆，命汰下京師。臨別，謂道安曰：「法師儀規西北，下座弘教東南，江湖道術此焉相望矣。至於高會净因，當期之歲寒耳。」於是分手泣涕而別。乃與弟子曇一、曇二等四十餘人沿江東下。汰下都止瓦官寺，簡文皇帝深相敬重，請講放光經。領軍王洽、東亭王珣、太傅謝安並欽敬無極。以晉太元十二年（三八七）卒，春秋六十有八。

〔二〕慕容晉　晉，宋本、沈校本並作「俊」。程炎震云：「晉書載記『慕容晉』作『慕容儁』。」按，俊與「儁」同，當作「俊」。

〔三〕乃分　乃，宋本、沈校本並作「仍」。按作「乃」是。

〔四〕上勝　上字上沈校本有「則」字。

〔五〕王領軍供養之　法汰下京師一事有異説。陳統慧遠大師年譜（載史學年報第二卷第三期，一九三六年十一月出版）以爲此事在升平元年，依據是世説賞譽載法汰北來爲王洽稱譽。而萬斯同東晉將相大臣年表謂洽以升平元年爲領軍，則法汰適京師即在升平元年二年之間。湯用彤則云：「竺法汰於興寧三年（三六五）隨道安達襄陽，後經荆州東下至京都，居瓦官寺。簡文帝敬重之，請講放光經。簡文帝在位僅二年（西元三七一至三七二）。其時瓦官寺創立未久。及汰居之，乃拓房宇，修立衆業。是汰之來都，在興寧年後，簡文帝之世也。」（見湯用彤漢魏兩晉南北朝佛教史第十六章）。按，細繹法汰傳、世説、道安傳，以陳統之説較爲接近。道安傳敍道安率衆依陸渾後，即云「俄而慕容俊逼陸渾，遂南投襄陽，行至新野，謂徒衆曰：『今遭凶年，不依國主，則法事難立，又教化之體，宜令廣布。』咸曰：『隨法師教。』乃令法汰詣揚州」。與車頻秦書略同。雅量注引安和上傳：「值石氏亂，於陸渾山木食修學，爲慕容俊所逼，乃往襄陽。」道安傳、車頻秦書皆云道安分張徒衆，乃在慕容俊逼陸渾時。安和上傳亦謂道安爲慕容俊所逼，南往襄陽。考晉書八穆帝紀，升平二年三月，慕容俊陷冀州諸郡，六月，盡陷河北之地。晉書一一〇載記慕容俊傳載：「北中郎將謝萬先據梁宋，懼而遁歸。（慕容）恪進兵入寇河南，汝、潁、譙、沛皆陷，置守宰而還。」又載：「是歲，晉將荀羨攻山茌，拔之，斬俊太山太守賈堅。俊青州刺史慕容塵遣司馬悦明救之，羨師敗績，復陷山茌。」據穆帝紀、通鑑一〇〇晉紀二二，慕容恪入寇河南及晉將荀羨取山茌而復失，皆在升平二年（三五八）。道安傳、車頻秦書、安和上傳所謂慕容俊逼陸渾，當在俊盡陷河南，並遣慕容恪復陷河南之時。而升平三年（三五九），慕容俊略定河南後，復向東西兩方面擴張，東掠東阿，西欲圖關中。升平四年（三六〇），俊死。其時燕主爲慕容暐。慕容俊既於升平二年逼陸渾，則道安分張徒衆，法汰東下京師亦當在其年。若如湯用彤所説之興寧三年（三六五），距慕容俊之死將近六年，顯與道安傳、車頻秦書所載不符。此其一。法汰傳謂法汰沿江東下，遇疾停陽口，時桓温鎮荆州，遣使要過，供事湯藥。道安傳不載法汰遇疾停陽口及桓温供湯藥事。湯用彤佛教史則云：法汰「遇疾停陽口，時桓豁鎮荆州，遣使要過，供事湯藥，安公又遣弟子慧遠下荆問疾」。其説須辨明。道安傳敍道安既達襄陽後，「時征西將軍桓朗子鎮江陵，要安暫住」。湯氏將桓温鎮荆州，供法汰湯藥事，與桓豁（字朗子）要道安暫住事，混爲一談。考桓温爲荆州刺史，自永和元年（三四五）至興寧二年（三六四）。據通鑑一〇〇晉紀二二，永和十二年（三五六）八月，桓温收復洛陽，不久執周成而歸。晉書九八桓温傳敍温克洛陽，「還軍之後，司、豫、青、兗復陷於賊。」所謂「復陷於賊」，即指升平二年（三五八）慕容儁盡陷河北及慕容恪復陷河南。其時桓温必鎮荆州治所江陵，法汰適京師遇疾停陽口，才得温湯藥之賜。而據通鑑一〇一晉紀二三，興寧三年正月，大司馬桓温移鎮姑熟，其弟桓豁領荆州刺史。此時慕容儁已死多年，不存在儁逼陸渾或掠道安之事。此年三月，燕太宰慕容恪等攻克洛陽，然並未繼續南侵，而是揮師西向，略地至崤澠，欲圖關中。考之史事，法汰遇疾停陽口，所遇當爲桓温，非桓豁。此其二。法汰適建康時間，又可從其爲王洽賞識推知。本條載：「初，法汰北來未知名，王領軍供養之。往來名勝許，輒與俱。不得汰，則停車不行，因此名遂重。」孝標注引中興書曰：「王洽字敬和，丞相導第三子，累遷吴郡内史，爲民所懷。徵拜中領軍，尋加中書令，不拜。年二十六卒。」晉書六五王洽傳則云：「升平二年卒於官，年三十六。」從王洽傳所載穆帝下詔，稱「敬和清裁貴令，昔爲中書令，吾時尚小」等語推知，王洽卒時年三十六之説可信。據此可確定，王洽賞識法汰不會遲於升平二年（三五八）。此其三。從以上三點看來，湯用彤謂法汰於興寧三年東往建康之説，與道安傳、車頻秦書、賞譽本篇等無不抵牾。法汰東趨揚州之年除升平二年及興寧三年兩説之外，尚有陳寅恪永和十一年（三五五）説。陳氏所著支愍度學説考據通鑑九九載永和十年二月桓温統步騎四萬發江陵，九月桓温還自伐秦之史實，謂法汰之詣桓温必在永和十年九月以後；而汰避慕容之難，南詣揚州，沿沔東下，途中亦不能過久，然則其在永和十一年前後乎？（陳寅恪史學論文集）按，據慧遠傳，慧遠年二十一欲渡江就范宣子嘉遁，值石虎之死，中原大亂，南路阻塞，乃師從道安。遠二十一歲，正當永和十年，而其時道安或在恒山立寺，分張徒衆乃是以後多年之事。故法汰南詣揚州，決不可能在永和十一年前後。陳氏推論難於成立。

〔六〕年二十六而卒　程炎震云：「二十六，晉書王洽傳作『三十六』。」

〔七〕「每與周旋行來」數句　凌濛初云：「後人如此，便有嗤者。」

〔八〕十二　二，宋本、沈校本作「五」。年，原無。王利器校：「案高僧傳卷五竺法汰『以晉太元十二年卒』。世説此文，宋本及各本，都有訛脱，當作『法汰以十二年卒』。」據補。

一一五　王長史與大司馬書，〔一〕道淵源識致安處，〔二〕足副時談。

【校釋】

〔一〕大司馬　指桓温。

〔二〕識致　見識意旨也。致，意旨，指歸，同「思致」、「理致」之「致」。葛洪抱朴子外篇知止：「斯豈器大量弘，審機識致，淩儕獨往。」晉書七六王廙傳：「廙明古多通，（謝）鯤達有識致。」安處，安妥，妥貼。漢書三〇藝文志：「孝經者……漢興，長孫氏、博士江翁、少府后蒼、諫大夫翼奉、安昌侯張禹傳之，各自名家。經文皆同，唯孔子壁中古文爲異。『父母生之，續莫大焉』，『故親生之膝下』，諸家説不安處，古文字讀皆異。」顔師古注引臣瓚曰：「孝經云：『續莫大焉』，而諸家之説各不安處之也。」識致安處，謂識見之指歸安妥也。張撝之譯注釋爲「平日居處」，張萬起、劉尚慈譯注釋爲「安逸閒適」，皆非其義。

一一六　謝公云：「劉尹語審細。」〔一〕孫綽爲惔誄敘曰：〔二〕「神猶淵鏡，言必珠玉。」

【校釋】

〔一〕審　審慎。細，細密，細微。蘇軾畫車詩：「上易下難須審細，左提右挈免疏虞。」按，理以精微細密爲上。許玄度以「至精」目劉尹（見本篇一一一），「至精」者，亦審細所致也。

〔二〕誄敘　誄，原作「諫」。宋本作「誄」。王先謙校：「按諫當爲誄。晉書劉惔傳及本書方正篇注引均引孫綽誄文，此其誄敘也。」按，王説是。今據宋本改。

一一七　桓公語嘉賓：「阿源有德有言，〔一〕向使作令僕，足以儀刑百揆，朝廷用違其才耳。」〔二〕嘉賓，郗超小字也。阿源，殷浩也。

【校釋】

〔一〕阿源有德有言　劉昌詩蘆浦筆記一「阿字」條：「古人稱呼每帶阿字，以至小名小字見於史傳者多有之。漢高祖紀『武負』注：『俗呼老大母爲阿負。』魯肅拍呂蒙背曰：『非復吴下阿蒙。』曹操小名阿瞞，唐明皇小名亦云阿瞞。鍾士季目王安豐，謂阿戎了了解人意。阮籍謂王渾：『共卿語，不如與阿戎談。』此謂渾子戎。又杜詩『守歲阿咸家』，注謂杜位小字也。阿奴有五。劉尹撫王長史背曰：『阿奴比丞相俱有都長。』阿奴，蓋濛小字也。語林曰：『劉真長與丞相不相得，每曰阿奴比丞相，條達清長矣。』齊武帝臨崩，執廢帝手曰：『阿奴若憶翁，好作梓宮。』又周謨、周仲智皆小字阿奴。梁武帝謂臨川王曰：『阿六，汝生活大可方。』王右軍問許玄度：『卿自言何如安石？』許未答。王曰：『安石故相與雄，阿萬當裂眼争卵。』右軍道東陽：『我家阿林。』謂臨之也，仕至東陽太守。王子敬爲阿敬，王平子爲阿平，庾會小字阿恭，王詢小字阿苽，王恭曰與阿大語，謂王忱也。殷浩爲阿源，王胡之小字阿齡，王蘊小字阿興，王敦小字阿黑，王丞相小字阿龍，郤恢小字阿乞，王恬小字阿螭，殷顗小字阿巢，許詢小字阿訥，王處小字阿智，高崧小字阿酃，劉叔秀爲阿秀。」按，劉氏謂古人稱呼每帶阿字，所舉例多取自世説，以爲是人之小名或小字。其説不確。阿作人名之修飾，多有親昵之意，猶今之昵稱。王叔岷補正：「論語憲問篇：子曰：『有德者必有言。』」

〔二〕「朝廷」句　徐箋：「謂不當處以軍旅之任，北征許、洛，以致傾敗。」李贄云：「至言至言！桓公至言！」（初潭集師友知人）

一一八　簡文語嘉賓：「劉尹語末後亦小異，回復其言，亦乃無過。」〔一〕

【校釋】

〔一〕回復　回，宋本作「迴」。簡文似謂劉尹清言將盡之際，詞語與前稍有不同，然復述前言，亦無錯謬。

一一九　孫興公、許玄度共在白樓亭，〔一〕會稽記曰：「亭在山陰，臨流映壑也。」共商略先往名達。〔二〕林公既非所關，聽訖，云：「二賢故自有才情。」〔三〕

【校釋】

〔一〕白樓亭　會稽志四：「白樓亭，世説許玄度、孫興公共商略先達人物於此。注云：『亭在山陰，臨流映壑。』今堰屬山陰縣界，下臨溪流，昔之白樓亭斯近之矣。俗呼常喜堰，又名湖墖堰。」

〔二〕商略　品評，評論。品藻四二：劉丹陽、王長史、桓護軍「共商略西朝及江左人物」。容止二六注引江左名士傳：劉真長、謝仁祖「共商略中朝人物」。

〔三〕二賢　二，宋本作「一」。王利器校：「各本『一』作『二』，是。」　林公稱「二賢故自有才情」，實有調侃味道，而非贊許也。

一二〇　王右軍道東陽：「我家阿林，章清太出。」〔一〕「林」應爲「臨」。王氏譜曰：「臨之字仲産，琅邪人，僕射彪之子，仕至東陽太守。」

【校釋】

〔一〕章清　其義不詳。世説音釋：「猶明朗也。」

一二一　王長史與劉尹書，道淵源觸事長易。〔一〕

【校釋】

〔一〕觸事　猶遇事。郭璞方言序：「余少玩雅訓，旁味方言，復爲之解。觸事廣之，演其未及，摘其謬漏，庶以燕石之瑜，補琬琰之瑕。」晉書二〇禮志中：「宜厭之情，觸事而中。」長易，世説抄撮：「言長變易之理也。即用周易之理也。若直指周易何曰『長』。」朱注：「按『長易』謂優長而易簡也。長，上聲。易，去聲。」按，世説抄撮釋「長易」爲「長變易之理」，疑非是。

一二三　謝中郎云：〔一〕「王脩載樂托之性，出自門風。」〔二〕王氏譜曰：「耆之字脩載，琅邪人，〔三〕荆州刺史廙第三子。〔四〕歷中書郎、鄱陽太守、給事中。」

【校釋】

〔一〕謝中郎　謝萬。

〔二〕樂托　劉辰翁云：「即落魄。」方以智通雅六：「落魄一作落泊、洛度、落度、樂托、拓落、托落。史記酈食其傳：『家貧落魄。』陳書：『杜棱少落泊，不爲當世所知。』晉佛圖澄傳：『鈴聲云，翳子洛度。』又大安童謡：『元超兄弟大落度，上桑打椹爲苟作。』注：東海王超字元超，苟謂苟晞。蜀志楊儀傳：『往者丞相亡，吾舉兵就魏氏，寧當落度如此邪？』世説：『王耆之樂托，出自門風。』又揚雄傳：『何爲官之拓落。』又晉慕容暐傳：『孤危托落。』」劉盼遂云：「『樂托』即『落拓』，連綿字無定形也。亦作『落魄』（漢書酈食其傳）、『落穆』（晉書王澄傳）、『落度』（通鑑晉紀），今世則言『邋遢』。」朱注：「樂托即落托。魏晉間以落托不羈爲名士本色，與後世所謂落魄義有別。」按，朱注是。樂托，同落拓，此指放蕩不羈。晉書七六王廙傳：「廙性儻率，嘗從南下，旦自尋陽，迅風飛帆，暮至都，倚舫樓長嘯，神氣甚逸。」脩載之落拓，當承廙之儻率。

〔三〕耆之　耆，宋本作「嗜」。王利器校：「各本『嗜』作『耆』，是；本書附琅邪臨沂王氏譜，正作『耆』。」

〔四〕廙第三子　廙，宋本作「廣」。王利器校：「各本『廣』作『廙』，本書附琅邪臨沂王氏譜、晉書王廙傳，『廣』字正作『廙』。」

一二三　林公云：「王敬仁是超悟人。」文字志曰：「脩之少有秀令之稱。」〔一〕

【校釋】

〔一〕脩之　王利器校：「王本、凌本無『脩』下『之』字，是。」文學三三注引文字志載：王脩明秀有美稱，年二十四卒，與王弼歿年同，其弟熙歎曰：「無愧於古人，而年與之齊。」文學八三記王敬仁年十三作賢人論，其父濛送示劉惔，惔説：「見敬仁所論，便足參微言。」雖有過譽，然十三作論，頗見「秀令」。本篇一三四注引語林，言敬仁有異才，時賢皆重之。

由此可知林公賞譽，乃爲時論。

一二四　劉尹先推謝鎮西，謝後雅重劉，〔一〕曰：「昔嘗北面。」按謝尚年長於惔，神穎夙彰，而曰北面於劉，非可信。〔二〕

【校釋】

〔一〕謝後　宋本、沈校本並無「後」字。

〔二〕凌濛初曰：「推重耳，何足致疑。況劉亦堪此，勿論年長。」朱注：「北面不必事實，推挽之辭耳。」按，謝尚年長於惔，自少神悟夙成，温嶠甚奇之。及長，辯悟絶倫，王導深器之，比之王戎。襲父爵咸亭侯，歷職顯位。劉惔先推謝，合乎情理。故孝標謂謝「昔嘗北面」之言不可信。朱注以爲此乃「推挽之辭」，近是。

一二五　謝太傅稱王脩齡曰：「司州可與林澤遊。」〔一〕王胡之别傳曰：「胡之常遺世務，以高尚爲情，與謝安相善也。」〔二〕

【校釋】

〔一〕「司州」句　謝太傅之語，意謂王胡之喜遊山水。言語八一記「王司州至吴興印渚中看」，可證。

〔二〕與謝安相善　謝安與王胡之相善，依稀見於謝安與王胡之詩六章、王胡之答謝安詩八章。謝安詩云：「朝樂朗日，嘯歌丘林。夕玩望舒，入室鳴琴。五弦清激，南風披襟。醇醪淬慮，微言洗心。幽暢者誰，在我賞音。」（逯欽立輯校全晉詩一三）此詩寫謝、王二人山水、音樂、宴飲、清言之樂。王胡之詩云：「君子淡親，湛若澄水。余與吾生，相忘隱機。」「疇昔宴遊，繾綣髫齓。或方童顏，或始角巾。」（全晉詩一二）由王胡之詩，可見其與謝安自少相善，親密非一般可比。

一二六　諺曰：「揚州獨步王文度，後來出人郗嘉賓。」〔一〕續晉陽秋曰：「超少有才氣，越世負俗，不循常檢，時人爲一代盛譽者語曰：〔二〕『大才盤盤謝家安，〔三〕江東獨步王文度，盛德日新郗嘉賓。』」其語小異，故詳録焉。

【校釋】

〔一〕後來出人　世說箋本：「後來，後進也。出人，管子曰：『其道獨出人也。』獨步、出人皆不羣之稱。」按世說箋本是。又商君書畫策：「凡人主德行非出人也，知非出人也，勇力非過人也。」

〔二〕爲一代　爲，宋本無此字。按，當有「爲」字，於義乃通。

〔三〕盤盤　大貌。多指才能出衆。陳履常東山謁外大父墓詩：「土山宛轉屈蒼龍，下有盤盤蓋世翁。」

一二七　人問王長史江虨兄弟羣從。〔一〕王答曰：「諸江皆復足自生活。」〔二〕虨及弟淳、從灌，〔三〕並有德行，知名於世。

【校釋】

〔一〕江虨　虨，王刻本作「鄜」。按，當從晉書作「虨」。

〔二〕生活　世説音釋：「俗謂産業爲生活，言諸江皆賢，足自立産業。」楊箋：「生活，名位。自生活，自有名位。品藻二七注：『我當何處生活？』即『置我名位于何？』」按，世説音釋是。南史五一梁宗室上蕭宏傳，梁武帝幸蕭宏宅，見宏三十餘間房貯錢及各種貨物無數，帝謂曰：「阿六，汝生活大可。」北齊書一五尉景傳：「神武誡景曰：『可以無貪也。』景曰：『與爾計，生活孰多？我止人上取，爾割天子調。』神武笑而不答。」生活，猶生存也。楊箋釋生活爲「名位」，不確。

〔三〕及弟淳從灌　程炎震云：「『淳』，當據晉書作『惇』。」從灌，即從弟灌。王利器校：「『從』

下當補『弟』字，彪與灌爲同曾祖父的從兄弟，故正文云：『江彪兄弟羣從。』」按，王校是。江灌事見晉書八三。

一二八　謝太傅道安北：「見之乃不使人厭，然出户去不復使人思。」〔一〕安北，王坦之也。〔二〕續晉陽秋曰：「謝安初攜幼穉同好，〔三〕養志海濱，〔四〕襟情超暢，〔五〕尤好聲律，然抑之以禮，在哀能至。弟萬之喪，不聽絲竹者將十年。及輔政，而修室第園館，麗車服，雖朞功之慘，不廢妓樂，王坦之因苦諫焉。」〔六〕按謝公蓋以王坦之好直言，故不思爾。

【校釋】

〔一〕「見之」二句　劉辰翁云：「此威儀韻度之則，一見而盡。」王思任云：「此非『賞譽』。」世説抄撮：「此賞安北之沖虛而言爾。如注所説，何在『賞譽』？」世説箋本：「此謂坦之沖淡無赫赫之風也，然入之賞譽則爲不當，注亦誤解。」朱注：「坦之性情沖挹平淡，故云見之不使人厭；而又無風流韻度，故云去不復使人思。蓋謝似嘉其能矜持自潔，不慕紛華耳。信如注云以苦諫而不思，則當如會孟所評使人畏，見之亦不使人厭，且亦不當入賞譽矣。」按，據晉書七五王坦之傳，坦之敦儒教，「忠公慷慨，標明賢勝」，乃是正人君子之流，故「見之乃不使人厭」。謝安則是風流名士。坦之尤非時俗放蕩，與謝安風流雅韻之人格迥異，未得安之意趣，非爲「莫逆」，故安曰：「然出户去不復使人思。」世説抄撮、朱注等謂「坦之沖淡」，然讀坦之傳，未見其「沖淡」處。然朱注以爲謝安不復思坦之，因坦之「無風流韻度」，其言可取。孝標釋謝安之語並無不當，不當在臨川入之賞譽耳。

〔二〕安北　王坦之卒，追贈安北將軍。

〔三〕幼穉　穉，王刻本作「釋」。王先謙校：「按釋當爲穉，即晉書本傳云：『寓居會稽與王羲之、許詢、支遁遊處時也。』幼穉，猶言家小。本傳又云，于土山營墅樓館竹林甚盛，每攜之子侄往來游集。則此爲幼穉無疑矣。」

〔四〕養志海濱　王先謙校：「會稽，孫亮時分立臨海，以地臨海也。故注云『養志海濱』。」

〔五〕超暢　暢，宋本誤作「輰」。

〔六〕王坦之因苦諫焉　謝安喜妓樂及坦之苦諫事，見坦之傳：「謝安愛好聲律，朞功之慘，不廢妓樂，頗以成俗。坦之非而苦諫之。安遺坦之書曰：『知君思相愛惜之至。僕所求者聲，謂稱情義，無所不可爲，聊復以自娱耳。若絜軌跡，崇世教，非所擬議，亦非所屑。常謂君粗得鄙趣者，猶未悟之濠上邪！故知莫逆，未易爲人。』坦之答曰：『具君雅旨，此是誠心而行，獨往之美，然恐非大雅中庸之謂。意者以爲人之體韻，猶器之方圓，方圓不可錯用，體韻豈可易處！各順其方，以弘其業，則歲寒之功必有成矣。吾子少立德行，體議淹允，加以令地，優遊自居，僉曰之談，咸以清遠相許。至於此事，實有疑焉。公私二三，莫見其可，以此爲濠上悟之者，得無鮮乎！……』書往返數四，安竟不從。」讀坦之傳此節，當可理解謝安評坦之語之深層原因。謝安本色是名士，王坦之則爲名臣。名士享受藝術化之生活，名臣則以禮法自拘亦拘人，名士自然與名臣落落寡合矣。

一二九　謝公云：「司州造勝遍決。」〔一〕宋明帝文章志曰：「胡之性簡，好達玄言也。」

【校釋】

〔一〕造勝遍決　世説補觽：「能造勝處，無所不決。」朱注：「此似譽其談玄理能造其勝而又能周遍斷決也。」按，觽解近是，胡之雖好玄言，但非一流清言家。謝公之語，謂胡之勝處無所不造。謝公曾稱「司州可與林澤遊」（本篇一二五），林公見「司州警悟交至」（本篇一三六），劉惔譽胡之「亦名士之高操者」（本篇一三一），王胡之别傳曰：「胡之好談諧，善屬文辭，爲當世所重。」（品藻六〇注引）可知胡之造勝處頗多。雖非一流名士，然亦爲時人所重。此所謂「造勝遍決」也。

一三〇　劉尹云：「見何次道飲酒，使人欲傾家釀。」〔一〕充飲酒能温克。〔二〕

【校釋】

〔一〕「見何次道飲酒」二句　何次道，余箋據書鈔一四八引郭子作「何幼道」，疑劉尹所言非何次道。考中興書言：『準散帶衡門，不及世事，於是名德皆稱之。』而政事篇注引晉陽秋曰：『何充與王濛、劉惔好尚不同，由此見譏於當世。』則劉尹此言，似當爲幼道而發，豈後人以準名不如充，遂移之次道耶。」按，晉書七七何充傳言「充能飲酒，雅爲劉惔所貴」，當必有依據。劉惔固與何充好尚不同，但充善飲亦是名士風度也，惔貴之甚合情理。余箋所疑，似證據不足。又「欲傾家釀」句有異説。一説謂欲傾竭家貲以釀酒。老學庵筆記一○：「晉人所謂『見何次道，令人欲傾家釀』，猶云欲傾竭家貲以釀酒飲之也。故魯直云：『欲傾家以繼酌。』韓文公藉以作簟詩云：『有賣直欲傾家貲。』王平父謝先大父贈簟詩亦云：『傾家何計效韓公。』皆得晉人本意。至朱行中舍人有句云：『相逢盡欲傾家釀，久客誰能散橐金。』用家釀對橐金，非也。」朱注亦同此説。一説爲傾其家中所釀之酒。世説箋本：「言次道飲酒温克可愛，故欲盡家藏之酒饗之。」余箋：「唐李瀚蒙求曰：『劉恢傾釀，孝伯痛飲。』詳其文義，則所謂傾釀者，乃欲傾倒其家釀，而非傾家貲以釀酒也。楊守敬日本訪書志一一曰：『傾家釀何等直捷，乃增成傾家貲以釀酒，迂曲少味矣。山谷詩剪裁爲句，亦非務觀之意。』」楊箋：「充飲酒意態温克，故能使人欲傾家釀以飲之也。」衡之二説，當以後説較合理。劉尹賞譽充，蓋在何充能温克，且己亦能飲亦能温克（本篇一三八簡文云「劉尹茗柯有實理」可證）。若傾家貲以釀酒，大是誇張，賞譽之意無存，實「迂曲少味」也。

〔二〕温克　詩小雅小宛：「人之齊聖，飲酒温克。」鄭玄箋：「中正通知之人，飲酒雖醉猶能温藉自持以勝。」晉書五〇庾純傳：「詔曰：『先王崇尊卑之禮，明貴賤之序，著温克之德，記沉酗之禍，所以光宣道化，示人軌儀也。』」

一三二　謝太傅語真長：「阿齡於此事故欲太厲。」〔一〕脩齡，王胡之小字也。劉曰：「亦名士之高操者。」〔二〕胡之别傳曰：「胡之治身清約，以風操自居。」

【校釋】

〔一〕此事　世說抄撮：「此事蓋謂士之志行也。」世說箋本：「此事指清言玄談，與『當今此事推袁』意同，但彼指文字，此謂玄理。」太厲，朱注：「意似謂過分磨礪也。」按，此事究竟指何事？因很難考索，故諸家皆不注。唯世說箋本依據文學九二記桓温命袁宏作北征賦之例，謂此事謂玄理。然桓温言「此事推袁」之「此事」一目了然，而謝安所言之「此事」毫無端緒，指爲志行、玄理皆無依據。再者，「厲」字若依朱注釋爲「磨礪」，則謂玄理磨礪太過，義亦難通。故「此事」必非玄理。厲，威猛，猛烈，激烈。左傳定公十二年：「與其素厲，寧爲無勇。」杜預注：「厲，猛也。」左思蜀都賦：「涼風厲，白露凝，微霜結。」陶淵明擬古詩之八：「少時壯且厲，撫劍獨行遊。」謝安語真長，意謂阿齡在此事上反映太激烈。竊以爲此事殆指方正五二所記王胡之拒受陶胡奴送米事。王脩齡在東山甚貧乏，烏程令陶胡奴送米一船，王不僅不受，反而説：「王脩齡若饑，自當就謝仁祖索食，不須陶胡奴米。」胡奴好意，脩齡卻傲然蔑視之。脩齡饑時，或真就謝尚索食。謝安爲謝尚從弟，安從尚處得知脩齡蔑視胡奴事大有可能，遂與劉尹評説之。

〔二〕劉曰　劉，宋本作「謝」。按，據文意，作「劉」是。謝安意謂脩齡所爲不當，劉尹則贊其爲「高操」。孝標注引王胡之傳稱胡之「治身清約」，清約者，清貧也。胡之貧乏，人家送米而不受，以劉惔視之，不僅不是「太厲」，實是「清約」與「高操」之舉。方正五一記有相識小人貽王濛、劉惔美餐，濛欲受之，劉惔卻道：「小人都不可與作緣。」王胡之拒受陶胡奴米，正與己相似，故惔許之以「高操」。若依世説箋本、朱注謂此事與玄理有關，則劉尹所言「名士之高操者」並孝標注引王胡之傳，皆無着落矣。

一三二　王子猷説：「世目士少爲朗，我家亦以爲徹朗。」〔一〕晉諸公贊曰：「祖約少有清稱。」

【校釋】

〔一〕徹朗　徹，宋本作「傲」。　張萬起詞典：「徹，通透，透徹。」我家，劉盼遂云：「『我家』，似指其父右軍也。本篇謝公問孫僧奴：『君家道衛君長云何？』排調篇嘉賓謂郗倉曰：『人以汝家比武侯，復何所言？』皆以『家』爲父。」徐箋：「我也，猶以君家爲君，此家爲此人。」楊箋從之。按，「我家」謂我門，我姓，非謂「我」也。漢書九九下王莽傳：「疑帝本非我家子也。」如淳曰：「言莽母洛薄嗜酒，淫逸得莽耳，非王氏子也，設此詐欲以自別不受誅。」魏志賈詡傳：「西還至汧，道遇叛氐，同行數十人皆爲所執。詡曰：『我段公外孫也，汝別埋我，我家必厚贖之。』時太尉段熲，昔久爲邊將，威震西土，故詡假以懼氐。氐果不敢害，與盟而送之，其餘悉死。詡實非段甥，權以濟事，咸此類也。」此「我家」，指賈詡詐稱之段姓，非指「我」，亦非如劉盼遂云爲父。晉書五三愍懷太子傳：「因撫其背，謂廷尉傅祗曰：『此兒當興我家。』」「我家」，謂司馬家。世説中「我家」義同上，皆指一門同族，非我自稱。如本篇一二〇：「王右軍道東陽：『我家阿林，章清太出。』」「我家」指琅琊王家。品藻四七：「王脩齡問王長史：『我家臨川，何如卿家宛陵？』」「我家臨川」指王羲之，而「卿家宛陵」指脩齡之父王廙。品藻一五：「君家中郎，我家太尉、阿平。」「我家太尉、阿平」，指王衍、王澄。此又可證劉盼遂「以家爲父」之説非，徐箋謂「我家」指「我」亦非。又，張懷瓘書斷卷中云王獻之「太元十一年卒於官，年四十三」，張彥遠歷代名畫記所記同。

而王徽之於獻之卒後月餘亦卒（見晉書八〇王徽之傳）。至於祖約，年輩長於王羲之，早在咸和五年（三三〇）爲石勒所殺。王子猷目祖約決無可能，此又可證「我家」非自稱。「我家亦以爲徹朗」者，猶言「我王家亦以爲徹朗」。王導「招祖約夜語，至曉不眠」（見本篇五五），右軍亦道祖約「毛領風骨，恐没世不復見如此人」（見本篇八八）。可見王氏一度頗賞識之，此即「我家亦以爲徹朗也」。

一三三　謝公云：「長史語甚不多，可謂有令音。」〔一〕王濛别傳曰：「濛性和暢，能清言，談道貴理中，簡而有會，商略古賢顯默之際，〔二〕辭旨劭令，往往有高致。」

【校釋】

〔一〕「長史語」二句　王濛清言簡潔，韶令之特點，時人多有評論。如支道林稱長史「無非德音」（見本篇九二），孫興公稱「温潤恬和」（見品藻三六），長史亦自稱「韶音令辭」（見品藻四八）。

〔二〕顯默　同出處，謂仕隱也。晉書八四殷仲堪傳：「仲堪乃答之曰：『隱顯默語，非賢達之心。』」陶潛飲酒詩之一八：「仁者用其心，何嘗失顯默。」藝文類聚五〇引桓宣城碑：「俯仰顯默之際，優遊可否之間。」

一三四　謝鎮西道敬仁：「文學鏃鏃，無能不新。」〔一〕語林曰：「敬仁有異才，時賢皆重之。王右軍在郡，迎敬仁，叔仁輒同車，〔二〕常惡其遲，後以馬迎敬仁。雖復風雨，亦不以車也。」

【校釋】

〔一〕鏃鏃　挺拔或突出貌。劉辰翁云：「鏃鏃鋭意正是病。」張岱陶庵夢憶阮圓海戲：「（阮圓海）如就戲論，則亦鏃鏃能新，不落窠臼者也。」王建荆門行：「峴亭西頭路多曲，櫟林深深石鏃鏃。」按，本篇一二三：林公云：「王敬仁是超悟人。」本篇一三七：「世稱苟子秀出。」超者、秀出者爲「鏃鏃」，而悟者必有新意也。劉辰翁謂「鏃鏃鋭意正是病」，甚不可解。

〔二〕叔仁　王濛次子王藴，敬仁之弟。

一三五　劉尹道江道羣「不能言而能不言」。〔一〕江灌已見。〔二〕

【校釋】

〔一〕「劉尹」句　世説補觿：「口不能談，而使人不覺其不談也。」朱注：「案：意謂於不當言者能有所不言也。」楊箋：「言江雖不能言，而能以不言勝人。」按，劉尹所言之「言」，當指清言耳。「不能言」，謂江灌不善清言。「能不言」，謂不强作談客也。當時不能言者而强言者甚多，而江灌反是，此劉尹所以贊之也。世説補觿、朱注不確，楊箋語焉不詳，似皆未得劉尹其旨。

〔二〕江灌　已見本篇八四注引中興書。陳思書小史六：「江灌字道羣，陳留人，官至侍中、中護軍，善行書。書賦云：『道羣閒漫，氣格自充。始習新制，全移古風。與伯輿之合極，若子敬之童蒙。猶富禮樂之世胄，備神彩於厥躬。』」

一三六　林公云：「見司州警悟交至，〔一〕使人不得住，〔二〕亦終日忘疲。」王胡之別傳曰：「胡之少有風尚，才器率舉，有秀悟之稱。」

【校釋】

〔一〕警悟　機敏聰慧。晉書四三王澄傳：「（澄）生而警悟，雖未能言，見人舉動便識其意。」御覽三七四引世説曰：「鍾毓兄弟警悟過人，每有嘲語，未嘗屈躓。」

〔二〕使人不得住　朱注：「案：似與使人應接不暇之意同。」按，晉人有言談嘲謔之習，司州警悟交至，雖使人忙於應對，然樂趣不絕，竟忘其疲倦。

一三七　世稱荀子秀出，阿興清和。〔一〕荀子已見。〔二〕阿興，王蘊小字。

【校釋】

〔一〕「世稱苟子秀出」二句　秀出，即林公贊敬仁「超悟」（見本篇一二三）。清和，指性格清靜恬和。晉書九三王藴傳稱藴「性平和」。

〔二〕苟子　王脩小字苟子，已見文學三八。

一三八　簡文云：「劉尹茗柯有實理。」柯一作打，又作仃，又作打。〔一〕

【校釋】

〔一〕柯一作打又作仃又作打　王先謙校：「按二打字必有一誤，下當作朾，朾與艼同聲，茗艼，即古酩酊字。本書任誕篇山季倫爲荆州條：茗艼無所知。唐人調玉集嗜酒篇引襄陽記同。今晉書山簡傳作『酩酊』（元熊忠韻會舉要二四回引晉書山簡傳尚作『茗艼』，是元時監本，未改字也），是俗書也。酩、茗二字均不見説文。茗字蓋起於六朝，酩字尤後。『茗朾有實理』，文句故作抑揚，本篇多此例。」王利器校：「蔣校本、沈校本『打』作『朾』；餘本『朾』作『打』。案『茗柯』當作『茗朾』，清黄生義府卷下：『予謂此種語言，當即襄陽人歌山簡之茗艼，即酩酊，後轉聲爲懵懂，皆一義。此云茗艼有實理，言當起醉中，亦無妄語；恨傳寫訛誤，其義遂晦。近時一名公，乃以茗柯爲號（按指張惠言），想定讀如字；二字有何深趣，而貽識者以不學識之耶？』」余箋：「此言真長精神雖似惽懵，而發言卻有實理，不必是醉後始可稱茗艼也。黄氏必並山簡事言之，微失之拘。」按，晉書七五劉惔傳稱「惔少清遠有標奇」，本篇一一六注引孫綽爲惔誄敍曰：「神猶淵鏡，言必珠玉。」品藻三六記孫綽稱真長「清蔚簡令」，同篇七六記謝安稱「劉尹秀」。可見劉惔神清秀穎，絶非如余箋所云「精神雖似惽懵」。黄生義府謂惔醉中亦無妄語，差可得簡文之意。

一三九　謝胡兒作著作郎，〔一〕嘗作王堪傳，〔二〕晉諸公贊曰：「堪字世胄，〔三〕東平壽張人。少以高亮義正稱。爲尚書左丞，有準繩操。爲石勒所害，〔四〕贈太尉。」不諳堪是何似人，咨謝公。謝公答曰：「世胄亦被遇。堪，烈之子。晉諸公贊曰：「烈字陽秀，蚤知名魏朝，爲治書御史。」阮千里姨兄弟，〔五〕潘安仁中外，安仁詩所謂『子親伊姑，我父唯舅』。是許允壻。」〔六〕岳集曰：「堪爲成都王軍司馬，岳送至北邙別，〔七〕作詩曰：『微微髮膚，受之父母。峩峩王侯，中外之首。子親伊姑，我父唯舅。』」〔八〕

【校釋】

〔一〕謝胡兒　謝朗，小字胡兒。已見言語七一。著作郎，余箋：「著作郎一人，謂之大著作郎，專掌史任。又置佐著作郎八人。著作郎始到職，必撰名臣傳一人。」

〔二〕王堪傳　傳，宋本誤作「傅」。

〔三〕世冑　朱注：「案：合下文『堪，烈之子』觀之，此處『世冑』似謂世家之冑，非堪之字也。」朱注非。

按，晉諸公贊明言「堪字世冑」，而潘岳有北芒送别王世冑詩，可證堪字世冑不誤。

〔四〕爲石勒所害　程炎震云：「晉書懷紀：『永嘉四年二月，石勒襲白馬，車騎將軍王堪死之。』」

〔五〕阮千里姨兄弟　自此句之下宋本另作一條。王利器校：「蔣校本、王本、凌本與前連爲一條，不提行另起，是。」

〔六〕劉辰翁云：「作文不知來歷，害事。謝公似不通。」按，謝朗不熟悉王堪，咨謝公，正是好學。謝安對王堪之親屬關係，道來如數家珍。六朝重譜諜之學，於此可見一斑。劉辰翁謂「謝公似不通」，此言費解。

〔七〕北邙　邙，宋本作「如」。王利器校：「各本『如』作『邙』，是。」

〔八〕「作詩曰」數句　余箋：「類聚二九有晉潘岳北芒送别王世冑詩，只八句。文館詞林一五二載其全篇，題作贈王冑，凡五章。見於類聚者，乃其末章。本注所引，則首章也。尚有二句曰：『昆同瓜瓞，志齊執友。』」

一四〇　謝太傅重鄧僕射，常言：「天地無知，使伯道無兒。」〔一〕晉陽秋曰：「鄧攸既棄子〔二〕，遂無復繼嗣，爲有識傷惜。」

【校釋】

〔一〕「天地無知」二句　余箋：「晉書九〇史臣曰：『攸棄子存侄，以義斷恩。若力所不能，自可割情忍痛，何至預加徽纆，絶其奔走者乎？斯豈慈父仁人之所用心也？卒以絶嗣，宜哉！勿謂天道無知，此乃有知矣。』李贄云：『伯道棄兒存侄，渠知有侄，天道正有知也。』（初潭集師友哀死）

〔二〕鄧攸既棄子　事見德行二八。按，謝安重鄧攸，非僅重其棄子存侄之義舉，亦重其名德。且如鄧攸棄子存侄事，晉人視爲高義而褒獎之（見德行二八校釋），劉義慶作世説亦歸諸「德行」。晉書九〇所論並不切合東晉重義之時代文化背景。

一四一　謝公與王右軍書曰：「敬和棲托好佳。」〔一〕中興書曰：「洽于公子中最知名。與潁川荀羡俱有美稱。」〔二〕

【校釋】

〔一〕棲托　棲身，寄託。謝靈運山居賦：「企山陽之遊踐，遲鸞鷖之棲托。」釋道恒釋駁論：

「采何其棲托高遠，而業尚鄙近。」好佳，好即佳也。張彥遠法書要録一〇「右軍書記」：「玄度好佳，君謂何似。」謝安語似謂敬和身心安頓極佳。

〔二〕潁川　潁，宋本作「潁」，是。

一四二　吴四姓，舊目云：〔一〕「張文，朱武，陸忠，顧厚。」〔二〕吴録士林曰：「吴郡有顧、陸、朱、張爲四姓，三國之間，四姓盛焉。」

【校釋】

〔一〕舊目　宋本、沈校本並作「日」。王利器校：「各本『日』作『目』，是。」

〔二〕「張文」四句　徐箋：「張，張昭之族。朱然朱桓，在吴並以武功顯，未知孰是。陸，陸遜之族，顧，顧雍之族。」按，徐箋釋「四姓」是。張文，吴志張昭傳言昭善隸書，通左氏春秋，博覽羣書，晚年乃著春秋左氏傳解及論語注。吴志張紘傳言紘著詩賦銘誄十餘篇，陳壽評曰：「張紘文理意正，爲世令器。」吴志朱桓傳注引文士傳載，張純、張儼兄弟及朱異往見驃騎將軍朱據，當即各賦一物，儼賦犬，純賦席，異賦弩，皆成而後坐。此所謂「張文」也。朱武，朱治、朱然、朱桓皆爲孫吴名將。吴志朱治傳載：治隨孫堅征伐，從破董卓，助陶謙破黄巾，助孫策東定會稽。治子才，嗣父爵，遷偏將軍。才弟紀，亦以校尉領兵。才子琬，至鎮西將軍。治姊子然從討關羽。吕蒙卒，鎮江陵，破劉備。魏夏侯尚圍攻江陵數月，不克而退，然名震敵國。朱桓亦爲東吴名將。陳壽評曰：「朱治、吕範以舊臣任用，朱然、朱桓以勇烈著聞，吕據、朱異、施績咸有將領之才，克紹堂構。」陸忠，陸遜、陸抗、陸凱，以忠貞稱於東吴。吴志陸遜傳陳壽評曰：「及遜忠誠懇至，憂國亡身，庶幾社稷之臣矣。抗貞亮籌幹，咸有父風，奕世載美，具體而微，可謂克構者哉！」吴志吴主五子傳載，孫登「又陳陸遜忠勤」。吴志陸凱傳陳壽評曰：「陸凱忠壯質直。」規箴五注引吴録謂「（陸凱）忠鯁有大節」。晉書七七陸曄傳載：明帝遺詔曰「曄清操忠貞，歷職顯允，且其兄弟事君如父，憂國如家，歲寒不凋，體自門風。」顧厚，吴志顧雍傳載：「其所選用文武將吏各隨能所任，心無適莫。時訪逮民間，及政職所宜，輒密以聞。若見納用，則歸之於上，不用，終不宣洩。」佞人吕壹毁短雍，後壹奸罪發露，「雍往斷獄，壹以囚見。雍和顔色，問其辭狀，臨出，又謂壹曰：『君意得無欲有所道？』壹叩頭無言。」此可見顧雍之厚道。雍長子邵與四方人士往來相見，「或言議而去，或結厚而別，風聲流聞，遠近稱之」。邵作豫章太守，「留心下士，惟善所在」，仁厚之風著焉。

一四三　謝公語王孝伯：「君家藍田，舉體無常人事。」〔一〕按述雖簡而性不寛裕，投火怒蠅，方之未甚，若非太傅虚相褒飾，則世説謬設斯語也。〔二〕

【校釋】

〔一〕舉體　猶全體，整體。

〔二〕「按述雖簡」數句　王世懋云：「注駁是。」世説箋本：「左傳：郲子怒夷射姑旋于廷，執之弗得，滋怒，自投於牀，廢於爐炭，爛，遂卒。（按此定公三年事）魏略：王思作書，蠅集筆端，驅之復來。思怒，自起逐蠅，遂擲筆蹋壞之。」

一四四　許掾嘗詣簡文，爾夜風恬月朗，乃共作曲室中語。襟情之詠，〔一〕偏是許之所長，辭寄清婉，有逾平日。簡文雖契素，〔二〕此遇尤相咨嗟，不覺造膝，〔三〕共叉手語，〔四〕達於將旦。既而曰：「玄度才情，故未易多有許。」〔五〕續晉陽秋曰：「詢能言理，曾出都迎姊。簡文皇帝、劉真長説其情旨及襟懷之詠，每造膝賞對，夜以繫日。」

【校釋】

〔一〕襟情　襟懷，情懷。御覽三八〇引郭子：「（謝哲）美風儀，舉止藴藉，而襟情豁然，爲士君子所重。」詠，此指「言詠」「理詠」之詠，謂言談吟詠也。

〔二〕契素　情意相投。文選袁宏三國名臣序贊：「公瑾卓爾，逸志不羣。總角料主，則素契于伯符；晚節曜奇，則參分於赤壁。」劉良注：「素，猶心；契，合也。」

〔三〕造膝　猶促膝。蔡邕司空臨晉侯楊公碑：「及其所以匡輔本朝，忠言嘉謀，造膝危辭，當事而行。」晉書三四羊祜傳：「夫入則造膝，出則詭辭，君臣不密之誡。」

〔四〕叉手　抄手。兩手交籠於袖内，自在悠閒之狀。魏志趙儼傳裴注引魚豢魏略：「儼叉手上車，發到霸上，忘持其常所服藥。」蘇軾袁公濟和劉景文登介亭復次韻答之：「文如翻水成，賦作叉手速。」

〔五〕「玄度才情」二句　世説講義：「言如玄度之才情，舊來未易多有此也。」陳夢槐云：「寫得婉致清妙。」按，簡文讚美玄度才情，才謂言詠之才，情謂高遠之情。許詢風情簡素，簡文恬静閑止，二人個性相近，故簡文極欣賞之。

一四五　殷允出西，郗超與袁虎書云：「子思求良朋，托好足下，勿以開美求之。」〔一〕中興書曰：「允字子思，陳郡人，太常康弟六子。〔二〕恭素謙退，有儒者之風。歷吏部尚書。」世目袁爲「開美」，故子敬詩曰：「袁生開美度。」

【校釋】

〔一〕「子思求良朋」三句　托好，猶結好。嵇康兄秀才公穆入軍贈詩：「托好松喬，攜手俱遊。」太平寰宇記八九：「異苑云：『交州阮郎，晉永和中出都，至西浦泊舟，見一青衣女子云：

杜蘭香遺信，托好君子。』」劉辰翁云：「此語疑勸袁勿友殷，自褒其美。」世説抄撮：「開美，蓋開張美令也。此言袁當虚己以待殷也。蓋爲殷恭素謙退也。劉解不明。」世説箋本：「按此評（按，指劉辰翁評）大謬。索解：開美者，袁虎也。其本賞譽袁虎之辭，言殷允欲結交於足下，然其人才非若足下大賢之比也，勿以足下開美之才望於殷。」朱注：「案：開美者，開朗韻美，猶堂堂之意。殷素性謙退，與袁之開美風度正相反。故書言不必以己之開美求之，正勸其從寬收納訂交也。而臨川收入賞譽篇，固稱袁之開美，然亦賞之殷之謙退，故郗超作書與袁，勿以不同於己而不納交，蓋兩美之也。若是，則劉批未謂允當矣。」按，以上諸家所解是。文學八三注引續晉陽秋言宏「性直亮」，此爲「開」。晉書本傳言宏「有逸才」，此爲「美」。世既目袁宏爲「開美」，則「開美」亦爲人物審美範疇，然史書中罕見。

〔二一〕弟六子　弟，古通「第」。

一四六　謝車騎問謝公：〔一〕「真長性至峭，〔二〕何足乃重？」答曰：「是不見耳。〔三〕阿見子敬，尚使人不能已。」〔四〕語林曰：「羊驎因酒醉，撫謝左軍謂太傅曰：〔五〕『此家詎復後鎮西？』」〔六〕太傅曰：「『汝阿見子敬，便沐浴爲論兄輩。』」〔七〕推此言意，則安以玄不見真長，故不重耳。見子敬尚重之，況真長乎？〔八〕

【校釋】

〔一〕謝車騎　謝玄爲車騎將軍。

〔二〕峭　嚴峻，苛刻，尖利。韓非子五蠹：「故明王峭其法而嚴其刑也。」王褒四子講德論：「宰相刻峭，大理峻法。」御覽二一四引三國志吴志：「暨豔字子休，爲選曹尚書，性峭厲，好清議。」凌濛初云：「峭處猶可，輕薄太甚。」按，識鑒一八記王濛、劉惔、謝尚等至丹陽墓所省殷浩，既反，王、謝以殷浩不起爲憂，劉曰：「卿諸人真憂淵源不起邪？」品藻二九將傖奴與郗倍相比，僅此二例即可見劉惔個性嚴峭，議事論人尖刻無餘地。凌濛初謂真長「輕薄太甚」，偶或有之。

〔三〕是不見耳　程炎震云：「劉惔卒時，謝玄才六七歲，故不見也。」

〔四〕「阿見子敬」二句　阿，有二説。劉盼遂云：「按，阿，我也。乃謝公自謂。三國志辰韓傳：『東方人名我爲阿。』此謂我見子敬，尚不能已已，則汝見真長，足重可知矣。注中以阿爲車騎，亦未思阿于古絶無汝之訓也。注中汝阿見子敬，汝阿不辭，汝爲後人沾也。」朱注：「阿，語助詞，吴人慣用之，今尚如此。」説與劉氏不同。按，魏志辰韓傳「東方人名我爲阿」，當指邊鄙樂浪人之方言，非江南人自稱。從語意體會，朱注謂阿是語助詞較勝。子敬自幼仰慕真長，方正五九子敬云：「遠慚荀奉倩，近愧劉真長。」謝公將子敬與並論，殆在此乎？劉辰翁云：「不説真長説子敬，晉語高之。」王世懋云：「不言劉尹而言子敬，甚妙。」

〔五〕謝左軍　謝玄曾爲左將軍。

〔六〕此家　王利器校：「案此家和現在説的此人意思一樣，後漢書王常傳：『後帝於大會中，指常謂羣臣曰：「此家率下江諸將，輔翼漢室，心如金石，真忠臣也。」』袁宏後漢紀卷四載此事，『此家』作『此人』。通鑑卷四漢紀三二載此事，胡三省注云：『此家猶言此人也。』」鎮西，指謝尚，尚爲鎮西將軍。此句乃羊驎讚譽謝玄，意謂玄之才幹聲名豈後於謝尚。

〔七〕「汝阿」二句　世説箋本：「汝阿，阿，助聲。」趙西陸云：「按『阿』疑『問』之誤，謂往日也。」按，正文云「阿見子敬」，則「汝阿見子敬」之「汝」，乃衍文也。沐浴，見本篇一〇七校釋。朱注：「此言心服而尊爲兄長也。」

〔八〕「見子敬尚重之」二句　世説抄撮：「言汝見子敬，尚使悦服，而敢爲論兄輩耶？兄輩，鎮西也。」按，世説抄撮費解。謝玄見子敬悦服，「沐浴爲論兄輩」，則兄輩指子敬。謝尚是謝玄伯父，豈能稱「兄輩」？

一四七　謝公領中書監，王東亭有事，應同上省。〔一〕王後至，坐促，王、謝雖不通，〔二〕太傅猶斂膝容之。王、謝不通事，別見。〔三〕王神意閑暢。〔四〕謝公傾目。還謂劉夫人曰：「向見阿瓜，故自未易有，〔五〕按王珣小字法護，〔六〕而此言阿瓜，未爲可解，儻小

名有兩耳。雖不相關，正是使人不能已已。」〔七〕

【校釋】

〔一〕「謝公領中書監」三句　程炎震云：「太元元年正月，謝安爲中書監，王珣於時爲黄門侍郎。」

〔二〕王謝雖不通　世説箋本：「王珣兄弟皆謝氏婿，以猜嫌致隙，安既與珣絶婚，又離珣弟珉妻，由是二族遂成仇釁。見本書傷逝篇。」

〔三〕王謝不通事　別見傷逝一五：「王東亭與謝公交惡。」

〔四〕閑暢　從容閒暇，爲雅量之表現，屬魏晉人格審美範疇之一。雅量一五記祖約性好財，阮孚性好屐，同爲一累，而未判其得失。後有人詣阮，正見自蠟屐，因自歎曰：「未知一生當著幾量屐。」神色甚閑暢，於是勝負始分。可見，晉人以神情閑暢爲美。更重要者，謝安風神與王珣類似。雅量二九記桓温欲誅謝安、王坦之，王之驚恐，轉見於色，「謝之寬容，愈表於貌」，並作洛生詠。謝之神態，近於閑暢。謝公傾目王珣神色閑暢，實有惺惺相惜之感。王、謝交惡，雖利害不相關，卻「正是使人不能已已」，此表明晉人之人格審美能超越俗見與私怨，發出迷人光彩。

〔五〕「向見阿瓜」二句　瓜，宋本、沈校本、太原王氏譜並作「苽」。「未易有」，意謂未易有如此人才也。雅量三九注引續晉陽秋曰：桓温甚重王珣，常稱：「王掾必爲黑頭公，未易才也。」「未易有」所指同「未易才」。

〔六〕王珣　珣，原作「詢」，宋本、王刻本均作「詢」。王利器校：「案『詢』當作『珣』，沈校本不誤，餘本都錯了。」今據晉書改。

〔七〕正是　是，宋本、沈校本並作「自」。按，「正是」當作「正自」。吴志吴主五子傳：「正自不聽禁，當如我何？」晉書七九謝安傳：「(桓)温笑曰：『正自不能不爾耳。』」本篇一四八：「身正自調暢。」上條記謝安重子敬云「阿見子敬，尚使人不能已」，此處又説「雖不相關，正是使人不能已已。」謝安怜才之情可謂至矣。

一四八　王子敬語謝公：「公故蕭灑。」〔一〕謝曰：「身不蕭灑，君道身最得，身正自調暢。」〔二〕續晉陽秋曰：「安弘雅有氣，〔三〕風神調暢也。」

【校釋】

〔一〕蕭灑　同瀟灑，灑脱不拘貌。御覽五〇五引南史：「俄而漁父至，神韻瀟灑，垂綸長嘯。」李白王右軍詩：「右軍本清真，瀟灑在風塵。」

〔二〕身　自稱，我也。調暢，同條暢。品藻八四王孝伯云：「謝公融。」孝標注：「謂條暢也。」

晉書七九謝安傳作「風宇條暢」。潘岳夏侯常侍誄：「誰能拔俗，生盡其養；孰是養生，而薄其葬。淵哉若人，縱心條暢。」條暢謂風度豁達，心神融合。劉應登云：「謝謂身本不瀟灑，以其言已得其當，故襟懷自暢爾。似戲辭，江左諸人措辭多如此也。」劉辰翁云：「語不足道，而神情自得，愈見其真。」世說箋本：「是謙辭，言不敢自謂瀟灑，然他人之評我皆在皮相，唯君道我最得之，故襟懷自然得暢爾。」

〔三〕氣　徐箋：「『氣』，影宋本及沈校本並作『器』，是。」朱注：「器，本謂器識、器局。」蔣宗許世說新語校箋臆札：「按，氣，是魏晉人特别看重的品格，它指人的氣度、風采、神韻等等，通常以之形容名士的外在表現。器，則偏指人的才具、政治方面的能力等。謝安名之爲江左風流宰相，蓋有以也。此條正文：『王子敬語謝公：「公故蕭灑。」謝曰：「身不蕭灑，君道身最得，身正自調暢。」』也是從風采神韻而言，劉注自不會離題而言他。（下略）載藉中也不見『有器』的他例。所以，無論從當時的語言習尚還是從構詞特點衡量，『安弘雅有氣』均不誤，徐箋失察。」按，蔣氏謂載籍中不見「有器」之例，誠是；然狀人往往稱「氣力」、「氣度」、「氣幹」、「氣尚」，未見獨以一「氣」字目之。疑「氣」或「器」下脱一「量」字。

一四九　謝車騎初見王文度，曰：「見文度，雖蕭灑相遇，其復愔愔竟夕。」〔一〕

【校釋】

〔一〕其　王叔岷補正：「案其猶乃也。」愔愔，余箋：「左傳昭公十二年傳：『祈招愔愔，式招德音。』注云：『愔愔，安和貌。』」徐箋：「文選嵇康琴賦：『愔愔琴德，不可測矣。』李善注：韓詩曰：『愔愔，和悦貌。』聲類曰：『和静貌。』」世説講義：「言見王之時，雖蕭灑相遇，作出塵之懷。既去，其復閭閻俗情竟夕，是其清風可想也。」朱注：「言王雖脱略，然則晤對則復安静恬和，不覺竟夕也。」

一五〇　范豫章謂王荆州：〔一〕范甯、王忱並已見。〔二〕「卿風流儁望，真後來之秀。」王曰：「不有此舅，焉有此甥。」〔三〕

【校釋】

〔一〕王荆州　王忱於太元十四年（三八九）出爲荆州刺史。（見忿狷七注引灵鬼志及晉書九孝武帝紀）

〔二〕范甯　已見言語九七。王忱，已見德行四四。

〔三〕「不有此舅」二句　趙西陸云：「太平御覽卷三八〇引此節末有注：『王氏譜曰：坦之娶慎陽范汪女姉，姉生悦。』」按，考晉書七五王坦之傳及汪藻敍録太原晉陽王氏譜，坦之四子：愷、愉、國寶、忱，無有名「悦」者。「悦」乃王導子。此節末注引王氏譜云范汪女姊生「悦」，「悦」當是「忱」之誤。范甯爲范汪子，坦之娶范汪女，生子忱，忱、甯爲甥舅也。舅甥相互吹捧，殊爲無聊。

一五一　子敬與子猷書，道：「兄伯蕭索寡會，〔一〕遇酒則酣暢忘反，乃自可矜。」〔二〕

【校釋】

〔一〕兄伯　即「伯兄」，伯，長兄，兄弟中年最長者。左傳定公四年：「文、武、成、康之伯猶多，而不獲是分也，唯不尚年也。」孔穎達疏：「伯是兄弟之長，故舉伯以爲言。」書呂刑：「伯父、伯兄、仲叔、季弟、幼子、童孫，皆聽朕言，庶有格命。」孟子告子上：「鄉人長於伯兄一歲，則誰敬？」朱熹集注：「伯，長也。」兄伯指誰？世説補觿：「兄伯，謂子猷也。」世説抄撮：「兄伯，蓋玄之也。」世説箋本：「兄伯不知指何人。子敬長兄凝之，即所謂『天壤王郎』者，似亦未合。」楊箋：「汪藻琅琊王氏譜：『羲之子七：玄之、凝之、涣之、肅之、徽之、操之、獻之。』今按：玄之早卒，涣之事未詳，此謂兄伯，殆指凝之也。」按，楊箋可從。蕭索寡會，世説音釋：「寂寥少興會也。」

〔二〕矜　朱注：「謂可憐憫也。」徐箋：「可矜，猶可貴。」按，此條既入賞譽，則矜作自誇、自恃解。書大禹謨：「汝惟不矜，天下莫與汝争能；汝惟不伐，天下莫與汝争功。」孔傳：「自賢曰矜，自功曰伐。」孔穎達疏：「矜與伐俱是誇義。」管子宙合：「功大而不伐，業明而不矜。」

一五二　張天錫世雄涼州，以力弱詣京師，〔一〕雖遠方殊類，亦邊人之桀也。〔二〕天錫已見。〔三〕聞皇京多才，欽羨彌至。猶在渚住，司馬著作往詣之，未詳。言容鄙陋，無可觀聽。天錫心甚悔來，以遐外可以自固。〔四〕王彌有儁才美譽，〔五〕當時聞而造焉。續晉陽秋曰：「珉風情秀發，才辭富贍。」既至，天錫見其風神清令，言話如流，陳説古今，無不貫悉。又諳人物氏族中來，〔六〕皆有證據。天錫訝服。

【校釋】

〔一〕力弱詣京師　言語九四注引張資涼州記載，苻堅攻没涼州，天錫歸長安，堅以爲侍中，比部尚書。從堅至壽陽。堅軍敗，遂南歸，拜散騎常侍、西平公。「力弱詣京師」，即指乘堅軍敗，奔逃歸晉事，非謂此前曾歸晉。

〔二〕「雖遠方殊類」二句　李慈銘云：「案天錫爲軌曾孫。晉書軌傳稱：『軌爲安定烏氏人，漢張耳十七代孫。家世孝廉，以儒學顯。』是則張氏非殊類矣。臨川生長江東，外視諸國，故有此言耳。」

〔三〕天錫　已見言語九四。

〔四〕「天錫心甚悔來」二句　天錫「心甚悔來」，其實並非司馬著作「言容鄙陋」，而是「朝士以其國破身虜，多共毁之」（見晉書本傳），且「頗有嫉己者」（見言語九四）。涼土早失，已爲飄零之人；寄人籬下，難温邊州舊夢。此言「以遐外可以自固」，表述誠不確。

〔五〕王彌　王珉小字僧彌。

〔六〕中來　李慈銘云：「案『中來』當是『中表』之誤。魏晉以來，重婚姻門望。上『謝胡兒欲作王堪傳咨謝公』一條，謝公便歷舉其中外姻親，即此可證。」余箋：「隋志有齊永元中表簿五卷。可見六朝人之重中表。」楊箋「中來」屬下句，並云：「『中，得也。王念孫曰：『中、得義同。』二字互用。』」按，李慈銘、余箋是。

一五三　王恭始與王建武甚有情，〔一〕後遇袁悦之間，遂致疑隙。〔二〕晉安帝紀曰：「初，忱與族子恭少相善，齊聲見稱。及並登朝，俱爲主相所待，内外始有不咸之論。〔三〕恭獨深憂之，乃告忱曰：『悠悠之論，〔四〕頗有異同，當由驃騎簡於朝覲故也。〔五〕將無從容切言之邪？若主相諧睦，吾徒得戮力明時，〔六〕復何憂哉？』忱以爲然，而慮弗見令，〔七〕乃令袁悦具言之。悦每欲間恭，乃於王坐責讓恭曰：〔八〕『卿何妄生同異，疑誤朝野。』其言切厲。恭雖惋悵，謂忱爲構己也。忱雖心不負恭，而無以自亮。於是情好大離，而怨隙成矣。」然每至興會，故有相思時。〔九〕恭嘗行散至京口射堂，〔一〇〕于時清露晨流，新桐初引，恭目之曰：「王大故自濯濯。」〔一一〕

【校釋】

〔一〕「王恭」句　由德行四四記王恭贈王忱所坐六尺簟，識鑒二六記王忱來會稽拜墓，與王恭流連十餘日方還，皆可見二人當初情好。

〔二〕遂致疑隙　余箋：「觀忿狷篇『王大王恭』條。因大勸恭飲酒，恭不爲飲，逼之轉苦，至各呼左右，便欲相殺，其怨隙可見。」

〔三〕不咸　楊箋：「不咸，不同也。左傳僖公二十四年：『昔周公弔二叔之不咸。』注：『二叔，夏、殷世叔也；咸，同也。』」

〔四〕悠悠　後漢書八二崔駰傳：「悠悠罔極，亦各有得。」注：「悠悠，衆多也。」晉書四九謝鯤傳：「悠悠之言，實未達高義。」

〔五〕驃騎　指司馬道子。晉書六四會稽文孝王道子傳：「太元初，拜散騎常侍、中軍將軍，進驃騎將軍。」

〔六〕戮力　戮，宋本作「勠」。王先謙云：「一本作勠，是。世説補同。」按，戮同勠。

〔七〕見令　令，宋本、沈校本並作「用」。按，作「用」是。

〔八〕乃於王坐　王，宋本作「三」。王利器校：「袁本、曹本、補本『三』作『王』，是；王本、凌本作『正』。」

〔九〕「然每至興會」二句　凌濛初云：「疑隙而相思，後世亦往往有之，然未易能。」陳夢槐云：「讀此令人自遠。」按，王恭與王忱雖有仇隙，然每至興會，猶不免相思，此同本篇一四七謝公與東亭雖不相關，但「正自使人不能已已」相似。此又可證晉人於人格美不能忘懷，甚至能超越利害關係。

〔一〇〕京口射堂　程炎震云：「太元十五年，王恭爲青、兖二州刺史，鎮京口。」射堂，射戲（博戲）之所。晉書七成帝紀：「常欲於後園作射堂。」陸機有征西大將軍京陵王公會射堂皇太子見命作此詩。

〔一一〕濯濯　明浄貌，鮮明貌。詩大雅崧高：「四牡蹻蹻，鉤膺濯濯。」毛傳：「濯濯，光明也。」喬知之折楊柳詩：「可憐濯濯春楊柳，攀折將來就纖手。」蘇軾記所見開元寺吴道子畫佛滅度詩：「初如濛濛隱山玉，漸如濯濯出水蓮。」劉應登云：「言因物象如此，而想其精神也。」

一五四　司馬太傅爲二王目曰：「孝伯亭亭直上，〔一〕阿大羅羅清疏。」〔二〕恭正亮沈烈，忱通朗誕放。

【校釋】

〔一〕亭亭　高聳貌，自立貌。文選張衡西京賦：「干雲霧而上達，狀亭亭以苕苕。」薛綜注：「亭亭、苕苕，高貌也。」傅玄短歌行：「長安高城，層樓亭亭。」劉楨贈從弟詩之二：「亭亭山上松，瑟瑟谷中風。」按，德行四四注引恭別傳：「恭清廉貴峻，志存格正。」晉書八四王恭傳言「恭性抗直，深存節義」。亭亭直立，正狀王恭之個性高抗直立。

〔二〕羅羅　即孝標所注「通朗誕放」。劉辰翁云：「羅羅，俚語。」王思任云：「羅羅，出佛書。」

一五五　王恭有清辭簡旨，能敍說而讀書少，〔一〕頗有重出。中興書曰：「恭雖才不多，而清辯過人。」有人道孝伯常有新意，不覺爲煩。〔二〕

【校釋】

〔一〕敍說　猶概述，清言時先概述義理也。晉書四九阮裕傳：「嘗問謝萬，云未見四本論，君試爲言之。萬敍說既畢。」御覽三九〇引世說：「謝太傅一生語未嘗誤，每共語退後，敍說向言，皆得次第。」或釋「敍說」爲「談論」、「敍談」，皆不確。按，晉人重讀書廣博，文學九九記殷仲文讀書不甚廣博，傅亮歎曰：「若使殷仲文讀書半袁豹，才不減班固。」

〔二〕「有人道孝伯」二句　清言之優劣主要看義理是否超拔。言辭重出本爲煩雜，然常有新意，故不覺爲煩。

一五六　殷仲堪喪後，〔一〕桓玄問仲文：「卿家仲堪定是何似人？」仲文曰：「雖不能休明一世，足以映徹九泉。」〔二〕續晉陽秋曰：「仲堪，仲文之從兄也，少有美譽。」

【校釋】

〔一〕殷仲堪喪後　晉書一〇安帝紀載：隆安三年（三九九）十二月，桓玄襲殺荆州刺史殷仲堪。

〔二〕「雖不能」二句　余箋：「蓋仲堪爲仲文之兄，而靈寶之仇，過毀過譽，皆不可也。休明一世，意以指玄。言仲堪平生之功業，雖不及玄，然固是一時名士，故身死之後，猶能光景常新。」按，「休明一世」似無有指桓玄之意。

品藻第九

一　汝南陳仲舉、潁川李元禮，二人共論其功德，〔一〕不能定先後。蔡伯喈續漢書曰：〔二〕「蔡伯喈，陳留圉人，通達有儁才，博學善屬文，伎藝術數無不精綜。仕至左中郎將，爲王允所誅。」評之曰：「陳仲舉彊於犯上，〔三〕李元禮嚴於攝下。〔四〕犯上難，攝下易。」張璠漢紀曰：「時人爲之語曰：『不畏彊禦陳仲舉，天下模楷李元禮。』」〔五〕仲舉遂在三君之下，謝沈漢書曰：「三君者，一時之所貴也。竇武、劉叔、〔六〕陳蕃，少有高操，海內尊而稱之，故得因以爲目。」元禮居八俊之上。〔七〕薛瑩漢書曰：「李膺、王暢、荀緄、朱寓、魏朗、劉佑、杜楷、趙典爲八俊。」〔八〕英雄記曰：「先是張儉等相與作衣冠糺彈，〔九〕彈中人相調，言：『我彈中誠有八俊、八乂，猶古之八元、八凱也。』」〔一〇〕謝沈書曰：「俊者，卓出之名也。」〔一一〕姚信士緯曰：「陳仲舉體氣高烈，〔一二〕有王臣之節；李元禮忠壯正直，有社稷之能。海內論之未決，蔡伯喈抑一言以變之，疑論乃定也。」

【校釋】

〔一〕二人　世説補觽：「非陳李自論己之功德也，人共論其功德也。」李慈銘云：「案二人疑士人之誤。」楊箋從李説，改「二」爲「士」。按，漢末論人功德成風，世説於此多有反映。如客

有問陳季方：「足下家君太丘有何功德而荷天下重名？」（見德行七）客有問元方：「府君如何？」「家君如何？」（見言語二）

〔二〕續漢書　續，宋本誤作「績」。

〔三〕陳仲舉彊於犯上　後漢書六六陳蕃傳載，陳蕃拒大將軍梁冀請托，上疏救白馬令李雲，典選舉不偏權富，數次彈劾宦官，最後與竇武謀誅宦官被害。皆以仁心爲己任，奮不顧身。

〔四〕攝下　统領部屬。葛洪抱朴子外篇行品：「立朝正色，知無不爲，忠於奉上，明以攝下。」

〔五〕模楷　模，宋本誤作「摸」。

〔六〕劉叔　叔，宋本、沈校本並作「淑」，與後漢書合。竇武，字游平，東漢扶風平陵人。與陳蕃謀誅宦官，失敗，被殺。事見後漢書六九竇武傳。劉淑字仲承，東漢河間樂成人。靈帝即位，宦官譖淑與竇武等通謀，下獄自殺。事見後漢書六七黨錮列傳劉淑傳。

〔七〕劉辰翁云：「世説之作，正在識鑒、品藻兩種耳。餘備門類，不得不有，亦不儘然。」

〔八〕李膺王暢荀緄朱寓魏朗劉佑杜楷趙典　荀緄，後漢書作「荀翌」。朱寓，宋本、沈校本作「朱寓」，與後漢書合。劉佑，沈校本作「劉祐」，與後漢書合。杜楷，後漢書作「杜密」。

〔九〕張儉　字元節，東漢山陽高平人，黨錮之禍中重要人物。事見後漢書六七黨錮列傳張儉傳。衣冠糺彈，宋本作「冠衣禮彈」。按，作「糺彈」是。糺彈，同「彈糺」，猶「彈糾」，自新一注引晉陽秋：「處仕晉爲御史中丞，多所彈糺。」應劭風俗通義五：「時三公袁隗意亦非之，然不彈糾。」

〔一〇〕「我彈中」數句　八乂，乂，王利器校：「蔣校本云：『乂』一作『人』，並疑誤，恐當作『及』。」按，作「及」是。後漢書六七黨錮傳曰：「海内希風之流，遂共相標榜，指天下名士爲之稱號。上曰三君，次曰八俊，次曰八顧，次曰八及，次曰八廚，猶古之八元八凱也。」又曰：「張儉、岑晊、劉表、陳翔、孔昱、苑康、檀敷、翟超爲『八及』。及者，言其能導人追宗者也。」

〔一一〕「俊者」二句　俊前宋本有「八」字。按，「八」字衍，當删。俊，後漢書六七黨錮列傳：「俊者，言人之英也。」

〔一二〕體氣　體，宋本作「勝」。按，當作「體」。體，體質，性質。體氣，即氣質。曹丕典論論文：「孔融體氣高妙，有過人者。」魏志滿寵傳：「體氣康彊，見而遺還。」

二　龐士元至吴，吴人並友之。蜀志曰：「周瑜領南郡，〔一〕士元爲功曹。〔二〕瑜卒，士元送喪至吴，〔三〕吴人多聞其名。及當還西，並會閶門，〔四〕與士元言。」見陸績、文士傳曰：〔五〕「績字公紀，幼有儁朗才數，博學多通。龐士元年長於績，共爲交友。仕至鬱林太守。自知亡日，〔六〕年三十二而卒。」顧劭、全琮，環濟吴紀曰：「琮字子璜，〔七〕吴郡錢塘人。有德行義概，爲大司馬。」〔八〕而爲之目曰：「陸子所謂駑馬有逸足之用，顧子所謂駑牛可以負重致遠。」〔九〕或問：「如所自，〔一〇〕陸爲勝邪？」曰：「駑馬雖精速，能致一人耳。駑牛一日行百里，所致豈一人哉？」〔一一〕吴人無以難。「全子好聲名，似汝南樊子昭。」〔一二〕

蔣濟萬機論曰：「許子將褒貶不平，以拔樊子昭而抑許文休。〔一三〕劉曄難曰：〔一四〕『子昭拔自賈豎，年至七十，退能守静，進不苟競。』濟答曰：『子昭誠自幼至長，容貌完潔。然觀其插齒牙、樹頰頦、吐脣吻，〔一五〕自非文休之敵。』」

【校釋】

〔一〕周瑜領南郡　周瑜下宋本有「爲」字，領作「嶺」。王利器校：「沈校本『爲』作『因』；餘本作『周瑜領南郡』，『嶺』作『領』，是。案三國志蜀志龐統傳作『吴將周瑜，助先主取荆州，因領南郡太守』。沈校本是。」

〔二〕士元爲功曹　據吴志周瑜傳：建安十三年，瑜、劉備共破曹操，進南郡。龐統爲周瑜功曹當在此時。

〔三〕「瑜卒」二句　通鑑六六漢紀五八載：建安十五年（二一〇），周瑜卒于巴丘。胡考：「按江表傳：瑜與策同年。策以建安五年死，年二十六。瑜死時年三十六，故知在今年也。」據此，龐統送喪至吴，亦在是年也。

〔四〕閶門　閶，宋本作「闔」。按，當作「閶」。晉書九二張翰傳：「會稽賀循赴命入洛，經吴閶門。」建康實録二：「初，漢末興平中童謡曰：『黄金車，斑蘭耳，開閶門，出天子。』閶門即吴西郭門也。」御覽一八三引吴地記曰：「閶門者，吴王闔閭所作也，名爲閶闔門。高樓閣道。後由此伐楚，改破楚門。」

〔五〕文士傳　傳，宋本誤作「博」。

〔六〕自知亡日　世説箋本：「績自餞辭曰：『有漢志士，吴郡陸績。幼敦詩書，長玩禮易。受命南征，遘疾遇厄。遭命不幸，嗚呼悲隔。』」

〔七〕子璜　璜，原作「黄」。沈校本作「璜」。王先謙校：「按吴志：『全琮字子璜』是也。琮、璜皆禮玉名，古人名字多相應也。」按，王説是，今據改。

〔八〕爲大司馬　吴志全琮傳作「爲右大司馬」。

〔九〕「陸子所謂」二句　余箋：「荀子勸學篇：『騏驥一躍，不能十步。駑馬十駕，功在不舍。』是則駑馬所以爲人用者，以其能長行而不舍耳，本不望其奔逸絶塵也。若駑馬而有逸足之用，則雖不能如騏驥一日千里，而在衆馬之中，固已出羣矣。此言陸績之奉公守職，不惟能盡力匪懈，其才亦有過人者。但不過庸中佼佼，未得爲一代之英傑也。……負重致遠，乃專恃駑牛馬，斯其爲用，亦已大矣。士元之於績、劭，許其有實用，而不許其能致千里，故題目之如此耳。駑馬固不能追風絶景，然使與牛並驅，便覺神速莫及。但其筋骨，遠不及牛。充其力之所極，不過能載送一人耳。牛行遲緩，固不如馬之善走，然窮日之力，亦能及百里。而其復重載，動至千斤，百貨轉輸，惟牛是賴，夫豈駑馬之所能及？蓋績性俊快，而劭厚重。統言二人，雖各有長短，而劭之幹濟，非績所及也。其後劭爲豫章，風化大行。而績在鬱林，但篤志著述，雖並早卒，未竟其用。統之所評，諒不虛矣。」

〔一〇〕如所自　自，沈校本作「目」。按，作「目」是。

〔一一〕「駑馬雖精速」數句　劉辰翁云：「亦捷急變化語，即駿馬所致，亦如此耳。」

〔一二〕「全子好聲名」二句　程炎震云：「據蜀志龐統傳注，此文出於張勃吴録。」余箋：「『吴人無以難』，乃張勃記事之詞。『全子』以下，又爲士元語。此種文法于古有之。」朱注：「此節疑原爲注語，誤羼入本文者，否則，下『全子』云云仍屬龐之所目，似不應隔斷，故加括弧，以便省覽。」按，「或問」至「吴人無以難」，與上文文意連慣，非注語，朱注不可取。又「全子好聲名」，蜀志龐統傳作「卿好施慕名」，義較世説顯明。吴志全琮傳載：琮父柔嘗使琮齎米數千斛至吴市易，琮皆散用，空船而還。又記琮經過錢塘，修祭墳墓，請會邑人平生知舊、宗族，施散財物千有餘萬。所謂「好聲名」蓋指此。

〔一三〕許文休　蜀志許靖傳謂文休「少與從弟劭俱知名，並有人倫臧否之稱，而私情不協。而劭爲郡功曹，排擯靖不得齒敍，以馬磨自給」云云。

〔一四〕劉曄　魏志本傳：「劉曄字子揚，淮南成悳人也，漢光武子阜陵王延後也。」册府元龜八四二：「劉曄少有孝行，避地揚州，(許)邵稱曄有佐世之才。後爲魏名臣。」

〔一五〕頰頞　臉頰，下巴。脣吻，指口與嘴。王充論衡率性：「揚脣吻之音，聒賢聖之耳。」世説抄撮：「『插齒牙』云云三句，謂談論之狀。」朱注：「又濟答劉曄之難，所論狀樊子昭之插齒牙云云三句，蓋形容樊好聲名，齗齗辯議之態，故龐以之比全琮。」

三　顧劭嘗與龐士元宿語，問曰：「聞子名知人，〔一〕吾與足下孰愈？」曰：「陶冶世俗，與時浮沉，吾不如子。吴志曰：「劭好樂人倫，〔二〕自州郡庶幾及四方人事，〔三〕往來相見，或諷議而去，或結友而别，風聲流聞，遠近稱之。」論王霸之餘策，覽倚伏之要害，〔四〕吾似有一日之長。」〔五〕劭亦安其言。吴録曰：「劭安其言，更親之。」

【校釋】

〔一〕名知人　以識鑒人物著稱者。後漢書七〇荀彧傳：「南陽何顒名知人。」魏志劉曄傳：「汝南許紹，名知人，避地揚州。」晉書三三石苞傳：「市長沛國趙元儒名知人，見苞，異之，因與交結。」

〔二〕人倫　題目人物之意。本篇一一注引晉陽秋：「兄夷甫有盛名，時人許以人倫鑒識。」好樂人倫，即雅好識鑒人物。

〔三〕庶幾　李詳云：「姚氏範援鶉堂筆記三六：『庶幾，乃謂當時知名之士，三國志多見。如吴志張承傳：「凡在庶幾之流，無不造門。」又王羲之誓墓文：「母兄鞠育，得見庶幾。」』錢少詹三國志考異與姚略同。」徐箋：「案語本易系辭『顏氏之子，其殆庶幾乎！有不善未嘗不知，知之未嘗復行也』，因以泛稱進德修業之士。」

〔四〕「論王霸之餘策」二句　倚伏，原作「倚仗」。宋本、沈校本並作「倚伏」，據改。余箋：「『倚仗』當作『倚伏』。老子德經云：『禍兮福之所倚，福兮禍之所伏。』作『倚仗』則義不可通。」「事務之紛來，必有其至要之關節。皆處之得宜，則爲福；反之則爲禍。倚伏之機，正在於此。惟明者一覽而知其然，此王霸之術，士元之所長也。故司馬德操曰：『識事務者在乎俊傑，此間自有伏龍、鳳雛。』」按，余箋是。

〔五〕吾似有一日之長　「論王霸之餘策，覽倚伏之要害」，乃亂世中之長才，遠勝「陶冶世俗」之德望。蜀志龐統傳載：「吴將魯肅遺先主書曰：『龐士元非百里才也，使處治中、別駕之任，始當展其驥足耳。』」可見士元之才，衆所公認。龐統之答，雖有自誇自矜，「高自標置」之嫌，但大體屬實，未爲狂妄。沈作喆寓簡三列舉本篇中人物品題之例，並云：「晉人之好品藻人物，而高自標置也，吾夫子所謂『賜也賢乎哉，夫我則不暇』者，諸子之謂乎？蓋其端起於東漢之末，甘陵南北部、三君、八俊之流造爲語言，以相名目。其弊至於黨與相攻，訖成禍亂，不可不戒其初也。」

四　諸葛瑾弟亮，及從弟誕，吴書曰：「瑾字子瑜，其先葛氏，琅邪諸縣人，後徙陽都。陽都先有姓葛者，時人謂諸葛，〔一〕因爲氏。〔二〕瑾少以至孝稱，累遷豫州牧，六十八卒。」魏志曰：「誕字公休，爲吏部郎。人有所屬託，輒顯其言而亟用之，〔三〕後有當不，〔四〕則公議其得失以爲褒貶，自是羣僚莫不慎其所舉。累遷揚州刺史、鎮東將軍、司空，〔五〕謀逆伏誅。」並有盛名，各在一國。於時以爲蜀得其龍，吴得其虎，魏得其狗。〔六〕誕在魏，與夏侯玄齊名。瑾在吴，吴朝服其弘量。〔七〕吴書曰：「瑾避亂渡江，大皇帝取爲長史。〔八〕遣使蜀，但與弟亮公會相見，反無私面。〔九〕而又有容貌思度，時人服其弘量。」

【校釋】

〔一〕謂諸葛　謂下沈校本有「之」字。

〔二〕因爲氏　因下沈校本有「以」字。按，以上二句吴志諸葛瑾傳作「時人謂之諸葛，因以爲氏。」

〔三〕亟用之　亟，魏志諸葛誕傳作「承」。楊箋改作「承」。

〔四〕後有當不　後有下宋本、沈校本並有「得失」二字。

〔五〕司空　宋本作「以其」。按魏志諸葛誕傳，甘露二年（二五七）五月，徵爲司空。

〔六〕「于時以爲蜀得其龍」三句　龍、虎、狗是否有褒貶，學者有異説。方孝孺遜志齋集五「諸葛誕」條：「諸葛氏兄弟三人仕於三國，才氣雖不相類，然孔明之下瑾與誕亦人豪也。誕當司馬昭僭竊之時，拒賈充之説，起兵討之，事雖無成，身不失爲忠義。豈非凜然大丈夫乎？世俗乃以是訾之，謂『蜀得龍，吴得虎，魏得狗』，爲斯言者，必賈充之徒，自以蠹國弑君、取富貴爲得計，論人成敗而不識逆順是非之辨者也。豈非揚子雲所謂『舍其沐猴，而謂人沐猴者』邪？」胡應麟少室山房筆叢八：「漢末諸葛氏分處三國，並著忠誠，以爲『蜀得其龍，吴得其虎』，並自篤論。至魏迺曲爲訾詆，此晉人諛上之詞耳。」王世貞讀書後二書諸葛亮等傳後：「第考其行事，恐公休亦不分爲狗也。在洛下與夏侯太初齊名，爲吏部郎，中丞尚書，皆有望實。出鎮壽春，使一方肅戢。及敗死，而麾下數百人無一降敵者，且曰：『爲諸葛公死不恨！』此豈常人所能及哉？」李慈銘云：「案誕名德既重，身爲魏死，忠烈凜然，安得致此鄙薄之稱？蓋緣公休敗後，司馬之黨，造此穢言，誣衊不經，深堪髮指。承祚之志，世期之注，削而不登，當矣。臨川取之，抑何無識！」劉盼遂云：「誕之得『狗』名者，直緣叔季之故，非蔑之也。誕在當日固亦聲問休暢，與二昆頡頏。讀三國志本傳及世説中瑣事可知。後之人昧于『狗』之訓詁，遂非薄之，其謬甚矣。」余箋：「司馬之黨必不以孔明爲龍。此所謂狗，乃狗功之狗，謂如韓盧、宋鵲之類。雖非龍虎之比，亦甚有功於人。故曰『並有盛名』，非鄙薄之稱也。觀世説下文云『誕在魏與夏侯玄齊名』，則無詆毀公休之意亦明矣。太公六韜以文、武、龍、虎、豹、犬爲次，知古人之視犬，僅下龍虎一等。凡讀古書，須明古人詞例，不可以後世文義求之也。」楊箋：「此言龍、虎、狗者，乃喻其才德之大、中、小也。」按，前人多以爲「魏得其狗」乃訾詆諸葛誕，並稱誕爲魏之忠臣。其説大體可從。「狗」爲當時詈人語，温嶠曾稱陶侃爲「溪狗」（見容止二三），有人罵吴人爲「吴狗」（見晉書五七陶璜傳）。可見「狗」有貶義。又魏志管輅傳裴注引輅别傳：蔡元才言：「本聞卿作狗，何意爲龍？」輅言：「潛陽未變，非卿所知，焉有狗耳，得聞龍聲乎！」此可知時人意識中狗不如龍。然此云「並有盛名」，則此「狗」雖不如龍虎，亦足稱「能狗」。吴志諸葛瑾傳裴注引吴書云瑾弟亮爲蜀丞相，誕又顯名于魏，一門三方爲冠蓋，天下榮之；又云瑾才略不及弟，而德行尤純。可見時人對諸葛兄弟三人之才德自有高下之論。楊箋謂喻其才德之大小，較爲通達。

〔七〕「誕在魏」數句　王世懋云：「後兩語正自推尊武侯。」凌濛初云：「不目武侯，特妙。世説佳處正以此。」

〔八〕「瑾避亂渡江」二句　吴志諸葛瑾傳：「漢末避亂江東。值孫策卒，孫權姊婿曲阿弘咨見而異之，薦之于權，與魯肅等並見賓待，後爲權長史，轉中司馬。」

〔九〕「遣使蜀」三句　反無私面，反，宋本作「退」。徐箋：「私面，私覿也。」按，吴志諸葛瑾傳記孫權遣諸葛瑾使蜀通好劉備，時在建安二十年（二一五）。

五　司馬文王問武陔：「陳玄伯何如其父司空？」〔一〕陔曰：「通雅博暢，能以天下聲教爲己任者，不如也；〔二〕明練簡至，立功立事，過之。」〔三〕魏志曰：「陔與泰善，故文王問之。」〔四〕

【校釋】

〔一〕武陔　見賞譽一四。陳玄伯，陳泰字玄伯。司空，指陳羣。皆見方正八。

〔二〕「通雅博暢」三句　魏志陳羣傳載：羣在朝無適無莫，雅仗名義，不以非道假人。文帝在東宮深敬器焉，待以交友之禮。常歎曰：「自吾有回，門人日以親。」又裴注引袁子曰：「故司空陳羣則不然，其談論終日，未嘗言人主之非；書數十上，而外人不知。君子謂羣於是乎長者矣。」文選袁宏三國名臣序贊：「長文通雅，義格終始。」于此可略見陳羣之風格。

〔三〕「明練簡至」三句　魏志陳泰傳：「司馬文王語荀顗曰：『玄伯沉勇能斷，荷方伯之重，救將陷之城而不求益兵；又希簡上事，必能辦賊故也。』」司馬昭之評即泰之「明練簡至」也。王世懋云：「亦似得之，但未及其正骨耳。」凌濛初云：「玄伯父子，人品似難相較。」陶珙云：「羣之戚容而生，何如泰之嘔血而死。聲教之任，泰正能之。此王批所謂『正骨』也。王批即以世説，未就陳氏父子之本質評其優劣也。」按，以上諸家以爲陳羣見司馬氏之篡魏，僅戚容而已，陳泰則嘔血而死。武陔以德許陳羣，以才許陳泰。其實，子之人品優於父也。

〔四〕「陔與泰善」二句　魏志陳泰傳：「司馬景王、文王皆與泰親友，及沛國武陔亦與泰善。」

六　正始中人士比論，以五荀方五陳：〔一〕荀淑方陳寔，荀靖方陳諶，逸士傳曰：「靖字叔慈，潁川人，有儁才，以孝著名。兄弟八人號『八龍』。隱身修學，動止合禮。弟爽亦有才學，顯名當世。或問汝南許章：〔二〕『爽與靖孰賢？』章曰：『二人皆玉也。慈明外朗，叔慈内潤。』」太尉辟不就，年五十終，時人惜之，號玄行先生。」荀爽方陳紀，荀彧方陳羣，〔三〕典略曰：「彧字文若，潁川人，爲漢侍中、守尚書令。彧爲人英偉，折節待士，坐不累席。其在臺閣間，不以私欲撓意。年五十薨，〔四〕謚曰敬侯。以其名德高，〔五〕追贈太尉。」荀顗方陳泰。〔六〕晉諸公贊曰：「顗字景倩，彧之子。蹈禮立德，思義溫雅，加深識國體，累遷光祿大夫。晉受禪，封臨淮公。典朝儀，刊正國式，爲一代之制。轉太尉，爲台輔，德望清重，留心禮教。卒，謚康公。」〔七〕又以八裴方八王：〔八〕裴徽方王祥，裴楷方王夷甫，裴康方王綏，〔九〕晉百官名曰：「康字仲豫，徽之子。」晉諸公贊曰：「康有弘量，歷太子左率。」裴綽方王澄，王朝目録曰：「綽字仲舒，〔一〇〕楷弟也，名亞於楷，歷中書黃門侍郎。」裴瓚方王敦，晉諸公贊曰：「瓚字國寶，楷之子，才氣爽儁，終中書郎。」裴遐方王導，裴頠方王戎，裴邈方王玄。

【校釋】

〔一〕以五荀方五陳　李慈銘云：「范武子以清談禍始，歸罪王、何，謂其深於桀、紂。予謂漢末之五荀、五陳，實任達之濫觴，浮華之作俑。觀其父子兄弟，自相標榜，坐致虛聲，託名高節，太丘吊張讓之母，朱子謂其風節始頽；其後，羣附曹氏，泰黨司馬。荀氏則爽爲卓用，彧成操篡，勖以還名節掃地。桀、紂之禍，自有所歸。輔嗣名通，平叔正直，所不受也。」按，李氏謂漢末任達、浮華之風濫觴于五荀、五陳，其論過於峻刻。任達、浮華一反兩漢經學對人性之壓抑，有其進步意義。僅觀陳寔、陳紀、陳諶，世號「三君」，百城皆圖畫（見德行六注引先賢行狀），則此輩絕非「坐致虛譽」可知。此姑不詳論。且説人物比論之風，亦起於漢末之人物品鑒。如陳元方、陳孝先「各論其父功德」（見德行八），世定華歆、王朗之優劣（見德行一三）等。此種風氣于名家理論及選舉制度，均深具實際影響。

〔二〕許章　余箋：「『章』字誤，當作『劭』。魏志荀彧傳注引逸士傳作『或問汝南許子將』。羣輔録引荀氏譜作『汝南許劭』，皆可證。」按，余箋是。

〔三〕荀彧　彧，宋本作「或」。按，當作「彧」。

〔四〕年五十薨　後漢書七〇荀彧傳載，建安十七年（二一二），曹操南征孫權，「彧病留壽春。操饋之食，發視之，乃空器也。于是飲藥而卒，時年五十」。按，時欲共進曹操國公九錫，荀彧以爲曹操興義兵，以匡振漢朝，不宜如此。操心不能平，故饋食卻以空器，實是暗示荀彧自殺。由此可知，荀彧因忠於漢朝而死。李慈銘謂「彧成操篡」，豈非厚誣古人耶？

〔五〕以其名德高　王刻本無「名」字。

〔六〕荀顗方陳泰　方正八注引干寶晉紀：「（陳）泰曰：『世之論者以泰方余舅，今舅不如泰也。』」可見荀顗方陳泰自是世論。

〔七〕康公　晉書三九荀顗傳、潁川潁陰荀氏譜皆無「公」字。按，「公」字乃衍，當删。

〔八〕八裴方八王　徐箋：「晉書裴楷傳：『初裴、王二族，盛于魏晉之世，時人以八裴方八王。』語意較爲周匝。」

〔九〕王綏　王戎子。賞譽二九注引晉諸公贊：「王綏字萬子，辟太尉掾，不就，年十九卒。」張萬起、劉尚慈譯注謂王綏爲王愉子，誤。

〔一〇〕仲舒　徐箋：「案魏志裴潛傳注，綽字季舒。徽諸子，黎字伯宗，康字仲豫，楷字叔則，則綽字季舒爲是。」按，河東聞喜裴氏譜亦作「季舒」。

七　冀州刺史楊淮二子喬與髦，〔一〕俱總角爲成器。淮與裴頠、樂廣友善，遣見之。頠性弘方，愛喬之有高韻，〔二〕謂淮曰：「喬當及卿，〔三〕髦小減也。」廣性清淳，愛髦之有神檢，〔四〕謂淮曰：「喬自及卿，然髦尤精出。」淮笑曰：「我二兒之優劣，乃裴、樂之優劣。」論者評之，以爲喬雖高韻，而檢不匝；〔五〕樂言爲得，然並爲後出之儁。荀綽冀州記曰：「喬字國彦，爽朗有遠意。〔六〕髦字士彦，清平有貴識。並爲後出之儁。爲裴頠、樂廣所重。」晉諸公贊曰：「喬似淮而疏，皆爲二千石。髦爲石勒所害。」

【校釋】

〔一〕楊淮二子喬與髦　程炎震云：「楊淮，宋本注均作準。御覽四〇九又四四四引郭子，亦均作準。」王利器校：「蔣校本、沈校本『淮』作『準』，是。三國志魏志陳思王傳注引荀綽冀州記載此文，亦作『準』。又晉書樂廣傳載此事也作『準』。」李詳云：「詳案：此條采自荀綽冀州記，見魏志陳思王植傳裴注引。志注淮作準，喬作嶠。案喬字國彦，自宜從喬爲是。」

〔二〕高韻　指超脱之情韻。韻，指氣韻、氣質、情性，情韻，爲魏晉時期審美趣尚，始於人物審美，迅速影響詩文、書法、繪畫，遂成爲中國美學最重要之審美範疇之一，中國藝術之獨特風貌，與「韻」關係至爲密切。韻有風韻、高韻、遠韻、神韻、體韻之分。如雅量一五注引中興書：「（阮）孚風韻疏誕，少有門風。」賞譽三一注引王澄別傳：「澄風韻邁達，志氣不羣。」文選袁宏三國名臣序贊：「景山恢誕，韻與道合。」晉書庾敳傳：「雅有遠韻。」陶潛歸園田居詩之一：「少無適俗韻，性本愛丘山。」

〔三〕當及　當，王刻本作「自」。

〔四〕神檢　超羣之洞察力。檢，同檢察之檢，猶考查，察驗。後漢書五三周黄徐姜申屠列傳序：「（荀愆）對曰：『先帝秉德以惠下，故臣可得不來。驃騎執法以檢下，故臣不敢不至。』」李賢注：「檢，猶察也。」沈約封授臨川等五王詔：「參贊王業，冠軍右衛將軍恢，神檢外洽，淵量内湛。」按，張撝之譯注、張萬起詞典釋「神檢」爲「精神操守」。非是。楊髦年在總角，談何操守？下文注引冀州記言髦「清平有貴識」，「貴識」亦即「神檢」。

〔五〕而檢不匝　王利器校：「三國志注作『而神檢不逮』，晉書作『而神檢不足』；案世説『檢』上當脱『神』字，『神檢』、『高韻』，都是承上文而言。太平廣記引此句作『而無檢局』。」按，王校是。太平廣記不可從。

〔六〕遠意　脱俗之意趣。遠，指超俗，絶俗，玄遠，源于玄學虚遠之尚，遂爲魏晉人格審美範疇之一。時目人以「遠神」、「遠體」、「遠意」、「遠志」、「清遠」、「高遠」爲美，而尤欣賞「遠神」。遠意，義近遠神。晉書九簡文帝紀：「沙門支道林嘗言：『會稽有遠體而無遠神。』」晉書四九山濤傳：「況自先帝識君遠意，吾將倚君以穆風俗。」陶淵明飲酒詩之五：「問君何能爾，心遠地自偏。」亦爲顯例。

八　劉令言始入洛，劉氏譜曰：「納字令言，〔一〕彭城叢亭人。祖瑾，樂安長。父甝，魏洛陽令。納歷司隸校尉。」見諸名士而歎曰：「王夷甫太解明，〔二〕樂彦輔我所敬，張茂先我所不解，〔三〕周弘武巧於用短，王隱晉書曰：「周恢字弘武，汝南人。祖斐，永寧少府。〔四〕父隆，州從事。恢仕至秦相，秩中二千石。」杜方叔拙於用長。」〔五〕晉諸公贊曰：「杜育字方叔，襄城鄧陵人，〔六〕杜襲孫也。育幼便岐嶷，〔七〕號神童。及長，美風姿，有才藻，時人號曰杜聖。累遷國子祭酒。洛陽將没，爲賊所殺。」

【校釋】

〔一〕納字令言　納，沈校本作「訥」。王利器校：「蔣校本、沈校本『納』作『訥』，下同，是；本書言語門『庾稚恭爲荆州』條注引文字志正作『訥』。名訥字令言，義亦相應。」按，言語五三謂劉劭「彭城叢亭人，祖訥，司隸校尉」，此條注引劉氏譜，謂劉納「彭城叢亭人」「歷司隸校尉」。可證劉納即劉訥，王校是也。

〔二〕解明　解，宋本作「鮮」。程炎震云：「晉書劉隗傳『解』作『鮮』。禮記月令：『季夏行春令，則穀實鮮落。』吕氏春秋季夏紀、淮南時則訓並作『解落』。墨子節葬篇『則解而食』，魯問篇作『鮮而食之』。孫氏閒詁引顧千里校語，謂『作鮮者誤』。古鮮、解兩字或相亂。易説卦『爲蕃鮮』，疏：『鮮，明也。取其春時蕃育而鮮明。』文選卷四張平子南都賦曰：『巾幘鮮明。』御覽引抱朴子云：『棺中有人，鬢毛斑白鮮明。』漢書王吉傳云：『皆好車馬衣服，其自奉養，極爲鮮明。』」余箋：「晉書劉隗傳作『太鮮明』，當從之。」朱注抄襲程炎震後云：「似言王過刻露，少蘊藉。」王建設世説新語詞語小札云：「解明不誤。解除用於動詞外，還可以用作形容詞。義爲有能力、有本事。三國志吴志孫霸傳：『解人不當爾邪？』解人，猶今言能人，即高明之人。上引解明，猶今言高明精明。」（中國語文，一九九〇年第二、六期）按，作鮮明較勝。魏晉文獻中無「解明」一詞，而「鮮明」爲常用詞，狀物與人之亮麗。例如藝文類聚八引湘中記曰：「石子如樗蒲矢，五色鮮明。」御覽四八六引袁山松後漢書：「歌舞衣服鮮明。」御覽六四六引東觀漢紀：「軍人見（任）光冠服鮮明。」王夷甫太鮮明者，當謂夷甫容貌言談皆秀麗太甚。容止八：「王夷甫容貌整麗，妙於談玄，恒捉白玉柄麈尾，與手都無分别。」容止一七：「王大將軍稱太尉處衆人中，似珠玉在瓦石間。」晉書本傳言夷甫「神情明秀，風姿詳雅」。識鑒七記夷甫總角時在京師見僕射羊祜、尚書山濤，「夷甫姿才秀異，敍致既快，事加有理，濤甚奇之。既退，看之不輟，乃歎曰：『生兒不當如王夷甫邪？』羊祜曰：『亂天下者，必此子也。』」則夷甫太鮮明，不惟容止秀麗，亦性喜於人前眩露其才。又輕詆一三注引孫統爲柔集敍：「柔字世遠，樂安人，才理清鮮。」「鮮明」者，亦指「才理清鮮」。劉令言歎夷甫太鮮明，語含貶意，不過較羊祜委婉而已。

〔三〕張茂先我所不解　晉書本傳言華「器識弘曠，時人罕能測之」，「博物洽聞，世無與比」，兼有籌略。劉令言所謂「不解」者，殆指張華之器識「罕能測之」乎？

〔四〕永寧少府　世説音釋：「通鑑胡注：『魏建永寧宮，太后居之。』」

〔五〕拙於用長　凌濛初云：「巧於用短，短亦長。拙於用長，長亦短。」

〔六〕鄧陵　程炎震云：「晉無鄧陵縣，魏書杜襲傳云：『潁川定陵縣人。』此鄧陵當作定陵。漢潁川縣，晉分屬襄城。」按，程說是。晉書一四地理志上，襄城郡有定陵縣。

〔七〕岐嶷　詩大雅生民：「誕實匍匐，克岐克嶷。」朱熹集傳：「岐嶷，峻茂之狀。」後多以「岐嶷」形容幼年聰慧。東觀漢紀馬客卿傳：「馬客卿幼而岐嶷，年六歲，能接應諸公，專對賓客。」

九　王夷甫云：「閭丘沖荀綽兗州記曰：「沖字賓卿，高平人，家世二千石。沖清平有鑒識，博學有文義，〔一〕累遷太傅長史。雖不能立功蓋世，然聞義不惑，當世涖事，務於平允。操持文案，必引經誥，飾以文采，未嘗有滯。性尤通達，不矜不假。好音樂，侍婢在側，不釋弦管。出入乘四望車，〔二〕居之甚夷，不能虧損恭素之行，〔三〕淡然肆其心志。論者不以爲侈，不以爲僭。〔四〕至於白首，而清名令望不渝於始。爲光祿勳。京邑未潰，乘車出，爲賊所害，〔五〕時人皆痛惜之。」優於滿奮、郝隆。〔六〕晉諸公贊曰：「隆字弘始，高平人，爲人通亮清識，爲吏部郎、揚州刺史。齊王冏起義，隆應檄稽留，爲參軍王邃所殺。」此三人並是高才，沖最先達。」兗州記曰：「于時高平人士偶盛，滿奮、郝隆達在沖前，名位已顯，而劉寶、王夷甫猶以沖之虛貴，足先二人。」

【校釋】

〔一〕博學有文義　宋本無「博」字。王利器校：「各本『學』上有『博』字，義較長。」

〔二〕四望車　晉代貴臣所乘。南齊書一七輿服志：「四望車（通幰油幢絡班漆輪轂），亦曰皂輪，以加禮貴臣。晉武詔給魏舒、陽燧四望小車。」考證：「四望車亦曰皂輪。按東宮舊事曰：『太子納妃，用四望車。又軺車。』釋名曰：『軺，遥也，遠也，四向遠望之車也。』據此，則四望車亦軺車之類。通典曰：『三公有勳德者，特加皂輪，故志云以加禮貴臣也。』」

〔三〕不能虧損　能，宋本、沈校本並作「以」。按，作「以」是。

〔四〕「論者不以爲侈」二句　乘四望車本爲侈爲僭，而閭丘沖乘之「不以虧損恭素之行」，故云。

〔五〕爲賊所害　據晉書五孝懷帝紀，閭丘沖以永嘉五年六月遇害。

〔六〕郝隆　李慈銘云：「案晉書郝隆作郗隆，乃太尉鑒之叔父也。事附鑒傳。此作郝，疑誤。郝隆乃桓温時人。」王利器校：「『郗』、『郝』形近之誤。」余箋：「隋志云：『梁有晉光禄勳閭丘沖集二卷，録一卷，亡。』元和姓纂九魚云：『晉有太常閭丘沖。』」

一〇　王夷甫以王東海比樂令，江左名士傳曰：〔一〕「承言理辯物，但明其旨要，不爲辭費，有識伏其約而能通。太尉王夷甫一世龍門，見而雅重之，以比南陽樂廣。」〔二〕故王中郎作碑云：「當時標榜，爲樂廣之儷。」〔三〕

【校釋】

〔一〕江左名士傳　傳，原誤作「博」，今據各本改。

〔二〕以比　比，宋本誤作「此」。

〔三〕樂廣之儷　樂廣約言析理，王承與樂相似，故得以相比。

一一　庾中郎與王平子雁行。〔一〕晉陽秋曰：「初，王澄有通朗稱，〔二〕而輕薄無行。〔三〕兄夷甫有盛名，時人許以人倫鑒識。常爲天下士目曰：『阿平第一，子嵩第二，處仲第三。』敳以澄、敦莫已若也。及澄喪敦敗，敳世譽如初。」〔四〕

【校釋】

〔一〕雁行　如飛雁之排列有序。梁簡文帝雜句從軍行：「邐迤觀鵝翼，參差睹雁行。」此喻庾中郎與王平子聲名前後相次。

〔二〕通朗　魏晉人物審美範疇之一（參見賞譽二七校釋）。王隱晉書亦云「澄通朗好人倫」。

〔三〕輕薄　輕佻浮薄。漢書二八下地理志下：「其俗愚悍少慮，輕薄無威。」晉書四三王澄傳言澄與光逸、胡毋輔之等「酣宴縱誕，窮歡極娱」。簡傲六注引鄧粲晉紀言「澄放蕩不拘」。輕薄蓋指澄放蕩任達。

〔四〕「及澄喪敦敗」二句　程炎震云：「澄喪敦敗之時，敳先死矣。」按，程説是。據通鑑八七晉紀九，庾敳與王衍等以永嘉五年（三一一）俱死于石勒之亂，不及見澄喪敦敗。晉陽秋所言是指當初王衍品評澄、敳、敦三人，唯有「敳世譽如初」，而「澄喪敦敗」，皆莫如敳也。夷甫所謂「阿平第一，子嵩第二，處仲第三」，實不足據也。

一二　王大將軍在西朝時，見周侯，輒扇障面不得住。〔一〕敦性彊梁，自少及長，季倫斬妓，曾無異色，若斯傲狠，〔二〕豈憚於周顗乎？此言不然也。〔三〕後度江左，不能復爾。王歎曰：「不知我進伯仁退？」〔四〕沈約晉書曰：「周顗，王敦素憚之，見輒面熱，雖復臘月，亦扇面不休，其憚如此。」

【校釋】

〔一〕輒扇障面不得住　楊箋：「扇下，宋本有『障』字，非。考異無，是。建康實録五引中興書曰：『王敦素憚顗，每見顗，輒面熱。雖冬月，仍交扇不休。』（下略）不得住，不休止，不停止也。」按，「扇障面」亦通，謂以扇遮面也。然據中興書及沈約晉書所言，則考異無「障」字於義較合。

〔二〕傲狠　傲，宋本、沈校本並作「傲」。

〔三〕此言 此，王刻本作「其」。王世懋云：「亦未可便謂不然，觀注引沈書實之，則前注駁語，似非劉筆。」余箋：「言語篇注引晉陽秋曰：『顗正體嶷然，儕輩不敢媟也。』然則周侯之丰采，必有使王敦自然慴服之處，見輒障面，不可謂必無其事也。」按，余箋可取。周顗少有重名，神彩秀徹，雖時輩親狎莫能媟也。江南佳士戴若思舉秀才入洛，素聞顗名，往候之，不敢顯其才辯（見晉書六九周顗傳），則顗之個性嶷然，鎮物慴人有出常人想像之外者。王敦性雖强梁，然在過江前聲名未必及顗，見顗輒扇面非無可能。

〔四〕王歎曰 王，宋本作「三」。朱注：「以文義言，似當作『三』。」按，朱注是。「三歎」之言，王敦得志而目空一切之神氣盡見矣。劉應登云：「謂在洛陽時，敦尚畏顗。過江後敦漸得志，不復憚矣。故歎曰：『不知是我進乎，伯仁退乎？』」

一三 會稽虞騤，元皇時與桓宣武同俠，〔一〕其人有才理勝望。〔二〕虞光禄傳曰：「騤字思行，會稽餘姚人，虞翻曾孫，右光禄潭兄子也。雖機幹不及潭，而至行過之。歷吏部郎、吴興守、徵爲金紫光禄大夫，卒。」王丞相嘗謂騤曰：「孔愉有公才而無公望，〔三〕丁潭有公望而無公才。愉已見。〔四〕會稽後賢記曰：「潭字世康，山陰人，吴司徒固曾孫也。〔五〕沈婉有雅望，少與孔愉齊名，仕至光禄大夫。」晉陽秋曰：「孔敬康、丁世康、張偉康，俱著名，時謂『會稽三康』。偉康名茂，嘗夢得大象，以問萬雅，雅曰：『君當爲大郡而不善也，〔六〕象大獸也，取其音狩，〔七〕故爲大郡，然象以齒喪身。』後爲吴郡，果爲沈充所殺。」〔八〕兼之者其在卿乎？」〔九〕駿未達而喪。虞光禄傳曰：「駿未登台鼎，〔一〇〕時論稱屈。」

【校釋】

〔一〕與桓宣武同俠　程炎震云：「晉書七六虞駿傳曰：『與譙國桓彝俱爲吏部郎，情好甚篤。彝遺温拜駿，駿使子谷拜彝。』則此宣武，當作宣城。而同俠二字，亦有訛脱。」余箋：「同俠蓋同僚之誤。」按，桓温以孝武帝寧康元年卒，年六十二，則元帝時尚未成年，程氏云「宣武當作宣城」，是。

〔二〕才理　謂言理之才能（參見文學三〇校釋）。勝望，勝流之聲望。此句謂虞駿既有善名理之才，又有勝流之聲望。

〔三〕公望　三公之聲望。公，三公。晉書六八顧榮傳：「會稽揚彦明、謝行言皆服膺儒教，足爲公望。」梁書二一王暕傳：「賓客盈門，見暕即謂曰：『公才公望，復在此矣！』」南史二〇謝舉傳：「上曰：『舉非止歷官已多，亦人倫儀表，久著公望，悵恨未授之。』」王導所謂公才與公望，亦即才性問題；公才爲才能，公望爲道德。張撝之譯注謂「公才」「公望」爲「您的才能」、「您的聲望」，乃誤解「公」爲第二人稱之敬稱。

〔四〕愉　已見方正三八注引孔愉别傳。

〔五〕固曾孫　程炎震云：「吴書一二虞翻傳注：『丁固子彌，字欽遠。孫潭。』則此曾字當衍。」按，吴志虞翻傳裴注引會稽典録：「(丁)覽子固，字子賤，本名密，避滕密，改作固。」「子彌，字欽遠，仕晉，至梁州刺史，孫潭，光禄大夫。」據此，潭乃固之孫也。程説是。

〔六〕君當爲　君，宋本作「居」。按，作「君」是。

〔七〕「象大獸也」二句　世説音釋：「『大』與『太』同，大獸音同『大守』，即太守也。」

〔八〕果爲沈充所殺　異苑七：「茂永昌中爲吴興太守，值王敦問鼎，執正不移。敦遣沈充殺之，而取其郡。」

〔九〕兼之者其在卿乎　王導稱讚虞駿兼有公才公望，由此可見導主張才性合。

〔一〇〕未登　登，宋本作「澄」。王利器校：「各本『澄』作『登』，是。」

一四　明帝問周伯仁：〔一〕「卿自謂何如郗鑒？」周曰：「鑒方臣如有功夫。」〔二〕復問郗，郗曰：「周顗比臣有國士門風。」〔三〕鄧粲晉紀曰：「伯仁清正嶷然，以德望稱之。」

【校釋】

〔一〕明帝　程炎震云：「此明帝疑亦元帝之誤，互参後『明帝問周伯仁卿自謂何如庾元規』

條。」按，作明帝不誤。說見本篇一九校釋。

〔二〕功夫　用力，用功。魏志齊王曹芳傳：「吾乃當以十九日親祠，而昨出已見治道，得雨當復更治，徒棄功夫。」魏志衛覬傳：「漢武有求於露，而由尚見非，陛下無求於露而空設之，不益於好而糜費功夫，誠皆聖慮所宜裁制也。」張彥遠法書要録一：「宋文帝書自謂不減王子敬。時議者云：天然勝羊欣，功夫不及欣。」天然與功夫相對，可證功夫乃指人爲之功力。張萬起、劉尚慈譯注釋「功夫」爲「造詣」，不確。此句是周伯仁讚歎郗鑒辦事比己用功。

〔三〕國士門風　伯仁父周浚，爲揚州刺史，平吳有功。晉武帝曾問浚：「卿宗後生稱誰爲可？」答曰：「臣叔父子恢，稱重臣宗。從父子馥，稱清臣宗。」帝並召用。（見晉書六一周浚傳）周氏多名士，此所謂「國士門風」也。劉辰翁云：「兩語各可觀。」

一五　王大將軍下，庾公問：「聞卿有四友，〔一〕何者是？」答曰：「君家中郎，我家太尉、阿平，胡毋彥國。八王故事曰：「胡毋輔之少有雅俗鑒識，與王澄、庾敳、王夷甫爲四友。」〔二〕今故答也。阿平故當最劣。」庾曰：「似未肯劣。」庾又問：「何者居其右？」王曰：「自有人。」又問：「何者是？」王曰：「噫！其自有公論。」〔三〕左右躡公，公乃止。敦自謂右者在己也。

【校釋】

〔一〕聞卿　王刻本無「聞」字。王先謙校：「袁本問下有聞字，是，此脫。」

〔二〕四友　程炎震云：「晉書輔之傳以澄、敦、敳、輔之爲王衍四友，蓋各自標榜，不無異同也。」按，據下文，四友當以輔之傳爲是，王衍不在其中。

〔三〕自有公論　本篇一一注引晉陽秋記王衍爲天下士目曰：「阿平第一，子嵩第二，處仲第三。」而敳以澄、敦莫己若也。此條記敦曰「阿平故當最劣」，亦可見敦對夷甫之評大不以爲然。蓋晉人品題人物第一第二云云，實難有定準。然彼時最重流品，品藻篇中滿目皆見時人熱衷衡定人物之優劣，當事者不肯相讓一步，自以爲勝他人一籌。故當庾亮追問四友中何者居右時，王敦曰「自有公論」，意謂右者在己。劉辰翁云：「此語庾目中無王，王目中無庾。」劉謂「庾目中無王」，是。

一六　人問丞相：「周侯何如和嶠？」〔一〕答曰：「長輿嵯櫱。」〔二〕虞預晉書曰：「嶠厚自封植，〔三〕嶷然不羣。」

【校釋】

〔一〕周侯何如和嶠　方正二七：周顗弟周嵩謂顗曰：「君在中朝，與和長輿齊名，那得與佞人刁協有情。」賞譽五六謂周顗「嶷如斷山」。晉陽秋曰：「顗正情嶷然」，虞預晉書謂和嶠「嶷然不羣」。晉書和嶠傳謂「嶠少有風格，慕舅夏侯玄之爲人」。據周嵩説，周顗在中朝即與和嶠齊名，故人有「周侯何如和嶠」之問。而和嶠以雅量方正著稱，周顗「正情嶷然」，與嶠性格相近。夏侯玄風格峻切，乃儕輩不敢媟玩之人物。和嶠慕之，周顗則又與嶠相似，以此觀之，夏侯玄之流風遺韻，影響遠矣。

〔二〕嵯櫱　程炎震云：「説文、玉篇、廣韻皆無櫱字，蓋即嶭字之俗體。嵯嶭，猶云嵯峨，巀嶭狀其高耳。漢書地理志：『左爲馮翊、池陽，巀嶭山在北。』師古曰：『巀嶭，今俗呼爲嵳峩山是也。』説文段注九卷下曰：『巀語轉爲嵳，嶭語轉爲峩。』」按，此以山之高峻喻和嶠風格。

〔三〕封植　亦作「封殖」、「封埴」。此謂聚斂財貨。魏志劉放傳：「往者董卓作逆，英雄並起，阻兵擅命，人自封殖。」陳書三〇陸瓊傳：「瓊性謙儉，不自封植。」晉書四五和嶠傳：「嶠家産豐富，擬于王者，然性至吝。」此即封植也。

一七　明帝問謝鯤：〔一〕「君自謂何如庾亮？」答曰：「端委廟堂，〔二〕使百僚準則，臣不如亮；一丘一壑，自謂過之。」〔三〕晉陽秋曰：「鯤隨王敦下，〔四〕入朝見太子於東宮，語及夕。太子從容問鯤曰：『論者以君方庾亮，自謂孰愈？』對曰：『宗廟之美，百官之富，臣不如亮；縱意丘壑，自謂過之。』」鄧粲晉紀曰：「鯤與王澄之徒，慕竹林諸人，散首披髮，裸袒箕踞，〔五〕謂之『八達』。故鄰家之女，折其兩齒，世爲謠曰：『任達不已，幼輿折齒。』鯤有勝情遠槩，爲朝廷之望，故時以庾亮方焉。」

【校釋】

〔一〕明帝　程炎震云：「晉書鯤傳亦云明帝在東宮。」按，注引晉陽秋，明帝時爲太子。

〔二〕端委　古代禮服。左傳昭公元年：「吾與子弁冕端委，以治民臨諸侯。」杜預注：「端委，禮衣。」孔穎達疏引服虔曰：「禮衣端正無殺，故曰端；文德之衣尚褒長，故曰委。」

〔三〕「使百僚準則」數句　余箋：「翟灝通俗編二云：『晉書謝鯤傳：「一丘一壑，自謂過之。」按漢書敍傳班嗣論莊周曰：「漁釣於一壑，則萬物不干其志。棲遲於一丘，則天下不易其樂。」謝鯤本此爲語，故云「過之」，非泛道丘壑之勝也。』」朱注引文海披沙：「皇帝將適昆侖之丘，中道而遇容成子。……黄帝命方明邀於路。容成子曰：『吾將棲於一丘，釣於一壑。』」按，翟灝所説是。一丘一壑，指泯滅榮辱，棲遲清虛，即鄧粲晉紀所云「勝情遠概」。謝鯤自以爲治國之才不如庾亮，而縱意丘壑過之，言語之間，不無自得之意。蓋「端委廟堂，使百僚準則」，不過治國之能臣，與風流無關；「一丘一壑」，方是名士風度，爲時流欣慕，此即干寶晉紀總論所謂「依仗虛曠」耳。

〔四〕鯤隨王敦下　徐箋：「晉書本傳但云『嘗使至都』，不云『隨王敦下』。」按，據晉書六元帝紀，王敦作逆下都在永昌元年（三二二）。晉陽秋敘鯤隨王敦下，入朝見皇太子，即晉書所云「明帝在東宮見之」。據史事推斷，明帝問謝鯤事，當在王敦作亂前，鯤時爲敦長史，而明帝尚爲皇太子。

〔五〕裸袒　袒，宋本作「祖」。按，「祖」乃「袒」之形誤。

一八　王丞相二弟不過江，曰潁、曰敞，〔一〕時論以潁比鄧伯道，敞比温忠武，〔二〕議郎、祭酒者也。〔三〕王氏譜曰：「潁字茂英，位至議郎，年二十卒。敞字茂平，丞相祭酒，不就，襲爵堂邑公，年二十有二而卒。」

【校釋】

〔一〕「曰潁」句　潁，程炎震云：「晉書王導傳潁作穎。」按，注引王氏譜謂潁字茂英，義相應，當作「潁」是。敞，原作「敝」，宋本、沈校本並作「敞」。按，作「敞」是，據改。下「敞」字同。

〔二〕温忠武　忠，宋本作「仲」。王利器校：「各本『仲』作『忠』，是；温忠武謂温嶠，嶠謚忠武，見晉書温嶠傳。」徐箋：「晉書王導傳作：『時人以潁方温太真，以敞比鄧伯道。』」

〔三〕議郎　李慈銘云：「議郎上有脱字。」楊箋：「似脱『即』字。」

一九　明帝問周侯：「論者以卿比郗鑒，云何？」周曰：「陛下不須牽顗比。」按顗死彌年明帝乃即位，世説此言妄矣。〔一〕

【校釋】

〔一〕余箋：「此即前條『明帝問周，周答「鑒方臣，如有功夫」』一事，而記載不同者也。孝標獨駁此條，以其稱『陛下』耳。」按，余箋是。本篇一四記明帝問周伯仁，程炎震疑明帝乃元帝之誤。竊以爲明帝不誤。明帝之稱，乃後人追述之語，其時實爲太子。若元帝與周顗、郗鑒、庾亮等年齡相近，諸人之才性短長皆早了然。明帝于太興元年（三一八）立爲皇太子，年未及二十，而當時名臣王導、庾亮、温嶠等咸見親侍。御覽九八引晉陽秋曰：「明帝文武鑒斷，初在東宫，敬禮賢士，昵近明德。自王導、庾亮、温嶠、桓彝、阮放，皆見親侍，分好綢繆，雅好辭章談論，辯明理義，與二三君子並著詩論，粲然可觀，于時東宫號爲多士。」本篇有數條記明帝比論臣僚，即爲在東宫時敬賢禮士之反映。此條記明帝問周侯或有其事，而「陛下」一詞，因前云「明帝」，義慶想當然所改也。

二〇 王丞相云：「頃下論以我比安期、千里，亦推此二人；〔一〕唯共推太尉，此君特秀。」〔二〕晉諸公贊曰：「夷甫性矜峻，少爲同志所推。」

【校釋】

〔一〕頃下 余箋：「御覽四四七引郭子，『頃下』作『雒下』，『亦推此二人』作『我亦不推此二人』，皆於義爲長，世説傳寫誤也。」楊箋作「頷下」。按，作「雒下」是。雒下，即洛下，指洛陽也。蜀志法正傳：「雒下雖有萬兵，皆壞陣之卒，破軍之將。」册府元龜三〇六：「雒下豪貴咸競效之。」安期，王承。晉書七五王承傳：「渡江名臣王導、衛玠、周顗、庾亮之徒皆出其下，爲中興第一。」千里，阮瞻。又，晉書五懷帝紀：永嘉三年（三〇九）三月，以司徒王衍爲太尉。晉書四九阮瞻傳記永嘉中瞻與一客論鬼神，後歲餘卒。據上可推知，雒下之論最遲當在永嘉三年之前也。

〔二〕「唯共推太尉」二句 晉書四三王衍傳謂衍聲名藉甚，傾動當世，朝野翕然，謂之「一世龍門」。選舉登朝，皆以爲稱首。王導言「唯共推太尉，此君特秀」，當是時論，非一門之私譽也。

二一 宋禕曾爲王大將軍妾，後屬謝鎮西。〔一〕鎮西問禕：「我何如王？」答

曰：「王比使君，田舍貴人耳。」〔二〕鎮西妖冶故也。〔三〕未詳宋禕。〔四〕

【校釋】

〔一〕「宋禕」二句　程炎震云：「御覽三八一美婦人引俗説曰：『宋禕是石崇妓珠緑弟子，有色，善吹笛。後在晉明帝處。帝疹患篤，羣臣進諫，請出宋禕。帝曰：「卿諸人誰欲得之？」阮遥集時爲吏部尚書，對曰：「願以賜臣。」即與之。』珠緑二字蓋誤倒。」劉盼遂云：「初學記笛類云：『古之善吹笛宋禕。』自注：『見世説。』藝文類聚笛類引俗説同。宋吴淑笛賦注引世説：『石崇婢珠緑弟子名宋禕，國色，善笛。後入宫，帝疾篤，出宋禕。帝曰：「誰欲得者？」阮遥集曰：「願以賜臣。」即與之。』據三書所引，似出世説注，而今亡矣。又按：如吴氏所據，則宋禕殆由金谷園入宫，而歸阮孚，而歸王敦，而歸謝尚。一是簪笄，數易主君，如春秋夏姬之行，亦足悼矣。」余箋：「石崇以惠帝永康元年爲孫秀所殺，謝尚以穆帝永和十一年加鎮西將軍，前後相距五十三年。禕既緑珠弟子，至此當已七十内外矣，方爲謝尚所納，殊不近情。蓋世説例以鎮西稱尚，不必定在此時。但禕稱尚爲使君，必在建元二年以南中郎將領江州刺史之後。上距石崇、緑珠之死，亦四十餘年矣。殆因禕善吹笛，故尚取之，以教伎人，猶之桓温之得劉琨巧作老婢耳。」按，余箋以爲宋禕善吹笛，故謝尚取之以教伎人，其説近理。

〔二〕田舍　即田舍兒，田舍人，粗鄙之人。文學三三記劉惔謂殷浩：「田舍兒强學人作爾馨語！」喻林四七引大智度論一八：「譬如田舍人，初不識鹽。」豪爽一：「王大將軍年少時，舊有田舍名，語音亦楚。武帝唤時賢共言伎藝事，人皆多有所知，唯王都無所關，意色甚惡。」可見王敦自少粗鄙，於伎藝不感興趣。謝尚則善音樂，博綜伎藝。故宋禕比作田舍、貴人耳。

〔三〕妖冶　美豔，美好。文選司馬相如上林賦：「若夫青琴宓妃之徒，絶殊離俗，姣冶嫺都。」李善注引字書曰：「妖，巧也。」文選傅毅舞賦：「貌嫽妙以妖冶兮，紅顔曄其揚華。」劉良曰：「妖冶，美艷也。」廣雅釋詁三：「妖，巧也。」按，妖冶多形容美女。此云謝尚「妖冶」，殆指其風度美好。尚善音樂，性輕率，曾於酒後爲洛市肆工作鴝鵒舞甚佳（見任誕三三注引語林）。謝尚有藝術家風度，宋禕極稱賞，以妖冶目之。而王敦豪爽，與謝尚相比，幾成田舍兒矣。

〔四〕未詳宋禕　沈校本作「宋禕未詳」。

二二　明帝問周伯仁：「卿自謂何如庾元規？」對曰：「蕭條方外，亮不如臣；從容廊廟，臣不如亮。」〔一〕按諸書皆以謝鯤比亮，不聞周顗。

【校釋】

〔一〕余箋：「此條語意，全同謝鯤，必傳聞之誤也。」按，余箋是。本篇一七以謝鯤比庾亮，晉書四九謝鯤傳所記亦同，況周顗亦非「蕭條方外」者，孝標所疑是。

二三　王丞相辟王藍田爲掾，〔一〕庾公問丞相：「藍田何似？」王曰：「真獨簡貴，〔二〕不減父祖，〔三〕然曠澹處故當不如爾。」〔四〕王述狷隘故也。

【校釋】

〔一〕王丞相辟王藍田爲掾　據晉書七五王述傳言述年三十，尚未知名，司徒王導辟爲中兵屬。述卒於太和三年（三六八），年六十六。則王導辟藍田爲掾時在咸和七年（三三二）也。

〔二〕真獨簡貴　晉書本傳作「清貞簡貴」。按，貞同真。藍田以真爲時人稱賞。如賞譽七八謝公稱其「掇皮皆真」，賞譽九一簡文道懷祖「直以真率少許，便足對人多多許」。簡貴，簡素高貴。參見傷逝一四校釋。

〔三〕不減父祖　王述父王承，晉書七五王承傳言其「清虛寡欲，無所修尚」；祖王湛，史稱「不交當世，沖素簡淡」。述少「安貧守約，不求聞達」，此所謂「不減父祖」也。

〔四〕曠澹處　宋本、沈校本並作「曠然澹處」。按，王述狷隘性急，故難得曠澹。

二四　卞望之云：〔一〕「郗公體中有三反：〔二〕方於事上，〔三〕好下佞己，一反；治身清貞，大脩計校，〔四〕二反；自好讀書，憎人學問，三反。」按太尉劉寔論王肅方於事上，〔五〕好下佞己；性嗜榮貴，不求苟合；治身不穢，尤惜財物。王、郗志性儻亦同乎？

【校釋】

〔一〕卞望之　卞壼字望之。見賞譽五四。

〔二〕郗公　程炎震云：「卞死時，郗未拜公，不得稱郗公。此云字當作目。」

〔三〕方　方正；剛直。管子霸言：「夫王者之心，方而不最。」尹知章注：「心雖方直，未爲其最。」賈山至言：「使皆務其方，以高其節，則羣臣莫敢不正身修行盡心，以稱大禮。」

〔四〕計校　較量，算計。吳志諸葛瑾傳：「子瑜，卿但側耳聽之，伯言常長於計校，恐此一事小短也。」世説箋本：「計較財物也。」按，其説是。

〔五〕劉寔　寔，宋本作「實」。王利器校：「各本『實』作『寔』是；劉寔爲太尉，見晉書劉寔傳。」余箋：「劉寔論王肅語，見魏志肅傳。」

二五　世論温太真是過江第二流之高者。〔一〕時名輩共説人物，第一將盡之間，温常失色。〔二〕温氏譜序曰：「晉大夫郤至封於温，〔三〕子孫因氏，居太原祁縣，爲郡著姓。」

【校釋】

〔一〕「世論温太真」句　黄淳耀陶菴全集二潘鱗長康濟譜序：「晉世論人物，以温嶠爲第二流之高者，時名輩共談至第一流將盡之間，温嘗失色。彼所謂第一流者何人哉？前之王夷甫、後之殷淵源之屬是已。天下屬安定，此曹子高自標置，噓枯吹生；及四海有微風摇之，皆周章失據，至困踣不振，以迄於死。而一時奇策儁功乃獨出於太真之徒，然則當時所謂第二流者，乃第一流也。而其第一流，固天下之棄材也。聚天下之棄材，尊之爲第一流。至於中原簸蕩，生民流離，而此論猶牢不可破，習俗之深，豈不痛哉！」王士禛古夫于亭雜録二：「葉氏論晉人物，首推温嶠，智以緯忠，再匡晉室，取與伸縮，一本至誠。充其所能，非東晉人才也，一人而已。」余箋：「太真智勇兼備，忠義過人，求之兩晉，殆罕其匹。而當時以爲第二流，蓋自汝南月旦評以來，所謂人倫鑒裁者，久矣夫不足盡據矣。」蕭艾世説探幽引尤悔九及晉書孔愉傳後云：「司馬氏當政，提倡以孝治天下，孝道尤爲清議所重。温嶠既絶裾而去，其後母亡又阻亂不歸葬，自然要受到鄉議的制裁，此所以不得列入第一流。」（世説探幽第一一八頁——一一九頁）按，蕭説是。

〔二〕「第一將盡之間」二句　世説箋本：「衆人集評：彼以甲爲第一，此以乙爲第一，其論將盡之時，温恐第二不及己而失色，或以『第一』屬上句，非。」按，温失色，非指「恐第二不及己」，而是恐第一不及己，即不在第一流之列。由温嶠失色，可見當時鑒裁人物于名士何等重要。

〔三〕郤至　宋本誤作「郗志」。

二六　王丞相云：「見謝仁祖，恒令人得上。」〔一〕與何次道語，唯舉手指地曰：「正自爾馨。」〔二〕前篇及諸書皆云王公重何充，謂必代己相。而此章以手指地，意如輕詆。或清言析理，何不逮謝故邪？〔三〕

【校釋】

〔一〕「見謝仁祖」二句　余箋：「本篇後章云『嘉賓故自上』，注謂『超拔』也。此言見謝尚之風度，令人意氣超拔。」

〔二〕「與何次道語」二句　王丞相之語所解不一。劉盼遂云：「玩下文以手指地，則王丞相説謝仁祖時，當以手指天，方合『令人得上』語氣，世説固善於圖貌者也。」徐箋：「爾，如此，以指地；馨，助語。指地，以喻其識解凡下也。」朱注：「『爾馨』，當時方言，猶言正自如此。此或何與王言，但唯唯恭順而已。故王有不足之意。或云：指地，謂何之指地謂如此之平實可踐，言其質實不多言，非卑之也。按此與上句稱謝之令人得上文義不合，味其語氣仍當以譽謝輕何爲合，原注近是。」按，賞譽四二記庾公目中郎：「神氣融散，差如得上。」賞譽五二記王平子與人書，稱其兒「風氣日上，足散人懷」。賞譽七〇注引江左名士傳曰：「又清標令上也。」稱贊他人「得上」、「日上」、「令上」，並非一定得「以手指天」。劉説似不確。

〔三〕「而此章」數句　劉應登曰：「有尊謝卑何之意。」王世懋云：「此方言，意云：也只如此，故非譽之也。」余箋：「導與充言，而充輒自『正自爾馨』。是充與導意見相合，無復疑難。論語所謂『於吾言無所不説』也。導之賞充，正在於此，似無輕詆之意。」按，「正自馨爾」乃王導語，非充與王導討論問題而「意見相合」。余箋未當。孝標謂王導以手指地，「或清言析理，何不逮謝故邪」。其解近理。王導與何次道語之「語」，恐是清淡，非議事也。文學三三：「田舍兒强學人作爾馨語。」文學四一：「林道人往就語。」文學四二：王長史「往與支語」。以上所例中之「語」，皆指清言。何充不善談論，故王導以手指地，喻指義理卑下。

二七　何次道爲宰相，〔一〕人有譏其信任不得其人。〔二〕晉陽秋曰：「充所暱庸雜，以此損名。」阮思曠慨然曰：「次道自不至此，但布衣超居宰相之位，可恨唯此一條而已。」〔三〕語林曰：「阮光禄聞何次道爲宰相，歎曰：『我當何處生活？』」〔四〕此則阮未許何爲鼎輔，二説便相符也。

【校釋】

〔一〕何次道爲宰相　晉書七康帝紀：建元元年（三四三）冬十月，以驃騎將軍何充爲中書監、都督揚豫二州軍事、揚州刺史、録尚書事，輔政。

〔二〕信任不得其人　晉書七七何充傳曰：充居宰相，「以社稷爲已任，凡所選用，皆以功臣爲先，不以私恩樹親戚，談者以此重之。然所昵庸雜，信任不得其人。」考充任用桓温、褚裒、殷浩，皆爲一時之選，不可云「信任不得其人」。晉書既云「談者以此重之」，又曰「信任不得其人」，矛盾竟至若此。阮裕云「次道自不至此」，似乎亦對「信任不得其人」之傳聞表示懷疑。

〔三〕可恨　楊箋：「可恨，猶所恨。可、所通用。」按，何充世代仕宦，曾祖禎乃魏光禄大夫，祖惲豫州刺史，父睿安豐太守。妻，明穆皇后之妹。充早歷顯官，阮裕稱之「布衣」不合事實。凌濛初云：「此自丞相超居之耳，次道何責焉？」何充能爲宰相，王導之力莫大焉。王世懋云：「此言毁譽各半，疑是不滿意多。」

〔四〕我當何處生活　楊箋：「即『置我名位於何處』。生活，名位。」李贄云：「妒極。」（初潭集君臣賢相）

二八　王右軍少時，丞相云：「逸少何緣復減萬安邪！」〔一〕劉綏，已見。〔二〕

【校釋】

〔一〕「逸少」句　朱注：「意謂有何緣由更不如萬安，即言其更勝也。」按，賞譽六四記庾琮盛贊劉綏「灼然玉舉」，又云：「千人亦見，百人亦見。」庾琮乃庾亮從父，疑庾亮亦附和而大贊劉綏。王導與庾亮實不甚相得，見庾氏父子如此贊譽劉綏，心或不能平，故而發「逸少何緣復減萬安邪」之語。

〔二〕劉綏　已見賞譽六四。

二九　郗司空家有傖奴，〔一〕知及文章，事事有意。〔二〕王右軍向劉尹稱之，劉問：「何如方回？」郗愔别傳曰：「愔字方回，高平金鄉人，太宰鑒長子也。淵靖純素，無執無競，簡私暱，罕交遊。〔三〕歷會稽内史、侍中、司徒。」〔四〕王曰：「此正小人有意向耳，〔五〕何得便比方回？」劉曰：「若不如方回，故是常奴耳。」〔六〕

【校釋】

〔一〕「郗司空」句　程炎震云：「司空謂郗鑒。晉書劉惔傳作郗愔，誤。愔爲司空時，王、劉死久矣。」按，程説是。晉書六七郗愔傳載：愔年老居會稽，征拜司空，固辭不起；卒，追贈司空。傖奴，徐箋：「一切經音義引晉陽秋曰：『吴人謂中州人爲傖人，俗又謂江淮間雜楚爲傖人。』」

〔二〕「知及文章」二句　文章，楊箋：「文章，指清談；有意，深知清談也。」按，此文章謂文學作品。魏志中山恭王袞傳：「凡所著文章二萬餘言，才不及陳思王，而好與之侔。」魏志王粲傳：蔡邕曰：「吾家書籍文章，盡當與之。」晉書三三何曾傳：「所撰荀粲、王弼傳及諸奏議文章並行於世。」晉書五一摯虞傳：「虞撰文章志四卷，注解三輔決録，又撰古文章類聚，區分爲三十卷，名曰流别集，各爲之論。」摯虞所作文章志、流别集，尤爲文章乃文學作品之確證。楊箋謂文章指清談，殊無依據。有意，徐箋：「有意，謂有意趣，有知解。」與文學六四『分數四有意道人』義同。」按，德行二四注引郗鑒别傳言鑒「耽思經籍」，御覽二〇七引晉中興書言鑒「勞謙日仄，誦玩墳索。」隋書經籍志四録郗鑒集十卷，録一卷。郗鑒雖爲重臣，實巾從戎，非其本願，舉懷慨然。自少及長，身無擇行。家本書生，後因喪亂，解爲書生。傖奴知及文章，事事有意，當與主人薰陶有關，此與「鄭玄家奴婢皆讀書」（見文學三）正相彷彿。

〔三〕簡私暱罕交遊　宋本、沈校本並無「私」「罕」二字。

〔四〕司徒　當從晉書郗愔傳作「司空」。

〔五〕意向　志向。南史四九庾杲之傳：「昔袁公作衛軍，欲用我爲長史。雖不獲就，要是意向如此。」梁書五一何胤傳：「當敕後進有意向者，就卿受業。」

〔六〕凌濛初云：「輒問方回，薄態可掬。」王世懋云：「劉尹大是輕薄人。」世説箋本：「以奴比主，已大輕薄，而又如此云云，意謂方回亦僅等奴中之非常者，此奴尚不如方回，則亦不過尋常之奴耳。劉惔口吻之谿刻可見。」按世説箋本所言甚是。賞譽一四六謂「真長性至峭」，於此又見其論人尖刻無餘地也。

三〇　時人道阮思曠骨氣不及右軍，〔一〕簡秀不如真長，〔二〕韶潤不如仲祖，〔三〕思致不如淵源，〔四〕而兼有諸人之美。中興書曰：「裕以人不須廣學，正應以禮讓爲先，〔五〕故終日頽然，無所修綜，而物自宗之。」

【校釋】

〔一〕骨氣不及右軍　賞譽一〇〇注引晉安帝紀曰：「羲之風骨清舉也。」可證右軍以骨氣稱。

〔二〕簡秀　簡素美好。本篇三六孫興公曰劉真長「清蔚簡令」。

〔三〕韶潤不如仲祖　本篇三六孫興公曰王仲祖「温潤恬和」。

〔四〕思致　指精思入微。猶今語「思維能力强」。或釋爲「思想情致」，不確。晉書九九桓玄傳：「咸謂君雖有思致，非方伯人。」御覽六八九引宋書曰：「范曄性精微，有思致，觸類多善。」任昉爲蕭揚州薦士表：「（王僧孺）理尚棲約，思致恬敏。」殷浩善清談，故以「思致」

目之。

〔五〕禮讓爲先　廣學爲學業，禮讓乃德業。晉書四九阮裕傳稱其「以德業知名」，「不須廣學，正應以禮讓爲先」，正見其以德業優於學業。人自宗之，當因裕德業之優耳。

三一　簡文云：「何平叔巧累於理，〔一〕嵇叔夜儁傷其道。」〔二〕理本真率，巧則乖其致；道唯虛澹，儁則違其宗。所以二子不免也。

【校釋】

〔一〕何平叔巧累於理　魏志管輅傳裴注引輅别傳載：裴徽謂管輅曰：「何尚書神明精微，言皆巧妙；巧妙之志，殆破秋毫。」後裴徽問何晏「其實如何」？管輅答曰：「故説老、莊則巧而多華，説易生義則美而多僞；華則道浮，僞則神虛；得上才則淺而流絶，得中才則遊精而獨出，輅以爲少功之才也。」裴使君曰：「誠如來論。吾數與平叔共説老、莊及易，常覺其辭妙於理，不能折之。」按，由裴徽與管輅論何晏，可解「巧累於理」一語。巧，謂言辭華美。裴徽所謂「言皆巧妙」、「辭妙於理」；管輅所謂「美而多僞」。孝標注所謂「理本真率，巧則乖其致」。又文學七注引魏氏春秋曰：「（裴）徽論道約美不如晏，自然出拔過之。」「約美」，亦指言辭巧而美，而理實不足也。

〔二〕嵇叔夜儁傷其道　晉書四九嵇康傳記孫登謂嵇康：「君性烈而才儁，其能免乎？」嵇康幽憤詩云：「惟此褊心，顯明臧否。」亦言己性情激烈，是非分明。晉書四三王澄傳載，澄嘗謂王衍曰：「兄形似道，而神鋒太儁。」此語可作「儁傷其道」四字注腳。又顏氏家訓勉學以爲「老莊之書，蓋全真養性，不肯以物累己也」，而「嵇叔夜排俗取禍，豈和光同塵之流也」，其說亦可與簡文語並觀。劉辰翁云：「篤論。」

三二　時人共論晉武帝出齊王之與立惠帝，其失孰多。〔一〕晉陽秋曰：「齊王攸字大猷，文帝第二子，孝敬忠肅，清和平允，親賢下士，仁惠好施。能屬文，善尺牘。初，荀勖、馮紞爲武帝親幸，攸惡勖之佞，勖懼攸或嗣立，必誅己，且攸甚得衆心，朝賢景附。會帝有疾，攸及皇太子入問訊，朝士皆屬目於攸，而不在太子。至是，勖從容曰：『陛下萬年後，太子不得立也。』帝曰何故。勖曰：『百僚內外皆歸心於齊王，太子安得立乎？陛下試詔齊王歸國，必舉朝謂之不可。〔二〕若然，則臣言徵矣。』侍中馮紞又曰：『陛下必欲建諸侯，成五等，宜從親始。親莫若齊王。』帝從之。於是下詔，使攸之國。〔三〕攸聞勖、紞間己，憂忿不知所爲。入辭出，歐血薨。帝哭之慟。馮紞侍曰：『齊王名過其實，而天下歸之，今自薨殞，陛下何哀之甚？』帝乃止。劉毅聞之，故終身稱疾焉。」〔四〕多謂立惠帝爲重。〔五〕桓温曰：「不然，使子繼父業，弟承家祀，有何不可？」〔六〕武帝兆禍亂，覆神州，在斯而已。輿隸且知其若此，況宣武之弘儁乎？此言非也。〔七〕

【校釋】

〔一〕「時人共論」二句　晉武帝出齊王攸而立惠帝，種下日後賈后擅權之亂源，乃西晉覆滅之一大轉捩，故至東晉，時人仍議論不休。

〔二〕「勖從容曰」數句　荀勖所料，與事態發展若合符契。晉書三六張華傳：「帝問華：『誰可托寄後事者？』對曰：『明德至親，莫如齊王攸。』既非上意所在，微爲忤旨，間言遂行。」晉書四八向雄傳：「齊王攸將之藩，雄諫曰：『陛下子弟雖多，然有名望者少。齊王卧在京邑，所益實深，不可不思。』」又晉書五〇曹志傳載：齊王將之國，下太常議，「時博士秦秀等以爲齊王宜内匡朝政，不可之藩。」曹志以魏之故事爲鑒，奏議「以爲當如博士等議」。結果武帝覽議大怒，策免太常鄭默，免曹志官，其餘皆付廷尉。

〔三〕使攸之國　晉武帝出齊王，雖與佞人荀勖、馮紞離間有關，然主因是武帝嫉齊王才望過己。晉書三八齊王攸傳載：「初，攸特爲文帝所寵愛，每見攸，輒撫牀呼其小字曰：『此桃符座也。』幾爲太子者數矣。及帝寢疾，慮攸不安，爲武帝敍漢淮南王、魏陳思王故事而泣。臨崩，執攸手而授帝。」「及太后臨崩，亦流涕謂帝曰：『桃符性急，而汝爲兄不慈，我若不起，恐必不能相容。以是囑汝，勿忘我言。』」文帝、太后臨終，皆預感齊王不安，爲兄不慈。若武帝爲兄慈愛，荀勖、馮紞便無由離間。蘇轍欒城集後集九論晉武帝曰：「惠帝之不肖，羣臣舉知之，而牽制不忍。忌齊王攸之賢，而恃愍、懷之小惠，以爲可以消未然之憂。獨有一汝南王亮而不早用，舉社稷之重而付之楊駿。至於一敗塗地，無足怪也。帝之出齊王也，王渾言於帝曰：『攸之於晉，有姬旦之親，若預聞朝政，則腹心不貳之臣也。國家之事，若用后妃外親，則有吕氏、王氏之虞。付之同姓至親，又有吴楚七國之慮。事任輕重，所在未有不爲害者也，惟當任正道，求忠良，不可事事曲設疑防，慮方來之患也。若以智猜物，雖親見疑，至於疏遠，亦安能自保乎？人懷危懼，非爲安之理，此最國家之深患也。』渾之言，天下之至言也，帝不能用，而用王佑之計，使太子母弟秦王柬都督關中，楚王瑋、淮南王允並鎮守要害，以强帝室。然晉室之亂，實成於八王……」蘇轍謂晉武帝忌齊王攸之賢，最終引來八王之亂，其説可參考。

〔四〕「劉毅聞之」二句　晉書四五劉毅傳載：劉毅「好臧否人物，主公貴人望風憚之」。附其子劉暾傳曰：「初，暾父毅疾馮紞奸佞，欲奏其罪，未果而卒。」劉毅「終身稱疾」，蓋武帝爲兄既不慈，又信馮紞之流奸佞也。

〔五〕重，分量重。孟子梁惠王上：「權，然後知輕重。」此句謂立惠帝其失爲多。

〔六〕「不然」數句　時人多謂武帝立惠帝其失爲重，桓温與衆不同，以爲武帝立惠帝、出齊王並無不可。宣武弘儁，何以出言昏慣如此？抑桓温此言乃義慶誤記乎？鄙意以爲桓温此言或爲當時廢黜之事而發。太和六年（三七一）桓温誣廢帝司馬奕夙有痿疾，廢爲東海王，以王還第，立簡文帝。廢帝出宫，「群臣拜辭，莫不噓唏」（晉書八海西公記）。據此，當時必有議論桓温廢黜事。桓温遂借時人共議中朝出齊王、立惠帝之舊事，爲己廢立之今事辯護。簡文爲元帝少子，此謂「子繼父業」。成帝臨崩，哀東海哀王司馬沖無子，詔以己子「小晚生」司馬奕繼哀王爲東海王。（見晉書六四元四王東海哀王傳）據晉書八海西公紀，「廢帝諱奕，字延齡，哀帝之母弟也。」母弟爲同母之弟。書牧誓：「昬棄厥遺王父母弟不迪。」孔傳：「母弟，同母弟。」廢帝司馬奕以東海王還第，此謂「弟承家祀」。否則，以桓温之弘儁卓絶，竟贊同武帝立愚昧不省事之惠帝，誠不可思議也。

〔七〕「武帝」數句　孝標以爲晉武帝立惠帝乃中朝覆滅之禍端，凡庸皆知，桓温「弘儁」，不會不知武帝之失。故孝標不信，以爲此言非桓温所發。

三三　人問殷淵源：「當世王公，以卿比裴叔道，云何？」殷曰：「故當以識通暗處。」〔一〕遐與浩並能清言。

【校釋】

〔一〕「殷曰」二句　劉辰翁云：「似謂裴暗。」又云：「淺俗。」朱注：「案：識通是内典之八識六通。暗處是謂内蘊不明顯處，其意似謂當世不知我内蘊聰明智慧而以裴相比擬，蓋不以世論爲然也。」按，朱注迂曲不可解。識通，指心識通達，作動詞。宋書六孝武帝本紀：

「或識通古今，才經軍國。」太平廣記九〇：「又後魏有沙門寶公者，不知何處人也，形貌寢陋，心識通達過去未來，預覩三世。」識通暗處，謂心識通達不明之處，亦即清言之探微究幽。殷浩意謂世人以我比裴遐，自然是能識通幽微之故。孝標注是。

三四　撫軍問殷浩：〔一〕「卿定何如裴逸民？」〔二〕良久答曰：「故當勝耳。」〔三〕

【校釋】

〔一〕撫軍　謂簡文帝。晉書九簡文帝紀：永和元年，崇德太后臨朝，進位撫軍大將軍，輔政。

〔二〕定　究竟。裴頠善清言，時人稱之「言談之林藪」。殷浩亦爲一流清言家，故簡文有此問。

〔三〕「良久答曰」二句　殷浩頗費踟躕之後仍言「故當勝耳」，可見其終究難免名士「高自標置」之習氣。然殷浩畢竟是東晉清言一流人物，自言勝裴逸民亦非狂妄。

三五　桓公少與殷侯齊名，常有競心。桓問殷：「卿何如我？」殷云：「我與我周旋久，寧作我。」〔一〕

【校釋】

〔一〕「我與我周旋久」二句　我與我，程炎震云：「晉書七七殷浩傳作『我與君』。」張萬起、劉尚慈譯注：「晉書本傳作『我與君周旋久』，語義似更佳。」按，白居易白氏長慶集三七喜老自嘲詩：「任從人棄擲，自與我周旋。」王洋東牟集五和吉父贈谹父詩：「問渠去處終無定，與我周旋便有期。」趙德麟侯鯖録一記蘇東坡云：「與我周旋寧作我，爲郎憔悴卻羞郎。」以上三詩，皆用世説此典，可證唐宋人所見世説，作「我與我周旋久」。晉書改「我與我」爲「我與君」，遠不如世説之妙。王世懋云：「妙於自誇。晉書改『君』字，何啻千里。」其説是。劉應登云：「奇妙！」（舌華録二狂語）人熟悉者莫若己，深愛者亦莫若己，是「我與我周旋久」之故也。我雖或不如人，人或棄擲之，然我親己愛己，不願改我本來面目。殷浩之語雖或有自我標榜意，然張揚自我，風流自賞，正見魏晉時代之風氣耳。

三六　撫軍問孫興公：「劉真長何如？」曰：「清蔚簡令。」〔一〕「王仲祖何如？」曰：「温潤恬和。」〔二〕徐廣晉紀曰：「凡稱風流者，皆舉王、劉爲宗焉。」「桓温何如？」曰：「高爽邁出。」〔三〕「謝仁祖何如？」曰：「清易令達。」〔四〕「阮思曠何如？」

曰：「弘潤通長。」〔五〕「袁羊何如？」曰：「洮洮清便。」〔六〕「殷洪遠何如？」曰：「遠有致思。」〔七〕「卿自謂何如？」曰：「下官才能所經，悉不如諸賢。至於斟酌時宜，籠罩當世，亦多所不及。然以不才，時復託懷玄勝，遠詠老莊，蕭條高寄，不與時務經懷，自謂此心無所與讓也。」〔八〕

【校釋】

〔一〕清蔚簡令　清、簡爲魏晉人物審美中兩大審美範疇。蔚、令，皆美好之意。清蔚，謂識見清明有文采；簡令，謂談理則屬辭簡至。

〔二〕温潤恬和　潤，細膩、光滑。荀子勸學：「玉在山而草木潤。」温潤本指玉色，後用以形容人之品性。禮記聘義：「君子比德于玉焉，温潤而澤仁也。」恬和，謂人之品性安静平和。賞譽一三三注引王濛别傳：「濛性和暢。」「辭旨劭令，往往有高致。」同篇八七注引濛别傳：「濛之交物，虚己納善，恕而後行。」上述王濛之品性，即孫綽所目「温潤恬和」也。

〔三〕高爽邁出　謂桓温性格高邁豪爽。高爽，亦爲魏晉人格審美範疇。晉書三六張華傳：「初，陸機兄弟志氣高爽，自以吴之名家，初入洛，不推中國人士。」晉書四九阮咸傳：「太原郭奕高爽有識量，知名於時。」册府元龜九三九：「蜀黄承彦者，高爽開朗，爲沔南名士。」按，言語五五注引桓温别傳：「温少有豪邁風氣。」晉書九八桓温傳：「温豪爽有風概。」劉惔以爲温是「孫仲謀、晉宣王之流」。

〔四〕清易令達　沈校本作「清令易達」。按，據賞譽七一：「有人目杜弘治標鮮清令。」本篇四〇：「謝安南清令不如其弟。」則沈校本作「清令易達」較勝。易，率易之易，指率性而爲，擺脱拘束。達，放達、挺達。賞譽一〇四：「世目謝尚爲『令達』。阮遥集云：『清暢似達。』或云：『尚自然令上。』」注引晉陽秋：「尚率易挺達，超悟令上也。」凡此，皆能印證孫綽「清易令達」之目。

〔五〕弘潤通長　弘潤，謂氣度弘大且温潤。通，魏晉人物審美範疇，義爲通達。德行三二注引阮光禄别傳：「裕淹通有理識。」淹通，義近通長。品藻三〇：「時人道阮思曠骨氣不及右軍，簡秀不如真長，韶潤不如仲祖，思致不如淵源，而兼有諸人之美。」雖不事事勝人，然兼有衆人之美。「弘潤通長」之内涵當指此。

〔六〕洮洮　王叔岷補正：「案洮，讀爲佻巧之佻。『洮洮』，輕巧貌。離騷：『余猶惡其佻巧。』王注：『佻，輕也。』」按，袁羊生性佻達，排調三六記袁羊作詩嘲劉惔，廬陵公主見詩不平，稱袁羊爲「古之遺狂」。本篇六五孝標注，言袁羊「有才而無德」，此即「洮洮」也。清便，清通便捷。鍾嶸詩品卷中：「范詩清便宛轉，如流風廻雪。」方以智通雅三：「任昉傳：『用事過多，不得流便。』世説言：『洮洮清便。』言洮汰世故而清且便也。」袁羊才性清通佻巧，車武子欲問謝公以經義，頗有顧忌，袁羊曰：「何嘗見明鏡疲於屢照，清流憚于惠風？」

（見言語九〇）應對敏捷而有味，此見其「清便」之一斑。

〔七〕遠　曠遠，有「遠意」。致思，義近「思致」，指得其要旨之思維力。致，宗旨，旨要。同「敍致」之致。文學七四注引中興書記殷融「著象不盡意論、大賢須易論，理義精微，談者稱焉」。「飲酒善舞，終日嘯詠，未嘗以世務自嬰。」「理義精微」即「致思」，「未嘗以世務自嬰」即「遠」。

〔八〕「下官才能」數句　经，擅长。余箋：「綽所以自許，正是晉人通病。『不與世務經懷』，干寶所謂『當官者以望空爲高，而笑勤恪。其倚仗虛曠，依阿無心者，皆名重海内』者也。」按，孫綽所謂「託懷玄勝，遠詠老莊」云云，正是魏晉風流名士之主要特徵，而時人以爲當勝於「斟酌時宜，籠罩當世」之幹才。孫綽之言，頗有自矜自負意味，與謝鯤答明帝所言「端委廟堂，使百僚準則，臣不如（庾）亮；一丘一壑，自謂過之」（見本篇一七）正復相同。

三七　桓大司馬下都，問真長曰：「聞會稽王語奇進，爾邪？」桓温別傳曰：「興寧九年，〔一〕以温克復舊京，肅静華夏，進都督中外諸軍事、侍中、大司馬，加黄鉞，使入參朝政。」劉曰：「極進，然故是第二流中人耳。」桓曰：「第一流復是誰？」劉曰：「正是我輩耳！」〔二〕

【校釋】

〔一〕興寧九年　程延震云：「九年當作元年，興寧無九年，檢晉紀是元年事，各本皆誤。」「興寧元年，劉惔死久矣。此當是桓温自徐移荆時，永和元年也。」徐箋：「晉書哀帝紀：興寧元年三月，詔司徒會稽王昱總内外總務，五月，加征西大將軍桓温侍中、大司馬，都督中外諸軍事，録尚書事，假黄鉞。」按，晉人言下或下都，指由長江上游至建康。程氏以爲自徐移荆恐未當。而孝標因「桓大司馬」一語，注引桓温别傳，謂在興寧元年，然時劉惔辭世已久，顯誤。竊以爲此事當在穆帝永和三年，桓温克成都後下都，時會稽王執政，劉惔尚在。

〔二〕「劉曰」數句　清談中人無不自詡爲第一流，劉惔亦復如是。其稱簡文爲「第二流中人」，不過姑妄言之，無從衡定。文心雕龍時序曰：「簡文勃興，淵乎清峻，微言精理，函滿玄席，淡思濃采，時灑文囿。」東晉清談之風彌漫江左，而尤以簡文時爲最。簡文其人善清言，又熱衷評論人物，觀本篇三一、三四、三六、三九、四〇諸條，即可知其爲東晉中期清談之領袖，于當時文學藝術均具實際影響。

三八　殷侯既廢，〔一〕桓公語諸人曰：「少時與淵源共騎竹馬，我棄去，己輒取之，〔二〕故當出我下。」續晉陽秋曰：「簡文輔政，引殷浩爲揚州，〔三〕欲以抗桓，桓素輕浩，未之憚也。」

【校釋】

〔一〕殷侯既廢　據晉書八穆帝紀，永和十年（三五四）二月，廢揚州刺史殷浩爲庶人。

〔二〕己　周一良馬譯世說新語商兑：「己，彼也。」

〔三〕引殷浩爲揚州　晉書八穆帝紀：永和二年二月簡文輔政，三月殷浩爲建武將軍，揚州刺史。

三九　人問撫軍：「殷浩談竟何如？」答曰：「不能勝人，差可獻酬羣心。」〔一〕

【校釋】

〔一〕獻酬　酬答，應答。劉勰文心雕龍書記：「文明從容，亦心聲之獻酬也。」世說箋本：「此謂尚可與衆對答，令人滿意也。」按，簡文評論殷浩清談水準，可參看賞譽一一三。

四〇　簡文云：「謝安南清令不如其弟。安南，謝奉也，已見。謝氏譜曰：「奉弟聘，字弘遠，歷侍中、廷尉卿。」學義不及孔巖，〔一〕中興書曰：「巖字彭祖，會稽山陰人。父儉，〔二〕黃門侍郎。巖有才學，歷丹陽尹、尚書、西陽侯。在朝多所匡正。爲吳興太守，大得民和。後卒於家。」〔三〕居然自勝。」言奉任天真也。〔四〕

【校釋】

〔一〕學義不及孔巖　孔巖王利器校：「案晉書孔嚴傳，御覽六二七引晉中興書，都作『孔嚴』，此誤。本書附會稽山陰孔氏譜作『孔嚴』，不誤。」學義，猶學問，學識。後漢書七九下丁恭傳：「恭學義精明，教授常數百人。」宋書三二張敷傳：「義恭就文帝，求一學義沙門。」

〔二〕父倫　倫，宋本作「倫」。楊箋：「各本及晉書孔嚴傳、汪藻孔氏譜均作『倫』，今從之。」按，晉書七八孔嚴傳會稽山陰孔氏譜作「倫」，楊箋誤。

〔三〕卒於家　晉書七八孔嚴傳載：「（太和）五年，以疾去職，卒於家。」

〔四〕居然自勝　世説講義：「言其居然不動作，唯任真素處，自然勝二人也。」按，居然，猶安然也。雅量三三記謝奉不以失官爲意，謝安稱爲「奇士」。不以得失爲意，安然處之，殆孝標所謂「任天真也」。

四一　未廢海西公時，〔一〕王元琳問桓元子：〔二〕「箕子、比干，迹異心同，不審明公孰是孰非？」曰：「仁稱不異，寧爲管仲。」〔三〕論語曰：「微子去之，箕子爲之奴，比干諫而死。子曰：『殷有三仁焉。』子路曰：『桓公殺公子糾，召忽死之，管仲不死。曰未仁乎？』子曰：『桓公九合諸侯，一匡天下，不以兵車，管仲之力。如其仁，如其仁。』」

【校釋】

〔一〕海西公　廢帝奕，哀帝之同母弟，興寧三年（三六五）即位。太和六年（三七一）桓溫誣帝有痿疾，廢爲東海王。咸安二年（三七二），降封海西縣公。太元十一年（三八六）薨於吴，年四十五。事見晉書八海西公紀。

〔二〕「王元琳問桓元子」句　王元琳，王珣字元琳。桓元子，桓温字元子。

〔三〕寧爲管仲　劉辰翁云：「元子欲爲管仲，政以家有桓公。」按，箕子爲之奴，比干諫而死，雖曰「仁稱」，然桓温雄武且有不臣之心，自然不屑爲之。而管仲輔佐齊桓「九合諸侯，一匡天下」，正合桓温之志，故曰「寧爲管仲」。劉辰翁所説是。然齊桓何在？恐彼時元子心目中尚無桓公，但廢立之意已萌。

四二　劉丹陽、王長史在瓦官寺集，〔一〕桓護軍亦在坐，桓伊已見。〔二〕共商略西朝及江左人物。或問：「杜弘治何如衛虎？」桓答曰：「弘治膚清，衛虎奕奕神令。」〔三〕王、劉善其言。虎，衛玠小字。玠別傳曰：「永和中，劉真長、謝仁祖共商略中朝人。或問：『杜弘治可方衛洗馬不？』謝曰：『安得比，其間可容數人。』」江左名士傳曰：「劉真長曰：『吾請評之，弘治膚清，叔寶神清。』論者謂爲知言。」

【校釋】

〔一〕瓦官寺　徐箋：「景定建康志：『古瓦官寺，又爲昇元寺，在城西南隅。晉哀帝興寧二年，詔移陶官于淮水北，遂以南岸窑地施僧慧力，造瓦官寺。』方輿勝覽：『昇元寺即瓦官寺也，在建康府城西隅，前瞰江面，後據重岡，最爲古跡。』」王濛卒於永和三年，劉惔卒於永和四五年間，注引玠别傳又云在「永和中」，據此，劉惔、王濛諸人在瓦官寺集，當在永和一二年間。

〔二〕桓伊　已見方正五五。　桓，原誤作「相」，今改。

〔三〕「弘治膚清」二句　湯用彤讀人物志云：「漢魏論人，最重神味。曰神姿高徹，神理雋徹，神矜可愛，神鋒太儁，精神淵著。」按，魏晉人物審美注重神味之例極多，如庾亮目庾中郎「神氣融散，差如得上」，王敦稱其兒「其神候似欲可」，天錫見王珉風神清令，王右軍歎林公「器朗神儁」（以上皆見賞譽）。又支道林嘗言「會稽有遠體而無遠神」（晉書九簡文帝紀）。孝標注引江左名士傳記劉惔所謂「膚清」者，形也；「神清」者，神也。晉人品藻，以爲「神清」更優於「膚清」也。

四三　劉尹撫王長史背曰：「阿奴比丞相，但有都長。」〔一〕阿奴，濛小字也。〔二〕都，美也。司馬相如傳曰：「閑雅甚都。」語林曰：「劉真長與丞相不相得，〔三〕每曰：『阿奴比丞相，條達清長。』」

【校釋】

〔一〕都長　美好厚道。都，美好，閒雅。詩鄭風有女同車：「彼美孟姜，洵美且都。」毛傳：「都，閑也。」朱熹集傳：「都，閑雅也。」史記一一七司馬相如列傳：「相如之臨邛，從車騎，雍容閑雅甚都。」文選袁宏三國名臣贊：「子瑜都長。」李善注：「都長，謂體貌都閑而雅，性長厚也。」呂延濟注：「都，美；長，善也。」

〔二〕阿奴　非王濛小字。參見德行三三校釋。

〔三〕「劉真長」句　劉應登云：「劉與丞相不相得，故爲優濛之言，謂皆勝之也。」按，晉書七五劉惔傳言惔初人未之知，惟王導深器之。排調一三：劉真長始見王丞相，既出，人問見王公云何，劉曰：「未見他異，惟聞作吳語耳。」注引語林曰：「真長云：『丞相何奇，止能作吳語及細唾也。』」可見，「劉真長與丞相不相得」，確有其事。王導深器真長，而真長卻與之不相得，其中原因頗難考索，莫非與丞相晚年「憒憒」有關歟？

四四　劉尹、王長史同坐，長史酒酣起舞。〔一〕劉尹曰：「阿奴今日不復減向子期。」類秀之任率也。

【校釋】

〔一〕長史酒酣起舞　魏晉名士雅集之際，常作舞取樂。晉書七九謝尚傳記謝尚謁見王導，「導以其有勝會，謂曰：『聞君能作鴝鵒舞，一坐傾想，寧有此理不？』尚曰：『佳。』便著衣幘而舞。導令坐者撫掌擊節，尚俯仰在中，傍若無人，其率詣如此。」王濛酒酣而舞，亦類謝尚之率詣。

四五　桓公問孔西陽：「安石何如仲文？」〔一〕西陽，即孔巖也。孔思未對，反問公曰：「何如？」答曰：「安石居然不可陵踐，其處故乃勝也。」〔二〕

【校釋】

〔一〕安石何如仲文　仲文，程炎震云：「此仲文未知何人，劉氏無注，蓋即殷仲文也。仲文之妻，桓玄之姊，即温婿矣。故欲以安石擬之。又以其年輩不倫，故仍以安爲勝耳。」又云：「嚴蓋嘗事桓温，晉書略之。」按，此仲文疑非殷仲文。晉書七八孔嚴傳謂嚴以太和五年（三七〇）以疾去職，卒於家。則桓温以謝安擬仲文一事，必在太和五年之前。再考晉書九九殷仲文傳，仲文始仕爲會稽王道子驃騎參軍，而據道子傳，道子於太元初進驃騎將軍，距桓温問孔嚴最少亦近十年。此時殷仲文年輕還未出仕，而謝安資望已高，桓温比論二人優劣不倫不類之甚。故疑此仲文非殷仲文，然究爲何人不可知。

〔二〕故乃　宋本、沈校本無「乃」字。其處，徐箋：「謂其自處之道。」朱注：「言其出處，故當勝耳。」楊箋：「處，不出仕也。上文『居然不可陵踐』者，謂其終未實踐隱遁之至志也。排調三二『處則爲遠志，出則爲小草』，正是此注解。徐説不可從。又排調二六注引婦人集亦可證。」蔣宗許世説新語臆札亦謂「其處故乃勝也」之「處」是「出處」之「處」。按，楊箋、蔣説皆未妥。陵踐，跨越，超越。後漢書三章帝紀：「跋涉懸度，陵踐阻絶，駿奔郊畤，咸來助祭。」「居然不可陵踐」者，謂安石此人處勢安穩，不可企及與超越耳。楊箋解作「終未實踐隱遁之志」，顯誤。又張撝之譯注譯爲「居然不可欺凌」，亦誤。謝安在東山隱居時即有重名，出仕後爲桓温司馬，深受器重。簡文帝疾篤，桓温上疏薦安宜受顧命。試想，如此一流名士及名臣，又有誰能「侵凌欺侮」之耶？自處，謂自我保持、執持。荀子正名：「不賂貴者之權勢，不利傳辟者之辭，故能處道而不貳。」劉向列女傳楚昭貞姜：「守義死節，不爲苟生，處約持信，以成其貞。」徐箋釋爲「自處之道」，近是。朱注釋爲「出處」，未當。「其處」句意謂安石有自處之道，故勝。若依楊箋，桓温之語則謂：安石終究未能實踐隱遁之志，其不出仕，此正是其勝處。試問：安石此時尚在東山，還是已入桓温幕府？謝安傳言安作桓温司馬，温甚喜，問左右曰：「頗嘗見我有如此客否？」温豈有遺憾安未能堅持隱居，而鄙視其入己幕府之意？且桓温雄豪，以事功爲上，觀其讀高士傳便擲去，即可知其絶不欣賞於陵仲子一類逃世人物（見豪爽九），蔣氏云桓温于内心祇首肯隱居東山之謝安，而輕藐作己之司馬之謝安，此言甚不合温之志向及性格也。

四六　謝公與時賢共賞説，遏、胡兒並在坐。〔一〕公問李弘度曰：「卿家平陽何如樂令？」晉諸公贊曰：「李重字茂重，〔二〕江夏鍾武人。少以清尚見稱。歷吏部郎、平陽太守。」於是李潸然流涕曰：「趙王篡逆，樂令親授璽綬。晉陽秋曰：「趙王倫篡位，樂廣與滿奮、崔隨進璽綬。」〔三〕亡伯雅正，恥處亂朝，遂至仰藥，〔四〕恐難以相比。此自顯於事實，非私親之言。」晉諸公贊曰：「趙王爲相國，取重爲左司馬。重以倫將篡，辭疾不就。敦喻之，重不復自治，〔五〕至於篤甚，扶曳受拜，數日卒，時人惜之。贈散騎常侍。」謝公語胡兒曰：「有識者果不異人意。」〔六〕

【校釋】

〔一〕遏　謝玄小字。胡兒，謝朗小字。

〔二〕茂重　重，宋本、沈校本並作「曾」。王先謙校：「一本曾作重。世説補作曾。據棲逸類『李廞是茂曾第五子』，則作曾者是。」按，作「曾」是，晉書本傳亦作「曾」。

〔三〕樂令親授璽綬　徐箋：「按此事不見本傳。趙王倫傳：『使散騎常侍、義陽王威兼侍中，出納詔命，矯作禪讓之詔，使使持節、尚書令滿奮、僕射崔隨爲副，奉皇帝璽綬以禪位於倫。』亦不及樂廣，與晉陽秋、世説異。」按，徐箋未細讀晉書五九趙王倫傳。趙王倫傳敍倫先是「僞讓不受」，「於是宗室諸王、羣公卿士咸假稱符瑞天文以勸進，倫乃許之」。逼奪天子璽綬後，「倫從兵五千人，入自端門，登太極殿，滿奮、崔隨、樂廣進璽綬於倫，乃僭即帝位，大赦，改元建始」。是樂廣在勸進之列，後又親授璽綬。晉書、晉陽秋、世説載此事皆同。劉辰翁云：「非謝公問，那知許事。」王世懋云：「樂令素著重名，忍有此論。然極是扶植世教語。」亦皆未細讀趙王倫傳。

〔四〕遂至仰藥　余箋：「本書賢媛篇曰：『孫秀欲立威權，遂逼重自裁。』」

〔五〕自治　余箋：「魏志李通傳注引晉諸公贊作『重遂不復自活』，然賢媛篇注云：『重知趙王倫作亂，有疾不治，遂以致卒。』則作治爲是。」按，作「自活」較勝。「自活」，自救也。御覽四四一引祖沖之述異記曰：「饑疫之歲，父母相繼死没，惟有一兒，傭賃自活。」法苑珠林四六：「念往昔久遠之時，有一貧人以乞自活。」李重有疾不治，即「不復自活」。

〔六〕「有識者」句　謝安稱歎李弘度爲「有識者」，則自己當然亦爲「有識者」。

四七　王脩齡問王長史：「我家臨川，〔一〕何如卿家宛陵？」〔二〕長史未答，脩齡曰：「臨川譽貴。」長史曰：「宛陵未爲不貴。」〔三〕中興書曰：「羲之自會稽王友改授臨川太守。〔四〕王述從驃騎功曹出爲宛陵令。述之爲宛陵，多脩爲家之具，〔五〕初有勞苦之聲。丞相王導使人謂之曰：『名父之子，屈臨小縣，甚不宜爾。』〔六〕述答曰：『足自當止。』時人未之達也。〔七〕後屢臨州郡，無所造作，世始歎服之。」

【校釋】

〔一〕我家　謂琅琊王氏。脩齡爲王廙子，羲之乃王廙侄，則脩齡、羲之乃從兄弟。

〔二〕卿家　謂太原王氏。王述乃王長史從父。世説補觿：「胡之、羲之，琅琊王氏也；濛、述，太原王氏也。故曰我家、卿家。」其説是。胡之與濛，共王氏，而族殊也。

〔三〕「脩齡曰」數句　凌濛初云：「直是自相誇勝。」

〔四〕「羲之」句　程炎震云：「右軍爲臨川，今晉書本傳不載。據此，知與述爲宛陵同時也。蓋庾亮在江州時，咸康間。」

〔五〕爲家之具　徐箋：「爲家之具，謂治生之具，田園第宅之類，晉書省作家具，義亦相同。晉書王述傳：『初，述家貧，求試宛陵令，頗受贈遺，而修家具，爲有司所檢，有一千三百條。』」

〔六〕「丞相王導」數句　王述之父王承，爲過江大名士。王導之言，正所謂「上品無寒門，下品無勢族」。（見晉書四七劉毅傳）

〔七〕未之　之，宋本、沈校本並作「知」。王利器校：「餘本『知』作『之』，義較長。」

四八　劉尹至王長史許清言，時苟子年十三，〔一〕倚牀邊聽。既去，問父曰：「劉尹語何如尊？」長史曰：「韶音令辭不如我，〔二〕往輒破的勝我。」〔三〕劉惔別傳曰：「惔有儁才，其談詠虛勝，理會所歸，〔四〕王濛略同，而敘致過之，其詞當也。」

【校釋】

〔一〕苟子年十三　程炎震云：「苟子年十三，是永和三年，其年王濛死矣。」

〔二〕韶音令辭　義同劉孝標注引王濛別傳之「辭旨劭令」。謂談道理中，切合義理，語言和美優雅。韶，原是虞舜時樂名，引申爲美好、美妙。賞譽九二支遁謂王羲之云：「長史作數百語，無非德音，如恨不苦。」同篇一三三謝安謂「長史語甚不多，可謂有令音」。下注引王濛別傳言濛「辭旨劭令，往往有高致」，可與此條並觀。

〔三〕破的　指義理之解釋能至精要之處。下注引劉惔別傳稱惔「敘致過之」，亦即「破的」勝王濛。許詢曾稱劉惔曰：「非至精者，不能與之析理。」（見賞譽一一一）長史與玄度，皆以爲劉惔清言精微。王濛此二語乃評己與劉尹清言之短長，謂音辭之美善己爲長，義理之精拔劉爲勝。觀此條可見晉人清言，各有擅長。而此由當時人道來，尤覺親切有味。

〔四〕理會　理解，領會。理會所歸，謂（兩人）理解之趨向。

四九　謝萬壽春敗後，〔一〕簡文問郗超：「萬自可敗，那得乃爾失士卒情？」〔二〕超曰：「伊以率任之性，欲區别智勇。」〔三〕中興書曰：「萬之爲豫州，氐、羌暴掠司、豫，鮮卑屯結并、冀。萬既受方任，自率衆入潁，以援洛陽。萬矜豪傲物，失士衆之心。〔四〕北中郎郗曇以疾還彭城，萬以爲賊盛致退，便向還南，〔五〕遂自潰亂，狼狽單歸。太宗責之，廢爲庶人。」

【校釋】

〔一〕「謝萬」句　程炎震云：「謝萬之敗，在升平三年。」

〔二〕士卒　宋本、沈校本並無「士」字。謝萬北征失士卒情，見晉書本傳：「萬既受任北征，矜豪傲物，嘗以嘯詠自高，未嘗撫衆。兄安深憂之，自隊主將帥已下，安無不慰勉。謂萬曰：『汝爲元帥，諸將宜數接對，以悦其心，豈有傲誕若斯，而能濟事也。』萬乃召集諸將，都無所説，直以如意指四坐云：『諸將皆勁卒。』諸將益恨之。」晉書八〇王羲之傳載羲之遺謝萬書云：「願君每與士卒之下者同甘苦，則盡善矣。」疑羲之聞謝萬失士卒之心，作書誡之。

〔三〕「超曰」二句　郗超意謂謝萬率性傲誕，不能區別智勇，非是將才。賞譽一一七桓公語郗超：「阿源有德有言，向使作令僕，足以儀刑百揆，朝廷用違其才耳！」郗超評謝萬與桓温評殷浩意同。

〔四〕之心　心，宋本、沈校本並作「和」。

〔五〕便向還南　向，宋本、沈校本並作「回」。徐箋：「案捷悟六有『便回還』之語，則『回還』自是當時習語，作『回』是也。」按，徐箋是。任誕四一注引晉陽秋：「回還以解。」高僧傳一二釋僧羣傳：「恐思傷損，因此迴還，絶水不飲。」「迴還」，同回還。

五〇　劉尹謂謝仁祖曰：「自吾有四友，〔一〕門人加親。」謂許玄度曰：「自吾有由，惡言不及於耳。」二人皆受而不恨。〔二〕尚書大傳曰：「孔子曰：『文王有四友，自吾得回也，門人加親，是非胥附邪？自吾得賜也，遠方之士至，是非奔走也。〔三〕自吾得師也，前有輝，後有光，是非先後邪？自吾得由也，惡言不入於耳，是非禦侮邪？』」〔四〕

【校釋】

〔一〕四友　王先謙校：「按『四友』疑『回也』二字泐文，觀下文『自吾有由』及注『自吾得回也』等句，可悟原本因注中有『四友』牽涉而誤。」蓋劉尹以回視仁祖，以由視許玄度，故二人皆受而不憾。若泛指四友，則謝無所受。」按，王説是。

〔二〕「二人」句　賞譽一二四曰：「劉尹先推謝鎮西，謝後雅重劉，曰：『昔嘗北面。』」可見劉惔、謝尚頗相得。劉惔論人尖刻，然評玄度曰「才情過於所聞」。（見賞譽九五）玄度停都一月，劉尹無日不往，極盡地主之誼。（見寵禮四、言語六九）劉尹又云：「清風朗月，輒思玄度。」（賞譽七三）許詢則稱劉惔：「非至精者，不能與之析理。」（見賞譽一一一）合而觀之，劉惔與謝尚、許詢皆親善也，故「二人皆受而不恨」。劉應登云：「此皆語門人弟子之辭，而同輩受之不恨。」袁中道云：「佳。」（舌華録九澆語）

〔三〕奔走也　也，宋本、沈校本並作「耶」。

〔四〕禦侮　侮，宋本作「悔」。按，作「侮」是。禦侮，指武臣。詩大雅緜：「予曰有禦侮。」毛傳：「武臣折衝曰禦侮。」孔穎達疏：「禦侮者，有武力之臣，能折止敵人之衝突者，是能扞禦侵侮，故曰禦侮也。」

五一　世目殷中軍思緯淹通，〔一〕比羊叔子。羊祜德高一世，才經夷險，淵源蒸燭之躍，〔二〕豈喻日月之明也。

【校釋】

〔一〕思緯　義同「思致」。淹通，弘廣貫通。北史八三王褒傳：「褒識量淹通，志懷沈静。」劉勰文心雕龍體性：「平子淹通，故慮周而藻密。」按，本篇三〇稱殷浩有思致，賞譽八二王司州讚歎殷浩清言「陳勢浩汗，衆源未可得測」，此即「思緯淹通」也。

〔二〕「蒸燭」句　躍，宋本作「曜」。按作「曜」是。曜，光輝也。徐箋：「儀禮既夕禮注：『燭用蒸。』疏：『大曰薪，小曰蒸。』蒸燭以喻光之微弱。」

五二　有人問謝安石、王坦之優劣於桓公，桓公停欲言，〔一〕中悔，曰：「卿喜傳人語，不能復語卿。」

【校釋】

〔一〕停欲言　世説抄撮：「停，佇思也，言字微逗。」朱注：「意謂稍停思考，而方欲言又悔，蓋其所欲言必有臧否謝、王之辭，故恐問者傳説也。」徐箋：「沉吟而欲言也。」楊箋：「停欲言，正欲言也。水經江水注：『停午時分。』即正午時分。陶淵明擬古：『裝束既有日，已與家人辭。行行停出門，還坐更相思。』停，蓋由鼎音轉。漢書匡衡傳：『無説詩，匡鼎來。』應劭注：『鼎，方也。』方，亦正也。」按，楊箋是。蜀志董允傳：「（董）恢年少官微，見允停出，逡巡求去。」停出，正出，亦其證。

五三　王中郎嘗問劉長沙曰：「我何如苟子？」大司馬官屬名曰：「劉奭字文時，彭城人。」劉氏譜曰：「奭祖昶，彭城内史。父濟，臨海令。奭歷車騎咨議、長沙相、散騎常侍。」劉答曰：「卿才乃當不勝苟子，然會名處多。」〔一〕王笑曰：「癡。」

【校釋】

〔一〕會名　朱注：「似謂王坦之之聲譽較苟子爲廣。言頗直率，故王笑以爲癡也。」楊箋：「會名，會集名理也；即綜合名理也。」張撝之譯注、張萬起、劉尚慈譯注皆謂「會名」是「領悟名理」。按，會，猶言合也。儀禮注疏一四：「命佐食啓會。」鄭玄注：「會，合也。」處，周一良馬譯世説新語商兑：「猶言機遇也。」「會名處多」猶言與名相合（取得）之機遇多。以上二句謂卿才本不勝苟子，然卿獲名之機遇較苟子爲多。言下之意卿之名聲乃僥倖得之，故王中郎笑曰「癡」。

五四　支道林問孫興公：「君何如許掾？」孫曰：「高情遠致，弟子蚤已服膺；一吟一詠，許將北面。」〔一〕

【校釋】

〔一〕「孫曰」數句　本篇六一曰：「或重許高情，則鄙孫穢行；或愛孫才藻，而無取於許。」正可作此條注腳。晉書五六孫綽傳：「于時文士，綽爲其冠。温、王、郗、庾諸公之薨，必須綽爲碑文，然後刊石焉。」綽雖「高自標置」，然其文才，確爲一時之冠。

五五　王右軍問許玄度：「卿自言何如安石？」〔一〕許未答。王因曰：「安石故相爲雄，〔二〕阿萬當裂眼争邪？」〔三〕中興書曰：「萬器量不及安石，〔四〕雖居藩任，安在私門之時，名稱居萬上也。」

【校釋】

〔一〕安石　石，沈校本作「萬」。徐箋：「安石，沈校本作『安萬』，是，據下文『安石』『阿萬』二語及中興書可證。但義之不當直呼二人之名，疑『安石』下脱『萬石』二字。」朱注：「沈校本作『萬』，疑非。」楊箋：「宋本作『安石』，非。沈校本作『安、萬』是。指謝安、謝萬。下文及注可證。」按，楊箋可從。

〔二〕相爲雄　爲，宋本作「與」。按，據文意，當作「爲」是。

〔三〕「阿萬」句　世説補觿：「玄度與萬石，當争雌雄，而云裂眼，則是非易矣。」世説箋本：「荀子議兵篇：『相與雌雄。』『裂眼』，狀動聲色可争。此謂安石故自爲雄，阿萬亦不當裂眼以争，言外之意足下尚不及萬，況安石乎？」

〔四〕不及　及，宋本作「乃」。王利器校：「各本『乃』作『及』，是。」

五六　劉尹云：「人言江虨田舍，江乃自田宅屯。」〔一〕謂能多出有也。

【校釋】

〔一〕「人言」二句　劉辰翁云：「不甚可曉，然可用，似謂田宅所偏聚也。」朱注：「此似謂江自屯聚田宅，無怪人以田舍目之。」按，朱注近是。賞譽一二七王濛曰：「諸江皆復足自生活。」此條記人譏言江虨爲田舍兒，及劉尹所言，正可知諸江求田問舍，善治生計。

五七　謝公云：「金谷中蘇紹最勝。」〔一〕紹是石崇姊夫，〔二〕蘇則孫，愉子也。石崇金谷詩敍曰：「余以元康六年，從太僕卿出爲使，持節監青徐諸軍事、征虜將軍。有別廬在河南縣界金谷澗中，或高或下，有清泉茂林，衆果、竹柏、藥草之屬，莫不畢備。又有水碓、魚池、土窟，其爲娱目歡心之物備矣。〔三〕時征西大將軍祭酒王詡當還長安，余與衆賢共送往澗中，晝夜遊宴，屢遷其坐，或登高臨下，或列坐水濱。時琴瑟笙筑，合載車中，道路並作。及住，令與鼓吹遞奏。遂各賦詩，以敍中懷。〔四〕或不能者，罰酒三斗。感性命之不永，懼凋落之無期。故具列時人官號，姓名，年紀，又寫詩著後。後之好事者，其覽之哉。凡三十人，吴王師、議郎關中侯，始平武功蘇紹，字世嗣。年五十，爲首。」魏書曰：「蘇則字文師，扶風武功人。剛直疾惡，常慕汲黯之爲人。仕至侍中、河東相。」〔五〕晉百官名曰：「愉字休豫，則次子。」山濤啓事曰：「愉忠義有智意。」位至光禄大夫。

【校釋】

〔一〕金谷　晉書三三石苞傳：「崇有別館在河陽之金谷，一名梓澤。」藝文類聚引戴延之西征記曰：「梓澤去洛城六十里。梓澤，金谷也。中朝賢達所集，賦詩猶存。是石崇居處。」通鑑九三胡注：「水經注：『金谷水出太白原，東南流歷金谷，又東南流逕晉石崇故居，在河南界。』」太平寰宇記三：「郭緣生述征記云：『金谷，谷也，地有金水，自太白原南流經此谷，晉衛尉石崇因即川阜，而造製園館。』」

〔二〕紹是石崇姊夫　李詳云：「魏志蘇則傳裴注云：『石崇妻，紹之兄女。』此云紹爲石崇姊夫，疑爲輩行不倫。」按，裴注云「紹之女兄」，非「兄女」，李詳誤記。

〔三〕「有別廬」數句　唐長孺南朝的屯邸別墅及山澤佔領一文以爲石崇「金谷園中包括田畝、畜牧、竹、木、果樹、水碓、魚池，決非單純爲了『娛目歡心』」，而是「一種自給自足的經濟組織」。（詳見唐長孺文存）

〔四〕「遂各賦詩」二句　晉書六二劉琨傳：「時征虜將軍石崇，河南金谷澗中有別廬，冠絶時輩，引致賓客，日以賦詩。」

〔五〕「蘇則」數句　蘇則生平詳見魏志蘇則傳。

五八　劉尹目庾中郎：「雖言不愔愔似道，突兀差可以擬道。」〔一〕名士傳曰：「敳頹然淵放，莫有動其聽者。」〔二〕

【校釋】

〔一〕「雖言不愔愔似道」二句　言，當指清言。愔愔，安靜和悦貌。左傳昭公十二年：「祈招之愔愔，式昭德音。」杜預注：「愔愔，安和貌。」突兀，突出，奇特。施肩吾壯士行：「有時誤入千人叢，自覺一身横突兀。」按，名士傳言「敳頹然淵放」，無爲而深遠放曠，如此奇特之狀，庶幾可以擬道也。又文學一五：「庾子嵩讀莊子，開卷一尺許便放去，曰：『了不異人意。』」晉書五〇庾敳傳：「爲陳留相，未嘗以事嬰心，從容酣暢，寄通而已。處衆人中，居然獨立。」其讀書得意忘言，爲官不以俗事累心，鶴立雞羣之神態，皆冥與道合。

〔二〕聽　耳目。見賞譽四二校釋。「莫有動其聽者」，意謂不爲外物所動，此即有道者也。

五九　孫承公云：「謝公清於無弈，〔一〕中興書曰：「孫統字承公，〔二〕太原人。善屬文，時人謂其有祖楚風。仕至餘姚令。」潤於林道。」〔三〕陳逵別傳曰：「逵字林道，潁川許昌人。

祖淮，〔四〕太尉。父畛，光禄大夫。逵少有幹，以清敏立名。襲封廣陵公、黄門郎、西中郎將，領梁、淮南二郡太守。」

【校釋】

〔一〕無弈　弈，當作「奕」。安兄奕，字無奕，見德行三三注引中興書。

〔二〕孫統　統，宋本誤作「純」。

〔三〕潤　魏晉人物審美範疇之一。本篇三〇時人道阮裕「韶潤不如仲祖」。本篇三六孫綽稱王濛「温潤恬和。」晉書三六衛玠傳：「樂廣有海内重名，議者以爲婦公冰清，女壻玉潤。」「潤」之美源於儒家「君子比德」説。禮記聘義：孔子曰：「昔者君子比德於玉焉，温潤而澤仁也。」鄭玄注：「色柔温潤似仁也。」

〔四〕淮，據魏志陳羣傳裴注引陳氏譜，當作「準」是。程炎震云：「魏志二二陳羣傳注曰：『羣之後，名位遂微，諶孫佐，佐子準，太尉，封廣陵郡公。準孫逵。』」

六〇　或問林公：「司州何如二謝？」林公曰：「故當攀安提萬。」〔一〕王胡之别傳曰：「胡之好談諧，〔二〕善屬文辭，爲當世所重。」

【校釋】

〔一〕攀安提萬　世説抄撮：「言安之下，萬之上也。」朱注：「謂上攀謝安，下提謝萬，即比安不足，比萬有餘也。」楊箋：「即在安下萬上，二者之間也。」

〔二〕談諧　諧，宋本作「講」。按，作「諧」是。談諧，談謔也。陶淵明乞食詩：「談諧終日夕，觴至輒傾杯。」通鑑一八三後晉紀四載孫晟曰：「文章不如公，談諧不如公，諂詐不如公。」

六一　孫興公、許玄度皆一時名流，或重許高情，則鄙孫穢行；或愛孫才藻，而無取於許。〔一〕宋明帝文章志曰：「綽博涉經史，長於屬文，與許詢俱與負俗之談。〔二〕詢卒不降志，而綽嬰綸世務焉。」續晉陽秋曰：「綽雖有文才，而誕縱多穢行，時人鄙之。」〔三〕

【校釋】

〔一〕「或重」數句　許詢文才雖不如孫綽，然簡文亦曾稱「玄度五言詩，可謂妙絶時人」（見文學八五）。檀道鸞續晉陽秋曰：「詢有才藻，善屬文。」「詢、綽並爲一時文宗，自此學者悉體之。」隋書三五經籍志録有晉征士許詢集三卷，注：梁八卷，録一卷。李贄云：「才藻焉敵高情？」方苞云：「孫之才藻，許之高情，均有過人處。取節其可也。」

〔二〕俱與　與，宋本、沈校本並作「有」。

〔三〕「綽雖有」數句　時人愛孫綽文才而鄙其行，於輕詆中多見之。輕詆九記褚太傅南下，孫于船中視之，言及劉真長死，孫流涕並諷詠。褚大怒叱責之，孫回泣向褚曰：「卿當念我。」時咸笑其才而性鄙。同篇一七記孫綽就謝安宿，劉夫人謂安曰：「亡兄門未有如此賓客。」同篇二二記孫綽作王長史誄，王孝伯見曰：「才士不遜。」

六二　郗嘉賓道謝公造膝雖不深徹，而纏綿綸至。〔一〕又曰：「右軍詣嘉賓。」〔二〕嘉賓聞之云：「不得稱詣，政得謂之朋耳。」謝公以嘉賓言爲得。凡徹、詣者，蓋深覈之名也。謝不徹，王亦不詣，謝王於理相與爲朋儔也。〔三〕

【校釋】

〔一〕「郗嘉賓」二句　造膝，猶促膝，二人對坐，膝蓋俱至前。乃爲對方吸引之狀。賞譽一四四記簡文與許詢共作曲室中語，「不覺造膝」。通鑑一四四齊紀一〇：「造膝定計。」胡注：「造，至也，對席而坐，兩下促席，俱前至膝，以定密謀，故曰『造膝定計』。」深徹，深達。徹，達，到。國語魯語上：「既其葬也，焚，煙徹於上。」韋昭注：「徹，達也。」釋道安合放光光讚略解序：「凡論般若推諸病之疆服者，理徹也。」理徹，理達也。纏綿，情意深厚。古樂府六吴聲歌：「前絲斷纏綿，意欲結交情。」陸機贈馮文羆遷斥丘令詩：「疇昔之遊，好合纏綿。」綸至，綸，釋名：「綸，倫也。作之有倫理也。」詩小雅采綠：「之子於釣，言綸之繩。」朱熹集傳：「理絲曰綸。」綸至，謂理絲有條理之至。郗超語乃比喻，意謂謝安理致之造詣雖未至深徹之境界，但纏綿縈繞，却又如理絲，極有條理也。

〔二〕又曰右軍詣嘉賓　徐箋：「此文頗費解。『又曰』者，蓋記事者另發一端，言時人又有此論，不與上文相承。『詣』下『嘉賓』二字疑衍。」朱注：「案：此『又曰』不知何人，疑上文有脱文，若如見所載與上連貫，似屬嘉賓，文義不可通。」按，徐箋謂「又曰」言時人又有此論，其説是。然「詣」下「嘉賓」二字不衍。古人語簡，「又曰」上非有脱文。此句意謂右軍之造詣已逮嘉賓。

〔三〕「凡徹詣者」數句　劉應登云：「此云詣，非其他造之之謂，乃目其於理深詣，即謝之深徹皆覈至之名。謝不徹，王亦不詣，其於理，皆相朋耳，無大高下耳。」朱注：「案：原注釋『詣』與『徹』皆深覈之名，然如作造詣解，似亦可通，蓋人謂右軍可造及嘉賓，故謝聞之謙云，不得謂相及而政可謂並駕（朋），不分高下也。」蕭艾世説探幽：「細味劉孝標注，乃就名理所達之境界而言。道理通達，略無滯義謂之徹，今言透徹是也。謝安雖未至徹悟之境，然已纏綿綸至矣。綸者何？易繫辭曰：『易與天地准，故能彌綸天地之道。』王肅曰：『綸，纏裹也。』然則『纏綿綸至』殆與文學第二十一條稱王導於三理『宛轉關生，無所不入』相似。時論『右軍詣嘉賓』謂右軍已達到嘉賓之水準。正字通：『學業深入謂之造詣。』故嘉賓不以爲然，意謂彼此實相等耳。故劉義慶列之品藻，劉孝標注亦深中肯綮。」（世説探幽第七九頁）按，劉應登、蕭艾是。

六三　庾道季云：「思理倫和，吾愧康伯；〔一〕志力彊正，吾愧文度。〔二〕自此以還，吾皆百之。」庾龢已見。〔三〕

【校釋】

〔一〕「思理」二句　賞譽九〇注引續晉陽秋：「康伯清和有思理，幼爲舅殷浩所稱。」「思理倫和」蓋指此。言語七九庾道季曰：「若文度來，我以偏師待之；若康伯來，濟河焚舟。」康伯善談理，道季亦以文談致稱於時，然不敵康伯，故云。

〔二〕彊正　木强正直。彊，通「僵」。僵硬，不靈活。王坦之彊正個性由其答謝安書即可見：「意者以爲人之體韻猶器之方圓，方圓不可錯用，體韻豈可易處！各順其方，以弘其業，則歲寒之功必有成矣。」（晉書本傳）文度以爲方則方，圓則圓，二者不可錯用，而木强之性略可知矣。

〔三〕庾龢　龢，宋本作「欽」。按，作「龢」是。已見言語七九孝標注。

六四　王僧恩輕林公，藍田曰：「勿學汝兄，汝兄自不如伊。」〔一〕僧恩，王禕之小字也。王氏世家曰：「禕之字文劭，述次子。少知名，尚尋陽公主。仕至中書郎，未三十而卒。坦之悼念，與桓温稱之。贈散騎常侍。」

【校釋】

〔一〕「勿學汝兄」二句　世説箋本：「『汝兄』指王坦之，坦之嘗輕林公，故云。」按，輕詆二一：「王中郎與林公絶不相得。」坦之因不爲林公所知，遂著沙門不得爲高士論。然支遁乃東晉中期首屈一指之高僧，玄談特妙，衆名士多服其神理獨悟。王濛稱林公「自是紵鉢後王、何人也」。（賞譽一一〇）孫綽喻道論則比作向秀，曰：「支遁、向秀，雅尚莊老，二人異時，風好玄同矣。」郗超與親友書更推崇備至，稱「林法師神理所通，玄拔獨悟，實數百年來，紹明大法，令真理綿綿不絶，一人而已」。王坦之卻與時人唱反調，輕視林公，故藍田告誡僧恩「勿學汝兄」，並進而曰：「汝兄自不如伊。」意謂汝兄本身就不如人家。王述評論林公，可稱公允，教子亦有方也。劉辰翁云：「似佞其子，而黨林公。」按，王述非佞子，亦非黨林公。劉説不確。

六五　簡文問孫興公：「袁羊何似？」答曰：「不知者不負其才，知之者無取其體。」〔一〕言其有才而無德也。

【校釋】

〔一〕「不知者」二句　負，背棄，辜負。戰國策秦策五：「負秦之日，太子爲糞矣！」漢書三三田儋傳：「榮以負項梁，不肯助楚攻秦，故不得王。」體，稟性，德性。晉書九簡文帝紀：「會稽有遠體而無遠神。」楊修答臨淄侯箋：「非夫體通性達，受之自然，其孰能至於此乎？」文選任昉王文憲集序：「夷雅之體，無待韋弦。」李善注：「體，性也……言王公平雅之性無待此韋弦以成也。」世説箋本云：「按原注之意似謂常人以其所爲不孤負其才，深知其爲人者不重其德業也。」其説是。晉書八三袁喬傳敍喬隨桓温伐蜀，前鋒失利，左右失色，「喬因麾而進，聲氣愈厲，遂大破之」。又曰：「喬有文才，注論語及詩，並諸文筆皆行於世。」文學七八注引袁氏家傳亦云：「喬有文才。」由上可見，袁喬有文武才。而排調三六記袁喬作詩嘲劉惔與妻子内眠不起，廬陵長公主見詩不平，曰：「袁羊，古之遺狂！」又本篇三六孫綽稱袁喬「洮洮清便」，意謂生性輕洮。此即所謂「無取其體」也。

六六　蔡叔子云：「韓康伯雖無骨幹，然亦膚立。」〔一〕

【校釋】

〔一〕程炎震云：「蔡系字子叔。此叔子二字蓋誤倒。」徐箋：「雅量三一有蔡子叔，注引中興書：『蔡系字子叔。』疑是一人。」膚立，朱注：「謂外貌也。康伯門庭蕭寂，未爲無骨幹。」楊箋：「輕詆篇二八：『舊目康伯捋肘無風骨。』注引説林曰：『范啓云：韓康伯似肉鴨。因其肥胖，見之似無骨幹也。』此則喻其德行才情耳。」按，風骨乃魏晉品藻人物之審美範疇，説見賞譽八八校釋。蔡子叔謂康伯「無骨幹」，與范啓云康伯似「肉鴨」，意思相近，皆指康伯形體肥胖，少剛健之美感，與道德意義無關。朱注謂「康伯門庭蕭寂」，似將「骨幹」理解爲品格、道德，與原意不符。楊箋謂「骨幹」「膚立」喻其德行才情，亦不能成立。若「骨幹」喻道德，「膚立」喻才情，則范啓所謂「肉鴨」又何所喻？

六七　郗嘉賓問謝太傅曰：「林公談何如嵇公？」謝云：「嵇公勤著腳，裁可得去耳。」〔一〕支遁傳曰：「遁神悟機發，風期所得，自然超邁也。」又問：「殷何如支？」謝曰：「正爾有超拔，支乃過殷；然亹亹論辯，恐口欲制支。」〔二〕

【校釋】

〔一〕「嵇公」二句　余箋：「高僧傳四曰：『郗超問謝安：「林公談何如嵇中散？」安曰：「嵇努力裁得去耳。」』此云『勤著腳』，蓋謂嵇須努力向前，方可及支。」郗超與親友書亦云：「林法師神理所通，玄拔獨悟，實數百年來紹明大法，令真理綿綿不絕，一人而已。」（高僧傳四支遁傳）然謝安以爲嵇康談不如支遁，當是以林公融通玄釋立論。郗超讚譽林公「紹明大法，令真理綿綿不絶」，「大法」、「真理」，亦指佛理也。其實，魏末與東晉時代不同，嵇公、林公理論品格亦異。嵇康聲無哀樂論養生論等批判現實，鋒穎精密，後世罕及。支遁則融通玄釋，精研佛理，代表當時中外學術思想交融之大趨勢。嵇康、支遁之學術創新，各有千秋，未可僅以佛學衡彼此優劣也。

〔二〕「正爾」數句　超拔，謂義理超出流俗，出拔有新意。亹亹，同「娓娓」。賞譽七六：「向客亹亹，爲來逼人。」謝安此語評支遁、殷浩清言之短長，意謂支義理超拔勝殷，而殷言辭娓娓，恐能制支。賞譽八二王胡之謂殷浩「陳勢浩汗，衆源未可得測」。賞譽一一三簡文云：「淵源語不超詣簡至，然經綸思尋處，故有局陳。」將以上二條同謝安語共觀之，正見出殷浩清言不及支遁之超拔；然講究佈局，語勢浩汗，亹亹不絶，恐亦可制支。

六八　庾道季云：「廉頗、藺相如雖千載上死人，〔一〕懍懍恒如有生氣；〔二〕史記曰：「廉頗者，趙良將也，以勇氣聞諸侯。藺相如者，趙人也。趙惠文王時得楚和氏璧，秦昭王請以十五城易之。趙遣相如送璧，秦受之，無還城意。相如請璧示其瑕，因持璧卻立倚柱，怒髮上衝冠，曰：『王欲急臣，臣頭今與璧俱碎！』秦王謝之。後秦王使趙王鼓瑟，相如請秦王擊筑。趙以相如功大，拜上卿，位在廉頗上。」曹蜍，蜍，曹茂之小字也。曹氏譜曰：「茂之字永世，彭城人也。祖韶，鎮東將軍司馬。父曼，少府卿。茂之仕至尚書郎。」李志晉百官名曰：「志字温祖，江夏鍾武人。」李氏譜曰：「志祖重，散騎常侍。父慕，純陽令。〔三〕志仕至員外常侍、南康相。」雖見在，厭厭如九泉下人。〔四〕人皆如此，便可結繩而治，但恐狐狸貒狢噉盡。」〔五〕言人皆如曹、李質魯淳慤，則天下無姦民，可結繩致治。然才智無聞，功迹俱滅，身盡於狐狸，無擅世之名也。〔六〕

【校釋】

〔一〕千載上死人　王先謙校：「一本『死』作『使』。按文義『千載』、『見在』是對文，當以『雖千載上』句，『使人』屬下。此本改『使』爲『死』，俚率無味。」徐箋：「若作『使』，則『使人』二字當屬下。案金樓子亦作『死』，當不誤。」按，藝文類聚二二引郭子亦作「死」。「死人」與下「見在」對文，作「死」不誤，王説未允。

〔二〕懍懍　嚴正貌，剛烈貌。後漢書六六陳蕃傳論：「及遭際會，協策竇武，自謂萬世一遇也。懍懍乎伊望之業矣！」李賢注：「懍懍，有風采之貌也。」

〔三〕純陽　程炎震云：「晉無純陽縣，恐是綏陽，屬荊州新城郡。」

〔四〕厭厭　精神萎靡貌。漢書七五李尋傳：「列星皆失色，厭厭如滅。」世説音釋：「墨池瑣録：曹蜍、李志與右軍同時，書亦争衡。」

〔五〕「但恐狐狸」句　李贄云：「狐貉啖死屍，無人可治也。」（初潭集師友論人）袁中道云：「妙絶！」（舌華録九澆語）

〔六〕「言人皆如曹李」數句　王世懋云：「道季之言亦殊有生氣。」劉盼遂云：「按詳注意謂曹、李身噉於狐狸也。其説遠失。庾道季本謂天下人僅如曹、李之疏於世慮，則誰將烈山澤而焚之？誰復敺虎豹犀象而遠之？如是則禽獸逼人，人盡爲狐狸猯狢之餕餘矣。」楊篑説與劉氏不同，云：「按道季之意，謂人皆如曹、李，則同死人矣；雖可結繩而治，然茹毛飲血，又恐被狐狸噉盡。孝標注近似。劉篑未的。」按，以上二説，楊篑較勝。庾道季好學，善文章，能清言。叔父庾翼將還襄陽，道季年十五，上書諫之，翼甚奇之。升平中，爲丹陽尹，表除重役六十餘事（見晉書七五庾龢傳）。如此既有名士風度，又具實際才幹之人，自然景仰才智之士，而不喜曹、李質魯淳慤也。魏晉人格審美傾向，亦于此可見焉。

六九　衛君長是蕭祖周婦兄，〔一〕謝公問孫僧奴：僧奴，孫騰小字也。晉百官名曰：「騰字伯海，太原人。」中興書曰：「騰，統子也，〔二〕博學，歷中庶子、廷尉。」「君家道衛君長云何？」孫曰：「云是世業人。」〔三〕謝曰：「殊不爾，衛自是理義人。」〔四〕于時以比殷洪遠。〔五〕

【校釋】

〔一〕衛君長　衛永字君長，見賞譽一〇七。蕭祖周，蕭輪字祖周，見賞譽七五。楊箋：「賞譽篇七五：『蕭中郎，孫承公婦父。』則衛永是孫承妻舅也。故有此問。」

〔二〕紞子也　紞，王利器校：「案『紞』當作『統』，各本都錯了；本書附太原中都孫氏譜：『騰，統子，字北海，小字僧奴，仕至廷尉。』晉書孫統傳：『後爲餘姚令，卒。子騰嗣，以博學著稱，位至廷尉。』」

〔三〕世業　猶世事。蜀志廖立傳：「（諸葛）亮答曰：『龐統、廖立，楚之良才，當贊興世業者也。』」通鑑六五漢紀五七：「今爲君計，莫若遣腹心自結於東，以共濟世業。」胡注：「世業，猶言世事也。」孫騰以爲衛永乃有志於世事者。或以爲「世業人」乃守其家世之業者，其説不確。

〔四〕理義　此指清言玄理。文學六二羊孚「雅善理義，乃與仲堪道齊物」。本篇八一袁侍中答曰：「理義所得，優劣乃復未辨。」孫騰「世業人」之説，謝安頗不以爲然，謂衛永乃清談中人。

〔五〕殷洪遠　殷融字洪遠。文學七四注引中興書：「（融）著象不盡意、大賢須易論，理義精微，談者稱焉。」衛永亦善清言，故時人以比殷洪遠。

七〇　王子敬問謝公：「林公何如庾公？」謝殊不受，答曰：「先輩初無論，庾公自足没林公。」〔一〕殷羡言行曰：「時有人稱庾太尉理者，羡曰：『此公好舉宗木槌人。』」〔二〕

【校釋】

〔一〕没　過，超過。禮記坊記：「君子不以菲廢禮，不以美没禮。」孔穎達疏：「没，過也。」王充論衡藝增：「著文垂辭，辭出溢其真，稱美過其善，進惡没其罪。」按，庾亮雖亦善談論，然不聞有神悟語，竺法深詆之爲「胸中柴棘三斗許」（見輕詆三）。林公拔新領異，朝野悦服，庾亮清言水準不及林公遠矣。謝安謂庾亮人格勝林公，非指談理勝之也。孝標注引殷羨言行似以庾公談理解釋「庾公自足没林公」一語，乃誤解也。

〔二〕宗木　宋本作「素木」、王刻本作「宗本」。王先謙校：「一本『本』作『木』，是。」朱注作「宗本」，云：「『宗本槌人』，自是釋家捧喝一類語氣，莊子有『于其宗，於其本』，此蓋襲用其意。」楊箋作「素木」，云：「素木槌人者，言理不加飾，直白而出，樸實無華而擊人也。」按，朱注是。宗本，根本，本旨。淮南鴻烈解一二：「夫言有宗，事有本，失其宗本，技能雖多，不若其寡也。」孫綽喻道論：「萬物之求，卑高不同……悟上識則舉其宗本。」孝經開宗明義邢昺疏：「此章開張一經之宗本，顯明五孝之義理，故曰：『開宗明義』章也。」「舉宗本」爲慣用語。「好舉宗本槌人」，是指清言好舉根本問難，槌人乃比喻耳。

七一　謝遏諸人共道竹林優劣，謝公云：「先輩初不臧貶七賢。」〔一〕魏氏春秋曰：「山濤通簡有德，秀、咸、戎、伶朗達有儁才，於時之談，以阮爲首，王戎次之，山、向之徒，皆其倫也。」若如盛言，則非無臧貶，此言謬也。

【校釋】

〔一〕「謝遏諸人」二句　魏末雖無竹林七賢之名，但人物風采已爲時人談論。如人問王夷甫：「山巨源義理如何？」（見賞譽二一）山濤與嵇康、阮籍契若金蘭，濤問其妻：「二人如何？」妻曰：「君才致殊不如，正當以識度相友耳。」（見賢媛一一）謝公雖云「先輩初不臧貶七賢」，然評論七賢或有其事。東晉時七賢之流風遺韻影響甚巨，如謝公道謝鯤：「若遇七賢，必自把臂入林」（見賞譽九七）；王濛酒酣起舞，劉尹曰：「阿奴今日不復減向子期。」（見本篇四四）加之人物品藻之風盛行於上流社會，如本篇四二記劉惔、王濛、桓伊在瓦官寺共商略西朝及江左人物，則先輩名士臧貶七賢非無可能。孝標注引魏氏春秋駁之，甚有理也。

七二　有人以王中郎比車騎，車騎聞之曰：「伊窟窟成就。」〔一〕續晉陽秋曰：「坦之雅貴有識量，風格峻整。」

【校釋】

〔一〕伊窟窟成就　此語頗費解。余箋：「車騎，謝玄也。窟窟無義，當作掘掘，以形聲相近致譌耳。説文：『搰，掘也。掘，搰也。』左氏哀公二十六年傳：『掘褚師定子之墓焚之。』釋文云：『本或作搰。』莊子天地篇：『子貢過漢陰，見一丈人，方將爲圃畦，鑿遂而入井，抱甕而出灌，搰搰然用力甚多，而見功寡。』釋文云：『搰搰，用力貌。』晉人談論，好稱引老莊，必别本有作掘掘者，故謝玄用之。云掘掘成就者，言坦之隨事輒搰搰用力，故能成就其志業也。謝玄有經國之略，其平生使才，雖履屐間，咸得其任。是亦能搰搰用其心力者。卒之克建大勳，爲晉室安危所繫，與王坦之功名略等。其稱坦之之言，殆即所以自寓也。」趙西陸云：「窟窟，疑同『矻矻』。」殷正林云：「窟窟，聚集貌。窟本小孔義，因而有聚集之義。郭子一七四：『張憑勁粹，爲理之窟。』（世説引「勁粹」作「勃窣」）世説品藻：『有人以王中郎比車騎，車騎聞之曰：伊窟窟成就。』」（世説新語所反映的魏晉時期新詞和新義，載語言學論叢第十二輯）馬寶豐、郭孝儒云：「余氏箋疏『窟窟』，不可從。窟窟，是洞窟，用戰國策馮諼所謂狡兔三窟事。謝玄此話乃諷刺坦之猶如狡兔，善於營私自肥。」（見山西大學學報一八卷一期）楊箋引以上二解後云：「窟，穴也。古土室也。殷云小孔，馬、郭云狡兔三窟之窟皆是。但馬、郭云諷刺坦之，則非也。詳味孝標之意，則譽坦之成就之多也。窟窟成就者，猶言處處有所成就，褒詞也。車騎褒中郎，即自褒也。」李毓芙世説新語新注：「窟窟，通『矻矻』，勤奮不懈貌。」張萬起詞典同。按，以上諸解，以李氏新注較爲通達明晰。漢書六四下王褒傳：「器用利，則用力少而就效衆。故工人之用鈍器也，勞筋苦骨，終日矻矻。」顏師古注：「應劭曰：『勞極貌。』如淳曰：『健作貌。』如説是也。」余箋謂窟窟當作「掘掘」，而掘爲搰，搰搰爲用力貌。此解與「矻矻」之義亦相通。其餘解爲「聚集」、「洞窟」者，皆望文生義，曲爲之説，不可從。

七三　謝太傅謂王孝伯：〔一〕「劉尹亦奇自知，然不言勝長史。」〔二〕

【校釋】

〔一〕王孝伯　王恭字孝伯，王濛之孫。見德行四四注引周祇隆安記。

〔二〕奇　甚，非常。酈道元水經注沮水：「(青溪水)以源出青山，故以青溪爲名，尋源浮溪，奇爲深峭。」本篇三七桓温問劉惔曰：「聞會稽王語奇進，爾邪？」謝安意謂劉惔於清言自視甚高，然不言勝王濛。按，賞譽八七注引濛别傳曰：「濛之交物，虚己納善，恕而後行，希見其喜愠之色，凡與一面，莫不敬而愛之。」可知王濛人緣極好。而劉惔與王濛友善相知，賞譽一〇九王長史云：「劉尹知我，勝我自知。」故劉尹雖自負，論人亦尖刻，却不言勝長史，蓋長史乃知己也。

七四　王黄門兄弟三人，〔一〕俱詣謝公，子猷、子重多説俗事，王氏譜曰：「操之字子重，羲之第六子，歷祕書監、侍中、尚書、豫章太守。」子敬寒温而已。既出，坐客問謝公：「向三賢孰愈？」謝公曰：「小者最勝。」客曰：「何以知之？」謝公曰：「吉人之辭寡，躁人之辭多，〔二〕推此知之。」

【校釋】

〔一〕王黄門　王徽之，仕至黄門侍郎。見雅量三六注引晉百官名。

〔二〕「吉人之辭寡」二句　見易繫辭下。按，古人以慎言者爲上。禮記坊記：「故君子約言，小人先言。」荀子非相：「言而非仁之中也，則其言不若其默也，其辯不若其吶也。」淮南子説山訓：「人有多言者，猶百舌之聲也。」孔子家語三：「孔子觀周，遂入太祖后稷之廟。廟堂右階之前有金人焉，參緘其口，而銘其背曰：『古之慎言人也，戒之哉！無多言，多言多敗。』」又魏晉尚簡約，鑒裁人物以閒静少言爲優。吴志顧雍傳謂「雍爲人不飲酒，寡言語」，孫權嘗歎曰：「顧君不言，言必有中。」蜀志杜瓊傳曰：「（瓊）爲人静默少言，闔門自守，不與世事，蔣琬、費禕等皆器重之。」晉書九四隱逸陶潛傳記潛著五柳先生傳以自況，稱「閒静少言，不慕榮利」。謝公以子敬辭寡爲勝，即體現識鑒人物以閒静少言爲優之美學趣味。然王楙野客叢書四「王子猷操行」條云：「王子猷多言俗事，謝安以爲不如獻之。

僕謂此特以一時之言，察其優劣耳，未考其終身之行也。子猷傳所載率多曠達，如不答長官，拄笏而看西山。不顧主人，坐輿而造竹下。山陰雪夜，詠招隱詩而訪戴逵。觀此數事，胸中灑落亦自不凡，未易貶之也。然傳又云人欽其才，而穢其行。僕觀此語，始知其爲人内行不謹，爲當時所鄙，信非子敬之比。惟史氏没其迹而不書，盛陳前數事。且居名父之下，名弟之上，左右掩映，故後世聞其風者，擊節賞歎以爲不可及，而莫知有大節之累云。」王楙謂史氏没子猷之迹而不書，此乃臆説耳。子猷多任誕之事，無甚可書之迹，豈有意没之哉？謝公謂子敬爲優，自是公論。

七五　謝公問王子敬：「君書何如君家尊？」答曰：「固當不同。」公曰：「外人論殊不爾。」王曰：「外人那得知。」〔一〕宋明帝文章志曰：「獻之善隸書，變右軍法爲今體，字畫秀媚，妙絶時倫，與父俱得名。其章草疏弱，殊不及父。或訊獻之云：『羲之書勝不？莫能判。』有問羲之云：『世論卿書不逮獻之。』答曰：『殊不爾也。』它日見獻之，問：『尊君書何如？』獻之不答。又問：『論者云君固當不如。』獻之笑而答曰：『人那得知之也。』」

【校釋】

〔一〕「謝公問王子敬」數句　世説箋本：「不説自優，又不説自劣，故云不同。然其微意則在自優，故謝又曰外人論足下不及父。」劉盼遂云：「按唐孫過庭書譜：謝安素善尺牘，而輕子敬之書。安嘗問：『卿書何如右軍？』答云：『故當勝。』又曰：『時人那得知？』敬雖權辭折安，自稱勝父，不亦過乎？」余箋：「法書要録一南齊王僧虔論書云：『謝安亦入能流，殊亦自重。得子敬書，有時裂作校紙。』張懷瓘書斷卷中云：『謝安學草正於右軍，右軍云：「卿是解書者。」』又卷下云：『小王嘗與謝安書，意必珍録，乃題後答之，亦以爲恨。或曰：安問子敬：「君書何所家君？」答云：「固當不同。」安云：「外論殊不爾。」又云：「人那得知。」此乃短謝公也。』嘉錫案：據此兩書所言，則謝安既自重其書，又甚尊右軍，而頗輕子敬。其發問時，蓋亦有此意。子敬心不平之，故答之如此。所謂『外人那得知』者，即以隱斥謝安，非真與其父争名也。」按，細繹謝公與子敬對話，謝誠輕子敬、尊右軍。世説箋本謂子敬意在自優，其説近是。至於二王書藝之高下，晉書八〇王獻之傳已有定論，曰：「時議者以爲羲之草隸，江左中朝莫有及者，獻之骨力遠不及父，而頗有媚趣。」謝安所謂「外人論殊不爾」，當指議者以爲「獻之骨力遠不及父」。

七六　王孝伯問謝太傅：「林公何如長史？」太傅曰：「長史韶興。」〔一〕問：「何如劉尹？」謝曰：「噫，劉尹秀。」〔二〕王曰：「若如公言，並不如此二人邪？」謝云：「身意正爾也。」〔三〕

【校釋】

〔一〕長史韶興　余箋：「濛自言『韶音令辭勝劉惔』，故謝亦贊其有韶美之興會也。」按，本篇三〇時人道阮裕「韶潤不如仲祖」，則王濛自以韶美稱。

〔二〕秀　特異，秀出。本篇三〇時人道阮裕「簡秀不如真長」，則劉尹以「簡秀」稱。

〔三〕身意正爾　王叔岷補正：「案此猶言『我意正如此也』。晉人自呼爲身，本書屢見。」按，謝安承王孝伯之問，言我意正謂林公不如長史、劉尹二人也。

七七　人有問太傅：「子敬可是先輩誰比？」謝曰：「阿敬近撮王、劉之標。」〔一〕續晉陽秋曰：「獻之文義並非所長，而能撮其勝會，〔二〕故擅名一時，爲風流之冠也。」

【校釋】

〔一〕王劉　王濛、劉惔也。近，世説箋本：「近，犹頗也，略也。撮標，撮其要領也。」楊箋：「近，淺也。」按，「近」即近世之「近」。王、劉乃近世人物，故曰「近撮」。標，徐箋：「標，標格，風度。」楊箋：「標，英也。猶今言精英也。」按，世説箋本是。王、劉所標者，蓋即續晉陽秋所言「勝會」也。

〔二〕勝會　謂興會非常，風度不凡。晉書七九謝尚傳：「（王）導以其有勝會，謂曰：『聞君能作鴝鵒舞，一坐傾想，寧有此理不？』」獻之無文義之長，不善談論，然能撮王、劉之風度，故亦能擅名一時，爲風流之冠也。子敬曾曰：「遠慚荀奉倩，近愧劉真長。」劉惔素爲子敬仰慕，撮其勝會蓋有由也。

七八　謝公語孝伯：「君祖比劉尹，故爲得逮？」〔一〕孝伯云：「劉尹非不能逮，直不逮。」〔二〕言濛質而惔文也。

【校釋】

〔一〕君祖　指王濛，濛爲孝伯之祖。逮，及得上，比得上。

〔二〕直不逮　只不過不比（罷了）。直，此作副詞，義猶特，但，只不過。王世懋云：「孝伯自私其祖，未爲公論，畢竟劉勝王。」按，孝伯確有自私其祖意。本篇七三謝安謂劉惔不言勝長史，此條謝安又欲鑒裁王、劉高下，殊爲多事。孝標注云：「言濛質惔文也。」其實惔、濛個性各異，不宜非得區別優劣。

七九　袁彦伯爲吏部郎，〔一〕子敬與郗嘉賓書曰：「彦伯已入，殊足頓興往之氣，故知捶撻自難爲人，冀小卻當復差耳。」〔二〕

【校釋】

〔一〕「袁彦伯」句　程炎震云：「彦伯爲吏部郎在寧康中。」按，晉書九二袁宏傳曰：「後（謝）安爲揚州刺史，宏自吏部郎出爲東陽郡。」考謝安以晉孝武帝寧康三年五月領揚州刺史（見晉書九孝武帝紀），則袁宏爲吏部郎當在此前。宏原在桓温幕府，寧康元年（三七三）七月桓温卒，疑宏于温卒不久爲吏部郎，時在寧康一二年間。

〔二〕「子敬」數句　小郤，徐箋：「晉人以『過後』爲『郤後』，小郤，猶稍後。」按徐箋是。王羲之此郡帖：「小郤冀得小差。」安西帖：「不知小郤得遂本心不？」（均見漢魏六朝百三家集五八）余箋：「御覽二一六引袁宏與謝僕射書曰：『聞見擬爲吏部郎，不知審爾？果當如此，誠相遇之過。』謝僕射者，安也。晉書孝武帝紀：寧康元年九月，以吏部尚書謝安爲尚書僕射。捶撻，謂笞刑也。（下略）子敬所以言此者，既喜彦伯之入吏部，又以晉世尚書郎不免笞撻，慮其蒙受恥辱，殆難爲人也。日知録二八有『職官受杖』一條，略云：『撞郎之事，始自漢明，後代因之，有杖屬官之法。曹公性嚴，掾屬公事，往往加杖。魏略：「韓宣以當受杖，豫脱袴纏褌而縛。」晉書王濛傳：「爲司徒左西屬，濛以此職有譴則應受杖，固辭。詔爲停罰，猶不就。」南齊書陸澄傳：「郎官舊有坐杖，有名無實。澄在官，積前後罰，一日並受千杖。」南史蕭琛傳：「齊明帝用法嚴峻，尚書郎坐杖罰者，皆即科行。琛乃密啓曰：『郎有杖起自後漢，爾時郎官位卑，親主文案，與令史不異，故郎三十五人，令史二十人，士人多恥爲此職。自魏晉以來，郎官稍重。今方參用高華，吏部又近於通貴。不應官高昔品，而罰遵曩科。所以從來彈舉，止是空文。許以推遷，或逢赦恩，或入春令，便得停息。乞特賜輪贖，使與令史有異，以彰優緩之澤。』帝納之。」自是應受罰者，依舊不行。』顧氏所引，雖無晉世吏部郎受杖之明文，然御覽六五〇引王隱晉書曰：『武帝以山濤爲司徒，頻讓，不許。出而徑歸家。左丞白褒又奏濤違詔，杖褒五十。』又引傅集曰：『咸爲左丞，楊濟與咸書曰：「昨遣人相視，受罰云大重，以爲恒然，相念杖痕不耐風寒，宜深慎護，不可輕也。」咸答：「違距上命，稽停詔罰，退思此罪，在於不測。才加罰黜，退用戰悸。何復以杖重爲劇？」』（下略）子敬之意謂彥伯知此職不免捶撻，當即進表辭讓，或可得詔停罰，如王濛故事。故曰：『冀小卻，當復差耳。』廣雅釋言：『卻，退也。』方言三：『差，愈也。南楚病愈者謂之差也。』此條因言彥伯有興往之氣，故入品藻。」按，余箋詳備正確，徐箋、楊箋皆襲之。然「殊足頓興往之氣」句余箋無注。徐箋：「興往，猶邁往。頓，摧挫也。」徐箋近是。頓，左傳襄公四年：「甲兵不頓四也。」杜預注：「頓，壞也。」孔穎達正義：「頓，謂挫傷折壞。今俗語云委頓是也。」國語周語上：「其無及廢先王之訓而王幾頓乎？」韋昭注：「頓，敗也。」王充論衡幸偶：「魯城門久朽欲頓，孔子過之，趨而疾行。」彥伯既入爲吏部郎，或因小過受杖罰，致摧挫其邁往之氣。「故知捶撻自難爲人」，此乃子敬對作吏部郎之感慨也。「冀小卻當復差耳」，謂願稍後杖痕當痊癒耳。王世懋云：「足窺子敬狹中。」而朱注從之，皆不得其解。

八〇　王子猷、子敬兄弟共賞高士傳及贊，子敬賞井丹高潔。子猷云：「未若長卿慢世。」〔一〕嵇康高士傳曰：「丹字大春，扶風郿人。博學高論，京師爲之語曰：『五經紛綸井大春，未嘗書刺謁一人。』北宮五王更請莫能致，〔二〕新陽侯陰就使人要之，不得已而行。侯設麥飯葱菜以觀其意。丹推卻曰：〔三〕『以君侯能供美膳，故來相過，何謂如此！』乃出盛饌，侯起，左右進輦。丹笑曰：『聞桀、紂駕人車，此所謂人車者邪？』侯即去輦。〔四〕越騎梁松貴震朝廷，請交丹。丹不肯見。後丹得時疾，松自將醫視之。病瘉久之，松失大男磊，丹一往吊之。時賓客滿廷，丹裘褐不完，入門，坐者皆悚望其顏色。丹四向長揖，〔五〕前與松語。客主禮畢後，長揖徑坐，莫得與語。不肯爲吏，徑出，後遂隱遁。其贊曰：『井丹高潔，不慕榮貴。抗節五王，不交非類。顯譏輦車，左右失氣。披褐長揖，義陵羣萃。』」「司馬相如者，蜀郡成都人，字長卿。〔六〕初爲郎，事景帝。梁孝王來朝，從遊説士鄒陽等，相如説之，因病免遊梁。後過臨卭，富人卓王孫女文君新寡，好音，相如以琴心挑之。文君奔之，俱歸成都。後居貧，〔七〕至臨卭買酒舍，文君當壚，相如著犢鼻幝，滌器市中。爲人口吃，善屬文。仕宦不慕高爵，〔八〕常託疾，不與公卿大事。終於家。其贊曰：『長卿慢世，越禮自放。犢鼻居市，不恥其狀。託疾避官，〔九〕蔑此卿相。乃賦大人，超然莫尚。』」

【校釋】

〔一〕「子敬賞井丹」三句　余箋：「二王生平，皆可於此見之。子敬賞井丹之高潔，故其爲人峻整，不交非類（忿狷篇）。子猷愛長卿之慢世，故任誕不羈。中興書言其欲爲傲達，放肆聲色頗過度。時人欽其才，穢其行（見任誕篇）。豈非慢世之效歟？」

〔二〕北宮五王　世説音釋：「後漢書曰：『光武子沛王等王居北宮，時稱北宮五王。』」

〔三〕推卻　卻，宋本作「子」。王利器校：「蔣校本『子』作『去』，餘本作『卻』；宋本誤。」

〔四〕去輦　去，宋本作「未」。王利器校：「各本『未』作『去』，是。」

〔五〕四向長揖　王先謙校：「按『四向』無解，當作『西向』。」劉盼遂云：「按四向長揖，猶袁紹之横揖也（魏志袁紹傳注引獻帝春秋）。今吾鄉謂之撒網揖。」余箋：「『四向長揖』，今俗又謂之『羅圈揖』。」

〔六〕字長卿　字，宋本作「子」。王利器校：「各本『子』作『字』，是。」

〔七〕後居貧　居，宋本作「啓」，沈校本作「苦」。按，宋本「誤」，當作「居」。漢書七四丙吉傳：「臣年老居貧，死在旦暮。」後漢書二三竇章傳：「居貧蓬户蔬食。」

〔八〕仕宦　宦，宋本誤作「官」。

〔九〕託疾　疾，宋本作「來」。按作「疾」是。避官，唐批：「『避官』當作『避宦』，文選謝惠連詩注作『患』。」

八一 有人問袁侍中袁氏譜曰：「恪之字元祖，陳郡陽夏人。祖王孫，司徒從事中郎。父綸，臨汝令。恪之仕黄門侍郎，義熙初爲侍中。」曰：「殷仲堪何如韓康伯？」答曰：「理義所得，優劣乃復未辨。〔一〕然門庭蕭寂，居然有名士風流，殷不及韓。」〔二〕故殷作誄云：「荆門晝掩，閑庭晏然。」〔三〕

【校釋】

〔一〕優劣乃復未辨 仲堪、康伯皆爲談士。文學六〇曰：「殷仲堪精覈玄論，人謂莫不研究。」文學六二記羊孚「雅善理義，乃與仲堪道齊物」。仲堪精四本論，文學六〇謂仲堪乃歎曰：「使我解四本，談不翅爾。」晉書八四殷仲堪傳謂「其談理與韓康伯齊名」。韓伯「好學，善玄理」（見德行三八注引晉陽秋）。康伯舅殷浩稱韓伯「及其發言遣辭，往往有情致」（見賞譽九〇）。而韓伯注易與王弼易注更是前後媲美。故袁侍中以爲二人理義「優劣乃復未辨」。

〔二〕「然門庭」三句 談理之外，更須有「名士風流」。晉書三六衛玠傳載王導稱玠「風流名士」。晉書六四司馬元顯傳：「或以爲一時英傑，或謂爲風流名士。」可見「名士風流」爲魏晉人物審美之極致。

〔三〕「荆門」二句 王叔岷補正：「按陶淵明歸園田居之二：『白日掩荆扉。』癸卯歲十二月中作與從弟敬遠：『荆扉晝常閉。』『晏然』，安然也。莊子山木篇：『聖人晏然體逝而終矣。』」按，殷仲堪於晉安帝隆安三年（三九九）爲桓玄襲殺（見晉書一〇安帝紀），而孝標注引袁氏譜謂袁恪之義熙初爲侍中，則有人問殷仲堪與韓康伯之優劣及袁恪之所評，或爲仲堪身後之事。

八二　王子敬問謝公：「嘉賓何如道季？」答曰：「道季誠復鈔撮清悟，〔一〕嘉賓故自上。」謂超拔也。

【校釋】

〔一〕鈔撮　同「抄撮」，摘録要義也。杜預春秋經傳集解序孔穎達疏引劉向別録：「左丘明授曾申，申授吴起，起授其子期，期授楚人鐸椒，鐸椒作『抄撮』八卷，授虞卿，虞卿作『抄撮』九卷，授荀卿。」魏志曹爽傳「（桓）範當等皆伏誅」裴注引魚豢魏略：「範嘗抄撮漢書中諸雜事，自以意斟酌之，名曰世要論。」余箋：「此云『鈔撮清悟』，與續晉陽秋言王獻之于文義能撮其勝會同意。言庾龢之談名理，雖復采取羣言，得其清悟，然不如郗超之自然超拔也。」

八三　王珣疾，臨困，問王武岡曰：〔一〕中興書曰：「謐字雅遠，〔二〕丞相導孫，車騎劭子。有才器，襲爵武岡侯，位至司徒。」「世論以我家領軍比誰？」武岡曰：「世以比王北中郎。」〔三〕東亭轉卧向壁，歎曰：「人固不可以無年。」〔四〕領軍王洽，珣之父也，年二十六卒。〔五〕珣意以其父名德過坦之而無年，故致此論。

【校釋】

〔一〕王武岡　世説音釋云：「晉書曰：王導以討華軼功，封武岡侯，後封始興郡公。導子協，字敬祖，元帝撫軍參軍，早卒，無子，以弟劭子爲嗣。」

〔二〕雅遠　王利器校：「案本書附琅琊臨沂王氏譜，晉書王謐傳，『雅』都作『稚』，這裏錯了。北堂書鈔卷五七引晉中興書琅琊王録，亦誤作『雅』。」

〔三〕王北中郎　劉盼遂云：「按孝標指北中郎爲王坦之。坦之學詣績業，與安石齊名，洽非其比。借時人阿好，擬於不倫，珣亦宜欣然相領，不至有無年之歎。竊謂北中郎係指王舒。本傳：『褚裒薨，遂代裒鎮，除北中郎將。』考舒平生，庸庸無奇跡，正洽之媲，故時人得以相提並論。特人知王坦之爲北中郎者多，知舒之爲北中郎者少，故孝標有此失耳。又南朝矜尚伐閲，擬人往往取其支屬之中。此處不應獨以太原王比琅琊也。」余箋：「劉説固亦有理，但舒即謐之叔祖。使謐所指爲舒，則第稱爲北中郎可矣，似不必加王字。孝標之注，恐不可易。姑存其說，以俟再考。」按，王舒以咸和八年（三三三）卒，王珣於隆安四年（四〇〇）卒。珣、謐談論「我家領軍比誰」時，距王舒之死將近七十年，世人對王舒行事恐多已茫然。以事理推之，此「王北中郎」似指王坦之較可能。又劉氏以爲「不應獨以太原王比琅琊」。然本篇四七王脩齡問王長史：「我家臨川，何如卿家宛陵？」正以我家琅琊王擬卿家太原王。故孝標之注誠不可易也。

〔四〕人固不可以無年　劉應登云：「珣謂其父本勝坦之，以年二十六而卒，故德業不彰，僅得比於坦之也。故歎之。」王世懋云：「亦自尊其父耳，王中郎詎可使勝？」按，晉人鑒裁人物，年壽亦爲以資評判之因素。晉書五八周訪傳：「初，訪少時遇善相者廬江陳訓，謂訪與陶侃曰：『二君皆位至方嶽，功名略同，但陶得上壽，周得下壽，優劣更由年耳。』訪小侃一歲，太興三年卒，時年六十一。」王珣言「人固不可以無年」，意即「優劣更由年耳」。

〔五〕年二十六卒　晉書六五王洽傳言王洽以升平二年（三五八）卒於官，年三十六。

八四　王孝伯道謝公濃至。〔一〕又曰：「長史虛，劉尹秀，謝公融。」〔二〕謂條暢也。

【校釋】

〔一〕濃至　濃極。濃，深也。班固車騎將軍竇北征頌：「弘濃恩，降温澤。」鮑照代陳思王京洛篇：「古來共歇薄，君意豈獨濃？」本篇八七劉太常答桓玄曰：「公高，太傅深。」「太傅深」者，意即太傅「濃至」也。

〔二〕虛　謙虛之「虛」。易咸：「君子以虛受人。」管子弟子職：「先生施教，弟子是則，温恭自虛，所受是極。」賞譽八七注引濛別傳曰「濛之交物，虛己納善」，可證「長史虛」，即虛己也。漢語大辭典釋此條「長史虛」之「虛」爲「道教語，指無欲無爲的思想境界」。疑非是。劉尹以「簡秀」稱（見本篇三〇），而謝安亦云「劉尹秀」（見本篇七六）。融，暢通，通達，寬容。文選何晏景福殿賦：「雲行雨施，品物咸融。」李善注：「融，通也。」李周翰注：「言天子惠化於人，如雲雨霑萬物，皆以通及之也。」孝標釋「融」爲「條暢」。條暢，亦爲魏晉人物審美範疇之一。吴志二〇評曰：「樓玄清白節操，才理條暢。」德行三四注引文字志：「（謝）安弘粹通遠，温雅融暢。」晉書本傳稱安「神識沉敏，風宇條暢」。

八五　王孝伯問謝公：「林公何如右軍？」謝曰：「右軍勝林公。林公在司州前，亦貴徹。」〔一〕不言若義之，而言勝胡之。

【校釋】

〔一〕「謝曰」數句　劉孟會云：「本書文學篇中多美林公，而品藻篇恒抑之，何也？」按，謝安對林公整體評價，實有品目林公之清言及人品兩者之區别。文學篇及本篇六七記郗超問太傅：「林公談何如嵇公？」謝云：「嵇公勤著腳，裁可得去耳。」乃美林公之清言也。本篇七〇謝安曰：「庾公自足没林公。」本篇七六謝安又以爲林公並不如王濛、劉惔，此又曰「右軍勝林公」，則評林公之人品也。林公在會稽談逍遥游，「標揭新理，才藻驚艷」，右軍「披襟解帶，流連不能已」（見高僧傳四支遁傳）。可知林公清言，勝右軍不知幾許。由此知謝公稱「右軍勝林公」，絶非指清言，乃謂右軍人品勝林公也。故謝安僅贊許林公清談，而並不重其人品也。王坦之兄弟亦輕林公，以至坦之作沙門不得爲高士論。於此可略知品藻篇爲何恒抑林公之故。

八六　桓玄爲太傅，〔一〕大會，朝臣畢集。坐裁竟，問王楨之曰：「我何如卿第七叔？」〔二〕王氏譜曰：「楨之字公榦，琅邪人，徽之子。歷侍中、大司馬長史。」第七叔，獻之也。于時賓客爲之咽氣。〔三〕王徐徐答曰：「亡叔是一時之標，公是千載之英。」一坐懽然。〔四〕

【校釋】

〔一〕太傅　程炎震云：「桓玄不爲『太傅』，當是『太尉』之誤，事在元興元年。晉書楨之傳作

『太尉』。」按，程説是。晉書九九桓玄傳言玄篡晉，自署太尉。

〔二〕第七叔　第，宋本、沈校本並作「弟」。按，「弟」、「第」通。

〔三〕咽氣　晉書八〇王楨之傳作「氣咽」。按，氣咽，氣塞不能言。作「氣咽」勝。

〔四〕「王徐徐」數句　標，表率，代表。文心雕龍頌贊：「陳思所綴，以皇子爲標；陸機積篇，惟功臣最顯。」凌濛初云：「直是怕他。」桓玄此時志得意滿，爲所欲爲，羣臣懼而不敢言。楨之稱之「千載之英」，與桓玄篡位後御牀微陷，殷仲文諂媚道：「當由聖德淵重，厚地所以不能載」（見言語一〇六）正復相似。一則曰「時人善之」，一則曰「一坐歡然」，皆作媚態，可歎竟無剛勇之士。

八七　桓玄問劉太常曰：〔一〕「我何如謝太傅？」劉瑾集敍曰：「瑾字仲璋，南陽人。祖遐，父暢。暢娶王羲之女，生瑾。瑾有才力，歷尚書、太常卿。」劉答曰：「公高，太傅深。」〔二〕又曰：「何如賢舅子敬？」〔三〕答曰：「樝梨橘柚，各有其美。」〔四〕莊子曰：「樝梨橘柚，其味相反，皆可於口也。」

【校釋】

〔一〕劉太常　程炎震云：「晉書九九玄傳：『玄爲相國，楚王以平西長史劉瑾爲尚書。』」余箋：「隋志有晉太常卿劉瑾集九卷。」按，宋書一六禮志三記義熙二年太常劉瑾等議禮。據此，疑劉瑾爲太常在桓玄敗後，非玄授瑾太常也。

〔二〕深　謂深沉弘遠。德行三四注引文字志：「（謝）安弘粹通遠。」「弘」者，氣度深沈遠大也；「粹」者，精深也；「通遠」者，通達而有遠意也。劉瑾以「深」概括謝安氣度，能得其大略。

〔三〕何如賢舅子敬　桓玄爲何自比子敬？余箋以爲玄因最得意在書法，引法書要録、王僧虔論書、庾龢論書表、庾肩吾書品等論桓玄書藝，後云：「綜各書之言觀之，玄賞鑒之精既如彼，毫素之工又如此。畢生景仰，惟在二王。結習既深，故屢以獻之自比。其不上擬右軍者，以永和勝流，淪喪都盡，無可發問故也。」

〔四〕「楂梨」二句　凌濛初云：「最好答法。」按，劉瑾亦懾于桓玄淫威，無奈含混其詞，豈是「最好答法」？

八八　舊以桓謙比殷仲文。中興書曰：「謙字敬祖，沖第三子，〔一〕尚書僕射，中軍將軍。」晉安帝紀曰：「仲文有器貌才思。」桓玄時，仲文入，桓於庭中望見之，謂同坐曰：「我家中軍那得及此也！」〔二〕

【校釋】

〔一〕第三子　三，楊箋作「二」，並云：「今按：晉書桓沖傳：『沖七子：嗣、謙、修、崇、弘、羨、怡。』」按，楊箋是。

〔二〕中軍　指桓謙。桓玄讚賞殷仲文，以爲桓謙不及也。桓玄賞仲文，蓋有因焉：晉書九九殷仲文傳言仲文少有才藻，美容貌。而桓玄文義高明，純然名士風度，自然欣賞仲文器貌才思。此其一。仲文與玄雖爲姻親，但先前素不交密。玄平定京師後，仲文棄郡投靠，玄甚悦之。殷仲文傳言「時王謐見禮而不親，卞範之被親而少禮，而寵遇隆重，兼于王、卞矣」。此其二。桓謙雖爲從弟，「玄甚倚仗之，而内不能善也」（晉書七四桓謙傳）。此其三。

規箴第十

一　漢武帝乳母嘗於外犯事，帝欲申憲，〔一〕乳母求救東方朔。〔二〕漢書曰：「朔字曼倩，平原厭次人。」朔別傳曰：「朔南陽步廣里人。」列仙傳曰：「朔是楚人，武帝時上書說便宜，〔三〕拜郎中。宣帝初，棄官而去，共謂歲星也。」〔四〕朔曰：「此非脣舌所爭，爾必望濟者，將去時但當屢顧帝，慎勿言，此或可萬一冀耳。」乳母既至，朔亦侍側，因謂曰：「汝癡耳！帝豈復憶汝乳哺時恩邪！」帝雖才雄心忍，〔五〕亦深有情戀，乃悽然愍之，即敕免罪。史記滑稽傳曰：「漢武帝少時，東武侯母嘗養帝，〔六〕後號大乳母。其子孫從奴橫暴長安中，當道奪人衣物，有司請徙乳母於邊。奏可。乳母入辭帝，所幸倡郭舍人發言陳辭，雖不合大道，然令人主和說。乳母乃先見，爲下泣。舍人曰：『即入辭，勿去，數還顧。』乳母如其言，舍人疾言罵之曰：『咄，老女子何不疾行！陛下已壯矣，寧尚須乳母活邪！尚何還顧邪？』於是人主憐之。詔止毋徙，罰請者。」

【校釋】

〔一〕申憲　徐箋：「申，伸也。憲，法也。申憲，謂致之於法。」

〔二〕「乳母」句　王世懋云：「本郭舍人事，附會東方朔以爲奇。」

〔三〕便宜　指利國合時之事。漢書四三婁敬傳：「敬脱輓輅，見齊人虞將軍曰：『臣願見上言便宜。』」劉勰文心雕龍奏啓：「鼂錯受書，還上便宜。後代便宜，多附封事，慎機密也。」

〔四〕歲星　郭憲東方朔傳言漢武帝暮年好仙術，與東方朔狎昵，從朔求不老之藥及吉雲、甘露等。朔嘗謂同舍郎曰：「天下知朔者唯大王公耳。」及朔卒，武帝召大王公問之，對以不知。問何能，對以善星曆。乃問諸星皆在否，曰：「諸星具在，獨不見歲星十八年，今復見耳。」帝仰天歎曰：「東方朔生在朕傍十八年，而不知是歲星哉！」

〔五〕心忍　殘忍之心。忍，同「忍人」之「忍」。

〔六〕東武侯　司馬貞史記索隱：「東武，縣名。侯，乳母姓。」張守節史記正義：「高祖功臣表云東武侯郭家，高祖六年封。子他，孝景六年棄市，國除，蓋他母常養武帝。」以上二説不同。

二　京房與漢元帝共論，因問帝：「幽、厲之君何以亡？所任何人？」答曰：「其任人不忠。」房曰：「知不忠而任之何邪？」曰：「亡國之君各賢其臣，豈知不忠而任之？」房稽首曰：「將恐今之視古，亦猶後之視今也。」漢書曰：〔一〕「京房字君明，東郡頓丘人。尤好鍾律，知音聲，以孝廉爲郎。是時中書令石顯專權，及友人五鹿充宗爲尚書令，與房同經，〔二〕論議相是非，〔三〕而此二人用事。房嘗宴見，問上曰：『幽、厲之君何以亡？所任何人？」上曰：「君亦不明，而臣巧佞。」房曰：「知其巧佞而任之邪？將以爲賢邪？」上曰：「賢之。」房曰：「然則今何以知其不賢？」上曰：「以其時亂而君危知之。」房曰：「是任賢而理，任不肖而亂，自然之道也。幽、厲何不覺悟而蚤納賢？何爲卒任不肖以至亡於是？」〔四〕上曰：「亂亡之君，各賢其臣，令皆覺悟，安得亂亡之君？」房曰：「齊桓、二世何不以幽、厲疑之？」〔五〕而任豎刀、趙高，政治日亂邪？」上曰：「唯有道者能以往知來耳。」房曰：「自陛下即位，盜賊不禁，刑人滿市」云云，問上曰：「今治也？亂也？」〔六〕上曰：「然愈於彼。」房曰：「前二君皆然，臣恐後之視今，猶今之視前也。」上曰：「今爲亂者誰？」房曰：「上所親與圖事帷幄中者。」房指謂石顯及充宗。顯等乃建言，宜試房以郡守，遂以房爲東郡。〔七〕顯發其私事，坐棄市。」〔八〕

【校釋】

〔一〕漢書曰　宋本無「曰」。

〔二〕及友人　漢書七五京房傳作「顯」，謂石顯。據漢書六七朱雲傳謂石顯與充宗爲黨，則作「顯」是。世説箋本：「充宗字君孟，與京房同治公羊春秋經。」按，漢書三〇藝文志：有孟氏京房十一篇，災異孟氏京房六十六篇，五鹿充宗略説三篇，京氏段嘉十二篇。則「同經」亦指同治災異方術。

〔三〕相是非　漢書七五京房傳無「是」字。按，漢書是，議論相非，謂議論相左。

〔四〕「何爲」句　余箋、徐箋、朱注皆於「亡」字斷句，「於是」二字屬下句。按，漢書七五京房傳作「曷爲卒任不肖以至於是」。故當於「於是」下斷句。

〔五〕疑之　宋本作「卜之」。漢書同。

〔六〕今治也亂也　徐箋：「『治也』，沈校本作『治邪』，漢書同。『亂也』，漢書作『亂邪』。也、邪古通。」

〔七〕東郡　東，沈校本作「魏」。漢書同。

〔八〕「顯發其」二句　漢書七五京房傳：及房出守郡，石顯告房與張博通謀，誹謗政治，歸惡天子，詿誤諸侯。房、博皆棄市。

三　陳元方遭父喪，哭泣哀慟，軀體骨立。其母愍之，竊以錦被蒙上。郭林宗吊而見之，謂曰：「卿海内之儁才，四方是則，如何當喪，錦被蒙上？孔子曰：『衣夫錦也，食夫稻也，於汝安乎？』〔一〕論語曰：「宰我問：『三年之喪，朞已久矣。』子曰：『食夫稻，衣夫錦，於汝安乎？』夫君子居喪，食旨不甘，聞樂不樂，居處不安，故不爲也。今汝安，則爲之。』」吾不取也。」〔二〕奮衣而去。自後賓客絶百所日。〔三〕所，一作「許」。

【校釋】

〔一〕「衣夫錦也」數句　論語集解義疏九皇侃疏：「孔子又爲宰我説三年内不可安於食稻衣錦

也。言夫君子之人，居親喪者，心如斬截，故無食美衣錦之理。假令食於美食亦不覺以爲甘，聞於韶樂亦不爲雅，樂設居處，華麗亦非身所安，故聖人依人情而制苴麤之禮，不設美樂之具。故云不爲也。今汝安則爲之者。陳舊事既竟，又更語之也。昔君子之所不爲，今汝若以一期猶此爲安，則自爲之。再言之者，責之深也。」

〔二〕吾不取也　程炎震云：「林宗之没，乃先於太丘二十餘年。范書、蔡集皆明著之，此之誣謗，可謂巨謬。」按，據蔡邕陳太丘碑，太丘于中平三年（一八六）卒。後漢書六八郭泰傳注引謝承書，謂泰以建寧二年（一六九）卒。則林宗之死先於太丘十七年，此條所記誠爲巨謬。然此事固謬，仍不失其文化意義，由此可見當時居喪之禮雖峻但已呈鬆馳之勢。葛洪抱朴子外篇譏惑曰：「又聞貴人在大哀，或有疾病服石散，以數食宣藥勢，以飲酒爲性命。疾患危篤，不堪風冷，幃帳茵褥，任其所安。於是凡瑣小人之有財力者，了不居於喪位，常在别房，高牀重褥，美食大飲，或與密客引滿投空，至於沉醉。曰：『此京洛之遺法也。』」居喪而「錦被蒙上」，抑「京洛遺法」之先導歟？

〔三〕「自後」句　劉應登云：「居喪而戚過，理之常也。母若憫之，勉其少釋而已。私以錦被蒙之，何益之有？元方知之，自應撤去，何待他人之責？愚人且不如此，況陳乎？」凌濛初云：「無意中受謗，莫可自解，古來同恨。」

四　孫休好射雉，至其時，則晨去夕反，〔一〕羣臣莫不止諫：〔二〕「此爲小物，何足甚躭。」休曰：〔三〕「雖爲小物，耿介過人，朕所以好之。」〔四〕環濟吴紀曰：「休字子烈，吴大帝第六子。〔五〕初封琅邪王，夢乘龍上天，顧不見尾。孫琳廢少主，〔六〕迎休立之。鋭意典籍，欲畢覽百家之事。頗好射雉，至春，晨出莫反，唯此時舍書。崩，謚景皇帝。」條列吴事曰：「休在位烝烝，〔七〕無有遺事，唯射雉可譏。」〔八〕

【校釋】

〔一〕則晨去　唐寫本無「則」字。

〔二〕止　唐寫本作「上」。諫，唐寫本下有「曰」字。

〔三〕休曰　休下唐寫本有「答」字。

〔四〕「雖爲小物」數句　禮記曲禮下：「大夫雁，士雉。」孔疏：「士雉者，雉取性耿介，唯敵是赴。士始升朝，宜爲赴敵。故用雉也。」孫休之言意出禮記。自漢魏以至南朝，射雉乃一習俗。文選潘岳射雉賦李善注：「射雉賦序曰：『余徙家於琅琊，其俗實善射。聊以講肄之餘暇，而習媒翳之事，遂樂而賦之也。』」吕延濟注：「岳既徙琅琊，其俗善射雉，因賦之。終以自戒也。媒者，少養雉子，長而狎人，能招引野雉。翳者，所以隱射也。」徐爰注：「晉邦過江，斯藝乃廢。歷代迄今，寡能厥事。嘗覽兹賦，昧而莫曉。聊記所聞，以備遺忘。」

由此可知，琅琊射雉乃成習俗，而且馴養媒雉，以招引野雉。射雉其實是一種帶有技藝性之狩獵活動。不惟孫休好射雉，曹操父子亦然。魏書曰：「太祖才力絶人，於南皮一日射雉獲六十三頭。」魏志曰：「侍中辛毗從文帝射雉，帝曰：『樂哉！』毗曰：『於陛下甚樂，於羣臣甚苦。』帝默然，爲之希出。」又江表傳曰：「孫權數射雉，潘濬諫權」云云。由潘岳射雉賦、傅玄雉賦（藝文類聚九〇），皆可見當時射雉之風盛行。徐爰謂晉室南渡後「媒翳」之藝乃廢，此説並無依據。宋書七二始安王休仁傳：「吾春中多期射雉，每休仁清閑，多往雉場中。」南齊書七東昏侯紀：「置射雉場二百九十六處。翳中帷帳及步障皆袷以緑紅錦，金銀鏤弩牙，瑇瑁帖箭。」由此可證射雉至南朝仍盛行不衰；且東昏侯射雉場「翳中」藏弓弩，蓋用以「隱射」也，可見「媒翳」之藝至南齊猶不廢。

〔五〕吴大帝　唐寫本作「齊太皇」。第六子，唐寫本下有「也」字。按，作「齊太皇」誤。

〔六〕孫琳　琳，唐寫本作「綝」。按作「綝」是。吴志孫休傳記綝廢孫亮，迎孫休立爲帝。

〔七〕烝烝　唐寫本作「蒸蒸」。上升貌，興盛貌。同「蒸蒸」。爾雅釋訓：「烝烝，遂遂，作也。」郭璞注：「皆物盛興作之貌。」

〔八〕「無有」二句　唐寫本作「無有違事，頗以射雉爲可譏云爾」。余箋：「按吴志潘濬傳注引江表傳曰：『權數射雉，濬諫權。權曰：「相與别後，時時暫出耳，不復如往日之時也。」濬出，見雉翳故在，手自撤壞之。權由是自絶，不復射雉。』今讀世説及吴紀，知權父子皆有此好。但權聞義能徙，而休飾辭拒諫，以故貽譏當世。」

五　孫皓問丞相陸凱曰：「卿一宗在朝有幾人？」〔一〕陸曰：「二相五侯將軍十餘人。」〔二〕皓曰：「盛哉！」陸曰：「君賢臣忠，國之盛也；父慈子孝，家之盛也。今政荒民弊，覆亡是懼，臣何敢言盛。」〔三〕吳録曰：「凱字敬風，吳人，〔四〕丞相遜族子。〔五〕忠鯁有大節，篤志好學。初爲建忠校尉，雖有軍事，手不釋卷。〔六〕累遷左丞相。時後主暴虐，凱正直彊諫，以其宗族彊盛，不敢加誅也。」〔七〕

【校釋】

〔一〕「孫皓問」二句　幾人，唐寫本作「人幾」。丞相陸凱，吳志陸凱傳：「寶鼎元年，遷左丞相。」孫皓問陸凱，亦當在此年。

〔二〕陸曰　唐寫本作「陸答曰」。

〔三〕「皓曰盛哉」數句　吳志孫皓（晧）傳：「晧（皓）既得志，麤暴驕盈，多忌諱，好酒色，大小失望。」王世懋云：「忠臣之言。」按，孫皓之問，忌憚陸氏之盛，意在言外；陸凱之答，等同諫言，忠誠内發。

〔四〕吳人　唐寫本上有「吳郡」二字。吳志陸凱傳同。

〔五〕族子　唐寫本下有「也」字。吴志陸凱傳同。

〔六〕釋卷　卷，唐寫本作「書」。吴志陸凱傳同。

〔七〕不敢加誅也　「不」上沈校本有「故」字。唐寫本無「也」字。吴志陸凱傳：「初晧常銜凱數犯顔忤旨，加何定譖構非一，既以重臣，難繩以法，又陸抗時爲大將軍在疆埸，故以計容忍。抗卒後竟徙凱家于建安。」

六　何晏、鄧颺令管輅作卦云：「不知位至三公不？」〔一〕卦成，輅稱引古義，深以戒之。〔二〕颺曰：「此老生之常談。」輅别傳曰：〔三〕「輅字公明，平原人也。〔四〕明周易，聲發徐州。冀州刺史裴徽舉秀才，謂曰：『何、鄧二尚書有經國才略，〔五〕於物理無不精也。〔六〕何尚書神明清徹，殆破秋豪，君當慎之。自言不解易中九事，必當相問。比至洛，宜善精其理。』輅曰：『若九事皆至義，〔七〕不足勞思。若陰陽者，精之久矣。』輅至洛陽，果爲何尚書問九事，皆明。何曰：『君論陰陽，此世無雙也。』時鄧尚書在，曰：『此君善易，而語初不論易中辭義，何邪？』輅答曰：『夫善易者不論易也。』何尚書含笑贊之曰：『可謂要言不煩也。』因謂輅曰：『聞君非徒善論易，至於分蓍思爻，亦爲神妙。試爲作一卦，知位當至三公不？又頃夢青蠅數十，〔八〕來鼻頭上，驅之不去，有何意故？』〔九〕輅曰：『鴟鴞，〔一〇〕天下賤鳥也，〔一一〕及其在林食桑椹，〔一二〕則懷我好音。況輅心過草木，注情葵藿，敢不盡忠！唯察之爾。昔元、凱之相重華，宣慈惠和，〔一三〕仁義之至也。周公之翼成王，坐以待旦，敬慎之至也。故能流光六合，萬國咸寧，然後據鼎足而登金鉉，調陰陽而濟兆民。此履道之休應，非卜筮之所明也。今君侯位重山岳，〔一四〕勢若雷霆，望雲赴景，萬里馳風，而懷德者少，畏威者衆，殆非小心翼翼多福之士。又鼻者，艮也，此天中之山，高而不危，所以長守貴也。今青蠅臭惡之物，而集之焉。位峻者顛，輕豪者亡，必至之分也。夫變化雖相生，極則有害；虚滿雖相受，溢則有竭。聖人見陰陽之性，明存亡之理，損益以爲衰，抑進以爲退。是故山在地中曰謙，雷在天上曰大壯。謙則裒多益寡，大壯則非禮不履。〔一五〕伏願君侯上尋文王六爻之旨，下思尼父彖象之義，則三公可決，青蠅可驅。』鄧曰：『此老生之常談。』輅曰：『夫老生者見不生，常談者見不談也。』」〔一六〕晏曰：「知幾其神乎，古人以爲難；〔一七〕交疏吐誠，今人以爲難。〔一八〕今君一面，盡二難之道，可謂『明德惟馨』。〔一九〕詩不云乎：『中心藏之，何日忘之！』」〔二〇〕名士傳曰：「是時曹爽輔政，識者慮有危機。晏有重名，與魏姻戚，内雖懷憂，而無復退也。著五言詩以言志，曰：『鴻鵠比翼遊，羣飛戲太清。常畏大網羅，〔二一〕憂禍一旦并。豈若集五湖，從流唼浮萍。〔二二〕永寧曠中懷，〔二三〕何爲怵惕驚。』蓋因輅言，懼而賦詩。」

【校釋】

〔一〕作卦云　唐寫本無「云」字。三公否，否，唐寫本作「不」。按，魏志管輅傳：「正始九年舉秀才。十二月二十八日，吏部尚書何晏請之，鄧颺在晏許。晏謂輅曰：『聞君著爻神妙，試爲作一卦，知位當至三公不？』」據此，何晏、鄧颺令輅作卦時在正始九年（二四八）末。

〔一二〕戒之　戒，唐寫本作「誡」。按，作「誡」是。

〔一三〕注引輅別傳與唐寫本不同之處甚多，今先迻録唐寫本，後再對校宋本、沈校本。輅別傳曰：輅字公明，平原原人。八歲便好仰觀星辰，得人輒問。及成人，果明周易，仰觀風角占相之道，聲發徐州，號曰「神童」。冀州刺史裴徽召補文學，一見清論終日，再見轉爲部鉅鹿從事，三見轉爲侍中，四見轉爲別駕。至十月，舉爲秀才。臨辭，徽謂曰：「何、鄧二尚書有經國才幹，於物理不精也。何尚書神明清徹，殆破秋豪，君當慎之。自言不解易中九，必當相問。比至洛，宜善精其理也。」輅曰：「若九事皆王義者，不足勞思也。若陰陽者，精之久矣。」輅至洛，果爲何尚書所請，共論易九事，九事皆明。何曰：「君論陰陽，此世無雙也。」時鄧尚書在坐曰：「此君善易，而語初不及易中辭義，何邪？」輅尋聲答曰：「夫善易者不論易。」何尚書含笑贊之曰：「可謂要言不煩也。」因謂輅曰：「聞君非徒善論易而已，至於分蓍思爻，亦爲神妙。試爲作一卦，知位當至三公不？又頃連青蠅數十頭來鼻上，驅之不去，有何意故？」輅曰：「鴟鴞，天下賊鳥，及其在林食桑椹，則懷我好音。況輅心過草木，注情葵藿，敢不盡忠！唯之耳。昔元、凱之相重華，惠和仁義之至也。周公之翼成王，坐而待旦，敬慎之至也。故能流光六合，万國咸寧，然後據鼎足而登金，調陰陽而濟兆民。此履道之休應，非卜筮之所明也。今君侯位重山岳，勢若雷電，望雲赴景，万里馳風，而懷德者少，畏威者衆，殆非小心翼翼，多福之士。又鼻者艮，此天中之山，高而不危，所以長守貴也。今青蠅臭惡之物，集而之焉。位峻者顛，輕豪者亡，必至之分也。夫變化雖相生，極則有害；虚滿雖相受，溢則有竭。聖人見陰陽之性，明存亡之理，損益以爲衰，抑進以退。是故山在地中曰謙，雷在天上曰大壯。謙則裒多益寡，壯則非礼不履。仲伏願君侯，上尋文王六爻之旨，下思尼父彖、象之義，則三公可決，青蠅可驅。」鄧曰：「此老生之常談。」輅曰：「夫老生者見不生，常談者見不談也。」

〔四〕平原　唐寫本衍一「原」字。

〔五〕何鄧二尚書　徐箋：「魏志本傳注引作『丁、鄧二尚書』，是。丁指丁謐。」按，魏志管輅傳謂「吏部尚書何晏請之，鄧颺在晏許。」注引輅別傳曰：「舅夏大夫問輅：『前見何、鄧之日，爲已有兇氣未也？』」管輅傳及注引輅別傳皆謂何晏、鄧颺。而此條注引輅別傳，言「何、鄧二尚書有經國才略」後，即敍輅至洛陽，與何、鄧二人論易，前後文義皆相合。故作「何、鄧二尚書」是。

〔六〕於物理無不精也　宋本無「無」字。王利器校：「唐寫本同，餘本『不』上都有『無』字，義較長。」按，裴徽前云「何、鄧二尚書有經國才略」，後云「何尚書神明清澈」，此即爲「於物理無不精也」。故當有「無」字。

〔七〕至義　劉盼遂云：「唐寫本『至義』作『王義』，是也。王謂王輔嗣也。輔嗣本荀、劉之義注易，盡袪陰陽飛伏之法，獨有千古。輔嗣以魏正始十年卒，公明以正始九年十月舉秀才入洛，是時輔嗣易注當早已傳寫，洛陽紙貴矣。公明于易特精陰陽，不崇玄論，故以王義爲不足勞思。若今本作『至義不足勞思』，既云『至義』，如之何不思？況輅所謂『至義』者，即陰陽邪。唐本一字之微，值等千金矣。」按，劉氏所言在理，可從。

〔八〕又頃夢青蠅　宋本、沈校本並無「頃」字。唐寫本作「又頃連青蠅」。按，「頃連」費解。下文乃管輅解夢之言，故作「頃夢青蠅」較勝。

〔九〕意故　緣故。假譎五孝標注：「有何意故而刺之以劍也？」後漢書三五曹褒傳：「褒在射聲營舍，有停棺不葬者百餘所，褒親自履行，問其意故。」

〔一〇〕鴟鴞　宋本無「鴞」字，沈校本無「鴟」字。

〔一一〕賤鳥　唐寫本作「賊鳥」。尚書注疏一八：「平民化之，無不相寇，賊爲鴟梟之義。」夏氏尚書詳解二五：「孔氏謂：羣行攻劫曰寇，殺人死曰賊，鴟梟貪殘之鳥，言盜賊狀如鴟梟，以抄掠於人。」據此，作「賊鳥」是。

〔一二〕食桑椹　食下宋本、沈校本有「其」字。

〔一三〕宣慈惠和　唐寫本無「宣慈」二字。按，「宣慈惠和」與下文「坐以待旦」相對，故當從各本。

〔一四〕位重山岳　山，宋本、沈校本並作「東」。

〔一五〕大壯　壯，宋本形誤爲「牡」。徐箋：「大，唐寫本無，是，魏志本傳同。易大壯：『君子以非禮弗履。』注：『壯而違禮則凶，凶則失壯也。』」

〔一六〕不談也　「也」下沈校本有「未幾，晏、颺皆伏誅」七字。鍾惺云：「公明實有一片深愛何、鄧處。鬼幽、鬼躁，愛之，非詆之也。公明嘗有言，見何、鄧二尚書，使人神思清發，蘇門之于叔夜亦然。」方苞云：「生且不能，何況於老；談亦難得，更無論常？」世説抄撮：「此承颺語而警之也，言唯老生者以能見不生之理，常談者以能見不談之理。常、長音通。」

〔一七〕「知幾」二句　周易繫辭下：「子曰：『知幾其神乎？君子上交不諂，下交不瀆，其知幾乎？幾者動之微，吉之先見者也。君子見幾而作，不俟終日。』」韓康伯注：「幾者，去無入有，理而未形，不可以名尋，不可以形覩者也。唯神也，不疾而速，感而遂通，故能朗然玄照，鑒於未形也。合抱之木，起於毫末；吉凶之彰，始於微兆，故爲吉之先見也。」魏志夏侯玄傳注引魏氏春秋曰：「初，夏侯玄、何晏等名盛于時，司馬景王亦與焉。晏嘗曰：『唯深也，故能通天下之志，夏侯泰初是也。唯幾也，故能成天下之務，司馬子元是也。唯神也，不疾而速，不行而至，吾聞其語，未見其人。』蓋欲以神況諸己也。」幾者，「不可以名尋，不可以形覩」，非神不能知幾。何晏評論夏侯玄、司馬師曰「深」、曰「幾」，雖欲以神況己，然稱「古人以爲難」者，亦可見其以爲神之難至也。魏志管輅傳注引輅别傳敘裴徽稱「何尚書神明清徹」云云，而輅言何「遊形之表，未入於神」，甚至稱鄧颺爲「鬼躁」，何晏爲「鬼幽」云。

〔一八〕交疏吐誠　謂交情淺而吐言誠。戰國策趙策四：「交淺而言深，是忠也。」按，此二語稱管輅與己交淺卻吐誠。

〔一九〕明德惟馨　尚書君陳：「我聞曰：至治馨香，感於神明。黍稷非馨，明德惟馨。」孔氏傳：「所聞上古聖賢之言，政治之至者，芬芳馨氣動於神明，所謂芬芳非黍稷之氣，乃明德之馨。勵之以德也。」

〔二〇〕「中心」二句　詩小雅隰桑語，何晏以此表示不忘管輅之告誡。

〔二一〕大網羅　沈校本作「大羅網」。唐寫本作「天網羅」。王叔岷補正：「案鍾嶸詩品卷中評何晏詩：『平叔鴻鵠之篇，風規見矣。』即此注所稱晏之言志詩也。『常畏大網羅』，楊校箋本從唐寫殘卷『大』作『天』。天、大於義並拙，恐是『失』之壞字。『失』猶墜也，廣雅釋詁二：『墜，失也。』」按，作「大網羅」於義亦通，作「失羅網」非是，而以唐寫本作「天網羅」最佳。曹植與楊德祖書：「吾王於是設天網以該之，頓八紘以掩之，今悉集茲國矣。」曹植文帝誄：「欲高飛而遥憩兮，憚天網之遠經。」陸機行吟：「舒遠懷以弭節，褰世羅於天網。」陶淵明扇上畫贊：「孟嘗遊學，天網時疏。」高鳥憂懼爲天網所羅，乃文學作品中最生動、最常見之意象。王氏補正作「失網羅」，殊不足取。

〔二二〕唼浮萍　宋本作「妾浮澁」。王利器校：「唐寫本『妾』作『唼』，各本作『唼』，宋本作『妾』誤。唐寫本『澁』作『荓』，各本作『萍』。宋本作『澁』，失韻，非是。」

〔三〕永寧　王利器校：「蔣校本、沈校本『寧』作『言』，義較長。」

七　晉武帝既不悟太子之愚，必有傳後意，諸名臣亦多獻直言。〔一〕帝嘗在陵雲臺上坐，〔二〕衛瓘在側，欲申其懷，〔三〕因如醉跪帝前，以手撫牀曰：「此坐可惜。」帝雖悟，因笑曰：「公醉邪？」晉陽秋曰：「初，惠帝之爲太子，咸謂不能親政事，〔四〕衛瓘每欲陳啓廢之，而未敢也。後因會醉，遂跪牀前曰：〔五〕『臣欲有所啓。』帝曰：『公所欲言者何邪？』〔六〕瓘欲言而復止者三，〔七〕因以手撫牀曰：『此坐可惜。』帝意乃悟。〔八〕因謬曰：『公真大醉也。』〔九〕帝後悉召東宮官屬大會，令左右齎尚書處事以示太子，〔一〇〕令處決，〔一一〕太子不知所對。賈妃以問外人，〔一二〕代太子對，〔一三〕多引古詞義。〔一四〕給使張弘曰：『太子不學，陛下所知，宜以見事斷，〔一五〕不宜引書也。』妃從之。弘具草奏，〔一六〕令太子書呈，〔一七〕帝大説，〔一八〕以示瓘。於是賈充語妃曰：〔一九〕『衛瓘老奴，幾敗汝家。』〔二〇〕妃由是怨瓘，後遂誅之。」

【校釋】

〔一〕「晉武帝」數句　晉書三武帝紀：「爰至末年，知惠帝弗克負荷，然恃皇孫聰睿，故無廢立之心。」晉書三六衛瓘傳：「惠帝之爲太子也，朝臣咸謂純質不能親政事。」當時名臣獻直言以爲不宜立惠帝者，衛瓘之外，尚有和嶠、張華、向雄、曹志等。方正九注引干寶晉紀曰：「侍中和嶠數言於上曰：『季世多僞，而太子尚信，非四海之主。憂太子不了陛下家事，願追思文、武之祚。』」晉書三六張華傳：「帝問華：『誰可托寄後事者？』對曰：『明德至親，莫如齊王攸。』既非上意所在，微爲忤旨，間言遂行。」晉書四八向雄傳：「齊王攸將之藩，雄諫曰：『陛下子弟雖多，然有名望者少。齊王卧在京邑，所益實深，不可不思。』」

〔二〕在陵雲臺　唐寫本無「在」字。

〔三〕欲申其懷　欲下唐寫本有「微」字。

〔四〕咸謂　咸上唐寫本有「羣臣百僚」四字，謂下有「太子」二字。

〔五〕遂跪　跪下唐寫本有「世祖」二字。

〔六〕所欲言者　唐寫本無「欲」字。

〔七〕瓘欲言而復止者三　唐寫本無「瓘」字，無「復」字。

〔八〕帝意　唐寫本無「帝」字。

〔九〕大醉也　也，唐寫本作「耶」。

〔一〇〕「令左右齎」句　齎，唐寫本作「賫」。處事，周一良云：「今言公文。」（馬譯世説新語商兑）

〔一一〕令處決　唐寫本無「令」字。

〔一二〕外人　唐寫本無「人」字。

〔一三〕代太子對　代上唐寫本有「或」字。

〔一四〕古詞義　唐寫本無「詞」字。

〔一五〕宜以　宜上唐寫本有「令」字。

〔一六〕弘具草奏　弘，唐寫本作「泓」，無「奏」字。

〔一七〕書呈　呈下唐寫本有「帝」字。

〔一八〕帝大説　帝下唐寫本有「讀」字。

〔一九〕語妃曰　唐寫本無「曰」字。

〔二〇〕幾敗　敗，唐寫本作「破」。

八　王夷甫婦，郭泰寧女，〔一〕晉諸公贊曰：「郭豫字太寧，太原人，仕至相國參軍，知名，早卒。」〔二〕才拙而性剛，〔三〕聚斂無厭，干豫人事。〔四〕夷甫患之而不能禁。時其鄉人幽州刺史李陽，京都大俠，晉百官名曰：「陽字景祖，高尚人，〔五〕武帝時爲幽州刺史。」語林曰：「陽性遊俠，〔六〕盛暑，一日詣數百家别，賓客與别，常填門，〔七〕遂死於几下。故懼之。」〔八〕猶漢之樓護，漢書遊俠傳曰：「護字君卿，齊人。學經傳，〔九〕甚得名譽，母死，送葬車三千兩。〔一〇〕仕至天水太守。」〔一一〕郭氏憚之。夷甫驟諫之，乃曰：「非但我言卿不可，李陽亦謂卿不可。」〔一二〕郭氏小爲之損。〔一三〕

【校釋】

〔一〕「王夷甫婦」二句　程炎震云：「魏志二六郭準傳注引晉諸公贊曰：『準弟配，配子豫，女適王衍。』」

〔二〕早卒　卒下唐寫本有「也」字。

〔三〕才拙　拙，唐寫本作「出」。按，作「拙」是。陶淵明與子儼等疏：「性剛才拙，與物多忤。」

〔四〕干豫　豫，唐寫本作「預」。

〔五〕景祖　祖，宋本作「相」。王利器校：「唐寫本及各本『相』都作『祖』，是。」高尚，唐寫本、沈校本、宋本並作「高平」。李慈銘云：「案晉無高尚縣，二字有誤。」程炎震云：「高尚人宋本作高平。李陽云鄉人，則當爲并州人。然并州無高尚縣，而高平國高平縣别屬兗州，恐皆有誤字。」李治敬齋古今注四：「衍傳又謂陽爲鄉人，或當爲琅邪臨沂人，其後温嶠軍食盡，貸於陶侃，侃難之，竟陵太守李陽説侃，侃乃分米五萬石以餉嶠軍者，即此李陽也。」按，魏志郭準傳謂準太原陽曲人，陽曲屬并州，既稱李陽爲「鄉人」，則李陽亦爲并州人。「鄉人」者，謂與夷甫婦爲同鄉，非指李陽與王衍爲同鄉，乃琅琊臨沂人。李治所疑非是。李陽之籍貫可由晉書一〇五載記石勒傳、御覽九九五引晉中興書、十六國春秋諸書考見。石勒傳下載：「勒令武鄉耆舊赴襄國。既至，勒親與鄉老齒坐歡飲，語及平生。初，勒與李陽鄰居，歲常爭麻池，迭相毆擊。至是，謂父老曰：『李陽，壯士也，何以不來？漚麻是布衣之恨，孤方崇信於天下，寧讐匹夫乎！』乃使召陽。」據此，石勒、李陽皆爲上黨郡武鄉人，與太原陽曲同屬并州。作「高尚人」、「高平人」皆誤。

〔六〕遊俠　唐寫本下有「爲幽州」三字。

〔七〕「賓客與別」二句　世説箋本：「淵鑒類函『遊俠』條引裴啓語林曰：『晉李陽大俠，士庶無不傾心。爲幽州刺史，當之職，盛暑一日詣數百家別，賓客常填門。』」

〔八〕遂死於　唐寫本無「於」字，亦無「故懼之」三字。

〔九〕經傳　唐寫本作「淵博」。按，漢書九二游俠傳作「經傳」，是。

〔一〇〕送葬車三千兩　唐寫本作「送葬者二三千兩」。

〔一一〕太守　守，宋本誤作「寺」。

〔一二〕亦謂卿不可　唐寫本無「卿」字。

〔一三〕小爲之損　唐寫本作「爲之小損」。損，降抑，克制。凌濛初云：「爲畏内者開門户。」王乾開云：「可謂計無所之。」余箋：「晉書王衍傳：『衍妻郭氏，賈后之親，藉中宫之勢，剛愎貪戾。』嘉錫案：魏志郭淮傳注引晉諸公贊曰：『淮弟配，字仲南，裴秀、賈充皆配女婿。子豫，字泰寧，女配王衍。』然則衍婦之與賈后，中表女兄弟也。倚仗其權勢，是以衍患之，而不能禁。此事本出郭子，乃郭澄之所著。晉書文苑傳稱澄之太原陽曲人。蓋即淮、配之後，故能知夷甫家門之事矣。」

九　王夷甫雅尚玄遠，常嫉其婦貪濁，〔一〕口未嘗言「錢」字。〔二〕晉陽秋曰：「夷甫善施舍，父時有假貸者，皆與焚券，〔三〕未嘗謀貨利之事。」王隱晉書曰：「夷甫求富貴得富貴，資財山積，用不能消，安須問錢乎？而世以不問爲高，〔四〕不亦惑乎？」〔五〕婦欲試之，令婢以錢遶牀，不得行。夷甫晨起，見錢閡行，〔六〕呼婢曰：「舉卻阿堵物。」〔七〕

【校釋】

〔一〕嫉　唐寫本作「疾」。按，嫉與「疾」通。晉書四三王衍傳言衍妻「聚斂無厭」、「性貪鄙」。

〔二〕言錢字　唐寫本無「字」字。

〔三〕皆與焚券　唐寫本作「皆與之」。焚券，指燒毀債券收買人心。戰國策齊策四：馮諼替孟嘗君往薛地收債，臨行前問：「責收畢，以何市而反？」孟嘗君曰：「視吾家所寡有者。」馮諼「驅而之薛，使召諸民當償者，悉來合券，券遍合，起，矯命以責賜百姓。因燒其券，民稱萬歲。」宋書八一顧覬之傳：顧綽私財甚豐，鄉里士庶多負其債。父覬之設謀，焚燒文券，並宣語遠近：「負三郎債，皆不須還。」

〔四〕不問　唐寫本作「問」。從上下文義看，作「不問」是。

〔五〕不亦惑乎　唐寫本作「亦惑哉」。

〔六〕閡　余箋：「廣雅釋言：『礙，閡也。』玉篇：『閡，止也。與礙同。』」按，閡謂阻礙，妨礙。

閡行，妨礙走路。張衡西京賦：「右有隴坻之隘，隔閡華戎。」陸機文賦：「恢萬里而無閡，通億載而爲津。」

〔七〕呼婢曰舉卻阿堵物　唐寫本作「令婢舉阿堵物」。劉應登云：「阿堵物，猶言這個物，非以名錢。」楊慎云：「『阿堵』，近世不解此，遂謂錢曰『阿堵』。可笑。晉人云阿堵，猶唐人曰『若個』，今人曰『這個』也。」王隱非議世以夷甫不問錢爲高，劉辰翁則云：「但意不在錢，言錢何害？」王世懋云：「人性不同，廉貪不系富貴。王隱此言非也。如隱言，王安豐豈貧於夷甫耶？」按，王衍傳謂「衍俊秀有令望，希心玄遠，未嘗語利」。夷甫口未嘗言錢，亦名士「希心玄遠」之派頭。文學四九殷浩解夢謂「官本是臭腐」、「財本是糞土」，時人遂以爲「名通」。可見不言財、不斂財，視財爲糞土，固是名士風度耳。

一〇　王平子年十四五，〔一〕見王夷甫妻郭氏貪欲，〔二〕令婢路上儋糞。〔三〕平子諫之，並言不可。〔四〕郭大怒，謂平子曰：「昔夫人臨終，以小郎囑新婦，〔五〕不以新婦囑小郎。」永嘉流人名曰：「澄父乂，第三取樂安任氏女，生澄。」〔六〕急捉衣裾，將與杖。平子饒力，爭得脫，踰窗而走。

【校釋】

〔一〕王平子年十四五　程炎震云：「衍長澄十三歲。」按，據晉書四三王澄傳、通鑑八八晉紀一

○，永嘉七年（三一三）王平子爲王敦所殺，年四十四。此言平子年十四五，則時在太康四五年間。

〔二〕郭氏　唐寫本無「氏」字。

〔三〕儋糞　儋，唐寫本作「檐」。按，當作「儋」，儋乃「擔」之古字。文選揚雄解嘲：「析人之珪，儋人之爵，懷人之符，分人之禄。」李善注：「説文曰：『儋，荷也。』」黜免五：「殷中軍廢後，恨簡文曰：『上人著百尺樓上，儋梯將去。』」

〔四〕並言　言下唐寫本有「諸」字。朱注從唐寫本增「諸」字，並云：「蓋若但諫阻婢儋糞，郭似尚不至大怒，惟言其諸般不可乃激郭大怒也。此一字具見古本之可貴。」按，朱注是。

〔五〕「以小郎」句　囑，唐寫本作「屬」。下同。新婦，郭氏自稱。參見文學三九校釋。

〔六〕「澄父乂」數句　取，唐寫本作「娶」。按，「取」、「娶」通。生澄，澄下唐寫本有「也」字。

一一　元帝過江猶好酒，王茂弘與帝有舊，〔一〕常流涕諫，帝許之，命酌酒一酣，從是遂斷。〔二〕鄧粲晉紀曰：「上身服儉約，以先時務。性素好酒，將渡江，王導深以諫。〔三〕帝乃令左右進觴，飲而覆之，〔四〕自是遂不復飲。克己復禮，官修其方，〔五〕而中興之業隆焉。」

【校釋】

〔一〕王茂弘與帝有舊　王導與元帝關係極親密，翼戴元帝建都江東，奠定中興之業，皆出於導之謀。王導傳曰：「元帝爲琅邪王，與導素相親善。導知天下已亂，遂傾心推奉，潛有興復之志。帝亦雅相器重，契同友執。帝之在洛陽也，導每勸令之國。會帝出鎮下邳，請導爲安東司馬，軍謀密策，知無不爲。」元帝紀亦曰：「初用王導計，始鎮建業。」

〔二〕一酣　酣，唐寫本作「唾」。從是遂斷，唐寫本作「從此斷」。余箋引周祖謨云：「此條敬胤注：『舊云酌酒一喢，因復杯寫地，遂斷也。』唐寫本『一唾』，唾當即喢字之誤。」楊箋：「考異敬胤注：『酌酒一喢，因復杯寫地，遂斷也。』作『酣』、『唾』皆非是，當作『喢』，是。考異敬胤注：『酌酒一喢，因復杯寫地，遂斷也。』喢通『歃』。説文：『歃，歠也。』德行篇四七注引晉安帝紀：『石門有貪泉，一歃重千金。試使夷齊飲，終當不易心。』晉書循吏吳隱之傳亦作『歃』。唐卷作『唾』，形與『喢』近而誤。孟子告子：『葵丘之會，諸侯束牲載書，而不歃血。』疏：『歃血，謂口含血也。』」按，周祖謨、楊箋是。

〔三〕深以諫　以下唐寫本有「戒」字。

〔四〕帝乃令　唐寫本無「帝」字。飲而，唐寫本無「飲」字。張敦頤六朝事迹編類卷上：「覆杯池：晉元帝中興，頗以酒廢政。丞相王導奏諫，帝因覆杯于池中以爲誡。楊修有詩云：『金杯覆處舊池枯，此後還曾一醉無。東晉中興股肱力，元皇亦學管夷吾。』今城北三里西池是也。」

〔五〕官　指國家。通鑑七四魏紀六：「彼知官備已固，利不可得，深入則非力所及，淺入則勞而無獲。」胡注：「魏晉之間謂國家爲官。」

一二　謝鯤爲豫章太守，從大將軍下至石頭。〔一〕敦謂鯤曰：〔二〕「余不得復爲盛德之事矣。」〔三〕鯤曰：「何爲其然？但使自今已後，日亡日去耳。」〔四〕鯤別傳曰：「鯤之諷切雅正，皆此類也。」敦又稱疾不朝，鯤諭敦曰：〔五〕「近者明公之舉，雖欲大存社稷，然四海之内，〔六〕實懷未達。〔七〕若能朝天子，使羣臣釋然，萬物之心於是乃服。仗民望以從衆懷，〔八〕盡沖退以奉主上，如斯則勳侔一匡，〔九〕名垂千載。」時人以爲名言。〔一〇〕晉陽秋曰：「鯤爲豫章太守，〔一一〕王敦將肆逆，以鯤有時望，〔一二〕逼與俱行。〔一三〕既克京邑，將旋武昌，鯤曰：『不就朝覲，〔一四〕鯤懼天下私議也。』〔一五〕敦曰：『君能保無變乎？』對曰：『鯤近日入覲，〔一六〕主上側席，遲得見公，宮省穆然，必無不虞之慮。公若入朝，鯤請侍從。』敦曰：『正復殺君等數百，何損於時！』〔一七〕遂不朝而去。」〔一八〕

【校釋】

〔一〕「謝鯤」二句　據晉書六元帝紀，永昌元年（三二二）四月，敦至石頭。謝鯤從敦下亦在此時。

〔二〕敦謂　敦上唐寫本有「王」字。

〔三〕盛德之事　猶賢人君子之事。通鑑九二晉紀一四胡注：「敦無君之心形於言也。」按，王敦下石頭，王師敗績。敦自知犯上作亂，故云「余不得復爲盛德之事矣」。

〔四〕日亡日去　亡，晉書四九謝鯤傳、通鑑作「忘」。程炎震云：「日亡，晉書作日忘，是。」胡注：「言日復一日，浸忘前事，則君臣猜嫌之跡亦日去耳。」按，亡通「忘」。書大誥：「敷前人受命，兹不忘大功。」王引之經義述聞尚書上：「忘，與『亡』同，言不失前人之大功也。」漢書六三戾太子劉據傳：「子胥盡忠而忘其號，比干盡仁而遺其身。」顔師古注：「忘，亡也。吴王殺之，被以惡名，失其善稱號。」

〔五〕諭敦　諭，唐寫本作「喻」。按諭通「喻」。

〔六〕四海之内　内，唐寫本作「心」。

〔七〕實懷　真實之懷抱。實懷未達，意謂人皆未明敦之真實懷抱，亦即四海之人皆不達「雖欲存社稷」之懷。此乃婉諷之詞。

〔八〕仗民望　唐寫本脱「仗」字，當補。

〔九〕勳侔一匡　唐寫本作「勳一侔匡」。世説音釋：「論語曰：『管仲相桓公霸諸侯，一匡天下。』」

〔一〇〕時人以爲名言　王世懋云：「此乃真名言。」鍾惺云：「以幼輿不檢，而石頭對處仲數語，綱常所關，勁氣直節，不減陳玄伯。嗣宗勸進，不能無愧顔。」按，謝鯤雖任達不已，然深達危亂，與晚年之周伯仁相近，于此可見晉人儒道雙修之人格魅力。若直以任誕不檢譏鄙之，則不識晉人矣。

〔一一〕豫章太守　唐寫本無「太守」二字。

〔一二〕有時望　唐寫本作「民望」。

〔一三〕俱行　唐寫本無「行」字。

〔一四〕不就　就，唐寫本作「敢」。朝覲，覲，宋本誤作「觀」。

〔一五〕私議也　唐寫本無「也」字。

〔一六〕入覲　唐寫本作「入朝覲」。

〔一七〕「正復殺君」二句　朱注：「言下之意似謂如君等文墨之士所殺數百亦無損於時，極言其無足輕重，朝廷何致以有君隨追而遂不加誅於我乎？」按，朱注近是。王敦懼朝廷誅之而不敢朝覲。

〔一八〕而去　唐寫本作「而去也」。

一三　元皇帝時，廷尉張闓　葛洪富民塘頌曰：〔一〕「闓字敬緒，丹陽人，張昭孫也。」〔二〕中興書曰：「闓，晉陵内史，〔三〕甚有威德，〔四〕轉至廷尉卿。」〔五〕在小市居，私作都門，蚤閉晚開，羣小患之，〔六〕詣州府訴，不得理。遂至檛登聞鼓，〔七〕猶不被判。聞賀司空出，至破岡，〔八〕連名詣賀訴。賀循别傳曰：〔九〕「循字彦先，〔一〇〕會稽山陰人。本姓慶，高祖純避漢帝諱，改爲賀氏。〔一一〕父劭，吴中書令，以忠正見害。〔一二〕循少嬰家禍，流放荒裔，吴平乃還。秉節高舉，〔一三〕元帝爲安東王，〔一四〕循爲吴國内史。」〔一五〕賀曰：「身被徵作禮官，〔一六〕不關此事。」羣小叩頭曰：「若府君復不見治，便無所訴。」賀未語，令且去，見張廷尉當爲及之。張聞，即毁門，自至方山迎賀。〔一七〕賀出見，辭之曰：〔一八〕「此不必見關，但與君門情，相爲惜之。」〔一九〕張愧謝曰：「小人有如此，始不即知，蚤已毁壞。」

【校釋】

〔一〕富民塘頌　頌下唐寫本有「敍闓」二字。李慈銘云：「案晉書闓傳：闓爲昭之曾孫，補晉陵内史。立曲阿新豐塘，溉田八百餘頃，每歲豐稔。葛洪爲其頌。即此所云『富民塘頌』者也。」

〔二〕張昭　昭，唐寫本作「照」，吴志作「昭」。按，昭、照通。程炎震云：「晉書闓傳云：『張昭曾孫。』」考吴志張昭傳，昭長子承，赤烏七年（二四三）卒，年六十七。承子震，諸葛恪誅時亦死。恪爲孫峻所殺在建興二年（二五三），則張震之死亦在此時。據通鑑七四魏紀六，昭少子休被譖，吴主徙休於交州，又追賜休死。時在魏正始六年，吴赤烏八年（二四五）。晉書七六張闓傳謂元帝踐阼，闓出補晉陵内史，此時距張震之死已有六十餘年。若張闓爲休孫，則闓距祖休之死有七十多年。據時代推測，張闓當爲張昭曾孫，以晉書七六張闓傳爲可信。

〔三〕闓晉陵内史　唐寫本作「累遷侍陵内史」。按，晉時無「侍陵」。晉書七六張闓傳敍闓官職謂「遷侍中」、「出補晉陵内史」。則唐寫本脱「中」、「晉」二字，當作「累遷侍中、晉陵内史」。

〔四〕威德　德，唐寫本作「惠」。

〔五〕轉至廷尉卿　唐寫本作「轉廷尉光禄大夫卒也」。

〔六〕「在小市居」數句　晉書六八賀循傳：「廷尉張闓住在小市，將奪左右近宅以廣其居，乃私作都門，早閉晏開，人多患之。」都門，本謂京都之門，出入皆有定規。此指都中里門。張闓既奪民宅，又私作都門，致使出入不便，遂激起民憤。李詳據晉書張闓傳云：「覈其本傳，始終無玷。其私作都門，蚤閉晚開，亦爲檢遏奸軌起見，不應賀循輕徇羣小之語，反相規戒。世説此語，殆爲虚妄。」按，晉書本傳明言闓「既奪民宅，又私作都門」，行爲並非無玷，李説「檢遏奸軌」，乃臆度耳。

〔七〕檛登　檛，唐寫本作「打」。徐箋：「通鑑八二晉紀四惠帝元康元年：『太保主簿劉繇等執黄旛，檛登聞鼓。』注：『古者，設諫鼓，立謗木，所以通下情也。周禮：「太僕建路鼓於大寢之門外，以待達窮者。」鄭司農注云：「窮，謂窮冤失職者，來擊此鼓，以達于王，通下情也。若今時上變事擊鼓矣。」此則登聞鼓之始也。登聞鼓之名，蓋始于魏晉之間。』按伐登聞鼓先見於晉書武帝紀泰始五年。」

〔八〕破岡　見雅量三三校釋。

〔九〕賀循別傳曰　唐寫本無「曰」字。

〔一〇〕循字彦先　唐寫本無「循」字。

〔一一〕避漢帝諱　唐寫本作「避漢安帝諱」。晉書六八賀循傳：「其先慶普，漢世傳禮，世所謂慶氏學。族高祖純，博學有重名，漢安帝時爲侍中，避安帝父諱，改爲賀氏。」

〔一二〕忠正　唐寫本作「中正」。

〔一三〕高舉　唐寫本作「高厲舉動」。

〔一四〕安東王　王，唐寫本作「上」。按，元帝時爲安東將軍，作「安東」是。「王」乃「上」字之訛，晉書六八賀循傳謂元帝爲安東將軍，復上循爲吴國内史。可證唐寫本作「上」是。

〔一五〕吴國内史　唐寫本下有「遷太常、太傅，薨，贈司空也」。

〔一六〕徵作禮官　李慈銘云：「案此云被徵作禮官，是循改拜太常之日。今晉書循傳敘此事在循起爲元帝軍咨祭酒之日，蓋誤。」程炎震云：「被徵作禮官，當是建武、大興間改拜太常時。晉書敘於元帝承制以爲軍咨祭酒時，非也。」

〔一七〕方山　通鑑一二六宋紀八胡注：「方山在建康東北，有方山埭，截淮立埭于山南。曰方山者，山形方如印。」

〔一八〕賀出見辭之　唐寫本作「賀公之出辭見之」。余箋：「『公之』二字當是衍文。『出辭見之』者，以羣小訴詞示闓也。今本『辭見』二字誤倒。」按，余箋可商。各本皆作「賀出見辭之」，「見辭」未必爲「辭見」之誤倒。上文「賀未語」云云，亦未見賀接受「羣小」之訴詞。竊以爲此句當於「見」字斷句，「辭」屬下句。辭，解説，辯解。禮記表記：「仁之難成久矣，人人失其所好，故仁者之過易辭也。」鄭玄注：「辭，猶解説也。」左傳僖公四年：「君非姬氏，居不安，食不飽。我辭，姬必有罪。」賀雖終受「羣小」所托，但徵作禮官，本不過問此事，故對張闓解釋之。

〔一九〕「此不必見關」數句　見關，猶相關。南史二〇謝弘微傳：「身死之後，豈復見關。」門情，李慈銘云：「案循祖齊爲吴將軍，與張昭相善，故云門情。」賀循之言謂「羣小」訴訟之事不定與我相關，然我與君有門情，故爲君惜之耳。

一四　郗太尉晚節好談，〔一〕既雅非所經，〔二〕而甚矜之。中興書曰：「鑒少好學博覽，〔三〕雖不及章句，而多所通綜。」〔四〕後朝覲，以王丞相末年多可恨，〔五〕每見必欲苦相規誡。王公知其意，每引作它言。臨還鎮，〔六〕故命駕詣丞相。丞相翹須厲色，〔七〕

上坐便言：「方當乖別，〔八〕必欲言其所見。」意滿口重，〔九〕辭殊不流。〔一〇〕王公攝其次，〔一一〕曰：「後面未期，亦欲盡所懷，願公勿復談。」〔一二〕郗遂大瞋，冰衿而出，〔一三〕不得一言。

【校釋】

〔一〕郗太尉　程炎震云：「郗鑒以咸和四年三月爲司空，猶鎮京口。」

〔二〕經　擅長。品藻三六：「下官才能所經。」排調四八：「而才學非所經。」

〔三〕博覽　唐寫本下有「羣書」二字。

〔四〕「雖不及章句」二句　雖不及章句，唐寫本作「學雖不章句」。按，不及章句而能多所通綜，即得意忘言，讀書觀其大略之新學風。

〔五〕王丞相末年多可恨　政事一五：「丞相末年，略不復省事，正封籙諾之。」人言其憒憒。同篇一四庾亮謂王導：「公之遺事，天下亦未以爲允。」「丞相末年多可恨」，蓋指王導晚年略不省事。

〔六〕臨還鎮　唐寫本「臨」下有「當」字。

〔七〕丞相翹須厲色　唐寫本、沈校本並無「丞相」二字。按，唐寫本是。此句承上句，主語乃郗鑒，非王導。翹須，豎起鬍鬚。翹，豎起。

〔八〕乖別　乖，唐寫本作「永」。按，作「乖」是。乖別，乖隔，離別。曹植朔風詩：「昔我同胞，今永乖別。」陶淵明答彭參軍詩：「人事好乖，便當語離。」

〔九〕意滿口重　謂意多而話語重複。

〔一〇〕不流　流，唐寫本作「溜」。按，溜，義同流，指圓轉、流利。歐陽修玉樓春詞之二八：「佳人向晚新妝就，圓膩歌喉珠欲溜。」辭殊不流，即上句所謂「口重」也。

〔一一〕攝其次　朱注：「猶言承其次。」

〔一二〕「後面未期」數句　程炎震云：「陶侃、庾亮先後欲起兵廢導，皆以鑒不許而止。導乃拒諫如是，信乎其憒憒乎。」按，王導意謂不知後會何期，我亦欲申臨別之懷，望公不復再談。王導晚年無爲而治，人多言其憒憒，以致陶侃、庾亮先後欲起兵廢導。然導我行我素，以爲「憒憒」甚好，故不願聽郗鑒噪聒，藉口欲申別懷而禁閉其口。由此條可見東晉初年治國方略之分歧。

〔一三〕冰衿　唐寫本作「冰矜」。王世貞云：「冰矜二字未解。」凌濛初云：「冰矜，意者寒戰也。人怒極恒有此。冰矜二字，愚意謂襟懷不得達，冷結而出也，不識是否？」世説音釋：「通鑑曰：『猶言冷也。』正字通曰：『言懷抱冷也。』案：『衿』同『襟』，似謂熱懷頓冷也。」余箋謂「冰衿」不可解，當從唐寫本作「冰矜」，「蓋郗公不善言辭，故瞋怒之餘，惟覺其顔色冷若冰霜，而有矜奮之容也。」陳僅捫燭脞存一二謂『冰衿謂涕泗沾衿』，未是。」周一良魏晉南北朝詞語小札「冰矜」條從余箋，謂嵇康家誡，「而勿大冰矜，趨以不言答之，勢不得入，行自止也。」正作矜。矜蓋謂矜持之意，冰則謂其嚴厲。（下略）目加田誠氏日譯本世說新語譯冰衿爲胸如冰結，解釋爲猶如爽然自失。馬瑞志英譯本亦譯爲胸襟如冰，皆不知冰衿之當作冰矜也。按，周說是。又此條描寫生動，令人贊賞。劉辰翁云：「寫得鄭重可懷。」王世懋云：「敍得情狀如畫。」

一五　王丞相爲揚州，遣八部從事之職。〔一〕顧和時爲下傳還，〔二〕同時俱見。諸從事各奏二千石官長得失，〔三〕至和獨無言。王問顧曰：「卿何所聞？」答曰：「明公作輔，寧使網漏吞舟，〔四〕何緣采聽風聞，以爲察察之政？」〔五〕丞相咨嗟稱佳，〔六〕諸從事自視缺然也。〔七〕

【校釋】

〔一〕「王丞相」二句　程炎震云：「晉志州所領郡各置部從事一人。元帝時，揚州當領十郡：一丹陽，二宣城，三吳，四吳興，五會稽，六東陽，七新安，八臨海，九義興，十晉陵也。通鑑九〇太興元年胡注，不數義興、晉陵。」余箋：「通鑑九〇注曰：『揚州時統丹陽、會稽、吳、吳興、宣城、東陽、臨海、新安八郡。』故分遣部從事八人。」

〔二〕下傳　程炎震云：「通典三二：『別駕從事史一人，從刺史行部，別乘傳車。』此云『下傳』，蓋和但以從事隨部從事之部，如別駕從刺史，別乘傳車，故云『下傳』。炎震案：晉制，從事、部從事，各職。」按，晉書二四職官志：「郡各置部從事一人，小郡亦置一人。」宋書四〇百官志下：「部從事史每郡各一人，主察非法。」

〔三〕各奏　唐寫本作「各各奏」。

〔四〕網漏吞舟　王叔岷補正：「案史記酷吏列傳：『網漏於吞舟之魚。』正義：『法令疏。』」

〔五〕察察　苛察，煩細。老子：「其政察察，其民缺缺。」陸賈新語輔政：「察察者有所不見，恢恢者何所不容。」後漢書三章帝紀論：「魏文帝稱『明帝察察，章帝長者』。章帝素知人厭明帝苛切，事從寬厚。」

〔六〕丞相咨嗟稱佳　政事一四記王導至石頭看庾亮，庾亮正料事，導云：「暑，可小簡之。」孝標注引殷羨遺事，殷羨對庾冰網密刑峻不以爲然，從容謂冰曰：「卿輩自是網目不失，皆是小道小善耳。至如王公，故能行無理事。」同篇一五注引徐廣歷紀曰：「導阿衡三世，經綸夷險，政務寬恕，事從簡易，故垂遺愛之譽也。」顧和答曰「明公作輔」云云，既讚美王導爲政作風簡佚，又解釋己之政務，亦不存小察，無得失可奏。故丞相「咨嗟稱佳」。由此可見王導晚年略不省事之作風，雖郗鑒、庾亮諸人不以爲然，但亦不乏顧和、殷羨等讚美者。

〔七〕缺然也　唐寫本無「也」字。王叔岷補正：「案莊子逍遥遊篇：『堯讓天下于許由，曰：吾自視缺然。』淮南子繆稱篇：『自視猶觖如也。』『觖如』猶『缺然』。」

一六　蘇峻東征沈充，〔一〕晉陽秋曰：「充字士居，吳興人。少好兵，諂事王敦。敦克京邑，以充爲車騎將軍，領吳國内史。明帝伐王敦，充率衆就王含，〔二〕謂其妻曰：『男兒不建豹尾，〔三〕不復歸矣！』敦死，充將吳儒斬首於京都。」〔四〕請吏部郎陸邁與俱。陸碑曰：「邁字功高，〔五〕吳郡人。器識清敏，〔六〕風檢澄峻。累遷振威太守、尚書吏部郎。」〔七〕將至吳，密勑左右，〔八〕令入閶門放火以示威。陸知其意，〔九〕謂峻曰：「吳治平未久，〔一〇〕必將有亂，若爲亂階，請從我家始。」〔一一〕峻遂止。

【校釋】

〔一〕「蘇峻」句　據晉書六成帝紀，蘇峻征沈充在明帝太寧二年（三二四）。

〔二〕充率衆　唐寫本作「充衆」。

〔三〕豹尾　將帥旌旗上之飾物。或懸以豹尾，或在旗上畫豹文。此指儀仗，象徵地位顯赫。魏志陳思王植傳：「又聞豹尾已建，戎軒鶩駕，陛下將復勞玉躬，擾掛神思。」

〔四〕「敦死」二句　死下唐寫本有「使蘇峻討充」一句。充將吳儒斬首于京師，王先謙校：「晉書沈充傳：『誤入故將吳儒家，儒誘之内壁中，後遂殺之。』是充死在儒家，不得云斬首于京師也。」余箋：「沈本『於』作『送』，是也。」王利器校：「唐寫本作『充將吴儒斬送充首』；蔣校本、沈校本『於』作『送』，是。」

〔五〕陸碑　唐寫本無「碑」字。功高，功，沈校本、唐寫本並作「公」。

〔六〕器識　器下唐寫本衍「吴」字。

〔七〕累遷　唐寫本無「遷」字。太守，唐寫本作「長史」。按，作「長史」是。振威長史，指振威將軍長史。尚書吏部郎，唐寫本無「郎」字。

〔八〕密勑　密上沈校本、唐寫本並有「峻」字。

〔九〕陸知其意　陸下唐寫本有「密」字。

〔一〇〕未久　唐寫本作「來久」。按，從永嘉初元帝始鎮建業，至明帝太寧初，尚未滿二十年，故作「未久」是。

〔一一〕請從　請，唐寫本作「可」。劉應登云：「陸恐其放火以禍其鄉，故先爲此言，以破其計。」

一七　陸玩拜司空，〔一〕玩別傳曰：「是時王導、郗鑒、庾亮相繼薨殂，〔二〕朝野憂懼，以玩德望，乃拜司空。〔三〕玩辭讓不獲，〔四〕乃歎息謂朋友曰：〔五〕『以我爲三公，是天下無人矣。』時人以爲知言。」有人詣之，索美酒，〔六〕得，便自起，瀉著梁柱間地，祝曰：「當今乏才，以爾爲柱石之用，〔七〕莫傾人棟梁。」玩笑曰：「戢卿良箴。」〔八〕

【校釋】

〔一〕「陸玩」句　程炎震云：「咸康六年正月，陸玩爲司空。」

〔二〕「是時」句　晉書六元帝紀載：咸康五年（三三九）七月，王導卒；八月，郗鑒卒；六年（三四〇）正月，庾亮卒。

〔三〕拜司空　拜下唐寫本有「爲」字。

〔四〕不獲　唐寫本作「不獲免」。

〔五〕乃歎息　乃前唐寫本有「既拜」二字，息後有「也」字，朋友，唐寫本作「賓客」。

〔六〕索美酒　唐寫本作「索羹杯酒」。

〔七〕之用　用，唐寫本作「臣」。柱石之用，比喻擔當重任。

〔八〕戢　王利器校：「御覽卷一八七引『戢』作『感』，是。」袁中道云：「佳。」（舌華録六諷語）王世懋云：「即此量，亦自可作司空。」按，陸玩朋友以酒瀉梁柱間地，與方正二九顧孟著以酒勸杜類似。晉人喜酒，又幽默，以酒瀉梁柱間之舉，乃勸人爲柱石之用，較之莊嚴説教更有效焉，故陸玩微笑發于會心，並云「戢卿良箴」。余箋：「……然則玩非貪榮干進者也。或人之譏，蓋狂誕之積習耳。」稱有人瀉酒及祝曰是譏嘲與狂誕，實爲誤解。

一八　小庾在荆州，〔一〕公朝大會，問諸僚佐曰：「我欲爲漢高、魏武，何如？」

翼，别見。〔二〕宋明帝文章志曰：「庾翼名輩，豈應狂狷如此哉？〔三〕時若有斯言，〔四〕亦傳聞者之謬矣。」〔五〕一坐莫答。長史江虨曰：〔六〕「願明公爲桓、文之事，不願作漢高、魏武也。」〔七〕

【校釋】

〔一〕小庾在荆州　通鑑九六晉紀一八：咸康六年正月，庾亮卒，庾翼爲荆州刺史。

〔二〕翼别見　唐寫本作「亦見」。按，當作「已見」，翼事已見言語五三注引庾翼别傳。

〔三〕狂狷如此　狷，宋本誤作「涓」。如此，唐寫本無此二字。

〔四〕時若有斯言　唐寫本作「諸有若此之言」。宋本、沈校本無「時」字。徐箋：「案有『時』字義長。『時若有斯言』，乃當時流傳有此言，故下云『亦傳聞者之謬』。若無『時』字，則是庾有此言，便不得謂傳聞之謬矣。」

〔五〕亦傳聞　亦，唐寫本作「斯」。　王世懋云：「注是。」按，晉書七三庾翼傳謂翼少有經綸大略，見桓温總角之中，便期之以遠略。爲荆州刺史後，雅有大志，欲以滅胡平蜀爲己任，言論慷慨，形於辭色。翼問「我欲爲漢高、魏武何如」？此或爲一時興到之語，非如桓温輩存篡奪之志。

〔六〕江虨　虨，唐寫本作「霦」。按作「虨」是。

〔七〕「願明公」二句　齊桓、晉文雖爲春秋霸主，然仍宗周，而漢高、魏武則取而代之。江彪意謂庾翼雖可士馬强盛，但不可存漢高、魏武之志。

一九　羅君章爲桓宣武從事，含别傳曰：「刺史庾亮初命含爲部從事，〔一〕桓温臨州，轉參軍。」〔二〕謝鎮西作江夏，往檢校之。〔三〕中興書曰：「尚爲建武將軍，〔四〕江夏相。」羅既至，初不問郡事，〔五〕徑就謝數日，飲酒而還。桓公問有何事，君章云：「不審公謂謝尚何似人？」〔六〕桓公曰：「仁祖是勝我許人。」君章云：「豈有勝公人而行非者，故一無所問。」〔七〕桓公奇其意而不責也。

【校釋】

〔一〕含爲部從事　唐寫本作「含郎爲從事」。

〔二〕轉參軍　唐寫本作「轉爲參軍也」。

〔三〕「謝鎮西」二句　程炎震云：「案晉書七九謝尚傳：尚爲江夏相時，庾翼以安西將軍鎮武昌，在咸康之間。至建元二年，庾冰薨時，已遷江州刺史。温以永和元年代翼爲荆州，尚已去江夏矣。晉書八二含傳與此同。蓋皆誤以庾翼爲桓温也。又案刺史庾亮以含爲部從事，晉書含傳亦同。惟御覽引羅含别傳作庾廙，廙即翼之誤文，知是稚恭，非元規也。」

〔四〕尚爲　爲下唐寫本有「書」字。按，「書」字衍。

〔五〕郡事　郡下唐寫本有「家」字。按，唐寫本是。周一良魏晉南北朝史札記「家」條云：「家字與表示機構之詞相連，可以作爲集體名詞。」郡家猶言州家，即州政府。

〔六〕謝尚何似人　謝尚下唐寫本有「是」字。

〔七〕一無所問　晉書九二羅含傳：「太守謝尚與含爲方外之好，乃稱曰：『羅君章可謂湘中之琳琅。』」羅含本爲檢劾而來，然至郡一無所問，僅與尚終日飲酒而已。蓋受人之惠以相報也。

二〇　王右軍與王敬仁、許玄度並善。〔一〕二人亡後，右軍爲論議更克。〔二〕孔巖誡之曰：〔三〕「明府昔與王、許周旋有情，〔四〕及逝没之後，無慎終之好，民所不取。」〔五〕右軍甚愧。

【校釋】

〔一〕王敬仁　王脩。已見文學三八及注引文字志。賞譽一三四注引語林曰：「敬仁有異才，時賢皆重之。王右軍在郡，迎敬仁，叔仁輒同車，常惡其遲，後以馬迎敬仁。雖復風雨，亦不以車也。」可證右軍與王脩友善。

〔二〕右軍爲論議更克　世説補考：「克，與『刻』通，謂駁二亡友更慘覈也。觿云：『克，勝也。』非。」世説講義：「謂有爲二人之論議，則比之昔日更克覈，不小瑕也。」按，克，好勝，忌刻。論語憲問：「克、伐、怨、欲不行者，可以爲仁矣？」何晏集解引馬融曰：「克，好勝人也。」左傳僖公九年：「今言多忌克，難哉。」論議更克，指評論亡友較往昔更忌刻，以顯己長人短也。

〔三〕孔巖　巖，唐寫本、晉書本傳並作「嚴」。按，作「嚴」是。

〔四〕明府　李慈銘云：「右軍爲會稽内史，孔山陰人，故稱王爲明府。」

〔五〕「及逝没」三句　尚書正義八：「嗚呼，慎厥終，惟其始。」孔氏傳：「靡不有初，鮮克有終，故戒慎終如其始。」論語子張：「有始有卒者，其惟聖人乎。」曹植野田黄雀行：「久要不可忘，薄終義所尤。」孔嚴誡右軍，正是「薄終義所尤」。然觀右軍雜帖云：「七日告期，痛念玄度。」又云：「但昨來念玄度，體中便不堪之耶。」（全晉文二二）則玄度初亡，羲之甚痛切。時日一久，情義遂薄。惜未知「議論更克」之詳情。

二一　謝中郎在壽春敗，臨奔走，猶求玉帖鐙。〔一〕太傅在軍，前後初無損益之言，〔二〕爾日猶云：「當今豈須煩此？」〔三〕按萬未死之前，安猶未仕。高卧東山，又何肯輕入軍旅邪？世説此言，迂謬已甚。〔四〕

【校釋】

〔一〕玉帖鐙　鐙，唐寫本作「橙」。按，橙，音凳，几屬。

〔二〕「太傅在軍」二句　簡傲一四載：謝萬北伐，謝安與之俱行，從容謂萬云云，則安並非無損益之言。

〔三〕豈須煩此　宋本無「豈」字。唐寫本作「豈復煩此」。

〔四〕「按萬未死之前」數句　迂謬，迂，唐寫本作「迕」。按，迕，逆也，違也，作「迕」是。劉盼遂云：「按本書簡傲篇『謝萬北征』條：『謝公甚器愛萬，而審其必敗，乃俱行，自隊主將帥以下無不身造，厚相遜謝。』是本書明言安在軍旅中矣。又太平御覽七〇一引俗説云：『謝萬作吳興郡，其兄安隨至郡中。萬眠常晏起，安清朝便往牀前，扣屏風呼萬起。』此亦可爲壽春之役謝公從行之旁證也。劉氏之糾於是爲失。」曹道衡、沈玉成中古文學史料叢考「謝萬北征與謝安」條云：「頗疑謝安友于情深，隨任吳興，復自吳興隨任豫州，兼奔兄奕之喪，乃預北伐之役，世説、通鑑所記不誤。」按，通鑑一〇〇晉紀二二：「安慮萬不免，乃自隊帥以下，無不親造，厚相親託。」所記與簡傲一四同，可證謝萬北征，安與之俱行，劉盼遂謂孝標所駁爲失，其説是。又方正五五桓公問桓子野：「謝安石料萬石必敗，何以不諫？」子野答曰：「故當出於難犯耳。」此條云「太傅在軍，前後初無損益之言」，與桓温之言相符。由此觀之，謝萬敗後，時人確有謝安初無損益之言之傳聞。

二二 王大語東亭：「卿乃復論成不惡，那得與僧彌戲！」〔一〕續晉陽秋曰：「珉有儁才，〔二〕與兄珣並有名，聲出珣右。〔三〕故時人爲之語曰：『法護非不佳，僧彌難爲兄。』」〔四〕

【校釋】

〔一〕論成　唐寫本作「倫伍」。劉應登曰：「言東亭雖不惡，那得及王珉也。」李慈銘云：「案『論成不惡』四字，當有誤。或云：論成者，謂時人『法護非不佳，僧彌難爲兄』之語。珣劣於珉，世論已成也。」朱注：「案：『論成』不可解，或釋爲如今俗語『講到底』，亦未知是否，記此待更考。『倫伍』，亦不甚可解，或謂王珣交遊相與爲伍者皆不惡，似或可通。」楊箋：「『倫伍，宋本及各本作『論成』，非。唐卷作『倫伍』，是。勇按：倫伍者，品評人物之次第也。時人品論高下，猶軍伍之有先後，故有難兄難弟之言。……本條孝標注：『法護非不佳，僧彌難爲兄。』謂僧彌倫伍終不及法護也。」按，楊箋釋「倫伍」是，然釋「法護非不佳」二句謂「僧彌倫伍終不及法護也」有誤。珉聲出珣右，則僧彌倫伍當勝法護也。倫伍，同輩，流輩，此作「流品」解。宋書七四臧質傳：「僕以不肖，過蒙榮私，荷佩升越，光絶倫伍。」宋書七五顔竣傳：「踰越倫伍。」此句意謂卿流品亦不差，即時人所云「法護非不佳」之意。戲，楊箋釋爲「清談」，疑非是。國語晉語九：「少室周爲趙簡子之右，聞牛談有力，請與之戲，弗勝，致右焉。」韋昭注：「戲，角力也。」「那得與僧彌戲」，意爲那得與僧彌相較，即劉應登所謂不及王珉。

〔二〕珉　原訛作「民」，今據各本及晉書改。

〔三〕聲出珣右　聲上唐寫本、沈校本並有「而」字。宋本作「而聲出珣」。王利器校：「『出珣』下有『右』字是。」

〔四〕僧彌　僧，唐寫本作「阿」。

二三　殷覬病困，看人政見半面。〔一〕殷荆州興晉陽之甲，〔二〕春秋公羊傳曰：「晉趙鞅取晉陽之甲，以逐荀寅、士吉射。寅、吉射者，君側之惡人。」〔三〕往與覬別，涕零，屬以消息所患。〔四〕覬答曰：「我病自當差，正憂汝患耳。」〔五〕晉安帝紀曰：「殷仲堪舉兵，覬弗與同，且以己居小任，唯當守局而已。晉陽之事，非所宜豫也。〔六〕仲堪每邀之，〔七〕覬輒曰：『吾進不敢同，退不敢異。』遂以憂卒。」〔八〕

【校釋】

〔一〕殷覬　覬，晉書本傳作「顗」。困，宋本誤作「因」。政，同「正」，止也，僅也。朱注：「病而伏枕，故止見半面。」

〔二〕「殷荆州」句　晉書八四殷仲堪傳：「初，桓玄將應王恭，乃説仲堪，推恭爲盟主，共舉晉陽之舉，立桓、文之功，仲堪然之。」

〔三〕惡人　人下唐寫本有「者」字。

〔四〕「屬以」句　劉應登云：「見半面，病狀也。消息所患，令善治疾。」消息，楊箋：「即將息，調攝也。」按，楊箋是。類聚七五晉嵇含寒食散賦：想得此涼日佳，患散乃委頓耿耿，且以佳興消息。」然「想得此涼日佳」數句乃王羲之雜帖，非嵇含寒食散賦。又，晉書七九謝玄傳：「詔遣高手醫一人，令自消息，又使還京口療疾。」魏書二一下彭城王勰傳：「人挽而進，宴於禁中，至夜皆醉，各就別所消息。」

〔五〕「我病」二句　李贄云：「各人憂各人，最是。」（初潭集兄弟上）李慈銘云：「顗傳：顗謂仲堪曰：『我病不過身死，但汝病在滅門。幸熟爲慮，勿以我爲念也。』語較明顯而伉直。」

〔六〕非所宜豫也　唐寫本作「非所宜預」。殷覬以爲「晉陽之事」非所宜豫，蓋原因有二，皆見於晉書八三殷覬傳：一是覬云「朝廷是非，宰輔之務，豈藩屏之所圖也」，亦即本條注引晉安帝紀所謂「且以己居小任，唯當守局而已」。二是仲堪「志望無厭」，並排斥異己。德行四一「桓南郡、楊廣共説殷荆州，宜奪殷顗南蠻校尉以自樹」，而顗托疾不還。

〔七〕邀　唐寫本作「要」。按「邀」同「要」。

〔八〕憂卒　卒下唐寫本有「矣」字。關於殷顗之病，余箋引巢氏諸病源候論六寒食散發候篇引皇甫謐論，謂殷因服寒食散不調所致：「由是觀之，則殷覬之病困，正坐因小病而誤服寒食散至熱之藥，又違失節度，飲食起居，未能如法，以致諸病發動，至於困劇耳。凡散發之病，巢氏所引皇甫謐語列舉諸症，多至五十餘條。今雖不知覬病爲何等，而其看人政見半面，明系熱氣沖肝，上奔兩眼，暈眩之極，遂爾瞑瞑漠漠，目光欲散，視瞻無準，精候不與人相當也。散發至此，病已沉重。甚者用冷水百餘石不解。晉司空裴秀即以此死。覬既病困，益以憂懼，固宜其死耳。」

二四　遠公在廬山中，豫章舊志曰：「廬俗字君孝，〔一〕本姓匡，夏禹苗裔，東野王之子。〔二〕秦末，百越君長與吳芮助漢定天下，野王亡軍中。漢八年，封俗鄡陽男，〔三〕食邑茲部，印曰『廬君』。〔四〕俗兄弟七人，皆好道術，遂寓於洞庭之山，〔五〕故世謂廬山。孝武元封五年，南巡狩，浮江，〔六〕親覩神靈，乃封俗爲大明公，四時秩祭焉。」遠法師廬山記曰：「山在江州尋陽郡，左挾彭澤，〔七〕右傍通川，有匡俗先生出自殷周之際，遁世隱時，潛居其下。〔八〕或云匡俗受道於仙人，而共遊其嶺，遂託室崖岫，〔九〕即巖成館，故時人謂爲神仙之廬而命焉。」〔一〇〕法師遊山記曰：〔一一〕「自託此山二十三載，再踐石門，四遊南嶺，〔一二〕東望香鑪峯，北眺九江，傳聞有石井、方湖，中有赤鱗踴出，〔一三〕野人不能敍，直歎其奇而已矣。」〔一四〕雖老，講論不輟。弟子中或有墮者，〔一五〕遠公曰：「桑榆之光，理無遠照，但願朝陽之暉，與時並明耳。」執經登坐，諷誦朗暢，〔一六〕詞色甚苦，高足之徒，皆肅然增敬。〔一七〕

【校釋】

〔一〕廬俗字君孝　李慈銘云：「案『君孝』，續漢書郡國志作『匡俗字君平』。」按，匡俗，陳聖俞廬山記一作「匡裕」。南史七二張正見傳：「梁元帝即位，爲彭澤令。屬喪亂，避地匡俗山。」元和郡縣志二九：「廬山在縣東三十二里，本名鄣山。昔匡俗字子孝，隱淪潛景廬於此山，漢武帝拜爲大明公，俗號廬君。」太平寰宇記一一一同。據此，作「匡俗」是。

〔二〕之子　子下唐寫本有「也」字。

〔三〕鄡陽男　唐寫本作「鄡陽男」。余箋：「山谷外集注九引作『鄡陽』，與水經注合，當據改。」

〔四〕印曰廬君　唐寫本作「號曰越廬君」。

〔五〕遂寓於　寓下唐寫本有「爽」字。

〔六〕浮江　唐寫本無「浮」字。

〔七〕左挾　挾，宋本誤作「俠」。

〔八〕遁世隱時潛居其下　唐寫本作「遁世隱潛時居其下」。

〔九〕遂託室崖岫　宋本無「託」字。沈校本無「遂」。王利器校：「唐寫本及各本『遂』下都有『託』字，是。」

〔一〇〕故時人　唐寫本無「故」字。

〔一一〕遊山記　唐寫本作「山遊記」。

〔一二〕四遊　四，唐寫本作「西」。按，御覽四一引遠法師游山記作「四遊」。南嶺在東林寺之南，作「西」誤。

〔一三〕踴出　踴，唐寫本作「湧」。

〔一四〕而已矣　矣，唐寫本作「也」。

〔一五〕墮者　墮，唐寫本作「惰」。按，惰同惰，唐寫本是。

〔一六〕朗暢　唐寫本無此二字。

〔一七〕增敬　敬下唐寫本有「也」字。按，慧遠雖老猶講論不輟，誡弟子惜時精進，蓋爲來世往生彌陀淨土。遠公答桓南郡書曰：「故莊周悲慨人生天地之間，如白駒之過隙。以此而尋，孰得久停，豈可不爲將來作資？」（弘明集一一）以爲人生短促，當爲來世早作準備。與隱士劉遺民等書又曰：「君與諸人，並爲如來賢弟子也。策名神府，爲日已久，徒積懷遠之興，而乏因籍之資，以此永年，豈所以勵其宿心哉？意謂六齋日，宜簡絶常務，專心空門，然後津寄之情篤，來生之計深矣。」（廣弘明集二七）高僧傳六慧遠傳載：元興元年（四〇二）七月二十八日，慧遠率領一百二十三名弟子於阿彌陀像前建齋立誓，劉遺民作發願文曰：「推交臂之潛淪，悟無常之期切，審三報之相催，知險趣之難拔。此其同志諸賢，所以夕惕宵勤，仰思所濟者也。蓋神者可以感涉，而不可以跡求。必感之有物，則幽路咫尺；苟求之無主，則渺茫河津。今幸以不謀而僉心西境，叩篇開信，亮情天發，乃機象通於寢夢，欣感百於子來。於是雲圖表暉，影侔神造，功由理諧，事非人運。兹實天啓其誠，冥運來萃者矣，可不克心重精疊思以凝其慮哉……」由此文最能見出慧遠篤信三世因果報應，對生死無常與輪回之劫充滿憂懼，「所以夕惕宵勤，仰思所濟」，不敢絲毫懈怠，共期往生西方極樂世界。又劉遺民與僧肇書曰：「遠法師頃恒履宜，思業精詣，乾乾宵夕，自非道用潛流，理爲神御，孰以過順之年，湛氣若兹之勤？」讀此可體會「高足之徒，肅然增敬」之情也。

二五　桓南郡好獵，每田狩，車騎甚盛，五六十里中，旌旗蔽隰，〔一〕騁良馬，馳擊若飛，雙甄所指，〔二〕不避陵壑。或行陳不整，麏兔騰逸，參佐無不被繫束。桓道恭，玄之族也，桓氏譜曰：「道恭字祖猷，彝同堂弟也。〔三〕父赤之，太學博士。道恭歷淮南太守，僞楚江夏相，義熙初伏誅。」時爲賊曹參軍，頗敢直言。常自帶絳綿繩著腰中，玄問：「此何爲？」答曰：「公獵，好縛人士，會當被縛，〔四〕手不能堪芒也。」〔五〕桓自此小差。

【校釋】

〔一〕旌旗　唐寫本無「旌」字。

〔二〕雙甄　王利器校：「左傳文十年傳杜注：『將獵張兩甄。』晉書周訪傳：『使將軍李恒督左甄，許朝督右甄。』通鑑卷九〇晉紀一二注引楊正衡曰：『甄音堅，戰陣有左甄右甄。甄，左右翼也。』文選王元長三月三日曲水詩序：『昭灼甄部。』注引孫子兵法曰：『長陣爲甄。』雙甄即左右甄。」

〔三〕「道恭字祖猷」二句　唐寫本無「字」字。李慈銘云：「案桓道恭別無所見。但以時代論之，彝者玄之祖，道恭安得爲彝同堂弟？疑此注下有脱文，當是恭之祖名猷，爲彝同堂弟耳。『江夏相』，晉書桓玄傳作『江夏太守』。」楊箋：「今按：李説是。宋本『字』字乃是衍文，當作『道恭祖猷，桓彝同堂弟也。』汪藻譙國龍亢桓氏譜：彝與道恭皆九世同堂兄弟。可證李説之實。」按，楊箋既稱道恭祖猷是桓彝同堂弟，又據桓氏譜謂道恭與桓彝是九世同堂兄弟，以爲李説是，顯然抵牾。然與桓彝爲同堂兄弟者究竟是桓猷，抑是桓道恭？檢汪藻桓氏譜，道恭與桓彝確爲始祖桓榮九世孫，乃同堂兄弟，然道恭祖名楷，無有桓猷其人者。若汪藻桓氏譜可信，以輩份言，則道恭乃桓玄之叔祖。但以年代而論，道恭決無可能爲桓玄叔祖。考晉書七成帝記，桓彝於咸和三年（三二八）戰死，年五十三。而此條注引桓氏譜謂道恭義熙初伏誅。咸和三年至義熙初，已有八十年，則道恭與桓彝爲同堂兄弟無有其理。故以道恭祖猷（或楷）與桓彝爲同堂兄弟較爲可信。唐寫本作「道恭祖猷」是，道恭與桓玄爲兄弟行。然則汪藻桓氏譜謂道恭與桓彝爲同堂兄弟便全不可信從矣。

〔四〕被縛　唐寫本無「縛」字。

〔五〕手不能堪芒也　世説箋本：「芒，芒索也。縛人士與縛山獸同，故不堪也。」趙西陸云：「芒，刺也。縛人用粗繩，有刺，故自備綿繩。」按，趙説是。

二六　王緒、王國寶相爲脣齒，並上下權要。〔一〕王氏譜曰：「緒字仲業，太原人。祖延，父乂，撫軍。」〔二〕晉安帝紀曰：「緒爲會稽王從事中郎，以佞邪親幸。王珣、王恭惡國寶與緒亂政，〔三〕與殷仲堪克期同舉，内匡朝廷。及恭表至，乃斬緒以説諸侯。〔四〕國寶，〔五〕平北將軍坦之弟三子。〔六〕太傅謝安，國寶婦父也，惡而抑之不用。〔七〕安薨，相王輔政，遷中書令，〔八〕有妾數百。從弟緒，有寵於王，深爲其説，國寶權動内外。王珣、王恭、殷仲堪爲孝武所待，不爲相王所昵。恭抗表討之，車胤又争之，會稽王既不能拒諸侯兵，遂委罪國寶，付廷尉賜死。」王大不平其如此，乃謂緒曰：「汝爲此欻欻，〔九〕曾不慮獄吏之爲貴乎？」史記曰：〔一〇〕「有上書告漢丞相欲反，文帝下之廷尉。勃既出，歎曰：『吾嘗將百萬之軍，安知獄吏之爲貴也！』」

【校釋】

〔一〕上下　唐寫本作「弄」。周一良札記：「唐寫本上下作弄，是也。六朝碑刻弄字，往往寫成『卡』。如魏孝文吊比干文碑：『執垂益而談卡兮。』魏齊郡王祐妃常氏墓誌：『明慧之鑒，允昭於載卡之春。』爾朱紹墓誌：『弱不好卡。』後世誤分爲上下二字。楊乾墓誌：『幼不好忭。』變忭爲卡，更加手旁，竟成變體中之變體。」

〔二〕祖延　延下唐寫本有「早終」二字。

〔三〕王珣王恭惡國寶與緒亂政　唐寫本作「間王珣、王恭于王，王恭惡國寶與緒亂政」。

〔四〕及恭表至乃斬緒以説諸侯　唐寫本作「及恭至乃斬緒於市以説于諸侯」。

〔五〕國寶　唐寫本作「國寶別傳曰國寶字國寶」。

〔六〕弟三子　唐寫本作「第三子也」，下有「少不修士業，進趣當世」九字。

〔七〕惡而抑之不用　唐寫本作「其惡爲人，每抑而不用」。下有「會稽王妃國寶從妹也由是得與王早游間安于王」。

〔八〕遷中書令　唐寫本作「超遷侍中中書令」。以下唐寫本較各本爲詳，另録如下：「而貪恣聲色，妓妾以百數，坐事免官。國寶雖爲相王所重，既未爲孝武所親，及上覽萬機，乃自進於上，上甚愛之。俄而上崩，政由宰輔。國寶從弟緒有寵於王，深爲其説，王忿其去就，未之納也。緒説漸行，遷左僕射，領吏部、丹陽尹，以東宮兵配之。國寶既得志，權震外内，王珣、恭、殷仲堪並爲孝武所待，不爲相王所昵。國寶深憚疾之。仲堪、王恭疾其亂政，抗表討之。國寶懼之，不知所爲，乃求計於王珣。珣曰：『殷、王與卿素無深讎，所競不過勢利之間耳。若放兵權，必無大禍。』國寶曰：『將不爲曹爽乎？』珣曰：『是何言與！卿寧有曹爽之罪，殷、王，宣王之疇耶？』車胤又勸之，國寶尤懼，遂解職。會稽王既不能距諸侯之兵，遂委罪國寶，收付廷尉，賜死也。」

〔九〕歘歘　忽然而起。文選張衡西京賦：「神山崔巍，歘從背見。」薛綜注：「歘之言忽也。」世説箋本：「此謂輕舉妄動也。」

〔一〇〕「史記曰」以下數句　唐寫本所引史記亦較詳，另録如下：史記曰：「漢丞相周勃就國，有上書告勃反。文帝下之廷尉，吏稍侵辱，勃以千金予獄吏。吏教勃以其子婦公主爲證。帝於是赦勃。勃復爵色。勃既出曰：『吾嘗將百萬之軍，安知獄吏爲貴耶。』」

二七　桓玄欲以謝太傅宅爲營，〔一〕謝混曰：「召伯之仁，〔二〕猶惠及甘棠；韓詩外傳曰：「昔周道之隆，召伯在朝，有司請召民，〔三〕召伯曰：『以一身勞百姓，非吾先君文王之志也。』乃暴處於棠下而聽訟焉。〔四〕詩人見召伯休息之棠，〔五〕美而歌之曰：『蔽芾甘棠，勿翦勿伐，召伯所茇。』」文靖之德，〔六〕更不保五畝之宅。」玄慚而止。

【校釋】

〔一〕「桓玄」句　余箋：「景定建康志四二引舊志云：『謝安宅在烏衣巷驃騎航之側，乃秦淮南岸，謝萬居之北。』」營，建造，製作。左傳隱公十一年：「使營菟裘，吾將老焉。」文選揚雄羽獵賦序：「器械儲偫，禁禦所營。」李善注：「營，謂造作也。」按，此事或在晉安帝元興初，時桓玄已入建康，欲在謝安宅造作以居。

〔二〕召伯　召，唐寫本作「邵」。下同。按，召通「邵」。

〔三〕有司請召民　王叔岷補正：「案注『有司請召民』句，文意不明，『召民』疑當作『營召』。外傳一作『有司請營召以居』。」

〔四〕暴處於棠下　唐寫本作「暴處於棠樹之下」。

〔五〕休息之棠　休上唐寫本有「所」字，「棠」，唐寫本作「樹」。

〔六〕文靖　謝安謚。

捷悟第十一

一　楊德祖爲魏武主簿，時作相國門，始搆榱桷，魏武自出看，使人題門作「活」字便去。楊見，即令壞之。既竟，曰：「『門』中『活』，『闊』字。王正嫌門大也。」〔一〕文士傳曰：「楊脩字德祖，弘農人，太尉彪子。〔二〕少有才學思幹。〔三〕魏武爲丞相，辟爲主簿。脩常白事，知必有反覆教，豫爲答對數紙，〔四〕以次牒之而行，敕守者曰：『向白事必教出相反覆，〔五〕若按此次第連答之。』〔六〕已而風吹紙次亂，〔七〕守者不別而遂錯誤。〔八〕公怒，推問，脩慚懼。〔九〕然以所白甚有理，〔一〇〕終亦是脩。〔一一〕後爲武帝所誅。」〔一二〕

【校釋】

〔一〕文心雕龍諧隱曰：「自魏代以來，頗非俳優，而君子嘲隱，化爲謎語。謎也者，迴互其辭，使昏迷也。或體目文字，或圖像品物，纖巧以弄思，淺察以衒辭，義欲婉而正，辭欲隱而顯。荀卿蠶賦，已兆其體，至魏文、陳思，約而密之，高貴鄉公，博舉品物，雖有小巧，用乖遠大。」曹操於相國門題作「活」字，隱喻門之闊，其實亦屬文心所謂「圖像品物」，即以描繪圖像，猜中某種事物，猶今言「打一物」也。文心言此風習始于荀卿蠶賦，並稱「東方曼倩，尤巧辭述」。東方朔事詳載漢書六五東方朔傳：東方朔與郭舍人于武帝前射覆，舍人輸而受杖罰。朔笑之曰：「咄，口無毛，聲謷謷，尻益高。」舍人恚曰：「朔擅詆欺天子從官，當棄市！」上問朔：「何故詆之？」對曰：「臣非敢詆之，迺與爲隱耳。」上曰：「隱云何？」朔曰：「夫口無毛者，狗竇也。聲謷謷者，鳥哺鷇也。尻益高者，鶴俛啄也。」曹操題相國門上作「活」字，與東方朔同爲隱耳，劉勰目爲諧隱文學。

〔二〕彪子　唐寫本作「子也」。按，漢獻帝興平元年（一九四），楊彪爲太尉，録尚書事，各本作「太尉彪子」，是。

〔三〕思幹　幹下唐寫本有「早知名」三字。

〔四〕答對數紙　唐寫本無「對」字。

〔五〕必教出　必下唐寫本有「有」字。反覆，吴金華考釋：「『反覆，辯難，討論。『反覆教』指上級詰難下屬的公文；『相反覆』，猶言相駁、相難。又如：孫權常令中書郎詣（顧）雍有所咨訪，若合雍意，事可施行，即與相反覆，究而論之，爲設酒食；如不合意，雍即正色改容。（三國志卷五二吴書顧雍傳）」

〔六〕若按此次第連答之　唐寫本作「若案此第連之而已」。

〔七〕已而　唐寫本作「有」。

〔八〕守者　唐寫本無「者」字。錯誤，吴金華考釋：「『錯誤』一詞，始見於漢末魏晉文獻：王肅曰：『此久遠之書，年數錯誤，未可詳也。』」（司馬貞史記索隱卷六七）

〔九〕慚懼　懼下唐寫本有「以實對」三字。

〔一〇〕然以　唐寫本無「以」字。有理，理下唐寫本有「初雖見怪」四字。

〔一一〕終亦是脩　唐寫本作「事亦終是脩之才解皆此類矣」。

〔一二〕後爲　唐寫本無「後」字。余箋：「魏志陳思王傳注引世語曰：『脩爲植所友，每當就植，慮事有關，忖度太子意，豫作答教十餘條，勅門下：教出以次答。教裁出，答已入。太祖怪其疾，推問始泄。』與此風吹紙亂之説不同。文選集注七九答臨淄侯箋注引典略云：『楊脩字德祖，少謙恭有才學，早流奇譽。魏武爲丞相，轉主簿，軍國之事皆預焉。脩思謀深長，常預爲答教，故猜而惡焉。初臨淄侯植有代嫡之議，脩厚自委昵，深爲植所欽重。太子亦愛其才。武帝慮脩多譎，恐終爲禍亂，又以袁氏之甥，遂因事誅之。』此與魏志陳思王傳所注引詳略不同。范書楊彪傳即本之世語及典略，故具録之，以見德祖之始末云。」按，楊脩之死原因有三：曹植之黨羽，一也；袁術之甥，二也；才解敏捷，三也。容齋隨筆一二「曹操殺楊脩」條曰：「古文苑載操與彪書，數脩之罪，以爲恃豪父之勢，每不與吾同懷，將延足下尊門大累，便令刑之。且贈彪錦裘二領，八節角桃杖一枝，青牸牛二頭，八百里驊騮馬一匹，四望通幰七香車一乘，驅使二人。又遺其妻裘鞾有心青衣二人，錢絹甚厚。卞夫人亦與袁夫人書云：『賢郎有蓋世文才，闔門欽敬，明公性急，輒行軍法，以衣服文絹房子宫錦香車送之。』彪及袁夫人皆答書，引愆致謝。是時漢室將亡，政在曹氏，袁公四世宰相，爲漢宗臣，固操之所忌。彪之不死其手幸矣。嗚呼危哉！」讀曹操與楊彪書，可見操殺楊脩後對彪軟硬兼施，亦證脩爲袁術之甥確是其死因之一。

二　人餉魏武一杯酪，魏武噉少許，蓋頭上題「合」字以示衆，〔一〕衆莫能解。次至楊脩，脩便噉，曰：「公教人噉一口也，〔二〕復何疑！」

【校釋】

〔一〕上題　唐寫本作「題上爲」。

〔二〕一口也　唐寫本無「也」字。王叔岷補正：「案金樓子立言下篇：『有寄檳榔與家人者，題爲合字，蓋人一口也。』亦題合字之例。」按，人一口爲「合」，此即文心諧隱所謂「君子嘲隱，化爲謎語」，屬「體目文字」者也。蓋漢末嘲隱之風流行，以離合文字化爲謎語即其一種。如吳志薛綜傳載：「西使張奉，于(孫)權前列尚書闞澤姓名以嘲澤，澤不能答。綜下行酒，因勸酒曰：『蜀者何也？有犬爲獨，無犬爲蜀，横目苟身，蟲入其腹。』奉曰：『不當復列君吳邪？』綜應聲曰：『無口爲天，有口爲吳，君臨萬邦，天子之都。』於是衆坐喜笑，而奉無以對。」「蜀者何也」一句相當於謎底，「有犬爲獨」四句相當於謎面。又太平廣記一七三「俊辯」門「曹植」條：「魏文帝嘗與陳思王植同輦出遊，逢見兩牛在牆間鬭，一牛不如，墜井而死。詔令賦死牛詩，不得道是牛，亦不得云是井，不得言其鬭，不得言其死，走馬百步，令成四十言，步盡不成，加斬刑。子建策馬而馳，既攬筆，賦曰：『兩肉齊道行，頭上戴横骨。行至凶土頭，峍起相唐突。二敵不俱剛，一肉卧土窟。非是力不如，盛意不得泄。』賦成，步猶未竟。」死牛詩乃是長篇隱語詩，與曹操相國門上題「活」字、蓋頭上題「合」字自不可等同而語，然則風氣一也。

三　魏武嘗過曹娥碑下，楊脩從。碑背上見題作「黄絹幼婦，外孫齏臼」八字，〔一〕魏武謂脩曰：「解不？」〔二〕答曰：「解。」魏武曰：「卿未可言，〔三〕待我思之。」行三十里，魏武乃曰：〔四〕「吾已得。」令脩別記所知。脩曰：「黄絹，色絲也，於字爲『絶』；幼婦，少女也，於字爲『妙』；外孫，女子也，於字爲『好』；齏臼，受辛也，〔五〕於字爲『辭』。所謂『絶妙好辭』也。」魏武亦記之，與脩同，乃歎曰：「我才不及卿，〔六〕乃覺三十里。」〔七〕會稽典録曰：「孝女曹娥者，上虞人。父盱，〔八〕能撫節按歌，〔九〕婆娑樂神，〔一〇〕漢安二年，迎伍君神，〔一一〕泝濤而上，爲水所淹，不得其尸。娥年十四，號慕思盱，乃投瓜于江，〔一二〕存其父尸曰：〔一三〕『父在此，瓜當沈。』旬有七日，瓜偶沈，遂自投於江而死。縣長度尚悲憐其義，爲之改葬，命其弟子邯鄲子禮爲之作碑。」〔一四〕按曹娥碑在會稽中，而魏武、楊脩未嘗過江也。〔一五〕異苑曰：「陳留蔡邕避難過吳，讀碑文，以爲詩人之作，〔一六〕無詭妄也。〔一七〕因刻石旁作八字。〔一八〕魏武見而不能了，以問羣僚，莫有解者。〔一九〕有婦人浣於汾渚，曰：『第四車解。』〔二〇〕既而禰正平也。衡即以離合義解之。〔二一〕或謂此婦人即娥靈也。」〔二二〕

【校釋】

〔一〕見題作　唐寫本無「見」字。楊箋：「唐卷、書鈔一〇二、御覽九三、四三一、五八九引世說均無『見』字，今據刪。」韲臼唐寫本作「齊旧」，下同。韲，楊箋：「說文段注：『韲，酢菜之細切者。』楚辭九章：『懲於羹者而吹韲兮。』洪注：『凡醯醬所和，細切爲韲。一曰擣薑蒜辛物爲之。』」

〔二〕解不　解上唐寫本有「卿」字。

〔三〕卿未可言　唐寫本無「卿」字。

〔四〕乃曰　唐寫本無「乃」字。

〔五〕受辛也　唐寫本無「也」字。

〔六〕不及卿　及，唐寫本作「如」。

〔七〕乃覺三十里　唐寫本作「三十里覺」。余箋：「山谷外集注一五引『覺』作『較』。」王叔岷補正：「案御覽九三引『覺』作『較』，古字通用。楚辭九歌遠逝：『服覺皓以殊俗兮。』王注：

『覺，較也。』」周一良札記：「案：『覺』字蓋當時習語，表示程度之意，往往用於表數量詞之後。晉書七七蔡謨傳：『方之於前倍半之覺也。』捷悟篇：『魏武曰，卿未可言，待我思之。行三十里，魏武乃曰，吾已得。乃歎曰，我才不及卿，乃覺三十里。』唐寫本作『我才不如卿三十里覺。』案似以唐寫本爲長。覺字用法同，猶言我才不如卿之程度達三十里也。假譎篇『王大將軍既爲逆』條：『命騎追之，已覺多許里。』晉書四七傳玄傳：『古以步百爲畝，今以二百四十步爲一畝，所覺過倍。』似覺字又可用爲動詞，猶言增加、剩餘、超過矣。」徐箋：「……『覺』爲『較』之借字。御覽引『覺』爲『較』可爲佐證。唐寫本不悟『覺』之義，臆改爲『三十里覺』。此『覺』當訓『相去』或『相差』。瑚玉集一二引語林：『俗云：有智無智，隔三十里，此之謂也。』此『隔』字可證『覺』字之義。『較』字可讀入聲，故變爲『覺』。」按，周一良、徐箋釋「覺」字甚是。

〔八〕盱　唐寫本作「盼」（下同）。按，後漢書八四列女傳作「盱」，當作「盱」是。

〔九〕按歌　按，唐寫本作「安」。按，當作「按」是。

〔一〇〕婆娑　唐寫本脱「娑」字。婆娑，舞貌。詩陳風東門之枌：「子仲之子，婆娑其下。」毛傳：「婆娑，舞也。」

〔一一〕伍君神　世説音釋：「古文苑注：『伍子胥爲濤神。』」

〔一二〕投瓜　瓜，唐寫本作「衣」。余箋：「後漢書列女傳注曰：『娥投衣于水，祝曰：「父屍所在當沉。」衣字或作爪，見項原列女傳』然則此書唐、宋本各有所據。但以理度之，作『衣』爲是。」楊箋：「作『衣』是，作『瓜』無義。衣者，人死復衣以招其魂也。國人今尚有此俗。方正篇二二：『阮宣子論鬼神有無者，或以人死有鬼。宣子獨以爲無，曰：「今見鬼者云：著生時衣服。若人死有鬼，衣服復有鬼耶！」』下同。疑形近而誤。」按，余箋、楊箋謂「瓜」當作「衣」，其說是。又楊箋謂「人死復衣以招其魂」，說亦近是。文選屈原湘夫人曰：「捐余袂兮江中，遺余褋兮澧浦。」劉良注：「褋，禮襜袖襦也，袂褋皆事神所用也。」捐袂遺褋即投衣于水，事鬼神所用，此爲江淮間巫風也。又後漢書八一王忳傳記忳夜宿斄亭，「夜中聞有女子稱寃之聲，忳咒曰：『有何枉狀，可前求理乎？』女子曰：『無衣不敢進。』忳便投衣與之。」由此可知當時或以爲鬼無衣，須投衣著之。

〔一三〕存　沈校本作「祝」。按，作「祝」是。

〔一四〕爲之　之，唐寫本作「其」。爲之作碑，之，唐寫本作「其」。後漢書八四列女傳：「至元嘉元年，縣長度尚改葬娥於江南道傍，爲立碑焉。」注引會稽典録曰：「上虞長度尚弟子邯鄲淳，字子禮，時甫弱冠，而有異才。尚先使魏朗作曹娥碑，文成未出，會朗見尚，尚與之飲宴，而子禮方至督酒。尚問朗碑文成未？朗辭不才，因試使子禮爲之，操筆而成，無所點定。朗嗟歎不暇，遂毀其草。其後蔡邕又題八字曰：『黃絹幼婦，外孫虀臼。』」度尚事蹟見於後漢書三八度尚傳。後漢紀二二曰：「縣有孝女曹娥，年十四，父旴溺于江，不得屍。

娥號慕不已，遂赴江而死。前後長吏莫有紀者，尚至官，改葬娥，樹碑表墓，以彰孝行。」會稽志二〇載有邯鄲淳曹娥碑，其序曰：「孝女曹娥者，上虞曹盱之女也，其先與周同祖。末胄荒沉，爰兹適居。盱能撫節按歌，婆娑樂神。漢安三年五月，時迎伍君，逆濤而上，爲水所淹，不得其屍，娥時年十四，號慕思盱，哀吟澤畔，旬有七日，遂自投江死。經五日，抱父屍出，以漢安迄於永嘉青龍辛卯，莫之有表，度尚設祭，誄之辭曰。」所記曹娥之死及改葬之年與後漢書曹娥傳及會稽典録略有不同。

〔一五〕會稽中　唐寫本無「中」字。過江也，唐寫本無「也」字。

〔一六〕以爲　唐寫本無「以」字。

〔一七〕無詭妄也　唐寫本「無」下有「以」字。

〔一八〕因刻石　唐寫本無「因」字。

〔一九〕解者　唐寫本作「知者」。

〔二〇〕第四　弟，唐寫本作「第」。

〔二一〕即以　即，唐寫本作「便」。孝標謂魏武、楊脩未嘗過江，其説是也，世説「魏武嘗過曹娥碑下，楊脩從」云云皆不可信。然曹操有否可能讀曹娥碑？謝肇淛文海披沙曰：「余按三國演義中載：操征漢中時，過蔡琰莊見有碑刻云云，此雖小説，於理爲近。」意謂曹操見蔡琰莊之曹娥碑刻。徐𤇍徐氏筆精七「曹娥碑」條：「殷芸小説云：『蔡邕刻曹娥碑，傍曰「黄絹幼婦，外孫虀臼」。魏武見不能曉，以問羣僚，莫有知者。有婦人浣于江渚曰：「第四車中人解之。」乃禰正平，便以離合解爲絶妙好辭。』此説與諸書所載大異。余謂孟德決無到曹娥江之理，或是當時傳印邯鄲淳曹娥碑文，而孟德與楊脩猜度之，只見墨本，非親摩碑石也。禰衡之解又不知何據。語林云：『操讀碑於汝南。』其爲摹本無疑。」徐氏意謂曹操所見乃曹娥碑之摹本，非碑石也。竊以爲三國演義小説終不可信，而徐𤊹謂曹操與楊脩所讀爲曹娥碑之摹本，説較近理。又楊脩解「黄絹幼婦」八字爲「絶妙好辭」，異苑稱之爲「離合義」。所謂「離合」，本義爲分合聚散，此謂將字（或詩）之結構或分或離之，與謎語、隱語相類，亦示巧妙，蓋爲文字遊戲也。劉勰文心雕龍明詩：「至於三六雜言，則出自篇什；離合之發，則明於圖讖。」黄叔琳注引文章緣起：「孔融作四言離合詩。」藝文類聚於孔融離合郡姓名字詩下注曰：「魯國孔融文舉」六字。此又可證漢末以離合義作謎語或詩已成風氣矣。

〔二〕婦人　唐寫本無「人」字。

四　魏武征袁本初，〔一〕治裝，餘有數十斛竹片，咸長數寸。衆云並不堪用，〔二〕正令燒除。〔三〕太祖思所以用之，〔四〕謂可爲竹椑楯，〔五〕而未顯其言，馳使問主簿楊德祖，應聲答之，〔六〕與帝心同。〔七〕衆伏其辯悟。

【校釋】

〔一〕「魏武」句　據魏志武帝紀，建安四年（一九九），曹操征袁紹。

〔二〕衆云並不堪用　唐寫本作「衆並謂不堪用」。朱注：「案太平御覽三五七楯下引同唐寫本，文義較通順，據改。」按，唐寫本是。

〔三〕正令　令，王利器校：「御覽卷三五七，又卷九六二引『令』作『合』。」按，當作「合」，令爲形誤。合，應該，應當。史記一一七司馬相如列傳：「然則受命之符，合在於此矣。」此句承上，意謂竹片不堪用，正該燒除。

〔四〕太祖　祖下唐寫本有「甚惜」二字。按，當從唐寫本。

〔五〕竹椑楯　椑，唐寫本作「押」。按，當從唐寫本作「押」。「押」同「甲」，謂盔甲與盾牌也。御覽三五七正作「甲楯」。左傳襄公二十五年：「賦車籍馬，賦車兵、徒兵、甲楯之數。」史記五七絳侯周勃世家：「居無何，條侯子爲父買工官尚方甲楯五百被可以葬者。」

〔六〕答之　唐寫本無「之」字。

〔七〕帝心同　唐寫本無「心」字。劉辰翁云：「以上四則，皆德祖之所以可惜，所以致疑也。傷哉！」

五　王敦引軍垂至大桁，〔一〕明帝自出中堂。温嶠爲丹陽尹，帝令斷大桁，故未斷，帝大怒瞋目，左右莫不悚懼。〔二〕按晉陽秋、鄧紀皆云：〔三〕敦將至，嶠燒朱雀橋以阻其兵。〔四〕而云「未斷大桁致帝怒」，〔五〕大爲譌謬。一本云：「帝自勸嶠入。」一本作「噉飲，〔六〕帝怒」，此則近也。〔七〕召諸公來，嶠至，不謝，〔八〕但求酒炙。〔九〕王導須臾至，徒跣下地謝曰：「天威在顏，遂使温嶠不容得謝。」〔一〇〕嶠於是下謝，帝迺釋然。諸公共歎王機悟名言。〔一一〕

【校釋】

〔一〕引軍　軍，宋本作「車」。王利器校：「唐寫本及各本『車』都作『軍』，是。」通鑑卷一三三宋紀胡三省注：「『朱雀桁即大航也，在秦淮水上，以其在朱雀門外，故名。桁與航通。』」按，通鑑八六晉紀八胡注：「朱雀橋在吳建業宮城之南，跨秦淮水。世傳晉孝武建朱雀門，上有兩銅雀，故橋亦以此得名。余謂朱雀橋自吳以來有之，蓋取前朱雀之義，非晉孝武之時始有此名也。朱雀橋亦曰大桁。」汪藻考異敬胤注：「敦時在南州，病已困，不能下都，是王含、錢鳳軍也。」

〔二〕自出　唐寫本無「自」字。温嶠爲丹陽尹帝令斷大桁，唐寫本作「使丹陽尹温嶠斷大桁」。瞋目，唐寫本作「瞋盛」。余箋：「建康實録七云：『成帝咸康二年，更作朱雀門，新立朱雀浮航。航在縣東南四里，對朱雀門，南渡淮水，亦名朱雀橋。』注云：『案地志：本吳南津大吴橋也。王敦作亂，温嶠燒絶之，遂權以浮橋往來。至是，始議用杜預河橋法作之，長九十步，廣六丈，冬夏隨水高下也。』景定建康志一六引舊志云：『鎮淮橋在今府城南門裏。即古朱雀航所。』嘉錫案：據孝標注及建康實録，則明帝時温嶠所燒者是朱雀橋，而非浮航。敬胤注引丹陽記云：『太元中，驃騎府立東桁，改朱雀爲大桁』，則大桁之名，非明帝時所有。世説蓋事後追紀之詞耳。敬胤注徵引甚詳，在考異中，兹不備引。」按，據晉書六明帝紀、通鑑九三晉紀一五，太寧二年（三二四）秋七月，王敦遣其兄含及錢鳳、周撫等水陸五萬，突至江寧南岸。温嶠移屯水北，燒朱雀桁，以挫其鋒。通鑑云：「帝欲將兵擊之，聞橋已絶，大怒。嶠曰：『今宿衛寡弱，徵兵未至，若賊豕突，危及社稷，宗廟且恐不保，何愛一橋乎？』」世説此條云「帝令斷大桁」云云，與晉陽秋、鄧粲晉紀、通鑑、晉書皆不同，孝標謂其「大爲譌謬」，是也。

〔三〕鄧紀　唐寫本作「鄧粲晉紀」。按，唐寫本是。

〔四〕嶠燒　燒，唐寫本作「破」。阻其兵，兵，唐寫本作「兵勢」。

〔五〕而云　「而」下唐寫本有「此」字。大桁，唐寫本無「大」字。致帝怒，怒，唐寫本作「大怒」。

〔六〕一本云帝自勸嶠入一本作噉飲　唐寫本作「一本云帝自勸嶠不飲」。

〔七〕近也　唐寫本作「近之者也」。

〔八〕不謝　不認錯。謝，認罪，認錯。

〔九〕酒炙　酒下唐寫本有「及」字。

〔一〇〕不容　唐寫本無「容」字。

〔一一〕名言　言，唐寫本作「語」。按，此條所記情事不易理解。晉陽秋、鄧粲晉紀皆云王敦將至，温嶠燒朱雀橋以阻其兵。諒臨川不容不知，然稱令斷大桁者乃明帝，又未斷致帝怒。汪藻考異敬胤注引晉陽秋、鄧粲晉紀並曰：「賊至，温嶠燒朱雀橋以挫其鋒，上欲親帥攻之，不得渡，大怒。嶠陳持重之計，久之乃聽。賊果不得渡。而説云帝令斷橋，不順旨，與明文有違。」敬胤注文較完整，文義得明。蓋帝之所以大怒，乃因斷桁後不得渡，非是令斷桁而不斷。嶠陳持重之計，即通鑑所云「宗廟且恐不保，何愛一橋」。温嶠欲斷桁，明帝則不允，帝怒，故召諸公來。嶠至不謝，但就酒炙，以示不改斷桁之意也。隨即王導至，謝曰「天威在顔」云云，化解嶠與明帝之間矛盾，君臣皆釋然，遂斷朱雀橋。疑當時情事即如此。由此見王導之政治技巧非他人可及。

六　郗司空在北府，〔一〕桓宣武惡其居兵權。南徐州記曰：「徐州人多勁悍，號精兵，〔二〕故桓温常曰：『京口酒可飲，〔三〕箕可用，兵可使。』」〔四〕郗於事機素暗，遣牋詣桓，方欲共獎王室，脩復園陵。〔五〕世子嘉賓出行，於道上聞信至，急取牋，〔六〕視竟，寸寸毀裂，便回還更作牋，自陳老病，不堪人間，欲乞閑地自養。宣武得牋大喜，〔七〕即詔轉公督五郡、會稽太守。〔八〕晉陽秋曰：「大司馬將討慕容暐，表求申勸平北將軍愔及袁真等嚴辦。〔九〕愔以羸疾求退，〔一〇〕詔大司馬領愔所任。」〔一一〕按中興書：愔辭此行，温責其不從，〔一二〕轉授會稽。世説爲謬。〔一三〕

【校釋】

〔一〕北府　通鑑一〇二晉紀二四：「初愔在北府。」胡注：「晉都建康，以京口爲北府，歷陽爲西府，姑孰爲南州。」據通鑑一〇一晉紀二三：太和二年（三六七）九月，以會稽内史郗愔爲都督徐兗青幽揚州之晉陵諸軍事、徐兗二州刺史，鎮京口。

〔二〕徐州人　人，唐寫本作「民」。號精兵，號下唐寫本有「曰」字。

〔三〕故桓温　故，宋本誤作「放」。京口酒，唐寫本無「口」字。

〔四〕可使　使下唐寫本有「也」字。

〔五〕園陵　世説箋本：「時洛陽没於胡，故東晉言恢復，以脩復園陵爲言。園陵，先帝墓也。」

〔六〕急取牋　牋下唐寫本有「視」字。按，唐寫本敍事細緻有味，有「視」字佳。

〔七〕大喜　喜，唐寫本作「嘉」。

〔八〕「即詔」二句　據通鑑一〇二晉紀二四，太和四年（三六九）春三月，轉愔冠軍將軍、會稽内史。劉辰翁云：「此等後人不能諒也。」又云：「嘉賓入幕府，豈得已哉？觀其處父子間，有足取者。」

〔九〕中勸　勸，唐寫本作「勒」。平北將軍，王刻本無「將軍」二字。王先謙校：「一本『平北』下有『將軍』二字，是。」王利器校：「案作『勒』是。」

〔一〇〕愔以羸疾求退　唐寫本作「愔以素羸疾，不堪戎行，自表求退，聽之」。

〔一一〕領愔所任　愔，宋本誤作「惜」。任下唐寫本有「授愔冠軍將軍，會稽内史」十字。

〔一二〕不從　唐寫本下有「處分」二字。

〔一三〕世説爲謬　唐寫本作「疑世説爲謬者」。晉書、通鑑皆謂郗超更作愔箋，桓温大喜，轉愔會稽太守，與世説同。晉陽秋謂「愔以羸疾求退」，亦不云桓温責愔不從伐燕。孝標僅據中興書遂判世説爲謬，恐不可取。

七　王東亭作宣武主簿，嘗春月與石頭兄弟乘馬出郊。〔一〕時彦同遊者連鑣俱進，石頭，桓遐小字。〔二〕中興書曰：「遐字伯道，温長子也。仕至豫州刺史。」〔三〕唯東亭一人常在前，覺數十步，〔四〕諸人莫之解。石頭等既疲倦，俄而乘輿回，〔五〕諸人皆似從官，唯東亭奕奕在前，其悟捷如此。〔六〕

【校釋】

〔一〕出郊　郊下唐寫本有「野」字。

〔二〕桓遐　遐，唐寫本作「熙」。下同。徐箋：「唐寫本作『桓熙』，是。晉書桓温傳：『長子熙，字伯道。』」小字，字下唐寫本有「也」字。

〔三〕仕至　仕，宋本誤作「仁」。

〔四〕覺　校也。參見本篇三校釋。

〔五〕俄而乘輿回　乘，宋本誤作「秉」。徐箋：「『回』，唐寫本及影宋本並作『向』，是。當於『輿』字下逗，『向』字屬下讀。」按，徐箋是。前云「唯東亭一人常在前」，若衆人乘輿回，則東亭落於人後，與「諸人皆似從官」不合。

〔六〕悟捷　捷，唐寫本誤作「攝」。按，古人禮以尊者在前。言語五六簡文作撫軍時，嘗與桓宣武俱入朝，更相讓在前。宣武不得已而先之。排調四六王文度、范榮期爲簡文所要，將前，二人更相推在前。王東亭玩此小聰明，乃作一時之「尊者」耳。劉辰翁云：「小夫之談，何足言『悟』？」其説是也。

夙惠第十二

一　賓客詣陳太丘宿，太丘使元方、季方炊。〔一〕客與太丘論議。〔二〕二人進火，俱委而竊聽。炊忘著箄，〔三〕飯落釜中。太丘問：〔四〕「炊何不餾？」〔五〕元方、季方長跪曰：「大人與客語，乃俱竊聽，炊忘著箄，飯今成糜。」〔六〕太丘曰：「爾頗有所識不？」對曰：「仿佛志之。」〔七〕二子俱説，〔八〕更相易奪，言無遺失。太丘曰：「如此，但糜自可，何必飯也。」〔九〕

【校釋】

〔一〕太丘　唐寫本脱「丘」字。

〔二〕論議　同「談論」，「言論」，主要是人物品鑒及學術議論，爲魏晉清言之濫觴。後漢書五三申屠蟠傳敍太尉黄瓊卒，歸葬江夏，「四方名豪會帳下者六七千人，互相談論，莫有及蟠者」。後漢書六二荀悦傳言悦年十二，能説春秋，又敍「悦與（荀）彧及少府孔融侍講禁中，日夕談論」。後漢書六八郭泰傳謂泰「善談論，美音制」。後漢書八〇下酈炎傳：「言論給捷，多服其能理。」後漢書所記之「談論」，内容何指？余英時漢晉之際士之新自覺與新高潮一文云：「漢末名士之清談，除人物評論之外，固早已涉及學術思想之討論矣。」（詳見余英時士與中國文化，上海人民出版社，一九八七年十二月）以爲漢末談論之内容有二：一是人物評論，二是學術思想之討論。唐翼明關於魏晉清談研究中的幾個問題一文贊同余英時之説，並補充云：「漢末這種談論的風氣不是發生在别的地方，而是發生在太學。」（魏晉文學與玄學——唐翼明學術論文集）按，余氏所言甚是。本條記賓客與陳太丘論議，亦當與學術有關，非嘲謔言戲，亦非清議鑒裁人物。觀太丘問季方「爾頗有所識不」，知此種論議，絶非一聽即了，須待識力。若是人物評論，優劣易明，太丘不須有「爾頗有所識不」之問。蓋此番論議不易識，而二子不僅能識，且復述不差，故太丘不僅不責子炊飯成糜，反而欣然贊許也。太丘之論議，類後世之玄談。至於唐翼明謂漢末談論「發生在太學」之説，尚需研究。據後漢書七九儒林傳，質帝本初元年（一四六）之後，「游學增盛，至三萬餘生。然章句漸疏，而多以浮華相尚」。後漢書四四徐防傳敍防於和帝永元十四年（一〇二）上疏曰：「伏見太學博士試博士弟子，皆以意説，不修家法。……今不依章句，妄生穿鑿，以遵師爲非義，意説爲得理。輕侮道術，寖以成俗。」可見，早在和帝時已萌經學之新風，漢末太學之「浮華」，不過乃變本加厲耳。又賓客與陳太丘論議之年，若以元方二十歲計（後漢書本傳謂陳紀卒於建安初，年七十一），約在本初元年（一四六）左右，遠在郭林宗等人于太學談論之前。且賓客與陳太丘此番論議，同申屠蟠與四方名豪互相談論，李膺聽符融言論，皆不在太學也。

〔三〕箄　李慈銘云：「案説文：『箄，蔽也，所以蔽甑底。』甑者，蒸飯之器。考工記『陶人爲甑七穿』蓋甑底有七穿，必以竹席蔽之，米乃不漏。爾雅釋言：『饙、餾，稔也。』稔者，飪之假借。説文：『飪，大熟也。』郭注：『饙熟爲餾。』詩大雅釋文引孫炎云：『蒸之曰饙，均之曰餾。』説文：『餾，飯氣蒸也。』詩正義引作『飯氣流也』，蓋餾之爲流也，再蒸而飯熟，均則氣液欲流也。」程炎震云：「箄當作箅，字之誤也。説文：『箅，蔽也。所以蔽甑底。從竹，畀聲。』段注曰：『甑底有七穿，必以竹席蔽之，米乃不漏。雷公炮炙論云：「常用之甑，中箅能淡鹽味。煮昆布，用蔽箅。」哀江南賦曰：「蔽箅不能救鹽池之鹹。」玉篇：「箅，甑箅也。補計切。」廣韵：「博計切。」皆是此字。』」

〔四〕太丘問　唐寫本作「丘問之」。

〔五〕何不餾　唐寫本作「何留」。

〔六〕飯今成糜　飯今，唐寫本作「今皆」。糜，宋本誤作「麋」。

〔七〕仿佛　唐寫本脱「仿」字。

〔八〕二子　唐寫本下有「長跪」二字。

〔九〕余箋：「御覽四三二引袁山松後漢書曰：『荀淑與陳寔神交。及其棄朗陵而歸也，數命駕詣之。淑御，慈明從，叔慈抱孫文若而行。寔亦令元方侍側，季方作食。抱孫長文而坐，相對怡然。嘗一朝求食，季方尚少，跪曰：「向聞大人荀君言甚善，竊聽之，甑壞，飯成糜。」寔曰：「汝聽談解乎？」諶曰：「唯」。因令與二慈説之，不失一辭。二公大悦。』嘉錫案：與世説異。蓋如世説之言，元方、季方年皆尚幼，故列之夙慧篇。據山松書，則元方年已長大，亦既抱子矣。太丘有六子（見本傳）。後漢紀二三稱長子元方，小子季方，則二人之年相去必遠，不得如世説所記，俱是幼童也。然荀淑卒時，彧尚未生（詳見德行篇）。山松之言，亦非實録。」按，余箋謂袁山松後漢書非實録，其言是也。據後漢書六二荀淑傳，淑以建和三年（一四九）卒，年六十七。後漢書六二陳紀傳謂紀年七十一卒，時在建安初。而程炎震云荀彧以建安十七年卒，年五十，則當生於延熹六年（一六三）。據上可見，袁山松言「淑慈抱孫文若而行」，確非實録。據年代考之，世説此條所記，元方年約二十左右，而季方年歲不知。太丘有六子，而季方最小，以此推測，其年齡或許尚不滿十歲。元方年已弱冠，得以侍側；季方年幼，則作食。委炊飯而竊聽者乃季方，太丘問「爾頗有所識不」，亦僅問季方。袁山松之言雖非實録，但亦有可信之處。

二　何晏七歲，明惠若神，〔一〕魏武奇愛之。〔二〕因晏在宮内，欲以爲子。〔三〕晏乃畫地令方，自處其中。人問其故，答曰：「何氏之廬也。」〔四〕魏武知之，即遣還。〔五〕魏略曰：「晏父蚤亡，太祖爲司空時，納晏母，〔六〕其時秦宜禄、阿鰾亦隨母在宮，〔七〕並寵如子。〔八〕常謂晏爲假子也。」〔九〕

【校釋】

〔一〕明惠　惠，唐寫本、御覽皆作「慧」。余箋：「御覽二八七引何晏別傳曰：『晏小時養魏宮，七八歲便慧心天悟，衆無愚智，莫不貴異之。魏武帝讀兵書，有所未解，試以問晏，晏分散所疑，無不冰釋。』」按，何晏生卒年無考。據後漢書天文志下，漢靈帝中平六年（一八九），大將軍何進爲諸黄門所殺。考御覽三八〇引何晏別傳曰：「何晏，南陽人，大將軍進孫。進遇害，魏武納晏，小養於魏宮，至七八歲慧心天悟。」假設何進遇害時何晏尚在繈褓，則晏七八歲當在建安初。又孝標注引魏略云「太祖爲司空時納晏母」。據魏志武帝紀，建安元年冬十月，「天子拜公司空，行車騎將軍」。由此可知，建安元年（一九六）何晏七歲。則晏生於漢獻帝初平元年（一九〇），至齊王曹芳正始十年（二四九）被殺，享年五十。

〔二〕奇愛　吴金華考釋：「所謂『奇愛之』，即『奇之愛之』或『奇而愛之』的緊縮語。（下略）上文用副詞『甚』、『深』修飾『奇愛』，足見『奇愛』是動詞，『奇』是特別賞識、非常看重的意思。」

〔三〕因晏在　因，唐寫本作「以」。欲以，欲上唐寫本有「因」字。

〔四〕「晏乃畫地」數句　御覽三八〇引何晏別傳曰：「武帝欲以爲子，每扶將遊觀，令與諸子長幼相次。晏微覺之，坐則專席，止則獨立。或問其故，答曰：『禮，異姓不相貫。』」按，古人重親親之誼，同姓異姓分別極嚴。舉凡飲食、慶賀、朝覲、喪禮等儀式，皆有嚴格規定，彰顯尊卑親疏。周禮注疏一八春官宗伯大宗伯：「以脤膰之禮，親兄弟之國。」鄭玄注：「脤膰，社稷宗廟之肉，以賜同姓之國，同福禄也。」「以賀慶之禮，親異姓之國。」鄭玄注：「異姓，王昏姻甥舅。」周禮注疏三八秋官司寇司儀：「詔王儀南鄉見諸侯，土揖庶姓，時揖異姓，天揖同姓。」鄭玄注：「庶姓無親者也……異姓昏姻也。」孔穎達疏：「『土揖庶姓』已下，先疏後親爲次。」左傳隱公三年：「周之宗盟，異姓爲後。」正義：「周人貴親，先敍同姓，以其篤於宗族，是故謂之宗盟。」周禮注疏二二春官宗伯墓大夫：「令國民族葬而掌其禁令。」鄭玄注：「族葬各從其親。」賈疏：「經云族葬，則據五服之内，親者共爲一所而葬，異族即别塋。知族是五服之内者。見左傳『苦諸侯之例』云：異姓臨於外，同姓於宗廟，同宗于祖廟，同族於禰廟。」何晏稱「禮，異姓不相貫」，意謂依禮經，同姓異姓不相統貫，親疏有别也。「何氏之廬」一語亦是此意。

〔五〕遺還　還下唐寫本有「外」字。按，唐寫本是。外，即外家。遺還外，謂遺還外祖家也。

〔六〕納晏母　母下唐寫本有「並收養」三字。

〔七〕其時秦宜禄阿鰾亦隨母在宮　阿鰾，唐寫本作「何鰺」，在宮，作「在公家」。王利器校：「案三國志魏志曹爽傳注引魏略作『其時秦宜禄兒阿蘇，亦隨母在公家，並見寵如公子』；蘇即朗也。』此文『禄』下脱『兒』字；『阿鰾』、『阿鰺』、『阿蘇』，未知孰是。『何』當是『阿』字形近而錯的。」余箋：「『阿鰾』當是『阿蘇』。」徐箋：「『鰾』與『鰺』皆『蘇』之形誤。」按，「何」

當是「阿」之形誤，王校是。秦朗小字「阿蘇」。魏志明帝紀注引魏略，言明帝親愛秦朗，「每顧問之，多呼其小字阿蘇」。秦宜禄事蹟見魏志明帝紀注引獻帝紀：「朗父名宜禄，爲呂布使詣袁術，術妻以漢宗室女。其前妻杜氏留下邳。布之被圍，關羽屢請于太祖，求杜氏以爲妻，太祖疑其有色，及城陷，太祖見之，乃自納之。宜禄歸降，以爲銍長。及劉備走小沛，張飛隨之，過謂宜禄曰：『人取汝妻，而爲之長，乃蚩蚩若是邪！隨我去乎？』宜禄從之數里，悔欲還，張飛殺之。朗隨母氏畜于公宫，太祖甚愛之，每坐席，謂賓客曰：『世有人愛假子如孤者乎？』」又蜀志關羽傳注引蜀記曰：「曹公與劉備圍呂布於下邳，關羽啓公，布使秦宜禄行求救，乞娶其妻，公許之。臨破，又屢啓於公。公疑其有異色，先遣迎看，因自留之，羽心不自安。」綜上可知，秦宜禄乃呂布之僚屬，其前妻杜氏有美色，關羽欲得之，曹操亦許之。然操破呂布，食言而自留之。言而無信，真一好色之徒耳。因秦宜禄妻擄至魏宫，其子朗（阿蘇）亦隨母在宫，曹操甚愛之。

〔八〕並寵如子　唐寫本作「並見如寵公子」。

〔九〕常謂晏爲假子也　唐寫本作「幓性謹慎，而晏無所顧，服飾擬太子，故太子特憎之，每不呼其姓字，常謂之假子。」魏氏春秋曰：『晏母尹爲武王夫人，故晏長於王宫也』」。較各本多出數十字。

三　晉明帝數歲，〔一〕坐元帝膝上。有人從長安來，元帝問洛下消息，潸然流涕。明帝問何以致泣，具以東渡意告之。〔二〕因問明帝：「汝意謂長安何如日遠？」答曰：「日遠。〔三〕不聞人從日邊來，〔四〕居然可知。」元帝異之，明日集羣臣宴會，告以此意，更重問之。乃答曰：〔五〕「日近。」元帝失色曰：〔六〕「爾何故異昨日之言邪？」〔七〕答曰：「舉目見日，不見長安。」〔八〕

【校釋】

〔一〕晉明帝　帝下唐寫本有「年」字。程炎震云：「永嘉元年，元帝始鎮建業，明帝時年九歲。若建興元年，愍帝立于長安，則十五歲矣。初學記卷一引劉昭幼童傳云：『元帝爲江東都督，鎮揚州，時中原喪亂，有人從長安來。元帝問洛下消息，潸然流涕。帝年數歲，問泣故』云云。以爲元帝始鎮時較合。」

〔二〕東渡　渡，唐寫本作「度」。按，「度」通「渡」。東渡謂自北來江東。

〔三〕日遠　唐寫本無此二字。

〔四〕不聞人從日邊來　李慈銘云：「案初學記卷一、事類賦卷一引劉昭幼童傳『不聞人從日邊來』下，俱有『只聞人從長安來』一句。」

〔五〕乃答曰　曰，唐寫本作「云」。

〔六〕失色曰　唐寫本無「曰」字。

〔七〕爾何故異昨日之言邪　唐寫本作「率爾問故異昨日之言邪」。

〔八〕舉目見日不見長安　唐寫本作「舉目則見日，舉目不見長安」。李慈銘云：「案初學記引幼童傳作『舉頭不見長安，只見日』。事類賦引幼童傳作『舉頭見日，不見長安』。」楊箋：「日，指元帝。」按，楊箋大誤。元帝問「長安何如日遠」及明帝答「日遠日近」之日，皆指日月之日，絶非比喻。「長安」下，各本删去注文，唐寫本有，兹録如下：案桓譚新論：「孔子東遊，見兩小兒辯，問其遠近。日中時遠。一兒以日初出遠，日中近者。日初出大如車蓋，日中裁如槃蓋，此遠小而近大也。言遠者日初出，愴愴涼涼，及中如探湯，此近熱遠愴乎？」明帝此對，亦二兒之辯也。

四　司空顧和與時賢共清言。張玄之、顧敷是中外孫，年並七歲。〔一〕顧愷之家傳曰：〔二〕「敷字祖根，吴郡吴人，滔然有大成之量，仕至著作郎，二十三卒。」〔三〕在牀邊戲，于時聞語，神情如不相屬。〔四〕瞑於燈下，〔五〕二兒共敍客主之言，〔六〕都無遺失。〔七〕顧公越席而提其耳曰：「不意衰宗，復生此寶。」〔八〕

【校釋】

〔一〕張玄之、顧敷　已見言語五一。該條謂「于時張年九歲，顧年七歲」，而此云「年並七歲」，二者必有一誤。

〔二〕顧愷之　唐寫本作「顧凱」。按，當從各本作「顧愷之」。

〔三〕仕至著作郎二十三卒　唐寫本作「仕至著作佐苗而不秀年廿三卒」。楊箋：「當如宋本作『仕至著作佐郎』是。」按，唐寫本作「著作佐」，顯脱一「郎」字，然宋本原作「仕至著作郎」。故「著作郎」、「著作佐郎」何者爲是，尚不能定。

〔四〕相屬　相關。顔之推顔氏家訓歸心：「人生在世，望於後身，似不相屬。」按，以上三句謂二小兒於牀邊遊戲，其時聞顧和與賓客清言，神情似不相關。

〔五〕瞑　通「眠」，此指卧。楚辭招魂：「致命於帝，然後得瞑些。」王逸注：「瞑，卧也。」文選嵇康養生論：「夜分而坐，則低迷思寢。内懷殷憂，則達旦不瞑。」李善注：「瞑，古眠字。」引世説「燈」，余箋：「孫志祖讀書脞録七曰：『能改齋漫録云：「牀凳之凳，晉時已有此器。」引世説張玄之、顧敷瞑於鐙下，共敍主客之情。以爲牀凳之始。志祖案：鐙即古燈字。楚辭「華燈錯些」可證。又借爲鞍鐙字。與牀凳何涉耶？世説自謂燈下，不得云凳下也。』嘉錫案：説文有『鐙』無『燈』。文選二三贈五官中郎將詩注曰：『鐙與燈音義同。』世説唐、宋本俱作燈。蓋宋時偶有他本，從古字作鐙者。吴曾不識字，遂生異説。」按，余箋是。瞑於燈下，指二小兒卧於燈下（遊戲），非寐而不覺也。

〔六〕二兒　唐寫本作「二小兒」。

〔七〕遺失　唐寫本無「失」字。

〔八〕提其耳　吴金華考釋：「『提其耳』，形容語重情切以期引起聽者充分注意的情態；其中『提』字，似乎不是描寫拉扯耳朵的實際動作。例如：『於乎小子，未知臧否。匪手攜之，言示之事；匪面命之，言提其耳。』（詩經卷一八大雅抑）舊説這是『衛武公刺（周）厲王以自警』的詩歌。漢魏之際的學者鄭玄對以上六句詩的箋釋是：『於乎，傷王不知臧否。我非但以手攜掣之，表示以其事。我非但對面語之，親提撕其耳。此言以教導之，孰可不覺悟。』在這裏，鄭氏用疊韻連綿詞『提撕』爲『提』字作注，而『提撕』在當時口語中表示啓發、警覺之義，跟今義『提拉』（指手的動作）之義有别。」按，吴説是。又春秋穀梁傳七范甯注：「明達之人，言則舉綱，領要不言，提其耳則愚者不悟。」葛洪抱朴子内篇勤求：「苟所不信，雖令赤松、王喬，言提其耳，亦當指以爲妖訛。」顧公「不意衰宗，復生此寶」一語，既是贊許，亦爲教誨。魏志陳羣傳：「羣爲兒時，寔常奇異之，謂宗人父老曰：『此兒必興吾宗！』」蜀志先主傳：「（劉）德然父元起常資給先主，與德然等。元起妻曰：『各自一家，何能常爾邪！』起曰：『吾宗中有此兒，非常人也。』」晉書八三顧和傳：「和二歲喪父，總角便有清操，族叔榮雅重之，曰：『此吾家麒麟，興吾宗者必此子也！』」于此皆可見古人視復興宗族之事爲大。

五　韓康伯數歲，〔一〕家酷貧，至大寒，止得襦。〔二〕母殷夫人自成之，令康伯捉熨斗，謂康伯曰：〔三〕「且著襦，尋作複褌。」〔四〕兒云：〔五〕「已足，不須複褌也。」〔六〕母問其故。答曰：〔七〕「火在熨斗中而柄熱，〔八〕今既著襦，下亦當煖，〔九〕故不須耳。」〔一〇〕母甚異之，知爲國器。

【校釋】

〔一〕韓康伯　伯下唐寫本有「年」字。

〔二〕止　唐寫本作「正」。止，只也，僅也。襦，短衣，短襖。辛延年羽林郎詩：「長裾連理帶，廣袖合歡襦。」

〔三〕康伯　唐寫本作「兒」。

〔四〕且著襦尋作複褌　唐寫本作「著尋作複褌」。複褌，世説箋本：「複衣者有裏，褌同『褌』，裩貫兩腳，上系腰中也。」按，複褌，猶夾褲也。

〔五〕兒云　兒，宋本、沈校本並作「乃」。

〔六〕不須複褌也　唐寫本作「不復須褌」。

〔七〕答曰　唐寫本作「兒云」。

〔八〕火在熨斗中而柄熱　唐寫本作「火在斗中而柄尚熱」。

〔九〕「今既」二句　按，前云「火在熨斗中而柄熱」，與此云「今既著襦，下亦當煖」，乃爲類比推理，意謂上身著襦既暖，則下身亦暖，不須複褌也。

〔一〇〕故不　故下唐寫本有「云」字。

六　晉孝武年十二，〔一〕時冬天，晝日不著複衣，但著單練衫五六重，〔二〕夜則累茵褥。謝公諫曰：「聖體宜令有常，〔三〕陛下晝過冷，夜過熱，恐非攝養之術。」帝曰：「晝動夜靜。」〔四〕老子曰：「躁勝寒，靜勝熱。」〔五〕此言夜靜寒，宜重肅也。〔六〕謝公出，歎曰：「上理不減先帝。」簡文帝善言理也。〔七〕

【校釋】

〔一〕年十二　唐寫本作「年十三四」。

〔二〕單練衫　世說音釋：「練，熟絲繒也。衫，衣之通稱。」程炎震云：「練當作練。晉書王導傳：『練布單衣。』音義：『色魚反。』廣韻：『所葅切。』『練葛』，御覽二十七作『單緝』，則練字似不誤。」按，練，絲織品；練，粗麻織物。當作練。

〔三〕聖體　唐寫本無「聖」字。

〔四〕晝動　唐寫本無「晝動」二字。晝動則熱，故「晝日不著複衣」；夜息靜寒，故「累茵褥」。

〔五〕静勝熱　熱，宋本、唐寫本作「暑」。
〔六〕夜静寒　静下唐寫本有「則」字。重肅也，唐寫本作「重茵」。
〔七〕簡文帝　唐寫本無「帝」字。

七　桓宣武薨，〔一〕桓南郡年五歲。〔二〕服始除，〔三〕桓車騎與送故文武别，〔四〕因指語南郡：〔七〕「此皆汝家故吏佐。」〔八〕玄應聲慟哭，〔九〕酸感傍人。車騎每自目己坐曰：「靈寶成人，當以此坐還之。」〔一〇〕鞠愛過於所生。〔一一〕

桓沖别傳曰：「沖字玄叔，〔五〕温弟也。累遷車騎將軍、都督七州諸軍事。」〔六〕靈寶，玄小字也。

【校釋】

〔一〕桓宣武　唐寫本脱「宣」字。晉書九孝武帝紀載：寧康元年（三七三）秋七月，桓温薨。
〔二〕桓南郡　桓玄也。晉書九九桓玄傳：温臨終，命以爲嗣，襲爵南郡公。
〔三〕服始除　桓玄年七歲，温服終。
〔四〕送故　送故官歸里或移官别地。晉書六三李矩傳：「及長，爲吏，送故縣令於長安。」晉書七五范甯傳：「又方鎮去官，皆割精兵器仗以爲送故，米布之屬不可稱計。」此指護送桓温喪回故里。

〔五〕玄叔　叔，唐寫本作「子」。楊箋：「宋本及各本作『玄叔』，唐卷作『玄子』，皆誤。今按：晉書桓沖傳作『幼子』，汪藻桓氏譜同，是。今依晉書。」按，楊箋是。桓彝有五子，長子桓温字元子，沖最幼，故字幼子。

〔六〕諸軍事　事下唐寫本有「荆州刺史薨贈太尉」八字。

〔七〕指語　語，王刻本作「與」。王先謙校：「一本『與』作『語』，是。」按，王説是。法苑珠林八：「其六歲兒見之，指語祖母曰：『阿爺飛上天，婆爲見不？』」

〔八〕汝家　汝父也。賢媛一八：「我所以屈節爲汝家作妾。」排調四四：「人以汝家比武侯。」

〔九〕慟哭　哭，唐寫本作「泣」。

〔一〇〕坐　坐位，指代職位。晉書三八齊王攸傳：「每見攸，輒呼其小字曰：『此桃符座也。』」

〔一一〕鞠愛　猶愛撫。鞠，生養，撫育。東方朔七諫初放：「塊兮鞠，當道宿。」晉書七四桓沖傳記沖臨終與謝安書云：「妙靈、靈寶尚小，亡兄寄託不終，以此爲恨。」據此可知，桓温臨終以二小兒託付桓沖，而沖深愛之，此所謂「鞠愛過於所生」。又，桓温苦心經營荆州幾三十年，後温内鎮姑孰，以弟豁爲荆州刺史。桓豁卒，桓沖爲荆州刺史。荆州，遂成桓氏家族之發祥地。温臨終既以玄爲嗣，並將之託付於沖，且玄又夙惠，衆並異之，桓沖以爲可興吾宗，故云「靈寶成人，當以此坐還之」。

豪爽第十三

一　王大將軍年少時，舊有田舍名，語音亦楚。〔一〕武帝唤時賢共言伎藝事，〔二〕人皆多有所知，〔三〕唯王都無所關，意色殊惡，自言知打鼓吹。〔四〕帝令取鼓與之，〔五〕於坐振袖而起，揚槌奮擊，音節諧捷，神氣豪上，傍若無人，舉坐歎其雄爽。〔六〕或曰：敦嘗坐武昌釣臺，聞行船打鼓，嗟稱其能。俄而一槌小異，敦以扇柄撞几曰：「可恨！」應侍側，〔七〕曰：「不然，此是回颿檛。」〔八〕使視之，云：「船人入夾口。」應知鼓又善於敦也。〔九〕

【校釋】

〔一〕「舊有田舍名」二句　田舍名，即田舍郎名。此謂王敦年少時即有言行粗鄙之名。文學三三劉惔稱殷浩云：「田舍兒强學人作爾馨語。」劉辰翁云：「王敦楚語。」世説音釋：「言田舍人鄙野不文也。」其説是。語音亦楚，世説箋本：「蓋言王鄉音不正也。」余箋：「日知録二九『方音』條引宋書『高祖雖累葉江南，楚音未變。雅道風流，無聞焉爾』，又『長沙王道憐素無才能，言音甚楚。舉止施爲，多諸鄙拙』，及世説此條。又引梁書儒林傳：『孫詳、蔣顯曾習周官，而音革楚夏，學徒不至。』（見沈峻傳）又引文心雕龍云：『張華論韻，士衡多楚。可謂銜靈均之聲餘，失黄鍾之正響也。』嘉錫案：此數書所指之楚，雖稱名無異，而區域不同。則其語音亦當有别，未可一概而論也。……王敦爲琅琊臨沂人，其地屬魯，當作齊魯間語。陸機吴人，當操吴語，並不得忽用楚音。戰國時魯爲楚所滅，吴先滅於越，而越並於楚。故諸國之地皆得蒙楚稱。……世説謂王敦語音亦楚，張華論韻，謂士衡多楚音，指戰國時楚地言之也。其爲楚雖同，而實非一地。琅琊之方音不與吴同，則其語言必不同。此乃西晉全盛之時，洛下士大夫鄙視外郡，故用秦漢舊名，概被以楚稱耳。」按，唐長孺文心雕龍士衡多楚釋一文引陸雲與兄平原書其十五，以爲「這封信是從洛陽發出的，給使當是洛陽人，而當時審音的標準恐怕是洛陽語。」（詳見唐長孺文存）釋「士衡多楚」之「楚」恐非洛陽語，説與余箋略同。則「語音亦楚」當指王敦鄉音甚重，以致洛下士大夫鄙之也。

〔二〕伎藝事　藝下唐寫本有「之」字。

〔三〕人皆　唐寫本作「人人皆」。

〔四〕鼓吹　朱注：「晉書九八本傳無『吹』字，是，從删。」按，朱注可從。

〔五〕帝令取鼓與之　唐寫本作「帝即令取鼓與」。

〔六〕「於坐」數句　王乾開云：「王大將軍自請鼓吹，桓宣武上馬舞矟，各以技癢，輒不肯讓人。」

〔七〕應　王應，王敦之子。已見識鑒一五。

〔八〕回颿檛　檛，王刻本作「槌」。颿，同「帆」。船帆。文選左思吴都賦：「樓船舉颿而過肆，果布輻湊而常然。」劉逵注：「颿者，船帳也。」回颿檛，指船返回所槌之鼓聲也。據孝標注，可知彼時出航與返航鼓聲不同，王應識之而王敦不識，故云「應知鼓又善於敦也」。

〔九〕宋本及唐寫本無「或曰」以下注。汪藻考異敬胤有此注。

二　王處仲世許高尚之目。〔一〕嘗荒恣於色，體爲之弊，〔二〕左右諫之，處仲曰：「吾乃不覺爾，如此者甚易耳。」乃開後閤，驅諸婢妾數十人出路，任其所之，時人歎焉。〔三〕鄧粲晉紀曰：「敦性簡脱，〔四〕口不言財，〔五〕其存尚如此。」〔六〕

【校釋】

〔一〕高尚　此指豪奢。荀悦漢紀成帝紀一：「時五侯羣弟競爲奢侈……然皆通敏人事，好士養賢，傾財施與，以相高尚。」晉書四七傅咸傳：「欲時之儉，當詰其奢，奢不見詰，轉相高尚。」宋書三一五行志二：「王愷、羊琇之疇，盛致聲色，窮珍極麗。至元康中，誇恣成俗，轉相高尚，石崇之侈，遂兼王、何而儷人主矣。」

〔二〕弊　王刻本作「敝」。按，「弊」通「敝」。仲長統意林：「今公侯之宫，卿士之家，侍妾數十，晝則以醇酒淋其骨髓，夜則以房室輸其血氣。」後文云王敦有婢妾數十人，體必然爲之弊。

〔三〕「乃開後閤」數句　乃開，開下唐寫本有「内」字。劉辰翁云：「自是可傳，傳此者恨少。」王思任云：「英雄事，再數一人來。」方苞云：「開後閣，驅婢妾，非豪爽者不能。」

〔四〕簡脱　亦作「簡侻」，謂簡易通脱，落拓不羈。葛洪抱朴子外篇譏惑：「抑斷之儀廢，簡脱之俗成。」脱，簡易，疏略，與「簡」義近。左傳僖公三十三年：「輕則寡謀，無禮則脱。」杜預注：「脱，易也。」楊伯峻注：「脱，簡易也。」史記二三禮書：「凡禮始乎脱，成乎文，終乎税。」司馬貞索隱：「脱，猶疏略也。」

〔五〕言財　財下唐寫本有「位」字。

〔六〕如此　唐寫本作「若此」。存尚，世説箋本：「言其所存志向之高也。」按，世説箋本是。晉人以口不言財爲高。文學四九殷浩言「官本是臭腐」、「財本是糞土」，時人以爲「名通」。規箴九言王夷甫雅尚玄遠，「口未嘗言『錢』字」，注引王隱晉書云，世以夷甫以不問錢爲高。此皆可作「存尚」二字注腳。

三　王大將軍自目高朗疏率，〔一〕學通左氏。晉陽秋曰：「敦少稱高率通朗，有鑒裁。」

【校釋】

〔一〕自目　自，宋本作「首」。王利器校：「唐寫本、汪藻考異引一本、袁本『首』作『自』，汪藻考異、曹本、王本、凌本作『眉』。案據注引晉陽秋：『敦少稱高率通朗，有鑒裁。』則作『自』爲是。又蔣校本、沈校本『朗』下有『性』字。」高朗爲魏晉人格審美範疇之一，指志行高尚，風度爽朗。蜀志卻正傳：「吾子以高朗之才，珪璋之質。」三國志補注一一：「魏氏春秋曰：『（夏侯）玄，大將軍前妻兄也，風格高朗，弘辨博暢。』」文選袁宏三國名臣序贊：「崔生高朗，折而不撓。」疏率，與鄧粲晉紀所云「敦性簡脱」之「簡脱」義近。余箋：「敦煌本晉紀殘卷曰：『敦内體豺狼之性，而外飾詐爲，以眩或當世。自少及長，終不以財位爲言。布衣疏食，車服粗眚，語輒以簡約爲首。故世目以高帥朗素。』」

四　王處仲每酒後，輒詠「老驥伏櫪，〔一〕志在千里，烈士暮年，壯心不已」。魏武帝樂府詩。以如意打唾壺，壺口盡缺。〔二〕

【校釋】

〔一〕輒詠　輒，原作「輙」。唐寫本及各本皆作「輒」，是，據改。

〔二〕壺口　口，唐寫本作「邊」。程炎震云：「晉書敦傳『唾壺』下有『爲節』二字。」余箋：「通雅卷三四引音義指歸云：『如意者，古之爪杖也。或骨、角、竹、木，作人手指，柄三尺許。背癢可搔，如人之意。清談者執之。鐵者兼藏禦侮。』」按，汪藻考異敬胤注：「一本於此卷後復出一段云：『王敦每酒後，輒詠魏武帝樂府曰云云，以如意打玉唾壺，唾壺盡缺。』」所謂金聲玉振，王敦以如意打玉唾壺爲節，必聲韻爽朗；而唾壺以玉爲之，故敲之而口盡缺。王敦酒後輒詠魏武詩，乃藉以吐露其問鼎之心。劉辰翁云：「四則皆處仲，至此欲盡。」王世懋云：「老賊故自豪，此意猶可憐。」英雄氣質豪爽，成者贊之「雄才大略」，敗者稱之「狼子野心」，世事往往如此。

五　晉明帝欲起池臺，元帝不許。帝時爲太子，好養武士，〔一〕一夕中作池，〔二〕比曉便成。今太子西池是也。〔三〕丹陽記曰：「西池，孫登所創，吴史所稱西苑也，〔四〕明帝修復之耳。」〔五〕

【校釋】

〔一〕好養武士　宋本、沈校本、唐寫本並作「好武養士」。

〔二〕作池　唐寫本無「池」字。

〔三〕是也　唐寫本無此二字。程炎震云：「初學記一〇引徐爰釋問志曰：『西苑内有太子池，孫權子和所穿。有土山臺，晉帝在儲宫所築，故呼爲太子池。或曰西池。』文選二二謝混游西池注曰：『「西池，丹陽西池。」』按，晉書二九五行志下：「西池是明帝爲太子時所造次，故號太子池。」晉書七六温嶠傳：「時太子起西池樓觀，頗爲勞費。」

〔四〕西苑也　苑下唐寫本有「宜是」二字。

〔五〕明帝修復之耳　唐寫本作「中時堙廢，晉帝在東，更修復之，故俗稱太子西池也」。

六　王大將軍始欲下都，處分樹置，〔一〕先遣參軍告朝廷，諷旨時賢。祖車騎尚未鎮壽春，〔二〕瞋目厲聲，語使人曰：「卿語阿黑：〔三〕敦小字也。何敢不遜！催攝面去，〔四〕須臾不爾，我將三千兵槊腳令上。」〔五〕王聞之而止。〔六〕

【校釋】

〔一〕處分樹置　宋本、沈校本並作「更分樹置」，唐寫本作「更處分樹置」。按，作「處分樹置」是。處分，處置，調度，指揮。古詩爲焦仲卿妻作：「處分適兄意，那得自任專。」晉書九八王敦傳：「既而侃爲弢將杜曾所敗，敦以處分失所，自貶爲廣武將軍，帝不許。」樹置，扶植。晉書八三殷顗傳：「顗見江績亦以正直爲仲堪所斥，知仲堪當逐異己，樹置所親，因出行散，託疾不還。」此二句謂王敦安排設置僚屬，爲篡奪作準備也。

〔二〕「祖車騎」句　程炎震云：「祖逖自梁國退屯淮南，通鑑在太興二年。胡注曰：『此淮南郡，治壽春。』」

〔三〕阿黑　黑，唐寫本誤作「理」。

〔四〕傕攝面去　面，唐寫本作「向」。汪藻考異作「回」。王思任云：「傕攝面去，猶云快收拾嘴臉去也。」楊箋：「面去者，反面而去也。猶史記項羽本紀馬童面縛之面也。」蕭艾世説探幽云：「疑『卿語阿黑，何敢不遜！』及下文『須臾不爾，我將三千兵槊脚令上』，爲祖逖語，中間插入『傕攝面去』句，乃敍述逖邊語邊怒目向使者威脅傕其回去。『攝』字有威脅意。」蔣宗許世説新語校箋臆札云：「傕，在魏晉南北朝有『快、速』義。……攝，南北朝有『撤，撤退』義。……合『傕攝』而言，即『快撤，趕快撤』之意。由此可知敬胤注本作『回』是。『傕撤回去』等於説『趕快撤回去』，下接『須臾不爾』亦爲力證。」（詳見文史一九九九年第四輯）按，從上下文意看，「傕攝面去」四字與上下語意連慣，乃祖逖語，非是插入之客觀描寫。當以蔣説較勝。

〔五〕槊脚令上　王思任云：「槊脚令上，明謂縛在高處也。」劉辰翁云：「似謂檻致之耳，古言俗字，容有通用。」世説箋本：「須臾不爾，謂遲留不回也。猶言須臾間不爲然也。」「蓋謂以矛刺其脚而强令上也。」按，此句王思任、劉辰翁皆謂收縛（王敦），似不確。凡制服敵手之法，常先廢其脚。後漢書七四上袁紹傳注引英雄記：「（朱漢）拔刃登屋，（韓）馥走上樓，收得馥大兒，槌折兩腳。」世説箋本釋「槊腳」爲「以矛刺其腳」，可從。「令上」之「上」，與「下都」之「下」相對，謂沿江而上，即前云「催攝面去」，非謂「縛在高處」也。

〔六〕王聞之而止　汪藻考異敬胤注：「舊云：王敦甚憚祖逖。或云王有異志，祖曰：『我在，伊何敢！』聞乃止。逖以太興（一作和）末死，敦以永昌便遘逆。」按，通鑑九一晉紀一三：大興四年（三二一），豫州刺史祖逖先聞王敦與劉、刁構隙，將有内難，知大功不遂，感激發病，九月壬寅卒於雍丘。王敦久懷異志，聞逖卒，益無所憚。胡注：「王敦之所忌周訪、祖逖。訪卒而逖繼之，宜其益無所憚也。」晉書六二祖逖傳亦言「王敦久懷逆亂，畏逖不敢發，至是始得肆意焉」。王敦下都雖在永昌元年，然與劉隗、刁協構隙時，祖逖尚在。疑王敦下都之前，曾先告各地方伯，所謂「諷旨時賢」。祖逖曾進言元帝曰：「晉室之亂，非上無道而下怨叛也，由藩王争權自相誅滅。」立志掃清北方胡虜，對内亂深有警惕，故厲聲斥王敦不遜，警告其「我將三千人，槊腳令上」。

七　庾稺恭既常有中原之志，〔一〕文康時，〔二〕權重未在己；及季堅作相，〔三〕忌兵畏禍，與稺恭歷同異者久之，〔四〕乃果行。傾荆漢之力，窮舟車之勢，師次于襄陽，〔五〕漢晉春秋曰：〔六〕「翼風儀美劭，才能豐贍，少有經緯大略。及繼兄亮居方州之任，〔七〕有匡維内外，〔八〕掃蕩羣凶之志。是時，杜乂、殷浩諸人盛名冠世，〔九〕翼未之貴也，〔一〇〕常曰：

『此輩宜束之高閣，〔一一〕俟天下清定，〔一二〕然後議其所任耳。』」〔一三〕其意氣如此。〔一四〕唯與桓温友善，〔一五〕相期以寧濟宇宙之事。〔一六〕初，翼輒發所部奴及車馬萬數，〔一七〕率大軍入沔，將謀伐狄，遂次于襄陽。」翼別傳曰：〔一八〕「翼爲荊州，〔一九〕雅有正志，〔二〇〕每以門地威重，〔二一〕兄弟寵授，不陳力竭誠，何以報國。雖蜀阻險塞，〔二二〕胡負凶力，然皆無道酷虐，易可乘滅。當此時不能掃除二寇以復王業，〔二三〕非丈夫也。於是徵役三州，悉其帑實，成衆五萬，兼率荒附，治戎大舉，直指魏、趙，〔二四〕軍次襄陽，耀威漢北也。」〔二五〕大會參佐，〔二六〕陳其旌甲，〔二七〕親授弧矢曰：〔二八〕「我之此行，若此射矣！」遂三起三疊，〔二九〕徒衆屬目，〔三〇〕其氣十倍。

【校釋】

〔一〕中原之志　唐寫本無「之」字。

〔二〕文康時　唐寫本無「時」。文康，庾亮謚曰文康。

〔三〕季堅　堅，唐寫本作「賢」。按，庾冰字季堅。唐寫本誤。

〔四〕歷同異者　歷，唐寫本作「厤」。同異，指立異議。賞譽一五三注引晉安帝紀：「卿何安生同異，疑誤朝野。」魏志袁渙傳「父滂，爲漢司徒」。裴注引袁宏漢紀：「當權寵之盛，或以同異致禍，滂獨中立於朝，故愛憎不及焉。」李詳云：「詳案：晉書庾翼傳不見此事。庾冰傳：『弟翼，當伐石季龍，冰求外出，除都督七州軍事，以爲翼援。』翼傳：『翼還襄陽，舉朝謂之不可，惟兄冰意同。』似季堅非與翼歷同異者。世説此語，不知何出。」按，李説是。

〔五〕師次于襄陽　程炎震云：「晉書康帝紀：建元元年，庾翼還鎮襄陽。通鑑同。」按，通鑑九七晉紀一九載：建元元年八月，「庾翼欲移鎮襄陽，恐朝廷不許，乃奏云移鎮安陸。帝及朝士皆遣使譬止翼。翼遂違詔，北行至夏口。復上表請鎮襄陽。翼時有衆四萬，詔加翼都督、征討諸軍事。」

〔六〕漢晉春秋　春，唐寫本作「陽」。

〔七〕及繼兄　及，唐寫本誤作「乃」。

〔八〕内外　唐寫本作「外内」。

〔九〕盛名　盛下唐寫本有「冠」字。

〔一〇〕翼未之貴也　唐寫本作「翼皆弗之貴也」。

〔一一〕常曰　唐寫本無「曰」字。高閣，高，唐寫本作「直」。

〔一二〕清定　唐寫本無「定」字。

〔一三〕然後　唐寫本無「然」。所任耳，沈校本無「耳」字。

〔一四〕其意氣　唐寫本無「其」字。鍾惺云：「東晉曠識不怵於虚名者，惟陶侃、卞壼、庾翼數人。」

〔一五〕桓温　唐寫本脱「温」字。庾翼、桓温個性相近，志向亦同，遂相友善。通鑑九七晉紀一九：「庾翼爲人忼慨，喜功名，琅邪内史桓温，彝之子也，尚南康公主，豪爽有風概，翼與之友善，相期以寧濟海内。」

〔一六〕相期　相，宋本作「桓」。王利器校：「唐寫本及各本『桓』都作『相』，是。」

〔一七〕翼輒發所　「翼」下唐寫本有「取」字，無「所」字。按，「取」字衍。車馬，唐寫本作「車牛驢馬」。

〔一八〕翼別傳曰　唐寫本無「曰」字。

〔一九〕翼爲　唐寫本作「翼之爲」。

〔二〇〕正志　正，宋本、沈校本並作「大」，唐寫本無「正」字。按，當作「大」是。

〔二一〕威重　威，沈校本作「盛」。按，作「威」是。威重，威權，威勢。史記七九范睢蔡澤列傳：「吴起爲楚悼王立法，卑減大臣之威重。」葛洪抱朴子外篇詰鮑：「夫服章無殊，則威重不著；名位不同，則禮物異數。」

〔二二〕險塞　唐寫本無「塞」字。

〔二三〕此時　此，唐寫本作「吾」。掃除，掃，宋本作「罪」。王利器校：「唐寫本及各本『罪』都作『掃』，是。」

〔二四〕魏趙　沈校本、唐寫本並作「趙魏」。

〔二五〕漢北也　漢北，唐寫本作「沔漢」，無「也」字。

〔二六〕參佐　參，唐寫本作「僚」。

〔二七〕旌甲　旌，唐寫本作「旍」。按，「旌」同「旍」。楚辭遠遊：「擥彗星以爲旍兮，舉斗柄以爲麾。」洪興祖補注：「旍即『旌』字。」

〔二八〕親授　授，唐寫本作「援」。按，援，持也，執也。作「援」是。

〔二九〕三起三疊　徐箋：「左傳昭二十六年杜注：『起，發也。』故以發射爲起。汰侈六：『武子一起便破的。』排調六二：『卿此起不破。』『起』皆訓『發』。疊，擊鼓也。文選謝脁鼓吹曲：『凝笳翼高蓋，疊鼓送華輈。』李善注：『徐引聲謂之凝，小擊鼓謂之疊。』凡軍中閱射，中的皆以擊鼓爲號。三起三疊，猶言三發三中也。故下云『徒衆屬目，其氣十倍。』」

〔三〇〕徒衆屬目　唐寫本脱「衆屬」二字。按，庾翼常有中原之志，究其因，固然有報國之志，然亦兼懷家族之憂。成帝咸和末，庾亮薨，弟冰、翼相繼爲將相，權傾天下。慕容皝曾上表成帝及與庾冰書，皆言及后黨權勢過重，必有傾辱之禍。皝與庾冰書言辭尤峻：「君以椒房之親，舅氏之昵，總據樞機，出内王命，兼擁列將、州司之位，昆弟網羅，顯布畿甸，自秦漢以來，隆赫之極，豈有若此者乎！以吾觀之，若功就事舉，必享申伯之名；如或不立，將不免梁、竇之跡矣……」庾冰見書甚懼，然以其絶遠不能制（見晉書一〇九慕容皝傳）。同時，後趙石季龍與漢主李壽書，欲與之連兵入寇，約中分江南。壽大喜，大修舟艦，有吞江南之志。孝標注引翼别傳，謂翼「每以門地威重，兄弟寵授，不陳力竭誠，何以報國」云云，與慕容皝與庾冰書並觀，可明白翼何以殊異江南士大夫，而常有中原之志。

八　桓宣武平蜀，〔一〕集參僚置酒於李勢殿，巴蜀搢紳，莫不來萃。〔二〕桓既素有雄情爽氣，加爾日音調英發，〔三〕敍古今成敗由人，存亡繫才，〔四〕其狀磊落，〔五〕一坐歎賞。〔六〕既散，〔七〕諸人追味餘言。于時尋陽周馥曰：「恨卿輩不見王大將軍。」〔八〕中興書曰：「馥，周撫孫也，字湛隱，〔九〕有將略，曾作敦掾。」〔一〇〕

【校釋】

〔一〕程炎震云：「永和三年，桓温平蜀。」

〔二〕來萃　來，唐寫本作「悉」。

〔三〕英發　英氣勃發。吴志吕蒙傳載孫權論吕蒙曰：「及身長大，學問開益，籌略奇至，可以次於公瑾，但言議英發不及之耳。」三國志補注一：魏氏春秋曰：「武王姿貌短小，而神明英發。」

〔四〕存亡　存上唐寫本有一「在」字。

〔五〕其狀　唐寫本作「奇拔」。磊落，原義爲山高大貌。文選郭璞江賦：「衡霍磊落以連鎮，巫廬嵬崫而比嶠。」李周翰注：「磊落、嵬崫，皆山高大貌。」此喻人之壯偉貌，俊偉貌。晉書六〇索靖傳：「體碟落而壯麗，姿光潤以粲粲。」

〔六〕歎賞 唐寫本作「讚賞不暇」。

〔七〕既散 散上唐寫本有「坐」字。

〔八〕王大將軍 軍下唐寫本有「馥曾作敦掾」五字。劉應登云：「馥心不服桓，故稱王以劣桓，然桓實勝王。」王世懋云：「敦雖敗，令人有餘畏，桓温所以歎爲可兒。」李贄云：「桓温雄氣，周馥具眼。」按，王敦、桓温皆有英雄氣質，且末年作賊，本屬同類。然考二人行跡，桓温綱羅天下之才，西平蜀漢，北伐中原，當優於王敦。

〔九〕字湛隱 唐寫本無「字」字。方一新魏晉南北朝小説詞語校釋札記云：「古寫本世説新語本條無『字』字，是。『湛隱有將略』當作一句讀。『諶』同『沈』，『諶隱』就是沈穩……『諶隱』、『沈穩』義爲深沉持重。」（杭州師範學院學報，二〇〇一年一期）

〔一〇〕曾作敦掾 唐寫本作「仕至晉壽太守」。徐箋：「注云周撫孫，撫爲周訪子。馥不見周訪傳，訪傳但附子楚孫瓊，不及餘孫。」按，此周馥非晉書六一周馥傳之周馥。孝標注引中興書云馥乃周撫孫，然檢晉書五八周撫傳，撫子楚，楚子瓊，不聞有周馥。以年代論之，永和初周撫助桓温征蜀，以功遷平西將軍，興寧三年（三六五）卒。若周撫果有孫周馥，則馥亦無可能作王敦掾。晉書九八王敦傳謂敦作逆，周撫爲爪牙之一。後桓温平蜀，撫擊潰蜀餘寇。故此事屬之周撫或有可能，世説及中興書所記恐不實。

九　桓公讀高士傳至於陵仲子，便擲去，曰：「誰能作此溪刻自處！」〔一〕皇甫謐高士傳曰：「陳仲子字子終，〔二〕齊人。兄戴，相齊，〔三〕食禄萬鍾。仲子以兄禄爲不義，〔四〕乃適楚，居於陵。〔五〕曾乏糧三日，匍匐而食井李之實，三咽而後能視。〔六〕身自織屨，令妻擗纑，〔七〕以易衣食。嘗歸省母，有饋其兄生鵞者，〔八〕仲子嚬顣曰：『惡用此鶂鶂爲哉！』〔九〕後母殺鵞，仲子不知而食之。〔一〇〕兄自外入，曰：『鶂鶂肉邪。』〔一一〕仲子出門，哇而吐之。〔一二〕楚王聞其名，聘以爲相，乃夫婦逃去，爲人灌園。」〔一三〕

【校釋】

〔一〕溪刻　世説箋本：「晏子春秋：『溪盎不苛刻，廉而劌。』則『溪刻』兩字蓋本此。通雅：『人之溪刻曰玹落（音各拉），曰窶數。』釋名：『窶藪即局促。』案依晏子之義合溪盎、苛刻爲一，即謂過分苛刻也。」劉盼遂云：「莊子天下篇：『謑髁無任。』釋文引王叔之云：『謑髁爲謹刻也。』按，謑髁雙聲連語，即溪刻也。謑髁同音，髁刻溪母同紐，得通用也。荀子非十二子篇『忍情性綦谿磩利企，苟以分異人爲高，不足以合大衆明大分，是陳仲、史鰌也。』利當爲刻之誤字。桓公此語，正用荀子。」徐箋：「同谿磩。新書耳痺：『越國之俗，谿徼而輕絶。』注：『徼當作磩，慘磩也。』史記韓非列傳：『韓子慘磩少恩。』溪刻即苛刻、刻薄之意。」按，以上諸家所釋，以世説箋本較明晰。溪刻，謂自我苛刻、局促也。桓温曾卧對親僚曰：「爲爾寂寂，將爲文、景所笑。」既而撫枕起曰：「既不能留芳後世，不足復遺臭萬載邪！」又稱王敦爲「可人」（見晉書本傳）。温既以實現壯闊人生爲價值取向，以爲即使「遺臭萬載」亦勝於寂寂無聞，故必然對於陵仲子一類高士蔑如也。温擲去高士傳，並譏評於陵仲子「溪刻自處」，正是其生命價值理念之表現。

〔二〕字子終　唐寫本無「子」字。

〔三〕兄戴　戴，宋本、唐寫本並作「載」。王利器校：「各本『載』作『戴』，是。」楊箋：「孟子滕文公：『仲子，齊之世家也。兄戴，蓋禄萬鍾。』」相齊，唐寫本作「爲齊丞相」。

〔四〕不義　唐寫本作「義不」。

〔五〕於陵　陵下唐寫本有「自謂於陵仲子，窮，不求不義之食」十三字。

〔六〕「曾乏糧」三句　三咽，咽，唐寫本誤作「因」。孟子滕文公下：「三日不食，耳無聞，目無見也。井上有李，螬食實者過半矣。匍匐往，將食之。三咽，然後耳有聞，目有見。」

〔七〕令妻　唐寫本無「令」字。擗纑，世説音釋：「擗，房盌切，辟開也。孟子作『辟』。朱子曰：『績也。纑，落胡切，練麻也。』」

〔八〕有饋其　有，唐寫本作「人」。

〔九〕惡用此　此，唐寫本作「是」。鶂鶂，亦作「鶃鶃」。鵝鳴聲。梅堯臣放鵝詩：「公只知魚之洋洋，鵝之鶂鶂，噫兮噫兮。」

〔一〇〕而食之　而，唐寫本作「與母」。

〔一一〕肉邪　邪，唐寫本作「也」。

〔一二〕哇　唐寫本誤作「桂」。仲子以爲兄受饋爲不義，故哇而吐之也。

〔一三〕灌園　唐寫本下有「終身不屈其節」六字。

一〇　桓石虔，司空豁之長庶也，豁別傳曰：「豁字朗子，温之弟，〔一〕累遷荆州刺史，贈司空。」〔二〕小字鎮惡，年十七八，〔三〕未被舉，而童隸已呼爲鎮惡郎。〔四〕嘗住宣武齋頭。從征枋頭，〔五〕車騎沖没陳，左右莫能先救。宣武謂曰：「汝叔落賊，汝知不？」石虔聞之，〔六〕氣甚奮，命朱辟爲副，策馬於數萬衆中，〔七〕莫有抗者，徑致沖還，三軍歎服。河朔後以其名斷瘧。〔八〕中興書曰：「石虔有才幹，有史學，〔九〕累有戰功，〔一〇〕仕至豫州刺史，〔一一〕贈後軍將軍。」

【校釋】

〔一〕温之弟　弟下唐寫本有「也少有美譽也」六字。

〔二〕贈司空　贈上唐寫本有「薨」字，空下有「謚敬也」三字。

〔三〕十七八　唐寫本作「十八九」。

〔四〕鎮惡郎　顧炎武云：「郎者，奴僕稱其主人之辭。」（日知録）徐箋：「通鑑二一〇七唐紀注：『門生、家奴呼其主爲郎，今俗猶謂之郎主。』故鄭杲稱張易之爲五郎，宋璟謂之曰：『君非其家奴，何郎之云！』」

〔五〕從征枋頭　程炎震云：「枋頭之役，在太和四年己巳。沖時已爲江州，不從征。晉書七四石虔傳云：『從温就入關，沖爲苻健所圍。石虔躍馬赴之，拔沖於數萬衆之中而還。』事在永和甲寅，相距十六年。石虔蓋年少，較可信。」按，晉書七四桓沖傳謂沖在江州凡十三年而温薨。桓温以寧康元年（三七三）薨，據此，桓沖作江州刺史始于穆帝升平五年（三六一）。太和四年（三六九），桓温征枋頭時沖確在江州。程説可信。

〔六〕聞之　唐寫本無「之」字。

〔七〕數萬　唐寫本脱「萬」字。

〔八〕後以　後，唐寫本作「遂」。世説補考：「按石虔壯猛，北人畏之。故呼其名以斷瘧耳，非取鎮惡之義也。南史齊桓康摧堅陷陣，膂力絶人，江南人畏之，以其名怖小兒，畫其形於寺中，病瘧者寫形帖著牀壁，無不立愈，亦同石虔事。」按，事類賦二〇：「石虔跳躍而拔箭。」注引世説：「桓石虔爲兒時，從父征西獵，有虎被數箭伏在地。諸將請石虔曰：『惡郎能拔虎箭不？』石虔至虎邊拔一箭。虎跳，石虔亦跳，跳乃高虎。虎還伏，石虔復拔一箭。」石虔兒時即勇猛非凡，此乃「童隸已呼爲鎮惡郎」之由也。古今事文類聚前集四七：

「昔顓頊有三子，亡而爲疫鬼，一居江水爲瘧鬼。」民間習俗以爲瘧鬼小，御覽七四三引録異傳：「嘉興令吴士季瘧，經武昌廟，遣人辭謝乞斷瘧鬼。去廟二十里，卧夢，見塘上一人乘馬追行，行太急速，至季船，下馬與吏共入船後，縛取一小兒去。夢覺，瘧即斷。」壯猛之人能斷瘧。此種風俗起源甚早，至遲在漢代即已流行。言語二七孝標注：「俗傳行瘧鬼小，多不病巨人。故光武嘗謂景丹曰：『嘗聞壯士不病瘧，大將軍反病瘧耶？』」桓石虔勇武，瘧鬼畏之，故民間稱其名能斷瘧。

〔九〕有才幹有史學　唐寫本作「有才幹爽出而史學」。

〔一〇〕戰功　原誤作「載功」，據各本改。

〔一一〕刺史　唐寫本下有「封作唐縣」四字。

一一　陳林道在西岸，晉陽秋曰：「逵爲西中郎將，領淮南太守，戍歷陽。」〔一〕都下諸人共要至牛渚會。陳理既佳，〔二〕人欲共言折。〔三〕陳以如意拄頰，〔四〕望雞籠山歎曰：〔五〕「孫伯符志業不遂。」吴録曰：「長沙桓王諱策，字伯符，吴郡富春人。少有雄姿風氣，〔六〕年十九而襲業，衆號孫郎。平定江東，爲許貢客射破其面，〔七〕引鏡自照，謂左右曰：『面如此，豈可復立功乎！』〔八〕乃謂張昭曰：〔九〕『中國方亂，夫以吴、越之衆，三江之固，〔一〇〕足以觀成敗，公等善相吾弟。』〔一一〕呼大皇帝，〔一二〕授以印綬曰：『舉江東之衆，決機於兩陳之間，〔一三〕卿不

如我；任賢使能，各盡其心，〔一四〕我不如卿。慎勿北渡！』語畢而薨，年二十有六。」〔一五〕於是竟坐不得談。〔一六〕

【校釋】

〔一〕歷陽　歷下唐寫本有「也」字。

〔二〕陳理　理下唐寫本有「甚」字。

〔三〕言折　折，唐寫本作「㭊」。蒙求集注卷下引此條作「諸人欲共言折陳」。按，「㭊」即「析」。析，指清言析理。晉書四三樂廣傳：「尤善談論，每以約言析理，以厭人之心。」晉書七二葛洪傳：「又精辯玄賾，析理入微。」蔣宗許世説新語校箋臆札云：「按，作『折』不誤。折者，指以論辯使對方折服，世説中多有其例，如『裴成公作崇有論，時人攻難之，莫能折』。（文學一二）『苻宏叛來歸國，謝太傅每加接引，宏自以有才，多好上人，坐上無折之者。』（輕詆二九）……『折』『析』相混，當是『折』形近而誤爲『析』，而後唐寫本再誤寫而爲異體『㭊』。」按，蔣説亦可通。

〔四〕拄頰　拄，唐寫本作「駐」。王叔岷補正：「按柱、拄正俗字。駐，借字。」

〔五〕雞籠山　太平寰宇記九〇：「鷄籠山在（江寧）縣西北九里，連龍山，西接落星岡，北臨元棲塘。輿地志云：『其山狀如鷄籠，以此爲名。』」

〔六〕風氣　各本皆同，唐寫本無「氣」字。楊箋從唐寫本。按，當有「氣」字。風氣，風采氣度，爲六朝品評人物習語。晉書九六王凝之妻謝氏傳：「王夫人神情散朗，故有林下風氣。」御覽三九六引語林曰：「桓温自以雄姿風氣，是司馬宣王、劉越石一輩器。」

〔七〕射破　唐寫本作「射射傷」。按，許貢客指許貢之客。吴志孫破虜傳載：許貢爲吴郡太守。先是，孫策殺貢。貢小子與客亡匿江邊。策單騎出，與客相遇，客射傷策。時在建安五年（二〇〇）。

〔八〕豈可復立功乎　唐寫本作「豈復立功業乎」。

〔九〕張昭　唐寫本脱「張」字，「昭」作「照」。

〔一〇〕三江　三，宋本作「二」。唐寫本無此句。王利器校：「各本『二』作『三』，是。」按，當作「三江」。晉書五一摯虞傳：「（孫）權乃緣間，割據三江。」晉書九二張翰傳：「（顧）榮執其手愴然曰：『吾亦與子採南山蕨，飲三江水耳。』」書禹貢陸德明釋文引吴地記，以松江、婁江、東江爲三江。

〔一一〕吾弟　弟，唐寫本作「苐」。

〔一二〕大皇帝　孫權謚曰大皇帝。

〔一三〕兩陳　唐寫本脱「陳」字。

〔一四〕各盡其心　唐寫本下有「以保江東」四字。

〔一五〕語畢而薨　唐寫本無「而」字。年二十有六，唐寫本作「時年廿六」。

〔一六〕「於是」句　世説箋本：「言可對我者，特孫伯符一人，而志業不遂，可惜哉！蓋蔑視諸人。以如意柱頰，豪爽之態可見，以此諸人爲其氣所攝，竟不得談也。」按，由都下共要牛渚，陳理既佳等句觀之，陳亦善清言，然陳望雞籠山，突發「孫伯符志業不遂」之歎，致使興高采烈頓成噓唏感慨。諸人受此感染，故竟坐不得談。非如世説箋本所言，陳逵蔑視諸人。考晉書八穆帝紀，永和五年八月，褚裒退屯廣陵，西中郎將陳逵焚壽春而遁，北伐再次失利。陳逵之歎，疑由此而起。

一二　王司州在謝公坐，詠「入不言兮出不辭，〔一〕乘回風兮載雲旗」，〔二〕離騷九歌少司命之辭。〔三〕語人云：「當爾時，覺一坐無人。」〔四〕

【校釋】

〔一〕入不言兮　唐寫本無「兮」字。

〔二〕乘回風兮　唐寫本無「兮」字。

〔三〕之辭　辭下唐寫本有「也」字。

〔四〕「語人云」三句　劉辰翁云：「此復何足語人。」

一三　桓玄西下，入石頭，〔一〕外白司馬梁王奔叛，續晉陽秋曰：「梁王珍之字景度。」〔二〕中興書曰：「初，桓玄篡位，國人有孔璞者，〔三〕奉珍之奔尋陽，〔四〕義旗既興，歸朝廷，仕至太常卿，〔五〕以罪誅。」〔六〕玄時事形已濟，〔七〕在平乘上笳鼓並作，直高詠云：「簫管有遺音，梁王安在哉？」〔八〕阮籍詠懷詩也。

【校釋】

〔一〕「桓玄」二句　據晉書一〇安帝紀、晉書九九桓玄傳，元興元年三月，玄入京師。

〔二〕字景度　宋本無「景」字。王利器校：「唐寫本及各本『度』上都有『景』字，是；宋本把『景』字錯列在下一子行去了。」按，王校是。所謂「下一子行」，即指後一行。蓋宋本刻工將前一行「字景度」之「景」字，誤植于後一行「奉珍之」三字之後。

〔三〕國人有　唐寫本無「有」字。孔璞，唐寫本誤作「死樸」。

〔四〕奉珍之奔尋陽　宋本作「奉珍之景奔尋陽」。王利器校：「唐寫本及各本都沒有『景』字，是；這就是從上一子行錯亂來的。又唐寫本『尋陽』作『壽陽』，是；晉書元四王傳正作『奔壽陽』，當據改。」

〔五〕太常卿　唐寫本無「卿」字。楊箋：「唐卷、晉書並無『卿』字，是。今從之。」按，太常卿主持太常，故或稱太常。梁王珍之晉書三八梁王肜傳有「卿」字，晉書六四元四王傳無「卿」

字。通典二二五注：「劉愷爲太常卿，論議常引大義，諸儒爲之語曰：『難經忼忼劉太常。』」可證。

〔六〕以罪誅　誅下唐寫本有「者」字。

〔七〕事形已濟　謂擊潰王師之事已成。

〔八〕「在平乘上」數句　劉盼遂云：「按本書輕詆篇『桓公在平乘樓眺矚中原』。通鑑胡注：『平乘樓大船之樓，知平乘爲戰艦名也。』」按，桓玄於大船上笳鼓並作，借詠阮籍詩，乃表現其一時得志之狂妄。然旋即身敗名滅，「豪爽」安在哉？

〔南朝宋〕劉義慶 撰
〔南朝梁〕劉孝標 注
龔 斌 校釋

世說新語校釋

增訂本

三

上海古籍出版社

世説新語卷下

容止第十四

一　魏武將見匈奴使，自以形陋，不足雄遠國，〔一〕魏氏春秋曰：「武王姿貌短小，而神明英發。」〔二〕使崔季珪代，帝自捉刀立牀頭。〔三〕既畢，令間諜問曰：「魏王何如？」匈奴使答曰：「魏王雅望非常，魏志曰：「崔琰字季珪，清河東武城人。聲姿高暢，眉目疏朗，鬚長四尺，甚有威重。」然牀頭捉刀人，此乃英雄也。」魏武聞之，追殺此使。〔四〕

【校釋】

〔一〕「魏武」數句　王叔岷補正：「案太平廣記一六九引殷芸小説載此事，『雄』作『懷』。『雄』字勝。御覽四四四引語林亦載此事，作『雄』，與此同。」按，漢人人物審美以高大魁偉爲美。如後漢書四七何熙傳：「身常八尺五寸，善爲威容，贊拜殿中，音動左右，和帝偉之。」後漢書六八郭太傳：「身長八尺，容貌魁偉。」後漢書七四下劉表傳：「身長八尺餘，姿貌温偉。」蜀志諸葛亮傳：「身長八尺，容貌甚偉，時人異焉。」吴志孫韶傳：「身長八尺，儀貌都雅。」曹操「姿貌短小」，故「自以形陋，不足雄遠國」。

〔二〕神明　謂人之精神，神思。荀子解蔽：「心者，形之君也，而神明之主也。」素問靈蘭秘典論：「心者，君主之官也，神明出焉。」賢媛三一：「髮白齒落，屬於形骸；至於眼耳關於神明，那可便與人隔。」排調四三：「鬚髮何關於神明。」

〔三〕「使崔季珪代」二句　程炎震云：「建安二十一年五月，操進爵爲魏王。其時代郡烏丸行單于普富盧與侯王來朝。七月，匈奴南單于呼廚泉將其名王來朝。殆此時事。然其年琰即誅死，恐非實也。」按，漢書八二王商傳：「（商）爲人多質，有威重，長八尺餘，身體鴻大，容貌甚過絶人。河平四年單于來朝，引見白虎殿。丞相商坐未央廷中，單于前拜謁商，商起，離席與言。單于仰視商貌大，畏之，遷延卻退。天子聞而歎曰：『此真漢相矣！』」曹操當知王商見單于事，故使崔琰代己。

〔四〕「魏武聞之」二句　劉辰翁云：「謂追殺此使，乃小説常情。」李贄云：「不得不殺。」（初潭集君臣英君）余箋：「此事近於兒戲，頗類委巷之言，不可盡信。」按，曹操一生奸計無數，以崔琰代己見匈奴使，乃區區假譎之一計也。北齊書二四杜弼傳載：杜弼與邢邵共論形神問題，杜弼曰：「燭則因質生光，質大光亦大。人則神不係於形，形小神不小。故仲尼之智，必不短於長狄；孟德之雄，乃遠奇於崔琰。」以爲曹操姿貌短小，然英雄之氣遠奇於高大魁偉之崔琰。杜弼之言當指曹孟德使崔琰代己見匈奴使一事無疑。杜弼去曹操三百餘年，魏武捉刀事仍流傳未歇，故不可輕率斷定此事虚假不實。唯謂追殺匈奴使，如劉辰翁所言，爲小説常情耳。此條雖不可盡信，然臨川將「魏武捉刀」傳聞置於容止之首，頗有指示意義，即漢末鑒賞人物雖仍重人姿貌，但重神勝於重形之審美趣味已見端倪。由形勝漸至神勝，魏晉美學始現新風貌。

二　何平叔美姿儀，面至白。魏明帝疑其傅粉，〔一〕正夏月，與熱湯餅，〔二〕既噉，大汗出，以朱衣自拭，色轉皎然。魏略曰：「晏性自喜，動静粉帛不去手，〔三〕行步顧影。」按此言，則晏之妖麗本資外飾，且晏養自宫中，與帝相長，豈復疑其形姿，待驗而明也？

【校釋】

〔一〕魏明帝　王世懋云：「晏養宫中時，尚未有明帝，注駁未當。」王利器校：「初學記卷一〇引魚豢魏略，北堂書鈔卷一二八、又卷一三五、御覽卷二一、又卷三七九引語林，『明帝』都作『文帝』，此疑誤。」徐箋略同。楊箋：「（上略）又孝標注：『晏養自宫中，與帝相長。』則原作文帝無疑也。」按，楊箋是。

〔二〕湯餅　齊民要術九餅法第八十二：「挼如二指大，二寸一斷，著水盆中浸，宜以手向盆邊挼使極薄，皆急火逐湯熟煮。非直光白可愛，亦自滑美殊常。」緯略一一：「按後漢梁冀傳『進鴆加煮餅』。世説載何平叔面白，魏明帝食以熱湯餅，汗出以衣自拭，色轉皎然。吴均稱餅德曰：『湯餅爲最。』宗懍荆楚歲時記曰：『六月作湯餅。』庾闡賦曰：『當用輕羽，拂取輕麪，輕輭適中，然後水引，細如委綖，白如秋練，此謂之湯餅。』齊高帝所嗜引水麪者此也。束晳餅賦曰：『仲春之月，天子食麥，而朝事之籩，煮麥爲麪。』又曰三冬洌寒，『充虚解戰，湯餅爲最。』又曰：『攘衣振掌，握搦拊搏，麪彌離於指端，手縈回而交錯。』蓋用手爲之也。今北人謂之冬餺飩、春餺飥。」

〔三〕粉帛　王先謙校：「按魏志曹爽傳作『粉白』，此誤。」徐箋：「魏志曹爽傳注引魏略及通鑑並作『粉白』，是。」按，「帛」通「白」。禮記玉藻：「親没不髦，大帛不緌。」鄭玄注：「帛，當爲白。聲之誤。大帛，謂白布冠也。」洪頤煊讀書叢録一：「白、帛，古字通行。」男子傅粉之風，自漢至六朝不絶。沈自南藝林彙考服飾篇四引野客叢書曰：「世説載何晏潔白，魏帝疑其傅粉，以湯餅試之，其拭愈白，知其非傅粉也。僕考魏略：『晏自喜，動静粉白不去手。』則知晏嘗傅粉矣。前漢佞幸傳：『籍孺、閎孺傅脂粉以婉媚幸上，此不足道也。』東漢李固傳有曰：『大行在殯，路人掩涕，固獨胡粉飾貌，搔頭弄姿，槃旋偃仰，從容治步，無慘怛之心。』顔氏家訓謂梁朝子弟無不熏衣剃面，傅粉施朱。以此知古者男子多傅粉者。」世説謂何晏潔白乃天然，魏略則言晏之潔白乃資粉帛，孝標、沈自南皆信魏略，然明人陳絳金罍子中篇二五謂魏略譏何晏粉白不離手，是「用司馬家誣説」，非是信史，亦猶梁冀飛章誣李固「胡粉飾貌」云云。其説頗可參考。

三　魏明帝使后弟毛曾與夏侯玄共坐，〔一〕時人謂「蒹葭倚玉樹」。魏志曰：「玄爲黄門侍郎，與毛曾並坐，玄甚恥之。曾説形於色。〔二〕明帝恨之，左遷玄爲羽林監。」

【校釋】

〔一〕后弟毛曾　程炎震云：「魏志后妃傳：『毛后，河内人。』曾駙馬都尉，遷散騎侍郎。又玄傳作『散騎黄門侍郎。』」

〔二〕「玄爲」數句　楊箋據魏志夏侯玄傳改曾爲「不」。按，「曾」字疑誤。此句今本魏志夏侯玄傳作「不悦形之于色」，文義較明暢。夏侯玄恥與毛曾共坐，蓋毛其貌不揚，且出身寒賤也。據魏志后妃毛皇后傳：「太和元年立爲皇后。后父嘉拜騎都尉，后弟曾郎中。初，明帝爲王，始納河内虞氏爲妃。帝即位，虞氏不得立爲后，太皇卞太后慰勉焉。虞氏曰：『曹氏自好立賤，未有能以義舉者也。……』虞氏遂絀還鄴宫。進嘉爲奉車都尉，曾騎都尉，寵賜隆渥。頃之，封嘉博平鄉侯，遷光禄大夫，曾駙馬都尉。嘉本典虞車工，卒暴富貴，明帝令朝臣會其家飲宴，其容止舉動，甚蚩騃，語輒自謂『侯身』，時人以爲笑。」夏侯玄出身高貴，個性持重，爲一時名士之冠，自然恥與此等蚩騃子共坐。

四　時人目夏侯太初「朗朗如日月之入懷」，〔一〕李安國「穨唐如玉山之將崩」。〔二〕魏略曰：「李豐字安國，衛尉李義子也。識別人物，海内注意。〔三〕明帝得吴降人，問江東聞中國名士爲誰？以安國對之。是時豐爲黄門郎，改名宣。上問安國所在，左右公卿即具以豐對。〔四〕上曰：『豐名乃被於吴越邪？』任至中書令，爲晉王所誅。」

【校釋】

〔一〕朗朗如日月之入懷　徐箋：「御覽四四七引郭子作『朗如明月入懷』。此『日』字或『明』字之誤。」

〔二〕穨唐　文選王襃洞簫賦：「穨唐遂往。」李善注：「穨唐，隕墜貌。」玉山，喻儀容俊美。本篇五：「其醉也，傀俄若玉山之將崩。」晉書三五裴楷傳：「見裴叔則如近玉山，映照人也。」

〔三〕「李豐」數句　魏志夏侯玄傳注引魏略曰：「（豐）始爲白衣時，年十七八，在鄴下名爲清白，識別人物。海内翕然，莫不注意。後隨軍在許昌，聲稱日隆。」

〔四〕「是時豐爲」數句　徐箋：「文學五『鍾會論四本論』，注：『四本者，言才性同，才性異，才性合，才性離。尚書傅嘏論同，中書令李豐論異，侍郎鍾會論合，屯騎校尉王廣論離。』南史顧歡傳：『會稽孔珪嘗登嶺尋歡，共談四本。歡曰：「蘭石危而密，宣國安而疏，士季似而非，公深謬而是。」』傅嘏字蘭石，鍾會字士季，王廣字公淵，南史避唐高祖諱，易『淵』爲『深』。則宣國乃李豐字無疑。魏略云：『改名宣。』謂改字安國爲宣國，非謂改豐爲宣。明帝知豐字宣國，而不知其舊字安國，故問安國所在，而左右公卿具以豐對，亦可見豐名未嘗改也。」按，徐箋是。

五　嵇康身長七尺八寸，風姿特秀。康別傳曰：「康長七尺八寸，偉容色，土木形骸，不加飾厲，而龍章鳳姿，天質自然，〔一〕正爾在羣形之中，〔二〕便自知非常之器。」見者歎曰：「蕭蕭肅肅，爽朗清舉。」或云：「肅肅如松下風，〔三〕高而徐引。」山公曰：「嵇叔夜之爲人也，巖巖若孤松之獨立；〔四〕其醉也，傀俄若玉山之將崩。」〔五〕

【校釋】

〔一〕「土木形骸」數句　魏晉名士之容止顯有二派：一派行步顧影，如何平叔者；一派土木形骸，如嵇康、劉伶者。行步顧影，未免做作；土木形骸，則尚自然。

〔二〕正爾　陶淵明雜詩其八：「正爾不能得，哀哉亦可傷。」通鑑七七魏紀九：「作版詔勑緋所領皆解散，不得舉手，正爾自當得之。」胡注：「正爾猶言正如此也。」

〔三〕肅肅　象聲詞。後漢書列女傳董祀妻：「處所多霜雪，胡風春夏起。翩翩吹我衣，肅肅入我耳。」

〔四〕巖巖　高大，高聳。亦作喦喦。詩魯頌閟宮：「泰山巖巖，魯邦所詹。」文選張衡思玄賦：「冠喦喦其映蓋兮，珮綝纚以煇煌。」李周翰注：「喦喦，高貌。」賞譽三七：「巖巖清峙。」

〔五〕傀俄　世説補觿：「傀，偉也。俄與『峨』通，傾貌。」徐箋：「與巍峨同。」

六　裴令公目王安豐：「眼爛爛如巖下電。」〔一〕王戎形狀短小，而目甚清炤，〔二〕視日不眩。〔三〕

【校釋】

〔一〕爛爛　光明貌。文選司馬相如上林賦：「磷磷爛爛，采色澔汗。」藝文類聚四三引張衡舞賦：「眸爛爛以流光。」張華博物志七：「見二日，在東者爛爛將起，在西者沈沈將滅。」本篇一〇：「雙眸閃閃若巖下電。」

〔二〕清炤　炤，沈校本作「照」。按，炤同照。

〔三〕「王戎」三句　程炎震云：「藝文類聚一七引竹林七賢論云：『王戎眸子洞徹，視日而眼明不虧。』」

七　潘岳妙有姿容，好神情。岳別傳曰：「岳姿容甚美，風儀閒暢。」少時挾彈出洛陽道，婦人遇者，莫不連手共縈之。左太沖絶醜，續文章志曰：「思貌醜顇，不持儀飾。」亦復效岳遊遨，於是羣嫗齊共亂唾之，委頓而返。〔一〕語林曰：「安仁至美，每行，老嫗以果擲之滿車。張孟陽至醜，每行，小兒以瓦石投之，亦滿車。」二説不同。〔二〕

【校釋】

〔一〕「少時挾彈」數句　余箋：「盧文弨鍾山札記三云：『晉書潘岳傳云：「岳美姿儀，婦人遇之者，皆聯手縈繞，投之以果。」此蓋岳小年時，婦人愛其秀異，縈手贈果。今人亦何嘗無此風？婦人亦不定是少艾，在大道上，亦斷不起他念。至岳更無用以此爲譏議。乃史臣作論，以挾彈盈果與望塵趨貴相提並論，無乃不倫？』嘉錫案：文選藉田賦注引臧榮緒晉書曰：『潘岳總角辯惠，摛藻清豔，鄉里稱其奇童。』以此推之，則挾彈擲果，亦必總角時事。盧氏之辯甚確。然惜其未考世説注，不知擲果者之本是老嫗也。夫老年婦人愛憐小兒，乃其常情，了不足異。既令年在成童，亦不過以兒孫輩相視，復何嫌疑之有乎？」世説講義：「羣嫗，見上『婦人』者，乃衆少女。」徐箋：「嫗，案婦女老少皆可稱嫗。南史鄧郁傳：『從少嫗三十，年皆可十七八許。』羣嫗當與上文婦人同義。注引語林曰：『安仁至美，每行，老嫗以果擲之滿車。』晉書潘岳傳但云婦人，於義爲得。」按，盧文弨、余箋謂此事在潘岳小年時，説當可信。然謂擲果者乃老年婦人，或謂羣嫗乃少女，説皆膠滯，不如徐箋。

〔二〕「語林曰」數句　程炎震云：「晉書潘岳傳作張載，蓋用語林。」按，據晉書九二文苑左思傳，思爲齊國臨淄人，原先在家閒居。後妹芬入宮，移家京師。由此可知，潘岳少年時，思尚在臨淄，無從「效岳遨遊」。世説不可信。又，劉辰翁云：「理不犯羣嫗，何至委頓？」王世懋云：「太沖縱醜，未聞醜人必爲羣嫗所唾，好事者之談也。語林亦然。」凌濛初云：「要之借彼形此，不足多辯。」世説箋本：「按，劉、王二氏不省，得『效』字故爲此説爾。」按，婦人喜觀美少年，乃人之常情耳。張載效之，故爲羣嫗所唾，非因貌醜也。世説箋本是。

八　王夷甫容貌整麗，〔一〕妙於談玄，〔二〕恒捉白玉柄麈尾，與手都無分別。

【校釋】

〔一〕整麗　整飾使之美麗之意。晉書五〇庾純傳：「（荀）眅整麗車服，純率素而已，眅以爲愧恨。」

〔二〕妙於談玄　余箋：「文選四九晉紀總論注引王隱晉書曰：『王衍不治經史，唯以莊、老虛談惑世。』」

九　潘安仁、夏侯湛並有美容，喜同行，時人謂之「連璧」。〔一〕八王故事曰：「岳與湛著契，故好同遊。」〔二〕

【校釋】

〔一〕連璧　御覽三引易坤靈圖曰：「至德之萌，日月若連璧。」晉書五五夏侯湛傳：「湛幼有盛才，文章宏富，善構新詞，而美容觀，與潘岳友善，每行止同興接茵，京都謂之『連璧』。」潘岳夏侯常侍誄：「心照神交，唯我與子。且歷少長，逮觀終始。」「疇昔之游，二紀於兹。斑白攜手，何歡如之。」可證二人自少友善著契，所謂「心照神交」也。

〔二〕「岳與湛著契」二句　晉書二五夏侯湛傳謂湛「文章宏富，善構新詞」，因累年不調，作抵疑以自廣。而潘岳「才名冠世，爲衆所嫉，遂棲遲十年」，乃作閒居賦。二人才質優異，然皆仕宦不得志，相似之處頗多，著契之由，或在此乎？

一〇　裴令公有儁容姿，一旦有疾，至困，惠帝使王夷甫往看。裴方向壁臥，聞王使至，强回視之。王出，語人曰：「雙眸閃閃若巖下電，〔一〕精神挺動，〔二〕體中故小惡。」名士傳曰：「楷病困，詔遣黄門郎王夷甫省之。楷回眸屬夷甫云：『竟未相識。』夷甫還，亦歎其神儁。」〔三〕

【校釋】

〔一〕雙眸　眸，王刻本作「目」。

〔二〕挺動　李詳云：「枚乘七發『筋骨挺解』，與上下文『四支委隨，手足墮窳』相厠，則『挺解』亦是倦𢑲之貌。挺動義並相同。」徐箋：「挺解云挺，當訓弛訓緩，吕氏春秋仲夏『挺重囚』，注：『挺，緩也。』此云『挺動』，不得混爲一談。案挺亦動也，見吕氏春秋忠廉『不足以挺其心矣』注。精神挺動承上語來，下句乃另作轉語。」楊箋引徐箋後云：「至云挺動乃承上語來則失解。上語『雙眸閃閃，若巖下電』者，已見形容之實；此『精神挺動』，乃狀下『體中故小惡』也。則此挺動當作振動解，即不安貌。細察文意如此。」王建設世説新語詞語小札贊同徐箋，云：「『挺動』系同義並列之復詞。又如古小説鉤沉幽明録：『俄見屏風上有一面如方相。兩目如升，光明一屋，手掌如簸箕，指長數寸，又挺動其耳目。』此處之『挺動』用作及物動詞，義仍爲『動』，正可與上例相互印證。」（中國語文一九九〇年第六期）張萬起詞典：「謂人精神困頓、遲緩。」按，挺動當從徐箋及王氏所解，義爲振動。若雙目挺動，乃謂雙目轉動。此云「精神挺動」，乃形容精神焕發有神。雙眸閃閃，即精神挺動之徵，徐箋謂精神挺動承上語來，甚是。楊箋謂屬下句，乃狀「體中故小惡」，爲不安貌；詞典則謂「精神困頓遲滯」。疑非是。體中僅小惡，無礙精神焕發。雙目既然閃閃，何來不安與精神困頓？

〔三〕神儁　魏晉人物審美範疇之一，即品題人物特重神韻不凡。賞譽八八王右軍歎林公器朗神儁。晉書九五鳩摩羅什傳：「西域諸國，咸伏羅什神儁。」

一一　有人語王戎曰：「嵇延祖卓卓如野鶴之在雞羣。」〔一〕答曰：「君未見其父耳。」〔二〕康已見上。〔三〕

【校釋】

〔一〕「嵇延祖」句　程炎震云：「晉書紹傳云：起家爲秘書丞，始入洛。」卓卓，特立貌。文選袁宏三國名臣序贊：「卓卓若人，曜奇赤壁。」文心雕龍風骨：「孔氏卓卓，信含異氣，筆墨之性，殆不可勝。」

〔二〕君未見其父耳　李贄云：「嵇紹不如父。」（初潭集父子貌子）世說講義：「言更有其特異。」

〔三〕康　嵇康，已見德行一六。

一二　裴令公有儁容儀，脱冠冕，麤服亂頭皆好，〔一〕時人以爲「玉人」〔二〕。見者曰：「見裴叔則，如玉山上行，光映照人。」

【校釋】

〔一〕麤服亂頭　謂不加修飾。按，裴楷與嵇康同，不加修飾，而具天然之美。此爲容止之至美，後亦成藝術之至美。

〔二〕玉人　晉書三六衛玠傳：「總角乘羊車入市，見者皆以爲玉人。」

一三　劉伶身長六尺，貌甚醜顇，〔一〕而悠悠忽忽，〔二〕土木形骸。〔三〕梁祚魏國統曰：「劉伶字伯倫，形貌醜陋，身長六尺，然肆意放蕩，悠焉獨暢，自得一時，常以宇宙爲狹。」〔四〕

【校釋】

〔一〕顇　宋本作「悴」。按顇同悴。余箋：「文選集注九三酒德頌注引臧榮緒晉書曰：『劉靈父爲太祖大將軍掾，有寵，早亡。靈長六尺，貌甚醜悴，而志氣曠放，以宇宙爲狹也。』悴不作顇，與宋本合。」

〔二〕悠悠忽忽　趙西陸云：「文選宋玉高唐賦：『悠悠忽忽，怊悵自失。』李善注：『悠悠，遠貌。忽忽，迷貌。』王叔岷補正：『案「悠悠忽忽」，略言之則爲「悠忽」，淮南子修務訓：「我誕謾而悠忽。」高注：「悠忽，遊蕩輕物也。」』忽忽，世説箋本：「不省事也。」」

〔三〕土木形骸　余箋：「漢書東方朔傳：『土木衣綺繡，狗馬被繢罽。』類聚二四引應璩百一詩曰：『奈何季世人，侈靡及宫牆。飾巧無窮極，土木被朱光。』嘉錫案：此皆言土木之質，不宜被以華采也。土木形骸者，謂亂頭麤服，不加修飾，視其形骸，如土木然。」

〔四〕「劉伶」數句　容止所載人物多美男子，唯劉伶貌甚醜顇，土木形骸。然伶悠焉獨暢，自得一時，不喪天真，近於莊子筆下「畸人」一類人物。莊子德充符曰：「故德有所長，而形有所忘。」土木形骸者，即「形有所忘」也；自得一時者，乃「德有所長」也。又莊子齊物論曰：「形固可使如槁木，而心固可如死灰乎？」郭象注：「夫任自然而忘是非者，其體中獨任天真而已，又何所有哉！故止若立枯木，動若運槁枝，坐若死灰，行若遊塵。」郭象又注：「吾喪我，我自忘矣，天下有何物足識哉！故都忘内外，然後超越俱得。」自喪自忘自得，精神超越，達于天真，此種人格精神遂支配魏晉諸多名士。

一四　驃騎王武子是衛玠之舅，儁爽有風姿。〔一〕見玠，輒歎曰：「珠玉在側，覺我形穢。」玠別傳曰：「驃騎王濟，玠之舅也。嘗與同遊，語人曰：『昨日吾與外生共坐，若明珠之在側，朗然來照人。』」

【校釋】

〔一〕風姿　風度儀態。葛洪抱朴子外篇審舉：「士有風姿豐偉，雅望有餘，而懷空抱虛，幹植不足，以貌取之，必不得賢。」晉書四三王衍傳：「衍字夷甫，神情明秀，風姿詳雅。」

一五　有人詣王太尉，遇安豐、大將軍、丞相在坐。〔一〕往別屋，見季胤、平子。還，語人曰：「今日之行，觸目見琳琅珠玉。」石崇金谷詩敍曰：「王詡字季胤，琅邪人。」王氏譜曰：「詡，夷甫弟也，仕至脩武令。」〔二〕

【校釋】

〔一〕「有人」數句　王太尉，王衍。安豐，王戎。大將軍，王敦。丞相，王導。

〔二〕脩武令　令上宋本、沈校本並有「縣」字。

一六　王丞相見衛洗馬，曰：「居然有羸形，〔一〕雖復終日調暢，〔二〕若不堪羅綺。」玠別傳曰：「玠素抱羸疾。」西京賦曰：「始徐進而羸形，似不勝乎羅綺。」

【校釋】

〔一〕居然　徐箋：「猶言顯然」。按，徐箋是。魏志何夔傳：「顯忠直之賞，明公實之報，則賢不肖之分，居然別矣。」

〔二〕調暢　楊箋：「謂食散調養也。」按，晉書三六衛玠傳言玠「多病體羸」，本篇一九亦云「玠先有羸疾」，不知楊箋何由知衛玠食五石散而致體羸？鄙意謂調暢作豁達弘雅解。賞譽一四八：「王子敬語謝公：『公故蕭灑。』謝曰：『身不蕭灑。君道身最得，身正自調暢。』」注引續晉陽秋：「安弘雅有氣，風神調暢也。」衛玠傳言玠「終身不見喜慍之容」，此即「調暢」之謂也。

一七　王大將軍稱太尉處衆人中，似珠玉在瓦石間。〔一〕

【校釋】

〔一〕「王大將軍」二句　晉書四三王衍傳：「王敦過江，常稱之曰：『夷甫處衆中，如珠玉在瓦石間。』」據此，王敦之語非在中朝時。

一八　庾子嵩長不滿七尺，〔一〕腰帶十圍，頽然自放。〔二〕

【校釋】

〔一〕庾子嵩　庾敳，見文學一五。

〔二〕圍，世説箋本：「五寸曰圍。」晉書五〇庾敳傳：「（敳）長不滿七尺，而腰帶十圍，雅有遠韻。爲陳留相，未嘗以事嬰心，從容酣暢，寄通而已。」則此云「頽然自放」者，乃指其「未嘗以事嬰心」之「遠韻」。

一九　衛玠從豫章至下都，〔一〕人久聞其名，觀者如堵牆。〔二〕玠先有羸疾，體不堪勞，遂成病而死。時人謂「看殺衛玠」。玠別傳曰：「玠在羣伍之中，寔有異人之望。齠齔時乘白羊車於洛陽市上，咸曰：『誰家璧人？』於是家門州黨號爲『璧人』。」〔三〕按永嘉流人名曰：「玠以永嘉六年五月六日至豫章，其年六月二十日卒。」此則玠之南度豫章四十五日，豈暇至下都而亡乎？且諸書皆云玠亡在豫章，而不云在下都也。〔四〕

【校釋】

〔一〕下都　謂京都建康。楊箋：「宋本有『至』字，衍。御覽七三九、七四一引世說無『至』字，是。」按，衛玠欲至都之由見於衛玠傳：衛玠南渡，先至江夏，後至豫章，「以王敦豪爽不羣，而好居物上，恐非國之忠臣，求向建鄴」。

〔二〕堵牆　余箋：「禮記射儀：『孔子射於矍相之圃，蓋觀者如堵牆。』」

〔三〕州黨　世說音釋：「二千五百家曰州，二百五十家曰黨。」璧人，猶玉人。

〔四〕「玠以永嘉六年」數句　關於衛玠之死有二說，一説爲「看殺」，如此條及晉書三六衛玠傳；一説爲「談死」。文學二〇記衛玠見謝鯤，甚説之，遂達旦微言，王敦永夕不得豫。「玠體素羸，恒爲母所禁。爾夕忽極，於此病篤，遂不起」。又賞譽五一注引玠別傳：「玠至武昌見王敦，敦與之談論，彌日信宿。」據實情判斷，當以後者爲是。孝標所駁是也。言語三二注引玠別傳：「行至豫章，乃卒。」傷逝六注引永嘉流人名：「葬南昌城許徵君墓東。」又注引玠別傳：「玠咸和中改遷於江寧。」皆可證衛玠亡于豫章。

二〇　周伯仁道：「桓茂倫嶔崎歷落，可笑人。」〔一〕或云謝幼輿言。〔二〕

【校釋】

〔一〕嶔崎　險峻，不平。比喻品格卓異。王延壽王孫賦：「生深山之茂林，處嶄巖之嶔崎。」謝靈運山居賦：「上嶔崎而蒙籠，下深沈而澆激。」秦觀南都新亭行寄王子發詩：「亭下嶔崎淮海客，末路逢公詩酒共。」余箋：「李治敬齋古今注四曰：『周顗歎重桓彝云：「茂倫嶔崎歷落，可笑人也。」渭上老人以爲古人語倒。治以爲不然。蓋顗謂彝爲人不羣，世多忽之，所以見笑於人耳。此正言其美，非語倒也。』」李治釋「可笑」爲「見笑於人」。歷落，磊落，灑脱不拘。蘇軾蘇世美哀詞：「有美一人，長而髯兮，廞欹歷落，進趨禬兮。」游黎世説新語札記一文以爲「可笑」有「非常」、「甚」之義，並信從渭上老人「以爲語倒」之見，釋全句爲「周伯仁稱道桓茂倫是非常奇絶磊落的人」（載古籍整理研究學刊，二〇〇一年第一期）。可備一說。

〔一二〕「或云」句　程炎震云：「晉書彝傳亦謂是周顗語。」

二一　周侯説王長史父王氏譜曰：「訥字文開，〔一〕太原人。祖默，尚書。父祐，〔二〕散騎常侍。訥始過江，仕至新淦令。」「形貌既偉，雅懷有概，〔三〕保而用之，可作諸許物也」。〔四〕

【校釋】

〔一〕文開　開，宋本作「淵」。王利器校：「案作『訥字文開』是，本書附太原晉陽王氏譜：『訥，佑子，字文開，新淦令。』」余箋：「言語篇注引王長史別傳云：『父訥，葉令。』建康實録八云：『濛安西司馬訥之子。』」

〔二〕父祐　祐，王刻本作「祜」。程炎震云：「祜當作佑，各本皆誤。」余箋：「祜，言語篇注作佐，晉書楊駿、王湛、王濟、王濛等傳並作佑。湛傳云：『嶠，字開山。父佑，位至北軍中侯。嶠永嘉末攜二弟渡江，元帝教曰：「王佑三息始至，名德之胄，並有操行」』云云。則佑子三人齊名，訥蓋嶠之弟也。」楊箋：「汪藻太原王氏譜、本書汰侈篇九注並作

『佑』，是。」

〔三〕雅懷　謂情懷高雅。　概，世説抄撮：「概，量也。」王叔岷補正：「案概猶量也。漢書楊惲傳：『漂然皆有節概。』師古注：『概，度量也。』」按，晉書九八桓温傳：「温豪爽有風概，姿貌甚偉，面有七星。」概，亦作「風度，氣度」解。

〔四〕諸許　劉辰翁云：「諸許猶言一切。」徐箋：「謂所用非一端也。後漢書楚王英傳：『勉强飲食諸許。』諸許物猶言諸物。」按，周顗評王訥「形貌既偉，雅懷有概」二語，實質標示理想人格之二大特徵：一曰形貌，二曰雅懷。如「崔琰聲姿高暢，眉目疏朗，須長八尺，甚有威重，朝士瞻望，而太祖亦敬憚焉。」（魏志崔琰傳）阮籍「容貌瓌傑，志氣宏放，傲然自得，任性不羈，而喜怒不形於色……由是咸共稱異。」（晉書四九阮籍傳）王衍「神情明秀，風姿詳雅」，山濤嗟歎良久（晉書四三王衍傳）。

二二　祖士少見衛君長云：〔一〕「此人有旄仗下形。」〔二〕

【校釋】

〔一〕衛君長　衛永，見賞譽一〇七。

〔二〕旄仗下形　仗，宋本作「杖」。按，漢書二七五行志：「其於王事，出軍行師，把旄杖鉞，誓士衆，抗威武，所以征畔逆、止暴亂也。」據此，當作「杖」。世説箋本：「殿下兵衛曰杖下。旄，以旄牛爲之。」朱注：「此言衛有帝王之象也。」楊箋：「説文：『旄，幢也。』定聲：『旄字亦作氂，旌旞竿節也，本用犛牛尾，注於旗之竿首，故曰旄。後又用羽。』旄杖下形，即旄杖形，『下』字副詞，無義。」按，晉書六五王珣傳：「（珣）弱冠與陳郡謝玄爲桓温掾，俱爲温所敬重，嘗謂之曰：『謝掾年四十必擁旄杖節……』」藝文類聚四三引陸機百年歌：「五十時，荷旄杖節鎮邦家。」御覽七六〇引吴志：「諸葛恪行酒至張昭，昭不肯飲，曰：『此非養老之禮。』權曰：『卿其能令張公辭屈，乃當飲之。』恪曰：『昔師尚父九十秉旄杖鉞，猶未告老。軍旅之事，將軍在後，酒食之事，將軍在先。何爲不養老也。』昭爲盡爵。」秉旄杖節，當指主持軍旅之事。祖約云「此人有旄杖下形」，乃讚歎永有將帥風度。「旄杖下形」，即「擁旄杖節」之形。朱注稱衛有帝王之象，非是。楊箋釋「旄杖下形」爲「旄杖形」，并謂「下」爲副詞，無義。然稱衛永有「旄杖形」，顯然不成語。

二三　石頭事故，朝廷傾覆，晉陽秋曰：「蘇峻自姑孰至于石頭，逼遷天子。峻以倉屋爲宫，使人守衛。」靈鬼志謡徵曰：「明帝末有謡歌：『側側力，放馬出山側，大馬死，小馬餓。』〔一〕後峻遷帝於石頭，御膳不具。」温忠武與庾文康投陶公求救，〔二〕陶公云：「肅祖顧命不見及，且蘇峻作亂，釁由諸庾，誅其兄弟，不足以謝天下。」徐廣晉紀曰：「肅祖遺詔，庾亮、王導輔幼主，而進大臣官，陶侃、祖約不在其例。侃、約疑亮寢遺詔也。」中興書曰：「初，庾亮欲徵蘇峻，卞壼不許；〔三〕温嶠及三吴欲起兵衛帝室，亮不聽，下制曰：『妄起兵者誅！』故峻得作亂京邑也。」于時庾在温船後，聞之，憂怖無計。别日，温勸庾見陶，庾猶豫未能往。温曰：「溪狗我所悉，〔四〕卿但見之，必無憂也。」庾風姿神貌，陶一見便改觀，談宴竟日，愛重頓至。〔五〕

【校釋】

〔一〕「側側力」數句　側側力，宋本作「側力」。徐箋：「晉書五行志作『惻惻力力，放馬山側，大馬死，小馬餓。高山崩，石自破。』云：『及明帝崩，成帝幼，爲蘇峻所逼，遷於石頭，御膳不足，此大馬死，小馬餓也。高山，峻也，又言峻尋死。石，峻弟蘇石也。峻死後，石據石頭，尋爲諸公所破，復是崩山石破之應也。』」

〔二〕投陶公求救　宋本、沈校本並無「陶公求救」四字。

〔三〕「初庾亮」二句　晉書七〇卞壼傳：庾亮將征蘇峻，言於朝曰：「峻狼子野心，終必爲亂。今日徵之，縱不顧命，爲禍猶淺。若復經年，爲惡滋蔓，不可復制。此是朝錯勸漢景帝早削七國事也。」卞壼謂亮曰：「峻擁强兵，多藏無賴，且逼近京邑，路不終朝，一旦有變，易爲蹉跌。宜深思遠慮，恐未可倉卒。」亮不納。晉書七三庾亮傳：「亮知峻必爲禍亂，徵爲大司農。舉朝謂之不可，平南將軍温嶠亦累書止之，皆不納。」按，亮以徵峻名義，欲收録峻。而卞壼等朝臣以爲徵峻，不啻逼峻速反，故皆不許。

〔四〕溪狗　「狗」乃當時駡人之言。吴志三嗣主傳注引華陽國志載，吴軍獲晉守將毛炅，炅厲聲駡曰：「吴狗，何等爲賊！」「尚欲斬汝孫皓，汝父何死狗也！」李慈銘越縵堂日記第五册云：「前代人呼江西人爲雞，是傒之誤。高新鄭見嚴介溪，有『大雞小雞』之謔，常不解所謂。按南史胡諧之傳：『諧之，豫章南昌人。齊武帝欲獎以貴族盛姻，以諧之家人語傒音不正，乃遣宫内四五人往諧之家教子女語。二年後，帝問諧之曰：「卿家人語音正否？」答曰：「宫人少，家人多，非唯不能正音，遂使宫人頓成傒語。」帝大笑。』又范柏年云：『胡諧是何傒狗』，乃知江西人曰傒，因傒誤爲雞也。」余箋從李慈銘説，又云：「陶侃本鄱陽人，家於尋陽，皆江右地，故得此稱。然温太真不應詆侃，蓋庾亮與侃不協，必其平日與人言及侃，不曰士行，而曰傒狗。太真因順其旨言之耳。」劉盼遂云：「按陶公久刺交廣，五溪卵青之地，故温取以戲也。」陳寅恪則以爲陶侃出於溪族，故太真駡其爲「溪狗」（見陳寅恪魏書司馬睿傳江東民族條釋證及推論）。周一良同陳寅恪説，謂「陶公正是漁賤户之溪人，故顯貴後猶不能逃太真之輕詆」。（見周一良南朝境内之各種人及政府對待之政策，載魏晉南北朝史論集第五一頁，北京大學出版社，一九九七年版）古直以爲陳寅恪之説武斷，作陶侃及陶淵明是漢族還是溪族呢一文質疑。（詳見光明日報「文學遺産」

第一六五期，一九五七年七月一四日）按，以上諸説，似以李慈銘、程炎震、余箋、劉盼遂、古直所言較合理。陳寅恪謂陶侃出於溪族，證據尚不充分。

〔五〕「庾風姿神貌」數句　晉書七三庾亮傳載：亮與温嶠推侃爲盟主。及見侃，又引咎自責，侃不覺釋然，乃謂亮曰：「君侯修石頭以擬老子，今日反見求耶！」便談宴終日。亮噉薤，因留白。侃問曰：「安用此爲？」亮云：「故可以種。」侃於是尤相稱歎云：「非唯風流，兼有爲政之實。」郎瑛以爲世説所記陶侃與庾亮事多謬，其七修類稿二三辯證類云：「蘇峻之亂，因庾亮輕下詔徵之，既而下石頭，朝廷傾覆。亮奔温嶠，嶠勸亮見陶侃。蓋時起義兵，而衆推侃爲盟主也。侃意正欲誅亮以謝天下，亮猶豫不敢。此事重出：其一曰：温云：『溪狗我所悉知，卿但見之。』因而陶見庾貌豐姿神爽，遂改觀，歡宴終日。一曰：『卿但遥拜，保無他也。』陶見之，不覺釋然。殊不思陶乃尚事功而厭清談，飲有限而鄙時流者，豈豐姿神爽使能改欲誅之意，且得歡宴終日耶？又使『遥拜保無他』，亮亦天子以下一人，此言輕可語之耶？陶傳自云：庾詣拜謝，陶曰：『元規乃拜士行耶？』此足以見其實也。」按，郎瑛所疑猶可釋之：侃原欲誅亮，後竟愛重之。究其原因，一是亮推侃爲盟主；二是亮引咎自責，放下身段；三是噉薤留白之細事，與侃勤於政事之個性相合；四是陶侃之大度。非僅庾亮風姿神貌之魅力，使侃一見即改觀也（參見假譎八校釋）。王世懋云：「陶士行不能殺元規，未是英雄。」王氏以殺不殺定英雄，實不解陶士行之個性及當時形勢也。

二四　庾太尉在武昌，秋夜氣佳景清，使吏殷浩、王胡之之徒登南樓理詠。〔一〕音調始遒，聞函道中有屐聲甚厲，〔二〕定是庾公。俄而率左右十許人步來，諸賢欲起避之，公徐云：「諸君少住，老子於此處興復不淺。」〔三〕因便據胡牀，〔四〕與諸人詠謔，竟坐甚得任樂。後王逸少下，與丞相言及此事，丞相曰：「元規爾時風範不得不小穨。」〔五〕右軍答曰：「唯丘壑獨存。」〔六〕孫綽庾亮碑文曰：「公雅好所託，常在塵垢之外，〔七〕雖柔心應世，蠖屈其迹，而方寸湛然，固以玄對山水。」〔八〕

【校釋】

〔一〕使吏　使，宋本、沈校本並作「佐」。按，藝文類聚七〇亦作「佐」，是。理詠，猶吟誦詩歌。理，奏起。史記樂書：「雅頌之音理而民正。」嵇康琴賦：「理正聲，奏妙曲。」彈奏音樂稱「理音」。如枚乘七發：「景春佐酒，杜連理音。」毛奇齡西河集卷四七馮使君餞湖倡和詩序：「即良時高燕，賓朋滿前，有若庾公在武昌歡飲達旦，然祇稱理詠。理詠者，誦詩也。」倪瓚有劉君元暉八月十四日邀余玩月快雪齋中對月理詠因賦長句二首，徐𤊹徐氏筆精四過餘干弋陽詩：「推蓬理咏隨州句，落日平沙似往年。」皆釋「理詠」爲詠詩。晉書七三庾亮傳：「陶侃薨，遷亮都督江、荆、豫、益、梁、雍六州諸軍事，領江、荆、豫三州刺史，進號征西將軍、開府儀同三司、假節。亮固辭，乃還鎮武昌。」據晉書七成帝紀，陶侃卒於咸和九年（三三四），則庾亮遷鎮武昌當在其時。又，庾亮當年所登之南樓，後人稱「庾樓」。或以爲「庾樓」在江州。陸游入蜀記二辨之曰：「庾亮嘗爲江、荆、豫州刺史，其實則治武昌。若武昌南樓名庾樓猶有理，今江州治所在晉特柴桑縣之湓口關耳，此樓附會甚明。然白樂天詩固已云：『潯陽欲到思無窮，庾亮樓南湓口東。』則承誤亦久矣。張芸叟南遷録云：『庾亮鎮潯陽，經始此樓。』其誤尤甚。」

〔二〕函道　世説音釋：「戴延之西征記：『函道如封函也。』蓋謂登樓之梯也。」余箋：「宋吴聿觀林詩話：『函道，今所謂胡梯是也。』」按，宋書七七劉元景傳：「元怙勒衆從城南門函道直出。」據此，函道當是用於上下城樓之階梯，似與今所稱胡梯者不同，世説音釋是。

〔三〕老子　世説音釋：「猶云老夫。」劉盼遂云：「按自稱老子爲當時通語。陶侃怒庾亮築石頭以擬老子（通鑑晉成紀），何點謂梁武帝乃欲臣老子（梁書本傳）皆是。今北人往往自誇曰贊老子，其遺語也。此語始見於韓康（後漢書逸民傳）。」余箋：「翟灝風俗篇一八曰：老學庵筆記：『南鄭俚俗謂父曰老子，雖年十七八，有子亦稱老子。乃悟西人所謂大范老子，蓋尊之以爲父也。』按西人並不以老子爲尊，唯有自稱。然後漢書韓康傳：『亭長使奪其牛，康即與之。使者欲奏殺亭長，康曰：「此自老子與之，亭長何罪？」』康乃京兆霸陵人，正可爲的證者。三國志甘寧傳注：『夜入魏軍，軍皆鼓譟舉火。還見權，權曰：「足驚駭老子否？」』此老子似指曹操。權豈欲尊曹操而云然乎？晉書陶侃傳：『顧謂王愆期曰：

「老子婆娑，正坐諸君輩。」』應詹傳：『鎮南大將軍劉弘曰：「君器識宏深，後當代老子于荆南矣。」』庾亮傳：『諸君少住，老子於此興復不淺。』諸人不皆西産，而其自稱如此，必當時無以稱父者，故得通行不爲嫌。若五代史馮道傳：『耶律德光誚之曰：「汝是何等老子？」對曰：「無材無德，癡頑老子。」』更顯見其稱之不尊矣。」

〔四〕因便據　因，沈校本作「自」。胡牀，後又稱「交牀」。一種輕便矮座。宋程大昌演繁露交牀：「今之交牀，本自虜來，始名胡牀，桓伊下馬據胡牀取笛三弄是也。隋高祖意在忌胡，器物涉胡言者，咸令改之，乃改交牀。」宋陶穀清異録逍遥座：「胡牀施轉關以交足，穿便條以容坐，轉縮須臾，重不數斤。」按，中國自漢之前，皆席地而坐。漢末以降，慣用胡牀。後漢書五行志載：靈帝「好胡服、胡帳、胡牀、胡座、胡飯、胡箜篌、胡笛、胡舞，京都貴戚皆競尚之」。自新二：「（戴）淵在岸上，據胡牀指麾左右，皆得其宜。」

〔五〕「元規爾時」句　王敬美云：「王意重殷。」世説抄撮：「晉陽秋曰：『亮端拱嶷然，郡人憚之，覲接者數人而已。』故王云爾。」朱注：「此蓋謂其時殷、王皆負時譽，故庾不得不小減其儼然之風範也。」蕭艾世説探幽：「所謂『元規爾時風範不得不小穨』者，值蘇峻亂後，温太真亦新逝也。」（世説探幽第四二〇頁）按，晉書七三庾亮傳謂「王導輔政，委任趙胤、賈寧等諸將，並不奉法，大臣患之」。庾亮欲起兵廢導，郗鑒不許。王導之言，殆暗指庾亮欲廢己之圖謀受挫。

〔六〕丘壑　謂隱逸。御覽五九六引李充弔嵇中散文：「乃自足於丘壑，孰有慍乎陸沉。」謝靈運齋中讀書詩：「昔余遊京華，未嘗廢丘壑。」劉辰翁云：「觀此語，元規巍峨可想。」世説抄撮：「言當爾時，庾唯以丘壑之心相接耳。」世説箋本：「謂丘壑之心獨存也。」按，世説箋本是。

〔七〕常在　在，宋本作「任」。王利器校：「各本『任』都作『在』，義較長。」

〔八〕「雖柔心應世」數句　右軍稱庾亮「唯丘壑獨存」，意謂亮於自然山水情有獨鍾，隱逸之志猶存。孫綽庾亮碑文謂亮「雅好所托」云云，更能見出庾亮及東晉名士生活之優雅從容，雖寄跡塵垢之中，方寸卻超於世俗之外。而「固以玄對山水」，則將體悟玄趣與山水審美兩者契合。孫綽天台山賦曰：「於是遊覽既周，體静心閒。害馬已去，世事都捐。投刃皆虚，目牛無全。凝思幽巖，朗詠長川。……恣語樂以終日，等寂寞於不言。渾萬象以冥觀，兀同體於自然。」以上數句，大可作「玄對山水」一語注腳。總之，此條頗能反映當時名士優雅從容之精神生活及兼重玄理與山水之審美趣味。

二五　王敬豫有美形，問訊王公。〔一〕王公撫其肩曰：〔二〕「阿奴，恨才不稱。」〔三〕又云：〔四〕「敬豫事事似王公。」語林曰：「謝公云：『小時在殿廷會見丞相，便覺清風來拂人。』」〔五〕

【校釋】

〔一〕問訊　楊箋：「問訊，問起居也。……下賢媛三二『時來問訊』，簡傲一五『躡履問訊』，排調五五『方躡履問訊』，儉嗇九『常朝旦問訊』，同。」

〔二〕王公宋本無此二字。

〔三〕恨才不稱　余箋：「德行篇云：『丞相見長豫喜，見敬豫輒嗔。』注引文字志曰：『王恬字敬豫，少卓犖不羈，疾學尚武，不爲導所重。』嘉錫案：此恨其才不稱貌，亦嗔之也。」按，才爲魏晉人物審美重要標準之一，此與魏武「唯才是舉」之政令有淵源關係。

〔四〕又云　世説講義：「『又』字恐『或』字誤。」李慈銘云：「案：『又云』字有誤，上文乃導自謂其子之誤。下不得作『又云』也。當是他人品目之語。」

〔五〕殿廷會見丞相　程炎震云：「王導卒時，謝安才二十歲，何由於殿廷見導乎？蓋從其父裒官京師，故得見耳。」

二六　王右軍見杜弘治，〔一〕歎曰：「面如凝脂，眼如点漆，此神仙中人。」江左名士傳曰：「永和中，劉真長、謝仁祖共商略中朝人士，或曰：『杜弘治清標令上，〔二〕爲後來之美；又面如凝脂，眼如点漆，粗可得方諸衛玠。』」時人有稱王長史形者，蔡公曰：「恨諸人不見杜弘治耳。」〔三〕

【校釋】

〔一〕杜弘治　已見賞譽六八。

〔二〕清標令上　義近清令，謂清新美好。賞譽七一注引語林曰：「有人目杜弘治，標鮮甚清令，初若熙怡，容無韻，盛德之風，可樂詠也。」言杜弘治之美，可與此條同看。

〔三〕「時人」數句　本篇三三王洽歎王長史「不復似世中人」，意謂似神仙中人。而蔡公以爲杜弘治姿貌更勝王濛。

二七　劉尹道桓公鬢如反猬皮，眉如紫石稜，〔一〕自是孫仲謀、司馬宣王一流人。宋明帝文章志曰：「温爲温嶠所賞，故名温。」〔二〕吴志曰：「孫權字仲謀，策弟也。漢使者劉琬語人曰：『吾觀孫氏兄弟，雖並有才秀明達，皆禄胙不終。〔三〕唯中弟孝廉，〔四〕形貌魁偉，骨體不恒，有大貴之表。』」晉陽秋曰：「宣王天姿傑邁，有英雄之略。」

【校釋】

〔一〕眉如紫石稜　程炎震云：「晉書温傳作『眼如紫石稜』……御覽三六六引『眉』亦作『眼』。」按，作「眼」是。紫石稜，世説音釋：「本草綱目引嶺表典録曰：『瀧州山中多紫石英，其色淡紫，其質瑩澈，隨其大小皆五稜，兩頭如箭鏃。』」

〔二〕「温爲」二句　晉書九八桓温傳：「（温）生未朞而太原温嶠見之，曰：『此兒有奇骨，可試使啼。』及聞其聲，曰：『真英物也！』彝以嶠所賞，故遂名之曰温。嶠笑曰：『果爾，後將易吾姓也。』」

〔三〕禄胙　胙，宋本、沈校本並作「祚」。

〔四〕孝廉　孫權曾察孝廉。吴志吴主傳：「郡察孝廉，州舉茂才，行奉義校尉。」孫策薨，權哭，「策長史張昭謂權曰：『孝廉，此寧哭時邪？』」

二八　王敬倫風姿似父。〔一〕作侍中，加授桓公，〔二〕公服從大門入。〔三〕桓公望之曰：「大奴固自有鳳毛。」〔四〕大奴，王劭也，已見。〔五〕中興書曰：「劭美姿容，持儀操也。」〔六〕

【校釋】

〔一〕「王敬倫」句　王劭爲王導第五子。

〔二〕「作侍中」二句　程炎震云：「御覽二〇七引晉中興書曰：『桓温授侍中太尉，固讓不受。旬月之中，使者八至，軺軒相望於道。温遂親職。』按晉書穆紀：『永和八年七月丁酉，以征西大將軍桓温爲太尉。』温傳則云：『固讓不拜。』據此知温終就職也。晉書哀紀：『興寧元年五月，加征西大將軍桓温侍中、大司馬、都督中外諸軍事、假黄鉞、録尚書事。』」似加侍中在後。然侍中爲門下省之長官，温既爲太尉，必加侍中。其後自尉轉馬，則加官如故，晉書不及析言也。劭之授温，蓋即永和八年事。至晉書劭傳不言其爲侍中，此作『侍中』，字恐有誤，文或應在『加授桓公』下。」按，由上下文意看，「作侍中」似指王劭，然晉書不言劭爲侍中，或史缺載歟？

〔三〕公服　余箋、徐箋、張撝之譯注屬諸上句，朱注、楊箋屬諸下句。楊箋：「按作者意，王敬倫於桓公加授侍中時公服從大門入也。」按，本篇三三：「長史從門外下車，步入尚書，著公服，敬和遥望歎曰：『此不復似世中人。』」情景與此類似。故「公服」應屬下句，楊箋是。

〔四〕「大奴」句　汪藻瑯琊臨沂王氏譜謂王劭小字大奴。洪邁容齋隨筆四「鳳毛」條：「宋孝武嗟賞謝鳳之子超宗曰：『殊有鳳毛。』今人以子爲鳳毛，多謂出此。按世説王劭風姿似其父導，桓温曰：『大奴固自有鳳毛。』其事在前，與此不同。」王世貞弇州四部稿一五九云：「『超宗殊有鳳毛』，洪景廬以爲始於此。……然此不若超宗之切也。王嘉拾遺記稱青鳳吉光裘事，亦在桓温語後，恐鳳毛别自有出處，不可曉。」程炎震云：「晉書劭傳：『雖家人近習，未嘗見其有墮替之容。』……雅量篇『王劭王薈共詣宣武』條注引劭、薈别傳曰：『桓温稱劭爲鳳雛。』然則有鳳毛者，猶鳳雛耳。」余箋：「南齊書謝超宗傳：『新安王子鸞，孝武帝寵子。超宗以選補王國常侍，王母殷淑儀卒，超宗作誄奏之。帝大嗟賞曰：「超宗殊有鳳毛，恐靈運復出。』」金樓子雜記篇上曰：『世人相與呼父爲鳳毛。而孝武亦施之祖，便當可得通用。不知此言何出？』嘉錫案：金樓子梁元帝所撰。據其所言，是南朝人通稱人子才似其父者爲鳳毛。元帝已不能知其出處矣。劭、薈別傳言桓溫稱劭爲鳳雛，彼自用龐士元事，與此意同而語異，不必即出於一時。雖可取以互證，然不得謂鳳毛即鳳雛也。若云『大奴固自有鳳雛』，則不成語矣。」按，北齊書一二北平王貞傳：「帝常曰此兒得我鳳毛。」余箋謂「人子才似其父者爲鳳毛」，其説是。

〔五〕王劭　已見雅量二六。

〔六〕持儀操　宋本無「操」字。王利器校：「蔣校本、沈校本同；餘本『儀』下有『操』字，是。」按，儀操，謂儀容操守也。後漢書八〇下邊讓傳：「美儀操之姣麗兮，忽遺生而忘老。」文選傅毅舞賦：「修儀操以顯志兮，獨馳思乎杳冥。」李周翰注：「脩整儀容，端理節操，以明其志。」晉書九四劉驎之傳：「驎之少尚質素，虚退寡欲，不修儀操。」

二九　林公道王長史：「斂衿作一來，〔一〕何其軒軒韶舉！」〔二〕語林曰：〔三〕「王仲祖有好儀形，〔四〕每覽鏡自照曰：『王文開那生如馨兒。』時人謂之達也。」〔五〕

【校釋】

〔一〕斂衿　整斂衣襟以示肅敬貌。杭世駿三國志補注：「異苑曰：『陳思王嘗登魚山，臨東阿，忽聞巖岫裏有誦經，清遒深亮，遠谷流響，肅然有靈氣，不覺斂衿祗敬，便有終焉之志。』」

〔二〕軒軒　儀態軒昂貌。本篇三五：「諸公每朝，朝堂猶暗，唯會稽王來，軒軒如朝霞舉。」楊萬里古風送劉委遊試藝南宮：「此郎軒軒千里駒，槐花再登鄉老書。」

〔三〕語林　語，宋本誤作「書」。

〔四〕王仲祖　王，宋本誤作「吾」。好儀形，晉書九四王濛傳言王濛「美姿容」。

〔五〕「王文開」二句　如馨，猶言「如此」。藝文類聚六四束晳近遊賦：「婦皆卿夫，子呼父字。」意謂子呼父字鄙陋不合禮儀。王濛直呼父字，故時人謂之達。晉書九四王濛傳又云濛「居貧，帽敗，自入市買之，嫗悅其貌，遺以新帽，時人以爲達」。

三〇　時人目王右軍「飄如遊雲，矯若驚龍」〔一〕。

【校釋】

〔一〕「飄如」二句　凌濛初云：「便似評其書法。」程炎震云：「晉書羲之傳，論者稱其筆勢是也，今乃列於容止篇。」劉盼遂云：「考羲之生平謹數敕敕，守禮人也。其容止端凝，不飄不矯，斷然可知。世說采當時熟語未加甄辨，誤入容止類矣。宜從晉書之説改入巧藝中。」

三一　王長史嘗病，親疏不通。〔一〕林公來，守門人遽啓之曰：「一異人在門，不敢不啓。」王笑曰：「此必林公。」〔二〕按語林曰：「諸人嘗要阮光禄共詣林公，阮曰：『欲聞其言，惡見其面。』」此則林公之形，信當醜異。

【校釋】

〔一〕通　通報。言語三：「詣門者，皆俊才清稱及中表親戚乃通。」王長史因病，故囑守門人親疏皆不通。

〔二〕「守門人」數句　凌濛初云：「閽者識異人，大奇，大奇。」朱注：「此異人出閽者之口，蓋加注所云極其形醜耳，非謂能識其異也。凌評未允。」楊箋：「林公之異，異在神駿。」按，朱注謂「凌評未允」，是。楊箋亦未允。閽者見林公形醜異常，故不敢不啓，非識得林公「神駿」，而告長史。若閽者能識林公「神駿」，何必「不敢不啓」？王笑曰：「此必林公。」乃笑林公形醜之甚，竟至驚駭閽者。後孝標注引語林並謂林公「信當醜異」，其意甚明，不當致歧義耳。

三二　或以方謝仁祖，不乃重者，〔一〕桓大司馬曰：「諸君莫輕道仁祖，企腳北窗下彈琵琶，故自有天際真人想。」〔二〕晉陽秋曰：「尚善音樂。」裴子云：「丞相嘗曰：『堅石挈腳枕琵琶，有天際想。』」堅石，尚小名。

【校釋】

〔一〕「或以」二句　余箋：「言有比人爲謝尚者，其意乃實輕之。若曰『某不過謝仁祖之流耳』」。吴金華考釋：「兩句的意思是：有人對謝仁祖説三道四，不太看重仁祖。『乃』，猶言『甚』，程度副詞。」蔣宗許世説新語校箋臆札云：「方，比方，比況。此義世説中多見，如『正始中，人士比論，以五荀方五陳：荀淑方陳寔……荀顗方陳泰。』（品藻六）賞譽一四六：『謝車騎問謝公：真長性至峭，何足乃重？』乃重，猶言那麽（推）重。不乃重，猶言不那麽貴重。類似的句子如『如子桓書，亦自不乃重之』（陸雲與兄平原書）。上例意思是説有人把謝仁祖與他人相提並論，而用來比況的人實遠不如謝，所以桓温才有『莫輕道仁祖』云云的打抱不平。『方謝仁祖』後宜不斷句。」按，余箋、蔣説是。

〔二〕「企腳」二句　企，李慈銘云：「案『企』同『跂』，企亦舉也。」張撝之譯注：「『企』同『跂』。抬起腳後跟站著。」張永言詞典釋「企腳」爲「垂足而坐」。游黎世説新語札記一文據説文，謂「腳」本義爲小腿，「企腳」也就是抬起小腿的意思。（載古籍整理學刊，二〇〇一年第一期)北窗,吴金華考釋:「『北窗』指寢室或堂屋北面的窗户。把卧席設在『北窗』之下,是古來的傳統習慣。(下略)『常言:五六月中北窗下卧,遇涼風暫至,自謂是羲皇上人。』(陶淵明與子儼等疏)所謂『自謂是羲皇上人』,跟謝仁祖『有天際真人想』是同樣情調。」按,謝尚個性率易自然,時人多欣賞之。如桓温評尚「神懷挺率」(賞譽一〇三),或云「尚自然令達」(同上一〇四),王導云:「見謝仁祖,恒令人得上。」(品藻九)孫興公稱仁祖「清易令達」(同上三六)……謝尚善音樂,擅琵琶、筝,又能作異舞(見任誕三二)。樂府詩集七五載謝尚大道曲,樂府廣記記尚在市中佛國樓上彈琵琶,皆是其自然放達之表現。桓温道仁祖「企脚北窗下彈琵琶,故自有天際真人想」,乃讚美尚自然可愛,非世俗中人。

三三　王長史爲中書郎,〔一〕往敬和許。敬和,王洽,已見。〔二〕爾時積雪,長史從門外下車,步入尚書,著公服,〔三〕敬和遥望歎曰:「此不復似世中人。」〔四〕

【校釋】

〔一〕「王長史」句　程炎震云:「王濛爲中書郎,當在康帝時。王洽傳不言爲尚書省何官,蓋略之。」

〔二〕王洽　已見賞譽一一四。

〔三〕「步入」二句　尚書，「書」下宋本、沈校本並有「省」字，無「著公服」三字。朱注：「『著』字似爲『省』字形似之訛，『公服』二字疑衍。」按，本篇二八記王劭「公服從大門入」，依其例，「公服」二字恐非衍。

〔四〕此不復似世中人　意即本篇二六所云「此神仙中人」。

三四　簡文作相王時，與謝公共詣桓宣武。〔一〕王珣先在内，桓語王：「卿嘗欲見相王，可住帳裏。」二客既去，桓謂王曰：「定何如？」王曰：「相王作輔，自然湛若神君。〔二〕續晉陽秋曰：「帝美風姿，舉止端詳。」〔三〕公亦萬夫之望，〔四〕不然，僕射何得自没？」〔五〕僕射，謝安。

【校釋】

〔一〕「簡文」二句　相王，世説音釋：「簡文帝以會稽王入相，故稱相王。」程炎震云：「桓温自徐移荆，迄於廢立，與簡文會者二：前在興寧三年乙丑洌洲，後在太和四年己巳塗中。此是會塗中事。據排調篇『君拜於前，臣立於後』語，知太和六年謝安猶爲侍中。則太和四年，安亦以侍中從行，非僕射也。尋其時日，僕射乃王彪之。檢彪之傳，三爲僕射。初以病不拜，次在穆帝升平二年戊午謝奕卒時，其年當出爲會稽内史，居郡八年，至興寧三年爲桓温劾免下吏，會赦免，左降爲尚書。頃之，復爲僕射。考廢帝紀：興寧三年，即位有赦。十二月以會稽内史王彪之爲尚書僕射。紀傳皆合。自此至孝武寧康元年桓温死後，乃自僕射選尚書令。珣爲彪之子侄行。『僕射何得自没者』，正以彪之不從行，巽言以解其被劾之前嫌耳。注以僕射爲安，不知安爲僕射在孝武帝寧康元年桓温死後。且安嘗事温，珣即謝婿，何爲費辭乎？此等似非劉注，孝標不至若是。知非洌洲會者。王珣以隆安四年卒，年五十二，則生於穆帝隆安永和五年辛酉。傳云『弱冠爲桓温掾』，則洌洲會時，珣年十七，未入温幕。簡文以太和元年始爲丞相，前此不得稱相王也。」按，程氏謂此是太和四年事，並以爲僕射指王彪之，非是謝安，其説可從。然謂「桓温自徐移荆，迄於廢立，與簡文會者二」，其説無據。

〔二〕自然　宋本、沈校本並無「然」字。神君，神靈，神仙。韓非子説林上：「澤涸，蛇將徙。有小蛇謂大蛇曰：『子行而我隨之，人以爲蛇之行者耳，必有殺子；不如相銜負我以行，人以我爲神君也。』」按，本篇二六王右軍歎杜弘治爲「神仙中人」，「神君」義同「神仙中人」。

〔三〕端詳　端，宋本、沈校本並作「安」。按，據御覽九九引續晉陽秋作「端詳」，同上三七七引三國典略：「（寇）儁身長八尺，鬚髮皓然，容止端詳，音韻清朗。」則作「端詳」較勝。

〔四〕公　指桓温。

〔五〕不然　然，宋本作「如」。王世懋云：「此東亭媚語，安石恐未肯便没。」朱注：「此如王評，蓋諂媚桓温之語，謂其具出衆之姿，故使僕射乃自以爲不及也。」按，此句非評論謝安，當從程炎震所考，僕射當指王彪之。晉書七六王彪之傳記彪之作會稽内史，桓温下鎮姑孰，威勢震主，四方修敬，皆遣上佐綱紀。彪之獨曰：「大司馬誠爲富貴，朝廷既有宰相，動静之宜，自當諮稟。修敬若遣綱紀，致貢天子復何以過之！」竟不遣。桓温藉以他故上免彪之。彪之去郡，復檻收下吏，會赦，左降爲尚書。頃之，復爲僕射。據此，「僕射何得自没」者，乃指桓温陷害彪之事。所謂「自没」，乃東亭諂媚之語。

三五　海西時，〔一〕諸公每朝，朝堂猶暗，唯會稽王來，軒軒如朝霞舉。〔二〕

【校釋】

〔一〕海西　即廢帝司馬奕，哀帝之弟，興寧三年（三六五）二月，哀帝崩，無嗣，即皇帝位。太和六年（三七一），桓温廢帝爲東海王。咸安二年（三七二），降封爲海西縣公。

〔二〕「唯會稽王來」二句　會稽王，即簡文帝司馬昱。軒軒，世説箋本：「輕舉貌。」劉辰翁云：「與神君語映。」按，晉人品鑒人物，常用審美想像。「軒軒如朝霞舉」，即光彩照人之意。本篇一二時人以爲裴令公爲「玉人」，見者曰：「見裴叔則，如玉山上行，光照數人。」本篇一七王大將軍稱「太尉處衆人中，似珠玉在瓦石間」，皆用比喻性想像。

三六　謝車騎道謝公：「遊肆復無乃高唱，但恭坐捻鼻顧睞，便自有寢處山澤間儀。」〔一〕

【校釋】

〔一〕「遊肆復無」數句　游肆，恣意游覽。晉書五六孫統傳：「居職不留心碎務，縱意遊肆，名山勝川，靡不窮究。」張萬起、劉尚慈譯注釋「肆」爲「市集貿易的地方」，「遊肆」是「到街市上去」；「復無乃高唱」是「并無需要那麼宣傳」。其説誤。劉辰翁云：「意態略似，但不成語。」李贄云：「善形容叔父。」（初潭集父子貌子）袁中道云：「形肖略盡。」（舌華録六俊語）世説箋本：「按『遊肆復無乃高唱』難讀，恐有誤。或云謂謝公好『洛生詠』，故云公不須必爲高唱，但其撚鼻顧盼，亦有丘壑儀態。」楊箋：「撚鼻，猶捉鼻也。作洛下書生詠狀。」按，唱，喊也，呼也。高唱，謂高呼也。雅量二八：「風氣浪湧，孫、王諸人色並遽，便唱使還。」北史一七孫脩義傳：「居（高居）大言不遜，脩義命左右牽曳之，居對大衆呼天唱賊。」「遊肆復無乃高唱」，意謂遊肆不須大呼小叫。恭坐，猶端坐。恭，肅敬有禮貌。論語顏淵：「君子敬而無失，與人恭而有禮，四海之内，皆兄弟也。」賈誼新書道術：「接遇慎容謂之恭，反恭爲媟。」撚鼻，捏鼻。或云謝公好「洛生詠」，據此便謂「撚鼻」即作「洛生詠」狀。然前既道遊肆不須高唱，若作「洛生詠」，豈非矛盾？而於山澤間動輒作「洛生詠」亦不近情理。謝玄之語，乃描摹謝公遊肆山澤之儀態，即不大呼小叫，但端坐捏鼻顧盼，如此，自有静處山澤之意味。

三七　謝公云：「見林公雙眼黯黯明黑。」〔一〕孫興公見林公，〔二〕「稜稜露其爽。」〔三〕

【校釋】

〔一〕黯黯　世説音釋：「玉篇曰：『烏減切，黑也。』」陳琳遊覽詩之一：「蕭蕭山谷風，黯黯天路陰。」江淹哀千里賦：「水黯黯兮蓮葉動，山蒼蒼兮樹色紅。」此指眼穴望之深黑。明黑，指眼珠黑白分明。觀人必觀其眸子，謝公之謂也。林公雙眼明黑，爲神爽之露也。

〔二〕孫興公　李慈銘云：「案『孫興公』下當有『亦云』二字。」

〔三〕稜稜　威嚴貌。新唐書一一四崔從傳：「從爲人嚴偉，立朝稜稜有風望，不喜交權利，忠厚而讓。」

三八　庾長仁與諸弟入吴，〔一〕欲住亭中宿。〔二〕諸弟先上，見羣小滿屋，都無相避意。長仁曰：「我試觀之。」乃策杖將一小兒，始入門，諸客望其神姿，一時退

匿。長仁已見，一說是庾亮。〔三〕

【校釋】

〔一〕庾長仁　庾統，已見賞譽八九。

〔二〕住　朱注「案：疑當作『往』。」按，住，停也，留也。文學四一：「支道林初從東出，住東安寺中。」本篇三四：「卿嘗欲見相王，可住帳裏。」作「住」不誤。

〔三〕長仁　已見賞譽八九。王世懋云：「庾亮爲是。」按，據晉書七三庾懌傳、汪藻潁川鄢陵庾氏譜，懌唯有子統，不聞有他子。而庾亮有弟懌、冰、條、翼，王世懋謂是庾亮，其說是。

三九　有人歎王恭形茂者，云：「濯濯如春月柳。」〔一〕

【校釋】

〔一〕濯濯　世說音釋：「光潔貌。」王叔岷補正：「案詩大雅抑：『鉤膺濯濯。』毛傳：『濯濯，光明也。』此文『濯濯』，蓋光潔貌。」

自新第十五

一　周處年少時，兇彊俠氣，〔一〕爲鄉里所患，處別傳曰：「處字子隱，吴郡陽羡人。〔二〕父魴，吴鄱陽太守。處少孤。不治細行。」晉陽秋曰：「處輕果薄行，州郡所棄。」又義興水中有蛟，山中有邅跡一作「白額」。虎，〔三〕並皆暴犯百姓，義興人謂爲「三横」，而處尤劇。或説處殺虎斬蛟，實冀三横唯餘其一。處即刺殺虎，又入水擊蛟，蛟或浮或没，行數十里，處與之俱，經三日三夜，鄉里皆謂已死，更相慶，竟殺蛟而出。聞里人相慶，始知爲人情所患，有自改意。孔氏志怪曰：「義興有邪足虎，溪渚長橋有蒼蛟，〔四〕並大噉人。郭西周，〔五〕時謂郡中三害，周即處也。」乃自吴尋二陸，〔六〕平原不在，正見清河，〔七〕具以情告，并云欲自修改而年已蹉跎，終無所成。清河曰：「古人貴朝聞夕死，況君前途尚可。且人患志之不立，亦何憂令名不彰耶？」處遂改勵，終爲忠臣孝子。晉陽秋曰：「處仕晉爲御史中丞，多所彈糾。氐人齊萬年反，乃令處距萬年。伏波孫秀欲表處母老，〔八〕處曰：『忠孝之道，何當得兩全。』乃進戰，斬首萬計，弦絶矢盡，左右勸退。處曰：『此是吾授命之日。』遂戰而没。」〔九〕

【校釋】

〔一〕俠氣　程炎震云：「御覽三八六引俠作使。」按，本篇二：「戴淵少時遊俠。」晉書六五王謐傳：「謐從弟諶，少驍果輕俠。」當作「俠氣」。

〔二〕吴郡陽羨　余箋：「陽羨漢屬吴郡，吴寶鼎元年分屬吴興郡，見吴志孫皓傳注。晉惠帝永興元年分屬義興郡，見晉書地理志。此作吴郡，乃吴興之誤。」按，吴志周魴傳謂魴爲吴郡陽羨人。晉書五八周處傳作「義興陽羨」。處别傳仍以陽羨舊屬而稱。

〔三〕邅跡虎　世説抄撮：「志怪曰：邪足虎，邅行不進貌。邅跡、邪足，蓋同意。」徐箋：「『邅跡』之義，當即注引孔氏志怪所云『邪足』也。」朱注：「案『邅』，回轉也，『邅跡』不可解，依下注『邪足』，似此虎跛足，其行跡迴旋也，姑志以待考。」按，邅，難行不進貌。易屯：「屯如邅如，乘馬班如。」謝靈運發歸瀨三瀑布望兩溪詩：「陽烏尚傾翰，幽篁未爲邅。」邅又有回繞、盤結義。荀子賦：「無羽無翼，反覆甚極。尾生而事起，尾邅而事已。」楊倞注：「尾邅迴盤結，則箴功畢也。」邅跡虎，即迴旋不進於某處之虎。邪，慢也。詩邶風北風：「其虚其邪，既極只且。」鄭玄箋：「邪，讀如徐。」馬瑞辰釋：「虚者舒之同音假借，邪者徐之用音假借。」邪足，謂行進緩慢，義即「邅跡」，釋爲「跛足」恐太拘。抄撮、徐箋較勝。

〔四〕蒼蛟　余箋：「初學記七引祖台之志怪曰：『義興郡溪渚長橋下有蒼蛟，吞噉人。周處執劍側伺，久之，遇出，於是懸自橋上投下蛟背，而刺蛟數創，流血滿溪。自郡渚至太湖句浦乃死。』」勞格讀書雜識五晉書校勘記謂周處殺虎斬蛟等事「係小説妄傳」。曹道衡、沈玉成中古文學史料叢考「周處年歲及自新事」條從勞格説，以爲「刺虎容或有之，斬蛟則皆可知爲附會」。

〔五〕郭西周　周處住郭西。

〔六〕自吳　自，宋本、沈校本並作「入」。周處入吳尋二陸，前人或以爲謬妄。余箋引勞格讀書雜識五晉書校勘記云：「案處没於惠帝元康七年，年六十有二。推其生年，當在吳大帝之赤烏元年。陸機没於惠帝太安二年，年四十三。推其生年，當在吳景帝之永安五年。赤烏與永安相距二十餘載，則處弱冠之年，陸機尚未生也。此云入吳尋二陸，未免近誣。又考陸機傳：年二十而吳滅，退居舊里。是吳未亡之前，機未嘗還吳也。或以爲處尋二陸，當在吳亡之後，亦非也。考吳亡之歲，處年亦四十三，筮仕已久。據本傳，處仕吳爲東觀左丞、無難督。故王渾之登建鄴宫，處有對渾之言。如使吳亡之後，處方厲志好學，則爲東觀左丞、無難督者，果何人乎？以此推之，知世説所云盡屬謬妄。」按，勞説有理，可從。吳志周魴傳謂魴子周處天紀中爲東觀令、無難督。天紀爲吳末帝孫皓最後一個年號，時陸機兄弟年未滿二十。處始仕之年當更早，何須尋弱齡之二陸以問學乎？

〔七〕平原　陸機爲平原内史。止見，只見，僅見。清河，陸雲爲清河内史。

〔八〕伏波孫秀　徐箋謂晉時有兩孫秀，晉書皆無傳。「一爲吳主權弟匡之孫，爲前將軍、夏口督,孫皓忌之,秀遂奔晉,晉以爲驃騎將軍,儀同三司,封會稽公,附吴志孫匡傳。注引晉諸公贊曰:『吴平,降爲伏波將軍,開府如故。永寧中卒,追贈驃騎將軍。』晉書周處傳:『及氐人齊萬年反,乃使隸夏侯駿西征。伏波將軍孫秀知其將死,謂之曰:「卿有老母,可以此辭也。」』及本書惑溺篇四所記即此人也。本書仇隙一陷石崇、潘岳於死者,爲别一孫秀。晉書趙王倫傳:『時左衛司馬督司馬雅及常從督許超與殿中中郎士猗等,謀廢賈后,復太子,説倫嬖人孫秀,秀許諾,言於倫,倫納焉。』則其人也。」按,徐箋是。據晉書三武帝紀,泰始六年(二七〇),孫秀奔晉。另一孫秀據晉書四三王戎傳、晉書五五潘岳傳,初爲琅邪郡小吏,求品於鄉議。趙王倫輔政,爲中書令。晉書一〇〇孫恩傳:「孫恩字靈秀,琅邪人,孫秀之族也。」則孫秀爲琅琊人也。

〔九〕「乃進戰」數句　晉書三八梁王肜傳載:周處爲梁王肜建威將軍,「肜與處有隙,促令進軍而絶其後,(盧)播又不能救之,故處見害。」

二　戴淵少時遊俠,不治行檢,嘗在江淮間攻掠商旅。〔一〕陸機赴假還洛,〔二〕輜重甚盛,淵使少年掠劫。淵在岸上,據胡牀指麾左右,皆得其宜。淵既神姿峰穎,〔三〕雖處鄙事,神氣猶異。〔四〕機於船屋上遥謂之曰:「卿才如此,亦復作劫邪?」淵便泣涕,投劍歸機,辭厲非常。〔五〕機彌重之,定交,作箋薦焉。〔六〕虞預晉書曰：「機薦淵於趙王倫曰：『蓋聞繁弱登御，〔七〕然後高墉之功顯；〔八〕孤竹在肆，〔九〕然後降神之曲成。伏見處士戴淵，砥節立行，有井渫之潔；〔一〇〕安窮樂志，無風塵之慕。誠東南之遺寶，朝廷之貴璞也。若得寄跡康衢，必能結軌驥騄；耀質廊廟，必能垂光瑜璠。夫枯岸之民，〔一一〕果於輸珠；潤山之客，烈於貢玉。蓋明暗呈形，則庸識所甄也。』倫即辟淵。」過江，仕至征西將軍。

【校釋】

〔一〕攻掠商旅　漢魏間饑饉兵荒，各地皆有劫掠集團，非僅吳地戴淵也。任誕二三：「祖（逖）于時恒自使健兒鼓行劫鈔，在事之人亦容而不問。」晉書三三石崇傳：「崇穎悟有才氣，而任俠無行檢。在荊州劫遠使商客，致富不貲。」晉書六六陶侃傳：「時天下饑荒，山夷多斷江劫掠。侃令諸將詐作商人以誘之。劫果至，生獲數人。是西陽王羕之左右。」晉書八一劉遐傳：「初，沛人周堅，一名撫，與同郡周默因天下亂各爲塢主，以寇抄爲事。」可見官府於劫掠眼開眼閉，甚至縱容手下爲之。

〔二〕赴假　謂假期滿而赴職。陶淵明有辛丑歲七月赴假還江陵夜行塗口詩。宋書六二張敷傳：「敷赴假江陵。」關於陸機赴假還洛之年，陸侃如中古文學繫年定於元康六年（二九六）陸機由吳王郎中令入爲尚書中兵郎時。按，御覽六三四引陸機思歸賦序：「余牽役京室，去家四載。以元康六年冬取急歸，而羌虜作亂，王師外征。機憤而成篇。」以「冬取急歸」四字，似可證機於此年冬還家。然陸機集二思歸賦序文字與御覽所引不同，在「王師外征」以下有「職典中兵，與聞軍政。懼兵革未息，宿願有歸，懷歸之思，憤而成篇」云云，似若因「羌虜作亂」而未能成行。曹道衡陸機事蹟雜考即如此理解（詳見曹道衡中古文史叢稿）。但晉書六九戴若思傳言戴「遇陸機赴洛」，而此「赴洛」並非初入洛，則世説「赴假還洛」當有其事。御覽、晉書所引思歸賦序文字雖有出入，然「元康六年冬取急假」並無不同，敍述口氣亦急假成行者，故仍從陸侃如説。

〔三〕峰穎　余箋：「御覽四〇九作『鋒穎』。」按，作「鋒穎」是。排調七：「砥礪鋒穎，以干王事。」文選潘岳爲賈謐作贈陸機：「崇子鋒穎，不頽不崩。」鋒穎，原義鋒利、尖細，此喻才幹卓越，氣勢凌厲。

〔四〕神氣猶異　王叔岷補正：「案御覽引作『神氣獨異於衆』。『猶』與『獨』同義。文選王粲從軍詩五首之四：『許歷爲完士，一言猶敗秦。』史記趙奢傳索引引『獨』作『猶』。論衡自紀篇：『猶獨不得此人同時。』『猶獨』，復語，其義相同。」

〔五〕辭厲非常　徐箋：「『辭厲』，御覽四〇九作『辭屬』，是。屬，謂吐屬。」

〔六〕作筆　王叔岷補正：「案文心雕龍總術篇：『今人常言有文有筆，以爲無韻者筆也，有韻者文也。』鍾嶸詩品卷中評任昉詩：『彦昇少年爲詩不工，故世稱沈詩任筆。』彼所謂筆，今所謂文也。此所謂筆，亦同例。『作筆薦焉』，猶言『爲文薦之』。」程炎震云：「晉書若思傳云：『遂爾定交，後舉孝廉，機薦於趙王倫。』」

〔七〕繁弱　古良弓名。左傳定公四年：「分魯公以大路、大旂，夏后氏之璜，封父之繁弱。」杜預注：「繁弱，大弓名。」荀子性惡：「繁弱、鉅黍，古之良弓也。」嵇康贈兄秀才入軍詩：「左攬繁弱，右接忘歸。」

〔八〕高墉　高牆也。周易解卦：「六公，用射隼於高墉之上，獲之無不利。」

〔九〕孤竹　獨生之竹。周禮春官大司樂：「孤竹之管，雲和之琴瑟，雲門之舞，冬日至，於地上圜丘奏之。」鄭玄注：「孤竹，竹特生者。」班固東京賦：「爾乃孤竹之管，雲和之瑟，雷鼓𪔛𪔛，六變既畢，冠華秉翟，列舞八佾。」

〔一〇〕井渫　謂井已浚治。比喻潔身自持。周易井卦：「九三，井渫不食，爲我心惻。」鄭玄注：「井渫不食，謂已浚渫也，猶臣修正其身以事君也。」文選王粲登樓賦：「懼匏瓜之徒懸兮，畏井渫之莫食。」

〔一一〕枯岸之民　荀子勸學篇：「玉在山而草木潤，淵生珠而岸不枯。」

企羨第十六

一　王丞相拜司空，〔一〕桓廷尉作兩髻，〔二〕葛帬策杖，路邊窺之，歎曰：「人言阿龍超，阿龍故自超。」〔三〕阿龍，丞相小字。〔四〕不覺至臺門。〔五〕

【校釋】

〔一〕「王丞相」句　程炎震云：「元紀：大興四年七月，王導爲司空。」

〔二〕桓廷尉　桓彝。徐箋：「兩髻，御覽三九四引郭子作『兩角髻』。」按，作「兩角髻」是。漢武帝内傳：「（上元夫人）頭作三角髻，餘髮散垂至腰。」太平廣記八：「言未竟，八公皆變爲童子，年可十四五，角髻青絲，色如桃花。」

〔三〕「人言阿龍超」二句　程炎震云：「導、彝同年生，彝蓋差長，故李闡爲顔含碑云：『王公雖重，故是吾家阿龍。君是王親丈人，故呼王小字。』碑見續古文苑卷一五。晉人自言呼小字之例如此。洪容齋隨筆卷七以爲晉人浮虚之習，似未考也。」余箋：「彝與導長幼不可知。晉人於相與親狎者，亦得呼其小字，不必皆丈人行也。程氏因此遂謂彝長於導，未免過泥。」按，據晉書六五王導傳，導以咸康五年（三三九）卒，年六十四。桓彝傳謂彝爲蘇峻之將韓晃所殺，年五十三。考晉書七成帝紀，彝軍敗績在咸和二年（三二七）。據上推算，桓彝年長王導一歲。程炎震謂「導、彝同年生」，小誤。然程氏謂彝年長於導，故呼導小字，誠如余箋所謂「未免過泥」。超，高超，出色。按，司空、司徒、大司馬並列爲三公，而作三公乃仕宦中人最高理想，故桓彝見王導拜司空而讚歎企羨也。

〔四〕阿龍　余箋：「御覽引郭子注云：『導小名赤龍。』」

〔五〕臺門　世説音釋：「古今注曰：『城門皆築土爲之，累土爲臺，故亦曰臺門。』按，此臺門非指城門，當指臺府之門。」晉書四九阮孚傳：「孚不答，固求下車，（温）嶠不許。垂至臺門，告嶠内迫，求暫下，便徒步還家。」晉書六五王悦傳：「悦亡後，（王）導還臺，自悦常所送處哭至臺門。」

二　王丞相過江，自説昔在洛水邊，〔一〕數與裴成公、阮千里諸賢共談道。〔二〕羊曼曰：「人久以此許卿，何須復爾？」〔三〕王曰：「亦不言我須此，但欲爾時不可得耳。」〔四〕欲，一作歎。

【校釋】

〔一〕「自説」句　自，汪藻考異誤作「目」；「在」前有「數」字。

〔二〕裴成公　裴頠，見言語二三。阮千里，阮瞻，見賞譽二九。

〔三〕「羊曼」數句　羊曼，見雅量二〇。羊曼真率，不堪王導喋喋不休，故發此言。

〔四〕「亦不言」二句　欲，汪藻考異作「歎」。王叔岷補正：「案考異『欲』作『歎』，義長。」王世懋云：「今非得其人，但欲得其時，尚不可得。」朱注：「案：意似謂我並非欲示曾與諸賢談玄理之道，乃追念昔日之遊不可再得耳。」按，朱注近是。裴頠、樂廣諸賢於洛水邊論道談玄，爲西晉盛時之典型氣象。王導過江常言此事，非僅標榜己亦善清言而已，實爲中朝覆滅之巨痛難忘於心，遂若懷舊耳。

三　王右軍得人以蘭亭集序方金谷詩序，又以己敵石崇，甚有欣色。〔一〕王羲之臨河敍曰：「永和九年，歲在癸丑，〔二〕莫春之初，會于會稽山陰之蘭亭，脩禊事也。羣賢畢至，少長咸集。此地有崇山峻嶺，茂林脩竹，又有清流激湍，映帶左右，引以爲流觴曲水，列坐其次。是日也，天朗氣清，惠風和暢，娱目騁懷，信可樂也。雖無絲竹管弦之盛，一觴一詠，亦足以暢敍幽情矣。故列序時人，録其所述。右將軍司馬太原孫丞公等二十六人賦詩如左，〔三〕前餘姚令、會稽謝勝等十五人不能賦詩，罰酒各三斗。」

【校釋】

〔一〕「王右軍」數句　得，王叔岷補正：「案呂氏春秋義賞篇：『武王得之矣。』高注：『得猶知也。』此文得，亦猶知也。後『郗嘉賓得人以己比苻堅』，亦同例。」蘭亭，余箋：「寰宇記九六：『越州山陰縣蘭亭在縣西南二十七里。』輿地志云：「山陰郭西有蘭渚，渚有蘭亭，王羲之所謂曲水之勝境製序於此。」』水經注四〇漸江水注云：『湖水下注浙江，又逕會稽山陰縣，浙江又東南與蘭溪水合。湖南有天柱山，湖口有亭，號曰蘭亭，亦曰蘭上里。太守王羲之、謝安兄弟數往造焉。太守王廙之移亭水中。晉司空何無忌之臨郡也，起亭於山椒，極高盡眺矣。亭宇雖壞，基陛尚存。』」桑世昌蘭亭考八：「世説王右軍得人以蘭亭集敍方金谷詩敍，又以己敵石崇，甚有欣色。注曰王羲之臨河敍則是序，亦名臨河。劉孝標當有所據。東坡云：『此許敬宗之言。敬宗人奴也，見季倫金多，故以爲賢於右軍耳。夫二十四友皆望塵之流，豈足比方逸少耶？』東坡山陰陳跡詩，强把先生擬季倫。」楊慎丹鉛餘録一：「世説新語謂王羲之作蘭亭記，人以方金谷序，羲之甚有欣色。金谷序今不傳，其實蘭亭之所祖也。」按，晉書八〇王羲之傳曰：「或以潘岳金谷詩序方其文。」然學者多以爲晉書誤記，金谷詩序乃石崇作。如余箋：「此以金谷詩序與石崇分言之者，蓋時人不獨謂兩序文詞足以相敵，且以逸少爲蘭亭宴集主人，猶石崇之在金谷也。……考諸書引用金谷詩序，無題爲潘岳者，其文已略見品藻篇『金谷中蘇紹最勝』條注中。觀其波瀾意度，知逸少臨河敍實有意仿之，故時人以爲比。」又，孝標注引臨河敍與王羲之蘭亭序帖不同，嚴可均全晉文二六自注謂「蓋劉孝標從本集節録者」，而余箋據今本世説注多爲宋人删節塗抹，以爲臨河敘「所删除之字句，未必盡出於孝標之節録也」，意謂亦有可能爲宋人所删。郭沫若則一反歷来臨河敘乃節録蘭亭序，蘭亭序作者爲王羲之之定論，斷定「蘭亭序是在臨河敘的基礎上加以删改、移易、擴大而成」，「蘭亭序的文章和墨蹟，就是智永所依託。」（郭沫若由王謝墓志的出土論到蘭亭序的真僞，一九六五年文物第六期）爲此，徐復觀作蘭亭争論的檢討一文，駁郭沫若之説（見徐復觀中國藝術精神附録五），辯而有據。要之，嚴可均謂劉孝標注引臨河敘從本集節録之説，最爲可信。

〔一一〕歲在癸丑　關於王羲之作臨河敘時之年歲，以及羲之生卒年，古今有異説。其中影響較大者有二：羊欣筆陣圖與張懷瓘書斷。余箋對此有辯證，云：「太平廣記二〇七引羊欣筆陣圖曰：『王羲之三十三書蘭亭序。』宋桑世昌蘭亭考八引同。嘉錫案：晉書羲之本傳但云年五十九卒，不著年月。陶弘景真誥一六闡幽微注云：『逸少爲會稽太守，永和十一年去郡，告靈不復仕。至升平五年辛酉亡，年五十九。』真誥雖不可信，而隱居之注，考證不苟，必有所據。張懷瓘書斷卷中亦云：『升平五年卒，年五十九。』後來如王伯思東觀餘論卷下跋瘞鶴銘後，謂王逸少以晉惠帝大安二年癸亥歲生，至穆帝升平五年辛酉歲卒。蘭亭考載李兼跋，與伯思同，因以推知右軍蘭亭之遊，年五十有一。大抵皆據書斷爲説也。至錢大昕疑年録一獨移下十八年，謂生大興四年辛巳，卒太元四年己卯。且以東觀餘論爲誤，而不言其何所本。遍檢晉書考異、諸史拾遺及養新録諸書亦並無一言。第以其説推之，則永和九年正得年三十有三，疑即本之羊欣筆陣圖耳。考本書汰侈篇曰：「王右軍少時，在周侯末坐，割牛心啖之。於此改觀。」本傳亦曰：「年十三，嘗謁周顗，顗察而異之。時重牛心炙，坐客未啖，顗先割啖羲之，由是始知名。」按元帝大興紀元盡四年，改元永昌。周顗即以其年四月爲王敦所害。若如錢氏之説，則當顗之死，右軍方在繦褓之中，安能與其末座啖牛心炙耶？蓋所謂羊欣筆陣圖者，本不可信，遠不如真誥、書斷之足據也。」曹道衡、沈玉成中古文學史料叢考「王羲之生卒年」條引余箋，以爲「余氏之説確不可移」，並又補三證：「今存蘭亭詩，作者有王羲之四子玄之、凝之、肅之、徽之，永和九年徽之僅十歲。世説賞譽記大將軍語右軍：『汝是我佳子弟，當不減阮主簿。』晉書本傳同。如羲之以大興四年生，至王敦病死時僅四歲。又張彦遠歷代名畫記卷五記羲之卒年、年歲，亦云『升平五年卒，年五十九』，或本書斷之説。然同卷記王廙孔子十弟子贊，有『余兄子羲之幼而岐嶷，必將隆於堂構，今年始十六』之語，廙以永昌元年（三二二）卒，按大興四年説，羲之時僅二歲。是皆可爲鐵證。」李文初王羲之生卒年諸説考評舉晉書、世説中有關羲之生平資料凡八例，證明真誥所謂羲之卒於升平五年説爲是（詳見李文初漢魏六朝文學研究，廣東人民出版社二〇〇六年六月第一版）。其説亦足資參考。

〔三〕孫丞公　宋本、沈校本並無「丞」字。王利器校：「案當作『孫承公』，也就是孫統。晉書孫統傳：『征北將軍褚裒聞其名，命爲參軍，辭不就。家於會稽，性好山水。』蘭亭雅集，承公正是其時其地人物，而羲之所舉郡望又同，當爲孫統無疑。晉書本傳不敍官右將軍司馬事，當據羲之這篇敍補入。」按，王校是。賞譽七五、品藻五九、任誕三六皆作「孫承公」。「丞」爲「承」之形誤。

四　王司州先爲庾公記室參軍，後取殷浩爲長史，〔一〕始到，庾公欲遣王使下都，王自啓求住，〔二〕曰：「下官希見盛德，淵源始至，猶貪與少日周旋。」〔三〕

【校釋】

〔一〕「王司州」二句　王司州，王胡之，已見言語八一。王胡之、殷浩先後爲庾亮僚佐，見容止二四：「庾太尉在武昌，秋夜氣佳景清，佐吏殷浩、王胡之之徒登南樓理詠。」晉書七七殷浩傳曰：「征西將軍庾亮引爲記室參軍，累遷司徒左長史。」據晉書八穆帝紀、晉書六六陶侃傳，咸和九年（三三四）六月，侃薨，亮進號征西將軍，還鎮武昌。則王胡之、殷浩先後爲庾亮僚佐，或在次年秋。

〔二〕住　停留。此謂殷浩始至武昌，庾亮欲遣胡之下京師，胡之因欲與浩談道，求暫留不往。

〔三〕「下官」數句　盛德，品德高尚之人。左傳文公十八年：「以誣盛德。」杜預注：「盛德，賢人也。」此指殷浩。世説箋本：「已見盛德儀容，猶可少住，相與談論。」世説抄撮：「言平生稀見盛德之人，幸而今遇殷浩始至，故貪少住，相與周旋。」按，其説是也。殷浩傳謂浩弱冠有美名，尤善玄言，爲風流談論者所宗。浩之美譽，胡之當早有所聞，而其本人亦喜玄談，故浩始至武昌，急欲與之談，以至置行役之命不顧。賞譽八二：王司州與殷中軍語，歎云：「己之府奥，蚤已傾寫而見；殷陳勢浩汗，衆源未可得測。」此雖爲後來之事，亦可見胡之於殷浩傾倒之情。

五　郗嘉賓得人以己比苻堅，大喜。〔一〕

【校釋】

〔一〕王世懋云：「無謂。」凌濛初云：「助桓之本色。」

六　孟昶未達時，家在京口。〔一〕晉安帝紀曰：「昶字彦達，平昌人。父馥，中護軍。昶矜嚴有志局，少爲王恭所知，豫義旗之勳，〔二〕遷丹陽尹。盧循既下，昶慮事不濟，仰藥而死。〔三〕」嘗見王恭乘高輿，被鶴氅裘。于時微雪，昶於籬間窺之，〔四〕歎曰：「此真神仙中人！」〔五〕

【校釋】

〔一〕「孟昶」二句　程炎震云：「太元十五年二月，王恭爲青、兗二州刺史，鎮京口。」

〔二〕豫義旗之勳　晉書一〇安帝紀載：元興二年（四〇三）十二月，桓玄篡晉。元興三年（四〇四）二月，建武將軍劉裕帥沛國劉毅、東海何無忌等舉義兵討玄。此所謂舉義旗也。

〔三〕「盧循既下」三句　晉書一〇安帝紀載：義熙六年（四一〇）五月，衛將軍劉毅及盧循戰于桑落洲，王師敗績，尚書左僕射孟昶懼，自殺。

〔四〕籬間　徐箋：「景定建康志引環濟吴紀曰：『天紀二年，衛尉岑昏表修百府，自宫門至朱雀橋，夾路作府舍。又開大道，使男女異行。夾道皆築高牆瓦覆，或作竹藩。』籬門南朝多有之。南史王儉傳：『宋世宫門外六門，城設竹籬。』裴之儉傳：『大同初，四籬門外，桐柏凋盡。』此所謂籬，疑即竹籬門之類，或京口亦有此制。」

〔五〕李慈銘云：「案顔氏家訓勉學篇云：『梁朝全盛之時，貴遊子弟無不燻衣剃面，傅粉施朱，駕長簷車，躡高齒屐，坐棋子方褥，憑斑絲隱囊，從容出入，望若神仙。』昶之所謂，正此類也。王恭憑藉戚畹，早據高資，學術全無，驕淫自恣。及荷孝武之重委，任北府之屏藩，首創亂謀，妄清君側。要求既遂，跋扈益張，再動干戈，連横羣小。昧以擇將，還以自焚。坐使諸桓得志，晉社遽移。金行之亡，實爲罪首。梟首滅族，未抵厥辜。孟昶寒人，奴顔乞相，驚其炫麗，望若天人，鄙識瑣談，何足稱述？而當時歎爲名士，後世載其風流，六代陵遲，職由於此。昶得遭時會，緣藉倖封，其子靈休，遂移志願。臨汝之飾，貽穢千秋。其父報仇殺人，其子必將行劫，此之謂矣！」余箋：「矜飾容止，固是南朝士大夫之一病。然名士風流，儀形儁美者，自易爲人所企羨，此亦常情。晉書王恭傳載此事云：『恭美姿儀，人多愛悦，或目之云「濯濯如春月柳」，嘗被鶴氅裘，涉雪而行，孟昶窺見之，歎曰：「此真神仙中人也！」』然則昶之贊恭，乃美其姿容，非第羨其高輿鶴氅裘而已。蓴客乃鄙昶爲寒人，詆爲奴顔乞相，不知本書所載，若此者多矣。即如上篇王長史於積雪中著公服入尚書，王敬和歎爲不復似世中人，此與昶之贊恭何異？敬和宰相之子，豈亦寒人奴顔乞相耶？蓴客此評，深爲無謂。若移家訓語入容止篇下，以見風氣之弊，則善矣。」按，余箋謂儀形儁美者自爲人企羨乃人之常情，又云孟昶之讚美王恭乃美其姿容，非奴顔乞相，其駁蓴客之説是也。然李、余兩人皆以爲名士矜飾容止，乃南朝士大夫之一病，其説尚需辯證。士大夫矜飾容止，非始于南朝。讀後漢書六三李固傳，即可見彼時男子已重儀形之飾矣。以後何晏、嵇康、潘岳、夏侯湛、裴楷、衛玠等，皆以姿容爲人贊歎。人物鑒賞注重儀容美之風氣，非止人之常情，亦爲魏晉人格審美之重要方面，體現出士大夫生活及精神之藝術化。況且，何晏、嵇康、潘岳、衛玠諸人，或善玄談，或擅詩文，與梁朝貴遊子弟徒事傅粉施朱不可同日而語。

傷逝第十七

一　王仲宣好驢鳴，魏志曰：「王粲字仲宣，山陽高平人。曾祖龔，父暢，〔一〕皆爲漢三公。粲至長安見蔡邕，邕奇之，倒屣迎之，曰：『此王公孫，有異才，吾不及也。吾家書籍盡當與之。』〔二〕避亂荆州，依劉表。〔三〕以粲貌寢通脱，不甚重之。〔四〕太祖以從征吴，道中卒。」〔五〕既葬，文帝臨其喪，顧語同遊曰：「王好驢鳴，可各作一聲以送之。」赴客皆一作驢鳴。〔六〕按戴叔鸞母好驢鳴，叔鸞每爲驢鳴以説其母。人之所好，儻亦同之。〔七〕

【校釋】

〔一〕曾祖龔，宋本誤作「襲」。　父暢，余箋：「『父暢』，當從三國志本傳作『祖父暢』。王粲父名謙，爲何進長史。」

〔二〕「粲至長安」數句　邕奇之，宋本無「邕」字。魏志王粲傳載：「獻帝西遷，粲徙長安，左中郎將蔡邕見而奇之。」據後漢書九孝獻帝紀，獻帝西遷在初平元年（一九〇），則王粲至長安見蔡邕亦在此時，粲年十四。

〔三〕「避亂」二句　據魏志王粲傳，以西京擾亂，乃之荆州依劉表，粲時年十七歲。

〔四〕通脱　脱，魏志王粲傳作「侻」。按，「脱」同「侻」。裴注：「貌寢，貌負其實也。通侻者，簡易也。」「貌寢通脱」四字魏志本傳作「貌寢而體弱通傥」，周勳初據皇甫謐甲乙經序、何顒别傳等文獻，以爲王粲體弱是「患麻瘋病」所致（詳見周勳初王粲患麻瘋病一文，載魏晉南北朝文學論叢，江蘇古籍出版社，一九九九年十一月第一版），可備一説。又蜀志李譔傳：「然體通脱，好戲啁，故世不能重也。」此與王粲遭遇同。可知漢末荆土及蜀中士風猶純樸，通脱者不爲時人所重。

〔五〕「太祖」二句　魏志王粲傳：「建安二十一年，從征吴。二十二年春，道病卒，時年四十一。」

〔六〕赴客　世説音釋：「赴吊之客。」

〔七〕「戴叔鸞母」數句　余箋：「叔鸞名良，事見後漢書逸民傳。此可見一代風氣，有開必先。雖一驢鳴之微，而魏晉名士之嗜好，亦襲自後漢也。况名教禮法，大於此者乎？」按，余箋謂好驢鳴始自後漢，魏晉名士襲之，其説良是。周勳初以爲王粲喜驢鳴，乃受麻瘋病之折磨，故有此反常嗜好（同上）。蕭艾世説探幽則以爲王粲依荆州劉表，思念北方故土，「使王粲每逢聽到北地習聞而南方較少的驢鳴聲，遂情不自禁地深有所感觸，而且不覺形之於色」（見世説探幽第一〇六頁）。夫漢末及魏晉名士喜驢鳴之嗜好，究竟緣何而有，人或不解。如馮夢龍古今譚概引謝肇淛曰：「驢鳴又何可悦，而子以是悦母，友以是悦朋，君以是悦臣，皆不可曉。」故彼時名士悦驢鳴之行爲尚待探討。但既然戴良母好驢鳴，曹丕及赴客亦皆能作驢鳴，則喜驢鳴之嗜好當與患病無關。又戴良母本居北方，必習聞驢鳴，可見喜驢鳴與久不聽亦與思鄉之情無關，蕭氏之解恐牽强也。又本篇三記王濟喪，孫楚臨屍慟哭，「哭畢，向靈牀曰：『卿常好我作驢鳴，今我爲卿作。』體似真聲。」此事與曹丕臨王粲之喪作驢鳴極相似。可見，好作驢鳴及喜人作驢鳴者並不鮮見，此乃通達風氣耳。王粲性通倪，好驢鳴即通倪之表現。臨喪則誄爲古禮，而曹丕臨王粲之喪卻作驢鳴以送之，所謂「魏文慕通達」，可信矣。

二　王濬沖爲尚書令，〔一〕著公服，乘軺車，〔二〕經黄公酒壚下過，〔三〕韋昭漢書注曰：「壚，酒肆也。以土爲墮，四邊高似壚也。」顧謂後車客：「吾昔與嵇叔夜、阮嗣宗共酣飲於此壚，竹林之遊，亦預其末，自嵇生夭、阮公亡以來，便爲時所羈紲。今日視此雖近，邈若山河。」〔四〕竹林七賢論曰：「俗傳若此。潁川庾爰之嘗以問其伯文康，文康云：『中朝所不聞，江左忽有此論，蓋好事者爲之耳。』」〔五〕

【校釋】

〔一〕「王濬沖」句　晉書四三王戎傳載，惠帝反正，以王戎爲尚書令。檢晉書四惠帝紀，帝反正在永寧元年（三〇一）四月。通鑑八四晉紀六載，永寧元年六月，以前司徒王戎爲尚書令。

〔二〕軺車　徐箋：「晉書輿服志：『軺車，古之時軍車也。一馬曰軺車。二馬曰軺傳。漢世貴輜軿而賤軺車，魏晉重軺車而賤輜軿。三品將軍以上、尚書令軺車黑耳，有後户，僕射但有後户，無耳，並皁輪。』」

〔三〕黄公酒壚　余箋：「淮南子覽冥訓：『考其功烈，上際九天，下契黄壚。』注云：『黄泉下壚土也。』文選曹子建責躬詩云：『昊天罔極，生命不圖。嘗懼顛沛，抱罪黄壚。』魏志王粲傳注引吴質別傳曰：『文帝崩，質思慕作詩曰：何意中見棄，棄我歸黄壚。』然則黄壚所以喻人死後歸土，猶之九京黄泉之類也。此疑王戎追念嵇阮云亡，生死永隔，故有黄壚之歎。傳者不解其義，遂附會爲黄公酒壚耳。」寧稼雨云：「文中『黄公酒壚』當爲『黄壚』之誤，表示王戎對與古舊生死相隔的慨歎。」（詳見寧稼雨傳神阿堵，游心太玄——六朝小説的文體與文化研究第二五一頁）顯然從余箋。曹道衡、沈玉成中古文學史料叢考「竹林七賢」條亦以爲黄公酒壚是「黄壚」之誤，稱余箋「説極精」。楊箋：「酒壚下，即酒壚也。」「據文義，則此黄公酒壚實有其地，故下文有『視此雖近，邈若山河』之感。余説謂爲黄壚，與文意不切。强辭。」以爲黄公酒壚實有其地，説與余箋、寧稼雨不同。按，此條先敍王戎「經黄公酒壚下過」，後敍戎曰「共酣飲於此壚」，可證「黄公酒壚」實有其地。若「黄壚」乃生死相隔之喻，則焉能「經」、「飲」與「視」？又輕詆二四載庾道季「因陳東亭經酒壚下賦」，可知東亭所謂「酒壚」即「黄公酒壚」之省稱，亦證「黄公酒壚」確實不能解爲喻人死之歸土，當以楊箋爲是。

〔四〕「顧謂後車客」數句　程炎震云：「王戎爲尚書令，在永寧二年，去嵇、阮之亡，且四十年矣。此語殊闊於世情。晉書取此而不云爲尚書令，蓋亦知戴逵之説而不能割愛也。」余箋指出此事出於語林，謂輕詆注引續晉陽秋可與此注所引七賢論互證，「臨川既載謝安語入輕詆，而仍敍黄公酒壚於此，其不能割愛，與晉書同。」按，程、余皆信戴逵竹林七賢論，以爲無有黄公酒壚之事，即或俗傳竹林七賢之遊，亦好事者爲之耳。余箋謂此條出於語林，其言是；但因謝安以爲語林不實，便不信王戎過黄公酒壚及所言「竹林之遊」事，恐有失謹慎。黄公酒壚固無考，「竹林七賢」之稱或當時尚無，然王戎與嵇康、阮籍等交遊當是事實。向秀思舊賦曰：「余與嵇康、吕安，居止接近。……余將西邁，經其舊廬。」李善注：「臧榮緒晉書曰：『嵇康爲竹林之遊，預其流者向秀、劉伶之徒。』」劉良注：「舊居，即山陽竹林也。」由此可見，東晉至唐皆有人信嵇康諸人竹林之遊實有其事。又水經注九：「又東，長泉水注之，源出白鹿山東南，……又逕七賢祠東，左右�篁列植，冬夏不變貞萋，魏步兵校尉陳留阮籍、中散大夫譙國嵇康、晉司徒河内山濤、琅琊王戎、黄門郎河内向秀、建威參軍沛國劉伶、始平太守阮咸等，同居山陽，結自得之游，時人號爲『竹林七賢』，後人立廟于其處。」西晉之後，南北分裂，而山陽之故居，早有「七賢祠」。雖無法考證此祠建於何時，但至少可説明，「七賢」之稱並非由江南傳之彼地。再者，王珣作經黄公酒壚下賦，蓋信王戎過黃公酒壚事而賦之；若王戎無此事，何必虛構？晉書四三王戎傳曰：「戎以晉室方亂，慕蘧伯玉之爲人，與時舒卷，無蹇諤之節。自經典選，未嘗進寒素，退虛名，但與時浮沉，户調門選而已。尋拜司徒，雖位總鼎司，而委事僚寀，間乘小馬從便門而出遊，見者不知其三公也。故吏多至大官，道路相遇，輒避之。」可見王戎於晉室八王之亂時，常出遊以避禍，經黃公酒壚追思故友，念及當下爲世事羈絆，不禁發此深沉感歎。程氏謂王戎語「殊闊於世情」，實未識王戎此時之處境及無奈之心境耳。

〔五〕庾爰之　庾翼子，已見識鑒一九及注引庾氏譜。文康，庾亮。識鑒一九注引中興書曰：「爰之有父翼風，桓温徙於豫章，年三十六卒。」據晉書七三庾翼傳、通鑑七九晉紀一九，穆帝永和元年（三四五）荆州刺史庾翼卒，時年四十一。爰之爲桓温所廢，徙於豫章。翼臨終，上表以子爰之爲代，何充以爲不妥，稱爰之爲「白面少年」。則永和元年時，爰之大概二十歲左右。而庾亮卒於咸康六年（三四〇），此時爰之十五歲左右。則爰之問嵇康竹林之遊當更年少。故竹林七賢論所記庾爰之問文康云云，未必可信。

三　孫子荆以有才，少所推服，唯雅敬王武子。武子喪時，〔一〕名士無不至者。子荆後來，臨屍慟哭，賓客莫不垂涕。哭畢，向靈牀曰：「卿常好我作驢鳴，今我爲卿作。」體似真聲，〔二〕賓客皆笑。孫舉頭曰：「使君輩存，令此人死！」〔三〕語林曰：

「王武子葬，孫子荆哭之甚悲，賓客莫不垂涕。既作驢鳴，賓客皆笑。孫曰：〔四〕『諸君不死，而令武子死乎？』」〔五〕賓客皆怒。」

【校釋】

〔一〕武子喪　程炎震云：「晉書濟傳：年四十六，先渾卒，不著何年。」曹道衡、沈玉成中古文學史料叢考「王濟卒年及兩爲侍中之年」條云：「按（孫）楚卒于惠帝元康三年（二九三），則王濟之卒，當在元康元年或二年。」

〔二〕「卿常好我作驢鳴」數句　真聲，李慈銘云：「案『真聲』誤倒。晉書王濟傳作『體似聲真』，今據改。李本亦誤。」劉盼遂亦云從晉書作「聲真」。朱注：「案：本篇第一則王仲宣條並注，言王粲及戴母皆好驢鳴，則事非偶然，豈魏晉間人有此一類好尚耶。至驢鳴蠢濁，有何可悦，亦殊不可曉。」曹道衡、沈玉成中古文學史料叢考「孫楚生年志疑」條謂「王濟約生於正始末（二四七）左右，王濟之卒，楚年已古稀，復於靈前作驢鳴，縱晉人通脱，亦似不類常情。以無確證，晉書又記之鑿鑿，故存疑焉。」按，王濟卒時，孫楚誠年已古稀，然戴良母年長亦好驢鳴，此乃一時風氣耳，與年齒長幼無關。至於朱注謂驢鳴不可悦，此又以今人美感衡量古人好尚，非所宜矣。魏晉人作驢鳴乃曠達習氣，非以爲驢鳴真悦耳動聽也。

〔三〕「孫舉頭曰」三句　曹道衡、沈玉成中古文學史料叢考「王濟卒年及兩爲侍中之年」條云：

「濟卒，孫楚有王驃騎誄，顔氏家訓文章篇引一句，全晉文失收。」按，御覽五六載孫楚王驃騎誄曰：「逍遥芒阿，闔門下帷，研精六藝，探賾鈎微。」

〔四〕孫曰 孫下宋本、沈校本並有「聞之」二字。

〔五〕武子 宋本、沈校本並作「王武子」。

四 王戎喪兒萬子，山簡往省之。王悲不自勝，簡曰：「孩抱中物，何至於此？」王曰：「聖人忘情，最下不及情。情之所鍾，正在我輩。」〔一〕王隱晉書曰：「戎子綏，欲取裴遁女。〔二〕綏既蚤亡，戎過傷痛，不許人求之，遂至老無敢取者。」簡服其言，更爲之慟。一説是王夷甫喪子，山簡吊之。〔三〕

【校釋】

〔一〕「聖人忘情」數句 聖人忘情，義同「聖人無情」。此爲自漢以來儒生之舊説。魏志鍾會傳裴注引何劭王弼傳曰：「何晏每謂聖人無喜怒哀樂，其論甚精。鍾會等述之。弼與不同，以爲聖人茂於人者神明也，同於人者五情也，神明茂故能體中和以通無，五情同故不能無哀樂以應物，然則聖人之情，應物而無累於物者也。今以其無累，便爲不復應物，失之多矣。」聖人體乎天道，動不乖理，故曰無情。而王弼標舉聖人有情之新説，以爲聖人亦有五情，然神明茂於衆人。所謂「情之所鍾，正在我輩」，乃漢末人性解放之必然結果，亦與王弼新説不無關係。宗白華云：「晉人雖超，未能忘情，所謂『情之所鍾，正在我輩』（王戎語）！是哀樂過人，不同流俗。」「晉人向外發現了自然，向内發現了自己的深情。」其説甚精闢。

〔二〕裴遁　王利器校：「案『遁』當作『盾』，晉書裴憲傳：『康子盾，少歷顯位，永嘉中爲徐州刺史。』本書附河東聞喜裴氏譜：『盾，康子，徐州刺史。』」

〔三〕「一説」二句　程炎震云：「晉書王衍傳取此，云衍嘗喪幼子。蓋以萬子年十九卒，不得云孩抱中物也。」余箋：「今晉書王衍傳作『衍嘗喪幼子，山簡吊之』。即注所載一説也。吴士鑒注曰：『王戎喪子，年已十九，不得云孩抱中物。世説誤衍作戎，合爲一事。注引王綏事以實之，亦誤也。』」按，徐勉答客喻：「夷甫孩抱中物，尚盡慟以待賓。」（梁書二五徐勉傳）顔氏家訓勉學：「王夷甫悼子，悲不自勝，異東門之達也。」皆謂王衍喪子。當以「一説」爲是。

五　有人哭和長輿曰：〔一〕「峨峨若千丈松崩。」〔二〕

【校釋】

〔一〕和長輿　和嶠，已見方正九。

〔二〕峨峨 楚辭招魂：「增冰峨峨，飛雪千里些。」吕向注：「峨峨，高皃。」千丈松，和嶠峨然不羣，風節嚴正，故庾子嵩目和嶠：「森森如千丈松，雖磊砢有節目，施之大廈，有棟樑之用。」（賞譽一五）又，晉書四五和嶠傳謂嶠元康三年（二九三）卒。

六 衛洗馬以永嘉六年喪，謝鯤哭之，感動路人。永嘉流人名曰：「玠以六年六月二十日亡，葬南昌城許徵墓東。〔一〕玠之薨，謝幼輿發哀於武昌，〔二〕感慟不自勝。人問：『子何恤而致哀如是？』〔三〕答曰：『棟梁折矣，何得不哀！』」咸和中，丞相王公教曰：「衛洗馬當改葬，〔四〕此君風流名士，海内所瞻，可脩薄祭，以敦舊好。」玠別傳曰：「玠咸和中改遷於江寧，〔五〕丞相王公教曰：『洗馬明當改葬。此君風流名士，海内民望，可脩三牲之祭，以敦舊好。』」

【校釋】

〔一〕許徵 當作「許徵君」，指漢末許劭。劭避難吴地，卒於豫章（見後漢書六八許劭傳）。江西通志一一〇載：「許劭墓在南昌故松陽門内。劭避亂隨劉繇奔豫章，中路疾卒。吴天紀二年，太守沈法秀，於廳事恍然如夢，見一人著黄巾練衣，稱汝南許子將求葬。因忽不見。沈遂具葬事，莫知其遺骸所在，乃招魂葬此。」各本皆脱「君」字，當據補入。

〔二〕「玠之薨」二句　晉書本傳言玠南渡進豫章，是時王敦鎮豫章，長史謝鯤先雅重玠，相見欣然，言論彌日。以永嘉六年（三一二）卒，時年二十七。容止一九注引永嘉流人名曰：「玠以永嘉六年五月六日至豫章，其年六月二十日卒。」晉書四九謝鯤傳言鯤避地豫章，左將軍王敦引爲長史。據上可知，衛玠卒於豫章時，謝鯤亦在彼地。此言「謝幼輿發哀於武昌」，實誤。考通鑑九二晉紀一四：王敦將亂，羈録朝士有望者置己幕府，謝鯤爲長史。則謝鯤在武昌，於王敦將作亂時，距衛玠之死已有年矣。

〔三〕何恤　原作「可血」。宋本、晉書並作「何恤」，是，據改。

〔四〕衛洗馬當改葬　余箋：「建康實録五曰：『玠卒，葬新亭東，今在縣南十里。』自注曰：『按地志：咸和中王導爲揚州刺史，下令云云，改葬即此地也。未悉本葬何處？』嘉錫案：許嵩未考世説注，故不知其本葬南昌城。」

〔五〕改　原作「故」。宋本、晉書本傳並作「改」。按，衛玠原葬南昌，改葬於江寧，「故」爲形誤，當作「改」是，今據改。

七　顧彦先平生好琴，及喪，〔一〕家人常以琴置靈牀上。張季鷹往哭之，不勝其慟，遂徑上牀，鼓琴作數曲竟，撫琴曰：「顧彦先頗復賞此不？」〔二〕因又大慟，遂不執孝子手而出。〔三〕

【校釋】

〔一〕顧彦先　顧榮，見德行二五。程炎震云：「永嘉六年，顧榮卒。晉書榮傳：子毗。」按，晉書九五戴洋傳：「洋曰：『顧不見臘，周（玘）不見來年八月。』榮果以十二月十七日卒，十九日臘。」若戴洋所言屬實，則顧榮卒於永嘉六年十二月十七日。

〔二〕「張季鷹往哭之」數句　張季鷹與顧榮既同爲吴郡人，又先後入洛，作齊王冏僚屬，交情深厚。季鷹之言乃痛悼知己不存之意。

〔三〕不執孝子手而出　劉盼遂云：「按吊喪臨去，與孝子把握爲禮，在古無徵。此當時習俗，僅於此及下文王東亭哭謝公條見之。」余箋：「顔氏家訓風操篇曰：『江南凡吊者，主人之外，不識者不執手。』云云。然則凡吊者，皆須執主人手。此條言不執孝子手，後王東亭條言不執末婢手，皆著其獨於死者悼慟至深，本不爲生者吊，故不執手，非常禮也。」按，應劭風俗通義三：「謹按禮，凡吊喪者，既哭興踊，進而問其故，哀之至也。」據此説，依古禮吊喪者哭後須執主人手而問之。今不執手亦不問，有違常禮。不執孝子手雖似狂誕，但執手與否終究爲禮之形式，而哀情深至乃喪禮之本質。余箋以「悼慟至深」而解不執孝子手，近是。

八　庾亮兒遭蘇峻難遇害，諸葛道明女爲庾兒婦，既寡，將改適，亮子會，會妻文

彪，並已見上。〔一〕與亮書及之。亮答曰：「賢女尚少，故其宜也。感念亡兒，若在初没。」〔二〕

【校釋】

〔一〕文彪　文，原作「父」。李慈銘云：「案父當作文。會妻名文彪也。見卷中方正篇注。」按，李説是，今據改。會，庾亮長子，咸和六年（三三一）遇害，時年十九。見雅量一七注引庾氏譜。

〔二〕「賢女尚少」數句　王世懋云：「聲有餘痛。」李贄云：「好。」（初潭集夫婦喪偶）陳夢槐云：「王衍喪子，不許人娶裴女，庾亮畢竟勝王多多。」按，庾亮答諸葛恢之語理允情深，前二語見仁者之心，後二語見父子深情。千載之下，仍令人動容不已。

九　庾文康亡，何揚州臨葬，〔一〕云：「埋玉樹著土中，使人情何能已已！」〔二〕

搜神記曰：「初，庾亮病，術士戴洋曰：〔三〕『昔蘇峻事，公於白石祠中，許賽車下牛，從來未解，爲此鬼所考，不可救也。』〔四〕明年，亮果亡。」靈鬼志謠徵曰：〔五〕「文康初鎮武昌，〔六〕出石頭，百姓看者於岸歌曰：『庾公上武昌，翩翩如飛鳥。庾公還揚州，白馬牽旒旐。〔七〕』又曰：『庾公初上時，翩翩如飛鴉。庾公還揚州，白馬牽旐車。』後連徵不入，尋薨，下都葬焉。」

【校釋】

〔一〕「庾文康亡」二句　庾亮薨於咸康六年（三四〇）春正月，時年五十二。追贈太尉，謚曰文康。事見晉書七三庾亮傳。何揚州，何充。庾亮卒時，何充爲護軍將軍，録尚書事。

〔二〕「埋玉樹著土中」二句　宗白華云：「世説中傷逝一篇記述頗爲動人。庾亮死，何揚州臨葬云：『埋玉樹著土中，使人情何能已已！』傷逝中猶具悼惜美之幻滅的意思。」

〔三〕戴洋　事見晉書九五戴洋傳。

〔四〕賽　酬報。祭祀酬神之稱。論衡辨祟：「項羽攻襄安，襄安無噍類，未必不禱賽也。」解，禳除，向鬼神祈禱消災。莊子人間世：「故解之以牛之白顙者，與豚之亢鼻者，與人有痔病者，不可以適河。」郭象注：「巫祝解除，棄此三者，必妙選騂具，然後敢用。」按，戴洋之言，晉書九五戴洋傳作：「昔蘇峻時，公於白石祠中祈福，許賽其牛，至今未解，故爲此鬼所考。」又顔之推還冤志：「晉時庾亮誅陶稱。後咸康五年冬節，會文武，數十人忽然悉起向階拜揖。庾驚問故，並云：『陶公來。』陶公是稱父侃也。庾亦起迎，陶公扶兩人，悉是舊怨，傳詔左右數十人皆操伏戈。陶公謂庾曰：『老僕舉君自代，不圖此恩，反戮其孤，故來相問。陶稱何罪？身已得訴於帝矣。』庾不得一言，遂寢疾。八年一日死。」

〔五〕靈鬼志　鬼，沈校本誤作「思」。

〔六〕文康初鎮武昌　據晉書七成帝紀，咸和九年（三三四）六月，陶侃薨，征西將軍庾亮都督江、荆、豫、益、梁、雍六州諸軍事，鎮武昌。

〔七〕「庾公還揚州」二句　此謂庾亮下葬京都之事。喪事用白馬，阮瑀詠史詩二：「素車駕白馬，相送易水津。」旒旐，出殯前靈柩前之幡旗。

一〇　王長史病篤，寢卧燈下，轉麈尾視之，歎曰：「如此人曾不得四十！」〔一〕及亡，劉尹臨殯，以犀柄麈尾著柩中，因慟絶。濛别傳曰：「濛以永和初卒，年三十九。〔二〕沛國劉惔與濛至交，及卒，惔深悼之，雖友于之愛，不能過也。」〔三〕

【校釋】

〔一〕「王長史」數句　晉人超曠，然珍惜生命而未能忘生死。觀王濛之歎，可見其對生命之眷戀何等深長。

〔二〕「濛以永和初卒」二句　程炎震云：「法書要録卷九載張懷瓘書斷稱：『濛以永和三年卒，年三十九。』」蕭艾世説探幽據方正四九所記「王長史求東陽，撫軍不用」，以及晉書四三山遐傳所載康帝詔，以爲王濛卒于永和元年。（詳見世説探幽第三三七頁）。按，簡文爲撫軍固在永和元年，而山遐傳敘康帝詔後，稱遐「處之自若」，「卒於官」。未可據康帝在位僅二年，便推斷山遐卒年必在康帝崩後，進而推測王濛向撫軍請東陽，亦在穆帝即位之永和元年。張懷瓘書斷謂「濛以永和三年卒」，當仍可信從也。

〔三〕「沛國劉惔」數句　王濛、劉惔二人爲難得之知己，以至王長史云：「劉尹知我，勝我自知。」（賞譽一〇九）。劉惔深悼王濛，臨殯以犀柄麈尾著柩中，乃永別平生知賞，洵爲生死之交也。

一一　支道林喪法虔之後，〔一〕精神霣喪，〔二〕風味轉墜。支遁傳曰：「法虔，道林同學也，儁朗有理義，遁甚重之。」常謂人曰：「昔匠石廢斤於郢人，莊子曰：「郢人堊漫其鼻端若蠅翼，使匠石運斤斲之，堊盡，而鼻不傷，郢人立不失容。」牙生輟弦於鍾子，韓詩外傳曰：「伯牙鼓琴，鍾子期聽之。方鼓琴，志在太山。子期曰：『善哉乎鼓琴，巍巍乎若太山。』莫景之間，志在流水。子期曰：『善哉乎鼓琴，洋洋乎若流水。』鍾子期死，伯牙擗琴絶弦，終身不復鼓之。以爲在者，無足爲之鼓琴也。」推己外求，良不虛也。〔三〕冥契既逝，發言莫賞，中心蘊結，〔四〕余其亡矣。」卻後一年，支遂殞。〔五〕

【校釋】

〔一〕法虔　虔，沈校本作「處」，注同。

〔二〕霣　廢墜。同「隕」。左傳宣公十五年：「受命以出，有死無霣，又可賂乎？」

〔三〕「推己外求」二句　意謂以己之傷法虔之死，推求匠石及伯牙知己既逝之感，洵爲不虛。

〔四〕「冥契既逝」數句　藴結，藴，宋本作「蘊」。王先謙校：「按説文有『藴』而無『蘊』。蘊，俗字。」按，莊子徐無鬼：莊子送葬，過惠子之墓，顧謂從者曰：「郢人堊漫，其鼻端若蠅翼，使匠石斲之。匠石運斤成風，聽而斲之，盡堊而鼻不傷，郢人立不失容。宋元君聞之，召匠石曰：『嘗試爲寡人爲之。』匠石曰：『臣則嘗能斲之。雖然，臣之質死久矣。』自夫子之死也，吾無以爲質矣，吾無與言之矣。」支道林哀歎「冥契既逝」云云，正同莊子傷惠子死後，「吾無以爲質矣，吾無與言之矣」，深情過人，令人感動。不惟支道林傷悼冥契既逝，竺法汰亦復如是。竺僧敷卒，竺法汰與道安書云：「每憶敷上人周旋如昨，逝殁奄復多年，與其清談之日未嘗不相憶，思得與君共復疏其美。豈圖一旦永爲異世，痛恨之深，何能忘情！」（高僧傳四竺僧敷傳）晉人深情，名僧亦多難以忘情者。

〔五〕支遂殞　程炎震云：「高僧傳卷四云：『乃著切悟章，臨亡成之，落筆而卒。』……『外求』，高僧傳作『求人』。」王敬美云：「支公乃爾耶！名理何在？」按，晉人善名理，亦深情。若謂談名理者不必有情，王氏之言謬矣。

一二　郗嘉賓喪，左右白郗公：「郎喪。」既聞不悲，因語左右：「殯時可道。」公往臨殯，一慟幾絶。〔一〕中興書曰：「超年四十二，先愔卒。〔二〕超所交友，皆一時俊乂，及死之日，貴賤爲誄者四十餘人。」續晉陽秋曰：「超黨戴桓氏，爲其謀主，〔三〕以父愔忠於王室，不令知之。將亡，出一小書箱付門生云：『本欲焚此，恐官年尊，必以傷愍爲斃。〔四〕我亡後，若大損眠食，則呈此箱。』愔後果慟悼成疾，門生乃如超旨，則與桓温往反密計。愔見即大怒曰：『小子死恨晚！』後不復哭。」〔五〕

【校釋】

〔一〕「郗嘉賓喪」數句　郗愔既聞「郎喪」而不悲，此爲晉人「雅量」，實是鎮物矯情之態。本篇一六王子猷聞子敬喪時了不悲，謝安聞肥水大捷卻意色舉止如常（見雅量三五），亦屬此類。郗愔臨殯，「一慟幾絶」，方是矯情之後真情發露耳。

〔二〕「超年四十二」二句　程炎震云：「晉書超傳不著卒年。通鑑繫之太元二年十二月，當必有據。」又云：「宋本作『二二』，晉書亦云『四十二』。」又，陶潛搜神後記二：「超病逾年乃起，至四十卒於中書郎。」

〔三〕謀主　主，宋本誤作「王」。

〔四〕斃　余箋：「晉書作『弊』，是。」徐箋：「晉書郗超傳作『弊』，是。弊，病憊也。」吳金華考釋：「其實『斃』、『弊』二字古來通用，無須校改。如唐許嵩建康實録卷九烈宗孝武皇帝載郗超此語，其文作『必悲傷爲敝』，這是六朝人用『斃』而唐人用『敝』之例。……再如禮記表記『斃而後已』鄭玄注：『斃，仆也。』經典釋文：『斃音敝，仆也，本義作弊。』可見『弊』、『斃』音同義通。」

〔五〕「我亡後」數句　蘇軾東坡全集九二「郗方回郗嘉賓父子事」條：「郗嘉賓既死，留其所與桓温密謀之書一篋，屬其門生曰：『若吾家君眠食大減，即出此書。』方回見之曰：『是兒死已晚矣！』乃不復念。予讀而悲之曰：士之所甚好者名也，而愛莫加于父子。今嘉賓以父之故而暴其惡名，方回以君之故而不念其子，嘉賓可謂孝子，方回可謂忠臣也。悲夫！或曰：嘉賓與桓温謀叛，而子以孝子稱之，可乎？曰：『采葑采菲，無以下體。』嘉賓之不忠，不待誅絶而明者，其孝可廢乎？王述之子坦之，欲以女與桓温。述怒排坦之曰：『汝真癡也，乃欲以女與兵！』坦之是以不與桓温之禍。使郗氏父子能如此，吾無間然者矣。」鍾惺云：「覽超本末，知忠孝故有二理。超俊物，不幸爲温所知，亦可見當時無知超者。至不愛其身以報所知，不愛其名以報所生。千古而下，猶爲傷心！」李贄云：「愔真忠，超真孝。」（初潭集父子喪子）方苞云：「臨殯而幾絶，愔真慈父；開箱而止哭，愔實忠臣。」

一三　戴公見林法師墓，〔一〕支遁傳曰：「遁，太和元年終于剡之石城山，因葬焉。」曰：「德音未遠，而拱木已積，〔二〕冀神理緜緜，〔三〕不與氣運俱盡耳。」王珣法師墓下詩序曰：「余以寧康二年命駕之剡石城山，即法師之丘也。高墳鬱爲荒楚，丘隴化爲宿莽，遺跡未滅，而其人已遠。感想平昔，觸物悽懷。」其爲時賢所惜如此。

【校釋】

〔一〕戴公　戴逵，見雅量三四。晉書九四戴逵傳言逵徙居會稽之剡縣。孝標注引支遁傳謂遁太和元年（三六六）卒，下文戴逵歎曰「拱木已積」，據此推測，支遁卒已多年，逵見支遁墓當在孝武帝時。孝標注引王珣法師墓下詩序，珣自言寧康二年（三七四）命駕之剡石城山。戴逵傳謂孝武帝時逵不應徵命逃於吴，曾與吴國内史王珣遊處。可見逵與王珣甚友善。疑寧康二年王珣命駕之剡，或與戴逵同至林法師墓而拜吊焉。

〔二〕拱木　拱，宋本形誤作「栱」。左傳僖公三十二年：「中壽，爾墓之木拱矣。」杜預注：「合手曰拱，言其過老。」

〔三〕神理　神妙之理致。言語七八注引謝車騎家傳：「（謝）玄字幼度，鎮西奕第三子也，神理明俊，善微言。」謝靈運從遊京口北固應詔詩：「事爲名教用，道以神理超。」沈約經劉瓛墓詩：「化途終眇默，神理曖猶存。」沈約詩二句直可作「冀神理緜緜」二句注脚。張萬起、劉尚慈譯注釋「神理」爲「人的精神意志」，欠妥。

一四　王子敬與羊綏善。綏清淳簡貴，〔一〕爲中書郎，少亡。綏已見。〔二〕王深相

痛悼，語東亭云：「是國家可惜人。」〔三〕

【校釋】

〔一〕簡貴　簡傲自貴，不妄交遊。晉書七五王述傳：「庾亮曰：『懷祖清貞簡貴，不減祖父，但曠淡微不及耳。』」晉書七五劉惔傳：「性簡貴，與王羲之雅相友善。」宋書五八王球傳：「球公子簡貴，素不交遊，筵席虛静，門無異客。」御覽四〇九引荀氏家傳曰：「荀粲簡貴，不能與常人交接，所交者皆一時儁傑。」方正六〇曰：「謝公聞羊綏佳，致意令來，終不肯詣。」此即簡貴也。

〔二〕（羊）綏　已見方正六〇。

〔三〕國家　此指君主。晉書一〇恭帝紀：「（桓玄）死，桓振奄至，躍馬奮戈，直至階下，瞋目謂安帝曰：『臣門户何負國家，而屠滅若是？』」晉書六六陶侃傳：「侃厲色曰：『國家年小，不出胸懷。』」

一五　王東亭與謝公交惡。中興書曰：「珣兄弟皆壻謝氏，以猜嫌離婚。太傅既與珣絶婚，又離妻，〔一〕由是二族遂成仇釁。」王在東聞謝喪，〔二〕便出都詣子敬，道欲哭謝公。子敬始卧，聞其言便驚起，曰：「所望於法護。」〔三〕法護，珣小字。王於是往哭。督帥刁約不聽前，〔四〕曰：「官平生在時，〔五〕不見此客。」王亦不與語，直前哭，甚慟，不執末婢手而退。〔六〕末婢，謝琰小字。琰字瑗度，安少子，開率有大度，爲孫恩所害，贈侍中、司空。

【校釋】

〔一〕「太傅」二句　李慈銘云：「案『離』下脱『珉』字。」晉書七九謝琰傳：「先是王珣娶萬女，珣弟珉娶安女，並不終，由是與謝氏有隙。」

〔二〕謝喪　謝安卒於太元十年（三八五），時年六十六。

〔三〕「便出都詣子敬」數句　程炎震云：「『子敬長元琳五歲，故得斥其小字。晉書珣傳云『詣族弟獻之』，誤矣。」按，王珣道欲哭謝公，此言出子敬意料之外，故子敬聞言驚起；然王珣之舉，又甚合子敬之願，故曰「所望於法護」。王、謝二族雖成仇釁，然謝公甚重子敬，對王珣才具風度亦頗欣賞。如賞譽一四七言「王、謝雖不通，太傅猶斂膝容之。王神意閑暢，謝公傾目」。王珣往哭謝公及子敬所望，説明王、謝雖交惡，但畢竟舊誼未全泯滅。

〔四〕督帥　世説音釋：「蓋公府屬官。」聽，聽任，任凭。前，見也。

〔五〕官　世説音釋：「通鑑注曰：『宋齊之間，義從、私屬、以至婢僕率呼其主爲官。』」

〔六〕不執末婢手而退　即不執孝子之手。見本篇七校釋。

一六　王子猷、子敬俱病篤，而子敬先亡。獻之以泰元十三年卒，年四十五。〔一〕子猷問左右：「何以都不聞消息？此已喪矣。」語時了不悲，便索輿來奔喪，都不哭。子敬素好琴，便徑入坐靈牀上，取子敬琴彈，弦既不調，擲地云：「子敬，子敬，〔三〕人琴俱亡！」因慟絶良久，月餘亦卒。幽明録曰：「泰元中有一師從遠來，莫知所出。云：『人命應終，有生樂代者，則死者可生。若逼人求代，亦復不過少時。』人聞此，咸怪其虚誕。王子猷、子敬兄弟特相和睦。子敬疾，屬纊。〔四〕子猷謂之曰：『吾才不如弟，位亦通塞，請以餘年代弟。』師曰：『夫生代死者，以己年限有餘，得以足亡者耳。今賢弟命既應終，君侯筭亦當盡，復何所代？』子猷先有背疾，子敬疾篤，恒禁來往。聞亡，便撫心悲惋，都不得一聲，背即潰裂。推師之言，信而有實。」〔五〕

【校釋】

〔一〕「獻之」二句　程炎震云：「法書要録九載張懷瓘書斷曰：『子敬爲中書令，太元十一年卒於官，年四十三。族弟珉代居之，至十三年而卒，年三十八。』案所載珉年，與晉書合，知所稱子敬之年，亦當不誤。此注或傳寫之譌耳。」按，張彦遠歷代名畫記五記子敬卒年及年歲與書斷合。又晉書八〇王獻之傳載：「及安薨，贈禮有異同之議，唯獻之、徐邈共明安之忠勳。獻之乃上疏」云云。未幾，獻之遇疾卒。謝安卒於太元十年（三八五），獻之于謝安葬後不久亦卒。則書斷謂獻之於太元十一年卒，當可信也。

〔二〕都　表示總括，義猶「全」。列子周穆王：「莫知其所施爲也，而積年之疾一朝都除。」高僧傳一一釋玄高傳：「村人云：『都不知行，豈容已送？』」世說抄撮：「蓋以子猷在病，不令聞子敬之喪也。」按，下孝標注引幽明録謂「子猷先有背疾，子敬疾篤，恒禁來往」，故不聞子敬已喪。抄撮所解是也。

〔三〕子敬子敬　宋本、沈校本並作「子敬」。

〔四〕屬纊　世説音釋：「喪大記曰：『屬纊以俟絶氣。』陳澔曰：『纊，新綿也。屬之口鼻，觀其動否，以驗氣之有無也。』」

〔五〕「子猷謂之曰」數句　李贄云：「觀此說，則生者命長，死者可代，而子猷無可代之年，是以卒不得代耳。然兄弟相知之痛，如何可忍也。卒以撫心慟哭，背潰疽裂，而遂俱死，傷哉！初何嘗有册文金縢，做出許多勞攘來耶？」（初潭集兄弟下）余箋謂幽明録所記與世說矛盾，「蓋爲天師道者，欲自神其術，造此妄說，以惑庸愚。以子敬兄弟名高，又家世奉道，故托之以取信耳。孝標作注，以爲實有其事，不免爲其所欺矣。」按，余箋稱幽明録「妄說」，是。然孝標取以作注，蓋以廣異聞，並非即以爲實有其事。

一七　孝武山陵夕，王孝伯入臨，〔一〕告其諸弟曰：「雖榱桷惟新，便自有黍離之哀。」〔二〕中興書曰：「烈宗喪，會稽王道子執政，寵幸王國寶，委以機任。王恭入赴山陵，故有此歎。」

【校釋】

〔一〕「孝武」二句　程炎震云：「晉書安帝紀：『太元二十一年十月，葬孝武帝於隆平陵。王恭自京口入赴。』」臨，哭吊死者。見言語八九校釋。

〔二〕「雖榱桷」二句　榱桷，屋椽。常喻負有重任之人物。孔子家語五儀解：「君子入廟，如右，登自阼階，仰視榱桷，俯察几筵。」藝文類聚八八引袁宏詩曰：「森森千丈松，磊砢非一節。雖無榱桷麗，較爲棟樑傑。」榱桷惟新，喻指孝武帝崩，太子即皇帝位，司馬道子執政。黍離，詩王風篇名。毛序：「黍離，閔宗周也。周大夫行役至于宗周，過故宗廟宮室，盡爲禾黍。閔周室之顛覆，徬徨不忍去，而作是詩也。」按，王恭與道子早已結怨。據晉書八四王恭傳，先是，袁悦之佞事道子，王恭言之於孝武帝，遂誅袁。恭與道子由是不協。及孝武帝崩，道子執政，寵昵王國寶，委以機權。恭每正色直言，道子深憚而忿之。晉書六五司馬道子傳：庾楷怒曰：「王恭昔赴山林，相王憂懼無計，我知事急，即勒兵而至。」又晉書六五王洵傳載：「珣與殷仲堪、徐邈、王恭、郗恢等並以才學文章見昵於帝，及王國寶自媚於會稽王道子，而與珣等不協。」太元之末，朋黨之争已趨激烈。王恭謂「榱桷惟新，便自有黍離之歎」，其實乃預感腥風血雨將臨，晉室之衰無可避免。不久，王恭即舉兵討王國寶，内亂遂起，直至晉室覆滅。

一八　羊孚年三十一卒，〔一〕桓玄與羊欣書曰：「賢從情所信寄，〔二〕暴疾而殞，孚，已見。〔三〕宋書曰：「欣字敬元，太山南城人。少懷静默，秉操無競，美姿容，善笑言，長於草隸。」〔四〕羊氏譜曰：「孚即欣從祖。」〔五〕祝予之歎，如何可言！」〔六〕公羊傳曰：「顔淵死，子曰：『噫！天喪予！』子路亡，子曰：『噫！天祝予！』」何休曰：「祝者，斷也。天將亡夫子耳。」

【校釋】

〔一〕「羊孚」句　李慈銘云：「案卷上言語篇注引羊氏譜，稱孚卒年四十六。」按，孚之卒年，可由晉書、世説推斷而知。桓玄以元興三年（四〇四）兵敗被殺。文學一〇四記桓玄下都，羊孚時爲兗州別駕，從京來詣門。據晉書安帝紀，桓玄以元興元年二月下都，則其時羊孚尚在。本篇一九謂桓玄當篡位，語卞鞠云：「今腹心喪羊孚。」安帝紀謂元興二年十二月，桓玄篡位。則羊孚其時已喪。據上可推定，羊孚卒於元興元年二月之後至元興二年十二月之前。又寵禮六曰：「卞範之爲丹陽尹，羊孚南州暫還，往卞許，云：『下官疾動，不堪坐。』」注引丘淵之文章録曰：「桓玄輔政，範之遷丹陽尹。」考晉書桓玄傳，卞範之爲丹陽尹在元興元年，其時羊孚已病重不堪坐。既稱孚「暴疾而殞」，則孚很可能卒於元興元年也。假定羊孚卒於元興元年（四〇二），時年四十六，則孚生於穆帝升平元年（三五七）。本篇一四云羊孚之父羊綏「少亡」，王子敬深相痛悼。據張懷瓘書斷，子敬以太元十一年（三八六）卒，則羊綏之卒更在之前。假定綏卒於太元十年（三八五），卒年亦三十一（所謂「少亡」），則綏生於穆帝永和十一年（三五五）。顯然，綏甫三歲不能生子孚。故羊孚卒時不可能是四十六歲。若羊孚以元興元年卒，時年三十一，則生於簡文帝咸安元年（三七一），時羊綏十七歲，生子頗合情理。由此可證，羊氏譜稱孚卒年四十六不可信，當以年三十一卒爲是。

〔二〕賢從　從兄弟之敬稱。世説箋本：「孚爲欣之從祖，故曰賢從。」按，據泰山南城羊氏譜，羊孚、羊欣爲從兄弟，世説箋本誤。

〔三〕（羊）孚　已見言語一〇四。

〔四〕長於草隸　南齊書三三王僧虔傳：「羊欣書見重一時，親受子敬，行書尤善，正乃不稱名。孔琳之書天然放縱，極有筆力，規矩恐在羊欣後。丘道護與羊欣俱面受子敬，故當在欣後。」泰山南城羊氏譜謂羊欣宋新安太守，中散大夫，元嘉十九年（四四二）卒。御覽三九三引沈約宋書載：「羊欣從父不疑爲烏程令，欣年十二，時王獻之爲吳興太守，甚知愛之。獻之嘗夏月入縣，欣著新絹裙晝寢，獻之書數幅而去。欣書本善，因此彌善。」

〔五〕孚即欣從祖　李慈銘云：「案孚與欣爲從祖兄弟，皆徐州刺史忱之曾孫。孚祖楷，父綏。

欣祖權，父不疑。以年論之，孚當爲欣之兄。此注『從祖』下脱一『兄』字，各本皆誤。」

〔六〕「祝予之歎」二句　按，桓玄與羊欣、羊孚從兄弟交好，見於宋書六二羊欣傳：「桓玄輔政，領平西將軍，以欣爲平西參軍，仍轉主簿，參預機要。欣欲自疏，時漏密事。玄覺其此意，愈重之，以爲楚臺殿中郎，謂曰：『尚書政事之本，殿中禮樂所出，卿昔處股肱，方此爲輕也。』欣拜職。」陳思書小史六曰：「張懷瓘云：（桓）玄嘗取羊欣爲征西行軍參軍，玄愛書，呼欣就坐，仍遣信呼顧長康與共論書，至夜不倦。」蓋羊欣善書，而玄亦愛書，二人同好。且玄喜王獻之書，而羊欣幼即爲獻之知愛，故玄甚重羊欣、羊孚兄弟也。

一九　桓玄當篡位，語卞鞠云：卞範已見。〔一〕「昔羊子道恒禁吾此意。〔二〕今腹心喪羊孚，〔三〕爪牙失索元，〔四〕索氏譜曰：「元字天保，燉煌人。父緒，散騎常侍。元歷征虜將軍、歷陽太守。」幽明録曰：「元在歷陽疾病，西界一年少女子姓某，自言爲神所降，來與元相聞，〔五〕許爲治護。〔六〕元性剛直，以爲妖惑，收以付獄，戮之於市中。女臨死曰：『卻後十七日，當令索元知其罪。』如期元果亡。」而悤悤作此詆突，詎允天心？」〔七〕

【校釋】

〔一〕卞範　見寵禮六注引丘淵之文章録。已見，當作「别見」。

〔二〕「昔羊子道」句　桓玄語指己有篡位之意，而羊孚恒禁之。

〔三〕腹心　喻賢智策謀之臣。語出詩周南兔罝：「肅肅兔罝，施于中林；赳赳武夫，公侯腹心。」鄭玄箋：「此罝兔之人，行於攻伐，可用爲策謀之臣，使之慮事，亦言賢也。」亦喻親信。漢書五九張湯傳：「伍被本造反謀，而助親幸出入禁闥，腹心之臣，乃交私諸侯，如此弗誅，後不可治。」文學一〇四記桓玄下都，羊孚時爲兗州别駕，從京來詣門，玄云：「子道，子道，來何遲！」即用爲記室參軍。可見羊孚誠爲桓玄腹心也。

〔四〕爪牙　喻勇士，衛士。語出詩小雅祈父：「祈父！予王之爪牙。」鄭玄箋：「此勇力之士。」

〔五〕相聞　猶相問。聞，通「問」。慰問，詢問。易旅：「『喪牛于易』，終莫之聞也。」詩王風葛藟：「謂他人昆，亦莫我聞」王引之經義述聞毛詩上引王念孫曰：「聞，猶問也，謂相恤問也。古字聞與問通。」

〔六〕治護　治療護理。吴志吕蒙傳：「封爵未下，會蒙疾發，權時在公安，迎置内殿，所以治護者萬方。」

〔七〕「而忽忽作此詆突」二句　詆突，徐箋：「本義與唐突義相近，或作『牴突』，後漢書臧宫傳：『内國憂其牴突。』注：『抵觸也。』亦作『底突』。南史江革傳：『革精信因果，而帝未知，謂革不奉佛法，因賜革覺意詩五百字云：「唯當勤精進，自强行勝修，豈可作底突，如彼必死因！」又手敕曰：「果報不可不信，豈得底突，如對元延明耶？」』此處似謂鹵莽行事。」按，桓玄語下範之，當在其將篡未篡時。羊孚、索元雖爲玄之腹心爪牙，然桓禁玄之狼子野心。玄將欲篡逆，與昔羊、索桓禁其意相違，所謂「詆突」蓋指此。「詆突」句初看似有自責意，然「詎允天心」一語又自我辯解，意謂作此「詆突」之舉，未必不允天心。晉書本傳謂玄「好逞僞辭，塵穢簡牘」，此條似傷悼羊孚、索元，又似自責，又似自辯，語意遮遮掩掩，此正是玄「好逞僞辭」之表現。徐箋釋爲「鹵莽行事」，楊箋解爲「鹵莽沖犯」，似乎桓玄自悔不聽羊孚勸諫，恐尚未諳玄個性之虛僞耳。

棲逸第十八

一　阮步兵嘯聞數百步。〔一〕蘇門山中，〔二〕忽有真人，樵伐者咸共傳説。阮籍往觀，見其人擁膝巖側，籍登嶺就之，箕踞相對。籍商略終古，上陳黄、農玄寂之道，下考三代盛德之美以問之，仡然不應。〔三〕復敍有爲之教、棲神導氣之術以觀之，〔四〕彼猶如前，凝矚不轉。〔五〕籍因對之長嘯。良久，乃笑曰：「可更作。」籍復嘯，意盡，退還半嶺許，聞上唒然有聲，〔六〕如數部鼓吹，林谷傳響，顧看，迺向人嘯也。魏氏春秋曰：「阮籍常率意獨駕，不由徑路，車跡所窮，輒慟哭而反。〔七〕嘗遊蘇門山，有隱者莫知姓名，〔八〕有竹實數斛、杵臼而已。籍聞而從之，談太古無爲之道，論五帝三王之義。〔九〕蘇門先生翛然曾不眄之，〔一〇〕籍乃嘐然長嘯，〔一一〕韻響寥亮。蘇門先生乃逌爾而笑。籍既降，先生喟然高嘯，有如鳳音。籍素知音，乃假蘇門先生之論，以寄所懷。其歌曰：『日没不周西，月出丹淵中。陽精晦不見，陰光代爲雄。亭亭在須臾，厭厭將復隆。富貴俛仰間，貧賤何必終。』」〔一二〕竹林七賢論曰：「籍歸，遂著大人先生論，所言皆胸懷間本趣，大意謂先生與己不異也。觀其長嘯相和，亦近乎目擊道存矣。」〔一三〕

【校釋】

〔一〕嘯　亦作「歗」。蹙口出聲，以抒性情。詩召南江有汜：「不我過，其嘯也歌。」鄭玄箋：「嘯，蹙口而出聲。」説郛一〇〇：「孫廣嘯旨：『夫氣激於喉中而濁謂之言，激於舌而清謂之嘯。言之濁可以通人事、達性情；嘯之清可以感鬼神、致不死。蓋出其言善，千里應之；出其嘯善，萬靈受職。斯古之學道者哉。君授王母，母授南極真人，真人授廣成子，廣成子授風后，風后授嘯父，嘯父授務光，務光授堯，堯授舜，舜演之爲琴與禹，自後迺廢。續有晉太行山僊君孫公獲之，迺得道而去，無所授焉。阮嗣宗得少分，其後湮滅不復聞矣。嘯有十五章句，權輿正畢，有十二法：外激、内激、含、藏、散、越、大沈、小沈、疋、叱、五太、五少，皆在十五章之内，則嘯之妙音盡矣。』」按，嘯旨所言嘯之傳承，乃傳説而已。然嘯盛行於魏晉乃是事實，如藝文類聚一九引魏略曰：「諸葛亮在荆州遊學，每晨夜常抱膝長嘯。」同上引郭子曰：「劉道真少時善歌嘯，有一老嫗識其非常之人，甚樂其歌嘯，乃殺㹠進之。道真食㹠不謝。」晉書六二劉琨傳：「琨乃乘月登樓清嘯，賊聞之，皆悽然長歎。」彼時善嘯者尤以阮籍爲最，嵇康次之。故周顗於王導坐慠然嘯詠，導云：「卿欲希嵇、阮邪？」（見晉書六九周顗傳）孫廣嘯旨「蘇門章第十一」，敍蘇門先生長嘯，「（阮）籍既懽又喜，因傳寫之，十得其二，謂之『蘇門』，今之所傳者是也」。由此知後世之嘯，乃阮籍傳寫之蘇門嘯也。嘯旨一三即「阮氏遺韻章」，爲阮籍所作，「音韻逸放，故曰『逸韻』」。阮籍爲魏晉嘯藝術之傑出代表。至於嘯之妙，見於成公綏嘯賦：「發妙聲於丹脣，激哀音於皓齒。響抑揚而潛轉，氣衝鬱而熛起。協黄宫於清角，雜商羽於流徵。飄遊雲於泰清，集長風乎萬里。曲既終而響絶，遺餘玩而未已。良自然之至音，非絲竹之所擬。」

〔二〕蘇門山　御覽四五引十道志曰：「蘇門山一名蘇嶺，俗又名五巖山。魏氏春秋云，即阮籍見孫登長嘯，有鳳凰集登隱之處，故號登爲蘇門先生。」河南通志七：「蘇門山在輝縣西北七里，一名百門山，晉孫登隱此。」

〔三〕仡然　世説音釋：「當作『屹然』，魚訖切，山獨立壯武貌。」王叔岷補正：「按『仡然』，舉頭貌。史記司馬相如傳：『仡以佁儗兮。』索引：『張揖曰：仡，舉頭也。』」按，「仡然不應」乃寫蘇門先生舉頭不答，非狀山之貌。王補正是。

〔四〕「復敍」二句　有爲之教，指名教。王世懋云：「有爲之教四字甚深。」按，名教有爲，迥非蘇門先生胸懷所寄，故前云「仡然不應」，後云「凝矚不轉」。棲神，指凝神專一。爲道家保其根本，養其元神之術。淮南子泰族訓：「今夫道者，藏精於内，棲神於心，静漠恬淡，訟繆胸中。」葛洪抱朴子外篇嘉遁：「蓋至人無爲，棲神沖漠。」陶弘景真誥運象二：「爲道者常淵澹以獨處，每棲神以遊閑。」導氣，攝氣運息。爲道家養生術之一。王充論衡道虚：「道家或以導氣養性，度世而不死。」後漢書八二下方術王真傳注引漢武内傳，謂方士王真「習閉氣而吞之，名曰『胎息』，真行之，斷穀二百餘日，肉色光美，力並數人」。曹操氣出唱詩：「傳告無窮閉其口，但當愛氣壽萬年。」亦寫導氣之術。

〔五〕凝矚　世説音釋：「凝，定也。矚，之欲切，視之甚也。」按，「凝矚」猶「定睛」。「不轉」，謂不顧盼也。凝矚不轉，非是目不轉睛視阮籍，而是了無興趣以致目光不動，實爲不理不睬之狀。音釋謂「視之甚也」，非是。孝標注引魏氏春秋云「蘇門先生翛然曾不眄之」，此句可作「凝矚不轉」一詞注腳。

〔六〕啫然　世説箋本：「義不詳。疑與『啾』同。成公綏嘯賦：『啾啾聲作。』」王叔岷補正：「案『啫』，蓋與『啾』同。文選馬季長長笛賦注引倉頡篇曰：『啾，衆聲也。』『啾』之作『啫』，猶『䲡』亦作『鰍』也。」朱注：「啫，疑與『遒』通。遒，勁健也，鮑照詩：『獵獵晚風遒。』」按，朱注亦通。

〔七〕「阮籍常率意獨駕」數句　阮籍詠懷詩云：「楊朱泣歧路，墨子悲染絲。」籍窮途而哭，乃是痛感現實無出路，心境極爲苦悶彷徨之體現。

〔八〕有隱者莫知姓名　本篇一注引王隱晉書曰：「孫登即阮籍所見者也。」御覽四五引魏氏春秋亦云「阮籍見孫登長嘯」，則莫知姓名之隱者即孫登也。

〔九〕三王　王，宋本、沈校本並作「皇」。

〔一〇〕翛然　翛，宋本誤作「儵」。莊子大宗師：「翛然而往，翛然而來而已矣。」向秀注：「翛然，自然無心而自爾之謂。」

〔一〕嘐然　世説箋本：「廣韻：『詩云：雞鳴嘐嘐。』」

〔二〕「其歌曰」數句　余箋：「此歌即大人先生傳中採薪者所歌二章之一。」

〔三〕目擊道存　莊子田子方：「仲尼曰：『若夫人者，目擊而道存矣，亦不可以容聲矣。』」郭象注：「目裁往，意已達，無所容其德音也。」成玄英疏：「擊，動也。夫體悟之人，忘言得理，目裁運動而玄道存焉，無勞更事辭費，容其聲説也。」按，目擊道存，與「得意忘言」之義相近。阮籍與大人先生長嘯相和，不勞辭費，而心已相契。

二　嵇康遊於汲郡山中，遇道士孫登，遂與之遊。康臨去，登曰：「君才則高矣，保身之道不足。」康集序曰：「孫登者，不知何許人，無家，於汲郡北山土窟住。夏則編草爲裳，冬則被髮自覆。〔一〕好讀易，鼓一弦琴，見者皆親樂之。」魏氏春秋曰：「登性無喜怒，或没諸水，出而觀之，登復大笑。時時出入人間，所經家設衣食者，一無所辭。去，皆舍去。」〔二〕文士傳曰：「嘉平中，汲縣民共入山中，見一人所居懸巖百仞，叢林鬱茂，而神明甚察，自云孫姓登名，字公和。康聞，乃從遊三年，問其所圖，終不答。然神謀所存良妙，康每薾然歎息。將别，謂曰：『先生竟無言乎？』登乃曰：『子識火乎？生而有光，而不用其光，果然在於用光；人生有才，而不用其才，果然在於用才。故用光在乎得薪，所以保其曜；用才在乎識物，所以全其年。今子才多識寡，難乎免於今之世矣。子無多求！』」〔三〕康不能用。及遭吕安事，在獄爲詩自責云：『昔慚下惠，今愧孫登。』」〔四〕王隱晉書曰：「孫登即阮籍所見者也，〔五〕嵇康執弟子禮而師焉。魏晉去就，易生嫌疑，貴賤並没，故登或默也。」

【校釋】

〔一〕被髮　被，宋本作「披」。按，「被」同「披」。

〔二〕舍去　舍，宋本、晉書本傳並作「捨」。按，「舍」同「捨」。

〔三〕「子識火乎」數句　孫登以火之喻，告誡嵇康不露其才，韜光養晦，其思想淵源乃老莊哲學。如老子二二章：「曲則全，枉則直，窪則盈，弊則新，少則得，多則惑，是以聖人抱一爲天下式。不自見故明，不自是故彰，不自伐故有功，不自矜故長。夫唯不争，故天下莫與之争。」二四章：「自見者不明，自是者不彰，自伐者無功，自矜者不長。」四〇章：「反者道之動，弱者道之用。」四一章：「大音希聲，大象無形，道隱無名。」又莊子逍遥遊論無用之用，養生主所謂「躊躇滿志，善刀而藏之」，有才而不用其才，猶藏器於身，不輕試其鋒。御覽四四七引袁宏七賢序曰：「阮公瓌傑之量不移於俗，然獲免者，豈不以虚中犖節，動無過則乎？中散遺外之情最爲高絶，不免世禍，將舉體秀異，直致自高，故傷之者也。」嵇康憤世嫉俗，志在肥遁，然不免世禍，此與其性格殊有關也。

〔四〕「及遭吕安事」數句　嵇康因吕安事下獄，見魏志王粲傳裴注引魏氏春秋：「初，康與東平吕昭子巽及巽弟安親善。會巽淫安妻徐氏，而誣安不孝，囚之。安引康爲證，康義不負心，保明其事，安亦至烈，有濟世志力。鍾會勸大將軍因此除之，遂殺安及康。……及遭呂安事，爲詩自責曰：『欲寡其過，謗議沸騰。性不傷物，頻致怨憎。昔慚柳下，今愧孫登。內負宿心，外赧良朋。』」康在獄所爲詩即幽憤詩，載文選二三。孫登稱嵇康「才多識寡，難乎免於今之世」，今不識世事險惡，「顯明臧否」，以致身陷囹圄，故悔曰「今愧孫登」。

〔五〕「孫登」句　李慈銘云：「案水經洛水篇注引臧榮緒晉書稱：『孫登嘗經宜陽山，作炭人見之與語，登不應。作炭者覺其情神非常，咸共傳說。太祖聞之，使阮籍往觀，與語，亦不應。籍因大嘯。登笑曰：「復作向聲。」又爲嘯。求與俱出，登不肯。籍因別去。登上峰，行且嘯，如簫韶笙簧之音，聲振山谷。籍怪而問作炭人，作炭人曰：「故是向人聲。」籍更求之，不知所止，推問久之，乃知姓名。』余按孫綽之敘高士傳言在蘇門山，又別作登傳。孫盛魏氏春秋亦言在蘇門山，又不列姓名。阮嗣宗感之，著大人先生論，言「吾不知其人，既神遊自得，不與物交」，阮氏尚不能動其英操，復不識何人，而能得其姓名。』案酈氏之論甚覈，蘇門長嘯者，與汲郡山中孫登，自是二人，王隱蓋以其時地相同，牽而合之。榮緒推問二語，即承隱書而附會，唐修晉書復沿臧說，不足信也。」余箋：「葛洪神仙傳六孫登傳敘事與嵇康集序及文士傳略同，只多太傅楊駿遺以布袍，登以刀斫碎，及登死，駿給棺埋之，而登復活二事，並無一字及於阮籍者。蓋洪爲西晉末人，去登時不遠，故其書雖怪誕，猶能知登與蘇門先生之爲二人也。（下略）大人先生傳及魏氏春秋並言蘇門先生，不知姓氏，而王隱以爲即嵇康所師事之孫登，與嵇、阮本集皆不合，顯出附會。劉孝標引以爲注，失於考覈矣。」按，李慈銘、余箋所説雖略有不同，但皆宗酈道元之説，謂孫登與蘇門先生自是二人。其説尚須探討。王隱晉書以爲「孫登即阮籍所見者也」。孫盛魏氏春秋亦云：「籍見孫登長嘯，有鳳皇集登所隱之處，故號登爲蘇門先生。」（見三國志補注三太平寰宇記引）。又藝文類聚四四引孫登別傳曰：「孫登字公和，汲郡人，清静無爲，好讀易彈琴，頽然自得，覩其風神，若遊六合之外者。當魏末，居北山中，以石窟爲宇，編草自覆。阮嗣宗見登被髮，端坐巖下，遥見鼓琴。嗣宗自下趨進，莫得與言。嗣宗乃長嘯，與琴音諧和。登因嘯和之，妙響動林壑。」不知孫登別傳爲何許人作，酈道元謂「孫綽之敍高士傳言在蘇門山，又別作登傳」，則孫登別傳或是綽高士傳中之一篇。由此可見，王隱、孫盛、臧榮緒、孫綽，皆以爲嵇康從游之孫登即阮籍所見之蘇門先生。酈道元駁臧榮緒晉書，以爲孫登與蘇門先生非一人，依據有二：一是蘇門先生隱在蘇門山，二是阮籍大人先生傳言「吾不知其人」。其實，蘇門山即汲郡境内之山。元和郡縣志二〇曰：「衛縣，本漢朝歌縣，屬河内郡。魏黄初中，朝歌縣又屬朝歌郡。晉武帝改爲汲郡。」又曰：「蘇門山在縣西北十一里，孫登所隱，阮籍、嵇康所造之處。」明一統志二八曰：「蘇門山在輝縣西北七里，一名百門山，晉孫登隱此，號蘇門先生，阮籍往見之。」衛縣，亦即輝縣，晉時隸屬汲郡。蘇門山，即汲郡之一山。或許孫登初隱蘇門山，人不知其姓名，故以「蘇門先生」稱之。停留年久後，士人稍稍得知。此爲理所必然者也。至於阮籍大人先生傳言「吾不知其人」，此乃文學作品常用之懸念，使讀者得曲折朦朧之趣。陶淵明五柳先生傳言「先生不知何許人也，亦不詳其姓氏」，正與大人先生傳同。故不能據「吾不知其人」，而謂阮籍真不知其人姓氏也。臧榮緒晉書謂「推問久之，乃知姓氏」，甚合情理。晉書八二王隱傳稱隱「博學多聞，受父遺業，西都舊事多所諳究」。考其時代，王隱之父與嵇、阮相接，所言當較葛洪、孫盛等更接近真實。王隱傳後稱「隱雖好著述，而文辭鄙陋」云云，是指文辭低劣，但不可據此便否定記事之真實。故鄙意以爲孫登即蘇門先生，亦即阮籍筆下之大人先生。王隱所説是也。張彦遠歷代名畫記七記南齊宗測「畫阮籍遇孫登於行障上，坐卧對之」。亦可證阮籍遇孫登之事古來相傳，而「蘇門先生」則屬虚構寄意者也。

三　山公將去選曹，欲舉嵇康。康與書告絶。〔一〕康别傳曰：「山巨源爲吏部郎，遷散騎常侍，舉康。康辭之，并與山絶。豈不識山之不以一官遇己情邪，亦欲標不屈之節，以杜舉者之口耳。乃答濤書，自説不堪流俗，而非薄湯武。大將軍聞而惡之。」〔二〕

【校釋】

〔一〕「山公」數句　程炎震云：「魏志二一嵇康傳注曰：『案濤行狀，濤以景元二年除吏部郎。』

蓋當年即遷，故康書云：『女年十三，男年八歲。』而景元四年康被誅時，嵇紹十歲也。晉書康傳亦云：『濤去選官，舉康自代。』惟文選注引魏氏春秋云：『山濤爲選曹郎，舉康自代。』而裴松之因之，蓋漏去濤之選官一節耳。」按，嵇康與山巨源絶交書見晉書本傳及文選四三。

〔二〕大將軍聞而惡之　嵇康爲曹操曾孫女婿，忠於曹魏，故不願作司馬氏官，「欲標不屈之節」。而司馬氏以湯武爲口實，行篡逆之事。嵇康洞見司馬氏之奸，自稱「每非湯武，而薄周孔」。司馬昭之心爲人看破，自然甚恨嵇康。

四　李廞是茂曾第五子，〔一〕清貞有遠操，而少羸病，不肯婚宦。居在臨海，住兄侍中墓下。〔二〕既有高名，王丞相欲招禮之，故辟爲府掾。廞得牋命，〔三〕笑曰：「茂弘乃復以一爵假人。」〔四〕文字志曰：「廞字宗子，江夏鍾武人。祖景，〔五〕秦州刺史。父重，平陽太守。世有名望。廞好學，善草隸，與兄式齊名。躄疾不能行坐，常仰卧彈琴，讀誦不輟。河間王辟太尉掾，以疾不赴。後避難，隨兄南渡。司徒王導復辟之，廞曰：『茂弘乃復以一爵加人。』永和中卒。廞嘗爲二府辟，故號李公府也。式字景則，廞長兄也，思理儒隱，有平素之譽。渡江，累遷臨海太守、侍中，年五十四而卒。」

【校釋】

〔一〕第五子　御覽三八六引世説作「第六子」。

〔二〕住兄侍中墓下　御覽三八六作「常往兄侍中幕下」。按，下孝標注引文字志，謂李廞隨兄式南渡，式累遷臨海太守、侍中，年五十四卒。所謂「住兄侍中墓下」，或是式卒後廞守兄之墓。疑御覽引世説非。

〔三〕牋命　程炎震云：「御覽三八六引『牋命』作『板命』，是也。」

〔四〕假人　王叔岷補正：「案『假人』文字志作『加人』，假、加古通，論語述而篇：『加我數年』，史記孔子世家『加』作『假』，即其比。」按，左傳成公二年：「唯器與名不可以假人。」孔穎達疏：「唯車服之器與爵號之名不可以借人也。」假人，授與人。

〔五〕祖景　景，宋本、沈校本並作「康」。按，「康」乃「秉」之誤。參見德行一五校釋。

五　何驃騎弟以高情避世，而驃騎勸之令仕，答曰：「予弟五之名，何必減驃騎！」〔一〕中興書曰：「何準字幼道，廬江灊人，驃騎將軍充第五弟也，雅好高尚，徵聘一無所就。充位居宰相，權傾人主，而準散帶衡門，不及世事，于時名德皆稱之。年四十七卒。有女爲穆帝皇后，贈光禄大夫，子恢讓不受。」〔二〕

【校釋】

〔一〕「予弟五之名」二句　弟五，同「第五」，何準爲何充第五弟。晉書九三何準傳曰：「準兄弟中第五，故有此言。」何準之答，乃隱逸自高之意。東晉崇尚隱逸，不及世事者多享大名。殷浩累徵不起，素有大名，時論比之管、葛（見賞譽九九注引晉陽秋）。謝萬爲西中郎將，而謝安雖處衡門，名聲猶出萬之右（見晉書本傳）。品藻一七：明帝問謝鯤：「君自謂何如庾亮？」答曰：「端委廟堂，使百僚準則，臣不如亮；一丘一壑，自謂過之。」謝鯤縱意丘壑，自謂不減庾亮。此何準答何充語，與謝鯤答明帝正復相似，皆以爲隱逸何必減仕宦。

〔二〕子恢　徐箋：「恢，晉書外戚傳作『惔』，廬江何氏譜作『恢』。」晉書九三何準傳：「子惔以父素行高絜，表讓不受。」

六　阮光禄在東山，〔一〕蕭然無事，常内足於懷。阮裕别傳曰：「裕居會稽剡山，志存肥遁。」〔二〕有人以問王右軍，右軍曰：「此君近不驚寵辱，老子曰：「寵辱若驚，得之若驚，失之若驚。」雖古之沈冥，何以過此！」〔三〕揚子曰：「蜀莊沈冥。」〔四〕李軌注曰：「沈冥，猶玄寂，泯然無迹之貌。」

【校釋】

〔一〕「阮光禄」句　晉書四九阮裕傳云咸和初裕去職還家，居會稽剡縣。後不得已求爲王舒撫軍長史、拜臨海太守，少時去職。司空郗鑒請爲長史、詔徵秘書監、復除東陽太守，尋徵侍中，皆不就。還剡山，有肥遁之志。考成帝紀咸和八年（三三三）撫軍將軍王舒卒，咸康四年（三三八）司空郗鑒卒。則阮裕在東山，時在咸康中。

〔二〕肥遁　易遯卦上九：「肥遯無不利。」王弼注：「肥最處外極，無應於内，超然絶志，心無疑顧，憂患不能累，矰繳不能及，是以肥遯無不利也。」

〔三〕「右軍曰」數句　東晉盛行隱逸之風，以爲肥遁之士志存高尚，故多稱美之。品藻三一注引中興書謂阮裕「終日頹然無所修綜，而物自宗之」。成帝崩，裕赴山陵，事畢還東，諸名流相與追之（見晉書本傳）。于此可見裕聲名之盛。

〔四〕蜀莊，世説箋本：「蜀郡嚴君平也。避漢明帝諱，『莊』皆作『嚴』。」沈冥，冥，原作「名」。按，各本並作「冥」。晉書七二郭璞傳：「進不爲諧隱，退不爲方言，無沉冥之韻，而希風乎嚴光。」宋書八九袁粲傳：「雖揚子寂漠，嚴叟沉冥，不是過也。」據此，當作「沉冥」是，今據改。

七　孔車騎少有嘉遁意，年四十餘，始應安東命。〔一〕未仕宦時，常獨寢，歌吹自箴誨，〔二〕自稱孔郎，遊散名山。〔三〕孔愉別傳曰：「永嘉大亂，愉入臨海山中，不求聞達，中宗命爲參軍。」〔四〕百姓謂有道術，爲生立廟，今猶有孔郎廟。〔五〕

【校釋】

〔一〕「孔車騎」數句　程炎震云：「晉書七八愉傳：『永嘉中，元帝以安東將軍鎮揚土，命爲參軍。邦族尋求，莫知所在。建興初，始出應召。』」按，據晉書本傳，孔愉以永嘉中實逃於山中，未應安東命。孔愉傳謂愉建興初始出應召，時年已五十矣。

〔二〕歌吹　宋本無「吹」字。李慈銘云：「案：『歌吹自箴誨』句有誤，晉書孔愉傳云：『東還會稽，入新安山中，改姓孫氏，以稼穡讀書爲務，信著鄉里，後忽舍去，皆謂爲神人，而爲之立祠。』」按，歌吹，歌聲與樂聲。晉書五六孫楚傳：「龍游曜路，歌吹盈耳。」鮑照蕪城賦：「廛閈撲地，歌吹沸天。」箴誨，規勸教導。「歌吹自箴誨」，意謂以歌吹作樂，且自我規勸隱逸不出也。疑此句不誤。

〔三〕遊散名山　遊散，謂遊目散懷也。散，散懷，散心。王羲之蘭亭詩：「迺攜齊契，散懷一丘。」　名山，宋本、沈校本並作「山石」。按，作「名山」較勝。高僧傳四于道邃傳：「性好山澤，在東多遊名山。」

〔四〕中宗　元帝廟號。

〔五〕孔郎廟　余箋：「水經注四〇漸江水注云：『湖水又經會稽山陰縣。縣南九里有侯山，山孤立長湖中，晉車騎將軍孔敬康少時遁世，棲跡此山。』嘉泰會稽誌九：『會稽縣侯山在縣西四里。舊經云：「南湖侯山，迴在湖中，俗名九里山。蓋昔時去縣之數也。」孔愉少棲此山。』寰宇記一〇四曰：『歙縣孔靈村在縣南二十五里。按晉書云：「孔愉字敬康，會稽人，永嘉之亂，避地入新安山谷中，以稼穡讀書爲務，信著鄰里。後忽捨去，皆以爲神人，而爲立廟。」按所居止在此，故謂之孔靈山，祀其上。』羅願新安志三歙縣古跡云：『孔靈村在縣南三十里。孔愉東還會稽，入新安山中，事見晉書本傳。而世説亦云：「自稱孔郎，遊散名山，百姓謂有道術，爲生立廟，今猶有孔郎廟」，是其事也。今此村禱賽猶及孔愉先生云。』自注曰：『愉別傳云愉入臨海山中。而晉傳又以爲會稽有新安山，然世説既稱遊散名山，明非一處。今此地以孔名，而寰宇志、祥符經皆言是愉隱處，不可没也。』嘉錫案：晉書言歸會稽，後入新安山中。非謂會稽有新安山也。」按，羅願謂孔愉「遊散名山，明非一處」，其説合理。又晉書本傳謂建興初愉年已五十，則吴平，愉遷於洛時年十七八歲。據此推知，惠帝末，愉歸鄉里時，年約四十餘。東還會稽，入新安山中，爲時僅數年；去後，鄉人爲之立祠。以年代、事蹟考之，孔郎廟在新安者較爲可信。

八　南陽劉驎之，高率善史傳，隱於陽岐。〔一〕于時苻堅臨江，荆州刺史桓沖將盡訏謨之益，〔二〕徵爲長史，遣人船往迎，贈貺甚厚。驎之聞命便升舟，悉不受所餉，〔三〕緣道以乞窮乏，〔四〕比至上明亦盡。〔五〕一見沖，因陳無用，翛然而退。居陽岐積年，衣食有無，常與村人共，值己匱乏，〔六〕村人亦如之，〔七〕甚厚爲鄉閭所安。〔八〕鄧粲晉紀曰：「驎之字子驥，南陽安衆人。少尚質素，虚退寡欲，好遊山澤間，志存遁逸。桓沖嘗至其家，驎之方條桑，謂沖：『使君既枉駕光臨，宜先詣家君。』沖遂詣其父，父命驎之，然後乃還，拂裋褐與沖言。〔九〕父使驎之自持濁酒葅菜供賓，〔一〇〕沖敕人代之，父辭曰：『若使官人，〔一一〕則非野人之意也。』沖爲慨然，至昏乃退，因請爲長史，固辭。居陽岐，去道斥近，〔一二〕人士往來，必投其家。驎之身自供給，贈致無所受。〔一三〕去家百里，有孤嫗疾將死，謂人曰：『唯有劉長史當埋我耳。』驎之身往候之，值終，爲治棺殯，其仁愛皆如此。以壽卒。」〔一四〕

【校釋】

〔一〕「高率」二句　高率，指志在隱逸，行爲簡率。高，高尚，指不願出仕，即孝標注引鄧粲晉紀所謂「虚退寡欲，好遊山澤間，志存遁逸」也。率，簡率，不拘禮儀之謂，即晉書九四劉驎之傳所謂「不修儀操」。陽岐，李詳云：「陽岐，村名，去荆州二百里。見後任誕篇注。」

〔二〕訏謨　宏大之謀劃。詩大雅抑：「訏謨定命，遠猶辰告。」毛傳：「訏，大；謨，謀。」鄭玄箋：「大謀定命，謂正月始和，布政於邦國都鄙也。」

〔三〕悉不受　李慈銘云：「案：當作『悉受所餉』『不』字衍。」按，真隱士皆自潔，不受饋贈。如本篇九謂翟湯「義讓廉潔，饋贈一無所受」。晉書九四張忠傳：「左右居人饋之衣食，一無所受。」同上宋纖傳：「贈遺一皆不受。」李慈銘謂「不」字衍，實根據下二句，以爲劉驎之悉受桓沖贈貺，沿路以乞貧乏。

〔四〕乞窮乏　乞下沈校本有「氣」字。與人財物曰乞，音氣。漢書六四上朱買臣傳：「居一月，妻自經死，買臣乞其夫錢令葬。」晉書七九謝安傳：「安顧謂其甥羊曇曰：『以墅乞汝。』」乞窮乏，謂以桓沖之贈貺送與窮乏者。

〔五〕上明　程炎震云：「晉書七四桓沖：『孱陵縣界，地名上明，北枕大江，西接三峽。於是移鎮上明。』水經注三四江水篇：『江水又東經上明城北。晉太元中苻堅之寇荆州也，刺史桓沖徙渡江南，使劉波築之，徙州治此城。其地夷敞，北據大江。』通鑑一八三『江陵郡松滋縣西有廢上明城，即沖所築』。通鑑一〇四『桓沖自江陵徙鎮上明』，在太元二年。」

〔六〕值己　值，宋本作「直」。王利器校：「各本『直』作『值』，是。」

〔七〕如之　如，宋本作「知」。據文意，當作「如」，意謂己衣食無，村人亦與己共，一如己與村人共也。楊箋作「村人亦知之甚厚」，誤。

〔八〕甚厚　李慈銘云：「案：『厚』字疑衍。」

〔九〕裋褐　裋，晉書九四劉驎之傳、王刻本作「短」。按，作「裋」是。裋褐，粗陋布衣。揚雄方言：「襜褕，自關而西其短者謂之裋褐。」史記六秦始皇本紀：「夫寒者利裋褐。」集解：「徐廣曰：『一作短小襦也，音豎。』」漢書七二貢禹傳：「妻子糠豆不贍，裋褐不完。」顔師古注：「裋者，謂僮豎所著布長襦也。褐，毛布之衣也。」列子力命：「朕衣則裋褐，食則粢糲，居則蓬室，出則徒行。」楊伯峻集釋：「許慎注淮南子云：楚人謂袍爲裋。説文云：粗衣也。又敝布襦也。又云：襜褕短者曰裋褕。有作短褐者，誤。」

〔一〇〕菹菜　世説音釋：「玉篇曰：『淹菜爲菹。』」

〔一一〕官人　官府奴僕也。男爲官奴，女爲官妓。南朝樂府民歌那呵灘：「篙折當更覓，櫓折當更安。各自是官人，那得到頭還？」宋書一武帝紀：「游擊將軍司馬秀役使官人。」

〔一二〕去道斥近　世説抄撮：「晉書劉驎之傳作『在官道之側。』此『斥』之疑作『在』字。」吴金華考釋：「『斥』字費解。『斥』有遠義、廢棄義、充滿義等，均與本文不合。今疑『斥』當作『仄』，形近之誤。『仄』是『側』的古字（參見漢書七八顔師古注）。（下略）換言之，『在官道之側』就是『去道側近』。」按，吴説可從。

〔一三〕無所受　受，宋本作「就」。按，本條云「悉不受所餉」，則作「受」是。

〔一四〕以壽卒　余箋：「陶淵明集五桃花源記，正太元中事，其末曰：『南陽劉子驥，高尚士也。聞之，欣然規往，未果，尋病終。後遂無問津者。』據記，驎之蓋即卒於太元間。」王世懋云：「注尤佳。」

九　南陽翟道淵與汝南周子南少相友，共隱于尋陽。〔一〕庾太尉説周以當世之務，周遂仕，翟秉志彌固。其後周詣翟，翟不與語。〔二〕晉陽秋曰：「翟湯字道淵，南陽人，漢方進之後也。篤行任素，義讓廉潔，饋贈一無所受。〔三〕值亂多寇，聞湯名德，皆不敢犯。」尋陽記曰：「初，庾亮臨江州，聞翟湯之風，束帶躡屣而詣焉。〔四〕亮禮甚恭，湯曰：『使君直敬其枯木朽株耳。』〔五〕亮稱其能言，表薦之，徵國子博士，〔六〕不赴。主簿張玄曰：『此君卧龍，不可動也。』〔七〕終于家。」〔八〕

【校釋】

〔一〕「南陽翟道淵」二句　程炎震云：「道淵，晉書九四作『道深』，唐人避諱改也。『南陽』，晉書作『尋陽』，帝紀兩見。前云尋陽，後云南陽，當兩存之。」又云：「子南，別見尤悔篇『庾公欲起周子南』條。」趙西陸云：「案子南，周邵字。邵事具尤悔篇第一則，依本書注例，當標『周邵別見』。」余箋：「御覽五〇三引晉中興書曰：『翟湯字長淵……』」又云：「湯爲方進之後，則其先本南陽翟氏，過江後僑居尋陽。長淵之與道淵，不知孰是？」按，御覽四二五引晉中興書作「道淵」，而御覽五〇三、八一七引晉中興書則作「長淵」，一書而不同。疑作「長淵」者誤。又建康實録七：「永嘉末，寇害相仍，湯隱於尋陽南山。」翟湯子孫亦代有「隱德」。御覽五〇三引晉中興書曰：「湯子莊，字祖休，遵湯之操，雅好弋釣。及長，不復獵，人或問莊：『同是害生之道，而先生止去其一，何也？』莊曰：『獵自我，釣自物，故先節其甚者。且貪餌吞鉤，豈我哉？』時人以爲知言。晚節亦不復釣，端坐蓽門，啜菽飲水，徵辟皆不就。莊子𩑶，𩑶子法、賜，並徵不至，世有隱行。」

〔二〕翟不與語　後漢書七九上孔僖傳記僖曾祖父子建與崔篆友善，及篆仕，嘗勸子建仕。對曰：「吾有布衣之心，子有衮冕之志，各從所好，不亦善乎！道既乖矣，請從此辭。」翟湯不與周子南語，亦是道乖從此分手之意。　翟湯誠有古賢之風。

〔三〕「篤行任素」數句　晉書九四翟湯傳：「始安太守干寶與湯通家，遣船餉之，敕吏云：『翟公廉讓，卿致書訖，便委船還。』湯無人反致，乃貨易絹物，因寄還寶。寶本以爲惠，而更煩之，益愧歎焉。」

〔四〕躡屐　楊箋作「躡履」，並云：「履，宋本作『屐』，非。當作『履』，是。簡傲篇一五：『王子敬兄弟見郗公，躡履問訊，甚修外生之禮；及嘉賓亡，著高屐，儀容輕慢。』」

〔五〕「湯曰」句　王世懋云：「按此語似深實淺，蓋用鄱陽書中語，雖謙己無能爲先容誤知，陰刺庾公不能自別夜光也。」

〔六〕徵國子博士　程炎震云：「晉書成紀：咸和八年四月，以束帛徵。康紀：建元元年六月，又以束帛徵。」按，據晉書，朝廷徵翟湯可知者至少有三次，除程氏所言二次外，咸康元年（三三五）八月亦徵之。　庾亮表薦徵翟湯，據翟湯傳，時在咸康中。

〔七〕卧龍　蜀志諸葛亮傳：「徐庶謂先主曰：『諸葛孔明者，卧龍也。』」「卧龍」之稱始此。晉書四九嵇康傳：「（鍾會）言於文帝曰：『嵇康，卧龍也，不可起。』」晉書九四宋纖傳載：酒泉太守馬岌造訪隱士宋纖，「纖高樓重閣，距而不見。岌歎曰：『名可聞而身不可見，德可仰而形不可覩，吾而今而後知先生人中之龍也。』」可證時人以隱士不可起者爲「卧龍」。

〔八〕終于家　晉書本傳：「康帝復以散騎常侍徵湯，固辭老疾不至，年七十三卒於家。」

一〇　孟萬年及弟少孤，居武昌陽新縣。〔一〕萬年遊宦，有盛名當世。〔二〕少孤未嘗出，京邑人士思欲見之，乃遣信報少孤云：「兄病篤。」狼狽至都，時賢見之者，莫不嗟重，因相謂曰：「少孤如此，萬年可死。」〔三〕袁宏孟處士銘曰：「處士名陋，字少孤，武昌陽新人，吴司空孟宗後也。〔四〕少而希古，布衣蔬食，棲遲蓬蓽之下，絶人間之事，〔五〕親族慕其孝。大將軍命會稽王辟之，〔六〕稱疾不至。相府歷年虚位，而澹然無悶，卒不降志，時人奇之。」〔七〕

【校釋】

〔一〕「孟萬年」二句　孟嘉，已見識鑒一六。該條孝標注引嘉别傳曰：「（嘉）曾祖父宗，吴司空。祖父揖，晉廬陵太守。宗葬武昌陽新縣，子孫家焉。」

〔二〕「萬年」二句　識鑒一六謂孟嘉作庾亮州從事，已知名。注引嘉别傳，庾亮語弟翼曰：「孟嘉故是盛德人。」而褚裒早聞江州有孟嘉。此所謂「盛名當世」也。

〔三〕「少孤如此」二句　世說講義：「鸘云『今見少孤如此，萬年不足愛惜』，謬矣。言少孤雖以兄之僞病，其厚如此，假令萬年篤病，亦可死而無憾也。」世說抄撮：「少孤佳妙如此，我得見之，雖使萬年病死，亦可矣。」

〔四〕孟宗　孟，宋本作「子」。王利器校：「各本『子』都作『孟』，是；晉書隱逸孟陋傳：『孟陋，字少孤，武昌人也，吴司空宗之曾孫也。』」

〔五〕人間　間，宋本作「好」。按，當作「間」是。人間，猶「人世」、「世間」也。識鑒二二：「於時朝議遣（謝）玄北討，人間頗有異同之論。」晉書三九荀勖傳：「汝等亦當宦達人間，宜識吾此意。」

〔六〕「大將軍」句　徐箋：「案晉書本傳：『簡文帝輔政，命爲參軍，稱疾不起。』時帝以撫軍大將軍會稽王輔政，故曰『大將軍會稽王』，『命』字誤衍。下云『相府歷年虚位』，並指會稽王。」

〔七〕時人奇之　謝萬曾作八賢論，其旨以爲「處者爲優，出者爲劣」。時人謂「少孤如此，萬年可死」，並奇孟陋矢志不仕，其觀念與謝萬同。

一一　康僧淵在豫章，去郭數十里立精舍，旁連嶺，帶長川，芳林列於軒庭，清流激於堂宇。〔一〕乃閒居研講，希心理味。〔二〕庾公諸人多往看之，〔三〕觀其運用吐

納，〔四〕風流轉佳，加已處之怡然，〔五〕亦有以自得，聲名乃興。後不堪遂出。〔六〕僧淵已見。〔七〕

【校釋】

〔一〕「康僧淵」數句　旁連嶺，旁，宋本作「傍」。由康僧淵之精舍，可見名僧喜占佳山水，自晉已然。他如高僧傳五竺道壹傳記有若耶山沙門帛道猷，「性率素，好丘壑，一吟一詠，有濠上之風」，後與竺道壹書云：「始得優遊山林之下，縱心孔、釋之書，觸興爲詩，陵峰采藥，服餌蠲痾，樂有餘也。但不與足下同日，以此爲恨耳。因有詩曰：『連峰數千里，修林帶平津。雲過遠山翳，風至梗荒榛。茅茨隱不見，雞鳴知有人。閒步踐其逕，處處見餘薪。始知百代下，故有上皇民。』道壹得道猷信，以爲正契我心，乃東往若耶，與後者相會于林下。」高僧傳六慧遠傳曰：「遠創造精舍，洞盡山美，卻負香爐之峰，傍帶瀑布之壑，仍石疊基，即松栽構，清泉環階，白雲滿室。」高僧傳四于法蘭傳言其「性好山泉，多處巖壑」，「後聞江東山水，剡縣稱奇，乃徐步東甌，遠矚嶀嵊，居於石城山足」。高僧傳五竺僧朗傳：「朗乃於金輿谷昆侖山中，別立精舍，猶是泰山西北之一巖也。峰岫高險，水石宏壯。朗創築房室，制窮山美。」高僧傳八釋玄暢傳自言卜居之處曰：「逶迤長亘連疊，嶺闢四澗，亘列五峰，抱郭懷邑，回望三方，負巒背嶽，遠矚九流。」名僧之所以喜歡佳山水，蓋山林静寂，有助參悟修禪也。孫綽曾作道士坐禪之像并贊，支遁美其製作及佳文，作詠禪思道人詩并序，描寫道士於山中坐禪形象云：「雲岑竦太荒，落落英岊布。迴壑佇蘭泉，秀嶺攢佳樹。蔚薈微游禽，峥嶸絶蹊路。中有冲希子，端坐摹太素。」（見古詩紀四七）付法藏因緣傳一曰：「於是伽葉即辭如來，往耆闍崛山賓鉢羅窟。其山多有流泉浴池，樹林蓊鬱，華果茂盛，百獸遊集，吉鳥翔鳴，金銀琉璃，羅布其地。伽葉在此，經行禪思，宣揚妙法，度諸衆生。」後秦佛陀耶舍譯長阿含經一：「於閒静處，專精修道。」東晉僧伽提婆譯中阿含經三六曰：「可知世尊安静處學智慧耶？」遠離榮華，守護諸根，「復獨往遠離在無事處，山巖石室，露地積壞。或至林中，或在土塚」。然僧徒於林下安静處乃學智慧，非如玄學家以爲自然即道之體現也。

〔二〕理味　猶理旨。十六國春秋六〇後秦録八姚嵩：「嵩上述佛義表曰：『臣言奉陛下所通諸義，理味淵玄，詞致清勝。』」弘明集六僧祐釋駁論：「若染漬風流，則精義入微；研究理味，則妙契神用。」

〔三〕庾公　此「庾公」多以爲庾亮。湯用彤謂「恐指庾爰之，見晉書庾翼傳」（見湯著漢魏兩晉南北朝佛教史第一二〇頁）。荷蘭漢學家許里和或受湯用彤啓發，以爲康僧淵大約於公元三四〇年離開都城，最可能之原因與上層集團排佛態度有關。（詳見許里和佛教征服中國第一六八頁）按，高僧傳四康僧淵傳記僧淵於晉成帝之世過江，與庾亮、王導交遊，後於豫章山立寺。晉書七三庾翼傳言翼卒後，次子庾爰之遷徙豫章。則爰之看望僧淵亦有可能。然世説無有稱庾爰之爲庾公之例，則此「庾公」，仍以庾亮可能性較大。

〔四〕吐納　楊箋：「吐納，猶談吐也。」梁書蕭子顯傳：『高祖（蕭衍）雅愛子顯才，又嘉其容止吐納。』」按，楊箋是。又南史五二蕭機傳：「機美姿容，善吐納。」陳書三四張正見傳：「正見嘗預講筵，請決疑義，吐納和順，進退詳雅，四座咸屬目焉。」高僧傳七竺道生傳：「吐納問辯，辭清珠玉，雖宿望學僧，當世名士，皆慮挫詞窮，莫敢酬抗。」

〔五〕加已　宋本、沈校本並無「已」字。按，「已」同「以」。荀子非相：「人之所以爲人者，何已也？曰：『以其有辨也。』」楊倞注：「已，與以同。」

〔六〕後不堪　世説抄撮：「不堪，不堪棲逸也。」世説箋本：「晚節不堪隱棲，遂出山。」程炎震云：「高僧傳云：『後卒於廟。』」按，豫章精舍甚佳，康僧淵「處之怡然，亦有以自得」，何以後來「不堪棲逸」？此乃不可理喻者也。疑「不堪」當別有他事。

〔七〕僧淵　已見文學四七。

一二　戴安道既厲操東山，續晉陽秋曰：「逵不樂當世，以琴書自娱，隱會稽剡山。國子博士徵，不就。」〔一〕而其兄欲建式遏之功。〔二〕戴氏譜曰：「逯字安丘，〔三〕譙國人。祖碩，父綏，有名位。逯以武勇顯，有功，封廣陵侯，仕至大司農。」謝太傅曰：「卿兄弟志業，何

其太殊？」戴曰：「下官不堪其憂，家弟不改其樂。」〔四〕

【校釋】

〔一〕「逵不樂當世」數句　晉書九四戴逵傳：「後王珣爲尚書僕射，上疏復請徵爲國子祭酒、加散騎常侍。」又晉書六四司馬道子傳記孝武帝委任道子，時有人爲雲中詩指斥朝廷云：「東山安道，執操高抗，何不徵之，以爲朝匠。」可見，徵戴逵爲一時輿論。據晉書九孝武帝紀，徵戴逵不至一次：太元十二年六月，束帛聘處士戴逵。太元十五年，王珣爲尚書僕射上疏復徵戴逵。此云以國子博士徵，則時在太元十五年也。

〔二〕式遏　詩大雅民勞：「式遏寇虐。」鄭玄箋：「式，用；遏，止也。」

〔三〕逯　李慈銘云：「案：『逯』，晉書作『遂』，附見謝玄傳，言是逵之弟，封廣信侯，『家弟』作『家兄』。」王利器校：「晉書謝玄傳『逯』作『遂』，云是『處士逵之弟』。通鑑卷一〇〇晉紀二二：『荀羨聞龕已敗，退還下邳，留……參軍譙國戴遂等，將二千人守泰山。』注引楊正衡曰：『遂音遁。』通鑑卷一〇四晉紀二六：『秦兗州刺史彭超請攻沛郡太守戴遂於彭城。』注引楊正衡曰：『遂古遁字。』世説作『逯』，錯了。事類賦卷十一引臧榮緒晉書，戴逵又有兄述，亦能樂。」按，文苑英華六六二引温庭筠上宰相啓：「雖戴逵之弟，志尚無聞；而何準之兄，恩輝已遍。」又云：「使何準之兄，皆爲杞梓；戴逵之弟，獨守蓬茅。」謂遂是逵之弟。

〔四〕「下官不堪其憂」二句　論語雍也：「子曰：『賢哉回也，一簞食，一瓢飲，在陋巷，人不堪其憂，回也不改其樂。賢哉回也。』」戴逯以孔子讚顔回語答謝安之問，意謂吾不堪其憂而出仕，弟不改其樂而隱居。

一三　許玄度隱在永興南幽穴中，〔一〕每致四方諸侯之遺。〔二〕或謂許曰：「嘗聞箕山人似不爾耳。」〔三〕許曰：「筐篚苞苴，故當輕於天下之寶耳。」〔四〕鄭玄禮記注云：「苞苴，裹肉也，或以葦，或以茅。」此言許由尚致堯帝之讓，筐篚之遺，豈非輕邪？

【校釋】

〔一〕永興　東晉時屬會稽郡，在今浙江蕭山縣西。建康實録八：「詢幼沖靈，好泉石，清風朗月，舉酒永懷。中宗聞而徵爲議郎，辭不受職，遂托跡居永興。」陶淵明晉故征西大將軍長史孟府君傳記謝永喪亡，孟嘉吊喪，路由永興。「高陽許詢有儁才，辭榮不仕，每縱心獨往，客居縣界」。太平寰宇記九六云：「許玄度巖在（蕭山）縣西南八十里。孔靈符地志言晉徵士高陽許詢幽居之所。」剡録三：「詢隱不仕，召爲朝議郎，不就，築室永興縣西山，蕭然自致，乃號其岫曰蕭然山。」

〔二〕諸侯之遺　東晉推崇隱逸，諸侯饋遺隱士者不乏其例。如本篇一五郗超爲退隱者辦資起宅，本篇八桓沖徵劉驎之爲長史，遣人船往迎，「贈貺甚厚」。晉書九一杜夷傳記杜夷不應徵命，鎮東將軍周馥「乃自詣夷，爲起宅宇，供其醫藥」。晉書九九桓玄傳：「玄以歷代咸有肥遯之士，而己世獨無，乃徵皇甫謐六世孫希之爲著作，並給其資用。」

〔三〕「嘗聞」句　此言譏諷許詢之隱，與古代隱士不同。王羲之雜帖：「古之辭世者，或被髮佯狂，或汙身穢跡，可謂艱矣。」（全晉文二二）可見許詢之流所謂隱士，多半已經「異化」。

〔四〕「筐篚苞苴」二句　篚，盛物竹器。王叔岷補正：「案呂氏春秋貴生篇：『天下，重物也。』史記伯夷列傳：『天下重器。』」余箋：「易系辭傳曰：『天地之大德曰生，聖人之大寶曰位。』此言天下之寶，謂堯讓許由以天子之位耳。」劉辰翁云：「小辯有禮。」按，許詢隱以許由自況，意謂帝堯尚且以天下之寶讓予許由，我受筐篚之遺，豈非輕乎？此爲己受四方諸侯之遺辯護。言語六九云：「劉真長爲丹陽尹，許玄度出都就劉宿。牀帷新麗，飲食豐甘。許曰：『若保全此處，殊勝東山。』王逸少在坐曰：『令巢、許遇稷、契，當無此言。』二人並有愧色。」可與此條並觀。以見許詢雖有高尚之名，其實與當世顯宦交遊，受官府饋贈，行徑與翟湯、劉驎之及張忠、宋纖等不同。玄度在羲之前尚有「愧色」，而此云「筐篚之遺」爲微不足道，簡直不知羞恥矣。故東晉隱士實不可一概而論，有真隱、假隱、「通隱」之別。

一四　范宣未嘗入公門，韓康伯與同載，遂誘俱入郡，〔一〕范便於車後趨下。〔二〕續晉陽秋曰：「宣少尚隱遁，〔三〕家于豫章，以清潔自立。」

【校釋】

〔一〕入郡　指入郡府。

〔二〕於車後趨下　德行三八謂范宣「潔行廉約」，孝標注引宣別傳云：「徵太學博士、散騎常侍，一無所求。」宣拒入官府，故於車後趨下，「清潔自立」竟如此。晉書九四董京傳：「孫楚時爲著作郎，數就社中與語，遂載與俱歸，京不肯坐。」董京與范宣事相類，皆真隱士也。

〔三〕隱遁　遁，宋本誤作「通」。

一五　郗超每聞欲高尚隱退者，〔一〕輒爲辦百萬資，并爲造立居宇。在剡，爲戴公起宅，甚精整。戴始往舊居，與所親書曰：「近至剡，如官舍。」〔二〕郗爲傅約亦辦百萬資，傅隱事差互，〔三〕故不果遺。〔四〕約，瓊小字。〔五〕

【校釋】

〔一〕高尚　吴金華考釋：「這兒的『高尚』指不願做官。它由『高尚其事』一語截略而成：『不事王侯，高尚其事。』（周易卷三蠱卦）」按，吴説是。王羲之雜帖：「譙周有孫，高尚不出。」（全晉文二二）陶淵明桃花源記：「南陽劉子驥，高尚士也。」高尚士，義同「高尚隱退者」，亦即隱士也。

〔二〕「戴始往舊居」數句　徐箋：「御覽五一〇作『始往居，如入官舍。』『舊』字無義，自是衍文。『入』字應補。」

〔三〕差互　此謂錯失時機。南史三三范曄傳：「二十二年九月……上於武帳岡祖道。曄等期以其日爲亂，許耀侍上，扣刀以目曄，曄不敢視，俄而坐散，差互不得發。」

〔四〕果遺　沈校本無「遺」字。

〔五〕約瓊小字　余箋：「劉注但稱約爲傅瓊小字，而不言瓊爲何如人，似有脱文。本書識鑒篇言『郗超與傅瑗周旋』，南史傅亮傳云：『亮，晉司隸校尉咸之玄孫也。父瑗，與郗超善。』瓊疑亦咸之曾孫，瑗之兄弟行，故得與超相識。其隱事差互，事不可考。」

一六　許掾好遊山水，而體便登陟。時人云：「許非徒有勝情，實有濟勝之具。」〔一〕

【校釋】

〔一〕實有濟勝之具　世説箋本：「濟，度也，跋涉勝地也。一云濟成勝情也。」按，南史四九劉歆傳：「性重興樂，尤愛山水，登危履嶮，必盡幽遐，人莫能及，皆嘆其有濟勝之具。」「濟勝之具」即指「體便登陟」，謂體質佳，能登山涉水以攬勝景也。

一七 郗尚書與謝居士善，〔一〕常稱：「謝慶緒識見雖不絶人，可以累心處都盡。」〔二〕尚書，郗恢也，別見。〔三〕檀道鸞續晉陽秋曰：「謝敷字慶緒，會稽人。崇信釋氏，初入太平山中十餘年，〔四〕以長齋供養爲業，招引同事，化納不倦。〔五〕以母老，還南山若邪中，内史郗愔表薦之，徵博士，不就。初，月犯少微星，一名處士星，〔六〕占云：『以處士當之。』時戴逵居剡，既美才藝，而交遊貴盛，先敷著名，時人憂之。俄而敷死，會稽人士以嘲吴人云：『吴中高士，便是求死不得。』」〔七〕

【校釋】

〔一〕謝居士 法苑珠林一八：「晉謝敷字慶緒，會稽山陰人也。鎮軍將軍輶之兄子也。少有高操，隱於東山，篤信大法，精勤不倦，手寫楞嚴經，當在都白馬寺中。寺爲災火所延，什物餘經並成煨燼，而此經止燒紙頭界外而已，文字悉存，無所毁失。敷死時，友人疑其得道，及聞此經，彌復驚異。」釋文紀九釋僧䂮僧遷法服法支鳩摩羅耆婆等答秦主書：「晉國戴逵，被褐於剡縣，謝敷纚髮於若耶。」按，謝敷於佛學造詣甚深，曾作安般守意經序（見出三藏記集六）。據支愍度合首楞嚴經記序僧祐注：「三經謝敷合注，共四卷。」（見出三藏記集七），則敷又精楞嚴經。又陸澄法論目録載有謝慶緒所撰識三本論、阿毗曇五法行義及郗嘉賓與謝慶緒書往返五首（見出三藏記集一二），高僧傳五竺法曠傳謂曠欲依巖傍嶺棲閒養志，「郗超、謝慶緒並結交塵外」。而郗恢亦奉佛。續高僧傳二九釋僧明傳謂釋道安在襄陽造無量壽佛像，「刺史郗恢創莅此蕃，像乃行止萬山，恢率道俗迎還本寺」。郗超、郗恢奉佛，故與「崇信釋氏」之謝敷友善也。

〔二〕累心處都盡　當指謝敷崇信佛經之安般守意，習佛家之禪定也。敷作安般守意經序曰：「爲啟安般之要經，泯生滅以冥寂。申道品以養恬，建十慧以入微。縶九神之逸足，防七識之洪流，故曰守意也。」又曰：「閉聲色以視聽，遏塵想以禪寂；乘静泊之禎祥，納色天之嘉祚。」敷安般守意並於山中長齋奉佛，由修習佛教禪定，達到五蘊皆空之玄寂境界。此即郗恢所贊「累心處都盡」也。

〔三〕郗恢　別見任誕三九。

〔四〕太平山　徐箋：「寰宇記：『太平山在餘姚縣東七十八里，連接天台，即敷隱居之所。』施宿會稽志曰：『謝敷宅在會稽五雲門外一里。或云在雲門寺東，與何諱宅相近。』按何諱即何胤，避宋太祖諱而改。」

〔五〕化納不倦　世説箋本：「招納同事之人，化納入佛道也。」

〔六〕處士星　程炎震云：「初學記一、御覽七引此，『一名處士星』上有『少微』二字。」按，史記二七天官書曰：「少微，士大夫。」司馬貞索隱：「春秋合誠圖云：『少微，處士位。』又天官占云：『少微，一名處士星也。』」晉書一三天文志下：隆安四年九月甲子，熒惑犯少微。占曰：「處士誅。」

〔七〕吴中高士　指戴逵。據晉書九四戴逵傳，逵隱居剡縣之前，曾師事范宣於豫章。孝武帝時，以散騎常侍、國子博士累徵，郡縣敦逼不止，乃逃於吴。世説箋本：「欲死以應天象，而不能得也。」朱注：「案：此蓋譏逵交遊貴盛，非真處士。」其説是。

賢媛第十九

一　陳嬰者，東陽人。〔一〕少脩德行，著稱鄉黨。秦末大亂，東陽人欲奉嬰爲主，〔二〕母曰：「不可。自我爲汝家婦，〔三〕少見貧賤，一旦富貴，不祥。不如以兵屬人，事成少受其利，不成禍有所歸。」史記曰：「嬰故東陽令史，居縣，素信爲長者。〔四〕東陽人欲立長，乃請嬰，嬰母見之，〔五〕乃以兵屬項梁，梁以嬰爲上柱國。」〔六〕

【校釋】

〔一〕東陽　余箋：「史記正義引括地志云：『東陽古城，在楚州盱眙縣東七十里，秦東陽縣城也，在淮水南。』」

〔二〕主　王叔岷補正：「『主』當作『王』，史記項羽本紀、漢書項籍傳、班彪王命論、續列女傳陳嬰之母傳、荀悦漢紀一皆作『王』。世説載此事，文句與王命論及漢紀較合。」按，王説是。

〔三〕汝家　猶汝父。晉書三一惠賈皇后傳：「衛瓘老奴，幾破汝家。」同上九六周顗母李氏傳：「我屈節爲汝家作妾，門户計耳。」同上九九桓玄傳：「（桓）沖撫玄頭曰：『此汝家之故吏也。』」

〔四〕素信爲長者　漢書三一項籍傳顔師古注：「素立恩信，號爲長者。長者，有德望之人。」韓非子詭使：「重厚自尊謂之長者。」班彪王命論：「漢王長者，必得天下。」

〔五〕見之　見，宋本、沈校本並作「諫」。按，作「諫」是。

〔六〕上柱國　世説音釋：「漢書注曰：『柱國，上卿官也，爲國相矣。』」

二　漢元帝宫人既多，乃令畫工圖之，欲有呼者，輒披圖召之。其中常者，皆行貨賂。王明君姿容甚麗，志不苟求，工遂毁爲其狀。〔一〕後匈奴來和，求美女於漢帝。帝以明君充行。既召，見而惜之，但名字已去，不欲中改，於是遂行。漢書匈奴傳曰：「竟寧元年，呼韓邪單于來朝，自言願壻漢氏以自親。元帝以後宫良家子王嬙字明君賜之。單于懽喜，上書願保塞。」文穎曰：「昭君本蜀郡秭歸人也。」琴操曰：「王昭君者，齊國王穰女也。昭年十七，儀形絶麗，以節聞國中，長者求之者，王皆不許，乃獻漢元帝。帝造次不能別房帷，〔二〕昭君恚怒之。會單于遣使，帝令宫人裝出，使者請一女，帝乃謂宫中曰：『欲至單于者起。』昭君喟然越席而起。帝視之，大驚悔。是時使者並見，不得止，乃賜單于。〔三〕單于大説，獻諸珍物。昭君有子曰世違。單于死，世違繼立。凡爲胡者，父死妻母。昭君問世違曰：『汝爲漢也，爲胡也？』世違曰：『欲爲胡耳。』昭君乃吞藥自殺。」〔四〕石季倫曰：「『昭』以觸文帝諱，故改爲『明』。」

【校釋】

〔一〕「王明君」數句　李詳云：「案：御覽三八一引此作『昭君』，蓋未見劉注引石季倫曰『昭以觸文帝諱，故改爲明』，是劉義慶循石崇舊作稱明，非不知爲昭也。御覽作昭，自是宋人改正。『志不苟合』二句，御覽作『志不可苟求，共遂毁爲甚醜』。當從御覽，否則今本必去爲字，方令人解。」余箋：「此以求字絶句。爲者，作也。謂工人於作畫時故意毁其容貌，無不可解者，不必從御覽也。」按，李詳謂御覽引世説而未見劉注，此説不可信。然稱劉義慶循石崇舊作稱「明」，御覽作「昭」乃宋人改正，其説則可取也。至於御覽作「工遂毁爲甚醜」，世説作「工遂毁爲其狀」，意義並無不同，余箋謂「無不可解者」是也。

〔二〕造次　急遽，匆忙。論語里仁：「造次必於是，顛沛必於是。」蜀志譙周傳：「無造次辯論之才，然潛識内敏。」房帷，指宫闈，内宫。别房帷，指識别宫妃之優劣。

〔三〕「會單于遣使」數句　御覽四八三引琴操曰：「王昭君者，齊國襄王之女也。昭君年十七，時顔色皎潔，聞於國中。襄王見昭君端正閑麗，進於孝元帝。既不幸納，備後宫積五六年。王昭君心有怨曠，不飾其形容，元帝每歷後宫，疏略不過其處。後單于遣使者朝賀，元帝陳設倡樂，仍令後宫粧出。昭君怨恚久不得侍列，乃更脩飾盛服，形容光輝，帝令後宫：『欲至單于者起。』於是昭君喟然越席而前曰：『妾幸得備在後宫，麄醜卑陋，不合陛下之心，誠願往。』元帝見昭君，便驚悔，不得復止，遂以與之。王昭君雖去漢至單于，心思不樂，乃作怨曠思惟歌曰：『秋木萋萋，其葉萎黄，我獨伊何，改變厥常。翩翩之燕，遠集西羌，高山峨峨，河水泱泱。父兮母兮，道里悠長，嗚呼哀哉，憂心惻傷。』文字與世説所引不同，而敍述似更曲折。又御覽七五〇引西京雜記曰：「元帝後宮既多，不得常見，乃使畫工圖其形，按狀幸之。諸宮人皆賂畫工，多者十萬。王昭君不肯，遂不得見。後匈奴求美女，帝案圖，以昭君行。及召見，貌爲第一。帝悔之，而名籍已去。乃按其事，畫工棄市。籍貲畫工有杜陵毛延壽，寫人好醜，老少必得其真。安陵陳敞、新豐劉白、龔寬，並工牛馬人形。杜陽望亦善畫，尤善布色。樊育亦善布色，同日棄市。京師畫工於是差稀。」所記殺畫工毛延壽一事，王觀國學林四以爲「尤不可信」，而余箋謂「未詳其故」。按，雖漢書不載殺毛延壽一事，但「漢元帝宮人既多，乃令畫工畫之」，以至宮女賄賂畫工，揆之宮中情事，未必一定虛假。則殺毛延壽事，雖出於傳聞，然亦不可一概否定。

〔四〕昭君乃吞藥自殺，王世懋云：「胡族妻後母耳，漢書匈奴傳詳甚，立者故非昭君所生子也。」凌濛初云：「按漢書胡族妻後母，呼韓邪死，子復株絫立，復娶昭君。復株絫者，大閼氏子也。昭君爲寧胡閼氏，子伊屠知牙師爲右日逐王，不聞世違繼立，亦不聞吞藥。」劉盼遂云：「漢書匈奴傳：『呼韓邪單于死，復株絫單于復妻王昭君，生二女。』則琴操吞藥之説失實。」余箋：「漢書匈奴傳云：『王昭君號寧胡閼氏，生一男伊屠智牙師，爲右日逐王。大閼氏生四子：長曰雕陶莫皋。呼韓邪死，雕陶莫皋立，爲復株絫若鞮單于。復株絫單于復妻王昭君，生二女。』後漢書南匈奴傳曰：『初，單于弟右谷蠡王伊屠知牙師以次當左賢王。左賢王即是單于儲副，單于欲傳其子，遂殺知牙師。（此單于輿時事，輿亦呼韓邪庶子。）知牙師者，王昭君子也。昭君生二子。及王昭君死，其前閼氏子代立，欲妻之。昭君上書求歸。成帝勑令從胡俗，遂復立爲後單于閼氏焉。』據兩漢書所言，則昭君子不名世違，且未立爲單于，昭君亦未自殺。琴操之言，與正史不合。孝標不引兩漢書而引琴操，豈欲曲成昭君之美耶？」按，余箋綜合前人之説，論之甚詳，是。

三 漢成帝幸趙飛燕，飛燕讒班婕妤祝詛，〔一〕於是考問，辭曰：「妾聞死生有命，富貴在天。脩善尚不蒙福，爲邪欲以何望？若鬼神有知，不受邪佞之訴；若其無知，訴之何益？故不爲也。」〔二〕漢書外戚傳曰：「成帝趙皇后，本長安宮人。初生，父母不舉，〔三〕三日不死，乃收養之。及壯，屬河陽主家學歌舞，〔四〕號曰飛燕。帝微行過主，見而説之，召入宮，大得幸，立爲后。班婕妤者，鴈門人。成帝初選入宮，大得幸，立爲婕妤。帝遊後庭，嘗欲與同輦，婕妤辭之。趙飛燕譖許皇后及婕妤，婕妤對有辭致，上憐之，賜黄金百斤。飛燕嬌妒，婕妤恐見危，中求供養太后於長信宮。〔五〕帝崩，婕妤充奉園陵，薨，葬園中。」

【校釋】

〔一〕祝詛 祝告鬼神，使加禍於别人。史記一〇孝文本紀：「民或祝詛上以相約結而後相謾，吏以爲大逆；其有他言，而吏又以爲誹謗。」史記二〇建元以來侯者年表：「廣陵王不變更，後復坐祝詛，滅國自殺。」漢書二七五行志：「其後，許后坐祝詛廢。」後漢書一〇上皇后紀上和熹鄧皇后傳：「陰后見后德稱日盛，不知所爲，遂造祝詛，欲以爲害。」按，祝詛於漢代爲大逆之罪，屢興大獄。

〔二〕「妾聞死生有命」數句　脩善尚不蒙福，余箋：「漢書外戚傳作『脩正尚不蒙福』。正與邪對，所以辨祝詛之無益，此改爲脩善，非也。」按，「脩善」前後數句乃班婕妤爲己辯護之詞。本篇五注引淮南子曰：「善尚不可爲，而況不善乎？」此謂「脩正尚不蒙福」，意即淮南子「善尚不可爲」。「脩善」「立善」乃當時常語。世説作「脩善」，實更勝於「脩正」。李贄云：「大見識。」（初潭集夫婦苦海諸媪）方苞云：「祝詛無益，説理精透，迷悟惑解，是豈尋常婦人所能者。」

〔三〕不舉　即不起子，指不養育。政事二謂陳寔「道聞民有在草不起子者」。史記七五孟嘗君列傳：「初，田嬰有子四十餘人，其賤妾有子名文，文以五月五日生。嬰告其母曰：『勿舉也。』其母竊舉生之。」

〔四〕河陽　王利器校：「案漢書外戚傳下『河陽』作『陽阿』。師古曰：『陽阿，平原之縣也。今俗書「阿」作「河」。皆後人所妄改耳。』這裏的『河陽』當據漢書改爲『陽阿』。」按，漢書二八上地理志，陽阿屬上黨郡。通鑑三一漢紀二三胡注：「師古曰：『陽阿平原之縣也。』應劭曰：『平原漯陰東南五十里，有陽阿鄉，故縣也。』」沈炳巽水經注集釋訂訛五：「按陽阿縣屬上黨郡，漯陰縣屬平原郡，一在并州，一在青州，相去遼遠，必非河水同逕之地。按平原郡有阿陽，與漯陰相連，則宜作阿陽無疑。但所謂侯國則史漢表有陽阿，而無阿陽，恐所云萬訢者不足憑也。」後漢書一一〇下邊讓傳：「繁手超於北里，妙舞麗於陽阿。」宋書二一樂志：「陽阿奏奇舞，京洛出名謳。」據上，河陽當作陽阿無疑。

〔五〕中求供養太后於長信宮　李慈銘云：「案『中』字當衍。今本漢書作『恐久見危，求供養太后長信宮』，無『中』字。」徐箋、朱注「中」字屬上句，楊箋從李慈銘，删「中」字。按，「中」字非衍，不當删。「中」，表時間，於「初」之後，「終」之前。此句意謂過了一段時間，班婕妤唯恐見害，請求供養於長信宮。本篇二「不欲中改」，意謂不欲中途更改。「中求」、「中改」，其「中」字意義正同。長信宮，世説音釋：「三輔黄圖曰：『后宮在西，秋之象也。』秋主信，故宮殿皆以『長信』、『長秋』爲名。」

四　魏武帝崩，文帝悉取武帝宮人自侍。〔一〕及帝病困，卞后出看疾。太后入户，見直侍並是昔日所愛幸者。太后問：「何時來邪？」云：「正伏魄時過。」〔二〕因不復前而歎曰：「狗鼠不食汝餘，〔三〕死故應爾。」至山陵，亦竟不臨。魏書曰：「武宣卞皇后，琅邪開陽人，〔四〕以漢延熹三年生齊郡白亭，有黄氣滿室移日。父敬侯怪之，以問卜者王越。〔五〕越曰：『此吉祥也。』年二十，太祖納於譙。性約儉，不尚華麗，有母儀德行。」

【校釋】

〔一〕悉取武帝宫人自侍 史云魏文慕通達，其悉取父王昔日愛幸者自侍，以名教衡量，行若亂倫，然曹丕無此觀念。其實曹操亦好女色，於兩性關係甚通達。蘇朗母杜氏，何晏母尹氏，皆因色美爲曹操霸占（見魏志何晏傳裴注引魏略）。讓縣自明本志令中常語衆妾曰：「顧我萬年之後，汝曹皆當出嫁。」無有衆妾爲他守節之觀念。曹丕悉取武帝宫人，實有乃父遺風。

〔二〕伏魄 世説箋本：「伏魄，招魂也，指武帝死時。顔氏家訓：『不勞伏魄，斂以時服。』」世説音釋：「喪服小記注曰：『後招魂以伏魄也。』案：『復』、『伏』通。始死以衣招魂曰復。」過，到，來。伏魄時過，指（武帝）將死時來，猶屍骨未寒時即已來矣。如此迫不及待，宜遭太后痛罵。

〔三〕狗鼠不食汝餘 世説音釋：「左傳曰：『人將不食吾餘。』注曰：『言自害其甥必爲人所賤。』正義曰：『人將賤吾，不肯復食噉吾餘食也。』」吴金華考釋：「『狗鼠』在漢魏俗語中喻指賤物，如應劭風俗通義卷九怪神：『人相啖食，甚於畜生……而時有（張）漢直爲狗鼠之所爲。』『狗鼠不食汝餘』，是古來駡人的常語，意思是：連狗鼠也看不起你！又如漢書卷九八元后傳：『……人如此者，狗豬不食其餘！天下豈有而兄弟邪？』『狗豬不食其餘』一句，唐顔師古注云：『言惡賤。』」余箋：「卞后言此，斥丕之所爲，禽獸不如也。」

〔四〕開陽　後漢書郡國志三「開陽」，杜預注：「曰古鄅，左傳哀三年：『城啓陽。』」

〔五〕王越　程炎震云：「魏志后妃傳注引兩『越』字均作『旦』。」

五　趙母嫁女，女臨去，敕之曰：「慎勿爲好！」女曰：「不爲好，可爲惡邪？」母曰：「好尚不可爲，其況惡乎！」〔一〕列女傳曰：〔二〕「趙姬者，桐鄉令東郡虞韙妻，潁川趙氏女也，才敏多覽。韙既没，大皇帝敬其文才，〔三〕詔入宫省。上欲自征公孫淵，姬上疏以諫。〔四〕作列女傳解，號趙母注，賦數十萬言。赤烏六年卒。」淮南子曰：「人有嫁其女而教之者曰：『爾爲善，善，人疾之。』對曰：『然則當爲不善乎？』曰：『善尚不可爲，而況不善乎？』」〔五〕景獻羊皇后曰：「此言雖鄙，可以命世人。」〔六〕

【校釋】

〔一〕其況惡乎　沈校本無「其」字。

〔二〕列女傳　李慈銘云：「案隋書經籍志，自劉向撰列女傳後，有高氏列女傳八卷，項原列女後傳十卷，皇甫謐列女傳六卷，綦母邃列女傳七卷。此所引當是項原列女傳。」李詳云：「隋書經籍志有列女後傳十卷，項原撰；列女傳六卷，皇甫謐撰；列女傳七卷，綦母邃撰。趙姬之事當在此數傳内。又有趙母注列女傳七卷。文選范蔚宗後漢書皇后紀論善注引列女傳『曲沃負』條，有虞貞節云云。章宗源隋書經籍志考證謂即趙母列女傳注，『貞節』，疑爲吴之賜號。」

〔三〕大皇帝　大，原作「文」。李慈銘云：「文皇帝當作大皇帝，謂孫權也。」按，李説是，今據改。

〔四〕上疏以諫　沈校本無「以」字。吴志吴主傳載：嘉禾二年（二三三）三月，「遣舒、綜還，使太常張彌、執金吾許晏、將軍賀達等將兵萬人，金寶珍貨，九錫備物，乘海授（公孫）淵。舉朝大臣，自丞相雍已下皆諫，以爲淵未可信，而寵待太厚，但可遣吏兵數百護送舒、綜，權終不聽。淵果斬彌等，送其首于魏，没其兵資。權大怒，欲自征淵，尚書僕射薛綜等切諫乃止。」趙姬上疏以諫，當在此時。

〔五〕「淮南子曰」數句　王世懋云：「何必減莊子。」凌濛初云：「便是『無非無儀』本旨。」按，趙母嫁女囑「慎勿爲好」及淮南子所謂「爾爲善，善，人惡之」，其旨歸於周易謙損之義與老子貴柔哲學。「善，人惡之」，道出人嫉勝己者之劣根性。後漢書九一黄瓊傳：「嶢嶢者易缺，皦皦者易汙。」文選李康運命論：「行高於人，衆必非之。」晉書九二袁宏傳：「人惡其上，世不容哲。」晉書七五王坦之傳：「誠患人惡其上，衆不可蓋。」韓伯公謙論：「然君子之行己，必尚於至當，而必造乎匿善。」「故懲忿窒欲，著於損象；卑以自牧，實系謙爻。」陶淵明感士不遇賦：「雷同毁異，物惡其上，妙算者云迷，直道者云妄。坦至公而無猜，卒蒙恥而受謗。雖懷瓊而握蘭，徒芳潔而誰亮。」屈原離騷：「衆女嫉余之蛾眉兮，謠諑謂余以善淫。」美女蛾眉，實醜女之仇。慎勿爲好，效甯武子愚不可及，或許能遠害全身。

〔六〕景獻羊皇后　世説箋本：「晉景帝后，名徽瑜，泰山南城人也。景帝，司馬師也。」余箋：「敦煌本古類書殘本第二種貞烈部首引獻皇后語二條，羊皇后語一條。羅振玉跋謂即晉獻羊皇后是也。其第四條曰：『昔人有女將嫁，其父誡之曰：「慎勿立善名。」女曰：「當作惡，可乎？」父曰：「善名尚不可立，而況惡乎？」』后聞之曰：『善哉！訓言「烏惡羅網，人惡勝己」，豈虛也哉！』」意與此同而文異，其語較趙母及淮南子尤爲明晰。蓋古之教女者之意，特不願其遇事表暴，斤斤於爲善之名，以招人之妒嫉，而非禁之使不爲善也。」按，余箋所釋甚確。班昭女誡曰：「謙讓恭敬，先人後己，有善莫名。」李賢注：「不自名己之善也。」（見後漢書八四列女傳曹世叔妻）「慎勿立善名」，義同「有善莫名」，戒女卑弱謙讓，以免黜辱。

六　許允婦是阮衛尉女，德如妹，魏略曰：「允字士宗，高陽人。少與清河崔贊俱發名於冀州，仕至領軍將軍。」陳留志名曰：「阮共字伯彦，尉氏人。清真守道，動以禮讓，仕魏至衛尉卿。少子侃，字德如，有俊才，而飭以名理，風儀雅潤，與嵇康爲友。〔一〕仕至河内太守。」奇醜。交禮竟，允無復入理，家人深以爲憂。會允有客至，婦令婢視之，還，答曰：「是桓郎。」桓郎者，桓範也。〔二〕魏略曰：「範字允明，〔三〕沛郡人，仕至大司農，爲宣王所誅。」婦曰：「無憂，桓必勸入。」桓果語許云：「阮家既嫁醜女與卿，故當有意，〔四〕卿宜察之。」許便回入内，既見婦，即欲出。婦料其此出無復入理，便捉裾停之。許因謂曰：「婦有四德，卿有其幾？」周禮：「九嬪掌婦學之法，以教九御婦德、婦言、婦容、婦功。」鄭注曰：「德謂貞順，言謂辭令，容謂婉娩，〔五〕功謂絲枲。」婦曰：「新婦所乏唯容爾。然士有百行，君有幾許？」云：「皆備。」婦曰：「夫百行以德爲首，君好色不好德，何謂皆備？」允有慚色，遂相敬重。〔六〕

【校釋】

〔一〕「少子侃」數句　御覽七三九引世説：「阮德如嘗與親友逍遥河側，歎曰：『大丈夫不能使伏從陷於河橋，非丈夫也。』坐者或曰：『德如以高素致名，不應發此言也，必將病之候。』俄而性理果僻，欲走。家人嘗以一細繩横繫之户前以維之。每欲出，繩礙輒反，時人以爲名士狂。」嵇康與之爲友，作與阮德如詩曰：「良時遘吾子，談慰臭如蘭。……郢人忽已逝，匠石寢不言。」據此詩，阮德如與嵇康交情甚厚。

〔二〕桓範　桓，宋本形誤作「相」。桓範屬曹爽黨，齊王曹芳正始十年（二四九），司馬懿父子發動兵變，桓範奔曹爽，説爽使車駕幸許昌，招外兵，爽兄弟猶豫不用其計。司馬懿收曹爽黨羽，爽及桓範等皆伏誅，夷三族。其事蹟詳見魏志曹爽傳裴注引魏略。

〔三〕允明　吳金華考釋：「允明，三國志卷九魏書曹爽傳注引魏略作『元則』，應據以校改。以『範』爲名，以『則』爲字，是當時習尚。鄧艾少年時候，因爲讀了陳寔碑文『文爲世範，行爲士則』兩句，就自名爲『範』，取字『士則』，見三國志卷八魏書鄧艾傳；吳範，字文則，見三國志卷六二吳範傳。桓範字元則，也屬同一類現象。太平御覽卷二三二引孫盛晉陽秋也說『桓範字元則』，又卷五二〇引魚豢魏略作『字彥則』，『彥』與『元』音近。由此可見，『允明』肯定是『元則』的形訛。」按，吳說言之成理，可從。通志七九、歷代名畫記四亦云桓範字「元則」。

〔四〕故當有意　余箋：「『故當有意』下，類殘書有『門承儒冑，必有德藝』二句。」按，得類殘書此二句，阮家嫁醜女之用意遂明。而桓範謂阮家故當有意，並勸許允宜察之，誠無愧「智囊」之稱也。

〔五〕容　宋本誤作「客」。

〔六〕「婦曰」數句　李贄云：「此夫嫌婦，太無目也。」又云：「事奇、語奇、文奇。」（初潭集夫婦合婚）

七　許允爲吏部郎，多用其鄉里，魏明帝遣虎賁收之。其婦出，誡允曰：「明主可以理奪，難以情求。」既至，帝覈問之。允對曰：「『舉爾所知』，〔一〕臣之鄉人，臣所知也。陛下檢校，爲稱職與不？若不稱職，臣受其罪。」〔二〕既檢校，皆官得其人，於是乃釋。允衣服敗壞，詔賜新衣。初允被收，舉家號哭。阮新婦自若，云：「勿憂，尋還。」作粟粥待，頃之，允至。魏氏春秋曰：「初，允爲吏部，選遷郡守。明帝疑其所用非次，將加其罪。允妻阮氏跣出謂曰：〔三〕『明主可以理奪，不可以情求。』允頷之而入。帝怒詰之。允對曰：『某郡太守雖限滿，文書先至，年限在後，日限在前。』〔四〕帝前取事視之，乃釋然遣出。望其衣敗，曰：『清吏也。』」

【校釋】

〔一〕舉爾所知　徐箋：「論語子路：『仲弓爲季氏宰，問政。子曰：「先有司，赦小過，舉賢才。」曰：「焉知賢才而舉之？」曰：「舉爾所知。爾所不知，人其舍諸？」』」

〔二〕「臣之鄉人」數句　許允所對，旨在出於公心，唯賢是舉。明帝檢校後釋之，正應允婦所謂「明主可以理奪」也。

〔三〕跣出　跣，宋本作「洗」。王利器校：「各本『洗』作『跣』，是；三國志魏志夏侯尚傳注引魏氏春秋亦作『跣』。」按，作「跣」是，跣，赤腳。國語晉語七：「公（晉悼公）跣而出。」許允被收，阮氏欲誡允，情急不及著鞋，故跣而出。

〔四〕「某郡太守」數句　雖限滿，世説箋本：「『限』下疑脱『未』字。」又引索解：「以郡守年限未滿，明帝以爲非次。『雖限』下脱『未』字，言雖年限未滿，而文書先至，故用之。文書之日限在年限之前也。『年限在後』下有脱字。」世説音釋：「北堂書鈔引魏氏春秋：『年限在後』下有『某守雖後』四字，此誤脱也。」楊箋據魏氏春秋，增「某守雖後」四字，並解曰：「言某郡太守雖年限已滿，文書先至，而年限在後。吾所以論遷次者，以年限爲次，以日限爲最也。蓋太守有同年限滿者，考其日限前後次第之，不以文書之先至爲計也。」按，以上二説，當以索解較圓融。日限，指文書所至之日。楊箋既云「論遷次者，以年限爲次，以日限爲最」，卻又謂「不以文書之先至爲計」。「日限」非指文書所至之日，則究竟何指？顯然矛盾難通矣。

八　許允爲晉景王所誅，門生走入告其婦。婦正在機中，神色不變，曰：「蚤知爾耳。」魏志曰：「初，領軍與夏侯玄、李豐親善。有詐作尺一詔書，〔一〕以玄爲大將軍，允爲太尉，共録尚書事。無何，有人天未明乘馬以詔版付允門吏，曰：『有詔。』因便驅走，允投書燒之，不以關呈景王。」〔二〕魏略曰：「明年，李豐被收，允欲往見大將軍。已出門，允回遑不定，〔三〕中道還取袴。大將軍聞而怪之曰：『我自收李豐，士大夫何爲怱怱乎？』〔四〕會鎮北將軍劉静卒，以允代静。大將軍與允書曰：『鎮北雖少事，而都典一方。念足下震華鼓，建朱節，歷本州，此所謂著繡畫行也。』〔五〕會有司奏允前擅以厨錢穀乞諸俳及其官屬，減死徙邊，道死。」魏氏春秋曰：「允之爲鎮北，喜謂其妻曰：『吾知免矣。』妻曰：『禍見於此，何免之有？』」〔六〕晉諸公贊曰：「允有正情，與文帝不平，遂幽殺之。」〔七〕婦人集載阮氏與允書，陳允禍患所起，辭甚酸愴，文多不録。門人欲藏其兒，婦曰：「無豫諸兒事。」後徙居墓所，景王遣鍾會看之，若才流及父，〔八〕當收。兒以咨母，母曰：「汝等雖佳，才具不多，率胸懷與語，便無所憂。不須極哀，會止便止，又可少問朝事。」〔九〕兒從之。會反，以狀對，卒免。世語曰：「允二子，奇字子太，猛字子豹，並有治理。」晉諸公贊曰：「奇，泰始中爲太常丞。世祖嘗祠廟，奇應行事，朝廷以奇受害之門，不令接近，出爲長史。世祖下詔，述允宿望，又稱奇才，擢爲尚書祠部郎。猛禮學儒博，加有才識，爲幽州刺史。」

【校釋】

〔一〕尺一詔書　古時詔板長一尺一寸，故稱天子詔書爲「尺一」。漢書九四匈奴傳上：「漢遺單于書，以尺一牘，辭曰：『皇帝敬問匈奴大單于無恙』，所以遺物及言語云云。」後漢書六六陳蕃傳：「陛下宜採求失得，擇從忠善。尺一選舉，委尚書三公。」李賢注：「尺一，謂板長尺一，以寫詔書也。」

〔二〕關呈　關，稟告。周禮秋官條狼氏：「誓大夫曰敢不關，鞭五百。」孫詒讓正義：「此不關亦謂不通告于君也。」漢書九八元后傳：「上曰：『此小事，何須關大將軍。』」

〔三〕不定　定，宋本、沈校本並作「走」。王利器校：「案三國志魏志夏侯尚傳注引魏略亦作『定』，作『定』義較長。」

〔四〕士大夫　夫，宋本誤作「木」。司馬師之言，謂李豐被收而許允驚惶失措，實已疑允有不可告人之秘密。魏志夏侯玄傳裴注引魏略曰：「是時朝臣遽者多耳，而衆人咸以爲意在允也。」可見，司馬師之言實爲許允而發，其懷疑亦在允也。

〔五〕著繡晝行　史記七項羽本紀載，項羽西屠咸陽後，欲東歸，曰：「富貴不歸故鄉，如衣繡夜行，誰知之者！」此反其意而用之，謂衣繡晝行，人皆見其富貴，榮耀至極。

〔六〕「允之爲鎮北」數句　鎮北，北，宋本誤作「此」。許允爲鎮北將軍事，魏志夏侯玄傳裴注引魏略較孝標注引爲詳：「會鎮北將軍劉静卒，朝廷以允代静。已受節傳，出止外舍。大將軍與允書曰：『鎮北雖少事，而都典一方，念足下震華鼓，建朱節，歷本州，此所謂著繡晝行也。』允心甚悦，與臺中相聞，欲易其鼓吹旌旗。其兄子素頗聞衆人説允前見嫌意，戒允『但當趣耳，用是爲邪』！允曰：『卿俗士不解，我以榮國耳，故求之。』帝以允當出，乃詔會羣臣，羣臣皆集，帝特引允以自近。允前爲侍中，顧當與帝别，涕泣歔欷。會訖，罷出，詔促允令去。會有司奏允前擅以廚錢穀乞諸俳及其官屬，故遂收送廷尉，考問竟，故減死徙邊。允以嘉平六年秋徙，妻子不得自隨，行道未到，以其年冬死。」

〔七〕「允有正情」數句　正情，正，宋本作「王」，沈校本作「主」。朱注從沈校本改作「主」。王叔岷補正：「注當從宋本作『王情』，『王』借爲『旺』，盛也。雅量篇：『太傅神情方旺。』與此『王』字同義。」按，補正非是。晉書八二習鑿齒傳：「命世之人，正情遇物，假之際會，必兼義勇。」晉書九九桓玄傳：「孝伯居元舅之地，正情爲朝野所重。」北堂書鈔六九：「周顗正情嶷然。」注：「晉陽秋云：『周顗正情嶷然，雖一時儕類，皆無敢媟近。』」據此，當作「正」是。正情，指方正之情。因方正不阿，故與文帝不平。若如王氏所解「神情方旺」，何致爲文帝幽殺耶？余箋：「魏志魏略均言允徙邊道死，而此云文帝幽殺之。允實死于司馬師爲大將軍時。文帝當是景帝之誤。道死之與幽殺，亦自不同。考魏志毌丘儉傳注引儉及文欽等表曰：『近者領軍許允，當爲鎮北，以廚錢給賜，而師舉奏加辟，雖云流徙，道路餓殺。天下聞之，莫不哀傷。』則允實爲師所殺，非僅死于道路而已。或疑儉等之表，出於仇口，欲著師之罪，未必故甚其辭。然世説此條本之孫盛魏氏春秋，亦云『允爲景王所誅』。裴松之齊王紀注據夏侯玄傳及魏略以考允之事，而云：『允收付廷尉，徙樂浪，追殺之。』不用道路之説。夫豈無所見而云然？蓋師以允與李豐交結，事出曖昧，所坐放散官物，又罪不至死，故使人暗害之，托云道卒。魚豢、陳壽，多爲時諱，亦不敢著其實。傅暢書著於胡中（見魏志傅嘏傳注），無所避忌。孫盛書則作於東晉，爲時已遠，故皆得存其直筆耳。當司馬懿勒兵閉城門，奏廢曹爽時，使允及陳泰解語爽，允與泰因説爽，使早自歸罪（見爽傳及注)，則允本黨於司馬氏，而卒死于師手，允之所不及料也。惜乎不見阮氏與允書，莫能知禍患所由起矣。」按，余箋謂許允死于司馬師爲大將軍時，允於流放途中，爲司馬師暗害，托云道卒。其説甚辯。然又謂允本黨於司馬氏，而終莫能知其禍患之由。鄙意以爲許允實黨曹氏，非黨於司馬氏。允與夏侯玄、李豐、桓範親善，而玄、豐、範皆是曹黨中堅人物。魏志夏侯玄傳曰：「太傅薨，許允謂玄曰：『無復憂矣。』玄歎曰：『士宗，卿何不見事乎？此人猶能以通家年少遇我，子元、子上不吾容也。』」若許允果黨司馬氏，必不會慶幸司馬懿之卒於夏侯玄有利。司馬師收李豐，允驚惶失措，師聞而怪之，對允之行爲深爲懷疑。司馬師以「見幾」著稱，豈不知許允忠於曹氏而致行爲失措乎？司馬懿奏廢曹爽時，使允與陳泰解語爽。此時允已身不由己，陽附司馬氏，但未可據此便以爲允即黨於司馬氏也。許允於曹氏雖不及李豐、桓範之忠，然暗存顧戀曹氏之心，此即允之禍患所由起也。

〔八〕才流　世説音釋：「才學風流。」

〔九〕「汝等雖佳」數句　王世懋云：「高識至此，幾可與司馬宣王對付。」世説箋本引索解：「言汝等雖佳也，才之具未多，故率胸懷與會語，則可無憂也。問朝事志在官塗，無意於復讐也。但多則疑詐，故曰可少問。」世説抄撮：「止，止哭也。蓋會爲吊者來也。」余箋：「案：會蓋假吊問之名以來，故必涕泣。會止兒亦止，以示不知其父得禍之酷。又令兒少問及朝廷之事者，陽爲愚不曉事，不知會之僨己，無所疑懼也。」按，父仇必報。若才流之士，必極哀父之枉死。允婦令兒不須極哀，以示兒非卓傑之士，無報仇之志。父喪卻少問朝事，以示無志於官塗，亦非才流之士所言所爲。總之，允婦令兒陽爲平庸之子。此真罕見之才智之女也！索解解允婦語，似較余箋更愜人意。又余箋總釋賢媛篇云：「有晉一代，唯陶母能教子，爲有母儀，餘多以才智著，於婦德鮮可稱者。題爲『賢媛』，殊覺不稱其名。」鄙意以爲古來皆以德爲婦人「四德」之首，而魏晉以才智有識者爲「賢媛」，此正可見傳統婦德標準之式微，與當時人物品題推重才智之士相一致。余氏以爲世説所記「賢媛」殊不稱其名，乃囿於舊見，不可取也。

九　王公淵娶諸葛誕女，入室，言語始交，王謂婦曰：「新婦神色卑下，殊不似公休。」〔一〕婦曰：「大丈夫不能仿佛彥雲，〔二〕而令婦人比蹤英傑。」魏氏春秋曰：「王廣字公淵，王陵子也。〔三〕有風量才學，〔四〕名重當世。與傅嘏等論才性同異，行於世。」〔五〕魏志曰：「廣有志尚學行，陵誅，并死。」臣謂王廣名士，豈以妻父爲戲？此言非也。〔六〕

【校釋】

〔一〕公休　諸葛誕字。

〔二〕彥雲　王淩字。

〔三〕王陵子也　王利器校：「案『陵』當作『淩』，各本都錯了。三國志魏志王淩傳：『王淩字彥雲，太原祁人也。子廣，有志尚學行，死時年四十餘。』」

〔四〕風量　世說音釋：「風韻度量。」

〔五〕論才性同異　見文學五孝標注：「尚書傅嘏論同，中書令李豐論異，侍郎鍾會論合，屯騎校尉王廣論離。」

〔六〕「臣謂」數句　王世懋云：「注駁太迂，且忽下『臣』字，詎是孝標注？」朱注：「疑是裴松之逸注。」按，孝標注自稱「臣」於世說中不止此處，餘如汰侈六「臣按其相經云」，溺惑三「臣按傅暢此言」。故有人據此推斷世說注爲孝標奉詔而作。王世懋、朱注見有「臣」字而疑非孝標作，非是。此條實與賢媛不類，宜入排調。

一〇　王經少貧苦，〔一〕仕至二千石，母語之曰：「汝本寒家子，仕至二千石，此可以止乎！」經不能用，爲尚書，助魏，不忠於晉。〔二〕被收，涕泣辭母曰：「不從母敕，以至今日。」母都無慽容，語之曰：「爲子則孝，爲臣則忠，有孝有忠，何負吾邪？」世語曰：「經字彥偉，〔三〕清河人。高貴鄉公之難，王沈、王業馳告文王，經以正直不出，因沈、業申意。後誅經及其母。」晉諸公贊曰：「沈、業將出，呼經，不從，曰：『吾子行矣！』」漢晉春秋曰：「初，曹髦將自討司馬昭，經諫曰：『昔魯昭不忍季氏，敗走失國，爲天下笑。今權在其門久矣，朝廷四方皆爲之致死，不顧逆順之理非一日也。且宿衛空闕，寸刃無有，陛下何所資用？而一旦如此，無乃欲除疾而更深之邪？』髦不聽。後殺經并及其母。將死，垂泣謝母，母顔色不變，笑而謂曰：〔四〕『人誰不死。往所以止汝者，恐不得其所也。以此并命，何恨之有！』」〔五〕干寶晉紀曰：「經正直，不忠於我，故誅之。」按傅暢、干寶所記，則是經實忠貞於魏，而世語既謂其正直，〔六〕復云因沈、業申意。何其相反乎？故二家之言深得之。

【校釋】

〔一〕王經　已見方正八注引漢晉春秋。又魏志夏侯玄傳裴注引世語載王經事甚詳：「經字彥偉，初爲江夏太守。大將軍曹爽附絹二十匹令交市於吳。經不發書。棄官歸。母問歸狀，經以實對。母以經典兵馬而擅去，對送吏杖經五十，爽聞，不復罪經。爲司隸校尉，辟河内向雄爲都官從事，王業之出，不申經，竟以及難。經刑於東市，雄哭之，感動一市。刑及經母，雍州故吏皇甫晏以家財收葬焉。」

〔二〕「助魏」二句　余箋：「孫志祖讀書脞録續編三曰：『陳壽魏志不爲王經立傳，而附見於夏侯尚傳末。朱昭芑史糾譏之。志祖案：壽爲司馬氏之臣，不能無所回避，其曲筆猶可諒也。宋臨川王義慶作世説時，晉室久移，乃於賢媛篇載經母事而曰：「經助魏，不忠於晉。」此何言歟？夫司馬氏亦魏臣也，經以身殉國，豈得謂之助魏不忠於晉乎？臨川此言，三綱壞矣。』嘉錫案：世説雜采羣書，此條出自裴啓語林，見御覽四四〇。『助魏不忠於晉』，亦用語林本文。裴啓晉人，其立言自不得不如此。然云助魏，正是許其以身殉國。云不忠於晉，則其忠於魏可知。微文見意，何損於經？且曰『爲子則孝，爲臣則忠』，其稱經亦至矣。孫氏此言，似正而未達文義，殆不可取。」按，余箋是。高貴鄉公時雖有魏之名，然無魏之實。漢晉春秋記王經言「今權在其門久矣」，可證魏早已名存實亡。所謂王經「助魏，不忠於晉」，乃晉人追述之辭，正得歷史之真。孫志祖稱「經以身殉國，豈得謂之助魏不忠於晉乎」，確實未達文義。

〔三〕經字彥偉　余箋：「文選四七三國名臣序贊曰：『王經字承宗。』李注云：『裴松之曰：「經字彥偉。」今云承宗，蓋有二字也。』嘉錫案：今本魏志夏侯尚傳注引世語作『字彥偉』，與此同。而文選集注九四引陸善經、李善注皆作『字彥緯』，當從之。」徐箋：「錢大昕三國志考異：『管輅傳注：字彥緯。當從系旁。』」

〔四〕笑而謂曰　笑，宋本、沈校本並作「哭」。

〔五〕「人誰不死」數句　王世懋云：「讀史至王章妻、王經母，未嘗不流涕也。」

〔六〕正直　程炎震云：「此『正直』，謂以尚書在直，非忠貞之謂也。因沈、業申意，固是誣善之辭，然孝標誤認『正直』二字與干寶同解，肆其彈射，亦爲失矣。」吳金華考釋：「程氏批評劉孝標的按語，認爲世語的『正直』指尚書正在值班，而不是指『忠於魏』，這一意見跟文義契合，但語焉未詳；程氏又認爲干寶晉紀中的『正直』則可以像劉孝標那樣理解，這個説法尚待商榷。從當時侍中、尚書的值班制度來看，世語和晉紀中的『正直』，都是跟『次直』相對而言的。例如：『漢侍中爲加官，凡侍中、左右曹、諸吏、散騎、中常侍皆爲加官。……後（漢）獻帝即位，初置六人，贊法駕則正直一人負璽陪乘。』（唐杜佑通典卷二十一職官侍中）這是漢末制度。『正直』是值班官員中的頭兒。在皇帝起駕時，只有『正直一人』緊貼皇帝左右，並爲皇帝背負大印，而『次直』則没有資格跟皇帝同車，只能隨從護駕。所以杜佑又在『正直』下自作小注云：『大駕出，則次直侍中護駕，正直侍中負璽參乘，不帶劍。餘皆騎從。』（下略）世語的『經以正直不出』，指高貴鄉公在宮中決定討伐司馬昭（文王）那天，王經身爲『正直』，必須陪侍皇帝而不能出宮；晉紀的『經正直，不忠於我』，指王經身爲『正直』最瞭解高貴鄉公的舉動，但卻没有忠於司馬氏而及時報信。劉孝標將『正直』當作形容詞，失之太遠；程炎震把『正直』解爲正在值班，仍有未達。」按，吴考釋言之有據，極是。世語、晉紀之「正直」，意義相同，皆是加官。宋書一四禮志：「車駕至殿前回輦，正直侍中跪奏降輦，次直侍中稱制曰可。」宋書三九百官志上：「侍中四人，掌奏事，直侍左右，應對獻替。法駕出，則正直一人負璽陪乘。」宋書四二劉穆之傳：「疾篤，詔遣正直黄門郎問疾。」宋書四四謝晦傳：「穆之喪問至，高祖哭之甚慟，晦時正直，喜甚。」皆其證。

又世語稱「經以正直不出，因沈、業申意」。「申意」乃指不從沈、業之意，即晉諸公贊所記「沈、業將出，呼經，不從，曰：『吾子行矣！』」之情事，非指王經欲托沈、業兩人傳達依附司馬氏之意。觀漢晉春秋記王經諫高貴鄉公曰「今權在其門久矣，朝廷四方皆爲之致死，不顧逆順之理非一日也」等語，慷慨激昂，立場何其鮮明，豈會對司馬氏表忠心乎？故王經不出，亦絶非因「正直」而無暇出，乃是憤恨司馬氏篡逆也。綜觀世語、晉諸公贊及晉紀所記，固無矛盾，皆因孝標誤解「正直」一詞，以致質疑世語所記抵牾也。

一一　山公與嵇、阮一面，契若金蘭。〔一〕山妻韓氏覺公與二人異於常交，問公。公曰：「我當年可以爲友者，唯此二生耳。」妻曰：「負羈之妻亦親觀狐、趙，〔二〕意欲窺之，可乎？」他日，二人來，妻勸公止之宿，具酒肉。夜穿墉以視之，〔三〕達旦忘反。公入曰：「二人何如？」妻曰：「君才致殊不如，〔四〕正當以識度相友耳。」公曰：「伊輩亦常以我度爲勝。」〔五〕晉陽秋曰：「濤雅素恢達，〔六〕度量弘遠，心存事外，而與時俛仰。嘗與阮籍、嵇康諸人著忘言之契。至於羣子屯蹇於世，濤獨保浩然之度。」〔七〕王隱晉書曰：「韓氏有才識，濤未仕時，戲之曰：『忍寒，〔八〕我當作三公，不知卿堪爲夫人否耳？』」

【校釋】

〔一〕金蘭　易繫辭上：「二人同心，其利斷金；同心之言，其臭如蘭。」葛洪抱朴子外篇交際：「易美金蘭，詩詠百朋，雖有兄弟，不如友生。」晉書四三山濤傳：「性好莊老，每隱身自晦。與嵇康、吕安善，後遇阮籍，便爲竹林之遊，著忘言之契。」山濤傳又謂曹爽被誅之後，濤遂隱身不仕。考其時在正始十年後。則濤與嵇、阮交遊，亦當始於此時。

〔二〕「負羈之妻」句　世説箋本：「狐偃、趙衰也。事見左傳僖公二十四年。」按，晉公子重耳出亡，狐偃、趙衰相從。此事見左傳僖公二十三年：「僖負羈之妻曰：『吾觀晉公子之從者，皆足以相國。』」

〔三〕穿墉　穿牆也。墉，牆也。儀禮注疏二一：「席於北墉下。」鄭玄注：「室中北墻下之也。」徐乾學讀禮通考一二〇：「士昏疏云：『其内由半以北亦謂之堂，室中北牆謂之墉。』」

〔四〕才致　宋本、沈校本並無「致」字。

〔五〕伊輩亦常以我度爲勝　世説箋本：「意謂才既不如，則當以己所長識度勝之，故山承其言曰彼二人亦以識度推重，此言韓氏之具識見也。」

〔六〕雅素　素，宋本作「量」。

〔七〕「度量弘遠」數句　余箋：「嵇、阮雖以放誕鳴高，然皆狹中不能容物。如康之箕踞不禮鍾會（見簡傲篇），與山濤絶交書自言『不喜俗人，剛腸嫉惡，輕肆直言，遇事便發。』又幽憤詩曰『惟此褊心，顯明臧否』。皆見其剛直任性，不合時宜。籍雖至慎，口無臧否（見德行篇），然能爲青白眼，見凡俗之士，輒以白眼對之（見簡傲篇注）。則亦孤僻，好與俗忤。特因畏禍，能銜默不言耳。康卒掇殺身之禍。籍亦僅爲司馬昭之狎客，苟全性命而已。濤一見司馬師，便以呂望比之，尤見賞於昭，委以腹心之任，摇尾於奸雄之前，爲之功狗。是固能以柔媚處世者，宜其自以爲度量勝嵇、阮，必當作三公也。（下略）」按，余箋據山濤一生行事，指出其「識度」不過是「迎合之術」，可參看。

〔八〕忍寒　徐箋：「晉書山濤傳作『忍饑寒』，是。」

一二　王渾妻鍾氏生女令淑，虞預晉書曰：「渾字玄沖，太原晉陽人，魏司徒昶子，〔一〕仕至司徒。」武子爲妹求簡美對而未得，〔二〕有兵家子有儁才，欲以妹妻之，乃白母。〔三〕王氏譜曰：「鍾夫人名琰之，太傅繇之孫。」〔四〕曰：「誠是才者，其地可遺。〔五〕然要令我見。」武子乃令兵兒與羣小雜處，使母帷中察之。既而母謂武子曰：「如此衣形者，是汝所擬者非邪？」武子曰：「是也。」母曰：「此才足以拔萃，然地寒，不有長年，不得申其才用。觀其形骨，必不壽，不可與婚。」武子從之，兵兒數年果亡。〔六〕

【校釋】

〔一〕魏司徒昶子　趙西陸云：「注『魏司徒昶子』，『司徒』當作『司空』。」

〔二〕簡　選擇，選拔。莊子庚桑楚：「簡髮而櫛，數米而炊。」成玄英疏：「譬如擇簡毛髮梳以爲髻。」美對，佳偶也。

〔三〕母　李慈銘云：「『母』下當重『母』字。」按，李說是。

〔四〕「鍾夫人」二句　程炎震云：「晉書云：『字琰，繇曾孫。父徽，黄門郎。』下條亦云曾孫。」

〔五〕其地可遺　謂門第可不論也。地，門第。下「地寒」之「地」同義。方苞云：「『誠是才者，其地可遺』，鍾氏識過男子。」

〔六〕「母曰」數句　晉書九六王渾妻鍾氏傳：「琰明鑒遠識皆此類也。」李贄云：「異哉鍾氏也！」按，漢晉間術數盛行，高明者「觀骨形而審貴賤，覽形色而知生死」（魏志管輅傳注引輅別傳）。鍾琰觀兵家子形骨而知其必不壽，可知琰亦諳術數。此條與上條記山濤妻韓氏，同以識鑒爲賢。

一三　賈充前婦，是李豐女。豐被誅，離婚徙邊。婦人集曰：「充妻李氏，名婉，〔一〕字淑文。豐誅，徙樂浪。」後遇赦得還。充先已取郭配女，〔二〕賈氏譜曰：「郭氏名玉璜，即廣宣君也。」〔三〕武帝特聽置左右夫人。李氏别住外，不肯還充舍。晉諸公贊曰：「世祖踐阼，李氏赦還，而齊獻王妃欲令充遣郭氏，更納其母。〔四〕充不許，爲李氏築宅，而不往來。〔五〕充母柳氏將亡，充問所欲言者。柳曰：『我教汝迎李新婦尚不肯，安問他事。』」郭氏語充，欲就省李，充曰：「彼剛介有才氣，卿往不如不去。」充别傳曰：「李氏有淑性令才也。」郭氏於是盛威儀，多將侍婢。既至，入户，李氏起迎，郭不覺腳自屈，因跪再拜。既反，語充。充曰：「語卿道何物？」〔六〕按晉諸公贊曰：「世祖以李豐得罪晉室，又郭氏是太子妃母，無離絶之理，乃下詔敕斷，不得往還。」而王隱晉書亦云：「充既與李絶婚，更取城陽太守郭配女，名槐。李禁錮解，詔充置左右夫人。充母柳亦敕充迎李，槐怒，攘臂責充曰：『刊定律令，〔七〕爲佐命之功，我有其分，李那得與我並！』充乃架屋永年里中以安李，槐晚乃知，充出，輒使人尋充。詔許充置左右夫人。充答詔，以謙讓不敢當盛禮。」晉贊既云世祖下詔，不遣李還，而王隱晉書及充别傳並言詔聽置立左右夫人，充憚郭氏，不敢迎李。三家之説並不同，未詳孰是。〔八〕然李氏不還，别有餘故。而世説云自不肯還，謬矣。且郭槐彊狠，〔九〕豈能就李而爲之拜乎？皆爲虚也。〔一〇〕

【校釋】

〔一〕名婉　李詳云：「詳案：隋書經籍志：梁有晉太傅賈充妻李扶集一卷。是充妻名扶也。」

劉盼遂云：「按隋志注：晉太宰賈充妻李扶集一卷，不作婉。」余箋：「李氏名字，劉注引婦人集甚明。婉之與扶，無因致誤。隋志有司徒王渾妻鍾夫人集一卷，此之李扶，疑亦李夫人之誤。下條注『世稱李夫人訓』，可以互證。」

〔二〕充先已取郭配女　劉盼遂云：「趙萬里漢魏六朝墓誌集釋云：『郭氏字媛韶，太原陽曲人，廿一歲出嫁賈氏，元康六年年六十卒。』據此推知郭氏廿一歲，即正元元年，其年春二月李豐被誅，是充休李氏之當年，即續娶郭氏耳。」

〔三〕玉璜即廣宣君也　玉，宋本作「王」。李慈銘云：「案郭氏先封廣城君，病篤改封宜城君。無廣宣之號。」王利器校：「凌本同；餘本『王』作『玉』。案晉書賈充傳云：『充婦廣城君郭槐性妬忌。』又云：『惠帝即位，賈后擅權，加充廟備六佾之樂，母郭爲宜城君。及郭氏亡，謚曰宣。』御覽卷二〇二引潘岳宜城宣君誄：『考終定謚，實曰宣君。』是郭氏先封廣城君，後改封宜城君，卒謚曰宣，此文『廣宣君』疑當作『宜城宣君』。」按，作「宜城宣君」亦未安，竊以爲「廣宣君」即「廣城君」之誤。郭氏病篤時因術士之言而改封宜城君，此封號爲時極短，此前皆稱其廣城君。

〔四〕齊獻王妃　晉書四〇賈充傳記李氏生二女：褒、裕。褒一名荃，爲齊王攸妃，欲令賈充遣郭氏而納其母。

〔五〕「充不許」三句　迎不迎李氏，在當時争論甚烈，幾成一重要事件。賈充傳載：「（齊王）妃欲令充遣郭而還其母。時沛國劉含母，及帝舅羽林監王虔前妻，皆毌丘儉孫女。此例既多，質之禮官，皆不能決。雖不遣後妻，多異居私通。充自以宰相爲海内準則，乃爲李築室於永年里而不往來。荃、濬每號泣請充，充竟不往。會充當鎮關右，公卿供帳祖道，荃、濬懼充遂去，乃排幔出於坐中，叩頭流血，向充及羣僚陳母應還之意。衆以荃王妃，皆驚起而散。充甚愧愕，遣黄門將宫人扶去。既而郭槐女爲皇太子妃，帝乃下詔斷如李比，皆不得還，後荃恚憤而薨。」

〔六〕語卿道何物　余箋：「吴承仕曰：『語卿道何物，以今語譯之，當云：「我曾告訴你説的是什麽？」何物即什麽，麽即物之聲轉。』」世説箋本：「猶言『我向告卿云何？』今果如我所言。』『何物』，即何等言也。」

〔七〕刊定律令　指賈充、鄭沖、荀顗、荀勖等制定新律。（詳見晉書四〇賈充傳）

〔八〕未詳　未，宋本誤作「木」。

〔九〕彊狠　狠，宋本、沈校本並作「很」。按，當作「狠」是。狠，兇狠，兇惡。郭氏正是酷妒兇狠之人。

〔一〇〕「豈能就」二句　余箋以爲晉諸公贊、王隱晉書及充别傳三家之言皆是，並揭示其間曲折原委。文長不録，讀者可參看。關於李氏不還，孝標以爲「别有餘故」，而世説云自不肯還，謬矣」。然未言謬在何處。余箋謂李氏不還，「雖緣郭槐妒嫉，及有赦禁斷，然二女同居，其志必不相得」。鄙意以爲郭槐妒嫉固爲李氏不還之因，而「有赦禁斷」乃發生在郭氏爲太子妃母之後，李氏不還乃在其前。李氏不還，原因當有多種：一是李氏身世之故。李豐爲魏之忠臣，豐誅，李氏與司馬氏有殺父之仇。而賈充爲晉之大忠臣，可謂李氏之間接仇人。李氏重節義，豈肯還其舍？二是賈充不許還之故。李氏所生二女及充母皆督促充迎李氏，充卻畏郭槐妒嫉，又欲作「海内準則」，執意不肯迎李氏。李氏審時度勢，自然不肯還。三是李氏個性之故。李氏乃大名士之後，「剛介有才氣」，既不肯屈節新朝，亦不屑見妒嫉、彊狠之郭氏。

一四　賈充妻李氏作女訓行於世。李氏女，齊獻王妃；郭氏女，惠帝后。〔一〕充卒，〔二〕李、郭女各欲令其母合葬，經年不決。〔三〕賈后廢，〔四〕李氏乃祔葬，遂定。

晉諸公贊曰：「李氏有才德，世稱李夫人訓者，生女合，〔五〕亦才明，〔六〕即齊王妃。」婦人集曰：「李氏至樂浪，遺二女典式八篇。」〔七〕王隱晉書曰：「賈后字南風，爲趙王所誅。」

【校釋】

〔一〕惠帝后　即郭氏長女賈南風。

〔二〕充卒　賈充卒于太康三年（二八二）四月，時年六十六。（見晉書四〇賈充傳）

〔三〕「李郭女」二句　李郭女，賈充傳作「李氏二女」。中華書局本校勘記云：「各本『氏』誤作『郭』，今從殿本。」周家禄晉書校勘記四云：「『李、郭二女』，『郭』衍文。」按，賈充卒時，充後妻郭槐尚在，此敍「充卒，李、郭女各欲令其母合葬」，易生誤解。然作「李氏二女」或「李二女」亦不確。賈充傳記充前妻李氏二女荃與濬欲令充遣後妻郭槐而迎還其母。「既而郭槐女爲皇太子妃，帝乃下詔斷如李比皆不得還，後荃恚憤而薨。」據此可知，郭槐女南風爲皇太子妃後，武帝下詔不許如李氏等不得還後，荃憤恨而死。此事當在賈充生前。若充已死，李氏二女必無欲令迎還其母之事。而荃之死，亦必在郭槐女爲皇太子妃不久。考晉書三一惠賈皇后傳記南風於泰始八年（二七二）二月册拜太子妃，則荃憤死當在其後不久。賈充傳曰：「及充薨後，李氏二女乃欲令其母祔葬，賈后弗之許也。」李氏一女荃既已死於前，則「李氏二女」之「二」當是衍文，此時唯有另一女濬也。故「李、郭女」或「李氏二女」、「李二女」當是「李氏女」之誤。

〔四〕賈后廢　晉書四惠帝紀：永康元年（三〇〇）四月，「梁王肜、趙王倫矯詔，廢賈后爲庶人。」

〔五〕生女合　程炎震云：「晉書四九充傳云：『李氏生二女：褒、裕。褒一名荃，裕一名濬。』此『合』字，蓋即『荃』字之誤。」

〔六〕才明　猶才智。後漢書一〇何皇后紀：王美人「美丰姿，聰敏有才明」。後漢書一一四曹世叔妻傳：「夫云婦德，不必才明絶異也。」魏志管輅傳：「輅長歎曰：『吾自知有分直耳。然天與我才明，不與我年壽，恐四十七八間不見女嫁兒娶婦也。』」

〔七〕典式　王利器校：「案初學記卷四引賈充李夫人典戒，玉燭寶典卷一引李夫人典誡，這裏作典式，疑誤。」余箋：「文廷式補晉書藝文志四曰：『初學記卷四：「華勝起于晉代，見賈充妻李夫人典戒云，像瑞圖金勝之形，又取像西王母戴勝也。」』玉燭寶典卷一引賈充李夫人典誡云：『每見時人月旦，問信到户，至花勝交相遺與，爲之煩心勞倦。』』嘉錫案：兩書作『戒』或『誡』。而此作『式』，未知孰是。疑當作『誡』。世説所言女訓，蓋即此書，文氏分著於録，非也。」按，典式，當作「典戒」，「式」乃「戒」之形誤。文選潘岳寡婦賦：「遵義方之明訓兮，憲女史之典戒。」李善注：「古者后妃皆有女史，我取以爲法則典戒也。」可證。

一五　王汝南少無婚，〔一〕自求郝普女。郝氏譜曰：「普字道匡，太原襄城人。仕至洛陽太守。」〔二〕司空以其癡，會無婚處，任其意便許之。〔三〕魏氏志曰：〔四〕「王昶字文舒，仕至司空。」既婚，果有令姿淑德，生東海，〔五〕遂爲王氏母儀。或問汝南：「何以知之？」曰：「嘗見井上取水，舉動容止不失常，未嘗忤觀，以此知之。」〔六〕汝南別傳曰：「襄城郝仲將，〔七〕門至孤陋，非其所偶也。君嘗見其女，便求聘焉。果高朗英邁，母儀冠族。其通識餘裕皆此類。」

【校釋】

〔一〕王汝南　王湛，已見賞譽一七。無婚，指無有婚姻之議。程炎震云：「王昶卒時，湛才十一歲，豈能自覓婦耶？」按，魏志王昶傳謂昶卒于甘露四年（二五九），晉書七五王湛傳謂湛元康五年（二九五）卒，年四十七。據此推算，王昶卒時，湛十一歲。程氏所説是也。下文「司空以其癡」數句，恐不可信。或王湛自求郝普女，事在其父昶卒後。

〔二〕「太原」二句　程炎震云：「襄城不屬太原，洛陽亦無太守，皆有誤字。御覽四九〇引此事，云出郭子，注云：『郝氏，襄城人。父匡，字仲時，一名普，洛陽太守。』」按，據後漢書郡國志，襄城屬潁川郡。及晉武帝受命，又分潁川立襄城郡。（見晉書一四地理志上）

〔三〕「司空以其癡」三句　世説講義：「郝家門劣，非其偶，故汝南自求之，而司空則以爲汝南癡而會無婚處，因任其意，便宜許之耳。」

〔四〕魏氏志　王先謙云：「按『氏』字誤衍。」王利器校：「案『氏』字疑衍，今三國志魏志有王昶傳。」

〔五〕東海　湛子承，字安南，東海内史。

〔六〕忤觀　世説箋本：「忤觀謂彷徨回視而失視也。」按，忤觀猶忤視也，「未嘗忤觀」謂不旁觀逆視也。漢書六八金日磾傳：「日磾自在左右，目不忤視者數十年。」顔師古注：「忤，逆也。」梁書一二韋叡傳：「入直殿省，居朝廷，恂恂未嘗忤視。」王湛評郝普女，實美其有「婦德」耳。班昭女誡曰：「清閑貞静，守節整齊，行已有恥，動静有法，是謂婦德。」又曰：「耳無淫聽，目無邪視。……若夫動静輕脱，視聽陜輸，入則亂髮壞形，出則窈窕作態，説所不當道，觀所不當視，此謂不能專心正色矣。」（後漢書八四列女傳曹世叔妻）郝普女「舉動容止不失常，未嘗忤觀」云云，即班昭所言「動静有法」、「觀所不當觀」、「專心正色」諸種美德。方苞云：「井上取水，舉動容止不失常度。一見求聘，獨具隻眼。」

〔七〕郝仲將　余箋：「郝氏譜云『普字道匡』，而此稱郝仲將，郭子注又云『匡字仲時』。『時』、『將』二字，必有一誤，以其名匡推之，疑作『時』爲是。」徐箋：「前引郝氏譜云：『普字道匡。』前後違迕，未知孰是。」按，余箋可從。

一六　王司徒婦，鍾氏女，太傅曾孫，王氏譜曰：「夫人，黄門侍郎鍾琰女。」〔一〕亦有俊才女德。婦人集曰：「夫人有文才，其詩賦頌誄行於世。」〔二〕鍾、郝爲娣姒，雅相親重。〔三〕鍾不以貴陵郝，郝亦不以賤下鍾。東海家内，則郝夫人之法；京陵家内，範鍾夫人之禮。〔四〕

【校釋】

〔一〕鍾琰女　李慈銘云：「案晉書列女傳：琰父徽，黄門侍郎。三國志：繇孫名見者，曰豫，封列侯；曰駿，嗣爲定陵侯；（毓七子，而毓弟會。傳又有兄子峻，蓋即一人。）曰邕；曰毅；曰迪。邕、毅皆隨鍾會死於蜀。徽又一人也。琰是鍾夫人名，此注誤。」

〔二〕「夫人有文才」二句　余箋：「文廷式晉書藝文志丁部曰：『初學記卷三引鍾夫人詩曰：「冽冽季冬，素雪其霏。」類聚九二有鍾夫人鶯賦。』」按，鍾琰爲魏晉時有數之女作家。晉書九六王渾妻鍾氏傳曰：「琰數歲能屬文，及長，聰慧弘雅，博覽記籍。美容止，善嘯詠，禮儀法度爲中表所則。」舊唐書四七經籍志下有鍾夫人集二卷，通志六九有司徒王渾妻鍾夫人集五卷。

〔三〕「鍾郝爲娣姒」二句　趙西陸云：「殘類書引作『而鍾氏與郝氏爲娣姒』。」（鍾琰，王渾妻；郝氏，郝普女，王湛妻。渾、湛爲兄弟，鍾、郝爲妯娌。）娣姒，即妯娌。兄妻爲姒，弟妻爲娣。爾雅釋親：「長婦謂稚婦爲娣婦，娣婦謂長婦爲姒婦。」郭璞注：「今相呼先後，或云妯娌。」按，説郛七〇下引曹大家曰：「女子之事父母也孝，故忠可移於舅姑。事姊妹也義，故順可移於娣姒。居家理故，理可聞於六親，是以行成於內，而名立於後世矣。」娣姒和睦，爲婦德之一。郝夫人「母儀冠族」，鍾夫人「俊才女德」，故能「雅相親重」。如此娣姒，史不多見。

〔四〕「東海家內」數句　王渾襲父爵京陵侯，見晉書四二王渾傳。余箋：「姚氏（振宗）意謂京陵家內，即指渾家也。然上文言『則郝夫人之法』，系舉其子承之家庭。此言『範鍾夫人之禮』，何以獨舉其夫？且渾之官以司徒爲重，不應忽稱其世爵。余謂此亦指其子孫襲封者言之也。考晉書渾傳：渾子濟嗣，先渾卒。子卓，字文宣，嗣渾爵，拜給事中。卓名不顯，故世説但稱爲京陵侯之家耳。」楊箋：「東海指王承一系，京陵指王渾一系。」説與余箋同。

一七　李平陽，秦州子，〔一〕李重已見。〔二〕永嘉流人名曰：「康字玄冑，〔三〕江夏人，魏秦州刺史。」中夏名士，于時以比王夷甫。孫秀初欲立威權，咸云：「樂令名望不可殺，〔四〕減李重者又不足殺。」晉諸公贊曰：「孫秀字俊忠，琅邪人。初，趙王倫封琅邪，秀給爲近職小吏。倫數使秀作書疏，文才稱倫意。倫封趙，秀徙户爲趙人，用爲侍郎，信任之。」晉陽秋曰：「倫篡位，秀爲中書令，事皆決於秀。爲齊王所誅。」〔五〕遂逼重自裁。〔六〕初，重在家，有人走從門入，出髻中疏示重，重看之色動。入内示其女，女直叫絶，了其意，出則自裁。〔七〕按諸書皆云：重知趙王倫作亂，有疾不治，遂以致卒。而此書乃言自裁，甚乖謬。且倫、秀兇虐，動加誅夷，欲立威權，自當顯戮，何爲逼令自裁？〔八〕此女甚高明，重每咨焉。

【校釋】

〔一〕「李平陽」二句　李重爲平陽太守，父秉爲秦州刺史。

〔二〕李重　已見品藻四六。

〔三〕康字玄冑　李慈銘云：「案康當作秉，已見前。」

〔四〕樂令名望　名望，宋本作「氏望」。樂廣，代王戎爲尚書令。晉書三六衛玠傳謂「樂廣有海內重名」。晉書四三樂廣傳曰：「廣與王衍俱宅心事外，名重於時，故天下言風流者，謂王、樂爲稱首。」

〔五〕「倫篡位」數句　晉書四惠帝紀載：永寧元年（三〇一）春正月乙丑，趙王倫篡位。夏四月，齊王冏將王輿及尚書、淮陵王漼勒兵入宮，擒趙王倫黨孫秀、孫會等，皆斬之。逐倫歸第，惠帝乘輿反正。

〔六〕逼重自裁　程炎震云：「李重之死，本傳云『永康初』，永康止一年，故通鑑繫之元年。」按，晉書四六李重傳：「永康初，趙王倫用爲相國左司馬，以憂逼成疾而卒，時年四十八。」不言「自裁」，故孝標注稱世説「甚乖謬」。

〔七〕「出髻中疏示重」數句　世説補考：「髻中疏，蓋不顯言，有可怪詞，故李重看之色動，人示其女，女解疏義直叫絶，重乃了其意，出則自殺也。」世説音釋：「出，平陽出也；自裁，女自裁也。」按，世説補考是。李重女甚高明，重每咨焉，故以髻中疏示之。女解疏義，直叫絶，絶者，亡也。重了其意，出則自裁。自裁者，重也，非女也。上下文意不難懂。

〔八〕「按諸書皆云」數句　王世懋云：「注駁是。」李慈銘云：「案前品藻篇亦有『仰藥自裁』之言，則重之死，當時固有異論。」余箋：「品藻篇載李弘度答謝公曰：『趙王篡位，亡伯雅正，恥處亂朝，遂至仰藥。』孝標於彼但引晉諸公贊，言『重有疾不治，至於篤甚，卒。』而不言仰藥之是非，顧於此發之，何也？」按，品藻四六孝標注引晉諸公贊，乃不信李重「自裁」之説；于此又謂「諸書皆云」，則李重「有疾不治」之説，當不僅見於晉諸公贊，而孝標始終不信「自裁」説。「自裁」説僅見于李弘度。弘度爲李重之侄，説當可信，故世説采之。然晉書四六李重傳不取「自裁」説。要之，正如李慈銘所言，李重之死當時固有異論，後人難知其實情矣。

一八　周浚作安東時，行獵，值暴雨，過汝南李氏。李氏富足，而男子不在。有女名絡秀，聞外有貴人，與一婢於内宰豬羊，作數十人飲食，事事精辦，不聞有人聲。密覘之，獨見一女子，狀貌非常。浚因求爲妾，父兄不許。絡秀曰：「門户殄瘁，〔一〕何惜一女！若連姻貴族，將來或大益。」父兄從之。八王故事曰：「浚字開林，汝南安城人。〔二〕少有才名，太康初平吴，自御史中丞出爲揚州刺史，元康初，加安東將軍。」遂生伯仁兄弟。〔三〕絡秀語伯仁等：「我所以屈節爲汝家作妾，門户計耳。按周氏譜，浚取同郡李伯宗女，此云爲妾，妄耳。〔四〕汝若不與吾家作親親者，〔五〕吾亦不惜餘年。」伯仁等悉從命，由此李氏在世得方幅齒遇。〔六〕

【校釋】

〔一〕殄瘁　困苦，詩大雅瞻卬：「人之云亡，邦國殄瘁。」毛傳：「殄，盡；瘁，病也。」按，前云「李氏富足」，而此言「門户殄瘁」，似若矛盾。

〔二〕安城　王利器校：「案晉書周浚傳：『周浚字開林，汝南安成人也。』晉書地理志上豫州汝南郡亦作『安成』，此注作『安城』，錯了。」按，王校是。後漢書一〇竇皇后紀李賢注：「安成縣屬汝南郡，故城在今豫州吴房縣東南。」

〔三〕遂生伯仁兄弟　程炎震云：「伯仁死于永昌元年壬午，年五十四，則生於泰始五年己丑。開林若於元康初爲安東始納絡秀，伯仁已二十餘歲。此之誣妄，不辨可明。孝標更以譜證之，尤爲堅據。晉書乃取入列女，誤矣。」朱注抄襲程氏，又云：「按晉書卷六一周浚傳云：『鄉人史曜素微賤，衆所未知，浚獨引之爲友，遂以妹妻之，曜竟有名於世。』然則浚之妻爲史氏，而絡秀爲妾或非無據，而周氏譜諱之歟？」按，周浚傳乃謂浚以妹妻史曜，非謂史曜以妹妻周浚。朱注誤讀周浚傳，謂浚妻爲史氏，大誤。

〔四〕「按周氏譜」數句　以晉書六一周浚傳考之，浚作安東將軍，時在吴平之後。其子周顗年已十餘歲。此條敍浚作安東時納絡秀，必有誤。孝標注引周氏譜云「浚取同郡李伯宗女」，此條云浚「過汝南李氏」，則李伯宗女即絡秀也。絡秀爲浚之妻，非妾，孝標所説是也。

〔五〕親親　猶親戚也。周一良魏晉南北朝史札記「親親」條云：「曹植傳又載植於太和五年

『復上疏，求存問親戚，因致其意曰』云云。文選三七標題爲求通親親表。案：親親二字非動名結構，如親親而臣民之類，乃名詞，與親戚同，泛指同姓（包括兄弟）及異性而言也。……世説新語賢媛篇：『汝若不與吾家作親親者，吾亦不惜餘年。』作親親猶言作親戚往來也。」

〔六〕方幅　其義費解。劉應登云：「方幅，猶言幅員也，即天下。」劉辰翁云：「方幅者，四面看得一樣也。」世説箋本：「以輩行相齒待遇也。晉時周氏爲甲族，周氏所同列，則諸貴不得不同列，故曰『方幅齒遇』。」李慈銘云：「郝氏懿行曰：『方幅，當時方言，猶今語云公然也。世語曰：「王以圍棋爲手談，故其在衰制中，祥後客來，方幅會戲。」宋書武三王義季傳云：「本無驅馳平原，方幅爭鋒理。」吴喜傳云：「不欲方幅露其罪惡。」與此皆同。』」楊箋從郝懿行之説。余箋引李慈銘後云：「此郝氏晉宋書故之説也。其實出於臆測，殊非確詁。如世説此條，若解作『由此李氏在世，得公然齒遇』，已不成語。又如周禮宰夫注：『若今時舉孝廉方正。』賈疏云：『方正者，人雖無別行，而有方幅正直者也。』真誥稽神樞第一敍大茅山事云：『至齊初，乃敕句容人王文清仍立此館，號爲崇玄。開置堂宇廂廊，殊爲方幅。』皆不得解爲公然也。蓋截木爲方，裁帛爲幅，皆整齊有度。故六朝人謂凡事之出於光明顯著者爲方幅。此言『方幅齒遇』，猶言正當禮遇之也。」按，以上諸解，以余箋較可取。「方幅」一詞，其義雖難以一言而蔽之，然大致有顯著、顯然、堂皇、正大等義。宋書八三吴喜傳「不欲方幅露其罪惡」，猶不欲顯露其罪惡。又，南史六〇徐勉傳載梁徐勉戒子書曰：「吾清明，門宅西邊既施宣武寺，不復方幅。意謂亦逆旅舍爾，何事須華。常恠時人謂是我宅，古往今來，豪貴繼踵，宛其死矣，定是誰室。」「不復方幅」，猶不復堂皇（門宅）。南齊書二二豫章文獻王傳：「有杖者非臣一人，所以不容方幅啓省。」「方幅啓省」猶公開啓省。據此，此言「得方幅齒遇」，猶言得光明正當之禮遇。

一九　陶公少有大志，家酷貧，與母湛氏同居。同郡范逵素知名，舉孝廉，逵，未詳。投侃宿。于時冰雪積日，侃室如懸磬，〔一〕而逵馬僕甚多。侃母湛氏語侃曰：「汝但出外留客，吾自爲計。」湛頭髮委地，下爲二髲，〔二〕一作髢。賣得數斛米，斫諸屋柱，悉割半爲薪，剉諸薦以爲馬草。〔三〕日夕，遂設精食，從者皆無所乏。逵既歎其才辯，又深愧其厚意。明旦去，侃追送不已，且百里許。逵曰：「路已遠，君宜還。」侃猶不返。逵曰：「卿可去矣，至洛陽，當相爲美談。」侃迺返。逵及洛，遂稱之於羊晫、〔四〕顧榮諸人，大獲美譽。晉陽秋曰：「侃父丹，〔五〕娶新淦湛氏女，〔六〕生侃。湛虔恭有智筭，以陶氏貧賤，紡績以資給侃，使交結勝己。侃少爲尋陽吏，鄱陽孝廉范逵嘗過侃宿，時大雪，侃家無草，湛徹所卧薦剉給，陰截髮，賣以供調。〔七〕逵聞之歎息。逵去，侃追送之。

逵曰：『豈欲仕乎？』侃曰：『有仕郡意。』逵曰：『當相談致。』過廬江，向太守張夔稱之。召補吏，舉孝廉，除郎中。〔八〕時豫章顧榮或責羊晫曰：『君奈何與小人同輿？』〔九〕晫曰：『此寒俊也。』王隱晉書曰：「侃母既截髮供客，聞者歎曰：『非此母不生此子。』乃進之於張夔，〔一〇〕羊晫亦簡之。後晫爲十郡中正，舉侃爲鄱陽小中正，始得上品也。」

【校釋】

〔一〕懸磬　懸掛之磬，亦作「懸罄」。形容空無所有，極貧。左傳僖公二十六年：「室如懸罄。」國語魯語上：「室如懸磬，野無青草，何恃而不恐？」韋昭注：「府藏空虛，但有棟梁如懸磬也。蓋磬形中虛，室無長物，屋翼空張，如磬之懸者。」

〔二〕髲　同「髢」，假髮也。詩鄘風君子偕老：「鬒髮如雲，不屑髢也。」正義曰：「髢一名髲，故云髢，髲也。說文云：『髲，益也，言人髮少，聚他人髮益之。』」朱熹集註：「髢，髲髢也。人少髮則以髢益之，髮自美則不潔於髢而用之矣。」湛氏截髮下爲二髢，意謂用作二束假髮以賣之。

〔三〕剉　同「銼」，截短芻草也。薦，草薦，即草褥子，草墊子。

〔四〕羊晫　晉書六六陶侃傳作「楊晫」。

〔五〕丹　丹下沈校本有「吴楊武將軍」五字。

〔六〕湛氏女　沈校本無「女」字。李詳云：「詳案：晉書列女傳湛氏傳『侃父丹娉爲妾』，與晉陽秋異。然云『娉』，似非妾稱。」

〔七〕「陰截髮」二句　截髮以賣，古已有之。御覽三七三引列女傳：「樂羊學書，其妻貞義截髮以供其費。」同上引王子年拾遺録：「張儀、蘇秦二人共遞剪髮以相活。」同上引謝承後漢書：「獻帝幸弘農，郭汜虜略百官，婦女有美髮者，皆斷取之。」蓋斷取美髮，可用作假髮，賣之能得錢也。劉辰翁云：「富貴可致，此髮不可爲也。」按，富貴難致，此髮可生。湛氏酷貧，無以供貴客費用，爲兒仕宦計，何惜一髮？劉氏無乃短見乎？

〔八〕「過廬江」數句　晉書六六陶侃傳：「夔召爲督郵，領樅陽令。有能名，遷主簿。」「夔察侃爲孝廉，至洛陽，數詣張華。華初以遠人，不甚接遇。侃每往，神無忤色。華後與語，異之。除郎中。」

〔九〕「時豫章顧榮」二句　王世懋云：「注『顧榮』下有刊落。」王利器校：「案晉書本傳作『時豫章國郎中令楊晫，侃州里也，爲鄉論所歸，侃詣之，晫曰：「易稱貞固足以幹事，陶士行是也。」與同乘，見中書郎顧榮，榮甚奇之。吏部郎温雅謂晫曰：「奈何與小人共載？」』，此注有脱落，當據本傳補正。」余箋：「御覽二六五引晉書曰：『楊晫、陶侃共載詣顧榮。州大中正温雅責晫與小人共載，晫曰：「江州名少風俗，卿已不能養進寒俊，且不可毁之。」楊晫代雅爲大中正，舉侃爲鄱陽小中正。』其事與今晉書同而文異。職官分紀四〇引作王隱晉書，是也。此注所引晉陽秋，初不言羊晫事，而忽云或責晫與小人同載，語意突兀。

且『豫章顧榮』四字，亦無著落。蓋由宋人妄删，原文必不如此。」周一良魏晉南北朝史札記「君子小人」條云：「案：顧榮非豫章人，當從此傳作温雅爲是。温氏太原望族，故目寒族出身之陶侃爲小人。顧榮雖是吴中高門，然在洛陽則地位未必高於來自南方之陶士行也。」按，以上諸人所論甚是。顧榮雖爲吴中望族，然在中原華胄眼中，亦不過「亡國之餘」耳。顧在洛陽處境極其險惡，曾勸陸機兄弟還吴。陶侃來自江南，系吴楊武將軍之子，顧對其當有同情之心，未必會以「小人」稱之。

〔一〇〕張夔　夔，宋本作「逵」。

二〇　陶公少時作魚梁吏，〔一〕嘗以坩鮓餉母。〔二〕母封鮓付使，反書責侃曰：「汝爲吏，以官物見餉，非唯不益，乃增吾憂也。」侃別傳曰：「母湛氏賢明有法訓，侃在武昌，與佐吏從容飲燕，常有飲限。〔三〕或勸猶可少進，侃悽然良久曰：『昔年少，曾有酒失，二親見約，故不敢踰限。』及侃丁母憂，在墓下，忽有二客來吊，不哭而退，儀服鮮異，知非常人，遣隨視之，但見双鶴沖天而去。」〔四〕幽明録曰：「陶公在尋陽西南一塞取魚，自謂其池曰鶴門。」按吴司徒孟宗爲雷池監，以鮓餉母，母不受。非侃也，疑後人因孟假爲此説。〔五〕

【校釋】

〔一〕魚梁　捕魚設施。以土石築堤横截水流，如橋，留水門，置竹笱或竹架於水門處，攔捕遊魚。詩邶風谷風「毋逝我梁」，毛傳：「梁，魚梁。」

〔二〕鮭　宋本、沈校本並作「鮓」。程炎震云：「晉書湛氏傳：『以一坩鮓遺母。』音義：『坩，苦甘反。』玉篇：『坩，口切反，土器也。』廣韻二三談：『坩，坩甀，苦甘反。』又云：『說文：鮺，臧魚也。南方謂之魿，北方謂之鮺。一曰大魚爲鮺，小魚爲魿。從魚，差省聲。』玉篇：『鮺，仄下聲，藏魚也。鮓同上。』廣韻三五馬：『鮓，釋名曰：鮓，葅也。以鹽米釀魚以爲葅。側下切。』御覽八三四謝玄與兄書：『昨日疏成後出釣，手所獲魚，以爲二坩鮓，今奉送。』又八六二與婦書略同。並據全晉文八三。」

〔三〕常有飲限　沈校本作「飲常有限」。

〔四〕「及侃丁母憂」數句　王謨江西考古録四「鶴問湖」條：「通志：九江府城西十五里有鶴問湖，世傳晉陶侃擇地葬母，至此遇異人，云前有牛眠處可葬，已而化鶴飛去。」又云：「鶴問，當作鶴門。劉義慶幽明録曰：『陶公於尋陽西南一塞取魚，自謂其地曰鶴門。』是亦陶侃故事，後人因以名湖矣。亦作鶴塞。梁元帝輪還江州節表曰：『擁麾鶴塞，執茲龍節。』簡文帝玄覽賦曰：『泝蛟川於蠡澤，沿鶴塞於尋陽。』諸本有作鵠塞者，非。」按，侃別傳謂侃丁母憂，二異人來吊，化鶴而去，自是不可信之異聞。然此異聞歷千數百年而不衰，後人因以名鶴問湖、鶴門、鶴塞，其地大致在今九江西南。讀史方輿紀要八五「鶴問寨」條云：「府西南十五里，志云：即故尋陽縣，宋元時置寨於此，以近鶴問湖得名。」據此，則鶴門當亦在九江西南十五里。

〔五〕「按吴司徒」數句　孟宗，程炎震云：「孟宗事見孝子傳，御覽六五雷水部引之。」按，孟宗事又見御覽四一三引孟宗列傳曰：「宗事母至孝，母亦能訓之以禮。宗初爲雷池監，奉魚於母，母還其所寄，遂絶不復食魚。後宗典知糧穀，乃表陳曰：『臣昔爲雷池監，母三年不食魚。臣若典糧穀，臣母不可以三年不食米，臣是以死守之。』」雷池，通鑑九三晉紀一五：「足下無過雷池一步也。」胡注：「雷池即在大雷之東，今池州界。水經注：青林水西南歷尋陽，分爲二。」太平寰宇記一二五：「大雷池水西自宿松縣界流入，自發源入縣界東南，積而爲池，謂之雷池。又東流經南，去縣百里，又東入於海。江行百里爲大雷口，又有小雷口。晉成帝咸和二年，蘇峻反，温嶠欲下衛京師，庾亮素忌陶侃，報嶠書曰：『吴憂西陲，過於歷陽，足下無過雷池一步。』宋鮑明遠有登大雷岸與妹書，乃此地。又孝子傳曰，孟宗爲雷池監，作鮓一器以遺母，母不納。」余箋：「類聚七二引列女後傳曰：『吴光禄勳孟宗爲監魚池司馬。罷職，道作兩器鮓以歸奉母。母怒之曰：「吾老，爲母戒言，唯聽飲彼水，何吾言之不從也？」宗曰：「於道作之，非池魚也。」母曰：「汝爲主魚吏，而獲鮓以歸，豈可家至户告耶？」乃還鮓於宗。宗伏，謝罪，遂沈鮓於江。』嘉錫案：此注作雷池監，而列女後傳作監魚池司馬，彼此不同。三國志孫皓傳：『建衡三年，司空孟仁卒。』注引吴録曰：『仁字恭武，江夏人也。本名宗，避皓字易焉。除爲鹽池司馬。自能結綱，手以捕魚，作鮓寄母。母因以還之曰：「汝爲魚官，而以鮓寄我，非遠嫌也。」』『鹽』疑當作『監』，以形近致誤。」按，孟宗其人已見於識鑒一六注引嘉別傳：孟嘉江夏人，曾祖父宗，吴司空。又見於棲逸一〇注引袁宏孟處士銘：孟嘉弟陋爲吴司空孟宗後也。陶淵明晉故征西大將軍長史孟府君傳亦曰孟嘉曾祖父宗，仕吴司空。吴志孫皓傳注引吴録云：司空孟仁江夏人，本名宗。據上可知，作雷池監之孟宗，即孟嘉曾祖父也。吴録、袁宏孟處士銘、陶淵明孟府君傳皆言孟宗爲司空，當可信也。孝標稱「司徒」，疑誤記。又類聚七二引列女後傳之「監魚池司馬」，即孝標注引幽明録之「雷池監」。雷池當有魚梁，置吏管理也。陶侃既爲魚梁吏，作鮭餉母屬人之常情。湛氏既賢明有法訓，責侃勿以官物見餉，須避嫌疑，亦不足爲怪。孝標因孟宗、陶侃兩人事相類，便疑後者乃假，恐未可也。

二一　桓宣武平蜀，以李勢妹爲妾，〔一〕甚有寵，常著齋後。主始不知，既聞，與數十婢拔白刃襲之。續晉陽秋曰：「温尚明帝女南康長公主。」〔二〕正值李梳頭，髮委藉地，〔三〕膚色玉曜，不爲動容，徐曰：「國破家亡，無心至此，今日若能見殺，乃是本懷。」主慚而退。妒記曰：「温平蜀，以李勢女爲妾。郡主兇妒，不即知之。後知，乃拔刃往李所，因欲斫之。見李在窗梳頭，姿貌端麗，徐徐結髮，斂手向主，神色閑正，辭甚悽惋。主於是擲刀

前抱之，曰：『阿子！〔四〕我見汝亦憐，何況老奴。』遂善之。」〔五〕

【校釋】

〔一〕李勢妹　程炎震云：「御覽一五四引『妹』作『女』。」

〔二〕南康長公主　世説音釋：「後漢書注曰：『漢制：皇女皆封縣公主，其尊崇者，加號長公主。』臧榮緒晉書曰：『帝之姑姊妹皆爲長公主。』」

〔三〕髮委藉地　頭髮爲女性審美之主要内容，古時尤以髮長爲美。後漢書一〇皇后紀明德馬皇后傳李賢注引東觀記曰：「明德馬皇后美髮，爲四起大髻，但以髮成，尚有餘，繞髻三匝。」鄴中記曰：「陸逵妹，才色甚美，髮長七尺。」李勢妹膚髮皆美，故不僅老奴寵之，妒婦亦見憐也。

〔四〕阿子　余箋：「宋書五行志二曰：『晉穆帝升平中，童子輩忽歌於道，曰阿子歌。曲終輒曰：「阿子，汝聞不？」無幾，穆帝崩。太后哭曰：「阿子，汝聞不？」』嘉錫案：據此，則『阿子』乃晉人呼兒女之詞。蓋公主憐愛李勢妹，以兒女子畜之，呼爲『阿子』者，親之也。類聚一八引妒記作『阿姊』者，非。」徐箋：「『阿子』似是一種親暱之稱，但不知其確義耳。」王運熙論六朝清商曲中之送和聲則以爲「『阿子』本來被認爲褚太后喚穆帝的稱呼，但後來卻用以指女子的情人。如阿子歌：『阿子復阿子，念汝好顔容，風流世稀有，窈窕無人雙。』世説新語賢媛篇注引妒記曰（下略），可見當時亦稱女子爲阿子」。（詳見王運熙樂府詩述論，上海古籍出版社，一九九六年六月）以此看來，「阿子」可稱情郎，亦可稱女子。徐箋以爲「似是一種親暱之稱」，近是；未必一定是「呼兒女之詞」。南康長公主因憐愛李勢妹，以「阿子」呼之，似無有「以兒女子畜之」之意。

〔五〕「我見汝」二句　李贄云：「賢主哉！雖妒色而能好德，過男子遠矣。」（初潭集夫婦妒婦）鍾惺云：「『我見亦憐』四字慧甚。因思世上婦人見妒者，正愚醜耳。」按，郡主凶妒，然見李勢妹楚楚可憐，竟然妒意全消，擲刀前而抱之，憐而善之。可見晉人賞愛美色，女子亦不輸鬚眉。自非唯美主義深入人心，否則婦人之妒意竟爲美色消解，乃不可想像之事。

二二　庾玉臺，希之弟也。希誅，將戮玉臺。〔一〕希，已見。〔二〕玉臺，庾友小字。庾氏譜曰：「友字惠彦，司空冰第三子，歷中書郎、東陽太守。」〔三〕玉臺子婦，宣武弟桓豁女也，〔四〕庾氏譜曰：「友字弘之，長子宣，〔五〕娶宣武弟桓豁之女，字女幼。」徒跣求進。閽禁不内，女厲聲曰：「是何小人！我伯父門，不聽我前！」因突入，號泣請曰：「庾玉臺常因人，腳短三寸，當復能作賊不？」〔六〕宣武笑曰：「壻故自急。」〔七〕遂原玉臺一門。中興書曰：「桓温殺庾希弟倩，希聞難而逃。希弟友當伏誅，子婦桓氏女請温，〔八〕得宥。」

【校釋】

〔一〕「希誅」二句　桓温殺庾希在咸安二年（三七二）七月（參見雅量二六校釋），將戮玉臺亦在此時。

〔二〕（庾）希　已見雅量二六。

〔三〕「庾氏譜曰」數句　第三子，第，宋本作「弟」。汪藻潁川鄢陵庾氏譜：「友，冰子，字惠彦，又字弘之，小字玉臺。晉中書郎、東陽太守。」按，據庾氏譜，庾冰長子希字始彦，次子倩字少彦。則友字當以惠彦爲正。

〔四〕桓豁女　李詳云：「詳案：晉書庾冰傳作桓秘女。」

〔五〕「友字弘之」二句　汪藻潁川鄢陵庾氏譜：「叔宣，友子，右衛將軍。」與孝標注引庾氏譜名「宣」不同。世説抄撮：「當作『宣字弘之，友長子。』」趙西陸云：「注引庾氏譜曰：『友字惠彦。』何得又云弘之？明有誤文。以希字始彦推之，作『惠彦』爲是。又晉書庾冰傳曰：『友子叔宣，右衛將軍。』」

〔六〕「庾玉臺常因人」三句　因人，謂跟隨人，附和人。史記七六平原君虞卿列傳：「公等録録，所謂因人成事者也。」庾玉臺常因人，謂庾玉臺常常跟隨他人，此爲玉臺辯護，猶言其非主犯，乃從犯也。腳短三寸，劉應登云：「言足短不能自行，因人而行，明其無他。然子婦稱其小字，不以爲怪。」朱注：「言玉臺常因人成事，而才具短拙，不復能作亂也。『腳短三寸』，比喻之詞，猶今俗語，『比人短一頭』或『趕不上人腳後跟』之類。」按，腳乃進退之具，故進腳縮腳之象，寓上下、進退、順逆、盛衰等義。如晉書九五藝術索紞傳：「郡功曹張邈嘗奉使詣州，夜夢狼啖一腳。紞曰：『腳肉被啖，爲卻字。』會東虜反，遂不行。」「腳」字去「肉」爲「卻」，即退縮不進也。宋書三三五行志四：「石虎末，洛陽城西北九里，石牛在青石趺上忽鳴喚，聲聞四十里。虎遣人打落兩耳及尾，鐵釘釘四腳。」釘石牛四腳，乃鎮石牛强盛之氣，令其不進。又晉書六六陶侃傳載王貢復挑戰，陶侃勸其降。「貢初横腳馬上，侃言訖，貢斂容下腳，辭色甚順。」横腳欲進，下腳欲退。豪爽一三記王敦率兵下都，祖逖曰：「催攝面去，須臾不爾，我將三千兵，槊腳令上！」意謂王敦進腳，我則打他之腿，要他回去。明乎此，則「腳短三寸」二語，意謂庾玉臺固矮人一截，無倡狂犯上之才具，豈辦作賊耶？

〔七〕壻故自急　世説補考：「温意言此舉不啻玉臺難免，壻故自危急，汝焉得不來請乎？蓋戲女之詞。」世説音釋：「言婿家固當自急。」余箋：「友若不獲赦，則宣亦當從坐。故曰『婿故自急』。」朱注：「此有二解皆可通：一謂婿固當自急；一謂婿乃自情急，以明己實無欲誅戮之意。」按，孝標注引中興書云「子婦桓氏女，請温，得宥」，則若女不請，玉臺難免，宣亦當從坐。朱注謂桓温「明己實無欲誅戮之意」，恐不合當時實情。而補考「戲女之詞」亦非。宣武之笑，蓋因「腳短三寸」二語有味而笑，非戲笑也。以上諸解，當以余箋爲是。

〔八〕請温　請，宋本作「溸」。王利器校：「蔣校本、沈校本『溸』作『訴』，餘本作『請』，宋本誤。」

二三　謝公夫人幃諸婢，〔一〕使在前作伎，使太傅暫見便下幃。〔二〕太傅索更開，夫人云：「恐傷盛德。」〔三〕劉夫人，已見。〔四〕

【校釋】

〔一〕幃諸婢　世説箋本：「左傳：『幃婦人使觀之。』」

〔二〕「使在前」二句　王叔岷補正：「案『使』猶『如』也，漢書外戚傳：『使鬼神有知，不受不臣之愬；如其無知，愬之何益。』『使』、『如』互文，其義一也。（世説賢媛篇『使』、『如』並作『若』，義亦同。）廣雅釋言：『乍，暫也。』則『暫』亦『乍』也。『使太傅暫見』，猶言『如太傅暫見』耳。」

〔三〕盛德　敬稱品德高尚之人（見前企羡四校釋）。此謝夫人稱謝安，略有調侃意味。劉夫人以妒出名，御覽五二一引妬記曰：「謝太傅劉夫人，不令太傅有别房寵。公既深好聲色，不能令節，遂頗欲立妓妾。兄子及外甥等微達其旨，乃共諫劉夫人方便，稱關雎螽斯有不妬忌之德，夫人知諷己，乃問：『誰撰詩？』答曰：『周公。』夫人曰：『周公是男子，乃相爲耳，若使周姥，傳應無此語也。』」帷諸婢作伎，而不使太傅看，又言「恐傷盛德」，寥寥數語，一妒婦生動可見。王世懋云：「此直妒耳，何足稱賢。」其説甚是。

〔四〕劉夫人　已見賞譽一四七。

二四　桓車騎不好著新衣，〔一〕浴後，婦故送新衣與。〔二〕桓氏譜曰：「沖娶琅邪王恬女，字女宗。」〔三〕車騎大怒，催使持去。〔四〕婦更持還，傳語云：「衣不經新，何由而故？」桓公大笑，著之。〔五〕

【校釋】

〔一〕「桓車騎」句　晉書七四桓沖傳云「沖性儉素」，沖不好著新衣，抑亦儉素之故歟？范子燁世説新語研究云：「諸侯病源論解散病諸源引皇甫謐調養之法曰：『當薄且垢故，勿著新衣，多著故也。』『垢故』，意謂又髒又舊。魯迅先生説：『吃藥之後，因皮膚易於磨破，穿鞋也不方便，故不穿鞋襪而穿屐。……更因皮膚易破，不能穿新的而宜於穿舊的。』（魏晉風度及文章與藥及酒之關係）這就是桓沖『不好著新衣』的原因。」可備一説。

〔二〕「浴後」二句　王叔岷補正：「案御覽三九五、六八九引『後』並作『訖』。三九五引『故』作『固』，義同。書鈔一二九引『與』作『往』。」

〔三〕王恬女字女宗　宋本作「王恬安字女也」。王利器校：「各本『安』作『女』，『也』作

『宗』，是。」

〔四〕持　王叔岷補正：「事類賦（注）、御覽引『持』並作『將』，義同。呂氏春秋報更篇：『臣有老母，將以遺之。』初學記二六引『將』作『持』，韓詩外傳一：『鮑焦亦弊膚見，挈畚持疏。』新序節士篇『持』作『將』。並同例。」

〔五〕「衣不經新」二句　樸素有理致，故桓公大笑著之。

二五　王右軍郗夫人謂二弟司空、中郎曰：〔一〕司空，愔已見。〔二〕郗曇別傳曰：「曇字重熙，〔三〕鑒少子。性韻方質，和正沈簡。累遷丹陽尹，北中郎將，徐、兗二州刺史。」「王家見二謝，〔四〕傾筐倒庋；〔五〕二謝，安、萬。見汝輩來，平平爾。汝可無煩復往。」〔六〕

【校釋】

〔一〕郗夫人　雅量一九注引王氏譜：「羲之妻太傅郗鑒女，名璿，字子房。」

〔二〕（郗）愔　已見品藻二九。

〔三〕重熙　熙，宋本作「淵」。王先謙校：「一本『熙』作『淵』，世説補作『熙』。據排調類、輕詆類俱稱郗重熙，則作『熙』者是。」按，排調三九宋本、汪藻高平金鄉郗氏譜、晉書郗曇傳皆作「重熙」。王羲之與謝萬書：「比遇重熙，去當與安石東遊山海。」（全晉文二二）此爲郗曇字重熙之確證。宋本作「重淵」，誤。

〔四〕王家　余箋：「此王家乃指其夫右軍。」

〔五〕倒庋　庋，宋本、沈校本並作「屣」。按，作「庋」是。庋，置放，收藏。禮記內則「大夫七十而有閣」鄭玄注：「閣，以板爲之，庋，食物也。」傾筐倒庋，猶傾其所有，謂厚待之也。

〔六〕「見汝輩來」三句　汝輩，汝，宋本作「女」。按，女通作「汝」。謝萬以升平三年（三五九）北伐失敗，廢爲庶人。故此事當在其前。羲之對待郗愔、郗曇平平爾，當是郗鑒故世多年之後，二郗雖爲名公之子，然資望尚淺，未獲顯位，不甚爲人重，以至劉惔居然將郗愔與家奴並論（見品藻二九）。後右軍之子王子猷兄弟，於郗超卒後對舅郗愔亦傲慢（見簡傲一五、排調四四）。而謝安、謝萬乃當世大名士，爲新興貴族，前途不可限量。晉書六七郗超傳：「常謂其父名公之子，位遇應在謝安右，而安入掌機權，愔優遊而已，發言慷慨，由是與謝氏不睦。」此雖是後話，但從郗夫人之言，已見二族不睦之萌芽。劉辰翁云：「語悉世情，可以有省。」

二六　王凝之謝夫人既往王氏，大薄凝之。既還謝家，意大不說。太傅慰釋之曰：「王郎，逸少之子，人身亦不惡，〔一〕汝何以恨迺爾？」答曰：「一門叔父，則有阿大、中郎；〔二〕羣從兄弟，則有封、胡、遏、末。〔三〕封胡，謝韶小字。遏末，謝淵小字。

韶字穆度，萬子，車騎司馬。淵字叔度，奕第二子，〔四〕義興太守，時人稱其尤彦秀者。或曰封、胡、遏、末，封謂朗，遏謂玄，末謂韶。〔五〕朗玄淵。〔六〕一作胡謂淵，遏謂玄，末謂韶也。不意天壤之中，乃有王郎！」〔七〕

【校釋】

〔一〕人身　王刻本作「人材」。周一良札記：「人身，南北朝人習語，意即人材。如宋書一〇〇序傳：『沈邵人身不惡。』梁書二〇陳伯之傳：『臨川内史王觀，僧虔之孫，人身不惡，便可召爲長史。』（下略）亦謂之身材，如北齊書三八趙彦深傳：『叔堅身材最劣。』不宜釋爲體格之身體。」

〔二〕阿大中郎　程炎震云：「中郎，謝萬。阿大不知何指，當即謂安。」徐箋：「中郎謝據，見紕漏五注。阿大不知何指，晉書列女傳亦缺而不詳。」余箋：「道藴不應面呼安爲阿大，疑是謝尚耳。尚父鯤，只生尚一人，故稱阿大。安兄弟六人，見紕漏篇注。大兄奕，次兄據，均見言語篇及注。則安乃第三，非大也。其于叔父獨不及安者，尊者之前，不敢斥言之也。」楊箋：「阿大，指謝安。見拙著阿大爲謝安考，書目季刊二七卷，第四期。中郎，指謝據。見紕漏五注二。」按，中郎指謝據。余箋、徐箋、楊箋是。阿大，謝安既爲第三，則當以謝尚爲是。余箋是。

〔三〕封胡遏末　李慈銘云：「案晉書謝萬傳作封、胡、羯、末。」劉應登云：「末，疑是末婢謝琰小字。」按，汪藻陳國陽夏謝氏譜云：謝韶，謝萬子，字穆度，小字封。謝朗，謝據子，字長度，小字胡兒。謝玄，謝奕子，字幼度，小字遏（假譎一四劉注同）。謝琰，謝安子，字瑗度，小字末婢（傷逝一五劉注同），劉應登所疑是。

〔四〕第二子　子，宋本誤作「字」。

〔五〕「或曰封胡遏末」數句　李慈銘云：「案此處『封謂』下脱『韶胡謂』三字。『韶朗玄』三字誤衍，當作『封謂韶，胡謂朗，遏謂玄，末謂淵』，晉書謝萬傳可證，彼『淵』作『川』，唐人避高祖諱。」程炎震云：「晉書七九謝萬傳及九六列女傳作『封、胡、羯、末』。又云：『封謂謝韶，胡謂謝朗，羯謂謝玄，末謂謝川。』按川即淵，唐人避諱改。」劉盼遂云：「又考傷逝篇：『王珣不執末婢手而還。』注謂『末婢，謝琰』。則『末』乃謝琰歟？琰小字又名『望蔡』，見輕詆篇注。假譎篇注：『遏，謝玄小字。』文學篇『與謝孝劇談』注，謂謝玄也。則玄小字復又名『孝』。晉人小名紛繁，往往又安頭減尾，故易於混淆矣。」余箋亦據傷逝篇，以爲「末當即謝琰。孝標此注乃謂『遏末，謝淵小字』。晉書亦謂末是謝淵，淵與琰爲從父兄弟，不應小字同用末字，其誤必矣。」按，「封胡遏末」最有歧義者爲「末」。晉書七九謝萬傳、李慈銘謂「末」指謝淵（川），謝氏譜、劉盼遂、余箋則謂「末」指謝琰。據傷逝一五，「末」當指謝琰爲是。又「望蔡」爲謝琰封爵，非其小字。晉書七九謝琰傳載，琰以破苻堅功，封望蔡公。謝氏譜謂「以功封望蔡縣公」。宋書六二羊欣傳：「欣嘗詣領軍將軍謝混，混拂席改服，然後見之。時混族子靈運在坐，退告族兄瞻曰：『望蔡見羊欣，遂易衣改席。』欣由此益知名。」謝混爲謝琰子，襲父爵望蔡縣公，故靈運以「望蔡」稱之。劉盼遂謂琰小字名「望蔡」，大誤。又謝玄在其父謝奕艱中，故支道林稱之「謝孝」，非謝玄小字復名「孝」也。劉氏又誤。

〔六〕朗玄淵　徐箋：「疑是『胡謂淵』之誤。」按，此三字爲衍文。

〔七〕「不意」二句　劉應登云：「此二則皆婦人薄忿夫家之事，不當並列賢媛中。」凌濛初云：「『忿狷』爲是。」李贄云：「此婦嫌夫，真非偶也。」（初潭集夫婦合婚）又云：「謝氏大有文才，大怨凝之，孰知成凝之萬世名者哉！謝氏一人可分三四人。」（初潭集夫婦言語）按，謝道韞有林下之風，才華卓絕，自然大薄平庸之王凝之。且在叔父面前公然流露嫌夫情緒，道韞之「奇情異彩」可見一斑。世說列之「賢媛」，正欣賞道韞之才與奇。

二七　韓康伯母隱古几毀壞。〔一〕卞鞠見几惡，欲易之。鞠，卞範之，母之外孫也。答曰：「我若不隱此，汝何以得見古物？」〔二〕

【校釋】

〔一〕隱几　莊子知北遊：「神農隱几，闔户晝瞑。」成玄英疏：「隱，憑也。」莊子徐無鬼：「南伯子綦隱几而坐。」

〔二〕「我若不隱此」二句　余箋：「晉書範之傳：『玄僭位，以範爲侍中，封臨汝縣公。玄既奢侈無度，範之亦盛營館第，自以佐命元勳，深懷矜伐，以富貴驕人。』然則範之爲人，蓋習於奢靡，平生服用，必力求新異，韓母言不因己不得見古物，蓋譏之也。」

二八　王江州夫人語謝遏曰：〔一〕「汝何以都不復進？〔二〕夫人，玄之妹。〔三〕爲是塵務經心，天分有限？」〔四〕

【校釋】

〔一〕王江州　指王凝之，爲江州刺史。夫人，指謝道韞。

〔二〕進　猶言上進，進步。義同品藻三七「聞會稽王語奇進爾邪」之「進」。

〔三〕玄之妹　王世懋云：「注誤矣，妹當爲姊。」余箋：「後條明云『謝遏絶重其姊』。御覽八二四有謝玄與姊書，則道韞是姊，非妹。況其言爲爾汝之辭，直相誡勸，亦非所以對兄。妹字決爲傳寫之誤無疑。」

〔四〕「塵務」二句　世説抄撮：「言塵務使然耶？天分使然耶？」

二九　郗嘉賓喪，婦兄弟欲迎妹還，〔一〕終不肯歸，〔二〕郗氏譜曰：「超娶汝南周閔女，名馬頭。」曰：「生縱不得與郗郎同室，死寧不同穴？」毛詩曰：「穀則異室，死則同穴。」〔三〕鄭玄注曰：「穴謂壙中墟也。」

【校釋】

〔一〕婦兄弟欲迎妹還　御覽五一七引世説作「婦弟欲迎其姊還」。

〔二〕終不　終上有「姊」字。

〔三〕「穀則異室」二句　見詩王風大車。穀，毛傳：「穀，生。」按，郗超婦之兄弟欲迎妹歸，意在勸之改嫁。魏晉夫死改嫁者實亦常見，傷逝八記諸葛道明女爲庾會之妻，既寡，將改適，即其例。然觀晉書九六列女傳，或夫死不改嫁，或守節殉夫。如段豐妻慕容氏傳記段死，慕容氏寡居，將改適，女謂侍婢曰：「聞忠臣不事二君，貞女不更二夫，段氏既遭無辜，豈復有心於重行哉。」後竟自縊。又虞潭母孫氏傳記孫氏爲虞忠妻，及忠亡，遺孤藐爾，孫氏雖少，誓不改節，躬自撫養，劬勞備至。郗超妻亦以矢志不改嫁故世説列爲賢媛。

三〇　謝遏絶重其姊，張玄常稱其妹，欲以敵之。有濟尼者，並遊張、謝二家，〔一〕人問其優劣。答曰：「王夫人神情散朗，故有林下風氣；顧家婦清心玉映，

自是閨房之秀。」〔二〕

【校釋】

〔一〕「有濟尼者」二句　言語五一注引續晉陽秋曰：「（張玄）出爲冠軍將軍、吴興太守。會稽內史謝玄同時之郡，論者以爲『南北之望』。」此云濟尼並遊張、謝二家，則此時謝玄當爲會稽內史，張玄爲吴興太守，二郡毗鄰，故濟尼得並遊之。

〔二〕「王夫人」數句　散朗，魏晉人物審美範疇之一。散，蕭散，灑脱。朗，爽朗，高朗。讒險一：「王平子形甚散朗，內實勁俠。」晉書九二袁宏傳：「風鑒散朗。」類聚三四沈約懷舊詩：「蘊藉含文雅，散朗溢風飈。」余箋：「林下，謂竹林名士也。賞譽篇曰：『林下諸賢，各有儁才子。』是其證。此言王夫人雖巾幗，而有名士之風，言顧不如王。晉書列女傳所載道韞事蹟，如施青綾步障爲小郎解圍，嫠居後見劉柳與之談議，皆足見其神情之散朗，非復尋常閨房中人舉動。類聚八八引其擬嵇中散詩曰：『遥望山上松，隆冬不能凋。顧想遊下憩，瞻彼萬仞條。騰躍不能升，頓足俟王喬。時載不我與，大運所飄飖。』居然有論養生服石髓之意，此亦林下風氣之一端也。道韞以一女子而有林下風氣，足見其爲女中名士。至稱顧家婦爲閨房之秀，不過婦人中之秀出者而已。不言其優劣，而高下自見，此晉人措詞妙處。」按，余箋是也。道韞有林下之風，不僅以有「論養生服石髓之意」，無論風度才華，皆具當時名士風流。清談則「爲小郎解圍」，足見其玄思入微；詠雪曰「未若柳絮因風起」，詩思曼妙，罕有人比。隋書三五經籍志録有謝道韞集二卷，魏晉女作家寥寥，道韞能居其首。本篇二八道韞問不上進之謝玄：「爲是塵務經懷？天分有限？」可見其不以塵務經心及看重天才之高趣。又晉書九六列女傳載：「及遭孫恩之難，舉厝自若。既聞夫及諸子已爲賊所害，方命婢肩輿抽刃出門，亂兵稍至，手殺數人，乃被虜。」臨危不懼，膽略非凡。故道韞之天分、個性、懷抱、玄思、風度、膽略、文才，絶不遜於魏晉名士，即使在歷代巾幗中，亦足稱一流人物。

三一　王尚書惠嘗看王右軍夫人，〔一〕宋書曰：「惠字令明，琅邪人。歷吏部尚書、贈太常卿。」問：「眼耳未覺惡不？」〔二〕婦人集載謝表曰：「妾年九十，孤骸獨存。願蒙哀矜，賜其鞠養。」〔三〕答曰：「髮白齒落，屬乎形骸；至於眼耳，關於神明，那可便與人隔。」〔四〕

【校釋】

〔一〕王尚書惠　程炎震云：「王惠，劭之孫，導之曾孫，右軍孫行輩也。」趙西陸云：「宋書王惠傳曰：『祖劭，車騎將軍；父默，左光禄大夫。』案晉書，劭爲導之子，於右軍爲從兄弟，則右軍夫人，惠之從祖母也。」

〔二〕惡　醜陋，憔悴。書洪範：「五曰惡，六曰弱。」孔傳：「惡，醜陋。」左傳昭公二十八年：

「昔賈大夫惡，娶妻而美。」杜預注：「惡亦醜也。」杜甫病後遇王倚飲贈歌：「王生怪我顏色惡，答云伏枕艱難徧。」「眼耳未覺惡不」，猶言「眼耳覺得難看否」？

〔三〕「妾年九十」數句　余箋：「真誥闡幽微篇注云：『逸少升平五年辛酉歲亡，年五十九。』夫人若與右軍年相上下，則其九十歲當在太元十七年前後。然王凝之至隆安三年五月始爲孫恩所害，夫人上此表時，若凝之猶在，則不應云孤骸獨存。夫人爲郗愔之姊，愔以太元九年卒，年七十二。夫人蓋較愔僅大二三歲，則其九十歲時，正當隆安三四年間，其諸子死亡殆盡，朝廷憫凝之歿於王事，故賜其母以鞠養也。」

〔四〕「答曰」數句　王夫人所答，與顧愷之所謂「四體妍蚩，本無關於妙處，傳神寫照，正在阿堵中」如出一轍。髮齒好惡，無關神明；至於眼目，神明是顯。略形重神乃魏晉時期審美觀之精粹，王夫人精詣此道也。

三一　韓康伯母殷，隨孫繪之之衡陽，韓氏譜曰：「繪之字季倫，父康伯，太常卿。〔一〕繪之仕至衡陽太守。」於闔廬洲中逢桓南郡。〔二〕卞鞠是其外孫，時來問訊。謂鞠曰：「我不死，見此豎二世作賊。」〔三〕在衡陽數年，繪之遇桓景真之難也。〔四〕續晉陽秋曰：「桓亮字景真，大司馬溫之孫。父濟，給事中。叔父玄，篡逆見誅，亮聚衆於長沙，自號湘州刺史，殺太宰甄恭、〔五〕衡陽前太守韓繪之等十餘人，爲劉毅軍人郭珍斬之。」〔六〕殷撫屍哭曰：「汝父昔罷豫章，徵書朝至夕發。汝去郡邑數年，爲物不得動，〔七〕遂及於難，夫復何言！」

【校釋】

〔一〕繪之　晉書七五韓伯傳作「璯」。太常卿，韓伯傳作「太常」。

〔二〕闔廬洲　余箋：「世説言康伯母隨孫繪之之衡陽，逢桓玄，必是由建康赴任，遇之於道中。又言卞鞠時來問訊，知在範之已爲玄長史之後。然則闔廬洲必在大江之中，去夏口不遠。考影宋本寰宇記一一三曰：『興國軍永興縣闔廬山，在州東四百七十里（興國軍本屬鄂州，故言在州東。），在縣之北。』史記云：『闔廬九年，子胥伐楚。』吴越春秋云：『子胥將兵破楚，掘平王之墓，屯軍城於此山。』御覽四八地部有闔廬山，引武昌記曰：『昔闔廬與伍子胥屯聚於此山爲城，故曰闔廬山。』輿地廣記二五云：『永興縣有闔廬山，吴王闔廬與楚相持屯此。』此雖皆只言闔廬山而不言洲，然宋之興國軍即晉之陽新縣，其東北濱大江。夏口在武昌郡，自尋陽泝江至武昌，中途必過陽新。闔廬洲蓋即在闔廬山下。玄方由尋陽退屯夏口，故康伯母遇之於此。此洲所以不見記載者，殆已沉没，或變爲陸地，與岸相連矣。」徐箋：「通鑑九三晉紀注：『闔廬洲，在江中。賀循云：江中劇地，唯有闔廬一處，地勢險奥，亡逃所聚。』按賀循語見晉書本傳。」按，余箋謂康伯母隨孫繪之之衡陽，遇桓玄於道中；又推斷闔廬洲必在大江中。其説有見。然則稱闔廬洲去夏口不遠，並引太平寰宇記、御覽引武昌記、輿地廣記所載之「闔閭山」，論證「闔廬洲蓋即在闔廬山下」，地在尋陽與夏口之間之陽新。此説有誤。考大清一統志：「闔廬洲在上元縣北。晉書：元帝初，江東草創，盜賊多有，賀循言江中劇地，惟有闔廬一處，地勢險奥，逃亡所聚，宜以重兵備戍。即此。」大清一統志謂在上元縣北，並引賀循語證之，與通鑑胡注同，當可信從。晉書六八賀循傳曰：「時江東草創，盜賊多有，帝思所以防之，以問於循。循答曰：『江道萬里，通涉五州，朝貢商旅之所來往也。今議者欲出宣城以鎮江渚，或欲使諸縣領兵。愚謂令長威弱，而兼才難備，發憚役之人，而御之不肅，恐未必爲用。以循所聞，江中劇地惟有闔廬一處，地勢險奥，亡逃所聚。特宜以重兵備戍，隨勢討除，絶其根蔕。』」由賀循語可知，闔廬洲在江中，因地勢險奥，爲亡逃所聚，離宣城必不甚遠。又晉書五八周訪傳附周光傳載：太寧二年（三二四）七月，王敦屯軍于湖，舉兵反。尋陽太守周光率千餘人赴之，既至，敦已死。光既料敦死，急見其兄撫曰：「王公已死，兄何爲與錢鳳作賊？」衆並愕然，其夕衆散，錢鳳走出，至闔廬洲，光捕鳳，詣闕贖罪，故得不廢。通鑑九三晉紀一五謂王敦軍敗，温嶠督劉遐等追王含、錢鳳於江寧。錢鳳至闔廬洲，周光斬之。由上可知，闔廬洲或即在江寧境内。既明闔廬洲大致所在，進而可探索康伯母與桓玄相遇之年也。據晉書一〇安帝紀、晉書九九桓玄傳，元興元年（四〇二）正月，桓玄東下。二月，敗王師於姑孰。閶廬洲在江中，地勢險奥，離建康不遠，很可能玄駐軍於此。康伯母謂桓氏二世作賊，而卞鞠又能時來問訊，此時距桓亮作亂又僅數年，合上述數者判斷，康伯母遇桓玄，必在元興元年初。余箋以爲康伯母於隆安二年（三九八）逢桓玄，而玄屯兵夏口，其説不可從。

〔三〕二世　指桓温、桓玄父子。

〔四〕繪之遇桓景真之難也　程炎震云：「桓亮之難，在義熙元年乙巳，距永和十二年殷浩歿時，整五十年。浩卒年五十二。康伯之母如是浩姊，年當百餘；如是浩妹，亦九十餘矣。」余箋：「晉書韓伯傳第云母殷氏，舅殷浩，不言是浩姊或妹。建康實録九云：『太元五年八月，太常韓伯卒。伯母殷浩姊，伯早孤，卒時年四十九。』以此推之，康伯當生於咸和七年壬辰，下至義熙元年乙巳繪之死時，首尾七十四年。其母爲殷浩之姊，生康伯時，年當三十餘，至此固已百餘歲矣。」按，德行四七注引鄭緝孝子傳謂康伯母爲殷浩之妹，與建康實録不同，是姊或妹，難定也。

〔五〕太宰　李慈銘云：「案：『太宰』下當有脱字。」

〔六〕郭珍　李慈銘云：「案：郭珍，桓玄傳作『郭彌』。」徐箋：「案：『彌』亦寫作『弥』，與『珍』俗體『珎』形近，故誤。」

〔七〕爲物不得動　世説箋本：「言爲物所牽著而不得動。物，指嗜欲也。」

術解第二十

一　荀勖善解音聲，時論謂之「闇解」，遂調律吕，正雅樂。每至正會，殿庭作樂，自調宮商，無不諧韻。〔一〕阮咸妙賞，〔二〕時謂「神解」。每公會作樂，而心謂之不調，既無一言直勖，〔三〕意忌之，遂出阮爲始平太守。〔四〕後有一田父耕於野，得周時玉尺，便是天下正尺，荀試以校己所治鐘鼓金石絲竹，皆覺短一黍，於是伏阮神識。

晉後略曰：「鍾律之器，自周之末廢，而漢成、哀之間，諸儒修而治之。〔五〕至後漢末，復隳矣。魏氏使協律知音者杜夔造之，〔六〕不能考之典禮，徒依于時絲管之聲、時之尺寸而制之，甚乖失禮度。於是世祖命中書監荀勖，依典制定鍾律。既鑄律管，〔七〕募求古器，得周時玉律數枚，比之不差。又諸郡舍倉庫，或有漢時故鍾，以律命之，皆不叩而應，聲音韻合，〔八〕又皆俱成。〔九〕」晉諸公贊曰：「律成，散騎侍郎阮咸謂勖所造聲高，高則悲。夫亡國之音哀以思，其民困。今聲不合雅，懼非德政中和之音，必是古今尺有長短所致。然今鐘磬是魏時杜夔所造，不與勖律相應，音聲舒雅，而久不知夔所造，〔一〇〕時人爲之，不足改易。勖性自矜，乃因事左遷咸爲始平太守，而病卒。後得地中古銅尺，校度勖今尺，短四分，方明咸果解音，然無能正者。」干寶晉紀曰：「荀勖始造正德、大象之舞，以魏杜夔所制律吕校大樂，本音不和。〔一一〕後漢至魏尺，長於古四分有餘，而夔據之，是以失韻。乃依周禮積粟以起度量，以度古器，符于本銘。遂以爲式，用之郊廟。」

【校釋】

〔一〕「荀勖善解音聲」數句　晉書一二二樂志上：「荀勖又作新律笛十二枚，以調律呂，正雅樂，正會殿庭作之，自謂宮商克諧，然論者猶謂勖暗解。」

〔二〕阮咸　余箋：「通典一四四：『阮咸，亦秦琵琶也，而項長於今制，列十有三柱。武太后時，蜀人蒯朗於古墓中得之。晉竹林七賢圖阮咸所彈琵琶與此類同，因謂之『阮咸』。咸世實以善琵琶知音律稱。』又自注曰：『蒯朗初得銅者，時莫有識之。太常少卿元行沖曰：「此阮咸所造。」乃令匠人改以木爲之，聲甚清雅。』」按，皇朝文獻通考一六四：「唐書元行沖傳：『有人破古塚得銅器，似琵琶而圓，人莫能辨。行沖曰：「此阮咸所作。」命易以木弦之，其聲清亮，遂謂之「阮咸」。』」三才圖會曰：「元行沖以其形似月，聲似琴名，曰『月琴』。杜佑以晉阮咸所彈與此同，謂之『阮咸』。今人但呼曰阮。然則『阮咸』與『月琴』之名，不知孰先孰後，要之實一物也。」

〔三〕直　世説音釋：「直，當也。言無一言當荀勖意，故忌而出之。」李慈銘云：「案：『直』下疑當重一『勖』字，故勖忌之也。又案：『直』同『值』，遇也，謂咸遭勖意忌也。」按，直，謂以某某爲是。荀悦漢紀武帝紀二：「至灌夫事，上不直蚡，以太后故屈。」通鑑四周紀四：「楚懷王發病，薨於秦，秦人歸其喪。楚人皆憐之，如悲親戚。諸侯由是不直秦。」李慈銘釋「直」爲「遇」，不確。

〔四〕始平　晉書一四地理志上有始平郡。注：「泰始三年置。」晉書二二樂志上：「時阮咸妙達八音，論者謂之神解。咸常心譏勖新律聲高，以爲高近哀思，不合中和。每公會樂作，勖意咸謂之不調，以爲異己，乃出咸爲始平相。」

〔五〕治　宋本作「治」。按，據「荀試以校己所治鐘鼓」一語，則當作「治」是。治，研究之謂。

〔六〕杜夔造之　晉書二二樂志上：「及魏武平荆州，獲漢雅樂郎河南杜夔，能識舊法，以爲軍謀祭酒，使創定雅樂。」

〔七〕律管　律下宋本、沈校本並有「之」字。晉書一六律歷志上：「秦始十年，光禄大夫荀勖奏造新度更鑄律吕。」

〔八〕聲音韻合　音，王刻本作「響」。

〔九〕又皆　皆，宋本作「若」。

〔一〇〕「音聲舒雅」二句　李慈銘云：「『不知』疑當作『不如』，謂勖所造不如夔也。又案：此當以舒雅讀句，而人不知是夔所造。蓋勖未嘗製鐘磬，猶是夔所爲也。」按，既云今磬音聲舒雅，若又謂不如杜夔所造，文義矛盾，當作「不知」是。此數句意謂今存鐘磬，實爲魏時杜夔所造，不與荀勖律相應，而音聲舒雅，然人皆久不知是夔所造。

〔一一〕本音　李慈銘云：「『本音』當作『八音』，晉書律曆志、宋書律志俱作『八音』。」王利器校：

「御覽卷一六引王隱晉書作『檢校太樂總章，鼓吹八音，與律呂乖錯』。宋書律志作『檢校太樂總章，鼓吹八音，與律乖錯』，晉書、隋書作『校太樂八音不和』，此文『本音』，當是『八音』錯的。」

二　荀勖嘗在晉武帝坐上食筍進飯，謂在坐人曰：「此是勞薪炊也。」坐者未之信，密遣問之，實用故車腳。〔一〕

【校釋】

〔一〕能改齋漫録一四「勞薪飯」條：「晉荀勖嘗在帝坐進飯，謂在坐人曰：『此皆勞薪所炊。』咸未之信，帝遣問膳夫，乃云：『實用故車腳。』北史王劭傳載，昔師曠食飯，云是勞薪所爨，晉平公使視之，果然車軸。」劉辰翁云：「薪豈知勞，而煙氣亦異耶？」楊慎云：「王劭奏改火疏云：『昔師曠食飯，云是勞薪所炊，晉平公使視之廚，果然車軸。』今傳爲符郎事，非也。此又作荀勖。」按，晉書一一四符朗傳：「或人殺雞以食之，既進，朗曰：『此雞棲恒半露。』檢之皆驗。又食鵝肉，知黑白之處。人不信，記而試之，無毫釐之差，時人咸以爲知味。」與此類同。

三　人有相羊祜父墓，後應出受命君。祜惡其言，遂掘斷墓後以壞其勢。相者立視之，曰：「猶應出折臂三公。」俄而祜墜馬折臂，位果至公。〔一〕幽明録曰：「羊祜工騎乘。有一兒五六歲，端明可喜，掘墓之後，兒即亡。羊時爲襄陽都督，因盤馬落地，遂折臂。于時士林咸歎其忠誠。」

【校釋】

〔一〕位果至公　羊祜卒後追贈侍中、太傅。太傅爲三公之一。晉書三四羊祜傳載：善相墓者言祜祖墓，「若鑿之則無後」，此即幽明録所謂祜「掘墓之後，兒即亡」也。按，此條所記及後記郭璞相墓、卜筮等，皆反映當時術數之流行。關於術數，四庫全書總目一〇八言之甚簡明，曰：「術數之興，多在秦漢以後，要其旨不出乎陰陽五行、生剋制化，實皆易之支流，傅以雜説耳。物生有象，象生有數，乘除推闡，務究造化之源者，是爲數學。星土雲物，見於經典，流傳妖妄，寖失其真，然不可謂古無其説，是爲占候。自是以外，末流猥雜，不可殫名，史志總概以五行。今參驗古書，旁稽近法，析而別之者三，曰相宅相墓，曰占卜，曰命書相書。併而合之者一，曰陰陽五行。」（見子部術數類一）三國兩晉間術數家輩出，據管輅之弟管辰説，「術數有百數十家，其書有數千卷」（見魏志管輅傳注引輅別傳）。

四　王武子善解馬性，嘗乘一馬，著連錢障泥，〔一〕前有水，終日不肯渡。〔二〕王云：「此必是惜障泥。」使人解去，便徑渡。〔三〕語林曰：「武子性愛馬，亦甚別之，〔四〕故杜預道王武子有馬癖，和長輿有錢癖。〔五〕武帝問杜預：〔六〕『卿有何癖？』對曰：『臣有左傳癖。』」〔七〕

【校釋】

〔一〕連錢障泥　晉書四二王濟傳、書鈔一二六、初學記二二、御覽七七三並作「連乾鄣泥」。世説箋本：「庾信詩：『連錢障泥渡水騎。』蓋連乾、連錢、連錦義相通。」世説音釋：「當是障泥，有錢文。障泥，遮擁泥濘也。」

〔二〕終日不肯渡　程炎震云：「終日不肯渡，御覽引無『日』字，是也。」徐箋同。王利器校：「御覽三五九引無『日』字，又卷七七三引『終日』作『馬終』；晉書也無『日』字；此文『日』字當衍。」吴金華考釋以爲，本文的「終日」，即相當於「良久」，並舉史記一〇五扁鵲倉公列傳「終日，扁鵲仰天而歎」、舊題漢孔鮒孔叢子卷上雜訓「終日而別」、劉向列女傳卷五節義傳「終日不能忍決」諸例證之。楊箋則謂「吴氏所引數例，與此不協。下一一亦有『終不可説』語」。按，「終」、「終日」意義有別。終，此謂終究，到底，表示程度。墨子天志中：「欲以此求賞譽，終不可得。」本篇一一殷（浩）問其故，云：「有死事，終不可説。」意亦終究不肯說。終不肯渡，意謂種種辦法皆試過，然馬終究不肯渡水。若作「終日」，僅表示時間良久而已，遠不如「終」字含義豐富有味。故作「終」佳，當從晉書、御覽。

〔三〕「此必是惜障泥」數句　劉辰翁云：「馬猶惜物。」

〔四〕別之　別，宋本作「則」。按，當作「別」是。別，鑒別。

〔五〕和長輿有錢癖　儉吝謂和嶠性至儉，孝標注引語林曰：「嶠諸弟往園中食李，而皆計核責錢。」此所謂「錢癖」也。

〔六〕杜預　宋本、沈校本並無「杜」字。

〔七〕臣有左傳癖　晉書三四杜預傳：「既立功之後，從容無事，乃耽思經籍，爲春秋左氏經傳集解。」又參考衆家譜第，謂之釋例。」孫奕示兒編一七「癖」條：「性癖之不同如人面焉。阮籍有酒癖，陸羽有茶癖，和嶠有錢癖，王濟有馬癖，李憕有地癖，杜牧有睡癖，王福時有譽兒癖，蔡師魯有勇癖，張遼養勇銳成癖，皆無足貴者。惟杜預有左傳癖，簡文帝有詩癖，楊欽有文癖，白樂天云『我癖在章句』，杜子美云『爲人性癖耽佳句』，李建中云『我亦生來有書癖』，至於今稱之。」

五　陳述爲大將軍掾，〔一〕甚見愛重。及亡，郭璞往哭之，甚哀，乃呼曰：「嗣祖焉知非福！」俄而大將軍作亂，如其所言。陳氏譜曰：「述字嗣祖，潁川許昌人，有美名。」

【校釋】

〔一〕大將軍　謂王敦也。

六　晉明帝解占塚宅，〔一〕聞郭璞爲人葬，帝微服往看，因問主人：「何以葬龍角？〔二〕此法當滅族。」主人曰：「郭云此葬龍耳，不出三年，當致天子。」帝問：「爲是出天子邪？」答曰：「非出天子，能致天子問耳。」青烏子相冢書曰：「葬龍之角，暴富貴，後當滅門。」〔三〕

【校釋】

〔一〕晉明帝解占塚宅　此言晉明帝善占卜及相墓相宅。

〔二〕龍角　世説音釋：「五雜俎曰：『葬地大約以生氣爲主，故謂之龍。』事玄要玄曰：『晉郭璞葬書曰：勢止形昂，前澗後岡，龍首之藏，鼻顙吉昌，角目滅亡。』」

〔三〕青烏子　烏，宋本、沈校本並作「烏」。世説音釋：「列仙全傳曰：『青烏公者，彭祖之弟子也，入華陰山中學道，後服金液升天。』」徐箋：「案青烏先生，相傳爲彭祖弟子，有葬經，故世稱相風水爲青烏術。新唐書藝文志子部五行類有青烏子三卷。舊唐書經籍志作青烏子。」按，左傳昭公十七年：「我高祖少皞摯之立也，鳳鳥適至，故紀於鳥爲鳥師，而鳥名鳳鳥氏，歷正也，玄鳥氏司分者也，伯趙氏司至者也，青鳥氏司啓者也……」杜預注：「青鳥，鶬鴳也，以立春鳴立夏止。」御覽七〇二引青鳥子葬書曰：「作墓發土夕，夢見罩纖入市者富貴。」通志六八有青鳥子三卷。宋人何薳春渚紀聞二張靈鬼相墓術：「（縣）令不覺起，握其手曰：『吾不知青鳥子、郭景純何如人也，今子殆其倫比耳。』」此皆證當作「青鳥子」，第不知青鳥子爲何時人。又四庫全書總目一〇九論相墓之術曰：「葬地之説，莫知其所自來。周官冢人墓大夫之職，稱皆以族葬，是三代以上，葬不擇地之明證。漢書藝文志形法家始以宮宅地形，與相人相物之書並列，則其術自漢始萌，然尚未專言葬法也。後漢書袁安傳載安父没，訪求葬地，道逢三書生，指一處，當世爲上。安從之，故累世貴盛。是其術盛傳於東漢以後，其特以是擅名者則璞爲最著。」（見子部術數類二）

七　郭景純過江，居于暨陽，〔一〕墓去水不盈百步。〔二〕時人以爲近水，景純曰：「將當爲陸。」璞别傳曰：「璞少好經術，明解卜筮。〔三〕永嘉中，海内將亂，璞投策歎曰：『黔黎將同異類矣。』便結親暱十餘家南渡江，居于暨陽。」今沙漲，去墓數十里皆爲桑田。其詩曰：「北阜烈烈，巨海混混。壘壘三墳，唯母與昆。」

【校釋】

〔一〕暨陽　通鑑九四晉紀一六胡注：「（晉）武帝太康二年，分毗陵無錫立暨陽縣屬毗陵郡，其地在今平江府常熟縣界。杜佑曰：『江陰，晉曰暨陽』。」

〔二〕墓去水不盈百步　王利器校：「御覽五五八引作『母亡安墓，不盈百步』；案原文疑當作『母亡安墓，去水不盈百步』。今本和御覽都有奪落。」顧炎武日知録三一：「『郭璞墓』條云：『晉書郭璞傳：『璞以母憂去職，卜葬地於暨陽，去水百步許，人以近水爲言。璞曰：「當即爲陸矣。」其後沙漲，去墓數十里皆爲桑田。』王惲集乃云：『金山西北大江中，亂石間有叢薄鴉鵲棲集，爲郭璞墓。』按史文元謂去水百步許，不在大江之中。且當時即已沙漲爲田，而暨陽在今江陰縣界，不在京口。又所葬者璞之母，而非璞也。世之所傳皆誤。」自注：「世説載璞詩曰：『此阜列列，巨海混混，壘壘三墳，惟母與昆。』則璞又有二兄同葬。」按，郭璞當爲亡母安墓，晉書七二郭璞傳所記甚明，日知録謂「所葬者璞之母，而非璞也」，是。至於郭璞墓，陸游入蜀記卷一曰：「因登雄跨閣，觀二島，左曰鶻山，舊傳有棲鶻，今無有。右曰雲根島，皆特起不附山，俗謂之郭璞墓。」據此，郭璞墓在金山附近大江中。然明一統志六謂郭璞墓在玄武湖中：「湖中有大墩，俗傳爲郭璞墓。」滄海桑田，早已遷滅難知矣。

〔三〕卜筮　卜，宋本誤作「十」。晉書郭璞傳：「有郭公者，客居河東，精於卜筮，璞從之受業。

公以青囊中書九卷與之，由是遂洞五行、天文、卜筮之術，攘災轉禍，通致無方，雖京房、管輅不能過也。」

八　王丞相令郭璞試作一卦，〔一〕卦成，郭意色甚惡，云：「公有震厄。」王問：「有可消伏理不？」郭曰：「命駕西出數里，得一栢樹，截斷如公長，置牀上常寢處，災可消矣。」王從其語。數日中，果震栢粉碎，子弟皆稱慶。王隱晉書曰：「璞消災轉禍，扶厄擇勝，時人咸言京、管不及。」〔二〕大將軍云：「君乃復委罪於樹木。」

【校釋】

〔一〕「王丞相」句　程炎震云：「晉書璞傳云：『時參王導軍事。』」按，郭璞明解卜筮，晉書郭璞傳記其卜筮之事極多，如西晉之末，河東禍亂初萌，璞筮之，投策而歎，欲避地東南。廬江太守胡孟康無心南渡，璞爲占曰敗。既過江，宣城太守殷祐令璞作卦。元帝初鎮建鄴，王導令璞筮之。及帝爲晉王，又使璞筮。王敦謀逆，温嶠、庾亮使璞筮之。璞曰大吉，嶠等因之認爲舉事必有成，於是勸帝討敦。王敦將舉兵，亦使璞筮。由郭璞傳即可見，晉人大至軍國大事，小至出處動静，多以卜筮決之。

〔二〕京、管　指京房、管輅。

九　桓公有主簿，善别酒，有酒輒令先嘗，好者謂「青州從事」，惡者謂「平原督郵」。〔一〕青州有齊郡，平原有鬲縣。「從事」言到臍，〔二〕「督郵」言在鬲上住。〔三〕

【校釋】

〔一〕「好者謂青州從事」二句　王楙野客叢書一〇「青州從事」條：「徐彭年家範：其子問：『人稱酒爲青州從事謂何？』曰：『湘山野録云，昔青州從事善造酒故云。』僕考世説與此説不同：桓公有主簿，善别酒，好者謂青州從事，惡者謂平原督郵，蓋青州有齊郡，平原有鬲縣，言好酒下臍，而惡在膈上住也。從事美官，而督郵賤職，故取以爲喻。」世説抄撮：「余謂從事順通上下之情者也，督郵主糾諸縣之罰負者也。故從事以譬酒味之醇和，督郵以譬酒味之酮烈。」按，古直注陶淵明和劉柴桑詩「弱女雖非男，慰情良勝無」之「弱女」一词曰：「魏志徐邈傳：『平日醉客，謂酒清者爲聖人，濁者爲賢人。』世説（術解）：『桓公有主簿，善别酒。好者謂青州从事，惡者謂平原督郵。』魏晉人每好爲酒品目，靖節亦復爾爾。」（古直陶靖節詩箋）古直稱「魏晉人每好爲酒品目」，桓温主簿及陶淵明皆是。其説是也。又抄撮之釋亦圓通可取。督郵，郡之屬官，督察鄉縣，兼司獄訟捕亡。督郵官卑而權重，人多惡之，以至陶淵明稱之爲「鄉里小人」，故此以督郵喻惡酒，只止於膈上，不入腹腸也。

〔二〕臍　李詳：「案：臍，古亦作齊。莊子達生篇：『與齊俱入。』釋文：『司馬云：齊，回水如腹齊也。』史記封禪書：『祠天齊淵。』索隱：『臨淄城南有天齊泉，言如天之腹齊也。』」按，李説是。左傳莊公六年：「亡鄧國者，必此人也。若不早圖，後君噬齊，其及圖之乎！」齊，可借作「臍」。

〔三〕鬲上住　余箋：「任淵山谷内集注一引至『平原督郵』止。以下作注云『青州有齊郡』云云。『言到臍』作『謂到齊下』，『言在鬲上住』作『謂到鬲上住也』。今本誤作大字，混入正文。」徐箋：「鬲，借作膈。」按，膈，膈膜。御覽三七一引釋名曰：「膈，塞也，膈塞上下，使不與穀氣相亂。」靈樞經經脈：「其支者復從肝，別貫膈，上注肺。」

一〇　郗愔信道甚精勤，〔一〕常患腹内惡，諸醫不可療。聞于法開有名，〔二〕往迎之。既來便脉，云：「君侯所患，正是精進太過所致耳。」合一劑湯與之，一服即大下，〔三〕去數段許紙，如拳大，剖看，乃先所服符也。〔四〕晉書曰：「法開善醫術，嘗行，莫投主人，〔五〕妻産而兒積日不墮。法開曰：『此易治耳。』殺一肥羊，食十餘臠而針之。須臾兒下，羊膋裹兒出。〔六〕其精妙如此。」

【校釋】

〔一〕郗愔信道甚精勤　程炎震云：「郗愔奉天師道，見後排調篇『二郗奉道』條。」余箋：「御覽六六六引太平經曰：『郗愔字方回，高平金鄉人。爲晉鎮軍將軍。心尚道法，密自遵行。善隸書，與右軍相埒。手自起寫道經，將盈百卷。於今多有在者。』」

〔二〕于法開　余箋：「高僧傳四于法開傳曰：『晉升平五年，孝宗有疾，開視脈，知不起，不肯復入。康獻后令曰：「帝小不佳，昨呼于公視脈，但到門不前，種種辭憚，宜付廷尉。」俄而帝崩，獲免。』嘉錫案：此可見法開視脈之精。」

〔三〕下　周一良魏晉南北朝史札記「王羲之書札」條：「『下』用作腹瀉意。如『知弟下不斷』，『然下不斷，尚憂之』，『爲妹下斷，以爲至慶』，『近下數日』，『下由食穀也』。」

〔四〕乃先所服符　余箋：「魏志張魯傳注引典略，謂太平道及五斗米道皆教病人叩頭思過，因以符水飲之……然亦有無病服符者。真誥協昌期篇有『明堂内經開心辟妄符』：用開日旦朱書，再拜服之，一月三服。郗愔所服，蓋此類也。」按，符書爲神仙方術之一種，起源甚早。漢末五斗米道首領張角造作符書，誑言「符水呪説以療病」（後漢書七一皇甫嵩傳）。萬洪抱朴子内篇遐覽、登涉録符書達數百卷之多，稱「符出于老君，皆天父也。老君能通于神明，符皆神明所授」。宋書六二羊欣傳：「（欣）有病不服藥，飲符水而已。」可見道教徒頗惑于飲符水治病也。

〔五〕莫投主人　李慈銘云：「案：『投』下有脱字，嘉泰會稽志作『嘗旅行，莫投主人，其家妻産。』」按，「妻産」前省略「主人」，于文義無礙，非有脱字。

〔六〕羊膋　高僧傳四于法開傳作「羊膜」。膋，脂肪。詩小雅信南山：「執其鸞刀，以啓其毛，取其血膋。」鄭玄箋：「膋，脂膏。」沈約梁雅樂歌牷雅：「其膋既啓，我豆既盈。」又，佛教初期之沙門，不乏精醫術者。蓋異術利於弘法，醫術亦爲異術之一種也。如高僧傳一竺法蘭傳：「剋意好學，外國典籍，及七曜五行，醫方異術，乃至鳥獸之聲，無不綜達。」同上三求那跋摩傳：「躬自引材傷王腳指，跋摩又爲呪治，有頃平復。」康僧會安般守意經序稱安清「鍼脉諸術，覩色知病」（僧祐出三藏記集六）。劉敬叔異苑六：「沙門有支法存者，本自胡人，生長廣州，妙善醫術，遂成巨富。」

一一　殷中軍妙解經脉，〔一〕中年都廢。有常所給使，忽叩頭流血。浩問其故，云：「有死事，終不可説。」詰問良久，乃云：「小人母年垂百歲，抱疾來久，〔二〕若蒙官一脉，〔三〕便有活理，訖就屠戮無恨。」浩感其至性，遂令舁來，爲診脉處方。始服一劑湯便愈。於是悉焚經方。〔四〕

【校釋】

〔一〕「殷中軍」句　程炎震云：「晉書八四仲堪傳云：『躬學醫術，究其精妙。』隋書經籍志：梁有殷荆州要方一卷，殷仲堪撰，亡。不聞殷浩，蓋傳寫之誤耳。」余箋：「諸書並不言殷浩通醫術。余初亦疑爲仲堪之誤。既而考之唐寫本陶弘景本草集注序録云：『自晉世已來，其貴勝阮德如、張茂先、裴逸民、皇甫士安及江左葛稚川、蔡謨、殷淵源諸名人等，並亦研精醫術。凡此諸人，各有所撰用方』云云，乃知殷中軍果妙解經脈，非多讀古書見古本，不能知也。大觀本草所録陶隱居序，殷淵源作『商仲堪』，蓋宋人所妄改。文廷式純常子枝語卷三三曰：『圖書集成藝術典醫部名醫別傳引醫學入門云：殷浩精通經脈，著方書。』」

〔二〕來久　即由來已久之意。晉書二六食貨志：「又人習來久，革之必惑。」晉書四七傅玄傳：「施行來久，衆心安之。」

〔三〕官　世説音釋：「凡婢妾僕役稱己主爲官。」

〔四〕悉焚經方　劉辰翁云：「診之似達，焚方又隘，無益盛德。」凌濛初云：「寫得觳觫，宛轉可矜。」蕭艾世説探幽引三國時華佗自言「以醫見業，常存悔意」，及在獄中將醫書焚之一炬之例，以爲殷浩悉焚經方，「就因爲在當時，醫師以及其他從事科學技術工作的人，社會地位很低。不但不爲人所尊敬，反而遭受打擊和迫害。」（詳見世説探幽第二一〇頁——二一三頁）其説可參考。

巧藝第二十一

一　彈棋始自魏宫内用妝奩戲。〔一〕傅玄彈棋賦敍曰：「漢成帝好蹴踘，劉向以謂勞人體，竭人力，非至尊所宜御，乃因其體作彈棋。今觀其道，蹴踘道也。」〔二〕按玄此言，則彈棋之戲其來久矣。且梁冀傳云：「冀善彈棋格五」，〔三〕而此云起魏世，謬矣。文帝於此戲特妙，用手巾角拂之，無不中。有客自云能，帝使爲之。客著葛巾角，低頭拂棋，妙踰於帝。〔四〕典論帝自敍曰：〔五〕「戲弄之事少所喜，唯彈棋略盡其妙，少時嘗爲之賦。昔京師少工有二焉，合鄉侯、東方世安、張公子，〔六〕常恨不得與之對也。」博物志曰：「帝善彈棋，能用手巾角。時有一書生，又能低頭以所冠葛巾角撇棋也。」

【校釋】

〔一〕「彈棋」句　妝奩，妝，宋本誤作「牀」。彈棋，後漢書三四梁冀傳注引藝經曰：「彈棋，兩人對局，白黑棋各六枚，先列棋相當，更先彈也。其局以石爲之。」李詳云：「御覽七五五引此作『彈棋始自魏文帝宫内妝器戲也』。又引彈棋經後序曰：『自後漢沖、質已後，此藝中絶，至獻帝建安中，曹公執政，禁闌幽密，至於博弈之具，皆不得妄置宫中。宫人因以金釵珍梳，戲於妝奩之上，即取類於彈棋也。及魏文帝受禪，因宫人所爲，更習彈棋焉。』又案：陸游老學庵筆記：『大名龍興寺佛殿，有魏宮玉彈棋局，上有「黄初中刻」字。政和中，取入禁中。』」余箋引李詳後云：「彈棋經後序，此下尚有『故帝與吴季重曰「彈棋閑設」者也』二句。考魏志王粲傳注引魏略曰：『大將軍西征，太子南在孟津小城，與質書曰：「每念昔日南皮之遊，誠不可忘。彈棋閑設，終以博弈」』云云。『大將軍西征』，文選四二與朝歌令吴質書注引典略作『大軍西征』，是也。案魏志武帝紀：建安十九年十二月，公至孟津。二十年三月，公西征張魯。曹丕與質書當在此時。南皮之遊，又在其前。而後序乃謂『文帝受禪，宮人更習彈棋，故帝與質書』云云，蓋徒欲附會世説彈棋始自魏宮之説，而不知其歲月之不合也。後序有『唐順宗在春宮日』及『長慶末』之語，蓋唐末人所作，其敍漢、魏事絶不可信。恐讀者誤信其説，以爲可以調停世説及劉孝標注，故因審言所引，駁之如此。」按，余箋謂彈棋經後序「絶不可信」，其説是也。蔡邕有彈棋賦，古辭豔歌何嘗行曰：「摴蒲六博，對坐彈棋。」而曹丕、王粲、丁廙皆有彈棋賦，可證彈棋並非「沖、質之後，此藝中絶」。馬端臨文獻通考二二九「彈棋經一卷」，録鼂氏曰：「未詳撰人。序稱世説曰：『魏武帝好彈棋，宮中皆効之，難得其局，以粧奩之蓋形狀相類，就蓋而彈之，俗中因謂魏宮粧奩之戲。』按西京雜記云：劉向作彈棋。典論云：前代馬合鄉、張公子皆善彈棋。然則起於漢朝，非自魏始。世説誤矣。」通鑑九八晉紀二〇胡注亦云：「劉貢父詩云：『漢皇初厭蹵鞠勞，侍臣始作彈棋戲。』彈棋蓋始於漢也。世説曰，彈棋始自魏内宮粧奩之戲，此説誤也。按西京雜記，漢武帝好蹵鞠，言事者以爲勞體，非至尊所宜。帝命擇似而不勞者，家君作彈棊奏之，帝大悦。」又關於彈棊之藝及棊局形制，廣記二二八引世説曰：「今彈棊用棊二十四色，色别貴賤。又魏戲法先立一棊於局中，餘者白黑圍繞之，十八籌成都。」沈括夢溪筆談一八曰：「有譜一卷，蓋唐人所爲。棊局方二尺，中心高如覆盂，其巔爲小壺，四角微隆起。今大名開元寺佛殿上有一石局，亦唐時物也。李商隱詩曰：『玉作彈棊局，中心最不平。』謂其中高也。白樂天詩曰：『彈棊局上事，最妙是長斜。』長斜謂抹角斜彈，一發過半局，今譜中具有此法。柳子厚敍棊用二十四棊者，即此戲也。漢書注云『兩人對局，白黑子各六枚』，與子厚所記小異。」陸游老學庵筆記一〇：「呂進伯作考古圖云：『古彈棊局狀如香爐，蓋謂其中隆起也。』李義山詩云：『玉作彈棊局，中心亦不平。』今人多不能解。以進伯之説觀之，則粗可見，然恨其藝之不傳也。」御覽七五五引蔡邕彈棊賦曰：「夫張局陳棊，取法武備，因嬉戲以肄業，託懽冥以講事。設茲矢石，其夷如砥，采若錦績，平若停水，肌理光澤，滑不可履，乘色行巧，據險用智。」藝文類聚七四引丁廙彈棊賦曰：「文石爲局，金碧齊精。隆中夷外，緻理肌平。卑高得適，既安且貞。棊則象齒，選乎南藩。禮密身重，腹隱頭騫。驍悍説敏，不輕不軒。列數二八，取象宮軍。徽章采列，爛焉可觀。於是二物既設，主人延賓。粉石霧散，六師列陳。跡行王首，左右相親。成列告誓，三令五申。事中軍政，言含禮文。號令既通，兵棊啓路。運若迴飈，疾似飛兔。前中卻儛，賈其餘怒。風馳火燎，令牟取五。恍哉忽兮，誠足慕也。若夫氣竭力殘，弱膽怯心，進不及敵，中路爲擒，仁而不武，春秋所箴。剛優勁勇，忿速輕急，推敵阻隧，我廢彼立。君子去是，過猶不及。」此賦雖殘，猶大體可知棋局形制及彈棋乃取法兵勢之道。

〔二〕蹴鞠　後漢書三四梁冀傳注引劉向别録曰：「蹴鞠者，傳言黄帝所作，或曰起戰國之時。蹴鞠，兵勢也，所以講武知有材也。」沈括夢溪筆談一八：「予觀彈棋絶不類蹴踘，頗與擊踘相近，疑是傳寫誤耳。」按，劉向謂「蹴鞠兵勢也」，傅玄以爲彈棋取法於蹴鞠，亦體現兵勢，此與蔡邕彈棋賦所謂「張局陳棋，取法武備」意同。沈括疑蹴鞠爲擊鞠之誤，非是。

〔三〕格五　後漢書三四梁冀傳注：「前書：『吾丘壽王善格五。』音義云：『簺也，音蘇代反。』説文曰：『簺，行棋相塞謂之簺。』鮑宏簺經曰：『簺有四采，塞、白、乘、五是也。至五即格，不得行，故謂之格五。』」

〔四〕「有客自云能」數句　陸游老學庵筆記一〇：「魏文帝善彈棋，不復用指，第以手巾角拂之。有客自謂絶藝，及召見，但低首以葛巾角拂之，文帝不能及也。此説今尤不可解矣。」

〔五〕典論帝　帝，原作常，宋本、沈校本並作「帝」。今據改。

〔六〕少工　王利器校：「太平廣記引『少』作『妙』，義較勝。」余箋：「魏志作『先工』，當據改。」徐箋：「『少』恐即『妙』之誤。」楊箋據廣記改作「妙」。按，作「妙」較勝，王校可從。一焉，徐箋：「魏志均作『馬』，是。後漢書馬援傳載其孫朗封合鄉侯，故此馬合鄉侯非朗即朗之子孫。『二焉』二字實『馬』字之誤。『東方世安』，魏志注作『東方安世』。」

二　陵雲臺樓觀精巧，〔一〕先稱平衆木輕重，然後造構，乃無錙銖相負揭。〔二〕臺雖高峻，常隨風摇動，而終無傾倒之理。魏明帝登臺，懼其勢危，别以大材扶持之，樓即頹壞。論者謂輕重力偏故也。洛陽宫殿簿曰：「陵雲臺上壁，方十三丈，高九尺。樓方四丈，高五丈。棟去地十三丈五尺七寸五分也。」

【校釋】

〔一〕陵雲臺　程炎震云：「水經注一六穀水篇引洛陽記曰：『陵雲臺東有金市。金市北對洛陽壘。』御覽一七八引述征記曰：『陵雲臺在明光殿西，高八丈，累磚作道，通至臺上。』則陵雲臺永嘉後猶存。」按，魏志文帝紀：黄初二年十二月築陵雲臺。魏志高堂隆傳：魏明帝大興宫室，景初元年（二三八），鑄作黄龍鳳皇奇偉之獸，飾金墉、陵雲臺、陵霄闕。又何平叔景福殿賦云：「建凌雲之層盤。」

〔二〕負揭　徐箋：「後漢書左雄傳：『負謂欠負。』説文：『揭，高舉也。』負揭二字連用，猶言高下。」楊箋：「負揭，猶擔負也。莊子胠篋：『負匱揭篋，擔囊而趨。』此意左右稱平擔負，無錙銖輕重差異也。」按，楊箋釋爲「擔負」較勝。沈約齊武帝謚議：「初九勿用，英氣凌雲。負揭日月，仰揚霄漢。」梁簡文帝莊嚴旻法師成實論義疏序：「羽儀鸞鳳，負揭光景。」（廣弘明集二〇）

三　韋仲將能書。〔一〕魏明帝起殿，〔二〕欲安榜，使仲將登梯題之。既下，頭鬢皓然。因敕兒孫勿復學書。〔三〕文章敘録曰：「韋誕字仲將，京兆杜陵人，太僕端子。有文學，善屬辭，以光禄大夫卒。」衛恒四體書勢曰：「誕善楷書，魏宫觀多誕所題。明帝立陵霄觀，誤先釘榜，乃籠盛誕，轆轤長絙引上，使就題之。去地二十五丈，誕甚危懼，乃戒子孫絶此楷法，著之家令。」〔四〕

【校釋】

〔一〕韋仲將能書　衛恒四體書勢：「漢建初中，扶風曹喜少異於（李）斯，而亦稱善。邯鄲淳師焉，略究其妙，韋誕師淳而不及也。太和中，誕爲武都太守，以能書留補侍中，魏氏寶器銘題皆誕書也。」（見晉書三六衛恒傳）張懷瓘書斷卷中：「服膺於張芝，兼邯鄲淳之法，諸書並善，尤精題署。明帝時凌雲臺初成，令誕題榜，高下異好，宜就加點正，因致危懼，頭鬢皆白。既以下，戒子孫無爲大字楷法。袁昂云：『仲將書如龍拏虎踞，劍拔弩張。』張華云：『京兆韋誕子熊，潁川鍾繇子會，並善隸書。』初青龍中，洛陽、許、鄴三都宮觀始成，詔令仲將大爲題署，以爲永制，給御筆墨，皆不任用，因曰：『蔡邕自矜能書，兼斯、喜之法，非流紈體素，不妄下筆。夫工欲善其事，必先利其器，若用張芝筆、左伯紙，及臣墨，兼此三具，又得臣手，然後可以兼徑丈之勢，方寸千言。』然其跡之妙，亞乎索靖也。嘉平五年卒，年七十五。八分隸、章草、飛白入妙，小篆入能。兄康字元將，亦工書。子熊字少季，亦善書，時人云：名父之子，不有二事。世所美焉。」

〔二〕魏明帝起殿　余箋：「水經穀水注曰：『魏明帝上法太極，於洛陽南宮起太極殿於漢崇德殿之故處。南宮既建，明帝令侍中京兆韋誕以古篆書之。』」按，魏志明帝紀載：青龍三年（二三五），「大治洛陽宮，起昭陽、太極殿，築總章觀」。

〔三〕「欲安榜」數句　韋誕登梯題榜之事，李治敬齋古今黈六引晉書王獻之傳、書法録、王僧虔名書録所載，以爲凌雲殿極天下之工，匠人必欲盡當時之選，榜誤釘後再書之説，萬無此理。又謂書法録言誕因危懼，以戒子孫，此説或有之，然晉書稱誕書訖，鬚髪皆白，尤不可信。余箋駁李治之説，解之曰：「夫陵雲台觀，萬人屬目，乃竟釘未書之榜，誠非情理所有。然衛恒去韋誕時不遠，又與王僧虔皆世代書家，縱所言不能無少誤，然父師相傳，豈得全無所本乎？李氏竟似未見世説者，可怪也。李所引書法録，不知出何書，其文乃與張懷瓘書斷全同。據其所言，此榜仍是在平地書就，及懸之臺上，方覺其不佳。榜既高大，又已釘牢，取之甚難，故懸誕使上，令就加描潤耳。高下異好，書畫之常。懷瓘此說，必別有所據，足以正從來相傳之失矣。又知誕之戒子孫，乃專令絶大字楷法，並非禁使永不學書也。若夫鬚髮盡白，乃是後來形容過甚之詞，衛恒、王僧虔及廣記所引書法録皆無此說，分別觀之可矣。」按，余箋據張懷瓘書斷，以爲榜乃平地書就，懸之臺上方覺不妥，故懸誕上使描潤。此解頗圓通。然世說謂韋誕題榜乃太極殿，衛恒謂陵霄觀，張懷瓘謂凌雲臺，此必一事而傳聞各異耳。以情理推之，當以衛恒所說較可信。

〔四〕衛恒四體書勢　世說箋本：「四體書勢中不載此文，但曰：『韋誕，太和中爲武都太守，以能書留補侍中，魏氏寶器銘題，皆誕書也。』」程炎震同，又云詳四體書勢中篆書篇文意，謂誕善篆書，非謂楷隸也。徐箋：「案此事不見於晉書衛恒傳所引四體書勢，惟王獻之傳謝安述以試獻之語，與此略同。法書要録引王僧虔條疏古來能書人名啓及『論書韋誕』條，與此正同。疑僧虔語本出衛恒，晉書所引或非全文。」按，方正六二注引宋明帝文章志、張懷瓘書斷卷中、法書要録一、張彦遠歷代名畫記九，皆云韋誕題榜危懼，與此條孝標注引四體書勢同。徐箋謂今晉書衛恒傳所引四體書勢或非全文，其說可從。又據張懷瓘書斷，韋誕善八分書、隸書、章草、飛白、小篆，而魏宮觀既多誕所題，則或以篆書，或以楷書，亦在情理中。若稱定爲篆書，或定爲楷書，恐亦未必然。

四　鍾會是荀濟北從舅，〔一〕二人情好不協。荀有寶劍，可直百萬，常在母鍾夫人許。〔二〕孔氏志怪曰：「勖以寶劍付妻。」會善書，學荀手跡，作書與母取劍，仍竊去不還。世語曰：「會善學人書。伐蜀之役，於劍閣要鄧艾章表，皆約其言，〔三〕令詞旨倨傲，多自矜伐，艾由此被收也。」荀勖知是鍾而無由得也，思所以報之。後鍾兄弟以千萬起一宅，始成，甚精麗，未得移住。荀極善畫，乃潛往畫鍾門堂作太傅形象，衣冠狀貌如平生。二鍾入門，便大感慟，宅遂空廢。〔四〕孔氏志怪曰：「于時咸謂勖之報會，過於所失數十倍。彼此書畫，巧妙之極。」〔五〕

【校釋】

〔一〕荀濟北　程炎震云：「晉書三九荀勖傳：『武帝受禪，改封濟北郡公，固辭爲侯。』」從舅，晉書三九荀勖傳謂從外祖鍾繇，勖是鍾會從甥。考魏志鍾繇傳：「初，文帝分（鍾）毓户邑，封繇弟演及子劭、孫豫列侯。」則荀勖外祖乃鍾演，母鍾夫人是鍾演之女。

〔二〕母鍾夫人　楊箋：「『夫』上，御覽一〇八、三四三引世説有『太』字，是。今據增。」按，荀勖母何以稱「鍾太夫人」？味御覽所引世説作「鍾太夫人」，蓋因下文謂鍾會作書與母取劍，與此處母鍾夫人抵牾，故改作「鍾太夫人」。然此明言荀勖劍在母鍾夫人處，此母乃勖母，非鍾會之母也。張懷瓘書斷卷中亦云：「會嘗詐爲荀勖書，就勖母鍾夫人取寶劍。」可證勖母鍾夫人不誤，不可改爲鍾太夫人。

〔三〕「於劍閣」二句　要，世説箋本：「『要』，遮也。言遮奪其表章，學鄧書，約其言，倨傲其文，矜伐其事，换以奏之。」按，要，謂攔截也。孟子公孫丑下：「（孟仲子）使數人要於路。」淮南子原道訓：「射者扞烏號之弓，彎棊衛之箭，重之羿、逢蒙子之巧，以要飛鳥，猶不能與羅者競多。」吴志吴主傳：「是歲地連震。」裴注引韋昭吴録：「孫韶又遣將高壽等率敢死之士五百人於徑路要之，帝大驚，壽等獲副車羽蓋以還。」世説箋本釋「要」謂「遮」，近是。皆約其言，約，魏志鍾會傳裴注引世語作「易」。御覽四九四引世説：「鍾會密白鄧艾有反狀。會善效人書，於劍閣要艾章表白事，皆易其言，令辭指倨傲，多自矜伐。」鍾會效鄧艾章表，改易其辭指，以致艾死于蜀，真乃詭詐小人也。

〔四〕「二鍾入門」三句　顔氏家訓風操篇：「禮曰：『見似目瞿，聞名心瞿。』有所感觸，惻愴心眼。」二鍾入門見先父畫像如生，心眼惻愴，不復再入，遂使宅空廢。古人守禮竟至於此。

〔五〕「彼此書畫」二句　張懷瓘書斷卷中：「自過江東，右軍之前，世將（王廙）書與荀勖畫爲明帝師。」張彦遠歷代名畫記二曰：「畫今粗陳大略云：至如晉明帝師於王廙，衛協師於曹不興，顧愷之、張墨、荀勖師於衛協……」又曰：「以晉宋爲中古，則明帝、荀勖、衛協、王廙、顧愷之、謝稚、嵇康、戴逵（已上八人晉）、陸探微、顧寶光、袁倩、顧景秀之流是也（已上四人宋）。」朱謀垔畫史會要一謂荀勖：「嘗畫有大列女圖、小列女圖。」

五　羊長和博學工書，文字志曰：「忱性能草書，亦善行隸，〔一〕有稱於一時。」能騎射，〔二〕善圍棋。諸羊後多知書，〔三〕而射、奕餘藝莫逮。〔四〕

【校釋】

〔一〕行隸　朱注：「行隸不見於他書。疑如草隸之類，豈以行筆寫隸，如章草耶？」按，張彥遠法書要録一載歷代能書人，稱善行書、草行書、草藁、隸草、隸行、草隸、隸藁、草行，無有「行隸」者。疑「行隸」或以行書之筆作隸書者。

〔二〕能騎射　羊忱能騎射見方正一九。

〔三〕諸羊後多知書　張彥遠法書要録一：「泰山羊忱，晉徐州刺史，羊固，晉臨海太守，並善行書。」羊欣善草隸。見傷逝一八注引宋書。

〔四〕奕　通「弈」。廣雅釋言：「圍棋，奕也。」

六　戴安道就范宣學，〔一〕中興書曰：「逵不遠千里往豫章詣范宣，宣見逵異之，以兄女妻焉。」視范所爲，范讀書亦讀書，范抄書亦抄書。唯獨好畫，范以爲無用，不宜勞思於此。〔二〕戴乃畫南都賦圖，〔三〕范看畢咨嗟，甚以爲有益，始重畫。

【校釋】

〔一〕戴安道就范宣學　棲逸一四注引續晉陽秋：「宣少尚隱遁，家於豫章，以清潔自立。」晉書九一范宣傳：「宣雖閑居屢空，常以讀誦爲業，譙國戴逵等皆聞風宗仰，自遠而至，諷誦之聲，有若齊魯。」范宣人品既高，又博綜衆書，不僅江東人士聞風宗仰，甚至北方亦有欲歸依者。高僧傳六慧遠傳即謂遠「年二十一，欲渡江東就范宣子共契嘉遁」。戴逵屢有徵辟不就，亦好學，故不遠千里往詣范宣。

〔二〕不宜勞思　宜，宋本此字壞。王利器校：「各本作『宜』。類説卷三一引作『不宜勞心』，無『於此』二字。」

〔三〕乃　王叔岷補正：「案御覽七五〇引『乃』作『爲』（去聲），『乃』猶『爲』也。戰國策秦策五：『王后乃請趙而歸之。』史記呂不韋列傳正義引『乃』作『爲』，亦其比。」

七　謝太傅云：「顧長康畫，有蒼生來所無。」〔一〕續晉陽秋曰：「愷之尤好丹青，妙絶於時。曾以一廚畫寄桓玄，皆其絶者，深所珍惜。悉糊題其前。桓乃發廚後取之，好加理復。〔二〕愷之見封題如初，而畫並不存，直云：『妙畫通靈，變化而去，如人之登仙矣。』」〔三〕

【校釋】

〔一〕「謝太傅云」二句　余箋：「歷代名畫記五引劉義慶世説云：『謝安謂長康曰：卿畫自生

人以來未有也。』」又云：『卿畫蒼頡，古來未有也。』」並與今本不合。又引云：『桓大司馬每請長康與羊欣論書畫，竟夕忘疲。』」今本並無此語。名畫記一云：『桓玄性貪好奇，天下法書名畫，必使歸己。及玄篡逆，晉府名跡，玄盡得之。玄敗，宋高祖先使臧喜入宫載焉。』」按，歷代名畫記二論顧陸張吳用筆曰：「或問余以顧、陸、張、吳用筆如何？對曰：顧愷之之跡，緊勁聯綿，循環超忽，調格逸易，風趨電疾，意存筆先，畫盡意在，所以全神氣也。」歷代名畫記五曰：「姚最云：『顧公之美獨擅往策，荀、衛、曹、張，方之蔑然。如負日月，似得神明。慨抱玉之徒勤，悲曲高而絕唱，分庭抗禮，未見其人。』」「張懷瓘云：『顧公運思精微，襟靈莫測，雖寄跡翰墨，其神氣飄然在煙霄之上，不可以圖畫間求。象人之美，張得其肉，陸得其骨，顧得其神。』」顧畫在當世即大爲時人歎賞，蓋以形寫神，超越前代畫家。

〔二〕好加理復　復，王刻本作「後」。余箋以「後」字屬下句。按，「好加理復」謂細心修理如初。理，修理；復，復原。晉書九二顧愷之傳：「玄乃發其廚後，竊取畫，而緘閉如舊以還之，紿云未開。」「理復」即開後「緘閉如舊」之竊賊技倆耳。

〔三〕「愷之見封題如初」數句　畫既爲桓玄竊取，然愷之不僅不察，反以爲妙畫變化而去，真所謂「癡絕」也。

八　戴安道中年畫行像甚精妙。〔一〕庾道季看之，語戴云：「神明太俗，由卿世情未盡。」〔二〕戴云：「唯務光當免卿此語耳。」〔三〕列仙傳曰：「務光，夏時人也。耳長七寸，好鼓琴，服菖蒲韭根。湯將伐桀，謀於光。光曰：『非吾事也。』湯曰：『伊尹何如？』務光曰：『彊力忍詬，不知其它。』湯克天下，讓於光。光曰：『吾聞無道之世，不踐其土，況讓我乎？』負石自沈於盧水。」

【校釋】

〔一〕行像　世說補觿：「行像，所行人物。」世說箋本：「猶立像也。」世說音釋：「行，即行住坐臥之行。」朱注：「此即後世所謂行樂圖之類。」楊箋：「行像，即形象。行，讀如形。」按，世說箋本、朱注、楊箋皆不確。世說音釋釋「行」爲行走之行，其說是。行像乃指佛像也，能移動行走，故曰行像。法顯佛國記記法顯於西域觀行像：「最先行像離城三四里，作四輪像車，高三丈餘，狀如行殿，七寶莊校，懸繒幡蓋。像立車中，二菩薩侍，作諸天侍從，皆金銀彫瑩，懸於虛空。像去門百步，王脫天冠，易著新衣，徒跣持華香，翼從出城迎像。」法顯所見行像乃立車中而行，可證行像之行乃行走之行。行像或爲畫像，或爲塑像。廣弘明集一五：「涼州南百里崖中泥塑行像者。」法苑珠林一三：「（曇）遠曰：『見佛身黃金色，形狀大小如今行像。』」同上二四：「晉世有譙國戴逵字安道者，風清概遠，留遯舊吴，宅性居理，遊心釋教。且機思通贍，巧疑造化，乃所以影響法相，咫尺應身。乃作無量壽挾侍菩薩，研思致妙，精銳定製。潛於帷中密聽衆論，所聞褒貶，輒加詳改。覈准度於毫芒，審光色於濃淡，其和墨點采，刻形鏤法，雖周人盡策之微，宋客象楮之妙，不能踰也。委心積慮，三年方成，振代迄今，所未曾有。凡在瞻仰，有若至真。俄而迎像入山陰之靈寶寺，道俗觀者，皆發菩提心。……逵又造行像五軀，積慮十年。像舊在瓦官寺。」可見戴逵妙於造佛像。此云「畫行像」，非指雕塑佛像，殆即歷代名畫記五記顧愷之於瓦棺寺畫維摩詰之類。

〔二〕「庾道季看之」數句　庾道季借題發揮，嘲謔戴逵「世情未盡」。雅量三四注引晉安帝紀言逵「尤好游燕，多與高門風流者游，談者許其通隱」。逵雖有高尚之名，然非真正棲遲衡門者，故庾戲之。

〔三〕「戴云」句　李贄云：「此答未善。予因代答一轉語云：『與俗人看，便是真俗。』」（初潭集師友書畫）

九　顧長康畫裴叔則，頰上益三毛。人問其故，顧曰：「裴楷儁朗有識具，正此是其識具。〔一〕看畫者尋之，定覺益三毛如有神明，殊勝未安時。」〔二〕愷之歷畫古賢，皆爲之贊也。〔三〕

【校釋】

〔一〕「裴楷儁朗」二句　晉書三五裴楷傳言「楷明悟有識量」、「楷有知人之鑒」，薦樂廣于未名時。賞譽八記「裴令公目夏侯太初：『肅肅如入廊廟中，不修敬而人自敬。』見鍾士季如觀武庫，但覩矛戟。見傅蘭碩，汪廧靡所不有。見山巨源，如登山臨下，幽然深遠。」皆證其識具非凡，而顧長康以爲裴之頰上三毛，正是其識具之標誌。

〔二〕「看畫者尋之」數句　頰上益三毛，亦是顧愷之畫以形傳神之手法。歷代名畫記五有顧愷之魏晉勝流畫贊，云：「寫自頸已上，寧遲而不雋，不使速而有失。」可知愷之刻畫眼睛之外，亦精心刻畫顴頰。蘇軾傳神記云：「傳神之難在目顴。顧虎頭云，傳形寫影都在阿睹中。其次在顴頰。吾嘗於燈下顧，自見頰影，使人就壁模之，不作眉目。見者皆失笑，知其爲吾也。目與顴頰似，餘無不似者。眉與鼻口，可以增減取似也。傳神與相一道，欲得其神之天，法當於衆中陰察之。今乃使人具衣冠坐，注視一物，彼方歛容自持，豈復見其天乎？凡人意思各有所在，或在眉目，或在鼻口。虎頭云：『頰上加三毛，覺精采殊勝。』則此人意思蓋在鬚頰間也。優孟學孫叔敖抵掌談笑，至使人謂死者復生。此豈舉體皆似？亦得其意思所在而已。使畫者悟此理，則人人可爲顧、陸。吾嘗見僧惟真畫曾魯公，初不甚似。一日往見公，歸而甚喜曰：『吾得之矣。』乃於眉後加紋，隱約可見，作俛首仰視揚眉而蹙頞者，遂大似。」（經進東坡文集事略五三）

〔三〕「愷之歷畫古賢」二句　即張彦遠歷代名畫記云顧愷之作有魏晉勝流畫贊。

一〇　王中郎以圍棊是坐隱，支公以圍棊爲手談。〔一〕博物志曰：「堯作圍棊，以教丹朱。」語林曰：「王以圍棊爲手談，故其在哀制中，祥後客來，〔二〕方幅會戲。」〔三〕

【校釋】

〔一〕「王中郎」二句　余箋：「水經注二二渠水注引語林曰：『王中郎以圍棊爲坐隱，或亦謂之手談，又謂之爲棊聖。』」又顔氏家訓雜藝：「圍棊有手談、坐隱之目，頗爲雅戲。」沈約棊品序：「弈之時義大矣哉。……支公以爲手談，王生謂之坐隱。」

〔二〕祥　親喪之祭名。古代居父母、親人之喪，滿一年或二年而祭之統稱。周禮春官大祝：「付練、祥掌國事。」孫詒讓正義：「依士虞，大祥祭辭，則祥主薦祭而言。」國語楚語上：「（屈到）曰：『祭我必以芰。』及祥，宗老將薦芰，屈健（屈到子）命去之。」韋昭注：「祥，祭也。」後漢書三七桓彬傳：「會母終，麟不勝喪，未祥而卒，年四十一。」南史二六袁湛傳：「（袁粲）性至孝，居喪毁甚，祖日及祥，詔衛軍斷客二年。」父母喪後一周年之祭禮曰小祥，二周年之祭禮曰大祥。儀禮士虞禮：「朞而小祥。」鄭玄注：「小祥，祭名。祥，吉也。」儀禮士虞禮：「又朞而大祥，曰薦此祥事。」鄭玄注：「又，復也。」賈公彦疏：「此謂二十五月大祥祭，故云復朞也。」魏書一〇八之四禮志四：「孔子祥後五日，彈琴而不成；十日而成笙歌。鄭注與鄭志及踰月可以歌，皆身自逾月可爲。此謂存樂也，非所謂樂。樂者，使工爲之。」小祥、大祥尚在哀制中，祥後不可戲樂。而王中郎「祥後客來，方幅會戲」，實違禮儀。

〔三〕方幅　見賢媛一八校釋。

一一　顧長康好寫起人形，續晉陽秋曰：「愷之圖寫特妙。」欲圖殷荆州。殷曰：「我形惡，不煩耳。」顧曰：「明府正爲眼爾。仲堪眇目故也。〔一〕但明點童子，飛白拂其上，使如輕雲之蔽日。」〔二〕日，一作月。

【校釋】

〔一〕仲堪眇目故也　排調六一注引中興書：「仲堪父嘗患疾經時，仲堪衣不解帶數年。自分劑湯藥，誤以藥手拭淚，遂眇一目。」

〔二〕蔽日　日，王先謙校：「晉書顧愷之傳正作『月』。」趙西陸云：「曹植洛神賦曰：『彷佛兮若朝雲之蔽月。』此用其語。」宣和畫譜五人物敍論：「昔人論人物，則曰白皙如瓠。其爲張蒼，眉目若畫。其爲馬援，神姿高徹。之如王衍閑雅甚都，之如相如容儀俊爽，之如裴楷體貌閑麗。之如宋玉至於論美女，則蛾眉皓齒，如東隣之女；瓌姿豔逸，如洛浦之神。至有善爲妖態，作愁眉、啼粧、墮馬髻、折腰步、齲齒笑者，皆是形容見於議論之際而然也。若夫殷仲堪之眸子，裴楷之頰毛，精神有取於阿堵中，高逸可置之丘壑間者，又非議論之所能及。此畫者有以造不言之妙也。故畫人物最爲難工。雖得其形似，則往往乏韻故。」

一二　顧長康畫謝幼輿在巖石裏。〔一〕人問其所以，顧曰：「謝云：『一丘一壑，自謂過之。』〔二〕此子宜置丘壑中。」〔三〕

【校釋】

〔一〕謝幼輿　謝鯤，見文學二〇。

〔二〕「一丘一壑」二句　見品藻一七。

〔三〕「此子」句　顧愷之論畫：「凡畫人最難，次山水，次狗馬，臺榭一定器耳，難好而易成，不待遷想妙得也。」意謂畫人最難，須待藝術想象，方可得人物之神韻也。蓋謝幼輿有丘壑之好，故愷之遷想妙得，畫此子在巖石裏，以環境襯托其高逸自許之典型性格。

一三　顧長康畫人或數年不點目精。人問其故，顧曰：「四體妍蚩，本無關於妙處，傳神寫照，正在阿堵中。」〔一〕

【校釋】

〔一〕余箋：「書鈔一五四引俗説云：『顧虎頭爲人畫扇，作嵇、阮，都不點眼睛，便送還扇主，曰：「點睛便能語也。」』」歷代名畫記五記顧愷之言點睛之技法云：「點睛之節，上下、大小、濃薄，有一毫小失，氣與之俱變矣。」點睛能傳神寫照，故愷之畫人最後點睛，不輕下筆。歷代名畫記五：「長康又曾於瓦棺寺北小殿畫維摩。畫訖，光彩耀目數日。」京師寺記云：「興寧中，瓦棺寺初置僧衆，設會請朝賢鳴刹注疏，其時士大夫莫有過十萬者。既至，長康直打刹注百萬。長康素貧，衆以爲大言。後寺衆請勾疏，長康曰：『宜備一壁。』遂閉户，往來一月餘日，所畫維摩詰一軀。工畢，將欲點眸子，乃謂寺僧曰：『第一日觀者請施十萬，第二日可五萬，第三日可任例責施。』及開户，光照一寺，施者填咽，俄而得百萬錢。」顧愷之又云：「人有長短，今既定遠近以矚其對，則不可改易闊促，錯置高下也。凡生人，亡有手揖眼視而前亡其對者。以形寫神而空其實對，荃生之用乖，傳神之趨失矣。」（顧愷之論畫，載漢魏六朝畫論）眼睛傳神之論，濫觴於孟子，離婁上曰：「存乎人者，莫良於眸子，眸子不能掩其惡。胸中正，則眸子瞭焉；胸中不正，則眸子眊焉。聽其言也，觀其眸子，人焉廋哉？」漢末以降，觀眸子乃成人物審美之共識，劉劭人物志云「徵神見貌，情發於目」，蔣濟眸子論稱觀眸子可以知人，王右軍夫人謂眼耳關於神明，皆是。然顧愷之據此提出「以形寫神」之藝術創作原則，遂對中國文學藝術産生不可估量之影響。

一四　顧長康道：畫「手揮五弦」易，「目送歸鴻」難。〔一〕

【校釋】

〔一〕「手揮五弦」二句　見嵇康送秀才入軍詩。晉書九二顧愷之傳：「每重嵇康四言詩，因爲之圖，恒云：『手揮五弦易，目送歸鴻難。』」余箋：「按淮南子俶真訓云：『夫目視鴻鵠之飛，耳聽琴瑟之聲，而心在雁門之間。』叔夜之意，蓋出於此。」按，「手揮五弦」有形，形顯則易畫；「目送歸鴻」寄意，意冥故難圖。蓋得象易，得意難也。顧愷之畫論，亦源自魏晉玄學得意忘言之說。

寵禮第二十二

一　元帝正會，引王丞相登御牀，王公固辭，中宗引之彌苦。〔一〕王公曰：〔二〕「使太陽與萬物同暉，臣下何以瞻仰？」〔三〕中興書曰：「元帝登尊號，百官陪位，詔王導升御坐，固辭然後止。」

【校釋】

〔一〕「元帝正會」數句　晉室南渡之初，得以偏安江左，以王氏功爲冠。晉書九八王敦傳：「敦與從弟導等同心翼戴，以隆中興，時人爲之語曰：『王與馬，共天下。』」通鑑九一晉紀一三亦云：「帝之始鎮江東也，敦與從弟導同心翼戴，帝亦推心托之。敦總征討，導專機政，羣從子弟，布列顯要，時人爲之語曰：『王與馬，共天下。』」元帝詔王導升御座，乃東晉之初司馬氏倚重王氏之體現。

〔二〕王公曰　徐箋：「御覽一一九引作『文獻曰』。案，王導謚文獻。」

〔三〕瞻仰　楊箋：「仰下，御覽一一九有『乃止』二字。類聚七、御覽九八瞻仰作『仰瞻』，下作『帝乃止』。」

二　桓宣武嘗請參佐入宿，袁宏、伏滔相次而至。莅名，府中復有袁參軍，彥伯疑焉，令傳教更質。〔一〕傳教曰：〔二〕「參軍是『袁、伏』之袁，〔三〕復何所疑？」

【校釋】

〔一〕「莅名」數句　莅名，此指傳教唱名。莅，臨也，到也。桓溫賞袁宏文才，使專綜書記。然宏猶以爲溫未優國士，故疑袁參軍是否另指他人。朱注：「蓋列名於入宿之數，似桓徵入宿備朝夕顧問，在當時爲寵近尊禮也。」

〔二〕傳教　通鑑八九晉紀一一胡注：「傳教，郡吏也，宣傳教令者也。」

〔三〕袁伏　輕詆一一：「袁虎、伏滔同在桓公府，桓公每游燕，輒命袁、伏。」

三　王珣、郗超並有奇才，爲大司馬所眷拔。〔一〕珣爲主簿，超爲記室。參軍超爲人多須，〔二〕珣狀短小，〔三〕于時荊州爲之語曰：〔四〕「髯參軍，短主簿，能令公喜，能令公怒。」續晉陽秋曰：「超有才能，珣有器望，並爲溫所暱。」

【校釋】

〔一〕爲大司馬所眷拔　文學九五注引續晉陽秋：「(王)珣學涉通博，文高當世。」雅量三九：「王東亭爲桓宣武主簿，既承藉美譽，公甚敬其人地，爲一府之望。」注引續晉陽秋曰：「珣初辟大司馬掾，桓温至重之，常稱：『王掾必爲黑頭公，未易才也。』」雅量二七注引續晉陽秋：「（郗）超謂（桓）温雄武，當樂推之運，遂深自委結，温亦深相器重，故潛謀密計，莫不預焉。」晉書六七郗超傳：「温英氣豪邁，罕有所推，與超言，常謂不能測，遂傾意禮待。……而（支）遁常重超，以爲一時之俊，甚相知賞。」賞譽一二六：「諺曰：『揚州獨步王文度，後來出人郗嘉賓。』」皆可見郗超才氣爲時人賞歎。

〔二〕多須　須，宋本、沈校本並作「鬚」。徐箋據此改作「鬚」。楊箋：「類聚一九、御覽二四九、四六五引世説作『鬚』，是。説文：『須，面上毛也。』須多則謂之髯，不當云爲多鬚也。」按，莊子列禦寇：「美髯長大，壯麗勇敢，八者俱過人也，因以是窮。」漢書一上高帝紀上：「高祖爲人，隆準而龍顔，美須髯，左股有七十二黑子。」顔師古注：「在頤曰須，在頰曰髯。」髯，亦指多須或須長者。蜀志關羽傳記關羽致書諸葛亮，問馬超何人可比，亮乃答之曰：「孟起兼資文武，雄烈過人，一世之傑，黥、彭之徒，當與益德並驅爭先，猶未及髯之絶倫逸羣也。」羽美鬚髯，故亮謂之髯。據此，「須」字不必改作「鬚」，楊箋可取。

〔三〕珣狀　珣下宋本有「行」字，沈校本有「形」字。王利器校：「蔣校本、沈校本『行』作『形』，是；餘本無『形』字。」

〔四〕荆州爲之語曰　程炎震云：「晉書郗超傳作『府中語曰』。此荆州字誤。珣弱冠從温，已移鎮姑孰，不在荆州矣。」按，據晉書六五王珣傳，珣大概卒於隆安五年（四〇一），年五十二，則生於永和六年（三五〇）。考晉書八哀帝紀，興寧三年（三六五），桓豁爲荆州刺史，而桓温於此年之前，即已離開荆州，移鎮姑孰，其時珣尚未入桓温幕。程氏云「荆州」字誤，是也。晉書六七郗超傳無「荆州」二字，取捨得當。

四　許玄度停都一月，〔一〕劉尹無日不往，乃歎曰：「卿復少時不去，我成輕薄京尹。」語林曰：「玄度出都，真長九日十一詣之，曰：『卿尚不去，使我成薄德二千石。』」

【校釋】

〔一〕許玄度停都　已見言語六九，可參看。

五　孝武在西堂會，〔一〕伏滔預坐。還，下車呼其兒，兒即系也。丘淵之文章録曰：「系字敬魯，仕至光禄大夫。」〔二〕語之曰：「百人高會，臨坐未得他語，先問：『伏滔何在？在此不？』此故未易得。爲人作父如此，何如？」〔三〕

【校釋】

〔一〕西堂　通鑑一〇一晉紀二三胡注：「西堂，太極殿西堂也。建康太極殿有東西堂，東堂以見羣臣，西堂爲即安之地。」按，胡注謂西堂乃即安之地，有時固是，然亦用以羣臣議事，宴飲大臣，本非一定。通鑑一〇三晉紀二五記海西公廢，「百官入太極前殿，温使督護竺瑶、散騎侍郎劉亨收帝璽綬。帝著白帢單衣，步下西堂，乘犢車出神虎門」。同卷又記：「（桓）温惡殷、庾宗彊，欲去之。辛亥，使其弟祕逼新蔡王晃詣西堂，叩頭自列，稱與晞及子綜、著作郎殷涓、太宰長史庾倩、掾曹秀、舍人劉彊、散騎常侍庾柔等謀反。帝對之流涕。」可知太極殿西堂乃會羣臣議事之處。而晉書六九周顗傳曰：「帝讌羣公於西堂。」同上七四桓沖傳曰：「沖將之鎮，帝餞於西堂。」晉書九九桓玄傳：「玄入建康宫，逆風迅激，旍旗儀飾皆傾偃。及小會於西堂，設妓樂，殿上施絳綾帳縷……」則西堂又爲飲餞之所。此條所記，當是召見羣臣之事。據伏滔傳，時在太元中。

〔二〕「兒即系也」數句　程炎震云：「晉書九二滔傳『系』作『系之』。」李詳云：「詳案：晉書伏滔傳載滔子系之，與劉注異。」趙西陸云：「隋志集部梁有光禄大夫伏系之集十卷，録一卷，亡。」

〔三〕「百人高會」數句　孝武二語，竟使伏滔於兒子前繪聲繪色炫耀其寵，真俗不可耐也。王世懋云：「何器小乃爾，袁虎所以恥爲伍也。」李贄云：「十分像。」又云：「亦俗亦不俗。」（初潭集父子俗父）

六　卞範之爲丹陽尹。〔一〕羊孚南州暫還，往卞許，云：「下官疾動不堪坐。」卞便開帳拂褥，羊徑上大牀，入被須枕。〔二〕卞回坐傾睞，〔三〕移晨達莫。羊去，卞語曰：「我以第一理期卿，〔四〕卿莫負我！」丘淵之文章録曰：「範之字敬祖，濟陰宛句人。祖嵔，下邳太守。父循，尚書郎。桓玄輔政，範之遷丹陽尹。玄敗，伏誅。」

【校釋】

〔一〕卞範之爲丹陽尹　時在元興元年（四〇二）。參見傷逝一八校釋。

〔二〕入被須枕　御覽六九九引世説作「就枕入被」。世説講義：「羊本輕卞，不欲與之語，故托以疾動不堪坐。至此須枕，其意可知。」

〔三〕傾睞　世説箋本：「傾心睞視，護持之，通宵中旦，未嘗懈也。」世説講義：「回坐，開帳而後回坐也。傾睞，傾首數睞羊所也。」

〔四〕我以第一理期卿　御覽六九九引世説作「我以第一流期卿」。世説補觿：「以持論第一期卿。」世説箋本：「我以卿爲第一等人，故今敬待如此，卿前跡所進，莫辜負我所期望。」楊箋：「賀昌羣魏晉清談思想初論曰：『絶對之原則，魏晉人稱爲第一理，蓋「至理無言，言則無類」。（郭象注齊物論語）第一理無法立名，其名畢竟爲相對的、二元的，而其所寄託之内容，則爲一元的、絶對的。此猶張冠李戴，名實不符之説者。又恐人刻舟求劍，執名談實，於是不得不反復言之，而又反復否定之。』此時人第一類之觀點大致如此。而推展延伸，理即成爲禮及事之代辭矣。晉書謝尚傳：『聞君能鴝鵒舞，一坐傾想，寧有此理不？』以此正同。」按，賀昌羣釋「第一理」爲「絶對之原則」，本來就夾纏不清，此姑且置之不論。楊箋由此推演出「理」爲「禮及事之代辭」之結論，更令人茫然不解。若依楊箋，則「第一理」爲「第一禮」或「第一事」，此成何義？又謝尚傳「寧有此理不」句之「理」，當釋爲「情況」、「可能」。然楊箋謂「此理」正與「第一理」同，簡直不知所云矣。又張撝之譯注釋「第一理」爲「第一等善談哲理之人」。張萬起、劉尚慈譯注則謂「第一理指頭等重要的事理」，略同賀昌羣之「絶對之原則」。鄙意以爲上述諸解皆誤。「理期」爲復合動詞，義猶今語「理解及期望」也。不可將「理期」之「理」字割屬於「第一」下，成「第一理」，再誤解成所謂「絶對原則」。晉書一一五徐嵩傳：「汝曹羌輩，豈可以人理期也。」宋書六〇范泰傳：「河南非復國有，羯虜難以理期。」此二例中之「理期」，意義相同，皆謂（羌羯）難以以人之情理來理解與期望。此條卞範之云「我以第一理期卿」，意謂我於卿寄予最大之理解及期許，故後云「卿莫負我」也。卞範之爲何期盼羊孚，其因難知。傷逝一八記羊孚暴卒，桓玄與羊欣書曰：「祝予之歎，如何可言！」哀痛溢於言表，乃羊孚誠爲桓玄腹心也。卞範之雖得重用，然桓玄不親之。疑卞有求於羊孚，遂發此語。

任誕第二十三

一　陳留阮籍、譙國嵇康、河内山濤三人年皆相比，康年少亞之。〔一〕預此契者，沛國劉伶、陳留阮咸、河内向秀、琅邪王戎。七人常集于竹林之下，〔二〕肆意酣暢，故世謂「竹林七賢」。〔三〕晉陽秋曰：「于時風譽扇于海内，至于今詠之。」

【校釋】

〔一〕「陳留阮籍」數句　程炎震云：「阮以漢建安十五年庚寅生，山以建安二十年乙未生，少阮五歲。嵇以魏黄初四年癸卯生，少阮十三歲。王戎以魏青龍二年甲寅生，蓋于七人中最後死也。沈約七賢論曰：『仲容年齒不懸，風力粗可。』」徐箋謂阮籍生當在漢建安十四年，山濤生於漢建安十年，長阮籍四歲。嵇康生當在魏文帝黄初四年，蓋小山濤十八歲，小阮籍十四歲，故云「少亞之」。按，關於阮、嵇、山三人年歲，以徐箋所定近是。唯以阮籍生於建安十四年，小誤。

〔二〕「七人」句　程炎震云：「文選卷二一五君詠注引魏氏春秋曰：『康寓居河内之山陽縣，與河内向秀友善，游于竹林。』水經注卷九清水篇曰：『長泉水出白鹿山，東南伏流，逕十三里，重源浚發于鄧城西北，世亦謂之重泉也。又逕七賢祠東，左右筠篁列植，冬夏不變貞萋，向子期所謂「山陽舊居」也。後人列廟于其處。廟南又有一泉，東南流注於長泉水。郭緣生述征記所云：「嵇公故居，時有遺竹」也。」御覽一八〇引述征記曰：「山陽縣東北二十里，魏中散大夫嵇康園宅，今悉爲田墟，而父老猶謂嵇公竹林，時有遺竹也。」」

〔三〕竹林七賢　關於「竹林七賢」名稱之來歷，陳寅恪陶淵明之思想與清談之關係云：「大概言之，所謂『竹林七賢』者，先有『七賢』，即取論語『作者七人』之事數，實與東漢末三君八廚八及等名同爲標榜之義。迨西晉之末僧徒比附内典外書之『格義』風氣盛行，東晉初年乃取天竺『竹林』之名加於『七賢』之上，至東晉中葉以後江左名士孫盛、袁宏、戴逵輩遂著之於書（魏氏春秋、竹林名士傳、竹林名士論），而河北民間亦以其説附會地方名勝，如水經注九清水篇所載東晉末年人郭緣生撰著之述征記中嵇康故居有遺竹之類是也。」（載陳寅恪史學論文選集）陳寅恪三國志曹沖、華佗傳與佛教故事又云：「寅恪嘗謂外來之故事名詞，比附于本國人物事實，有似通天老狐，醉則見尾。如袁宏竹林名士傳、戴逵竹林七賢論、孫盛魏氏春秋、臧榮緒晉書及唐修晉書等所載嵇康等七人，固皆支那歷史上之人物也。獨七賢所游之『竹林』，則爲假託佛教名詞，即Veluh或Veluvana之譯音，乃釋迦牟尼説法處，歷代所譯經典皆有記載，而法顯、玄奘所親歷之地。」（同上）楊箋引陳寅恪説，並進而謂「竹林」乃「寺院之代詞」：「然則，此『竹林』一詞，爲梵文譯語，即竹林寺或竹林精舍也，與我國佛寺、精舍意同。如此，則世説中所謂『林下諸賢』（賞譽二九）、『林下風氣』

〔賢媛三〇〕之「下」字無義，與「京下」、「都下」意同，即竹林寺、竹林精舍也。賞譽七九「把臂入林」之「林」字，則爲「竹林」二字之縮寫，指清談，非入山林意。傷逝二「竹林之游」，品藻七一「竹林優劣」，以及排調四「竹林酣飲」，皆指七賢。唯任誕一「常集于竹林之下」之「之」字，疑是衍文，蓋後人已誤解爲實有景色之竹林，而不知「竹林」是精舍、寺院之代詞矣。」按，卮林九：「史書佔畢曰：七賢不始竹林，後漢書袁祕等七人以身扞刃，救郡守皆死，褒曰七賢。」陳寅恪謂「竹林」乃同漢末三君八廚等同爲「標榜之義」，其說是。然謂「竹林七賢」之名來自「東晉初年乃取天竺之名加於『七賢』之上」，又謂「七賢所游之『竹林』」，則爲假託佛教名詞」，此說實質否認「竹林」實有其地，但缺乏確切證據，僅是推論而已。至於楊箋進而發揮，謂竹林「即竹林寺或竹林精舍」，其說更難取信。考文士作竹林之游，早見于曹植節游賦：「竹林菁葱。」任誕此條謂「七人常集于竹林之下」，則此竹林乃實有其地。又傷逝二謂王戎預「竹林之游」，排調四謂「嵇、阮、山、劉在竹林酣飲」，凡此，皆可證竹林乃實地。東晉初年人李充吊嵇中散文云：「寄欣孤松，取樂竹林。」竹林與孤松對舉，亦說明竹林乃實有之景，爲七賢游樂之地。水經注九清水篇記七賢祠及祠左右「筠篁列植」，述征記記父老猶稱「嵇公竹林」，皆爲實録，豈是佛教翻譯名詞「竹林」之假託？

二　阮籍遭母喪，在晉文王坐，進酒肉。〔一〕司隸何曾亦在坐，晉諸公贊曰：「何曾字穎考，陳郡陽夏人。父夔，魏太僕。曾以高雅稱，加性仁孝。〔二〕累遷司隸校尉，用心甚正，朝廷憚之。仕晉至太宰。」〔三〕曰：「明公方以孝治天下，而阮籍以重喪顯於公坐飲酒食肉，宜流之海外，以正風教。」〔四〕文王曰：「嗣宗毁頓如此，君不能共憂之，何謂？且有疾而飲酒食肉，固喪禮也。」〔五〕籍飲噉不輟，神色自若。干寶晉紀曰：「何曾嘗謂阮籍曰：『卿恣情任性，敗俗之人也。今忠賢執政，綜核名實，若卿之徒，何可長也！』復言之於太祖，籍飲噉不輟。故魏晉之間，有被髮夷傲之事，背死忘生之人，反爲行禮者，籍爲之也。」魏氏春秋曰：「籍性至孝，居喪雖不率常禮，而毁幾滅性。〔六〕然爲文俗之士何曾等深所讐疾，大將軍司馬昭愛其通偉，而不加害也。」〔七〕

【校釋】

〔一〕「阮籍」三句　阮籍遭母喪，飲酒食肉，此事又見於本篇九。關於阮籍喪母時間，程炎震云：「晉書三三曾傳：『嘉平中爲司隸校尉，積年遷尚書。正元中爲鎮北將軍。』則嗣宗喪母，亦當在嘉平中，時年四十餘，昭未輔政。籍傳敍於文帝讓九錫後，誤。」

〔二〕加性　加，沈校本作「天」。

〔三〕憚之　憚，王刻本作「師」字。王先謙校：「北堂書鈔引王隱晉書載此事，作『時人敬憚之』，此作『師』，非。」按，王説是。余箋：「晉書曾傳言『曹爽專權，宣帝稱疾，曾亦謝病。

爽誅，乃起視事。魏帝之廢也，曾預其謀焉』。是曾乃司馬氏之死黨。」

〔四〕「明公」數句　儀禮喪服傳曰：「居倚廬，寢苫，枕塊。……歠粥，朝一溢米，夕一溢米。寢不説經帶。」禮記喪大記曰：「期，終喪不食肉，不飲酒。」喪禮規定於父母哀制中，不可飲酒食肉。何曾據此攻擊阮籍母喪而飲酒食肉，乃不合孝道。陳寅恪陶淵明之思想與清談之關係云：「可知阮籍雖不及嵇康之始終不屈身司馬氏，然所爲不過『祿仕』而已，依舊保持其放蕩不羈之行爲，所以符合老莊自然之旨，故主張名教身爲司馬氏佐命元勳如何曾之流欲殺之而後快。觀于籍于曾之不能相容，是當時人心中自然與名教不同之又一例證也。夫自然之旨既在養生遂性，則嗣宗之苟全性命仍是自然而非名教。」

〔五〕「文王曰」數句　徐箋：「禮記曲禮：『居喪之禮，頭有創則沐，身有傷則浴，有疾則飲酒食肉，疾止復初。不勝喪乃比於不慈不孝。』故云。」楊箋：「有疾，有服食之疾也。魏晉士人，尚食五石散，嗜之既久，轉成隱疾；須飲酒、食肉、不能哀。不飲酒，則藥不能發；不食肉，則不堪稍勞；而哀則大頹神情。故食散之人，雖遭大喪，必常食酒肉如故；不然，則大潰矣。」按，據孔穎達正義解釋禮記曲禮曰：居喪若有疾不飲酒食肉，則不留身繼世，滅性有違父母生前之意，等同於不慈不孝。可見，居喪若有病飲酒食肉，本是喪禮。魏志曹休傳裴注引魏書曰：「休喪母至孝。帝使侍中奪喪服，使飲酒食肉，休受詔而形體益憔悴。」此事證明居喪若致形體毀頓，完全而且應該飲酒食肉。否則不勝喪，等同於不慈不孝。司馬昭憂阮籍「毀頓如此」並稱居喪有疾而飲酒食肉，無礙喪禮。此與曹丕下詔奪曹休喪服，逼其飲酒食肉正相同，皆表現出對喪禮之正確理解。然楊箋誤解禮記曲禮「有疾則飲酒食肉」之義，稱「有疾」爲「有服食之疾」。豈春秋時已有服五石散之疾乎？禮記曲禮之「有疾」，即「頭有創」、「身有傷」之類也，絶非「服食之疾」。魏晉人服五石散固須飲酒，但不聞必須食肉。故禮記曲禮「有疾則飲酒食肉」，當從孔穎達所解，乃居喪不能滅性，決非如楊箋所謂有服食之疾須飲酒食肉。至於阮籍是否服石散，則另當别論（詳本篇九校釋）。

〔六〕「籍性至孝」三句　居喪若遵儀禮喪服傳所言，須居廬守墓，歠粥，早食一把米，晚食一把米，不飲酒食肉，此謂常禮。而阮籍公然飲酒食肉，故云居喪不率常禮。然籍至孝，毀幾滅性。可見有哀痛之實，不是不孝。禮記檀弓上：「子路曰：『吾聞諸夫子：喪禮，與其哀不足而禮有餘也，不若禮不足而哀有餘也。』」孔子指出居喪時禮與情二者之關係，認爲哀爲重，禮爲輕；哀爲真情，禮爲形式。阮籍居喪之行爲，正所謂禮若不足而哀有餘也，乃是不拘泥於喪禮外在形式之真孝。

〔七〕通偉　通指通達不拘；偉指志氣宏放。司馬昭以爲阮籍有疾而飲酒食肉，並不違背喪禮，此爲保護籍之原因之一。然尚有更隱蔽之政治原因。對此，葉夢得避暑録話上云：「籍既爲司馬昭大將軍從事，聞步兵廚酒美，復求爲校尉。史言雖去職，常游府内，朝宴必預，以能遺落世事爲美談。以吾觀之，此正其詭譎，佯欲遠昭而陰實附之。故示戀戀之意，以重相諧結。小人情僞，有千載不可掩者。不然，籍與嵇康當時一流人物也，何禮法疾籍如仇，昭則每爲保護，康乃遂至於是。籍何以獨得於昭如是耶？至勸進之文，真情乃見。籍著大人論，比禮法士爲羣蝨之處裩中。吾謂籍附昭，乃裩中之蝨，但偶不遭火焚耳。使王淩、毋丘儉等一得志，籍尚有噍類哉？」余箋引葉夢得後云：「觀阮籍詠懷詩，則籍之附昭，或非其本心。然既已懼死而畏勢，自匿於昭，爲昭所親愛。又見高貴鄉公之英明，大臣諸葛誕等之不服，鑒於何晏等之以附曹爽而被殺，恐一旦司馬氏事敗，以逆黨見誅。故沉湎於酒，陽狂放誕，外示疏遠，以避禍耳。後人謂籍之自放禮法之外，端爲免司馬昭之猜忌及鍾會輩之讒毀，非也。使籍果不附昭，以昭之奸雄，豈不能燭其隱而遽爲所瞞，從而保護之，且贊其至慎，憂其頓毀哉？觀其高貴鄉公時，一醉六十日以拒司馬昭之求婚。逮高貴鄉公已被弒，諸葛誕已死，昭之篡形已成，遂爲之草勸進文，籍之情可以見矣。世之論籍者，惟葉氏爲得之。然王淩、毋丘儉之死，在懿及師時，非昭所殺。葉説亦有誤。」

按，余箋謂觀阮籍詠懷詩，則籍之附昭，或非其本心。此説是也。然余箋又贊同葉夢得所謂阮籍「詭譎」、「佯欲遠昭而陰實附之」之説，鄙意以爲亦未得籍之本心。阮籍父瑀，爲丞相曹操掾，故籍對曹魏之衰弱自多憐憫與感傷。高貴鄉公時司馬昭求婚於籍，籍以大醉六十日相拒之。若籍「陰附」司馬氏，何必如此？曹爽誅後，司馬父子擅權，曹魏已名存實亡，此中人之上皆審知。嘉平六年（二五四），李豐、夏侯玄誅，司馬師廢齊王芳，立高貴鄉公曹髦。曹髦年幼，司馬氏掌中傀儡耳。以後司馬昭前後九讓九錫，朝命一出於昭，何來余箋所説「恐一旦司馬氏事敗，以逆黨見誅」之形勢？又觀阮籍詠懷詩一一「湛湛長江水」、一六「徘徊蓬池上」二詩，據劉履、何焯説，皆爲司馬師廢齊王芳而立高貴鄉公一事而發。于此可探知阮籍幽憤司馬氏之篡奪。司馬昭之所以保護阮籍，一是阮籍「至慎」，二是愛籍之「通偉」，三是表現其王者之度量。論骨氣及勇氣，籍固不如嵇康；但若稱其「小人情僞」，則於古人未免太苛刻矣。籍詠懷詩三三云：「終身履薄冰，誰知我心焦。」不惟當年無人知籍心焦，後人能準確察知阮籍之終身痛苦者，亦不易遇也！宋人謝逸溪堂集一〇讀阮籍傳云：「善觀人者觀其心，不觀其跡。蓋觀其跡之所已爲，可以逆知其心之所未爲，如此者可謂善觀人矣。阮籍負英偉之才，生非其時，陸沈於俗，而世之論者，遂以爲放曠不羈之流。而禮法之士，至於羞談之。豈不過哉！當其沉酣於酒，傲睨萬物，泊然不以世務攖心，若無志於天下者。至於觀楚漢戰場，喟然歎息，以謂『時無英雄，使竪子成名。』其志蓋宏遠矣。雖口不臧否人物，然青眼視嵇康，白眼視嵇喜，是未嘗無意於人物也。雖居喪飲酒食肉，然每慟哭，輒嘔血數升，是未嘗無哀戚之情也。以至文帝欲求婚，鍾會欲詢以時事而致之罪，皆以酣瞑獲免，則又察微見遠，其志有足多也。魏晉之交，王室不競，强臣跋扈，殺戮大臣如刲羊刺豕，無所顧憚，一時名士，朝不謀夕，如寢處乎頹垣敗屋之下，岌岌然將恐壓焉。……籍於是時儻不自混於酒，嶄然出其頭角，則死於强臣之手也必矣。孟子曰：『伯夷，聖之清者也；柳下惠，聖之和者也。』又曰：『伯夷隘，柳下惠不恭。』清非期於隘，其弊必至於隘；和非期於不恭，而其弊必至於不恭。謂籍不仕耶，未嘗隱於山林，清不足以名之也；謂籍仕耶，未嘗俯己以同流俗，和不足以名之也。非清非和，庶幾於夷惠之間乎。莊子謂曲轅之櫟，以不材得終其天年，故社託之，以神其拙。若籍者，得非託之於酒以神其拙耶？」謝氏聯繫司馬氏跋扈之血腥現實，謂阮籍處於材與不材之間，「託之於酒以神其拙」。體察古人心跡，可稱公允。

三　劉伶病酒，渴甚，從婦求酒。婦捐酒毀器，涕泣諫曰：「君飲太過，非攝生之道，必宜斷之！」〔一〕伶曰：「甚善。我不能自禁，唯當祝鬼神自誓斷之耳。便可具酒肉。」婦曰：「敬聞命。」供酒肉於神前，請伶祝誓。伶跪而祝曰：「天生劉伶，以酒爲名，〔二〕一飲一斛，五斗解醒。婦人之言，慎不可聽。」便引酒進肉，隗然已醉矣。〔三〕

【校釋】

〔一〕「君飲太過」三句　文選嵇康養生論：「醴醪鬻其腸胃。」陶淵明形影神詩：「日醉或能忘，

〔二〕毛公注曰：「酒病曰酲。」

〔三〕見竹林七賢論。

將非促齡具？」本篇二四記孔羣好飲酒，王丞相語云：「卿何爲恒飲酒？不見酒家覆瓿布，日月縻爛？」亦意謂恒飲酒傷身促齡。可知，魏晉人喜酒，然亦明瞭飲酒太過，非攝生之道。

〔二〕以酒爲名　余箋：「黄生義府下曰：『世説：「天生劉伶，以酒爲名。」古名、命二字通用，謂以酒爲命也。孟子：「其間必有名世者。」漢楚元王傳作「命世」，此二字通用之證。』」

〔三〕隗然　徐箋：「晉書本傳同。『隗』，疑『隤』之通假。『隤』即『頹』字。」按，魏晉飲酒之風特盛，劉伶婦諫斷酒，伶不惟不從，反而變本加厲。由此可見當時嗜酒及戒酒之對立觀念。此又可于文學作品中見之：曹植酒賦先寫飲酒之樂，而歸之於節制。其文末「矯俗先生」聞之而歎曰：「噫夫！言何容易。此乃淫荒之源，非作者之事。若耽於觴酌，流情縱佚，先王所禁，君子所斥。」王粲酒賦、張載酃酒賦亦復如是，而東晉庾闡斷酒戒闡發戒酒之旨更爲盡致。（以上皆見藝文類聚七二）可惜劉伶非斷酒戒中之醉夫，不可教化。伶無所事功卻載之典籍，蓋其爲超級酒徒，李白所謂「惟有飲者留其名」之顯例也。

四　劉公榮與人飲酒，雜穢非類。人或譏之，答曰：「勝公榮者不可不與飲，不如公榮者亦不可不與飲，是公榮輩者又不可不與飲。」故終日共飲而醉。〔一〕劉氏譜曰：「昶字公榮，沛國人。」晉陽秋曰：「昶爲人通達，仕至兖州刺史。」

【校釋】

〔一〕「勝公榮者」數句　勝公榮者、不如公榮者、是公榮輩者，皆與之飲，此正見飲者「雜穢非類」也。又「勝公榮者」數語，簡傲二作阮籍之答。洪邁容齋隨筆一二云：「劉公榮、王戎詣阮籍，時兗州刺史劉昶字公榮在坐。阮謂王曰：『偶有二斗美酒，當與君共飲。彼公榮者無預焉。』二人交觴酬酢，公榮遂不得一杯，而言語談戲三人無異。或有問之者，阮曰：『勝公榮者，不得不與飲酒；不如公榮者，不可不與飲酒；惟公榮可不與飲酒。』此事見戎傳，而世説爲詳。又一事云：『公榮與人飲酒，雜穢非類，人或譏之。答曰：「勝公榮者，不可不與飲；不如公榮者，亦不可不與飲；是公榮輩者，又不可不與飲。」故終日共飲而醉。』二者稍不同。公榮待客如是，費酒多矣，顧不蒙一杯於人乎？東坡詩云：『未許低頭拜東野，徒言共飲勝公榮。』蓋用前事也。」據洪邁所言，東坡以簡傲二所載者爲是。

五　步兵校尉缺，廚中有貯酒數百斛，阮籍乃求爲步兵校尉。〔一〕文士傳曰：「籍放誕有傲世情，不樂仕宦。晉文帝親愛籍，恒與談戲，任其所欲，不迫以職事。〔二〕籍常從容曰：『平生曾遊東平，樂其土風，願得爲東平太守。』文帝説，從其意。籍便騎驢徑到郡，皆壞府舍諸壁障，使内外相望，然後教令清寧，十餘日便復騎驢去。〔三〕後聞步兵廚中有酒三百石，忻然求爲校尉。於是入府舍，與劉伶酣飲。」竹林七賢論又云：「籍與伶共飲步兵廚中，並醉而死。」此好事者

爲之言。籍景元中卒，而劉伶太始中猶在。〔四〕

【校釋】

〔一〕「步兵校尉缺」三句　程大昌演繁露續集六「兵廚」條：「今人謂公庫酒爲兵廚酒，言公庫之酒，因犒軍而醞也。太守正廳爲設廳，公廚爲設廚，皆以此也。漢有步兵校尉，掌上林苑屯兵。晉阮籍聞步兵廚營人善釀，有貯酒三百斛，乃求爲之。則亦兵廚之祖也。」

〔二〕不迫　迫，原作「道」。宋本、王刻本並作「迫」，據改。

〔三〕「籍便騎驢徑到郡」數句　晉書四九阮籍傳載：「及文帝輔政，籍嘗從容言於帝曰：『籍平生曾遊東平，樂其土風。』帝大悦，即拜東平相。」據晉書二文帝紀，正元二年（二五六）司馬師卒，司馬昭進位大將軍，加侍中，都督中外諸軍、録尚書事，輔政。據此，阮籍爲東平相，當在正元二三年间。不久，又求爲步兵校尉。文選顔延之五君詠阮步兵李善注引臧榮緒晉書曰：「籍拜東平相，不以政事爲務，沉醉日多。」

〔四〕劉伶太始中猶在　程炎震云：「晉書伶傳云：『泰始初，對策罷，以壽終。』」

六　劉伶恒縱酒放達，〔一〕或脱衣裸形在屋中。〔二〕人見譏之，伶曰：「我以天地爲棟宇，屋室爲幝衣，諸君何爲入吾幝中？」〔三〕鄧粲晉紀曰：「客有詣伶，值其裸袒。

伶笑曰：『吾以天地爲宅舍，以屋宇爲幝衣，諸君自不當入我幝中，又何惡乎？』其自任若是。」

【校釋】

〔一〕恒縱酒　恒，宋本作「嘗」，沈校本作「常」。

〔二〕脱衣裸形　御覽二三九引典論曰：「中常侍張讓子奉爲太醫令，與人飲酒輒掣引衣裳，發露形體，亂其舄履，使小大無不傾倒。」葛洪抱朴子外篇疾謬：「世故繼有，禮教漸頽，敬讓莫崇，傲慢成俗。儔類飲會，或蹲或踞，暑夏之月，露首袒體。」晉書四三樂廣傳：「是時王澄、胡毋輔之等，皆亦任放爲達，或至裸體者。」晉書四九光逸傳：「輔之與謝鯤、阮放、畢卓、羊曼、桓彝、阮孚，散髮裸裎，閉室酣飲已累日，逸將排户入，守者不聽。逸便於户外脱衣露頭，於狗竇中窺之，而大叫。輔之驚曰：『他人決不能爾，必我孟祖也。』遽呼入，遂與飲，不捨晝夜，時人謂之『八達』。」據此，裸飲之風亦起於漢末，至魏晉禮教漸頽，遂成習俗。

〔三〕「伶曰」數句　趙西陸云：「案莊子列禦寇篇：『莊子曰：吾以天地爲棺槨，以日月爲連璧，星辰爲珠璣，萬物爲齎送。』此伶語所本。」李贄云：「不是大話，亦不是白話。」（初潭集師友酒人）

七　阮籍嫂嘗還家，籍見與別。或譏之，曲禮：嫂叔不通問。故譏之。籍曰：「禮

豈爲我輩設也？」〔一〕

【校釋】

〔一〕牟宗三云：「阮籍曰：『禮豈爲我輩設耶？』以其憤激之性格，居母喪尚不能平其情，何況與嫂别乎？（嫂歸寧，籍相見與别，人或譏之。不知其如何别法。何以「與别」即違禮？蓋其舉動必有與當時之禮俗不合處，遂引起世人之譏議。）沽酒少婦以及兵家女等事，此皆表示阮籍爲一浪漫文人之性格，所謂酒色之徒是。晉書對此稱其『外坦蕩而内淳至』，實則只是浪漫文人之性格，雖不致有猥褻不潔處，然酒色之情不可掩也。」（詳見牟宗三才性與玄理第八章）按，牟氏以爲阮籍與嫂别，「舉動必有與當時禮俗不合處」，後稱籍爲「酒色」之情。味牟氏之意，似疑心阮籍與嫂别之舉動，必有欠檢點處。竊以爲此猜測爲莫須有。人譏阮籍與嫂别，蓋籍無視「嫂叔不通問」之舊禮，孝標注甚明。籍與嫂别，自屬親情，而行爲坦蕩，非緣於「好色」之心。

八　阮公鄰家婦有美色，當壚酤酒。阮與王安豐常從婦飲酒，阮醉，便眠其婦側。夫始殊疑之，伺察終無他意。〔一〕王隱晉書曰：「籍鄰家處子有才色，未嫁而卒，籍與無親，生不相識，往哭盡哀而去。〔二〕其達而無檢，〔三〕皆此類也。」

【校釋】

〔一〕「阮公鄰家婦」數句　阮籍從鄰家當壚美婦飲酒，並醉眠其側，此確有欣賞美色之意，但無猥褻之情。籍此舉既非登徒子之好色，亦非儒家所謂「發乎情，止乎禮儀」，而僅僅是對美之欣賞，于此最能見籍「外坦蕩而内淳至」之個性。

〔二〕往哭　哭下沈校本有「之」字。馮夢龍云：「禮云：『知死不知生，哭而不吊。』步兵亦猶行古之道也。子猷看竹，不問主人，亦是此意。」（情史卷五情豪類）鍾惺云：「不相識而哭，方見真好色。不然哭亦常情，呆鳥乎好？」牟宗三以爲阮籍乃浪漫文人，表現「生命」之領域，「如『兵家女有才色，未嫁而死』，此亦天地靈秀之氣之一瞬即逝者。此一少女，生於兵家，其處境已堪憐惜，而又『未嫁而死』，則其命運亦可哀矣。此中誠有一種清潔高貴、無可奈何之悲情，常爲文人之慧眼獨識，亦常爲文人之生命之所表現。此詩文之所以獨立，詩人文人之所以自成一格之故。阮籍『徑往哭之，盡哀而還』，此亦以其有獨特之生命與靈慧，故能默契此天地靈秀之氣之少女在蒼茫中之命運。此種自有一種生命之賞識，亦有一種天地之憾之哀情，此是無可奈何者。其哭之盡哀，正是賞識與哀情之恰當的表現。」（同上條校釋引）按，牟氏之論甚精當。阮籍哭兵家女未嫁而死，是哭生命易逝、美之易凋，亦哭己之「濟世志」之難遇，哭人世之無奈、天地之大缺憾。正如鍾嶸詩品評阮籍詩云「言在耳目之内，情寄八荒之表」，籍之哭兵家女，寄情寄意遠矣大矣，難以言盡矣。

〔三〕達而無檢　禮記曲禮上：「男女不雜坐。」阮籍酒醉竟眠當壚女之側，此所謂「達而無檢」也。

九　阮籍當葬母，蒸一肥豚，飲酒二斗，然後臨訣，直言「窮矣」！都得一號，因吐血，廢頓良久。〔一〕鄧粲晉紀曰：「籍母將死，與人圍棋如故。對者求止，籍不肯，留與決賭。既而飲酒三斗，舉聲一號，嘔血數升，廢頓久之。」

【校釋】

〔一〕直言　言，沈校本作「云」。李慈銘謂世説此條阮籍葬母飲酒烹豚以及鄧粲所記，「此皆元康之後，八達之徒，沉溺下流，妄誣先達，造爲悖行，崇飾惡言，以藉風流之論」。余箋：「居喪而飲酒食肉，起于後漢之戴良。故抱朴子以良與嗣宗並論。」按，李慈銘謂阮籍喪母飲酒食肉乃元康之徒之誣造，其説無據。而戴良居喪事，見後漢書八三逸民列傳：「及母卒，兄伯鸞居廬啜粥，良獨食肉飲酒，哀至乃哭，而二人俱有毁容。或問良曰：『子之居喪，禮乎？』良曰：『然。禮所以制情佚也，情苟不佚，何禮之論！夫食旨不甘，故至毁容之實。若味不存口，食之可也。』論者不能奪也。」戴良之言初視驚世駭俗，其實質並不違禮，故有人問他是否合乎喪禮時，答曰「是」。戴良與其兄伯鸞居廬啜粥不同，飲酒食肉，所注重者乃哀之真情，而非禮之虚形。明乎此，則阮籍遭重喪飲酒食肉，也是重哀情之真，輕喪禮之虚。莊子漁父曰：「處喪以哀爲主。」「處喪以哀，無問其禮矣。禮者，世俗之所爲也；真者，所以受於天也，自然不可易也。故聖人法天貴真，不拘於俗。」阮籍既「不拘於俗」，公然稱「禮豈爲我設也」，自然就會擺脱喪禮之拘束，而重至孝之真情。鄧粲晉紀謂阮籍母死，飲酒三斗，舉聲一號，吐血數升，廢頓久之。阮籍至哀大痛，爲至孝真情之流露，證明其内心深處，實在很相信禮。又禮記曲禮曰：「有疾則飲酒食肉。」本篇二校釋已言及，禮記此語並非指有服五石散致疾須飲酒。然服食須飲酒固是風氣。則籍居喪飲酒，是否除「留身繼世」之考慮外，另有原因？此點尚需探索。葛洪抱朴子外篇譏惑曰：「或有疾病服石散，以數宣藥勢，以飲酒爲性命。」石散，又名寒食五石散，寒食散。世説言語一四注引秦丞相（當爲「秦承祖」之誤）寒食散論曰：「寒食散之方雖出於漢代，而用之者寡，靡有傳焉。魏尚書何晏首獲神效，由是大行於世，服者相尋也。」關於寒食散在兩晉之流行，余嘉錫寒食散考論之甚詳（見余嘉錫論學雜著，中華書局，一九六三年）。竊以爲阮籍居喪飲酒食肉，很可能與服寒食散有關。服寒食散一爲治病，二爲延年。阮籍有病，且對延年養生之術不無興趣，籍曾與孫登商略棲神導氣之術即爲明證（見晉書本傳）。又詠懷詩曰：「獨有延年術，可以慰我心。」「願登太華山，上與松子游。」「修齡適余願，光寵非己威。」考阮籍之友，嵇康或服寒食散。晉書四九嵇康傳謂康與道士孫登游，後「遇王烈，共入山，烈嘗得石髓如飴，即自服半，餘半與康，皆凝而爲石」。可見王烈深諳服五石散之秘訣。據余嘉錫寒食散考，王戎也服散。戎居喪飲酒，可以肯定與服散有關。阮籍與嵇康、王戎常相游處，故籍亦有可能服散。隋巢元方諸病源候總論卷六寒食散發候篇引皇甫謐云：「近世尚書何晏，耽好聲色，始服此藥，心加開朗，體力轉强。京師歙然，傳以相授，歷歲之困，皆不終朝而愈。衆人喜於近利者，不見後患。晏死之後，服者彌繁，于時不輟。」（轉引自余嘉錫寒食散考）阮籍年輩略晚于何晏，而晏服寒食散得神效後，京師服散之風大行，故嗣宗受此影響並非不可能。阮籍行爲與常人相異，亦有服散症候。石散性熱，服藥後須脱衣露袒，飲熱酒。例如晉書六八賀循傳曰：「循辭以腳疾，手不制筆，又服寒食散，露髮袒身，示不可用。」史稱阮籍、劉伶及當時貴游子弟露袒箕踞，此或許與服散後行藥氣有關。王羲之雜帖曰：「自喪初不哭。」余嘉錫解釋云：「服散忌哭泣，故雖遭喪不哭。」阮籍喪母，箕踞不哭，亦似服散症候。結合當時服散風氣、阮籍交游及其行爲判斷，籍極有可能服散。倘若如此，則阮籍母喪飲酒食肉，除有意擺脱禮教之拘束外，亦與服寒食散有關。葛洪抱朴子外篇譏惑又曰：「又聞貴人在大哀，或有疾病服石散，以數食宣藥勢，以飲酒爲性命。疾患危篤，不堪風冷，幃帳茵褥，任其所安。於是凡瑣小人之有財力者，了不居於喪位，常在别房，高牀重褥，美食大飲，或與密客引滿投空，至於沉醉。曰：『此京洛之遺法也。』」所謂「京洛遺法」，乃指戴良、阮籍之流居喪時飲酒食肉之風。然京洛孝子徒有居喪飲酒之形式，而了無阮籍吐血廢頓之至孝真性。錢穆云：「要之在當時，崇尚莊老，而同時又重至性。最見至性者惟孝，故阮籍、王戎，仍各以孝稱，此乃時代風尚時代精神所在也。」其説良是。

一〇　阮仲容、咸也。步兵居道南，〔一〕諸阮居道北，北阮皆富，南阮貧。七月七日，北阮盛曬衣，〔二〕皆紗羅錦綺。仲容以竿挂大布犢鼻褌於中庭。〔三〕人或怪之，答曰：「未能免俗，聊復爾耳。」竹林七賢論曰：「諸阮前世皆儒學，善居室，〔四〕唯咸一家尚道棄事，好酒而貧。舊俗：七月七日法當曬衣，諸阮庭中爛然錦綺，咸時總角，乃竪長竿挂犢鼻褌也。」

【校釋】

〔一〕「阮仲容」句　李慈銘云：「案阮籍爲步兵校尉，阮咸未嘗爲此官。此條阮仲容下『步兵』二字蓋衍。後人或疑仲容、步兵連文，是並舉咸、籍二人。故晉書阮咸傳遂云：『咸與籍居道南。』蓋即本世説之文。然臨川如果並舉咸、籍，則籍當先咸，而云『仲容、步兵』，成何文理？且下但言掛褌，何須連及嗣宗？注引七賢論，亦無籍事。又孝標於下條注曰：『籍也。』而於此無注。則原本無此二字可知。唐修晉書，多本世説，而咸傳載此，乃有咸與籍之文，則爾時世説已誤也。」按，御覽三一引竹林七賢論較孝標注引詳明，稱「唯籍一巷，尚道業，好酒而貧」，後敍阮咸時總角，以竿掛大布犢鼻幝暴之云云，則阮籍、阮咸共居於一巷，位於道南。世説此條蓋據竹林七賢論改寫，唐修晉書本之。若依李慈銘説，「步兵」二字爲衍，則後文「諸阮居道北」及「北阮皆富，南阮貧」等句便欠精密。因阮咸、步兵共居道南，方始與「諸阮居道北」句相對，而覺文義妥貼。「北阮」、「南阮」者，皆指阮氏族羣；若阮咸一人居道南，則「南阮」二字所指便無着落。此條行文先咸後籍，誠爲失當，然「步兵」二字非衍。

〔二〕「七月七日」二句　余箋：「御覽三一引韋氏月録曰：『七月七日，曬曝革裘，無蟲。』又引崔寔四民月令曰：『七月七月曝經書及衣裳，習俗然也。』全唐詩沈佺期七夕曝衣篇自注引王子楊園苑疏云：『太液池西有武帝閣，帝至七月七日夜，宫女出后衣曝之。』」

〔三〕犢鼻幝　余箋：「養新録四曰：『史記司馬相如傳：「相如自著犢鼻褌。」韋昭曰：「今三尺布作，形如犢鼻矣。」案廣雅：「衳襣，幝也。幝無襠者謂之䘸。䘸，度没反。」説文無䘸字，當爲突，即犢鼻也。突、犢聲相近，重言爲犢鼻，單言爲突。後人又加衣旁耳。』」

〔四〕善居室　論語子路：「子謂衛公子荆善居室。」皇侃疏：「居其家能治，不爲奢侈，故曰善也。」

一一　阮步兵籍也。喪母，裴令公楷也。往吊之。〔一〕阮方醉，散髮坐牀，箕踞不哭。裴至，下席於地，哭，吊唁畢便去。〔二〕或問裴：「凡吊，主人哭，客乃爲禮。〔三〕阮既不哭，君何爲哭？」裴曰：「阮方外之人，故不崇禮制。我輩俗中人，故以儀軌自居。」〔四〕時人歎爲兩得其中。〔五〕名士傳曰：「阮籍喪親，不率常禮。裴楷往吊之，遇籍方醉，散髮箕踞，旁若無人。〔六〕楷哭泣盡哀而退，了無異色。其安同異如此。」戴逵論之曰：「若裴公之制吊，〔七〕欲冥外以護內，有達意也，有弘防也。」〔八〕

【校釋】

〔一〕裴令公往吊之　程炎震云：「阮長於裴且三十歲，宜裴以儀規自居。然阮喪母在嘉平中，楷時未弱冠，似未必有此事。」又云：「御覽五六一引裴楷別傳云：『初，陳留阮籍遭母喪，楷弱冠往吊。』」

〔二〕「阮方醉」數句　余箋：「書鈔八五引裴楷別傳云：『阮籍遭母喪，楷往吊。籍乃離喪位，神氣晏然，縱情嘯詠，旁若無人。楷便率情獨哭，哭畢而退。』」「裴至，下席於地」，謂裴下席於地而哭，非阮下席於地哭也。

〔三〕「凡吊」三句　禮記雜記上：「凡喪服未畢，有吊者，則爲位而哭，拜，踊。」

〔四〕「阮方外之人」數句　劉盼遂云：「按莊子大宗師：『孔子曰：彼方之外者也，丘游方之內者也。』司馬彪注曰：『方，常也，言彼游心于常教之外也。』」按，莊子大宗師郭象注：「人哭亦哭，俗内之跡也。齊生死，忘哀樂，臨屍能歌，方外之至也。」阮籍喪親不哭，乃方外之人；裴楷往哭，俗内之跡，乃方内之人。

〔五〕其中　徐箋：「中，當也。」王世懋云：「豈可以嗣宗爲得中，此言何可訓也？」

〔六〕旁若無人　旁，沈校本作「傍」。按，「旁」通「傍」。晉書四三王澄傳：「神氣蕭然，傍若無人。」是其例。

〔七〕制吊　制，宋本、沈校本作「致」。按，作「致」是。

〔八〕「冥外以護内」三句　世説抄撮：「冥外，不與他競也；護内，守己禮也。」按，戴逵之論，深達裴公致吊用心。郭象注莊子大宗師孔子「方内方外」一語云：「夫理有至極，外内相冥。未有極游外之致而不冥於内者也，未有能冥於内而不遊於外者也。故聖人常遊外以宏内，無心以順有，故雖終日揮形，而神氣無變，俯仰萬機，而淡然自若。」時人歎楷之語爲「兩得其中」，蓋楷能外内相冥，自稱「俗中人」，以「方内」而能體無通于方外。戴逵稱楷「冥外以護内」，意同「游外以弘内」。「護内」則己「以儀規自居」，「冥外」則達他人之「不崇禮制」。故裴楷往吊阮籍母，如郭象所云，能「遊外以弘内，無心以順有」，遂内外相冥如一，即名教與自然，無有限隔也。

一二　諸阮皆能飲酒，仲容至宗人閒共集。不復用常杯斟酌。以大甕盛酒，圍坐相向大酌。時有羣豬來飲，〔一〕直接去上，〔二〕便共飲之。

【校釋】

〔一〕時有羣豬來飲　蕭艾世説探幽疑諸阮與羣豬共飲非事實，以爲世説此條乃傳鈔有誤，「文中『豬』字實『獠』字之譌」，獠是南蠻之别種，世家大族往往以獠爲奴。（詳見世説探幽第一一五——一一六頁）按，此説無據。前云「至宗人閒共集」，非别有獠奴在。即或有獠爲奴，主人飲酒，豈可時來共飲？

〔二〕直接去上　程炎震云：「晉書四九阮咸傳云：『咸直接去其上。』」晉書校勘記：「冊府八五五作『直接其上』，疑是。」王世懋云：「無人道矣。」劉辰翁云：「不成語。」按，「時有羣豬來飲」以下三句，古今多解釋爲諸阮與羣豬共飲，物我相齊，人畜無别，此爲任誕。近有閻步克詳引中古文獻中「接」字之義，以爲「接」有「取」義，「酌而取之，稱『接取』」；酌而去之，稱『接去』」。「上」或「其上」，指酒爲豬弄髒之表面部分。「共飲」，乃指阮咸與諸阮共飲。阮咸「接去」污酒後照飲不誤，此爲任誕。（詳見閻步克阮咸何曾與豬同飲，文史知識二〇〇七年第一期）此解圓融合理，可資參考。

一三　阮渾長成，〔一〕風氣韻度似父，亦欲作達。步兵曰：「仲容已預之，卿不得復爾。」竹林七賢論曰：「籍之抑渾，蓋以渾未識己之所以爲達也。〔二〕後咸兄子簡，亦以曠達自居。父喪，行遇大雪寒凍，遂詣浚儀令。令爲它賓設黍臛，簡食之，以致清議，〔三〕廢頓幾三十年。是時竹林諸賢之風雖高，而禮教尚峻。迨元康中，遂至放蕩越禮。〔四〕樂廣譏之曰：『名教中自有樂地，何至於此！』樂令之言有旨哉。謂彼非玄心，徒利其縱恣而已。」

【校釋】

〔一〕阮渾長成　世說抄撮：「阮渾字長成。」世說箋本：「渾字長成，然以文義言，此處之長成仍應作長大成人解。」徐箋：「經典釋文序録，阮渾有易義。隋書經籍志作『阮渾周易論二卷』。阮渾，字長成，此處『長成』二字似只作『長成』義用。」

〔二〕「籍之抑渾」二句　晉書四九阮籍傳：「籍本有濟世志，屬魏晉之際，天下多故，名士少有全者，籍由是不與世事，遂酣飲爲常。」且司馬氏以虛僞名教威脅、牢籠正直之士，阮籍以縱情越禮之舉對抗之。以上二點即阮籍作達之由。戴逵七賢論所謂「玄心」，殆指此也。然渾未識，故籍不許渾作達。李贄云：「不是無達意，只是無玄心；不恨無韻，只恨無骨。」（初潭集父子教子）又謂阮籍真達，而仿效他人作達者，雖達亦不達，「是故阮渾欲作達而嗣宗不許，惡其效也」。魯迅云：「魏晉時代，崇尚禮教的看來似乎很不錯，而實在是毁壞禮教，不信禮教的。 表面上毁壞禮教者，實則倒是承認禮教，太相信禮教。」並以阮籍不願兒子效其放達爲例，謂「可知阮籍並不以他自己的辦法爲然」（詳見魯迅魏晉風度及文章與藥及酒之關係，載而已集）。 錢穆云：「此見籍之所爲，自有隱衷，激而出此，故不願子弟之效法也。」（國學概論魏晉清談）按，以上諸家探討阮籍不許阮渾效其放達之由，以魯迅之説最爲深刻。 歷來多謂阮籍是毁壞名教之罪魁，魯迅則謂嵇、阮表面上毁壞禮教，實則卻是承認禮教、太相信禮教。 司馬氏以虚僞禮教誅殺名士，阮籍恨真禮教之不行，遂作達避禍，而渾未識己之所以爲達也。

〔三〕「令爲它賓設黍臛」三句　臛，肉羹。 劉敬叔異苑三：「吾被拘縶，方見烹臛。」清議，此指鄉里清議，即鄉里對人物之品評。（參見唐翼明清議詞義考，載魏晉文學與玄學）按，父喪期間，應量米而食，不得飲酒食肉，亦不可與人宴飲。 阮簡違禮而致清議。

〔四〕「是時竹林諸賢」數句　晉書四九阮咸傳言「武帝以咸耽酒浮虚，遂不用」； 又言咸居母喪時，初素幸姑之婢有事離去，咸聞之，遽借客馬追婢，既及，與婢累騎而還，論者甚非之。本篇一五注引竹林七賢論曰：「（阮）咸既追婢，於是世議紛然。 自魏末沈淪閭巷，逮晉咸寧中始登王途。」由此亦可見魏末晉初禮教尚峻。 元康中放蕩越禮之風之形成，與王衍其人頗有關係。 晉書四三王衍傳曰：「（衍）兼聲名籍甚，傾動當世。 妙善玄言，唯談老莊爲事。 每捉玉柄麈尾，與手同色，義理有所不安，隨即改更，世號『口中雌黄』，朝野翕然，謂之『一世龍門』矣。累居顯職，後進之士，莫不景慕放效。選舉登朝，皆以爲稱首，矜高浮誕，遂成風俗焉。」晉書三五裴頠傳載頠之崇有論，亦批判王衍宣導之貴無之論，致使風教淩遲。其文略云：「唱而有和，多往弗反，遂薄綜世之務，賤功烈之用，高浮游之業，卑經實之賢。人情所徇，篤夫名利。於是文者衍其辭，訥者讚其旨，染其衆也。是以立言藉其虚無，謂之玄妙；處官不親所司，謂之雅遠；奉身散其廉操，謂之曠達。故砥礪之風，彌以陵遲。放者因斯，或悖吉凶之禮，而忽容止之表，瀆棄長幼之序，混漫貴賤之級。其甚者至於裸裎，言笑忘宜，以不惜爲弘，士行又虧矣。」文選干寶晉紀總論論晉初風氣亦可參看：「學者以莊老爲宗而黜六經，談者以虚薄爲辯而賤名儉，行身者以放濁爲通而狹節信，進仕者以苟得爲貴而鄙居正，當官者以望空爲高而笑勤恪。是以目三公以蕭杌之稱，標上議以虚談之名。劉頌屢言治道，傅咸每糾邪正，皆謂之俗吏。其倚杖虚曠、依阿無心者，皆名重海内。」李善注：「干寶晉紀：『劉弘教曰：太康以來天下共尚無爲，貴談莊老，少有説事。』」「王隱晉書：『王衍不治經史，唯以莊老虚談惑衆。』劉謙晉紀：『應詹表曰：元康以來，以儒術清儉爲羣俗。』」又晉書九四魯褒傳亦云「元康之後，綱紀大壞」。

一四　裴成公婦，王戎女。王戎晨往裴許，不通徑前。〔一〕裴從牀南下，女從北下，相對作賓主，了無異色。〔二〕裴氏家傳曰：「頠取戎長女。」

【校釋】

〔一〕不通　世説箋本：「不通報也。」

〔二〕「裴從牀南下」數句　葛洪抱朴子外篇疾謬：「夫君子之居室，猶不掩家人之不備，故入門則揚聲，升堂則下視，而唐突他家，將何理乎？」入人居室須通報，謂之禮儀。晉書七五王忱傳載：「（桓）玄嘗詣忱，通人未出，乘轝直進。忱對玄鞭門幹。玄怒，去之，忱亦不留。」王忱任達之流，然亦以未經主人許可而入爲無禮。晉書三三何曾傳記何曾閨門整肅，「年老之後，與妻相見，皆正衣冠，相待如賓。己南向，妻北面，再拜，上酒酬酢，既畢便出」。禮儀一絲不苟。反觀王戎晨往婿家，不通徑入其内室，不守閨門禮儀。而婿、女棄長幼之序，與戎相對作賓主禮，了無異色，亦是任達。父達，女達，婿亦達。

一五　阮仲容先幸姑家鮮卑婢，及居母喪，姑當遠移，初云當留婢，既發，定將去。〔一〕仲容借客驢，著重服，〔二〕自追之，累騎而返，〔三〕曰：「人種不可失。」〔四〕即遥集之母也。竹林七賢論曰：「咸既追婢，於是世議紛然。自魏末沈淪閭巷，逮晉咸寧中始登王途。」〔五〕阮孚别傳曰：「咸與姑書曰：『胡婢遂生胡兒。』姑答書曰：『魯靈光殿賦曰：「胡人遥集於上楹。」〔六〕可字曰遥集也。』故孚字遥集。」

【校釋】

〔一〕定將去　定，沈校本作「迺」。王叔岷補正：「案『定』猶『已』也，史記項羽本紀：『項梁聞陳王定死。』宋世家：『聞文公定立。』趙世家：『主父定死。』諸『定』字皆與『已』同義。漢書禮樂志：『九夷賓將。』師古注：『將猶從也。』『定將去』，猶云『已從去』。」吴金華考釋：「此文作『定』、作『迺』皆可通，但據魏晉語言習慣來看，似以作『定』義長。『定』，猶言終究、到底。」按，從上下文義看，固作「定」較勝。將，帶領，攜帶。淮南子人間訓：「居數月，其馬將胡駿馬而歸。」魏志裴潛傳裴注引魚豢魏略：「每之官，不將妻子。」姑初云留婢，然食言於臨發之際，終究帶婢去。姑出爾反爾，致使阮咸由失望至情急，不顧喪禮，借客驢著重服追之。

〔二〕重服　世説音釋：「在母喪中著重孝之喪服也。」

〔三〕累騎　通鑑七八魏紀一〇胡注：「累，重也，兩人共馬謂累騎。」

〔四〕人種　程炎震云：「咸云人種，則孚在孕矣。孚傳云『年四十九卒』，以蘇峻作逆推之，知是咸和二年。則生於咸寧五年。泰始五年荀勖正樂時，咸已爲中護軍長史、散騎侍郎，而云『咸寧中始登王途』，非也。」按，「人種」，謂用以繁衍後代者，非一定指有孕之女。細審下文注引竹林七賢論文義，阮咸追胡婢，時在魏末。阮孚生於晉武帝咸寧五年（二七九），則咸追胡婢時，婢實未孕也。

〔五〕「咸既追婢」數句　晉書四九阮咸傳記山濤舉咸典選，武帝以咸耽酒浮虛而不用。考書鈔六〇引晉起居注，武帝泰始八年詔山濤爲吏部尚書。則濤舉阮咸或在其後不久。又晉書一六律曆志上載：泰始十年荀勖造新鐘律，散騎侍郎阮咸譏其聲高。則阮咸至遲於泰始十年（二七四）入仕，竹林七賢論「咸寧中始登王途」之説不確。總之，阮咸居母喪，重服追婢，有違喪禮，故遭世議，沈淪閭巷十年有餘。此又可證魏末晉初禮教尚峻。

〔六〕胡人遥集於上楹　文選王延壽魯靈光殿賦張載注：「皆胡夷之畫形也。人尊於鳥獸，故著在上楹。」世説箋本：「蓋刻胡人之形象於楹，故云遥集上楹。」

一六　任愷既失權勢，不復自檢括。〔一〕或謂和嶠曰：「卿何以坐視元裒敗而不救？」〔二〕和曰：「元裒如北夏門拉攞自欲壞，非一木所能支。」〔三〕晉諸公贊曰：「愷字元裒，樂安博昌人，有雅識國幹，萬機大小多綜之。與賈充不平，充乃啓愷掌吏部，又使有司奏愷用御食器，坐免官。世祖情遂薄焉。」

【校釋】

〔一〕檢括　文選劉琨答盧諶詩序：「昔在少壯，未嘗檢括。」李善注：「倉頡篇曰：『檢，法度也。』薛君韓詩章句曰：『括，約束也。』」晉書四五任愷傳：「愷既失職，乃縱酒耽樂，極滋味以自奉養。初，何劭以公子奢侈，每食必盡四方珍饌，愷乃踰之，一食萬錢，猶云無可下筯處。」

〔二〕「卿何以」句　程炎震云：「晉書愷傳云：『賈充遣尚書右僕射高陽王珪奏愷，遂免官。』考武紀，珪爲僕射在泰始七年，至十年薨。愷之免官，當在此數年中。和嶠時爲中書令，故人責以不救也。」

〔三〕「元裒」二句　北夏門，劉盼遂云：「按，北夏門即大夏門。晉書地理志『河南郡洛陽』注：『北有大夏、廣莫二門。』」余箋：「洛陽伽藍記序曰：『北面四門，漢曰夏門，魏晉曰大夏門。嘗造三層樓，去地二十丈。洛陽城門樓皆兩重，惟大夏門甍棟干雲。』和嶠於洛陽十二門獨舉北夏門者，蓋以其最壯麗繁盛也。」拉攞，世說箋本：「說文：『拉，摧折也。』攞，裂也。」余箋：「此乃六朝俗字，其義則推物使動也。今通作挪。」支，支撐。左傳定公元年：「天之所壞，不可支也；衆之所爲，不可奸也。」又，和嶠何以不救任愷？余箋探索云：「任愷爲侍中，總門下樞要，管綜既繁，權勢日重，自爲人所側目。加以與賈充不平，充朋黨甚盛，浸潤多端，毀言日至，雖慈母猶不免投杼，況人主乎？嶠與愷親善，武帝所素知。若復以口舌相救，將益爲帝所疑，於事終無所益。蓋愷之必敗，如城門之自壞，非一朝一夕之故矣。故其言如此。」按，和嶠坐視任愷敗而不救，非不願救，乃無力救耳。嶠謂太子不惠，致使武帝不悅，疏遠而不見用。任愷雖有庾純、張華、和嶠諸人親善，而賈充亦有荀勖、馮紞、楊珧、王恂、華廙等人相助。泰始八年（二七二），武帝納充女南風爲太子妃，充黨迅速佔據上風。任愷傳曰：「愷既在尚書，選舉公平，盡心所職，然侍覲轉希。」蓋賈充爲帝寵信，任愷被疏遠乃必然之勢。晉諸公贊云愷用御食器免官後帝情遂薄，其實御食器一事不過由頭而已，早在之前帝已薄愷。小人道長，君子道消。賈充納女於太子，得武帝寵信，宜乎任愷敗，而和嶠自身難保，欲救而無力救也。

一七　劉道真少時，常漁草澤，善歌嘯，聞者莫不留連。〔一〕有一老嫗，識其非常人，甚樂其歌嘯，乃殺豚進之。道真食豚盡，了不謝。嫗見不飽，又進一豚。食半，餘半，迺還之。後爲吏部郎，嫗兒爲小令史，道真超用之，不知所由。問母，母告之。於是齎牛酒詣道真。道真曰：「去，去！無可復用相報。」〔二〕劉寶已見。〔三〕

【校釋】

〔一〕「劉道真少時」數句　歌嘯，同「嘯歌」。范子燁云：「即以嘯聲模擬歌的曲調。」「成公綏嘯賦所謂『觸類感物，因歌隨吟』即指『嘯歌』而言。」（范子燁中古文人生活研究）范君又對中古文人之嘯作詳細研究，讀者可參看。又，藝文類聚二五引語林曰：「劉道真於河側自牽船，見一老嫗採旅，劉調之曰：『女子何不調機利杼而採旅？』女答曰：『丈夫何不跨馬揮鞭而牽船。』」由此可見道真少時常漁草澤，生計貧乏，及詼諧任誕之個性。道真善嘯，或如鳳音、如瑟琴，美妙動聽，此聞者所以莫不流連也。又，此條出郭子，見類聚九四。

〔二〕無可復用相報　劉辰翁云：「市井笑語。」按，食人所遺不謝，而暗中報答之，卻又拒絶他人相報，乃劉道真性情之真也。

〔三〕劉寶　已見德行二二。

一八　阮宣子常步行，以百錢挂杖頭，至酒店，便獨酣暢，雖當世貴盛，不肯詣也。〔一〕名士傳曰：「脩性簡任。」

【校釋】

〔一〕晉書四九阮脩傳：「以百錢掛杖頭，至酒店，便獨酣暢，雖當世富貴而不肯顧。家無儋石之儲，晏如也，與兄弟同志，常自得於林皐之間。」

一九　山季倫爲荆州，時出酣暢。〔一〕人爲之歌曰：「山公時一醉，徑造高陽池。〔二〕日莫倒載歸，茗艼無所知。〔三〕復能乘駿馬，倒著白接籬。〔四〕舉手問葛彊，何如并州兒？」〔五〕高陽池在襄陽。彊是其愛將，并州人也。襄陽記曰：「漢侍中習郁，〔六〕於峴山南，依范蠡養魚法作魚池。〔七〕池邊有高隄，種竹及長楸、芙蓉、蔆芡覆水，〔八〕是游燕名處也。山簡每臨此池，未嘗不大醉而還。曰：『此是我高陽池也。』襄陽小兒歌之。」

【校釋】

〔一〕「山季倫爲荆州」二句　程炎震云：「晉書四三本傳：永嘉三年，簡鎮襄陽。」晉書本傳：「于時四方寇亂，天下分崩，王威不振，朝野危懼，簡優游卒歲，唯酒是耽。」可知山簡時出酣暢，非僅性喜酒有父風，蓋見天下分崩，世事不可爲，故溺於酒，苟且度日而已。

〔二〕高陽池　即習家池。黄朝英靖康緗素筆記九：「晉書載山簡鎮襄陽時，諸習有佳園池，簡每出游之，池上置酒輒醉，名之曰高陽池。然則襄陽習池謂之高陽池者，蓋取酈生高陽酒徒之義也。」余箋：「水經注二八沔水注曰：『沔水逕蔡洲，又與襄陽湖水合。水上承鴨湖，東南流逕峴山西。又東南流，注白馬陂水。又東，入侍中襄陽侯習郁魚池。郁依范蠡養法作大陂，陂長六十丈，廣四十步。池中起釣臺。池北亭，郁墓所在也。列植松篁於池側。沔水上，郁所居也。又作石洑，逗引大池水，於宅北作小魚池。池長七十步，廣二十步，西枕大道，東北二邊，限以高隄，楸竹夾植，蓮芡覆水，是游宴之名處也。山季倫之鎮襄陽，每臨池，未嘗不大醉而還。』元和郡縣誌二一曰：『襄陽縣習郁池在縣南十四里。』太平寰宇記一四五曰：『習郁池在襄陽東十五里。』」

〔三〕茗艼　世説音釋：「茗艼，即酩酊。」余箋：「黄生義府下云：『酩酊二字古所無。世説「酩酊無所知」，蓋借用字。今俗云懵懂，即茗芋之轉也。又列子「眠娗誣諉」，張湛注：「眠娗，不開通貌。」詳注義，則眠娗當即讀茗芋。」」

〔四〕白接䍦　世說箋本：「帽也，或作睫䍦。」余箋：「爾雅釋鳥郭注：『白鷺頭翅背上皆有長翰毛，今江東人取以爲睫攡，名之曰白鷺縗。』郝懿行疏曰：『郭云「江東人取以爲睫攡」者，廣韻云：「接攡，白帽，接睫攡也。」御覽引此注，正作接攡。』嘉錫案：景宋本御覽六八七引郭注及世說實作接離，不作攡及籬也。」

〔五〕「舉手問葛彊」二句　世說箋本：「按幽并多健兒習鞍馬，葛彊善騎，故簡戲問之云，吾之騎技與并州兒較如何？」按，世說箋本是。曹植白馬篇：「白馬飾金羈，連翩西北馳。借問誰家子？幽并游俠兒。少小去鄉邑，揚聲沙漠垂。宿昔秉良弓，楛矢何參差。控弦破左的，右發摧月支。仰手接飛猱，俯身散馬蹄，狡捷過猴猿，勇剽若豹螭。」鮑照擬古詩：「幽并重騎射，少年好馳逐。氈帶佩雙鞬，象弧插彫服。獸肥春草短，飛鞚越平陸。」此皆證并州兒善騎。

〔六〕習郁　太平寰宇記一：「習鑿齒襄陽記云：『習郁爲侍中，時從光武幸犂邱，與武帝通夢見蘇嶺山神，光武嘉之，拜大鴻臚，録其前後功，封襄陽侯。』」湖廣通志五四：「習郁，襄陽耆舊傳：『融子，字文通，爲黃門侍郎。』」

〔七〕范蠡養魚法　文選張協七命：「范公之鱗，出自九溪。」李善注：「陶朱公養魚經曰：威王聘朱公，問之曰：『公家累億金，何術乎？』朱公曰：『夫爲生之法五，水畜第一。』所謂水畜者，魚池也。以六畝地爲池，池中有九洲，即求懷子鯉魚，以二月上旬庚日内池中，養鯉者鯉不相食，易長又貴也。」

〔八〕菱芡　芡，原作「茨」，宋本、沈校本並作「芡」。按，當作「芡」。芡，水生植物，又名雞頭。全株有刺，葉圓盾形，浮於水面。種子稱「芡實」，供食用，亦可入藥。吕氏春秋恃君覽：「夏日則食菱芡，冬日則食橡栗。」高誘注：「芡，雞頭也。一名雁頭，生水中。」茨，蓋屋之草。荀子禮論：「屬茨倚廬，席薪枕塊。」楊倞注：「茨，蓋屋草也。」芡覆水，故作「芡」是。據改。

二〇　張季鷹縱任不拘，時人號爲「江東步兵」。〔一〕或謂之曰：「卿乃可縱適一時，獨不爲身後名邪？」〔二〕答曰：「使我有身後名，不如即時一杯酒。」〔三〕文士傳曰：「翰任性自適，無求當世，時人貴其曠達。」

【校釋】

〔一〕江東步兵　劉盼遂云：「以季鷹擬阮嗣宗也。」徐箋：「步兵，謂阮籍，籍嘗爲步兵校尉。翰吴人，故曰江東步兵。」

〔二一〕獨不爲　宋本、沈校本並無「獨」字。

〔三〕「使我有身後名」二句　王世懋云：「季鷹此意甚遠，欲破世間啖名客耳。渠亦那能盡忘？本爲忘名，乃令此言千載。」袁中道云：「真名言。」（舌華録五韻語）陸樹聲云：「張季鷹因秋風起，思吴中蓴菜鱸魚，幡然曰：『人生貴適志，安能羈宦數千里，以要名爵？』觀其語顧榮曰：『天下紛紛，禍難未已。夫有四海之名者，求退良難。吾本志山林，無望於時。』故托言以去，而或者乃謂之曰：『子獨不爲身後名？』不知翰方逃名當世，何暇計身後名耶？」（長水日抄）按，兩晉之際世亂紛紛，人命朝不保夕。世事既不可爲，則唯酒是耽。季鷹嗜酒乃逃名當世，陸樹聲所言是也。以人生哲學言之，季鷹以爲身後名爲虚，虚名不可恃，反不如眼前一杯酒。此爲魏晉流行之及時行樂理念。列子楊朱篇以爲「名者，僞而已矣」，喻僞名爲人生之「重囚累梏」，並云「太古之人知生之暫來，知死之暫往，故從心而動，不違自然所好。當身之娱非所去也，故不爲名所勸……且趣當生，奚遑死後？」又陶淵明飲酒詩之三：「道喪向千載，人人惜其情。有酒不肯飲，但顧世間名。所以貴我身，豈不在一生。一生復能幾，倏如流電驚。鼎鼎百年内，持此欲何成？」此詩幾可作張翰「使我有身後名，不如即時一杯酒」二語之注腳。及時行樂，不慮身後之名，乃魏晉人格異彩之重要表現。

二一　畢茂世云：「一手持蟹螯，一手持酒杯，拍浮酒池中，〔一〕便足了一生。」晉中興書曰：「畢卓字茂世，新蔡人。〔二〕少傲達，爲胡毋輔之所知。〔三〕太興末爲吏部郎，嘗飲酒廢職。比舍郎釀酒熟，卓因醉，夜至其甕間取飲之。主者謂是盜，執而縛之。知爲吏部也，釋之。卓遂引主人燕甕側，取醉而去。温嶠素知愛卓，請爲平南長史，卒。」

【校釋】

〔一〕拍浮酒池中　劉盼遂云：「唐人寫本文選王子淵四子講道論：『膺騰撇波而濟水。』集注引鈔曰：『膺騰撇波，今之拍浮也。言騰躍其匈，瀝水波而浮也。』（日本倭名類聚鈔藝術部有「拍浮」，狩谷望之注：「今俗所謂水泅者是也。」）」王利器校：「案拍浮就是拍水浮游，也就是游泳的意思；南史卷四六戴僧静傳：『戴僧静應募出戰，單刀直前，魏軍奔退，又追斬三級。時天寒甚，乃脱衣口銜三頭，拍浮而還。』義與此同。」按，畢卓之語晉書本傳作：「嘗謂人曰，得酒滿數百斛船，四時甘味置兩頭，右手持酒杯，左手持蟹螯，拍浮酒船中，便足了一生矣。」酒池，作「酒船」。類聚二六引晉中興書同。吴志孫權傳裴注引吴書：「鄭泉字文淵，陳郡人，博學有奇志，而性嗜酒。其閑居，每曰願得美酒滿五百斛船，以四時甘脆置兩頭，反覆没飲之，憊即住而啖肴膳，酒有斗升減，隨即益之，不亦快乎！」其事頗似畢卓。抑畢卓之語學鄭泉耶？

〔二〕新蔡人　程炎震云：「晉書卓傳云：新蔡鮦陽人。」

〔三〕爲胡毋輔之所知　胡毋輔之「性嗜酒，任縱不拘小節」（見晉書四九胡毋輔之傳），與畢卓同類，故知賞之。

二二　賀司空入洛赴命，爲太孫舍人，〔一〕經吴閶門，在船中彈琴。張季鷹本不相識，先在金閶亭，〔二〕聞弦甚清，下船就賀，因共語，〔三〕便大相知説。問賀：「卿欲何之？」賀曰：「入洛赴命，正爾進路。」張曰：「吾亦有事北京，〔四〕因路寄載。」〔五〕便與賀同發。初不告家，家追問，迺知。〔六〕

【校釋】

〔一〕太孫舍人　程炎震云：「晉書六八循傳作『太子舍人』，是愍懷太子也。永康元年，愍懷廢死，後立其子爲皇太孫，太子官屬即轉爲太孫官屬。」徐箋：「按晉書賀循傳，循爲武康令，陸機薦之，召補太子舍人。是循之赴洛，乃應太子舍人之征，非太孫舍人也。通鑑八三晉紀，惠帝永康元年四月己亥，相國倫矯詔賜賈后死。五月己巳，詔立臨海王臧爲皇太孫，太子官屬即轉爲太孫官屬。是太孫之有官屬，已在趙王篡位之後。『太孫』爲『太子』之誤無疑。」按，徐箋是。今再申述之：賀循傳謂著作郎陸機上疏薦賀循。「久之，召補太子舍人」。（吴志賀邵傳裴注引虞預晉書同）考晉書五四陸機傳，「會（楊）駿誅，累遷太子洗馬、著作郎」。據晉書四惠帝紀，永平元年（二九一）三月誅楊駿。則陸機上疏薦賀循亦當在此年或不久。據此推之，賀循爲愍懷太子遹舍人，確切時間難知，或在元康二三年間。永康元年（三〇〇）三月，賈后矯詔害愍懷太子。四月，趙王倫廢賈后爲庶人。五月，立皇孫臧爲皇太孫。賀循傳謂「趙王倫篡位，轉侍御史，辭疾去職」，而張翰見晉室亂象，秋風起，思吴中佳味，去官歸吴。豈會在永康元年晉室已亂之際，隨賀循赴洛？凡此，皆可證賀循作太子舍人必在元康初年，「太孫」必是「太子」之誤。

〔二〕金閶亭　金閶，亦作「金昌」。見輕詆七注引謝歆金昌亭詩序。又通鑑一二〇宋紀二胡注：「金昌亭在昌門内。孫權記注云：『閶門，吴西郭門，夫差作，以天門通閶闔，故名之。後春申君改昌門。金昌亭以其在西門内，故曰金昌。』」

〔三〕共語　語，宋本作「話」。按，「共語」爲習語，作「共語」是。

〔四〕北京　指洛陽。

〔五〕寄載　謂附乘他人之交通工具。干寶搜神記卷二：「（糜竺）嘗從洛歸，未至家數十里，見路次有一好新婦，從竺求寄載，行可二十餘里，新婦謝去。」

〔六〕方苞云：「素昧平生，聞琴相就，達哉翰也！不告家而去，尤達。」

二三　祖車騎過江時，公私儉薄，無好服玩。〔一〕王、庾諸公共就祖，〔二〕忽見裘袍重疊，珍飾盈列。諸公恠問之，祖曰：「昨夜復南塘一出。」〔三〕祖于時恒自使健兒鼓行劫鈔，〔四〕在事之人亦容而不問。〔五〕晉陽秋曰：「逖性通濟，不拘小節，又賓從多是桀黠勇士，逖待之皆如子弟。〔六〕永嘉中，〔七〕流民以萬數，揚土大饑。〔八〕賓客攻剽，逖輒擁護全衛，談者以此少之，故久不得調。」〔九〕

【校釋】

〔一〕「公私儉薄」二句　晉書六二祖逖傳：「其有微功，賞不踰日。躬自儉約，勸督農桑，剋己務施，不畜資產，子弟耕耘，負擔樵薪。又收葬枯骨，爲之祭醊，百姓感悦。」

〔二〕王庾諸公共就祖　汪藻考異敬胤注：「王隱晉書曰：『初，逖爲濟陰太守，部勒流民至泗口，元帝逆版領徐州。及至江南，十五六詣丹陽太守王導，乃得一相見。』」

〔三〕南塘　通鑑九三晉紀一五胡注：「晉都建康，自江口沿淮築堤。南塘，秦淮之南塘岸也。」復，又也，再也。可知往南塘劫略乃常事。

〔四〕鼓行　史記五五留侯世家：「且使（瓊）布聞之，則鼓行而西耳。」集解：「晉灼曰：『鼓行而西，言無所畏也。』」漢書三一項羽傳：「不勝，則我引兵鼓行而西，必舉秦矣。」顔師古注：「鼓行，謂擊鼓而行，無畏懼也。」晉書五七馬隆傳：「臣請募勇士三千人，無問所從來，率之鼓行而西。」劫掠既然有將領支持，地方官吏「亦容而不問」，自然鼓行而肆無忌憚。

〔五〕容而不問　兩晉之際天下未定，若遇荒年，各地時有劫掠，甚至有官方暗中支持者。參見自新二校釋。

〔六〕「逖性通濟」數句　通濟，開朗豁達。晉書六八賀循傳：「前燕陽令郭訥風度簡曠，器識朗拔，通濟敏悟，才足幹事。」晉書祖逖傳：「逖性豁蕩，不修儀檢，年十四五猶未知書，諸兄每憂之。然輕財好俠，慷慨有節尚，每至田舍，輒稱兄意，散穀帛以賙貧乏，鄉黨宗族以是重之。」「逖愛人下士，雖疏交賤隸，皆恩禮遇之。」

〔七〕永嘉　嘉，宋本作「聲」。按，「聲」乃壞字。

〔八〕揚土　土，宋本壞作「士」。

〔九〕李贄云：「擊楫渡江，誓清中原，使石勒畏避者，此盜也。俗儒豈知！」（初潭集師友豪客）袁中道云：「能作能言，必非凡盜。」（舌華録二豪語）程炎震云：「晉書逖傳：『逖撫慰問之曰：「比復南塘一出不？」或爲吏所繩，逖輒擁護救解之。』蓋用晉陽秋而較詳，於事爲合。如世説所云，則士雅自行劫矣。」按，程説是。

二四　鴻臚卿孔羣好飲酒，王丞相語云：「卿何爲恒飲酒？不見酒家覆瓿布，日月糜爛？」〔一〕羣曰：「不爾。不見糟肉乃更堪久？」〔二〕羣嘗書與親舊：「今年

田得七百斛秫米，不了麴糵事。」〔三〕羣，已見上。〔四〕

【校釋】

〔一〕日月糜爛　程炎震云：「晉書羣傳：日月下有久字。」楊箋：「宋本作『日月糜爛』，晉書孔羣傳作『日月久糜爛邪』，事類賦一七引世説作『不久糜爛』，御覽八四五、事文續一五引世説作『日月久則糜爛』。今依晉書。」按，「日月糜爛」、「不久糜爛」皆語意不通。王導乃以酒家覆瓿布日久糜爛爲喻，勸孔羣不可恒飲酒，意謂恒飲酒非攝生之道，觀覆瓿布時間久了糜爛可知。晉書七八孔羣傳作「日月久糜爛邪」？語意顯明而宛轉，最佳。

〔二〕「不見糟肉」句　余箋、朱注皆斷作「不見糟肉，乃更堪久」。徐箋作「不見糟肉乃更堪久」？楊箋作「公不見糟中肉，乃更堪久」？並云：「宋本作『不見糟肉』，晉書孔羣傳作『公不見肉糟淹』，事類賦一七引世説作『公不見糟中肉乎』，御覽八四五、事文續一五作『公不見糟中肉』。今從御覽。」按，糟，指未漉清之酒，即濁酒也。此泛指酒。周禮天官酒正：「共賓客之禮酒，共后之致飲於賓客之禮，醫酏糟，皆使其士奉之。」鄭玄注：「糟，醫酏不泲者；泲曰清，不泲曰糟。」禮記内則：「飲，重醴，稻醴清糟，黍醴清糟，粱醴清糟。」鄭玄注：「糟，醇也。」孔穎達疏：「此稻、黍、粱三醴，各有清糟；以清糟相配重設，故云重醴；凡致飲之時，有清者，有糟者。」劉伶酒德頌：「奮髯踑踞，枕麴藉糟，無思無慮，其樂陶陶。」糟肉，張萬起、劉尚慈譯注：「用酒或酒糟腌制的肉。」其説是。「糟肉」、「糟中肉」、

「肉糟淹」所指皆同。齊民要術九「作肉糟法」條云：「春夏秋冬皆得作。以水和酒糟搦之如粥，著鹽令鹹，内捧炙肉於糟中，著屋陰地。飲酒食飯皆炙噉之，暑月得十日不臭。」孔羣謂「不見糟肉乃更堪久」，乃反詰句，反駁王導，意謂難道不見糟肉（比鮮肉）更久長？前王導以爲恒飲酒者如覆瓿布，日月久了則糜爛；孔羣反駁之，謂飲酒者如糟肉，保存更長久。孔羣之語乃爲自己恒飲酒辯護耳。袁中道云：「韻極！」（舌華録八辯語）細究生命之短長，確與飲酒無必然關係也。孔羣之語，珍重當下之享受，誠然「韻極」！

〔三〕田得　田，宋本誤作「由」。麴糵，酒麴。書説命下：「若作酒醴，爾惟麴糵。」孔傳：「酒醴須麴糵以成。」王充論衡率性：「酒之泊厚，同一麴糵。」亦指酒。宋書七三顔延之傳：「交游闒茸，沈迷麴糵。」按，七百斛秫米，尚不了作酒事，孔羣恒飲酒之程度真駭人聽聞矣。

〔四〕羣　孔羣，已見方正三六。

二五　有人譏周僕射與親友言戲，穢雜無檢節。鄧粲晉紀曰：「王導與周顗及朝士詣尚書紀瞻觀伎，〔一〕瞻有愛妾，能爲新聲。〔二〕顗於衆中欲通其妾，露其醜穢，顔無怍色。有司奏免顗官，詔特原之。〔三〕」周曰：「吾若萬里長江，何能不千里一曲！」

【校釋】

〔一〕紀瞻　字思遠，丹陽秣陵人。祖亮，吴尚書令。父陟，光禄大夫。晉書六八有傳。

〔二一〕新聲　指東晉始流行之清商俗樂，與古代雅樂不同。樂府詩集六一雜曲歌辭題云：「自晉遷江左，下逮隋唐，德澤寖微，風化不競，去聖愈遠，繁音日滋。豔曲興於南朝，胡音生於北俗。哀淫靡曼之辭，迭作並起，流而忘返，以至陵遲。原其所由，蓋不能制雅樂以相變，大抵多溺於鄭衛，由是新聲熾而雅音廢矣。」新聲用絲竹，曲調清靡，内容多涉性愛，故感人至深，遂爲世所貴。晉書六八紀瞻傳曰：「（瞻）兼解音樂，殆盡其妙，厚自奉養，立宅於烏衣巷，館宇崇麗，園池竹木有足賞翫焉。」瞻既妙解音樂，又懂人生享受，且園林堪足賞玩，故朝士往觀伎樂之盛。

〔二二〕「顗於衆中」數句　王世懋云：「達人先須去欲，周顗、謝鯤何乃以色爲達。」方苞云：「『顗於衆中欲通其妾，露其醜穢』，如此之人不殺何待？豈但免官而已哉！原之何爲？」李慈銘云：「伯仁在洛之時，名德已重，及乎晚節，大義凜然，人推國士之風，世有斷山之目，王敦見之而面熱，賁泰歎以爲振衰，晉陽秋謂其『正情嶷然，一時儕類，無敢媟近』。雖渡江以後，憂傷時事，多醉少醒，蓋亦信陵之遺意，何至如鄧粲所記『大衆之中，欲通人妾，露其醜穢』，此乃盜賊所不敢，禽獸所不爲，誣妄不經，悖謬斯甚。或由王敦、王導之徒，銜其誠辭。自好之士，所不道也。」余箋：「抱朴子疾謬篇曰：『輕薄之人，跡廁高深。交成財贍，名位粗會，便背禮叛教，託云率任。才不逸倫，强爲放達。以傲兀無檢者爲大度，以惜護節操者爲澁少。於是臘鼓垂無賴之子，白醉耳熱之後，結黨合羣，游不擇類。攜手連袂，以遨以集。入他堂室，觀人婦女，指玷修短，評論美醜。或有不通主人，便共突前，嚴飾未辦，不復窺聽。犯門折關，踰垝穿隙，有似抄劫之至也。其或妾媵藏避不及，至搜索隱僻，就而引曳，亦怪事也。然落拓之子，無骨骾而好隨俗者，以通此者爲親密，距此者爲不恭。於是要呼慣雜，入室視妻，促膝之狹坐，交杯觴於咫尺。弦歌淫冶之音曲，以誂文君之動心。載號載呶，謔戲醜褻。窮鄙極黷，爾乃笑（此句疑脱一字）。亂男女之大節，蹈相鼠之無儀。然而俗習行慣，皆曰此乃京城上國公子王孫貴人所共爲也。』沈約宋書五行志一亦曰：『晉惠帝元康中，貴游子弟相與爲散髮裸身之飲，對弄婢妾。逆之者傷好，非之者負譏。希世之士，恥不與焉。蓋胡翟侵中國之萌也。豈徒伊川之民，一被髮而祭者乎？』二書之言，雖詳略不同，而曲折相合，知當時之風氣如此。伯仁大節無虧而言戲穢雜，蓋習俗移人，賢者不免。以彼任率之性，又好飲狂藥，昏醉之後，亦復何所不止？固不可以一眚掩其大德，亦不必曲爲之辯，以爲必無此事也。」按，余箋從彼時風俗立説，言而有據，可信從也。伯仁正情嶷然固是事實，晚年荒醉亦非誣妄。排調一五謝幼輿謂周侯曰：「卿類社樹，遠望之，峨峨拂青天；就而視之，其根則羣狐所託，下聚溷而已。」孝標注：「謂顗好媟瀆故。」謝鯤意謂顗外有名士風姿，内實行爲媟瀆。周顗於衆中露其醜惡，正印證謝鯤之評。晉書六九周顗傳曰：「尚書紀瞻置酒請顗及王導等，顗荒醉失儀，復爲有司所奏。詔曰：『顗參副朝右，職掌銓衡，當敬慎德音，式是百辟。屢以酒過，爲有司所繩。吾亮其極懽之情，然亦是濡首之誡也。』」所謂「荒醉失儀」，其實即鄧粲晉紀所記「露其醜穢」之事。蓋伯仁因酒醉昏亂，作此醜態。若清醒之時，未必如此悖謬荒唐也。方苞以爲如此之人不該原，應該殺，此論不僅「一眚掩其大德」，更見方氏于東晉名士任誕之風全不理解。

二六　温太真位未高時，屢與揚州、淮中估客樗蒱，〔一〕與輒不競。〔二〕嘗一過大輸物，戲屈，無因得反。與庾亮善，於舫中大喚亮曰：「卿可贖我！」庾即送直，然後得還。〔三〕經此數四。中興書曰：「嶠有儁朗之目，而不拘細行。」

【校釋】

〔一〕樗蒱　見政事一六、忿狷四校釋。

〔二〕競　强盛；强勁。詩周頌執競：「執競武王，無競維烈。」不競，猶不贏也。

〔三〕「與庾亮善」數句　晉書六七温嶠傳言庾亮與温嶠深交，讀此信之。

二七　温公喜慢語，〔一〕卞令禮法自居。卞壼别傳曰：「壼正色立朝，百僚嚴憚，貴游子弟莫不祗肅。」〔二〕至庾公許，大相剖擊，温發口鄙穢，〔三〕庾公徐曰：「太真終日無鄙言。」〔四〕重其達也。

【校釋】

〔一〕慢語　世説音釋：「『慢』與『嫚』通，侮易也。」

〔二〕「壺正色立朝」數句　晉書七〇卞壺傳：「是時王導稱疾不朝，而私送車騎將軍郗鑒。壺奏以導虧法從私，無大臣之節。御史中丞鍾雅，阿撓王典，不加準繩，並請免官。雖事寢不行，舉朝震肅。壺斷裁切直，不畏彊禦，皆此類也。」

〔三〕温發口　沈校本無「温」字。

〔四〕「庾公徐曰」二句　李贄云：「是正？是反？」（初潭集師友豪客）袁中道云：「反語甚妙，又愛之至。」按，卞壺是東晉初禮法派之代表，不畏强禦，不阿流俗。庾亮、温嶠則爲風流名士，立身行己與卞壺迥異。晉書七〇卞壺傳言壺爲諸名士所少，無卓爾優譽。「阮孚每謂之曰：『卿恒無閑泰，常如含瓦石，不亦勞乎？』壺曰：『諸君以道德恢弘，風流相尚，執鄙吝者，非壺而誰！』時貴游子弟多慕王澄、謝鯤爲達，壺厲色於朝曰：『悖禮傷教，罪莫斯甚！中朝傾覆，實由於此。』欲奏推之，王導、庾亮不從，乃止，然而聞者莫不折節。」由此可見禮法派與名士派之對立。温嶠發口鄙穢，卞壺正色立朝，相遇自然不相得。然庾亮居然稱「太真終日無鄙言」，一味偏袒之。蓋亮與温嶠「深交」，且亮亦爲名士，儒道兼修，自然視卞壺執著於禮法爲鄙陋。東晉初期任達之風與西晉元康之徒一脈相承，究其原因，與王導、周顗、庾亮、温嶠諸人宣導及表率甚有關係。

二八　周伯仁風德雅重，深達危亂。過江積年，恒大飲酒，嘗經三日不醒。時人謂之「三日僕射」。〔一〕晉陽秋曰：「初，顗以雅望，獲海内盛名，後屢以酒失。庾亮曰：『周侯末年，可謂鳳德之衰也。』」〔二〕語林曰：「伯仁正有姊喪三日醉，姑喪二日醉，大損資望。每醉，諸公常共屯守。」

【校釋】

〔一〕三日僕射　劉盼遂云：「按御覽四九七引語林：『周伯仁過江恒醉，止有姊喪三日醒，姑喪三日醒也。』詳文義御覽爲長。誠如劉注所引，則伯仁將於姑姊喪外皆終日醒矣。謞誤所宜訂正。」余箋：「馬國翰語林輯本注曰：『御覽四九七引「周伯仁過江恒醉，止有姊喪三日醒，姑喪三日醒也」。案劉（孝標）注引當與御覽同。後人以世説有三日不醒語，遂改兩醒字爲兩醉字。止訛爲正，三訛爲二耳。』嘉錫案：御覽所引，於文理事情，皆較世説注爲協。馬説是也。南史陳慶之傳載慶之子暄與兄子秀書云『昔周伯仁度江，唯三日醒，吾不以爲少』云云，正是用語林，可以爲證。」按，余箋是。「三日僕射」，是謂唯姊喪三日醒，姑喪三日醒，餘日皆在醉鄉也。非如劉注注引語林，伯仁於姑姊喪外皆終日醒矣。又本篇三五注引晉陽秋，謂王蘊晚年嗜酒，「及在會稽，略少醒日」，堪與周伯仁相比。

〔二〕「晉陽秋曰」數句　陶珙云：「伯仁于衆中露穢，姊姑之喪酗酒，尚得謂之風德雅重，則晉人所云風德，概可知矣。」按，周伯仁「風德雅量」，而晚年「鳳德之衰」，正爲儒家正人君子之傳統道德與莊老自由縱放之人生態度雙重影響所致。伯仁自喻「吾若萬里長江，何能不千里一曲」，見出東晉名士人格之豐富多彩，極具迷人魅力。餘如謝鯤、王導、庾亮、温嶠、桓温、謝尚、謝安等，皆既具剛毅正直，行爲自由縱放之人格特徵。噫，東晉人物之美後世不逮也。

二九　衛君長爲温公長史，温公甚善之。每率爾提酒脯就衛，〔一〕箕踞相對彌日。衛往温許亦爾。衛永，已見。〔二〕

【校釋】

〔一〕率爾　随便，无拘束貌。晉書九二袁宏傳：「謝尚時鎮牛渚，秋夜乘月，率爾與左右微服泛江。」酒脯，酒及乾肉。亦泛指酒肴。周禮秋官司盟：「既盟，則爲司盟共祈酒脯。」

〔二〕衛永　已見賞譽一〇七。

三〇　蘇峻亂，諸庾逃散。〔一〕庾冰時爲吴郡，單身奔亡。〔二〕民吏皆去，唯郡卒獨以小船載冰出錢塘口，蘧篨覆之。〔三〕時峻賞募覓冰，屬所在搜檢甚急。卒捨船市渚，因飲酒醉，還，舞棹向船曰：「何處覓庾吴郡，此中便是。」冰大惶怖，然不敢動。監司見船小裝狹，謂卒狂醉，都不復疑。自送過淛江，寄山陰魏家，得免。中興書曰：「冰爲吴郡，蘇峻作逆，遣軍伐冰，冰棄郡奔會稽。」後事平，冰欲報卒，適其所願。卒曰：「出自厮下，不願名器，少苦執鞭，恒患不得快飲酒，使其酒足餘年，畢矣。無所復須。」冰爲起大舍，市奴婢，使門内有百斛酒，終其身。時謂此卒非唯有智，且亦達生。〔四〕

【校釋】

〔一〕諸庾逃散　晉書七成帝紀：咸和三年二月，「庾亮又敗于宣陽門内，遂攜其諸弟與郭默、趙胤奔尋陽。」通鑑九四晉紀一六同。

〔二〕「庾冰」二句　程炎震云：「咸和二年二月，庾冰奔會稽。」按，據晉書七成帝紀，庾冰奔會稽在咸和三年二月。咸和二年二月時，蘇峻尚未反。程氏誤記。

〔三〕蘧篨　李詳云：「案：説文：『蘧篨，粗竹席也。』通鑑九四作『蘧蒢』。胡注：『從艸者，今蘆蓛也。』案，古人從艸從竹之字互用，胡氏以望文生義耳。其實竹席、蘆席，皆覆之。」按，或用葦或用竹所編之粗席，皆稱蘧篨，以供晾曬雜物及覆蓋之用，今鄉村猶常見。桓寬鹽鐵論散不足：「庶人即草蓐索經，單藺蘧蒢而已。」周書三一韋敻傳：「昔士安以蘧蒢束體，王孫以布囊繞屍。」

〔四〕達生　莊子達生：「達生之情者，不務生之所無以爲。」郭象注：「生之所無以爲者，分外物也。」後因以「達生」指參透人生、知止知足，自然而然享受人生樂趣之處世態度。後漢書六〇上馬融傳：「善鼓琴，好吹笛，達生任性，不拘儒者之節。」顏之推顏氏家訓勉學：「素怯懦者，欲其觀古人之達生委命，彊毅正直，立言必信，求福不回，勃然奮厲，不可恐懾也。」陶淵明讀山海經詩之五：「在世無所須，惟酒與長年。」與卒所願「使其酒足餘年」云云毫無二致。若二人並世，可相視而笑。王世懋云：「爲卒計，誠無逾此。」李贄云：「此卒有大人相，名亦不肯傳也。」方苞云：「蘧篨覆冰，醉而舞棹，自送過江，卒亦譎甚矣，而實智甚。不願作官，但願飲酒，以此終身，何其達也。」

三一　殷洪喬作豫章郡，〔一〕殷氏譜曰：「羨字洪喬，陳郡人，父識，鎮東司馬。羨仕至豫章太守。」臨去，都下人因附百許函書。既至石頭，〔二〕悉擲水中，因祝曰：「沉者自沉，浮者自浮，殷洪喬不能作致書郵！」

【校釋】

〔一〕「殷洪喬」句　程炎震云：「羡於咸康中爲長沙，見庾翼傳。作豫章未知何時？蓋亦成帝時。」按，晉書九一范宣傳言宣家於豫章，太守殷羡見宣茅茨不完，欲爲改宅，而宣固辭之。庾爰之欲厚餉之，宣又不受。據此，殷羡爲豫章當在爰之之前。考識鑒一九：「小庾臨終，自表以子園客爲代。」孝標注引中興書曰：「爰之有父翼風，桓温徙于豫章。」庾翼傳謂翼卒于穆帝永和元年（三四五），則爰之爲豫章當亦在此年，而殷羡爲豫章，必在此年之前。御覽七一引晉書、太平寰宇記一〇六，皆言殷建元中爲豫章太守，其説可信。

〔二〕「都下人」二句　余箋：「書鈔一〇三引語林作『郡下人』。御覽五九五作『郡人』。」石頭，一説爲建康之石頭，一説爲豫章之石頭。前者如晉書七七殷浩傳、世説此條及景定建康志一九所云。能改齋漫録九亦贊同此説，云：「……予嘗考之，蓋江南有二石頭：鍾山龍蟠，石頭虎踞，與夫王敦、蘇峻之所據者，此隸乎金陵者也。余孝頃與蕭勃即石頭作兩城，二子各據其一，此豫章之石頭也。洪喬爲豫章太守，都下人士因其行，致書百餘函，次石頭皆投之。蓋金陵晉室所都，都下人士以羡出守，故因書以附之。投之石頭，謂羡出都而投，而非抵豫章而投也。後人以羡嘗守豫章，而豫章適有石頭，故因石頭之名號投書渚矣。」後者如御覽七一引晉書曰：「殷羡建元中爲豫章太守，去郡，郡人多附書一百餘封。行至江西石頭渚岸，以書擲水中，祝曰：『沉者自沉，浮者自浮，殷洪喬非是致書郵。』故時人號爲投書渚。」御覽五九五引語林、太平寰宇記一〇六同。余箋贊同石頭在豫章說，云：「世説此條本之語林，書鈔、御覽引語林，均作『郡人附書』。疑世説都字爲傳寫之譌。唐史臣不覺其誤，反據以改舊晉書，所謂郢書而燕説之也。景定建康志一九云：『投書渚，今在城西。』是亦以爲金陵之石頭。而所引晉史，仍作『殷羨去郡，人多附書』，則又兩失之矣。」按，御覽所引晉書及語林皆爲東晉人所作，距殷羨不遠，較爲可信。余箋謂世説「都」字乃傳寫語林「郡人」之譌。「郡」固易訛爲「都」，然「郡人」傳寫爲「都下人」，則可能甚小。況書鈔一〇三引語林作「郡下人」，御覽五九五引語林作「郡人」。「郡下人」之稱文獻罕見，疑爲「都下人」之訛。如此，語林作「都下人」，抑或作「郡人」，亦難以確定。也許殷羨石頭投書一事當時即傳聞有異，而世説所據與語林所記源於不同之傳聞，故致後人不明。

三二　王長史、謝仁祖同爲王公掾，王濛別傳曰：「丞相王導辟名士時賢，協贊中興，旌命所加，必延俊乂，辟濛爲掾。」長史云：「謝掾能作異舞。」謝便起舞，神意甚暇。晉陽秋曰：「尚性通任，善音樂。」語林曰：「謝鎮西酒後，於槃案間爲洛市肆工鴝鵒舞甚佳。」〔一〕王公熟視，謂客曰：「使人思安豐。」〔二〕戎性通任，尚類之。

【校釋】

〔一〕鴝鵒舞　一作「鸜鵒舞」，晉代舞蹈。鴝鵒，鳥名，一作「鸜鵒」。春秋左傳注疏五一：「有鸜鵒來巢。」孔穎達疏：「郭璞注山海經云：『鸜鵒，鴝鵒也，鵒音欲。』……考工記云：『鸜鵒不踰濟。』鸜鵒北方之鳥，南不踰濟。」晉書四九謝尚傳：「（尚）辟爲掾，襲父爵咸亭侯。始到府通謁，導以其有勝會，謂曰：『聞君能作鴝鵒舞，一坐傾想，寧有此理不？』尚曰：『佳。』便著衣幘而舞。導令坐者撫掌擊節。尚俯仰在中，傍若無人，其率詣如此。」按，劉敬叔異苑三：「晉司空桓豁在荆州，有參軍五月五日剪鴝鵒舌，每教令學人語，遂無所不名，與人相顧問。參軍善彈琵琶，鴝鵒每聽輒移時。」又荆楚歲時記亦有五月五日「取鴝鵒教之語」之習俗。鴝鵒聰慧，能學人語，能聽音樂，故晉人取之爲玩物。鴝鵒舞當亦是此種習俗之産物。

〔二〕使人思安豐　謝尚傳言尚「善音樂，博綜衆藝，司徒王導深器之，比之王戎，常呼爲『小安豐』」。

三三　王、劉共在杭南，〔一〕酣宴於桓子野家。伊，已見。〔二〕謝鎮西往尚書墓還，葬後三日反哭。諸人欲要之，初遣一信，猶未許，然已停車；重要，便回駕。諸人門外迎之，把臂便下。裁得脱幘，著帽酣宴。半坐，乃覺未脱衰。〔三〕尚書謝裒，尚叔也，已見。〔四〕宋明帝文章志曰：「尚性輕率，不拘細行。兄葬後往墓還。〔五〕王濛、劉惔共遊新亭，濛欲招尚，先以問惔曰：〔六〕『謝仁祖正當不爲異同耳？』〔七〕惔曰：『仁祖韻中自應來。』〔八〕乃遣要之。尚初辭，〔九〕然已無歸意。及再請，即回軒焉。其率如此。」〔一〇〕

【校釋】

〔一〕杭南　程炎震云：「杭，朱雀桁也。」徐箋：「景定建康志：『烏衣巷在秦淮南，晉南渡，王、謝諸名族居此，時謂其子弟爲烏衣諸郎。今城南長干寺北有小巷，曰烏衣巷，去朱雀橋不遠。』則『杭南』者，即王謝諸族所居之地。」

〔二〕伊　桓伊，已見方正五五。

〔三〕衰　通「縗」，喪服。未脱衰，謂未脱喪服。吳志虞翻傳：「孫策征會稽，翻時遭父喪，衰絰詣府門，（王）朗欲就之，翻乃脱衰入見，勸朗避策。」干寶搜神記一八記田琰居母喪，恒處墓廬。忽覺鬼魅變作已入婦室，「臨暮竟未眠，衰服掛廬。須臾，見一白狗攫廬銜衰服，因變爲人，著而入。」「衰服掛廬」即「脱衰」，白狗銜衰服著而入即「服衰」。此「未脱衰」指謝尚酣飲時猶「著帽」。本篇三四注引郭子記袁耽在喪中外出樗蒱，「覺頭上有布帽，擲去，著小帽」，布帽即居喪時所戴之帽，爲縗服之一部分。

〔四〕謝裒　王先謙云：「按晉書謝安傳云，謝安，尚從弟也。父裒，太常卿。據此，則安爲尚從弟，哀是尚叔矣。」謝哀，已見方正二五。

〔五〕兄葬後　當是「叔葬後」。晉書七九謝尚傳謂尚七歲喪兄，宋明帝文章志誤記。

〔六〕先以問　以，宋本作「已」。按，「以」通「已」。

〔七〕異同　偏義復詞，即不同。此句意謂想必謝仁祖不應有異議也。

〔八〕韻中　世說音釋：「謂心中有韻致，不同常人之拘執也。」按，韻謂情韻、性情。此句乃劉惔之判斷，以爲據仁祖之性情，應該會來。

〔九〕尚初辭　辭下沈校本有「不往」二字。

〔一〇〕及再請　及，宋本作「乃」。按，謝尚猶在叔父喪中，不可飲酒。然王濛、劉惔邀之酣飲，仁祖經不起誘惑，居喪廢禮，縗服未脱便濡酒醪。禮記雜記下曰：「君子不奪人之喪，亦不可奪喪也。」意謂君子不奪廢他人居喪之哀情，而君子居喪，亦不可爲他人他事所奪，要使各得盡其喪禮。謝征西往尚書墓還一事，正與禮經相違。王濛、劉惔明知謝尚爲叔父居喪，卻再三要之酣宴，「奪人之喪」，誘使其違禮，甚至許之爲同韻之人。謝尚則不守喪禮，輕易爲他人奪喪，可見居喪之情不篤不真。雙方皆非守禮君子也。又，此條所記，當是咸康年間事。晉書七九謝尚傳謂尚「遷會稽王友，入補給事黄門郎。出爲建武將軍，歷陽太守。」據晉書九簡文帝紀，咸康六年（三四〇），簡文進撫軍將軍，領秘書監。據此可知，謝尚遷會稽王友當在咸康六年或稍後，隨後離京作歷陽太守。又晉書七成帝紀載：咸康二年，「尚書謝裒已下免官」。疑數年後謝裒即死。據上推知，謝裒卒及謝尚爲叔父守喪，殆在咸康六年或稍後。

三四　桓宣武少家貧，戲大輸，債主敦求甚切。思自振之方，莫知所出。陳郡袁躭俊邁多能，袁氏家傳曰：「躭字彥道，陳郡陽夏人，魏中郎令渙曾孫也。〔一〕魁梧爽朗，高風振邁。少倜儻不羈，有異才，〔二〕士人多歸之。仕至司徒、從事中郎。」宣武欲求救於躭。躭時居艱，恐致疑，試以告焉，應聲便許，略無嫌吝。〔三〕遂變服，〔四〕懷布帽，隨温去與債主戲。躭素有藝名，債主就局，曰：「汝故當不辦作袁彥道邪？」〔五〕遂共戲。十萬一擲，直上百萬數，〔六〕投馬絶叫，〔七〕傍若無人，探布帽擲對人曰：〔八〕「汝竟識袁彥道不？」郭子曰：「桓公摴蒱失數百斛米，求救於袁躭。躭在艱中，便云：『大快，我必作采。卿但大喚。』即脱其衰，共出門去。覺頭上有布帽，擲去，著小帽。既戲，袁形勢呼祖，〔九〕擲必盧雉，二人齊叫，敵家頃刻失數百萬也。」

【校釋】

〔一〕中郎令　趙西陸云：「按中郎二字，當作『郎中』，此誤乙。魏志袁渙傳、文選三國名臣贊、本書文學篇注引袁氏世紀、言語篇八三注引續晉陽秋、晉書袁瓌傳、陳郡陽夏袁氏譜並作

『郎中令』。」按，趙説是。袁躭，一作「袁耽」，躭，耽之異字。據陳郡陽夏袁氏譜及晉書八三袁耽傳，袁躭父沖，祖準，曾祖涣。

〔二〕少倜儻不羈有異才　沈校本作「少有異才倜儻不羈」。

〔三〕嫌吝　宋本作「慊悋」，王刻本作「慊吝」。按，「慊」同「歉」，嫌疑。漢書六九趙充國傳：「偷得避慊之便，而亡後咎餘責，此人臣不忠之利，非明主社稷之福也。」「吝」同「悋」，爲難，艱難。嫌吝，嫌疑與爲難也。晉書八三袁耽傳謂耽「略無難色」。

〔四〕變服　指脱下縗服，换以常服。

〔五〕不辨　猶言不能、不勝任。魏志杜恕傳：「以此治事，何事不辨？」蜀志法正傳：「曹公西征，聞（法）正之策，曰：『吾故知玄德不辨有此，必爲人所教也。』」按，晉書八三袁耽傳言「耽素有藝名，債者聞之而不相識」；因不相識，故袁彦道雖在眼前卻謂之曰「卿當不辨作袁彦道也」，可謂「有眼不識泰山」矣。

〔六〕「十萬一擲」二句　本篇二六記温嶠樗蒱大輸物，以至無因得反，庾亮送直贖出，然後得還。又宋書一武帝紀：「劉毅家無擔石之儲，樗蒱一擲數百萬。」此條云「十萬一擲，直上百萬數」，可知晉宋間樗蒱輸物之巨，直是駭人聽聞。

〔七〕馬　劉盼遂云：「小戴記投壺：『請爲勝者立馬。』注：『馬，勝算也。』晉書周顗傳：『有一參軍樗蒱，馬於博頭被殺。』」余箋：「吴承仕曰：『投馬之馬，當即今所謂籌馬歟？』」徐箋：「唐國史補：『洛陽令崔師本又好爲古之樗蒲。其法，三分其子三百六十，限以二關，人執六馬。其骰五枚，分上爲黑，下爲白，黑者刻二爲犢，白者刻二爲雉。擲之全黑者爲盧，其采十六；二雉三黑爲雉，其采十四；二犢三白爲犢，其采十；全白爲白，其采八；四者貴采也。開爲十二，塞爲十一，塔爲五，秃爲四，撅爲三，梟爲二；六者雜采也。貴采得連擲，得打馬，得過關，餘采則否。』」又馬融樗蒲賦：「馬則玄犀象牙，是蹉是礲。」「馬爲翼距，籌爲策動。」據此，馬與籌似非一物。

〔八〕對人　世説補考：「對人，相對之人，即債主。」

〔九〕形勢呼袒　世説補考：「言張形作勢，大呼袒裼也。」趙西陸云：「御覽七五四引郭子『袒』作『呾』，注曰：『音怛，呾，相呵。』」吴金華考釋：「此處『形勢』是動詞，猶言『助威』、『助勢』。」並舉證三國志九魏書曹仁傳：「去賊百餘步，迫溝，（陳）矯等以爲仁當入溝上爲（牛）金形勢也，仁徑渡溝直前，沖入賊圍，金等乃得解。」「『呼袒』二字，迄無注解。推敲文義，其字應作『呼呾』。影宋本太平御覽卷七五四引郭子作『呼呾』，並給『呾』字作注云：『音怛；呾，相呵。』其中『呾』應是『呾』的形訛，『怛』應是『怛』的形訛。廣韻入聲十二曷：『呾，當割切。相呵。』此爲明證。『呼呾』是命令式的、禁止性的大聲吆喝。……賭者投擲賭具時，希望轉動的賭具按自己的意願停止下來，總要呼『盧』喝『雉』；袁耽爲桓温助威而『呼呾』，正是賭徒的慣技。」

三五　王光禄云：「酒正使人人自遠。」〔一〕光禄，王藴也。續晉陽秋曰：「藴素嗜酒，末年尤甚。及在會稽，略少醒日。」

【校釋】

〔一〕遠　其義同「遠操」、「遠神」、「遠志」之遠，指超世絶俗之情志。王藴之語，道出酒之妙用，即酒能使人達到精神超脱之境界。陶淵明連雨獨飲詩：「試酌百情遠，重觴忽忘天。」飲酒之六：「汎此忘憂物，遠我遺世情。」可與王藴之語並觀。

三六　劉尹云：「孫承公狂士，〔一〕每至一處，賞翫累日，或回至半路却返。」〔二〕中興書曰：「承公少誕任不羈。家於會稽，性好山水。及求鄞縣，遺心細務，縱意游肆，名阜勝川，靡不歷覽。」〔三〕

【校釋】

〔一〕孫承公　孫統，已見品藻五九。

〔二〕回　掉轉，扭轉，指改變方向。楚辭離騷：「回朕車以復路兮，及行迷之未遠。」回至半路卻返，即走至半路退回。此與王子猷雪夜訪戴，興盡而反同趣。

〔三〕勝川　勝，王刻本作「盛」。按，作「勝」較佳。在官遺心細務，縱意游肆，于時亦屬任誕行爲。如謝靈運詔至京師整理秘閣書，因無實權，意不平，多稱疾不朝，「出郭游行，或一日百六七十里，經旬不歸。既無表聞，又不請急」，後文帝賜假東歸。（見宋書六七謝靈運傳）永和九年，王羲之、孫綽、孫統等名流脩祓禊於山陰之蘭亭，作蘭亭詩數十首。孫統作四言、五言各一首。四言：「茫茫大造，萬化齊軌。罔悟玄同，競異標旨。平勃運謨，黄綺隱几。凡我仰希，期山期水。」五言：「地主觀山水，仰尋幽人踪。回沼激中逵，疏竹間修桐。因流轉輕觴，冷風飄落松。時禽吟長澗，萬籟吹連峯。」（古詩紀四三）由統之四言，見其不求事功、放浪山水之個性；五言一首，見其賞玩山水之真切與喜悦。

三七　袁彦道有二妹，一適殷淵源，一適謝仁祖。袁氏譜曰：「躭大妹名女皇，適殷浩。小妹名女正，〔一〕適謝尚。」語桓宣武云：「恨不更有一人配卿。」〔二〕

【校釋】

〔一〕女正　正，宋本作「在」。楊箋：「若以大妹名女皇度之，小妹自當是『女正』也。今據各本改。」

〔二〕恨不更有一人配卿　凌濛初云：「二人已足强人意。」

三八　桓車騎在荆州，張玄爲侍中，使至江陵，路經陽岐村。〔一〕　村臨江，去荆州二百里。　俄見一人持半小籠生魚，徑來造船，云：「有魚欲寄作膾。」張乃維舟而納之，問其姓字，稱是劉遺民。〔二〕中興書曰：「劉驎之，一字遺民。」已見。〔三〕　張素聞其名，大相忻待。　劉既知張銜命，問：「謝安、王文度並佳不？」張甚欲話言，劉了無停意。　既進膾，便去，云：「向得此魚，觀君船上當有膾具，是故來耳。」於是便去，張乃追至劉家。　爲設酒，殊不清旨。〔四〕　張高其人，不得已而飲之。　方共對飲，〔五〕劉便先起，云：「今正伐荻，不宜久廢。」張亦無以留之。〔六〕

【校釋】

〔一〕「桓車騎在荆州」數句　據晉書九孝武帝紀，太元二年（三七七）十月桓沖作荆州刺史，太元九年（三八四）二月卒于任上。　晉書七四桓沖傳載：苻堅遣苻融寇樊、鄧，「沖遣江夏相劉奭、南中郎將朱序擊之。　而奭畏懦不進，序又爲賊所擒。　沖深自咎責，上疏送章節，請解職，不許。　遣左衛將軍張玄之詣沖諮謀軍事」。　考孝武帝紀，朱序被執在太元四年（三七九）二月，則張玄之出使江陵當在其後不久。　陽岐，岐，當作「歧」。　棲逸八並劉孝標注引鄧粲晉紀皆作「歧」。　程炎震云：「舊唐書地理志：『石首縣顯慶元年移治陽岐山下。』」御覽四九引荆南記云：『石首縣陽岐山，山無所出，不足可書。　本屬南平界。』」余箋：「水經注三五云：『江水又右逕陽岐山北，山枕大江。』寰宇記一四六云：『陽岐山在石首縣西一百步。』」又，晉書九四劉驎之傳：「居於陽岐，在官道之側。」

〔二〕劉遺民　李慈銘云：「史通雜説上史記篇注：『劉遺民、曹纘皆於檀氏春秋有傳，今晉書則了無其名。』宋書周續之傳言：『彭城劉遺民遁跡廬山，與周續之及陶淵明稱尋陽三隱。』白居易宿西林寺詩注有柴桑令劉遺民。郎瑛七修類稿謂劉遺民名程之。據此注引何法盛書，則遺民是驎之別字。豈柴桑令又一人歟？今晉書劉驎之傳不言一字遺民。」余箋：「渚宮舊事五作『問其姓氏，稱劉道岷』。注云：『一云字道民。』案道民、遺民，自是兩人。隋書經籍志云：『梁有老子玄譜一卷，晉柴桑令劉遺民撰，亡。』又云：『梁有柴桑令劉遺民集五卷，録一卷，亡。』經典釋文序録有劉遺民玄譜一卷，注云：『字遺民，彭城人，東晉柴桑令。』廣弘明集三二有釋慧遠與隱士劉遺民等書，道宣注云：『彭城劉遺民，以晉太元中除宜昌、柴桑二縣令。值廬山靈邃，足以往而不返。丁母憂，去職入山。於西林澗北，別立禪坊，養志閒居。在山一十五年，年五十七。』蓮社高賢傳云：『劉程之字仲思，彭城人。劉裕以其不屈，乃旌其號曰遺民。』據此，則其人雖與劉驎之同時，同號遺民，而其名字、里貫、仕履以及平生事蹟，乃無一同者。其非一人，瞭然易見。棲逸篇注言驎之據陽岐，去道斥近。晉書驎之傳亦言居於陽岐，在官道之側。與此條張玄往江陵，而道經陽岐村者合。然則與玄遇者，自是驎之，與白蓮社中之劉遺民固絶不相干也。御覽五〇四引晉中興書曰：『劉驎之字子驥，一字道民。』與此注引作『一字遺民』者不同。考水經注四〇引有劉遺民詩。蓋驎之自字道民，後人校世説者但知有廬山之劉遺民，妄改爲『遺』耳。」按，余箋舉證考定劉驎之非白蓮社中之劉遺民，其説精確不可易。兹補充余箋未詳者，再證其説：如前所考，桓沖自太元二年十月至太元九年二月爲荆州刺史，沖徵劉驎之爲長史（見棲逸八）必在此數年中。而道宣注釋慧遠與隱士劉遺民等書，謂劉遺民太元中除宜昌、柴桑令。可見劉驎之、劉遺民必非一人。又陶淵明桃花源記謂太元中，劉驎之欲尋桃花源，不久，病卒。則驎之之死於太元年間。而佚名蓮社高賢傳謂劉遺民卒于義熙六年（四一〇）。又釋元康肇論疏謂慧遠作劉公傳云：「義熙公侯咸辟命，皆遜辭以免。九年，太尉劉公知其野志沖邈，乃以高尚人望相禮，遂其初心，居山十有二年卒。」以此推算，劉遺民卒于義熙末年。此又可證劉驎之、劉遺民絶非同一人。

〔三〕劉驎之　已見棲逸八。

〔四〕清旨　吴金華考釋：「考『清旨』一詞，蓋取古詩之義：『清』，指清淳；『旨』，指味美。例如：『酒既和旨，飲酒孔偕。』（詩經卷一四小雅賓之初筵）鄭玄注：『和旨，酒調美也。』『雖無旨酒，式飲庶幾。』（同上，車舝）鄭玄注：『酒雖不美，猶用之。』」

〔五〕對飲　「對」原作「封」，宋本作「對」。按，作「對飲」是，「封」爲「對」之形訛，據宋本改。

〔六〕「劉便先起」數句　張玄聞劉驎之名，大相忻待。張欲話言，劉了無停留意，即欲去；張追至劉家，劉設酒，又「殊不清旨」；方共對飲，劉先起稱伐荻。言語舉動之間，殊少世俗待客之款誠。然此正是劉驎之之真。驎之志存隱逸，本不須巴結官府。棲逸八注引鄧粲晉紀曰：「桓沖嘗至其家，驎之方條桑，謂沖：『使君既枉駕光臨，宜先詣家君。』沖遂詣其父。父命驎之，然後乃還，拂裋褐與沖言。」看驎之不卑不亢，何等從容自在。此條所記亦然，驎之非簡傲或禮薄也，乃是其「野人」本色耳。義慶視作任誕，恐不妥。

三九　王子猷詣郗雍州，中興書曰：「郗恢字道胤，高平人。父曇，北中郎將。恢長八尺，美鬚髯，風神魁梧，烈宗器之，以爲蕃伯之望。自太子左率擢爲雍州刺史。」雍州在內，見有毾㲪，〔一〕云：「阿乞那得此物！」阿乞，恢小字。令左右送還家。郗出覓之，王曰：「向有大力者負之而趨。」莊子曰：「夫藏舟於壑，藏山於澤，謂之固矣，然有大力者負之而走，昧者不知也。」郗無忤色。〔二〕

【校釋】

〔一〕毾㲪　李慈銘云：「案：『毾㲪』当作『⿱髟翕⿱髟登』。一切經音義引通俗文：『織毛褥曰⿺毛臾毹，細者謂之⿱髟翕⿱髟登。』北堂書鈔引通俗文：『毹之細者曰⿱髟翕⿱髟登。』後漢書西域傳注引埤倉：『⿱髟翕⿱髟登，毛席也。』玉篇：『⿱髟翕⿱髟登，席也。』集韻：『⿱髟翕⿱髟登，㲰也。』字書韻書並無毾字。」劉盼遂云：「按

『毦』爲『髭』之誤字。御覽七〇八『髭毢類』引此事作『髭毢』。又引通俗文：『髭毢者，施大牀之前，小榻之上，所以登而上牀也。』髭音榻，毢音登。」按，劉敬叔異苑六記沙門支法存「有八尺髭毢，光彩耀目，作百種形象。」據此可知，髭毢在當時爲稀罕貴重之物。

〔二〕王世懋云：「此見郗雅量可耳。」按，郗雅量，而王幾近搶劫。

四〇　謝安始出西戲，〔一〕失車牛，〔二〕便杖策步歸，道逢劉尹，語曰：「安石將無傷？」謝乃同載而歸。

【校釋】

〔一〕戲　楊箋釋「戲」爲清談。蕭艾世説探幽：「此『戲』字作蒱博解。前引任誕第二十六、第三十四可證。又，南史謝弘微傳：『混女夫殷叡素好樗蒱，聞弘微不取財物，乃濫奪其妻妹及伯母兩姑之分以還戲債。或有譏謝氏累世財産，充殷君一朝戲債，譬棄物江海以爲廉耳。』這就是説，謝安出門賭博，把駕車的牛輸掉了。」（蕭艾世説探幽第二九五頁）按，世説中「戲」字具體所指不同，楊箋多釋爲清談，實不妥。蕭艾意謂謝安樗蒱不利以車牛抵債，其説可取。

〔二〕車牛　晉時將相以下皆乘牛車。通鑑八六晉紀八載：光熙元年（三〇六）五月己亥，祈宏等奉帝乘牛車東還。胡注曰：「晉志曰：古之貴者不乘牛車，漢武帝推恩之後，諸侯寡弱，至乘牛車，其後稍見貴重。自靈帝以來，天子至士，遂以爲常乘。夫天子出入有大駕、法駕、鹵簿，帝自鄴奔洛，則乘犢車。自長安還洛，則乘牛車，無復出警入蹕之制矣。」世說一書中亦有多例可證。如輕詆六注引妒記：「王公亦遽命駕，飛轡出門，猶患牛遲，乃以左手攀車闌，右手捉麈尾，以柄助御者打牛，狼狽奔馳，劣得先至。」同上一一：「有大牛重千斤，噉芻豆十倍於常牛，負重致遠，曾不若一羸牸。」汰侈五：「又牛形狀氣力不勝王愷牛，而與愷出游，極晚發，爭入洛城，(石)崇牛數十步後迅若飛禽，愷牛絶走不能及。」

四一　襄陽羅友有大韻，少時多謂之癡。嘗伺人祠，欲乞食，往太蚤，門未開。主人迎神出見，問以非時何得在此，答曰：「聞卿祠，欲乞一頓食耳。」〔一〕遂隱門側，至曉得食便退，了無怍容。爲人有記功，〔二〕從桓宣武平蜀，按行蜀城闕觀宇，内外道陌廣狹，植種果竹多少，皆默記之。後宣武漂洲與簡文集，〔三〕友亦預焉。共道蜀中事，亦有所遺忘，友皆名列，曾無錯漏。宣武驗以蜀城闕簿，皆如其言，坐者歎服。謝公云：「羅友詎減魏陽元。」〔四〕後爲廣州刺史，當之鎮，刺史桓豁語令莫來宿，〔五〕答曰：「民已有前期，〔六〕主人貧，或有酒饌之費，見與甚有舊。請別日奉命。」征西密遣人察之，〔七〕至夕乃往荆州門下書佐家，〔八〕處之怡然，不異勝達。〔九〕在益州，語兒云：「我有五百人食器。」家中大驚。其由來清，而忽有此物，定是二百五十沓烏樏。〔一〇〕晋陽秋曰：「友字宅仁，〔一一〕襄陽人。少好學，不持節檢，性嗜酒，當其所遇，不擇士庶。又好伺人祠，〔一二〕往乞餘食，雖復營署壚肆，不以爲羞。桓温常責之云：〔一三〕『君太不逮，須食，何不就身求，乃至於此！』友傲然不屑，〔一四〕答曰：『就公乞食，今乃可得，明日已復無。』温大笑之。〔一五〕始仕荆州，後在温府，以家貧乞禄。温雖以才學遇之，〔一六〕而謂其誕肆，非治民才，許而不用。後同府人有得郡者，温爲席起別，〔一七〕友至尤晚，問之，友答曰：『民性飲酒嗜味，〔一八〕昨奉教旨，乃是首且出門，〔一九〕於中路逢一鬼，大見揶揄云：「我只見汝送人作郡，何以不見人送汝作郡？」〔二〇〕民始怖終慚，〔二一〕回還以解，不覺成淹緩之罪。』温雖笑其滑稽，而心頗愧焉。後以爲襄陽太守，〔二二〕累遷廣、益二州刺史。在藩舉其宏綱，不存小察，甚爲吏民所安説。〔二三〕薨於益州。」〔二四〕

【校釋】

〔一〕一頓　王楙野客叢書二九「一頓」條：「漫録曰：『食可以言頓，世説羅友曰欲乞一頓食。』僕謂頓字豈惟食可用，如前漢書一頓而成，是言事也。唐書打汝一頓，是言杖也。晋書一時頓有兩玉人，是言人也。宋明帝、王忱嗜酒時，以大飲爲上頓，是言飲也。豈獨食哉？

續釋常談引世説以證一頓二字出處，不知二字已見前漢書矣。」

〔二〕記功　功，沈校本作「初」，屬下句。按，沈校本誤。記功，强記功夫，即記憶力强。

〔三〕漂洲　李慈銘云：「案漂洲，當作溧洲，本作烈洲，亦作洌洲。在今江南江寧縣西南七十里，以旁有烈山得名。此因烈誤洌，因洌誤溧，遂誤爲漂耳。晉書桓温傳作洌洲，桓沖傳亦誤作漂洲。」程炎震云：「御覽六九引丹陽記曰：『烈洲在縣西南。』輿地志云：『吴舊津所也。内有小水，堪泊船，商客多停以避烈風，故以名焉。』王濬伐吴宿於此。簡文爲相時，會桓元子之所也。亦曰漂洲。洲上有山，山形似栗。伏滔北征賦謂之烈洲。』又曰：『江寧縣二十五里有洌洲。』按漂洲當作溧洲，即洌洲也。簡文會温於洌洲，通鑑在哀帝興寧三年二月。」王利器校：「晉書桓温傳：『簡文帝時輔政，會温於洌洲，議征討事。』即指此事。『漂洲』作『洌洲』。又桓沖傳：『沖將之鎮，帝餞於西堂，賜錢五十萬，又以酒三百四十石、牛五十頭犒賜，文武謝安送至漂洲。』應當就是這個漂洲。又劉牢之傳：『不得已，率北府文武屯洌洲。』通鑑卷一一二晉紀三四作『牢之軍洌洲。』胡三省注曰：『溧音栗，溧水出溧陽縣，在建康東南。元顯遣牢之西上擊桓玄，非其路也。』晉書劉牢之傳作洌洲。又桓沖發建康，謝安送至溧洲。宋武陵王討元兇邵，四月戊午至南州，辛酉次溧洲，丙寅次江寧，今舟行自採石東下，未至三山，江中有洌山，即『洌洲』也。洌、溧聲相近，故又爲溧洲。張舜民曰：『過三山十餘里至溧洲，自溧洲過白土磯入慈湖夾。』舜民郴行録言沂流之先後水程也。又通鑑卷一〇一晉紀二三：『會大司馬温於洌洲。』胡注：『今姑孰江中有洌山，即其地。』案胡注説『溧洲』最明白，這裏作『溧洲』，就是『溧洲』形近錯的；晉書桓沖傳的『漂洲』，胡注亦作『溧洲』，是個很好的證據。」按，關於溧洲得名，或謂以烈山，或謂以避烈風，或謂山形似栗。陸游入蜀記一：「烈洲在江中，上有小山曰烈山。」説與胡三省同。故謂洌洲以烈山得名，於諸説中最合理。

〔四〕魏陽元　程炎震云：「桓温以永和三年丁未平蜀，至興寧三年乙丑，凡十九年，是真强記者矣。」余箋：「晉書：『魏舒字陽元，任城樊人也。官至司徒，謚曰康。』傳不言其强記，其事未詳。」

〔五〕刺史桓豁　程炎震云：「興寧三年，桓豁爲荆州。」按，桓豁自興寧三年（三六五）二月至太元二年（三七七）八月爲荆州刺史。

〔六〕前期　謂前已有邀約。期，邀約，約定。莫，同「暮」。詩鄘風桑中：「期我乎桑中，要我乎上宫，送我乎淇之上矣。」

〔七〕征西　指桓沖。據晉書九孝武帝紀，寧康元年（三七三）秋七月，進右將軍桓豁爲征西將軍。

〔八〕至夕　夕，原作日，宋本、沈校本並作「夕」。今據改。

〔九〕勝達　猶勝流、名達也。南齊書三九陸澄傳：「此趨販所不爲，況搢紳領袖、儒宗勝達乎？」釋文紀一六釋道埏六十卷阿毗曇毗婆沙經序：「使西域勝達之士，莫不資之以鏡心，鑒之以朗識。」

〔一〇〕沓烏樏　劉應登云：「烏樏不知何物，當是猥語。」李慈銘云：「案沓，重也。樏已見卷中之上雅量篇。其器似盤中有隔，猶唐之牙盤，今之手盒。一器之中攢聚數十隔。故友二百五十重烏樏者，每隔之下必有其托，遂成五百食器矣。友家清貧，蓋用黑漆此器，故曰烏樏。」程炎震云：「沓，重疊也。廣韻：『沓，重也，合也。』樏當爲有蓋之器，故一樏可爲二人食也。」按，廣韻三：「樏，似盤中有隔也。」隔或多或少。此言二百五十沓烏樏，作五百人食器，則每沓至少有二隔。

〔一一〕宅仁　宅，宋本作「乇」。王利器校：「蔣校本、沈校本『乇』作『宅』，是。」楊箋：「友字宅仁，用論語及孟子義。」

〔一二〕又好　又，宋本、沈校本並作「之」。

〔一三〕桓温常責之　温，沈校本作「過」。常，沈校本作「嘗」。

〔一四〕友傲然　友，宋本作「之」。王利器校：「各本『之』作『友』，是。」

〔一五〕温大笑之　温，宋本誤作「羅」。凌濛初云：「乞祠直齊人之儔，然對桓語自別。」按，羅友對桓温「就公乞食」云云，暗寓乞禄而不得之意。後敍温「謂其誕肆，非治民才，許而不用」，即「就公乞食」數語所指。

〔一六〕以才學　以才，宋本作「此之」。才，沈校本作「文」。

〔一七〕起别　起，宋本、沈校本並作「赴」。按，當作「赴」。赴别，謂赴餞别之席也。

〔一八〕民性飲酒嗜味　酒，原作「道」。王先謙校：「『飲道』，當作『飲酒』。」王利器校：「渚宫舊事卷五作『臣性嗜酒』，這裏的『道』字，懷疑就是『酒』字形近錯了的。」按，「飲道」不辭，王校是，今據改。

〔一九〕首且　且，宋本、沈校本並作「旦」。

〔二〇〕作郡　作，宋本誤作「住」。

〔二一〕始怖終漸　宋本、沈校本並作「始怪終慚」。按，作「怖」亦通。「漸」於義不通，當是「慚」之形誤。

〔二二〕後以爲襄陽太守　晉書八二習鑿齒傳：「齒與其二舅羅崇、羅友俱爲州從事。及還别駕，以坐越舅右，屢經陳請。温後激怒既盛，乃超拔其二舅，相繼爲襄陽都督，出鑿齒爲滎陽太守。」據此，羅友爲州從事，沉淪下僚積年。後因習鑿齒使都還，稱美簡文而大忤桓温旨，温乃超拔羅友爲襄陽太守。

〔二三〕吏民　原作「吏吏」，宋本、沈校本並作「吏民」，是，今據改。

〔二四〕益州　州，宋本誤作「泊」。通鑑一〇六晉紀二八：太元十年（三八五），羅友以廣州刺史爲益州刺史，鎮成都。鍾惺云：「有此一段，乃可解『非治民才』之疑。」李贄云：「桓竟不識羅也。」按，羅友固嗜酒好味，四處乞食而不以爲羞，然「在藩舉其宏綱，不存小察，甚爲吏民所安説」，可見大是「治民才」。故李贄以爲「温竟不識羅也」。

四二　桓子野每聞清歌，輒喚「奈何」。〔一〕謝公聞之曰：「子野可謂一往有深情。」

【校釋】

〔一〕輒喚奈何　世説箋本：「猶言可奈何乎？蓋情不自禁也。」楊箋：「古今樂録：『奈何，曲調之遺音也。』」按，桓子野善音樂，盡一時之妙，爲江左第一。蓋清歌感人，桓深賞而沉浸其中，以至忘己忘情，唯徒喚奈何而已。此爲無可如何之情態。晉書二〇禮志中：「重覽奏議，益以悲剥不能自勝，奈何奈何！」陸雲吊陳永長書：「凶問卒至，痛心摧剥，奈何奈何！」人悲極或喜極，於情不自勝之際，往往喚「奈何」。非楊箋所謂「曲調之遺音」也。

四三　張湛好於齋前種松柏，〔一〕晉東宫官名曰：「湛字處度，高平人。」張氏譜曰：「湛祖嶷，正員郎。父曠，鎮軍司馬。湛仕至中書郎。」時袁山松出游，每好令左右作挽歌。〔二〕山松別見。〔三〕續晉陽秋曰：「袁山松善音樂，北人舊歌有行路難曲，〔四〕辭頗疏質，山松好之，乃爲文其章句，婉其節制，每因酒酣，從而歌之，聽者莫不流涕。初，羊曇善唱樂，〔五〕桓伊能挽歌，及山松以行路難繼之，時人謂之『三絶』。」今云挽歌，未詳。時人謂「張屋下陳屍，〔六〕袁道上行殯。」〔七〕裴啓語林曰：「張湛好於齋前種松，養鴝鵒；袁山松出游，好令左右作挽歌。時人云云。」

【校釋】

〔一〕張湛　張湛晉書無傳，撰有列子注八卷。晉書七五范甯傳：「初甯嘗患目痛，就中書侍郎張湛求方。湛因嘲之曰：『古方宋陽里子少得其術以授魯東門伯，魯東門伯以授左丘明，遂世世相傳。及漢杜子夏、鄭康成、魏高堂隆、晉左太沖，凡此諸賢，並有目疾，得此方云：用損讀書一，減思慮二，專内視三，簡外觀四，旦晚起五，夜早眠六。凡六物，熬以神火，下以氣簁，藴於胸中七日，然後納諸方寸，修之一時，近能數其目睫，遠視尺捶之餘。長服不已，洞見牆壁之外，非但明目，乃亦延年。』」

〔二〕挽歌　程炎震云：「御覽四九七酣醉門引俗語曰：『宋禕死後，葬在金城南山，對琅琊都門。袁山松爲琅琊太守，每醉，輒乘輿上宋禕塚，作行路難歌。』晉書八三山松傳並取兩説。」按，挽歌爲送喪時之喪歌，由挽柩者歌唱。其起源説法不一：一説出於田横門人。崔豹古今注曰：「薤露、蒿里治喪歌也，本出田横門人。横自殺，門人傷之，爲作悲歌。言人命如薤上之露，易晞滅也。亦謂人死魂魄歸於蒿里。至武帝時，李延年分爲二曲。薤露送王公貴人，蒿里送士大夫庶人。使挽柩者歌之，亦謂之挽歌。」另一説謂在春秋戰國時。樂府解題曰：「左傳云：『齊將與吴戰于艾陵，公孫夏命其徒歌虞殯。』杜預注：『送死薤露歌即喪歌，不自田横始也。』」再一説謂出於漢武帝役人之歌。摯虞挽歌議曰：「新論以爲挽歌出於漢武帝役人歌勞，聲辭哀切，遂以爲送終之禮。」漢末以後，挽歌不再僅僅作爲喪歌，始有放蕩情志之功用。御覽五五二引風俗通曰：「京師殯婚嘉會，酒酣之後，續以挽歌。」嘉會酒酣乃享受現世之歡樂，挽歌爲悲歌人生之短暫。建安時期，曹操以挽歌反映漢末時事，其薤露、蒿里，被譽爲「詩史」。以後陸機挽歌詩，則用來表達對死亡之恐懼和哀痛。至東晉，任誕之風彌漫天下，作挽歌亦成任達之舉。山松、桓伊之外，庾晞、武陵王晞也喜挽歌。庾晞每自摇大鈴爲唱，使左右和之（見晉書二八五行志中）。武陵王晞喜爲挽歌，自摇大鈴，使左右習和之（黜免七注引司馬晞傳）。其中陶淵明挽歌詩三首堪稱晉代挽歌中之傑作。袁山松所作挽歌内容不可知，然由「聽者莫不流涕」一語推測，必定以哀苦爲主。

〔三〕山松　别見排調六〇。

〔四〕行路難曲　郭茂倩樂府詩集七〇：「樂府解題曰：『行路難備言世路艱難，及離别悲傷之意，多以君不見爲首。』按陳武别傳曰：『武常牧羊，諸家牧豎有知歌謡者，武遂學行路難。』則所起亦遠矣。」御覽三九二引陳武別傳曰：「陳武，字國本，休屠胡人，常騎驢牧羊。諸家牧豎十數人，或有知歌謡者。武遂學太山梁父、幽州馬客吟及行路難之屬。」據此，行路難曲或源於北方邊地游牧民族，述行路艱難及離別悲傷。至袁山松改造成挽歌，且「文其章句，婉其節制」，藝術性非舊歌所比，遂使聽者莫不流涕。

〔五〕羊曇　謝安之甥，晉書無傳，事蹟略見於晉書七九謝安傳：「羊曇者，太山人，知名士也，爲安所愛重。安薨後，輟樂彌年，行不由西州路。嘗因石頭大醉，扶路唱樂，不覺至州門。左右白曰：『此西州門。』曇悲感不已，以馬策扣扉，誦曹子建詩曰：『生存華屋處，零落歸山丘。』慟哭而去。」羊曇善唱樂於此可見。

〔六〕屋下陳屍　劉應登云：「言松柏可爲棺具。」凌濛初云：「當因塚墓必栽松柏，故云。」按，「屋下陳屍」者，即前所云「齋前種松柏」。凌氏所解是。史記三九晉世家：「重耳謂其妻曰：『待我二十五年，不來乃嫁。』其妻笑曰：『犂二十五年，吾墓上柏大矣。』」三輔黄圖：「漢文帝霸陵不起山陵，稠種柏」。（御覽九五四）漢書六五東方朔傳：「柏者，鬼之廷也。」顔師古注：「言鬼神尚幽闇，故以松柏之樹爲廷府。」陶淵明有諸人共游周家墓柏下詩，又其擬古之四：「松柏爲人伐，高墳互低昂。」皆證古人墓上及墓周多植松柏。

〔七〕道上行殯　古代喪禮，靈柩窆，道上唱挽歌送之。晉書九六列女傳載，段豐妻慕容氏，被逼改適餘熾而自盡。及葬，靈柩路經餘宅前，熾聞挽歌之聲，慟絶良久。劉敬叔異苑六：

「靈入屋憑几，忽於空中擲地，便有嗔聲曰：『何不作挽歌，令我寂寂上道耶！』」

四四　羅友作荆州從事，桓宣武爲王車騎集别。〔一〕車騎，王洽，别見。〔二〕友進，坐良久，辭出。宣武曰：「卿向欲咨事，何以便去？」答曰：「友聞白羊肉美，一生未曾得喫，故冒求前耳。無事可咨。今已飽，不復須駐。」了無慚色。

【校釋】

〔一〕集别　世説抄撮：「會集而送别也。」按，抄撮所釋是。文選二〇有謝瞻王撫軍庾西陽集别作詩。

〔二〕王洽　别見賞譽一一四。

四五　張驎酒後，挽歌甚悽苦。〔一〕桓車騎曰：「卿非田横門人，何乃頓爾至致？」〔二〕驎，張湛小字也。譙子法訓云：「有喪而歌者，或曰：『彼爲樂喪也，有不可乎？』譙子曰：『書云：「四海遏密八音。」何樂喪之有？』曰：『今喪有挽歌者，何以哉？』譙子曰：『周聞之：蓋高帝召齊田横，至于尸鄉亭，〔三〕自刎奉首。從者挽至於宫，〔四〕不敢哭而不勝哀，故爲歌以寄哀音。彼則一時之爲也。「鄰有喪，舂不相」。〔五〕引挽人銜枚，孰樂喪者邪？』」按莊子曰：

「紼謳所生，必於斥苦。」司馬彪注曰：「紼，引柩索也。斥，疏緩也。苦，用力也。引紼所以有謳歌者，爲人有用力不齊，故促急之也。」春秋左氏傳曰：「魯哀公會吴伐齊，其將公孫夏命歌虞殯。」杜預曰：「虞殯，送葬歌，示必死也。」史記絳侯世家曰：「周勃以吹簫樂喪。」〔六〕然則挽歌之來久矣，非始起於田横也。然譙氏引禮之文，頗有明據，非固陋者所能詳聞。疑以傳疑，以俟通博。〔七〕

【校釋】

〔一〕「張驎酒後」二句　風俗通曰：「酒酣之後，續以挽歌。」張驎酒後挽歌，乃承漢末流風遺韻。張驎酒後挽歌與袁山松出游好作挽歌同，皆爲晉人任誕放達之舉。

〔二〕「桓車騎」三句　田横自殺，門人爲作悲歌。桓車騎意謂卿無喪事，何悲歌如此？至致，吴金華考釋以爲「至致」是「至到」同義詞，「形容情意真摯」。

〔三〕尸鄉亭　尸，王刻本作「户」。王利器校：「餘本作『户』是。」按，作「尸」是。史記九四田儋列傳作「尸鄉」。集解引應劭曰：「尸鄉在偃師。」又漢書一〇〇下敍傳：「(田)横雖雄材，伏於海島，沐浴尸鄉。」

〔四〕「自刎奉首」二句　王叔岷補正：「劉注引法訓，『奉首』上當補『令客』二字，『從』下當補『使』字。史記可證。」

〔五〕春不相　王叔岷補正：「禮記曲禮：『鄰有喪，春不相。』鄭注：『相，謂送杵聲。』」

〔六〕周勃以吹簫樂喪　趙西陸云：「史記絳侯周勃世家曰：『常爲人吹簫給喪事。』集解引傳瓚曰：『吹簫以樂喪賓，若樂人也。』索隱曰：『左傳歌虞殯，猶今挽歌類也。歌者或有簫管。』」

〔七〕王世懋云：「此注即是挽歌事始，博洽乃爾。」按，西晉制新禮，以爲挽歌起於漢代。晉書二〇禮志中：「漢魏故事：大喪及大臣之喪，執紼者輓歌。新禮以爲輓歌出於漢武帝役人之勞歌，聲哀切，遂以爲送終之禮。雖音曲摧愴，非經典所制，違禮設銜枚之義。方在號慕，不宜以歌爲名，除不輓歌。摯虞以爲『輓歌因倡和而爲摧愴之聲，銜枚所以全哀，此亦以感衆。雖非經典所載，是歷代故事。詩稱「君子作歌，惟以告哀」，以歌爲名，亦無所嫌，宜定新禮如舊。』詔從之。」由此可知，晉代制新禮仍沿用挽歌。

四六　王子猷嘗暫寄人空宅住，便令種竹。或問：「暫住何煩爾？」王嘯詠良久，直指竹曰：「何可一日無此君。」〔一〕中興書曰：「徽之卓犖不羈，欲爲傲達，放肆聲色頗過度，時人欽其才，穢其行也。」〔二〕

【校釋】

〔一〕何可一日無此君　竹子修長曼妙，自古爲人喜愛。南方之竹種類尤多，形態秀美，冬夏不凋，極具觀賞價值。詠歎修竹，于詩文中常見。如東方朔七諫：「便娟之修竹兮，寄生乎江潭。」（楚辭章句一三）御覽三六引淮南子曰：「東南方之美者，有會稽之竹箭焉。」御覽二一引語評曰：「陸機夏在洛，忽思齊東頭竹篠中飲，語劉寶曰：『吾思鄉轉切矣。』」王羲之蘭亭集序：「此地有崇山峻嶺，茂林修竹。」謝萬蘭亭詩：「青蘿翳岫，修竹冠岑。」孫統蘭亭詩之二：「回沼激中逵，疏竹間修桐。」王子猷愛竹，純愛竹之形態之美，並不寄託人格及道德内涵。以後蘇軾於潛僧緑筠軒詩曰：「可使食無肉，不可居無竹。無肉令人瘦，無竹令人俗。人瘦尚可肥，士俗不可醫。」（東坡全集四）將竹看作士人清高脱俗之象徵。至南宋人陳郁藏一話腴外編卷下，將子猷愛竹説成「君子借竹養性」，曰：「是亦此君之不以霜雪而改柯易葉也。子猷曰：『不可一日無此君。』蘇長公曰：『無竹令人俗。』豈爲觀美耶？借竹以養性，不爲俗子之歸耳。古今詩人風流意度、清節高趣，政自不凡。如竹可愛，使人一見灑然意消。余得俗子之詩曰：『俗子俗到骨，一揖已溷人。』不知此曹面何得有許塵。正子猷、長公之所畏避者也。」其實，子猷「穢其行」，本非雅君子，愛竹純是觀美，無有以竹培養人格之意味。

〔二〕「中興書曰」數句　王楙野客叢書四「王子猷操行」條：「王子猷多言俗事，謝安以爲不如獻之。僕謂此特以一時之言察其優劣耳，未考其終身之行也。子猷傳所載率多曠達，如不答長官，拄笏而看西山。不顧主人，坐輿而造竹下。山陰雪夜，詠招隱詩而訪戴逵。觀此數事，胸中灑落，亦自不凡，未易貶之也。然傳又云『人欽其才而穢其行』。僕觀此語，始知其爲人内行不謹，爲當時所鄙，信非子敬之比，惟史氏没其跡而不書。盛陳前數事，且居名父之下，名弟之上，左右掩映。故後世聞其風者，擊節賞歎，以爲不可及，而莫知有大節之累云。」

四七　王子猷居山陰，夜大雪，眠覺，開室，命酌酒，四望皎然，〔一〕因起彷徨，詠左思招隱詩。中興書曰：「徽之任性放達，棄官東歸，居山陰也。」〔二〕左詩曰：「杖策招隱士，荒塗横古今。巖穴無結構，丘中有鳴琴。白雲停陰岡，丹葩曜陽林。」忽憶戴安道。時戴在剡，即便夜乘小船就之，經宿方至，造門不前而返。人問其故，王曰：「吾本乘興而行，興盡而返，何必見戴？」〔三〕

【校釋】

〔一〕「王子猷居山陰」數句　王世懋云：「大是佳境。」

〔二〕「棄官東歸」二句　晉書八〇王徽之傳言子猷「後爲黄門侍郎，棄官東歸」。考輕詆二九及孝標注引續晉陽秋，苻堅爲姚萇所殺，堅子宏將母妻來投。謝安每加接引，適王子猷來，太傅使共語云云。據晉書九孝武帝紀，太元十年（三八五）六月，苻宏來降。則謝安使子獻與苻宏共語亦當在此時，且子獻必爲黄門侍郎。此年八月，謝安薨，子獻極有可能因之辭去黄門侍郎，東歸會稽。又張懷瓘書斷、張彦遠歷代名畫記五皆謂王子敬太元十一年卒（三八六），而傷逝一六記子敬卒後不久子獻亦卒，則子獻訪戴安道，當在太元十年冬或次年早春。

〔三〕「忽憶戴安道」數句　剡，太平寰宇記九六：「剡溪在縣南一百五十步，一源出台州天台縣，一源出婺州武義縣，即王子獻雪夜訪戴逵之所也。亦名戴溪。」高似孫剡録七：「劉原父徽之像贊曰：人生誰不知，安爲世所束。興來當暫往，興盡期自復。大雪暗溪路，新晴月微燭。去非斯人慕，返豈斯人辱。優游便所適，偃蹇尚幽獨。」凌濛初云：「讀此每令人飄飄欲飛。」陳繼儒云：「予喜賞雪，每戲曰：古今二鈍漢，袁安閉户，子獻返棹，應事避寒，作許題目。」錢穆云：「至如子獻之訪戴，其來也，不畏經宿之遠；其返也，不惜經宿之勞。一任其意興之所至，而無所于屈。其尊内心而輕外物，灑落之高致，皆晉人之所企求而嚮往也。」（國學概論魏晉清談）宗白華云：「這截然地寄興趣於生活本身價值而不拘泥於目的，顯示了晉人唯美生活的典型。」按，子獻雪夜訪戴，乘興而行，興盡而反，似乎不可理喻，其實卻是任情而動，擺脱一切拘束，表現自由縱放精神，是爲真性情、真瀟灑。後人因之擊節賞歎，「子獻溪」、「子獻船」遂成詩文中常典，丹青亦有子獻訪戴圖，影響中國藝文甚巨。

四八　王衛軍云：「酒正自引人著勝地。」〔一〕王薈，已見。〔二〕

【校釋】

〔一〕勝地　指物我兩忘之境界。本篇三五王蘊云：「酒正使人人自遠。」孟嘉答桓温云：「公未得酒中趣耳。」（晉書九八孟嘉傳）王忱每歎三日不飲，便覺形神不相親（晉書七五王忱傳）。陶淵明飲酒詩之六：「悠悠迷所留，酒中有深味。」連雨獨飲詩：「試酌百情遠，重觴忽忘天。」凡此，皆可釋「勝地」二字之内涵。

〔二〕王薈　薈，原作「簷」。宋本、沈校本並作「薈」，據改。王薈已見雅量二六。

四九　王子猷出都，尚在渚下。〔一〕舊聞桓子野善吹笛，續晉陽秋曰：「左將軍桓伊善音樂。孝武飲燕，謝安侍坐，帝命伊吹笛。伊神色無忤，既吹一弄，乃放笛云：『臣於箏乃不如笛，然自足以韻合歌管。臣有一奴善吹笛，且相便串，請進之。』帝賞其放率，聽召奴。奴既至，吹笛，伊撫箏而歌怨詩，因以爲諫也。」〔二〕而不相識。遇桓於岸上過，王在船中。客有識之者，云是桓子野。王便令人與相聞，云：「聞君善吹笛，試爲我一奏。」桓時已貴顯，素聞王名，即便回下車，踞胡牀，〔三〕爲作三調。弄畢，便上車去。客主不交一言。〔四〕

【校釋】

〔一〕出都 入都，至都。參見德行五三校釋。程炎震云：「晉書八一伊傳云：『王徽之赴召京師，泊舟清溪側。』」曹道衡、沈玉成中古文學史料叢考「王徽之仕歷」條，謂世説此條所記當爲徽之應辟而由山陰之建康，時年二十餘歲。

〔二〕「續晉陽秋曰」數句 弄，樂曲，曲調。嵇康琴賦：「改韻易調，奇弄乃發。」既吹一弄，猶言既吹一曲。余箋：「類聚四四引語林曰：『桓野王善解音，晉孝武祖宴西堂，樂闋酒闌，將詔野王箏歌。野王辭以須笛。於是詔其常吹奴碩，賜姓張，加四品將軍，引使上殿。張碩意氣激揚，吹破三笛。末取睹腳笛，然後乃調理成曲。』野王蓋子野之誤。詩鈔一一〇引語林云：『晉孝武祖宴西堂，詔桓子野彈箏，桓乃撫箏而歌怨詩，悲厲之響，一堂流涕。』」按類聚八九：「晉伏滔長笛賦序曰：『余同僚桓子野有故長笛。』」初學記一六：「古之善吹笛者有馬融、游楚、宋禕、桓子野及奴顧。」伏滔與桓伊同僚，既稱伊爲「子野」，則無所可疑也。類聚四四引語林作「桓野王」，而書鈔一一〇、初學記一六引語林，皆稱「桓子野」，則作「子野」是。

〔三〕胡牀 參見容止二四校釋。按，子猷邀桓伊吹笛之處，後成金陵名勝，稱「邀笛步」或「笛步」。江南通志三〇：「邀笛步在上元縣青溪橋右，王徽之邀桓伊吹笛處。」六朝事蹟類編卷上：「邀笛步，舊名蕭家渡，在城東南青溪橋之右，今上水閘是也。晉書云（下略），故今名爲邀笛步也。」

〔四〕「弄畢」三句　王世懋云：「佳境乃在末語。」清孫原湘邀笛步詩：「清溪水清似雪，柯亭竹堅似鐵。下車來，三弄畢。上車去，不作別。兩相知，不相識。如此江山如此客，六代風流一枝笛。」（天真閣集四）馮友蘭論風流云：「王徽之與桓伊都可以説是爲藝術而藝術。他們的目的都在於藝術，並不在於人，爲藝術的目的既已達到，所以兩個人亦無須交言。」按，子猷請桓伊吹笛，欣賞之後不與人交言，似乎簡傲無禮，然子猷本只想欣賞笛聲之妙，並不欲與人共語作緣。桓伊則自足自滿於己之技藝，本不欲人贊，亦不欲人謝，故弄畢即走。兩人皆風度高雅，精神灑脱，毫不在意俗情俗禮。此正魏晉風度最動人之處。孫原湘稱二人爲「相知」，約略近之。寧稼雨云：「所以『客主不交一言』就是雙方有靈犀，在心中達成默契，有情而不爲情所累的人生態度的最好寫照。」（魏晉士人人格精神第三一二頁）其以王弼「聖人有情但不累於情」之説釋之，亦有新意。

五〇　桓南郡被召作太子洗馬，玄别傳曰：「玄初拜太子洗馬，時朝廷以温有不臣之迹，故抑玄爲素官。」船泊荻渚。〔一〕王大服散後已小醉，往看桓。桓爲設酒，不能冷飲，頻語左右令「温酒來」。〔二〕桓乃流涕嗚咽，王便欲去。桓以手巾掩淚，因謂王曰：「犯我家諱，何預卿事！」〔三〕晉安帝紀曰：「玄哀樂過人，每歡戚之發，未嘗不至嗚咽。」

王歎曰：「靈寶故自達！」靈寶，玄小字也。異苑曰：「玄生而有光照室，善占者云：『此兒生有奇耀，宜自爲天人。』〔四〕宣武嫌其三文，復言爲『神靈寶』，猶復用三，既難重前，卻減『神』一字，名曰靈寶。」語林曰：「玄不立忌日，止立忌時，其達而不拘皆此類。」〔五〕

【校釋】

〔一〕「桓南郡」二句　程炎震云：「晉書玄傳云：『年二十三，始拜太子洗馬。』則是太元十六年，王忱已爲荊州。此荻渚當在江陵。」

〔二〕温酒來　服散後不能飲冷酒，須温酒。晉書三五裴秀傳言秀「服寒食散，當飲熱酒而飲冷酒，泰始七年薨」。晉書九〇良吏鄧攸傳載：胡人夜失火燒車，誣攸，「攸度不可與争，遂對以弟婦散發温酒爲辭」。孫思邈千金翼方二二云：「凡是五石散先名寒食散者，言此散言寒食，冷水洗取寒，惟酒欲清熱飲之，不爾，即百病生焉。」隋巢元方諸病源候論引皇甫謐論服食節度之法，亦云「酒必醇清令温」。皆證服寒食散後須飲熱酒。

〔三〕「犯我家諱」二句　世説箋本：「玄爲桓温之子，頻令温酒，『温』字犯桓温之名，故云。」余箋：「顔氏家訓風操篇曰：『禮云：「見似目瞿，聞名心瞿。」有所感觸，惻愴心眼。若在從容平常之地，幸須申其情耳。必不可避，亦當忍之，不必期於顛沛而走也。梁世謝舉甚有聲譽，聞諱必哭，爲世所譏。又臧逢世，臧嚴之子也，篤學修行，不墜門風。孝元經牧江州，遣往建昌督事，郡縣民庶，競修牋書。有稱嚴寒者，必對之流涕。不省取記，多廢公事。』由顏氏之言觀之，知聞諱而哭，乃六朝舊俗。故雖凶悖如桓玄，不敢不謹守此禮也。御覽五六二引世説曰：『桓玄呼人温酒，自道其父名。既而曰：「英雄正自粗疏。」』今世説既無其語，且正與此相反，不知本出何書。恐是孝標之注，蓋引他書，以明與世説不同。今本爲宋人所削耳。」又南史四九劉訏傳：「自傷早孤，人有誤觸其諱者，未嘗不感結流涕。」

〔四〕自爲天人　自，宋本作「字」，今本異苑、王刻本作「目」。余箋：「吳承仕曰：『嫌有三文，「天」非三文也。此注恐有誤奪。』嘉錫案：宣武嫌其三文，若字爲天人，則止二文。蓋天下脱一字。今本異苑亦誤作『目爲天人』。」按，作「字爲天人」或「自爲天人」皆不辭。當作「目」是。宣武既嫌占者三文，復言「神靈寶」猶三文，一時間錯亂如此，實不可思議。細繹異苑文意，「天人」以下當有脱落，吳承仕疑此注有誤奪，其説可信。

〔五〕「玄不立忌日」三句　御覽五六二引語林作「桓玄不立忌日，政有忌時，每至日弦觴無廢。」徐乾學讀禮通考一一三：「桓玄庶母烝嘗，靡有定所，忌日見賓客游宴，惟至亡時，一哭而已。期服之内，不廢音樂。」按，藝文類聚六〇引世説：「前輩忌日唯不飲酒作樂。王世將以忌日送客新亭，主人欲作音樂，王便起去，持彈往衛洗馬墓下彈鳥。」可見，忌日不可飲酒作樂。桓玄不立忌日，止立忌時，其意義正如徐乾學所説，忌日亦可游宴作樂，唯忌時一哭而已。此所謂「達而不拘」也。

五一　王孝伯問王大：「阮籍何如司馬相如？」〔一〕王大曰：「阮籍胸中壘塊，〔二〕故須酒澆之。」　言阮皆同相如，而飲酒異耳。

【校釋】

〔一〕「王孝伯問王大」二句　王大，王忱。阮籍縱酒任誕，越禮傲世。司馬相如「慢世」（見品藻八〇王子猷語），越禮自放。二人頗有相似之處，故王孝伯有此問。

〔二〕壘塊　世説箋本：「言胸中不平之氣，如石塊之積壓也。」按，本篇五二注引晉安帝紀言「忱少慕達好酒」，而任達嗜酒者以阮籍爲代表，故王忱評阮籍語，頗有夫子自道意味。

五二　王佛大歎言：〔一〕「三日不飲酒，覺形神不復相親。」〔二〕晉安帝紀曰：「忱少慕達好酒，在荆州轉甚，一飲或至連日不醒，遂以此死。」〔三〕宋明帝文章志曰：「忱嗜酒，醉輒經日，自號『上頓』。世嘑以大飲爲『上頓』，起自忱也。」

【校釋】

〔一〕王佛大　德行四四孝標注：「王忱，小字佛大。」

〔二〕覺形神不復相親　文選嵇康養生論：「愛憎不棲於情，憂喜不留於意，泊然無感，而體氣和平。又呼吸吐納，服食養身，使形神相親，表裏俱濟也。」形神相親，猶形神合一，與嵇康所謂「愛憎不棲於情」云云同。

〔三〕「忱少慕達好酒」數句　程炎震云：「北堂書鈔一四八引祖台之與王荆州忱書曰：『君須復飲，不廢止之，將不獲已耶？通人識士，累於此物，古人屏爵去邑，焚罍毀榼。』案『邑』字有誤。御覽四五七引作『卮』。」余箋引竇革酒譜誡失篇並謂「祖台之嘗勸忱戒酒，而忱不從，故卒死於酒」。按，勸王忱戒酒者尚有范泰。宋書六〇范泰傳：「荆州刺史王忱，泰外弟也，請爲天門太守。忱嗜酒醉，輒累旬，及醒，則儼然端肅。泰謂忱曰：『酒雖會性，亦所以傷生，游處以來，常欲有以相戒。當卿沈湎，措言莫由，及今之遇，又無假陳説。』忱嗟歎久之曰：『見規者衆矣，未有若此者也。』」由忱「見規者衆矣」一語可知，勸王忱戒酒者夥矣。

五三　王孝伯言：「名士不必須奇才，但使常得無事，痛飲酒，熟讀離騷，便可稱名士。」〔一〕

【校釋】

〔一〕余箋：「賞譽篇云：『王恭有清辭簡旨，而讀書少。』此言不必須奇才，但讀離騷，皆所以自飾其短也。恭之敗，正坐不讀書。故雖有憂國之心，而卒爲禍國之首，由其不學無術也。自恭有此説，而世之輕薄少年，略識之無，附庸風雅者，皆高自位置，紛紛自稱名士。政使此輩車載斗量，亦復何益於天下哉？」按，名士之三條「標準」，雖始見於王恭，然早于此前之所謂名士，業已如此。干寶晉紀總論云：「當官者以望空爲高而笑勤恪。」劉謙晉紀記應瞻上表曰：「元康以來，望白署空顯以台衡之量，尋文謹案目以蘭薰之器。」輕詆一一注引八王故事：「夷甫雖居台司，不以事物自嬰，當世化之，羞言名教，自臺郎以下，皆雅崇拱默，以遺事爲高，四海尚寧，而識者知其將亂。」尚無爲、貴虚談、供默無事者稱名士，勤於吏職者反爲俗吏。何充忙於看文書，卻見譏於當世，王濛、劉惔勸其「擺撥常務，應對玄言」（見政事一八及注引晉陽秋）。卞壼處境亦同何充。壼有實幹之才，勤於吏事，不肯苟同時好，却「爲諸名士所少，而無卓爾優譽」（見晉書七〇卞壼傳）。阮孚甚至常常譏笑壼曰：「卿恒無閑泰，常如含瓦石，不亦勞乎？」有閑成名士，勞者吃力不討好。應瞻所言，於此印證焉。惠帝元康以降，貴游子弟嗜酒荒放成風，迄東晉之末而不衰。胡毋輔之嗜酒放誕，王澄許爲「後進領袖」；羊曼任達縱酒，贊爲「中興名士」。嗜酒甚者名之通，次者名之達。至於熟讀離騷，當受楚漢浪漫主義影響。離騷情感奔放，頗具自由精神，正與魏晉重情、重自然、擺脱一切羈絆之文化品格相契，最顯著者如嵇、阮之詩文，皆沾溉於靈均。排調四五記謝安問王子猷「云何七言詩」？子猷答以楚辭卜居二句：「昂昂若千里之駒，汎汎若水中之鳧。」雖是「排調」，亦能見名士對楚辭之熟悉。熟讀離騷便可稱名士，雖有余箋所譏「自飾其短」之嫌，然楚騷對魏晉文化影響之深，當是不爭之事實。

五四　王長史登茅山，大慟哭曰：「琅邪王伯輿，終當爲情死！」〔一〕王氏譜曰：「廞字伯輿，琅邪人。父薈，衛將軍。廞歷司徒長史。」〔二〕周祗隆安記曰：「初，王恭將唱義，〔三〕使喻三吴。廞居喪，拔以爲吴國内史。國寶既死，恭罷兵，令廞反喪服。廞大怒，即日據吴都以叛。恭使司馬劉牢之討廞。〔四〕廞敗，不知所在。」〔五〕

【校釋】

〔一〕「王長史」數句　王廞大哭曰「終當爲情死」，此爲何意？試探索之：依晉朝禮制，若父母喪，即使在外軍士亦須去職守喪。王廞居母喪，卻起兵助王恭討王國寶，此違喪禮也。晉書六五王薈傳曰：「廞自謂義兵一動，勢必未寧，可乘間而取富貴。」由此可知，王恭令其起兵不過是外因，廞欲乘機取富貴當爲更重要之内因。廞違禮之因蓋在于此。國寶既死，王恭又令廞解軍去職，使之繼續守孝。王廞所願落空，深怨王恭，遂據吴都以叛。廞始不遵喪禮，又由邪欲而終致危殆，既痛且悔，故哭曰「終當爲情死」。

〔二〕長史　晉書六五王薈傳、宋書六三王華傳皆作「左長史」。

〔三〕唱義　謂發起義軍。唱，宣導，發起。後作「倡」。後漢書一五李通傳：「通布衣唱義，助成大業。」晉書三六衛瓘傳：「瓘作檄宣告諸軍，諸軍並已唱義。」據晉書一〇安帝紀，王恭舉兵討王國寶、王緒在隆安元年（三九七）四月。

〔四〕討歆　歆，沈校本作「之」。

〔五〕歆敗　歆，宋本滅此字。

簡傲第二十四

一　晉文王功德盛大，坐席嚴敬，擬於王者。漢晉春秋曰：「文王進爵爲王，司徒何曾與朝臣皆盡禮，唯王祥長揖不拜。」〔一〕唯阮籍在坐，箕踞嘯歌，酣放自若。〔二〕

【校釋】

〔一〕「文王進爵」三句　晉書三三何曾傳曰：「時曹爽專權，宣帝稱疾，曾亦謝病。爽誅，乃起視事。魏帝之廢也，曾預其謀也。」又曰：「文帝爲晉王，曾與高柔、鄭沖俱爲三公，將入見，曾獨致拜盡敬，二人猶揖而已。」何曾乃司馬氏之死黨，雖仍名爲魏臣，實早已忠晉。而王祥長揖不拜，以示己仍爲魏臣。晉書三三王祥傳曰：「及武帝（當爲文帝）爲晉王，祥與荀顗往謁。顗謂祥曰：『相王尊重，何侯既已盡敬，今便當拜也。』祥曰：『相國誠爲尊貴，然是魏之宰相。吾等魏之三公，公王相去，一階而已，班例大同，安有天子三司而輒拜人者！損魏朝之望，虧晉王之德，君子愛人以禮，吾不爲也。』及入，顗遂拜，而祥獨長揖。帝曰：『今日方知君見顧之重矣！』」然此時魏朝名存實亡，王祥不會不知，其不拜司馬昭，亦不過竊取高名之故技而已。

〔二〕「箕踞嘯歌」二句　程炎震云：「咸熙元年，昭進爵爲王，阮已先一年卒矣。」朱注：「本條當是昭爲相國尚未進爵時事，故曰『擬於王者』。至首稱『文王』，蓋後之追稱也。」按，朱注是。任誕二云「阮籍遭母喪，在晉文王坐，進酒肉」，所稱「晉文王」亦是追稱之辭，且可見阮籍在司馬昭坐酣放嘯歌乃一貫作風。又禮記曲禮上：「坐毋箕。」則箕不合禮儀也。

二　王戎弱冠詣阮籍，時劉公榮在坐，阮謂王曰：「偶有二斗美酒，當與君共飲，彼公榮者無預焉。」二人交觴酬酢，〔一〕公榮遂不得一杯，而言語談戲，三人無異。或有問之者，阮答曰：「勝公榮者，不得不與飲酒；不如公榮者，不可不與飲酒；唯公榮可不與飲酒。」〔二〕晉陽秋曰：「戎年十五，隨父渾在郎舍，阮籍見而説焉。〔三〕每適渾俄頃，輒在戎室久之，乃謂渾：『濬沖清尚，非卿倫也。』戎嘗詣籍共飲，而劉昶在坐，不與焉。昶無恨色。既而戎問籍曰：『彼爲誰也？』曰：『劉公榮也。』濬沖曰：『勝公榮，故與酒；不如公榮，不可不與酒；唯公榮者，可不與酒。』」〔四〕竹林七賢論曰：「初，籍與戎父渾俱爲尚書郎，每造渾，坐未安，輒曰：『與卿語，不如與阿戎語。』就戎，必日夕而返。籍長戎二十歲，〔五〕相得如時輩。劉公榮通士，性尤好酒。籍與戎酬酢終日，而公榮不蒙一杯，三人各自得也。戎爲物論所先皆此類。」〔六〕

【校釋】

〔一〕酬酢　酬，沈校本誤作「醻」。

〔二〕「阮答曰」數句　劉辰翁云：「殆用公榮語調公榮。」王世懋云：「即以公榮語翻出更妙，滑稽之雄。」按，劉、王二人所言「公榮語」，指任誕四劉公榮答他人之語：「勝公榮者不可不與飲，不如公榮者亦不可不與飲，是公榮者又不可不與飲。」在公榮皆可與之飲，終日共飲，故屬之「任誕」。而在阮籍，勝公榮者不得不與飲，不如公榮者不可不與飲，人皆可與飲，唯公榮不可飲。此由公榮語變化而出，以戲公榮，誠滑稽至極。公榮雖在坐，阮戲之而不與飲酒，故屬之「簡傲」。

〔三〕「戎年十五」三句　阮籍始識王戎之年，陸侃如中古文學繫年下册以爲在正始五年（二四四），籍時爲尚書郎，與王渾、王戎父子爲友。陸氏據晉書阮籍傳及此條孝標注，云：「籍長戎二十四年，戎十五歲時籍恐已辭尚書郎了。因爲籍辭職後又做曹爽的參軍，辭參軍後『歲余』曹爽被害；那麼籍爲尚書郎下距爽死，決不會只有一年，而爽卻死於戎十六歲的正月，所以籍與渾因共事而相交，戎年恐僅十一二歲。」按，陸氏之説可從。

〔四〕「濬沖曰」數句　晉陽秋所載爲王戎語，世説、晉書四三王戎傳以爲阮籍語，而任誕四記爲劉公榮語。余箋以爲「此即一事，而傳聞異辭耳」。鄙意以爲阮籍與劉公榮相識在先，公榮好酒，嗣宗嗜酒，二人必常共飲。任誕四記公榮與人飲酒，雜穢非類，人或譏之。此「人」，或許即阮籍亦未可知。因籍作青白眼，正不喜非類者。而公榮所答「勝公榮者」云云，籍必瞭解之。故籍與王戎飲時，變化公榮語以戲之。以上所言，雖屬推測，但甚合情理。余箋卻謂「一事而傳聞異辭」，遂將當時酒徒之有趣生活，變成簡單無聊，此吾所不取也。又晉陽秋所載爲王戎語，此大不可信。戎問籍：「彼爲誰也？」可見戎本不識公榮。與一陌生人，豈能道「勝公榮」、「不如公榮」等語？

〔五〕籍長戎二十歲　程炎震云：「籍長戎二十四歲。」按，程説是。阮籍生於建安十五年（二一〇），王戎生於青龍二年（二三四）。

〔六〕此類　此，宋本誤作「比」。

三　鍾士季精有才理，〔一〕先不識嵇康，鍾要于時賢儁之士，俱往尋康。康方大樹下鍛，向子期爲佐鼓排，〔二〕康揚槌不輟，傍若無人，移時不交一言。鍾起去，康曰：「何所聞而來？何所見而去？」鍾曰：「聞所聞而來，見所見而去。」〔三〕文士傳曰：「康性絶巧，能鍛鐵。家有盛柳樹，乃激水以圜之，夏天甚清涼，恒居其下傲戲，乃身自鍛。家雖貧，有人説鍛者，康不受直，〔四〕唯親舊以雞酒往，與共飲噉，〔五〕清言而已。」魏氏春秋曰：「鍾會爲大將軍兄弟所暱，聞康名而造焉。會，名公子，以才能貴幸。乘肥衣輕，賓從如雲。康方箕踞而鍛，會至，不爲之禮。會深銜之。後因呂安事，而遂譖康焉。」〔六〕

【校釋】

〔一〕才理　指言理之才能。見文學三〇校釋。

〔二〕鼓排　程炎震云：「後漢書杜詩傳：『遷南陽太守，造作水排，鑄爲農器。』賢注：『排音蒲拜反，冶鑄者爲排以吹炭。排當作橐，古字通用。』魏書韓暨傳：『徙監冶謁者，舊時冶作馬排，每一熟石，用馬百匹。更作人排，又費功力。暨乃因長流爲水排。』裴注曰：『排，蒲拜反，爲排以吹炭。』晉書杜預傳：『又作人排新器。』音義曰：『排，蒲界反。』玉篇：『韛，皮拜切，韋橐也。可以吹火令熾，亦作橐。』廣韻十六怪：『韛，韋橐，吹火。橐，上同，並蒲界反。』蓋古只作排，後乃造韛橐字。文選二一五君詠注引向秀别傳曰：『秀嘗與嵇康偶鍛於洛邑，故鍾得見之。』又一六思舊賦注引魏氏春秋『康寓居河内之山陽，鍾會爲大將軍所昵』云云。蓋中有删節，故並兩處爲一。」

〔三〕「何所聞而來」數句　袁中道云：「有禪意。」（舌華録一慧語）按，嵇康、鍾會二人問答，袁中道謂「有禪意」，其實絶非輕鬆之空談。嵇康幽憤司馬氏之陰謀殺戮，而鍾會乃司馬師兄弟之智囊，康内心鄙視之，故移時不交一言，末了再冷嘲之。鍾會答語，針鋒相對，意在言外，魏氏春秋所謂「深銜之」是也。嵇康之簡傲，種下禍根，以致日後鍾會譖康，遭殺身之禍。

〔四〕「有人説鍛者」二句　説，宋本、沈校本並作「就」。文選顏延年五君詠向常侍李善注引向秀别傳：「秀常與嵇康偶鍛於洛邑，與吕子灌園於山陽，收其餘利，以供酒食之費。」此與文士傳所言「有人説鍛者，康不受直」不同。王績嵇康坐鍛贊云：「嵇康自逸，手鍛爲娱。」

以爲鍛鐵爲消遣，説與文士傳同。袁宏道瓶史云：「嵇康之鍛也，武子之馬也，陸羽之茶也，米顛之石也，倪云林之潔也，皆以癖而寄其磊傀雋逸之氣者也。」以爲嵇康鍛鐵爲癖好，而寄其磊傀。范子燁君以爲嵇康鍛鐵，「它首先是嵇康躲避政治迫害的韜晦手法，其次是嵇康的調養之術和取藥方式」。（詳見范子燁世説新語研究）其説雖有論證，但欠説服力。顧農七賢林下之遊的時間與方式一文則否定向秀别傳「收其餘利，以供酒食之費」之説，以爲嵇康喜歡打鐵之「大目的當是鑄劍」，並引太平寰宇記引圖經謂天門山有「嵇康淬劍池」，順治河南通志修武縣北有嵇康「淬劍池」爲證。（中國文化研究，二〇〇〇年四月）按，嵇康既喜鍛鐵，鑄劍自然在情理之中；但以爲僅是鑄劍一事而不及其餘，此亦不近情理也。王國維人間嗜好之研究一文云：「嗜好之爲物，本所以醫空虚的苦痛者，故皆與生活無直接之關係，然若謂其與生活之欲無關係，則甚不然也。」（王國維文選，林文光選編，四川文藝出版社，二〇〇九年一月）文士傳稱「康性絶巧，能鍛鐵」，可見鍛鐵乃康之巧藝，乃是嗜好，用以自娱，以醫治心靈之苦痛。文士傳稱「有人説鍛者，康不受直」，蓋「説鍛者」欣賞己之嗜好，且嗜好本與生活無直接關係，故嵇康不受直。但消遣之餘，或如向秀别傳云「收其餘利」，則亦有此可能，因嗜好與「生活之欲」亦有關也。

〔五〕與共　與，宋本誤作「興」。

〔六〕「會深銜之」三句　鍾會譖康事見雅量二。

四　嵇康與呂安善，每一相思，千里命駕。晉陽秋曰：「安字中悌，〔一〕東平人，冀州刺史招之第二子，〔二〕志量開曠，有拔俗風氣。」干寶晉紀曰：「初，安之交康也，其相思則率爾命駕。」安後來，值康不在，喜出户延之，不入，晉百官名曰：「嵇喜字公穆，歷揚州刺史，康兄也。阮籍遭喪，往吊之。籍能爲青白眼，見凡俗之士，以白眼對之。〔三〕及喜往，籍不哭，見其白眼，喜不懌而退。康聞之，〔四〕乃齎酒挾琴而造之，遂相與善。」干寶晉紀曰：「安嘗從康，或遇其行，康兄喜拭席而待之，弗顧。獨坐車中，康母就設酒食。求康兒共語戲，良久則去，其輕貴如此。」題門上作「鳳」字而去。喜不覺，猶以爲欣，故作。「鳳」字，凡鳥也。〔五〕許慎説文曰：「鳳，神鳥也，從鳥，凡聲。」

【校釋】

〔一〕中悌　中，宋本、沈校本並作「仲」。按，文選四三嵇叔夜與山巨源絶交書李善注：「嵇康文集録注曰：阿都，呂仲悌，東平人也。康與呂長悌絶交書曰：『少知阿都，志力閑華，每喜足下家復有此弟。』」可證「中悌」當作「仲悌」。

〔二〕冀州刺史招　招，王利器校：「三國志魏志王粲傳注、文選思舊賦注引魏氏春秋，『招』作『昭』，此疑誤。」程炎震云：「魏志一六杜恕傳：『鎮北將軍呂昭，又領荆州牧。』注引世語：『昭字之展。長子巽，字長悌，爲相國掾，有寵於司馬文王。次子安，字仲悌。次子粹，字季悌，河南尹。』」按昭爲冀州，蓋在太和中。」按，程氏所言是。又御覽五二〇引魚豢魏略曰：「（桓範）當轉爲冀州刺史，屬鎮北將軍呂昭，謂其妻仲長曰：『我寧作諸卿向公長跪耳，不能爲呂子展屈也。』」

〔三〕「籍能爲青白眼」三句　青白眼，名義考六「青白眼」條：「阮籍能爲青白眼。母死，嵇喜來吊，籍作白眼。弟康齎酒挾琴造焉，籍大悦，乃見青眼。故後人有青盼、垂青之語。人平視，睛圓則青。上視，睛藏則白。上視，怒目而視也。」范子燁云：「青，有時也指黑色。尚書禹貢：『厥土青黎。』孔穎達疏引王肅語云：『青，黑色。』」（見范子燁中古文人生活研究第七章）按，范説是。後遂以青眼、青睞、青盼表示對人喜愛或尊敬，白眼則表示輕視某人。

〔四〕康聞之　聞，宋本誤作「間」。

〔五〕「猶以爲欣故作」數句　徐箋：「『故作』二字疑衍。」按，「故作」二字非衍。「故作」猶言「所以作」，解釋題「鳳」字之原因。嵇喜未悟「鳳」字拆開乃「凡鳥」之意，誤以呂安欣賞自己而題「鳳」字也。阮籍以白眼對嵇喜，呂安則目嵇喜爲「凡鳥」。此又尤可證魏晉名士之主要品格爲「絶俗」也。考梁元帝金樓子四立言篇：「公沙穆曰：『居家之方，唯儉以約；立身之道，唯謙與學。』世人有忿者，題其門爲『鳳』字。彼不覺，大以爲欣。而意在凡鳥也」。由此觀之，題「鳳」字而嘲人，後漢已有之。

五　陸士衡初入洛，咨張公所宜詣，劉道真是其一。〔一〕陸既往，劉尚在哀制中。性嗜酒，禮畢，初無他言，唯問：「東吴有長柄壺盧，卿得種來不？」〔二〕陸兄弟殊失望，乃悔往。

【校釋】

〔一〕「陸士衡初入洛」三句　張公，張華，見德行一二。劉道真，劉寶，見德行二二。晉書五四陸機傳曰：「至太康末，與弟雲俱入洛，造太常張華。華素重其名，如舊相識，曰：『伐吴之役，利獲二俊。』」張華于陸機有知遇之恩，故機初入洛，便咨張公所宜詣，以望社會名流之獎掖提攜也。劉道真爲當時名士，故張華指點陸當詣之。

〔二〕「陸既往」數句　余箋引抱朴子外篇疾謬後云：「據抱朴之言，則居喪飲酒，自是京、洛間之習俗。蓋自阮籍居母喪，飲酒食肉，士大夫慕其放達，相習成風。劉道真任誕之徒，自不免如此。恣情任性，自放於禮法之外耳。非必因有疾，及服寒食散也。抱朴吴人，言其鄉先德居喪，莫不守禮。士衡兄弟，吴中舊族，習於禮法，故乍聞道真之語，爲之駭然失望。當時因風尚不同，南北相輕，此亦其一事。」按，余箋近是。道真之言行，一表現其任誕，居喪飲酒食肉；一表現對南方人士之輕視。關於後者再略言之：陸機兄弟詣劉道真，必定會自報家門。道真初見，或許不識陸氏兄弟爲南士俊才，然不會不知陸遜、陸抗大名。不談經濟策，亦不言文章事，唯問「東吴有長柄壺盧，卿得種來不」？誠傲慢太甚。勝利者之自負與亡國者之無奈於此可見。陸機兄弟不僅爲劉道真輕視，亦遭盧志公然侮辱與挑釁（見方正一八）。又陸機詣王武子，武子標榜北方羊酪之美，以爲江東無以敵之，其實亦是輕視江東人士（見言語二六）。江南大族如陸氏者尚且遭人輕視如此，其他「亡國之餘」受中原士族之擠壓則可想而知矣。

六　王平子出爲荆州，晉陽秋曰：「惠帝時，太尉王夷甫言於選者，以弟澄爲荆州刺史，從弟敦爲青州刺史。〔一〕澄、敦俱詣太尉辭，太尉謂曰：『今王室將卑，故使弟等居齊、楚之地，外可以建霸業，内足以匡帝室，所望於二弟也。』」王太尉及時賢送者傾路。時庭中有大樹，上有鵲巢，平子脱衣巾，徑上樹取鵲子，涼衣拘閡樹枝，〔二〕便復脱去。得鵲子還，下弄，神色自若，傍若無人。〔三〕鄧粲晉紀曰：「澄放蕩不拘，時謂之達。」

【校釋】

〔一〕「惠帝時」數句　程炎震云：「晉書四三澄傳作『惠帝末』是也。通鑑八六以澄刺荆，繫之永嘉元年。蓋光熙元年劉弘卒，即議代者，明年澄乃之鎮耳。通鑑考異引晉春秋，青州作揚州。温公駁之，蓋所見本偶誤耳。……光熙元年，王衍爲司空。明年十一月，爲司徒。」

按，通鑑八六晉紀八載：永嘉元年（三〇七）十一月，王衍爲司徒。衍説太傅越曰：「朝廷危亂，當賴方伯，宜得文武兼資以任之。乃以弟澄爲荆州都督，族弟敦爲青州刺史。語之曰：『荆州有江漢之固，青州有負海之險，卿二人在外，而吾居中，足以爲三窟矣。』」又通鑑八七晉紀九載：永嘉三年（三〇九）三月，司馬越以王敦爲揚州刺史，之前敦爲中書監。據此，王敦以永嘉元年爲青州刺史，繼爲中書監，後作揚州刺史。

〔二〕涼衣　王利器校：「案方言卷四：『袇繵謂之禪。』晉郭璞注：『今又呼爲涼衣也。』據此，則平子之脱去涼衣，正如劉伶的脱衣裸形一般，都是説連褌都脱了，一絲不掛的意思。」按，據郭璞注，涼衣即「禪」。禪，單衣。禮記玉藻：「禪爲絅。」鄭玄注：「絅，有衣裳而無裏。」釋名釋衣服：「有裏曰複，無裏曰禪。」梁章鉅歸田瑣記北東園日記詩附厚殮説：「三品以上五稱，複三禪二。」拘閡，亦作「拘礙」。束縛阻礙之意。後漢書五八虞詡傳：「今其衆新盛，難與爭鋒。兵不厭權，願寬假轡策，勿令有所拘閡而已。」李賢注：「閡與礙同。」葛洪抱朴子外篇鈞世：「夫論管穴者，不可問以九垓之無外；習拘閡者，不可督以拔萃之獨見。」前云「平子脱衣巾」，謂脱去頭巾及外衣也。然猶爲樹枝掛礙，復脱去裏面單衣，遂爲裸體，探鵲巢而覺俐落也。王校以爲脱得一絲不掛，恐王澄於「送者傾路」之際，尚不至於上下赤條條爲衆目觀瞻也。

〔三〕鵲子　雛鵲也。李慈銘云：「案王澄一生，絶無可取。狂且恃貴，輕侻喪身，既無當世之才，亦絶片言之善。虚叨疆寄，致亂逃歸。徒以王衍、王戎，紛紜標榜。一自私其同氣，一自附於宗英。大言不慚，厚相封殖。覩於此舉，脱衣上樹，裸體探雛，直是無賴妄人，風狂乞相。以爲簡傲，何啻寱言，晉代風流，概可知矣。舍方伯之威儀，作騙鳥之兒戲，而委以重任，鎮扼上流。夷甫之流，謀國如是，晉之不競，亦可識矣。」按，王澄誠絶無可取，無奈任達之風彌漫士林，雖中朝覆滅猶不絶。晉書七〇卞壼傳曰：「時貴遊子弟多慕王澄、謝鯤爲達，壼厲色於朝曰：『悖禮傷教，罪莫斯甚，中朝傾覆，實由於此。』欲奏推之。王導、庾亮不從，乃止。」又晉書七五王忱傳謂忱以太元中出爲荆州刺史，「放酒誕節，慕王澄之爲人」。可見自元康至東晉之末，慕王澄者大有人在。「無賴妄人」居然流風遺韻不絶，此種現象值得深入探討也。

七　高坐道人於丞相坐，恒偃臥其側。〔一〕見卞令，肅然改容云：「彼是禮法人。」〔二〕高坐傳曰：「王公曾詣和上，和上解帶偃伏，悟言神解。見尚書令卞望之，便斂衿飾容，時歎皆得其所。」〔三〕

【校釋】

〔一〕「高坐」二句　王導與東晉佛教甚有關係。方正四五謂竺法深「昔嘗與元明二帝、王庾二公周旋」。孝標注引高逸沙門傳曰：「晉元、明二帝遊心玄虛，託情道味，以賓友禮待法師。王公、庾公傾心側席，好同臭味也。」又言語三九注引高坐別傳記王導一見高坐，以爲吾之徒也。庾亮、周顗、謝鯤諸名士，與之披襟致契。王導諸人爲元、明二帝時禮敬沙門之一派也。

〔二〕彼是禮法人　卞壺正色立朝，以規正督世爲己任，不肯苟同風流時尚，視名僧名士清言任達，爲悖禮傷教也。卞壺爲非議沙門之一派，然勢單力孤，不敵禮敬沙門一派。

〔三〕「高坐傳曰」數句　高坐見王導、卞壺態度各異，蓋其深知佛教初至江東，須依附世俗勢力方能立足也。

八　桓宣武作徐州，時謝奕爲晉陵，中興書曰：「奕自吏部郎出爲晉陵太守。」先粗經虛懷，〔一〕而乃無異常。及桓遷荊州，〔二〕將西之間，意氣甚篤，奕弗之疑。唯謝虎子婦王悟其旨，虎子，謝據小字，奕弟也。其妻王氏，已見。〔三〕每曰：「桓荊州用意殊異，必與晉陵俱西矣。」俄而引奕爲司馬。奕既上，猶推布衣交。在溫坐，岸幘嘯詠，〔四〕無異常日。宣武每曰：「我方外司馬。」遂因酒，轉無朝夕禮，〔五〕桓舍入內，奕輒復隨去。後至奕醉，溫往主許避之。〔六〕主曰：「君無狂司馬，我何由得

相見。」〔七〕

【校釋】

〔一〕粗經　大略籌畫。經，籌畫，用意。詩大雅靈臺：「經始靈臺，經之營之。」書周官：「論道經邦，燮理陰陽。」虛懷，猶言虛心。晉書三七司馬休之傳：「吾虛懷期物，自有由來。」同上四二王渾傳：「時吴人新附，頗懷畏懼，渾撫循羈旅，虛懷綏納，座無空席，門不停賓，於是江東之士，莫不悦附。」按，此句言桓温作徐州刺史時，與謝奕粗略言及己之虛心之用意。

〔二〕遷荆州　遷，王刻本作「還」。程炎震云：「建元元年，温爲徐州。永和元年，遷荆州。此還字當作遷。」按，各本皆作「遷」，程説是。

〔三〕王氏　謝朗之母，謝安之嫂。已見文學三九。

〔四〕岸幘　楊箋：「幘本覆額，露額曰岸。通鑑九二晉紀注：『岸幘者，幘微脱額也。』後漢書馬援傳：『帝岸幘見援。』晉書謝奕傳：『岸幘嘯詠。』」

〔五〕朝夕禮　程炎震云：「晉書七九奕傳，『朝夕』作『朝廷』。」按，「朝廷禮」不成語。桓温初爲荆州刺史，尚未如日後一言九鼎，玩朝廷於掌中。謝奕與温布衣之交，豈會對之行朝廷禮儀？故作「朝夕」爲是。後漢書三二樊宏傳：「子孫朝夕禮敬，常若公家。」魏書一一四釋老志：「但令男女立壇宇，朝夕禮拜，若家有嚴君。」朝夕禮，即「朝夕禮敬」也。

〔六〕主　賢媛二一注引續晉陽秋：「温尚明帝女南康長公主。」

〔七〕「君無狂司馬」二句　周一良魏晉南北朝史札記「公主自有居第」條云：「是直至東晉之世，公主猶不嫁於婿家，自有居第，而『尚主』者來第成婚，公主之子女亦與母同住也。」因主不住於婿家，稀見桓温，故有此歎耳。

九　謝萬在兄前，欲起索便器。〔一〕于時阮思曠在坐，〔二〕曰：「新出門户，篤而無禮。」〔三〕

【校釋】

〔一〕便器　陳直世説新語札記云：「南京博物館在南京近郊六朝墓葬中，發掘出吴時青瓷虎子一具，器上有雙龍形，器身右側，刻有『赤烏十四年會稽上虞師表宜作』十三字，嗣後在六朝墓中時有發現，蓋即本文之便器。」（見陳直文史考古論叢，天津古籍出版社，一九八八年）

〔二〕阮思曠　阮裕，見德行三二。據晉書四九阮裕傳，裕曾在剡縣久之，不應徵辟，與謝安、謝萬遊處。由下文「新出門户」推知，可能此時謝萬已爲西中郎將。

〔三〕「新出門户」二句　周一良札記：「案宋書六〇荀伯子傳：『嘗自矜蔭藉之美，謂王弘曰：

「天下膏粱唯使君與下官耳，宣明之徒不足數也。」』」宋書六三王曇首傳亦記曇首輕謝晦之語。是王、謝雖並稱，王之自視又高於謝，時人不以第一流門閥也。」（見魏晉南北朝史論集）按，晉書七七諸葛恢傳：「（王）導嘗與恢戲争族姓，曰：『人言王葛，不言葛王也。』恢曰：『不言馬驢，而言驢馬，豈驢勝馬邪？』」由二人戲語可知，東晉初王氏、諸葛氏爲望族。餘如潁川庾氏、譙國桓氏，皆在謝氏之右。謝鯤、謝尚時，謝氏始著。此見於通鑑一○一晉紀二三胡注：「謝尚、謝奕、謝萬皆爲方伯，盛于一時。」然尚不敵王氏，故阮裕譏之「新出門户」。篤，增厚。禮記中庸「天之生物必因其材而篤也。」鄭玄注：「篤，厚也。言善者天厚其福，惡者天厚其毒，皆由其本而爲之。」篤而無禮，謂謝氏地位雖日盛，然猶無禮之門也。至謝安爲宰輔，謝氏一門人才濟濟，文采風流幾超乎王氏之上。安薨，謝氏走向衰落。爾後謝玄卒，謝混、謝晦、謝靈運相繼被殺，謝氏一落千丈，遂爲没落舊貴族，終不能與王氏比肩矣。

一〇　謝中郎是王藍田女壻，謝氏譜曰：〔一〕「萬取太原王述女，名荃。」嘗著白綸巾，〔二〕肩輿徑至揚州聽事，〔三〕見王，直言曰：「人言君侯癡，君侯信自癡。」〔四〕藍田曰：「非無此論，但晚令耳。」〔五〕述别傳曰：「述少真獨退静，人未嘗知，故有晚令之言。」

【校釋】

〔一〕謝氏譜　譜，宋本誤作「諎」。

〔二〕白綸巾　白，宋本誤作「曰」。

〔三〕揚州聽事　程炎震云：「萬以升平三年敗廢，五年起爲散騎常侍，述時皆爲揚州。」

〔四〕君侯　漢以後對達官貴人之敬稱。曹丕與鍾大理書：「近日南陽宗惠叔，稱君侯昔有美玦，聞之驚喜。」雅量一七記温太真嘗隱幔怛庾亮大兒，「此兒神色恬然，乃徐跪曰：君侯何以爲此？」信，果真，確實。陸雲與兄平原書：「尋得季寵勸封禪草，信自有才，頗多煩長耳。」古樂府七醫樂：「人言揚州樂，揚州信自樂。」

〔五〕「非無此論」二句　賞譽六二：「王藍田爲人晚成，時人乃謂之癡。」「非無此論」即謝萬所言「人言君侯癡」；「晚令」即「晚成」之意。又晉書七五王述傳：「年三十，尚未知名，人或謂之癡。」後王導辟爲中兵屬，導曰：「王掾不癡，人何言癡也？」按，藍田答謝萬之語，正見其真率耳。

一一　王子猷作桓車騎騎兵參軍，〔一〕桓問曰：「卿何署？」答曰：「不知何署，時見牽馬來，似是馬曹。」中興書曰：「桓沖引徽之爲參軍，蓬首散帶，不綜知其府事。」〔二〕桓又問：「官有幾馬？」答曰：「『不問馬』，何由知其數？」〔三〕論語曰：「廄焚，孔子退朝曰：『傷人乎？』不問馬。」注：「貴人賤畜，故不問也。」又問：「馬比死多少？」答曰：「『未知生，焉知死？』」〔四〕論語曰：「子路問死，孔子曰：『未知生，焉知死。』」馬融注曰：「死事難明，語之無益，故不答。」

【校釋】

〔一〕「王子猷」句　據晉書本傳，王子猷先作大司馬桓温參軍，後作桓沖騎兵參軍。渚宮舊事五記子猷以手板拄頰答桓温云「西山朝來，致有爽氣」，與此條所記爲二事。

〔二〕不綜知其府事　所謂「在官不理官事」也。

〔三〕「不問馬」二句　曹道衡、沈玉成中古文學史料叢考「王徽之仕歷」條：「徽之答語爲『不問馬，何由知其數』，與下文『未知生，焉知死』，均借孔子語而示放達傲誕，晉書改作『不知馬』，幾同點金成鐵。」按，此説是。晉書多采世説，而孝標注引論語，明作「不問馬」。疑晉書非有意改作「不知馬」，乃一時誤書也。又事文類聚前集二八引世説：「王徽之有雋才，少爲桓沖參軍。從沖值雨，便下馬入沖車中，謂沖曰：『豈有獨擅一車，不容國士乎？』」當亦爲宋人删削。

〔四〕王世懋云：「子猷穢行，然風流。多爲後世口實，語亦自佳。」方苞云：「不知歸署，復不知其數，不知其死，焉用是馬曹爲哉？」楊箋謂子猷借孔子語作答，「此皆子猷自視爲孔子也」。按，楊箋不確。聖人不可至，此爲魏晉人共識。子猷不過借孔子語以示簡傲，豈有「自視爲孔子」此等事邪？

一二　謝公嘗與謝萬共出西，過吴郡。阿萬欲相與共萃王恬許，恬，已見，〔一〕時爲吴郡太守。〔二〕太傅云：「恐伊不必酬汝，意不足爾。」〔三〕萬猶苦要，太傅堅不回，萬乃獨往。坐少時，王便入門内，〔四〕謝殊有欣色，以爲厚待己。良久，乃沐頭散髮而出，亦不坐，仍據胡牀〔五〕，在中庭曬頭，神氣傲邁，〔六〕了無相酬對意。謝於是乃還，未至船，逆呼太傅，〔七〕安曰：「阿螭不作爾。」〔八〕王恬，小字螭虎。

【校釋】

〔一〕王恬　已見德行二九。

〔二〕時爲吴郡太守　晉書七六王允之傳：「咸康中，進號西中郎將，假節。尋遷南中郎將，江州刺史，莅政甚有威惠。時王恬服闋，除豫章郡，允之聞之驚愕，以爲恬丞相子，應被優遇，不可出爲遠郡，乃求自解州，欲與庾冰言之，冰聞，甚愧，即以恬爲吴郡。」考晉書六五七成帝紀，咸康五年（三三九）七月王導卒，則王恬服闋，作吴郡太守，當在咸康八年（三四二）

七月之後。謝安與謝萬過吴郡，亦在此時。

〔三〕意不足爾　猶言(吾)意不必往也。謝安度王恬未必酬對萬，故勸其不必往，以自討没趣耳。

〔四〕門内　門，宋本作「問」。王利器校：「蔣校本『問』作『閤』，餘本作『門』，宋本誤；晉書王恬傳、藝文類聚卷七〇引郭子都無此字。」

〔五〕「亦不坐」二句　坐，指符合禮儀之跪坐。胡牀用於家居或非重要場合。客人詣門王恬亦不坐，仍據胡牀，待客無禮之甚。

〔六〕傲邁　傲，宋本、晉書並作「慠」。按，慠同傲。晉書六五王恬傳：「性慠誕，不拘禮法。」

〔七〕太傅　傅下宋本、沈校本並有「安」字。

〔八〕不作爾　劉辰翁云：「『故作爾』三字極得情態。」凌濛初云：「舊本『阿螭故作爾』，故劉云然也。」王世懋云：「此語猶今諺云：不作準爾。」李贄云：「不作爾，肯準爾也。故作爾，故如此也。」(初潭集師友知人)李慈銘云：「案：『作』當作『足』。此仍述謝安語，『不足爾』，言不足往也。」楊箋：「此『作』字不必改，『阿螭不作爾』，即言『阿螭不酬對也。』」按，據劉辰翁、凌濛初、李贄所言，「不作爾」，舊本作「故作爾」。比較諸家所釋，作「故作爾」較勝，意謂「故如此」，即「本來如此」。謝安料知王恬不爲禮，故勸萬不必往。萬遭冷遇，不出謝安所料，故稱王恬之簡傲本來如此。如此解，上下文義圓通無礙矣。余箋：「江左王、謝齊名，實在安立功名以後。此時謝氏兄弟甫有盛名，而其先本非世族，故阮裕譏爲新出門户。王恬貴游子弟，宜其不禮謝萬也。」其説是。

一三　王子猷作桓車騎參軍。〔一〕桓謂王曰：「卿在府久，〔二〕比當相料理。」初不答，〔三〕直高視，以手版拄頰云：「西山朝來，致有爽氣。」〔四〕

【校釋】

〔一〕桓車騎　御覽四九八引作「桓温車騎」。按，桓車騎指車騎將軍桓沖，非指桓温。

〔二〕卿在府久　久上汪藻考異有「日」字。

〔三〕初不答　初上汪藻考異有「徽之」二字。

〔四〕西山　楊箋：「殆用伯夷事。史記伯夷列傳：『伯夷、叔齊，隱於首陽山，作歌曰：「登彼西山兮，采其薇矣。」』此以伯夷自況也。」曹道衡、沈玉成中古文學史料叢考「王徽之仕歷」條：「據哀帝紀、桓沖傳，沖以興寧三年（三六五）爲江州刺史，在任凡十三年。王徽之爲桓沖參軍，當在江州。本傳及簡傲並記徽之語沖『西山朝來，致有爽氣』，西山在豫章西，即王勃滕王閣詩『珠簾幕捲西山雨』之西山，可證王徽之時在江州。」按，據晉書八哀帝紀，興寧元年（三六三），加征西大將軍桓温侍中、大司馬。王徽之作桓温參軍，亦當在此年或稍後。不久，作江州刺史桓沖騎兵參軍。叢考謂子猷爲桓沖參軍，當在江州，其說可從。又西山泛指豫章之西山巒，非如楊箋所謂「殆用伯夷事」。子猷任達不羈之徒，恐不會「以伯夷自況」。

一四　謝萬北征，常以嘯詠自高，未嘗撫慰衆士。〔一〕謝公甚器愛萬，而審其必敗，乃俱行，從容謂萬曰：「汝爲元帥，宜數喚諸將宴會，以説衆心。」萬從之，因召集諸將，都無所説，直以如意指四坐云：「諸君皆是勁卒。」諸將甚忿恨之。〔二〕謝公欲深著恩信，自隊主將帥以下，〔三〕無不身造，厚相遜謝。及萬事敗，軍中因欲除之。復云：「當爲隱士。」〔四〕故幸而得免。萬敗事已見上。〔五〕

【校釋】

〔一〕「謝萬北征」三句　據晉書八哀帝紀、通鑑一〇〇晉紀二二，升平三年（三五九）冬十月，慕容儁寇東阿，遣西中郎將謝萬、北中郎將郗曇以擊之，王師敗績。余箋：「晉書王羲之傳：『萬爲豫州都督，羲之遺萬書誡之曰：「以君邁往不屑之韻，而俯同羣辟，誠難爲意也。然所謂通識，正當隨事行藏耳。願君每與士之下者同，則盡善矣。食不二味，居不重席，此復何有？而古人以爲美談。濟否所由，實在積小以致高大。君其存之！」萬不能用。』觀此章所敍，萬之輕傲諸將，正所謂邁往不屑之氣也。右軍之言，深中其病。以此等狂妄之徒，而付之征討之任，其敗固宜。」

〔二〕「諸君皆是」二句　劉盼遂云：「按通鑑晉紀胡注曰：『凡奮身行伍者，以兵與卒爲諱。既爲將矣，而謂之卒，所以益恨也。』」

〔三〕隊主　一隊之長。通鑑一二三宋紀五：「(沈)慶之曰：『夜半喚隊主，不容緩服。』」胡三省注：「江南軍制，呼長帥爲隊主、軍主。隊主者，主一隊主稱。軍主者，主一軍之稱。」

〔四〕隱士　劉應登云：「隱士指安，時未出仕。」徐箋：「謝安時未仕，故稱隱士，意謂當爲謝安故貸其一死耳。」

〔五〕萬敗事　已見品藻四九。

一五　王子敬兄弟見郗公，躡履問訊，甚脩外生禮。〔一〕及嘉賓死，皆著高屐，〔二〕儀容輕慢，命坐，皆云：「有事，不暇坐。」既去，郗公慨然曰：「使嘉賓不死，鼠輩敢爾！」〔三〕愔子超有盛名，且獲寵於桓溫，故爲超敬愔。

【校釋】

〔一〕「王子敬兄弟」三句　劉盼遂云：「按古者入室脱履而行席上，晉時尚然(雅量篇「子敬不遑取履」)。此條及排調篇「謝遏躡履問訊」,皆言入室問訊,不暇脱履,正以形容其恭敬之甚也。莊子天道篇「士成綺鴈行避影,履行遂進而問」,正同此意。」按,劉熙釋名:「履,禮也,飾足所以爲禮也。」王子敬兄弟見郗公,躡履問訊,正見其循禮也。

〔二〕皆著高屐　程炎震云:「龍城札記三曰:『屐可以遊山,亦可以燕居著之,謝安之屐齒折,是也。紈綺少年喜著高齒屐,見顔氏家訓中。大抵通倪之服,非正服也。宋阮長之爲中書郎,直省,應往鄰省,誤著屐出閤。依事,自列門下。事見南史,蓋宫省謹嚴之地,宜著履舄。在直所,容可不拘,而出閤則必不可以褻,此其所以自劾也。』」按,北堂書鈔一三六「著屐出閤」條引義熙起居注曰:「兼黄門郎徐應禎出爲散騎著屐出省閤,有司奏,乃免官。」可見著屐出閤乃輕慢。

〔三〕劉辰翁云:「備極世情,只『兒輩』是,别本作『鼠輩』,非。」王世懋云:「慢意可掬。」余箋:「惜抱軒筆記五曰:『晉書郗超傳言王獻之兄弟於超死後簡敬郗愔,此本世説,吾謂其誣也。子敬佳士,豈慢舅若此?且超權重,爲人所畏,乃簡文時。及孝武時,桓温喪,超失勢矣。豈存没尚足輕重於其父哉?』」按,桓温卒於孝武帝寧康元年(三七三),郗超卒於太元二年(見通鑑)。桓温喪,郗超權勢或稍減,然桓豁、桓沖皆握重兵,桓黨勢力猶盛。而郗超爲中書郎,亦爲顯職。晉書六七郗超傳謂超死之日,「貴賤操筆而誄者四十餘人,其爲衆所宗貴如此」。可見桓温雖喪,郗超因其才智傑出,仍爲衆所宗貴。超生前,子敬兄弟於愔「甚修外生禮」，當無可懷疑。姚鼐謂「桓温喪，超失勢矣」，其説未合實情。又姚鼐以爲子敬佳士，不會慢舅，此説亦欠説服力。子敬固爲佳士，但自矜門第高華，性亦傲慢，觀本篇一七子敬游觀顧辟彊名園之簡傲即可知。世態炎涼，時過境遷，佳士亦不免，况子猷等任達之輩乎？世説此條，乃實録也。

一六　王子猷嘗行過吴中，見一士大夫家極有好竹，主已知子猷當往，乃灑埽施設，〔一〕在聽事坐相待。王肩輿徑造竹下，諷嘯良久，主已失望，猶冀還當通。遂直欲出門，主人大不堪，便令左右閉門，不聽出。王更以此賞主人，乃留坐，盡歡而去。〔二〕

【校釋】

〔一〕灑埽　埽，宋本作「掃」。按，「掃」乃「埽」字形誤。「埽」同「掃」。施設，徐箋：「謂其飲饌。」

〔二〕錢穆云：「王徽之此等態度，便是當時人所謂的率真。愛竹賞竹是我真正目的，是天性所好。但爲此目的而去造訪主人，敷衍接待，這就是俗套虚僞。王子猷講究率真，所以想竹便徑去看竹，竹看了就走，再不願和主人相委蛇。主人先慕子猷大名，灑掃恭候，這還未免俗套虛僞禮，正爲子猷所不取。以後主人不堪，命左右閉門，這也卻也是一番真性情表現，是率真，是放達，子猷因此賞識他。」（魏晉玄學與南渡清談）

一七　王子敬自會稽經吳，聞顧辟疆顧氏譜曰：「辟疆，吳郡人，歷郡功曹、平北參軍。」有名園，〔一〕先不識主人，徑往其家。值顧方集賓友酣燕，而王遊歷既畢，指麾好惡，傍若無人。顧勃然不堪曰：「傲主人，非禮也；以貴驕人，非道也。失此二者，不足齒人傖耳。」便驅其左右出門。〔二〕王獨在輿上，〔三〕回轉顧望，左右移時不至，然後令送著門外，怡然不屑。

【校釋】

〔一〕聞顧辟疆有名園　余箋：「吳郡志一四云：『晉辟疆園，自西晉以來傳之，池館林泉之盛，號吳中第一。晉、唐人題詠甚多，今莫知遺跡所在。考龜蒙之詩，則在唐爲任晦園亭。今任園亦不可考矣。』嘉錫案：顧辟疆東晉人，志云『西晉以來傳之』，誤也。」按，兩晉士人園林藝術勃興，前有石崇金谷園，後有顧辟疆名園，皆稱當時園林藝術之代表作。汰侈八注引續文章志謂石崇「築榭開沼，殫極人巧」，可見崇園林之巧妙。餘如紀瞻「厚自奉養，立宅於烏衣巷，館宇崇麗，園池竹木有足賞翫焉。」（晉書六八紀瞻傳）孫綽「經始東山，建五畝之宅，帶長阜，倚茂林」（見言語八四注引遂初賦序）。謝安「又於土山營墅，樓館林竹甚盛，每攜中外子侄，往來遊集」（晉書七九謝安傳）。晉末名士戴顒「出居吴下，吴下士人共爲築室，聚石引水，植林開澗，少時繁密，有若自然」（宋書九三戴顒傳）。僧舍亦具園林藝術。棲逸一一言康僧淵立精舍，「旁連嶺，帶長川，芳林列於軒庭，清流激於堂宇」。園池竹木，「有若自然」，中國園林藝術之基本美學原則從此濫觴。

〔二〕「不足齒人傖耳」二句　人，沈校本作「之」。李慈銘云：「晉書作『不足齒之傖耳，便驅出門』。此處『人』字疑是『之』字形誤。惟晉書言『便驅出門』，蓋采世説之文而誤。子敬固爲無禮，亦安得遽摽之門外？依臨川所説，乃是驅其左右，斯爲近理云。」

〔三〕王獨在輿上　劉辰翁云：「兄弟所遭不同，達故自堪。」李慈銘云：「『王獨在輿上者，六朝貴遊登臨遊歷，多以肩輿。如陶淵明門生舁竹輿，上條王子敬看竹亦云『肩輿徑造竹下』也。」

排調第二十五

一　諸葛瑾爲豫州，遣别駕到臺，〔一〕瑾，已見。〔二〕語云：「小兒知談，卿可與語。」連往詣恪，江表傳曰：「恪字元遜，瑾長子也。少有才名，發藻岐嶷，〔三〕辯論應機，莫與爲對，孫權見而奇之，謂瑾曰：『藍田生玉，〔四〕真不虚也。』仕吴，至太傅。爲孫峻所害。」恪不與相見。後於張輔吴坐中相遇，環濟吴紀曰：「張昭字子布，忠正有才義，仕吴爲輔吴將軍。」别駕唤恪：「咄咄郎君。」〔五〕恪因嘲之曰：「豫州亂矣，何咄咄之有？」〔六〕答曰：「君明臣賢，〔七〕未聞其亂。」恪曰：「昔唐堯在上，四凶在下。」〔八〕答曰：「非唯四凶，亦有丹朱。」〔九〕於是一坐大笑。〔一〇〕

【校釋】

〔一〕「諸葛瑾爲豫州」二句　吴志諸葛謹傳：「（孫）權稱尊號，拜大將軍、左都護，領豫州牧。」臺，指朝廷、禁中。晉書四五何攀傳：「（王）濬謀伐吴，遣攀奉表詣臺。」晉書一〇〇張昌傳：「及李流寇蜀，昌潛遁半年，聚黨數千人，盜得幢麾，詐言臺遣其募人討流。」

〔二〕瑾　諸葛瑾已見品藻四。

〔三〕岐嶷　岐，宋本作「歧」。按當作「岐」。詩大雅生民：「誕實匍匐，克岐克嶷。」朱熹集傳：

「岐嶷，峻茂之狀。」後多以「岐嶷」形容幼年聰慧。

〔四〕藍田生玉　世説音釋：「京兆記曰：『藍田生美玉如藍，故曰藍田。』水經注曰：『麗戎之山，一名藍田，其陰多金，其陽多玉。』漢書地理志曰：『京兆藍田縣出美玉。』」

〔五〕咄咄　感歎聲。表示感慨。黜免三謂殷浩書空，唯作「咄咄怪事」四字。後漢書八三逸民嚴光傳：「咄咄子陵，不可相助爲理邪？」陸機東宫詩：「冉冉逝將老，咄咄奈老何！」

〔六〕「豫州亂矣」二句　王世懋云：「恪發端殊未見致。」按，諸葛恪父爲豫州刺史，而别駕又從豫州來，恪卻突然稱「豫州亂矣」，語似平常，實出人意表。奈何王氏謂「發端殊未見致」？

〔七〕君明臣賢　世説箋本：「三國及晉以來，官呼長官爲君，屬官稱臣。」

〔八〕四凶　相傳爲堯舜時代四個部族首領。左傳文公十八年：「舜臣堯，賓於四門，流四凶族渾敦、窮奇、檮杌、饕餮，投諸四裔，以禦魑魅。是以堯崩而天下如一，同心戴舜以爲天子，以其舉十六相，去四凶也。」此以唐堯比恪父謹，而以四凶戲比謹之僚屬。

〔九〕丹朱　堯子。史記一五帝本紀：「堯曰：『誰可順此事？』放齊曰：『嗣子丹朱開明。』堯曰：『籲！頑凶，不用。』」張守節正義：「鄭玄云：『帝堯胤嗣之子，名曰丹朱，開明也。』」此以堯子丹朱戲比恪也。諸葛恪辯論應機，而豫州别駕亦善嘲譃。

〔一〇〕程炎震云：「黄龍元年，謹爲豫州牧，張昭嘉禾五年卒，當在此八年中，恪死時年五十一，是時三十上下矣。」按，孫權喜嘲譃，而東吴諸臣中諸葛恪才捷無與比，最善排調。吴志諸葛恪傳裴注引恪别傳曰：「權嘗饗蜀使費禕，先逆勑羣臣：『使至，伏食勿起。』禕至，權爲輟食，而羣下不起。禕嘲之曰：『鳳凰來翔，騏驎吐哺，驢騾無知，伏食如故。』恪答曰：『爰植梧桐，以待鳳凰，有何燕雀，自稱來翔？何不彈射，使還故鄉！』禕停食餅，索筆作麥賦，恪亦請筆作磨賦，咸稱善焉。」又曰：「太子嘗嘲恪：『諸葛元遜可食馬矢。』恪曰：『願太子食鷄卵。』權曰：『人令卿食馬矢，卿使人食鷄卵何也？』恪曰：『所出同耳。』權大笑。」又注引江表傳曰：「曾有白頭鳥集殿前，權曰：『此何鳥也？』恪曰：『白頭翁也。』張昭自以坐中最老，疑恪以鳥戲之，因曰：『恪欺陛下，未嘗聞鳥名白頭翁者，試使恪復求白頭母。』恪曰：『鳥名鸚母，未必有對，試使輔吴復求鸚父。』昭不能答，坐中皆歡笑。」葛洪抱朴子外篇疾謬云：「不聞清談論道之言，專以醜詞嘲弄爲先。以如此者爲高遠，以不爾者爲騃野。」又云：「嘲戲之談，或上及祖考，或下逮婦女。」葛洪對漢末以降嘲戲之盛行頗有微詞，實此種風氣與思想解放有關，表現人們對智慧語言之追求及幽默、諧趣之精神風貌。

二　晉文帝與二陳共車，過喚鍾會同載，即駛車委去。比出，已遠。既至，因嘲之曰：「與人期行，何以遲遲？望卿遥遥不至。」會答曰：「矯然懿實，何必同羣。」帝復問會：「臯繇何如人？」答曰：「上不及堯舜，下不逮周孔，亦一時之懿士。」二

陳，騫與泰也。會父名繇，故以「遥遥」戲之。騫父矯，宣帝諱懿，泰父羣，祖父寔，故以此酬之。〔一〕

【校釋】

〔一〕「會父名繇」數句　王世懋云：「今人呼鍾元常名，類作『由』，觀此定當稱『遥』。」李詳云：「案：鍾會父繇。魏時自音遥，非如今時音由也。禮記檀弓：『詠斯猶。』鄭注：『猶當爲摇，聲之誤，秦人猶、摇聲相近。』又爾雅釋詁：『繇，喜也。』郭注：『禮記：「詠斯猶。」猶即繇，古今字耳。』」方苞云：「『望卿遥遥不至』，故犯人諱，惡劣極矣，反以爲機警。五胡之禍，豈無自哉？」按，自漢末之後，嘲謔之風盛行，上下甚或君臣相嘲且上及祖考事亦常見。吴志諸葛恪傳曰：「恪父瑾面長似驢，孫權大會羣臣，使人牽一驢入，長檢其面，題曰『諸葛子瑜』。恪跪曰：『乞請筆益兩字。』因聽與筆。恪續其下曰『之驢』。舉坐歡笑，乃以驢賜恪。」晉書五〇庾純傳曰：「(賈)充嘗宴朝士，而純後至。充謂曰：『君行常居人前，今何以在後？』純曰：『且有小市井事不了，是以來後。』世言純之先嘗有伍伯者，充之先有市魁者，充、純以此相譏焉。」漢末之後士風之通達，意趣之活潑，由此而見焉。至東晉，人仍以父名相嘲(見本篇三三)，此與「五胡之亂」何涉哉？蓋魏晉人物鑒賞重才智，嘲戲一能表現人物之應對遲速及語言能力，二能借此取樂。此二者多有出於道德、禮儀之外，不可一律以傷道敗德評價之。

三　鍾毓爲黄門郎，有機警，〔一〕在景王坐燕飲。時陳羣子玄伯、〔二〕武周子元夏同在坐，〔三〕魏志曰：「武周字伯南，沛國竹邑人，仕至光禄大夫。」共嘲毓。景王曰：「皐繇何如人？」對曰：「古之懿士。」顧謂玄伯、元夏曰：「君子周而不比，羣而不黨。」〔四〕孔安國注論語曰：「忠信爲周，阿黨爲比。黨，助也。君子雖衆，不相私助。」

【校釋】

〔一〕機警　機，宋本誤作「譏」。

〔二〕玄伯　陳泰字玄伯，見方正八。

〔三〕元夏　武陔字元夏，見賞譽一四。

〔四〕「君子周而不比」二句　世説補觿：「二子與景王共嘲，故云君子不比不黨。周、羣，乃二子父名。」世説講義：「擬論語語，以犯二人父周及羣名，言景王則不似二人比黨共嘲我也。」余箋：「此與上一條即一事，而傳聞有異耳。」按，關於鍾毓兄弟善嘲，又見魏志陳泰傳裴注引世語：「泰頻喪考、妣、祖，九年居喪，宣王留缺待之，至三十六日，擢爲新城太守。宣王爲泰會，使尚書鍾毓嘲泰：『君釋褐登宰府，三十六日擁麾蓋，守兵馬郡，乞兒乘小車，一何駛乎？』泰曰：『誠有此。君，名公之子，少有文采，故守吏職；獼猴騎土牛，又何遲也！』」古今事文類聚後集二〇引世説：「鍾毓兄弟好嘲，聞安陵能作調，試共視之。

於是與弟共載從東門至西門，一女子笑曰：『車中央殊高，二鍾都不見。』車後一門生曰：『中央高者兩頭羝。』毓兄弟多鬚，故以此嘲之。」。

四　嵇、阮、山、劉在竹林酣飲，王戎後往，步兵曰：「俗物已復來敗人意！」〔一〕魏氏春秋曰：「時謂王戎未能超俗也。」王笑曰：「卿輩意，亦復可敗邪？」〔二〕

【校釋】

〔一〕俗物　晉書四三王戎傳言戎「性好興利，廣收八方園田水碓，周徧天下，積實聚錢，不知紀極。每自執牙籌，晝夜算計，恒若不足，而又儉嗇，不自奉養，天下人謂之膏肓之疾」云云。戎之種種俗事，雖見於日後，但人之個性，並非突然而生。步兵既稱戎爲「俗物」，則戎之俗情必見於前矣。

〔二〕「卿輩意」二句　袁中道云：「妙甚。」（舌華録卷七譏語）費袞梁谿漫志七謂王戎之言「足見戎之高致」。按，袁中道贊戎語「妙甚」，費袞謂戎「高致」，其意尚需解釋之。王戎語實由聖人無情之說而來。至人無心，聖人無情。無心，則哀樂憂喜不存於心。無情，則無可無不可，無我亦無彼。如此，融然自得，意不復可敗矣。卿輩措情是非，分別雅俗，恐未達至人之境矣。所謂高妙，蓋在此耳。

五　晉武帝問孫皓：〔一〕吴録曰：「皓字元宗，一名彭祖，大皇帝孫也。景帝崩，皓嗣位，爲晉所滅，封歸命侯。」「聞南人好作爾汝歌，〔二〕頗能爲不？」皓正飲酒，因舉觴勸帝而言曰：「昔與汝爲鄰，今與汝爲臣，上汝一杯酒，令汝壽萬春。」帝悔之。

【校釋】

〔一〕孫皓　楊箋作「晧」，並云：「宋本作『皓』，非。今從各本。注同。」按，各本原作「皓」。楊箋作「晧」是，吴志正作「晧」。

〔二〕爾汝歌　世説講義：「爾亦汝也，蓋相親狎者之所歌也。此呼帝以『汝』而代陛下也。」張永言主編世説新語辭典「爾汝歌」條云：「魏晉時盛行於南方的民歌，歌詞中以『爾』、『汝』等稱謂表示親昵。」（四川人民出版社，一九九二年）方一新世説新語斠詁云：「既云爾汝歌，則歌中當有『爾汝』二字，然四句歌詞中僅有『汝』字，並無『爾』字，名實不符，良可怪也。疑本作『汝歌』，今本誤衍『爾』耳。考六朝人好作『汝語』、『汝歌』。古小説鉤沉輯裴子語林（出類林雜説卷五）：『後武帝大會羣臣，時皓在座，武帝問皓曰：「朕聞吴人好作汝語，卿試爲之。」皓應聲曰：「喏。」因勸帝酒曰：「昔與汝爲鄰，今與汝作臣。」』敦煌寶藏第一二二册伯希和二五二四號古類書語對『文場、翰苑、筆海・汝語』：『晉帝會羣臣，皓在座，帝謂皓曰：「朕聞吴人好作女語，卿試爲之。」皓正執酒杯，因勸帝曰：「昔與汝鄰國，今與汝作臣；上汝一杯酒，令汝壽萬令（齡）。』』……建康實録卷四『後主』注：『案，三十國春秋：（孫皓）或侍宴，武帝曰：「聞君善歌，令唱汝歌。」皓應聲曰：「昔與汝爲鄰，今爲汝作臣。勸汝一杯酒，願汝壽千春。」』裴子語林、古類書和三十國春秋均記孫皓爲晉武帝作『汝語』或『汝歌』事，語句與本條大同小異，蓋系同源（以年代推之，裴子語林是其濫觴）；又太平御覽卷一一八引世説作『女歌』，卷五七一引世説作『汝歌』，並爲今本不當有『爾』字之證。蓋後人習聞『爾汝』一語而妄加之。」（中華書局文史，第四一輯）范子燁亦謂爾汝歌當作汝歌，並以排調六一桓玄與殷仲堪作「了語」、「危語」，推斷『汝語』就是句句帶有『汝』字的韻語」。范氏又探索晉武帝問孫皓能否作汝歌有機心：一是「借用『汝』字的卑賤意義凌辱來自南方的亡國之君」，二是「故意設置一個『藝術的圈套』，讓孫皓自己來鑽，充當卑賤的『演員』角色」。然而孫皓「乘機借題發揮，以其人之道還治其人之身」，用歌中的四個「汝」字，「以平民階級表達親昵之意的稱謂形式攜帶着貴族階級在同一稱謂形式中特有的鄙賤之意，飛向不可一世的晉武帝」。（詳見范子燁論「汝語」——一位亡國之君的讒詩——對世説新語爾汝歌的還原解釋，載中國文化，二〇〇七年第一期）其説可供參考。

六　孫子荆年少時欲隱，語王武子「當枕石漱流」，〔一〕誤曰「漱石枕流」。王曰：「流可枕，石可漱乎？」孫曰：「所以枕流，欲洗其耳；逸士傳曰：「許由爲堯所讓，其友巢父責之，由乃過清泠水洗耳拭目，曰：『向聞貪言，負吾之友。』」所以漱石，欲礪其齒。」〔二〕

【校釋】

〔一〕枕石漱流　指隱居生活。世說音釋：「陸雲逸民賦曰：『陋斯世之險隘兮，又安足以盤遊？杖短策而遂往，乃枕石而漱流。』」李詳云：「蜀志秦宓傳：『枕石漱流，吟詠縕袍。』又曹操秋胡行：「枕石漱流飲泉，沈吟不決，遂上升天。」」

〔二〕「所以枕流」數句　王世懋云：「誤語乃得佳，遂爲口實，此王子敬畫蠅也。」

七　頭責秦子羽云：〔一〕子羽，未詳。「子曾不如太原温顒、潁川荀寓、温顒，已見。〔二〕荀氏譜曰：「寓字景伯，祖式，太尉。父保，御史中丞。」〔三〕世語曰：「寓少與裴楷、王戎、杜默俱有名，仕晉至尚書。」范陽張華、士卿劉許、〔四〕晉百官名曰：「劉許字文生，涿鹿郡人。〔五〕父放，魏驃騎將軍。許，惠帝時爲宗正卿。」按許與張華同范陽人，故曰士卿，互其辭也。宗正卿或曰士卿。義陽鄒湛、〔六〕河南鄭詡。晉諸公贊曰：「湛字潤甫，新野人。以文義達，仕至侍中。詡字思淵，滎陽開封人。爲衞尉卿。祖泰，揚州刺史。父褒，〔七〕司空。」此數子者，或謇喫無宮商，〔八〕或尪陋希言語，〔九〕或淹伊多姿態，〔一〇〕或讙譁少智諝，〔一一〕或口如含膠飴，〔一二〕或頭如巾齏杵。〔一三〕文士傳曰：「華爲人少威儀，多姿態。」推意此語，則此六句還以目上六人。而「口如含膠飴」則指鄒湛，湛辯麗英博，而有此稱。〔一四〕未詳。而猶以文采可觀，意思詳序，攀龍附鳳，並登天府。」張敏集載頭責子羽文〔一五〕曰：「余友有秦生者，雖有姊夫之尊，少而狎焉。〔一六〕同時好暱，〔一七〕有太原温長仁顒、潁川荀景伯寓、范陽張茂先華、士卿劉文生許、南陽鄒潤甫湛、河南鄭思淵詡。數年之中，繼踵登朝，而此賢身處陋巷，屢沽而無善價，亢志自若，終不衰墮，爲之慨然。又怪諸賢既已在位，曾無伐木嚶鳴之聲，甚違王貢彈冠之義。〔一八〕故因秦生容貌之盛，爲頭責之文以戲之，并以嘲六子焉。雖似諧謔，實有興也。」其文曰：「維泰始元年，頭責子羽曰：『吾託子爲頭，〔一九〕萬有餘日矣。大塊稟我以精，造我以形。我爲子植髮膚，〔二〇〕置鼻耳，安眉須，〔二一〕插牙齒。眸子摛光，雙顴隆起。〔二二〕每至出入之間，〔二三〕遨遊市里，行者辟易，坐者竦跽。或稱君侯，或言將軍，捧手傾側，佇立崎嶇。如此者，故我形之足偉也。子冠冕不戴，金銀不佩，〔二四〕釵以當笄，帢以代幗。〔二五〕旨味弗嘗，〔二六〕食粟茹菜，隈摧園閒，糞壤汙黑。歲莫年過，曾不自悔。子厭我於形容，〔二七〕我賤子乎意態。〔二八〕若此者乎，〔二九〕必子行己之累也。〔三〇〕子遇我如讎，我視子如仇，居常不樂，兩者俱憂，何其鄙哉！子欲爲人寶也，〔三一〕則當如皋陶、后稷、〔三二〕巫咸、伊陟，保乂王家，永見封殖。子欲爲名高也，則當如許由、子威、〔三三〕卞隨、務光，洗耳逃祿，千歲流芳。子欲爲遊說也，則當如陳軫、蒯通、陸生、鄧公，〔三四〕轉禍爲福，令辭從容。〔三五〕子欲爲進趣也，則當如賈生之求試，終軍之請使，砥礪鋒穎，以干王事。子欲爲恬淡也，則當如老聃之守一，莊周之自逸，廓然離欲，〔三六〕志陵雲日。子欲爲隱遁也，則當如榮期之帶索，漁父之瀺灂，棲遲神丘，〔三七〕垂餌巨壑。此一介之所以顯身成名者也。〔三八〕今子上不希道德，〔三九〕中不效儒墨，塊然窮賤，守此愚惑。察子之情，覩子之志，退不爲於處士，〔四〇〕進無望於三事，〔四一〕而徒翫日勞形，習爲常人之所喜，不亦過乎！』於是子羽愀然深念而對曰：『凡所教敕，謹聞命矣。以受性拘係，不閑禮義。〔四二〕設以天幸，爲子所寄，〔四三〕今欲使吾爲忠也，〔四四〕即當如伍胥、屈平。〔四五〕欲使吾爲信也，則當殺身以成名。欲使吾爲介節邪，〔四六〕則當赴水火以全貞。此四者，〔四七〕人之所忌，故吾不敢造意。』頭曰：『子所謂天刑地網，〔四八〕剛德之尤。不登山抱木，則蹇裳赴流。吾欲告爾以養性，誨爾以優游，而以蠛蠓同情，〔四九〕不聽我謀。悲哉！俱寓人體，〔五〇〕而獨爲子頭。且擬人其倫，喻子儕偶。子不如太原温顒、〔五一〕潁川荀寓、范陽張華、士卿劉許、南陽鄒湛、河南鄭詡。此數子者，或謇喫無宮商，或尪陋希言語，或淹伊多姿態，或讙譁少智諝，或口如含膠飴，或頭如巾齏杵，而猶文采可觀，〔五二〕意思詳序，攀龍附鳳，並登天府。夫舐痔得車，〔五三〕沈淵得珠，〔五四〕豈若夫子，徒令脣舌腐爛、手足沾濡哉！居有事之世，而耻爲權圖，〔五五〕譬猶鑿池抱甕，難以求富。〔五六〕嗟乎子羽！何異檻中之熊，〔五七〕深穽之虎，石間饑蟹，竇中之鼠。〔五八〕事力雖勤，見功甚苦，〔五九〕宜其拳局剪蹷，〔六〇〕至老無所希也。支離其形，〔六一〕猶能不困，非命也夫！豈與夫子同處也。』」〔六二〕

【校釋】

〔一〕頭責秦子羽　世説補觿：「此晉張敏所作，以戲秦生，並嘲六子。」世説講義：「張敏因秦生容貌之盛，托之爲頭，作頭責之文以戲之。」楊箋：「子羽疑爲虛設之詞。頭責秦子羽者，殆即頭責人之羽毛也。」按，子羽固爲虛擬人物，然所謂「頭責子羽」者，非頭責人之羽毛，而是責子羽「行己之累」，即行爲不合時宜，故始終一無所獲，甚至頭亦爲之不快也。

〔二〕温顒　徐箋：「温顒前未見。案，晉書任愷傳：『賈充既爲帝所遇，欲專名勢，而庾純、張華、温顒、向秀、和嶠皆與愷善，楊珧、王恂、華廙等，充所親敬，於是朋黨紛然。』顒之名僅見於此。」

〔三〕「荀氏譜曰」數句　李慈銘云：「案『式』當作『彧』，『保』當作『俁』。三國志荀彧傳：『子俁，御史中丞。』注引荀氏家傳曰：『俁字叔倩，子寓字景伯。』又引世語云云，於此同。」王利器校：「案本書附潁川潁陰荀氏譜：『寓，俁子，字景伯，與裴楷、王戎齊名，晉尚書。俁，彧子，字叔倩。』」

〔四〕士卿劉許　王利器校：「藝文類聚卷一七引晉張敏頭責子羽文『士卿』作『上郡』。三國志魏志劉放傳注：『頭責子羽曰：「士卿劉許，字文生，正之弟也，與張華六人並稱，文辭可觀，意思詳序。」晉惠帝世，許爲越騎校尉。』案隋書經籍志四：『梁有宗正劉訏集二卷，録一卷。』唐書經籍志丁部：『張敏集二卷，劉訏集二卷。』新唐書藝文志丁部同，都作『劉訏』，疑此文『許』當爲『訏』字錯了的。」吴金華考釋謂「士卿」不誤，「證據有二：第一，劉許是劉放之子，劉放生於漢末，系幽州涿郡方城縣人氏。按查史志，魏文帝時『涿郡』改稱『范陽郡』。晉武帝時又改置『范陽國』。張華跟劉放是同鄉，故晉書卷三六張華傳云：『張華字茂先，范陽方城人也……鄉人劉放亦奇其才，以女妻焉。』毫無疑問，劉放之子劉許的籍貫決不會突然轉爲『上郡』。劉孝標用『互其辭』來解説『范陽張華，士卿劉許』八字，頗爲可信。第二，考之史志，兩漢時并州所轄的『上郡』跟幽州所轄的『涿郡』毫無關涉。漢靈帝末，羌胡大亂，地處塞下的『上郡』已經名存實亡，而『涿郡』則安然無恙；到了漢獻帝建安二十年集塞下荒地以立『新興郡』的時候，『上郡』就名實俱亡了。劉許既爲晉世之人，當時又距上郡之廢將近百年，欲求爲上郡之民，豈可得乎？由此可見，晉人張敏及晉百官名的作者決不可能把劉許的籍貫憑空寫成『上郡』。」按，吴氏考釋確切，可從。又魏志劉放傳注、晉百官名、洪邁容齋隨筆五筆（以下省稱容齋）四皆作「劉許」。諸書不可能皆誤，孝標亦不會不察。王校僅憑隋書經籍志、唐書經籍志（按，新唐書藝文志實作「劉許」），便疑「劉許」是「劉訏」之誤，似不妥。

〔五〕涿鹿　徐箋：「下文謂許與張華同爲范陽人，晉書地理志范陽國注：『漢置涿郡，魏文帝改名范陽郡，武帝置國，封宣帝弟子綏。』『鹿』字疑衍。」

〔六〕義陽　孝標注引張敏集作「南陽」。余箋：「晉書地理志：武帝平吴，分南陽立義陽郡。

張敏此文作于泰始元年，在未平吳之前。故注引此文，兩稱南陽鄒湛。此作義陽者，蓋後來所改。然惠帝時分南陽立新野郡，而此不稱新野，則臨川所據者晉初之本也。」

〔七〕父褒　李慈銘云：「『褒』當作『裒』。晉書鄭裒傳：『裒字林叔，滎陽開封人，漢大司農衆之玄孫，父即范書所稱公業也。』」

〔八〕謇喫　喫，宋本、沈校本並作「吃」。按，「喫」同「吃」。余箋：「通雅卷五曰：『謰㥒，一作謇喫。列子曰：「謰㥒凌誶，好凌辱責罵人也。」㥒，吃也。說文曰：「急性也。」方言：「謰㥒，吃也。或謂之軋，謂之𨁂。」郭璞曰：「江東曰喋，皆謂口吃好言之狀。」張敏集頭責秦子羽文：「或謇喫無宮商。」』」

〔九〕尪陋　亦作「尫陋」。瘦弱醜陋。晉書四三山濤傳：濤子允「並少尪病，形甚短小，而聰敏過人。武帝聞而欲見之，濤不敢辭，以問於允，允自以尪陋，不肯行。」陸龜蒙幽居賦：「況復支離壹鬱，尪陋蹇吃，才甚微而寡文，體素羸而多疾。」

〔一〇〕淹伊　猶伊優。後漢書八〇趙壹傳：「伊優北堂上，抗髒倚門邊。」李賢注：「伊優，屈曲佞媚之貌。」

〔一一〕智諝　猶智謀。揚雄太玄戾：「女不女，其心予，覆夫諝。」陸機辨亡論上：「謀無遺諝，舉不失策。」

〔一二〕膠飴　粘性之美食。膠，粘性物質。飴，泛指甘美之食。揚雄太玄經一：「次五，蚩蚩干於丘飴，或錫之坏。」范望注：「飴，美食也。」

〔一三〕頭如巾齏杵　余箋：「言其頭小而鋭，如擣齏之杵，而冠以頭巾也。初學記一九引劉思真醜婦賦：『頭似研米槌。』」

〔一四〕此稱　此，宋本誤作「比」。

〔一五〕「張敏集」句　余箋：「隋志有晉尚書郎張敏集二卷，梁五卷。唐、宋志仍二卷。洪邁容齋四曰：『故篋中得舊書一帙，題爲晉代名臣文集，凡十有四家。所載多不能全。有張敏者，太原人，仕歷平南參軍、太子舍人、濟北長史。其一篇曰頭責子羽文，極爲尖新。古來文士，皆無此作。恐藝文類聚、文苑英華或有之。惜其泯滅不傳，謾采之以遺博雅君子。其文凡九百餘言，頗有東方朔客難，劉孝標絶交論之體，集仙傳所載神女成公智瓊傳見於太平廣記，蓋敏之作也。』嚴可均全晉文八〇曰：『張敏太原中都人，咸寧中爲尚書郎，領秘書監，太康初出爲益州刺史。』文廷式補晉書藝文志丁部六曰：『張敏集，遂初堂書目尚著録。是此書南宋猶存。』嘉錫案：張敏仕履，得洪氏、嚴氏所述而始全。然洪氏未考世説，故不知頭責子羽文具存孝標注中。且云文苑英華或有之。夫英華上繼文選，起自梁代，安得有晉人文耶？嚴氏又未考五筆，故所載官職不完。智瓊傳見廣記六一，不著姓名。洪氏知爲張敏所作者，據晉代名臣文集也。嚴氏僅從書鈔一二九采其神女傳三句，而于此傳全篇失收，皆千慮之一失也。文選五六劍閣銘注引臧榮緒晉書曰：『張載作劍閣銘，益州刺史張敏見而奇之，乃表上其文。世祖遣使鐫石記焉。』據今晉書張載傳，事在太康初。」曹道衡、沈玉成中古文學史料叢考「余嘉錫所考張敏行事」條進而考張敏仕履云：「據晉書羊祜傳、武帝紀，吴步闡降，詔祜迎闡，然闡竟爲陸抗所擒，祜坐貶平南將軍。事在泰始八年（二七二）十二月。張敏爲平南參軍當在此時。武帝紀、荀勖傳載，泰始元年，封勖濟北郡公，勖固辭，改封侯。太康初詔勖爲光禄大夫，開府辟召，是張敏爲濟北長史當在此時。」又謂「張敏太康初出爲益州」，與余箋所言同。

〔一六〕狎焉　焉，容齋作「之」。

〔一七〕好暱　容齋作「昵好」。

〔一八〕王貢　世説箋本：「王陽、貢禹相親，一人先在位，則一人彈冠塵而待其薦也。」

〔一九〕吾託子爲頭　容齋作「吾託爲子頭」。

〔二〇〕植髮膚　植，容齋作「蒔」。

〔二一〕安眉須　須，容齋作「額」。

〔二二〕雙顴　顴，容齋作「權」。

〔二三〕之間　容齋作「人間」。

〔二四〕「子冠冕」二句　不戴，不，容齋作「弗」。不佩之「不」亦作「弗」。金銀，世説箋本：「謂金銀印章也。」

〔二五〕帢以代幗　容齋作「帢以代帶」。李慈銘云：「『帢』作『帢』，乃『帢』之誤，『帢』即『帢』字。『幗』作『帶』，當以容齋爲是。『帶』與『戴』、『佩』葉。」世説箋本：「釵與幗皆婦人首飾，以言無丈夫氣概，當云幗以代帢，倒語蓋以協韻故耳。」

〔二六〕旨味　旨，容齋作「百」。

〔二七〕子厭我於　容齋無「於」字。

〔二八〕我賤子乎　容齋無「乎」字。

〔二九〕若此者乎　容齋無「乎」字。

〔三〇〕行己之累　容齋無「之」字。

〔三一〕人寶也　容齋作「仁賢耶」。以下六「也」並作「耶」。李慈銘云：「『人寶』容齋作『仁賢』，誤。六『也』字俱作『耶』，古也、耶通用，也自爲古。」吴金華考釋：「推敲文義，『人寶』當依類聚、容齋作『仁賢』。『人』、『仁』二字，古書常常混用；『寶』、『賢』形近，當爲傳寫之誤。『人寶』的説法很可疑，古書又不曾見過他例；『仁賢』與文義相合，而且是古人常語。」

〔三二〕后稷　稷，宋本誤作「得」。

〔三三〕子威　王利器校：「蔣校本、沈校本『威』作『臧』；案藝文類聚、容齋五筆引正作『臧』，作『臧』是。」

〔三四〕鄧公　余箋：「漢書鼂錯傳：錯已死，謁者僕射鄧公爲校尉，擊吴楚爲將，還見上，上問曰：『道軍所來，聞鼂錯死，吴楚罷不？』鄧公曰：『吴爲反數十歲矣，發怒削地，以誅錯爲名，其意不在錯也。且臣恐天下之士，拑口不敢復言矣。』上曰：『何哉？』鄧公曰：『夫鼂錯患諸侯彊大不可制，故請削之，以尊京師，萬世之利也。計畫始行，卒受大戮，内杜忠臣之口，外爲諸侯報仇，臣竊爲陛下不取也。』於是景帝喟然長息曰：『公言善，吾亦恨之。』迺拜鄧公爲城陽中尉。鄧公，成固人也，多奇計。建元年中上招賢良，公卿言鄧先，鄧先時免，起家爲九卿，一年，復謝病免歸。」

〔三五〕令辭　令，李慈銘云：「容齋作『含』，疑此誤。」按葛洪抱朴子外篇疾謬：「談者含音，無足傳之美。」「含音」義同「含辭」，故作「含」是，「令」乃形訛。

〔三六〕廓然離欲　李慈銘云：「『廓』容齋作『漠』，『欲』作『俗』。」

〔三七〕神丘　丘，容齋作「嶽」。

〔三八〕此一介之　之下容齋有「人」字，是。

〔三九〕不希　希，容齋作「睎」。

〔四〇〕退不爲於　容齋無「於」字。

〔四一〕進無望於　容齋無「於」字。

〔四二〕以受性　容齋無「以」字。不閒，閒，宋本、沈校本並作「閑」，容齋作「聞」。按，「閒」通「閑」，習也。「聞」乃形誤。

〔四三〕設　容齋作「誤」。徐箋：「『設』，類聚作『吾』，容齋作『誤』。作『設』誤。」吴金華考釋：「細繹文義，此文當從容齋作『誤』，是『偶然』之義。」按，吴説是。天幸，謂天賜之幸。莊子漁父：「孔子又再拜而起曰：『今者丘得遇也，若天幸然。』」史記七二穰侯列傳：「夫戰勝暴子，割八縣，此非兵力之精也，又非計之工也，天幸爲多矣。」「誤以天幸」二句猶言偶然得天賜之幸，吾之形爲子（指頭）所寄寓。

〔四四〕今欲使吾爲忠也　今下容齋有「子」字。也，沈校本、容齋並作「耶」。以下「爲信也」之「也」字，亦作「耶」。

〔四五〕伍胥　容齋作「包胥」。

〔四六〕介節　容齋無「介」字。

〔四七〕此四者　四，宋本誤作「曰」。

〔四八〕天刑　刑，宋本作「州」。王利器校：「各本及容齋五筆引『州』作『刑』，是。」

〔四九〕而以　以，沈校本、容齋並作「與」。按，作「與」是。

〔五〇〕俱寓　寓，徐箋：「類聚及容齋並作『御』，非。」

〔五一〕子不如　容齋作「曾不如」。

〔五二〕猶文采　猶下沈校本有「以」字。

〔五三〕舐痔得車　莊子列禦寇：「秦王有病召醫，破癰潰痤者得車一乘，舐痔者得車五乘，所治愈下，得車愈多。」

〔五四〕沈淵得珠　得，容齋作「竊」。莊子列禦寇：「河上有家貧恃緯蕭而食者，其子没於淵，得千金之珠。」

〔五五〕權圖　容齋作「權謀」。

〔五六〕「猶鑿池抱甕」二句　莊子天地：子貢「過漢陰，見一丈人方將爲圃畦，鑿隧而入井，抱甕而出灌，搰搰然用力甚多而見功寡」。

〔五七〕檻中　容齋作「牢檻」。

〔五八〕竇中　容齋作「竈中」。

〔五九〕事力雖勤見功甚苦　容齋作「雖多而見工甚少」。

〔六〇〕剪鬉　剪，宋本、沈校本、容齋並作「煎」。

〔六一〕支離其形　莊子人間世：「夫支離其形者，猶足以養其身，終其天年，又況支離其德者乎！」

〔六二〕非命也夫豈與夫子同處也　徐箋：「容齋作『命也夫與子同處』，義長。」按，洪邁容齋四謂頭責子羽文「頗有東方朔客難、劉孝標絶交論之體」，指出此文源流所自，甚有見地。東方朔答客難一類文章設主客問答，以抨擊社會不公，抒寫失志之憤。文心雕龍雜文曰：「自對問以後，東方朔效而廣之，名爲客難，託古慰志，疏而有辨。揚雄解嘲，雜以諧謔，迴環自釋，頗亦爲工。班固賓戲，含懿采之華；崔駰達旨，吐典言之裁；張衡應間，密而兼雅；崔寔客譏，整而微質；蔡邕釋誨，體奥而文炳；景純客傲，情見而采蔚。雖迭相祖述，然屬篇之高者也。至於陳思客問，辭高而理疏；庾敳客咨，意榮而文悴。斯類甚衆，無所取裁矣。原兹文之設，乃發憤以表志。身挫憑乎道勝，時屯寄於情泰；莫不淵嶽其心，麟鳳其采，此立本之大要也。」張敏頭責子羽文承東方朔答客難、揚雄解嘲等表現手法，以子羽之頭，責子羽之行爲，構思新巧，超乎前人。全文「雜以諧謔」，寫子羽種種失志之狀，温顒等六子形體之可笑，語言尖新多出人意表，真魏晉諧隱文學中之傑作也。

八　王渾與婦鍾氏共坐，〔一〕見武子從庭過，渾欣然謂婦曰：「生兒如此，足慰人意。」笑曰：「若使新婦得配參軍，生兒故可不啻如此。」〔二〕王氏家譜曰：「淪字太沖，〔三〕司空穆侯中子，司徒渾弟也。醇粹簡遠，貴老莊之學，用心淡如也。爲老子例略、周紀。年二十餘，舉孝廉，不行。歷大將軍參軍。年二十五卒。大將軍爲之流涕。」〔四〕

【校釋】

〔一〕鍾氏　已見賢媛一二。

〔二〕「若使新婦」二句　王世懋云：「此豈婦人所宜言，寧不啓疑？恐賢媛不宜有此。」袁中道云：「太戲。」（舌華録四謔語）李慈銘云：「案：閨房之内，夫婦之私，事有難言，人無由測，然未有顯對其夫，欲配其叔者，此即倡家蕩婦、市井淫姐，尚亦慚於出口，赧其顔頰，豈有京陵盛閥，太傅名家，夫人以禮著稱，乃復出斯穢語？齊東妄言，何足取也。」按，魏晉時思想解放，嘲謔成風，夫婦相嘲亦不鮮見，此爲婦女生活相對自由所致。鍾夫人之語，其意嘲王渾不及參軍，故世説列入排調，非如李氏所言「欲配其叔者」。鍾夫人之語「太戲」或有之，然比之「倡家蕩婦」，稱其「出斯穢語」，此亦太迂腐，似不解魏晉士人及婦女生活漸趨自由之風氣。

〔三〕淪　原作「倫」。宋本、王刻本亦作「倫」，沈校本作「淪」。李慈銘云：「『倫』當作『淪』。」王利器校：「案作『淪』是，本書附太原晉陽王氏譜，載昶四子，渾、深、淪、湛，都從水旁立名，是其證。」按，王校是，據改。

〔四〕「年二十餘」數句　年二十五卒，宋本無「年」字。程炎震云：「御覽三九一引郭子同，惟未有『淪字太沖，爲晉文王大將軍參軍，從征壽春，遇疾亡，時人惜焉』五句。蓋郭子本文，而臨川删之，下『軍』上當脱『參』字。」按，魏志三少帝紀載：高貴鄉公曹髦甘露二年（二五七）五月，諸葛誕舉兵反于壽春。六月，大將軍司馬昭征討之。甘露三年（二五八）二月，司馬昭陷壽春，斬諸葛誕。則王淪從征壽春遇疾亡，當在甘露二年六月至甘露三年二月之間。孝標注引王氏家譜謂淪年二十餘，舉孝廉不行，又言淪年二十五卒，則鍾氏戲謔王渾，殆在甘露一二年間。

九　荀鳴鶴、陸士龍二人未相識，〔一〕俱會張茂先坐。張令共語，〔二〕以其並有大才，可勿作常語。陸舉手曰：「雲間陸士龍。」荀答曰：「日下荀鳴鶴。」〔三〕陸曰：「既開青雲覩白雉，何不張爾弓，布爾矢？」〔四〕荀答曰：「本謂雲龍騤騤，定是山鹿野麋，獸弱弩彊，是以發遲。」〔五〕張乃撫掌大笑。晉百官名曰：「荀隱字鳴鶴，潁川人。」荀氏家傳曰：「隱祖昕，樂安太守。父岳，中書郎。隱與陸雲在張華坐語，互相反覆，陸連受屈。隱辭皆美麗，張公稱善。云世有此書，尋之未得。歷太子舍人、廷尉平，蚤卒。」

【校釋】

〔一〕荀鳴鶴　余箋：「晉書陸機傳吴士鑒注曰：『荀岳墓碣云：「岳字於伯，小字異姓，樂平府君之第一子。夫人東萊劉仲雄之女。息男隱，字鳴鶴。隱，司徒左西曹掾。子男瓊，字華孫。」又歷敍岳之官閥，自本郡功曹史至中書侍郎。案世説注引家傳：「岳父昕，樂安太守。」當據碑作「樂平」以正之。家傳：隱官廷尉平，而碑作左西曹掾。蓋初爲廷尉平，而終於西曹掾，亦當以碑爲得實。劉仲雄名毅，有傳。惟荀昕不見史傳，碑又不敢直書其名。考魏志荀攸傳：攸叔父衢。裴注引荀氏家傳曰：「衢子祈，字伯旗，位至濟陰太守。」

疑昕與祈即一人，因字形近而誤。或曾歷濟陰、樂平兩郡，而碑與傳各舉一耳。』嘉錫案：荀岳墓碣見芒洛塚墓遺文三編，題爲墓誌銘，略云：『君樂平府君第二子。』碑陰又云：『岳字於伯，小字異姓。』考姓字始見左傳昭二十一年云：『宋華姓居於公里。』說文云：『姓，女字也，從女，主聲。』廣韻上聲四十五厚云：『姓，天口切，人名。』吴氏引作『樂平第一子』，又引作『小字異姓』，蓋諦視拓片不審耳。碑立于元康五年十月，而云『息男陰，字鳴鶴，年十九』。隱雖早卒，未必即死於是年。然則碑言隱官司徒掾，蓋立碑時之官。家傳言歷廷尉平，蚤卒，則其最後之官。吴氏以爲終於西曹掾，非也。樂平君之名，以其字伯旗推之，當是旂常之旂。作祈與昕者，皆傳寫之誤。」

〔二〕共語　共，原作「其」。宋本、沈校本並作「共」。按，作「共」是，據改。

〔三〕「陸舉手曰」數句　周一良魏晉南北朝史札記「習鑿齒與釋道安之對話」條：「陸氏吴郡吴人，而陸遜封于華亭。陸雲因字士龍而自稱『雲間』，後世因用爲華亭之别名。世説新語注引荀氏家傳，荀隱祖昕樂安（當從荀岳墓誌作平）太守，父岳中書郎（當從墓誌作侍郎），官位皆不高。然據荀岳墓誌，荀氏潁川之高門，通婚姻者皆當時大族。宋代荀伯子曾對琅琊王氏之王弘云，『天下膏梁唯使君與下官』，故荀隱亦敢與陸氏相抗。其稱日下，當由字鳴鶴而來。荀氏隸籍潁川潁陰，在洛陽東南不遠，西晉潁川郡所治許昌縣又爲漢魏舊都，此荀鳴鶴所以自誇日下之又一原因歟？」徐箋：「華亭古名雲間。元和郡縣誌：『華亭，天寶十年置。吴地記：地名雲間。』」按，雲間得名，即來自陸雲自稱「雲間陸士龍」一語，此前吴地無雲間之地名。至元嘉禾志一：「若夫雲間之名，則自陸士龍對張茂先所謂『雲間陸士龍』一語得之也。」其説是也。徐箋謂「華亭古名雲間」，不知何據？又「雲間陸士龍」者，因古人以爲龍乘雲而遊，故云。後漢書八三矯慎傳：「足下審能騎龍弄鳳，翔嬉雲間者，亦非狐兔燕雀所敢謀也。」張衡南都賦：「駟飛龍兮騤騤。」曹操氣出倡：「仙道多駕煙乘雲駕龍。」曹植當牆欲高行：「龍欲升天須浮雲。」可見龍翔雲間之觀念，古已有之。日下亦非地名。周一良解釋日下之得名，既稱「當由荀隱字鳴鶴而來」，又謂潁陰在洛陽東南不遠，郡治許昌又爲漢魏舊都之故。考中古文獻中不見有所謂「日下」地名。太平寰宇記一七二云：「日下謂之四荒。」日下泛指極遠邊荒之地。然則都城洛陽爲何稱日下？若潁川郡可稱日下，則其餘近洛陽之郡治是否也可稱日下？凡此皆無法解釋矣。鄙意以爲日下即「白日之下」之意，與雲間相對文，表鳴鶴之方位。龍遊雲間，鶴翔日下，皆自命不凡，如此而已。後人誤以雲間、日下爲地名，遂將問題複雜化，不復得古人原意矣。

〔四〕「既開青雲」數句　劉盼遂云：「按日、雉聲近，故取以相謔。或當時日讀曰雉，抑雉讀同日，亦未可知。考之唐韻雉在上聲五旨，日在入聲五質；故韻則雉在脂部，日在至部，二部比鄰互轉。考之聲類，雉入澄紐，日入日紐，古韻同屬舌頭，可以交通。知當時二字音讀幾於全同。至今日二字急言之，尚難分辨。故士龍得取鳴鶴所云之日，諧音作雉，復加白字，亦與青雲相對文，用作嬉笑。不然『開青雲、覩白雉』，雲已故有，雉果何指？非雅謔矣。又彼時士女習以諧聲作劇談，如安陵女子嘲鍾毓兄弟中央高，謂兩頭瞻也。瞻又以諧音代羶。晉文帝嘲鍾會『遲遲望卿，遥遥不至』，遥以諧聲代繇（排調篇），皆其例證。於日、雉相代爲謔，又何疑焉。」按，陸雲數語承上而言。「既開青雲見白雉」，意即「日下見鳴鶴」耳。「開青雲」暗對日下，白雉暗指鳴鶴。然爲何不直言鳴鶴，而言白雉？蓋魏晉時盛行射雉，而無有射鶴。鶴色多白，故以白雉代指。陸雲之語謂既已開青雲見日下之白鶴，何不張弓射之？劉氏詳引韻書，以爲日、雉聲相近以謔，説甚迂曲而不可信。若依劉説，雉諧日，則陸雲之語意爲「既開青雲見白日，何不張弓射之」？然則究竟射白雉，還是射白日？顯然，所謂日、雉相代之説難以成立。

〔五〕「本謂雲龍騤騤」數句　荀隱數語承陸雲「雲間陸士龍」而言。「雲龍」者，雲間之龍也，此又可證雲間乃表方位，絶非地名。騤騤，詩小雅采薇：「四牡騤騤。」馬强壯貌，此形容龍之勁健。定，畢竟。表肯定判斷。方正四七：「人言汝勝我，定不如我。」「雲龍」二句意謂原以爲乃雲中矯健之龍，然畢竟是山野麋鹿。獸弱，弱，類聚二五、御覽三九〇皆作「微」。獸弱，即指山鹿野麋。荀隱數語乃反嘲「雲間陸士龍」非是雲中强龍，實乃山野弱獸，我有强弩，遲發亦中耳。袁中道云：「前狂後謔。」（舌華録四謔語）其説是也。由此可見張華所謂共語而「勿作常語」者，乃應對敏捷，於諧趣中見才氣耳。

一〇　陸太尉詣王丞相，陸玩，已見。〔一〕王公食以酪。陸還，遂病。明日與王牋云：「昨食酪小過，通夜委頓。民雖吴人，幾爲傖鬼。」〔二〕

【校釋】

〔一〕陸玩　玩，宋本作「琓」。按，作「玩」是。已見政事一三。

〔二〕傖鬼　詳見雅量一八校釋。

一一　元帝皇子生，〔一〕普賜羣臣。殷洪喬謝曰：殷羨，已見。〔二〕「皇子誕育，普天同慶。臣無勳焉，而猥頒厚賚。」中宗笑曰：「此事豈可使卿有勳邪？」

【校釋】

〔一〕元帝皇子生　程炎震云：「元帝六男，惟簡文帝生於即位之後，此當即簡文也。」

〔二〕殷羨　已見任誕三一。

一二　諸葛令、王丞相共争姓族先後。〔一〕王曰：「何不言葛、王，而云王、葛？」令曰：「譬言驢馬，不言馬驢，驢寧勝馬邪？」〔二〕諸葛恢，已見。〔三〕

【校釋】

〔一〕「諸葛令」句　識鑒一一：「諸葛道明初過江左，自名道明，名亞王、庾之下。」趙西陸云：「諸葛恢爲尚書令，故稱諸葛令。」

〔二〕「何不言葛王」數句　余箋：「凡以二名同言者，如其字平仄不同，而非有一定之先後如夏商、孔顔之類，則必以平聲居先，仄聲居後，此乃順乎聲音之自然，在未有四聲之前，固已如此。故言王葛、驢馬，不言葛王、馬驢，本不以先後爲勝負也。如公穀、蘇李、嵇阮、潘陸、邢魏、徐庾、燕許、王孟、韓柳、元白、温李之屬皆然。」按，余箋固爲有理，然諸葛恢、王導共争姓族先後，本質乃是門閥至上觀念之反映，並非與聲音自然不自然相關。自魏立九品官人法以來，流弊甚多，劉毅上疏謂「天下訩訩，但争品位」，以至「上品無寒門，下品無勢族」。（見晉書四五劉毅傳）早在西晉時，王氏即爲中原士族之冠，渡江之處，時諺云「王與馬，共天下」。而琅琊諸葛氏亦爲望族。恢祖誕，魏司空。父靚，奔吴，爲大司馬；吴平，歸晉。靚姊又爲琅琊王妃。至於蜀諸葛亮，吴諸葛謹、謹子恪，更名揚天下。恢過江後，名亞王導、庾亮。恢兄頤，亦爲元帝器重。然彼時諸葛氏畢竟不及三國時之盛，無法與王氏比肩。但恢又不甘居王氏之後，遂以驢馬、馬驢戲之，故意抹殺先後耳。

〔三〕諸葛恢已見　原作「諸葛恢」。恢下宋本、沈校本並有「已見」二字，是，今據補。恢已見方正二五。

一三　劉真長始見王丞相，時盛暑之月，丞相以腹熨彈棋局，〔一〕曰：「何乃渹？」〔二〕吴人以冷爲渹。劉既出，人問見王公云何。劉曰：「未見他異，唯聞作吴語耳。」〔三〕語林曰：「真長云：『丞相何奇，止能作吴語及細唾也。』」〔四〕

【校釋】

〔一〕熨　緊貼。惑溺二：「荀奉倩與婦至篤，冬月婦病熱，乃出中庭，自取冷，還，以身熨之。」

〔二〕渹　李慈銘云：「案玉篇：『渹，虚觥切，水浪渹渹聲。』廣韻：『呼宏切，水石聲，又大也。』集韻：『水相激聲。』俱無冷訓。説文：『訇，駭言聲。』韻會引作『駭言聲』。訇從言，勻省聲，虎横切。渹即從訇聲。蓋因寒而駭呼，其聲若宏，因爲渹字耳。今吴下亦無此方言。」李詳云：「詳案：太平御覽七五五引作『何如乃⿰氵靚』。注：『吴人以冷爲⿰氵靚也。』音楚敬切。説文：『⿰氵靚，冷寒也。』段注引此條云：『御覽引此事，渹作⿰氵靚。集韻類篇皆云：⿰氵靚渹二同，楚慶切，吴人謂冷也。』今吴俗謂冷附他物，其語如鄭國之鄭，即⿰氵靚字也。」余箋：「吾鄉呼冷物附身涼浸肌骨者，其音如靚，亦即⿰氵靚字。此句之義，當以段氏説爲定。」按，「渹」字讀音釋義，衆説紛紜，不備列。要之，其義以孝標注爲是。「何乃渹」，猶今言何其涼快也。蓋彈棋局以玉爲之（丁廙彈棋賦：「文石爲局。」李商隱詩：「玉作彈棋局。」），玉性清涼，時值盛夏，以彈棋局貼於腹上，取其清涼也。

〔三〕「劉既出」數句　關於王導作吴語之意義，陳寅恪東晉南朝之吴語一文論之甚詳（見陳寅恪史學論文集）。陳氏釋此條云：「琅琊王導本北人，沛國劉惔亦是北人，而又皆士族。然則導何故用吴語接之？蓋東晉之初，基業未固，導欲籠絡江東之人心，作吴語者，乃其開濟政策之一端也。」又釋政事一二王導接待賓客數百人一事云：「……但值東晉創業之初，王導用事之際，即使任是士流，當亦用吴語接待。」余箋引陳氏之文，進而論之云：「然則西晉之末，因中原士大夫之渡江，三吴子弟慕其風流，已有轉易聲音以效北語者。相沿日久，浸以成俗。但中原士大夫與吴中士庶談，或不免作吴語。王子猷兄弟雖系出高門，而生長江左，習慣成自然，竟忘舊俗。羣居共語，開口便作吴音。固宜爲支道林之所譏笑矣。」按，余箋甚圓通。王導見劉惔，亦不免吴語，此乃環境使然耳。又劉惔之言，於王導顯然意有不屑。王世懋云：「真長故不喜丞相。」其説是也。品藻四三注引語林：「劉真長與丞相不相得。」史言王導晚年略不省事，疑劉惔於此不滿，故有此語。

〔四〕細唾　疑指碎語細談。佩文韻府八一：「鍾惺俳體詩：『奴子入吴學細唾，儂音傖舌字全生。』」世説補鐫則謂唾爲唾沫：「左傳『先軫不顧而唾』，莊子曰：『不見夫唾者乎？大者如珠，小者如霧。』蓋所謂細唾是已。」此説似謂王導止作唾沫如霧。此是何癖邪？

一四　王公與朝士共飲酒，舉瑠璃盌謂伯仁曰：〔一〕「此盌腹殊空，謂之寶器，

何邪？」〔二〕以戲周之無能。答曰：「此盌英英，〔三〕誠爲清徹，所以爲寶耳。」〔四〕

【校釋】

〔一〕盌　宋本作「椀」。下同。

〔二〕「此盌腹殊空」三句　劉辰翁云：「伯仁空洞見嘲。」按，識鑒一四伯仁弟周嵩言「伯仁爲人志大而才短，名重而識闇」。王導以「盌腹殊空」戲伯仁，其意與周嵩之言同。伯仁雖耿直有重名，然不爲時人所服也。

〔三〕英英　輕盈明亮貌。詩小雅白華：「英英白雲，露彼菅茅。」朱熹集傳：「英英，輕明之貌。」

〔四〕爲寶耳　耳下沈校本有「公乃王導」四小字。

一五　謝幼輿謂周侯曰：「卿類社樹，遠望之，峨峨拂青天；就而視之，其根則羣狐所託，下聚溷而已。」〔一〕謂顗好媟瀆故。答曰：「枝條拂青天，不以爲高；羣狐亂其下，不以爲濁。聚溷之穢，卿之所保，何足自稱！」〔二〕

【校釋】

〔一〕社樹　見方正二一校釋。言語三〇注引晉陽秋云周顗「正體嶷然，儕輩不敢媟也」。謝鯤因之以社樹喻之，謂顗遠望之若峨峨拂青天，使人敬歎之。然社樹之下或淫祭，或遊宴，已非莊敬之地，若近而視之，則爲羣狐所託，下聚溷穢而已。此嘲周顗末年荒醉，言戲穢雜無檢節（見任誕二五）。

〔二〕「枝條」數句　言周顗自詡心存淡泊，高、濁皆不經懷。此亦「至人無心」之意耳。後二句反譏謝鯤，意謂「聚溷之穢」，正爲卿之所有。晉書四九謝鯤傳：「鯤不恤功名，又無砥礪行，居身於可否之間，雖自處若穢，而動不累高。」周顗所言「聚溷之穢」，當指鯤「自處若穢」。世説抄撮：「保，任也。謝亦有挑鄰女等事，故周亦嘲及。」其説是。謝鯤嘲周顗，可謂五十步笑百步而已。

一六　王長豫幼便和令，丞相愛恣甚篤。〔一〕每共圍棋，丞相欲舉行，長豫按指不聽。〔二〕丞相笑曰：「詎得爾，相與似有瓜葛。」〔三〕蔡邕曰：「瓜葛，疏親也。」

【校釋】

〔一〕「王長豫」二句　德行二九：「丞相見長豫輒喜，見敬豫輒嗔。」

〔二〕「丞相欲」二句　舉行，世説音釋：「蓋下子局上曰行，既下而復舉去，故曰『舉行』。」世説補觹：「既佈子，欲復舉而改行之。」程炎震云：「『按指不聽』，晉書六五悦傳云『争道』。」

吴金華考釋：「晉書卷六五王悦傳記載此事説：『（王）導嘗共（王）悦奕棋，争道。』所謂『争道』，指因一方悔棋而引起的争執。本文『不聽』猶言『不許』，『丞相欲舉行』是指王導投下一子後又想拿起來重走，『長豫按指不聽』是指按住對方手指不准其悔棋。」

〔三〕瓜葛　世説音釋：「通鑑胡注曰：『瓜葛有所附麗，言非至親，或羣從中表相附麗以敍親好，若瓜葛然。』」世説抄撮：「余謂瓜葛謂骨肉系屬也。蓋以棋行相連比之，調長豫不容舉我行也。」余箋：「珩璜新論云：『俗所謂瓜葛，亦有所出也。後漢書禮儀志上陵儀注：荀先帝有瓜葛之屬，男女畢會也。』嘉錫案：玉臺新詠二繁府詩集七七魏明帝種瓜篇：『與君新爲婚，瓜葛相牽連。』」蕭艾世説探幽云：「世説此條最可貴者，在於王導以父子情深，説成『相與似有瓜葛』，可以想見晉人平居之幽默情趣矣。」吴金華考釋：「王導想悔棋，王悦（長豫）不同意，於是王導用調侃的口吻對心愛的兒子説：『哪能這樣？我們之間似乎還有些親屬關係吧？』言下之意，是希望孩子能留點情面，允許他悔棋。」按，吴氏體味甚確切，可從。

一七　明帝問周伯仁：「真長何如人？」〔一〕答曰：「故是千斤犗特。」〔二〕王公笑其言。伯仁曰：「不如捲角牸，有盤辟之好。」〔三〕以戲王也。

【校釋】

〔一〕真長　劉惔。王世懋云：「此定誤作真長，或是道真。」楊箋：「明帝之稱，此後人追記語。顗死元帝大興四年，明年元昌十一月元帝崩，明帝即位。」按，楊箋謂此事後人追記，此説是。元帝無「元昌」年號，當爲「永昌」之誤。王世懋疑真長或是道真，並無依據。德行二二記劉道真嘗爲徒，扶風王駿以五百疋布贖之。據程炎震考證，扶風王鎮關中時有司馬高平劉寶，而駿以泰始六年（二七〇）鎮關中。假設劉寶在此年被贖，年二十歲，則至大興四年（三二一）年在七十左右。如此衰翁，周顗尚以「千斤犗特」嘲之，太不合情理矣。且各本皆作「真長」，並無異文。故真長不誤。然按之史實，此云真長仍有疑問。考晉書七五劉惔傳，惔年三十六卒，但不書卒年。又傷逝一〇記王濛亡，劉惔臨殯。注引濛別傳云：「濛以永和初卒，年三十九。」張懷瓘書斷則云「濛以永和三年卒」。據此，永和三年濛卒時，劉惔尚在。又晉書本傳記惔卒後，孫綽見褚裒，言及惔之亡。據晉書八穆帝紀，褚裒卒於永和五年。由上所考，可知劉惔卒於永和四五年間（三四八或三四九）。而周顗死於元帝大興四年（三二一），明帝與伯仁談論真長更在之前。其時，真長尚不足十歲，伯仁比之「千斤犗特」，恐不可信。

〔二〕千斤犗特　余箋：「玉篇云：『犗，加敗切。犗之言割也，割去其勢，故謂之犗。』説文云：『撲特，牛父也。』嘉錫案：真長年少，故伯仁比之騸牛，言其馴擾而有千斤之力也。」

〔三〕「不如捲角牸」二句　余箋：「玉篇云：『牸，母牛也。』論語鄉黨篇：『足躩如也。』集解引包氏曰：『足躩，盤辟貌。』敦煌本論語鄭注作『逡巡貌』。然則盤辟即逡巡也。漢書何武傳曰：『坐舉方正，所舉者，槃辟雅拜。』師古曰：『盤辟，猶言盤旋也。』又儒林傳曰：『魯徐氏善爲頌。』注蘇林曰：『不知經，但能盤辟爲禮容。』以此數説考之，則盤辟爲從容雅步，不能速行之貌也。牛老則捲角，筋力已盡，行步盤旋，不能速進。政事篇載庾亮譏導曰：『公之遺事，天下未以爲允。』又言『導晚年略不復省事，自歎曰：「人言我憒憒，後人當思此憒憒。」』是導在當時雖爲元老宿望，而有不了事之稱，故伯仁以此戲之。」按，余箋釋伯仁之言甚精闢。王導爲政寬仁清静，當時羣僚或有不解，周顗、劉惔、庾亮、庾冰、郗鑒諸人皆不以爲然，以至郗鑒「以王丞相末年多可恨，每見必欲苦相勸誡」（見規箴一四）。然王導依然「憒憒」，反而稱「後人當思此憒憒」。千秋功罪，自信必有明眼人評説。

一八　王丞相枕周伯仁膝，指其腹曰：「卿此中何所有？」答曰：「此中空洞無物，然容卿輩數百人。」〔一〕

【校釋】

〔一〕雅量二一記周顗詣王導，遇顧和，顗指顧心曰：「此中何所有？」顧徐應曰：「此中最是難測地。」周顗入見丞相曰：「卿州吏中有一令僕才。」此條周顗之答與顧和相類，皆爲高自標置，以爲風流耳。然本篇一四王導以腹中殊空之瑠璃盌戲周顗無能，與此條所記相同，可見王導實並不推重伯仁。

一九　干寶向劉真長中興書曰：「寶字令升，新蔡人。祖正，〔一〕吴奮武將軍。父瑩，丹陽丞。〔二〕寶少以博學才器著稱，歷散騎常侍。」敍其搜神記。孔氏志怪曰：「寶父有嬖人，寶母至妒，葬寶父時，因推著藏中。經十年而母喪，開墓，其婢伏棺上，就視猶煖，漸有氣息，輿還家，終日而蘇。説寶父常致飲食，與之接寢，恩情如生。家中吉凶輒語之，校之悉驗。平復數年後方卒。寶因作搜神記，〔三〕中云『有所感起』是也。」劉曰：「卿可謂鬼之董狐。」春秋傳曰：「趙穿攻晉靈公於桃園，趙宣子未出境而復。太史書『趙盾弒其君』，宣子曰：『不然。』對曰：『子爲正卿，亡不越境，反不討賊，非子而誰？』孔子曰：『董狐，古之良史也，書法不隱。趙盾，古之賢大夫也，爲法受惡。』」

【校釋】

〔一〕祖正　程炎震云：「祖正，晉書八二寶傳作祖統。」

〔二〕「父瑩」二句　明一統志三九：「干瑩墓在海鹽縣西南四十里。瑩，吴散騎常侍，寶之父也。」至元嘉禾志一三：「干瑩墓在縣西南四十里，高一丈二尺，周迴四十步。考證：舊圖經：『吴干瑩字明叔，仕吴爲立節都尉。』」

〔三〕寶因作搜神記　余箋：「唐無名氏文選集注六二擬江文通、郭弘農遊仙詩注引雷居士豫章記云：『吴猛，豫章建寧人。干慶爲豫章建寧令，死已三日。猛曰：「明府算曆未應盡，似是誤耳。今爲參之。」乃沐浴衣裳，復死於慶側。經一宿，果相與俱生。慶云：「見猛天曹中論訴之。」慶即干寶之兄。寶因之作搜神記。故其序云：「建武中，有所感起，是用發憤焉。」』案此所引『有所感起』句，與孝標注合。」按，今本搜神記一亦載干慶死而復活事，然不言慶乃干寶之兄。而太平廣記一四、江西通志一〇三所記與豫章記略同，皆言慶乃干寶之兄。

二〇　許文思往顧和許，顧先在帳中眠，許至，便徑就牀角枕共語。〔一〕許玠，已見。〔二〕既而喚顧共行，顧乃命左右取杭上新衣，〔三〕易己體上所著。許笑曰：「卿乃復有行來衣乎？」〔四〕

【校釋】

〔一〕角枕　以角製或用角裝飾之枕頭。詩唐風葛生：「角枕粲兮，錦衾爛兮。」本篇三六：「袁因作詩調之曰：『角枕粲文茵，錦衾爛長筵。』」

〔二〕許琛已見　徐箋：「案許琛前未見，晉書亦無傳，唯雅量一六許侍中下注：『許璪字思文。』疑即其人，『琛』或是『璪』之誤。」按，許琛、許璪與顧和同時，一作「文思」，一作「思文」，其中必有一誤。徐箋所疑良是。

〔三〕杭上　宋本作「機杭上」，沈校本作「其杭上」。王先謙校：「按『杭』與『桁』同聲字。桁，衣架也。古樂府東門行『還視桁上無懸衣』是也。此本作『枕』，涉上文角枕字誤。」

〔四〕行來衣乎　乎下宋本衍一「王」字，當刪。徐箋：「行來，出入之義。後漢書陸康傳：『除高成令，縣在邊陲，舊制令户一人具弓弩以備不虞，不得行來。』注：『行來，猶往來也。』（下略）因謂出門爲行來，出門所著衣服曰行來衣。」王世懋云：「意似譏其欠真率。」按，王說是。

二一　康僧淵目深而鼻高，王丞相每調之。〔一〕僧淵曰：「鼻者，面之山；管輅別傳曰：「鼻者，天中之山。」相書曰：「鼻之所在，爲天中。鼻有山象，故曰山。」目者，面之淵。山不高則不靈，淵不深則不清。」〔二〕

【校釋】

〔一〕「康僧淵」二句　嘲胡人容貌之事自漢末以後常見。如蔡邕短人賦：「侏儒短人，僬僥之後。出自外域，戎狄別種。去俗歸義，慕化企踵。遂在中國，形貌有部。名之侏儒，生則象父。惟有晏子，在齊辯勇。匡景拒崔，加刃不恐。其餘尫麼，劣厥僂窶。嘖嘖怒語，與人相拒。矇昧嗜酒，喜索罰舉。醉則揚聲，罵詈恣口。衆人患忌，難與並侶。」御覽三八二引繁欽三胡賦：「莎車之胡，黃目深睛，員耳狹頤。康居之胡，焦頭折頞，高輔陷鼻，眼無黑眸，頰無餘肉。罽賓之胡，面象炙蝟，頂如持囊，隅目赤眥，洞頞仰鼻。」三胡賦所謂「深睛」、「仰鼻」，即後文康僧淵所喻之「山高淵深」。

〔二〕「鼻者」數句　李詳云：「簡文帝謝安吉公主餉鬍子一頭啓：『山高水深，宛在其貌。』即用僧淵此事。鬍子者，胡奴也。僧淵本胡人。」按，文學四七記康僧淵往殷浩許清言，「語言辭旨，曾無愧色，領略粗舉，一往參詣」。孝標注曰：「尚書令沈約撰晉書，亦稱其有義學。」虞翻曰：「艮爲鼻。」（周易集解六）周易鄭康成注曰：「艮爲山。」康僧淵「鼻者，面之山」之說，源于周易。于此可見康僧淵確是義學僧。

二一　何次道往瓦官寺禮拜甚勤，充崇釋氏，甚加敬也。思曠語之曰：「卿志大宇宙，尸子曰：〔一〕「天地四方曰宇，往古來今曰宙。」勇邁終古。」終古，往古也。楚辭曰：「吾不能忍此終古也。」何曰：「卿今日何故忽見推？」阮曰：「我圖數千戶郡尚不能得，卿迺圖作佛，不亦大乎？」〔二〕思曠，裕也。

【校釋】

〔一〕尸子　尸，王刻本誤作「尹」。

〔二〕「阮曰」數句　淩濛初云：「排調可取，思曠亦陋。」按，淩氏此評未得思曠言外深意。尤悔一一記阮思曠先前甚敬信大法，爲病兒祈請三寶至誠，然愛子終於不濟，於是結怨釋氏。疑阮裕譏諷何充，或許在結怨釋氏之後。文學四四：「佛經以爲祛練神明，則聖人可至。」阮裕以爲作佛不可得，可知其懷疑佛經之成佛説也。

二三　庾征西大舉征胡，既成行，止鎮襄陽。〔一〕晉陽秋曰：「翼率衆入沔，將謀伐狄。既至襄陽，狄尚彊，未可決戰。會康帝崩，兄冰薨，留長子方之守襄陽，自馳還夏口。」〔二〕殷豫章與書，送一折角如意以調之。〔三〕豫章，殷羨。庾答書曰：「得所致，雖是敗物，猶欲理而用之。」

【校釋】

〔一〕止鎮襄陽　晉書七康帝紀載：建元元年（三四三）七月，安西將軍庾翼爲征討大都督，還鎮襄陽。晉書七三庾翼傳載：康帝即位，翼欲率衆北伐，「帝及朝士皆遣使譬止，車騎參軍孫綽亦致書諫，翼不從，遂違詔輒行，至夏口，復上表」云云。豪爽七及注引漢晉春秋記庾翼北伐之事甚詳，可參看。

〔二〕還夏口　王刻本脱「口」字。王先謙校：「夏下缺一字。諸本一字模胡，世説補作『夏口』是。」按，晉書本傳曰：「康帝崩，兄冰卒，以家國情事，留方之戍襄陽，還鎮夏口。」與孝標注引晉陽秋合。

〔三〕「殷豫章」二句　朱注：「殷以庾伐胡中途頓止，故遺折角如意以譏之，庾復書反以敗物還譬殷。」

二四　桓大司馬乘雪欲獵，先過王、劉諸人許。真長見其裝束單急，〔一〕問：「老賊欲持此何作？」〔二〕桓曰：「我若不爲此，卿輩亦那得坐談？」〔三〕語林曰：「宣武征還，劉尹數十里迎之。〔四〕桓都不語，直云：『垂長衣，談清言，竟是誰功？』劉答曰：『晉德靈長，功豈在爾？』」〔五〕二人説小異，故詳載之。〔六〕

【校釋】

〔一〕單急　周一良魏晉南北朝史札記「緩服、急裝」條：「急裝，疑亦就其緊貼於身而言，所以利戰鬥。猶後世之稱『緊身』，與平時服裝之寬緩有別。……『裝束單急』，意謂其以戎服爲行裝。『裝束』亦稱『束裝』，多用爲整裝待發之意。」

〔二〕老賊欲持此何作　劉惔深知桓温野心，故稱其「老賊」，問其嚴裝欲作何事。

〔三〕「我若不爲此」二句　劉辰翁云：「此賊終健。」按，桓温謂我若不勤事功，汝輩那能高談闊論？温語正與何充答王濛、劉惔等人云「我不看此，卿等何以得存」（見政事一八）意同。然細審文義，桓温「裝束單急」，乃爲出獵，並非出征，田獵與坐談並是閒事，難分優劣。故温語無端由，殊不可解。

〔四〕「宣武征還」二句　晉書八穆帝紀載：永和二年（三四六）十一月，安西將軍桓温伐蜀，明年三月攻克成都，益州平。永和四年（三四八）八月，進安西將軍桓温爲征西大將軍，開府儀同三司，封臨賀縣公。據此，桓温征還在永和三四年間，劉惔時爲丹陽尹，出遠郊迎之。

〔五〕「垂長衣」數句　桓温自矜功高，譏嘲劉惔等清談名士。惔則針鋒相對，抑其氣焰。

〔六〕「二人説小異」二句　王世懋云：「此各不妨兩出。」按，以情理判斷，語林可信。

二五　褚季野問孫盛：「卿國史何當成？」〔一〕孫云：「久應竟，在公無暇，故至今日。」〔二〕褚曰：「古人述而不作，何必在蠶室中！」〔三〕漢書曰：「李陵降匈奴，武帝甚怒。太史令司馬遷盛明陵之忠，帝以遷爲陵遊説，下遷腐刑。乃述唐、虞以來至于獲麟爲史記。」遷與任安書曰：「李陵既生降，僕又茸之以蠶室。」〔四〕蘇林注曰：「腐刑者，作密室蓄火，時如蠶室。」舊時平陰有蠶室獄。

【校釋】

〔一〕國史　指孫盛所撰晉陽秋。隋書三三經籍志有孫盛晉陽秋三十二卷。何當，王叔岷補正：「『何當』猶言『何時』。」

〔二〕「久應竟」三句　褚裒卒於永和五年（三四九）年，而由孫盛所答，可知其撰晉陽秋已有時日。晉書八二孫盛傳：「晉陽秋詞直而理正，咸稱良史焉。既而桓温見之，怒謂盛子曰：『枋頭誠爲失利，何至乃如尊君所説。若此史遂行，自是關君門户事。』其子遽拜謝，謂請删改之。時盛年老還家，性方嚴有軌憲，雖子孫班白，而庭訓愈峻。至此諸子乃共號泣，稽顙請爲百口切計。盛大怒，諸子遂竊改之。」桓温以太和四年（三六九）枋頭之戰失利，據温言，其時晉陽秋尚未行世。

〔三〕「古人」二句　褚裒婉勸孫盛述而不作，若作晉陽秋恐有牢獄之災。蠶室，漢書五九張安世傳顔師古注：「蠶室，古曰謂腐刑也。凡養蠶者欲其温而早成，故爲密室，蓄火以置之。而新腐刑亦有中風之患，須入密室，乃得以全。因呼爲蠶室耳。」

〔四〕茸之　沈校本無「之」字。漢書六二司馬遷傳顔師古注：「茸，音人勇反，推也。蠶室乃腐刑所居温密之室也，謂推致蠶室之中也。」

二六　謝公在東山，朝命屢降而不動。後出爲桓宣武司馬，〔一〕將發新亭，朝士咸出瞻送。高靈時爲中丞，〔二〕亦往相祖，先時多少飲酒，因倚如醉，戲曰：「卿屢違朝旨，高卧東山，諸人每相與言：『安石不肯出，將如蒼生何？』今亦蒼生將如卿何？」〔三〕謝笑而不答。高靈，已見。〔四〕婦人集載桓玄問王凝之妻謝氏曰：〔五〕「太傅東山二十餘年，遂復不終，其理云何？」謝答曰：「亡叔太傅先正以無用爲心，顯隱爲優劣，始末正當動静之異耳。」〔六〕

【校釋】

〔一〕出爲桓宣武司馬　本篇三二：「謝公始有東山之志，後嚴命屢臻，勢不獲已，始就桓公司馬。」晉書七九謝安傳曰：「及（謝）萬黜，安始有仕進意。」據通鑑一〇〇，升平三年（三五九），謝萬以兵敗廢爲庶人，則謝安出爲桓温司馬，當在此後不久。

〔二〕高靈時爲中丞　程炎震云：「晉書七一崧傳，不言嘗爲中丞，蓋略之。安傳則同此。」

〔三〕「卿屢違朝旨」數句　王世懋云：「似醉不醉，語絶妙。」

〔四〕高靈　已見言語八二。靈，高崧小字，或作「鄮」。晉書七一高崧傳：「（謝）萬遂起坐，呼崧小字曰：『阿鄮！故有才具邪！』」

〔五〕王凝之　凝，宋本誤作「疑」。

〔六〕「亡叔太傅」三句　世説補觿：「『無』字兼屬於此二事，言無以用於世爲心，又無以隱顯爲優劣也。」「顯爲動，隱爲静。」世説講義：「無用，猶言無爲，言常以無爲爲其心，豈以隱顯爲優劣乎？」「言以此言之，始未正當其心同一，而但其從其所在，有動静之異耳。」按，道蘊之言意謂太傅以無爲心，顯隱無優劣之分，不過有動静之異而已。然謝安先隱後仕之經歷，始終爲人質疑，正如袁中道所云：「謝公爲一出，受許多苦。」（舌華録七譏語）至於桓玄與王夫人之問答，乃是當時關於仕隱問題之兩種不同認識與討論。蓋桓玄持仕隱有別説，遂有此問。謝道韞持出處同歸説，故有此答。謝安顯隱，是否真以無用爲心，固宜姑妄聽之，然道韞之論，正見其「林下風氣」耳。

二七　初，謝安在東山居布衣時，兄弟已有富貴者，翕集家門，〔一〕傾動人物。〔二〕劉夫人戲謂安曰：「大丈夫不當如此乎？」謝乃捉鼻曰：「但恐不免耳。」〔三〕

【校釋】

〔一〕翕集　宋本作「集翕」。翕，聚，合。翕集家門，謂賓客輻輳謝家也。

〔二〕傾動人物　通鑑一〇一晉紀二三胡注：「謝尚、謝奕、謝萬皆爲方伯，盛于一時。」

〔三〕「劉夫人」數句　同上胡注：「言恐亦不免如諸兄弟也。」凌濛初云：「夫人心實羨之，劉猶能涉戲，知己知己。」余箋：「安意蓋謂己本無心於富貴，固屢辭徵召而不出。但時勢逼人，政恐終不得免耳。安少有鼻疾，語音重濁（見雅量篇注）。所以捉鼻者，欲使其聲輕細以示鄙夷不屑之意也。其答妻之言，蓋畏温知之而不免其禍，非爲不免富貴也。」能改齋漫録三乃謂『安所以不仕，政畏桓温。然謝安未必「本無心於富貴」。晉書七九謝安傳言安放情丘壑，簡文時爲相，曰：「安石既與人同樂，亦不得不與人同憂，召之必至。」後安果然出仕，簡文之言有見也。安終於出仕，原因大致有三：一是朝廷「嚴命屢徵」，二是身邊劉夫人心羨富貴，三是其弟謝萬廢黜，爲謝氏家族考慮，不得不出仕。』以其文義考之，其説非是。」按，余箋近是。

二八　支道林因人就深公買印山，〔一〕深公答曰：「未聞巢、由買山而隱。」〔二〕

逸士傳曰：「巢父者，堯時隱人，山居不營世利，年老以樹爲巢而寢其上，故號巢父。」高逸沙門傳曰：「遁得深公之言，慚恧而已。」

【校釋】

〔一〕印山　程炎震云：「印山當作岇山，見德行、言語篇注。高僧傳四亦作岇山。音義云：『吾浪切，山名，在越剡縣。』」

〔二〕劉盼遂云：「高僧傳四竺道潛傳：『支遁遣使求買岬山之側沃洲小嶺，欲爲幽棲之處。潛答云：「欲來輒給，豈聞巢、由買山而隱。」』」

二九　王、劉每不重蔡公。〔一〕二人嘗詣蔡語，良久，乃問蔡曰：「公自言何如夷甫？」答曰：「身不如夷甫。」王、劉相目而笑曰：「公何處不如？」答曰：「夷甫無君輩客。」〔二〕

【校釋】

〔一〕蔡公　蔡謨，見方正四〇。識鑒一一注引晉中興書謂蔡謨與諸葛道明（恢）、荀道明（闓）號曰「中興三明」，時人爲之語曰：「京都三明各有名，蔡氏儒雅荀葛清。」晉書七七蔡謨傳稱「謨性方雅」，「性尤篤慎」。則謨乃一儒雅、謙慎之君子，無論個性及作風均與王濛、劉惔等風流名士迥異，此王、劉每不重蔡謨之由也。不僅王、劉，王導亦輕蔡謨。方正四〇：「王丞相作女伎，施設牀席。蔡公先在坐，不説而去，王亦不留。」輕詆六：「王丞相輕蔡公，曰：『我與安期、千里共遊洛水邊，何處聞有蔡充兒？』」東晉公亮守正之士，常不獲優譽，蔡謨其一也。

〔二〕夷甫無君輩客　劉辰翁云：「不深不淺許。」袁中道云：「妙甚！」（舌華録九澆語）

三〇　張吳興年八歲，虧齒。〔一〕玄之，已見。〔二〕先達知其不常，故戲之曰：「君口中何爲開狗竇？」張應聲答曰：「正使君輩從此中出入。」

【校釋】

〔一〕虧齒　缺齒也。

〔二〕玄之　已見言語五一。

三一　郝隆七月七日出日中仰卧，人問其故，答曰：「我曬書。」〔一〕征西寮屬名曰：「隆字佐治，汲郡人，仕吳至征西參軍。」〔二〕

【校釋】

〔一〕我曬書　蒙求集注卷上、御覽三七一引世説作「我曬腹中書耳」。余箋：「玉燭寶典卷七及太平御覽卷三一並引崔寔四民月令曰：『七月七日，曝經書及衣裳。』故郝隆因此自謂曬書，亦兼用邊韶『腹便便，五經笥』之語耳。」徐箋：「『七月七日』下御覽三一有『見鄰人皆曝曬衣物，隆乃』九字，語意更備。」按，徐箋是。七月七日曬經書者，大多因循舊俗而已，未必皆愛書讀經也。郝隆日中仰卧自謂曬書，有嘲笑世俗之意味，此與七月七日阮咸以竿掛大布犢鼻褌於中庭曬之行徑相類，亦所謂「不能免俗，聊復爾耳」。

〔二〕仕吴至征西參軍　李慈銘云：「案『吴』字疑衍。」劉盼遂云：「按『吴』字衍文。征西謂桓温。温以永和二年進位征西大將軍並開府。隆既仕温，不得云吴也。言語篇注引征西寮屬名曰『毛玄仕至征西行軍參軍』，文例正同。」

三二　謝公始有東山之志，後嚴命屢臻，勢不獲已，始就桓公司馬。〔一〕于時人有餉桓公藥草，中有遠志，公取以問謝：「此藥又名小草，何一物而有二稱？」本草曰：「遠志一名棘宛，其葉名小草。」謝未即答。時郝隆在坐，〔二〕應聲答曰：「此甚易解，處則爲遠志，出則爲小草。」〔三〕謝甚有愧色。〔四〕桓公目謝而笑曰：「郝參軍此過乃不惡，〔五〕亦極有會。」

【校釋】

〔一〕始就桓公司馬　可參見本篇二六、二七。兹就晉書七九謝安傳所謂「及(謝)萬黜，安始有仕進意」一句再釋之。謝安出仕之前，謝尚、謝奕、謝萬皆爲方伯，盛於一時。謝安本可以逍遥東山，然謝尚以升平元年(三五七)卒，謝奕以升平二年(三五八)卒。升平三年(三五九)，謝萬北伐兵敗廢爲庶人。數年之間，謝氏連遭沉重打擊，「新出門户」岌岌可危。爲重振謝氏家族，謝安決計出仕，即使爲人譏嘲亦不顧也。此爲安始就桓温司馬之最重要原因也。

〔二〕時郝隆在坐　李詳云：「御覽九八九引此下有『謝因曰：「郝參軍多知識，試復通看。」』二語，蓋畏其口也。」

〔三〕「處則爲遠志」二句　遠志，凌濛初云：「博物志曰：『遠志苗曰「小草」，根曰「遠志」。』故以出處爲風。」余箋：「爾雅釋草：『葽繞，棘蒬。』注曰：『今遠志也。似麻黄赤華，葉鋭而黄，其上謂之小草。』（下略）嘉錫案：據此，則遠志之與小草，雖一物而有根與葉之不同。葉名小草，根不可名小草也。郝隆之答，謂出與處異名，亦是分根與葉言之。根埋土中爲處，葉生地上爲出。既協物情，又因以譏謝公，語意雙關，故爲妙對也。」按，晉書二八五行志中：「（姜）維報書曰：『良田一頃，不計一畝。但見遠志，無有當歸。』」維所言「遠志」指忠於蜀國，不歸魏國。此「遠志」作雙關語之又一例也。

〔四〕謝甚有愧色　東山之志乃謝安之本懷，晉書本傳曰：「安雖受朝寄，然東山之志始末不渝，每形於言色。」安因「勢不獲已」而出仕，郝隆之誚正中其素懷，故覺有愧耳。

〔五〕此過　過，宋本作「通」。徐箋：「御覽九八九作『通』，是。通，闡述也，屢見。『此通』猶言『此論』。」楊箋：「此過者，猶此回也。」按，徐箋是。朱軾史傳三編一九論曰：「謝安與殷浩當韋布時，並負蒼生之望。其應桓温之召也，高崧嘗戲之曰：『今日蒼生將如卿何？』蓋陰以浩之前車相諷厲。而安獨克弘遠謨，一雪處士虚聲之謗。固知體公識遠，則隱顯同歸。而郝隆所誚，處爲遠志，出爲小草者，未爲通論矣。」

三三　庾園客詣孫監，〔一〕值行，見齊莊在外，〔二〕尚幼，而有神意。庾試之曰：「孫安國何在？」即答曰：「庾稺恭家。」〔三〕庾大笑曰：「諸孫大盛，有兒如此。」又答曰：「未若諸庾之翼翼。」還語人曰：「我故勝，得重喚奴父名。」〔四〕孫放別傳曰：「放兄弟並秀異，與庾翼子園客同爲學生。園客少有佳稱，因談笑嘲放曰：『諸孫於今爲盛。』盛，監君諱也。放即答曰：『未若諸庾之翼翼。』放應機制勝，時人仰焉。司馬景王、陳、鍾諸賢相酬，〔五〕無以踰也。」

【校釋】

〔一〕庾園客　園，宋本作「爰」。按，識鑒一九：「小庾臨終，自表以子園客爲代。」孝標注：「園客，爰之小字也。庾氏譜曰：『爰之字仲真，庾翼第二子。』」據此，作「園」是。「爰」乃因「園」音同致誤。孫監，孫盛累遷秘書監。見言語四九注引中興書。

〔二〕齊莊　孫放，孫盛次子。見言語五〇。

〔三〕庾稺恭　庾翼字稺恭。

〔四〕重喚奴父名　即指前「翼翼」。庾園客云「諸孫大盛」，不過喚齊莊父名一；而齊莊重喚對方父名，占了便宜，故語人曰：「我故勝。」

〔五〕「司馬景王」句　見本篇三、四。袁中道云：「晉唐人多以父名爲戲，亦大惡事。」（舌華録四詼語）李慈銘云：「案父執盡敬，禮有明文。入門問諱，尤宜致慎，而魏晉以來，舉此爲戲，效市井之唇吻，成賓主之嫌讎，越檢逾閑，深堪忿疾。而鍾、馬行之於前，孫、庾效之於後，飲其狂藥，傳爲佳談。夫子云：『羣居終日，言不及義，好行小慧，難矣哉！』若此者，乃不義之極致，小慧之下流，誤彼後生，所宜深戒。愛親者不敢惡於人，敬親者不敢慢於人，斯道也，自天子以達於庶人，一也。」按，庾、孫相互以父名爲戲，不過試人才智若何，其實並非對人不敬。前人多以道德、禮義評論魏晉人之活潑情致，實不可取。

三四　范玄平在簡文坐，談欲屈，引王長史曰：「卿助我！」范汪別傳曰：「汪字玄平，潁陽人。左將軍略之孫。〔一〕少有不常之志，通敏多識，博涉經籍，致譽於時。歷吏部尚書、徐兗二州刺史。」王曰：「此非拔山力所能助。」史記曰：「項羽爲漢兵所圍，夜起歌曰：『力拔山兮氣蓋世，時不利兮騅不逝。』」

【校釋】

〔一〕「潁陽人」二句　程炎震云：「晉書七五汪傳『潁陽』作『順陽』。『略』作『畧』。」徐箋：「晉書本傳作『雍州刺史暑之孫』。良吏傳云：『暑字長彦，二子廣、稚，稚子汪。』作『略』誤。」按，晉時無「潁陽郡」，作「順陽」是。司馬貞史記索隱一二：「按地理志，丹水及商屬弘農，今言順陽者，是魏晉始分，置順陽郡，商城、丹水俱屬之。」晉書一五地理志下：「及武帝平吴，分南郡爲南平郡，分南陽立義陽郡，改南鄉爲順陽郡。」又曰：「順陽郡，太康中置，統縣八，户二萬一百。」

三五　郝隆爲桓公南蠻參軍。三月三日會，作詩，不能者罰酒三升。〔一〕隆初以不能受罰，既飲，攬筆便作一句云：〔二〕「娵隅躍清池。」〔三〕桓問：「娵隅是何物？」答曰：「蠻名魚爲娵隅。」桓公曰：「作詩何以作蠻語？」隆曰：「千里投公，始得蠻府參軍，那得不作蠻語也？」〔四〕

【校釋】

〔一〕三升　升，宋本、沈校本並作「斗」。渚宫舊事五作「升」。

〔二〕攬筆便作　作下御覽二四九引世語有「其」字。

〔三〕娵隅躍清池　娵隅，黄樹先娵隅探源一文云：「依據史書記載，晉時荆州一帶居住着爲數不少的少數民族，依東夷南蠻西戎北狄之列，當時概稱之爲『蠻』。」「對照文獻記載，我們可以判斷「娵隅」爲東晉時蠻人所操的蠻語，是「魚」的譯音。」（南陽教育學院學報，二〇〇一年第一期）按，此句從曹植公宴詩「潛魚躍清波」變化而來。

〔四〕蠻語也　余箋：「渚宮舊事五無『也』字，『語』下有『温大笑』三字。」世説講義：「言千里投公，本欲有所爲者，而僅至蠻府參軍，是非吾宿志，故不得不作謾語而自慰也。」按，郝隆作詩以蠻語，乃爲調笑取樂，非作參軍而泄不滿也。

三六　袁羊嘗詣劉恢，〔一〕恢在内眠未起。袁因作詩調之曰：「角枕粲文茵，錦衾爛長筵。」唐詩曰：〔二〕「晉獻公好攻戰，國人多喪。」其詩曰：「角枕粲兮，錦衾爛兮，予美亡此，誰與獨旦？」〔三〕袁故嘲之。劉尚晉明帝女，晉陽秋曰：「恢尚廬陵長公主，名南弟。」主見詩不平，曰：「袁羊，古之遺狂！」〔四〕

【校釋】

〔一〕袁羊　袁喬小字。見言語九〇孝標注。劉恢，程炎震云：「『恢』當作『惔』，各本皆誤，下同。」

〔二〕唐詩　詩下沈校本有「序」字。按，有「序」字是。

〔三〕「其詩曰」數句　此爲詩唐風葛生詩句。鄭玄箋：「旦，明也。我君子無於此，吾誰與齊乎？獨自潔明。」朱熹集傳：「粲、爛，華美鮮明之貌。獨旦，獨處至旦也。」

〔四〕「主見詩不平」三句　據孝標注引葛生小序，則其詩舊謂哀傷之詩。而袁羊斷章取義，嘲劉惔與妻内眠不起。然「予美亡此，誰與獨旦」二句，舊解謂我夫喪在外，我獨自至天明。蓋從此解，似若以死嘲劉惔，故主見詩不平也。簡文嘗評袁羊曰：「不知者不復其才，知之者無取其體。」孝標注曰：「言其有才而無德也。」（見品藻六五）觀袁羊即興變詩經而調劉惔，使主不平，益信簡文所評得其實。

三七　殷洪遠答孫興公詩云：「聊復放一曲。」〔一〕劉真長笑其語拙，問曰：「君欲云那放？」殷曰：「㯓臘亦放，何必其鎗鈴邪？」〔二〕殷融，已見。〔三〕

【校釋】

〔一〕聊復放一曲　余箋：「『放一曲』，謂放聲長歌也。」

〔二〕「㯓臘亦放」二句　余箋：「㯓與榻同，見廣韻入聲二十八盍。㯓臘者，擊鼓之聲也。説文曰：『⿱鼓合，鼓聲也。』段玉裁改鼓聲爲鼙聲，注云：『司馬法曰：「鼙聲不過闒。」音義曰：「闒，吐臘反。劉湯答反。闒即⿱鼓合字也。」投壺音義曰：「鄭呼爲鼙也。其聲下，其音榻榻然。榻音吐臘反，榻亦即⿱鼓合也。」史記上林賦：「鏗鎗鏜⿱鼓合」，漢書、文選作「闛鞈」。郭璞

注：「闛鞈，鼓音也。」此渾言之耳，鼙亦鼓也。淮南兵略訓：「若聲之與響，若鏜之與鞈。」高誘注：「鏜鞈，鼓鼙聲。」此謂鏜鼓聲，鞈鼙聲也。』嘉錫案：段氏所引司馬法，今本無。其文見周禮大司馬鄭注，故有陸德明音義也。𪔂爲鼓聲，通作榻，故疾言之曰榻榻，徐言之則爲榻臘。隋書樂志下：『龜茲、疏勒樂器，皆有答臘鼓。』答臘即榻臘，蓋象其聲以爲之名也。通典一四四曰：『答臘鼓制，廣羯鼓而短，以指揩之，其聲甚震，俗謂之揩鼓。』敦煌瑣綴中有唐人所作字寶，其入聲字有『手㯓拉』，蓋㯓臘本爲鼓聲，及轉爲答臘，又轉爲㯓拉，遂爲揩鼓之專名。以其純用手擊，故謂之『手㯓拉』。可與此條互證。說文曰：『鎗，鍾聲也。』段注曰：『引申爲他聲。』廣雅釋訓曰：『鈴，鈴聲也。』此云『㯓臘亦放，何必鎗鈴』者，謂己詩雖不工，亦足以達意，何必雕章繪句，然後爲詩？猶之鼓雖無當於五聲，亦足以應節，何必金石鏗鎗，然後爲樂也？」朱注：「案：㯓同榻。今人於物之不整齊修潔者，稱之『臘榻』。則此或謂詩之不工整亦不妨放言，不必求其清新響亮也。此出臆解，故志以待高明。」楊箋引饒宗頤云：「㯓臘，即梵語之灑臘也。唐僧金剛智以金剛語言爲贊云『其贊詠法，晨朝當以灑臘音韻，午時以中音，黃昏以破音，中夜以第五音韻贊之。』（金剛頂瑜珈中略出念誦經卷四）灑臘，爲梵語Sadava之漢譯，乃古典梵樂七調（Raga）之第五。殷融言以㯓臘（音韻）放曲，意謂效梵音之詠放歌，以無不可，何必鎗鎗鈴鈴，如朝廷美士之爲乎？（下略）自南齊以來，竟陵王蕭子良輩造經唄新聲，梵唱遂流行於時，故殷

融以爲戲謔。」按，饒氏謂殷融所言「槍臘」，乃以梵音爲戲，其説頗新奇。殷融之時，是否梵樂已流行，此須考論也。高僧傳一三論「梵唄」之起源曰：「……是故金言有譯，而梵響無傳。始有陳思王曹植，深愛聲律，屬意經音，既通般遮之瑞響，又感魚山之神製，於是删治瑞應、本起，以爲學者之宗。傳聲則三千有餘，在契則四十有二。其後帛橋、支籥，亦云祖述陳思。而愛好通靈，別感神製，裁變古聲，所存止一十而已。至石勒建平中有天神降於安邑廳事，諷詠經音七日乃絶，時有傳者，並皆訛廢。」帛橋即帛法橋，支籥即支曇籥，高僧傳一三皆有傳。帛橋擅轉讀，於晉穆帝永和中卒，與劉真長同時。支籥精梵音，晉孝武帝時人。此時梵音初起，僅一二僧人稍精，尚未普遍流行於寺廟。殷融、劉惔雖與僧人交遊，未必知有梵音也；至於知曉「槍臘」爲乃梵音七調中之第五，恐更無可能。饒氏既謂南齊之後梵唱遂流行於時，卻又謂「故殷融以爲戲謔」，此結論顯然不能成立。兩相比較，余箋是也。

〔三〕殷融　已見文學七四。

三八　桓公既廢海西，立簡文。晉陽秋曰：「海西公諱奕，字延齡，成帝子也。興寧中即位，少同閹人之疾，使宮人與左右淫通，生子。大司馬温自廣陵還姑孰，〔一〕過京都，以皇太后令，廢帝爲海西公。」〔二〕侍中謝公見桓公，〔三〕拜，桓驚笑曰：「安石，卿何事至爾？」謝

曰：「未有君拜於前，臣立於後。」〔四〕

【校釋】

〔一〕自廣陵　自，宋本作「目」。按，「目」乃「自」之壞字。

〔二〕廢帝爲海西公　晉書八海西公紀：「初，桓温有不臣之心，欲先立功河朔，以收時望。及枋頭之敗，威名頓挫，遂潛謀廢立，以長威權。然憚帝守道，恐招時議。以宮闈重閟，牀第易誣，乃言帝爲閹，遂行廢辱。」言語五九注引晉安帝紀，謂桓温枋頭之敗後，郗超説温以廢立之計。温既夙有此謀，深納超言，遂廢海西。合此數處觀之，可得桓温廢海西公之心理及始末情形。前秦主苻堅聞桓温廢海西公，謂群臣曰：「温前敗灞上，後敗枋頭，十五年間，再傾國師。六十歲公舉動如此，不能思愆免退，以謝百姓，方廢君以自悦，將如四海何！諺云『怒其室者而作色於父』者，其桓温之謂乎！」（晉書一一三載記一一三苻堅傳上）其評桓温廢海西公，可謂入木三分。

〔三〕侍中　侍，宋本誤作「徒」。

〔四〕「未有君」二句　世説音釋：「公羊傳曰：『周公何以稱太廟於魯？封魯公以爲周公也。周公拜乎前，魯公拜乎後。』何休曰：『父子俱拜者，明以周公之功封魯公也。』言天子猶致敬於桓公，而臣在其後立而不拜，豈有此理？」

三九 郗重熙與謝公書，〔一〕道王敬仁：「聞一年少懷問鼎，〔二〕郗曇、王脩，已見。〔三〕史記曰：「楚莊王觀兵於周郊，周定王使王孫滿迎勞楚王。王問鼎大小輕重，對曰：『在德不在鼎。』莊王曰：『子無阻九鼎，楚國折鈎之喙，足以爲九鼎也。』」〔四〕不知桓公德衰，爲復後生可畏？」〔五〕春秋傳曰：「齊桓公伐楚，責苞茅之不貢。」論語曰：「後生可畏，焉知來者之不如今。」〔六〕孔安國曰：「後生，少年。」

【校釋】

〔一〕郗重熙　郗曇字重熙。參見賢媛二五校釋。楊箋據賢媛二五宋本，改作「重淵」，實誤。

〔二〕聞　宋本誤作「閒」。懷，來，至。詩齊風南山：「既曰歸止，曷又懷止？」鄭玄箋：「懷，來也。」懷問鼎，疑謂來問當年楚莊王問鼎之事。

〔三〕郗曇　曇，宋本誤作「雲」。郗曇王脩，沈校本無「王脩」二字。郗曇已見賢媛二五，王脩已見文學三八。

〔四〕莊王曰王，宋本誤作「孫」。

〔五〕後生　生，宋本誤作「王」。王叔岷補正：「『爲復』猶『乃爾』。」按，此條文義甚難明，諸家多付之闕如。李毓芙世説新語新注釋「年少懷問鼎」爲「一少年人懷有政治野心」，「桓公」爲齊桓公。鄙意以爲李説難通，試疏解之：郗曇與謝安書，言及王敬仁云：「聽説有一年少來問楚莊王問鼎之事，不知是桓公德衰，還是後生可畏？」桓公，孝標注引春秋傳，指齊桓公。然上文注引史記，指明問鼎乃楚莊王事。據史記三二齊太公世家，齊桓公三十年春伐楚，責苞茅不貢，其時乃楚成王。莊王、成王時代不同，爲何連及之？此疑問之一。又「桓公德衰」爲何意？與「後生可畏」之間有何關係？此疑問之二。竊以爲桓公當指桓温。據晉書八穆帝紀、晉書九八桓温傳，永和二年桓温伐蜀，平定益州，聲名大振。永和八年，桓温爲太尉。永和十年，北伐關中，廢揚州刺史殷浩爲庶人，自此内外大權一歸於温矣。朝廷唯温馬首是瞻，而温漸窺覦非望，此即「問鼎」之志也。考法書要録載張懷瓘書斷，王脩以升平元年卒，年二十四。永和末年桓温之志，或爲敬仁所預感，遂來郗曇處問楚莊王問鼎之事。桓温欺凌朝廷，此即「桓公德衰」。而「後生可畏」，指王敬仁政治嗅覺之敏鋭也。又郗曇、謝安稱敬仁後生可畏，誠亦當時公論。文學三八注引文字志曰：「脩明秀有美稱，善隸、行書，號曰流奕清舉。」賞譽一二三林公云：「王敬仁是超悟人。」注引文字志曰：「脩之少有秀令之稱。」賞譽一三四謝鎮西道敬仁：「文學鏃鏃，無能不新。」注引語林曰：「敬仁有異才，時賢皆重之。」皆其證。

〔六〕焉知　焉，宋本誤作「正」。

四〇　張蒼梧是張憑之祖，〔一〕嘗語憑父曰：「我不如汝。」憑父未解所以。蒼梧曰：「汝有佳兒。」張蒼梧碑曰：「君諱鎮，字義遠，吴國吴人。忠恕寛明，簡正貞粹。泰安中，除蒼梧太守，討王含有功，封興道縣侯。」憑時年數歲，歛手曰：「阿翁，詎宜以子戲父！」〔二〕

【校釋】

〔一〕張憑　已見文學五三。

〔二〕詎宜以子戲父　趙西陸云：「顏氏家訓教子篇：『父子之嚴，不可以狎。狎則怠慢生焉。』」

四一　習鑿齒、孫興公未相識，同在桓公坐。桓語孫：「可與習參軍共語。」孫云：「蠢爾蠻荆，敢與大邦爲讐！」〔一〕習云：「薄伐獫狁，至于太原。」〔二〕小雅詩也。毛詩注曰：「蠢，動也。荆蠻，荆之蠻也。獫狁，北夷也。」習鑿齒襄陽人，孫興公太原人，故因詩以相戲也。

【校釋】

〔一〕「蠢爾蠻荆」二句　詩小雅采芑：「蠢爾蠻荆，大邦爲讐。」

〔二〕「薄伐獫狁」二句　詩小雅六月：「薄伐玁狁，至於大原。」

四二　桓豹奴是王丹陽外生，形似其舅，桓甚諱之。豹奴，桓嗣小字。中興書曰：「嗣字恭祖，車騎將軍沖子也。少有清譽，仕至江州刺史。」王氏譜曰：「混字奉正，中軍將軍恬子，〔一〕仕至丹陽尹。」〔二〕宣武云：「不恒相似，時似耳。恒似是形，時似是神。」桓逾不說。〔三〕

【校釋】

〔一〕中軍將軍　宋本作「中將軍」。王利器校：「各本作『中』下有『軍』字，是；本書附琅琊王氏譜，正作『中軍將軍』。」

〔二〕丹陽尹　徐箋：「晉書王悦傳：『無子，以弟恬子琨爲嗣，襲導爵，丹陽尹。』宋書及南史王誕傳並作『混』，晉書作『琨』，誤。」

〔三〕「不恒相似」數句　王世懋云：「觀此知王混不爲風流所與。」余箋：「朱子語類一三八云：『因説外甥似舅，以其似母故也。問：「形如母，情形須别？」答曰：「情性也似，大抵形是箇重濁底，占得地步較闊。情性是箇輕清底，易得走作。」』嘉錫案：語類所謂情性之似，即神似也。如朱子説，則人之似其母，形似處多，而神似處少。桓嗣方以似其舅爲諱，而温謂其神似，故逾不説。但人生似舅，世所常有，不曉豹奴何以諱之也。」按，桓温所謂「不恒相似」云云，猶言有時相似，但形似多，神似少。桓嗣形似其舅，爲何甚諱之？余箋云不曉其故，王世懋則以爲「王混不爲風流所與」。此説是也。若舅爲風流名士，如夏侯玄者，外甥和嶠對之仰慕至極，效舅之俄然不羣（見賞譽一五注引晉諸公贊），何必甚諱之？此必王混形貌平平或無雋逸之氣也。形似已甚諱之，何況稱其神似乎？故桓逌不悦。

四三　王子猷詣謝萬，林公先在坐，瞻矚甚高。〔一〕王曰：「若林公鬚髮並全，神情當復勝此不？」謝曰：「脣齒相須，不可以偏亡。春秋傳曰：『脣亡齒寒。』鬚髮何關於神明。」林公意甚惡，〔二〕曰：「七尺之軀，〔三〕今日委君二賢。」

【校釋】

〔一〕瞻矚　顧盼，此指眼光。瞻矚甚高，猶言眼界甚高。

〔二〕意甚惡　意下沈校本有「色」字。余箋：「容止篇『王長史』條注言：『林公之形，信當醜異。』疑道林有齞脣歷齒之病。謝萬惡其神情高傲，故言正復有髮無關神明，但脣亡齒寒，爲不可缺耳，其言譃而近虐，宜林之怫然不悦也。」按，余箋疑林公有「齞脣歷齒之病」，其實無由證實也。據王、謝之言，林公鬚髮不全之病或可知矣。二人當面嘲譃林公形体，誠屬無禮太過，然論鬚髮與神明兩者之關係不無可取。子猷之問，實質指形骸是否與神明有關。而謝萬之答，既承認鬚髮與神明相須，不可偏亡，即形骸與神明相輔相成，但又以爲神明高於形骸，亦即形神二者，以神爲主。其論形神關係，不可謂不圓美也。賢媛三一記王右軍夫人曰：「髮白齒落，屬乎形骸；至於眼耳，關於神明，那可便與人隔。」謝萬論形神關係，似更勝王夫人一籌。

〔三〕七尺　七，宋本誤作「士」。

四四　郗司空拜北府，南徐州記曰：「舊徐州都督以東爲稱，晉氏南遷，徐州刺史王舒加北中郎將，『北府』之號，自此起也。」〔一〕王黄門詣郗門拜云：「應變將略，非其所長。」驟詠之不已。〔二〕郗倉謂嘉賓曰：「公今日拜，子猷言語殊不遜，深不可容。」〔三〕倉，郗融小字也。郗氏譜曰：「融字景山，愔第二子。辟琅邪王文學，不拜而蚤終。」嘉賓曰：「此是陳壽作諸葛評，蜀志陳壽評曰：「亮連年動衆而無成功，蓋應變將略，非其所長也。」王隱晉書曰：「壽字承祚，巴西安漢人，好學善著述，仕至中庶子。初，壽父爲馬謖參軍，諸葛亮誅謖，髡其父頭；亮子瞻又輕壽，故壽撰蜀志，〔四〕以愛憎爲評也。」人以汝家比武侯，復何所言。」〔五〕

【校釋】

〔一〕北府　劉盼遂云：「通鑑一〇二晉記二四：海西公太和四年春三月，徐、兖二州刺史郗愔在北府。胡注：『晉都建康，以京口爲北府，歷陽爲西府，姑孰爲南州。』錢氏大昕廿二史考異二二桓沖傳下云：『自桓温、刁彝、王坦之領徐、兖二州，皆鎮廣陵，其單稱徐州刺史自沖始，移鎮京口亦自沖始，而京口遂專北府之名矣。嗣後王藴代沖爲徐州刺史，鎮京口。』盼遂按：北府者，北中郎將之府也。北中郎將常領徐州刺史，因亦稱徐州刺史爲北府。又徐州刺史移鎮京口，又名京口爲北府矣。徐州刺史得北府之名，始於元帝時之王舒，京口由爲徐州治而得名北府，始於太和二年之郗愔，此北府之來歷可考者也。胡氏注與錢氏考異皆失之。南徐州記説甚是，特語焉不詳耳。」鄧安生東晉四府小考一文引晉書二六食貨志「升平初，荀羨爲北府都督，鎮下邳」之記載，以爲胡注「以京口爲北府」之説失之，云：「北府之名在東晉本爲北中郎將、鎮北(大)將軍、平北將軍等都督府之省文。其軍府在晉孝武帝太元之前，或置於江北之淮陰、下邳、廣陵，或設於江南之京口；太元以後，則專在京口。」(詳見鄧安生陶淵明新探，臺北文津出版社印行，一九九五年七月)

〔二〕詠　詠吟，此指曼聲誦讀。王子猷以爲郗愔無將才，故一再曼聲詠吟「陳壽諸葛評」以表其意。

〔三〕「公今日拜」三句　簡傲一五謂郗超死後，王子敬兄弟見郗公儀容輕慢，觀此可見不待郗超卒，已對其舅輕慢矣。

〔四〕故壽撰蜀志　宋本脱「故壽」二字。

〔五〕汝家　猶汝父，指郗愔。郗超之語乃勸郗融，意謂人家既以武侯比家公，還有什麼可説？

其語似有自嘲意味。

四五　王子猷詣謝公，謝曰：「云何七言詩？」〔一〕東方朔傳曰：「漢武帝在柏梁臺上，使羣臣作七言詩。」七言詩自此始也。子猷承問，答曰：「昂昂若千里之駒，汎汎若水中之鳧。」〔二〕出離騷。〔三〕

【校釋】

〔一〕云何七言詩　劉盼遂臚列摯虞文章流别論、劉勰文心雕龍章句篇、任昉文章原始、孔穎達毛詩正義關雎疏、顧炎武日知録各家論七言詩，以爲諸家之説，皆有所失。柏梁聯句及漢世七言若凡將、東方朔七言、戴良尋父零丁等，「形骸雖似，而意味全無，不得逕斥爲七言詩也。七言蓋萌蘖於後漢，而棽儷於梁、陳。典午之世，然未之預也。不然，以謝公之博贍，豈不知七言爲何物，必待問而後明哉？且子猷舉楚辭爲對，亦意存詼詭，非即以定詩體也。」按，後漢書四二東平憲王蒼傳：「所作書記賦頌七言别字歌詩。」劉氏因以「意味」爲七言詩之標準，故一概否定梁陳之前七言詩，其説似絶對化。凡某種詩體自萌芽而漸進，而有意味，皆應溯其源流。考後漢書之東平憲王蒼傳、崔瑗傳、崔寔傳、馬融傳、杜篤傳，皆言作有「七言」。由其遺存觀之，東漢七言詩漸去楚辭之「兮」字，句句用韻。其中張衡四愁詩，除首句有「兮」字外，其餘皆爲整齊之七言，頗有詩味。張衡思玄賦、馬融長笛賦、王延壽夢賦之末尾，亦是七言詩。至曹丕燕歌行，雖仍句句用韻，但語言清麗，情思深婉動人，七言詩始告成熟。兩晉七言詩極少，僅有少許模擬張衡四愁詩之作，因不被重視，故傅玄稱七言詩「體小而俗」（擬四愁詩序）。謝安之問意義有二：一是反映魏晉時期七言詩創作寂然不聞；二是説明謝安並不承認張衡四愁詩、曹丕燕歌行爲七言詩。

〔二〕「昂昂若千里之駒」二句　張萬起、劉尚慈譯注：「王子猷巧妙地用卜居的詩句回答謝安，既舉例以説明了何以爲七言詩，又以千里駒與水中鳧對舉來影射謝公出處之不同形勢。」以爲子猷所言乃影射謝公，説雖較新奇，然千里之駒，一往無前，以此比喻出仕後之謝安，其實不倫。而水中之鳧，隨波逐流，苟且偷生，亦非力挽狂瀾之太傅。鄙意以爲王子猷二語若戲比爲官者兩種態度，當更貼切。

〔三〕「昂昂」二句　見楚辭卜居：「寧昂昂若千里之駒乎，將汎汎若水中之鳧？與波上下，偷以全吾軀乎？」蓋以騷泛指楚辭，故云「出離騷」。

四六　王文度、范榮期俱爲簡文所要，范年大而位小，王年小而位大。將前，更相推在前，既移久，王遂在范後。王因謂曰：「簸之揚之，穅秕在前。」〔一〕范曰：「洮之汰之，沙礫在後。」〔二〕王坦之、范啓已見上。〔三〕一説是孫綽、習鑿齒言。〔四〕

【校釋】

〔一〕「簸之揚之」二句　王叔岷補正：「案説文：『簸，揚米去糠也。』穅、糠正、俗字。」

〔二〕洮　同「淘」。以水沖洗，除去雜質。余箋：「釋慧琳一切經音義二八引通俗文云：『淅米謂之洮汰。』榮期因文度比之爲糠秕，故亦取義於淅米。米經洮汰，則沙礫留於最後也。」按，余箋所釋極確。又劉辰翁云：「二語易位，乃可。」劉説語焉不詳。味其意，以爲王、范二人既皆是謙謙君子，則不應輕薄對方，故「簸之揚之」二句應屬諸范啓，「洮之汰之」二語應屬諸王坦之。然若從劉説，王以沙礫自比，范以糠秕自比，此何成「排調」?故劉説不可從。

〔三〕王坦之　已見言語七二。范啓，已見文學八六。

〔四〕一説　原脱「一」字，據宋本、沈校本補。王刻本作「世説」。程炎震云：「晉書五六綽傳作孫、習語。」按，建康實録八、通志一二四下亦謂是孫、習語。

四七　劉遵祖少爲殷中軍所知，稱之於庾公，庾公甚忻然，〔一〕便取爲佐。既見，坐之獨榻上，與語。劉爾日殊不稱，庾小失望，遂名之爲「羊公鶴」。昔羊叔子有鶴善舞，嘗向客稱之，客試使驅來，氃氋而不肯舞。〔二〕故稱比之。徐廣晉紀曰：「劉爰之字遵祖，沛郡人。少有才學，能言理，歷中書郎、宣城太守。」

【校釋】

〔一〕忻然　宋本、沈校本無「然」字。

〔二〕毦氉　毛髮散，委頓貌。陸龜蒙鶴屏詩：「曾無毦氉態，頗得連軒樣。」宋祁杪秋官舍念歸詩：「寂寞林蟬應自歎，毦氉庭鶴待誰誇。」褚人穫堅瓠三集鶴判：「對客無能，傳説毦氉不舞。」余箋：「輿地紀勝六四云：『晉羊祜鎮荊州，江陵澤中多有鶴，常取之教舞以娛賓客，因名鶴澤。後人遂呼江陵郡爲鶴澤。』」

四八　魏長齊雅有體量，〔一〕而才學非所經。〔二〕初宦當出，虞存嘲之曰：〔三〕「與卿約法三章，談者死，文筆者刑，商略抵罪。」〔四〕魏怡然而笑，無忤於色。〔五〕

魏氏譜曰：「顗字長齊，會稽人，祖胤，處士。父説，大鴻臚卿。顗仕至山陰令。」漢書曰：「沛公入咸陽，召諸父老曰：『天下苦秦苛法久矣，〔六〕今與父老約法三章耳：殺人者死，傷人及盜抵罪。』」應劭注曰：「抵，至也，但至於罪。」

【校釋】

〔一〕魏長齊　程炎震云：「金樓子立言篇作『魏長高』。又云：『更覺長高之爲高，虞存之爲愚也。』則長齊當作長高，草書相近之誤耳。」體量，此指稟性。吳志吳主傳裴注引韋昭吳書：「吳王體量聰明。」言語二〇注引晉諸公贊：「(滿)奮體量清雅，有曾祖寵之風。」雅有體量，即有雅量也。

〔二〕所經　所長，所擅。經，長。品藻三六：「下官才能所經，悉不如諸賢。」規箴一四：「郗太尉晚節好談，既雅非所經，而甚矜之。」才學雅非所經，猶言才學非所擅長。

〔三〕虞存　見政事一七。

〔四〕文筆　謂屬文也。商略，評論，多指鑒賞人物。此數語嘲魏長齊清言、屬文、品鑒皆非所長。

〔五〕無怍於色　魏「雅有體量」，故能「無怍於色」。

〔六〕苛　宋本作「可」。王利器校：「各本『可』作『苛』，是。」

四九　郗嘉賓書與袁虎，道戴安道、謝居士云：「恒任之風，〔一〕當有所弘耳。」以袁無恒，〔二〕故以此激之。袁、戴、謝，並已見。〔三〕

【校釋】

〔一〕恒任　堅守不變之意。

〔二〕以袁無恒　晉書九二袁宏傳曰：「性彊正亮直，雖被温禮遇，至於辯論，每不阿屈，故榮任不至。」世説謂袁「無恒」，不知何據？

〔三〕袁（宏）　小字虎，已見文學八八；戴逵，字安道，已見雅量三四；居士謝敷，已見棲逸一七。

五〇　范啓與郗嘉賓書曰：「子敬舉體無饒縱，掇皮無餘潤。」〔一〕郗答曰：「舉體無餘潤，何如舉體非真者？」范性矜假多煩，故嘲之。

【校釋】

〔一〕「子敬」二句　饒，多也。縱，發也，放也。饒縱，疑謂肌肉豐滿之狀。餘潤，與「饒縱」互用，亦指體態豐滿。掇皮，見賞譽七八校釋。

五一　二郗奉道，二何奉佛，皆以財賄。〔一〕謝中郎云：「二郗諂於道，二何佞於佛。」〔二〕中興書曰：「郗愔及弟曇奉天師道。」〔三〕晉陽秋曰：「何充性好佛道，崇修佛寺，供給沙門以百數。久在揚州，徵役吏民，功賞萬計，是以爲遐邇所譏。充弟準，亦精勤，唯讀佛經、營治寺廟而已矣。」〔四〕

【校釋】

〔一〕財賄　財物。周禮天官大宰：「以九賦斂財賄。」鄭玄注：「財，泉穀也。」後漢書五一橋玄傳：「玄奏免（蓋）升禁錮，没入財賄。」

〔二〕二何佞於佛　余箋：「法苑珠林五五（支那撰述百二十卷本）引冥祥記曰：『晉司空廬江何充，字次道，弱而信法，心業甚精。常於齋堂，置於空坐，筵帳精華，絡以珠寶，設之積年，庶降神異。後大會，道俗甚盛。』可見其佞佛之甚也。」按，何充於佛教之傳播，頗有功焉。比丘尼傳一明感傳：「濟江詣司空公何充，充一見甚敬重。於時京師未有尼寺，充以別宅，爲之立寺。」同上慧湛傳：「建元二年渡江，司空何充大加崇敬，請居建福寺住云。」何充舍宅安尼，爲中國尼寺之始。又晉成帝咸康末，庾冰輔政，代成帝作詔，排斥佛教，主張「沙門應盡敬王者」。何充上奏稱「沙門不應盡敬」，爲佛教辯護云：「五戒之禁，實助王化。」（見弘明集一二尚書何充奏沙門不應盡敬）反佛派與護佛派反復辯論，最後何充勝利。東晉中期，佛教與本土文化激烈衝突，何充爲最有力之護法者。

〔三〕「郗愔」句　陳寅恪天師道與濱海地域之關係以爲高平郗氏爲東晉天師道世家。二郗之父郗鑒、鑒之叔父郗隆，於西晉時即與趙王倫關係密切，而倫爲天師道信徒也。「故以東晉時愔、曇之篤信天師道，及愔字道徽、恢字道胤而推論之，疑其先代在西晉時即已崇奉此教。」其説由高平屬濱海之地域及家世論二郗奉天師道，頗可參考。

〔四〕唯讀佛經　宋本、沈校本並無「唯」字。而已矣，宋本、沈校本並無「矣」字。

五二　王文度在西州，與林法師講，〔一〕韓、孫諸人並在坐。〔二〕林公理每欲小屈。孫興公曰：「法師今日如著弊絮在荆棘中，觸地挂閡。」〔三〕

【校釋】

〔一〕西州　見賞譽六〇校釋。程炎震云：「坦之未嘗爲揚州，支遁下都在哀帝時，王述方刺揚州，蓋就其父官廨中設講耳。」

〔二〕韓　韓伯。孫，孫綽。

〔三〕觸地挂閡　到處妨礙之意。掛閡，阻擋滯礙。高僧傳二佛陀耶舍傳：「聞姚興逼於妾媵，勸爲非法，乃歎曰：『羅什如好綿，何可使入棘林中？』」可知以棉絮入於棘林，比喻處境惡劣而難行，乃當時常見之語境。

五三　范榮期見郗超俗情不淡，戲之曰：「夷、齊、巢、許，一詣垂名，何必勞神苦形，〔一〕支策據梧邪？」〔二〕郗未答。韓康伯曰：「何不使遊刃皆虚？」〔三〕莊子曰：「昭文之鼓琴，師曠之支策，惠子之據梧，三子之智幾矣，皆其盛也，故載之末年。」「庖丁爲文惠君解牛，三年之後，未嘗見全牛也。用刀十九年矣，所解數千牛而刀刃若新發於硎。〔四〕文惠君問之，庖丁曰：『彼節者有間，而刀刃無厚，以無厚入有間，恢恢乎其於遊刃必有餘地。』」

【校釋】

〔一〕何必　宋本、沈校本並無「何」字。

〔二〕支策　今本莊子齊物論作「枝策」。郭象注：「夫三子者，皆欲辨非己所明以明之，故知盡慮窮，形勞神倦，或枝策假寐，或據梧而瞑。」司馬彪注：「枝，柱也。策，杖也。梧，琴也。」成玄英疏：「而言據梧者，只是以梧几而據之談說，猶隱几者也。」

〔三〕何不使遊刃皆虛　劉辰翁云：「韓語別似有味，此處用不得。」按，韓康伯之語，亦嘲郗超勞神苦形，不能遊刃皆虛，有違養生之道。郗超爲桓温智囊，勞神苦形，以致英年早逝，未必與不能遊刃皆虛無關。

〔四〕數千牛　宋本、沈校本並無「數」字。

五四　簡文在殿上行，右軍與孫興公在後。右軍指簡文語孫曰：「此噉名客。」〔一〕簡文顧曰：「天下自有利齒兒。」〔二〕後王光禄作會稽，〔三〕謝車騎出曲阿祖之，王蘊、謝玄已見。〔四〕王孝伯罷祕書丞，在坐，謝言及此事，因視孝伯曰：「王丞齒

似不鈍。」王曰：「不鈍，頗亦驗。」〔五〕

【校釋】

〔一〕噉名客　世説音釋：「蓋嘲簡文名過其實。」

〔二〕利齒兒　世説抄撮：「對『噉名客』，以言口之便捷也。」

〔三〕王光禄作會稽　通鑑一〇四晉紀二六載：太元四年八月，王蘊出爲會稽内史。

〔四〕王蘊　已見德行四四。謝玄，已見言語七八。

〔五〕頗亦驗　世説抄撮：「驗，謂罷秘書丞也。言坐言語也。」余箋：「『噉名客』與『利齒兒』，語意不甚可解。名既不可噉，且噉名亦何須利齒？若謂簡文此語爲指右軍言之，則右軍寥寥一語，未可便謂之『利齒兒』。考宋曾慥類説四九載殷芸小説作『右軍指孫曰：「此是啖石客。」簡文曰：「公豈不知天下自有利齒兒耶？」』夫簡文既稱右軍爲公，則不得復呼之爲利齒兒，益知此語不爲右軍而發。蓋道家有啖石之法，右軍以興公善於持論，然多强辭奪理，故戲之爲啖石客。簡文聞之，便解其意，因答言彼齒牙堅利，自能啖石耳。亦以譏興公也。下文謝玄亦云『王丞齒似不鈍』，正是以右軍戲興公者譏之。後人不解啖石之義，妄改爲噉名。又以簡文語與右軍意不相干，復改右軍指孫爲指簡文語孫，於是右軍語簡文共嘲興公者，變爲二人互相嘲矣。不知使此語在簡文即位以後，則天子也。即在未即位以前，亦相王也。右軍非狂誕之徒，安敢如此相輕戲侮耶？宋晁載之續談助卷四載殷芸小説引世説『右軍指孫曰』，指下多一『謂』字，簡文下多『聞之』二字，餘與今本同，似不如類説所引爲得其真。惟『噉名』亦作『噉石』，知今本『名』字，確爲傳寫之誤矣。」方一新世説新語校釋札記非余箋「啖石」之説，以爲作「噉名」不誤，並謂先是右軍「打趣簡文名不相符，而簡文當即以『利齒兒』回敬」。（詳見杭州大學學報二八卷第四期，一九九八年十月）按，此條記右軍嘲簡文爲「噉名客」，誠不可信。余箋引殷芸小説作「右軍指孫」，以爲右軍嘲孫綽爲「噉名客」，其説頗有見地。然余箋疏解殷芸小説值得商榷。「噉名客」者，謂嗜名者也。名可噉，爲抽象之具象化，可稱妙語，甚易理解。魏志盧毓傳：「選舉莫取有名，名如畫地作餅，不可啖也。」可見當時即有啖名（噉同啖）之喻。又余箋謂孫興公善於持論，但强辭奪理，故右軍戲之爲「啖石客」，並稱「啖石」爲道家之法。此解終覺牽强。後世道書中有仙人啖石爲飯之説，但與强辭奪理終究無干係。何況孫綽雖性鄙，但並非强辭奪理。輕詆一六記桓温欲遷都洛陽，孫綽上表諫，「甚有理，桓見表心服」。可證興公持論甚有條理。「利齒兒」正對「噉名客」，以嘲興公不僅好名，且有好名之手段。名既可噉，自然齒當利。細繹殷芸小説上下文義，其時情景是右軍指孫綽爲「噉名客」，簡文承其語，嘲孫爲「利齒兒」。一呼一應，妙語天然。「啖石客」之「石」，當爲「名」之誤。而世説此條「噉名客」不誤，所誤在「右軍指簡文語孫」一句，當如殷芸小説作「右軍指孫語」。此條下文記謝玄與王恭之對話，亦須索解。謝「王丞齒似不鈍」一語，意謂王亦爲「噉名」

之「利齒兒」，非持論强辭奪理者之喻。此可反證上文作「噉名」是。而王曰「不鈍，頗亦驗」，乃屬自我調侃。然此「不鈍」，非謂「噉名」之利齒兒，當從世説抄撮所言，乃因言語之鋭利致罷秘書丞耳。

五五　謝遏夏月嘗仰卧，謝公清晨卒來，不暇著衣，跣出屋外，方躡履問訊。〔一〕公曰：「汝可謂前倨而後恭。」戰國策曰：「蘇秦説惠王而不見用，黑貂之裘弊，黄金百斤盡，大困而歸，父母不與言，妻不爲下機，嫂不爲炊。後爲從長，行過洛陽，車騎輜重甚衆，秦之昆弟妻嫂側目不敢視。秦笑謂其嫂曰：『何先倨而後恭？』嫂謝曰：『見季子位高而金多。』秦歎曰：『一人之身，富貴則親戚畏懼，貧賤則輕易之，而況於他人哉！』」

【校釋】

〔一〕躡履　此謂不及穿鞋，拖着鞋子匆忙出迎，以示敬意。樂府詩集雜曲歌辭一三焦仲卿妻：「新婦識馬聲，躡履相逢迎。」

五六　顧長康作殷荆州佐，請假還東。爾時例不給布颿，〔一〕顧苦求之，乃得。發至破冢，〔二〕遭風大敗。周祇隆安記曰：「破冢，洲名，在華容縣。」作牋與殷云：「地名

破冢，真破冢而出，行人安穩，布颿無恙。」〔三〕

【校釋】

〔一〕颿 同「帆」。船帆。文選左思吴都賦：「樓船舉颿而過肆，果布輻湊而常然。」劉逵注：「颿者，船帳也。」

〔二〕破冢 通鑑一一五晉紀三七：「徐道覆率衆三萬趣江陵奄至破冢。」胡注：「破冢在江岸之東。」

〔三〕「地名破冢」數句 世説箋本：「書特言此，蓋調殷之初靳給帆，苦求乃得也。」余箋：「布帆，物也，非人也，安得謂之無恙乎？蓋本當云：『布帆安穩，行人無恙。』因帆已破敗，不可言安穩，故易其語以見意。此乃以文爲滑稽耳。後人習聞此語，而不曉其意，以爲長康欲誑仲堪，詭言布帆未破，於是凡言及物之完好如故者，輒曰『布帆無恙』，非也。」按，余箋謂「行人」二句爲「以文爲滑稽耳」，甚是。然前二句未釋。蓋冢爲死人歸宿處，「真破冢而出」，寓死里逃生之意，亦以文爲滑稽也。

五七 符朗初過江，〔一〕裴景仁秦書曰：「朗字元達，符堅從兄子。〔二〕性宏放，〔三〕神氣爽悟。堅常曰：『吾家千里駒也。』堅爲慕容沖所圍，朗降謝玄，用爲員外散騎侍郎。吏部郎王忱與兄國寶命駕詣之。沙門法汰問朗曰：『見王吏部兄弟未？』朗曰：『非一狗面人心，又一人面狗心者是邪？』忱醜而才，國寶美而狠故也。朗常與朝士宴，時賢並用唾壺。朗欲夸之，使小兒跪而張口，唾而含出。又善識味，會稽王道子爲設精饌訖，問：『關中之食，孰若於此？』朗曰：『皆好，唯鹽味小生。』即問宰夫，如其言。或人殺雞以食之，朗曰：『此雞棲恒半露。』問之亦驗。又食鵞炙，知白黑之處。咸試而記之，無毫釐之差。〔四〕著符子數十篇，蓋老莊之流也。朗矜高忤物，不容於世，後衆讒而殺之。」〔五〕王咨議大好事，問中國人物及風土所生，〔六〕終無極已。王氏譜曰：「肅之，字幼恭，右將軍羲之第四子。歷中書郎、驃騎咨議。」朗大患之。次復問奴婢貴賤，朗云：「謹厚有識中者，乃至十萬；〔七〕無意爲奴婢問者，止數千耳。」〔八〕

【校釋】

〔一〕符朗　符，宋本作「苻」。按，作「苻」是。以下「符堅」之「符」，亦作「苻」。

〔二〕從兄子　原作「從兄」。王先謙校：「按，晉書苻朗載記作『從兄子』。」按，晉書作「從兄子」是。下文苻堅常曰：「吾家千里駒也。」亦可證。據改。

〔三〕性宏放　宏，宋本作「宕」。按，晉書四九阮籍傳：「籍容貌瓌傑，志氣宏放。」晉書七〇應詹傳：「元康以來，賤經尚道，以玄虛宏放爲夷達。」據此，作「宏放」是，「宕」乃「宏」之形誤。

〔四〕「又善識味」數句　苻朗知味，同術解記荀勖食筍進飯謂「勞薪炊」，及桓公主簿善別酒之類。按，北方高門士族諳飲食，精烹飪，乃是世代相傳之文化傳統。藝文類聚六七「衣裳」條引魏書曰：「文帝詔與朝臣云：『三世長者知被服，五世長者知飲食。此言被服飲食難曉也。』」魏收魏書三五崔浩傳記北地士族之冠崔浩作食經敍曰：「余自少及長，耳目聞見諸母諸姑所修婦功，無不藴習酒食。朝夕養舅姑，四時祭祀，雖有功力，不任僮使，常手自親焉，昔遭喪亂，飢饉仍臻，饘蔬糊口，不能具其物用，十餘年間不復備設。先妣慮久廢忘，後生無知見，而少不習業書，乃占授爲九篇。」（隋書三四經籍志著録崔氏食經四卷，抑或崔母九篇食經之遺歟？）苻朗爲前秦宗室，食盡四方珍異，無怪其精烹制，識飲食也。

〔五〕後衆讒而殺之　晉書一一四載記苻朗傳謂「王國寶譖而殺之」。

〔六〕中國　此指中原也。風土所生，謂物産也。

〔七〕「謹厚」二句　徐箋：「有識中謂有識。」朱注：「廣韻曰：『矢至的曰中。』此蓋謂中意者。』」按，徐箋是。此二句意謂謹慎厚道而有知識之奴婢，價乃至十萬。

〔八〕「無意」二句　世説音釋：「漫然而問之奴婢。」徐箋：「此句疑有訛奪，『問』字疑涉上而衍。無意與有識相對，謂無所知解。文學六四：『即於坐分數四有意道人，更就餘屋自講』之『意』，與此處『意』字同義。」按，世説音釋較勝。徐箋釋「無意」爲「無所知解」固是，然疑「問」字爲衍則非。「問」字意思雙關，既指無所知解之奴婢之問，又暗指王肅之漫然而問。上文云王所問「終無極已，朗大患之」，故朗借王復問奴婢貴賤，以雙關語諷刺王等同無知識且漫然而問之奴婢，價止數千耳。世說音釋、徐箋雖不無可取，但僅止于解釋奴婢之貴賤，遂功虧一簣，未能進而揭示此條蘊含之排調意味。

五八　東府客館是版屋，〔一〕謝景重詣太傅，〔二〕時賓客滿中，初不交言，直仰視云：「王乃復西戎其屋。」〔三〕秦詩敘曰：「襄公備其兵甲，以討西戎，婦人閔其君子，故作。」詩曰：「在其版屋，亂我心曲。」毛公注曰：「西戎之版屋也。」

【校釋】

〔一〕東府　通鑑一〇四晉紀二六：「初，謝安欲增修宮室，彪之曰：『中興之初，即東府爲宮。』」胡注：「東府在建康臺城之東。」元和郡縣誌二六：「東府城在縣東七里，其地西則簡文帝爲會稽王時邸第，東則丞相會稽王道子府。謝安薨，道子代領揚州，仍前府舍，故稱爲東府，而謂揚州廨爲西州。」版屋，「版」同「板」，詩秦風小戎作「板屋」。毛詩正義曰：「地理志云：『天水隴西，山多林木，民以板爲屋。』」左思三都賦序：「見『在其版屋』，則知秦野西戎之宅。」徐陵移齊文：「西窮版屋，北罄氈廬。」

〔二〕謝景重　謝重。太傅，司馬道子。皆見言語九八。

〔三〕王乃復西戎其屋　世說音釋：「謂道子將亂國家也。」余箋：「此必座中之人有不可於意者，故不與之交言，且微辭以譏之。」按，謝景重之語緣何而發，難於確知。考言語一〇〇，謝景重與王恭聯姻。謝爲道子長史，被彈，王即取作長史。後王恭敗，時人傳言王恭之謀，乃謝爲其計。謝引樂廣「豈以五男易一女」答之，太傅善其對云云。據此看來，謝景重、道子二人關係並不融洽。此條記謝「王乃復西戎其屋」，當對道子不滿而嘲之。世說音釋似較勝。

五九　顧長康噉甘蔗，先食尾。〔一〕人問所以，〔二〕云：「漸至佳境。」〔三〕

【校釋】

〔一〕「顧長康」二句　藝文類聚八七引世說作「顧愷之爲虎頭將軍，每食蔗，自尾至本」。

〔二〕人問所以　王刻本無「人」字。

〔三〕漸至佳境　袁中道云：「可參。」按，晉書九二顧愷之傳云：「愷之好諧謔，人多愛狎之。」愷之食甘蔗，居然也有如此妙悟，誠爲「才絶」者也。愷之語原是諧謔，然深具人生及藝術之哲思。人間萬事，多呈先粗後精，先垢後明，先苦後甜之歷程，此正所謂「漸入佳境」也。

六〇　孝武屬王珣求女壻曰：「王敦、桓温磊砢之流，〔一〕既不可復得，且小如意，亦好豫人家事，〔二〕酷非所須。〔三〕正如真長、子敬比，〔四〕最佳。」珣舉謝混。後袁山松欲擬謝婚，續晉陽秋曰：「山松，陳郡人。祖喬，益州刺史。父方平，義興太守。山松歷秘書監、吴國内史。孫恩作亂，見害。初，帝爲晉陵公主訪壻於王珣，珣舉謝混，云：『人才不及真長，不減子敬。』帝曰：『如此便已足矣。』」王曰：「卿莫近禁臠。」〔五〕

【校釋】

〔一〕之流　流，宋本作「不」。王利器校：「各本『不』作『流』，是；『不』就是『泝』字的壞文。」

〔二〕人家事　世説箋本：「天子家事也。此指王、桓之覬覦帝位也。」

〔三〕酷　徐箋：「甚也，極也。賢媛一九：『陶公少有大志，家酷貧。』」按，王敦尚武帝女舞陽公主（見紕漏一孝標注），桓温尚明帝女南康長公主（見賢媛二一注引續晉陽秋），二人得志後覬覦帝位，司馬氏極仇視之，故孝武謂「酷非所須」。

〔四〕真長子敬比　劉惔尚明帝女廬陵公主，王子敬尚簡文帝女新安公主。

〔五〕禁臠　李詳云：「詳案：晉書謝安傳附謝混，載此語云：『元帝始鎮建業，公私窘罄。每得一㹠，以爲珍膳，項上一臠尤美，輒以薦帝，羣下未嘗敢食，於是呼爲禁臠，故珣因以爲戲。』」程炎震云：「混傳云云，蓋是世説本文，而今本失之。不然，禁臠二字，孝標不容無注也。」按，程説可信。孫元晏詠史謝混：「尚主當初偶未成，此時誰合更關情。可憐謝混風華在，千古翻傳禁臠名。」（全唐詩七六七）

六一　桓南郡與殷荆州語次，因共作了語。〔一〕顧愷之曰：「火燒平原無遺燎。」桓曰：「白布纏棺豎旒旐。」〔二〕殷曰：「投魚深淵放飛鳥。」次復作危語。桓曰：「矛頭淅米劍頭炊。」〔三〕殷曰：「百歲老翁攀枯枝。」顧曰：「井上轆轤卧嬰兒。」〔四〕殷有一參軍在坐，云：「盲人騎瞎馬，夜半臨深池。」殷曰：「咄咄逼人！」仲堪眇目故也。中興書曰：「仲堪父嘗疾患經時，仲堪衣不解帶數年，自分劑湯藥，〔五〕誤以藥手拭淚，遂眇一目。」

【校釋】

〔一〕了語　世説箋本：「燎、旐、鳥，皆用了字，同韻。炊、枝、兒、池，皆用危字，同韻。」江藍生魏晉南北朝小説詞語匯釋云：「了語、危語乃文字遊戲。了語即句末諧『了』韻。如燎、旐、鳥皆與『了』諧韻，且皆有『了』義。危語四句末尾炊、枝、兒、池皆與『危』字一韻，義亦險情。」（語文出版社，一九八八年五月）按，了、燎、鳥在廣韻中爲篠韻；旐爲小韻。以上四字，在詩韻合璧中同爲篠韻。危、炊、兒、枝在廣韻中同爲支韻。世説箋本、江氏所釋是。

〔二〕旒旐　指銘旌。顔之推顔氏家訓終制：「糧甖明器，故不得營；碑誌旒旐，彌在言外。」旒，旌旗懸垂之飾物。詩商頌長發：「受小球大球，爲下國綴旒。」鄭玄箋：「旒，旌旗之垂者也。」旐，爾雅：「長尋曰旐。」郭璞注：「帛全幅長八尺。」

〔三〕淅米　淅，宋本形訛作「淅」。淅米，淘米。説文：「淅，汰米也。」孟子萬章下：「孔子之去齊，接淅而行。」朱熹注：「淅，漬米水也。」儀禮士喪禮：「祝淅米於堂，南面用盆。」鄭玄注：「淅，汰也。」淮南子兵略訓：「百姓開門而待之，淅米而儲之。」高誘注：「淅，漬也。」漢書九六下西域傳上：「姑句家矛端生火，其妻股紫陬謂姑句曰：『矛端生火，此兵氣也，利以用兵。』」蔣士銓桂林霜出撫：「淅米向矛頭，鞭影遥揮南斗。」程炎震云：「某氏曰：『内則云：「析稌。」魏武嘲王景興在會稽析粳米。』析與淅古字通，故韓、孟聯句有『析玉不可從』，俗謬改作淅。若淅米，則不合用矛頭也。」余箋駁程氏之説云：「此説穿鑿不可從，淅米固不合用矛頭，炊飯豈當用劍頭耶？此不過言於戰場中造飯，死生呼吸，所以爲危也。」

〔四〕「顧曰井上」句　李慈銘云：「案晉書顧愷之傳脱『顧曰井上』一句，又脱『夜半』二字，皆誤，當據此補。」

〔五〕分劑湯藥　吴金華考釋：「分劑湯藥，猶言配製湯藥。」

六二　桓玄出射，有一劉參軍與周參軍朋賭，垂成，唯少一破。〔一〕劉謂周曰：「卿此起不破，我當撻卿。」〔二〕周曰：「何至受卿撻？」劉曰：「伯禽之貴，尚不免撻，而況於卿！」〔三〕尚書大傳曰：「伯禽與康叔見周公，三見而三笞。康叔有駭色，謂伯禽曰：『有商子者，賢人也，與子見之。』乃見商子而問焉。商子曰：『南山之陽有木焉，名喬。』二三子往觀之，〔四〕見喬，實高高然而上。反以告商子，商子曰：『喬者，父道也。南山之陰有木焉，〔五〕名曰梓。』二三子復往觀焉，見梓，實晉晉然而俯。反以告商子，商子曰：『梓者，子道也。』二三子明日見周公，入門而趨，登堂而跪。周公拂其首，勞而食之，曰：『爾安見君子乎！』」禮記曰：「成王有罪，周公則撻伯禽。」亦其義也。周殊無忤色。〔六〕桓語庾伯鸞曰：晉東宮百官名曰：「庾鴻字伯鸞，潁川人。」庾氏譜曰：「鴻祖義，〔七〕吴國內史。父楷，左衛將軍。鴻仕至輔國內史。」「劉參軍宜停讀書，周參軍且勤學問。」〔八〕

【校釋】

〔一〕「桓玄出射」數句　朋賭，謂分羣而賭也。朋，羣，衆人，亦稱「朋人」。一破，世說音釋：「指破的也。」世說箋本：「王武子一起便破的，亦是。」

〔二〕「劉謂周曰」二句　余箋：「此蓋桓玄僚屬，分朋賭射。劉、周同在一朋，周當起射，如不破的，則全朋不勝，故戲言激之。」按，余箋是。晉書四一魏舒傳：「（鍾）毓每與參佐射，舒常爲畫籌而已。後遇朋人不足，以舒滿數。毓初不知其善射。舒容範閑雅，發無不中，舉坐愕然，莫有敵者。」渚宫舊事五：「殷仲堪與桓玄共藏鉤，一朋百籌。桓朋欲不勝，唯餘虎探在。顧愷之爲殷仲堪參軍，屬病疾在廨。桓遣信請顧起病，令射取虎探。即來，坐定，語顧云：『君可取鉤。』顧答云：『賞百疋布。』顧即取得鉤，桓朋遂勝。」由此可知分朋賭射之戲在當時甚流行。

〔三〕「伯禽之貴」三句　世説講義：「以伯禽舉事不中，則周公撻之，證其當撻。」

〔四〕二三子　徐箋：「叢刊本尚書大傳同，『三』字疑衍，下同。文選任昉王文憲集序注所引皆作『二子』。」按，徐箋是。伯禽、康叔見商子而問，往觀南山之木後反以告商子，則往觀者乃伯禽、康叔二人，「三」字爲衍。

〔五〕有木焉　木，宋本誤作「大」。

〔六〕忤色　忤，宋本作「仵」。按，「忤」同「仵」。

〔七〕鴻祖義　義，當作「羲」。汪藻潁川鄢陵庾氏譜：「羲，亮子，字羲叔，小字道恩，晉吴國内史。」李慈銘云：「『義』當作『羲』，太尉亮次子也，晉書作會稽内史。（此據楷傳，而羲本傳作吴興内史，則誤。吴興非國，當曰太守，不當曰内史也。吴興蓋吴國之譌。）左衛將軍，晉書作左將軍輔國内史，亦有誤。輔國惟有將軍，安得有内史？」

〔八〕「劉參軍」二句　劉應登云：「謂周不學，故不知劉説爲譏己。」余箋：「劉溫引故事，比擬不倫，以書傳資其利口，故曰『宜停讀書』。周被罵而無忤色，蓋本不知伯禽爲何人。故曰『宜勤學問』。」

六三　桓南郡與道曜講老子，王侍中爲主簿，在坐。桓曰：「王主簿可顧名思義。」王未答，且大笑。桓曰：「王思道能作大家兒笑。」〔一〕道曜，未詳。思道，王禎之小字也。〔二〕老子明道，禎之字思道，故曰「顧名思義」。

【校釋】

〔一〕大家兒　楊箋：「大家兒，大孩兒也。」按，後漢書七四上袁紹傳注引英雄記：「（董）卓新至，見紹大家，故不敢害。」魏書二七穆紹傳：「穆紹不虛大家兒。」大家兒，謂巨室子弟。大家，巨室也。楨之爲王徽之之子，可稱大家兒。楊箋釋大家兒爲大孩兒，不知何據？桓玄之語乃嘲楨之字思道而不能談道，只是大笑，實忝稱大家兒。

〔二〕王禎之　王禎之乃王徽之之子。程炎震云：「禎當作楨，品藻篇『楨之字公幹』，則字當從木，晉書亦從木。」按，程説是。品藻八六注引王氏譜曰，楨之爲徽之之子，歷侍中。此云「王侍中爲主簿」，則楨之當即禎之也。楨之字公幹，思道爲小字也。

六四　祖廣行恒縮頭。詣桓南郡，始下車，桓曰：「天甚晴朗，祖參軍如從屋漏中來。」〔一〕祖氏譜曰：「廣字淵度，范陽人。父台之，仕光禄大夫。〔二〕廣仕至護軍長史。」

【校釋】

〔一〕屋漏　世説講義：「此用『夜雨屋漏』之『屋漏』，其旨與『晴朗』反映，以嘲其縮頭耳。」

〔二〕仕光禄大夫　宋本、沈校本並無「仕」字。隋書三五經籍志著録有晉光禄大夫祖台之集十六卷。

六五　桓玄素輕桓崖。崖在京下有好桃，〔一〕玄連就求之，遂不得佳者。〔二〕崖，桓脩小字。〔三〕續晉陽秋曰：「脩少爲玄所侮，於言端常嗤鄙之。」玄與殷仲文書，以爲嗤笑曰：「德之休明，肅慎貢其楛矢。如其不爾，籬壁間物亦不可得也。」〔四〕國語曰：「仲尼在陳，有隼集陳侯之庭而死，楛矢貫之，石砮尺有咫。問於仲尼，對曰：『隼之來遠矣，此肅慎之矢也。昔武王克商，通道于九夷百蠻，使各以方賄貢，於是肅慎氏貢楛矢。古者分異姓之職，〔五〕使不忘服也，故分陳以肅慎之貢。若求之故府，其可得。』使求，得之金櫝如初。」〔六〕

【校釋】

〔一〕京下　即都下，指京師建康。

〔二〕遂　徐箋：「遂，終也，竟也。」

〔三〕桓脩　桓沖子，與桓玄爲從兄弟。

〔四〕肅慎　韋昭注：「肅慎，北夷之國。」桓玄「德之休明」數語，乃自我調侃，意謂己德不休明，以至籬壁間物亦不可得。「肅慎貢其楛矢」，則嗤笑桓脩爲九夷百蠻，有賄貢之職。時人讚譽桓玄文翰之美，讀此可信。

〔五〕古者分異姓之職　程炎震云：「國語作『分異姓以遠方之職貢』。此恐有脱字。」按，孝標注引國語與今本多不同，當經縮寫之故耳。

〔六〕金櫝　韋昭注：「櫝，櫃也。金，以金帶其外也。如之，如孔子之言也。」如初，國語作「如之」。

輕詆第二十六

一　王太尉問眉子：「汝叔名士，何以不相推重？」〔一〕眉子，已見。〔二〕叔，王澄也。眉子曰：「何有名士終日妄語！」〔三〕

【校釋】

〔一〕「汝叔名士」二句　識鑒一二：「王平子素不知眉子，曰：『志大其量，終當死塢壁間。』」眉子亦不推重其叔王澄。

〔二〕眉子　王衍子玄。已見識鑒一二。

〔三〕終日妄語　指王澄妄爲品題人物也。賞譽三一王夷甫語樂令：「名士無多人，故當容平子知。」注引王澄別傳曰：「從兄戎、兄夷甫名冠當年，四海人士一爲澄所題目，則二兄不復措意，云已經平子。其見重如此。是以名聞益盛，天下知與不知，莫不傾注。」眉子輕鄙其叔終日題目，故不推重而嗤之。其實當時終日妄語者，又豈止平子？史言王太尉持論隨口改易，妄下雌黃，正與其弟同。眉子之語，是否亦影射其父歟？

二　庾元規語周伯仁：「諸人皆以君方樂。」周曰：「何樂？謂樂毅邪？」史記曰：「樂毅，中山人。賢而爲燕昭王將軍，率諸侯伐齊。終於趙。」庾曰：「不爾，樂令耳。」周曰：「何乃刻畫無鹽，以唐突西子也。」〔一〕列女傳曰：〔二〕「鍾離春者，〔三〕齊無鹽之女也，其醜無雙。黄頭深目，長壯大節，鼻昂結喉，肥項少髮，折腰出胸，〔四〕皮膚若漆，行年三十，無所容入，衒嫁不售。乃自詣齊宣王，乞備後宮，因説王以四殆，〔五〕王拜爲正后。」吴越春秋曰：「越王勾踐得山中採薪女子，名曰西施，獻之吴王。」

【校釋】

〔一〕唐突　程炎震云：「文選卷四〇任昉到大司馬記室箋：『惟此魚目，唐突璵璠。』注引孔融汝潁優劣論：『陳羣曰：「頗有蕪菁，唐突人參。」』張銑注：『唐突，抵觸也。』……惠氏棟後漢書補注卷一六唐突注引丁度曰：『搪突，觸也。』吴曾能改齋漫録一曰：『律有唐突之罪。』」劉盼遂云：「按周此語，蓋謂以無鹽比西子也。正詆庾語之失當。」按，劉氏謂周此語詆庾語之失當，是。虞預晉書稱樂廣「清夷沖曠」，「在朝廷用心虛淡，時人重其貞貴」（見言語二五注引）。樂廣爲清言名家，對王平子之流以裸體爲任達不以爲然（見德行二三）。周顗則正體凝然，不畏强禦，以棟梁自居，而末年行爲放誕，且不善清言。樂、周二人個性殊異，諸人卻以伯仁方樂廣，難怪周以爲「刻畫無鹽，唐突西子」。

〔二〕列女傳曰　宋本無「曰」字。

〔三〕鍾離春　春，原作「舂」，沈校本、王刻本並作「舂」。按，作「春」是，「舂」乃形訛。今改。

〔四〕出胸　出，沈校本作「凸」。

〔五〕四殆　世説音釋：「列女傳曰：『西秦南楚，壯勇不立，一殆也。漸台五層，萬民疲困，二殆也。賢者伏匿，諂諛左右，三殆也。沈緬夜繼，俳優縱横，四殆也。』」

三　深公云：「人謂庾元規名士，胸中柴棘三斗許。」〔一〕

【校釋】

〔一〕深公　竺法深。已見德行三〇。柴棘，荆棘。程炎震云：「周嬰卮林引此條，下有『深公即殷源也』六字，力辨其誤。今以此本無此注，故不録入。卮林又曰：『方正篇載深公語，則元規於法深不薄，今乃發輕詆。夫倚庾之貴以拒誹，訾庾之短以鬻重，法深豈高逸沙門哉？』」按，卮林辯深公乃竺法深，非殷浩，其説是。方正四五：竺法深自稱「昔嘗與元明二帝、王庾二公周旋」。孝標注引高逸沙門傳曰：「晉元明二帝游心玄虚，託情道味，以賓友禮待法師；王公、庾公傾心側席，好同臭味也。」高僧傳四竺道潛傳亦謂明帝、王導、庾亮並欽其風德，友而敬焉。不知何故深公不敬庾亮，稱其胸中唯有柴棘？

四　庾公權重，足傾王公。庾在石頭，王在冶城坐，大風揚塵，王以扇拂塵曰：「元規塵汙人。」〔一〕按王公雅量通濟，庾亮之在武昌，傳其應下，公以識度裁之，囂言自息。〔二〕豈或回貳，有扇塵之事乎？王隱晉書戴洋傳曰：「丹陽太守王導問洋得病七年，洋曰：『君侯命在申，〔三〕爲土地之主。而於申上冶，〔四〕火光昭天，此爲金火相爍，水火相炒，以故相害。』導呼冶令奕遜，使啓鎮東徙，〔五〕今東冶是也。」丹陽記曰：「丹陽冶城，去宮三里，吴時鼓鑄之所。吴平，猶不廢。」又云：「孫權築冶城，爲鼓鑄之所。」既立石頭大塢，不容近立此小城，當是徙縣治，〔六〕空城而置冶爾。冶城，疑是金陵本治，〔七〕漢高六年，令天下縣邑城，〔八〕秣陵不應獨無。

【校釋】

〔一〕「庾在石頭」數句　通鑑九六晉紀一八載，咸康四年（三三八），「庾亮與郗鑒牋，相欲共起兵廢（王）導，鑒不聽。……是時亮雖居外鎮，而遥執朝廷之權。既據上流，擁彊兵，趨勢者多歸之。導内不能平，常遇西風塵起，舉扇自蔽，徐曰：『元規塵污人。』」程炎震云：「此云庾在石頭，王在冶城，蓋咸和二年間。晉書導傳云：『亮居外鎮，據上流，擁强兵。』則是亮鎮武昌時，通鑑因之繫之咸康四年。蓋以蘇峻叛前，王、庾不聞有郤也。」程氏既謂此事在咸和二年間，但又贊同通鑑所記，似不能定。按，晉書七三庾亮傳載：明帝臨終，庾亮、王導受遺詔輔助幼主。成帝之立，庾亮功最大，加亮給事中，徙中書令。太后臨朝，政事一決於亮。陶侃、祖約不在顧命之列，疑亮删除遺詔，並流怨言，故庾亮修石頭以備之。此條云「庾公權重，足傾王公，庾在石頭，王在冶城坐」，與咸和一二年間情勢正合。咸康四年，庾亮鎮武昌，欲東下廢王導。雖導亦有可能稱「元規塵汙人」，然無以解釋「庾在石頭」一語也。御覽五九三引語林曰：「明帝函封詔與庾公亮，誤致於王公。王公開詔，末云『勿使冶城公知』。導既視表，答曰：『伏讀明詔，似不在臣。臣開臣閉，無有見者。』明帝甚愧，數月不能見王公。」明帝出此紕漏雖可笑，卻可見出當時政壇形勢。「勿使冶城公知」一語，可證史言「政事一決於亮」得其真。王導讀詔後戲言「無有見者」，其實對庾亮權重之情勢了然於心。不滿之下，稱「元規塵汙人」完全有可能。詔稱王導爲「冶城公」，則導已在冶城。此時庾亮在石頭，若在武昌，明帝決無可能詔與庾亮而誤致王導。故鄙意以爲此條所記爲實録也。又，楊箋釋「石頭」所在云：「石頭，即石首，漢華容縣也。晉析置石首縣。晉書王導傳：『時亮雖居外鎮，而執朝廷之權。既據上流，擁彊兵，趨向者多歸之。導内不能平，常遇西風塵起，舉扇自蔽，徐曰：「元規塵污人。」』」楊箋謂石頭即石首，説甚新奇。考晉書一五地理志下，南郡有石首縣，隸轄荆州。晉書七三庾亮傳謂亮鎮武昌，不聞鎮南郡。武昌，隸屬江州。即使鎮荆州，州治在江陵，爲何居郡中之小縣石首乎？楊箋此説不可信。

〔一一〕「王公雅量通濟」數句　見雅量一三校釋。

〔三〕君侯命在申　晉書七成帝紀：咸康五年（三三九）王導薨。建康實録七同。晉書六五王導傳載：咸和五年七月導薨，年六十四。勞格校：「咸和當作咸康。」按，勞校是。由咸康五年王導年六十四上推，其生年爲晉武帝咸和二年（二七六）丙申，所謂「命在申」也。

〔四〕而於申上冶　此句有脱字。晉書九五戴洋傳作「而於申上石頭立冶」。

〔五〕「導呼冶令奕遜」二句　徐箋：「鎮東指琅琊王睿，即元帝，時以鎮東大將軍鎮建鄴。」按，徐箋是。戴洋稱王導致病之由當是于申上石頭立冶，申在西，石頭正在鎮西，而石頭下即大江，「水火相炒，以故相害」。於是導使奕遜稟告鎮東大將軍司馬睿，徙於鎮東孫權所築之冶城。

〔六〕縣冶　冶，原作「治」。宋本、沈校本、王刻本皆作「冶」。王利器校：「汪藻考異、蔣校本、王本、凌本、補本『縣治』作『縣冶』，是。」按，王校是，據改。

〔七〕金陵本冶　本冶，宋本、沈校本、王刻本皆作「本治」。王利器校：「汪藻考異『本冶』作『本理』，餘本作『本治』；作『本治』是，『本理』即『本治』避唐諱改的。」

〔八〕縣邑城　原無「城」字。李慈銘云：「『縣邑』下脱『城』字，今據漢書補。」王利器校：「汪藻考異『邑』下有『城』字，是；漢書高帝紀正有『城』字。」余箋：「漢書顔師古注：『縣之與邑，皆令築城。』」今據漢書高帝紀補。按，孝標此注，乃敍冶城之來歷。「既立石頭大塢」以下，蓋評説丹陽記所載孫權築冶城之事，以爲權既立石頭大城，不容於附近再築小城冶城，當是將原先之縣治徙往他處，空其城而置鼓鑄之所，並疑此冶城或許是金陵原先之治所。楊箋謂「孝標注『既立石頭大塢』云云，深爲得之，然不知石頭爲石首，亦一失爾」。何謂「深爲得之」？楊箋語焉不詳，顯然未解懂孝標注。孝標云「既立石頭」，乃指孫權築石頭城，而石頭與遠在荆州之石首小縣了無相涉。孝標何來「一失」？

五　王右軍少時甚澀訥。〔一〕在大將軍許，王、庾二公後來，右軍便起欲去，大將軍留之，曰：「爾家司空、王丞相已見。〔二〕元規，復可所難？」〔三〕

【校釋】

〔一〕澀訥　此指言語遲鈍。宋書四七劉懷肅傳：「懷肅次弟懷敬，澀訥無才能。」北史四七祖瑩傳：「君彦容貌短小，言辭澀訥，少有才學。」

〔二〕王丞相　王導，已見德行二七。

〔三〕復可　王先謙校：「『可』當爲『何』。」各本作『可』。蓋『何』、『可』通借。」王利器校：「曹本、王本、淩本『可』作『何』，是。」按，王敦意謂汝家司空及庾公來，汝雖言辭澀訥，亦有何爲難？

六　王丞相輕蔡公，曰：「我與安期、千里共游洛水邊，〔一〕何處聞有蔡充兒？」〔二〕晉諸公贊曰：「充字子尼，陳留雍丘人。」充別傳曰：「充祖睦，蔡邕孫也。〔三〕充少好學，有雅尚，體貌尊嚴，莫有媟慢於其前者。高平劉整有儁才，而車服奢麗，謂人曰：『紗縠，人常服耳。』嘗遇蔡子尼在坐，終日不自安。見憚如此。是時陳留爲大郡，多人士。琅邪王澄嘗經郡入境，〔四〕問：『此郡多士，有誰乎？』吏曰：〔五〕『有江應元、蔡子尼。』時陳留多居大位者，澄問：『何以但稱此二人？』吏曰：『向謂君侯問人不謂位也。』澄笑而止。充歷成都王東曹椽，故稱東曹。」妒記曰：「丞相曹夫人性甚忌，禁制丞相不得有侍御，乃至左右小人亦被檢簡，時有妍妙，皆加誚責。王公不能久堪，乃密營別館，衆妾羅列，兒女成行。後元會日，夫人於青疏臺中望見兩三兒騎羊，〔六〕皆端正可念。夫人遥見，甚憐愛之，語婢：『汝出問，是誰家兒？』給使不達旨，乃答云：『是第四、五等諸郎。』〔七〕曹氏聞，驚愕大恚，命車駕，將黄門及婢二十人，人持食刀，自出尋討。王公亦遽命駕，飛轡出門，猶患牛遲，乃以左手攀車闌，右手捉麈尾，以柄助御者打牛，狼狽奔馳，劣得先至。〔八〕蔡司徒聞而笑之，乃故詣王公，謂曰：『朝廷欲加公九錫，公知不？』王謂信然，自敍謙志。蔡曰：『不聞餘物，唯聞有短轅犢車，長柄麈尾。』王大愧。後貶蔡曰：『吾昔與安期、千里共在洛水集處，不聞天下有蔡充兒！』」〔九〕正忿蔡前戲言耳。」〔一〇〕

【校釋】

〔一〕「我與安期」句　安期，王承；千里，阮瞻。劉盼遂云：「晉書阮瞻傳：『瞻與王承俱在東海王越府。』王導傳：『導參東海王越軍事。』故三子得同游也。」

〔二〕蔡充　充，宋本作「克」。李慈銘云：「案充，晉書蔡謨傳作『克』。」按，汪藻陳留考城蔡氏譜作「克」。晉書五六江統傳：「江應元與鄉人蔡克俱知名。」又御覽五二〇引晉書作「蔡克」，舊唐書、新唐書皆有蔡克集二卷。據此，作「蔡克」是，「充」乃「克」之形訛。下同。蔡克兒，指蔡謨。

〔三〕蔡邕孫也　孫，沈校本作「從孫」。余箋：「明周嬰卮林六曰：『羊祜討吴有功，將進爵土，乞以賜舅子蔡襲，襲非邕之孫乎？又世説新語注引蔡充別傳曰：「充祖睦，蔡邕孫也。」而晉書蔡謨傳曰：「蔡睦魏尚書，睦生德，樂平太守。德生充，爲東曹掾。充生謨，至司徒。謨生邵、系等。」世系昭然。邕未嘗爲廷堅之不祀也。而史言「曹操痛邕無嗣，遣使者以金璧贖琰還」，豈爲其早凋故乎？然蔡豹傳曰：「豹高祖質，漢衛尉左中郎將邕叔父也。祖睦，魏尚書。父宏，陰平太守。」據此，則睦爲邕叔父之孫，與世説注不同，未知孰是。』……余以爲羊祜之舅子襲，自是蔡邕之孫。惟是否邕有子先死，僅遺幼孫，抑邕本無子孫，而襲父子以同宗入繼，皆不可知。至於蔡睦，則實非邕後。晉書蔡豹傳有明文可考。元和姓纂八亦云：『蔡攜生稜，稜生邕，質元孫克。』與晉書合。世説注多脱誤，不可據。各本作『充祖睦，蔡邕孫』者固誤，淳熙本作『蔡邕從孫』，亦非也。以世次考之，睦乃蔡邕從子耳。」按，汪藻陳留考城蔡氏譜，蔡克祖睦，父德。睦，質子。邕，稜子。睦爲邕之從弟，則克乃蔡邕從孫，充别傳誤。余箋謂「睦乃蔡邕從子」，亦誤。

〔四〕嘗經郡入境　王刻本無「入」字。

〔五〕吏曰　吏，宋本誤作「吏」。

〔六〕青疏　徐箋：「文選古詩十九首：『交疏結綺窗。』李善注：『薛綜西京賦注曰：「疏，刻穿之也。」』『青疏』與『青瑣』義近。漢書元后傳：『赤墀青瑣。』師古注：『青瑣者，刻爲連環文而青塗之也。』惑溺五：『會賈女於青瑣中看，見壽，説之。』青疏、青瑣，並指窗槅。」

〔七〕第四五　五，王刻本作「王」。王先謙云：「一本『王』作『五』是。」

〔八〕劣　僅，止。宋書四五劉德願傳：「德願善御車，嘗立兩柱，使其中劣通車軸，乃於百餘步上振轡長驅，未至數尺，打牛奔，從柱間直過，其精如此。」

〔九〕「吾昔與」二句　沈校本無「昔」字。王刻本無「集處不聞天下有蔡充兒」十字。按，王刻本脱去「洛水」以下十餘字，以致語意不完。企羨二：「王丞相過江，自説昔在洛水邊，數與裴成公、阮千里諸賢共談道。」可見王導過江後，經常緬懷中朝名士於洛水邊游宴生活，甚至以此標榜。東晉之初士風與西晉一脈相承，與王導甚有關係。

〔一〇〕正忿蔡前戲言耳　此句王刻本無。劉辰翁云：「人之輕詆，更累其父。」王世懋云：「此非注不得所以。」王鳴盛十七史商榷五〇「王導傳多溢美」條云：「以懼婦爲蔡謨所嘲，乃斥之曰：『吾少遊洛中，何知有蔡克兒！』導之所以驕人者，不過以門閥耳。」

七　褚太傅初渡江，嘗入東，〔一〕至金昌亭，吴中豪右燕集亭中。謝歆金昌亭詩敘曰：〔二〕「余尋師，來入經吴，行達昌門，忽覩斯亭，傍川帶河，其榜題曰『金昌』。訪之耆老，曰：『昔朱買臣仕漢，還爲會稽内史，逢其迎吏，逆旅北舍，〔三〕與買臣争席。買臣出其印綬，羣吏慚服自裁。因事建亭，號曰「金傷」，失其字義耳。』」褚公雖素有重名，〔四〕于時造次不相識，〔五〕别敕左右，多與茗汁，少著粽，〔六〕汁盡輒益，使終不得食。褚公飲訖，徐舉手共語云：「褚季野。」於是四坐驚散，無不狼狽。〔七〕

【校釋】

〔一〕「褚太傅」二句　晉書九三褚裒傳：「初辟西陽王掾，吴王文學。」褚裒入東，當爲吴王文學。

〔二〕謝歆　嚴可均全晉文一三五云：「歆，爵里未詳。案，隋志注：『梁有車騎司馬謝韶集三卷。』歆、韶形近，或即其人，姑編于此。」金昌亭，見任誕二二校釋。

〔三〕逆旅北舍　逆，王刻本作「遊」。北，宋本作「比」。王先謙校：「『遊』當爲『逆』，各本皆誤。『北』，一本作『比』，是。」

〔四〕「褚公」句　褚裒傳言裒「與京兆杜乂俱有盛名，冠於中興。」

〔五〕相識　余箋、楊箋於下句「别」字斷句，「識别」爲一詞。徐箋、朱注於「識」字斷句。今從後者。雅量一八：「褚公於章安令遷太尉記室參軍，名字已顯而位微，人都未識。」可與此條參看。

〔六〕少著粽　李慈銘云：「通鑑：『盧循遺劉裕益智粽。』宋書：『廢帝殺江夏王義恭，以蜜漬目睛，謂之鬼目粽。』近儒段玉裁謂：『「粽」皆作「粽」。』廣韻、集韻、類篇、干禄字書皆有粽字，云：『蜜漬瓜食也，桑感切。』粽即糝字，今之小菜。齊民要術引廣州記：『益智子，取外皮蜜漬爲糝。』其字徑作『糝』。胡三省注通鑑曰：『角黍。』蓋誤認爲粽。」慈銘案：段説是也。玉篇、廣韻皆以『粽』爲『糉』之俗，訓云：『蘆葉裹黍。』與宋書所謂蜜漬者迥不相合。世説此處『粽』字，亦是『粽』之誤，當以『少著粽』讀句，謂多與茗汁，而少與小菜，如今客來，與茶別設菜果一二也。若作『糉』，則茗汁中豈可著此。且古人角黍非常食之物，未聞有以待客者。李本徑改作『糉』，益誤矣。」余箋：「嘉錫案：北户録二云：『辯州以蜜漬益智子，食之亦甚美。』注引顔之推云：『今以蜜藏雜果爲粽。』字苑曰：『雜藏果也，音素感反。』嘉錫考之諸書，凡釋粽字，皆謂蜜漬瓜果。蓋即今之所謂蜜餞，凡茶坊中猶爲客設之以佐茶。此俗古今不異。段氏、李氏解爲小菜，非是。藏小菜之法，以鹽不以蜜，且安有以小菜佐茗飲者乎？」

〔七〕王世懋云：「此殊不近輕詆，大都是縣令沈充意，不足重出。」按，褚裒終不得食，蓋其操中原語音，造次之間，吴中豪右不識褚，以爲不過一傖父耳，遂輕視之。雅量一八記褚裒東出投錢塘亭住，亭長不識褚公，移之牛屋下。此二事正復相似，皆見南來中原人初不被吴人尊重。後吴人知傖父實爲褚季野，四座驚散，可證此時褚公名字已顯，而重名流亦早成風氣故也。

八　王右軍在南，〔一〕丞相與書，每歎子侄不令，云：「虎豘、虎犢，還其所如。」〔二〕虎豘，王彭之小字也。王氏譜曰：「彭之字安壽，琅邪人。祖正，尚書郎。父彬，衛將軍。彭之仕至黄門郎。虎犢，彪之小字也。彪之字叔虎，彭之第三弟，年二十而頭須皓白，時人謂之『王白須』。少有局幹之稱，累遷至左光禄大夫。」

【校釋】

〔一〕王右軍在南　程炎震云：「王導卒於咸康五年，彪之年三十四。此蓋彪之初爲郎時，右軍當在江州。」按，晉書八〇王羲之傳：「庾亮臨薨，上疏稱羲之清真有鑒裁，遷寧遠將軍、江州刺史。」庾亮卒於晉成帝咸康六年（三四〇），王導卒於咸康五年（三三九），則王導與羲之之書，必在咸康五年或之前，時羲之未爲江州刺史。羲之傳敍羲之「起家爲秘書郎，征西將軍庾亮請爲參軍，累遷長史」。考通鑑九五晉紀一七：咸和九年（三三四）六月，陶侃卒，加平西將軍庾亮征西將軍，假節都督江、荆、豫、益、梁、雍六州諸軍事，領江、豫、荆三州刺史，鎮武昌。疑王右軍在南，或作征西將軍庾亮參軍或長史，當在武昌。庾亮卒後，方爲江州刺史。

〔二〕「虎犺虎犢」二句　劉應登云：「言其真如犺犢耳。」世説補考：「如，往也。劉伶酒德頌：『縱意所如。』言虎犺、虎犢皆不才，如真犺犢，唯其所往。」世説箋本：「按此因二人名而輕詆之也。不然，二虎字無謂。還，助詞，一云任也。如，往也。」余箋：「言彭之、彪之生長高門，而才質凡下，羊質虎皮，恰如其名也。」按，此處「如」當釋爲「似」、「像」，不當訓「往」。劉應登、余箋是也。

九　褚太傅南下，孫長樂於船中視之。〔一〕長樂，孫綽。言次及劉真長死，孫流涕，因諷詠曰：「人之云亡，邦國殄瘁。」大雅詩。毛公注曰：「殄，盡；瘁，病也。」褚大怒曰：「真長平生何嘗相比數，而卿今日作此面向人！」〔二〕孫回泣向褚曰：「卿當念我。」〔三〕時咸笑其才而性鄙。

【校釋】

〔一〕「褚太傅」二句　程炎震云：「此蓋褚裒彭城敗後還鎮京口，故云南下，永和五年也。其年冬，裒卒矣。」孫長樂，世説音釋：「孫綽襲爵長樂侯。」

〔二〕「真長平生」二句　比數，親近，看重。漢書司馬遷傳：「刑餘之人，無所比數，非一世也。所從來遠矣。」世説音釋：「比，親也。數，音朔，密也。」朱注：「此謂孫于劉生前並不曾親密，而今雅托知交，而作此態向人也。」按，本篇二一記孫綽作王長史誄，王濛之孫王孝伯見曰：「才士不遜，亡祖何至與此人周旋！」方正四八：「孫興公作庾公誄，文多托寄之辭。既成，示庾道恩，庾見，慨然送還之，曰：『先君與君自不至於此。』」此條記孫綽痛劉惔之卒且美之，亦爲托寄之辭，虚情假意，藉以標榜自己。

〔三〕「孫回泣」二句　程炎震云：「御覽六六引語林曰：『褚公游曲阿後湖。狂風忽起，船傾。褚公已醉，乃曰：「此舫人皆無可以招天譴者，唯有孫興公多塵滓，正當以此厭天欲耳！」便欲捉孫擲水中。孫懼無計，唯大呼曰：「季野，卿念我！」』疑即此一事，而此文未全。褚裒云『真長』云云，亦是常語，孫何爲便作哀鳴？知必有惡劇也。臨川蓋以捉擲水中非佳事，故節取之。又『季野，卿念我』下有注，以季野爲彦回字，誤，今不取。」又云：「曲阿在京口，地亦相合，故是一時事。」曹道衡、沈玉成中古文學史料叢考「釋世説新語輕詆褚裒、孫綽事」條云：「程説恐非。據穆帝紀、褚裒傳，褚裒以穆帝永和初爲徐、兖二州刺史，鎮京口。永和五年七月北伐石虎，敗績，八月退屯廣陵，旋還鎮京口。而建康實録載劉惔以永和三年十二月爲丹陽尹，其卒當在四年或五年。世説記裒『南下』，諱敗績也。時孫綽爲揚州刺史殷浩建武長史，於船中視之云云，當是往慰其敗。而語及爲劉惔，引詩大雅瞻卬語，意當是與惔交善，痛其病故，且以美之。左傳文公六年秦穆公以三良殉，「君子曰」即引此二句以爲「無善人之謂」。時褚裒以國器自居而戰敗，羞憤交加，旋即病卒。乍聞此言，疑孫之借劉以諷己，遂致勃然。孫亦自悔失言，乃泣求其諒宥，故作此乞憐語。程氏以永和初在曲阿後湖泛舟事與此爲一，不當。褚裒敗績，不數月即病卒，且此時亦決無意興泛舟游覽。孫於船中視之，當是於其南下途中迎候。」按，曹、沈二君所言有據，可從。然程氏謂孫綽哀鳴「必有惡劇」，而臨川「節取之」，所疑亦在理。褚僅怒斥而已，孫何必即回泣哀求？若欲捉孫擲水中，孫哀鳴向褚，則合情合理。

一〇 謝鎮西書與殷揚州，〔一〕爲真長求會稽。〔二〕殷答曰：「真長標同伐異，俠之大者。〔三〕常謂使君降階爲甚，乃復爲之驅馳邪？」〔四〕

【校釋】

〔一〕謝鎮西　謝尚。殷揚州，殷浩。

〔二〕爲真長求會稽　晉書八穆帝紀：永和二年（三四六）簡文輔政；三月，以殷浩爲建武將軍、揚州刺史。又建康實録八：永和三年（三四七）十二月，劉惔爲丹陽尹。據上知謝鎮西書與殷浩，爲真長求會稽時在永和二三年間。

〔三〕「殷答曰」二句　殷浩雖與劉惔游處，但惔言語刻薄，黨同伐異，爲殷所不喜也。俠，同是非爲俠。史記卷一〇〇季布傳：季布「爲氣任俠」。裴駰集解：「如淳曰：『相與信爲任，同是非爲俠。』」漢書卷三七季布傳顔師古注：「任謂任使其氣力，俠之言挾也，以權力俠輔人也。」殷浩謂劉惔「俠之大者」，乃婉諷其交遊及論人「同是非」太甚，即上句「標同伐異」之意。

〔四〕「常謂使君」二句　降階，世説音釋：「賓至主人降階迎，示尊敬也。」世説抄撮：「言謝降階已敬真長，既爲太甚，而復爲之驅役求郡耶？」按，謝尚與劉惔交好。賞譽一二五劉尹先推謝鎮西，謝後雅重劉，曰：「昔嘗北面。」品藻五〇劉尹謂謝仁祖曰：「自吾有四友，門人加親。」謝尚爲劉惔求會稽，正是雅重劉之故也。殷浩之語則謂謝既已降階，難道再爲之奔波邪？

一一　桓公入洛，過淮泗，踐北境，〔一〕與諸僚屬登平乘樓，〔二〕眺矚中原，慨然曰：「遂使神州陸沈，百年丘墟，王夷甫諸人不得不任其責！」八王故事曰：「夷甫雖居台司，不以事物自嬰，當世化之，羞言名教，自臺郎以下，皆雅崇拱默，以遺事爲高，四海尚寧，而識者知其將亂。」晉陽秋曰：「夷甫將爲石勒所殺，謂人曰：『吾等若不祖尚浮虚，不至於此。』」袁虎率爾對曰：「運自有廢興，豈必諸人之過？」〔三〕桓公懍然作色，顧謂四坐曰：「諸君頗聞劉景升不？劉鎮南銘曰：「表字景升，山陽高平人，黄中通理，博識多聞，仕至鎮南將軍、荆州刺史。」有大牛重千斤，噉芻豆十倍於常牛，負重致遠，曾不若一羸牸。魏武入荆州，烹以饗士卒，于時莫不稱快。」意以況袁。四坐既駭，袁亦失色。〔四〕

【校釋】

〔一〕「桓公入洛」三句　程炎震云：「桓温入洛，是永和十二年伐姚襄時，過淮、泗，是太和四年伐慕容暐時，首尾十四年，非一役也。此以入洛與過淮、泗並舉，殊誤。晉書温傳敍此於伐姚襄時，而云自江陵北伐，過淮、泗，尤誤。案入洛之役，戴施屯河上，勒舟師以逼許、洛，温不自禦也。周保緒晉略別傳二五曰：『温伐燕，自姑孰乘舟，順江而下。入淮、泗，登平乘樓。』此爲合矣。」余箋：「文學篇曰：『桓宣武北征，袁虎時從，被責免官。』注引温別傳曰：『温以太和四年上疏，自征鮮卑。』又案：袁宏之免官，不見於晉書本傳。據孝標注，則在太和四年，與此條所云『過淮、泗，踐北境』，正一時之事。蓋宏因此對，失温之意，遂致被責免官矣。温雖頗慕風流，而其人有雄姿大略，志在功名，故能矯王衍等之失。英雄識見，固自不同。」按，程氏、余箋皆以爲桓温入洛，過淮、泗，踐北境，當是太和四年（三六九）伐燕事，其説是也。桓温傳謂温自江陵北伐，過淮、泗，踐北境，蓋以永和十二年（三五六）北伐與太和四年北伐混爲一談耳。通鑑一〇〇晉紀二二記永和十二年桓温自江陵北伐，而無「過淮、泗，踐北境」二語，或發現桓温傳有誤而删去。

〔二〕平乘樓　通鑑一〇〇晉紀二二胡注：「平乘樓，大船之樓。」

〔三〕「運自有廢興」二句　中朝覆滅與西晉清談有何關係？蓋一問題重大而常爲人們討論爭執，形成對立兩派。有志事功者多謂夷甫諸人清言亡國，風流名士則多謂亡國無關清言（參見言語七〇校釋）。桓温之歎及袁宏之對，即是此爭論紛紛未已之反映。余箋既言桓温「頗慕風流」，又贊温「英雄識見」，評説甚精當。

〔四〕袁亦失色　凌濛初云：「老賊太狠。」方苞云：「景升之才，大而無用，只能啖芻豆耳。舉以況袁，宜其失色也。」按，桓温以大牛況袁，非以劉景升也。方苞所解不確。

一二　袁虎、伏滔同在桓公府，桓公每遊燕，輒命袁、伏。〔一〕袁甚耻之，恒歎曰：「公之厚意，未足以榮國士，與伏滔比肩，亦何辱如之！」〔二〕

【校釋】

〔一〕袁伏　宋本無「伏」字。按，上文既云「袁虎、伏滔同在桓公府」，則此處當作「袁伏」。又晉書九二袁宏傳：「府中呼爲『袁、伏』。」寵禮二一：「參軍是袁、伏之袁，復何所疑。」據此，袁本是，宋本脱「伏」字。

〔二〕「袁甚恥之」數句　劉辰翁云：「却又效袁、伏之袁。」王應麟困學紀聞一三：「袁宏以伏滔比肩爲辱，似知耻矣，而失節於桓温之九錫，耻安在哉？」按，劉謂「又效袁、伏之袁」，當指寵禮二桓温禮遇參佐一類事。袁宏耻與伏滔比肩，亦不過文人相輕，自以爲文才優於滔也。

一三　高柔在東，甚爲謝仁祖所重。既出，〔一〕不爲王、劉所知。仁祖曰：「近見高柔大自敷奏，〔二〕然未有所得。」真長云：「故不可在偏地居，輕在角觭〔三〕奴角反。中，爲人作議論。」高柔聞之，云：「我就伊無所求。」〔四〕人有向真長學此言者，真長曰：「我寔亦無可與伊者。」〔五〕然遊燕猶與諸人書：「可要安固。」〔六〕安固者，高柔也。孫統爲柔集叙曰：「柔字世遠，樂安人。才理清鮮，〔七〕安行仁義。婚泰山胡毋氏女，年二十，既有倍年之覺，〔八〕而姿色清惠，近是上流婦人。柔家道隆崇，既罷司空參軍、安固令，營宅於伏川，〔九〕馳動之情既薄，又愛翫賢妻，便有終焉之志。尚書令何充取爲冠軍參軍，僶俛應命，眷戀綢繆，不能相舍。相贈詩書，清婉辛切。」〔一〇〕

【校釋】

〔一〕出　出都，謂至京師建康。

〔二〕敷奏　陳奏，謂上奏君主。書舜典：「敷奏以言，明試以功，車服以庸。」孔傳：「敷，陳；

奏，進也。」任昉齊竟陵文宣王行狀：「式是敷奏，百揆時序。」按，仁祖意謂近見高柔上奏朝廷，欲有所求而未得。

〔三〕角觸　李詳云：「廣韻入聲四覺：『觸，屋角。』今人謂屋隅爲角觸，當作此字。」余箋：「今俗作『角落』。」按，真長意謂高柔居官在偏遠角落，故爲人談論。

〔四〕「我就伊」句　高柔語謂我於真長無所央求。

〔五〕「我寔」句　真長謂我實在亦無可予高柔者。劉辰翁云：「真長對仁祖語，大是有情，謂偏處言輕，不足爲高重耳。高柔誤認。」

〔六〕安固　程炎震云：「安固縣屬揚州臨海郡。」按，高柔爲安固令。以「可要安固」一語觀之，劉惔對高柔確是有情也。

〔七〕才理清鮮　清，宋本作「青」。按，作「清」是。

〔八〕倍年之覺　徐箋：「覺同較，相差也。」按，徐箋是。「倍年之覺」，謂高柔年齡與胡毋氏女相差一倍。胡毋氏女年二十，則高柔此時年在四十左右也。

〔九〕伏川　劉盼遂云：「按本書言語篇孫綽築室畎川，高世遠時亦鄰居。則柔與綽同居畎川矣。此注作伏，畎與伏必有一誤。」

〔一〇〕辛切　辛，沈校本作「新」。徐箋、楊箋從沈校本改。按，辛切，謂辛酸悲切也，亦通，不必改。余箋：「文廷式補晉書藝文志丁部曰『世説高柔在東』云云，與魏之高柔別是一人。

魏高柔字文惠，三國志有傳。書鈔一一〇高文惠與婦書曰：「今置琵琶一枚，甚清亮也。」一三六高文惠婦與文惠書云：「今奉織成襪一量。」御覽六八九高文惠婦與文惠書：「今聊奉組生履一緉。」六八八高文惠婦與文惠書曰：「今奉總帢十枚。」據世説注當是高世遠婦。書鈔、御覽誤也。』嘉錫案：文氏説是也。嚴可均全三國文五四亦疑之，而不能定。今觀世遠夫婦往復書，蓋上擬秦嘉、徐淑，文采必有可觀，惜乎僅存殘篇斷句，無以窺其清婉辛切之旨矣。」

一四　劉尹、江虨、王叔虎、孫興公同坐，〔一〕江、王有相輕色。虨以手歙叔虎云：「酷吏！」〔二〕詞色甚彊。劉尹顧謂：「此是瞋邪？非特是醜言聲、拙視瞻。」〔三〕言江此言非是醜拙，似有忿於王也。

【校釋】

〔一〕江虨　見方正四二。王彪之，字叔虎。見本篇八注引王氏譜。

〔二〕歙　徐箋：「後漢書張衡傳注：『歙，猶脅也。』疑此處亦有威脅之意，故注云然。」按，集韻葉韻：「歙，懼貌。或作慄。」歙，此爲使動用法。以手歙，謂作手勢使叔虎恐懼。

〔三〕「此是瞋邪」二句　瞋，怒也。視瞻，指顧盼之神態。言語一五注引嵇紹趙至敍：「先君嘗謂之曰：『卿頭小而鋭，瞳子白黑分明，視瞻停諦，有白起風。』」宋書一武帝紀上：「劉裕龍行虎步，視瞻不凡，恐不爲人下，宜蚤爲其所。」拙視瞻，猶今言樣子難看。「醜言聲」承上之「酷吏」，「拙視瞻」承上之「以手歙」。

一五　孫綽作列仙商丘子贊曰：「所牧何物，殆非真豬。儻遇風雲，爲我龍攄。」〔一〕列仙傳曰：「商丘子晉者，商邑人，好吹竽，牧豕，年七十不娶妻而不老。問其道要，〔二〕言：『但食老朮、昌蒲根，飲水，如此便不饑不老耳。』貴戚富室聞而服之，不能終歲，輒止，謂將有匿術。」〔三〕孫綽爲贊曰：「商丘卓犖，執策吹竽，渴飲寒泉，〔四〕饑食莒蒲。所牧何物，殆非真豬。儻逢風雲，〔五〕爲我龍攄。」人多以爲能。王藍田語人云：「近見孫家兒作文，道『何物真豬』也。」〔六〕

【校釋】

〔一〕龍攄　徐箋：「潘岳西征賦：『忽蛇變而龍攄，雄霸上而高驤。』後漢書張衡傳注：『攄，猶騰也。』」世説補觽：「攄，騰也。言若遇風雲際會，此豬爲龍騰矣。」

〔二〕道要　王刻本作「須要」。按，作「道要」是。道要，謂道術之要旨也。吕氏春秋本味：「聖王之道要矣，豈越越多業哉。」淮南子原道訓：「執道要之柄，而遊於無窮之地，是故天下之事不可爲也。」神仙傳四：「深得道要，服丹得仙。」漢書三〇藝文志有道要雜子十八卷。

〔三〕謂將有　謂，原作「吁」，宋本亦作「吁」，王刻本作「謂」。王利器校：「袁本、曹本同。蔣校本、王本、凌本、補本『吁』作『謂』，是。」按，王校是，今據改。匿術，徐箋：「謂秘而不宣之術。」按，疑徐箋不確。匿術，當爲匿形之術，即隱身術。晉書九二顧愷之傳：「桓玄嘗以一柳葉紿之，曰：『此蟬所翳葉也，取以自蔽，人不見己。』愷之喜引葉自蔽。」晉書九四夏統傳：「其從父敬寧祠先人，迎女巫章丹、陳珠，二人並有國色，莊服甚麗，善歌儛，又能隱形匿影。」

〔四〕渴飲　飲，宋本作「引」。

〔五〕儻逢風雲　風雲，宋本作「風雨雲」。王利器校：「各本『雨雲』作『雲』，此誤分一字爲二字。」

〔六〕「王藍田語人云」三句　田，宋本誤作「曰」。世説補考：「言彼自云『何物』，我視之真豬也。因其讚語，詆其不才。」世説音釋：「言此二句就中鄙拙。」按，時人多以爲能，而藍田獨譏誚之，蓋因孫綽性鄙也。

一六　桓公欲還都，〔一〕以張拓定之業。孫長樂上表，諫此議甚有理。桓見表心服，而忿其爲異。〔二〕令人致意孫云：「君何不尋遂初賦，而彊知人家國事！」〔三〕

孫綽表諫曰：「中宗龍飛，實賴萬里長江，畫而守之耳。不然，胡馬久已踐建康之地，江東爲豺狼之場矣。」綽賦遂初，陳止足之道。

【校釋】

〔一〕桓公欲遷都　程炎震云：「永和十二年，桓温請遷都洛陽。」

〔二〕「孫長樂上表」數句　孫綽上表及桓温詆孫事見晉書五六孫綽傳。

〔三〕「君何不」二句　言語八四注引遂初賦敘：「余少慕老莊之道，仰其風流久矣。卻感於陵賢妻之言，悵然悟之，乃經始東山，建五畝之宅，帶長阜，倚茂林，孰與坐華幕、擊鐘鼓者同年而語其樂哉！」此所謂「陳止足之道」。桓温二語意謂孫綽當從遂初賦所言，止足於自家園田之樂即可，何必强欲知曉國家大事！

一七　孫長樂兄弟就謝公宿，言至欸雜。〔一〕劉夫人在壁後聽之，具聞其語。謝公明日還，問昨客何似，劉曰：「亡兄門未有如此賓客。」〔二〕夫人，劉惔之妹。謝深有愧色。〔三〕

【校釋】

〔一〕欸雜　欸，王刻本作「款」。張萬起詞典：「親密而投機，拉雜而不雅。」按，欸，同「款」。

款，款言，指空話。漢書六二司馬遷傳：「實不中其聲者謂之款，款言不聽，奸乃不生。」服虔曰：「款，空也。」王先謙補注：「言爲心聲，有實者爲正言，無實者爲空言。」詞典釋「欵」爲「親密投機」，非是。雜，雜言。言至欵雜，謂言語空洞而穢雜。

〔二〕「亡兄」句　劉辰翁云：「是興公果不爲真長所許也。」按，本篇九記孫綽言及真長死，流涕而諷詠曰：「人之云亡，邦國殄瘁。」褚裒大怒曰：「真長平生何嘗相比數，而卿今日作此面向人！」由此可知，興公不爲真長所許。劉夫人之語，乃諷謝公擇友不如亡兄之嚴。

〔三〕謝深有愧色　王世懋云：「此卻輸真長一著，然乃謝公享福處。」

一八　簡文與許玄度共語，許云：「舉君親以爲難。」簡文便不復答，許去後而言曰：「玄度故可不至於此。」〔一〕按邴原別傳：「魏五官中郎將嘗與羣賢共論曰：『今有一丸藥，得濟一人疾，而君父俱病，與君邪？與父邪？』諸人紛葩，〔二〕或父或君。原勃然曰：『父子一本也。』亦不復難。」君親相校，自古如此，未解簡文誚許意。

【校釋】

〔一〕簡文與許玄度之語甚費解，故孝標于注文中稱「未解」。劉辰翁云：「似謂玄度無忠國事耳。舉君親謂忠孝兩難也。」世說抄撮：「許蓋以君與親二件相難以談資也，故簡文以爲害德而不應也。與注所引之旨蓋異。」楊箋：「簡文自在君位，故以君先，其所誚責，有何未解。」唐長孺魏晉南朝的君父先後論一文云：「劉孝標注引邴原别傳所載與上引魏志邴原傳相同的故事，並云：『君親相較，自古如此，未解簡文誚許意。』許詢何故對簡文帝提出這個問題，可能也與當時桓温于晉室對立的局勢有關，這一點可以不管。但劉孝標以爲君親相較，自古如斯的説法實在是魏晉以後的定論，從上面所引故事看來，自漢以至三國君親之間是容許有所選擇的。」（詳見唐長孺文存）按，考言語六九：「劉真長爲丹陽尹，許玄度出都，就劉宿。」建康實録八：「永和三年十二月，以侍中劉惔爲丹陽尹。」據此，簡文與許共語，疑在此時。許云「舉君親以爲難」，鄙意以爲以劉辰翁之説較可取，而孝標注引邴原别傳，確與正文之旨不合。夫曹丕與僚屬共論一丸藥與君與父之問題，殊無意義，故致邴原勃然。許詢高尚之士，簡文清言領袖，何以再談此陳腐論題？賞譽九五記許玄度送母出都，然孝標按之許詢集及續晉陽秋，謂許出都迎姊。送母還是迎姊，姑且不論；以玄度早死推測，許母於永和初或在世，且年紀不會很大。疑簡文與玄度言語間，或請許出仕，而許以母在對，以爲君親兩難也。本篇三二：「王中郎舉許玄度爲吏部郎，郗重熙曰：『相王好事，不可使阿訥在坐頭。』」由此可證，當時確有舉玄度爲官之事。簡文便不復答，蓋君親洵爲兩難，且或許詢態度决絶之故也。許去後簡文之語，不過誚玄度堅拒之態，有出乎己所意料之外者，非因許之君親兩難之辭而致不滿也。

〔二〕紛葩　沈校本作「紛紜」。徐箋：「魏志邴原傳注引作『紛紜』。『葩』字恐誤。」楊箋：「紛葩，猶紛紜也。文選馬融長笛賦：『紛葩爛漫。』李注：『紛葩，盛多貌。』又嵇康琴賦：『霍紛濩葩。』」按，楊箋是。紛葩，原義爲繁亂之音，可引申爲議論紛紜。呂向注長笛賦「紛葩爛漫」一句云：「聲亂而多也。」曹操短歌行之二：「河陽之會，詐稱周王，是以其名紛葩。」晉書七〇鍾雅傳：「（梅）陶無大臣忠慕之節，家庭侈靡，聲妓紛葩，絲竹之音流聞衢路。」

一九　謝萬壽春敗後還，〔一〕書與王右軍云：「慚負宿顧。」〔二〕右軍推書曰：「此禹、湯之戒。」春秋傳曰：「禹、湯罪己，其興也勃焉。」言禹、湯以聖德自罪，所以能興。今萬失律致敗，雖復自咎，其可濟焉。故王嘉萬也。〔三〕

【校釋】

〔一〕「謝萬」句　程炎震云：「升平三年，謝萬敗。」

〔二〕慚負宿顧　余箋：「晉書王羲之傳：『萬爲豫州都督，羲之遺書誡之曰：「願君每與士之下者同，則盡善矣。」萬不能用，果敗。』故此書云『慚負宿顧』也。」

〔三〕「今萬失律致敗」數句　可濟，王利器校：「案『可』疑當作『何』。」王嘉萬也，「王」，沈校本作「丕」。王世懋云：「此右軍故調之。注以爲王嘉萬，誤矣。獨不思題是『輕詆』耶？」王先謙校：「各本同。案萬自罪，王云『此禹、湯之戒』，所以深致其非，非嘉之也。『嘉』蓋『詆』字之誤，後人妄改。玩劉注是詆非嘉。且本書入之輕詆門，尤明證。」徐箋：「王，沈校本作『丕』，疑『不』字之誤。（下略）按王校以『嘉』字爲誤，是；以爲當作『詆』，則未必然。『其可濟焉』，『可』字當作『何』，『雖復自咎，其何濟焉』，是一開一闔語氣，乃深責之，而僅曰：『此禹、湯之戒』，乃以反語致譏諷之意。」吳金華考釋：「『其可』，相當於『豈可』，而比『豈可』略帶委婉語氣，與文理正合。」按，綜以上各家所釋，「其可」猶「豈可」；「王」，當作「不」字。孝標注辯禹、湯自罪與謝萬自咎之別，並稱萬雖自咎，豈可濟也，不嘉萬亦明矣。王先謙謂「劉注是詆非嘉」是也。

二〇　蔡伯喈睹睞笛椽，〔一〕孫興公聽妓，振且擺折。〔二〕伏滔長笛賦敍曰：「余同僚桓子野，有故長笛，傳之耆老，云蔡邕伯喈之所製也。初，邕避難江南，宿於柯亭之館，〔三〕以竹爲椽。邕仰眄之，曰：『良竹也。』取以爲笛，音聲獨絶，歷代傳之至于今。」王右軍聞，大嗔曰：「三祖壽一作臺。樂器，〔四〕虺瓦一作尪凡。吊，〔五〕孫家兒打折。」〔六〕

【校釋】

〔一〕睹睞　世説抄撮：「睹與覩同，睞，盼睞顧視也。即注所云仰眄也。笛椽，當作椽笛也。」

余箋：「據注，此笛爲桓子野所有。考類聚四四引語林『子野令奴張碩吹睹腳笛』，與此作『睹脥』不同。疑以『睹腳』爲是。蓋邕睹竹椽之腳，而知其爲良材，遂以爲名。猶之琴名爲焦尾也。」徐箋：「『笛椽』，疑當作『椽笛』。據伏滔賦敍，則椽已取爲笛，不當仍目之爲椽，且下云『三祖壽樂器』，尤足見其是笛非椽。」楊箋：「蔡邕所見，時仍爲椽，未爲笛。伏賦敍，乃後來事。徐説非是。」按，關於「睹脥笛椽」四字，説甚紛紜。「笛椽」不誤。若作「椽笛」，則竹椽已成笛，何須「睹脥」？而余箋引語林，疑「睹脥」當作「睹腳」，腳，指竹椽之腳，故名笛爲「睹腳笛」。此説頗有新意，但「睹腳笛椽」亦不通。疑「椽」乃衍字，此句當作「蔡伯喈睹脥笛」，僅敍蔡邕之笛，如此方與下文「三祖壽樂器」一句合。

〔二〕「孫興公」二句　世説抄撮：「使妓吹而聽之也。」世説箋本：「擺，持而振動也。『且』字難解。聽，聽任也。」按，聽妓，謂聽歌妓歌唱，世説抄撮所解近是。

〔三〕柯亭　太平寰宇記九六：「郡國志云：『千秋亭，一名柯亭。』又會稽記云：『漢紀云：蔡邕避難宿於此亭，仰觀椽竹，知有奇音，因取爲笛，遂以爲寶器。』」

〔四〕三祖　劉辰翁云：「『三祖』句言祖上三世相傳樂器。」世説音釋：「三祖壽，通鑑宋順帝紀：『今之清商，實由銅雀三祖風流，遺音盈耳。』注曰：『魏太祖起銅雀臺於鄴，自作樂府，被於管弦，遂置清商令以掌之。三祖，魏太祖、高祖、烈祖也。』據此，則一作『臺』是也。蓋此笛元銅雀臺樂所用也。」壽，保全。國語楚語下：「夫盈而不偪，憾而不貳者，臣能自壽也。」韋昭注：「壽，保也。」管子霸言：「夫一言而壽國，不聽而國亡，若此者，大聖之言也。」晏子春秋六内篇：「晏子對曰：『賴君之賜，得以壽三族，及國游士，皆得生焉。臣得暖衣飽食、弊車駑馬以奉其身，於臣足矣。』」吴則虞集釋：「『壽三族』者，言保三族也。」「三祖壽樂器」，即三祖所保之樂器也。文獻通考一三八言桓伊「有蔡邕柯亭笛，常自保而吹之」。保即「壽」也。

〔五〕虺瓦吊　不解何意。

〔六〕打折　義即上文「擺折」。按，疑此條或有脱字，加之俗語，以致古今難以索解。

二一　王中郎與林公絶不相得。王謂林公詭辯，林公道王云：「著膩顔帢，〔一〕綸布單衣，〔二〕挾左傳，逐鄭康成車後，〔三〕問是何物塵垢囊？」〔四〕中郎，坦之。帢，帽也。裴子曰：「林公云：『文度著膩顔，挾左傳，逐鄭康成，自爲高足弟子，篤而論之，不離塵垢囊也。』」

【校釋】

〔一〕膩顔帢　世説補考：「膩，絹滑有光澤也。顔，帢顔也。晉書五行志：『魏造白帢，横縫其前，名之曰顔帢。後去其縫，名曰無顔帢是也。』」世説音釋：「音洽。搜神記曰：『魏武軍中無故作白帢，此縞素凶喪之徵也。初，横縫其前以别後，名之曰顔帢。傳行之至永嘉之間，稍去其縫，名曰無顔帢。』」膩，滑澤也。」世説補觿云：「著膩顔，文度非尤時俗放蕩，以膩著帢，詆整其威儀也。」徐箋：「膩，垢膩也。」按，膩，據後文林公所詆「緆布單衣」及「何物塵垢囊」觀之，乃以世説補觿及徐箋是，皆狀王文度模樣垢膩，非謂其所著帢顔由絹而制，滑爽且光澤也。

〔二〕緆布　世説音釋：「緆，當作榻。史記『榻布皮革千石。』榻，吐合切，疊布也。馬援都布單衣注云：『即答布。』答布，即蕃布之稍粗者，即榻布也。」按，「榻布皮革千石」出於史記一二九貨殖列傳，裴駰集解曰：「徐廣曰：『榻，音吐合反。』駰案：漢書音義曰：『榻布，白疊也。』」張守節正義：「顔師古曰：『粗厚之布也，其價賤，故與皮革同重耳，非白疊也。』」「都布單衣」出於後漢書二四馬援傳，李賢注：「東觀記曰：『都作答。』」據此，緆布或作榻布、答布，乃價賤之粗厚之布。

〔三〕「挾左傳」二句　劉盼遂云：「按坦之平生不聞治左氏傳，林公此語蓋隱斥藍田矣。考通典卷五九，晉穆帝永和三年（此處通典有誤）納后，王述議曰：『春秋傳曰：「娶者大吉，非常吉。」又傳曰：「鄭子罕如晉賀夫人。」臨國猶相賀，況臣下邪？如此便應賀，但不在三日之内耳。今因廟見成禮而賀，亦是一節也。』云云。此議控援左氏義立説，至爲精到。足征述之深于左氏矣。」按，王述深于左傳，則坦之傳父學亦有可能。林公與坦之絶不相得，何至隱斥其父邪？劉氏説較迂曲。

〔四〕塵垢囊　余箋：「後漢書襄楷傳云：『天帝遺以好女，浮屠曰：「此但革囊盛血。」遂不眄之。』注云：『四十二章經：天神獻玉女於其佛，佛曰：「此是革囊盛衆穢耳。」』『塵垢囊』即『革囊盛衆穢』之意。其鄙坦之至矣。然由此可知坦之獨抱遺經，謹守家法，固宜爲衆喙之所咻，羣犬之所吠矣。若支遁者，希聞至道，徒資利口，嗔癡太重，我相未除。曾不得爲善知識，惡足稱高逸沙門乎？」按，王坦之和支遁絶不相得，又見於本篇二五。合此二條觀之，王坦之與支遁，蓋學術宗致不同也。支遁爲江南名僧之冠，玄談特妙，傾倒一時，時人比之王弼、向秀。郗超與親友書甚至稱「林法師神理所通，玄拔獨悟，數百年來，紹明大法，令真理不絶，一人而已」。林公佛學造詣極高，作即色游玄論、道行指歸、大小品對比要鈔等，會通玄佛，具有通、新、變之理論品格。王坦之則堅守儒學，擯斥莊子，尤非時俗放蕩，而頗尚刑名學，學術及爲人皆保守陳腐，與支遁代表之新學風背道而馳。兩人「絶不相得」，自在情理之中。坦之稱林公「詭辯」，可見其對林公學術無所解。文學三五：「支道林造即色論，論成，示王中郎。中郎都無言。支曰：『默而識之乎？』王曰：『既無文殊，誰能見賞。』」可以想象，即色論如「色即爲空，色復異空」一類見解，在王坦之看來與「詭辯」無異，此中土宗尚儒學之士對於佛教抽象思辯之不解也。林公則鄙坦之穿著笨拙膩垢，因循守舊，「逐鄭康成車後」，爲令人厭惡之臭皮囊。兩人惡言相向，佛教與

二二　孫長樂作王長史誄云：〔一〕「余與夫子，交非勢利。心猶澄水，同此玄味。」禮記曰：「君子之交淡若水，小人之交甘若醴。」王孝伯見曰：「才士不遜，亡祖何至與此人周旋！」〔二〕

【校釋】

〔一〕「孫長樂」句　程炎震云：「法書要録卷九載張懷瓘書斷：王濛永和三年卒，年三十九。」

〔二〕「才士不遜」二句　方正四八：孫興公作庾公誄，文多託寄之辭。既成，示庾道恩。庾見，慨然送還之，曰：「先君與君，自不至於此。」可與此條同看。劉辰翁云：「興公到處爲死人所擯。」王世懋云：「興公一生受此等苦，死猶煩人。」按，孫綽性鄙，碑誄雖佳，但借名流美化自己，宜乎常遭人白眼，惹人厭煩。

二三　謝太傅謂子侄曰：「中郎始是獨有千載。」〔一〕車騎曰：「中郎衿抱未虚，復那得獨有？」〔二〕中郎，謝萬。

【校釋】

〔一〕獨有千載　猶言千載獨有。謝萬才具如何，謝安當深知，然爲振興謝氏家族計，竟然贊其「獨有千載」，未免令人嗤笑。

〔二〕「車騎曰」三句　車騎，謝玄。衿抱，世説音釋：「猶言胸懷也。」按，謝玄謂謝萬衿懷未至虚夷，豈可稱「獨有」。綜觀世説所記謝萬，雖亦有王右軍等稱譽之，然實非第一流人物。桓温鄙稱「萬石擾弱凡才」（方正五五）；衆人送支道林還東，謝萬移就蔡系坐次，蔡還，見謝占其位，「因合褥舉謝擲地」（雅量三一）；簡文與郗超言及萬壽春之敗，超曰：「伊以率任之性，欲區別智勇。」（品藻四九）；中興書曰：「萬器量不及安石。」（賞譽五五注引）；支道林謂王胡之在謝萬之上（賞譽六〇）……謝玄之評，不徇私而識中，當列入識鑒，不當屬輕詆。

二四　庾道季詫謝公曰：〔一〕「裴郎云：『謝安謂裴郎乃可不惡，何得爲復飲酒。』〔二〕裴郎又云：『謝安目支道林如九方臯之相馬，略其玄黄，取其儁逸。』」〔三〕〔四〕

〔二〕庾龢、裴啓，已見。〔三〕支遁傳曰：「遁每標舉會宗，而不留心象喻，解釋章句，或有所漏，文字之徒，多以爲疑。〔五〕謝安石聞而善之曰：『此九方臯之相馬也，略其玄黄，而取其儁逸。』」列子曰：

「伯樂謂秦穆公曰：『臣所與共儋纆薪菜者有九方皐，〔六〕此其於馬非臣之下也。』公使行求馬，反曰：『得矣，牡而黄。』〔七〕使人取之，牝而驪。公曰：『毛物牝牡之不知，〔八〕何馬之能知也？』伯樂曰：『若皐之觀馬者，天機也。得其精亡其麤，〔九〕在其内亡其外。見其所見，不見其所不見。視其所視，遺其所不視。若彼之所相，有貴於馬也。』既而馬果千里足。」謝公云：「都無此二語，裴自爲此辭耳。」庾意甚不以爲好，因陳東亭經酒壚下賦。〔一〇〕讀畢，〔一一〕都不下賞裁，直云：「君乃復作裴氏學！」〔一二〕於此語林遂廢。今時有者，皆是先寫，無復謝語。續晉陽秋曰：「晉隆和中，河東裴啓撰漢、魏以來迄于今時言語應對之可稱者，謂之語林。時人多好其事，文遂流行。後説太傅事不實，而有人於謝坐，敍其黄公酒壚，司徒王珣爲之賦，謝公加以與王不平，乃云：『君遂復作裴郎學！』自是衆咸鄙其事矣。安鄉人有罷中宿縣詣安者，〔一三〕安問其歸資，答曰：『嶺南凋弊，唯有五萬蒲葵扇，又以非時爲滯貨。』安乃取其中者捉之，於是京師士庶競慕而服焉，價增數倍，旬月無賣。夫所好生羽毛，所惡成瘡痏。謝相一言，挫成美於千載，及其所與，崇虚價於百金。上之愛憎與奪，可不慎哉！」〔一四〕

【校釋】

〔一〕詑　朱注引陶珙曰：「詑有二義：一誇耀，一誑詐，此蓋誇也。」按，詑，告知也。莊子達生：「有孫休者，踵門而詑子扁慶子。」成玄英疏：「詑，告也。」類篇七：「又虚訝切，告也。」此句謂庾道季告知謝公，非謂於謝公面前誇耀或誑詐也。

〔二〕「謝安謂裴郎」二句　世説箋本：「蓋謂裴郎胸中固無磊塊，何得復以酒澆之。一説：裴性不喜酒，人以爲不達。故裴托之謝公云，何須更飲酒，不飲亦自佳。何得，猶何須也。」

〔三〕庾龢　已見言語七九。裴啓，已見文學九〇。

〔四〕「謝安目支道林」三句　玄黄，色也；儁逸，神也。此謂九方皋相馬略形求神。謝安以「九方皋相馬」之喻，目支道林爲儁逸。「略其玄黄」二語，體現出魏晉時期略形重神之美學觀。

〔五〕「遁每標舉會宗」數句　「標舉宗會，而不留心象喻」，乃魏晉學術「得意忘言」之旨；而略形求神之美學觀，爲「得意忘言」方法之所致也。

〔六〕纆　宋本作「纏」。

〔七〕牡而黄　牡，宋本作「牝」。今本列子説符篇作「牝」，淮南子道應訓作「牡」。按，「牝而黄」及以下「牝牡」或「牡牝」皆於義無礙。

〔八〕牝牡　沈校本、王刻本並作「牡牝」。

〔九〕得其精　得，宋本作「問」。

〔一〇〕「庾意」二句　甚不以爲好，甚，沈校本作「其」。庾道季推奬裴啓語林，故以語林中所載謝安二語告謝。謝公不好語林，否認已有此二語，謂裴啓自爲之。庾以爲謝之説非是，故復讀語林所載王東亭黃公酒壚下賦。

〔一一〕讀畢　李慈銘云：「案，『讀畢』下當有謝公字。」

〔一二〕君乃復作裴氏學　謝安原與王珣不平，庾道季復讀王賦，更令其不快，故詆庾亦「復作裴氏學」。

〔一三〕中宿縣　晉書一五地理下：廣州始興郡有中宿縣。

〔一四〕「續晉陽秋曰」數句　據續晉陽秋，謝安不喜語林，因其「説太傅事不實」，又謝與王珣不平，而珣之黃公酒壚下賦載於語林中。語林所記謝安事真實與否，無從考查。然謝安於他人著作，常輕鄙之。袁宏以所成名士傳見謝公，公笑曰：「我嘗與諸人道江北事，特作狡獪耳，彥伯遂以著書。」（見文學九四）譏笑袁宏不予細究，以假當真。孫過庭書譜云：「謝安素善尺牘，而輕子敬之書。子敬嘗作佳書與之，謂必存録，安輒題後答之，甚以爲恨。」至於黃公酒壚之傳聞，早在東晉時便有人懷疑。余箋：「傷逝篇『王戎過黃公酒壚』事，注引竹林七賢論曰：『俗傳如此，潁川庾爰之嘗以問其伯文康。文康云：「中朝所不聞，江左忽有此論，蓋好事者爲之耳。」』是此事之不實，庾亮已辯之於前。謝安蓋熟知之。乃俗語不實，流爲丹青。王珣既因之以作賦，裴啓又本之以著書。於草野傳聞，不加考辨，則安石之深鄙其事斥爲裴郎學，非過論也。但王珣賦甚有才情，謝以與王不平，故於其賦之工拙不置一詞。意以爲選題既誣，其文字亦無足道焉耳。」余箋深信庾亮之説，又以爲謝安熟知江北事，黃公酒壚事乃俗語不實，草野傳聞。然鄙意以爲王戎過黃公酒壚實有其事（參見傷逝二校釋）。謝安詆毁裴啓語林之主要原因，蓋在與王氏交惡。傷逝一五記謝安卒，王珣往哭，督帥刁協甚至不讓其前，曰：「官平生在時，不見此客。」于此可見王、謝交惡之程度。語林載王珣賦，謝安深忌此書流傳漸廣，或能張揚王氏聲譽，故以太傅之影響詆毁之，遂使裴啓遭池魚之殃。檀道鸞感歎「上之愛憎與奪，可不慎哉」，顯然對謝安詆毁語林不以爲然。

二五　王北中郎不爲林公所知，〔一〕乃著論沙門不得爲高士論，大略云：「高士必在於縱心調暢，沙門雖云俗外，反更束於教，非情性自得之謂也。」〔二〕

【校釋】

〔一〕王北中郎　坦之官北中郎將。

〔二〕「高士」數句　佛教稱不遵世俗禮法，僧人乃方外之賓。弘明集一二桓謙等答桓玄論沙門敬事書：「然佛法與老孔殊趣，禮教正乖。人以髮膚爲重，而髡削不疑。出家棄親，不以色養爲孝。土木形骸，絶欲止競。不期一生，要福萬劫。世之所貴，已皆落之；禮教所重，意悉絶之。」慧遠答桓太尉書：「是故凡在出家，皆隱居以求其志，變俗以達其道。」教，指沙門教規及戒律。沙門雖云違禮變俗，但爲保持其獨立面目，必須依賴戒律。坦之以道家崇尚自然之旨，譏嘲沙門束於教義，非謂情性自得，此亦屬中國傳統文化抨擊外來佛教文化之聲口。道恒釋駁論中「束教君子」抨擊沙門曰：「何其棲託高遠，而業尚鄙近。……雖暫有一善，亦何足以標高勝之美哉！」（弘明集六）其論調與坦之同，皆譏沙門非高士。

二六　人問顧長康，何以不作洛生詠。〔一〕答曰：「何至作老婢聲！」〔二〕洛下書生詠音重濁，故云老婢聲。

【校釋】

〔一〕洛生詠　洛下風流，始終爲東晉名士追懷仰慕，洛生詠即其一也。雅量二九注引宋明帝文章志曰：「安能作洛下書生詠，而少有鼻疾，語音濁。後名流多斆其詠，弗能及，手掩鼻而吟焉。」據此，東晉名士作洛生詠，謝安首開風氣，以後名流多效之，直至南朝亦復如是。蓋此風之所以長盛不衰，除謝安有巨大影響之外，當與洛生詠之重濁聲調有關。江左名士，平素聽慣吳儂軟語，而聞洛生詠剛健厚重之音，必別具一種風味與美感。久而久之，作洛生詠幾成名士之標誌矣。

〔二〕何至作老婢聲　余箋：「洛下書生詠者，效洛下讀書之音，以詠詩也。陸法言切韻序云：『吳、楚則時傷輕淺，燕、趙則多傷重濁。』洛下雖非燕、趙，而同在大河南北，故其音亦傷重濁。長康世爲晉陵無錫人，習於輕淺，故鄙夷不屑爲之。晉書王敦傳曰：『含軍敗，敦聞怒曰：「我兄，老婢也！」』長康漫論聲韻，而忽作此詈人之言，世説亦入之輕詆篇，則其言必有所爲。長康素爲桓温所親暱。温死，謝安執政，而長康作詩哭温，有『魚鳥無依』之歎（見言語篇『顧長康拜桓宣武條』）。然則『老婢』之譏，殆爲謝安發也。」按，顧愷之固爲桓温所親暱，然謝安亦甚重愷之。晉書本傳稱愷之「尤善丹青，圖寫特妙，謝安深重之，以爲蒼生以來未之有也」。温死，謝安執政，未聞與愷之有衝突。愷之性喜諧謔，且審美能力極高，鄙夷時人多作洛生詠，故譏爲「老婢聲」耳。余箋據愷之「魚鳥無依」之句，便稱「老婢」之譏所擬者爲謝安，其説欠説服力。

二七　殷顗、庾恒並是謝鎮西外孫，謝氏譜曰：「尚長女僧要適庾龢，次女僧韶適殷歆。」〔一〕殷少而率悟，〔二〕庾每不推。嘗俱詣謝公，謝公熟視殷，曰：「阿巢故似鎮西。」巢，殷顗小字也。於是庾下聲語曰：「定何似？」〔三〕謝公續復云：「巢頰似鎮西。」庾復云：「頰似，足作健不？」〔四〕庾氏譜曰：「恒字敬則，祖亮，父龢。恒仕至尚書僕射。」

【校釋】

〔一〕「謝氏譜曰」下二句　程炎震云：「晉書殷顗傳：父康。此云歆，未知孰是？」按，汪藻陳郡長平殷氏譜亦云殷顗父康，無有「殷歆」者。疑謝氏譜誤。

〔二〕率悟　率易而穎悟也。德行四一注引晉安帝紀謂殷顗「以率易才悟著稱」。

〔三〕下聲　朱注：「猶言『低聲』或『小聲』。」按，下作動詞，下聲即發聲，發言。定何似，意謂究竟何處似？

〔四〕足作健不　世説箋本：「足似鎮西之健否？」按，庾恒因不推殷顗，故對謝安「阿巢故似鎮西」之語頗不以爲然。頰似，則足健似乎？若足健亦似，則手復似否？問語層遞不斷，簡妙之至，而輕詆之意顯然，似見人物神態口吻，令人莞爾。

二八　舊目韓康伯將肘無風骨。〔一〕説林曰：「范啓云：『韓康伯似肉鴨。』」

【校釋】

〔一〕將肘　將，宋本作「捋」。世説音釋：「『捋肘』，疑當作『將牢』，胡三省注：『將牢，謂先自固而不妄動也，猶今人之言把穩也。』蓋言韓康伯將牢太過，所乏者矯矯風節也。」一説「將肘」當作「捋肘」，猶言捋臂。世説補考：「『將肘』未詳。或云『將』當作『捋』。前漢書鄱陽傳：『攘袂而正議。』注：『攘袂，猶今人云捋臂。』」余箋：「方言一云：『京、奘、將，大也。秦、晉之間，凡人之大謂之奘。燕之北鄙，齊、楚之郊，或曰京，或曰將，皆古今語也。』據此，則『將』爲『壯』之聲轉。康伯爲人肥大，故范啓以肉鴨比之。凡人肥則肘壯。此云將肘者，江北傖楚人語也。品藻篇云：『韓康伯雖無骨幹，然亦膚立。』同譏其無骨，而毁譽不同，愛憎之見異耳。觀注語知康伯甚肥，故時人譏其有肉無骨。」按，世説音釋謂「捋肘」疑作「將牢」，釋「無風骨」爲「所乏者爲矯矯風節也」。此解值得商榷。何以將牢（義爲持重）者便乏「矯矯風節」？孝標注引范啓云「韓康伯似肉鴨」，其意以「肉鴨」釋「無風骨」。而「肉鴨」當指身體肥胖，與持重不持重了無干係。余箋引字書解之，謂「將」爲「壯」之聲轉，「將肘」乃江北傖楚人之語。然舊目韓康伯者，當亦名流，恐非江北傖楚人，豈會以北地方言目之？此余箋爲不可信者也。相校而言，作「捋肘」語意顯豁。捋肘無風骨，正謂韓伯肥胖，肉多不見骨，無有俊爽風度。文選宋玉神女賦狀神女曰：「骨法多奇，應君之相。」文選曹植洛神賦曰：「骨法應圖。」吕向注：「骨法人像，皆應圖畫。」二賦皆寫美人骨肉得中，即肌豐骨秀，合圖畫之法。此雖狀美人，其實品鑒人物之原則皆同。韓伯肉肥而無秀骨，故人鄙之無風骨。關於「風骨」一詞，原先乃相人之語，後成爲魏晉審美範疇之一。（參見賞譽八八、賞譽一〇〇校釋）

二九　苻宏叛來歸國，〔一〕謝太傅每加接引。宏自以有才，多好上人，〔二〕坐上無折之者。適王子猷來，太傅使共語。子猷直孰視良久，回語太傅云：「亦復竟不異人。」宏大慚而退。〔三〕續晉陽秋曰：「宏，苻堅太子也。堅爲姚萇所殺，宏將母妻來投，詔賜田宅。桓玄以宏爲將，玄敗，寇湘中，伏誅。」〔四〕

【校釋】

〔一〕叛　余箋：「世説據晉人記載，以苻宏背父來降，故書之以叛。……宏之自武都來歸，堅又已被擒，存亡不可知，宏非背其父而出走也。故責宏以不能死守長安以身殉國，則可矣。謂之叛父，固非其罪也。」朱注：「一云『叛』與『判』通，與本國判離而來也。」按，叛，逃奔也（詳見德行二八校釋）。苻秦國亡，苻宏逃奔東晉。余箋誤解「叛」爲背叛，故作無謂之辯。朱注釋「叛」爲「判離」，亦不確。程炎震云：「太元十年六月苻宏來降。」

〔二〕上人　楊箋：「陵人也。左傳桓公五年：『君子不欲多上人。』」

〔三〕「亦復竟不異人」二句　王子猷一句輕鄙語，竟然使苻宏大慚而退。子猷亦不見佳，純以氣勢攝人，卻自有呆子被唬住。文學四二記王濛與支遁清言，王敍致作數百語，自謂是名理奇藻，支徐徐謂曰：「身與君別多年，君義言了不長進。」王大慚而退。子猷伎倆正與支遁略同。

〔四〕「桓玄」數句　余箋：「晉書桓玄傳：『安帝反正，湘州刺史苻宏走入湘中，害郡守。長史檀祇討宏於湘東，斬之。』又苻堅載記云：『宏歷位輔國將軍。桓玄篡位，以宏爲涼州刺史。義熙初，以謀叛被誅。』」

三〇　支道林入東，見王子猷兄弟，還，人問：「見諸王何如？」答曰：「見一羣白頸烏，〔一〕但聞唤啞啞聲。」〔二〕

【校釋】

〔一〕白頸烏　徐箋：「王琦注李賀染絲上春機引世説此事，末云：『王氏子弟多服白領故也。』蓋以釋白頸烏之義，但未知所據。」

〔二〕唤啞啞聲　陸游老學庵筆記八以爲支遁聞王子猷兄弟「唤啞啞聲」，即爲「今之諸也」。劉盼遂云：「王丞相北人，喜吴語，其弟子多規效之。白頸烏，本讀魚韻，徑唤作啞，讀入麻韻，以取媚當時。林公詆之，蓋比于顏之推詆鮮卑語也。」劉氏以爲林公詆王子猷兄弟，蓋因其效吴語耳。余箋不從陸游之説云：「道林之言，譏王氏兄弟作吴音耳。啞啞之聲與唱諾殊不相似，放翁之説，近於傅會。」按，劉氏、余箋近是。排調一三記劉真長見王導，出，人問見王公如何。真長曰：「未見他異，唯聞作吴語耳。」此條支遁所譏，與真長相似。

三一　王中郎舉許玄度爲吏部郎，〔一〕郗重熙曰：「相王好事，不可使阿訥在坐頭。」〔二〕訥，詢小字。

【校釋】

〔一〕「王中郎」句　程炎震云：「坦之嘗爲撫軍掾，郗愔爲撫軍司馬，蓋同時。然坦之晚進位卑，恐未得舉玄度也。」按，郗重熙爲郗曇，非郗愔；愔字方回。程氏誤記。

〔二〕「相王好事」二句　坐頭，王刻本無「頭」字。按，有「頭」字較佳。文學四〇：「支道林、許掾諸人共在會稽王齋頭。」頭，表處所，所在。齋頭猶言齋所，坐頭猶言坐處。好事，興事端；喜歡多事。孟子萬章上：「好事者爲之也。」朱熹集注：「好事，謂喜造言生事之人也。」按，郗曇意謂簡文喜歡多事，不可以許詢爲吏部郎。劉辰翁云：「甚惡之詞。」其説所指不明。味郗曇之語，乃詆簡文好事耳。玄度高尚士，不喜亦不宜作官。郗曇乃深知玄度者也。

三二　王興道謂謝望蔡霍霍如失鷹師。〔一〕永嘉記曰：「王和之字興道，琅邪人。祖翼，〔二〕平南將軍。父胡之，司州刺史。和之歷永嘉太守、正員常侍。」望蔡，謝琰小字也。〔三〕

【校釋】

〔一〕謝望蔡　世説音釋：「謝琰封望蔡侯，子混襲爵望蔡侯，故賞譽篇稱謝混亦爲望蔡，非謝琰小字審矣。晉地理志：『望蔡縣屬豫章郡。』宋州郡志曰：『漢靈帝中平中，汝南上蔡民分徙此城，立縣名上蔡。晉武帝太康元年更名。』宋白曰：『以上蔡人思本土，故曰望蔡。』」按，其説是。霍霍，世説音釋：「猝遽也。」鷹師，謂馴養鷹之人。

〔二〕祖翼　王利器校：「案『翼』當作『廙』，本書附琅琊臨沂王氏譜、晉書王廙傳都作『廙』。」按，仇隙三注引無忌别傳、晉書七六王廙傳皆謂廙爲平南將軍。翼當是「廙」之誤。

〔三〕謝琰　琰，原誤作「惔」，今改。謝琰小字末婢，見傷逝一五及孝標注。「望蔡」等七字當非孝標注。

三三　桓南郡每見人不快，〔一〕輒嗔云：「君得哀家梨，當復不烝食不？」〔二〕舊語：秣陵有哀仲家梨，甚美，大如升，入口消釋。言愚人不别味，得好梨，烝食之也。

【校釋】

〔一〕不快　世説補考：「不快，不慧也。」世説音釋：「不聰慧也。」世説箋本：「作事不快利也。」按，據孝標注「愚人不識味」云云，不快作「不慧」解。快，善，能，同「快吏」之「快」。

〔二〕「君得哀家梨」二句　劉辰翁云：「所得甚近人意。」程炎震云：「某氏曰：北户録引作『不烝不食』。」朱注：「桓語意似反詰之辭，謂得哀家梨當亦知不烝而食，何不解事而鈍滯如此！」

假譎第二十七

一 魏武少時，嘗與袁紹好爲游俠。〔一〕觀人新婚，因潛入主人園中，夜叫呼云：「有偷兒賊！」青廬中人皆出觀，〔二〕魏武乃入，抽刃劫新婦，與紹還出。失道，墜枳棘中，紹不能得動。復大叫云：「偷兒在此！」紹遑迫自擲出，遂以俱免。〔三〕曹瞞傳曰：「操小字阿瞞，〔四〕少好譎詐，遊放無度。」孫盛雜語云：〔五〕「武王少好俠，放蕩不修行業。嘗私入常侍張讓宅中，讓乃手戟於庭，〔六〕踰垣而出，有絶人力，故莫之能害也。」

【校釋】

〔一〕「魏武少時」二句　魏志袁紹傳：「紹有姿貌威容，能折節下士，士多附之，太祖少與交焉。」注引英雄記：「又好遊俠，與張孟卓、何伯求、吳子卿、許子遠、伍德瑜等皆爲奔走之友。」

〔二〕青廬　余箋：「玉臺新詠一古詩無名氏爲焦仲卿妻作：『其日牛馬嘶，新婦入青廬。』酉陽雜俎一禮異篇云：『北朝婚禮，青布幔爲屋，在門内外，謂之青廬，於此交拜。』」又類説四二「青廬」條：「士大夫家婚禮，露帳謂之入帳，新婦乘鞍，北朝餘風也。北方婚禮用青布幔爲屋，謂之青廬，於此交拜，以竹枝打壻爲戲，有至大委頓者。」

〔三〕「抽刃劫新婦」數句　看新婦、戲新婦，自漢以來即成民間習俗。如曹操劫持新婦之事雖罕見，然出格荒唐之事，往往有之。意林四引風俗通三一：「汝南張妙會杜士，士家娶婦，酒後相戲，張妙縛杜士，捶二十，又懸足指，士遂致死。」抱朴子外篇疾謬：「俗間有戲婦之法，於稠宗之中，親屬之前，問以醜言，責以慢對，其爲鄙黷，不可忍論。」

〔四〕操小字　魏志武帝紀注引曹瞞傳：「太祖一名吉利，小字阿瞞。」

〔五〕雜語　魏志武帝紀注引作異同雜語。

〔六〕讓乃手戟於庭　徐箋：「魏志武帝紀注引雜語作『讓覺之，乃舞手戟於庭』，當據補。舞戟於庭者乃操，非張讓也。」按，徐箋是。

二　魏武行役，失汲道，〔一〕軍皆渴，〔二〕乃令曰：「前有大梅林，饒子，甘酸可以解渴。」士卒聞之，口皆出水。乘此得及前源。〔三〕

【校釋】

〔一〕汲道　汲水之道，即河流也。

〔二〕軍皆渴　軍上宋本、沈校本並有「三」字。

〔三〕「乃令曰」數句　劉辰翁云：「華池解渴之妙，存想有功。」

三　魏武常言：〔一〕「人欲危己，己輒心動。」因語所親小人曰：「汝懷刃密來我側，我必説『心動』，執汝使行刑，汝但勿言其使，無他，當厚相報。」執者信焉，〔二〕不以爲懼。遂斬之，此人至死不知也。左右以爲實，謀逆者挫氣矣。曹瞞傳曰：「操在軍，廩穀不足，私語主者曰：『何如？』主者云：『可以小斛足之。』操曰：『善。』後軍中言操欺衆，操題其主者背以徇曰：『行小斛，盜軍穀。』遂斬之，仍云：『特當借汝死以厭衆心。』其變詐皆此類也。」〔三〕

【校釋】

〔一〕常言　言，宋本、沈校本作「謂」。

〔二〕執者　御覽作「懷刃者」，太平廣記一九〇作「侍者」。按，作「侍者」、「懷刃者」於義皆通，指上文「所親小人」。曹操誑騙侍者懷刃前來，而又令其被殺時勿言誰使其然，侍者聽信焉。朱注釋「執者」，爲「執行其命者」，理解似有誤。

〔三〕「曹瞞傳曰」數句　劉辰翁云：「文字中留此，鬼當夜哭。」王乾開云：「奸雄假譎，至死欺人。嗟嗟！敗面中風，同愚父及叔父矣。尚軍士不在智術簸弄中也。」按，曹操狡詐，殘賢害善之事甚多。魏志武帝紀注引阿瞞傳：「然持法峻刻，諸將有計畫勝出己者，隨以法誅之，及故人舊怨，亦皆無餘。」

四　魏武常云："我眠中不可妄近，近便斫人，〔一〕亦不自覺，左右宜深慎此！"後陽眠，〔二〕所幸一人，竊以被覆之，因便斫殺。自爾每眠，左右莫敢近者。〔三〕

【校釋】

〔一〕近便斫人　宋本無"近"字。

〔二〕陽眠　即佯眠。

〔三〕凌濛初云："所爲不良，心亦兢兢，作此多狡。"李贄云："譎莫譎于魏武，奸莫奸于司馬宣王。自今觀之，魏武狡詐百出，雖其所心腹之人，不吝假寐以要除之，而司馬宣王竟奪其頷下之珠，不必遭其睡也。故曹公之好殺也已極，而魏之子孫即反噬于司馬。司馬之噬曹也，亦可謂無留遺矣。而司馬之子孫又即啖食於犬羊之羣，青衣行酒，徒跣執蓋，身爲天子，反奴虜於鮮卑，戮辱於厥庭之下也。一何慘毒酷裂，令人反袂掩面，含羞而不忍見之歟！然則天下之報施善人，竟何如哉！吾是以知天之報施果不爽也。吾又以知譎之無益，奸之受禍也。故作譎奸論以垂鑒焉。"（初潭集君臣）

五　袁紹年少時，曾遣人夜以劍擲魏武，少下，不著。魏武揆之，其後來必高。

因帖卧牀上，〔一〕劍至果高。按袁、曹後由鼎跱，迹始携貳。自斯以前，不聞讎隙，有何意故而剸之以劍也？〔二〕

【校釋】

〔一〕帖　世説補考：「帖，附著也。帖卧，謂俯而腹帖地也。」劉盼遂云：「按『帖』爲『粘』之借字。説文黍部：『粘，相著也。』帖卧者去薦褥與牀板相親也。本書方正篇：『羊忱不暇被馬，於是帖騎而避。』謂不施鞍薦，人馬相附也。」按，劉説較勝。

〔二〕剸　刺，殺。新唐書一九一忠義傳上安金藏傳：「引佩刀自剸腹中，腸出被地。」劉辰翁云：「自非露卧，劍至即上，又不如遷以避之。小説多巧。」余箋：「吴承仕云：『少下不著』者，劍著牀下耶？此節記事可疑。」按，劉、吴皆謂此條所記並不可信。

六　王大將軍既爲逆，頓軍姑孰。〔一〕晉明帝以英武之才，猶相猜憚，乃著戎服，騎巴賨馬，〔二〕齎一金馬鞭，陰察軍形勢。未至十餘里，有一客姥居店賣食，〔三〕帝過愒之，〔四〕謂姥曰：「王敦舉兵圖逆，猜害忠良，朝廷駭懼，社稷是憂。故劬勞晨夕，用相覘察。恐形迹危露，或致狼狽，追迫之日，姥其匿之。」便與客姥馬鞭而去，行敦營匝而出。軍士覺，曰：「此非常人也！」敦卧心動，曰：「此必黄須鮮卑奴來！」命騎追之。已覺多許里，追士因問向姥：「不見一黄須人騎馬度此邪？」〔五〕姥曰：「去已久矣，不可復及。」於是騎人息意而反。異苑曰：「帝躬往姑孰，敦時晝寢，卓然驚悟曰：『營中有黄頭鮮卑奴來，〔六〕何不縛取！』帝所生母荀氏，燕國人，故貌類焉。」

【校釋】

〔一〕姑孰　姑，宋本誤作「妕」。頓，住宿；駐屯。文選陸機於承明作與士龍詩：「南歸憩永安，北邁頓承明。」李善注：「頓，止舍也。」晉書六明帝紀載：太寧元年（三二三），王敦將謀篡逆，諷朝廷徵己，明帝乃手詔徵之。四月，敦下屯于湖。

〔二〕巴賨馬　世説音釋：「風俗通曰：『巴有賨人，剽勇，高祖募取，定三秦也。其地馬亦壯駿，稱巴賨馬。』」晉書六明帝紀載：太寧二年（三二四）六月，「敦將舉兵内向，帝密知之，乃乘巴滇駿馬微行，至于湖，陰察敦營壘而出」。

〔三〕賣食　宋本、沈校本並無「賣」字。

〔四〕愒之　王世懋云：「愒字無謂，恐是謁字之誤。」徐箋：「按『愒』與『憩』同，『之』字疑衍。」朱注：「愒，去例切，説文：『息也，從心曷聲。』詩小雅：『不尚愒焉。』大雅：『汔可小愒。』傳：『皆訓息也。』是憩之本字，蓋帝過而小憩也。王敬美以爲『謁』字之誤，似未審。」按，朱注是。

〔五〕「敦卧心動」數句　晉書六明帝紀所載與世説不同，曰：「又敦正晝寢，夢日環其城，驚起曰：『此必黄鬚鮮卑奴來也。』……於是使五騎物色追帝，帝亦馳去。馬有遺糞，輒以水灌之。見逆旅賣食嫗，以七寶鞭與之，曰：『後有騎來，可以此示也。』俄而追者至，問嫗，嫗曰：『去已遠矣。』因以鞭示之。五騎傳玩，稽留遂久。又見馬糞冷，以爲信遠而止不追，帝僅而獲免。」所敍明帝之智而譎，情勢之急且險，較世説更曲折有味。

〔六〕黄頭　頭，應作「須」。晉書六明帝紀：「帝母荀氏，燕代人，帝狀類外氏，鬚黄。」魏志曹彰傳：「太祖喜持彰鬚曰：『黄鬚兒竟大奇也！』」陳寅恪釋黄須鮮卑奴與白虜謂曹操夫人「卞氏亦有可能是燕代流落到琅琊的鮮卑人，後來又流落到譙縣，爲曹操所納。曹彰須黄，當是鮮卑血統遺傳在曹彰身上的顯現。卞氏、荀氏都曾在琅琊居住，這不是偶然的。看來琅琊的鮮卑人不少。」（詳見陳寅恪魏晉南北朝史講演録）

七　王右軍年減十歲時，〔一〕大將軍甚愛之，恒置帳中眠。大將軍嘗先出，右軍猶未起，須臾，錢鳳入，屏人論事，晉陽秋曰：「鳳字世儀，吴嘉興尉子也。奸慝好利，爲敦鎧曹參軍。知敦有不臣心，因進説。後敦敗，見誅。」都忘右軍在帳中，便言逆節之謀。右軍覺，既聞所論，知無活理，乃剔吐汙頭面被褥，〔二〕詐孰眠。〔三〕敦論事造半，方意右軍未起，〔四〕相與大驚曰：「不得不除之。」及開帳，乃見吐唾從横，信其實孰眠，於是得全。于時稱其有智。按諸書皆云王允之事，而此言羲之，疑謬。〔五〕

【校釋】

〔一〕年減　減，沈校本作「裁」。徐箋謂「減」、「裁」義並可通。楊箋：「沈校本作『裁』，非。減字爲時人常語。」按，徐箋較勝。

〔二〕剔吐　剔，沈校本作「陽」。按，當作「陽」，「陽」同「佯」。

〔三〕孰眠　孰，沈校本作「熟」。下同。按，孰同「熟」。

〔四〕方意　意，沈校本作「憶」。按，意同「憶」。靈樞經曰：「心有所憶謂之意。」

〔五〕此事晉書七六王允之傳、通鑑九二晉紀一四皆屬之王允之。劉盼遂云：「按錢大昕疑年録所考，右軍以元帝太興四年生，王敦死於明帝太寧元年，時右軍裁四歲耳，惡能機警若是？考王允之生於惠帝太安二年，當敦謀逆時，允之年正十歲，則諸書説爲允之事爲得，晉書不從世説，是也。」余箋：「御覽四三二引晉中興書曰：『王允之字淵猷，年在總角，從伯敦深知之。嘗夜飲，允之辭醉先眠。時敦將謀作逆，因允之醉别牀卧，夜中與錢鳳計議。允之已醒，悉聞其語，恐或疑，便於眠處大吐，衣面並汙。鳳既出，敦果照視，見其眠吐中，以爲大醉，不復疑之。』嘉錫案：今晉書允之傳略同，且曰：『時父舒始拜廷尉，允之求還定省，敦許之。至都，以敦、鳳謀議事白舒。舒即與導俱啓明帝。』其非右軍事明矣。世説之謬，殆無可疑。」按，錢大昕謂右軍以元帝大興四年生，此説不確。右軍生於惠帝太安二年（三〇三），（見企羨三校釋）與王允之同歲。故此事屬之右軍亦無不可。但晉書、晉中興書、通鑑皆云王允之事，似更合理。通鑑九二晉紀一四載：明帝太寧元年（三二三）八月，王允之聞王敦逆謀，陽吐，「會其父舒拜廷尉，允之求歸省父」。其年夏四月，王敦下屯于湖。可知允之聞王敦逆謀於于湖，年已二十餘，非在總角，或「年減十歲」。總角，謂允之年幼時爲從伯王敦喜愛，「恒置帳中眠」，非謂此事即發生在允之總角時。

八　陶公自上流來赴蘇峻之難，〔一〕令誅庾公，謂必戮庾，可以謝峻。晉陽秋曰：「是時成帝在繦褓，太后臨朝，中書令庾亮以元舅輔政，欲以風軌格政，繩御四海。而峻擁兵近甸，爲逋逃藪。〔二〕亮圖召峻，王導、卞壼並不欲。亮曰：『蘇峻豺狼，終爲禍亂。晁錯所謂削亦反，不削亦反。』遂下優詔，以大司農徵之。峻怒曰：『庾亮欲誘殺我也！』遂克京邑。平南温嶠聞亂，號泣登舟，遣參軍王愆期推征西陶侃爲盟主，〔三〕俱赴京師。時亮敗績奔嶠，人皆尤而少之，嶠愈相崇重，分兵以配給之。」〔四〕庾欲奔竄則不可，欲會恐見執，進退無計。温公勸庾詣陶，曰：「卿但遥拜，必無它，我爲卿保之。」庾從温言詣陶，至便拜，陶自起止之曰：「庾元規何緣拜陶士衡？」〔五〕畢，又降就下坐。陶又自要起同坐。坐定，〔六〕

庾乃引咎責躬，深相遜謝，陶不覺釋然。〔七〕

【校釋】

〔一〕「陶公」句　據晉書七成帝紀，咸和三年（三二八）五月，征西大將軍陶侃與温嶠、庾亮等軍次於蔡洲。陶侃自荆州東下，或在此稍前。

〔二〕「峻擁兵近甸」二句　甸，左傳襄公二十一年杜預注：「郊外曰甸。」晉書四三山遐傳：「是江左初基，法禁寬弛，豪族多挾藏户口爲私附，遐繩以峻法，到縣八旬，出口萬餘，縣人虞喜以藏户當棄市。」於此可見，東晉初期豪族私藏户口之嚴重。庾亮輔政，欲以峻法治國。而蘇峻私藏户口，較豪族僅爲經濟利益更爲嚴重，蓋以補充兵員，將對朝廷構成威脅，故庾亮圖召峻。

〔三〕王愆期　晉書五一王接傳：「長子愆期，流寓江南，緣父本意，更注公羊，又集列女後傳云。」

〔四〕「時亮」數句　温位未高時，即與庾亮善（見任誕二六）。明帝爲太子，温爲太子東宮率。而庾亮之妹爲太子妃；明帝即位，册爲皇后。王敦欲廢太子，温嶠不畏强禦，致使敦謀不遂。庾氏得以盛極一時，温嶠有功焉。蘇峻之亂，庾亮敗績，茫然不知所至，唯有温嶠處可奔。而當衆人皆怪罪亮時，嶠愈相崇重，分兵以配給之。二人關係之深，非同一般。

〔五〕陶士衡　衡，晉書本傳作「行」。

〔六〕坐定　宋本、沈校本並無「坐」字。

〔七〕「庾乃引咎責躬」三句　程炎震云：「此是咸和三年，亮奔尋陽時。晉書六六侃傳敍侃語于石頭平後，非也。」按，晉書七成帝紀：咸和三年九月庚午，「陶侃使督護楊謙攻峻於石頭。温嶠、庾亮陣于白石」。由此知亮敗績已奔嶠，嶠分兵以配給之。王懋竑白田雜著四「論陶長沙侃」條：「嶠傳亦言侃許自下而未發，又遣使召（龔）登還。是侃本欲自下可知。侃得書即戎服登舟，子喪不臨，晝夜倍道而進，豈其旬日之間，而前後頓易若是？嶠以四月出師，僅有衆七千人，惴惴不能自保，尚在尋陽。侃倍道疾赴，以五月即至，戎卒四萬，旌旗數百里，軍威大振，勤王之師，未有先焉者也。此豈有一毫顧望之心，遲疑之跡也哉。侃之疾至尋陽，不獨勇赴國難，亦救亮、嶠於垂亡。蓋已釋然，無恨於亮。且亮國之元舅，非得詔，侃安敢以加誅。特以郡議所指，而亮亦以前事自疑，故用嶠計，詣侃拜謝，而侃即懽然，與共談宴，同趨建康。其公心大度又如此。亮藉其威勢，又欲自專討峻之功，輒自遣督護王彰攻峻，反爲所敗，乃送節傳謝侃。是時侃爲盟主，亮有不用命之罪，然侃絶不以罪亮也。」按，陶侃力挽狂瀾，誠朝廷之大功臣也。侃之恕亮，蓋有多種原因之促成（參見容止二三校釋），非僅亮「引咎責躬」一端也。

九　温公喪婦。從姑劉氏家值亂離散，唯有一女，甚有姿慧。姑以屬公覓婚。

公密有自婚意，答曰：「佳壻難得，但如嶠比，云何？」姑云：「喪敗之餘，乞粗存活，便足慰吾餘年，何敢希汝比。」卻後少日，公報姑云：「已覓得婚處，門地粗可，壻身名宦盡不減嶠。」因下玉鏡臺一枚，姑大喜。既婚，交禮，女以手披紗扇，〔一〕撫掌大笑曰：「我固疑是老奴，〔二〕果如所卜。」按温氏譜，嶠初取高平李暅女，中取琅邪王詡女，後取廬江何邃女，都不聞取劉氏，便爲虚謬。〔三〕谷口云：「劉氏，政謂其姑爾，非指其女姓劉也。孝標之注亦未爲得。」〔四〕玉鏡臺是公爲劉越石長史，北征劉聰所得。王隱晉書曰：「建興二年，嶠爲劉琨假守左司馬，都督上前鋒諸軍事，〔五〕討劉聰。」晉陽秋曰：「聰一名載，字玄明，屠各人。〔六〕父淵，因亂起兵死，聰嗣業。」

【校釋】

〔一〕紗扇　世説音釋：「婚禮，侍兒以紗扇蔽新婦，徹扇謂之『卻扇』，亦曰『披扇』。無侍兒者乃自披扇。鄭規詩：『隔扇護妝華。』」按，世説音釋是。何遜看伏郎新婚詩：「何如花燭夜，輕扇掩紅粧。」周弘正看新婚詩：「暫卻輕紈扇，傾城判不賒。」

〔二〕老奴　世説箋本：「按桓温之婦亦斥温爲老奴，蓋晉人昵稱。然温婦猶可，此新婦，恐是記者之辭。」按，晉書三一惠賈皇后傳：「衛瓘老奴，几破汝家。」晉書五七胡奮傳：「奮唯有一子爲南陽王友，早亡。及聞女爲貴人，哭曰：『老奴不死，唯有二兒，男入九地之下，女上九天之上。』」通鑑七五魏紀七記單固駡楊康曰：「老奴，汝死自分耳。」據上，「老奴」既可稱人，亦可自稱，非昵稱，乃鄙稱也。

〔三〕「都不聞」三句　余箋：「御覽五五四引晉中興書曰：『温嶠葬豫章。至嶠後妻何氏卒，便載嶠喪還都。詔令葬建平陵北，並贈嶠二妻王氏、何氏始安夫人印綬云。』嘉錫案：晉書本傳同，並與温氏譜合。詔書不及李氏者，蓋以早亡，又不從葬故也。嶠之不婚劉氏，亦已明矣。」

〔四〕「谷口云」數句　王世懋云：「觀此明知後人添注。」李慈銘云：「『谷口』以下，蓋宋人校語，既謂其姑，必仍温姓，何得云劉？宋人疏繆，往往如是。」程炎震云：「温嶠三娶，見晉書禮志中，孝標注難是也。『谷口』不知何許人。此數語宋本已有之，當考。姑既適劉，其女非姓劉而何？」徐箋：「此言殊憒憒。其姑，母家之姓當爲温，言劉氏則必是夫家之姓，安有母歸劉氏而女不姓劉者？谷口不知何人，豈後人評語闌入本注耶？考温嶠傳，平北大將軍劉琨妻，嶠之從母也。爾雅釋親：『母之姊妹爲從母。』嶠母崔氏，見晉書本傳。此事大抵子虛烏有，殆流俗附會劉琨家事，而誤從母爲從姑歟？案盧諶傳：『琨妻，諶之從母也。』又云：『清河崔悦，琨妻之侄也。』亦與温氏譜俱不合。」按，向不知谷口爲何人，范子燁據新建縣志、南昌府志等地方志，以爲乃北宋人潘淳，自稱「谷口小隱」，「谷口」乃省稱。（范子燁世説新語研究頁一八〇——一八一）孝標據温氏譜，言温三娶，都不聞娶劉氏，疑世説此條虚謬，其注不誤。谷口駁孝標注未是。程氏、徐箋謂温從姑乃從夫姓，其女當亦姓劉，其説是也。顔氏家訓風操篇曰：「凡言姑姊妹女子子：已嫁，則以夫氏稱之；在室，則以次第稱之。」李慈銘謂從姑必仍温姓，何得云劉，蓋亦未審從姑既適劉，自當以夫氏劉姓稱之。至於徐箋稱此事殆流俗附會劉琨家事，疑從姑爲從母之誤，説無依據。從姑爲父之從姊妹，與劉琨妻不相干。且從母與從姑，少有相混之理。

〔五〕都督上前鋒　王利器校：「蔣校本、沈校本無『上』字，是。」

〔六〕屠各　匈奴部落名。後漢書七三公孫瓚傳：「續爲屠各所殺。」李賢注：「屠各，胡號。」

一〇　諸葛令女，庾氏婦，既寡，誓云不復重出。此女性甚正彊，無有登車理。〔一〕即庾亮子會妻，父彪，已見上。〔二〕恢既許江思玄婚，乃移家近之。初誑女云：「宜徙。」於是家人一時去，獨留女在後。比其覺，已不復得出。〔三〕江郎莫來，〔四〕女哭詈彌甚，積日漸歇。江彪暝入宿，恒在對牀上。後觀其意轉帖，〔五〕彪乃詐厭，〔六〕良久不悟，聲氣轉急。〔七〕女乃呼婢云：「唤江郎覺。」江於是躍來就之，曰：「我自是天下男子，厭何預卿事而見唤邪？既爾相關，不得不與人語。」女默然而慚，情義遂篤。葛令之清英，江君之茂識，必不背聖人之正典，習蠻夷之穢行。康王之言，所輕

多矣。〔八〕

【校釋】

〔一〕登車　世説箋本：「『登車』謂往嫁也。昏儀曰：『婿執鴈入，揖讓升堂，再拜，奠鴈，蓋親受之于父母也。降，出御婦車，而婿授綏御輪三周。』」

〔二〕父彪　程炎震云：「父彪當作文彪，見方正篇『諸葛恢大女』條。」王利器校：「傷逝門『庾亮兒遭蘇峻難遇害』條注作『父彪』，也是『文彪』錯的。」文彪，已見方正二五。

〔三〕「恢既許江思玄婚」數句　江彪字思玄。世説箋本：「此恢欲近江家，因誑云舉家宜移。女以爲舉家真移，而既移之後，家人皆去，而女獨留，不復得出，便迎江郎來就之也。」

〔四〕莫來　莫，宋本作「暮」。按，莫同「暮」。

〔五〕帖　殷正林云：「『帖』本名詞，説文：『帛書署也。』段玉裁曰：帛署必黏黏，引申爲帖服，俗制『帖』字爲相符之義，制『帖』字爲『安服』之義。」（世説新語中所反映的魏晉時期的新詞和新義，語言學論叢第一二輯，北京商務印書館，一九八四年）

〔六〕厭　李慈銘云：「案厭俗作魘。」李詳云：「山海經西山經：『翼望之山，有鳥焉，名曰厭鵸鵌，服之使人不厭。』與此皆厭之古字，俗作魘。」

〔七〕聲氣轉急　楊慎云：「本『聲嗚轉急』，訛爲『聲氣』。」按，作「聲氣」較佳。聲，呻吟聲；氣，呼吸。聲氣轉急，謂呻吟、呼吸轉爲急促。

〔八〕「葛令之清英」數句　康王　宋書五一劉義慶傳：「追贈侍中、司空，謚曰康王。」王世懋云：「此政不必有頭巾氣。」按，孝標以爲諸葛恢、江虨必不會有此「穢行」，而王世懋則以爲評論此事不應有頭巾氣。其意可從。諸葛恢欲改嫁其女，江虨欲娶此女，二人皆施計謀以成好事，何「穢行」之有？

一一　愍度道人始欲過江，〔一〕與一傖道人爲侣，謀曰：「用舊義往江東，恐不辦得食。」便共立心無義。〔二〕既而此道人不成渡。愍度果講義積年。名德沙門題目曰：「支愍度才鑒清出。」孫綽愍度贊曰：「支度彬彬，好是拔新，俱稟昭見，而能越人。世重秀異，咸競爾珍。孤桐嶧陽，浮磬泗濱。」後有傖人來，先道人寄語云：「爲我致意愍度，無義那可立？舊義者曰：『種智有是，而能圓照。然則萬累斯盡，謂之空無；常住不變，謂之妙有。』而無義者曰：『種智之體，豁如太虚。虚而能知，無而能應，居宗至極，其唯無乎？』〔三〕治此計權救饑爾，無爲遂負如來也。」〔四〕

【校釋】

〔一〕愍度道人始欲過江　陳寅恪綜合慧皎高僧傳四康僧淵傳載「晉成之世，與康法暢、支愍度等俱過江」，以及該傳中所記法暢、僧淵與庾亮、殷浩、王導諸人問答事，又據世説言語、排調、晉書七成帝紀，得出結論云：「僧淵、法暢、愍度三人之過江，至遲亦在成帝初年咸和之世。」（詳見支愍度學説考，載陳寅恪史學論文集，下同）程炎震云：「高僧傳四愍度作敏度，云：『敏度亦聰哲有譽，著傳譯經録，今行於世。』」

〔二〕心無義　陳寅恪云：「僧肇不真空論云：『心無者，無心於萬物，萬物未嘗無。此得在於神静，失在於物虚。』」「今據肇公之説，知心無義者，仍以物爲有，與主張絶對唯心論者不同。」湯用彤亦謂「心無義」是「空心不空境」，亦即僅止於「心無」，而不否認「物有」。（詳見湯用彤漢魏兩晉南北朝佛教史第九章釋道安時代之般若學）如此看來，「心無義」是不徹底之色空觀，故高僧傳五竺法汰傳記法汰稱心無義爲「邪説」，而慧遠、僧肇相繼破之。又，江東盛行玄談，名士崇尚本無哲學，而舊義與玄學扞格，勢必不合名士好尚，妨礙謀食。故愍度審時度勢，創立心無義，以迎合江南學風。

〔三〕「舊義者曰」數句　陳寅恪云：「然詳繹『種智』及『有』『無』諸義，但可推見舊義者略能依據西來原意，以解釋般若『色空』之旨。新義者則採用周易、老、莊之義，以助成其説而已。」吕澂云：「從這一資料看，講述般若有新義、舊義的不同，舊義把般若看成一切種智，是無所不知的，因而是有。支愍度已棄舊説，提出了心體的問題，認爲心體是無，如太虚，虚而能知，無而能應。」（吕澂中國佛學源流略講第三講般若理論的研究）按，此條可考見東晉佛學依附玄學之歷史。

〔四〕「治此計」三句　支愍度爲何創心無義，前人有異説。劉辰翁云：「二人元知舊義之非，故共謀渡江，不用此義。敏度後仍用舊義，爲之講以得食，故譏之。」王世懋則云：「劉强作解事。彼謂舊義不得食，故創新義動人耳。爲救饑改義，故曰『負如來』。所謂『那可立』，心無義非舊義也。文理尚不通，何妄下雌黄？」又云：「因悟晉人清談取義，亦是救饑。」凌濛初云：「劉注似不合。」按，王世懋所解是也。

一二　王文度弟阿智，惡乃不翅，〔一〕當年長而無人與婚。孫興公有一女，亦僻錯，〔二〕又無嫁娶理，因詣文度，求見阿智。既見，便陽言：「此定可，殊不如人所傳，那得至今未有婚處。我有一女，乃不惡，但吾寒士，不宜與卿計，欲令阿智娶之。」文度欣然而啓藍田云：「興公向來，忽言欲與阿智婚。」藍田驚喜。既成婚，女之頑嚚，〔三〕欲過阿智。方知興公之詐。〔四〕阿智，王處之小字。〔五〕處之字文將，辟州别駕不就，娶太原孫綽女，〔六〕字阿恒。

【校釋】

〔一〕不翅　世説抄撮：「惡，謂癡頑也。翅，通啻。不啻，猶言無限也。」李詳云：「詳案：説文：『疷，病不翅也。』段氏注：『翅同啻。』倉頡篇（詳案，見一切經音義七引）：『不啻，多也。』古語不啻，猶楚人言夥頤之類。世說新語『惡乃不翅』，晉宋間人尚作此語。」徐箋：「不啻，不止也。……惡乃不翅，謂惡乃不止也。」

〔二〕僻錯　謂邪僻乖張。僻，邪僻。論語先進：「師也僻。」孔穎達疏：「子張才過人，失在邪僻。」唐無名氏劉黑闥解嘲人語詩：「水惡，頭如鐮杓尾如鑿，河裹搦魚無僻錯。」

〔三〕頑嚚　愚妄奸詐。書堯典：「瞽子，父頑，母嚚，象傲。」左傳文公十八年：「昔帝鴻氏有不才子，掩義隱賊，好行兇德，醜類惡物，頑嚚不友，是與比周。」陸德明釋文：「心不則德義之經爲頑，口不道忠信之言爲嚚。」

〔四〕興公之詐　李贄云：「孫興公、諸葛誕，愛女之心一也。」（初潭集夫婦合婚）方苞云：「阿智惡矣，而阿恒之頑嚚欲過之，可稱絶對。」按，諸葛誕，當是諸葛恢，李贄誤記。

〔五〕王處之　處，原作「虔」。宋本、沈校本並作「處」。汪藻太原晉陽王氏譜：「處之，述子，字文將，小字阿智。州辟別駕，不就。」「虔」乃「處」之形訛。今據改。

〔六〕娶太原　宋本無「娶」字。

一三　范玄平爲人好用智數，而有時以多數失會。〔一〕嘗失官居東陽，桓大司馬在南州，〔二〕故往投之，桓時方欲招起屈滯，以傾朝廷，且玄平在京，素亦有譽。

桓謂遠來投己，喜躍非常。比入至庭，傾身引望，語笑歡甚。顧謂袁虎曰：「范公且可作太常卿。」范裁坐，桓便謝其遠來意。范雖實投桓，而恐以趨時損名，〔三〕乃曰：「雖懷朝宗，〔四〕會有亡兒瘞在此，故來省視。」桓悵然失望，向之虛佇，一時都盡。中興書曰：「初，桓温請范汪爲征西長史，復表爲江州，並不就。還都，因求爲東陽太守，温甚恨之。汪後爲徐州，温北伐，令汪出梁國，失期，温挾憾奏汪爲庶人。汪居吴，後至姑孰見温，温語其下曰：〔五〕『玄平乃來見，當以護軍起之。』〔六〕汪數日辭歸，温曰：『卿適來，何以便去？』汪曰：『數歲小兒喪，往年經亂，權瘞此境，故來迎之。〔七〕事竟去耳。』温愈怒之，竟不屑意。」

【校釋】

〔一〕多數失會　徐箋：「數即智數之數，謂權詐。會，際會，機會之會。范有時以好用智數而坐失機緣，如本節所記是也。」按，徐箋是。晉書七七殷浩傳：「凡明德君子，遇會處際，寧可然乎？」

〔二〕南州　此指姑孰。孝標注引中興書云「汪居吴，後至姑孰見温」，可證。

〔三〕「范雖實投桓」二句　李慈銘云：「案汪忤桓，此之遠來，自以己事，窺温奸志。直折其謀，進退挍然。可謂不畏强禦。世説乃謂其『多數失會』，又云『恐以趨時損名』。夫遠省兒喪，安知其實投桓氏？既曰投桓，何又辭去？此皆矯誣之言，安誣賢者也。」程炎震云：

「玄平自爲桓温長史，後與温立異，閑廢積年。豈當晚節，更希苟合？孝標引中興書，蓋以駁正世説。唐修晉書於范汪傳乃棄彼取此，亦不樂成人之美矣。」余箋：「注引中興書，並無范實投桓，而恐以趨時損名之語。且云：『温愈怒之，竟不屑意。』然則范本無投桓之心可知矣。」按，范汪實投桓温，卻告以此行爲省視兒墓，借此掩飾其來意，故世説列之於假譎。鄙意以爲此條記事意思甚明，晉書采之，所記略同。然李慈銘、程炎震皆謂世説所記乃「妄誣賢者」，李氏甚至稱范來南州，是「窺温奸志」。此説實無依據。審中興書文意，乃敍桓温與范汪之關係。孝標引此書，其意亦非所謂「駁正世説」。世説云范往投桓温，中興書謂范至姑孰見温，「見温」即「投温」也。余箋無視事實，卻謂中興書「並無范實投桓」。若范至姑孰純爲省視兒墓，則大可不必見温。據中興書，桓、范確有宿憾，但桓知范來，「傾身引望，語笑歡甚。顧謂袁虎曰：『范公且可作太常卿。』」賞愛之情溢於言表。當范掩飾來意後，桓才失望而生怒。然范爲何遠道而來，數日即辭歸？蓋在「恐以趨時損名」一語耳。范實來投桓温，言談之中，桓「以傾朝廷」之野心自不會絲毫不流露。范覺察之，以爲若作桓温幕僚，「恐以趨時損名」，便以省視兒墓掩飾其來意，遂致桓發怒焉。

〔四〕朝宗　李詳云：「詳案：晉時禮謁上官，謂之朝宗。陶潛孟府君傳：『褚裒爲豫章太守，出朝宗亮（庾亮）。』是也。晉書范汪傳去此語。唐之史臣，蓋不審所云，疑以爲僭。」

〔五〕温語其下曰　宋本無「温」字。

〔六〕起之　起，沈校本作「處」。

〔七〕故來迎之　宋本無「故」字，沈校本「故」作「因」。

一四　謝遏年少時，好著紫羅香囊，〔一〕垂覆手，〔二〕太傅患之，而不欲傷其意。乃譎與賭，得即燒之。〔三〕遏，謝玄小字。

【校釋】

〔一〕香囊，盛香料之小囊，爲飾物之一種。繁欽定情詩：「何以致叩叩，香囊繫肘後。」陶潛搜神後記九：「習鑿齒從桓温出獵，射死一黄物，往取，乃一老雄狐，脚上帶紫綾香囊」。

〔二〕垂覆手　余箋：「『覆手』不知何物，恐是手巾之類。御覽七一六引竹林七賢論曰：『王戎以手巾插腰。』殆即所謂『垂覆手』也。」按，御覽三八九、七〇四引世説，皆無「垂覆手」三字，疑此三字衍。余箋以爲垂覆手或是手巾之類，恐未必是。

〔三〕「太傅患之」數句　劉辰翁云：「爲大人，故難。」按，世説中多見謝安對家族子弟之悉心培育。由此條亦可見謝安對子弟愛之深，教之嚴，而施教方法何其細緻巧妙。東晉謝氏能成爲著名望族，謝安所起作用最巨。

黜免第二十八

一　諸葛厷在西朝，少有清譽，爲王夷甫所重，〔一〕時論亦以擬王。後爲繼母族黨所讒，誣之爲狂逆。〔二〕將遠徙，友人王夷甫之徒詣檻車與别，〔三〕厷問：「朝廷何以徙我？」王曰：「言卿狂逆。」厷曰：「逆則應殺，狂何所徙！」厷，已見。〔四〕

【校釋】

〔一〕爲王夷甫所重　文學一三記王衍稱歎諸葛厷清談超詣，曰：「卿天才卓出，若復小加尋研，一無所愧。」

〔二〕「後爲」二句　其事不詳。既爲繼母族黨所讒，疑誣厷不守孝道爲狂逆。

〔三〕詣檻車與别　宋本、沈校本並無「車」字。按，有「車」字是。

〔四〕諸葛厷　已見文學一三。

二　桓公入蜀，〔一〕至三峽中，〔二〕部伍中有得猨子者，荆州記曰：「峽長七百里，兩岸連山，略無絶處，重巖疊障，隱天蔽日。常有高猨長嘯，屬引清遠，漁者歌曰：『巴東三峽巫峽長，猿鳴一聲淚沾裳。』」〔三〕其母緣岸哀號，行百餘里不去，遂跳上船，至便即絶。破視

其腹中，腸皆寸寸斷。公聞之怒，命黜其人。〔四〕

【校釋】

〔一〕桓公入蜀　據晉書八穆帝紀，永和二年十一月，安西將軍桓温帥周撫、譙王無忌、袁喬伐蜀。

〔二〕三峽　程炎震云：「御覽五三引庾仲雍荆州記曰：『巴陵，楚之世有三峽：明月峽、廣德峽、東突峽，即今之巫峽、秭歸峽、歸鄉峽。』」

〔三〕猿鳴　猿，宋本、沈校本並作「猨」。按，「猿」同「猨」。一聲，一，王刻本作「三」。王先謙校：「按藝文類聚獸部下、御覽獸部二二引宜都山川記均作『三聲』。袁本作『一』，非。」徐箋：「案：水經注江水注一作『三』。」

〔四〕「公聞之怒」二句　劉辰翁云：「此怒亦何可少。」凌濛初云：「桓公猶有此，大不似阿黑，忍殺石家妓。」宗白華評此條云：「一代梟雄，不怕遺臭萬年的桓温也不缺乏這英雄的博大的同情心。」（論世説新語和晉人的美）按，人皆有惻隱之心，非僅止於人類，乃充於天地萬物之間。桓温珍愛生命，見金城柳而歎曰：「木猶如此，人何以堪！」此仁及獸類，亦爲重視生命、珍惜生命之偉大意識。桓温雖有野心，亦有仁心，故仍不愧爲英雄，勝王敦遠矣。

三　殷中軍被廢，〔一〕在信安，終日恒書空作字。揚州吏民尋義逐之，〔二〕竊視，唯作「咄咄怪事」四字而已。〔三〕晉陽秋曰：「初，浩以中軍將軍鎮壽陽，羌姚襄上書歸降，後有罪，浩陰圖誅之。會關中有變，苻健死，浩僞率軍而行，云修復山陵，襄前驅，恐，遂反。軍至山桑，聞襄將至，棄輜重，馳保譙。襄至，據山桑，焚其舟實。至壽陽，略流民而還。浩士卒多叛。征西温乃上表黜浩，撫軍大將軍奏免浩，〔四〕除名爲民。浩馳還謝罪，既而遷于東陽信安縣。」

【校釋】

〔一〕「殷中軍」句　程炎震云：「永和十年，殷浩廢徙。」

〔二〕尋義逐之　世説補觿：「逐，追也。吏民嘗與浩有恩義者，追從之。」楊箋：「慕其義而追隨之也。」吴金華考釋：「『義逐』指懷著嚮往之心而自願追隨……本文的『義逐』猶言『義從』；『義』即慕義。『逐』即追隨。所謂『揚州吏民尋義逐之』，是説殷浩解職離開揚州之後，揚州的一些故吏和部民接著就尾隨他移居信安。」張撝之譯注、張萬起、劉尚慈譯注皆同。按，尋義，推尋義理也。後秦鳩摩羅什譯大智度論釋信謗品四一：「若批卷尋義，即時心生『如從佛聞』。」蕭子良浄住子浄行法門緣境無礙門二十三：「今欲披文尋義。」魏書九〇李謐傳：「據理尋義，以求其真。」逐之，謂求義。逐，求取之謂。「尋義逐之」一句承上，言揚州吏民見殷浩恒書空作字，甚好奇，欲推尋殷浩所書之義而求取之。後文「竊視，唯作『咄咄怪事』」，即「逐之」所得之「義」。浩無將略，狼狽而逃，朝野失望，有何高義，以致揚州吏民仰慕而逐之耶？「揚州吏民」當指殷浩故吏民，蓋浩曾仕揚州刺史信安亦屬揚州所統。故云。若揚州指揚州郡治建康，則建康距東陽之信安，將近千里之遥，有殷浩之故吏民舉家移居至信安之理乎？南史三〇何尚之傳載：尚之入爲中書侍郎，遷吏部郎，告休定省，傾朝送別於冶渚。及至郡，父叔度謂尚之曰：「……昔殷浩亦嘗作豫章定省，送別者甚衆，及廢東陽，船泊征虜亭積日，乃至親舊無複相窺也。」晉書本傳謂浩在徙所，送甥韓伯至渚側，詠曹顔遠詩云「富貴他人合，貧賤親戚離」，晉書七七殷浩傳記浩故吏顧悦之上疏訟浩，稱浩廢，「既受削黜，自擯山海，杜門終身，與世兩絶」，可見浩廢後親離友散，悽惶可憫，連親舊皆無復相窺，豈有揚州故吏及部民追隨至信安？楊箋釋「尋義」爲「慕其義」，吴考釋不釋「尋」字，誤以「義逐」爲一詞，釋爲慕義追隨，皆非是。

〔三〕咄咄怪事　程炎震云：「御覽五〇引涼州記曰：『赫連定據平涼，登此山，有羣狐繞之而鳴。射之，竟不得一。定乃歎曰：「咄咄！此亦怪事也！」』」感歎聲。陸機東宫詩：「冉冉逝將老，咄咄奈老何。」陶潛搜神後記九：吴郡顧旃獵，至一崗，忽聞人語聲云：「咄咄！今年衰。」」

〔四〕撫軍大將軍　指簡文，時爲撫軍大將軍。王楙野客叢書二一論殷浩云：「然經略中原，疏而無術。與桓温不恊，且所用非人，卒底桑山之衂。浩之出，不惟一事無立，而喪師辱國，殆有甚焉，朝野於是大失所望，削爵貶竄，固其宜也。而咄咄書空，不能自遣，又可笑者。」

四　桓公坐有參軍椅烝薤，不時解；〔一〕共食者又不助，而椅終不放。〔二〕舉坐皆笑。桓公曰：「同盤尚不相助，況復危難乎？」敕令免官。〔三〕

【校釋】

〔一〕「桓公」二句　椅烝薤，王利器校：「御覽卷九七七引『椅』作『猗』，下同，並引注道：『音羈，筯取物也。』疑當從御覽作『猗』才是對的，御覽卷八四九引下文『而掎終不放』，正作『掎』。禮記少儀：『爲君子擇烝薤，則絶其本末。』」劉盼遂云：「參軍共食，而不時解，非待君子之道矣。」余箋：「椅，御覽九七七引作猗，注云：『音羈，筯取物也。』嘉錫案：猗爲筯取物者，釋玄應一切經音義一五引通俗文：『以筯取物曰攲。』御覽七六〇引同，並有注云：『音羈。』則猗與攲，通用字也。今本誤作椅，遂不可解。書鈔四五引作『參軍名倚』，則以爲人名。其書傳寫失真，不足據。（下略）以此推之，則此所謂『猗烝薤不時解』，『猗終不放』者，謂以箸取薤不得，乃反復用箸，終不釋手也。今世傖人猶有反手挾菜者，其狀鄙野，故爲舉坐所笑。薤今名藠子，無蒸食之者。而齊民要術九素食篇有薤白蒸。其法略曰『秫米一石，熟舂煮之。葱、薤等寸切，令得一石許，油五升，合而蒸之。氣餾，以豉五升灑之。凡三灑。半熟，更以油五升灑之』云云。觀其作法，乃是米薤同蒸，調以油豉。則蒸後必凝結如餈不可解，故挾取較難耳。」按，余箋釋「椅」及「薤」，皆細緻明晰。劉氏謂參軍「不時解」爲「非待君子之道」，其說不確。參軍以箸取薤，薤凝結不即解，可知食薤須費些功夫，並非參軍不解薤以待他人食也。

〔二〕「共食者」二句　共食者旁觀參軍費力，卻不助參軍解薤。參軍則不得薤不放箸。

〔三〕敕令免官　桓公乃免不相助之共食者，非免參軍也。

五　殷中軍廢後，恨簡文曰：「上人著百尺樓上，儋梯將去。」〔一〕續晉陽秋曰：「浩雖廢黜，〔二〕夷神委命，雅詠不輟，雖家人不見其有流放之戚。外生韓伯始隨至徙所，周年還都。浩素愛之，送至水側，乃詠曹顏遠詩曰：『富貴它人合，貧賤親戚離。』因泣下。」〔三〕其悲見于外者，唯此一事而已。則書空去梯之言，未必皆實也。〔四〕

【校釋】

〔一〕「殷中軍廢後」數句　儋，程炎震云：「說文：『儋，何也。』管子七發：『擔竿而欲定其末。』注：『儋，舉也。』」按，儋同擔。肩荷，肩挑。儋梯，猶舉梯，扛梯。楊箋：「以兩肩作梯，謂之擔梯。」其説非。世説箋本：「浩屏居不起，簡文時爲相王，徵書頻至，起爲建武將軍、揚州刺史。」余箋：「殷浩之被廢，今晉書浩傳但云：『桓温素忌浩，既聞其敗，上疏奏浩，竟坐廢爲庶人。』温傳亦云：『時殷浩至洛陽，修復園陵，經涉數年，屢戰屢敗，器械都盡。温復進督司州，因朝野之怨，乃奏廢浩。自是内外大權，一歸温矣。』若如所言，則浩之見廢，純出於温，無與簡文事。浩豈不知，何爲歸怨乎？縱浩本無此言，乃記載之不實，然造言者，果何自而生耶？今讀上條注引晉陽秋，言『征西温上表黜浩，撫軍大將軍奏免浩，除名爲民』。撫軍大將軍者，簡文也。浩除名徙信安，事在永和十年。時簡文方以撫軍録尚書事輔政，故疏請黜浩。雖出於温，而定其罪罰者，則實簡文。言語篇『顧悦與簡文同年』條注引中興書曰：『悦上書理浩，或諫以浩爲太宗所廢，必不依許。』然則浩之得罪，以情言之，簡文乃迫於桓温，非其本懷。以事言之，則固明明撫軍之所奏請，不得謂非太宗之所廢也。由是世人相傳，浩恨簡文，有上樓去梯之語。雖不知實否，要不可謂之無理矣。」按，余箋探究殷浩恨簡文之原因，謂浩之廢黜，雖出於桓温，而定其罪罰者乃簡文，其説固是。然對殷浩之恨語，幾無解説，仍未愜人意。據晉書七七殷浩傳，殷浩先稱疾不起，屏居墓所幾將十年。建元初，褚裒薦浩，征爲建武將軍、揚州刺史。浩上疏陳讓，並致書簡文。簡文答書云：「足下去就即時之興廢，時之興廢即家國不異。」竟視浩起與不起，乃有關時之興廢之大事。浩頻陳讓，歷數月後方受拜。時桓温既滅蜀，威勢轉振，朝廷憚之。簡文徵殷浩，實欲引之爲心腹，以對抗桓温，由此浩與温頗相疑貳。浩之起，實乃應簡文之請。此正所謂「上人著百尺樓上」也。後殷浩北伐軍敗，桓温上疏罪浩。簡文迫於桓温，終定浩罪罰，廢爲庶民。浩恨簡文不盡力相救，處己於無助境地，此所謂「儋梯將去」也。

〔二〕浩雖廢黜　浩，宋本誤作「告」。

〔三〕「乃詠曹顔遠詩曰」數句　曹顔遠，文選李善注：「臧榮緒晉書曰：『曹攄，字顔遠，譙國人。篤志好學，參南國中郎將，遷高密王左司馬。流人王逌等寇掠城邑，攄與戰，軍敗而死。』」「富貴它人合」二句見文選曹攄感舊詩。凌濛初云：「奇恨。」李贄云：「當哭。」又云：「真。」（初潭集君臣癡臣）

〔四〕「其悲見于外者」數句　殷浩傳記「後桓温將以浩爲尚書令，遣書告之，浩欣然許焉。將答書，慮有謬誤，開閉者數十，竟達空函，大忤温意」。果如續晉陽秋所言浩「夷神委命」，豈有如此錯亂行爲？浩「雅詠不輟」，乃名士之矯情而已。浩於外生韓伯面前詠曹彦遠詩，方是真情流露，李贄云「真」是也。孝標信續晉陽秋，謂「書空去梯之言，未必皆實」，鄙意以爲此言亦未必得殷浩之真情也。

六　鄧竟陵免官後赴山陵，〔一〕過見大司馬桓公。公問之曰：「卿何以更瘦？」大司馬僚屬名曰：「鄧遐字應玄，〔二〕陳郡人，平南將軍岳之子。勇力絶人，氣蓋當世，時人方之樊噲。爲桓温參軍，數從温征伐，歷竟陵太守。枋頭之役，〔三〕温既懷恥忿，且憚遐，因免遐官。〔四〕病卒。」鄧曰：「有愧於叔達，不能不恨於破甑。」〔五〕郭林宗别傳曰：「鉅鹿孟敏字叔達，敦樸質直。客居太原，雜處凡俗，未有所名。嘗至市貿甑，〔六〕何儋墮地，〔七〕壞之，徑去不顧。適遇林宗，見而異之，因問曰：『壞甑可惜，何以不顧？』客曰：『甑既已破，視之何益？』林宗賞其介决，因以知其德性，謂必爲美士，勸令讀書。遊學十年，遂知名。三府並辟，不就，東夏以爲美賢。」〔八〕

【校釋】

〔一〕「鄧竟陵」句　程炎震云：「竟陵郡，惠帝分江夏置。東晉時屬荆州，亦當屬江州。」又云：「咸和二年十月，葬簡文帝於高平陵。」按，咸和當作咸安，程氏誤記。

〔二〕應玄　徐箋：「晉書鄧遐傳作『應遠』。」

〔三〕枋頭之役　晉書八海西公紀載：太和四年（三六九）四月，桓温帥衆伐慕容暐。九月，敗於枋頭，温甚恥之。

〔四〕因免遐官　沈校本無「遐」字。

〔五〕破甑　喻失官。叔達達士，於破甑毫不可惜；而已於免官，不能不恨，此有愧於叔達耳。言語之中，對桓温免其官不無恨意。

〔六〕貿甑　貿，宋本作「買」。

〔七〕何儋　宋本、王刻本並作「荷儋」，沈校本作「荷擔」。按，何，「荷」之本字。儋，「擔」之本字。

〔八〕東夏　徐箋：「泛指東方諸郡國，太原在洛陽之東，故云。」

七　桓宣武既廢太宰父子，仍上表曰：「應割近情，以存遠計，若除太宰父子，可無後憂。」〔一〕簡文手答表曰：「所不忍言，況過於言。」〔二〕宣武又重表，辭轉苦切。簡文更答曰：「若晉室靈長，明公便宜奉行此詔；如大運去矣，請避賢路。」桓公讀詔，手戰流汗，於此乃止。太宰父子，遠徙新安。〔三〕司馬晞傳曰：「晞字道升，元帝第四子。初封武陵王，拜太宰，少不好學，尚武凶恣。時太宗輔政，晞以宗長不得執權，常懷憤慨，欲因桓溫入朝，殺之。太宗即位，新蔡王晃首辭，引與晞及子綜謀逆，〔四〕有司奏晞等斬刑，詔原之，徙新安。晞未敗四五年中，喜爲挽歌，自搖大鈴，使左右習和之。又燕會，倡妓作新安人歌舞離別之辭，〔五〕其聲甚悲。後果徙新安。」

【校釋】

〔一〕「桓宣武」數句　據晉書九簡文帝紀，咸安元年（三七一），十一月，桓溫奏廢太宰、武陵王晞及子綜。又晉書六四武陵王晞傳：「温又逼新蔡王晃，使自誣與晞、綜及著作郎殷涓、太宰長史庾倩、掾曹秀、舍人劉彊等謀逆，遂收付廷尉，請誅之。簡文帝不許，温於是奏徙新安郡。」爲何桓温必欲盡除武陵王父子？蓋温陰謀簒奪，必先削弱宗室，而晞有武幹，温忌之故也。

〔二〕「所不忍言」二句　簡文意謂桓温奏斬武陵王父子之言，吾言所不忍言，何況施之斬刑乎？

〔三〕「簡文更答曰」數句　余箋：「晉書簡文帝紀云：『帝雖神識恬暢，而謝安稱爲惠帝之流，清談差勝耳。』嘉錫以爲簡文雖制於權臣，而能保全海西公及武陵王晞。其人蓋長者而短於才。然其言不惡而嚴，足令桓温駭服。即此一事，以視惠帝之聽人提掇，弑母殺子，戮舅廢妻，皆憒然不能出一語者，相去何止萬萬？謝安之言，擬人不於其倫。疑是記者之失，不足以爲定評也。」按，余箋謂謝安之言擬人不倫，其説甚是。

〔四〕引與晞　晞，宋本誤作「暉」。然「疑是記者之失」恐未必，梁元帝金樓子四立言篇謂「謝混以簡文方赧獻」，可知謝氏於簡文確有惡評。

〔五〕倡妓　王刻本作「使人」。

八　桓玄敗後，殷仲文還爲大司馬咨議，〔一〕意似二三，〔二〕非復往日。大司馬府聽前有一老槐，甚扶疏。殷因月朔，與衆在聽，視槐良久，歎曰：「槐樹婆娑，無復生意。」〔三〕晉安帝紀曰：「桓玄敗，殷仲文歸京師，高祖以其衛從二后，〔四〕且以大信宣令，〔五〕引爲鎮軍長史。自以名輩先達，位過至重，而後來謝混之徒，皆疇昔之所附也，今比肩同列，常快然自失，後果徙信安。」

【校釋】

〔一〕大司馬　世説箋本：「劉裕也。」程炎震云：「義熙元年三月，琅琊王德文爲大司馬，後爲恭帝。」又云：「晉書九九仲堪傳取此事，而不言爲大司馬諮議，蓋略之。」楊箋謂大司馬指琅琊王德文，劉裕時爲太尉。按，考晉書一〇安帝紀，義熙元年（四〇五）三月，加鎮軍將軍劉裕爲侍中、車騎將軍、都督中外諸軍事。義熙三年（四〇七）二月，車騎將軍劉裕誅東陽太守殷仲文，晉書九九殷仲堪傳同。則仲堪被誅之前，爲大司馬者自是琅琊王德文。程氏、楊箋是。

〔二〕二三　謂不專一，反復無定。書咸有一德：「德唯一，動罔不吉；德二三，動罔不凶。」孔傳：「二三，言不一。」晉書一二三載記慕容垂傳：「雖曰君臣，義深父子，豈可因其小隙，便懷二三。」按，殷仲文「意似二三」，殆指其雖投義軍，實立志不堅，暗懷貳心也。

〔三〕婆娑　世説音釋：「婆娑，通鑑胡注曰：『肢體緩縱不收之貌。』」李詳云：「婆娑，本訓爲舞貌，舞必宛轉傾側，引申爲人偃息縱弛之狀。項岱注漢書敍傳（隋志：漢書敍傳五卷，項岱注。）：『婆娑，偃息。』是也。仲文此語，謂槐樹婆娑剥樂，無復生趣，與陶桓公言『老子婆娑』正同。」文選王褒洞簫賦李善注：「婆娑，分散也。」世説補考：「樹老矣，無復榮生，喻己失勢。」

〔四〕「高祖」句　徐箋：「高祖謂劉裕。晉書桓玄傳：『玄留永安皇后及皇后於巴陵。殷仲文時在玄艦，求出別船，收集散軍，因叛玄，奉二后奔於夏口。』殷仲文傳：『至巴陵，因奉二后投義軍。』」按，殷仲文衛從永安皇后事又見晉書三二后妃穆章何皇后傳：「哀帝即位，稱穆皇后，居永安宮。桓玄篡位，移后入司徒府。路經太廟，后停輿慟哭，哀感路人。玄聞而怒曰：『天下禪代常理，何預何氏女子事耶！』乃降后爲零陵縣君。與安帝俱西，至巴陵。及劉裕建義，殷仲文奉后還京都。」

〔五〕宣令　宣，宋本作「宜」。令，王利器校：「蔣校本『令』作『全』是。」楊箋改「令」作「全」。按，「宜全」無義，當作「宣令」是。大信宣令者，指桓玄滅後，安帝下詔「大赦謀反大逆已下」（見晉書一〇安帝紀）。信，信用，諾言。宣令，猶宣示也。朝廷宣令大赦，仲堪雖爲桓玄心腹，但有衛從二后之功，故劉裕引爲鎮軍長史。晉書九九殷仲文傳記仲文抗表自解曰：「會鎮軍將軍劉裕匡復社稷，大弘善貸，佇一戮於微命，申三驅於大信，既惠之以首領，又申之以縶維。」仲文所言，即所謂「大信宣令」也。

九　殷仲文既素有名望，自謂必當阿衡朝政。忽作東陽太守，〔一〕意甚不平。

晉安帝紀曰：「仲文後爲東陽，愈憤怨，乃與桓胤謀反，〔二〕遂伏誅。〔三〕仲文嘗照鏡不見頭，俄而難及。」及之郡，至富陽，慨然歎曰：「看此山川形勢，當復出一孫伯符。」孫策，富春人，故及此而歎。

【校釋】

〔一〕「殷仲文」三句　晉書八五何無忌傳謂義熙二年（四〇六）無忌遷都督江、荆二州江夏等八郡軍事、江州刺史。晉書九九殷仲文傳謂東陽無忌所統，而殷仲文赴東陽不過府。據此，仲文忽作東陽太守當在義熙二年。

〔二〕乃與桓胤　宋本脱「與」字。

〔三〕遂伏誅　沈校本無「遂」字。殷仲文被誅，與何無忌詆毁亦有關係。晉書本傳記仲文遷爲東陽太守，怠慢無忌，因而致禍：「何無忌甚慕之。東陽，無忌所統。仲文許當便道修謁，無忌故益欽遲之，令府中命文人殷闡、孔甯子之徒撰義構文，以俟其至。仲文失志恍惚，遂不過府。無忌疑其薄己，大怒，思中傷之。時屬慕容超南侵，無忌言於劉裕曰：『桓胤、殷仲文乃腹心之疾，北虜不足爲憂。』義熙三年，又以仲文與駱球等謀反，及其弟南蠻校尉叔文並伏誅。」

儉嗇第二十九

一 和嶠性至儉，〔一〕家有好李，王武子求之，與不過數十。〔二〕王武子因其上直，〔三〕率將少年能食之者，持斧詣園，飽共噉畢，伐之。送一車枝與和公，問曰：「何如君李？」和既得，〔四〕唯笑而已。晉諸公贊曰：「嶠性不通，治家富擬王公，而至儉，將有犯義之名。」〔五〕語林曰：「嶠諸弟往園中食李，而皆計核責錢。〔六〕故嶠婦弟王濟伐之也。」

【校釋】

〔一〕儉　此謂吝嗇。晉書本傳言嶠「然性至吝，以是獲譏於世」。

〔二〕「家有好李」三句　晉書四二王濟傳言：「和嶠性至儉，家有好李，帝求之，不過數十。」與世說異。

〔三〕上直　指於臺省當直。直，當值，值勤。晉書五〇庾珉傳：「珉爲侍中，直於省内。」

〔四〕既得　世説箋本：「得知其事也。」

〔五〕犯義　傷義，害義。孟子離婁上：「君子犯義，小人犯刑。」

〔六〕責　索取，求取。墨子公孟：「勸於善言而葬，已葬而責酒於其四弟。」計核責錢，謂計李核之數以索錢。晉書三四杜預傳言「和嶠頗聚斂」，杜預常稱「嶠有錢癖」。李贄云：「視

計核責錢者爲何如？世間故自有一種貪夫也。然終勝口談仁義而心與嶠一般者。」（初潭集兄弟上）

二　王戎儉吝，其從子婚，與一單衣，後更責之。王隱晉書曰：「戎性至儉，不能自奉養，〔一〕財不出外，天下人謂爲膏肓之疾。」〔二〕

【校釋】

〔一〕奉養　侍奉；贍養。管子形勢解：「主惠而不解，則民奉養。」後漢書一三隗囂傳：「增重賦斂，刻剥百姓，厚自奉養。」不能自奉養，謂儉約而不肯自我享受，即本篇三注引晉諸公贊所云「自遇甚薄」也。

〔二〕膏肓　左傳成公十年：「疾不可爲也，在肓之上，膏之下，攻之不可，達之不及，藥不至焉，不可爲也。」杜預注：「肓，鬲也。心下爲膏。」膏肓之疾，猶不治之疾。按，聚斂且吝嗇者常獲譏於世，不惟王戎、和嶠，司馬望「性儉吝而好聚斂，身亡之後，金帛盈溢，以此獲譏」。其孫奇亦好畜聚，不知紀極，爲有司所奏（見晉書三七司馬望傳）。

三　司徒王戎既貴且富，區宅、僮牧、膏田、水碓之屬，洛下無比。契疏鞅掌，〔一〕每與夫人燭下散籌筭計。晉諸公贊曰：〔二〕「戎性簡要，不治儀望，〔三〕自遇甚薄，而產業過豐。論者以爲台輔之望不重。」王隱晉書曰：「戎好治生，園田周徧天下。翁嫗二人，常以象牙籌晝夜筭計家資。」晉陽秋曰：「戎多殖財賄，常若不足。或謂戎故以此自晦也。」〔四〕戴逵論之曰：「王戎晦默於危亂之際，獲免憂禍，既明且哲，於是在矣。或曰：『大臣用心，豈其然乎！』逵曰：『運有險易，時有昏明，如子之言，則蘧瑗、季札之徒，皆負責矣。自古而觀，豈一王戎也哉！』」

【校釋】

〔一〕契疏　世説音釋：「文心雕龍曰：『疏者，布也。佈置物類，撮題近意，故小券短書，號爲疏也。』」徐箋：「契，券契也；凡條其事而記之曰疏。契疏，券契簿籍之類。詩小雅北山：『或王事鞅掌。』毛傳：『鞅掌，失容也。』疏：『言事煩鞅掌然，不暇爲儀容也。』馬瑞辰傳箋通釋曰：『鞅掌疊韻，猶秧穰之類，禾之葉多曰秧穰，人之事多曰鞅掌，其義一也。』」

〔二〕晉諸公贊　贊，宋本形訛爲「替」。

〔三〕儀望　儀容，外表。魏書六九裴延儁傳：「沈雅有器識，儀望甚偉，孝文見而異之。」北齊書六孝昭帝紀：「身長八尺，腰帶十圍，儀望風表，迥然獨秀。」不治儀望，即不暇爲儀容也。

〔四〕以此自晦　王戎儉吝，孫盛、戴逵以爲乃「自晦」之道。然王世懋駁之云：「晦默吾道，何至作此？」王翦請田宅，恐不至是。」余箋亦云：「御覽七一六引竹林七賢論曰：『王戎雖爲三司，卒爾私行，巡省田園，不從一人，以手巾插腰。戎故吏多大官，相逢輒下道避之。』嘉錫案：觀諸書及世説所言，戎之鄙吝，蓋出於天性。戴逵之言，名士相爲護惜，阿私所好，非公論也。」按，王世懋、余箋是。王戎傳曰：「南郡太守劉肇賂戎筒中細布五十端，爲司隸所糾，以知而未納，故得不坐。然議者尤之。帝謂朝臣曰：『戎之爲行，豈懷私苟得，正當不欲爲異耳。』帝雖以是言釋之，然爲清慎者所鄙，由是損名。」上條孝標注引王隱晉書曰：戎性至儉，「天下人謂爲膏肓之疾」。由此可見，時人皆以爲戎貪鄙。若「自晦」，天下人豈會不知其用心？戎於從子、女兒，亦吝嗇至極，則更非「自晦」之説所能解釋。

四　王戎有好李，賣之，〔一〕恐人得其種，恒鑽其核。

【校釋】

〔一〕賣之　賣上宋本有「常」字。

五　王戎女適裴頠，貸錢數萬。女歸，戎色不説。女遽還錢，乃釋然。〔一〕

【校釋】

〔一〕凌濛初云：「單衣猶責，何疑數萬。」

六　衞江州在尋陽，永嘉流人名曰：「衞展字道舒，河東安邑人。祖列，彭城護軍。父韶，廣平令。展光熙初除鷹揚將軍、江州刺史。」〔一〕有知舊人投之，〔二〕都不料理，唯餉王不留行一斤，〔三〕此人得餉便命駕。本草曰：「王不留行，生大山，治金瘡，除風，久服之輕身。」李弘範聞之曰：「家舅刻薄，乃復驅使草木。」〔四〕中興書曰：「李軌字弘範，〔五〕江夏人，仕至尚書郎。」按軌，劉氏之甥。此應弘度，〔六〕非弘範也。

【校釋】

〔一〕光熙初　程炎震云：「晉書三六展傳云『永嘉中』。光熙止一年，明年即爲永嘉。」

〔二〕知舊人　相知之老朋友。

〔三〕王不留行　留，宋本作空白。王利器校：「各本空白是『留』字；類説卷三一引作『惟餉王不留行一本』。」世説音釋：「草名。本草綱目曰：『此物性走而不住，雖有王命不能留其行，故名。』」

〔四〕草木　草，宋本作「卉」。袁中道云：「妙！」（舌華録卷七譏語）按，餉王不留行暗寓不留客之意，雖云妙，然終究刻薄而不可取。知舊人得餉便命駕，會意何捷，彼此皆在不言中。

〔五〕弘範　範下宋本、沈校本並有「者」字。通志六九有李軌集八卷。朱彝尊經義考一一：「陸德明曰：『軌字弘範，江夏人，東晉祠部郎中、都亭侯。』」

〔六〕弘度　世説音釋：「李充字弘度。」

七　王丞相儉節，帳下甘果盈溢不散，涉春爛敗。都督白之，公令舍去，〔一〕曰：「慎不可令大郎知。」〔二〕王悦也。

【校釋】

〔一〕「王丞相」數句　寧稼雨釋此條云：「世説新語德行『周鎮罷臨川郡還都』條劉注引丞相別傳：『導少知名，家世清約，恬暢樂道，未嘗以風塵經懷也。』晉書本傳也稱『導簡素寡欲，倉無儲穀』。可見他的確囊中羞澀。他與王戎同有吝癖，但他則是因貧而儉。因家境貧約，所以要省吃儉用，結果反而造成浪費，這是他始料不及的。」（見寧稼雨魏晉士人人格精神第一一四頁—一一五頁。）按，寧氏之説不確。王導早年「家世貧約」，然至丞相高位，豈會「囊中羞澀」？「帳下甘果，盈溢不散」，便非貧相矣。寧可爛敗丟棄，不散與親友僚屬，亦非「省吃儉用」。導之儉吝，非是「家境貧約」，蓋出於「簡素寡欲」之個性耳。鼴鼠飲河，一飽已足。帳下甘果盈溢，自然涉春爛敗。

〔二〕慎不可令大郎知　晉書六五王悦傳曰：「悦與導語，恒以慎密爲端。」導甚愛長子悦，恐悦不解己之行爲，故囑都督勿令大郎知。此蓋亦慎密也。

八　蘇峻之亂，庾太尉南奔見陶公，〔一〕陶公雅相賞重。陶性儉吝，及食，噉薤，庾因留白。陶問：「用此何爲？」庾云：「故可種。」於是大歎庾非唯風流，兼有治實。〔二〕

【校釋】

〔一〕「蘇峻之亂」二句　庾亮奔陶侃事，參見容止二三、假譎八。

〔二〕「陶性儉吝」數句　劉辰翁云：「小説取笑，陶未易愚。」王世懋云：「陶公故可以譎取，豈辦殺元規者？」凌濛初曰：「直揣竹頭木屑之心。」余箋：「陶公愛惜物力，竹頭木屑，皆得其用。既是性之所長，亦遂以此取人。其因庾亮噉薤留白，而賞其有治實，猶之有一官長取竹連根，而超兩階用之之意也。事見政事篇。此之儉吝，正其平生經濟所在，與王戎輩守財自封者，固有不同。」按，余箋辨陶侃之儉吝與王戎之儉吝，實不相同，其説良是。

九　郗公大聚斂，有錢數千萬，嘉賓意甚不同。常朝旦問訊，郗家法，子弟不坐，因倚語移時，〔一〕遂及財貨事。郗公曰：「汝正當欲得吾錢耳！」迺開庫一日，令任意用。郗公始正謂損數百萬許，〔二〕嘉賓遂一日乞與親友，周旋略盡。〔三〕郗公聞之，驚怪不能已已。中興書曰：「超少卓犖而不羈，有曠世之度。」〔四〕

【校釋】

〔一〕倚　立也。倚語，猶立談。易說卦：「昔者聖人之作易也，幽贊於神明而生蓍，參天兩地而倚數。」李鼎祚集解引虞翻曰：「倚，立也。」王延壽魯靈光殿賦：「萬楹叢倚，磊砢相扶。」

〔二〕正　止，只，僅。此句意謂郗公初以爲不過損失數百萬而已。

〔三〕周旋　世說音釋：「猶言須臾。」按，此周旋當作「照顧」、「周濟」解。魏志臧洪傳：「每登城勒兵，望主人之旗鼓，感故友之周旋。」

〔四〕「中興書曰」三句　劉辰翁云：「吾見嘉賓，每有可喜。」按，郗公雖亦聚斂，猶勝和嶠、王戎。和、王無論何人皆一毛不拔，而郗公開庫，令嘉賓任意用。又寧稼雨釋此條云：「郗愔聚斂財富的重要目的，就是爲了資助道教。所以其子郗超成心讓其破財，並不僅僅是因爲父子間儉嗇與奢靡觀念的不同，而是宗教信仰乃至政治立場的對立所致。晉書郗鑒傳附超傳說：『愔事天師道，而超奉佛。』」（詳見寧稼雨魏晉士人人格精神第四三八頁）竊以爲寧說恐難信從。郗愔固以財賄奉道，然郗超奉佛亦以財賄。若郗超因宗教信仰不同之故令其父破財，何不巧取以之奉佛，或助隱士？郗超取父財散與親友，乃是「敦睦九族」之親親之義，歷來爲鄉黨宗族所重，屬「德行」之舉，顯與宗教信仰及政治無關。超性卓犖不羈，自然不喜其父聚斂，故乞其財散與親友也。此乃個性及宗族觀念所致，豈是因奉佛而有意敗奉道之財哉？

汰侈第三十

一　石崇每要客燕集，常令美人行酒。客飲酒不盡者，使黄門交斬美人。〔一〕王丞相與大將軍嘗共詣崇，丞相素不能飲，輒自勉彊，至于沈醉。每至大將軍，固不飲，以觀其變。已斬三人，顔色如故，尚不肯飲。丞相讓之，大將軍曰：「自殺伊家人，何預卿事？」〔二〕王隱晉書曰：「石崇爲荆州刺史，劫奪殺人，以致巨富。」〔三〕王丞相德音記曰：「丞相素爲諸父所重。王君夫問王敦：『聞君從弟佳人，又解音律，欲一作妓，〔三〕可與共來。』遂往。吹笛人有小忘，君夫聞，使黄門階下打殺之，顔色不變。丞相還，曰：『恐此君處世，當有如此事。』」兩説不同，故詳録。〔四〕

【校釋】

〔一〕「使黄門」句　徐箋：「東漢黄門令及中黄門諸官，皆以宦官爲之，後世遂以黄門爲閹人之代稱。嵇康與山巨源絶交書：『豈可見黄門而稱貞哉！』此處指僕役之供内室使令者，以其出入閨闥，故以閹人爲之。輕詆六注引妒記：『曹氏聞，驚愕大恚，命車駕，將黄門及婢二十人，持食刀，自出尋討。』與此處同。禮記坊記注：『交，更也。』更互之義。黄門非一人，故使更互爲之。」

〔二〕「石崇爲荆州刺史」三句　曹道衡、沈玉成中古文學史料叢考「石崇三事」條云：「崇以豪富稱，世説汰侈屢記其事。史學家多以崇在荆州劫掠而致富。然其與王愷争富，世説、晉書皆記晉武助愷，則崇在任荆州前已成豪富。而傳又言其父苞臨終分財物與諸子，獨不及崇云云。貲財鉅萬，其來安自？晉書食貨志載：『世祖武帝太康元年平，既平孫皓，納百萬而罄三吴之資，接千年而總西蜀之用』，『於是王君夫（愷）、武子（濟）、石崇等更相誇尚，輿服鼎俎之盛，連衡帝室』，王濟、石崇皆預平吴之役，吴人數十年生聚所積，多入此輩私室，不言而喻。」

〔三〕作妓　妓，王先謙校：「當作『伎』。」王利器校：「『作妓』當作『作伎』，本書方正門『王丞相作女伎』條，又言語門『王子敬語王孝伯』條注引魏武遺令：『月朝十五日，輒使向帳中作伎。』都正作『作伎』，可證。」按，王校是。作伎，謂作伎樂。任誕二五注引鄧粲晉紀：「王導與周顗及朝士詣尚書紀瞻觀伎。」晉書二三樂志下：「但歌，四曲，出自漢世，無弦節，作伎最先唱，一人唱，三人和。」

〔四〕劉辰翁云：「決無斬人勸飲，血當盈庭矣。」李慈銘云：「案晉書王敦傳，以此爲王愷事，非石崇。疑皆傳聞過實之辭。崇、愷雖暴，不至是也。」程炎震云：「晉書九八王敦傳，兼取行酒及吹笛兩事，但云王愷，不云石崇。又不言已殺三人，較可信。」按，劉辰翁、李慈銘皆以爲斬人勸酒恐非事實，揆之情理，其説可從。孝標注引王丞相德音記，謂吹笛人有小忘，王愷使黄門打殺之。此事較可信。豪貴之家樂妓卑賤同婢妾，生殺付之於主。忿狷一記曹操殺情性酷惡之聲妓，即其例。

二　石崇廁常有十餘婢侍列，〔一〕皆麗服藻飾，置甲煎粉、沈香汁之屬，〔二〕無不畢備。又與新衣著令出。客多羞不能如廁。王大將軍往，脱故衣，著新衣，神色傲然。羣婢相謂曰：「此客必能作賊！」〔三〕語林曰：「劉寔詣石崇，〔四〕如廁，見有絳紗帳大牀，茵蓐甚麗，兩婢持錦香囊。〔五〕寔遽反走，即謂崇曰：『向誤入卿室内。』崇曰：『是廁耳。』」

【校釋】

〔一〕「石崇廁」句　李詳云：「漢書外戚衛皇后子夫傳：『帝起更衣，子夫侍尚衣軒中。』更衣即廁所，有美人侍列，帝戚平陽主家始有之。石崇仿之，所以爲侈。」

〔二〕甲煎粉沈香汁　世説抄撮：「當作甲煎汁、沈香粉。」世説音釋：「甲煎，揚雄方言曰：『有汁而乾之曰煎。』范曄香序曰：『棗膏昏鈍，甲煎淺俗。』廣志曰：『甲煎出南方。』范曄和香方曰：『甲煎，煎，棧香也。』」按，本草綱目四六：「集解：藏器曰：『甲煎以諸藥及美果花燒灰和臘，成口脂，所主與甲香略同。三年者良。』時珍曰：『甲煎以甲香同沉麝諸藥花物治成，可作口脂及焚爇也。唐李義山詩所謂「沉香甲煎爲廷燎」者即此。』」丹鉛餘録總録二一「口脂」條：「杜子美臘日詩：『口脂面藥隨恩澤，翠管銀罌下九霄。』唐制：臘日宣賜脂藥。李嶠有賜口脂表云：『青牛帳裏，未輟爐香；朱鳥窗前，新調鉛粉。揉之以辛夷、甲煎，然之以桂火、蘭蘇。』」通鑑二四三唐紀五九胡注：「杜佑曰：林邑出沉香，土人破斷其木，積以歲年朽爛，而心節獨在，置水中則沉，故名沉香。」嵇含南方草木狀卷中：「交趾有蜜香樹，幹似櫃柳，其花白而繁，其葉如橘。欲取香，伐之經年，其根幹枝節，各有別色也。木心與節堅黑沉水者爲沉香，水面平者爲鷄骨香，其根爲黄熟香，其幹爲棧香，細枝緊實未爛者爲青桂香，其根節輕而大者爲馬蹄香，其花不香成實乃香爲鷄舌香，珍異之木也。」

〔三〕作賊　魏晉南北朝常語，猶言造反也。凌濛初云：「何物婢子乃知人。」

〔四〕劉寔　寔，王刻本作「實」。王先謙校：「袁本『實』作『寔』。按，寔晉書有傳，正作『寔』。」

〔五〕兩婢持錦香囊　王先謙校：「袁本『持』作『桻』。……按説文：『桻，桻䉶也。』廣韻：『帆未張。』言兩婢楨香囊如帆之未張，正未登廁時情事。六朝綺語鍛煉可玩。若作『持』，則應十餘婢，非兩婢事矣。晉書劉寔傳一作『持』，均非。」唐批：「『持』，宋本作『桻』，後人不識此字之義而妄改。學案：説文：『桻，雙也，从木，夆聲，讀若鴻。』廣韻：『「桻」，雙帆未張。』」劉盼遂以爲王先謙之説「甚新奇而乖實特甚」，並考四部叢刊袁本、沈校本、御覽一八六引語林，皆作「持」，不作「桻」，云：「況香囊爲清圊之具，如今之手紙，自不待大。兩婢持之者，兩婢各有所持也，何待兩婢作未張帆之式乎？至云作持應十餘婢，更不知何所需多許人也。王氏未瞭飾香囊之爲物矣。」按，劉氏所釋不無可取，然謂香囊「如今之手紙」，未知何據。假譎一四記謝遏年少時「好著紫香囊」。通志五三：「給尚書郎侍史一人，女侍史二人，皆選端正妖麗，執香鑪、香囊，護衣服。」鄴中記謂石虎御牀「帳之四面上十二香囊，采色亦同。」孔雀東南飛詩：「紅羅復斗帳，四角垂香囊。」據此可知，錦香囊亦決非手紙也。香囊乃香潔之物，此置於廁，以芳香而奪其穢氣耳。

三　武帝嘗降王武子家，〔一〕武子供饌，並用瑠璃器。婢子百餘人，皆綾羅絝襬，〔二〕以手擎飲食。烝㹠肥美，異於常味。帝怪而問之，答曰：「以人乳飲㹠。」帝甚不平，食未畢便去。王、石所未知作。〔三〕襬，一作䙓。〔四〕

【校釋】

〔一〕「武帝」句　程炎震云：「濟尚常山公主，故帝幸其家。」

〔二〕絝襬　絝，宋本作「袴」。按，「絝」同「袴」。古指套袴。墨子非樂中：「因其羽毛，以爲衣裘；因其蹄蚤，以爲絝屨。」史記四三趙世家：「居無何，而朔婦免身生男，屠岸賈聞之，索於宮中，夫人置兒絝中。」襬，程炎震云：「玉篇：『襬，力貨切，女人上衣也。䙓，彼皮切，關東人呼裙也。』兩字皆得通，未知孰是。」

〔三〕王石　王愷、石崇也。徐箋：「謂王愷、石崇所不能爲。」李毓芙世説新語新注云：「謂王愷、石崇尚不知道這樣製作蒸㹠的辦法。」説與徐箋同。

〔四〕䙶　徐箋：「案䙶字不見字書，作襬是也。」按，「䙶」字見玉篇。襬，裙。方言四：「帬，陳魏之間謂之帔，自關而東或謂之襬。」顔師古急就篇注云：「裠即裳也，一曰帔，一曰襬。」

四　王君夫以粭糒澳釜，〔一〕石季倫用蠟燭作炊。君夫作紫絲布步障碧綾裏四十里，〔二〕石崇作錦步障五十里以敵之。石以椒爲泥，王以赤石脂泥壁。〔三〕晉諸公贊曰：「王愷字君夫，東海人，王肅子也。雖無檢行，而少以才力見名，有在公之稱。〔四〕既自以外戚，〔五〕晉氏政寬，又性至豪。舊制：鴆不得過江，爲其羽櫟酒中，必殺人。愷爲翊軍時，〔六〕得鴆於石崇而養之，其大如鵞，喙長尺餘，純食蛇虺。司隸奏按愷、崇，〔七〕詔悉原之，即燒於都街。〔八〕愷肆其意色，無所忌憚。爲後軍將軍。卒謚曰『醜』。」

【校釋】

〔一〕粭糒澳釜　程炎震云：「晉書三三石崇傳無『糒』字。音義出『粭澳』二字。糒是乾飯，疑衍此字。晉書音義：『粭，與之反。』考玉篇、廣韻皆無粭字。而廣韻飴字正切與之。蓋粭、飴同字。又廣韻『爂，烏到切。』爂釜，以水添釜，則字當從火。」徐箋：「通鑑八一晉紀三注：『粭，餳也。今台、明謂以水沃釜爲澳鑊。』糒，乾飯。謂以餳糖和飯擦鍋子。」按，徐箋是。澳釜，刷洗飯釜，不誤。劉敬叔異苑一：「晉義熙初，晉陵薛願有虹飲，其釜澳須臾，噏響便竭。願輦酒灌之，隨投隨涸，便吐金滿釜，於是災弊日祛，而豐富歲臻。」程氏謂澳釜當作「爂釜」，乃以水添釜。以水添釜乃常事，豈爲汰侈？顯見其說非。

〔二〕步障　亦作「步鄣」。通鑑八一晉紀三胡注：「步障，夾道設之以障蔽，若今之罘罳。」曹植妾薄命詩之二：「華燈步障舒光，皎若日出扶桑。」晉書列女王凝之妻謝氏傳：「（謝道韞）乃施青綾步鄣自蔽，申獻之前議，客不能屈。」南齊書七東昏侯紀：「置射雉場二百九十六處，翳中帷帳及步鄣，皆袷以綠紅錦。」

〔三〕「石以椒爲泥」一句　通鑑八一晉紀三胡注：「椒性溫而芬馥。」「本草圖經曰：『赤石脂出濟南射陽及太山之陰。』蘇恭云：『濟南太山，不聞出者，惟虢州盧氏縣澤州、陵川縣慈州、呂鄉縣並有，及宜州諸山亦出。今出潞州，以色理鮮膩者爲勝。』」

〔四〕在公　公，宋本作「軍」。按，作「公」是。後漢書六七黨錮羊陟傳：「清亮在公。」後漢書七一皇甫嵩傳：「嵩曰：『夙夜在公，心不忘忠，何故不安？』」吳志孫登傳：「陸遜忠勤於時，出身憂國，謇謇在公。」

〔五〕外戚　王愷之姊元姬爲文帝后，生武帝，則武帝乃愷外甥。本篇八曰：「武帝，愷之甥也。」

〔六〕愷爲翊軍　程炎震云：「武帝記太康元年六月，初置翊軍校尉官。」

〔七〕司隸　程炎震云：「崇、愷傳並云『司隸傅祇』。案祇爲司隸，在元康元年。」

〔八〕都街　吴金華考釋：「都街，城内的通衢大道之稱，又叫『都市』、本文指洛陽城内的大街。」李詳云：「詳案：晉書九三王愷傳：『石崇與愷爲鴆毒之事，司隸校尉傅祇劾之。』案，司隸所劾，因愷、崇豢養毒鳥，留之害人，故焚於都街。如晉書言，似二人謀爲悖逆之事，殊爲誤會。左傳莊公三十二年正義引晉諸公贊曰：『舊制：鴆不得渡江，有重法。石崇爲南中郎將得鴆，以與王愷養之。大如鶚，喙長尺餘，純食蛇虺。司隸傅祇於愷家得此鳥，奏之。宣示百官，燒於都街。』」

五　石崇爲客作豆粥，咄嗟便辦。〔一〕恒冬天得韭蓱齏。〔二〕又牛形狀氣力不勝王愷牛，而與愷出遊，極晚發，爭入洛城，崇牛數十步後迅若飛禽，愷牛絶走不能及。每以此三事爲搤腕，乃密貨崇帳下都督及御車人，問所以。都督曰：「豆至難煑，唯豫作熟末，客至，作白粥以投之。韭蓱是擣韭根，雜以麥苗爾。」復問馭人牛所以駛。馭人云：「牛本不遲，由將車人不及制之爾。急時聽偏轅，則駛矣。」〔三〕

愷悉從之，遂爭長。石崇後聞，皆殺告者。晉諸公贊曰：「崇性好俠，與王愷競相誇衒也。」

【校釋】

〔一〕咄嗟　葉夢得石林詩話上云：「劉貢父以司空圖詩中『咄喏』二字辨晉書所載『石崇豆粥，咄嗟可辦』爲誤，以喏爲嗟，非也。孫楚詩自有『三命皆有極，咄嗟不可保』之語。咄嗟，皆聲也。自晉以前，未見有言咄。殷浩所謂『咄咄逼人』，蓋拒物之聲。嗟乃歎息，咄嗟猶言呼吸。疑是晉人一時語，故孫楚亦云云爾。」李詳云：「左思詠史詩：『咄嗟復凋枯。』孫楚陟陽侯詩：『咄嗟安可保。』二字並爲晉世方言，猶云倏忽也。」按，李詳釋「咄嗟」義爲「倏忽」，即迅疾，其説是。又，葛洪抱朴子内篇勤求：「……喜笑平和，則不過五六十年，咄嗟滅盡。」北齊書二九李渾傳：「若簡練驍勇，銜枚夜襲，徑趣營下，出其不意，咄嗟之間，便可擒殄。」

〔二〕韭蓱䪡　䪡，王刻本作「䪢」。程炎震云：「䪢字誤，當作䪡。晉書作韲，是俗字。玉篇尚無韲字，廣韻始有之。齊民要術八引崔寔曰：『八月取韭菁，作擣韲。』故冬天爲難得。文選卷四張平子南都賦：『浮蟻若蓱。』善注曰：『如蓱之多者。』韭蓱蓋亦如此。」朱注：「晉書石崇傳：『韭蓱韲是擣韭根雜以麥苗耳。』蓱亦冬日所無者，故以麥苗代之，取其色似蓱以愚人耳。」按，韲，細切之蔬果。周禮天官醢人「以五齊七醢七菹三臡實之」鄭玄注：「齊當爲韲，凡醯醬所和，細切爲韲。」蓱，同「萍」，通「蘋」。草名。又名藾蒿。文選謝靈運擬魏太子鄴中集詩阮瑀：「自從食蓱來，唯見今日美。」李善注：「毛詩曰：呦呦鹿鳴，食野之苹。」陸璣疏：「藾蒿，葉青白色，莖似箸而輕脃，始生香，可生食。」石崇傳謂「韭蓱虀是搗韭根雜以麥苗」，其説存疑。冬日北方麥苗正越冬，且搗碎亦不可食，石崇豪富，豈會以此待客？

〔三〕「由將車人」三句　晉書三三石崇傳作「良由馭者逐之不及，反制之」。世説抄撮：「馭人必在轅一方控制，人不及牛駛而反控牛令遲，若聽其蹁轅則奔走快速耳。」世説音釋：「正字通：『蹁音篇，蹁蹮，放行貌。』據此則『偏』應作『蹁』。」吴金華考釋：「所謂『將車人不及制之』可以理解爲『駕牛者不懂得如何控制牛車』。『不及』，相當於今語的『不懂得』、『不理解』，魏晉口語多有其例。」按，吴氏釋「不及」爲「不懂得」、「不理解」，甚是。傷逝四：「王（戎）曰：『聖人忘情，最下不及情。』」不及情，謂未識情也。又後漢書四五張酺傳：「臣實愚惷，不及大體。」魏志程昱傳記程昱説曹操殺劉備，操不聽。後「昱與郭嘉説太祖曰：『公前日不圖備，昱等誠不及也。今借之以兵，必有異心。』」不及，皆謂未達，不識也。

六　王君夫有牛名八百里駮，〔一〕常瑩其蹄角。〔二〕王武子語君夫：「我射不如卿，今指賭卿牛，以千萬對之。」〔三〕君夫既恃手快，且謂駿物無有殺理，便相然可，〔四〕令武子先射。武子一起便破的，卻據胡牀，叱左右速探牛心來。須臾炙至，一犢便去。〔五〕相牛經曰：「牛經出甯戚，〔六〕傳百里奚。漢世河西薛公得其書，以相牛，千百不失。本以負重致遠，未服輜軿，故文不傳。至魏世，高堂生又傳以與晉宣帝。其後王愷得其書焉。」臣按其相經云：〔七〕「陰虹屬頸，千里。」注曰：「陰虹者，双筋自尾骨屬頸。〔八〕甯戚所飯者也。」愷之牛，其亦有陰虹也。〔九〕甯戚經曰：「棰頭欲得高，〔一〇〕百體欲得緊，大膁疏肋難齡齡，〔一一〕龍頭突目好跳。〔一二〕又角欲得細，身欲促，形欲得如卷。」〔一三〕

【校釋】

〔一〕八百里駮　余箋：「演繁露一曰：『王濟之八百里駮，駮，亦牛也。言其色駮而行速，日可八百里也。』嘉錫案：此王愷之牛，演繁露誤作王濟。」

〔二〕瑩　妝飾，塗飾。八百里駮爲王愷心愛之物，故妝飾其蹄角使之更炫目也。本篇八謂石崇、王愷「並窮綺麗，以飾輿服」，瑩牛之蹄角即其一。

〔三〕「我射不如卿」三句　晉書四二王濟傳：「濟請以錢千萬與牛對射而賭之。」意謂若我射不中，與錢千萬；若射中，汝與牛。

〔四〕然可　吴金華考釋：「『然可，猶言『允許』、『許可』。後漢曇果、康孟祥譯中本起經卷上化迦葉品第三：『世尊念曰：「吾昔出家，道逢蓱沙，誓要道成先脱度我，吾用一切故，即便然可。」』」

〔五〕「卻據胡牀」數句　世説箋本：「晉時重牛心炙。世説云：王右軍少時在周侯末坐，周割牛心噉之，於此改觀。」劉辰翁云：「以此爲快，是略無惜吝意也，要乃君夫殺之。」按，晉書四二王濟傳言濟「風姿英爽，氣蓋一時」。王愷以爲「駿物無有殺理」，然濟偏對賭殺之。雖云汰侈，無妨英爽。

〔六〕相牛經曰牛經　沈校本無「曰牛經」三字。

〔七〕臣　孝標自稱。相經，相，宋本誤作「柏」。

〔八〕自尾骨屬頸　自，宋本作「白」。頸，宋本作「輕」。王利器校：「各本『輕』作『頸』。齊民要術卷六引相牛經作『有筋白毛骨屬勁』，初學記卷二九引甯戚相牛經作『有雙筋自尾骨屬頸』，案初學記引是，此文當作『雙筋自尾骨屬頸』。」

〔九〕其亦有　宋本、沈校本並無「其」字。陰虹，虹，宋本作「紅」。王利器校：「各本『紅』作『虹』，是。」按，齊民要術六曰：「陰虹屬頸行千里。」注：「陰虹者，有雙筋白毛骨屬頸，最善走。」王愷之牛亦有陰虹，故善走至日行八百。

〔一〇〕棰　世説抄撮：「棰通槌，謂頭如槌也。齊民要術作『插頭』。潛確類書作『種頭』。」

〔一一〕大膁　世説音釋：「大膁，腰左右虚肉處。肋，脅骨也。」難齡齝，宋本無「齝」字。沈校本無「齡」字，「齝」作「韶」。王利器校：「齊民要術作『難飼』，御覽卷八九九引相牛經作『難齝』；案當從要術作『難飼』。」徐箋：「齝，爾雅釋獸：『牛曰齝。』注：『食之已久，復出嚼之。』即反芻之義。此字齊民要術作『飼』。」

〔二〕突目　目下宋本有「欲」字。王利器校：「各本無『欲』字，是；齊民要術、御覽都無『欲』字。」

〔三〕形欲得如卷　齊民要術六注：「卷者，其形側也。」

七　王君夫嘗責一人無服餘衵，〔一〕因直，内著曲閤重閨裏，不聽人將出。〔二〕遂饑經日，迷不知何處去。後因緣相爲，〔三〕垂死，迺得出。

【校釋】

〔一〕衵，宋本誤作「袓」。朱注：「案：集韻：『尼質切，音昵。』説文：『衵，日日所常衣，从衣，从日，日亦聲。』左傳宣公九年：『陳靈公與孔寧、儀行武通於夏姬，皆衷其衵服，以戲於朝。』杜預注衵爲『近身衣』。此蓋褫服以責之，但餘貼身小衣耳。」

〔二〕不聽人　不讓人。聽，聽憑，任憑。將出，帶出。

〔三〕因緣　機會，機緣。朱注：「似謂偶值機緣，經人相助之意。」按，朱注是。史記一〇四田叔列傳：「(任安)留求事爲小吏，未有因緣也。」此謂王愷宅院深深，猶如迷宫，經人相助方得出。

八　石崇與王愷爭豪，並窮綺麗以飾輿服。續文章志曰：「崇資産累巨萬金，宅室輿馬，僭擬王者。庖膳必窮水陸之珍，後房百數，皆曳紈綉、珥金翠，而絲竹之藝，盡一世之選。築榭開沼，殫極人巧。與貴戚羊琇、王愷之徒競相高以侈靡，而崇爲居最之首，琇等每愧羨，以爲不及也。」〔一〕武帝，愷之甥也，〔二〕每助愷。嘗以一珊瑚樹高二尺許賜愷，枝柯扶疏，世罕其比。愷以示崇，崇視訖，以鐵如意擊之，應手而碎。愷既惋惜，又以爲疾己之寶，聲色甚厲。崇曰：「不足恨，今還卿。」乃命左右悉取珊瑚樹，有三尺四尺，條幹絶世，光彩溢目者六七枚，如愷許比甚衆。〔三〕愷惘然自失。南州異物志曰：「珊瑚生大秦國，有洲在漲海中，距其國七八百里，名珊瑚樹洲，底有盤石，水深二十餘丈，珊瑚生於石上。初生白，軟弱似菌。國人乘大船載鐵網先没在水下，一年便生網目中。其色尚黄，枝柯交錯，高三四尺，大者圍尺餘，三年色赤，便以鐵鈔發其根，繫鐵網於船，絞車舉網，還，裁鑿恣意所作。若過時不鑿，便枯索蟲蠹。其大者輪之王府，細者賣之。」廣志曰：「珊瑚，大者可爲車軸。」

【校釋】

〔一〕「與貴戚羊琇」數句　余箋：「宋書五行志曰：『晉興，何曾薄太官御膳，自取私食。子劭又過之。而王愷又過劭。王愷、羊琇之儔，盛致聲色，窮珍極麗。至元康中，誇恣成俗，轉相高尚。石崇之侈，遂兼王、何而儷人主矣。崇既誅死，天下尋亦淪喪。僭侈之咎也。』晉書五行志同。」按，晉書四七傅咸傳：「竊謂奢侈之費，甚於天災。古者堯有茅茨，今之百姓競豐其屋；古者臣無玉食，今之賈豎皆厭粱肉；古者后妃乃有殊飾，今之婢妾被服綾羅；古者大夫乃不徒行，今之賤隸乘輕驅肥；古者人稠地狹而有儲蓄，由於節也；今者土廣人稀而患不足，由於奢也。」晉書六五王導傳：王導對元帝曰：「自魏氏以來，迄於太康之際，公卿世族，豪侈相高，政教陵遲，不遵法度，羣公卿士，饜於安息。」可證宋書五行志所言不虛。

〔二〕愷之甥也　甥，宋本作「舅」。按，宋本誤。

〔三〕王世懋云：「石尚有火浣衫，事尤奇，世説不載，豈謂更遠情實耶？」按，御覽四九三引晉書曰：「時外國進火浣布，天下更無，帝爲衫來幸崇家，崇奴僕五十人皆衣火浣布衫祇承，帝大慚。」

九　王武子被責，移第北邙下。〔一〕晉諸公贊曰：「濟與從兄恬不平。〔二〕濟爲河南尹，未拜，行過王宮，吏不時下道，濟於車前鞭之，有司奏免官。論者以濟爲不長者，〔三〕尋轉太僕，而王恬已見委任。濟遂斥外。」于時人多地貴，濟好馬射，買地作埒，〔四〕編錢帀地竟埒，時人號曰「金溝」。溝，一作埒。〔五〕

【校釋】

〔一〕北邙　邙，宋本作「芒」。按，「邙」通「芒」。山名，因在洛陽之北，故名。東漢、魏、晉時王侯公卿多葬於此。梁鴻五噫歌：「陟彼北芒兮，噫！顧瞻帝京兮，噫！」陶潛擬古詩之四：「一旦百歲後，相與還北邙。」北邙下，亦爲當時豪富聚居地。仇隙一注引干寶晉紀云「(石)崇別館北邙下」。又御覽五六載孫楚王驃騎誄曰：「逍遥芒阿，闔門下帷，研精六藝，探賾鈎微。」讀此略可知武子移第北邙下後之閑居生活。

〔二〕兄恬　恬，沈校本作「佑」，下同。王利器校：「案作『佑』是。本書附太原王氏譜正作『佑』，若『恬』，則是琅琊王氏，不是一族。」

〔三〕長者　謂德行高尚之人。韓非子詭使：「重厚自尊謂之長者。」史記七項羽本紀：「陳嬰者，故東陽令史，居縣中，素信謹，稱爲長者。」班彪王命論：「漢王長者，必得天下。」王濟無理而鞭吏，故論者以濟非長者。

〔四〕埒　徐箋：「界埒也，又庫垣也。謂築短牆圍之以爲界埒。」

〔五〕溝一作埒　宋本無此四字。

一〇　石崇每與王敦入學戲，〔一〕見顔、原象，家語曰：「顔回字子淵，魯人，少孔子三十歲，二十九歲而髮白，三十二歲蚤死。」原憲，已見。〔二〕而歎曰：「若與同升孔堂，去人何必有間。」〔三〕王曰：「不知餘人云何？子貢去卿差近。」〔四〕史記曰：「端木賜字子貢，衛人。嘗相魯，家累千金，終於齊。」石正色云：「士當令身名俱泰，何至以甕牖語人！」〔五〕原憲以甕爲户牖。

【校釋】

〔一〕戲　楊箋：「戲，清談也。」按，戲，遊戲。此或爲石崇、王敦年輕時事。楊箋不分語境，此處又將「戲」釋爲清談，不可從。

〔二〕原憲　已見言語九及注引家語。

〔三〕去人　言語七五：「聖賢去人，其間亦近。」間，距離。石崇意謂若與顔淵、原憲同升孔堂，則我與此二賢相去不遠。言外之意是常人亦可至賢聖。

〔四〕「王曰」二句　王敦語謂不知他人對汝言如何評説？依我之見則以爲卿與家累千金之子貢較近耳。此乃王敦嘲諷石崇與顔、原相去遠，與子貢相去近。世説箋本：「子貢結駟連騎，故以諷石。」其説是。

〔五〕「石正色云」三句　身名俱泰，謂既身享富貴，又有令名，即名利兼具之意。甕牖，以破甕置於壁間作窗户，喻貧。莊子讓王：「蓬户不完，桑以爲樞，而甕牖二室。」老子四四章：「名與身孰親？」張翰云：「使我有身後名，不如即時一杯酒。」故凡信奉莊老者，皆輕名重身；重儒教者，則重名輕身。此自然與名教所由判也。石崇主張士當「身名俱泰」，原憲之貧不足語，此頗能代表當時士人之生活理想，即身名兼美，名利雙收。此與自然、名教業已調和有關。王戎、王愷、和嶠、何曾、何劭、庾敳諸人皆好聚斂，生活奢侈，爲「身名俱泰」之典型人物。

一一　彭城王有快牛，至愛惜之。朱鳳晉書曰：「彭城穆王權，〔一〕字子輿，宣帝弟馗子，太始元年封。」王太尉與射，賭得之。彭城王曰：「君欲自乘，則不論；若欲噉者，當以二十肥者代之。既不廢噉，又存所愛。」王遂殺噉。〔二〕

【校釋】

〔一〕穆王權　程炎震云：「權子植，孫釋，並爲彭城王。權薨於咸寧元年，衍才二十歲。此彭城王，未必定是權。」

〔二〕王世懋云：「南渡後更不能見此汰侈矣。北魏末諸王復相競爲之，魏尋亂。」按，此條與本篇六王濟與王愷賭牛相似，或一事而傳聞各異耶？

一二　王右軍少時，在周侯末坐，割牛心噉之，於此改觀。〔一〕俗以牛心爲貴，故羲之先食之。

【校釋】

〔一〕「王右軍少時」數句　程炎震云：「晉書八〇羲之傳：『年十三，嘗詣周顗。時重牛心炙，坐客未噉，顗先割啗羲之，於是始知名。』右軍十三歲，是建興四年。」劉盼遂云：「伯仁被害在永昌元年，時羲之三歲，烏能躡履而到門邪？晉書右軍傳載右軍年十三詣顗，蓋緣世説之誤而塗附耳。」楊箋襲劉説。按，右軍生於惠帝太安二年（見企羨三校釋）。王羲之傳謂羲之年十三詣周顗，則在建興三年（三一五）也。劉盼遂謂世説之誤，殆信錢大昕疑年録。錢氏以爲羲之生於大興四年（三二一）。然周顗爲王敦殺害在永昌元年（三二二），依錢氏疑年録，時羲之才二歲。劉氏謂羲之三歲，亦誤。

忿狷第三十一

一　魏武有一妓，聲最清高，而情性酷惡。欲殺則愛才，欲置則不堪。〔一〕於是選百人，一時俱教。少時，果有一人聲及之，〔二〕便殺惡性者。

【校釋】

〔一〕置　擱置，放下。義同「置之不理」之置。

〔二〕果　王刻本作「還」。按，作「果」較勝。果，竟，終。國語晉語三：「佞之見佞，果喪其田；詐之見詐，果喪其賂。」韋昭注：「果，猶竟也。」呂氏春秋忠廉：「吴王不能止，果伏劍而死。」高誘注：「果，終也。」曹操雅好歌詩，魏志武帝紀裴注引魏書稱操「登高必賦，及造新聲，被之管絃，皆成樂章」。又注引曹瞞傳曰操「好音樂，倡優在側，常以日達夜」。曹操遺令囑已死之後，婢妾與伎人使著銅雀臺，「月旦、十五日，自朝至午，輒向帳中作伎樂」。凡此皆可見曹操伎人衆多，且至死未能割捨也。曹操愛聲伎之才，卻又不惜殺之，此與處置銅雀伎相同，適見其酷虐變詐之性。

二　王藍田性急，嘗食雞子，〔一〕以筯刺之，不得，便大怒，舉以擲地。雞子於地圓轉未止，仍下地，以屐齒蹍之；〔二〕又不得，瞋甚，〔三〕復於地取内口中，〔四〕齧破即吐之。王右軍聞而大笑曰：「使安期有此性，猶當無一豪可論，況藍田邪？」〔五〕中興書曰：「述清貴簡正，少所推屈，唯以性急爲累。」安期，述父也，有名德，已見。〔六〕

【校釋】

〔一〕雞子　即雞蛋。

〔二〕「仍下地」三句　仍，因，就此。詩大雅常武：「鋪敦淮濆，仍執醜虜。」毛傳：「仍，就。」孔穎達疏：「釋詁云：『仍，因也。』因是就之義也。」蹍，晉書七五王述傳作「踏」。蹍，踩，踏。莊子庚桑楚：「蹍市人之足，則辭以放驁。」成玄英疏：「蹍，蹋也，履也。」文選張衡西京賦：「當足見蹍，值輪被轢。」薛綜注：「足所蹈爲蹍。」

〔三〕瞋　宋本誤作「瞋」。

〔四〕口中　口，宋本誤作「曰」。

〔五〕李贄云：「狀得佳樣出。」（初潭集師友詆毀）世説抄撮：「『豪』通『毫』，言無所取也。」世説箋本：「右軍素與藍田不愜。」按，仇隙五：「王右軍素輕藍田。」晉人以從容優遊爲雅量，藍田性急如此，行事又尚實際，與風流名士不同。右軍則風流，故輕藍田，以爲無一毫可論。又，此條寫王藍田之性急，純用細節，生動逼肖，如在目前，此李贄所謂「狀得佳樣出」也。

〔六〕安期　王承字，已見政事九。

三　王司州嘗乘雪往王螭許。王胡之、王恬，並已見。〔一〕恬，小字螭虎。司州言氣少有牾逆於螭，便作色不夷。〔二〕司州覺惡，便輿牀就之，〔三〕持其臂曰：「汝詎復足與老兄計！」〔四〕按王氏譜，胡之是恬從祖兄。螭撥其手曰：「冷如鬼手馨，彊來捉人臂！」〔五〕

【校釋】

〔一〕王胡之　見言語八一。王恬，見德行二九。

〔二〕作色　臉上變色。指神情變嚴肅或發怒。禮記哀公問：「孔子愀然作色而對曰：『君之及此言也，百姓之德也。』」鄭玄注：「作，猶變也。」史記六九蘇秦列傳：「於是韓王勃然作色，攘臂瞋目。」按，作色者乃王恬。

〔三〕輿牀　朱注：「『牀』殆如今之凳椅之屬。『輿牀』猶今之移坐耳。」按，朱注是。輿，抬，扛，舉。戰國策秦策三：「百人輿瓢而趨，不如一人持而走疾。」此二句寫王胡之覺察王恬不快，移坐就之，作親近之狀。

〔四〕「汝詎」句　此語意謂汝難道再與老兄計較嗎？胡之移坐之後，再請王恬諒解。

〔五〕馨　如此。冷如鬼手馨，猶言冷得如鬼手一般。按，王胡之一再示好，王恬卻斷然拒絶。恬生性簡傲（見簡傲一二），且疾學尚武，不懂禮數，難怪王丞相見之即嗔也。

四　桓宣武與袁彦道樗蒱。袁彦道齒不合，遂厲色擲去五木。〔一〕温太真云：「見袁生遷怒，知顔子爲貴。」〔二〕論語曰：「哀公問：『弟子孰爲好學？』孔子曰：『有顔回者好學，不遷怒，不貳過，不幸短命死矣！』」

【校釋】

〔一〕樗蒱：古博戲名。齒，樗蒱戲擲彩之具，斲木爲之，凡五子，故稱五木。馬融樗蒱賦：「齒爲號令，……排五木，散九齒。」太平御覽七五四引郭澄之郭子：「桓公年少，至貧，嘗樗蒱失數百斛米。齒既惡，意亦沮。」同上引江蕤别傳：「蕤年十一，始學樗蒱。祖母爲説往事，有以博弈破業廢身者。於是即棄五木，終身不爲戲。」程大昌演繁露六摴蒱：「……至摴蒱則所用者五子而已，其初刻木爲之。劉裕挼喝五木，使之成盧，則其子用木而五也。」同上投五木瓊櫳玖骰：「方其用木也，五子之形，兩頭尖鋭，中間平廣，狀似今之杏仁。惟其尖鋭，故可轉躍；惟其平廣，故可以鏤采也。凡一子悉爲兩面，其一面塗黑，黑之上畫牛犢以爲之章，犢者牛子也。一面塗白，白之上即畫雉，雉者野雞也。凡投子者，五皆現黑，則其名盧。盧者黑也，言五子皆黑也。五黑皆現，則五犢隨現，從可知矣。此在摴蒱爲最高之采。挼木爲擲，往往叱喝使致其極，故亦名呼盧也。其次五子四黑而一白，則是四犢一雉，則其采名雉，用以比盧，降一等矣。自此而降，白黑相雜，每每不同，故或名爲梟，即鄧艾言云六搏，得梟者勝也。或名爲犍，謂五木十擲輒犍，非其人不能是也。」所言不虛。

〔二〕「温太真云」三句　袁彦道齒不合，遷怒五木而擲去，温太真婉言其不足爲貴。葛洪抱朴子外篇自敍：「至於勝負未分，交争都市，心熱于中，顔愁於外，名之爲樂，而實煎悴。」「每觀戲者，慚恚交集，手足相及，醜詈相加，絶交壞友，往往有焉。」袁彦道樗蒱遷怒即證葛洪

五　謝無奕性麤彊，〔一〕以事不相得，自往數王藍田，〔二〕肆言極罵。王正色面壁不敢動，〔三〕半日，謝去，良久轉頭問左右小吏曰：「去未？」答云：「已去。」然後復坐。時人歎其性急而能有所容。〔四〕

【校釋】

〔一〕麤　麤魯。彊，僵硬固執。

〔二〕數　徐箋：「謂數其罪而責之。」

〔三〕正色　謂神色莊重、態度嚴肅。書畢命：「弼亮四世，正色率下。」公羊傳桓公二年：「孔父正色而立於朝。」

〔四〕「半日」數句　晉書七五王述傳謂述「既躋高位，每以柔克爲用」。柔克，柔忍克制也。謝奕肆言極駡，王述卻柔忍克制，半日不動。性急之人，有此功夫，誠難能可貴。

六　王令詣謝公，值習鑿齒已在坐，當與併榻。〔一〕王徙倚不坐，公引之與對榻。〔二〕去後，語胡兒曰：〔三〕「子敬實自清立，但人爲爾，多矜咳，殊足損其自然。」〔四〕劉謙之晉紀曰：「王獻之性甚整峻，不交非類。」〔五〕

【校釋】

〔一〕併榻　同「連榻」。方正一三：「杜預拜鎮南將軍，朝士悉至，皆在連榻坐。」

〔二〕「王徙倚不坐」二句　徙倚，猶徘徊；逡巡。楚辭遠遊：「步徙倚而遥思兮，怊惝怳而乖懷。」王逸注：「彷徨東西，意愁憤也。」曹植洛神賦：「於是洛靈感焉，徙倚傍徨，神光離合，乍陰乍陽。」對榻，子敬不願與習鑿齒連榻坐，故另設一榻，與習之榻相對也。

〔三〕胡兒　謝朗小字，謝安次兄據之長子。見言語七一。

〔四〕「多矜咳」二句　矜咳，咳，沈校本作「硋」。「矜咳」二字釋義頗紛紜。劉辰翁云：「矜咳二字極不成語，然極有似。」世説音釋：「咳與欬同，開代切。曲禮曰：『車上不廣欬。』鄭康成曰：『爲若自矜。』疏曰：『欬，聲欬也。車已高，若在上而聲大欬，似自驕矜持。』」王叔岷補正：「案咳借爲侅。説文：『侅，奇侅，非常也。』『矜侅』，猶言『矜奇』。子敬之清立，由於人爲。人爲則多矜奇，而損其自然矣。」徐箋：「沈校本『咳』作『硋』，疑是。後漢書方術列傳序：『夫物之所偏，未能無蔽，雖云大道，其硋或同。』注：『硋音五愛反。』則硋即礙也。矜，矜持；硋，拘執。晉人講門地，士庶不同坐，書中屢見。謝安見獻之不肯與習同榻，故以拘於習俗譏之。」按，以上諸説，以徐箋爲勝。硋，同「礙」、「閡」。廣韻四：「硋，止也，距也。」説文：「閡，外閉也。」子敬矜持而距人，不肯與習鑿齒並榻，故謝安譏其「殊足損其自然」。

〔五〕不交非類　余箋：「習鑿齒人才學問獨出冠時，而子敬不與之並榻，鄙其出身寒士，且有足疾耳。所謂『不交非類』者如此。非孔子『無友不如己者』之謂也。」

七　王大、王恭嘗俱在何僕射坐，中興書曰：「何澄字子玄，〔一〕清正有器望，歷尚書左僕射。」恭時爲丹陽尹，大始拜荆州。靈鬼志謡徵曰：「初，桓石民爲荆州，鎮上明，〔二〕民忽歌黄曇曲曰：『黄曇英，揚州大佛來上明。』〔三〕少時石民死，王忱爲荆州。」〔四〕佛大，忱小字也。

訖將乖之際，〔五〕大勸恭酒，恭不爲飲，大逼彊之轉苦。便各以帬帶繞手。恭府近千人，悉呼入齋，大左右雖少，亦命前，意便欲相殺。何僕射無計，因起排坐二人之間，方得分散。所謂勢利之交，古人羞之。〔六〕

【校釋】

〔一〕子玄　程炎震云：「晉書何準傳作『季玄』。」

〔二〕上明　明，原作「時」，宋本亦作「時」，沈校本作「明」。李慈銘云：「案『上時』當作『上明』，下文『上朋』亦『上明』之誤。晉、宋五行志皆作『上明』。上明者，荆州地名也。卷下上棲逸篇：『劉驎之見荆州刺史桓沖，比至上明。』宋書州郡志：『荆州刺史桓沖，始治上明。』今湖北荆州府松滋縣有上明古城。」王利器校：「又尤悔門『桓車騎在上明』條，都作『上明』，晉書五行志中載此事正作『上明』；渚宮舊事卷五：『孱陵縣界，地名上明。』原注引荆州志云：『上明、中明、下明，謂之三明。明猶渠。』通鑑卷一〇四晉紀二六注：『晉志：「上明在漢武陵郡孱陵縣界。」水經注：「上明城在枝江縣，其地夷敞，北據大江。江氾枝分，東入大江。縣治洲上，故以枝江爲稱。」杜佑曰：「上明即今江陵松滋縣西，廢。」上明城，桓沖所築也，沖疏曰：「南平孱陵縣界，地名上明，田土膏良，可以資業軍人。在吴時，樂鄉城以上四十里，北枕大江，西接三峽。」宋白曰：「上明城，桓沖所築，在今松滋縣西。」』」按，李氏、王校所説是，今據晉書二八五行志中改。

〔三〕上明　明，原作「朋」。今據晉書二八五行志中改。

〔四〕「少時石民死」二句　程炎震云：「太元十四年六月桓石虔卒，王忱代之。明年王恭亦出鎮京口矣。」

〔五〕訖　同「迄」，至，到。將乖之際，謂將離别之時。乖，别也，離也。

〔六〕「所謂勢利之交」二句　王恭爲王忱族子，初，二人齊名友善。後遭袁悦離間，遂生仇隙。詳見賞譽一五三及注引晉安帝紀。漢書三二張耳陳餘列傳：「勢利之交，古人羞之，蓋謂是矣。」文中子中説六：「以勢交者，勢傾則絶；以利交者，利窮則散。故君子不與也。」

八　桓南郡小兒時，〔一〕與諸從兄弟各養鵝共鬭。〔二〕南郡鵝每不如，甚以爲忿。迺夜往鵝欄間，取諸兄弟鵝悉殺之。既曉，家人咸以驚駭，云是變怪，〔三〕以白車騎。〔四〕車騎曰：「無所致怪，當是南郡戲耳。」問，果如之。

【校釋】

〔一〕桓南郡　晉書九九桓玄傳：「温臨終，命以爲嗣，襲爵南郡公。」夙惠七：「桓宣武薨，桓南郡年五歲。」

〔二〕養鵝共鬬　劉辰翁云：「不聞鬬鵝何如？」

〔三〕變怪　怪異之變。

〔四〕車騎　桓沖，桓玄叔父，歷任車騎將軍。

讒險第三十二

一　王平子形甚散朗，〔一〕內實勁俠。〔二〕鄧粲晉紀云：「劉琨嘗謂澄曰：『卿形雖散朗，〔三〕而內勁狹，以此處世，難得其死。』〔四〕澄默然無以答。後果爲王敦所害。劉琨聞之曰：『自取死耳。』」

【校釋】

〔一〕散朗　魏晉人物審美範疇之一，謂風度瀟灑爽朗。晉書九二袁宏傳：「風鑒散朗，或搜或引。」晉書九六王凝之妻謝氏傳：「王夫人神情散朗，故有林下風氣。」

〔二〕勁俠　程炎震云：「晉書四三王澄傳作『動俠』。通鑑八八胡注曰：『言其心輕易動，又豪俠自喜也。』雖望文生義，然可知宋時梅礀所見本即是動字。」吴金華考釋：「胡三省所見本可能是宋末元初的版本，『動俠』也不成話。册府元龜卷八五五也作『勁俠』，狹、俠二字古代通用，此文似以『勁俠』爲優。本書自新一『周處年少時』條：『凶强俠氣，爲鄉里所患。』頗疑『勁俠』跟『凶强俠氣』的意思相近，是帶有貶義色彩的詞語。」按，吴説是。當作「勁俠」，「動俠」乃形誤。晉書六一周嵩傳：「狷直果俠。」晉書五八周處傳：「周處吴人，忠勇果勁。」晉書六五王謐傳：「謐從弟諶，少驍勇輕俠。」勁，强勁。俠，剛强不屈。晉書四三王澄傳曰：澄「勇力絶人，素爲（王）敦所憚，澄猶以舊意侮敦。」亦其「勁俠」之證。

〔三〕卿形　形，宋本誤作「汧」。而内勁狹，内下宋本有「實」字。

〔四〕「以此處世」二句　老子三六章：「柔勝剛，弱勝强。」三六章：「弱者道之用。」四二章：「强梁者不得其死。」劉琨謂王澄以勁俠處世而難得其死，此批評觀念源於老氏貴柔戒强梁之教。識鑒一四周嵩自言「嵩性狼抗，亦不容於世」，亦指强梁不得其死。

二　袁悦有口才，〔一〕能短長説，亦有精理。〔二〕始作謝玄參軍，頗被禮遇。後丁艱，服除還都，唯齎戰國策而已。語人曰：「少年時讀論語、老子，又看莊、易，此皆是病痛事，〔三〕當何所益邪？天下要物，正有戰國策。」既下，説司馬孝文王，〔四〕大見親待，幾亂機軸，〔五〕俄而見誅。袁氏譜曰：「悦字元禮，陳郡陽夏人。父朗，給事中。仕至驃騎咨議。太元中，〔六〕悦有寵於會稽王，每勸專覽朝權，王頗納其言。王恭聞其説，〔七〕言於孝武，乃託以它罪殺悦於市中。〔八〕既而朋黨同異之聲播於朝野矣。」

【校釋】

〔一〕袁悦　徐箋：「晉書本傳及會稽王道子傳、王國寶傳並作『袁悦之』。」按，德行四〇注引晉安帝紀亦作「袁悦之」。蓋晉人或於名下加「之」字，如顧悦一作「顧悦之」，張玄一作「張玄之」之類。

〔二〕「能短長説」二句　短長説，原指戰國時縱横家之言。世説箋本：「漢書注：『蘇（秦）、張（儀）之謀趨彼爲短，歸之爲長。戰國策名長短術。』」按，「能短長説」即指善戰國策策士之縱横之術。兩晉之世，不乏有人喜好縱横之術。如王衍「初好論縱横之術」。（晉書四三王衍傳）精理，精深義理。晉書九簡文帝紀：「謝安常歎，以爲精理不減先帝。」渚宮舊事五：「（劉）邁時在坐，謂（桓）玄曰：『馬稍有餘，精理不足。』」

〔三〕病痛　毛病，缺點。弘明集八僧順法師析三破論：「是以儒家云：『人莫不愛其死而患其生。』老氏云：『及我無生，吾有何患？』莊周亦是病痛其一生。」葛洪抱朴子内篇勤求：「昔者著道書多矣，莫不務廣浮巧之言，以崇玄虚旨，未有究論長生之階徑，針砭爲道之病痛，如吾之勤勤者也。」朱子語類七五：「唐時人説得雖有病痛，大體理會得是。」病痛事，猶言「壞事」，「缺憾事」。袁悦服膺戰國策士，以爲讀論語、老子、莊子、周易無益時用，故稱之「病痛事」。或謂「病痛事」殆指西晉滅亡之歷史悲劇，非是。

〔四〕司馬孝文王　李慈銘云：「案『孝文』當作『文孝』，晉書作『文孝』。」按，司马文孝王，指司马道子。

〔五〕機軸　比喻關鍵重要之處所。此指朝廷。後漢書一七馮異傳：「今軹守洛陽，將軍鎮孟津，俱據機軸，千載一會，思成斷金。」李賢注：「機，弩牙也；軸，車軸也。皆在物之要，故取喻焉。」

〔六〕太元中　余箋：「自太元中以下，似别引一書，非袁氏譜之言。傳寫脱去書名耳。」

〔七〕王恭　恭，原作「粲」。宋本亦作「粲」。沈校本作「恭」。王先謙校：「袁本『恭』作『粲』，非。」按，王說是，今據改。

〔八〕「言於孝武」二句　余箋：「悦嘗離間王忱、王恭，見賞譽篇『王恭與王建武甚有情』條。晉書王國寶傳曰：『中書郎范甯，國寶舅也。疾其阿諛，勸孝武帝黜之。國寶乃使陳郡袁悦之因尼妙音致書與太子母陳叔媛，説國寶宜見親信。帝知之，托以他罪殺悦之。』與此不同。蓋孝武之積怒於悦，非一事也。」

三　孝武甚親敬王國寶、王雅，〔一〕雅别傳曰：「雅字茂建，東海沂人。〔二〕少知名。」晉安帝紀曰：「雅之爲侍中，孝武甚信而重之。王珣、王恭特以地望見禮，至於親幸，莫及雅者。上每置酒燕集，或召雅未至，上不先舉觴。時議謂珣、恭宜傳東宮，而雅以寵幸超授太傅、尚書左僕射。」〔三〕雅薦王珣於帝，帝欲見之。嘗夜與國寶及雅相對，〔四〕帝微有酒色，令喚珣，垂至，已聞卒傳聲。〔五〕國寶自知才出珣下，恐傾奪其寵，〔六〕因曰：「王珣當今名流，陛下不宜有酒色見之，自可别詔召也。」〔七〕帝然其言，心以爲忠，遂不見珣。〔八〕

【校釋】

〔一〕親敬　敬，宋本、沈校本並作「數」。王利器校：「餘本『數』作『敬』，是。」楊箋同。按，數，近也。作「數」較勝。親數，親近。左傳文公十六年：「無日不數於六卿之門。」杜預注：「數，不疏。」孔子家語賢君：「故夫不比於數而比於疏。」注：「數，近。」晉書七九謝萬傳：「汝爲元帥，諸將宜數接對，以悦其心。」晉書八三王雅傳：「雅性好接下，敬慎奉公，孝武帝深加禮遇，雖在外職，侍見甚數。」「甚數」即甚親也。據晉書七五王國寶傳，孝武原先並不寵信國寶，國寶與道子交惡後帝才漸親之。何以先惡後好？蓋欲削弱道子耳。故孝武對國寶恐無敬意，不過利用而已。

〔二〕東海沂人　李慈銘云：「案晉書王雅傳：『東海郯人，魏衛將軍肅之曾孫。』茂建作茂達。」按，據晉書一五地理志下，東海郡有郯縣，無沂縣。當以晉書是。

〔三〕太傅　李慈銘云：「案太傅當作太子少傅。晉書會稽王道子領太子太傅，以雅爲太子少傅。」

〔四〕及雅　王刻本無「及」字。

〔五〕卒傳聲　指差吏傳報來客已到之聲。

〔六〕其寵　其，王刻本作「要」。

〔七〕別詔召　王刻本無「召」字。

〔八〕「帝然其言」三句　李贄云：「總是不急，若是召幸，肯中止乎？」（初潭集君臣痴臣）

四　王緒數讒殷荊州於王國寶，殷甚患之，求術於王東亭。〔一〕曰：「卿但數詣王緒，往輒屏人，因論它事。如此，則二王之好離矣。」殷從之。國寶見王緒，問曰：「比與仲堪屏人何所道？」〔二〕緒云：「故是常往來，無它所論。」國寶謂緒於己有隱，果情好日疏，讒言以息。〔三〕按國寶得寵於會稽王，由緒獲進，〔四〕同惡相求，有如市賈，終至誅夷，曾不攜貳。〔五〕豈有仲堪微問，而成離隙？〔六〕

【校釋】

〔一〕「王緒數讒」三句　王緒，已見規箴二六及注引王氏譜。規箴二六注引晉安帝紀敘王國寶云：「（謝）薨，相王輔政，遷中書令，有妾數百。從弟緒，有寵於王，深爲其說，國寶權動內外。王珣、王恭、殷仲堪爲武帝所待，不爲相王所昵。」道子擅權，勢傾天下，以至孝武亦不平之。主相暗中不和，各有朋黨。仲堪、王珣屬帝黨，王緒、國寶屬王黨。讀此條，當時朋黨同異了然在目矣。

〔二〕比　近來。

〔三〕讒言以息　楊箋：「息，生也。禮記月令注：『陽生爲息。』」按，息，止息。讒言以息，乃指王緒詆毀殷仲堪之讒言，因二王情好日疏而得以止息。楊箋似謂二王之間讒言以生，非是。

〔四〕由緒獲進　程炎震云：「晉書國寶傳云『國寶進從祖弟緒』，與此注異。」余箋：「唐寫本規箴篇注引國寶別傳曰『國寶雖爲相王所重，既未爲孝武所親，及上覽萬機，乃自進於上。上甚愛之。俄而上崩，政由宰輔。國寶從弟緒有寵於王，深爲其説。王忿其去就，未之納也。緒説漸行，遷左僕射，領丹陽尹，以東宫兵配之。國寶權震内外』云云，是則國寶之復得寵於會稽王，實由王緒之力。」其説與孝標同。按，晉書七五王國寶傳曰：「從妹爲會稽王道子妃，由是與道子遊處，遂間毁（謝）安焉。及道子輔政，以爲秘書丞。」可見早在謝安未卒、道子輔政之前，國寶已爲道子寵信。道子輔政後，與國寶一度情惡。國寶從弟王緒有寵於道子，爲國寶進説，國寶遂復爲道子信從，權震内外。孝標注謂「國寶得寵於會稽王，由緒獲進」，實指國寶失寵會稽王後因王緒之説復得寵，非謂國寶始受道子寵愛即由王緒進説也。

〔五〕攜貳　王叔岷補正：「左傳昭公十三年：『同惡相求，如市賈焉。』又云：『諸侯事晉，未敢攜貳。』」攜貳，離心，有二心。國語周語上：「其刑矯誣，百姓攜貳，明神不蠲。」韋昭注：「攜，離；貳，二心也。」

〔六〕「豈有仲堪微問」二句　余箋：「當王恭討國寶檄至時，緒尚説國寶令矯道子命召王珣、車胤殺之，以除衆望。而國寶爲珣、胤所動，遂上疏解職，既而悔之，方謀距恭。道子乃委罪國寶，付廷尉賜死，並斬緒以謝恭。故孝標謂二人終至誅夷，曾不攜貳。然則其未死之前，未嘗爲殷仲堪所間亦明矣。」按，規箴二六謂「王緒、王國寶相爲唇齒，並上下權要」二句最得二王之實。孝標以爲「豈有仲堪微間，而成離隙」？所疑在理。

尤悔第三十三

一　魏文帝忌弟任城王驍壯，因在卞太后閤共圍棋，並噉棗。文帝以毒置諸棗蔕中，自選可食者而進。〔一〕王弗悟，遂雜進之。既中毒，太后索水救之，帝預敕左右毁缾罐，太后徒跣趨井，無以汲，須臾遂卒。〔二〕魏略曰：「任城威王彰，字子文，太祖卞太后弟二子。性剛勇而黄須。北討代郡，〔三〕獨與麾下百餘人突虜而走。太祖聞曰：『我黄須兒可用也。』」〔四〕魏志春秋曰：〔五〕「黄初三年，〔六〕彰來朝。初，彰問璽綬，將有異志，故來朝不即得見，有此忿懼而暴薨。」〔七〕復欲害東阿，太后曰：「汝已殺我任城，不得復殺我東阿！」〔八〕魏志方伎傳曰：「文帝問占夢周宣：『吾夢磨錢文，欲滅而愈更明，何謂？』宣悵然不對。帝固問之，宣曰：『陛下家事，雖欲爾而太后不聽，是以欲滅更明耳。』帝欲治弟植之罪，逼於太后，但加貶爵。」

【校釋】

〔一〕自選可食者而進　王叔岷補正：「宋本『而』下『進』字乃涉下『雜進』而衍。當據類聚及御覽所引删，『而』字屬下讀。」楊箋删「進」字，「而」字屬下句。按，宋本及各本皆作「自選可食者而進」。進，謂噉也，正應上文「並噉棗」。文帝噉棗，自選無毒者而進；任城王豈悟棗或有毒，或無毒？遂雜進之。若從類聚、御覽作「自選可食者」，便無「並噉棗」之意。故宋本語意遠勝類聚及御覽。王叔岷之説不可從。

〔二〕「太后索水救之」數句　余箋：「井水解毒，不見於本草，然古人相傳有之。後漢書李固傳曰：『冀忌帝聰慧，恐爲後患，遂令左右進鴆。帝苦煩甚，使促召固。固入，前問：「陛下得患所由？」帝尚能言，曰：「食煎餅。今腹中悶，得水尚可活。」時冀亦在側，曰：「恐吐，不可飲水。」語未絶而崩。』」李贄云：「好個兄，真好個兄！兄弟猶然，何況他人？其後曹丕子孫盡爲司馬氏屠戮，天之報施不爽矣。」（初潭集兄弟下）

〔三〕北討代郡　據魏志武帝紀，魏志任城威王曹彰傳，建安二十三年（二一八）夏四月，代郡、上谷烏丸、無臣氏等叛，遣鄢陵侯曹彰討破之。

〔四〕黄須兒　宋本、沈校本並無「兒」字。王利器校：「餘本『須』下有『兒』字，義較長。」曹彰母卞氏或是鮮卑血統，故彰須黄。見假譎六校釋。

〔五〕魏志春秋　王先謙校：「按『志』當作『氏』。國志注引此極多，均作魏氏春秋也。魏氏春秋，孫盛撰，見隋書經籍志。」

〔六〕三年　程炎震云：「『三年，魏志彰傳作四年，曹子建贈白馬王彪詩序亦作四年。』按，魏志曹植傳：『三年，立爲鄄城王。……四年，徙封雍丘王。其年，朝京師。』曹植贈白馬王彪詩序：『黄初四年五月，白馬王、任城王與余俱朝京師，會節氣。』據此，當作『四年』。

〔七〕有此　李慈銘云：「案『有』蓋『用』字之誤。」

〔八〕「復欲害東阿」數句　余箋：「林國贊三國志裴注述卷一云：『后妃傳注引魏書，稱東阿王爲有司所奏，卞后終不假借。及見文帝，亦不以爲言。裴注非之。案曹丕偪於卞后，不能深罪植，史有明文。植傳注引魏略正同。且彼時植方爲臨淄侯，迨徙王東阿，丕卒已八年矣，亦不得於彼時遽稱東阿王。世説新語稱魏文帝既害任城王，復欲害東阿。太后曰：「汝已殺我任城，不得復殺我東阿。」亦足與裴説互參。惟稱植爲東阿，仍與魏書同誤。』嘉錫案：魏志植本傳：植以太和三年徙封東阿，即丕死後三年。林氏以爲丕卒已八年者，亦誤。魏書之稱東阿時代雖誤，猶可諉爲史臣敍事之詞。若世説此語出於卞氏口中，安得預稱其後來之封號，其誤又甚於魏書矣。蓋彰之暴卒，固爲丕所殺，又實有害植之意。以卞氏不聽，得免。世俗遂因其事而增飾之耳。」按，曹丕數欲害曹植，賴卞太后保護得免。林國贊以爲魏志后妃傳注引魏書所記不實，是也。

二　王渾後妻，琅邪顔氏女。王時爲徐州刺史，〔一〕交禮拜訖，〔二〕王將答拜，觀者咸曰：「王侯州將，新婦州民，〔三〕恐無由答拜。」王乃止。武子以其父不答拜，不成禮，恐非夫婦，不爲之拜，謂爲「顔妾」，〔四〕顔氏恥之。以其門貴，終不敢離。婚姻之禮，人道之大，豈由一不拜而遂爲妾媵者乎？世説之言，於是乎紕繆。

【校釋】

〔一〕王時爲徐州刺史　晉書一二王渾傳：「武帝受禪，加揚烈將軍，遷徐州刺史。」

〔二〕交禮　婚禮中之交拜禮。賢媛六：「交禮竟，（許）允無復入理，家人深以爲憂。」

〔三〕新婦州民　徐箋：「晉書地理志，琅琊國屬徐州，故云。」

〔四〕謂爲顏妾　顏氏家訓後娶：「子誣母爲妾，弟黜兄爲傭，播揚先人之辭跡，暴露祖考之長短，以求直己者，往往而有。悲夫！」

三　陸平原河橋敗，〔一〕爲盧志所讒，被誅。王隱晉書曰：「成都王穎討長沙王乂，使陸爲都督前鋒諸軍事。」機別傳曰：「成都王長史盧志，與機弟雲趣捨不同。又黄門孟玖求爲邯鄲令於穎，〔二〕穎教付雲。雲時爲左司馬，曰：『刑餘之人，〔三〕不可以君民。』玖聞此怨雲，與志讒構日至。及機於七里澗大敗，〔四〕玖誣機謀反所致，穎乃使牽秀斬機。先是，夕夢黑幔繞車，〔五〕手決不開，惡之。明旦，秀兵奄至。機索戎服，〔六〕著衣帢見秀，〔七〕容貌自若，遂見害，時年四十三。軍士莫不流涕。是日天地霧合，大風折木，平地尺雪。」干寶晉紀曰：「初，陸抗誅步闡，百口皆盡，〔八〕有識尤之。及機、雲見害，三族無遺。」臨刑歎曰：「欲聞華亭鶴唳，〔九〕可復得乎？」八王故事曰：「華亭，吴由拳縣郊外墅也，有清泉茂林。吴平後，陸機兄弟共遊於此十餘

年。」語林曰：「機爲河北都督，聞警角之聲，謂孫丞曰：〔一〇〕『聞此不如華亭鶴唳。』故臨刑而有此歎。」〔一一〕

【校釋】

〔一〕河橋　河，宋本、沈校本並作「沙」。王利器校：「各本『沙橋』作『河橋』，晉書陸機傳亦作『河橋』。案作『河橋』是，通鑑卷一一四晉紀三六注：『沙橋在江陵城北。』據晉書機傳：『列軍自朝歌至於河橋。』則河橋在朝歌附近，與江陵之沙橋，地望之差，何止千里。」按，晉書三四杜預傳：「預又以孟津渡險，有覆没之患，請建河橋于富平津。議者以爲殷、周所都，歷聖賢而不作者，必不可立故也。預曰：『造舟爲梁，則河橋之謂也。』及橋成，帝從百僚臨會，舉觴屬預曰：『非君此橋不立也。』」晉書三武帝紀載：泰始十年（二七四）十月，立河橋于富平津。通鑑八〇晉紀二胡注：「水經注：『孟津又曰富平津。』杜佑曰：『富平津在河陽縣南。』」據杜預之言，所謂河橋實是河上之浮橋也，乃杜所請建，時在晉武帝泰始十年。

〔二〕「又黄門孟玖」句　晉書五四陸機傳作「孟玖欲用其父爲邯鄲令」。

〔三〕刑餘之人　黄門爲閹者，故云。

〔四〕七里澗　通鑑八四晉紀六胡注：「水經注：『鴻臺陂在洛陽東北二十里，其水東流，左合七里澗。』武帝泰始十年，立城東七里澗石橋。』」晉書五四陸機傳：「長沙王乂奉天子與機戰於鹿苑，機軍大敗，赴七里澗而死者如積焉，水爲之不流。」

〔五〕黑幔　幔，宋本形訛爲「慢」。

〔六〕機索戎服　索，王刻本作「解」。王先謙校：「晉書陸機傳作『機釋戎服』，則此作『解』是。」按，下文云「著衣帢見秀」，「衣帢」非戎服，則作「解」是。

〔七〕著衣帢　晉書五四陸機傳作「著白帢」。朱注：「帢，集韻、韻會：『乞洽切，並音恰。』玉篇：『帽也，絹幘也。同帢。』」按，帢同帢，晉書本傳作「著白帢」較勝。白帢爲便帽，著之見客有輕慢之意。晉書八六張重華傳：「（謝）艾乘軺車，冠白帢，鳴鼓而行。（麻）秋望而怒曰：『艾年少書生，冠服如此，輕我也。』」可證。

〔八〕「陸抗」二句　吳志孫皓傳：「鳳皇元年秋八月，徵西陵督步闡。闡不應，據城降晉。遣樂鄉都督陸抗圍取闡，闡衆悉降。闡及同計數十人皆夷三族。」

〔九〕華亭鶴唳　通鑑八六晉紀七胡注：「機發此言，有咸陽市上歎黄犬之意。華亭時屬吳郡，嘉興縣界有華亭谷、華亭水，至唐始分嘉興縣爲華亭縣。今縣東七十里，其地出鶴，土人謂之曰鶴窠。」太平寰宇記九五：「華亭谷，輿地志云：『吳大帝以漢建安中封陸遜華亭侯，即以其所居爲封，谷出佳魚、蓴菜，又多白鶴清唳，故陸機歎曰：華亭鶴唳，不可復聞。』」二陸宅，吳地記云：『宅在長谷，谷在吳縣東北二百里，谷周迴二十餘里，谷名華亭，陸機歎鶴唳處。谷水下通松江，昔陸遜、陸凱居此谷。』吳志云：『漢廬江太守陸康與袁術有隙，使侄遜與其子績率宗族避難於是谷，谷東二十里有崐山，父祖墓焉，故陸機思鄉詩曰：彷彿谷水陽，婉孌崐山陰。崐山有吴相江陵昭侯陸遜墓。』」

〔一〇〕孫丞 世説音釋：「文士傳曰：『丞好學有文章，作螢火賦行於世。爲黄門侍郎，吴平入洛，爲范陽涿令，甚有稱。陸機爲成都王大都督，請丞爲司馬，與機俱被害。』」

〔一一〕關於陸機河橋之敗，前人頗有評論。劉辰翁云：「三世將忌如此。」何去非何博士備論卷下陸機論云：「甚矣，陸生之不講乎爲將之術也。機以亡國羈旅之身，委質上國，於術無所持，於氣無所養，徒矜才傲物，犯怒於衆。司馬穎强肆不君，舉犯順之師，豈足爲託身之主哉！機以怨讎之府，一朝身先羣士，都督其軍，而衆至數十萬，漢魏以來，出師之盛未嘗有也。彼既失所任矣，而機内無術以探其所以任我者之心，外無權以濟其所以屬我者之事，乃方掀然自擬管、樂。臨戎之始，孟玖以偏校干其令，而辱之若遇僕虜。而機不以爲戮，而捨之以是而將，用是而戰，雖提師百萬，孰救其敗哉？故鹿苑之潰，死者如積，衆毁因之，遂致其誅，爲天下笑。曾不知才不足勝其所寄，智不足酬其所知。一投足舉踵，則顛踣隨之，乃歸禍於三代之將，豈不繆歟！」又明周嬰卮林七論陸機兄弟云：「委身非所，以臣伐君，天人不與。長沙忠於帝室，羊（玄之）及皇甫（商），帝所倚仗，而謂之稱亂。諂頌成都，以及孔懷，謂逆爲順，祇爲詞費，且臨事而懼，此正其時，而游情文墨，以百萬之師爲謔。曾未浹日，身死族殲。于盧志何尤，于孟玖何恨乎？」

四　劉琨善能招延，而拙於撫御。〔一〕一日雖有數千人歸投，其逃散而去亦復如此，〔二〕所以卒無所建。鄧粲晉紀曰：「琨爲并州牧，糺合齊盟，驅率戎旅，而內不撫其民，遂至喪軍失士，無成功也。」敬徹按：〔三〕「琨以永嘉元年爲并州，于時晉陽空城，〔四〕寇盜四攻，而能收合士衆，抗行淵、勒，〔五〕十年之中，敗而能振。不能撫御，其得如此乎？凶荒之日，千里無煙，豈一日有數千人歸之？〔六〕若一日數千人去之，又安得一紀之間，以對大難乎？」〔七〕

【校釋】

〔一〕撫御　猶撫馭。晉書三八扶風王駿傳：「駿善撫御，有威恩，勸督農桑。」宋書八八沈文秀傳：「文秀善於撫御，將士咸爲盡力，每與虜戰，輒摧破之。」

〔二〕「一日雖有」二句　晉書六二劉琨傳：「人士奔迸者多歸於琨。琨善於懷撫，而短於控御，一日之中，雖歸者數千，去者亦以相繼。」

〔三〕敬徹　徹，宋本作「胤」。周嬰卮林一：「孝標注多爲敬胤者所淆，敬胤蓋唐人。」余箋：「汪藻考異録第十卷五十一事，與世説多重出，惟有三事爲今本所無。其注則與孝標注全不同，多自稱『敬胤案』。汪藻云：『其所載以宋、齊人爲今人。則敬胤者，孝標以前人也。』嘉錫又案：孝標並不採用敬胤注，而獨有此一條，蓋宋人所附入也。」按，宋本作「敬胤」是。汪藻謂敬胤是孝標以前人，其説是也。卮林以爲唐人，誤。劉兆云世説探源云：

「汪藻所録考異『王丞相過江』條注：『以陳留江淵能食爲穀伯，史疇大肥爲笨伯，高平張嶷以狡妄爲猾伯，（羊）曼弟聃以狼戾爲鎖伯，以擬古之四凶。』下按語曰：『史疇位至豫章太守、御史中丞、武昌内史。民其後也。江淵儒學爲業，史疇名行無違，以能食體肥，並云四凶，可謂誣矣。』民其後也，可見敬胤爲史疇之後代子孫明矣。又稱江淹爲今驍騎將軍，爲淵六代孫。江淹永明初遷驍騎將軍，而四九三年通鑑繫其年已爲御史中丞。如此推其爲驍騎當在四九三年前。而史敬胤亦當爲史疇之六世孫。」（新疆大學學報，一九七九年一、二期合刊）

〔四〕空城　城下汪藻考異有「迥然」二字。

〔五〕抗行　行，沈校本作「横」。徐箋：「按書譜敍：『吾書比之鍾、張，鍾當抗行，或謂過之。』作『行』義亦通。」

〔六〕「豈一日」句　此句下汪藻考異有「未足以成功」五字。

〔七〕「以對大難乎」句　此句下汪藻考異有「世説苟欲愛奇，而不詳事理也」二句。余箋據御覽四八六引劉琨與王丞相箋所云「不得進軍者，實困無食」等語，以爲劉琨之衆「所以逃散者，實因乏食之故」，「饑困如此，而責琨不能撫御，是必王敦黨徒之議論，所謂『設淫詞而助之攻』也」。按，晉書六二劉琨傳載：并州饑荒，「餘户不滿二萬，寇賊縱横，道路斷塞，琨募得千餘人，轉鬬至晉陽。府寺焚毁，僵屍蔽地，其有存者，饑羸無復人色，荆棘成林，豺狼滿道。琨翦除荆棘，收葬枯骸，造府朝，建市獄，寇盜互來掩襲，恒以城門爲戰場，百姓負楯以耕，屬鞬而耨。琨撫循勞來，甚得物情。劉元海時在離石，相去三百許里，琨密遣離間其部雜虜，降者萬餘落。元海甚懼，遂城蒲子而居之。在官未朞，流人稍復，雞犬之音復相接矣。琨父蕃自洛赴之，人士奔迸者多歸於琨。琨善於懷撫，而短於控禦，一日之中雖歸者數千，去者亦以相繼。」又記永嘉三年，琨子遵帥猗盧衆三萬人，馬牛羊十萬，悉來歸琨，琨由是復振，率數百騎自平城撫納之。由上可知，劉琨誠善能招延，亦能安撫，否則不會敗而復振。敬胤駁世説「拙於撫御」之言甚是。劉琨卒無所建，乃石勒勢盛，而并州饑饉，又無外援，孤掌難鳴故也。劉琨竟爲段匹磾所害。後琨從事中郎盧諶、崔悦上表理琨，謂「匹磾既害琨，横加誣謗，言琨欲窺神器，謀圖不軌」。以此推之，稱琨「拙於撫御」者，疑是段匹磾之流，而非「王敦黨徒」也。

五　王平子始下，〔一〕丞相語大將軍：「不可復使羌人東行。」平子面似羌。按王澄自爲王敦所害，丞相名德，豈應有斯言也！〔二〕

【校釋】

〔一〕王平子始下　朱注：「案：澄於惠帝末爲荆州，後杜弢等叛，棄州而走，會元帝徵爲軍咨祭酒，此蓋赴召，始從東下也。」按，朱注是。方正三一注引晉陽秋：「王澄爲荆州，羣賊並起，乃奔豫章。」又注引裴子：「平子從荆州東下，大將軍因欲殺之。」

〔二〕「丞相名德」二句　劉辰翁云：「導亦爲此言耶？」按，「不可復使羌人東行」，即意欲殺平子於豫章。然殺王澄者乃王敦，此語當出於王敦，故孝標以爲「丞相名德，豈應有斯言也」。

六　王大將軍起事，丞相兄弟詣闕謝。〔一〕周侯深憂諸王，始入，甚有憂色。丞相呼周侯曰：「百口委卿！」周直過不應。既入，苦相存救。既釋，周大説，飲酒。及出，諸王故在門。周曰：「今年殺諸賊奴，當取金印如斗大，繫肘後。」大將軍至石頭，問丞相曰：「周侯可爲三公不？」丞相不答。又問：「可爲尚書令不？」又不應。因云：「如此，唯當殺之耳！」復默然。逮周侯被害，丞相後知周侯救己，歎曰：「我不殺周侯，周侯由我而死，幽冥中負此人！」〔二〕虞預晉書曰：「敦克京邑，〔三〕參軍呂猗説敦曰：『周顗、戴淵皆有名望，足以惑衆。〔四〕視近日之言，〔五〕無慚懼之色。若不除之，役將未歇也。』敦即然之，遂害淵、顗。初，猗爲臺郎，淵既上官，素有高氣，以猗小器待之，故售其説焉。」〔六〕

【注釋】

〔一〕「王大將軍」二句　晉書六元帝紀：永昌元年（三二二）正月，大將軍王敦舉兵於武昌，以討劉隗爲名，龍驤將軍沈充帥衆應之。言語三七注引中興書：「（王）導從兄敦舉兵討劉隗，導率子弟二十餘人，旦旦到公車泥首謝罪。」

〔二〕「我不殺周侯」三句　晉書六九周顗傳：「（王）導後料檢中書故事，見顗表救己，殷勤欵至。導執表流涕，悲不自勝，告其諸子曰：『吾雖不殺伯仁，伯仁由我而死，幽冥之中，負此良友！』」秦觀淮海集二一王導論：「王敦之舉兵也，劉隗勸帝盡誅王導之族。導嘗求救於顗，顗申救甚切，而不與之言。導心銜之。及敦得志，問顗於導，不答，顗遂見誅。後見其表，始流涕曰：『吾雖不殺伯仁，伯仁由我而死！』然則顗之死，雖假手於敦，實導意也。若使後世良史書曰：『王導殺周顗。』不亦宜乎？」楊慎丹鉛餘録摘録一一：「導銜周伯仁，敦既得志，問導曰：『周顗、戴若思當登三司？』而導不答。敦曰：『若不三司，便應令僕。』而導又不答。敦乃曰：『若不爾，止應誅。』而導又無言。二人竟死。夫敦之用周、戴爲三司令僕，欲使助己爲亂耳。導當正言爵在朝廷，非臣下所得專賞。及其言應誅，導當正言刑在朝廷，非臣下所得專罰可也。然導豈智不出此哉？假賊手以戕忠臣，其心不止報私怨而已。使敦謀幸成，則導能如朱全昱乎？能如司馬孚乎？吾知其不能也。」楊慎又云：「是借劍於敦而殺顗也，非敦反，乃導反也。」又云：「此爲漏網逆臣無疑。」

〔三〕敦克　克，原作「充」。宋本作「克」，是，據改。
〔四〕惑衆　宋本無「衆」字。
〔五〕視近日　沈校本無「視」字。
〔六〕「漪爲臺郎」數句　王世懋云：「注似爲丞相解紛。」

七　王導、温嶠俱見明帝，帝問温前世所以得天下之由。温未答。頃，王曰：「温嶠年少未諳，臣爲陛下陳之。」王迺具敘宣王創業之始，誅夷名族，〔一〕寵樹同己，及文王之末高貴鄉公事。宣王創業，誅曹爽，任蔣濟之流者是也。高貴鄉公之事，已見上。〔二〕明帝聞之，覆面著牀，曰：「若如公言，祚安得長！」〔三〕

【校釋】

〔一〕誅夷名族　司馬懿大肆誅夷名族，見晉書一宣帝紀：嘉平元年（二四九），誅曹爽兄弟及其黨羽何晏、丁謐、鄧颺、畢軌、李勝、桓範等。「誅曹爽之際，支黨皆夷及三族，男女無少長，姑姊妹女子之適人者皆殺之」，極其殘忍。嘉平三年（二五一），殺王淩，收其餘，皆夷三族，並殺楚王曹彪。
〔二〕高貴鄉公之事　已見方正八。

〔三〕祚安得長　祚，原作「胙」。宋本、沈校本並作「祚」，據改。世説講義：「此帝常聽左右之諛言，未嘗聞其實説。今忽問之者，而雖温亦忌憚未答。少頃，王乃自請陳諸不善事，意庶有以規戒焉。於是帝大異平常所知，故覆面悲哀，然帝心猶未能深信，故曰『若如公言』。」

八　王大將軍於衆坐中曰：「諸周由來未有作三公者。」〔一〕有人答曰：「唯周侯邑五馬領頭而不克。」〔二〕大將軍曰：〔三〕「我與周洛下相遇，一面頓盡。〔四〕值世紛紜，遂至於此！」因爲流涕。鄧粲晉紀曰：「王敦參軍有於敦坐樗蒱，臨當成都，〔五〕馬頭被殺，〔六〕因謂曰：『周家奕世令望，而位不至三公。伯仁垂作而不果，有似下官此馬。』〔七〕敦慨然流涕曰：『伯仁總角時，與於東宮相遇，一面披衿，便許之三司。何圖不幸，王法所裁。悽愴之深，言何能盡！』」〔八〕

【校釋】

〔一〕諸周由來未有作三公者　諸周，指周顗及弟嵩、謨，顗父浚，浚從父弟馥。由來，猶今人言從來。

〔二〕邑五馬領頭而不克　世説補觿：「此喻樗蒱也。邑，未成都也，成都則是克矣。五，五次也。馬，樗蒲馬子也。按周顗爲荆州刺史，爲兗州刺史，補禮部尚書，拜太子太傅，轉尚書僕射，是五次領頭也。然未至三公，譬之未成都，故曰邑。顗有酒失，數爲有司所繩，譬之馬頭被殺，故曰不克。」世說講義：「此蓋借樗蒲事言周侯垂作三公而不果也。五，五木也。馬，馬子也。領頭，猶云成都，謂將大勝也。邑與都對，此既成邑，未至成都也。」按，世說補觿謂「五」爲五次，以周顗五次任職釋之，恐不確。

〔三〕大將軍　大，宋本形訛作「丈」。

〔四〕一面頓盡　義同鄧粲晉紀所云「一面披衿」，謂一見面即真心相示，毫無保留。盡，空，空無。說文皿部：「盡，器中空也。」棲逸一七：「可以累心處都盡。」

〔五〕成都　都，宋本作「者」。世說抄撮：「成都，蓋弈家語也，謂欲勝也，顗傳作『一參軍樗蒲，馬於博頭被殺，因謂』云云，蓋領頭、博頭及成都同義。」徐箋：「御覽七五三引投壺變：『三百六十籌得一馬，三馬成都。』」

〔六〕馬頭　王世懋云：「非注幾不知『馬頭』作何語。」李慈銘云：「案晉書周顗傳作『敦坐有一參軍樗蒱，馬於博頭被殺。』」徐箋：「案此所云『馬頭』及下文『下官此馬』之『馬』疑即樗蒱經『打馬』、『踏馬』之馬。」按，徐箋是。

〔七〕「伯仁垂作而不果」二句　垂，將近。東觀漢記韋豹傳：「今歲垂盡當辟，御史意在相薦。」果，事與預期相合曰果。韓非子外儲說左下：「君謀欲伐中山，臣薦翟角而謀得果。」陳奇猷集釋：「果，成也。謀得果，猶言謀得成也。」謝靈運富春渚詩：「久露干禄請，始果遠遊諾。」參軍感歎周顗作三公將成而不果，猶似樗蒱將成都而於博頭被殺，即以馬頭被殺喻周顗功敗垂成。

〔八〕三司　指三公。後漢書六順帝紀：「今刺史、二千石之選，歸任三司。」李賢注：「三司，三公也，即太尉、司空、司徒也。」陶潛晉故征西大將軍長史孟府君傳：「淵明從父太常夔嘗問耽：『君若在，當已作公不？』答云：『此本三司人。』」據「何圖不幸，王法所裁」二語，王敦此時已殺周顗。參軍以樗蒱「臨當成都，馬頭被殺」，喻比周顗將作三公竟未成。王敦乘機標榜自己昔與周顗情好，並對顗死表示傷痛。既殺人又賣乖，假惺惺令人作嘔。

九　温公初受劉司空使勸進，〔一〕母崔氏固駐之，嶠絶裾而去。〔二〕温氏譜曰：「嶠父襜，娶清河崔參女。」迄於崇貴，鄉品猶不過也，每爵皆發詔。〔三〕虞預晉書曰：「元帝即位，以温嶠爲散騎侍郎。嶠以母亡，逼賊，不得往臨葬，固辭。詔曰：『嶠以未葬，朝議又頗有異同，故不拜。其令八坐議，〔四〕吾將折其衷。』」〔五〕

【校釋】

〔一〕劉司空　劉琨。温嶠受劉琨之命奉表勸進，事見言語三五注引虞預晉書。

〔二〕駐　留止。晉書六七温嶠傳：「初，嶠欲將命，其母崔氏固止之。」裾，爾雅釋器：「衱謂之裾。」郭璞注：「衣後襟也。」絶裾而去，謂拉斷衣襟而去。指温嶠去意之決絶。劉辰翁云：「語晦昧，略不可曉。不知絶裾之是非。」按，温嶠奉表勸進往江南，其母留止之，嶠去意決絶而不可留。語意甚明，有何晦昧？

〔三〕「迄於崇貴」三句　李慈銘云：「案晉書孔愉傳云：『初，愉爲司徒長史，以平南將軍温嶠母亡，遭亂不葬，乃不過其品。至蘇峻平，而嶠有重功。愉往石頭詣嶠，嶠執手流涕曰：「天下喪亂，忠孝道廢。能持古人之節，歲寒不凋者，惟君一人而已。」時人咸稱嶠居公，而重愉之守正。』」余箋：「吴承仕曰：『鄉評不與，而發詔特進之。然則平人進爵，必先檢鄉評矣。當時九品中正之制乃如此。』」唐長孺魏晉南朝的君父先後論：「爲什麽説『鄉品不過』？我想自從他絶裾南行之後，中正曾行降品之故。既已降品便不得爲清官，所以每逢升遷須要皇帝用特旨施行。」（唐長孺文存）

〔四〕八坐　八，原作「入」。宋本、沈校本並作「八」。按，東漢、晉以六曹尚書並令、僕射爲「八座」；魏、南朝、宋、齊以五曹尚書、二僕射、一令爲「八座」。作「八」是，「入」乃形誤，今據改。

〔五〕吾將折其衷　晉書二〇禮志中：「建武元年，以温嶠爲散騎侍郎。嶠以母亡值寇，不臨殯葬，欲營改葬，固讓不拜。元帝詔曰：『温嶠不拜，以未得改卜葬送，朝議又頗有異同。爲審由此邪？天下有闕塞，行禮制物者當使理可經通。古人之制三年，非情之所盡，蓋存亡有斷，不以死傷生耳。要經而服金革之役者，豈營官邪？隨王事之緩急也。今桀逆未梟，平陽道斷，奉迎諸軍猶未得徑進，嶠特一身，於何濟其私艱，而以理閡自疑，不服王命邪？其令三司八座、門下三省、外内羣臣，詳共通議如嶠比，吾將親裁其中。』」按，鄉品偏於孝，發詔則重忠，可見忠孝終究難於兩全，故必待元帝折衷，而温嶠惟有執人之手流涕耳。

一〇　庾公欲起周子南，子南執辭愈固。庾每詣周，庾從南門入，周從後門出。庾嘗一往奄至，〔一〕周不及去，相對終日。庾從周索食，周出蔬食，庾亦彊飯極歡，并語世故，約相推引，同佐世之任。既仕，至將軍二千石，尋陽記曰：「周邵字子南，與南陽翟湯隱於尋陽廬山。〔二〕庾亮臨江州，聞翟、周之風，束帶躡履而詣焉。聞庾至，轉避之。亮復密往，值邵彈鳥於林，因前與語。還便云：『此人可起。』即拔爲鎮蠻護軍、西陽太守。」其集載與邵書曰：「西陽一郡，户口差實，非履道真純，何以鎮其流遁？〔三〕詢之朝野，僉曰足下。今具上表，請足下臨之無讓。」而不稱意。中宵慨然曰：「大丈夫乃爲庾元規所賣！」〔四〕一歎，遂發背而卒。〔五〕

【校釋】

〔一〕奄至　忽至，遽至。

〔二〕翟湯　已見棲逸九。

〔三〕流遁　世説音釋：「流寓、遁逃之民。」

〔四〕大丈夫　宋本、沈校本並無「大」字。

〔五〕發背　世説音釋：「千金方曰：『凡腫起肩胛間，頭白如黍粟，四邊相連腫亦黑，令人悶亂，即名發背。』」劉辰翁云：「初不自知才品功業所稱，兩千石不自足，以躁死。」李贄云：「遲了遲了！莫怪庾也。」（初潭集君臣愚臣）

一一　阮思曠奉大法，〔一〕敬信甚至。大兒年未弱冠，忽被篤疾。阮氏譜曰：「牖，字彦倫，裕長子也，〔二〕仕至州主簿。」兒既是偏所愛重，爲之祈請三寶，〔三〕晝夜不懈，謂至誠有感者，必當蒙祐，〔四〕而兒遂不濟。於是結恨釋氏，宿命都除。〔五〕以阮公智識，必無此弊。脱此非謬，何其惑歟。夫文王期盡，聖子不能駐其年；〔六〕釋種誅夷，〔七〕神力無以延其命。故業有定限，報不可移。若請禱而望其靈，匪驗而忽其道，固陋之徒耳，豈可與言神明之智者哉？〔八〕

【校釋】

〔一〕大法　佛教語。謂大乘佛法。妙法蓮華經序品：「今佛世尊，欲説大法，雨大法雨，吹大法螺，擊大法鼓。」

〔二〕牖　程炎震云：「晉書裕傳云：『三子：傭、寧、普，傭早卒。』牖、傭字相近，恐是晉書誤也。」王利器校：「世説作『牖』，誤。」徐箋：「牖，晉書阮裕傳作『傭』，是。陳留阮氏譜同。」

〔三〕三寶　佛教語。釋氏要覽三寶：「三寶，謂佛、法、僧。」康僧會安般守意經序：「佛教三寶，衆冥皆明。」後以指佛教。

〔四〕蒙祐　祐，沈校本作「佑」。

〔五〕宿命　世説音釋：「薩婆多論曰：『願智、宿命智有何差别？宿命智知過去，願智知三世。宿命智知自身過去，願智自他兼知。』法苑珠林曰：『夫業行參差，宿緣之途非百；壽命修短，明昧之理無亘。良由業因善惡，致使報有冥爽。』宿命頓盡，謂信宿緣業報之意頓盡。」楊箋：「宿命，猶宿心也。文選嵇康幽憤詩：『内負宿心，外恧良朋。』言宿昔之心所奉大法，於今疑惑盡起，信心盡去矣。」按，宿命乃佛家語，謂生死輪回、善惡業報皆前世所定。楊箋以「宿心」釋「宿命」，似未得確解。

〔六〕聖子　謂武王也。

〔七〕釋種誅夷　世説音釋：「琉璃王經曰：『琉璃太子游迦羅國，釋種摩訶男，時新起一講室，欲請如來琉璃王升獅子座。諸釋種罵之，後琉璃紹位，往伐他釋種，取萬二千釋種諸女，刖劓耳鼻，斷手足，推之坑塹。』」

〔八〕豈可與　與，王刻本作「以」。宋本、沈校本並作「與」。按，作「與」是。孝標以爲阮裕必無結恨釋氏之弊，然觀排調二三，何充往瓦官寺禮拜甚勤，阮裕諷刺其乃圖作佛，不亦大乎，明是結恨釋氏之語。至誠無感，至信盡失，亦世間所謂知識者所常有，何以阮裕必無此弊？劉辰翁云：「思曠如此，復何足道？」凌濛初云：「祈請既惑，結恨尤僻。」李贄云：「阮太俗物，劉太道理。」（初潭集父子俗父）方苞云：「始而敬信，繼而結恨。人皆笑其後，吾尤鄙其初。」以上諸家所評，與孝標相左，可供參考。

一二　桓宣武對簡文帝，不甚得語。〔一〕廢海西後，〔二〕宜自申敍，乃豫撰數百語，陳廢立之意。既見簡文，簡文便泣下數十行。宣武矜愧，不得一言。〔三〕

【校釋】

〔一〕不甚得語　指談話不很投機。

〔二〕廢海西　太和六年（三七一）十一月，桓温廢海西公司馬奕，立簡文。

〔三〕「宜自申敍」數句　晉書九簡文帝紀：「初，帝以沖虚簡貴，歷宰三世，温素所敬憚。及初即位，温乃撰辭欲自陳述，帝引見，對之悲泣，温懼不能言。」

一三　桓公卧語曰："作此寂寂，將爲文、景所笑。"〔一〕既而屈起坐曰："既不能流芳後世，亦不足復遺臭萬載邪？"〔二〕續晉陽秋曰："桓温既以雄武專朝，任兼將相，其不臣之心，形于音迹。曾卧對親僚，撫枕而起曰：'爲爾寂寂，爲文、景所笑。'衆莫敢對。"

【校釋】

〔一〕寂寂　落寞無聞之狀。曹植釋愁文："寂寂長夜。"陶淵明飲酒詩之十五："班班有翔鳥，寂寂無行跡。"文景，指晉文帝司馬昭、晉景帝司馬師。桓温雄武豪爽，欲效文、景篡位，故發此語。

〔二〕"既不能"二句　桓温意謂流芳百世或遺臭萬年，皆勝於寂寂無聞、虚過一生者。劉辰翁云："此等較有俯仰，大勝史筆。"王世貞云："至今爲書生罵端，然直是大英雄語。"王世懋云："曲盡奸雄語態，然自非常人語。"袁中道云："英雄語，自當駭世。"（舌華録七憤語）

一四　謝太傅於東船行，小人引船，或遲或速，〔一〕或停或待，又放船從横，撞人觸岸。公初不呵譴，〔二〕人謂公常無嗔喜。〔三〕曾送兄征西葬還，〔四〕征西，謝奕。日莫雨駛，小人皆醉，〔五〕不可處分，〔六〕公乃於車中手取車柱撞馭人，聲色甚厲。夫以水性沈柔，入隘奔激，方之人情，固知迫隘之地，無得保其夷粹。〔七〕孟子曰：「湍水決之東則東，〔八〕決之西則西。搏而躍之，可使過顙；〔九〕激而行之，可使在山。豈水之性哉？人可使爲不善，性亦猶是也。」

【校釋】

〔一〕或速　速，宋本、沈校本並作「疾」。

〔二〕呵譴　呵，宋本誤作「何」。

〔三〕公常無嗔喜　德行三四注引文學志：「安弘粹通遠，温雅融暢。」賞譽一四八注引續晉陽秋：「安弘雅有器，風神調暢也。」皆見謝個性曠遠、寬容、平和、悠然、鎮定也。弘雅之人，自會常無嗔喜耳。

〔四〕曾送兄征西葬還　晉書八穆帝紀：升平二年（三五八）秋八月，安西將軍謝奕卒。

〔五〕「日莫雨駛」二句　程炎震云：「御覽卷一〇雨部引『駛』作『馭』，無『小』字，是也。」徐箋、朱注從程氏説，改「駛」爲「馭」，删「小」字，則此二句成「日暮雨，馭人皆醉」。吴金華考釋：「竊以爲原文可通，御覽等不足據。『駛』字形容雨雪來勢兇猛，是當時習語。如搜神記卷一九『滎陽人張福』條：福曰：『汝何姓？作此輕行，無笠，雨駛，可入船就避雨。』後秦鳩摩羅什十住毗婆沙論卷一：『自然刀劍從空而下，猶如駛雨，割裁支體。』（下略）本文的『駛』，也應作如是解。『日暮雨駛』使人感到窘迫，『小人皆醉』則車主人無人照應，所以謝太傅便用車柱撞擊馭人，呵斥其加快行車速度。」按，吴説甚是。雨駛，雨急也。

〔六〕處分　謂吩咐，調度，指揮。晉書八六張重華傳：「左戰帥李偉勸艾乘馬，艾不從，乃下車距胡牀，指麾處分。」晉書九八王敦傳：「既而侃爲弢將杜曾所敗，敦以處分失所，自貶爲廣武將軍，帝不許。」

〔七〕夷粹　平和純正。文選顔延年陶征士誄：「廉深簡絜，貞夷粹温。」張銑注：「夷，平也；粹，不雜也。」凌濛初云：「獨此則忽入議論，跌宕可喜。」李贄云：「至言至言！」（初潭集師友道學）按，以上五句以水性喻人性，謂人於迫隘之地，猶水入隘奔激，無法保其夷粹。議論於敍事之後，比喻形象貼切，故凌濛初稱其「跌宕可喜」。

〔八〕湍水　水勢急而迴旋。孟子告子上：「性猶湍水也。」趙岐注：「湍水，圜也。」王僧孺春怨詩：「四時如湍水，飛奔競迴復。」

〔九〕顙　額頭。趙岐注：「躍跳顙額也，人以手跳水，可使過顙。」

一五　簡文見田稻不識，問是何草，左右答是稻。簡文還，三日不出，云：「寧有賴其末而不識其本。」〔一〕文公種菜，曾子牧羊，〔二〕縱不識稻，何所多悔？此言必虚。

【校釋】

〔一〕末　指稻米。本，指稻禾。

〔一一〕「文公種菜」二句　王利器校：「案陸賈新語輔政篇：『故智者之所短，不如愚者之所長。文公種米，曾子駕羊。』淮南泰族篇：『文公種米，曾子架羊，猶之爲智也。』説苑雜言篇：『文公種米，曾子架羊。』劉子新論觀量章：『文公種米，曾子植羊，非性闇惷，不辨方隅，以其運大，不習小務也。』袁孝政注云：『晉文學外國種米，種雖不生，言其志大也。魯國曾參，學外國人剉羊皮，用土種之，雖不生，其志大也。』此文『種菜』當作『種米』，『牧羊』當作『架羊』。」余箋：「此言君子可大受，而不可小知。故智有所不明，神有所不通。如種田當樹穀，駕車當用牛，此愚夫愚婦之所知也，而文公、曾子不知。然不可謂之不智，何者？君子之學務其大者、遠者，薄物細故，雖不知無害也。故曰『縱不識稻，何所多悔？』若作種菜牧羊，則語意全失。」按，人生資賴於稻米，日日不可離，並非薄物細故，君子不容不識。王世懋云：「簡文生長富貴，不知稼穡艱難，此愧大是良心，而注駁之何居？」其駁孝標注是也。簡文不識田稻與惠帝聞百姓餓死，曰「何不食肉糜」相類，肉食者昏蔽如此，豈可望其統庶民乎？

一六　桓車騎在上明畋獵，〔一〕東信至，〔二〕傳淮上大捷，〔三〕語左右云：「羣謝年少大破賊！」因發病薨。談者以爲此死，賢於讓揚之荆。〔四〕續晉陽秋曰：「桓沖本以將相異宜，才用不同。忖己德量不及謝安，故解揚州以讓安，自謂少經軍鎮。及爲荆州，聞苻堅自出淮、肥，深以根本爲慮，遣其隨身精兵三千人赴京師。時安已遣諸軍，且欲外示閒暇，〔五〕因令沖軍還。沖大驚，曰：『謝安乃有廟堂之量，不閑將略，吾量賊必破襄陽而并力淮、淝。今大敵果至，方遊談示暇，遣諸不經事年少，而實寡弱，天下誰知，吾其左衽矣！』俄聞大勳克舉，慚慨而薨。」〔六〕

【校釋】

〔一〕畋獵　畋，宋本作「政」。王利器校：「蔣校本、沈校本、袁本『政』作『畋』，是。」

〔二〕信　信使也。

〔三〕淮上大捷　晉書九孝武帝紀載：太元八年（三八三）十月，謝安遣謝石、謝玄、謝琰、桓伊等，與苻堅戰於肥水，大破之，俘斬數萬計及牛馬無數。參見雅量三五及注引續晉陽秋。

〔四〕讓揚之荆　晉書九孝武帝紀載：寧康元年（三七三），江州刺史桓沖爲中軍將軍、揚州刺史。寧康三年（三七五），揚州刺史桓沖爲鎮北將軍、徐州刺史，尚書僕射謝安爲揚州刺史。晉書七四桓沖傳載：「謝安以時望輔政，爲羣情所歸，沖懼逼，寧康三年乃解揚州，自求外出。桓氏黨與以爲非計，莫不扼腕苦諫，郗超亦深止之。沖皆不納，處之澹然，不以爲恨，忠言嘉謀，每盡心力。於是改授都督徐、兗、豫、青、揚五州之六郡軍事、車騎將軍、徐州刺史，以北中郎府並中軍，鎮京口，假節。」太元二年（三七七），桓豁卒，以車騎將軍桓沖爲荆州刺史。桓沖「讓揚之荆」，誠爲不計家族私利之忠賢之舉。然談者以爲桓沖之死，「賢於讓揚之荆」，實太過分，故劉辰翁云：「談者刻薄，豈非更讓荆耶？」王世懋云：「此當時誣桓阿謝之言，非盛德語。」

〔五〕閒暇　閒，宋本誤作「門」。

〔六〕「因令沖軍還」數句　余箋據桓沖傳、苻堅載記及通鑑，以爲沖不信諸謝能破賊，及最終慚慨而死，乃是沖畏敵並與謝安有隙，云：「沖嘗以十萬之衆，望風遁走。石等所統，才八萬人耳。以與百萬之敵相當，固應憂其寡弱。又爲堅先聲所奪，談虎色變，則其惴惴懼爲左衽也亦宜。然謝玄已於太元四年破秦將俱難等於淮陰，其時秦兵去廣陵僅百里，朝廷震動，賴玄卻敵，功亦鉅矣。玄三戰三勝（見玄傳），雖古之名將，何以過之？而沖乃斥其爲不經事年少，何其言之易也。蓋沖畏堅太甚，又夙輕安不知兵，料其必敗，且已與安有隙，故發此憤憤不平之言耳。既而玄等竟獲大捷，勳庸莫二，而已無尺寸之功。回思居分陝之任，既已六年，喪敗頻仍，而大功乃出於向所薄視之少年，不免相形見絀。此乃於桓氏之威望有損，不徒自愧而已。沖之爲人，非能不以得喪動心者，固宜其憤怒喪身，鬱鬱以死矣。然但深自怨艾，而不爲跋扈之事，爲國家生事。此所以談者以爲此死賢於讓揚之荆也。」

一七　桓公初報破殷荊州，〔一〕周祇隆安記曰：「仲堪以人情注於玄，疑朝廷欲以玄代己，遣道人竺僧慭齎寶物，遺相王寵幸、媒尼、左右，〔二〕以罪狀玄，玄知其謀而擊滅之。」曾講論語，至「富與貴是人之所欲，不以其道得之不處」，孔安國注曰：「不以其道得富貴，則仁者不處。」玄意色甚惡。〔三〕

【校釋】

〔一〕「桓公」句　程炎震云：「陳少章曰：桓公當作桓玄。」又云：「隆安三年十二月，玄襲江陵。」徐箋：「『公』疑當作『玄』，形近致誤。書中以桓公稱溫。玄，皆稱其名，或稱桓南郡。」按，晉書九九桓玄傳：「玄既至巴陵，仲堪遣衆距之，爲玄所敗。玄進至楊口，又敗仲堪弟子道護，乘勝至零口，去江陵二十里，仲堪遣軍數道距之。佺期自襄陽來赴，與兄廣共擊玄。玄懼其鋭，乃退軍馬頭。佺期等方復追玄苦戰，佺期敗，走還襄陽，仲堪出奔酇城，玄遣將軍馮該躡佺期，獲之，廣爲人所縛，送玄，並殺之。仲堪聞佺期死，乃將數百人奔姚興，至冠軍城，爲該所得，玄令害之。」

〔二〕媒尼　余箋：「此所謂媒尼，疑是支妙因。」

〔三〕玄意色甚惡　初，桓玄棄官歸荊州，殷仲堪憚其才地，深相交結。玄亦欲假其兵勢，誘而悦之。王恭、庾楷討江州刺史王愉及譙王尚之，仲堪、桓玄聯袂東下。王恭死，仲堪、桓玄於尋陽結盟，玄爲盟主，臨壇歃血，信誓旦旦。然兩人同牀異夢，玄竟襲殺仲堪。平定荆、雍後，詔以玄都督荆、司、雍、秦、梁、益、寧七州軍事，後將軍，荆州刺史。桓玄初以投靠仲堪起家，最後殺仲堪而取代之，此正論語所謂「不以其道得之」者也，故桓玄「意色甚惡」。史上野心家、獨裁者無不利用經典又討厭經典，讀此可悟之過半矣。

紕漏第三十四

一　王敦初尚主，敦尚武帝女舞陽公主，字脩禕。〔一〕如廁，見漆箱盛乾棗，本以塞鼻，〔二〕王謂廁上亦下果，〔三〕食遂至盡。既還，婢擎金澡盤盛水，瑠璃盌盛澡豆，〔四〕因倒著水中而飲之，〔五〕謂是乾飯。羣婢莫不掩口而笑之。〔六〕

【校釋】

〔一〕舞陽公主　晉書九八王敦傳言敦「尚武帝女襄城公主」。汪藻考異「王大將軍初尚主」條注曰：「晉安帝（當作晉武帝）女舞陽公主，字脩禕。」與孝標注同。

〔二〕「如廁」三句　乾棗塞鼻，殆以其香味奪廁之穢味耳。

〔三〕下果　徐箋：「下果，謂設果食。『下』即德行六『餘六龍下食』之『下』。」

〔四〕澡豆　盥洗之用。世說音釋：「豌豆作澡豆，去皯䵳，令人面光澤。」余箋：「千金方六下面藥篇有『洗手面令白淨悅澤澡豆方』：每日常用，以漿水洗手面甚良。』又有『洗面黑不淨澡豆洗手面方：用洗手面，十日色如白雪，三十日如凝脂。神驗。』又有『洗面藥澡豆方：每旦取洗手面，百日白淨如素。』又有澡豆治手乾燥少潤膩一方、澡豆方、桃人澡豆主悅澤去皯䵳方。」

〔五〕倒著　王叔岷補正：「考異『著』上有『豆』字，藝文類聚八四、書鈔、御覽三九一引此，亦皆有『豆』字。」

〔六〕豪爽一謂「王大將軍少時，舊有田舍名，語音亦楚」，可知王敦年輕時性鄙野，語音不正，無聞雅道。同上三又記：王大將軍自目「高朗疏率」。疏率者，粗疏簡脱也。王敦如廁誤食乾棗、澡豆，即田舍郎粗鄙所致紕漏也。

二　元皇初見賀司空，言及吴時事，問：「孫皓燒鋸截一賀頭，〔一〕是誰？」司空未得言，元皇自憶曰：「是賀劭。」劭，即循父也。皓凶暴驕矜，劭上書切諫，皓深恨之。親近憚劭貞正，譖云謗毀國事，被詰責，後還復職。劭中惡風，口不能言語。皓疑劭託疾，收付酒藏，考掠千數，卒無一言，遂殺之。〔二〕司空流涕曰：「臣父遭遇無道，創巨痛深，無以仰答明詔。」〔三〕禮云：「創巨者其日久，痛深者其愈遲。」元皇愧慚，三日不出。〔四〕

【校釋】

〔一〕截一賀頭　沈校本無「一」字。

〔二〕遂殺之　遂，王刻本作「鋸」字。

〔三〕「臣父遭遇無道」三句　程炎震云：「晉書六八賀循傳，『臣父』作『先父』，『創巨』上有『循』

字。『明昭』二字無。蓋以元帝爲安東時，循非王國官，不當稱臣也。」

〔四〕「元皇愧慚」二句　晉書八四殷仲堪傳：「仲堪父常患耳聰，聞牀下蟻動，謂之牛鬭。帝素聞之，而不知其人。至是，從容問仲堪曰：『患此者爲誰？』仲堪流涕而起曰：『臣進退維谷。』帝有愧焉。」與元帝問賀循事相類。蓋人父之不幸不宜問，以免引起人子之哀傷，故元帝有愧焉。

三　蔡司徒渡江，〔一〕見彭蜞，大喜曰：「蟹有八足，加以二螯。」令烹之。既食，吐下委頓，〔二〕方知非蟹。後向謝仁祖説此事，謝曰：「卿讀爾雅不熟，幾爲勸學死。」〔三〕大戴禮勸學篇曰：「蟹二螯八足，非蛇蟺之穴，無所寄託者，用心躁也。」故蔡邕爲勸學章取義焉。爾雅曰：「螖蠌小者蟧。」即彭蜞也，〔四〕似蟹而小。今彭蜞小於蟹而大於彭螖，即爾雅所謂螖蠌也。然此三物皆八足二螯，〔五〕而狀甚相類。蔡謨不精其小大，食而致弊，故謂讀爾雅不熟也。

【校釋】

〔一〕蔡司徒渡江　程炎震云：「晉書七七蔡謨傳云：『避亂渡江，時明帝爲東中郎將，引爲參軍。』蓋建興中。」

〔二〕吐下　猶吐瀉。下，腹瀉也。術解一〇：「一服即大下。」委頓，頹喪，疲困。容止七：「左太沖絶醜，亦復效（潘）岳遨遊，於是羣嫗齊共亂唾之，委頓而返。」王世懋云：「彭蜞食之乃不吐，此便非實録。」凌濛初云：「埤雅曰：『彭蜞有毛，海人亦食之。』本草會編曰：『彭蜞處處有之，即村間取爲常食。』蟬史曰：『味腥膏薄，食之令人泄瀉。』合諸説，則食彭蜞不吐明矣。」按，彭蜞須煮熟食之，不爾易泄瀉（蟹亦如此）。蔡謨初食彭蜞，或許半生不熟，以致吐下委頓。王、凌二人以不吐即疑吐非實録，不可信從也。

〔三〕幾爲勸學死　劉應登云：「言幾爲勸學所誤而死。」余箋：「李慈銘晉書雜記四云：『大戴禮勸學篇云「蟹二螯八足」，荀子勸學篇云「蟹六跪而二螯」，跪即足也，六亦八之誤。大戴勸學即本荀子。後蔡邕用之作勸學篇，如急就、凡將之流。其文蓋四字爲句。「蟹有八足，加以二螯」二語，疑即勸學篇語。謨爲邕之從曾孫行，故誦其語。而謝尚以爲勸學死嘲之。』嘉錫案：李氏此解，最爲明晰。魏書劉芳傳及文選注、類聚、御覽、法書要録諸書引蔡邕勸學篇，皆四字句，可證也。」按，據李慈銘所云，蔡謨所誦「蟹有八足，加以二螯」二語，乃蔡邕勸學篇，非荀子勸學篇。

〔四〕螖蠌小者勞即彭蜞也　蠌，宋本作「澤」。王利器校：「各本『澤』作『蠌』，是，下同。御覽引『蜞』作『螖』。案爾雅釋魚：『螖蠌小者蟧。』郭璞注引或曰：『即彭螖。』孝標此注，即本郭注，御覽引不誤，今本誤『螖』爲『蜞』，致下文義不可通，當據御覽改正。」

〔五〕八足　八，原本誤作「入」，今改。

四　任育長年少時，甚有令名。武帝崩，選百二十挽郎，〔一〕一時之秀彦，育長亦在其中。王安豐選女壻，從挽郎搜其勝者，且擇取四人，任猶在其中。童少時，神明可愛，時人謂育長影亦好。自過江，便失志。王丞相請先度時賢，〔二〕共至石頭迎之，猶作疇日相待，一見便覺有異。坐席竟，下飲，〔三〕便問人云：「此爲茶爲茗？」〔四〕覺有異色，〔五〕乃自申明云：「向問飲爲熱爲冷耳。」嘗行從棺邸下度，〔六〕流涕悲哀。王丞相聞之曰：「此是有情癡。」晉百官名曰：「任瞻字育長，樂安人，父琨，少府卿。瞻歷謁者僕射、都尉、天門太守。」〔七〕

【校釋】

〔一〕挽郎　世説音釋：「挽梓宮之郎。」余箋：「亡友高閬仙步瀛曰：『北堂書鈔設官部八引續漢書百官志曰：「輼車拂挽爲公卿子弟，六卿。十人挽兩邊。白素幘，委貌冠，都布衣也。」（今續漢志無此文）可見挽郎之設，起於後漢。世説曰：「武帝崩，選百二十挽郎。」書鈔又引晉要事曰：「咸康七年，尚書僕射諸葛恢奏：『恭皇后今當山陵，依舊公卿六品清官子弟爲挽郎，非古也。豈牽曳國士，爲之役夫，請悉罷之。』」此晉時之挽郎也。南齊書高逸傳：「何求元嘉末爲宋文帝挽郎。」周書檀翥傳：「年十九，爲魏孝明帝挽郎。」此南北朝時挽郎也。唐代尚沿之。」

〔二〕先度　世説音釋：「『度』同『渡』，謂先過江也。」

〔三〕下飲　李詳云：「陸羽茶經引此並原注云：『下飲，謂設茶也。』」

〔四〕此爲茶爲茗　世説抄撮：「此任精神恍惚，謬以爲茶也而問之。郭弘農云：早取爲茶，晚取爲茗。」世説音釋：「『茶』音近『熱』，『茗』音近冷。」劉盼遂釋「爲茶爲茗」以下數句云：「按爾雅釋木：『檟，苦茶。』郭璞注：『今呼早采者爲茶，晚采者爲茗。』陸璣毛詩草木蟲魚疏云：『椒，蜀人作茶。檮，吴人以其葉爲茗。』是南朝人皆以爲茗與茶有以異也。後人混茗、茶爲一，故育長兹問不解所謂矣。育長下飲之初，未辨茗、茶，故爾致問。及既辨别，遂改口作音近之字，冀以彌縫其忸怩。……茶、熱，茗、冷，皆系音近之字。育長當時月没星替，舌吮雌黄，而其侘傺之狀與失志之態，宛然如在目中。」

〔五〕覺有異色　世説音釋：「覺問者人有異色。」按，育長問「爲茶爲茗」，人於此問不解而有異色也。

〔六〕棺邸　余箋：「棺邸者，賣棺之店也。唐律疏議卷四曰：『居物之處爲邸，沽賣之所爲店。』示兒編卷一七引作『棺底下』，無『度』字，非是。」

〔七〕「任瞻字育長」數句　汪藻考異作注，較晉百官名爲詳：「育長名瞻，樂安人也。祖暉，字叔季，大將軍掾。父混，字仲仁，少府卿（誤作「即」）。過江爲侍御史，天門太守。瞻妻，光禄顔含女，生王戎，已有一女。爲太子中庶子，散騎常侍，永平初爲侍中。安豐求女婿于世祖挽郎之中，此不然矣。」按，此注必有脱誤，如云瞻妻生王戎，錯謬不可讀。

五　謝虎子嘗上屋熏鼠，虎子，據小字。據字玄道，尚書褒第二子，〔一〕年三十三亡。胡兒既無由知父爲此事，〔二〕聞人道癡人有作此者，戲笑之，時道此，非復一過。〔三〕太傅既了己之不知，〔四〕因其言次，〔五〕語胡兒曰：「世人以此謗中郎，亦言我共作此。」中郎，據也，章仲反。按世有兄弟三人，則謂第二者爲中。今謝昆弟有六，而以據爲中郎，未可解。當由有三時以中爲稱，因仍不改也。胡兒懊熱，〔六〕一月日閉齋不出。太傅虚託引己之過，以相開悟，可謂德教。〔七〕

【校釋】

〔一〕褒第二子　褒，宋本、沈校本並作「裒」。按，作「裒」是。汪藻陳國陽夏謝氏譜：「裒六子：奕、據、安、萬、石、鐵。」據爲第二子。

〔二〕「胡兒」句　世説箋本：「時胡兒幼小，故不能知。」

〔三〕一過　猶一次。

〔四〕己之不知　指胡兒不知上屋熏鼠者實乃其父。己，彼也。

〔五〕言次　言談之間。

〔六〕懊熱　煩躁。巢氏諸病源候總論二一：「明四肢頑痺，支節火燃，心裹懊熱。」周召雙橋筆記七：「宋時人雖放誕不羈，而情關父子處，天性切摯，亦可以觀。如謝虎子嘗上屋燻鼠，胡兒既無由知父爲此事，聞人道癡人有作此者，戲笑之時，道此非復一過。太傅既了己之不知，因其言次，語胡兒曰：『世人以此謗中郎，亦言我共作此。』胡兒懊熱，一月中閉齋不出。桓南郡船泊荻渚，王大服散後已小醉，往看桓。桓爲設酒，不能冷飲，頻語左右令温酒來。桓乃流涕嗚咽。殷仲堪父病虚悸，聞牀下蟻動，謂是牛鬬。孝武不知是殷公，問仲堪：『有一般病如此否？』仲堪流涕而起曰：『臣進退惟谷。』宋武帝嘗稱謝超宗有鳳毛，右衛將軍劉道隆在座，出候超宗曰：『聞君有異物，欲覓一見。』謝曰：『懸罄之室，何得異物耶？』道隆武人，正觸其父諱，曰：『方侍宴，至尊説君有鳳毛。』謝徒跣還内。此數公當日情事，使今人處之，未必如此。」

〔七〕德教　謝安極重視教育子弟，如言語九一問諸子侄：「子弟亦何預人事，而正欲使其佳？」文學五二謝公因子弟集聚，問「毛詩何句爲佳」？假譎一四記謝安惡謝遏年少時好著紫羅香囊，垂覆手，乃譎與賭，得即燒之。或不動聲色，或啓發開悟，似春風化雨，潤物無聲，最堪效法。

六　殷仲堪父病虚悸，聞牀下蟻動，謂是牛鬭。殷氏譜曰：「殷師字師子，祖識，父融，並有名。師至驃騎咨議，生仲堪。」續晉陽秋曰：「仲堪父曾有失心病，仲堪腰不解帶，彌年父卒。」孝武不知是殷公，〔一〕問仲堪：「有一殷病如此不？」仲堪流涕而起曰：「臣進退唯谷。」〔二〕大雅詩也。毛公注曰：「谷，窮也。」

【校釋】

〔一〕殷公　王利器校：「御覽卷七四一、又卷九四七引『公』作『父』，是。」徐箋同。程炎震云：「此公字作父字解。」按，「公」字不誤，公，父也。程説是。殷公，謂殷仲堪之父也。言語五九記郗超受假還東，簡文曰：「致意尊公，家國之事，遂至於此。」呂氏春秋異用：「孔子之弟子從遠方來者，孔子荷杖而問之曰：『子之公不有恙乎？』」

〔二〕進退唯谷　世説箋本：「『進』謂答帝之問，則又暴父之異疾；『退』謂如爲父隱而不答，則又違帝之問，故云進退皆窮也。」

七　虞嘯父爲孝武侍中，帝從容問曰：「卿在門下，初不聞有所獻替。」虞家富春，近海，謂帝望其意氣，〔一〕對曰：「天時尚煗，鯯魚蝦鮓未可致，〔二〕尋當有所上獻。」帝撫掌大笑。中興書曰：「嘯父會稽人，光禄潭之孫，〔三〕右將軍純之子。〔四〕少歷顯位，

與王廞同廢爲庶人。〔五〕義旗初，爲會稽内史。」〔六〕

【校釋】

〔一〕意氣　王世懋云：「意氣二字新甚。」世説箋本：「或云饋餉，蓋與遺飹同。」程炎震云：「意氣二字恐誤，晉書但云『謂帝有所求。』」徐箋：「晉書本傳作『謂帝有所求』。按漢書宣帝紀：『或擅興徭役，飾厨傳，稱過使客。』注引韋昭曰：『厨謂飲食，傳謂傳舍，言修飾意氣，亦稱過使而已。』『意氣』蓋指供饋。此言『謂帝望其意氣』，而對以『天時尚煗，鮆魚蝦鮭未可致，尋當有所上獻』，則亦謂饋獻也。」按，徐箋所釋甚確。王符潛夫論愛日篇：「百姓廢農桑，而趨府庭者，非朝晡不得通，非意氣不得見。」蜀志鄧芝傳：「性剛簡，不飾意氣，不得士類之和，於時人少所敬貴。」吴志顧譚傳裴注引吴書：「（譚）雅性高亮，不脩意氣，或以此望之。」三例中之「意氣」，皆作饋贈解。

〔二〕鮭　王刻本作「鯱」。李慈銘云：「案鯱當作鮭。説文：『鮺，藏魚也。』玉篇：『鮺，仄下切，藏魚也。』……晉書虞嘯父傳作『蝦鮓』。鮆，説文、玉篇俱無此字。廣韻十三祭：『鮆，魚名，可作醬。征例切。』」

〔三〕光禄　光，宋本誤作「九」。

〔四〕右將軍純之子　李詳云：「劉注引中興書，嘯父，右將軍純之子。晉書虞潭傳：『子仡嗣，官至右將軍司馬。仡卒，子嘯父嗣。』是名仡，不名純。右將軍司馬又與右將軍有異也。」

〔五〕王廞　已見任誕五四。程炎震云：「與王廞同廢爲庶人，晉書云：『有司奏嘯父與廞同謀。』此當脱謀字。晉書云：『桓玄用事，以爲太尉左司馬，遷護軍將軍，出爲會稽内史，義熙初去職。』與此不同。」

〔六〕義旗初　指劉裕等舉兵討伐桓玄之初。據晉書一〇安帝紀，元興三年（四〇四）春二月，建武將軍劉裕、沛國劉毅、東海何無忌等舉義兵討桓玄。

八　王大喪後，朝論或云國寶應作荆州。〔一〕晉安帝紀曰：「王忱死，會稽王欲以國寶代之，孝武中詔用仲堪，乃止。」〔二〕國寶主簿夜函白事云：「荆州事已行。」〔三〕國寶大喜，而夜開閤喚綱紀，〔四〕話勢雖不及作荆州，〔五〕而意色甚恬。曉遣參問，都無此事。即喚主簿數之曰：「卿何以誤人事邪？」

【校釋】

〔一〕「王大喪後」二句　識鑒二八：「王忱死，西鎮未定，朝貴人人有望。」此云「朝論或云國寶應作荆州」，正所謂「人人有望」也。

〔二〕「王忱死」數句　中詔，後漢書六六陳蕃傳：「宦官由此疾蕃彌甚，選舉奏議，輒以中詔遣郤。」通鑑七六魏紀八：「中詔敕尚書傅嘏。」胡注：「此詔出於禁中之意，故曰中詔。」王國寶佞司馬道子，故欲以國寶作荆州。而孝武帝以爲道子非社稷之臣，擢所親幸爲藩捍，乃授殷仲堪爲荆州刺史。

〔三〕白事　指報告之文書。見政事一七校釋。「荆州事已行」，指任命荆州刺史之文書已下達。事，文書。下文「都無此事」之「事」，義同。

〔四〕而夜　而，宋本、沈校本並作「其」。　綱紀，李詳云：「案文選三六李善注：『綱紀謂主簿也。』又引虞預晉書：『東平主簿王豹白事齊王曰：「況豹雖陋，故大州之綱紀也」』觀此條下『喚主簿』，是綱紀即主簿也。」

〔五〕話勢　談論時之情勢。勢，形勢，情勢。

惑溺第三十五

一　魏甄后惠而有色，先爲袁熙妻，甚獲寵。曹公之屠鄴也，〔一〕令疾召甄，左右白：「五官中郎已將去。」公曰：「今年破賊正爲奴。」〔二〕魏略曰：「建安中，袁紹爲中子熙娶甄會女。〔三〕紹死，熙出在幽州，〔四〕甄留侍姑。及鄴城破，五官將從而入紹舍，〔五〕見甄怖，〔六〕以頭伏姑膝上。五官將謂紹妻袁夫人扶甄令舉頭，〔七〕見其色非凡，稱歎之。太祖聞其意，遂爲迎娶，擅室數歲。」世語曰：「太祖下鄴，文帝先入袁尚府，見婦人被髮垢面，垂涕立紹妻劉後。文帝問，知是熙妻，使令攬髮，以袖拭面，〔八〕姿貌絶倫。既過，劉謂甄曰：『不復死矣。』遂納之，有寵。」〔九〕魏氏春秋曰：「五官將納熙妻也，〔一〇〕孔融與太祖書曰：『武王伐紂，以妲己賜周公。』太祖以融博學，真謂書傳所記。後見融問之，對曰：『以今度古，想其然也。』」

【校釋】

〔一〕屠鄴　據魏志武帝紀、魏志袁紹傳，建安十年（二〇五）正月，曹操攻拔鄴，袁熙奔遼西烏丸。

〔二〕奴　罪人子女没入官府者之通稱。周禮秋官司厲：「其奴，男子入於罪隸，女子入於舂稾。」鄭玄注：「奴，從坐而没入縣官者，男女同名。」此指甄后。楊慎云：「何物一女子致曹氏父子三人争之？」按，或以爲曹操先有意於甄后，故屠鄴後急令召甄。但曹丕捷足先得，操無可奈何，遂作人情讓予兒子，云「今年破賊正爲奴」。此説不無合理性。後孝標注引魏氏春秋，孔融致書曹操云：「武王伐紂，以妲己賜周公」，其意蓋譏刺操，以心愛之美人賜予曹丕。

〔三〕甄會　魏志文昭甄皇后傳作「甄逸」。太平寰宇記六〇：「魏志云：明帝太和元年，封外祖甄逸爲安鄉侯。」御覽一三八：「明帝即位，有司奏請追謚，又别立寢廟。太和元年，追封逸，謚曰敬侯。」據此，作「甄逸」是。

〔四〕出在　在，宋本、沈校本並作「任」。

〔五〕五官將　官，宋本誤作「宫」。

〔六〕見甄怖　宋本作「見爲怖」，沈校本作「甄驚怖」。

〔七〕袁夫人　盧弼三國志集解：「紹妻袁夫人，應據魏志后妃傳改作紹妻劉夫人。」按，盧説是。孝標注引世語謂甄后「垂涕立紹妻劉後」，亦可證紹妻姓劉。

〔八〕以袖　袖，宋本形訛作「神」。

〔九〕有寵　寵，原作「玉」。宋本、沈校本並作「寵」。王刻本作「子」。按，作「寵」是，今據改。

〔一〇〕納熙妻　妻，宋本作「妾」。王利器校：「各本『妾』作『妻』，是。」

二　荀奉倩與婦至篤，冬月婦病熱，乃出中庭自取冷，還以身熨之。婦亡，奉倩後少時亦卒，以是獲譏於世。粲別傳曰：「粲常以婦人才智不足論，自宜以色爲主。〔一〕驃騎將軍曹洪女有色，粲於是聘焉，〔二〕容服帷帳甚麗，專房燕婉。歷年後，婦病亡，未殯，傅嘏往喭粲，粲不明而神傷。〔三〕嘏問曰：『婦人才色並茂爲難，子之聘也，遺才存色，非難遇也，何哀之甚？』粲曰：『佳人難再得，顧逝者不能有傾城之異，然未可易遇也。』〔四〕痛悼不能已已，歲餘亦亡，亡時年二十九。〔五〕粲簡貴，不與常人交接，所交者一時俊傑。至葬夕，赴期者裁十餘人，悉同年相知名士也，哭之感慟路人。〔六〕粲雖褊隘，以燕婉自喪，然有識猶追惜其能言。」奉倩曰：「婦人德不足稱，當以色爲主。」裴令聞之曰：「此乃是興到之事，〔七〕非盛德言，冀後人未昧此語。」何劭論粲曰：「仲尼稱『有德者有言』，而荀粲減於是，力顧所言有餘，〔八〕而識不足。」

【校釋】

〔一〕「粲常以」二句　自宜，宜，宋本形訛作「宣」。爲主，主，宋本作「至」。王利器校：「各本作『自宜以色爲主』，蒙求卷下李瀚注引同。三國志魏志荀彧傳注引何劭荀粲傳亦同，宋本誤。」　按，荀粲論婦人「自宜以色爲主」，有違傳統觀念。通鑑一一五晉紀三七：「（拓跋）珪如賀蘭部，見獻明賀太后之妹美，言於賀太后，請納之。賀太后曰：『不可，是過美，必有不善。』」胡注：「左傳晉叔向欲娶於申公巫臣氏，其母止之曰：『甚美，必有甚惡。』此語類之。」婦人色美甚至與性惡關聯。班昭作女誡云：「女有四行，一曰婦德，二曰婦言，三曰婦容，四曰婦功。夫云婦德不必才明絶異也，婦言不必辯口利辭也，婦容不必顏色美麗也，婦功不必工巧過人也。」（後漢書八四曹世叔妻傳）「四行」中雖有「婦容」一項，然「不必顏色美麗也」。魏晉之世，禮教衰弛，人性覺醒，女性之審美亦漸略其才德，而美其容色，此於文士辭賦中可見焉。御覽三八一引王粲神女賦曰：「髮似玄鑑，鬢類刻成。質素純皓，粉黛不加。朱顏照曜，曄若春華。口譬含丹，目若瀾波。美姿巧笑，靨輔奇牙。」同上引劉楨魯都賦曰：「衆媛侍側，鱗附盈房。娥眉青眸，顏若濡霜。含丹吮素，巧笑妍詳。掖耀日之珍笄，珥明月之珠璫。圭衣紛裶，振佩鳴璜。」餘如阮瑀止欲賦、繁欽弭愁賦、陳琳神女賦諸作，皆大寫美人之容色，而不涉其才德。公卿之行事亦惟美色是好。魏志夏侯尚傳：「尚有愛妾嬖幸，寵奪嫡室；嫡室，曹氏女也，故文帝遣人絞殺之。尚悲感，發病恍惚，既葬埋妾，不勝思見，復出視之。文帝聞而恚之曰：『杜襲之輕薄尚，良有以也。』然以舊臣，恩寵不衰。」

〔二〕聘焉　聘，宋本作「興」。王利器校：「各本『興』作『聘』，蒙求注引同，三國志注作『娉』，宋本誤。」

〔三〕粲不明　不明，宋本作「不哭」，沈校本作「雖不明」。李慈銘云：「案『明』字誤。三國志荀或傳作『不哭』。」

〔四〕「佳人難再得」三句　御覽三八〇引漢書曰：「武帝李夫人本以倡進，初，夫人兄延年性知音律，善歌舞，侍立起舞，歌曰：『北方有佳人，絶世而獨立。一顧傾人城，再顧傾人國。寧不知傾城與傾國，佳人不可得。』」荀粲之語，蓋即李夫人歌意。

〔五〕亡時年二十九　荀粲生卒年不詳。唐翼明魏晉文學與清談之先驅人物荀粲考論一文據粲兄荀顗卒年推論，粲生卒年大概在漢獻帝建安十年（二〇九）至魏明帝景初元年（二三七）之間。（載唐翼明魏晉文學與玄學）

〔六〕「至葬夕」數句　顔之推顔氏家訓三勉學：「荀奉倩喪妻，神傷而卒，非鼓缶之情也。」李贄云：「曹公痛子，逆知其子必欲有婦；荀子痛婦，逆知其婦必欲以身爲殉。體悉人情，一至此哉！然荀之葬也，送者無多人，而人人皆知名士，哭荀至於感動路人，則荀真人世可惜之人矣！雖無多人，人實無多。」（初潭集夫婦喪偶）

〔七〕裴令　裴楷。興到，指一時興致所至。按，荀粲「婦人當以色爲主」之論簡直石破天驚，裴令「此乃是興到之事」三句則有意淡化之。荀粲重女色、深於情，影響魏晉及後世文人甚巨。

〔八〕力顧　力，宋本、沈校本並作「内」。

三　賈公閭充别傳曰：「充父逵，晚有子，故名曰充，字公閭，言後必有充閭之異。」後妻郭氏酷妒。〔一〕有男兒名黎民，生載周，〔二〕充自外還，乳母抱兒在中庭，兒見充喜踊，充就乳母手中鳴之。〔三〕郭遥望見，謂充愛乳母，即殺之。〔四〕兒悲思啼泣，不飲它乳，遂死。郭後終無子。晉諸公贊云：「郭氏，即賈后母也。爲性高朗，知后無子，甚憂愛愍懷，〔五〕每勸厲之。臨亡，誨賈后令盡意於太子，言甚切至。趙充華及賈謐母，〔六〕並勿令出入宫中。又曰：『此皆亂汝事。』后不能用，終至誅夷。」臣按傳暢此言，則郭氏賢明婦人也。向令賈后撫愛愍懷，豈當縱其妒悍，自斃其子？然則物我不同，或老壯情異乎？〔七〕

【校釋】

〔一〕郭氏　已見賢媛一三。

〔二〕生載周　王叔岷補正：「案載與再同。『生載周』，猶言『生二歲』。御覽三七一引異苑作『年始二歲』，與世説合。藝文類聚三五引王隱晉書作『三歲』，與晉書賈充傳合。」

〔三〕「充就」句　程炎震云：「『充就乳母手中鳴之』，晉書充傳作『充就而拊之』。」周一良魏晉南北朝史札記「晉書改易史料文字」條云：「劉敬叔異苑則作『就乳母懷中鳴撮』，皆親吻之意。吴康僧會譯六度經五睒菩薩章，『嗚口吮足』，意同。……廣韻入聲一屋噈字下云，『歍噈，口相就也』，與鳴撮字異而音義皆同。修晉書者蓋目爲不雅馴而改易，遂不如舊文之逼真。」按，周説是。後秦佛陀耶舍譯四分律二七：「意謂是己婦，即便就卧，手捉捫摸嗚口。」可證「嗚」爲魏晉六朝俗語。

〔四〕「郭遥望見」三句　晉書四〇賈充傳：「初，黎民年三歲，乳母抱之當閤。黎民見充入，喜笑，充就而拊之。槐望見，謂充私乳母，即鞭殺之。黎民戀念，發病而死。後又生男過期，復爲乳母所抱。充以手摩其頭，郭疑乳母，又殺之。兒亦思慕而死。充遂無胤嗣。」據此，郭槐妒殺不止一乳母矣。

〔五〕甚憂愛　憂，沈校本作「撫」。徐箋：「沈校本作『憂』是。」闞緒良世説新語詞語札記云：「沈校本作『憂』當由下文有『撫愛』而致。然則『憂』與『撫』音形俱遠，無有得混。實際上『憂』有『愛』義，不必改。敦煌變文集卷一王昭君變文：『夫突厥法用，貴狀賤老，憎女憂男。』（九九頁）卷五維摩詰講經經文：『小時愛護，看似掌上明珠；到大憂憐，惜似家中之寶。』（五三八頁）項楚釋此二『憂』爲『愛』，並説：『凡人之情，引爲愛之深，因而憂之切，所以「憂」也就有了「愛」義。』」（敦煌文集叢考一五八頁，見安徽廣播電視大學學報，二〇〇二年第四期）按，闞氏所舉敦煌變文集中之「憂」字固有「愛」義，然郭氏「甚憂愛愍懷」之「憂」，仍當作「憂慮」解。當時，賈后、賈謐欲害太子，朝野皆知，郭氏深懷憂慮也。愍懷，指愍懷太子遹，字熙祖，惠帝長子。晉書五三愍懷太子傳：「初，賈后母郭槐欲以韓壽女爲太子妃，太子亦欲婚韓氏以自固。而壽妻賈午及后皆不聽，而爲太子聘王衍小女惠風。

太子聞衍長女美，而賈后爲謐聘之，心不能平，頗以爲言。謐嘗與太子圍棋爭道，成都王穎見而訶謐，謐意愈不平，因此譖太子於后曰：『太子廣買田業，多畜私財，以結小人者，爲賈后故也。密聞其言云：「皇后萬歲後，吾當魚肉之。」非但如是也，若宮車晏駕，彼居大位，依楊氏故事，誅臣等而廢后於金墉，如反掌耳。不如早爲之所，更立慈順者以自防衛。』后納其言，又宣揚太子之短，布諸遠近。於時朝野咸知賈后有害太子意。」郭槐欲以韓壽女爲太子妃，其意欲以自固。朝野皆知賈后欲害太子，郭槐甚憂愛愍懷，並臨亡誨賈后令盡意於太子，蓋恐遭滅門之禍，所謂「此皆亂汝事」也。然賈后最終竟遣人椎殺之。

〔六〕趙充華及賈謐母　李慈銘云：「案趙充華，趙粲，武帝充華也。賈謐母，賈午，韓壽妻也。」按，趙充華爲賈后黨羽。晉書三一賈皇后傳謂惠帝怒賈妃酷虐嘗手殺數人，將欲廢之。充華趙粲從容言曰：「賈妃年少，妒是婦人之情耳，長自當差，願陛下察之。」後趙王倫殺賈后，趙粲、賈午、韓壽、董猛等皆伏誅。

〔七〕「臣按傅暢此言」數句　王世懋云：「此亦非孝標注，然猶近古。」余箋：「晉書愍懷太子傳言：賈后母郭槐欲以韓壽女爲太子妃，而壽妻賈午及后皆不聽。又載太子被廢後與妃書曰：『鄙雖愚頑，欲盡忠孝之節，雖非中宮所生，奉事有如親母。自爲太子以來，敕見禁檢，不得見母。自宜城君亡，不見存恤，恒在空室中坐。』宜城君者，郭槐也。此書出自太子之手，固當可信。然則槐之撫愛愍懷，諒非虛語。世説及晉書所載槐之妒悍，或晉人惡充父女者過甚之辭也。」徐箋：「『臣』不知何人，此段疑是後人評語，闌入注文。案晉諸公贊傳暢作。」按，王世懋謂此非孝標注，羌無依據。徐箋則謂「臣」不知何人，並疑後人評語，闌入注文。考孝標注多次自稱「臣」，如賢媛九注稱「臣謂」，汰侈六注稱「臣按」。徐箋豈無見耶？至於余箋據愍懷太子與妃書，謂「郭槐撫愛愍懷，諒非虚語」，其説是。然疑晉書、世説所載槐之妒悍，或是惡充父女者誇大之辭。鄙意則以爲妒婦凶悍，甚至欲殺其夫之婢妾，在晉時並不罕見。輕詆六孝標注引妒記，王導妻曹夫人性甚妒，禁制丞相不得有侍御。王公别營别館，衆妾羅列，兒女成行。曹夫人聞知後，「將黄門及婢二十人，人持食刀，自出尋討」。若王公不先至保護，衆妾定遭殃矣。又賢媛二一記桓温平蜀，以李勢妹爲妾。主既聞，「與數十婢拔白刃襲之」。郭槐之妒，與王導曹夫人、桓温妻南康長公主一般無二，同是記實，非有人惡意詆毁。又郭槐妒殺者乃乳母，並非「自斃其子」。而郭槐令賈后撫愛愍懷，此乃深謀遠慮之計，誠爲賢明；然賢明與妒悍之性無必然關係，即非妒婦必不賢明也。孝標於此不當生疑問也。

四　孫秀降晉，〔一〕晉武帝厚存寵之，太原郭氏録曰：〔二〕「秀字彦才，〔三〕吴郡吴人，爲下口督，〔四〕甚有威恩。孫皓憚，欲除之，遣將軍何定遡江而上，辭以捕鹿三千口供厨。秀豫知謀，遂來歸化。世祖喜之，以爲驃騎將軍、交州牧。」妻以姨妹蒯氏，室家甚篤。妻嘗妒，乃罵秀爲貉子。〔五〕晉陽秋曰：「蒯氏襄陽人，祖良，吏部尚書。父鈞，南陽太守。」秀大不平，遂不復入。蒯氏大自悔責，請救於帝。時大赦，羣臣咸見。既出，帝獨留秀，從容謂曰：「天下曠蕩，蒯夫人可得從其例不？」〔六〕秀免冠而謝，遂爲夫婦如初。

【校釋】

〔一〕孫秀降晉　程炎震云：「泰始六年十二月，孫秀來奔。」

〔二〕太原郭氏録　李詳云：「此何法盛中興書也，傳寫遺其書名。法盛中興書於諸姓各爲一録，如會稽賀録、琅琊王録、陳郡謝録、丹陽薛録、尋陽陶録，凡數十家。此郭氏録當衍『氏』字。」趙西陸云：「按此注當有脱誤。孫秀事，而在太原郭録，亦未合。」

〔三〕秀字　秀，宋本誤作「季」。

〔四〕下口　徐箋：「下口，當作『夏口』。吴志孫匡傳：『子泰……泰子秀爲前將軍、夏口督。秀公室至親，提兵在外。晧意不能平。建衡二年，晧遣何定將五千人至夏口獵。先是，民間僉言秀當見圖，而定遠獵，秀遂驚，夜將妻子、親兵數百人奔晉。』」

〔五〕貉子　程炎震云：「狢、貉同字。蜀志關羽傳注引典略：『羽罵孫權爲狢子。』御覽二四九引後秦記曰：『姚襄遣參軍薛瓚使桓温，温以胡戲瓚。瓚曰：「在北爲狐，居南曰狢。何所問也？」』」按，貉同狢、貈。廣韻：「貈，説文：『似狐，善睡獸也。』」「狢」爲北人罵吴人語。吴亡，北方士族以勝利者姿態，視南人爲「亡國之餘」。晉書五四陸機傳記孟超曾罵陸機爲「貉奴」，蒯氏罵夫君孫秀爲「貉子」，亦爲輕視南人之習氣。

〔六〕「蒯夫人」句　此句意謂天下大赦，蒯夫人是否也可從其例赦免之？

五　韓壽美姿容，賈充辟以爲掾。充每聚會，賈女於青瑣中看，〔一〕見壽，説之，恒懷存想，發於吟詠。後婢往壽家，具述如此，并言女光麗。壽聞之心動，遂請婢潛修音問，及期往宿。壽蹻捷絶人，踰牆而入，家中莫知。晉諸公贊曰：「壽字德真，南陽赭陽人。〔二〕曾祖暨，魏司徒，有高行。」壽敦家風，性忠厚，豈有若斯之事。諸書無聞，唯見世説，自未可信。自是充覺女盛自拂拭，〔三〕説暢有異於常。後會諸吏，聞壽有奇香之氣，是外國所貢，一著人則歷月不歇。十洲記曰：「漢武帝時，西域月氏國王遣使獻香四兩，大如雀卵，黑如桑椹，燒之，芳氣經三月不歇。」蓋此香也。充計武帝唯賜己及陳騫，餘家無此香，疑壽與女通，而垣牆重密，門閤急峻，何由得爾？乃託言有盜，令人修牆。使反，曰：「其餘無異，唯東北角如有人跡，而牆高非人所踰。」充乃取女左右婢考問，即以狀對。充祕之，以女妻壽。〔四〕郭子謂與韓壽通者，乃是陳騫女，即以妻壽，未婚而女亡，壽因娶賈氏，故世因傳是充女。〔五〕

【校釋】

〔一〕青瑣　後漢書六六王允傳：「長安城陷，吕布奔走，布駐馬青瑣門外。」後漢紀二〇：「樑柱、門户，銅還紵漆。青瑣、丹墀，刻鏤爲青龍白虎，畫以丹青云氣。」名義考三：「漢書：『給事黄門之職，日暮入對青瑣門。』孟康曰：『以青畫户邊鏤中，天子之制也。』師古曰：『刻爲連瑣文，而青塗也。』」此指中間鏤空作花紋，再飾以青色之窗格。

〔二〕赭陽　王利器校：「晉書賈謐傳『赭陽』作『堵陽』，案晉書地理志下，荆州南陽國有『堵陽』，無『赭陽』，世説誤。」徐箋：「按，後漢書光武紀：『以廷尉岑彭爲征南大將軍討鄧奉於堵鄉。』李賢注：『水經注：堵水南經小堵鄉。在今唐州方城縣，堵音者。』是赭堵音讀相同，赭陽即堵陽也。文選南都賦：『赭陽東陂。』則作『赭』亦有據。」按，徐箋是。史記一〇二張釋之傳司馬貞索隱：「韋昭：堵音赭，又音如字，地名，屬南陽。」元和郡縣志二四：「方城縣，本漢堵陽地也，屬南陽郡，在堵水之陽，故名。後漢朱祐爲堵陽侯，梁于此置堵陽郡，隋改置方城縣，取方城山爲名也，屬淯陽郡。貞觀改屬唐州，音者。」

〔三〕拂拭　修飾。吴均行路難詩之二：「未央綵女棄鳴篪，争見拂拭生光儀。」

〔四〕賈午與韓壽戀愛事，晉書四〇賈充傳載之較詳。李詳云：「劉注言諸書無聞，唯見世説，是晉書據世説可知。其辭小異者，不具論。如『托言有盜』上，晉書有『乃夜中陽驚』句。『東北角如有人跡』，晉書作『如狐狸行處』，皆以晉書爲勝。」馮夢龍云：「充女既已及笄矣，充既才壽而辟之舍，壽將誰婿乎？亦何俟其女自擇也。雖然，賈午既勝南風，韓壽亦强正度。使充擇婿，不如女自擇耳。」（情史三「情私類」）李贄云：「賈充賊奴，以女妻壽，是亦可也。温（指温嶠）之詐，壽之偷，等耳。壽以高材捷足，故偷；温以有扇遮面，故詐。」（初潭集夫婦合婚）按，賈午窺郎感想，韓壽偷香竊玉，皆是情種無畏，愛情至上者也。李贄謂温嶠之詐與韓壽之偷等耳，竊以爲詐用智，偷由情，偷勝於詐也。賈充秘之，以女妻壽，玉成其事，可稱練達而開明。

〔五〕「郭子謂」數句　余箋：「類聚三五引臧榮緒晉書曰：『賈充後妻郭氏，又生二女，少有淫行，年十四五，通於韓壽，充未覺。時外國獻奇香，世祖分與充，充以賜女。充與壽坐，聞其衣香，心疑之。充家嚴峻，牆高丈五，薦以枳棘。周行東北角，有如狸鼠行跡，殺婢，遂以女妻之。』疑即因世説加以粉飾。唐修晉史全本臧書，故亦以爲充女也。御覽五〇〇引郭子曰：『賈公閭（宋本誤作問）女悦韓壽，問婢：「識否？」一婢云：「是其故主。」女内懷存想。婢後往壽家説如此。壽乃令婢通己意，女大喜，遂與通。』嘉錫案：孝標方引郭子，謂壽所通者是陳騫女，以駁世説。若如御覽所引，則正與世説合。一書之中，豈得自相違異？疑『賈公閭』三字本作『陳休淵』，宋人校御覽者據世説妄改之。御覽九八一又引郭子曰：『陳騫以韓壽爲掾，每會，聞壽有異香氣，是外國所貢，一著衣，歷日不歇。騫計武帝唯賜己及賈充，他家理無此香。嫌壽與己女通，考問左右，婢以實對。騫以女妻壽。壽時未婚。』按此是郭子本文。孝標以其文與世説多同，遂檃括引之耳。御覽所引未全，故無女亡娶賈氏之語。晉書陳騫傳云：『弟稚與其子輿忿争，遂説騫子女穢行。騫表徙弟，以此獲譏於世。』李慈銘晉書札記三云：『世説注引郭子，言韓壽私通者乃騫女，即此所謂「子女穢行」也。』」按，余箋謂御覽九八一所引郭子乃其本文，但所引未全，故無有陳騫女亡韓壽娶賈氏之事；又引晉書陳騫傳及李慈銘晉書札記，意在論證孝標注是。此其可信从者也。余箋又疑御覽五〇〇引郭子之「賈公閭」，當作「陳休淵」，乃宋人之妄改。其疑恐無依據。若「賈公閭」本作「陳休淵」，後文郭氏之裁斷便無意義。鄙意以爲郭子所記韓壽之事有違異，蓋韓壽先與陳騫女通，女亡，又娶賈氏，而奇香唯陳、賈二家有。況男女私通，本屬秘事，疑當時傳聞必已有異。郭氏裁斷傳聞之真假，未必得其真，世説則取其一而潤飾之。

六　王安豐婦常卿安豐。安豐曰：「婦人卿壻，於禮爲不敬，後勿復爾。」〔一〕婦曰：「親卿愛卿，是以卿卿；我不卿卿，誰當卿卿！」〔二〕遂恒聽之。

【校釋】

〔一〕「王安豐婦常卿安豐」數句　徐箋：「陔余叢考：『六朝以來，大抵以「卿」爲敵下之稱。王戎妻呼戎爲卿，戎曰：「婦那得人卿壻！」婦曰：「親卿愛卿，是以卿卿；我不卿卿，誰當卿卿？」山濤謂妻曰：「我當爲三公，不知卿堪作夫人否？」夫呼妻爲卿則無詞，妻呼夫爲卿則謂不可，益見卿爲敵下之稱也。世說：王夷甫不與庾子嵩交，庾卿之不置。王曰：「君不得爲爾！」庾曰：「卿自君我，我自卿卿，我用我法，卿自用卿法。」南史王規傳：朱異嘗因酒卿規，規責以無禮。南齊陸慧曉見士大夫，未嘗卿之，曰：「貴人不可卿，賤者乃可卿，人生何容立輕重於懷抱！」故常呼人官位。北齊祖信年少時，父遜爲李庶所卿，信欲報之。乃詣庶，謂曰：「暫來見卿，還辭卿去。」』於此稱謂之間，亦可見當時夫婦間之關係。世說列此事於惑溺門，亦以戎夫婦爲篤而無禮也。」劉盼遂云：「按束晳近遊賦云：『婦皆卿夫，子呼父字。』以自嘲其不迪檢柙，故知卿卿之言，非如賓之效也。」

〔二〕「親卿愛卿」數句　婦人卿婿，於禮爲不敬，此乃傳統禮儀。然王戎婦呼婿爲卿，則爲愛昵之稱，與賤者卿貴者爲無禮不同。朱注引陶珙曰：「此是親近卿法。如庾子嵩『卿自君我，我自卿卿』云云，是疏遠卿法。」按，陶氏區分卿人有「親近」、「疏遠」兩種，其說可取。

七　王丞相有幸妾姓雷，頗預政事，納貨。蔡公謂之「雷尚書」。〔一〕語林曰：「雷有寵，生恬、洽。」〔二〕

【校釋】

〔一〕蔡公　蔡謨。輕詆六注引晉諸公贊，言王導別館畜衆妾，夫人曹氏知之，率衆婢持刀自出尋討。王公急駕牛車保護之。蔡謨聞而笑之，戲言「欲加公九錫」云云。此條蔡謨稱導幸妾爲「雷尚書」，亦戲言以譏刺導，宜王公不喜蔡謨也。

〔二〕生恬洽　恬洽，宋本、沈校本並作「洽恬」。

仇隙第三十六

一　孫秀既恨石崇不與緑珠，干寶晉紀曰：「石崇有妓人緑珠，〔一〕美而工笛，孫秀使人求之。崇別館北邙下，〔二〕方登涼觀，臨清水，〔三〕使者以告，崇出其婢妾數十人以示之，曰：『任所以擇。』使者曰：『本受命者，指緑珠也，未識孰是？』〔四〕崇勃然曰：『緑珠吾所愛，不可得也！』〔五〕使者曰：『君侯博古知今，察遠照邇，願加三思。』崇不然。使者已出，又反，崇竟不許。」又憾潘岳昔遇之不以禮。後秀爲中書令，〔六〕岳省内見之，因喚曰：「孫令，憶疇昔周旋不？」秀曰：「中心藏之，何日忘之！」〔七〕岳於是始知必不免。王隱晉書曰：「岳父文德爲琅邪太守，〔八〕孫秀爲小吏給使，〔九〕岳數蹴蹋秀，而不以人遇之也。」後收石崇、歐陽堅石，同日收岳。晉陽秋曰：「歐陽建字堅石，渤海人，有才藻，時人爲之語曰：『渤海赫赫，歐陽堅石。』初，建爲馮翊太守，趙王倫爲征西將軍，孫秀爲腹心，〔一〇〕撓亂關中。建每匡正，由是有隙。」王隱晉書曰：「石崇、潘岳與賈謐相友善，及謐廢，懼終見危，與淮南王謀誅倫，事泄，收崇及親朞以上皆斬之。〔一一〕初，岳母誡岳以止足之道，及收，與母別曰：『負阿母！』崇家河北，收者至，曰：『吾不過流徙交、廣耳。』及車載東市，〔一二〕始歎曰：『奴輩利吾家之財。』收崇人曰：『知財爲害，何不蚤散。』崇不能答。」石先送市，亦不相知。潘後至，石謂潘曰：「安仁，卿亦復爾邪?」潘曰:「可謂『白首同所歸。』」語林曰:「潘、石同刑東市,石謂潘曰:『天下殺英雄,卿復何爲?』潘曰:『俊士填溝壑,餘波來及人。』」潘金谷集詩云:「投分寄石友,白首同所歸。」〔三〕乃成其讖。

【校釋】

〔一〕緑珠　通鑑八三晉紀五胡注:「緑珠善吹笛。太平廣記曰:『今白州雙角山下有緑珠井,昔梁氏之女有容貌,石崇使交州,以真珠三斛買之。梁氏之居,舊井存焉,汲飲者必誕美女,里閭以美女無益,遂以石填之。』」據廣記,緑珠乃交州人,梁姓。關於緑珠之傳説又有緑珠江。海録碎事七:「緑珠江。白州流水自雙角山出,合容州江呼爲緑珠江,亦猶歸州有昭君灘、昭君場,吴有西施浴處脂粉塘。」廣西通志一七謂緑珠乃博白縣人,雙角山,在縣西十五里,下有金谷園,相傳晉石崇曾經其地。又云緑珠江在城西北七里,源出緑羅山,緑珠井在縣西十五里緑羅村。關於緑珠之名,王楙野客叢書一六云:「海録碎事曰:『越俗以珠爲寶,生女名珠娘,生男名珠兒,緑珠之意用此。』僕謂不然,以女名珠者,珍愛之意也,如彭寵之女名女珠,奇章公牛僧孺愛姬名真珠,皆珍愛之謂。且彭寵南陽人,初非越俗也。」王楙以爲緑珠之「珠」,乃「珍愛之謂」,其説較勝。又余箋謂「崇於惠帝時嘗以南中郎將、荆州刺史、兼南蠻校尉,其買緑珠,或在此時」。其説亦可信。

〔二〕北邙下　余箋：「洛陽伽藍記一：『昭儀尼寺在東陽門内一里御道南，有池，京師學徒謂之翟泉。後隱士趙逸云此地是晉侍中石崇家池，池南有緑珠樓。於是學徒始寤，經過者想見緑珠之容也。』嘉錫案：伽藍記所言『在洛陽城内』，與此所言『北邙別館』，蓋非一地。」按，石崇富可敵國，樓臺館自不止一處。此云「別館北邙下」，可知在洛陽城北也。余箋謂石崇家池與北邙別館蓋非一地，其説是。蓋北邙於中朝時是葬地，而山下則爲富貴者聚居處。汰侈九記「王武子被責，移第北邙下，於時人多地貴」云云，可證北邙下猶今所謂高檔別墅區也。

〔三〕涼觀　王先謙校：「按晉書石崇傳作『方登涼台，臨清流』。此本作『觀』，蓋臆補也，當以晉書爲是。」

〔四〕未識　未，宋本形訛作「朱」。

〔五〕「緑珠吾所愛」二句　晉書三三石崇傳：「崇謂緑珠曰：『我今爲爾得罪。』緑珠泣曰：『當效死於官前。』因自投於樓下而死。」方苞云：「『緑珠吾所愛，不可得也！』以此殺身，謂之情癡，猶過獎耳，真愚人而已矣。」按，爲情而死，豈非勝於自獻所愛於佞人者乎？

〔六〕秀爲中書令　賢媛一七注引晉陽秋曰：「（趙王）倫篡位，秀爲中書令，事皆決於秀。」晉書五五潘岳傳與世説、晉陽秋同，又曰：「俄而秀遂誣岳及石崇、歐陽建謀奉淮南王允、齊王冏爲亂，誅之，夷三族」按，趙王倫篡位在永寧元年（三〇一）正月，四月，孫秀爲齊王冏所殺。秀爲中書令僅數月。下文潘岳唤孫秀爲「孫令」，則其時當在永寧元年正月至四月間。潘岳、石崇、歐陽堅石被害亦在其時。

〔七〕「中心藏之」二句　出詩小雅隰桑。

〔八〕文德　程炎震云：「晉書五五潘岳傳云：『父芘』，則文德蓋其字也。」

〔九〕小史　史，宋本作「史」。王先謙校：「按晉書潘岳傳作『小史給岳』。則此作『小吏』非。」按，當作「小史」。漢書八四翟方進傳：「方進年十二三，失父孤學，給事太守府爲小史。」漢書八五谷永傳：「永少爲長安小史。」漢樂府陌上桑：「十五府小史，二十朝大夫。」給使，通鑑九九晉紀二一胡注：「給使，在左右給使令者也。」

〔一〇〕孫秀爲腹心　宋本作「秀腹心」。

〔一一〕「與淮南王謀誅倫」數句　淮南王，指晉武帝子淮南忠壯王允，字欽度。據晉書四惠帝紀、晉書六四淮南忠壯王允傳，允於太康十年（二八九），徙封淮南，仍之國，都督揚、江二州諸軍事、鎮東大將軍、假節。允陰知趙王倫有篡逆志，潛謀誅倫。永康元年（三〇〇），舉兵討趙王倫，不克，允及二子皆遇害，坐允夷滅者數千人。王隱晉書謂石崇、潘岳與淮南王謀誅趙王倫，事泄被殺。然晉書五五潘岳傳謂岳死于趙王倫篡政，孫秀爲中書令之後，時在永寧元年（三〇一），與世説此條所記合。比較二説，當以潘岳傳所記爲是。

〔一二〕「車載東市」　李慈銘云：「案：『車載』下脱一『詣』字，當據晉書石崇傳補。」

〔一三〕潘金谷集詩　集詩，宋本作「詩集序」。按，當作「集詩」，文選二〇作金谷集作詩，無序。元康六年，石崇引致賓客三十人，游宴金谷中，各賦詩以敍中懷，其詩集即名金谷集詩。（見品藻五七注引石崇金谷詩敍）投分，李善注：「阮瑀爲魏武與劉備書曰：『披懷解帶，投分托意。』分，猶志也。」明彭大翼山堂肆考一〇五：「按投分言交友當投分義也，石友言友如石之堅貞也。」

二　劉璵兄弟少時爲王愷所憎，〔一〕嘗召二人宿，欲默除之。令作阬，阬畢，〔二〕垂加害矣。〔三〕石崇素與璵、琨善，聞就愷宿，知當有變，便夜往詣愷，問二劉所在。愷卒迫不得諱，答云：「在後齋中眠。」石便徑入，自牽出，同車而去，語曰：「少年何以輕就人宿！」〔四〕劉粲晉紀曰：「琨與兄璵俱知名，遊權貴之間，〔五〕當世以爲豪傑。」〔六〕

【校釋】

〔一〕劉璵　璵，晉書六二劉琨傳作「輿」，雅量一〇、賞譽一八注引晉陽秋亦作「輿」。

〔二〕令作阬　阬，宋本、沈校本並作「坑」。下「阬」字同。按，「阬」同「坑」。

〔三〕垂　將也。

〔四〕「石便徑入」數句　李贄云：「石大可人。」（初潭集師友豪客）

〔五〕之間　間，沈校本作「門」。

〔六〕當世以爲豪傑　雅量一〇注引晉陽秋言劉輿「有豪俠才算，善交結」。劉輿兄弟輕就人宿，險遭不測，蓋亦「有豪俠」、「善交結」之弊耳。

三　王大將軍執司馬愍王，〔一〕夜遣世將載王於車而殺之，當時不盡知也。晉陽秋曰：「司馬丞字元敬，〔二〕譙王遜子也，爲中宗湘州刺史。〔三〕路過武昌，王敦與燕會，酒酣，謂丞曰：『大王篤實佳士，非將御之才。』對曰：『焉知鉛刀不能一割乎？』敦將謀逆，召丞爲軍司馬。〔四〕丞歎曰：『吾其死矣。地荒民解，〔五〕勢孤援絶，赴君難，忠也；死王事，義也。死忠與義，又何求焉！』乃馳檄諸郡丞赴義。〔六〕敦遣從母弟魏乂攻丞，〔七〕王廙使賊迎之，薨於車。〔八〕敦既滅，追贈驃騎，〔九〕謚曰愍王。」雖愍王家亦未之皆悉，而無忌兄弟皆稚。無忌別傳曰：「無忌字公壽，丞子也，才器兼濟，有文武幹。襲封譙王、衛軍將軍。」王胡之與無忌長甚相暱，〔一〇〕胡之嘗共遊。無忌入告母，請爲饌。母流涕曰：「王敦昔肆酷汝父，假手世將。司馬氏譜曰：「丞娶南陽趙氏女。」〔一一〕王廙別傳曰：「廙字世將，祖覽，父正。廙高朗豪率。王導、庾亮遊于石頭，會廙至。爾日迅風飛飄，廙倚船樓長嘯，神氣甚逸。導謂亮曰：『世將爲復識事。』〔三〕亮曰：『正足舒其逸耳。』〔三〕性倨傲，不合己者面拒之，故爲物所疾。〔四〕加平南將軍，薨。」吾所以積年不告汝者，王氏門彊，汝兄弟尚幼，不欲使此聲著，蓋以避禍耳。」無忌驚號，抽刃而出，胡之去已遠。

【校釋】

〔一〕愍王　晉書三七閔王承傳作「閔王」。按，「愍」義同「閔」。

〔二〕司馬丞字元敬　李慈銘云：「『丞』，晉書作『承』，『元敬』作『敬才』。」王叔岷補正：「丞、承古通，史記酷吏張湯傳：『於是丞上指。』漢書丞作承。藝文類聚四五引風俗通佚文云：『丞者，承也。』並其證。『元敬』，蓋『士敬』之誤。晉書作『敬才』，亦當作『士敬』，『士』誤爲『才』，復倒在『敬』字下耳。書鈔六一引中興書作『士恭』，孔廣陶校注云：書鈔刺史篇（卷七二）引他事作『士敬』，以避宋諱，傳抄者改『敬』作『恭』耳。」

〔三〕湘州　湘，原作「相」，沈校本作「湘」。李慈銘云：「『相』當作『湘』。」徐箋：「案晉書本傳正作『湘州』。晉書懷帝紀：『分荆、江八郡爲湘州。』地理志以爲分荆州及廣州之九郡，置湘州。」按，作「湘州」是，今據改。晉書三七閔王承傳曰：「（元）帝欲樹藩屏，會敦表以宣城内史沈充爲湘州，帝謂承曰：『湘州南楚險固，在上流之要，控三州之會，是用武之國也。今以叔父居之，如何？』」又曰：「初劉隗以王敦威權太盛，終不可制，勸帝出諸心腹，以鎮方隅。故先以承爲湘州，續用隗及戴若思等，並爲州牧。」據此可知，元帝以承爲湘州刺史，欲鉗制王敦也。

〔四〕「敦將謀逆」二句　晉書三七閔王承傳：「敦尋構難，遣參軍桓羆説承，以劉隗專寵，今便討擊，請承以爲軍司。」王敦以永昌元年（三二二）舉兵于武昌。則敦召閔王承爲軍司，當在此前不久。軍司馬，李慈銘云：「軍司馬，晉書作『軍司』，是也。魏、晉有軍司，主一軍之事，以高秩重望者居之。承既藩王，又爲方伯，故敦以爲軍司，不當爲軍司馬也。」徐箋：「案軍司即軍師，晉避景帝諱，改爲軍司。通典職官典以爲即監軍之職。」楊箋據徐箋改「軍司」爲「軍師」。按，徐箋謂「軍師」乃避司馬師諱改爲「軍司」，其説是。考魏末仍用「軍師」之名。晉書一宣帝紀記司馬懿與諸葛亮對壘，天子不許懿妄動，乃遣辛毗仗節爲軍師以制之。兩晉時期，北方胡人政權仍有「軍師將軍」名號。而西晉伊始，「軍師」則改稱「軍司」。楊箋復改晉陽秋之「軍司」爲「軍師」，不妥。

〔五〕地荒民解　李慈銘云：「晉書作『地荒人鮮』，『解』乃『鮮』字之誤。」朱注：「案：『民解』謂『民心離散』，與下文正合。」按，晉書三七閔王承傳記承答元帝云「湘州蜀寇之餘，人物凋盡」，此二語即是「民鮮」之意。朱注謂作「民解」，指「民心離散」，恐非是。

〔六〕郡丞　沈校本無「丞」字。李慈銘云：「『諸郡』下衍『丞』字，或是『亟』字之誤。」按，李説是。晉書三七閔王承傳載，王敦構難，閔王承唱義，「與府長史虞悝及弟前丞相掾望、建昌太守長沙王循、衡陽太守淮陵劉翼等共盟誓，因桓羆，馳檄湘州，指期至巴陵。」此即晉陽秋所言「檄諸郡赴義」也。諸郡，指湘州諸郡也。

〔七〕魏乂　乂，宋本誤作「文」。

〔八〕「王廙」二句　閔王承傳：「（魏）乂檻送承荆州，刺史王廙承敦旨於道中害之，時年五十九。」又晉書六元帝紀載，永昌元年四月，六軍敗績，魏乂陷湘州，湘州刺史、譙王承並遇害。

〔九〕驃騎　晉書本傳作「車騎」。

〔一〇〕王胡之　王廙之子。已見言語八一注引王胡之别傳。徐箋：「王胡之，晉書譙烈王無忌傳作『王廙子丹陽丞耆之。』案胡之字脩齡，耆之字脩載，下條云王脩載，則是耆之，非胡之。琅琊王氏譜：『廙四子：頤之襲爵，晉東海内史；胡之字脩齡，司州刺史；耆之字脩載，中書郎；羨之，鎮軍掾。』王廙傳但言子頤之，頤之弟胡之、耆之，羨之失載。」按，徐箋據晉書譙烈王無忌傳及下條所記，以爲無忌拔刀所砍者乃耆之，非胡之。其説似是而非。鄙意以爲無忌爲報父仇，拔刀砍耆之、胡之皆有可能。識鑒二七謂「（南平）太守王胡之避司馬無忌之難，置郡於澧陰」，可證無忌欲刃王胡之實有其事，時或在成帝咸康初（參見該條校釋），惜徐箋疏漏致誤。

〔一一〕趙氏女　氏，宋本誤作「民」。

〔一二〕世將爲復識事　晉書七六王廙傳作「世將爲傷時識事」。

〔三〕舒其逸耳　李慈銘云：「案：『逸』下脱『氣』字，當據晉書補。」世説箋本：「如此風，方才足舒其逸足之氣耳，謂其豪氣也。」

〔四〕物　人也。王廙傳言「廙在州大誅戮（陶）侃時將佐，及征士皇甫方回。於是大失荆土之望，人情乖阻」。所謂「爲物所疾」殆指誅戮異己事。

四　應鎮南作荆州，〔一〕王隱晉書曰：「應詹字思遠，汝南南頓人，〔二〕璩曾孫也。〔三〕爲人弘長有淹度，飾之以文才。司徒何充歎曰：『所謂文質之士。』累遷江州刺史、鎮南將軍。」王脩載、譙王子無忌同至新亭與别，坐上賓甚多，不悟二人俱到。有一客道：「譙王丞致禍，非大將軍意，正是平南所爲耳。」〔四〕無忌因奪直兵參軍刀，便欲斫脩載。走投水，舸上人接取得免。中興書曰：「褚裒爲江州，〔五〕無忌於坐拔刀斫耆之，〔六〕裒與桓景共免之。御史奏無忌欲專殺害，詔以贖論。」前章既言無忌母告之，而此章復云客敍其事，且王廙之害司馬丞，遐邇共悉，脩齡兄弟豈容不知？法盛之言皆實録也。〔七〕

【校釋】

〔一〕應鎮南作荆州　程炎震云：「應詹止作江州，不作荆州，此荆字當作『江』。孝標注不加糾正，知當時尚未誤也。」趙西陸云：「案晉書應詹傳：『遷都督江州諸軍事、平南將軍、江州刺史。』明帝紀同，在太寧二年（三二四）。此云『作荆州』，誤。」

〔二〕汝南南頓人　宋本作「汝南頓人」，沈校本、晉書本傳並作「汝南南頓人」。王利器校：「各本重『南』字，是。」

〔三〕璩曾孫　徐箋：「晉書應詹傳作『璩之孫也』，是。魏志注，璩子貞，貞弟純，純弟秀，秀子詹。晉書應貞傳同。」

〔四〕平南　平南將軍，指王廙。前條注引王廙别傳謂廙「加平南將軍」。脩載爲王廙子，故無忌知仇家後欲斫脩載。

〔五〕褚裒　裒，原作「褒」。宋本、沈校本並作「裒」。下同。今據宋本及晉書改。

〔六〕「無忌」句　程炎震云：「詹爲江州，在明帝太寧二年，去承之死才三年。承之難，無忌以年少得免，則爾時未能報仇也。褚裒爲江州，以裒傳及康紀參考，是咸康八年代王允之。則去承死二十一年，無忌已官黄門侍郎矣。晉書從中興書爲是。」按晉書九三褚裒傳：「及康帝即位，徵拜侍中、遷尚書。以后父，苦求外出，除建威將軍、江州刺史，鎮半洲。」據晉書八康帝紀，咸康八年（三四二）八月，以江州刺史王允之爲衛將軍，則褚裒作江州刺史亦在其時，中興書所記爲實。綜合仇隙三、識鑒二七、晉書烈王無忌傳、中興書，無忌欲報父仇，先欲刀砍王胡之，後欲刀砍王耆之。禮記曲禮上：「父之讎，弗與共戴天。」鄭玄注：「父者子之天，殺己之天，與共戴天，非孝子也。行求殺之乃止。」無忌仇恨發於孝心，必欲殺胡之、耆之，乃合古禮。

〔七〕法盛　法，王刻本作「孫」。按，作「法」是。法盛，何法盛也。孝標謂「前章既言無忌母告之，而此章復云客敍其事」，即以爲世說此條所記，不如何法盛得其實，其說甚合情理。上條無忌母告之家仇已在前，則無須客復敍其事；而胡之數年前既已避無忌之難，則耆之豈會送上門來，讓仇家手刃之？

五　王右軍素輕藍田，〔一〕藍田晚節論譽轉重，右軍尤不平。藍田於會稽丁艱，停山陰治喪。右軍代爲郡，屢言出吊，連日不果。後詣門自通，主人既哭，不前而去，以陵辱之。於是彼此嫌隙大構。〔二〕後藍田臨揚州，右軍尚在郡。初得消息，遣一參軍詣朝廷，求分會稽爲越州，〔三〕使人受意失旨，大爲時賢所笑。藍田密令從事數其郡諸不法，以先有隙，令自爲其宜。右軍遂稱疾去郡，以憤慨致終。中興書曰：「羲之與述志尚不同，而兩不相能。述爲會稽，艱居郡境。王羲之後爲郡，申慰而已，〔四〕初不重詣，述深以爲恨。喪除，徵拜揚州，就徵，周行郡境，而不歷羲之。臨發，一別而去。羲之初語其友曰：『王懷祖免喪，正可當尚書；投老可得爲僕射。更望會稽，便自邈然。』述既顯授，又檢校會稽郡，求其得失，主者疲於課對。羲之恥慨，遂稱疾去郡，墓前自誓不復仕。〔五〕朝廷以其誓苦，

不復徵也。」〔六〕

【校釋】

〔一〕「王右軍」句　右軍風流，令譽早著。周顗割牛心炙，先噉羲之；王敦則稱之「汝是我家佳子弟，當不減阮主簿」，阮裕亦目羲之爲「王氏三少」。反觀「藍田爲人晚成，時人乃謂之癡」（賞譽六二）。早年聲譽遠不如右軍，故右軍素輕之。

〔二〕「藍田於會稽丁艱」數句　禮：凡吊，主人既哭，客亦哭盡哀，前執孝子手。若不前而去，則爲無禮。晉書八〇王羲之傳：「時驃騎將軍王述少有名譽，與羲之齊名，而羲之甚輕之，由是情好不協。述先爲會稽，以母喪居郡境，羲之代述，止一吊，遂不重詣。述每聞角聲，謂羲之當候己，輒灑埽而待之。如此者累年，而羲之竟不顧，述深以爲恨。」所記較世說爲詳，且合情理。劉辰翁云：「右軍審爾，非令德。」又，據晉書八穆帝紀：永和十年（三五四）二月，以前會稽内史王述爲揚州刺史，則其於會稽治母喪當在永和八九年間。

〔三〕求分會稽爲越州　晉書八〇王羲之傳：「及述蒙顯授，羲之恥爲之下，遣使詣朝廷求分會稽爲越州。」按，會稽轄屬揚州，羲之恥居王述之下，故求分會稽爲越州。

〔四〕申慰　宋本作「尉」。

〔五〕「墓前」句　羲之墓前自誓，詳載晉書本傳：「羲之深恥之，遂稱病去郡，於父母墓前自誓曰：

『維永和十一年三月癸卯朔，九日辛亥，小子羲之敢告二尊之靈。羲之不天，夙遭閔凶，不蒙過庭之訓。母兄鞠育，得漸庶幾，遂因人乏，蒙國寵榮。進無忠孝之節，退違推賢之義，每仰詠老氏、周任之誡，常恐死亡無日，憂及宗祀，豈在微身而已！是用寤寐永歎，若墜深谷。止足之分，定之於今。謹以今月吉辰肆筵設席，稽顙歸誠，告誓先靈。自今之後，敢渝此心，貪冒苟進，是有無尊之心而不子也。子而不子，天地所不覆載，名教所不得容。信誓之誠，有如皦日！』」又，右軍與藍田構怨，蕭繹金樓子四立言篇嘗評論曰：「王懷祖之在會稽，居喪，每聞角聲即灑掃，爲逸少之吊也。如此累年，逸少不至。及爲揚州，稱逸少罪。逸少於墓所自誓，不復仕焉。余以爲懷祖爲得，逸少爲失也，懷祖地不賤乎逸少，頗有儒術，逸少直虛勝耳。才既不足以高乎物而長其狠傲，隱不違親，貞不絶俗，生不能養，死方肥遁，能書何足道也。若然，魏緦之善畫，綏明之善棊，皆可凌物者也。懷祖構怨，宜哉。」

〔六〕「朝廷」二句　凌濛初云：「果苦否？然右軍風流正不須一仕。」

六　王東亭與孝伯語，後漸異。孝伯謂東亭曰：「卿便不可復測。」答曰：「王陵廷爭，陳平從默，但問克終云何耳。」漢書曰：「吕后欲王諸吕，問右相王陵，以爲不可。問左丞相陳平，平曰：『可。』陵出讓平，平曰：『面折廷爭，臣不如君；全社稷，定劉氏，君不如臣。』」晉安帝紀曰：「初，王恭赴山陵，欲斬國寶，王珣固諫之，乃止。〔一〕既而恭謂珣曰：『此日視

君，一似胡廣。』〔二〕珣曰：『王陵廷爭，陳平從默，但問克終如何也。』」〔三〕

【校釋】

〔一〕「王恭赴山陵」數句　世説音釋：「是時，孝武帝崩。」晉書六五王珣傳：「隆安初，國寶用事，謀黜舊臣，遷珣尚書令。王恭赴山陵，欲殺國寶，珣止之曰：『國寶雖終爲禍亂，要罪逆未彰，今便先事而發，必大失朝野之望。況擁强兵竊發於京輦，誰謂非逆？國寶若遂不改，惡布天下，然後順時望除之，亦無憂不濟也。』恭迺止。」所記較晉安帝紀詳細。

〔二〕「此日」二句　此日，王利器校：「案『此日』疑當作『比日』。」按，晉書六五王珣傳作「比來視君」，則「此日」當作「比日」，王校所疑是。世説箋本：「後漢胡廣爲三公，憚梁冀，不能與爭，得媚之譏。」王恭語乃譏王珣憚王國寶。

〔三〕「王陵廷爭」三句　通鑑一〇八晉紀三〇胡注：「謂王陵以廷爭失位，陳平以慎默，終能安劉。」按，王恭、王珣皆惡王國寶，恭急欲殺之，而珣以爲時機未到，你我策略各異，當看結果如何耳。以此觀之，珣不愧大才，較恭穩重而有謀。

七　王孝伯死，縣其首於大桁。〔一〕司馬太傅命駕出，至標所，〔二〕孰視首，〔三〕曰：「卿何故趣欲殺我邪？」續晉陽秋曰：「王恭深懼禍難，抗表起兵。於是遣左將軍謝琰討恭。恭敗，走曲阿，爲湖浦尉所擒。初，道子與恭善，欲載出都，面相折數，〔四〕聞西軍之逼，〔五〕乃令於兒塘斬之，〔六〕梟首於東桁也。」

【校釋】

〔一〕「王孝伯死」二句　據晉書一〇安帝紀、晉書八四王恭傳，隆安二年（三九八）七月，王恭以討王愉、司馬尚之兄弟爲名，舉兵反。九月，朝廷使司馬元顯、王珣、謝琰等距之。恭將劉牢之降朝廷，遣其婿高雅之、子敬宣襲恭。恭敗，走曲阿被擒，送京師斬之。大桁，世説音釋：「大桁在朱雀橋。」晉書九九桓玄傳：「夜，濤水入石頭，大桁流壞，殺人甚多。大風吹朱雀門樓，上層墜地。」

〔二〕標所　猶懸首示衆之處。標，吴金華考釋：「『標』，古籍或寫作『摽』，指專設於刑場的高柱。受刑者在標下斬首後，當即懸首於標上。晉書郭璞傳：『往建興四年十二月中，行丞相令史淳于伯刑於市，而血逆流長摽。』」

〔三〕孰視　孰，宋本、沈校本並作「熟」。按，「孰」通「熟」。

〔四〕折數　世説音釋：「責也，直指人過曰『折數』。」按，折、數義同，謂指責、數落他人之過也。

〔五〕西軍　通鑑一一〇晉紀三二：「朝廷未知西軍虚實，仲堪等擁衆數萬，充斥郊畿，内外憂逼，左衛將軍桓脩，沖之子也，言於道子曰：『西軍可説而解也。』」按，桓玄、殷仲堪等率軍自荆、江二州而來，故稱「西軍」。

〔六〕兒塘　晉書八四王恭傳作「倪塘」。通鑑一一〇晉紀三二胡注：「倪塘在建康東北方山埭南，倪氏築塘，因以爲名。」

八　桓玄將篡，桓脩欲因玄在脩母許襲之，庾夫人云：「汝等近過我餘年，〔一〕我養之，不忍見行此事。」庾氏譜曰：「桓沖後娶潁川庾蔑女，〔二〕字姚。」晉安帝紀曰：「脩少爲玄所侮，言論常鄙之，脩深憾焉，密有圖玄之意。脩母曰：『靈寶視我如母，汝等何忍骨肉相圖！』脩乃止。」〔三〕

【校釋】

〔一〕汝等近過我餘年　吴金華考釋：「竊疑這個『近』應讀爲『僅』（去聲），就是『庶幾』、『勉强』之義。庾夫人的語意是：你們好歹讓我平静地過完晚年吧。」楊箋：「近，親也。」按，近，歷時短。近過，意謂很快過去。庾夫人語意是：你們讓我度過（短短）餘年。吴氏考釋、楊箋似皆未是。

〔二〕庾蔑　李慈銘云：「案庾蔑爲明穆皇后伯父衮之子。衮見晉書孝友傳。蔑官至侍中。」

〔三〕「脩母曰」數句　凌濛初云：「不如使成之，此便非日磾之明。」

世說新語校釋

增訂本

四

〔南朝宋〕劉義慶　撰
〔南朝梁〕劉孝標　注
龔　斌　校釋

上海古籍出版社

附録目次

附録三　汪藻世説敍録、考異、人名譜

附録一　唐寫本世説新書殘卷

唐寫本世説殘卷校點序例

龔斌

一、儘量保存殘卷原貌，編次一依其舊。

二、殘卷世説規箴篇起於「孫休好射雉」條，其前當有「規箴第十」四字。今仍從其舊，但於目録中標出，以便讀者翻檢。

三、殘卷爲唐人手抄本，「万」、「礼」、「尔」等字爲草書，一律不改成真書如「萬」、「禮」、「爾」。古字、異體字則改爲今通行字，如「羕」爲「丞」、「蕛」爲「蘇」、「咲」爲「笑」、「獦」爲「獵」之類。

四、殘卷中誤字、錯字亦不改，於【校記】中説明。

孫休好射雉，至其時，晨去夕反，羣臣莫不上諫，曰：「此爲小物，何足甚耽？」休答曰：「雖爲小物耿介過人，朕所以好之。」環濟吴紀曰：「休字子烈，齊太皇帝第六子也。初封琅耶王，夢乘龍上天，顧不見尾。孫綝廢少主，迎休立之。鋭意與藉，欲畢覽百家之事。頗好射雉，至春，晨出暮反，唯此時捨書。崩，謚景皇帝。」條列吴事曰：「休在政蒸蒸，少有違事，頗以射雉爲譏云尔。」

孫晧問丞相陸凱，曰：「卿一宗在朝有人幾？」陸答曰：「二相五侯，將軍十餘人。」晧曰：「盛哉！」陸曰：「君賢臣忠，國之盛也；父慈子孝，家之盛也。今政荒民弊，覆亡是懼，臣何敢言盛。」吴録曰：「凱字敬風，吴郡吴人，丞相遜族子也。忠鯁有大節，篤志好學。初爲建忠校尉，雖有軍事，手不釋書。累遷左丞相。時後主暴虐，凱正直强諫，以其宗族强盛，不敢加誅。」

何晏、鄧颺令管輅作卦：「不知位至三公不？」卦成，輅稱引古義，深以誡之。颺曰：「此老生之常談。」輅别傳曰：輅字公明，平原原人。八歲便好仰觀星辰，得人輒問。及成人，果明周易，仰觀風角占相之道，聲發徐州，號曰「神童」。冀州刺史裴徽召補文學，見清論綸終日，再見轉爲部鉅鏕從事，〔一〕三見轉爲沼中，四見轉爲别駕。至十月，舉爲秀才。臨辭，徽謂曰：何、鄧二尚書有經國才幹，於物理不精也。何尚書神明清徹，殆破秋豪，君當慎之。自言不解易中九，必當相問。比至洛，宜善精其理也。」輅曰：「若九事皆王義者，不足勞思也。若陰陽者，精之久矣。」輅至洛，果爲何尚書所請，共論易九事，九事皆明。何曰：「君論陰陽，此世無雙也。」時鄧尚書在坐，曰：「此君善易，而語初不及易中辭義，何耶？」輅尋聲答曰：「夫善易者不論易。」何尚書含笑贊之曰：「可謂要言不煩也。」因謂輅曰：「聞君非徒善論易而已，至於分蓍思爻，亦爲神妙。試爲作一卦，知位當至三公不？又項連青蠅數十頭來鼻上，駈之不去，有何意故？」輅曰：「鴟鴞，天下賊鳥，及其在林食桑椹，則懷我好音。況輅心過草木，注情葵藿，敢不盡忠？唯之耳。昔元、凱之相重華，惠和仁義之至也。周公之翼成王，坐而待旦，敬慎之至也。故能流光六合，万國咸寧，然後據鼎足而登金，調陰陽而濟兆民。此履道之休應，非卜筮之所明也。今君侯位重山岳，勢若雷電，望雲赴景，万里馳風，而懷德者少，畏威者衆，殆非小心翼翼，多福之士。又鼻者艮，此天中之山，高而不危，所以長守貴也。今青蠅臭惡之物，集而之焉。位峻者顛，輕豪者亡，必至之分也。夫變化雖相生，極則有害；虛滿雖相受，溢則有竭。聖人見陰陽之性，明存亡之理，損益以爲衰，抑進以退。是故山在地中曰謙，雷在天上曰大壯。謙則裒多益寡，壯則非礼不履。仲伏願君侯，上尋文王六爻之旨，下思尼父彖象之義，則三公可決，青蠅可駈。」鄧尚書曰：「此老生之常談。」輅曰：「夫老生者見不生，常談者見不談也。」晏曰：「知幾其神乎，古人以爲難；交疎而吐誠，今人以爲難。今君一面盡二難之道，可謂『明德惟馨』。詩不云乎：『中心藏之，何日忘之！』」名士傳曰：「是時曹爽輔政，識者慮有危機。晏有重名，與魏姻戚，内雖懷憂，而無復退地。著五言詩以言志，曰：『鴻鵠比翼遊，羣飛戲太清。常畏天網羅，憂禍一旦并。豈若集五湖，從流唼浮萍。永寧曠中懷，何爲怵惕驚。』因管輅言懼而著詩也。」

晉武帝既不悟太子之愚，必有傳後意，諸名臣亦多獻直言。帝嘗淩雲臺上坐，衛瓘在側，欲微申其懷，因如醉跪帝前，以手撫床曰：「此坐可惜。」帝雖悟，因笑曰：「公醉耶？」晉陽秋曰：「初，惠帝之爲太子，朝廷百寮咸謂太子不能親政事，衛瓘每欲陳啓廢之，而未敢也。後因會醉，遂跪世祖床前曰：『臣欲有所啓。』帝曰：『公所言何耶？』欲言而止者三，因以手撫床曰：『此坐可惜。』意乃悟，因謬曰：『公真大醉耶？』帝後悉召東宫官屬大會，令左右賫尚書處事，以示太子處決，太子不知所對。賈妃以問外，或代太子對，多引古義。給使張泓曰：『太子不學，陛下所知，今宜以見事斷，不宜引書也。』妃從之。泓其草，令太子書呈帝。帝讀，大悦，以示瓘。於是賈充語妃：『衛瓘老奴，幾破汝家。』妃由是怨瓘，後遂誅。」

王夷甫婦，郭泰寧女，晉諸公讚曰：「郭豫字泰寧，太原人，仕至相國參軍，知名，早卒也。」才出而性剛，〔二〕聚斂無厭，干預人事。夷甫患之而不能禁。時其鄉人幽州刺史李陽，京都大俠，晉百官名曰：「陽字景祖，高平人，武帝時爲幽州刺史。」語林曰：「陽性遊俠，爲幽州。盛暑，一日詣數百家别。賓客與别，常填門，遂死几下。」猶漢之樓護，漢書遊俠傳曰：「護字君卿，齊人，學淵博，甚得名譽。母死，送葬者二三千兩。仕至天水太守也。」郭氏憚之。夷甫驟諫之，乃曰：「非但我言卿不可，李陽亦謂不可。」郭氏爲之小損。

王夷甫雅尚玄遠，常疾其婦貪濁，口未嘗言錢。晉陽秋曰：「夷甫善施舍，父時有假貸者，皆與之，未嘗謀貨利之事。」王隱晉書曰：「夷甫求富貴得富貴，資財山積，用不能消，安須問錢乎？而世乃以問爲高，〔三〕亦惑哉！」婦欲試之，令婢以錢繞床，不得行。夷甫晨起，見錢閡行，令婢舉阿堵物。

王平子年十四五，見王夷甫妻郭貪欲，令婢路上檐糞。〔四〕平子諫之，並言諸不可。郭大怒，謂平子曰：「昔夫人臨終，以小郎屬新婦，不以新婦屬小郎。」永嘉流人名：「澄父乂，第三娶樂安任氏，生澄也。」急捉衣裾，將與杖。平子饒力，爭得脱，踰窗而走。

元帝過江猶好酒，王茂弘與帝有舊，常流涕諫，帝許之，命酌酒一唾，從此斷。鄧粲晉紀曰：「上身服儉約，以先時務。性素好酒，將度江，王導深以戒諫，乃令左右進觴而覆之，自是不復飲。尅己復禮，官脩其方，而中興之業隆焉。」

謝鯤爲豫章太守，從太將軍下至石頭。王敦謂鯤曰：「余不得復爲盛德之事矣。」鯤曰：「何爲其然？但使自今以後，日亡日去耳。」鯤別傳曰：「鯤之諷切雅正，皆此類也。」敦又稱疾不朝，鯤喻敦曰：「近者明公之舉，雖欲大存社稷，然四海之心，實懷未達。若能朝天子，使羣臣釋然，万物之心於是乃服。民望以從衆懷，盡沖退以奉主上，如斯則勳一倅匡〔五〕，名垂千載。」時人以爲名言。晉陽秋曰：「鯤爲豫章，王敦將肆遂，〔六〕以鯤民望，逼與俱。既尅京邑，將旋武昌，鯤曰：『不敢朝覲，鯤懼天下私議。』敦曰：『君能保無變乎？』對曰：『鯤近日入朝覲，主上側席，遲得見公，宮省穆然，必無不虞之慮。公若入朝，鯤請侍從。』敦曰：『正復煞君等數百，何損於時！』遂不朝而去也。」

元皇帝時，廷尉張闓葛洪富民塘頌敘闓曰：「闓字敬緒，丹陽人，張照孫也。」中興書曰：「累遷侍陵内史，〔七〕甚有威惠，轉廷尉、光禄大夫，卒也。」在小市居，私作都門，早閉晚開，羣小患之，詣州府訴，不得理。遂至打登聞鼓，猶不被判。聞賀司空出，至破岡，連名詣賀訴。賀循別傳：「字彦先，會稽山陰人，本姓慶，高祖純避漢安帝諱，改爲賀氏。父劭，吴中書令，以中正見害。循少嬰家禍，流放荒裔，吴平乃還。秉節高厲，舉動以，〔八〕元帝爲安東上，〔九〕循爲吴國内史，遷太常太傅，薨贈司空也。」

賀曰：「身被徵作礼官，不關此事。」羣小叩頭曰：「若府君復不見理，便無所訴。」賀未語，令且去，見張廷尉當爲及之。張聞，即毁門，自至方山迎賀。賀公之出，辭見之，曰：「此不見關，但與君門情，相爲惜之。」張愧謝曰：「小人有此，始不即知，早已毁壞。」

郗太尉晚節好談，既雅非所經，而甚矜之。中興書曰：「鑒少好學，博覽羣書，學雖不章句，而多所通綜也。」後朝覲，以王丞相末年多可恨，每見必欲苦相規誡。王公知其意，每引作他言。臨當還鎮，故命駕詣丞相，翹鬚厲色，上坐便言：「方當永別，必欲言其所見。」意滿口重，辭殊不溜。王公攝其次，曰：「後面未期，亦欲盡所懷，願公勿復談。」郗遂大瞋，冰矜而出，不得一言。

王丞相爲楊州，遣八部從事之職。顧和時爲下傳還，同時俱見。諸從事各各奏二千石官長得失，至和獨無言。王問顧曰：「卿何所聞？」答曰：「明公作輔，寧使網漏吞舟，何緣采聽風聞，以爲察察之政？」丞相咨嗟稱佳，諸從事自視缺然。

蘇峻東征沈充晉陽秋曰：「充字士居，吳興人，少好兵，詣事王敦。敦克京邑，以充爲車騎將軍，領吳國内史。明帝伐王敦，充衆就王含，謂其妻曰：『男兒不建豹尾，不復歸矣。』敦死，使蘇峻討充。充將吳儒斬送充首。」請吏部郎陸邁與俱。碑曰：「邁字公高，吳郡人，吳器識清敏，〔一〇〕風檢澄峻。累振威長史、尚書、吏部。」將至吳，峻密勅左右，令入昌門放火以示威。陸密知其意，一謂峻曰：「吳治平來久，必將有亂。若爲亂偕，可從我家始。」峻遂止。

陸玩拜司空，玩別傳曰：「是時王導、郗鑒、庾亮相繼薨殂，朝野憂懼，以玩有德望，乃拜爲司空。玩辭讓不獲免，既拜，乃歎息也，謂賓客曰：『以我爲三公，是天下無人矣。』時人以爲知言。」有人詣之，索羹杯酒，得便自起，寫著梁柱間地，祝曰：「當今乏才，以尔爲柱石之臣，莫傾人棟梁。」玩咲曰：「戢卿良箴。」

小庾在荆州，公朝大會，問諸寮佐曰：「我欲爲漢高、魏武，何如？」亦見宋明帝文章志曰：「庾翼名輩，豈應狂狷哉？諸有若此之言，斯傳聞之謬矣。」一座莫答。長史江虨曰：「願明公爲桓文之事，不願作漢高、魏武也。」

羅君章爲桓宣武從事，含別傳曰：「刺史庾亮初命含郎爲從事，桓温臨州，轉爲參軍也。」謝鎮西作江夏，往檢校之。中興書曰：「尚爲書建武將軍，〔一〕江夏相。」羅既至，初不問郡家事，逕就謝數日，飲酒而還。桓公問有何事，君章云：「不審公謂謝尚是何似人。」桓公曰：「仁祖是勝我許人。」君章云：「豈有勝公人而行非者，故一無所問。」桓公奇其意而不責也。

王右軍與王敬仁、許玄度並善，二人亡後，右軍爲論議更克。孔巖誡之曰：「明府昔與王、許周旋有情，及逝没之後，無慎終之好，民所不取。」右軍甚愧。

謝中郎在壽春敗，臨奔走，猶求玉帖鐙。太傅在軍，前後初無損益之言，尔日猶云：「當今豈復煩此？」案万未死之前，安猶未仕，高卧東山，何肯輕入軍旅耶？世説此言迂謬已甚。王大語東亭：「卿乃復倫伍不惡，那得與僧弥戲！」〔二〕續晉陽秋曰：「珉有雋才，與兄珣並有名，而聲出珣右。時人爲之語曰：『法護非不佳，阿彌難爲兄。』」

殷覬病困，看人政見半面。殷荊州興晉陽之甲，春秋公羊傳曰：「晉趙鞅取晉陽之甲，以逐荀寅、士吉射。荀寅、士吉射者，君側之惡人者。」往與覬別，涕零，屬以消息所患。覬答曰：「我病自當差，正憂汝患耳。」晉安帝紀曰：「殷仲堪舉兵，覬弗與同，且以己居小任，唯當守局而已，晉陽之事，非所宜預。仲堪每要之，覬輒曰：『吾進不敢同，退不敢異。』遂以憂卒矣。」

遠公在廬山中，豫章舊志曰：「廬俗字君孝，本姓匡，夏禹苗裔，東野王之子也。秦末，百越君長與吴芮助漢定天下，野王亡軍中。漢八年，封俗鄡陽男，食邑滋部，号曰越廬君。俗兄弟七人，皆好道術，遂寓爽於洞庭之山，故世謂廬山。孝武元封五年，南巡狩江，親覩神靈，乃封俗爲大明公，四時秩祭焉。」遠法師廬山記曰：「山在江州尋陽郡，左俠彭澤，右傍通川，有匡俗先生出自殷周之際，遁世隱潛，時居其下。或云匡俗受道於仙人，而共遊其嶺，遂託室崖岫，即巖成舘，時人謂爲『神仙之廬』而命焉。」法師山遊記曰：「自託此山廿三載，再踐石門，西遊南嶺，東望香鑪峯，北眺九江，傳聞有石井、方湖，中有赤鱗涌出，野人不能敘，直歎其奇而已也。」雖老，講論不輟。弟子中或有惰者，遠公曰：「桑榆之光，理無遠照，但願朝陽之暉，與時並明耳。」執經登坐，諷誦辭色甚苦，高足之徒，皆肅然增敬也。

桓南郡好獵，每田狩，車騎甚盛，五六十里中，旗蔽隰，騁良馬，馳擊若飛，雙甄所指，不避陵壑。或行陳不整，麏菟騰逸，參佐無不繫束。桓道恭，玄之族也，桓氏譜曰：「道恭祖猷，桓彝同堂弟也。父赤之，大學博士。道恭歷淮南太守、僞楚江夏相，義熙元伏誅。」〔一三〕時爲賊曹參軍，頗敢直言，常自帶絳綿繩著腰中，玄問：「用此何爲？」答曰：「公獵，好縛人士，會當被，手不能堪芒也。」玄自此小差。

王緒、王國寶相爲脣齒，並弄權要。王氏譜曰：「緒字仲業，太原人。祖延，早終。父乂，撫軍。」晉安帝紀曰：「緒爲會稽王從事中郎，以佞耶親幸，〔一四〕間王珣、王恭於王。王恭惡國寶與緒亂政，與殷仲堪克期同舉，內匡朝廷。及恭至，乃斬緒於市，以説于諸侯。」國寶別傳曰：「國寶，字國寶，平北將軍坦之第三子也，少不脩士業，進趣當世。太傅謝安，國寶婦父也，其惡爲人，每抑而不用。會稽王妃，國寶從妹也，由是得與王早遊，間安於王。安薨，相王輔政，超遷侍中、中書令，而貪恣聲色，妓妾以百數。坐事免官。國寶雖爲相王所重，既未爲孝武所親，及上覽万機，乃自進於上，上甚愛之。俄而上崩，政由宰輔。國寶從第緒有寵於王，深爲其說。王忿其去就，未之納也。緒説漸行，遷左僕射，領吏部、丹楊尹，以東宮兵配之。國寶既得志，權震外內，王珣、恭、殷仲堪並爲孝武所待，不爲相王所昵。國寶深憚疾之。仲堪、王恭疾其亂政，抗表討之。

國寶懼，不知所爲，乃求計於王珣。珣曰：『殷、王與卿素無深讎，所競不過勢利之間耳。若放兵權，必無大禍。』國寶曰：『將不爲曹爽乎？』珣曰：『是何言與！卿寧有曹爽之罪，殷、王，宣王之疇耶？』車胤又勸之，國寶尤懼，遂辭職。會稽王既不能距諸侯之兵，遂委罪國寶，取付廷尉，賜死也。」王大不平其如此，乃謂緒曰：「汝爲作此欻欻，曾不慮獄吏之爲貴乎？」史記曰：「漢丞相周勃就國，有上書告勃反。文帝下之廷尉，吏稍侵辱，勃以千金予獄吏。吏教勃以其子婦公主爲證。帝於是赦勃，復爵邑。勃既出，曰：『吾嘗將百万之軍，安知獄吏爲貴邪。』」

桓玄欲以謝太傅宅爲營，謝混曰：「邵伯之仁，猶惠及甘棠；韓詩外傳曰：「昔周道之隆，邵伯在朝，有司請召民，邵伯曰：『以一身勞百姓，非吾先君文王之志也。』乃曝處於棠樹之下而聽訟焉。百姓大悅。詩人見邵伯所休息之樹，美而歌之曰：『芾芨甘棠，〔一五〕勿翦勿伐，邵伯所芨。』」文靖之德，更不保五畝之宅。」玄慙而止。

捷悟第十一

楊德祖爲魏武主簿，時作相國門，始構榱桷，魏武自出看，使人題門作「活」字便去。楊見，即令壞之。既竟，曰：「『門』中『活』，『闊』字，王嫌門大也。」文士傳曰：「楊脩字德祖，弘農人，太尉子也。〔一六〕少有才學思幹，早知名。魏武爲丞相，辟爲主簿。脩嘗白事，知必有反覆教，豫爲答數紙，以次牒之而行，勑守者曰：『向白事必有教，出相反覆。若案此第連之而已。』有風吹紙次亂，守不別而遂錯誤。公怒，推問，脩慙懼，以實對。然所白甚有理。初雖見忤，事亦終是。脩之才解，皆此類矣。爲武帝所誅。」

人餉魏武一杯酪，魏武噉少許，蓋頭題上爲「合」字以示衆，衆莫能解。次至楊脩，脩便噉，曰：「公教人噉一口，復何疑！」

魏武嘗過曹娥碑下，楊脩從。碑背上題作「黄絹幼婦，外孫齊臼」八字〔一七〕，魏武謂脩曰：「卿解不？」答曰：「解。」魏武曰：「未可言，待我思之。」行卅里，魏武曰：「吾已得。」令脩別記所知。脩曰：「黄絹，色絲也，於字爲『絶』；幼婦，少女也，於字爲『妙』；外孫，女子也，於字爲『好』；齊臼，受辛，於字爲『辤』。所謂『絶妙好辤』也。」魏武亦記之，與脩同，乃歎曰：「我才不如卿，卅里覺。」會稽典録曰：「孝女曹娥者，上虞人。父盱，能撫節安歌，婆樂神。漢安二年，迎伍君神，泝濤而上，爲水所淹，不得其屍。娥年十四，號慕思盱，乃投衣於江，存其父屍曰：『父在此，衣當沉。』旬有七日，衣偶沉，遂自投於江而死。縣長度尚悲憐其義，爲其改葬，命其弟子邯鄲子礼爲其作碑。」案，娥碑在會稽，而魏武、楊脩未嘗過江。異苑曰：「陳留蔡邕避難過吴，讀碑文，爲詩人之作，無以詭妄也，刻石傍作八字。魏武見而不能了，以問羣寮，莫有知者。有婦人浣於汾渚，曰：『第四車解。』既而禰正平也。衡便以離合義解之。或謂此婦即娥靈。」

魏武征袁本初，治裝，餘有數十斛竹片，咸長數寸。衆並謂不堪用，正令燒除。太祖甚惜，思所以用之，謂可爲竹押楯，而未顯其言。馳使問主簿楊德祖，應聲答，與帝同。衆伏其辨悟。〔一八〕

王敦引軍垂至大桁，明帝出中堂，使丹楊尹温嶠斷大桁，故未斷，帝大怒瞋盛，左右莫不悚懼。案晉陽秋、鄧粲晉紀皆云，敦將至，嶠破朱雀橋，以阻其兵勢。而此云未斷桁，致帝大怒，大爲訛謬。一本云，帝自勸嶠，不飲，帝怒。此則近之者也。召諸公來，嶠至，不謝，但求酒及炙。王導須臾至，徒跣下地，謝曰：「天威在顔，遂使温嶠不得謝。」嶠於是下謝，帝乃釋然。諸公共歎王機悟名語。

郗司空在北府，桓宣武惡其居兵權。南徐州記：「徐州民勁悍，號曰精兵，故桓温常曰：『京酒可飲，〔一九〕箕可用，兵可使也。』」郗於事機素暗，遣牋詣桓，方欲共獎王室，脩復園陵。世子嘉賓出行，於道上聞信至，急取牋視，視竟，寸寸毀裂，便迴還更作牋，自陳老病，不堪人間，欲乞閑地自養。宣武得牋大嘉，即詔轉公督五郡、會稽太守。晉陽秋曰：「大司馬將討慕容暐，表求申勒平北將軍愔及袁真等嚴辯〔二〇〕。愔以素羸疾，不堪戎行，自表求退。聽之。詔大司馬領愔所任，授愔冠軍將軍、會稽内史。」案中興書，愔辭此行，温責其不從，處分轉授會稽。疑世說爲謬者。

王東亭作宣武主簿，嘗春月與石頭兄弟乘馬出郊野。時彥同遊者，連鑣俱進。石頭，桓熙小字也。中興書曰：「熙字伯道，温長子也，仕至豫州刺史也。」唯東亭一人常在前，覺數十步，諸人莫之解。石頭等既疲倦，俄而乘輿，向諸人皆似從官，唯東亭弈弈，常自在前。其悟攝如此。〔二一〕

夙慧第十二

賓客詣陳太丘宿，太使元方季方炊〔二二〕。客與太丘論議，二人進火，俱委而竊聽。炊忘著箄，落釜中。丘問之〔二三〕：「炊何留？」元方季方長跪曰：「大人與客語，乃俱竊聽，炊忘著箄，今皆成糜。」太丘曰：「爾頗有所識不？」對曰：「髣記之。」〔二四〕二子長跪俱說，更相易奪，言無遺失。太丘曰：「如此，但糜自可，何必飯也。」

何晏年七歲，明慧若神，魏武奇愛之，以晏在宮內，因欲以爲子。晏乃畫地令方，自處其中。人問其故，答曰：「何氏之廬也。」魏武知之，即遣還外。魏略曰：「晏父早亡，太祖爲司空時，納晏母，并收養。其時秦宜禄、何鰺亦隨母在公家，並見如寵公子。鰺性謹慎，而晏無所顧，服飾擬太子，故太子特憎之，每不呼其姓字，常謂之假子。」魏氏春秋曰：「晏母尹爲武王夫人，故晏長於王宮也。」

晉明帝年數歲，坐元帝膝上。有人從長安來，元帝問洛下消息，潸然流涕。明帝問何以致泣，具以東度意告之。因問明帝：「汝意謂長安何如日遠？」答曰：「不聞人從日邊來，居然可知。」元帝異之。明日集羣臣宴會，告以此意，更重問之。乃答云：「日近。」元帝失色，率尔問：「故異昨日之言耶？」答曰：「舉目則見日，舉目不見長安。」案桓譚新論：「孔子東遊，見兩小兒辯，問其遠近。日中時遠。一兒以日初出遠，日中近者。日初出大如車蓋，日中裁如槃蓋，此遠小而近大也。言遠者日月初出愴愴涼涼〔二五〕，及中如探湯，此近熱遠愴乎？」明帝此對，亦二兒之辨耶也。

司空顧和與時賢共清言。張玄之、顧敷是中外孫，年並七歲。顧凱家傳曰：〔二六〕「敷字祖根，吴郡吴人，滔然有大成之量，仕至著作佐〔二七〕，苗而不秀，年廿三卒。」在床邊戲。于時聞語，神情如不相屬。暝於燈下，二小兒共敘客主之言，都無遺。顧公越席而提其耳，曰：「不意衰宗，復生此寶。」韓康伯年數歲〔二八〕，家酷貧，至大寒，正得襦。母殷夫人自成之，令康伯捉熨斗，謂兒曰：「著，尋作複褌。」兒云：「已足，不復須褌。」母問其故。兒云：「火在斗中，而柄尚熱。今既著襦，下亦當暖，故云不須耳。」母甚異之，知爲國器。

晉孝武年十三四，時冬天，晝日不著複衣，但著單練衫五六重，夜則累茵褥。謝公諫曰：「體宜令有常，陛下晝過冷，夜過熱，恐非攝養之術。」帝曰：「夜静。」老子曰：「躁勝寒，静勝暑。」此言夜静則寒，宜重茵。謝公出，歎曰：「上理不減先帝。」簡文善言理也。

桓武蒬，〔二九〕桓南郡年五歲。服始除，桓車騎與送故文武别，桓沖别傳曰：「沖字玄子，〔三〇〕温弟也。累遷車騎將軍、都督七州諸軍事、荆州刺史。蒬，贈太尉。」因指語南郡：「此皆汝家故吏佐。」玄應聲慟泣，酸感傍人。車騎每自目己坐曰：「靈寶成人，當以此坐還之。」靈寶，玄小字也。鞠愛過所生焉。

豪爽第十三

王大將軍年少時，舊有田舍名，語音亦楚。武帝喚時賢共言伎藝之事，人人皆多有所知，唯王都無所關，意色殊惡，自言知打鼓吹。帝即令取鼓與，於坐振袖而起，揚槌奮擊，音節諧捷，神氣豪上，傍若無人，舉坐歎其雄爽。

王處仲世許高尚之目。嘗荒恣於色，體爲之弊，左右諫之，處仲曰：「吾乃不覺尔，如此者甚易耳。」乃開内後閤，駈諸婢妾數十人出路，任其所之，時人歎焉。鄧粲晉紀曰：「敦性簡脱，口不言財位，其存尚若此。」

王大將軍自目高朗踈率，學通左氏。晉陽秋曰：「敦少稱高率通朗，有鑒裁。」王處仲每酒後，輒詠「驥老伏歷，志在千里，烈士暮年，壯心不已。」魏武帝樂府詩。以如意打唾壺，唾壺邊盡缺。

晉明帝欲起池臺，元帝不許。帝時爲太子，好武養士，一夕中作，比曉便成今太子西池。丹陽記曰：「西池者，孫登所創，吴史所稱西苑，〔三一〕宜是也。中時堙廢，晉帝在東，更脩復之，故俗太子西池也。」

王大將軍始欲下都，更處分樹置，先遣參軍告朝廷，諷旨時賢。祖車騎尚未鎮壽春，瞋目厲聲，語使人曰：「卿語阿黑敦小字也。何敢不遜！催攝向去，須臾不尔，我將三千兵槊脚令上。」王聞之而止。

庾稚恭既常有中原志，文康權重未在已。及季賢作相，〔三二〕忌兵畏禍，與稚恭歷同異者久之，乃果行。傾荆漢之力，窮舟車之勢，師次于襄陽。漢晉陽秋曰：「翼風儀美劭，才能豐贍，少有經緯大略，乃繼兄亮，居方州之任，有匡維外内，掃蕩羣凶之志。是時，杜乂、殷浩諸人盛名冠當世，翼皆弗之貴也。常『此輩宜束之直閣，〔三三〕俟天下清，後議其所任耳』。

意氣如此。唯與桓友善，〔三四〕相期以寧濟宇宙之事。初，翼取輒發部奴及車牛驢馬以万數，率大軍入沔，將謀伐狄，遂次于襄陽。」翼別傳：「翼之爲荆州，雅有志，每以門地威重，兄弟寵授，不陳力竭誠，何以報國。雖蜀阻險，胡負凶力，然皆無道酷虐，易可乘滅。當吾時不能掃除二寇，以復王業，非丈夫也。於是徵役三州，悉其帑實，成衆五萬，兼率荒附，治戎大舉，直指趙、魏，軍次襄陽，躍威沔漢。」大會寮佐，陳其旍甲，親援弧矢曰：「我之行，若此射矣！」遂三起三疊，徒目其氣十倍。

桓宣武平蜀，集參寮置酒於李勢殿，巴蜀縉紳，莫不悉萃。桓既素有雄情爽氣，加尔日音調英發，敍古今成敗由人，在存亡繫才，奇拔磊落，一坐讚賞不暇。坐既散，諸人追味餘言。于時尋陽周馥曰：「恨卿輩不見王大將軍。」馥曾作敦掾。中興書曰：「馥，周撫孫也，湛隱有將略，仕至晉壽太守。」

桓公讀高士傳至於陵仲子便擲去，曰：「誰能作此溪刻自處！」皇甫謐高士傳曰：「陳仲子字終，〔三五〕齊人。兄載，爲齊丞相，食禄萬鍾。仲子以兄禄爲義不，〔三六〕乃適楚，居於陵，自謂於陵仲子。窮不求不義之食，曾乏糧三日，匍匐而食井李之實，三因而能視。〔三七〕身自織履，妻擗纑以易衣食。嘗歸省母，人饋其兄生鵝者，仲子嚬顣曰：『惡用是鶂鶂爲哉！』後母煞鵞，仲子不知，与母食之。兄自外入，曰：『鶂鶂肉也。』仲子出門，桂而吐之。〔三八〕楚王聞其名，聘以爲

相，乃夫婦逃去，爲人傕園，終身不屈其節。」桓石虔，〔三九〕司空豁之長庶也，豁別傳曰：「豁字
朗子，溫之第也。少有美譽也，累遷荆州刺史。薨，贈司空，謚敬也。」小字鎮惡，年十八九，未
被舉，而童隸已呼爲鎮惡郎。常住宣武齊頭。〔四〇〕從征枋頭，車騎沖没陳，左右莫能
先救。宣武謂曰：「汝叔落賊，汝知不？」石虔聞，氣甚奮，命朱辟爲副，策馬於數
中，〔四一〕莫有抗者，遂致沖還，三軍歎服。河朔遂以爲其名斷瘧。中興書曰：「石虔有
才幹爽出而史學，〔四二〕累有戰功，仕至豫州刺史，封作唐縣，贈後軍將軍。」

陳林道在西岸，晉陽秋曰：「逵爲西中郎將，領淮南太守，戍歷陽也。」都下諸人共要至
牛渚會。陳理甚既佳，人欲共言析。陳以如意駐頰，望鷄籠山歎曰：「孫伯苻志業
不遂。」吳録曰：「長沙桓王諱策，字伯苻，吳郡富春人。少有雄姿風，年十九而襲業，衆号孫郎。
平定江東，爲許貢客射，射傷其面，引鏡自照，謂左右曰：『面如此，豈復立功業乎？』乃謂昭曰：
『中國方亂，夫以吳越之衆，足以觀成敗，公等善相吾第。』呼太皇帝，授以印綬，曰：『舉江東之衆，
决機兩之間，〔四三〕卿不如我；任賢使能，各盡其心，以保江東，我不如卿。慎勿北度。』語畢，薨，時
年廿六。」於是竟坐不得談。

王司州在謝公座，詠「入不言，出不辭，乘迴風，載雲旗」，離騷九歌少司命之辭也。
語人云：「當尔時，覺一座無人。」桓玄西下入石頭，外白司馬梁王奔叛。續晉陽秋

曰：「梁王珍之字景度。」中興書曰：「初，桓玄篡位，國人死璞奉珍之，〔四四〕奔壽陽。義旗既興，歸朝廷。仕至大常，以罪誅者。」玄時事形已濟，在平乘上笳鼓並作，直高云〔四五〕：「蕭管有遺音，梁王安在哉？」阮詠懷詩也。

世說新書卷第六

【校記】

〔一〕鉅鏕，鏕，「鹿」之俗字。鉅鏕，同「鉅鹿」。魏志管輅傳作「鉅鹿」。

〔二〕才出，出，別本作「拙」，是。

〔三〕以問爲高，問，別本作「不問」，是。

〔四〕檐糞，檐，別本作「儋」，是。

〔五〕勳一佯匡，據宋本，當作「勳佯一匡」。

〔六〕遂，別本作「逆」，是。

〔七〕此句有脱文，當從晉書七六張闓傳作「累遷侍中、晉陵内史。」

〔八〕秉節高厲舉動以，此句有譌脱。別本規箴一三注引賀循別傳作「秉節高舉」。

〔九〕安東上，上，別本作「王」，是。

〔一〇〕吴器識，「吴」字衍。

〔一一〕尚爲書，「書」字衍。

〔一二〕「王大語東亭」一條内容與前條「謝中郎在壽春敗」全不相涉，當從宋本另作一條。

〔一三〕義熙元，「元」下脱「年」字。

〔一四〕倭耶，别本作「佞邪」，是。

〔一五〕芾茇，别本作「蔽芾」，是。

〔一六〕太尉子也，别本「太尉」下有「彪」字，是。

〔一七〕齊旧，别本作「鳌臼」。

〔一八〕辨，當是「辯」之誤。

〔一九〕京酒，别本作「京口酒」。

〔二〇〕嚴辯，辯，别本作「辦」，是。

〔二一〕悟攝，攝，别本作「捷」，是。

〔二二〕太使，太下當脱一「丘」字。

〔二三〕丘問之，丘上脱「太」字。

〔二四〕髴記之，佛之異字，上脱一「仿」字。

〔二五〕日月初出，「月」字衍。

〔二六〕顧凱，凱下脱「之」字。

〔二七〕著作佐，佐下脱「郎」字。

〔二八〕「韓康伯年數歲」，另作一條。

〔二九〕桓武，脱「宣」字，當作「桓宣武」。

〔三〇〕玄子，玄，當作「幼」。晉書七四桓冲傳、汪藻桓氏譜皆作「幼子」，是。

〔三一〕西宛，別本作「西苑」，是。

〔三二〕賢，別本作「堅」，是。庾冰字季堅。

〔三三〕常此輩，常下脱「曰」字。

〔三四〕唯與桓，桓下脱「温」字。

〔三五〕字終，別本作「字子終」。御覽四八六引皇甫謐高士傳作「子終」。

〔三六〕義不，當作「不義」。

〔三七〕三因，別本作「三咽」，是。

〔三八〕桂，別本作「哇」，是。

〔三九〕桓石虔，此句以下別本另作一條。

〔四〇〕齊頭，別本作「齋頭」。按，齊乃齋之古字。

〔四一〕數中，別本作「數萬衆中」，是。

〔四二〕石虔有才幹爽出而史學，別本作「石虔有才幹，有史學」。

〔四三〕决機兩，别本兩下有「陳」字，是。

〔四四〕死璞，死，乃「孔」之誤。别本作「孔璞」，是。

〔四五〕直高云，别本作「直高詠云」，是。

唐寫本世説新書殘卷跋

龔斌

世説新書殘卷之發現，見於日本學者神田醇、我國學者楊守敬、羅振玉唐寫本世説新書殘卷跋尾三則。其中神田醇跋涉及殘卷之年代及其在世説中之位置，殘卷之截分及各段之歸宿等狀況，頗有參考價值。神田醇跋稱家藏舊鈔世説殘本「書法端勁秀潤，爲李唐舊笈矣」，又云：「紙背所寫金剛頂蓮花部心念誦儀軌，亦七八百年前舊鈔，紙眉署杲寶，此卷當是其舊藏。杲寶爲東寺觀智院開祖，見本朝高僧傳。」由殘卷背面抄寫之佛經，斷爲唐寫本。神田醇跋又記昔年始獲殘卷事：「憶三十餘年前，與亡友山田永年等四人獲一長卷，截而爲五，各取其一。余得末段，即此卷也。」

近讀上海圖書館所藏日本大阪市立圖書館編、中田勇次郎監修之唐鈔本（昭和五十六年二月二十日發行，同朋舍出版），該書「圖版解説」介紹殘卷始獲、分割及收藏情況，較之神田醇跋更爲詳細且有趣：日本明治十年（一八八七），京都東寺寺侍西村兼文整理東寺寶庫所藏幾千卷古書。事後，東寺贈予西村兼文古書幾卷，其中即有世説新書。這件故事記載于山田永年所著過眼餘唱第一集（明治十四年出版）。西村兼文得此書不久，山添快堂、桑川清蔭、神田香巖、北村文石、山田永年等懇求欲得此書，西村不得不答應，竟把此書剪裁而分爲五截，五人各得一截。後此五截數經易手，現分藏於小川氏、京都國立博物館、小西氏、神田氏四家。（見該書一七二頁至一七

三頁）

由日本唐鈔本有關世説新書殘卷之解説，再讀神田醇及羅振玉跋，大體可知殘卷當年分割、收藏及後來變易之跡。羅氏跋云：「但聞東邦藏書家有唐寫殘卷，已析爲四，而無由得以入吾目。乙卯夏，訪神田香巖翁，始知香巖翁藏其末一截，出以見示，爲之驚喜。已又知第一截爲小川簡齋翁所得，其二截藏京都山田氏，其三截藏於小西氏。因請于神田、小川兩君，欲合印之，二君慨然許諾，並由小川君爲介於小西君，神田君爲介於山田君，於是分者乃得復合。」神田醇跋與唐鈔本謂殘卷截而爲五，各取其一。羅氏則云殘卷「已析爲四」，「始知香巖翁藏其末一卷」，「又知第一截爲簡齋翁所得，其二截藏京都山田氏，其三藏于小田氏」。若如羅氏之言，殘卷所得者依次爲簡齋翁、山田氏、小田氏、香巖翁（神田醇）等四人。然則殘卷究是四截抑或五截耶？其實，羅氏所謂「已析爲四」之殘卷，乃原先五人所藏，數經易手後歸於四人（處），殘卷實仍爲五截也。自明治十年至羅氏於乙卯（一九一五年）夏始知殘卷藏於四人，其間已有三十餘年，殘卷收藏已數經變易。變易之細節，雖不能悉詳，大略亦可知。唐鈔本「圖版解説」敍殘卷初截爲五，後幾經易手，歸於四處收藏。又稱初得殘卷各一截之五人中有神田醇與山田永年二人。羅氏跋析爲四者，有京都山田氏及神田香巖翁二人，據此可知神田醇與山田永年二人始終未易手。至於神田醇稱「亡友山田永年」，羅氏跋又云「京都山田氏」，則山田氏当是山田永年之後人。而唐鈔本所稱山添快堂、桑川清蔭、北村文石三人所得之殘卷，實早已易手，故神田醇跋只言及山田永年，其餘三人之名闕如也。羅氏殘卷跋又云：「因請於神田、小川兩君，欲合而印之。兩君慨然許諾，並由小川君爲介於小西君，神田君爲介於山田君。於是分者乃得復合。」「小川君」、「小西君」二人，乃殘卷後來之藏主。唐鈔本所敍殘卷數經易手後，「現在分藏於小川氏，京都國立博物館、小西氏、神田氏四家」。疑京都國立博物館所藏者，或即「京都山田氏」所得之一截也。

近人劉盼遂唐寫本世説新書跋尾（清华学报第二卷第二期），以爲殘卷尚有一段：「白明以來，諸收藏家所著録，從未見有十卷本者；而孝標分卷之原型，於是不可復考。今唐寫本，於卷尾題『世説新書卷第六』。據神田翁跋，稱此卷尚有一段，爲山田永年所藏，意必爲品藻篇及規箴篇之前三條文：合品藻至豪爽凡五篇之量，適當全書十分之一。此五篇爲第六卷，則前五卷與後四卷之舊，固可由此略摹而定也。」劉氏以爲殘卷尚有一段，爲山田永年所藏，並斷定必是品藻篇及規箴篇所缺前三條。又以爲品藻、規箴、捷悟、夙惠、豪爽五篇，爲第六卷，分量占世説全書十分之一。劉氏之説，乃似是而非之臆説。神田醇跋云昔年與山田永年等四人「獲一長卷，截而爲五，各取其一」，非謂此卷外「尚有一段，爲山田永年所得」。考羅振玉跋云「神田君爲介於山田君」，如前所述，「山田君」者，即神田醇亡友山田永年之後人也。可知山田永年之一截，已合於殘卷之中，何來品藻篇及規箴篇所缺前三條？按，品藻篇總計八十八條，數量超過殘卷全部。若殘卷果有品藻篇，當年五人割截時，何以山田永年所獲之多而其餘四人所得之少耶？至於唐寫本世説之第六卷，是否如劉氏所言，起於品藻，迄於豪爽，實難推測。考汪藻世説敍録於「世説新書」下

注：「顧野王撰顔氏本跋云：『諸卷中或曰世説新書，凡號世説新書者，第十卷皆分門。』」據此可知世説新書本爲十卷。汪藻又於「三十六篇」下注：「諸本自容止至寵禮爲第七卷，自任誕至輕詆爲第八卷，自假譎至仇隙爲第九卷。以重出四十九事，錢、晁所不録者爲第十卷。」然未注第一至第六卷之起迄，故世説十卷本之編次，莫得其詳。殘卷自規箴至豪爽爲第六卷，編於容止之前，惟不知接於何篇之後。

關於殘卷之時代，神田醇、楊守敬、羅振玉皆以爲是李唐舊笈無疑。近有楊勇世説新語校箋注世説規箴篇「元皇時廷尉張闓」條「復不見治」句之「治」字，唐寫本作「理」，以爲避唐高宗諱改，遂稱殘卷爲唐高宗後舊物無疑。又日本唐鈔本云：「這鈔本無記載紀年，然與其他古鈔本和古寫經對證，可認爲唐代鈔寫。」又云：「紙背面有金剛頂蓮花部心念誦儀軌，乃日本鐮倉時代鈔寫，也説明這鈔本由來已久。」至上世紀末，有范子燁君撰世説新語研究一書，稱殘卷抄於梁代，依據有二：一是不避李唐皇帝名諱，亦不避陳、隋皇帝名諱，卻避梁武帝蕭衍諱。二是以梁代至初唐之四篇佛經鈔本與殘卷比較，兩者「用筆風格接近」，「精神氣質亦頗爲相似」。子燁君比較殘卷與寫經本後，於注文中説明：「友人淩家民先生提供以上資料，且告余曰：『此殘卷或爲東瀛來華之學問僧所抄，如此自可不避諸帝諱，而書法又具李唐風神也。』淩先生學識淵懿，于書學尤爲究心。其説有見，余不敢隱，謹志於此，以公諸同好云。」（范子燁世説新語研究，黑龍江教育出版社，1998年，頁130）筆者以爲淩氏之見通達圓融，可信從者也。

殘卷正文、注文與今存宋本差異極多，不論文字、語氣、敍寫、描摹，均勝於宋本，更接近義慶原書及孝標注之原貌，洵爲稀世之珍。兹僅以規箴篇中數例説明之。如規箴六，宋本劉注引輅别傳：「天下賤鳥也。」「賤鳥」，唐寫本作「賊鳥」，是。規箴一〇，宋本作「平子諫之，並言不可」，唐寫本作「並言諸不可」。多一「諸」字，以見郭氏非「令婢路上儋糞」一事不可，而是諸般不可。規箴一四，宋本作「郗遂大瞋，冰衿而出」。「冰衿」，唐寫本作「冰矜」。「冰衿」二字不可解，而「冰矜」者，余嘉錫謂郗公「瞋怒之餘，惟覺其顔色冷若冰霜，而又矜奮之容也」。規箴一六，宋本劉注引晉陽秋：「充將吴儒斬首于京師。」唐寫本作「充將吴儒斬送充首」。據晉書沈充傳，充故將吴儒殺充于吴家並送充首京師，非是斬充首于京師。唐寫本敍事校宋本明晰也。規箴二一，宋本作「當今須煩此」。唐寫本作「當今豈復煩此」，語意遠勝宋本。規箴二二，宋本作「卿乃復論成不惡」。「論成」，唐寫本作「倫伍」，是。「論伍」，流輩、流品也。唐寫本殘卷雖僅存五篇，但管中窺豹，世説古本之原貌，千年之下猶依稀可見也。殊恨經宋明人晏殊、劉辰翁、王世懋等人删補，世説舊觀頓失。當然，唐寫本亦有舛誤，或抄錯，或脱漏，或不相關之前後兩條合爲一條。故宋本雖不如古本，亦有難以替代之價值。

殘卷由羅振玉以影印刊行，時在一九一六年。一九五五年文學古籍刊行社及一九六二年中華書局影印日本珂羅版影印宋紹興世説新語刻本，將羅振玉影印之殘卷及神田醇、楊守敬兩人之跋文覆印附録書後。一九八二年上海古籍出版社影印光緒十七年思賢講舍世説新語刻本，又將殘卷及神田醇、楊守敬並羅振玉殘卷跋尾附録於後，遂大行於世。二〇一七年元月初，余以宋本世説標校殘卷，經二日畢。校記所列，乃殘卷錯、漏、衍之主要者，其餘讀之無礙文意，則不一一詳記。

二〇一七年二月，記於滬上守拙齋，二〇一八年十一月改定。

附録二　世説舊本敍録題跋

劉孝標世説

高似孫

宋臨川王義慶，采擷漢、晉以來佳事佳話爲世説新語，極爲精絶，而猶未爲奇也。梁劉孝標注此書，引援詳確，有不言之妙。如引漢、魏、吴諸史及子傳地理之書皆不必言，只如晉氏一朝史及晉諸公列傳譜録文章，皆出於正史之外。紀載特詳，聞見未接，實爲注書之法。

（高似孫緯略卷九，文淵閣四庫全書本）

重刻世説新語跋

陸游

郡中舊有南史、劉賓客集版，皆廢于火，世説亦不復在。游到官，始重刻之，以存故事。世説最後成，因併識于卷末。淳熙戊申重五日，新定郡守笠澤陸游書。

（明覆刻宋淳熙陸游刻本世説新語）

跋世説新語後

黄伯思

「世説」之名肇劉向，六十七篇中已有此目，其書今亡。宋臨川孝王因録漢末至江左名士佳語，亦謂之「世説」。梁豫州刑獄參軍劉峻注爲十卷，採摭舛午處，大抵多就證之，與裴啟語林近出入，皆清言林囿也。本題爲世説新書，段成式引王敦説澡豆事，以證陸暢事爲虚，亦云近覽世説新書。而此本謂之「新語」，不知孰更名之，蓋近世所傳。大觀己丑中夏七日，從宗博、張府美借觀兩月，因讐正所畜本。此本出宋宣獻家，比世所行本殊爲詳備，但累經傳寫，頗有脱誤耳。己丑中秋日，借張府美本校竟。庚寅五月二十九日，又以宗正趙士暕明發本校竟。八月晦，又以西都監大内内省供奉李義夫本校第十卷。

（東觀餘論卷下文淵閣四庫全書本）

世説新語跋

董弅

右世説三十六篇，世所傳釐爲十卷，或作四十五篇，而末卷但重出前九卷中所載。余家舊藏，蓋得之王原叔家。後得晏元獻公手自校本，盡去重複，其注亦小加翦截，最爲善本。晉人雅尚清談，唐初史臣修書，率意竄定，多非舊語，尚賴此書以傳後世。然字有譌舛，語有難解，以它書證之，間有可是正處，而注亦比晏本時爲增損。至於所疑，則不敢妄下雌黄，姑亦傳疑，以竢通博。

紹興八年夏四月癸亥，廣川董弅題。

（陸心源皕宋樓藏書志卷六二子部，光緒萬卷樓藏本）

世説新語跋

晁公武

世説新語十卷重編世説十卷，右宋劉義慶撰，梁劉孝標注。記東漢以後事，分三十八門。唐藝文志云：「劉義慶世説八卷，劉孝標續十卷。」而崇文總目止載十卷，當是孝標續義慶元本八卷，通成十卷耳。家本有二：一極詳，一殊略。略有稱改正，未知誰氏所定，然其目則同。劉知幾頗言此書非實録，予亦云。

（郡齋讀書志卷一三，上海古籍出版社一九九〇年郡齋讀書志校證本）

世説新語跋

趙希弁

世説新語三卷，右宋臨川王義慶撰，梁劉孝標注。讀書志引唐藝文志及崇文總目，有十卷、八卷之疑，又云一本極詳，一本殊略，未知孰爲正。希弁所藏本，有紹興八年董弅題其後，曰：「右世説三十六篇，世所傳釐爲十卷。或作四十五篇，而末卷但重出前九卷中所載。余家舊本蓋得之王原叔家，後得晏元獻公手自校本，盡去重複，其注亦小加剪截，最爲善本云。」

（郡齋讀書附志卷下，上海古籍出版社一九九〇年郡齋讀書志校證本）

題世説新語

陳振孫

世説新語三卷，敍録二卷，宋臨川王劉義慶撰，梁劉峻孝標注。敍録者，近世學士新安汪藻彦章所爲也，首爲考異，繼列人物世譜、姓氏異同，末記所引書目。按唐志作八卷，劉孝標續十卷。自餘諸家所藏卷第多不同，敍録詳之。此本董令升刻之嚴州，以爲晏元獻公手自校定，删去重複者。案敍録者以下，原本脱去，今據文獻通攷補入。

（直齋書録解題卷一一，上海古籍出版社一九八七年點校本）

世説新語手校本序

劉應登

晉人樂曠多奇情，故其語言文章别是一色，世説可覩也。説爲晉作，及于漢、魏者，其餘耳。雖典雅不如左氏、國語，馳鶩不如諸國策，而清微簡遠，居然玄勝。概舉如衛虎度江，安石教兒，機鋒似沈，滑稽又冷，類入人夢思，有味有情，嗛之愈多，嚼之不見。蓋于時諸公專以一言半句爲終身之目，未若後來人士俛焉下筆，始定名價。臨川善述，更自高簡有法。反正之評，戾實之載，豈不或有，亦當頌之，使與諸書並行也。晚後淺俗，奈解人正不可得。嗚呼！人言江左清談遺事，槃槃一老出其遊戲餘力，尚足辦此百萬之敵，兹非談之宗歟？抑吾取其文，而非論其人也。丙戌長夏，病思無聊，因手校家本，精剗其長注，間疏其滯義。明年以授梓人，迺五月既望梓成。耘廬劉應登自書其端，是爲序。

（明淩瀛刻四色套印本世說新語卷首）

刻世説新語序

袁褧

嘗攷載記所述晉人話言，簡約玄澹，爾雅有韻。世言江左善清談，今閲新語，信乎其言之也。臨川撰爲此書，採掇綜敘，明暢不繁。孝標所注，能收録諸家小史，分釋其義。詁訓之賞，見於高似孫緯略。余家藏宋本，是放翁校刊本。謝湖躬耕之暇，手披心寄，自謂可觀。爰付梓人，傳之同好。因歎昔人論司馬氏之祚亡於清談，斯言也，無乃過甚矣乎？竹林之儔，希慕沂樂；蘭亭之集，咏歌堯風。陶荆州之勤敏，謝東山之恬鎮。解莊易，則輔嗣、平叔擅其宗；析梵言，則道林、法深領其乘。或詞冷而趣遠，或事瑣而意奥。風旨各殊，人有興託。王茂弘、祖士稚之流，才通氣峻，心翼王室，又斑斑載諸册簡。是可非之者哉？詩不云乎，「濟濟多士，文王以寧」。余以琅琊王之渡江，諸賢弘贊之力爲多，非强説也。夫諸晤言，卒遇藻裁，遂爲終身品目，故類以標格相高。玄虚成習，一時雅尚，有東京廚、俊之流風焉。然曠達拓落，濫觴莫拯，取譏世教。撫卷惜之，此於諸賢不無遺憾焉耳矣。刻成序之。嘉靖乙未歲立秋日也。吴郡袁褧撰。

（四部叢刊景明袁氏嘉趣堂本世説新語卷首）

讀世説新語

胡應麟

劉義慶世説十卷，讀其語言，晉人面目，氣韻恍忽生動，而簡約玄淡，真致不窮，古今絶唱也。孝標之注，博贍精覈，客主映發，並絶古今。孝隋唐志，義慶又有小説十卷，孝標又有續世説十卷，今皆不傳，悵望江左風流，令人扼腕云。

（胡應麟少室山房集卷一〇二讀十二首，文淵閣四庫全書本）

世説新語補小序

王世貞

余少時得世説新語善本吴中，私心已好之，每讀輒患其易竟。又怪是書僅自後漢終於晉，以爲六朝諸君子即所持論風旨，寧無一二可稱者？最後得何氏語林，大抵規摹世説，而稍衍之至元末。然其事詞錯出不雅馴，要以影響而已。至於世説之所長，或造微於單辭，或徵巧於隻行，或因美以見風，或因刺以通贊，往往使人短詠而躍然，長思而未罄，何氏蓋未之知也。余治燕趙郡國獄，小間無事，探槖中所藏，則二書在焉，因稍爲删定，合而見其類。蓋世説之所去不過十之二，而何氏之所采則不過十之三耳。余居恒謂宋時經儒先生往往譏謫清言致亂，而不知晉宋之於江左一也。驅介胄而經生之乎？則毋乃驅介胄而清言也，其又奚擇矣。

（弇州四部稿卷七一，明萬曆刻本）

世說新語後序

王世懋

《易》稱「書不盡言，言不盡意」，然則書者，言之餘響；而言者，意之景測也。是以莫逆之旨，恒存乎相視；糟粕之喻，無與於心傳。由百世之下，讀其書而欲想見其爲心，不亦遠乎？此立言者之所以難也。晉人雅尚清談，風流映於後世，而臨川王生長晉末，沐浴浸溉，述爲此書。至今諷習之者，猶能令人舞蹈，若親覩其獻酬。倘在當時，聆樂、衛之韶音，承殷、劉之潤響，引宮刻羽，貫心入脾，尚書爲之含笑，平子由斯絶倒，不亦宜乎！蓋晉人之談，所謂言之近意，而臨川此書，抑亦書之近言者也。余幼而酷嗜此書，中年彌甚，恒著巾箱，鉛槧數易，韋編欲絶。第其句或勾棘，語近方言，句深則難斷，語異則難通。積思累校，小獲疏明，終乎闕疑，以遵聖訓。至於孝標一注，博引旁綜，前無古人，裴松之三國志注，差得比肩。而頗爲俗夫攙入叔世之談，恨不能盡別淄澠，時一標出，以洗卯金氏之寃。初雖閟之帳中，既欲公之炙嗜。而參知喬公見之，亟相賞譽，即授梓人。爰綴末章，敍所繇梓。是編也成，吾豈敢謂二氏之忠臣，抑庶幾不爲風雅之罪人乎！

（王世懋王奉常集卷八文部，明萬曆刻本）

世說新語序

王思任

讀史記之後，或難爲漢書；讀漢書之後，且不可看他史。今古風流，惟有晉代。至讀其正史，板質冗木，如工作瀛州學士圖，面面肥皙，雖略具老少，而神情意態，十、八人不甚分別。前宋劉義慶撰世説新語，專羅晉事，而映帶漢魏間十數人，門户自開，科條另定，其中頓置不安，微博未的，吾不能爲之諱。然而小摘短拈，冷提忙點，每奏一語，幾欲起王、謝、桓、劉諸人之骨，一一呵活眼前，而毫無追憾者。又説中本一俗語，經之即文；本一淺語，經之即蓄；本一嫩語，經之即辣。蓋其牙室利靈，筆顛老秀，得晉人之意於言前，而因得晉人之言於舌外。此小史中之徐夫人也。嗣後孝標戓注，時或以經配左，而博贍有功。須溪貢評，亦或以郭解莊，而雅韻獨妙。義慶之事，於此乎畢矣。自弇州伯仲補批以來，欲極玄暢，而續尾漸長，効顰漸失，新語遂不能自主。海陽張遠文氏，得善本於江陵陳元植家，悉發辰翁之隱，黜陟諸公，揀披各語，注但取其疏惑，評則賞其傳神。義慶幾絶而復壽者，遠文之力也。遠文又精删何氏之補，別具一帙，使其堂廡具在，而新語之事又於此乎畢矣。嗟乎！蘭苕翡翠，雖不似碧海之鯤鯨，然而明脂大肉，食三日定當厭去。若見珍錯小品，則啖之唯恐其不繼也。此書泥沙既盡，清味自悠，日以之佐漢史炙可也。

（賀復徵編文章辨體彙選卷二九三，文淵閣四庫全書本）

世説新語序

鄧原嶽

瑯琊王氏兄弟表章世説，於是人挾一編，即三尺之童，無不知有晉故者。吾獨惜奉常之批評，點竄略盡，而窺豹爲嫌；司寇之删補，模擬似工，而續貂見誚。夫亦好異之累，而千慮之失也。袁氏善本，出於放翁，舊物具在，贅詞何取？輒爲刊其謬誤，刻之楚藩。夫晉室南渡，競習虚浮，士以曠達爲宗，朝以標格相尚。風姿特秀，則揖讓而取公卿；名理粗通，則雍容而躐顯貴。及其敗也，小者迄以亡身，而大者乃至覆國。是非人士之殷鑒與！顧其中事則誕而多奇，辭則婉而有致。宅心物外，塵俗之態自消；畢志山林，煙霞之思彌結。江左風流，於今爲烈。吾時引之以資吾舌，而更借之以澹吾趣。如山之殽也，澤之臘也，以飣飣八珍三俎，間有餘味矣，且亦足以愧世之羶慕而蠅集者，爲敍其所繇刻云。

（鄧原嶽西樓全集卷十一，明崇禎元年鄧慶寀刻本）

重刊世説新语序

吴瑞徵

或有問於余曰：蓋聞聖作明述，經傳攸分，或鑿混沌之竅，或抉古人之藏。辯士争鳴於炙轂，文人馳騁於雕龍。詞賦襲荀、宋之遺，紀傳摩左、史之規。作者之致，蓋云備矣。而世説獨標義例於篇章之表，發妙語於典籍之餘，名理析於單詞，雌黄寄於隻語，令讀者味之而忘倦，覽者飫之而自得，斯其奥義何居，可得聞其概乎？

余曰：斯道也，余嘗求之矣。夫不言而躬行者，上世之淳風也；先行而後言者，中古之芳跡也。逮道喪世衰，行微言顯，於是舐筆之徒，操觚之士，騁劇談於黄馬，縱雄辯於碧雞，所以班生有餘事之談，揚子有雕蟲之歎，浸淂以往，忘其本始矣。然而言雖一途，其端有二：操文染翰，則藝士所以争長；揮麈清談，則名流以之宣意。原夫清言之旨，倡於何、鄧；揚其波者，竹林七子；

暢其流者，王、樂諸人。自兹以降，波瀾浸廣。雖鉦鼓掩耳，而高論轉激；干戈炫目，而玄理自伸。闕河蕩析，諸賢雖負微愆，而高風與霄漢俱懸，逸韻共翔鴻並翥。能使俗士頮濯其鄙吝，庸流輸寫其澳濁，良足多也。是以臨川敍次芳規，采掇餘論，以昭一代之尚，以成一家之言。雖廣諸篇目，而語言爲宗矣。然語言之歸，解各不同，約而論之，其義有六：

夫詞之飾言，猶衣之飾體也。使毛嬙西施，荷氈披褐，則觀者愛弛。嫫母倭傀，紉蘭蓀、振華袿，則過者止觀。故思有玄而即朽，意有淺而見傳，非必青云失附，而玉樹得依也。任鄙野者雖爲響，共聲帨者易爲詠耳。若鄧遐愧破甑於叔達，楊彪慚舐犢於日磾。登北固而懷古，有褰裳濡足之言；遊會稽而覽勝，有云興霞蔚之詠。所謂玄黃其質，金玉其相，含豔藻於綺心，飄繁英於繡口，非其言之能文，行之自遠者乎？是曰難言，其解一也。

夫干將之見珍者，爲其立斷也；騹騮之取貴者，爲其逸足也。若搦朽磨鈍，則鉛刀皆能一決；徐行翔佯，則駑蹇亦可取道。當其言之赴會，若矢之應弦，出必中竅，發不後時。艾艾之誚，飾説鳳兮；了了之稱，解嘲座客。顛倒衣裳之對，一拜一起之酬，假刃於敵人之手，轉丸於棘刺之顛。所以傲言居八兵之一，舌端同銛劍之鋒。是曰捷言，其解二也。

白與黑陳，則逾表其潔；薰與蕕列，則彌著其馨。白非加皎，而薰不益香也，相形之勢然也。故盜蹠與仲尼同篇，蒙莊所以尊聖；老子與韓非同傳，馬遷所以崇聃。蓋事有端言而逾晦，理有正舉而滋疑。旁解則事乃通，援客而理自暢。是以譽真長而反稱子敬之美，鄙玄度而翻歎巢、許之高。舉賢則以愚爲準，指慝則以淑爲程。比物連類，屈轂無不破之瓠；泛引旁通，罔象無難狀之貌。是曰形言，其解三也。

事或反經以合道，言或倒行而逆施。弦高以誕行存鄭，紀信以僭而全漢。使二子蹈忠信之常經，則北門之管不還，而滎陽之旆不返矣。事誠如是，言亦宜然。正言直指，不發耳目；詭詞拗説，多傾德聞。譏壽春而比蹤於禹、湯，輕賓客而自遜於夷甫。有佳兒以戲厥子，無鄙言以誚太真。率皆寄哭於笑，寓往於復。凡以馳驟人心，聳動觀聽云爾。是曰反言，其解四也。

夫言爲意設，情以詞宜。意鬱則累牘非駢，情顯則片言可削。自古著作之匠，提屑玉之斤，秉剪雲之鋸，周疏尋繹，批割蕪穢。語上則遺其下，舉甲而略其乙。凡謂意以不虧爲至，言以不盡爲共也。故稱年少之見勝，匪止圍棋；語亡國之可悲，不獨一士。思餘而語已止，叩歇而音自長。蓋駢言而廣譬，只酬未知；舉端而自明，自宜中輟。而必欲繁稱文詞，牽裾强聽，則是磬擊而吹竽不斷，水窮而築堰不休，蛇足梟頸，取譏往哲矣。是以達人止乎當止，不贅一詞。是謂偏言，其解五也。

夫議也者，有不明也；辯也者，有不見也。同明而言，則繁不如簡；同智而語，則俗不如玄。故大辯若訥，至言去言。長松有風，彰荊産之匪德；清風懷想，著玄度之高標。人見阿恭而識元規非假，我乃生㬇而知靈運當生，是皆簡之又簡，玄之又玄。意相示而枝葉忘，精相通而口耳喪。斯立言之要妙，俗士之唾餘，是曰超言，其解六也。

凡此六解，清論之宗。裴僕射之談藪，褚季野之陽秋，真長之伐異標同，茂先之出史入漢，謝太傅之綸至，王長史之韶音，茂弘所以忘疲，平子因之絶倒，窺其旨，要不出此六端。所以提衡當世，獻酬群心者，罄盡於斯矣。若其敍次簡當，則左氏之遺音；肖物班形，則史遷之長技；托旨玄勝，則莊、列之眇旨；囊括宏贍，則説苑之精英。采衆美以成芳，集群葩而呈秀。方之發淫蠅於一竅，享弊帚於千金者，不亦遠乎！子徒知垂名竹帛，必以篇章，而不知著論立言，各有攸當也。是書隨在有刻，而獨患無小本，於是縮板而鐫之。雖孝標之注，博通精核，爲箋釋家之冠，猶慮簡帙之繁，寧略而不載也。他日戴短帽，躡高屐，攜此小本杖頭，逐孝標車後，令人呼爲塵垢囊，不大快事耶！丙申仲夏，剞劂告成，遂略陳其概若此。渤海吴瑞徵仲庚氏序。

（康熙年間重刊淩濛初刻本世説新語卷首，轉録自周興陸世説新語彙校匯注匯評附録二）

題世説新語

盧世㴶

世説新語之爲書佳矣，而其所以佳，吾不知也。後又有補世説者矣，而其當補不當補，吾不知也。坊間所刻卓老點本，其真與假，吾不知也。偶據坊刻，時一流覽，裁者半，留者半，其誰爲世説，誰爲補世説，吾不知也。惟喜世説，因以抄世説也。抄世説於以救世説也。夫世説者，天下之巧書也。巧之過而流弊出焉，其原始精神，幾爲埋没。至所補之物，又其靡焉者矣。然其人若事，直與世説相當，時或有過之者，則又烏可廢也。於是去標目，存故實，略玄黄，取神駿，蕭蕭肅肅，令人一讀起立，從此不敢僅以風流二字，加諸世説新語，詎不卓乎？究竟言之，世説宜自爲一書。後世説而著述者，如何氏語林，又宜自爲一書。今既已補矣，混矣，姑仍其雜糅，恣吾採摘，雖然，亦可自成一書也。

（盧世㴶尊水園集略卷七，清順治刻十七年盧孝餘增修本）

題世説新語三卷

錢曾

宋刻世説新語，劉辰翁批點刊行。元板分爲八卷。間嘗論之：晉人崇尚清談，臨川王變史家爲説家，撮略一代人物於清言之中，使千載而下，如聞謦欬，如覩鬚眉。孔平仲依仿而爲續世説，此真東家之矉矣。又嘗論之：説詩至嚴滄浪而詩亡，論文至劉須溪而文喪。此書經須溪淆亂卷帙，妄爲批點，殆將喪斯文之一端也歟。

（錢曾讀書敏求記卷三，清雍正四年松雪齋刻本）

世説新語提要

紀昀等

世説新語三卷，宋臨川王劉義慶撰，梁劉孝標注。義慶事迹具宋書。孝標名峻，以字行，事迹具梁書。黄伯思東觀餘論謂「世説」之名肇於劉向，其書已亡，故義慶所集名世説新書。段成式酉陽雜俎引王敦澡豆事，尚作世説新書可證，不知何人改爲「新語」，蓋近世所傳。然相沿已久，不能復正矣。所記分三十八門，上起後漢，下迄東晉，皆軼事瑣語，足爲談助。唐藝文志稱劉義慶世説八卷，劉孝標續十卷。崇文總目惟載十卷。晁公武謂當是孝標續義慶元本八卷，通成十卷，又謂家有詳略二本，迥不相同。今其本皆不傳，惟陳振孫書録解題作三卷，與今本合。其每卷析爲上下，則世傳陸游所刊本已然，蓋即舊本。至振孫載汪藻所云敍録二卷，首爲考異，繼列人物世譜、姓字異同，末記所引書目者，則佚之久矣。自明以來，世俗所行凡二本，一爲王世貞所刊，注文多所删節，殊乖其舊。一爲袁褧所刊，蓋即從陸本翻雕者，雖板已刓敝，然猶屬完書。義慶所述，劉知幾史通深以爲譏。然義慶本小説家言，而知幾繩之以史法，擬不於倫，未爲通論。孝標所注特爲典贍，高似孫緯略亟推之。其糾正義慶之紕繆，尤爲精核。所引諸書，今已佚其十之九，惟賴是注以傳，故與裴松之三國志注、酈道元水經注、李善文選注，同爲考證家所引據焉。

（四庫全書總目卷一四〇）

世説新語明嘉靖乙未刊本跋

周中孚

宋臨川王劉義慶撰，梁劉孝標注（孝標名峻，以字行，平原人，官至户曹參軍）。四庫全書著録隋志作世説八卷又十卷，劉孝標注。新舊唐志、通志俱同，惟作劉孝標續世説爲異，續當是注之譌也。崇文目止作世説十卷，但言義慶撰，而不詳及孝標注。讀書志始作世説新語十卷，而并詳及撰注兩家名氏。通考同讀書附志雜説類，書録解題止作三卷。宋志同。按自隋志以迄北宋諸家，止稱世説，段柯古酉陽雜俎始引作世説新書，而南宋以後諸家又皆作世説新語，不知孰爲定名也。然世説新書之稱止一見段氏書，單文孤證，不足爲據，仍當以晁、陳書目所稱爲正。約言之，則止稱世説亦最古也。至卷數原本作八卷，注本作十卷。陳氏始以注本作三卷，蓋據南宋刊本，每卷皆析爲上下兩卷。是本爲吴郡袁褧所刊，前有刻序及高氏子略一則，猶屬宋本之原第，與内府藏本同也。義慶記東漢至晉軼事瑣語，分爲三十八門，敍連名雋，爲清言之淵藪，大都載漢、魏、吴事十之一，兩晉事十之九，遂爲唐修晉書所取材。間有采擷紕繆處，已爲孝標所糾正，極爲精絶，故高氏子略稱孝標注援引詳確，有不言之妙。如引漢、魏、吴諸子及左傳地理之書，皆不必言。只如晉氏一朝史及晉諸公别傳譜録文章，凡一百六十六家，皆出于正史之外，紀載特詳，聞見未接，實爲注書之法云云，蓋與司馬紹統之注續漢，裴世期之注三國，同有裨于考證焉。又按書録解題載汪彦章藻敍録二卷，首爲考異，繼列人物世譜，姓氏異同，末紀所引書目，其書久佚。吾鄉凌初成濛初有是書刊本，前列人物，以紀名字及名字異稱，名與字同之類，猶有汪氏遺意。而于書之上闌，又備載明人所刊鼓吹本評語，附以己見，並列諸家姓氏于前，則尚未能免俗。其前又有自序、凡例及舊序題跋八篇，七修類稿一則。舊序中并載及袁刻序，今附記于此，不别記云。又初成刊本後，附刊王世貞所删何元朗世説補四卷，即删定語林本也，今析出，附語林之後。

（周中孚鄭堂讀書記卷六三子部十二之一，民國吴興叢書本）

世説舊注跋

李調元

宋臨川劉義慶撰世説新語三卷，梁劉孝標注，段成式酉陽雜俎引作世説新書，不知何時改作新語，相沿至今，不能復正。唐藝文志作世説十卷，有劉孝標續十卷，爲今其本不傳。書録解題作三卷，與今同載。據汪藻所云，原録二卷，首爲考異，繼列人物世譜，姓字異同，末記所引書目者，則又佚之久矣。孝標所注，特爲詳贍，故高似孫緯略亟稱之，其糾正義慶之繆，尤爲精核，故與裴松之三國志注、酈道元水經注、李善文選注，皆考證家所不可少之書。但多爲後人删存之，可惜。升菴自序：孝標全本予猶及見之，故爲此書，以補孝標之佚。則意所佚之續十卷内語乎？雖篇頁無多，可寶也。古書亡者多矣，非有博覽如升菴，不幾佚而竟佚乎？

（李調元童山集文集卷一四，乾隆刻函海，道光五年增修本）

跋世説新書

沈濤

黄伯思東觀餘論跋世説新語後曰：「本題爲世説新書，段成式引王敦説澡豆事，以證陸暢事爲虚，亦云近覽世説新書，而此本謂之『新語』，不知孰更名也。」濤案，太平廣記引王導、桓温、謝鯤諸條，皆云出世説新書，則宋初本尚作「新書」，不作「新語」。然劉義慶書本但作世説，見隋書經籍志。藝文類聚、北堂書鈔諸類書，所引亦但作世説新書，「新語」皆後起之名。

（沈濤銅熨斗齋隨筆卷七，光緒會稽章氏刻本）

重刊世説新語序

王先謙

晁子止曰：「小説之來尚矣，不過志夢卜、紀譎怪、記談諧。後史臣務采異聞，往往取之。故爲小説者，多及人善惡，肆喜怒之私，變是非之實，以誤後世。」識者以爲篤論。自余觀之，非盡爲書者有心之過也。采摭所及，見少聞多，而其言變矣。詞氣抑揚，聲情乖隔，而其言又變矣。能祛此二蔽者，蓋難言之，此小説所以少佳書也。余嘗怪臨川爲世説新語一書，彼其時去魏晉未遠，固宜紀載得實，而秉筆不慎，事實抵牾，致爲劉子元輩所譏，蓋不免如余所稱二蔽。若其羅前代之軼聞，供詞人之藻繪，則游心文苑者所不廢也。劉注匡弼之功，尤爲此書增重。而唐人修晉書，如周安東求絡秀爲妾，韓壽私賈充女之類，經孝標糾正者，猶取入傳，何其迷謬者與！桓靈寶、殷仲文、殷仲堪之徒，言行無足稱述，而書中稱舉至於再四，良以其時篡奪相仍，綱常廢墜，不復知忠義爲何物。此難以苛責臨川，又豈孝標所敢舉正者哉！近世通行王元美世説新語補，本删節元書，附以何氏語林，全失臨川之真。余因取元書重刊，貽同好者覽焉。元美序言世説所長，造微單辭，徵巧隻行，因美見風，因刺通贊，使人短詠而躍然，長思而未罄，可謂盡其妙矣。又云私心好之，每讀輒患其易竟。夫既患其易竟矣，而又删之。噫嘻，是則明人之爲學也。去古益遠，往籍日湮，如是書之存，抑其幸也。

（王先謙虚受堂文集卷五，光緒二十六年刻本）

世説新語校勘小識題記

王先謙

世説惟浦江周氏欣紛閣本最善，乃仿刻明嘉靖吴郡袁氏本也。然亦不無舛誤，用各本讎勘，得數十則。凡欣紛閣本誤而各本是，及義可兩存，與各本誤而非辨證不明者，皆載焉。餘不悉記，以省繁文。至若束晳系出二疏，而受氏有去「疏」「足」之説（雅量類），苻堅字從草付，而改姓稱應符命之祥（識鑒類），良以文字襲譌，傳聞失審。凡此之類，由來已久，不再糾舉之列焉。先謙記。

（光緒十七年思賢講舍刻本世説新語，一九八二年上海古籍出版社影印本）

世説新語校勘小識補題記

王先謙

世説新語宋槧不可得，存者唯明袁褧仿宋而已。明人刻書，最好點竄删併。此則一仍宋舊，良可寶貴。書中多古字，如「修」之作「脩」，「寢」之作「寑」，「流」之作「㳅」，「烹」之作「亨」，「熟」之作「孰」，「烈」之作「列」，「乃」之作「廼」，「姊」之作「姉」，「鬚」之作「須」，「厚」之作「𠪋」，「無」之作「无」，「著」之作「箸」，「傭」之作「庸」，「齋」之作「齊」，「退」之作「逷」，「戮」之作「剹」，「悟」之作「忢」，後來紛欣閣、惜陰軒諸本，皆紛紛改易矣。局刻此書，初無袁本，因以周本付刊。繼得一本

（多與袁本合，即前所稱一本是），及世説補本，始知周本脱誤，不及盡檢也。光緒癸巳，從予友湘潭葉焕彬銓部假得袁本，擬將局刻剜换。繼思局刻出於周，周刻出於袁，以穆易昭，轉多扞格，且袁本不必盡是，周本不必盡非，又劉注原文亦多脱落，因與葉君商榷。葉君廼舉袁本與周本對勘，復以國志、晉書、宋書及書鈔、類聚、御覽各類書兩相比決，擇善而從，補爲小識，付之梓人，以待讀者之抉擇。既不蹈汲古剜補之陋習，亦不類書帕繆種之相仍，而浦江刊校之功，亦不至盡泯云。先謙再識。

（同上）

世説新語注引用書目題記

葉德輝

六朝、唐人書注最浩博者，梁裴松之國志注、劉孝標世説新語注及文選李善注三書而已，酈亭水經注猶後也。三書恒爲考訂家所採獲，檢閲頗難，故近人孫志祖有文選注引用書目，趙翼有三國志注引用書目，獨世説無之，良爲闕漏。往讀陳振孫直齋書録解題，載世説有新安汪藻本，首列考異，繼列人物世譜，末記所引書目。明以下刻本，皆從宋陸游本出，與汪本不同，蓋其亡佚久矣。暇日取世説注中所引書，凡得經史别傳三百餘種，諸子百家四十餘種，别集廿餘種，詩賦雜文七十餘種，釋道三十餘種，因依阮孝緒七録部次（見唐釋道宣廣弘明集卷三），按部分編。其詩賦雜文，則從文選目次。以二書撰自梁人，皆當時事也。諸書撰人篇第，悉從漢隋二志。或二志所無，則以諸書引最先者，注明其下。（如書鈔、選注同引，則注書鈔，他仿此。）俾讀者因是書而得劉、班之流別。稽故書之逸文，以視孫、趙之草率成篇，殆不可同日語矣。光緒癸巳季春月展上巳日，葉德輝記。

（同上）

世說新語佚文題記

葉德輝

世說新語佚文引見唐宋人類書者，往往與世說相出入。（太平御覽三百五十三引「三公領兵」條注云：「一出郭頒世語。」是宋人所見世說、世語本相出入，則類書兩引。此稱世說，彼稱世語者，不僅爲字形之誤矣。）按世語，晉郭頒撰，見隋志雜史類。孝標作注時亦援引，以證異同。則臨川之書，或即以之爲藍本也。又有與幽明録相出入者。幽明録亦臨川撰，其中與世說互見之處如折臂三公及雷震柏木二事，均在今術解篇中。又各書引世說，如初學記徐干木夢烏、嵩高山大穴。藝文類聚張華識龍鮓、杜預醉眠化蛇、防風鬼聽琴。御覽張華客飲九醖酒、望夫化石、賀思令月夜遇嵇中散、宋處宗與雞談。太平廣記王子喬墓劍之類，或錯見幽明録，而各書標題有稱劉義慶世說新語者，有注載出世說新語者，有直云世說曰者，疑臨川著書時，頗涉神怪，久而析出，別爲一書。諸書稱引猶題世說者，蓋從其朔也。又御覽引爰綜夢得交州條注云：「幽明録同。」今幽明録反失載此事，是宋時所存二書，事本互見，其又非引者所誤可知矣。今於各書明稱世說者，渻併重複得八十餘事。或有同一類書，時云世説，時云世語，又時云幽明録，悉注明於下，以資考證。引用之書若初學記（元刊麻沙本）、北堂書鈔（明陳禹謨本）、藝文類聚（明蘭雪堂本）、文選注（元張伯顔本）、太平御覽（明黄正色本）、太平廣記（明談愷刊本）、事類賦（明華氏刊宋本），諸種皆元明舊槧，其中文字，間與今本不同，附志於此，以待讀者之覆檢焉。光緒十九年歲在昭陽大荒落秋八月，長沙葉德輝記。

（同上）

世説新書跋

周廣業

劉義慶世説新語。東觀餘論曰：「本題世説新書，段成式引王敦説澡豆事，以證陸暢事爲虚，亦云近覽世説新書。而此本謂之新語，不知孰更名之。蓋近世所傳。」又曰：「世説之名，劉向六十七篇中已有此目，今書已亡。宋臨川孝王録後漢至江左名士佳話，亦謂之世説。梁劉峻注爲十卷，採摭舛午處，大抵多就證之，與裴啟語林出入，皆清言林囿也。」廣案，此書在隋志原八卷，注十卷，皆但名世説。則後加「新書」，未必不因段氏而起，而又誤以「書」爲「語」也。唐志劉義慶世説八卷是矣，卻云劉孝標續世説十卷，「注」與「續」當有别，非若「書」與「語」可通用也。

（周廣業過夏雜録卷三，清種松書塾鈔本）

唐寫本世説新書殘卷跋尾一

[日]神田醇

余家藏舊鈔世説殘本劉孝標注豪爽篇第十三，書法端勁秀潤，爲李唐舊笈矣。按世説一書屢經後人竄亂，久失舊觀。隋志曰：世説八卷，宋臨川王劉義慶撰；世説十卷，梁劉孝標注。新舊唐志並同。舊本見在書目不載劉孝標十卷，乃知唐代傳本一存其舊，未經改易。迨宋時諸本紛出，卷第遂有改易。陳氏書録解題、晁氏讀書志所云可以證焉。有宋紹興八年董弅刻於嚴州者三卷（此本淳熙戊申陸游重刊於新定，嘉靖乙未，袁褧又重雕之。道光戊午，周氏紛欣閣又翻刻袁本），卷分上下，卷數與隋唐兩志夐異，乃經晏元獻删定，已失舊觀。明王世貞兄弟又加增損，而以何元朗語林羼入，謂之世説新語補，於是世説舊觀蕩然亡矣。此書舊題云世説新書，段成式酉陽雜俎尚云「新書」。菅家文草有相府文亭始讀世説新書詩。黄伯思東觀餘論輒云「新語」，則其改稱，當在五季宋初。後來沿稱「新語」，無知其初名者矣。此卷末題世説新書卷第六，與今本異同甚多，可補正敓誤者，不勝枚舉。實海内孤本，千載之後，猶能存臨川之舊者，獨有此卷耳。紙背所寫金剛頂蓮花部心念誦儀軌，亦七八百年前舊鈔，紙眉署杲寶，此卷當是其舊藏。杲寶爲東寺觀智院開祖，見本朝高僧傳。憶三十餘年前，與亡友山田永年等四人獲一長卷，截而爲五，各取其一。余得末段，即此卷也。他日倘得爲延津之合，不亦大快事乎！故記以竢之。京都神田醇記。

（光緒十七年思賢堂講舍刻本世説新語附録，一九八二年上海古籍出版社影印）

唐寫本世説新書殘卷跋尾二

楊守敬

世説新語古鈔殘卷雖無年月，以日本古寫佛經照之，其爲唐時人所書無疑。余從日下部東作借校之，其卷首尾殘缺，自規箴篇「孫休好射雉」起，至「張闓毁門」止，其正文異者數十字，其注異文尤多，所引管輅别傳多出七十餘字。竊謂此卷不過十一條，而差異若此。聞此書尚存二卷在西京，安得盡以校録，以還臨川之舊，則宋本不足貴矣。宜都楊守敬。

（同上）

唐寫本世説新書殘卷跋尾三

羅振玉

我國世説善本嘉靖袁氏覆宋本外，未見更古者。予所藏有康熙庚子張孟公移録蔣子遵校本，所主之本，爲傳是樓所藏淳熙刻本。其書亦三卷，每卷分上下。宣統元年，在日本東京見圖書寮所藏亦三卷，而每卷不分上下。然均宋渡南以後所刊，皆出晏元獻改卷删校之本，其未改以前本不可見也。但聞東邦藏書家有唐寫殘卷，已析爲四，而無由得見入吾目。乙卯夏，訪神田香巖翁，始知香巖翁藏其末一卷。出以見示，爲之驚喜。已又知第一截爲簡齋翁所得，其二截藏京都山田氏，其三藏于小田氏。因請於神田、小川兩君，欲合而印之。兩君慨然許諾，並由小川君爲介於小西君，神田君爲介於山田君。於是分者乃得復合。神田翁復以所爲跋尾見示。據段氏酉陽雜俎，菅家文草謂此書初名世説新書，五季宋初始改稱新語，其説至精確。予考唐志載王方慶續世説新書，則臨川之書唐時作「新書」之明證，可補神田翁所舉之遺。亡友楊星吾舍人曾見第一段，載之日本訪書志，尚未知古今稱名之異。今影印既跋，爰録神田翁及楊君之跋於後，並記是卷析而復合，實得神田、小川兩君之助，而山田、小川兩君之見許，其惠亦不可忘也。爰書之以告讀是書者。

丙辰十一月，上虞羅振玉書於海東寓居之四時嘉至軒。

（同上）

附録三　汪藻世説敍録、考異、人名譜

世説敍録

汪藻

世説　隋書經籍志：世説八卷，宋臨川王義慶撰。世説十卷，梁劉孝標注。梁有俗説一卷，今亡。

劉義慶世説　唐書藝文志：劉義慶世説八卷，小説一卷。劉孝標續世説十卷。

世説新書　李氏本世説新書上中下三卷，三十六篇。顧野王撰顔氏本跋云：「諸卷中或曰世説新書。凡號世説新書者，第十卷皆分門。」

世説新語　晁文元、錢文僖、晏元獻、王仲至、黄魯直家本，皆作世説新語。

按，晁氏諸本皆作世説新語，今以世説新語爲正。

兩卷　章氏本跋云：「癸巳歲，借舅氏本，自德行至仇隙三十六門，離爲上下兩篇。」

三卷　晁氏本以德行至文學爲上卷，方正至豪爽爲中卷，容止至仇隙爲下卷。又李本云：「凡稱世説新書者，皆分卷爲三。」

八卷　隋經籍志、唐藝文志並八卷。

十卷　南史劉義慶傳：箸世説十卷。錢、晏、黄、王本並十卷，而篇第不同。

十一卷　顔氏、張氏本三十六篇外，更收第十卷，無名，只標爲第十卷。

按王仲至世説手跋云：「第十卷無門類，事又多重出。注稱敬胤，審非義慶所爲，當自它書附此。世説其止於九篇乎？隋書志稱八卷，似是。然則九篇者，或以文繁分之耳。」以余考之，隋唐志皆云世説八卷，劉孝標注、續皆十卷，而義慶傳稱十卷。則世説本書卷第，今莫得而考。於孝標注中，時有稱「劉義慶世説」云云者，則今十卷，或二書合而爲一，非義慶本書然也。世傳第十卷重出者，或存或否。劉本載「祖士少道右軍」、「王大將軍初尚主」兩節，跋云：「王原叔家藏第十卷，但重出前九卷所載，共四十五事耳，敬胤注糾繆，右二章小異，故出焉。」趙氏本亦以爲余始得宋人陳扶本，繼得梁激東卿本，參校第十卷，事類雖同，而次敍異，又互有所無者。仲至之言是也。則此卷爲後人附益無疑。今姑存之，以爲考異，載之敍録，而定以九卷爲正，用錢文僖本，分爲十卷。

三十六篇　錢、晁本並止三十六篇，今所録十卷是也。諸本自容止至寵數爲第七卷，〔一〕自任誕至輕詆爲第八卷，自假譎至仇隙爲第九卷，以重出四十九事，錢、晁所不録者爲第十卷。

三十八篇　邵本於諸本外别出一卷，以直諫爲三十七，姦佞爲三十八。唯黄本有之，它本皆不録。

三十九篇　顔氏、張氏又以邪諂爲三十八，别出姦佞一門爲三十九。

按二本於十卷後復出一卷，有直諫、姦佞、邪諂三門，皆正史中事而無注。顔本只載直諫，而餘二門亡其事。張本又升邪諂在姦佞上，文皆舛誤不可讀。故它本皆削而不取。然所載亦有與正史小異者，今亦去之，而定以三十六篇爲正。

考異一卷

人名譜一卷　有譜者三十六族。〔二〕兩王謝羊庾荀袁褚裴殷孔江陸楊蔡桓范何陳孫衛賀郗傅顧阮。無譜者二十六族。周劉張李陶嵇山祖諸葛鍾温卞樂杜戴韓習許和吴伏高應馮滿蕭。又僧十九人。

書名一卷

【校記】

〔一〕寵數，王利器校：「『數』，當作『禮』」。按，王校是。

〔二〕三十六族，王利器校：「案『三』，應作『二』」。

書汪藻世説敍録後

龔斌

世説敍録者，宋人汪藻所作也。藻字彦章，北宋徽宗崇寧二年（一〇六九）進士，著有浮溪集三十二卷。事蹟具宋史文苑傳。汪藻之前，已有人敍録世説，但以完備、詳贍而論，非汪藻世説敍録莫屬。此書始見於陳振孫直齋書録解題卷一三：「敍録者，近世學士新安汪藻彦章所爲也，首爲考異，繼列人物世譜、姓氏異同，末記所引書目。按唐志作八卷，劉孝標續十卷，自餘諸家所藏卷第多不同，敍録詳之。」世人由此知敍録之大致内容及先後次序。然敍録在中土佚之久矣，詳情莫得而見也。敍録中之考異及人名譜，因内容龐雜且訛誤極多，此處暫且不論。今止論敍録所詳之「諸家所藏卷第多不同」。約言之有四：書名一也，版本二也，卷數三也，篇數四也。

世説之名曾有四：世説、劉義慶世説、世説新書、世説新語。隋書經籍志、舊唐書經籍志、新唐書藝文志皆稱「世説」，南史劉義慶傳亦云義慶著世説十卷。然「世説」之名，是義慶書原名，抑省稱歟？黄伯思跋世説新語後云：「『世説』之名肇自劉向，劉義慶因録江左名士佳語，亦謂世説。」然又云：「本題爲世説新書，段成式引王敦説澡豆事，以證陸暘事爲虚，亦云近覽世説新書。而此本謂之新語，不知孰更名之，蓋近世所傳。」按，黄伯思以爲「世説」之名肇自劉向，甚確；但稱義慶書本題爲世説新書，則未得其實也。考劉孝標注駁正世説之謬，徑稱「世説」之例不少見。如雅量四〇、識鑒一、賞譽一四三、規箴二一，皆是。再如敬胤注尢悔「劉琨善能延衆」條云：「世説苟欲愛奇，而不詳事理也。」敬胤、孝標皆稱「世説」，是義慶書原名「世説」之有力證據。隋志、新舊唐志皆稱「世説」，乃以世説原名稱之。藝文類聚、初學記亦徑稱世説。清四庫全書内府所藏舊本劉知幾史通，唯第十七卷一處作世説新書，餘皆稱世説，然浦起龍史通通釋卷一、卷十七作世説新語，不知浦氏所據史通爲何本。四庫全書總目提要云：「自明以來，注本凡三四家，而訛脱竄視，均如一轍。此本爲内府所藏舊刻，未有注文，視諸家猶爲近古。」（劉知幾史通提要）又指出浦起龍史通通釋「惟輕于竄改古書，往往失其本旨」（浦起龍史通通釋提要）。則浦氏所據之本，不甚可靠。劉知幾史通原作世説新書而浦起龍作世説新語，恐即輕易改竄也。若義慶書原名世説新書，世説乃世説新書之省稱，則隋唐志著録典籍，難道有省稱之體例乎？

世説後名世説新書，未知始於何時。敍録於世説新書下注：「顧野王撰顔氏本跋云：『諸卷中或曰世説新書。凡號世説新書者，第十卷皆分門。』」顧野王（五一九—五八一），梁陳間人。以野王年代推測，出現「新書」之名，當不晚于梁陳間，乃世説問世後僅數十年間事。至唐，世説、世説新書兩稱並行，劉知幾史通多稱世説，偶爾稱世説新書，即是明證。又新唐書藝文志著録王方慶續世説新書十卷，段成式酉陽雜俎引作世説新書，亦可證世説新書之名猶行于唐世。至于新語之名，黄伯思云：「不知孰更名之，蓋近世所傳。」伯思卒于宋徽宗政和八年（一一一八），既稱「近世」，當不會距北宋之末太遠。日人神田醇唐寫本世説新書殘卷跋云：「黄伯思東觀餘論輒云『新語』，則其改稱當在五季宋初。」其説合乎事實，可信也。考世説之名先後嬗變之跡，乃先世説，次

「新書」，後「新語」。唐末宋初，「新語」之名後來居上，此即汪藻所云：「晁氏諸本皆作世説新語，今以新語爲正。」「新語」之名遂通行後世，「新書」之稱反湮没不聞。

敍録詳記世説版本之多達十餘種。今縷述如下。（一）劉義慶世説八卷本。隋書經籍志：宋臨川王義慶撰。新唐書藝文志：劉義慶世説八卷，小説一卷。（二）世説十卷本。隋書經籍志：劉孝標注。梁有俗説一卷，今亡。（三）劉孝標續世説十卷本。見新唐書藝文志。（四）李氏本世説新書，上中下三卷，三十六篇。按，黄伯思跋世説新語後云：「八月晦，又以西都監大内内省供奉李義夫本校第十卷。」未知李氏本是否李義夫本。（五）晁文元、錢文僖、晏元獻、王仲至、黄魯直家藏世説新語本，十卷，三十六篇。（六）章氏本。不詳。（七）張氏舅氏本，三十六門，上下兩卷。（八）晁氏本，上中下三卷。（九）顔氏本十卷，三十六篇。（十）張氏本十卷，三十六篇。按，黄伯思跋世説新語後云：「大觀己丑中夏，從宗博張府美借觀兩月，因讎正所畜本。」疑張氏本即張府美本。（十一）趙氏本。按，黄伯思跋世説新語後云：「庚寅五月二十九日，又以宗正趙士暕明發本校竟。」疑趙氏本即趙士暕（字明發）本。（十二）宋人陳扶本。不詳。（十三）梁激東卿本。不詳。（十四）邵本。三十八篇。（十五）王原叔家藏本，十卷。按，敍録云：「王原叔家藏第十卷，但重出前九卷所載，共四十五事耳。」考董弅世説新語跋云：「右世説三十六篇，世所傳釐爲十卷，或作四十五篇，而末卷但重出前九卷中所載。余家舊藏，蓋得之王原叔家。」據上可知王原叔本爲十卷，三十六篇。（十六）劉本。敍録云：「劉本載『祖士少道王右軍』、『王大將軍初尚主』

兩節。」

敍録記世説有兩卷、三卷、八卷、十卷、十一卷之别。汪藻於「兩卷」下注：「癸巳歲借舅氏本，自德行至仇隙三十六門，離爲上下兩篇。」兩篇，即兩卷。只是不知三十六門於何處離析爲上下兩篇。三卷者，以晁氏本爲例：「德行至文學爲上卷，方正至豪爽爲中卷，容止至仇隙爲下卷。」又注：「李本云：『凡稱世説新書者，皆分卷爲三。』」現通行宋本皆分上中下三卷，每卷起迄與晁氏本全同。八卷本、十卷本兩種頗難考索其本來面目。隋志、新舊唐志皆云世説八卷，劉義慶撰，世説注十卷，劉孝標撰（新唐志云劉孝標續世説十卷，前人已指出「續世説」乃「注世説」之誤），可見劉義慶世説八卷與劉孝標注世説十卷，先前爲各自行世之兩書。汪藻云：「以余考之，隋唐志皆云世説八卷，劉孝標注、續皆十卷。而義慶傳稱十卷，則世説本書卷第，今莫得而考。於孝標注中，時有稱劉義慶世説云云者，則今十卷，或二書合二爲一，非義慶本書然也。」汪藻以爲義慶書八卷，孝標注、續皆十卷，以此猜測當時流行之十卷本，可能是義慶八卷本與孝標注十卷本之合二爲一。按，汪藻之説未必可信。據隋唐志所載判斷，劉義慶世説八卷、劉孝標世説注十卷，乃各自流行之兩書。蓋義慶世説八卷經孝標注，文字遠多於原書，遂分八卷爲十卷。王仲至世説手跋云：「隋書志稱八卷，似是。然則九篇者，或以文繁分之耳。」「文繁分之」一語頗合情理。近人劉盼遂唐寫本世説新書跋尾云：「予按世説臨川王本，原分八卷，孝標作注，以其繁重，釐爲十卷。隋志之言，簡明可據。兩唐志不得其解，因謂十卷者，孝標續作，誣矣。」劉氏説同王仲至，並稱新唐志所謂孝標撰續世説十卷爲誣。

至于汪藻所見今十卷本之面目，於敍録中可約略得之。上引顧野王撰顔氏本跋，其實隱藏有關世説之重要訊息。跋謂「諸卷中或曰世説新書」，説明世説諸本中有一名世説新書者。又云：「凡號世説新書者，第十卷皆分門。」可知凡名世説新書者，皆十卷，且第十卷皆分門（何謂「分門」見下）。據此推知，非號世説新書者，皆非十卷。顧野王時「新語」之名尚未起，所見之名不外劉義慶世説、劉孝標世説注與世説新書三種。世説新書乃後起之書，與隋志及新舊唐志所記劉義慶世説八卷、劉孝標世説注十卷皆不同，故以「新書」命之。又汪藻敍録引王仲至世説手跋云：「第十卷無門類，事又重出，注稱敬胤，審非義慶所爲，當是它書附此。世説其止於九篇乎？隋書志稱八卷，似是。然則九篇者，或以文繁分之耳。」王仲至跋先描述世説十卷本之第十卷，特徵有三：一是「無門類」，二是「事又重出」，三是「注稱敬胤」。「無門類」指所記事無專門門類，如章氏本跋所稱舅氏本，自德行至仇隙三十六門，門類井然不相混。「無門類」與顧野王所謂「第十卷皆分門」所指實同。「分門」者，門類分散也，即一卷之中，門類分而無統。「事又重出」，謂第十卷重出前九卷中所載，故王仲至以爲此卷非義慶所爲，當是他書附此，疑心世説只有九篇。「注稱敬胤」者，指第十卷非孝標注。王仲至跋後解釋「九篇」問題，以爲隋志稱世説八卷似是，九篇者，可能因文繁分八爲九。王仲至跋論世説第十卷及世説可能止九篇之見解，很有價值。再參以顧野王跋，則大致可知十卷本之來源及面目。十卷本爲梁陳間始見之世説新書，前九卷乃合義慶世説八卷及孝標世説注十卷而成，後附敬胤注世説之殘卷爲第十卷，無門類。易生誤解者，乃在三卷與十卷。敍録於世説新書下云「李氏本世説新書上中下三卷，三十六篇」，後又云「凡號世説新書者，第十卷皆分門」。既曰世説新書上中下三卷，又曰世説新書第十卷皆分門。世説新書究是三卷耶？十卷耶？其實，三卷之「卷」，義同「篇」也。敍録兩卷注：「章氏本跋云：『自德行至仇隙三十六門，離爲上下兩篇。』」可知，兩卷即兩篇。世説新書上中下三卷，即指全書分爲上中下三篇。十卷者，謂全書分爲十篇。如此，前九卷三十六門，第十卷爲前九卷中重出，由敬胤注。此即王仲至世説手跋所謂「世説止於九篇（卷）」之實情也。從此，世説三卷本大行于宋世。

再説十一卷。十一卷者不止一種。汪藻於「十一卷」下注：「顧氏本、張氏本三十六篇外，更收第十卷，無名，只標爲第十卷。」此注語意不甚清楚。明是止十卷，何以稱十一卷？汪藻於「三十九篇」後按語謂「（顔氏、張氏）二本於十卷後復出一卷，有直諫、奸佞、邪諂三門」。至此，顧氏、張氏十一卷本可知矣：二本三十六門計九卷，第十卷無門類，乃敬胤注，十一卷取正史中事，立門類。

世説篇數（門）有三十六、三十八、三十九三種，而以三十六篇爲正。汪藻於「三十六篇」下注：「錢、晁本並止三十六篇，今所録十卷是也。諸本自容止至寵禮爲第七卷，自任誕至輕詆爲第八卷，自假譎至仇隙爲第九卷。以重出四十九事，錢、晁所不録者爲第十卷。」三十八篇、三十九篇者，是於三十六篇外取史籍中事，另立名目，如直諫、奸佞、邪諂之類。汪藻謂「黄本有之，它本皆不録」，「文皆舛誤不可讀，故它本皆削而不取」。可知三十八篇、三十九篇者非宋初主流版本。蓋增益世説，頓失舊觀，其文又不雅馴，爲人不取，宜哉。明人編世説補，乃宋時三十八篇、三十九篇本之遺孽也。

余讀世説敍録，所得大端有三，於此概述之：劉義慶書原名世説，八卷；劉孝標世説注十卷，二書先前各自行世。約在梁陳間，有名世説新書十卷本者問世，分上中下三篇，實九卷三十六門。第十卷爲前九卷中重出，不分門，乃敬胤注之遺存附於三十六篇後，汪藻以爲考異。此一也。隋唐時，義慶世説八卷，孝標世説注十卷仍行世。唐時，世説、世説新書、世説新語並行，其中，世説新書爲世説最重要版本，而「新語」者，乃後起之名，晚於「新書」也。此二也。唐末宋初，世説進入整理階段，版本甚多，卷第改易爲兩卷、三卷、十卷等多種。分卷並無依據，與「文繁分之」有關。世説古本經宋人删削校改，漸失舊觀。此三也。

二〇一七年二月寫於滬上守拙齋，二〇一八年十二月改定。

考異

共五十一事，唯「劉琨卻胡騎」、「祖約道王右軍」、「王敦初尚主豫武帝會」三節，前篇所無，餘悉重出。疑敬胤專録此，傳疑糾繆，後人妄取以補其書。所載正文與前篇時有損益，而注多不同。雖傳寫舛繆難讀，然皆諸史所不載者，棄之可惜。其所載以宋齊人爲今人，則敬胤者，孝標以前人也。今取前篇正文所有，而此篇所無者，以白字别之。其用字不同者，以注白字别之。此篇所有，而前篇所無者，以黑圈别之。〔一〕

一　元帝始過江，謂顧驃騎曰：「寄人國土，心常懷慙。」榮跪答（對）曰：「臣聞王者以（天下爲家，是以）耿、亳無定處，九鼎移（遷）洛邑，願陛下無（勿）以遷都爲念。」太妃進軍下邳，平東府事、廣陵相陳敏割據江東，顧榮等誅敏。永嘉元年五月，上還國。六月，進軍下邳，治嚴。九月，到揚州治。或曰元帝值陳敏亂，不得渡，停淮陽，宿預城三年。檢之以實（一作貫），先後唯鎮下邳，及在琅邪國，不應停宿預城。裴郃爲長史，王導爲司馬，顧榮爲軍司，賀循爲軍祭酒。十一月，太妃薨，爲本國琅邪。上便欲奔喪。顧榮等固留，乃止。上即表求奔喪，詔聽。二年三月，上還琅邪國。四月，葬太妃。上還建康，詔以宿城郡三萬户增封。五年，詔以會稽二萬户增封。上爲鎮東將軍，開府辟召儀同三司。胡騎至于歷陽，杜弢大亂，荆、湘二州爲墟。詔上都督江、揚、交、廣、湘五州。六月，王彌入京都。天子蒙塵于平陽，荀藩推上爲盟主。六年，妃虞氏薨。七年二月，天子崩于平陽，皇太子即位于長安，改爲建興元年，詔上爲侍中、左丞相。三年，詔上都督中外諸軍事，承制持節，侍中如故。四年，天子幽于虜庭，平東將軍宋哲奉宣顧命，詔上便統御萬機。五年，改爲建武元年，上即晉王位，立社廟于建康。上大辟掾屬，世謂之「百六掾」。或曰不得者以爲恥，而志士不爲。初，議者求去琅邪而爲晉，王導見州府之事諱之。或曰：「晉者天下之號也，昔魏晉無以承變革之運，故先建國以基業耳。今琅邪，晉之侯伯，若以天下無主，便宜登大位。若即當正位出身，以後之無所辟也。若使不然，則脩桓文之事。今建小晉於大晉之中，未見其可。」弗從。立琅邪世子紹爲晉太子，封次子裒爲琅邪王。二年，平北將軍魏該表列大行皇帝，去年十二月二十日棄背萬國，上乃登壇即帝位，改爲大興元年，立太子紹爲皇太子。五年，改永昌元年。郭璞尤之曰：「天無二日，土無二王，今年有並日之號，其將有二主興之乎？」王敦遘逆，至石頭，殺刁協、戴淵、周顗。閏月，帝崩，年四十七，葬建平陵，今在雞籠山南。于時議上祖宗謚號，王敦不聽。荀崧上曰：「中宗元皇帝，聰明監照，知略淵宏，在簡惠崇，上儉素，以法御下，明於黜陟。宋典，上所親也，其人犯法，免官（一作宫），典斬其司馬以徇。桂陽太守程甫，王敦所私，奢侈踰度，上遣御史戴弘檻車斬之。永康令胡毋崇，侵横百姓，懼罪亡叛，既而歸首，於朱雀門頓鞭二百，除名爲民。徐州刺史蔡豹，征伐違律，斬而磔之。以鄧攸爲吴郡，諸葛恢爲會稽，並清公郵民，惠愛邦國。山陰令徐膺，餘姚令謝勉，在縣忠公惠下，皆加顯擢。尚書郎胡暘有幹能，以爲建康令，致有善政，道上言草安侯相李詮、〔二〕襄安侯相孫逸、臨律長杜隆，考績三最，並應超遷。」詔曰：「速敍。」尚方令劉瑋所作鎧，用物節儉，得長甚多，詔曰：「所出毛長，皆以賜瑋。」以勸在事。容納直言，虚己而待。自元康喪亂，迄于永嘉，三才俱盡，六合殄（一作灰）滅，咸以爲中宗道格少康，事邁周宣。王導勳高靡艾，功越申邵，信其然矣。故能日月私於東南，宇宙構於揚越，豈唯民免魚肉（一作民免爲魚），俗不左衽而已。至乃江左，運歷三代，唐虞迭興焉。元帝生明皇帝、琅邪孝王裒、武陵威王晞、東海哀王沖、琅邪悼王涣、簡文皇帝。敬胤按，元帝之鎮建業，于時天下雖亂，而朝廷猶存。經年之後，方還本國，葬太妃，方伯述職，何謂爲寄也。敬胤按，元帝永嘉元年，以顧榮爲安東軍司。五年，進號鎮東，榮爲軍司。其年榮卒。後七歲，元帝方爲天子。豈得此時便爲陛下，已曰「遷都」邪？

右言語門已見。〔三〕

【校記】

〔一〕考異正文前小序之末，實爲考異之凡例三則：前篇三十六門所有，而此篇（指世説第十卷）所無者，以白字别之（原本爲黑方框中作大白字。今用大圓括號作大字表示）。前篇與此篇爲用字不同者，以注白字别之（原本爲小黑框中作小白字，大小如夾注。今用小圓括號作小字表示）。此篇所有，而前篇所無者，以黑圈别之（原本爲黑圈中作黑字。今用方括號表示)。

〔二〕草安侯,當作「章安侯」。

〔三〕已見言語二九。

二　畢茂世云:「一手持蟹螯,一手持酒杯,拍浮酒池中,便足了一生。」〔内〕畢卓字茂世,新蔡人也。祖衍,字泰林,樂安太守。父諶,字正雎,中書郎。卓與阮放、桓彝、謝琨、胡毋輔之、羊曼、光逸、阮孚,號爲「八達」。卓位至吏部郎。

右任誕門已見。〔一〕

【校記】

〔一〕已見任誕二一。

三　劉越石爲胡騎所圍數重,城中窘迫無計。劉始夕乘月,登樓清嘯。胡賊聞之,皆悽然長歎。中夜,奏胡笳,賊皆流涕歔欷,人有懷土之切。向曉又吹,賊並棄圍而散走。或云是劉道真。敬胤以爲魯連談笑,乃可以卻秦軍,越石一嘯,犬羯奔走,未爲信然也。

右前卷所無，邵本收在雅量門。

四　劉琨稱祖車騎（爲）朗詣，（曰）：「少爲王敦所歎。」祖逖字士穉，范陽遒人也。祖偉，字元雄。父武，字林宗，上谷太守。王隱晉書曰：「逖，司州主簿，秀才，大司馬齊王掾，太傅主簿，汝陰太守。〔一〕部勒流民至泗口，安東逆，版領徐州。逖屯淮水南，於盧州起冶鑄軍器，累遷鎮西將軍。大興四年，薨，贈車騎將軍。逖州吏謝敞、府參軍李悌上書頌求開府，祖約逢書開視，輒寢之。悌等謂：『此自前州府本意，得之與失，無與後，故宜通之』。約不聽。悌常憤然，文皆遠布。」晉陽秋曰：「逖通濟，不拘小節。年十五未知書計，每之田舍，輒以兄意以穀帛周貧乏。與劉琨俱爲司空主簿，友善，每夜言世事，起坐相謂曰：『若四海鼎沸，豪傑並起，與足下相避中原耳。』永嘉末，帥親黨五百家避地江淮，所乘車馬，以載同行老疾，躬自徒步。資有無，與衆共之，又多算略，中宗以爲徐州。俄爲軍咨祭酒，居丹徒，經年不得調。賓客多暴傑，士穉待之如子。流民萬數，楊土大飢，客從攻剽劫盗，爲吏所按，並皆護之。逖求北征，中宗給千人資，使自招募。逖率其衆一旅濟江，中流擊檝曰：『祖逖不能清中原而復濟江者，有如大江！』遂定譙、梁。衆二千人，與石勒接境，不使已附者侵未附者。歲中，河南盡降。有質於胡者，僞掠其塢以令其質。胡欲渡河，皆先以告。交疎賤隸（一作賊疑），待之如九族，懲功賞不踰日。〔二〕躬自儉約，子弟負推，勸督農桑，收葬枯骨，爲之祭醊，兖、豫之民聞其死，無不流涕，爲立祠。逖既破桃豹，進雝丘，石勒不敢闚兵河南，脩復逖母墓，求與交好。百姓皆不意破亡之後，重遭父母。逖方欲濟河，掃定冀、朔，聞載州督之，〔三〕甚悵怏。則吳人無大致遠段，遣置妻子汝南大山中。」孫盛曰：「逖，廉頗、李牧也。王敦害逖，扇動郭默、章建、劉顗等，及鑾令背逖。」鄧粲晉紀曰：「逖與劉琨俱爲司州主簿，京都大亂，逖率親舊數百家，下所乘車馬，給同行老疾者，身步涉。資糧湯藥，與衆共之。衆推爲行主，禁令肅然，法自親始。上以爲左丞相、軍咨祭酒。朝廷草創，臣主之權未殊，刁協、劉隗斷内外。逖性倜儻，不數細節，以是見出爲豫州，給千人粟布，使自招募。逖與臨淮，弛其部曲作劫，求財以聚衆。刁協等以逖不時進討，奪其豫州，以衆授荀組，以逖爲輔國將軍（一本以逖子换謚爲輔國將軍）。逖乃進征，所向皆平。及亡，百姓如喪父母，處處立祠。逖子换謚誰極，〔四〕羡字玄舒，州治中。羡子肇，員外常侍。肇孫茂之、法開、獻之等。」

右賞譽門已見。〔五〕

【校記】

〔一〕汝陰太守，王利器校：「案『汝陰太守』當從晉書祖逖傳作『濟陰太守』，本書附汪藻考異『祖車騎過江左』條注引王隱晉書正作濟陰太守」。

〔二〕懲功，王利器校：「『懲』，當作『微』，晉書祖逖傳作『其有微功，賞不踰日』，可證」。

〔三〕「聞載州督之」以下數句，「載」當是「戴」之誤，戴指戴若思。晉書六二祖逖傳：「會朝廷將遣戴若思爲都督，逖以若思是吳人，雖有才望，無弘致遠識」，「一旦來統之，意甚怏怏」。

敬胤所引文字有脱誤，故不可讀。

〔四〕逖子换謐誰極，晉書一〇〇祖約傳載蘇峻反，約命逖子沛内史涣以兵會峻。此處「换」當是「涣」之誤。疑「换謐誰極」有譌脱。

〔五〕已見賞譽四三。

五　劉琨善能延衆（招延），而拙於撫御。一日［之中］雖有數千人歸投，其逃（散）而去亦復如此，所以卒無所建。敬胤按：琨以永嘉元年爲并州，于時晉陽空城迥然，寇盜四攻，而能收合大衆，抗行淵、勤。〔一〕十年之中，敗而能振。若不能撫御，其得如此乎？且凶荒之世，千里無烟，豈一日而有數千人歸之，未足以成功？若一日數千人去之，又安得一紀之間，以對大難乎？世説苟欲愛奇，而不詳事理也。

右尤悔門已見。〔二〕

【校記】

〔一〕抗行淵勤，王利器校：「案『勤』當從本書尤悔門作『勒』」。按，王校是。勒，石勒也。

〔二〕已見尤悔四。

六　劉越石云：「華彥夏識能不足，彊梁（果）有餘。」軼字彥夏，平原人也。曾祖歆，字子魚，太尉。祖表，字偉容，太子少傅，光禄大夫。父瞻，字玄駿，河南尹。晉諸公贊曰：「軼達於當世，清慎汎愛，人物接無大小，故衆論譏之。軼至散騎常侍，江州刺史。」鄧粲晉紀曰：「軼表陶侃領江州，義軍將赴司馬越，侃謂其兄子臻曰：『華侯雖有匡天下之志，而才不足。且鎮東不平，禍亂將作，不可託也。』豫章太守周廣起衆攻軼，軼是以敗。軼由太傅長史爲江州，有蕃臣之節，憂國之誠。」晉陽秋曰：「軼少有志力，在江州威刑恩禮，洽於民庶，甚得江表歡心，與周馥同契。中宗使周訪將兵，伐屯尋陽，觀其廢興。衛展與周廣襲軼，軼軍敗奔安城，追斬之，及五子傳首建業。」干寶晉紀曰：「司馬越以太傅從事中郎華軼爲留府長史。永嘉四年十一月，太傅長史華軼爲江州，威風大行，有匡天下之志。遣貢入洛，命使者曰：『洛道不通，皆過輸琅邪，正以明吾爲司馬氏也。』五年七月，琅邪王改易，華軼不從命，與裴憲連和。軼走入山。進捕梟首，誅其五子，赦其妻子二。後得免。」王隱晉書曰：「軼爲江州，自以素受洛臺所遣，晚受大傅敕軍及糧，助討石勒等賊，又本壽春節度。或諫宜受江東節度，軼云：『唯欲見詔書。』遣詣揚州，還，軼意守故。揚州請討軼。即時侍前史衛展禮薄，與豫章太守周廣共爲内應。軼走，展追獲，又殺軼一子。」

右識鑒門已見。〔一〕

【校記】

〔一〕已見識鑒九。

七　祖車騎過江[左]，[爾]時，[既]公私儉薄，[常亦]無好服(玩)。[後]王、庾諸公共往(就祖)，忽見[祖]裘袍重疊，珍飭(飾)盈列。諸公怪[而]問之，祖曰：「昨夜[已]復[在]南塘下發。」(昨夜復南塘一出)祖于時恒自使健兒鼓行劫鈔，在事之人亦容而不問。王隱晉書曰：「初，逖爲濟陰太守，部勒流民至泗口。元帝逆，版領徐州。及至江南，十五六詣丹陽太守王導，乃得一相見。遣逖爲豫州，絹布三千疋，使自募人，得七八百，了不給仗。西臺徐州丞相又遣逖曰：「大陰奴爲唵麥屑邪，何以白鬢拒守？」逖盡殺之。逖與胡相對，逖饑，令作白布囊，盛土千數。賊欲取之，曰：『因令檐曰米。』賊遂得米無限。〔一〕胡饑，石勒遣十驢負米，逖知之，攻取盡得，桃豹乃走。」

右任誕門已見。〔二〕

【校記】

〔一〕「賊欲取之」數句敍述含混。晉書六二祖逖傳謂逖使千餘人以布囊盛土如米狀；又令數人擔米，賊逐之，獲米數擔，謂逖士衆豐飽云云。非謂賊得米無限也。

〔二〕已見任誕二三。

八　(王)大將軍始欲下都，[更]處分樹置，先遣參軍告朝廷，諷旨時賢。祖車騎尚未鎮壽春，瞋目厲聲，語使人曰：「語卿阿黑：何敢不遜！催攝回（面）去，須臾不爾，我將三千兵槊腳令上。」王聞（之）乃（而）止。舊云王敦甚憚祖逖。或云王有異志，祖曰：「我在，伊何敢！」聞乃止。逖以太興（一作和）末死，敦以永昌便遘逆。

右豪爽門已見。〔一〕

【校記】

〔一〕已見豪爽六。

九　祖光禄少孤貧，性至孝，常自爲母炊爨作食。王北平王乂（平北）聞其佳名，〔一〕「知其常親供養乃」以二（兩）婢餉之，因以爲吏（因取爲中郎）。人有（有人）戲之者曰：「奴價倍婢。」祖答曰（祖云）：「百里奚亦何必輕於五羖之皮邪？」納字士言，祖逖兄也。晉諸公贊曰：「納以名理稱，歷清職，大安中爲左丞，累官至護軍、詹事、廷尉。洛陽破，入吳。」王隱晉書曰：「納九世孝廉，諸母三事齊軍，霸城令。〔二〕該字士略，少府。士寧，秀才。〔三〕納門寒，初品爲征西參軍、太子舍人。清言名理，文義可觀。廷尉卿、晉昌公、秘書監。洛陽敗，避地壽春，同周馥覲天子，丞相以爲軍咨祭酒。納密白：『二弟難保。』朝士以白約，約遂憎納如讎。朝廷因此放棄納。納志意自若。温嶠以納父黨，拜之，因理納。諸貴人更往察納，如嶠言，始共啓之，得除光禄大夫。納婦程玄良女。納畏婦，卒無子。」

右德行門已見。〔四〕

【校記】

〔一〕北平，當作「平北」。下注：「王乂平北。」識鑒五：「王夷甫父乂，爲平北將軍。」

〔二〕諸母三事齊軍霸城令，王利器校：「案：『諸母三事齊軍』六字疑有譌脱。本書德行門注引王隱晉書作『訥諸母三兄，最治行操。』彼文是節引。考異詳引王隱晉書，説納三兄，但文有譌脱：『三』下當脱『兄』字；『事齊軍』三字上當爲納長兄之名，曾從事齊王軍中，霸城令是其歷官。」

〔三〕士寧，王利器校：「『士寧』上亦脱士寧之名。如此，合霸城令某少府該，秀才士寧及納、遜、約，正是兄弟六人」。按，王校是。

〔四〕已見德行二六。

一〇　祖士少道王右軍：「王家阿菟，何緣復減處仲。」〔一〕王隱晉書曰：「約字士少，遜弟也。舉平陽孝廉，司州辟七府，辟成皋令。至泗口，安西逆，授臨淮太守、丞相録事、從事中郎。司直劉隗奏免約曰：『約變起蕭牆，患生婢僕，結恨閫昧，禍發牀褥，身被刑傷，傷其髮膚，愠深恨大，幾致凶害，聽者疑怪，談者紛紜。』安東不聽。約去。歷官太子詹事、侍中、平西將軍、豫州刺史。達壽春，胡騎數千攻城，大戰。其日西風，兵大懼。攻胡以繩繫鐵鉤挽城樓。樓柱折壞，又作鐵鉤𨟊（一作欘）城，登梯待上，所挽樓城西北角行牆三十步壞。約始大怖，使戴洋呼孫叔敖、伍子胥：『卿若使胡奴得城，當能持白酒寸脯箸卿前不？急令風轉。賊退，當上肥牛。』中後風轉，晡。賊退，約以兄弟並爲卿鎮。郗公初出，便開府。合敦攻宮，〔一〕師五千救臺。忠功不報，於是因蘇峻。約兄子衍爲典兵參軍，及族子胄咸同之。〔二〕邵陵令陳先帥衆至約聽事，〔三〕約在內。約佃客閻秀（一作禿，下同）亦老白鬢，謂是約，便斫腰斷，稱萬歲。秀户覆不見面，先試反視，知非，即出。約自譙還壽春。約欲據武昌，〔四〕温嶠將吴兵，我持中國兵往，可荆捶驅走也。温嶠見約書，長歎燒之。約兵叛散，約怖，使戴洋於黄門户中穰厭之。約到歷陽，騰曰：『城外□有騎，當利止。』有千人喚約，因走投石勒。勒大待遇約。約本幽州名族，賓客填門。勒登高望見，車騎甚敬。約又遣左右舊鄉里先人，因主炙怨，盡打殺。』晉陽秋曰：「約將數百人投石勒，勒弗見，欲誅之。以關中未定，故未斬戮。程遐曰：『天下粗定，宜顯明逆順，此漢高斬丁公也。祖約猶存，臣用惑之。』石勒乃紿曰：『祖侯遠來歸，未得善中，可集子弟一時俱見。』至日，勒辭以疾，令遐請約及諸祖，無少長。既至，知禍，乃大飲醉，飽其外孫悲泣於市，〔五〕約中外子姪百餘人，悉屠滅之，婦女班賜諸胡。逖有奴曰王安，待之甚厚，在雝丘，告安曰：『爾胡，石勒爾類也，吾亦不在爾一人。』乃厚資遣之。安既投石勒，遂爲大將。祖約之誅，安多將徒於市觀看。無何，盜逖庶子道重，藏之，以爲人自蔽，道重時十歲。胡滅來奔，重名羨，小字休秃。既至京都，並以其士穉之子，縉紳互往視之。或問頗識其父不？答曰：『識。慘慘麥飯色，歷歷狗髀彄。』既甚駃，於是婚宦失流，莫不歎恨之也。」

右前卷所無。

【校記】

〔一〕合敦，王利器校：「『令』，當作『會』」。

〔二〕「約兄子」二句，晉書一〇〇祖約傳敍約同蘇峻起兵，云：「從子智及衍並傾險好亂，又讚成其事，於是命逖子沛内史渙，女婿淮南太守許柳以兵會峻。」

〔三〕陳先，王利器校：「案『先』，晉書祖約傳作『光』」。

〔四〕「約欲據武昌」，此句下有譌脱。據後文「温嶠見約書」句，則約欲據武昌，當先致書温嶠。

〔五〕飽，王利器校：「案晉書祖約傳，『飽』作『抱』是」。

一一　王大將軍（處仲）每酒後，輒詠「老驥伏櫪，志在千里，烈士莫年，壯心不已。」（魏武帝樂府詩）以如意打（唾）壺，（口）邊（壺口）盡缺。一本於此卷後復出一段云：「王敦每酒後，輒詠魏武樂府曰云云，以如意打玉唾壺，唾壺盡缺。」

右豪爽門已見。〔一〕

【校記】

〔一〕已見豪爽四。

一二　王大將軍眉（自）目高朗踈率，學通左氏。

右豪爽門已見。〔一〕

【校記】

〔一〕已見豪爽三。

一三　王大將軍稱其兒云：「其神候似欲可。」王敦無子，以兄含子應字安期爲子。

右賞譽門已見。〔一〕

【校記】

〔一〕已見賞譽四九。

一四　王敦爲大將軍，鎮豫章，衛玠避亂，從洛投敦，相見欣然，談話彌日。于時謝幼輿（鯤）爲長史，敦謂鯤曰：「不意永嘉之中，復聞正始之音，阿平［平子］若在，當復絶倒。」［時人以玠爲玉人］。敬胤曰：前篇問一夜極談而發病，困以遂死，此又曰彌目，〔一〕可謂自矛楯也。魏正始何平叔等善談玄理。

右賞譽門已見。〔二〕

【校記】

〔一〕彌目，上云「談話彌日」，當作「彌日」。

〔二〕已見賞譽五一。

一五　王大將軍下，庾公［庾亮］問：「聞居（卿）有四友，何者［爲］是？」答曰：「君家中郎，［子嵩］我家（太尉）阿平，（胡）毋彦國，阿平故當最劣。」庾曰：「似未肯劣。」庾公（又）問：「何孝居其右？」〔一〕王曰：「自有人。」又問曰：「何者是？」（王）曰：「噫！自有人（公論）。」［王］左右躡［庾］公，［庾］公乃止。敦意自許。

右品藻門已見。〔二〕

【校記】

〔一〕孝，王利器校：「案『孝』當從本書品藻門作『者』。」

〔二〕已見品藻一五。

一六　王敦（處仲）世許［其］高可（尚）之自（目），嘗恣欲（荒恣於色），體爲之弊。左右［有］諫之［者］，敦云（處仲曰）：「吾乃不覺爾。如此者甚易耳，可開内後閤（乃開後閤）。」於是逐（驅諸）婢妾數十（人）出路，任其所之，時人歎焉。

右豪爽門已見。〔一〕

【校記】

〔一〕已見豪爽二。

一七　王大將軍與丞相書，稱楊朗曰：「世彦識器理致，才隱明斷，既爲國器，且是楊侯淮之子，位望殊爲陵遲，卿亦是（足）與之處［至］。」「世目楊朗沈審經斷。」（前卷此八字别是一段一）。

右賞譽門已見。〔一〕

【校記】

〔一〕見賞譽五八。

一八　王大將軍在西朝時，見周侯，〔王〕輒扇(障)面不得住。後度江左，不能(復)爾。(王)歎曰：「不知〔是〕我進伯仁退。」周顗字伯仁，汝南安城人也。父俊，字開林，鎮東將軍。祖咸〔一〕，字雝熙，睢陽令。晉陽秋曰：「汝南賁泰淵顗，〔二〕顗舉寒素秘書郎。永嘉末，奔江南。頗有酒失，庾亮曰：『周侯末年，所謂鳳德之衰。』王敦下，顗長史郝嘏令顗避難，顗曰：『吾寧可草間求活，投身胡虜邪？』顗被收，經太廟，顗大呼：『賊臣王敦，枉殺忠臣。』兵以矛傷之，斬于石頭。」鄧粲晉紀曰：「顗代王平子爲荆州，入境便狼狽失據。陶侃别將吴寄救免之。顗退住武昌，入爲吏部尚書，用羅弘涪陵太守。弘父母陷賊，不時奔赴，有司奏禁止。顗除弘名，請議。顗與王導及朝士詣紀瞻，瞻有愛妾，能爲新聲。顗於衆中欲通之，露其穢惡。有司奏顗昏耽于酒，荒廢所職，詔責讓之。王敦使繆坦收顗，顗過太廟，大呼。收者以鉤琢其背，血流至踵。敦參軍於敦坐樗蒲，馬在頭被殺(一作打)，曰：『周家位不至三公，伯仁垂作而不果，有似下官此馬。』」丹陽記曰：「王敦斬顗及戴淵於唐積石下。顗尚書左僕射。敦卒後，贈戴淵而不及顗，顗弟謨上表，詔之，乃贈左光禄、開府、謚康侯。顗生閔、頤等。頤字子朝，護軍。頤生琳，字億林，東陽太守。玄孫顗，今尚書郎。顒，今散騎郎。父字文子，驃騎司馬。文子生停之，字元度，太常卿。

停之生高，字善長，吳興太守。高生踐思。高弟朗，字利義，太子中舍人。朗生仁昭，今新安太守。」

右品藻門已見。〔三〕

【校記】

〔一〕祖咸，晉書六一周浚傳謂浚父裴，少府卿。勞格晉書校記：「『裴』，當作『斐』。此云周顗祖咸，不知何據。

〔二〕汝南賁泰淵顗，王利器校：「案此句疑有譌脱，晉書周顗傳作『同郡賁嵩有清操』……『泰淵』當即『嵩』之字，『淵』與『嵩』相反爲義。本書言語門『庾公造周伯仁』條注引晉陽秋亦載賁泰稱伯仁語，這裏『顗』上當脱『稱』字。」

〔三〕已見品藻一二。

一九　王大將軍稱王夷甫（太尉）處衆人之中，如（似）珠玉在瓦石間。

右容止門已見。〔一〕

【校記】

〔一〕已見容止一七。

二〇　右崇〔王愷競以豪侈相夸崇〕每要客燕集，〔一〕常令美人行酒。（客飲酒不盡（者），（使）黄門交斬美人。將軍與丞相（王丞相與大將軍）（嘗）共詣崇，丞相素一作性不耐酒（能飲），輒自勉彊，至于沈醉。大將軍每固不飲，以觀其變（每至大將軍固不飲以觀其變）〔二〕孟子曰：「人皆有不忍人之心，行不忍人之政，治天下可運之掌上。見孺子將入於井，有惻隱之心。無惻隱之心，非人也。」王敦可謂非人。王丞相德音記曰：「王敦曾要公詣王君夫聽妓，妓吹笛小失，君夫使令黄門牽箸階下打殺之。敦顔色自若。公還歎息，語從弟廙、弟敞、穎曰：『稱是君處世，〔三〕當有如此事也。』」

右汰侈門已見。〔四〕

【校記】

〔一〕右，王利器校：「案『右』當作『石』。」

〔二〕汰侈一於大將軍「以觀其變」下有「已斬三人，顔色如故，尚不肯飲。丞相讓之，大將軍曰：『自殺伊家人，何預卿事？』」數句。敍事完整。此條止于「以觀其變」，顯有遺漏。

〔三〕稱是君，汰侈一注引王丞相德言記作「恐此君」。

〔四〕已見汰侈一。

二一　王大將軍既亡，王應欲投世儒，世儒爲江州。（王）含欲投王舒，王舒爲荆州。含語應曰：「大將軍平素與江州云何，而汝欲歸之？」應曰：「此乃（所以）宜往也。江州當人彊盛時，能抗（立）同異，（此）非常人所（行）。及覩衰危（厄），必興愍惻。荆州守文，豈能作意表行事！」含（不從），遂（共）投舒。舒果沈含父子于江。彬［先］聞應當來，密具舟（船）以待之。［應］竟不得來，深以爲恨。應字安期，含子也。繼敦爲子，武衛將軍。王彬字世儒，丞相從弟也。父正，字士則，都官郎。中興書曰：「弱冠，州郡禮命，並不就。光禄傅祗辟。渡江，揚州刺史劉機以爲建武長史。中宗以爲賊曹參軍，轉鎮東典兵參軍，累遷軍咨祭酒、員外常侍、侍中。從兄敦入石頭，中宗使彬銜使慰勞。會敦殺周顗，彬往哭尸，哀慟左右。既而見敦，敦怪有涕洟之處，問其所以。彬曰：『向哭伯仁，情不能已。』敦曰：『伯仁自致刑戮，且凡人遇，汝復何爲者哉！伯仁世譽與君齊行，忠烈之軌邈焉。遂（數本遂作邃）其有何罪而致禍？』勃然曰：『兄抗旍犯順，殺戮忠義，謀圖不軌，禍及門户。』〔一〕敦大怒，厲聲曰：『小人之狂悖乃可至此！爲吾不能殺爾邪？』丞相導在坐，勸彬起謝。彬曰：『昨暴腳痛，不能拜。且此復何所謝！』意氣自若。敦曰：『腳痛不能拜（一本無不能拜三字），孰若頸痛。』然猶以至親不忍加害，用爲豫章太守。彬爲人樸（一作儉）素方直，風味之好，〔二〕雖居顯貴，常布衣蔬食。遷江州刺史。蘇峻平，更築宮室，彬爲大匠，遷尚書僕射。薨，贈常侍、特進、衛將軍、亭簡侯。彬生彭之、彪之等。王敦反逆，彬從兄窘（一作[illegible]）黨同凶惡，〔三〕敦平，以憂死。唯丞相導與彬，行滅親之誅，忠於社稷。王含字處弘，敦兄也，敦以爲驃騎、開府、荆州刺史，與錢鳳爲逆，帥衆京師，敗走。舒字處明，敦從弟也。父會，字士和，御史。舒爲敦所知友，少高尚，年三十，州禮命，太傅辟，並不就。敦爲青州，舒往依焉。敦徵拜秘書監，以兵亂路險，棄公主時金玉寶物於地，以一乘還洛，時人無不競拾，唯舒不取，敦深知之。參鎮東將軍事、溧陽令。肅祖爲東中郎，妙選上佐，舒爲司馬，轉後軍。宣城公褒議，〔四〕轉車騎司馬。褒（它本下兩褒字作裒）薨，舒代褒任爲北中郎、徐州刺史。太寧初，王敦以舒爲荆州刺史，稍遷尚書僕射，拜撫軍將軍、會稽内史，秩中二千石。舒表父名會，不行。朝議字同音異，於禮無嫌。舒表音雖異而字同，乞换它郡。乃改「會」爲「鄶」。蘇峻作逆，假舒節都督，揚州刺史事。舒討賊，所在平定。陶侃監浙東五郡，詔書爲江州。不平，卒，贈車騎大將軍、儀同三司，彭澤穆侯。舒生晏之、允之。允之字淵猷，將軍、〔五〕番禺忠侯。允之生希之，希之生沖之，沖之生範之，範之生述之。範之字貞子，武陵内史。範之生横之，横之字孟光，南郡太守。横之生謙之、儉之等也。含之投舒，舒遣軍逆之。含父子赴水而死，以爲君子不事所非，不非所事。舒若以敦天性豺狼，則不應少長受其友愛。既蒙其力兵之授，委體自親，情過友于。永昌之始，風義雷同。大寧之初，曾無異議。敦死，含用，乃遣軍逼迫征虜，使爲汨羅，上違典禮，下傷骨肉。舒若以含父子元惡，欲義以滅親，則拘之司敗，〔六〕朝有明憲。昔酈寄猶以賣友見譏，况販兄弟以求安乎？若夫王舒，可謂非人乎！敬胤以爲罰不及嗣，賞延于世。大憝既斃，含等從逆，使投身虜，〔七〕自竄三危，於國何傷，骨肉以全。王彬折凶謀於逆始，受三驅於正，可謂剛亦不吐，柔亦不茹矣。

右識鑑門已見。〔八〕

【校記】

〔一〕「伯仁世譽」以下有譌脱。「伯仁世譽」二句乃彬語，「遂數」至「禍及門户」亦爲彬數敦語。晉書七六王彬傳、識鑒一五注引王彬别傳，敘事完整有條理，可比對而知當時情事也。

〔二〕風味之好，晉書七六王彬傳「風」字上有「乏」字。是。

〔三〕從兄窘，按，查汪藻琅邪臨沂王氏譜，王彬從兄無有作「窘」者，敬胤注：窘，一作邃。疑邃乃「邃」之誤，邃乃彬從兄，然不聞其于王敦平後以憂死。

〔四〕轉後軍宣城公褒議，王利器校：「案晉書王舒傳作『轉後將軍宣城公褚裒諮議參軍』，此文有譌脱。」按，中華書局排印本晉書七六校勘記云：「錢大昕諸史拾遺：宣城公裒，元帝子也。此『褚』字蓋校書者妄增。按：錢説是。」

〔五〕「將軍」上有脱文。晉書七六王允之傳謂允之討賊有功，除建武將軍。「將軍」上當脱「建武」二字。

〔六〕司敗，原本「敗」字較難辨識。按：論語述而：「陳司敗問昭公知禮乎？」何晏注：「孔安國曰：司敗，官名也。」春秋左傳文公十年：「臣歸死於司敗也。」杜注：「陳楚名司寇爲司敗。」故作「敗」字無疑。

〔七〕使投身虜，王利器校：「案『虜』上當脱一字；或是『胡』字。」

〔八〕已見識鑒一五。

二二　王大將軍初尚主，豫武帝會，既升殿，覺上（上覺）不平，如坑穽中行。乃顧看四坐，無出其右者，意尋得定。晉安帝女舞陽公主字脩褘。〔一〕

右前卷所無。

【校記】

〔一〕王利器校：「案『安帝』誤，本書紕漏門『王敦初尚主』條注作『敦尚武帝女舞陽公主字脩褘』，晉書王敦傳作『尚武帝女襄城公主』。」

二三　王大將軍（敦）（初）尚主，如厠，見漆箱盛乾棗，本以塞鼻，王云（謂）厠上（亦）下果，食之遂盡（食遂至盡）。既還，婢擎（金）澡盤盛水，瑠璃盌盛澡豆，因倒［豆］箸水中而飲之，謂是乾飯。羣婢莫不（掩口而）笑（之）。

右紕漏門已見。〔一〕

【校記】

〔一〕已見紕漏一。

二四　（王）大將軍年少時，舊有田舍名。語亦楚音（語音亦楚）。武帝喚時賢共語（言）伎藝〔之〕事，人人（人皆）多有所知，唯王〔敦〕都無所關，意色殊惡，自言知打鼓吹。〔武〕帝〔即〕令取鼓與之，於坐振袖而起，楊桴（槌）痛槌（奮擊），音節諧捷，神氣豪上，傍若無人，〔於是〕舉坐歎其雄爽。或曰：王敦嘗坐武昌釣臺上，聞行船打鼓，嗟稱其能。俄而一槌小異，敦以扇柄确机曰：「可恨！」應侍側，曰：「不然，此是回颿槌。」使視之，云：「船入夾（一作樊）口。」以應知鼓，善於敦也。

右豪爽門已見。〔一〕

【校記】

〔一〕已見豪爽一。

二五　（王）大將軍與元皇表云：「舒風槩簡正，（允）作雅人，自多於邃，最是臣少所知拔（一作「杖」）。中間衍（夷甫澄）（見語）〔一〕：『卿知處明、茂弘，茂弘已有令名，真副卿清論。處明既一作槩新〔二〕，踈無知之者，吾嘗以卿言爲意，殊未有〔所〕得，恐已悔之。』臣慨然曰：『君以此試。』頃來始乃有稱之者，（言）常人正自患知之便（使）過，一作便得過不知便（使）負實。」

右賞譽門已見。〔三〕

【校記】

〔一〕中間衍，一本「衍」字下作「夷甫澄見語」，是。

〔二〕一作槩新，王利器校：「案『新』當從本書賞譽門作『親』。」

〔三〕已見賞譽四六。

二六　石崇厠常有十餘婢侍列，皆麗服一作美麗藻飭（飾），置甲煎粉、沈香汁之屬，莫（無）不畢備，又與新衣箸令出。客多羞不能如厠。王大將軍往，脱故衣，箸新服（衣），意（神）色傲然。羣婢相謂曰：「此客必能作賊。」

石汰侈門已見。〔一〕

【校記】

〔一〕王利器校：「案『石』當作『右』。」已見汰侈二一。

二七　王丞相云：「刁玄亮之察察，（戴）若思之巖巖，卞望之之峯距。」協字玄亮，勃海人也，父攸，字偉林，御史中丞。祖恭，字孝先，鎮南軍司馬。晉陽秋曰：「協有史學，忠於事上，濮陽王友、長沙王左司馬。永嘉奔建康。朝儀悉協所識也。」鄧粲晉紀曰：「協中朝爲博士，踈朗多通，朝廷創軌度，多協所制。性麤雄多忤。王敦將誅協，協入見上，上令走。協年老不能騎馬，爲追兵所及。或曰：逃江南山中，爲敦兵所追。協位至尚書令、左光禄大夫。彝字大倫，〔一〕北中郎將，徐、兖二州刺史。彝子逵等同恒玄爲逆，伏誅。卞壼，字望之，濟陰人也。父粹，字玄仁，中書令。祖統，字建業，〔二〕琅邪太守。」晉陽秋曰：「壼，懷帝世著作郎，明帝宮中郎長史，琅邪世子師，御史中丞，守尚書。裁斷幹實，忠於事上，厲然欲軌正叔世，〔三〕不肯苟同時好，在尚書中最任職，明帝器知之，欲以褒貶爲已任。阮孚嘲之曰：『卿恒如含瓦石，不亦勞乎？』答曰：『諸君自慢（一作浸）弘風尚，執其鄙吝，非我而誰！』庾亮召蘇峻，壼固争之，未難。壼司馬台勸畜良馬，〔四〕少備不虞。壼曰：『逆言之，〔五〕理無不濟。如其不然，命也，豈須馬乎？』既而壼二子盱、眕並死於宣陽門內。〔六〕徵士翟湯聞之曰：『父死於君，子死於父，忠孝之道，萃於一門。』壼，尚書令、鎮軍將軍，贈侍中、驃騎將軍、開府，謚忠貞。公始贈尚書郎，弘納議，乃加侍中。」鄧粲晉紀曰：「咸和初，貴游子弟多欲爲達，壼厲色於朝，曰：『悖禮傷教，莫此之甚，中朝傾覆，實此之由。』欲奏治之。王導、庾亮不同，乃止。明帝初崩，皇太子將即位，羣臣進璽，王導以疾不至。壼正色於朝曰：『王公豈社稷之臣邪，大行在殯，嗣皇未立，寧是人臣辭疾之秋。』導聞之，乃輿疾而至。壼子瞻，字彦道，廣州刺史。瞻生嗣之，字奉伯，中領軍。嗣之生延之，上虞令。延之生彬，〔七〕彬今南郡丞。」

右賞譽門已見。〔八〕

【校記】

〔一〕彝，刁協子。

〔二〕「建業」上有脱字。

〔三〕「叔世」，晉書七〇卞壺傳作「督世」。

〔四〕司馬台，晉書七〇卞壺傳：壺司馬任台。則「台」上脱「任」字。

〔五〕逆言之，晉書七〇卞壺傳作「以順逆論之」。

〔六〕盰睞，睞，晉書七〇卞壺傳作「眕」。

〔七〕彬，事蹟詳見南齊書五二卞彬傳。

〔八〕已見賞譽五四。

二八　周侯於荆州敗績，還，未值(得)用，王丞相與人書曰：「雅流弘器，何可(得)遺！」

右賞譽門已見。〔一〕

【校記】

〔一〕已見賞譽四七。

二九　元皇（帝既）登阼，以鄭后之寵，〔遂〕欲舍明帝而立簡文。〔于〕時議者咸謂舍長立少，既於禮不順（於理非倫），且明帝以聰亮英斷，益宜爲儲副。周、王諸公，並苦争懇切。唯刁玄亮獨欲奉少主，以順（阿）帝旨。元帝便欲施行，〔而〕慮諸公〔必〕不奉詔。於是先喚周侯、丞相入〔見〕，然後欲出詔付刁（刁協）。周、王〔乃〕（既入），始至階頭，帝〔便〕逆遣傳詔，卻（遏）使〔且〕就東廂。周侯未悟，即略卻（卻略）下階。丞相〔乃〕披撥，傳詔，徑至御（牀）前，曰：「不審陛下何以〔不〕見臣？」帝默然無言，乃探〔出〕懷中黄紙，詔裂擲之。由此皇儲〔然後〕始定。周侯方慨恨（然）愧歎曰：「我常自言勝茂弘，今始知不如也。」鄭后名春，滎陽人也。祖含，臨濟令。父愷，征西參軍。后先適田氏，永嘉亂，渡江入宫，生簡文。簡文諱昱，字道萬，元帝少子也。初封會稽王，又封琅邪王、右將軍、太常卿、撫軍將軍、開府、録尚書、司徒、丞相，並不拜。上性好卜筮，每事由之。從事中郎丁纂諫曰：「行路之人並云，大小事皆因左右，須卜筮而斷。」並不納。〔一〕太和六年，桓温劫廢天子，立爲帝，改年曰咸安元年。二年七月，崩，葬高平陵，廟曰太宗。生三男：道生、昌明、道子。道生拜世子、給事中。太宗上表廢之。昌明爲孝武皇帝。道子太傅、會稽王。敬胤按：晉書：中宗始議立太子，以琅邪王裒賢於肅祖，欲建立。王導説以立子以長，且諱又賢，不宜改革舊制。中宗猶疑。導日夕諫，故肅祖得立。王丞相德音記曰：「明帝字立奴，宣城公字玄奴，並□許家。〔二〕安東欲立美奴，公以明帝長，經月不定。上以美奴先妃所養。公固執之，明帝乃立。」今云立簡文，謬矣。

右方正門已見。〔三〕

【校記】

〔一〕「丁纂諫曰」一段語意費解。中宗性好卜筮，每事用之。丁纂諫云「大小事皆因左右」，意謂每事須聽左右意見，何以又云「須卜筮而斷」？「須」作「不須」方合情理。

〔二〕「並□許家」，此句有譌脱。

〔三〕已見方正二三。

三〇　許侍中、[與]顧司空俱作[王]丞相從事，爾時已[自]被[遽]遇，遊宴集，略無不同。嘗夜在（至）丞相許戲，二人唤（歡極），丞相便命（使）入（己）帳

[中]眠。顧至時(曉)[猶]展(回)轉,不得快孰。許上牀便[自]咳(咍)臺大鼾。丞相顧[語]諸客曰:「此中亦[是]難得眠處。」許藻,字思文,義興人也,衛尉卿。祖豐,字子良,永興令。父裴,字季顯,烏程令。顧和字君孝,吴郡人也。曾祖容,字季則,吴持節、鎮南將軍、荆州刺史。祖相,字令光,臨海太守。父叙,字子固,處士。晉陽秋曰:「和二歲,知名族人顧榮曰:『此吾家騏驅也,興吾宗者。』」仕州司徒掾、王敦主薄、御史中丞、吏部尚書、領軍將軍、太常卿、國子祭酒、尚書僕射、尚書令、左光禄、開府、尚書令、贈侍中、司空,謚曰穆公。和五子:治、隗、淳、履之、臺民。」隗字仲舒,輔國參軍。隗生敷,敷别有説。淳字叔平,仕衛將軍。淳生放,放字彦祖,散騎常侍。放生軌、尚。履之字叔仲,左西掾。履之生鮚、沖、惔、忻。沖字祖順,散騎常侍。沖生叔道。惔字祖長,安西掾。惔生疑、琰、緒、(一作「績」)琛。吴郡太守、尚書。琛生寶先。寶先建康令。實生將等。臺民大僕卿。臺民生阮之,始興相也。

右雅量門已見。〔一〕

三一　舊云王丞相過江左,正(止)道聲無哀樂、養生、言[不]盡意三理而已。

【校記】

〔一〕已見雅量一六。

然婉轉關一作「開」生，「常」無所不入。聲無哀樂養生二論並嵇康作。

石文學門已見。〔一〕

【校記】

〔一〕石，王利器校：「案『石』當作『右』。」已見文學二一。

三二　江僕射年少，王丞相「始」呼與共棊。王手常（嘗）不如「江」兩道許，而欲敵道戲，試以觀之。江不即下「棊」，王曰：「君何以不行？」江曰：「恐「公」不得爾。」傍「亦」有語（客）「王」曰：「此年少戲乃不惡。」王徐假道（擧首）曰：「此少年（年少）非唯圍棊見勝。」江虨字思玄，陳留人也。祖祚，字伯倫。父大元，散騎常侍。虨少博學，善弈，爲江左第一。州擧秀才，平南温嶠參軍、州別駕，司空掾、長山令，累遷黄門郎、車騎庾水長史、〔一〕征西庾翼咨議參軍、吏部郎，御史中丞、侍中、吏部尚書、護軍參軍、（參軍一作將軍）右將軍，會稽内史、尚書僕射。哀帝欲於殿庭立鴻祀，虨曰不可，乃止。轉護軍將軍，國子祭酒，卒。生敳，字仲凱，驃騎咨議參軍。敳生恒、夷。恒，黄州刺史。夷字茂遠，尚書僕射。生湛之，字淵之，左光禄大夫、開府。湛之生恁，字孝箸，大著作郎。恁生斆，南康王友。

右方正門已見。〔二〕

【校記】

〔一〕車騎，庾水，水，當作「冰」。方正四一注引晉陽秋：庾冰「累遷車騎將軍、江州刺史」。

〔二〕已見方正四二。

三三　王丞相過江，目説昔〔數〕在洛水邊，（數）與裴成公、阮千里諸賢共談道。羊曼曰：「人久〔自〕以此許卿，何須復爾？」王曰：「亦不言我須此，但歎（欲）一作「數歎」爾時不可得爾。」羊曼字延祖，太山人也。祖發，字伯子，淮北護軍。父既，〔一〕字不齊，青州刺史。曼少縱誕無行檢，與胡毋輔之等八人昏飲淫悖，自相題目爲「八達」。世稱曼爲都致，阮放爲宏伯，郗鑒爲方伯，胡毋輔之爲裁伯，蔡謨爲朗伯，阮孚爲誕伯，劉綏爲委伯，羊曼爲慤伯，號「兖州八伯」，〔二〕擬古之八元。以陳留江淵以能食爲穀伯，史疇大肥爲笨伯，高平張嶷以狡妄爲猾伯，曼弟聃以狼戾爲鎖伯，以擬古之四凶。〔三〕按，江淵學士，中興初爲國子祭酒、大鴻臚、襄邑李侯。淵生象、猑。象字元衛，尉定侯。六世孫淹，今驍騎將軍。猑字虞，南康太守。猑子静，建安太守。静生隆、籍、奥等。隆，給事中。隆生廞、永等。廞，武昌太守。廞生該，安西參軍事。該生練等。籍，臨水内史。籍生嶷，吴令。嶷生法、真等。奥，御史中丞，生臻、乂等。史疇位至豫章太守、御史中丞、武昌内史、民其後也。〔四〕江淵儒學爲業。史疇名行無違，以能食體肥，並云四凶，可謂誣矣。羊聃凶狂，信四凶矣。曼位至丹陽、會稽、太常卿。曼生賁，字虎賁，秘書郎也。

右企羨門已見。〔五〕

【校記】

〔一〕父既，王利器校：「案晉書羊曼傳、本書雅量門『過江初拜官』條注引曼别傳及本書附泰山南城羊氏譜，『既』都作『曁』，這裏錯了。」

〔二〕兖州八伯，晉書四九羊曼傳、御覽四〇七引晉中興書敍兖州八伯，謂「濟陽卞壺爲裁伯」。敬胤注無卞壺。羊曼傳、晉中興書謂「胡毋輔之爲達伯」，敬胤注謂輔之爲裁伯。晉中興書謂「劉綏爲秀伯」，而敬胤注謂「劉綏爲委伯」。羊曼傳、晉中興書稱羊曼爲「𨤲伯」，敬胤注謂羊曼爲「慤伯」，建康實録七引晉書作「䵵伯」。按八伯之義難曉。顔氏家訓七書證篇論「𨤲伯」之「𨤲」之音義云：「此字更無音訓。梁孝元帝嘗謂吾曰：『由來不識，唯張簡憲見教，呼爲嚃羹之嚃。自爾便遵承之，亦不知所出。』簡憲是湘州刺史張纘謚也，江南號爲碩學。案法盛世代殊近，當是耆老相傳。俗間又有𨤲𨤲語，蓋無所不施，無所不容之意也。顧野王玉篇誤爲黑傍沓。顧雖博物，猶出簡憲、孝元之下，而二人皆云重邊。吾所見數本，並無作黑者。重沓是多饒積厚之意。從黑更無義旨。」宋黄朝英靖康緗素雜記四引顔氏家訓後云：「故唐常衮室賣官之路，一切以公議格之，非文辭者皆擯不用，世謂之𨤲伯，以其𨤲𨤲無賢不肖之辨云。蓋兖州之遺意也，音沓。」王觀國學林四以爲從黑之「䵵」不誤，「䵵者乃美稱，是八儁之中居一儁也」。王氏無論證，而顔之推稱「吾所見數本，並無作黑者」。故仍從顏氏之説，以作「豬伯」爲是。

〔三〕以擬古之四凶，御覽三七八引晉中興書曰：「兗州既有八伯之號，其後更置四伯：大鴻臚陳留江淵以能食爲穀伯，豫章太守陳留史疇以大肥爲太伯，散騎侍郎高平張嶷以佼妄爲猾伯，廬陵太守羊曼以狠戾爲瓌伯，蓋擬古之四凶。」按晉書四九羊曼傳與敬胤注同，而與晉中興書異。

〔四〕氏，敬胤自稱。此句言敬胤乃史疇之後。

〔五〕已見企羨二。

三四　過江初，拜官，相（與）飭（飾）供饌。羊曼拜丹陽尹，客來蚤者，並得佳饌，（設）日晏［則］漸罄，不復及一作乃精。隨客蚤晚，不問貴賤。羊固拜臨須（拜臨海），竟日皆美（供），雖晚至［者］，猶（亦）獲盛饌。時論以固之豐腆（華），乃不如曼之真率。固字道安，臨海太守。父悔，（一作「坦」）守長樂，車騎從事中郎。祖侃，字謀甫，御史中丞、國子祭酒、侍中（一本作侍御史）。

右雅量門已見。〔一〕

【校記】

〔一〕已見雅量二。

三五　王公曰（目）：「太尉巖巖清峙，壁立千仞。」

右賞譽門已見。〔一〕

【校記】

〔一〕已見賞譽三七。

三六　祖約就王丞相宿（王丞相招祖約），夜語，至曉不眠。明旦有客，尚（公）頭鬢未理，體亦小倦。客曰：「公昨如（是），似失眠。」公曰：「昨〔夜〕與士少語，遂使人忘疲。」

右賞譽門已見。〔一〕

【校記】

〔一〕已見賞譽五七。

三七　王長豫幼便和令，丞相愛恣甚篤。每共圍棊，丞相欲舉（行），長豫按指不聽。丞相笑曰：「詎得爾，相與似有瓜葛。」悅字長豫，丞相子也。少以相長知彰箸稱。

侍講東宮，拜騎都尉，稍遷中書郎。蚤卒。贈常侍、始興貞世子白。〔一〕

右排調門已見。〔二〕

【校記】

〔一〕始興貞世子白，此句似有譌脱。晉書五六王悦傳謂悦卒，謚貞世子。「白」字或衍。

〔二〕已見排調一六。

三八　王藍田爲人晚成，時人乃識之（乃謂之癡）。王丞相以其東海子，辟爲掾。嘗集聚，王公每發言，衆人競讚之。述（於）末坐曰：「主非堯舜，何得事事皆是？」丞相賞歎甚深（甚相歎賞）。晉陽秋曰：「東海王述，字懷祖。父丞，〔一〕字安期，東海内史。述爲丞相王導掾、左軍長史、臨海太守、會稽内史、征虜將軍、揚州刺史、散騎常侍、尚書令、衛將軍，贈驃騎將軍、兩府，〔二〕舊國簡侯。〔三〕述二子：坦之、禕之。」

右賞譽門已見。〔四〕

【校記】

〔一〕父丞，「丞」，晉書作「承」。

〔二〕兩府，王利器校：「據晉書王述傳當作『開府』。」

〔三〕舊國，王利器校：「據晉書當作『謚曰』。」

〔四〕已見賞譽六二。

三九　何次道往丞相許，丞相以麈尾指牀，呼共坐：「來，此是君坐。」（指坐，呼何共坐，曰：「來，來，此是君坐。」）充字次道，廬江潛（一作灊）人也。〔一〕智祖貞，〔二〕字元幹，光禄大夫。祖惲，字穉叔，豫州刺史。幹督字彦，〔三〕安豐太守。晉陽秋曰：「充有文義，王敦辟爲掾，轉主簿。王導器之，欲使繼相及爲宰相。所妮庸雜，〔四〕起佛宇，供養沙門百數。徵使役民，功賞萬計，而姓有第（一作子）能。〔五〕成帝崩，庾冰欲立長君，充欲立皇子。争之不能，乃言於康帝，曰：『去年陛下龍飛者，庾冰之功，臣無預焉。』驃騎將軍、開府、録尚書、揚州刺史，贈司空，謚曰文穆公。」

右賞譽門已見。〔六〕

【校記】

〔一〕潛人，據晉書七七何充傳，當作「灊人」。

〔二〕智祖貞，據晉書，當作「曾祖禎」。

〔三〕榦督字彦，王利器校：「案『榦督』二字，據晉書當作『父叡』；『彦』下似有脱文。」

〔四〕妮，當从晉書作「昵」。

〔五〕而姓有第能，此句有譌脱，不可讀。

〔六〕已見賞譽五九。

四〇　丞相治揚州廨（舍），按行而言曰：「我正爲次道治此爾。」充（自）少爲王公所[知]重，[是]故屢發此歎。今西州也。丹陽記曰：「揚州廨，王敦所創也。揚州舊治壽春，唯劉繇治曲阿，吴範、諸葛恪則建業。晉自周浚至王敦，仍吴之舊。敦後領州牧，及桓温、桓玄悉治。敦、王茂弘已來及桓謙則在建康。永嘉元年，顧榮誅陳敏，揚州刺史劉機治建康。王敦代機，元帝渡江，居城府，敦便立州廨於此。及王茂弘爲州，又脩舍。守令之制置，多茂弘遺事也。宋大明中分此廨爲二王第，元徽初改創，今無復昔構矣。」

右賞譽門已見。〔一〕

【校記】

〔一〕已見賞譽六〇。

四一　王丞相〔性〕儉節，帳下甘果盈溢不〔能〕散，涉春爛敗。都督白之，公令舍去，〔敕〕云：（曰）「慎不可令大郎知。」韓詩外傳曰：「宋燕相齊，見逐歸舍，召門尉陳饒等二十六人曰：『諸大夫有能與我赴諸侯者乎？』皆伏而不對。燕曰：『悲夫！士大夫易得而難用之。』饒謹對曰：『三叔〔一〕之稷，不足於士。君厩馬有餘粟，果梨後宫以相擲，士不得一嘗。綾紈綺縠，從風而弊，士不得以爲緣。夫財幣者，君之所輕；命者，士之所重。君不能行君所輕，而使士行其所重，譬猶鉛刀畜之，而干將用之，不亦難乎？』燕慙曰：『燕之過也。』」呂氏春秋曰：「楚人有獻魚楚王者：『今日漁獲，食之不盡，賣之不售，棄之又惜，故來獻之。』左右曰：『鄙哉，辭！』楚王曰：『子不知，漁者仁人也。』」家語曰：「孔子之楚，有漁者獻魚甚强。孔子不受。獻者曰：『天暑市遠，衒之不售，不若獻之君子。』再拜，受，使弟子埽除祭之。弟子曰：『夫人將棄之，今吾子將祭之，何也？』孔子曰：『吾聞之，務施而不務餘財者，聖人也。今受聖人賜，可無祭乎？』」

右儉嗇門已見。〔二〕

【校記】

〔一〕三叔，今本韓詩外傳作「三斗」，義似更勝。

〔二〕已見儉嗇七。

四二　「王丞相夢人欲以百萬錢買長豫，丞相甚惡之，潛爲祈禱者備矣。後作屋，忽掘得一窖錢，料之百億，大不歡，一皆藏閉。俄而長豫亡。」〔一〕王長豫爲人恭（謹）順，事親有（盡）色養之孝。丞相見長豫輒喜，見敬豫輒嗔。恬字敬豫，丞相第二子也。中興書曰：「少卓犖不羈，疾學尚武，不爲公門所重。晚好士，多伎藝，善弈，江左第一。州別駕、秀才、司空辟琅邪王友、中書郎。詔以爲中書，父固辭之。時南蠻校尉陶稱，告庾亮反，詔以恬爲後將軍、魏郡太守、加給事中，領萬人監江州諸軍，戍石頭。導薨，去職。俄而明役（一作「没」）制城，起（一作「越」）恬爲前位，守石頭，還豫章太守，不之。還後軍、吴郡，加常侍，徙會稽内史、常侍、將軍如故。遷中軍將軍，謚曰曼侯。」〔二〕子混、浩等。

右德行門已見。〔三〕

【校記】

〔一〕「王丞相夢」以下數句，今見太平廣記一四一，今本世説不存，當爲宋人删落者也。

〔二〕謚曰曼侯，晉書六五王恬傳、汪藻琅邪臨沂王氏譜並作「謚曰憲」。

〔三〕已見德行二九。

四三　長豫與丞相語，恒以慎密爲端。丞相還臺及行，未嘗不送至車後。恒爲（與）曹夫人併當箱篋。長豫亡後，丞相還臺，發（登）車後，哭至臺門。曹夫人作奩（簏），封而不忍開。（前卷自丞相至長豫亡不載，自爲人恭順至不思開爲一段）曹夫人，彭城人也，父韶，字道武，鎮東軍司馬。祖説，字祖嗣，征西參軍也。

右德行門已見。〔一〕

【校記】

〔一〕已見德行二九。

四四　會稽虞騤，元皇時與桓宣武同使（俠），〔一〕其人有才理體（勝）望。王丞相嘗謂騤（曰）：「孔愉有公才而無公望，丁潭有公望而無公才。兼之者其（在）卿乎？」騤未達而喪。騤字長文，祖翻，字仲翔，侍御史。騤光禄大夫。騤生谷，字長風，吴國内史。谷生宗，尚書郎。宗生鷙、賚、珍、繁。賚孫憖，今北中郎咨議。珍生亢，黄門郎。繁生踏，踏生安，今正員外郎。桓彝字茂倫，譙國龍亢人。祖楷，字正則，濟北相。父顥，字景耀，公府掾。晉陽秋曰：「彝，漢太常相榮九世孫也，有鑑識，比之許、郭，爲宣城内史，遇蘇峻之亂，爲韓晃所害，贈廷尉卿。彝五男：温雲豁祕沖。雲字雲子，平南將軍、江州刺史，謚曰貞侯。雲生厚元道誰。〔二〕序字始恭，宣城太守，贈江州刺史。序生建之放。温等别有説。〔三〕孔愉字敬康，會稽山陰人，曾祖潛（一作揩），字隱微，吳太傅。祖竺（一作望）字元慎，吳豫章太守。父恬，字公默，湘東太守。晉陽秋曰：「愉□系忠清，行己有恒。歷官至車騎將軍、開府、餘不亭侯。一云愉少時嘗得一龜，投之餘不溪中，龜連三左顧之，愉心怪焉。及封餘不亭，工人鑄印龜，連三左顧，上異之，以告愉。〔四〕愉聞之，曰：『有此。』因取而愉佩焉。生安國、間。〔五〕間字須言，建安太守。間生靜，字季恭，光禄大夫，開府。靜生山士、山民等。山士，會稽太守。山士生景亮，太子舍人。景生廣，〔六〕今太尉西曹掾。山民，新興太守。山民生道存，今步兵校尉。安國別有説。丁潭字世康，會稽山陰人。父固，〔七〕字子賤，吳司徒。祖覽，字孝連，〔八〕始平長史（一本無史字），潭光禄大夫。」晉陽秋曰：「孔散康、丁世康、張偉康，俱著名會稽，時人謂之『會稽三康』（一作俱著名之，時人謂之會稽有三康）。偉康名茂，嘗夢得大象，以問萬雅，雅曰：『君當爲大郡而不善也。』或問雅，雅曰：『象，大狩也，〔九〕取其音狩也，故爲大郡。然象以齒焚身，後當爲人所殺，而取其郡。』後爲吳郡，果爲沈充所殺。」

右品藻門已見。〔一〇〕

【校記】

〔一〕桓宣武，當作「桓宣城」。晉書七六虞騃傳：「與譙國桓彝俱爲吏部郎，情好甚篤。」

〔二〕雲生厚元道誰，王利器校：「案依下文和本書附譙國龍亢桓氏譜，『厚』字應當作『序』。」按，晉書七四桓雲傳謂雲子序，汪藻桓氏譜亦止曰雲子序。「厚元道誰」四字不可解，疑爲誤植。此句當作「雲生序」。
〔三〕序生建之放温等别有説，王利器校：「案此疑當作『序生建之、放之等。温别有説』。」按，汪藻桓氏譜：「放之，序子。」無建之。故「序生建之放温」必有譌脱。「温等别有説」，謂桓温、桓豁兄弟等别有説，猶「别見」之意。據此可知敬胤注並非僅有汪藻考異所載五十一事。
〔四〕上異之以告愉，晉書七八孔愉傳：「印工以告。」按，工人鑄印龜，當是印工以告愉。
〔五〕生安國誾，王利器校：「據本書附會稽山陰孔氏譜當作『闇』，下同。名闇字須言，義正相應。」
〔六〕景生廣，前云「景亮」，則此處「景」下當脱「亮」字。
〔七〕父固，吴志虞翻傳裴注引會稽典録，謂丁固子彌，孫潭。晉書七八丁潭傳謂丁潭祖固父彌。「父固」，當作「祖固」。
〔八〕祖覽，祖，當作曾祖。
〔九〕象大狩也，品藻一三注引晉陽秋作「象大獸也」，是。
〔一〇〕已見品藻一三。

四五　王敦引軍垂至大桁，明帝自出中堂。温嶠爲丹陽尹，帝令斷大桁，故未斷，帝大怒，〔一〕瞋一作□盛（目），〔二〕左右無（莫）不悚懼。召諸公（來），温（嶠）至，□謝〔三〕但求酒（及）炙。王公（導）須臾至，徒跣下牀（地）謝之曰：「天威在顔，遂使温嶠不容得謝。」（嶠）於是下謝，帝廼釋然［而解］。諸公共歎王［公］機悟名言。敦時在南州，病已困，不能下都，是王含、錢鳳軍也。晉陽秋曰紀鄧粲晉紀並曰〔四〕：「賊至，温嶠燒朱雀橋以挫其鋒。上欲親帥攻之，不得渡，大怒。嶠陳持重之計，久之乃聽。賊果不得渡。」而説云帝令斷橋不順旨，與明文有違。丹陽記曰：「大桁者，吴時南津大橋也，名曰朱雀橋，安吴東門，號青龍門，西門曰白虎門，北門曰玄武，而南門乃曰公車。未備四萬之名，則橋曰朱雀，將用配三門邪。大寧二年，王含軍至，丹陽尹温嶠燒絶之，以遏南衆。定後，京師顯有事，故乏良材，無以復之，故榱□（一作皆）白盤爲浮船。至咸康三年，侍中孔議復橋，於是税術之行者其材，又值苑（一作薨）官初創，乃（一作及）將架橋，轉以治城。故浮航相仍至今。太元中，驃騎府立東桁，改朱雀爲大桁。」晉起居注曰：「白舟爲桁，都水使者王讓立之。温嶠字太真，太原人也，祖恭，字仲儀，濟南太守。父檐，字少卿，河東太守。」晉陽秋曰：「嶠爲司隸都官從事，庾敳有重名，具瞻所推，而頗聚斂積實。嶠舉敳，京都伏之，莫不斂手。敳更器之。大郡舉灼然，司空辟。永嘉還鄉里，參平北劉楷軍事，司空、右司馬，行上黨太守。」建興起居注曰：「大將軍琨遣右司馬温嶠西討胡，至上黨，石勒要之。琨與戰，勒走。建武初，遣嶠奉表勸進宣暢。琨至，上甚重之，王導等並交之。中宗即位，詔留，拜散騎長史、太子中庶子。屢上直言及侍臣箴。明帝詔命文章，悉令嶠具草。詔以爲中書令，辭乃免。永昌元年，王敦至石頭，太子欲出擊之，嶠苦諫未從，又扣馬説以持重之宜，乃止。御史中丞梅陶馳勸太子行，以鞭擊抗，曰：『社稷事去矣！』敦聞嶠諫太子，出要之，請爲左司馬。」晉紀曰：「王敦以不孝罪明帝，衆言曰：『太子道虧，温司馬昔在東宫，悉其行集。』衆問嶠：『太子何如人？』答曰：『小人無以測君子。』又問，聲色甚厲。答曰：『鉤深致遠，非愚淺所識，然以禮事親（一作體性言之），可稱爲孝。』敦恚。敦與嶠言論，往往諷以大順。敦神色不平。嶠乃勤其府事，交其腹心，吐誠敦命。驗，每事咨度錢鳳，〔五〕爲之聲價曰：『錢世儀精神滿腹。』鳳信之，欲樹爲京尹，使構天門。嶠辭非才，言甚苦切。敦問其人，嶠稱舉錢鳳。鳳愈自委服，固舉嶠。或曰鳳頗嘗譖嶠，嶠患之。後敦大會，使嶠行酒。錢鳳託醉不飲，嶠以手版搏鳳耳曰：『温太真行酒，錢鳳安敢不飲！』於是鳳言之，敦以私憾不納也。敦既遣嶠爲揚州，及別，執手復垂涕。嶠亦淚流。至閤復還，如此者再三。敦益信之。及至都便立。太寧中，敦作逆，詔加嶠中壘將軍。嶠表敦罪狀，敦聞，失起聲曰：『温小子凶狡，要當生縛，族后稷然襮然（一作託）。』〔六〕初云敦已死數日，與王導書，後書曰：『太真別未幾日，作此事。』〔七〕羣公見之，咸共駭怖。敦卒，加嶠前將軍。咸和初，出爲平南將軍、江州刺史。以爲刺史宜治豫章，都督宜鎮武昌。嶠聞蘇峻敗京都鎮，號哭登舟，推陶侃爲盟主。侃先箴庾亮曰：『吾疆埸外將，本非國家顧命大臣，今日之事，本不敢當。』嶠諭請，卑辭屈曲，行人相迷。嶠參軍王愆期曰：『蘇峻豺狼，如遂須至。四海雖廣，明公寧有容足地乎？賢子越騎酷没，天下爲公痛心。况慈父情邪？』乃許之。江州食盡于荆州，侃大怒曰：『使君前云不憂無良將兵糧，唯欲得君爲主。今戰如此，良將安在？荆州接胡、蜀二虜，倉廩當備不虞，若復無食，州民便欲西歸。』嶠始恐侃不同，故甘言以請。既而侃至，以爲譎己。嶠卑辭謝之曰：『且騎虎之勢，安可中下哉！』侃將李陽曰：『今事若不捷，雖有粟，焉得而食諸？』侃乃以米五萬斛給軍。峻平，嶠游于江州。薨，贈侍中、驃騎、開府，重贈大將軍，謚忠武公。嶠平王敦功，封新建縣侯。平蘇峻，封始安郡公。二男式之、放之，安城太守，〔八〕封宗荔浦，又改南野，今猶有後裔。」

右捷悟門已見。〔九〕

【校記】

〔一〕大悠，悠，唐寫本作「怒」。

〔二〕瞋盛，盛，唐寫本同。按，「瞋盛」勝于「瞋目」。

〔三〕□謝，王利器校：「案本書『□』是『不』字。」

〔四〕晉陽秋曰紀，「曰紀」二字疑衍。

〔五〕「驗」字疑衍。

〔六〕「要當」二句，生縛族后，王利器校：「『族后』二字，當從晉書温嶠傳作『拔舌』。」按，族，滅族也。后，通「後」。稷然，稷，急也，亟也。襮，表也。「后稷然襮然」，猶言再迅速表露其奸邪。

〔七〕「初云敦已死數日」以下數句疑有訛奪，敘事不明。晉書六七温嶠傳作「敦與王導書曰：『太真別來幾日，作如此事！』」作書與王導者乃王敦，非温嶠也。

〔八〕安城太守，王利器校：「案『安城太守』上當脱『放之』二字。」

〔九〕已見捷悟五。

四六　（庾公權重，足傾王公，庾在石頭，）王〔公〕在冶城，（坐大）風揚塵，王以扇拂之一作塵，曰：「元規塵汙人。」丹陽記曰：「冶城之宮三里，〔一〕吳時爲鼓鑄之所。後吳平，猶不廢。」王隱晉書戴洋傳曰：「丹陽太守王導問洋得病七年，洋曰：『君侯本命在申，爲土地之主，〔二〕而於申上大冶，火光照天，此爲金火相爍，水火相炒，以故相害。』導呼冶令奕遜，使啓鎮東徙治東安，病遂差。」東安，今東冶也。里名道安户，守爲揚州，以城内爲國，觀郭之所處也。唯周公城録，冶城疑是金陵本理也。〔三〕按，漢高祖六年，令天下縣邑城，秣陵不應獨無。傳者云孫權築冶城，爲鼓鑄之所。既已立石頭爲塢，不容近立此小城。當是徙縣治，空城而置治耳。今還巷東曰舊亭里，是定縣俱西處高原也。

右輕詆門已見。〔四〕

【校記】

〔一〕「冶城之宮三里」，輕詆四注引丹陽記作「冶城去宮三里」。是。

〔二〕士地之主，士，王利器校：「當從本書輕詆門作『土』。」

〔三〕本理，王利器校：「案『理』本書輕詆門作『治』，『治』爲『治』誤；『理』是由於唐人避高宗李治的諱改的。」

〔四〕已見輕詆四。

四七　任育長一作長育，下同年少時，甚有令名。武帝崩，選百二十挽郎，皆一時秀彦，一作皆時之秀彦。育長亦在其中。王安豐揀（選）女壻，從挽郎搜一作换。其勝者，且擇取四人，任猶在其中。童少時，神明可愛，時人云（謂）育長影亦好。自過江，便失志。王丞相諸人（請先）度時賢，共至白石一作石頭。迎（之）人，猶作疇昔（日）相待，一見便覺有異。坐席既（竟），下飲，（便）問人云：「此爲茶爲茗？」覺有異［怪］色，乃自申明云：「向問［向］飲爲熱爲冷耳。」一作餉爲冷爲熱耳。嘗行從棺（邸）下度，流涕悲哀。王丞相聞之曰：「此是有情癡。」育長名瞻，樂安人也。祖暉，字叔季，大將軍掾。父混，〔一〕字仲仁，少府即。〔二〕過江，爲侍御史、天門太守。瞻妻光禄顔含女，生王戎。〔三〕已有一女，爲太子中庶子、散騎常侍。永平初爲侍中。安豐求女壻於世祖挽郎之中。此不然矣。

右紕漏門已見。〔四〕

【校記】

〔一〕湼，紕漏四注引晉百官名作「琨」。是。

〔二〕少府即，即，爲「卿」字之訛。紕漏四注引晉百官名謂琨爲少府卿。

〔三〕生王戎，此三字當是衍文。

〔四〕已見紕漏四。

四八　〔晉〕元帝過江猶好酒。王茂弘與帝有舊，嘗（常）流涕諫〔之〕。帝許之，〔即〕命酌酒一酣，從此（是）遂斷。舊云酌酒一啗，因覆桮寫地，遂斷也。

右箴規門已見。〔一〕

【校記】

〔一〕箴規，當作「規箴」。已見規箴一一。

四九　司空顧和與時賢共清言。張玄之、顧敷〔字祖根〕是中外孫，年（並）七歲，在牀邊戲，于時聞語，神情如不相屬。瞑在（於）鐙下，二［小］兒共敍主客（客主）之言，都無遺失。顧公越席而提其耳曰：「不意衰宗，復生此寶。」

右夙惠門已見。〔一〕

【校記】

〔一〕已見夙惠四。

五〇　［王導、郗鑑、庾亮相繼薨，朝野憂懼，以陸玩拜司空。陸辭不獲已，乃歎息謂賓客曰：「以我爲三公，是天下無人矣。」時以爲知言。］有人詣之，索美酒，得便自起，瀉著（梁）柱間地，祝曰：「當今乏才，以爾爲柱植（石）之臣（用），莫傾人棟梁。」（玩笑曰：「戢卿良規（箴）。」）

右箴規門也日。〔一〕

【校記】

〔一〕箴規，當作「規箴」，「也日」當作「已見」。已見規箴一七。

五一　王子猷已大司馬見温(桓車騎),〔一〕參軍桓謂(王)曰〔二〕:「卿在府日久,〔比〕當相料理。」徽之初不〔詶〕答,〔三〕直高視,以手版拄頰,〔四〕云:「西山朝來,致有爽氣。」

右簡傲門已見。〔五〕

【校記】

〔一〕王子猷已大司馬見温,此處有譌脱。王利器校:「案此句當作『王子猷作大司馬温參軍』;『已見』二字,爲前一行『也日』的旁校;被轉寫的人錯入此行,又奪去『作』字。」

〔二〕桓謂王曰,桓,當是「桓」字之訛。桓,指桓車騎也。

〔三〕〔詶〕答,當是「〔詶〕答」之訛。詶,答也。

〔四〕拄頰,拄,打也。别本作「拄頰」。

〔五〕已見簡傲一三。

跋世説考異後

龔斌

汪藻世説敍録有考異一卷，考察錢文僖世説本正文與其餘諸本第十卷篇數及文字之損益，劉孝標注與敬胤注之不同。敍録於「三十六篇」下云：「錢、晁並止三十六篇，今所録十卷是也。」其餘諸本「以重出四十九事錢、晁不録者爲第十卷」。汪藻引王仲至世説手跋後按語云：「第十卷無門類，事又多重出，注稱敬胤，審非義慶所爲，當是它書附此，世説其止於九篇乎？」王仲至以爲第十卷非義慶所作。汪藻即考證云：「世傳第十卷重出者，或存或否。劉本載『祖士少道右軍』、『王大將軍初尚主』二節，跋云：『王原叔家藏第十卷，但重出前九卷所載，共四十五事耳。敬胤注糾謬，右二章小異，故出焉。』」汪藻以王仲至之言爲是，以爲第十卷「爲後人附益無疑」。

所謂「考異」者，即考查第十卷與前九卷之異同。考異序云：「共五十一事，唯『劉琨卻胡騎』、『祖約道王右軍』、『王敦初尚主豫武帝會』三節，前篇所無，餘悉重出。」並推測敬胤專録此三節，乃「傳疑糾繆」。汪藻既以爲第十卷爲「後人妄取以補全書」，然仍爲之考異，蓋「所載正文與前篇時有損益，而注多不同，雖傳寫舛繆難讀，然皆諸史所不載者，棄之可惜」。余讀此數句，甚歎賞之。況中古典籍百不存一，敬胤注固爲蕪雜，但若於廣漠無何有之鄉，見蕪雜之草，當亦可寶可喜也。蕪雜之中，確有可寶者也，如諸史不載者及早佚之文獻，賴敬胤注得見，猶若蘭蕙數枝出於蕭艾之中，彌足珍異。

敬胤是最早爲劉義慶世説作注者。汪藻據敬胤稱「宋齊人爲今人」推斷，以爲敬胤爲孝標以前人。考敬胤稱「宋齊人爲今人」者，於考異中不止一處。例如賞譽「王丞相云刁玄亮察察」，敬胤注：「（卞）彬，今南郡丞。」卞彬，南齊書卷五二有傳，稱彬齊永元中卒於官。品藻「王大將軍在西朝」條，敬胤注記周顗後裔：「顒，今散騎郎……朗生仁昭，今新安太守。」周顒，南齊書卷四一有傳。周仁昭，見宋書卷八二周朗傳，順帝昇明末爲南海太守。據上述史料，敬胤在世年代最遲約在齊梁之際。

世説十卷本何以有敬胤注之五十一事？汪藻云：「疑敬胤專録此，傳疑糾謬，後人妄取以補其書。」析此數語含有三意：一、疑心敬胤專録五十一事。味其意，敬胤注或不止五十一事。二、敬胤録五十一事，旨在「傳疑糾謬」。三、後人妄取敬胤注五十一事以補世説。按，汪藻所言三意，須辨析之。范子燁君曾考論敬胤注，稱汪藻之説非，並以雅量一六、品藻一三兩條敬胤注，皆有「别有説」一語，而「别有説」皆亡佚，由此以爲敬胤世説注是一部頗具規模、自成體例之作。（詳見范子燁世説新語研究，黑龍江教育出版社，一九九八年）

汪藻所言三意，涉及敬胤注之重要問題。首先，敬胤注是否箋注劉義慶世説之全部？抑或止有五十一事？詳檢五十一事，其編次不從世説原本，雜亂無章，先後錯互，即使一門之中亦然。如賞譽四六「王大將軍與元皇表」編於同門五八「大將軍與丞相書」後；賞譽五四「刁玄亮之察察」編於同門四八「周侯於荆州還」之前。又如五十一事中豪爽門有記王敦事五篇，世説原本編次爲一、二、三、四、六，依時間先後敍王敦少時至末年謀逆事。敬胤注編次則先後錯亂，豪爽六敍王敦末年謀逆事居於前，豪爽一記王敦少時事却編在後。率爾操觚，豈有體例乎？再者，何以所存五十一事多記中朝末年及東晉初年之人物，如石崇、王敦、王導、祖逖、祖約、劉琨之流；而東晉中後期重要人物僅一見（第五十一條），其餘如簡文帝、謝安、王羲之、殷浩、支道林、劉惔、王濛等，却幾無踪影？若當年敬胤注規模遠過所存五十一事，則何解獨獨亡佚東晉中後期人物之疑問？故余以爲敬胤注即或不止五十一事，亦非是一部注釋世説整本之大書，當是隨手箋注，猶讀書札記也。至於五十一事中有數處之「别有説」早亡佚，疑敬胤先前固有考慮，而最終未及於别處「説」也。汪藻謂敬胤專録五十一事，乃爲「傳疑糾繆」。此説可信也。如方正二三、言語二九、尤悔四敬胤按，旨在糾謬。豪爽六、賞譽五一敬胤注或按，偏於傳疑。時賢於此論之已詳，不贅。汪藻又云後人妄取五十一事以補義慶世説之後，其説無據。余以爲敬胤本人取五十一事補世説，或更有可能也。

今一般以爲敬胤注成於齊永明年間，而劉孝標世説注成於梁天監六七年間，前後相距二三十年。然則，孝標注世説是否曾參考敬胤注？有學者稱孝標受敬胤注影響當無疑問，明顯證據是豪爽一「王大將軍年少時」條，孝標注與敬胤注全同；尤悔四「劉琨善能招延」條，孝標注引敬胤（胤，宋本作徹），與五十一事中敬胤注亦全同。然余嘉錫世説箋疏注豪爽一云：「袁本有此注，而唐本及宋本皆無之。考之汪藻考異，乃知是敬胤注也。孝標本未見敬胤書，故二家注無一條之偶合者，不應於此條獨録其注，而没其名。袁本亦出於宋本，此必宋人所羼入，猶之尤悔篇『劉琨善能招延』條下有敬胤按云云，亦宋人所附録耳。」余氏所舉豪爽一及尤悔四兩例之外，尚有輕詆四「庾公權重」條，孝標注先下按語，後引王隱晉書戴洋傳、丹陽記，幾乎全同敬胤注，唯敍事次序不同，文字稍異。范子燁君以爲孝標注中王隱晉書戴洋傳以下，「蓋爲宋人附入之敬胤注，而略爲簡化也」(同上)。考孝標與敬胤兩家注，即或引同一書，文字亦大異。例如賞譽四三同引晉陽秋，德音二六同引王隱晉書，汰侈一同引王丞相德音記，賞譽五四同引鄧粲晉紀。而於五十一事之外，孝標注中更不見敬胤注之絲毫綫索。凡此，皆可證余嘉錫「孝標未見敬胤注」之言可信也。

又賞譽四九敬胤注：「王敦無子，以兄含子應字安期爲子。」孝標注：「王應也。」或因此稱孝標受敬胤影響。實不然也。識鑒一五孝標注引晉陽秋曰：「應字安期，含子也。敦無子，養爲嗣。」孝標讀書廣博，豈不知王應身世，而襲敬胤注耶？又品藻一五敬胤注：「敦意自許。」孝標注：「敦自謂右者在己也。」王敦之言意在自許，雖常人亦不難判斷，孝標識見卓拔，何須敬胤注而後明耶？

敬胤注偏重人物世譜、地理沿革、政治事件之解釋，往往離題萬里，枝條旁逸，動輒千百言，固爲蕪雜，相比劉孝標注之精絶典贍，注與正文相互映帶，相去不可以道里計。然則，敬胤注雖於世説文義少有發明，但披沙揀金，亦見寶一二。如方正二三「元皇既登阼」條，敬胤注引晉書，以爲世説「欲舍明帝而立簡文，謬矣」。孝標注亦以爲世説所記非事實，敬胤乃先於孝標所發矣。輕詆四

「庾公權重」條，敬胤注引丹陽記、王隱晉書戴洋傳、周公城録，交代治城歷史沿革。捷悟五「王敦引軍垂至大桁」條，敬胤注引丹陽記，詳述朱雀橋之建構及沿革，實有助於世説文義之理解。敬胤注引中興書、鄧粲晉紀、王隱晉書、晉陽秋、晉諸公贊、建興起居注、周公城録諸書，多有諸史及孝標注不載者，豈可棄之乎？敬胤注往往詳述人物生平及世譜，如敍周顗、王舒、卞壼、顧和、孔愉諸人世譜，亦爲史籍不載。六朝譜諜之學興盛，敬胤注詳於人物世譜，乃當時風氣，亦可見其博學。世説考異自問世以來，失傳中土已久，未見有人系統整理及研究，殆以爲其無甚價值之故歟？

余以二〇一七年二月初，費時一周標校，又依次編碼考異五十一事，注明其在世説一書中之位置，以便讀者比較敬胤注與孝標注之異同。考異舛謬難讀處觸目皆是，每當其時，心知其謬，然無文獻糾其謬、求其真，自知勉爲其難，徒喚奈何。余所謂標校、整理考異，意不過使之大致可讀而已。其中舛謬不解處，以俟高明。

二〇一七年二月十一日，辛酉元宵節，記於滬上守拙齋，二〇一八年十二月改定

人名譜

世説人名譜校釋序例

龔斌

汪藻世説人名譜凡二十六家，所謂世説人物可譜者也。世説所記人物自漢末至晉末，世説人名譜則綿延至陳隋。此二十六家人名譜，大體涵蓋漢魏六朝時期世家大族之代表人物，對於了解唐前門閥制度以及中古家族史不無參考價值。汪藻於琅邪臨沂王氏譜下注：「今用諸史譜至陳隋。」可見汪藻作人名譜之資料，多取諸史籍及所見譜牒。人名譜敍人物生平事蹟多極簡略，往往僅録人物最晚之仕歷，故不能反映人物之整體面貌。問題更嚴重者，乃在世譜紊亂有之，張冠李戴有之，郡望不同之同姓誤以爲一族有之；雖有體例，惜常粗疏遺漏，又若無規矩，且文字多有訛誤。凡此，皆有損其使用價值。今校釋是卷，述其凡例如下：

一、盡量保存文本原貌，不輕易改易文字、格式。

二、文本原作墨丁者，今以方框表示。若能斷定方框内之確切内容，則予填補之。

三、人名譜中文字有明顯形訛者，若有確證，則予以改正。

四、家族世次排列錯謬者，一仍其舊，於校釋中指繆糾錯。

五、人名譜敍人物或過於簡略，或易生誤解者，在校釋中增補人物之主要經歷，以便讀者對人物有較爲完整之了解。

六、無譜者二十六族，今實存二十四族，闕滿、蕭二族及僧人十九人。現亦一仍其舊，不再鉤沉，止標校而已。

一 琅邪臨沂王氏譜〔一〕

〔一〕凡世說人物可譜者，自臨沂王氏而下二十六家。然世說所記止於晉末，今用諸史譜至陳、隋。

一世	融												
二世	祥 融	覽											
三世	肇 祥	夏	馥	烈	芬	裁 覽	基	會	正	彥	琛		
四世	俊 肇	根 馥	導 裁	穎	敞	含 基	敦	舒 會	邃	廙 正	曠	彬	棱 琛
五世	遐 俊	悅 導	恬	洽	協	劭	薈	瑜 含	應 敦	晏之 舒	允之	頤之 廙	胡之
六世	恪 遐	臻	混 悅	浩 恬	珣 洽	珉	謐 協	穆 劭	默	恢	廞 薈	懌	崑之 晏之
七世	欣之 恪	懽之	嘏 混	誕	弘 珣	虞	柳	孺	曇首	朗 珉	練	瓘 謐	球
八世	恢 嘏	偃	翊 誕	錫 弘	深 虞	猷 柳	遠 孺	微	僧謙	僧綽 曇首	僧虔	奂 球	楷 僧朗
九世	藻 偃	懋	攸	僧亮 錫	僧衍	僧達	瞻 猷	僧祐 遠	儉 僧綽	遜	慈 僧虔	志	揖
十世	瑩 懋	亮 攸	茂璋 僧衍	道琰 僧達	長玄 瞻	藉 僧祐	騫 儉	暕	泰 慈	筠 揖	琳 份	雋 纘	誦 融
十一世	實 瑩	沖 茂璋	融 道琰	規 騫	承 暕	幼	訓	廓 泰	祥 筠	銓 琳	錫	僉	通
十二世	瑒 沖		瑜		褒 規		溥 銓		涉 錫		湜		寬 固

一世											
二世											
三世											
四世	侃										
五世	耆之	羨之	羲之（曠）	蕃之（彬兄子）	彭之（彬）	彪之	翹之				
六世	晞之（允之）	仲之	茂之（胡之）	承之	和之	隨之（耆之）	偉之（羨之）	玄之（羲之）	凝之	渙之	肅之
七世	琇	簡（穆）	智	超	僧朗（默）	鑒	惠	泰（廞）	華	琨（懌）	陋之（崑之）
八世	粹	彧	定侯（華）	範之（沖之）	恢之（裕之）	瓚之	昇之	標之（鎮之）	羅雲（弘之）	曇生	普曜
九世	彬	寂	藴（楷）	份（粹）	絢（彧）	績	約	彪（奐）	融	琛	爽
十世	衍	翊（琛）	紹（肅）	理	謙之（橫之）	儉之	峻（秀之）	綸之（延之）	德元（晏）	進之（興之）	
十一世	勱	質	固	克（儁）	孝康（誦）	儁康	深（翊）	遷（紹）	昕（綸之）	清（進之）	
十二世		元楷（肅曾孫）		元壽		猛（清）					

（續表）

一世												
二世			雄 覽從祖兄									
三世			渾 雄	乂								
四世			戎 渾	衍 乂	愔	詡	澄					
五世			万 戎	興	玄 衍	詹 澄	徽					
六世	徽之	操之	獻之	越之 彪之	臨之	望之 翹之						
七世	沖之 希之	肇之	裕之 茂之	鎮之 隨之	弘之	韶之 偉之	楨之 徽之	靖之 獻之	納之 臨之	瓌之	泰之 望之	
八世	曄 韶之	悦之 靖之	淮之 納之	逡之 瓌之	珪之 逡之從弟	元弘 泰之						
九世	弼	殷	叡	肅	秉	長 定侯	佟	横之 範之	秀之 昇之	延之	思立 羅雲	思徵
十世												
十一世												
十二世												

（續表）

一世					
二世					
三世					
四世					
五世					
六世					
七世					
八世					
九世	思遠	晏 普曜	詡	興之 淮之	素 元弘
十世					
十一世					
十二世					

一世

琅邪王氏本居皋虞，後徙臨沂。漢大夫吉，〔二〕生御史大夫駿。〔三〕駿生漢大司空崇，〔四〕崇孫後漢中大夫遵，生青州刺史仁。〔五〕仁四子：曰誼、曰叡、曰典、曰融。唐宰相表云：「音字少玄，漢大將軍掾，生誼、叡、典、融。」

融字巨偉，辟公府，不就。

二世

祥，融子，字休徵，晉太保，睢陵公。泰始五年薨，年八十五，謚曰元。

覽，融子，字玄通，晉光禄大夫，即丘子。咸寧四年卒，年七十三，謚曰貞。

雄，覽從祖兄，魏幽州刺史。

□，雄弟。

三世

肇，祥子，晉給事中，始平太守，以孽庶，不得封。

夏，祥子，蚤卒，不得封。

馥，祥子，嗣封睢陵侯，晉上洛太守，謚曰孝。

烈，祥子，蚤卒。

芬，祥子，蚤卒。

義，〔六〕覽子，字士初，晉撫軍長史。晉史導傳作鎮軍司馬。襲即丘子。

基，覽子，字士先，晉治書御史。

會，覽子，字士和，晉侍御史。

王，〔七〕覽子，字士則，晉尚書郎。

彥，覽子，字士治，晉中護軍。

琛，字子瑋，晉國子祭酒。〔八〕

渾，雄子，晉涼州刺史，貞陵亭侯。〔九〕

乂，〔一〇〕雄子，字叔元，魏平北將軍。

四世

俊，肇子，晉太子舍人，永世侯。〔一一〕

根，馥子，嗣封𣅟陵侯、百散騎郎。〔一二〕

導，裁子，字茂弘，小字阿龍，晉太保、司徒、大司馬、太傅、丞相。蓺封即丘子，進封武岡侯，又進封始興郡公。咸和五年薨，年六十四，謚曰文獻。〔一三〕

潁，裁子，字茂英，〔一四〕晉議郎，不過江，年二十卒。

敞，裁子，字茂平，晉辟丞相祭酒，不就，不過江，襲封堂邑公，年二十二卒。

含，基子，字處弘。晉光禄勳、驃騎將軍。

敦，基子，字處仲，小字阿黑。晉大將軍。年五十九卒。導從兄。

舒，會子，字處明。晉車騎大將軍、儀同三司、彭澤縣侯。謚曰穆。〔一五〕

邃，會子，字處沖，晉平西將軍。〔一六〕

廙，正子，字世將。晉平南將軍、護南蠻校尉，贈侍中、驃騎將軍。謚曰康。

曠，正子。晉淮南太守。

彬，正子，字世儒。晉光禄勳、尚書右僕射。年五十九卒。贈特進，謚曰肅。

稜，〔一七〕琛子，字文子，晉豫章太守，爲王敦所害，敦從兄也。

侃，琛子，晉吴國内史。

戎，渾子，字濬沖，晉司徒，襲封貞陵侯，以功封安豐縣侯，永興二年薨，年七十二。謚曰元。敦、衍從兄。

衍，乂子，字夷甫，晉中領軍、尚書令、太尉。年五十六卒。

愔，乂子，陽平太守。

詡，夷甫弟，字季胤，脩武令。

澄，乂子，字平子，晉建威將軍，雝州刺史、軍咨祭酒、南鄉侯。年四十四卒，謚曰憲。

五世

遐，俊子，字栢子，晉鬱林太守，贈光禄大夫，謚曰靖。〔一八〕

悦，導子，字長豫，小字阿太，一曰大郎，晉吴王友、中書侍郎，贈常侍，始興見其子。〔一九〕

恬，導子，字好豫，小字阿誰，或曰螭亮，〔二〇〕晉後將軍、給事中、吴國、會稽内史一作是郡太守、〔二一〕散騎常侍。卒，贈中軍將軍，謚曰憲。

洽，導子，字敬和，晉建武將軍、中領軍。升平二年卒，年二十六。〔二二〕

協，〔二三〕導子，字敬祖，晉元帝撫軍參軍，襲武岡侯，蚤卒。

劭，〔二四〕導子，字敬倫，小字大奴，晉建武將軍、尚書僕射、中領軍。卒，贈車騎將軍，謚曰簡。

薈，〔二五〕導子，字敬文，晉鎮軍將軍、散騎常侍，贈衛將軍。

瑜，含子，晉散騎常侍。

應，本含子，爲敦後，〔二六〕晉武衛將軍。

晏之，〔二七〕舒子，晉護軍參軍，爲蘇峻所害。

允之，舒子，字深一作淵猷，〔二八〕晉建武將軍、錢唐令、衛將軍、番禺縣侯。年四十卒，謚曰忠。

頤之，廙子，襲爵，晉東海内史。

胡之，廙子，字脩齡，晉司州刺史。〔二九〕

耆之，廙子，字脩載，晉中書郎。〔三〇〕

羨之，〔三一〕廙子，晉鎮軍掾。

羲之，曠子，字逸少，小字阿菟，晉臨川太守、右將軍、會稽内史。年五十九卒，贈金紫光禄大夫。

藉之，彬兄子，安成太守。〔三二〕

彭之，彬子，字安壽，小字虎㹠，晉黄門郎，襲爵。

彪之，彬子，字叔虎，〔三三〕小字虎犢，晉光禄大夫、尚書令、儀同三司。太元二年卒，年七十三，謚曰簡。

翹之，彬子，晉光禄大夫。

方，戎子，年十九卒。〔三四〕

興，戎庶子，襲爵。〔三五〕

玄，衍子，字眉子，晉陳留太守。〔三六〕

詹，澄子，蚤卒。〔三七〕

徽，〔三八〕澄子，字幼仁，小字荆産。晉右軍司馬。

六世

恪，遐子，領軍將軍。

臻，遐子，崇德衛尉。

混，本恬子，〔三九〕爲悦嗣，字奉正，晉丹楊尹、襲爵，贈太常。

浩，恬子。〔四〇〕

珣，洽子，字元琳，小字法護，或曰阿苽。晉前將軍、司徒、東亭侯。卒，年五十二，追贈車騎將軍、開府。謚曰獻穆。

珉，洽子，字季琰，小字僧彌，代獻之爲中書令，時謂「小令」。太元十三年卒，年三十八，贈太常。

謐，本劭子，爲協後，〔四一〕字穉遠，襲封武岡侯、桓玄太保。義熙三年卒，贈司徒，謚文恭。

穆，劭子，字伯遠，晉臨海太守。

默，劭子，晉吴國内史，左光禄大夫。

恢，劭子，晉右衛將軍。

廞，薈子，晉建武將軍、吴國内史。〔四二〕

懌，〔四三〕薈子，不慧。

崑之，晏之子，嗣爵。
晞之，允之子，嗣爵。
仲之，允之子。
茂之，胡之子，字興元，晉陵太守。
承之，胡之子。
和之，胡之子，字興道，永嘉太守。
隨之，耆之子，晉上虞令。
偉之，羨之子，本國晉郎中令。〔四四〕
玄之，羲之子，蚤卒。
凝之，羲之子，晉江州刺史、大將軍、會稽内史。〔四五〕字叔平。
渙之，羲之子。
肅之，〔四六〕羲之子，字幼恭，晉中書郎、驃騎咨議。
徽之，羲之子，字子猷，晉黄門侍郎。太元十三年卒，與獻之同時。
操之，〔四七〕羲之子，字子重，晉秘書監、侍中、尚書、豫章太守。
獻之，羲之子，字子敬，晉中書令，時謂大令。贈侍中、特進、光禄大夫。謚曰憲。〔四八〕
越之，彪之子，晉撫軍參軍。

臨之，彪之子，晉東陽太守。〔四九〕

望之，翹之子，不仕。

七世

欣之，恪子，豫章太守。

懽之，恪子，廣州刺史。

嘏，〔五〇〕混子，字偉世，宋中領軍、尚書、侍中、始興公。

誕，混子，晉雉鄉侯，宋作唐縣侯，輔國將軍。〔五一〕

弘，珣子，字休元，宋録尚書事、太保、中書監、文昭公。〔五二〕

虞，珣子，字休仲，宋廷尉卿。

柳，〔五三〕珣子，字休季，宋光禄大夫、東亭侯。

孺，珣子，宋光禄大夫。〔五四〕

曇首，珣子，宋侍中、太子詹事、豫寧縣侯。元嘉七年卒，年三十七，謚曰文。〔五五〕

朗，珉子，宋侍中。

練，珉子，宋侍中。〔五六〕

瓘，謐子。

球，謐子，字蒨王，〔五七〕宋尚書左僕射。年四十九卒，贈特進、金紫光禄大夫。

琇，謐子。

簡，穆子。

智，穆子，宋五兵尚書。〔五八〕

超，穆子。

僧朗，默子，宋右僕射。〔五九〕

鑒，默子。〔六〇〕

惠，默子，字令明。宋贈太常。〔六一〕

泰，廞子，爲王恭所殺。

華，廞子，字子陵。宋侍中、右將軍、新建縣侯。元嘉四年卒，年四十三，謚曰憲。〔六二〕

琨，懌子。〔六三〕齊侍中，襲爵，年八十四卒，贈左光禄大夫。

陋之，崑之子，襲爵。

沖之，晞之子。

肇之，晞之子，襲爵。

裕之，茂之子，字敬弘，宋尚書、開府儀同三司。元嘉二十四年薨，年八十八，謚文貞。〔六四〕

鎮之，〔六五〕隨之子，字伯重，宋宣訓衛尉。

弘之，隨之子，字方平，不仕。元嘉四年卒。

韶之，偉之子，字休泰，宋祠部尚書、給事中。〔六六〕

楨之，徽之子，字公幹，晉侍中。

靖之，獻之子，宋司徒左長史。本獻之兄子。

納之，臨之子，字永言。宋御史中丞。〔六七〕

瓌之，臨之子，字道茂，宋司空、咨議參軍。

泰之，望之子，不仕。

八世

恢，暇子，宋游擊將軍，襲爵。

偃，暇子，字子游，宋左光禄大夫，贈開府儀同三司，謚恭公。

詡，誕子，蚤卒。

錫，弘子，字寡光，〔六八〕宋左衛率、江夏内史。

深，虞子，字景度，宋新安太守。

猷，柳子，字世倫，宋侍中、光禄大夫，襲封東亭侯、梁侍中、謚康侯。

遠，孺子，字景舒。宋光禄勳。〔六九〕

微，孺子，字景立。宋贈秘書監、中書侍郎。〔七〇〕

僧謙，孺子，宋太子舍人。〔七一〕

僧綽，曇首子，宋中書侍郎、侍中，襲封豫寧侯，爲元凶所誅。贈金紫光禄大夫，謚曰愍。〔七二〕

僧虔，曇首子，齊侍中、左光禄、開府儀同三司。永明三年薨，年六十，贈司空，謚簡穆。

奂本粹子，爲球後。齊左僕射、給事中、雍州刺史。〔七三〕

楷，僧綽子，宋太中大夫。

粹，僧綽子，字景深，小字彦孫，齊黄門侍郎。〔七四〕

彧，僧綽子，爲智後，〔七五〕字景文，宋太傅。年六十卒，贈開府儀同三司，謚曰懿。

定侯，華子，嗣爵。〔七六〕

範之，沖之子，字貞子，宋武陵内史。

恢之，裕之子，宋新安太守。〔七七〕

瓚之，裕之子，宋吏部尚書，謚貞子。〔七八〕

昇之裕之子，宋都官尚書。

標之，鎮之子，宋安復令。

羅雲，弘之子，宋平西長史。

曇生，弘之子，宋吏部尚書、太常卿。〔七九〕

普曜，弘之子，宋秘書監。

曄，韶之子，宋臨賀太守。〔八〇〕

悦之，靖之子，宋侍中。〔八一〕

淮之，納之子，字元魯，宋丹楊尹、贈太常。〔八二〕

逡之，瓌之子，字宣約，齊南康相，光禄大夫。〔八三〕

珪之，逡之從弟，齊長水校尉。

元弘，泰之子，宋平固令。

九世

藻，偃子，宋東陽太守。〔八四〕

懋，偃子，字昌業，宋光禄大夫，南鄉侯。

攸，偃子，字昌達，宋太宰中郎，贈給事黄門侍郎。

僧亮，錫子，襲爵華容公。齊受禪，降爵爲侯。

僧衍，錫子，宋位侍中。

僧達，錫子，宋中書令、黄門郎。〔八五〕

瞻，猷子，梁侍中、吏部尚書。〔八六〕

僧祐，遠子，字胤宗，齊黄門郎。

儉，僧綽子，字仲寶，齊侍中、尚書令、太尉，襲豫寧侯。永明七年薨，年四十八。南昌文憲公。〔八七〕

遜，僧綽子，宋丹楊丞、晉陵太守。〔八八〕

慈，僧虔子，字伯寶，齊冠軍將軍，永明九年卒。贈太常，謚曰懿。

志，僧虔子，字次道，梁散騎常侍，金紫光禄大夫，謚曰安。〔八九〕

揖，僧虔子，梁太中大夫。

彬，僧虔子，字思文，梁秘書監，謚曰惠。〔九〇〕

寂，僧虔子，字子玄，梁秘書郎，年二十一卒。

藴，楷子，字彦深，小字阿答，宋湘州刺史，給事黄門侍郎、吉陽男。伏誅。〔九一〕

份，粹子，字季文，宋始安内史，齊尚書左僕射、侍中、特進、左光禄大夫、監丹陽尹。謚胡子。

絢，彧子，字長素，小字童烏。宋秘書丞，先景文卒，謚曰恭。〔九二〕

繢，彧子，字叔素，襲封曲安侯。齊永元元年卒於太常。謚靖子。

約，彧子，梁侍中、左尚書、廷尉。〔九三〕

彪，奂子。〔九四〕

融，奂子，齊中庶子。

琛，奂子，齊司徒從事中郎。

爽，奂子。

弼，奂子。

殷，奂子。
叡，奂子。
肅，奂子，後魏楊州刺史。〔九五〕
秉，奂子，後魏幽州刺史。〔九六〕
長，定侯子，嗣新建侯。〔九七〕
佟，定侯子，嗣封。
横之，範之子，字孟光，南郡太守。
秀之，昇之子，字伯奮，齊輔國將軍、吴興太守。謚簡子。〔九八〕
延之，昇之子，字希季，齊尚書左僕射。謚曰簡。〔九九〕
思立，羅雲子。
思徵，羅雲子。
思遠，羅雲子，齊侍中。年四十九卒，贈太常，謚曰貞子。〔一〇〇〕
晏，普曜子，字休默。一字士彦。齊驃騎大將軍，太子少傅。
詡，普曜子。齊少府卿、廣州刺史。〔一〇一〕
興之，淮之子，宋征虜將軍。〔一〇二〕
素，元弘子。〔一〇三〕

十世

瑩，懋子，字奉先，梁尚書令、開府儀同三司。謚曰靖。〔一〇四〕

亮，攸子，字奉叔，梁中軍將軍、豫寧縣公，左光禄大夫。謚煬子。

茂璋，僧衍子，字胤光，梁給事黄門侍郎。

道琰，僧達子，宋廬陵内史。〔一〇五〕

長玄，瞻子。〔一〇六〕

藉，〔一〇七〕僧祐子，字文海，齊作唐侯相，中散大夫。

騫，儉子，字思寂，一字玄成。〔一〇八〕梁給事中、侍中、中書令。普通三年卒，年四十九。贈金紫光禄大夫，謚曰安。

暕，儉子，字思晦，梁國子祭酒，卒，謚曰靖。

泰，慈子，字仲通，小字養，梁驍騎將軍。謚曰夷。

筠，揖子，字元禮，一字德柔，小字炬，梁太子詹事。六十九，遇賊卒。〔一〇九〕

琳，份子，字孝璋，齊司徒左長史。

雋，績子，不慧。齊建安太守。

誦，融子，後魏黄門侍郎。〔一一〇〕

衎，融子，魏侍中。〔一一一〕

翊，琛子，後魏國子祭酒。〔一二〕

紹，肅子，後魏中書侍郎。〔一三〕

理，肅子，齊著作佐郎。

謙之，横之子。

儉之，横之子。

峻，秀之子，字茂遠，梁金紫光禄大夫，謚惠子。〔一四〕

綸之，延之子，字元章，齊侍中都官尚書。〔一五〕

德元，晏子，初名湛，宋車騎長史。

進之，興之子，梁左衛將軍、建寧公。〔一六〕

十一世

實，瑩子，梁新安太守，嗣爵建城縣公。

沖，茂璋子，字長深，陳特進、光禄大夫、東安亭侯，年七十六卒，贈司空、謚元簡。

融，道琰子，字元長，齊中書郎、寧朔將軍。年二十七卒。〔一七〕

規，騫子，字威明，梁左户部尚書，南昌侯。卒，贈光禄大夫，謚曰文。

承，暕子，字安期，梁國子祭酒、黄門侍郎。卒，謚曰章。

幼，暕子，梁東陽太守。

訓，暕子，字懷範，小字文殊，梁侍中。年三十六卒，〔二八〕謚温子。

廓，泰子。

祥，筠子，陳黄門侍郎。

銓，琳子，字公衡，梁駙馬都尉、侍中、丹楊尹。

錫，琳子，字公嘏，梁吏部郎，年三十六卒。贈侍中，謚貞子。

僉，琳子，字公會，梁太子中庶子，贈侍中，謚通子。〔二九〕

通，琳子，字公達，梁黄門郎。陳侍中、特進，謚曰成。

勱，琳子，字公齊，陳司空，謚温子。

質，琳子，字子貞，陳都官尚書，謚安子。

固，琳子，字子堅，陳中書令、太常卿，謚恭子。

克，僑子，侯景太宰、侍中、録尚書事。陳尚書左僕射。

孝康，誦子，後魏尚書郎中。

僑康，誦子，齊文襄中外祭酒。

深，翊子，東魏開府記室參軍。

遷，紹子，襲爵。

昕，綸之子。

清，進之子，陳安南將軍、中盧公。

十二世

瑒，沖子，字子璵，〔二〇〕陳侍中，贈特進，謚光子。

瑜，沖子，字子珪，陳侍中，謚貞子。

褒，規子，字子淵，後周光禄大夫、少司空、石泉康侯。〔二一〕

溥，銓子，字伯淮。

涉，錫子。

湜，錫子。

寬，固子，陳侍中。

元楷，肅曾孫，兵部郎中。

元壽，肅曾孫，吏部郎中。

猛，清子，字世雄。本名勇，隋開府儀同三司、歸仁縣公，〔二二〕謚曰成。

此瑯邪王氏也，與晉陽王氏異譜。然世説云，王武子與從兄恬不平，則初亦一族。其載王氏有兩渾一昶子，一戎父。兩澄一衍弟，一濟弟。兩安期一含子，一湛子，兩愷一字茂仁，一字君夫。兩綏一愉子，一戎子。兩處沖一還，一湛。〔二三〕兩乂一衍父，一緒父。

【校記】

〔一〕琅邪，郡名，秦置。春秋時爲齊地。秦兼天下，以其地爲琅邪郡，因琅邪山得名。臨沂，縣名，漢置，屬東海郡，東臨沂水，故名。後漢改屬琅邪國，晉屬琅邪郡，在今山東省東南部。

〔二〕漢書七二王吉傳：「王吉字子陽，琅邪皋虞人也。」新唐書七二中宰相世系表（以下省作新唐書）：「始家皋虞，後徙臨沂都鄉南仁里。」

〔三〕漢書七二王吉傳載：駿以孝廉爲郎，遷趙内史，後爲幽州刺史，遷司隸校尉、少府、京兆尹、御史大夫。新唐書：「駿字偉山，御史大夫，二子：崇、游。崇字德禮，大司空、扶平侯。生遵，字伯業，後漢中大夫、義鄉侯。」據此遵乃崇子，非孫。

〔四〕新唐書：駿子崇以父任爲郎，歷刺史、郡守、御史大夫、大司空、封扶平侯。

〔五〕據新唐書，王遵生二子旹、音，無「仁」。音生四子。

〔六〕義，德行二一七注引丞相別傳：「父裁，侍御史。」晉書三三王覽傳、新唐書皆作「裁」，作「裁」是。

〔七〕王，晉書三三王覽傳、新唐書皆作「正」，是。

〔八〕晉書三三王覽傳：「琛字士瑋。」琛下脱「覽子」二字，子當作「士」。

〔九〕雄，原爲□，王利器校：「案據晉書王戎傳，『□』當爲『雄』字。」按，王校是，今以據補。貞，原作□，王利器校：「案據晉書王戎傳：『□』當是『貞』字。」按，王校是，今以據補。

〔一〇〕乂，原作「叉」。按，德行二六注引王乂别傳：「乂字叔元。」王氏譜亦記乂爲雄子。今據以改正。

〔一一〕肇，原作「□」。晉書三三王祥傳：「肇子俊。」王氏譜亦記俊爲肇子。今以據補。

〔一二〕根馥，原作「□□」。按，王氏譜世系表記根爲馥子。今據以補。嗣封瞻陵侯，據晉書三三王祥傳載：王祥封睢陵侯，祥死，馥嗣爵；馥卒，根嗣爵。故此瞻陵侯當作「睢陵侯」。百散騎郎，百，當是「晉」字之誤。

〔一三〕裁子，原作「數子」。按德行一注引丞相别傳、晉書六五王導傳、王氏譜世系表，皆作裁子。今據改。茂□，□當是「弘」字。□太保，□當是「晉」字。賞譽四六注引王邃别傳謂邃字處重，舒弟，累遷中領軍、尚書左僕射。藝封即丘子，按，晉書六五王導傳：「初襲祖爵即丘子。」藝，當是「襲」之誤。即，原作「□」，據補。武岡侯，岡，原作「□」。按，晉書六五王導傳：「以討華軼功，封武岡侯」。據以補。

〔一四〕裁，原作□。按新唐書、王氏譜皆謂潁、敞爲裁子，故□爲「裁」字。下一行敞□，「□」亦爲「裁」字。英，原作「笑」。品藻一八注引王氏譜：「潁字茂英」，則笑爲「英」字之誤。

〔一五〕識鑒一五謂王舒爲荆州刺史。汪藻考異敬胤注：「太寧初，王敦以舒爲荆州刺史。」

〔一六〕處冲，賞譽四六注引王邃别傳作「處重」，舒弟，累遷中領軍，尚書左僕射。

〔一七〕稜，晉書七六王廙傳作「棱」。

〔一八〕栢子，王利器校：「案晉書王遐傳，『栢子』當作『桓子』，這也是『桓』字避宋諱作『栢』錯了的。」鬱林太守，林，原作「□」。按晉書三三王祥傳：「俊子遐，鬱林太守。」今據以補。

〔一九〕始興見其子，此句必有譌脱。「始興」恐是始興郡公之簡稱。王導封始興郡公。王悦或襲爵始興郡公。見其子，王利器校以爲據汪藻考異及晉書王悦傳，當作「貞世子」。王悦傳云「謚貞世子」，疑此處脱「謚」字。

〔二〇〕「字好豫」三句，好豫，當從晉書六五王恬傳作「敬豫」。螭亮，忿狷三注：「恬，小字螭虎。」則螭亮乃「螭虎」之誤。

〔二一〕是郡太守，是乃「吴」字之誤。

〔二二〕洽，原作「□」，據晉書六五王洽傳補。卒年二十六，晉書六五王洽傳謂「年三十六」。

〔二三〕協，原作「福」。按王導六子，悦、恬、洽、劭、薈皆已見，故此「福」當是「協」之誤。

〔二四〕劭，雅量二六注引劭薈别傳，謂劭是王導第五子，累遷尚書僕射、吴國内史。

〔二五〕薈，雅量二六注引劭薈别傳，謂薈是王導最小子。雅量三八劉孝標注：「小奴，王薈小字也。」

〔二六〕爲敦後，敦，原作「教」。識鑒一五注引晉陽秋曰：「應字安期，含子也。敦無子，養爲嗣。」「教」爲「敦」之形訛。

〔二七〕晏之，晉書七六王舒傳：「長子晏之，蘇峻時爲護軍參軍，被害。」

〔二八〕深猷，御覽三九六四三二引晉中興書作「淵猷」。唐人避諱改「深」。

〔二九〕言語八一注引王胡之別傳：胡之歷吴興太守，徵侍中、丹陽尹、秘書監，并不就。拜使持節，都督司州諸軍事、西中郎將、司州刺史。

〔三〇〕賞譽一二二注引王氏譜曰：耆之爲廙第三子，歷中書郎、鄱陽太守，給事中。

〔三一〕法書要録一〇載：王羲之致司空高平郗公書謂王廙「誕頤之、胡之、耆之、美之」。「美之」或是「羨之」之誤。

〔三二〕晉書七六王彬傳：「敦平，有司奏彬及兄子安成太守籍之，並是敦親，皆除名。」後下詔原之。

〔三三〕叔虎，晉書王彪傳作「叔武」。中華書局晉書排印本卷七六校勘記：「御覽五一三及通志一二八、世説人名譜亦作「叔虎」，武字蓋唐人避諱改。

〔三四〕方，當作「万」（萬）。賞譽二九：「戎子萬子，有大成之風，苗而不秀。」「苗而不秀」，指萬子短壽，年十九卒。注引「晉諸公贊」曰：王綏字萬子，年十九卒。又注引晉書曰：「戎子萬。」

〔三五〕晉書四三王戎傳：「有庶子興，戎所不齒。」

〔三六〕晉書四三王戎傳載：荀藩用玄爲陳留太守，將赴祖逖，爲盜所害。

〔三七〕晉書四三王澄傳：「長子詹，早卒。」

〔三八〕徽，作「微」。言語六七注引王氏譜、賞譽五二注引澄別傳皆作「微」。

〔三九〕混本恬子，晉書六五王悦傳：「悦無子，以弟恬子琨爲嗣。」宋書五二王誕傳、南史二三王誕傳並作「混」，晉書作「琨」，誤。

〔四〇〕浩，原作「洽」。按恬、洽皆王導子，洽爲恬子顯然有誤。今據王氏譜世系表改。

〔四一〕爲協後，晉書六五王協傳：「早卒，無子，以弟劭子謐爲嗣。」

〔四二〕任誕五四注引王氏譜曰：「廞字伯輿，琅邪人，父薈，衛將軍。廞歷司徒長史。」晉書六五王薈傳、宋書六三王華傳作「左長史」。

〔四三〕南史二三王華傳：「（琨）父懌不辨菽麥，時以爲殷道矜之流。」

〔四四〕王利器校：「案『本國』疑當作『子國』。」按宋書六〇王韶之傳：「父偉之，本國郎中令。」作「本國」不誤。又云：韶之「父爲烏程令」。

〔四五〕大將軍，言語七一注引王氏譜：「凝之字叔平，右將軍羲之第二子也。歷江州刺史、左將軍、會稽内史。」晉書八〇王羲之傳謂凝之「仕歷江州刺史，左將軍，會稽内史」，故「大將軍」當爲「左將軍」之誤。

〔四六〕肅之，排調五七注引王氏譜曰：「肅之，字幼恭，右將軍羲之第四子。」

〔四七〕操之，品藻七四注引王氏譜謂操之爲羲之第六子。

〔四八〕法書要録九載張懷瓘書斷曰：「子敬爲中書令，太元十一年卒於官，年四十三。」

〔四九〕賞譽一二〇注引王氏譜謂臨之字仲産。

〔五〇〕晉書六五王悦傳謂嘏尚鄱陽公主。

〔五一〕宋書五二王誕傳載：王誕字茂世，太保弘從兄，祖恬，中軍將軍。父混，太常。誕於義熙九年卒，時年三十九。以南北從征，追封作唐縣五等侯。

〔五二〕宋書四二王弘傳：「（元嘉）九年，進位太保，領中書監，餘如故。其年，薨。時年五十四。即贈太保、中書監，給節，加羽葆、鼓吹，增班劍爲六十人，侍中、録尚書、刺史如故。謚曰文昭公。」

〔五三〕中華書局排印本晉書六五校勘記：「斠注：宋書王弘傳『柳』作『抑』。」

〔五四〕孺，宋書四二王弘傳：「抑弟孺，侍中。」不聞光禄大夫。

〔五五〕宋書六三王曇首傳：「九年，以預誅羡之等謀，追封豫寧縣侯，邑千户，謚曰文侯。」此云「文」，當脱「侯」字。

〔五六〕宋侍中，晉書六五王珉傳：「二子：朗、練，義熙中並爲侍中。」此作「宋侍中」，誤。又宋書四二王弘傳曰：弘從父弟練，「元嘉中，歷顯官，侍中，度支尚書。」

〔五七〕蒨王，宋書五八王球傳作「倩玉」。王球傳載：或人問史臣曰：「王球何如？」答曰：「倩玉淡。」可知作「倩玉」，「蒨王」誤。王球于宋元嘉十八年卒。無子，從孫奂爲後。

〔五八〕南史二三王彧傳：「伯父智，少簡貴，有高名，宋武帝甚重之，常言『見王智，使人思仲祖』。」「爲宋國五兵尚書……封建陵縣五等子，追贈太常。」

〔五九〕南史二三王彧傳：「父僧朗，任宋位尚書右僕射，明帝初，以后父加時進，贈開府儀同三司，謚元公。」

〔六〇〕宋書五八王惠傳曰：「兄鑒，頗好聚斂，廣營田業，惠意甚不同。」云云。

〔六一〕宋書五八王惠傳：「元嘉三年，卒，時年四十二。追贈太常。」

〔六二〕宋書六三王華傳載：太祖劉義隆即位，以王華爲侍官領驍騎將軍，未拜，轉右衛將軍，侍中如故。元嘉四年卒，時年四十三，進贈散騎常侍，衛將軍。九年，追封新建縣侯，謚曰宣侯。此云「憲」，誤。

〔六三〕南史二三王華傳謂琨父懌不慧，「人無肯與婚，家以獛婢恭心侍之，遂生琨。初名崐崘，懌後娶南陽樂玄女，無子，故即以琨爲名，立以爲嗣。」

〔六四〕宋書六六王敬弘傳：「與高祖諱同，故稱字。」高祖指劉裕。故王敬弘原名王裕。南齊書三二王延之傳即云「祖裕」。宋書六六王敬弘傳謂宋順帝昇明二年，謚爲文貞公。

〔六五〕南史二四王鎮之傳載：鎮之爲王胡之從孫、裕之從祖弟。祖耆之，父隨之。

〔六六〕南史二四王韶之傳載：韶之，胡之從孫，敬弘從祖弟，祖羨之，鎮軍掾，父偉之，位本國郎中令。宋書六〇王韶之傳：元嘉十年，徵爲祠部尚書，加給事中。十二年，又云爲吴興太守。其年卒，時年五十六。

〔六七〕納，當從世説注作「訥」。文學六二注引王氏譜曰：「訥之字永言，琅邪人，祖彪之，光禄大夫。父臨之，東陽太守。訥之歷尚書左丞，御史中丞。」

〔六八〕中華書局排印本南史二一王弘傳校勘記：「錫字寡光。張森楷南史校勘記：『毛本、殿本「宣」作「寡」，誤。』按各本俱作『寡』無作『宣』者，不知張氏所據何本，然『寡光』字亦可疑。」

〔六九〕南史二一王微傳：「時兄遠免官歷年，微歎曰：『我兄無事而屏廢，我何得而叨忝踰分？』文帝即以遠爲光禄勳。」

〔七〇〕南史二一王微傳：「微字景玄……少好學，善屬文，工書，兼解音律及醫方卜筮陰陽數術之事。宋文帝賜以名著。」譜作「景立」，非。

〔七一〕南史二一王微傳：「弟僧謙亦有才譽，爲太子舍人，遇疾，微躬自處療，而僧謙服藥失度，遂卒。」

〔七二〕宋書七一王僧綽傳載：元凶劉劭弑逆，害僧綽，時年三十一。「世祖即位，追贈散騎常侍、金紫光禄大夫，謚曰愍侯。」建康實録一三：「王僧綽，謚曰忠愍侯。」

〔七三〕南史二三王彧傳附王奂傳載：奂字道明，彧兄子也。父粹，字景深，位黄門侍郎。奂繼從祖球，故小字彦深。譜列奂爲八世，與父粹、叔父彧同世，顯誤。奂當爲九世。又南齊書四九王奂傳附王續傳謂續乃奂從弟。譜列續爲九世，亦可證奂爲九世。南史二三王惠傳附王球傳：球無子，從孫奂爲後。

〔七四〕琅邪王氏世系表謂楷、粹，或爲僧朗子。譜謂楷、粹或爲僧綽子，誤。南史二二王曇首傳附僧綽傳載僧綽子儉，無有楷、粹。譜又云粹「小字彦深」，亦誤。當是粹子奂小字彦深。

〔七五〕僧綽子，當作「僧朗子」。南史二三王彧傳謂彧父僧朗。又曰：「智無子，故父僧朗以景文繼智。」

〔七六〕中華書局排印本宋書六三校勘記：「定侯」，各本並作「宣侯」，據南史改。按，王華謚宣侯，子不當復謚宣侯。嗣，王華子之名。錢大昕廿二史考異云：『王僧綽傳云，王華子新建侯嗣，才劣位遇亦輕。則嗣乃華子之名。』」

〔七七〕宋書六六王敬弘傳：「恢之至新安太守，中大夫。」

〔七八〕宋書六六王敬弘傳：「恢之弟瓚之，世祖大明中，吏部尚書，金紫光禄大夫，謚曰貞子。」

〔七九〕南史二四王鎮之傳：「曇生好文義，以謙和見稱，歷吏部尚書、太常卿。孝武末，爲吴興太守。與四方同逆，戰敗歸降，被宥，終於中散大夫。」

〔八〇〕宋書六〇王韶之傳：「子曄，尚書駕部外兵郎，臨賀太守。」

〔八一〕南史二四王悦之傳載：王悦之字少明，羲之曾孫，祖獻之，父靖之。泰始中爲黄門郎、御史中丞。

〔八二〕淮之，王利器校：「宰相世系表作『准之』。」中華書局排印本宋書六〇王准之傳校勘記：「王准之字元曾，三朝本作『王淮之』，北監本、毛本、殿本、局本作『王淮之』。元大德本南史作『王準之』，殿本南史作『王淮之，字元曾』。殿本考證謂『淮即準之減畫，實一字也。范泰傳前司徒長史王準之當是一人。』按殿本考證誤，范泰傳之王準之，爲王雅之子。晉書王雅傳：「長子準之，散騎侍郎。」與此王淮之非一人。」宋書六〇王淮之傳：「高祖彬，尚書僕射。曾祖彪之，尚書令。祖臨之，父訥之，並御史中丞。訥之，當作「訥之」。見前校釋。

〔八三〕南史二四王淮之傳謂逡之仕宋位吴令，昇明末以著作郎兼尚書左丞。齊建元二年，轉國子博士，又兼著作，建武二年（四九五）卒。

〔八四〕南史二三王誕傳載：偃長子藻，位東陽大守，尚文帝女第六女臨川長公主。公主性妬，而藻别愛左右人吴崇祖。景和中，主讒之於廢帝，藻下獄死，主與王氏離婚。

〔八五〕宋書七五王僧達傳、南史二一王弘傳並云僧達爲王弘少子，兄錫。此云錫子，誤。僧達因被誣謀反事，於獄賜死，時年三十六。據此，僧達當列于八世王錫之後。又，南齊書三三王僧虔傳：「曇首兄弟集會諸子孫，弘子僧達下地跳戲。」

〔八六〕南史二一王弘傳：「瞻字思範，弘從孫也。祖柳字休季，位光禄大夫、東亭侯。父猷字世倫，位侍中、光禄大夫。」「卒，謚康侯。」

〔八七〕南齊書二三王儉傳載：祖曇首，父僧綽。儉生而僧綽遇害，爲叔父僧虔所養。數歲，襲封豫寧侯。歷官侍中、中書令、太子少傅、領國子祭酒、衛軍將軍、開府儀同三世、南昌公。

卒年三十八。

〔八八〕南齊書二三王儉傳載：儉弟遜，昇明中爲丹陽尹。建元初，爲晉陵太守。後徙永嘉郡，道伏誅。

〔八九〕南史二二王曇首傳載：天監九年（五一〇），志還爲散騎常侍，金紫光禄大夫，卒。普通四年（五二三），志改葬，謚曰安。

〔九〇〕南史二二王曇首傳：「（彬）尚齊高帝女臨海長公主，拜駙馬都尉。仕齊，歷太子中庶子，徙永嘉太守。」「梁天監中，歷史部尚書，秘書監，卒，謚惠。」

〔九一〕吉，原作「吉」，據南史改。南史二三王彧傳附王蘊傳：「及齊高帝輔政，蘊與沈攸之連謀，事敗，斬於秣陵市。」

〔九二〕南史二三王彧傳謂謚曰恭世子。

〔九三〕左尚書，南史二三王彧傳作「左户尚書」。

〔九四〕南史二三王彧傳附王奂傳載：永明中，累遷尚書右僕射，出爲雍州刺史，與寧蠻長史劉興祖不睦。永明十一年（四九三），奂征蠻失利，興祖欲以啓聞，奂大怒，收付獄。興祖於獄作書令啓聞，而奂亦馳信啓上，誣興祖扇動荒蠻。齊武帝知其枉，敕奂送興祖還都，奂恐辭情于己不利，殺興祖，武帝大怒，遣兵收奂。奂子彪及奂閉門拒接朝廷使者，結果奂、奂子彪、爽、弼、殷、叡皆伏誅。奂子琛、肅、秉並奔魏。譜既誤列奂于八世，遂列奂諸子于九世。實奂當列九世，奂諸子列十世。

〔九五〕北史四二王肅傳載：肅字恭懿，父奂及兄弟並爲齊武帝所殺。北魏太和十七年（四九三），肅自建鄴奔北魏。景明二年（五〇一），薨於壽春，年三十八。謚宣簡。

〔九六〕北史四二王肅傳載：肅弟康，字文政。宣武初攜兄子誦、翊、衍等入魏，拜中書侍郎。卒幽州刺史，贈征虜將軍、徐州刺史。北史四二王肅傳校勘記：「魏書及通志卷一五〇王肅傳作『康』，而兄弟連名作『康』是。」

〔九七〕南史二三王華傳：「子定侯嗣，官至左衛將軍，卒。子長嗣，坐罵母奪爵，以長弟佟紹封。」

〔九八〕南齊書四六王秀之傳謂秀之父瓚之。又謂秀之以隆昌元年卒，年五十三。

〔九九〕南齊書三二王延之傳：「永明二年，陳疾解職，世祖許之。轉特進，右光禄大夫，王師、中正如故。其年卒，年六十四。追贈散騎常侍，右光禄大夫，特進如故。謚簡子。」

〔一〇〇〕南史二四王鎮之傳附思遠傳載：思遠，王晏從父弟，父羅雲，祖弘之。「上既誅晏，思遠遷爲侍中，掌優策及起居注。卒，年四十九，贈太常，謚曰貞子。」

〔一〇一〕南齊書四二王晏傳載：晏弟詡，延興元年授詡持節廣州刺史。晏誅，復殺詡。

〔一〇二〕興之，宋書六〇王准之傳作「興之」。淮之，當改作「准之」。

〔一〇三〕南史二四王准之傳：「素字休業，彬五世孫而逡之族子也。高祖翹之，晉光禄大夫。曾祖望之、祖泰之，並不仕。父元弘位平固令。」

〔一〇四〕奉先，南史作「奉光」。南史二三王誕傳載：「天監十五年，瑩位左光禄大夫、開府儀同三司、丹陽尹。居職六日暴疾薨，謚曰静恭。」

〔一〇五〕宋書七五王僧達傳：「子道琰，徙新安郡，前廢帝即位，得還京邑。後廢帝元徽中，爲廬陵國内史，未至郡，卒。」

〔一〇六〕南史二一王弘傳謂瞻子長玄早卒。

〔一〇七〕藉，南史三王弘傳作「籍」。

〔一〇八〕南史二二王曇首傳：「騫字思寂，本字玄成，與齊高帝偏諱同，故改焉」。南史二二王曇首傳：「弱冠，選尚淮南長公主，拜駙馬都尉，歷秘書丞。天監中，歷位侍中、吏部尚書，領國子祭酒。」

〔一〇九〕南史二二王曇首傳：「夜忽有盜攻，懼墜井，時年六十九。」

〔一一〇〕北史四二王肅傳載：誦字國章，肅長兄融之子。歷位散騎常侍、光禄大夫、右將軍、幽州刺史，長兼秘書監、給事黄門郎。孝莊初，於河陰遇害，贈尚書左僕射，司空公，謚曰文宣。

〔一一一〕北史四二王肅傳載：衍字文舒，卒，敕給東園祕器，贈尚書令、司徒公，謚曰文獻。

〔一一二〕北史四二王肅傳載：翊字士游，肅次兄琛子。位中書侍郎、濟州刺史，入爲散騎常侍、金紫光禄大夫、領國子祭酒。卒，贈司空公、徐州刺史。

〔一一三〕北史四二王肅傳載：紹字三歸，位中書侍郎，卒，贈徐州刺史，紹爲肅前妻謝所生，肅臨甍，謝始携女及紹至壽春。

〔一四〕南史二四王峻傳：「仕齊爲桂陽内史。梁天監初，爲中書侍郎。」「累遷侍中，吏部尚書……遷金紫光禄大夫，未拜卒，謚惠子。」

〔一五〕綸之，南齊書作「倫之」。

〔一六〕南史二四王准之傳載：興之子進之，仕齊位給事黄門郎、扶風太守，梁臺建，歷尚書左丞，廣平、天門二郡太守，左將軍，封建寧公。

〔一七〕南齊書四七王融傳載：王融祖僧達，父道琰。從叔儉。按譜列王儉於九世，儉爲融從叔，則融當爲十世。

〔一八〕南史二二王曇首傳謂訓年二十六卒。

〔一九〕通子，南史二三王彧傳作「恭子」。

〔二〇〕子璵，南史二一王弘傳作「子瑛」。陳書作「子璵」。

〔二一〕周書四一王褒傳載：王褒曾祖儉，祖騫，父規。褒有盛名于梁。梁亡，至長安，因其才名，特受親侍。卒以宣州刺史，時年六十四。

〔二二〕隋開府儀同三司，「隋」原作「隨」。南史二四王準之傳謂猛卒後，隋文帝痛之，遣使吊祭，贈上開府儀同三司，封歸仁縣公。」據改。

〔二三〕還，王利器校：「『還』當作『遂』。」

二　太原晉陽王氏譜〔一〕

世								
一世								
二世	柔	澤						
三世	機（柔）	祀（澤）						
四世	默（祀兄子）	沈（機）	渾（祀）	深	淪	湛		
五世	佑（默）	浚	尚（渾）	濟	澄	汶	承（湛）	
六世	嶠（佑）	訥	卓（濟）	聿	述（承）	延（緒祖）		
七世	淡（嶠）	濛（訥）	導素（浚孫）	坦之（述）	處之（述）	緒之	乂（緒父）	
八世	度世（淡）	脩（濛）	藴	崇之（導素）	愷之（坦之）	愉	國寶	緒（國寶從祖弟）
九世	華（藴）	恭	熙	履	爽	綏（愉）	納	緝
十世	和（華）	蕳（恭）	曇亨	慧龍（緝）				

一世

咸十九世孫，生柔，生澤。〔二〕

二世

柔，字叔優，漢匈奴中郎將。〔三〕

澤，字季道，漢代郡太守。

三世

機，柔子，魏東郡太守。

昶，澤子，字文舒，魏司空，京陵侯，謚曰穆。

四世

默，昶兄子，字處靖，〔四〕魏尚書。

沈，機子，字處道，魏鎮南將軍，晉御史大夫、尚書令、博陵公。泰始二年薨，謚曰元。

渾，昶子，字玄沖，襲京陵侯，晉録尚書事，元康七年薨，年七十五，謚曰元。

深，昶子，字道沖，冀州刺史。

淪，昶子，字太沖，大將軍參軍。〔五〕

湛，昶子，字處沖，晉汝南内史，元康五年卒，年四十七。

五世

佑，默子，晉北軍中侯。

浚，默子，字彭祖，嗣爵，晉幽州刺史。

尚，渾子，以父功，晉封關内侯。〔六〕

濟，渾子，字武子，晉太保，累遷侍中。年四十六，先渾卒，追贈驃騎將軍。

澄，渾子，字道深。

汶，渾子，字茂深。

承，湛子，字安期，襲爵藍田縣侯，晉鎮東府從事中郎、車騎將軍、東海太守，年四十六卒。

六世

嶠，佑子，字開山，晉廬陵太守，謚曰穆。〔七〕

訥，佑子，字文開，新淦令。〔八〕

卓，濟子，字文宣，嗣爵，晉給事中。

聿，濟子，字茂宣，襲母公主爵，封敏陽侯。

述，承子，字懷祖，晉尚書令，襲封藍田侯。年六十六，大和三年卒，贈侍中、驃騎將軍、開府，謚曰穆。避帝謚，改曰簡。

延，緒祖。〔九〕

七世

淡，嶠子，晉右衛將軍、侍中、尚書、廣州刺史。

濛，訥子，字仲祖，晉司徒左長史，年三十九卒。

導素，浚孫。〔一〇〕

坦之，述子，字文度，小字阿訥，晉中書令、北中郎將、左衛將軍，襲封藍田侯。年四十六卒，追贈

安北將軍，謚曰憲。〔一一〕

處之，述子，字文將，小字阿智，州辟別駕，不就。〔一二〕

禕之，述子，字文邵，小字僧恩，晉中書侍郎，年未三十而卒。〔一三〕

乂，緒父。

八世

度世，淡子，驍騎將軍。

脩，濛子，字敬仁，小字苟子。晉著作郎、中軍司馬，二十四卒。〔一四〕

藴，濛子，字叔仁，小字阿興。晉左將軍、左僕射，會稽内史。太元九年卒，年五十五，追贈光禄大夫。

崇之，導素子。

愷，坦之子，字茂仁，襲爵，大元末爲侍中、右衛將軍，贈太常。〔一五〕

愉，坦之子，字茂和，驃騎司馬、輔國將軍、桓玄尚書左僕射、前將軍。〔一六〕

國寶，坦之子，晉尚書左僕射、後將軍、丹楊尹。

忱，坦之子，字元達，小字佛大，晉建武將軍，荆州刺史，卒，贈右將軍，謚曰穆。

緒，國寶從弟。祖延，蚤終。父乂，撫軍。琅邪内史，與國寶亂政，爲王恭所討。〔一七〕

九世

華，藴子，蚤卒。

恭，蘊子，字孝伯，小字甯，晉前將軍。贈侍中，太保。謚曰忠簡。

熙，蘊子，字叔和，小字齊。〔一八〕

履，蘊子。

爽，蘊子，字季明，小字睹，晉黃門侍郎、侍中、寧朔將軍。〔一九〕

綏，愉子，字彥猷，晉中書令、冠軍將軍、荆州刺史。〔二〇〕

納，愉子。

緝，愉子，散騎侍郎。

十世

和，華子，秘書郎。

簡，恭子，散騎郎。

曇亨，恭子，宋給事中。〔二一〕

慧龍，緝子，後魏寧南將軍，荆州刺史，長社穆侯。

王太保祥　丞相　王公　司空　王茂弘　阿龍並導　大將軍　王大將軍　阿黑並敦　世將　平南並廙　江州　世儒並彬　王長豫　阿太　大郎並悅　王敬豫　吳郡　王摛　阿摛並恬　王領軍洽　王敬倫　大奴並劭　王衛軍薈　王司州　阿齡　王脩齡並胡之　王脩載耆之　虎犺彭之　虎犢彪之　王右軍　右軍　逸少　阿菟　我家臨川並羲之　王丹陽混　王東亭　王元琳　法

護　阿護　阿苽並珣　王僧彌　小令並珉　王武岡謐　東陽　阿林　江州凝之　王子猷　王黃門並徽之　王咨議肅之　子敬　大令　阿敬　王令並獻之　王平北乂　夷甫　王太尉　太尉並衍　王平子　阿平並澄　王安豐　濬沖　阿戎並戎　王眉子玄　王荊產徽　司空昶　京陵渾　參軍淪　王汝南　武子　驃騎並濟〔二二〕　安期　東海　王車騎並承　王藍田　懷祖並述　王文度　王中郎　安北　王北中郎　阿訥並坦之　阿智處之　僧恩禕之　王僕射愉　王佛大　王大　阿大　王建武　王荊州並忱　王長史薈子廞亦稱王長史　長史　仲祖並濛　王敬子　王敬仁並脩　王光禄　王孝伯　王甯並恭　王齊熙　王睹爽

【校記】

〔一〕太原，郡名，秦置。晉陽，縣名，晉水所出，本周唐國。周武王滅唐，封弟叔虞。春秋時爲晉國，漢屬太原郡。故城在今山西省太原市。

〔二〕新唐書七二中宰相世系表：「太原王氏出自離，次子威，漢揚州刺史。九世孫霸，字孺仲，居太原晉陽，後漢連聘不至。霸生咸，咸十九世孫澤。」

〔三〕魏志王昶傳注引郭林宗傳：「叔優至北中郎將。」

〔四〕處靖，王利器校：「案三國魏志王昶傳作『處静』，是。昶傳云：『其爲兄子及子作名字，皆依謙實以見其意。』這裏作『處靖』，錯了，當據改。」

〔五〕排調八注引王氏譜：淪，司空穆侯中子，司徒渾弟，年二十餘，舉孝廉，不行，歷大將軍參軍，年二十五卒。

〔六〕晉書四二王渾傳載：吴將薛瑩、魯淑突襲晉師，渾擊破之，以功封次子尚爲關内侯。

〔七〕晉書七五王嶠傳：「咸和初，朝議欲以嶠爲丹楊尹，嶠以京尹望重，不宜以疾居之，求補廬陵郡，乃拜嶠廬陵太守。」

〔八〕容止二一注引王氏譜謂，訥字文開，祖默，尚書。父佑，散騎常侍。訥始過江，仕至新淦令。

〔九〕王利器校：「案據世系表，『緒祖』下當有『子』字。」唐寫本規箴二六注引王氏譜謂王緒「祖延，早終」。按，若果如世系表所言，延爲緒祖子，則譜五世中當有緒祖之名。譜既無，且史傳中亦不見有緒祖，故「緒祖」必有譌脱。

〔一〇〕導素父名不詳。

〔一一〕王利器校：「案據晉書王坦之傳及宰相世系表，『憲』都作『獻』，此誤。」

〔一二〕假譎一二注：「處之字文將，辟州别駕不就，娶太原孫綽女，字阿恒。」

〔一三〕品藻六四注引王氏世家：「禕之字文劭，述次子。少知名，尚尋陽公主。仕至中書郎，未三十而卒。坦之悼念，與桓温稱之。贈散騎常侍。」

〔一四〕文學三八注引文字志：「脩明秀有美稱，善隸行書，號曰流奕清舉。起家著作佐郎，琅邪王文學，轉中軍司馬，未拜而卒，時年二十四。」

〔一五〕方正五八注引中興書：「愷字茂仁，歷吴國内史、丹陽尹，贈太常。」

〔一六〕德行四二注引徐廣晉紀：王愉「以輔國將軍出爲江州刺史。愉始至鎮，而桓玄、楊佺期舉兵以應王恭，乘流奄至，愉無防，惶遽奔臨川，爲玄所得。玄篡位，遷尚書左僕射。」

〔一七〕規箴二六注引王氏譜曰：「緒字仲業，太原人。祖延，父乂，撫軍。」又注引晉安帝紀：「緒爲會稽王從事中郎，以佞邪親幸。」

〔一八〕雅量四二注引中興書謂熙爲王恭次弟，尚鄱陽公主，太子洗馬，早卒。

〔一九〕晉書九三王藴傳載：爽歷給事黄門侍郎、侍中。後兄恭起事，以爽爲寧朔將軍，參預軍事。恭敗，被誅。

〔二〇〕晉書七五王綏傳載：桓玄篡，遷中書令。劉裕建義討桓玄以爲冠軍將軍，拜荆州刺史、假節。坐父愉之謀，與弟納並被誅。

〔二一〕晉書八四王恭傳：「恭庶子曇亨，義熙中爲給事中。」

〔二二〕齊，通「濟」。按，王汝南爲王濟叔父王湛，汝南太守，非王濟。

三 陳國陽夏謝氏譜〔一〕

世													
一世	衡												
二世	鯤 衡	袞											
三世	尚 鯤	奕 袞	據	安	万	石	鐵						
四世	康 本奕子出後尚	淵 奕	靖	玄	朗 據	允	瑶 安	琰	韶 万	汪 石	邈 鐵	沖 鐵	
五世	肅 本靖子出後康	玩 靖	虔	奐 玄	重 朗	裕 允	純	虤	述	該 瑶	模	澮	璞
六世	靈祐 本虔子出後肅	靈運 奐	絢 重	瞻	晦	瞬	遯	恂 裕	綜 述	約	緯	承伯 本模子出後該	曜 思
七世	鳳 靈運	世基 絢	紹 瞻	世休 晦	世平	孺子 恂	朓	莊					
八世	超宗 鳳	璟 孺子	謨 朓	颺 莊	朏〔二〕	顥	嵸	瀟					
九世	才卿 超宗	幾卿	微 璟	諼	譓	覽	舉						
十世	藻 才卿	哲 譓	僑 覽	札	嘏 舉	經 安七世孫							
十一世	禕 僑	儼 嘏	伷	藺 經									
十二世	貞 間												

(續表)

世							
一世							
二世							
三世							
四世							
五世	肇（琰）	峻	混	思（韶）	喻復（明慧從兄）	明慧（本忠子出後汪）	方明（冲）
六世	弘微	曷（本復子出後明慧）	惠連（方明）	惠宣			
七世							
八世							
九世							
十世							
十一世							
十二世							

一世

纘，典農中郎將，生衡。

衡，纘子，國子祭酒。

二世

鯤，衡子，字幼輿，以功封咸亭侯。豫章太守，四十三卒，贈大常，謚曰康。

裒，衡子，字幼儒。太常卿、吏部尚書。〔三〕

三世

尚，鯤子，字仁祖，小字堅石。初爲王導掾，襲爵咸亭侯、鎮西將軍。卒，年五十，贈散騎常侍、衛將軍、開府儀同三司，謚曰簡。〔四〕

奕，裒子，字無奕，晉安西將軍、豫州刺史，贈鎮西將軍。

據，裒子，字玄通，小字虎子，號中郎，年三十三卒。〔五〕

安，裒子，字安石，晉尚書左僕射、太保，贈大傅，年六十六卒，謚文靖。

万，裒子，字万石，晉豫州刺史，淮南太守，散騎常侍，卒年四十二。〔六〕

石，裒子，字石奴。晉中軍將軍、尚書令、南康郡公、開府儀同三司。六十二卒，贈司空，謚曰襄。

鐵，裒子，字鐵石，永嘉太守。

四世

康，本奕子，出後尚。〔七〕

淵，〔八〕奕子，字叔度，小字末。義興太守。

靖，奕子，太常。

玄，奕子，字幼度，小字遏，晉都督徐、兖、青、司、冀、幽、并七州軍事，封康樂公。太元十三年卒，年四十六。追贈車騎將軍、開府儀同三司，謚獻武。

朗，據子，字長度，小字胡兒，晉東陽太守，蚤卒。〔九〕

允，據子，字令度，宣城内史。

瑶，安子，襲爵，琅邪王友，蚤卒。

琰，安子，字瑗度，小字末婢，晉輔國將軍，以功封望蔡縣公、會稽内史。爲孫恩所害，贈侍中、司空，謚忠肅。〔一〇〕

韶，万子，字穆度，小字封，車騎司馬，三十三卒。

汪，石子，嗣爵，蚤卒。

邈，鐵子，字茂度，晉侍中，吴興太守，爲孫恩所害。〔一一〕

沖，鐵子，字秀度，晉中書郎，爲孫恩所殺，贈散騎常侍。〔一二〕

五世

肅，本靖子，出後康。

玩，靖子，豫寧伯。

虔，靖子。

瑍，玄子，秘書郎，蚤卒。

重，朗子，字景重，會稽王道子驃騎長史。

裕，〔一三〕允子，字景仁，宋武帝尚書左僕射。義熙十二年卒，贈金紫光禄大夫。

純，允子，字景懋，劉毅衛軍長史，南平相。〔一四〕

虨，允子，字景虨，司徒右長史。

述，允子，字景先，小字道兒，宋吴興太守，左衛將軍。〔一五〕

該，瑶子，嗣爵，東陽太守。

模，瑶子，光禄勳。

澹，瑶子，字景恒，桓玄太尉、柴桑侯。元熙中爲光禄大夫，兼太保，持册禪宋。宋侍中，特進，金紫光禄大夫。〔一六〕

璞，瑶子，字景山，光禄勳。〔一七〕

肇，琰子，晉驃騎將軍，爲孫恩所害，贈散騎常侍。

峻，琰子，晉建昌侯，爲孫恩所害，贈散騎侍郎。

混，琰子，字叔源，小字益壽，襲爵，歷中書令、中領軍、尚書左僕射，以黨劉毅誅。

思，〔一八〕韶子，一名恩，字景伯，晉黄門郎，武昌太守，四十七卒。

喻復，明慧從兄，明〔一九〕□□□□□□□

方明，沖子，宋侍中，丹楊尹，會稽太守。

六世

靈祐，本虔子，出後肅。

靈運，瑍子，小字客兒。襲封康樂公。宋永嘉太守、臨川內史。元嘉十年伏誅，年四十九。〔二〇〕

絢，重子，字宣映，宋文帝鎮軍長史，蚤卒。

瞻，重子，字宣遠，一名檐，字通遠。宋豫章太守，年三十五卒。〔二一〕

晦，重子，字宣明，宋領軍將軍、散騎常侍、建平郡公。伏誅，年三十七。〔二二〕

曜，重子，字宣鏡，宋黃門侍郎。

遯，重子。

恂，裕子，字泰温，鄱陽太守。

綜，述子，太子中舍人。與范曄謀反，伏誅。〔二三〕

約，述子，亦以范曄伏誅。

緯，述子，尚宋文帝長城公主，正員郎。〔二四〕

承伯，本模子，出後該，有罪，國除。

曜，思子，小字阿多，御史中丞。〔二五〕

弘微，思子，繼從叔峻，名密，避所繼諱，以字行。宋中庶子、侍中、建昌縣侯。元嘉十年卒，年四

十二，贈太常。〔二六〕

暠，喻復子，出後明慧，宋受禪，國除。

惠連，方明子，宋彭城王義康法曹行參軍，年三十七卒。〔二七〕

惠宣，方明子，臨川太守。

七世

鳳，靈運子，隨靈運徙嶺南，蚤卒。

世基，絢子。〔二八〕

紹，瞻子。

世休，晦子。

世平，䁲子。

孺子，恂子，宋西陽太守。〔二九〕

朓，緯子，字玄暉，齊中書郎、東海太守、尚書吏部郎。下獄死，年三十六。

莊，弘微子，字希逸，宋中書令、散騎常侍、金紫光禄大夫卒，謚憲子。

八世

超宗，鳳子，齊竟陵王征北咨議。〔三〇〕

璟，孺子子，□左户尚書侍中。〔三一〕

謨，朓子，梁□安令、王府咨議。

颺，莊子，□晉平太守，贈金紫光禄大夫。〔三二〕

朏，〔三三〕莊子，字敬沖，齊侍中、司徒、尚書令、中書監。謚曰靖。

顥，莊子，字仁悠，宋豫章太守，齊竟陵王友、吏部北中郎長。〔三四〕

縱，莊子。

瀟，莊子，字義潔，齊太子詹事。永泰元年卒，贈金紫光禄大夫，謚簡子。

九世

才卿，超宗子。〔三五〕

幾卿，超宗子，梁左光禄長史。

微，璟子，南蘭陵太守。〔三六〕

諼，朏子，司徒左長史、東陽内史。〔三七〕

譓，朏子，右光禄大夫。

覽，瀟子，字景滌，〔三八〕吴興太守，贈中書令。

舉，瀟子，字言揚，梁尚書令。太清二年卒，贈侍中、衛將軍、開府儀同三司。

十世

藻，才卿子。〔三九〕

哲，譓子，字穎豫，梁廣陵太守，陳吏部尚書。卒，謚康子。〔四〇〕

僑，覽子，一云父玄大。梁侍中，字國美，太清元年卒。

札，覽子，一云父玄大。梁侍中，字世高，〔四一〕湘東王咨議。

峴，舉子，字含茂，梁侍中、中書令、郎官尚書。〔四二〕卒謚光子。

經，安七世孫，北中郎咨議參軍。

十一世

禕，僑子。

儼，峴子，侍中、御史中丞、太常卿。〔四三〕

伷，峴子，尚書僕射。

藺，經子，字希如，梁散騎常侍。見孝義傳。〔四四〕

十二世

貞，藺子，字元正，陳丹陽丞。父子並見孝義傳。

別族

謝太傅同時有謝奉者，會稽人，字弘道，安南將軍。〔四五〕謝氏譜云：祖端，父鳳，弟聘，字立遠，侍中、廷尉卿。非陽夏族也。

謝幼輿　謝豫章並鯤。　謝尚書　尚書並裒。　謝仁祖　謝鎮西　堅石　謝掾並尚。　征西　晉陵並奕。　虎子　中郎並據。以居兄弟之中，故謂之中郎。中音丁仲切，万稱中郎異此。　太傅　謝公　謝太傅　安石　僕射　文靖並安　謝中郎　阿大中郎　阿万並万。　石奴石　封胡遏末韶、朗、玄、淵。　謝遏　車騎並玄。　謝胡兒　東陽並朗。　末婢琰　益壽混　謝康樂靈運　謝安南奉

【校記】

〔一〕陳，周國名。史記陳杞世家載：陳胡公滿者，虞帝舜之後也。「至于周武王克殷紂，乃復求舜後，封之於陳。」陳國，漢置。陽夏，縣名，本屬淮陽國，後漢改淮陽國爲陳國。

〔二〕王利器校：「案宋書謝莊傳『蚒』作『朏』，下同。」

〔三〕方正二五注引永嘉流人名曰：「哀歷侍中、吏部尚書、吴國内史。」

〔四〕言語四六注引晉陽秋曰：「（尚）齠齔喪兄，哀慟過人。及遭父喪，温嶠唁之，尚號叫極哀。既而收涕告訴，有異常童。嶠奇之，由是知名。仕至鎮西將軍，豫州刺史。」

〔五〕紕漏五注：「據字玄道，尚書哀第二子，年三十三亡。」

〔六〕晉書七九謝萬傳載：萬受任北伐，大敗，狼狽單歸，廢爲庶人。後復以爲散騎常侍，會卒，因以爲贈。

〔七〕晉書七九謝尚傳：「無子，從弟奕以子康襲爵，早卒。」

〔八〕賢媛二六注：「遏末，謝淵小字。」「淵字叔度，奕第二子，義興太守，時人稱其尤彦秀者。」

〔九〕言語七一注：「胡兒，謝朗小字。」又注引續晉陽秋曰：「朗字長度，安次兄據之長子。安蚤知之。文義豔發，名亞於玄。仕至東陽太守。」

〔一〇〕傷逝一五注：「末婢，謝琰小字。琰字瑗度，安少子。開率有大度，爲孫恩所害，贈侍中、司空。」

〔一一〕晉書七九謝安傳附謝邈傳：「邈妻郗氏，甚妒。邈先娶妾，郗氏怨懟，與邈書告絶。邈以其書非婦人詞，疑其門下生仇玄達爲之作，遂斥玄達。玄達怒，遂投孫恩，并害邈兄弟，竟至滅門。」

〔一二〕南史一九謝方明傳：「父沖字秀度，中書郎，家在會稽，病歸，爲孫恩所殺，贈散騎常侍。」

〔一三〕南史一九謝裕傳：「名與宋武帝諱同，故以字行。」

〔一四〕宋書五二謝景仁傳載：劉裕征劉毅，毅兵敗衆散，純爲人所殺。

〔一五〕宋書五二謝景仁傳附謝述傳載：述歷官劉裕太尉參軍、宋臺尚書祠部郎，長沙内史、武陵太守，領南郡太守，司徒左長史，轉左衛將軍，元嘉十二年（四三五）卒，時年四十六。

〔一六〕南史一九謝晦傳附謝澹傳載：景平中，累遷光禄大夫。元嘉中卒。

〔一七〕南史一九謝晦傳：「璞字景山，幼孝友，祖安深賞愛之，位光禄勳。」

〔一八〕思，晉書七九謝萬傳作「恩」。

〔一九〕王利器校：「案『明』下缺字，據世系表當是『慧，本忠子，出後汪』七字。」按世系表謂明慧「本忠子，出後汪」，然查世系表及謝氏譜皆無名「忠」者。晉書七九謝石傳：謝石子汪嗣，早卒。「汪從兄沖以子明慧嗣。」則明慧乃沖子，非忠子。

〔二〇〕南史一九謝靈運傳載：安西將軍謝奕曾孫，祖玄，父瑍。襲封康樂公，咸稱謝康樂。

〔二一〕宋書五六謝瞻傳載：永初二年在郡遇疾，不肯自治，卒，時年三十六。

〔二二〕宋書四四謝晦傳載：謝晦謀反，兵敗被執，與弟皭、遯、兄子世基、世猷等並伏誅。

〔二三〕宋書五二謝景仁傳附謝述傳：「綜有才藝，善隸書，爲太子中舍人，與舅范曄謀反，伏誅。」

〔二四〕宋書五二謝景仁傳附謝述傳載：緯尚太祖第五女長城公主，免死徙廣州。孝建中，還京師。太宗泰始中，至正員郎中。

〔二五〕宋書五八謝弘微傳：「曜，弘微兄，多，其小字也。」「兄曜歷御史中丞，彭城王義康驃騎長史，元嘉四年卒。」

〔二六〕宋書五八謝弘微傳載：祖韶，父思。「從叔峻，司空琰第二子也，無後，以弘微爲嗣。弘微本名密，犯所繼内諱，故以字行。」

〔二七〕中華書局排印本南史一九校勘記：「年三十七卒，文選雪賦注引宋書作『年二十七卒』。孫虨宋書考論：『以謝靈運傳考之，惠連元嘉十年卒，蓋二十七也。』」

〔二八〕宋書四四謝晦傳：「世基，絢之子也，有才氣。臨死爲連句詩曰：『偉哉横海鱗，壯矣垂天翼。一旦失風水，翻爲螻蟻食。』晦續之曰：『功遂侔昔人，保退無智力。既涉太行險，斯路信難陟。』」

〔二九〕南史一九謝裕傳載：裕孫孺子爲新安王主簿，出爲廬江郡，宋孝武帝以爲司徒主簿。後以家貧，求西陽太守，卒官。

〔三〇〕南史一九謝靈運傳附謝超宗傳載：齊武帝即位，使超宗掌史，除竟陵王征北諮議，領記室，武帝因超宗言語輕慢，付廷尉。又「詔徙越嶲，行至豫章，上敕豫章内史虞悰賜盡，勿傷其形骸」。

〔三一〕據南史一九謝裕傳載：孺子子璟，梁天監中爲左户尚書，再遷侍中。則□當爲「梁」字。

〔三二〕王利器校：「案宋書謝莊傳，『□』當是『宋』字。」

〔三三〕朏，原作「朗」。按南史二〇謝弘微傳附謝莊傳作「朏」，今據改。下同。謝莊傳曰：「五子：颺、朏、顥、嵕、瀹，世謂莊名子以風月景山水。」南史二〇謝弘微傳附謝朏傳謂梁武帝多次徵朏，朏並不應。後終入都。天監三年元會，詔朏乘小輿升殿。朏「及居台鉉，兼掌内臺」。天監五年，改授中書監、司徒、衛將軍，固讓不受。八月，乃拜受。是年冬薨，謚曰孝靖。譜記朏於齊世官職後，即云「謚曰靖」；敍事疏略。

〔三四〕南史二〇謝弘微傳附謝朏傳謂顥歷吏部郎，卒於北中郎長史。「長」下缺「史」字。

〔三五〕南史一九謝靈運傳附謝超宗傳：「超宗門生王永先又告超宗子才卿死罪二十餘條。上疑其妄，以才卿付廷尉辯，以不實見原。」

〔三六〕南史一九謝裕傳載：微位兼中書舍人，後除尚書左丞，卒於北中郎豫章王長史、南蘭陵太守。

〔三七〕南史二〇謝弘微傳附謝朏傳：「子諼，位司徒右長史，坐殺牛廢黜。」

〔三八〕景滌，「滌」原作□，據南史二〇謝朏傳補。

〔三九〕陳書二一謝嘏傳：「太建元年卒，贈侍中、中書令，謚曰光子。」梁書五〇謝幾卿傳：「兄才卿早卒，其子藻幼孤，幾卿撫養甚至。及藻成立，歷清官公府祭酒、主簿，皆幾卿獎訓之方也。」

〔四〇〕陳書二一謝哲傳：「光大元年卒，時年五十九。贈侍中、中書監，謚康子。」

〔四一〕世高，原作「□高」，據南史二〇謝弘微傳補。

〔四二〕郎官，當是「都官」之誤。南史二〇謝弘微傳正作「都官」。

〔四三〕陳書二一謝嘏傳：「儼官至散騎常侍、侍中、御史中丞、太常卿，出監東揚州。禎明二年（五八八）卒於會稽，贈中護軍。」

〔四四〕梁書四七孝行傳：謝藺母喪，藺既至，「號慟嘔血，氣絶久之，水漿不入口。親友慮其不全，相對悲慟，强勸以飲粥。藺初勉强受之，終不能進，經月餘日，因夜臨而卒，時年三十八。」

〔四五〕雅量三三注引謝氏譜謂「奉歷安南將軍、廣州刺史、吏部尚書」。

四　泰山南城羊氏譜〔一〕

世									
一世	續								
二世	祕 續	衜	耽						
三世	祉 祕	繇	發 衜	承	祜	瑾 耽	琇		
四世	秉 繇	給	式	亮	忱 一作陶	倫 發	暨 一作監	伊	篇 發子出後祜	玄之 瑾
五世	楷 忱	權	曼 暨	聃					
六世	綏 楷	賁 曼	不疑 權						
七世	孚 綏	輔	玄保	欣 不疑	徽				
八世	法興 祜玄孫〔二〕	戎 玄保	咸	粲	希 玄保兄子				

一世

續，字興祖。祖侵，〔三〕漢安帝司隸校尉。父儒，桓帝太常。續南陽太守，四十八卒。〔四〕

二世

祕，續子，京兆太守。

徜，續子，上黨太守。〔五〕

耽，續子，太常。

三世

祉，祕子，魏郡太守。

繇，祕子，車騎掾。〔六〕

發，〔七〕徜子，孔融外孫，位都督、淮北護軍。

承，徜子，蚤死。

祜，徜子，蔡邕外孫，字叔子，晉車騎將軍、開府如三司之儀、征南大將軍、南城侯。卒年五十八，贈侍中、太傅，謚曰成進，封鉅平侯。

瑾，耽子，尚書右僕射。

琇，耽子，字稺舒。晉甘露亭侯，散騎常侍，贈輔國大將軍，開府儀同三司，謚曰威。〔八〕

四世

秉，繇子，字長達，出後祕。

給，〔九〕繇子。

式，繇子。

亮，繇子，字長玄。晉大鴻臚，爲劉元海所害。

忱，繇子一作陶，〔一〇〕字長和。晉徐州刺史、太傅長史、蒙陰侯、侍中。〔一一〕

倫，發子，散騎常侍，高陽相，蚤卒。

暨，發子一作監，陽平太守。

伊，發子，車騎賈充掾，平南將軍，都督江北諸軍事。張昌所殺，贈鎮南將軍。

篇，本發子，出後祜嗣。鉅平侯、散騎常侍。〔一二〕

玄之，瑾子，晉光禄大夫、特進、〔一三〕興晉侯、侍中，贈車騎將軍、開府儀同三司。〔一四〕

五世

楷，忱子，晉尚書都官郎。〔一五〕

權，忱子，黄門郎。〔一六〕

曼，暨子，字祖延，王敦右長史，晉丹楊尹。爲蘇峻所害，贈太常。

聃，暨子，字彭祖，晉。〔一七〕

綏，楷子，中書侍郎。〔一八〕

六世

賁，曼子，尚明帝南郡悼公主，秘書郎，蚤卒。

不疑，權子，桂陽太守。

七世

孚，綏子，字子道。〔一九〕

輔，綏子，字幼仁。

玄保，綏子，宋金紫光禄大夫、散騎常侍、特進，卒謚曰定。〔二〇〕

欣，不疑子，字敬元，宋新安太守、中散大夫，元嘉十九年卒。

徽，不疑子，字敬猷，宋河東太守。

八世

法興，祐　　封鉅平侯，黨桓玄誅。〔二一〕

戎，玄保子，宋通直郎，坐與王僧達謗時政，賜死。

咸，玄保子。〔二二〕

粲，玄保子。

希，玄保兄子，字泰聞，宋寧朔將軍，廣州刺史。

別族

固，字道安，臨海太守。

鑑，字景期，太子左衛率、豐城縣侯、光禄勳。

曇，謝安甥。

已上三人皆泰山人，恐亦一族。

羊叔子　羊公　太傅並祜。　羊長和忱　子道　羊侯並孚。　羊穉舒琇

【校記】

〔一〕泰山，郡名，漢高帝置，屬兗州。南城，縣名，前漢屬東海郡。後漢書郡國志三：「南城故屬東海。有東陽城。」注：「左傳哀八年『克東陽』。襄十九年城武城，杜預曰南城縣。」後漢、晉屬泰山郡。

〔二〕據世系表及譜，法興乃祜六世孫。

〔三〕祖侵，侵，同「侵」。

〔四〕後漢書三一羊續傳謂中平六年（一八九）靈帝徵羊續爲太常，未及行，會病卒。

〔五〕晉書三一景獻羊皇后傳：「父衜，上黨太守。」

〔六〕賞譽一一注引羊氏譜謂繇字堪甫。又謂繇娶樂國禎女，生五子：秉、洽、式、亮、忱。

〔七〕汪藻考異敬胤注謂發字伯子。

〔八〕方正一三注引晉諸公贊謂羊琇通濟有才幹，與世祖同年相善，謂世祖曰：「後富貴時，見用作領、護軍各十年。」世祖即位，累遷左將軍、特進。

〔九〕給，賞譽一一注引羊氏譜作「洽」。按，作「洽」是。

〔一〇〕一作陶，晉書三四羊祜傳謂「亮弟陶」。

〔一一〕方正一九注引文字志：「忱歷太傅長史，揚州刺史，遷侍中。永嘉五年，遭亂被害，年五十餘。」

〔一二〕晉書三四羊祜傳：「太康二年，以伊弟篇爲鉅平侯，奉祜嗣……位至散騎常侍，早卒。」

〔一三〕特進，原作「持進」，誤。今改。

〔一四〕晉書九三羊玄之傳載：羊玄之，惠皇后父。初爲尚書郎，以后父拜光禄大夫、特進、散騎常侍，更封興晉侯，遷尚書右僕射，進爵爲公。卒，追贈車騎將軍、開府儀同三司。

〔一五〕方正二五注引羊氏譜：「羊楷字道茂，祖繇，車騎掾。父忱，侍中。楷仕至尚書郎。娶諸葛恢次女。」

〔一六〕言語六五注引羊氏譜：「權字道興，徐州刺史悦之子也，仕至尚書左丞。」按宋書六二羊欣傳：「曾祖忱，晉徐州刺使。祖權，黄門郎。」

〔一七〕「晉」字下有缺文。晉書四九羊聃傳記聃累遷廬陵太守。「晉」字下當脱「廬陵太守」四字。

〔一八〕方正六〇注引羊氏譜：「綏字仲彦，太山人。父楷，尚書郎。綏仕至中書侍郎。」

〔一九〕雅量四二謂羊孚是羊綏第二子。傷逝一八謂羊孚年三十一卒。言語一〇四注引羊氏譜則謂羊孚年四十六卒。

〔二〇〕宋書五四羊玄保傳：大明八年（四六四）卒，時年九十四，謚曰定子。

〔二二〕「祜」下有缺文。王利器校：「案『祜』下空白，疑是『玄孫襲爵』四字。」按，據世系表及譜，法興當爲祜六世孫。又晉書三四羊祜傳：「孝武太元中，封祜兄玄孫之子法興爲鉅平侯，邑五千户。以桓玄黨誅。」

〔二三〕宋書五四羊玄保傳：「戎二弟，太祖並賜其名，曰咸，曰粲。謂玄保曰：『欲令卿二子有林下正始餘風。』」

五　潁川鄢陵庾氏譜〔一〕

一世	乘
二世	嶷 乘　遁 一作道〔二〕
三世	□ 遁　峻
四世	袞 □　琛　珉 峻　琮　敳
五世	怞 袞　蔑　澤　捃　亮 琛　懌　冰　條　翼
六世	願 蔑　會 □　羲 南史作義　龢　統 懌　希 冰　襲　友　蘊　倩　邈　柔　方之 翼　爰之
七世	準 羲南史作義　楷　恒 和　玄之 統　攸之 希　叔宣 友　廓 蘊
八世	悅 準　鴻 楷　登之 廓　仲文
九世	道愍 玄冰孫　仲遠 登之　弘遠 仲文　徽之 弘遠從弟
十世	佩玉 冰五世孫　曜 弘遠　漪 徽之　泳
十一世	沙彌 佩玉　仲容 漪　晏嬰 泳
十二世	持 沙彌

一世

乘，漢司徒辟，有道徵，不就。〔三〕

二世

嶷，乘子，魏太僕。

遁，乘子，廉退不仕，以諸子貴，賜拜太中大夫。

三世

□，遁子，諸史不傳。

峻，遁子，字山甫，晉秘書監、御史中丞、侍中、諫議大夫、常侍。

四世

衮，□子，字叔褒，見晉孝友傳。〔四〕時謂「庾異行」。

琛，□子，字子美。見晉外戚傳。驃騎大將軍、開府、儀同三司，咸寧六年薨，謚文康。〔五〕

珉，峻子，字子琚，晉散騎常侍，本國中正、侍中、長岑男。追謚貞。〔六〕

琮，峻子，字子躬，太尉掾。〔七〕

敳，峻子，字子嵩，晉吏部郎，爲石勒所害。〔八〕

五世

怞，衮子。

蔑，衮子，中興初侍中。〔九〕

澤，衮子。

捃，衮子。

亮，琛子，字元規，晉司空，贈太尉，謚文康。〔一〇〕

懌，琛子，字叔預，晉輔國將軍、西中郎將，年五十卒，贈衛將軍，謚曰簡。

冰，琛子，字季堅，晉會稽内史、車騎將軍，贈司空，謚忠成。

條，琛子，字幼序，琛諸子中最凡劣，贈左將軍。

翼，琛子，字穉恭，晉征西將軍，永和九年卒，〔一一〕年四十一。追贈車騎將軍，謚曰肅。

六世

願，蔑子，安成太守。

會，亮子，字會宗，小字阿恭，年十九爲蘇峻所害。〔一二〕

羲，亮子，字羲叔，〔一三〕小字道恩，晉吴國内史。

龢，亮子，小字道季，晉中領軍。〔一四〕

統，懌子，字長仁，小字赤玉，晉建威將軍，尋陽太守，年二十九卒。

希，冰子，字始彦，晉北中郎將、徐兖二州刺史、護軍將軍。〔一五〕

襲，冰子。

友，冰子，字惠彦，又字弘之，小字玉臺，晉中書郎，東陽太守。

蘊，冰子，晉廣州刺史。

倩，冰子，字少彦，小字倪，太宰長史。

邈，冰子，會稽王參軍。

柔，冰子，晉散騎常侍。

方之，翼子，代翼守襄陽。

爰之，〔一六〕翼子，字仲真，小字園客。輔國將軍。

七世

準，羲子，豫州刺史、西中郎將。

楷，羲子，西中郎將，爲桓玄所害。

恒，和子，〔一七〕字敬則，尚書右僕射，贈光禄大夫。

玄之，統子，宣城内史。

攸之，希子。

叔宣，友子，右衛將軍。〔一八〕

廓，蘊子，東陽太守。〔一九〕

八世

悦，準子，字仲豫，晉司徒右長史，義熙中江州刺史。〔二〇〕

鴻，楷子，字伯鸞。

登之，廓子，字元龍，宋豫章太守。〔二一〕

仲文，廓子，宋廣平太守，吏部尚書。

九世

道慜，冰玄孫，齊射聲校尉。見南史孝義傳。

仲遠，〔二二〕登之子，宋豫章太守，贈侍中。

弘遠，仲文子，字士操，齊江州長史。

徽之，弘遠從弟，御史中丞。〔二三〕

十世

佩玉，冰五世孫，宋長沙内史。〔二四〕

曜，〔二五〕弘遠子，年十四代父死。

漪，徽之子，齊邵陵王記室。

泳，徽之子。

十一世

沙彌，佩玉子，梁長城令。見南史孝義傳。

仲容，漪子，字子仲，安成王中記室、尚書左丞。

晏嬰，泳子。

十二世

持，沙彌子，字元德，梁尚書左户郎。見南史孝義傳。

別族

又闡，字仲初，亦潁川鄢陵人，與亮同族。祖輝，安北長史。父東，以勇力聞。闡仕至吴國内史，年五十四卒，謚曰貞。子肅之，湘東太守。

庾公　庾太尉　司空　元規　庾文康並亮　司空　庾吴郡並冰　庾稺恭　庾征西　小庾　庾小征西並翼　庾道恩羲　庾道季和　庾長仁統　玉臺友　庾倪倩　園客爰之　伯鸞鴻　庾子躬琮

庾子嵩　庾中郎並敳　庾仲初闡

【校記】

〔一〕潁川，郡名，秦置。漢高帝五年爲韓國，六年復名潁川。治陽翟，屬豫州。鄢陵，縣名。春秋鄭邑，名鄢。後漢書郡國志二注：「春秋鄭共叔所保，故曰『克段於鄢』。又成十六年晉敗楚於鄢陵。李奇曰：『六國曰安陵』。」前漢書二八地理志作「傿陵」。故地在今河南省鄢陵縣境。

〔二〕中華書局排印本晉書五〇庾峻傳校勘記：「父道 斠注：魏志管寧傳注、張璠傳注兩引庾氏譜以及元和姓纂、鄧名世姓氏辨證『道』皆作『遁』，此作『道』，乃『遁』之誤。」

〔三〕晉書五〇庾峻傳記魏散騎常侍蘇林嘗就庾乘學，對庾峻曰：「尊祖高才而性退讓，慈和汎愛，清静寡欲，不營當世，惟修德行而已。」

〔四〕晉孝友傳指晉書八八孝友傳。以下晉外戚傳指晉書九三外戚傳。

〔五〕晉書九三庾琛傳：庾琛，明穆皇后父。琛永嘉初爲建威將軍，過江，爲會稽太守，徵爲丞相軍諮祭酒。卒官，以后父追贈左將軍，子亮陳光志不受。咸和中，成帝又下詔追贈琛驃騎將軍、儀同三司，亮又辭焉。謚文康者乃庾亮，非其父庾琛也。

〔六〕晉書五〇庾珉傳：懷帝没于劉元海，珉從在平陽爲元海所害，太元末，追謚曰貞。

〔七〕賞譽三〇注引虞預晉書謂琮太常峻第二子，仕至太尉掾。

〔八〕文學一五注引晉陽秋謂敳侍中峻第三子。賞譽三三注引晉陽秋曰：「敳爲太傅從事中郎。」晉書五〇庾敳傳：「石勒之亂，與衍俱被害，時年五十。」

〔九〕晉書八八庾衮傳：「蔑後南渡江，中興初爲侍中。」

〔一〇〕晉書七三庾亮傳載：庾亮，明穆皇后之兄。元帝爲鎮東時，辟西曹掾。討華軼有功，封都亭侯。中興初，拜中書郎，領著作，侍講東宮。明帝即位，爲中書監。以平王敦功封永昌縣開國公。蘇峻平，領江、荆、豫三州刺史，還鎮武昌。咸康六年薨，時年五十二。

〔一二〕晉書七三庾翼傳、晉書八穆帝紀皆謂翼卒於永和元年。汪藻庾氏譜誤。

〔一三〕雅量一七注引庾氏譜云會「咸和六年遇害」。按晉書七三庾亮傳謂亮三子爲彬、羲、龢，與汪藻庾氏譜、世説異。

〔一四〕方正四八注引徐廣晉紀：「羲字叔和，太尉亮第三子。」與汪藻庾氏譜作「羲叔」不同。

〔一五〕晉書七三庾龢傳：「升平中，代孔嚴爲丹楊尹，表除重役六十餘事。太和初，代王恪爲中領軍，卒於官。」

〔一六〕晉書七三庾冰傳載：庾氏爲后之戚屬，冰子希兄弟並顯貴。太和中，希爲北中郎將，徐兖二州刺史，藴爲廣州刺史，並假節，友東陽太守，倩太宰長史，邈會稽王參軍，柔散騎常侍。桓温深忌庾希兄弟，先陷倩及柔以武陵王黨，殺之。後又殺希、邈及子侄五人，唯友及藴諸子獲全。

〔一七〕識鑒一九注引庾氏譜謂爰之是翼第二子。又注引中興書謂爰之年三十六卒。

〔一八〕和子，和，同「龢」。

〔一九〕賢媛二二注引庾氏譜曰：「友字弘之，長子宣。」與汪藻庾氏譜不同。

〔二〇〕廓，晉書七三庾冰傳作「廓之」。

〔二一〕南史三五庾悦傳：庾悦，曾祖亮，祖羲，父準。

〔二一〕宋書五三庾登之傳：「曾祖冰，晉司空。祖蘊，廣州刺史。父廓，東陽太守。」「（元嘉）十八年，遷江州刺史。疾篤，徵爲中護軍，未拜。二十年，卒，時年六十二，即以爲贈。」

〔二二〕仲遠，宋書作「冲遠」。

〔二三〕南史二七孔琳之傳附孔覬傳：「庾徽之字景猷，潁川鄢陵人也，後卒於南東海太守。」

〔二四〕南史七三庾道愍傳附沙彌傳謂沙彌父佩玉，於昇明中坐沈攸之事誅。

〔二五〕曜，南史三五庾悦傳附庾弘遠傳作「子曜」。

六　潁川潁陰荀氏譜〔一〕

一世	遂								
二世	□（遂）	淑							
三世	昱	曇	旉（淑）	儉	緄	靖	燾	詵（一作汪）	爽（一作諝）	肅
四世	彝（曇）	衢	悦（儉）	衍（緄）	諶	彧（一作郁）	棐		
五世	攸（彝）	祈（衢）	紹（衍）	閎（諶）	惲（彧）	俁	詵	顗	粲	眄（棐）
六世	緝（攸）	適	融（紹）	甝（惲）	霬	寓（俁）	徽（顗從孫爲嗣）	勗（眄）	
七世	彪（攸孫）	頵（甝）	憺（霬）	愷	悝	羽（寓）	輯（勗）	藩	組
八世	崧（頵）	馗（崧從弟）	畯（輯）	綽	邃（藩）	闓	奕（組）	顯（勗孫）	
九世	蕤（崧）	羡	序（越）	廞	識（畯）	汪（邃）	達（闓）		
十世	藉（蕤）	猗（羡）	恒（序）						
十一世	伯子（猗）	龍符（恒）							
十二世	赤松（伯子）								

一世

遂，荀卿十一世孫。〔二〕

二世

淑，遂子，字季和，朗陵侯相，年六十七，建和三年卒。〔三〕

三世

昱，□子，字伯脩，沛相。與竇武謀誅宦官，死。〔四〕

曇，□子，字元智，廣陵太守，以昱禁錮終身。

旉，淑子。〔五〕

儉，淑子，朗陵長，蚤卒。〔六〕

緄，淑子，濟南相。〔七〕

靖，淑子，字叔慈，有至行，不仕，年五十而終，號玄行先生。〔八〕

燾，淑子。〔九〕

詵，淑子。〔一〇〕

爽，淑子，一作諝。〔一一〕字慈明，漢司空，六十三卒。

肅，淑子。

四世

彝，曇子，州從事。

衢，曇子。

悅，儉子，字仲豫，漢黄門侍郎，累遷秘書監、侍中。年六十二，建安十四年卒。〔一二〕

衍，緄子，字休若，監軍校尉，守鄴，都督河北事，封列侯。

諶，緄子，字友若。

彧，緄子，一作郁。字文若，漢侍中、尚書令、萬歲亭侯、光禄大夫、參丞相軍事，年五十卒，謚曰敬，咸熙二年贈太尉。〔一三〕

棐，爽子，射聲校尉。

五世

攸，彝子，字公達，漢中軍師、陵樹亭侯、魏尚書令，年五十八，建安十九年卒，謚曰敬。〔一四〕

祈，衢子，字伯旗，濟陰太守。〔一五〕

紹，衍子，太僕。

閎，諶子，字仲茂，太子文學掾、黄門侍郎。〔一六〕

惲，彧子，字長倩，虎賁中郎將。又閎從孫亦曰惲，字景文，太子中庶子。恐非是。

俁，彧子，字叔倩，御史中丞。

詵，彧子，字曼倩，大將軍從事中郎，蚤卒。

顗，彧子，字景倩。侍中、太尉、行太子太傅、臨淮公。建始十年薨，謚曰康。〔一七〕

粲，彧子，字奉倩。卒年二十九。

昞，棐子，蚤亡。

六世

緝，攸子，蚤没。

適，攸子，嗣爵。

融，紹子，字伯雅，與王弼、鍾會齊名，洛陽令，參大將軍軍事。

尟，惲子，嗣爵散騎常侍、廣陽鄉侯。年三十薨。

霬，惲子，中領軍，贈驃騎將軍，謚貞侯。

寓，俣子，字景伯，與裴楷、王戎齊名，晉尚書。

徽，顗從孫，爲顗後。

勗，昞子，字公曾。晉侍中、濟北郡公、中書監、左光禄大夫、開府儀同三司、尚書令。太康十年卒，贈司徒。謚曰成。

七世

彪，攸孫，陵樹亭侯，進封丘陽亭侯。〔一八〕

頵，尟子，字温伯，羽林右監，蚤卒。

憺，霬子，少府。

愷，霬子，晉侍中、南頓子、征西大將軍。

悝，虞子，護軍將軍，贈車騎大將軍。

羽，寓子，晉尚書。

輯，勗子，嗣爵，衛尉，謚曰簡。

藩，勗子，字大堅，尚書令、西華縣公，年六十九，建興元年薨，贈太保，謚曰成。

組，勗子，字大章，侍中、司徒、録尚書事、太尉，年六十五卒，謚曰元。

八世

崧，頵子，字景猷，光禄大夫、録尚書事，年六十七，咸和三年薨，贈侍中，謚曰敬。〔一九〕

馗，崧從弟。

畯，輯子，嗣爵，謚曰烈。

綽，輯子，字彦舒，司空從事中郎。〔二〇〕

邃，藩子，字道玄，侍中、贈金紫光禄大夫，謚曰靖。

闓，藩子，字道明，御史中丞、侍中、尚書、射陽公。太寧二年卒。贈衛尉，謚曰定。

奕，組子，字玄欣，散騎常侍、侍中，咸和七年卒，贈太保，〔二一〕謚曰定。

顯，勗孫，以祖勗功，封潁陽亭侯。

九世〔二二〕

蕤，崧子，字令遠，東陽太守、建威將軍、吴國内史。

羨，崧子，字令則，建威將軍、吳國內史、北中郎將、徐兗二州刺史、右軍將軍、散騎常侍。升平二年卒，年三十八，贈驃騎將軍。〔二三〕

序，馗子，爲顗後，封臨淮公。

歆，馗子。

識，畯子。

汪，邃子，嗣爵。

達，闓子。

十世

籍，蕤子，散騎常侍、大長秋。

猗，羨子。〔二四〕

恒，序子，嗣爵。〔二五〕

十一世

伯子，猗子，宋司徒左長史、東陽太守。〔二六〕

龍符，恒子，嗣爵。

十二世

赤松，伯子子，尚書右丞。〔二七〕

别族

淑八子，漢史云：儉、緄、靖、燾、汪、爽、肅、旉。三國志云：儉、緄、靖、燾、詵、爽、肅、旉。世説云：旉、儉、緄、靖、燾、詵、爽、肅。

荀朗侯淑　叔慈靖　文若　荀令君並彧　荀奉倩粲　荀中郎羨　荀濟北勗

【校記】

〔一〕潁川，郡名，已見。潁陰，縣名，漢初置，在潁水之南，故名。漢初灌嬰封潁陰侯，即此。故地在今河南省許昌境内。

〔二〕太平御覽引荀氏家傳：「荀遂字仲陽。」

〔三〕德行五注引先賢行狀：「荀淑字季和，潁川潁陰人也，所拔韋褐芻牧之中，執案刀筆之吏，皆爲英彦。舉方正，補朗陵侯相，所在流化。」

〔四〕伯脩，後漢書六二荀淑傳作「伯條」。魏志荀攸傳注：「張璠漢紀稱昱、曇並傑俊有殊才。昱與李膺、王暢、杜密等號爲八俊，位至沛相。」

〔五〕旉，後漢書六二荀淑傳作「專」。李賢注：「『專』本或作『敷』。」

〔六〕陶潛聖賢羣輔録下：「荀儉，字伯慈。」

〔七〕陶潛聖賢羣輔録下：「儉弟緄，字仲慈。」

〔八〕品藻六注引逸士傳謂：荀靖有儁才，以孝著名。隱身修學，動止合禮。太尉辟不就，年五十終，時人惜之，號玄行先生。

〔九〕陶潛聖賢羣輔録下：「靖弟燾，字慈光。」

〔一〇〕詵，世系表曰：「一作汪。」德行六注引張璠漢紀、後漢書六二荀淑傳、陶潛聖賢羣輔録皆作「汪」。按魏志荀彧傳謂詵乃彧子。故當從「一作汪」。

〔一一〕言語七注：「荀爽一名諝。」漢南紀曰：「諝文章典籍無不涉，時人諺曰：『荀氏八龍，慈明無雙。』潛處篤志，徵聘無所就。」

〔一二〕後漢書六二荀淑傳附荀悦傳載：悦能説春秋，尤好著述。靈帝時託疾隱居，初辟鎮東將軍曹操府，遷黄門侍郎。獻帝頗好文學，悦與彧及孔融侍講禁中，日夕談論。撰漢紀三十卷。

〔一三〕品藻六注引典略：「彧爲人英偉，折節待士，坐不累席。其在臺閣間，不以私欲撓意。年五十薨，謚曰敬侯。以其名德高，追贈太尉。」魏志荀彧傳注引魏氏春秋：「太祖饋彧食，發之，乃空器也，於是飲藥而卒。」

〔一四〕魏志荀攸傳：「攸從征孫權，道薨。」

〔一五〕魏志荀攸傳注引荀氏家傳：「衢子祈，字伯旗，與族父愔俱著名。祈與孔融論肉刑，愔與孔融論聖人優劣，並在融集。祈位至濟陰太守；愔後徵有道，至丞相祭酒。」按，世系表及譜皆不列愔。

〔一六〕三國志魏書荀彧傳裴注引荀氏家傳載：閎與鍾繇、王朗、袁涣議不同，文帝與繇書，稱「荀閎勁悍」。

〔一七〕品藻六注引晉諸公贊：「顗字景倩，彧之子。蹈禮立德，思義温雅，加深識國體，累遷光禄大夫。晉受禪，封臨淮公。典朝儀，刊正國式，爲一代之制。轉太尉，爲台輔，德望清重，留心禮教。卒，謚康公。」建始，疑是「泰始」之誤。

〔一八〕三國志魏書荀攸傳：「黄初中，紹封攸孫彪爲陵樹亭侯，邑三百户，後轉封丘陽亭侯。」

〔一九〕三國志魏書荀彧傳注引荀氏家傳：「晉陽秋稱崧少有志操，雅好文學，孝義和愛，在朝恪勤，位至左右光禄大夫，開府儀同三司。」

〔二〇〕晉書三九荀勖傳：「綽字彦舒，撰晉後書十五篇，傳於世。永嘉末，爲司空從事中郎，没於石勒，爲勒參軍。」

〔二一〕太保，晉書三九荀奕傳作「太僕」。

〔二二〕原作□□，據世系表補。

〔二三〕言語七四注引晉陽秋：荀羨「清和有識裁，少以主婿爲駙馬都尉。是時，殷浩參謀百揆，引羨爲援，頻蒞義興、吴郡，超授北中郎將、徐州刺史，以蕃屏焉」。

〔二四〕宋書六〇荀伯子傳：「父猗，秘書郎。」

〔二五〕晉書三九荀顗傳：「顗無子，以從孫徽嗣。中興初，以顗兄玄孫序爲顗後，封臨淮公。序卒，又絶，孝武帝又封序子恒繼顗後。恒卒，子龍符嗣。宋受禪，國除。」

〔二六〕宋書六〇荀伯子傳：「元嘉十五年，卒官，時年六十一。」

〔二七〕尚書右丞，宋書六〇荀伯子傳作「尚書左丞」。中華書局排印本宋書校勘記云：「宋本作『左丞』，弘治本、北監本、毛本、殿本、局本，作『右丞』，本書顔延之傳亦作『尚書左丞荀赤松』，未知孰是。今姑從宋本及顔延之傳作『左丞』。」

七　陳郡陽夏袁氏譜〔一〕

一世	良								
二世	昌 良	璋							
三世	安 昌	滂 璋							
四世	賞 安	京 一作景	敞	涣 滂	霸 涣從弟	徽	敏		
五世	彭 京	湯	旰 敞	侃 涣	寓	奥	準	亮 霸	
六世	賀 彭	平 湯	成	逢	隗	沖 準			
七世	閎 賀	忠	弘	紹 逢子出後成	基 逢	術	耽 沖	瓌 侃孫	猷〔二〕
八世	祕 忠	譚 紹	熙	尚	曜 術	質 耽	喬 瓌	勗 猷	
九世	湛 質	豹	方平 喬	宏 勗					
十世	淳 湛	洵 豹	濯	淑	山松 方平	超子 宏	成子	明子	
十一世	植 淳	顗 洵	覬	粲 濯	景儁 宏孫				
十二世	戩 顗	昂	彖 覬	最 粲	廓之 景儁	峻 奂八世孫			

一世

良，漢平帝時太子舍人，成武令。〔三〕

二世

昌，良子。

璋，良子。

三世

安，昌子，字邵公，漢司徒，章和四年薨。〔四〕

滂，璋子，字公熙，漢司徒。〔五〕

四世

賞，安子，尚書郎。

京，安子，字仲譽，侍中、蜀郡太守。

敞，安子，字叔平，漢司空。〔六〕

渙，滂子，字曜卿，魏御史大夫。

霸，渙從弟，字公恪，魏大司農。〔七〕

徽，渙從弟，司徒辟，不至。〔八〕

敏，渙從弟，河隄謁者。

五世

彭，京子，字伯楚，漢南陽太守、光禄勳、議郎尚書。

湯，京子，字仲河，漢太尉、司徒、安國亭侯，年八十六卒。有子十二人。

盱，敞子，光禄勳。

侃，渙子，字公然，魏黄門選部郎，遷尚書，蚤卒。
寓，渙子，字宣厚，未官而卒。
奥，渙子，字公榮，光禄勳。
準，渙子，字孝尼，晉泰始中爲給事中。〔九〕
亮，霸子，河南尹、尚書。

六世

賀，彭子，字元服，彭城相。〔一〇〕
平，湯子，蚤卒。
成，湯子，字文開，左中郎。
逄，湯子，字周陽，漢司空、執金吾、嗣侯，贈車騎將軍，號特進，謚宣文。
隗，湯子，字次陽，漢獻帝太傅。
沖，準子，字景玄，光禄勳。

七世

閎，〔一一〕賀子，字夏甫，一字奉高，不仕，年五十七，卒於土室。就家沛相。
忠，賀子，字正甫，沛相。
弘，賀子，字邵甫，不應徵。

紹，逢孽子，出後成，〔一二〕字本初，漢冀州牧，兼督冀、青、幽、并四州太尉、大將軍，建安七年薨。

基，逢子，太僕。

術，逢子，字公路，漢左將軍、徐州刺史。

耽，沖子，字彦道，晉歷陽太守，卒年二十五。〔一三〕

瓌，侃孫，字山甫，晉國子祭酒、追贈光禄大夫，謚曰恭。〔一四〕

猷，侃孫，字申甫，侍中、衛尉卿。

八世

祕，忠子，字永寧，郡門下議生。

譚，紹子，繼伯父，字顯思，青州刺史。

熙，紹子，字顯雝，幽州刺史。

尚，紹子，字顯甫，嗣冀州牧、大將軍。

曜，術子，吴郎中令。

質，耽子，字道和，琅邪内史，東陽太守。

喬，瓌子，字彦叔，小字羊，龍驤將軍、湘西伯，卒年三十三，追贈益州刺史，謚曰簡。〔一五〕

勗，猷子，臨汝令。

九世

湛，質子，字士深，尚書右僕射，義熙十四年卒，贈侍中、左光禄大夫、開府儀同三司，謚敬。

豹，質子，字士蔚，丹楊尹，太尉長史，義熙九年卒。〔一六〕

方平，喬子，大司馬掾、琅邪太守。

十世

宏，翯子，字彦伯，小字虎，晉東陽郡守，時號袁開美。太元初卒於東陽，時年四十九。

淳，湛子。

洵，豹子，宋吴郡太守，謚曰貞。

濯，豹子，揚州秀才，蚤卒。

淑，豹子，字陽源，宋太子左衛率，爲元凶所害。贈侍中、太尉，謚忠憲公。〔一七〕

山松，方平子，晉吴郡太守，爲孫恩所害。

超子，宏子。

成子，宏子。

明子，宏子，臨賀太守。〔一八〕

十一世

植，淳子。

顗，洵子，字國章，宋安北將軍、尚書左僕射。〔一九〕

覬，洵子。

粲，濯子，字景倩，初名愍孫，宋尚書令、開府儀同三司、司徒。〔二〇〕

景儁，宏孫，宋淮南太守。

十二世

戩，顗子，黃門侍郎，伏誅。

昂，顗子，字千里，梁司空。薨，年八十，謚曰穆正。〔二一〕

彖，覬子，字偉才，小字史公，齊侍中。隆昌元年卒，謚曰靖。〔二二〕

最，粲子，字文高，年十七，以救父爲齊高帝所害。

廓之，宏曾孫，字思度，齊殿中郎，太子洗馬。

峻，渙八世孫，字孝高，梁散騎侍郎，直文德學士。

別族

又恪之字元祖，義熙初拜侍中，祖王孫，司徒從事。父綸，臨汝令。又悅之，字元禮，驃騎咨議，爲孝武所誅。父朗，給事中。並陳郡陽夏人。

袁奉高閬　袁孝尼　袁羊喬　袁彥伯　袁虎　袁開美並宏　袁彥道耽　袁府君山松　袁侍中恪之

唐宰相表、元和姓纂，皆以安、滂爲一世。然安五世孫熙、尚，漢末人；滂五世孫瓌、喬，東晉人。若共爲一世，相去不應如是之遠。及得袁宏漢紀，乃云滂，閎孫也。則滂反與熙、尚之孫同列。合差六世，又若可疑。未知孰是。

【校記】

〔一〕陳郡，即陳國，漢高帝置爲淮陽，後漢章和二年改淮陽爲陳國。西晉惠帝分梁國立陳郡。陽夏，縣名，漢置。通鑑七秦紀二：「陽夏人吴廣起兵於蘄。」胡注：「史記正義曰：『即河南陽城縣。班志屬潁川郡。陽夏縣屬淮陽國。』括地志：『陳州太康縣本漢陽夏縣也。』」古地在今河南太康縣。

〔二〕「猷」字原缺，據譜補。

〔三〕後漢書四五袁安傳：「祖父良，習孟氏易，平帝時舉明經，爲太子舍人；建武初，至成武令。」

〔四〕章和四年，章和止二年。據袁安生平行事，安卒於和帝初。後漢書四五袁安傳謂「四年春，薨」，此「四年」，乃永元四年（九二）也。

〔五〕新唐書七四下宰相世系表：「八世孫良，二子：昌、璋。昌成武令，生漢司徒安，字邵公。」「璋生司徒滂，字公熙。滂生渙，字曜卿，魏御史大夫。」所記袁氏世系，大謬不然。考後漢書四五袁安傳，安祖父良，平帝時舉明經，爲太子舍人。建武初，至成武令。新唐書則稱昌爲成武令，與後漢書袁安傳不合。謬誤更嚴重者，乃記袁安、袁滂爲從兄弟。後漢書袁安傳謂安於明帝永平一四年（七一）拜楚郡太守，卒於和帝永元四年（九二）。袁滂則於靈帝光和元年（一七八）爲司徒（見後漢書八靈帝紀），從兄弟兩人生活年代相去竟至百年，此乃絶無可能之事。再者，袁安爲汝南汝陽人，袁滂爲陳國人，兩人郡望不同。汪藻袁氏譜盲從新唐書宰相世系表，以至誤以陳郡陽夏袁氏與汝南汝陽袁氏爲同族，此譜遂謬誤不可用矣。今姑且一仍其舊，不作删削，稍作校釋，讀者知之可也。

〔六〕後漢書四五袁安傳載袁敞「和帝時，歷位將軍、大夫、侍中，出爲東郡太守，徵拜太僕、光禄勳。元初三年，代劉愷爲司空。明年，坐子與尚書郎張俊交通，漏洩省中語，策免。敞廉勁不阿權貴，失鄧氏旨，遂自殺。」

〔七〕魏志袁涣傳謂涣從弟霸「公恪有功幹」，非謂霸字「公恪」。

〔八〕不至，「至」原脱，今據魏志袁涣傳補。

〔九〕文學六七注引袁氏世紀：「準忠信居正，不耻下問，唯恐人不勝己也。世事多險，故恬退不敢求進。著書十萬餘言。」

〔一〇〕後漢書四五袁安傳附袁閎傳注引風俗通：「賀字元服。祖父京，爲侍中。安帝始加元服，百僚會賀，臨莊垂出而孫適生，喜其嘉會，因名字焉。」

〔一一〕袁宏後漢紀二二：「閎字夏甫，太傅安之玄孫。自安至閎四世三公，貴頃天下，閎玄静履貞，不慕榮宦，身安茅茨，妻子御糟糠。」

〔一二〕魏志袁紹傳裴松之注：「魏書云『紹，逢之庶子，出後伯父成』。冀、青、幽、并如此記所言，則似實成所生。」

〔一三〕任誕三四注引袁氏家傳謂耽「仕至司徒、從事中郎」。

〔一四〕晉書八三袁瓌傳載：瓌與弟猷渡江，元帝以爲丹楊令，尋除廬江太守，俄爲臨川太守。平蘇峻之難，以功封長合鄉侯，徙大司農、尋除國子祭酒、加散騎常侍。

〔一五〕言語九〇注引袁氏家傳：「喬字彥升，陳郡人。父瓌，光禄大夫。喬歷尚書郎、江夏相、封湘西伯、益州刺史。」

〔一六〕文學九九注引丘淵之文章敍：「豹字士蔚，陳郡人。祖耽，歷陽太守。父質，琅邪内史。豹隆安中著作佐郎，累遷太尉長史、丹陽尹。義熙九年卒。」

〔一七〕宋書七〇袁淑傳：「子幾、敳、稜、凝、標。敳，世祖步兵校尉。凝，太宗世御史中丞，出爲晉陵太守。」

〔一八〕晉書九二袁宏傳：「明子有父風，最知名，官至臨賀太守。」

〔一九〕南史二六袁敳傳載：顗後謀反，爲人所殺，傳首建康，宋明帝忿顗違叛，流尸於江，弟子彖收葬於石頭後岡。

〔二〇〕宋書八九袁粲傳謂粲父濯，早卒。祖母哀其幼孤，名之曰愍孫。後慕荀奉倩之爲人，乃改爲粲，字景倩。南史二六袁粲傳載：時齊高帝方革命，粲忠於宋室爲齊帝所害。

〔二二〕南史二六袁昂傳載：大通中，位司空，大同六年薨，時年八十，謚曰穆正公。

〔二三〕南史二六袁彖傳載：仕宋爲齊高帝太傅相國主簿，秘書丞。仕齊爲中書郎，兼太子中庶子、御史中丞，出爲冠軍將軍，監吴興郡事。

八　河南陽翟褚氏譜〔一〕

世	人名（父）
一世	䂮
二世	頠（䂮）　說　洽　裕　祥
三世	翜（頠）　裒（洽）
四世	希（翜）　歆（裒）　熙
五世	爽（歆）
六世	秀之（爽）　粹之　陟之　裕之　淡之
七世	儁之（秀之）　湛之　貞之　法顯　恬之（裕之）　寂之
八世	淵（儁）　澄　炤（法顯）　炫　曖（寂之）
九世	賁（淵）　蓁　游（炫）　澐　漢　繢（曖）
十世	霽（賁）　向（蓁）　蒙（澐）　隨　球（繢）
十一世	翔（向）　玠（蒙）
十二世	亮（玠）
十三世	遂良（亮）

一世

䂮，字武良，晉安東將軍。〔二〕

二世

頠，䂮子。

說，䂮子。

洽，䂮子，武昌太守。

裕，䂮子。

祥，碆子。

三世

兟，頠子，字謀遠，晉護軍將軍、散騎常侍。年六十七，咸康六年卒，贈衛將軍，謚曰穆。

裒，洽子，字季野，晉衛將軍、中書令、侍中、録尚書事、都鄉亭侯、征北大將軍、開府儀同三司。永和五年卒，年四十九，〔三〕贈侍中、太傅，謚元穆。

四世

希，兟子，豫章太守。

歆，裒子，字幼安。散騎常侍、秘書監。

熙，裒子。

五世

爽，歆子，字弘茂，小字期生。晉義興太守，贈金紫光禄大夫。

六世

秀之，爽子，字長倩，大司馬琅邪王從事中郎、黄門侍郎、宋武鎮西長史。

粹之，爽子。

陟之，爽子。

裕之，爽子，晉史作諭之，字叔度，〔四〕宋散騎常侍、番禺縣男，景平二年卒。

淡之，爽子，晉史作炎之，字仲原，小字佛，佛宋車騎從事中郎、尚書吏部、廷尉卿、左衛將軍、侍中，謚質。〔五〕

七世

雋之，秀之子。

湛之，秀之子，字休玄，中書令、宋丹陽尹、尚書左僕射，大明四年卒，謚敬侯。

貞之，秀之子。

法顯，秀之子，鄱陽太守。

恬之，裕之子。

寂之，裕之子，著作佐郎，蚤卒。

八世

淵，湛之子，字彦回，齊司徒、録尚書事、驃騎將軍、侍中，薨，年四十八，贈太宰，謚文簡。〔六〕

澄，湛之子，字彦道，侍中、右軍將軍。〔七〕

炤，法顯子，字彦宣，召爲國子博士，不拜。

炫，法顯子，字彦緒，齊散騎常侍。卒年四十一，贈太常，謚貞子。〔八〕

暖，寂之子，太宰參軍，蚤卒。

九世

賁，淵子，字蔚先，齊侍中，永明七年卒。
蓁，淵子，字茂緒，建武末，領前軍將軍，永元元年卒，贈太常。
游，炫子。
澐，字士洋，炫子，梁中書侍郎、湘東王府咨議參軍。
漢，炫子，御史中丞、中書侍郎。
績，曖子，太子舍人。

十世

霽，賁子。
向，蓁子，字景政，侍中，梁廬陵長史。
蒙，澐子，太子舍人。
隨，澐子，驃騎從事中郎。
球，績子，字仲寶，梁散騎常侍、光禄大夫、給事中。

十一世

翔，向子，字世舉，梁吏部尚書，太清二年卒。〔九〕
玠，蒙子，字温理，陳御史中丞，贈秘書監。

十二世

亮，玠子，唐左散騎常侍，陽翟侯。

十三世

遂良，亮子，唐中書令、河南文忠公

褚季野　褚太傅　褚公並裒　褚期生爽

【校記】

〔一〕河南，郡名，故秦三川郡，漢初置，郡治洛陽。陽翟，縣名，相傳爲禹之都，春秋時鄭櫟邑地，戰國屬韓，改稱陽翟。秦置縣，漢屬潁川郡，晉屬河南郡。故地在今河南禹縣。

〔二〕晉書九三褚裒傳載：祖䂮，有局量，以幹用稱。當爲縣吏，家貧，辭吏。年垂五十，羊祜與䂮有舊，言于武帝，始被升用，官至安東將軍。

〔三〕年四十九，晉書九三褚裒傳作「年四十七」。

〔四〕宋書五二褚叔度傳：「曾祖裒，晉太傅。祖歆，秘書監。父爽，金紫光禄大夫。」

〔五〕佛宋車騎從事中郎，「佛」字衍，當删。尚書吏部，「部」下脱「郎」字。南史二八褚裕之傳作「尚書吏部郎」，是。質，南史作「質子」。

〔六〕宋書五二褚叔度傳：「（湛之）子淵庶生，宣公主以淵有才，表爲嫡嗣。淵，昇明末爲司空。」

〔七〕南史二八褚裕之傳：「澄尚宋文帝女廬江公主，拜駙馬都尉。永元元年卒，追贈金紫光禄大夫。」

〔八〕謚貞子，原脱「謚」字，據南史補。

〔九〕南史二八褚裕之傳：「太清二年，（翔）守吏部尚書，丁母憂，以毁卒。」

九　河東聞喜裴氏譜（一）

一世	茂
二世	潛（茂）　徽　楫
三世	秀（潛）　黎（徽）　康　楷　綽　頴（楫）
四世	濬（秀）　頎　粹（黎）　苞　純（康）　盾　邵（一作部）　廓　輿（楷）　瓚　憲　禮　遜　遐（綽）　巇（頎從弟）　邈　武（頴）
五世	憬（濬）　嵩（頎）　該（出後巇）　詵（粹）　暅　軫（苞）　丕　彬　挹（憲）　轂　開（武）　湛
六世	嗣（軫）　原（開）　成　範

一世

茂，字巨先，漢靈時歷郡守、尚書，討李傕有功，封陽吉平侯。晉史云漢尚書令。

二世

潛，茂子，字文行，魏大司農、尚書令、光禄大夫、清陽亭侯。正始五年薨，贈太常，謚曰貞。〔二〕

徽，茂子，字文季，魏冀州刺史，蘭陵公，謚曰武。

輯，茂子。

三世

秀，潛子，字季彦，魏散騎常侍、尚書僕射令、光禄大夫、廣川侯。晉司空、鉅鹿公，年四十八，泰始七年薨，謚元公。〔三〕

黎，徽子，字伯宗，一名演，魏游擊將軍，晉秘書監。〔四〕

康，徽子，字仲豫，太子左衛率。

楷，徽子，字叔則，晉散騎常侍、侍中、〔五〕中書令、光禄大夫、開府儀同三司、臨海侯，年五十五卒，謚曰元。

綽，徽子，字季舒，黄門侍郎，蚤卒。追贈長水校尉。

潁，輯子，司隸校尉。

四世

濬，秀子，嗣爵。晉散騎常侍，蚤卒。

頠，秀子，字逸民，襲爵。晉太子中庶子、侍中、尚書左僕射，年三十四，爲趙王倫所害。

粹，黎子，晉武威太守

苞，黎子，秦州刺史。

純，康子，黄門侍郎。

盾，康子，徐州刺史。

邵，康子一作郃字道期，爲晉元帝安東將軍府長史，轉散騎常侍，都督揚州、江西、淮北諸軍事，中郎將。

廓，康子，中壘將軍。

輿，楷子，字祖明，襲爵散騎侍郎，謚曰簡。

瓚，楷子，字國寶，中書郎。〔六〕

憲，楷子，字景思，晉豫州刺史、北中郎將，石勒大中大夫司徒。〔七〕

禮，楷子。

遜，楷子。

遐，綽子，太傅東海王主簿。〔八〕

巘，頠從弟。

邈，頠從弟，字景聲，太傅從事中郎。〔九〕

武，頠子，字文應，晉大將軍、玄菟太守。

五世

憬，濬子，不惠，别封高陽亭侯。〔一〇〕

嵩，頠子，字道文，中書黄門侍郎，蚤卒。〔一一〕

該，出後巘，散騎常侍，以父功封武昌侯。

詵，粹子，太常卿。

晅，粹子。

軫，苞子。

丕，苞子。

彬，苞子。

挹，憲子，爲石虎所誅。

瑴，憲子，石虎太子中庶子、散騎常侍，爲虎所誅。

開，武子，字景舒，慕容太常、祭酒。

湛，武子，字仁則，河南太守。

六世

嗣，軫子，西涼武都太守。

原，開子。

成，開子。

範，開子。

別族

啓字榮期，河東人，父稡，豐城令。松之字世期，河東聞喜人。祖昧，父珪，恐亦一族。松之子駰，駰子昭明，昭明子子野。

裴冀州徽　裴令公　元公並楷　裴僕射　裴公　裴成公並頠　裴散騎遐

【校記】

〔一〕河東，郡名，秦置。聞喜，縣名，故曲沃，晉武公自晉陽徙此。秦改爲左邑。漢武帝於此聞南越破，更名聞喜，屬河東郡。在今山西省。

〔二〕貞，魏志裴潛傳作「貞侯」。

〔三〕晉書三五裴秀傳載：晉武帝即王位，封鉅鹿郡公。又曰「謚曰元」，非謚元公。

〔四〕南齊書五一裴叔業傳：「徽子游擊將軍黎，遇中朝亂，子孫没涼州，仕於張氏。」

〔五〕「常侍」下原脱「侍」字，今補，作「侍中」。

〔六〕雅量七注引晉諸公贊：「楷息瓚，取楊駿女。駿誅，以相婚黨，收付廷尉。侍中傅祗證楷素意，由此得免。」

〔七〕晉書三五裴憲傳載：永嘉末，憲爲石勒所獲，署從事中郎，出爲長樂太守。爲勒撰朝儀，署太中大夫，遷司徒。石季龍之世復以憲爲右光禄大夫、司徒、太傅，封安定郡公。

〔八〕文學四注引晉諸公贊：「裴遐字叔道……少有理稱，辟司空掾、散騎郎。」

〔九〕雅量一一注引晉諸公贊：「（邈）少有通才，從兄頠器賞之，每與清言，終日達曙。自謂理構多如，輒每謝之，然未能出也。歷太傅從事中郎、左司馬，監東海王軍事。」

〔一〇〕晉書三五裴頠傳：「初，頠兄子憬爲白衣，頠論述世勳，賜爵高陽亭侯。」

〔一一〕魏志裴潛傳裴松之注：「荀綽稱嵩有父祖風。爲中書郎，早卒。」

一〇　陳郡長平殷氏譜〔一〕

世								
一世	褒襃							
二世	昱褒	躋						
三世	敞昱	識躋						
四世	羨識	融						
五世	浩羨	師融	茂	康				
六世	涓浩	仲堪師	道裕茂	覬康	仲文	叔獻	允	遹仲堪從弟
七世	孝祖羨曾孫	簡之仲堪	曠之	景仁道裕	穆允	道護仲堪弟子		
八世	汪敞五代孫	琰孝祖族子	元素仲堪孫	道矜景仁	淳穆	沖	淡	
九世	高明汪	寧元素	恒道矜	孚淳	臻			
十世	不害高明	不疑	不占	不齊	不佞	叡寧		
十一世	鈞叡	梵童不佞						

一世

褒。

二世

昱，褒子。

躋，裦子。

三世

敞，昱子。

識，躋子，濮陽相。〔二〕

四世

羨，識子，字洪喬，晉豫章太守〔三〕、光禄勳。

融，識子，字洪遠，晉太常。〔四〕

五世

浩，羨子，字淵源，晉中軍將軍、揚州刺史。永和十二年卒。

師，融子，字子桓〔五〕，晉驃騎咨議參軍、晉陵太守、沙縣男。

茂，融子，晉太常、特進、光禄大夫。

康，融子，晉吴興太守。

六世

涓，浩子，爲桓温所害。〔六〕

仲堪，師子，振威將軍、荆州刺史。爲桓玄所害。

道裕，茂子，蚤亡。

覬，康子，字伯通，晉南蠻校尉，贈冠軍將軍。〔七〕

仲文，康子，東陽太守，伏誅。〔八〕

叔獻，康子，南蠻校尉，伏誅。

允，康子，字子思，吏部尚書，贈太常。〔九〕

遹，仲堪從弟，楊佺期司馬。

七世

孝祖，羨曾孫，宋冠軍將軍，追贈建安縣侯，謚曰忠。

簡之，仲堪子。〔一〇〕

曠之，仲堪子，剡縣令。

景仁，道裕子，梁中書令。卒，贈侍中、謚文成公。〔一一〕

穆，允子，宋特進、右光禄大夫、始興王師，謚曰元。

道護，仲堪弟子。〔一二〕

八世

汪，敞五代孫，齊豫章王從事參軍。

琰，孝祖族子。〔一三〕

元素，仲堪孫，宋南康相，坐元凶事誅。

道矜，景仁子，宋太中大夫。
淳，穆子，字粹遠，宋中書黄門侍郎。〔一四〕
沖，穆子，字希遠，宋御史中丞。〔一五〕
淡，穆子，字夷遠，宋吏部郎。

九世

高明，汪子，梁尚書兵部郎。〔一六〕
寧，元素子。〔一七〕
恒，道矜子，宋侍中、度支尚書。〔一八〕
孚，淳子，宋吏部郎、撫軍長史。
臻，淳子，字後同，宋太子洗馬。

十世

不害，高明子，字長卿，陳給事中。年八十，卒。〔一九〕
不疑，高明子。
不占，高明子。
不齊，高明子。
不佞，高明子，字季卿，陳尚書左丞。〔二〇〕

叡，寧子，齊司徒從事中郎。〔二〕

十一世

鈞，叡子，字季和，梁駙馬都尉、國子祭酒，卒。

梵童，不佞子，陳尚書金部郎。

殷洪喬　殷豫章並羨　殷太常融　殷揚州　阿源並浩　殷荊州仲堪

【校記】

〔一〕陳郡，已見。長平，縣名，戰國魏地。漢置縣，故屬汝南郡，後漢建武三十年（五四）汝南之長平、西華、新陽、扶樂四縣益淮陽國。章和二年（八八），淮陽國更名陳國（陳郡），長平遂屬陳郡。故城在今河南西華縣東北。

〔二〕任誕三一注引殷氏譜，謂殷羨「父識，鎮東司馬」。

〔三〕豫，原作「預」。據晉書改。

〔四〕文學七四注引中興書：「桓彝有人倫鑒，見融甚歎美之。著象不盡意、大賢須易論，理義精微，談者稱焉。兄子浩亦能清言，每與浩談，有時而屈。退而著論，融更居長。爲司徒左西屬，飲酒善舞，終日嘯詠，未嘗以世務自嬰。累遷吏部尚書、太常卿，卒。」

〔五〕紕漏六注引殷氏譜，謂「殷師字師子」。

〔六〕通鑑一〇三晉紀二五載：殷涓爲著作郎，桓温誣涓與武陵王晞、庾希等謀反，被殺。

〔七〕德行四一注引晉安帝紀：「覬字伯道，陳郡人，由中書郎出爲南蠻校尉。覬亦以率易才悟著稱，與從弟仲堪俱知名。」殷覬，晉書作「殷顗」；伯通，晉安帝紀作「伯道」。

〔八〕言語一〇六注引續晉陽秋謂仲文聞桓玄平京邑，棄郡投玄。玄甚悦之，引爲咨議參軍。「及玄篡位，以佐命親貴，厚自封崇，輿馬器服，窮極綺麗，後房妓妾數十，絲竹不絶音。性甚貪吝，多納賄賂，家累千金，常若不足。玄既敗，先投義軍，累遷侍中、尚書，以罪伏誅。」

〔九〕賞譽一四五注引中興書：「允字子思，陳郡人，太常康第六子。恭素謙退，有儒者之風。歷吏部尚書。」

〔一〇〕晉書八四殷仲堪傳載：劉裕義旗建，簡之率私僮客隨義軍躡桓玄。玄死，簡之食其肉。桓振之役，義軍失利，簡之没陣。

〔一一〕宋書六三殷景仁傳：「曾祖融，晉太常。祖茂，散騎常侍、特進，左光禄大夫。父道裕，早亡。」

〔一二〕德行四三注引玄别傳：「(桓)玄克荆州，殺殷道護及仲堪參軍羅企生、鮑季禮，皆仲堪所親仗也。」

〔一三〕宋書八七殷琰傳載：琰父道鸞，衡陽王義季右軍長史。宋明帝泰豫元年(四七二)，除少府，加給事中。後廢帝元徽元年(四七三)，卒，時年五十九。按，琰兄瑗、子邈皆不載殷氏譜。

〔一四〕南史二七殷景仁傳：「（淳）在秘閣撰四部書大目，凡四十卷，行於世。元嘉十一年（四三四）卒，朝廷痛惜之。」

〔一五〕南史二七殷景仁傳：「元凶妃即淳女，而沖在東宮爲劭所知遇。劭弑立，以爲司隸校尉。沖有學義文辭，劭使爲尚書符，罪狀孝武，亦爲劭盡力。建鄴平，賜死。」

〔一六〕兵部郎，陳書作「中兵郎」。

〔一七〕南史六〇殷鈞傳：「元素娶尚書僕射王僧朗女，生子寧，早卒。」

〔一八〕矜，原作「衿」，據南齊書改。南齊書四九王奐傳載：恒，字昭度，宋司空景仁之孫。恒及父道矜，並有古風，以是見蚩於世。宋秦始初，恒爲度支尚書，坐屬父疾及身疾多，爲有司所奏，左遷散騎常侍，領校尉，至金紫光禄大夫。建武中，卒。

〔一九〕陳書三二殷不害傳載：不害仕梁爲鎮西府記室參軍，兼東宮通事舍人、東宮步兵校尉。太清初，遷平北府諮議參軍。梁元帝立，爲中書郎，兼廷尉卿。梁亡，入長安。太建七年（五七五），自周還朝，爲光禄大夫，晉陵太守、加給事中。禎明三年（五八九）京城陷，不害道病卒，時年八十五。

〔二〇〕陳書三二殷不害傳附不佞傳載：陳世祖即位，爲始興王諮議參軍，兼尚書右丞，遷東宮通事舍人。高宗即位，以爲軍師始興王諮議參軍、員外散騎常侍、尚書右丞，遷通直散騎常侍。太建五年（五七三）卒，時年五十六。詔贈秘書監。

〔二一〕南史六〇殷鈞傳載：叡爲寧遺腹子。仕齊歷司徒從事中郎。娶妻琅邪王奂女，奂爲雍州刺史，啟叡爲府長史。奂誅，叡亦見害。

一一　會稽山陰孔氏譜〔一〕

世							
一世	融						
二世							
三世							
四世	潛						
五世	竺（潛）						
六世	恬（竺）	沖	奕				
七世	愉（恬）	侃（沖）	倫（奕）	羣			
八世	闓（愉）	汪	安國	祗	坦（侃）	嚴（倫）	沈
九世	静（闓）	混（坦）	道民（嚴）	静民	福民	廞（沈）	
十世	靈符（静）	靈運	景偉（安國孫）	琳之（廞）	璩之		
十一世	湛之（靈符）	深之	琇之（靈運）	滔（景偉）	遥之（沖五代孫）	邈（琳之）	
十二世	臻（琇之）	岱（滔）	佩（遥之）	覬（邈）	道存		
十三世	幼孫（臻）	虔孫	範（岱）	休源（佩）			

一世

融，魏相斌十二世孫，字文舉，漢北海相。〔二〕

四世

潛，魏相斌十四世孫，漢太子少傅，避地會稽，遂爲郡人。

五世

竺，潛子，吴豫章太守。

六世

恬，竺子，湘東太守。

沖，竺子，丹楊太守。

奕，竺子，全椒令。

七世

愉，恬子，字敬康，晉僕射，餘不亭侯，鎮軍將軍，散騎常侍。咸康八年卒，年八十五。贈車騎將軍、開府儀同三司，謚曰貞。〔三〕

侃，沖子，大司農。

倫，奕子，黄門郎。

羣，奕子，字敬林，晉御史中丞。

八世

闓，愉子，襲爵，晉建安太守。

汪，愉子，字德澤，晉廣州刺史，侍中。太元十七年卒。

安國，愉子，字安國，晉領軍將軍、東海王師、尚書左僕射，義熙四年卒，贈左光禄大夫。

祗，愉子，字承祖，郡功曹史。〔四〕

坦，侃子，字君平，晉侍中、散騎常侍、廷尉，卒年五十一，贈光禄勳，謚曰簡。

巖，倫子，字彭祖，晉吴興太守。〔五〕

沈，羣子，字德度，辟丞相司徒掾、琅邪王文學，並不就。

九世

静，闓子，字季恭，宋時進侍中，贈開府儀同三司。〔六〕

混，坦子，嗣爵。

道民，巖子，宣城内史，爲孫恩所害。

静民，巖子，散騎侍郎，爲孫恩所害。

福民，巖子，太子洗馬，爲孫恩所害。

廞，沈子，晉吴興太守、廷尉、侍中、光禄大夫。

十世

靈符，静子，宋丹楊尹、會稽太守，贈金紫光禄大夫。

靈運，静子，著作郎。

景偉，安國孫，齊散騎常侍。

琳之，廞子，字彦琳，宋祠部尚書。〔七〕

璩之，廞子，揚州從事。

十一世

湛之，靈符子。

深之，靈符子，宋比部郎。〔八〕

琇之，靈運子，齊江夏内史。〔九〕

滔，景偉子，梁海鹽令。

遥之，沖五代孫，宋水部郎。

邈，琳之子，揚州中從事。

十二世

臻，琇之子，太子舍人、尚書三公郎。

岱，滔子。

佩，遥之子，齊通直郎。

覬，邈子，字思遠，宋司徒左長史、侍中、太子詹事。

道存，邈子，黄門吏部郎、南海太守。〔一〇〕

十三世

幼孫，臻子，梁無錫令。

虔孫，臻子。

範，岱子，字法言，陳史恩幸有傳。

休源，佩子，字慶緒，梁都官尚書，謚貞子。

孔北海融　孔車騎愉　孔僕射安國　孔廷尉坦　孔中丞羣

【校記】

〔一〕會稽，郡名，秦置。本治吴，立郡吴，乃移山陰。山陰，縣名，越王勾踐本國，因在會稽山之陰，故名。有禹冢、禹井。即今浙江紹興。

〔二〕後漢書七〇孔融傳謂融爲孔子二十世孫。

〔三〕晉書七八孔愉傳作「年七十五」。按，孔愉傳謂愉於建興初，始出應召，時年已五十。據此推算，當以卒時年七十五可信。

〔四〕會稽志一四：「孔祗字承祖，車騎將軍愉之弟也，太守周札命爲功曹史。」據此，祗爲愉弟，當列于七世。孔愉傳言愉三子：誾、汪、安國。譜言祗乃愉子，誤。

〔五〕嚴，品藻四〇注引中興書作「巖」，宋本同。中興書謂嚴歷丹陽尹、尚書、西陽侯，爲吴興太守。品藻四〇注引中興書謂孔嚴父儉（宋本作「倫」）。晉書七八孔嚴傳謂嚴父倫。晉書七八孔愉傳附孔嚴傳謂嚴太和五年，以疾去職，卒于家。

〔六〕静，宋書五四孔季恭傳、南史二七孔靖傳並作「靖」。宋書孔季恭傳曰：孔靖「名與高祖祖諱同，故稱字。」「永初三年，薨，時年七十六。追贈侍中、左光禄大夫、開府儀同三司。」特進，特，原誤作「時」，今改正。

〔七〕晉書七八孔羣傳：「廞子琳之，以草書擅名，又爲吴興太守、侍中。」南史二七孔琳之傳載：桓玄輔政爲太尉，以爲琳西閤祭酒。永初二年，爲御史中丞，遷祠部尚書。景平元年（四二三）卒，追贈太常。

〔八〕深之，宋書五四孔季恭傳作「淵之」，當是避諱改。

〔九〕南史二七孔靖傳附琇之傳載：齊明帝輔政，防備諸蕃。隆昌元年，遷琇之晉熙王冠軍長史，欲令殺晉熙，琇之不從，遂不食而死。

〔一〇〕南海，南史作「南郡」。南史二七孔琳之傳附孔覬傳載：齊晉安王子勛建僞號，以道存爲侍中，行雍州事，事敗見殺。

一二　陳留圉江氏譜（一）

世								
一世	蕤							
二世	祚 蕤	允	春					
三世	統 祚	濟 允	蓸					
四世	虨 統	惇	逌 濟	灌 蓸				
五世	敳 虨	蔚 逌	纂	績 灌				
六世	恒 敳	夷	僧安	秉之 纂				
七世	湛 夷	智深 僧安	徽 秉之					
八世	恁 湛	恕	憼	愻	法壽	筠 智深	法成 統六世孫	謐 徽
九世	斆 恁	子一 法成	子四	子五				
十世	蒨 斆	曇	禄	葺				
十一世	紑 蒨							
十二世	揔 紑							

一世

蕤，譙郡太守，亢父男。

二世

祚，蕤子，字伯倫，南安太守。

允，蕤子，蕪湖令。

春，蕤子，宜春令。

三世

統，祚子，字應元，晉黄門侍郎、散騎常侍，領國子博士，永嘉四年卒。

濟，允子，安東參軍。

瞢，允子，尚書郎。

四世

彪，統子，字思玄，護軍將軍、國子祭酒。〔二〕

惇，統子，字思悛，晉徵拜博士、著作郎，不就。永和九年卒，年四十九。〔三〕

逌，濟子，字道載，晉太常、本州大中正。卒，年五十八。〔四〕

瓘，瞢子，字道羣，晉御史中丞、尚書中護軍。〔五〕

五世

敳，彪子，字仲凱，琅邪内史、驃騎咨議參軍。〔六〕

蔚，逌子，吴興太守。

纂，逌子，給事中。

績，瓘子，字仲元，御史中丞。

六世

恒，敳子，宋西中郎長史。

夷，敳子，字茂遠，宋尚書僕射、湘州刺史、散騎常侍。〔七〕

僧安，敳子，宋太子中庶子。

秉之，纂子，字玄叔，宋臨海太守。

七世

湛，夷子，字徽深，宋侍中，爲元凶所害。贈左光禄大夫、〔八〕開府儀同三司，謚忠簡公。

智深，僧安子，宋驍騎將軍、尚書吏部郎。

徽，秉之子，尚書都官郎，爲元凶所害。

八世

恁，湛子，字孝著，□大著作郎，〔九〕爲元凶所害。

恕，湛子，爲元凶所害。

憼，湛子，爲元凶所害。

悉，湛子，爲元凶所害。

法壽，湛子，爲元凶所害。

筠，智深子，太子洗馬。

法成，統六世孫，奉朝請。〔一〇〕

謐，徽子，字令和，齊侍中。〔一一〕

九世

敳，恁子，字叔文，宋侍中。贈大常卿，謚曰敬。〔一二〕

子一，法成子，字元亮，梁南津校尉，贈給事黄門侍郎，謚義。〔一三〕

子四，法成子，梁尚書左丞，贈中書侍郎，謚曰敬。

子五，法成子，梁東宮真殿主師〔一四〕，贈散騎侍郎，謚曰烈。

十世

蒨，敳子，字彦標，梁光禄大夫。卒，謚曰肅。

曇，敳子，字彦德，侍中、太子詹事。

禄，敳子，字彦遐，唐□相。〔一五〕

葺，敳子。

十一世

絚，蒨子，字含潔，南康王主簿。〔一六〕

十二世

揔，〔一七〕絚子，字揔持，陳尚書令。隋開皇十四年卒於江都，年七十六。

江僕射彪　江盧奴敳

【校記】

〔一〕陳留，郡名。故鄭邑，後爲陳所併，故曰陳留。漢武帝元狩元年（前一二二）置，屬兖州。國，縣名。故屬淮陽，後屬陳留，故地在今河南杞縣西南。

〔二〕方正四二注引徐廣晉紀：「江彪字思玄，陳留人。博學知名，兼善弈，爲中興之冠。累遷尚書左僕射、護軍將軍。」

〔三〕賞譽九四注引徐廣晉紀：江惇「性篤學，手不釋書，博覽墳典，儒道兼綜。徵聘無所就，年四十九而卒」。

〔四〕晉書八三江逌傳載：曾祖蕤，譙郡太守。祖允，蕪湖令。父濟，安東參軍。歷職中書郎，遷吏部郎，復領本州大中正，遷太常，在職多所匡諫。病卒，時年五十八。

〔五〕賞譽八四注引中興書：「江灌字道羣，陳留人，僕射彪從弟也。有才器，與從兄逌名相亞。仕尚書中護軍。」

〔六〕方正六三注：「盧奴，江敳小字也。晉安帝紀曰：『敳字仲凱，濟陽人。祖正，散騎常侍。父彪，僕射。並以義正器素，知名當世。敳歷位内外，簡退著稱，歷黄門侍郎，驃騎咨議。』」按，「祖正」，當作「祖統」，蓋避蕭統諱。

〔七〕宋書五三江夷傳載：宋高祖受命，出爲義興太守，以疾去職，尋拜吏部尚書，爲吴郡太守，復爲丹陽尹、吏部尚書，加散騎常侍，遷右僕射。出爲湘州刺史，加散騎常侍，未之職，病卒，年四十八。

〔八〕徽深，宋書作「徽淵」，蓋避唐諱，「淵」改作「深」。宋書七一江湛傳載：湛歷職侍中、領本州大中正，遷左衛將軍，轉吏部尚書。後爲元凶劭所害，時年四十六。湛五子恁、恕、憼、愻、法壽皆見殺。世祖即位，追贈左光禄大夫、開府儀同三司，加散騎常侍，本官如故，謚曰忠簡公。

〔九〕王利器校：「案『□』當是『宋』字。」

〔一〇〕梁書四三江子一傳：「父法成，天監中奉朝請。」

〔一一〕南史三六江秉之傳附江謐傳載：謐仕宋爲于湖令、驃騎參軍。齊世爲廣陵太守、黄門侍郎、領尚書左丞、侍中，封永新縣伯、左户尚書，後齊武帝怨謐，詔賜死。

〔一二〕南史三六江夷傳附江斅傳載：斅母宋文帝女淮陰長公主。尚孝武女臨汝公主，拜駙馬都尉，爲丹陽丞，遷中書郎。仕齊爲豫章太守、竟陵王司馬、侍中、五兵尚書，東海、吴二郡太守。復爲侍中，轉都官尚書，領驍騎將軍。齊明帝即位，改領秘書監，又改領晉安王師。卒，贈散騎常侍、太常卿。謚曰敬子。

〔一三〕梁書四三江子一傳：侯景反，子一及弟子四、子五相引赴賊，並遇害，「侯景平，世祖又追贈子一侍中，謚義子；子四黄門侍郎，謚毅子；子五中書侍郎，謚烈子。」

〔一四〕真殿主師，據梁書卷四三江子一傳當作「直殿主帥」。

〔一五〕唐□相，據南史三六江夷傳附江禄傳，當爲「作唐侯相」。

〔一六〕南史三六江夷傳附江紑傳：「及父卒，紑廬于墓，終日號慟不絶聲，月餘乃卒。」

〔一七〕揔，同「總」。

一三　吳郡陸氏譜〔一〕

世												
一世	駿											
二世	遜（駿）	瑁										
三世	延（遜）	抗	滂（瑁）	喜	英	偉	顔					
四世	晏（抗）	景	玄	機	雲	耽	術（英）	舉	曄	玩	粹	瓘
五世	蔚（機）	夏	諶（曄）	睱	謐	儒	側	納	乂	始		
六世	道隆（納）	俶（始）	萬載									
七世	仲元（萬載）	叔元	羣	子真								
八世	慧曉（子真）	慧恭	慧徹	慧遠								
九世	僚（慧曉）	任	倕	閑（慧徹）								
十世	厥（閑）	絳	完	襄	繕（任）	瓚（倕）	緬					

一世

駿，字季才，九江都尉、太學博士。〔二〕

二世

遜，駿子，字伯言，吴丞相。〔三〕

瑁，駿子，吴選曹尚書。〔四〕

三世

抗，遜子，吴大司馬。〔五〕

延，遜子。

滂，瑁子。

喜，瑁子，字恭仲，吴吏部尚書。〔六〕

英，瑁子，長沙太守、高平相、員外散騎常侍。

偉，瑁子。

顔，瑁子。

四世

晏，抗子，吴裨將軍、夷道監，爲王濬所誅。

景，抗子，字士仁，騎都尉、毗陵侯、偏將軍，爲王濬所誅。

玄，抗子。

機，抗子，字士衡，吴牙門將，晉平原内史、行後將軍、河北大都督，爲成都王穎所害，年四十三。

雲，抗子，字士龍，晉吴王郎中令、清河内史、大將軍右司馬，爲成都王穎所害，年四十二。
耽，抗子，平東祭酒，爲成都王穎所害。
術，英子。
舉，英子。
曄，英子，字士光，晉録尚書事、散騎常侍、左光禄大夫、開府儀同三司，年七十四，贈侍中、車騎大將軍，謚曰穆。〔七〕
玩，英子，字士瑶，晉尚書令、侍中、司空，卒六十四，贈太尉、興平伯，謚曰康。〔八〕
粹，英子。
瓘，英子。〔九〕

五世

蔚，機子，同父遇害。
夏，機子，同父遇害。
諶，曄子，散騎常侍。
嘏，曄子，封新康子。
謐，玩子。
儒，玩子。

側，玩子。
納，玩子，字祖言，晉尚書令、散騎常侍、開府儀同三司。
乂，玩子。
始，玩子，字祖興，嗣爵，五兵尚書、侍中。

六世

道隆，納子，元熙中爲廷尉。〔一〇〕
俶，始子。
萬載，始子，秘書監、侍中。

七世

仲元，萬載子，宋侍中。〔一一〕
叔元，萬載子。
羣，萬載子。
子真，萬載子，宋海陵太守、中散大夫。

八世

惠曉，〔一二〕子真子，字叔明，齊輔國將軍、南兖州刺史，贈太常。
惠恭，子真子。

惠徹，子真子，齊司徒府左曹掾。

惠遠，子真子。

九世

僚，惠曉子，齊蜀郡太守、西昌侯長史。〔一三〕

任，惠曉子，齊御史中丞。

倕，惠曉子，梁太常卿。

閑，惠徹子，字遐業，揚州別駕。〔一四〕

十世

厥，閑子，字韓卿，舉秀才。以父誅，感慟而卒，年二十八。〔一五〕

絳，閑子，字魏卿，以捍父死。〔一六〕

完，閑子。〔一七〕

襄，閑子，字師卿，梁度支尚書，贈侍中。〔一八〕

繕，任子，字士繻，陳尚書左僕射、贈特進，謚曰安。〔一九〕

瓚，倕子，童子郎，蚤卒。

緬，倕子。

陸平原機　清河雲　陸太尉玩

【校記】

〔一〕吴，古國名，周太伯居邑。前漢屬會稽郡。後漢順帝分會稽郡置吴郡，約有今江蘇長江以南全部及江北南通、海門諸縣。

〔二〕吴志陸遜傳注引陸氏世譜：「遜祖紆，字叔盤，敏淑有思學，守城門校尉。父駿，字季才，淳懿信厚，爲邦族所懷，官至九江都尉。」

〔三〕吴志陸遜傳：「陸遜字伯言，吴郡吴人也。本名議，世江東大族。遜少孤，隨從祖廬江太守康在官。袁術與康有隙，將攻康，康遣遜及親戚還吴，遜年長於康子績數歲，爲之綱紀門户。」

〔四〕吴志陸瑁傳載：瑁字子璋。吴嘉禾元年（二三二）公車徵瑁，拜議郎、選曹尚書。赤烏二年（二三九）卒。又新唐書七三下宰相世系表謂瑁六子：滂、喜、穎、英、偉、顔，陸氏世系表及譜不載穎。

〔五〕吴志陸遜傳：「長子延早夭，次子抗襲爵。」「抗字幼節，孫策外孫也。」

〔六〕吴志陸瑁傳注引吴録：「喜字文仲，瑁第二子也，入晉爲散騎常侍。」晉書五四陸喜傳：「子育，爲尚書郎、弋陽太守。」

〔七〕晉書七七陸曄傳載：成帝咸和中，曄歸鄉里拜墳墓。以疾卒，時年七十四。

〔八〕政事一三注引陸玩别傳：「玩字士瑶，吴郡吴人。祖瑁，父英，仕郡有譽。玩器量淹雅，累遷侍中、尚書左僕射、尚書令，贈太尉。」

〔九〕新唐書七三下宰相世系表：「英次子瓘，晉中書侍郎，號『侍郎枝』。」

〔一〇〕晉書七七陸納傳載：納愛子長生先卒，無子，以弟子道隆嗣，元熙中，爲廷尉。可知道隆乃納弟子以爲嗣。

〔一一〕新唐書七三下宰相世系表謂萬載四子：道玩、叔元、羣、子真。「仲元」、「道玩」未知何者爲是。

〔一二〕惠曉，南史作「慧曉」。前世系表亦作「慧曉」，後文之「惠恭」、「惠徹」、「惠遠」之「惠」，世系表亦皆作「慧」。新唐書宰相世系表又皆作「惠」。南史四八陸慧曉傳：「三子：僚、任、倕並有美名，時人謂之三陸。」

〔一三〕南史四八陸慧曉傳：「僚學涉子史，長於微言，美姿容，鬚眉如畫。位西昌侯長史、蜀郡太守。」

〔一四〕南史四八陸慧曉傳載：永元末，始安王遥光作亂，或勸閑去之，閑不從。城陷，閑被收。尚書令徐孝嗣啓閑不預逆謀。未及報，徐世標命殺之。又新唐書七三下宰相世系表謂惠徹三子：觀、閑、引。譜僅載閑，應補觀、引。

〔一五〕南史四八陸厥傳：「永元元年，始安王遥光反，厥父閑被誅，厥坐繫尚方。尋有赦，厥感慟而卒，年二十八。」

〔一六〕南史四八陸慧曉傳：「（絳）時隨閑，抱頸求代死，不獲，遂以身蔽刀刃，行刑者俱害之。」

〔一七〕南史四八陸慧曉傳：「完位寧遠長史、琅邪、彭城二郡丞。」

〔一八〕南史四八陸襄傳載：太清元年，侯景陷臺城，襄逃還吴。景將宋子仙進攻錢唐，襄等與戰，軍敗。襄匿於墓下，一夜憂憤卒。侯景平，元帝贈侍中，追封餘干縣侯。

〔一九〕南史四八陸慧曉傳載：繕仕梁爲中書侍郎，掌東宫管記。陳時位侍中、新安太守、中庶子、領步兵校尉，掌東宫管記、御史中丞。太建中，歷度支尚書，侍中、太子詹事、尚書右僕射。卒，謚曰安子。

一四　弘農華陰楊氏譜〔一〕

一世	寶
二世	震(寶)
三世	牧(震)　里　秉　讓　奉
四世	統(牧)　馥　賜(秉)　敷(奉)
五世	奇(牧孫)　彪(賜)　衆(敷)
六世	亮(奇)　脩(彪)
七世	囂(脩)
八世	準(囂)
九世	喬(準)　髦　朗　林　俊　伸
十世	亮(林)
十一世	廣(亮)　佺期

一世

寶，字稺淵，赤泉侯喜七世孫。〔二〕

二世

震，寶子，字伯起，漢太尉。〔三〕

三世

牧，震子，字孟信，富波侯相，〔四〕荊州刺史。

里，震子。

秉，震子，字叔節，漢太尉。延熹八年薨，年七十四。

讓，震子。

奉，震子，字季叔。

四世

統，攸子。〔五〕

馥，攸子。

賜，秉子，字伯獻，漢司空、太尉、臨晉侯、特進、驃騎將軍，謚文烈。〔六〕

敷，奉子，蚤卒。

五世

奇，牧孫，侍中、汝南太守。

彪，賜子，字文先，漢司徒、太尉、録尚書事。年八十四，黄初六年卒。

衆，敷子，漢御史中丞、侍中，封蓩亭侯。

六世

亮，奇子，追封陽成亭侯。

脩，彪子，字德祖，舉孝廉，除郎中、丞相倉曹屬主簿，爲曹操所害，年四十五。〔七〕

七世

囂，脩子，典軍將軍。一作典軍校尉。〔八〕

八世

準，囂子，字始立，晉冀州刺史、太常。卒年二十七。〔九〕

九世

喬，準子，字國彦。

髦，準子，字士彦。〔一〇〕

朗，準子，字世彦。〔一一〕

林，準子，值亂没胡中。

俊，準子，字惠彦，太傅掾。

仲，準子。〔一二〕

十世

亮，林子，晉梁州刺史。

十一世

廣，亮子。〔一三〕

佺期，亮子，晉龍驤將軍，爲桓玄所害，楊氏遂絶。〔一四〕

別族

又駿字文長，晉太傅、臨晉侯，爲賈后所害。珧字文琚，晉尚書令、右將軍。濟字文通，晉太子太

傳、右衛將軍。從兄文宗，魏通直郎、蔣亭侯，皆震後，莫知其世次。臨晉必賜後。蔣亭必梟後也。〔一五〕

楊德祖脩　楊準□　楊右衛濟

【校記】

〔一〕弘農，郡名，故秦函谷關。漢武帝元鼎四年（前一一三）置，治弘農縣。華陰，縣名。春秋時晉地，戰國魏地。秦文惠王時稱寧秦。漢高祖八年（前一九九）改曰華陰，因在華山之陰，故名。故城在今陝西華陰縣東南。

〔二〕赤泉侯，史記七項羽本紀：「封楊喜爲赤泉侯。」後漢書五四楊震列傳：「父寶，習歐陽尚書。哀、平之世，隱居教授。居攝二年，與兩龔、蔣詡俱徵，遂遁逃，不知所處。光武高其節。建武中，公車特徵，老病不到，卒於家。」

〔三〕後漢書五四楊震傳載：震年五十，乃始仕州郡。歷職荆州刺史、東萊太守，徵入爲太僕，遷太常，先後代司徒及太尉。震數上疏指責國戚豪族，中常侍樊豐等皆側目憤怨，共譖震，而安帝不省。震遂飲酖而卒，時年七十餘。

〔四〕富波侯相，後漢書五四楊震傳作「富波相」。

〔五〕攸，當從世系表及譜三世作「牧」。下同。

〔六〕後漢書五四楊賜傳：賜以靈帝中平二年（一八五）薨，公卿以下會葬，謚文烈侯。

〔七〕後漢書五四楊脩傳載：曹操忌楊脩捷悟，「且以袁術之甥，慮爲後患，遂因事殺之」。魏志陳思王植傳注引典略：「至二十四年秋，公以脩前後漏泄言教，交關諸侯，乃收殺之。脩臨死，謂故人曰：『我固自以死之晚也。』其意以爲坐曹植也。」

〔八〕賞譽五八注引世語謂囂作典軍校尉。

〔九〕賞譽五八注引世語謂準（世説新語作「淮」）元康末爲冀州刺史。又注引荀綽冀州記：「淮（準）見王綱不振，遂縱酒，不以官事規意，消摇卒歲而已。成都王知淮（準）不治，猶以其名士，惜而不遺，召爲軍諮議祭酒。府散停家，關東諸侯欲以淮（準）補三事，以示懷賢尚德之事，未施行而卒，時年二十有七矣。」

〔一〇〕品藻七注引荀綽冀州記：「喬字國彦，爽朗有遠意，髦字士彦，清平有貴識。並爲後出之儁。爲裴頠、樂廣所重。」又引晉諸公贊：「喬似淮（準）而疏，皆爲二千石。髦爲石勒所害。」

〔一一〕識鑒一三注引王隱晉書：「朗有器識才量，善能當世，仕至雍州刺史。」

〔一二〕仲，原誤作「伸」。按，賞譽六三注引八王故事：「楊淮（準）有六子：曰喬、髦、朗、琳、俊、仲。」今據改。

〔一三〕德行四一注引周祇隆安記：「廣字德度，弘農人，楊震後也。」

〔一四〕晉書八四楊佺期傳載：曾祖準，太常。祖林，少有才望，值亂没胡。父亮，少仕僞朝，後歸國，終於梁州刺史，以貞幹知名。佺期以軍功拜廣威將軍、河南太守、進號龍驤將軍。隆安三年（三九九），桓玄舉兵討佺期，佺期兵敗，與兄廣俱死之。

〔一五〕楊駿及弟珧、濟之事迹，見晉書四〇楊駿傳。從兄文宗不可考。譜云「臨晉必賜後」，謂臨晉侯駿必爲楊賜之後；「蓩亭必衆後」謂蓩亭侯文宗必楊衆後也。

一五　陳留考城蔡氏譜〔一〕

世			
一世	攜		
二世	稜 攜	質	
三世	邕 稜	睦 質	
四世	德 睦	宏	
五世	克 德	豹 宏	
六世	謨 方		
七世	邵 謨	系	裔 豹兄子〔二〕
八世	綝 系		
九世	軌 綝	廓	
十世	淡 軌	興宗 廓	
十一世	順 興宗	約	撙

一世

攜，字叔業，順帝時以司空高弟遷新蔡長，年七十九卒。〔三〕

二世

稜，攜子，字伯直，年五十三卒，謚貞定先生。〔四〕

質，攜子，漢衛尉，左中郎將。

三世

邕，稜子，字伯喈，漢左中郎將，高陽侯，爲王允所害，年六十一。〔五〕

睦，質子，魏尚書。

四世

德，睦子，樂平太守。

宏，睦子，陰平太守。

五世

克，德子，字子尼，從事中郎，爲汲桑所害。

豹，宏子，字士宣，晉建威將軍、徐州刺史。〔六〕

六世

謨，克子，字道明，晉左光禄大夫、開府儀同三司。康帝十二年卒，〔七〕年七十六，贈侍中、司空，謚文穆。

七世

邵，謨子，永嘉太守。

系，謨子，字子正，撫軍長史。〔八〕

裔，豹兄子，〔九〕字元子，散騎常侍、兖州刺史、高陽鄉侯。

八世

綝，系子，司徒左西屬。

九世

軌，綝子，給事中。

廓，綝子，字子度，宋吏部尚書。〔一〇〕

十世

淡，軌子。

興宗，廓子，字興宗，宋征西將軍、開府儀同三司、左光禄大夫。泰豫元年卒，年五十。〔一〕

十一世

順，興宗子，字景玄，太尉從事中郎。〔二〕

約，興宗子，字景撝，齊司徒左長史、太子詹事。〔三〕

撙，興宗子，字景節，梁中書令、吴郡太守，謚曰康。〔四〕又蔡洪，非一族，字叔開，舉秀才。

蔡伯喈邕　蔡公　蔡司徒並謨　蔡子正系　蔡秀才洪

【校記】

〔一〕陳留，郡名。已見。考城，縣名，古名菑，戰國時古戴國地名。前漢屬梁國。後漢更菑爲考城。後漢書仇覽傳注：「陳留風俗志曰：章帝惡其名，改爲考城也。」屬陳留郡。古城在今河南民權縣東北。

〔二〕據譜，當作豹兄孫。

〔三〕後漢書六〇下蔡邕傳注載邕祖攜碑云：「攜字叔業，有周之胄。昔蔡叔没，成王命其子仲使踐諸侯之位，以國氏姓，君其後也。君曾祖父勳，哀帝時以孝廉爲長安部長。及君之身，增修厥德，順帝時以司空高弟遷新蔡長，年七十九卒。」

〔四〕後漢書六〇下蔡邕傳注：邕祖攜碑云：「長子棱，字伯直，處俗孤黨，不協于時，垂翼華髮，人爵不升，年五十三卒。」棱，當作「棱」。下同。

〔五〕品藻一注引續漢書：「蔡伯喈，陳留圉人，通達有儁才，博學善屬文，伎藝術數無不精綜。仕至左中郎將，爲王允所誅。」

〔六〕晉書八一蔡豹傳載：豹歷河南丞，長樂、清河太守。避亂南渡，元帝以爲振武將軍、臨淮太守，遷建威將軍、徐州刺史。後元帝命豹進討叛將徐龕，兵敗，元帝使收之。王舒執豹，送至建康，斬之，時年五十二。

〔七〕康帝十二年卒，王利器校：「案康帝在位僅二年，此文有誤。尋晉書蔡謨傳言穆帝臨軒，謨不至，免爲庶人，晉書穆帝紀載此事是永和六年十二月。謨傳又載謨既被廢，教授子弟數年，十二年卒，時年七十六。那麼，『康帝』二字當是『穆帝』錯了的。」按，王校是。「康帝」乃「穆帝」之誤。

〔八〕雅量三一注引中興書：「蔡系字子叔，濟陽人，司徒謨第二子。有文理，仕至撫軍長史。」

〔九〕豹兄子，譜列豹五世，裔七世，則裔當爲豹兄孫，非子。

〔一〇〕宋書五七蔡廓傳：「元嘉二年，廓卒，時年四十七。」

〔一一〕宋書五七蔡興宗傳謂興宗卒時年五十八。南史二九蔡興宗傳同。

〔一二〕宋書五七蔡興宗傳：「景玄雅有父風，爲中書郎，晉陵太守，太尉從事中郎。昇明末卒。」

〔一三〕景揮，南史作「景撝」。按，「揮」通「撝」。南史二九蔡興宗傳載：約少尚宋孝武女安吉公主，拜駙馬都尉。仕齊，累遷太子中庶子，領屯騎校尉。出爲宜都王冠軍長史、淮南太守，遷司徒左長史。永元二年（五〇〇）卒於太子詹事，年四十四，贈太常。

〔一四〕南史二九蔡興宗傳載：撙仕齊給事黄門侍郎。仕梁爲侍中、臨海太守、吴興太守，累遷吏部尚書，又爲侍中、領秘書監。後爲中書令，卒於吴郡太守，謚曰康子。

一六 譙國龍亢桓氏譜〔一〕

一世	榮
二世	雎榮　郁
三世	普郁　延　焉　俊　鄮　良
四世	衡焉　順　麟鄮　鸞良
五世	典順　曄鸞　彬麟
六世〔二〕	
七世	楷顥父
八世	顥榮八世孫　赤之
九世	彝　道恭
十世	温彝　雲　豁　祕　沖
十一世	熙温　濟　歆　禕　偉　玄　序雲　石虔豁　石秀　石民　石生　石綏　石康　蔚祕　嗣沖　謙
十二世	亮濟　濬偉　邈　昇玄　放之序　洪石虔　誕　振　稺玉石秀　胤嗣　尹脩

（續表）

一世	二世	三世	四世	五世	六世	七世	八世	九世	十世	十一世	十二世
										脩 崇 弘 羨 怡	

一世

榮，字春卿，漢太子少傅、五更、關内侯。〔三〕

二世

雝，榮子。〔四〕

郁，榮子，字仲恩，漢太常，永元五年卒。〔五〕

三世

普，郁子，嗣侯。

延，郁子。

焉，郁子，字叔元，陽平侯、光禄大夫、太尉。〔六〕

俊，郁子。

酆，郁子。

良，郁子，龍舒侯相，中元元年卒，年七十七。

四世

衡，焉子，蚤卒。

順，焉子。

麟，酆子，字元鳳，漢議郎、許令，年四十一，不勝喪而卒。

鸞，良子，字始春，舉孝廉、膠東令、議郎，中平元年卒。

五世

典，順子，字公雅，漢舉孝廉、御史中丞、關内侯、光禄勳。〔七〕

曄，鸞子，字文林，一名巖，三公辟不應。

彬，麟子，字彦林，尚書郎，年四十六卒。〔八〕

七世

楷，字正則，濟北相。

八世

顥，楷子，榮八世孫，字景耀，公府掾。

赤之，榮八世孫，太學博士。

九世

彝，顗子，字茂倫，散騎常侍，宣城内史，爲蘇峻所害。贈廷尉，改贈太常，謚曰簡。

道恭，赤之子，淮南太守。〔九〕

十世

温，彝子，字元子，太尉、録尚書事、南郡公，卒年六十二，謚宣武。

雲，彝子，字雲子，襲爵萬寧男，贈平南將軍，謚曰貞。

豁，彝子，字朗子，征西將軍，年五十八，贈司空，謚曰敬。

祕，彝子，字穆子，散騎常侍。

沖，彝子，字幼子，小字買德，護南蠻校尉，車騎將軍，荆州刺史。年五十七卒，贈太尉，謚曰宣穆。

十一世

熙，温子，字伯道，小字石頭，爲沖徙長沙。〔一〇〕

濟，温子，字仲道，給事中，與熙同徙長沙。

歆，温子，字叔道，小字式，臨賀公。〔一一〕

褘，温子，最愚，不辨菽麥。

偉，温子，字幼道，安西將軍、領南蠻校尉、西昌侯、贈驃騎將軍、開府儀同三司。

玄，温子，字敬道，小字靈寶，襲封南郡公，年三十六，伏誅。

序，雲子，嗣爵，宣城内史。

石虔，豁子，小字鎮惡，冠軍將軍、作塘侯。太元十三年卒，追贈右將軍。〔一二〕

石秀，豁子，寧遠將軍、江州刺史、鎮蠻護軍、西陽太守。年四十三卒，贈太常。

石民，豁子，左將軍。

石生，豁子，司徒左長史。〔一三〕

石綏，豁子，司徒左長史，同玄叛。〔一四〕

石康，豁子，荆州刺史。

蔚，秘子，散騎常侍。〔一五〕

嗣，沖子，字恭祖，小字豹奴，領江夏相，追贈南中郎將，謚曰靖。

謙，沖子，字敬祖，中軍將軍、宜陽侯。亂蜀，伏誅。〔一六〕

脩，沖子，字承祖，小字崖，龍驤將軍。爲劉裕所誅。

崇，沖子。

泓，沖子。

羨，沖子。

怡，沖子。

十二世

亮，濟子，字景真。〔一七〕

濬，偉子。

邈，偉子。

昇，玄子。

放之，序子。

洪，石虔子，襄城太守。

誕，石虔子，後爲南蠻君長，見北史。〔一八〕

振，石虔子，字道全，與玄叛，伏誅。

穉玉，石秀子。〔一九〕

胤，嗣子，字茂遠，秘書監，伏誅。〔二〇〕

尹，脩子。

別族

又桓伊，字叔夏，小字野王，譙國。〔二一〕

桓茂倫　桓廷尉　桓常侍並彝　桓宣武　桓大司馬　桓荊州　桓元子並温　桓征西豁　桓車

騎沖　石頭熙　桓式歆　南郡　靈寶並玄　鎮惡石虔　桓豹奴嗣　桓中軍　中軍□□　桓崖脩

桓景真亮　桓子野　桓護軍　桓野並伊

【校記】

〔一〕譙國，郡名，漢末魏武分沛國置，轄地在今安徽亳州一帶。龍亢，縣名，漢置，屬沛國，魏晉屬譙國。古城在今安徽懷遠縣西。

〔二〕桓氏譜六世空缺。田餘慶推測：曹魏嘉平六年（二四九）爲司馬氏誅滅的曹爽黨羽桓範，就是桓氏第六世的主要人物，爲桓彝的曾祖或曾祖的兄弟；桓範很可能是桓氏第五世桓典之子。桓氏譜系失載第六世，是桓氏子孫力圖隱蔽桓氏家世之故（詳見田餘慶東晉門閥政治「桓温先世的推測」，頁一三二—一四七）。

〔三〕後漢書三七桓榮傳注引東觀記曰：「榮本齊桓公後也。桓公作伯，支庶用其謚，立族命氏焉。」桓榮傳載：榮少學長安，習歐陽尚書。建武十九年（四三），年六十餘，始拜大司徒府，以尚書授皇太子。歷太子少傅、太常。漢明帝永平二年（五九）拜榮爲五更，封關内侯。

〔四〕後漢書三七桓榮傳注引華嶠書曰：「榮長子雍早卒，少子郁嗣。」

〔五〕後漢書三七桓郁傳載：郁傳父業，以尚書教授。遷侍中，歷屯騎校尉、長樂少府、侍中、奉車都尉、太常。永元五年（九三）卒。注：華嶠書：「郁六子：普、延、焉、俊、酆、良。普嗣侯，傳國至曾孫，絶。鄷、良子孫皆博學有才能。」

〔六〕後漢書三七桓榮傳載：焉少以父任爲郎，歷侍中步兵校尉、太子少傅、太常、太傅，封陽平侯，光禄大夫、大鴻臚、太尉，順帝漢安二年（一四三），卒。

〔七〕後漢書三七桓榮傳載：典復傳其家業，以尚書教授潁川。辟司徒袁隗府，舉高第，拜侍御史。靈帝崩，何進秉政，典三遷羽林中郎將。獻帝即位，拜御史中丞，賜爵關内侯。車駕都許，遷光禄勳。建安六年（二〇一），卒官。

〔八〕後漢書三七桓榮傳載：彬少與蔡邕齊名，初舉孝廉，拜尚書郎，因不與中常侍曹節女婿馮方交往，被誣爲「酒黨」，廢于家。光和元年（一七八）卒，年四十六。

〔九〕德行三〇注引桓彝別傳謂桓彝爲桓榮十世孫，晉書七四桓彝傳謂彝爲桓榮九世孫，唐人林寶元和姓纂四謂彝爲八世孫。

〔一〇〕捷悟七注引中興書曰：「遐字伯道，温長子也。仕至豫州刺史。」按，遐，唐寫本、晉書九八桓温傳皆作「熙」。作「熙」是。

〔一一〕政事一九注引桓氏譜：「歆字叔道，温第三子，仕至尚書。」

〔一二〕豪爽一〇注引中興書：「石虔有才幹，有史學，累有戰功，仕至豫州刺史，贈後軍將軍。」

〔一三〕晉書七四桓彝傳：「石生，隆安中以司徒左長史遷侍中，歷驃騎、太傅長史。會稽世子元顯將伐桓玄，石生馳書報玄，玄甚德之。及玄用事，以爲前將軍、江州刺史。尋卒於官。」

〔一四〕晉書七四桓彝傳：「石綏，元顯時爲司徒左長史。玄用事，拜黄門郎、左衛將軍。玄敗，石綏走江西塗中，聚衆攻歷陽，後爲梁州刺史傅歆之所殺。」

〔一五〕晉書七四桓彝傳：「（秘）長子蔚，官至散騎常侍、游擊將軍。玄篡，以爲醴陵王。」

〔一六〕品藻八八注引中興書：「謙字敬祖，冲第三子，尚書僕射，中軍將軍。」

〔一七〕賢媛三二注引續晉陽秋：「桓亮字景真，大司馬温之孫。父濟，給事中。叔父玄篡逆見誅，亮聚衆於長沙，自號湘州刺史，殺太宰甄恭、衡陽前太守韓繪之等十餘人，爲劉毅軍人郭珍斬之。」

〔一八〕北史三魏本紀：延興二年春正月，「大陽蠻酋桓誕率户内屬，拜征南將軍，封襄陽王。」

〔一九〕稺玉，玉，原作「王」，晉書七四桓彝傳附石秀傳：「年四十三，卒於家，朝野悼惜之，追贈後將軍，後改贈太常，子稺玉嗣。玄之纂也，以石秀一門之令，封稺玉爲臨沅王。」可知作「玉」是，據改。

〔二〇〕文學一〇〇注引中興書：「胤少有清操，以恬退見稱。仕至中書令。玄敗，徙安成郡，後見誅。」

〔二一〕方正五五注引續晉陽秋：「伊字叔夏，譙國銍人。父景，護軍將軍。伊少有才藝，又善聲律，加以標悟省率，爲王濛、劉惔所知。累遷豫州刺史，贈右將軍。」

一七　南鄉舞陰范氏譜〔一〕

一世	二世	三世	四世	五世	六世	七世	八世
晷	穉 晷	汪 穉	康 汪	泰 甯	晏 泰	抗 璩之	雲 抗
	堅	啓 堅	甯 汪〔二〕	弘之	曄		
					璩之		

一世

晷，雝州刺史。

二世

穉，晷子，蚤卒。

堅，晷子，字子常，晉護軍長史。〔三〕

三世

汪，穉子，字玄平，晉安北將軍，徐、兗二州刺史。卒，年六十五，贈散騎常侍，謚曰穆。

啓，堅子，字榮期，黄門侍郎。

四世

康，汪子，嗣爵，蚤卒。

甯，汪子，字武子，晉中書侍郎、豫章太守。卒，年六十三。

五世

泰，甯子，宋侍中、左光禄大夫、國子祭酒、贈車騎將軍，謚曰宣。〔四〕

弘之，汪孫，字長文，餘杭令，襲封武興侯，年四十七卒。

六世

晏，泰子，宋侍中。

曄，泰子，字蔚宗，宋左衛將軍、太子詹事，謀反伏誅。

璩之，汪曾孫，宋中書侍郎。

七世

抗，璩之子，郢府參軍。

八世

雲，抗子，字彦龍，梁侍中，謚曰宣。〔五〕

又宣子，宣子曾孫岫，濟陽考城人，非一族。〔六〕

別族

范玄平范汪　范豫章范甯　范榮期范啓　范宣子范宣

【校記】

〔一〕南鄉，古縣名，後漢屬南陽郡。漢末，曹操分南陽郡置南鄉郡。晉武帝平吴，改南鄉爲順陽郡。舞陰，縣名，漢高祖置。後漢南鄉有舞陰邑。古城在今河南泌陽縣西北。

〔二〕康、甯同父所生，依前體例，「甯」字下「汪」字當删去。

〔三〕晉書七五范汪傳載：堅永嘉中，避亂江東，拜佐著作郎、撫軍參軍。討蘇峻，賜爵都亭侯，累遷尚書右丞。後遷護軍長史，卒官。

〔四〕宋書六〇范泰傳：「（元嘉）五年卒，時年七十四。追贈車騎將軍，侍中、特進、王師如故。謚曰宣侯。長子昂，早卒。次子暠，宜都太守。次晏，侍中、光禄大夫。次曄，太子詹事，謀反伏誅，自有傳。少子廣淵，善屬文，世祖撫軍諮議參軍，領記室，坐曄事從誅。」

〔五〕梁書一三范雲傳載：雲仕齊爲司徒竟陵王蕭子良記室參軍事、通直散騎侍郎、領本州大中正，出爲零陵内史，遷假節、建武將軍、平越中郎將、廣州刺史。入梁遷侍中、散騎常侍、吏部尚書，以佐命功封霄城縣侯。天監二年卒，時年五十三。禮官請謚曰宣，敕賜謚文。

〔六〕晉書九一范宣傳載：范宣字宣子，陳留人也。家于豫章，常以講誦爲業，四方學者皆聞風宗仰，自遠而至，諷誦之聲，有若齊、魯。年五十四卒。著禮易論難皆行於世。

一八　廬江何氏譜〔一〕

一世	二世	三世	四世	五世	六世	七世
叡	充（叡） 準	放（準） 恢（準） 澄（準）〔二〕	元度（恢） 叔度	尚之（叔度） 佟之	偃（尚之） 鑠 摶 昌寓（佟之）	戢（偃） 求（鑠） 點 胤 炯 敬容（昌寓）

一世

叡，安豐太守。

二世

充，叡子，字次道，晉護軍將軍、録尚書事。永和二年卒，贈司空，謚文穆。〔三〕

準，叡子，字幼道，徵拜散騎郎，不起。年四十七卒，追贈金紫光禄大夫。〔四〕

三世

放，準子。

恢，準子，南康太守，蚤卒。〔五〕

澄，準子，字季玄，尚書左僕射、琅邪王師。〔六〕

四世

元度，恢子，西陽太守。

叔度，恢子，太常卿、尚書、金紫光禄大夫。〔七〕

五世

尚之，叔度子，字彦德，左光禄大夫、中書令，贈司空，謚簡穆。〔八〕

佟之，叔度子。〔九〕

六世

偃，尚之子，字仲〔一〇〕，宋吏部尚書，謚曰靖。

鑠，尚之子，宋宜都太守。

摶，尚之子，太中大夫。

昌寓，佟之子，字嚴望，宋侍中、〔一一〕驃騎將軍，贈太常，謚曰簡。

七世

戢，偃之子，字惠景，宋吏部尚書、驍騎將軍。卒年三十六。〔一二〕

求，鑠子，字有，齊太中大夫。〔一三〕

點，鑠子，字子晳，梁徵侍中，不就。

胤，鑠子，字子季，梁以特進徵，不起。〔一四〕

炯，撙子，字士光，舉秀才，以毀卒。

敬容，昌寓子，字國禮，太子詹事、侍中。

何次道　何驃騎並充　何僕射澄

【校記】

〔一〕廬江，郡名，春秋時舒巢國地，秦時屬九江郡。漢高祖更名九江郡爲淮南國，故廬江屬淮南。漢文帝十六年（前一六四）分淮南置廬江郡，治舒縣屬揚州。故地在今安徽廬江縣西南。

〔二〕放、恢、澄，皆準子，依前體例，「恢」、「澄」下之「準」字當删去。

〔三〕晉書七七何充傳載：充，魏光禄大夫禎之曾孫。祖惲，豫州刺史。父叡，安豐太守。無子，弟子放嗣。卒，又無子，又以兄孫松嗣，位至驃騎諮議參軍。

〔四〕棲逸五注引中興書：「何準字幼道，廬江灊人，驃騎將軍充第五弟也。雅好高尚，徵聘一無所就。充位居宰相，權傾人主，而準散帶衡門，不及世事，于時名德皆稱之。年四十七卒。有女爲穆帝皇后，贈光禄大夫，子恢讓不受。」

〔五〕恢，晉書九三何準傳、宋書六六何尚之傳、南史三〇何尚之傳作「惔」。下同。

〔六〕晉書九三何準傳載：澄累遷秘書監、太常、中護軍。孝武帝深愛之，以爲冠軍將軍、吴國内史。太元末，徵拜尚書，領琅邪王師。安帝即位，遷尚書左僕射，典選、王師如故。及桓玄執政，以疾奏免，卒于家。長子籍，早卒。次子融，元熙中爲大司農。

〔七〕叔度事迹見於宋書六六何尚之傳：叔度爲尚書，後爲金紫光禄大夫，吴郡太守，加秩中二千石。太保王弘稱其清身潔己。元嘉八年（四三一）卒。

〔八〕宋書六六何尚之傳：大明四年（四六〇），薨于位，時年七十九。追贈司空，侍中、中書令如故。謚曰簡穆公。又尚之諸弟何氏譜、世系表及譜缺載，今據宋書本傳補於下：尚之弟悠之，義興太守，侍中，太常。悠之弟愉之，新安太守。愉之弟翌之，都官尚書。

〔九〕梁書四八何佟之傳：「何佟之字士威，廬江灊人，豫州刺史惲六世孫也。祖劭之，宋員外散騎常侍。父歆，齊奉朝請。」仕齊爲鎮北記室參軍，侍皇太子講，領丹陽邑中正，歷步兵校尉、國子博士。入梁，爲尚書左丞。天監二年（五〇三），卒官，年五十五。詔贈黄門侍郎。子朝隱、朝晦。按世系表及譜列佟之爲何氏五世孫，恐有誤。梁書本傳稱佟之爲廬江灊人，固出於廬江何氏一族。然稱佟之爲惲六世孫，祖劭之，父歆。汪藻何氏譜據此列佟之與尚之爲何氏五世孫，父叔度。按之事實，不可信從。宋書六六何尚之傳謂尚之以宋大明四年卒，年七十九。以此推算，尚之生於晉孝武帝太元七年（三八二）。梁書四八何佟之傳謂佟之卒于梁武帝天監二年（五〇三），年五十五。以此推算，佟之生於宋文帝元嘉二十六年（四四九），尚之、佟之生年相去將近七十年，兩人絶非同父所生。據何佟之活動於齊、梁之際之事迹判斷，佟之與何點、何胤輩分接近，或是何氏七世孫也。又南史三〇何尚之傳附何昌寓傳謂昌寓「父佟之，位侍中」，中華書局點校本南史校勘記曰：張森楷南史校勘記：「南齊書作『父佟之，太常』。按『佟』當作『攸』，梁書何敬容傳作『攸之』，宋書江湛傳有『侍中何攸之』，即其人也；何尚之傳又作『悠之位太常、侍中。』」何佟之別一人，見梁書儒林傳。按張氏之言甚是。譜五世之「佟之」，當是尚之弟攸之，非梁書儒林傳之何佟之。昌寓非佟之之子，乃攸之之子。

〔一〇〕字仲，南史三〇何尚之傳附何偃傳作「仲弘」。

〔一一〕宋侍中，當作齊侍中。南史三〇何尚之傳附昌寓傳：「後卒於侍中。」

〔一二〕南史三〇何尚之傳附何戢傳載戢仕宋爲中書郎、侍中、司徒左長史。仕齊爲侍中、太子詹事、吏部尚書，出爲吴興太守。卒年三十六，謚懿子，追贈侍中，右光禄大夫。

〔一三〕字有，南史三〇何尚之傳附何求傳作「字子有」。何求傳：「齊永明四年，拜太中大夫，不就，卒。」

〔一四〕南史三〇何尚之傳附何胤傳載：胤字子季，出繼叔父曠，故更名胤叔。仕齊爲建安太守，遷黄門侍郎，太子中庶子、侍中、中書令。仕梁詔爲特進光禄大夫。性喜棲遁，奉佛法。中大通三年（五三一）卒，年八十六。

一九　潁川許昌陳氏譜〔一〕

世						
一世	寔					
二世	紀（寔）	夔	洽	諶	休	光
三世	羣（紀）	忠（諶）				
四世	泰（羣）	佐（忠）	和	坦		
五世	洵（泰）	温	準（佐）	戴	徽	堪（準從弟）
六世						
七世	逵（準孫）					

一世

寔，字仲弓，漢大將軍掾屬，大丘長，謚文範先生，年八十四，中平四年卒。

二世

紀，寔子，字元方，漢大鴻臚，年七十一卒。〔二〕

夔，寔子。

洽，寔子。

諶，寔子，字季方，諡獻文先生，蚤終。〔三〕

休，寔子。

光，寔子。

三世

羣，紀子，字長文，魏司空，潁陰侯，青龍四年薨，諡靖侯。

忠，諶子，字孝先，青州刺史。

四世

泰，羣子，字玄伯，魏尚書僕射，景元元年薨，贈司空，諡穆侯。

佐，忠子，青州刺史。

和，忠子。

坦，忠子，廷尉。

五世

洵，泰子。〔四〕

温，泰子，封慎子。〔五〕

準，佐子，字道基，晉太尉、廣陵郡公，諡曰元，陳高祖十二代祖。

戴，佐子。

徽，佐子。〔六〕

堪，準從弟。

七世

逵，準孫，字林道，晉西中郎將，追贈衛將軍。〔七〕

別族

又陳蕃，字仲舉，汝南平輿人，非一族。

陳仲舉蕃　陳太丘寔　元方紀　季方諶　長文羣　孝先忠　玄伯泰

【校記】

〔一〕潁川，郡名，已見。許昌，周許國，姜姓，後爲楚所滅。秦置許縣，漢屬潁川郡。漢獻帝都許，魏禪，改許縣爲許昌。

〔二〕德行六注引先賢行狀：「陳紀字元方，寔長子也，至德絶俗，與寔高名並著，而弟諶又配之。每宰府辟召，羔鴈成羣，世號『三君』，百城皆圖畫。」又魏志陳羣傳注：「紀歷位平原相，侍中、大鴻臚，著書數十篇，世謂之陳子。」

〔三〕德行七注引海内先賢傳：「陳諶字季方，寔少子也。才識博達，司空掾公車徵，不就。」

〔四〕洵，魏志陳泰傳作「恂」。

〔五〕魏志陳泰傳：「恂薨，無嗣。弟温紹封。咸熙中開建五等，以泰著勳前朝，改封温爲慎子。」

〔六〕徽，魏志陳泰傳注引陳氏譜作「徵」。

〔七〕品藻五九注引陳逵別傳：「逵字林道，潁川許昌人。祖淮，太尉。父眕，光禄大夫。逵少有幹，以清敏立名。襲封廣陵公、黄門郎、西中郎將，領梁、淮南二郡太守。」

二〇 太原中都孫氏譜〔一〕

一世	二世	三世	四世	五世	六世	七世	八世
資	宏 資	楚 宏	衆 楚	統 纂	騰 統	秉 放	康 放孫
			洵	綽	登		
			纂	盛 洵	潛 盛		
					放		
					嗣 綽		

一世

資，魏驃騎將軍、侍中、中都侯。〔二〕

二世

宏，資子，南陽太守。

三世

楚，宏子，字子荆，晉馮翊太守，元康三年卒。

四世

衆，楚子，未仕，蚤終。

洵，楚子，未仕，蚤終。一云潁川太守。〔三〕

纂，楚子。

五世

統，纂子，字承公，晉餘杭令。〔四〕

綽，纂子，字興公，襲封長樂侯，轉廷尉卿，領著作，年五十八卒。〔五〕

盛，洵子，字安國，晉秘書監、給事中。年七十二卒。〔六〕

六世

騰，統子，字北海，小字僧奴，仕至廷尉。〔七〕

登，統子，尚書郎，蚤終。

潛，盛子，字齊由，晉豫章太守。〔八〕

放，盛子，字齊莊，晉國子博士、長沙太守。

嗣，綽子，中軍參軍，蚤亡。

七世

秉，放子。

八世

康，放孫，起部郎。

別族

又孫秀，晉中書令，非一族。

孫子荆楚　承公統　興公　孫長樂並綽　孫安國　孫監　監君並盛　孫僧奴騰

【校記】

〔一〕太原，郡名，已見。中都，縣名。春秋晉邑，戰國趙地。漢置縣，屬太原郡。故城在今山西平遥市一帶。

〔二〕魏志孫資傳載資嘉平三年（二五一）薨，謚曰貞侯。

〔三〕「洵」，晉書作「恂」。晉書八二孫盛傳：「父恂，潁川太守，恂在郡遇賊，被害。」

〔四〕晉書五六孫統傳載：統誕任不羈，善屬文，時人以爲有其父楚風。征北將軍褚裒聞其名，命爲參軍，辭不就，家于會稽。性好山水，乃求爲鄞令，轉在吴寧，縱游山水。後爲餘姚令，卒。

〔五〕言語八四注引中興書：「（綽）少以文稱，歷太學博士、大著作、散騎常侍。」

〔六〕言語四九注引中興書：「（盛）博學强識，歷著作郎、瀏陽令。庾亮爲荆州，以爲征西主簿，累遷秘書監。」

〔七〕品藻六九注引晉百官名曰：「騰字伯海。」又注引中興書：「騰，統（當作「統」）子也，博學，歷中庶子、廷尉。」

〔八〕言語五〇注引中興書：「潛，盛長子也。豫章太守殷仲堪下討王國寶，潛時在郡，逼爲咨議參軍，固辭不就，遂以憂卒。」

二二　河東安邑衛氏譜〔一〕

一世	二世	三世	四世	五世	六世	七世
暠			覬	瓘（覬）	恒（瓘）	璪（恒）
			烈	韶（烈）	嶽	玠
					裔	
					展（韶）	

一世

暠，漢明帝時以儒學徵。〔二〕

四世

覬，暠曾孫，字伯儒，魏尚書、閿鄉侯，謚曰敬。〔三〕

烈，彭城護軍。

五世

瓘，覬子，字伯玉，晉鎮西將軍、司空、録尚書事，爲楚王瑋所害，年七十二，追封蘭陵公，謚曰成。

韶，烈子，廣平令。

六世

恒，瓘子，字巨山，黄門郎，爲楚王瑋所害，贈長水校尉，謚蘭陵貞世子。〔四〕

嶽，瓘子，爲楚王瑋所害。

裔，瓘子，爲楚王瑋所害。

展，韶子，字道舒，晉江州刺史、廷尉。卒，贈光禄大夫。

七世

璪，恒子，字仲寶，散騎侍郎，永嘉五年，没於劉聰。

玠，恒子，字叔寶，小字虎，太子洗馬，年二十七，永嘉六年卒。

别族

又永，字君長，成陽人，左軍長史。

衛洗馬　衛虎並玠　衛江州展　衛君長永

【校記】

〔一〕河東，郡名，已見。安邑，縣名。戰國魏都城，秦置縣，河東郡治。故城在今山西夏縣。

〔二〕晉書三六衛瓘傳：「高祖暠，漢明帝時，以儒學自代郡徵，至河東安邑卒，因賜所亡地而葬之，子孫遂家焉。」

〔三〕魏志衛覬傳載：曹操辟覬爲司空掾屬，除茂陵令、尚書郎。魏國既建，拜侍中。魏文帝踐祚，爲尚書，封陽吉亭侯。明帝即位，進封閿鄉侯。覬薨，謚曰敬侯。

〔四〕晉書三六衛瓘傳載：賈后素怨瓘，又聞瓘與楚王瑋有隙，遂謗瓘與汝南王亮欲爲伊、霍之事，啓惠帝作手詔，使瑋免瓘等官，瓘被收，遂與子恒、嶽、裔及孫等九人同被害，時年七十二。恒二子璪、玠，時在醫家得免。

二二　會稽山陰賀氏譜〔一〕

一世	二世	三世	四世	五世	六世	七世	八世	九世	十世
齊	景 齊	邵 景	循 邵	隰 循〔二〕	道養 循孫	損 道力	瑒 損	革 瑒	翊 琛
					道力			季	
								琛 瑒弟子	

一世

齊，字公苗，吴安東將軍、山陰侯。〔三〕

二世

景，齊子，吴滅賊校尉。〔四〕

三世

邵，景子，字興伯，吴散騎中常侍、吴郡太守，諫孫皓死。〔五〕

四世

循，邵子，字彦先，晉中書令。年六十，太興二年卒，贈司空，謚曰穆。〔六〕

五世

隰，循子，臨海太守。

六世

道養，循孫。〔七〕

道力，循孫，宋尚書三公郎、建康令。

七世

損，道力子。

八世

瑒，損子，梁步兵校尉、五經博士。〔八〕

九世

革，瑒子，字文明，梁國子博士、平西長史、南郡太守。〔九〕

季，瑒子，梁中書黄門郎。

琛，瑒弟子，字國寶，梁御史中丞、金紫光禄大夫。〔一〇〕

十世

翊，琛子，巴山太守。

賀太傅邵　賀司空　會稽賀生並循

【校記】

〔一〕會稽，郡名，已見。山陰，縣名，已見。

〔二〕循，原作「邵」，據譜改。

〔三〕吴志賀齊傳注引虞預晉書：「賀氏本姓慶氏，齊伯父純，儒學有重名，漢安帝時爲侍中、江夏太守，去官，與江夏黄瓊、廣漢楊厚俱公車徵。避安帝父孝德皇（帝）諱，改爲賀氏。齊父輔，永寧長。」

〔四〕吴志賀齊傳注引會稽典録：「景爲滅賊校尉，御衆嚴而有恩，兵器精飾，爲當時冠絶，早卒。」

〔五〕吴志賀邵傳載：孫休即位，賀邵爲散騎中常侍，出爲吴郡太守。孫皓時，入爲左典軍，遷中書令，領太子太傅。皓凶暴驕矜，邵上疏諫。皓深恨之，竟殺邵，家屬徙臨海。

〔六〕規箴一三注引賀循别傳：「循少嬰家禍，流放荒裔，吴平乃還。秉節高舉，元帝爲安東王，循爲吴國内史。」

〔七〕南史六二賀瑒傳：「伯祖道養，工卜筮。」

〔八〕梁書四八賀瑒傳載：瑒字德璉，世以儒术爲業。歷奉朝請、太學博士、太常丞，高祖召見説禮義，異之，預華林講。天監四年，以瑒爲五經博士。七年，拜步兵校尉，領五經博士。九年卒，時年五十九。

〔九〕梁書四九賀瑒傳載：瑒子革，大同六年，卒官，時年六十二。南史六二賀瑒傳附賀革傳：「子徽，美風儀，能談吐，深爲革愛，先革卒。革哭之，因遘疾而卒。」

〔一〇〕南史六二賀琛傳載琛幼孤，伯父瑒授其經業。尤精三禮，初于鄉里聚徒教授。歷王國侍郎，遷兼中書通事舍人、尚書左丞，詔撰新謚法。遷御史中丞，後爲通直散騎常侍，領尚書左丞，參禮儀事。太清三年（五四九）臺城不守，琛逃歸鄉里。其年卒。

二三　高平金鄉郗氏譜〔一〕

一世	二世	三世	四世
鑒	愔（鑒）	超（愔）	僧施（儉子出後超）
	曇	融	循（恢）
	邁（鑒兄子）	沖	
		恢（曇）	
		儉（超從弟）	

一世

鑒，字道徽，慮玄孫，晉尚書令、南昌縣公、都督徐、兖、青三州軍事、兖州刺史、車騎大將軍、開府儀同三司、司空、侍中、太尉，年七十一薨，謚文成。〔二〕

二世

愔，鑒子，字方回，冠軍將軍、會稽内史、司空。太元九年卒，年七十三，贈侍中、司空，謚文穆。〔三〕

曇，鑒子，字重熙，或云仲希，中書侍郎、散騎常侍，賜爵東安伯，卒年四十二，追贈北中郎，謚曰簡。〔四〕

邁，鑒兄子，晉陵内史、兖州刺史、護軍。〔五〕

三世

超，愔子，字景興，一字嘉賓，晉中書侍郎、司徒左長史，年四十二，先愔卒。

融，愔子，字景山，小字倉。〔六〕

沖，愔子。

恢，曇子，字道胤，小字阿乞。襲爵，征虜將軍、秦州刺史，贈鎮軍將軍。〔七〕

儉，超從弟。

四世

僧施，儉子，出後超，字惠脫，襲爵南昌公，南蠻校尉。〔八〕

循，恢子。

郗公　郗太尉並鑒　郗尚書　司空並愔　中郎曇　嘉賓超　郗倉融　阿乞　郗雝州並恢

【校記】

〔一〕高平，郡名。漢初置橐縣，屬臨淮郡。後漢章帝更橐縣爲高平縣，屬山陽郡。晉初分山陽置高平郡。金鄉，縣名。晉地道記曰：「縣多山，所治名金山。」故曰金鄉。漢魏屬山陽郡，晉屬高平郡。在今山東濟寧市。

〔二〕慮玄孫，慮，郗慮，鄭玄門人，漢獻帝時爲御史大夫。尚書令，令，原誤作「今」。德行二四注引郗鑒别傳：「鑒字道徽，高平金鄉人，漢御史大夫郗慮後也。少有體正，耽思經籍，以儒雅著名。永嘉末，天下大亂，饑饉相望，冠帶以下，皆割己之資供鑒。元皇徵爲領軍，遷司空、太尉。」

〔三〕晉書六七郗愔傳載：愔襲爵南昌公，徵拜中書侍郎，轉爲臨海太守。簡文帝輔政，徵爲光禄大夫，加散騎常侍。出爲輔國將軍、會稽内史，再遷都督徐兖青幽揚州之晉陵諸軍事、領徐兖二州刺史、假節，後轉冠軍將軍、會稽内史。太元九年（三八四）卒，時年七十二。

〔四〕晉書六七郗曇傳載：曇少賜爵東安縣開國伯，歷通直散騎侍郎、中書侍郎、尚書吏部郎、御史中丞、散騎常侍，除北中郎將、都督徐兖青幽揚州之晉陵諸軍事，領徐兖二州刺史、假節，鎮下邳。後戰事失利，降號建威將軍。尋卒，年四十二。

〔五〕德行二四注引中興書：「鑒兄子邁，字思遠，有幹世才略，累遷少府、中護軍。」

〔六〕排調四四注引郗氏譜：「融字景山，愔第二子。辟琅邪王文學，不拜而蚤終。」

〔七〕任誕三九注引中興書：「恢長八尺，美鬚髯，風神魁梧，烈宗器之，以爲蕃伯之望。自太子左率擢爲雍州刺史。」晉書六七郗恢傳載，後郗恢爲尚書，將家還都，至楊口，殷仲堪陰使人於道殺之，及其四子，託以羣蠻所殺。喪還京師，贈鎮軍將軍。

〔八〕晉書六七郗超傳：「超無子，從弟儉之以子僧施嗣。僧施字惠脱，襲爵南昌公。弱冠，與王綏、桓胤齊名，累居清顯，領宣城内史，入補丹楊尹。劉毅鎮江陵，請爲南蠻校尉、假節。與毅俱誅，國除。」

二四 北地傅氏譜〔一〕

一世	二世	三世	四世	五世	六世	七世	八世	九世	十世
叡	巽 叡	嘏 允	祗 嘏	宣 祗	沖 暘				
	允〔二〕 叡	松		暘	詠				
				雋					

清河傅氏本北地後徙清河

一世	二世	三世	四世	五世	六世	七世	八世	九世	十世
燮	幹 燮	玄 幹	咸 玄	敷 咸		瑗 咸孫	迪 瑗	淡 和之	昭 淡
				晞			亮		映
				纂			隆 晞曾孫		
							和之 咸五世孫		

一世

叡，代郡太守。

燮，字南容，漢陽太守，謚壯節侯。

二世

巽，叡子，黄初中爲侍中、冀州刺史。〔三〕

允，叡子，黄門侍郎。〔四〕

幹，爕子，字彦林，小字别成，魏扶風太守。

三世

瑕，允子，字蘭石，魏太常，謚元侯。〔五〕

松，允子。

玄，幹子，字休奕，晉司隸校尉。卒，年六十二，謚曰剛。〔六〕

四世

祗，瑕子，字子莊，晉司隸校尉、靈川縣公、太子太傅。〔七〕

咸，玄子，字長虞，晉御史中丞。元康四年卒，年五十六，贈司隸校尉，謚曰貞。

五世

宣，祗子，字世弘，晉御史中丞。

暢，祗子，字世道，晉秘書丞，封武鄉亭侯。後爲石勒大司馬。〔八〕

雋，祗子，東明亭侯。〔九〕

敷，咸子，字穎根，晉鎮東從事中郎，年四十六卒。〔一〇〕

晞，咸子，司徒西曹屬。〔一一〕

纂，咸子。

六世

冲，暢子，爲宣後。

詠，暢子，過江爲交州刺史，太子右率。

七世

瑗，咸孫，字叔玉，小字約，位至安成太守。

八世

迪，瑗子，字長猷，宋五兵尚書，贈太常。〔一二〕

亮，瑗子，字季友，宋左光禄大夫、開府儀同三司，伏誅。

隆，晞曾孫，字伯祚，宋左户尚書、太常、光禄大夫。〔一三〕

和之，咸五世孫。

九世

淡，和之子。〔一四〕

十世

昭，淡子，字茂遠，梁給事黄門侍郎、五兵尚書。卒，謚曰貞。〔一五〕

映，淡子，字徽遠，梁烏程令，太中大夫，卒。

傅約瑗　傅蘭石嘏

【校記】

〔一〕北地，郡名，秦置。晉時統縣泥陽、富平，約今陝西、耀縣、富平一帶。清河，郡名，漢高祖置，屬冀州。後漢章帝改爲甘陵國，魏晉復名清河國，約今河北清河、棗强，山東臨清、高唐、平原等地區。

〔二〕允，當從傅子作「充」。下同。

〔三〕魏志劉表傳謂傅巽爲東曹掾。裴松之注引傅子曰：「巽字公悌，瓌瑋博達，有知人鑒。辟公府，拜尚書郎。後客荆州，以説劉琮之功，賜爵關内侯。文帝時爲侍中，太和中卒。」

〔四〕允當作「充」。魏志傅嘏傳注引傅子：「嘏祖父睿，代郡太守。父充，黄門侍郎。」

〔五〕魏志傅嘏傳載：嘏於正始初，除尚書郎，遷黄門侍郎。曹爽誅，爲河南尹，遷尚書。嘉平末，賜爵關内侯。高貴鄉公即位，進封武鄉亭侯。破毌丘儉、文欽有功，封陽鄉侯。正元二年（二五五）卒，年四十七，追贈太常，謚曰元侯。

〔六〕晉書四七傅玄傳載：玄參安東、衛軍軍事、温令、弘農太守，領典農校尉。武帝爲晉王，玄爲散騎常侍。及受禪，爲駙馬都尉，泰始四年，以爲御史中丞。五年，遷太僕，轉司隸校尉。卒，謚曰剛。其後追封清泉侯。

〔七〕晉書四七傅祗傳載祗歷滎陽太守、司隸校尉、封靈川縣公、光禄大夫、侍中、右僕射、中書監。洛陽陷没，共建行臺，推祗爲盟主，以司徒、持節、大都督諸軍事傳檄四方。以暴疾薨，時年六十九。

〔八〕大司馬，晉書四七傅祗傳作「右司馬」。

〔九〕晉書四七傅祗傳曰：「又以本封賜兄子儁爲東明亭侯。」可知儁乃祗兄子，非祗子也。

〔一〇〕晉書四七傅咸傳：敷清静有道，素解屬文。「永嘉之亂，避地會稽，元帝引爲鎮東從事中郎。素有羸疾，頻見敦喻，辭不獲免，輿病到職。數月卒，時年四十六。」

〔一一〕晉書四七傅咸傳：「晞亦有才思，爲上虞令，甚有政績，卒於司徒西曹屬。」

〔一二〕宋書四三傅亮傳：「迪字長猷，亦儒學，官至五兵尚書。永初二年（四二一）卒，追贈太常。」

〔一三〕南史一五傅亮傳附傅隆傳載：隆于元嘉初爲御史中丞，轉司徒左長史，出爲義興太守，拜左户尚書，尋轉太常，後致仕，拜光禄大夫。年八十三卒。

〔一四〕梁書二六傅昭傳：「（昭）父淡，善三禮，知名宋世。淡事宋竟陵王劉誕，誕反，淡坐誅。」

〔一五〕梁書二六傅昭傳載：昭仕齊爲總明學士、員外郎、司徒竟陵王蕭子良參軍、尚書儀曹郎、中書通事舍人、長水校尉、尚書左丞。仕梁爲給事黄門郎，兼御史中丞，出爲建威將軍尋陽太守，入爲秘書監，領後軍將軍、金紫光禄大夫。大通二年（五二八）卒，時年七十五，謚曰貞子。

二五　吳國吳郡顧氏譜（一）

一世	一族			一族	向				一族		
二世	雝	徽			悌 雝族人				容		
三世	劭 雝	裕	濟		彥 悌	禮	謙	祕	相 容		
四世	譚 劭	承	榮 裕		崇 謙	壽 祕	衆 謂和爲族子	颺 衆從弟	敍		
五世	顯 榮兄子	眦 榮			黃老 崇	昌 衆	會		和 敍子和謂榮爲族父		
六世					覬之 黃老				治 和	隗	淳	履之
七世									敷 隗	放 淳	結 履之	沖
八世					憲之 覬之孫				琛 惔			
九世									寶先 琛			

（續表）

一世	二世	三世	四世	五世	六世	七世	八世	九世
					臺民	惔		
						忻		
						阮之（臺民）		

一世

向，歷四縣令。〔二〕

二世

雝〔三〕，字元歎，吳丞相，年七十六，赤烏六年卒。謚肅侯。

徽，字子歎，巴東太守。〔四〕

悌，向子，字子通，偏將軍。〔五〕

容，字季則，吳持節、鎮南將軍、荆州刺史。

三世

劭，雝子，字孝則，豫章太守。〔六〕

裕，雝子，一名穆，字季則，宜都太守，醴陵侯。

濟，雎子，騎都尉。〔七〕
彥，悌子。
禮，悌子。
謙，悌子，字公讓，晉平原内史。
祕，悌子，交州刺史。
相，容子，字令光，臨海太守。

四世

譚，劭子，字子默，吴太常，平尚書事。〔八〕
承，劭子，字子直，騎都尉、侍中、奮威將軍，徙交州。年三十七卒。〔九〕
榮，裕子，字彥先，吴黄門侍郎，晉元帝鎮江東，爲軍司。卒，贈侍中、驃騎將軍、儀同三司。謚曰元。〔一〇〕
崇，謙子，大司徒。
壽，祕子。
衆，祕子，字長始，尚書僕射。永和二年卒，年七十三，贈特進、光禄大夫，謚曰靖。〔一一〕
颺，衆從弟。
敍，相子，字子固，處士。

五世

顯，榮兄子。魏志作禺，字孟著。散騎侍郎，蚤卒。〔一二〕

毗，榮子，散騎侍郎。

黄老，崇子，司徒左西曹掾。

昌，衆子，建康令，中軍咨議參軍。

會，衆子。

和，敍子，字君老，晉左光禄大夫、儀同三司、散騎常侍、尚書令、司空。年六十四卒，贈侍中，謚曰穆。〔一三〕

六世

覬之，黄老子，字偉仁，宋尚書、吏部郎、吏部尚書、吴郡太守、湘州刺史。卒，謚曰簡子。〔一四〕

治，和子。

隗，和子，字仲舒，輔國參軍。

淳，和子，字叔平，尚書吏部郎、給事黄門侍郎、左衛將軍。卒，年四十二。

履之，和子，字叔仲，左西掾。

臺民，和子，太僕卿。

七世

敷，隗子，字祖根，著作郎，年二十三卒。

放，淳子，字彦祖，散騎常侍。

結，履之子。

沖，履之子，字祖順，散騎常侍。

惔，履之子，字祖長，左西掾。

忻，履之子。

阮之，臺民子，始興相。

八世

憲之，覬之孫，齊給事黄門郎，兼尚書吏部郎中。梁天監八年卒。〔一五〕

琛，惔子，字弘瑋，宋吴郡太守，中散大夫，卒。〔一六〕

九世

寶先，琛子，宋大明中爲尚書水部郎。

别族

又愷之字長康，父悦之。野王字希馮，祖子喬，父煌。夷字君齊，祖歊，父霸。已上三人並吴郡人，莫知世次。

顧驃騎榮　顧司空和　顧長康愷之

【校記】

〔一〕吴國，古國名。周初泰伯封於吴，後吴王闔閭築大城而居之，即今江蘇吴縣。傳至夫差，爲越所滅。約今淮、泗以南至浙江太湖以東地區。三國時，孫權立國於此，亦稱吴國。吴郡，已見。

〔二〕范成大吴郡志二三：「顧悌字子通，雍族人，以孝悌廉正聞於鄉黨。孫權時爲將軍，言辭切直，朝廷憚之。悌父向歷四縣令，年老致仕，每得父書，灑掃設几筵，舒書其上，跪拜讀之。父終，飲漿不入口五日，以不見父喪，常書壁作棺柩像，設神座於下，對之哭泣，服未闋而卒。」

〔三〕雝，吴志作「雍」。按雝通「雍」。吴志顧雍傳注引吴録：「雍字元歎，言爲蔡雍之所歎，因以爲字焉。」

〔四〕吴志顧雍傳注引吴書載：孫權聞徽有才辯，召署主簿，轉東曹掾。後拜巴東太守，欲大用之，會卒。

〔五〕吴志顧雍傳：「其以雍次子裕襲爵爲醴陵侯，以明著舊勳。」注引吴録曰：「裕一名穆，終宜都太守。」吴志顧雍傳注引吴書：「（悌）年十五爲郡吏，除郎中，稍遷偏將軍。」

〔六〕雅量一注引環濟吴紀：「劭字孝則，吴郡人。年二十七，起家爲豫章太守，舉善以教民，風化大行。」吴志顧雍傳謂顧劭在豫章郡五年，卒官。

〔七〕吴志顧雍傳：「初疾微時，(孫)權令趙泉視之，拜其少子濟爲騎都尉。雍聞，悲曰：『泉善別死生，吾必不起，故上欲及吾目見濟拜也。』」

〔八〕吴志顧雍傳注引江表傳：「譚時爲選曹尚書，見任貴重。」又吴志顧雍傳謂譚爲人所構，「坐徙交州，幽而發憤，著新言二十篇。其知難篇蓋以自傷悼也。見流二年，年四十二，卒於交阯。」

〔九〕范成大吴郡志二三：顧承「拜吴郡西部都尉，出平山越，入爲侍中，終奮威將軍」。

〔一〇〕晉書六八顧榮傳謂榮「父穆，宜都太守。」德行二五注引文士傳：「榮字彥先，吴郡人。其先越王勾踐之支庶，封於顧邑，子孫遂氏焉。世爲吴著姓，大父雍，吴丞相。父穆，宜都太守。榮少朗俊機警，風穎標徹，歷廷尉正。」

〔一一〕范成大吴郡志二三：顧衆字長始，父秘，交州刺史。有文武才幹，爲鄱陽太守……蘇峻反，衆還吴，潛圖義舉，吴中人士同時響應，與賊戰，破之，以功封鄱陽縣伯，遷僕射。卒，謚曰靖。

〔一二〕魏志，當作「吴志」。方正二九注引徐廣晉紀曰：「顧顯字孟著。」

〔一三〕晉書八三顧和傳：「顧和字君孝，侍中衆之族子也。曾祖容，吴荊州刺史。祖相，臨海太守。」又汪藻考異敬胤注謂顧和生五子：治、隗、淳、履之、臺民。

〔一四〕宋書八一顧覬之傳：「顧覬之字偉仁，吴郡吴人也。高祖謙字公讓，晉平原内史陸機姊夫。祖崇，大司農。父黄老，司徒左西掾。」「（泰始）三年卒，時年七十六。追贈鎮軍將軍、常侍、刺史如故。謚曰簡子。……五子約、緝、綽、縝、緄。」又覬之世次有誤。宋書本傳謂覬之高祖謙，祖崇，父黄老，缺載覬之曾祖。若宋書不誤，則崇爲謙孫，譜謂「崇，謙子」乃誤。若謙爲三世，則崇當爲五世，黄老六世，覬之爲七世也。

〔一五〕南史三五顧覬之傳附顧憲之傳載憲之字士思，宋元徽中爲建康令。仕齊爲衡陽内史，東中郎長史、行會稽郡事。遷南中郎巴陵長史、南兖、南豫二州事、給事黄門，兼尚書吏部郎中、豫章内史。入梁爲太中大夫。天監八年（五〇九）卒於家。

〔一六〕南史三五顧琛傳：「顧琛字弘瑋，吴郡吴人，晉司空和之曾孫也，祖履之，父惔，並爲司徒左西曹掾。」

二六 陳留尉氏阮氏譜〔一〕

世								
一世	敦	諶武父	略放裕祖					
二世	瑀敦	武諶子籍從父	覬略子放裕父					
三世	熙瑀	籍	放覬子籍族弟	裕				
四世	咸熙	渾籍	晞之放	傭裕	寧	普		
五世	瞻咸	孚	深渾	歆之傭	腆寧	萬齡	長之普	脩咸族子
六世	廣孚從孫爲嗣	彌之歆之						

一世

敦。

諶。〔二〕

略，齊國內史。一作齊郡太守。

二世

璵，敦子，字元瑜，漢司空軍謀祭酒、記室。建安十七年卒。

武，諶子，籍族父，字文業，魏末河清太守。〔三〕

覬，略子，汝南太守。一作淮南内史。〔四〕

三世

熙，璵子，武都太守。

籍，璵子，字嗣宗，晉步兵校尉，景元四年冬卒，年五十四。

放，覬子，籍族弟，字思度，晉交州刺史，贈廷尉。

裕，覬子，籍族弟，字思曠，晉金紫光禄大夫，東陽太守，年六十一卒。

四世

咸，熙子，字仲容，晉散騎郎、始平太守。

渾，籍子，字長成，晉太子庶子。〔五〕

晞之，放子，南頓太守。

傭，裕子，字彦倫，仕州主簿，蚤卒。

寧，裕子，鄱陽太守。

普，裕子，驃騎咨議參軍。

五世

瞻，咸子，字千里，晉太子舍人。卒，年三十。〔六〕

孚，咸子，字遥集，晉丹楊尹、鎮南將軍、廣州刺史。卒，年四十九。〔七〕

深，渾子。〔八〕

歆之，傭子，中領軍。

腆，寧子，秘書監。

萬齡，寧子。

長之，普子，字景茂，〔九〕一字善業，宋武昌太守、中書郎。

脩，咸族子，字宣子，晉太傅行參軍、太子洗馬，爲賊所害。〔一〇〕

六世

廣，孚從孫爲嗣。

彌之，歆之子。

別族

又种，字德猷，平原相、漢侍中，胥卿八世孫。共，字伯彦，子侃，字德如，與嵇康爲友，仕至河内太守。並陳留尉氏人。

阮步兵籍　阮仲容咸　阮千里瞻　阮遥集孚　阮文業武　阮宣子脩　阮思曠　阮光禄　主簿

阮公並裕　阮衛尉共

【校記】

〔一〕陳留，郡名，已見。尉氏，縣名。春秋時鄭有掌獄之官尉氏之封邑，秦置縣。漢屬陳留郡。

〔二〕魏志杜恕傳注引阮氏譜：「武父諶，字士信，徵辟無所就，造三禮圖傳於世。」

〔三〕賞譽一三注引杜篤新書：「阮武字文業，陳留尉氏人。父諶，侍中。武闊達博通，淵雅之士。」又注引陳留志：「武，魏末清河太守。族子籍，年總角未知名。武見而偉之，以爲勝己，知人多此類。著書十八篇，謂之阮子，終於家。」

〔四〕覬，晉書四九阮放傳、德行三二注引阮光禄別傳並作「顗」。

〔五〕朱彝尊經義考一一：「陸德明曰：阮渾字長成，籍之子，晉太子中庶子，馮翊太守，爲易義。」

〔六〕賞譽二九注引名士傳：「瞻字千里，夷任而少嗜欲，不修名行，自得於懷，讀書不甚研求而識其要。仕至太子舍人，年三十卒。」

〔七〕雅量一五注引晉陽秋：「阮孚字遥集，陳留人，咸第二子也。少有智調，而無儁異。累遷侍中、吏部尚書、廣州刺史。」

〔八〕史籍不見阮渾有子曰深，此言深乃渾子，不知何據。

〔九〕景茂，宋書九二良吏傳作「茂景」。

〔一〇〕文學一八注引名士傳：「（脩）好老、易，能言理，不喜見俗人，時誤相逢，即舍去。傲然無營，家無擔石之儲，晏如也。琅邪王處仲爲鴻臚卿，謂曰：『鴻臚丞差有禄，卿常無食，能作不？』脩曰：『爲復可耳。』遂爲鴻臚丞，太子洗馬。」

無譜者二十六族〔一〕

一 周浚子顗，字伯仁，尚書左僕射。嵩字仲智，謨字叔治，小字阿奴。

周僕射　周伯仁　周侯並顗　阿奴謨

二 劉楨，字公幹。劉琨，字越石，晉司空。劉惔，字真長，丹楊尹。劉驎之，字遺民。劉奭，字文時，長沙相。劉瑾，字仲璋，太常。劉昶，字公榮。劉簡，字仲約，東曹參軍。瑾，瑕孫。簡，喬孫。

劉公幹楨　劉司空　劉越石並琨　劉尹　劉真長　劉丹楊並惔　劉遺民驎之　劉長沙奭　劉太常瑾　劉公榮昶　劉東曹〔二〕

三 張翰，字季鷹，時號「江東步兵」。張玄之，字祖希，冠軍將軍、吴興太守。張鎮字義遠，蒼梧太守。孫憑，字長宗。張湛，字處度，小字驎。

張季鷹　江東步兵並翰　張冠軍　張吴興並玄之　張蒼梧鎮　張驎湛

四 李膺，字元禮。李重，字茂曾，平陽太守，從子充，字弘度。

李元禮膺　李平陽重　李弘度充

五 陶侃，字士衡，太尉。子範，字道則，小字胡奴。

陶公侃　陶胡奴範

六　嵇康，字叔夜，中散大夫。

嵇叔夜　嵇中散並康

七　山濤，字巨源，太子少傅，終司徒。子簡，字季倫。

山公　山巨源　司徒〔三〕　山少傅並濤　山季倫簡

八　祖納，字士言，光禄大夫。弟逖，字士稺，贈車騎將軍。弟約，字士少。

祖光禄納　祖車騎逖〔四〕　士少約〔五〕

九　諸葛靚，字仲思。子恢，字道明，中書令。

諸葛令恢〔六〕

一〇　鍾皓曾孫繇，字元常〔七〕，生毓〔八〕，字穉叔，會字士季。

鍾元常繇〔九〕　鍾士季會

一一　温嶠，字太真〔一〇〕，始安郡公，謚忠武。

温公　温太真　温忠武並嶠

一二 卞壼，字望之〔一〕，尚書令。

卞令壼

一三 樂廣，字彦輔，尚書令。

樂令廣

一四 杜乂，字弘治。

杜弘治乂

一五 戴逵，字安道。

戴公逵

一六 韓伯，字康伯，豫章太守，贈太常。

韓康伯　韓豫章　韓太常並康伯

一七 習鑿齒，字彦威，桓温西曹主簿，左遷户曹參軍。

習主簿　習參軍並鑿齒

一八 許詢，字玄度，小字阿訥。許璪，字思文，侍中。

許玄度　許掾　阿訥並詢　許侍中璪

一九　和嶠，字長輿。
和長輿嶠
二〇　吴坦之字處靖，小字道助。吴隱之字處默，小字附子。〔二〕
吴道助坦之　附子隱之
二一　伏滔，字玄度。
伏玄度滔
二二　高崧，字茂琰，侍中。
高侍中崧
二三　應詹，字思遠，鎮南大將軍。
應鎮南詹
二四　馮懷，字思祖，太常。
馮太常懷

【校記】

〔一〕汪藻世説敍録謂人名譜一卷，無譜者二十六族。然今傳自周氏至馮氏實二十四族，滿、蕭二族及僧十九人皆佚。

〔二〕「曹」下脱「簡」字。

〔三〕司徒，當作「山司徒」。

〔四〕遜，原作□，當是「遜」字。今補。

〔五〕約，原作□，當是「約」字，今補。

〔六〕恢原誤作夾，據世説及前文改正。

〔七〕元常，原作□□，今據世説補。

〔八〕毓，原作□，今據世説補。

〔九〕繇，原作□，當是「繇」字。今補。

〔一〇〕太真，原誤作「太直」，今據世説改正。下同。

〔一一〕望之，原作「彦之」，今據世説改正。

〔一二〕此條唯見「吴」字、「默」字，其餘皆滅。然從人名異稱推斷，當敍吴道助、附子兄弟。今據世説德行四七補。

附録四　世説人物事蹟編年簡表

凡　例

一、世説新語中人物衆多，人物事蹟之年代多不注明。兹特編寫人物事蹟編年簡表，使讀者對世説中所見人物事蹟有一時間上之較清晰之概念。

二、採用資料限於世説正文及劉孝標注，少數重要人物或事件引用史書。

三、凡人物事蹟能確定或大致能確定者則録，無法考定其確切年代者不録。每條事蹟後用括弧注明材料之來源。

四、人物事蹟之内容一般直接録自世説原文，少數稍作增删。

五、因本書校釋已對人物活動之年代多數作過考辨，故簡表不再考辨，僅書結論。

漢安帝永初二年戊申（一〇八）

大將軍鄧騭召馬融爲舍人，融不應命，遊武都謂友人曰：「古人有言：左手據天下之圖，而右手刎其喉，愚夫不爲。何則？生貴於天下也。豈以曲俗咫尺爲羞，減無限之身哉？」因往應之，爲校書郎。（文學一注引融自序）

漢順帝陽嘉四年乙亥（一三五）

陳太丘與友期行，期日中。過中不至，太丘舍去。去後乃至。元方時年七歲，門外戲。客問元方：「尊君在不？」答曰：「待君久不至，已去。」友人便怒曰：「非人哉！與人期行，相委而去。」元方曰：「君與家君期日中，日中不至，則是無信；對子罵父，則是無禮。」友人慚，下車引之。元方入門不顧。（方正一）

漢順帝漢安二年癸未（一四三）

鄭玄年十七，見大風起，詣縣曰：「某時當有火災。」至時果然。智者異之。（文學一注引玄別傳）

漢桓帝建和元年丁亥（一四七）

賓客詣陳太丘宿，太丘使元方、季方炊。客與太丘論議。二人進火，俱委而竊聽。炊忘著箄，飯落釜中。太丘問何以如此？二子長跪曰：「大人與客語，乃俱竊聽，炊忘著箄，飯今成糜。」太丘曰：「爾頗有所識不？」對曰：「仿佛志之。」二子俱説，更相易奪，言無遺失。太丘曰：「如此，但糜自可，何必飯也。」（夙惠一）

漢桓帝元嘉三年癸巳（一五三）

陳寔仲弓爲太丘長，時吏有詐稱母病求假。事覺收之，令吏殺焉。主簿請付獄，考衆姦。陳寔曰：「欺君不忠，病母不孝。不忠不孝，其罪莫大。考求衆姦，豈復過此。」（政事一）

漢桓帝延熹三年庚子（一六〇）

曹操卞夫人生齊郡白亭，有黄氣滿室移日。父敬侯怪之，以問卜者王越。越曰：「此吉祥也。」（賢媛四注引魏書）

漢桓帝延熹五年壬寅（一六二）

陳蕃爲豫章太守，至便問徐孺子所在，欲先看之。主簿曰：「羣情欲府君先入廨。」陳曰：「武王式商容之閭，席不暇煖。吾之禮賢，有何不可。」（德行一）

孔融年十歲，隨父到洛。時李元禮有盛名，爲司隸校尉，詣門者皆儁才清稱及中表親戚乃通。

融至門，謂吏曰：「我是李府君親。」既通，前坐。元禮問曰：「君與僕有何親？」對曰：「昔先君仲尼與君先人伯陽，有師資之尊，是僕與君奕世爲通好也。」元禮及賓客莫不奇之。太中大夫陳韙後至，人以其語語之。韙曰：「小時了了，大未必佳。」文舉曰：「想君小時必當了了。」韙大踧踖。（言語三）

漢靈帝光和二年己未（一七九）

曹操納卞后於譙。（賢媛四注引魏書）

漢靈帝中平三年丙寅（一八六）

陳寔卒。（蔡邕陳太丘碑）

陳元方遭父喪，哭泣哀慟，軀體骨立。（規箴三）

漢獻帝永漢元年初平元年庚午（一九〇）

蔡邕拜左中郎將。（品藻一注引續漢書）

王粲至長安見蔡邕，邕奇之，倒屣迎之，曰：「此王公孫，有異才，吾不及也。吾家書籍盡當與之。」（傷逝一注引魏志、魏志王粲傳）

董卓秉政，徵荀爽。爽欲遁去，吏持之急。起布衣，九十五日而至三公。（言語七注引張璠漢紀）

漢獻帝初平三年壬申（一九二）

王粲避亂荆州，依劉表，以粲貌寢通脱，不甚重之。（傷逝一注引魏志、魏志王粲傳）

王允殺蔡邕。（品藻一注引續漢書）

漢獻帝建安元年丙子（一九六）

曹操爲司空，納何晏母。晏時七歲，明惠若神，曹操奇愛之，欲以爲子。晏乃畫地令方，自處其中。人問其故，答曰：「何氏之廬也。」（夙惠二及注引魏略）

南陽宗世林，甚薄曹操爲人，不與之交。曹操作司空，總朝政，從容問宗曰：「可以交未？」答曰：「松栢之志猶存。」（方正二）

漢獻帝建安二年丁丑（一九七）

禰衡北遊京師，與孔融作爾汝之交。融數與曹操牋，稱其才，操欲傾心欲見。衡稱疾不肯往，而數有言論。操甚忿之，以其才名不殺，圖欲辱之，乃令録爲鼓吏。後至八月相會，大閲試鼓節，作三重閣，列坐賓客。鼓吏度者，皆當脱其故衣，著此新衣。次傳衡，衡擊鼓爲漁陽摻撾，蹋地來前，躡馺腳足，容態不常，鼓聲甚悲，音節殊妙，坐客莫不忼慨，知必衡也。既度，不肯易衣。吏呵之曰：「鼓吏，何獨不易服！」衡便止。當曹操前，先脱褌，次脱餘衣，裸身而立。徐徐乃著岑牟，次著單絞，後乃著褌。畢，復擊鼓摻槌而去，顔色無怍。武帝笑謂四坐曰：「本欲辱衡，衡反辱孤。」（言語八注引典略）

漢獻帝建安四年己卯（一九九）

曹操征袁紹，餘有數十斛竹片，衆云並不堪用，正令燒除。曹操思可爲竹椑楯，而未顯其言，馳使問主簿楊德祖，應聲答之，與操心同。衆伏其辯悟。（捷悟四）

漢獻帝建安五年庚辰（二〇〇）

孫策爲許貢客射破其面，引鏡自照，謂左右曰：「面如此，豈可復立功乎！」乃謂張昭曰：「中國方亂，夫以吴、越之衆，三江之固，足以觀成敗，公等善相吾弟。」呼孫權，授以印綬曰：「舉江東之衆，決機於兩陳之間，卿不如我；任賢使能，各盡其心，我不如卿。慎勿北渡！」語畢而薨，年二十有六。（吴志孫破虜傳、豪爽一一注引吴録）

漢獻帝建安十年乙酉（二〇五）

曹操破鄴，五官將曹丕從而入袁紹舍，見紹子熙妻甄氏怖，以頭伏姑膝上。五官將謂紹妻袁夫人扶甄令舉頭，見其色非凡，稱歎之。太祖聞其意，遂爲迎娶，擅室數歲。（惑溺一注引魏略）

曹丕納袁熙妻甄氏，孔融與太祖書曰：「武王伐紂，以妲己賜周公。」太祖以融博學，真謂書傳所記。後見融問之，對曰：「以今度古，想其然也。」（惑溺一注引魏氏春秋）

漢獻帝建安十三年戊子（二〇八）

六月，魏武爲丞相，辟楊脩爲主簿。時作相國門，始搆榱桷，魏武自出看，使人題門作「活」字便去。楊見，即令壞之。既竟，曰：「『門』中『活』，『闊』字。王正嫌門大也。」（捷悟一及注引文士傳）

楊脩常白事，知必有反覆教，豫爲答對數紙，以次牒之而行，敕守者曰：「向白事必教出相反覆，若按此次第連答之。」人餉魏武一杯酪，魏武噉少許，蓋頭上題「合」字以示衆，衆莫能解。次至楊脩，脩便噉，曰：「公教人噉一口也，復何疑！」（捷悟一注引文士傳、捷悟二）

魏武平荆州，獲漢雅樂郎河南杜夔，能識舊法，以爲軍謀祭酒，使創定雅樂。（術解一、晉書樂志上）

曹操問裴潛曰：「卿昔與劉備共在荆州，卿以備才如何？」潛曰：「使居中國，能亂人，不能爲

治；若乘邊守險，足爲一方之主。」（識鑒二）

周瑜領南郡，龐士元爲功曹。（品藻二注引蜀志）

曹操以歲儉禁酒，孔融謂酒以成禮，不宜禁。由是惑衆，太祖收寘法焉。（言語五注引世語）又云孔融對孫權使有訕謗之言，坐棄市。（言語五注引魏氏春秋）

孔融被收，中外惶怖。時融兒大者九歲，小者八歲。二兒故琢釘戲，了無遽容。融謂使者曰：「冀罪止於身，二兒可得全不？」兒徐進曰：「大人豈見覆巢之下，有完卵乎？」尋亦收至。（言語五）

漢獻帝建安十五年庚寅（二一〇）

周瑜卒，士元送喪至吴，見陸績、顧劭、全琮，而爲之目。（品藻二及注引蜀志）

顧劭與龐統宿語。顧問曰：「聞子名知人，吾與足下孰愈？」龐曰：「陶冶世俗，與時浮沉，吾不如子。論王霸之餘策，覽倚伏之要害，吾似有一日之長。」（品藻三）

曹操築鄴銅雀臺新成，悉將諸子登之，使各爲賦，曹植援筆立成可觀。（文學六六注引魏志）

漢獻帝建安十六年辛卯（二一一）

曹丕爲五官中郎將，妙選文學。劉楨平視甄夫人，以失敬獲罪。（言語一〇及注引魏略）

漢獻帝建安十七年壬辰(二一二)

荀彧飲藥而卒,年五十,謚曰敬侯。以其名德高,追贈太尉。(品藻六注引典略)

漢獻帝建安十八年癸巳(二一三)

劉備引軍攻雒,龐統爲軍師中郎將,從攻洛,爲流失所中,卒時年三十八。(言語九注引華陽國志)

漢獻帝建安二十年乙未(二一五)

諸葛謹使蜀,但與弟諸葛亮公會相見,反無私面。(品藻四注引吴書)

漢獻帝建安二十一年丙申(二一六)

魏武將見匈奴使,自以形陋,不足雄遠國,使崔季珪代,自捉刀立牀頭。既畢,令間諜問曰:「魏王何如?」匈奴使答曰:「魏王雅望非常,然牀頭捉刀人,此乃英雄也。」(容止一)

王粲從曹操征吴。(傷逝一注引魏志、魏志王粲傳)

漢獻帝建安二十二年丁酉(二一七)

王粲隨曹操征吴,道中卒。(傷逝一注引魏志、魏志王粲傳)

王粲既葬，曹丕臨其喪，顧語同遊曰：「王好驢鳴，可各作一聲以送之。」赴客皆一作驢鳴。（傷逝一）

漢獻帝建安十三年戊戌（二〇八）

曹操北討代郡，曹彰獨與麾下百餘人突虜而走。太祖聞曰：「我黄須兒可用也。」（尤悔一注引魏略、魏志曹彰傳）

漢獻帝建安二十四年己亥（二一九）

曹操殺楊脩。（魏志曹植傳及裴注引典略、捷悟一注引文士傳）

漢獻帝建安二十五年庚子魏文帝曹丕黄初元年（二二〇）

正月，曹操崩於洛陽。（魏志武帝紀）

曹丕悉取武帝宫人自侍。（賢媛四）

魏受禪，朝臣三公以下，並受爵位。華歆以形色忤時，徙爲司空，不進爵。文帝曹丕久不懌，以問尚書令陳羣曰：「應天受命，百官莫不説喜，形於聲色，而相國及公獨有不怡者，何邪？」羣起離席長跪曰：「臣與相國曾事漢朝，心雖説喜，義干其色，亦懼陛下，實應見憎。」曹丕大説，歎息良久，遂重異之。（方正三注引華嶠譜敍）

郭淮奉使賀魏文帝曹丕踐阼，而稽留後至。羣臣歡會，帝正色責之曰：「昔禹會諸侯於塗山，防風氏後至，便行大戮，今溥天同慶，而卿最留遲，何也？」淮曰：「臣聞五帝先教，導民以德。夏后政衰，始用刑辟。今臣遭唐虞之世，是以知免防風氏之誅。」帝説之，擢爲雍州刺史，遷征西將軍。（方正四注引魏志）

魏文帝曹丕黄初二年辛丑（二二一）

十二月，築陵雲臺。（魏志文帝紀）

魏文帝曹丕黄初四年癸卯（二二三）

曹丕忌弟任城王驍壯，因在卞太后閤共圍棋，並噉棗。文帝以毒置諸棗蔕中，自選可食者而進。王弗悟，遂雜進之。既中毒，太后索水救之，文帝預敕左右毁缾罐，太后徒跣趨井，無以汲，須臾遂卒。（尤悔一）

魏文帝曹丕黄初六年乙巳（二二五）

曹丕嘗令曹植七步中作詩，不成者行大法。應聲便爲詩曰：「煮豆持作羹，漉菽以爲汁。萁在釜下燃，豆在釜中泣。本自同根生，相煎何太急。」（文學六六）

魏文帝曹丕黄初七年丙午（二二六）

曹丕病困，卞后出看疾，見直侍並是昔日所愛幸者。因不復前而歎曰：「狗鼠不食汝餘，死故應爾。」至山陵，亦竟不臨。（賢媛四）

魏明帝曹叡太和三年己酉（二二九）

四月，孫權即皇帝位。（吴志吴主傳）

諸葛瑾爲豫州，遣别駕到臺。别駕詣瑾子恪，恪不與相見。後於張輔吴坐中相遇，别駕喚恪：「咄咄郎君。」恪因嘲之曰：「豫州亂矣，何咄咄之有？」答曰：「君明臣賢，未聞其亂。」恪曰：「昔唐堯在上，四凶在下。」答曰：「非唯四凶，亦有丹朱。」於是一坐大笑。（排調一）

鍾會年五歲，其父繇遣見蔣濟，濟見甚異之，曰：「非常人也！」（言語一二注引魏志）

魏明帝曹叡太和七年癸丑（二三三）

孫權欲自征公孫淵，趙姬上疏以諫。（賢媛五注引列女傳）

魏明帝曹叡青龍二年甲寅（二三四）

諸葛亮之次渭濱，與司馬懿對壘。魏明帝深懼晉宣王戰，乃遣辛毗爲軍司馬。宣王既與亮對渭而陳，亮設誘譎萬方。宣王果大忿，將欲應之以重兵。亮遣間諜覘之。還曰：「有一老夫，毅然仗黄鉞，當軍門立，軍不得出。」亮曰：「此必辛佐治也。」（方正五）

魏明帝曹叡青龍三年乙卯（二三五）

魏明帝起昭陽、太極殿、總章觀，欲安榜，使仲將登梯題之。既下，頭鬢皓然。因敕兒孫勿復學書。（巧藝三）

魏明帝曹叡青龍四年丙辰（二三六）

荀奉倩與婦至篤，冬月婦病熱，乃出中庭自取冷，還以身熨之。婦亡，未殯，傅嘏往唁粲，粲不明而神傷。嘏問曰：「婦人才色並茂爲難，子之聘也，遺才存色，非難遇也，何哀之甚？」粲曰：「佳人難再得，顧逝者不能有傾城之異，然未可易遇也。」（惑溺二及注引粲别傳）

魏明帝曹叡景初元年丁巳（二三七）

奉倩婦病亡，痛悼不能已已，歲餘亦亡，以是獲譏於世。至葬夕，赴期者十餘人，悉同年相知名士也，哭之感慟路人。（惑溺二及注引粲别傳）

魏明帝曹叡景初三年己未（二三九）

魏明帝於宣武場上斷虎爪牙，縱百姓觀之。王戎亦往看。虎承間攀欄而吼，其聲震地，觀者無不辟易顛仆，戎湛然不動，了無恐色。（雅量五）

何晏爲吏部尚書，時談客盈坐，王弼未弱冠往見之。晏聞弼名，因條向者勝理，語弼曰：「此理僕以爲極，可得復難不？」弼便作難，一坐人便以爲屈。於是弼自爲客主數番，皆一坐所不及。（文學六）

齊王曹芳正始五年甲子（二四四）

王戎隨父渾在郎舍，阮籍見而説焉。每適渾俄頃，輒在戎室久之，乃謂渾：「濬沖清尚，非卿倫也。」戎嘗詣籍共飲，而劉昶在坐，不與焉。昶無恨色。既而戎問籍曰：「彼爲誰也？」曰：「劉公榮也。」濬沖曰：「勝公榮，故與酒；不如公榮，不可不與酒；唯公榮者，可不與酒。」（簡傲二注引晉陽秋）

齊王曹芳正始九年戊辰（二四八）

管輅至洛陽，何晏、鄧颺令作卦云：「知位當至三公不？」卦成，輅稱引古義，深以戒之。颺曰：「此老生之常談。」輅曰：「夫老生者見不生，常談者見不談也。」（規箴六注引輅别傳、魏志管輅傳）

齊王曹芳正始十年己巳（二四九）

山濤爲河内從事，與石鑒共傳宿，濤夜起，蹋鑒曰：「今何等時而眠也！知太傅卧何意？」鑒曰：「宰相三日不朝，與尺一令歸第，君何慮焉？」濤曰：「咄！石生，無事馬蹄閒也。」投傳而去，果有司馬父子誅曹爽事。（政事五注引虞預晉書）

齊王曹芳嘉平三年辛未（二五一）

王凌密欲立楚王彪，司馬宣王自討之。凌自縛歸罪，遥謂太傅曰：「卿直以折簡召我，我當不至邪？」太傅曰：「以卿非肯逐折簡者也。」遂使人送至西。凌自知罪重，試索棺釘，以觀太傅意。太傅給之，凌行至項城，夜呼掾屬與決曰：「行年八十，身名俱滅。命邪！」遂自殺。（方正四注引魏略）

郭淮妻是太尉王凌之妹，坐凌事當並誅。使者徵攝甚急，淮使戒裝，克日當發。州府文武及百姓勸淮舉兵，淮不許。至期，遣妻，百姓號泣追呼者數萬人。行數十里，淮乃命左右追夫人還，於是文武奔馳。既至，淮與宣帝書曰：「五子哀戀，思念其母，其母既亡，則無五子。五子若殞，亦復無淮。」宣帝乃表，特原淮妻。（方正四）

八月，司馬懿卒。許允謂夏侯玄曰：「子無復憂矣。」玄歎曰：「士宗，卿何不見事乎？此人尤能以通家年少遇我，子元、子上不吾容也。」（方正六注引魏氏春秋）

齊王曹芳嘉平五年癸酉（二五三）

王戎弱冠詣阮籍，時劉公榮在坐，阮謂王曰：「偶有二斗美酒，當與君共飲，彼公榮者無預焉。」二人交觴酬酢，公榮遂不得一杯，而言語談戲，三人無異。或有問之者，阮答曰：「勝公榮者，不得不與飲酒；不如公榮者，不可不與飲酒；唯公榮可不與飲酒。」（簡傲二）

韋誕卒。（張懷瓘書斷卷中）

齊王曹芳嘉平六年高貴鄉公曹髦正元元年甲戌（二五四）

二月，中書令李豐惡大將軍司馬師執政，遂謀以夏侯玄代之。玄答曰：「宜詳之爾。」不以聞也。大將軍聞其謀，誅豐，收玄送廷尉。玄至廷尉，不肯下辭。廷尉鍾毓自臨履玄。玄正色曰：「吾當何辭？爲令史責人邪？卿便爲吾作。」毓以玄名士，節高不可屈，而獄當竟，夜爲作辭，令與事相附，流涕以示玄。玄視之曰：「不當若是邪？」鍾會年少於玄，玄不與交，是日於毓坐狎玄，玄正色曰：「雖復刑餘之人，未敢聞命！」考掠初無一言，臨刑東市，顏色不異。（方正六及注引魏氏春秋、干寶晉紀、世語）

司馬師殺中書令李豐。李豐女是賈充妻，離婚徙樂浪，遺二女典誡八篇。（賢媛一三及注引婦人集、賢媛一四注引婦人集）

賈充續娶郭配女。（賢媛一三）

許允滅死徙邊，其年冬，道死。門生走入告其婦。婦正在機中，神色不變，曰：「蚤知爾耳。」門人欲藏其兒，婦曰：「無豫諸兒事。」後徙居墓所，司馬師遣鍾會看之，若才流及父，當收。兒以咨母，母囑兒「率胸懷與語」云云，兒從之。會反，以狀對，卒免。（賢媛八及注引魏略）

高貴鄉公曹髦正元二年乙亥（二五五）

毌丘儉反，司馬師東征，取上黨李喜，以爲從事中郎。因問喜曰：「昔先公辟君不就，今孤召君，何以來？」喜對曰：「先公以禮見待，故得以禮進退；明公以法見繩，喜畏法而至耳。」（言語二六）

高貴鄉公曹髦正元三年甘露元年丙子（二五六）

王渾與婦鍾氏共坐，見武子從庭過，渾欣然謂婦曰：「生兒如此，足慰人意。」鍾氏笑曰：「若使新婦得配參軍，生兒故可不啻如此。」（排調八）

阮籍從容與大將軍司馬昭曰：「平生曾游東平，樂其土風，願得爲東平太守。」昭説，從其意。籍便騎驢徑到郡，皆壞府舍諸壁障，使内外相望，然後教令清寧，十餘日便復騎驢去。後聞步兵廚中有酒三百石，忻然求爲校尉。於是入府舍，與劉伶酣飲。（任誕五注引文士傳）

高貴鄉公曹髦甘露二年丁丑（二五七）

五月，諸葛誕反，遣將軍朱成稱臣上疏，又遣子靚、長史吴綱諸牙門弟子爲質。吴以諸葛靚爲右將軍、大司馬。（言語二一注引晉諸公贊）

六月，司馬昭征諸葛誕，鍾會謀居多，時人謂之「子房」。（言語一二注引魏志）

王淪爲大將軍司馬昭參軍，從征壽春，遇疾卒。（排調八注引王氏家譜）

高貴鄉公曹髦甘露三年戊寅（二五八）

賀邵作吴郡太守，吴中諸强族輕之，乃題府門云：「會稽雞，不能啼。」賀聞故出行，至門反顧，索筆足之曰：「不可啼，殺吴兒！」於是至諸屯邸，檢校諸顧、陸役使官兵及藏逋亡，悉以事言上，罪者甚衆。陸抗時爲江陵都督，故下請孫皓，然後得釋。（政事四）

高貴鄉公曹髦甘露五年元帝曹奂景元元年庚辰（二六〇）

五月，高貴鄉公曹髦見威權日去，不勝其忿，召侍中王沈、尚書王經、散騎常侍王業謂曰：「司馬昭之心，路人所知也，吾不能坐受廢辱，今日當與卿自出討之。」王經諫不聽，乃出懷中板令投地曰：「行之決矣！正使死，何所恨！況不必死邪。」於是入白太后。沈、業奔走告昭，昭爲之備。髦遂率僮僕數百，鼓譟而出。昭弟屯騎校尉伷入，遇髦於東止車門，左右訶之，伷衆奔走。中護軍賈充又逆髦，戰於南闕下。髦自用劍，衆欲退。太子舍人成濟問充曰：「事急矣！當云何？」充曰：「公畜汝等，正爲今日。今日之事，無所問也。」濟即前刺髦，刃出於背。（方正八注引漢晉春秋）

曹髦被殺，司馬昭聞之自投於地曰：「天下謂我何？」於是召百官議其事。昭垂涕問陳泰曰：「何以居我？」泰曰：「公光輔數世，功蓋天下，謂當並跡古人，垂美於後，一旦有殺君之事，不亦惜乎？速斬賈充猶可以自明也。」昭曰：「公閭不可得殺也，卿更思餘計。」泰厲聲曰：「意唯有進於此耳，餘無足委者也。」歸而自殺。（方正八注引漢晉春秋）

司馬昭殺王經並及其母。將死，垂泣謝母，母顔色不變，語之曰：「爲子則孝，爲臣則忠，有孝有忠，何負吾邪？」（賢媛一〇及注引漢晉春秋）

魏元帝曹奐景元二年辛巳（二六一）

山巨源爲吏部郎，遷散騎常侍，舉嵇康。康辭之，並作與山巨源絶交書，自說不堪流俗，而非薄湯武。司馬昭聞而怒焉。（棲逸三注引康別傳）

魏元帝曹奐景元四年癸未（二六三）

嵇康臨刑東市，神氣不變，索琴彈之，奏廣陵散。曲終，曰：「袁孝尼嘗請學此散，吾靳固不

與，廣陵散於今絶矣！」（雅量二）

嵇康既被誅，向秀舉郡計入洛，司馬文王引進，問曰：「聞君有箕山之志，何以在此？」對曰：「巢、許狷介之士，不足多慕。」王大咨嗟。（言語一八及注引向秀别傳）

魏朝封司馬昭爲公，備禮九錫，昭固讓不受。公卿將校當詣府敦喻。司空鄭沖馳遣信就阮籍求文。籍時在袁孝尼家，宿醉扶起，書札爲之，無所點定，乃寫付使。時人以爲神筆。（文學六七）

魏元帝曹奂景元五年咸熙元年甲申（二六四）

蜀平，鄧艾爲衛瓘所害。（言語一七注引魏志）

鍾會平蜀，自以爲功名蓋世，不可復爲人下，謂所親曰：「我自淮南以來，畫無遺策，四海共知，持此欲安歸乎？」遂謀反。見誅，時年四十。（言語一二注引魏志）

七月，晉文王命荀勖、賈充、裴秀等分定禮儀律令，皆先咨鄭沖然後施行也。（政事六及注引續晉陽秋）

晉武帝泰始元年乙酉（二六五）

晉武帝始登阼，探策得一。王者世數繫此多少，帝既不説，羣臣失色，莫能有言者。侍中裴楷

進曰：「臣聞天得一以清，地得一以寧，侯王得一以爲天下貞。」帝說，羣臣歎服。（言語一九）

賈充妻李氏遇赦得還，然別住外，不肯還充舍。賈充後妻郭氏省李，多將侍婢。既至，入户，李氏起迎，郭不覺腳自屈，因跪再拜。既反，語充。充曰：「語卿道何物？」（賢媛一三）

張敏作頭責子羽文。（排調七）

晉武帝泰始二年丙戌（二六六）

孫皓問丞相陸凱曰：「卿一宗在朝有幾人？」陸曰：「二相五侯將軍十餘人。」（規箴五）

晉武帝泰始四年戊子（二六八）

賈充初定律令，與羊祜共咨太傅鄭沖。沖曰：「皋陶嚴明之旨，非僕闇懦所探。」羊曰：「上意欲令小加弘潤。」沖乃粗下意。（政事六）

晉武帝泰始五年己丑（二六九）

王衍父乂爲平北將軍，有公事，使行人論，不得。時夷甫在京師，命駕見僕射羊祜、尚書山濤。夷甫時總角，姿才秀異，敍致既快，事加有理，濤甚奇之。既退，看之不輟，乃歎曰：「生兒不當如王夷甫邪？」羊祜曰：「亂天下者，必此子也。」（識鑒五）

晉武帝泰始六年庚寅（二七〇）

孫秀降晉，晉武帝喜之，以爲驃騎將軍、交州牧。妻以姨妹蒯氏，室家甚篤。妻嘗妒，乃罵秀爲貉子。秀大不平，遂不復入。蒯氏大自悔責，請救於帝。時大赦，羣臣咸見。既出，帝獨留秀，從容謂曰：「天下曠蕩，蒯夫人可得從其例不？」秀免冠而謝，遂爲夫婦如初。（惑溺四）

晉武帝泰始七年辛卯（二七一）

裴秀卒，謚元公，食宗廟。（賞譽七注引虞預晉書）

晉武帝泰始八年壬辰（二七二）

任愷與賈充不平，充乃啓愷掌吏部，又使有司奏愷用御食器，坐免官。任愷既失權勢，不復自檢括。或謂和嶠曰：「卿何以坐視元裒敗而不救？」和曰：「元裒如北夏門拉攞自欲壞，非一木所能支。」（任誕一六及注引晉諸公贊）

晉武帝泰始十年甲午（二七四）

晉武帝命中書監荀勖，依典制定鍾律。後有一田父耕於野，得周時玉尺，便是天下正尺，荀試以校己所治鐘鼓金石絲竹，皆覺短一黍，於是伏阮咸神識。（術解一及注引晉後略）

晉武帝咸寧元年乙未（二七五）

孫皓兇暴驕矜，賀劭上書切諫，皓深恨之。親近憚劭貞正，譖云謗毀國事，被詰責，後還復職。劭中惡風，口不能言語。皓疑劭託疾，收付酒藏，考掠千數，卒無一言，遂殺之。（紕漏二孝標注）

晉武帝咸寧三年丁酉（二七七）

劉道真嘗爲徒，扶風王駿以五百疋布贖之，既而用爲從事中郎。（德行二二）

晉武帝咸寧四年戊戌（二七八）

潘岳作秋興賦，敍曰「晉十有四年，余年三十二，以太尉掾兼虎賁中郎將，寓直散騎之省」云云。（言語一〇七）

杜預之荆州，駐紮在七里橋，朝士悉祖。預少賤，好豪俠，不爲物所許。楊濟既名氏，雄俊不堪，不坐而去。須臾，和嶠來，問：「楊右衛何在？」客曰：「向來，不坐而去。」長輿曰：「必大夏門下盤馬。」往大夏門，果大閱騎。長輿抱内車，共載歸，坐如初。（方正一二）

杜預拜鎮南將軍，朝士悉至，皆在連榻坐。時亦有裴叔則。羊稺舒後至，曰：「杜元凱乃復連榻坐客。」不坐便去。杜預請裴楷追之，羊去數里住馬，既而俱還杜許。（方正一三）

晉武帝太康元年庚子（二八〇）

吴亡，諸葛靚入晉，以與晉室有讎，常背洛水而坐。與武帝有舊，帝欲見之而無由，乃請諸葛妃呼靚。既來，帝就太妃間相見。禮畢，酒酣，帝曰：「卿故復憶竹馬之好不？」靚曰：「臣不能吞炭漆身，今日復覩聖顏。」因涕泗百行，帝於是慚悔而出。（方正一〇）

山濤舉嵇康子紹爲秘書丞。時以紹父康被法，選官不敢舉。年二十八，山濤啓用之。紹咨公出處，公曰：「爲君思之久矣，天地四時猶有消息，而況人乎？」濤薦曰：「紹平簡温敏，有文思，又曉音，當成濟也。猶宜先作秘書郎。」詔曰：「紹如此，便可爲丞，不足復爲郎也。」（政事八及注引山公啓事）

晉武帝太康二年辛丑（二八一）

有問秀才蔡洪：「吴舊姓何如？」答曰：「吴府君，聖王之老成，明時之儁乂。朱永長，理物之至德，清選之高望。嚴仲弼，九皋之鳴鶴，空谷之白駒。顧彦先，八音之琴瑟，五色之龍章。張威伯，歲寒之茂松，幽夜之逸光。陸士衡、士龍，鴻鵠之裴回，懸鼓之待槌。」云云。（賞譽二〇）

晉武帝太康三年壬寅（二八二）

賈充卒。（晉書賈充傳）

山濤器重朝望，年踰七十，猶主管吏部。貴勝年少，若和、裴、王之徒，並共宗詠。有署閣柱曰：「閣東有大牛，和嶠鞅，裴楷鞦，王濟剔嬲不得休。」（政事五）

王戎爲侍中，南郡太守劉肇遺筒中箋布五端，戎雖不受，厚報其書。（雅量六）

晉武帝太康四年甲辰（二八四）

蔡洪赴洛，洛中人問曰：「幕府初開，羣公辟命，求英奇於仄陋，采賢儁於巖穴。君吴楚之士，亡國之餘，有何異才，而應斯舉？」蔡答曰：「夜光之珠，不必出於孟津之河；盈握之璧，不必采於崑崙之山。大禹生於東夷，文王生於西羌，聖賢所出，何必常處。昔武王伐紂，遷頑民於洛邑，得無諸君是其苗裔乎？」（言語二二）

山濤卒。（政事五注引虞預晉書、晉書四三山濤傳）

晉武帝太康十年己酉（二八九）

陸機陸雲兄弟入洛。陸士衡初入洛，咨張華所宜詣，劉道真是其一。陸既往，劉尚在哀制中。性嗜酒，禮畢，初無他言，唯問：「東吴有長柄壺盧，卿得種來不？」陸兄弟殊失望，乃悔往。（簡傲五）

盧志於衆坐問陸士衡：「陸遜、陸抗，是君何物？」答曰：「如卿於盧毓、盧珽。」既出户，謂兄

曰：「何至如此，彼容不相知也？」士衡正色曰：「我父祖名播海内，寧有不知？鬼子敢爾！」（方正一八）

王澄見王夷甫妻郭氏貪欲，令婢路上儋糞。平子諫之，並言不可。郭大怒，謂平子曰：「昔夫人臨終，以小郎囑新婦，不以新婦囑小郎。」（規箴一〇及注引永嘉流人名）

祖逖與劉琨俱以雄豪著名。年二十四，與琨同辟司州主簿，情好綢繆，共被而寢。中夜聞雞鳴，俱起曰：「此非惡聲也。」每語世事，則中宵起坐，相謂曰：「若四海鼎沸，豪傑共起，吾與足下相避中原耳。」（賞譽四三注引晉陽秋）

荀勖卒。（晉書三武帝紀）

晉武帝太熙元年庚戌（二九〇）

衛玠年五歲，神衿可愛。祖父太保衛瓘曰：「此兒有異，顧吾老，不見其大耳。」（識鑑八）

晉惠帝永平元年元康元年辛亥（二九一）

楊駿誅，裴楷因與駿姻親，被收，神氣無變，舉止自若。求紙筆作書，書成，救者多，乃得免。（雅量七）

六月，賈后矯詔使楚王瑋殺太宰、汝南王亮，又殺太保、菑陽公衛瓘。（識鑒八注引晉諸公贊）

王濟喪，名士無不至者。孫楚後來，臨屍慟哭，賓客莫不垂涕。哭畢，向靈牀曰：「卿常好我作驢鳴，今我爲卿作。」體似真聲，賓客皆笑。孫舉頭曰：「使君輩存，令此人死！」（傷逝三及注引語林）

晉惠帝元康二年壬子（二九二）

陳留董仲道見惠帝廢楊悼后，升太學堂歎曰：「建此堂也，將何爲乎？每見國家赦書，謀反逆皆赦，孫殺王父母，子殺父母不赦，以爲王法所不容也。奈何公卿處議文飾禮典，以至此乎？天人之理既滅，大亂斯起。」（賞譽三六注引謝鯤元化論序）

晉惠帝元康三年癸丑（二九三）

孫楚卒。（晉書五六孫楚傳）

和嶠卒，有人哭之曰：「峨峨若千丈松崩。」（傷逝五、晉書四五和嶠傳）

賀循入洛赴命，爲太子舍人，經吳閶門，在船中琴。張季鷹本不相識，聞弦甚清，下船就賀，因共語，知賀入洛赴命，因曰：「吾亦有事北京，因路寄載。」便與賀同發。（任誕二二）

晉惠帝元康六年丙辰（二九六）

征西大將軍祭酒王詡當還長安，石崇與衆賢共送往金谷澗中，遂各賦詩。石崇作金谷詩敍。

（品藻五七注引金谷詩序）

王愷得鴆於石崇而養之，其大如鵞，喙長尺餘，純食蛇虺。司隸奏按愷、崇，詔悉原之，即燒於都街。（汰侈四注引晉諸公贊）

冬，陸機赴假還洛，輜重甚盛，戴淵使少年掠劫。陸機於船屋上遥謂之曰：「卿才如此，亦復作劫邪？」淵便泣涕，投劍歸機，辭厲非常。機彌重之，定交，作箋薦焉。（自新二）

晉惠帝永康元年庚申（三〇〇）

四月，梁王肜、趙王倫矯詔，廢賈后爲庶人。（晉書惠帝紀）

趙王倫誅裴頠（言語二三注引冀州記、晉書三五裴頠傳）

賈充前妻李氏祔葬充墓。（賢媛一四）

趙王倫篡位，孫秀爲中書令，逼李重自殺。（賢媛一七）

趙王倫爲相國，羊忱爲太傅長史，乃版以參相國軍事。使者卒至，忱深懼豫禍，不暇被馬，於是帖騎而避。使者追之，忱善射，矢左右發，使者不敢進，遂得免。（方正一九）

晉惠帝永康二年永寧元年辛酉（三〇一）

春正月，趙王倫篡帝位。樂廣與滿奮、崔隨進璽綬。李重仰藥死。（品藻四六注引晉陽秋、晉

書四惠帝紀、晉書五九趙王倫傳）

孫秀收石崇、歐陽堅石，同日收潘岳。石先送市，亦不相知。潘後至，石謂潘曰：「安仁，卿亦復爾邪？」潘曰：「可謂『白首同所歸。』」石謂潘曰：「天下殺英雄，卿復何爲？」潘曰：「俊士填溝壑，餘波來及人。」（仇隙一及注引王隱晉書、語林）

王戎爲尚書令，著公服，乘軺車，經黄公酒壚下過，傷感昔日與嵇叔夜、阮嗣宗竹林之遊，稱「今日視此雖近，邈若山河」。（傷逝二）

齊王冏起義討趙王倫，郝隆應檄稽留，爲參軍王邃所殺。（品藻九注引晉諸公贊）

齊王冏起兵誅趙王倫，爲大司馬輔政，嵇紹爲侍中，詣冏咨事。冏設宰會，召葛旟、董艾等共論時宜。旟等白冏：「嵇侍中善於絲竹，公可令操之。」遂送樂器，紹推卻不受。冏曰：「今日共爲歡，卿何卻邪？」紹曰：「公協輔皇室，令作事可法。紹雖官卑，職備常伯。操絲比竹，蓋樂官之事，不可以先王法服，爲伶人之業。今逼高命，不敢苟辭，當釋冠冕，襲私服，此紹之心也。」旟等不自得而退。（方正一七）

晉惠帝 太安元年壬戌（三〇二）

張翰辟齊王東曹掾，在洛，見秋風起，因思吴中菰菜羹、鱸魚膾，曰：「人生貴得適意爾，何能羈宦數千里以要名爵？」遂命駕便歸。俄而齊王敗，時人皆謂爲見機。（識鑒一〇）

蔡謨在洛，見陸機兄弟住參佐廨中，三間瓦屋，士龍住東頭，士衡住西頭。士龍爲人文弱可愛，士衡長七尺餘，聲作鍾聲，言多忼慨。（賞譽三九）

張翰謂同郡顧榮曰：「天下紛紛未已，夫有四海之名者，求退良難。吾本山林間人，無望於時久矣。子善以明防前，以智慮後。」榮捉其手，愴然曰：「吾亦與子採南山蕨，飲三江水爾。」翰以疾歸，府以輒去除吏名。（識鑒一〇注引文士傳）

齊王冏敗，黨羽葛旟、董艾等見誅。（方正一七注引齊王官屬名、八王故事）

晉惠帝太安二年癸亥（三〇三）

王羲之生。（張怀瓘書斷卷中）

成都王穎討長沙王乂，使陸機爲都督前鋒諸軍事。十月，機於七里澗大敗，孟玖誣機謀反所致，兼盧志讒構，司馬穎乃使牽秀斬機。臨刑歎曰：「欲聞華亭鶴唳，可復得乎？」（尤悔三及注引機别傳）

樂令女適大將軍成都王穎。長沙王執權於洛，遂構兵相圖。樂令既允朝望，加有婚親，羣小讒於長沙。長沙嘗問樂令，樂令神色自若，徐答曰：「豈以五男易一女？」（言語二五）

晉惠帝永興元年甲子（三〇四）

正月，樂廣卒。（言語二五注引晉陽秋）

秋七月，惠帝率軍討成都王穎，敗於蕩陰，百官左右皆奔散，唯嵇紹儼然端冕，以身衛帝。兵交御輦，飛箭雨集，嵇紹死之。（德行四三注引王隱晉書）

庾亮爲王眉子所知。（賞譽三五）

晉懷帝永嘉元年丁卯（三〇七）

東海王司馬越鎮許昌，以王安期爲記室參軍，雅相知重。敕世子毗曰：「夫學之所益者淺，體之所安者深。閑習禮度，不如式瞻儀形；諷味遺言，不如親承音旨。王參軍人倫之表，汝其師之。」（賞譽三四）

太尉王夷甫言於選者，以弟澄爲荆州刺史，從弟敦爲青州刺史。澄、敦俱詣太尉辭，太尉謂曰：「今王室將卑。故使弟等居齊、楚之地，外可以建霸業，内足以匡帝室，所望於二弟也。」（簡傲六注引晉陽秋）

劉琨爲并州刺史，于時晉陽空城，寇盜四攻，琨收合士衆，以抗石勒。（尤悔四敬胤注、晉書六二劉琨傳）

王澄出爲荆州刺史。王衍及時賢送者傾路。時庭中有大樹，上有鵲巢，平子脱衣巾，徑上樹取鵲子，涼衣拘閡樹枝，便復脱去。得鵲子還下弄，神色自若，傍若無人。（簡傲六）

晉明帝數歲，有人從長安來，元帝問洛下消息，因問明帝：「汝意謂長安何如日遠？」答曰：

「日遠。」明日更重問之。乃答曰：「日近。」（夙惠三）

晉懷帝永嘉三年己巳（三〇九）

三月，東海王司馬越領司徒，以王敦爲揚州刺史。（通鑑八七）

山簡爲荆州刺史，優游卒歲，唯酒是耽。每臨習家池，未嘗不大醉而反。人爲之歌曰：「山公時一醉，徑造高陽池。日莫倒載歸，茗芋無所知。復能乘駿馬，倒著白接䍦。舉手問葛彊，何如并州兒？」（任誕一九、晉書四三山簡傳）

洛陽東北角步廣里中地陷，中有二鵝，蒼者飛去，白者不能飛。董養聞，歎曰：「昔周時所盟會狄泉，此地也，卒有二鵝，蒼者胡象，後胡當入洛。白者不能飛，此國諱也。」顧謂謝鯤、阮孚曰：「易稱『知幾其神乎』，君等可深藏矣。」乃與妻荷擔入蜀，莫知其所終。（賞譽三六注引王隱晉書、九四董養傳）

晉懷帝永嘉四年庚午（三一〇）

太傅司馬越出東，劉劭謂京洛必危，乃單馬奔揚州。（言語五三注引文字志）

車騎將軍王堪爲石勒所害。（賞譽一三九注引晉諸公贊、晉書五懷帝紀）

衛玠初欲渡江，形神慘顇，語左右云：「見此芒芒，不覺百端交集。苟未免有情，亦復誰能遣

此！」南至江夏，與兄別於梁里澗，語曰：「在三之義，人之所重，今日忠臣致身之運，可不勉乎？」（言語三二及注引玠別傳）

佛圖澄至洛陽，值京師有難，潛遁草澤。（言語四五注引澄別傳）

晉懷帝 永嘉五年辛未（三一一）

劉曜入洛陽，閭丘沖乘車出，爲賊所害。（晉書五孝懷帝紀，品藻九注引荀綽兗州記）

洛中大饑，摯虞遂餓死。（文學注引王隱晉書）

郗鑒值永嘉之亂，在鄉里甚窮餒。鄉人以公名德，傳共飴之。公獨往食，輒含飯著兩頰邊，還吐與兄子邁及外生周翼二小兒。（德行二四）

四月，王衍軍敗，石勒見夷甫，謂長史孔萇曰：「吾行天下多矣，未嘗見如此人，當可活不？」萇曰：「彼晉三公，不爲我用。」勒曰：「雖然，要不可加以鋒刃也。」夜使推牆殺之。（賞譽一六注引八王故事）

庾敳死于石勒之亂。（通鑑八七晉紀九）

羊忱遭亂被害，年五十餘。（方正一九注引文字志）

劉疇曾避亂塢壁，有胡數百欲害之。疇無懼色，援笳而吹之，爲出塞、入塞之聲，以動其遊客之思。於是羣胡皆泣而去之。（賞譽三八注引曹嘉之晉紀）

值京師傾覆，祖逖率流民數百家南度，行達泗口，安東將軍司馬睿板爲徐州刺史。（賞譽四三注引晉陽秋）

孔愉討華軼有功，封餘不亭侯。（方正三八注引孔愉别傳）

晉懷帝永嘉六年壬申（三一二）

五月，衛玠至豫章，見大將軍王敦。因夜坐，大將軍命謝幼輿，玠與謝遂達旦微言，王永夕不得豫。不久下都，人久聞其名，觀者如堵牆。玠先有羸疾，體不堪勞，遂成病而死，葬南昌許徵君墓東。（文學二〇、容止一九及注引玠别傳、傷逝六注引永嘉流人名）

衛玠之卒，謝鯤發哀於武昌，感慟不自勝。人問：「子何恤而致哀如是？」答曰：「棟梁折矣，何得不哀！」（傷逝六注引永嘉流人名）

十二月，顧榮卒。張季鷹往哭之，不勝其慟，遂徑上牀，鼓琴作數曲竟，撫琴曰：「顧彦先頗復賞此不？」因又大慟，遂不執孝子手而出。（傷逝七）

元敬虞皇后崩。（方正二三注引中興書）

晉懷帝永嘉七年晉愍帝建興元年癸酉（三一三）

周顗爲荆州，始至，而建平民傅密等叛逆蜀賊，顗狼狽失據，陶侃救之，得免。顗至武昌投王

敦，敦更選侃代顗，顗還建康，未即得用也。王丞相與人書曰：「雅流弘器，何可得遺。」（賞譽四七及注引鄧粲晉紀）

王澄始奔豫章，大將軍王敦曰：「不可復使羌人東行。」（尤悔五）

王澄奔至豫章，王敦搤而殺之。（晉書四三王澄傳、方正三一注引晉陽秋）

王玄爲陳留太守，或勸玄過江投琅邪王，玄曰：「王處仲得志於彼，家叔猶不免害，豈能容我？」（雅量三五注引八王故事）

元帝以安東將軍鎮揚土，孔愉始出應召，時年已五十矣。（棲逸七、晉書七八孔愉傳）

蔡謨渡江，見彭蜞，大喜曰：「蟹有八足，加以二螯。」令烹之。既食，吐下委頓，方知非蟹。後向謝仁祖説此事，謝曰：「卿讀爾雅不熟，幾爲勸學死。」（紕漏三）

晉愍帝建興二年甲戌（三一四）

温嶠爲劉琨假守左司馬，都督前鋒諸軍事，討劉聰。（假譎注引王隱晉書）

晉愍帝建興三年乙亥（三一五）

王羲之年十三詣周顗。顗先割牛心啗之，於是始知名。（汰侈一二）

謝尚年八歲，其父謝鯤將送客，爾時語已神悟，自參上流。諸人咸共歎之曰：「年少，一坐之

顔回。」謝尚曰：「坐無尼父，焉別顔回？」（言語四六）

王導拜揚州，賓客數百人並加霑接，人人有説色。唯有臨海一客姓任及數胡人爲未洽。公因便還到，過任邊云：「君出，臨海便無復人。」任大喜説。因過胡人前彈指云：「蘭闍，蘭闍。」羣胡同笑，四坐並懽。（政事一二）

錢鳳譖陶侃於王敦，乃以從弟廙代侃爲荆州，左遷侃廣州。侃文武距廙而求侃，敦聞大怒。及侃將蒞廣州，過敦，敦陳兵欲害侃。敦咨議參軍梅陶諫敦，乃止，厚禮而遣之。（方正三九注引鄧粲晉紀）

晉愍帝建興四年丙子（三一六）

摯瞻與第五琦據荆州以距王敦。（言語四二注引摯氏世本）

晉元帝建武元年丁丑（三一七）

三月，司馬睿爲晉王。大赦，改元。（晉書六元帝紀）

六月，劉琨謂温嶠曰：「班彪識劉氏之復興，馬援知漢光之可輔。今晉祚雖衰，天命未改，吾欲立功於河北，使卿延譽於江南，子其行乎？」温曰：「嶠雖不敏，才非昔人，明公以桓、文之姿，建匡立之功，豈敢辭命！」温嶠以左長史奉使勸進，母崔氏固駐之，嶠絶裾而去。（言語三五、

尤悔九）

温嶠初爲劉琨使來過江。于時江左營建始爾，綱紀未舉。温新至，深有諸慮。既詣王丞相，陳主上幽越，社稷焚滅，山陵夷毁之酷，有黍離之痛，温忠慨深烈，言與泗俱，丞相亦與之對泣。敍情既畢，便深自陳結，丞相亦厚相酬納。既出，懽然言曰：「江左自有管夷吾，此復何憂？」（言語三六注引語林）

王羲之少朗拔，爲叔父王廙所賞。（言語六二注引文字志）

晉元帝大興元年戊寅（三一八）

三月，司馬睿即皇帝位，大赦，改元。（晉書元帝紀）

元帝正會，引王導登御牀，王公固辭，中宗引之彌苦。王導曰：「使太陽與萬物同暉，臣下何以瞻仰？」（寵禮一及注引晉陽秋）

以温嶠爲散騎侍郎。嶠以母亡，逼賊，不得往臨葬，固辭。詔曰：「嶠以未葬，朝議又頗有異同，故不拜。其令八坐議，吾將折其衷。」（尤悔九注引虞預晉書）

明帝立爲皇太子。明帝問謝鯤：「君自謂何如庾亮？」（品藻一七）

明帝問周侯：「論者以卿比郗鑒，云何？」（品藻一九）

王導爲揚州，遣八部從事之職。諸從事各奏二千石官長得失，至顧和獨無言。王問顧曰：「卿何所聞？」答曰：「明公作輔，寧使網漏吞舟，何緣采聽風聞，以爲察察之政？」王咨嗟稱佳，諸

從事自視缺然也。（規箴一五、通鑑九〇晉紀一二）

周伯仁爲吏部尚書，在省内夜疾危急。時刁協爲尚書令，營救備親好之至。明旦，報周嵩，嵩狼狽來。始入户，刁下牀對之大泣，説伯仁昨危急之狀。嵩手批之，刁爲辟易於户側。既前，都不問伯仁病，直云：「君在中朝，與和長輿齊名，那與佞人刁協有情？」逕便出。（方正二七）

祖逖聞王敦欲下都，瞋目厲聲，語使人曰：「卿語阿黑（敦小字也），何敢不遜！催攝面去，須臾不爾，我將三千兵槊腳令上。」（豪爽六）

晉元帝大興二年己卯（三一九）

摯瞻與第五琦據荆州以距敦，竟爲所害。（言語四二注引摯氏世本）

晉元帝大興三年庚辰（三二〇）

元帝在西堂，會諸公飲酒，未大醉，帝問：「今名臣共集，何如堯、舜？」時周伯仁爲僕射，因厲聲曰：「今雖同人主，復那得等於聖治！」帝大怒，還内，作手詔滿一黄紙，遂付廷尉令收，因欲殺之。後數日，詔出周，羣臣往省之。周曰：「近知當不死，罪不足至此。」（方正三〇）

晉元帝大興四年辛巳（三二一）

王導拜司空，桓彝作兩髻，葛帬策杖，路邊窺之，歎曰：「人言阿龍超，阿龍故自超。」不覺至臺

門。（企羨一）

王導拜司空，諸葛道明在公坐，指冠冕曰：「君當復著此。」（識鑒一一注引語林）

王含作廬江郡，貪濁狼籍。王敦護其兄，故於衆坐稱：「家兄在郡定佳，廬江人士咸稱之。」時何充爲敦主簿，在坐，正色曰：「充即廬江人，所聞異於此。」敦默然。旁人爲之反側，充晏然，神意自若。（方正二八）

先是有妖星見豫州分，祖逖曰：「此必爲我也！天未欲滅寇故耳！」其時，元帝以戴淵統豫州刺史祖逖，逖以戴淵吴士，雖有才望，而無洪致遠識。且已翦荆棘，收河南地，而淵雍容，一旦來統之，意甚怏怏。又聞王敦與劉隗等有隙，將有内亂，知大功不遂。感激發病，九月卒於雍丘，豫州士女若喪父母。贈車騎將軍。（晉書六二祖逖傳、賞譽四三注引晉陽秋）

晉元帝永昌元年壬午（三二二）

王敦作逆下都之初，楊朗苦諫不從，遂爲王致力。乘中鳴雲露車逕前，曰：「聽下官鼓音，一進而捷。」王先把其手曰：「事克，當相用爲荆州。」既而忘之，以爲南郡。（識鑒一三）

王大將軍當下，時咸謂無緣爾。周顗曰：「今主非堯、舜，何能無過？且人臣安得稱兵以向朝廷？處仲狼抗剛愎，王平子何在？」（方正三一）

王敦起事，王導率子弟二十餘人，天天到公車泥首謝罪。司徒丞相、揚州官僚問訊，倉卒不知

何辭。顧和時爲揚州別駕，援翰曰：「王光禄遠避流言，明公蒙塵路次，羣下不寧，不審尊體起居何如？」（言語三七）

周顗深憂諸王，始入，甚有憂色。王導呼周侯曰：「百口委卿！」周直過不應。既入，苦相存救。既釋，周大悦飲酒。及出，諸王仍在門。周不與王言，曰：「今年殺諸賊奴，當取金印如斗大，繫肘後。」（尤悔六）

三月，王敦至石頭，周伯仁不聽羣僚勸阻，往見敦。敦謂周曰：「卿何以相負？」對曰：「公戎車犯正，下官忝率六軍，而王師不振，以此負公。」參軍吕漪説敦曰：「周顗、戴淵皆有名望，足以惑衆。視近日之言，無慚懼之色。若不除之，役將未歇也。」敦即然之，遂害淵、顗。（方正三三及注引晉陽秋、尤悔六注引虞預晉書）

王敦是王彬從兄，敦下石頭，害周顗。彬與顗素善，往哭其屍甚慟。既而見敦，敦怪其有慘容而問之，答曰：「向哭周伯仁，情不能已。」敦曰：「伯仁自致刑戮，汝復何爲者哉！」彬曰：「伯仁清譽之士，有何罪？」因數敦曰：「抗旌犯上，殺戮忠良。」音辭忼慨，與淚俱下。敦怒甚，丞相在坐，代爲之懼，命彬曰：「拜謝。」彬曰：「有足疾，此來見天子，尚不能拜，何跪之有？」敦曰：「脚疾何如頸疾。」以親故，不害之。（識鑒一五注引王彬别傳）

譙王承爲湘州刺史。路過武昌，王敦與燕會，酒酣，謂丞曰：「大王篤實佳士，非將御之才。」對曰：「焉知鉛刀不能一割乎？」敦將謀逆，召承爲軍司。承歎曰：「吾其死矣。地荒民解，勢孤援絶，赴君難，忠也；死王事，義也。死忠與義，又何求焉！」乃馳檄諸郡丞赴義。敦遣從母弟魏乂攻承。城没，魏乂檻送承荆州，刺史王廙承敦旨，於道中害之。（仇隙三及注引晉陽秋、晉書三七譙王承傳）

王敦欲以不孝廢明帝，而皆云温嶠所説。須臾，温來。敦便奮其威容，問温曰：「皇太子作人何似？」温曰「小人無以測君子」云云，敦忿而愧焉。（方正三二及注引劉謙之晉紀）

王敦以沈充爲車騎將軍，領吴國内史。（規箴一六注引晉陽秋）

謝鯤爲豫章太守，從王敦下至石頭，喻敦朝天子，使羣臣釋然。敦竟不朝而去。（規箴一二及注引晉陽秋）

謝鯤卒，温嶠吊喪，鯤子尚號叫極哀。既而收涕告訴，有異常童。嶠奇之，由是知名。（言語四六注引晉陽秋）

晉元帝永昌二年晉明帝太寧元年癸未（三二三）

有童謡曰：「惻惻力力，放馬山側，大馬死，小馬餓。」（容止二三注引靈鬼志、晉書二八五行志中）

王導拜司徒而歎曰：「劉王喬若過江，我不獨拜公。」（賞譽六一）

桓彝見謝安四歲時，稱之曰：「此兒風神秀徹，當繼蹤王東海。」（德行三四注引文字志）

謝鯤卒。謝尚遭父喪，温嶠唁之，尚號叫極哀，既而收涕告訴，有異常童。嶠奇之，由是知名。（言語四六注引晉陽秋）

晉明帝太寧二年甲申（三二四）

蘇峻征沈充，請吏部郎陸邁與俱。將至吴，密敕左右，令入閶門放火以示威。陸知其意，謂峻曰：「吴治平未久，必將有亂，若爲亂階，請從我家始。」峻遂止。（規箴一六）

王敦反，駐軍姑孰。晉明帝乃著戎服，騎巴賨馬，齎一金馬鞭，陰察王敦軍形勢。未至十餘里，遇一賣食客姥，告知暗察用意，並曰：「恐形跡危露，或致狼狽，追迫之日，姥其匿之。」便與客姥馬鞭而去，行敦營匝而出。軍士覺，曰：「此非常人也！」敦卧心動，曰：「此必黄須鮮卑奴來！」命騎追之。已去數里之遠，追士因問向姥，不見一黄須人騎馬度此邪？」姥曰：「去已久矣，不可復及。」於是騎人息意而反。（假譎六）

秋七月，王敦引軍垂至大桁，明帝自出中堂。温嶠爲丹陽尹，燒朱雀桁以挫其鋒。（捷悟五及注引晉陽秋、晉書明帝紀）

王敦死。沈充將吴儒殺充。（晉書六明帝紀、規箴一六注引晉陽秋）

王敦既亡，王應欲投世儒，世儒爲江州。王含欲投王舒，舒爲荆州。含語應曰：「大將軍平素與江州云何，而汝欲歸之？」應曰：「此迺所以宜往也。江州當人彊盛時，能抗同異，此非常人所行。及覩衰厄，必興愍惻。荆州守文，豈能作意表行事！」含不從，遂共投舒。舒果沈含父子于江。彬聞應當來，密具船以待之。竟不得來，深以爲恨。（識鑒一五）

王導治楊州廨舍，按行而言曰：「我正爲次道治此爾。」（賞譽六〇）

晉明帝太寧三年乙酉（三二五）

王敦敗後，明帝收楊朗，欲殺之。帝尋崩，得免。（識鑒一三）

閏月，明帝崩，遺詔庾亮、王導輔幼主，而進大臣官，陶侃、祖約不在其例。侃、約疑亮寢遺詔也。（容止二三注引徐廣晉紀、晉書六明帝紀）

桓彝有人倫鑒識，嘗去職無事，至廣陵尋親舊，遇風，停浦中累日，在船憂邑，上岸消摇，見一空宇，有似廨署。彝訪之，云：「輿縣廨也，令姓徐名寧。」彝既獨行，思逢悟賞，聊造之。寧清惠博涉，相遇怡然。遂停宿，因留數夕，與寧結交而别。至都，謂庾亮曰：「吾爲卿得一佳吏部郎。」亮問所在，彝即敍之曰：「人所應有，其不必有，人所應無，己不必無，真海岱清士。」（賞譽六五及注引徐江州本事）

晉明帝太寧四年丙戌（三二六）

謝奕作剡令，有一老翁犯法，謝以醇酒罰之，乃至過醉，而猶未已。謝安時年七八歲，著青布

綺，在兄膝邊坐，諫曰：「阿兄！老翁可念，何可作此。」奕於是改容曰：「阿奴欲放去邪？」遂遣之。（德行三三）

晉成帝咸和二年丁亥（三二七）

庾亮在石頭，王導在冶城坐，大風揚塵，王以扇拂塵曰：「元規塵汙人。」（輕詆四）

羊曼拜丹陽尹，客來蚤者，並得佳設，日晏漸罄，不復及精，隨客早晚，不問貴賤。羊固拜臨海，竟日皆美供，雖晚至亦獲盛饌，時論以固之豐華，不如曼之真率。（雅量二〇）

中書令庾亮以元舅輔政，欲以風軌格政，繩御四海。而蘇峻擁兵近甸，爲逋逃藪。亮圖召峻，王導、卞壼並不欲。亮曰：「蘇峻豺狼，終爲禍亂。晁錯所謂削亦反，不削亦反。」遂下優詔，以大司農徵之。峻怒曰：「庾亮欲誘殺我也！」遂克京邑。（假譎八注引晉陽秋、晉書七成帝紀）

匡術爲阜陵令，逃亡無行。庾亮徵蘇峻，術勸峻誅亮。遂與峻同反。（方正三六注引晉陽秋）

賈寧聞京師亂，馳出，投蘇峻，峻甚昵之，以爲謀主。（賞譽六七注引晉陽秋）

晉成帝咸和三年戊子（三二八）

春正月，平南温嶠聞亂，號泣登舟，遣參軍王愆期推征西陶侃爲盟主，俱赴京師。（假譎八注引晉陽秋）

二月，蘇峻作亂，卞壼率衆距戰，父子三人俱死王難。（賞譽五四注引卞壼别傳）

蘇峻既至石頭，百僚奔散。唯侍中鍾雅獨在帝側。或謂鍾曰：「見可而進，知難而退，古之道也。君性亮直，必不容於寇讎，何不用隨時之宜，而坐待其弊邪？」鍾曰：「國亂不能匡，君危不能濟，而各遜遁以求免，吾懼董狐將執簡而進矣！」（方正三四）

庾亮敗于宣陽門内，攜其諸弟奔尋陽。庾亮臨去，顧語鍾雅後事，深以相委。鍾曰：「棟折榱崩，誰之責邪？」庾曰：「今日之事，不容復言，卿當期克復之效耳。」鍾曰：「想足下不愧荀林父耳。」（晉書成帝紀、方正三五）

庾亮與蘇峻戰于建陽門外，敗，率左右十餘人乘小船西奔温嶠。亂兵相剥掠，射，誤中柂工，應弦而倒。舉船上咸失色分散，亮不動容，徐曰：「此手那可使著賊！」衆迺安。（雅量二三）

庾冰時爲吴郡，單身奔亡。郡卒獨以小船載冰出錢塘口，蘧篨覆之。時蘇峻賞募覓冰，屬所在搜檢甚急。卒捨船市渚，因飲酒醉，還，舞棹向船曰：「何處覓庾吴郡，此中便是。」冰大惶怖，然不敢動。監司見船小裝狹，謂卒狂醉，都不復疑。自送過淛江，寄山陰魏家，得免。（任誕三〇）

蘇峻逼成帝在石頭，任讓在帝前戮侍中鍾雅、右衛將軍劉超。帝泣曰：「還我侍中！」讓不奉詔。遂斬超、雅。（政事一一）

陶侃自上流來，赴蘇峻之難，令誅庾公，謂必戮庾，可以謝峻。庾欲奔竄則不可，欲會恐見執，進退無計。温嶠勸庾詣陶，曰：「卿但遥拜，必無它，我爲卿保之。」庾從温言詣陶，至便拜，陶自起止之曰：「庾元規何緣拜陶士衡？」畢，又降就下坐。陶又自要起同坐。坐定，庾乃引咎責躬，深相遜謝。陶一見庾風姿神貌，不禁改觀，談宴竟日，愛重頓至。（假譎八、容止二三及注引徐廣晉紀）

六月，桓彝戰死。（晉書七成帝紀）

孔愉與孔羣共行，在御道逢匡術，賓從甚盛，因往與車騎共語。孔羣初不視，直云：「鷹化爲鳩，衆鳥猶惡其眼。」術大怒，便欲刃之。孔愉下車，抱術曰：「族弟發狂，卿爲我宥之。」始得全首領。（方正三八）

九月，蘇峻輕騎出戰墜馬，被斬。（晉書七成帝紀）

晉成帝咸和四年己丑（三二九）

正月，蘇峻同黨匡術以宛城降，百官赴焉。孔羣昔在橫塘，爲匡術所逼。王丞相保存術，因衆坐戲語，令術勸羣酒，以釋橫塘之憾。羣答曰：「德非孔子，厄同匡人。雖陽和布氣，鷹化爲鳩，至於識者，猶憎其眼。」（方正三六及注引晉陽秋）

郗鑒拜司空，語同坐曰：「平生意不在多，值世故紛紜，遂至台鼎。朱博翰音，實愧於懷。」（言語三八）

郗鑒遣門生與王導書，求女婿，王羲之東床坦腹，郗鑒以女嫁之。（雅量一九）

蘇峻既誅之後，都邑殘荒。温嶠議徙都豫章，朝士及三吴豪傑，謂可遷都會稽。王導獨謂「不宜遷都。建業往之秣陵，古者既有帝王所治之表，又孫仲謀、劉玄德俱謂是王者之宅。今雖凋殘，宜脩勞來旋定之道，鎮静羣情。且百堵皆作，何患不克復乎？」（言語一〇二注引晉陽秋）

蘇峻之亂平定後，王導、庾亮諸公欲用孔坦爲丹陽。亂離之後，百姓彫弊。孔慨然曰：「昔肅祖臨崩，諸君親升御牀，並蒙眷識，共奉遺詔。孔坦疏賤，不在顧命之列。既有艱難，則以微臣爲先。今猶俎上腐肉，任人膾截耳！」於是拂衣而去，諸公亦止。（方正三七）

晉成帝咸和六年辛卯（三三一）

庾亮長子會遭蘇峻之難遇害，時年十九。（傷逝八、雅量一七注引庾氏譜）。

諸葛道明女爲庾會婦，既寡，將改適，與亮書及之。亮答曰：「賢女尚少，故其宜也。感念亡兒，若在初没。」（傷逝八）

庾會婦既寡，誓云不復重出。諸葛恢既許江思玄婚，乃移家近之。初誑女云：「宜徙於是。」家人一時去，留女在後。當女發覺，已不復得出。江虨夜來，女哭罵詈更甚，積日漸歇。江虨乃詐厭，聲氣轉急。女乃呼婢云：「唤江郎覺。」江於是躍來就之，曰：「我自是天下男子，厭何預卿事而見唤邪？既爾相關，不得不與人語。」女默然而慚，情義遂篤。（假譎一〇）

王舒卒。（晉書七六王舒傳）

晉成帝咸和七年壬辰(三三二)

王導辟王藍田爲掾。庾亮問丞相:「藍田何似?」王曰:「真獨簡貴,不減父祖,然曠澹處故當不如爾。」(品藻二三,晉書七五王述傳)

晉成帝咸和九年甲午(三三四)

陶侃疾篤,都無獻替之言,朝士以爲恨,謝尚聞之曰:「時無豎刁,故不貽陶公話言。」時賢以爲德音。(言語四七)

陶侃臨終上表曰:「臣少長孤寒,始願有限,過蒙先朝,歷世異恩。臣年垂八十,位極人臣,啓手啓足,當復何恨!但以餘寇未誅,山陵未復,所以憤慨兼懷,唯此而已,猶冀犬馬之齒,尚可少延,欲爲陛下北吞石虎,西誅李雄,勢遂不振,良圖永息。臨書振腕,涕泗横流。伏願遴選代人,使必得良才,足以奉宣王猷,遵成志業,則雖死之日,猶生之年。」(言語四七注引王隱晉書)

陶侃卒。(晉書七成帝紀)

庾亮初鎮武昌,出石頭,百姓看者於岸歌曰:「庾公上武昌,翩翩如飛鳥。庾公還揚州,白馬牽旒旐。」(傷逝九注引靈鬼志)

王胡之爲庾公記室參軍,後殷浩爲長史。王胡之始到,庾公欲遣王使下都,王自啓求住,曰:「下官希見盛德,淵源始至,猶貪與少日周旋。」(企羨四)

其年秋，殷浩、王胡之之徒登南樓理詠。（容止二四）

庾亮臨江州，説尋陽隱士翟道淵與周子南以當世之務，周遂仕。庾亮禮翟湯甚恭，湯答庾亮曰：「使君直敬其枯木朽株耳。」亮表薦之，徵國子博士，不赴。主簿張玄曰：「此君卧龍，不可動也。」（棲逸九及注引晉陽秋）

周子南既仕，至將軍二千石，而不稱意。中宵慨然曰：「大丈夫乃爲庾元規所賣！」一歎，遂發背而卒。（尤悔一〇）

晉成帝咸康三年丁酉（三三七）

殷浩爲庾亮長史，下都，王丞相爲之集，桓公、王長史、王藍田、謝鎮西並在。丞相自起解帳帶麈尾，語殷曰：「身今日當與君共談析理。」既共清言，遂達三更。丞相與殷共相往反，其餘諸賢，略無所關。既彼我相盡，丞相乃歎曰：「向來語，乃竟未知理源所歸，至於辭喻不相負。正始之音，正當爾耳。」（文學二二）

孔君平疾篤，庾冰時爲會稽，省之。相問訊甚至，爲之流涕。庾既下牀，孔慨然曰：「大丈夫將終，不問安國寧家之術，迺作兒女子相問！」庾聞，回謝之，請其話言。（方正四三）

晉成帝咸康四年戊戌（三三八）

有傳言云：「庾亮有東下意。」或謂王導曰：「可潛稍嚴，以備不虞。」王公曰：「我與元規雖俱

王臣，本懷布衣之好。若其欲來，吾角巾徑還烏衣。何所稍嚴？」（雅量一三）

晉成帝咸康五年己亥（三三九）

七月，王導卒。九月，郗鑒卒。（晉書七成帝紀、通鑑九六晉紀一八）

何充録尚書事。（晉書七成帝紀）

王導薨後，庾冰代相，網密刑峻。殷羨時行，遇收捕者於途，慨然歎曰：「丙吉問牛喘，似不爾。」嘗從容謂冰曰：「卿輩自是網目不失，皆是小道小善耳。至如王公，故能行無理事。」謝安石每歎詠此唱。庾赤玉曾問羨：「王公治何似？詎是所長？」羨曰：「其餘令績，不復稱論，然三捉三治，三休三敗。」（政事一四注引殷羨言行）

庾亮病，術士戴洋曰：「昔蘇峻事，公於白石祠中，許賽車下牛，從來未解，爲此鬼所考，不可救也。」（傷逝九注引搜神記）

庾闡始作揚都賦，道温嶠、庾亮云：「温挺義之標，庾作民之望。方響則金聲，比德則玉亮。」庾公聞賦成，求看，兼贈貺之。闡更改「望」爲「儁」，以「亮」爲「潤」云。庾亮以親族之懷，大爲其名價云：「可三二京，四三都。」於此人人競寫，都下紙爲之貴。謝安云：「不得爾，此是屋下架屋耳，事事擬學，而不免儉狹。」（文學七七、七九）

謝安未冠，始出西，詣王濛，清言良久。去後，濛子王脩問曰：「向客何如尊？」長史曰：「向

客亹亹，爲來逼人。」（賞譽七六）

王羲之與謝安或于此年共登冶城。（言語七〇）

晉成帝咸康六年庚子（三四〇）

正月，庾亮卒。何充臨葬，云：「埋玉樹著土中，使人情何能已已！」（傷逝九）

以陸玩爲侍中、司空。玩辭讓不獲，乃歎息謂朋友曰：「以我爲三公，是天下無人矣。」時人以爲知言。（晉書七成帝紀、規箴一七）

有人詣陸玩，索美酒瀉著梁柱間地，祝曰：「當今乏才，以爾爲柱石之用，莫傾人棟梁。」玩笑曰：「戢卿良箴。」（規箴一七）

以何充爲中書令。以庾翼爲荆州刺史，代庾亮鎮武昌。（晉書成帝紀）。

庾翼以毛扇上成帝。帝疑是故物。侍中劉劭曰：「栢梁雲構，工匠先居其下；管弦繁奏，鍾、夔先聽其音。稺恭上扇，以好不以新。」庾後聞之曰：「此人宜在帝左右。」（言語五三）

庾翼在荆州，公朝大會，問諸僚佐曰：「我欲爲漢高、魏武，何如？」長史江虨曰：「願明公爲桓、文之事，不願作漢高、魏武也。」（規箴一八）

簡文進撫軍將軍，領秘書監。（晉書九簡文帝紀）

謝尚往尚書謝裒墓還，葬後三日反哭。諸人欲要之，初遣一信，猶未許，然已停車；重要，便

回駕。諸人門外迎之，把臂便下。裁得脱幘，著帽酣宴。半坐，乃覺未脱衰。（任誕三三）

晉成帝咸康七年辛丑（三四一）

羅含往江夏檢校，時謝尚爲江夏相，羅既至，初不問郡事，徑就謝數日，飲酒而還。（規箴一九）

十二月，陸玩卒。（晉書七成帝紀）

晉成帝咸康八年壬寅（三四二）

何充、庾冰並爲元輔。成帝初崩，於時嗣君未定，何欲立嗣子，庾及朝議以外寇方强，嗣子沖幼，乃立康帝。康帝登阼，會羣臣，謂何曰：「朕今所以承大業，爲誰之議？」何答曰：「陛下龍飛，此是庾冰之功，非臣之力。於時用微臣之議，今不覩盛明之世。」帝有慚色。（方正四一）

成帝崩，阮裕赴山陵，至都不往殷浩、劉惔許，過事便還。諸人相與追之。裕既亦知時流必當逐己，乃遄疾而去，至方山不相及。劉惔時爲會稽，乃歎曰：「我入當泊安石渚下耳，不敢復近思曠傍，伊便能捉仗打人，不易。」（方正五三）

何充因立嗣子一事争之不得，内不自安，求處外任，鎮京口。（方正四一注引晉陽秋、通鑑七九）

褚裒爲江州刺史，司馬無忌於坐拔刀斫王耆之，裒與桓景共免之。御史奏無忌欲專殺害，詔以贖論。（仇隙四引中興書）

謝安嘗與謝萬共出西，過吴郡。謝萬欲相與共往郡大守王恬許，謝安不肯，萬乃獨往。坐少時，王便入門内，謝殊有欣色以爲厚待己。良久，乃沐頭散髮而出，亦不坐，仍據胡牀，車中庭曬頭，神氣傲邁，了無相酬對意。謝于是乃還，未到船，逆呼謝安，安曰：「阿螭不作爾。」（簡傲一二）

晉康帝建元元年癸卯（三四三）

庾冰都督荆、江、寧、益、梁、交、廣七州，豫州之四郡諸軍事，領江州刺史，假節鎮武昌。何充自京馳還，言於帝曰：「冰不宜出，昔年陛下龍飛，使晉德再隆者，冰之勳也，臣無與焉。」（方正四一注引晉陽秋、晉書七七何充傳）

何充爲中書監，揚州刺史，録尚書事，輔政。人有譏其信任不得其人。阮思曠慨然曰：「次道自不至此，但布衣超宰相之位，可恨唯此一條而已。」（晉書八穆帝紀、晉書七七何充傳、品藻二七）

荀羨在京口，登北固望海云：「雖未覩三山，便自使人有凌雲意。若秦漢之君，必當褰裳濡足。」（言語七四）

庾翼懷北伐中原之志，師次於襄陽。大會參佐，陳其旌甲，親授弧矢曰：「我之此行，若此射矣！」遂三起三疊，徒衆屬目，其氣十倍。（豪爽七）

殷羡與庾翼書，送一折角如意以調之。庾答書曰：「得所致，雖是敗物，猶欲理而用之。」（排調二三）

庾翼嘗出未還，婦母阮，與女上安陵城樓上。俄頃，翼歸，策良馬，盛輿衛。阮語女：「聞庾郎能騎，我何由得見？」婦告翼，翼便爲於道開鹵簿盤馬，始兩轉，墜馬墮地，意色自若。（雅量二四）

桓温詣劉惔，卧不起。桓彎彈彈劉枕，丸迸碎牀褥間。劉作色而起曰：「使君，如馨地，寧可鬬戰求勝？」桓甚有恨容。（方正四四）

晉康帝建元二年甲辰（三四四）

殷羡作豫章郡，臨去，都下人因附百許函書。既至石頭，悉擲水中，因祝曰：「沉者自沉，浮者自浮，殷洪喬不能作致書郵！」（任誕三一）

九月，康帝崩。（晉書七康帝紀）

十一月，車騎將軍庾冰卒。（晉書八穆帝紀）

會康帝崩，兄冰薨，庾翼留長子方之守襄陽，自馳還夏口。（排調二三注引晉陽秋）

晉穆帝永和元年乙巳（三四五）

五月，諸葛恢卒。（晉書八穆帝紀）

七月，庾翼卒。（晉書八穆帝紀、晉書七三庾翼傳）

簡文作撫軍，嘗與桓宣武俱入朝，更相讓在前。宣武不得已而先之，因曰：「伯也執殳，爲王前驅。」簡文曰：「所謂『無小無大，從公于邁。』」（言語五六）

庾翼臨終，自表以子庾爰爲代。朝廷慮其不從命，未知所遣，乃共議用桓温。劉惔曰：「使伊去，必能克定西楚，然恐不可復制。」（識鑒一九）

桓温爲荆州刺史，引謝奕爲司馬。奕既上，猶推布衣交。在温坐，岸幘嘯詠，無異常日。宣武每曰：「我方外司馬。」遂因酒，轉無朝夕禮，桓舍入内，奕輒復隨去。後至奕醉，温往主許避之。主曰：「君無狂司馬，我何由得相見。」（簡傲八）

羅含爲桓温從事。（規箴一九及注引含别傳）

謝哀子石，娶諸葛恢小女，名文熊。王石軍往謝家看新婦，猶有恢之遺法，威儀端詳，容服光整。王歎曰：「我在遣女，裁得爾耳！」（方正二五及注引謝氏譜）

晉穆帝永和二年丙午（三四六）

何充卒。（晉書穆帝紀）

二月，簡文輔政。三月，殷浩爲建武將軍，揚州刺史。（品藻三八注引續晉陽秋、晉書穆帝紀）

何充亡後，徵褚裒入京。既至石頭，王濛、劉惔同詣褚。褚曰：「真長何以處我？」真長顧王

曰：「此子能言。」褚因視王，王曰：「國自有周公。」（言語五四及注引晉陽秋）

殷浩始作揚州，劉惔行，日小欲晚，便使左右取襆，人問其故，答曰：「刺史嚴，不敢夜行。」（政事二二）

劉惔、王濛諸人在瓦官寺集，共商略西朝及江左人物。桓伊亦在坐。或問：「杜弘治何如衛虎？」桓答曰：「弘治膚清，衛虎奕奕神令。」王、劉善其言。（品藻四二及注引玠别傳）

劉惔至王濛許清言，時苟子年十三，倚牀邊聽。既去，問父曰：「劉尹語何如尊？」長史曰：「韶音令辭不如我，往輒破的勝我。」（品藻四八）

王脩年十三，作賢人論。其父王濛送示劉惔，劉答云：「見敬仁所作論，便足參微言。」（文學八三）

十一月，桓温伐蜀入峽，絶壁天懸，騰波迅急，迺歎曰：「既爲忠臣，不得爲孝子，如何？」

桓温率軍入蜀，至三峽中，部伍中有得猨子者，其母緣岸哀號，行百餘里不去，遂跳上船，至便即絶。破視其腹中，腸皆寸寸斷。公聞之怒，命黜其人。（黜免二）

謝尚書與殷浩，爲劉惔求會稽。殷答曰：「真長標同伐異，俠之大者。常謂使君降階爲甚，乃復爲之驅馳邪？」（輕詆一〇）

晉穆帝永和三年丁未（三四七）

桓温平蜀，集參僚置酒於李勢殿，桓爾日音調英發，敍古今成敗由人，存亡繫才，其狀磊落，一

坐歎賞。（豪爽八）

桓温征蜀還，劉惔數十里迎之。桓不發一語，直云：「垂長衣，談清言，竟是誰功？」劉答曰：「晉德靈長，功豈在爾？」（排調二四注引語林）

桓温下都，問劉惔曰：「聞會稽王語奇進，爾邪？」桓温與劉惔自詡「第一流正是我輩」云云。（品藻三七）

王濛病篤，寢臥燈下，轉麈尾視之，歎曰：「如此人曾不得四十！」（傷逝一〇）

王濛嘗求東陽，簡文不用。濛病篤，簡文哀歎曰：「吾將負仲祖於此，命用之。」濛曰：「人言會稽王癡，真癡。」（方正四九）

王濛亡，劉惔臨殯，以犀柄麈尾著柩中，因慟絶。（傷逝一〇）

十二月，劉惔爲丹陽尹。（建康實録八）

許詢停都一月，劉惔無日不往。劉歎曰：「卿復少時不去，我成輕薄京尹。」（寵禮四）

許玄度出都，就劉惔宿。牀帷新麗，飲食豐甘。許曰：「若保全此處，殊勝東山。」劉曰：「卿若知吉凶由人，吾安得不保此！」王逸少在坐曰：「令巢、許遇稷、契，當無此言。」二人並有愧色。（言語六九）

晉穆帝永和四年戊申（三四八）

劉惔臨終綿惙，聞閤下祀神鼓舞。正色曰：「莫得淫祀！」（德行三五）

晉穆帝永和五年己酉（三四九）

陳林道在西岸，都下諸人共要至牛渚會清言。陳以如意拄頰，望雞籠山歎曰：「孫伯符志業不遂。」於是竟坐不得談。（豪爽一一）

褚裒彭城敗後南下，孫綽於船中視之。言次及劉真長死，孫流涕，因諷詠曰：「人之云亡，邦國殄瘁。」褚大怒曰：「真長平生何嘗相比數，而卿今日作此面向人！」孫回泣向褚曰：「卿當念我。」時咸笑其才而性鄙。（輕詆九）

十二月，褚裒卒。（晉書八穆帝紀）

晉穆帝永和七年辛亥（三五一）

王羲之作會稽内史，初至，支道林在焉。孫興公謂王曰：「支道林拔新領異，胸懷所及，乃自佳，卿欲見不？」王先殊自輕之。後孫與支共載往王許，王都領域，不與交言。須臾支退。後正值王當行，車已在門。支語王曰：「君未可去，貧道與君小語。」因論莊子逍遥遊。支作數千言，才藻新奇，花爛映發，王遂披襟解帶，留連不能已。（文學三六）

晉穆帝永和八年壬子（三五二）

王劭作侍中，加授桓温，公服從大門入。桓公望之曰：「大奴固自有鳳毛。」（容止二八、晉書

八穆帝紀）

桓温與簡文、太宰武陵王晞共載遊板橋，密令人在輿前後鳴鼓大叫，鹵簿中驚擾。太宰惶怖求下輿。顧看簡文，穆然清恬。桓温語人曰：「朝廷間故復有此賢。」（雅量二二）

晉穆帝永和九年癸丑（三五三）

殷浩以中軍將軍鎮壽陽，羌姚襄上書歸降，後有罪，浩陰圖誅之。會關中有變，苻健死，浩僞率軍而行，云修復山陵，襄前驅恐，遂反。軍至山桑，聞襄將至，棄輜重，馳保譙。襄至，據山桑，焚其舟實，至壽陽，略流民而還。（黜免三注引晉陽秋、晉書八穆帝紀）

莫春之初，王羲之、孫統等人會於會稽山陰之蘭亭，流觴曲水，脩禊事也。右將軍司馬、太原孫丞公等二十六人賦詩，前餘姚令、會稽謝勝等十五人不能賦詩，罰酒各三斗。王羲之作臨河敘。右軍得人以蘭亭集序方金谷詩序，又以己敵石崇，甚有欣色。（企羡三）

晉穆帝永和十年甲寅（三五四）

二月，桓温伐關中。桓温乃上表黜殷浩，撫軍大將軍奏免浩，除名爲民。浩馳還謝罪，既而遷於東陽信安縣。殷浩終日恒書空作字。揚州吏民尋義逐之，竊視，唯作「咄咄怪事」四字而已。（黜免三及注引晉陽秋、晉書八穆帝紀

前會稽内史王述拜揚州刺史，主簿請諱。教云：「亡祖、先君，名播海内，遠近所知，内諱不出於外，餘無所諱。」（賞譽七四）

殷浩廢後，恨簡文曰：「上人著百尺樓上，儋梯將去。」（黜免五）

桓温語諸人曰：「少時與淵源共騎竹馬，我棄去，已輒取之，故當出我下。」（品藻三八）

晉穆帝永和十一年乙卯（三五五）

三月，王羲之告靈苦誓不仕。（晉書八〇王羲之傳）

韓伯始隨舅父殷浩至徙所信陽，周年還都。浩素愛之，送至水側，乃詠曹顔遠詩曰：「富貴它人合，貧賤親戚離。」因泣下。（黜免五注引續晉陽秋）

晉穆帝永和十二年丙辰（三五六）

殷浩卒。（晉書七七殷浩傳）

以前會稽内史王述爲揚州刺史。（晉書八穆帝紀）

桓温上平洛表云：「鎮西將軍、豫州刺史（謝）尚神懷挺率，少致人譽。是以入贊百揆，出蕃方司。宜進據洛陽，撫寧黎庶，謂可本官都督司州諸軍事。」（賞譽一〇三注引）

桓温請還都洛陽，孫綽上表，以爲不可。桓見表心服，而忿其爲異。令人致意孫云：「君何不

尋遂初賦，而彊知人家國事！」（輕詆一六）

晉穆帝升平元年丁巳（三五七）

鎮西將軍謝尚卒。（晉書八穆帝紀）

王脩卒，年二十四。（張懷瓘書斷）

法汰北來，未知名，領軍王洽供養之。每與周旋行來，往名勝許，輒與俱，不得汰，便停車不行，因此名遂重。（賞譽一一四）

晉穆帝升平二年戊午（三五八）

謝萬作豫州都督，新拜，當西之。謝都邑相送累日，已覺疲頓。此時侍中高崧往，徑就謝坐，因問：「卿今仗節方州，當疆理西蕃，何以爲政？」謝粗道其意。高便爲謝道形勢，作數百語。謝遂起坐。高去後，謝追曰：「阿酃故麤有才具。」（言語八二）

八月，謝奕卒。（晉書八穆帝紀）

謝安曾送兄謝奕葬還，日暮雨急，小人皆醉，不聽吩咐。謝公乃於車中手取車柱撞馭人，聲色甚厲。（尤悔一四）

謝玄守父喪，支道林往就清言，將夕乃退。有人道上見者，問云：「公何處來？」答云：「今日

與謝孝劇談一出來。」（文學四一）

王洽卒於官。（品藻八三注）

謝安語王羲之曰：「中年傷於哀樂，與親友別，輒作數日惡。」王曰：「年在桑榆，自然至此，正賴絲竹陶寫，恒恐兒輩覺損欣樂之趣。」（言語六二）

晉穆帝升平三年己未（三五九）

謝萬北伐南燕，常以嘯詠自高，未嘗撫慰衆士。謝安甚器愛萬，而審其必敗，乃俱行，從容謂萬曰：「汝爲元帥，宜數喚諸將宴會，以説衆心。」萬從之，因召集諸將，都無所説，直以如意指四坐云：「諸君皆是勁卒。」諸將甚忿恨之。謝公欲深著恩信，自隊主將帥以下，無不身造，厚相遜謝。（簡傲一四）

謝萬敗北，臨奔走，猶求玉帖燈。（規箴二一）

謝萬書與王羲之，羲之推書曰：「此禹湯之戒。」（輕詆一九）

簡文問郗超：「萬自可敗，那得乃爾失士卒情？」超曰：「伊以率任之性，欲區別智勇。」（品藻四九）

晉穆帝升平四年庚申（三六〇）

謝奉免吏部尚書，還東，謝安赴桓温司馬出西，相遇破岡。既當遠別，遂停三日共語。安欲慰

其失官，奉輒引以它端。雖信宿中塗，竟不言及此事。謝安深恨在心未盡，謂同舟曰：「謝奉故是奇士。」（雅量三三）

謝安出爲桓温司馬，將發新亭，朝士咸出瞻送。高靈時爲中丞，亦往相祖，先時多少飲酒，因倚如醉，戲曰：「卿屢違朝旨，高卧東山，諸人每相與言：『安石不肯出，將如蒼生何？』今亦蒼生將如卿何？」謝笑而不答。（排調二六）

謝安始就桓温司馬。於時人有餉桓公藥草，中有遠志，公取以問謝：「此藥又名小草，何一物而有二稱？」謝未即答。時郝隆在坐，應聲答曰：「此甚易解，處則爲遠志，出則爲小草。」謝甚有愧色。桓公目謝而笑曰：「郝參軍此過乃不惡，亦極有會。」（排調三二）

桓温詣謝安，值謝梳頭，遽取衣幘。桓公云：「何煩此。」因下共語至暝。既去，謂左右曰：「頗曾見如此人不？」（賞譽一〇一）

晉穆帝升平五年辛酉（三六一）

王羲之卒。（真誥、張懷瓘書斷）

桓沖作江州刺史。（豪爽一〇注引豁别傳）

晉哀帝隆和元年壬戌（三六二）

孝武帝生，簡文觀讖書曰：「晉氏阼盡昌明。」及帝誕育，東方始明，故因生時以爲諱，而相與

忘告。簡文問之，乃以諱對。簡文流涕曰：「不意我家昌明便出。」（言語八九注引宋明帝文章志）

晉哀帝興寧元年癸亥（三六三）

支遁至京都建康，講道行、波若。（高僧傳四支遁傳）

王坦之在西州，與支遁清言，韓伯、孫綽諸人並在坐。林公理每欲小屈。興公曰：「法師今日如著弊絮在荊棘中，觸地挂閡。」（排調五二）

桓温集諸名勝講易，日説一卦。簡文欲聽，聞此便還，曰：「義自當有難易，其以一卦爲限邪？」（文學二九）

晉哀帝興寧二年甲子（三六四）

五月，王述轉尚書令，事行便拜。其子文度曰：「故應讓杜許。」藍田云：「汝謂我堪此不？」文度曰：「何爲不堪，但克讓自是美事，恐不可闕。」藍田慨然曰：「既云堪，何爲復讓？人言汝勝我，定不如我。」（方正四七、晉書八哀帝紀）

晉哀帝興寧三年乙丑（三六五）

二月，簡文會桓温於洌洲，羅友亦預焉。共道蜀中事，亦有所遺忘，友皆名列，曾無錯漏。桓

温驗以蜀城闕簿，皆如其言，坐者歎服。謝安云：「羅友詎減魏陽元。」（任誕四一）

釋道安爲慕容儁所逼，乃住襄陽。（雅量三二注引安和尚傳）

支道林還東，時賢並送於征虜亭。（雅量三一及注引高逸沙門傳）

法虔卒。支道林因法虔之喪，精神霣喪，風味轉墜。常謂人曰：「昔匠石廢斤於郢人，牙生輟弦於鍾子，推己外求，良不虛也。冥契既逝，發言莫賞，中心蘊結，余其亡矣。」（傷逝一一）

桓温移鎮姑孰，制街衢平直。人謂王珣曰：「丞相初營建康，無所因承，而制置紆曲，方此爲劣。」王珣曰：「此丞相乃所以爲巧。江左地促，不如中國，若使阡陌條暢，則一覽而盡。故紆餘委曲，若不可測。」（言語一〇二）

晉廢帝太和元年丙寅（三六六）

支遁終於剡之石城山。（傷逝一三注引支遁傳）

晉廢帝太和二年丁卯（三六七）

九月，以會稽内史郗愔爲都督徐兖青幽揚州之晉陵諸軍事、徐兖二州刺史，鎮京口。（捷悟六、通鑑一〇一）

郗愔拜北府之日，王徽之詣郗門拜云：「應變將略，非其所長。」驟詠之不已。郗融謂郗超

曰：「家公今日拜，子猷言語殊不遜，深不可容。」嘉賓曰：「此是陳壽作諸葛評，人以汝父比武侯，復何所言。」（排調四四）

晉廢帝太和三年戊辰（三六八）

王述卒。（晉書七五王述傳）

晉廢帝太和四年己巳（三六九）

郗愔爲徐州刺史，桓温惡其居兵權。郗於事機素暗，遣牋詣桓，方欲共獎王室，脩復園陵。郗超於道上聞信至，急取牋，視竟，寸寸毀裂，便回還更作牋，自陳老病，不堪人間，欲乞閑地自養。桓温得牋大喜，即詔轉愔冠軍將軍、會稽内史。（捷悟六、通鑑一〇二晉紀二四）

桓温北征經金城，見前爲琅邪時種柳，皆已十圍，慨然曰：「木猶如此，人何以堪！」攀枝執條，泫然流淚。（言語五五）

桓温入洛，過淮泗，踐北境，與諸僚屬登平乘樓，眺矚中原，慨然曰：「遂使神州陸沈，百年丘墟，王夷甫諸人不得不任其責！」袁宏率爾對曰：「運自有廢興，豈必諸人之過？」桓公懔然作色，顧謂四坐曰：「諸君頗聞劉景升不？有大牛重千斤，噉芻豆十倍於常牛，負重致遠，曾不若一羸牸。魏武入荆州，烹以饗士卒，於時莫不稱快。」意以況袁。四坐既駭，袁亦失色。（輕詆一一）

桓温北征，袁虎時從，被責免官。須露布文，喚袁倚馬前令作。手不輟筆，俄得七紙，殊可觀。東亭在側，極歎其才。袁虎云：「當令齒舌間得利。」（文學九六）

桓温命袁宏作北征賦，既成，公與時賢共看，咸嗟歎之。時王珣在坐云：「恨少一句，得『寫』字足韻，當佳。」袁即於坐攬筆益云：「感不絶於余心，泝流風而獨寫。」公謂王曰：「當今不得不以此事推袁。」（文學九二）

桓温征伐枋頭，桓沖没于陳，桓石虔聞之，氣甚奮，命朱辟爲副，策馬於數萬衆中，莫有抗者，徑致沖還，三軍歎服。（豪爽一〇）

九月，桓温敗於枋頭，温既懷恥忿，且憚鄧遐，因免遐官。（黜免六注引大司馬僚屬名、晉書八海西公紀）

簡文與謝安共詣桓温。王珣先在内，桓語王：「卿嘗欲見相王，可住帳裏。」二客既去，桓謂王曰：「定何如？」王曰：「相王作輔，自然湛若神君。公亦萬夫之望，不然，僕射何得自没？」（容止三四）

桓玄生。善占者云：「此兒生有奇耀，宜自爲天人。」桓温嫌其三文，復言爲「神靈寶」，猶復用三，既難重前，郤減「神」一字，名曰靈寶。（任誕五〇注引異苑）

晉廢帝太和五年庚午（三七〇）

武陵王晞，喜爲挽歌，自摇大鈴，使左右習和之。又燕會，倡妓作新安人歌舞離别之辭，其聲

甚悲。（黜免七注引司馬晞傳）

晉廢帝太和六年晉簡文帝咸安元年（三七一）

王珣問桓温：「箕子、比干，孰是孰非？」桓温曰：「仁稱不異，寧爲管仲。」（品藻四一）。

十一月，桓温誣帝在藩夙有痿疾，廢爲東海王。（晉書八海西公紀）

桓温廢海西公後，豫撰數百語，陳廢立之意。既見簡文，簡文便泣下數十行。桓温矜愧，不得一言。（尤悔一二）

時人共論晉武帝出齊王之與立惠帝，其失孰多。多謂立惠帝爲重。桓温曰：「不然，使子繼父業，弟承家祀，有何不可？」（品藻三二）

十二月，熒惑又入太微，簡文帝惡之。時郗超爲中書在直，引超入曰：「天命脩短，故非所計，政當無復近日事不？」超曰：「大司馬方將外固封疆，内鎮社稷，必無若此之慮。臣爲陛下以百口保之。」帝因誦庾仲初詩曰：「志士痛朝危，忠臣哀主辱。」聲甚悽厲。郗受假還東，帝曰：「致意尊公，家國之事，遂至於此！由是身不能以道匡衞，思患預防，愧歎之深，言何能喻？」因泣下流襟。（言語五九及注引徐廣晉紀）

桓宣武既廢太宰武陵王晞父子，仍上表曰：「應割近情，以存遠計，若除太宰父子，可無後憂。」簡文手答表曰：「所不忍言，況過於言。」桓温又重表，辭轉苦切。簡文更答曰：「若晉室靈長，明公便宜奉行此詔；如大運去矣，請避賢路。」桓讀詔，手戰流汗，於此乃止。太宰父子，遠徙新安。（黜免七、晉書六四武陵王晞傳）

桓温誅庾倩及弟柔、庾希聞難，逃於海陵。（雅量二六注引中興書）

桓温與郗超議芟夷朝臣，條牒既定，其夜同宿。明晨起，呼謝安、王坦之入，擲疏示之，郗猶在帳内。謝都無言，王直擲還，云：「多。」宣武取筆欲除，郗不覺竊從帳中與宣武言。謝含笑曰：「郗生可謂入幕賓也。」（雅量二七）

謝安與王坦之共詣郗超，日晚未得前，王便欲去。謝曰：「不能爲性命忍俄頃？」（雅量三〇）

晉簡文帝咸安二年壬申（三七二）

庾希自海陵舉兵反，入於京口。桓温遣東海内史周少孫討希，擒之，斬于建康市。（雅量二六注引中興書）

王劭、王薈共詣宣武，正值收庾希家。薈不自安，逡巡欲去。劭堅坐不動，待收信還，得不定迺出。（雅量二六）

桓温將戮庾友。庾友婦是桓温弟桓豁女，徒跣求進。閽禁不内，女厲聲曰：「是何小人！我伯父門，不聽我前！」因突入，號泣請曰：「庾玉臺常因人，腳短三寸，當復能作賊不？」桓温笑曰：「壻故自急。」遂原玉臺一門。（賢媛二二）

秋七月，簡文崩，孝武年十餘歲，至暝不臨。左右啓「依常應臨」。帝曰：「哀至則哭，何常之有。」（言語八九）

桓温見謝安作簡文謚議，看竟，擲於坐上諸客曰：「此是安石碎金。」（文學八七）

冬十月，葬簡文帝于高平陵。（晉書孝武帝紀）

鄧遐免官後赴山陵，過見大司馬桓温。温問之曰：「卿何以更瘦？」鄧曰：「有愧於叔達，不能不恨於破甑。」（黜免六）

晉孝武帝寧康元年癸酉（三七三）

二月，桓温伏甲設饌，廣延朝士欲誅謝安、王坦之。王之恐狀，轉見於色。謝之寬容，愈表於貌。望階趨席，方作洛生詠，諷浩浩洪流。桓憚其曠遠，乃趣解兵。（雅量二九、通鑑一〇三晉紀二五）

七月，桓温卒。（晉書九孝武帝紀）

孝武帝年十二，時冬天，晝日不著複衣，但著單練衫五六重，夜則累茵褥。謝公諫曰：「聖體宜令有常，陛下晝過冷，夜過熱，恐非攝養之術。」帝曰：「晝動夜静。」謝公出，歎曰：「上理不減先帝。」（夙惠六）

晉孝武帝寧康二年甲戌(三七四)

袁宏爲吏部郎,王獻之與郗超書,謂「袁彦伯爲吏部郎,殊足頓興往之氣,故知捶撻自難爲人,冀小卻當復差耳。」(品藻七九)

王珣至剡石城山,作法師墓下詩序。(傷逝一三注引)

戴逵見支道林墓,曰:「德音未遠,而拱木已積,冀神理緜緜,不與氣運俱盡耳。」(傷逝一三)

晉孝武帝寧康三年乙亥(三七五)

五月,北中郎將、藍田侯王坦之卒。尚書僕射謝安領揚州刺史。(晉書九孝武帝紀)

桓玄七歲,其父桓温服始除,桓沖與送故文武别,因指語桓玄:「此皆汝家故吏佐。」玄應聲慟哭,酸感傍人。(夙惠七、晉書九九桓玄傳)

九月,孝武帝講孝經。僕射謝安侍坐,吏部尚書陸納、兼侍中卞耽讀,黄門侍郎謝石、吏部袁宏兼執經,中書郎車胤、丹陽尹王混摘句。(言語九〇注引續晉陽秋)

孝武將講孝經,謝安兄弟與諸人私庭講習。車武子難苦問謝,謂袁羊曰:「不問則德音有遺,多問則重勞二謝。」袁曰:「必無此嫌。」車曰:「何以知爾?」袁曰:「何嘗見明鏡疲於屢照,清流憚於惠風?」(言語九〇)

謝安賞袁宏機捷辯速,自吏部郎出爲東陽郡,乃祖之於冶亭,時賢皆集。安欲卒迫試之,執手

將别，顧左右取一扇而贈之。宏應聲答曰：「輒當奉揚仁風，慰彼黎庶。」合坐歎其要捷。（言語八三注引續晉陽秋）

晉孝武帝太元元年丙子（三七六）

謝安領中書監，王珣有事，應同上省。王後至，坐促，王、謝雖不通，太傅猶斂膝容之。王神意閑暢。謝公傾目。還謂劉夫人曰：「向見阿瓜，故自未易有，雖不相關，正是使人不能已已。」（賞譽一四七）

晉孝武帝太元二年丁丑（三七七）

郗超與謝玄不善。苻堅將問晉鼎，既已狼噬梁、岐，又虎視淮陰矣。于時朝議遣玄北討，人間頗有異同之論。唯超曰：「是必濟事。吾昔嘗與共在桓宣武府，見使才皆盡，雖履屐之間，亦得其任。以此推之，容必能立勳。」（識鑒二二）

郗超將亡，出一小書箱付門生云：「本欲焚此，恐官年尊，必以傷愍爲斃。我亡後，若大損眠食，則呈此箱。」（傷逝一二注引續晉陽秋）

郗超卒，左右白郗愔：「郎喪。」既聞不悲，因語左右：「殯時可道。」公往臨殯，一慟幾絶。（傷逝一二）

郗超門生遵超生前之旨，呈小書箱于郗愔，則與桓温往反密計。愔見即大怒曰：「小子死恨晚！」後不復哭。（傷逝一二注引續晉陽秋）

郗超卒，婦兄弟欲迎妹還，終不肯歸，曰：「生縱不得與郗郎同室，死寧不同穴？」（賢媛二九）

八月，荆州刺史、征西大將軍桓豁卒。（晉書九孝武帝紀）

十月，桓沖作荆州刺史。（晉書孝武帝紀）

荆州刺史桓沖徵劉驎之爲長史，遣人船往迎，贈貺甚厚。驎之聞命便升舟，悉不受所餉，緣道以乞窮乏，比至上明亦盡。一見沖，因陳無用，翛然而退。（棲逸八）

王彪之卒。（晉書七八王彪之傳）

晉孝武帝太元三年戊寅（三七八）

韓康伯與謝玄無深好，玄北征後，巷議疑其不振。康伯曰：「此人好名，必能戰。」玄聞之甚忿，常於衆中厲色曰：「丈夫提千兵入死地，以事君親故發，不得復云爲名！」（識鑒二三）

太極殿始成，王獻之時爲謝安長史，謝送版，使王題之。王有不平色，語信云：「可擲著門外。」謝後見王曰：「題之上殿何若？昔魏朝韋誕諸人亦自爲也。」王曰：「魏阼所以不長。」謝以爲名言。（方正六二）

晉孝武帝太元四年己卯（三七九）

張玄爲侍中，使至江陵，路經陽歧村，見一人持半小籠生魚，徑來造船，問其姓字，稱是劉遺民。張素聞其名，大相忻待。劉既知張銜命，問：「謝安、王文度並佳不？」張甚欲話言，劉了無停意。既進膾，便去，張乃追至劉家。爲設酒，殊不清旨。張高其人，不得已而飲之。方共封飲，劉便先起，云：「今正伐荻，不宜久廢。」張亦無以留之。（任誕三八）

八月，王藴出爲會稽内史，車騎將軍謝玄出曲阿祖之，王恭罷祕書丞，在坐，謝言及簡文稱孫綽爲「利齒兒」之事，因視孝伯曰：「王丞齒似不鈍。」王曰：「不鈍，頗亦驗。」（排調五四）

苻堅遣長樂公苻丕攻没襄陽。（識鑒二二注引車頻秦書）

晉孝武帝太元五年庚辰（三八〇）

韓康伯病，拄杖前庭消摇。見諸謝皆富貴，轟隱交路，歎曰：「此復何異王莽時？」（方正五七）

八月，太常韓康伯卒。（建康實録九）

晉孝武帝太元八年癸未（三八三）

苻堅大興師伐晉，衆號百萬，水陸俱進，次於項城。自項城至長安，連旗千里，首尾不絶，乃遣

告晉曰：「已爲晉君于長安城中建廣夏之室，今故大舉渡江相迎，克日入宅也。」（識鑒二二注引車頻秦書）

苻堅渡淮近境，謝安謂子敬曰：「可將當軸，了其此處。」（雅量三七）

十月，謝安遣謝石、謝玄、謝琰、桓伊等，與苻堅戰於肥水，大破之，俘斬數萬計及牛馬無數。（雅量三五及注引續晉陽秋）

謝安與人圍棋，俄而謝玄淮上信至，看書竟，默然無言，徐向局。客問淮上利害，答曰：「小兒輩大破賊。」意色舉止，不異於常。（雅量三五）

張天錫爲苻堅侍中。後於壽陽俱敗，至都，爲孝武所器。每入言論，無不竟日。頗有嫉己者，於坐問張：「北方何物可貴？」張曰：「桑椹甘香，鴟鴞革響。淳酪養性，人無嫉心。」（言語九四）

晉孝武帝太元九年甲申（三八四）

郗愔卒。（晉書六七郗愔傳）

荆州刺史桓沖在上明畋獵，使者由東來，傳淮上大捷。沖語左右云：「羣謝年少大破賊！」因發病。二月，薨。談者以爲此死，賢於讓揚之荆。（尤悔一六、晉書九孝武帝紀）

晉孝武帝太元十年乙酉（三八五）

苻堅爲姚萇所殺，太子苻宏攜母妻來投晉，詔賜田宅。謝安每加接引。宏自以有才，多好凌駕人上，坐上無折之者。適王子猷來，太傅使共語。子猷直孰視良久，回語太傅云：「亦復竟不異人。」宏大慚而退。（輕詆二九及注引續晉陽秋）

謝安卒。（晉書七九謝安傳）

王珣東聞謝安喪，便出都詣子敬，道欲哭謝公。子敬始卧，聞其言便驚起，曰：「所望於法護。」王於是往哭。督帥刁約不聽前。曰：「官平生在時，不見此客。」王亦不與語，直前哭，甚慟，不執末婢手而退。（傷逝一五）

司馬道子輔政，遷王國寶爲中書令。（規箴二六注引晉安帝紀）

羅友以廣州刺史爲益州刺史，鎮成都。在藩舉其宏綱，不存小察，甚爲吏民所安説。（任誕四一、通鑑一〇六）

王子猷居山陰，夜大雪，眠覺，開室，命酌酒，四望皎然，因起仿偟，詠左思招隱詩。忽憶戴安道。時戴在剡，即便夜乘小船就之，經宿方至，造門不前而返。人問其故，王曰：「吾本乘興而行，興盡而返，何必見戴？」（任誕四七）

釋道安卒，年七十二。（高僧傳五釋道安傳）

晉孝武帝太元十一年丙戌（三八六）

王子猷、子敬俱病篤，而子敬先亡。子猷索輿來奔喪，都不哭。子敬素好琴，便徑入坐靈牀

上，取子敬琴彈，弦既不調，擲地云：「子敬，子敬，人琴俱亡！」因慟絶良久，月餘亦卒。（傷逝一六）

晉孝武帝太元十二年丁亥（三八七）

法汰卒，烈宗詔曰：「法汰師喪逝，哀痛傷懷，可贈錢十萬。」（賞譽一一四注引泰元起居注）

法汰卒後，弟子道壹從都下還東山，經吴中。已而會雪下，未甚寒。諸道人問在道所經。壹公曰：「風霜固所不論，乃先集其慘澹。郊邑正自飄瞥，林岫便已皓然。」（言語九三）

晉孝武帝太元十四年己丑（三八九）

荆州刺史桓石虔卒，王忱代之。（忿狷七注引靈鬼志）

范甯作豫章，八日請佛有板。衆僧疑，或欲作答。有小沙彌在坐末曰：「世尊默然，則爲許可。」衆從其義。（言語九七）

范甯謂王忱：「卿風流儁望，真後來之秀。」王曰：「不有此舅，焉有此甥。」（賞譽一五〇）

晉孝武帝太元十五年庚寅（三九〇）

王恭爲青、兖二州刺史，鎮京口。孟昶嘗見王恭乘高輿，被鶴氅裘。於時微雪，昶於籬間窺

之，歎曰：「此真神仙中人！」（企羨五）

王恭嘗行散至京口射堂，於時清露晨流，新桐初引，恭目之曰：「王大故自濯濯。」（賞譽一五三）

王忱、王恭嘗俱在何澄處坐。至將别之際，王忱大勸恭酒，恭不爲飲，忱逼彊之轉苦。便各以帬帶繞手。恭府近千人，悉呼入齋，忱左右雖少，亦命前，意便欲相殺。何僕射無計，因起排坐二人之間，方得分散。（忿狷七）

王恭欲請江敳爲長史，晨往詣江，江猶在帳中。王坐，不敢即言，良久乃得及，江不應。直喚人取酒，自飲一盌，又不與王。王且笑且言：「那得獨飲？」江云：「卿亦復須邪？」更使酌與王，王飲酒畢，因得自解去。未出户，江歎曰：「人自量，固爲難。」（方正六三）

朝廷以國子博士征戴逵，戴不就。（棲逸一二注引續晉陽秋）

晉孝武帝太元十六年辛卯（三九一）

桓玄被召作太子洗馬，船泊荻渚。王忱服散後已小醉，往看桓。桓爲設酒，不能冷飲，頻語左右令「温酒來」，桓乃流涕嗚咽，王便欲去，桓以手巾掩淚，因謂王曰：「犯我家諱，何預卿事！」王歎曰：「靈寶故自達！」（任誕五〇）

晉孝武帝太元十七年壬辰（三九二）

桓玄自義興還後，見太傅司馬道子。太傅已醉，坐上多客，問人云：「桓溫來欲作賊，如何？」桓玄伏不得起。謝景重時爲長史，舉板答曰：「故宣武公黜昏暗，登聖明，功超伊霍。紛紜之議，裁之聖鑒。」太傅曰：「我知，我知。」即舉酒云：「桓義興，勸卿酒。」桓出謝過。（言語一〇一）

十月，荆州刺史王忱卒。朝論或云王國寶應作荆州。國寶主簿夜函白事云：「荆州事已行。」國寶大喜，而夜開閤喚綱紀，話勢雖不及作荆州，而意色甚恬。曉遣參問，都無此事。即喚主簿數之曰：「卿何以誤人事邪？」（紕漏八注引晉安帝紀）

王忱死，西鎮未定，朝貴人人有望。時殷仲堪在門下，雖居機要，資名輕小，人情未以方嶽相許。晉孝武欲拔親近腹心，遂以殷爲荆州。事定，詔未出，王珣問殷曰：「陝西何故未有處分？」殷曰：「已有人。」王歷問公卿，咸云非。王自計才地，必應在己。復問：「非我邪？」殷曰：「亦似非。」其夜，詔出用殷。王語所親曰：「豈有黄門郎而受如此任！仲堪此舉，迺是國之亡徵。」（識鑒二八）

十一月，孝武帝詔用黄門郎殷仲堪爲荆州刺史。（晉書九孝武帝紀、紕漏八注引晉安帝紀）

殷仲堪當之荆州，王珣問曰：「德以居全爲稱，仁以不害物爲名。方今宰牧華夏，處殺戮之職，與本操將不乖乎？」殷答曰：「皋陶造刑辟之制，不爲不賢；孔丘居司寇之任，未爲不仁。」（政事二六）

殷仲堪之荆州，於廬山共慧遠論易體。殷問：「易以何爲體？」答曰：「易以感爲體。」殷曰：「銅山西崩，靈鐘東應，便是易耶？」遠公笑而不答。（文學六一）

晉孝武帝太元十九年甲午（三九四）

殷仲堪既爲荆州，值水儉，食常五盌盤，外無餘肴。飯粒脱落盤席閒，輒拾以噉之。雖欲率物，亦緣其性真素。每語子弟云：「勿以我受任方州，云我豁平昔時意。今吾處之不易，貧者士之常，焉得登枝而捐其本？爾曹其存之。」（德行四〇）

晉孝武帝太元二十年乙未（三九五）

長星見，孝武心甚惡之。夜，華林園中飲酒，舉杯屬星云：「長星，勸爾一杯酒，自古何時有萬歲天子。」（雅量四〇）

晉孝武帝太元二十一年丙申（三九六）

九月，孝武帝崩，王國寶夜開門入，爲遺詔。王爽爲黄門郎，距之曰：「大行晏駕，太子未立，敢有先入者斬！」國寶懼，乃止。（方正六四注引中興書）

十月，葬孝武帝於隆平陵。王恭自京口入赴山陵。對諸弟歎曰：「雖榱桷惟新，便自有黍離

之哀。」（傷逝一七）

孝武帝葬時，太常孔安國竟日涕泗流漣，見者以爲真孝子。（德行四六）

晉安帝隆安元年丁酉（三九七）

王恭赴山陵，欲斬國寶，王珣固諫之，乃止。既而恭謂珣曰：「此日視君，一似胡廣。」珣曰：「王陵廷争，陳平從默，但問克終如何也。」（仇隙六注引晉安帝紀、晉書六五王珣傳）

四月，王恭惡國寶與緒亂政，與庾楷、殷仲堪討王國寶、王緒，使喻三吴，及恭表至，乃斬緒以説諸侯。（規箴二六注引晉安帝紀）

王廞居喪，拔以爲吴國内史。王國寶既死，王恭罷兵，令廞反喪服。廞大怒，即日據吴都以叛。登茅山，大慟哭曰：「琅邪王伯輿，終當爲情死！」恭使司馬劉牢之討廞。廞敗，不知所在。（任誕五四及注引周祗隆安記、晉書安帝紀）

初，桓玄、楊廣共説殷仲堪，宜奪殷覬南蠻以自樹。覬亦即曉其旨。嘗因行散，率爾去下舍，便不復還。内外無預知者，意色蕭然，遠同鬬生之無愠。時論以此多之。（德行四一）

晉安帝隆安二年戊戌（三九八）

殷覬病困，殷仲堪起兵討會稽王道子，往與覬别，涕零，屬以消息所患。覬答曰：「我病自當

差，正憂汝患耳。」殷覬遂憂卒。（規箴二三及注引晉安帝紀）

王恭深懼禍難，以討王愉、司馬尚之兄弟爲名，舉兵反。王愉初至江州，桓玄、楊佺期舉兵以應王恭，乘流奄至，王愉倉皇奔竄豫章，存亡未測。王綏在都，既憂戚在貌，居處飲食，每事有降。時人謂爲試守孝子。（德行四二）

九月，朝廷使司馬元顯、王珣、謝琰等距王恭。恭敗，走曲阿，爲湖浦尉所擒。初，司馬道子與恭善，欲載出都，面相折數，聞西軍之逼，乃令於兒塘斬之，梟首於東桁也。司馬道子命駕出，至刑場，孰視王恭首，曰：「卿何故趣欲殺我邪？」（仇隙七及注引續晉陽秋）

桓玄嘗登江陵城南樓云：「我今欲爲王孝伯作誄。」因吟嘯良久，隨而下筆，一坐之閒，誄以之成。（文學一〇二）

司馬道子東府城行散，僚屬悉在南門要望候拜，時謂謝景重曰：「王恭異謀，云是卿爲其計。」謝曾無懼色，斂笏對曰：「樂彦輔有言：『豈以五男易一女。』」道子善其對，因舉酒勸之曰：「故自佳！故自佳！」（言語一〇〇）

晉安帝隆安三年己亥（三九九）

十二月，殷仲堪疑朝廷欲以桓玄代己，遣道人竺僧僭齎寶物，遺司馬道子寵幸、媒尼、左右，以罪狀玄，玄知其謀而擊滅之。（尤悔一七注引周祇隆安記）

桓玄既破殷仲堪，收殷將佐十許人，咨議羅企生亦在焉。桓素待企生厚，將有所戮，先遣人語云：「若謝我，當釋罪。」企生答曰：「爲殷荆州吏，今荆州奔亡，存亡未判，我何顔謝桓公？」桓又遣人問欲何言，答曰：「昔晉文王殺嵇康，而嵇紹爲晉忠臣。從公乞一弟以養老母。」桓亦如言宥之。（德行四三）

桓玄初並西夏，領荆、江二州，二府一國。於時始雪，五處俱賀，五版並入。玄在聽事上，版至即答。版後皆粲然成章，不相揉雜。（文學一〇三）

王尚書惠嘗看王右軍夫人，問：「眼耳未覺惡不？」答曰：「髮白齒落，屬乎形骸；至於眼耳，關於神明，那可便與人隔。」（賢媛三一）

晉安帝隆安四年庚子（四〇〇）

殷仲堪喪後，桓玄問仲文：「卿家仲堪定是何似人？」仲文曰：「雖不能休明一世，足以映徹九泉。」（賞譽一五六）

王珣卒，臨困，轉卧向壁而歎曰：「人固不可以無年！」（品藻八三）

晉安帝隆安五年辛丑（四〇一）

孫恩出吴郡，袁山松即日便征，陳遺已聚斂得數斗焦飯，未及歸家，遂帶以從軍。戰於滬瀆，

敗，山松死，軍人潰散，逃走山澤，皆多饑死，遺獨以焦飯得活。時人以爲純孝之報也。（德行四五）

晉安帝元興元年壬寅（四〇二）

韓康伯母殷，隨孫繪之之衡陽，於闔廬洲中逢桓玄。卞鞠是其外孫，時來問訊。謂鞠曰：「我不死，見此豎二世作賊。」（賢媛三二）

桓玄下都，羊孚時爲兗州別駕，從京來詣門。牋云：「自頃世故睽離，心事淪藴。明公啓晨光於積晦，澄百流以一源。」桓見牋，馳喚前，云：「子道，子道，來何遲？」即用爲記室參軍。孟昶爲劉牢之主簿，詣門謝，見云：「羊侯，羊侯，百口賴卿！」（文學一〇四）

三月，玄入京師。外白司馬梁王奔叛，玄在平乘上笳鼓並作，直高詠阮籍詠懷詩云：「簫管有遺音，梁王安在哉？」（豪爽一三）

孫恩逸逃於海上，聚衆十萬人，攻没郡縣。臨海太守辛景擊孫恩，斬之。（德行四五）

桓玄爲太傅，大會，朝臣畢集，問王楨之曰：「我何如卿第七叔？」（品藻八六）

桓玄問劉瑾：「我何如謝太傅？」又問：「何如賢舅子敬？」（品藻八七）

桓玄欲以謝安宅爲營，謝混曰「召伯之仁，猶惠及甘棠」云云，玄慚而止。（規箴二七）

桓玄輔政，卞範之爲丹陽尹。羊孚南州暫還，往卞許，云：「下官疾動不堪坐。」卞便開帳拂

褥，羊徑上大牀，入被須枕。卞回坐傾睞，移晨達暮。羊臨去，卞語曰：「我甚期盼於卿，卿莫負我！」（寵禮六）

羊孚暴卒，桓玄與羊欣書曰：「賢從情所信寄，暴疾而殞，祝予之歎，如何可言！」（傷逝一八）

桓玄欲革嶺南之敝，以吴隱之爲廣州刺史。去州二十里有貪泉，世傳飲之者其心無厭。隱之乃至水上，酌而飲之，因賦詩曰：「石門有貪泉，一歃重千金。試使夷齊飲，終當不易心。」（德行四七注引晉安帝紀）

晉安帝元興二年癸卯（四〇三）

桓玄將篡位，語卞範曰：「昔羊子道恒禁吾此意。今腹心喪羊孚，爪牙失索元，而怱怱作此詆突，詎允天心？」（傷逝一九）

桓玄既篡位，後御牀微陷，羣臣失色。侍中殷仲文進曰：「當由聖德淵重，厚地所以不能載。」時人善之。（言語一〇六）

桓玄田狩，車騎甚盛，五六十里中，旌旗蔽隰，雙甄所指，不避陵壑。或行陳不整，麏兔騰逸，參佐無不被繫束。（規箴二五）

桓玄既篡位，將改置直館，問左右：「虎賁中郎省，應在何處？」有人答曰：「無省。」當時殊忤

旨。問：「何以知無？」答曰：「潘岳秋興賦敍曰：『余兼虎賁中郎將，寓直散騎之省。』」（言語一〇七）

晉安帝元興三年甲辰（四〇四）

二月，建武將軍劉裕、沛國劉毅、東海何無忌等舉義兵討桓玄。虞嘯父爲會稽内史。（晉書一〇安帝紀、紕漏七注引中興書）

桓玄兵敗被殺。（晉書一〇安帝紀、晉書九九桓玄傳）

晉安帝義熙元年乙巳（四〇五）

叔父桓玄簒逆見誅，桓亮聚衆於長沙，自號湘州刺史，殺太宰甄恭、衡陽前太守韓繪之等十餘人，爲劉毅軍人郭珍斬之。韓康伯母殷撫孫韓繪之屍哭曰：「汝父昔罷豫章，徵書朝至夕發。汝去郡邑數年，爲物不得動，遂及於難，夫復何言！」（賢媛三二及注引續晉陽秋）

殷仲文爲大司馬司馬德文咨議，心緒不寧，非復往日。大司馬府聽前有一老槐，甚扶疏。殷因月朔，與衆在聽，視槐良久，歎曰：「槐樹婆娑，無復生意。」（黜免八）

晉安帝義熙二年丙午（四〇六）

殷仲文忽作東陽太守，意甚不平。及之郡，至富陽，慨然歎曰：「看此山川形勢，當復出一孫

伯符。」（黜免九）

晉安帝義熙三年丁未（四〇七）

東陽太守殷仲文與桓胤謀反，遂伏誅。（黜免九注引晉安帝紀）

晉安帝義熙六年庚戌（四一〇）

五月，衛將軍劉毅及盧循戰于桑落洲，王師敗績，尚書左僕射孟昶懼，自殺。（企羨五、晉書一〇安帝紀）

初版後記

老去了十年光陰，我寫完了世説新語校釋。伴隨我雖有春花秋月、夕嵐晨曦，但更難忘酷暑、嚴寒，尤其是孤獨與寂寞。

開始是畏難，後來是彷徨，最終選擇不放棄。從此心不旁騖，奮然前行。

陶集我最愛，世説亦屢讀。在中古文學的華苑裏，陶淵明集和世説新語是我最愛讀的二部文學名著。自二十世紀九十年代中期拙著陶淵明集校箋問世之後，閲讀和研究的興趣轉向世説。新世紀伊始，我給碩士研究生講過幾年世説研究的選修課。授課之餘，寫了幾十篇讀書札記，考辨、解讀此書中一些意藴特别豐富的條目，並發表過一部分。

在閲讀和研究世説之初，我就把陳寅恪先生作爲最值得效法的榜樣。寅恪先生世説新語文學類鍾會撰四本論始畢條後、逍遥遊向郭義及支遁義探源、支愍度學説考等研究世説的論文，探幽索隱，勝義疊出，使我敬佩不已。再有，據説寅恪先生曾有過注釋世説的計劃，後來因爲戰亂致資料散失而未果。這件事常引起我的想像：寅恪先生未能完成的世説注釋，該是什麽樣子呢？我猜想，很可能與他上面幾篇論文相去不遠，必定是抉發世説的歷史文化底藴。

受寅恪先生論文的啓示，遂萌生注釋世説的念頭。

可是，這一念頭存想有年，卻不敢貿然付之行動。主要原因是自思功力不夠。寅恪先生的論文高標雲漢，可望不可及。即或是余嘉錫的世説新語箋疏，也是博大精深。余氏耗時十幾年箋疏世説，自稱「生平著書甚多，唯此書最爲勞瘁」（見該書前言）。我與前輩相比，識見不卓，讀書不博，欲有所突破，有所創新，談何容易？又以爲解讀世説工作量大，而來日苦短，完工真不知在何年何月。于是猶豫徘徊，畏修途而作罷。

但鍾愛的東西，會常常浮現心頭。彷徨之餘，我重新思考人生的意義。我認定，年在桑榆，仍然有可能出現燦爛的晚霞。人生的唯一價值，難道不就在精神的創造麽？權力、金錢、名位，無不被雨打風吹去，唯有精神可以綿延至永遠。終於，我從畏難、猶豫中走出來。解讀世説的念頭遂越來越强烈，以至焦躁不安，似乎靈魂都在燃燒。我覺得應該趕快做，完成我的夙願。即使最終或許書稿篇幅過大之故，無出版的機會，那麽，把手稿送給圖書館，也能給後來者參考。爲什麽一定要預先保證事情的結果呢？應該先盡力於它的過程。再説，没有過程，何來結果？這樣一想，心態漸趨平静，畏首畏尾變爲勇敢前行。

從二〇〇五年下半年開始，由撰寫讀書札記轉到集中力量校釋世説。每天上午、下午、晚上，像開足馬力的推土機，扎扎實實地向前推進。不停地寫，反復地改。經過整整五年的勞瘁，到了二〇一〇年春天，終於完成了全稿。加上之前寫作札記的時間，算來前後已有十年了。

有關世説的校注本，目前流行較廣、價值較高的有余嘉錫世説新語箋疏、徐震堮世説新語校箋、楊勇世説新語校箋、朱鑄禹世説新語彙校集注。其他以普及爲目的的注釋本更多。這些著作，對於普及世説和推動世説的研究，都作出過或大或小的貢獻。但學術總須新變，總要反映每一時代的文化和審美意識。我理解的學術史是環環相扣的鏈條，每一環都自具特色。我們接續前輩，在接受他們的賜予之後，又須做出新貢獻，賜予後來者。每一時代的學術既是繼承，又是創新；既是傳統，又是現代。本著這樣的認識，我在校釋世説時，儘量吸收最近幾十年來新的研究成果，注重實證和考辨，提出自己的見解。

除了吸取國內學者的成果之外，還參考十七、十八世紀的世説新語的日本注本。我發現一二百年之前的日本學者對世説的研究已有相當深度，常有真知灼見。根據國內幾家圖書館聯合編寫的目録，在上海找到了四種。二〇〇九年十一月，沈陽已是寒風刺骨。我到遼寧省圖書館查找日人笠常的世説抄撮十卷。館裏的工作人員倒是熱情地接待我，在館藏目録查到有此書，然而很奇怪，卻找不到卡片，末了遺憾地説：「不知道書放在什麼地方。」使我千里尋書，抱恨而歸。又過了一個月，我請南京大學的校友幫忙，查找南京圖書館所藏日人田口頤的世説講義。目録上有這部書，但圖書館告知該書已封存，讀者不能借閲。爲何封存？爲何不讓借閲？何時能夠借閲？一切都没有解釋。真是咄咄怪事！歎息之外，我又能何爲？現在，拙著僅參考了四種日本舊注本，敬請讀者諒解。

回顧自己讀書和研究的經歷，基本上爲興趣所左右。我喜歡中古文學的奇情異彩，尤鍾情于魏晉。故讀三曹詩、讀陶淵明、讀世説、讀謝靈運，津津有味，不覺怠倦。沉潛賞玩久了，若有所得，便發而爲文。往昔校箋陶集，中間研究青樓與中國文學之關係，後來校釋世説，頗似王子猷雪夜訪戴安道，乘興而行，興盡而返。有興趣含英咀華，無興趣味同嚼蠟。讀書、研究好比戀愛，苟非所好，勉强爲之，結果唯有痛苦而已。只有感覺興趣的書，有趣味的問題，才有可能長久地鍾愛她，迷戀她，終生爲之纏綿，而決不放棄。陶集和世説，便是我的最愛。二十多年來，我沉浸在這二部名著中，忻忻然不知老之將至。

當然，在現行的學術研究管理體制下，憑興趣的研究，往往得不到項目經費的資助。我先後校釋陶集、世説，没有得到過分文資助。但此有何妨！没有經費資助，照樣能作出有水準的研究。學術的本質是精神創造。精神創造雖亦「有待」——須物質的支撑，但終究與金錢無必然的聯繫。唯有思想之自由，精神之獨立，才是文學藝術創造的首要條件。揣摩上面的意圖，鑽研弄錢的訣巧，請托奔走，四處折腰，志如此屈，情何以堪？從某種意義上説，正是因爲我憑興趣研究，不靠立項資助，不存在「欠債」的心理負擔，所以能比較從容地賞玩所喜愛的作品。慶幸我三年前從講臺上退下來後，無開會之干擾、填表之無聊、評估之作假，獲得了自由創造的更大的空間和充裕的時間。這部書的撰寫，使我再次深切地體會到，没有自由意志和獨立精神，不可能有真正的學術。實踐已經並將繼續證明，以項目經費的有無多少作爲衡量學術的主要標準，不僅滑天下之大稽，而且會嚴重毒化學術環境，會綁架學術，徹底扼殺學術。熊十力說：「知識之敗，慕浮名而不務潛修也。品節之敗，慕虛榮而不甘枯淡也。」（致徐復觀書）十力老人的警句，指出了知識和人格雙重墮落的原因，這在浮躁虛假之風彌漫天下的今天，尤具警世意味。潛修和枯淡，必然自放于寂寞之境，與孤獨爲伴，無緣鮮花和掌聲。然而，遠離浮名和虛榮，得到的卻是自由和寧靜。只有孤獨、寂寞，才能內視自身，遐觀六合，燭幽照冥。惟有靜境，才適宜精神的創造。試看歷來的人格修煉者、文學藝術的探索者，有幾人不是孤獨和寂寞？先哲云：「守寂寞而存神。」（後漢書馮衍傳）只有身處寂寞，才能用志不分，拒絕外部世界的誘惑，神清而氣爽，淡泊而充實。寂寞孤獨，實在是精神創造者的樂地。追求精神和藝術的高標者，也必然會踵武屈原，「路漫漫其修遠兮，吾將上下而求索」，枯槁而不改其度，憔悴也自得其樂。自然，十力老人的話，只可說與追求知識和品節者聽，而未可爲慕浮名、愛虛榮者道也。可歎黃鐘大呂，將至沉寂，遑遑然奔走之徒，幾人能諦聽希聲之大音？

二十多年來，我結廬人境，軒冕有時而過，故偶爾也「未能免俗」。但我的大部分時日，遠離高談闊論、觥酹交作之地，而寧願選擇孤獨和寂寞。我默默地磨礪我的劍。先是用了八年的時間，撰寫陶淵明集校箋。于我而言，沉潛陶集的八年，是求知求真的探索經歷，也是祛浮名、棄虚榮的人格修煉的過程。爾後，我又寫出了陶淵明傳論。彷徨數年後，再用十年時間，完成世説新語校釋。在漫長的歲月裏，我出入于陶淵明和魏晉名士之間，尚友千載，真有「不知有漢，無論魏晉」的味道。當年，謝安稱謝鯤道：「若遇七賢，必自把臂入林。」我讀世説於此，常會心而笑。惟恨碧落黄泉，罕遇七賢。然「越名教而任自然」，擺脱拘束，保我本真，放飛心靈，於孤獨寂寞中庶幾可至。我愛陶公真率，亦慕江左風流，但以我性情而言，終究覺得陶公親近。那位一生枯槁，詠唱「萬族皆有托，孤雲獨無依」的高士，才是我服膺的精神導師。因此之故，我也終究學不來做學林「名士」，而止宜爲學林隱士也。

雖説十年一劍，但我自知此劍遠非鋒利如切玉之刀。材料有待充實，語言尚未雅潔，見解未臻精妙。世説作爲魏晉時期的一部百科全書式的文化名著，如一座藴含豐富的寶藏。我嘗試解讀之，雖然稍有所得，但離揭示她的深厚内涵尚遠，有些地方仍一知半解。我希望喜愛她的讀者和研究者，在指出拙著的謬誤與不足的同時，能集思廣益，一起來解讀世説的奥妙。

最後，我要再次表達我的感恩之情。首先感謝上海古籍出版社總編輯趙昌平先生。没有昌平先生的知遇和幫助，拙著不可能問世。他一開始就要求我一定要有所突破，有所創新。我始終記住他的鞭策，堅持精品意識。再追溯到上世紀九十年代我的陶集校箋的出版，也與昌平先生的關愛密不可分。現在，當我左世説、右陶集之時，滿懷對昌平先生的感激之情是非常自然的。

在拙著撰寫過程中，華東師範大學圖書館古籍部、復旦大學圖書館、上海圖書館、上海辭書出版社圖書館，爲我查找域外圖書資料提供了方便。我的同事沈茶英老師，學生金柯、魏明揚，前幾年跟我一起學習的日本留學生大立智砂子博士，也爲我查找資料出了不少力，在此一併致以衷心的感謝。

斗轉星移。院子裏的那棵老葡萄樹不知經過多少回的衰而榮、榮而衰，主幹上的皮裂開成條狀，褐色，薄薄的，像寒風中的襤褸衣衫。時已深秋，枝上是枯葉，樹下還是枯葉。看到它，不由想起世説黜免中殷仲文的感歎：「槐樹婆娑，無復生意。」其實，等到春天，老樹也可再榮。至於人生呢，卻注定要被日月無情地擲向衰損之淖中，直至滅頂。我真不知道上帝能否再賜予我足夠多的孤獨和寂寞，讓我能以日漸衰損之力，將餘生的全部，投之於烈焰，化成一支新的、鋒利的劍。

龔斌

二〇一〇年深秋於滬上守拙齋

增訂後記

轉瞬之間，拙著世説新語校釋問世至今已有八年了。記得我在此書初版後記中説：「雖説十年一劍，但我自知此劍遠非鋒利如切玉之刀。材料有待充實，語言尚未雅潔，見解未臻精妙。」昔年我如是説，發自内心，非是故作謙虚。世説是魏晉時期的百科全書，不少故事隻言片語，不易索解。我僅花十年功夫，豈能窮其幽渺？故自拙著出版之後，仍念念不忘破解世説中難解的故事。平日讀書，若覺得與世説有關聯者，隨時抄録，沉潛玩索，希冀有朝一日能探驪得珠。

到了二〇一六年夏，上海古籍出版社依據他們的出版規劃，要我增訂拙著。我覺得這是一個好消息，使我有機會補充材料，改正謬誤，由粗轉精，繼續磨礪那把並不鋒利的劍。經過反復考慮，並經出版社研究同意，決定新增加附録二種，即唐寫本世説新書殘卷及宋人汪藻世説敍録、考異、人名譜。初版原有附録之一世説舊本敍録題跋，則充實内容。再有二種附録世説人物事蹟編年簡表及世説人名索引。新增和原有共五種附録，合併爲獨立的一册。其中汪藻世説敍録所占篇幅最巨，也最重要。

汪藻世説敍録問世之後，湮沒不彰，只有陳振孫直齋書録解題言及：「敍録者，近世學士新安汪藻彦章所爲也，首爲考異，繼列人物世譜、姓氏異同，末記所引書目。」讀汪藻此書，感慨著述與人的命運相似，遇不遇，時也。自宋迄清八九百年，汪藻世説敍録不見於中土。直至二十世紀二十年代末，日本尊經閣叢書影印宋刻本世説新語，書後附有汪藻敍録。一九五五年文學古籍刊行社、一九六二年中華書局先後據以影印出版，世人遂知汪藻敍録的真相。

以汪藻敍録爲附録，無論對於本人還是出版社，都是有壓力的。于我而言，汪藻這部著作從未有人系統整理過（楊勇世説新語校箋僅整理過人名譜），世説考異、人名譜錯誤極多，且原刻本不少地方字跡磨滅，難以辨識，標點、校釋難度都不小。於出版社而言，一般讀者不一定需要汪藻敍録，而這部分内容所占篇幅甚巨，「性價比」不高，並不經濟。但最後作者與出版社一致認爲，汪藻敍録是世説研究史上非常重要的著作，它保存了第一個爲世説作注的南齊人敬胤的世説注，以及宋人所見世説各種版本的信息，對於想深入瞭解世説的讀者和研究者來説，具有重要的參考價值，爲傳承這份世説研究史上的重要遺産，值得在附録中加上這部著作。

增訂工作自二〇一六年十二月開始。先是修訂世説正文的校釋，費時一月完成。後複印上海古籍出版社一九八二年影印王先謙思賢堂講舍刻本後所附的汪藻敍録及唐寫本殘卷，以作底稿，潛心點校唐寫本世説新書殘卷，校釋汪藻世説敍録、考異、人名譜。工作過程中，發現汪藻世説考異、人名譜訛誤很多，且不少字難以辨識。當此之際，不免釋卷而歎。歷二月有餘，終於整理完上述二種附録。看底稿的上下兩端及字裏行間，皆是余之手跡，或黑或紅，點、綫及各種符號密密麻麻，連自己也得仔細辨識，方能讀通上下文意。心想，出版社編輯和印刷廠排字工，要謄清這疊眼花繚亂的底稿，必將蹙眉矣。

二〇一七年十一月，我罹病住院。在病房里百無聊賴時，念及世説的增訂工作，決定對底稿再加工。於是，邁開虚弱的腳步，走出醫院，到出版社取回底稿，作第二次增訂。一是增補世説舊本題跋序目，二是修改世説殘卷、汪藻敍録及考異的跋文，三是繼續補充與修改世説正文的校釋。又經三月有餘的努力，完成了世説正文的增訂。較之初版，大大小小的修改，已有五百多處。二〇一八年三月中旬，當春天的腳步聲愈來愈響時，我把增訂底稿又送到了出版社，似乎覺得病體也輕鬆了許多。以後，等待那疊不忍卒睹的附録底稿變成面目清秀的清樣。

到了二〇一八年十一月下旬，終於看到了附録清樣。用了將近一月左右的時間校完，又根據日本出版的唐鈔本所述世説殘卷的始獲、截分及收藏的情況，改寫殘卷的跋文。從二〇一六年末至今，兩年多的時間裏，數次改易底稿，以日甚一日的形容衰損，換來書稿的日日新顔，我以爲很值得，并感到欣慰。

向讀者交代拙著增訂的主要内容，我想這並不是多餘的。同時，我熱切希望喜愛世説的讀者與研究者，能指出和批評拙著存在的謬誤，一起揭示世説中的未發之覆。

在拙著增訂全稿將要排印之際，表達我的感恩之情是自然的。首先要感謝上海古籍出版社，如前所説，增加汪藻敘録作爲附録的主要内容，從經濟效益看，是有風險的。但上海古籍出版社向來以學術的傳承爲職志，決定整理出版這份世説研究史上的寶貴遺産，表現出弘揚學術的高遠志向及擔當意識，難能可貴，令我十分感動。社領導奚彤雲女士、編輯室主任劉賽先生，多次同我討論如何進行汪藻敘録的整理工作，如何設計版式，花了不少心思。責任編輯戎默先生，認真審讀底稿，也花了大量時間。再有我的朋友華東師大胡曉明教授、上海圖書館吴建偉先生，熱情替我借書。前後兩年多的增訂工作得以順利完成，同上海古籍出版社及朋友們的幫助分不開。在此，一併致以真誠的謝意！

龔斌

記於二〇一九年三月八日

《中國古典文學叢書》已出書目

詩經今注	高亨注
楚辭今注	湯炳正、李大明、李誠、熊良智注
司馬相如集校注	[漢]司馬相如著　金國永校注
揚雄集校注	[漢]揚雄著　張震澤校注
張衡詩文集校注	[漢]張衡著　張震澤校注
阮籍集	[魏]阮籍著　李志鈞等校點
陸機集校箋	[晉]陸機著　楊明校箋
陶淵明集校箋(修訂本)	[晉]陶潛著　龔斌校箋
世説新語箋疏(修訂本)	[南朝宋]劉義慶撰　余嘉錫箋疏　周祖謨等整理
世説新語校釋	[南朝宋]劉義慶撰　[南朝梁]劉孝標注　龔斌校釋
鮑參軍集注	[南朝宋]鮑照著　錢仲聯增補集説校
謝宣城集校注	[南朝齊]謝朓著　曹融南校注集説
江文通集校注	[南朝梁]江淹著　丁福林、楊勝朋校注
文心雕龍義證	[南朝梁]劉勰著　詹鍈義證
詩品集注(增訂本)	[梁]鍾嶸著　曹旭集注
文選	[梁]蕭統編　[唐]李善注
蕭繹集校注	[南朝梁]蕭繹著　陳志平、熊清元校注

玉臺新咏彙校	吴冠文、談蓓芳、章培恒彙校
王梵志詩集校注（增訂本）	［唐］王梵志著　項楚校注
盧照鄰集箋注	［唐］盧照鄰著　祝尚書箋注
駱臨海集箋注	［唐］駱賓王著　［清］陳熙晉箋注
王子安集注	［唐］王勃著　［清］蔣清翊注
陳子昂集（修訂本）	［唐］陳子昂撰　徐鵬校點
孟浩然詩集箋注（增訂本）	［唐］孟浩然著　佟培基箋注
王右丞集箋注	［唐］王維著　［清］趙殿成箋注
李白集校注	［唐］李白著　瞿蜕園、朱金城校注
高適集校注（修訂本）	［唐］高適著　孫欽善校注
杜詩趙次公先後解輯校	［唐］杜甫著　［宋］趙次公注 林繼中輯校
杜詩鏡銓	［唐］杜甫著　［清］楊倫箋注
錢注杜詩	［唐］杜甫著　［清］錢謙益箋注
杜甫集校注	［唐］杜甫著　謝思煒校注
岑參集校注	［唐］岑參著　陳鐵民、侯忠義校注
戴叔倫詩集校注	［唐］戴叔倫著　蔣寅校注
韋應物集校注（增訂本）	［唐］韋應物著　陶敏、王友勝校注
權德輿詩文集	［唐］權德輿撰　郭廣偉校點
韓昌黎詩繫年集釋	［唐］韓愈著　錢仲聯集釋
韓昌黎文集校注	［唐］韓愈著　馬其昶校注 馬茂元整理
劉禹錫集箋證	［唐］劉禹錫著　瞿蜕園箋證
白居易集箋校	［唐］白居易著　朱金城箋校
柳宗元詩箋釋	［唐］柳宗元著　王國安箋釋
柳河東集	［唐］柳宗元著　［宋］廖瑩中輯注
元稹集校注	［唐］元稹著　周相録校注
長江集新校	［唐］賈島著　李嘉言新校

三家評注李長吉歌詩	[唐]李賀著　[清]王琦等評注
樊川文集	[唐]杜牧著　陳允吉校點
樊川詩集注	[唐]杜牧著　[清]馮集梧注
温飛卿詩集箋注	[唐]温庭筠著　[清]曾益等箋注
玉谿生詩集箋注	[唐]李商隱著　[清]馮浩箋注 蔣凡校點
樊南文集	[唐]李商隱著　[清]馮浩詳注 錢振倫、錢振常箋注
皮子文藪	[唐]皮日休著　蕭滌非、鄭慶篤整理
鄭谷詩集箋注	[唐]鄭谷著 嚴壽澂、黄明、趙昌平箋注
韋莊集箋注	[五代]韋莊著　聶安福箋注
李璟李煜詞校注	[南唐]李璟、李煜著　詹安泰校注
張先集編年校注	[宋]張先著　吴熊和、沈松勤校注
二晏詞箋注	[宋]晏殊、晏幾道著　張草紉箋注
乐章集校箋	[宋]柳永著　陶然、姚逸超校箋
梅堯臣集編年校注	[宋]梅堯臣著　朱東潤編年校注
歐陽修詩文集校箋	[宋]歐陽修著　洪本健校箋
歐陽修詞校注	[宋]歐陽修著　胡可先、徐邁校注
蘇舜欽集	[宋]蘇舜欽著　沈文倬校點
嘉祐集箋注	[宋]蘇洵著　曾棗莊、金成禮箋注
王荆文公詩箋注	[宋]王安石著　[宋]李壁箋注 高克勤點校
王令集	[宋]王令著　沈文倬校點
蘇軾詩集合注	[宋]蘇軾著　[清]馮應榴注 黄任軻、朱懷春校點
東坡樂府箋	[宋]蘇軾著　[清]朱孝臧編年 龍榆生校箋

東坡詞傅幹注校證	[宋]蘇軾著　[宋]傅幹注　劉尚榮校證
欒城集	[宋]蘇轍著　曾棗莊、馬德富校點
山谷詩集注	[宋]黄庭堅著　[宋]任淵、史容、史季温注　黄寶華點校
山谷詩注續補	[宋]黄庭堅著　陳永正、何澤棠注
山谷詞校注	[宋]黄庭堅著　馬興榮、祝振玉校注
淮海集箋注	[宋]秦觀撰　徐培均箋注
淮海居士長短句箋注	[宋]秦觀著　徐培均箋注
清真集箋注	[宋]周邦彦著　羅忼烈箋注
石林詞箋注	[宋]葉夢得著　蔣哲倫箋注
樵歌校注	[宋]朱敦儒著　鄧子勉校注
李清照集箋注(修訂本)	[宋]李清照著　徐培均箋注
陳與義集校箋	[宋]陳與義著　白敦仁校箋
蘆川詞箋注	[宋]張元幹著　曹濟平箋注
劍南詩稿校注	[宋]陸游著　錢仲聯校注
放翁詞編年箋注(增訂本)	[宋]陸游著　夏承燾、吴熊和箋注　陶然訂補
范石湖集	[宋]范成大撰　富壽蓀標校
于湖居士文集	[宋]張孝祥著　徐鵬校點
稼軒詞編年箋注(定本)	[宋]辛棄疾撰　鄧廣銘箋注
辛棄疾詞校箋	[宋]辛棄疾著　吴企明校箋
姜白石詞編年箋校	[宋]姜夔著　夏承燾箋校
後村詞箋注	[宋]劉克莊著　錢仲聯箋注
雁門集	[元]薩都拉著　殷孟倫、朱廣祁校點
揭傒斯全集	[元]揭傒斯著　李夢生標校

高青丘集	[明]高啓著　[清]金檀注 徐澄宇、沈北宗校點
唐寅集	[明]唐寅著　周道振、張月尊輯校
文徵明集(增訂本)	[明]文徵明著　周道振輯校
震川先生集	[明]歸有光著　周本淳校點
海浮山堂詞稿	[明]馮惟敏著 凌景埏、謝伯陽標校
滄溟先生集	[明]李攀龍著　包敬第標校
梁辰魚集	[明]梁辰魚著　吴書蔭編集校點
沈璟集	[明]沈璟著　徐朔方輯校
湯顯祖詩文集	[明]湯顯祖著　徐朔方箋校
湯顯祖戲曲集	[明]湯顯祖著　錢南揚校點
白蘇齋類集	[明]袁宗道著　錢伯城校點
袁宏道集箋校	[明]袁宏道著　錢伯城箋校
珂雪齋集	[明]袁中道著　錢伯城點校
隱秀軒集	[明]鍾惺著　李先耕、崔重慶標校
譚元春集	[明]譚元春著　陳杏珍標校
張岱詩文集(增訂本)	[明]張岱著　夏咸淳輯校
陳子龍詩集	[明]陳子龍著 施蟄存、馬祖熙標校
夏完淳集箋校(修訂本)	[明]夏完淳著　白堅箋校
牧齋初學集	[清]錢謙益著　[清]錢曾箋注 錢仲聯標校
牧齋有學集	[清]錢謙益著　[清]錢曾箋注 錢仲聯標校
牧齋雜著	[清]錢謙益著　[清]錢曾箋注 錢仲聯標校

牧齋初學集詩注彙校	[清]錢謙益著　[清]錢曾箋注 卿朝暉輯校
李玉戲曲集	[清]李玉著 陳古虞、陳多、馬聖貴點校
吴梅村全集	[清]吴偉業著　李學穎集評標校
歸莊集	[清]歸莊著
顧亭林詩集彙注	[清]顧炎武著　王蘧常輯注 吴丕績標校
安雅堂全集	[清]宋琬著　馬祖熙標校
吴嘉紀詩箋校	[清]吴嘉紀著　楊積慶箋校
陳維崧集	[清]陳維崧著　陳振鵬標點 李學穎校補
屈大均詩詞編年校箋	[清]屈大均著　陳永正等校箋
秋笳集	[清]吴兆騫撰　麻守中校點
漁洋精華録集釋	[清]王士禛著 李毓芙、牟通、李茂肅整理
聊齋志異會校會注會評本	[清]蒲松齡著　張友鶴輯校
敬業堂詩集	[清]查慎行著　周劭標點
納蘭詞箋注	[清]納蘭性德著　張草紉箋注
方苞集	[清]方苞著　劉季高校點
樊榭山房集	[清]厲鶚著　[清]董兆熊注 陳九思標校
劉大櫆集	[清]劉大櫆著　吴孟復標點
儒林外史彙校彙評	[清]吴敬梓著　李漢秋輯校
小倉山房詩文集	[清]袁枚著　周本淳標校
忠雅堂集校箋	[清]蔣士銓著　邵海清校 李夢生箋

甌北集	[清]趙翼著　李學穎、曹光甫校點
惜抱軒詩文集	[清]姚鼐著　劉季高標校
兩當軒集	[清]黄景仁著　李國章校點
惲敬集	[清]惲敬著　萬陸、謝珊珊、林振岳標校　林振岳集評
茗柯文編	[清]張惠言著　黄立新校點
瓶水齋詩集	[清]舒位著　曹光甫點校
龔自珍全集	[清]龔自珍著　王佩諍校點
龔自珍詩集編年校注	[清]龔自珍著　劉逸生、周錫䪖校注
水雲樓詩詞箋注	[清]蔣春霖著　劉勇剛箋注
人境廬詩草箋注	[清]黄遵憲著　錢仲聯箋注
嶺雲海日樓詩鈔	[清]丘逢甲著　丘鑄昌標點

世説人名索引

凡　　例

一、本索引收録《世説新語》及劉孝標注文中出現之所有人物。

二、人物以姓名及常見稱謂爲主目，其他字、號、小名、官號等，附注括弧之内。

三、參見條目以《世説新語》正文及劉孝標注文中單獨出現之稱謂爲主。注文内人物小傳中出現之人物字、號，一般不作參見條目，以免繁瑣。

四、凡原書姓名記載有錯誤或有疑問者，以腳注形式説明，列於每頁下方。

五、姓名相同而非一人者，在括弧内注明，以示區别。

六、凡劉孝標注文中有屬於人物小傳之條數，綴以 * 號。

七、本索引以漢語拼音字母音序排列，《世説新語》篇名一依原書編次，並加中文數字，以便檢索。篇名後之阿拉伯數字，即表示人物在該篇中出現之位置。

C

---

① 吴隱之賦詩“試使夷齊飲”句之“夷齊”，指伯夷、叔齊。
② 蔡系字子叔。此“蔡叔子”乃“蔡子叔”之誤倒。

① 據《魏志・陳泰傳》注引《陳氏譜》，"陳淮"當作"陳準"。

① 原作"楚王"，或昭王，或惠王。孫詒讓《墨子年表》以爲是楚惠王。
② 《晉書》七九《謝安傳》作"逯"，是。
③ 《賞譽》五四作"戴儼"。或許戴淵後改名作"戴儼"。

① 此東海王爲何人，無考。

① 《晉書》七五《范汪傳》“略”作“畧”。

① 原僅作"司隸"，據《晉書》三三《石崇傳》，奏按石崇、王愷者爲司隸校尉傅祗。

H

①　《漢書》九七《外戚傳》作“陽阿”，是。
②　《後漢書》二四《馬援傳》載馬援孫馬朗封爲合鄉侯。

① 原作“賈充女”，據《晉書》四〇《賈充傳》，此女乃充次女賈午。
② 原作“淳”，當從《晉書》及《江氏譜》作“惇”。

① “文帝”疑是“景帝”之誤。
② “武帝”當作“成帝”。

K

① 原作“敬徹”，誤。當作“敬胤”。

L

① 茂重，宋本、沈校本並作“茂曾”，是。《晉書》本傳及《棲逸》四同。
② 《晉書》四九《賈充傳》云：“李氏生二女：褒、裕。褒一名荃，裕一名濬。”此“合”，蓋即“荃”字之誤。
③ 李康，當從《魏志・李通傳》作“李秉”。
④ 原作“李勢妹”，當從劉孝標注引《妒記》作“李勢女”。

① 此條原作“劉恢”，誤。當作“劉惔”。
② 當作“劉漢”。

① 原作“劉漢”,當作“劉漠”。
② 原作“劉納”。納,沈校本作“訥”,是。
③ 當從《晉書》作“挺”。
④ 沈校本作“劉祐”,與《後漢書》六七《黨錮傳》作“劉祐”,是。
⑤ 此作“劉璵”。《晉書》本傳及《雅量》一〇注引《晉陽秋》作“劉輿”。

① 原作“劉淮”，誤。

---

① 《魏志·王粲傳》注及《文選》向秀《思舊賦》注並作“昭”。

① 原作慕容晉。"晉",沈校本作"俊"。

① 《晉書》四三《王戎傳》記此事屬之裴頠。

① “裴緯”當作“裴綽”，《品藻》六正作“綽”。

① 原作“秦伯”。據《左傳》，當指秦穆公。
② “榮期”乃“榮啓期”之省稱。

① 牖，《晉書》四九《阮裕傳》作“傭”，是。

① 宋本、沈校本並無“充”字。或以爲此沈充即黨王敦之沈充，然劉孝標稱“未詳”，故此沈充未必是王敦黨羽。

① 據《黜免》七注引《司馬晞傳》及《晉書》六四《武陵王晞傳》,"下邳王"當作"新蔡王"。

② 《晉書》三五《裴楷傳》謂楷聞楚王瑋有變云云,則楚王乃司馬瑋。

① 宋本作“孫賓碩”是。

① 原作“紞”。據《太原中都孫氏譜》及《晉書》五六《孫統傳》，當作“統”是。

① 《晉書》六六《陶侃傳》作“陶士行”。

① 《晉書》八六《張茂傳》作"萬推"。
② 原作"王丞",當作"王承"。

① 《方正》五八注引《王氏譜》作“伯子”。今從《中興書》，作“茂仁”。

② 此條王陵，陵，當作“淩”。

① 此條原作“王翼”，據《言語》八一注引《王胡之别傳》，胡之乃王廙之子，故當作“王廙”。

② 原作“恬”，誤。今從《晉書》、沈校本作“王佑”。

③ 《魏志·武宣卞皇后傳》注作“王旦”。

① 王禎之，《品藻》八六注引《王氏譜》曰："楨之字公幹，琅邪人，徽之子。歷侍中、大司馬長史。"汪藻《王氏譜》同。《排調》六三謂"王侍中爲主簿"，孝標注作"禎之"。疑"禎之"即"楨之"。

X

① 原作“褒”，當從宋本作“裒”。

① “孟本”，《後漢書》四八《徐璆傳》作“孟玉”。

② 《雅量》一六許侍中下注：“許璪字思文。”疑即其人，“琛”或是“璪”之誤。許琛、許璪與顧和同時，一作“文思”，一作“思文”，其中必有一誤。

① 許徵，當作“許徵君”。各本皆脱“君”字。

① 彧，原作“式”，誤。

② 俁原作“保”。《魏志·荀彧傳》：“子俁，御史中丞。”注引《荀氏家傳》曰：“俁字叔倩，子寓字景伯。”據此，“保”當作“俁”。

③ 《棲逸》六稱“蜀莊”，即蜀郡嚴君平也。避漢明帝諱，“莊”皆作“嚴”。

---

① 準，原作“淮”，沈校本、《魏志・陳思王植傳》注引《冀州記》同。作“準”是。

② 劉孝標注引《羊氏譜》原作“羊悦”。據《宋書・羊欣傳》言“曾祖忱，晉徐州刺史。”則當作“忱”是。

③ 原作“羊悦”，當作“羊忱”。

① 《晉書》本傳作“殷顗”。伯道，《晉書》本傳及汪藻《殷氏譜》作“伯通”。

① 劉孝標注引《謝氏譜》謂殷顗父殷歆，然《晉書》八三《殷顗傳》、汪藻《陳郡長平殷氏譜》皆云殷顗父康，無有“殷歆”者。疑《謝氏譜》誤。

② 當作“支法師”，支道林也。

① 原作“義”，當作“羲”。

① 此作“袁耽”，“耽”同“躭”。
② 《魏志》作“袁涣”。當從《言語》八三注引《續晉陽秋》作“袁焕”。
③ 原作“奉高”，謂袁閎。按，袁閬字奉高，見《後漢書》五六《王龔傳》。

① 或作"袁悦"。《晉書》本傳作"袁悦之"。

① 原作“張玄”。張玄即張玄之。

① 《賢媛》一二劉孝標注引《王氏譜》："鍾夫人名琰之，太傅繇之孫。"《賢媛》一六劉孝標注引《王氏譜》："夫人，黄門侍郎鍾琰女。"可見《王氏譜》混亂不可信。今從《晉書》九六《王渾妻鍾氏傳》作"鍾琰"。琰曾祖鍾繇。父徽，黄門侍郎。

① 據年代考之，此“周馥”非《晉書》六一《周馥傳》之“周馥”。
② 原作“周俊”，當從《晉書》作“周浚”。

① 宋本、沈校本作“朱寓”，與《後漢書》合。

① 原作"子威"。沈校本"威"作"臧"，《藝文類聚》、《容齋五筆》引正作"臧"，作"臧"是。